JN214735

俳句の事典

宮脇真彦
楠元六男
片山由美子
小澤實
秋尾敏
[編]

朝倉書店

刊行の辞

俳句は、現在多くの作者を擁して一大隆盛をみている。俳句界も、ハイク、レンガ、連詩などの呼称で国際的にも作者層を広げて活況を呈しているように見受けられる。だが、実際のところ、俳句作者は高齢化しつつあり、俳句が若者にとって魅力的な文学として受け継がれているかといえば、はなはだ心許ない。俳句甲子園など新しい活躍の場が若者たちに用意されているとは言え、俳句はなお魅力的な文学として若者の目にとまりにくいといったところが、現状であろう。むしろ、俳句がどのような文学かも知らぬ読者が、若い世代を中心に増加しているようだ。こうした俳句への理解不足は、詩歌を核として成立してきた日本の古典文学への理解を浅薄にし、季節感や美意識など詩歌を基盤として成立してきた日本文化を一般読者から遠ざける結果をもたらしている。また一方、俳句の国際化のなかで、あらためて「俳句とは何か」が問われていると言っても良い。今こそ、俳句とはどのような文学か、俳句をどう読むべきか、俳句の世界を知るための手引きが必要とされていると考える。

これまで、連歌・俳諧・俳句における研究成果を反映した専門の辞書として、『俳文学大辞典』（角川書店）や『現代俳句大辞典』（三省堂）などが出版され、俳句に関する最新の知見を求めることができるようになっている。だが、それらは項目を五十音順に並べて説明する形の辞典であり、俳句をある程度知り、その上で最新の知見を得ようとする読者には適しているが、俳句というもの自体を知ろうとする一般読者には、専門的で、レベルが高すぎると言わざるを得ない。細分化された研究を統括的にまとめて、初心者が俳句を知るために、俳句の全体像を体系立てて示した事典は、これまでのところ編まれてこなかったのである。

本事典は、そうした現状にかんがみ、一般読者に向けて俳句とはどのような文学かを体系的に示すべく企画されたものである。とはいえ、一般読者に俳句の世界をどう説明するかという課題は、実は俳句とはどういう文学かをあらためて我々編者に考えさせる機会をもたらした。それは、俳句の実作者にとっては俳句観の見直しを迫るものであったし、また研究者にとっては現在の細分化された研究が、俳句とは何かという根本問題とどう関わるのか改めて考えさせられることにもなった。連歌から俳諧を経て俳句へと展開してきた俳文学を総括して、あらためて俳句とはどのような文学かを示す事典を志した次第である。

俳句とは何かということは、例えば季語とは何か、切字とはどのような働きがあるかと、あらためてあるべき説明を我々に要求してくる。本事典ではそうした問題点について、古典俳句、近代・現代俳句のさまざまな事象を、俳句とは何か、俳句の魅力は何かといった問題において位置づけつつ、これを順序立てて説明するように立案したつもりである。また、俳句を学ぶ場として期待される、学校教育での俳句に関わる教育にも大きく配慮し、教育実践の現場において、俳句の何をどう教えるかについて問題提起すべく企画したつもりである。

以上、俳句に関して多岐にわたる問題を一書にまとめて、俳句の世界の道案内たらんと志した次第である。なお、この志をもってともに本事典を企画・立案された楠元六男氏が、本書の編纂中に鬼籍に入られたことは、我々編者にとって痛恨の極みであった。本事典が、氏の志に適うよう祈るばかりである。末筆ながら、本書の企画に賛同し、ご協力いただいた研究者ならびに俳人の方々に深甚の謝意を申し上げる。

令和六年九月

編者一同

凡例

一、本事典は、俳句に関わる問題を以下の項目ごとに取り上げて解説した。

Ⅰ　俳句概説編　俳句の形式と内容、俳句の特質・技法など、俳句を味わう上での諸問題を総合的に解説する。

Ⅱ　歴史研究編　発句の成立と展開（連歌俳諧の歴史を踏まえた、江戸時代以前の俳句の歴史）

近代俳句史（明治以降、現代に至る俳句の歴史）

Ⅲ　解釈・鑑賞編　古典・近現代のアンソロジーをかねて、俳句の魅力を解き明かし、作者を史的に位置づけ、俳句の多様さを示す。

古典編―百人一句……江戸時代以前の代表的俳人の代表句

近現代編―俳句百冊……近現代俳句史において代表的な句集

Ⅳ　季題・季語編　基本季語……連歌から俳諧へと受け継がれた代表的季語百二十語について、その文学的イメージを解説する。

近代の季語……現代多く詠まれている季語のうち、原則として近代になって季語として成立した語を解説する

Ⅴ　地　名　編　俳句に詠まれてきた地名を、原則として各都道府県に一つから二つ、名所の多いところは三つ四つほどを選んで、文学的イメージを解説する。

Ⅵ　俳句実作編　詩としての言葉の働かせ方、形式や俳句ならではの語法、用法など、基本的に身につけるべき事柄を解説し、実作入門とした。

Ⅶ　俳句教育のために―俳句を読む能力を育む　俳句を読む・詠む力をいかにつけてゆくか、俳句教育の可能性を論じ、それに基づく俳句の教科書案を具体的に提示した。

Ⅷ　俳句文化編

事項・人名・書名・季語・引用句索引

附録　俳句の専門文学館・俳句の文学賞

一、各項目の執筆趣旨、個別の凡例は必要に応じてそれぞれの扉かその次の頁に付した。が、全体として統一した点は次の通りである。

1、読み誤りやすいと思われる人名・書名、および用語を中心に現代仮名遣いで振り仮名（ルビ）を振った。

その際、引用文中のルビは、引用文の仮名遣いに合わせることとし、また底本にあるルビ（原ルビ）はカタカナで区別した。なお、底本のルビは適宜選択して残した。

例：　茅舎《ぼうしゃ》買《フ》レ水《ヲ》

氷苦《にが》く偃鼠《エンそ》が咽《ノド》をうるほせり　芭蕉　（『みなしぐり』）

2、引用にあたっては、読みやすさを考慮して、ふさわしく濁点・送り仮名を補い、漢字仮名も宛て替えた。漢字は、人名等を除き、原則として常用漢字に統一した。ただし、発句・俳句などの場合、表記どおりにすべきと判断した場合は、濁点・ルビを補うのみとして、漢字仮名の宛て替えは行わない。異体字も原則として常用字体に直したが、残したものもある。

・本文中に引用する場合、詩歌の引用は〈　〉、詩歌以外の引用は、「　」で括り、それぞれ原則として（　）内に、作者名と出典を掲げた。

例：あるいは「遊行柳《ゆぎやうやなぎ》のもとにて」と前書きして〈柳散《ちり》清水涸《か》れ石処々《ところどころ》〉（蕪村『蕪村句集』）と詠み、……

3、本文中での出典の記載は、単行本は『　』（刊年）、雑誌は『　』（刊年・月）、文の題名・作品名は「　」（発表年・月）とした。

4、結社と俳誌が同名の場合は、区別せず『　』で記載した。例：『ホトトギス』

5、〔参考〕には、執筆の参考とした文献を数点掲げた。

6、江戸時代の俳書名・人名等は、原則として『俳文学大辞典』の見出しによる。

7、原則として敬称は省略した。

8、項目ごとに、末尾に［　］で括って、執筆者名を記入した。

編集者

宮脇真彦　連歌俳諧史家
楠元六男　都留文科大学名誉教授（故人）
片山由美子　香雨俳句会主宰
小澤　實　澤俳句会主宰
秋尾　敏　軸俳句会主宰

執筆者

相子智恵　あいこちえ
青木亮人　あおきまこと
秋尾　敏　あきおびん
安保博史　あぼうひろし
椿　文恵　いつきしまふみえ
井出野浩貴　いでのひろたか
稲葉有祐　いなばゆうすけ
岩田由美　いわたゆみ
牛田修嗣　うしだしゅうじ
大内瑞恵　おおうちみずえ
岡﨑真紀子　おかざきまきこ
小澤　實　おざわみのる
押野　裕　おしのひろし
角谷昌子　かくたにまさこ
片山由美子　かたやまゆみこ
加藤かな文　かとうかなぶん
金田房子　かなたふさこ
河村瑛子　かわむらえいこ
岸本尚毅　きしもとなおき
清登典子　きよとのりこ
楠元六男　くすもとむつお
黒川悦子　くろかわえつこ
小林貴子　こばやしたかこ
佐藤勝明　さとうかつあき
髙田正子　たかだまさこ
竹下義人　たけしたよしと
田中亜美　たなかあみ
塚越義幸　つかごしよしゆき
筑紫磐井　つくしばんせい
鶴岡加苗　つるおかかなえ
永田英理　ながたえり
中田尚子　なかたなおこ
長嶺千晶　ながみねちあき
中村正幸　なかむらまさゆき
西山春文　にしやまはるふみ
二村　博　にむらひろし
橋本榮治　はしもとえいじ
橋本　直　はしもとすなお
深沢眞二　ふかさわしんじ
深沢了子　ふかさわのりこ
藤田直子　ふじたなおこ
藤本美和子　ふじもとみわこ
本間正幸　ほんままさゆき
牧　藍子　まきあいこ
松井貴子　まついたかこ
松本麻子　まつもとあさこ
満田達夫　みつたたつお
宮坂静生　みやさかしずお
宮脇真彦　みやわきまさひこ
望月　周　もちづきしゅう
望月とし江　もちづきとしえ
母利司朗　もりしろう
安田吉人　やすだよしひと
山崎祐子　やまざきゆうこ
渡辺誠一郎　わたなべせいいちろう

目次

I 俳句概説編　宮脇真彦　1

はじめに——俳句へ　2
1 俳句とはどのような詩か　3
(1) 五七五という定型　3
(2) 切字とは何か、切れとは何か　5
(3) 季語とは何か　8
(4) 俳句を読むために　10
2 俳句の要点　13
(1) 切れの機能　13
(2) 季語の世界　16
(3) 名所・歌枕　19
(4) 言葉とイメージ（本意・本情）　22
3 俳句の技法　25
(1) 題詠　25
(2) 嘱目、景気、写生　28
(3) 取合せ・配合　34
(4) 踏跡　39
(5) 俳句的視点　42
(6) レトリックと文体　46
4 俳句の基盤　49
(1) 挨拶・滑稽・即興　49
(2) 作者と読者　55
(3) 地方と中央、季節の座標　59

II 歴史研究編　69

1 発句の成立と展開　宮脇真彦　70
(1) 発句の成立　70
(2) 俳諧の発句の濫觴　72
(3) 俳諧の独立・貞門俳諧の発句　74
(4) 大坂・江戸の新風——談林俳諧の発句　75
(5) 詩とは何か——発句に見る蕉風俳諧の展開　77
(6) 蕉門の俳人たちと元禄俳壇　84
(7) 芭蕉以後——元禄から享保俳諧　86
(8) 蕉風復興運動前夜　89
(9) 蕉風復興運動の時代　92
(10) 大衆化の時代　95
(11) 天保・幕末の俳諧　97
2 近代俳句史　99
1 初期東京俳壇の形成　秋尾 敏　99
2 太陽暦の採用　秋尾 敏　100
3 発句から俳句へ　秋尾 敏　101
4 新聞俳句［一八八〇・明治13］　秋尾 敏　102
5 芭蕉二百年忌法要［一八八七・明治20］　秋尾 敏　103
6 椎の友社結成［一八九一・明治24］　押野 裕　104
7 正岡子規の登場　秋尾 敏　105
8 道灌山事件［一八九五・明治28］　秋尾 敏　106
9 高浜虚子の登場　秋尾 敏　107
10 『ほとゝぎす』創刊［一八九七・明治30］　秋尾 敏　108
11 第一回蕪村忌（子規庵）［一八九七・明治30］　秋尾 敏　108
12 松瀬青々『宝船』創刊［一九〇一・明治34］　青木亮人　109
13 虚子と碧梧桐の対立　秋尾 敏　110
14 明治の俳句アンソロジー　秋尾 敏　111
15 個人句集の刊行［一九〇四・明治37］　青木亮人　111
16 鍛錬会　岸本尚毅　112
17 新傾向俳句　秋尾 敏　113
18 虚子の俳壇離脱宣言［一九〇八・明治41］　岸本尚毅　114
19 自由律俳句　秋尾 敏　114
20 『ホトトギス』雑詠再開［一九一二・明治45］　岸本尚毅　115
21 婦人俳句会［一九一五・大正4］　黒川悦子　116
22 結社誌創刊相次ぐ（一）［一九一五・大正4］　押野 裕　116
23 結社誌創刊相次ぐ（二）［一九一六・大正5］　青木亮人　117
24 「進むべき俳句の道」［一九一八・大正7］　岸本尚毅　118
25 大正期の俳壇状況　青木亮人　119
26 京大三高俳句会［一九一九・大正8］　渡辺誠一郎　120

27 東大俳句会［一九二二・大正11］……橋本榮治 121
28 花鳥諷詠［一九二八・昭和3］……黒川悦子 122
29 秋桜子『葛飾』刊行［一九三〇・昭和5］……橋本榮治 122
30 昭和俳句の出発［一九三〇・昭和5］加藤かな文 123
31 新興俳句……渡辺誠一郎 124
32 プロレタリア俳句［一九三〇・昭和5］渡辺誠一郎 125
33 水原秋桜子『ホトトギス』脱退［一九三一・昭和6］……橋本榮治 126
34 杉田久女『花衣』創刊［一九三二・昭和7］……角谷昌子 126
35 山口誓子『凍港』の新しさ［一九三二・昭和7］……西山春文 127
36 『京大俳句』創刊［一九三三・昭和8］渡辺誠一郎 128
37 「ミヤコ・ホテル」論争［一九三四・昭和9］……小澤　實 128
38 『ホトトギス』同人削除［一九三六・昭和11］……黒川悦子 130
39 石田波郷『鶴』創刊［一九三七・昭和12］……橋本榮治 130
40 戦火想望俳句［一九三八・昭和13］……渡辺誠一郎 131
41 人間探求派［一九三九・昭和14］……橋本榮治 132
42 京大俳句事件［一九四〇・昭和15］……中村正幸 133
43 日本俳句作家協会設立［一九四〇・昭和15］……橋本榮治 133
44 俳誌統合［一九四〇・昭和15］……青木亮人 134
45 熱帯季題［一九四〇・昭和15］……小澤　實 135
46 高浜虚子の小諸疎開［一九四四・昭和19］……岸本尚毅 135
47 敗戦と俳句［一九四五・昭和20］……橋本榮治 136
48 戦後俳句の隆盛……橋本榮治 137
49 俳人の戦争責任……中村正幸 138
50 桑原武夫「第二芸術」［一九四六・昭和21］……中村正幸 138
51 現代俳句協会設立［一九四七・昭和22］秋尾　敏 139
52 俳句論争……中村正幸 140
53 山本健吉の俳句論……橋本榮治 141
54 俳句総合誌［一九五二・昭和27］……青木亮人 142
55 社会性俳句［一九五三・昭和28］……中村正幸 142
56 療養俳句……橋本榮治 143
57 俳人格……渡辺誠一郎 144
58 根源俳句……西山春文 145
59 女流俳句……角谷昌子 145
60 前衛俳句・難解俳句……渡辺誠一郎 146
61 無季俳句……秋尾　敏 147
62 俳人協会設立……牛田修嗣 147
63 俳句の国際交流……角谷昌子 148
64 日本伝統俳句協会発足［一九八七・昭和62］……黒川悦子 149
65 『雲母』終刊［一九九二・平成4］……橋本榮治 149
66 『天狼』終刊［一九九四・平成6］……西山春文 150
67 地貌季語［一九九四・平成6］……小林貴子 151
68 新しいメディア［二〇〇二・平成14］……押野　裕 151

Ⅲ　解釈・鑑賞編

Ⅲ 解釈・鑑賞編 153
1 古典編――百人一句 153
宗鑑「手をついて歌申しあぐる蛙かな」本間正幸 154
守武「飛梅やかろがろしくも神の春」……本間正幸 155
貞徳「霞さへまだらにたつや寅の年」……母利司朗 156
望一「ほこ長し天が下照姫はじめ」……河村瑛子 158
徳元「春立つやにほんめでたき門の松」河村瑛子 159
立圃「霧の海の底なる月はくらげかな」河村瑛子 160
重頼「順礼の棒ばかり行く夏野かな」……大内瑞恵 161
令徳「釈迦の鑓さびたか今日の御身拭」河村瑛子 162
西武「芋も子を産めば三五の月夜かな」河村瑛子 163
貞室「これはこれはとばかり花の吉野山」母利司朗 164
季吟「一僕とぼくぼくありく花見かな」佐藤勝明 165
梅盛「乙女草やしばしとどめん霜おほひ」佐藤勝明 166
忠知「白炭ややかぬ昔の雪の枝」……安田吉人 167
捨女「梅が香はおもふき様の袂かな」……安田吉人 168
風虎「雨を引きて涼しく入るや帆掛舟」安田吉人 169
宗因「里人のわたり候か橋の霜」……大内瑞恵 170
西鶴「長持へ春ぞ暮れ行く更衣」……大内瑞恵 172
惟中「文を好むきてんはたらく匂ひかな」宮脇真彦 173
高政「目にあやし麦藁一把飛ぶ蛍」……宮脇真彦 174
常矩「蛇のすけがうらみの鐘や花の暮」塚越義幸 175
幽山「花を踏んで蹈鞴うらめし暮の声」安田吉人 176
松意「鼻息の嵐もすごし今朝の冬」……塚越義幸 177
調和「子規子規とて寝入りけり」……竹下義人 178
一晶「ふねになり帆になる風の芭蕉かな」大内瑞恵 179
三千風「いざや霞諸国一衣の売僧坊」……永田英理 180
信徳「六月や水行く底の石青き」……竹下義人 181
言水「凩の果はありけり海の音」……竹下義人 182
似船「鐘霞み松昏やすき東寺かな」……牧　藍子 183
来山「客尽きて帰るや雪の比丘尼ぶね」竹下義人 184
才麿「夕暮のもの憂き雲やいかのぼり」竹下義人 186
鬼貫「冬枯や平等院の庭の面」……竹下義人 187
和及「中わろき人なつかしや秋の暮」……永田英理 189
轍士「麦のほに尾を隠さばや老狐」……永田英理 190
露沾「時鳥何を古井の水のいろ」……安田吉人 191
素堂「廻廊にしほみちくれば鹿ぞなく」楠元六男 192
芭蕉「古池や蛙飛こむ水のおと」……宮脇真彦 194
其角「蚊柱に夢の浮きはしかかるなり」安田吉人 197

嵐雪「名月や煙這ひゆく水の上」……稲葉有祐 199
杉風「振りあぐる鍬の光や春の野ら」……大内瑞恵 200
曽良「よもすがら秋風聞くや裏の山」……金田房子 201
野坡「長松が親の名で来る御慶かな」……金田房子 202
桃隣「白桃や雫もをちず水の色」……佐藤勝明 203
荷兮「こがらしに二日の月のふきちるか」……安保博史 204
杜国「行秋も伊良古をさらぬ鷗哉」……安保博史 205
越人「雁がねもしづかに聞けばからびずや」……永田英理 206
尚白「みちばたに多賀の鳥井の寒さかな」……永田英理 207
洒堂「高土手に鶸の鳴く日や雲ちぎれ」……宮脇真彦 208
許六「十団子も小粒になりぬ秋の風」……金田房子 209
路通「鳥どもも寝入つてゐるか余呉の海」……金田房子 210
去来「応々といへど敲くや雪の門」……宮脇真彦 211
凡兆「下京や雪つむ上の夜の雨」……深沢眞二 213
丈草「大原や蝶の出て舞ふ朧月」……深沢眞二 215
土芳「かげろふやほろほろ落つる岸の砂」……深沢眞二 217
支考「食堂に雀鳴くなり夕時雨」……深沢眞二 218
惟然「蜻蛉や日は入りながら鳰のうみ」……大内瑞恵 219
北枝「焼けにけりされども花は散りすまし」……深沢眞二 220
涼菟「凩の一日吹いて居りにけり」……深沢眞二 221
諷竹「暮れて行く一羽烏や初しぐれ」……金田房子 222
沾徳「帯程に川も流れて汐干哉」……牧　藍子 223
秋色「しみじみと子は肌へつくみぞれ哉」……深沢了子 224
湖十「熊坂が長刀あぶる霜夜かな」……深沢了子 225
沾洲「我門に富士のなき日の寒さ哉」……牧　藍子 226
祇空「我が影もかみな月なり石の上」……稲葉有祐 227
巴人「一夜づつ淋しさ替る時雨哉」……深沢了子 228
紀逸「うき草や動かずに居る冷し馬」……稲葉有祐 229
淡々「暁や灰の中よりきりぎりす」……深沢了子 230
不角「紙鳶切レて空の余波となりに凫」……安田吉人 231
柳居「青やぎや二筋三すぢ老木より」……安田吉人 232
祇徳「菜の花や雨のかさいのにしひがし」……稲葉有祐 233
乙由「百姓の鍬かたげ行くさむさかな」……大内瑞恵 234
廬元坊「初秋やそろりと顔へ蚊帳の脚」……宮脇真彦 235
希因「柴船の立枝も春や朝霞」……大内瑞恵 236
鳥酔「一つ家の灯を中にしてしぐれかな」……満田達夫 237
也有「秋なれや木の間木の間の空の色」……満田達夫 238
千代「月の夜や石に出て鳴くきりぎりす」……満田達夫 239
諸九尼「行く春や海を見て居る鴉の子」……満田達夫 240
二世素丸「夜々月の雫や凝つて蔓ぶだう」……満田達夫 241
蓼太「世の中は三日見ぬ間に桜かな」……満田達夫 242
涼袋「梅が香に回廊ながし履のおと」……満田達夫 243
麦水「よわよわと日の行きとどく枯野かな」……満田達夫 244
闌更「枯れ蘆の日に日に折れて流れけり」……清登典子 245
二柳「白ぎくや籬をめぐる水の音」……清登典子 246
樗良「嵐吹く草の中よりけふの月」……清登典子 247
暁台「九月尽遥かに能登の岬かな」……満田達夫 248
蕪村「花いばら故郷の路に似たるかな」……満田達夫 249
太祇「やぶ入りの寝るやひとりの親の側」……満田達夫 252
召波「長き夜の寝覚語るや父と母」……満田達夫 253
大魯「牡丹折りし父の怒ぞなつかしき」……清登典子 254
几董「冬木立月骨髄に入夜哉」……満田達夫 255
月渓「二三尺秋の響きや落とし水」……清登典子 256
蝶夢「うづみ火や壁に翁の影ぼうし」……満田達夫 257
白雄「さうぶ湯やさうぶ寄りくる乳のあたり」……満田達夫 258
青蘿「戸口より人影さしぬ秋の暮」……清登典子 260
大江丸「ちぎりきなかたみに渋き柿二つ」……二村　博 261
士朗「大蟻の畳をありく暑さかな」……二村　博 262
星布「長き夜や思ひあまりの泣寝入り」……本間正幸 263
成美「魚食うて口なまぐさし昼の雪」……本間正幸 264
道彦「ゆさゆさと桜もてくる月夜かな」……本間正幸 265
巣兆「朝顔の花に澄みけり諏訪の湖」……二村　博 266
乙二「夏霧にぬれてつめたし白き花」……本間正幸 267
月居「卯の花の満ちたり月は二十日頃」……二村　博 268
菊舎「山門を出れば日本ぞ茶摘うた」……本間正幸 269
一茶「是がまあつひの栖か雪五尺」……宮坂静生 270
抱一「初秋や心に高し空の鳶」……本間正幸 274
蒼虬「蓬萊の橙あかき小家かな」……本間正幸 275
鳳朗「深山木の底に水澄五月かな」……本間正幸 276
梅室「背高き法師にあひぬ冬の月」……本間正幸 277
コラム　幕末から明治へ―国学の時代―　秋尾　敏 273

2　近現代編――俳句百冊 279

正岡子規『獺祭書屋俳句帖抄』（一九〇二刊）　松井貴子 280
松瀬青々『妻木（四巻本）』（一九〇四～〇六刊）……田中亜美 281
内藤鳴雪『鳴雪句集』（一九〇九刊）……松井貴子 282
渡辺水巴『水巴句集』（一九一五刊）……秋尾　敏 283
河東碧梧桐『碧梧桐句集』（一九一六刊）……秋尾　敏 284
籾山梓月『江戸庵句集』（一九一六刊）……秋尾　敏 285
夏目漱石『漱石俳句集』（一九一七刊）　井出野浩貴 286
村上鬼城『鬼城句集』（一九一七刊）……秋尾　敏 287
大須賀乙字『乙字句集』（一九二一刊）……秋尾　敏 288
臼田亞浪『亞浪句鈔』（一九二五刊）……望月　周 289
久保田万太郎『道芝』（一九二七刊）……押野　裕 290
日野草城『草城句集』（一九二七刊）……松井貴子 291
芥川龍之介『澄江堂句集』（一九二七刊）　田中亜美 292
室生犀星『魚眠洞発句集』（一九二九刊）　田中亜美 293
水原秋桜子『葛飾』（一九三〇刊）……橋本榮治 294
前田普羅『普羅句集』（一九三〇刊）……押野　裕 295
増田龍雨『龍雨句集』（一九三〇刊）……押野　裕 296
阿波野青畝『萬両』（一九三一刊）……岩田由美 297
山口誓子『凍港』（一九三二刊）……松井貴子 298
飯田蛇笏『山廬集』（一九三二刊）……井出野浩貴 299
種田山頭火『草木塔』（一九三三・四〇・五六刊）

………………… 秋尾　敏 300
富安風生『草の花』（一九三三刊）………岩田由美 301
芝　不器男『不器男句集』（一九三四刊）………田中亜美 302
川端茅舎『川端茅舎句集』（一九三四刊）………橋本　直 303
山口青邨『雑草園』（一九三四刊）………岩田由美 304
石橋辰之助『山行』（一九三五刊）………橋本榮治 305
松本たかし『松本たかし句集』（一九三五刊）
………黒川悦子 306
高屋窓秋『白い夏野』（一九三六刊）………田中亜美 307
中村草田男『長子』（一九三六刊）………角谷昌子 308
高浜虚子『五百句』（一九三七刊）………黒川悦子 309
原　石鼎『花影』（一九三七刊）………押野　裕 310
森川暁水『黴』（一九三七刊）………田中亜美 311
星野立子『立子句集』（一九三七刊）………岩田由美 312
加藤楸邨『寒雷』（一九三九刊）………中村正幸 313
長谷川素逝『砲車』（一九三九刊）………加藤かな文 314
石田波郷『鶴の眼』（一九三九刊）………橋本榮治 315
大野林火『海門』（一九三九刊）………中田尚子 316
秋元不死男『街』（一九四〇刊）………角谷昌子 317
西東三鬼『旗』（一九四〇刊）………松井貴子 318
中村汀女『春雪』（一九四〇刊）………髙田正子 319
後藤夜半『翠黛』（一九四〇刊）………岩田由美 320
竹下しづの女『颱』（一九四〇刊）………相子智恵 321
三橋鷹女『向日葵』（一九四〇刊）………相子智恵 322
橋本多佳子『海燕』（一九四一刊）………髙田正子 323
富澤赤黄男『天の狼』（一九四一刊）………秋尾　敏 324
細見綾子『桃は八重』（一九四二刊）………加藤かな文 325
京極杞陽『くくたち（上・下）』（一九四六・四七刊）
………押野　裕 326
相馬遷子『草枕』（一九四六刊）………橋本榮治 327
鈴木花蓑『鈴木花蓑句集』（一九四七刊）………黒川悦子 328
阿部みどり女『笹鳴』（一九四七刊）………渡辺誠一郎 329
下村槐太『光背』（一九四七刊）………押野　裕 330
高野素十『初鴉』（一九四七刊）………加藤かな文 331
加倉井秋を『胡桃』（一九四八刊）………中村正幸 332
永井荷風『荷風句集』（一九四八刊）………井出野浩貴 333
橋本鶏二『年輪』（一九四八刊）………加藤かな文 334
桂　信子『月光抄』（一九四九刊）………相子智恵 335
鈴木六林男『荒天』（一九四九刊）………渡辺誠一郎 336
青木月斗『月斗翁句集』（一九五〇刊）………橋本　直 337
高柳重信『蕗子』（一九五〇刊）………渡辺誠一郎 338
野見山朱鳥『曼珠沙華』（一九五〇刊）………黒川悦子 339
佐藤鬼房『名もなき日夜』（一九五一刊）………渡辺誠一郎 340
永田耕衣『驢鳴集』（一九五二刊）………田中亜美 341
杉田久女『杉田久女句集』（一九五二刊）………角谷昌子 342
森　澄雄『雪礫』（一九五四刊）………加藤かな文 343
安住　敦『古暦』（一九五四刊）………橋本　直 344
飯田龍太『百戸の谿』（一九五四刊）………加藤かな文 345
能村登四郎『咀嚼音』（一九五四刊）………角谷昌子 346
平畑静塔『月下の俘虜』（一九五五刊）………松井貴子 347
相生垣瓜人『微茫集』（一九五五刊）………橋本榮治 348
野澤節子『未明音』（一九五五刊）………望月　周 349
藤田湘子『途上』（一九五五刊）………押野　裕 350
金子兜太『少年』（一九五五刊）………秋尾　敏 351
沢木欣一『塩田』（一九五六刊）………加藤かな文 352
波多野爽波『舗道の花』（一九五六刊）………岩田由美 353
石川桂郎『含羞』（一九五六刊）………橋本榮治 354
寺山修司『われに五月を』（一九五七刊）………押野　裕 355
馬場移公子『峡の音』（一九五八刊）………髙田正子 356
飴山　實『おりいぶ』（一九五九刊）………髙田正子 357
右城暮石『声と声』（一九五九刊）………加藤かな文 358
津田清子『礼拝』（一九五九刊）………松井貴子 359
林田紀音夫『風蝕』（一九六一刊）………田中亜美 360
村越化石『獨眼』（一九六二刊）………望月　周 361
鷲谷七菜子『黄炎』（一九六三刊）………髙田正子 362
古賀まり子『洗礼』（一九六四刊）………髙田正子 363
鷹羽狩行『誕生』（一九六五刊）………片山由美子 364
草間時彦『中年』（一九六五刊）………角谷昌子 365
阿部青鞋『阿部青鞋集』（一九六六刊）………押野　裕 366
三橋敏雄『まぼろしの鱶』（一九六六刊）………渡辺誠一郎 367
松根東洋城『東洋城全句集』（一九六六・六七刊）
………秋尾　敏 368
上田五千石『田園』（一九六八刊）………橋本榮治 369
岡本　眸『朝』（一九七一刊）………髙田正子 370
安東次男『裏山』（一九七一刊）………押野　裕 371
有馬朗人『母国』（一九七二刊）………岩田由美 372
飯島晴子『蕨手』（一九七二刊）………相子智恵 373
後藤比奈夫『初心』（一九七三刊）………岩田由美 374
川崎展宏『葛の葉』（一九七三刊）………中村正幸 375
中村苑子『水妖詞館』（一九七五刊）………相子智恵 376
渡邊白泉『白泉句集』（一九七五刊）………渡辺誠一郎 377
稲畑汀子『汀子句集』（一九七六刊）………黒川悦子 378
橋　閒石『微光』（一九九二刊）………田中亜美 379

Ⅳ　季題・季語編 381

1　基本季語 382

基本季語のために 382
元日〔新年〕………宮脇真彦 384
若菜〔新年〕………宮脇真彦 384
子の日〔初春〕………宮脇真彦 385
立春〔初春〕………宮脇真彦 386
梅〔初春〕………宮脇真彦 387
霞〔初春・三春〕………宮脇真彦 387

残雪〔初春〕……宮脇真彦 388
鶯〔三春〕……宮脇真彦 389
柳〔三春〕……宮脇真彦 390
若草〔初春〕……宮脇真彦 391
氷解く〔初春〕……宮脇真彦 391
帰雁〔仲春〕……宮脇真彦 392
春の月〔三春〕……宮脇真彦 393
春雨〔三春〕……宮脇真彦 393
蝶〔三春〕……宮脇真彦 394
蛙〔仲春〕……宮脇真彦 395
花〔晩春〕……宮脇真彦 395
桜〔晩春〕……宮脇真彦 396
耕し〔三春〕……宮脇真彦 397
燕〔晩春〕……宮脇真彦 398
苗代〔初春〕……宮脇真彦 399
椿〔初春〕……宮脇真彦 399
陽炎〔三春〕……宮脇真彦 400
永日〔初春〕……宮脇真彦 401
雉子〔三春〕……宮脇真彦 401
雲雀〔三春〕……宮脇真彦 402
菫〔晩春〕……宮脇真彦 403
蕨〔仲春〕……宮脇真彦 404
雛祭〔晩春〕……宮脇真彦 404
藤〔晩春〕……宮脇真彦 405
躑躅〔晩春〕……宮脇真彦 406
山吹〔晩春〕……宮脇真彦 406
暮春〔晩春〕……宮脇真彦 407
更衣〔初夏〕……岡崎真紀子 408
余花〔初夏〕……岡崎真紀子 409
新樹〔初夏〕……岡崎真紀子 409
仏生会〔初夏〕……岡崎真紀子 410
橘〔仲夏〕……岡崎真紀子 411
卯の花〔初夏〕……岡崎真紀子 411
時鳥〔初夏・仲夏〕……岡崎真紀子 412
祭〔初夏〕……岡崎真紀子 413
夏草〔三夏〕……岡崎真紀子 413
夏月〔三夏〕……岡崎真紀子 414
牡丹〔初夏〕……岡崎真紀子 415
杜若〔仲夏〕……岡崎真紀子 416
菖蒲〔仲夏〕……岡崎真紀子 416
端午〔仲夏〕……岡崎真紀子 417
早苗〔仲夏〕……岡崎真紀子 418
青梅〔仲夏〕……岡崎真紀子 418
五月雨〔仲夏〕……岡崎真紀子 419
鵜飼〔三夏〕……岡崎真紀子 420
蟬〔晩夏〕……岡崎真紀子 420
百合草〔晩夏〕……岡崎真紀子 421
若竹〔仲夏〕……岡崎真紀子 422
蛍〔仲夏〕……岡崎真紀子 423
水鶏〔仲夏〕……岡崎真紀子 423
氷室〔晩夏〕……岡崎真紀子 424
暑し〔三夏〕……岡崎真紀子 425
蚊遣火〔三夏〕……岡崎真紀子 425
白雨〔晩夏〕……岡崎真紀子 426
撫子〔晩夏〕……岡崎真紀子 427
夕顔〔晩夏〕……岡崎真紀子 427
蓮〔晩夏〕……岡崎真紀子 428
扇〔三夏〕……岡崎真紀子 429
納涼〔晩夏〕……岡崎真紀子 429
清水〔晩夏〕……岡崎真紀子 430
夏の暮〔晩夏〕……岡崎真紀子 431
初秋〔初秋〕……秋尾　敏 431
七夕〔初秋〕……秋尾　敏 432
一葉〔初秋〕……秋尾　敏 433
蜩〔初秋〕……秋尾　敏 434
荻〔三秋〕……秋尾　敏 434
萩〔初秋〕……秋尾　敏 435
虫〔三秋〕……秋尾　敏 436
鹿〔三秋〕……秋尾　敏 436
露〔三秋〕……秋尾　敏 437
霧〔三秋〕……秋尾　敏 438
稲妻〔三秋（初秋）〕……秋尾　敏 438
踊〔初秋〕……秋尾　敏 439
盂蘭盆会〔初秋〕……秋尾　敏 440
木槿〔初秋〕……秋尾　敏 440
槿〔初秋〕……秋尾　敏 441
草花〔三秋〕……安田吉人 442
薄〔三秋〕……安田吉人 442
女郎花〔初秋〕……安田吉人 443
秋の空〔三秋〕……安田吉人 444
秋田〔仲秋・三秋〕……安田吉人 444
葛〔中秋〕……安田吉人 445
野分〔仲秋〕……安田吉人 446
月〔三秋〕……安田吉人 446
冷やか〔初秋〕……安田吉人 447
雁〔晩秋〕……安田吉人 448
砧〔三秋〕……安田吉人 449
蛩〔初秋〕……安田吉人 449
夜寒〔晩秋〕……安田吉人 450
菊〔晩秋〕……安田吉人 451
紅葉〔晩秋〕……安田吉人 452
九月尽〔晩秋〕……安田吉人 452
初冬〔初冬〕……松本麻子 453
時雨〔初冬〕……松本麻子 454
落葉〔兼三冬〕……松本麻子 455
山茶花〔初冬〕……松本麻子 455

木枯〔初冬〕……松本麻子 456
霜〔兼三冬〕……松本麻子 457
寒し〔兼三冬〕……松本麻子 457
短日〔兼三冬〕……松本麻子 458
冬月〔兼三冬〕……松本麻子 459
寒草〔兼三冬〕……松本麻子 459
冬木立〔兼三冬〕……松本麻子 460
鷹狩〔兼三冬〕……松本麻子 461
氷〔晩冬〕……松本麻子 461
霰〔兼三冬〕……松本麻子 462
霙〔兼三冬〕……松本麻子 463
雪〔兼三冬〕……松本麻子 464
冬籠〔兼三冬〕……松本麻子 464
水鳥付鴛〔兼三冬〕……松本麻子 465
千鳥〔兼三冬〕……松本麻子 466
師走〔仲冬・晩冬〕……松本麻子 466
早梅〔晩冬〕……松本麻子 467
歳暮〔仲冬〕……松本麻子 468
2　近代の季語 469
近代の季語 469
寒明〔初春〕……山崎祐子 470
春浅し〔初春〕……山崎祐子 470
二月尽〔初春〕……鶴岡加苗 470
春昼〔三春〕……山崎祐子 471
花冷〔晩春〕……鶴岡加苗 471
春の星〔三春〕……山崎祐子 471
春一番〔仲春〕……山崎祐子 472
春時雨〔三春〕……鶴岡加苗 472
春田〔三春〕……藤本美和子 472
春泥〔三春〕……藤本美和子 473
鶯餅〔初春〕……藤本美和子 473
桜餅〔晩春〕……藤本美和子 474
麦踏〔初春〕……藤本美和子 474
花篝〔晩春〕……藤本美和子 474
風船〔三春〕……山崎祐子 475
石鹼玉〔三春〕……山崎祐子 475
朝寝〔三春〕……山崎祐子 475
春眠〔三春〕……山崎祐子 476
春愁〔三春〕……山崎祐子 476
桜蘂ふる〔晩春〕……鶴岡加苗 476
薄暑〔初夏〕……藤本美和子 477
炎昼〔晩夏〕……藤本美和子 477
夜の秋〔晩夏〕……藤本美和子 477
虹〔三夏〕……鶴岡加苗 478
雷〔三夏〕……山崎祐子 478
夕焼〔晩夏〕……片山由美子 479
西日〔晩夏〕……長嶺千晶 479
油照〔晩夏〕……長嶺千晶 479
雪渓〔晩夏〕……長嶺千晶 480
出水〔晩夏〕……長嶺千晶 480
土用波〔晩夏〕……長嶺千晶 480
滴り〔三夏〕……長嶺千晶 481
滝〔三夏〕……鶴岡加苗 481
帰省〔晩夏〕……長嶺千晶 481
噴水〔三夏〕……長嶺千晶 482
籐椅子〔三夏〕……長嶺千晶 482
香水〔三夏〕……長嶺千晶 482
天瓜粉〔三夏〕……長嶺千晶 483
走馬灯〔三夏〕……長嶺千晶 483
夜濯〔晩夏〕……山崎祐子 484
泳ぎ〔晩夏〕……山崎祐子 484
日焼〔三夏〕……山崎祐子 484
蛇〔三夏〕……山崎祐子 485
万緑〔三夏〕……山崎祐子 485
緑蔭〔三夏〕……山崎祐子 485
黴〔仲夏〕……山崎祐子 486
秋めく〔初秋〕……山崎祐子 486
爽やか〔三秋〕……鶴岡加苗 487
秋麗〔三秋〕……山崎祐子 487
秋晴〔三秋〕……山崎祐子 487
松手入〔晩秋〕……山崎祐子 488
秋思〔三秋〕……山崎祐子 488
黄落〔晩秋〕……山崎祐子 488
色変えぬ松〔晩秋〕……藤本美和子 489
数え日〔仲冬〕……藤田直子 489
三寒四温〔晩冬〕……藤田直子 489
日脚伸ぶ〔晩冬〕……藤田直子 490
冬銀河〔三冬〕……藤田直子 490
北風〔三冬〕……藤田直子 490
隙間風〔三冬〕……藤田直子 491
重ね着〔三冬〕……藤田直子 491
雪吊〔晩冬〕……藤田直子 491
障子〔三冬〕……藤田直子 492
火事〔三冬〕……藤田直子 492
風邪〔三冬〕……長嶺千晶 493
咳〔三冬〕……長嶺千晶 493
息白し〔三冬〕……長嶺千晶 493
木の葉髪〔初冬〕……長嶺千晶 494
綿虫〔初冬〕……長嶺千晶 494
初茜〔新年〕……片山由美子 494
初景色〔新年〕……片山由美子 495
初詣〔新年〕……片山由美子 495

Ⅴ 地名編 497

地名のために 498
宗谷岬 小林貴子 499
津軽 小林貴子 499
岩手 小林貴子 499
平泉 大内瑞恵 500
末の松山 宮脇真彦 500
松島 大内瑞恵 501
象潟 大内瑞恵 502
出羽三山 大内瑞恵 503
最上川 大内瑞恵 503
信夫 大内瑞恵 504
白河の関 大内瑞恵 505
筑波山 大内瑞恵 506
黒髪山 大内瑞恵 507
利根川 大内瑞恵 507
入間 大内瑞恵 508
真間 大内瑞恵 508
隅田川 本間正幸 509
武蔵野 秋尾　敏 509
足柄山 小林貴子 510
鎌倉 大内瑞恵 511
佐渡島 大内瑞恵 511
有磯海 大内瑞恵 512
白山 大内瑞恵 512
能登 大内瑞恵 513
帰る山 大内瑞恵 514
甲斐が嶺 大内瑞恵 514
姨捨山 大内瑞恵 515
木曽 大内瑞恵 515
不破の関 大内瑞恵 516
佐夜の中山 秋尾　敏 517
富士山 稲葉有祐 517
鳴海 稲葉有祐 518
伊勢 本間正幸 519
鈴鹿 稲葉有祐 520
二見浦 稲葉有祐 520
逢坂 秋尾　敏 521
近江の海 本間正幸 522
比叡山 秋尾　敏 523
天橋立 稲葉有祐 523
宇治 松本麻子 524
大原 秋尾　敏 525
嵯峨 本間正幸 526
春日野 松本麻子 526
龍田 松本麻子 527
奈良 松本麻子 528
吉野 宮脇真彦 528
住吉 松本麻子 529
長柄の橋 松本麻子 530
熊野 松本麻子 530
高野山 松本麻子 531
和歌浦 松本麻子 532
那智 松本麻子 532
明石 宮脇真彦 533
淡路島 宮脇真彦 534
須磨 宮脇真彦 535
因幡山 宮脇真彦 535
出雲 宮脇真彦 536
隠岐 宮脇真彦 536
吉備の中山 宮脇真彦 537
厳島 宮脇真彦 537
広島 小林貴子 538
下関 小林貴子 538
鳴門 稲葉有祐 539
白峰 松本麻子 539
松山 稲葉有祐 539
土佐の海 稲葉有祐 540
松浦 松本麻子 540
長崎 稲葉有祐 541
阿蘇 稲葉有祐 541
宇佐 稲葉有祐 542
高千穂 稲葉有祐 542
出水 稲葉有祐 543
沖縄 稲葉有祐 543

Ⅵ 俳句実作編 545

序 押野　裕 546
1 準備 望月とし江 547
(1) 定型に親しむ 547
(2) 文語を楽しむ　切字を使う 551
(3) 季語とつきあう　季語を使う 553
(4) 表記をいかにするか 557
2 作句 押野　裕 558
(1) 一物か取り合わせか 558
(2) 俳句は何を詠むか　素材 561
(3) 感覚をいかに表現するか 566
(4) 俳句表現の特殊性 570
(5) 推敲と添削 572
(6) 旅吟と日常吟 574
(7) 連作・群作と一句の独立性 576

3 応用 相子智恵 578
(1) 挨拶しよう 贈答しよう 578
(2) 句会に出よう 580
(3) 結社・グループに参加しよう 583
(4) 発表しよう 584
(5) 作品集、句集、合同句集を編もう 586
(6) 俳句と短歌・川柳・現代詩との差異は何か 587

Ⅶ 俳句教育のために——俳句を読む能力を育む 589
はじめに 宮脇真彦 590
一、教科書の中の俳句 宮脇真彦 590
二、俳句教育のあり方―詩歌教育の一環として 宮脇真彦 591
三、俳句教育の具体例―日本語の豊かさを身につける 宮脇真彦 591
「教科書」(指導書) 宮脇真彦 593
小学校低学年用教材 読解篇(解説) 宮脇真彦 594
小学校中学年用教材 読解篇(解説) 宮脇真彦 597
小学校高学年用教材(解説) 宮脇真彦・椿 文恵 601
中学一年用教材(解説) 606
読解用(解説) 宮脇真彦 606
実作用(解説) 椿 文恵 611
中学二年用教材(解説) 613
読解用(解説) 宮脇真彦 613
実作用(解説) 椿 文恵 620
中学三年用教材(解説) 623
読解用(解説) 宮脇真彦 623
実作用(解説) 椿 文恵 628
高校一年用教材(解説) 631
読解用(解説) 宮脇真彦 631
実作用(解説) 椿 文恵 635
高校二年用教材(解説) 639
読解用(解説) 宮脇真彦 639
実作用(解説) 椿 文恵 644
高校三年用教材(解説) 647
読解用(解説) 宮脇真彦 647
実作用(解説) 椿 文恵 649

Ⅷ 俳句文化編 653
(1) 鑑賞・批評の歴史 筑紫磐井 654
(2) 現代俳句における地方の視点 小林貴子 659
(3) 俳句の現在・未来 小澤 實 660

事項索引 1
人名索引 9
書名索引 23
季語索引 37
引用句索引 43

附録 俳句の専門文学館・俳句の文学賞 68

Ⅰ 俳句概説編

はじめに――俳句へ

俳句は五音・七音・五音、計十七音からなる短い詩である。だが、単に十七音の文章ではないし、また一行の短詩とも異なる。俳句について考えるための一つの手がかりとして、あえて俳句ではなく、一行からなる短詩を取り上げてみよう。次の詩は、安西冬衛《あんざいふゆえ》の「春」と題する詩である。

てふてふが一匹韃靼《だったん》海峡を渡つて行つた。

この詩は、句点〈。〉が付けられた一文となっており、また十七音でもないことで、俳句として書かれたものではないことは明らかである。にもかかわらず、この詩を「俳句」として読もうとすれば、なんとなく俳句のように響いてきてしまうのは、どこに由来するのだろうか。

まとまりごとの音数は、チョウチョウガイッピキ（九音）ダッタンカイキョウヲ（九音）ワタッテイッタ（七音）の二十五音。意味のまとまりも、俳句の要件である五・七・五音とはずれている。だが、「チョウチョウ」「カイキョウ」」の拗音、「イッピキ」「ダッタン」「ワタッテ」「イッタ」の促音、「ダッタン」の撥音など、一拍よりも短めに詰まった音が多用されていることで、全体が引き締まり音律が短縮されて、それぞれ五音・七音・五音の字余りとしての効果をも読者に与えてくる。何より三つのまとまりとして一文を意識することによって、〈てふてふが一匹〉〈韃靼海峡〉〈渡つて行つた〉というそれぞれのフレーズが際立ってくる。

俳句のリズムは、一文を五・七・五のまとまりに分けることに限らない。そのまとまりに即して、一箇所を切ることで、単文を複雑化し、一語一語のイメージを独立させて読者に伝える役割も果たす。いわゆる「切字《きれじ》」もしくは「切れ」の働きである。この詩の場合、それが、連続する音の中で、〈一匹〉と〈韃靼海峡を〉との間に切れの効果を働かせ、〈てふてふが一匹〉という小文と、その一匹の蝶が〈韃靼海峡を渡つて行つた〉という文とを同時に成立させてくる。それが、海峡の上を飛ぶ一匹の蝶の孤独さと、はかない蝶が韃靼海峡を渡って行く行為の危うさを印象づけつつ、海峡の上に蝶を見出し、その蝶が韃靼海峡を渡って行ってしまうまでを見ている作者の視点を浮かび上がらせてくるのである。

詩の言葉は、単に事実を記録したものではない。〈てふてふ〉は、日本語の伝統に即して春の季語《きご》としての役割を担い、〈韃靼海峡〉は地図上の一地域を支持する記号というにとどまらず、韃靼という地名や海峡のイメージを担って詩の内容を伝えてくる。〈韃靼海峡〉は、サハリンとシベリア東岸との海峡、タタール海峡のこと。北はオホーツク海、南は日本海に通じ、長さはおおよそ六百六十粁《キロ》。最狭部の幅は約七・三粁、深さは最浅部で約八米《メートル》。冬の間は凍結する。〈韃靼海峡〉はその中国語名であるという。とすれば、〈韃靼海峡を渡つて行つた〉というのは、シベリア東岸の異郷にあって、サハリン（樺太）へと渡って行く蝶を見る視点を物語ってくるだろう。当時、南樺太は日本領である。自ずから、異郷にあって故郷へと渡って行く蝶に、望郷の思いが託されていると見ることができる。

〈てふてふ〉は蝶々。蝶は、連歌《れんが》に仲春二月の言葉（『連歌至宝抄《れんがしほうしょう》』）として扱われて以来の季語。この詩の題名「春」が、「蝶」の季語としての働きを保証している。ようやく春らしくなって花も咲き始める頃飛び始める蝶。その蝶が渡って行く海峡も、冬の間氷に閉ざされていた死の海が、春の到来とともに解け、再び荒々しい海へと変貌する。〈韃靼海峡〉という促音や撥音、拗音を用いた言葉の響きが、海峡の荒々しさをイメージさせてくるのである。とはいえ、春になり、船で渡ることが可能となる海は、帰ることの可能な海として作者の前にある。その可能性がいっそう望郷の念を駆り立てるのだ。日本の詩歌にあって「蝶」は、例えば次のように、風に吹き飛ばされるようなはかないものとして詠まれてきた。

取《とり》つきて蝶も散《ちる》なり花の風　桃妖《とうよう》（『能登釜《のとがま》』）

風の蝶きえては麦にあらはるる　青蘿《せいら》（『青蘿発句集』）

この詩で「蝶」は〈韃靼海峡〉と対照的に〈てふてふ〉とことさら平仮名書きにされ、海峡をひらひらと、はかなげに飛ぶ蝶をより視覚的にも印象づけているのである。

海を渡る蝶も、わずかではあるが詠まれている。

海の上にはるばる来ぬる胡蝶哉《かな》　西与《せいよ》（『其便《そのたより》』）

伊良古へ渡る船中

海わたるちからもありて秋の蝶　卓池《たくち》（『青々処《せいせいしょ》句集』）

この詩の〈てふてふ〉もまた、海を渡る蝶の系譜にあって、海峡を渡って行く蝶のリアリティを保証しているのである。

蝶はまた、日本の詩歌にあって、非現実の夢の世界へと人を誘う存在でもある。荘周が夢に蝶となって楽しくひらひらと舞っていた。ふと目覚めると、夢で蝶となっていたのか、蝶が夢をみて荘周となっているのか、蝶と自身との区別が付かないという「胡蝶の夢」の故事（『荘子』「斉物論」）は、この詩の〈てふてふが一匹〉にも流れ込んでいる。荒々しい海峡を隔てて日本へ、はかなげにひらひらと海峡を渡って行く一匹の蝶は、望郷の思いが見させた作者の分身でもある。そうして、はかなげな蝶に望郷を託す作者には、今帰ろうとして帰れぬ事情のあることが、逆に訴えられてもいるのだ。

こうして、曲がりなりにもこの短詩を俳句の方法で読み解くことができるわけだが、読み取れない部分ももちろんある。何よりも、俳句との相違として留意すべきは、〈渡つて行つた。〉という句点を含む一文としての表現である。俳句ならば、例えば「渡りけり」とか「渡るかな」など、文末に「切字」と呼ばれる、他から一句を独立させる機能を持つ言葉が入るところだ。「切字」は、句読点とどう違うのだろう。

また、この詩が『軍艦茉莉』という詩集に収められている（初出は『亞』十九号。大きく改稿して詩集に収める）ということも、実は詩の解釈にあって重要視しなくてはならない点であった。この詩が一篇独立して発表されたのでなく、詩集の一つの詩として発表されているからだ。あるいは、詩から読みとった望郷の念が、具体的にどのようなものだったかと、作者の伝記的事実や当時の作者が置かれていた情勢を調べることも、この詩が作者にとっていかなる意味を持っていたか知るためには必要であろう。今、筆者が試みたのは、日本の詩歌の伝統にこの詩を置いてみて、この詩が、単独でいかなるメッセージを語りつつあるかということを明らかにしようとしたにすぎなかったからだ。実は、同様の問題は俳句にもある。一句とそれを収めた一冊の句集の問題は、改めて考えるべき問題を大きく孕んでいるのである。

以下、短詩をも巻き込んで成立する俳句の言葉の解釈の前提を、詳しく論じていこう。実は、安西冬衛の短詩を用いて、そのサンプルを示したのは、俳句の技法がけっして俳句のためだけではなく、詩の理解、いやもっと広く、文学の言葉の理解にも必要な技法であることを確認しておきたかったからだ。

＊

なお、俳句と関連する言葉として、連句《れんく》・発句《ほっく》について簡単に触れておこう。複数の作者が一堂に会して、五七五の長句と七七の短句とを交互に付け連ねて行く文学を広く「連句」という。連句には、歌語を用いて付け連ねる「連歌」と卑俗な日常語をふんだんに用いて詠む「俳諧」とがある。この連句の第一句を「発句」といい、発句は単独で詠まれることも多かった。「発句」の呼称は、十九世紀後半まで一般的に用いられる。近代以降、発句に変わって「俳句」が用いられるようになる。「俳句」は、発句が連句の一部であるのに対して、連句から切り離されて単独で創作、享受される文学である。ために、連句と俳句と対照的に論じることもある。

以下、本来ならば子規以前の俳諧の発句と、俳句とは区別して用いるべきであるが、煩雑を避けて発句・俳句ともに「俳句」と総称することとする。

1　俳句とはどのような詩か

(1) 五七五という定型

〔短い詩〕　私たちが日常的に用いている実用文では、文の長さと伝達する情報量にある程度の相関がある。俳句が五・七・五音からなる短詩であるということは、文としては伝達する量が制限されているということだ。俳句はどのように書かれているか、見ておこう。

夏の河赤き鉄鎖《てつさ》のはし浸《ひた》る　誓子《せいし》（『炎昼《えんちゅう》』）
方丈の大庇《おおびさし》より春の蝶　素十《すじゅう》（『初鴉《はつがらす》』）

多少の省略はあるにしても、短い文としても通りそうな句を挙げてみた。誓子の句は「夏の河（に）、赤い鉄鎖の端が浸っている。」となるだろう。同様に、素十の句は「方丈の大庇より春の蝶（が現れた）。」ということになる。いずれも、日常文としてみれば、伝えようとしている内容は些細なことばかり、ということになる。俳句は、事柄の伝達としての実用的機能は弱い。複雑な事柄を伝えるには、文が短すぎるからだ。むしろ、短い文から成っていることを踏まえて、俳句には、あえて些細な出来事、その一場面や、物や情景の一断面、あるいは思いの一つが取り上げられているのである。

とはいえ、いうまでもなく俳句は短文そのものではない。誓子の句と素十の句に、それぞれ対応する短文を並べてみよう。

夏の河赤き鉄鎖《てつさ》のはし浸《ひた》る　誓子
夏の河に、赤い鉄鎖の端が浸っている。
方丈の大庇《おおびさし》より春の蝶　素十
方丈の大庇より春の蝶が現れた。

誓子の句が短文とほぼ近いようでいて、仔細に見れば、五七五のリズムに乗せるように助詞「に」を省いて〈夏の河〉と提示され、また文末も〈はし浸る〉と五音に収まるよう言い約められていることで、短文とは異なる形になっていることが分かる。素十の句は、より大胆に、〈春の蝶〉と言い切って、短文ならば当然あるべき文末「が現れた」が省略されている。誓子の句も、素十の句も、ともに短文というよりも、省略された短文、もっと言えば、短文の断片という方がふさわしい。五七五という詩型に乗せて語るということは、短文を書くという以上に、より短く、五音七音に乗せて表現することを発話者に強いる詩型なのだった。短さを強いることは発話者ばかりにではない。その短さが、読者にとっても、一句で語っている事柄を受け止めにくくしているのである。

短文が省略されて断片化されると、日常文として意味が即座に伝わりにくくなる。その伝わりにくい言葉の結びつきを読み解こうとして、私たちは言葉のイメージを探り、句の情景を一つに結ぼうとする。誓子の句でいえば、〈赤き鉄鎖のはし浸る〉は、赤く錆びた鉄鎖の端が川に浸かっている情景であって、倉庫や工場地帯を連想させてくる。それとの関連で〈夏の河〉は、単に夏の川を示すのではなく、水量も減って淀んだ川面、あえて言えば夏の日射しに臭気を放つような淀みの、コンクリートの岸で仕切られた川をもイメージさせてくるのである。素十の句は、〈大庇より春の蝶〉から、大庇の方丈（寺の住持の住居）の中にいて庇を見上げての景と知られる。大庇は、外の春光を遮り、内側を暗く冷たくしており、空を見上げている作者には、それが静寂で冷たい寺の空気として感じられている。〈大庇より春の蝶〉と、〈春の蝶〉で言い切った言葉は、「あっ蝶だ！」という蝶を見付けた作者の心のはしゃぎを伝えてくる。蝶の発見は、そのまま静寂で冷たい寺の世界から春の動的で生命感溢れる世界へと辺りを一変させる。こうした世界の変容は、日常文からは受け取りようのない詩的世界である。俳句は、短いが故にこうした詩の世界を創造できるようになっているのである。

とはいえ、これらの句の世界は、俳句の言葉それぞれのイメージや言葉同士のつながり方を吟味し、そのつながり方にふさわしい解釈を試みた結果としてもたらされるものだ。俳句は、読まれることによってはじめて詩の世界が立ち上がる文芸なのであって、このとき俳句の言葉は、事柄を伝えるための手段ではなく、一句に描かれた詩的世界の創造に寄与しているのである。俳句が短い詩である理由はここにある。

〈散文的伝達と詩歌の伝達〉　俳句という詩型が、その短さ故に文を断片化して、一つ一つの言葉が詩の言葉として機能するように挑発するということを、再度確認しておこう。次に示す俳句はいずれも、日常文としての機能を解体され、断片化された言葉が並んでいるだけの句である。だが、五七五音のリズムに乗って書かれているために、単なる言葉の羅列ではなく、一句の言葉が相互に関わり合いながら一つの情景を描き出している。

奈良七重《ななへ》七堂伽藍八重《やへ》ざくら　芭蕉（『泊船集』）
牡丹《ぼたん》百二百三百門一つ　青畝（『紅葉の賀』）
一月の川一月の谷の中　龍太（『春の道』）

芭蕉の句は、「七重八重」の言葉を利かせて「八重桜」が奈良の町のあちらこちらに幾重にも咲く様子を示しつつ、七代の帝都として栄え、七堂揃った大伽藍の寺院が多くある古都、奈良を描く。古都を絢爛たる花が彩る情景である。青畝の句は、〈百二百三百〉と数を重ねて〈牡丹〉の花が群がり咲く豪華さを描き出した。百、二百、三百とは、歩くに連れて次々に姿を見せる牡丹の花の数を、百か二百か、いや三百はあろうかと圧倒されつつ見ている作者の姿を伝えてくる。その豪華な花の中にあって、ふと振り返れば今し方入ってきた「門（が）一つ」。〈百二百三百〉に〈門一つ〉が対置されて一句が締めくくられることで、今自身がいる〈門〉の内側の牡丹の庭が、世間から離れた別世界として位置づけられるのである。龍太の句は、〈一月の〉と重ねて冬の厳寒を背景に新春の淑気ある山野を印象づけてくる。〈一月の川〉とは、新春の改まって清らかな川であり、それが新年を迎えて引き締まった〈一月の谷の中〉を流れているの意。寒さに引き締まった山野に到来した新年の清らかさを言い取った句である。

これら、断片化された言葉は、読むという行為のプロセスにおいて、他の言葉とのつながり方にふさわしく互いに意味やイメージを結びつけ合い、一句の詩の世界を立ち上げてくる。

〈韻律〉　立ち上がっているのは、一句の意味やイメージばかりではない。例えば芭蕉の「奈良七重」の句は、

nara nanae sichidou garann yaezakura

とa音が印象的である。加藤楸邨は、「上五が柔らかく、中七が強く豪壮に、下五が優しく、また母音aが九回も繰り返されて全体が音楽的な階調を備えている」（『芭蕉全句』昭44・3）と述べている。〈奈良七重〉はna音も多く、〈七堂伽藍〉は漢語、〈八重ざくら〉は歌言葉であることを踏まえての指摘である。この「音楽的な階調」が俳句に韻の効果をもたらし、一句としてのまとまりを保障しているのである。同様のことは、青畝の〈牡丹百〉の句の「hyaku」の繰り返し、「botann hyaku」に対する「monn hitotsu」の「m h」の韻の対応にも、また龍太の「ichigatsu no」の繰り返しなど、一句ごとに内在的韻のリズムを立ち上げて、一句の言葉の配列を必然化するのである。

〈五七五という定型〉　誓子や素十の句よりも省略が少なく、短文に近いと思われる俳句を挙げてみよう。

道のべの木槿《むくげ》は馬に食はれけり　芭蕉（『野ざらし紀行』）
いくたびも雪の深さを尋ねけり　子規（『寒山落木《かんざんらくぼく》』）

芭蕉句は、「道の辺（に咲く）木槿（の花）は馬に食われてしまった。」という文。「馬上吟」と前書があるから、馬に乗って旅していて詠んだ句ということになる。作者が馬に乗っていると、道のほとりに木槿の花が咲いていると思って見ていると、その花をぱくりと馬が食べてしまった、という意になる。子規の句は「何度も、（積もった）雪の深さを尋ねた。」という文。積もって行く雪が気になっているのであろうか、何度も人に雪の深さがどれくらいか尋ねたという意となる。

これら、あえて分かりやすく語を補ったが、別段補わなくても実用文として通じるだろう。

道のべの木槿《むくげ》は馬に食はれけり　芭蕉

道の辺の木槿の花は馬に食はれてしまった。

いくたびも雪の深さを尋ねけり　子規

何度も雪の深さを尋ねた。

　こうして仮名遣いを揃えたうえで、俳句と短文と並べてみると、同じ内容を語っていても、俳句が五七五音のリズムに乗せて語られていること、および句点の代わりに〈けり〉と言い切っていることで、短文とは明確に異なっていることが分かる。それゆえ、これらの俳句はそれぞれ実用文ではなく、俳句として解釈されることになるのだ。

　試みに芭蕉句を解釈してみよう。〈木槿〉は、当時「垣」といえば木槿が連想されるほど、垣根に植えられていた。〈道のべの木槿〉とは、その垣根に咲く木槿の花のことである。馬に乗って生け垣の花を見ていたところ、その花はあっという間に馬に食われてしまった。木槿の花は、「槿花一日自づから栄を為せり」（『和漢朗詠集』「槿」）と愛唱され、朝開いた花が夕方にはしぼむことから、儚さの代表的景物だった。馬上から見る視線には、単に美しいというのみならず、儚いとされる花を惜しむ気持ちも含まれていたに違いない。それは風雅の旅人の伝統的ポーズでもある。風流な気分に浸りながら、道の辺に咲く木槿を眺めていたところ、その花が一瞬のうちに目の前で消えてしまった。自らが乗っている馬が食べたというところに、読者を驚かせる意外さがある。そこに、風雅の伝統的ポーズを裏切る、眼前に展開した一瞬の出来事のおもしろさがあった。

　子規の句、何度も雪の深さを尋ねるのは、自身が部屋の端近く出て雪を眺められないからである。作者は部屋の中で、病床に臥しているのであろう。にもかかわらず、雪の降り方が知りたくて仕方がない。そこに、雪を愛で、雪に興じる伝統的心情が重なり合う。雪に興じながら、雪を見られぬもどかしさが、作者の雪を愛でる心情をいよいよ増幅させて行く。その雪への募る思いが、一句の詩情を支えているのである。

　こうして、実用の短文に近く書かれた文であっても、五七五音のリズムに乗ることで、俳句の言葉は世界の創造に参与することになるのである。定型とは、言葉を詩として機能させる装置だといってもいいだろう。とはいえ、五七五音のみでは、定型とは言いがたい。定型とは、五七五音のリズムに乗せること以外に、切字《きれじ》（もしくは「切れ」）と季語という二つの要素を必要とする。以下、これについて述べていこう。

(2)　切字《きれじ》とは何か、切れとは何か

〈文を切る―散文と韻文〉　芭蕉の〈道のべの木槿〉の句、子規の〈いくたびも雪〉の句ともに、文末が〈けり〉で止まっていることも、一文が俳句となるための重要な要素であった。

　「けり」は、文語で回想の助動詞と呼ばれる。原則として、自分の知らないところで起こっている事象に気づいた、の意を表す。気がつかなかったことや、記憶にないことが眼前に表れたり、耳に入ったりしたときに用いられるので、それに気づいたときの驚きを込めて表現されることが少なくない。「けり」が詠嘆の助動詞とされるのも、これに起因している。が、「けり」は、見逃していた事実を発見した場合や、事柄から受ける印象を新たにした場合に用いるもので、真偽は問題ではなく、知らなかった話や伝説・伝承を伝聞として表現する場合にも用いられる（大野晋ほか編『岩波古語辞典』の定義による。以下文法的説明の定義は、同書を参考にした）。この〈けり〉で文が止まっていることは、俳句にとってどういう意味があるのだろう。

　「道の辺の木槿の花は馬に食われてしまった。」という文で考えてみよう。この短文は、一文として完結している。だが、そのことだけでは何のためにそれを言ったのか、読者には伝わらない。「それがどうした」あるいは「それでどうなった」などといった事柄が一切書かれていないからだ。そのため、読者はこの一文に続いて、そのことによる結果やそのことについての感想など、この一文が書かれた意図が分かるような文が書かれてゆくものと期待することになる。逆に言えば、この一文だけ取り出しても、書かれた意味が不明なのだ。

　〈道のべの木槿は馬に食はれけり〉ではどうだろうか。助動詞〈けり〉が、目の前に咲いているはずの木槿の花は、あっと気づいたらもうなくなってしまった、という作者の驚きを伝えてくる。〈食はれ〉たという出来事が〈けり〉を付して表現されたことで、先ほどまで咲いていた木槿の花に対する印象が、その出来事によって新たに印象づけられたことを示す。その驚きを伴った新旧の印象の落差が、この句のメッセージそのものとなる。すなわち、垣根の木槿を儚いものの代表と馬上から眺める伝統的な風流と、自身が乗っている馬がぱくりと食べたという電光石火の不在との落差に、伝統的風流を裏切る眼前のおもしろさを表現しているのである。ここには驚きを伴った新たな感動（笑いに近い）が、読者に告げるべき内実として表現されているのであって、「それがどうしたか」「それをどう思ったか」という作者の意図がすでに含まれた形で表出されているのである。

　俳句にあって助動詞「けり」は、書かれている出来事を、作者の心情に関わったかたちで表出する機能を担っている。「けり」と用いることで、俳句は出来事の説明や描写を越えて、それに対する作者のメッセージを抱え込んだ文となり、以下に続く文を必要としなくなる。これを文の独立性と呼ぶならば、「けり」は一句を他の文

脈から独立して享受する機能を担っているのである。

子規の〈いくたびも雪の深さを尋ねけり〉にしても、同様である。「何度も雪の深さを尋ねた。」というだけでは、その後に例えば「寝ていて起きられなかったので、雪の深さを聞くしかなかった。そのつど答えてもらったが、少し経つとまた雪がどれくらい積もったか気になって仕方がない。そこでまた尋ねる。我ながらおかしいほどである。」などといった文章が続くことが期待されている。つまり、「何度も雪の深さを尋ねた」という文章だけでは、メッセージの全体とはなり得ず、一部だけになってしまうのだ。だが、〈尋ねけり〉と文末が止められることで、一文が変わってくる。〈尋ねけり〉は、尋ねたという行為に作者自らが気づいたことを表す。このとき、作者は改めて尋ねてばかりいる自身の行為を振り返っているわけだ。その自身への視線を介して、何度も尋ねるという行為は、雪の深さを尋ねざるを得ない自身の状況と同時に、尋ねずにはおかない自身の雪への思いを、一句に表出してくる。あるいは、そうした雪の深さを尋ねる行為には、外界への興味という以上に、寝ているしかない自身の状況からの脱却の願望も含まれているかもしれない。こうした解釈が可能なのは、とりもなおさず一句が、その後に続く文の全体を抱え込んでしまっているということであり、詩としての完結性を持ち得ているということにほかならない。

「けり」は、前後一連の文章とのつながりを切って、一文のみで詩として完結する世界をもたらす用法である。五七五音の文が「けり」と文末を締めくくることで、短文は俳句として独立して鑑賞しうる完結性をもつといっていい。

〈切字の働き〉　一字を完結させる機能は、何も「けり」に限らない。「かな」もまた同じ機能をもった言葉として知られている。「かな」は詠嘆の終助詞。叙述の判断や結果を相手に表明する役割をもつ。例えば次のように用いられる。

さまざまの事おもひ出す桜かな　芭蕉（『笈の小文』）

田一枚植《うゑ》て立《たち》去る柳かな　芭蕉（『奥の細道』）

「かな」を用いた場合、詠嘆の対象が文末に来ることになる。そのため、日常文の語順と異なる語順となることが多い。〈さまざまの〉の句の場合、〈さまざまのこと思ひ出す〉と〈桜〉は、「詠嘆の内実＋対象」というかたちで成り立っている。したがって、「桜を前にしてさまざまのことを思い出す。」という文が、「かな」を用いることで〈さまざまのこと思ひ出す〉と〈桜〉に解体され、「（桜を前にして）さまざまのことを思い出す。そういう桜であることだ」という語順に並び変わるわけだ。〈桜〉は、詠嘆のきっかけであるとともに、詠嘆の対象そのものでもある。そのように日常文が解体されて断片化し、〈かな〉を文末に置くように並び変わることで、日常文とは異なる文になるわけだ。それが、一句に完結性をもたらし、一句を俳句として独立して鑑賞しうるように作用しているのである。

〈田一枚〉の句でも同様である。この句の詠嘆の対象は〈柳〉である。その詠嘆の内実が〈田一枚植ゑて立ち去る〉という行為にある。したがって、「〈柳のもとで〉田一枚を植え、植え終わって立ち去って行く。私にはその柳が印象に残った」といった意となる。この句は『おくのほそ道』中の句。句の前に置かれた文章によると、この〈柳〉は西行が、涼しさを求めて清水の流れる柳陰にしばらくの間と思って立ち寄ったが、涼しさに思わず時を移した（〈道のべに清水流るる柳陰しばしとてこそ立ち止まりつれ〉『新古今集』夏歌）と詠んだ柳である。現在は道の辺ではなく、田の畔にある。西行が立ち寄ったと思えばゆかしくて、私もその柳の陰に立ち寄ったことだ、とあってこの句が記されている。それを踏まえれば、作者芭蕉が柳に立ち寄ろうとしたのは、西行ゆかりの柳（遊行《ゆぎょう》柳）ゆえの風雅の行動である。この句の前に書かれている文章は、句の前提となる〈柳〉が、西行ゆかりの風雅の柳であることを示したものとなっているのである。

それに対して一句は、自分が柳陰にいる間、折から早乙女たちがこの田で田植えをしていった、と述べている。〈柳〉への関心からではなく、まさに田植えのために柳陰に立ち寄り、田植えを終えて立ち去ってゆく。〈柳〉は、その庶民の日常世界にこそあるのであって、風雅の世界にあるわけではなかったのだ。作者は、期待した風雅の柳と日常世界の柳との大きな落差に、あらためてこの庶民の生活感の中に〈柳〉を見出すことになる。それがこの〈田一枚植ゑて立ち去る〉という行為を通じて詠嘆される〈柳〉の内実だった。風雅の世界に位置づけられた柳を庶民の世界の柳として再発見することこそ、一句の主題であり、柳の新しさだったのである（なおいえば、「前文の風雅の世界に対して、それを生活の中に再発見する一句」という構図こそ『おくのほそ道』の趣向でもあった）。

「かな」という文末によって詠嘆の対象が文末に据えられ、〈田一枚を植えて立ち去る〉＋〈柳〉に再構成されたことで、一句は俳句としての完結性をもち、それゆえに他の文章から切り離されて一句としての鑑賞に堪えうる詩となるということの実際は、こうしたかたちである。

詠嘆の対象を明示して叙述を完結させるとともに、日常文を解体して再構成することで、一文を独立させ、一つの詩、すなわち俳句としてゆく言葉を「切字」という。俳句において切字は、俳句が詩としての世界を創り上げるための機能を担っているといっていい。逆に言えば、一句における切字の機能を考慮して読んでいかないと、俳句としての詩的世界は読者の前に現れないということになる。

〈俳句の切れ〉 切字の代表的なものとして「けり」「かな」以外に、「や」がある。例えば次のように用いられる。

名月や池をめぐりて夜もすがら 芭蕉（『あつめ句』）
早稲《わせ》の香や分け入る右は有磯海《ありそうみ》 芭蕉（『奥の細道』）

「や」は、上五・中七・下五に置かれ、時には〈風流の初めや奥の田植歌〉のように中七の途中に置かれもする。ここでは、上五に「や」と置く例を挙げた。ともに、〈名月に池をめぐりて〉〈早稲の香に分け入る〉と続く文脈を「や」によって切ったかたちになっている。

文脈を「切る」とはどういうことなのだろう。〈名月や池をめぐりて夜もすがら〉の句は、「名月に池をめぐりて夜もすがら」とすれば、短文として通じやすくなり、一句の情景・状況も分かりやすい。より分かりやすくすれば、「名月の夜に一晩中池をめぐっていた。」となる。こうした短文では、それがどうした、それでどうしたと続く文章を読者は期待してしまう。短文として、前後一連の文章の一部でしかないのである。それに対して、「名月に」を「名月や」とすれば、〈名月〉と〈池をめぐりて夜もすがら〉とが切れて、それぞれ別の文（断片）となる。いや正確には、二つの断片としてつながることになる。こうした文脈を「切る」役割を果たす「や」は、間投助詞と呼ばれ、語の下に付いて発話者の気分を表し、相手に呼びかけたり、詩歌の音数律を整えたりするように用いられ、語と語を関係づける働きはしない、とされる（「や」は他に係助詞・終助詞の用法もある。これらについては改めて述べるであろう）。つまり、一句は「や」を介して〈名月〉と〈池をめぐりて夜もすがら〉の二つに断片化され、それがつなげられて、名月の夜に池をめぐって夜もすがら名月を賞めたことだ、と重ね合わされることになるわけだ。この重ね合わせた文には「名月の夜に一晩中池をめぐっていた」という短文がすでに含まれており、それが名月を賞める内実として位置づけられて、一つの世界として完結する。その結果、一句は他に補うべき文を必要としない独立した世界を形成するのである。

断片化された二つの部分が重ね合わされることで、どのような詩が生まれるのだろう。具体的に示しておこう。〈名月〉とは、仲秋八月十五夜の月。和歌・漢詩・連歌以来、詩人たちが賞美してきた月をいう。名月に池をめぐるとは、単に八月十五日の夜に池をめぐったというのではなく、仲秋の名月が池に映るのを賞美して池の周りをめぐるうちに夜を明かしてしまった、の意。〈池をめぐりて〉は名月が池の水面を半円状に移動する意をも含みながら、作者自らが池に移ろう月を見ようと池の周囲を徘徊する意を表している。〈名月や〉と打ち出して表明された名月への賞翫の内実は、一晩中池の周りをめぐったということが表す作者の興そのものだったと、示していることになる。

池に映る月を賞美することは、〈二つなきものと思ひしを水底の山の端ならで出づる月影〉（紀貫之《きのつらゆき》『古今集』雑歌上）をはじめとして和歌で詠まれてきた着眼である。例えば「池上月を詠める」と詞書する〈月影の傾くままに池水を西に流ると思ひけるかな〉（良暹《りょうぜん》『後撰集』雑一）など、池水に映じる月の移ろいを、逆に水が流れると知的に把握して興じたり、〈池水に真澄《ますみ》の鏡影そへてちりもくもらぬ秋の夜の月〉（西園寺公相《きんすけ》『新千載集』秋歌上）など月の光を宿して鏡のように輝く水面を賞美して詠まれてきた。それに対して、この芭蕉の句は、〈池をめぐりて〉と自ら池の周りを一晩中徘徊していると、月を賞めて池に積極的に関わってゆく自身を詠んだところに、歌人たち以上の月への興を示して独自である。それにしても一晩中池の月を愛で池を徘徊するのは、度が過ぎている。その風雅の世界への常軌を逸した関わり方に、風狂という芭蕉ら特有の詩精神まで見えてくるのである。

〈早稲の香や〉にも同様のことが言えよう。この句も、「や」を介して「分け入ってゆく右手には有磯海が広がる。」という文と「早稲の香がする」という文とに分かれ、改めてそれが合成されることになる。〈早稲の香〉は実りの早い稲の香りのこと。早稲の香のする豊かに実った早稲の田が一帯に広がっている中を分け入る自身を示している。その右手には大きく歌枕である有磯海（富山湾西側の海で、荒磯の意も込める）が広がっている。収穫時の田は黄金色に穂波をたて、右手の向こうには青い有磯海が波をたてて広がる。作者は、その大景の中を、早稲の香につつまれて分け入って行く。「有磯海」が歌枕として詩歌が織りなす自然美の伝統的世界であるのに対して、その世界を眺めつつ分け入って行く〈早稲の香〉の世界は、嗅覚という生々しい感覚を介して表明されることで、作者自らが紛れもなく現実の生活世界に分け入っていることを示している。いくつか現存する真蹟には、「加州に入る」と前書がある。一句は、有磯海の富山を後にして加賀国に入るという芭蕉の移動の感慨のみならず、歌枕に代表される伝統的自然の世界から人間の生活世界へと大きく旅路を改変しようとする旅人芭蕉の意気込みもまた表現されているのである。

切字「や」は、五七五音の文を二分して断片化し、その二文を重層的に再構成することで一つの詩の世界を創り上げるように機能しているのである。こうした切字がもたらす断切を、「切れ」と呼ぶ。切れは、「や」によるものばかりではない。これまで取り上げてきた俳句の中にも、次のように切れ（「／」で示す）によって句が複雑化し、イメージを豊かに表現する効果をあげているものが多い。

取《と》つきて蝶も散《ちる》なり／花の風
風の蝶／きえては麦にあらはるる
海わたる力もありて／秋の蝶
夏の河／赤き鉄鎖のはし浸る
牡丹百二百三百／門一つ
一月の川／一月の谷の中

切字は、文脈を断つことで俳句に切れをもたらす。この切れは、俳句を言葉のまとまりに二分して断片化し、その断片化された言葉のイメージ一つ一つを存分に働かせながら、重層的に再構築して詩的世界を創り上げる役割を果たしているのである。

〈俳句が文語で書かれていること〉　ここまで述べてきたように、「けり」「かな」「や」は文語文法で用いる語である。したがってこれら切字の使用を可能にしている文は、文語文ということになる。そのため、現代においても、俳句を文語で書く人々は多い。文語は、歴史的仮名遣いによる文語文法で書かれる。ただし、現代俳句で「や」「けり」「かな」など文語由来の切字を使っても、仮名遣いを現代仮名遣いにしたり、あるいは口語を意識して現代仮名遣いで書いている作者もいる。それは作者の俳句の方針による。現代俳句において文語・口語、歴史的仮名遣い・現代仮名遣いの問題は、単なる文体や用字の問題にとどまらない。それぞれ俳句をどのような詩として捉えるかという作者の俳句観と関わっている問題である。

（3）季語とは何か

〈季語〉　俳句の定型・切字（切れ）は、日常文を詩へと変容させ、用いられている言葉を詩の言葉へと変質させる装置である。切れによって断片化された言葉を、あらためて一つのイメージとして再構成し、一句を散文として通じるように言い直すことが読むという作業である。この時、私たち読者は、それぞれの言葉に蓄積されてきたイメージを読み解き、それらを言葉と言葉の関係（文脈）にふさわしくつなぎ合わせてゆく。

言葉といっても、さまざまなレベルの言葉が俳句の中には用いられている。再び、芭蕉と子規の句に戻って考えていこう。

道のべの木槿《むくげ》は馬に食はれけり　芭蕉

一句の読みにおいてイメージのもととなる言葉のまとまりを、〈道のべ〉〈木槿〉〈馬に食はれけり〉という語としよう。〈道のべ〉は、道の辺で、道にもさまざまなものがあり、道のべにあるものとして、さまざまなものがイメージされる。和歌でも〈道のべの草深百合《くさぶかゆり》〉（『万葉集』巻七）や〈道のべの尾花が下の思ひ草〉（同巻十）、〈道のべの草を冬野に踏みからし〉（同巻十一）などをはじめ、〈道のべの垣根に咲ける姫桃の花〉（『永久百首』）や〈道のべに清水流るる柳陰〉（『新古今集』）など、歌おうとする対象と自身の関係を示す措辞として用いられている。自身がいる道とその道の傍らにあるものという関係を表すわけだ。「道のべの」と詠まれる歌が多いことは、この言い回しが道の辺にあるものに着眼する和歌的世界を作る文脈にあることを示している。

〈馬に食はれけり〉の「馬」も多様なイメージを持つ。が、この句の場合、前書に「馬上吟」とあり、作者自身が旅の途次、馬に乗って移動していることと限定されているから、特別な馬でなく、宿駅から宿駅を往還する馬子が引く馬ということになる。特別な馬でないということは、作者にとって乗物としての存在でしかないということを表している。

「木槿」は、これらと比して特別な言葉である。一般に「木槿」といえば、アオイ科の落葉低木で、東アジア原産。日本には奈良時代には伝来し、庭木や生《いけ》垣として広く栽えられ、高さ三メートルほど、枝は繊維が多く、折れにくい。夏から秋にかけ一重または八重の淡紫・淡紅・白色などの花を咲かせる木をいう。が、俳句で「木槿」といえば木槿の花、あるいは花の咲いた木槿を指す。花の咲いていない木槿を言うためには、かえって相応の工夫が必要となる。が、花の咲いていない木槿は、詠む対象として取り上げられないため、考慮する必要がない。俳句に詠むとは、対象に注目する（広い意味で「賞《ほ》める」）ということだからだ。木槿の注目すべき時は花の咲く時である。だから、木槿と言えばその花を指し、花の咲く時期が初秋とほぼ決まっているので、自ずから初秋という特定の季節感も担うことになる。こうした特定の季節感を担っている言葉を「季語」という。俳句には必ず季語を入れて詠むことが必須の要件となっている。季語は、季節感のみならず、季語にまつわるさまざまなイメージや連想をもった言葉であり、そのイメージをもとに俳句はメッセージを持つので、季語を読み解くことが俳句を詠む場合は重要な手続きとなる。

〈文学における季節〉　木槿は初秋に咲くといったが、地域によって季節には差があり、木槿の場合、夏咲くところもあれば秋咲くところもあるようだ。筆者の経験から言っても、初秋というよりは夏の盛りに咲くことが多いように思う。事実、原産地の中国では夏として扱う（『礼記』「月令編」に「夏」とある）が、日本では江戸時代初秋七月に扱われ、太陽暦では初秋八月に扱われる（本稿では、特に断らない場合は太陽暦で示す）。言葉のイメージは、言葉がどう使われてきたかによって決まってくる。日常会話が保存されることはほとんどなかったから、それを用いた文学でのイメージによって決定されることになる。和歌や漢詩、連歌・俳諧など詩歌に繰り返し詠まれることで、言葉の季感が固定されるのである。その意味では、日本の季節感は、詩歌が詠まれる前提となった京都を中心に決定されているということになる。江戸時代に登場したものは、江戸の季節感をもとに決定されているものも多いが、多くは京都盆地の季節を軸に決まってきたのである。木槿は、全国どこにも植えられてきたため、その季節感も地域ごと微妙にずれているはずであるが、基本的に京都の季感を基準として初秋とするのである。ただし、実際の京都の季節感と対応しているかというと、そうではない。京都自体も時代によって気候の寒い時代があったり、暖かい時代があったりして、実際の季節感と対応しているわけではないからだ。そういう意味では、いわば虚構の文学世界の季節感が、季節の典型として私たちの季節感の根柢にあり、私たちはそれを軸として実際の季節に対するのである。だから、実際には夏の盛りに咲いた木槿を見て、初秋の木槿が今年は（ここでは）早く咲いたなあと、季節感のずれとして今・ここを確認するということになるのである。今・この季節感が季節として存在しているのではない。文学世界の季節の典型をもとに、今・ここがそこからのずれにおいて定位されるのである。

〔季語のイメージ〕　木槿は、和歌や連歌では詠まれてこなかった花である。古くから植えられて広まっていた花であることはすでに述べたとおりだが、和歌の世界、文学世界には取り上げられなかった。一つには朝顔を「槿」と表記するため、「木槿」が詠まれなかったのかも知れない。中国では、「蕣華《しゅんか》」と呼ばれ「女有りて車を同《とも》にす、顔は舜《しゅん》華の如し、はた翺《こう》し、はた翔し、佩玉瓊琚、かの美なる孟姜、まことに美にしてかつ都《あでやか》なり」（『詩経』鄭風）など美人の代名詞とされ、また花が朝咲いて夕べに凋むことから「松樹千年終《つひ》に是朽《これくち》ぬ、槿花一日自づから栄を為せり」（白楽天「槿」『和漢朗詠集』）と愛唱された。木槿は、俳諧の題材として初期俳諧の最初の撰集『犬子《えのこ》集』（重頼《しげより》編、寛永一〇）に題として立てられて以来、俳諧の季語として詠まれることになった。

床《とこ》に木槿の活けたるを見て

位《くらゐ》あるむくげの花や床の上　春可

鳴鳥《なくとり》のとまり木《ぎ》迄《まで》もむくげ哉　休音

春可の句は「むくげ」に公家《くげ》を利かせて、位の高い公家の名を持つ木槿だけに床の上に活けられていると詠み、休音の句は「むくげ」に椋《む》鳥《く》を利かせて、止まるよう設けた木まで同じ名の木槿だと詠むように、初期俳諧らしい趣向で詠んだもので、木槿自体を詠んだものではない。この傾向は、芭蕉以前に共通している。「木槿」に「公家」を聞かせる趣向は〈さか《咲》ぬ間はいまだ無官《むくわん》の木槿哉〉（宜真『ゆめみ草』）のように引き続き詠まれてゆく。また、「あざむく」に「むくげ」を言い掛けた作意に、〈花置《はなにおく》露をや玉とあざむくげ〉（栄春『ゆめみ草』）があり、また木槿に無垢を言い掛けた作意も多い。〈袖垣の下ぎに咲《さく》や白むくげ〉（正藤『続山井《やまのい》』）は、「下木」に「下着」をかけて白無垢をイメージさせてくる。〈花にはつちや毛むく木槿の毛虫哉〉（如貞『続山井《やまのい》』）は、木槿に尨毛《むくげ》を掛けて毛虫を詠んだ句である（「はっちゃ」は、恐ろしい時の感嘆語）。初期俳諧の俳人たちが現実を見なかったのでは決してない。彼らは、生花の木槿を味わい、莟の木槿を眺め、花に止まる露を見、垣根の下から顔を覗かせる白い可憐な木槿の花を見、花のそばの毛虫を厭うているのである。ただ、それを俳句にするのに、「木槿」という名を趣向として詠む方法を採ったということなのだ。木槿の花が一日で凋むことに関しては、僅かに友静の句がある程度だが、それも〈こはそも何の疑ひぞ〉（「唐船」）など謡曲に用いられる言い回しを用いて、「木槿」に「報《むく》ひ」を言い掛けた趣向である。

日にしぼむこはそも何の木槿ぞや　友静（『時勢粧』）

これら、その趣向はともかくも、木槿の花が初秋のものとして詩歌に詠まれることで、木槿のイメージ（この場合は木槿の言葉の連想といった方がふさわしい）が次第に形成されてくる。木槿のイメージは、他に実際の木槿からも付加される。初期俳諧の撰集『毛《け》吹草《ふきぐさ》』には、言葉の連想関係も記されているが、そこに「地俳諧（連句）には、垣と有るに、梅・卯花・蕣《あさがほ》は連歌付《づけ》、木槿・正木・小角豆《ささげ》等は俳諧」とある。俳諧の連句で「垣」という語に、「梅」などを付けると連歌の付け方となり、「木槿」などを付けると俳諧の付け方となるというのである。垣根に植えられている木槿は、和歌連歌とは異なる俳諧独自の世界として木槿から自然に連想されるものだった。

こうした初期俳諧の俳句の趣向を確認した上で、芭蕉の句〈道のべの〉に対するとき、その趣向において全く異なる世界が詠まれていることに気づかされる。まず気づくのは、垣根の木槿の花が馬に食われたという着想自体が、実際の木槿の花を詠んで、初期俳諧と一線を画しているという点である。そうして〈馬に食はれけり〉という事柄と結びついて、私たちに、〈槿花一日自づから栄を為せり〉の詩句を思い起こさせる仕掛けになっている。〈道のべの〉と和歌的構図において語り出された〈木槿〉の風雅さは、白楽天の詩句を喚起させながら、その一日も待たずにあっという間に馬が食べてしまったと意外な日常の場面に回収される。乗物の馬という意識していない存在が、突然美しいと眺めていた「木槿」と自分との間に割って入ってきたのである。その意外さは、風雅と現実の落差を示している。その落差に、無常の象徴という文学的イメージで眺めていた木槿に対しての、現実の意外さが提示され、それに伴う笑いが惹き起こされる仕組みである。芭蕉の句の特質は、木槿の花に見落とされていた風雅のイメージを復活しつつ、それを現実のレベルに移して、そのイメージを刷新するところにあるわけだ。

季語とは、単に季節を表すのみならず、文学に用いられてきたことによって蓄積されてきたイメージと、実際にあるものとしてのあり方とを重層的に喚起しながら用いられる言葉なのである。それは、作者が意識するとしないとに関わらず、詩の伝統において一句のイメージを支えるものとして機能しているのである。

〔季語と俳句〕　季語のこうした働きは、近代の句についても同様に言いうる。子規の句について、季語の働きを見ておこう。

いくたびも雪の深さを尋ねけり　子規

この句の季語は「雪」である。「雪」は、晩冬十二月の季節を表す。雪は、春の花、夏の時鳥、秋の月とともに賞美される四季の代表的景物で、古来詩歌や物語などさまざまな文学に登場してきた。当然、そのイメージや連想も多いが、そのおおよその輪郭は、十六世紀末に成立した『至宝抄《しほうしょう》』（紹巴《じょうは》）によって知ることができる。

雪を遠《とほ》山の端《は》、奥山里には降り積もり、爪《つま》木薪《たきぎ》の道も絶え、往来《ゆきき》の人の袖も払ひかねたる折ふしも、都の空には珍しく、初雪、薄雪など興を催し然るべく候。

分かりやすく言い直せば、雪を遠山の山の端に見て、山奥の里にはさぞかし降り積もっているだろうと思い、薪にする小枝や薪を取る道も雪に閉ざされて、往来の人も袖に付いた雪を払えぬほどに雪が降るさまを思い描くとよい。その頃、都の空に降る雪は珍しく、初雪と賞め、薄雪を風流に味わうなど、さまざまに雪を興じるように詠むと良い、というのである。『至宝抄』は、連歌を知らぬ作者に向けて、これだけ知っていれば、間違った詠み方をしなくてすむように述作されたもので、連歌の詠み方の基本を語ったもの。そのため、どう雪を詠むべきかといった作者のための記述になっているが、同時にそれは、私たち読者一般にとって雪に関するイメージの大枠を示していることにもなって参考になる。

〈雪の深さを尋ねけり〉とは、雪がどれほど積もったかと尋ねるのであるが、この理由は「雪」のイメージそのものに含まれている。すなわち、どれほど積もったか気になるのは、雪を珍しく思うからであり、それは都（京都と限定する必要はない、むしろ都会と言い直していいだろう）の空に降る雪のこととなる。『至宝抄』に都会の雪に対する人々の様子を指摘しているように、その雪を賞め、雪に興じて、どれほど積もったかと〈雪の深さを尋ね〉ているのである。〈いくたびも〉と繰り返し雪の深さを尋ねる行為には、雪に興じての興奮が伝わってくる。そこには、外に出て雪景色を賞めることはできなくとも、せめて雪の深さから雪景色を想像しようと、折からの都の雪を味わう作者の心があふれ出ているといっていい。

〔季語と心〕　季語は、季節を表すのみならず、こうして人々の自然や生活に対する向き合い方、関わり方を表しているのである。同じ晩冬の季語でも、〈晴天もなほ冷たしや寒《かん》の入《いり》〉（杉風《さんぷう》『続別座敷』）の〈寒の入〉（冬至の後、半月目）といえば、これから「寒」（節分まで）という寒さの最も厳しい時期になると寒さを覚悟する心があり、〈心にも花咲けばこそ寒《かん》の雨〉（支考《しこう》『桃盗人《ももぬすびと》』）の〈寒の雨〉といえば、寒の内に降る雨をいい、「冬の雨」というよりも冷たい雨であるが、同時に雨の少ない寒中に降る雨が春の訪れをも予感させてくる。〈朝日影さすや氷柱《つらら》の水車《みづぐるま》〉（鬼貫《おにつら》『仏兄《さとえ》七久留万《ななくるま》』）の〈氷柱〉は、寒さに閉ざされた地上を象徴すると同時に、その美しい氷の姿は見るものの目を奪う。季節は自然の風物ばかりではない。〈霜焼《しもやけ》の手を吹いてやる雪まろげ〉（羽紅《うこう》『猿蓑《さるみの》』）の〈霜焼〉の手に、寒中での生活の厳しさとそこに生きる人々のけなげさを思い、〈探梅《たんばい》や枝の先なる梅の花〉（素十《すじゅう》『初鴉《はつがらす》』）の〈探梅〉（冬の内に早咲きの梅を探して愛でること）は早咲きの梅に春の兆しを喜ぶ心を示しているのである。〈水仙や白き障子のとも映り〉（芭蕉『笈《おい》日記』）の〈水仙〉もまた、単に花をいうのみならず、厳しい寒さに咲く花のけなげさを思い、その高雅さを愛でるのである。こうして、季語は人々と自然との関わりを示す言葉であり、そこにはおのずとその自然や生活に対する人々の心が込められてきた。その季語に込められた心が、俳句に複雑な心情の投影を可能にしているのである。

（4）俳句を読むために

〔前書《まえがき》〕　俳句は一句だけで成立する場合と、他の要素と関わって成立している場合とがある。芭蕉の〈道のべの木槿は馬に食はれけり〉は、そもそも『野ざらし紀行』に次のように発表された句であった（次頁『甲子《かっし》吟行画巻』参照）。

大井川越る日は終日雨降ければ

秋の日の雨江戸に指おらん大井川　ちり

馬上吟

道のべの木槿は馬にくはれけり

この「馬上吟」のように、句の前に付された短文を前書という。前書が長くなって俳文が据えられている場合もある。これらは、俳句の前提として記されているもので、句の解釈にあたってはこれらの前書を踏まえなくてはならない。

〈道のべの木槿は馬に食はれけり〉という句だけでは、馬と木槿の関係を述べているだけであって、作者がどこから見ているかが明らかでない。それに対して、前書「馬上吟」は、すでに述べたように作者が馬に乗って句を詠んだことを示している。作者は、馬に乗りながら、道の辺の垣根に咲く木槿を賞美していた。このときの作者と木槿の関係に、馬はまったく関係がない。馬はあくまでも自身の乗物というにすぎないからだ。だが次の瞬間、馬は作者と木槿の間に突然割り込んできて、作者が賞美していた木槿を食べてしまった。木槿は、作者の目の前で思いもかけない形で忽然と消えてしまったのである。その意外さは、木槿を賞美していた作者の思念（風雅）の埒外の現実世界にあった馬が、作者と木槿の風雅の空間に突然介入してきたことにある。この思いがけない現実の介入によって、木槿を愛でる風雅は一瞬の

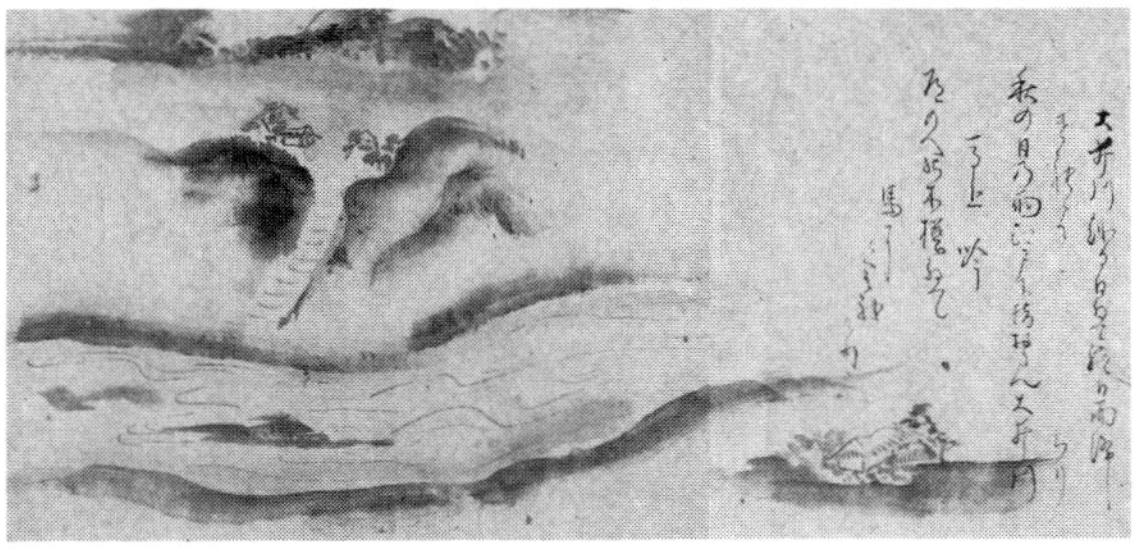
芭蕉自筆自画「甲子吟行画巻」『図説日本の古典　芭蕉・蕪村』より

うちに崩壊する。この風雅と現実との落差こそ、一句の笑いそのものであり、その意味ではこの「馬上吟」という前書が、一句の俳諧性を保障しているのだ。風雅の埒外の現実において、木槿の花があっという間に消えてしまったということは、改めて考えれば、それこそ〈木槿一日自づから栄をなせり〉（前出）と愛唱された儚い花、木槿の本意そのものではなかろうか。この句の魅力は、風雅の美意識を突き崩しつつ、それを現実において刷新したところにあると言わなくてはならない。

なお、『野ざらし紀行』の草稿とされる伝本では、この句の前書を「眼前」としている。「眼前」は、目の前の景というのみならず、巧んで趣向を立てるなどせず、ただありのままを詠むという意。木槿が馬に喰われて消えてしまったということは、目の前で起こったことで、趣向として詠んだものではないとあえて示すことで、木槿の儚さを詠もうとしたものではないと主張しているのである。だが、「眼前」というだけでは、木槿が馬に食べられてしまったという驚きがあるばかりで、作者と木槿・馬の関係性が見えてこない。ために馬が木槿を食べたという以上の意外さも伝わってこず、その結果一句の俳諧性も明らかでない。前書を「眼前」から「馬上吟」へと改めたのは、芭蕉にとって一句に俳諧の生命を吹き込む乾坤一擲の改作だったのである。

〈作者と一句〉　子規の〈いくたびも雪の深さを尋ねけり〉にも、前書が付されている。『寒山落木』には、この句を含めて次のような四句が並べられている。

病中雪　四句

雪ふるよ障子の穴を見てあれば
いくたびも雪の深さを尋ねけり
雪の家に寐て居ると思ふ許《ばか》りにて
障子明けよ上野の雪を一目見ん

何度も雪の深さを尋ねるという行為が、外に出て直に雪を見ることができない作者の状況を物語っているが、前書によってそれが「病中」と示されている。病で寝ているしかない状況が、雪への賞翫、雪に対する興を掻き立てている。都には珍しい雪にはしゃぐ心が、〈いくたびも…尋ねけり〉という言い回しに表出されている。それは、病の床にありながらも（あるからこそ、というべきか）、童心をもって季節と真正面に向き合う作者のあり方をも示しているといっていい。

なお、「病中雪　四句」という前書は、単に四句詠んだということのみならず、四句を一連のものとして読むことも読者に要請しているというべきだろう。一句目、障子の穴から雪を知る作者のあり方は、病にある自身と外界とのつながりの小ささを示しつつ、「障子の穴」によって外界は日常見る世界とは異次元の魅力的な世界として定位されている。「障子の穴」の矮小さが哀しく、おかしい。二句目は、その次元を異にした雪の世界にはしゃぐ童心があらわに示されていよう。「いくたびも…尋ねけり」とそのように雪に興じる自身への視線が、三句目への展開をもたらしている。外界へ向けられた視線は、同時に尋ねることしかできない自身の状況をも自覚させてくるわけだ。四句目、自身の状況を踏まえての雪への興を、あらためて外へと向けた句。障子を明けて上野の雪を見るというポーズは、白楽天の詩〈遺愛寺《ゐあぃじ》の鐘は枕を欹《そばだ》てて聴き、香爐峯《かうろほう》の雪は簾《すだれ》を撥《かか》げて看《み》る〉（『白氏文集』『和漢朗詠集』）の有名な詩句を東京都台東区根岸の子規庵に擬《もど》いて興じたものであったろう。この詩は、白楽天が江州に左遷され、香爐峰下の山居にいた時の詩。遺愛寺の鐘は寝たまま枕を傾け高くしてじっと聞き入り、香爐峰に積もった雪の眺めは寝たまま簾を撥《は》ね上げて望むという意味。寛永寺のある上野の山を遺愛寺・香爐峰に見立てて、白楽天のポーズに自身の雪を眺めるポーズ

を重ねようとする作者の姿を物語る。「障子を明けよ」とは、そう興じて自らを励まそうとする作者の思いを伝えてくる措辞だ。

かくして四句は、日常とは異なる次元で雪を捉え、その雪にはしゃぎ、かつ雪を直に味わえぬ自身に思い至り、寝たまま雪に興じる姿を中国の詩人白楽天に重ねようとするもので、自ずから絶句の構成を思わせ、作者の雪に寄せる風雅を伝えてくるのである。

〈作者と読者〉　子規の例は、作者に即した前書が一句の表現を作者の境涯と結びつけて必然たらしめている例であった。これを推し進めれば、作者の人生はそのまま俳句の前提となるということにもなりかねない。漂泊の俳人、種田山頭火は次のように述べている（『行乞記《ぎょうこつき》』（一）十二月七日）。

　すぐれた俳句は――そのなかの僅かばかりをのぞいて――その作者の境涯を知らないでは十分に味はへないと思ふ、前書なしの句といふものはないともいへる、その前書とはその作者の生活である、生活といふ前書のない俳句はありえない、その生活の一部を文字として書き添へたのが、所謂《いはゆる》前書である。

たしかに作者の境涯を知ることによって、俳句から読みとった世界がより具体的に了解されることもあるだろう。だが、前書もしくは俳句の前提となる文章があり、その文章によって作者の境涯の断片が示された場合にのみ、山頭火の言説はあてはまるのであって、作者を知ることがそのまま俳句を知ることになるわけではないということは、十分注意しておきたい。俳句は作者の従属物ではないのである。

『去来抄』に次のような有名な逸話がある。

　岩鼻《いはな》やここにもひとり月の客　　去来

〈岩鼻〉とは、岩頭、突き出た岩の突端のこと。この句は、ある夜、名月に誘われて句を案じながら山野を歩いていたところ、岩の突端に自分と同じく名月を愛でている風流人がいたのを句にした、と去来は述べている。

洒堂《しゃどう》は、この下五を「月の猿」とすべきだと主張したらしい。〈月の客〉とは月に招かれた客の意。月の光を浴びて月を賞美する人物を呼んだものである。「月の猿」とは、例えば〈猿空山《こうさん》に叫ぶ　斜月《しやぐゑつ》千巌の道を瑩《みが》く〉（閑賦『和漢朗詠集』花）や〈巴峡《はかふ》に秋深し　五夜の哀猿月に叫ぶ〉（清賦『同』猿）など月下に鳴く猿のイメージや、あるいは中世〈嶺猿取らんと欲す孤輪の月〉（尊円『朗詠題詩歌』猿）などと詠まれた猿月を取るの伝統的趣向によるものであろう。月を愛でるにふさわしい景物として猿を登場させたのである。

去来は、洒堂がいうように伝統的な猿を岩鼻に座らせるか、あるいは自身と同じく月を愛でる風流人とすべきか、決めかねていた。が、自身のモチーフでもある風流人を「月の客」と称したことに手応えも感じていたはずである。そこで芭蕉が上京した折、この是非を芭蕉に尋ねた。

だが、芭蕉は去来に予想外の言葉を投げかけてきた。

　猿とは何事ぞ。汝《なんぢ》、この句をいかに思ひて作《さく》せるや。

「猿」とはどういうことだ、そもそもお前はどういうつもりでこの句を作ったのだ、という。これは、質問というより叱責に近い。「客」か「猿」かと迷うような問題では初めからないだろう、というのだ。芭蕉の解釈は、こうである。〈ここにもひとり〉とは、ここにも風流を解する者が一人おりますと、作者である去来自らが名乗り出ている言葉であり、〈岩鼻〉はその去来が月を愛でている場所でなくてはならない。月を愛でてきた世々の詩人たちに対して、ここにも一人風騒の士がおりますよと自ら名乗り出るところに一句の魅力がある、というのである。

去来は、芭蕉の解釈を聞いて、「予が趣向はなほ二三等も下り侍りなん。先師の意を以て見れば、少し狂者の感もあるにや」と述べ、あるいは「自称の句となして見れば、狂者の様も浮かみて、初めの句の趣向に勝れること、十倍せり。まことに作者その心を知らざりけり」と述べている。「狂者」とは、常軌を逸しているさま。すなわち、岩鼻のような危険なところにいるのも忘れて一心に月を賞している姿が、常軌を逸しているのである。このように、風雅を愛でるあまり世間常識を逸脱してしまうさまを風狂と呼ぶ。芭蕉の解釈に従えば、一句には風狂者の月を愛でる姿が描かれており、そこに並々ならぬ月への執心が表れてくる。この章段は、作者でありながら自身の句の意味・価値を誤っていたことを芭蕉に気づかされた逸話である。

この句における去来と芭蕉の解釈の違いは、〈ここにもひとり〉の措辞をどう解するかにある。去来は、岩鼻に月を愛でている風騒の士を指すと解し、芭蕉は作者である去来の名乗りと解するものだった。〈ここにも〉はどう解するべき措辞なのだろうか。例えば、〈大雪のここにも食《めし》の煙かな〉（不玉《ふぎょく》『俳諧勧進牒《かんじんちょう》』）と、大雪にすっかり埋もれてしまったが、ここにも飯を炊く煙が立つと雪の下の生活を詠む句や、〈紙鳶《いかのぼり》ここにもすむや潦《にはたづみ》〉（園風《えんぷう》『猿蓑』）と、目の前の水溜まりに凧が映っていると詠む句をみれば明らかなように、〈ここにもひとり〉とは、現在の時点や場所を示す措辞である。岩鼻を〈ここに〉と呼ぶ者の言として解すべき語法なのである。したがって芭蕉の〝読み〟は意外な解釈というのではけっしてない。むしろ、言葉の用法に従って素直に一句を解釈したにすぎず、その結果〈岩鼻や〉の上五に、〈ここにもひとり〉という誇らしげな名乗りに応じる風狂の詠嘆を読み取ったのである。

問題は、作者である去来がなぜ自句の理解を誤ったのかという点に尽きている。去来が自句を誤ったのは、おそらく一句のモチーフにあったのであろう。すなわち、岩の突端に座って月を愛でている風流人を詠もうとしたという、一句の意図が、自身の言葉の意味を読み誤らせていたのである。洒堂もまた、おそらくは去来から自身の句のモチーフを聞いていたのであろう。その作者の自解をもとに句を詠んでしまったために、去来の句それ自体の意味を素直に読むことができず、去来の見付けた「騒客」が人か猿かとあらぬ議論をすることになってしまったのであろう。芭蕉の言葉によって初めて去来は、自身の句の言葉が発しているメッセージを理解したのだった。一句が、作者のイメージや意図から脱し、発句の言葉そのままに理解されるためには、作者自身の意図を離れた〝他者〟の解釈を必要とするのである。

作者は、発句以前の意図によって自身の発句のメッセージを正しく解釈できないことがままある。作者が自身の発した言葉と出会うためには、発句の言葉が紡ぎ出すメッセージを解する読者という〝他者〟が必要なのだ。例えば句会における相互批評、もしくは指導はそのための装置でもあり、また俳句結社の選者は、作者にとって望むべき〝他者〟にほかならないのだ。

2 俳句の要点

(1) 切れの機能

〈切字と切れ〉 去来は、卯七から「発句に切字を入るることはいかに」と尋ねられて、芭蕉から切字については伝受しているが、芭蕉伝の切字説については「秘すべし」と言われているので、おおよその見当だけ記しておく、と断って次のように述べている（『去来抄』故実）。

第一は、切字を入るるは句を切るためなり。切れたる句は、字をもつて切るに及ばず。いまだ句の切る・切れざるを知らざる作者のため、先達《せんだち》、切字の数を定めらる。

すなわち、切字を発句に用いるのは句を切るためである。だから、すでに切れている句には、切字を用いる必要がない。例えば、連歌の先達である宗祇の『白髪集』に切字を十八挙げ、紹巴の『連歌至宝抄』に切字を二十二挙げるというように、切字の数を定めているのは、句が切れるか否か分からない作者のためである、というのだ。これは、まことに明晰な切字の説である。たしかに、去来以前の連歌師俳諧師たちは、切字を働きによって分類することばかりを行い、切字がなぜ必要かを論じてこなかった。問題は、切字ではない。句の切れである。これは、去来の言というより、芭蕉の言説だったのであろう。

続けて去来は、切字について、切字として定まっている字を用いれば、十のうち七、八は自然と句が切れるが、それらの字を用いても切れない場合もあるといい、そのために「このやは口合ひのや、このしは過去のしにて切れず、あるいは三段切《ぎれ》、これは何切《なにぎれ》などと名目して伝授《でんじゅ》事《こと》とせり」と述べている。結局、伝授（あるいは秘伝）などといっても、こうした例外を説明したものであって、なにも本質的なものではない、というわけである。

また、丈草《じょうそう》問ふ。先師曰《いは》く、「歌は三十一字にて切れ、発句は十七字にて切る」。丈草、悟入あり。またある人問ふ。先師曰く、「切字に用ふる時は、四十八字みな切字なり。用ひざる時は、一字も切字なし」となり。これらはみな、ここをしれと、障子ひとへを教へ給ふなり。

これも、去来が切字に関して聞いた話を紹介している部分である。丈草が芭蕉先生に切字について聞いたところ、「歌は三十一字どこでも切れ、発句は十七字どこでも切れる」と言われて、切字を悟ったという。またある人の質問に先生は、「切字に用いる時は、四十八字すべて切字となる。切字に用いなければ、一字も切字ではない」と答えられたという。切字にする・しないは、すべて紙一重のことだとお教えなさった――。去来は、これらから芭蕉の切字に対する考えを察せよ、というわけだ。

すでに、前章「（2）切字とは何か、切れとは何か」で述べたように、切字によって一句に切れがもたらされる。散文が断ち切られて断片化された言葉は、一句の中で改めて重層的に再構築されて一つの詩の世界を創り上げる。切れとは、俳句が散文的平板さを抜け出て、詩的空間を形成するために必須の要件なのだ。

〈切字「や」の断切〉 芭蕉に至ってもっとも用いられるようになった切字に「や」がある。山本健吉は上五を「や」で切り、下五を体言で結ぶ形を、「俳句で一番ありふれた形であり、初学者が誰でもすぐに試みてみる形であり、秋櫻子《しゅうおうし》氏や誓子《せいし》氏以後は作家たちが意識的に避けようとしてゐる形」、つまり「もっとも俳句らしい、あるいは俳句くさい形」といい、「や」という切字の「深い含蓄を発見したのが俳諧、ことに正風の発句であった」と述べている（『俳句の世界』昭31、新潮選書）。

六月《ロク》や峰に雲置くあらし山　芭蕉（元禄七年）
荒海や佐渡に横たふ天の河　芭蕉（元禄二年）

例えば、この二句について芭蕉の「や」のもたらす切れの機能を考えてみよう。〈六月や〉の句は、「嵯峨《さが》」と前書がある。仮に「六月の峰に雲置く嵐山」とすれば、「六月」は句中の時候を示す言葉であり、六月の嵐山の峰には雲を置いているという意となる。六月の嵐山だからといって、六月らしい雲とは限らない。この散文的な一文では、単に雲が峰に掛かっているというに過ぎないのである。だが、〈六月や〉とこの上五を切ったことで、読者の前に先ず〈六月〉が提示されてくる。〈六月〉は、旧暦の晩夏、炎暑の最中の時節。その晩夏のイメージが印象づけられて、中七下五の言葉へと関わってゆく。峰も、その峰の上に置く雲も、嵐山もすべて〈六月〉らしい景観として読み解くことになるわけだ。すなわち、嵐山は全山緑に茂り、そのうえに置く雲とは炎天の青空に湧く入道雲としてイメージされるのである。ことに〈峰に雲置く〉の措辞が入道雲の別名「雲の峰」を連想させて、夏の青空を背景に、嵐山の濃い緑と白い雲の峰との対照が鮮明であり、峰と雲への着眼が景観を大きくしている。こうして、上五の切字「や」は、以下の文と切断されて、印象づけられ、その印象を以下の文全体に関わらせる働きをもっているのである。

〈荒海や〉の上五「や」も同様である。一句は、例えば「荒海の佐渡に横たふ天の河」の上五を切った形である。「荒海の佐渡」では、「荒海」が「佐渡」を修飾するため「佐渡」に視点が置かれ、荒海に浮かぶ佐渡島が見えてくるだけであるが、〈荒海や〉と切ることで、遠望する佐渡とこちら側との間を隔てる〈荒海〉、その荒々しさがクローズアップされることになる。中七下五は、作者の目の前に広がる荒海のかなたに佐渡島が見出され、荒海の佐渡島に天の河がかかっている景が見出される。〈佐渡〉は古来流刑の地。空にかかる天の河は、年に一度の逢瀬を遂げる星合の夜を告げている。その天の河に対して、こちら側と佐渡とを隔てる荒海の荒々しさは、そのまま流人と彼らの故郷との隔絶をあらわに示している。島の人々はどんな思いで、この星合の空を眺めているかと、その思いを我が思いとして噛みしめる作者の心も伝わってくる表現となっているのである（なお、〈横たふ〉は横たわるの意の自動詞の連体形。当時通用の語法である）。

上五に用いられる切字「や」は、五七五音の文を明確に切る役割を果たして、一句を五音と七五音とに分け、上五を印象づけながら、そのイメージを中七下五の言葉一つ一つに関わらせる。のみならず、上五を提示した作者の心を、中七下五の読解から読者に伝える働きをしているということができる。

〈川本皓嗣の切字説〉　川本皓嗣は「切字論」で、芭蕉の発句では意味上の切れと切字の位置が一致しないと述べている（『芭蕉解体新書』平9）。以下、回り道ながら、その説の妥当性を検証し、切字の働きを考えてみよう。

明石夜泊

蛸壺やはかなき夢を夏の月　芭蕉（『笈の小文』）

〈蛸壺や〉は元禄元年（一六八八）の作。川本皓嗣は、意味上の切れ目を中七〈はかなき夢を〉に置き、意味上の切れと切字の位置とが一致しないと指摘し、一致させるためには例えば（発句としての出来栄えはともかくも）「蛸壺のはかなき夢や夏の月」とすればいいと述べている。

一句は、例えば〈蛸壺のはかなき夢を夏の月〉の上五を切った形である。まずこの一文はどういう意味になるのだろう。「蛸壺」は、穴にひそむ蛸の習性を利用した蛸を捕るための仕掛け。素焼きの壺を海に沈めて岩穴のように見せ、蛸を誘き寄せる。「はかなき夢」は、例えば〈逢ひ見ても甲斐なかりけりうばたまのはかなき夢に劣る現《うつつ》は〉（藤原興風《おきかぜ》『新古今集』恋歌三）など、和歌に用いられる言い回しで、すぐに覚めて消えてしまう夢の意。したがって「蛸壺のはかなき夢」といえば、明日は捕獲されるとも知らず、蛸壺ではかない夢を見ることを指す。むろん夢のはかなさ以上に蛸の命もまたはかない。そのはかない蛸の夢を抱え込んだ海を、ただでさえ短い夏の夜の月が皓々と照らし出している——という意味である。「夏の月」は、「短夜・涼しき・明けやすき……などを結び入れたる句」をいう（『俳諧御傘《ごさん》』）とあるように、暮れたと思えば明けるほどの短夜にかかる月をいう。夏の夜は、〈夢よりもはかなきものは夏の夜の暁方の別れなりけり〉（壬生忠岑《みぶのただみね》『後撰集』夏）と詠まれるように、夢以上に短くはかない。その短夜にかかる〈夏の月〉のはかなさが、蛸壺で見る夢のはかなさをさらに増幅している。川本説の試案〈蛸壺のはかなき夢や夏の月〉は、今読んできたように、月光が照らし出す海上を眺めながら、海中の蛸壺を思いやった句ということになるわけだ。だが、芭蕉句は、その「蛸壺の」を切字「や」で切り、その世界をさらに深めてゆく。

芭蕉句について見ていこう。芭蕉句は、この「蛸壺の」を切字「や」によって切った形である。〈蛸壺〉が読者に提示され、読者はその〈蛸壺〉の印象を残したまま〈はかなき夢を夏の月〉を読んでゆくわけだ。したがって〈はかなき夢〉は蛸壺の中で蛸が見る夢のはかなさであり、蛸の命のはかなさということになる。〈夏の月〉は、それらこもごものはかなさを告げて、夏の短夜に月がかかっているのだ。だが、そればかりではない。〈蛸壺〉と切り離された〈はかなき夢〉は、おのずと人の世の無常をも含意して、短夜の月を眺める作者自身のはかなき夢をも思わせずにおかないのである。この、蛸壺にいる蛸のはかなさへと馳せた思いが、自分もまた波の上に泊まるはかなき身だと、自身へと帰ってくるところにこそ、芭蕉句の切れのすごさがある。この蛸壺から夢へ、そして夏の月のはかなさへと廻らした思いをもって、自身のはかなさへと帰るところに、芭蕉句の切れの内実がある。川本説の切れは、結局切字「や」が示す切れの働きを読み解いていないのである。

この句には「明石夜泊」と前書がある。この前書は、『錦繍段《きんしゅうだん》』所収、張継の「楓橋《ふうきょう》夜泊」に倣ったもの。船中に宿泊しての旅愁を噛みしめる詩で、〈月落チ烏《からす》啼イテ霜天ニ満ツ、江楓漁火愁眠ニ対ス〉と詠まれた詩の世界は、「夏の夜の霜」と喩えられる夏の月の光の下、蛸壺を思って旅愁を掻き立てる作者を伝える一句の構図を示す恰好の前書だった。

奥州高館にて
夏草や兵共《つはものども》がゆめの跡　芭蕉（『猿蓑』）

〈夏草や〉の切字「や」について、川本説は係り結びのように〈ゆめの跡〉と相互に呼び合って、句中で一つのまとまりを形成すると述べている。この点についても、考えてみよう。

一句は、例えば「夏草は兵共が夢の跡」という文の上五を切った形である。川本説は、「夏草は……夢の跡」であるという「夏草」と「夢の跡」との呼応関係にこそふさわしい。芭蕉の句は、その「夏草は」を切ることで、今、目の前にある「夏草」を印象づけている。「夏草」は、例えば有賀《あるが》長伯《ちょうはく》の『初学和歌式』（元禄一四年刊）に「陰高く茂りあふ心、相応なり。野にて詠まば、野守が庵も草に隠れ、馴れにし通ひ路も埋もれて行き交ふ人も道まどふ心などなり。…荒れたる宿は、野辺も一つに茂りあひて問ふ人も道まどふにや、音信もせぬよしを言ひ…」とされる景物。圧倒的な生命力を持って高く茂り、道も、荒廃した家も覆い隠してしまうほど繁茂した夏草の茂みがイメージされる。〈兵共がゆめの跡〉とは、兵士たちの夢を見た跡の意。〈ゆめの跡〉は、〈結び捨てて夜な夜な変はる旅枕仮寝の夢の跡もはかなし〉（京極為《ため》兼《かね》『風雅集』旅歌）や〈古郷月、難波潟古き都の蘆の葉に夢の跡とふ月ぞ残れる〉（正広《しょうこう》『松下《しょうか》集』）など、夢から覚めた跡をいう歌語。圧倒されるほど背の高い夏草の茂みに、この地で戦い滅んでいった兵たちの夢を見、その夢から覚めると、夏草は彼らの姿を隠すがごとく茂っていることだ、と解すべきものであろう（深沢眞二「枯野の夢夏草の夢（下）」『文学』平18、1・2月号を参考にした）。「夏草」は、兵士たちの姿をも隠しているかのようで亡魂を幻視するにふさわしい。「夏草」は「夢の跡」の現在として取りあげられたものなのではない。今眼前に繁茂する夏草であり、かつての戦場の夏草でもあり得たのである。「夏草や」の「や」は、今／昔も夢／うつつもともに超越して、兵たちの幻影をまざまざと見ている作者の心を伝えてくる切れなのである（川本説批判には、井上弘美「芭蕉句、切れの構造」『連歌俳諧研究』平17、109号を参考にした）。

〈行きて帰る心の味はひ〉　俳句に関しての有名な言葉に、次の言葉がある。

発句の事は、行きて帰る心の味はひなり。例へば**〈山里は万歳おそし梅の花〉**といふ類《たぐひ》なり。〈山里は万歳おそし〉と言ひ放して、梅は咲けりといふ心のごとくに、行きて帰るの心、発句なり。山里は万歳の遅しといふばかりの一重《ひとへ》は、平句《ひらく》の位なり。（『三冊子』忘れ水）

俳句というものは、行きて帰る心の働きであるとする説で、俳句における切れの効果を的確に示した一文である。例に引かれた句は、未刊句集『瓜畠集』（『笈日記』所収）に載る芭蕉の句。元禄四年初春、伊賀での作である。『三冊子』の著者土芳《どほう》は芭蕉の言葉とは言っていないが、伊賀での作ということもあり、自作をもとに芭蕉が俳句について語ったものをもとに述べたものとされている。

山里は万歳《まんざい》おそし梅の花　芭蕉

この句は、〈万歳おそし〉で切れている。こうした切字を古来「現在のし」などと言って、例えば「万歳行きし」などの「過去のし」と区別するのが、切字の説である。要は用言（もしくは助動詞）の終止形は文の言い切りなので切れ、連体形は次の言葉へかかってゆくので切れないという区別にすぎない。繰り返しになるが、切字ではなく切れが大切だというのは、ここのところなのである。

この説に即して一句を読み解いてみよう。〈山里は万歳遅し〉とは、山里では万歳の来るのが遅いことだの意。「万歳」は当時、「千寿万歳」として『はなひ草』『増山井』にも載る正月の季語。「万歳」は、正月各家を廻って春の到来を言触《ことぶ》れる芸人で、『滑稽雑談《こっけいぞうだん》』には「正月二日より三十日まで、京都町々を歩く、田舎にも所によりて正月の間歩くなり」と述べている。山里には新春を言祝ぐ万歳の来るのが遅く、新春を迎えた感じがしないの意を表している。和歌に〈新玉の年立ち返る朝より待たるるものは鶯の声〉（素性『拾遺集』春）と詠まれた「鶯の声」が新春を言祝ぐように、「万歳」は俳諧が見出した春を告げるものだったのである。

一方「梅の花」は、和歌以来の伝統的景物で、初春一月の季語。『三冊子』に「〈山里は万歳おそし〉と言ひ放して、梅は咲けり」とあるように、〈梅の花〉は単語ではなく、一文なのである。いまだ春を告げる万歳は来ていず、春らしい賑やかさもないことだが、しかし辺りに梅は咲いて、春らしい山里となっていることだの意である。すなわち、〈山里は万歳おそし〉と言い切って春がいまだやってこないと言い、その遅いと見た目で辺りに春を探して〈梅の花〉を見出す。そのことによって、梅が咲き春が来ているというのに、春を言祝ぐ万歳はいまだ来ず、遅いことだと、毎年山里に廻ってくる万歳を待ち望む心を表しているのである。こうした心の働かせ方を「行きて帰る心の味はひ」と呼んでいるのである。

着眼した物事について言い切ることを「行く」といい、そのイメージをもって作者の側で新たな物事を見出す。

あるいはそのイメージをもって自身を振り返る。そこに「帰る」という心の動きがある。こうした呼吸を、佐々醒雪は次のような付合で示している（ただし、前句・付句を入れ替えた）。

万歳遅き山里の春
我が庵の垣根の梅はさかりにて

平句《ひらく》（連句の付句のこと）には切れがない。その平句を二句合わせて、一つの俳句に見合う世界が描かれる。言い換えれば、俳句における切れは、五七五音を前句・付句の二つの文に分け、その相互作用によって一つの詩の世界を描き出す役割を担っているのである。

俳句の切れがもたらす断切は、単なる強調ではない。俳句の文脈を複雑化し、重層化し、イメージを豊かに作り上げるための装置なのである。我々は注意深く切れを読み解くように心がけたい。

（2）季語の世界

〔季語と季節感〕　現代は、一年中同じ野菜や果物が店頭に並べられ、冷凍物の普及で魚も季節を限定しない。花までも、特定の季節以外にも売られている。そうした環境が、現代人から季節感を奪いつつあり、ために詩歌はもちろんのこと、季節を描いた文学が現代人から共感を得られなくなっていると嘆く声をよく聞く。果たしてそうなのだろうか。

こうした議論の前提を確認しておこう。日本の文化は四季それぞれに異なる特色を持った日本の風土が作り上げてきたという言い方で、あたかも四季の変化に富んだ日本の自然がそのまま季節感を日本人に与えてきたと思い込んでいるように思われる。だが、そうなのだろうか。いかに四季の変化に富んだ自然が我々の周りに存在しようが、それを季節の表徴として捉えなくては季節感は成立しないのではなかろうか。

「朧月夜」は、春の夜、空や月影などが霞んで、ぼんやりと柔らかな光を投げかけるさまをいう季語。誰もが思い浮かべる春の典型的な景である。だが、「朧（月夜）」は平安時代にはどうやら春の夜の景色としては認められていなかったらしい。例えば〈誰となく朧に見えし月影に分ける心を思ひ知らなん〉（藤原清正《きよただ》『後撰集』恋三）や、〈墨染めの黄昏時《たそかれ》の朧夜にありこし君にさやに相ひ見つ〉（『古今六帖』初《はじめ》て逢ふ）など、朧夜も朧も、すでに十世紀には月や空が霞む意として用いられているが、恋歌に恋を隔てる要素として詠まれるのみで、特定の季節を表す語としては用いられていなかった。例えば、〈秋の夜の朧に見ゆる月よりは紅葉の色ぞ照りまさりける〉（『躬恒《みつね》集』）や〈古へを恋ふる涙に暮らされて朧に見ゆる秋の夜の月〉（藤原公任《きんとう》『詞花集』雑下）など、秋の月の朧などと詠まれていることからも、朧夜が春と結びついていなかったことが知られるのである。

朧夜が春の季節の景として見いだされてくるのは、十三世紀初頭『新古今集』においてだった。「春歌上」に、梅の花を詠んだ大歌群を継いで、次のような「朧月夜」一連四首が配されている。

照りもせず曇りも果てぬ春の夜の朧月夜にしくものぞなき　大江千里《ちさと》
浅緑花も一つに霞みつつ朧に見ゆる春の夜の月　菅原孝標女《たかすえのむすめ》
難波潟霞まぬ浪も霞みけりうつるもくもる朧月夜に　源　具親《ともちか》
今はとて頼むの雁もうちわびぬ朧月夜の曙の空　寂蓮《じやくれん》法師

大江千里の歌は「文集《もんじふ》嘉陵《かりよう》春夜詩《の》、不明《あきらかならず》不暗《くらからず》朧々《らうらうたる》月といへることをよみ侍りける」と詞書を付す。これは、『白氏文集』「嘉陵夜懐《よるくわい》有リ」の詩句〈明ナラズ暗ナラズ朧々タル月〉を下に春夜の美を定義したもの。ここからは、この歌を筆頭に春の朧夜の歌を並べることで、梅の咲く頃の夜を、朧月夜の美として新たに定位しようとした編者の意図が明確に読み取れる。こうして「朧月夜」が定義されたことは、朧に霞む月を他の季節にはない春の月らしさとして認めたことになる。以来、朧夜は春夜の典型として連歌・俳諧へと、そして尋常小学唱歌へと受け継がれて我々の感性を形作っているのである。

実際に春の夜が朧月夜であったから、朧月夜が春の季語になったのではないのだ。朧・朧夜・朧月夜などの歌語によって、春夜の美を捉えようとした文学的試みの果てに、朧月夜は春の典型として我々の季節感を支える美意識となったと考えるべきなのである。

もう一つ例を挙げておこう。「風花《かざはな》」という可憐な語がある。晴天にちらつく雪で、山岳地帯に降る雪が風下の山麓に吹き送られてくるのをいう。山本健吉によれば、「風花」の語が季寄《きよせ》に登載されてくるのは、享和二年（一八〇二）に刊行された『俳諧新季寄』（奇淵《きえん》著）に、「雪国にて空雲らずして散る雪をいふ」という記述を待たなくてはならない（『日本大歳時記』講談社）。その後も、既存の季寄類にない新しい季語を集めた『季寄新題集』（一八四八）に登載されるにすぎない。冬の季語としての市民権を得るのは、ほとんど近代であった。

だが、和歌を探してみれば、それと思われる現象を詠んだ歌もないではない。

空晴れて散りくる雪はひさかたの月の桂の花にやあるらん　藤原俊成（『長秋詠藻』）
風にゆく雲のむらむら雪散りてあはれ冴えたる夜半の月かな　宗尊親王（『柳葉集』）
風わたる雲のいづこに残るらん誘はれて散る春の沫雪《あわゆき》　藤原長綱（『長綱集』）

俊成の歌、〈月の桂〉とは中国の伝説にいう月に生える高さ五百丈の桂の木。晴れた空から降り来る雪片を、月の桂の花が散ったものと捉えた。歌語〈月の桂〉は月光と同義であるから、晴夜に散る雪片を、月光の化身かと見たのである。宗尊親王は冬の月夜に散り来る雪を、また長綱は晴れ行く雲の下、散り来る春の沫雪を詠む。沫雪といえば、山本健吉が風花を詠んだ例と指摘した〈巻向《まきむく》の檜原《ひばら》もいまだ雲居ねば小松が末《うれ》ゆ沫雪流る〉(『万葉集』巻十)もある。連歌にも、十五世紀末に成立した『新撰菟玖波《つくば》集』雑連歌一に、次の付合が載る。

冴ゆる夜の月は尾上《をのへ》に影更けて

雪散り迷ふ山風の末　　法眼禅予《ほうげんぜんよ》

この付合は、冴え冴えとした月光に照らされて、山風に乗ってちらほらと散り来る雪片を詠む。山の向こう側かどこか遠方で降っていた雪が、山風に運ばれて、山麓にちらちらと舞う景を詠んだもので、おそらく風花を詠んだ付合と見ていい。おそらく俊成の、月光の化身かと見まがう雪散る景を想起しての付けであろう。そうしてこの付合は、前句〈冴ゆる夜〉に〈雪散り〉、〈尾上〉に〈山風〉と付句で応じながら、はからずも「風花」の散る実景を引き寄せてきているのである。こうして当時かろうじて俊成ら歌人たちや連歌師が捉え得た、晴れた空に舞う雪片は、「風花」という言葉を与えられなかったために、その事象が以後の歌人や連歌師、俳人たちに受け継がれることがなかった。事象を言葉によって切り取り、言葉を季節に位置づけなくては、自然は我々と関わりようがないのである。

季語とは、自然のどこに着眼すれば季節を知るかという着眼点を示しつつ、自然と人間との関わりの接点を表したものに他ならない。その意味では、季節とは自然に対する我々のまなざしそのものだということができる。自然に四季があるのではない。我々が季節の表徴として自然の中に見出してきたもの、それが季語であり、季節感なのだった。だから、現代が喪っているのは四季の変化に富んだ自然なのでは断じてない。季語を介しての自然へのまなざしそのもの、つまりは季節の文学たる詩歌の世界をこそ喪いかけているのである。

〔現実と本意《ほんい》・本情《ほんじょう》〕　季節を詠むということは、現実の事物や事象を季節と関係づけるということである。右に述べた朧月のイメージも、春の月の特徴として取り出されたもので、春の月が実際いつも朧だというわけではないし、また月が霞むことは現実には春以外にも多くある。だが、そうした現実の中から、季節を表す典型として取り出された美的イメージが季節感の内実である。十六世紀末、連歌師の紹巴《じょうは》が関白秀吉に贈った連歌論書『至宝《しほう》抄《しょう》』には、このことが次のように述べられている。

連歌に本意と申すこと候。たとひ春も大風吹き、大雨降るとも、雨も風も物静かなるやうに仕り候事に候。春の日も事によりて短きことも御入り候へども、いかにも永々しきやうに申し習はし候。

「本意」とは、詩歌の伝統において公認され、洗練されてきた、物事のもっともそれらしいあり方をいう語。実際には大風が吹いたり、大雨が降ったりすることもあるが、春は雨も風も物静かに穏やかに詠むようになっている。春の日も、事によっては昼が短く感じられることもあるかもしれないが、いかにも昼間の時間が長くなったように言い習わしてきた。それは、人々が物静かで穏やかな情趣に春らしさを感じとってきたためであり、昼が短かった冬から春になって、昼が長くなったと感じたからである。昼が一番長いのは夏であるが、厳しい冬が終わり、春になった喜びが昼の長さをことさらに感じとった伝統に基づいているのであって、そういう点では日永という季節感も、実際とは異なる文学的イメージなのである。とはいえ、現実にないわけでは決してない。現実に生起する物事は、さまざまな面を表す。その中から、いかにもそのものらしいとして切り取った面、今の季節にふさわしいとして見出した面が、その物事の典型的イメージとして定着する。これが本意である。その意味で、本意とは我々の世界認識そのものといってもいい。

連歌にとって本意は、詠む対象の全体的枠組みであった。詩歌の伝統を互いに共有し、それらを駆使して、本意を深めたり、展開の意外さに興じたりするところに連歌の魅力があった。これに対して俳諧は、連歌の本意を継承しつつもこれを季語など伝統的な言葉のイメージに込め、和歌・連歌など詩伝統からの新しみを図って、詠む対象を卑俗滑稽な俗世界に求めた。したがって、俳諧・俳句を読み解くためには、季語に流れ込んでいる詩歌の伝統を読み解くことが重要であり、その本意が、詠もうとしている現代性(俳諧性や新しみなど)とどのように切り結ぶのかを味わう必要がある。俳諧作者は、本意を踏まえつつもその刷新を作意とするからである。

とはいえ、和歌や連歌に詠まれてきた物事は、世界のほんの一部でしかない。これを庶民の俗世界に押し広げようとするとき、本意の定まらない膨大な物事に向き合うことになる。例えば季語をとっても、「雛祭」が庶民の間に広まったのは江戸時代以後で、それ以前には行われていない年中行事であった。こうした本意の形成されていない物事にも固有の性情があり、蕉門ではこれを「本情」(本情・本性《ほんせい》とも)と呼んだ。

金屏の松の古さよ冬籠《ごもり》　　芭蕉

例えば、この句について支考が「金屏は暖かに、銀屏は涼し。……金・銀屏の涼暖を今の人の見付けたるにはあらず。そも天地よりなせる本情なり」(『続五論』)と説くように、物事には天より賦与された純然たる性があり、それを踏まえた俳句の詠み方が真実を詠むことになるとされたのである。蕉門にとっては、本意もまた代々の歌人たちが捉えてきた本情の一つということになる。本情もまた、物事の典型的なイメージを把握したものであって、その実際のありようとずれるのは、いうまでもない。

こうした本情や本意は、実際の物事を見ているだけでは見出すことはできない。いかに詩歌の中にその物らしく活かせるかと言葉を吟味したり、その物を詩人たちがいかに詠んできたかと詩歌を吟味することによって見えてくる物の文化的イメージである。

〈季語の生成〉　季語が成立する時とは、「朧月」「風花」など、物の名や現象を呼ぶ名が文学に登載され、それが特定の季節と結びつけられて一定の本意とともに季節感の内実を与えられたときと見て良いだろう。誤解のないように言えば、季語となるべき言葉は限りなくある。それを詩歌において特定の季節と結びつけたとき、季語は存在し始めるといえばいいだろうか。それは、人々に記憶される詩歌を詠むと同時に、一つの季節を文化的に見出したということになる。芭蕉は、「季節の一つも探り出したらんは後世に良き賜《たまもの》」（『去来抄』）と述べている し、また〈菊鶏頭《けいとう》切尽《きりつく》しけり御命講《おめいかう》〉の自句について「句は悪しく候へども、五十年来、人の見出でぬ季節、愚老が拙き口にかかり、もし上人真霊あらば我が名を知れとぞ笑ひ候」（元禄元年十二月五日尚白《しょうはく》宛芭蕉書翰）と戯れてもいる。御命講は旧暦十月十三日日蓮聖人の忌日。宗門では日蓮の画像を祀って説法・法会を行った。「五十年来、人の見出でぬ季節」とは、初期俳諧以来誰も、御命講の頃の季節風景を詠んだ者がいないの意。その時節を初めて詠み得た自負が「もし上人真霊あらば我が名を知れ」の文言となったのであろう。御命講という言葉自体は、日蓮宗の法会であるから以前からあり、また年中行事をも取り込んで季語を集成している季寄《きよせ》類にも「日蓮御影講《みえいかう》」や「法華御影講《みえいかう》」「日蓮忌」などの語で登載されている（『はなひ草』『毛吹草』『増山井』等）。のみならず、例えば〈盛物《もりもの》や峩々《がが》とそびえておめい《御命》講〉（可躍『坂東太郎』）などと句にも詠まれてきた。だが、芭蕉がこの「御命講」を季節に結びつけたことで、御命講は宗門の行事ではなく、季節の風物として定位されたのである。

季語の成立にはいくつかのパターンがある。もっとも多いのは、「朧月」のように、季節と結びつけて詩歌に詠み込まれ、季語として認定されたもの。和歌、連歌、俳諧それぞれの時代に、詩歌に詠み込まれることで季語として成立したものである。和歌の時代に季語として認められてきたものに、例えば「耕し（田返し）」「花曇り」「秋の雨」などが挙げられよう。連歌で季語として認められたものに「小春」「木の葉」などがある。俳諧では、「御降《おさがり》」「暑し」などそれ以前に詠まれた現象を季語として取り上げたものも含めて、年中行事や「福寿草」「初鰹」「猫の恋」といった雅文学に漏れた季語が加わって爆発的に増加する。近代では、「滝」「夕焼け」「夜の秋」「秋思」「息白し」など、詩伝統を踏まえた季語が成立するが、多くは「卒業」「帰省」「ビール」「運動会」など時代の反映による新季語である。こうして時代を反映しつつ、俳句は常に新しい季語を見出すべく詠まれてきたといっても過言ではない。

季語の成立にあたって、和歌から連歌、俳諧へと受け継がれる中で、結びつく季節を替えて位置づけられた季語もある。和歌は立春を春の始まりとして捉えるのに対して、連歌・俳諧は元日新春を春の始まりとする。したがって和歌は「年内立春」を春とするが、連歌俳諧では冬の扱いとなるなど、和歌の季節感を継承しつつも、連歌・俳諧独自の季の体系を形作ってきているのである。

いずれにしても、これら詩歌に詠まれてきた季節の言葉が季語として認められてくる過程には、俳人たちの季節を探ろうとする試みがあったのである。

〈季題と季語〉　ここまで「季語」という言い方で統一して述べてきたが、「季題」と「季語」と二つの呼び方がある。この用語自体は、近代になっての呼称で、明治四〇年代から大須賀乙字やその周辺で用いられた近代俳句の用語であり、その後、流派や結社ごとに用いられて、現在さまざまな用いられ方をしている。連歌や俳諧では、「季の題」「四季の題名」、「季詞《きのことば》」「四季の詞」などと呼ばれていた。尾形仂は、これらを歴史的に整理して、季題を「発句の中の題としてよみこまれるべき、制限され選択された、季をあらわすことば」、季語を「発句・連句を通じて用いられるべきものとして、ひろく採取され登録された、季をあらわすことば」（「季題観の変遷」『俳句と俳諧』）と定義している。尾形が指摘するように、季吟の『山の井』（正保五刊）には、両者の違いが端的に示されている。

春日　遅き日あし　永日

春の日は、廻る遅さを言ひ立てて牛にや乗りしとも、砂道や行くなどもいひ、鷺あし、外法頭《げほうかしら》の影法師をも寄せて、永き譬へにしなし侍るべし。

この書は、十五世紀後半一条兼良の編んだとされる歌論『和歌題林抄』に倣って発句の題とするべき百十四の「題目」を取り上げ、その詠み方を本意に即して説いたもの。「題目」である「春日」が季題に相当し、この季題に対して小書きされた「遅き日脚、永き日」が季語ということになる。この関係をより辞書的に整理したものに、連歌の寄合辞書『竹馬集』（寛文一〇以前刊）がある。

永き日　句作　遅き日　暮れがたき春日　長々しき日

△付合ニハ　聞き飽かぬ鶯　花を愛づる　春雨の中　越え行く山々　淋しき心　しらへ返す糸竹

この「句作」とは、題「永き日」を句に詠み入れるためのバリエーションや着想などを示したものであるが、この中の「遅き日」「暮れがたき春日」「長々しき日」などが季語にあたる。季題と季語の関係は、『山の井』と『竹馬集』とで異なるように、明確に定義されランクの定まった関係ではないようだ。いわばその事象を代表する言葉が季題であり、それを句に詠み込むためのバリエーションが季語だという大まかな理解の方がむしろ当時の実体にふさわしいようである。そのため、「春日」「永き日」以外にも「遅き日」などが季題として記述される可能性もあり、また、句に詠み入れる際にも、「永き日」を題にして次のように詠まれることにもなる。

絵にかきし兎の耳の春日哉　堅結（『犬子集』）
延《のび》あがりのびあがる春の日足哉　貞行（同）

堅結の句は、兎の耳が長いのを利かせて長き春日を、貞行の句は日脚伸ぶを、それぞれ季語として用いた例である。歳時記などに登録されている季語をそのまま使うというよりも、季題を句において詠み込むという意識がこうした作意を生んでいると見て良いだろう。こうしたところからも、俳句の創作に際して、どんな季節を詠むか、季節のどのような物事を詠み入れるかと思いをめぐらすときの概念的な指標となる言葉が季題であり、それを句中に詠み込む際の句に応じて用いられる具体的な言葉が季語だといえよう。誤解を恐れずに言えば、季題と季語はそのまま言語学者ソシュールの言うラングとパロールの関係にほかならない。

季題と季語は、同じ事象や物に対しての言い方に限らず、言葉によっても異なっていた。例えば、二条良基《よしもと》は、「発句に時節の景物そむきたるは返す返す口惜しき事也」（『連理秘抄《れんりひしょう》』）として、次のように示している。

正月には、余寒、残雪、梅、鶯
二月には、梅。待花より次第に、
三月までは只《ただ》花をのみすべし。落花まで毎度大切也。
四月には、郭公、卯花、新樹、深草
五月には、郭公、五月雨、立花、五日菖蒲
六月には、夕立、扇、夏草、蝉、蛍、納涼
七月には、初秋の体、荻、七夕、月
八月には、月、草花色々、雁
九月には、月、紅葉、暮秋
十月には、霜十二月まで、時雨、落葉、待雪、寒草十一月
まで、寒風十二月まで
十一月には、雪、霰
十二月には、雪、歳暮、早梅但、冬詞入るべし

良基はこれ以外でも「当座の体何にても」（その場にあって感興を催した物は何でも）とは言っているが、右の景物が発句に詠むべき時節の題、すなわち季題ということになろう。本書の草稿本たる『僻連抄《へきれんしょう》』には、巻末に「十二月題」として百十五の季題を掲げている。そもそも連歌の発句は「宴を起こす」ための当座の挨拶（『井蛙抄《せいあしょう》』）とされ、一座の美意識の基調を定め、一座の紐帯となるべき役割を担っていた。その当座の挨拶の中核となるべき「時節の景物」が、歌会の「題」になぞらえて「季の題」と呼ばれるに至ったものと考えられる。歌題には基本となる本意が成熟しており、その本意とともに季題として受容した連歌は、季題の本意に対する意識もより先鋭化した。連歌師の発句を類題別に集成した『大発句帳』（一六一四年頃成）によれば、連歌の季題の数は百四十程であった。これらはすべて俳諧に受け継がれたが、例えば『山の井』で取り上げた季題が百十四であったことは、おのずから季題が、制限され選択された語であることを示している。これに対して季語は、連歌の付句中に変化をもたらす要素として数多く詠み込まれて行く。例えば『連理秘抄』の、連歌の付句・語彙に関する規定を記した部分には、「可定時節事《じせつをさだむべきこと》」として、「雪氷の消ゆる、野焼、小田返す、雉、遅桜　以上春也」以下、四季の詞ならびに雑の詞などが規定されているように、変化を求めてさまざまな事象を詠む中に、季を持つ言葉（季の詞）が詠み込まれ、自然と増大する。『至宝抄』には約三百語の季語が掲載されている。俳諧では、これに俳諧独自の季語を集めて、例えば俳諧作法書『はなひ草』（寛永一三）では「四季之詞」五百九十余、徳元《とくげん》の『誹諧初学抄』（寛永一八）の「四季の詞」は七百七十余、重頼の『毛吹草』（正保二）では「誹諧四季之詞」約千六十・「連歌四季之詞」約七百三十を掲げるなど飛躍的に増大したのである。（季題・季語の解説について、前引尾形仂「季題観の変遷」を参考にした）。

この季題・季語を集成して季節の十二か月に配したものが俳句の季寄《きよせ》・歳時記にあたる。連歌以来増補を重ねて現代にまで受け継がれている。それらは、その時代の実作における季の基準を反映し、また年中行事などの季の体系を取り込むなどして、増補を繰りかえし、現代の季節の体系を築き上げている。この歳時記については、また稿を改めて述べることにしたい。

（3）名所・歌枕

〈俳句の地名〉　俳句に地名が詠み込まれることも多い。例えば芭蕉は晩年の十年余りを旅に過ごしたが、その旅で詠んだ俳句に、地名を詠み込んだ句をいくつも作っている。

秋風や藪《やぶ》も畠も不破《ふは》の関　芭蕉（『野ざらし紀行』）
六《ロク》月や峰に雲置く嵐山　芭蕉（元禄七年杉風宛書翰）

「不破の関」は美濃国、現岐阜県不破郡関ヶ原町にある古代の関所址。近江国との国境にあった東山道の関所で、八世紀末には廃止されたが、北陸道の愛発関《あらちの》（越前）、東海道の鈴鹿関《すずかの》（伊勢）とともに古代三関の一として有名であった。平安時代には、美濃国の代表的な名

所であった。一句は、折からの秋風が、今は藪となり畠となった不破の関のあたりを吹いて行くことだの意。秋風は、「古歌にも、吹くからに野辺の草木のしほるれば、などいひて、風の音激しく荒きよしをもいひ、または、身にしみてあはれを添ふるやうにも詠むなり」（『初学和歌式』）などと説かれるように、野辺の草木を萎れさせて吹き、身にしみて哀れを覚えさせる風とされる。藪や畠となっている所を不破の関址と見る作者の目に、秋風が蕭殺と吹き渡り、眼前の情景をいかにももの寂しくして、哀れの情を催させてくるというのである。

「六月や」の句は、「や」の切れについて論じた折すでに触れたように、盛夏六月の嵐山を詠む。全山緑の嵐山に入道雲が湧きたっている景で、緑と白との対照も鮮やかに、真夏の景を提示した句である。「嵐山」は山城国嵯峨、現京都市西京区大堰川に架かる渡月橋の西方の山。嵯峨の地は、平安時代の初め、嵯峨院が山荘を設けて以来の清閑の地として貴族たちの遊楽の場であり、嵐山も秋の紅葉や春の桜が称美される景勝地であった。

二句とも季語がそれぞれの季節の情感を表し、地名が一句の場を提示するように働いている。地名は、句の世界を文学空間に定位する役割を果たしているのである。

〈歌枕の伝統〉　この二句に詠み込まれている地名は、歌《うた》枕《まくら》と呼ばれている。歌枕は、もともとは広く和歌に用いられる歌語をいう語で、例えば『能因《のういん》歌枕』（十一世紀半ば）は、歌語全般を収集・説明した歌語辞典で、書名の「歌枕」も歌語の意で用いられている。が、平安時代末から鎌倉時代以後、例えば『五代集歌枕』（十二世紀半ば）が地名のみを列挙するように、歌枕は和歌に詠み込まれる歌語の中で地名を指す語をいうようになった。したがって連歌・俳諧で歌枕といえば、和歌に詠み込まれてきた歌語としての地名の意である。歌枕に挙げられた地名は、「嵐山」のように紅葉の名所であったり、「不破の関」のように古代三関の一であったりと、歌人たちにとって記憶に残る地名であった。

「不破の関」は、平安時代には例えば〈見る程に人とまりけり言はでただ花に任せよ不破の関守〉（源仲正『為忠後度百首』関路桜）や〈見るからにとまらぬ人ぞなかりける散る紅葉葉や不破の関守〉（藤原盛方『建春門院北面歌合』関路落葉）などのように、関の縁語〈とまる〉を介して「花」や「紅葉」を見るために旅人が立ち止まると詠まれる風雅な関であった。だが、『新古今集』に載る次の歌は、関のイメージを一変させることになった。

人住まぬ不破の関屋の板庇《びさし》荒れにし後《のち》はただ秋の風　藤原良経《よしつね》（『新古今集』雑歌中）

この歌は、「関路《せきぢの》秋風」という題で詠まれた歌。関守もいない不破の関屋は板庇も荒れ、ただ秋風が蕭条と吹くばかりだと、廃屋となった関屋の荒涼たる情景を詠んでいる。不破の関屋の荒廃は、関屋の「板間」（葺板）「板庇」（板葺の庇）への着眼をもたらし、他にも〈故郷に見し面影も宿りけり不破の関屋の板間もる月〉（藤原良経『秋篠月清集』）や〈旅寝する不破の関屋の板びさし時雨する夜のあはれ知れとや〉（慈円『拾玉集』）など、月・時雨の漏れ来るさまにわびの詩情を見出す歌を生んでいる。藤原良経の歌は、そうしたわびを不破の関に示した典型として、その後例えば〈荒れにける不破の関屋の秋風になほ漏り明かす夜半の月影〉（『為家《ためいえ》集』）や〈ふりにける不破の関屋の板庇久しく葺かで漏る時雨かな〉（『他阿上人集』）など、中世の歌人たちに反芻されていったのである。

連歌も同様である。その一例を示しておこう。

聞かぬ時さへ思ふ秋風
漏りわぶる不破の関屋の雨露に　心敬《しんけい》（『名所句集』）

前句は、男女の仲に秋風が吹き始めたことを詠んで、恋の文脈を作っていたものであろう。聞かぬときにも秋風を思うとは、例えば〈知るらめや音にのみ聞く秋風の身にしむばかり思ふ心を〉（近衛経平《このえつねひら》『続古今集』恋歌一）など、「飽き」をも含意して吹く「秋風」を思って物思いに耽るの意を表している。付句は、その〈秋風〉を〈不破の関屋〉を吹く秋風へと転じ、雨露が漏れてわびしいと詠む。この〈秋風〉から〈不破の関屋〉への展開に、良経の歌が踏まえられているのである。

芭蕉の句〈秋風や〉もまた、良経の歌を踏まえての吟である。良経が荒れた関屋を秋風が吹き渡る景を詠むのに対して、芭蕉はその関屋もなく、ただ藪や畠となって跡形もない不破の関を詠む。〈秋風〉は、良経の歌に詠まれた〈荒れにし〉〈関屋の板庇〉を吹く秋風であると同時に、今目の前を蕭条と吹く秋風でもある。目の前の草木を萎れさせて哀れを催させる秋風に、良経たち歌人が聞きつけたわびの詩情を感じとっているのである。

芭蕉の句の新しみは、現実には藪と畠ばかりの地に、不破の関というかつての関を描き出し、その関を通過していった往昔の詩人たちの感慨を今に反芻したところにある。藪と畠の地にそうした詩情を催させてくるのが、歌枕の力なのである。

〈歌枕の新しみ〉　〈六月や峰に雲おく嵐山〉の句にも、そうした歌枕の力が働いている。「嵐山」は、『拾遺集』（十一世紀初頭）に〈訪ふ人も今はあらしの山風に人まつ虫の声ぞ悲しき〉（読人不知、秋）と詠まれるように、「嵐の山」に「（今は）あらじ」を言い掛ける趣向が多い。この歌は、今はもう山風が嵐となって吹き、訪れる者とていない嵐山に、ただ人待ち顔に松虫が悲しげに鳴くの意。脱俗清閑の地である嵯峨野は、秋をことさら賞美する。その世俗から離れての寂しさは、例えば〈憂き世には今はあらしの山風にこれや馴れゆく始めなるらん〉（藤原俊成『新古今集』哀傷歌）などと詠まれていく。嵐山はまた、〈朝まだき嵐の山の寒ければ紅葉の錦着ぬ人ぞなき〉（藤原公任『拾遺集』秋）とも詠まれた。この歌は「嵐の山のもとをまかりけるに、紅葉のいたく散り侍りければ」と詞書する。嵐に散る紅葉は嵐山の典型とされ、以後例えば〈秋の色も今はあらしの山風に紅葉こきまぜ時雨落つなり〉（宮内《くない》卿『千五百番歌合』冬二）など、多くの歌例を生んだ。また、十三世紀にはこの嵐山の近く後嵯峨院の離宮（亀山殿、現天竜寺）に吉野の桜が移植され、以来嵐山に花を詠む歌も多くなる。〈住みわぶるむべ山風のあらし山花の盛りはなほ憂かりけり〉（藤原為家『為家集』）や〈嵐山麓の花の梢まで一つにかかる峰の白雲〉（二条為氏《ためうじ》『続千載集』春歌下）など「花」を嵐山に詠んだ例である。

遁世《とんせい》の場として、また紅葉や花の名所として詠まれてきた嵐山に対し、芭蕉句の、炎天と嵐山の上に湧き上がる雲とを詠んだ真夏の嵐山は、かつてない嵐山の景観を捉えて断然新しい。とはいえ、嵐山の伝統は活かされている。〈峰に雲おく〉の措辞が、いかにも山の上に置いたように湧き上がる雲の峰（入道雲）をイメージさせ、「嵐山」の「嵐」と響き合って雲の湧く場所としてふさわしく、一句に説得力をもたらしている。歌枕の力が働いているのである。のみならず〈峰に雲おく嵐山〉は、雲の峰と嵐山の構図において、嵐山の花・紅葉を詠んできた和歌の枠を踏み越えた大きな景を捉えたもので、新しい嵐山の創出というにふさわしい。

〈その所の発句と見ゆるやうに作すべし〉　「不破の関」は、「止まる」「とどむ」「過ぐ」などの関との縁語を介して「花」や「紅葉」が詠まれ、また荒廃した不破の関の「板間」「板庇」を漏れくる「月」や「時雨」にわびの詩情が書きつけられるというように、和歌をはじめ俳句に至っても、変わらぬイメージをそれ自体持っている。「嵐山」にしても同様である。「嵐」の語を介して、清閑の地に「花」「紅葉」が吹き散るさまをイメージし、吹き散る木の葉を思い描くというように、歌枕は、おのずから固有のイメージや連想を詩人たちの心にかき立ててきた。歌枕のこうした力は、歌人たちが先人の歌を反芻しながらその地名を詠み継いできた伝統によって、地名が特定の景物や情趣と結びついた結果である。地名が持つ固有のイメージの喚起力を本意という。季語がそれぞれ固有の連想やイメージをもって、作者の詩心を刺激し、読者に言葉の意味や指示する物以上の詩情を感得させるのと同じく、歌枕もまた、その語に蓄積された本意が作者の詩心を刺激し、読者の想像力をかき立ててくるのである。

こうした地名が持つ本意は、歌枕に限らない。軍記物に語られる戦場は、その戦いの場面や人物等を喚起して地名に取り込まれ、地名の本意を形成している。詩歌の言葉は、すでに過去の詩人たちによって語られた形や内容、情趣を取り込みながら、それを使おうとする詩人の前にある。とりわけ、季語や地名が、そうした先人の切り開いた言葉の世界の核となっているのである。

芭蕉は、俳句に詠む名所について、「その所の発句と見ゆるやうに作すべし。……明石の発句を松島にも用ひ侍らんは、描きことなるべし」（『去来抄』故実）と説いたという。その名所と分かるように詠めということは、その名所らしく詠むということ。つまりは本意を踏まえて詠めというのである。

歌枕は、いわば和歌に詠まれた虚構の地誌である。その地の実際がどうであるかよりも、どう詠まれてきたかが重視され、それが本意を形作ってきた。したがって歌枕の本意は、実際のその地のありさまとは異なる、文学世界における言葉のイメージというにすぎない。俳諧は、それを新しく捉え直そうとして、一つの方法を見出した。芭蕉は、名所句について「その場を知るを肝要とす」（『旅寝論』）と述べている。「その場を知る」とは、その地に赴き実際の見聞に基づいて、あらためて歌枕を俳諧の立場から捉え直すこと。和歌と同じであれば、わざわざその地に行く必要もない。とはいえ、そこが歌枕であれば、和歌に詠まれてきたイメージの地でもある。それを反芻しつつ――つまりは、本意を踏まえつつ、ということだが――新たに俳諧としてのその地のイメージを創出することでなくてはならない。それは、その地において取り上げるべき景物を本意に即して見出し、それらによってその土地固有の情感を捉えることであった。芭蕉たちにとって、そのように把握された文学的イメージを、その地の本情《ほんぜい》という。芭蕉たちにとっては、歌人たちによって作られてきた伝統的本意も、その代その代の歌人たちが捉えてきた本情の結果だと考えられていた。

芭蕉の歌枕への対し方には、ごく大ざっぱに言えば、「不破の関」の句に見たような、現実の景観の中に、歌枕に込められてきた和歌伝統を反芻しつつ詩情を見出していく型と、「嵐山」の句に見たように、和歌の本意を踏まえつつも、伝統的視点とは異なる視点をもってその地の本情を見出していく型とがある。そのいずれにおいても、歌枕の地を実際に訪れ、その見聞において和歌伝統を刷新していく姿勢がもたらしたものであることは言うまでもない。

〈俳枕《はいまくら》〉　俳句に詠み込まれる地名は、歌枕のように和歌に詠まれた所ばかりではない。俳諧は、和歌に詠み残されたさまざまな日常の世界を描き出そうとする。俳諧の全国規模での流行や、あるいは交通網の発達によって、人々の交流も盛んになり、地方のさまざまな土地が俳句作者の目に捉えられるようになる。軍記物の舞台となったり、様々な伝承の舞台となった名所が取り上げられ、俳諧に詠まれる地名も増加してくる。尾形仂はこうした、和歌の歌枕に対して、俳諧の目で発見されたり、捉え直されたりした地名を「俳枕」と呼んで、その特色を、空想の地誌としての歌枕に対して、実地体験に基づき、その風土の本質的情感を捉えたものとし、「古来の歌枕も、現実の体験の上に立って俳諧の立場からとらえ直されたとき、それは俳枕として新しい詩的幻想を喚起する力をもつ」と述べている（「俳枕―風土からの発想―」『俳句の周辺』平2）。

これは、芭蕉の時代や俳諧の発想に限るものでは決してない。近代になり、戦争も災害も事件も起これば、社会体制も変化し、人々の価値観も変化して、地域社会自体も変貌していく。すべて具体的な地名において起こっていることだ。その意味で、地名にはこれまでさまざまな事件やそれに伴う物語や人々の心情が刻みつけられてきたのであり、今後もまた新たな歴史が刻みつけられていく。地名はその時代ごとに新しい相貌を見せてくるのであり、俳句はそのつど新たな視点でそうした地名をとらえ直していくのである。

言うまでもないが、地名とはその場所を示す単なる記号ではない。その地と関わってきた人々の記憶の集積であり、いわばその土地と人々との紐帯そのものなのである。とはいえ、その地に生まれ、その地がすべてとして生きている人々には、その地の価値は見えてこない。生きている世界がすべて唯一無二の大前提だからだ。その地域の独自な相貌の発見には、だからその土地を相対化する旅人の目が必要となってくるだろう。旅人の馴染んできた世界との差異が、その地域の独自性として見出され、その地域を特色づけていくことになるからだ。

地名に込められた記憶が、その地名の本意・本情として人々とその土地との関わりを示しているということは、言い換えれば、その地名の喚起するイメージと現代とを較べてみることで、その土地の現在を知るということでもある。その意味では、土地の本情を見出すために必ずしも旅人である必要はないだろう。地名の喚起するイメージと現在とを較べつつ、その差異に、今生きている「ここ」の独自な相貌が浮かび上がってくるのではないか。

こうした旅人の視点をもってその土地の相貌を記述する目こそ、詩人の目にほかならないのである。

（4）言葉とイメージ（本意・本情）

〔言葉と物〕 二十年ほど前に、ある出版社の国語教科書の編纂に携わっていたとき、ある編集委員がこんな四コマ漫画を教科書に載せたことがあった。

お父さんと子どもが向かい合っていて、お父さんが質問を出す。それに子どもが答える。最初は、黄色いバナナを一本出して「これはなんだ?」と聞くと、「バナナです」と答える。二コマめは朱墨を塗って真っ赤なバナナにして「どーだ?」という。子どもは「いぜんとしてバナナです」という。三コマめはお父さんがバナナを歯ブラシのように使って歯を磨き、「どーだ?」と聞く。子どもは醒めた眼で「れきぜんとしてバナナです」という。最後はお父さんがバナナをこねこねして丸め、さらに「肉まん」と立て札して、これは何だと聞く。子どもの方は付き合うのに疲れた顔をして「バ・ナ・ナだ」と答える。

中川いさみ「クマのプー太郎」（©中川いさみ/gs）

この漫画は、父親がバナナのイメージを崩そうとして、色や用途、製品名などを変えて見せるのに対し、子どもが内実はバナナで変わらないと主張している。どんなバナナでも、バナナはバナナだというわけだ。しかし、言葉の世界ではそうはいかない。「赤いバナナ」という言葉は、朱墨を塗ったバナナをイメージする人はいないだろう。おそらく、茶色く傷んだバナナ（見方によっては赤黒く傷んだバナナ）を想像するのではないか。「バナナの歯ブラシで歯をみがく」という表現は成立するだろうか。かろうじて、小さいバナナの飾りが柄に付いている歯ブラシか、あるいは（これはもっと無理だろうが）バナナの皮を歯ブラシ替わりにしてきゅっきゅと擦る意が成り立つか。いずれにしても実際のバナナで歯をみがくことは意味し得ない。「バナナの肉まん」という表現はさらに難しいだろう。「肉まん」は、肉を調理した具を小麦粉で作った皮で饅頭のように包んで蒸した食べ物である。せいぜい、バナナの形をした肉まんか、あるいは「肉」を具の意味に解してバナナを具とした肉まんということになろうか。バナナで作った肉まんは、「肉まん」のイメージからも逸脱しているのだ。これら実際のバナナのイメージから乖離したバナナにもかかわらず、「バナナ」の表現が（かろうじて）成立するのは、バナナの形状・性質・用途などのイメージを最大限に広げて、「赤色」や「歯ブラシ」あるいは「肉まん」と整合する解釈を導き出した結果である。このバナナとしての解釈の核になる「バナナ」のイメージを本性《ほんぜい》（本情とも）という。「バナナ」の語は、バナナの本性をけっして逸脱しない。逸脱した瞬間、バナナではなくなるからだ。言葉には、それが指示する物事の、その物事らしいあり方がイメージとして備わっているのである。

〈行く春の本意〉 これを文学の問題に置き換えてみよう。次の句は、芭蕉の円熟期の撰集『猿蓑』に収められた句である。

望湖水惜春（湖水に望みて春を惜しむ）
行く春を近江《あふみ》の人と惜しみける　芭蕉

この句について、近江蕉門の長老格である尚白が「近江は丹波にも、行く春は行く歳にも振るべし」と批判した。「振る」とは、句中の言葉が他の語にも置き換え可能だという批評用語。現代俳句でいう「動く」と同義である。句中の言葉が使われている必然がない場合、「行く春は動く」などと用いられる。

「行く春」は、春の時節が過ぎ去ってゆくことをいう歌語。紀貫之が〈花もみな散りぬる宿は行く春の古郷とこそなりぬべらなれ〉（『拾遺集』春）と詠んで以来の語であるようだ。この歌は、『和漢朗詠集』「三月尽」に、白楽天の詩句〈春を留むるに春住《とど》まらず、春帰つて人寂漠たり〉（『白氏文集』巻五十一「落花」）、〈惆帳《ちうちやう》す春帰つて留むることを得ざることを〉（同巻十三「三月三十日、題慈恩寺」）とともに掲げられて人々に愛唱され、暮れゆく春の詩情を表す語として和歌に用いられるようになった。例えば、〈暮春のこころをよませ給ひける、行く春の関にしとまるものならば逢坂山の花は散らじな〉（後三条院『続古今集集』春歌下）や〈……三月尽、身のよそに思ひなせども行く春の名残はなほぞ物忘れせぬ〉（藤原為家『新千載集』雑歌上）など、「行く春」は題として独立せず、「暮春」「三月尽」の題を詠む歌語として扱われてきたのである。連歌も同じく、〈行く春も花さそふ風の宿りかな〉（宗祇『大発句帳』）は暮春に分類されている。季語として歳時記類に登載されたのは俳諧に至ってからで、『増山井』には「暮春」を表す季語として、「春の限り、春の名残、春を惜しむ、春の湊《みなと》、三月尽」などとともに注記されている。蕉門でも、『あら野』「暮春」の題に、〈行く春やあみ塩からを残しけり〉（野水）の句が載るなど、「行く春」は「暮春」を表す季語であったことが分かる。

「暮春」は、『和歌題林抄』に「春暮れぬれば花も根に帰る、鳥も雲に入ることを慕ひ、けふの日の夕暮にさへなりぬと歎き、霞だに立ち止まれと忍び、鶯の古巣に帰ることを惜しみ、…」と述べ、それを踏まえた季吟の『山の井』に「行く春の霞の袖は、しがみつきてもかひなき恨み、函谷《かんこく》の関とどめても、鶏鳴《けいめい》に開けゆく春の名残なささなど、飽かず惜しき心ばへをいひなすべし」と述べ、また『初学和歌式』に「惜しめども、春の名残もけふに暮れぬる心をいひ、または春の名残も今幾日と数へて惜しむ心をもいひ」というように、過ぎゆく春を惜しむのを本意とする。例えば、『和漢朗詠集』が「暮春」の題の次に「三月尽」を配し、『千載集』「春歌下」の巻に暮春の歌群に続けて三月尽の歌を配してもいるように、「三月尽」が春の最後の日を指すのに対して、「暮春」はそこに至るまでの暮れゆく春を指すのである。とはいえ、「三月尽」をも含めて「暮春」の季題で表すことも多かった。その暮れてゆく春を動的に捉えた言葉が「行く春」という季語だったのである。

芭蕉句〈行く春を……惜しみける〉は、例えば連歌の付句に〈花は散るとも枝な折らせそ〉に付けて、〈行く春を心に何と惜しむらむ〉（紫野千句第二百韻・74・75）と詠んでもいるように、暮春を本意そのままに詠んだもの。動くも動かないもないのである。

〈近江の本情〉 芭蕉の句の作意のすべては、〈近江の人と（惜しみける）〉にあった。尚白が「近江は丹波にも振るべし」と難じたのに対して、去来は近江でなくてはならない理由を「湖水朦朧として春を惜しむに便りあるべし」と述べている。「湖水」とは句の前書にいう「望湖水」の湖水であり、琵琶湖をさす。琵琶湖はいかにも朦朧と霞んでいていかにも霞立つ春にふさわしいというのである。芭蕉はそれを踏まえて、「古人もこの国に春を愛すること、をさ〳〵都に劣らざるものを」と述べたという。いにしえの歌人たちも琵琶湖を望んでここ近江の春を愛惜してきたことは都の春を愛するのと変わらないというのだ。こう芭蕉が述べたのは、芭蕉がこの句を詠んだ、志賀の辛崎を念頭に置いてのことだったようだ。志賀の辛崎は、琵琶湖西南岸、現大津市にある歌枕。天智天皇の大津宮があったところで、〈さざ波や志賀の都は荒れにしを昔ながらの山桜かな〉（平忠度《たいらのただのり》『千載集』春歌上）と「昔ながら」に長等《ながら》の山桜を言い掛けた歌以後、〈さざ浪や志賀の花園見るたびに昔の人の心をぞ知る〉（祝部成仲《はふりべなりなか》『千載集』春歌上）、〈明日よりは志賀の花園まれにだに誰かは問はん春の古里〉（藤原良経『新古今集』春歌下）など、桜に託して懐旧の情を詠み込んできた。芭蕉が「この国に春を愛する」と言ったとき、念頭に置いていたのはこうした春を愛惜する歌だったのである。したがって、芭蕉句は、ここ志賀の辛崎の花を賞め、春を愛惜してきた代々の歌人たちとともに、行く春を惜しんだことだった、となる。

だが問題はこの「近江」にある。この句の初案では、前書「志賀辛崎《しがのからさき》に舟をうかべて人々春を惜しみけるに」、あるいは「志賀辛崎に舟をうかべて、人々春の名残を言ひけるに」とあった。この場合、「近江の人」と春を惜しんだ場は、志賀辛崎であったわけで、そこでの惜春の情は本意に即したものだった。それを推敲した『猿蓑』では「望湖水惜春」として「志賀の辛崎」を消し、「近江」の「湖水」すなわち琵琶湖を望んでの句としている。この「近江の海」（琵琶湖）には、惜春の歌はほとんど詠まれてこなかった（尚白の難はそのことをもとにした批判だったかもしれない）。むしろ、「近江《あふみ》（の海）」は、例えば〈流れ出づる涙の河の行く末はつひにあふみの海と頼まん〉（読人不知『後撰集』恋五）など、逢ふ身を掛けて恋の歌に詠まれてきた歌枕。この「近江」の「湖水」に、惜春の情を詠むのは無理ではないか、と言われても仕方がないのである。この場合、志賀の辛崎も琵琶湖の一部ではないか、と反論しても意味がない。言葉の問題だからだ。だが、例えば『連珠合璧集』に「湖とあらば…志賀の辛崎（近江の名所多きなり）」と記すように、「近江の湖」から「志賀の辛崎」を連想することは容易く、芭蕉はその連想を介して、「志賀の辛崎」での惜春の情を核として「近江」に惜春の情を刻みつけた。その意味で「志賀の辛崎に舟をうかべて……」から、「望湖水惜春」への前書の改変は、「近江」に惜春の情を感ぜられるか否か、ぎりぎりの冒険だったのである。結果としてこの芭蕉句は、「近江」の「湖水」の眺望に、惜春の情という新たな詩情を創出したと言えるだろう。

花咲て近江の舟の機嫌甲斐《きげんかひ》　智月《ちげつ》（『えの木』）
春惜しむ宿や近江の置火燵《おきごたつ》　蕪村（『蕪村句集』）
残る花近江の湖の片端に　寥松《りょうしょう》（『八朶園句纂』）

芭蕉以後、近江に花もしくは惜春を詠んだ句が見られるようになる。それらは、芭蕉のこの近江の句を反芻しつつ詠まれたものと見て良いだろう。芭蕉の句によって「近江（の湖水）」は、惜春の俳枕として定位されたのである。

行春や近江いざよふ湖の雲　阿波野青畝

そうしてこの俳枕としての「近江」は、現代俳句においても、近江に花や惜春の情をかき立てるトポスとして機能しているのである。私たちの言葉は、こうして歴史的な詩情の積み重ねの上に成り立っているのであって、それを無視して用いようとすれば、「近江」らしさを失い、一句のリアリティーを失うのである。

〔言葉とリアリティー〕　「近江（の湖水の眺望）」に対する伝統的な詩情と新たに刻みつけた詩情と、伝統と革新のあり方を示す例として、もう一句挙げておこう。

鶯の身を逆さまに初音かな　其角（『翁草』）

鶯が枝から下へと乗り出すように、身を逆さまにして初めて啼いたことだという意。これを許六は「晋氏《しんし》が身を逆さまと見出したる眼こそ、天晴《あつぱれ》、近年鶯の秀逸とやいはむ」と称賛し（『篇突《へんつき》』）、逆に去来は次のように批判している（『去来抄』）。すなわち、鶯が身を逆さまにして啼くのは、枝から枝へ、花から花へと飛び回る鶯のことである。こうした鶯は早春の景ではない。早春、鳴き始めたばかりの鶯は「ほのめく」と和歌に詠むように、ほのかに聞こえるものであって、身を逆さまにして思い切り啼く感じは、「初音」とは異なっている。むしろ春爛漫の頃の鶯こそふさわしい、というのである。去来はこれを一般化してこう述べている。

およそ物を作するに本性を知るべし。知らざる時は、珍物新詞に魂を奪はれて、外の事になれり。魂を奪はるるはその物に著する故なり。これを本意を失ふといふ。

句を詠むのに、対象とする物の本性（本情）を知らなくてはならない。物にはおのずと備わっている本性（本情）があり、それを外すと詠もうとする物とは別の物になってしまう。なぜ外してしまうかというと、それはつい新しい言葉や物の珍しい様子に心を奪われて、その魅力に負けてしまうからだ。これを本意を失うという。去来は、其角の鶯の句が、鶯の初音の本意を失っているとみているのである。鶯について声を詠もうとすることはすでに言い古された趣向であってつまらない。何か新しい着眼によってその古さを脱却したいと願うのは、俳句作家であれば当然の欲求であったろう。「身を逆さまに」という啼いている姿への着眼は、声を詠んできた伝統を一新するものであり、そうした欲求に十分応えうる新しい表現であった。だが、その新しい発見にこそ実は陥穽があったのだ。新しい着眼に喜んでしまって、「身を逆さまに」という鶯の啼き姿が、「初音」にふさわしいか否か、その吟味を忘れてしまった、と去来はいうのである。

だが、現代人には、こういう本情の論は、どうやら堅苦しく聞こえてしまうらしい。「本意を重んずることは短詩形の表現の不足を補う上に効果があるが、概念の固定化・類型化はまぬがれない。本意を重んじつつ、それを乗り越えて新しみを求める所に、先人の思い得なかった所を求めることができる。これが真の流行である」（南信一『総釈去来の俳論』）とか、「「新しみ」を重視して、積極的に革新を図ろうとしたのが其角の句を賛美した許六だったのです。〝季題本意尊重派〟に対する〝実景実感尊重派〟とでもいいますか、そのいずれをとるかは現代の俳句に至るまで、古くて新しい課題」（堀切実『芭蕉たちの俳句談義』）など、本意重視に対して其角の革新さを評価する向きもあることは、その端的な現れである。本意・本情を固定的イメージで捉え、実景・実感との対極に据えようとするのは、近代の実景実感主義そのものなのだ。芭蕉の「行く春を」の句を思い出しただけでも、芭蕉がそうした本意や実感という二項対立に拠っていないことは明らかであろう。「行く春」は実感であると同時に本意そのものだったではないか。実景や実感として表現された言葉の一つ一つが本意・本情と深く関わっているのである。

　こうした本情論への抵抗感は、一つには、本意・本情を固定的に捉えた誤謬によっている。鶯の本性（本情）についての去来の批判点に戻って説明しておこう。去来は、其角の句の〈鶯の身を逆さまに〉を、春爛漫に盛んに啼く鶯の姿だと述べている。この批評自体が、鶯の本情を捉えた言であるが、こうした本情はどこから来ているのであろうか。去来があらかじめ鶯を観察して、早春の鶯、花に啼く鶯、晩春の鶯の姿を心得ているなどということはあり得ない。また、鶯の本意は、「谷の古巣を急ぎ出して都の梢に鳴かせ、己が塒の竹といひては夜をこめて鳴く」（『和歌無底《むてい》抄』）とか「鶯は古棲をいで花に木づたひ、軒端の竹に塒《ねぐら》を定めて、声の飽かず珍しき心をいふ」（『長短抄』）などと記述されているにすぎない。かたがた去来が鶯の本情をいうべき情報は、実景においても伝統的にも其角の句以前には用意されていないのだ。それはそうだろう、だからこそ其角の句は新しいと評価されたのだから。つまり、去来はまさに其角の句〈鶯の身を逆さまに初音かな〉を見てはじめて、〈身を逆さまに〉啼く鶯と〈初音〉との不整合を問題にしたのである。〈身を逆さまに〉啼く鶯は春爛漫の鶯だとは、去来が見抜いた〈身を逆さまに〉啼く鶯の本情に外ならない。それは其角の句があってはじめて言いうる鶯の新しい本情だったのである。

　本情とは、結局こういうことなのだ。物の新しみを求めて今までにない鶯を詠んだ瞬間、その新しい鶯が果たして鶯らしいのか否か、新しいがしかし言われてみれば確かに鶯だとリアリティーを持ちうるかどうかの判定基準として持ち出されるものなのである。その意味で本情とは、物が新しく詠まれ、それが物の本情を踏まえているか否か、問い返されるたびごとに生み出される新基準だといっていい。だから、句が実景をそのまま写したにせよ、観念的に作ったにせよ、できあがった句の表現が本情の判定の対象となる。実際にそうしたとしても、「バナナで歯磨き」「バナナをこねて肉まんに」というバナナの新しい使い方は、その新しい用い方のおもしろさに心奪われて、表現としての「バナナ」らしさを失っているのだ。同じ意味で、実際に早春の鶯が身を逆さまに鳴いていたとしても、去来の批判はゆるがない。本情とは表現における「鶯らしさ」の判定だからであり、リアリティーとは実体に還元して判定するものではなく、句そのものの表現がそれを備えているかどうかの判定だからである。

　こうした本情をめぐる問題は、むしろ逆に現代の詩歌観を浮き彫りにするのではなかろうか。それは観念的な本意・本情に対して、実際のあり方をよしとする文学観といえばいいだろうか。介在する言葉に焦点をあてず、言葉が指示する物自体を尊重するあり方は、近世を切り捨てるために近代が採用した十九世紀西洋流のリアリズムをいまだに信奉して、日本人の言葉の思想の深さを考えないものだ。西洋流のリアリズムの非なることは、例えば、〈白牡丹といふといへども紅ほのか〉（虚子）の句が、実際に目にした白牡丹をありのままに句にしたから名句なのではなく、その言い回し自体が言葉の芸術として名句であるという一事をもってしても明らかではないか。

3　俳句の技法

（1）題　詠

〈題詠とは〉　一句には、一句全体が表現している世界、あるいは主題がある。この主題を示したものを「題」といい、その「題」に即して句を詠むことを「題詠」という。和歌の例であるが、次のような詠み方を言う。

　三河の国八橋といふ所にいたりぬ。…その沢のほとりの木の陰におり居て、乾飯《かれいひ》食ひけり。その沢にかきつばたいとおもしろく咲きたり。それを見て、ある人のいはく、「かきつばたといふ五文字を句の上にすゑて、旅の心を詠め」といひければ、詠める、

　から衣きつつなれにしつましあればはるばる来ぬるたびをしぞ思ふ

と詠めりければ、みな人乾飯の上に涙落としてほとびにけり。（『伊勢物語』「東下り」）

京を出て東国へと、知らぬ道を迷いながら旅して、一行は三河国八橋に至る。その沢のほとりで乾飯を食べていると、目の前の沢に燕子花《かきつばた》が美しく咲いている。それを見て、同行した友人の一人が、「かきつばた」の五文字を句の頭に置いて、旅の心を詠めと言ったので、歌を詠んだ、とある。目の前に咲く花の名を各句に置いて、旅中の思いを詠めと課した。この「旅の心」が題であり、その題に即して詠むのが題詠ということになる。

　一首は、「褻《な》れ」に「馴れ」、「褄《つま》」に「妻」、「張る」に「はるばる」など衣の縁語にそれぞれ掛詞を用いて、唐衣を着ていると褄が褻れるように、慣れ親しんだ妻が京にいるので、はるばるとやってきたこの旅をことさらに思うことだ、と詠む。食事をして燕子花を愛でているときには思いもしない「旅の心」という題が出され、それに即座に応えるかたちで詠まれたものである。これまでの旅をつくづくと思い返していたのでもなければ、燕

子花の美しさを賞めて歌に詠みたいと思ったのでもない。作者の内的な欲求とは無縁に、与えられた題に対して、一首は詠出されたのである（この部分は折句《おり》を詠ませた段として有名であるが、ここでは題詠を中心として扱った）。

題詠は、「題」に即して詠むことが要求されている。この歌の場合、「旅の心」という題を、恋人のいる都から離れてはるばると来たという恋人との距離感において表現した。旅にあって都に残してきた恋人を思うという発想の契機には、〈我《あれ》のみやかく恋ひすらむ燕子花《かきつはた》丹つらふ妹《いも》はいかにかあるらむ〉（『万葉集』巻十）など、眼前に咲く燕子花に、美しい女性を重ね合わせてきた連想が働いたかも知れない。いずれにせよ、燕子花は、一首にとって、折句という要件の一つに過ぎなかった。一首はあくまでも題の趣意に即して詠むことが要求される。作者の置かれている実際は、歌の外に押しやられているのである。

だが、「東下り」では、そのようにして歌を詠んだところ、食事をしていた人々は思わず涙して、乾飯がふやけたとある。一見、実際の情景や実感とは関わらない「旅」の歌が、東国へと確かならぬ道を行く途次、燕子花を愛でつつ食事する人々に、今ここでの自身の状況（恋人や親しい人々から遠く離れての旅そのものであること）を確認させ、旅のつらさを改めて思い返させ、涙を誘ったというのである。題詠は、現実から離れ、題に即した次元で詠出されるが、歌自体はかえって現実のありようを人々に気づかせる。あえて言えば「題」が唯一の実際との接点であり、題に即して詠まれた歌が背中合わせのように実際と切り結んでいるのである。

〔題詠の種類〕　題詠は、題の提示、複数の作者による詠作、公表という創作と享受の場を前提としたものである。それが端的に示されるのは、歌合《うたあわせ》や句合《くあわせ》、歌会・句会などにおいてである。が、題詠が一般化するにしたがい、日常詠も題に託して詠まれるようになった。句会では、提示された題に即した句を複数の作者が詠み、その優劣を競った。そもそも和歌の題の種類には、四季・恋・雑《ぞう》、あるいは名所・離別・羇旅・賀・哀傷などがあった。が、連歌の発句では、当座の挨拶として当季を詠み入れることが必須の要件とされたため、題も四季の題（季題）が中心となり、名所・旅なども季題と絡めて詠まれることとなった。また、季題が中心となったことは、四季の本意の追求をうながし、季題の拡充も行われるようになった。俳諧はそれを受け継いで、季題・季語の拡充を推し進めてきたのである。

出題は、会の前にあらかじめ示される兼日題《けんじつ》（兼題とも）と、その場で出される当座題《とうざ》（当座とも。俳諧では席題、即題とも）とがあり、複数の題から籤引《くじ》きで自分の詠むべき題を引く探り題（探題《たんだい》とも）もあった。題詠に際しては、題に即して詠むことが必須とされ、その趣意が中心になく、題に添えた外のものに主題がずれることを傍題《ぼうだい》、題の趣意を詠み落としてしまうことを落題《らくだい》といって難ぜられた。句会や句合では、これらを基準として題の趣旨が有効に活かされているかどうかが判定の基準となった。判定は、歌合の形式に倣い、点者（専門の俳諧師として認められた者）によって優劣が判定された。が、蕉門の俳諧句合である『蛙合《かわずあわせ》』（貞享三刊）などのように、連衆が集まって衆議判《しゅぎはん》（連衆全員による判定）で行ったものもある。句会も、初めの頃は連句興行のためのものであったが、蕪村のころには発句の句会になり、蕪村等のように連衆の互選（衆議判）によって行ったものもあった。

〔題詠の実際〕　こうした句会では、同一の題のもとで趣向を競い合うことによって、季題の本意・本情が吟味され、追求されることにもなり、また同じ連衆が創作と享受を繰りかえすことで、連衆の共通意識を形成する役割をも果たした。一例を挙げておこう。

兼題雪舟《そり》

峠より雪舟乗《のりお》ろす塩木哉《しほぎかな》　鼠弾《そだん》
ぬつくりと雪舟に乗《のり》たるにくさ哉　荷兮《かけい》
夜をこめて雪舟に乗たるよめり《嫁入》哉　長虹《ちょうこう》
馬屋より雪舟引出《ひきいだ》す朝《あした》かな　一井《いっせい》
雪舟引《ひき》や休むも直《すぐ》に立《たち》てゐる　亀洞《きどう》
つけかへておくるる雪舟のはや緒《を》哉　含呫《がんてん》

蕉門の撰集『あら野』（荷兮編、元禄二年芭蕉序）に収められた句会の句を並べたものである。この句会は、兼題で「雪舟」が出されていた。「雪舟」は、例えば〈弛《たゆ》みつつ橇《そり》の早緒《はやを》もつけなくに積《つも》りにけりな越《こし》の白雪〉（西行『山家集』）や〈跡絶えて愛発《あらち》の山の雪越えに橇の綱手を引きぞ煩ふ〉（藤原親隆《ちかたか》『久安百首』）など、雪深き越の国を中心に詠まれてきた和歌以来の歌語である。

それに対して鼠弾の句は、海水を煮詰めて塩を製するための薪「塩木」を山から運ぶさまを詠む。塩木を樵りに浦から山へと往き来するさまは例えば〈塩木樵る蜑《あま》の往き来の跡見えて浦より続く山の細道〉（藤原基政『新和歌集』）や〈塩木とる里の通ひ路跡もなし雪にや浦の煙絶ゆらん〉（鴨祐夏《すけなつ》『続現葉集』冬歌）など和歌に詠まれているが、それを峠から橇で下すと趣向して、峠から浦への眺望を暗示する。荷兮の句は、橇に乗る人のぬくぬくと着ぶくれたさまを憎らしいと詠んで、橇を引く人の思いを示す。実際は橇を引く方は汗だくで、乗る方が寒いのだが、それをあえて逆転させている。橇に乗る者と引く者との対照は、生活者と風流人との対照でもある。長虹は、それを花嫁の嫁入りの景に描く。一井は、馬屋から馬ではなく橇を引き出すと詠んで、雪国ならではの雪深さを表す。亀洞は、橇を引く者が腰を伸ばして休むさまを詠んで、橇引きの重労働を描き出す。含咕は、橇の引き綱を「早緒」というのに着目し、それを付け替えている間に遅れたと戯れる。これら橇について、道、乗る人の様子、嫁入り、雪深さ、橇引きの重労働、引き綱などと、様々な観点に着眼していることが分かる。いわば、かれらが共同して橇の詩情を探っているといってい い。橇の何がおもしろく、何がすでに言い古されたものかなどを、自ずから一座の者たちに考えさせてゆくことになる。そこに、題詠が題の詩情を共同で追求するという性格が表れているのである。

蕪村らは、社中（三菓社）月次句会において新しい季題を取り上げ、それを連衆が詠み合うことでその詩情を探っていったことが知られている。例えば「水粉《みづのこ》」（麦こがしを砂糖水で溶いた飲物）「林檎」「冷麦」「若多葉《わかたば》粉」「薬掘《くすりほり》」「河豚」「鯨」「手毬」「蝿」「頭巾」「帰花」「冬木立」などが、伝統的な季題に交じって出題されているのである。一例、「林檎」の兼題を挙げよう。

わくら葉の梢あやまつ林檎かな　蕪村
世の花の色に染《そめ》たる林檎かな　太祇《たいぎ》
髭籠《ひげこ》にも葉は折添へぬ林檎かな　鶴英《かくえい》
売家《うりいへ》の二条通《どほり》にりんごかな　鉄僧《てつそう》
垂《たれ》し枝《え》をしづかに括《くく》る林檎哉　自笑《じしよう》
町寺に銭のなる樹の林檎かな　召波《しようは》

現在の林檎は幕末の文久年間に渡来したもので、蕪村の頃は、中国原産の和林檎のことである。季も夏の題として出されている。林檎は、例えば〈手にとるも林檎は軸で面白し〉（其角『五元集』）、〈つやつやと林檎すずしき木間《このま》哉〉（尚白『忘梅』）、〈ゆかしさも紅《くれなゐ》浅き林檎かな〉（百里）などと詠まれてきた。それを取り上げて、題にすることで、林檎の詩情をさまざまに一座の中で見極めているのである。

〔近代の題詠〕　近代に至っても題詠の基本は変わらない。例えば子規の題詠は、「運座《うんざ》」と「一題十句」に代表される。運座とは、題をもとに詠んだ句を匿名にして互選する形式の句会である。互選というところが、江戸時代の月次俳諧と異なる点である。この句会の形は、現代にまで受け継がれている。また一題十句とは、同じ題をもとに十句詠むこと。虚子は、初めの句は想像も平凡で、一句の詩情も浅いが、これをさまざまな観点から詠むことで、これを追求し、やがて想像できるものはすべて出し尽くしたと思う頃、ふとある言葉に出会って一新境地を開くことになると説いている（「一題十句」『俳諧馬の糞』）。

初雷の二百十日や誕生日　虚子
初雷や耳を蔵《おほ》ふ文使
初雷や梅は散りたる庭の面
初雷を争ひ顔や臼の音
初雷や籠の鶏のくゝとなく
初雷や菊の根分つ日の光り
初雷や聞法《もんぼふ》に倦む兒二人
初雷やすこし曇りし椽の風
初雷や寺小淋しき花盛
初雷や鹿朶《そだ》による波沖の石

これは、「一題十句」の文章に続けて碧梧桐とともにその実践を示したものの一つである。その季題に対する自身が持ち得ているイメージを出し尽くしてのち、ようやく言葉との出合いによって思いがけない詩境を得るというあり方は、季題に対する既存のイメージを払拭した新しみを追求するのに恰好の方法として見出されたものと知られる。「初雷」からの思いつきから始まり、物語的連想、庭の景、音、寺の情景などさまざまに初雷と関わらせて詠んでいる。あらかじめ初雷から連想される世界は、詩にするまでもないものであったはずだ。そこからいかに離れるか、初雷との結びつきに意外でありながら魅力的な世界を見出そうとして詠むわけだ。その中から、どの句を残すかもまた問われるところだろう。管見では、〈初雷や籠の鶏のくゝと鳴く〉や〈初雷や聞法に倦む兒二人〉〈初雷や鹿朶による波沖の石〉などの句が目を引くが、選句をも含めてこの一題十句の方法は、初雷がいかなる詩の世界を切り開いてゆくか、自身のうちで確かめてゆく作業そのものである。ちょうど、一座の共同作業としての題詠による詩情の追求を、一個人において行おうとするものといっていい。

〔分類俳句全集〕　子規は、連歌発句（『大発句帳』）から幕末に至るまでの句集から古句を抜き出し、これを類題別に編纂した『分類俳句全集』を編んでいる。類題には、四季、四季以外の事物など四大別がある。子規の自筆稿本として伝わったもので、昭和三～四年、『分類俳句全集』（アルス）全十二巻として虚子・碧梧桐・鼠骨らによって出版されている。このうちのほとんどの部分は、四季季語別が占めている。

「初雷」を挙げてみよう（濁点等は私に補う）。

なくもがなはつかみなりのいな光り　知足（をだ巻）
追善　雷百里はじめてひゞく櫃の文　大圭（三千化）
同　見しや世に初鳴神も西の空　和風（父の恩）
同　手向にや初雷の不破羽織　十雨
虫出しや妻戸にひゞく山かづら　文川（宝暦十一）
雷の初物虫にさはるべし　涼菟《りようと》（類題）
神鳴りや始めて物を取落し　秋の坊（類題）
神鳴りは暖うなるはじめ哉　沾峨（吐屑庵）

知足の句に言うように、たしかに初雷は、思わぬ雷のとどろきとしてイメージされ、初電《はついなびかり》の語もあるが、雷鳴として意識されている。その響きがどこに届くか、その響きによって改めて意識される物を詠むのが詠み方として定着していたようである。その意味では、先に挙げた虚子の初雷十句も、雷鳴によって物が改めて見出されるという句である。

「初雷」は数が少ないので、一覧してあるだけだが、例えば「元日」など用例の多い場合は、これをさらに次のような素材で分類している。すなわち、（虹・星・風・霞・月）、（雲・雨・雪）、（霜・日）、（天空）、（動物）、（搔撥類・鳴禽類）、（松）、（木）除松、（草）、（地理及器衣建人身）、（地理）除器衣建人身、（器物と衣冠）、肢体（音器）、（器物）除肢体等・除音器、（神人と土木）飲食（肢体）、（人倫）除肢体等、（人物）除肢体等・除人倫・人代名詞なし、（衣冠）（建築）除器人、（建築）除橋梁社寺城郭類、（肢体・飲食）、（身体・人事）、（心気）、（人事）除肢体心気等・除睡夢羇旅文辞書画、（時令）、除時令人事といったふうである。一見して分かるように、これらの下位分類には、分類の基準といったものは見当たらない。むしろ、用例に基づいて共通する素材を括っていった結果と見ていい。

これらの分類は何を意味するのだろうか。これらの下位分類において元日句の着眼の伝統が知られる。（天空）を挙げて確認しておこう。

元日の夕の空やから錦　瘦石（大三物）
元日や世の息延る明の空　聞角（玉かつら）
元日の空は青きに出舟哉　（去来抄）
元日や雲井遥かに鶴の声　直温（玉かつら）
元日や空にも塵のなかりけり　桃林
元日や空も寛に事始　女春和（明和二）
元日や空にしたがふ四ツの海　普成（類聚）
元日のくれ行空や初鴉　秀鏡（百世番句合）

これらを見ることで、元日の空がことさらいつもとは異なる改まった空としてイメージされていることが分かる。いわば元日の本情が空との兼ね合いで読み取れるようになっているのである。『分類俳句全集』は一題十句とセットになって、自身の題に対する趣向を鍛え上げるべきものだったのだ。

題詠は、一句がいかに題にふさわしいか、いかに伝統に対して新しいかを、読者はもちろん作者に対しても問い続ける詠み方だと言っていい。その意味で、題詠は個人の日常詠において詠まれたものだとしても、極めて社会的な俳句の存在の仕方である、といっていいだろう（『俳句教養講座第一巻俳句を作る方法・読む方法』角川書店所収の渡部泰明、今井恵子、本井英の題詠に関する諸論を参考にした）。

(2) 嘱目、景気、写生

〔あるがままに詠む〕　題詠に対して、実際の景色や物を見て句を詠むことを嘱目《しょくもく》という。現代では、句会当日にどこかに出かけてそこで吟行しての成果を句会で競う場合や、散策や旅行で目にした景を詠む場合など、嘱目による作句の機会も多い。題が他からあらかじめ与えられる題詠に対して、嘱目は目の前にあるものから主題を自ら選んで詠むという点に最大の相違があるといえようか。

嘱目吟は、連歌の時代からある。宗祇の『初学用捨抄』には、発句の詠み方が次のように語られている。

最初心の時、いかにも正直にあるべきものなり。山川江湖の風景をありのままに、あるべきやうを仕出《いだ》し候はんより外の秘事あるべからず。

ここには、目にした景色をあるがままに詠むという教えがある。その手本を宗祇は次のような発句で示している（いずれも『新撰菟玖波集』所収）。

日の御影《みかげ》花ににほへる朝《あした》かな　心敬（巻十九）

この句は、「太神宮に詣でて千句連歌つかうまつりしに」と前書を付す。すなわち伊勢神宮内宮に参詣して千句を興行した際の発句ということになる。「日の御影」は日の光に、太神宮の日の神（天照大神）の恵みを掛ける。一見、朝日に美しく映える花を目にしての句と思われるが、そうではない。作意の要は「花に匂へる」にある。これは、日の光が桜の花に美しく照り映えるの意で、朝日の眩いばかりの光を形象した表現である。例えば〈朝日影匂へる山の桜花つれなく消えぬ雪かとぞ見る〉（藤原有家『新古今集』春歌上）など、朝日に匂ふ花と言い取るところを、逆に花に朝日が匂うと詠んで、朝日の光のまばゆさ、神々しさを表したところが句眼である。日の光と花への着眼は、内宮に参拝しての嘱目として、そのまま作者の天照大神への賛仰の念を伝えてくる。

名もしらぬ小草《こぐさ》花さく川辺かな　智蘊《ちうん》（巻二十）

この句は、川辺に咲く草の花に焦点を合わせて詠んだもので、宗祇のいう風景ありのままを詠んだ手本とも言いうる句である。だが、だからといってこの句が、見たままを句にしただけ、というのではありえない。

この句は、自撰と考えられる『親当《ちかまさ》句集』に「中川のわたりにて」と前書を付す。「中川のわたり」とは、『源氏物語』「帚木《ははきぎ》」に「中川のわたりなる家なん、この頃水塞き入れて、涼しき陰に侍る」とあるのを踏まえた言い方。源氏が方違《かたたが》えに訪れた、空蟬《うつせみ》の家（紀伊守別邸）の脇を流れる川のことである。作者は、源氏が空蟬と出会ったのもこの中川の辺りかと想像しながら、その川の辺に咲く小草の花に着目する。そのとき、口をついて出た「名もしらぬ小草花咲く」の言い回しも、同じく『源氏物語』「若紫」の「名もしらぬ木草の花」を意識しての措辞（『光源氏一部連歌寄合《よりあい》』）だった。いわば『源氏物語』の世界を現実の中川の辺りに重ね合わせている作者の目が、若紫を見出した後の源氏が名も知らぬ草に目を留めたように、目の前の川辺に名も知らぬ草の花を見出させた、といえよう。それが、この小さな世界を描いただけの一句を、古典世界の雅《みやび》に通じる、描くに足る景として保障しているのである。目の前の小景を描いた一句には、地名に蓄積された伝統へと思いを馳せる作者の心裡が物語られているのだ。

少なくとも、連歌の発句にあって、嘱目は単に目の前のことを詠むというにとどまらない。一見ありのままの風景に見える一句には、目の前の情景からどのような素材を選び取ったか、どういう言葉を用いたか、どう表現しているのかなど句を構成する要素の一つ一つに、作者の心の動きを伝えてくるさまざまな仕掛けがほどこされているのである。

〈景気《けいき》〉 連歌の発句にあっては、その時節、その場を違えずに詠むという当座性によって、嘱目の詠み方が将来されていた。例えば宗牧は発句についてこう述べている。

発句は当意の気色の撰びやう、座中の体、庭前のありさま、色々様々の景気ども侍れば、さらに兼ねて叶ひがたし。ただ当意即妙を本とすべきにや。

（『当風連歌秘事』）

「当意の気色」とは、その場・そのときの景色や様子のこと。「座中の体」は連歌の会席の様子をいう。眺めや景色、庭の様子、会席の様子などから、連歌が興行される時・場・目的（追善や祈願など）にふさわしい詠むべき素材があるので、あらかじめ詠んでおくことは難しい。当意即妙、すなわちその場にふさわしく、その場で詠むことを基本とするというのである。例えば、長享二年（一四八八）正月、後鳥羽院御影堂《みえいどう》（水無瀬《みなせ》離宮跡、現水無瀬神社）に奉納された「水無瀬三吟」の発句は、宗祇自身が「その所の眺望なり」と自注している（『下草《したくさ》』）ように、その場の嘱目による発句だった。

雪ながら山もと霞む夕べかな　宗祇

一句は、峰には雪が残っているが、その麓は一帯に霞んですばらしい夕暮である、の意。「山もと霞む夕べ」の言い回しは、後鳥羽院の〈見渡せば山もと霞む水無瀬川夕べは秋と何思ひけむ〉（『新古今集』春歌上）を踏まえたもの。目の前の水無瀬川の眺望を、後鳥羽院が賞美した夕暮を思い起こさせて興趣が尽きないと称えているのである。古注はこの本歌を指摘して、「ただ山もと霞む夕べさへ面白きに、雪ながらの景気珍重なりとぞ」と注している。すなわち古注は、本歌の「山もと霞む水無瀬川」の情景に対して、この句が本歌にない「雪ながら」の景気を加えた点を評価しているのである。「雪ながら」は、山上の残雪を提示して春まだ浅い現在の時節を示し、山上の雪と麓の霞とを対比的に際立たせて遠景を立体的に描き出しており、また雪の白さは、麓の夕霞のほの暗さを対比的に際立たせて、一幅の水墨画を見るような味わいがある。一句は、水無瀬川をその川上へと遠望し、今を意識しつつ後鳥羽院の歌を懐古する作者の姿を伝えて、まさに「当意」の景気を詠んだ手本といえよう。

景気とは、宗祇が「その所の眺望」と述べている景を、古注が「雪ながらの景気」と評しているように、目に見るように詠んだ自然の眺望をいう。景気は、和歌の景《けい》曲体《きょくたい》（景色を視覚的に捉えたなかに興趣の感じられる歌）から出た用語で、自然の風物に対する心象（景趣）、もしくはそれを詠んだ句をいう。景色を目に見るように、あるがままに詠むというと、近代の写生を思わせるが、たしかに近代の写生と似ていながら、述べてきたように、その着眼や発想には、連歌としての特色が表れている。

連歌は、歌語を用い、本意を踏まえて詠むことがジャンルとしての必須の要件になっている。中世末期の連歌師紹巴が「唯今《ただいま》もおもしろきと思《おぼ》し召し候ふ事を仰《おほ》せ出《いだ》され候へば、をのづから古歌の心にも相叶《あひかな》ひ候」と嘱目や実感による詠作を薦めながら、「連歌に本意と申す事候。たとひ春も大風《おほかぜ》吹き、大雨降れども、雨も風も物しづかなるやうに仕り候ふ事に候」（『至宝抄』）と述べるように、歌語を用い和歌的世界のフィルターを通して実際の景を詠むことが求められていたのである。したがって、「山川江湖の風景をありのままに」「唯今も面白き」と思うことを詠んだ景気の句といっても、眼前の風景を歌語によって言い取ろうと、眼前の風景から本意に即した断面を切り取って示したものということになる。

本意に即して示すなどと言えば、連歌作者たちがあたかも既成の文学世界を再生産しているだけのように聞こえるかも知れないが、そうではない。彼らの目の前には、文学とは無縁な、刻々と変化して摑みどころのない現在ただ今があるだけなのである。彼らは、その現在を介して普遍的な詩の世界へと参入しようと志していたのだ。彼らは、現実から乖離した詩語（歌語）を用いて現実に向き合いながら、無常のこの現実世界の真の姿を捉えようとした。その意味では、連歌作者たちもまた言葉によってなまなましい現実をいかに捉えようかと、まぎれもなく現実と格闘した詩人だったのである。

〈芭蕉の嘱目〉 連歌に多く詠まれた景気は、俳諧にも受け継がれたが、景気の句が重要視されたのは、芭蕉や元禄俳壇においてであった。なかでも芭蕉は、談林俳諧から脱して新しい俳諧を模索しはじめた頃からすでに景気を重視していたようだ。芭蕉に次のような句文がある（『杖酒《つえはじめ》』所収）。

杉木氏正英《まさひで》は好士利休の古《ふる》道に遊びて、竹の庵あはれに住みなし、三人《みたり》四人《よたり》膝入れぬべくおぼゆ。庭もいとものふり、石粗々しく据ゑて、細《ささ》やかな草木揃ひたる中に、ただ竹に蔦のかかりたるぞ目にとまりける。

蔦植《うゑ》て竹四五本のあらし哉　芭蕉

これは、貞享元年（一六八四）『野ざらし紀行』の途次、芭蕉が伊勢の盧牧《ろぼく》（杉木正英）亭を訪れた折の句文である。盧牧は、茶人宗旦《そうたん》（千利休の孫）の四天王の一人、杉木普斎《ふさい》のこと。竹のもとの庵（茶室であろう）はいかにも趣き深く、三、四人が入れる程度の庵だと思いながら、庭に視線を移し、古びのついた庭に石を無造作に据えたあたりに、わずかに草木が植えられている中、竹に折から赤く色づいた蔦の葉が這いかかっているのが目にとまった、と記しているように、秋も変わらぬ竹の緑に、真っ赤に紅葉した蔦の葉が映える鮮やかな景を詠んだ。茶人の庭を目にしての嘱目吟である。

一句は、庭に植わった蔦は赤く色づいて竹に這いかかり、その竹四、五本を揺るがして嵐が吹いている、の意。前書にあるとおり、「竹に蔦のかかりたる」景色に興を催しての句だった。嘱目とは、目にとまった景観を詠むことであるが、何に目をとめるかという時点で、すでに詩は始まっている。廣田二郎『芭蕉の芸術―その展開と背景―』（昭43）によれば「竹・蔦・茅舎」は、漢詩に〈竹籬茅舎詩人ノ屋〉（胡徳昭「籬梅」『錦繍段』）、〈風無クシテ蘿自ヅカラ動キ　霧ナラズシテ竹長ク昏シ〉（「寒山詩」）などと家や周囲を竹や蔦を用いて詠んでいるように、詩人・高士を描くに欠くことのできない素材であった。芭蕉の竹や蔦への着目は、盧牧に対する清閑の詩人としてのイメージがもたらしたものなのである。見たままでありながら、目に留めたものがそのまま作者の心の表現にもなっているということなのだ。その意味では、連歌が和歌の本意を踏まえて眼前の景に詩を見出そうとしたのと同じく、芭蕉もまた漢詩の文脈を踏まえて眼前に詩を探っていったのである。

芭蕉が、漢詩の構図を踏まえつつ清閑の住居を描きながら、今・ここの場を示している部分は、「竹四五本のあらし」であろう。「竹四五本のあらし」とは、大した嵐ではない。例えば『題林愚抄』所収「山家ノ嵐」に〈吹き下ろす嵐をうけて山本の垣ほにそよぐ竹の一叢《ひとむら》〉（楊梅兼行《やまももかねゆき》）と、山からの嵐をうけてそよぐ竹が詠まれているように、竹のそよぎに山を吹く嵐の名残を見る表現である。秋の嵐は、〈余所に見し峰の紅葉や散りくると麓の里に嵐をぞ待つ〉（源顕仲《あきなか》『堀河百首』紅葉）や〈龍田山麓の里は遠けれど嵐のつてに紅葉をぞみる〉（祝《はふ》部成仲《りべなりなか》『千載集』秋歌下）などと詠まれているように、山に散る紅葉を里に見るという文脈を形成する。したがって芭蕉の句は、紅葉を吹き下ろす山の嵐をうけて、この庵にそよぐ竹の緑の一叢にも蔦の葉が真っ赤に紅葉しているという意になろう。

「あらしかな」の表現効果は、そればかりではない。『野ざらし紀行』の伊勢の地では、芭蕉は外宮に参詣した折、〈みそか月なし千とせの杉を抱くあらし〉と「嵐」をもう一句詠んでいる。芭蕉はこの句の前書に、「また上もなき峰の松風、身にしむばかり深き心を起こして」と述べている。これは西行の〈深く入りて神路の奥を尋ぬればまた上もなき峰の松風〉（『千載集』神祇）の下句を裁ち入れたもの。神路山《かみじやま》は、この歌の詞書に「大神宮の御山をば神路山と申す」とあるように、内宮の鎮座地で、『西行物語』も神路山に吹く嵐を「神路山の嵐おろせば、峰のもみぢ葉御裳濯川《みもすそがは》の波に敷き…」と、山の紅葉を麓に見るという嵐の文脈を踏まえて語っている。「嵐」は神域の清浄な山気を意味する言葉なのだ。一句は、この庵の竹にまで山気が吹き下ろしていると述べて、伊勢の地にある盧牧の庵の、俗と隔たった清浄なありようを称えているのである。

こうして芭蕉の嘱目吟は、「蔦―竹」という漢詩の伝統に通じる清閑の佇まいに、神路山から吹き下ろしてくる嵐の名残を「竹四五本のあらし」と受け止め、その嵐に紅葉する蔦で応じて、伊勢の地意外ではありえない清浄脱俗の世界を表現したものということになる。真っ赤に紅葉した蔦に、わずかな竹林、そしてその竹を揺らす神路山からの嵐が、芭蕉の目に見えていた風景だったのであり、それは芭蕉の心に刻みつけられた盧牧の庵のイメージそのものだったのである。

〈景気の句は皆古し〉　許六の『宇陀法師《うだのほうし》』によれば、芭蕉は門人の木導《ぼくどう》（彦根藩士）の句を激賞してこう語ったという。

　景気の句、世間容易にする、以ての外の事なり。大事の物なり。連歌に景曲といひ、古への宗匠深く慎み、一代一両句には過ぎず。景気の句、初心真似良き故、深く戒めあり。俳諧は、連歌ほどには忌まず。惣別景気の句は皆古し。一句の曲なくては成りがたき故、強く戒め置きたるなり。木導が春風、景曲の第一の句なり。後代手本たるべし。

元禄六年五月四日、許六が江戸を発ち郷里の彦根に帰る間際のことだった。「景曲」とは、自然の風景を興趣を込めて眼前に見るように詠むこと。芭蕉は、連歌の景曲を、景気に自然と興趣のこもる風体と理解しており、自然の風景を眼前に見るように描く詠み方は、だれでも詠めそうだが、すでに言い古されたことを詠むことが多く、新しみをもって詠むことが難しいと注意しているのである。木導の句を見てみよう。

春風や麦の中行く水の音　木導

一句は春の麦畑を詠む。麦は、冬十一月頃種をまいて冬の間に芽吹き、早春、麦踏みの季節を終えて、春の暖かさとともに成長する。「麦」は、春になり、麦の青葉が伸びた畑の情景である。春風がそよそよと麦の葉を撫で、青々と伸びはじめた麦畑の中を水が流れていく音がする。「麦」は、和歌に「麦の秋」が僅かに詠まれる程度で、ほとんど詠歌の対象になってこなかった。「麦畑」

への着眼は、和歌に詠み残された世界という意味で俳諧の本領ということになる。

この句は、麦畑の中に小川があるというのではない。白楽天の詩句に、〈今日《こんにち》知らず誰か計会《けいくわい》せし、春の風春の水一時に来たる〉（『和漢朗詠集』立春）とあるように、「春の風」「水の音」への着眼は、春風が冬の間川面を閉ざしていた氷を解かして水が再び流れはじめるように、物みな動きはじめる春の訪れへの着眼である。雪や氷が解けた野辺の様子は、例えば和歌に〈音すなり浅茅が下《もと》の忘れ水凍りしほどは知られざりしを〉（藤原季経《すえつね》『六百番歌合』）などがあり、連歌や俳諧にも、例えば次のように詠まれている。

限りなき行方や野べの春の水　紹巴（『大発句帳』）
積む雪も解けて水菜の畠哉　行正（『ゆめみ草』）
春の水所々に見ゆる哉　鬼貫（『仏兄七久留万』）

連歌に紹巴が野辺を潤していく春の水を詠み、初期俳諧で行正は、それが畠を水浸しにして水菜となったと見立てを用いて言い立てる。鬼貫は、あちらこちらに春の水が漬くさまを詠んで、氷や雪が解けた野辺の春を描く。「所々に」の措辞が、野の意外な所に水が溜まっていると示して、氷や雪が解けた野辺の様子をうまく伝えている。木導の句は、それを「水の音」と聴覚において捉え、麦畑を浸す水を動的に描いた点に新しみがあるわけだ。木導の句が、景気の手本とされた理由は、新しみをもって万物の動き始める早春をとらえ、かつ春の水の古典にも通じる詩情を一句が獲得しているためであろう。

かく見てくれば、当時の詩人たちは、眼前の景に「詩」を見出そうとする際、和漢の詩人たちが言い留めてきた文学世界に通じる美を、眼前に見出すかたちで句を詠んできたと言えそうである。むろん、同じでは決してない。宗祇が「雪ながら」と早春に時節を移して自らの現在を提示し、芭蕉が「蔦」と「竹」とに着目して清閑脱俗の境地を描きながら、「竹四五本の嵐」と伊勢神宮の神域から吹き下ろす清浄さをそこに加え、木導が「春風」と「水の音」に着目して、麦畑のなかに早春の景を描いてみせたように、既成の文学世界において育まれてきた詩情を、今・ここの場に見出して行くことに、詩のあり方を見ていたのである。宗祇は、和歌世界の延長として乱世の今・ここの場を意識しているのであり、芭蕉にとっては、和歌伝統から漏れた俗世界そのものが今・ここの場に他ならなかったのである。

「詩」（芭蕉にとっては「風雅の誠」ということになる）とは、古今にわたって変わることがなく、それが時代ごとに形を変えて表出されるという、芭蕉の不易流行の考えも、今・ここに代々の詩人たちが見出してきた「詩」を見出すという自身の詩のあり方を自覚的に語ったものというべきだろう。景気とは、いわば眼前の景を介してイメージされる「詩」の世界なのであり、景気の句が目の前をありのままに詠んだ句と言いながら、心象の具体相を捉えた句でもある理由がそこにある。

〈風景・吟行〉　天明八年（一七八八）、東北地方の幕府巡見使に同行した古川古松軒《こしようけん》は、その折の見聞を『東遊《とうゆう》雑記《ざつき》』に記している。そこに石巻の眺望は次のように述べられている。

鹿島の宮御巡見所にて、金華山をば御遠見ある地なり。さして名所旧跡と称して見るべき所もなく、風景ある地にもあらず。（『東遊雑記巻十』東洋文庫）

「鹿島の宮」は鹿島御児《かしまみこ》神社のこと。鎮座する日和山《ひよりやま》からは、石巻一帯を一望することができる。ここは、そこに設けられた御巡見所からの眺めを評した部分である。「風景ある地にもあらず」とは、称すべき景観もない所の意であろう。少なくとも近代以前にあって「風景」は、美として語るに足る景観の意であった。とはいえ、古松軒が眺望について何も思わなかったかと言えば、そうではない。続けて「山より遥かに海上を見れば、蒼海縹渺として大浪白雲にまじわり、何となく哀れをもよおす情あり」と、海上を見渡して白波と雲の一体化した景に旅愁をかき立てられてもいたのだ。だが、それは石巻の景観として捉えられたものではない。石巻の「風景」とは、石巻として称すべき景観以外のものではなかったのである。古松軒にとって「風景」とは、代々の詩人たちによって詩歌の中に記憶されてきた美的時空といってもいいだろう。それらは、我々が風景を見るとき、風景をどこから眺めるか、何に目を付けるかなど風景の選択の一つ一つに、我々の視線を挑発してくる。我々は、いわば詩人たちが作り上げてきた視線の延長線上に、眼前の風景を重ね合わせて見ているのだ。言い換えれば、風景は、詩歌の伝統において価値づけられた視線を介してしか、我々の前に存在しなかったのである。いうまでもなく、宗祇や芭蕉の景気と軌を一にした景への向き合い方なのだった。

風景が、こうした人間の記憶の中に定位された美的空間であった時、嘱目によって新しい世界を広げようと努めても、結局価値づけられた視線において捉えられた景観を提供することになる。

十八世紀になると、都市生活者の関心は都市部の周辺、郊外へと拡充してゆく。それまで縁日や祭礼などの寺社参詣、あるいは盛り場への見物に加えて、大都市近郊への寺社参詣や名所見物が盛んになった。鈴木章生『江戸の名所と都市文化』（平13、吉川弘文館）によれば、こうした現象は、名所図会《ずえ》（名所案内記）が徐々に大都市周辺の寺社・名所を拡充して収録するようになり、それが人々の都市周辺部への関心をかき立てる役割を果たした。都市に生活する人々は、郊外の寺社への参詣を目的として田舎の景色それ自体に触れることで日常から解放された安息を求めたのである。また、田中道雄は「近郊散策の流行」（『蕉風復興運動と蕪村』平12、岩波書店）において、十八世紀後半、近郊の農地の整備による田園風景の美化、近郊の茶店の増加などを背景に、漢詩人たちが好んで大都市の郊外を散策し、その途上、もしくは体験をもとに詠じた「郊行」（城市を離れて郊外を散策する意の題）詩が流行したことを指摘している。例えば「秋晩郊行」と題した詩に「歩シテ城市ヲ離レテ風塵ヲ出ヅ」などと詠むように、彼らは繁華な都市の喧噪やその日常煩雑な世事から離れて、無塵の清らかな自然の世界としての田園を郊外に見出していったのである。そうした文芸的な散策、言い換えれば「吟行」の盛行を同時代の俳諧もまた取り入れたのである。十八世紀から十九世紀にかけての俳人から、京都郊外を詠んだものを掲げておこう。

初冬や日和になりし京はづれ　蕪村（『明和五年句稿』）
白芥子《しらげし》に焚火《たきび》移《うつろ》ふや嵯峨の町　暁台《きようたい》（『暁台句集』）
大原や木の芽すり行《ゆく》牛の頬　召波《しようは》（『春泥句集』）
太秦《うづまさ》は竹ばかりなり夏の月　士朗《しろう》（『枇杷園句集』）

蕪村の句、初冬といへば時雨の季節。時雨は、〈神無月降りみ降らずみ定めなき時雨ぞ冬の初めなりける〉（読人不知『後撰集』冬）と詠まれる、変わりやすい雨。それを時雨と言わず、「日和になりし」と言い表したところが眼目である。郊外に来て、好天となったというところ、京の街での鬱屈した気分からの開放感が印象的な句である。暁台の句は、嵯峨に遊んでの句。白芥子は夏。焚火は篝火（照明用の焚火）のことだろう。その炎が芥子の花に映じている。芥子の花ははらりと散りやすく、炎の不安定さと芥子の軽やかなはかなさとがよく照応して、一瞬の篝火の古典的幻想をかき立てる。「焚火」といったところが、嵯峨を鄙びたイメージに仕立てて一句の眼目である。召波は京都の北郊、大原を詠む。早春の野を味わうかのように、柔らかく芽吹いた木の芽に牛が頬を摺り寄せて歩む。木の芽の触感に長閑な春が表された。士朗は、京の西郊太秦を詠む。太秦は〈ほととぎす大竹藪をもる月夜〉（芭蕉）や〈若竹や夕日の嵯峨となりにけり〉（蕪村）など、竹林が多いところだった。この句、〈竹ばかりなり〉の大様な把握が夏の月の涼しげな光と相俟って、俗塵を離れた清涼感を喚起している。

これら、郊外の自然に触れて、日常の感覚を刷新する句と評せよう。とはいえ、句としては、時雨の晴れ間や春ののどけさなど、季語の本意を踏まえて詠まれたものであり、また嵯峨野の古典的幻想や俗塵を離れた竹林の清涼などは名所の本意を介して詠まれたものである。そのことは、郊外の自然を詠むといっても、句として切り取る世界が、作者の裡で価値づけられた視線を介して自然を捉えたものであることを物語っていよう。その意味で、彼らにとっての風景とは、伝統や生活と関わっての、人間の営みと密接に関わる自然以外のものではなかったのである。

〈写生〉　明治二七年（一八九四）、正岡子規は画家中村不折から洋画法のスケッチを教えられ、作句法に応用して写生を唱えた。が、「実際の有《あり》のままを写すを仮に写実といふ。又、写生ともいふ」（『叙事文』明治33）といっているように、それ以前から、現実を美化せず、あるがままに描写しようという写実主義の影響もあったにはちがいない。彼は、写生に関して「俳句は簡にして尽《つく》さんとする必要より、美の最も多き部分のみを取り、其《その》他《た》醜なる者と美の少《すくな》き者とは之《これ》を捨つる」こともやむを得ず、「無秩序に排列せられたる美を秩序的に排列し、不規則に配合せられたる玉を規則的に配合」したり、また「時によりては少しづつ実景実物の位置を変じ、或は主観的に外物を取り来りて実景を修飾することさへあり」（「俳諧反故籠」『ほととぎす』明30・2）など説いているように、写生による作句法は、写実に対象の取捨選択や、配置・取り合わせといった構図の方法、いわば俳句の方法を与えたのである。これに関わって子規はまた、「総じて実景を有《あり》の儘《まま》に言はば、それに対する自己の感情判断などは言はずとも、読者は能《よ》く之《これ》を想像し得るものなり」（「俳諧反故籠」）と述べている。ここには、写生によって対象を写実的に描写することがそのまま対象の何を美しいと感じたかという作者の心を伝える方法だという景情一致の境地も自覚的に示されているのである。景情一致は、芭蕉の『猿蓑』（元禄四年）時代の特徴的作風でもある。芭蕉が、同時代の景気重視の句風を敏感に感じながら、景を描いて情を感じとらせようと目指したものだった。その作風に通じる方法を自覚的に説いたところに、子規の明晰さが見えてくる。

〈風景の発見〉　子規は写生の句に関わって「意匠」（連歌俳諧で言う「作意」すなわち表現意図とほぼ同意）についてこう述べている。「意匠に主観的なるあり。客観的なるあり。主観的とは心中の状況を詠じ、客観的とは心象に写り来りし客観的の事物を其儘《そのまま》に詠ずる」（「俳諧大要」『日本』明28・10・24）と述べている。いわば、あらかじめ詠もうとする意図に基づいて対象を詠むこと、詠もうとする対象から意図が生まれるかの違いを述べたものである。ここで重要なのは、対象について客観・主観の対立項によって説明しようとしていることだ。すなわち、見る側の対象に対して抱くイメージや印象を「主観」と言い、その見る側とは無縁に存在している対象を「客観」と区別している点である。

これは単に英語 objective を客観的と訳し、subjective を主観的と訳したというのではない。柄谷行人が「風景の発見」(『日本近代文学の起源』昭55、講談社)で指摘しているように、詠じる対象として風景そのものを発見したということなのである。子規が「有《あり》のままを写す」写生によって風景と向き合う時、風景は「有のまま」のものとして彼の目の前に現れている。例えば、松林は松籟を響かせもせず、寂しくもなく、色変えぬ松として他の紅葉から孤立もせず、ただその場にある松という呼び名の木の集まりとして現れているということだ。幹の質感、うねり、枝の張り方など一つ一つの形をたどってゆく写生の目が、「松」に一般的にも文学的にも形成されてきたイメージから、目の前の松を解き放つのである。

子規以前の詩人たちが、江戸時代の景気や嘱目に関わって述べてきたとおり、風景を見ると言いながら、それを「もの」として見るのではなく、先験的な概念(言葉に蓄えられた文学伝統など)を見ていたのに対して、写生という方法は、そのようにして「風景」を、見る側のイメージや価値づけから切り離し、見る側の世界観の届かない外にあるものとして新たに発見させたのである。

春風にこぼれて赤し歯磨《はみがき》粉 子規(『寒山落木』明29)

潮引いて泥に日の照る暑さかな 子規(同)

鶏頭の黒きにそそぐ時雨かな 子規(『俳句稿』明31)

子規の句をみてみよう。「春風」の句。折からの春風に鯨楊枝《くじらようじ》(今の歯ブラシ)に付けようとしてこぼれた歯磨粉が赤く散ったの意。歯磨きのための粉という実用性でしか見ていなかった歯磨粉は、いかに歯を白くするか、口臭を抑えられるかという効能の観点からしか見られてこなかった。赤い歯磨粉は、江戸時代から用いられてきたものの系譜を継ぐ「紅梅香」などで、琢砂《みがきずな》に香料を加え、紅で色付けしたものだったらしい。それが、こぼれたことで粉の赤い色彩として詩の対象となったのである。あたかも春風が赤く色づけていったかのようで、変わらぬ日常に兆した発見の喜びが示される。「潮引いて」の句。芭蕉に〈青柳の泥にしだるる塩干《しほひ》かな〉(『炭俵』)があるように、「潮干潟」(潮干)は磯遊びを連想する春の長閑な景。引いたばかりの泥が強い日射しに照らされているさまを描写したこの子規の句は、夏の干潟の暑さを詠んで、伝統的な干潟の春のイメージを打ち壊し、新しい夏の干潟を生み出している。潮干の跡を「泥」といったところ、東京湾の広い干潟をイメージさせてくる。「鶏頭」の句。鶏頭は秋、鶏冠の形で赤く燃えるように咲く。〈鶏頭や雁の来る時なほあかし〉(芭蕉)や〈鶏頭や倒るる日まで色ふかし〉(青蘿《せいら》)など、鶏頭と言えばその赤さが代名詞ともなっていた。この句は、その赤く咲いた鶏頭の花も初冬の頃には萎れて黒々として茎も立ち枯れ、そこに時雨が一しきり降り注ぐさまを捉えた。黒々と枯れて乾いた鶏頭花が折からの時雨にその黒さを深める。ここには、紅葉の色を深めるとされた時雨とは異なる、さび色に染めなす時雨が詠まれている。〈しぐるるや田のあらかぶ《新株》の黒むほど〉(芭蕉)に通じる時雨の美とも言いえよう。

三句ともに、歯磨粉をその実用の視線から外れて美的対象として眺め、春の潮干を炎天の干上がった泥に詠み、鶏頭の枯れ尽くした姿にかえって美を見出すなど、既成の視線を拒否したところで対象を描き出している。子規の句において歯磨粉・夏の干潟・枯れた鶏頭は、初めてそれぞれものとしての存在感を主張しているのである。

子規はこうして写生の目によって、物に対する世間一般の視線を解体し、世間の視線の外にあらためて物を存在させているのである。だが、読者は、そのようにして描かれた物を、初めから描かれるべく存在していたように錯覚し、あたかもそのように初めからあったものを写したに過ぎないと思い込んでしまう。

「風景がいったん成立すると、その起源は忘れ去られる。それは、はじめから外的に存在する客観物のようにみえる。ところが、客観物《オブジェクト》なるものは、むしろ風景のなかで成立したのである。主観あるいは自己《セルフ》もまた同様である。主観(主体)・客観(客体)という認識論的な場は、「風景」において成立したのである。つまりはじめからあるのではなく、「風景」のなかで派生してきたのだ」という柄谷の指摘は常に思い起こされて良い。ものを伝統的なイメージから解放し、ものそのものとして描く子規の方法は、写生によっていまだ誰も見たことのないもの(あるいは見ようとして見ていなかったもの)を創造するという試みだったのである。

〔子規と芭蕉〕 だとすれば、子規が「俳句」というジャンルの創出とともに果たした役割は、いわば伝統的視線(一般的なイメージ)のなかに取り込まれていた自然や物を、物そのもの、自然それ自体として取り出し、今までの風景に漏れていた真新しい風景を文学の場に書き留めることだったといっても良いだろう。言い換えれば、今まで主題としては成立してこなかったものの一面を、新たな主題として詠むようになったということだ。

かく子規の文学運動をまとめてみれば、子規と同様、物や自然を伝統的な雅のイメージから解放し、あらためて物の美を捉え直そうとする文学運動を展開した一人の詩人が思い起こされる。俳諧を詩として完成させた芭蕉のことだ。芭蕉は、俳諧というジャンルの意義を、和歌・連歌・漢詩、あるいは物語など、既成の文学伝統に漏れた物や景色を文学の世界にすくい上げ、既成の文学にはない新しい世界を創生することに見出し、それを強固な意志をもって実践していった詩人であった。その結果、俳諧は、画期的に広大な詩の世界をその領域として獲得するに至った。子規の前には、その広大な詩の蓄積が積み重ねられていたのである。しかし子規は、その膨大な詩の遺産から自然や物を解き放ち、あらためて自然そのもの、物そのものという新しい詩の領域を設定してみせたのである。この時、「俳句」は、俳諧の膨大な詩の領域をそのまま詠み残された世界として受け継ぐことになった。「俳句」が、それ以前の俳諧の伝統を拒否しているような相貌をもった、真新しい詩として成立した事情がそこにある。と同時に、そうした新しさが写生によって切り開かれたということは、つまるところ嘱目という句作の方法が、「俳句」にとって大前提となったということにほかならない。

（3）取合せ《とりあはせ》・配合

〈配合の句—近代の取合せ—〉 世界は、物事の関わり合いにおいて成立している。物事と世界との関わり方を具体的に示すことは、その物事がどのような存在か、それを作者がどう感じているかなどを能弁に物語ることになる。短詩である俳句は、それを端的に提示する表現法をもっている。例えば次の例はその典型である。

秋風や模様のちがふ皿二つ　石鼎（『花影』）

この句は、切字「や」を介して「秋風」と「模様のちがふ皿二つ」とが相互に関係づけられている。模様の違う二枚の皿に秋風が吹いているといえば、言葉のままであるが、二枚の皿を吹く秋風とは多分に作者の心裡を反映しての措辞ということになろう。この句には「父母のあたたかきふところにさへ入ることをせぬ放浪の子は、伯州米子《よなご》に去つて仮の宿りをなす」と前書がある。「皿二つ」は、鳥取米子の仮寓での食卓に並べられた皿ということになる。食卓を前に、皿の模様の違いに見入っているのは、皿の模様がそれなりに味わうべき面白さをもっているからだが、そんなところに目が行くのは、食事や料理それ自体に目が向いていないことを示している。そこに、作者の所在なさが顔を覗かせる。その所在なさが、普段は忘れている自身の境遇、両親と合わずに郷里を飛び出して放浪している自身に思い至らせたのであろう。食卓という家族を意識する場にあって、模様の違う二枚の皿に、両親と自身とのすれ違いを噛みしめている作者の姿が浮かんでくる。それは実際の風というよりも、両親のぬくもりを棄てて放浪している作者の心に吹き通ってくる秋風であろう。秋風は、草木を萎らせて吹く風であり、「身にしみてあはれを添ふる」（『初学和歌式』）風として和歌以来詠まれてきた。その秋風が二枚の皿の違いを見ている作者の心にしみこんで、普段は意識しない自身の境遇を見つめさせているのだ。

このように、一句に二つの事象を関わらせ、結びつけることで、読者に世界を伝えようとする方法を「配合《はいごう》」もしくは「取合せ《とりあわせ》」という。ほぼ同様の方法を山口誓子は、「二物衝撃」と呼んでいる。二物衝撃は、『戦艦ポチョムキン』（一九二五）の「オデッサの階段」で知られる*エイゼンシュタインの映画理論モンタージュを俳句の配合に当てはめて訳したもの。カットAと異なる視点で撮られたカットBとが、対立的に衝き合って新しい観念Cを生じることをいう。これを誓子が写生構成の理論に援用した。また、こうした「配合」による句形は、切れによって一句を二つの部分（五音と十二音が基本になる）に分ける形を取ることが多い。こうした句形を「二句一章」（「二章体」とも）という（大須賀乙字の造語とされる）。この原石鼎の句も、「秋風や」の五音と「模様のちがふ皿二つ」の十二音の二句一章の句である。模様の違う皿が二枚並んでいるだけの景に、秋風が取り合わされることで、作者の境涯を記した前書と響き合う詩情が伝わってくるのである（*佐藤和夫「モンタージュと俳句」旺文社『俳句の解釈と鑑賞事典』昭54によれば、エイゼンシュタインは日本語を学び、俳句を知っており、モンタージュは俳句由来の理論だった可能性があるという）。

配合による俳句は、景と景あるいは物を取り合わせるばかりではない。次のように、景と人、景と心情などあらゆるものを取り合わせる。

万緑《ばんりょく》の中や吾子《あこ》の歯生え初《そ》むる　草田男（『火の島』）

鰯雲《いわしぐも》人に告ぐべきことならず　楸邨（『寒雷』）

中村草田男の句は、中七に切字が入り、八音と九音という形になった配合の句である。「万緑」とは夏の草木が繁茂した満目の緑のこと。王安石「万緑叢中紅一点」（「石榴詩」）を出典とし、この草田男の句によって定着した季語である。「万緑」の漲る生命感と我が子の歯が生えての喜びとの配合は、緑と白との対照も利いて、生命の喜びを読者に伝えてくる。

加藤楸邨の句は、五音・十二音の二句一章の句である。〈人に告ぐべきことならず〉とは、人に告げるべきことではないの意。「告ぐ」とは、言葉で相手に知らせることで、「言ふ」よりも伝える内容が重大であることを感じさせる文語的な言い回しである。また「伝ふ」が相手側を意識するのに対して、「告ぐ」は発話する本人に力点を置いた言い方である。〈告ぐべきことならず〉とは、ある事柄について人に言うべきことではないと自らあらためて確認する言い方なのだ。「鰯雲」は、空高いところに現れる雲で、雲の小片が、魚の鱗のように、あるいはさざ波のように規則的に配列した雲をいう。鱗雲、鯖雲などとも呼ばれる。馬琴の『俳諧歳時記』（享和元刊）に「秋天、鰯先づ寄らんとする時、一片の白雲あり、その雲段々として波の如く然《しか》り、これを鰯雲といふ」と説くように、鰯の群を連想させたようだ。「鰯雲」は、それが鰯の群れの訪れを予感させて段々と広がるさざ波のように、徐々にどこからともなくひたひたと押し寄せてくる重苦しい気分といったものを形象化しているのではないだろうか。口に出して誰かに言うべきことではない、自身のうちに留めるべきことだと自ら確かめている作者は、それを言葉として発してしまいそうな衝動と対峙し、必死で堪えているのである。一句はそうした、ある種の重い気分を独りで背負い込もうとしている作者像を伝えてくる。

配合とは、文体としては二句一章の形をとり、切れを介して断片化された二つの事象を関わらせることで、一つの映像や感懐を作者の微妙な心情とともに伝える俳句の方法だと言うことができる。

〈俳諧の取合せ〉　乾裕幸が指摘しているように、「取合せ」は、俳句に限らず、茶道具の取合せ、花入れの草木の取合せ、あるいは狂言の衣装の取合せなど広く諸芸に用いられ、いずれも二種以上の事物や事象を組み合わせて、その複合的な情趣や配合の美を味わうことを眼目とした。そこでは取り合わされる素材間に、異質性を踏まえたうえでの照応・配合の美が志向されていることも、諸芸に共通する（「《取合せ》の論」『ことばの内なる芭蕉』昭56）。また、「取合せ」は、すでに連歌論でも、言葉の縁語などによらず、前句とは異なる世界を構成して付けてゆく方法として用いられている（濱千代清「連歌における「取合はせ」」『連歌―研究と資料』昭63）。初期俳諧においても、言葉の縁語や掛詞を用いた言葉の組合せを「取合せ」と呼び、ことに談林俳諧では雅と俗の対立を意識した構成を「取合せ」の語で表している（乾裕幸、前掲書）。ここでは、芭蕉の「取合せ」について見ていこう。

芭蕉にもまた、早くから次のような使用例がある。

左勝
鹿をしもうたばや小野が手鉄炮　政輝

右
女をと鹿や毛に毛がそろうて毛むつかし　宗房

左の発句。小野と。いふより。鹿と。続けられ侍るは。かの紫の。しなもの。光る。お源の物語にも。小野に鹿のけしきを。書きつらね侍りしより。尤も能《よ》くとりあはされたるなるべし。そのうへ「おのがてゞつばう」と。いふを。とりなされたる。
芭蕉（『貝おほひ』二十番、寛文一二自序）

左句「小野」は、山城国愛宕の歌枕。「小野」に「己《おの》が手鉄砲」（自分の手にした鉄砲）を言い掛け、鹿の名所とされる小野で鹿を撃ちたいものだと詠んだ句。その小野と鹿をよき取合せだと評したもの。「小野」と「鹿」とは『俳諧類船集』にも付合語として登載されている語で、ここでは取合せは言葉と言葉を一句に詠み込んで関連づけることをいっているようである。

鵙の一声夕日を月に改めて　文鱗

……「夕日淋しき鵙の一声」と長嘯のよめるに、西行の〈柴の戸に入日の影をあらためて〉と詠める月を取合せて、一句を仕立てたるなり。
（貞享三年一月成『初懐紙評註』45句目、芭蕉評）

〈鵙の一声〉の句は付句の例である。この付句について芭蕉は、長嘯子の歌〈野辺見れば尾花が末にうち靡く夕日も薄し鵙の一声〉（『挙白集』）をもとに〈鵙の一声〉に〈夕日〉と詠み、また西行の〈射し来つる窓の入り日を改めて光をかふる夕月夜かな〉（『山家集』）から〈夕日を月に改めて〉として、これを構成した付句だと解説している。つまり、〈夕日を月に改めて〉の着想は西行の歌から得たもので、そこに〈鵙の一声〉を冠したのは、「夕日も薄し鵙の一声」による。その二つの歌を本にした詩句を組み合わせたことを、取合せと言っているのである。

これらの例は、先にみた現代俳句の取合せの句とは異なる。むしろ、言葉や詩句を一句に結んで詠み入れる際の、その言葉の組合せをいうと解すべきであろう。次の其角が述べている例も同様である。

鶯や竹の枯葉をふみ落し　荷兮

一、竹に鶯を取合せてと案じたらば、古歌・連歌まぎらはしくなりて、発句には言ひとられまじくや。まだ初春の藪のそよぎを、鶯かとも気を付けたる所、わづかに作意有り。それもまた気色を探し出《い》でて、ここにこれを求めて新しなどと思はば、己《おの》レ合点《がてん》したりと、人の聞き知るまじき句なるべし。
其角（『雑談集』元禄五刊）

荷兮の句について、「竹」と「鶯」の取合せは、古歌や連歌に夥しく用いられており、新しみを追求する俳諧の発句としては詠みにくいが、この句は、まだ鶯も来ていない初春の竹藪がそよいで枯葉が落ちたのを、竹藪に鶯が来たかと思いやったところに、鳴く前のいち早い鶯の訪れを見出した新しみがあり、そこが評価できるというのである。この「取合せ」も、和歌の縁語による組合せを指している。

蕉門で「取合せ」を重視して論じたのは許六である。彼は、元禄一一年三月に去来に送った論「再呈落柿舎先生」中にこう述べている（『俳諧問答』所収「自得発明弁」）。

初雪やいつ大仏の柱だて　翁（芭蕉）

これ大仏殿建立は、今めかしきやうなれども、この古きこと、万里の相違あり。初雪にさてさて良き取《とり》合《あは》せ物《もの》、「初」の字の強み、名人の骨髄なり。

この句は、いつ大仏殿が建立されるのだろう、折からの初雪に露台の大仏がいかにも寒々としていることだ、の意。初雪に、あらためて大仏が露台に置かれていることを実感したというのである。この大仏殿は、東大寺大仏殿のこと。芭蕉は元禄二年十一月末に奈良を訪れており、その折の句である（元禄三年正月杜国《とこく》宛書翰に「南都、雪悲しいつ大仏の瓦葺き」と初案を記す）。真蹟懐紙には「南都にまかりしに、大仏殿造営の遥けき事を思ひて」と前書を付す。大仏殿は、永禄一〇年（一五六七）に戦火で焼失し、当時ようやく再建に着手した頃だった。ちなみに、元禄元年（一六八八）四月に起工式、同三年大仏の頭の修復がなり、五年大仏修復開眼供養、同一〇年柱立て（建築に際して先ず中心となる柱を立てること）、殿舎の完成は宝永六年（一七〇九）までかかったという。

許六は、大仏殿建立のことは現代の話題を詠み込んだようだが、その造営は千年も前のことであり、そこには大きな隔たりがある、と述べている。一句は、「初雪」の「初」が利いて、これから建てられるであろう壮大な大仏殿に、千年前の創建当時の大伽藍を思いやる体となっている。許六は、そこを読み取って、この「初雪」と「柱立て」との取合せを評価しているのである。

こうして蕉門の取合せは、一句に二つ以上の言葉（素材）を詠み入れる際、その組合せをいったものということになる。この、一句に詠み入れる語の組合せを意味する「取合せ」を、「俳諧の取合せ」と呼んでおこう。一句において、その中心となる言葉をどう組み合わせるかは、一句の趣向や仕立て方に関わる問題であった。それゆえ「取合せ」は、作句の基本として重視されもしたのである。

〈とりはやし〉　許六によれば、芭蕉もまた次のように取合せについて述べたという。

師ノ云ク、「発句は畢竟取合《とりあは》せ物と思ひ侍るべし。二ツ取り合はせて、よくとりはやすを上手と言ふなり」と言へり。ありがたき教へなり。これ程よき教へあるに、取り合はする人、稀《まれ》なり。師は上手にて、そのままとりはやし給ふ。（『自得発明弁』）

発句は要するに言葉と言葉の組合せだと思いなさいとは、取合せを推奨する言葉である。二つ以上の言葉を一句に詠み込むといっても、一句にどうそれを結びつけるかが重要となる。その繋ぎ方、組み合わせ方によって、取合せも活きるし、また新しみも生まれてくる。「とりはやす」とは、その繋ぎ方をいう。許六は、自身の発句を例にして、次のように取り合わせた言葉のとりはやし方について説いている。

予この頃、「梅が香」の取合せに、「浅黄椀」よき取合せ物なりと案じ出して、中の七字色々に置けども据わらず。

梅が香や精進なますに浅黄椀　是にてもなし、
梅が香やすへ並べたるあさぎ椀　是にてもなし、
梅が香のどこともなしに浅黄椀　是にてもなし、

など色々に置いてみれども、道具・取合せ物よくて発句にならざるは、これ中へ入るべき言葉、慥《たしか》に天地の間にある故なり。かれこれ尋ぬる中に、

梅が香や客の鼻には浅黄椀

と据ゑて、この春の梅の句となせり。（『自得発明弁』）

ここも、「梅が香」と「浅黄椀」の言葉の取合せが前提となっている。その取合せを活かすような中七を求めてあれこれと試みたプロセスを示している。「梅が香」は、梅の香りが馥郁と匂うことをいう歌語。「浅黄椀」は、京都、二条南北新町に製する漆塗りの椀の一種。黒漆の上に縹《あさぎ》色もしくは赤白の漆で花鳥を画いてある（『雍州府志』七）。高級品で、元禄時代から享保くらいまで多く用いられた（『骨董集』）。梅が香に、花鳥を描いた漆器茶碗の取合せは良いとして、それが一句にならないのは、中七に置く言葉があるはずなのに、それが見つからないからだと、あれこれ試み、「客の鼻には」の七音を得て治定した。梅が香の漂う雅宴で、客たちが浅黄椀を目の前にして、料理の匂いに鼻うごめかす。その雅と俗の取合せに、人々が風雅を気取りながらもその心は食べ物の方へと向いてしまっているさまが滑稽に捉えられた。

一句を詠もうとすれば、主題となる題材にもう一つ別の素材を取り合わせるのが基本である。この取り合わした二つの言葉をどうとりはやすか。とりはやし方一つで、取合せも活きてくるし、一句が良くもつまらなくもなる。そこに、作者の力量が表れるというのだ。

〈題詠としての取合せ〉　芭蕉は、この取合せに関わって次のように述べたという。「発句案ずる事、諸門弟題号の中より案じ出だす、これなきものなり。余所より尋ね来れば、さてさて沢山なる事なり」（『自得発明弁』）。題詠に際して、題材の中から句を案じ出そうとするが、それではできない、題材とは別のところから求めれば、句にする題材は無尽蔵にあるではないか、というのである。題から連想される言葉や、題と関連する言葉は、和歌をはじめ文学に詠まれてきたことによって成立したものであり、それを取り上げてしかも新しみを探るのは容易ではない。前引、尚白の〈鶯や竹の枯葉をふみ落し〉の「竹」に「鶯」の取合せについて其角が、「竹に鶯を取合せてと案じたらば、古歌・連歌まぎらはしくなりて、発句には言ひとられまじくや」と述べていたとおりなのである。芭蕉は、それゆえ、題の中ではなく、題とは別のところから求めよというのだ。題と関わりないものはいくらでもある。取合せとは、題と別なものとを結びつけることで新しみをもたらす方法であると同時に、題の外という無限の可能性を開拓する方法なのだった。

許六はこれに関して次の自作を挙げて述べている。

寒菊の隣もありや生大根《いけだいこ》　許六

生け大根が、寒菊が美しく咲いている隣にもあることだ、の意。生け大根は、畑から引いた大根を軒下などに埋め

ておくこと。大根が凍みないための保存法である。寒菊という風雅の花の隣に、庶民生活そのものである生け大根が顔を覗かせている。まさに俳諧の場そのものを見出した句といえよう。この句は、元禄五年冬、許六が嵐蘭とともに芭蕉庵を訪れて三つ物（発句・脇・第三）を詠んだ折の発句である。この句について芭蕉は、「世間俳諧するもの、この場所に到りて案ずるものなし」（『俳諧問答』「俳諧自讃論」）と賞めたという。芭蕉のこの言葉は、世間一般の俳諧作者たちは、実際にその場に行って句を考えない、の意。その場に臨んで句案を練れば、こうした情景を見出すこともできようのに、実際の情景を見ようとしないので、こうした句を詠むことができない、と言いたいのであろう。許六が自作を持ち出したのは、「寒菊」に対して「生け大根」との取合せが、寒菊から連想される言葉の範疇の外から求め得たところにあり、それは和歌伝統という虚構を離れ、現実の世界に素材を探った結果、嘱目において見出された成果であり、新しみであったと言いたいのであろう。むしろ蕉風俳諧は、新しみを求めて現実に言葉の組合せを探った結果、和歌的虚構の枠組みを大きく逸脱することになったと言うべきかもしれない。だが基準となったのはあくまでも和歌的世界を本意とする題詠であり、蕉風の嘱目もまたこの題詠の刷新として現実を採り上げたものであったことは言うまでもない。

言い換えれば、許六の言説に代表される俳諧の取合せは、題詠を前提とした方法だということができる。題詠は、主題に即して詠むことであるが、俳諧はそれを広い天地と関わらせて詠もうとしたのである。その方法として、主題を別の素材と関わらせるという取合せの方法が用いられた。題詠といえば、例えば「梅花留レ袖《そでにとどむ》」「水辺の梅」「古宅の梅」「梅花混レ雪《ゆきにまじる》」など、二つ以上の素材を結んで題とする結題《むすびだい》が思い合わされる。題詠では、提示された題を歌に詠み込むように一首が工夫される。とりはやしとは、いわば取り合わせられた二つの素材を結題として一首を詠むのと同じことだったのだ。

かくして、切れを介して一句を二つの部分に断片化し、これを重層的に結びつけることによる相乗効果をねらった現代俳句の取合せと、二つ以上の素材を一句に用い、これを一句として破綻なく仕立て上げる俳諧の取合せと、二つの異なる取合せがあったというべきなのだった。時代には時代の用法がある。従来の取合せ論は、現代の取合せをもとに俳諧を解してしまったために、この二つの取合せの差異を見過ごしてしまったのである。

〈発句は金《こがね》を打ち延べたるやうに作すべし〉 去来は取合せに関わって、こんな逸話を紹介している（『旅寝論』）。芭蕉が「発句は取合せ物」だと言ったというので、膳所の門人たちは取合せにこだわって句を詠む者が多かった。その是非をめぐって「一物の上になりたる句」もあるか否か、私は膳所の洒堂といつも論争した。ところが、洒堂が江戸に行き、芭蕉から、お前の発句はすべて二つ三つの素材を取合わせただけで詠んでいると指摘され、「発句はただ金を打ち延べたるやうに作すべし」と教えられたという。洒堂が帰国後、私にそう話して自分の考えが間違っていたと悔いていた、という。

この芭蕉の言葉はどのような意味だったのだろうか。去来の叙述からは、発句の詠み方は取合せだけではなく「一物の上になりたる句」もあると語っているように解される。とはいえ、発句は金を叩いて引き延ばすように詠めという比喩が、取合せによる句を含んでのものか、それとも「一物の上になりたる句」について言っているのか明確でない。『旅寝論』ではこの逸話に続けて、例を挙げて説明しているので、それを検討してみよう。

去来は、「一物の上になりたる」発句として次の句を挙げている。

毛衣につつみてぬくし鴨の足　芭蕉
いざさらば雪見にころぶ所まで　同
うつくしき皃《かほ》かく雉子の蹴爪かな　其角
鶯の啼いて見たればなかれたり　杜若
鶯の一こゑも念をいれにけり　利牛

毛衣と鴨の足を取り合わせ、雉子の蹴爪と皃を取り合わせたと説明もできるが、雪見や鶯の句は取り合わせた物が見当たらない。つまり、取合せではない。これらから考えるに、「一物の上にてなりたる句」とは、素材が一つの句をいうようである。

題のうちから取り合わせた句には次のような句がある。

春もややけしき調《ととの》ふ月と梅　芭蕉
涼しさや竹握り行く藪づたひ　半残
面影や姨《をば》ひとりなく月の友　芭蕉
時雨れねばまた松風の只《ただ》おかず　北枝

芭蕉〈春もやや〉の句は「梅月」と前書がある。月と梅は、和歌によく読まれた取合せ。梅が咲き、月も朧に霞んでやっと春らしくなってきたの意。春といっても名ばかりの早春の時候を捉えた。半残の句は、涼しさに竹を取り合わせて、竹藪伝いに通りがてらふと握った竹の冷たさによって、改めて涼しさを感じたという意。手の触感が涼感をよりリアルに表現している。芭蕉の〈面影や〉は、月に面影を取り合わせて、かつてここ姨捨山に棄てられたという姨の面影を友として月を賞美するの意。北枝の句、時雨と松風の取合せは、松風を時雨に見立てた文学伝統を踏まえる。いずれも、この取合せは題と連想関係をもった言葉（素材）によるものである。

それに対して、次の句は題の外の言葉すなわち今まで題とは関連づけられていない素材を取り合わせたもの。

唐網《たうあみ》に袖ぬれて聞く鶉かな　正秀
二月《きさらぎ》や大黒棚《だいこくだな》も梅の花　野水

卯の花にあしげの馬の夜明哉　許六
馬の耳すぼめて寒し梨の花　支考
生柴《なましば》をちよろちよろさせて砧かな　千川

正秀の句、唐網は投網のこと。投網漁の後、濡れた袖のまま鶉の声を聞いているの意。鶉といえば、出て行く男を引き留めようとして歌った〈野とならば鶉となりて鳴きをらむかりに《狩・仮》だにやは君は来ざらむ〉（『伊勢物語』一二三段）が有名で、この句も「狩にだにやは君は来ざらむ」を踏まえて、川狩に来て鳴く鶉を聞くとした趣向である。鶉とは無関係な〈唐網〉を取合わせ、〈袖の露払ひもあへぬ夕べかな鶉鳴く野の荻の上風〉（慈円『拾玉集』）など鶉の声を聞いて濡らす袖を、川狩で濡れた袖と俳諧化した。野水の句は、梅の花に大黒棚を取合わせた。大黒棚は大黒天を祀る神棚。二月の梅と言えば、菅原道真の忌日が二月二十五日、菜種御供の祭礼が連想される。大黒棚にも梅の花が供えられたとの意。許六の句は、卯の花と葦毛の馬の取合せによる句。葦毛は、白い毛に黒色・濃褐色などの差し毛の交じったもの。全体としては灰色の馬をいう。一句は、折から垣根に咲く真白な卯の花から夜が明けて行く中、葦毛の馬にまたがって今旅立とうとすることだ、の意。これから旅立とうとする作者の意気込みがおのずから表れて、初夏のすがすがしさを伝えてくる。支考の句は、梨の花の咲く中を、寒さのために馬が耳を窄めて過ぎていくの意。馬と梨の花の取合せである。梨の花は、〈梨花白雪香し〉（李白「宮中行楽詞八首」）など雪を連想させる。晩春というのにまだまだ寒さ残る土地が、漢詩めかした異郷として目に映じてくる。千川の句、生柴は生乾きの薪。生柴と砧の取合せによって、生柴がちょろちょろ燃えている炉辺で、夜なべ仕事に砧を打つ農婦の姿が見えてくる。

去来は、これらの例を示すことで、発句には一物の上にての発句（題そのものを詠んだ句）と題の内から取り合わせた発句（題と連想関係にあるものを結んで詠んだ句）、そして題の外から取り合わせた発句（題とは無縁なものを結んで詠んだ句）とがあり、芭蕉が「取合せ物」といっているのは題の外から取り合わせた場合をいうのであり、許六の取合せというのもこの題の外の素材を取合わせた句のことであろうと述べている。

つまり、許六の取合せとは俳諧の取合せのうち、主題に題の外の素材を組み合わせて詠む詠み方をいうのであって、詠む素材が一つの句であれ、二つを結んだ句であれ、文体的相違はないことになる。だとすれば、「金を打ち延べたるやうに作すべし」とは、取合せか否かにかかわらず、一句全体が緊密に響き合ってしかもすっきりとした句となるように詠めという教えになる。

【二句一章】　俳諧の取合せが現代の取合せと別物であったということが明らかになったわけだが、それでは現代の取合せに通じる配合が蕉風俳諧になかったかといえば、そうでもない。現代の配合と似た方法で詠まれたと考えられそうな句もあるにはあったようだ。

例えば次の例はどうだろう。

馬の耳すぼめて寒し梨の花　支考

去来曰く、「馬の耳すぼめて寒し、とは我もいへり。梨の花と寄せらるること、妙なり」。支考曰く「何の難きことかあらん。吾子のごとく、頭より一筋に言い下さんことこそ難けれ」と論ず。（『去来抄』）

この支考の句は、前節で去来が提示した、題の外の素材を取り合わせた句である。この句について去来は、〈馬の耳すぼめて寒し〉は私でも詠むことができるが、これに「梨の花」を寄せるとはすばらしい、私にはとうていできないことだと賞めた。それに対して支考は、そんなことは訳ない、去来のように初五から一筋に言い下すことの方が難しいと答えたという。ここには、初五から一筋に言い下す詠み方と、取合せと二つの方法が提示されているようだ。この支考の句は〈馬の耳〉と〈梨の花〉の取合せによって詠まれた句である。その意味では、〈すぼめて寒し〉というとりはやしこそ工夫の最たるところであったろう。取合せならば、このとりはやしをこそ賞めるべきだった。だが、去来の言い方はそうではない。あたかも〈馬の耳すぼめて寒し〉の詩句が見出され、その詩語を活かすべく〈梨の花〉が取り合わされたように論じているのである。そのため、この句が二句一章の形を取っていることと相俟って、あたかも現代の取合せと同じ方法で詠まれたかのごとく見えているのである。

同様の例が同じく『去来抄』にある。

下京や雪つむ上の夜の雨　凡兆

この句は初め上五がなかった。そこで、これにふさわしい上五を皆であれこれ探したところ、芭蕉が〈下京や〉の五文字を見付けて落着した。が凡兆は、果たして〈下京〉で良いのか否か迷っている。すると、芭蕉は、「これ以上ふさわしい上五があるようなら、私は二度と俳諧を口にすまい」といったという逸話である。

「下京」は、京の市街地の南部。小家の立ち並ぶ庶民生活の場である。これが切字「や」を介して、降り積もった雪の上に夜半になって雨が降り始めるという寒気が緩んだ情景と結びつけられ、「下京」から生活感のぬくもりを引き出してくる。この句は、俳諧の取合せによって作られた句ではない。むしろ、「雪つむ上の夜の雨」という詩句にふさわしい言葉を見出したものである。その二句一章の句形を完成させるプロセスが、現代の配合と同じに見せているのである。

芭蕉たちの発句は、切字「や」を介して句末を名詞で留める句形を多用している。それが、ちょうど二句一章の句形にあたり、五音と十二音とが題と題から離れた言葉との取合せだった場合、十二音に五音を取り合わせて二つの詩句の相乗効果をあげることになるのである。それが、あたかも芭蕉たちが現代の取合せを創始したかのように誤解された原因でもあった。

『三冊子』に載る次の例も、句形といい、説明といい、現代の取合せに近い句例であった。「切字」の条でも述べたが、再び取り上げる。

発句の事は、行きて帰る心の味なり。たとへば「山里は万歳おそし梅の花」といふ類なり。「山里は万歳おそし」と言ひ放して、梅は咲けりといふ心のごとくに、行きて帰るの心発句なり。山里は万歳の遅しといふばかりの一重は、平句の位なり。先師も「発句は取合せものと知るべし」と云へるよし、ある俳書にも侍る也。題の中より出づる事は少なきなり。もし出でても大様古しとなり。（忘れ水）

芭蕉の発句〈山里は万歳おそし梅の花〉について、〈山里は万歳おそし〉にどう下五を配するのか、その配し方を「行きて帰る心の味」と述べている。〈万歳〉は、新年を祝う門付け芸で、京都へは大和万歳が舞い歩いた。新春の風物なのである。〈山里は万歳おそし〉は、新春を告げる万歳がまだ来ていない山里は、新年の来るのも遅いようだの意を表している。下五は、新春を言祝ぐ万歳が来ないことに対して梅の花を配し、そんな山里にも春は来ていると詠むのである。この芭蕉句が上・中十二音と下五音の組合せであり、「行きて帰るの心」とは二句一章の取合せ方を述べたもので、芭蕉句はその好例として引用されたものと考えられる。

だが、土芳はこれについて許六の『宇陀法師』の取合せ論から、「題の中より出づる事は少なきなり」の説を引いている。それを見ると、土芳の取合せが二句一章の現代俳句の取合せ方に通じる組合せを言ったものではなく、むしろ「万歳」と「梅の花」の取合せについて述べたものというべきだろう。とすれば、「行きて帰るの心」もまた、許六のとりはやしを土芳流に述べたものであった可能性が高い。

結局、現代の取合せがもたらす二句一章の句形は、芭蕉たちには意識されていなかったと見るべきであり、彼らは俳諧の取合せ以外の取合せを考えてはいなかったと言うべきなのだった。

(4) 踏《とう》跡《せき》

〈虚子の「虹」〉 高浜虚子の句集『六百句』（昭19）の条にこういう句が収められている。

虹立ちて忽ち君の在る如し　虚子
虹消えて忽ち君の無き如し　同

この句には、「以上二句。（十月）二十日。虹立つ。虹の橋かゝりたらば渡りて鎌倉に行かんといひし三国の愛子におくる」と注がある。この愛子との交渉は『虹』（『苦楽』昭22・1）という写生文による小説に書かれている。それによれば、この句が詠まれた事情は次のようになる。森田愛子は、鎌倉の病院に結核で入院していた折に、同じ入院患者で虚子門の伊藤柏翠に俳句を習い、そのまま虚子の門人となったが、退院して郷里の三国に戻り、愛子を追って三国に来た柏翠と、愛子の母と三人で暮らしていた。そこを虚子が訪ねての帰り、愛子たちが敦賀まで送ってきた。その車窓から、三国の方角に鮮明な虹が見えた。愛子が「あの虹の橋を渡つて鎌倉へ行くことにしませう。今度虹がたつた時に……」と独り言のように言った。その後、虚子は当時暮らしていた小諸で浅間山に虹の架かっているのを見て、愛子に葉書を書いた。二句は、そこに認められたものである。

二句とも、「虹」は眼前の景であるとともに、愛子が言った独り言を踏まえている。虚子は、眼前の虹に、虹を渡って自分のもとに来たいと願った愛子を思い浮かべているのである。そして、これを愛子に送ったことで、ふと愛子から漏らされた他愛もない独り言は、虚子と愛子との結びつきそのものを象徴する「虹」の内実として定位されることとなった。

作者は、三国の町の川下に住まいする愛子と母親に、あるかなきかの存在といった淋しさを感じていたが、愛子母子が自分をもてなそうと人前で唄を謡い踊る姿に、あらためて自身への懇情を見、愛おしさに涙する。虹はあるかなきかの存在である。その「虹」は、愛子の虹の独り言を踏まえた虚子の俳句によって、虚子を慕う愛子の思いそのものとなり、そうした愛子を愛おしく思う虚子の真情そのものとなっているのである。

虚子は愛子との交渉をその後も書き綴った。『音楽は尚ほ続きをり』（『苦楽』昭22・7）には、その愛子の死が書かれている。それによれば、死の数日前、愛子はこんな俳句を電報で虚子に送っている。

ニジ キエテスデ ニナケレド アルゴ トシ アイコ

この句は、もちろん虚子の「虹」の句を踏まえている。「虹消えて既になけれど」と、虚子の元へ行くすべのない絶望を示しつつ「在る如し」と述べて、もはや外界の景物としての虹ではなく、想念において常に身裡に存在する虹、すなわち虚子の元に参じようとしている自身がいるというのである。

虚子は、三国に行く京極紀陽に次の句を託した。

虹の橋渡り交して相見舞ひ　虚子

『六百五十句』には「四月一日。病中愛子におくる。小諸」と注記する。虚子の句は、愛子の句の「在る如し」に対して「渡り交して相見舞ひ」と応じ、自分もまたその虹を渡って愛子の元へ見舞いに行こうといい、その返信となっている。

〈踏跡の詩学〉 愛子の句に戻って問題の所在を明らかに

しておこう。

虹消えて既になけれど在る如し　愛子

一句は、先ほどまでかかっていた虹はすでに消えてしまったが、そこに依然としてあるかのように見えているというので、美しい虹をいつまでも見ていたいという願望を表した句ということになる。とともに、〈虹消えて既になけれど〉という二重に虹を消し去った言い回しは、虹の残影も、虹が在ったというそれらしささえもないという絶望的現実を提示している。作者の心のなかにだけ、虹はあり、それがあたかもそこにあるかのように見せているというのだ。

だが、すでに述べたように、この句は虚子の小説『虹』（虹の二句）を踏まえている。虚子は、虹の自句を葉書で愛子に送り、そのうえ愛子の家を愛子が亡くなる前年の十月に見舞い、病床の愛子に『虹』を読んで聞かせている。愛子も、虹の橋を渡って虚子の元へという言葉を繰りかえしている（『音楽は尚ほ続きをり』）。いうまでもなく「虹」は、虹の橋を渡って虚子の元に参じたいという愛子の思念そのものだったのであり、空に架かる虹はその思念を改めてかき立てる装置だった。そうした文脈を踏まえて一句は、すでに現実には虚子の元へ行くすべもない今と、にもかかわらず確乎として身裡にある虚子への思慕をあらわに吐露した句ということになる。

俳句は、わずか十七音の詩型である。盛り込むメッセージは初めから限られている。だが、この「虹」のように、共有しうる物語や言葉もしくは詩歌を踏まえることで、より豊かな表現の可能性を獲得することになる。こうした方法を、「踏跡《とうせき》」と呼ぶ。踏跡は、「虹」のような互いの詩句や言葉を典拠とするのは例外で、一般には、古典の詩歌や故事、物語を典拠とする。なかでも、古歌を踏まえるものを本歌取り《ほんかどり》、故事・物語を踏まえたものを本説取り《ほんぜつどり》といい、漢詩や和歌で多く用いられた技法である。なお、歴史上の人物や事柄を主題として詠んだ句を「詠史」と呼んで、近代に多くの作例を生んだが、これは漢詩で江戸時代後期から殊に流行した詠史詩からの影響である。これも広義の本説の一つとして良い。

『虹』では、濃密な小説世界を背景に、虚子と愛子との間で「虹」という言葉が特別な情意を喚起するよう機能していたが、一般の作者と読者の間にはそうした濃密な前提は存在しない。したがって、作者の側にも読者の側にも踏跡による伝達のために必要なルールがある。

作者は、一句が踏まえている典拠をそれと分かるように示す、ということである。芭蕉の俳句を例に取ろう。

不破
a **秋風や藪も畠も不破の関**　芭蕉（貞享元年）

竹内、一枝軒にて
b **世に匂へ梅花一枝のみそさざい**　芭蕉（貞享二年）

信濃路を過るに
c **雪ちるや穂屋の薄の刈残し**　芭蕉（元禄四年）

a句は、この藪も畠もかつて不破の関だった辺り、そこを今は秋風が吹いているの意。この句は、「秋風」と「不破の関」との結びつきと句意から、〈人住まぬ不破の関屋の板びさし荒れにしのちはただ秋の風〉（藤原良経『新古今集』雑歌中）の歌が本歌と知られる。人も住まなくなって荒れ果てた関屋を吹く秋風を介して、その関屋さえ跡形もなく、ただ藪と畠だけとなった現在が描かれている。言い換えれば、荒れ果てた関屋を詠む古歌を想起させることで、藪と畠という何もないところにかつての不破の関屋をイメージさせているのである。b句は、前書によれば大和竹内村《たけのうち》、一枝軒を訪ねての挨拶吟。一枝軒は明石玄随《げんずい》の号である。「江南一枝」「一枝春」といえば梅を指し、「梅花」と「一枝」は縁語。「一枝のみそさざい」は、『荘子』逍遥遊篇「鷦鷯《みそさざい》ハ森林ニ巣《す》ヘドモ、一枝ニ過ギズ」により、自身の分を知りその分に安んじていることをいう。それを踏まえて一句は、一枝軒と号する主は、一巣一枝の鷦鷯といった趣で、自身の分を悟りその分に安んじているが、今、梅の花が馥郁と世に匂うように、その高い徳が世に広がり世を感化してほしいことだの意となる。c句は、前書から信濃を旅しての句。「穂屋の薄」とは、旧暦七月二十七日に行われる御射山《みさやま》祭に神幸の御仮屋（穂屋）を薄で葺く、その薄のこと。一句は、信濃路を通りかかると、秋に穂屋を作るために刈り取られた芒の刈り残しがところどころに生え、そこに雪だろうか、ちらちらと白い物が散っていることだ、の意。この句は、「信濃」「雪ちる」「穂屋の薄」の言葉から、『撰集抄』の一節、「信濃野のほやの薄に雪ちりて下葉は色の野辺のおも」（巻七）による作と分かる。『撰集抄』は芭蕉が愛読していた書で、当時西行の作と信じられていた。「雪ちるや」とは、疑問の「や」とされる。雪が散るとも散らぬとも定かでない降り方を言った表現。西行の見た雪散る信濃を見ようとする芭蕉の思いが見せた幻影ともとれ、西行への強い思慕を表している。実はこの句は、前書ともに虚構の作で、実際に信濃を旅しての句ではない。芭蕉は、西行と同じ景色をイメージしつつ、典拠にない「刈残し」に焦点を定めて冬枯れのすがれた芒を描き出すことで、信濃路の景に新たなリアリティーを加え得ているのである。

これら、古歌・漢詩・文の一節が句中に詠み込まれた例を挙げたが、前書に示された例もある。

范蠡が超南のこころをいへる
山家集の題に習ふ
一露もこぼさぬ菊の氷かな　芭蕉（『続猿蓑』）

范蠡《はんれい》は越王勾践《こうせん》を助けて呉王夫差《ふさ》を討ち、会稽の恥を雪いだ宰相。「超南」とは長男の誤記。次男が殺人の罪を犯した時、范蠡は千金をもって償おうとしたが、長男が金を惜しんだため処刑されてしまったという故事。もと

『史記』巻四一「越世家十二」に載る話であるが、この句の前書にあるように、芭蕉は西行の『山家集』所載、「范蠡長男の心を」と題した〈捨てやらで命を恋ふる人はみな千々の黄金を持て帰るなり〉の歌を踏まえている。この歌は、この世を捨てられず命に愛着を持っている人は、莫大な黄金を持って帰った長男と同じで、我が身に備わった仏性という宝を無駄にしているのである、の意。芭蕉の句は、一句としては菊の花に置いた露がこぼれぬまま凍っていることだの意であるが、この前書により、菊の花に置いた露は美しいが、一露もこぼすことなく持ち堪えるうちに結局それが凍りついているのは、黄金を惜しんだ范蠡の長男と同じであるという意になる。和歌では、〈心あてに折らばや折らむ初霜の置きまどはせる白菊の花〉（凡河内躬恒《おおしこうちのみつね》『古今集』秋歌下）以来、霜か白菊か見まがう菊が詠まれてきた。芭蕉は、故事を介して、白菊の花に置く露の氷を描き、霜から氷へと時節を寒に進めて、「菊の氷」という斬新なイメージを表現しようとしたのである。

　こうして、一句の言葉もしくは発想を典拠に借りながら、作者独自の景を現出させているところが肝心である。去来は、「古事・古歌を取るには、本歌を一段すり上げて作すべし」（『去来抄』）と述べている。俳諧に限らないが、古典詩歌の中で一番遅くに成立した俳諧にあっては、和歌や漢詩ですでに詠まれた世界の再現でなく、新たな世界の創出がとくに意識されていたのである。

〈創作・享受の共同体〉　もう一度、虚子の『虹』にもどってこの問題を深めておこう。踏跡を用いて句を詠んでも、その句が享受されるためには、作者が踏まえた典拠を共有し、それに共感する読者の存在が不可欠である。はじめ虚子は、愛子の独り言を踏まえて三句詠み、葉書に記して愛子に送った。

浅間かけて虹の立ちたる君知るや
虹立ちて忽ち君の在る如し
虹消えて忽ち君の無き如し

浅間に虹がかかったことを〈君知るや〉と、眼前の虹と愛子とを結びつけ、虹が立ってそこに君がいるようだといい、虹が消えて君がいなくなったみたいだと述べている。三句並べて、愛子の独り言を今も自分は覚えており、その言葉を踏まえて眼前の虹を見ていると言っているのである。その後、虚子は愛子の家を愛子が亡くなる前年の十月に見舞い、病床の愛子に『虹』を読んで聞かせている。愛子も、『花鳥』一月号「愛子の頁」（「田芹」）において、虚子からの葉書を紹介し、その中の「吹雪にも虹にもよろしく」という文言に触れて、これは敦賀まで虚子を送った時の三国の空に立った虹のことだと注している（『音楽は尚ほ続きをり』）。それらを踏まえて、愛子の〈虹消えて既に無けれど在る如し〉の句が虚子に送られ、それに答えた虚子の〈虹の橋渡り交して相見舞ひ〉があるわけだ。すでに述べたように、「虹」を介しての虚子と愛子との交響において、「虹」は愛子の虚子思慕と虚子の愛子に対する慈愛に似た真情とを表しているのである。

　こうした創作と享受に関わる当事者を、第一次の共時的共同体とするならば、愛子の母親、伊藤柏翠や京極紀陽など、愛子や虚子の間近で、愛子や虚子の創作を見守ってきた人々もまた、創作には参加していなくとも、例えば柏翠が愛子の言葉を虚子に伝えるなどして詩情を刺激するように創作に関わり、あるいは読者としては当座の様子や作者の様子などさまざまな記憶を踏まえて句を読み解くことができる。柏翠が、愛子が死んでから一度も虹が立たないと虚子に言い、またその後の虚子への葉書で、「濃い美しい大虹」を見て「母は「愛ちゃん」と申しました。一子は「お嬢ちゃん」と書いている（『小説は尚ほ続きをり』）ように、まぎれもなく彼らもまた、虚子と愛子との間に成立していた「虹」の文脈を共有しているのである。彼らは、創作の当事者ではないが、当事者と同じく作品を実際の記憶を参照しつつ享受する人々で、第二次の共時的共同体ということになる。

　ところで、当事者とは切り離されているが、虚子の小説『虹』『音楽は尚ほ続きをり』『小説は尚ほ続きをり』などの読者もまた、虚子と愛子の句が互いに踏まえている文脈を細大漏らさず解釈に反映させることができる存在である。ただし、小説に書かれた事柄以外は知り得ないから、小説世界を踏まえた理解ということになる。またこの読者は、共時的である必要がない。時代を異にし、空間を異にしても、この小説世界を前提に句を読み解くことになるからである。こうした享受者たちが作る作品との関係を第三次の共同体（歴史的共同体）と呼んでおこう。一般に読者は作品を介して作者と対話することになるから、読者と作者とはこの歴史的共同体の関係を結ぶことになる。例えば芭蕉が〈秋風や藪も畠も不破の関〉と詠んだ句について確認しておこう。彼は、自身が見ている不破の関の現在を提示しつつ、はるかに時空を隔てて〈人住まぬ不破の関屋の板びさし荒れにしのちはただ秋の風〉と詠んだ藤原良経の心に共感を寄せ、荒廃した関所址を介して詩の交響を試みているのである。これは、不破の関を詠んだ良経の和歌の第三次の共同体における交響といってもいい。現実の不破の関に対する芭蕉の個人的感慨は、良経の歌との交響において、単なる一詩人の個人的感慨を、不破の関に対する普遍的な詩へと定着させているのである。

　尾形仂は、こうした共時的・歴史的共同体を「座」と呼んで、座の機能について、共時的共同体との文芸的対話のなかから生まれた詩を、歴史的共同体との詩心の交響のなかで普遍化させ、一個人の経験やそれに基づく感想を超えた詩として定着させようとするものと位置付けている（『座の文学』昭48）。

〈俳句の文脈〉　典拠の共有は、単に知識に基づく創作とその享受というのではなく、自身の日常的経験を詩として普遍化する試みに他ならないのである。俳句は、短い詩型であるがゆえに、その言葉をいかなる文脈に置くかによって大きくメッセージが異なる。芭蕉は、自身の発見した日常を詩伝統に置くことで、日常を詩へと転化させたといっていい。その一つの方法が踏跡だった。

むろん、そうした詩の方法は踏跡に限らない。具体的な典拠をもたなくとも、詩伝統という世界との歴史的共同体に自身の感動を置くとき、その個人的感動が普遍的な価値を持つか否か、おのずから判定されることになるだろう。これは本意・本情の問題となる。また、そうした詩伝統との交響を拒否し、実際にあるがままとの交響を追求する近代は、自身の感動した対象のあり方がリアリティーをもつか否かに、詩としての判定をゆだねているのである。これは写生の問題となる。また、愛子と虚子の交響のように、作者の抱える現実を文脈として俳句に持ち込むことで、人生の哀歓といった普遍的価値を追求しようとするのが境涯俳句ということになるだろう。

これらは、俳句の言葉をどのような文脈に置いて読み解くかというその文脈の設定の仕方の違いに過ぎないのであって、その意味では、俳句の読解とは文脈の設定の仕方である、ということにほかならないのである。

（5）　俳句的視点

〈斜めに見る〉　座光寺亭人（明44〜昭57）という人は、戦前から『馬酔木』に投句し、巻頭作家の一人として活躍した俳人で、戦後も藤田湘子の『鷹』に創刊とともに参加して以来、終生その代表的作家の一人として俳句に精進した俳人である（句集『流木』等）。その彼が亡くなる一月ほど前のことだったろうか、筆者が彼の病床を見舞った折、君の俳句はものを正面から捉えすぎていて面白くない、俳句はものを斜めに見るということが肝要だと話してくれたことを覚えている。「斜めに見る」とはどういうことだろう。残念ながら、当時の筆者には分かりそうで分からなかった。その後も、句会などで主宰や周囲の俳人たちが「斜めに見る」といっているのが気になった程度である。だが、今にして思えば、亭人の指摘は俳句の根幹に関わるものの見方を初学の筆者に教えようとしてくれたものだった。

「斜めに見る」ということは、物事に対する常識的、正統的な見方に対して、それをあえてずらし、別の面から見ることである。物事は、社会の常識と異なる見方によって、新しい側面を見せてくる。いや、新しく存在しはじめると言ってもよい。

葛の葉の面《おもて》見せけり今朝の霜　　芭蕉（『きさらぎ』）

葛の葉は風に裏返り、白い葉裏を見せるものであるが、今朝の霜が葉の表に降りて、葉が白くなり、あたかも表のまま、葛の葉の本意である裏返った白さを見せていることだ、という句である。「葛の葉」は、風に裏返って葉裏の白さを見せることから、例えば〈秋風の吹き裏返す葛の葉の裏見てもなほ恨めしきかな〉（平貞文『古今集』恋歌五）と詠まれるように、古来、「裏見」の縁で、「かへる・恨む」を連想させる景物としてもっぱら詠まれてきた。「葛の葉」が叙景に詠まれるのは、鎌倉末期の勅撰集『玉葉集』の頃である。

吹きまさる風のままなる葛の葉のうら珍しく秋は来にけり　　一条実経（『玉葉集』秋上）

〈うら珍しく〉とは、「心《うら》珍し」で、心の内に賞美するさま。〈我がせこが衣の裾を吹き返しうら珍しき秋の初風〉（よみ人しらず『古今集』秋歌上）を踏まえ、衣の裾を葛の葉に替えた歌である。叙景歌として詠んではいるが、葉裏の白さをイメージさせて（白）秋を導き出している点に、葛の葉への伝統的視線が息づいているのを見る。「霜」と「葛」と結んで詠んだ歌では、霜にあって葛の葉が萎れるさまが詠まれている。

長月の末野の真葛霜枯れてかへらぬ秋をなほ恨みつつ　　伏見院（『新後撰集』秋下）

野べの色は朝おく霜に結ぼほれ恨みに弱る葛の下風　　安倍宗良（『新続古今集』雑）

「葛の葉」が恨みの情に縛られて、恋の歌に詠まれていたのとは異なり、「葛」は早くから叙景に詠まれてきたが、それでもやはり「葛」が「裏見・恨み」「裏返る」の連想において詠まれてきたことは変わらない。「恨み」「かへる」と詠み出す歌には、葉裏を見せて秋風に裏返る葛の葉のイメージが常に反芻されていたのである。

ことは連歌でも同様である（『大発句帳』による）。

行く嵐かへるを松の葛葉かな　　宗祇

風や秋うらめづらしき葛葉かな　　宗長

染めし秋もうらみにかへる葛葉かな　　宗牧

葛の葉の趣向は、俳諧にもそのまま受け継がれる。

葛の葉やうらがへる野の花軍　　京言聴（『ゆめみ草』）

葛の葉のうら壁返す庵かな　　京友道（『境海草』）

物が物として認知されるためには、物に対する見方が固定される必要がある。葉裏を見せて風に裏返る葛は、葛らしさそのものであった。これに対して芭蕉は、裏返らない葛の葉において葛らしさの美を見出そうとした。

霜によって白くなった葛の葉表を提示することは、葉裏の白を読者にイメージさせながら、葛の葉への期待された伝統的視線をずらした斜めの視線そのものであり、同時に霜に萎れた葛の葉の創造であったのだ。

〈俳言〉 和歌伝統における正統的な見方に対する俳諧の独自性について、俳諧作者たちは極めて敏感だった。例えば、貞門俳諧の祖とされる松永貞徳は、次のように俳諧の独自性を規定している。

抑《そもそも》はじめは俳諧と連歌のわいだめなし。その中より優しき詞を続けて連歌といひ、俗語を構はず作る句を俳諧といふなり。（『俳諧御傘《ごさん》』序）

和歌や連歌を詠むための言葉に対して、俗語を構わずあらゆる言葉を使用するとの宣言は、和歌に代表されるようなそれまでの文学世界を押し広げて、庶民の日常世界を詩歌に持ち込もうとする文学運動だった。この、和歌や連歌が用いる言葉（雅語・歌語）以外の、漢語や日常生活で用いる俗語を俳言《はいごん》という。俳言によって和歌や連歌では詠まれることのなかった世界を描こうとするところに、俳諧としての作意を認めているのである。

花よりも団子やありて帰雁《かへるかり》 貞徳（『犬子集』）

その一例として貞徳の句を見てみよう。一句は、春になって北へと帰っていく雁は、花よりも団子があるからそれに惹かれて帰っていくのであろうの意。「花より団子」とは、風流を解さないことをいう俗諺である。それを帰雁の理由にとりなした。「帰雁」は、例えば〈春霞たつを見捨ててゆく雁は花なき里に住みやならへる〉（伊勢『古今集』春歌上）などと詠まれてきた和歌以来の季題。この歌は、春霞が野山に立つ好い季節となったのに、それを見捨てて北へと帰る雁は花のない季節に住み慣れているのであろうか、というのである。貞徳は、歌の下句、雁が春に北へと帰る理由を「花より団子」の諺に置き換えた。この時〈花なき里に住みやならへる〉という雅な感慨は、庶民の花見の無風流な実感にすり替えられることになる。帰雁にイメージされてきた和歌的虚構は、俗諺にすり替えられて、庶民の現実感覚を表出することになったわけだ。和歌的文学世界は、俗諺によって一挙に庶民のレベルに突き落とされ、その落差が笑いをもたらす。その落差こそ、彼らが求めた俳諧だったのであり、それによって和歌的世界に縛り付けられていた景物を現実世界に解放する役割を果たしたといいうる。

だが、こうした俳言による俳諧の作意は、次のように類想を多く生み、庶民の実情を自由に謳歌すべき俳諧にかえって停滞をもたらすこととなった。

花よりもだんごで見たや廿日《はつか》草 時之（『鷹筑波集』）
花よりもだんごとたれか岩つつじ （『犬筑波集』）
花よりも檀那をまつや寺の春 貞徳（『崑山集』）

談林俳諧は、さらに現実性を推し進める。例えば、次のような句に代表される句である。

眺むとて花にもいたしくびの骨 宗因（『誹諧独吟集』）
長持《ながもち》に春ぞくれ行く更衣《ころもがへ》 西鶴（『歌仙大坂俳諧師』）

宗因の句は、〈ながむとて花にもいたく馴れぬれば散る別れこそ悲しかりけれ〉（西行『新古今集』春歌下）を踏まえる。本歌の程度を表す副詞「いたく」を、「頸の骨」に接続させて「痛し」の意を引き出してきたところが眼目。本歌の、しみじみと眺めるといって花にひどく慣れ親しんでしまったので散る別れが悲しいという風流な感慨が、眺めるといって花を飽かず長く見上げていたので頸の骨が痛いという卑俗の現実的感覚にすり替えられている。この風流から卑俗へと、読者の意表を突く落差が滑稽であり、俳諧だった。西鶴の句は更衣の句。四月一日（立夏）は、春着を夏衣に更える日でもある。その長持（衣服等を収納する長箱の家具）へと春着を仕舞うのが、春の季節が長持の中に暮れてゆくように名残惜しいと詠んだ。更衣は、例えば『至宝抄』に「春も暮れ果つればせめて忘れ形見とて衣を花の色に染め、更衣の日に移りゆけば花の袖を脱ぎ換へんことを惜しみ」とあるように、過ぎ行く春を惜しむところにある。西鶴の句は、それを長持に春が暮れると奇抜に表現したところが自慢の句であった。

これら談林の発句は、俳言のみならずその奇抜さや意表を突いた着想によって、伝統的な風流世界を卑俗へと転換するところに俳諧らしい作意を求めたものだった。

〈俳意〉 芭蕉もまた、伝統的なものの見方に対して俳諧的な見方を常に意識していたことはいうまでもない。その教えを弟子の土芳は次のように記している。

また曰く、「春雨の柳は全体連歌なり。田螺《たにし》取る烏は全く俳諧なり。〈五月雨に鳰《にほ》の浮巣《うきす》を見に行かん〉といふ句は詞に俳諧なし。浮巣を見に行かんといふところ俳なり。また、〈霜月や鸛《こふ》のつくづく並び居て〉といふ発句に、〈冬の朝日のあはれなりけり〉といふ脇は心・詞ともに俳なし。発句をうけて一首のごとく仕なしたるところ俳諧なり。詞にあり、心にあり。その外この句の類、作意にあり。信ずるところ一筋に思ふべからず」となり。（『三冊子』白）

この文は、言葉（素材と情景）・心・作意の三つのレベルにおいて、俳諧のあり方を説いたものである。

「春雨の柳」という句は、春雨も柳もともに伝統的歌語。歌語によって和歌や連歌に詠まれてきた情景を描き出している。これに対して、「田螺取る烏」という句の「田螺」は、和歌・連歌では詠まれることのなかった言葉であり、素材である。「烏」は和歌でも連歌でも詠まれるが、烏が田螺を啄む情景が詠まれたことはなかった。烏もまた和歌では、〈霜白き神の鳥居の朝烏鳴く音もさびし冬の山本〉（藤原家隆『風雅集』冬歌）や〈夜烏は高き梢に鳴き落ちて月静かなる暁の山〉（光厳院『風雅集』雑歌中）など、また連歌に〈声はして見えぬや雪の朝烏〉（紹巴『大発句帳』冬）などと詠まれるように、寂しさや静かさを印象づける役割を果たしていた。俳諧は、和歌に詠まれた素材であっても、和歌とは異なる面を見出すことで俳諧独自の世界を描き出していった。

〈五月雨に鳰の浮巣を見に行かん〉という句は、貞享四年内藤露沾邸で披露された句。降り続く五月雨に湖の水嵩も増したことだろうから、鳰の浮巣がどうなっているか見に行きましょうの意。「鳰の浮巣」は歌語。例えば〈三島江の鳰の浮巣も乱れ蘆の末葉にかかる五月雨のころ〉（藤原家隆『壬二《みに》集』）など、湖や川が増水して蘆が水に没し、浮巣が蘆の先に浮いているさまが詠まれてきた。五月雨の頃は、雨雲が重く垂れ込めて、野山も水に浸かり人の往来も絶えるものとされた（『至宝抄』）。そんな中、あえて浮巣を見に行こうとは、和歌に詠まれた風雅をあえて味わおうとすることだ。が、五月雨の中、増水した川に行こうとするのは、危険きわまりない。風流心ゆえに常軌を逸した行動を取らせているのである。この風狂性の作意に俳諧があるというのだ。換言すれば、この風狂こそ、五月雨の景物に対する斜めの視線そのものだった。

俳諧の独自性は、素材、作意以外にもある。芭蕉の挙げている例は、『冬の日』所収の次の付合である。

霜月や鸛《カウ》の彳々《ツク》ならびゐて　荷兮
冬の朝日のあはれなりけり　芭蕉

荷兮の発句は、「田家眺望」の前書を付す。「田家」は、和歌に「田家鳥、〈鴫《しぎ》ぞたつ小篠の庵の東雲《しののめ》にあはれたへても守る山田かな〉」（飛鳥井雅親『亜槐集』）など、田園風景を詠む題である。和歌では、鴫、むら雀、鹿など田園にふさわしい景物が詠まれてきた。荷兮の発句は、和歌に詠まない鸛（コウノトリ）が、何をするでもなくただ立ち並んでいるさまを詠む。芭蕉の脇は、発句の時分を定め、鸛を見ている人物の感慨を詠んだものである。この句には、俳言もなくまた取り立てていうべき俳諧的作意もない。芭蕉はこの作意を、発句「て」留めを承けて、和歌一首のように付けなしたところにあるという。連句において発句・脇の付合には、さまざまな式法（ルール）がある。発句の「て」留めも珍しいが、脇の韻字留《いんじどめ》（体言で止めること）は、守るべき式法の代表的なものである。それを破って、「けり」と詠嘆した体で留めているのも、発句脇を歌一首のように仕立てた結果である。いわば連句の方式を破った表現に、俳諧たる理由を求めているのだ。

〔芭蕉の視線〕　こうして芭蕉は俳諧性を、卑俗な言葉や素材、内容の風狂性、表現の破格に見ていることになる。その根本を、芭蕉の言を承けて土芳はこうも説いている。『三冊子』から続けて引いておこう。

　詩歌連俳はともに風雅なり。上三のものは余す所も、その余す所まで俳は到らずといふ所なし。
　花に鳴く鶯も「餅に糞《ふん》する椽《えん》の先」とまだ正月もをかしきこの頃を見とめ、また水に住む蛙も、古池に飛び込む水の音と言ひはなして、草に荒れたる中より蛙の入る響きに、俳諧を聞き付けたり。
　見るにあり、聞くにあり、作者感ずるや句となる所はすなはち俳諧の誠なり。（白）

漢詩・和歌・連歌・俳諧ともすべて詩である。漢詩や和歌・連歌に詠み残したものも、俳諧は詠まないということがない。「花に鳴く鶯」「水に住む蛙」と対句で述べているのは、『古今集』仮名序の有名な冒頭「やまとうたは、人の心を種として万の言の葉とぞなれりける。世の中にある人、ことわざ繁きものなれば、心に思ふことを、見るもの聞くものにつけて、言ひ出せるなり。花に鳴く鶯、水に住む蛙の声を聞けば、生きとし生けるもの、いづれか歌を詠まざりける」を意識したものだ。紀貫之はここで、見たり聞いたりしたことで心に思ったことを、その見たり聞いたりしたものに託して表現したものが和歌だといっている。鶯と蛙はその具体例である。土芳は、その鶯と蛙を詠んだ芭蕉句をもとに、俳諧のあり方を説いているわけだ。

鶯や餅に糞する縁の先　芭蕉（元禄五年）

和歌に「花に鳴く鶯」は、〈春来ぬと人はいへども鶯の鳴かぬかぎりはあらじとぞ思ふ〉（壬生忠岑『古今集』春歌上）など春を告げて鳴く鳥とされ、〈花の香を風の便りにたぐへてぞ鶯誘ふしるべにはやる〉（紀友則『古今集』春歌上）など梅の花と関わりの深い鳥とされ、春を代表する鳥としてその声が賞美されてきた。これに対して芭蕉は、〈餅に糞する縁の先〉と詠む。おそらく餅は、旧冬正月の準備に搗いた餅であろう。それが縁先に干してある。と、そこに糞を落としてゆく鳥がいた。あっと見ると、鶯だった、というのである。このとき、鶯はその声で自身の存在を知らせたのではない。糞によって、である。里に来て馴れていない頃、鳴きはじめる間際の鶯がここにいる。そこに春まだ浅い時節が捉えられている。

古池や蛙飛び込む水の音　芭蕉（貞享三年）

「蛙」は春二月の季題。啓蟄の候を表す。和歌では「水に住む蛙の声」というように、その声が賞美されてきた。芭蕉は、その声に対して〈飛び込む水の音〉をもって蛙の存在を捉えた。「古池」は、手入れもされずうち捨てられたままの池の意であるが、同時に去冬のまま春の兆しもない池の様子をも含意して、冬の静寂のなかにある。蛙の立てた水音は、その静寂さを破って生き物の動き始めた陽春の気を伝えてくる。蛙が盛んに鳴き始める前の、土から這い出てきた蛙が枯草を分けて池に飛び込む音は、いち早く聞きつけた早春の生命の躍動の音だった。二句ともに、鶯の声、蛙の声を聞く僅かに前が捉えられている点が共通している。この鶯も蛙も、和歌の正統から見れば、別の視点にずらした着眼によって、そこに新しみを見出しているのである。斜めから見ることは、文学の正統に対する俳諧としての独自性の自覚であり、新しみの方法でもあったのだ。もう一例挙げておこう。

衰《おとろ》ひや歯に喰《くひ》あてし海苔《のり》の砂　芭蕉（元禄四年）

「海苔」は、『万葉集』に「縄海苔」の用例があるようだが、和歌・連歌にはほとんど詠まれていない。というよりも、〈春といへば海にも花や桜のり〉（正景『ゆめみ草』）などと詠まれるように、俳諧において食物の季節感として新たに見出された季題である。海苔は、十二月から三月まで採り、当時初春の季語とされていた。海苔は紙状に干した乾海苔を食していた。その乾海苔に小さな砂が混じっていたのであろう。その砂を歯に噛んだ痛みがひどく身に応えた。その歯の衝撃に、身の衰えを感じたというのである。

我が身の衰えを感じ、老いを嘆くのは、和歌以来の題材である。その内実は、『和歌題林抄』（南北朝期の歌学書）に「すべてことに触れて昔を偲び、盛りを思ひ出で、鏡の影を見て知らぬ翁かと驚き、立ち居の苦しきにつけて終はりの近づけるを悲しみ、長柄の橋に寄せて経りぬることを愁へ、夜深き寝覚めの心などを詠む」とあるとおりである。例えば『和漢朗詠集』「老人」にも載る旋《せ》頭歌《どうか》〈増鏡底なる影に向ひゐて見る時にこそ知らぬ翁に逢ふ心地すれ〉（『拾遺集』雑下、『躬恒集』にも）や、〈年経《ふ》とも越《こし》の白山忘れずは頭《かしら》の雪をあはれとも見よ〉（藤原顕輔《あきすけ》『新古今集』神祇）など、白髪や鏡に映る姿に老いを見て慨嘆する歌が多い。それに対して芭蕉の句は、歯に砂を噛み当てたことによる痛みとその衝撃が伝わり、生身の老いを噛みしめるさまがまざまざと伝わってくる。

「海苔」は、例えば次のように詠まれてきた。芭蕉の句以前の、初期俳諧で詠まれた海苔の句を挙げてみよう。

岩に花さくとやいはん桜のり　江戸　貞頼（『玉海集』）

のり汁や同じ渚の貝杓子　丸石（『坂東太郎』）

紙草《種》にのり藻漉《すく》也浅草川　工迪（『東日記』）

いせのりや難波の芦を干簾《ほしすだれ》　交林（同）

貞頼は、桜海苔の名にかけて〈岩に花咲く〉と詠み、丸石は、海苔の間に貝がいる渚の情景を海苔汁に貝の杓子と見立てている。工迪は〈紙種《かみくさ》〉（紙の材料）に海苔を用いて紙漉きをすると、乾海苔の製造過程を念頭に詠む。交林も、難波の芦を簾にしてそのうえに伊勢海苔を干すと、「伊勢の浜荻、難波の芦」（所によって呼称が変わる意）を踏まえて詠む。海苔を詠むのに、いずれも海苔の生えている様子や海苔の製造過程を踏まえて詠んだものである。海苔の生えている様子も製造過程も、いわば海苔に対して人々が通常向ける視線の延長にある。それに対して、芭蕉は海苔に交じる砂で歯が痛んだことを問題にして、そうした海苔に向けられた日常的視線をずらしている。だが、その結果初期俳諧において詠まれた海苔以上の存在感が捉えられた。口中に融けるような海苔の柔らかさを覆して、ガリッと歯が受ける衝撃そのものが、乾海苔の間に紛れ込んだ小さな石粒の存在をリアルに伝えてくるのである。

かくして芭蕉は、伝統による正統な視線をずらすのみならず、日常的な物の用に即した視線をもずらしているのである。芭蕉が試みているのは、正統的な（一般的な）風雅の視線から離れてそこに新たな美を見出すことであり、日常的な物の用に即した視線をずらすことでその物の意外な面を見出すことであった。世間一般の視線からはずれた視線によって、物は概念的存在から抜け出て物としての存在感を発揮しはじめる。風雅もまた同じである。鶯も蛙も、正統的な視線においては単なる風雅の記号にすぎないのだ。記号を具体的な生き物としての鶯や蛙に返す試みの果てに、風雅が再生されるのである。「すべての言葉はきのふ言ひつくされたといふあらはな嘆きから、身を賭けてけふ何をなし得るか」（「句論への試み」）と詩の言葉について問うたのは立原道造だった。言葉と物・心（立原は総称して「現実」と呼んでいる）の関係は、けっして固定的関係ではない。が、言葉と物の対応が繰りかえされることで、あたかも固定的であるかのように言葉は物に馴化する。だが、固定しているのは、物への視線であり、私たちの周りは、そうした誰かが作り上げた言葉であふれている。詩とは、物との固定された視線を断ち切り、別の視線を身の裡から向けることで表れてくる物の新しい存在を言い留めることなのである。

〈滑稽の系譜〉　去来が初心の頃のことである。芭蕉に発句の作り方を訊ねたところ、「発句は句つよく、俳意たしかに作すべし」と説いたという。去来はこの「俳意」を卑俗な滑稽の意と理解したのであろう。次のような句を詠んで芭蕉に見せたところ、芭蕉は「また、これにてもなし」と大笑いしたという（先師評『去来抄』）。

夕涼み疝気《せんき》おこしてかへりけり　去来

疝気とは下腹部のところどころに痛みがでる病。近松門左衛門の『心中重井筒』に「あ痛《あいた》〳〵。あ痛し《いたし》〳〵。冷える加減か。にはかに疝気が起つた。帰つて養生いたしたい」（中之段）とあるように、冷えから痛むことにも言った。去来の句は、風流な夕涼みを卑俗な疝気に結びつけて、夕涼みであまりに冷えすぎたと大仰に言ってのけたのである。その大仰さが、実際の夕涼みの涼しさとずれて読者の笑いをかき立てる。芭蕉が「これにてもなし」といったのは、去来の作意が滑稽をねらったものだからである。滑稽性が目的化してしまったのだ。

滑稽は、目的ではない。〈歯に喰あてし海苔の砂〉に滑稽味を感じるのは、滑稽を言おうとしてではなく、老いの慨嘆を身体の衝撃として捉えようとした試みの果てに、〈海苔〉のなかに交じった〈砂〉を歯に嚙み当てたという失敗談が読者の共感をも笑いをも誘っているのである。〈葛の葉の面見せけり〉といった言い方も、「葛の葉」と「裏」の固定的関係に慣れた目からは、その逆の意外さに思わずにやりとしてしまうに違いない。あるいは、鶯が〈餅に糞する椽の先〉という情景は、声を賞美してきた鶯への視線をねじ曲げた滑稽がつきまとう。そういう意味では、古池に飛び込んだ蛙の〈水の音〉を詠んで、蛙の声に対峙させていることもまた、蛙の声を賞美してきた人々の笑いを誘うものだったろう。これらの滑稽感は、ものへの伝統的な視線、もしくは日常の視線をずらし、物を斜めに見たところから来ているのである。

つまり詩歌における滑稽とは、目的なのではなく、俳諧が伝統的風雅を再生し、物に新しい詩としての命を吹き込むために、物ごとへの正統的視線をずらした結果の、副産物なのである。それは、文学としての権威であった和歌や連歌に詠まない言い捨ての俳諧から、伝統的風雅を日常卑近なものへと結びつけて俳諧を連歌から独立させた初期俳諧を経て、芭蕉へと流れてきた俳諧の遺伝子そのものだったといっていい。

（6）レトリックと文体

〈省略〉　俳句は短い。十七音の散文で言いうることはたかが知れている。おのずから省略された表現を用いることになる。例えば次のような句はその最たるものである。

鶯や柳のうしろ藪のまへ　　芭蕉（『炭俵』）

これをできるだけ短い散文で言い換えると、「鶯の啼く音が柳の後ろや竹藪の前から聞えてくる」となるだろう。「鶯」といえば「いくたびも鳴く音長閑なる心相応なり」（有賀長伯『初学和歌式』）と和歌の詠み方に説かれるように、古来その啼く音が春の代表として賞美されてきた。この句も「鶯や」といえば鶯の声が連想されるから、わざわざ「啼く音」という必要はないし、「その声が聞こえてくる」などと言わなくともよいのである。俳句の技法の根本は、省略にある。

〈柳のうしろ藪の前〉も極端に省略されている。〈柳の後ろ〉〈藪の前〉と孤立した二つのフレーズを〈後ろ〉〈前〉と対比的に並べただけである。が、「鶯」と「柳」は、例えば〈鶯の糸によるてふ玉柳吹きなみだりそ春の山風〉（『後撰集』春下）など、和歌において関係づけられた景物であったし、「藪」もまた、近世初期の言葉の連想関係を記した『俳諧類船集』に、「藪」に「鶯」の連想が登載されていた。鶯から容易に連想される柳と藪とを並べて、そこかしこで啼く鶯を表したのである。

とはいえ、柳と藪は単に対比的に並べられたというのではない。言葉は孤立するとその独自のイメージを喚起させてくる。「柳」は、和歌ではとりわけ川や池などの堤の柳が詠まれた。〈うち上る佐保の川辺の青柳の萌え出づる春になりにけるかな〉（『古今和歌六帖』大伴坂《おおとものさかの》上郎女《うえのいらつめ》）など、歌人たちは川や池の辺の柳が緑の枝を伸ばすさまに春の到来を見出してきた。加えて白楽天の詩句〈柳気力無くして条《えだ》先づ動く　池に波の文有つて氷尽く開く〉（『和漢朗詠集』「立春」）などが反芻され、岸辺の柳は文学的構図の一典型として定着する。前引『俳諧類船集』に「柳」の連想語として「岸根・堤・川辺・清水」などと水辺が取り上げられているように、〈柳の後ろ〉という言葉自体が喚起するイメージは、こうした春芽吹いた水辺の柳の情景だったのである。それに対して〈藪〉は、同書に「藪」の連想語として「里・村・草の庵・賤が住家」を挙げるように、むしろ山野に縁のある言葉であった。とすれば、〈柳のうしろ藪の前〉とは、水辺と山野を対比して鶯の啼いているところを描き出したものと見ることができよう。水辺と山野の対比のなかに鶯を捉えた構図は、『三体詩』にも収められて有名な、杜牧の詩句〈千里鶯啼映緑紅　水村山郭酒旗風〉（「江南春」）の詩句を想起させてくる仕掛けとなっている。芭蕉の一句は、鶯・柳・藪という単純な構図を提示して、いたる所で鶯の鳴く春の大景を描きだしているのである。

「見る」「聞く」という語は、基本的に省略される最たるものであるが、次のようにあえてそれが用いられた句には特別な注意が必要ということにもなる。

蓑虫の音《ね》を聞きに来《こ》よ草の庵　　芭蕉（『続虚栗』）

行く雲をねてゐて見るや夏座敷　　野坡《やば》（『炭俵』）

「音」といえば聞くものであって「音を聞く」とは無駄な表現のようであるが、そうではない。蓑虫は本来鳴かない虫であるが、『枕草子』「虫は」の条に「親の悪しき衣引き着せて、今秋風吹かむ折にぞ来むずる。待てよ。といひて、逃げて去にけるも知らず、風の音聞き知りて八月ばかりになれば、ちちよ〳〵とはかなげに鳴く、いみじくあはれなり」とあるのを踏まえて、「蓑虫鳴く」とすれば秋の季語とされた。「蓑虫の音」とは、まさしく鳴かぬ蓑虫の文学上の声のことである。その〈音を聞きに来よ〉と述べることで、虚の鳴く音はリアリティーをもって表現されることとなった。この句には「聴閑」の前書が付されている。「閑」とは草庵の閑寂（世俗の交わりを断って一人心澄ますこと）をいうから、その「閑を聴く」とは、世外の音なき音に聞き入って、秋のあはれを味わおうというのである。

〈行く雲を〉の句の〈見る〉も一見不要の言葉のようである。例えば「行く雲のあてどころなし夏座敷」といっても行く雲を夏座敷にあって見ていることになるからだ。だが、〈ねてゐて見る〉と〈行く雲〉を見ている自身の様子を記述することが、この句の場合必要なことだった。この句には「ある人の別墅に誘はれ、尽日うち和らぎて物語し、その夕つかた、外の方を眺め出して」

と前書がある。ようやく暑さも引いた夕方、終日の会話も一段落し、互いにごろりと横になって、空に浮かぶ雲に目が行ったというのである。「夏座敷」は涼を旨として設えられた座敷のこと。〈ねてゐて見る〉には、うちくつろいだ作者の様子が示されている。

〈行く雲〉を見ることは、そこに吹いている風を見ることでもある。夏の空を見る視線には、『古今集』夏歌の巻末に据えられた〈夏と秋と行きかふ空の通ひ路はかたへ涼しき風や吹くらむ〉（凡河内躬恒）が思い合わせれる。白石悌三は、〈行く雲〉には晩夏の情感が託されていると述べている（『俳句の解釈と鑑賞事典』）。

だが、そればかりではあるまい。〈行く雲〉は行雲流水の言葉があるように、さすらいの比喩でもある。古来、例えば〈あしひきの山たち離れ行く雲の宿り定めぬ世にこそありけれ〉（小野滋蔭《しげかげ》『古今集』物名）などのように、当て所なく行く雲に、さすらいの旅路（人生）をも重ね合わせてきた。〈行く雲をねてゐて見る〉と、風に吹かれるまま行く雲と、夏座敷の快さに身を任せている自身とを、「見る」を介して結びつけて、自身の心にどうしようもなく兆してくる漂泊への思いを言い述べた句とも読むことができよう。

省略とは単に散文を縮めることではない。五七五の定型に乗せて、言葉が醸し出すイメージを測りながら、散文では描ききれない情趣や思い、世界を立ち上げてゆくことなのである。

〈語順〉 言葉は発話された順に並べられてゆく。倒叙が、冒頭の言葉を強調する構文となっているのは、まず発話されたということが、発話者の心の動きを物語っているからだ。

あら何《なに》ともなや昨日は過て河豚《ふくと》汁　芭蕉

『桃青三百韻』所収。談林時代の句で、謡曲「芦刈」に「あら何ともなや候、…今とてもなす業のなき身の行方、昨日と過ぎて今日と暮れ、明日また…」を踏まえた趣向である。謡曲で「何ともなや」は、何だ、つまらない、といった意味であるが、これを河豚を食べてなんともなくて良かったの意に用いた。語順の効果である。

語順は、物事の生起の順にも効果を及ぼす。先に挙げた〈行く雲を〉の句でいえば、「ねてゐれば行く雲をみる夏座敷」の語順では、横になったから雲が見えたという程度の意味になってしまう。

梅が香にのつと日の出る山路かな　芭蕉（『炭俵』）

この〈梅が香〉は、〈のつと日の出る〉と時間的に同時ではあるが、しかしそれ以前から山路に漂っていたであろうことが想像される。〈梅が香〉を味わいつつ山路を旅していたところ、山の端から朝日が顔を出したというのである。仮にあり得ない句ではあるが、「のつと日の出づる山路や梅香る」とあれば、梅の香りは朝日を受けて香り始めたとなろう。そもそも〈梅が香〉は、〈春の夜の闇はあやなし梅の花色こそ見えね香やは隠るる〉（凡河内躬恒『古今集』春歌上）など、闇夜にも賞美すべき香りとして和歌に詠まれてきた。むろん明け方の梅も、〈梅の花梢をなべて吹く風に空さへにほふ春の明ぼの〉（藤原定家『拾遺愚草』）などと詠まれてもいる。夜から朝へと変貌する時間帯に、梅が香を愛でて歩いていた作者は、朝日が顔を出した瞬間の意外さ、それによる世界の変貌に驚いているのである。これも語順の効果が発揮されている例として良いだろう。

江戸初期の俳諧作者斎藤徳元が著した『誹諧初学抄』という俳論集に、こんな教えがある。

俳諧も一句の仕立てやう肝要なり。上の五文字を下へなし、下の五文字を上へあげ、色々に句を練り侍らば、おのづから句がらもよく、後悔もあるべからず。たとへば、畠山兵衛佐《はたけやまひやうゑのすけ》といふ名を同じ文字にて山畠助兵衛《やまばたけすけべゑ》と号し侍らば、無下に劣り侍るなり。

俳句も一句の仕立て方が大切である。上の五文字を下へ移し、下の五文字を上へあげるなど、色々に句を練ってゆくうちに、自然と一句の表現もよくなり、後悔することもなくなるというものだ。たとえば、畠山兵衛佐《はたけやまひやうゑのすけ》という名を同じ文字を使って山畠助兵衛《やまばたけすけべゑ》と号したならば、やたらと見劣りがするのと同じである、という意。なお、「佐」と「助」とは「すけ」と読んで通用する。名乗りの全体から、「畠山兵衛佐」は格式ある身分の高い武将のイメージを与えるが、「山畠助兵衛」では、山村出身の浪人のようである。つまり、一句の構成や語順によって同じ言葉を用いてもまったく違う句になるというのである。

大岡信が楸邨の句について同様のことを述べている。

吹越《ふっこし》に大きな耳の兎かな　楸邨

「吹越」は、風が山を越えて反対側の晴れた地に雪を運んでくること。この句について大岡は、次のように論じている。

「吹越」と初五があって、次に「大きな耳の」とくるか、「耳の大きな」とくるかの違いは決定的である。というのも、「吹越に大きな耳の兎かな」にあっては、「大きな」は「耳」にかかると同時に、「兎」にまで残響効果を及ぼし、兎の姿そのものを大きく見せるように働いているからである。「耳の大きな兎かな」では、大きいのは耳だけである。これはいわば詩の文法に属する問題だが、「大きな」という一語の位置を右のように決めた瞬間、楸邨氏のこの句は、写実ではなく象徴の句として立ちあがったのである。（『楸邨・龍太』花神社）

語順はけっして五七五の定型に収めるための問題ではなく、言葉のイメージの広がり方、重なり方へと影響する詩の技術なのだ。

〈修辞的残像〉　右の大岡の指摘は、イメージの重層性を利用した解釈となっている。例えば、次の句は連句の付句であるが、イメージの重層性を考える上で好個の例であろう。

青天に有明月の朝ぼらけ　去来
湖水の秋の比良のはつ霜　芭蕉

『猿蓑』「鳶の羽も」歌仙の付合。芭蕉の句は、琵琶湖周囲も秋闌けてきて、遠く望む比良の高嶺にも初霜が置いているの意。前句と合わせて早朝秋冷の澄んだ世界を描き出している。この芭蕉の付句は、仮に「比良の初霜湖の秋」としたらどう変わるだろうか。湖水に映る比良の山容は見えてこなくなるだろう。芭蕉の付句は、周囲の紅葉を映す湖面に、比良の山容も映じており、その比良にうっすらと初霜が降りたさまがイメージされてくる。「の」で結びつけられただけの文が、こうしたイメージを作り出すのは、〈湖水の秋〉が〈比良〉にも掛かり、その〈比良〉に〈初霜〉が降りていると、言葉のイメージが下へ下へとかかりつつ、言葉が重層的に重ねられていくからである。

外山滋比古は、こうしたイメージの重層性に注目して、これを修辞的残像と呼んだ。言語表現では、視覚的残像と同じようなものが言葉にも働いていて、表現のイメージがしばし残曳をもち、それが下の言葉にも干渉して、二重表現的な葛藤を生じる。言葉のイメージは静止的なものではなく、こうした運動を伴った一過的現象であるとし、こうした言語イメージの残曳を修辞的残像と呼んでいるのである。

高浜虚子の次の句などは、修辞的残像が効果的に発揮された句となっていると言えよう。

白《はく》牡丹といふといへども紅《こう》ほのか　虚子

〈白牡丹〉の白い大輪の花のイメージが下へとかかっていって、〈紅ほのか〉の〈紅〉に重なり、〈紅ほのか〉という以上のほのかさで白牡丹を演出する。それは、〈ほのか〉な紅色を見付けたのではなく、白牡丹の中に見ようによってはどこか紅に見えるような〈ほのか〉さとして、「はく・いふ・いへ・ほのか」というハ行音を重ねた効果と相俟って、〈白牡丹〉の豊かさを際立たせるものとして読者にイメージされてくるのである。

〈てにはと作意〉　日本語は、単語（もしくは語幹）が助詞（あるいは助動詞、活用語尾）とセットになって意味を喚起する膠着語と呼ばれる言語である。そのため、助詞一つで意味を大きく変えてしまう。

中世末期に活躍した連歌師里村紹《じょう》巴《は》は、「作意《さくい》」（作者がとくに心にかけた表現意図、創作意図）にかかわって、作意を立てるということは、突飛で珍しいことを詠もうとすることではなく、また深遠なことを言おうとすることでもない、と述べて、次のような例を挙げている。

雲霧に月もかくるる今宵かな
雲霧も月にかくるる今宵かな　兼載

〈今宵〉は、仲秋の名月の今宵。〈雲霧に月も隠るる〉は、月が雲や霧で見えないの意。せっかくの月が台無しである。〈雲霧も月に隠るる〉は、月の光に雲や霧もどこかに消えてしまったの意。実際には、月が雲霧を隠すことはありえないので、あたかも名月の威光に負けて雲霧もどこかに消えたといったニュアンスをも表してくる。単に、名月の空には折良く雲も霧もなく晴れて月がよく見えるという以上の、名月へのことさらの賞翫の意が一句に表現されることになった。

こうした助詞のわずかな違いが一句に大きく影響する例は枚挙にいとまがない。一例のみ挙げておこう。

鶯の舌にのせてや花の露　半残

『去来抄』同門評で去来はこの句について、「乗するや」といったのでは風情がない、「乗せけり」といったのでは句にならない、「てや」の一字には千金の価値がある、半残はまことに練達の作者だ、と評している。

〈花の露〉とは文字どおり花に宿る露のこと。〈鶯の舌に乗せて〉とは、もちろん想像である。半残は、単に鶯を視覚的に詠むのではなく、〈舌に乗せ〉と具体化することで、露を吸う行為を自身が受け止める感覚を通じて描き出している。〈舌に乗せ〉の措辞は、〈花の露〉を玉と転がし、まさに玉の声をイメージさせてくる。ただし、去来がいみじくも指摘しているように、そこにリアリティーをもたらしているのは〈てや〉の切れの働きである。

「てや」とは、接続助詞の「て」に疑問の係助詞「や」が付いた形で、和歌では、例えば〈鶯は我を巣守に頼みてや谷の岡辺は出でて鳴くらむ〉（西行『山家集』）のように、「頼みて…鳴く」を疑問文とする場合に用いられる語法である。この歌は「住みける谷に、鶯の声せずなりければ」と詞書がある。私の住む谷に鳴いていないのは、私を留守番に頼んでか、谷の岡辺から出て鳴いているのであろうと想像した歌となっている。

連歌では、例えば〈山風に雲と見えてや花盛〉（宗養『大発句帳』）などと詠まれる。この句は、山風に雲と見えているか、この山は今まさに花盛である、の意。満開の桜が山風に散っている豪華な景を、遠くからはまさに花の雲とみえているかと疑問を介して描き出した。発句において、「てや」は受ける文（ここでは「散る」「咲く」など）が省略され、替わってその役割を内包する別の言葉に置き換わるようになっている。そのことで「てや」は、一句に切れをもたらす働きを担い、疑問のみならず詠嘆の機能ももつことになったと見て良い。

俳諧もこうした「てや」の用法を引き継いでいる。芭蕉にも、いくつかの用例がある。

五月雨の降り残してや光堂《ひかりだう》　（『奥の細道』）

この句は、平泉中尊寺の光堂を詠んだ句。何百年もの間降り続いてきた五月雨も光堂だけは降り残してきたか、と光堂の朽ちずに輝くさまを疑問を介して詠んでいる。

半残の句は、〈鶯の舌に乗せてや〉と疑問・詠嘆することで、花の枝に鳴く鶯の美声が見事に表現されたのである。去来の言うように、「乗するや」は花の露を舌に乗せるかという疑問が強く、作者がそう考えたという作意が勝ちすぎて観念句になって風情がない。「乗せけり」では、舌に乗せたと事実のように述べて嘘になり、句にならない。「てや」の、舌に乗せていると考えたとも事実ともつかぬ言い方が、かろうじて鶯のリアリティーを支えているのである。

〈文脈〉 膠着語として用いられる日本語にあって、助詞を省略して単に言葉だけで構成された場合、一句の意味を読み取るのは、かなり難しい。

八九間空で雨ふる柳かな　芭蕉（『続猿蓑』）

「間《けん》」とは、長さの単位で、六尺のこと。一間《けん》という、多くは家や畳の縦の長辺の長さをいう。「八九間」とは、十五、六米《メートル》ほどにもなる。先注は、「八九間空で」の続き具合を踏まえて、「八九間」を柳の高さとする解が多い。当時、植物の高さでそれほどの高さをいうのは例がないが、八九間の高さから柳の枝の雨露がしたたり落ちてくる意として解釈しているのである。芭蕉の門人支考が「この柳は、白壁の土蔵の間か檜皮ぶきのそりより、片枝うたれてさし出たるが、八九間も空に広ごりて、春雨の降り降らぬけしきならんと申したれば、翁は、さりや、大仏あたりにて、かかる柳を見をきたると申されし」（『梟《ふくろう》日記』）と芭蕉との会話を述べたのに引かれての解釈であろう。

だが、「八九間」は、古注が指摘するように、陶淵明「帰田園居」詩の〈草屋八九間、楡《にれ》柳後簷《こうえん》ヲ蔭《おほ》フ〉を踏まえた表現である。これは、陶淵明が官を辞して帰った田園の家の様子を表した詩句で、部屋も八、九ほどあり、楡や柳が軒を覆っているの意である。芭蕉はそれを八九間ほどの横の広がりとして捉え直し、八九間ほどの間に空から雨が降っているかと思ったら、風に靡く柳の枝から露が落ちてきたことだったといって、陶淵明の住居もかくあらんと、陶淵明が描いたユートピアを一句に再現して見せたのである。少なくともこの句に脇を付けた沾圃は、その芭蕉の趣向をよく見抜いて、「春の鳥の畠ほる声」と付けた。陶淵明の同じ詩に、田園での様子を「桑麻日ニ已ニ長ク、我が土日ニ已ニ広シ」（桑麻は日ごとに伸び、我が畑は日ごとに広がる）と詠んでいるのを踏まえ、畠をつつく鳥の声が長閑に聞こえてくると応じているのである。

春雨の柳は、古来から歌に詠まれ、とくに十世紀初頭、伊勢の〈青柳の枝にかかれる春雨は糸もて貫ける玉かとぞ見る〉は、『和漢朗詠集』にも載って柳の歌の一型ともなった。連歌も、春雨の柳を受けて、〈空や雨露とも見えぬ柳かな〉（昌休『大発句帳』）と、枝から落ちる露を、雨かと疑う作意を見せた。

芭蕉の句も、これら春雨の柳の延長にある。ただし芭蕉は、その柳の枝の露も、春雨の景も詠むことなく、ただ「空に雨降る」といって雨かと空を見上げる視線の先に柳を描き、その柳の陰に、「八九間」という広がりを措定しただけである。そこに陶淵明の詩の、軒を覆う柳のイメージが現出したのである。

俳句を解釈するとは、つまるところ言葉と言葉の関係に、どのような文脈を読者が作るかに尽きている。その文脈の作り方によって、一句のメッセージは大きく異なるのである。その意味で、俳句とは読者による読むという行為なくして完成しない文芸だといって良いであろう。

4　俳句の基盤

(1) 挨拶・滑稽・即興

〈山本健吉の俳句論〉 山本健吉は、現代俳句の失ってしまった重要な要素として、俳句が連句の発句として持っていた唱和的・対詠的性格を指摘し、俳句が連句から独立する過程で、そうしたディアローグとしての詩からモノローグの詩へと変貌を遂げ、語りかけ笑み交わす社会性を喪失したのではないかと論じている。山本が、俳句固有の方法として、滑稽・挨拶・即興を提示したのも、発句を含めた連句の文芸的性格を踏まえてのものだった。

〈連句の発句〉 俳句はそもそも連句（連歌）の発句（第一番目の長句）として成立した。連句は、複数の作者が一堂に会して、五七五の長句と七七の短句とを交互に付け合う共同製作の詩である。発句を詠んだ作者は、発句の読者である他の人物が発句に付けた第二番目の句（これを脇とよぶ）の読者となって発句と脇によって作り上げられた世界を享受する。このとき、発句の作者は、自身がある意図を持って詠んだ言葉が、脇の作者によってより具体的な物で補われたり、自身の意図とは違う方向に展開されたり、自身の句の意味とは異なる意味に読み替えられたりして、別の世界の一部として位置づけられるのを目の前で経験する。

連句は、こうした句の応酬を淵源としている。その古い一例を挙げておこう。良岑宗貞《よしみねのむねさだ》（後の僧正遍昭《へんじょう》）が宮中で時々密かに通っていた女に、今宵逢おうと言って寄こした。女は化粧して待っていたが、夜更けても来ない。そこで宗貞にこう言い送った。

人心うしみつ今は頼まじよ

〈うしみつ〉は「丑三つ」（午前二時頃）と「憂し見つ」の掛詞。丑三つの今、あなたのつれない心を私は思い知ったことです、もうお出でを頼みになんかしませんわ、というのである。文をもらった男は目を覚まして、これに即座に付けて、こう言い返したという。

夢に見ゆやとねぞ過ぎにける

〈ね〉は「子」（午前零時）と「寝」の掛詞。夢で会えるかと思って思わず寝過ごし、子の時を過ぎてしまったことです、の意。直ぐにでも逢いたいと待ち遠しく、夢ならばと思ったのが、そもそもの失敗でした、と自身の恋情の切実さを響かせて言い訳したのである。この逸話を収める『大和物語』では、「しばしと思ひてうち休みけるほどに、寝過ぎにたるになむありける」と結んでいる。馴染みの相手だと思う油断が、思わず招いた失敗談であるが、色好みとして有名な宗貞の不心得を鋭く衝いた上の句の掛詞に対し、即座に同じく時刻の掛詞で応じたところが優れた言い返しになっていよう。上句・下句ともに独立した二句一連の応酬を短連歌《たんれんが》と呼ぶ。

注意したいのは、女が歌の上句のみで相手に文句を言っているところである。女は、男に文句を言っただけではなく、相手が下句で応答するのをあらかじめ期待しているという点である。つまり、文句を言うのみならず、さああなたは何と言い訳するの、と問いかけているのである。対話を前提とした発話であり、相手からの応答を俟ってはじめて完結する呼びかけなのである。短連歌の発話者は、相手への挑みかけをしながら、それに対する相手からの言い返しを期待しつつ、その期待を上回る付句の面白さを享受しようとしているのだ。短連歌の魅力は、こうした挑発とそれに対する応答の意外さといった対話性にこそある。

〔挨拶〕　俳句が連句の発句、あえて言えば短連歌の前句に淵源を持つということは、俳句がこうした対話性をその性格において持っているということにほかならない。発句の対話性について、もう少し具体的に見ておこう。

雪ながら山もと霞む夕べかな　　宗祇

この連歌の発句については〔景気〕でも触れたが、改めて述べておこう。長享二年（一四八八）正月二十二日水無瀬三吟百韻の発句。宗祇が弟子の肖柏・宗長を連衆として興行したもので、後鳥羽院の水無瀬離宮の跡に建てられた後鳥羽院の御影堂に奉納された。長享四年は後鳥羽院の没後二百五十年の遠忌にあたり、二十二日はその月忌にあたる。発句は、後鳥羽院の〈見渡せば山もと霞む水無瀬川夕べは秋と何思ひけん〉（『新古今集』春歌上）を踏まえる。この歌は、はるか遠く見遣ると、水無瀬川に山の麓が霞んで美しい、夕べの眺めは秋に限るなどとどうして思っていたのだろう、という意。「秋は夕暮」という一般的な美意識に対して、春の夕暮を美として新たに提示した歌である。宗祇は、〈山もと霞む夕べかな〉と詠嘆することで、後鳥羽院の見た世界もこうであったろうと反芻しつつ、その歌にない、山の残雪を後鳥羽院歌との差異として提示する。〈雪ながら〉の措辞は、今私が見ている景では雪が山に残ってはいるがと、今を意識しつつ後鳥羽院の歌の世界へと共感して行く宗祇の心の動きを表している。

宗祇は、〈雪ながら〉と今眼前の景を提示しつつ、〈山本かすむ夕べかな〉と、後鳥羽院の歌の世界に対して挨拶しているのである。と同時に、連衆である肖柏・宗長に対しても、「今・ここ」を提示することで、眼前の景を後鳥羽院の歌の世界に結びつけ、後鳥羽院の歌への共感を誘っているのである。この宗祇の後鳥羽院追慕の念を受けて肖柏は、こう脇を付けた。

行く水とほく梅にほふ里　　肖柏

一句は、梅の香に満ちた里を川水が遠くへと流れていくの意。発句の〈雪ながら〉に〈梅〉と応じて今現在の早春の時節を具体化し、〈行く水〉と発句に示されていない水無瀬川が雪解で水嵩の増して流れていく様を描き出して、宗祇の詠み出した後鳥羽院の歌への共感に、「今ここ」を具体化して和しているのである。

宗祇の句は、〈見渡せば〉の歌を介して後鳥羽院への対話となり、〈雪ながら〉と今を示して連衆への対話となっていた。これらの対話は、いわばこの句が水無瀬離宮跡での百韻興行の「挨拶」としてもたらされたものといっていい。

もう一、二例、芭蕉一座の連句からあげて見てみよう。

市中《いちなか》は物のにほひや夏の月　　凡兆（『猿蓑』）

市街は、夏の夜の暑さが籠もり、さまざまな生活の臭いがよどんでいる。夏の月は、その暑熱の下界を照らして、超然と涼しげな光を放っている、の意。〈夏の月〉は月の涼しげな光を本意とする。一句は〈市中は物のにほひ〉と、いわば人々が集まって生活する空間から立ち上がる、市中に充満したむんむんとした空気、熱気そのものをイメージさせてくる。そしてこの嗅覚で捉えた街中の夜の暑苦しさが、上五の〈は〉、切字〈や〉を介して、天上の涼しげな月と対比され、そこに生活する者の夏の夜の実感、すなわちさまざまな匂いが立ちこめ、風もなく暑さの籠もった市中を描き出しているのだ。

市中にかかる夏の月は、和歌にあって例えば〈涼みつるあまたの家も静まりて夜更けて白き道の辺の月〉（伏見院『風雅集』夏）とも詠まれる。夏の月は、辺りを白々とした光によって照らし、その霜かと思うような清浄な光が、世界を「涼」の世界へと変貌させるものとして視覚的に捉えられてきた。それに対して、凡兆の一句は、嗅覚によって暑苦しい町中を表現しつつ、伝統的な本意である涼しげな月に対置せしめているところ、〈夏の月〉の新しい把握だと言えよう。

発句は、「客発句とて昔は必ず客より挨拶第一に発句をなす」（『三冊子』）とあるように、客が挨拶の意を込めて詠む。この『猿蓑』所収「市中」歌仙としては、ここは凡兆が世間の暑苦しい世界を脱して、芭蕉の風雅の世界に心遊ばせるに際して、その風雅を世間の感覚から超然とした涼しげな世界として称えた挨拶の句としての意味合いをも読み取るべきであろう。杜哉の『俳諧古集之弁』に、この句について「ほのかに風塵を厭ふ趣意ありて、志気高し」と評しているのは、〈市中は〉の〈は〉および切字を介しておかれた〈夏の月〉に着目しての言で、風塵すなわち世俗の世界に対しての風雅の世界への思いを読み取っているものである。亭主の芭蕉は、この凡兆の発句に応じてこう脇を付けている。

あつし〳〵《あつし》と門《かど》々の声　芭蕉

一句としては、「暑い、暑い」と人々が家毎に門口に出て言っている声が聞こえてくる、の意。脇は、「発句の言ひ残したる言葉をもて歌の末を継ぎたるやうになすなり」（『至宝抄』）というように、発句の世界を反芻し、その世界を敷延し、より具体化する唱和の典型というべき役割が与えられている。したがって、時節も発句に合わせることが要求され、この歌仙の発句のように季語〈夏の月〉が夏のどの時節と限定していないときは、必ずどういう時節かを明らかにすることが要請された。ここでは、発句〈物のにほひや夏の月〉から、発句の季節を晩夏（六月）の極暑の頃を詠んだものと読み取り、〈暑し〉と晩夏の季語を詠み入れて時節を限定し、また発句の〈にほひ〉を感じ、〈月〉を眺めている場を、〈市中〉にふさわしく家々の建て込んだ〈門々〉に定めた。風の通らぬ家の中にいられず門口に出て涼を取る人々を描き出した付けである。涼を求めて出た門口で人々は、互いに「暑いですね」と挨拶を交わしながら、外はまだしもと暑さをしのいでいると、夏の夜の市中の人々の姿を活写しているのである。月の光は、夏の夜を日中の暑さとは別の、涼の世界にしている。歌人たちはそうした夏の夜の空にかかる月を、あるいは白々と照らす月光を愛でてきた。芭蕉の一句は、その涼しげな家々の様子に対して、暑さを堪えかねての人々の様子として詠んで、風雅とは遠く隔たる生活者の実感のこもった言葉によって仕立てているところが眼目である。発句の嗅覚、視覚に、脇は聴覚をもって、暑い夜の市街を具体化している点も趣向として評価すべきであろう。

発句、客の挨拶に対して、脇は主人が挨拶を返す。凡兆よ、あなたは夏の月のごとき涼しげな風雅の世界といってくれたが、風雅の声を聞いても仕方がない。世間の実感、俳諧の本道たる庶民の声を聞いてこその場ではありませんかと述べて、これから巻いていくべき連句、その俳諧の風雅を定位しているのである（なお、この連句は元禄三年六月三十日付曲翠宛芭蕉書簡から実際は凡兆亭で巻かれたと推定される。したがって芭蕉発句、凡兆脇となるところだが、『猿蓑』の歌仙では、芭蕉が亭主となっている。いわば虚構の歌仙の場が設定されているのである）。

挨拶というと贈答句や慶弔句などを思い浮かべるかもしれないが、芭蕉が「雪月花の事のみ言ひたる句にても、挨拶の心なり」（『三冊子』）といったように、それに限らず、そもそも俳句は、一句の内に対話や唱和など、対詠的性格を基本的にもっている文芸なのである。

此《この》道や行く人なしに秋の暮　芭蕉

人声やこの道かへる秋の暮　芭蕉

〈この道や〉の句は、芭蕉晩年の元禄七年九月二十六日、大坂の料亭浮瀬での連句会の発句である。この道を行く人は誰もいない、寂しい秋の夕暮である、の意。〈人声や〉はその別案で、この道を家路へと帰る人々の声がする、誰もいない寂しい秋の夕暮である、の意である。

秋の「道」は、和歌に例えば〈うち群れて散る紅葉葉を尋ぬれば山路よりこそ秋は行きけれ〉（藤原公任『新古今集』秋下）などと詠まれてきた。人々と連れ立って紅葉を見にいくと、秋は山路を通って去って行くの意で、山路の紅葉が早々と散ってゆくのを道の趣向をもって詠んだ歌。こうした秋の「道」の趣向は、〈飽かずして過ぎ来し野辺の花薄尋ねば道に秋や暮れなん〉（藤原成通『成通集』）などと詠まれて類型となったようだ。紅葉を賞めにいき、秋を味わおうとしても、秋は夕暮とともに素早く去ってゆき、後は見るものとてない、というのだ。

そもそも秋の夕暮は、例えば〈寂しさに宿を立ち出でて詠むればいづくも同じ秋の夕暮〉（良暹『後拾遺集』秋上）に代表されるように、ことさら寂しいものであった。だが、新古今時代の歌人たちは、その見るべきものとてない夕暮に、積極的な美を見出してゆく。〈見渡せば花も紅葉もなかりけり浦の苫屋の秋の夕暮〉（定家『新古今集』秋上）など三夕の歌を頂点として、〈秋の夕暮〉は新古今時代において、その寂寥が積極的に評価されたのだった。以来、歌人たちは、〈秋の夕暮〉に孤独・寂寥の詩情をさまざまに託してきた。芭蕉も、まぎれもなくその系譜にあった。〈枯れ枝に烏のとまりけり秋の暮〉〈死にもせぬ旅路の果てよ秋の暮〉〈こちらむけ我もさびしき秋の暮〉など、〈秋の暮〉は、孤絶・寂寥のトポスとして一句の詩情を支えてきたのである。だが、そうしたイメージが固定化してしまうと、「秋の暮」といえば誰もが寂しさを味わうものといった程度の陳腐な場に堕すことにもなりかねない。芭蕉は、その〈秋の暮〉の刷新を試みたのである。

〈この道〉とは人々が、秋の暮を含めて秋の景物を賞めに来た道であり、暮れとともに人々の帰る道であった。芭蕉は、その先へと志向することで、さらなる寂寥孤独を味わおうとした。しかし、孤絶感は集団の中にこそ切実にある。〈人声や〉の別案は、孤絶の寂寥を求めて〈秋の暮〉の詩情を追求した芭蕉の姿を示しているのである。

支考の『笈日記』の記述によれば、芭蕉は当日〈此道や〉〈人声や〉の二句を連衆に示し、「いづれをか」と問い、支考が「この道や行く人なしにと、独歩したる所、誰かその後に従ひ候はん」と答え、〈此道や〉の発句に「所思」と題をつけて、半歌仙興行したという。芭蕉が二句のうちどちらを発句にするのがよいかと連衆に問うたこと自体、発句が連衆への呼びかけ、挨拶になっていることを示している。と同時に、この支考の発言は、ともに味わうべき者とていない秋の暮の寂寥をあえて味わおうとする心根に連衆たちが共感したことをも示している。この連句会の亭主である泥足《でいそく》はこう脇を詠んでいる。

岨《そば》の畠の木にかかる蔦　泥足

岨は崖や急斜面。急斜面の畑とは、人里離れた山中の僅かばかりの畑である。〈岨の畠の木〉とは、芭蕉の愛読書『山家集』の〈古畑の岨の立つ木にゐる鳩の友呼ぶ声のすごき夕暮〉（西行）を意識しての表現。ぞっとするほど寂しい夕暮と詠んだ畑には、時節柄作物もない。ただ畑の木に色づいた蔦が這い掛かっているばかりである。そんな寂寥の極限に唯一見出した〈蔦〉の紅葉は、荒涼たる寂寥に風雅を見出そうとする芭蕉に和して、ともに美を見出していきましょうという亭主の挨拶にほかならない。

〈滑稽の文学〉　こうした芭蕉の座での挨拶の応酬は、極めて文学的に洗練された風雅の応酬となっているが、連句はそこに至るまでに、猥雑性、批評性、教訓性など極めて多様な付合の応酬を積み重ねてきた。例えば次のような付合は、人々の興じていた俳諧の実際を伝えるものだろう。

『竹馬《ちくば》狂吟集』

恋しやしたやさていかにせん
我が妻の忌日の仏事銭《ぜに》はなし」

『犬筑波《いぬつくば》集』

霞の衣裾は濡れけり
佐保姫の春立ちながら尿《しと》をして」
にがにがしくもおかしかりけり
わが親の死ぬる時にも屁をこきて」
穴をのぞける親を持ちけり
契る夜を大人げなくも妨げて」
のごふべき紙を手に持ち泣くばかり
親の譲りの太刀ぞさびたる」
起きんとすれば引きぞとどむる
みどり子の今朝しも袖の上に寝て」

〈我が妻の〉は、恋しいし、為たいし、どうしたらいいだろうと悶々とする気持ちをあらわに詠んだ前句に、亡くなった恋女房の忌日に法要をしたいが銭がないと付けた。前句の卑猥な欲求を、仏事への切実な気持ちに読み替えたところが鮮やかである。〈佐保姫の〉の句は、春の霞が衣のように辺りを覆う情景に、その裾が濡れたと謎を込めた前句に、それは春の女神佐保姫が立春とて立ちながら尿をしたからだと付けた。〈霞の衣〉といった歌語に〈佐保姫の春立〉と同じく歌語で応じながら、急転直下〈立ちながら尿をして〉と女の立ち小便を描き出したところが面白い。〈我が親の〉の句は、前句〈苦々しくも可笑し〉という不愉快と愉快の矛盾した謎かけに、いかにもありそうな場面を付けた。〈穴をのぞける親〉とは、墓穴を覗きこんでいる親。死期が近い老齢の親だという前句に、障子に開けた穴か壁の節穴から若夫婦の契る様子を覗いて邪魔をすると取りなした。前句からの展開の意外さが笑いをもたらす。〈のごふ〉は拭く。拭くための紙を手に持ったまま、ただ泣いているとは、性行為をしている女性の様子かと読者に想像させるに十分な句。それに、形見として親から譲られた大切な太刀が錆びてしまったのを見て、磨くのに使う紙を持ったまま泣いていると付けなした。読者の期待を外して前句にうまく付けたところが面白味である。〈起きんとすれば〉とは、後朝の情景。夜が明けそうになり、急いで起きようとするのを女性が留めている場面であろう。付句はそれを嬰児が袖の上に寝て居て留めると付けた。男女の恋の不確かさを、嬰児を使って親子の情に訴えて引き留めているのである。雅な恋に対して生々しい現実の提示が面白い。

前句を読んだ読者は、それぞれに前句から次にどんな世界へと展開するかを想像し、期待する。付句の作者は、その期待をはぐらかしたり、予想外に展開したり、期待以上にふざけたりして、その場にいる人々を感心させたり、笑わせたり、時にはしみじみと共感させたりしているのである。こうした庶民の寄合や宴席の場での即興のやりとりが、俳諧の基本的な生命であった。

確認しておきたいのは、必ずしも付句一句が滑稽なわけではない、ということだ。もちろん〈佐保姫は〉の付句や〈我が親の〉の付句のように、一句自体が滑稽な句もある。だが、それ以外のいずれの付句も、一句を取り上げて見れば、けっして滑稽な句ではない。付句の滑稽性は、人の意表をつく意外な発想にこそある。

〈連句の世界〉　即興による俳諧のやりとりは、人々の会話が噂話や品評、世間のさまざまな話へと展開するように、やりとりのうちに笑いを抱え込みながら、付合の中に人々の姿態や世間の噂、世間への批評を織り込んでいった。そうした即興のやりとりは、芭蕉の俳諧においても変わらない。その一例として、前句から芭蕉が親子について描いた世界を紹介しておこう。

くろからぬ首《かしら》かきたる柘《つげ》の撥《ばち》　芭蕉
乳をのむ膝に何を夢見る　芭蕉
（元禄五年八月八日「破風口に」和漢歌仙11・12）

白髪交じりの頭を柘植の撥で掻く母親の膝元で、乳を飲みながらまどろむ赤子は何を夢見ているのだろう。母親の苦労など知らずに、幸せそうに乳を飲む赤子の様子である。

広庭に青の駄染を引《ひき》ちらし　野坡
這《はひ》廻る子のよごす居処《ゐどころ》　芭蕉
（元禄六年冬「寒菊や」歌仙未満19・20）

広い庭に紺だけで染めた布を一杯に広げてある。また家の中では、赤ん坊が尻を汚したまま、あちこち這い回っている。仕事と赤子の世話とにてんてこ舞いの様子である。

いかめしく瓦庇《かわらびさし》の木薬屋《きぐすりや》　越人
馳走する子の痩《やせ》てかひなき　芭蕉
（元禄元年九月中旬「雁がねも」歌仙33・34）

物々しく瓦葺きの庇を構えた生薬屋では、何事も大事に大事に子どもを育てているが、痩せてひ弱である。せっかく大事に育てられても、あれでは甲斐のないことだ。大事に育てられたゆえのひ弱さが描かれる。

お針して秋も命の緒を繋ぎ　古益
琴引《ひく》娘八ッに成《なり》ける　芭蕉
（貞享四年春「花に遊ぶ」歌仙19・20）

針仕事をして細々と生計を立て、この秋もやっとのことで生活している。琴を上手につま弾く娘もようやく八歳となった。成長を見守ってきた母親の感慨である。貧乏はしても、娘としてのたしなみは身に付けさせたいとの親心が表れている。

那智の御山の春遅き空　嵐蘭
弓はじめすぐり立《たち》たるむす子共　芭蕉
（元禄五年九月下旬「青くても」歌仙16・17）

那智の御山の辺りは、山深く春の訪れも遅い。その那智・熊野辺りの郷士の師弟等を選りすぐって、弓始めに日頃の鍛錬の成果を示すことだ。我が息子たちの姿を、晴れがましく見る親の心が感じられる。

赤鶏頭を庭の正面　惟然
定らぬ娘のこころ取《とり》しづめ　芭蕉
（元禄七年九月上旬「猿蓑に」歌仙）

燃えるように赤い鶏頭を庭の正面に植えてある。鄙びた農家の庭の様子である。その家内では、恋に取り乱した娘の心をようやくに鎮め、落ち着かせたところだ。庭の真ん前に赤々と燃えるごとき鶏頭は、静まることを知らぬ娘の恋心そのもの。

御頭へ菊もらはるるめいわく《迷惑》さ　野坡
娘を堅う人にあはせぬ　芭蕉
（元禄七年春「むめがかに」歌仙7・8）

丹誠込めて育てた菊の花がいくら素晴らしいからといって、組の御頭にもらわれてしまったのでは迷惑なことだ。わが娘はすでに年頃となったが、けっして他人には会わせずにおく。娘を大事大事とかわいがる父親の心情である。

扨《さて》は無筆のしるる正直　長江（虹）
江戸の子が影（蔭）で酒お《を》も下さるる　芭蕉
（元禄七年五月二三・四日「世は旅に」歌仙）

さては文字を読み書きできぬな、とすぐに分かるような正直者である。江戸に出ている息子のお蔭で、このたびはご主人様からありがたくも酒を給わったことだ。自慢の息子を誇らしく思う親心である。

露にけさばや着物《きるもの》の紋　百歳子
子どもらが伝《つたは》る家をあらそひて　芭蕉
（元禄二年冬「霜に今」歌仙28・29）

子たちが家の相続を互いに争っている。そのあまりの浅ましさにいっそのこと着物に付いている我が家の定紋を消してしまいたいものだ。母親が夫亡き後の子たちの争いを恥じている口吻が読み取れる。

小袖袴を送る戒《かい》の師　不玉
吾《わが》顔の母に似たるもゆかしくて　芭蕉
（元禄二年六月一九〜二一日「温海山や」歌仙10・11）

戒の師が、出家に際して不要となった小袖袴を受戒者の家族の元へ送り返すにあたり、出家する自分は、母親に似ている自分の顔を今更のようにつくづくと眺めては、母をなつかしく思い出している。

預けたるみそとりにやる向河岸　野坡
ひたといひ出すお袋の事　芭蕉
（元禄七年春「むめがかに」歌仙11・12）

共同で作ったまま預けてある味噌を、川の対岸の本家に取りにやる。その折、相手がすでに亡くなったお袋のことを一途に話し始めた。何代も守ってきた味噌の味から食事の用意まで、味噌に関わる話はそのまま母親の話となる。

赤子を抱えての親の様子から、子どもの成長を心配したり喜んだり、娘が年頃になったらなったで、娘の恋にあれこれ手を焼く親の姿や、親を亡くして相続を争ったり、出家や死別になつかしく母親を思い出す子の姿など、芭蕉の描き出す親子の姿は、同時代の西鶴が小説に描いた親子の姿にも重なる、庶民生活の事情を衝いた世界だった。忘れてならないのは、これらが芭蕉一人の孤独な創作によるものでは決してなく、芭蕉以外の連衆が詠んだ前句に触発されて想起された世界だという点である。

芭蕉を含めた連衆たちは、互いに経験や見聞に基づく生活感情を共有しつつ、そこに創作基盤をおいて、これら生活の種々相を描き出し、享受している。

とはいえ、これら芭蕉やその門人たちの生み出した連句の世界は、俳諧の滑稽性と無縁ではない。

月影はおもひ《思》ちが《違》へて夜が更《ふく》る　惟然
奉行のひき《引》の甲斐《かひ》を求《もとめ》し　支考
高うなり低うなりたる酒の辞儀《じぎ》　芭蕉
（「秋もはや」歌仙元禄七年九月十九日13・14・15）

打越《うちこし》（付句の二句前）は、月の光の明るさに時間を思い違えて予想外に夜更けとなったの意。前句は、その夜更けとなった事情を付けた。〈奉行の引き〉とは、奉行による年貢減免。水害や旱魃《かんばつ》などで田畑の作柄が極端に悪いようなとき、百姓の側から特別の検見《けみ》（これを破免《はめん》検見《けみ》という）を願い出て、特別に検見を受け、年貢の減免をしてもらうことができた。ただし、破免検見によって期待するほどの減免がされるか否かは決まっていないし、またこの検見に関わる多額の諸費用はすべて願い出た百姓側が負担する定めであった。したがって、どれほどの効果があるかも不明な破免検見を願い出るには、余程の決断が必要だった。前句は、それを願い出るかどうかの相談が紛糾したのであろう、随分時間がかかったという村役たちの感慨である。芭蕉の付句は、一句としては、座中の一人が目上の人には平身低頭したかと思えば、目下の者には横柄な態度で威張ったりする酒席の様子である。前句と付ければ、奉行一行を饗応する酒席の様子で、奉行一行の下端役人が村役人には威張り、上役には遜る様を描いたとも、また平身低頭ペコペコと挨拶する村役に、横柄に反っくり返って挨拶を返す奉行側の人物を対比的に描いたとも解される。

酒席の人物の様子をみごとに活写したこの付句は、一句としては世間によく見かける調子の良い人物を捉えて面白いし、また付合にあっては、奉行一行の威張り返った様子に饗応する村役たちの過剰な気遣いを捉えて、滑稽であるがゆえにかえって減免を願う必死さを伝えてくる。芭蕉の付句は、打越・前句が相談がようやくまとまったという村役たちの感慨に対して、破免検見当日の饗応の酒席を描いたところ、意外な展開であり、一句の酒席の姿態の肝所を衝いて滑稽感を増幅させているのである。滑稽は、「俳句的視点」でも詳述したように、俳諧の詩の方法そのものだったのだ。

〔即興〕　即興性とは、この場・このときの感興を、時を移さず即座に詠むこと。座における応酬などは、今・ここでの一回性を命とする。これについて去来は芭蕉のこんなエピソードを伝えている。元禄三、四年、「おくのほそ道」の旅を終えた芭蕉が、伊賀・京・近江湖南を往還していた頃のことである。芭蕉が去来を同道して近江膳所《ぜぜ》の正秀《まさひで》亭の連句会に出席したことがあった。発句を乞われた去来が、発句を詠めずにまごまごしていると、それを見かねた芭蕉が代わって発句を出した。亭主の正秀は即座に脇を付けた。

二つに割れし雲の秋風　正秀
中連子《ちゅうれんじ》中切《なかぎり》開《あ》くる月影に　去来

去来が〈竹格子陰もまばらに月澄みて〉と第三（三句目）を詠んだが、芭蕉は満足せず、かく添削して付けた。その夜のことである。芭蕉は去来とともに別の邸に泊まったが、そこでこう去来を叱責したという。去来、お前は今夜初めて正秀亭を訪ねた。珍客なのだから、発句は自分が出すことになるとあらかじめ覚悟しておくべきだ。そのうえ、発句をと言われたら、巧拙を考えずまず素早く出すべきだ。一夜の時間がどれ程あると思っているのだ。お前が発句を出さずに時間が経ってしまったら、今夜の会は白けてつまらないものになってしまっただろう。不風雅の至りである。あまりに不興だから、私が代わりに発句を出したのだ。すると正秀は直ぐさま、〈二つに割れし〉と激しい雲の様子を詠んだ脇を付けた。それに対して、お前がこんな伸びやかな第三を付けたのは、前句の語勢を知らないというもので、未熟の至りである。「この度の膳所の恥、一度雪《ひとたびすす》がんことを思ふべし」と一晩中去来に突っ掛かってきたというのである。即興の不出来さは、そのまま日ごろの風雅の鍛錬の疎かさを端的に物語る。「不風雅の至り」「未熟の至り」と重ねて「膳所の恥」と言ったところ、芭蕉の怒りがよく伝わってくる。

連句は、複数の作者が一堂に会して互いに創作と享受とを重ねてゆく。連句にあって創作行為は、求められれば今・ここにふさわしく発句を詠み、打越以前を考慮しつつ前句にふさわしく付句を詠み、常にその時その時の即興による。自身の句の面白さは、優れた前句に出会ってこそであり、自身の句の出来いかんが、他人の詩興に直接影響する。連衆による連句会の盛り上がりこそが、付句の丁々発止とした付合をもたらしてくるのである。こうした付合に関わる緊張とそれによる盛り上がりこそ、共同製作の内実にほかならない。芭蕉が描き出した人々の姿態も生活感情も、一回限りの緊迫した付合によって引き出されたものだった。

〔創作の苦心〕　だが、忘れてならないのは、もう一方で芭蕉はこうも述べていることだ。

干鮭《からざけ》も空也《くうや》の痩《やせ》も寒の内　芭蕉

元禄三年冬の詠。干涸《ひか》らびた鮭も、空也僧の痩せた姿も、いかにも寒中ならではのものである、の意。「空也」とは、空也念仏を唱えて歩く僧のこと。京都市中京区にある空也堂（光勝寺）寺内の半僧半俗の住人を鉢叩《はちたた》きと称して、彼らは十一月十三日の空也忌から大晦日までの四十八日間、鉦《かね》を鳴らし、あるいは鉢にかえて瓢《ふくべ》を竹の枝で叩きながら、念仏を唱えて洛中を勧進し、洛外の墓所葬場をめぐった。この鉢叩きを空也と呼んだのである。〈空也の痩〉は〈から鮭〉の干涸らびた姿と重なり合って、空也僧の骨と皮になるように痩せた姿態をイメージさせ、それが寒中（大寒・小寒合わせた立春前一月間）の寒く凍える季感と相俟って、中世の文学理念である「冷え、からびたる」に通ずる美意識と響き合う。この句について芭蕉は「心の味を言ひ取らんと、数日腸《はらわた》をしぼる」（『三冊子』）と述べたという。同様のことは、最晩年の作でもあったらしい。

此秋《この》は何《なん》で年よる雲に鳥　　芭蕉

「この句は、その朝より心に籠めて念じ申されしに、下の五文字に寸々の腸《はらわた》を割《さ》かれけるなり」（『笈日記』）。「腸を割く」は呻吟する意で、朝から下五文字が決まらず、呻吟してようやく〈雲に鳥〉の語を得たという。この秋はどうしてこんなに年を取った気がすることか、という上五中七の感慨は、〈ナンデトシヨル〉という普段遣いの言葉で、ふと口を衝いて出たつぶやきである。それを詩にしているのは下五の〈雲に鳥〉で、この言葉を求めて呻吟したのである。〈雲に鳥〉は、遠くの情景。何処へとも定めず流れて行く雲に、消えゆく鳥の孤影を描く。この下五によって、旅から旅へと生きてきた自分が、ふと立ち止まって旅してきた自身を、そしてまた旅する自身を見ている感覚を引き出し、人生の来し方行く末を見つめるかのような寂寥を読者に惻々と伝えてくるのである。この句には「旅懐」の前書がある。

これら、発句の言葉を紡ぎ出そうと呻《うめ》き苦しむ芭蕉と、連句の発句にあってその場その時の一回性を命がけで果たそうとする芭蕉と、二人の芭蕉がいるようであるが、むろん一続きの創作のなかにある。

五月雨をあつめて涼し最上川　　芭蕉

元禄二年の奥羽行脚の途次、五月二十九日に芭蕉は大石田の高野一栄《いちえい》邸で連句を興行した。その発句である。「最上川は陸奥より出でて山形を水上とす」と『おくのほそ道』にも述べるように、最上川は福島との県境を水源とし、山形諸所の川を集めて流れる一大河川である。五月雨に増水した川を集めて流れる最上川はいかにも涼しいことだと述べて、一栄亭での俳席の心地よさを賞めた。一栄もまた、〈岸に蛍を繋ぐ舟杭〉と詠んで、芭蕉ら珍客を繋ぎ止めたと応じている。

これが後年成立した『おくのほそ道』では、こう改作している。

五月雨をあつめて早し最上川　　芭蕉

〈涼し〉から〈早し〉への推敲は、この句形が他の撰集にないことから、元禄六年秋頃からの『おくのほそ道』執筆時になされたものらしい。『おくのほそ道』では、こう書かれている。

最上川は陸奥《みちのく》より出でて、山形を水上《みなかみ》とす。碁点《ごてん》・隼《はやぶさ》などいふ、恐ろしき難所《なんじょ》あり。板敷山《いたじきやま》の北を流れて、果ては酒田の海に入る。左右山覆ひ、茂みの中に船を下《くだ》す。これに稲積みたるをや、稲船《いなぶね》といふならし。白糸《しらいと》の滝は青葉の隙々《ひまひま》に落ちて、仙人堂、岸に臨んで立つ。水みなぎつて舟危《あやふ》し。

五月雨をあつめて早し最上川

ここでは、「陸奥より出でて山形を水上とす」から「果ては酒田の海に入る」まで最上川の長大なスケールと、「恐ろしき難所あり」とその急流が提示される。「板敷山」「稲船」「白糸の滝」と歌枕や歌語を巧みに挿入して、和歌文脈を織り込んだ文章は、最上川の文学的イメージを喚び起こしてくる。その文学的イメージに対して、「茂みの中に船を下す」以下、稲船に実際に乗って最上川を下る視点から歌枕を捉え直しているところが、この文章の趣向である。「水みなぎつて舟危ふし」が、「秋の水漲り来て船去ること速やかなり」（『和漢朗詠集』）を、船に乗っての実感「危ふし」として捉え直したところにも、この構図が端的に表れている。〈五月雨をあつめて早し〉の句は、その船に乗っての危うさを、増水した最上川の速さをもって詠んだ句である。〈涼し〉から〈早し〉への改作によって、作者の脳裏に〈最上川早くぞ増さる雨雲ののぼれば下る五月雨の頃〉（『兼好家集』）などと詠まれた「最上川、早川也」（『名所方角抄』）の本意が想起され、一句が本意を踏まえた詠作として詠み替えられたのである。

挨拶句から「最上川」を詠んだ句へと、こうして変貌を遂げた〈五月雨を〉の一句は、「今・ここ」という一回性を主眼におく挨拶性と、詩としての完成度の追求とを物語る句だといっていい。とはいえ、挨拶に詩としての完成度を求めないのではない。一句が挨拶句であっても、詩として完成していることは当然ながらよくあることであり、要は、挨拶句として詠んだ句を、詩的完成度から改めて吟味するという二重の読み直しが詩人においては行われていたということである。

（2）作者と読者

〈連句の作者と読者〉　連句は、すでに述べたように、複数の作者が互いに前句を読み、それにふさわしい付句を詠むという行為を繰り返す共同製作の詩である。同じ連衆がそれぞれ読者となったかと思えば、次の句の作者となる。極端に言えば、一巻の連句において、誰がどの付句の作者であるかは、さして問題にならないほどの共同性がそこにはある。例えば〈八九間空で雨降る柳かな〉を発句とした歌仙は、『続猿蓑』に収められているが、その形になる推敲を伝える芭蕉の真蹟草稿が伝わっており、それによれば『続猿蓑』所収の形になるまでに芭蕉の大幅な改作があったことが知られる。興味深いのは、芭蕉の推敲が句形のみならず、作者名にまで及んでいる点である。巻末の四句の付合を挙げておこう。初めに草稿を挙げておく。

まぶた《瞼》に星のこぼれかかれる　沾（沾圃《せんぽ》）
引立《ひきたて》てむりに舞《まは》するたをやかさ　里（里圃《りほ》）
そつと火入《ひいれ》に落《おと》す薫《たきもの》　莧（馬莧《ばけん》）
花ははや残らぬ春の只暮《ただくれ》て　蕉（芭蕉）
河瀬の上《ママ》のぼる水のかげろふ《陽炎》　里（里圃）

これが『続猿蓑』では、次のようになる。

まぶた《瞼》に星のこぼれかかれる　莧（馬莧）
引立《ひきたて》てむりに舞《まは》するたをやかさ　蕉（芭蕉）
そつと火入《ひいれ》におとす《落》薫《たきもの》　沾（沾圃）
花ははや残らぬ春のただ暮《くれ》て　莧（馬莧）
瀬がしら《頭》のぼるかげろふ《陽炎》の水　里（里圃）

句形は、挙句が変わっただけである。しかし、作者名がかなり入れ替わった。〈引立て〉の句は、前句を涙に星の影が宿っているさまと見て、無理に舞わせた姿の弱々しく優美な様子を付けた。鶴岡八幡宮で舞わされた静御前の面影がある。〈そつと〉の句は、火入れ（煙草を吸うための種火の熾を入れておく器）に薫物を入れておくの意。男への奥ゆかしい心遣いとみれば、遊女などが思い合わされよう。次の花の句は、花も散って名残もない春の暮を味わうさま。ただ暮れていく物寂しさに、薫物を焚く風流人が描かれる。挙句は、河瀬の辺りに陽炎が立つ晩春の情景である。草稿の作者名を替えたのは、実際の連句会では馬莧が脇を付けたのを、『続猿蓑』に収録するにあたって、撰者である沾圃が巻頭連句三巻の亭主として脇を付けた形にしたかったからである。四吟（連衆四人）の場合、付け順は二飛《とび》四飛《とび》（二句置き、四句置きに付けること）となる。そのため、こうした作者の入れ替えが行われたのであった。これなど、作者中心ではなく、作品中心の発想であり、共同製作の詩であることを如実に物語っている。

〈発句の読者・作者〉　こうした詩歌の共同体では、作者と読者の棲み分けはほとんどない。発句においても例外ではない。『猿蓑』たとえば、すでに［二句一章］でも引用した句であるが、凡兆の〈下京や雪つむ上の夜の雨〉に関する逸話を引いておこう。を編集しているとき、凡兆が〈雪積む上の夜の雨〉という中七下五を思いつき、これに相応しい上五を探していた。芭蕉をはじめ、その場に居あわせた者たちでいろいろと上五を置き試みるうちに、芭蕉が〈下京や〉の上五を思いついて一句となったという。「下京」は京都の市街地の南半分、四条以南の呼称。京都の庶民たちの生活の中心であった。一句は、雪が降り積もったと見ていると、夜半になって雨に変わり、白く積もった雪の上に降っているの意。「下京や」は、その場を示したわけだが、夜半から変わった雨によってびしょびしょと水気の多くなった雪の風情に、「下京」という言葉がよく合っている。

ところが、凡兆はこの上五が良いのかどうか分からない。「あ」と答えたまま納得できないでいるようだ。そんな凡兆に芭蕉は、「兆、汝手柄にこの冠を置くべし。もし勝るものあらば、我二度《ふたたび》俳諧を言ふべからず。（凡兆よ、お前の手柄としてこの上五を置くがいい。もしこれ以上の言葉があるなら、私は二度と俳諧を口にすまい）」と言ったという（『去来抄』）。

上京が禁裏や幕府の所在地を中心として、公卿・武士ら上流階級の比較的広い邸宅が地を占めるのに対して、下京は中下流の人々の住居が建て込み、一般客の生活を支える商業地域であった。例えば西鶴は、「よろづ、上京と下京の違ひあり」といい、当時の小町踊り（少女たちの盆踊の一種）の様子を、上京は娘たちが総角《あげまき》に結った振り袖姿、太鼓の拍子も静かでゆったりとしていかにも雅びであるのに対して、四条通より下、下京は、「声せはしく足音ばたつき」という様子で、かけ声も忙しく足音もばたばたとうるさく、踊り方だけでもこれほどの違いがあると述べている（『好色一代女』一ノ二）。発句も、上京は〈上京や踏まれぬ程のけさの雪〉（小春『色杉原』）と、一面の雪の積もった美しさを詠み、下京は、〈下京をめぐりて火燵《こたつ》行脚かな〉（丈草『記念題』）と、行く先々で炬燵に誘われると人々の生活がにじみ出る。付句でも、〈下京は宇治の糞船《こえぶね》さしつれて〉（孤屋『炭俵』）などと詠む。上京の雅びに対する下京の生活感が、〈下京や〉の上五には息づいているのである。芭蕉は、〈雪積む上の夜の雨〉がこうした「下京」の本情を言い留めている点をもって、「下京」は動かないと断じたのである。一句は、夜半の寒気の緩みに、雪から変わった雨の風情が、家々の建て込んだ下京の庶民の生活感のぬくもりを言い当てている。芭蕉にしてはじめて見出された都の雪、下京の詩情であったのだ。

かつて芭蕉も、天候の変化に着目したことがあった。

面白し雪にやならん冬の雨　芭蕉（『千鳥掛』）

貞享四年の句。この分では冬の雨もやがて雪に変わるだろう、そう思うと雪を待つ間の雨もかえって興趣がわくの意。寒々と降る冬の雨の侘しさを、雪を待つ心の動きによって見事に興趣をかき立てられる対象へと変貌させている。とはいえ、〈雪にやならん冬の雨〉に対して〈面白し〉と、自身の心の動きを直截言い述べた主情的作風は、貞享期の芭蕉のものだ。この〈面白し〉といった心の動きを言わずに、〈下京や〉とその場を示しただけで、雪に降り注ぐ雨の音に耳傾ける作者の興を読者に伝えようとしたのが、この『猿蓑』の景情一致の句境だった。まさしく、凡兆の言葉の断片をきっかけに、芭蕉は自らの句を『猿蓑』風に改作していったともいえよう。「兆、汝手柄にこの冠を置くべし」とは、作者としての芭蕉が凡兆に句を与えた言辞に等しいではないか。

次も、同じ『去来抄』に収める、『猿蓑』編集当時の逸話である。

芭蕉が自門の撰集を京で出版するとの話を聞き、宗次《そうじ》という男は、我が句を一句なりとも集に入れてほしいと願った。彼は自信作であろう数句を持参して芭蕉のもとを訪ねたが、採用できるような句は一句もない。そこで、この場で詠もうと呻吟していた。夕刻、そんな彼に芭蕉は、「くつろぎなさい、私も横になろう」と声を掛ける。宗次は、「御許し候へ。じだらくに居れば涼しく侍る」（お許し下さい、姿勢を崩して楽にしますと涼しうございます）と言った。すると芭蕉は、それこそ発句だと言い、そのままを句に仕立てて撰集に入れたという。

じだらくに寝れば涼しき夕べかな　宗次

自堕落《じだらく》は、ここでは服装や態度がしまりのないだらしない感じをいう意。一句は、姿勢を崩して気楽な格好で横になっていると涼しさが感じられる夕べだという意であろう。仕事や人との関わりをもっているときは、相手を意識してそれなりの姿勢をとるものだ。そんな世間にいる状態から離れて気ままにすることが自堕落である（だから宗次は姿勢を崩すとき、人前を気にして「お許し候へ」と言ったのだ）。世間と離れてほっと一息をつく――。兼好は『徒然草』の中で、世俗の諸縁を離れて身を閑《しづ》かにし、世事に関わらず、心を安らかにすることこそ「暫《しばら》く楽しぶ」という（七五段）と閑居について述べているが、「じだらくに寝る」とは、そんな「閑居」としての心身のあり方を示していよう。世間に囚われていた我が心が自由になって周囲と向き合い、それによってはじめて辺りに漂っていた涼気に気づく。一句には、そんな涼の発見を介しての閑居の心が詠まれているのである。

この逸話を去来が記した意図は、なにげない日常の会話の中にも一句となりうる言葉はいくらでもある、作を巧まず平生の言葉・思いを素直に詠むべきだ、といったところであろう。だが、初心者に対する芭蕉の指導の逸話として済ませる前に、この句ができあがる経緯自体を改めて考えてみよう。そもそもこの句は、作者があらかじめ意図をもって詠んだという句ではない。ふと口をついて出た日常の会話の断片に過ぎないのだ。その断片に詩を見いだし、定型に載せて句に仕立てたのは芭蕉である。その意味では、芭蕉はまず宗次の言葉の聞き手として存在していた。そして、宗次の「じだらくに居れば涼し」という言葉に詩としての可能性を見いだし、下五〈夕べかな〉を加えて一句とした。

〈夕べかな〉の下五は、ちょうど時分が夕刻だったから付けたに過ぎないように見えるが、そうではない。例えば、ちょうどこの逸話の一年前に刊行された『忍摺《しのぶずり》』は、芭蕉が『おくのほそ道』の旅で訪れた須賀川の等《とう》躬《きゅう》編、芭蕉との歌仙や芭蕉・曽良の句文なども収めているが、その中に〈自堕落に寝るを誉めけり夏座敷〉（調和）の句を収めていることを思えば、この調和の句を意識しての下五の治定であったことは考慮されて然るべきであろう。「夕べ」とは、仕事をする昼間と夜の間で、期せずして訪れた他と関わらぬ一時として特殊な時刻なのである。〈じだらくに寝れば〉は、この「夕べ」と結び付けられることではじめて、世間と離れた閑居の心を喚起するようになる。芭蕉の作業は、言葉の断片に詩への可能性を読みとり、その詩にふさわしい下五を見いだしてゆく作業だったのであり、いわば言葉の響きに耳傾け、言葉と言葉とが組み合わさって切り開こうとしている世界を詩として定位させる試みだったと言えよう。

こうした試みは、初心者向けに芭蕉がたまたま行った試みというのではけっしてない。正徳四年（一七一四）二月、許六が野坡に送った書簡に次のような芭蕉の逸話が記されている（天明五年刊『許野消息』所収）。

芭蕉が許六に話した中に、日蓮の御書（自筆文）に、「新麦一斗・竹の子三本・油のやうな酒五升、南無妙法蓮華経と回向いたし候」（頂戴した新麦一斗・筍三本・油のような酒五升、南無妙法蓮華経とお題目を唱えてお供えいたします）とあると言われたので、許六が、「先生の句の「御命講」の五文字はそこから採られたのですか、新麦に竹の子は季と季のよき取合せです」というと、芭蕉は「油断してお前に取られてしまった」といって〈新麦や竹の子時の草の庵〉と作り、許六に与えたというのである。「御命講」の句というのは、次の句を指している。

御命講《おめいこ》や油のやうな酒五升　芭蕉（『薦獅子集』）

「御命講」は日蓮の忌日十月十三日に営む法会。「油のやうな酒」とは、油のようにとろりとして濃い美酒のこと。一句は、御命講の日に日蓮聖人の礼状にあるのと同じ〈油のやうな酒五升〉を贈られたことだ、日蓮は題目唱えて回向するとあったが、この私にはそのような功徳もないまま、ただただ有り難がるばかりである、の意。「御命講や」の上五は、単に日蓮の御書ゆえに、それに合わせて忌日の法会を冠しただけということになろう。だが、この上五によって、大量にもらった美酒に題目を唱えて回向したという日蓮と、芭蕉自身との対処の差が表れる。功徳を積んだ日蓮と、外見僧侶のごとき風体ながら僧ではない芭蕉自身の決定的な差異。〈御命講や〉の五文字は、日蓮に思いを馳せつつ、それと較べるべくもない我が身のあり方を、半ば諧謔に韜晦しつつ表現しているのである。

この句は、目にした日蓮の御書の言葉に着目し、そこに詩を見出し、それを定型に載せて句に仕立てているところ、先の〈じだらくに〉の句と変わるところがない。

許六に与えたという〈新麦や〉の句も同様のプロセスを経て一句が成った事情を物語っている。

言葉の断片を積極的に読み、その断片が詩としてもっとも魅力的になるべきもう一つの断片を探してゆく芭蕉の方法は、連句の「付ける」という方法ときわめて近い方法である。連句は、前句に付句を付けて、二句合わせた世界を味わう。この時付句の作者は、前句を読み、詩としての可能性を探って、新たな世界を創出すべく付句を詠んでゆく。芭蕉が宗次の言葉や日蓮の御書に読者として反応し、そこから詩を創出した試みは、連句によって身についた技量のなさしめたわざであった。

もう一つ、句の推敲の例を見ておこう。『去来抄』に収める去来の句の推敲に関わる逸話である。

元禄七年六月二三日京都真如堂にて信州善光寺の如来の出開帳があり、その折去来は次のような句を詠んだ。

ひいやりと野山にみつる念仏かな　去来（初案）

芭蕉に見せると、「かかる句は、全体おとなしく仕立つるものなり。五文字しかるべからず」と言って、上五を「風薫る」と直した。後に『続猿蓑』に入集した形は、芭蕉による改作を経て、上五が「涼しくも」となっていた、というのである。もっとも、去来は自句を『去来抄』に書き込むに際して、『続猿蓑』の句を

涼しさの野山にみつる念仏かな　去来（定稿）

と書いている。去来が上五を治定形を〈涼しさの〉と思いこんだことによる記憶の誤りであって、作者における無意識の改作ということになる。おそらく去来は、この形を定稿形としたと見て過つまい。

〈野山にみつる念仏かな〉とは、善光寺如来の開帳の念仏称名の声が辺りの野山にあふれんばかりだという意。初案〈ひいやりと〉は、「ひやりと」の語頭を長音化して強調した表現。〈ひいやりと袖つくやうな秋の風〉（定長『続山井』）など、風や水など物に触れての冷たさをもって、秋を感じる体に詠む。初秋にふさわしいが、季語として扱われていたか、難しい。一句は、あふれんばかりの念仏称名の声に触れての感慨ではあろうが、〈ひいやりと〉に込めた感慨の具体相が伝わってこない。

風薫る野山にみつる念仏かな　去来（再案1）

芭蕉は、釈教句は「おとなしく仕立」てるものだとして、上五を〈風薫る〉と直した。〈風薫る〉は「南の風吹きて涼しき」をいう（『至宝抄』）六月の季語。出開帳の時節に合わせた季となっている。「ひいやりと」という感覚的な措辞から、涼風に乗っておのずから辺りに念仏の声が響くという実体的な表現に句を引き戻している。

涼しくも野山にみつる念仏かな　去来（再案2）

『続猿蓑』の句形は、当季を踏まえつつ、風の涼しさを消して、むしろ念仏の声を涼しく感じたという作者の内側の感覚を詠んで、初案の意図に近づいている。ただし〈涼しくも〉は散文的で働きが弱い。

定稿と考えられる『去来抄』の形は、この〈涼しくも〉を〈涼しさの〉と直して、辺りに心澄ませる清澄の涼気が満ちると、念仏称名の声の清らかさを賞賛する句となっている。「涼し」は、涼気のみならず「清き心」（『三湖抄』）にもいう季語。一句は、野山に満ちる念仏の声の「涼しさ」を詠んで、涼気をたたえた真如堂周辺の清浄感を一句に定着させているのである。なお、貞徳に〈実にここは涼しき道よ西法寺〉（『崑山集』）の例もある。〈涼しき道〉が極楽浄土への道を指して「涼」と極楽とは連想関係にある（『類船集』）。結果的に、真如堂すなわち鈴声山真正極楽寺の名も、背後に喚起させる仕掛けにもなっているわけだ。

以上、最終的には去来自身の手による治定ということになるが、この治定に至るまでには、芭蕉・去来相互の推敲があったことに注目したい。去来が感覚的に捉えた〈ひいやりと〉の措辞が機能していないことに気づかせたのは、芭蕉である。芭蕉は実体的な〈風薫る〉から〈涼しくも〉と推敲を重ねて、〈ひいやりと〉と冠した去来の念仏を聞いての感慨に近づいていった。この芭蕉の改作を踏まえて、はじめて去来は〈涼しさの〉という決定的な上五を見いだしていったのである。

去来は、自身の言葉を芭蕉に預けなくては〈ひいやりと〉へのこだわりを捨てられなかっただろうし、芭蕉もまた去来の手を経なくては、〈涼しくも〉の散文的なレベルから抜け出すことはできなかっただろう。相互に他者として言葉（もしくは一句）と関わることにおいて、言葉の十全な働き方を見いだしていくのである。

連句では、自らがある意図をもって詠んだ一句に、即座に別の誰かが句を付けていく。このとき、自身の言葉は別の誰かの言葉と一体化し、自身の意図とは異なる別の世界を語りはじめるのであって、前句の作者はその変貌した自身の言葉を読者として享受することになる（むろん、享受することが同時に、次の付句の創出へとつながっていくわけだ）。こうして連句にあって言葉は、常に作者から引き離され、読者によって読み替えられてゆく。連句の作者は、目の前で、自身の言葉が他者の言葉となり、他者の言葉を自身の言葉とするシステムに身を置きつつ、自らの句が他者の介入によって、他者の側で完成される感覚を身につけてきた。

〈ひいやりと〉から〈涼しさの〉の定稿形を見いだしたプロセスには、こうした連句による自らの言葉への距離がおのずから働いていよう。自身の言葉と、他者を介してつながることによって、はじめて言葉は詩的時空へと跳躍するのである。

現代俳句においてもこの芭蕉の話はけっして特殊な話ではあるまい。句会で自分の句が他者に読まれ、解釈され、批評されるとき、そしてそれをもとに自ら推敲するとき、あるいは結社誌に投句して手直しされて掲載され

るとき、他者を介して自らの言葉とつながる感覚を体験しているのである。したがって結社の仲間たちにとって重要なのは、仲間である作者の意図を作者に寄り添って理解しようとする親しさではなく、作者を離れた言葉がいかなる意味を発しているかを見極める他者であることなのだ。

　俳句は、連句の発句として長い間その詩としての機能を磨いてきた。俳句が連句と分かれたといっても、そうしたジャンルの記憶がなくなったわけでは決してない。言葉と言葉との間にわずかに立ち上がるイメージを見つめるとき、かつての連句において培われてきた言葉の方法がまぎれもなく顔を覗かせているのである。

〈座の文学〉　山本健吉は連句の共同性に着目して俳諧を「座の文学」と呼んだ。尾形仂は、その内実を考察して、蕉門の連衆たちが、芭蕉の打ち出した詩情を反芻し、増幅し、普遍化しつつ、芭蕉の詩の追求を蕉門に定着させてゆく過程を明らかにしたことは、すでに述べた（42頁「創作・享受の共同体」）。

　尾形は、次の逸話を挙げている。

ひやひやと壁をふまへて昼寝《ひるね》哉《かな》

　この句は、壁に足の裏を付けてその冷ややかな感触を確かめながら昼寝をすることだ、の意。支考は、芭蕉から、この句をどう読んだかと尋ねられ、「ただ残暑を詠んだ句と承りました。きっと蚊帳の釣手などを手に絡ませながらあれこれもの思う人物でしょう」と答えると、「この謎は支考に解かれ侍る」と芭蕉は笑ったという（『笈日記』）。このとき支考は、壁の冷ややかな感触に秋の到来を感じるのみならず、その感触の中にあれこれ思う心の動き（尾形は「しのびよる老いの情感をまさぐっている」と解す）を読み取っているのである。この支考の読み方について、「日常的論理をあえて逸脱することによって心情の伝達を企図する文学表現、特に最短小詩型としての俳諧表現は、常に読者にある種の謎を投げかけ」てくるが、その「作者の投げかけた詩情を増幅し変奏して返すのが、座の連衆の務めである」と述べている。それはまさしく、前句を読み、それを変奏して別の世界へと位置づける連句の読み方といって良いであろう。

　尾形が述べているように、俳句は短い詩型であるがゆえに、これを散文にして理解する際には、補うべき言葉を必要とする。述べたように、一句の言葉をどのような文脈に置くかによって句意が大きく変わってくる。「座」は、そうした文脈や補うべき言葉の前提を共有する集団であった。そうした意味では、「座」とは精神共同体的な結びつきを踏まえた創造的な場であるが、それと同時に閉鎖的な性質をも備えている。

　共同性と閉鎖性とをいかに超えるか。そこに芭蕉の苦心があったといってもいいだろう。これは現代にも通ずる問題である。「句会」という座において、その共同性を有効に創造性へと結びつけるかは、一句にどれだけ他者としての読みを意識しうるか、に関わっているのである。

（3）地方と中央、季節の座標

〈旅人と呼ばれん〉　貞享四年十月十一日、いわゆる『笈の小文』の旅に出立するにあたっての送別の連句会が其角亭で開かれた。その発句に、芭蕉はこんな句を出している。

旅人《たびびと》と我名《わがな》呼ばれん初霽《しぐれ》　芭蕉（『続虚栗《みなしぐり》』）

　自分の名を旅人と呼ばれたいものだ、この初時雨に、の意。「時雨」は、『万葉集』に収める大伴稲公と家持の唱和に、〈しぐれの雨間なくし降れば三笠山木末《こぬれ》あまねく色づきにけり〉〈大君の三笠の山の秋黄葉《もみぢ》今日の時雨に散りか過ぎなむ〉（巻八）と、草木を黄葉させ、黄葉を散らす雨として詠まれている。十四世紀の『和歌題林抄』に時雨の詠み方を説いて、「山廻《めぐ》りして四方《よも》の梢の色を染め」とあるのは、これが和歌の基本的な枠組みとして踏襲されたことを示している。上野洋三は、時節を晩秋にずらした「秋時雨」に「草木の色かはる・紅葉を染《そむ》る」（『初学和歌式』）が特徴づけられることを踏まえて、「初時雨」の「初」には、初めて山を鮮明に染めなす転換の力を言表したものと説く（『芭蕉論』昭61、筑摩書房）。折からの「初時雨」を前に、自然が示す転換の力に照応するように、自らもまた日常の生活者から旅人へ変貌しようとの意志を言い述べているのである。

　芭蕉にとって「旅人」とは、旅に生き旅に死んだ詩人たちを指すとされるが、なぜ詩人であることと旅人であることがイコールなのだろうか。

〈さすらい〉　日本の古典文学において「旅人」の造型の基本的な要件が語られている作品として『伊勢物語』「東《あづま》下り」とその前後の章段を取り上げて見ていこう。

　昔、男ありけり。その男、身を要《えう》なきものに思ひなして、「京にはあらじ。東《あづま》の方に住むべき国求めに」とて、行きけり。もとより友とする人、一人二人《ひとりふたり》して行きけり。道知れる人もなくて惑ひ行きけり。

　この「東下り」の冒頭には、旅のきっかけが短く語られる。この「男」は自身を「要なきもの」と思い込んで、京には居るまいと考えた。「要なきもの」とは、必要のない者という意。それまで生きていた社会（集団）において自分は必要でない存在だと思い込んだ。それで「京には居るまい。東国の方に住むことのできる国を見付けよう」と旅立ったが、東国への道も知らぬまま、さまよいながらの旅路だったという。京の社会に自分のいる場所がないという疎外感からの旅立ちは、「東の方に住むべき国求めに」と目的を述べてはいるが、道も知らぬ旅路をさまようこともあり、目的を持っての出立というよりも、京の社会からの離脱という方がふさわしい。もちろん目的を持った旅も、都から地方へという旅の形である。だが、旅のあり方としては、確たる目的もなく、道も知らぬ世界をただ行く「さすらい」が、本来的である。

〔望郷〕　旅の過程は目にした景物とそのときの心情を詠んだ歌によって示される。「三河の国八橋といふ所」では、見事に咲く杜若を前に「かきつばたといふ五文字を句の上にすゑて、旅の心を詠め」と言われて、

唐衣《からころも》きつゝ馴れにしつましあればはるばる来ぬる旅をしぞ思ふ

と詠む（3(1)〔題詠〕参照）。この歌には、慣れ親しんだ妻が京にいるので、はるばるとやってきたこの旅をことさらに思うと、京に残してきた妻を起点として三河までの旅を回想する。「駿河の国」「宇津の山」、宇津谷《うつのや》峠では、京に戻る知人の修行者と出会い、「京に、その人の御もとにとて、文書きてつく」として、

駿河なる宇津の山辺のうつゝにも夢にも人に逢はぬなりけり

と詠む。「駿河なる宇津の山辺の」は自身の現在地を示しつつ、それを「現《うつつ》」を呼び出す序詞としており、実際はもちろん夢にさえあなたにお逢いできない、の意。夢に見ないのは、あなたが私を思ってくれないからだ、と難じているのである。さらに行き、「隅田河」に至る。

武蔵の国と下総の国との中に、いと大きなる河あり。それを隅田河といふ。その河の辺《ほとり》に群れゐて思ひやれば、限りなく遠くも来にけるかなと、わびあへるに、渡守《わたしもり》「はや舟に乗れ。日も暮れぬ」といふに、乗りて渡らむとするに、皆人ものわびしくて、京に思ふ人なきにしもあらず。さる折しも、白き鳥の嘴《はし》と脚と赤き、鴫《しぎ》の大きさなる、水の上に遊びつつ魚を食ふ。京には見えぬ鳥なれば、皆人見知らず。渡守に問ひければ、「これなむ都鳥」といふを聞きて、

名にし負《お》はばいざ言《こと》問はむ都鳥わが思ふ人はありやなしやと

隅田川を前にして一行は、果てしもなく遠くまで来てしまったと嘆きあい、渡し守に急かされて舟に乗るときに、皆京に恋い慕う人を思い出す。武蔵国と下総国との間を流れる大河を舟で渡るということが、彼らにとって世界の境界を越えるに等しい事件だったことを示している。その境目で、改めてこれまでの旅路のはるかさを思い、旅の起点である京の恋人を思いやる。その思いは、境界上に浮かぶ鳥が都鳥の名を持つことで、にわかに歌として表出される。この歌は、都の名を持つならば、さあ尋ねてみよう、都鳥よ、私の愛する人は元気で生きているのかどうかと、というのである。古代において鳥は、現世と異界とを往還して死者の魂を運ぶとされた（鈴木日出男『源氏物語歳時記』平元、筑摩書房）が、その記憶が鳥に恋人の安否を尋ねさせたか、あるいは〈天飛ぶや鳥にもがもや（鳥にでもなりたいものだ）都まで送りまをして飛び帰るもの（飛び帰りますのに）〉（山上憶良『万葉集』巻五）と詠まれるように、都へとすぐに帰れる存在として鳥をあげたか。いずれにしても、都鳥の「都」に触発されて京の恋人への思いが噴出したのである。

「男」とその一行は、都から離れて旅を続けながら、新しい世界よりも都に残してきた恋人への思いを募らせていく。「京にはあらじ」と京から離脱したのであるが、京から離れれば離れるほど、その京が、恋人という形で旅人の思いの焦点として大きくその存在感を増してゆくのである。望郷とは、単に京の日常を思い返すことではない。京での日常が捨象されて、執着にふさわしい「場」としての京にほかならない。「京にはあらじ」と京の社会との違和感をもって離れた「男」にとって、慕うべき「場」は執着すべき一人の女性をもって代表される「京」しかなかったのである。

〔旅の見聞〕　「男」は旅でどのようなものに着目するのだろう。「東下り」では、次のような歌がある。

富士の山を見れば、五月の晦《つごもり》に雪いと白う降れり。

時しらぬ山は富士の嶺《ね》いつとてか鹿子《かのこ》まだらに雪の降るらむ

富士山に着目したのは、「五月の晦」（現在の七月上旬頃）だというのに、雪が積もっているという奇異さ故である。歌も、時節を知らぬ山は富士の山だ、いったい今をいつだと思って鹿の毛の白い斑紋のように雪が降り積もっているのだろうか、とその残雪を詠んでいる。「奇異」といったのは、「男」の価値観において奇異なのであって、富士山を生まれたときからずっと見ている地元の人々からすれば、奇異でもなんでもない。「男」は、冬積もった雪が春まで残るという京の季節認識をもって旅先の景観を評価していくのである。

東下りの前段も同様の逸話である。「昔、男ありけり。京や住み憂かりけむ、東の方に行きて住み所求むとて、友とする人一人二人して行きけり」と東下りと同じ設定である。その「男」が「信濃の国、浅間の嶽《たけ》に煙《けぶり》の立つを見て」次のような歌を詠んだ。

信濃なる浅間の嶽《たけ》に立つ煙《けぶり》遠近《をちこち》人の見やはとがめぬ

〈遠近人の見やはとがめぬ〉とは、浅間山の遠くや近くにいる人は見とがめないことがあろうか、いや見とがめるに違いない、の意。〈遠近人〉とは、浅間山を遠く望む人や近くに見る人、すなわち地元の人々全体を指す。彼らは山から煙が立つのを不審に思わないのだろうか、いや不審に思うはずだと反語で強く述べているのは、山

から煙が立っているのを不審に思うと同時に、それを当たり前のように見ているこの土地の人々への違和感が作者にあるからだ。「男」が生まれ育った地域には煙の立つ山はないから、浅間山から煙が立っているのを奇異に感じたのである。しかし、浅間山をずっと見てきた地元の人々にとっては、それが浅間山の日常であって奇異でも何でもない。山から煙が立つ浅間山の特異性は、旅人によって特別なこととして初めて見出されたのである。

　こうして、その土地ならではの特異性は、その地に生まれ育った人々ではなく、その地を訪れた旅人の視線において見出されるものだということができる。言い方を変えれば、旅人の出発点たる京の日常的価値観に照らして、地方の独自性が京との差異として位置づけられていくと言ってもよい。それは一度見出されたというのみではない。見出された歌を通じて歌人に反芻され、「浅間の嶽」の独自性として歌の世界に位置づけられていく。例えば次のようである。

いつとてか我が恋ひ止まむちはやぶる浅間の嶽《たけ》の煙絶ゆとも　（よみ人しらず『拾遺集』恋二）

いたづらに立つや浅間の夕煙里訪ひかぬる遠近《をちこち》の山　（飛鳥井雅経『新古今集』羈旅）

「浅間山の煙」は、浅間山を詠んだ『伊勢物語』の歌とともに詠まれていく。『拾遺集』の歌は、「浅間の嶽の煙」を思ひの火に関わらせて、恋の歌に詠みなした歌。以後、恋の詞にも浅間山（の煙）は用いられて行くことになる。

〈後の旅人を挑発する和歌〉　鎌倉前期の武士、塩屋朝業《ともなり》（一一七四頃—一二三七か）は下野の名族宇都宮氏に生まれた。和歌に優れ、実朝に親近、実朝没後は出家して信生《しんしょう》と名乗り、歌人・僧として京で隠棲した。元仁二年（一二二五）京から東海道を下って鎌倉に着き、夏に鎌倉から善光寺参詣、秋には郷里塩屋へ旅した。この旅の記に『信生法師日記』があり、浅間山は次のように詠まれている。

浅間の煙を見て
名に立つるこれや浅間の夕煙晴れ行く峰に残る白雲

信生は、出家後五年、京に暮らしたといっても、前半生は下野宇都宮を本拠にした関東の御家人である。その信生がこうした歌を詠んでいるのは、浅間山への実際の視線が和歌の視線に挑発されていることを物語っている。

　これはけっして信生に限ったことではない。後醍醐帝の皇子宗良《むねなが》親王（一三一一—一三八五カ）は、天台座主にあったが、建武中興が終わると還俗、南朝再建を企図して活躍、一三四四年から約三十年間、大河原（現、長野県大鹿村）を拠点として上野や武蔵へ出陣し、駿河・甲斐へと転戦した。南朝を代表する歌人でもあった。彼は「信濃国浅間の山近きわたりに住み侍りし比」として〈あさましや浅間の嶽も近ければ恋の煙も立ちやそふらん〉と詠み（『李花集』）、また〈信濃路や見つつ我が来し浅間山雲は煙の余所目《よそめ》なりけり〉（『新葉集』雑中）等と詠んでいる。これも、恋の詞として浅間山を詠み、浅間山の煙を詠んで和歌の浅間山を踏襲するのである。

　『伊勢物語』以後の旅人たちは、実際の浅間山を見てその独自性を見出そうとするのではなく、和歌に位置づけられた浅間山の独自性を自らも踏まえることで、自分が見た山が紛れもなく浅間山であったことを示そうとしたのである。かつて『伊勢物語』の旅人によって見出され、歌に詠まれた浅間山の独自性が、中央に位置づけられて、以後実際の浅間山に対する伝統的視点として浅間山を見る者の視線を挑発するようになるのである。

〈芭蕉の旅—旅の意義〉　貞享五年、『笈の小文』の旅の途次、仲秋の名月を姨捨《おばすて》でと志して姨捨山で月見を果たしての帰路、浅間山麓でこう詠んでいる（『更科紀行』）。

吹きとばす石はあさまの野分かな　芭蕉

芭蕉が浅間山を目にしたとき、野分が吹き付けていたとは考えられない。〈野分〉は草木を分けて吹く暴風、台風に伴う激しい風をいう。真蹟懐紙によれば、当初芭蕉は〈秋風や石吹き颪すあさま山〉と詠んだ。それを〈吹颪すあさまは石の野分哉〉〈吹落す石はあさまの野分哉〉〈吹落す石をあさまの野分哉〉と推敲して、右の句に推敲されている。浅間の石への着眼には、十年ほど前のこんな付合が念頭にあったかも知れない。

山高く湯舟へだつる水遠し　桃青（芭蕉）
浅間の煙かる石がとぶ　信章（素堂）

「さぞな都」百韻（『江戸三吟』延宝六年）中の付合である。前句の〈山高く〉に〈浅間〉、〈湯舟〉に〈軽石〉（垢擦りに用いる）と応じた付けではあるが、川の両岸に湯舟がある山間の温泉地に浅間山の煙に軽石が飛ばされる情景を付けて、浅間山の煙の激しさがはからずも捉えられている。芭蕉は、その〈浅間の煙〉に対する〈浅間の（軽）石〉の新しみをもって、実際に浅間山を自らが見たことの証としたのである。のみならず、乾裕幸（『芭蕉歳時記』富士見書房）が指摘するように、〈吹き飛ばす石〉と〈野分〉の取合せも、「草木」と結ぶのを本意とする野分の文学伝統に対しての新しい表現であった。

　芭蕉にとって旅の見聞とは、みずからその地に立ち会ってその地における自分なりの視点を見出すことで、文学的想像力を介して成立していた虚構のイメージを、実地の見聞において見出した事物によって刷新することだった。いわば、事物を、虚構の文学的イメージとして固定的に捉えるのではなく、動的に、常に変貌する相において捉えようとするところに、芭蕉の根本的な創作姿勢があった。「旅人」とはそのための必須の立場だったのである。

〈京なつかしや―典型としての中央〉　芭蕉は、元禄二年に東北、北陸地方の旅、いわゆる『おくのほそ道』の旅を敢行、八月下旬に美濃大垣に着いて旅の疲れを癒し、九月上旬には大垣を出発、伊勢内宮・外宮に参拝して、十月には郷里伊賀に帰郷する。以後、元禄四年秋に江戸への帰途につくまで、京都、近江膳所、郷里の伊賀を度々往還し、まさに漂泊の生活を続けた。そんな芭蕉が、元禄三年六月の京に滞在中、こんな句を詠んでいる。

　京にても京なつかしやほととぎす　芭蕉

『をのが光』（元禄五年）所収。「京にても」とは京にあっても。あえて言えば、旅の途次、今京に滞在していても、の意を示す。一句は、京に滞在中、時鳥の声を聞くにつけ、「京」を懐かしく思うことだの意である。

　京にいながら「京」を懐かしく思うとはどういうことだろう。「京」ではないが、都と「時鳥」の取合せならば、和歌に多く詠まれている。例えば、「四五月ばかり、遠き国へ罷り下らむとする頃、郭公を聞きて」と詞書する、〈時鳥来ては旅とや鳴き渡る我は別れの惜しき都を〉（読人不知『後撰集』夏）がある。この歌は、時鳥が都に来てまた他の所へと鳴きながら飛んで行く、自分はこの都を旅立つのに名残惜しく思っているのに、の意。都を鳴きながら他の場所へと飛び立って行く時鳥の思い入れのなさに着眼することで、かえって自身の旅立ちのつらさを述べた歌である。平安時代の人々は、時鳥は山から出て都に来て鳴き、再び山へと帰って行くと考えていた。この歌もまた、この山から都へ、都から山へという移動を時鳥の旅と捉えて、都から地方へ旅する自身と重ね合わせたのである。都から遠く離れて暮らす歌人たちは、時鳥の声に〈時鳥都の方へ行くならば我が思ふ人に言語《こと》らなむ〉（藤原重家『重家集』）と都に残してきた恋人への思いをかき立て、〈時鳥都へ行かば言づてん越え暮らしたる山の哀れを〉（西行『西行法師家集』）と修行する身に兆す望郷の念を自覚した。

　「京」とは、そのような旅人たちにとって懐かしく思い出される「京」にほかならない。「京」は、京に暮らしていたときには自覚されない。それが日常そのものだからだ。京を離れて、旅先にて出会った風物と照らし合わせて顕在化されてくる旅立つ前の世界、それが「京」である。その「京」は、現実の京と同じではない。現実が捨象され、地方との違いにおいて自覚されてくる典型的な中央なのである。たとえば時鳥の声ならば、「時鳥はかしましく鳴き候」と『至宝抄』で紹巴が述べる京の実際ではなく、「稀に聞き、珍しく鳴き、待ちかぬるやうに」（同書）聞く時鳥の声にほかならない。そうした中央の典型的世界が「京」なのである。言い換えれば、和歌を基盤として成立してきた中央の美意識、季節感であったり、本意として成立した風物のイメージであったり、もろもろの基準となる中央にほかならないのである。

　「なつかし」とは、心が惹かれ愛着を覚える意。旅人としての芭蕉は、地方にあっても京にあっても中央の美的典型たる「京」にずっと親近してきた。あたかも望郷の念を抱くように、である。それは、和歌伝統の作り上げた世界であり、伝統的美意識だからだ。その上で、地方と「京」との差異を見つめ続けてきたのである。「京にても」と芭蕉が述べた、実際に滞在している京は、このとき、京から離れた一地域と何ら変わりはない。「京なつかし」とは、その伝統的美意識と実際の京との差異を意識した感慨なのだった。「旅人」芭蕉にとっては、和歌世界の都（「京」）との差異が、小さくはあろうが、決して一致することのない世界として顕然と意識されていたのである。

〈地方の季節〉　元禄二年の陸奥出羽への旅をもとに執筆された紀行文『おくのほそ道』尾花沢の条では、芭蕉等は出羽尾花沢の紅花問屋、鈴木清風のもとを訪れ、旅の疲れを癒やす。その折の発句は四句まとめて記されている。

涼しさを我が宿にしてねまるな　（芭蕉）
這ひ出でよ飼屋《かひや》が下の蟾《ひき》の声　（芭蕉）
眉掃きを俤にして紅粉《べに》の花　（芭蕉）
蚕飼《こが》ひする人は古代の姿かな　曽良《そら》

　納涼は晩夏、紅粉の花は五月の季題。ともに、実際に清風のもとを訪れた五月二十日前後の時節を反映している。問題は、二句目の芭蕉句と四句目曽良の句である。「飼屋」「蚕飼」は蚕を飼う家、養蚕のことで、「蚕」は陰暦二月もしくは三月、春の季題。二句目の「蟾」も当時、蛙と同じく二月の季題とされている。したがって、当時の季寄せ類の判断から言えば、二句目と四句目は、春の句ということになる。だが、二句目は元禄四年刊『猿蓑』夏の部に、〈夏草や兵《つはもの》共がゆめの跡〉（芭蕉）〈かたつぶり角《つの》ふりわけよ須磨明石〉（同）の間に並べて、「五月雨」の句群の前に入っている。明らかに五月の季感を担って配されている。この句は、尾形仂が説くように、元禄三年刊『俳諧勧進牒』に〈日焼田《ひやけだ》や折々《をりをり》つらく鳴く蛙《かはづ》〉を夏に入集させているのと同様、〈蟾の声〉をもって夏の季語としたと考えられる（『おくのほそ道評釈』平12、角川書店）。だが、曽良の句はどうだろう。

　「蚕飼」は蚕を飼うことだから、蚕の季と一致する。例えば元禄二年四月二十三日、この『おくのほそ道』の旅の途次、芭蕉が指導して巻いた「風流の」歌仙の挙句に、春季で〈蚕飼する屋に小袖重なる〉と曽良が詠む通り、「蚕飼」は芭蕉自身も春季と認識していたのである。ちなみに夏の蚕飼は、芭蕉の発句に〈さみだれや蚕煩ふ桑の畑〉（『続猿蓑』）があり、また芭蕉と同時代の発句に〈蚕飼ふ家の主は嫠《やもめ》かも〉（東鶏『其便《そのたより》』夏）がある。蕉門の付句にも、〈蚕の臭き六月の末〉（浪化《ろうか》、元禄七年閏五月下旬「鶯に」歌仙）があるように、必ず夏の季語と結んだ場合に限られる。この『おくのほそ道』の曽良の「蚕飼」の句は、春季の句と見るべきものだった。事実、元禄四年刊『卯辰集』は、『おくのほそ道』の旅の途次金沢を訪れた芭蕉に入門した北枝が編んだ集で、芭蕉の指導も仰いでの編集であったが、そこに曽良の「蚕飼する」の句は春の部に収められているのである。

紀行文にあっては、当座の原則にしたがって発句は当季の発句が記される。ここも、夏五月の発句が並べられているはずだった。だが、この曽良の句のみ、時節を異にして春季の句が入り込んでいる。そのため曽良の句は、春とすべき養蚕が、この尾花沢の地では夏の季感をもったものとしてあると、この地の季節感の特殊性を物語ることになる。曽良の句は、この地の人々が蚕を飼う姿は、古代の人々もかくあろうかと想像させることだ、の意。中央から遠く離れたこの地の蚕飼いの様子に、神代の姿さながらの素朴さを見ているのである。一句の表現するこの地での養蚕の古代性と季節のズレとが、ここ出羽の地の世界の異質性を露わに伝えてくるのだ。

〈季節の座標軸としての中央〉　中央との時節の差異は、すでに述べた句でも、〈山里は万歳遅し梅の花〉の芭蕉句にも表現されている。地方は常に中央との時節の差異を自覚しつつ、そこにその地ならではの季節の独自性を享受するものだった。むろん述べたように「京」も、また江戸も例外ではない。筆者の育った信州など、春は遅く冬は早い。梅は三月、桜は四月中旬に咲く。だが、信州の地にある人々の季節感が、そうした周囲との実体験のみによって信州独自の季節感を形成していくか、といえばそうではない。むしろ季節感とは、そうした日常生活を離れたところ、例えば詩歌や文、絵画、あるいはステレオタイプ化された観光ポスターなどから季節に対する向き合い方を学んでゆくうちに醸成される、周囲への知的視線によってもたらされるものではなかったか。平たくいえば、桜は三月、梅は一月から二月という詩歌が形成してきた伝統的な把握は、現代の季節を告げるさまざまなメッセージの中に織り込まれ、それを筆者が季節感として共有しているというわけなのである。ことは、地域性のみに限らない。今年の桜の開花は遅いといい、この頃は桜が早く咲いて卒業式に満開になるというように、年ごとの季節の巡り方にも、中央の季節感とのズレが意識されている。私たちが生きている「いま」という季節は、知的に認識された「中央の季節」とのズレにおいて常に自覚されているのである。

現実には、常に誰もが、「いま・ここ」にいる自身の環境を、中央の季節感との差異において実感するということになる。京という都に、今まさに季節を享受していても、だ。だから、「いま・ここ」に咲く桜は、その地ならではの現代の季節感を表すものとして、その地の風土、もしくは現在性を端的に示すのである。その結果、日常生活で見過ごされてきた自然の現在が、その土地ならではの現在のものとして新鮮に捉えられることになる。地域の風土もしくはその現在性を言うためには、おそらく共有すべき基準が堅固に設定されていなくてはならない。

すでに述べたように、「いま・ここ」をその差異において知るべき「中央」は、現代の東京でも京都でもない。古典の詩歌の世界、季語が拠って来る伝統にほかならない。現代の中央という一地域もまた、古典詩歌の世界が支える伝統という「中央」との差異において、現代の季節感を見いだす場だから、である。おそらく詩人とは、そうした「中央」の視線を身につけて、地域における季節の差異を鋭くすくい上げる人の名ではなかろうか。芭蕉が旅人として、古人と詩心を共有しつつ、江戸にあり、地方にあった理由もまた、そこにある。

〈歳時記の成立まで〉　俳句はこれまで和歌・連歌・俳諧など、さまざまなジャンルで詠まれてきた詩歌の世界を背景に抱え込みながら、文学世界を形成してきた。これまで述べてきた「中央」とは、それら詩歌の積み重ねの結果、季語や言葉の体系によってイメージされる詩歌の世界である。それを体系的に示しているのが、歳時記である。

歳時記は、中国の『荊楚《けいそ》歳時記』などの名称による。この本は、現湖北省・湖南省を中心とする揚子江中流域方面の年中行事を四季順に記した書で、日本には奈良時代に伝来し、日本の年中行事に少なからぬ影響を与えたとされる。正月の屠蘇《とそ》酒、三月三日の曲水、五月五日の菖蒲、七月七日の乞巧奠《きこうでん》、九月九日の菊酒など、日本古来の習俗などと関わりが深い。近世では『日本歳時記』（貝原好古《こうこ》著、貝原益軒補。貞享五、一六八八年刊。公事、祭礼、農事、異色などの歳時を四季十二か月に分かって記す）などがこれにあたる。詩歌の季題を記す書としては、和歌では十世紀後半に成立した『古今和歌六帖』が挙げられる。本書は『万葉集』から『後撰集』の頃までの歌四千五百首を、歳時天象（春・夏・秋・冬・天）、地儀（山・田・野・都・田舎・家・人・仏事・水）、人事（恋・祝・別・雑思・服飾・色・錦綾）、動植物（草・虫・木・鳥）に分類し、さらにこれらを五百十七題に分けて収める。この題目録は、さしずめ初めての季の体系を示したものと言えようが、しかし「歳時」には時候を僅か四十語挙げるのみで、多くの季題は他の分類項目に分散されており、また「鳥」に入れるべきものを、「野」の項目に「鶯」「大鷹」「雉」、「水」に「水鳥」「千鳥」を挙げるなど、分類が連想的で厳密でない。季節を軸に編まれたものとは言いがたい。それらが季節を軸にして集められたものに、鎌倉時代後期十四世紀初頭に編まれた『夫木《ふぼく》和歌抄』がある。これは勅撰集に入集していない歌一万七千首余りを三十六巻五百九十六題に分類して収める。うち、季題は四季別に全十八巻百八十一題を掲出している。

歳時記とは直接関わらないが、歌学書の『和歌題林抄』、それに先行する『和歌無底抄』などは、作歌用に四季の代表的景物の詠み方・趣向を述べたものであるが、おのずと季題の本意を説明して、連歌・俳諧の季題の本意に影響を与えたと考えられる。『和歌無底抄』は、鎌倉時代後期の成立。巻一から巻四までに四季の代表的景物の詠み方を、『堀河百首』（十二世紀前期成立、源俊頼・源国信ら有力歌人に詠進させた百題による百首歌の集成。題詠の範として尊重された）の題の詠み方や歌の趣向を祖述した書である。『和歌題林抄』は南北朝初期の成立か。四季・恋・雑の歌題ごとに、題意や趣向、故事などを説き、証歌を挙げる。こうした詠み方が、連歌師の中にも浸透して、本意として整備され、十六世紀後半に成立、刊行された紹巴の『至宝抄』や、宗養・昌休に仮託された連歌伝書『連歌天水抄』における本意論へと継承されたのである。

連歌では、二条良基の『連理秘抄』の草稿本である『僻《へき》連抄』に発句の景物を十二か月に配して約四十語、「十二月題」として百十五の季語を掲げているのをはじめ、紹巴の『至宝抄』には「初めの春の言葉」以下四季をそれぞれ初中末に分かって十二季に分類した二百五十七語が挙げられる。これらは、発句を詠むに際して題として取り上げるべき季題と、連歌の付句において季の句として判定しうる基準となる季語とを合わせて掲げている。発句に詠むべき季題の語としては、十七世紀初頭に成立した『大発句帳』が、連歌師の発句を四季題の百四十二語の見出しのもとに集成されており、この見出しの数が連歌で詠まれた季題と見てほぼ良い。ただし、この季題以外にも、例えば「雑春」として収める中には、次のような句がある。

たなつもの雨にまかする園生《そのふ》かな　紹巴
近き江をたよりに返す荒田かな　紹巴
一本の松より木々やわかみどり　紹巴

このうち「穀（たなつもの）」は、稲の種をはじめ穀物の種全般をいう。歳時記には江戸も中期にならないと登載されない語。「田返し」「若緑」は、付句の季の句の判定基準となる季語としては使われていたが発句の季題としてはあまり詠まれなかった語。これら『大発句帳』の見出しに採用されていない語が「雑春」に収められていることは注意すべきであろう。

〔江戸時代の歳時記〕　俳諧で歳時記に当たる書には三種類ほどある。一つは、貞徳の『俳諧御傘《ごさん》』（慶安四年刊）のように、俳諧に用いる言葉をいろは順に配列し、使用に関する連句上の問題を記し、季に関する解説を加えたもの。いわゆる「詞寄《ことばよ》せ」と呼ばれるものである。なお、この『俳諧御傘』は連歌の規則書『連歌新式』をいろは順に記した伊呂波《いろは》新式に準拠したもので、立圃の『はなひ草《ぐさ》』（寛永一三年奥）の式目部分も同様である。また一つは、重頼の『毛吹草《けふきぐさ》』（正保二年刊）巻二のように、季題を十二か月に分類配列した「季寄せ」と呼ばれるもの。さらには、季吟の『山の井』（正保五年刊）のように、『和歌題林抄』に準拠して俳諧の季題に異名・句の言葉・寄合を挙げ、その本意となる詠み方や趣向の立て方を説き、例句を挙げた現代の歳時記に近いものなどがある。初期俳諧においては、詞寄せや、作法書の一部に季寄せを収める形のものが多かったが、収載する季題・季語の数も飛躍的に増大したのに伴い、季寄せの比重が増していく。季吟の『増山井《やまのい》』（寛文七年刊）が四季の詞を四季別、月順に列挙し、それぞれ類語、連俳の別、公事・故事などを簡潔に注して、季寄せ単独で出版すると、その後の季寄せの基準となった。尾形仂によれば、近世刊行の歳時記の数は約百五十余になるという（「歳時記概説」『図説俳句大歳時記　新年』昭40、角川書店）。

歳時記に収載される季題・季語の数も連歌の頃より飛躍的に増大し、『はなひ草』「四季之詞」には約五百九十語、徳元の『誹諧初学抄』（寛永一八年刊）では「連歌四季之詞」「四季の詞」に約七百七十語、『毛吹草』では「誹諧四季之詞」約七百七十語、「誹諧四季之詞」約千六十語を収める。その後も、季語は増大し、幕末、青藍の『増補改正俳諧歳時記栞草《しおりぐさ》』（嘉永四年刊）では三千四百六十七語を収録するに至る。これは、俳諧が庶民の生活を彩る周囲へと題材を拡充する中で、季節の観点からそれらを取り上げてきたことを示している。

初期に刊行された季寄せ類のうち、後代に影響を与えたのは『増山井』で、『番匠童《ばんじようわらわ》大全』『誹諧をだまき』（竹亭著、元禄四年刊）や『誹諧寄垣《よせがき》諸抄大成』（鷺水《ろすい》編、元禄八年刊）などがこれを踏襲してゆく。一方、『通俗志』（員九著、享保二年刊）は、いろは順の作法書に付された季寄せであるが、生活関連の語を多く収め、また実際に即した改編も行われている。この採録・登載傾向は『俳諧靨《ゑくぼ》』（下物編、安永六年刊）、『華実年浪草《かじつとしなみぐさ》』（鹿文著、天明三年刊）、『改正月令博物筌《がつりようはくぶつせん》』（洞斎著、文化五年刊）、『増補改正俳諧歳時記栞草』などにも踏襲された。このうち『華実年浪草《かじつとしなみぐさ》』は季語約二千七百七十語を十二か月に分類配列し、和漢の諸書からの引用や自身の見聞によって解説したもので、和歌・漢詩を挙げるが、俳諧の例句は挙げていない。近世の季寄せにおいて最も権威あるものとして尊重された。また『改正月令《がつりよう》博物筌』は各月および三春（一月から三月に渡る季）それぞれに一冊ずつを宛て、四季十六冊に、季語千数百語を収載する。各月とも、日令・月令・時令・草木・生類以下各部門に季語を挙げて解説を付す。解説は、和漢の詩歌を挙げ、また巻末にその月に相応の料理献立を付載する。なお、正徳元年序、寛延三年跋『滑稽雑談』は、季語約二千三百語を十二か月に分類し、三百余の引用書を挙げて詳しく解説したもので、写本ながら、歳時の細密な考証による季寄せとして特記すべき書である。これらは、本草学の発達や博物学的な関心に応えようとしたもので、詩の題材に現実的な視点がもたらされることとなった。

『増補改正俳諧歳時記栞草』は馬琴が亡兄の意志を継いで完結させた『俳諧歳時記』（享和元年刊）を増補し、季語の配列を、四季順、季の中の配列をいろは順、その中を月順にして検索を簡便にしようと工夫した書である。堀切実によれば、『俳諧歳時記栞草』の季語数二千六百二十九語を『増補改正俳諧歳時記栞草』は大幅に増補しているが、その内訳は、人事・行事関係での新収五十一語、削除百二十五（その主なものは馬琴が増補した江戸の行事や異名など）、動植物など自然関係の新収が圧倒的に多くなっている（堀切実『増補俳諧歳時記栞草』平12、岩波文庫）。

なお、すでに述べたように、季寄せには例句がない。江戸時代の作者にとっては、それに替わるものとして類題句集が数々出版されていた。連歌では類題別に連歌師の発句を編んだものとして、『大発句帳』が出版されたことは前に述べた。俳諧では、近世中期の蝶夢《ちょうむ》編『類題発句集』（安永三年刊）が、題全部で千百四十五語を見出しに句の上欄に掲げ、古今の俳家発句を五千句余りを分けて収録、後の類題句集の形式を確立した。以後、一万三千句を収録する大部の『俳諧発句題叢』（太笻《たきよう》編、文政三年刊）が特筆されるが、例句を一門の句で編んだり、古人の句から編んだり、また題の数も五百題、千五百題など、明治時代に至っても出版が流行した（江戸時代の歳時記については、前引、尾形仂・堀切実両氏の説によるところが大きい）。

〔近現代の歳時記〕　近代の歳時記は、明治七年八月刊『俳諧貝合《かいあわせ》』（能勢香夢著、福井酒井文栄堂）から始まる。本書は、前年実施の太陽暦以降混乱した季の基準を定むべく、約千四百五十語（いわゆる傍題を含めて二千六百語）を太陽暦による十二か月に配した最初の季寄せである。筑紫磐井（後掲『季語は生きている』）によれば、本書は新しい題の追加、時代の変化による題の削除（「春」など季の判定不明のまま掲載から漏れた題も含む）と新しい暦日による季題の配置換えを行っている。だが、太陽暦を採用したにもかかわらず、例えば立春から立夏の前日までを「春」とする伝統的季節観は改変していない。これは、福沢諭吉『改暦弁』の主張（西洋の季節感に倣って三月から五月を春とする）を廃して、伝統的な四季の区分のまま新暦に当てはめた（二月から四月を春とする）ものであった。筑紫が指摘するように、立春を過ぎ「春」といっても、実際には未だ冬にあるようなズレ、すなわち季節規範と自然暦との矛盾はそのまま受け継がれ、初春は「待ち兼ねた春を逸早く見出す」季節という伝統的季節感が現代にまで受け継がれる直接的原因となったのである。

太陽暦採用の歳時記出版はその後何種か試みられるが、十年代になると中断、代わって類題句集が編まれていく。この時代は、『増補改正俳諧歳時記栞草』の覆刻と年中行事関係の出版が相次いだ。近代的な歳時記の始まりは、寒川鼠骨による『歳時記例句選』（明治36年、例句中心）と『俳句新歳時記』（同37年、解説中心）からである。その後、高木蒼梧『大正新修歳時記』（大正14年）、小泉迂外『最新俳句歳時記』（昭和5年）などが刊行されてゆく。

昭和八年、改造社から刊行された『俳諧歳時記』五冊は戦前の歳時記の完成形を示すものである。内容は、季題解説・実作注意・例句（高浜虚子、青木月斗、松瀬青々、大谷句仏が担当）に、古書校注（藤井乙男、藤村作、潁原退蔵、志田義秀、笹川臨風が担当）として江戸時代の季寄せ類から該当部分を抄出し、さらに国富信一（気象）、武田祐吉（生活行事）、山本信哉（神道）、寺尾新（動物）、牧野富太郎（植物）らがこれを補ったもので、国富が「下手な百科辞典に優ること数段、立派な浮世辞典」で、俳句作者のみならず一般の家庭にも座右に備えるべきもの（新年、序）と賛するものであった。たしかに、季語の歴史と実際とが解説され、それがどう詠まれてきたかを知るもので、歳時記として画期的であった。なお、虚子には三省堂刊『新歳時記』（昭和9年）が別にあり、今日まで刊行されている。

戦後は、さまざまな歳時記が編まれ、刊行されたが、その中から代表的な歳時記を挙げておこう。角川書店から刊行された『図説俳句大歳時記』五冊（昭和39・40年）はこの『俳諧歳時記』の方針をより徹底させ、それぞれ専門家による解説と和歌以来の季語の成立・変遷の過程を示した考証（近世を尾形仂、近代を楠本憲吉）、句中に使われている季語ごとに整理した句例を出典を付して載せる。ことに大量の写真、「季節の声」と題したソノシートは、この当時の生活ぶりや行事を伝えるものとして貴重である。以後、講談社刊『カラー図説日本大歳時記』五冊（昭和56・57年）は、伝統的な季語に山本健吉が和歌を積極的に取り入れて季語の成立や変遷を詳述して特色があり（後にその季語のみ抜き出して『基本季語五〇〇選』と題して刊行）、また集英社刊『大歳時記』四冊は、四季二冊に歌枕・俳枕一冊、句歌花実一冊に分け、それぞれ和歌・連歌・俳諧・俳句・短歌・詩など詩歌全般に用例を探り、季語や名所、詩歌語の歴史的変遷を解説して特色がある（以上、筑紫磐井『季語は生きている―季題・季語の研究と戦略―』平29、実業公報社、によるところが大きい）。

〈地方からの発想〉　歳時記が「中央」の時空における四季の体系を示すというとき、私たちが生きてある「いま・ここ」という実際は、常に歳時記とのズレにおいてその独自性を実感することになる。だが、これまで見てきたように、歳時記は常に季語を増補して「中央」の季節感を広げたり、深めたりしてきている。歳時記という「中央」は、決して固定的な枠組みではないのである。

旅人や詩人たちによって発見される地方ならではの風物が、それを詠み込んだ詩歌によって中央に取り込まれ、中央の詩人たちに反芻されることによって詩歌の体系に織り込まれてゆく。俳句では、歳時記に登載されるのが、端的に「中央」の体系に組み込まれた証となろう。山本健吉は、例えばこんな例を紹介している（『俳句の世界』昭31、新潮叢書）。「明治のさる歳時記編者の気まぐれで、『物類称呼《ぶつるいしょうこ》』に採録された風の名は殆《ほとん》どすべて歳時記に繰入れられた。主として畿内・中国・伊豆・鳥羽あたりで採録された風の名だ。この今からみれば不完全な採集、不充分な解説によつて、例句が作られ、これに漏れたものは例句がない」。『物類称呼』（越谷吾山編）は、安永四年（一七七五）刊の方言辞書。各地の方言約五百項目四千語を収集し、考証・解説を加えたもの。そこに載る地域の方言が歳時記に登載されることで季節の体系に組み込まれ、詩作の対象となる。問題は、それら風の名が、使われている地域の人々の生活感覚を踏まえてどれだけ正しく使われるか、ということにある。山本は、これらの風の名について、「漁民・船乗は生活の必要や生命の安全を期する上からも（風の方向や性質に）きはめて敏感であり、その微細な特色に対して、それぞれ名を付けて感じ分けてゐる。そのやうな庶民の生活感覚・生活の知恵がしみこんだたくましい生命直を持つた言葉」と定義し、その生活の必要に根ざした風に対する感覚とともに、風の名が定義されるべきだと説いている。誤った解説や、通り一遍の語義によって風の名が使われるとき、その風の名は、地域で使われていた言葉とは別の言葉でしかない。

とはいえ、地方の生活実感と根深く結びついた言葉とはどのような言葉なのだろう。現代の地方に息づく季節と結びついた言葉について、筆者は容易に例を挙げ得ないが、例えば次のような例ならば、挙げ得る。

各地を旅行した国学者、菅江真澄《すがえますみ》は天明三年（一七八三）三月、郷里の三河を旅立ち、信州飯田に入って北へと旅した折の見聞を「伊那の中路」として残しているが、その四月十五日、山吹村（現、下伊那郡高森町）に滞在中、「小さき籠の如き物つけたる」女たちが大勢野山の方に群れて行くのに出会った。

こは桑の木の林に入りて、「みづ」といひて若葉の桑たる花のやうなるものを採りて、桑子《くわこ》養ひ立つるといふ。「みづ」は瑞葉《みづ》にやあらん。この桑子の種は陸奥の賈人より買ひ取り、かく桑の木の芽出づる時までは、桑子の桑子の疾《と》く出で来ぬ寒き所に籠め置き、またここにある山寺といふ庵の、いと寒き所の法師に預けて秘め置かせて、四月の八日釈迦仏の行ひに、この峰に人多《さは》に登りて、桑子の卵《かひ》付きたる紙を手ごとに持ち帰り、埋火の下に置き、あるいは背《そびら》に負ひて、夜昼温められては、いささかの春を得たる思ひやしけん、芥子《けし》などの萌ゆるやうに生《な》り出づるを、雉子の羽して撫子《なでこ》とて払ひ落として、「みづのふみ」を食はせ養ふとか。

ここには、春遅い（といっても暦は夏である）下伊那の養蚕の始まりが的確に記されている。四月中旬、仏生会（当時は夏季）の日に、寒所に貯蔵していた蚕の卵の付いた紙を持ち帰り、暖めて孵化させる。孵化した蚕を雉子の羽で撫でるように払う、これを撫子という。それに、「瑞葉のふみ」（瑞葉の欠片の意か）を食べさせて養う、というのである。「瑞葉《みづ》」とは、要するに桑の新芽のことで、「瑞葉のふみ」を生まれたての蚕に与えることは、十八世紀初頭に成った百科事典『和漢三才図会』（寺島良安著）にも、「初生の者には桑の嫩葉《わかば》を用ひ細く剉《きざ》みてこれを養ふ」（原漢文）とあるのに対応する。「撫子」も毛蚕《けご》のことであろう。したがって、寺島良安が述べたのとほとんど同じことを菅江真澄は述べているのだが、「瑞葉」「瑞葉のふみ」「撫子」には、下伊那の遅い春の季感、養蚕に対する当地の人々の向き合い方が現れているではないか。これらは養蚕の始まりに、人々が活動し始める喜びが感じとられる言葉である。こうした言葉が、養蚕の衰退とともに消えて、伊那に生きる人々が養蚕を『和漢三才図会』のような言葉で語るしかなくなったとき、伊那の人々が感じていた自然との向き合い方、その心が知らぬ間に失われたということになる。逆に、「瑞葉」という言葉が季語として残っていれば、養蚕が廃れても、かつてあった祖先の心が、その言葉の中に息づいて伝わることにもなる。

桑といえば、次の逸話も興味深い。真澄が天明六年六月一日、胆沢郡六日入村（現、岩手県胆沢郡前沢町）で見聞した記事である（『はしわの若葉』）。

今日《けふ》は「脱《ぬけ》の朔日《つゐたち》」と言ひ習はして、桑の樹の下《もと》に行けば、空蟬の蛻《もぬけ》の殼《から》のごとくに、魂《たましゐ》飛び去りて人殼《から》ばかり留まれるとて、蚕飼ひの桑の葉も、昨夜《よんべ》摘みて今朝は桑の林の辺をさへ通らず。

六月一日の民間風習がスケッチのごとく書き留められ

たものである。桑は、毎日葉を摘み、枝を刈り取り、人々の暮らしにごく近い木であって、養蚕の神木という に留まらず霊木とされてきた。「脱の朔日」には、人間の暮らしにごく密接に関わる桑の木への人々の畏怖があるように感じられる。

こうして、旅人に書き留められてきた地方の季節感を担った言葉たちは、その土地、そこに生きる人々の生活感情を伝えている。それを、「中央」の季語の体系に組み込むことは、具体的に言えば、歳時記の「毛蚕」や「桑の芽」の関連語として「撫子」「瑞葉」を登載し、「脱の朔日」という季語を民間の風習として加えることは、それを用いていた人々の生活感覚を通じて季節感をより広げることにつながるだろう。

地方の生活感情を担った季語を取り上げ、それを書き留めていくことは、日本人の生活感情を通じて、日本人の心の襞をより多用にし、また繊細に磨き上げることになることは間違いない。言葉が取り上げられるということは、その言葉の背後にまぎれもなくある、その語を使っていた人々の生活感情を取り上げることだからである。地方の生活感情は、地域ごとに一つの体系を作り上げていることが多い。季語ごとに地域の体系から切り離して「中央」の季語体系に組み込むのも一つの方法だが、地域毎の季語の体系をそのまま記録することも、季語を通じてその地域の人の営みの総体を記録するという意味で重要な作業であろう。「中央」の季節感の典型として歳時記の充実の一方、こうした「地方」の季節の体系としての「地域歳時記」が近年多く編纂されているのも、意義ある試みである。そこには、地域の文化の体系が季語とその解説を通じて記述されるに違いないからだ。

だが、一方、たとえば菅江真澄の日記だけでも、そこからこうした言葉を採集しようとすれば、それこそ夥しい数の言葉が採集されるということからも明らかなように、こうした生活と密着して用いられる季節を表す言葉をどこまで「中央」の歳時記の体系に取り入れて行くのか、という問題もあるにはある。俳句の創作・享受において季語は、作者のみならず読者も共有する共通の解釈地盤でもある。「中央」の体系に組み込まれた「地方」の言葉が膨大な数に達したとき、それらをことごとく読者も共有しうるのか、という問題を前に、私たちは考え込まざるを得ないのではないか。

季語の消長は、自ずからそれを詩人たちがどれほど消費するかに掛かっている。時代とともに人々の生活が変化し、自然との向き合い方も変わっていく中で、季語がどれほど使われていくかが、歳時記に必要とされる季語の数を決めていくのであろう。数だけではない、その本意も、解説の誤りや使う人々の生活実感に影響されて、絶えず増補され変容してしまうものだ。芭蕉は「季節の一つも探し出したらんは後世によき賜《たまもの》」と述べたという（『去来抄』）。先人の探し出した季節を後世に生きる私たちがどう継承するかは、その季語を詠み込んだ句が、どれほど読者の心にその季語ならではの季節感を呼び起こすかに掛かっているのである。

［宮脇真彦］

Ⅱ 歴史研究編

1 発句の成立と展開

(1) 発句の成立

〈俳句の淵源〉 俳句は、連歌・俳諧の発句にその淵源を持つ。まず連歌の発句がその始まりといっていい。それは、平安後期から院政期、連歌がそれまでの上句(五七五)に下句(七七)を付ける二句一連の付合《つけあい》の形から、その短句に上句を付け、それにまた下句を付けるというように、長く付け連ねられる、鎖連歌《くさりれんが》が詠まれるようになって、その第一番目の句を「発句」と詠んだことに始まる。「鎖連歌の発句に至りては専ら末句を詠むべからず」(藤原清輔《きよすけ》『袋草紙《ふくろぞうし》』)と発句はまず五七五の上句であることが規定される。鎖連歌は、やがて新古今集の時代には、長句短句交互に詠み連ねて百句を一つの作品とする百韻連歌として成立する。この百韻が、後の連歌および俳諧の基本的な形式となる。この時期の順徳院の『八雲御抄《やくもみしょう》』には、「発句は必ず言ひ切るべし。何の、何は、何を、などはせぬ事なり。かなとも、べしとも、又、春霞・秋の風などの体にすべし」とあるのが注目される。すなわち、発句は必ず言い切ることが肝要であって、「何々の」など次の下句に続くような言い方で終わるのはよくない、「かな」「べし」あるいは「秋の風」といった体言で留めるように詠むのがよい、というのである。ここには、発句が連歌の初めの句として独立するために、二番目の句と切り離して詠まれることが要求されたことが示されている。

鎌倉時代は、複数の作者で連歌を製作していく上でのルール(式目)が発達するなど連歌が文芸として大きく成長した時代で、ことにその後期にもなると、それまで宮廷サロンで盛行していた連歌が京都から関東に至る広い範囲で庶民たちに流行し、そうした中から地下《じげ》連歌師と呼ばれる専門の連歌作者も登場してくる。この頃から発句に当座の季節を詠み込む約束も生まれてくる。

季節を詠むことと関わってよく引かれる逸話に、頓阿《とんあ》の著した『井蛙抄《せいあしょう》』所収の一節がある。すなわち、藤原定家の子為家《ためいえ》は、父と同じく連歌の好士であったが、ある年の九月尽に〈けふははや秋のかぎりになりにけり〉と詠み、翌朝〈今朝ははや冬のはじめになりにけり〉と詠みかえたという。それについて頓阿は、「発句は宴をおこすことをいふばかりにて、あながち風情を求めざるか」と批判的な感想を書きつけている。たしかにあまりに季節を述べただけの趣向のない句であるが、この「宴をおこす」ということが発句の役割であり、そのためには当座の季節を詠み込むことが有効だったのである。

〈発句の成立〉 南北朝に入ると、和歌に近い京連歌に武家を含めた地下連歌が進出してくるが、それを利用して連歌の文芸化を推し進めたのが二条良基《よしもと》であった。彼は地下連歌師のなかでも救済《きゆうぜい》の連歌を取り入れつつ、中世詩としての連歌の確立を図った。『連歌新式』の制定、『筑波問答』や『連理秘抄』など連歌の理論を多く執筆してあるべき連歌を追求し、連歌集『菟玖波集《つくば》』を撰進し、これを准勅撰として連歌の文芸的地位を高めたのである。『菟玖波集』は、連歌の付合(前句と付句)を百韻から切り出し、付句集としてこれを和歌の勅撰集の配列に倣って編集した。その巻二十には発句集を設けており、発句を単独で享受する系譜は、この集から始まったと言えよう。

良基の連歌論『連理秘抄』には、発句について次のように述べられている。

> 発句は最も大事の物也。おぼろげにては得がたし。良きはみな古事《ふるごと》なり。さらではまた下品《げぼん》也。……只あさ〳〵と中々当座の体などを見るやうにするも一つの体也《ていなり》。しかあれども、いかにも発句は力入りて、ひとかどその詮《せん》あるがよき也。又当座の景気《けいき》もげにと覚ゆるやうにすべし。いかにも心をまはしてすべきなり。其《その》詮なきは、句に力なくて悪き也。心を深くうづみて、きと心得ぬやうにするも一つの体也。かな・けり、常の事也。この他、なし・けれ・なれ・らん・又常に見ゆ。所詮、発句はまづ切るべき也。切れぬは用いるべからず。……又発句に時節の景物そむきたるはかへすがへす口惜しき事也。ことに覚悟すべし。景物のむねとあるがよきなり。

まず一巻の巻頭としての発句の重要性を述べ、次に発句の詠み方として、発句に際立った表現や曲折ある表現を趣向をもって詠むことが挙げられ、題詠において題をそのまま詠むのではなく、全体的な表現で題意を詠むように詠むことが示される。そして、発句を独立させるための切字が具体的に提示され、季節を詠み込むことが条件付けられている。発句の形式と内容とを述べたこの一節は、ここに発句の基本的な要件がすべて提示されていると言って良いだろう。

　この後の連歌の展開においては、宗祇《そうぎ》の編んだ七賢時代の連歌集『竹林抄《ちくりんしょう》』にも発句の部が立てられ、第二の准勅撰連歌集として宗祇等が撰進した『新撰菟玖波集』にも発句の部が二巻立てられるように、発句は連歌の巻頭のみならず、独立しても扱われるようになる。宗祇の自撰句集『宇良葉《うらば》』は発句集であり、弟子の牡丹花肖柏《ぼたんかしょうはく》は、宗祇の発句千六百句余を四季類題に編んだ『自然《じねん》斎発句』を編むなど、発句は独立して享受されるようにもなってくる。十七世紀初頭に編まれた『大《だい》発句帳』は、『菟玖波集』以下の連歌撰集や宗祇から当代の玄仍《げんじょう》に至る連歌師の発句七千四百句余を四季題（百四十二題）の題別に編んだ一大アンソロジーである。

〔本意《ほんい》〕　連歌は、長句に短句、あるいは短句に長句を付け、二句によって一つの世界を味わう文芸である。二句はどう付けられるのだろう。ごく代表的な付合の形を見ておこう。例えば、こんな形である。

　　捨て置きし我がみどり子も泣きわびぬ
　　また新しき妻なかさねそ　　道生《どうしょう》（『菟玖波集』恋下）

この付合のように、捨て子の泣き疲れたありさまをいう前句に、また新しい妻をもらおうなどとは思うなよ、と諫めるような、前句と付句とが意味で応酬する形の付合ならば、比較的つながりを読み解きやすい。だが、

　　思へば今ぞ限りなりける
　　雨に散る花の夕べの山おろし　　救済（同・春下）

のように、今このときが最後の時だという痛切な覚悟を述べた前句に、夕暮時の雨と嵐に無惨に散ってゆく花の情景を付けた付合は、花を惜しみ、落花に哀切の情を込めて嘆いてきた共通認識があってはじめて読者の共感を呼ぶであろう。連歌の付合がこうした意味から余情をもった表現へと深化するうえで、読者と作者に共通する言葉のイメージがことさら必要となった。共通する言葉のイメージは、共同的な感じ方を通じて把握される、物の本質を捉えたもので、これを「本意」という。連歌作者たちはこうした本意をもとに、複雑な内容を付合において表現しえたのである。発句も同様である。

　　花ぞ憂き散ればや風の誘ふらん　　寂忍《じゃくにん》（同・発句）

寂忍は、道生と同じく鎌倉時代十三世紀後半の連歌好士である。これも落花を惜しみ、花を散らす風を厭う本意を踏まえることで、花が散ろうとするから風が誘うのであろうと、落花の原因を花に求め、花をなじっているのだが、その実なじらずにいられないほどの花への愛着を表現しているのだ。連歌は、四季の情景や恋・述懐・旅などの心情のことごとくを和歌の本意を前提にしてより豊かな詩情を盛り込もうとしたのである。

　こうした連歌の達成は、十五世紀の七賢時代から宗祇の時代の連歌に見ることができる。

　　花に来て雲に籠もりの深山《みやま》かな　　能阿《のうあ》（『竹林抄』）
　　散る花の音聞くほどの太山《みやま》かな　　心敬《しんけい》（『竹林抄』）
　　限りさへ似たる花なき桜かな　　宗祇（『独吟何人百韻』）

能阿は、花が雲と見まがう「花の雲」を踏まえ、花の山吉野に来てみると雲に籠もっているようだと、満開の花を称した。心敬は、「閑花落チテレ地ニ聴クニ無シレ声」劉長卿「呉中別厳士元」『三体詩』という詩を踏まえ、無声の音を聞くほどの静かな山中だと大胆に述べて、太山の静けさを称しつつ落花を惜しむ。宗祇は、満開の花の美しさはもちろん、その散る最後まで他に比類もないと落花の豪華さを賞美する。いずれも、花を賞美し、落花に心を砕く花の本意を踏まえた句である。

　連歌は、宗祇の時代から百年経ってさらに全国的に流行した。安土桃山時代の連歌師里村紹巴《じょうは》は、四季・恋・旅の本意を端的に記した『連歌至宝抄《しほうしょう》』を著し、また連歌における季語を十二か月にまとめ、切字を具体例を元に示している。切字への理解、季語の広がり、本意の自覚と連歌の発句が備えるべき要素を盛り込んだ連歌論といえよう。ただし、その作風としては、本意を踏まえて個性的な表現に乏しくなり、詩としての役割を終えつつある感を否めない。

　　しづかなる心には散る花もなし　　紹巴（『大発句帳』）
　　けじめ見せて門鎖《さ》す花のあるじかな　　同

〈しづかなる〉の句は、〈世の中に絶えて桜のなかりせば春の心はのどけからまし〉（在原業平《なりひら》『古今集』）を踏まえ、それを逆転させて、静かなる心には落花も目にはいらないと述べて、花を見て浮かれ、落花を惜しんで騒ぐ人々とは違う閑居の境地を讃えた。「けじめ」の句は、花を愛で花の下を立ち去りがたいと愛着してきた歌人たちの花への思いを踏まえ、けじめをつけて門を閉じる人物の思い切りの良さをかえって称賛しようとする。ともに、花の本意を逆転させながら、花よりもその人物のありようへと関心を移している句作りとなっているところ、すぐそこまでやってきている近世という時代を感じさせる作風となっている。

　紹巴の次の時代は、里村昌琢《しょうたく》が活躍する。

　　青柳の下枝《しづえ》や庭の朝清《あさぎよ》め　　昌琢（『昌琢発句集』）
　　柳さへ眉かく池の鏡かな　　同

柳の句から挙げたが、いずれも和歌の一節を素材としてこれを構成した詠み方である。〈青柳の〉句は、〈春くれば玉の砌《みぎり》を払ひけり柳の糸や伴《とも》の御奴《みやつこ》〉（藤原俊成『長秋詠藻』）と同じ趣向であるが、柳の糸が庭を払うことを「庭の朝清め」と歌語で言い換えている。「朝清め」は、〈殿守《とのもり》の伴 造《とものみやつこ》心あらばこの春ばかり朝清めすな〉（源公忠『拾遺集』雑春）などと詠まれる。和歌の伝統

的趣向を、歌語を用いて見立て（比喩）の構図に引き写した句である。次の句は、〈春の日の影そふ池の鏡には柳の眉ぞまづは見えける〉（よみ人しらず『後撰集』春）の本歌取りであるが、そこから見立てを取り出して、鏡の前で眉を描く女性を彷彿とさせる句としている。歌語を構成して喩えなど和歌的趣向や本意を強調する詠み方は、いわば和歌の表現を句の素材として自在に再構成する当時の連歌のあり方を示している。

　連歌における発句の成立は、切字や季語の整備をもたらしながら、本意を追求することで、むしろ本意に基づいた類型化を招いた。一方でそれは、紹巴の作風のように、和歌的世界から逸脱しようとする時代の要請に応えがたい連歌の状況を示しており、また一方で昌琢のように、和歌を断片化して句の素材とする言語遊戯に陥ってゆく連歌の状況を示してもいたのである。

〈参考〉伊地知鉄雄『連歌の世界』（昭42、吉川弘文館）、濱千代清「連歌の発句」『連歌―研究と資料』（昭63、桜楓社）、湯之上早苗『発句帳　資料と研究』（昭60、桜楓社）

（2）俳諧の濫觴

〈俳諧〉 そもそも「俳諧」とはどういう概念をもった言葉なのだろうか。平安時代の歌学書『奥義抄《おうぎしょう》』（藤原清《きよ》輔《すけ》著、十二世紀中葉成）では、その場に応じた「談笑」によって対立や紛糾を和解に導き、即興的な「利口」すなわち機知的で巧みな言い回しや笑言によって人の心を動かし、「狂」すなわち正統から逸脱した自由な表現を用い、非理の理によってかえって物事の本質を言い当てるもの、と説いている。言い換えれば、その場に応じた即興の機知的な言い回しや滑稽な物言いは、正統的な言説の規矩から逸脱して、その場を笑いに包みつつ、かえって物事の本質を言い当てて人の心を動かすということなのである。この「俳諧」の定義は今日に至るまで俳諧の本質として踏襲されている。

　藤原清輔が「俳諧」を定義したのは、『古今集』に「俳諧歌」（「誹諧」と表記したために江戸時代まで混用された）という部類が設けられているからである。和歌における俳諧歌は、縁語や掛詞、俗語を用いたり、擬人化したりして滑稽に詠みなした歌を指した。南北朝時代、准勅撰集『菟玖波集』を撰進した二条良基は、これに倣って、雑体連歌のうちに「俳諧」の部立を設け、平安時代から南北朝までの俳諧作品を広汎に集めている。それらは、俗語や滑稽な言い回し、機知による応酬など、和歌的な美意識の正統からはみ出た笑いに中心がある。しかし、これらの俳諧は、「俳諧」の部立以外にも、和歌的風情をもった句に混じってかなりの数が入り込んでおり、良基が連歌の理想とする幽玄で花のある句へと連歌が深化してくるプロセスに、俳諧が大きな役割を果たしたことを物語る集となっているといってもいい。

〈俳諧集の出現〉 十五世紀末に完成した准勅撰連歌集『新撰菟玖波集』は、宗祇が中心となって当代の連歌の水準を世に示したもので、「俳諧」は排除されている。この頃には、俳諧は連歌とは別物と認められていたのである。事実、『新撰菟玖波集』が撰進されてから四年後には、俳諧集の最初である『竹馬狂吟《ちくばきょうぎん》集』が編まれている。当時の連歌作者たちは、連歌の後の余興などに俳諧を好んで弄んだ。ただ、それらはほとんど言い捨てのものであり、たまたま日記の余白などに書き留められる程度のものだったのである。それだけに、俳諧集が作られた意義は大きい。『竹馬狂吟集』には、発句は四季合わせて二十句、付合は二百十六を収める。そのいくつかを紹介しておこう。

北野どの御すきのものや梅の花
**　手をにぎるこぶしの花のさかりかな**

〈北野どの〉は、北野天神、菅原道真のこと。道真といえば飛び梅伝説が有名で、梅を「御好き」といった。さらに道真は連歌の神でもあるから、「好き」は「数寄」に通じ、梅の花を好んで詠む意となる。のみならず、〈北野どの〉は「北の殿」すなわち身分ある人の北の方（奥方）の意にもなり、「梅」とも関わって「酸きもの」の意を喚起して、懐妊されて酸いものを好まれるの意を表してもいるのである。連歌の神道真から奥方懐妊へと、予想外な意味の飛躍が笑いの根源である。〈こぶし〉の句も同様。「手を握る拳」までの無骨なイメージが、「花の盛り」と美しく可憐な辛夷の花へとイメージを転換するところに面白味がある。「握り拳」に「辛夷の花」を言い掛ける趣向は、例えば和歌にも〈打ち絶えて手を握りたるこぶしの木心狭《せば》さを嘆く頃かな〉（藤原為家『夫木抄』第二十九）などと用いられてきたが、その掛詞を率直に用いたこの句には、手を握ったような堅い芽が花開いた悦びもあり、またその美しさに手に汗握る意も利かせて面白い。

『犬筑波《いぬつくば》集』は、『竹馬狂吟集』のおよそ四十年後に編まれた俳諧撰集である。山崎宗鑑《そうかん》編。古写本には「誹諧連歌抄」と題されており、宗鑑が「俳諧之連歌」すなわち俳諧を集めた手控えが本となったと考えられ、やがてそれが「犬筑波集」と呼ばれ、江戸初期に『新増犬筑波集』の名で刊行された。「竹馬」といい、この名といい、『新撰菟玖波集』をもじった名づけ方に連歌に対する俳諧の自覚がある。

にがにがしいつまで嵐ふきのたう　宗鑑
花は根にかへるご浮かぶ池辺かな
花よりも団子とたれか岩つつじ

〈にがにがし〉は、春となってもいつまでも寒い嵐が吹くのを苦々しく思うの意に、蕗の薹の味の苦さを言い掛けた。〈花は根にかへる〉は、咲いた花が散って木の根元に落ちるように、物皆元に帰るの意。〈花は根に鳥は古巣に帰るなり春の泊を知る人ぞなき〉（崇徳院『千載集』春下）などと詠まれてきた暮春の歌を踏まえつつ、「かへる」に「蛙子《かへるご》」（蝌蚪《かと》。この句は「池に蛙子の浮かぶを見て」と前書があり、蛙の意か）を掛けて興じたもの。〈花よりも〉は、「花より団子」（花を見る風流より団子を食べる実利をとるの意）の諺を用いて、「誰か言うに「いは躑躅《つつじ》」を言い掛けたものである。もっともこの趣向は、連歌にも〈種しある松とは誰か岩つつじ〉（宗養《そうよう》『大発句帳』）など、「言は」を言い掛けた趣向があるように、和歌以来の「躑躅」の詠み方であったから、和歌の詠み方を踏まえつつ、「花より団子」の諺を用いたところに興じたものと言えよう。

満丸に出でても長き春日かな　宗鑑（『犬筑波集』）
月に柄をさしたらばよき団扇《うちは》かな　同（『犬筑波集』）
うづき来てねぶとに鳴くや郭公《ほととぎす》　同（『真蹟』）
風寒し破れ障子の神無月　同（『真蹟』）

〈満丸に〉は、真ん丸の形で上ってくるが、長い春の一日であることだの意。春の日（太陽）は丸いが、春の日（一日）はなかなか暮れずに長いと、〈春日〉の同音異義を利用して言葉の上での矛盾を興じた句。〈月に柄を〉は、夏の月を〈団扇〉に見立てた。見立ては、物を別の物に喩えること。多くは、この句のように「（夏の）月」など伝統的な文学的素材を、〈団扇〉など卑俗な物に喩えることが多い。この見立ての技法は、厳密に言えば近世初期の俳諧において定義された技法で、この時代を代表する技法である。もっとも、この夏の涼しげな光を放つ月を団扇と見る見立ては、〈夏の夜は光涼しく澄む月を我が物顔に団扇とぞみる〉（高松院右衛門佐『夫木抄』夏三）や〈夏の夜の月みる程の涼しさは団扇の風にげにぞ違《たが》はぬ〉（同・源頼綱）など和歌にもある。和歌では夏の月を涼風を送る団扇のように涼しげな光だと見たわけだが、俳諧では月と団扇を直接結びつけて、物としての団扇が空にかかっているように言いなしたところが面白い。〈月に柄をさ〉すという措辞が利いているのである。〈うづき来て〉は、卯月になって時鳥は音太《ねぶと》（低く太い声）に鳴くの意に、「疼き来て癤《ねぶと》に泣く」の掛詞を用いて、癤（腫れ物）が疼いて思わず声を出して泣くという意を表して、伝統的な美意識と卑俗さとの対比を興じたのである。〈風寒し〉の句は、技巧としては〈障子の紙無〉に〈神無月〉を言い掛けたのみで、むしろ寒風吹き入る初冬に破れ障子を塞がぬままいるという極度の貧困ぶりが、風雅の正統から外れた異端として俳諧性を担保していると言えよう。

掛詞や見立ては、文学が形作ってきた風雅に、日常卑近な非文学の物を重ね合わせ、その雅俗の落差に笑いを求める方法である。それは正統に対する異端の主張といってもいい。ただし、この時代の俳諧は、ほとんどが言い捨てであった。俗の主張は、その場限りの座興であって、風雅の世界の正統性を前提としてあり、俳諧は書き記される文学的価値もなかったとされていたのであった。

俳諧の作品として忘れてはならないものに、『守武《もりたけ》千句』がある。作者荒木田守武《あらきだもりたけ》は、伊勢神宮の神官で、『犬筑波集』とほぼ同時代、天文九年（一五四〇）に一人で俳諧の千句を巻き上げた。千句の法式は連歌に則って巻いたものだが、俳諧が言い捨てではなく、一つの作品として制作されたところに画期的な意義がある。

飛梅《とびうめ》やかろがろしくも神の春　守武（第一百韻）
青柳の眉かく岸の額《ひたい》かな　同（第二百韻）
名乗りてやそもそもこよひ秋の月　同（第八百韻）
凍らねど水ひきとづる懐紙かな　同（第九百韻）

〈飛梅や〉は、太宰府まで道真を慕って飛んでいった飛梅を軽々と評しつつ、「神の春」に、「軽々しく」の縁で「紙」の意を引き出した句である。

〈青柳の〉は、池に突き出た岸辺（岸の額）の柳の枝が、青々と伸びている様（眉かく）を擬人化して、青柳の芽吹いた池辺を女性の顔に見立てた。〈岸の額〉は「岸額」という漢語由来の語で、和歌にも〈浪かくる岸の額のめ《(そ)》なれ木の目《(磯)》馴れて妹と寝《ぬ》る由もがな〉（『六条修理大夫集』）などと詠まれた例が僅かにあり、連歌にも〈翠なる柳の眉は乱れけり〉に〈岸の額を洗ふ白波〉（慈願『菟玖波集』雑三）と付けた例がある。前引昌琢の連歌発句〈柳さへ眉かく池の鏡かな〉が、同様に擬人化しながら、柳の芽吹いた枝が池の水面に映る様を、鏡に映して眉を描くようだと見立て、早春の池辺を叙しているのに対して、この守武の句が柳の生える池辺の景を女性の顔に見立てたところに俳諧たる所以を求められよう。

〈名乗りてや〉は、「大音声をあげて名乗りける」（『平家物語四』）など、戦場で武士が自身の出自や名をいうことをいう。「そもそも今宵」は「そもそもこれは九州肥後の国。阿蘇の宮の神主友成とはわが事なり」（謡曲『高砂』）など、謡曲で登場人物が名乗るときの常套句。その「そもそもこれは」をもじったもので、「そもそも今宵」と名乗りを上げて十五夜の月が上ったことだと、月の出を擬人化した句である。

〈凍らねど〉は、凍ることを水が閉じるということを踏まえ、凍らないが水を引き閉じるものは、と謎かけにし、それを〈水引き〉で「綴づる」「懐紙」だと謎を解いて見せた句。連歌では、作品を書いた懐紙を水引で綴じ合わせた。掛詞を用いての謎々仕立てとなっている。

〔即興の応酬〕　この時代の俳諧は、次の逸話がよくその詠まれた状況を物語っている（『鷹筑波』所収）。千句連歌の折のことである。松永永種《えいしゅ》が名句を詠んだのを賞めて、里村紹巴が熟柿をたくさん持たせ、〈熟柿《じゅくし》こそ子供の中のみやげなれ〉と詠んだ。永種はすかさず〈酒にゑひしゆが帰るさの袖〉と応えた。それに、連衆の照高院道澄《どうちょう》と里村昌叱《しょうしつ》が興じ、〈脱ぎ捨つる衣の棚を枕にて〉と付けたという。紹巴の句は、熟柿は、木《こ》どもの中の木の実、子どもへの最高の土産である。「熟柿」は、渋柿を木に生ったまま熟させた柿の実のこと。果肉がとろけ、渋が抜けてたいへんに甘い。「子供の中のみやげ」に「木《こ》どもの中の実」（木の実の中の木の実）を言い掛け、甘いものが好きな子どもたちへ、木の実の中でも最高の熟柿を土産物としたと詠む。それを永種は、自身の名に「酔酒」を掛け、酒に酔って熟柿臭い息を吐きながら帰る永種の袖に土産の熟柿が入っていると付けた。発句の「熟柿」を自身の様子に見立てたのである。道澄らは、「永種」に、永種が住んでいる衣棚町《ころもたなちょう》を踏まえ、衣棚の家に酒に酔って帰り、服を脱ぎ捨てて袖を枕に寝てしまったと付けた。俳諧は、こうした連歌を終えた後の寛いだ場での即興として言い捨てられていたのであり、わずかに書き残されたこれらの俳諧は、興じられた場そのものの記憶としてその場の状況とともに記録されたのである。

〔**参考**〕 木村三四吾・井口寿『竹馬狂吟集　新撰犬筑波集（新潮古典集成）』（昭63、新潮社）、井口寿一『「誹諧連歌」私考』（平九・私家版）。

（3） 俳諧の独立・貞門俳諧の発句

〔**『犬子集』**〕 寛永一〇年（一六三三）『犬子集《えのこ》』が刊行された。本書は大本五冊。巻一から巻六（第一・二冊）に四季発句集、巻七から巻十五（第三・四冊）に四季・恋・神祇・釈教・雑の付句集、巻十六（第四冊）に魚鳥付謡誹諧、巻十七（第四冊）に百句付・脇第三の付句、第五冊目に「上古誹諧」として『菟玖波集』からの抜粋を収める。序文によれば、宗鑑の『犬筑波集』、守武の『守武千句』に俳諧が残されたが、その後百年間は言い捨てにされて俳諧はほとんど残っていない。そこで、この二書を除いてそれ以降の発句・付句を集めて「或古《ある》老」の監修を仰ぎ、『犬筑波集』に連なる意図をもって『犬子集』と名づけたという。編集期間は寛永八年二月から同一〇年一月まで、発句千五百三十句、付句も千余句からなる一大撰集であり、巻の揃え方といい、大師《だいし》流《りゅう》の堂々たる版下《はんした》といい、「この書形を一見しただけで、俳諧はもはや連歌の余興としての日陰の存在ではなく、むしろ和歌・連歌と対等の位置におかるべきものという意気が感じられる」（中村俊定「貞門俳諧史」『俳句講座』昭34、明治書院）仕立てである。本書の刊行は、まさしく近世俳諧の曙を告げるものであった。

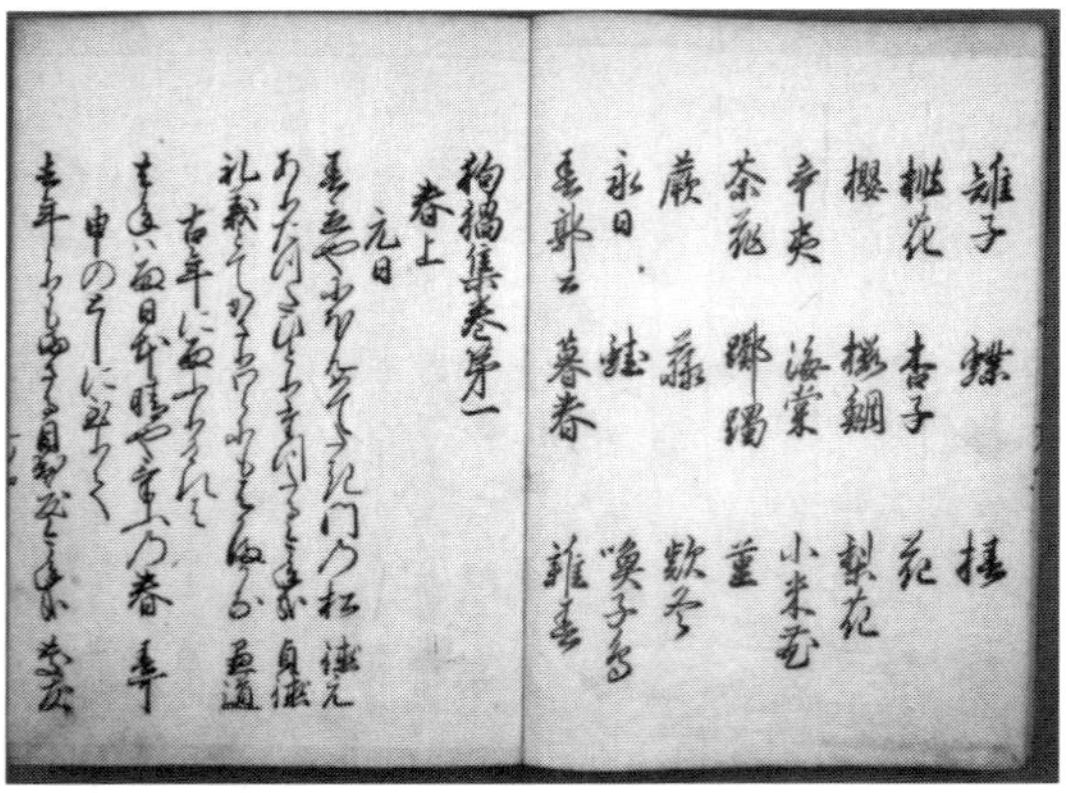
『犬子集』初版（早稲田大学図書館蔵）巻第一巻頭

『犬子集』刊行の経緯を、後に安原貞室《ていしつ》が述べている（『玉海集追加《ぎょくかいしゅう》』跋）。序にいう「或古老」は松永貞徳《ていとく》のこと。貞徳は、連歌師永種の次男として京都に生まれ、和歌を九条稙通《たねみち》・細川幽斎、連歌を里村紹巴に学ぶなど、堂上・地下の文化人等と幅広い交遊を持った。連歌の余興としての俳諧に早くから関心を持っていた貞徳を、俳諧の指導的立場に押し上げたのも、名だたる連歌作者であり、かつ地下歌壇の中心的立場によるものであった。『犬子集』は当初、貞徳監修の下、松江重頼《しげより》と野々口立《りゅう》圃《ほ》が編者となって作業が進められたが、重頼との意見の相違から立圃が離脱し、貞徳とも意見を異にした重頼が単独で刊行した。立圃は、本書に対抗して同年十一月『誹諧発句帳』を刊行する。これは『犬子集』の発句に数百句ほどの句を加えて刊行したもの。貞徳はこれらに対抗して、寛永一九年に山本西武《さいむ》撰『鷹筑波』を刊行する。寛永一五年五月の貞徳跋によれば、貞徳が三十年来収集した俳諧を西武に清書させたもので、発句千四百四十九・付句千三百十七を収録する。同じく貞徳の意を受けて刊行された俳諧撰集には、慶安四年（一六五一）刊『崑山集《こんざん》』（鶏冠井《かえでい》良徳《りょうとく》編）、明暦二年（一六五六）刊『玉海集《ぎょくかいしゅう》』（安原貞室編）がある。近世になって出版活動が飛躍的に活発化し、商業出版が隆盛するなかで、これら俳書が次々と刊行され、彼らの俳諧が全国へと浸透してゆく。

〔**貞徳**〕 貞徳は、これら撰集の出版を通じて俳壇の中心となってゆく。貞徳は、宗鑑や守武らの俳諧について「俳諧の連歌といふ一つの道を立てたる」（『天水抄《てんすい》』寛永末）と俳諧の独立を宣言し、「はじめ俳諧と連歌のわいだめ（区別）なし。其の中のやさしき詞《ことば》のみを続けて連歌といひ、俗語を嫌はず作るを俳諧」として連歌・俳諧の差異を明らかにして、俳諧を「俳言《はいごん》にて賦《ふ》する連歌」と規定している。この「俳言」には、和歌や連歌に使われない漢語を始め、世話（俗語および話し言葉、慣用の言葉）、俚言（方言）、諺、小歌や謡曲の詞章など、和歌・連歌に用いられる言葉以外の全てを指している。俳諧を文学の一ジャンルとして認めたことは、それまで詩歌の対象にはならなかったさまざまな世界（俗世間）が詩歌の対象となったことを示している。例えば次のような句である。

花よりも団子やありて帰る雁　貞徳（『犬子集』）
天も花に酔へるか雲の乱れ足　立圃（『犬子集』）
この度はぬたにとりあへよ紅葉鮒　重頼（『毛吹草《けふきぐさ》』）

貞徳の句は、「花より団子」の諺を用いて、花の時期に北へと帰る雁を詠む。和歌で〈春霞立つを見捨てて行く雁は花なき里に住みやならへる〉（伊勢『古今集』）など、花咲く春に北へと帰る雁を卑近に捉えている。立圃の句は、〈天も花に酔へり、桃李の盛んなるなり〉（菅原道真『和漢朗詠集』「三月三日」）の詩句を踏まえ、さらに「雲脚」（雲の流れ）を「酔」との関わりで〈雲の乱れ足〉と言いなした。天もこの花盛りに酔う如く、雲の動きも乱れていると擬人化し、酔って千鳥足の花見客をもイメージさせつつ、花盛りの雰囲気を捉えている。重頼の句は、〈この度は幣《ぬさ》もとりあへず手向山紅葉の錦神のまにまに〉（菅原道真『古今集』）のもじり。美味と評判の紅葉鮒だから今度は饅《ぬた》（細かく切った魚、野菜を酢味噌で和えた料理）に和えてほしいという挨拶である。いずれも、古典世界（雅）を踏まえつつそれを俗に貶めるところに滑稽を生じさせている。いわば貞門俳諧は、和歌や漢詩・謡曲などによって描かれてきたそれまでの文学世界を、卑近な日常生活に関わらせることで、俗の世界を文学に位置づけようとしたものということができるだろう。それゆえ、「大方連歌のやうに仕立てて少し俳諧を加ふるが本」（貞徳『天水抄』）と述べるのである。

実は、草創期の俳壇の中心人物として挙げられるのは、京の貞徳のみではなかった。たとえば、当代の連歌師昌琢のもとで連歌の素養を積み、八条宮智仁《としひと》親王等堂上貴顕とも交渉をもった徳元《とくげん》や、当時京以上に俳諧が盛んであった伊勢俳壇の中心人物である望一《もういち》、堺の云也《うんや》・卜養《ぼくよう》（慶友）父子等、草創期の俳壇には、貞徳に俳諧の指導を仰いだ作者以外にも、俳諧好士が多数存在していたのである。貞徳は、彼らの作品を『犬子集』に収め、結果的に貞門の枠組みのなかに組み込んでいったと言えよう。とはいえ、俳諧の基本となる式目においても、それぞれ地域の中心となる人物によってその捌き（運用）は異なっていた。徳元に『誹諧初学抄』（寛永一八刊）、立圃に『はなひ草』（同一三刊）、重頼に『毛吹草』（同一五刊、実は正保元刊）があった。それに対して貞徳は、『新増犬筑波集』（寛永二〇刊）・写本『天水抄』（寛永二一成）・『俳諧御傘《ごさん》』（慶安四刊）において自らの式目を権威づけるため、自身の紹巴連歌の素養とそれに基づく自身の俳諧の捌きを示し、「連歌は昌琢、俳諧は愚が捌きなり」と述べて昌琢ら同時代連歌師の捌きに基づく俳諧の捌きを排斥した。それは連歌に対する俳諧の自立を宣言することでもあった。

〔貞門俳諧〕　貞門俳諧を中心とする時代は、貞徳が没する承応二年（一六五三）までと、その後談林俳諧が流行するまでとに分かれる。第一期が貞徳を中心に室町時代以来の俳諧を集大成した時期、第二期は、第一期から新生面を開いてきた重頼と、新しく俳諧を詠むようになった西山宗因を中心に動き始める。この間、京都俳壇は分裂し、大坂や江戸、地方俳壇も各々独自に俳書を刊行するなど、全国に俳諧が浸透していった。主な俳人としては、貞徳と直接一座した立圃・重頼・西武・令徳《りょうとく》・貞室・季吟《きぎん》・梅盛《ばいせい》がいる。このうち季吟は、『和歌題林抄』に倣って主要な季題百十四語とそれを句に詠み込むための言葉を掲げ、その本意を述べて例句を示した『山の井』（正保四［一六四七］成）を刊行し、寛文七年（一六六七）には季寄せ『増山井《やまのい》』を刊行している。本書は、「四季之詞」を月順に挙げ、それぞれに類語、連俳の別、解説を簡潔に注記しており（作例は同時刊行の湖春《こしゅん》編『続山井』）、その後の季寄せの基準となった。梅盛の編んだ『便船集《びんせん》』（寛文九奥書）『俳諧類船集』（延宝五［一六七七］自序）は、付合の題材をいろは順に掲げ、それぞれに付合語を列挙し、関連する詩歌・故事・逸話などを記して実作に便ならしめたもの。当時の俳人たちの文学的連想を知るのに最適である。他に、伊勢に望一、江戸には徳元のほか忠知ら、女流に光貞妻《みつさだのつま》（伊勢山田の人、一五一八～一六四七）、捨《すて》女らがいる。

〔参考〕　中村俊定「貞門俳諧史」『俳句講座1』（昭34、明治書院）、加藤定彦「近世俳諧の成立」『俳諧の近世史』（平8、若草書房）

（4）大坂・江戸の新風
――談林俳諧の発句

〔宗因〕　京都を中心とした貞門俳諧の時代の第二期、明暦二年（一六五六）大坂天満の休安《きゅうあん》が『ゆめみ草』を刊行した。これは、貞徳の句を載せず、守武の句を掲げて、大坂やその周辺の俳人を中心に編んだ俳諧撰集であった。その新興の大坂俳壇の中心人物として祭り上げられたのが西山宗因《そういん》である。

宗因は重頼編『懐子《ふところご》』（万治三年［一六六〇］刊）に次のような句を寄せている。

里人のわたり候かはしの霜　宗因

ながむとて花にもいたし頸の骨　　同

いずれも古典の一節を裁ち入れての作意。〈里人の〉は、謡曲「景清《かげきよ》」の「いかにこのあたりに里人の渡り候か」を脱化し、温庭筠《おんていいん》の「人跡板橋の霜」（『三体詩』「商山早行」）を踏まえた。〈ながむとて〉は〈ながむとて花にもいたく馴れぬれば散る別れこそ悲しかりけれ〉（西行『新古今集』）の「いたく」をもじって、眺め続けて頸が痛くなったと花への賞美を意外な現実的世界に転じている。ことに、謡曲の詞章をそのまま取る謡曲調俳諧は、当時軽妙で斬新な作意として流行を生み、風雅から現実の俗への転換とともに、宗因流と呼ばれるようになる。

宗因流の俳諧の基本的な考え方は、談林派の論客惟《い》中《ちゅう》の次の文がよく示している。「俳諧はなんぞ。荘周（『荘子』の著者）がいへらく、滑稽なり。とはなんぞ。是《ぜ》なるを非とし、非なるを是とし、実を虚になし、虚を実になせる、一時の寓言《ぐうげん》をいふならんかし。荒木田の某（守武）この心を学び得たり。西山の翁（宗因）その道を学び得たり」（『俳諧蒙求《もうぎゅう》』延宝三［一六七五］）。「寓言」とは、本来『荘子』の、他事に仮託して思想や教訓を述べる方法をいうが、ここでは奇抜滑稽な虚構や比喩をいい、是を非、虚を実など日常的な価値観の転倒が生み出す滑稽を俳諧の本質とみたのである。宗因の句で確認しておこう。

すりこ木も紅葉しにけり蕃椒《たうがらし》　　（『難波草《なにわぐさ》』）

車胤《しやいん》が窓今この席に飛ばされたり　　（『阿蘭陀丸《おらんだまる》二番船』）

蚊柱に大鋸屑《おがくづ》さそふ夕べかな　　（『蚊柱《かばしら》百句』）

〈すりこ木も〉は、擂り鉢で蕃椒を擂り潰したため、すりこ木に赤い蕃椒が付いたのを、すりこ木が紅葉したと見立てた。奇抜な見立てが手柄の句。〈車胤が窓〉とは、晋の車胤は蛍を集めてその光で書を読み、孫康《そんこう》は窓の雪明りで書を読んで勉学したという蛍雪の故事を踏まえる。この俳諧の席に、車胤が窓際に集めた蛍を飛ばされたのは、風雅の極みだと亭主に挨拶した句。「蛍」の語をあえて詠まず、読者にそれと察せさせるのは、「ぬけ」と呼ばれる手法で、当時流行した手法である。「蚊柱」は、夏の夕方、軒などに蚊が群れをなして飛び柱のように見えるもの。「大鋸屑」は、当時これを燻《いぶ》して蚊遣り火に用いた。蚊柱に大鋸屑の煙が棚引いているのを、蚊柱が煙を誘っていると逆に見た句であるが、「煙」をぬけの手法で詠まずに「大鋸屑さそふ」と言ったために意味の通りにくい句となった。貞門ならば、これを例えば〈蚊柱をけづる蚊遣りは鉋かな〉（石田未得『毛吹草追加』）などと詠む。比較すれば明らかなように、宗因流の特色が、ぬけによる難渋な表現にあったことが分かる。

〔談林俳諧〕　談林俳諧の名称は、江戸の田代松意《たしろしょうい》一派が「俳諧談林」を称え、江戸に下向した宗因の発句〈されば爰《ここ》に談林の木あり梅の花〉を巻頭に十百韻を巻いて延宝三年（一六七五）に『談林十百韻《とつぴやくいん》』として刊行したのが早い用例で、宗因流を示す名称ではなかった。が、後に宗因流全体を談林俳諧の名称で呼ぶようになったものである（正徳五［一七一五］年『歴代滑稽伝』以後）。当時は、宗因流のほか守武流・阿蘭陀《おらんだ》流などと呼ばれていた。

〔三都の俳壇〕　大坂での談林俳諧の展開は、寛文一三年（延宝元年、一六七三）春、西鶴《さいかく》が大坂やその周辺の、新進の俳人を中心とした二百名ほどを集めて万句を興行、これを『生玉《いくたま》万句』として刊行したことが直接の契機となった。『ゆめみ草』以来の大坂俳壇の守武流の俳諧を、新しい文学運動として高らかに宣言したのである。談林俳諧の流行を延宝年間とするのは、この刊行を記念碑としての謂いである。延宝三年には宗因の批点を示した『大坂独吟集』が出版され、以下宗因の名を冠した俳書の刊行を中心に、大坂の談林俳諧は盛り上がりを示す。中でも西鶴は速吟を誇り、談林の末期であるが、一昼夜二万三千五百句の独吟大矢数《おおやかず》の興行に至る。

江戸では、延宝三年の宗因東下をもって宗因流が始まる。この東下は、磐城平藩主内藤風虎《ふうこ》に招かれたものだった。この風虎のサロンを中心に、江戸俳壇を宗因流は席巻してゆく。幽山、似春を中心に、桃青（芭蕉）・信章（素堂）が傾倒、松意や調和らも同調した。やがて江戸に下ってきた言水《ごんすい》や才麿《さいまろ》もこれに加わり、また京都の宗因流の俳人、信徳や春澄《はるずみ》も東下して桃青・信章らと交渉するなど、江戸の俳壇は活況を呈した。

京都俳壇は、重頼・季吟・西武・梅盛・令徳《りょうとく》らはまだ存世して貞門俳諧の勢力を保っていた。が、江戸から移住した高政《たかまさ》を中心に、似船・常矩・自悦らが延宝五年頃には宗因流の新風を世に問うようになる。それによって貞門との間に激しい論戦が繰り広げられるようになる。

〔談林俳諧の特色・意義〕　談林俳諧は、貞門俳諧の俗語の使用をさらに押し進め、遊女や歌舞伎、博奕、食物など通俗的な題材へと俳諧の世界広げていった。のみならず、「杉下駄の馬」（杉の馬下駄）「軒の門屋」（門屋の軒）などの倒語法や、〈青梅の梢を見ては息休めけり炉《ろ》路男《ちをとこ》〉（『東日記《あずま》』延宝九年）、あるいはやや時代が下るが〈和《ラカ》なるやうにて弱からず水仙は花の若衆たらん〉（信徳『五百韻三歌仙』貞享元年）など、漢詩文の詩句を真似た文体をあえて用いることによる甚だしい字余り（というよりも定型の破壊）など、常套的な語法や法式を打ち破って新味を出す方向に展開した。

粤《ココニ》薬子嫦娥《ジヤウガ》ツタヘテ──五位

六位

似船

談林俳諧も末期の『安楽音《あんらくのこえ》』（延宝九年）では、こんな句も見られる。系図めかした仕立てで、視覚的に句を表現した。「薬子」は、元日に、宮中で供御《くご》の屠蘇《とそ》を試し嘗《な》めする童女。儀式では、天皇に奉った屠蘇の余りを飲む役を「後取《しんど》り」といい、「一日は四位、二日は五位、三日は六位の蔵人」（『公事《くじ》根源』）が担当した。また「嫦娥」は中国の神話の仙女。夫が西王母からもらった不死の薬を盗み呑みして昇天し、月の精となったという。すなわちこの句は、薬子は嫦娥から伝わった屠蘇を五位、六位に伝えてゆくの意。不死の薬に屠蘇を見立て、嫦娥から伝わったと大仰に言い立て、系図のように記して、擬漢文と系図を合わせた視覚的な面白味をねらった。

こうして談林俳諧は、定型を破り、詩語を生み出し、書かれたものそれ自体に面白味を狙って、斬新さを競ったが、俳諧の枠組みそれ自体を飛び越える作意は、逆に趣向の停滞を生み、談林俳諧への情熱を人々が失っていった。折も折、天和二年（一六八二）の宗因の死は、急進的な狂風に終止符を打つことになる。

とはいえ、談林の急進的な活動は、それまで無意識に踏まえられてきた俳諧の枠組み、定型とか詩語とか俗言などと関わる諸問題を自覚的に意識させるための大きな実験室であったことも看過できない。

〔参考〕 乾裕幸『初期俳諧の展開』（昭43、桜楓社）、雲英末雄『貞門談林諸家句集』（昭46、笠間書院）、尾形仂『俳諧史論考』（昭52、桜楓社）、今栄蔵『初期俳諧から芭蕉時代へ』（平14、笠間書院）

（5）詩とは何か
――発句に見る蕉風俳諧の展開

〔芭蕉の俳諧史〕 芭蕉は、主君藤堂良忠《よしただ》が貞門の季吟に師事した関係で、季吟門の俳諧作者となった。良忠の没後、江戸に出て談林俳諧の俳人として活躍、延宝末年からは深川に隠棲して漢詩文調の俳諧を試み、貞享元年（一六八四）「野ざらし紀行」の旅において風狂を基調とした蕉風俳諧が成立し、貞享三年『蛙合《かわずあわせ》』において和漢の伝統に対する俳諧の作意を摸索、貞享四年「笈《おい》の小文《こぶみ》」の旅を経て正風体を志向、元禄二年（一六八九）「おくのほそ道」の旅から京都・近江・伊賀を漂泊するなかで詩歌の伝統に連なる景情一致の俳諧を探って、元禄四年『猿蓑』に蕉風の達成を見た。その後、江戸に帰庵して軽みを摸索、元禄七年（一六九四）『炭俵』にその成果を示した。芭蕉は、旅で新しい連衆との交響を経つつ自身の作風を変化させていった。それは芭蕉一人の詩の軌跡たるにとどまらず、俳諧の詩の可能性をさまざまに模索した軌跡でもある。俳諧史に芭蕉の詩の歩みを祖述する理由がここにある。

〔談林から漢詩文調へ〕 延宝八年（一六八〇）談林俳人不卜が編んだ『俳諧向之岡』に次の句を載せている。

於《ア》春《ヽ》ゝ大《おほい》ナル哉《カナ》春と云ゝ　桃青（芭蕉）
花にやどり瓢箪斎と自《みづから》いへり　同

〈於春ゝ〉は、米芾《べいふつ》「孔子賛」の「孔子孔子、大なる哉孔子」とあるのをもじって、新年を言祝ぐ句とした。〈花にやどり〉は、花を賞して夜を明かすこと。〈瓢箪斎〉は造語であるが、「賢なる哉、回也、一箪の食、一瓢の飲、陋巷に在り」（『論語』雍也篇）と孔子に認められた顔回の面影を喚起させつつ、瓢箪のように当て所なくぶらぶら暮らす軽い身上を言ったもの。「自ら言へり」に漢文訓読の言い回しを用い、花の下で瓢箪の酒を飲みつつ、遊び暮らすと自称した。こうした談林末期に試みられた漢詩文調は、翌年『東日記』（言水《ごんすい》編）にさらに用いられてゆく。

夜ル竊《ヒソカ》ニ虫は月下の栗を穿ッ　桃青
闇夜《ヤミノヨト》きつね下ばふ玉真桑　同
雪の朝《スゴクあした》独リ干鮭を噛《カミ》得タリ　同

〈夜ル竊ニ〉は、『和漢朗詠集』の「夜雨は偸《ひそか》に石上の苔を穿《うが》つ」（傅温《ふおん》）の読み下しに、栗を食む虫に換骨して栗名月を詠んだ句。〈闇夜〉の句は、〈闇の夜とすごく狐下ばふ玉真桑〉と読む。〈闇夜〉の両側に仮名を振り、文選読《もんぜんよみ》（語を音読し、さらに同じ語の訓を重ねて読む訓読法）を趣向とした。〈下ばふ〉は「下はふ」（心の内に恋しく思う）に「下這ふ」を言い掛け、狐が闇夜に紛れてひそかに真桑瓜を狙って這い寄ってくると詠んだ。〈雪の朝〉は、「富家ハ喰《クラヒ》ニ肌《き》・肉《にくヲ》一、丈夫ハ喫《キッス》ニ菜・根一ヲ、予ハ乏し」と前書を付し、「噛み得たり」の訓読文の文末と応じて漢詩文の一節を形作る。いずれも俗な場面を漢詩の趣向に託して文学的に言いなした句である。

この時期、次のような句も見られる。

蜘《くも》何と音をなにと鳴く秋の風　桃青（『向之岡』）
枯枝に烏のとまりたるや秋の暮　同（『東日記《あずまにっき》』）
藻にすだく白魚やとらば消ぬべき　同（『東日記』）

禅問答のごとき〈蜘…何と鳴く〉や、中七の字余り〈烏のとまりたるや〉、〈白魚やとらば〉の破調など、談林の影響下にありながらそこから抜け出そうと模索する芭蕉の姿が読み取れよう。芭蕉等の漢詩文調は、そうした摸索の有力な方途だった。この漢詩文調は、天和二年（一六八二）の『武蔵曲』（千春《ちはる》編）を経て翌年刊行された『虚栗《みなしぐり》』（其角《きかく》編）に結実する。この書の跋で芭蕉は、李白・杜甫の詩的風趣、寒山詩の禅味、西行の侘びと風雅、白楽天の恋情を仮名にやつして俳諧とすると述べている。

髭風ヲ吹て暮秋嘆ズルハ誰ガ子ゾ　芭蕉
世にふるもさらに宗祇のやどり哉　同

〈髭風を吹いて〉は「風髭を吹いて」の倒語。漢詩の修辞である倒装法に倣って、髭の風になびく様を強調した。

前書に「憶老杜」とあり、杜甫の「藜《あかざ》を杖《つえ》つき世を嘆ずるは誰が子ぞ」（「白帝城最高楼」）を踏まえた作である。〈世にふるも〉は宗祇の〈世にふるもさらに時雨の宿りかな〉に基づく。「時雨」のぬけで、時雨の侘びの伝統に連なろうとする作意の強い句である。ぬけの手法といい、定型の逸脱、詩句の換骨による作といい、談林の影響をとどめてはいるが、和漢の伝統を侘びや貧において踏まえつつ、自身の着想を文学へと押し上げようとしたものだった。

〔「野ざらし紀行」と蕉風の成立〕　漢詩文調俳諧からの脱却は、「野ざらし紀行」の旅において示される。貞享元年（一六八四）八月、十年ほど滞在した江戸を跡にして郷里伊賀へと旅立った。

野ざらしを心に風のしむ身かな　芭蕉

冒頭「千里に旅立ちて、路粮《みちかて》をつつまず、三更月下無何《むか》に入ると云ひけむ昔の人の杖にすがりて、貞享甲子秋八月、江上の破屋を出づるほど、風の声そぞろ寒気なり」として詠む。〈千里に適《ゆ》く者は三月糧《かて》を聚《あつ》む〉（『荘子』逍遥遊篇）〈路粮《みちかて》を齎《つつ》まず笑つて復た歌ふ、三更月下無何に入る〉（広聞和尚「語録を褙す」『江湖風月集』）など漢文の文脈を組み合わせて、遥かな旅路を食糧も携えず、先人の旅の感懐を思いやりつつ旅立つという一文は、旅を終えた後に紀行文として書かれたものではあるが、和漢の伝統的イメージのなかで自身の旅立ちを捉えていることが分かる。とともに、野晒《のざらし》すなわち髑髏を心に置いての、客死を覚悟しての旅立ちであるが、そんな私にも秋風の哀れが身にしみてくると述べて、観念においても死を覚悟して、現実の自然が我が身に感得されるようになったことを詠む。

狂句木枯《こがらし》の身は竹斎《ちくさい》に似たるかな　芭蕉

同、名古屋での詠。「竹斎」は仮名草子『竹斎』の主人公。山城の藪医者で、諸国を放浪し、珍妙な治療をしては失敗し、当意即妙の狂歌を詠んでその場を言い逃れる人物。「天下一の藪医者《くすし》の竹斎」と看板を掲げ、名古屋に三年ほどとどまった。狂句を詠んでは木枯に吹き曝されたよれよれの旅姿でここ名古屋まで来た我が身は、あの竹斎にそっくりなことだ、の意。〈狂句木枯の身〉という我が身と〈竹斎〉という虚構とを結びつけた詠み方は〈野ざらしを〉の句と同じ構造である。

秋風や藪も畠も不破の関　芭蕉

〈不破の関〉は岐阜県不破郡関ヶ原の関所址。〈人住まぬ不破の関屋の板庇荒れにしのちはただ秋の風〉（藤原良経『新古今集』）と、その荒廃の情を詠む。〈秋風や…不破の関〉と良経の歌を踏まえつつ、それに「藪も畠も」と実際の様子を詠んだ。古典の世界を不破関において反芻しつつ、実景に荒廃の相を見出している。

風狂《ふうきょう》は、世俗的規範を逸脱して殊更に風雅を享受・実践しようとする言動をいい、特に貞享期の芭蕉らの俳諧に顕著となってくる。

笠もなき我をしぐるるかこは何《なん》と　芭蕉

『あつめ句』（貞享四）所収。紀行中では下五「何《なん》と何と」（『熱田三歌仙』）。〈何と〉は謡曲にもある言い回しで、どうしたことかの意。笠もない私に時雨が降りかかるとは、これはどうしたことか、と謡曲の一節を用いて、時雨に濡れる侘しい旅路を、むしろ興じているかのような作者の心裏を伝えてくる。時雨には、〈世に降るもさらに時雨の宿りかな〉（宗祇）のように、無常の世を旅する詩人たちの感慨が込められていた。時雨に濡れて旅する侘びの姿は、詩人らしい姿だったのである。そうした旅の詩人の観念を実際の自らが実践することに興じた句である。

古典の詩歌と自身の見出した現実と。これまで書斎において作り上げてきた、伝統的・漢詩文的侘びの世界に比肩しうる俳諧世界を、自身の身体や実際の景のなかに見出すべく、芭蕉は歩み始めたといっていい。風狂は、風雅の観念を現実に実践するという意味において、この時期の芭蕉の姿勢を端的に物語るものだった。

〔貞享連歌体〕　「野ざらし紀行」の旅の後半は、安らかで優美な作風が印象的である。

馬をさへながむる雪の朝《あした》かな　芭蕉

春なれや名もなき山の薄霞《うすがすみ》　同

〈馬をさへ〉は、「旅人を見る」と前書。〈雪の朝〉とは雪が降り積もった朝。〈朝ぼらけ有明の月と見るまでに吉野の里に降れる白雪〉（坂上是則『古今集』冬）を始め、朝の雪の情景は歌人たちの賞美してきたところ。旅人と結んで詠んだ歌には、〈深山路に今朝や出でつる旅人の笠白妙に雪積もりつつ〉（源経信『新古今集』冬）など、笠に積もった雪に山路を旅してきたであろう旅人を思いやった歌もある。雪の白く積もった情景に、芭蕉は〈馬をさへ眺むる〉といって、歌人たちの詠み残してきた旅人の乗る馬を詠む。馬さえ、雪を興趣ある景物として眺めてしまうほどの今朝の雪の美しさを表現したのである。「春なれや」は、前書に「奈良へ出る道のほど」とある。奈良の山といえば、天香具山、三輪山、春日山、佐保山などに立つ霞が古来詠まれてきた。例えば〈ひさかたの天の香具山この夕べ霞たなびく春立つらしも〉（柿本人麻呂『万葉集』）など、古来歌人たちは、普段から眺めてきた信仰の山に立つ霞に、いち早い春の到来を感じとってきた。それに対して、芭蕉は〈名もなき山の薄霞〉と、歌枕の山々に立つよりも前に、名もない山に立った薄霞を言い取ることで、いち早い春の到来を発見し、それを疑問の意を込めた〈春なれや〉（春なのか）と、いまだ春とは言えぬ寒さに問うことで、春が来たというよりも早い春の到来を詠んでいる。

これら二句には、貞門俳諧以来俳諧の基本的要件であった「俳言」らしい俳言がない。この二句のみならず、例えば次のように「野ざらし紀行」後半の傾向でもある。

海暮れて鴨の声ほのかに白し　芭蕉
山路来て何やらゆかしすみれ草　同
辛崎の松は花より朧にて　同

〈海暮れて〉の破調や〈辛崎の〉の平句《ひらく》（連句で発句以外の付句のこと）など、定型への挑戦的試みがなされていることは、この時期の芭蕉の句の傾向として注意しなくてはならない。が、全体として「安らか」で「優美」を目指した、こうした句の傾向は、実は同時代の俳壇全体の傾向であったことが指摘されている（芳賀一晶《いっしょう》『丁《てい》卯《ぼう》集』貞享四年）。貞享連歌体と呼ばれるこれらの句は、天和期までの漢詩文調俳諧など定型を大きく逸脱した俳諧への反動として和歌伝統への回帰が惹起されたものと言っていい。とはいえ、その中でも芭蕉の着眼が、和歌や連歌といった伝統的世界に対する俳諧の形式・内容両面での新しさにあったことは、芭蕉の念頭に俳諧とは何かという根本的問いがあったことを物語っている。

〈本意と作意〉　貞享三年（一六八六）春、深川芭蕉庵にて門人らが集って蛙の句を番え、二十番の句合せがなり、『蛙合《かわずあわせ》』と題して出版された。第一番左は、芭蕉の〈古池や蛙飛び込む水の音〉で、編者仙化《せんか》の〈いたいけに蛙つくばふ浮葉かな〉が番えられた。芭蕉の句は、冬の枯草のままで、人から忘れられた古池へ、冬眠からさめたばかりの蛙が飛び込んで立てた水音に春の生動が感じとられたことだ、という意。仙化の句は、浮き葉の上に、小さい蛙がいかにもいじらしそうに蹲っているという意。仙化の句は、左句の「水の音」に反応して池を見たときに見出した景を詠んだ形になっている。「いたいけに」の措辞は、蛙の小ささばかりでなく、ちょうど蛙になりたてのようにも響いて、早春にふさわしい。この蛙の句合せは、まさしく芭蕉の「古池や」の句に喚び起こされるようにして門人等が蛙の句を詠んだというのである。以下、そのいくつかを挙げておこう。

第六番は、〈鈴たえてかはづに休む駅《ムマヤ》かな〉（友五《ゆうご》）に、〈足ありと牛にふまれぬ蛙かな〉（琪樹《きじゅ》）を番えたもの。友五の句は、駅馬の鈴の音が聞えなくなり、駅舎では人々が蛙の声に休んでいるの意。駅馬の往き来が絶えた夜、しきりに蛙の声がする情景である。琪樹の句は、勢いよく飛び退ける足があると、牛の歩みを避けて逃げる蛙の様子。二句ともに、道の蛙の様子を描き出している。

第十番は、〈あまだれの音も煩《わづ》らふ蛙かな〉（徒南《となん》）に、〈哀《あはれ》にも蝌《かへるご》つたふ筧《かけひ》かな〉（枳風《きふう》）と番えている。徒南は、降り続く雨に、軒からの雨だれの音も激しく、蛙の鳴き声もかき消されまいと必死であると詠む。雨音に負けまいとするかのように鳴く蛙の様子を捉えた。枳風の句は、水嵩の増した筧に、蝌蚪が流されてくるのは、雨の時節ゆえと風情があると詠む。蛙の時節は春であるから、自ずから雨は春雨ということになろうが、二句が詠んだ雨は、もっと激しく降る春の驟雨であろう。徒南は、雨だれの音を聞きつつ家の中に閉じこもっている風情であり、枳風は筧から草庵を思わせる。雨に降り込められた草庵の侘びた情景を描いたものと見られる。

これら、一方の句に対して対照的な作意を試みるというように二句セットになって、共通のイメージを作り上げてゆく句合せとなっており、その結果、「蛙」の本意に対するさまざまな作意が試みられてゆくのである。

連歌にあって本意は、一句の全体的枠組みとして機能した。詠む対象を含めて、一句に表現されている世界は、その本意のなかで描かれてきた。連歌の魅力は、詩歌の伝統を互いに共有しつつ、それらの枠組みのなかで、表現の機微を駆使して本意を深めたり、あるいは本意の中での作意の新しさに興じたりするところにあった。

鶯の諸声《もろごゑ》に鳴く蛙かな　紹巴（『大発句帳』）
和歌に師匠なき鶯と蛙かな　貞徳（『犬子集』）
蛙消えて歌にやはらげ蛇の腹　寛水（『東日記』）

十六世紀末の連歌師、紹巴の句は、『古今集』仮名序「花に鳴く鶯、水にすむ蛙の声を聞けば」を踏まえ、これを〈水口に我や見ゆらん蛙さへ水の下にて諸声に鳴く〉（『伊勢物語』二十七）の歌句を用いて詠む。貞門俳諧の祖、貞徳は、同じく仮名序を踏まえ、これに「和歌に師匠なし」（『詠歌大概《えいがのたいがい》』）の諺をとって、鶯も蛙も師匠はいないが美しく鳴くと詠む。談林俳諧でも同様である。蛇に蛙が呑み込まれたショッキングな場面を詠んではいるが、〈歌にやはらげ〉と『古今集』仮名序「目に見えぬ鬼神をもあはれと思はせ、男女の中をも和らげ、猛き武士《もののふ》の心をも慰むる」などを想起させて、蛙の鳴き声で蛇をも穏やかになれと詠む。貞門や談林俳諧においても、諺を裁ち入れたり蛙を喰う蛇など俳諧らしい趣向を凝らしながら、結局は連歌と同じく蛙の本意を一句の枠組みとして詠んでいるのである。

『蛙合』での試みは、芭蕉の〈古池や〉の句がよく示しているように、鳴く蛙という伝統的な蛙の詠み方に対して蛙が飛び込んでの水音を詠むといった、一句全体では本意を外した詠み方にその特色がある。例えば前引第六番〈足ありと〉の句では、〈牛に踏まれ〉るのは、〈牛の子に踏まるな庭の蝸牛角《かたつむりつの》あればとて身をな頼みそ〉（寂蓮『夫木抄』）とあるように、本来蝸牛がふさわしい。それを蛙の作意に用いたのは、「水辺に詠めり」（『初学和歌式』）という蛙の本意から逸脱していよう。だが、それを蛙の動作に結んでみれば、野道をゆく牛の歩みに飛んで逃げる蛙の様子が見えてくる。実際の景色が一句に引き寄せられて、実景を言い当てた表現となり、同時に「蛙」も、声を賞美する蛙の伝統的な枠組みを取り払って実際の蛙に即したイメージを拡充してゆく。こうして、蛙の本意とは、一句の枠組として機能するものではなく、「蛙」という言葉自体に内在化されているものであり、伝統的な本意にとらわれない自由な作意との関わり方のなかで一句（のリアリティ）は成立するということを芭蕉たちは確かめていった。本意は言葉のイメージとして蓄積されてゆくものであり、一句全体の固定的枠組みではない。『蛙合』の試みは、これまでの和歌や連歌に詠まれてこなかった新しい詠み方を可能にさせると同時に、季語の本意をも刷新し、拡充しうる、俳諧の自在さをもたらしたのである。

〔『笈の小文』の旅・『あら野』〕　この『蛙合』の方法が、季題の本意と作意との関わり合いの試みであるとすれば、歌枕の本意と実際にその地に立っての作意との関わりをさまざまに試みようとしたのが、歌枕探訪の旅ということになる。貞享四年十月、芭蕉は二回目の関西方面への旅に出る。いわゆる「笈の小文」の旅である。この旅においては、歌枕探訪が文学的な要請だった。

旅人とわが名呼ばれん初時雨　　芭蕉

「旅人」とは、『伊勢物語』東下りの業平《なりひら》、奥州はじめ諸国へ下向したと伝える能因《のういん》、四国や東北を旅した後、伊勢に草庵を結んで再度平泉へと旅した西行《さいぎょう》などの歌人や、山口から北九州など、大名高家に招かれて旅をし、八十歳で越後から、信濃、上野を経て箱根湯本で客死した連歌師宗祇といった旅に生きた詩人たちをさす。折から時雨の降る季節となった。降るかと思えば止み、止むかと思うと降る時雨は、無常の世を象徴する景物でもあった。その時雨に降られて旅の侘しさを嚙みしめてきた旅人のように、私も旅人と呼ばれたいと希求するのは、旅に生きた詩人たちの系譜に自ら連なろうとする意思の表明である。時雨に濡れての侘しい旅をあえてしようとは、風狂の姿で、そこに俳諧としての独自性が見られる。

この「旅人」の観念は、古典の詩歌から学んだ観念であり、現実を旅する自身をその観念に位置づけようとしたという意味で「野ざらし紀行」における発句と同じスタイルで詠まれている。

星崎の闇を見よとや啼く千鳥　　芭蕉

「鳴海に泊まりて」と前書。星崎のある鳴海《なるみ》潟は千鳥の名所。〈小夜《さよ》千鳥声こそ近くなるみ潟傾く月に潮や満つらん〉（藤原季能《すえよし》『新古今集』冬）などと詠まれた。「千鳥」は例えば紀貫之が〈思ひかね妹《いも》がり行けば冬の夜の川風寒み千鳥鳴くなり〉（『拾遺集』冬）と詠むように、夜に啼く千鳥は和歌の典型であった。それを地名「星崎」の星に縁ある闇夜を趣向として、闇を見よというのであろうか、闇夜に啼いていると詠んだ。今の目の前の闇を古典に関わらせての詠と言えよう。

吉野に赴いた折の詠は次のようである。

西河《にじかう》／**ほろほろと山吹散るか滝の音**　　芭蕉
苔清水／**春雨の木下《こした》につたふ清水かな**　　同
高野／**父母のしきりに恋ひし雉の声**　　同

前書とともに示した。〈ほろほろと〉は、〈吉野川岸の山吹吹く風に底の影さへ移ろひにけり〉（紀貫之『古今集』春下）以来の吉野と岸の山吹の連想関係を踏まえての詠。吉野川の上流、西河の滝音に山吹が散るさまを重ね合わせた。〈春雨の〉は、伝西行の〈とくとくと落つる岩間の苔清水汲み干すほどもなき住居かな〉の歌を踏まえ、春雨が幹を伝い樹下をくぐって岩間の清水となったかと詠んだ。〈父母の〉は、行基菩薩の高野山での詠と伝える〈山鳥のほろほろと鳴く声聞けば父かとぞ思ふ母かとぞ思ふ〉（釈教『玉葉集』）を踏まえての詠。いずれも名所での本意を踏まえて、自身の着眼した景を一句にまとめ上げている。言い方を換えれば、和歌伝統が見出してきた世界の延長に芭蕉の実地で見た景を位置づけているといっていい。その意味で、芭蕉は歌枕を前にして、眼前の景を詩にする独自の着眼を持てずにいるのである。実際、『笈の小文』の吉野や須磨・明石で芭蕉は、そこが歌枕である所以《ゆえん》の古典にすべて言い尽くされてしまったという感慨を吐露している。歌枕の本意に、実際の歌枕を体験しての実情をどう表現するかが、いまだ見えていないのである。

無論これは名所句に限らない。一例のみ挙げておこう。

枯芝ややややかげろふの一二寸　　芭蕉

季語は「陽炎《かげろふ》」で春。芝はまだ枯れたままで、陽炎も地上から一、二寸の高さに揺らめいていると、早春の景を詠む。陽炎は例えば〈今よりは春になりぬと陽炎の下もえ急ぐ野辺の若草〉（『続拾遺集』春上）と詠まれてきた。この若草を旧冬の枯草にして、陽炎もようやく「一二寸」のほのかさだと、いち早い春の訪れを詠んだ。それがかえって例えば〈夢よりもはかなきものは陽炎のほのかに見えし影にぞありける〉（『拾遺集』恋二）といった陽炎の本意とも重なっている。陽炎の本意の枠内での作意で、本意を摺り上げた作といえようか。

名所の景物やこの陽炎などの実際の景色は、古典の虚構を借りて現実を切り取った結果、一句に示された世界である。それは、実際の景を詩にするための方法であったが、同時に古典に追随することでもあった。

なぜ、古典に追随してしまうのか。前述したとおり、芭蕉は吉野の花を眼前にして、先人の歌・句が浮かぶばかりで、一句も自分の句が詠めないと嘆き、須磨・明石でも『源氏物語』などの場面が思い出されて、何も句にできず、自身の詩才の乏しさを自覚すると述べている（『笈の小文』）。

名所・歌枕は、その地を詠んだ歌や句の蓄積された場所である。ちょうど絵葉書や紹介記事に載る写真が、その地の典型として私たちの脳裏に蓄積されるように、その地で詠まれた歌や句は、その地の典型として私たちの眼を挑発し、同じ構図や着眼をすることが、その地の本意となる。絵葉書のとおりだ、と実景を見て喜ぶのは、本意を体験した喜びに他ならない。本意を見なければ、その地を見たことにならないからだ。芭蕉が苦しんだのは、本意に対する私意《しい》の問題である。すなわち、実際の歌枕を体験しての実景や実感が、歌枕である必然を持ちうるか否か、であった。歌枕の本意どおりに着眼すれば、新しみは難しいが、だからといって自分の思いや着眼を重視すれば、自分の思いと名所の景とが別々になってしまって、名所を詠んだことに（見たことに）ならない、ということなのだ。

名所の新しみを詠む方法を、いまだ芭蕉は手にし得ていなかったのである。

元禄二年三月に芭蕉が序を寄せた『あら野』（荷兮編）は、上下冊に発句七百三十五句、員外一冊に連句十巻を収めた大撰集で、他門の作者、古俳人、連歌師の作まで収録する。連歌以来の本意に基づき、正風体（伝統的な美意識を実直に踏まえた定型の規範的風体）の確立を目指した撰集である。ここに、明らかな古典尊重の態度が読み取れる。

月に柄をさしたらばよき団《うちは》かな　宗鑑

員外所収、宗鑑の句を発句に用いて名古屋連衆の越人・傘下が歌仙を巻いたもので、夏の月の涼しさを賞翫してきた和歌伝統を意識し、それに則った宗鑑の俳諧的作意を賞揚していることが示される。『あら野』の連衆が和歌以来の伝統的本意を踏まえて、その延長に自身の俳諧を置いていることが分かる。『あら野』は、詩歌の伝統（本意）を踏まえつつ現実の景を切り取って示す、貞享期の芭蕉たちの俳句の達成を示した撰集だった。

〔不易流行〕　だが、本意を意識すればするほど、芭蕉たちの俳諧としての新しみは薄れてしまう。古典に対して芭蕉独自の新しみが追求されるべきだった。そこに「おくのほそ道」の旅における詩の追求があった。

「おくのほそ道」の旅の出立は、元禄二年三月末。「笈の小文」の旅から帰って約半年後、深川芭蕉庵を人に譲って、帰るところなき覚悟の旅立ちであった。後年（元禄六年頃）、芭蕉はその旅での見聞についてこう述べている。

昔より詠み置ける歌枕、多く語り伝ふといへども、山崩れ川流れて道改まり、石は埋もれて土に隠れ、木は老いて若木に代はれば、時移り、代変じて、その跡確かならぬことのみ　（『おくのほそ道』壺碑《つぼのいしぶみ》）

人の世の無常はもちろんながら、天地そのものも流転の中にあることを実感しつつ、刻々と変化し続ける天地のその時々の実相を捉えるのが「詩」ということになろう。確固たる文学伝統（本意）も、今・ここにおける変化の相として表れているのであり、その物らしさ（本情）もまた現実にはさまざまに異なる相貌をもって表れる。そうした変化の相を捉えようとすれば、「詩」もまた不断に変化して新しみの追求をしなくてはならない。芭蕉が自覚したのは、こうした変化流行を前提とした、本意・本情の現在性である。絶えず変転する世界において、今・ここに表れている実相をもって本意・本情を捉えるためには、絶えず新しみを追求することが「詩」として必須である、と考えるに至ったのである。「天地を右にし、万物山川草木人倫《じんりん》の本情を忘れず、飛花落葉《ひくわらくえふ》に遊ぶべし。その姿に遊ぶ時は、道古今に通じ、不易の理を失はずして、流行の変に渡る」（北枝《ほくし》『山中《やまなか》問答』）というこの考えを不易流行といい、「おくのほそ道」の旅を終えてこれを説き始めたという。

笠島やいづこ五月のぬかり道　芭蕉（『曽良《そら》書留』）

まゆはきを俤《おもかげ》にして紅粉《べに》の花　同（同）

荒海や佐渡によこたふ天河《あまのがは》　同（同）

「笠島」は、藤原実方《さねかた》ゆかりの地。実方は、宮中で藤原行成《ゆきなり》と争い、陸奥国に左遷されたが、笠島道祖神の前を下馬せず過ぎようとしたため、落馬して死んだと伝える（『源平盛衰記』巻七）。その実方の塚は、西行が実方を偲んで〈朽ちもせぬその名ばかりを留め置きて枯野の薄形見にぞ見る〉（『山家集』等）と詠んだことで著聞する。それを芭蕉は、現在の五月雨の時節に合わせて、道のぬかるんだ中、必死に実方の塚のある笠島を探し求めようとする体を詠んだ。その体をもって、実方・西行への追慕の情を表現したのである。

〈紅粉の花〉は、尾花沢から立石寺への途中吟。和歌や連歌で紅花は、「末摘花《すゑつむはな》」の異名で、〈人知れず思へば苦し紅《くれなゐ》の末摘花の色に出でなむ〉（『古今集』恋一）など、「末摘花の色に出づ」すなわち心の内の思いが顔に表れるという比喩に終始して、それ以外の趣向の広がりを持たなかった。それを芭蕉は、苞状に咲く紅花から、眉掃き（眉を払う小さな刷毛）を連想したのであろう、紅花から化粧用の紅を作ることを踏まえ、女性の化粧する姿をイメージさせた。紅花は芭蕉において初めて花の具体的イメージが詠まれたといっていい。「末摘花」という和歌の本意を刷新する紅花の本意の成立と言えよう。

この句は、『猿蓑』に「出羽の最上《もがみ》を過ぎて」と前書して掲出する。芭蕉は最上の紅花畑一面に咲く紅花を、「出羽の最上」を象徴する景として提示したのである。和歌で「最上」といえば「最上川」が中心で、五月雨・稲舟などを詠むのが本意であった。芭蕉の「紅花」は、「最上」の新しい本意の創出でもあったのだ。

〈荒海や〉の句は、「七夕」と前書。眼前に荒海が広がり、そのかなた佐渡が島に天の河が横たわっている情景を詠む。「佐渡」は順徳院ら多くの人々が流された流人の島。その島に横たわる天の河は、古来牽牛・織女二星を隔てる川として詠まれてきたように、ここでも親しい人々と別れて流された人々の境遇を示しているかのようだ。「天の河」は和歌では、七夕を外して詠むことはあり得なかった。連歌においても、例えば宗祇は〈天の川思へば深き逢瀬《あふせ》かな〉（『自然《じねん》斎発句』）と七夕を詠み、俳諧でも、例えば貞室は、〈鵲《かささぎ》のはね橋や渡す天の川〉（『玉海集』）と、鵲が羽を並べて彦星のために橋をかけることを踏まえて七夕を詠んでいる。

芭蕉のこの句は、前書にもあるように七夕の天の河ではあるが、七夕の恋の伝統から離れて、佐渡島に横たわる天の河の情景を捉え、かえって流人の地、佐渡の本情を衝いた表現を獲得しているのである。

これら、旧跡を現在の時節を捉えて新たに詠みなし、名所の景物を刷新し、歌伝統を背後に押しやって叙景を捉えるなど、本意本情を外さず今現在の実相を捉えている点、不易流行の自覚のもたらした成果といえよう。

〔元禄の俳風と景情一致〕　元禄俳諧の一般的俳風について和及《わぎゅう》は「昔は秀句（掛詞・縁語などで巧みに詠んだ句）に言ひ掛け、手を籠めて（技巧をこらして）するを専らとする也。今は、景気にてする也。……その句の内にさもあるべき景気あらば、当風の発句也」と述べて次の例を挙げている（『誹諧番匠童《はいかいばんじょうわらわ》』「景気を見立てたる発句」）。

白妙《しろたへ》やうごけば見ゆる雪の人　江戸一晶《いつしょう》
池の魚の桜おはゆる嵐かな　信徳《しんとく》
霞より時々あまる帆かけ船　我黒《がこく》

雪を被った人が真白で雪と見分けが付かないとする一晶の句、池の魚が桜を追いかけて泳ぐと詠む信徳の句、霞から帆掛船の帆が出ると詠む我黒の句は、景気の一般的傾向を物語っている。その味わい方は、同じ『番匠童』に、〈大方は夜半に戻る月見かな〉という発句について、「月見る人大方《おほかた》夜中より帰ると也。我は残り居て見飽かぬといふ心有り」とあるように、その景に風流を読み取って味わっていたのであろう。一晶は、雪を賞美して動かずに見ていたために、雪と一体化してしまった風流人を詠み、信徳の句は池に散る桜花を、池魚が桜を追うと風流に捉え、我黒は、霞んで見える船の帆を、霞からはみ出たと捉えた。いずれも、理をもっての景に風流を読み取るものであったようだ。

こうした景気の句を難じたのが、素堂《そどう》である。素堂は、元禄俳諧の句を批判して「あるは上代（貞門）めきてやすく、素直なるもあれど、ただに景色のみ言ひなして情なきをや」と述べ、「古人いへることあり、景の中に情を含むと」（其角編『続虚栗』序、貞享四年）と、杜甫の律詩の表現法を範にすべく説いた。その説明として詩歌は「心を描く」「心の絵」だと述べ、「形なき美女を笑はしめ、色なき花を匂はしむ」という。其角が、

初しぐれ猿も小蓑をほしげなり　芭蕉（『猿蓑』）

について、「我翁行脚のころ、伊賀越えしける山中にて、猿に小蓑を着せて、俳諧の神《しん》を入れたまひければ、たちまち断腸の思ひを叫びけむ、あたに懼《おそ》るべき幻術なり」（『猿蓑』「晋《しん》其角序」）と述べたところは、この素堂の言説に通じるもので、景に情を含む、いわゆる景情一致の理想体がここに具現したと宣言したのである。

『猿蓑』は元禄四年七月刊。発句三百八十二句、右の芭蕉句を巻頭に時雨十三句を並べ以下、冬・夏・秋・春の順に蕉門諸家をほぼ網羅している。「おくのほそ道」の旅を終えての新風を門人たちに指導した成果を、俳壇の中心地京都において世に問うたもので、門人の去来《きょらい》・凡兆《ぼんちょう》の共編ながら、芭蕉の徹底した監督指導のもと成った撰集で、蕉門を代表する撰集として「俳諧の古今集」（許六《きょりく》『宇陀法師《うだのほうし》』、支考『発願文』）と称賛された。

右の芭蕉句は、故郷へと伊賀越えの山中での吟。折からの初時雨に、猿も自分用の小蓑を欲しそうにしているの意。旅の途中時雨にあい、古人も時雨にあって侘しく旅したであろうと反芻しうる喜びを、猿の表情に託した句である。「巴峡哀猿《はこうあいえん》」の伝統（巴峡で鳴く猿の悲しげな声が、長江を下る旅人の旅愁をかきたてる）を翻し、時雨の侘びに興じる詩情を対象の表情として言い表した点に新しみがある。芭蕉句以下続く時雨の句群から挙げておく。

時雨きや並びかねたる魦《いさざ》ぶね　千那《せんな》
鑓持《やりもち》の猶振《ふり》たつるしぐれ哉　正秀《まさひで》
広沢やひとり時雨《しぐ》るる沼太郎　史邦《ふみくに》
時雨るるや黒木つむ屋の窓あかり　凡兆
新田に稗殻《ひえがら》煙るしぐれ哉　昌房

沖の魦船の一団が急に列を乱して慌ただしい様子に、沖合の時雨を思い、大名行列の鑓持が鑓を振り上げる様を時雨に競うようだと言い、じっと時雨に濡れそぼつ沼太郎（ヒシクイ）に時雨を味わう風情を読み取り、窓から漏れる灯りに、軒に積まれた黒木（皮付きの薪）に降りかかる時雨にその家の生活が感じられたり、稗の収穫を終えた新田で焚いている稗殻が、時雨に燻るさまに、開墾したばかりの土地の情景が見えてくる様など、いずれも時雨を動的に捉えた叙景句でありながら、人々の様子や作者の心、土地の情景が見えてくるところに景情一致の特色が表れている。

不易流行観によって、天地の現在性（今・ここ）を句の対象とすることを可能にしたが、その対象が不易（本意や本情）を衝いたものであるためには、私意を離れて物に即し、物の本質を作者の情が感ずることが必要となる。このとき作者の情は、物（表現対象）の本質から触発される情でなくてはならない。そうでなければ、対象と作者の情とが別々に分離してしまい、作者の情は個人的な思いつき（私意）に過ぎなくなる。対象と作者の情

の合一をもたらすものを「誠」といい、対象の本質へと迫ることを「誠を責める」といった。次に、こうした物《ぶつ》我一如《がいちによ》から生まれた芭蕉句を挙げておこう。

夏草や兵《つはものども》共がゆめの跡　芭蕉
行《ゆく》春を近江の人と惜しみける　同
病雁《びやうがん》の夜寒に落ちて旅寝かな　同
干鮭《からざけ》も空也の痩《やせ》も寒の内　同

〈夏草や〉は、「おくのほそ道」の旅中訪れた平泉高館での無常の感懐を詠んで、自然の流転と人々の無常とを対置した。平泉の地の本情を言い当てて不易流行を具現した句。〈行春を〉は、近江の門人らと春を惜しんだことを、近江の春を愛惜してきた歌人たちの面影を重ねて、春を惜しむ伝統的詩情を引き出した。〈病雁の〉は、近江八景「堅田《かただ》の落雁」を念頭に、堅田に病んだ自身の孤愁を雁に託した。〈干鮭も〉の句、〈空也〉は鉢扣《たた》き（十一月十三日の空也忌から四十八夜、洛中洛外の墓所を鉦・瓢を叩きながら念仏を唱えて勧進して回る僧）のことで、干からびた干鮭と鉢扣きの痩せた体躯に厳冬の季節感を合わせて、冷え冷えとした寒中を詠んでいる。『猿蓑』は、芭蕉においても蕉風においても一つの詩的達成を見た撰集であった。

〈軽みへ〉　「景の中に情を含む」という景情一致の方法は、景に作者の情を託そうとして、いきおい一句に思い入れや理を持ち込む「重くれ」を生じさせることにもなった。それゆえ芭蕉は、私意を離れ、誠を責めるよう説いたのだった。が、やがて芭蕉は、私意の入り込む余地のないよう、作者の情を抑え、「軽み」を標榜して日常の景を淡々と描く作風へと俳風を変化させてゆく。この「軽み」への挑戦は、元禄三年頃からあったが、特に、『猿蓑』の刊行後、江戸に戻った芭蕉の課題となった。

鶯や餅に糞する縁の先　芭蕉（『葛の松原』）
鶯や柳のうしろ藪のまへ　同（『続猿蓑』）

「鶯」は古来鳴く音を賞美し、春の到来を告げる鳥とされてきた。〈餅に糞する〉と、縁側に干していた餅に糞をしていったことによって鶯の到来を知ったと詠んで、鶯の声によって知る以前の鶯の姿を捉えており、そこにいち早い春の到来を見出しているのである。芭蕉は、この句の下五を冬の笹鳴きの連想のある「笹伝ひ」とすべきかどうか迷ったと去来に伝えているが（去来宛芭蕉書翰）、これも、鳴く前の鶯の居場所として相応しい場所をあれこれ考えたことを推測させる。単なる叙景句ではないのだ。〈柳のうしろ藪のまへ〉は、笹鳴きの場所である藪や、和歌以来の美的連想のある柳を、単に「柳」「藪」とのみ置いて、和歌や当時の連想関係を一句に持ち込まない。ために実際の柳の木や藪を示すことになる。その結果、一句は柳がある水辺や藪のある田園へとイメージが広がり、柳の後ろや藪の前、至る所で鶯の鳴く田園を描くことに成功し、かえって例えば杜甫の〈千里鶯鳴いて緑紅に映ず〉（「春望」）をも読者に思い描かせるような詩となっているのである。

これまで、芭蕉は現実の日常的存在を古典の虚構世界を介して詩としてすくい上げ、やがて古典の伝統の現在性として日常の現実世界を位置づけることで詩にしてきた。それに対して、右に見たように、古典の虚構世界を解体して、伝統的な素材を日常のなかに捉え直し、そこに「新しみ」の相を見出すことに、詩としての俳諧の生命があるとしたのである。無論新しければそれでいいというのではない。対象とする日常世界の誠を責めることで、「新しみ」が生じるのであって、日常卑近な世界を平明な表現によって描こうとした。

この「軽み」の新風を具現した撰集として、『別座鋪《べつざしき》』や『炭俵《すみだわら》』『続猿蓑』が挙げられる。『別座鋪』は元禄七年（一六九四）五月奥。子珊《しさん》編。上方へ向かう芭蕉の餞別の会の歌仙を巻頭に据える。自序に「今思ふ体は浅き砂川を見るごとく、句の形・付心《つけごころ》ともに軽きなり」という芭蕉の語を引いて、「軽み」を標榜した撰集となっている。『炭俵』は、元禄七年六月奥。野坡《やば》・孤屋《こおく》・利牛《りぎゆう》編とあるが、『猿蓑』の編集と同じく芭蕉が編集に積極的に関与して成った集である。ともに上方にて大きな反響を呼んだと芭蕉が報じている。また、『続猿蓑』は、元禄七年夏秋頃、初め沾圃《せんぽ》一派によって企画され、伊賀上野で支考の助力を得て芭蕉が編集した撰集で、刊行は芭蕉没後の元禄十一年である。

金屏《きんびやう》の松の古さよ冬籠《ふつごもり》　芭蕉（『炭俵』）
梅が香にのつと日の出る山路かな　同（同）
鶯や竹の子藪に老《おい》を鳴く　同（『別座敷』）
八九間《けん》空で雨ふる柳かな　同（『続猿蓑』）

〈金屏の〉は、金屏風に描かれた松の古木然とした風情のみならず、金屏風自体が古びて、金箔も錆びた感じだというのである。その古さびた金屏風のある冬籠りが、自ずとそれが置かれた部屋の古さ、厳《いか》つさ、重々しさを形象化している。〈梅が香に〉は、梅が香に引かれて山路をゆくと突然のっと朝日が顔を出したの意。和歌では、〈遠近の梢霞める曙にいづくともなき梅が香ぞする〉（頓阿『草庵集』）など、霞のなかに梅の花が薫る夜明けの情景が詠まれてきた。だが、芭蕉の描いた世界は、その梅の夜明けの情趣ではなく、〈のつと日の出る山路〉であった。春の梅に対する賞翫という伝統を踏まえつつ、春の朝日の日の出そのものへと詠む対象を焦点化したところが斬新である。〈鶯や〉は、老鶯で夏季の句。〈竹の子藪〉の若々しさと〈老を鳴く〉の対照が、壮《さか》んなる時節に一人老いてゆく身の孤独さを感じさせる。〈八九間〉は、陶淵明「帰田園居」詩の〈草屋八九間、楡《にれ》柳後簷《こうえん》ヲ蔭《おほ》フ〉（部屋も八、九あり、楡や柳が軒を覆っている）を踏まえる。一句はその部屋数を表した八、九間を、八九間ほど（約十五メートル）の広がりとして捉え直し、八九間歩く間、雨が降ってきたかと思ったら、風に靡《なび》く柳の枝から露が落ちてきたのだったといって、陶淵明の住居もかくあらんと、その淵明の田園（ユートピア）をイメージさせているのである。とはいえ、一句は陶淵明の詩句を離れて、八九間歩くうちの体験として描き、柳が青々と枝を伸ばし、そこに春雨の露がついて風に靡く春らしい景を描き出しており、陶淵明の詩句を想起せずとも、一句として日常の雨後の情景が描かれているところ、軽みの典型と言えよう。

歌語など文学における詩語は、物との対応から離れて、ある一定の美意識を表現するための言葉として機能し、和歌や漢詩を想起させるための記号となっている。こうした伝統的美意識を形成する詩語の修辞関係を解体し、詩語を断片化して、日常的な言葉と物との素朴な照応関係を取り戻すこと、そうした物と対応する言葉によってあらためて現実を切り取る詩の世界を表現すること、そこに芭蕉の至りついた詩の方法があったのである。

〈衆中の孤独〉　芭蕉の最晩年は、右に述べたように「軽み」の時代であったが、ことさら人生を噛みしめるような句群が生まれている。

秋ちかき心の寄るや四畳半　芭蕉（『鳥のみち』）
秋の夜を打ち崩したる咄かな　同（『笈日記』）
此《この》道や行《ゆく》人なしに秋の暮　同（『其便《そのたより》』）
此秋は何で年よる雲に鳥　同（『笈日記』）
秋深き隣は何をする人ぞ　同（『笈日記』）

〈秋近き〉は、どことなくただよう秋の気配に、ここ四畳半に集う人々の心が寄り合うことだの意。人恋しさを感じさせる秋をほのかに感じとって人々が寄り合う感覚を引き出している。〈秋の夜を〉は、秋の長く切なく物思いに明かしかねている夜を打ち消すような、人々の賑やかな談笑であることだと詠む。談笑の輪の外に、人々の孤愁を抱えた夜が広がっているのである。〈此道や〉の「道」は、人々が秋の景物を賞《ほ》めにきた道であり、暮れるとともに帰る道である。〈秋の暮〉は古来孤独・寂寥の詩情を託してきた。芭蕉は、その先へゆくと志向することで、さらなる寂寥孤独を思っているのである。〈此秋は〉の〈年よる〉は年寄る、老いて衰えを感じること。自身の衰えに、秋の寂寥が響き合う。〈雲に鳥〉は、春の季語「鳥雲に入る」を「鳥雲に」と略すことから、ここも雲に鳥が入って見えなくなる鳥に、自身の孤愁を託した。〈秋深き〉は、隣人の静かなさまに〈何をする人ぞ〉と問うことで、隣人の存在を印象づけている。孤独な者同士の人恋しさに似た心の動きを述べた。

これら芭蕉の晩年の述懐は、人というものが本来的に孤独であり、それゆえ人との関わりを欲するのであるが、しかし人との交わりのなかで、かえって孤独であることを思わずにいられないという芭蕉晩年の境地を物語っている。これらが、伝統から自由に発想され、平易な言葉で自身の心を表現すべく書き付けられている点、軽みの時代の作たることは疑いようがないが、それ以上に、芭蕉の至り着いた詩境を窺わせるのである。俳諧は、「座の文学」と言われる。連衆との濃密な詩的交響を経て生み出される共同体の文学である。共同製作の連句はもちろん、発句にしても、連衆との緊密な連帯の上に、新しみを目指した試行錯誤が繰り返されてゆく。そんな濃密な連帯の中にあって、芭蕉はかえって孤独を深めていったというほかはない。

〈参考〉　白石悌三・乾裕幸編『芭蕉物語』（昭52、有斐閣）、尾形仂『芭蕉の世界上・下』（昭53、日本放送出版協会）、乾裕幸『ことばの内なる芭蕉』（昭56、未来社）、雲英末雄編『講座元禄の文学3　元禄文学の開花Ⅱ—芭蕉と元禄の俳諧—』（平4、勉誠社）。

（6）蕉門の俳人たちと元禄俳壇

〈蕉門の俳人たち〉　芭蕉の俳諧は、常に門人たちと試行を繰り返し、深められていった。芭蕉の足跡をたどってみれば、訪れた地での新しい門人たちとの交響のなかで新しい作風を生んでいったことが明らかである。言い換えれば、芭蕉は新しい作風を追求するために、常に場所と連衆とを変えて前進したと言えよう。

芭蕉が談林俳諧を超克すべく漢詩文調を試み、侘びの詩境を深めたことは『虚栗《みなしぐり》』（天和三年［一六八三］）に示されている。江戸の其角・嵐雪《らんせつ》・杉風《さんぷう》ら門弟と、素堂・才丸《さいまろ》・一晶ら俳友との交渉があった。「野ざらし紀行」の旅は、その漢詩文調から抜け出して、風狂に彩られた蕉風俳諧を切り開いたが、その主な成果は、貞享元年（一六八四）奥『冬の日』である。書名「冬の日」の下に「尾張五歌仙全」と記すように、名古屋での交友が本となった。連衆は、荷兮《かけい》を中心として野水《やすい》・杜国《とこく》ら城下の富商たちであった。続く『はるの日』（貞享三年）、『あら野』（元禄二年［一六八九］）によって台頭した荷兮・越人《えつじん》は貞享期蕉風の花形となった。一方、旅での成果を持ち帰った江戸でも、門弟らは芭蕉の新しい俳風の展開にしたがってゆく。『蛙合』での江戸連衆の試みは、『冬の日』の新風の刺激を受けた江戸蕉門が『虚栗』調から脱皮しようとした成果である。その江戸の門人の一人曽良を同行した「おくのほそ道」の旅でも、ゆく先々で土地の俳人等と交渉しているが、なかでも加賀での交友は、加賀俳人らの蕉風化を推し進めた。それまで加賀俳壇は、貞享四年（一六八七）、近江蕉門の尚白《しょうはく》編『孤《ひとつ》松《まつ》』に、一笑《いっしょう》・北枝《ほくし》・牧童《ぼくどう》ら五十九人が入集し、尚白の門人の乙州《おとくに》が指導していた。芭蕉の来訪によって盛り上がった加賀蕉門の成果は、元禄四年『卯辰《うたつ》集』（北枝編）に示されている。「おくのほそ道」の旅を終えた芭蕉は、そのまま伊賀・近江湖南・京を往来して、各地の門人たちに新しい俳諧を説き、その成果が元禄四年『猿蓑』に結実した。この間、伊賀では土芳《どほう》をはじめ武家俳人を中心とした伊賀蕉門が形成されており、芭蕉の指導の下、「あだなる風」に特色を見出す風が行われた。近江蕉門は、「野ざらし紀行」の旅の途次、芭蕉の来訪を機に形成されたが、尚白・千那《せんな》らが中心であった。その尚白の指導の下、乙州・正秀《まさひで》・洒堂《しゃどう》（珍碩）らが俳諧を学んでいたが、この元禄二、三年の来訪を機に芭蕉の新風を直接学んで『猿蓑』を支える中心的な勢力となった。ことに洒堂は元禄三年『ひさご』を編み、近江蕉門に新しい若い世代の勢力の台頭を宣言し、芭蕉もまた、この新しい世代を、新風の良き理解者・実践者として歓迎したこともあって、尚白ら旧世代との軋轢を生んだようである。

〔元禄の京都俳壇〕　元禄期の京都俳壇は、似船《じせん》・我黒《がこく》・和及《わきゅう》・貞恕《ていじょ》・言水《ごんすい》・高政《たかまさ》・随流《ずいりゅう》・梅盛《ばいせい》・信徳《しんとく》・団水《だんすい》・鷺水《ろすい》らが俳諧点者（俳諧の句の優劣を評価して点を付け、点料を取って生活する者）として君臨し、その下に俳諧師、俳諧作者・愛好者が彼らを支える構図となって一大中心地を形成していた。俳壇の中心となった点者たちは、雑俳に手を染め、雑俳点者としても活躍していた。点者は、前句を出題し、一般から付句を募集し、応募作の秀作に褒美を出したり、その一部を出版したりする。句の募集・清書・秀作の出版を行う会所、出版書肆などの機構も整備され、不特定の一般大衆を巻き込んで活発な活動を行っていたのである。そのなかで、芭蕉は俳諧師として詩を追求したのであって、その俳諧への向き合い方に大きな違いがあったのはいうまでもない。京都では、『猿蓑』の編者である去来・凡兆を中心として羽紅《うこう》・史邦・丈草《じょうそう》ら俳諧作者が芭蕉の指導を受けている。

〔江戸俳壇と蕉門〕　元禄初期の江戸で活躍していた俳諧師は、芭蕉・幽山・才麿・蝶々子・不卜《ふぼく》・其角・山夕・嵐雪・露言・一晶・立志・沾徳らであった（元禄二年『江戸惣鹿子』）。このうち、幽山は延宝期の江戸俳壇で活躍したが、この頃はすでに活動は減速していた。才麿は、同じく延宝期に活躍し、『虚栗』にも入集するように其角とも親しかったが、元禄二年大坂に移住し大坂俳壇に地盤を築くことになる。蝶々子はすでに高齢で元禄四年以後没している（享年七十歳前後）。不卜も延宝期に活躍して当時の蕉門とも親交したが、元禄期は前句付の点者となり、元禄四年に没した。露言は、調和門で後露沾に従う。延宝期以来の俳諧宗匠、元禄四年没。一晶は、京都の人。天和三年東下して芭蕉らと親交、『虚栗』期の有力俳人となった。貞享三年帰京して以後は一派を立て一家をなしたが、俳壇から孤立し、上方風の前句付を興行して次第に雑俳化した。

元禄四年、およそ三年ぶりに江戸に戻った芭蕉は、江戸俳壇の様子を「この地点取《てんとり》俳諧、家々町々に満ち満ち、点者ども忙しがる体に聞え候」「その中に独り紛れぬ者は、其角ばかりに候」（元禄五年二月十八日洒堂宛芭蕉書翰）と述べている。点取俳諧とは、点者（判者・俳諧師とも）に連句の句ごとの優劣の評価を示す批点《ひてん》を乞い、その点数の多寡により勝敗を競うことを目的とした俳諧である。古く連歌でも、鎌倉時代から点取の勝負連歌が流行した。批点は本来、指導上の便法として行ったものであるが、それが大衆化とともに、点を競う賭け事の遊びとして流行したのである。芭蕉は、同年二月八日付曲翠宛書翰で、点取俳諧の賭け事的勝負に狂奔する者を下、点取はするが娯楽として楽しみ勝負に拘らぬ富貴の者を中、俳諧の誠の道を目指して定家・西行、白楽天・杜甫の詩心に参入しようとする者を上（あるべき作者）として、これは都鄙《とひ》を数えても十人に満たないと嘆いた（『風雅三等之文』とも）が、そう言わざるをえないほど、江戸は点取俳諧が流行していた。

芭蕉はそれを横目に、『猿蓑』以後の新風を指導したのである。ことに東下した洒堂と深川連衆との交流は、「軽み」の追求に大きな役割を果たし、元禄六年『深川』（洒堂編）に示されている。もっとも、こうした深川連衆を相手にした「軽み」の追求は、其角や嵐雪、杉風らとの間にやがて溝を生じさせる結果となった。

江戸では、国元から出府する武士たちが芭蕉に指導を仰ぐことも多かった。すでに蕉門に入っていた膳所や大垣の藩士たちは、とくに芭蕉と親しく交流した。彦根藩士許六が芭蕉から直接教えを受けたのも、元禄五年八月から翌六年一月まで出府中のことであった。また、元禄六年晩秋ころからは両替商越後屋の手代である野坡・利牛・孤屋らが芭蕉に教えを乞うて、「軽み」を実践した。この時期の成果が『別座鋪』『炭俵』であり、その刊行を前に芭蕉は最後の旅に出る。

大坂では、元禄三年に芭蕉の門に入った之道《しどう》がおり、また五年には夫の一有とともに園女《そのじょ》が伊勢から移住し、六年夏には洒堂が膳所から移住して、大坂蕉門が形成されつつあった。が、之道と洒堂の間に確執がおこり、芭蕉は九月に大坂に下って二人の仲裁を試みたが、そのなかで病に倒れ、そのまま亡くなってしまう。

芭蕉の没後、それぞれの対立は顕在化して蕉門はいくつかに分裂する。そのそもそものきっかけは、常に新しい連衆と交響を重ねつつ新風を開拓していった芭蕉の俳風の変化に、連衆たちが付いていけなかったという点にあるとして良いだろう。

〔参考〕　雲英末雄『元禄京都俳壇研究』（昭60、勉誠社）、

雲英末雄編『講座元禄の文学3　元禄文学の開花II—芭蕉と元禄の俳諧—』(平4、勉誠社)、今栄蔵『初期俳諧から芭蕉時代へ』(平14、笠間書院)

(7) 芭蕉以後——元禄から享保俳諧

〔江戸俳壇〕　芭蕉没後の江戸俳壇をリードしたのは其角である。其角一門の俳諧撰集『若葉合《あわせ》』(岩翁編・元禄九年[一六九六])と『末《うら》若葉』(其角編・元禄一〇年)は、それぞれ一門の独吟十歌仙を収める。延宝期の『桃青門弟独吟二十歌仙』(延宝八年[一六八〇]刊)を踏襲した企画であるが、『末若葉』には、其角の使用する点印の種類とその加点結果が示されている。それによって門弟を俳壇に押しだすとともに、自門の作風を示す形をとって、以後の江戸点取俳諧の規範となり、結果的に宗匠組織を際立たせるきっかけとなった。この後の其角の作風は、其角編『焦尾琴《しょうびきん》』(元禄一四年)、自撰句集『五《ご》元《げん》集』に見られ、「洒落風」と称される奇警な見立てや謎めいた句作を好んだ。

十六夜《いざよひ》や龍眼肉《りゆうがんにく》のから衣　其角(『岨のふる畑』)
香需散《かうじゆさん》犬がねぶつて雲のみね　同(『焦尾琴』)

〈龍眼肉〉はムクロジ科の常緑高木、龍眼の実。食用・薬用とした。〈から衣〉に龍眼肉の「殻」を言い掛ける。やや欠け始めた十六夜の月が、ちょうど龍眼肉の殻を少し欠いたようだと喩えた。〈香需散〉は暑気払いの薬。『列仙伝』に、淮南王《わいなんおう》が仙となって去った後、残った仙薬を鶏犬が嘗めて天上に昇り、雲中にその声が聞こえたという話を踏まえ、あまりの暑さに香需散を犬が嘗めて雲の峰にまで上っていったと詠んだ。こうした機知を利かせての見立てや奇想に其角の特色があった。とはいえ、次のような洒脱さや心情の籠もった句もある。

京町のねこ通ひけり揚屋《あげや》町　其角(『焦尾琴』)
霜の鶴土にふとんも被《かぶ》されず　同(『五元集』)

〈京町〉は吉原の町名、〈揚屋町〉は同じく吉原遊郭内の町名。京町の猫が恋猫となって揚屋町に通っていったというのだが、人間の姿を彷彿とさせてくる。〈ほととぎす暁傘を買はせけり〉(『類柑子《るいこうじ》』)も、同様に吉原の句。「時鳥」に程時過ぎの意を利かせ、吉原の朝帰りに雨が降った様子を詠む。〈霜の鶴〉の句は、其角が次女を亡くしての追悼句。鶴は霜を防いで子を翼で覆うというが、土中に埋葬した子に掛けてやる蒲団もないと嘆いた。〈土に蒲団も被されず〉とは、悲痛な笑いである。

元禄の後半以後の江戸俳壇は、其角と沾徳《せんとく》が交流しつつ主流を形成し、「洒落風《しやれふう》」は主流の俳風となった。其角没後は、沾徳が中心となる。この沾徳の活躍には、内藤露沾《ろせん》の後ろ盾が大きかった。露沾は、磐城平藩主内藤義泰《よしやす》(俳号、風虎《ふうこ》)の次男。廃嫡され、退身して、其角・沾徳等俳諧師を招いた月次の俳諧を主宰した。元禄八年露沾は磐城平に移住するが、翌年沾徳は内藤家に召し抱えられる。以来、其角在世中から俳壇に重きをなした。沾徳は門弟の百韻を中心に『余花千句』(宝永二年[一七〇五])を出版するが、これには頭注形式で句の趣向が示され、おのずから沾徳らの提唱する「洒落風」の特色が示された。この『余花千句』には、沾徳の門弟以外にも、其角・嵐雪・調和《ちようわ》系の俳人も参加しており、江戸以外の俳人たちもこの俳風に移ったという。その後、享保元年には、沾徳一門の風葉(宗瑞《そうずい》)が、『末若葉』等の其角の撰集形式を踏まえて、門弟の独吟に沾徳の点を示し、現在の俳風を示すべく『江戸筏《いかだ》』を出版。この後、沾徳没後、跡目を引き継いだ沾洲の披露集『続江戸筏』(享保一五年)など、この形式が踏襲されて筏ものと呼ばれる俳書が出版されることとなる。

沾徳の作風は、「やすらかの風を尤もとすべし」(『沾徳随筆』)と説かれるが、芭蕉の「やすらかな」句体による軽みの作風とは異なり、対象に対して立てた作意がすぐに分かるようでは面白くなかろうと、言葉を省いて作意を句の表に出ないようにした結果の軽さであった。

誰が猫ぞ棚から落とす鍋の数　沾徳(『焦尾琴』)
そら言の空の海道下涼み　同(『沾徳随筆』)

〈誰が猫ぞ〉の句は、棚からいくつも鍋を落とすのは誰の猫か、という意だが、近江の筑摩祭に、女が交渉をもった男の数だけ鍋をかぶって神輿に従うことを踏まえて、棚から鍋をいくつも落とすほどあちこちに妻恋いしているのは、誰の猫か、の意となる。〈そら言の〉の句は、絵空事の空の街道で下涼みしたことだ、の意。一句は天橋立《あまのはしだて》を詠む。天橋立は、地形からの名であるが、いわば架空の喩えである。ちょうど二行に松並木になっているので、〈空の海道〉と見立て、〈下涼み〉といえば松が言外に伝わるであろうと自注がある。作意を見えなくするといっても、自注がなければ伝わらないほど、一句は意味が通りにくくなっているのが、晩年の特色である。

〔江戸座〕　沾徳没後の俳壇は、沾洲《せんしゆう》、沾山《せんざん》へと受け継がれてゆく。幕府は享保の改革で、享保六年(一七二一)七月、新規奢侈品の製造を禁止し、閏七月には出版物の統制、翌八月には江戸書物屋仲間の設立を命じて統制を徹底しようとした。江戸市中諸商人・職人の組合も結成させている。俳諧宗匠たちも、この動向に沿って、おそらくは沾洲の提唱であろうが自主的に組合仲間を結成した。これを「江戸座」という。宗匠の収入源である点業(連句に加点して報酬を得ること)の寡占化を図ったのである。江戸座の運営は「行事」が年番でつとめ、座への加入すなわち宗匠となる吟味はこの年番が行い、宗匠披露に必ず行うことになっている万句興行も、この年番が取り仕切った。

江戸座ははじめ十名余の小集団で、沾洲はその中心的存在であった。

梅咲いて朝寐《あさね》の家と成りにけり 沾洲（『友あぐら』）
尾を捨てて狐の寝たる暑さかな 同（『続花摘』）

梅が咲いて早朝から家を留守にして梅を見にゆくようになり、朝寝をしている家のように見えるの意。風流を衒った理窟の句で、〈朝寝の家〉と比喩したところが句眼。狐の句は、尾を隠さずに出したまま、狐が暑さで参って寝て居るの意。狐は、遊女など客を化かす女の比喩で、〈尾を捨てて〉（尾を隠さずに出して）に、暑さにだらしなく寝ている様子を込めた。沾徳の晩年、沾洲の比喩や見立てを重視する俳風を譬喩《ひゆ》俳諧と称した。

なお、江戸俳壇で異色の一派を形成したのが不角《ふかく》である。不角は、貞門系不卜の門。書肆を営む傍ら元禄三年から前句付の月次興行を開始、宝永三年まで自家版の前句付高点集を刊行し、精力的な出版活動と三千人と称する門人とによって蕉門圏外で前句付に確固たる地位を築いた。其角没後、貞門系の立志や調和と結びついて俳壇復権を目論んで洒落風を攻撃した（宝永四年刊『つげのまくら』）。以後、古典趣味を万代不易の句とする温故知新流を標榜して洒落風・譬喩体と対抗したが、難解さゆえ、他門から化鳥《けちょう》風と誹謗されて、俳諧は振るわなかった。

太刀買《たちかひ》に増賀交《まじ》りぬ市の中 不角（『篗纑輪』）
誕生の時こそ見たれ釈迦の指似《しじ》 同

〈太刀買に〉は、「乾鮭に題す」と前書。増賀上人は、師の良源大僧正が参内するのに先導するといって、痩せこけた牛に、裸に乾鮭を太刀として腰に差して乗ったという（『発心集』一）が、その太刀とする乾鮭を買いに市の雑踏に交じっていたことだろうの意。〈誕生の〉は、「煩悩《ぼんのう》具足《ぐそく》即《そく》是《これ》菩提《ぼだい》」と前書。誕生仏を見れば、釈迦にも指似（子どもの陰茎）はあり、色欲の煩悩があったはずで、それゆえ悟りを開いたのだ、の意。いかにも尤もらしい理窟を言い立てた句である。子の寿角《じゅかく》に〈古池や蛙さへ居ぬ秋の暮〉（同）の句もある。理窟に終始して俗な句が、かえって大衆に受け入れられたのである。

〔京・大坂俳壇〕 芭蕉が京都にて『猿蓑』を編んでいた頃からすでに貞門系の点者を中心に前句付は壮んに行われていたが、元禄八年（一六九五）、雲鼓《うんこ》が『夏木立』を出版して笠付（五文字の題に七五を付ける付合）を主唱したのを契機に、これが上方で流行した。それに転機を与えたのは、淡々《たんたん》であった。淡々は大阪の人。元禄一三年江戸に下って、其角に学び、芭蕉の跡を慕って奥羽行脚をし、後に俳諧点者となり、其角没後の宝永五年（一七〇八）、京都に移住した。淡々の俳諧は、江戸で身につけた洒落風の点取俳諧で、享保二年『にはくなぶり』、同四年『余花千句』の形式を踏襲して頭注を付した『花月六百韻』を出版して俳壇を席巻した。特に、享保一一年の『春秋関』では、連句の前句を省いた高点句のみを収録した高点付句集を出版した。人事句の一句立てを重んじる傾向は、雑俳の前句付とも重なり、大いに流行してゆく。淡々は、同一九年に大坂に戻って勢力を伸ばしてゆく。

来るとゆくと逢うて月見や渡し舟 （『淡々発句集』）
此《こ》の花や誰に答ふる一枝禅《いっしぜん》 （同）

〈来るとゆくと〉は、友の所に行って月見をしようと渡し船で渡ると、ちょうどその友が自分の所に来るべく渡し船に乗るところであったの意。雪の夜、小舟に乗って友の所に行きながら会わずに帰った王子猷の故事を踏まえ、我々は互いに風流心をもった交友だと述べた。〈此の花や〉は、梅の花のこと。〈一枝禅〉は、禅を尋ねられ、指一本を立てて答えたという「一指頭禅」（『無門関』三）を踏まえ、梅の一枝で禅の極意を示しているという意。「梅の絵至って長く直ぐに書きたる」と前書がある。この梅の花は、禅問答に用いられた梅の一枝であるが、いったい誰に禅について答えようとしているのか、の意であろう。いずれも理窟をもって風流めかしたり、奇抜な着想で真理を穿ったように仕立てたものである。

京・大坂・江戸という三都の俳諧は、淡々に見るように互いに交流しつつ、洒落風や比喩体の流行と、点取俳諧の隆盛に都市俳諧の特色を見ることができる。

〔野坡の西国俳壇経営〕 貞門・談林俳諧の時代は、三都を中心とした撰集活動に地方の作者が参加する形が基本であって、地方の特色ある俳諧集団が都市の俳壇と対峙するような構図は存在しなかった。芭蕉が旅をしながら名古屋・熱田・近江膳所といった地方で門弟たちを養成してゆくことで、都市と地方とが異なる俳風を持った集団として自立していったことは、特筆すべきことだった。

芭蕉没後、蕉門のうちに、地方俳壇へ積極的に働きかける動きを見せた門人がいた。芭蕉との縁がなかった西国筋に頻繁に旅しながら、蕉風を伝播させていったのが野坡《やば》である。野坡は、越後屋両替店の手代を勤めながら、芭蕉に師事して軽みを学び、元禄七年『炭俵』を編んでいる。同一一年から一四年にかけて、奉公先の所用で長崎に滞在、折から帰郷中の去来を介して同地の俳人等と交友をもった。江戸に帰郷して越後屋を退き、俳諧師として同一五年再び九州に旅し、長崎を始め、久留米・日田・博多など歴訪、各地の有力者を門下に加えた。宝永元年野坡は本拠地を大坂に移し、以後同三年・五年・七年、正徳二年・三年・五年と積極的に筑紫行脚を繰り返して、小倉・黒崎・飯塚・内野・中津・熊本へも勢力を広げ、また中国筋の備前・備中・安芸・美作などの俳壇も開拓。盟約の門人一千余という一大勢力を築き上げた。野坡の俳風は、芭蕉から学んだ軽みを特色とした平明な作風である。

苗代や二王のやうなあしの跡　野坡（『野坡吟草』）
山伏の火をきりこぼす花野かな　同（『寒菊随筆』）

苗代に残された足跡は、人の足とは思えぬほど大きく付くものだが、それを軽い滑稽味を添えて大仰に述べた。〈山伏の〉は、山伏が火打石を打って散る火花が辺りの花野に散るさまを詠む。火花があたりに花野を広げたような幻想を醸し出す。どちらも軽い詠みぶりで平明な作風である。野坡のこうした作風は、地方都市・農村の僧侶・医者・下級武士・庄屋・商人等に浸透していった。

野坡の一門、樗《ちょ》門は、行脚と撰集の刊行を柱としていた。熱意ある門下に俳諧の要諦を説き、野坡流の秘伝を伝えた。特に、『袖日記』『俳諧二十一品《ぼん》』は俳論として伝わり、『樗《ちょ》庵草結《くさむすび》』『俳諧秘伝語録』は口伝を交えた伝書として伝わっている。撰集は、野坡編『万句四之富士《まんくよつのふじ》』（正徳五年）に野坡門人の作品を集めて示し、『放《ほう》生日《じょうび》』（享保一一年）は芭蕉三十三回忌を一門あげて挙行した追善興行をもとにしたもの。その他の数多くの撰集は、野坡が代編して有力門人の名で刊行させている。が、野坡の没後は、振るわなかった。

〔美濃派、田舎蕉門〕　支考《しこう》は美濃国山県郡生。元禄三年（一六九〇）近江滞在中の芭蕉に入門し、翌年芭蕉に随伴して江戸に下り、五年奥羽地方を旅して『葛《くず》の松原』を刊行する。七年の芭蕉最後の旅にも随行し、『続猿蓑』の編集を手伝い、芭蕉の臨終を看取った。翌八年に刊行した『笈日記』には、芭蕉臨終の前後を日記に仕立てた文や、芭蕉の巡遊地を訪ねて芭蕉の遺吟・遺文を収集して収めている。

支考の蕉風普及活動は、元禄一一年（一六九八）の西国行脚から本格化する。西国行脚の成果は『梟日記』（元禄一一年）『西華集』（同年）に、また伊勢での活動は、門人の乙由《おつゆう》ら編『伊勢新百韻』（元禄一一年）に、近畿・濃尾方面の旅は『東華集』（元禄一三年）に、元禄一四年から三年連続して加越地方への行脚は『東西夜話』（元禄一四年）などに結実するように、同一六年にかけて自派の基盤を確立する。宝永年間には、美濃の俳人等を結集して『国の花』（宝永二年［一七〇五］）を出版、翌三年には京都東山の双林寺で芭蕉十三回忌追善の『東山万句』を興行、同七年にはここに芭蕉塚を建立し、翌年からは毎年この碑面の刻字に墨を入れ直す行事を創始して、その記念集『墨なをし』を毎年刊行することになるなど、芭蕉追善を核として後継者としての位置を宣言したのである。以降、支考は自らの葬式（正徳元年［一七一一］）を演出し、その後蓮二坊などの変名で伊勢山田に拠点を置いて活躍、北越行脚など数度の行脚もし、享保一〇年（一七二五）芭蕉の三十三回忌を執行、その追善集『三千化《さんぜんげ》』には全国十二国四十四か所から千二百名余の参加を得、全国的規模の地方への浸透を物語る。

支考の流派は、支考の拠点から美濃派、支考の庵号に因んで獅子門とも呼ばれた。美濃派は、享保一四年（一七二九）支考から道統を譲られた盧元坊里紅《ろげんぼうりこう》（一六八八～一七四七）、五竹坊琴左《ごちくぼうきんさ》（一七〇〇～八〇）へ受け継がれてゆくが、各地域の拠点ごとにも宗匠を置いて地域ごとの活動を展開させた。道統を継いだ宗匠は、各地を行脚して夜話を重ね、芭蕉の追善を行って各地との親密な交流を持った。のみならず各地の宗匠も、行脚を行って記念集を刊行、各地との交流を重ねることで、結社としての強固な基盤を維持してゆく。美濃派の俳書には、支考・盧元坊の字体を真似た版下を用いるなど、体裁からも他と区別できるもので、流派としての独自性を堅持した。

支考が各所で行った俳話は、『続五論』（元禄一二年）、『俳諧十論』（享保四年）、『十論為弁抄《いべんしょう》』（享保一〇年刊）などにまとめられているが、それらと連句の七名八体説を中心とする実際論とがセットになって地方俳人の教導に成果をもたらした。その俳風は、芭蕉の軽みを継承しながら、俗談平話（日常の俗語や話し言葉を俳句に取り入れるべきという考え）を主とする旨を説いて蕉風を標榜したが、芭蕉の唱えた「俗語を正す」詩精神を失って平明低俗に堕し、田舎蕉門と蔑まれた。

船頭の耳の遠さよ桃の花　支考（『夜話ぐるひ』）
鶏の音の隣も遠し夜の雪　同（『文星観』）

〈船頭の〉の耳遠き船頭は、〈桃の花〉の醸し出す仙郷のイメージと相俟って、俗世間と関わらない老爺という側面を引き出し、あたかも桃源郷の老爺のごとき人物を描き出している。〈鶏の音〉の句、隣の鶏の音を遠く聞くのは雪が音を遮るからで、普段は間近く聞く鶏の音に、雪のしんしんと降るさまを思いやった。

雲に乗る翼や出来て凧《いかのぼり》　盧元坊（『藤の首途』）
瓜の香に美濃思へとや宵の雨　同（『藤の首途』）

〈雲に乗る〉は、凧が空へと上がってゆくさまを詠んだものだが、前書に、支考に命じられて筑紫へと旅立つに際しての吟とあり、意気揚々と旅立つ心情があらわ。〈瓜の香〉は、折から旅先で贈られた瓜に故郷の美濃を思い出すの意。〈美濃〉に蓑の掛詞を利かせて〈宵の雨〉としたところに俗っぽさが感じられる。

なお、加賀の千代《ちよ》は、支考に見出され、乙由に従い、盧元坊・希因《きいん》・涼袋《りょうたい》・麦水《ばくすい》・闌更《らんこう》等と交友した。

〔その他の地方俳諧〕　名古屋では、蕉門の露川《ろせん》（一六六一～一七四三）の活動が目立った。元禄四年芭蕉に入門し、丈草や支考に親炙し、元禄六年『流川集《ながれがわ》』を編んでいる。その後も蕉門の撰集に入集。宝永三年剃髪してからは、宝永年間には美濃・関西へ、正徳三年東北行脚、同五年山陰、享保元年中国・九州、同六年北陸へと行脚を繰り返したが、この北陸行脚では、北越に勢力を張る支考を刺激して衝突した。名古屋はやがて美濃派の勢力圏となり、露川門の高弟巴静《はじよう》が享保二年に露川から離れ、独立。支考等と提携しつつ、尾張・三河・美濃・伊勢・遠江・信濃に勢力を張った。

伊勢では、涼菟《りようと》と乙由が活躍した。伊勢の蕉門といえば、貞享五年に入門した一有（渭川）とその妻園女がいたが、元禄七年大坂に移住する。涼菟は天和頃から俳諧に手を染めたが、芭蕉に入門したのは芭蕉の最晩年か。当時伊勢に庵を結んだ支考と親交した。乙由は支考の手ほどきを受けて芭蕉没前後から俳諧に手を染め、元禄一一年『伊勢新百韻』では編者の一人となった。所収の七吟百韻は涼菟の〈木枯の一日吹いて居りにけり〉を立《たて》句《く》（連句の巻頭）としている。以来、伊勢俳壇の中心として、元禄一六年には涼菟・乙由連れ立って北越に赴くなど、支考と連携しつつ伊勢派の勢力拡充に努めた。享保二年涼菟が没すると、伊勢俳壇の中心となった。乙由の号麦林《ばくりん》舎から、この伊勢派は麦林派とも呼ばれた。軽妙平俗な作風で、美濃派とも近く、他門からは「支麦《しばく》の徒」と排斥された。

それも応是《これ》もおうなり老の春　涼菟（『一幅半《ひとのはん》』）
見下《おろ》しつ見あげつ木曽の夏木立　同（『笈の若葉』）
うき草や今朝はあちらの岸に咲く　乙由（『麦林集』）
足高に橋は残りて枯野かな　同（同）

〈それも応〉は、何事にも逆らわず、それもよし、これもよしと受け入れる淡泊自在な境地を詠む。が、悟りきったところが句としてはかえって通俗味を醸す。〈見下ろしつ〉は、山また山の木曽谷の情景をよく捉えた句。谷の上を行き、下をゆく木曽路の様子を平易な表現で捉えている。〈うき草〉は、世の転変の定めなさを表してかえって通俗味を出す。〈足高に〉は、夏繁っていた時には気付かなかった橋の高さをよく表現し得た。平談俗語での表現に、通俗味の纏り付きやすい難点があった。

〔その他の蕉風作者〕　江戸で其角と同じく俳諧宗匠として活躍した嵐雪は、芭蕉の軽みを受容して新風に進んだ深川連衆と相容れず、『或時集《あるときしゅう》』（元禄七年）『杜撰集《ずさん》』（同一四年）などを刊行したが、芭蕉の没後さしたる活躍は見られない。百里ら門人と其角・沾徳らとの俳交は続いたようで、嵐雪の門人たちを雪門と呼ぶが、嵐雪晩年は沾徳門に吸収されている状態だった。

深川の杉風は、遊俳《ゆうはい》（別に専門の生業を持っている俳諧作者、俳諧を専門の業とする業俳《ぎようはい》と区別して言う）であり、芭蕉没後は芭蕉の追善に明け暮れたようだ。元禄一三年芭蕉七回忌には、深川連衆や素堂らと追善を行い、『冬かづら』を編んだ。また同年刊子珊《しさん》編『続別座敷』を後援するなどしたが、ほとんど活躍が見られない。杉風の門では、宗瑞《そうずい》が元禄末頃から沾徳らと交わり、やがて『五色墨《ごしきずみ》』（後述）刊行へと連なる程度である。

素堂は、蕉門の外にあって芭蕉と親しく交流したが、芭蕉在世中から俳諧への興味を失い、漢詩や茶（山田宗偏より今日庵《こんにちあん》三世を継承）の隠遁生活を送った。その門流に雁山（黒露）・馬光《ばこう》（二世）・素丸《そがん》（三世）が出て、葛飾派（葛飾蕉門とも）と称された。

去来・許六《きよりく》・土芳《どほう》らは芭蕉没後、芭蕉の俳論を祖述して蕉風の俳諧の核心を後世に伝えた。また土芳は芭蕉の作品の収集や伝記に大きく貢献した。彼らの生存中は、去来の出身地長崎、許六の彦根、土芳の伊賀の俳壇もそれぞれ彼らを中心として活況したが、没後は俳諧の流派として重きをなさなかった。

〔享保俳諧〕　其角の都市俳諧、支考の地方俳諧と展開してゆくなかで、沾徳や盧元坊の時代に顕著になってくる俳風は、芭蕉の俳風とどこが違っていたのだろうか。

芭蕉は、「松の事は松に習へ」と教え、それを説いて「習へといふは、物に入りてその微の顕れて句となる所なり。たとへ、物あらはに言ひ出でても、そのものより自然に出づる情にあらざれば、物我二つになりて、その情誠に至らず、私意のなす作意なり」（『三冊子』）と述べた。芭蕉の俳諧自由（『去来抄』）とは、対象の類型的把握に囚われず、物の本情を求める即物的発想にある。先入観なく物に没入することで対象固有の生命（「誠」）に触れ、そこから生まれる情こそ一句の文学的リアリティーを保障するというのである。だが、自身の作意によって句を詠もうとすれば、物と情（私意）と二つに分かれ、それぞれ別のものになって一句にならない。芭蕉はそれを一つにしようとして腸を絞った。誤解を恐れず言えば、「誠を責める」とは、対象に文学的リアリティーを追求することにほかならない。都市俳諧は、作意を言い立てて誠を責めることをしなかったため、観念的難解な作風になってしまった。田舎俳諧は、対象を露わに言い立てて、誰もが分かる句を目指したために、あまりにそのままで作意の薄い句になったのであった。

〔参考〕　白石悌三・乾裕幸編『芭蕉物語』（前出）、鈴木勝忠『近世俳諧史の基層』（平4、名古屋大学出版会）、白石悌三『江戸俳諧史論考』（平13、九州大学出版会）、楠元六男『江戸の俳壇革命—芭蕉から蕪村登場』（平22、角川学芸出版）、加藤定彦「都会派俳諧の展開」『俳諧の近世史』（前出）

（8）蕉風復興運動前夜

〔享保末からの江戸俳壇〕　享保一六年（一七三一）『五《ご》色墨《しきずみ》』が刊行された。宗瑞・蓮之（珪琳《けいりん》）・咫尺《しせき》（蓼和）・素丸《そがん》（馬光）・長水（柳居）が、互いに判者となって加点した五歌仙を収める。巻頭に点取俳諧の弊害を指摘した其角『雑談集』の一文を引いて、点取ながら勝負に拘らず志高くと標榜してはいるが、各自の点譜を記し、加点結果を示す。宗瑞・長水は、沾徳を継ぐ沾洲と、沾徳追善集『白字録』（享保一一年）を編集、宗瑞・蓮之・咫尺《しせき》が沾洲の跡目披露集『続江戸筏《いかだ》』（同一五年）を編んでいるように、彼らは沾徳・沾洲門の有力作者であった。が、彼らは点者ではない。「素人」の俳人らが興じて点者風の書を出したものだった。

当時の江戸俳壇は、享保一一年（一七二六）に没した沾徳の跡を沾洲が継いだが、沾徳における露沾のようなパトロンを持ち得なかった沾洲は、沾徳のような求心力を持ち得ず、一門は次第に分裂してゆく。『五色墨』のような、沾洲の有力門下による自由な点者風の俳書出版は、結果的に、その契機となったものとして、その後位置づけられていく。「譬喩俳諧滅却して…譬喩の讐《あだ》とすべきは『五色墨』なり」（『鳥山彦』享保二一年）と述べ、沾洲の譬喩俳諧が衰えた契機として『五色墨』を挙げたのは、沾徳門下で沾洲と袂を分かった沾涼の言である。

『五色墨』と同年に刊行された『落葉合《おちばあはせ》』は、『若葉合』を踏まえ、永機《えいき》（二世湖十）・長水《ちょうすい》（柳居《りゅうきょ》）・蓮之《れんし》（珪琳）・貞佐《ていさ》ら沾徳一門が参加しているが、沾洲よりは其角・嵐雪に帰ることを標榜する。沾徳―沾洲の洒落や譬喩俳諧に染まらず平明な句風を志向した祇空門の遊俳祇徳《ぎとく》ら（札差を生業）は、『四時観《しいじかん》』（享保一八年）を刊行する。沾洲を中心とする江戸座は、かくして次第に弱体化して分裂してゆくことになる。

なお、先の『五色墨』に文章を寄せ、『四時観』に序文を草した祇空《ぎくう》（一六六三～一七三三）は、大坂の人で、江戸に下り其角に学びつつも、江戸座の風と一線を画して芭蕉を慕い、隠逸を旨として旅と庵住を繰り返した。

ほとゝぎす聞きに出でしか今に留守　巴人《はじん》

「祇空三回忌」の前書があるこの句は、祇空と親交した巴人の句。亡くなった実感がなく、風流の旅に出ているだけではないかと錯覚する、と旅に生きた祇空らしさを詠んでいる。巴人（一六七六～一七四二）は、江戸で其角・嵐雪に師事、享保一〇年頃江戸を去り、大坂・京に移住、元文二年（一七三七）江戸に帰って夜半亭宋阿《やはんていそうあ》と称した。祇空と同じく、一流派に偏らず、潔癖脱俗の士と評される（潭北《たんぼく》『今の月日』）。門下に、京の宋屋・几《き》圭《けい》らがあり、江戸で雁宕《がんとう》・蕪村らを育てた。蕉風復興はこうした所から芽生えていったのである。

折しも享保期は、朱子学の解釈を排して論語や孟子の原典に帰るべきことを説いた古学に対し、さらにこれを後世の注によらず、古語の意義を原典の言葉から帰納的に解すべきと説いた荻生徂徠の古文辞学が一世を風靡した時代であった。その時代思潮を反映して、其角『新山家』に倣った『犬新山家』（享保一八年、二世湖十）、其角『句兄弟』に倣った『梨園《なしのその》』（同二〇年、貞佐）『新句兄弟』（同年、魚貫）、其角『花摘《はなつみ》』に倣った『続花摘』（同年、二世湖十）など、其角への復古を標榜する俳書が出る。祇徳の『誹諧句選』（享保二〇年）が、「道は貞徳にありて句は芭蕉にあり」と俳諧古学の立場を述べたのも、古文辞学派の影響である。江戸座と『五色墨』以降の復古的蕉風推進の俳人たちとの二つの流れが享保末の江戸俳壇にはできあがっていたのである。「江戸では麦阿（柳居）・珪琳ら蕉風（田舎蕉門）が流行《はや》り、点者の中にも四五人は蕉風に替わり、素人・古老等は蕉風が多く、宗匠の沾洲・不角らは人気がほとんどない」と、美濃派系の蕉風が流行している当時の俳壇状況を報じた手紙が残っている（享保二一年金森頼錦《よりかね》書状）。

『五色墨』の長水（柳居）は、江戸座と訣別して、享保一九年（一七三四）江戸に下った名古屋の俳人巴静《はじょう》と交流し、美濃派・伊勢派の俳書を専門とする書肆橘屋から『高鼾《たかいびき》』を出している。その序で柳居は芭蕉の俳書七部を選び、愛読することを奨励した（「俳諧七部集」とはこれをいう）。翌年には巴静門の也有《やゆう》が尾張藩士の勤番で江戸に来て柳居らと交友する。そうした中で柳居ら蕉門ができあがってゆく。なお、江戸白山下《はくさんした》には、柳居らとは別に美濃派の江戸拠点として宗瑞《そうずい》門の玄武《げんぶ》坊（一七一二～九八）がいて、東武獅子門中興と評される活発な活動を展開してゆく。

〔江戸座の分裂〕　寛保元年（一七四一）に沾洲が没し、その跡を継いだ沾山の時代には江戸座が分裂する。なかでも沾山一派と袂を分かった存義・米仲・渭北らに其角系の二世湖十を加えた人々は、延享二年（一七四五）『江戸廿歌仙』を刊行する。彼らは沾徳・沾洲を受け継いだ筏ものの形式を拒否して、『若葉合』の形式を踏まえ、沾徳ではなく、其角系に立つことを宣言した（130頁「江戸座」参照）。ここに江戸座は、沾徳座と其角座とが対立、没交渉となった。江戸座は分裂したのである。

湖十らは、「延宝廿《にじふ》歌仙は芭蕉の翁の花なり」（同書序）と述べて、『桃青門弟独吟二十歌仙』という談林時代の蕉風を称揚する。が、彼らの句は次のようなものだった。

梅折ればおのれも動く月夜かな　湖十（『廿歌仙』）
つけ芝のいつか腐れて五月雨　同（『続花摘』）
朝がほや昼は美人の鳴らし物　青峨（『東風流《あずまぶり》』）
桜なら喧嘩なら雲江戸の月　同（同）

二世湖十の句、〈梅折れば〉は、梅の枝を折った反動で自分も動いたのを、月に照らされた影に見た。月夜に香る梅に、自身の動きを表現したところが新しい。〈おのれも動く〉とは、「暗香浮動」（闇に梅の香のただようこと）に我が身も動くと洒落たものである。〈つけ芝〉は柴漬《ふしづけ》（小枝などを水辺に沈めて集まる魚を取るもの）のこと。五月雨に増水した川で、いつの間にか柴漬も腐ってしまい、沈んでいると詠む。五月雨の本意を踏まえ、漁師が柴漬の手入れもできずにいるさまを詠んだ。青我の〈朝顔〉の句は、昼三味線であろうか、美人がかき鳴らす音が聞こえてくる情景に朝顔を配した。朝顔に、この家の女性のはかなさ・美しさが印象づけられる。〈桜なら〉は、桜ならば花の雲、喧嘩なら雲でも構わないが、山もない広い武蔵野の江戸の月には雲一つない空が相応しいの意。花・喧嘩・月と江戸の自慢を並べて、洒落気たっぷりに詠む。いずれも、人事を中心に比較的平明な詠み方となっている。彼らの作風は「浮世風」と評された。

この『江戸廿歌仙』を批判したのは、蓼太《りょうた》である。蓼太は、嵐雪門の吏登《りと》（一六八一〜一七五五）に学び、雪中庵《せっちゅう》三世を名乗る。寛延四年（一七五一）葛飾派の素丸、杉風系の二世宗瑞らと『続五色墨』を刊行、同年『雪颪《おろし》』を述作して『江戸廿歌仙』の其角座の俳風が、其角風を継承しているとは言えないと述べた。これに其角座も反論したが、それらによって蕉風復興運動が明確な形をとるに従い、蓼太の名は高まり、またかえって江戸座も一つに結集してゆく。

〔江戸座のその後〕 寛延三年（一七五〇）紀逸《きいつ》編『武玉《むたま》川《かわ》』が出版される。この本は、紀逸の下に寄せられた連句から高点句を抜書にした高点付句集で、淡々が京で始めた方式に倣い、前句を省いて高点句一句のみを掲出したものである。これが、付句一句の面白さのみを競う「一句立《だち》」の傾向に拍車をかけることとなった。

異見の側《そば》を通るぬき足　（「冬嶺之部」）
銭金のおもしろく減る旅衣　（「望楼之部」）

『武玉川』は点印（二十五点、二十点、十五点などある）ごとに掲載され、「冬嶺之部」は点印「冬嶺秀孤松」（十五点）を押した句、「望楼之部」は点印「四時望楼」（二十点）の句。これら、人情風俗を活写したもので、小本一冊の廉価であることも手伝ってこれが大好評を博し、紀逸の没する宝暦一二年（一七六二）までに十五編が出されている。これに追随する高点付句集も次々に登場、作風の上でも川柳点の前句付集『柳多留《やなぎだる》』（明和二年）にも大きな影響を与えた。

この『武玉川』に追随したものの多くは、一人の宗匠の高点付句集であったが、宝暦初年頃から、同じ連句を複数の宗匠に点を乞うことも多くなった。江戸の宗匠全員に点を依頼し（「惣評」）、より多くの宗匠から高点を得た句（「通り句」）を収録した『俳諧龍《たつ》の声』（宝暦一一年）も出版された。が、それらのなかで最も多くの支持を得たのが、『俳諧觿《けい》』である。本書の初編は、明和五年（一七六八）刊。江戸座宗匠を、其角座・沾徳座・存義側など、座・側（座の中の門派）に分け、各々の住所・師系・高点句等を記し、点の傾向を頭書する。句集としては、点者により前句と合わせて載せたり、一句立であったり、連句の一部をそのまま載せたりと統一がない。

鬼が島迄《まで》行かず寝つく子　深川鼠肝《そかん》（宝晋斎）
溷《どぶ》板《いた》ほどの橋に名も京　深川湖十（七世）
蓴菜の箸にかからぬうはの空　深川永機（善哉庵）

一句立から引いたが、桃太郎のお伽話をして寝かせていると、鬼ヶ島まで話さぬ前に寝付いてしまう子どもや、江戸の溝《どぶ》板程度の橋にも尤もらしい名が付けてある京の細かさ、恋の物思いで、箸で蓴菜も取れないでいる様子など、人情の機微や人々の様子、風俗などが盛んに詠まれて浮世風・江戸風と呼ばれた。流行に伴い、江戸座の点者も多いときには百名余にまで増えている。

〔大名俳人〕 俳諧好きの大名としては、延宝から享保までの江戸宗匠のパトロンとなった磐城平藩の内藤風虎・露沾親子が挙げられるが、享保以降も俳諧好きの大名が江戸座の俳人たちの有力なパトロンの役割を果たした。大村藩主大村純傭（蘭台《らんだい》）、盛岡藩主南部利勝（鶴霑《かくてん》）、赤穂藩主森忠洪（傘路《さんろ》）、熊本藩主細川重賢（花裡雨《かりう》）、新発田藩主溝口直温（梅郊）、大和郡山藩主柳澤信鴻《のぶとき》（米翁）、美濃郡上藩主金森頼錦（玉沾《ぎょくせん》）、姫路藩主酒井忠以（銀鵞《ぎんが》）、同弟忠因《ただなお》（抱一《ほういつ》）、出羽庄内藩主酒井忠徳（凡兆）、信州松代藩主真田幸弘（菊貫《きくつら》）など多くの大名が熱心に活動した。絵入の俳書など、趣向を凝らした俳書を刊行している。

〔美濃派伊勢派の享保以後〕 柳居の芭蕉復古は、伊勢派の乙由に師事してのことであった。伊勢派は、美濃派と連携したとはいえ、連句を興行することに主眼を置いた美濃派とは異なって発句をも重視した。また、この時期に上方で俳諧修行を志した涼袋《りょうたい》によれば、「古今の俳諧を思ふに、ただ支考のみ並びかたなければ、是を心の師とし、耳に聞えたる伊勢の乙由《おつゆう》の句は、ひとり翁にも増りたるやうに覚え」（紀行・痩法師）といい、延享二年（一七四五）京の百川《ひゃくせん》も、加賀の希因《きいん》のもとで麦林の発句を学んで、伊勢を学ぶべしというように、支考の俳論と乙由の発句がこの時期、蕉風の基盤となった。

希因《きいん》（一七〇〇〜五〇）は、加賀金沢の人。同地の芭蕉の弟子北枝に俳諧の手ほどきを受け、次いで支考に学んで美濃派を、支考没後は伊勢の乙由に師事して、伊勢派の雄として北陸俳壇に重きをなした。門人の中で、加賀小松に縁の既白《きはく》（一七七二没）は、宝暦九年の東国行脚をはじめとして南紀・中国・四国へと活発に行脚して旧習を批判、蕉風復興の魁となった。二柳《じりゅう》は、初め山中温泉の桃妖に手ほどきを受け、乙由に就き、没後希因に学んだ。希因の意志を継いで近畿を中心に尾張・紀伊等を旅して蕉風喧伝に努め、宝暦一一年には京都東山双林寺での墨直《すみなおし》会を主催するなど、京の地方系俳壇を指導した。闌更《らんこう》も金沢の人。希因門。希因の没後十年ほどから蕉風復興を志して、俳諧活動を再開する。北陸の伊勢派、希因の門から蕉風復興に志した人々は、全国を行脚して蕉風復興を喧伝し、地方の俳諧作者たちに蕉風復興の気運を浸透させていった。この時期、俳諧の担い手は、地方の生産力増大を背景とした地方城下商人の経済的成長に伴い、地方社会の中間層にまで及び、その富裕層が蕉門を支援して運動に拍車をかけていったのである。

柳居・希因らは、美濃派・伊勢派の傍流である。それがかえって結社の枠組みを超えて新しい運動を展開することを可能にしたといえよう。

〈参考〉 鈴木勝忠『近世俳諧史の基層』（前出）、鈴木勝忠・石川八郎・岩田秀行『江戸座点取俳諧集』（平5、岩波書店）、楠元六男『江戸の俳壇革命―芭蕉から蕪村登場』（前出）、加藤定彦「都会派俳諧の展開」『俳諧の近世史』（前出）。

（9）蕉風復興運動の時代

〈芭蕉五十回忌〉 寛保三年（一七四三）は芭蕉五十回忌にあたり、各地で芭蕉の追善法要が営まれ、追善集が出版、芭蕉塚が建立されたりした。江戸では二世湖十ら、柳居らが追善を営み、京都、大坂など各地で法要が営まれた。蓼太が「おくのほそ道」の跡をたどって、松島・象潟に行脚し、芭蕉の遺墨を紹介した『芭蕉翁奥細道拾遺』を出版したのも、この追善の一企画であった。これら芭蕉を顕彰する動きは、やがて文学運動となって、蕉風復興運動が全国各地に興り、俳壇を蕉風へと導いていくことになる。

〈蕉風復興運動〉 宝暦に入ると、蕉風への復興運動が顕著になってくる。江戸にあった蓼太が、寛延四年（一七五一）に『続五色墨』を刊行して江戸座に対抗し、同じ年に刊行した『雪颪』で『江戸廿歌仙』を批判したことはすでに述べた。蓼太は、麦林派にごく近い者として『炭俵』の平明さを標榜して、一大勢力を築いている。江戸座側にも復古運動はあり、巴人門の雁宕《がんとう》は『合補《がつぽ》俳談草稿』（天明元成）に、芭蕉が正風《しょうふう》を確立、『冬の日』はいまだ談林の遺風があり、『猿蓑』で正風は完成したといい、『炭俵』は鄙風であり、其角の俳風を多面的で自由な都風として推奨しているのは、その例である。

なおここにいう、芭蕉をもって「正風」の祖とする見解は、当時広く見られるもので、雁宕によれば、直言によって人を感動させ、隠逸の生き方に適うものであること、また知識人の文学にならぬように、また誰もが風雅を知り、打ち解け楽しむ和楽の基となるべく、芭蕉は正風を開いたとする。正風とは、本来形式的にも、また伝統の本意に基づく詠み方においても規範的な詠み方をいう。が、ここでは芭蕉の俳風とほぼ同義となっているところに、当時の芭蕉への志向が現れている。

宝暦一二年（一七六二）には伊勢の樗良《ちょら》が『我が庵』を編んで、「芭蕉の翁の風流を慕ひ、今様の艶に工みなせる雅を求めず」「ただ実をうつし、情を感じてやまとうたの端にもかなひてん」と述べている。当世の華美で技巧的な風雅を排斥し、自然のあるがままを写してそこから生ずる情趣を感じとって、和歌以来の風雅の伝統に連なろうとするのである。

我が庵は榎ばかりの落葉かな　樗良
あらし吹く草の中よりけふの月　同

〈我が庵〉は、大きな榎木に覆われているさま。〈嵐吹く〉は武蔵野の景観であろうか。取り立てて作意を感じさせない句だが、榎木を自身の拠り所とする隠者の生活を感じさせ、また嵐に吹かれた大気に上がってくる月の光のまばゆさが感じられる句となっている。

宝暦一三年には闌更が『花の故事《ふるごと》』に芭蕉の「初《はつ》懐紙評注」（貞享三年）を収めて初期蕉風俳諧への関心を喚起し、金沢の麦水は自身の俳諧行脚の記念集として同年『うづら立《だち》』を編んでいる。麦林の影響を残しつつも、旅に生きた芭蕉への共感を示した。尾張の暁台《きょうたい》は、伊勢派の巴雀《はじゃく》・白尼《はくに》に師事して芭蕉七十回忌のこの年、岡崎連衆と芭蕉の追善を営み、其角・去来ら蕉門諸家の蛙の句・自派暮雨巷《ぼうこう》社中の蛙の句を掲出した撰集『蛙啼《あてい》集』を出版して、芭蕉復興を唱えた。涼袋《りょうたい》の『片歌二夜問答』も同年の成立である。本書は、連歌俳諧の淵源である片歌《かたうた》（五七七）を唱導して、季語・切字を排除し、三句以上の連句を否定したものであったが、文学価値を古代に求めて、俗からの排除を主張したものである。これも復興の一主張とすべきであろう。

宝暦一一年、芭蕉の墓のある義仲寺の無名庵五世雲裡《うんり》坊（一六九三～一七六一、支考門）の没後、蝶夢《ちょうむ》は同一三年（一七六三）から毎年、芭蕉忌に時雨会《しぐれえ》を催して、芭蕉の顕彰に努めつつ、地方俳人に働きかけて各地の芭蕉塚の建立を勧め、諸派を糾合して芭蕉復興運動を全国規模の運動へと押し上げたといっていい。京の地方系俳壇を二柳《じりゅう》から引き継いで、明和元年（一七六四）には「花洛蕉門棟梁」（『花洛日記』）と呼ばれ、毎年の墨直会を主催。既成俳壇を批判して、諸国の地方俳人とも交流して彼らを正風へと導き、また芭蕉の著作の集成たる『芭蕉翁発句集』『芭蕉翁文集』『芭蕉翁俳諧集』の編纂や芭蕉の伝記『芭蕉翁絵詞《えことば》伝』の著述など、芭蕉顕彰を軸とした多彩な活動を行った。

〈明和・安永期〉 柳居門の梨一《りいち》（一七一四～八三）は、闌更・既白・蝶夢らと交流しつつ蕉風復興を説いて、明和四年（一七六七）に俳論書『もとの清水』を執筆した。発句について「眼前体を以て第一とする」がその「眼前体」とは「風流の志よりしてその眼にさへぎり、心に映る所の眼前体」でなくてはならず、「無我無分別にしてその感情をうしなふべからず」と説き、発句と平句の違いを論じて切字の重要性を説き、新しみを論じて本情を説いている。都会風の私意はもちろん、美濃派の平俗も批判すべきものであった。名古屋の暁台は伊勢派の巴雀・白尼門。明和五年に門人等と四歌仙を巻き、これに芭蕉の歌仙を加えて、『秋の日 五歌仙』として出版した（安永元年［一七七二］）。これは、芭蕉の『冬の日 五歌仙』に倣ったもので、暁台一門が新風運動に乗り出した意義あるものである。明和六年、闌更は俳論・撰集『有の儘《まま》』を出版する。「世にいふ風流の一筋は、ただ物に感じて情を動かし、終に言葉に吐いて句となる」ものであり、「この間に一毫の私を容れざるを、誠の風雅体とはいふ」と述べて梨一の言説と軌を一にする。翌七年、乙由に師事した加賀の麦水は俳論『俳諧蒙求《もうぎゆう》』を著し、蕉風俳諧の真髄は、天和・貞享期の『虚栗《みなしぐり》』『冬の日』に尽きると主張し、貞享蕉風の復興を説いた。翌八年には、柳居門の鳥酔《ちようすい》、およびその門人烏明《うめい》に学んだ白雄《しらお》が、『かざりなし』を出版する。白雄は俳諧の本質を「さびしみの実《まこと》」におき、私を入れず自然に句作りすることを説き、『猿蓑』以降の『句兄弟』『炭俵』を範にとり、師鳥酔の説を祖述している。また、麦水・闌更・樗良ら貞享期蕉風を範とする俳人を批判するが、多分に勢力争いのためのものであった（闌更はこの時点では芭蕉晩年の俳風へと変わっているが、白雄はそれを知らなかったようだ）。

これら伊勢派出身の俳人たちによる蕉風復興運動は、明和年間にはいって本格化したといっていい。

〔蕪村の俳諧活動〕 京都の嘯山《しようざん》・随古《ずいこ》・太祇《たいぎ》は、明和三年（一七六六）から四年にかけて試みた三吟歌仙二十巻に、諸家の発句百三十句を追加として収めて『平安二十歌仙』を明和六年に刊行している。蕪村はこれに序して、「其角が月に嘯く体にも倣はず、嵐雪が花にうらめる姿にも擬せず、まいて今の世にもてはやす蕉門とやらむ質を専らにするにもあらず、たゞ己が心の様々に、思ひ邪なきをのみ尊ぶなるべし」と、其角や嵐雪の風にも、また「今の世にもてはやす蕉門」とも異なると、嘯山等の俳風を評している。蕪村は、十七、八歳の頃江戸に出て絵画と俳諧を学んでいるが、俳諧は江戸で夜半《やはん》亭を構えていた巴人に入門し、江戸座の俳人等と交渉した。巴人没後は東国を放浪、宝暦元年（一七五一）京都に移住し、明和三年には三菓社《さんかしや》を太祇・召波らと結成、明和七年には夜半亭を継承して俳諧宗匠となった。当時、京都では蝶夢が東山双林寺の墨直会を主催し、地方系俳人も目立った活動をしていた。その蝶夢等を意識して、彼らを「蕉門」と呼び、彼らの句を「質」（簡素）で淡泊な景気を主としながらも、意味ありげに詠む句として対立したのである。蕪村は其角・嵐雪の系譜を引く都市系の俳諧と蝶夢ら地方系の俳諧といずれにも属さず、その中間にあるべき俳諧の姿を見ていた。

明和八年には『明和辛卯春《めいわしんぼうのはる》』として夜半亭の歳旦帳を出版。この年、朋友であり支持者であった太祇・召波《しようは》が没するが、やがて几董・大魯が入門、安永期には月渓《げつけい》・月居《げつきよ》なども入門して蕪村の一門は活況を呈してゆく。

明和九年（一七七二＝安永元年）、几董《きとう》が父几圭の十三回忌追善集に編んだ『其雪影《そのゆきかげ》』が成った。蕪村の序、嘯山の跋。四季の連句四巻を収めた上巻に、諸家発句を春夏・秋冬に収めた発句集からなる。追悼吟を集めたものではなく、むしろ芭蕉・其角・嵐雪・宋阿（巴人）・几圭と師系をあげて自らの正統を示し、その実力を世に問うものであった。翌安永二年には『あけ烏《がらす》』（几董編）、同五年『続あけがらす』（同編）と活動の成果が次々に出版されていった。ことに『あけ烏』の序には、「今や不易の正風に、眼を開くるの時至れるならんかし」と高らかに蕉風復興の新風を世に宣言し、「既に尾張は五歌仙に冬の日の光を挑《かか》げんとす。神風や伊勢の翁とももてはやせし麦林の一格も、今はその地にて信ぜざるの徒多し。加賀州中に、天和・延宝の調べに彷彿たる一派あり。平安・浪華の間にも、まことの蕉風に志す者少なからず」（几董序）と名古屋・伊勢・加賀、そして京大坂の復興運動の状況を述べているのも、暁台・樗良・麦水・二柳らの動きに呼応しての刊行であることを述べたものである。『続あけがらす』には、発句四百十六句に暁台（八）・樗良（七）・蓼太（五）・二柳（五）・麦水（二）・闌更（一）の句（句数）に、蝶夢・千代尼の句を収め、連句十二巻中には暁台・樗良・二柳を迎えての連句を収めるなど、地方系俳諧と蕪村等一派の俳諧とを合わせての新風の成果を世に示した一大撰集であった。

ここに登場する人々はこれまでも述べてきたごとく、蕉風復興運動を牽引した人々である。彼らを、重複を厭わず簡単に記しておこう（生地・活動地ごとに記す）。

麦水（享保三～天明三）［一七一八－一七八三］　加賀金沢の人。伊勢派乙由の門。伊勢・江戸・京を旅して蕪村等とも交わり、しだいに蕉風初期、とくに『虚栗』に傾倒して蕉風復興を唱えた。明和七年『俳諧蒙求』『貞享蕉風句解伝書』などの俳論を執筆、翌二年には『蕉門一夜口授』を刊行している。

二柳（享保八～享和三）［一七二三－一八〇三］　加賀山中の人。乙由・希因に学び、近畿を中心に行脚し、京都の几圭とも知り合う。宝暦一一年には東山双林寺での墨直会を主催。明和八年頃から大坂に定住し、蕪村・几董・大魯・闌更らと交流、蕉風を培った。

闌更（享保一一～寛政一〇）［一七二六－一七九八］

加賀金沢の人。希因門。一時麦水と同調して蕉風初期を慕ったが、明和五年『有の儘』では、私意を廃して平明な作風を説く。

暁台（享保一七～寛政四）［一七三二―一七九二］尾張名古屋の人。『冬の日』の芭蕉を慕い、寛永三年から五年にかけてしばしば京に上り、蕪村らと親交を重ねた。

蓼太（享保三～天明七）［一七一八―一七八七］信州伊那の人。江戸で雪中庵三世を継ぎ、芭蕉復帰を唱えた。平明な作風で多くの門弟を擁した。

白雄（元文三～寛政三）［一七三八―一七九一］信州上田の人。柳居門の烏明、その師鳥酔に師事。明和八年『かざりなし』において私意によらず無技巧による姿先情後を唱えた。

樗良（享保一四～安永九）［一七二九―一七八〇］志摩鳥羽の人。安永二年上京して以来しばしば上京し、安永五年には京に庵住して、蕪村・几董・大魯らと親交、活躍した。私意を廃した平淡な俳風である。

青蘿《せいら》（元文五～寛政三）［一七四〇―一七九一］播州姫路の人。江戸の玄武坊門。闌更・樗良と交流して影響を受ける。俳風は平淡ながら感覚的・技巧的な面もある。

太祇（宝永六～明和八）［一七〇九―一七七一］江戸の人。沾洲門の水国・紀逸に師事。宝暦元年上京、後島原の手習師匠を兼ねて宗匠となり、巴人系俳人等と交友し、明和三年から蕪村・召波らと三菓社句会を始める。

召波（享保一二～明和八）［一七二七―一七七一］京の人。壮年江戸で服部南郭に学び、宝暦初年帰洛して龍草廬の幽蘭舎に属して漢詩をよくした。俳諧は明和三年三菓社句会に参加、蕪村に添削を仰ぐなど熱心に俳諧を学んだ。

嘯山（享保三～享和元）［一七一八―一八〇一］京の人。漢詩人・読本作者。俳諧を巴人門宋屋に学び、宝暦五年以前に宗匠。宝暦一三年『俳諧古選』が評判となる。『平安二十歌仙』後から三菓社句会にも出席、蕪村一門と親交した。安永二年『俳諧新選』を編み、軽みと高華俊逸の調の兼備を説いた。

蝶夢（享保一七～寛政七）［一七三二―一七九六］京の人。宋屋門。実感をありのままに事実に私意・作意を加えないことを主張して、平明な作風を旨とした。

これら、初期蕉風に学ぼうとする暁台や麦水、晩年の平明な作風に付こうとする蓼太・闌更・白雄・樗良・蝶夢らなど、あるいはより広く元禄期諸名家の復古を標榜した蕪村や嘯山など、蕉風復興といってもそこにはさまざまな蕉風が存在したのである。

安永六年の蕪村の春興帖『夜半楽《やはんらく》』には、発句に短詩・漢詩を交えて構成した俳詩「春風馬堤曲《しゅんぷうばていのきょく》」「澱河歌《でんがか》」を載せ、また同年四月に始められた『新華摘《はなつみ》』の句入りの日記、同年十二月には召波の七回忌に召波の句集『春《しゅん》泥《でい》句集』を編んでその序文に「離俗論」（俳諧は俗語を用いて俗たる現実を離れ、俗を離れて俗を用いる、つまり俗に立脚した文芸である俳諧によって古今に通じる芸術世界を実現しようとする主張）を論じるなど、蕪村は次々に成果を表す。前年には「俳諧物の草画」と自ら呼ぶ俳画の独自性を確立したと自負しているなど、安永年間は創作活動の頂点を示した時期であった。

活発化したのは蕪村ばかりではない。安永五年、樗良は蕪村一門との交流を中心として『誹諧月の夜』を編み、翌六年、麦水は大坂の二柳の協力を得、蕪村らの支援を受けて貞享蕉風、虚栗調の作品を集め『新みなし栗』を刊行するなど、運動の成果が次々に刊行された時期で、蕉風復興運動の達成期とみて良い。

〔芭蕉百回忌取越追善〕　暁台は、芭蕉の九十回忌にあたる天明三年（一七八三）、百回忌取越《とりこし》追善として、天明元年秋から江戸を拠点に関東・陸奥・出羽・北陸を廻って奉財の俳諧を募り、追善集『風羅念仏』を編み、幻住庵や洛東安養寺・金福寺芭蕉庵で追善法会として正式俳諧を興行した。江戸の蓼太・白雄・素丸・成美、蕪村・闌更・蝶夢らが協力し、蕉門諸家が一堂に会した観がある。が、この頃、安永九年（一七八〇）に樗良・五竹坊が没し、天明元年（一七八一）には諸九尼《しょきゅうに》・風律、同二年には存義、三年には麦水・也有・蕪村が没し、同七年に蓼太、寛政元年（一七八九）几董《きとう》、同三年青蘿・白雄、同四年暁台、同七年蝶夢・素丸と、主立った俳人等が相次いで没する。蕉風が都市俳諧にまで浸透し、復興運動も大衆的な流行となる。

〔発句の時代〕　明和三年（一七六六）、蕪村が太祇・召波らと始めた三菓社の句会が発句の句会であったように、この蕉風復興運動の時期は、発句が創作・享受の中心に位置した。それまで撰集は、例えば連歌師宗祇の発句集『自然斎発句』が編まれたり、連歌師の発句を集めて編んだ『大発句帳』が江戸初期に刊行されてもいるように、連歌の時代から発句は独立して享受されてきた。だが、貞門俳諧以来、撰集は連句集（付句集）と発句集との二部構成であったり、談林時代は連句集がほとんどであったり、芭蕉もまた発句を重視しながらも連句を撰集の中心に据えるなど、連句がその中心にあった。それが、この時期には、例えば『芭蕉句選』（元文元年）、『淡々発句集』（延享三年）、『六々庵発句集』（寛延元年）、『蓮二吟集』（宝暦五年）、『野坡吟草』（同九年）、『千代尼句集』（明和元年）、『古来庵発句集』（同二年）、『暮柳発句集』（同三年）、『馬光発句集』（同五年）、『瓢箪集』（同六年）、『鬼貫句選』（同六年）、『太祇句選』（同九年）、

『去来発句集』（安永三年）、『丈草発句集』（同）、『春泥句集』（安永六年）、『蓼太句集』（同）など、続々と発句集が刊行された。『俳諧古選』（宝暦一三年）『俳諧新選』（安永二年）も発句集であるが、蝶夢編『類題発句集』（安永三年）は、前期俳諧・初期俳諧以来の発句五千余句を四季類題別（季題別）に編んだもので、その後続出する類題発句集の先駆となった。

〔三菓社句会〕　蕪村の三菓社は、毎月句会を開催した。その明和三年から七年まで（途中二年ほど休会）、四十回の記録が残っている。それによれば、蕪村らは兼題《けんだい》（前もって出された題を詠んでくる）での出句が多く、時に探題《たんだい》（会席で用意された題から籤引きで引き当てた題を詠む）で句を詠んでいたようだ。題は明和三年六月の会では蟬・真桑瓜・簟・祇園会・昼顔であった。明和五年五月の会では「水の粉《こ》」が題に出されている。

水の粉もきのふに尽くるやどり哉　蕪村
水の粉や今はた老《おい》の物むせび　太祇
麦の粉や知る人ありて二袋　鶴英
水の粉や茶碗嬉しき画のすさび　鉄僧
水の粉に薄出の茶碗出されけり　自笑
むせるなと麦の粉くれぬ男《を》の童　召波

水の粉は米や麦をいりこがし、粉にひいたもの。冷水でとかし砂糖を加えるなどして食べる。これまで例句はほとんどなく、僅かに其角の〈水の粉に風の垣なる扇かな〉（『花摘』）などがある程度の夏の季語である。蕪村は、水の粉が昨日食べきってしまったといって、その冷たさ甘さを思い返している。太祇はそれを食べながらむせんだところに老いを感じとる。鉄僧・自笑は出された器を詠む。召波は、むせるからとくれぬ男の子の素朴な思いやりと、かえって水の粉を切望する自身を詠む。〈水の粉〉をさまざまに捉えつつ、其角の詠んだ〈水の粉〉の詠み方の可能性を探っていると言って良いだろう。この時の会では、一夜酒・林檎・蚊・苦熱も出題された。これら兼題を通じて、その季題の本意を探り、趣向の立て方を吟味していったのである。なお、越智美登子が指摘しているように（「蕪村の季題」『俳句』昭58・9）、題の中には「施米」のように、現実生活と関わりが薄く、先蹤に乏しい題が出されることで、本意が確かめられ、季語としての市民権を得てゆくものもあった。鯨や手毬、年木樵・顔見世・薬堀・若多葉粉・川狩など、さまざまな季語を出題し、その本意と趣向を確認していったのである。

〔郊外散策の流行〕　題詠とは別に、実際に郊外に赴いて句を詠むことも指摘されている（田中道雄「郊外散策の流行」）。例えば、几董は「野行」と前書を付して〈下枝を鋤にあやまつ野梅《んめ》かな〉（『几董句稿』）と詠む。田園風景の実景を重んじ、郊外散策を行ったのである。その背景には、安永天明期の郊行詩の流行があった。

近世中期から農地が整備され、都市近郊が田園風景として鑑賞に値する美しさを伴ったこと、また郊外における茶店の増加が、城市を離れて風塵を去る志向と相俟って、詩人たちは郊外を一日歩行し、飲食して、夕日を賞して帰るという郊行詩を盛んに作ったのである。

野径梅、　**梅遠近南すべく北すべく**　蕪村
花に暮て我家遠き野道かな　同
西山遅日、**山鳥の尾をふむ春の入日哉**　同

『明和辛卯春』に載るこれらの句は、郊行詩の盛行を踏まえつつ、それを句に活かしての詠作であった。

〔近代への階梯〕　都市系の趣向が勝った句風と地方系の低俗な句風は、ありのままに景を捉える実景と作者の感動の表出たる実情を尊重する理念に、都市系の趣向や洗練が加わって多様な作風が開花した。これに、徂徠学や国学など、時代の復古思潮やそれに続く漢詩文の隆盛、文人的生活への志向が影響して、用語・素材の雅文的色彩や、郊外における自然美の発見などをもたらす。あるいは、博物学的な関心の高まりとも関連して、対象と作者の二元的認識が生まれ、主我を意識し、対象をよく見ることで感ぜられる情が、対象の本質を捉えさせるとき、一句の表現がなるところを希求したのである。主客未分化だった元禄時代とは異なる、近代への道筋が見えていたといってもいい。

〔参考〕　尾形仂『蕪村の世界』（平5、岩波書店）、山下一海・田中道雄・石川真弘・田中善信『天明俳諧集』（平10、岩波書店）、田中道雄『蕉風復興運動と蕪村』（平12、岩波書店）

(10)　大衆化の時代

〔花の下俳諧宗匠〕　寛政二年（一七九〇）、歌道の家である二条家は、暁台と蕪村門の月居とに「花の下（本）宗匠」の允可《いんか》を与え、二条家の興行する俳諧の宗匠とした。「花の下《もと》宗匠」は、俳諧宗匠としての最高権威の称で、花の下連歌の好士（上手）を「花の下《もと》衆」と呼んだのに由来するが、連歌では連歌界全体を統括する役割としての呼称は「宗匠」であって、近世昌琢が知行百石で幕府の家としての保証を得、以降里村家が代々幕府御連歌始めの宗匠となったことを俗に花の下宗匠と言ったにすぎない。俳諧の「花の下宗匠」の称は、二条家が芭蕉に「正風宗師」の称を追贈し、花の下宗匠をこれに連なる宗匠として位置づけたことで、二条家の俳諧の宗匠であると同時に、俳諧宗匠の頂点としての権威を示すものとした。暁台の没後、蒼虬《そうきゅう》（一七六一～一八四二）・鳳《ほう》

朗《ろう》（一七六二～一八四五）・梅室（一七六九～一八五二）・林曹《りんそう》（梅室弟子、生没不明）・梅通《ばいつう》（一七九七～一八六四）・芹舎《きんしゃ》（一八〇五～九〇）と明治時代へ続き、のち聴秋《ちょうしゅう》・秋邨《しゅうそん》（一九八一没）と昭和まで続いたという。二条家にとっては蕉風俳諧を自身の傘下に置こうとしたのであろうし、俳諧にとっては二条家の権威の後ろ盾を得て、自身の権威付けとしようとしたのである。

芭蕉百回忌の寛政五年（一七九三）には、全国的に芭蕉句碑の建立や追善記念集の出版が相次ぐなか、神祇白川家から「桃青霊神」の神号、文化三年（一八〇六）には朝廷より「飛音明神」、百五十回忌の天保一四年（一八四三）には二条家の斡旋で神祇管領吉田家から「花本大明神」の神号が贈られ、各地の句碑はそのまま正風の霊地として尊崇の対象となってゆく。

詩という世外の価値に生きた芭蕉が、世俗的な信仰の対象となることは、俳諧の詩そのものが俗の価値に位置づけられたことを意味する。俳諧は社交的嗜みとなって趣味化し、遊戯化して、風雅を弄ぶ俳趣味として生活の中に取り込まれて、詩精神を喪失していったのである。

〈化政俳諧〉　芭蕉百回忌を区切りとして、明和・安永・天明と蕉風復興運動を推進した主要な俳人たちは、世を去っている。蕪村に代表される高邁な文学的世界は蕪村の死とともに同調者が少なくなり、蓼太・白雄・闌更ら、無技巧で平明を旨とする作風に学んだ、次世代の俳人たちが勢力を持つようになる。俗談平話の炭俵調が時代の主流となった。この寛政から化政期にかけての俳壇は、江戸では、白雄門の道彦《みちひこ》・巣兆《そうちょう》、蓼太門の完来《かんらい》・寥松《りょうしょう》らが勢力を伸ばし、名古屋の暁台門では、同地の士朗《しろう》、三河の卓池《たくち》が一門をまとめ、京都では闌更門の蒼虬や梅室が進出した。ことに蕪村門の月居《げっきょ》が京阪に勢力を築いたが、月居もまた平俗調に傾いたことからも、時代の嗜好が明らかであろう。

またこの時期は、宗匠たちのみならず、俳諧を余技とする、いわゆる遊俳も活躍した。江戸蔵前の札差である成美《せいび》、俳僧一瓢《いっぴょう》、大坂の飛脚問屋を営んだ大江丸《おおえまる》などが挙げられる。彼らの存在は、俳諧の趣味化、俳趣味の社交を特徴として、俳諧が大衆化したことの象徴ともいえる。が、俳諧を業とする宗匠たちよりも自由な立場で、かえって俗を離れた詩精神の高潔さを認めることもできる。

そのほか、この時期の注目すべき俳人としては、奥羽白石の乙二《おつに》、秋田の五明《ごめい》、酒田の長翠ら地方俳人。長門国の菊舎尼《きくしゃに》、八王子の星布尼《せいふに》ら女流俳人がいる。

〈月並句合〉　発句による句合せは、はじめ寺社への奉納を名目として寛保頃から単発で行われたもので、宝暦頃京の嘯山一派が門人等の発句の練習のために毎月発句を募って高点発句集を出版したらしい。それが、寛政を過ぎて化政期から爆発的に流行しだしたのが月並句合である。毎月主催者が題（四季の語）を出し、その題に基づく句を詠んで投句、それらを決まった日に宗匠が選をして発表するというもの。投句に当たっては投句代（入花料、一句につき八文から二十文ほど）を払い、高点者には景品が出、入選句を書いた数枚の刷り物（丁摺）が入選者に送付される。題は、一年分が出され、示された締切日に間に合うよう、全国から取次所を経て投句されてくる。天保期から幕末の頃、一回の寄句数は、数千句の規模であったといい、景品と刷り物代など諸経費を引いた分が、主催者や宗匠の収入となった。資金集めの目的で、奉額や奉灯・襲名披露などの名目で一回限りの句合せも企画された。

月並句合は、江戸・大坂・名古屋の都市の宗匠によって全国規模で行われたが、とくに東西を二分したのは、大坂の淡々を祖とする八千房《はっせんぼう》と江戸の桃隣を祖とする太《たい》白堂《はくどう》（孤月《こげつ》）である。八千房は青色表紙の『青陽帖』、太白堂は共紙表紙（本文と同じ紙の表紙）の『桃家春帖』を毎年出し続け、これに傘下のグループを加え、また月並句合の題を記すこともあった。

この句合せは四季の季題から出題されたから、投句の参考書として、季寄・類題句集も続々と出版された。当代の好みを知るために、近作を集めた類題句集がもてはやされた。類題句集は、同じ季題のもとに句が並べられているから、投句のためにこれを読むことで、題の本意や趣向を容易に知ることができる。そのため、月並句合の句は、本意を踏まえて似た趣向を用いた新しみのない句が大半となった。近代からは類型的で新味のない句と批判されることになるが、本意を踏まえた繊細な句もあった。

しら魚に有明月のうるみかな　大江丸（『俳懺悔』）
日の色や野分しづまる朝ぼらけ　同
はや秋の柳をすかす朝日かな　成美（『成美家集』）
三日月の光を散らす野分かな　同
青柳の東海道は百里かな　士朗（『枇杷園句集』）
太秦は竹ばかりなり夏の月　同
家二つ戸の口見えて秋の山　道彦（『蔦本集』）
隣る木もなくて銀杏の落葉かな　同
梅散るや難波の夜の道具市　巣兆（『曽波可里』）
菜の花や小窓の内にかぐや姫　同
海にすむ魚《うを》の如《ごと》身を月涼し　星布（『星布尼句集』）
解けて行く物みな青し春の雪　菊舎（『手折菊』）

〈俳諧一枚刷〉　一枚の紙に印刷された摺物のことで、多くの場合、句のみならず、多色摺の絵から簡単な挿絵風のものまで多種多様な絵が添えられている。画家も、俳人や文人などの素人から、狩野派・琳派・浮世絵師・四条派などの職業絵師までさまざまで、句と絵とで構成する紙面がデザイン的に見て魅力的である。俳諧一枚摺は俳人の仲間内で配られた非売品であり、正月の歳旦三つ物や春興・秋興、慶事や追善など、挨拶や告知を目的として作成されることが多かった。

素石歳旦　鮮斎永濯画　読書猪図（早稲田大学図書館蔵）

この一枚摺は、宝永から享保期に定着し、大村蘭台（肥前大村藩主）たちが江戸座の俳人らと共同で、二、三色摺の挿絵を添えたものが残っている。明和から安永・天明にかけては、多色摺の摺物が一般的になり、京大坂を中心に、蕪村をはじめ多くの俳人が制作した。寛政から化政期以降、俳諧の大衆化にともない、一枚摺は広く行われるようになった。右の図は、俳人為山《いざん》による歳旦摺物。画者は小林永濯。明治八年亥年にちなみ、ランプの灯の下、猪が洋装して横文字の本を読む図で、文明開化の時代をユーモラスに表現している。

〔一茶〕　宝暦一三年（一七六三）に信濃国水内郡柏原村で生まれた。幼くして母と死別、父は後妻を娶り、異母弟が生まれた。継母はこの弟を愛し、一茶は長男ながら故郷を離れて江戸に出た。江戸で一茶は、葛飾派の今日庵元夢・二六庵竹阿に学び、葛飾派三世素丸に従った。寛政頃から諸国を行脚、江戸でも知られる存在となっていくが、生活は安定しなかった。享和元年（一八〇一）、帰郷して父を看取る。江戸に戻って以降は、江戸に本拠を置きつつも房総地方を旅している。この頃から葛飾派を離れ、成美や道彦、一瓢らと親交する。亡父十三回忌にあたる文化一〇年には継母・義弟との遺産問題が落着し、帰郷。妻帯して家庭を持ち、信濃における俳諧活動も本格化する。が、子を亡くす不幸が続き、文政六年には妻も亡くなる。雪国での貧しい生活と、身辺の悲哀を、口語調で語ることで、生の声を一句に持ち込むことに成功し得たと言えるだろう。とはいえ、通俗卑近な平話調ともいうべき句風は葛飾派に学んだものであり、方言や俗語を趣向とする田舎体の俳諧が当時の江戸座の特色でもあったから、一茶の句風は同時代の俳諧と根を同じくしている。一茶の特長は、これら時代の趣向を、単に一句の趣向として用いるのではなく、これを自身の心情や境遇に裏打ちされた言葉として発したところにあると言わなくてはならない。

〔参考〕　尾形仂『月並俳諧の実態』『俳句と俳諧』（昭56、角川書店）、大礒義雄『蕪村・一茶その周辺』（平10、八木書店）、櫻井武次郎『俳諧史の分岐点』（平16、和泉書院）。

（11）天保・幕末の俳諧

〔天保の三大家〕　天保期に中心的な活動を見せる俳人らは、芭蕉晩年の炭俵調の俳風を慕っていた。桜井武次郎紹介の「麦慰舎随筆」（弘化二年『舎利風語』）に、「安永の頃より諸哲競ひ起こりて正風にかへさんとすれど、（中略）『冬の日』『春の日』などより導き、（中略）天明・寛政・文化・文政を経て、『あら野』『猿蓑』『炭俵』をうつし来る。さあれ、安永に『冬の日』を写せど、真の『冬の日』に成らず。文化に『猿蓑』を模すといへど、さらに『猿蓑』に等しからず。天保に『炭俵』を狙ふといへど『炭俵』に同じからず。時人同じからねば、安永は安永、文化は文化、天保は天保の風調なり」「されば、『炭俵』とはいふべからず。誠は天保風体なるべし」と述べるように、化政期の俳諧に見られた優美高雅の趣きは、より親しみやすく、さらに平明になった。

むろん、化政期の俳諧の延長に位置づけられ、さらに大衆化が進んだこの時代は、月並句合の全国規模での流行を見、それに伴って摺物の愛好者も増加してゆく。こうした俳諧を嗜む人々を相手に業俳《ぎょうはい》が地方や都市に多く現れた。彼らは、発想の類型化、固定化を招いて、後に正岡子規から「天保以後の句は概《おおむ》ね卑俗陳腐にして見るに堪えず、称して月並調といふ」（『俳諧大要』明28）と排撃される俳風を招来した。が、季題の固定的発想は、かえって季題の美意識を一般に広げていったとも言い得よう。

この時期を代表する俳人に、江戸の鳳朗、京都の蒼虬、梅室がいる。相次いで花の下宗匠の允可を受けたこの三人を天保の三大家と呼んでいる。鳳朗は宝暦一二年（一七九二）生まれ。熊本藩士であったが、三十七歳で致仕して江戸に出、道彦の門に入った。成美・一茶らど交流して名を挙げた。

後戻りして宿借るや麦の秋　鳳朗（『鳳朗発句集』）

きらきらと音に日のさす鳴子かな　同（同）

蒼虬は、宝暦一一年金沢生まれ。父は加賀藩士。俳諧を闌更門の馬来に学び、寛政六年闌更を頼って上京した。闌更の没後、芭蕉堂を継いで、化政期に活躍した。

いつ暮れて水田の上の春の月　蒼虬（『訂正蒼虬翁句集』）

江のひかり柱に来たりけさのあき　同（同）

梅室は、明和六年（一七六九）金沢生まれ。蒼虬と同じく馬来に学び、寛政一二年には、馬来・蒼虬・李下の跡を襲って槐庵を継ぐ。文化元年には京に移住、文政三年大坂に移り、同六年には江戸に、天保五年には金沢、同一〇年大坂に出て、その後四国・中国地方を行脚。全国に門弟を得て、当代を代表する俳人となった。

元日や人の妻子の美しき　梅室（『梅室家集』）

門ありて国分寺《こくぶじ》はなし草の花　同（同）

他に三河岡崎の卓池、須賀川の多代女がいる。

三日月や蘆の葉先の一あらし　多代女（『晴霞句集』）

沖一夜あれてはるかに雪の山　卓池（『青々処句集』）

〔幕末から明治へ〕　天保の大家の跡を受けて明治にかけて知られた俳人に、次の俳人等がいる。大坂の鼎左《ていさ》（一八〇二～六九）は、二柳門の奇淵に俳諧を学んで、跡を継いだ。京都では、蒼虬門の芹舎《きんしゃ》（一八〇五～九〇）、江戸では梅室門の為山《いざん》（一八〇四～七八）、同じく梅室に学んだ等栽《とうさい》（一八〇五～九〇）、春湖《しゅんこ》（一八一五～八六）が代表的俳人である。この三名を江戸三大家と称した。江戸では他に、三森幹雄を育てた俳人、西馬（一八〇八～五八）がいる。

明るみてまた降《ふる》雨や薄原　為山（『今人五百題』）

湯桶なときのふのま丶やちるさくら　同（同三編）

夕柳雨の向うになりにけり　芹舎（『泮水園句集』）

羽織着た落穂拾ひや小六月　等栽（『等栽発句集』）

名月に洲先の料理奢らばや　同（『しののめ』）

暮たれば滝ばかりなり那智の空　春湖（『雲鳥日記』）

その他には、明治二年に『俳諧新聞誌』（のち『対梅宇日渉』）を刊行した乙彦（一八二六～八六）、明治三年に其角堂を継承した永機（一八二三～一九〇四）、明治七年に俳諧明倫講社を結んで活動してゆく幹雄（一八二九～一九一〇）、雪中庵を継承した梅年（一八二五～一九〇五）らがいる。とりわけ永機は、幕末の俳諧を引き継いだ宗匠として、明治二〇年芭蕉二百回忌を義仲寺で開催、『枯尾花』（『元禄枯尾花』『明治枯尾花』）を刊行した。

正岡子規が新聞『日本』に「獺祭書屋《だっさいしょおく》俳話」を連載して偶像化された芭蕉を痛烈に批判するのは、その五年後である。

〔参考〕　櫻井武次郎『俳諧史の分岐点』（前出）、同『連句文芸の流れ』（平1、和泉書院）

なお、各章に記した文献以外に、近世俳諧を通して左記の書を参考にした。『俳句講座1　俳諧史』（昭34、明治書院）、『同2・3　俳人評伝上・下』（昭34、明治書院）、麻生磯次他『俳句大観』（昭46、明治書院）、鈴木勝忠『俳諧史要』（昭48、明治書院）、白石悌三・尾形仂『俳句・俳論』（昭52、角川書店）、櫻井武次郎『連句文芸の流れ』（前出）、加藤定彦『俳諧の近世史』（前出）、山下一海『俳句の歴史』（平11、朝日新聞社）、雲英末雄監修『芭蕉・蕪村・一茶の世界』（平19、美術出版社）

［宮脇真彦］

2 近代俳句史

1 初期東京俳壇の形成

明治七年（一八七四）、幕末の江戸の三大家と呼ばれていた関為山、鳥越等栽、橘田春湖をリーダーとして教林盟社が結成され、それに反発して離脱した三森幹雄らが明倫講社を結成。この二社の対立構造が初期東京俳壇を形成し、明治二〇年頃までの日本の中央俳壇となっていく。

教林盟社と明倫講社は、俳諧宗匠の教導職就任をきっかけに設立された。教導職とは、明治五年、政府の方針を国民に伝えるために置かれた半官半民の役職である。

俳諧宗匠が教導職に任命された経緯は、当初神官で構成されていた教導職の人数を増やすために僧侶を任命した際、永平寺の住職環渓から正風の俳諧宗匠も正しい道を模索してきたのであるから任用してはどうかという建白があり、それを太政官が採用したのである。

その背景には、神道のみで近代国家を構成しようとした平田神道の信奉者及び薩摩藩士と、仏教も認めようとした津和野派の国学者や長州藩士との対立があった。当初は太政官の上に神祇官があり、神道のみによる国家形成が企図されていたが、平田派等が追放されて明治五年に教部省が設置されて神道、儒教、仏教の合同布教体制が敷かれ、キリスト教も黙認されることとなった。その教部省が定めた国民教化のための役職が教導職である。

環渓は幻斉・雪主などの俳号を持つ俳人で、春湖とは江戸期から交流があり、『芭蕉翁古池真伝』（慶応四年［一八六八］）という共著も刊行している。

一方、環渓の建白を受けた太政官には、為山、等栽の師である桜井梅室の子息、桜井能監《よしかた》がいた。春湖も梅室に学んだ時期があり、皆、伊勢派に連なる俳家であった。つまり、教林盟社は、伊勢派の梅室一門が作り上げた近代最初の俳句団体であった。ただ、そこに教導職という国家の定めた役職があったため、あらゆる門流の俳家が参集することとなった。

明治六年五月に為山、等栽、春湖が教導職となり、夏から秋にかけて東京芝の増上寺に設置された大教院を多くの俳家が拝謁し、ここにひとつのまとまりが作られるかに思われた。

しかし、その大教院拝謁の直後、三森幹雄らが異を唱え、教導職を管轄する教部省に公正な試験の実施を進達する。その結果、すぐに教導職試験が実施され、翌七年四月に幹雄ら十五人が新たに教導職となった（昭和期の資料には先に幹雄らが教導職になったと解説されているが逆である）。幹雄は国学も学んでおり、天誅組に誘われたこともあったという人であるから、仏教界を背景とする春湖らが明治俳壇の中心となることに違和感があったのかもしれない。あるいは、幹雄も伊勢派の系統であるから、梅室一門ばかりが俳壇の中心となることに不満を抱いたのかもしれない。

教導職試験の内容は、敬神愛国等の新政府の基本方針や、家族倫理、文明開化、富国強兵など近代国家の諸概念を問うものであったから、江戸時代から国学に馴染み、次の時代のあり方を考えてきた人には容易な問題であったと考えられる。

教林盟社結成に当たって、為山らが幹雄を中枢から除外しようとした気配がないわけではない。大教院拝謁記念の句集『真名井』（明治七年四月序）に、為山らが東京の俳家とされているのに対し、幹雄は武蔵の俳家とされており、これに幹雄が怒った可能性はある。この句集には、長州からも三十五人が参加し、全国の俳家をまとめようとする意図があったと思われるが、内部には軋みもあったのであろう。

四月に為山らを社長とする教林盟社が結成され、八月には幹雄らを社長とする明倫講社が結ばれて、初期東京俳壇の体制は整う。それは政府の方針に基づき全国の俳家を巻き込んでの動きであったが、二つの結社の間で活動する俳家も多く存在した。

これまでこの時代の俳家は「旧派」と呼ばれ、文化的にも文芸的にも高く評価されたことはなかった。その理由のひとつに、芭蕉を神格化して祀ったということがある。しかし彼らが芭蕉を神格化したのは、国家神道という国の方針にしたがってのことである。宗教団体とならなければ、教導職による団体活動ができない時代だったのである。

また、この時代の俳家の社会的地位や教養が低かったように書く資料も多いが、それも認識不足と言うべきで、彼らは一流の文化人として画家や文学者と交流していた。

さらに、近代初期の各地域の中心的な経済人の多くは俳家であり、その中には上京して政治に携わった人もいる。春湖の弟子の筆頭であった鶯笠は大坂の人だが、上京して東京府大参事（副知事に相当）となった。信州の渡辺楓関（千秋）、無辺（国武）兄弟は、兄が文部大臣、弟が大蔵大臣などの要職を歴任している。彼らの俳諧（連句）の席には伊藤博文の妻なども常連だったようだ。貴族院には奈良の森山鳳羽（茂）や徳島の 三木芳桂（与吉郎）らがおり、衆議院には短期間だが大阪で通天閣を建てた八世八千坊の土居通夫がいた。むろんその周辺にはあまたの俳句愛好家がいて、初期東京俳壇の多様なにぎわいを作り出していた。

彼らは国学に基づく国の近代化に寄与した。太陽暦を採用し、近代の理念や事物を俳文芸に取り入れて、近代俳句の基礎を築いた。理念や社会状況を詠む俳句は彼らから始まっており、表現史として見れば、後のプロレタリア俳句や社会性俳句の系譜と言えよう。

江戸期の神仏習合文化圏で醸成された俳諧という文芸が、国学によってその内実を変容させ、廃仏毀釈を経てキリスト教文化をも取り込んだ歳時記を作るに至る俳句史を改めて考えていく必要がある。　［秋尾　敏］

2　太陽暦の採用

幕末に使われていた暦は、京都の土御門家が作成した天保暦と呼ばれる太陰太陽暦で、太陰暦に太陽暦の要素を組み入れたものであった。俳句の季語にもある二十四節季や七十二候は太陽暦の要素である。太陽暦の知識を持つ人は江戸時代にもかなり存在し、「オランダ正月」を祝う蘭学者もいた。さらに幕末に外国との通商が開かれると、和暦と西暦の照合が必要となって、「萬国普通暦」なども作られた。

明治初年には新政府においても土御門家が編暦の担当となったが、明治三年（一八七〇）に星学局が設置され、本局が東京に移転して、長く続いた土御門家と暦の関係は絶たれた。

明治四年（一八七一）に編暦の担当となった文部省は、明治五年十一月九日「改暦の布告」を出し、明治五年十二月三日を明治六年一月一日として、太陽暦の採用に踏み切った。つまり布告の翌月に暦を変更するというのである。これについて『大隈伯昔日譚』には、閏月による給与を削減するために急いだという裏話が残されている。

太陽暦の採用は、主に通商や外交の便のためで、国内文化には混乱も生じたと思われ、明治四二年暦までは旧暦も併記されている。また、閏年の置き方をグレゴリオ暦に合わせたのは明治三一年のことである。したがってこの時期の暦法の改訂による混乱は、国内のあらゆる文化に及んでいたと考えられ、俳句に限ったことではない。現在図書館等で確認できる俳書の発行数が、明治六年だけ極端に少ないのも太陽暦の採用が原因と思われるが、これをもって俳人の旧弊さの証左とすることはできない。混乱していたのは社会全体であり、その原因は新政府の施策にある。

翌明治七年に刊行された永安壺公編『ねぶりのひま』は、新暦二月のはじめに立春があることから新暦を旧暦の一か月遅れと考え、二・三・四月を春と定めて編まれている。当時、福沢諭吉らは二か月遅れを説いていたから、これは独自の解釈ということができ、結果的に現在の歳時記の基礎を作ったことになる（この資料はかつて『てぶりのひま』と読まれていたが誤りである）。明治一一年刊の根岸和五郎編『大陽暦四季部類』もまた一月を冬とし、その中に新年を入れている。明治一二年刊の三森幹雄撰『俳諧新選明治六百題』も同様である。太陽暦を取り入れた俳家はみな国学を学び、明治新政府の方針を推進しようとした人である。幕末から広がっていた平田神道も太陽暦を認めていた。

しかし、太陽暦の季節区分がすぐ一般化したわけではなく、明治一二年刊の椿海潮堂編『発句俳諧九百題』は新年を春とし、そこに立春も置かれているから旧暦で編まれていると考えられる。さらに明治四二年刊の馬田江公年編『俳諧季寄兼用題意註解玉兎』に至っても、春は一月から、夏は四月からとなっている。ただし「歳旦の部」は別立てで一月の前に置かれている。

明治三四年から刊行される正岡子規・高浜虚子編『春夏秋冬』は一月という季題を示さず、四月を夏、十月を冬に置くばかりである。これはまだ新派の例句が少なかったためであろうが、四月が夏では旧暦による分類ということになる。「新年」を付録として最後に置いているところは新しい。

こうした混乱や試行錯誤は俳壇に限ったことではなく、日本人の生活上の諸行事や農林水産業のすべてにわたって長い期間に及んでおり、政府が旧暦の発行を禁止したため、旧暦は「暦」という名を付けずに、さまざまに名を変えて、明治の末年、あるいはそれ以降も刊行され続けた。それらは〈おばけ暦〉と呼ばれている。

従来、旧弊な旧派宗匠が太陽暦を理解できずに混乱したと解説されてきたのであるが、むしろ太陽暦の採用によって混乱した季節の区分けを、俳諧宗匠がさまざまに工夫し試行して、その標準を模索していったと言うこともできるのではなかろうか。しかも現在に至る区分を開発したのは、新派ではなく、旧派の俳人だったのである。

現在、一般的に歳時記では立春から春を始める区分を採用している。しかし、国語辞書類はそれを認めながも、気象学的には三月・四月・五月、天文学的には春分から夏至の前日までと付記している。春夏秋冬という概念がゆるやかで相対的なものとなっていることには、それなりの意味があると考えるべきであろう。

［秋尾　敏］

3　発句から俳句へ

「俳句」という用語は江戸時代からあり、其角の『虚栗《みなしぐり》』（一六八三）の自序の漢詩の中や、上田秋成の『胆大小心録』（一八〇八）、六平斎亦夢の『俳諧一串抄』（一八三〇）などに用例が見られるが、それが一般化したのは明治時代になってからのことである。明治初期まで、「俳句」は俳文芸全体を指す意味にも使われていたが、明治九年頃から、単独で鑑賞される五七五の詩形を表す名称となっていった。

「発句」は俳諧連歌（連句）の最初の一句という意味であり、それが単独で詠まれる場合にも、多くは脇の句が付けられることが想定されていたと考えられる。ところが、時代の変遷とともに単独に終始する作品が増え、それを地発句とも呼んだが、もう少し洗練された名の必要が生まれたということであろう。

明治期における「俳句」の早期の用例としては、明治八年刊の和装の句集『夜たゝ鳥』（梅痴編）の漢文の序と跋がある。これは、俳文芸全体を漢語で言い表そうとした語と考えられる。江戸時代の用例も多くは漢文中に見られるから、「俳句」は俳諧連歌を漢文脈で表すための語であった可能性がある。

単独の五七五を「俳句」と呼んだ事例は、岡野伊平によって明治九年に創刊された『風雅新聞』、仮名垣魯文によって明治一〇年に創刊された『魯文珍報』、一一年に創刊された『月とスッポンチ』などに見られる。これらはみな、都々逸や狂歌などを掲載する滑稽文芸の雑誌で、俳文芸を専門とするものではない。

俳諧の専門誌では、明治一三年創刊の『俳諧明倫雑誌』の創刊号が「俳句」という用語を用いている。これは三森幹雄が社長を務める明倫講社の機関誌である。明倫講社は、明治政府の近代化の方針に添って活動した結社で、当時の俳壇にあっては革新派であったから、この「俳句」は、従来の発句とは違うという自負の意識もあっての用語だったかもしれない。明倫講社には二千とも三千とも言われる会員がいたため、「俳句」という語は全国に広がったと考えられ、明治一〇年代には「俳句」という用語を用いる活字の雑誌が増えた。書籍でも、明治一四年刊の『玉競四季廼魁《たまきそいしきのさきがけ》俳句、狂句の部』（万寿堂）、同年刊の『岩木の栞　第一編』（秋元源吾編・刊）などに「俳句」が見られるが、この二冊も活字本である。明治一五年刊の和装句集『題詠俳諧明治千五百題』（松田聴松編）の漢文の序にも「俳句」の語が見られるが、これは先述した『夜たゝ鳥』の系譜に位置づけられるものである。

『風雅新聞』以降の事例は、ほとんどが活字メディアである。この時期の俳書は、まだほとんどが和装木版という古風な伝統を守っていたのだが、その状況の中で「俳句」が活字印刷のメディアから使われ出したということには意味がある。「俳句」は、それまでの版本の「発句」とはどこか違う雰囲気を持った五七五を指す用語だったと考えられる。

明治二〇年代に入ると、活版で刊行されるさまざまな雑誌に、「俳句」欄が設けられるようになる。尾崎紅葉の『我楽多文庫』の十号（明治一九年）と十一号（同二〇年）に「俳句」が掲載されており、点取俳句誌として沖縄も含めた全国から膨大な応募句を集めていた『俳諧一日集』（松風会出版部）にも第三号（明治二二年）から「俳句」の語が使われている。日本最初の学生の投稿雑誌『穎才新誌』にも明治二三年から俳句欄が設けられる。したがって、明治二六年に正岡子規が新聞『日本』に俳句欄を設けたころには、すでに「俳句」はかなり一般的な用語になっていたと考えられる。

この時期、巷間では月並句合（月例の句会）や、さまざまな行事にかこつけた点取句合（俳句会）が隆盛を極めていた。これは学校教育の普及によって識字率が向上した結果でもあった。読み書きを身に付けた人たちは、何かを表現しようとし、またその力を磨こうとしたのである。だがそれは、すでにある「発句らしさ」に自らの表現を近づけるゲームであって、自我の個性を重視する近代文学とはいささか距離のある文芸であった。

その「俳句」に、近代文学としての可能性を見いだし、近代的な自我の表現手段としてのあり方を示したのは正岡子規である。明治二五年、子規は新聞『日本』に、『獺祭書屋俳話』を連載し、近世の俳諧から近代文学となり得る「俳句」を抽出する。さらに明治二八年、日清戦争に従軍して景の描写の価値に気づいた子規は、帰国して療養のため故郷の松山に戻り、傷ついた近代人の視線で故郷の風景を見直し、写生という方法で、近代文学としての「俳句」を切り拓く糸口を見いだす。子規の写生とは、近代的自我による独自の世界観を、俳句という文学形式に納める方法であった。

日清戦争後には柳原極堂の『ホトトギス』や服部耕雨の『俳諧評論』など、近代俳句を目指す俳誌が創刊され、三〇年代に入ると、『ホトトギス』が東京に移されて、その支部が各地に作られ、全国規模で活版印刷の俳誌が増加し、その中で近代俳句が生み出されていく。

しかし、その一方で旧派の宗匠も活動を続けており、京都の『あふち草紙』（無為吟社）や『雲井草紙』（高木豊孝）などは、明治三〇年代にも和装の版本で刊行され続けている。一方、東京の『俳諧新誌』（正風道場）や『正風俳諧真の栞』（渡辺桑月）などは、和装であるが活字印刷となっている。これらのメディア上では、まだ、「俳諧」とか「発句」という呼称が使われている。

　子規没後は、河東碧梧桐が新傾向俳句を提唱し、各地をめぐって、近代文学としての「俳句」を普及させていった。碧梧桐は、古典の教養に頼らずに、近代の合理的精神や、それぞれの自我の実感によって、ありのままに世界をとらえようとする自然主義文学に深く影響を受け、五七五という制約から離れようとし、また約束化された季語から現実の季感への転換を図ろうとした。その主張によって、子規の考えた「俳句」の近代化は大きく進展するが、個別的な表現を追究し続けた新傾向俳句は、やがてルビ俳句という難解な表現を作り出し、伝達性の限界に至って崩壊する。しかし、碧梧桐の主張の根源にあった個人の独自性を追求する姿勢は、荻原井泉水や中塚一碧楼らの自由律俳句となって結実し、後の新興俳句運動の一つの源流ともなっていく。

　子規没後、一時文芸誌となっていた高浜虚子の『ホトトギス』は、明治末期に再び俳誌となる。すでに『ホトトギス』は、全国に読者を広げていたが、一方で、その中心部には、かつて伊予派とも呼ばれた松山出身の人々がいて、地縁の結社という側面も持っていた。

　しかし、明治四五年一月号で虚子は「吾等仲間の解体」を表明し、地縁を離れ、個人を対象にしたメディアとなることを宣言する。これは新奇な俳句に向かう河東碧梧桐との決別であり、また販売部数拡大の戦略でもあったわけだが、それによって『ホトトギス』は、紛れもなく全国各地の文学的才能を集める場となり、「俳句」は、広く才能を受け入れる文芸となった。前田普羅、原石鼎、飯田蛇笏ら、大正ホトトギス派と呼ばれる若き才能は、こうして『ホトトギス』に結集し、ここに伝統的な形式を踏まえた「近代俳句」が、メディアとコンテンツの両面において確立した。

　明治中期、「俳句」という用語は、俳書・俳誌の活版化と重なり合うように普及していく。それは、文化的価値観を共有する座の文学であった俳諧が、近代的自我を受け入れていく過程でもあった。そこには、仮名垣魯文、三森幹雄、正岡子規、河東碧梧桐、高浜虚子らの先駆的な意識が働いている。

　しかし一方で、「俳句」が、「発句」の伝統を継承していることも認識しておかなければならない。昭和に入って山本健吉は「座の文学」と言い、俳句に「挨拶」や「滑稽」という要素を復権させようとしたが、俳句のそうした性格は、やがてポストモダニズムの視点から近代を超える文学形式として、世界中で評価されるようになる。つまり「俳句」という文学形式は、座の文芸としての発句の伝統と、近代的自我の個別的表出との二面性を持つことによって進展してきた文芸なのである。

　最後に、江戸時代からの門流を近代に受け継ぐ人々がいたことも確認しておこう。大正、昭和時代にも、全国に何百という宗匠が俳諧の伝統をつないでいた。その中には、近代の俳壇で活躍した人もいる。東京の阿心庵雪人は其角の系譜を継ぎ、昭和に至るまで新聞やラジオで活躍した。また岐阜には、今も美濃派を継ぐ系譜がある。彼らもまたそれぞれの地域で、「近代の俳句」を形成する力となっていたことも認識されるべきことである。

［秋尾　敏］

4　新聞俳句　［一八八〇・明治13］

「新聞俳句」とは、広義には新聞に掲載された俳句のことであろうが、ここでは、明治時代の新聞に設けられた俳句欄について述べる。

　一般の新聞に掲載された句としては、明治一三年の『郵便報知新聞』紙上に掲載された角田竹冷の作品をもって嚆矢とされる。だが、それ以前にも、より文芸的な新聞には俳句欄は数多くあった。『俳家新聞』（明治元年、弘美編・竜尾園活板所）、『俳諧新聞誌』（明治二年、萩原乙彦編刊）、『風雅新聞』（明治九年、岡野伊平編・開新社）、『新聞俳諧大熊手』（後に『滑稽大熊手』と改名、明治一二年、渡辺たけ・萩原乙彦編・風交社）などに発句ないしは俳句の掲載がある。ただしこの時代の「新聞」は「雑誌」との区別が難しい。

　一三年以降は、『新聞俳諧大熊手』、『静岡俳聞誌』（明治一四年、今津乙之助・萩原乙彦選・吟花嘯月社）、『方円珍聞』（明治一四年、両馬良之助編・方圓社）などに「俳句」が載る。これらも「雑誌」との区別は難しい。

　明治二七年二月、新聞『日本』から『小日本』が刊行され、そこに正岡子規の「日本俳句」欄が置かれる。これが新聞俳壇の創始とされるが、前出の文芸的な新聞では、すでに数多く紙上選句が行われており、子規はそれを全国紙において始めたということである。『小日本』は『日本』が発行停止となった場合に備えた新聞で、子規が編集長。明治二七年（一八九四）二月十一日から、同年七月十五日まで百三十号発行された。「日本俳句」欄は、その後新聞『日本』に移された。

　岡野知十は、明治二八年、『毎日新聞』に「俳諧風聞記」を記し、注目を集めた。これは新聞俳壇ではないが、新聞による俳壇の形成を考える上で重要な出来事である。

明治三〇年八月、高浜虚子は『国民新聞』の俳句欄選者となった。『国民新聞』は、徳富蘇峰が二三年に創刊した日刊新聞で、日清戦争後は政府寄りの帝国主義的国家主義の立場をとった。御用新聞と揶揄されることもあった『国民新聞』の保守的な姿勢と虚子の選句の間に関係性を見ることは可能かも知れない。四一年、虚子は国民新聞文芸部部長となり、松根東洋城を俳句欄選者とした。東洋城は、虚子以上に古風な句風を求めたが、一方で震災などの社会事象を俳句に取り込みもした。

明治三三年には中里大次郎によって東京神田の少文豪社から『芭蕉新聞』が創刊され、同じく三四年に同名の新聞が酒井雄二郎によって東京府千駄谷の芭蕉新聞社から発行されているが、これらも雑誌の体裁である。

明治三五年、河東碧梧桐は子規から『日本』俳句欄「日本俳句」の選者を引き継ぎ、やがて新傾向俳句を全国に広めていく。虚子は「日本俳句」が碧梧桐選となったことに落胆したと言われる。四〇年に新聞『日本』は分裂するが、「日本俳句」欄は雑誌『日本及び日本人』に移され、以降はそこが新傾向俳句の拠点となる。新聞『日本』と雑誌『日本及び日本人』は国粋思想の要素を持ち、政府には批判的な記事が多く、『国民新聞』とは異なった読者を持つ新聞であった。そうしたことが、虚子と碧梧桐の選句や作句に影響を与えていた可能性もある。

明治四一年、『樺太日々新聞』に俳句欄が作られ、少し遅れて朝鮮の『京城日報』にも「京日俳壇」が設けられたという。『台湾日日新報』にはそれ以前から俳句欄があったようだ。外地の新聞についてのさらなる調査も必要であろう。

［秋尾　敏］

5 芭蕉二百年忌法要［一八八七・明治20］

松尾芭蕉は元禄七年十月十二日（一六九四年十一月二十八日）に歿した。したがって明治二六年（一八九三）は没後二百年忌ということになり、当時の俳人たちは早くからそのことを意識していた。

明治八年には枕流亭一澄編『二百回忌取越翁忌集』が刊行されており、月の本為山が跋を記している。「取越」とは期日を繰り上げて行事を行うことであるが、それにしても二十年近く前というのは異例であろう。一方、一六年に大阪の実相寺において南敬を会主として行われた「芭蕉翁百九十回正忌追遠」は期日どおりである。この会には京都の北川梨春らが加わって句集『冬の備』が刊行されている。その翌年には連梅編『奉納祖翁二百回遠忌俳諧之連歌』が花の本芹舎の序で京都から刊行され、明治一八年になると粋白坊勝邨治兮編『芭蕉翁年譜略』がこれも京都から刊行されているから、芭蕉二百年忌への気運は、主に関西方面から高まっていったようだ。

明治二一年になると、東京の阿留多伎祖琳編『祖芭蕉翁二百回忌追福四時混題句集』が出されるが、これは不白軒梅年らを選者とするいわゆる点取句合の返草（句会の入賞句を記し、賞品として入賞者に返す句集）である。また二二年には岡山市の木村伝吉によって『芭蕉翁二百年祭翁塚建築発句十万輯』という一枚摺が出され、二四年にはやはり岡山市の松風会から『翁忌二百年祭発句輯抜萃各上座』という返草が出されている。二四年には活版で東京の筒井民次郎編『纂註芭蕉翁一代集』なども刊行されているが、二五年には芭蕉生誕の地で「伊賀国柘植芭蕉庵桃青翁誕生地紀念碑建設並二百年忌追弔発句集」の募集チラシが配られ、また遠く青森県弘前でも草々庵社編『芭蕉翁建碑落成二百年祭発句大会高判』が刊行されている。さらに二七年になっても東京の佐藤清吉編『深川冬木町芭蕉霊社二百年祭句集』などが出されているから、明治二〇年代には芭蕉二百年忌を理由にした点取俳句会が全国で行われるようになったと考えられる。そうした中、東京の三囲神社境内に其角堂を結んでいた永機は、滋賀の義仲寺で芭蕉二百年忌の追善興行を催すべく門人の田辺機一に其角堂を、小平雪人に阿心庵を譲り、その資金によって七昼夜にわたって興業を行ったという。

こうした状況に対し正岡子規は、十一月六日付の新聞『日本』に「芭蕉翁の一驚」を書き、二百年忌を資金集めに利用しようとする旧派の宗匠を厳しく批判して、十三日から「芭蕉雑談」の連載を開始する。これが子規の俳句革新の発端となる。青木亮人は、子規の「芭蕉雑談」を二百年忌に対する時事論と位置づけ、芭蕉遠忌が、文学を希求する「芭蕉雑談」を出現させたと指摘している。

子規の指摘するような事態は確かにあったと思われるが、それとは別に、庶民の芭蕉に対する素朴な思いというものもあり、二百回忌の前後には全国で芭蕉句碑が建立されている。句碑は移動される場合もあり、資料としての扱いは難しいが、例えば明治二六年建立の三重県伊賀市柘植町にある芭蕉公園の永機筆の句碑は、先述の明治二五年の募集チラシの結果と考えられる。

子規自身も、点取俳句に対抗するように、藤井紫影、田岡爛腸、勝田明庵らと芭蕉二百回忌を修しているが、これはむしろ明治前期の関西俳壇にあった芭蕉への真摯な思いに倣うものと言えるだろう。

【参考】綿抜豊昭・鹿島三千代『芭蕉二百回忌の諸相』（平成30、桂書房）

［秋尾　敏］

6　椎の友社結成［一八九一・明治24］

椎の友社は、明治二四年五月、伊藤松宇、森猿男、片山桃雨、石井得中、石山桂山の五名で結成された結社。この五人の交遊は、明治一九年、松宇が第一通信銀行に勤めた折、当時横浜通信局に勤務していた猿男と親しくなったことから始まっている。明治二三年、松宇が第一通信銀行を辞して東京人造肥料会社に移り、日本橋浜町に住むようになると、猿男も東京通信管理局に異動、浅草の猿谷町に転居した。当時第一高等学校舎監の桃雨も同じ猿谷町にあり、これに本所相生町に住む郵便電信支局長の石山桂山、蠣殻町の相場師石井得中も加わって定期的に句会を行うようになった。

「椎の友」の結社名は、芭蕉の句〈先づ頼む椎の木もあり夏木立〉による。芭蕉の頃の俳諧が志した境地を目指したが、俳句の心得に関しては松宇に少し知識があった程度であり、その他は皆初心だったようだ。

君が代は知らぬ人にも御慶かな　桃雨
元日や百まで生きん人ばかり　猿男
初鶏や世の始りも暗きより　松宇
灰吹の青きも寒し梅の花　得中
一筋の竈煙りて山笑ふ　桂山

これらは明治二五年一月、結社の五人で詠まれた「辰とし春興」の句。興趣は薄いものの素直な詠みぶりで、正岡子規が関心を持ったのもうなずける。

明治二五年十月、松宇が子規に富士百句を送り批評を求めたことから、子規と松宇の交流が始まる。明治二五年十二月の子規の日記（『獺祭書屋日記』）に、

十二月十日
到社、訪松宇氏、会于石山氏宅、吟詠徹夜、課題
鉢叩雪のふる夜をうかれけり

とあり、子規は「吟詠徹夜」して、松宇をはじめとする椎の友社の面々と句座を囲んだ。子規が内藤鳴雪に語った話によると、この夜の句会の方法は子規にとってそれまで体験したことのない斬新なものであったようだ。その方法は、

①いくつかの題を出して、その題を紙の端に記す。
②その紙を座の順に回し、その題の句を一句ずつ書き入れる。このとき、作者名は書かない。
③②の作業が一順すると各題の下に座の全員の句が揃う。
④題ごとに紙を一枚ずつ分けて座の各人が筆記。それを互選する。
⑤一句につき一人が選ぶと一点とし、多数の点を得た人が座中の勝利者となる。

というものであった。句会に集まった者がそれぞれ無記名で投句した句を清記し、その清記用紙を座の全員に順に回して各自選句。それが終わると選の披講と合評という、出席者の互選を中心とした、現在も続く句会の原点がここにある。

あつき日や運坐はじまる四畳半　子規

明治二六年のこの句は椎の友社の句会（運坐）に初めて参加した後の句ということになる。子規たちのそれまでの句会は、当初、参加者が各自の句稿を持ち寄り、それを回覧しながら各自が意見や感想を書き込んで相互に批評し合うというものだった。その後、出された題に対して一分以内に速さを競う「競り吟」や、季題以外の題で十二か月分の十二句を詠む「十二ヶ月」など、新たな方法も生み出されていったが、投句を匿名にして会員が互選するという椎の友社の句会方法が、子規たちにとって新鮮な方法に映ったことは容易に想像できる。

このように椎の友社の互選方式の句会は子規を夢中にさせたが、子規はこの互選方式の欠点にもすぐに気付いている。明治二六年二月の虚子宛書簡に、

この頃ハ椎の友といふ仲間と我們俳諧仲間と合併致シ度々大小の俳句会相開申候　会とハ席上運座若シクは宿題にてそれを各人判定して其点数のしめあげを判定する法にてはじめハ面白かりしが今は俗気紛々として少々いや気に相成申候

とあり、「今は俗気紛々として少々いや気に相成申候」と、互選による点数を上げようとして、参会者の選におもねるような句が数多く投句されることがあった。子規はそのような句会の句の質の低下に気付いたのである。

江戸期以来の運座（句会）の方法は、一人もしくは二人の宗匠が選者となり、参会者の投句の選をするというものであった。宗匠の選が一定の基準となり、その基準にのっとって発句（俳句）の質が担保される。それに対して互選形式は参会者が平等に選者になることによって、いわば民主的に句が選抜されるわけだが、その選は参会者一人ひとりの力量や経験、趣味志向に左右され、俳句の質の担保という点では不安定である。

現在、多くの句会が椎の友社以来の互選方式を継承しているが、それに加えて句会主宰者の選を互選の後に行なっているのは、一定の基準となる選を示すことによって互選形式の欠点を補完する機能があるからだろう。しかし、俳句結社の主宰者や指導者と呼ばれる俳人の選であっても良句をすべて選ぶことができるとは限らない。盲目的にそれらの選に従う弊を避けるために、句会では今でも参加者の互選がある。それらも尊重しつつ、句会に参加する一人ひとりが自身の選の基準を確立する必要があるのである。

【参考】松井利彦「評伝大正の俳人たち伊藤松宇」（『俳句研究』平6・5）　［押野　裕］

7 正岡子規の登場

明治二五年六月、正岡子規は新聞『日本』に「獺祭書屋俳話」の連載を開始する。

明治二三年に大日本帝国憲法を施行して帝国議会を開設した日本は、近代国家としての体裁を整え、大きな変貌を遂げようとしていた。さまざまな雑誌が活版で発行され、新しい時代にふさわしい文体も模索されていた。学校の普及によって読み書きのできる人の数が急増し、俳壇においても俳句人口が増加。全国各地で点取句合《くあわせ》（俳句大会）が流行し、多くの人がそれに参加するようになっていた。読者の増加にともなって活字印刷の俳書が増え、発句だけを愛好する層が多くなって、発句は俳句と呼ばれるようになった。そうした時代の転換点に子規は登場し、近代文学としての俳句のあり方を論究。やがて実作でそれを示し、多くの後継者を育てた。

子規は慶応三年（一八六七）、松山市に生まれた。本名は常規《つねのり》、幼名は処之助《ところのすけ》、升《のぼる》。勝山学校から松山中学に進むが、退学して上京し、明治一七年に大学予備門（一高）に入学。在学中に故郷の大原其戎《きじゅう》のもとで発句を学んでいる。

明治二三年、東京大学哲学科に入学。国文学科に移り、明治二五年、小説「月の都」を幸田露伴に見せて文壇への進出を図ったが果たせず、俳文芸の近代化に方向を定めて「獺祭書屋俳話」を新聞『日本』に四か月連載。大学を退学して母と妹を上京させ、年末に日本新聞社に入社した。六歳で父を失っていた子規には、家族の生計の問題が大きかったと考えられる。巷間で言われている幸田露伴の「月の都」への評価が低かったので子規が俳句革新に転じたという見方は少し事実と違うかもしれない。子規はこのときすでに俳句分類の作業を始めており、俳句革新に進む準備も整えていたからである。また露伴の評価も、作品自体というよりは出版事情に関わっての話であったようである。

日本新聞社社員となった子規は、新聞『日本』が発行停止となった場合に備えた新聞『小日本』の担当となり、明治二六年二月、そこに「日本俳句」欄を設ける。これが新聞俳壇の創始とされるが、それまで、いわゆる近代俳句の俳壇と呼び得るものは存在しなかったわけであるから、実質的に「日本俳句」欄は、近代俳句の俳壇そのものであったということができる。

明治二六年五月、『獺祭書屋俳話』が書籍として刊行される。これが子規最初の書籍の刊行である。初版の発行者は子規自身で、印刷が日本新聞社であった。子規は、その年の十一月から翌年の一月にかけて、新聞『日本』に「芭蕉雑談」を連載。その内容を加えて、二八年八月、増補再版を日本新聞社から刊行する。『増補再版獺祭書屋俳話』は、当時、ほぼ絶対視されていた芭蕉を批評したこともあって評判を呼び、版を重ねて明治三五年には増補六版が出されており、その後も版を重ねている。当時の俳書としては、異例の売れ行きであろう。明治二七年五月三十日付の新聞『小日本』の付録には、「日本俳句」欄の作品をまとめた『俳句二葉集』が付され、「日本俳句」欄も順調に運営されていたことが分かる。

明治二八年には、新聞『日本』に「俳諧大要」を連載。これも三二年にほととぎす発行所から刊行され、版を重ねて、三四年に六版、四〇年には八版を出している。

以上のことから、近代の俳句革新は子規から始まったとされるのであるが、俳句文化のメディア的転換は、実は子規の登場と同時に始まっていた。明治二四年までは、活字印刷された俳句の解説書はほとんど刊行されていないのだが、二五年、突如として活版の俳書があふれ出るように刊行され始めるのである。

まず二四年七月に、筒井民次郎編・刊の『纂註芭蕉翁一代集』が刊行され、これによって活字しか読めない俳句愛好家も芭蕉のおおよそを読めるようになった。

二五年になると、二種の作法書が活版で出版される。まず三月に田辺機一の『発句作法指南』（頴才新誌社）が刊行され、七月からは三森幹雄の『俳諧自在法』（庚寅新誌社）がシリーズとして「五の巻」まで出される。子規も『発句作法指南』を読み、「獺祭書屋俳話」にその批判を書いている。子規には手厳しく批判されているが、この二冊の登場は俳句史において特筆に値する出来事というべきであろう。特に機一の『発句作法指南』が頴才新誌社から刊行されていることに注目しなければならない。雑誌「頴才新誌」は、明治一〇年に創刊された日本初の子ども向け投稿雑誌で、多くの年若い読者を全国に抱えていたからである。

また俳句愛好家の必携書であった滝沢馬琴編『増補改正俳諧歳時記栞草』が活字となり、大阪の積善館、東京の大川屋書店、礫川出版社、井洌堂などから相次いで刊行されたのもこの年である。これによって人々はかなり簡便に季題を見付けられるようになったと考えられる。

そのほかにも、九月に秋月亭寛逸編『季寄部類俳諧発句早まなひ』（弘業館）、十月に中西善助編『意匠自在発句独案内』（米田ヒナ）、十二月に田中犢二郎著『俳諧独案内』（博文館）が活版で刊行されており、この勢いは翌年になっても止まらない。つまり、子規が「獺祭書屋俳話」を連載し、刊行したとき、それを受け止める読者層はすでに形成されていたということである。

それまでは、万葉仮名を草書体に崩した「草仮名」が読めなければ、俳句文化の列に加わることはできなかったのである。しかし、これら活版の俳書の刊行により、尋常小学校で習った「活字」しか読めない人々も俳句に参加できるようになった。

そうした状況に、子規は登場する。子規の「獺祭書屋俳話」は、従来の作法書のような、伝えられてきた俳諧の約束事を伝授するという様式ではなく、自身の価値観で俳句史を読み直すという大胆な内容であった。その論に説得力があったのは、子規の文体が近代的な論理性を持っていたためで、近代の学問を身に付けた読者層を納得させる力を持っていた。

さらにその基盤には、明治二二年頃から着手していた俳句分類の膨大なデータがあった。子規は、目を通した俳書の句を分類し、手書きで記録していたのである。そのために、持論について適切な例句を示すことができ、また他者の意見に対して、実例を示して反論することができた。それはまさに近代科学の方法であった。

一方、子規自身の実作は、一高在学中の明治一八年頃、松山の宗匠、大原其戎のもとで発句を学び、『真砂《まさご》の志《し》良辺《らべ》』に作品を投句。二二年に其戎が没した後も句作を続け、二五年に小説「月の都」を携えて幸田露伴を訪ねたときにも句を作り合っている。二六年には伊藤松宇と雑誌『俳諧』を刊行（二号で廃刊）。互選の運座の方法を松宇から学んだというのもこの頃のことである。

子規の実作が、自身の俳論に裏打ちされ、近代俳句としての姿を明らかにするのは、明治二八年、日清戦争に記者として従軍したあたりからである。大陸の景や戦後の様子を句にし続けた子規は、おのずとリアリズムに身を寄せたと思われるが、さらに帰国の船で喀血し、療養のため松山に戻り、命の瀬戸際を経験した人間の視線で故郷の風景を見直し、その価値に気付いてゆく。また画家の中村不折から、学んだ描き方で描くのではなく、自分の目でとらえたように描くという近代的自我による西洋画の写生の方法を学び、近代文学としての俳句表現の糸口を見いだしていった。子規は、近代の論理性で俳句をとらえ直し、近代的自我の視線で風景を再発見したのである。東京に戻った子規は、明治三〇年、柳原極堂によって松山で創刊された『ホトトギス』を病床から指導。三一年には同誌を東京に移し、高浜虚子に編集を託して自らの考える俳句を全国に広げるメディアとした。

また、同年から短歌の革新にも着手し、「歌よみに与ふる書」を新聞『日本』に連載、『万葉集』の尊重を説いて、生活を写生した作品を示した。また、その写生を文章にも応用して〈写生文〉を始め、『ホトトギス』誌上で「写生文」を募集。これが全国に広がり、日本の作文教育に大きな影響を与えた。

子規の生前の編著は次のとおりである。

『日本叢書獺祭書屋俳話』明治26年5月、日本／叢書
『俳句二葉集』明治27年、日本新聞社
『古白遺稿』明治30年、正岡子規
『俳人一茶』宮沢岩太郎編、明治30年、三松堂松邑書店
『新俳句』明治31年、民友社
『俳諧大要』明治32年、ほととぎす発行所
『俳人蕪村』明治32年、ほととぎす発行所
『俳諧三佳書』明治32年、ほととぎす発行所
『天空海濶軽快舟』明治33年、田中宋栄堂
『寸紅集』明治34年、ほととぎす発行所
『春夏秋冬 春』明治34年、ほととぎす発行所
『俳句問答 上』明治34年、俳書堂
『俳句問答 下』明治35年、俳書堂
『獺祭書屋俳句帖抄 上』明治35年、俳書堂
『俳句界四年間』明治35年、俳書堂

〔参考〕　秋尾敏『子規の近代』（平11、新曜社）

［秋尾　敏］

8　道灌山事件　［一八九五・明治28］

明治二八年、従軍記者としての無理がたたり、重篤な状態で帰国した正岡子規は、神戸の病院で高浜虚子の手厚い看護を受ける。その後しばらく故郷の松山で静養して東京に戻り、十二月初旬に、虚子を道灌山に誘って、学問に励んで子規文学の「相続者」となるよう説得したが、虚子はそれを受け入れなかった。その出来事を道灌山事件と呼んでいる。

「事件」というものものしい言葉が付されるのは、一つには写生美と理想美をめぐる子規と虚子の「道灌山論争」と区別するためだが、一方で、この出来事の解釈によって近代俳句史の書き方が変わるという意味を持つからでもある。虚子は、子規の俳句改革の意志を受け継いだのか、それとも新たな近代俳句を作ったのか。

この出来事を伝える資料は、明治二八年十二月の、子規の五百木飄亭宛ての書簡で、大正一四年刊のアルス版『子規全集』第九巻に掲載されたが、それより前、大正四年に新橋堂から刊行された虚子の小説『柿二つ』にも、道灌山事件の場面が記されている。日付については、講談社版『子規全集』は「十日頃」と推定している。

子規の側から見ればそれは、自らの余命がわずかだと感じ、文学への思いを虚子に託そうとする行為であり、かつ、いまだ現実社会において生き方を定めずにいる虚子に対する子規の思い入れでもあった。けれど、虚子は自立したかったのである。虚子は、一人の近代人として、自身の力で生きる道を切り拓く術を模索していた。

これより先、須磨で子規の介護をしていた虚子に、子規は学問するよう忠告している。自分の相続者は君だ、

と励ますと、虚子も決心したように見えたので喜んでいたのだが、東京に来てみると少しも変わっていない。そこで子規は虚子を道灌山に連れ出し、君は学問する気ありや否や、とあらためて聞いたのである。それに対し虚子は、文学者になるという志望はあるけれど、死後の名誉も一生の名誉も望まない。学問しようとは思うけれど、その気になれないと答えるのである。子規は書簡で、「小生は今日只二人となき一子を失ひ申候」と嘆じている。子規にとって文学と学問は切り離せないもののようであるが、虚子にとっての文学は、学問とは少々距離のあるものだったようである。また、子規にとっての学問や文学が、社会で認められるための道筋であったのに対し、虚子はむしろ生きることの内面の価値を問題にしたのであろう。子規はリアリストであるが、この頃の虚子はまだ自己の内面を模索する時期にあった。

数日後、虚子は子規宛の書簡に、「愚考するところによれば、よし多少小生に功名の念ありとも、生の我儘は終に大兄の鋳形にはまること能はず、我乍ら残念に存じ候へど、この点に在っては終に見棄てられざるを得ざるものとせん方なくも明め申候」と記している。

このときの虚子の内面を、虚子の『子規居士と余』（大正4、日月社）に読むことができる。虚子は「居士を失意させたといふ事は申訳の無いこと」としながらも、「居士全体を継承」するのではなく「居士の何物かを受け」るのが正当の後継者と考え、「虚子を居士の意の儘に取り扱ひ度ひと考へたことは稍々無理な注文」と書いている。しかし、「其でも此の道灌山の破裂以来も、尚ほ他の多くの人よりも比較的親しく厚い交誼を受けた事は事実である」とし、この後の「六年間の両者の間の交遊は寧ろ道灌山の連続であつた」と記している。

この後、子規は、松山で柳原極堂が創刊した『ホトトギス』を、虚子が東京から発行するよう働きかけ、虚子もその事業を受けて意欲を燃やす。そこを舞台に、子規文学は広く世間に認められていくのであるから、いわゆる道灌山事件は二人の分岐点ではなく、二人の事業の出発点であろう。

虚子は子規の、俳人、小説家、編集者、発行者という側面を継承し、「俳句」を世に定着させた。学問を子規から受け継いだと言うことはできないかもしれないが、しかしそれも、後の『太祇全集』『几董全集』『蕪村句集講義』『連句論』などの刊行によって、幾分は果たしたのではないかと思われる。

〔秋尾　敏〕

9 高浜虚子の登場

高浜虚子は、明治七年（一八七四）二月二二日、松山に生まれた。本名、清。旧姓、池内。伊予尋常中学在学中に同級の河東碧梧桐を通じて正岡子規を知り、師事することを決意。明治二五年、虚子と碧梧桐は、京都の第三高等学校に進むが、文学への思いが強く、上京して子規と同居を始めてしまう。しかし周囲の賛同を得られず、三高への復学を試みるも、学科改編によって文学科が仙台の第二高等学校となり、転学したが校風が合わず中退。上京して、再び碧梧桐とともに子規の活動を助けていた。

虚子の俳壇への登場は、まずは正岡子規が選をしていた新聞『日本』の「日本俳句」欄においてである。当時の虚子は、〈野の犬に残飯くれてやりつ秋〉〈蜻蛉になぶられて馬の長き顔〉〈酒飲んで酔ふべくわれに頭痛あり〉のような奇抜なものがほとんどであった。

子規は評論「明治二十九年の俳句界」で「明治二十九年の特色として見るべきものの中に、虚子の時間的俳句なる者あり」とし、〈しぐれんとして日晴れ庭に鵙来鳴く〉〈盗んだる案山子の笠に雨急なり〉のような展開を、「新機軸」として称揚した。「却つて現在の事よりしては読者が想像し得ざる程の無関係なる事（天然的に無関係なるを言ふ）を挙げ来りて（偶然なる）特殊の関係を付けたるなり」というのである。

子規は落胆するのであるが、虚子への援助が弱まることはなかった。

明治二八年、子規から、学問に励んで子規文学の相続者となるよう説得されるが、文学への意志は示すものの学問をする気になれないと言い、相続者ではなく、自分として生きていくことを伝える。

明治三一年十月、その『ほとゝぎす』が虚子の編集によって東京から出されることになるが、柳原極堂の行き詰まりを察知し、その事業を虚子の手に移したのは子規であった。このことにより虚子は、俳人として、また出版人として、中央俳壇に登場し、精力的に活動を始める。次に虚子の初期の主な編著書を一覧にして示すが、わずかの期間に虚子は、俳人として、また出版人として活躍し始めたことが理解できるであろう。

『俳句入門』明治31年、少年園
『俳諧大要』明治32年、ほととぎす発行所
『俳人蕪村』明治32年、ほととぎす発行所
『俳諧三佳書』明治32年、ほととぎす発行所
『寒玉集 一編』明治33年、ほととぎす発行所
『太祇全集』明治33年、ほととぎす発行所
『几董全集』明治33年、ほととぎす発行所
『蕪村句集講義 冬之部』明治33年、俳書堂籾山書店他
『召波樗良句集』明治33年、ほととぎす発行所
『蕪村句集講義 春之部』明治33年、俳書堂刊
『寸紅集』明治33年、ほととぎす発行所
『俳句問答 上』明治34年、俳書堂・金尾文淵堂

『俳句界四年間』明治35年、俳書堂・金尾文淵堂
『春夏秋冬 秋』明治35年、俳書堂・文淵堂
『子規追悼集』明治35年、ほととぎす発行所
『連句論』明治36年、ホトトギス社
『袖珍俳句季寄せ』明治36年、俳書堂

編著の中で多くの古典に関わっている。これらを編集、出版する中で、子規に問われた学問にも近づいたのではないかと思われる。さらに明治末期からは、小説家として文壇への登場をも果たしたのであった。

〔参考〕秋尾敏『虚子と「ホトトギス」』（平18、本阿弥書店）

［秋尾　敏］

10　『ほとゝぎす』創刊　［一八九七・明治30］

明治三〇年（一八九七）一月、俳誌『ほとゝぎす』は松山で創刊された。縦二四センチ弱、横一六・五センチ、洋装だが糸綴の補強がある。発行者は柳原正之。当時の号は碌堂で、後に正岡子規の命名で極堂となる。極堂は、子規と同年の慶応三年（一八六七）の生まれで、明治一六年五月に松山中学を中退し、子規より一か月早く上京したが、政治活動に熱中して大学進学に失敗。早稲田専門学校に進むも親に乞われて帰郷し、『海南新聞』の記者となった。

明治二八年春、子規は、新聞『日本』の記者として日清戦争に従軍。帰路船内で喀血し、神戸で加療した後、八月末、療養のために松山に帰郷。母の実家である大原家に仮寓するが、二日後、松山中学校の英語教師として赴任していた夏目漱石に手紙で呼ばれ、その下宿「愚陀仏庵」の居候となる。そこで子規を囲む句会が連日のように行われた。そこに参加した極堂は、「新勢力を糾合して子規の革新事業を後援するに如かず」（『友人子規』（昭18、前田書房）と考え、『ほとゝぎす』を創刊したのである。

創刊号の巻頭は内藤鳴雪の「老梅居漫筆」で、鳴雪は子規が新聞『日本』に連載した「俳諧大要」の主張を箇条書きに繰り返している。いくつかを要約すると、俳句の用語は古言、漢語、俚語に及び自在。俳句の高致妙処は情で感ずべきで理屈ではない。人事を叙する俳句は理屈に落ち俗に流れ易い。人事の穿ちを詠むならば川柳の方が優れている。虚構を咎め実境事実だけ詠もうとするのは拘泥。宇宙の変化人生の諸況俳句にならないものはない。面白い、成程と言われる句は未だ好句ではない。そこに風雅が必要、などというもので、その後の日本派が目指す俳句を的確に述べている。俳句欄に目を移すと「正岡子規宗匠選」となっていて驚くが、子規は、創刊号の総体をほめ、編集の体裁には厳しい意見を送った。二号からは俳句欄も「正岡子規子選」となり、体裁も徐々に整ってこのまま順調に進むかと思われた。ところが、一周年を越えた第十三号に、柳原極堂のかなり弱気な広告が掲載される。「発行人目下やみがたき事件にて多忙に付き本誌当号の校正すべて印刷所に委したれば自然誤脱等あらん読者幸に之を恕せよ」というのである。極堂は、『海南新聞』の記者をしながら、地方政治家への道を歩み出そうとしていたのであった。

これを見て子規は一計を案じる。『ほとゝぎす』を東京に持ってきて、虚子に預けようというのである。この頃虚子は、職業も定まらぬ中、妻となるべき女性もいて、自身の生き方を模索していた。その思いの中には、俳句を中心とした雑誌を刊行することもあったようで、子規からの話を虚子は受諾し、東京版『ほとゝぎす』は、明治三一年十月十日、東京市神田区錦町一丁目十二番地から刊行される。巻数は「第二巻第一号」とされ、松山版『ほとゝぎす』を継承している。題字も書き換えられてはいるが、同じような書体で「ほとゝき須」と書かれている。

だが、体裁や内容は大きく変化した。表紙が色刷りとなり、月に群雲の絵があしらわれた。ページは倍になり、巻頭には下村為山と中村不折の口絵が置かれて、かなり豪華な印象の雑誌となっている。

広告欄の充実も目を引く。これは虚子が広告代理店の博報堂を使って集めた広告で、東京から刊行される一流の商業雑誌としての体裁を整えている。もちろん『ほとゝぎす』自体の広告も新聞に載せている。発行部数は、松山版は三百程度だったようだが、東京版の初号は一日で初刷りの千部を売り切り、即日五百部の増刷になったという。これは東京堂に一手販売を任せて獲得した数字である。虚子は、当時の最新の流通システムを活用したのである。神田錦町の『ほとゝぎす』発行所は、印刷所である熊田活版所の近くにあり、博報堂、東京堂にも歩いていける距離にあった。資金には兄の援助があったようである。虚子がどこで出版業界のシステムを学んだのかは不明だが、こうして『ほとゝぎす』は、地方の俳句雑誌から、全国誌へと大きく変貌を遂げたのである。

〔参考〕秋尾敏『虚子と「ホトトギス」』（平18、本阿弥書店）

［秋尾　敏］

11　第一回蕪村忌（子規庵）　［一八九七・明治30］

正岡子規ら日本派の俳人による第一回蕪村忌は、明治三〇年十二月二十四日、東京根岸鶯横町の子規庵におい

て午後一時から開かれた、松山版『ほととぎす』第十三号（明治三一年一月）には「一同庭前に於て撮影す、終つて運座を開く、室狭くして客多し、火鉢足らず座布団欠乏す、蓋し草庵あつて以来第一の盛会なり」とあり、運座なかばで日が暮れ風呂吹きがもてなされ、終了後に酒三盃蕪一皿が出されたという。

大蕪子蕪さては赤蕪我老矣　鳴雪

蕪引く頃となりけり春星忌　庵主（子規）

等の句が詠まれた。参加者は、子規に加えて、内藤鳴雪、下村牛伴、河東碧梧桐、高浜虚子、佐藤紅緑、坂本四方太、大谷繞石、竹村秋竹、石井露月、折井愚哉、栗田木罔、直野碧玲瓏、弘光春風庵、山本東洋、青木森々、梅沢墨水、加藤胡堂、原右衛門、諌早李坪。

子規には明治二五年頃から蕪村への関心があり、翌二六年、伊藤松宇の「椎の友会」に参加し、その連衆とともに蕪村への傾倒を強めていく。はじめは類題集や写本などから拾っていたが、やがて『蕪村句集』を懸賞募集し、全貌を知ることになった。

子規は、松山版『ほととぎす』第三号（明治三〇年三月）から蕪村日記『新花摘』を分割掲載し、四月十三日からは新聞『日本』に「俳人蕪村」の連載を開始。それを松山版『ほととぎす』第七号（明治三〇年七月）にも転載。「蕪村句集輪講」は子規没後の明治三六年（一九〇三）四月まで連載された。

この時期以前に俳人としての蕪村が注目されていなかったのは事実で、明治初年から二九年までに刊行された蕪村句集は一冊もない。しかし、明治二九年からは、次のように蕪村の句や文章が刊行され、明治末年までには五十冊を数えるまでになる。

『蕪村句文集』三森松江編、明治29年7月、明倫社
『増訂蕪翁句集』几董編、明治29年、博文館・万巻堂
『増訂蕪翁句集』麹亭飯人編、明治30年5月、万巻堂
『頭注蕪翁句集拾遺』秋声会編、明治30年5月、万巻堂
『与謝蕪村』大野洒竹著、明治30年9月、春陽堂
『校註蕪村全集』雪人編、明治30年10月、上田屋書店
『夜半亭蕪村句解の緒』春廼家渡部霞江著・三森松江編、明治30年、明倫社

最初の三森松江編『蕪村句文集』は、蕪村の句に明倫講社社長の三森幹雄が評点を付した本である。これについて子規は、明治三〇年十一月三十日付「日本付録週報」で「彼は多く蕪村集の拙き側の句を取りて之を賞揚したる者、固より三文の価値を有せず。宜しく抹殺すべし」という厳しい評を書いている。ところが、この本の広告が、先述の松山版『ほととぎす』第三号に一ページ掲載されている。広告主は松山の貸本屋兼書店の汲々堂岡書林。とすれば、明治の蕪村ブームの火付け役として、旧派の果たした役割を無視するわけにはいかないだろう。

明治二九年は、蕪村が俳人として注目されはじめた年であり、その翌年のこの第一回蕪村忌は、新派俳句の目指すべき指標として蕪村が明確に位置づけられた出来事ということができる。

この行事は、蕪村という俳人を再び俳句史に呼び戻し、一方で、日本派の目指す俳風を、分かりやすく世に伝えるメッセージにもなったと考えられる。

［秋尾　敏］

12 松瀬青々『宝船』創刊［一九〇一・明治34］

子規派俳誌『宝船』は明治三四年（一九〇一）創刊で、大阪の松瀬青々が主宰を務めた。大正三年（一九一四）まで通巻一四八号を刊行し、後継誌『倦鳥』に継承される。本項目では『宝船』の意義をまとめたい。

〈大阪の子規派俳誌として〉『宝船』は子規派俳誌でも早い時期に創刊され、『倦鳥』と改称後も長く刊行されたため、大阪の子規派の拠点として知られるようになった。子規派俳誌は愛媛の『ホトトギス』（明治三〇年、一年後に東京）を嚆矢とし、続いて大阪の『車百合』（三一年）、秋田の『俳星』（同三三年）、石川の『むし籠』（同年）等が創刊された後、大阪で『宝船』が発行されている。『宝船』は『車百合』を継承しており、『車百合』は三日月会（大阪の子規派句会）を主とする俳誌で、青木月兎（後に月斗）が発行人を務めていた。三日月会は関西初の子規派句会である京阪満月会（二九年）を淵源とし、『ホトトギス』刊行に刺激を受けた月兎らが大阪の子規派俳誌として『車百合』を創刊している。その後、『車百合』は六号をもって発行や編集を青々に託すことになり、明治三四年に『宝船』と改称して創刊したのである。

折しも正岡子規が「明治二十九年の俳諧」（新聞『日本』、三〇年）で子規派を明治の新調と自賛して話題になり、翌年には子規派初の大規模選集『新俳句』（三一年）が刊行された。総合誌『太陽』（三二年）年の俳人人気投票では子規が二位に選出されるなど、子規派は知識人層を中心に急速に知られ始めており、明治三〇年以降の子規派各誌並びに『宝船』創刊はこうした気運の現れと見ることができよう。

〈俳句史観の影響〉通説ではこれらの細かい流れが明治俳誌の消長と語られてきたが、あくまで子規派を中心とした史観であり、他にも重要な月刊俳誌は同時代に多数存在した。例えば、尾崎紅葉や角田竹冷ら秋声会系俳人は『秋の声』（明治二九年）を刊行した後、『俳声』（三四年）、『俳藪』（同年）を創刊し、また岡野知十は『半面』（同年）を発行している。俳諧宗匠の俳誌も活発で、

東日本では三森幹雄の『俳諧明倫雑誌』（一三年創刊）、西日本では花の本聴秋の『俳諧鴨東新誌』（二一年創刊）が子規派俳誌を遙かに凌駕する発行部数を誇っていた。あるいは、千葉では服部耕雨が『俳諧評論』（二九年創刊）を精力的に刊行していたが（『俳文学大辞典』では同三二年まで確認とあるが、その後も発行されている）、これらの俳誌群の存在や意義が歴史に埋もれがちなのは、現在の史観が子規派を中心とした近代俳句像を想定しているために他ならない。その点、『宝船』及び松瀬青々の存在が今なお言及されるのは、『倦鳥』出身の右城暮石（『運河』初代主宰）を師とする茨木和生（『運河』二代目主宰）が精力的に喧伝し、各種事典の立項執筆や『宝船』創刊号復刻や青々全句集刊行に努めた影響が大きいといえる。

〈大阪の蕪村調〉　その上で『宝船』の特徴を見出すとすれば、一つは子規派特有の蕪村派称揚が顕著である点が挙げられる。『ホトトギス』が誌面冒頭に「蕪村句集講義」を掲げたように、『宝船』も創刊号から青々による「召波句集小解」が冒頭に掲げられ、創刊号には蕪村蒐集家で知られる水落露石の「三世夜半亭」記事も発表されている。大阪の青々や青木月斗は蕪村一派の主観味溢れる句調（いわゆる天明調）を盛んに研究しており、『宝船』は東京の『ホトトギス』と異なる大阪子規派の天明調を醸成する契機になったといえよう。［青木亮人］

13　虚子と碧梧桐の対立

　明治二〇年代まで、河東碧梧桐と高浜虚子は、常に歩みをともにしていた。しかし、三〇年代に入り、虚子が『ホトトギス』に専心しだすと、二人の間に距離感が生まれる。そのきっかけを、二人をめぐる恋愛問題とする言説もあるが、その後も交流は続いている。ただ、そのことが、お互いを別の人格として自覚させたということはあったであろう。いずれにせよ、問題の核心は、二人の俳句観の違いにある。子規の生前は、二人の俳句観の違いが日本派のエネルギーになっていたのだが、子規没後は、それを両立させる場がなくなってしまう。

　虚子は、明治三〇年八月から『国民新聞』の選者を務めていたが、三五年九月、碧梧桐が子規から新聞『日本』の俳句欄を継いだときには、いささかの思いがあった気配がある。何と言っても「日本俳句」は、日本派の牙城であり、彼らの「俳壇」そのものだったからである。

　『国民新聞』は御用新聞とも言われたほど政府寄りの新聞であり、一方、新聞『日本』は何度も発行停止を命ぜられた政府批判の新聞であったから、その社風の違いが、その後の二人の俳句観に影響を及ぼした可能性を考えてみる必要もあるであろう。

　明治三六年の春、「木の実植う」の題詠をめぐって、碧梧桐が事実に即した感じを重視し、それを写生趣味と言ったのに対し、虚子は、事実に即しながらも連想から来る情感に依拠する空想趣味を肯定して、二人の俳句観の違いが明らかになる。こうした文学論争は子規存命中もよくあったことで、そうした熱意が日本派の原動力だったのであるが、このときは最終判定役の子規がいなくなっていた。そのことが二人の亀裂を作り出してしまう。

　一〇月、虚子は『ホトトギス』に六ページにわたって「現今の俳句界」を書き、碧梧桐の「温泉百句」を失敗作と断じた。〈温泉《ゆ》の宿に馬の子飼へり蝿の声〉の〈馬の子〉と〈蝿の声〉の調和の悪さを指摘し、蝿がうるさい様を主として読むなら「馬の子」とまでいう必要はなく、〈馬の子〉を出したいなら〈蝿の声〉は割愛した方がよいといい、また、〈温泉の山に作る青菜や五月晴〉の〈作る青菜〉の〈作る〉も平坦嫌いゆえの動詞とし、全体に技巧的でよくないと批判したのであった。

　この文の冒頭には「今の俳壇は殆ど碧梧桐によつて代表されてゐるといつてよい」とあり、また文中に「新奇な材料、新奇な語法」は「独り碧梧桐のみならず、碧梧桐に感化された多くの人の句の特色」と書かれている。すでにこのとき、後の新傾向俳句に向かうグループができつつあり、その勢力を虚子が牽制していると考えられる。虚子のいう「俳壇」とは、新聞「日本」に置かれた「日本俳句」欄のことと考えてよいだろう。

　これに対し碧梧桐は十一月号で、句の短所は認めながらも、それは技巧的であろうとした結果ではなく、逆に見たままを自然に詠もうとした結果だと反論。虚子の論は、「流行に対する反動」だと断じた。虚子は十二月号で再び反論し、「田園文学たる我俳句が田園の美、閑寂の美、田園生活の美、消極生活の美を歌ふに適してゐることは勿論いふまでも無いことぢや」とまとめて、ここに二人の俳句観の違いは明確になった。碧梧桐は、事実に即した感じを追求して個性と新奇性を求め、虚子は、事実に基づきながらも、そこに連想を働かせ、俳句の伝統が抱えている閑寂の美を求めたのである。

　翌年には虚子の選句に碧梧桐が異議を呈し、再び論戦となって二人の距離は大きくなる。しかし虚子は、『ホトトギス』の俳句欄を、「日本俳句」に対抗する俳壇にしようとはせず、かえって『ホトトギス』から俳句欄を減少させてしまう。三八年からは夏目漱石の「吾輩は猫である」の連載が好評を博して、『ホトトギス』は文芸誌へと変貌。虚子も小説家として「風流懺法」「斑鳩物語」などを発表した。

　一方、碧梧桐は新奇の俳句を追求し、その句は明治四一年、大須賀乙字によって「新傾向俳句」と命名され、五七五の形式を超えた自由律へと向かっていく。

〔参考〕秋尾敏『虚子と「ホトトギス」』（平18、本阿弥書店）

［秋尾　敏］

14　明治の俳句アンソロジー

明治期にどれほどの句集が刊行されたかは定かでないが、現在、図書館等で確認できるのはおおよそ三千件程度。そのうち、和装と確認できたものが二千件程度である。

洋装の句集が現れるのは明治二〇年代からであって、それまでは和歌、漢詩などとともに掲載されたアンソロジーにはいくつか活版のものがあるが、句集としてはかなり少ない。一般の書籍はどんどん活字化されている時代であるから、句集は特異な存在であったと言える。

種類としては、①俳諧連歌（連句）集、及びそこに発句集を加えたもの、②類題集、③返草、④個人句集、⑤その他（網羅的な句集、俳諧一枚摺、地域句集等）に分けられる。

①が和装の句集では最も一般的な形で、俳諧連歌（主に歌仙、半歌仙）をいくつか置き、そこに発句集を付した形式が多い。多くは、『ひとはしり』（其隣編、明治五年、歌仙のみ）、『松影集』（松塘編、明治一一年、歌仙と発句）などのように味わいのある句集名が付けられている。多くは合同句集である。

②の類題集は季題ごとに句をまとめたアンソロジーで、数十丁の厚手のものが多く、複数巻にわたって刊行されるものもある。明治元年には、早くも明治の名を付した『近古発句明治五百題』（一事百古編）が現れ、他に『類題吾妻集』（明治2年、行庵洒雄編）、『明治俳諧広涯五百題』（明治3年、楊州庵半湖編）などが出され、九年までで二百件程度が現存している。

一〇年代に入ると、三森幹雄編『俳諧新選明治六百題』（明治11年）、小蓑庵雄嶺選『俳諧七百題』（明治12年）、東旭斎編『古今俳諧明治五百題』（明治12年）、広田精知編『明治発句図画秋津集』（明治12年）など六〇種以上が作られ、二〇年代も『芭蕉翁発句類題集』（明治21年、高橋源助求板）、春秋園編『明治玉籬集』（明治22年）等あって一〇年代同様に多い。

三〇年代に入ると、いわゆる新派の類題集が登場する。上原三川等編『新俳句』（明治31年、民友社）、正岡子規編『春夏秋冬』（明治34年、俳書堂）などがそれである。三一年には津田南涛編『四季類題一万題』（三松堂）、四二年には村瀬元代編『俳諧発句十万題』（大川屋）などという数の多い表示が登場するが、これらは句数が多いという意味で使っているようだ。

③の返草というのは月並（月例）句会や句合《くあわせ》（俳句会）の入選句を入選者に無料で配布するもので、多くは数丁の薄手のものであるが、大規模な句合であるとそれより厚手となり、多色刷りの錦絵をあしらったものもある。いわゆる点取俳諧の入選句集である。その発行数は明治一〇年代から増え始め、二〇年代にピークを迎えるが、そのほとんどは和装の版本であるが活版も徐々にふえる。

④の個人句集は、この時代はほとんどが故人のもので、生前の個人句集は少ないが、明治六年に没した菊守園小林見外の『見外発句集』が明治四年に作られ、また松島十湖の『十湖発句集』が明治十八年に刊行されている。一般的には松瀬青々の『青々句集妻木』（明治37年、春俎堂）が生前の個人句集の嚆矢とされている。

⑤その他の「網羅的な句集」には、明治二二年に刊行された『明治俳諧金玉集』（渡辺桑月編）があって、当時行われていた俳文芸の形式のほとんどが納められている。また「俳諧一枚摺」は、正月や忌日などに木版で刷って配られる一枚物の句集である。錦絵が施されているものも多い。地域句集とは、明治一五年の『岩木の栞第一編』（陸奥国弘前町 秋元源吾）のような句集で、これは岩木山にまつわる和歌や俳諧を集めたアンソロジーである。

なお、明治五年十二月二日まで日本は太陰太陽暦（旧暦）であったから、句集の発行年を把握するときは注意を要する。特に明治元年は、明治への改元は九月であったが、一月に遡って明治元年となっている。したがって、『慶応四年夏』と記された句集『俳諧名家新題林』（椿海潮堂編）などは、あとから明治元年の発行ということになったということになる。

〔参考〕越後敬子「明治期俳書出版年表（一）」（国文学資料館文献資料部『調査研究報告』18号、平9）、「明治期俳書出版年表（二）」（国文学資料館文献資料部『調査研究報告』19号、平10）、「明治期俳書出版年表（三）」（『実践女子大学文学部紀要』41集、平11）、「明治期俳書出版年表（四）」（『実践女子大学文学部紀要』42集、平12）等

［秋尾　敏］

15　個人句集の刊行　［一九〇四・明治37］

通説では、俳句史における個人句集の嚆矢は松瀬青々『妻木冬之部』（明治三七年［一九〇四］）とされる。本項目では江戸俳諧も含めた俳句史における個人句集の位

置付けと、『妻木冬之部』の捉え方についてまとめたい。

〔江戸期〕　江戸俳諧では個人句集が作者の存命中に刊行されることは少なく、刊行の意義も現代とは異なる。俳諧で重視されたのは一門の選集であり、例えば芭蕉は生前に個人句集を刊行せず、『猿蓑』（元禄四年［一六九一］）といった蕉門選集の編纂に意を注いだ。芭蕉の個人句集刊行は没後であり、弟子の風国が編んだ『泊船集』（元禄一一年［一六九八］）が嚆矢とされる。『泊船集』の目的は芭蕉句の散逸を防ぎ、今後の蒐集の基礎を世に問うものだった。

蕪村や一茶も生前に自選の個人句集を上梓せず、没後に一門の弟子が『蕪村句集』（天明四年［一七八四］）や『一茶発句集』（文政一二年［一八二九］）を刊行している。どちらも追善集として編まれており、つまり江戸俳諧の個人句集は現代のように本人が生前に定期刊行するのではなく、基本的に弟子筋が師の顕彰や追慕を目的として刊行する傾向にあった。稀少な例として其角の『五元集』（延享四［一七四七］）、几董の『井華集』（天明七年）は生前に自選句集として刊行準備が進められたが、諸事情で没後の刊行となっている。無論、淡々の『淡々発句集』（延享三年［一七四六］）のように生前に刊行された個人句集もあるが、体裁は弟子の蒐集による他選となっており、また淡々の晩年に編まれた句集のため、彼の長い俳諧活動を振り返り、門人に伝える意義を有していた。淡々は広く人気を集めた俳諧師であり、多くの門人を抱えたために師たる淡々の発句を一書にまとめた個人句集の需要があったと思われる。

〔明治期の個人句集『妻木』〕　かような江戸俳諧の流れを踏まえると、明治期の『妻木』（冬之部、新年・春之部、夏之部、秋之部と刊行、明治三七～三九年、春俎堂）は珍しい個人句集といえよう。第一に自選句集であることを謳い（江戸期は他選の体裁を取る傾向にあった）、第二に多数の門人を抱えるわけではない一俳人の句集であり、第三に江戸期の淡々のように晩年ではなく、句作十年に満たない三十代の俳人が刊行した点に従来と異なる特徴があった。『妻木冬之部』に先立つ二年前、正岡子規が自選個人句集『獺祭書屋俳句帖抄』上巻（明治三五年）を刊行したが、彼の余命短い病状を考慮すると晩年に句集を上梓することで俳句活動の集大成を図る意味合いが強く、また子規は下巻を待たずに早世したため、三十代の青々が個人句集をまとめるのは異例であった。ただ、青々の『妻木』を生前に刊行された個人句集の嚆矢と見なすのは留保が必要である。江戸期には『淡々発句集』のような句集がすでにあり、明治期に限っても秋元洒汀『胡沙笛《こさふえ》』（明治三四年）は『妻木』より早く刊行されている。『胡沙笛』は連句や短歌、散文も収めるため純然たる句集ではないが、俳句中心の編集のため個人句集の濫觴と見なすことができよう。しかし、従来の定説で青々の『妻木』が注目されたのは彼が子規派俳人だった点が大きい。先の洒汀は尾崎紅葉ら秋声会系の俳人であり、後世の俳句史は秋声会を子規派に敗れた派と捉える傾向にあった。通説で『妻木』が喧伝されたのは子規派を中心とする史観が強く影響したためであり、俳句史の実態に即しているわけではない。ただ、洒汀や青々の後、生前に個人句集を刊行するのは子規派俳人が圧倒的に多く、その点で『妻木』は子規派の個人句集の先駆けと見なすことができよう。なお、『妻木』は編年体ではなく、収録句数も多く厳選ではないため、昭和期以降の個人句集とは様相が異なる。

［青木亮人］

16　鍛錬会

同門の俳人が句作の鍛錬のため一堂に会して句会等を集中的に行うことを「鍛錬会」と称する。合宿形式で行われる場合もある。

〔俳三昧〕　俳句史上注目されるのは、明治期の各派が句作また若手の育成のために行った鍛錬会である。河東碧梧桐が行った「俳三昧」は「毎日毎夜集まっては二題または三題を課して句作する」もので「明治三七年秋、碧梧桐、碧童（小沢碧童…引用者注）の対座吟を皮切りに、翌三八年春二月乙字（大須賀乙字…引用者注）の加わったのが第二回、更に同年八月十四日より月末まで、九月十日より十月四日まで、十二月二十日からは戦争から帰って来た六花（喜谷六花…引用者注）を加えて四人で翌年二月四日まで、再三再四繰り返しおこなわれた。会場は主として海紅堂」であった。得られた句は多く新聞「日本」の俳句欄「日本俳句」に発表され、碧梧桐派の活躍を印象づけた（村山古郷『明治俳壇史』昭53、角川書店）。

〔俳諧散心・日盛会〕　「俳三昧」に対抗し、高浜虚子一派は「俳諧散心」を明治三九年三月から翌年一月にかけて計四十一回行った。その記録が『ホトトギス』明治四〇年十月号に掲載されている。虚子によれば「散心」とは「碧梧桐の俳三昧に対する言葉」であった（柴田宵曲・高浜虚子「ホトトギス五百号史を編むついでに」『ホトトギス』昭和一二年十二月号）。

第一回の「俳諧散心」は明治三九年三月十九日午後二時虚子庵で開会。会者は虚子、高田蝶衣、松根東洋城ら五名。十句作る句会を三回行った。各回の題は「草芳し」「霞」「雲雀」。東洋城の代表句〈黛を濃うせよ草は芳しき〉はこのときの吟。第二回は同年三月二十六日午後二時角筈十二社梅林亭にて開会。題は「摘草」「雉子」「菫」。以後同様に題詠の句会を三回行う会合を毎週開催し、回を重ねた。虚子は「俳諧散心」で得た〈すたれ行く町や蝙蝠人に飛ぶ〉（第十五回、題「蝙蝠」）、〈秋空を二つに断てり椎大樹〉（第二十九回、題「秋の空」）などを後年、句集『五百句』に収録している。

明治四一年には「日盛会」と改称した会が八月中に計二十九回、ほぼ同じ参加者によって行われた。作品の一部が『ホトトギス』明治四一年十月号に掲載されている。八月十一日作の〈金亀子擲つ闇の深さかな〉、八月二十三日作の〈凡そ天下に去来程の小さき墓に参りけり〉などを虚子は『五百句』に収録している。

大正四年八月から同年十二月にかけても虚子は計十八回の「俳諧散心」を行った。参加者は渡辺水巴、原石鼎、飯田蛇笏、長谷川零余子、池内たけしなど。

〔稽古会〕 虚子は戦後「稽古会」と称する鍛錬会を行った。昭和二〇年十二月から翌年二月にかけて小諸の虚子庵で計十七回開催。参加者は虚子、星野立子、上野泰など。多いときは一日に句会を四回行っている。同二一年八月には小諸で七日間の「夏の稽古会」を行い、虚子、高浜年尾、立子、京極杞陽、村松紅花、上村占魚らが参加。その後も同二二年一月、同年八月、翌年八月に稽古会を行っている。

特に『ホトトギス』の鍛錬会では『俳諧散心』以来、題詠を繰り返す方式が通例であり、「季題」からの連想を重視する虚子の俳句観を反映した句作鍛錬法となっている。

［岸本尚毅］

17 新傾向俳句

明治四一年（一九〇八）頃から、河東碧梧桐を中心に、俳句に時代精神を反映させようとする傾向が起こり、その結果生まれた作品を新傾向俳句と呼ぶ。また、それを意識的に推進しようとしたのが、新傾向運動で、碧梧桐選の「日本俳句」（雑誌『日本及日本人』の俳句欄）から全国に波及した。

新傾向という用語は、根岸短歌会の『アカネ』創刊号（明治四一年二月）に、大須賀乙字が「俳句界の新傾向」を掲載し、碧梧桐の〈思はずもヒヨコ生まれぬ冬薔薇〉を例に、季題は境地や情緒を「暗示」する方向に進むべきだと主張。それを新傾向と呼んだことに始まる。碧梧桐の第一次行脚と第二次行脚の間のことである。

碧梧桐は、明治三九年八月より第一次全国行脚を開始。その様子を「一日一信」を新聞『日本』（後に雑誌『日本及び日本人』）に連載していたため、全国に影響力があった（この文章は後に『三千里』（明43、金尾文淵堂）にまとめられる）。

乙字の指摘を個性発揮の主張ととらえた碧梧桐は、季題趣味の打破と主観尊重の新風を目ざし、第二次全国行脚においては、より意図的に自己の実感に忠実な句作を実践。四二年には『日本俳句鈔第一集』（政教社出版部）を刊行。四三年には、岡山県の玉島において無中心論を唱え、作為的に句の中心を構成しようとする作句態度を排し、また「接社会的態度」による個性発揮を説いて、中塚一碧楼の〈誰のことを淫らに生くと柿主が〉、中塚響也の〈雨の花野来しが母屋に長居せり〉を接社会的態度の実感句、事実に即した無中心句として称揚したが、乙字はそれを強く批判した。そもそも乙字の「新傾向」とは、古典を規範とする季題の象徴的な用法に根ざしたもので、碧梧桐の理解は明らかな誤解、あるいは意図的な曲解であった。碧梧桐は、「新傾向」という言葉に、時代の新しい思潮であった自然主義を重ねたのである。

自然主義は、古典の教養でものを見るのではなく、合理的精神に基づいた近代的自我の実感によって、ありのままの世界をとらえようとする思潮であった。見るものも見られるものも、英雄や精霊ではなく、実在する人間であり、文体もまた古典に裏打ちされた美文ではなく、あるがままの現実を描き出す合理的な文脈を要求された。碧梧桐は、「約束化された季語」から「我々の遭遇する現実の季感」（「新傾向概要」）への転換を主張するが、それはまさに教養から実感への転換であり、古典主義から自然主義的リアリズムへの転換であった。さらに、新傾向俳句が、作者の境遇や経験を重視し、現実社会への接触を強く要求するのも自然主義の影響である。花鳥風月の諷詠によって閑寂、枯淡を求めるような句作態度とはまったく異なる生活俳句の誕生であった。

碧梧桐が自然主義に傾倒していったのは、正岡子規の晩年の写生論が自然重視となったことと関わりが深い。季題を「約束」とし、地名を「歌枕」とするような古典主義から脱却して、現実を個人の実感としてとらえるという態度は、たとえば国木田独歩が「武蔵野」で主張したことに重なる。

無中心論は新傾向俳句の帰着点であったと言えるが、この時期から『日本俳句』の投句者はかなり減少したという。乙字は季題尊重の立場をとって碧梧桐から離れ、臼田亞浪の『石楠』に移った。

一方、より自由な俳句を志向した荻原井泉水は自由律を提唱して四四年に『層雲』を創刊。一碧楼も同様には自由表現を唱えて碧梧桐とともに大正四年に『海紅』を創刊するが、無季俳句に慎重だった碧梧桐はそこから離脱。新傾向俳句は、碧梧桐の手を離れて自由律俳句へと進む。碧梧桐自身は、自由律俳句への展開も含めて新傾向俳句と捉えているが、新傾向俳句自体は、明治の終焉をもって一区切りを付けたと考えるべきであろう。

新傾向俳句が、叙述的な表現を生み、俳句を散文的にしたという批判もあるが、この時期は、言文一致体の確立期であり、田山花袋の『一兵卒』（明治四一年）など、明解で洗練された言文一致体の作品が発表され始めている。また詩壇においても口語自由詩が作られ始めている。新傾向俳句も、そうした日本語の書き言葉の変化の潮流の中で現れた文学運動であることを理解しておく必要がある。

〔参考〕 秋尾敏『虚子と「ホトトギス」』（平18、本阿弥書店）

［秋尾　敏］

18　虚子の俳壇離脱宣言［一九〇八・明治41］

虚子は明治四一年「俳諧散心の終る八月三十一日」に『国民新聞』に連載している「俳諧師」に全力を傾けるため、しばらく俳句を休止すると宣言」した（村山古郷『明治俳壇史』昭53、角川書店）。

〔虚子の小説発表〕 「風流懺法」を明治四〇年四月、「斑鳩物語」を同年五月、「大内旅館」を同年七月の『ホトトギス』各号に発表。明治四一年一月『鶏頭』を春陽堂から刊。同年二月から「俳諧師」を『国民新聞』に連載（翌年一月民友社出版部から刊）。翌年一月から「続俳諧師」を『国民新聞』に連載（翌年九月民友社出版部から刊）。同四四年七月から「朝鮮」を『大阪毎日新聞』『東京日日新聞』に連載（翌年二月実業之日本社から刊）。その後も『杏の落ちる音』（大正三年十二月刊、日月社）、『柿二つ』（大正五年五月刊、新橋堂）などを発表した（「高浜虚子年譜」『現代日本文學大系19』昭43、筑摩書房）。

〔『ホトトギス』雑詠の開始と休止〕 『ホトトギス』の虚子選雑詠の初回は明治四一年十月号掲載分。五作家十八句が入選。巻頭は〈山百合に雹を降らすは天狗かな〉など渡辺水巴の十二句。

同号の消息に虚子は「本号より『雑詠』を載すること、致し候。こは読者の希望甚だ多きと小生も或必要を認めしに因る。従て国民新聞の俳句は東洋城氏に委任し、従つて又た本誌地方俳句界は小生之に当るべく候」と記す。

翌十一月号は十作家十二句が入選。「今回投句家五十三家句数約二千五百句」と記す（当時の雑詠は一人五十句まで投句できた）。十二月号は投句百二十名、入選四名六句。翌四二年一月号は投句百八十名、入選六名六句。巻頭は石島雉子郎の〈此巨犬幾人雪に救ひけむ〉。二月号は投句百七十名、入選六名六句であった。

その後、同年六月号は休載。七月号は四名五句の入選句とともに「雑詠の募集を廃す。見残し分は次号以降に載す」と記す。その後、明治四五年六月号まで休載した。

〔当時の虚子の発言〕 『ホトトギス』明治四一年五月号に「近来文章の方に没頭致居り候為め自然作句の機会少く、又俳句に就ての愚見申上候余日無之、済まぬと思ひながら打棄居り（略）本誌は俳句に就て必ずしも冷淡なるものに非ず」と弁解の趣旨の消息を記している。

さらに同年八月号には「『新春夏秋冬』を読む（一）」と題する一文を発表している。『新春夏秋冬』は、河東碧梧桐選『続春夏秋冬』（碧梧桐派の新聞「日本」の作品を対象とした選集）に対抗する形で、虚子派と目される『国民新聞』及び『ホトトギス』の作品を松根東洋城の選で選集にしたもの。虚子の立場に立てば、本来虚子選とすべき選集である。しかも虚子によれば、版元の俳書堂と東洋城が虚子に無断で話を進めていた。このため虚子は一文の冒頭で「『新春夏秋冬』が出ると聞いた時余は一打撃を受けたやうな心持ちがした」と強い調子で不満を表明している。にもかかわらず「此の一二年文章の方に意を注いで居つた為め兎角俳句の方には疎くなり勝ちであつた」という自身の状況を顧みつつ、東洋城に対し「不平をいふ権利は無い」と記している。

虚子の俳壇離脱から大正初めの俳壇復帰までの間、碧梧桐は「新傾向」を推し進め、非碧梧桐派の「国民俳壇」は虚子に代わって東洋城が選句にあたった。

［岸本尚毅］

19　自由律俳句

「五七五」と表現される俳句形式から脱却し、外在的な形式から自由になろうとする俳句。大正時代に登場した。字余りや破調が〈五七五〉という形式を基準とする中での逸脱であるのに対し、自由律は内在律や感動律を重視し、五七五という形式を基準としない。

自由律俳句は、河東碧梧桐の新傾向俳句から現れる。碧梧桐の門下であった中塚一碧楼は、明治四四年、俳誌『試作』を刊行し、碧梧桐のもとを離れて五七五という形式や季題から解放された俳句表現を目指しはじめる。

同様に、新傾向を離れた荻原井泉水も、同年『層雲』を創刊し、大正三年、誌上でさらに大胆な形式の自由と季題無用論を提唱した。碧梧桐が俳句表現自体の新たな展開を考えていたのに対し、井泉水は、詩壇における定型詩（五七調・七五調）から口語自由詩への変化を意識し、その潮流に俳句を同調させようとしていた。この時期、詩壇においても大正六年に萩原朔太郎の第一詩集『月に吠える』が刊行されるなど、口語自由詩が確立された時代なのである。そもそも『層雲』自体が俳誌ではなく、俳句と文壇をつなぐことをねらいとする雑誌であった。井泉水は、俳句を詩壇の潮流に合わせ、季題、定型という二つの制約から解放して、無季、自由律の俳句を推進し、種田山頭火、尾崎放哉を世に送り出した。

　大正四年には、河東碧梧桐が主宰となり、中塚一碧楼の編集で『海紅』が創刊され、碧梧桐も自由律に理解を示して、新傾向俳句にも自由律俳句の流れが作られた。しかし、碧梧桐は季題や定型への思いを保持しつつ慎重に論を運んだため、一碧楼の考えと齟齬が生じ、大正一一年に『海紅』を離れて『碧』を創刊。一四年には『三昧』を創刊して、ルビ俳句へと進んだ。

　『海紅』主宰となった一碧楼は、『層雲』とは異なった趣の無季自由律俳句を展開。そのほか『冬木』主宰の萩原羅月が、古典を探求しながらの自由律俳句を試み、大正末期には、『層雲』にいた栗林一石路がプロレタリア俳句に進み、昭和九年に橋本夢道らと『俳句生活』を創刊。自由律俳句は多岐に広がっていったが、昭和一六年（一九四一）、新興俳句弾圧により栗林一石路は投獄され、一九年、戦時下の政策として、『層雲』『海紅』『陸』が『俳句日本』に統合された。

　第二次世界大戦後は、昭和二一年に『俳句日本』が終刊となり、一碧楼の『自由律』と『層雲』に別れた。また一石路、橋本夢道らが新俳句人連盟を結成し、機関誌『俳句人』を発行し、自由律俳句を掲載した。さらに市川一男の「口語俳句」、内田南草の「感動律」などが登場したが、その後の理論的展開がなかった。しかし、三一年には吉岡禅寺洞らによって口語俳句協会が発足し、昭和末期に『層雲』の系譜から住宅顕信が登場するなど、自由律俳句の潮流は消えなかった。

　金子兜太は定型の骨格を重視したが、高柳重信は多行形式によって定型の垂直的な切れからの展開を図り、その意図を林桂らが受け継ぎ、多行形式俳句の可能性を探究している。また、重信に連なる『吟遊』の夏石番矢は、平成一二年（二〇〇〇）に世界俳句協会を設立し、日本語では俳句形式の自由な展開を図り、日本語以外では三行詩という形式を理論化している。これらのより自由な「律」の系譜については、今後十分に吟味される必要があるだろう。

〔秋尾　敏〕

20　『ホトトギス』雑詠再開［一九一二・明治45］

虚子が小説に専念していたため『ホトトギス』の雑詠は明治四二年八月号以降休載していた。これを虚子は同四五年七月号から再開。入選は未灰の〈或日法廷に春の赤き日沈みけり〉など十九名二十四句であった。

〈再開をめぐる動き〉　同年五月号から「雑吟募集」の広告を掲載。同年六月号の消息に雑詠の復活を歓迎する読者の来信を紹介。「ホトトギス俳句の頽勢挽回を力説し小生の俳壇復活を慫慂せられし各地の先輩、友人に対し」感謝の意を表した。

　大正元年八月号にも「読者諸君にして俳人としての小生を忘れ去らず、雑吟選の復活に対し書を寄せて賛意を表し来らる丶も多し。此に其一節を録して謝意に代へ」として来信を紹介。後年の有力作家で当時慶應の学生であった原月舟は「放課後三田通りの本屋でホト丶ギスを素見し乍ら見ると何ぞ図らん雑吟の募集があるではありませんか。私は直ちに銀貨を投じて二銭の釣り銭をつかみ乍らホト丶ギスを日の当つてゐる大道から電車の中迄読みつゞけました」と書き寄こしている。

〈執筆の軸足を俳句に移す虚子〉　虚子は当時も小説を書き続けていたが、執筆の軸足を俳句愛好者向けの啓蒙的な文章に移していった。『ホトトギス』大正二年六月号から「六ヵ月俳句講義」を、同年十二月号から「俳句の作りやう」を連載。翌大正三年五月に『俳句とはどんなものか』を実業之日本社から刊（〔高浜虚子年譜〕『現代日本文学大系19』昭43、筑摩書房）。

〈雑詠の活性化〉　雑詠入選数は、雑詠再開一年後の大正二年七月号は三十九名五十九句、二年後の大正三年七月号は六十四名百十一句に増加。同号には原石鼎の代表句の一つ〈花烏賊の腹ぬくためや女の手〉が入選している。

　虚子は『ホトトギス』大正二年六月臨時増刊号に「雑詠予選句」を載せた。虚子によると同号雑詠の投句数は「四千七百六十句」（当時の投句数上限は二十句）。うち予選通過句は「二百五十余句」。最終の入選句は「百二十余句」だった。

　「一度予選に入りし句」が「第二回目の選に何故落選したか。その理由に関して「投句家各自」が「研究の材料」とするため「当選句」と「予選句」をともに載せた。虚子は自らの選句について「当選句よりも予選句の方に却つてよきものありなどいふ批評家必ずあるべし。併し余の趣味を標準としては断じてさる事無し」と自信を表明している。

　虚子は翌七月号に「雑詠予選句漫評」を書き、臨時増刊号に載せた「予選句」を評し、「予選句」が「当選句」より劣っている点等を詳述した。評の対象となったのは渡辺水巴、原石鼎、長谷川零余子、長谷川かな女などの当時の俊秀の句であり、選を通じて作家を育成しようとする姿勢が窺える。

虚子は俳句入門的な記事を書き、雑詠選の充実を図りつつあったが、自身の句作については臨時増刊号の消息に「先月来雑誌の編集に忙しくて殆ど句作の遑すら無之候」と記している。

この時期の虚子は自らの実作によって一派を率いるのではなく、啓蒙的な文章と選句を通じ、幅広い「投句家」の取り込みと作家の育成を図った。このような動きにも虚子独特の戦略的感覚が窺われる。

［岸本尚毅］

21　婦人俳句会　［一九一五・大正4］

婦人俳句会は、大正四年十一月を第一回として『ホトトギス』発行所で女性だけで催した俳句会の呼称。

そのきっかけは、高浜虚子が身内や親しい女性に呼びかけて「女流十句集」を始め、大正二年六月号の『ホトトギス』誌上に第一回「つゝじ十句集」を掲載したことによる。第一回の出句者をみると、虚子の妻糸子・長女真砂子、姪池内澄子・亀子、渡辺水巴の妹露子、長谷川かな女など十二人である。第二回は「短夜」、第三回は「夕立」、といった具合に毎回あらかじめ題を決め、各自十句作って幹事に出句し、それらを清記した句稿を郵便で回覧して互選する形式をとった。当時の女性はおおむね家庭の中に縛られ、自由に句会に出席できる時代ではなかったことから考え出された句会方式である。高得点者の俳句は『ホトトギス』誌上に毎月発表されている。

虚子は「女流十句集」に手応えを感じたのであろう。続いて、女性の文章や俳句を掲載する婦人欄を設けることとした。大正五年十月号の『ホトトギス』に投句者を婦人に限るとして「台所に関するものを題せる句を募る。たとへば、台所・鍋・七リン・俎板・水甕・（略）灰神楽・煮こぼれ・居眠り、下働き・お三の類。秋季」との告知を載せた。そして、十二月号から雑詠とは別に「台所雑詠」欄を設けて入選句を発表していった。この「台所雑詠」という名称が後に「台所俳句」と、やや女性の俳句を揶揄するような響きをもって使用されるようにもなった。だが、家事をこなしながら俳句ができるということと、女性の目が決して家庭の外に向いているのではないという男性に安心感を与える名称であったことから、次第に俳句を作ってみようという女性が増えた。

これら「女流十句集」「台所雑詠」と平行するように行われたのが「婦人俳句会」である。この会の世話をし、中心となって活躍したのが、かな女である。女性俳句はかな女を中心に『ホトトギス』を舞台に発展したといえ、この会から杉田久女、竹下しづの女らも活躍し始めた。

また、「婦人俳句会」は他誌にも影響を与え、大正七年創刊の『天の川』、大正九年創刊の『同人』、大正一〇年創刊の『枯野』、昭和二年創刊の『ゆく春』などにも婦人俳句欄が設けられ、女性に活躍の場を提供した。このようになったのも、社会や家庭における女性の地位と意識の変化によるものであろう。そこをうまく捉えたところに虚子の卓越した感覚や手腕の凄さがある。

ところで、かな女の夫零余子が『枯野』を創刊すると、女性俳句の舞台は『枯野』に移っていった。「枯野婦人十句集」や「婦人俳句会」には、かな女を筆頭に阿部みどり女、室積波那女、金子せん女らが活躍している。

かな女の去った『ホトトギス』の「婦人俳句会」はだんだん低調となり、大正一二年七月以降は自然消滅、「十句集」は大正一一年十二月の第百六回「青鬼灯十句集」で終わり、同月、第百七回「秋の日五句集」として新たに始まったが、大正一四年一月の第百二十六回「涼し五句集」で終わっている。かな女は大正一二年までは参加していた記録がある。

昭和二年十一月、新たに星野立子、池内たけしを幹事に『ホトトギス』発行所で「婦人俳句会」が開催されたが、昭和四年七月を最後に終わっている。しかし、この会が翌年六月の立子による『玉藻』創刊につながった。

この頃頭角を現してきた女性俳人は、橋本多佳子、本田あふひ、中村汀女、三橋鷹女、久保より江らで、立子、多佳子、汀女、鷹女の四人は男性の四Sにたいして四Tと呼ばれるようになった。

［黒川悦子］

22　結社誌創刊相次ぐ（一）　［一九一五・大正4］

村山古郷編『明治・大正・昭和俳句年表』大正四年の表には十四の俳誌創刊が記されている。大正四年は『ホトトギス』四月号より高浜虚子「進むべき俳句の道」の連載が始まり、虚子の推奨する俳人、俳句が大きく提唱された年である。一方、明治四四年に『層雲』を創刊し、新傾向俳句を推し進めていた河東碧梧桐は荻原井泉水と袂を分かち、大正二年に『層雲』を離れた。『層雲』は井泉水が中心となり、俳句は季題の有無にかかわらない自由律の象徴詩であるとした。これら二誌の主張する俳句とは一線を画する人々がこの二誌と離れ、各々のより所としての俳誌が次々と創刊したのである。

大正四年一月、松根東洋城は横須賀の大塚菜浦に命じ、俳誌『渋柿』を発刊させた。当時、東洋城は宮内省に出仕する傍ら、虚子より引き継いだ『国民新聞』の俳句欄を担当していた。

黛を濃うせよ草は芳しき　　東洋城
春泥は足袋の白きをにくみけり

東洋城は伊予（愛媛県）松山中学校在校時に教師の夏目漱石より俳句を学び、漱石の没するまでその門下にあった。東洋城が目指したのは、子規や虚子の提唱した客観写生とは異なる、漱石や芭蕉の俳諧精神であった。

大正五年十月、『渋柿』は発行所を東京に移し、名実ともに東洋城の主宰誌となる。東洋城は厳しく、また懇切に弟子を指導し、門下より久保田万太郎、水原秋桜子らを輩出した。

『層雲』を離れた河東碧梧桐は、大正四年三月、中塚一碧楼、大須賀乙字らと『海紅』を発刊した。これにより大正期の自由律俳句は『層雲』『海紅』の二誌を中心に展開する。

みどりゆらゆらゆらめきて動く暁　　井泉水
をとこ仲たがひつつ苺の熟れし　　一碧楼
炭挽く手袋の手して母よ　　碧梧桐

『層雲』が自然を対象として象徴的・印象的な把握を目指す傾向を示したのに対し、『海紅』は一碧楼を中心に人間を対象とした人事を感覚的に詠む傾向があった。大正一一年一月、渡欧先から帰国した碧梧桐は『海紅』を離れ、翌一二年二月、個人誌『碧』を発刊。『海紅』は一碧楼の作風が一誌を覆うようになる。

大正四年創刊の俳誌の中で『石楠』『倦鳥』の二誌は、その発刊の経緯において、とりわけ『ホトトギス』、虚子と関わりが深い。

大正四年一月、臼田亞浪は「斯くして進みゆかば」を『ホトトギス』に発表。虚子と俳句観の違いを明らかにする。亞浪の推賞した中には、虚子の〈蜻蛉は亡くなり終んぬ鶏頭花〉のほか、〈芋の露連山影を正しうす〉（蛇笏）等、虚子が「進むべき俳句の道」で推奨した句もあった。しかし、〈火遊びの我れ一人ゐしは枯野哉〉（乙字）など新傾向派の句や、亞浪が中心となっていた『石楠』句会の〈裸木柿の中寒く住みにけり〉（孤村）などは、虚子の提唱した客観写生の句とは傾向が異なっている。

同年三月、亞浪は乙字の援助を得て『石楠』を創刊。

鵯のそれきり鳴かず雪の暮　　亞浪
郭公や何処までゆかば人に逢はむ

「一度は自然の偉霊に触れて、超絶の光明に、心の眼が明らかなるに及べば、句々に悠久のいのちが輝いて、自然と我れと融合冥化せるまことの響がこもる」（「自然愛と人間苦」『石楠』大9・2）とあるように、亞浪の求めた俳句は自然と人間が一体となる「融合冥化」した境地を求めるものであった。

大阪の松瀬青々は明治三二年頃から『ホトトギス』で頭角を現し、虚子もその才能を高く評価していた。虚子は青々に上京を勧め、青々もそれに応じて『ホトトギス』の編集員となる。しかし碧梧桐との対立などがあり、明治三三年五月、大阪へ帰った。翌三四年三月に『宝船』を発刊。以降、青々は大阪を拠点に関西俳壇の中心的な存在となっていく。

大正四年十一月、青々は経営の行き詰まった『宝船』を『倦鳥』と改めて再出発させる。

単に季物の趣味を咏《えい》ずるといふやうな大自然憧憬では甚だ浅いもので、それが即ち喩安に成り、遊戯に成るのである。生の問題を提げた哀調より起こる大自然憧憬こそ真に味わうべき深いものである。
（「生の問題と大自然憧憬」『倦鳥』大5）

青々は俳句に作者自身の内面と生活の反映を求めた。

うらら今それが硝子の色にして　　青々
露が朝日をうるほすやうに女の眼

青々自身の句も明治期の〈懐に項羽本記や義仲忌〉のような漢語の使用、故実の典拠、格調の高さといった特徴のある句から、同じ明治期でも〈乾鮭のからき世胆のにがき世ぞ〉のような、経験や実感を基調とした句にその傾向の重点が移っている。

大正四年創刊の四誌を取り上げてきたが、翌大正五年も青木月斗『カラタチ』、渡辺水巴『曲水』等、主要な俳誌の創刊が続く。『ホトトギス』は村上鬼城、飯田蛇笏、前田普羅、原石鼎らを擁して隆盛期を迎えたが、他の俳誌もそれぞれの主張を掲げ、異なる俳句観が共存する俳壇が形成されていった。

【参考】　三輪青舟「松根東洋城と澁柿」（『俳句』昭29・2）、伊沢元美「碧派の三系統層雲・海紅・三昧」（『俳句研究』昭36・2）、松井利彦「評伝大正の俳人たち松瀬青々・臼田亞浪（『俳句研究』平6・4）［押野　裕］

23　結社誌創刊相次ぐ（二）［一九一六・大正5］

明治末期から大正期にかけて様々な結社誌が創刊された。特に大正四年（一九一五）は松根東洋城の『渋柿』（二月）、臼田亞浪の『石楠』（三月）、河東碧梧桐の『海紅』（同月）、愛知の『キラヽ』（五月、二号から飯田蛇笏選）、松瀬青々の『倦鳥』（十一月）等が創刊されている。加えて、碧梧桐の新傾向俳句誌だった『層雲』が荻原井泉水主宰による自由律誌となったのも同年であった。本項目は、大正初期に多くの俳誌が創刊された意義をまとめる。

〈明治俳句の舞台は新聞俳句欄〉　右記の俳誌創刊は子規派俳人が主宰誌を一斉に立ち上げたという側面があり、それは明治俳句と異なる大正俳句の特徴を象徴する動向といえる。

明治期における子規派の主要舞台は結社誌ではなく、新聞であった。正岡子規は新聞『日本』俳句欄の選者を務め、明治の新調に相応しい作品を選句するとともに、主要な俳論をほぼ『日本』に発表している。明治三五年（一九〇二）、子規没後に碧梧桐が『日本』俳句欄選者を継いだ際、子規派並びに他派俳人は碧梧桐を子規の後継者と目しており、『ホトトギス』編集発行人の高浜虚子は子規派俳誌を経営する俳人と見なされていた（むしろ虚子は『国民新聞』俳句欄選者として広く知られていた）。なお、明治期に各新聞の選者を任じたのは多くが尾崎紅葉ら秋声会系俳人や俳諧宗匠であり、時期にもよるが、『読売新聞』『東京朝日新聞』『時事新報』『万朝報』等の選者は子規派以外の俳人が務めていた。俳誌以上に新聞俳句欄は人気だったため、紅葉のような人気作家や名の知られた宗匠が選者を務めたのである。

〈新聞から結社誌へ〉　明治期のこうした風潮は大正期に変容する。俳壇に復帰した虚子が『ホトトギス』を子規派俳誌ではなく個人主宰誌としたように、大正期の俳誌の多くは明治期のように一派の俳人を束ねる雑誌というより、主宰個人の裁量で運営する結社誌として立ち上げられる側面が強かった。かような動向を象徴するのが『ホトトギス』で、明治期の『ホトトギス』や『国民新聞』で虚子選を信頼した有為な俳人たちが大正初期の『ホトトギス』雑詠欄に投句し始めた結果、大量の傑作が掲載されるようになる。加えて、虚子は諸俳人の特徴を論じた「進むべき俳句の道」を『ホトトギス』同四年四月号から連載し、大きな反響を呼んだ。こうした『ホトトギス』への期待や関心は日増しに高まり、その象徴が愛知の『キラヽ』であろう。長谷瓏北ら『ホトトギス』系俳人は雑詠欄に掲載された飯田蛇笏の句群に惹かれ、彼に『キラヽ』の選者を懇望したのである。

明治期と異なり、大正期の結社誌は力量ある俳人の最新句に加え、主宰や会員の重要な句評や論が発表される場となり、『渋柿』『石楠』『海紅』『倦鳥』も各主宰や会員の信条に沿った多様な句群や論が発表されることになった。虚子は大正五年から再び『国民新聞』俳句欄選者を務めたが、主軸はあくまで『ホトトギス』だった。次第に新聞俳句欄は一般愛好者が多数を占め、結社誌には句作に本腰を入れた俳人たちが集うようになり、やがて結社誌の発表句が時代を牽引するようになったのである。

〈印刷技術と雑誌創刊〉　明治後期から大正初期にかけて多数の俳誌が創刊された背景には、印刷技術の飛躍的な向上があった。俳誌に限らず政治経済や芸術方面、また娯楽雑誌等が膨大に刊行されており、大正四年前後にも『少年倶楽部』（大正三年）『新生活』（同四年）『婦人公論』（同五年）『文章倶楽部』（同年）等が続々と創刊されている。

［青木亮人］

24　「進むべき俳句の道」［一九一八・大正7］

俳壇復帰後まもない高浜虚子は大正四年から同六年にかけて『ホトトギス』に計二十四回「進むべき俳句の道」を連載。雑詠の有望作家を取り上げ、作品や作風を評した。単行本は大正七年、実業之日本社から刊行された。

〈虚子の俳壇認識〉　連載初回の大正四年四月号に虚子は「緒言」として明治四五年の雑詠復活時の感想を述べ、「新傾向かぶれの晦渋を極めた句の多いのと、偶々旧態を墨守してゐる人の句は生気を欠くことの余り甚だしいのに腹が立つたのであつた。けれども其に腹を立てたのは私の誤りで我ホトトギスの俳句の園を其程の荒蕪に任して置いたのは、誰あらう其が私であつた事を考ふるに至つて憮然とした」と記している。

俳壇復帰後の虚子は、碧梧桐の新傾向や旧派と対峙すべく、『ホトトギス』雑詠の充実に注力した。「進むべき俳句の道」はそのような状況下で書かれたものである。

〈主観的の句〉　「進むべき俳句の道」で表明された虚子の俳句観で特に注目されるのは主観の重視である。連載三回目の大正四年七月号から七回目の同年十一月号にかけて虚子は「主観的の句」についての見解を開陳している。

虚子はまず子規が蕪村の「客観美を特に推称したといふ事が蕪村調即ち客観主義といふやうな風に世人をして解釈せしむるに至つた」こと、また子規選の「新俳句」や「春夏秋冬」に〈五月雨や鴉草ふむ水の中　碧梧桐〉のような「蕪村以上の純客観句」が多いことを指摘する。

さらに〈寝た人に会釈して借る団扇かな〉（梅室）のような「月並句に対する反動」また「文芸一般に通じての居士の信条」として子規が「客観描写に重きを置いた」ことの意義を認めた上で、「純客観句」に対し「気持のよい純粋の句であることだけは誰も異存の無いことであるが、どうも是等の句を此上無い面白い句として受取ることは出来兼ねるやうな心持がしはしないだらうか。かゝる純粋な醇朴な句であり乍ら尚ほ今少し光彩の加わつた、滋味のある、力の強大な、刺激の強いものが欲しい、といふやうな心持がしはしないだらうか」と疑問を呈する。

他方、主観句の例として〈高山と荒海の間炉を開く〉（未灰）を挙げ、「家の一間で炉を開いてゐるのであるが（略）遠く其家を離れて（略）高山、荒海の両者を持来つて、其両者の間に炉を開く」という作品となるに「至る迄の間には若干の冥想と、事物の選択が試みられている」と指摘する。あるいは〈冬雲のかゝる笠置へ庇かな〉（余子）を挙げ、「一見純客観句のやうに見えるであらうが（略）他のものは一切閑却して、唯庇だけを持つて来たところに、矢張り主観の色彩が見える。（略）若し之を画に書くとすれば、庇を余程廓大して描かねばならぬのである。其処に主観的なところがある」と指摘する。虚子の主張は、「主観的」といっても情景描写を軽視するものではなく、作者の主観に基づく強調や省略を加えて表現にめりはりをつけることを重視する。その点では極めてバランスの取れた、合理的な俳句観と考えられる。しかし俳壇史・俳論史的に見ると、子規の「蕪村調」「客観趣味」の路線からの方針転換であった。

【各人評】 第二に注目すべき点は「各人評」を行ったことである。連載八回目の大正五年二月号から最終回の大正六年八月号にかけて取り上げた作家は、渡辺水巴、村上鬼城、飯田蛇笏、長谷川零余子、石島雉子郎、原月舟、前田普羅、原石鼎、西山泊雲、奈倉悟月、長谷川かな女、佐久間法師、関萍雨、杉本禾人、池田青鏡、山本村家、山本果采、木村子瓢、鈴木桃孫、増永徂春、島田的浦、清原枴童、原田浜人、野村泊月、村上蚋魚、高橋拙童、鈴木禅丈、岩木躑躅、久世車春、池田義朗、平川へき、大橋菊太の計三十二名。取り上げられた句には〈櫛買へば簪が媚びる夜寒かな〉（水巴）〈冬蜂の死にどころなく歩きけり〉（鬼城）〈或夜月に富士大形の寒さかな〉（蛇笏）〈山川に高浪も見し野分かな〉（石鼎）など、後に近代の名句として評価を得た作品が少なくない。

たとえば、前記の石鼎の句を「野分の吹いてゐる日、山間を流れてゐる川に高い浪が立つてゐる光景を言つたものであるが、『高浪の立つ』とでもいへば単に客観の句になつてしまふのであるが、『も見し』といつた為に（略）驚いて其山川を眺めて居るやうな強い心持が出て居る」と評したように、虚子の評は表現の細部に踏み込んだ懇切・的確なものであった。また石鼎の人物については「君は前から無一文であつたが今でも無一文である。三十一にして家を成さず、今でも一日三度の食を二度ですますことも珍しくないやうな生活をしてゐる。其は主として君の性癖に根ざしてゐることであらう。然し君の名も漸く俳壇に認められて、若い多くの俳人から推重をうけるやうになつた今日になつては、最早以前のやうな放浪生活をつゞけることも出来まい。君は今日のところ俳句のほかに何の便るべきものもない境界にある。君は此上一層進んで作句の上にも読書の上にも力をつくさねばなるまい」と記し、放縦な若い弟子に対して師として苦言を呈している。

雑詠における虚子は、基本的には投句者に対する選者の立場にある。その限りにおいては、投句者に対する指導の手段は個々の句の採否である。しかし「進むべき俳句の道」においては、虚子は有望作家に対する個別評に踏み込むことにより、個々の作家に対する顕彰や指導を行っている。この時期の蛇笏、鬼城等の活躍は後に「ホトトギス第一期黄金時代」と称されるが、雑詠という場を基盤にして作家を育てる仕組みを確立したことにより、『ホトトギス』は以後、昭和の四S時代などさらなる黄金期を迎えることになる。

「進むべき俳句の道」は、選者、指導者としての高浜虚子の意義を示す事績の一つである。

［岸本尚毅］

25 大正期の俳壇状況

大正俳壇の特徴は『ホトトギス』『層雲』の伸張に加えて『ホトトギス』系列誌が多数創刊された反面、新傾向俳句と俳諧宗匠の勢力が縮小した点であろう。本項目ではこれらを中心に大正俳壇の動向を概括したい。

【高浜虚子の奮闘と『ホトトギス』系列誌】 大正期の『ホトトギス』は傑作が多数発表されたことに加え、主婦層や学生俳人を開拓した点に特徴があった。当時は女性俳人が稀だったが、虚子は「台所雑詠」を設けるなど女性作家の発掘に意を注いだ。出版界では婦人雑誌が販売部数を誇っており、近代教育を受け、結婚後も自己表現と教養を発揮したいと願う主婦は多数存在しており、虚子はその彼女たちを俳句へ導こうとしたのである。

また、虚子は『ホトトギス』の基盤を作るべく各地に旅行に赴き、大正中期頃から実を結び始める。例えば、虚子の九州訪問は吉岡禅寺洞らが『天の川』を創刊（大正七年［一九一八］）する契機となり、また関西に足繁く訪れることで『京鹿子』（同九年）、『山茶花』（同一一年）等の創刊を促した。虚子は京都で知り合った学生の日野草城と交流し、彼や鈴鹿野風呂が立ち上げた京大三高句会及び『京鹿子』を支援している。その『京鹿子』に刺激を受けて大阪では『山茶花』が創刊されるなど、虚子の関西訪問は『ホトトギス』の地盤作りにつながった。特に虚子は草城ら高等教育を受けたエリート層と積極的に交流を図り、例えば東京の水原秋桜子が京大三高句会に刺激を受けて東大俳句会を再興した際、虚子はホトトギス発行所を会場として提供している。虚子のこうした活動が後の四Sや『京大俳句』等の帝大出身者の活躍を促したといえよう。やがて『ホトトギス』系列誌として『破魔弓』（後の『馬酔木』）が創刊（大正一一年）された際には東大俳句会の俳人が多数参加し、句会や吟行の成果が活字で発表されるようになった。

虚子が選者の『国民新聞』社内でも俳句の気運が高まり、『土上』が創刊（大正一一年）されるなど、虚子の奮闘は次々と俳誌創刊に結びつくほどの影響力を有した。

かように『ホトトギス』系列誌が創刊されるとともに、雑詠欄で活躍した俳人たちが主宰誌を立ち上げたのも大正俳壇の特色である。渡辺水巴の『曲水』（大正六年）、飯田蛇笏の『雲母』（『キラゝ』改題、同年）の後、原石鼎が『鹿火屋』（『草汁』改題、同一〇年）、長谷川零余子が『枯野』（同年）を創刊するなど『ホトトギス』系俳誌が多数発刊されている。それは『ホトトギス』の発展を示すとともに、新傾向俳句や俳諧宗匠の活動が鈍化しつつある証左でもあった。

〔影響力を失い始めた二派〕　河東碧梧桐の新傾向俳句は分裂気味になり、まず荻原井泉水の『層雲』が新傾向俳句から独立して自由律誌に舵を切った後、論客の大須賀乙字も碧梧桐と衝突して『石楠』（大正四年）に去った。碧梧桐は『海紅』（大正四年創刊）主宰並びに『大正日々新聞』の社会部長として健筆を振るったが、やがて『海紅』を放り出す形で外遊に出た後、帰朝して個人誌『碧』を創刊（大正一二年）し、『海紅』は中塚一碧楼の俳誌となる。碧梧桐や一碧楼は『層雲』と異なる自由律に徹ったが、大きな影響を及ぼすには至らなかった。ただ、碧梧桐は各地の蕪村の画や自筆資料を丹念に調査しており、後世の蕪村研究の礎を築いた功績は大きい。加えて、明治後期の六朝風から変貌し続けた彼の書体も新傾向俳句の実践として近代書史に大きな足跡を残している。また、大正期は俳諧宗匠の影響力が縮小し続けており、入れ代わるように子規派俳人が地方まで名を知られるようになった。京都の花の本聴秋主宰の『俳諧鴨東新誌』（明治二一年［一八八八］創刊）でいえば、明治期には約四五頁前後の月刊誌に膨大な投句が掲載されたが、大正期は約三十頁に縮小するなど、他の俳諧宗匠も勢力を維持しえなかった。しかし、各地方が子規派や『ホトトギス』一色に染まったわけではない。例えば、愛媛県新居浜市の俳人の回想によると、大正中期頃に『ホトトギス』が地元で主流になり始めたが、『ホトトギス』系俳人と俳諧宗匠の折衷で句会や行事を催さないと人が集まらなかったという。

〔『層雲』の発展と文人肌の作家による佳作〕　『ホトトギス』や新傾向俳句と異なる発展を遂げたのが井泉水の『層雲』である。『層雲』はゲーテの詩の翻訳や洗練された挿絵をあしらうなど『白樺』等の文芸誌に近い誌面だった。文学界では「個性・真実・人間」等を希求する論が盛んで、『層雲』もそれらの芸術観や清新な詩に近い作風を志向し、主宰の井泉水は「リヅム・調子」や「光の印象・気分」等で自由律を定義付けている。そのため、大正中期頃の『層雲』には〈草に寝れば空流る雲の音聞ゆ〉（芹田鳳車）といった「リヅム」や抒情を旨とする句が主流だったが、大正後期に尾崎放哉が出現してからは彼の短律の影響が見られた。〈咳をしても一人〉等の放哉句は江戸俳諧や『ホトトギス』系俳句とも異質の作風であり、大正俳句の特色の一つといえよう。なお、主宰の井泉水は芭蕉の求道精神や漂泊の人生を称賛する書を多数刊行し、明治期の俳諧宗匠と異なる近代文学としての芭蕉礼讃が顕著である（『石楠』の臼田亞浪も同様）。

ところで、大正期は文人肌の小説家による佳什が多数見られたのも特徴で、芥川龍之介や久保田万太郎、夏目漱石、永井荷風等は句作を余技と位置付けつつ専業俳人と異なる作風を見せた。特に万太郎や荷風は『俳諧雑誌』（大正六年創刊）の籾山梓月や俳諧宗匠と親しく、子規派の人脈と異なる場所で江戸趣味を解する文人肌の交流が大正期に存在していたことを示している。

〔参考〕　正岡慶信「東予文人列伝⑧」（『郷土研究』171、昭42・3）

［青木亮人］

26　京大三高俳句会［一九一九・大正8］

大正八年九月日野草城、中西其十《きじゅう》、岩田紫雲郎《しうんろう》ら第三高等学校在学生が、藤井紫影（京大文学部教授）を招いて、京大神陵俳句会を結成。ほどなく京大三高俳句会と改称された。発会式は、京都入りしていた高浜虚子の歓迎会を兼ねた。当日は十八名が参加し、虚子が記念講演を行った。虚子は、五月の第二回目の句会にも再び鎌倉から訪れて出席するなど、この会を、京都における『ホトトギス』の活動の場と考えた。

葡萄含んで物言ふや唇の紅濡れて　草城

同年九月の俳句会に出されたこの句をみた第三高等学校文科乙類二回生の山口誓子《せいし》は、新しい俳句表現の可能性を見て、俳句の門に入る決心をしている。

同年十一月、草城は、古俳諧を研究していた京大副手鈴鹿野風呂《すずかのぶろ》（七高・京大）と寄付を募って、機関誌『京《きょう》鹿子《かのこ》』を創刊する。巻頭には、「絶巓をきはむるには／多くの路がある。／我等の歩むのはその一つの路である／…」に始まる文章を載せる。発行人は野風呂、編集は草城。発行所は「第三高等学校内　日野草城」。発行部数百五十部。創刊同人は他に、田中王城《おうじょう》（東大）、岩田紫雲郎（東大）、高浜赤柿《せきし》（三高）、中西其十《きじゅう》（三高）の六人。同人のメンバーは、関西の『ホトトギス』の俳人である。創刊号には虚子も祝して作品四句を寄せた。その他、長谷川零余子《れいよし》、吉岡禅寺洞《ぜんじどう》らも近詠を寄せた。播水は二号から、誓子は十号からの参加。学生に限らず一般にも広く門戸が開かれていた。主宰を置かず、雑詠欄の共選は同人が行った。

しろしろと暮色迫れる野分かな　野風呂

その後俳句会は順調に運営されていくが、次第に京都のホトトギス系の俳人と三高生らが混在したような状態となったこともあり、同一一年十一月、俳句会は解散する。学外には「京鹿子俳句会」が設けられた。

同一四年五月、井上白文地《はくぶんじ》（三高卒業、京大文学部）等によって復活する。第一回の句会には、二十人ほどが参加し、野風呂や誓子なども出句。同一五年には、京大医学部に入学した平畑富次郎（静塔《せいとう》）が出席した。

昭和二年に草城は、第一句集『花氷』を京鹿子叢書として上梓。序文に虚子・秋桜子《しゅうおうし》・野風呂が文章を寄せた。『京鹿子』は七年十月号から同人制を廃止し、野風呂の個人経営の雑誌となった。さらに十一月号からは、野風呂の主宰誌となり、雑誌の性格を変えた。そのため、同人の白文地、中村三山、静塔、藤後左右《とうごさゆう》、長谷川素逝《そせい》、野平椎霞《ついか》、瀬戸口鹿影らは退会し、同八年一月の『京大俳句』（静塔編集発行人）創刊に加わっていく。

一方、東大俳句会は大正一一年四月に、京大俳句会の動きに刺激を受け、やはり虚子の指導を得て、水原秋《しゅう》桜子《おうし》、富安風生《ふうせい》、中田みづほらによって結成される。ここに、三高から東大に入学した誓子が加わった。

誓子は、昭和七年刊の『凍港』跋に、「ホトトギス俳壇最近十年間に於ける飛躍的発展は、その原動力の大部分を二つの知識階級群に負ふ」とし、「一つは野風呂・草城両氏を盟主とする三高京大俳句会に、他は秋桜子《しゅうおうし》氏を盟主とする東大俳句会に。然も私の俳句は、三高京大俳句会に於て生成し、東大俳句会に於て発展した」と、京大三高俳句会が俳壇と自らの俳句に及ぼした経緯について書いている。

〔参考〕『京鹿子　1000号記念誌　京鹿子叢書第二四五編』（昭23、京鹿子社）、栗林浩『京大俳句会と東大俳句会』（平23、角川書店）

［渡辺誠一郎］

27　東大俳句会［一九二二・大正11］

水原秋桜子、山口青邨、富安風生、中田みづほらが大正一一年に再興。前身は帝大俳句会。

前身の帝大俳句会は中田みづほと同じ高等学校出身で医学科に学ぶ四、五名と他校出身で同窓の四、五名、大学医局の数名、それに文科や法科の者を加え、当時の『ホトトギス』の新進作家である長谷川零余子《はせがわれいよし》を中心に東京帝国大学の学生が集って始まる。ややあとになって高浜虚子も出席するようになる。零余子が『枯野』主幹になるとともに、帝大俳句会の会員の大部分は『枯野』に移り、会は自然消滅のかたちになっていた。

大正一一年二月に新潟に赴任したみづほと相談しつつ、その帝大俳句会の再興を図ったのが秋桜子である。主唱者はみづほとなっているが、虚子に直接指導を依頼したのは秋桜子であり、その場で虚子は『ホトトギス』発行所を使うことやみづほ、青邨、風生、山口誓子を誘うことを提案する。その言葉に従って秋桜子は青邨や風生を尋ねている。

同年四月八日、帝大俳句会改め東大俳句会の第一回句会が虚子の指導の下、船河原町の『ホトトギス』発行所で開かれた。出席者は秋桜子、風生、山口誓子、日影董、それに新潟から出張してきたみづほであった。

古株に萩の若葉の見えそめし　高浜虚子
萩若葉株ともわかぬ腐れより　中田みづほ
萩株に光り浮き出し若芽かな　富安風生
萩若葉図書館出たる受験生　山口誓子
萩若葉枯枝今はなかりけり　水原秋桜子
萩若葉あら馬を追ひく水かひぬ　日影董

萩若葉の題で出席者は右のように詠んでいる。

その後も秋桜子は幹事役として会をまとめ、高野素十、三宅清三郎、増田手古奈などが加わる。『ホトトギス』の発行所が丸ビルに移ると、新しい発行所や近くの料亭などでも会は開かれている。

一三年に入ると東大俳句会もあまり活発でなくなり、みづほが上京するような機会にのみ開かれていたが、翌年には京都の田中王城からの誘いがあり、京都で句会と歓迎会が開かれた。翌日、東大俳句会が中心の東京軍と京都軍の野球戦が衣笠山の麓の中学校校庭で開かれた。その後、風生が西欧見学から戻り、岩田紫雲郎が上京してくると、ようやく俳句会も活気を取り戻し始めた。

俳句会は中村三山、赤星水竹居らの帝大出身者に学外の俳人、たとえば飯田蛇笏などが時折参加したりした。昭和三年頃になると一ッ橋の学士会館で開かれるようになる。会員は二十名を越え、若い作者が増え、学生も四、五人来るようになった。その中には中村草田男もいた。

東大俳句会が広がりを見せ、勉強が深まるにつれて、秋桜子、誓子の二人、やや遅れて素十が頭角を現し、それに青畝を加え4Sの時代へと入っていく。

四年の一二月は『ホトトギス』が四百号に達するので、一一月一六日から三日間かけて講演会、俳句会、晩餐会の祝賀行事が執り行われた。『ホトトギス』に属する主な東京の会は東大俳句会、家庭俳句会、七宝会（宝生流の能楽に関係する人たちの会）であったので、東大俳句会もその中心にあって行事を担っている。

昭和五年、俳句会は毎月二回の開催に改められ、そのうち一回は丸ビルの会議室で開かれることになった。大橋越央子、片岡奈王、山本京童らが会員に加わり、総勢三十名近くに達した。七年、会員資格を九つの旧帝国大学出身者に広げ、草樹会と改称するまでいわゆる東大俳句会は存続する。

［橋本榮治］

28　花鳥諷詠　［一九二八・昭和3］

「花鳥諷詠」は高浜虚子が昭和三年四月二一日、大阪毎日新聞社で講演を行った中で初めて提唱した虚子造語の俳句用語。その講演記録は『俳諧趣味』（毎日叢書4）として同年六月五日に毎日新聞社から刊行された。

虚子は講演で「私の題は花鳥諷詠といふのでありますが、この花鳥と申すのは花鳥風月」と述べ、「花鳥」は花鳥風月を短縮した語と説明し、「花鳥諷月と申しまするのは四時の移り変りによつて起るところの自然界の現象、ならびにそれに伴ふところの人事の現象を引つくるめて」いるという。俳句四百年の歴史の変遷をみて、終始一貫変わらないものが花鳥風月を諷詠すること、と述べた。虚子のいう「花鳥」は自然界・人事界を代表させる語で、自然だけでなく人間も含まれている。「諷詠」は、調子を整えて詩歌を作ったり吟じたりすること。

この後の六月二十日、春秋社から『虚子句集』が刊行され、その自序でも虚子は「花鳥諷詠と申しますのは花鳥風月を諷詠するということ」と根本的な考え方を示した。また、翌年二月号の『ホトトギス』に「花鳥諷詠講演筆記。虚子句集序」を掲載。この文中で虚子は、俳句は「自然に愛情を注ぎ、又それに酬《むく》ゆる自然の愛情を享受して、自然を描写する文芸」とも主張し、花鳥諷詠は自然を賛美する心で詠むという意味も込めた。さらに、俳句は「全く専門的に花鳥を諷詠する文学」であると、他のジャンルから区別した。虚子は次第に、俳句は「花鳥諷詠の文学、即ち花鳥諷詠詩である」（『俳句読本』昭10、日本評論社）と、考えを深めてゆく。同時に、「一つの景色でもじつと見てゐるうちには、心が澄んできて、所謂心眼が明らかになつて来て、今迄気のつかなかつたものが見えるやうになつて来ます」（同前）と説く。

ところが、この虚子の有季定型を前提にした花鳥諷詠論にたいして、より広範に、そして近代の一般文芸と対等な場への開放を求める運動が起こった。早い時期では、昭和六年十月号『馬酔木』に「『自然の真』と『文芸上の真』」を書いて『ホトトギス』を離脱した水原秋桜子である。秋桜子は主観的な抒情句を目指し、虚子とは一線を画した。新興俳句運動の始まりである。吉岡禅寺洞は七年、『天の川』誌上に炭鉱生活者を詠んだ社会性俳句や無季俳句を掲載し、次第に生活俳句や無季俳句に重きをおく、無季俳句容認の立場をとるのである。日野草城は九年『俳句研究』四月号に「ミヤコ・ホテル」という花鳥諷詠では詠み得ないエロティシズム作品を発表し、無季俳句も詠むようになる。山口誓子は近代的・都会的な素材による新しい俳句を目指し、一〇年に『馬酔木』へ移った。誓子の連作俳句は無季俳句の流れを生み、新興俳句運動に大きな影響を与えた。しかし、秋桜子、誓子ともに無季俳句からは距離をおいている。その後、自己の内面を生活に密着させて俳句を詠む人間探求派、あるいは、社会性のあるテーマや素材を詠む社会性俳句などの陣営からも花鳥諷詠の反対論がでる。

これらの反対論にたいして、虚子は、花鳥諷詠は「始めはこれはただ俳句の性質を説明しただけの極めて平凡な言葉だと思っていた」が、「その後いろいろな説をなすものが出て来たのを見るに及んで、はじめてこれは大きな仕事であった」「俳句は花鳥諷詠詩であると言つた事の誇りを持つ」（『俳句への道』昭30、岩波新書）と、提唱した意義を確信し、表明した。花鳥諷詠は虚子の、日本の思想や詩歌の伝統に基づいた俳句理念といえる。

【参考】　高浜虚子『俳句読本』（昭10、日本評論社）、川名大『昭和俳句の展開』（昭54、桜楓社）　［黒川悦子］

29　秋桜子『葛飾』刊行　［一九三〇・昭和5］

水原秋桜子は東京帝国大学在学中に高浜虚子の『進むべき俳句の道』を読み俳句を志す。大正九年に『ホトトギス』に投句を始め、一二年に『ホトトギス』課題句選者になり、『破魔弓』（のちに『馬酔木』と改題）の雑詠選者になる。

その頃より秋桜子は調べの研究を始めるが、第一高等学校在学中に歌集を耽読し、一〇年の秋から二年間は短歌を窪田空穂に師事した影響もあり、俳句においても短歌的な抒情表現を取り入れ、写生を基礎に感動を調べに乗せて表わす、いわゆる主観写生を唱えた。

その主観写生を唱導する秋桜子が理想とする写生作品をまとめたのが句集『葛飾』である。従来の侘び寂びの世界から離れ、自然の美しさを讃えた。西洋の印象派の絵画のような明るさから外光派と呼ばれた。

梨咲くと葛飾の野はとの曇り
馬酔木より低き門なり浄瑠璃寺
高嶺星蚕飼の村は寝しづまり
啄木鳥や落葉をいそぐ牧の木々

など、流麗な調べと気品を湛える作品を収めた句集は昭和五年四月一日発刊、出版後四、五日で五百部を売り切った。急遽刷った二版も売り切れる。

当時、『ホトトギス』に属する作者の句集は大体が虚子の選を通った句のみをまとめるのが慣いであった。だが、『葛飾』は前句文集『南風』の中からさらに選び抜いた句と、『南風』以後『ホトトギス』の雑詠欄に載った句とを中心に編んだが、それ以外に初めて俳句を志した頃の作、および『馬酔木』等の雑誌に発表した作の中、多少の愛着のあるものを百句ほど加えてあった。すなわち、虚子選を経ない句があった。

また、それまでのほとんどの句集が季題別の編集であったがそれも止め、まずは春夏秋冬に大別し、同じ場所でできた句は一つところに集めた。たとえば、春の章題で示せば「大和の春」「山城の春」「葛飾の春」「多摩川の春」「大垂水峠の春」といった具合である。

さらに、句集の序文も虚子に乞うのが慣いであったが、『葛飾』の序を虚子に乞わず、長い自序を書き、そこに写生についての左の信条を記す。

我等の信ずる写生俳句の窮極は一にして二はない。然しながら其の窮極に達せんとして作者等がとるべき態度は大別して二つあると言ふことが出来ると思ふ。その一は自己の心を無にして自然に忠実ならんとする態度、その二は自然を尊びつゝも尚ほ自己の心に愛着をもつ態度である。第二の態度を持して進むものは、先づ自然を忠実に観察する。而して句の表には自然のみを描きつゝ、尚ほ心をその裏に移し出さんとする。勢ひ調べを大切にするやうになるのである。

と述べ、自分は第二の態度をとる作者とする。その立場からは風景を含めて、事物のありようのみを描写しようとする虚子の写生態度は受け入れがたいものであった。

虚子の選を経ない句の存在、虚子に乞はなかった序文、虚子と相反する序文の写生論、『葛飾』の事実のどれもが虚子の態度とは違うことを示していた。堀辰雄始め俳人以外の多くの人々を魅了した『葛飾』の作品であったが、秋桜子の俳句の姿勢を明らかにするとともに、虚子の俳句に対する考え方とは相容れないことをはっきりとさせたのであった。

［橋本榮治］

30 昭和俳句の出発［一九三〇・昭和5］

昭和五年、三つの『ホトトギス』系俳誌が創刊された。星野立子の『玉藻』、山口青邨の『夏草』、長谷川かな女の『水明』である。当時は『ホトトギス』の時代区分でいえば「四S」時代末期に当たり、虚子の推進する写生尊重路線への反発が広がりつつあった時期でもある。そんな折、巨大結社『ホトトギス』は、女性および東北の岩手という未踏の領野への進出をはかった。『ホトトギス』の俳壇政治的な思惑とは別に、女性主宰が活躍する現在の俳壇につながる先駆けとして記念すべきできごとであった。

時間の針を少し戻し、ここまでの経緯を紹介する。

昭和三年九月二十四日、ホトトギス発行所で開催された講演会で、虚子は「秋桜子と素十」と題し「厳密な意味に於ける写生と云ふ言葉はこの素十君の句の如きに当て嵌まるべきものと思ふ」と素十に対する期待を語った。同日、山口青邨は「どこか実のある話」と題する講演の中で、山口誓子・阿波野青畝・水原秋桜子・高野素十の四名を「四S」と名づけた。このことも、他の三人より遅れて登場した素十への強い期待を表すものといえるだろう。

昭和四年十一月、『ホトトギス』は通巻四百号を迎える。それを祝し、丸ビルを会場に、十六〜十八日と三日間にわたるホトトギス四百号記念大会が盛大に催された。続く二十三日には、関西ホトトギス祝賀会が大阪中央公会堂において催された。ここに至る『ホトトギス』の輝かしい足跡と強い結束力を内外に示すイベントであった。しかし、水面下では秋桜子を始めとする有力同人の不満が臨界点に達しようとしていた。

【玉藻】 昭和五年六月創刊、星野立子主宰。星野立子は明治三六年十一月十五日、東京生まれ。高浜虚子の次女である。東京女子大学高等部を卒業後、大正一四年に星野吉人と結婚。同一五年頃から作句を始めた。昭和五年六月、虚子や「ホトトギス」の有力同人たちの支援のもと、『玉藻』を創刊。二十七歳であった。

立子の第一句集『立子句集』（昭12、玉藻社）の序文で虚子は「自然の姿をやはらかい心持で受け取つたまゝに諷詠することは立子の句に接してはじめて之ある哉といふ感じがした。写生といふ道をたどつて来た私はさらに写生の道を立子の句から教はつたと感ずることもあつたのである。それは写生の目といふことではなくて写生の心といふ点であつた。」と記す。立子の昭和初年の作品として〈まゝごとの飯もおさいも土筆かな〉〈大仏の冬日は山にうつりけり〉〈蝌蚪一つ鼻杭にあて休みをり〉がある。高野素十の作品、〈方丈の大庇より春の蝶〉〈甘草の芽のとびとびのひとならび〉といった句と比較してみると、写生に徹し平明な言葉で表現しようとする点において共通するところが多い。虚子が立子に期待したのは、女性ならではの俳句ではなく、俳句ならではの俳句であったといえるだろう。「玉藻」は、虚子にとっても重要な活動の場となっていく。

【夏草】 昭和五年六月創刊、山口青邨主宰。山口青邨は明治二五年五月十日、盛岡市生まれ。盛岡中学、第二高等学校、東京帝国大学工科大学採鉱科を卒業。古河鉱業株式会社勤務、大正一〇年東京帝国大学工学部助教授、昭和一四年同教授となる。俳句は、大正一一年に『ホトトギス』初投句。中田みづほ・水原秋桜子・富安風生・山口誓子らと東大俳句会をつくる。昭和四年に『ホトトギス』同人となり、同五年五月号で雑詠巻頭を占める。同六月に盛岡市で『夏草』が創刊され、その雑詠選者となる。三十八歳であった。

第一句集『雑草園』（昭9、龍星閣）の刊行時、すでに秋桜子は『ホトトギス』を去り、誓子もその後間もなく『ホトトギス』を後にする。句集中の〈みちのくの雪深ければ雪女郎〉〈祖母山も傾山も夕立かな〉などは、写生を踏まえつつも懐の深さを感じさせる。青邨が『ホトトギス』内での評価を得たのは、まずその写生文の力によってであった。名文家としての信頼感とともに、深い教養に裏打ちされた青邨の作風は中道的なものであり、緊張感をはらむ昭和初年の『ホトトギス』にあって重要な存在であったと考えられる。

〔水明〕 昭和五年九月創刊、長谷川かな女主宰。長谷川かな女は明治二〇年十月二十二日、東京生まれ。日本橋大工町私立小松原小学校高等科を卒業。引き続き小松原塾で家事修業をする。英語学校に通う学生を個人教授として英語を習う。同四二年、その学生と結婚。後の長谷川零余子である。そのころから『ホトトギス』に投句を始める。虚子の婦人俳句会で研鑽を積み、虚子と内藤鳴雪以外はいっさい男子禁制という体制下で、常にリーダー格として活躍した。昭和三年、『枯野』を主宰していた零余子が急逝。『ぬかご』と改題して夫の遺志を継ぐが、雑詠の共選者との対立が深まり、『水明』創刊を決意する。

第一句集『龍胆』（昭4、ぬかご社）の〈羽子板の重きが嬉し突かで立つ〉〈呪ふ人は好きな人なり紅芙蓉〉といった句から香り立つ情緒は、「台所俳句」なる言葉の枠に収まるものではないだろう。昭和・平成の俳壇史を女性俳人抜きに語ることはできない。かな女に始まる女性俳句の隆盛が俳句の世界を一新したのである。

〔参考〕 松井利彦『昭和俳壇史』（昭54、明治書院）、『現代俳句大系三』（昭56、角川書店）、『増補現代俳句大系一』（昭56、角川書店）、『増補現代俳句大系二』（昭56、角川書店）

［加藤かな文］

31 新興俳句

新興俳句とは、高浜虚子が作り上げてきた「客観写生」「花鳥諷詠」を理念とする伝統俳句や『ホトトギス』に対して、新しい俳句を目指す俳句の近代化運動をいう。

正岡子規の明治の俳句革新と同様に、昭和の俳句革新運動である。資本主義経済社会によって発達した現代（モダン）都市に象徴される、人間の感情や感覚を作品世界に取り込み、俳句の新たな近代化を志向するものであった。新興俳句の呼称は、素人社の金児杜鵑花《とけんか》が使い、一般化した。

新興俳句は昭和六年、高野素十《すじゅう》、阿波野青畝《せいほ》、山口誓子とともに『ホトトギス』の四Sと呼ばれた、同人の水原秋桜子が、『馬酔木』十月号誌上に発表した「『自然の真』と『文芸上の真』」と題した論文に端を発する。秋桜子は『ホトトギス』を離脱する。

秋桜子は、虚子の「花鳥諷詠」「客観写生」に対して、作り手の個性を明らかにした表現に傾斜すべきとした。「自然の真」と異なり、「『文芸上の真』に於いては、作者の個性が光り輝いて居らねばならぬ」とし、「創造を加へ個性を表現すること」の大切さを説いた。特に虚子が客観写生の典型として高く評価していた写生派の素十の作品を取り上げて批判を展開し、有季定型の姿勢を崩すことなく主題を設け、作品効果を意識した俳句の連作を試み、多くの論議を呼び起こした。

同じように『馬酔木』の高屋窓秋《そうしゅう》、石橋辰之助、石田波郷、加藤楸邨《しゅうそん》。さらには、『天の川』の吉岡禅寺洞《ぜんじどう》、篠原鳳作、『天の川』の主勢力であった九大俳句会の横山白虹《はっこう》、棚橋影草らが同調した。この運動から、『ホトトギス』の世界とは異なる多くの優れた作品が生まれた。

昭和一〇年には、『ホトトギス』の同人であった山口誓子が、『ホトトギス』を離脱し、『馬酔木』に投句する。新興俳句の運動は、秋桜子と同じように連作を試みる誓子と動きをともにし、俳句革新を推進した。誓子は、近代都市の発展がもたらした、新しい社会現象や風景、風俗にふさわしい俳句表現を試みた。誓子は、即物具象と知的な構成手法を、意識的に俳句の中に取り組み、従来にない新たな想像を喚起する作品世界を明らかにした。

その後、新興俳句運動は、有季俳句の立場と無季俳句や超季も容認する立場とに大きく二分されて行く。

『馬酔木』とともに、新興俳句の一翼を担ってきた『天の川』の禅寺洞らが、無季俳句を提唱すると、有季定型を基本とする秋桜子と誓子は運動から離れる。

無季俳句こそが、新興俳句にふさわしい新しい舞台であった。無季俳句の展開は、『京大俳句』（平畑静塔《せいとう》、西東三鬼《さんき》、井上白文地）を中心に、『天の川』（篠原鳳作、内田慕情）、『旗艦』（日野草城、富澤赤黄男《かきお》、片山桃史）、『句と評論』（渡辺白泉、細谷源二）、『土上《どじょう》』（東京三《あずまきょうぞう》—秋元不死男）が独自の活動。他に、『早稲田俳句』『傘《かさ》火《び》』『自鳴鐘』などでも同様の動きがあった。

さらに新興無季俳句は、貧しい庶民生活や工場労働などにも目を向け、思想的傾向を強め、体制批判的な要素も加わえてゆく。

同一二年に盧溝橋事件が起こり、日中戦争が始まると、俳句の世界も大きな影響を受ける。俳句の取り組むべき課題の一つとして、戦争が取り上げられる。従軍俳句や銃後から戦場を詠う戦火想望俳句が詠まれた。誓子は、「もし新興無季俳句が、こんどの戦争をとりあげ得なかったら、それはつひに神から見放されるときだ」とまで述べて鼓舞したのが、この時代の空気を象徴している。

だが、戦争の進展にともない、戦時体制が次第に強化されてゆく。一二年に人民戦線事件・労農教授グループの検挙事件が起こる。表現の分野についても、締め付けや弾圧の動きが始まる。同年十二月には『川柳人』同人らが、治安維持法違反の嫌疑で検挙された。この動きは俳句の世界にも及び、一五年には、新興俳句の中心的雑誌であり、反戦色を強めていた『京大俳句』の静塔、波《は》止影夫《しかげお》、三谷昭、白泉、三鬼らが検挙。翌年二月には、『土上』（嶋田青峰《せいほう》、京三）、『広場』（細谷源二、藤田初巳）、『日本俳句』（平沢栄一郎）、プロレタリア系雑誌の『生活俳句』（栗林一石路《いっせきろう》、橋本夢道《むどう》）の同人らが一斉検挙された。弾圧は地方の俳誌にも及んだ。

検挙者は、起訴、起訴猶予と分かれるが、新興俳句の表現活動は大きく制約された。編集同人が検挙され、新興俳句の総合雑誌『天香』が廃刊に追い込まれた。新興俳句は事実上停止を余儀なくされる。

新興俳句の自由な俳句表現への模索は、現代の俳句の中に少なからず生かされ、表現の裾野を広げたといえる。

頭の中で白い夏野となつてゐる　窓秋
しんしんと肺碧きまで海のたび　鳳作
水枕ガバリと寒い海がある　三鬼
戦争が廊下の奥に立つてゐた　白泉
蝶墜ちて大音響の結氷期　赤黄男

後に、自らも新興俳句運動の渦の中にいた三橋敏雄は、当時の状況について、「長年に亘る虚子勢力の牙城『ホトトギス』に抵抗する弱者の力が結集していつた、文字通り新興のエナジイそのものの発露であつた。俳壇史上未曾有の、あの熱つぽい空気は、当時強大さを加えていたミリタリズムに対する裏返しの時代感情でもあつた」（「後記」『まぼろしの鱶』）と述懐している。

〔参考〕　川名　大『新興俳句表現史論攷』（昭59、桜楓社）、『俳句研究　特集・新興俳句』（昭47・3）

［渡辺誠一郎］

32　プロレタリア俳句［一九三〇・昭和5］

プロレタリア階級の視点に立ち、反体制的な俳句表現を志向した作品と運動を言う。

プロレタリア俳句の動きは、大正末期から昭和初期に、自由律俳誌である荻原井泉水《せいせんすい》が発行・編集する『層雲』のなかから起きた。井泉水の方針に批判的な栗林一石路《いっせきろ》、小沢武二、橋本夢道《むどう》、横山林二《りんじ》らが中心となった動きである。個人の表現の契機を、社会関係のなか見出そうとする立場であった。さらに、社会への批判と社会改革の延長上に俳句表現を据えようとした。特に一石路は、改造社の社員として、活発な動きを見せた。

昭和五年には、林二・神代藤平らが『層雲』を離れ、プロレタリア思想を明確にした俳句を目指し、結社や子弟制度の否定などを掲げて、『俳句前衛』を創刊した。同年、同じように俳句によって階級闘争を推し進めるために、一石路・武二・夢道らは『旗』を創刊し、同六年『層雲』を離脱。両誌はさらに活動を進めるために合流し、林二が発行人の『プロレタリア俳句』（後に『Ｌａ俳句』と名称変更）を創刊した。しかし、発禁により一号で終刊。同時にプロレタリア俳人連盟を結成する。さらに、『Ｌａ俳句』は、定型俳句の立場からプロレタリア俳句を志向していた早稲田俳句会を中心とした『俳句研究』を併合して、同七年一月、『俳句の友』を創刊した。しかしナップ（全日本無産者芸術連盟）から詩への俳句解消の要請があり、九月には終刊。

作品の掲載は、他の表現の分野と同様に、当局からの弾圧を回避するために、雑誌名を変えたり、筆名を匿名にするなどの対応策が取られた。

昭和九年、林二が発行人となり、一石路・夢道・藤平・藤田秋泉らは、「生活を詠う」ことを目指す同人誌『生活俳句』（昭和一五年終刊）を創刊し、プロレタリア俳句運動の再建を目指した。また新興俳句の生活派やリアリズム派の俳人らとも連動する。

しかし、一五年、『京大俳句』の編集同人の平畑静塔や渡邊白泉《はくせん》らを皮切りに弾圧が始まる。翌年には、新興俳句系の雑誌・同人へも弾圧が及んだ。『広場』『土上』、口語自由律の『日本俳句』が廃刊に。『俳句生活』の一石路、夢道、林二、藤平らも検挙され、雑誌は廃刊を余儀なくされ、運動は終息する。

シヤツ雑草にぶつかけておく　一石路
大砲が巨きな口あけて俺に向いている初刷　一石路
大戦起るこの日のために獄をたまわる　夢道
獄衣、手に脛に短かきゆえにあどけなや　夢道

戦争が終わると、二一年五月、プロレタリア俳句や新興俳句に関わった俳人たちは、新たに新俳句人連盟を結成し、プロレタリア俳句の活動の継承・継続を図った。結成時の声明には、俳句を現代詩の水準に高めることの他、反俳閥・俳句本質の究明・現代俳句の確立・封建的結社意識の排除等を掲げた。初代幹事長に一石路が就任。総合雑誌的性格を持つ『俳句人』を発行。石橋辰之助、東《ひがし》京三《きょうぞう》（秋元不死男）、富澤赤黄男《かきお》、湊楊一郎は幹事として参画。しかし、政治状況の認識や特定の政党への関わりの可否など、見解を異にする新興俳句系俳人の多くは、翌年には脱会、もしくは活動を離れた。

〔参考〕　川名大『新興俳句表現史論攷』（昭59、桜楓社）、西垣卍禅子《まんぜんし》『新俳句講座Ｉ』（昭30、新俳句社）

［渡辺誠一郎］

33　水原秋桜子『ホトトギス』脱退［一九三一・昭和6］

昭和六年当時の『ホトトギス』は「花鳥諷詠」の標語を掲げ、今までの客観写生を一歩進め、対象を細かく描写する方向に進み、抒情を大切にし、主観を調べに託して表現するという水原秋桜子の主張との違いが明らかになってきていた。

秋桜子は昭和六年十月号の『馬酔木』誌上に「『自然の真』と『文芸上の真』」を発表、『ホトトギス』を離れた。脱退の直接の契機は、新潟で発行されていた『ホトトギス』系の雑誌『まはぎ』誌上の中田みづほと浜口今夜の対談を『ホトトギス』（昭和六年三月号）が転載したことだった。

この対談は秋桜子と高野素十の作風を比較し、〈甘草の芽のとびとびのひとならび〉のような素十の写生こそ自然の真を表現したものと称揚するものであり、この転載に高浜虚子の意図を秋桜子は読み取った。

それに対し俳論「『自然の真』と『文芸上の真』」は、

　「文芸上の真」とは、鉱《アラガネ》にすぎない「自然の真」が、芸術家の頭の中の熔鉱炉で熔解され、しかる後鍛錬され、加工されて、出来上がったものを指すのである。

と述べ、緒論と結論の間に「『自然の真』と『文芸上の真』」「みづほ説の検討」の二章を設け、対談に対する秋桜子の反論のかたちになっている。

ところで、前年の四月一日に出された秋桜子の句集『葛飾』には師の虚子の序がなく、自序が十一頁という一風変わった体裁だった。その自序を読むと、雑誌『まはぎ』の対談転載に対する「自然の真」と「文芸上の真」」の発表は『ホトトギス』離脱の契機ではあろうが、すでに十か月前の自序の中にその素地を見ることができる。だが、秋桜子の客観写生に対する疑問はそのときに始まったものではない。

溯ると大正一三年、『ホトトギス』新年号で原田浜人が主観を忘じた句を読むことを難じた折も、さらに昭和四年、『ホトトギス』新年号の虚子の文章「写生といふこと」に対しても、客観写生という大衆教育に疑問を持っている。

また、「『自然の真』と『文芸上の真』」の俳論としての真の価値は『ホトトギス』の離脱の根拠となったことではない。瑣末的写生主義に対して、作者の創造性と近代的抒情精神を高らかに掲げたことにある。すなわち、虚子の『ホトトギス』に対する秋桜子の造反・離脱は昭和俳句の夜明けとなってゆく。それまでの『ホトトギス』即俳壇という状態を崩し、さらに新興俳句運動へ繋がっていくのだった。

『ホトトギス』離脱にあたり、秋桜子が相談をしたのは『馬酔木』発行所の佐々木綾華、大学同輩の軽部烏頭子、弟子の瀧春一と篠田悌二郎、それに『馬酔木』で学ぶ高屋窓秋、石橋竹秋子（辰之助）、牛山一庭人、加藤楸邨、百合山羽公、相生垣瓜人、塚原夜潮、佐野まもる、五十崎古郷の十三名、その後の秋桜子を支えてゆく面々だった。

それまで三百余名だった『馬酔木』の会員は離脱二ヶ月後には千名を越えてゆく。現在、組織と作品の活性化のために多くの結社で行われていること、たとえば主宰の選を受けない自選同人制、成績優秀者を表彰する結社賞、同人会員がひとつところに集って吟行俳句を競う鍛錬会などはすべて『馬酔木』から始まっている。

［橋本榮治］

34　杉田久女『花衣』創刊［一九三二・昭和7］

近代女流俳人のパイオニア、杉田久女が四十二歳で創刊した俳誌。昭和七年、三月刊。A5判、本文二十四頁、誌代・三十銭、画は久女自身による。

三十二歳の久女が〈足袋つぐやノラともならず教師妻〉を詠んだ大正一一年（一九二二）、夫宇内がメソジスト教会で受洗。久女は教会の活動と家庭に重点を置き、信仰と忍耐を自らに課して運命に恭順する姿勢を示す。だが三十六歳で教会を離れ、俳句専心。以降、俳誌『ホトトギス』『天の川』を中心に活発な執筆活動、行事参加を果たす。

『花衣』創刊号、扉の文章「きさらぎ」にはソロモン王の雅歌「見よ、冬すでに去り／雨もやみてもろ〳〵の花地にあらはれ／山鳩の聲もきこゆ」を引用する。教会を離れたものの、ここには創刊俳誌成功への神への祈りが籠められているのではないか。

高浜虚子の祝句「春着」三句〈府中兒や春着の袖をくはへたる〉〈草じらみ互につけて笑ひけり〉〈冬暖くし雪を見ずして梅を見る〉を掲載。

久女の「創刊の辞」は次の通り。悲痛な決意を抱いて足を踏み出したことがその文章からうかがえる。

　草萌えの丘に佇んで私はおもふ。

　過去の私の歩みは、性格と環境の激しい矛盾から、妻とし母としても俳人としても失敗の歩み、茨の道であつた。

　芸術〳〵と家庭も顧ず、女としてゼロだ。妖婦だ。異端者だ。かう絶えず、周囲から、冷めたい面罵を浴びせられ、圧迫され、唾されて、幾度か死を思つた事もある。

（中略）

かくして二十何年の風雨に、私の貧弱な才能は腐蝕され、漸く凋落を覚ゆる年頃とはなつた。だが地上の幸福。女の一生を、芸術にかけた私は、何とか目下の沈滞を耕し直したい希望を抱いて、茲に女中もなしの家事片手間に、ほんの小いものを試みるに過ぎない。

（中略）

久女よ。自らの足もとをたゞ一心に耕せ。茨の道を歩め。貧しくとも魂に宝玉をちりばめよ。

私はかう私自身に呼びかけて亀の歩みを静かに運ぶのみ。

先輩知己の御聲援をひとえに仰ぐ次第である。

昭和七年立春

俳句作品欄「梅日和」の巻頭は〈金屏をたて丶ストーブたきにけり〉（本田あふひ）、以降〈かん〳〵と朝の灯や餅むしろ〉（阿部みどり女）、〈茸狩に蒼穹見えて大いびつ〉（竹下しづの女）〈毛糸きる背丈もちさくなり給ふ〉（中村汀女）〈菊焚くや今日かつらぎに雪を見る〉（橋本多佳女）などの作品が続く。

「女流俳句を味読す」は久女による俳句鑑賞。星野立子の〈あばれ独楽やがて静まる落葉かな〉など連作五句から始まり、懇切かつ的確な評文を寄せている。

自作は「菊枕」の十五句。「菊花を干して菊枕をつくる」の前書四句〈愛蔵す東籬の詩あり菊枕〉〈ちなみぬふ陶淵明の菊枕〉〈白妙の菊の枕をぬひあげし〉〈ぬひあげて枕の菊のかほるなり〉はよく知られている。ほかにも〈藁塚に凭れば風なし若菜つみ〉〈メフィストを斥けよむや秋灯〉〈木苺の寒をみのれり摘みこぼす〉がある。

雑詠欄の巻頭は〈大年の庭木ゆすぶり掃きにけり〉（荒川つるゑ）、次席は〈潮満てば岸近く漕ぎ和布刈〉（杉田昌子）など小倉はじめ日本各地、韓国からの投句も含む。

後記「春光碧天」には「久しく孤城にたて籠つてゐた私も、最早や元気とみに回復」「春光碧天にみつ麗かさで一意自己の性格と芸術を完成したい」との念願や虚子への感謝の念を記す。さらに用紙へのこだわりを書き、最後に「未完成の大正昭和女流俳句といふものを向上させ、永遠に光輝あらしめる為め一丸となつて躍進しなくてはならない」「我らの個々の芸術の為め、わが女流俳句の為め奮起をのぞむ」と結語する。女流俳句の礎とならんとする久女の並々ならぬ覚悟が表れている。

［角谷昌子］

35 山口誓子『凍港』の新しさ［一九三二・昭和7］

『凍港』は山口誓子の第一句集。昭和七年、素人社刊。『ホトトギス』を中心とするそれまでの伝統的花鳥諷詠に異を唱える新興俳句の潮流の傍らで編まれたのが『凍港《とうこう》』であり、特に旧態依然とした伝統俳句に物足りなさを覚えていた青年たちに即物的で新鮮な作品が大きな感銘を与えることとなる。

高浜虚子が『凍港』に寄せた序文は著名である。

今の俳句界の誓子君に待つところのものは多大である。其作句にしても従来の俳句の思ひも及ばなかつたところに指をそめ、所謂辺境に鉾を進むる概がある。（中略）此の『凍港』三百章を読む人は、誓子君が或は俳句界を見棄てるかもしれぬといふことを是認するかもしれぬし、或は俳句界に歩を駐めて、長く征夷大将軍たらんとするものとも看取するであらう。

そもそも誓子は石川啄木の短歌への傾倒から実作の道へ入っており、「啄木の短歌には青年の好む反伝統性がある。新世界がある。平易さがある。模倣をうながす不思議な力がある。私もその虜になつた」（「句による自伝」昭31）と後年振り返っている。この啄木短歌への傾倒を経験したからこそ伝統を守りつつ俳句を新しくすることができた。その第二期（「俳句創作のステロ版的反覆にあきたらなかつた私が、表現様式《スタイル》の新運動を興しつ丶、所謂伝統俳句を乗り踰えた時期」『凍港』跋）と第三期（「多くの場合連作の形式によつて、新しい〈現実〉を新しい〈視角〉に於て把握し、新しい〈俳句の世界〉を構成せんとしつ丶、ある時期」同右）の作品を自選・収録した『凍港』は、俳壇に一陣の清新な風をもたらし、「在来のさびとかしおりとかいった古い俳句臭と袂別して、大胆に新しい近代的スタイルを樹立した」（山本健吉『現代俳句』昭39）と言わしめたのである。

新しさの追求はまず句材の探求から始まった。「素材に就ては、〈ありきたりのもの〉を撥無する意味に於て〈ありきたりでないもの〉を」（「句集『凍港』のことども」『俳句月刊』昭7・7）という自覚に基づき、「工場、造船所、ドック、汽船、商館、スケートリンク、ホテル、ダンスホール、その他法廷などといふ都会の生活、生産ならびに消費の両部面にわたつて俳句の領域を拡大し」（「梅と俳句」『サンデー毎日』昭和8・2）、またサハリンという国外における特殊な生活体験に基づく自然の大景を詠っているのも本句集の特徴である。

それらを表現するにあたっては、「主観が客観を維持せんがためにその背後に隠れ、客観は背後の主観を背負つてゐるこの関係、云ひ換へますれば形式の上の客観と形式の下の主観との関係、この関係を目して一つの象徴関係であ」り、「かくの如き象徴の関係に立ちながら句の表面に客観が現はれるといふことが茲に所謂客観的描写といふことになる」（「形象と情緒」『ホトトギス』昭4・1）という明確な俳句観に基づき、主観に裏打ちされた客観的描写を実践している。また、構成という点では当時紹介され始めた映画のモンタージュ理論や、同じく最新の詩の技法を積極的に応用し、写生から出発しながらも現実を離れた作品世界を構成する「写生構成」という俳句の手法を試み、新興俳句運動に影響を及ぼすことになる。

具体的な叙法としては、それまでの旧態依然たる俳諧のスタイルを一新すべく、あえて万葉調を取り込む一方、切字「や」を多用した発句の正確を色濃く残す作品から、「かな」を用いて明確な感動を表現する作品、もしくは切字に頼らない多様な切れの工夫を凝らした誓子作品への移行期に『凍港』は位置している。

以上の通り、『凍港』は読者に多大な影響を与え、以後の昭和俳句の源流に位置する一冊となった。

［西山春文］

36 『京大俳句』創刊 ［一九三三・昭和8］

昭和八年一月、京都市で創刊された月刊俳句誌。

京大三高俳句会の機関誌『京鹿子《きょうかのこ》』が、鈴鹿野風呂《のぶろ》の個人誌となったため、若手の井上白文地《はくぶんじ》らが退会し、京大俳句会の機関誌として創刊。編集発行人は平畑静塔《せいとう》。

顧問は野風呂、日野草城《そうじょう》、水原秋桜子、山口誓子、五十嵐播水《ばんすい》。賛助員に、松尾いはほ以下三十七名。研究会員は白文地《はくぶんじ》、中村三山、静塔、長谷川素逝《そせい》、藤後左右《とうごさゆう》以下十四名。創刊号の「宣言」には、「新たに俳壇へ贈るこの京大俳句は、幾多先人の濺《そそ》ぎ遺せし血潮を承けて、純真無垢なる我等が青春の脈《みゃく》血の、迸《ほとばし》り出でてなせる一渓流なのである。」とし、「永遠に俳諧国の灌漑をなさんのみと」と結ぶ。会員が交代で編集。会員の作品欄を設け、雑詠欄は顧問と研究会員が選。作品評の欄では、他の結社誌の作品を掲載。同一〇年以降は学外にも開放。

誓子は『ホトトギス』同人でもあったが、翌年から、『京大俳句』誌上で連作俳句を発表。しかし同一〇年五月には『ホトトギス』を離脱し、秋桜子の『馬酔木』に参加。さらに、有季定型の立場のため、無季容認の傾向を強めていた『京大俳句』の顧問を退き、六月号から会員欄に作品を発表。そして『ホトトギス』からも離れる。

ここで、新興俳句の流れは、有季俳句の立場と無季俳句の可能性を志向する立場に分かれることになる。

他方、昭和一〇年四月、清水昇子、三谷昭らとともに、西東三鬼《さんき》が参加し、〈水枕がばりと寒い海がある〉などで注目される。同一二年四月号は、三鬼と三谷が編集し、「循環批評」や「無季作品」の特集を組む。同八年二月号で「（支那）事変俳句」、同年五月号では「戦争俳句論」の特集を組んだ。

誓子は、銃後俳句よりも前線俳句を、さらに戦争俳句こそが「無季前線俳句」の舞台と強く主張した。三鬼は同一二年十一月号から一四年五月号まで、連作「戦争」を発表。これらの戦地を想像して詠む戦火想望俳句は一時誌上を賑わすが、戦争激化に伴って急減した。

この間、斎藤玄《げん》（同一二年）、高屋窓秋（同一三年）、渡辺白泉《はくせん》、三橋敏雄、鈴木六林男《むりお》（同一四年）が参加。

同一四年、白泉は、日常生活にしのび寄る戦争の恐怖を詠んだ〈戦争が廊下の奥に立つてゐた〉を発表。新木瑞夫や中村三山は、軍国主義体制を正面から風刺・批判した作品を詠んだ。

このように「京大俳句」は、俳句形式・季語・連作・リアリズム俳句・無季俳句・戦争俳句・新興俳句運動・口語俳句等の特集を積極的に組み、新興俳句運動の拠点的な俳誌として、作品はもとより理論の深化を図った。

女性俳句としては、『旗艦』にも参加し雑詠欄に投句した藤木清子。さらに志波《しば》汀子、そして多くの大阪女専関係者の雑詠欄へ投句が見られた。

日中戦争勃発後は、言論規制への動きが加速していく。昭和一五年二月十四日、京大俳句弾圧事件が始まった。特高は、『京大俳句』の活動を、プロレタリアリアリズム俳句と反戦俳句を通じて、共産主義の正統性を掲げた運動とみなし弾圧に踏み切る。静塔、白文地、三山、仁《に》智栄坊《ちえぼう》、波止《はし》影夫、宮崎戎人《じゅうじん》、端夫、辻曾春《そしゅん》ら八名を検挙。五月三日には白泉、石橋辰之助、三谷、和田辺水楼、杉村聖林子《せいりんし》、堀内薫の六人を検挙。さらに八月三十一日には三鬼を検挙。容疑は治安維持法違反。静塔、影夫、栄坊は起訴、他の十二人は起訴猶予。三人は嫌疑不十分で釈放。これにより同年二月号（通巻八十六号）で終刊。弾圧は、他の新興俳句誌やプロレタリア俳句誌にも及んだ。

〔参考〕『復刻版京大俳句 別冊』（平成3、臨川書店）、川名大『新興俳句表現史論攷』（昭和59、桜楓社）

［渡辺誠一郎］

37 「ミヤコ・ホテル」論争 ［一九三四・昭和9］

『俳句研究』昭和九年四月号（改造社、創刊二号）に掲載された日野草城の連作十句に関連して、二年後に主に草城と中村草田男の間に生じた論争。

昭和九年四月、日野草城は前月創刊された『俳句研究』に、連作「ミヤコ・ホテル」十句を発表した。

けふよりの妻《め》と来て泊《は》つる宵の春
夜半の春なほ処女《をとめ》なる妻《め》と居りぬ
枕辺の春の灯《ともし》は妻《め》が消しぬ
をみなとはかゝるものかも春の闇
薔薇にほふはじめての夜のしらみつゝ
妻《め》の額《ぬか》に春の曙はやかりき
麗らかな朝の焼麺麭《トースト》はづかしく
湯あがりの素顔したしく春の昼
永き日や相触れし手は触れしまゝ
失ひしものを憶《おも》へり花曇

　この連作は京都東山に実在する「都ホテル」での新婚初夜を詠ったものであり、草城は三年前に甲本政江（のちの俳人日野晏子《やす》）と結婚していたが、全くのフィクションであることを草城自身がのちに明言している。昭和三年一月号の『ホトトギス』に連作俳句の嚆矢といわれている「筑波山縁起」五句を発表していた水原秋桜子は「『ミヤコ・ホテル』は傑作ではない。却つて草城氏の欠点を暴露した悪作であると僕は信じてゐる。（中略）その才気がかう上滑りをしてはやりきれない」（『馬酔木』昭9・6）と否定的に捉えたが、「連作は単作に於ける抽象性打開の為に生れたものであるが（中略）ミヤコ・ホテルを見た時、恰も長いこと待つてゐた草花の種子が、やうやく地上へ芽をふき出したのを見た時のやうに、微笑むのであつた。（中略）ともあれ『ミヤコホテル』は現連作諸船の中で一個の新造船であることは確かである」（東京三『土上』昭9・5）と、好意的に捉える者もいた。「『ミヤコホテル』は賛否の声がごうごうと起こつたが、先生の才腕からすれば、あのやうな作品は易々たるものであって、俳句の目的は、俳句に青春性を与へる点にあつたに過ぎない」と西東三鬼は後年振り返っているが（『俳句』昭31・5）、のちに草城主宰誌『旗艦』から離れ、「日野草城に背いた弟子」と公言する安住敦が、『旗艦』に入った動機を「ミヤコ・ホテル」を読んで感銘したことによると明言するなど、その影響は大きかった。翌昭和一〇年、室生犀星は『俳句研究』二月号に「俳句は老人文学ではない」を寄稿した。これは前年に犀星が書いた「詩よ君とお別れする」に対して、二十年来の詩の盟友である萩原朔太郎が書いた「詩に別れた室生犀星氏」にこたえたものであったが、そのなかで犀星は「日野草城氏の俳句作品としてのこれらの表現意力は実によく迫つてゐるのだ。三十枚くらゐの小説でもよくこれだけに迫ることが出来るかどうかは疑問だ（中略）つまり「ミヤコホテル」の正味は、今日に於ては明瞭に俳句精神が老年者の遊び文学ではなかつたことを意味するのである」と述べ、これに対する久保田万太郎の秋桜子との対談中の発言「室生君が問題の『都ホテル』を褒めてゐたのは、あれは室生君の洒落ですよ」（『新潮』昭11・4）等についても、『都新聞』の昭和一一年四月八日号から十一日号までに四回連載した『俳句と文壇』で反駁、「ミヤコ・ホテル」の魅力を再説している。

　草城と中村草田男との論争は、草田男が昭和一一年に評論「尻尾を振る武士」（『新潮』七月号）を寄せたことに始まる。草城は同誌八月号に「瞋《いか》れるドン・キホーテ――中村草田男君への手紙」を寄せて反駁したが、これを受けて草田男は同年の『俳句研究』十月号、十一月号に「長生アミーバ」を寄稿、再び草城批判を行った。これに対しても草城は「春遠からじ―中村草田男君への第二信―」を同誌十二月号に寄せて再反論を試みている。これらの中で草田男は「都ホテルとは厚顔無恥な、しかも片々として憫笑にも価しない代物にすぎない」「俳句の専門家以外の人々は、此《こ》の一句（注「をみなとは」）のだらけ切つた、いやらしい響きが感得出来ないのであらうか。此の句のどこからも此の壮麗な一瞬間の、豊麗にして可憐な肉体の存在のふしぎさをかき抱いた人が、造物主に対して、驚愕と共に思はず発する帰依の叫び声はきこえはしない。あるものは、草城といふ人から発する堪え得ざるほどの悪臭ばかりである」などと酷評、これに対して草城は「俳句は今や未曾有の転換期に直面してゐる。季節の支配を受ける人生の諸事象のみならず、季節の支配を受けない人生、支配を受けてもその支配と詩因とは関係のない人生の諸事象も亦僕たちの俳句の詩因でありうるのだ」「新興俳句の勃興に関連せしめて多少の歴史的意味を持つ作品だと思ふし、また、さうした歴史的の意味を離れても、尚且《なほ》多少の芸術的価値はあらうかと思ふのである」「（をみなとは」の一句は）ミヤコ・ホテル十章の眼目である。作者の意思を離れてこの一句は自らの生命を持つてゐる」と反論した。草田男からの再反論、また応酬の間には犀星から「私の蒙を啓発された中村草田男といふ名前すら私には耳新しい。氏の草城論は嫌悪と反感とから出発されてゐていやらしい感じがした。たとへ天下の俳人を向ふに廻しても、日野氏のためによき理解者となりたい」（『文藝春秋』昭11・8）との発言もあったが、二人の論争は「ミヤコ・ホテル」を中心にしたものというより、「自然諷詠俳句」「無季俳句」など俳句本質論でのやりとりにウエートが置かれ、展開していった。

　なお草城は同年『ホトトギス』の同人を除名されたが、虚子は戦後、その理由が「ミヤコ・ホテル」の発表にあったと発言している（『玉藻』昭33・3）。

〔参照〕 楠本憲吉『一筋の道は尽きず　昭和俳壇史』（昭32、近藤書店）、復本一郎『日野草城　俳句を変えた男』（平7、角川学芸出版）

［小澤　實］

38 『ホトトギス』同人削除 ［一九三六・昭和11］

『ホトトギス』同人削除は、昭和一一年十月号の『ホトトギス』誌上で日野草城、吉岡禅寺洞、杉田久女の三名が同人削除されたことをいう。この同人削除は前代未聞の出来事だったといえる。次にその全文を示そう。

　同人変更　従来の同人のうち、日野草城、吉岡禅寺洞、杉田久女三君を削除し、浅井啼魚、瀧本水鳴両君を加ふ。　　ホトトギス発行所

一頁分を使った五十字余りの告知文には何の理由も示されておらず、余白が目立つ。

『ホトトギス』の同人制度は大正一三年一月号の『ホトトギス』誌上で内藤鳴雪、佐藤肋骨、石井露月、寒川鼠骨ら二十三人が推挙されたことに始まる。草城と禅寺洞は昭和四年十二月号の『ホトトギス』で、久女は九年六月号でそれぞれ同人推挙された。同人の身分について「同人といふたればとて何も権利も義務もなきものに候」と認められているが、ホトトギス俳人にとっては大きな名誉であり、現在もその制度は続いている。

ところで、三人の同人削除にはそれぞれの事情があったようだ。まず、禅寺洞であるが、明治二二年福岡に生まれ、俳句を始めたのは三六年、河東碧梧桐選『日本新聞』への投句である。三八年には『ホトトギス』にも投句しているが、翌年に碧梧桐が来福すると新傾向俳句に熱中、と禅寺洞の俳句の出発は新傾向であったといえる。大正七年七月、長谷川零余子を選者に迎えて『天の川』を創刊、後主宰となる。昭和六年には『ホトトギス』雑詠予選を委嘱されるほどであったのだが、海苔のように四季を通じてある物を季題とすることへの懐疑、水原秋桜子の「筑波山縁起」のような連作の中に重複する季題の煩わしさの問題、などから次第に無季俳句へと傾く。『天の川』には無季俳句欄「心花集」を設けるまでになる。禪寺洞は「九大俳句会」の学生たちを中心に新興俳句運動を推進し、無季俳句を提唱するようになったのである。無季俳句は虚子の立場からは到底許すことができなかったと思われる。

次に草城であるが、大正一〇年の十八歳で早くも『ホトトギス』の巻頭を飾るほど活躍していた。しかし、昭和九年四月号『俳句研究』の「ミヤコ・ホテル」に代表されるエロティシズム俳句を発表したこと、翌年一月に創刊した『旗艦』の「宣明」に「俗流ノ手ヨリ俳句ヲ奪還シ、以テ純正ナル文芸的発展ヲ作品ト理論トノ上ニ実現セシメンコトヲ期ス」と、虚子に疑義を感じて公然と誹謗的態度をとったこと、これらのことが主な理由であろう。なお、三〇年一月、死去一年前に再び同人推挙されている。

最後に久女であるが、大正時代の婦人俳句から台頭し、女性ならではの耽美的で格調高い作品などで群を抜いていた。また、豊かな教養に裏打ちされた小説、随筆、研究など、当時の女性には見られない知性と行動力で活躍し、昭和七年三月には『花衣』を創刊した。

同人削除の理由はいくつか考えられる。久女は俳人として純粋に新興俳句の秋桜子と親しかったこと、俳句の芸術性において自身の考えを貫いたこと（昭和九年の随筆「万葉の手古奈とうなひ処女」で物語形式の連作俳句への関心）、句集出版の切なる願望などが虚子には煩わしかったこと、などである。しかし、どれも確証はない。

【参考】 片山花御史『禪寺洞研究』（昭55、梓書院）坂本宮尾『杉田久女』平15、富士見書房）、復本一郎『日野草城　俳句を変えた男』（平17、角川書店）

［黒川悦子］

39 石田波郷『鶴』創刊 ［一九三七・昭和12］

馬酔木新人会の機関紙『馬』と石橋辰之助の『樹氷林』の二つの雑誌を合併し、石田波郷を主宰として昭和一二年九月に東京で創刊された。創刊同人には石塚友二、志摩芳次郎、杉山岳陽、関口火竿、田中午次郎ら十六名の名がみえるが、創刊号には第一号の文字は印刷されていない。

　吹きおこる秋風鶴をあゆましむ　石田波郷

上野動物園に行き、『鶴』創刊にちなんで詠んだこの句には波郷の創刊の気負いと気概が感じられ、水原秋桜子が昭和を代表する秀句と絶賛したのも頷ける。同年七月の盧溝橋事件を発端にして日中戦争が拡大してゆく中、『鶴』は俳句作家のよりどころとして次第に俳壇の重要な位置を占めてゆく。

人の生活に根ざした波郷の作品が多くなってゆく中で、『鶴』一四年一月号では「俳句は生活そのもの」であり「俳句は文学ではない」との波郷の言葉が出てくる。俳句は日々の生活そのものということを簡素に述べたもので、句集『鶴の眼』（昭和一四年八月刊）の横光利一の序の中にも取り上げられている。

一七年には波郷は『馬酔木』を辞し、専ら『鶴』俳句の向上に力を注ぐことになり、『鶴』誌上の選や実作を通して、俳句表現における散文的傾向の排除、韻文精神の徹底を繰り返し説く。たとえば、『鶴』一七年十一月号では、

　実作の格としても、や、かな、けりの切字を用ひよ。解らなければ解らないまゝでもいゝ。重厚なこれらの切字を用ひよ。句を美しくしようと思ふな。文学

的修飾をしようと思ふな。」と具体的に指導し、いわゆる『鶴』の「風切時代」を作り上げる。『鶴』俳句の骨格はこの頃にできあがったと見てよい。

一八年には俳句固有の精神や方法、格調を古典俳句に探るべく、研究会「風切会」が波郷の提唱で作られる。韻文精神の徹底をはかる有志の研究会でもあった。波郷の言葉「十七字の散文で何が言へるか」が示す通り、『鶴』俳句の標榜するところは常に韻文精神の徹底であった。

だが、波郷は一八年九月に応召、波郷みずからによる韻文精神の徹底はいったんは止まり、石塚友二が『鶴』俳句の選を担当する。波郷と友二は一〇年の初夏に初めて会い、『鶴』を一緒に立ち上げ、『石田波郷句集』を友二経営の沙羅書店より刊行した仲であった。

その『鶴』は戦時下の一九年九月休刊、戦後の二一年三月復刊。復刊号には「俳句は生活そのもの」であり、小説や戯曲のような創作するものではなく、季節の移ろいを一気呵成に詠むものであるという波郷の言葉、

　俳句は生活の裡に満目季節をのぞみ、蕭々又朗々たる打坐即刻《だざそっこく》のうた也

を掲げた。

その後、二四年一月、波郷の病状により再休刊、二八年四月再復刊している。編集は友二がしていたが、再復刊時より星野麥丘人が担当。以後は順調に号を重ね、俳壇に重きをなしていく。

その門下からは石川桂郎、清水基吉、小林康治、岸田稚魚、草間時彦、細川加賀、八木林之助、村沢夏風、山田みづえ、今井杏太郎、石田勝彦、綾部仁喜、大石悦子らの多彩な作家が輩出している。

［橋本榮治］

40　戦火想望俳句［一九三八・昭和13］

昭和一〇年代、日中戦争が本格化する状況にあって、日本国内に居ながら戦地を想像して詠んだ俳句。

当時は、反伝統を掲げ、時代にふさわしい自由な個人の抒情や感覚を、積極的に取り入れて俳句革新を目指した新興俳句運動が盛んであった。特に無季俳句の立場に立つ新興俳句系の俳人たちは、テーマを戦争に見出した。

西東三鬼は、戦争俳句こそが、無季俳句の可能性を探る絶好の機会と考えた。三鬼は、『京大俳句』（一二年十一月号から一四年五月号）に次のような無季戦争俳句など九十句を連載した。〈機関銃地ニ雷管ヲ食ヒ散ラス〉〈逆襲ノ女兵士ヲ狙ヒ撃テ!〉。後に三橋敏雄は、これらの俳句を、「季節的情感にまったくとらわれぬメカニカルな表現の構成にひそむ非情と、主題である戦争そのものの非情との総和の上に、一種の空疎感を、しかも緊密に醸成させることができた」とし、「三鬼のイロニーにみちた戦争観であった」（「解説」『西東三鬼集』昭59、朝日文庫）と述べている。

山口誓子は、自らを「新興有季俳句」の立場であるとしながら、「もし新興無季俳句が、こんどの戦争をとりあげ得なかつたら、それはつひに神から見放されるときだ」（『俳句研究』昭和一二年十二月号）とまで言って鼓舞した。中村草田男は、この誓子の態度を、戦争を自らの問題として捉えず、傍観者であると批判した。

同一三年、十八歳の三橋は三鬼の作品に刺激を受け、「戦争」と題した無季俳句五十七句を新興俳句系雑誌『風』に発表した。〈射ち来たる弾道見えずとも低し〉〈そらを撃ち野砲砲身あとずさる〉。誓子は、自らは無季俳句は作らないが、作るならこういう句を作るとし、「この作家怖るべし」と絶賛した。

さらに同年、『改造』（改造社）は八月号に、火野葦平が徐州作戦を取材した「麦と兵隊」を掲載した。この好評を受けて、九月号に日野草城五十六句、東京三《ひがしきょうぞう》（秋元不死男）五十句、渡邊白泉《はくせん》十五句を掲載した。それぞれの題に、「戦火想望」（「戦火想像俳句」の呼称はこれによる）、「戦争日記」、「麦と兵隊を読みて作る」とあり、「銃後俳句」ともいわれる「戦争フィクション俳句」であった。白泉は従軍作家には「実感の天地」が、銃後の作家には「想像の世界」があると述べた。〈大陸の黄塵を歯に噛みて征く〉（草城）、〈傷兵を抱き傷兵の血に染まる〉（京三）、〈戦場へ手ゆき足ゆき胴ゆけり〉（白泉）。

これらの作品に対して、大野林火《りんか》、中村草田男、加藤楸邨《しゅうそん》、栗林一石路《いっせきろ》（自由律俳句）らからは、机上の作であり、作品の仮構・虚構性に、強い非難が起こった。林火は、錯覚的な想像力にすぎず、不純な感を免れないとし、戦場俳句は戦場で、銃後ではその足元の現実こそを詠うべきと批判。楸邨は、葦平の作品に感動して詠んだとするなら、俳句を侮辱し、低きに置くことになるとやはり批判。草城は、「定型への尊敬」があれば、戦場で詠うのも、戦場を見ぬ戦争詠も同じであると反論。しかし、論議は道義的な見地からの批判も多く、俳句そのものの評価は少なかった。特に戦争を読むことの意味や戦争詠と「季」との関わりなど、議論は深まらなかった。

日米開戦へと向かう中で、一五年の『京大俳句』同人の検挙に始まる弾圧により、新興俳句運動は終息する。それに伴い、戦火想望俳句はおのずと影を失った。

〔参考〕 川名大『新興俳句表現史論攷』（昭59、桜楓社）、樽見博『戦争俳句と俳人たち』（昭24、トランスビュー）

［渡辺誠一郎］

41　人間探求派　［一九三九・昭和14］

昭和一四年八月号の『俳句研究』（改造社）に山本健吉が企画し、司会を兼ねた座談会「新しい俳句の課題」が掲載された。

その中で、「貴方がたの試みは結局人間の探求といふことになりますね」という司会の問いに対し、加藤楸邨が「四人の共通の傾向をいへば、「俳句に於ける人間の探求」といふことになりませうか」と受けて締めくくられたことにより、この会の出席者の楸邨、石田波郷、中村草田男、篠原梵の四人の作品傾向、生活のうちに自己を追求し、自己の内面を詠もうとする態度をそれ以降「人間探求派」と呼ぶようになり、四人はその代表作家と見なされるようになった。

当時の俳壇を俯瞰すると、戦線俳句や銃後俳句が俳壇を賑わす中、花鳥諷詠を掲げる高浜虚子の『ホトトギス』が伝統と権威を誇り、それに対し「新興俳句」が従来の俳句の有季定型や文語について疑問を投げかける状況にあった。だが、そのどちらにも属さない俳句作家も多くいた。一例として、波郷は新興無季俳句の素材と散文化傾向を肯定せず、韻文精神に立って人間の生活を詠もうとしていたように、この座談会の四人は反花鳥諷詠、反新興俳句では共通するものの、俳句に対する態度も思考も、その実作もまったく違っていた。

楸邨はもともと人間内面の表現を希求しており、農村の苦悩や妻子を伴った老学生として都塵の生活を実感し、生活を通して内面を表現しようとして、句風が孤独苦渋の色を深めていた。楸邨は求心的な傾向を深め、『俳句研究』の座談会とほぼ同時期に難解俳句の指摘を師秋桜子から受けていた（『馬酔木』昭14・7）。

何かわが急ぎゐたりき顔さむく
かかる記憶秋風の音おこるとき
鰯雲人に告ぐべきことならず

右のような句を句集『寒雷』（一四年刊）より引くことができる。どれも一二年以降の作品である。楸邨は『寒雷』創刊（一五年）間近であり、『馬酔木』離脱（一七年）も近づいていた。

波郷は俳句は人間生活に深く根ざしたものとして、自身の作もその傾向が強くなっていた。

百日紅ごくごく水を呑むばかり
昼の蟲一身斯かるところに置き
冬日宙少女鼓隊に母となる日

句集『鶴の眼』（一四年刊）より引いた。波郷は『鶴』（一二年創刊）によって、俳句には俳句固有の精神と方法があるとして韻文精神を唱え、新興俳句のような創作性を否定していたが、楸邨同様に『馬酔木』離脱（一七年）が近い身であった。

草田男は有季定型の伝統形式を通して、人間的社会的生活感情の内面から表現するという理念を持っていた。

校塔に鳩多き日や卒業
某月某日の記録
此日雪一教師をも包み降る
雪は霏々黄金の指環差し交す

第一句集『長子』（一一年刊）より引いた。「某月某日の記録」は二・二六事件を詠んだもの。

新興俳句運動は一〇年頃には無季容認であると否とにかかわらず、最盛期に達した感があったが、翌年、草田男は新興俳句運動の旗手・日野草城の句作態度を非難し、連作「ミヤコ・ホテル」及びその称揚者を批判し、論争している。

一四年の「俳句研究」の座談会の前後には新興俳句の俳句性喪失を批判し、さらに『ホトトギス』を始めとした伝統俳句の文学精神の喪失をも批判している。自身はこの座談会について『ホトトギス』一五年四月号の「あまやかさない座談会」で高浜虚子の批判を浴びることになる。

梵は鋭利な感覚と斬新な知性的表現を駆使し、『石楠』に新風を吹き込んでいた。

吾子立てり夕顔ひらくときのごと揺れ
扇風機止り醜き機械となれり
葉桜の中の無数の空さわぐ

『皿』（一六年刊）より引いた。座談会当時、梵は連作俳句を批判し、新興俳句を批判して注目を浴び、新鮮な詩情が溢れる句や人間臭い句を作っていたが、後に作品傾向が抒情的写実的に変化し、人間探求派の外に置かれるようになった。また、二四年には句作を絶っている。

楸邨、波郷、草田男は『馬酔木』や『ホトトギス』に在籍しながらも、『馬酔木』の抒情主義や『ホトトギス』の写実主義に満足せず、所属結社から距離を置き、人間性そのものに着目した作品を作っていたのだった。わが国の社会全体が戦争に向かっていた時代であり、人間そのものを凝視し、その在り方を詠む以外に俳句の道はなかったのだろう。

だが、花鳥諷詠派にも新興俳句派にも属さぬ作家の発言内容は、両派から批判を受けるのは当然の成り行きであった。花鳥諷詠派からは先の高浜虚子の批判、新興俳句派からは西東三鬼、三谷昭、井上白文地《はくぶんじ》らにより批判される。

座談会の翌年、京大俳句事件が起こり、それが新興俳句作家の検挙の始まりとなり、新興俳句作家のみならず、花鳥諷詠派を含めた伝統俳句作家にも影響を与えることとなった。俳句の表現であっても自由にものが言える時代は終焉を迎えた。

［橋本榮治］

42 京大俳句事件［一九四〇・昭和15］

昭和一五年というまさに戦前に起きた新興俳句運動に対する弾圧事件である。仁智栄坊、平畑静塔、渡辺白泉、三谷昭等が検挙され、昭和一六年には『土上』の東京三（秋本不死男）、『広場』の細谷源二、『俳句の生活』の栗林一石路、橋本夢道が検挙された。

俳人たちははじめ特高の言論思想の断圧について、それほど切迫感を持っていなかった。それはこの事件以前の昭和一一年十月号の『京大俳句』後記に「近来俳句の危険思想に対して当局が目をつける…」という静塔の文に「みなタカをくくっていた」と「俳愚伝」（『冬の桃』昭52、毎日新聞社）にあることから分かる。そして、京大事件がどういう理由で検挙され、どのような状態になっているか、まるで判らなかったことを三谷昭が述べている（『中村草田男全集13』昭61、みすず書房）。

このことは前述の「俳愚伝」にも書かれている。

当時陸軍大臣が「自由主義は共産主義の温床である」と宣言している。そして『京大俳句』は自他共に自由主義者の集団であることを認めていた。それら二つの事実から検挙の危険を感じられるはずであったが、当時の自由主義者たちは検挙の理由も考えられず危険もわからなかった。やがて俳人たちは「治安維持法」という法律の存在を知る。この法律は団体の変革、私有財産の否認を目的とする行為に対する罰則を定める。主として共産主義運動の断圧策であった。最高刑は死刑である。一九二五年に公布され一九四五年に廃止された。

俳人たちは自分がそのような思想は持っていないし、自分の俳句がその法律に抵触することはないと思っていたが、検挙後その考えが甘いことを知ることになる。

俳句に対する特別な読みと手記によって俳人たちは苦境に立たされる。「俳愚伝」において三鬼は「二月に始まった検挙は八月末日の私を最後に終った。…その後就任した中西警部というとんでもない出世欲の強い男が…世界文化を検挙し、つづいて京大俳句に眼をつけ、要視察人であった某新興俳人を強要して講師とし、六ヵ月間新興俳句解釈なるものを学んだ」と言っている。

そして講習を受けた特高による俳句解釈は、今から見れば全く理不尽そのものであった。例えば、三鬼の〈昇降機しづかに雷の夜を昇る〉は「雷の夜すなわち国情不安な時、昇降機すなわち共産主義が昂揚する」と解釈された（「俳愚伝」）。どのようにも読める俳句の短詩型の特色が特高によって悪用された。特高には何色にも自由勝手に読めるのである。はじめに犯罪ありきの思想のもとに俳人たちを治安維持法違反の構成要件に該当するようにもって行こうとするのである。

そしてさらに俳人たちを待っていたのは「手記」というものであった。前述の鑑賞についての議論では逃れ得てもリアリズムをコミンテルンと結びつけられた。最後には「リアリズムを否定する擬態をもって、大衆の注意を喚起した」という論理まで突きつけられた（三鬼）。

この点について栗林農夫は「弾圧事件は作品より俳壇の運動に対するものであること、花鳥諷詠なら無事であったこと、当時の新運動は社会認識に根をもったリアリズムであったこと等から俳壇の弾圧事件というよりあらゆる民主的運動を抑圧しようとするファシズムの政策につらなる」と言う（『中村草田男全集』昭61、みすず書房）。この全集で草田男が虚子に呼ばれて「或る役人のような男」がいるから君も気をつけなさいよと言われたことを述べている。背後にある軍国主義の世相から俳句会も逃れ得なかったのである。

［中村正幸］

43 日本俳句作家協会設立［一九四〇・昭和15］

昭和一七年六月、文学を通して報国することを理念とする日本文学報国会が当局の指導と要請により設立される。この日本文学報国会俳句部会の母体となったのが二年前に結成された日本俳句作家協会であった。国民一人ひとりの生活よりも国家体制の維持に社会の仕組が傾いていった時期で、戦時下の俳壇の新体制を組織する目的で結成された。ちなみに日本俳句作家協会結成の年には近衛文麿首相の下で国民総動員体制の中核組織である大政翼賛会も発足している。

その日本俳句作家協会設立を呼びかけたのは内閣情報局であり、発起人は高浜虚子、水原秋桜子、富安風生《とみやすふうせい》、渡辺水巴《わたなべすいは》、荻原井泉水《おぎわらせいせんすい》、中塚一碧楼《なかつかいっぺきろう》、小野蕪子《おのぶし》であった。『ホトトギス』の発行所で開かれた協会結成準備会では虚子と秋桜子が顔を合わせたが、それは昭和六年の決別以来のことであった。

結成式は昭和一五年一二月二一日、東京市麹町区内幸町（現、千代田区内幸町）のレインボウグリルで行われた。会長に就いた虚子が宮城を遥拝し、護国の英霊へ黙禱を捧げた後、「国民詩たる俳句によって新体制に協力する建前からわれわれは一切を忘れて団結しました」と挨拶をした。しかし、会長の虚子が自由律俳句を俳句とは認めない態度をとっていたため、協会は第一部が伝統俳句派、第二部が自由律俳句派と新興俳句派に分けられた。

協会の綱領には「日本文学としての伝統を尊重する健全な俳句の普及」が掲げられ、「本会は俳句文学を以て公に奉じ国策に協力し併せて会員相互の連絡総和を計るを以て目的とす」を規約とした。ちなみに結成式のあった十か月前には京大俳句事件が起きている。

　常任理事には風生、一碧楼、燕子、会計理事に麻田椎花、理事に赤星水竹居、秋桜子、井泉水、星野麦人、臼田亞浪、水巴が選ばれた。他に青木月斗、飯田蛇笏、伊藤松宇、上田青逸、大橋越央子、久保田万太郎、久米三汀、佐藤紅緑、佐藤肋骨、志田素琴、杉村楚人冠、高野素十、野田別天楼、原石鼎、前田普羅、松根東洋城、村上霽月、籾山梓月、柳原極堂、山口青邨、秋山秋紅蓼、小沢武二、喜谷六花、細谷不句の二十四名の評議員が選ばれた。「連絡総和を計る」の規約の下に当時の名のある大方の俳人が顔を揃えている。

　日本文学報国会ともともとの日本俳句作家協会の関わりを詳しく説明すれば、日本俳句作家協会は一七年二月に設立された日本文学者会俳句部会にまず包含され、さらに同年五月に日本文学者会が日本文学報国会となったことにより、日本文学者会俳句部会もそれに包含されることになった。

　戦下の緊迫度が増すにつれ日本俳句作家協会、日本文学者会俳句部会、日本文学報国会俳句部会と名前と組織を変えてきた俳句作家の組織だったが、協会時代は国策に寄与するために陸海軍恤兵《じゅっぺい》色紙短冊即売会の売上金を陸海軍省へ献納、傷痍軍人慰問、講演や俳句指導などの活動を行ったものの、報国会になってからは見るべき成果を挙げていない。名が変わるにつれ、国家が戦時政策を推進するための翼賛的立場になっていった。

〔参考〕　松井利彦『昭和俳壇史』（昭54、明治書院）、村山古郷『昭和俳壇史』（昭60、角川書店）

［橋本榮治］

44　俳誌統合　［一九四〇・昭和15］

　日中戦争から太平洋戦争に至るまで用紙及び言論の統制の一環として俳誌の統廃合が実行された。本項目ではその経緯等についてまとめたい。

〔新体制運動の影響〕　通説では、昭和一五、六年から顕著になる俳誌統合は戦時下における用紙統制の影響と説明されることが多いが、本質は新体制運動の一環と見るべきであろう。新体制運動は西欧のファシズムやソ連に示唆を受けた国家像で、総力戦体制を目指した一種の社会主義・全体主義である。昭和一五年に近衛文麿を筆頭として運動が興り、同年の第二次近衛内閣時に大政翼賛会という形で実践された。総力戦体制は社会改革に似た様相を帯び、私有財産や企業の利潤を制限して公益を重視し、軍需産業への転業と非軍事産業の強制廃業等を断行して政治や経済、文化に至る多様な格差や状況を強引に一元化し、平準化を図ったのであり、その影響が出版業に及び、俳誌統合という形になったのである。

〔出版統制の経緯〕　出版業界に押し寄せた新体制運動は事変下の用紙統制という名目の下、言論統制と検閲の一元化を図る目的があった。以下に経緯をまとめたい。昭和一二年の日中戦争勃発後、内務省警保局は出版検閲を強化し始め、また同年に内閣情報部の設置、翌一三年には国家総動員法が成立したことで全出版物の統制が法的根拠を伴うことになり、同一三～一四年にかけて新聞雑誌の整理統合が始まった。同一五年、情報部管轄による新聞雑誌用紙統制委員会が設置され、委員会が用紙割当を決定することになったため、情報部が新聞雑誌の編集や記事内容に介入することが可能となった。同年には洋紙共販株式会社も設立され、出版書籍の統制も整備されている。加えて、政府は同年に日本出版文化協会を創設し、また内閣情報部を情報局として昇格させることで全出版物の検閲を一元化し、翌一六年には全国の出版取次業者を統合した日本出版配給株式会社を設立することで配給統制を言論統制と連動させた。これら一連の経緯により、情報局及び日本出版文化協会が指導や検閲を行い、不承認の場合は用紙購入不可となったため、全出版物に対する言論統制の一元化が可能となり、こうして出版事業は総力戦体制に組み込まれたのである。

〔各誌の統廃合〕　俳誌統廃合はかような経緯を背景としており、例えば昭和一四年に新興俳句系の『自鳴鐘』が休刊し、同一五年に『川柳しなの』、同一六年に『南風』の廃刊に加え、日野草城主宰の『旗艦』が『瑠璃』『原始林』と統合して『琥珀』の創刊に至ったのは内務省警保局及び情報局による圧力の現れといえよう。他にも昭和一六年に北九州の五誌が統合して『冬野』に、同年に大阪の三誌が合併して『俳林』になるなど統廃合が相次いだ。特に太平洋戦争後の昭和一七年には日本文学報国会が発足して国威発揚に益さない記事や作品の発表が憚られたことに加え、同一八年に出版事業令が公布されたことで同一九年にかけて大規模な統廃合が実施された。東京の『草上』は『曲水』と統合、また奈良の『かつらぎ』は『桃源』と統合して『飛鳥』と改名し、大阪の『火星』『琥珀』『倦鳥』『山茶花』『早春』『青嵐』『同人』（後に単独廃刊）『俳林』は『このみち』に統合された。京都の『京鹿子』『鹿笛』は『比枝』に、自由律の『層雲』『海紅』『陸』『多羅葉樹下』は『俳句日本』に統合している。その他、北海道の『石狩』、東京の『夏草』『鶴』、静岡の『すその』、長野の『暖流』、富山の『辛夷』、九州の『天の川』等々、多数の俳誌が休刊や廃刊を余儀なくされた。なお、『ホトトギス』や『寒雷』、川

柳誌『番傘』は刊行が許可されている。　［青木亮人］

45　熱帯季題　［一九四〇・昭和15］

昭和一一年四月九日の「大阪毎日新聞」、同年同月十四日、十五日の「東京毎日新聞」に高浜虚子が寄稿した「熱帯季題小論」のなかで用いられた。それまで一貫して俳句は季題を前提とするものであり、その季題は日本の四季に準拠すべきだとしていた虚子が、同年春の洋行の際に立ち寄ったシンガポールなどの熱帯地域での体験をもとに、熱帯の天文、地理、地名、動植物、著名な行事等が熱帯の季感を感じさせたことを理由として、その考えに修正をほどこしたと考えられている。昭和九年十一月に三省堂より刊行された虚子篇『新歳時記』は、昭和一五年四月に改訂版を発行した際、「熱帯の気候・動植物・人事等のうちで已に夏期に属するものとして諷詠し来つたものを増補」した（同書「「改版」に際して」）。七月の項の末尾に追加された熱帯季題の例句には以下のようなものがある（傍点が熱帯季題）。

熱帯の海は日を呑み終りたる　虚子
スコールの海くぼまして進みくる　同
バス行きて道きはまれば象に乗る　颯爽児
王宮は鰐住む水に臨みけり　友次郎
ゴム落葉踏んで案内や四迷の碑　敬二

このほかにも例句の記載はないが「馬来正月」「極楽鳥」「マンゴスチン」などが掲げられている。熱帯季題は日本と熱帯との季節的違和感による季題の扱いについての虚子なりの結論を与えたものであったが、『ホトトギス』内部でも反対があった。俳句における季題の絶対性を説いた虚子による無季俳句の可能性を示すものでもある。なお、昭和二六年十月の増訂版で、熱帯季題は『新歳時記』から削除された。　［小澤　實］

46　高浜虚子の小諸疎開　［一九四四・昭和19］

高浜虚子は太平洋戦争中に小諸に疎開した。小諸での句作や執筆は活発であり、「小諸時代」は虚子の句業における一時期を画している。

〈小諸への疎開〉　虚子が小諸に転居したのは昭和一九年九月。このとき七十歳。同年九月二十九日付の消息に「小諸に移住いたし毎日のやうに浅間の噴煙を見て半月を過し、また鎌倉に帰つて半月を過しました。来月四日から再び小諸の方に参るつもりでをります。今後は主として小諸の方に万事御通信下さる方が便宜（略）」（『ホトトギス』昭19・11）と記している。

虚子は昭和二二年十月まで小諸に滞在。同年十一月四日付の消息に「足掛四年住まつて居りました小諸の山盧を一まづ引揚て、十月二十五日久々で鎌倉の家に帰りました。小諸も永く居るにつれて人々の温情を蒙ることも深く、山川も馴れ親しんで帰り去るに忍びぬものがありました（略）」（『ホトトギス』昭23・1）と記している。

なお、昭和二〇年十月から同二一年三月にかけて「ホトトギス仮事務所」を埼玉県の岡安迷子方に置いた。

〈小諸雑記〉　虚子は「小諸雑記」と題する小文を『ホトトギス』昭和二〇年一月号から翌二一年十月号にかけて七回連載した（毎日新聞社版『高浜虚子全集』はこれらを「写生文」の巻に収録している）。

「小諸雑記」冒頭の「小諸」という一文に、虚子は「私は其小諸にもう一年半ばかり住まつてをる。此頃は東京に出掛けることも少なくて、こゝの農民達に交つて山住みの生活を営んで居るのである。さうしてそれが今の私の日常であるやうな心持がしてゐるのである。其の一年半の間の私の生活は極めて単純であつて殆ど変化のない毎日を送つて来たやうにも思へるのである」（『ホトトギス』昭20・3）と記している。当時の『ホトトギス』の誌面には従軍中の投句者の消息など戦時色を帯びた記事が見られるが、小諸に関する文章には「戦火を逃れての疎開」であることの殊更な記述は見当たらない。老境の虚子にとって「小諸疎開」という現実は、俳句や写生文に昇華すべき文芸の対象だったのであろう。

「小諸雑記」二十九編に他の小文十三編を加えた『随筆　小諸雑記』と題する単行本が昭和二一年八月に菁柿堂から刊行された。これらの随筆では、虚子は俳句を添えるスタイルを採用している。何らかの形で俳句作品が入っているものは「小諸雑記」二十九編中四編、他の十三編中十一編である。

たとえば「小諸雑記」の「初蝶」という小文（『ホトトギス』昭21・6）では「珍らしく暖い日に、ふと見ると黄色い蝶が風に乗つてどこからともなく庭の面に現れた。蝶々だと意識すると同時に、これが今年の初蝶であると気が付いた」に始まる小文の後に〈初蝶来何色と問はれ黄と答ふ〉など五句が添えられている。なお、この句は昭和三〇年刊の虚子自選の句集『六百五十句』に〈初蝶来何色と問ふ黄と答ふ〉として収録されている。〈何色と問はれ黄と答ふ〉であれば蝶の色を問われた作者が黄と答えたにすぎないが、「何色と問ふ黄と答ふ」とすると作者が蝶に色を問い、蝶が身を以て黄色い姿を見せたとの解釈が可能になり、句の妙味が増す。小諸での虚子の句作は活発であり、句作や推敲の過程を辿る資料として「小諸雑記」や『小諸百句』（次項）等は貴重な資料である。

〔小諸百句〕 小諸時代の虚子の句をまとめた句集『小諸百句』（昭21、羽田書店）には前記の「初蝶」をはじめ〈山国の蝶を荒しと思はずや〉〈夏草に延びてからまる牛の舌〉〈虹立ちて忽ち君のある如し〉〈虹消えて忽ち君の無き如し〉〈虹消えて音楽は尚続きをり〉〈虹消えて小説は尚続きをり〉〈冬ごもり座右に千枚どほしかな〉〈思ふこと書信に飛ばし冬籠〉〈日凍てゝ空にかゝるといふのみぞ〉〈世の中を遊び心や氷柱折る〉など、後に名句と評された句を含め秀作が多い。中でも一連の「虹」の句は、後に短編の名品「虹」（『ホトトギス』昭22・7）のヒロインとして描かれる森田愛子という女弟子との交流の過程で生まれたもので、虚子における散文と俳句との接点と言うべき作品である。

〔ホトトギス六百号〕 小諸滞在中の虚子にとっての最大の出来事は、昭和二一年六月十日に行われた「ホトトギス六百号記念小諸俳句会」である。『ホトトギス』昭和二一年八月号に虚子が記した記事によると「小諸桃花会、小諸ホトトギス会が主となつて長野ホトトギス会がこれを助ける」こととなり、「長野県下の人が五十名、東京其他の人が五十名と言ふ見当」で準備が進められた。来会者は地元の俳人に加え、山口青邨、武原はん、高野素十、上村占魚、下田実花、京極杞陽、伊藤柏翠、森田愛子（およびその母）、木村蕪城、村松紅花、高浜年尾、星野立子、上野泰など（記事の記載順）であった。当日の句会での虚子の句は〈螢火の毬の如しやはね上り〉〈鍬置いて薄暑の畦に膝を抱き〉〈水車場へ小走りに用よし雀〉〈稲妻にぴしり〳〵と打たれしと〉〈小諸まだ陽気遅れて苗代寒〉などで、気力の充実が感じられる。

〔小諸市による虚子顕彰〕 小諸市公式サイトに「昭和一九年九月、七十歳の時に五女である高木晴子一家と共に長野県小諸町へ疎開する。疎開先に小諸を選んだのは、以前より五女の晴子と小諸の小山家とは交流があり、一度小諸を訪ねた虚子と、後日鎌倉の虚子を訪れた小山榮一の気が合ったことなどから、虚子は小諸で戦火を逃れることに決めたとされている。昭和二二年十月までの三年一か月を小諸で過ごした虚子は、小諸での疎開生活の様子を「小諸雑記」にまとめ、「小諸百句」を生みだした」（平成二二年三月二十八日現在）との記事がある。

このような虚子との関係から、小諸市は虚子の名を冠した俳句大会を開催しており、平成一二年に『小諸高浜虚子記念館』を設立した。

〔参考〕 宮坂静生『虚子の小諸—評釈『小諸百句』および「小諸時代」』（平10、花神社）

〔岸本尚毅〕

47 敗戦と俳句 〔一九四五・昭和20〕

昭和二〇年八月一五日正午の玉音放送を水原秋桜子は八王子、臼田亞浪は西多摩の七生村、渡辺水巴は藤沢の鵠沼、石田波郷は北埼玉の樋遺川村とそれぞれの疎開先で聞いている。また、高浜虚子は疎開先の小諸で聞き、十日後の朝日新聞朝刊に「詔勅を拝し奉り—小諸にて」と題して四句を発表する。

秋蟬も泣き蓑虫も泣くのみぞ
盂蘭盆会其勲《ソノイサオシ》を忘れじな
敵といふもの今は無し秋の月
黎明を思ひ軒端の秋簾《アキス》見る

虚子の弟子の山口青邨は、

泣く時は泣くべし萩が咲けば秋

と作る。山口誓子や赤城さかえのように、それを療養先で聞いた俳人もいた。赤城さかえは、

泣き涸れて聴く一山の蟬しぐれ

と一句にする。玉音放送と敗戦による喪失感は男の涙を誘った。

大政翼賛会と内閣情報局の指導と要請により昭和一七年六月、文学を通して報国することを理念として設立された日本文学報国会の俳句部会は、敗戦を受けて二〇年九月、直ちに解散する。俳句部会の会長は高浜虚子、代表理事は水原秋桜子、理事長は富安風生、そのほかに常任理事が置かれていた。

民主化を急ぐ敗戦直後の諸改革にあって日本の伝統文化の世界もその例外ではなかった。敗戦を機に文壇では文学者の戦争責任の追及が新日本文学会で決議された。これにともなって俳壇でも、俳句の本質の究明、現代俳句の確立、封建的結社意識の排除などの主張を掲げた「新俳句人連盟」が積極的に戦争に協力した俳人の戦争責任を追及した。日本文学報国会の俳句部会の役員、戦時下の特高警察が新興俳句系やプロレタリア俳句系の俳人を治安維持法違反容疑で集団的に検挙し、投獄した俳句弾圧事件の協力者、さらに軍国主義に協力した主宰者などが追及の的になった。

それとは別に中村草田男は、主宰する雑誌で、軍部の俳人を優遇した加藤楸邨や日本文学報国会の中枢俳人の責任を求めた。

戦を支えていた旧体制の崩壊は混乱の中にも新しい時代がやって来たのを告げた。戦時下の日本出版文化協会による全出版物の事前審査とそれによる用紙の割り当てや、出版事業令公布（一八年二月）後の整理統合の強制的指導によって休刊や統廃合に追い込まれたり、用紙不足で休刊していた俳誌が復刊し始める。

二〇年十月以降、一二月には水原秋桜子の『馬酔木』、瀧春一の『暖流』が復刊し、前田普羅の『辛夷』、松村巨湫の『樹海』、臼田亞浪の『石楠』、石田波郷の『鶴』、

阿波野青畝の『かつらぎ』、飯田蛇笏の『雲母』ほかの復刊が次々と続く。

また、俳誌の復刊と同時に、二一年には久保田万太郎の『春燈』や大野林火の『濱』、皆吉爽雨の『雪解』や沢木欣一の『風』など、俳誌の創刊ブームがやって来る。それに先駆けて二〇年十月には土岐錬太郎の『アカシヤ』と金子麒麟草の『きりんそう』（のちに『かまつか』と改題）が創刊されている。どちらもざら紙や藁半紙にガリ版刷りの粗末なものだが、自由を得た俳句作家の情熱を感じる出来事だ。

詳細は戦中戦後俳壇史を綴った山田春生『俳句の旗手』（平成19、駒草書房）を参照されたい。［橋本榮治］

48 戦後俳句の隆盛

敗戦後の米軍統治による表現の自由の恩恵の下、わが国の諸般の文芸活動が活発化した。俳句もそれに漏れず、戦中の反省から始まり、俳句文芸の民主化を目指す活動が盛んになった。日本国憲法施行前であったが、まがりなりにも出版の自由が認められ、用紙の割り当ての廃止により、俳句文芸の活発化は俳句雑誌の復刊創刊から始まる。

昭和二一年前半期の主要俳誌の創刊を追ってみても、一月に久保田万太郎の『春燈』、栗生純夫の『科野』、大野林火の『濱』、松本たかしの『笛』、伊丹三樹彦らの『まるめろ』、三月に河野南畦の『あざみ』、下村槐太の『金剛』、四月に鈴木六林男らの『青天』、水谷砕壺の『太陽系』、五月に田中波月の『主流』、皆吉爽雨の『雪解』、沢木欣一の『風』、六月に篠田悌二郎の『野火』が創刊されている。同年後半期に入っても百合山羽公の『あやめ』、中島斌雄の『麦』、中村草田男の『萬緑』が創刊されるなど、その勢いは止まらなかった。俳句雑誌の創刊はまさに雨後の筍状態であった。

また、総合雑誌では二一年一月に目黒書店の『俳句の国』、九月に石田波郷の『現代俳句』が発刊され、句集では二月に鈴木しづ子の『春雷』、七月に山口誓子の『激浪』が出版された。

俳句作家の自由な集団結成が阻まれていた戦時が終わり、同年五月には戦時下で弾圧にあった新興俳句系の作家や自由律俳句系の作家、プロレタリア俳句運動に加わった作家らによって「新俳句人連盟」が作られた。戦後に最も早く組織された俳句作家の団体である。初代幹事長は栗林一石路、幹事には東京三（秋元不死男）、石橋辰之助、三谷昭、湊楊一郎、富澤赤黄男、藤田初巳、古屋榧夫、芝子丁種、阿部筲人が就いた。七月には安住敦、加倉井秋をらが「俳句作家懇話会」を結成している。翌年の九月には石田波郷や西東三鬼らが「表現の自由を前提とする現代俳句の向上」を創立目的として「現代俳句協会」を設立している。

また、二一年七月、中村草田男が自己の雑誌に「文と文藝」を執筆し、戦時中の加藤楸邨の態度を批判したことと、十一月に桑原武夫が『世界』に評論「第二藝術──現代俳句について──」を発表し、現代俳句の問題点を指摘したことが大きな話題になった。

仏文学者で当時東北大学法学部教授であった桑原武夫は俳壇大家の十句と無名作者の五句を混ぜ、作者名を伏せて同僚や学生などに示し、優劣の順位やその評価を求めたところ、大家と素人の区別がつかなかったことから、同好者間で楽しむ芸事にすぎないと現代俳句を批判した。

敗戦によって一切が問い直された時代、ことに日本的なもの、伝統的なものに否定的な眼が向けられた時代であったが、この意見は戦後の俳句の隆盛と相俟って異常ともいえる賛否両論の反響を内外に巻き起こした。主な発言としては中村草田男「教授病」、西東三鬼「『第二藝術』論に答へる」、潁原退蔵「俳句と藝」、日野草城「俳句といふもの」、山口誓子「俳句の命脈」、加藤楸邨「俳句は生き得るか」、東京三（秋元不死男）「俳句人の道」、富澤赤黄男「俳句否定論に対す」、高屋窓秋「最短詩型の生構造」などがあり、俳論も一気に盛り上がり、俳壇は一層活性化した。

同年一二月より雑誌『批評』ほかで発表した山本健吉の評論「挨拶と滑稽」が戦後俳句の隆盛を支える理論として特に注目される。改めて俳句とは何かということを古典俳諧に依拠して検証した内容は、桑原の「第二芸術」論とは直接に関係ないものの、それに対する答ともなっている。また、俳句固有の方法を明らかにしたことは隆盛期に入った俳句作者に今後の道を示すとともに、「第二芸術」と一度は蔑まれた実作者を励ます大きな力になった。

たとえば、山本健吉の名著『定本現代俳句』で人間探求派の中村草田男、石田波郷、加藤楸邨を追ってみると、草田男は左記のような句を詠んでいる。

四十路さながら雲多き午後曼珠沙華　二一年
種蒔ける者の足あと洽しや　二一年
葡萄食ふ一語一語の如くにて　二一年

のちのち草田男の代表作と言われる句が揃う。また、この時期、石田波郷は結核で清瀬の東京療養所に入り、療養俳句の分野で金字塔を打ち立てる。

麻薬うてば十三夜月遁走す　二三年
秋の暮溲罎泉のこゑをなす　二三年

一方、加藤楸邨は楸邨独自の物を直視する眼をもって己の句を仕上げてゆく。

虹消えて馬鹿らしきまで冬の鼻　二三年

鮟鱇の骨まで凍ててぶちきらる　二三年

三人のみならず、山口誓子も自己の代表作や根源俳句に通じる句を生んでいる。

万緑やわが掌に釘の痕もなし　二二年

尾のさきとなりつつもなほ蛇身なり　二二年

伝統派の高浜虚子もその例外ではなかった。

茎右往左往菓子器のさくらんぼ　二二年

爛々と昼の星見え菌生え　二二年

そのほかの作者にもその作家の代表作と称される句が多く生まれている。それぞれの作者が俳句は「第二芸術」との批判を受け、作句活動を通して俳句の存在理由を示すべく、俳句の本質と独自性を探っていたからに違いない。

[橋本榮治]

49 俳人の戦争責任

中村草田男は「楸邨氏への手紙」（『俳句研究』昭21・7・8）によって楸邨の戦争責任を厳しく追及した。これに対し加藤楸邨は「俳句と人間とに就いて—草田男氏への返事—」（『現代俳句』昭22・1・2）で反論を試みている。

草田男は「受難者の笞の楸邨が当時隆盛を極めた或る勢力層の利用者に豹変したのではないか」と文芸人の責任を第一に問う。対して楸邨は死者に対するすまない気持ちを述べるとともに、始まった戦争の不敗を祈り続けた不明を侘び、自分の生涯をもって実証するほかはないと言う。

そして、人間の弱さを語りつつ「拂拭すべき汚穢ありや」と言いうる草田男に嫉ましいほどの羨ましさを感じる人間であると言う。権力層に媚び云々、「何處に人心恃むべきや」と嘆かせた点は全く残念でたまらないと反論する。ついで、権力に頭を下げたくない性質が今日の苦境の因であることを言い、「或る勢力層」と草田男の言う清水清山、本田功等については「私は人間として親愛出来る人としてつきあって来たのであった」と述べる。

「若き世代を哺育することのみに努めつづけた」と誓えるかとの問いには、「何とも言えない。自分の非力から指導にむいていない」と言う。そして俳句は自得の道であること、ともに歩むことが哺育になるならばありがたいと言う。

草田男の第二は「俳人としての立場に一切が凝集することが割合に疎かになってゐる」という主張である。

対して楸邨は「従来の俳人という既成意識にそのまま入り立つことに疑問を感じている」と述べ、「俳句について考えることは人間としての要請に立って考えること」であると言う。

「真実感合という言葉は、文芸一般に通じた言葉であって俳句の特性はそこに作用してゐない」という草田男に楸邨は私の意図が除去せられたものであると言う。そして「真実感合は実相観入の話を転じたものであり、それを発展させたものと認めているのではないか」との追求には「全く私とかかわりのない憶測である」と否定する。「芭蕉の表現は所謂客観写生と別個のものであり、私はそれを生かそうとするとき感合と呼んでいる」と反論する。「真実感合も作者の個我の内容を最初から肯定し気分だけを対象へ投影注入させるに堕しているのではないか」との追求には、私の意図ではないと言い、「私は私意やはからひやを排し自己の自己たる根源的な真実を願ふものである」と述べる。さらに草田男は「俳句は充分に物の言へない文芸である」と言う楸邨を「それでも致し方ないと錯覚しているのではないか」と追求する。

対して楸邨は十七音で言い切ることは肯定するが、草田男の句は「言ひ切る」ことに急なるあまり、饒舌多弁に過ぎることに疑問を呈している。

最後に「巧緻を排すという言葉で美をも排した」との追求には、「人間として生きてゆく要請の上に立つと従来の美の中に必ずしも美を感じない」と言う。楸邨は芸よりも文学としての俳句に傾いているという批判には美の問題と同一に応えている。

森澄雄は「作家の底」（『風』昭22・2・3合併号）で「草田男の警告は楸邨波郷だけでなく、これらの作家のエピゴーネンへの警告でもある」と言う。

志摩芳次郎は「草田男氏自身やましくはなかったか」と言う（『俳句界』平23・5）。

[中村正幸]

50 桑原武夫「第二芸術」[一九四六・昭和21]

評論。桑原武夫が『世界』（昭和二一年）に発表した「第二芸術—現代俳句について—」は俳壇に衝撃を与えた。桑原はその中で大家と素人の作品十五句を並べ、その区別がつかないことや、世間的勢力によって芸術的地位が決められていることなどを指摘し、それは「芸」であり、しいて言うならば「第二芸術」と呼ぶべきものとした。俳壇はこれに様々な反応を示した。

富安風生は「憤り」のあと「第二第三の桑原氏が続々現れて俳壇を刺激してくれることが望ましい」（『新訂俳句シリーズ・人と作品九』昭41、桜楓社）と言う。虚子は「ほう、俳句が第二でも芸術と言われるようになりましたか」という言葉で応えている。

加藤楸邨は局外の批評ということから、その価値を否定したり歪曲してはいけないと述べ、さらに「俳句には局外から没落を予言せられる弱さをたしかに持っているのである。没落の不安を感ずることなしには俳句は作りつづけることはもはや意味のないことなのである」と言う（『戦後俳句論争史』平2、青磁社）。この意見は当時俳人としての自負を失った弱々しさが批判されたが、現在ではしっかりとした腰の強さの方が目立つと赤城さかえは述べている。

これに対して中村草田男は「教授病」（『現代俳句』昭22・6）の中で桑原を厳しく批判している。

「桑原武夫は現代俳句を論じる資格を欠いている」

「インテリというものは、とかくある世界なり境地なりを単に知的に理解すると、直ちに自身がその世界を体得し、又はその境地へまで人間的に成長したと錯覚し勝ちなものである。これを私は教授病と命名する」等と言う。また草田男は桑原が「第二封鎖」の金のようなもの必要のないものとして第二芸術論を掲げたと言う（『俳句と人生』平12、みすず書房）。

この文の中で草田男は自分の〈咳くヒポクリット・ベートヴェンのひびく朝〉が〈咳くとポクリッとベートヴェンのひびく朝〉と誤っていることを指摘している。これに対して桑原は追記で「…ともかく私の説はこのことによっては、くずれない」と述べているが、その根拠理由は示されていない。

山口誓子は桑原が引例した作品のできの悪いことを認めた上で、「作品に失望するとしても、大家に失望しない。またよしんば大家に失望するとしても俳句そのものに失望しない」と言い「氏も更に温かきまなざしを以て現代俳句を見守られよ」と冷静である（『戦後俳句論争史』平2、青磁社）。

「俳句のことは自身作句して見なければわからぬものである」という秋桜子の言葉に桑原は「俳句の近代芸術としての命脈を見るものである」と言い、「小説のことは小説を書いてみなければわからぬなどといったものはない」と批判する。

この論に対し仙田洋子は次のように反論する。「…これも考え違いであろう。手がけやすさの程度こそ違え、どのジャンルでも実際に試みれば理解は格段に深まる」と（『俳句界』平24・2）。

桑原はこうも言う。「俳句に新しさを出そうとして、人生をもり込もうとする傾向があるが、人生そのものが近代化しつつある以上いまの現実的人生は俳句に入りえない」と。これに対しては「現代俳句では…社会性は勿論、事や物、人間存在の本質をそれなりに捉えた作品などなど…存在する」という反論がある（前田吐実男『俳句界』平24・2）。また誓子は「全人格をかけて」努力するほかないと言う。

中村正幸は次のように言う。

桑原は「作品を通して作者の経験が鑑賞者のうちに再生産されるというのでなければ芸術の意味はない」と言ったが、かならずしもこの見解には首肯出来ない。（例にあげた）楸邨のこの句〈おぼろ夜のかたまりとしてものおもふ〉は容易く再生産できる芸術レベルではない。深い洞察力と鋭敏な感性ある人間にしてはじめて可能な境地を詠っている。読み手の力量が必要な句であり、高い芸術性を持っている。再生産の有無は必ずしも芸術性を規定するものではない。第二芸術論を越えている。（『俳句界』平24・2）（栗林浩編『俳句とは何か』平26、角川学芸出版）

［中村正幸］

51 現代俳句協会設立［一九四七・昭和22］

現代俳句協会は、昭和二二年に設立された。原始会員は三十八人。ほとんどが五十歳以下の中堅作家による組織であった。準備世話人は、石田波郷（後に幹事長）、西東三鬼、神田秀夫の三人。

協会設立までには二つの流れがある。ひとつはプロレタリア俳句の俳人たちが中心となって昭和二一年五月に結成された新俳句人連盟を、翌年に脱退した人たちである。新俳句人連盟は、日本民主主義文化連盟に加盟していたのだが、それをよしとしない芸術派の作家たちとの間に齟齬が生じ始めていた。それまで入会を拒んでいた西東三鬼は、芸術派に賛同して入会し、二二年六月の総会に連盟からの脱退動議を提出。十四対十五で否決されると、十数名とともにその場で脱会したのである。

もうひとつの流れは、石田波郷が昭和二一年九月に『現代俳句』を創刊し、新時代の俳壇形成に意欲を持っていたことで、波郷と三鬼に神田秀夫が加わって、現代俳句協会の案は作られた。そこに、橋本夢道、栗林一石路など新俳句人連盟の俳人も加わって、現代俳句協会は組織されることとなった。

原始会員が中堅作家に限られたのは、彼らに戦時中とは違う俳壇を作りたいという思いがあり、また、水原秋桜子らのベテランには、無季容認派とは一線を画したいという思いがあったためだと思われる。

これらの動きに先立って、昭和二一年一月に井上洗耳編集の『俳句の国』が目黒書店から刊行され、創刊号には富安風生、水原秋桜子、山口誓子、前田普羅、内藤吐天、大野林火らが参加。やがて臼田亞浪、山口青邨、中村草田男、中村汀女による雑詠欄が設けられていく。石田波郷らには、こうして戦前と同じような俳人を中心とした俳壇が再び形成されていくことに、なにがしかの抵抗感、あるいは対抗意識があったと考えられる。

　原始会員は、安住敦、有馬登良夫、井本農一、石田波郷、大野林火、加藤楸邨、神田秀夫、川島彷徨子、孝橋謙二、西東三鬼、志摩芳次郎、篠原梵、杉浦正一郎、高屋窓秋、瀧春一、富澤赤黄男、中島斌雄、永田耕衣、中村草田男、中村汀女、西島麦南、橋本多佳子、橋本夢道、日野草城、東京三、平畑静塔、藤田初巳、松本たかし、三谷昭、八木絵馬、山口誓子、山本健吉、横山白虹、渡辺白泉、池内友次郎、栗林一石路、石橋辰之助。

　昭和二三年七月には、現代俳句協会の機関誌『俳句芸術』が創刊される。創刊号の奥付には、「著者　現代俳句協会代表　石田波郷」とある。発行所は桃蹊書房。巻末の会員名簿には先の三十八名が載るが、東京三の名は秋元不死男に変わっている。

　現代俳句協会の規約に当たる「協会清記」の第二項には「その生活を擁護し、以て現代俳句の向上を期すべく」と記されており、当時の差し迫った生活状況が窺い知れる。実際、協会は、稿料、講演料などの基準を設けるなどの活動をしている。

　茅舎賞を設け、第一回の受賞を石橋秀野とするなど、協会の活動は順調に進むかに見えたが、桃蹊書房の倒産によって一時停滞を余儀なくされる。しかし、機関誌に代わるものとして『現代俳句協会会報』を刊行し、また茅舎賞に代わるものとして「現代俳句協会賞」が定められ、協会としての活動は再開された。

　昭和三六年、多くの俳人が脱会し、一一月に中村草田男を会長とする俳人協会が発足したが、現代俳句協会はさまざまな作風をすべて容認する団体として活動を続けている。

［秋尾　敏］

52　俳句論争

【草田男の犬】　この論争は当時の時代的背景が大いに影響している。昭和二二年と言えばまだ戦後の混乱期にあった。戦前の思想統制から自由を得た言論人、芸術家の矛先は戦争責任追及へと向かった。結成された新俳句人連盟は中村草田男をファッショ的作家、戦犯追及運動の標的としていた。このようなとき赤城さかえが草田男の〈壮行や深雪に犬のみ腰をおとし〉の句を絶賛した。これに芝子丁種が反発して論争がはじまった。

　赤城は「この句の功績は、何と言っても、人々が熱狂してゐる喧騒の中から、深雪に腰をおろしてゐる哲学者『一匹の犬』を見出した作家の批判精神である。（中略）『一匹の犬』を発見した作者の詩眼には長い間の思想の集積がある」と賛辞する。これに対して、芝子丁種は「たとえ草田男が批評精神として犬を登場させたにしても、せいぜい戦争傍観の犬でしかあり得ない」と草田男の心が戦争否定を象徴していないと反論する（赤城さかえ『戦後俳句論争史』平2、青磁社）。

　そして〈壮行や〉の句が戦争謳歌の作品であるとの批判に対して赤城は「この様な鑑賞のしかたは鑑賞者の放恣な先入主を以て強引に作品を解釈するから起る事」と反論している。さらに〈壮行や〉という象徴主義作品を賞揚しているという批判には、赤城は〈壮行や〉の句は象徴主義の作品でないと否定している。論争は昭和二五年春頃までくすぶり続いた。（赤城）

【鶏頭論争】　正岡子規の句〈鶏頭の十四五本もありぬべし〉に対する論争である。明治三三年の子規庵での句会では高い評価を受けなかった。虚子らの編による『子規句集』の中にもこの句は入っていない。

　この句の価値をはじめて認識したのは歌人の長塚節であり、世に知らしめたのは斎藤茂吉であった。

　茂吉は「果して晩年のこれらの作品はつひに芭蕉も蕪村も追随を許さぬ底のものになってゐる。子規は晩年芭蕉の句にもおもはせぶりを感じ厭味を感じた」と述べ、万葉の純真素朴が分からなかった芭蕉はこの句の味わいが分からないと述べている（斎藤茂吉『正岡子規』昭21、創元社）。楸邨は「この句に至っては…主観も客観も区別せられない。それ以上のものである。自然を見、見て見て、見抜いているのである。目で見ることの底を抜いていると言ってよい」と肯定する（『加藤楸邨初期評論集成一』平3、邑書林）。

　これに対し斎藤玄は試みに〈鶏頭の七八本もありぬべし〉と改作してみる。もし子規がこう詠んだと仮定したら「十四五本は動かない」と言った楸邨は、このときは「七八本はやはり動かない」と言うのではないかと言う（『山本健吉俳句読本』平5、角川書店）。

　この主張に山本は「これは現実と作品との次元の相違を没却した議論である」と反論する。

　一方志摩芳次郎は〈花見客十四五人は居りぬべし〉と改作して鶏頭の揺るぎなさを否定しようとした。山本は「現実の鶏頭よりも現実的な力強い存在性と重量感とを持って立っている世界の鶏頭」と言い、つづけて山本は「小ざかしい議論など打ち切って、舌頭に千転し「十四五本」の動かぬゆえんを納得することである」と言う。

　これに対し、西郷竹彦は「語感にたより舌頭に千転することで句を味わうという意味においては異論はない。しかし、この句の美（味わい）を論評するとなれば、山本のこの結論は批評の放棄ではないか」と反論する（『名句の美学』平3、黎明書房）。さらに山本は十四五本に鶏頭の法則が顕現されていると言う。

［中村正幸］

53　山本健吉の俳句論

　山本健吉は本名貞吉、明治四〇年四月二六日、長崎市に生まれる。父は明治二〇年代の評論家石橋忍月。慶應義塾大学国文科では折口信夫に学び、卒業後は改造社の『俳句研究』の編集に携わる。中村草田男、加藤楸邨、石田波郷らの人間探求派誕生の元となった昭和一四年八月の『俳句研究』の座談会「新しい俳句の課題」、その企画と司会で果たした役割は昭和俳句史を語るうえで避けて通れないものとなっている。

　この座談会は健吉自身にとっても重要なものであった。「僕の俳句への理解も、言ってみれば、草田男・楸邨・波郷氏等が独自の世界と風格とを形成しつつあったのと、ほぼ歩みを合わせて、成熟して行ったのだ」（『挨拶と滑稽』）と健吉は記す。

　また、終戦直後の二一年、俳句はそれ自体が完結した芸術とは言えず、同好者で楽しむ芸事でしかないと結論づける桑原武夫の俳句「第二藝術」論が発表された。同論によって俳句の存在自体が問われる中、古典の中に俳句の本質を考察し、改めて俳句とは何かを検証し、現代の俳句が生きる道を求めようとした健吉の論文「挨拶と滑稽」は今もその重要性を失っていない。

　「挨拶と滑稽」は山本健吉が終戦直後の雑誌『批評』に連載、その後、現代俳句協会篇『俳句芸術』第一集（昭23）にまとめて発表した論文の表題であった。「時間性の抹殺」（『批評』昭21・12）、「物の本情」（『批評』昭22・4）、「時雨の伝統」（『批評』昭22・4）「古池の季節」（『現代俳句』昭21・10）、「談笑の場」（『批評』昭22・4）の五章からなり、その中で健吉は現代俳句の行き詰まりを打破する道を古典に見出そうと、俳句の本質を考察した。

　「時間性の抹殺」では、言葉の自然な流れを切断するところに様式を獲得した認識の詩が俳句であるとする。近代俳句が主に季語を巡って論じられたのに対し、俳句の切れを重要視する。

　新興俳句については、俳句の本当の性格を見据えるためにはよい試験台だったし、俳壇の懶惰の夢を打ち破ったことは事実だが、新興俳句が意図したものは一つとして本来の俳句ではなかった断ずる。無季俳句の容認、連作俳句の提唱、や・かなの忌避などの末節的拘泥の根底に横たわるものは、和歌や詩の持っているような形での抒情性・詠嘆性への羨望だったとする。

　「物の本情」や「時雨の伝統」では、季語の本意本情が俳句の本質に関わることを指摘し、創作創意こそ物の本情を摑む道と述べる。殊に「時雨の伝統」ではすでに新古今前後の歌人たちによって、時雨の情趣は繊細幽玄な境地において歌い尽くされ、その後、和歌・連歌を通じてその埒内を一歩も出ることがなかったとする。さらに、「松風の時雨」「木の葉の時雨」「露時雨」「蟬時雨」「虫時雨」ほかを例にして、「時雨」の語が如何に伝統の堆積の上に過度の意味・情趣を負わされていたか、また、「時雨」がいかに生の素材としてではなく、創作以前の美的形成物として作家の創意を制約したかを解き明かす。そして、和歌の伝統をほとんど一歩も出ようとしなかった連歌師の固定した季節感情に反逆したのが俳諧だったとして、実質的には芭蕉撰とも言える『猿蓑』は伝統的な時雨の既成概念に捉われず、自由体として俳諧の本領を自在に発揮していると評価する。

　「古池の季節」では、芭蕉の作品は言葉と形式との格闘の末に摑み取った結果であり、俳句を離れて季題情趣は存在せず、俳句の様式と機能を完全に充足しているとする。「日本の文学が季節感を発見する前に、それは日本人の生活意識のなかに根強く存在していた」（『日本文学と季節感』）が健吉の考えであったので、俳句を離れて季題情趣は存在せずとの結論も納得できる。

　「談笑の場」では、俳句本来の対詠的、談笑的な性格の意義を再確認する。俳句をディアローグの芸術と定義する健吉は、後の昭和三〇年には論文「座の文学」を発表している。

　在来の一切のものが問い直された戦後の一時期、桑原武夫の俳句「第二藝術」論によって俳句の存在理由が揺れる中、桑原の論に直接応じたものではなかったが、俳句固有の方法を健吉は歴史を溯り、造詣の深い古典文学に探り、「時間性の抹殺」で「一、俳句は滑稽なり。二、俳句は挨拶なり。三、俳句は即興なり。」と三つの命題を示してそれを明らかにし、俳句の存在理由を確固たるものにした意義は計り知れない。

　戦後の健吉は『古典と現代文学』（昭30、講談社、読売文学賞）、『芭蕉―その鑑賞と批評』（昭30～31、新潮社、新潮社文学賞）、『柿本人麻呂』（昭37、新潮社、読売文学賞）など幅広く古典文学に興味を示すとともに、俳諧文学に対し深い関心を寄せた。

　俳句を対象としては『最新俳句歳時記』（昭46～47、文藝春秋、読売文学賞）、『基本季語五〇〇選』（昭61、文藝春秋）『句歌歳時記』（昭61、新潮社）、『鑑賞俳句歳時記』（平8、文藝春秋）といった歳時記類を始め、『現代俳句』（昭26～27、角川書店）、『純粋俳句』（昭27、創元社）などの筆を執った。古典文学を基礎にした俳句に対する批評眼は確かなものとして多くの信頼を得た。

　なお、「挨拶と滑稽」は『純粋俳句』、『俳句の世界』（昭31、新潮社）、『山本健吉俳句読本』（平4～5、角川書店）にも収録されている。

［橋本榮治］

54　俳句総合誌［一九五二・昭和27］

敗戦後の昭和二七年（一九五二）、休刊していた『俳句研究』が復刊し、また『俳句』も創刊された。本項目では二誌について総合誌のあり方とともにまとめたい。

〔総合誌の位置付け〕　明治、大正期俳壇を牽引したのは新聞及び結社誌だったが、昭和九年に改造社の『俳句研究』が出現して以来、特定の結社に拠らない「俳壇」が総合誌によって可視化される時代が到来した。『俳句研究』は俳壇の問題意識を醸成する影響力を有し（「支那事変三千句」特集や「人間探求派」の座談会等）、また俳文学者による俳諧研究の連載は実作と研究の接点となった。しかし、太平洋戦争の激化につれて『俳句研究』は終刊する（昭和一九）。その後、出版社を変えて復刊し、敗戦や休刊も挟んで刊行されたが、戦前期のような影響を及ぼすには至らなかった。また、敗戦後には石田波郷を主とする『現代俳句』が創刊され、俳壇の指標となったが、波郷の病気等で昭和二六年一二月に終刊してしまう。その後、『俳句』が創刊されたのである。

〔角川書店と創刊号〕　『俳句』は昭和二七年六月、角川書店から発刊された。角川書店は角川源義が昭和二〇年に設立した出版社で、文庫シリーズや『昭和文学全集』の好調な売れ行きで商業的に成功したこともあり、短詩文学の月刊誌を出すに至った。創業者の角川源義は中学生の頃から俳句に熱中し、國学院大学で折口信夫に民俗学を学んだ学徒でもあり、信念とこだわりをもって『俳句』を創刊している。源義は飯田蛇笏を尊敬し、彼に総合誌発刊について相談した後、誌名や方向性を定めたという。創刊号は冒頭に高浜虚子の祝句〈登山する健脚なれど心せよ〉を掲げた後、当時の各派並び結社の実力俳人が近詠を発表している。抜粋して示すと、飯田蛇笏、阿波野青畝、山口誓子、高浜年尾、中村草田男、橋本多佳子、西東三鬼、大野林火、加藤楸邨、星野立子、長谷川かな女、日野草城、水原秋桜子、富安風生の順に掲載された。また、国文学者の岡崎義恵「俳句の抒情性」や潁原退蔵「冬の日鑑賞」が掲載され、平畑静塔の「俳句は亡びない」、山本健吉の「現代俳句」第一回目も掲載されている。第二号は高浜虚子特集を組むとともに、諸家近詠として吉岡禅寺洞、平畑静塔、中村汀女、橋本夢道、秋元不死男、篠田悌二郎、池内たけしの句群が発表された。俳壇各派を代表する諸俳人が満遍なく登場しており、創刊号から総合誌を意識した誌面作りがなされたといえよう。

〔戦後俳壇の軸として〕　編集は石川桂郎が担当した後、角川源義、大野林火、西東三鬼が携わり、やがて角川書店社員が編集長を務めている。名編集と謳われたのは林火編集時代で、例えば昭和二九年七月号の「俳句ともの」特集では『天狼』の根源俳句論を俳壇の問題として組上に乗せ、同年十一月号の「揺れる日本――戦後俳句二千句集」特集では社会性俳句の問題提起を行った。同三一年一月号では「特輯新興俳句」と銘打った大特集を組むなど、現状の問題提起と俳句史の認識双方を関連させた編集方針がうかがえる。三鬼編集時代も金子兜太の造型論や前衛俳句に焦点を当てた「難解俳句とは何か」特集（同三四年二月）等、俳壇の動向や今後の方向性を俳人に考えさせる編集が随所に見られた。また、「戦後新人自選五十人集」（同三一年四月）のように戦後新人をグループとして押し出そうと幾度となく特集を組み、また角川俳句賞を制定するなど（同三〇年）、戦後俳壇や俳句の方向性そのものを形成する影響力を有した。

〔参考〕　筑紫磐井『戦後俳句の探求』（平27、ウエップ）

［青木亮人］

55　社会性俳句［一九五三・昭和28］

社会性俳句論議の発端は昭和二八年十一月号の『俳句』誌にある（赤城さかえ『戦後俳句論争史』平2、青磁社）。編集長に就任した大野林火の企画の一つである。この企画を決意させたのは、同年二月の中村草田男の句集「銀河依然」であり、寒雷一月号の加藤楸邨の「庶民の場としての俳句を」の提言であった。

昭和二九年十一月同人誌『風』で「俳句と社交性」に関するアンケートを行っている。

ここで沢木欣一は「社会性のある俳句とは、社会主義的イデオロギーを根底に持った生き方、態度、意識、感覚から生まれる俳句を指す」と述べ、金子兜太は「社会性は作者の態度の問題である。（中略）社会性は素材なり（誓子）とする意見は誤り。（中略）社会的な姿勢が意識的にとられている態度を指している」と主張する。

佐藤鬼房は「僕には批判精神のないリアリズムというものは考えられないのであり、社会主義リアリズムはその発展した表現だと考えている」と言う。鈴木六林男は「技術の巧拙が問題ではない。俳句に社会性が必要なのである」と述べている。さらに香西照雄は「人間性探求の批判的形象発展として、社会性探求がなされなければならない」と言う。

これらの論に対して山本健吉は「金子兜太が詩のための詩を否定して（これはいいのだが）生活の詩として高めなければ…と言っているのにウンザリした。昔から俳句は生活の詩でありすぎたし、言いかえれば、その場その場の即興感偶であった」と反論する（「俳壇時評」『東京新聞』昭30）。

この山本説に対しては原子公平が次のように反論している。「仮に生活の詩が昔も今も変わらない詩の機構を持つと仮定しても、江戸から現在までの社会構造の変化だけからも、語の内容は当然変化している筈ではないか…」（『風』昭30・5）と。

これに対して山本は「社会性は感性の問題である」と述べ、沢木欣一に対しては「イデオロギーの問題である前に作家の社会感覚、ひいてはそれの要求する詩語・詩形の問題である」と再反論する（「俳壇時評」『東京新聞』昭30・5）。

金子は山本が「俳人が現代をいかに深く呼吸しているかという問題」と主張したことに対し「「いかに深く呼吸しているか」の問題こそ、まさに思想や生活や理論やイデオロギーの問題ではないのか。「ひいてはそれの要求する詩型・詩語云々」と論じているが、内容の空漠として「社会感覚」を根拠にして「ひいては」などと言えなくなりはしないか」と反論する（「社会性と季の問題」『俳句』昭30・9）。

この主張に山本は「三たび社会性俳句について」と題する時評を書く。そして兜太の〈縄とびの純潔の額を組織すべし〉の句等に作者の「態度」は現れていても、一かけらの詩もない。舌足らずのイデオロギーはあっても現代を深く呼吸した「思想」といふべきものはないと作品を否定した。

これ対して更に金子が反論する。「僕は詩人の第一要件は感性にあるが、現代詩の問題はそれ以上に感性の質にある。感性以上に思想の問題と言うべきで、その思想は感性の質となり、感性自体の内実となって詩に反映しなければならない」（『風』昭30・11）と。

そして、山本健吉は昭和三〇年二月『東京新聞』の「俳壇時評」に「論争のあとを振返って」、昭和三一年一月『馬酔木』に「走り書的俳句論」によって論争終結宣言に当たる文を書いている。

「私は、論争ということは好みではない。斎藤茂吉のようなファイトは、私のからだのどこを押したってわいてこない。俳句のことに関しての論争は好きではない。…論争は常に一対集団の形になってしまうからである」と。

この終結宣言に対して赤城は「この論争も、このような楽屋裏の繰り言か世間話みたいなもので極めて不自然に閉じられた。（中略）大変奇妙な割り切れなさが心中わだかまるものを禁じがたい。」と感慨を述べている（『戦後俳句論争史』平2、青磁社）。

社会性俳句と楸邨、「寒雷」について様々な論がある。高柳重信は「戦後『社会性俳句運動』というのが起きたとき、その中心となったのは、楸邨の弟子たちですね。そうゆうようなことに疑問を抱きはじめた人たちの何人かが楸邨や〝寒雷〟の人たちの主張する〝まこと〟というのは、どうも文学的な〝まこと〟ではないようだと批判するようになった」と述べている（『季刊俳句』昭49・1）。

能村登四郎は「加藤楸邨の作品は〝古利根抄〟の初期の作品から暗い社会面に眼をむけていた」としつつ「草田男・楸邨ですら、その社会性への志向として素材のみを捉えているが、俳句表現は甚だ個人主義的である。（中略）俳句の持つ非社会性は否定する事は出来ない」と批判する。（『俳句』昭28・8）。

ところで一方沢木欣一は「楸邨ほど自覚して、現代人の生活と俳句を結合させ密着させようとする努力を要する態度を剛着に持ち続けて来た俳句は少ない」と述べている（「楸邨俳句覚書」『俳句』昭28・3）。［中村正幸］

56　療養俳句

国民のほとんどに必要な栄養が行き渡らず、かつ、劣悪な衛生環境の下にあった第二次世界大戦敗戦後、国民の間に急速に増えた結核病療養者の詠んだ俳句を主に指し、広くはハンセン病療養者の作品をも含む。

もちろん、戦前もそれ以前も結核の療養者は存在したが、用語としての「療養俳句」が社会的に定着したのは石田波郷の句集『胸形変』（昭和二四年）と『惜命』（二五年）の出版を契機とする。二三年、清瀬の国立東京療養所で波郷は胸部形成手術を受け、その日々の経験を詠んだのが句集『惜命』である。病中吟をもって一巻としたのは俳句史の中でも希有なことであるが、正岡子規の闘病俳句と並び立つ作と評価された。

霜の墓抱起されしとき見たり　『惜命』
綿虫やそこは屍の出でゆく門
雪はしづかにゆたかにはやし屍室

療養生活とは常に死を意識しながら、孤独と寂莫に耐える生活である。『惜命』末頁の「惜命」餘録は二二年秋の病気再発から同句集編了までの病歴を年表風に記したものだが、その生活がどのようなものかは餘録を読んだのみでも十分に理解できる。

病苦が続く中で波郷は日々の些細なことに生きる喜びを見出していった。

七夕竹惜命の文字隠れなし　『惜命』

『惜命』収録句の大方は清瀬の療養所で詠まれたものだが、その頃の清瀬には数十の療養所があり、療養俳句のメッカとも呼ばれた。

紅梅や病臥に果つる二十代　古賀まり子

眠るまで月をいくつも見て眠る　千代田葛彦

の作者を始め有名無名の俳人が数多いた。さらに南湖院に入院の岸田稚魚、富士見高原療養所の八木林之助ほか清瀬以外の療養所や自宅療養の患者の詠んだ療養俳句も多く残されている。

一方、ハンセン病療養者の作品の例としては村越化石の句が挙げられる。化石は旧制中学在学時代の昭和一三年にハンセン病を発病、国立療養所栗生楽泉園で生涯をおくる。

除夜の湯に肌触れあへり生くるべし　『獨眼』

蓑虫と息合はすごと暮らすなり　『蛍袋』

化石は句集『八十八夜』のあとがきで「思うに私の俳句歴も療養歴と共にすでに半世紀を越えた。小さな俳句が大きな力となって私を支えてくれた」と記す。

俳句とは生きてゆく心の軌跡である。どんな病に罹ろうと人として生きてゆく者であり、そこに区別はない。一般論として、病とは隠すべきものではないが、病に甘えたり愚痴になっては俳句としては評価が低くなる。俳句自体の評価と病への同情は別にしなければならないところに療養俳句に対する評価の難しさがある。

療養俳句とは人生の残り時間、もしくは癒えるまでの時間を記録した俳句である。病の苦しみ、死への恐れ、治癒の希望、癒ゆる願い、そのようなさまざまな思いが隠すことなく表現されている。そのもととなっているのは健常人の創作願望と同じく、自分が生きたという痕をわずかでもこの世に残したいという、人間であれば誰しもが持つ望みである。

現在、結核病やハンセン病の療養者はかつてほど多くないものの、ＡＬＳ（筋萎縮性測索硬化症）を始め難病で療養生活を送っている方がいる。そのような方の俳句を療養俳句として新たな視点を当ててよいかも知れない。

［橋本榮治］

57　俳人格

平畑静塔《せいとう》が、俳句という固有な表現世界において、俳人にたえず求められる俳人的人格に言及した俳論。

静塔は、昭和二六年四月号の『馬酔木《あしび》』に寄せた「俳人格」と題した俳論で、「根源を追いつめることが俳人の生活なのである。さうして高まってゆくのが俳人格」とし、俳句と人格の関係について次のように述べる。

表現に於ける俳句性の確立と云ふことは、この俳句的表現を欲求する作家そのものが俳句的に生活し、俳句的に人格発展完成すべき事を含むものであると云ふだけである。（中略）作家の生命、生活世界観すべての生理活動、認識活動を、俳句の宿命にかなふ、余剰《よじょう》削除と根源追求の道に従はしめようと云ふ事である。

静塔は、俳人格の理想的な典型を高浜虚子《きょし》に求める。

虚子といふ人格は、その俳句は既に俳句の特殊性を厳然と踏まえたものであると同時に、その表現にかけた虚子と云ふ人格は、俳句そのものと云ふべき完成した俳人的人格に化し去つてゐる。俳句一筋につながり、而も特殊なる俳句芸術そのものに化してゐる虚子といふ人間像は、我々として範とすべきであろう。

さらに翌年の「昭和の西鶴―虚子の俳人格とその作品」（『俳句』昭27・7）では、虚子の花鳥諷詠の態度を、「俳人格の完成した最高の一例」とする。虚子の〈流れ行く大根の葉の早さかな〉を例に取り上げながら、その態度には、「空白精神がどうしても必要である。九十九％まで空白で、一％だけ季物流動の相に向けられた精神である。その一％が恐ろしく強靭で頑固なのは、九十九％が空白だからであり、人生の阿呆であり、生活の痴呆であるが、それ丈に拘泥する些事には、神の如く明晰なためである」と、精神の空白性を強調した。

これを、評論家の山本健吉と中村草田男は、『俳句』（昭27・8）で取り上げた。

山本は、山口誓子の言う「根源俳句の本当のバックボーンは、静塔の俳人格説だと思ふんですよ。論としても一番精緻だし、土性骨が通つてゐます」としながらも、「何事にも無関心だし感動しないといふ生きかた」の虚子をその典型としたことについては、次のように疑問を投げかけた。「俳人格といふものは俳句といふ特殊な文学ジャンルの固有の方法を追求した結論として出てきたある人間の生きかたでせう。ところでそれは人間の生きかたとしてひどく歪んだ畸形的なもんだし、病的なもんだと思ふんだ。さうするとさういふ人間として不完全な生きかたが結論として出てくるやうな方法論には、何か誤りがあるんじやないかと感じるんですがね」と。さらに、一般の俳人が虚子のような俳人格を目指すとすれば、鼻持ちならないとも。さらに草田男は、静塔がクリスチャンに入信したことを踏まえると、「最大の目標はカトリツク的人格の完成であるべき」とし、静塔の「俳句に原罪観念は全然ない」と、疑問を呈した（座談会「現代俳句の底流」）。

静塔は後に、「九九％の人生の痴呆と一％の自然透視力とが、定型の場での数的逆転が起こることを寧ろ主体としたものである。多く誤解されて諷詠風流世捨思想が即ち俳人格と思われている。（中略）正当な批判として、生き方としては歪んだ疇型の生き方だとする見解はまさにその通りであるが、これを甘受してなお狭小尖鋭の生き方こそ俳人の本分とすべき日が未来に来ようか」（『現代俳句辞典「俳句」臨時増刊』昭63、角川書店）と述懐

している。 ［渡辺誠一郎］

58 根源俳句

昭和二三年一月、山口誓子を主宰とする俳句雑誌『天狼』が創刊。その創刊号の誓子の「出発の言葉」を機縁として発生した一連の論議を指す。

誓子の「私は現下の俳句雑誌に、『酷烈なる精神』乏しく、『鬱然たる俳壇的権威』なきを嘆ずるが故に、それ等欠くるところを『天狼』に備へしめようと思ふ。それは先づ、同人の作品を以て実現せられねばならない。誌友の多くは、人生に労苦し齢を重ぬるとともに、俳句のきびしさ、俳句の深まりが、何を根源とし、如何にして現るゝかを体現した。／誌友は最も好むところに個性を発揮し、『天狼』をして俳壇に重きを為さしむるであらう。／『天狼』は新しき時代の、新しき形態である」という出発宣言は、「第二芸術」によって大きく波立っていた俳壇にとって刺激的であった。さらに誓子が『天狼』三周年記念大会において「私達は、根源探求の俳句を示し、その理論を確立しなければなりません。一般作者は、それによって自己を開拓し、自己を進出して貰ひたいのであります。それ等の為には『天狼』全体が強く、固く、結束することが必要であります」と述べたことにより、『天狼』内部では根源俳句をめぐる多様な解釈が発表されていくと同時に、外部からは『天狼』の代名詞として扱われていくこととなる。ただ、「根源俳句」というキーワードは、その波紋全体を指し、特定の俳人や批評者の論文や言葉を指すわけではない。

『天狼』の側の根源探求論として代表的なものは、まず西東三鬼の「現代俳句の大きな迷妄は、内容を成す感動の正体、根源を第一義とせず、根源に附着する季節を最も重要とする点にある。（中略）俳句の目的は実在の真実に観入するにある」（『天狼』昭23、創刊号）を嚆矢とする。ここでは当代の俳人の生ぬるい甘えを指摘し、「俳句は季節現象を詠ふ詩なり」といふ定義は、「季節は根源に達する門なり」と改めるべきではないか。俳句の奥の奥に厳在するものは門でなくして根源である」とする宣言、俳句の根源を実存主義的に探りつつ「酷烈なる精神」を標榜する。また、平畑静塔はその代表的俳論となる「俳人格」（『馬酔木』昭26・4）他において、根源を追求するためにも、「作家そのものが、俳句的に生活し、俳句的に人格を発展完成すべきこと」の必要性を説いた。一方、永田耕衣は「根源精神」とは、「存在の根源（生命の根源といってもよい）を追究し、その境に出でて、自由無碍に優遊せんとする強烈なる無限憧憬の精神であります。それは宗教精神とも、芸術精神ともいへる、東洋的精神であります」というように、禅的風格を備えたものを根源俳句と考えている（『天狼』昭25・1）。孝橋謙二は西欧美術を例にメカニズム芸術という視点を提示し、近代のメカニズムは物体の表面的な意味を再生させるのではなく、「個物を成り立たせてゐる根源としての実在を追求してゐる」（『天狼』昭27・1）と主張した。これらに対し、山本健吉は「根源俳句の根底には、俳句という特殊な文学の方法論的な自覚が存在」しており、既に俳句が「末期症状を呈している」証であると非難。「時代の使命に生きる詩人としての決意を、もう一度回復することの外に、この伝統芸術に生きる道があろうとは思われない」（『天狼』昭28・7、『時事新報』3・19転載）と結論づけている。

誓子の「出発の言葉」が公にされてから数年間は『天狼』内外からの激しい論争を引き起こしたが、誓子自身が「根源俳句」の明確な規定をすることがなかったこともあり、次第に収束していくこととなる。 ［西山春文］

59 女流俳句

男性のものと考えられていた俳句に女性が参加できるようになった契機とは、高浜虚子が『ホトトギス』誌上に「台所雑詠」欄を設けたことによる。こうして女性が俳句の面白さに気付き、俳句を積極的に詠めるようになったのは、大正以降のこと。それでも一般家庭の婦人が句会に自由に出席するのはまだ難しかった。

当時の代表作家長谷川かな女、阿部みどり女、竹下しづの女、杉田久女らが先駆者として挙げられる。

女性が社会的自立に目覚め始めた時代背景もあり、虚子は男性の俳句とは異なる、独自の世界を持つ女流俳句に注目するようになる。大正九年『ホトトギス』の雑詠巻頭にしづの女の〈短夜や乳ぜり泣く児を須可捨焉乎《すてっちまおか》〉など七句が採られたことは画期的だった。虚子は作家として独り立ちできるように、かな女、みどり女、しづの女、久女らを育てた。

昭和に入って注目されたのが、四Tと呼ばれた橋本多佳子、三橋鷹女、中村汀女、星野立子であり、彼女らの活躍が、現代のような女流俳句隆盛の端緒となったことは明らかである。ことに昭和五年、虚子の次女立子が初めての女性主宰となり、俳誌『玉藻』が誕生したことは特筆すべき事項である。

四Tに続き、石橋秀野、柴田白葉女、山口波津女、稲垣きくの、鈴木真砂女、加藤知世子、桂信子、野澤節子、細見綾子、殿村菟絲子らが充実した句業を遺した。

　第二次世界大戦後、昭和二一年、二二年にかけて、戦時中に止むを得ず休刊となった俳誌の多くが復刊、さらに創刊も相次いでいる。男性俳人の主宰誌創刊は『あざみ』『風』『春燈』『南風』『風土』『萬緑』など枚挙にいとまがないが、女性俳人の創刊俳誌はわずかに汀女の『風花』が挙げられるくらいだろう。沢木欣一の『風』創刊に際しては、妻である綾子が同人として加わった。また、昭和二三年、山口誓子の『天狼』創刊には、多佳子の尽力があった。戦後、女性俳人が増加したが俳壇は男性主流で、「女流」という立場に甘んじていた。

　節子、菟絲子、白葉女、知世子らは昭和二九年に女性俳句懇話会を結成、機関誌『女性俳句』を出している。このような地道な活動が女性俳人の地位を築き、昭和四〇年代以降の活躍に結びついていると思われる。

　女性俳人の本格的な隆盛は、昭和四〇年代からと考えられ、牽引力となったのが、信子、節子、菟絲子らである。信子は昭和四五年、五五歳のとき『草苑』を創刊主宰。〈ゆるやかに着てひとと逢ふ螢の夜〉〈やはらかき身を月光の中に容れ〉など官能的な抒情性が特色。節子は昭和四六年、五一歳のとき『蘭』を創刊主宰。〈刃を入るる隙なく林檎紅潮す〉〈天地《あめつち》の息合ひて激し雪降らす〉など詩情豊かで造化の力を感じさせる作風。菟絲子は昭和四八年、六四歳で『万蕾』を創刊主宰。〈ためらはで剪る烈風の牡丹ゆゑ〉〈点となりやがて霞める旅の雁〉など感性豊かで深い精神性が特徴。それぞれの作風は個性的で、「女うた」の系譜とひと括りにされない多様性がある。女性主宰の活躍により、多くの女性俳人が俳壇に登場する。お稽古ごととしての質の低下が指摘されるものの、女性の社会進出、社会活動参加という時代の後押しを得たことが、女性俳句人口増加の一助となった。

　続く女性主宰として津田清子、井沢正江、河野多希女、小枝秀穂女、鷲谷七菜子、大橋敦子、橋本美代子、加藤三七子、山田みづえ、岡本眸、角川照子、蓬田紀枝子、赤尾恵以、鍵和田秞子、中嶋秀子、宇多喜代子、黒田杏子（生年順）らの昭和、平成を通しての活躍がある。

［角谷昌子］

60　前衛俳句・難解俳句

　昭和三十年代に起きた実験的な俳句表現及び運動。社会性俳句の方法的発展として、組織と個人の軋轢、疎外感、さらに現代社会の危機感や深層意識などに対し、暗喩やイメージの連鎖、屈折の方法を駆使して表現する試み。

　前衛俳句の論議は、金子兜太の「造型俳句」に始まる。三二年、社会性俳句圏にあった兜太は、『俳句』誌上に、「俳句の造型について」、さら三六年に「造型俳句六章」を掲載した。造型俳句とは、従来の俳句が対象と自己との直接的関係にあるのに対して、新たに「創る主体」を持ち込む。それは、社会的主体としての近代的自我を据え、「創る主体」として自覚的に意識することであった。既成の価値から離れた実感を基礎とし、複雑な課題を抱える現代に生きる心象を形象化・重層化しようとする試みである。これは西欧文学に比べて自我が希薄であることを意識した提唱であった。その意味では、モダニズムの性格を帯びる。さらにまた、俳句における近代的自我の欠如などを批判した桑原武夫の「第二藝術論」に対する兜太なりの一つの回答でもあった。

〈銀行員等朝より螢光す烏賊のごとく〉〈朝はじまる海へ突込む鷗の死〉（兜太）

　兜太は前衛俳句の旗手として活躍するが、関西における雑誌・俳人たちもまた、俳句革新への志向が強かった。「十七音詩」（堀葦男《あしお》、林田紀音夫《きねお》）、「夜盗派」（島津亮《りょう》、八木三日女《みかじょ》）らは関西前衛俳句と呼ばれた。彼らは兜太と頻繁に交流を重ね、三七年に兜太が同人誌『海程』を創刊すると、葦男や紀音夫は創刊同人として参加。

〈滞る血のかなしさを硝子に頒つ〉（紀音夫）〈満開の森の陰部の鰓呼吸〉（三日女）。

　さらに兜太らとは異なる動きとして、高柳重信が中心となった『薔薇』『俳句評論』誌上に見ることができる。「文語定型詩（俳句）は前衛ではありえない」との立場であった重信は、兜太らの運動にはコード化した暗喩に未熟さがあると疑問を投げかけた。しかし重信は、西欧的な詩の技法を取り入れ、暗喩などを駆使し、多行形式という独自の俳句表現を見せた。その表現方法自体に前衛性・革新性を見ることができる。同じように、言葉の自立的喚起力によって、詩的純化を目指し、実験的な独自の俳句を追求していた赤尾兜子《とうし》、河原枇杷男、安井浩司、そして重信から「古今の俳人の誰とも似ていない」「俳壇非公認の俳人」と呼ばれた加藤郁乎《いくや》なども同様で、彼らは、兜太らに対して、「言葉派」や「芸術派」とも呼ばれた。

〈まなこ荒れ／たちまち／朝の／終りかな〉（重信）〈音楽漂う岸侵しゆく蛇の飢〉（兜子）〈天文や大食《タージ》の天の鷹を馴らし〉（郁乎）。

　前衛俳句は難解俳句とも呼ばれ、暗喩の複雑化、抽象化、そして表現自体への懐疑などに対して、批判も浴びた。昭和一〇年代の加藤楸邨〈鰯雲人に告ぐべきことならず〉や石田波郷〈月蝕の謀るしづかさや椎若葉〉、中村草田男らのいわゆる人間探求派の作品に対しても、難解俳句のレッテルが張られた。

　前衛俳句は、三六年の現代俳句協会から、有季定型派の俳人らが独立し、俳人協会を発足させる動きもあり、やがて論議は終息する。しかし、複雑化する社会や人間の内面を俳句はどう捉えるのかは、現在も問われている。

【参考】『俳句研究　特集・前衛俳句の盛衰』（昭48・4）、筑紫磐井『戦後俳句の探究』（平25、ウエップ）

［渡辺誠一郎］

61　無季俳句

季語を持たない俳句、あるいは季語を季語として特別視せずに作られた俳句のこと。

江戸時代の無季句は、季を表す語を持たない句のことで、雑《ぞう》の句と呼ばれた。俳諧連歌の発句は、季を入れるものであったが、無季の発句も存在する。向井去来の『去来抄』に、「無季の句は折々あり。興行はいまだ聞かず。先師曰く、発句も四季のみならず、恋、旅、離別等、無季の句もありたきものなり。されどいかなる故ありて、四季のみとは定めおかれけん。そのことを知らざれば、暫く黙しはべるなり」とある。また、『梅室家集』（天保10）には春夏秋冬に続いて「無季の部」が置かれ、無季の発句が並べられている。

正岡子規は『俳諧大要』に、「雑の句は四季の聯想なきを以て、その意味浅薄にして吟唱に堪へざる者多し。ただ雄壮高大なる者に至りては必ずしも四季の変化を待たず。故に間々この種の雑の句を見る」とし、富士の句は無季にも優れたものがあると書いている。

近代の無季俳句は、明治四〇年代に、河東碧梧桐が新傾向俳句運動において実感を重視したところから生まれたと考えられる。実感を重視した結果、季語の本意や季題趣味は排され、そこから荻原井泉水の『層雲』や、中塚一碧楼の『海紅』の無季自由律俳句が生まれた。碧梧桐は当初季語を重視したが、季感という概念によって、季語の概念を拡大していった。

昭和になると、無季俳句の潮流は新興俳句運動に流れ込んだ。プロレタリア俳句を推進した東京三（秋本不死男）らの『土上』や、藤田初巳の「広場の会」は無季定型による生活俳句運動を展開。『層雲』から別れた栗林一石路、橋本夢道らの『俳句生活』も、プロレタリア俳人同盟などを結成し、無季自由律俳句を詠った。『天の川』主宰の吉岡禅寺洞は『ホトトギス』同人であったが、昭和九年に無季俳句を容認し、一一年に『ホトトギス』を除名されている。

さらに当時盛んに試みられた連作において、季語の重複を避ける意識からも無季俳句が現れたが、『馬酔木』を主導した水原秋桜子は無季を認めなかった。また、無季俳句を認める俳人も、日野草城や吉岡禅寺洞のような無季容認派と、富澤赤黄男や篠原鳳作のように、そもそも季語を問題としない超季派とに分かれる。

戦後は、俳文学者の潁原退蔵によって無季俳句の学問的な根拠が示され、無季自由律俳句に向かう人も増えた。吉岡禅寺洞の『天の川』は自由律俳句の拠点のひとつとなり、富澤赤黄男の『太陽系』や『薔薇』などでも無季俳句が作られた。赤黄男を継ぐ高柳重信は、多行俳句と合わせて無季俳句も詠んだ。一方、人間探求派の加藤楸邨のもとで前衛俳句や社会性俳句に表現を広げた金子兜太は、暗喩の重要性を強調して、現代社会に生きる人間を表現し、無季俳句をも取り込んだ。また、夏石番矢は『現代俳句キーワード辞典』（平2、立風書房）を刊行し、季題にとらわれない俳句表現を目指し、俳句の可能性を広げようとした。金子兜太・黒田杏子・夏石番矢編『現代歳時記』（平9、成星出版）には「雑」の部が設けられている。

中華民国（台湾）の俳人黄靈芝は『台湾歳時記』において、「暖かいころ」「暑いころ」というようなゆるやかな季節の分類を提唱している。日本における季の約束は存在するにしても、それを含めて、無季俳句、海外の季語を包含する理論展開が必要になっている。［秋尾　敏］

62　俳人協会設立

昭和三六年十一月、会員相互の信頼と良識によってその親睦をはかるとともに、俳句の伝統を基盤としてその正しい発展に寄与することを目的とし設立された文芸団体である。

伝統を護持する有季定型派の俳人が現代俳句協会から離れる形で設立された。契機は昭和三六年の現代俳句協会賞の選考にあったといわれている。無季俳句の容認をめぐって伝統派と前衛派の間に激しい意見の対立が生じ、俳句観の相違が鮮明になったのである。伝統派が推したといわれる石川桂郎の「佐渡行」他には、第一回（昭和三六年度）俳人協会賞が授与された。

設立に参加したのは総勢三十名。初代会長に中村草田男（発起人・幹事）。発起人・幹事に秋元不死男・安住敦・石田波郷・石塚友二・石川桂郎・大野林火・加藤楸邨・角川源義・西東三鬼・中島斌雄・西島麦南・平畑静塔。会員に飯田龍太・岸風三樓・木村蕪城・香西照雄・佐野まもる・能村登四郎・野見山朱鳥・橋本鶏二・橋本多佳子・原田種茅・福田蓼汀・星野立子。顧問に飯田蛇笏・富安風生・水原秋桜子・山口青邨・山口誓子が、それぞれ名を連ねている。

設立の理念のもと、俳句の伝統を守り後世に正しく継承するため多岐にわたる取り組みを続ける中、昭和四六年には社団法人に、平成二四年には公益社団法人に移行。俳句文芸の創造的発展とその普及を図り、もってわが国文化の向上に寄与することを新たな目的として掲げ、以下のような事業を継続的に展開している。（一）俳句文芸に関する調査研究および資料の収集、（二）俳句文学館の運営管理、（三）俳句文芸に関する海外との交流、（四）俳句会、講演会、研修会等の開催、（五）俳句文芸家の顕彰および俳句文芸に関する優良図書の推薦、（六）会報および俳句文芸に関する刊行物等の発行、（七）関係文化団体との連絡提携、（八）その他。

具体的には、会員の顕彰のため俳人協会賞や俳人協会評論賞などの賞を設けるほか、俳句の普及と発展のため全国俳句大会などの俳句大会を開催している。加えて、夏季俳句指導講座（小・中・高教員対象）やこども俳句教室を開催するなど、俳句の裾野を広げる事業も積極的に行っている。刊行物に『自註現代俳句シリーズ』『俳句文学館紀要』『俳句カレンダー』等。

俳句文学館の収蔵図書の充実ぶりは特筆に値するものであり、俳句文芸に関する情報センターとしての役割を果たしている。令和四年十二月現在の俳書全蔵書数は六万一千八百冊余、俳誌全蔵書数は三十五万冊余に及ぶ。

歴代会長は中村草田男・水原秋桜子・大野林火・安住敦・沢木欣一・松崎鉄之介・鷹羽狩行・大串章。

令和五年一月現在の会員数は一万四千五百六十二名。全国各地に四十一の支部があり独自の事業を展開している。

〔参考〕 俳人協会編『俳人協会の歩み―記録で綴る四十年』平成一三年梅里書房

［牛田修嗣］

63　俳句の国際交流

俳句が英・仏・独語で翻訳され、本格的に西洋に知られるようになったのは、十九世紀末から二十世紀初頭とされる。イギリスの日本研究家チェンバレン，B・Hは日本の国語学発展に尽力し、論文「芭蕉と日本の寸鉄詩」（一九〇二年）で俳句を紹介し、海外の俳句理解に貢献。

アメリカ生まれでのちにイギリスに移住したエズラ・パウンドは第一次世界大戦以前のモダニズム運動、ことにイマジズムの原動力となった。彼を中心とするイマジスト派の詩人たちに俳句は強い影響を与えた。その事実が俳句の国際的な認識を高めた理由の一つと言えよう。

一九二〇年代、フランスには「ハイカイ」詩人と呼ばれる俳人が多く誕生した。一九三六年に渡欧した高浜虚子は海外における俳句の評価を知り、外国俳人と交流している。ことにフランスの俳人たちとの交流は楽しい経験だったようで、国際交流のさきがけとも言えよう。

コロンビア大学教授ハロルド・G・ヘンダスンの『竹箒（バンブー・ブルーム）』やイギリスの日本文化研究者ブライス，R・Hの『俳句』『俳句の歴史』は大戦後も版を重ねて多くの外国人読者に読み継がれている。

大戦後、アメリカではビート・ジェネレーションの詩人や小説家が俳句を勉強して俳句が普及。やがて一九六三年、最初のハイク雑誌『アメリカン・ハイク』が刊行される。英語ハイクの流行は世界に波及し、今や五十か国以上、約三十言語でハイクが作られているとされる。

多くの協会や団体が俳句の国際交流に関わっている中で、次の二協会の活動を例に挙げてみたい。

〔国際俳句協会〕（二〇二二年に国際俳句交流協会から改称）一九七〇年代になると俳句の国際化が認識されるようになった。俳句愛好者が世界各国で増加するに伴い、日本と海外の俳人との交流や親睦を図る必要性が高まる。この要求に応えて一九八九年、日本の三大協会（現代俳句協会、俳人協会、日本伝統俳句協会）の協力により国際俳句交流協会が設立された。国際的な俳句組織との密接な連携、日本の俳句文化の紹介、機関誌の発行などを主な事業として設立以来、活発な活動を続けている。主要な交流実績として一九九〇年、日独俳句大会に俳句ミッションを派遣、一九九三年、フランス、ベルギー、オランダ三か国を派遣団訪問、一九九四年、世界俳句コンテスト、一九九六年、シカゴにおける第一回日米俳句大会、二〇〇五年、アメリカ俳句協会会長招聘、翌年、中国漢俳学会会長招聘、二〇〇九年、アメリカ、ドイツ、クロアチア、イギリス俳句協会会長による国際シンポジウム開催などが挙げられる。二〇一四年、ブリュッセルで開催されたシンポジウム「欧州と日本の俳句」では、有馬朗人会長を団長とする俳句交流団（二十五名）を派遣、会場には、EU各国から百五十名以上が参集した。基調講演は当時のEU大統領ロンパイ，ヘルマン・ファン、司会はベルギーのルーベン大学教授ワラ，ウィリー・ヴァンデによる。現在、協会は俳句のユネスコ世界遺産登録を推進する。

〔世界俳句協会〕 夏石番矢は一九九八年、国際俳句雑誌『吟遊』を創刊し、季語以外に俳句の活性化をもたらす詩語としての言葉を提唱、コスモロジー的俳句観、音楽演奏とのコラボレーションによる多言語俳句朗読の実践など、国際的視野に立ったさまざまな活動を展開。二〇〇〇年に世界俳句協会を創立し、大会を日本、ブルガリア、リトアニアなどで開催する一方、二〇〇八年、日本初の大規模国際詩祭、東京ポエトリー・フェスティバルを開催。二〇一一年、第二回フェスティバルと第六回世界俳句協会大会を開催。海外の詩人や俳人との交流、俳句翻訳などを通じて「世界俳句」の発展、俳句の国際交流に努めている。

〔国際交流の今後〕 日本独自の最短詩型俳句は海外にhaikuとして普及するに従って、徐々に芸術としての地位を獲得しつつ、各国独自の発展を見るようになった。今後も世界規模となる俳句推進のため、ますます日本と海外との交流が求められよう。 ［角谷昌子］

64 日本伝統俳句協会発足［一九八七・昭和62］

日本伝統俳句協会は、昭和六二年四月に花鳥諷詠の俳句を伝えることとホトトギス俳人を世に出すことを目的に任意団体として設立・発足した。設立に先立ち、稲畑汀子は昭和六〇年に開催された関西ホトトギス大会の折り、稲岡長・桑田青虎・千原草之・千原叡子・依田明倫・今村青魚に諮り行動計画を作成。まず、ホトトギス長老の深川正一郎・山口青邨・大久保橙青の賛同を得、俳壇の混乱を危惧する山本健吉を説得。また、虚子親族の池内友次郎・高木晴子・上野章子・星野椿に、協力を要請。加えて、清崎敏郎の協力も得た。次に、昭和六二年三月、ドイツで開催された独日俳句討論会の折にミラノにて、協会設立必要事項の具体的な内容を日本人参加者と検討。同年四月八日、鎌倉で開催された虚子忌終了後のホトトギス全国同人会において、協会設立宣言および発会式の記者会見をした。発起人代表稲畑汀子の名のもと行われた設立宣言は、次のとおりである。

今日の混沌とした俳壇の状況を深く憂慮する私達は、日本の傳統的な文芸である俳句を正しく世に傳えると共に、芭蕉が詠い、虚子が唱えた正しい俳句の精神を深め、現代に相應しい有季定型の花鳥諷詠詩を創造するため、ここに日本傳統俳句協會を設立することを宣言致します。

日本傳統俳句協會は以上の主張に賛同する何人に対しても門戸を広く開け放つものであります。

この宣言が示すように、虚子の唱えた伝統俳句を正しく世に伝えるとともに、現代にふさわしい有季定型の新しい花鳥諷詠の俳句創造を第一の目的としている。「『ホトトギス』で良い俳句を創っていればいいじゃないか」という意見もある中、賛同者は六千人余り集まった。協会設立当初の会長は稲畑汀子、副会長は大久保橙青・深川正一郎・福井圭児。顧問に阿波野青畝・山口誓子・五十嵐播水・後藤比奈夫など二十六人が就任。常任理事三十四人、理事二十九人など多くの人が協力し、協会は順調にすべり出した。

協会の実施する主な事業や活動は、次のとおりである。

一、協会員や外部に向けて機関誌『花鳥諷詠』を発行。第一号は昭和六二年四月に発行し、会員の俳句作品・著名人の論文・インタビュー記事・随筆・調査研究などを掲載。当初は季刊であったが、平成元年より毎月発行。

二、会員の優れた俳句を世に出すため、句集や選集などを刊行。これらは、会員の研鑽の目標となっている。

三、俳句のある日常を目指し、会員などの俳句を掲載したカレンダーを昭和六三年より毎年刊行。また、子ども俳句のカレンダーも刊行している。

四、社会貢献のために、外部団体と協力し、講師派遣・選者派遣・俳句教室開催を実行。

五、協会独自の俳句の世界観確立と日本文化の海外普及のため、国際事業を実施。隔年に一度国際俳句シンポジウムを開催。第一回は平成元年八月に山中湖にて開催。

六、会員相互の研鑽・親睦を図るため、全国俳句大会や各地における俳句大会・研修会などを開催。

七、協会の目指す正しい俳句の啓蒙促進のため、会員の優秀な作品を毎年表彰。

協会は昭和六三年一二月に社団法人、平成二四年四月に公益社団法人となり、ますます広く伝統俳句たる花鳥諷詠詩を世に示す役割が増してきている。なお、令和四年一月から稲畑汀子に代わり、熊本大学名誉教授の岩岡中正が会長を務めている。

〔参考〕『花鳥諷詠』 ［黒川悦子］

65 『雲母』終刊［一九九二・平成4］

近代の俳句史を顧みると俳句作品が高峰のごとく屹立している時期がいくつか見られる。その一つが『ホトトギス』の高浜虚子選によって生み出された前田普羅、渡辺水巴、原石鼎、村上鬼城、飯田蛇笏らの大正前期の作家群の作品である。

或夜月に富士大形の寒さかな 飯田蛇笏
芋の露連山影を正うす
山門に豁と日浮ぶ紅葉かな

などが大正三年の『ホトトギス』に見える。

その翌年の五月、河東碧梧桐や荻原井泉水らの新傾向俳句を嫌い、正統派を目指す宣言をして、現在の愛知県西尾市で円山恵正が編集兼発行人として『キラゝ』が創刊される。『ホトトギス』にならって雑詠欄を巻頭に設け、当時の『ホトトギス』巻頭を毎回のごとく競う新進気鋭の作家、飯田蛇笏に選を頼んだが創刊号には間に合わなかった。蛇笏が翌月の二号より雑詠選を始めると、蛇笏が以前より選をしていた九州熊本の「火の国吟社」の吉武月二郎、西島麦南、勇巨人といった面々がそれに加わり、活況を呈するようになっていった。

六年一一月号誌上に蛇笏は「雲母を主宰するに就いて」を掲載、翌月号を『雲母』に改題、一四年には編集及び発行を甲府市に移し、最終的には境川村の蛇笏居に落ち着いた。

昭和初期には岸田劉生、平福百穂、川端龍子、小川芋銭、小川千甕らの一流画家が表紙絵を描き、西島麦南、高橋淡路女、中川宋淵、宮武寒々、石原月舟、松村蒼石らを輩出し、俳壇に重きをなす存在になっていった。

戦時下の印刷所の空襲罹災で二〇年四月号をもって休刊、東京の世田谷の石原舟月居に発行所を移し、翌年の三月号より復刊。二五年には発行所を蛇笏居に移し、飯田龍太が編集を担当することになる。

『雲母』五百号記念の三四年一月号は三百二十二頁。長谷川朝風、塚原麦生、石原八束、倉橋弘躬、長谷川双魚、丸山哲郎、松沢昭、柴田白葉女らが顔を揃えた。

三七年一〇月の蛇笏逝去後は龍太が同誌を継いだが、平成四年八月号の九百号、七七年の歴史をもって終刊。龍太の六頁にわたる終刊の辞「『雲母』の終刊について」が同年七月号に載る。

同文はまず、八月号が通巻九百号になり、発刊から七七年の歳月を経たこと、併せて蛇笏没後三〇年であることを機に終刊にすることを述べ、『雲母』の歴史に移る。

俳句を作るようになった当初、龍太は雑誌そのものについては格別の関心はなかったが、敗戦後は雑誌発行について最早傍観が許されない状態になり、関わりを持つようになる。蛇笏逝去に際しては、『雲母』の誌名をそのままに継承する、新誌名にかえて発行する、終刊にする、の三通りの考えが龍太にはあった。その中で『雲母』の誌名をそのままに継承したのは、一つには蛇笏直門の先輩諸友が学んだ蛇笏の詩精神と、『雲母』の伝統的な友愛を生かすためであった。

雑誌の選句については出句者とあくまで一対一の関係にあるもの、出句者の数がどれほど多かろうと、それに耐え得る体力がともなわなかったら、思い通りの選ができるわけがないと龍太は述べる。主宰誌の選句が負担となって、十全に対処出来ないことが自覚されたときは、潔く身をひくほかないという信念と、もともと俳句の結社誌は常識として一代限りのもの、という考えで終刊を決意したとも言う。その態度は俳句雑誌の継承について一石を投ずるものであった。

〔橋本榮治〕

66　『天狼』終刊　［一九九四・平成6］

昭和二三年一月に創刊された山口誓子主宰の俳誌『天狼』は平成六年六月号が終刊号となった。

戦後の復興機運と空虚感が混在する中、西東三鬼・秋元不死男・平畑静塔・橋本多佳子・榎本冬一郎らの度重なる勧めにより、静養中だった山口誓子が重い腰を上げて俳句雑誌を創刊。当初は同人誌の形態をとっていたが、まもなく誓子の主宰誌となる。折しも桑原武夫「第二芸術」論に対する俳人の側からの反発が高まっており、多くの有力俳人が結集することとなる。

創刊号の誓子の「出発の言葉」には当時の俳壇状況と、俳人たちの渇望していたところがよく示されている。「現下の俳句雑誌に、「酷烈なる俳句精神」乏しく、「鬱然たる俳壇的権威」なきを嘆ずるが故に、それ等欠くるところを『天狼』に備へしめようと思ふ」「誌友の多くは、人生に労苦し齢を重ぬるとともに、俳句のきびしさ、俳句の深まりが、何を根源とし、如何にして現るかを体得した」また、同じ創刊号後記の西東三鬼の言葉「『天狼』は厳しい俳誌となるだらう。我々が現下の苛烈な生活をつゞけてゆく大きな力となる様な俳誌となるだらう」からは、創刊の意気込みと、終戦後の混乱状況の中で俳人たちにとっての新しく確かな拠り所となるものが希求されていたことが読み取れる。

創刊号に名を連ねたその他の俳人は次の通り。波止影夫・孝橋謙二・三谷昭・杉本幽烏・谷野予志・高屋窓秋・山口波津女。新同人としては、加藤かけい・永田耕衣・右城暮石・古屋秀雄・山畑禄郎・横山白虹・細見綾子・沢木欣一・神田秀夫等々。さらに途中から俳句を志す多くの若者が入会、やがてこれらの会員・同人から実力俳人が輩出し、誓子山脈をなすこととなる。

その代表として、津田清子・堀井春一郎・橋本美代子・小川双々子・鷹羽狩行・三好潤子・上田五千石等の名を上げることができる。それらを育ててきた誓子だったが、平成五年、呼吸器の機能低下と視力低下が著しく、周囲の説得とドクターストップにより『天狼』を休刊し、療養に専念。ところが、さらに老化が進行し、ついに終刊を宣言することとなった。「最近、知力と視力が低下しましたので、『天狼』の選を止めて『天狼』を終刊します。『天狼』に、満ちていた私の俳句精神を皆様で継いでお励み下さい。『天狼』の名称は、これを限りとします。平成五年十一月　山口誓子」その数か月後、平成六年三月二十六日、誓子は呼吸不全で逝去する。

『天狼』終刊号収録の名簿によれば、同人百七名、会友六百六十五名。その他に一般会員、さらには購読のみの会員もいることを考えると最後まで相当数の俳人に大きな影響を与えたことになる。特に『天狼』の初期には根源俳句論争や「第二芸術」批判等、評論や対談・座談を盛んに掲載し、俳壇に刺激を与え続ける一方、作品欄は厳選を貫き通した。

数え切れないほど多くの僚誌を生み出してきたことも『天狼』の特徴の一つである。早い時期のものでは、西東三鬼『激浪』、橋本多佳子『七曜』、谷野予志『炎昼』、秋元不死男『氷海』、加藤かけい『環礁』等。また、その後、誓子に直接指導を受けた同人が主宰・発行した結社誌として、上田五千石『畦』、鷹羽狩行『狩』、塩川雄三『築港』、辻田克己『幡』などがある。その他にも誓子を師系とする結社誌は非常に多い。

『天狼』終刊により、名実ともに昭和俳句が幕を下ろすこととなったが、誓子の終刊宣言の言葉通りにその精神は形を変えて現俳壇にも流れ続けていると言えよう。

［西山春文］

67　地貌季語　［一九九四・平成6］

「地貌季語」は『岳』俳句会主宰の宮坂静生が提唱している、季語についての新たな提言である。

従来「風土俳句」という呼称はあり、各地域に特色のある気候・地形・風習・伝統等を俳句に詠ってきた。殊に昭和三〇年（一九五五年）に発表された能村登四郎の「合掌部落」三十五句、沢木欣一の「能登塩田」二十五句はそれぞれ、白川郷の合掌集落、能登にて行われる塩田作業を中心に詠んだ連作である。これを契機に、主に旅先にて、その地ならではの句材を求めて詠む風潮が盛んになった。

ところがそれ以前に前田普羅は、句集『春寒浅間山』（増訂版）（昭21、靖文社）の「序」に「自然を愛すると謂ふ以前にまづ地貌を愛すると謂はねばならなかつた」と記している。これを足がかりに始まった宮坂静生の論考では、「地貌」の語について、「本来、地貌とは地理学で、地形が陸か島か、地表が平坦か斜面かなど、土地の形態を問う用語である。が、ここでは風土の上に展開される季節の推移やそれに基づく生活や文化まで包含することばとして広く用いたいのである」と定義している（『語りかける季語　ゆるやかな日本』平18、岩波書店）。

その「地貌」の語を冠した「地貌季語」とは、従来の歳時記に載っていない語で、いずれかの地域にあり、季節感を有し、季語に準じることばを指す。

地貌季語提唱の本旨は、いたずらに季語数を増やすことではない。雪月花に代表される従来の季語体系はおおむね北緯三十四～三十五度の地域に当てはまるものであり、北海道・沖縄等、南北の地域はこれに当てはまらない場合が多い。それらの地域ではつとに『蝦夷歳時記』（一九六一～七六年、佐々木丁冬）、『季語鑑賞　あきた歳時記』（昭56、荻原映雱）、『沖縄俳句歳時記』（昭54、小熊一人　琉球新報社）等、地域の実情に合わせた歳時記が編まれていた。それらの地域の主張を生かすことに加え、縄文時代以来の古層の日本を発見する視点も加えようという提唱である。

代表的な地貌季語として、「桜隠し」（桜の花が咲いたところに降る雪。越後方言、春）、「梅雨穂草」（梅雨時にすでに実をつける草、夏）、「木場の角乗り」（木場にて材を操る、江戸時代以来の技、秋）、「ビル颪」（都会のビルの間に吹き下ろす強風、冬）などがある。その例句と解説は、宮坂静生著『語りかける季語　ゆるやかな日本』（平18、岩波書店）、『ゆたかなる季語　こまやかな日本』（平20、同）、『季語体系の背景　地貌季語探訪』（平29、同）、『俳句表現　作者と風土・地貌を楽しむ』（令6、平凡社）にまとめられている。

可惜夜《あたらよ》の桜かくしとなりにけり　齊藤美規（『桜かくし』）
梅雨穂草抜きつつ思ひつめにけり　福永耕二（『鳥語』）
角乗りの水裏返し裏返し　鷹羽狩行（『十一面』）
窓の灯の疲れ知らずよビル颪　城所志門（『素手』）

宮坂が『俳句地貌論』（本阿弥書店）を著したのが平成一五年。以来二十年を閲し、令和四年刊『新版角川俳句大歳時記』（KADOKAWA）においては、「桜隠し」、「梅雨穂草」、「鬼来迎」、「あえのこと」等が新たに季語として立項された。地貌季語の提唱は広く認識されつつある。

なお、坪内稔典には『季語集』（平18、岩波新書）の著書があり、宇多喜代子には『古季語と遊ぶ』（平19、角川選書）がある。前者は「球春」等を新季語として提唱し、後者は「春ごと」「雪ねぶり」等を実作している。

［小林貴子］

68　新しいメディア　［二〇〇二・平成14］

俳句を伝えるメディアが時代を超えていかに変わろうとも、俳句自体の価値は変わらない。俳句を取り巻く状況が変わるのである。しかしその時々の状況が俳句に及ぼす影響には看過できないものがある。

明治時代における国民新聞、俳句雑誌『ホトトギス』といった新聞・雑誌というメディアは、現在も多くの人の俳句発表の場となっている。特に『ホトトギス』を始めとする俳句結社誌では、その主宰者の選によってこれまで多くの俳人が育ち、世に出てきた。

その後、ラジオやテレビなどのメディアが登場し、俳句講座や俳句紹介番組も俳句を伝えてきたが、中心となるメディアは雑誌を中心とする紙媒体であった。

一九八〇年代以降、それまでにはなかった新しいメディアとしてインターネットが世界中に広がった。二十一世紀に入った今日では、日本でも多くの人がインターネットを利用して瞬時に情報を伝え合っている。

数多くの俳句雑誌もインターネット上にホームページを開設し、広く門戸を開いた。『俳句年鑑二〇〇三年版』では、紹介されている八百十の俳句雑誌のうち、六十一の雑誌にホームページのURLが記載されている。多くの結社誌ホームページの内容は、結社の沿革と俳句に対する理念、主宰者の略歴と代表句、会員の俳句、句会等の行事案内、入会案内等である。

平成二〇年頃までは、インターネット上に掲載する俳句が横書きになることについて様々な議論があった。その多くは俳句を横書きにすることに対する疑問であったのだが、例として次の句などがよく取り上げられた。

一月の川一月の谷の中　飯田龍太

この句を横書きにすると二つの〈一〉の字が句の並び方と同じ方向に水平となり、一句の格調が感じられないというわけである。やや主観的な主張ではあるものの、見た目の印象は確かに変わる。しかし今日ではウェブブラウザの進歩や各種ソフトの発達によって、縦書きもインターネット上に容易に掲載できる。したがって、そのような議論もあまり見られなくなった。

俳句結社誌や俳句関係の協会ホームページ、個人のサイト以外にもインターネット上に開設されている俳句ホームページがある。

インターネットサイトの『週刊俳句』は、平成一九年四月、さいばら天気が創刊（開設）した。以来、毎週日曜日に発行（更新）し続けている。内容は俳句作品、俳句鑑賞、評論等であるが、結社誌のホームページと異なり、特定の俳句理念を掲げていない。

さいばらは平成一九年四月二十二日付「創刊準備号」の後記で、このサイトの意義を次のように述べている。

基本は「書きたい人が書きたいことを書きたいときに書く」。ここに「党派」はありません。『週間俳句』は同人でも集団（グループ）でもなく、組織ですらありません。「場」を用意してみたということなんです。

『週刊俳句』は俳句や文章を発表する「場」の提供を目的とし、その作品の評価は不特定多数の閲覧者に委ねられている。サイトに掲載された俳句や文章に対して閲覧者がコメントを書くことはできても、『週刊俳句』としてのそれらの評価を打ち出すことはないのである。

多くの人に開かれた「場」としての『週間俳句』は、総合誌や結社誌に対する批評、俳壇の各賞への批評など、開かれた場であるからこそ発信できる問題提起に特徴がある。そして、閉鎖的と言われることもある俳壇や俳句結社に警鐘を鳴らし続けている。また、創刊以来の各号のデータがすべてサイト内に保存されており、サイトにアクセスする読者はいつでも過去の掲載作品や文章を閲覧したり検索したりできる。これも紙の媒体にはない大きな特徴である。

インターネットの普及した現在、未知の言葉を調べたり、漢字を忘れたりした場合、すぐにインターネット上の検索サイトを利用して検索するのが日常的になっている。俳句もインターネット上であれば、『週間俳句』のような専門のサイトでなくても、個人や仲間同士のブログの他、フェイスブック、X等のSNSを使い、誰もが瞬時に、しかも無料で発信できる。このような時代に発信される膨大な量の俳句は、誰かの選を受けることなく世に出て行き、その作品は当然玉石混交となる。

高浜虚子や山本健吉、高柳重信等、その時代時代に、俳句の規範を示す選者、評者、目利きと言われた人がいて、その人がそれぞれの時期に俳句の規範を示し、新人を発掘して世に送り出してきた。これからの時代にもそのような存在が求められるのか。あるいは個人個人に評価が任された状況が続くのか、それは分からない。しかし、俳句の評価が不特定多数の読み手にのみ任された俳句の世界は危うい。

『俳句年鑑二〇一九年版』では、紹介されている六百七の俳句雑誌のうち、百四十六の雑誌にホームページのURLが記載されている。作品発表や作品評価、句会、俳句に関する議論などがインターネット上で日常的に行われている現在、俳句を介した人と人との関わり方も変わりつつある。それが俳句そのものにどのような影響を与えるのか。その評価が定まるにはまだ年月を要する。

【参考】福永法弘「インターネットの功罪①②」（『俳句』平18・2・3）、小川軽舟「インターネットと俳句の『場』」（『俳句年鑑二〇〇八年版』平19、KADOKAWA）

［押野　裕］

Ⅲ　解釈・鑑賞編

1　古典編——百人一句

〔凡例〕

1　古典編——百人一句

一、近世の俳人百七名を選び、各々の代表句について、その魅力を解き明かし、作者を史的に位置づけ、俳句の多様性を明らかにするようにした。

一、各項は、次のような構成とした。

〔現代語訳〕　句や前書・所収句集などから知られる情報を活かして、あるべき解釈を試みた。

〔解釈〕　語釈はもちろんのことだが、特に季語が一句にどのようなイメージを与えているか、一句における切れの役割、一句の表現の新しさ等、具体的に説明するよう努めた。

〔所収本〕　単なる出典の説明だけではなく、文学史上の位置についても言及するようにした。

〔作者と業績〕　作者の閲歴と業績等について、俳諧の史的展開に絡めて述べるようにした。

〔その他〕　作者の他の代表句や、特に説明すべき点などがあれば、ここで紹介することとした。

〔参考〕　作者や一句について参考として参照すべき主な文献を記した。

一、引用にあたっては、俳句は原典どおりとしたが、それ以外の引用については、送り仮名・振り仮名を補い、漢字仮名を宛て替えるなど原典の表記を読みやすく改めた。
また、漢文の場合は、書き下し文に改めた。

手をついて歌申しあぐる蛙《かはづ》かな

宗鑑《そうかん》　室町時代

〔現代語訳〕 手を突き、かしこまって歌を奏上申し上げる蛙であることだ。

〔解釈〕 季語は「蛙」で仲春。ただし、乾裕幸が指摘するように、「同じ蛙でも、青蛙（雨蛙）・ひきがえる・河鹿《かじか》は夏の季語」となる（『新編俳句の解釈と鑑賞事典』平12、笠間書院）。

〈かはづ鳴く神奈備川《かんなびがは》に影見えて今か咲くらむ山吹の花〉（厚見王『万葉集』）、〈蛙《かはづ》鳴く井手の山ぶきちりにけり花のさかりに逢はましものを〉（読人しらず『古今和歌集』）など、和歌の世界において〈蛙〉といえば〈鳴く〉姿を詠むのが一般的であった。この句は『古今和歌集』仮名序の「花に鳴く鶯、水に住む蛙の声を聞けば、生きとし生けるもの、いづれか、歌を詠まざりける」を踏まえ、貴人の前で歌を奏上する蛙を詠出したもの。連歌の連想用語集『連珠合璧集』にも「蛙トアラバ…歌」とあり、蛙の「鳴く姿」を「歌を詠む姿」になぞらえる発想は、かなり一般化したものであったようだ。

江戸初期の俳諧にはそのバリエーションと思われる発句が折々散見される。

①立わかりなくや蛙の歌あはせ　重頼（『犬子集』）
②川中で蛙が詠むやせんどう歌　同（同）
③雨ごひの歌をよむ小田の蛙かな　重勝（同）
④ながく鳴蛙の歌や文字あまり　永治（『毛吹草』）
⑤歌いくさ文武二道の蛙かな　貞徳（『崑山集』）
⑥歌念仏申せ岩がねの尼蛙　西林長蔵 晴吉（同）

①は左右に分かれて鳴き合うさまを宮中で歌合を行うさまに見立てたものであるし、②は川中で蛙の船頭が詠むのは旋頭歌ならぬ船頭歌だと語呂合わせで戯れたもの。③は雨蛙だけに雨乞いの歌でも詠んでいるのだろうと戯れたものであるし、④は長く声を引く蛙の鳴き声は和歌で言えば字余りになるのだろうと戯れたもの。そして⑤は「蛙合戦」（群れ集まった蛙が先を争って交尾するさまを合戦に見立てたもの）をしたり歌を詠んだりする蛙は、まさに文武二道を両立させていると戯れたもの。そして最後の⑥は「雨蛙」の「雨」と「尼」の語呂合わせによって、尼ならば歌念仏でも申してみよと戯れたものにほかならない。『崑山集』にはやはり「雨（尼）蛙」の連想から歌好きの熊野比丘尼を持ち出した〈歌ずきは熊野巡礼の蛙かな　藤本 盛庸〉という作も見受けられる。

宗鑑の句はこれらの先蹤として位置づけられるべきものと言えよう。『崑山集』にはこの句同様、『古今和歌集』仮名序の一節「力をも入れずして、天地《あめつち》を動かし…猛《たけ》き武人《もののふ》の心をも慰むるは、歌なり」を踏まえた〈あめつちをうごかす歌や鳴蛙〉（橋本 毎延）なる作が見え、〈蛙〉を詠む際に同序を連想する発想が一般化していたことをうかがわせる。宗鑑の句に関して言えば、〈手をついて〉〈申しあぐる〉という俳言を用いて、蛙のつくばうさまを、格式ばった様子で歌を奏上する武士の姿に擬した点に滑稽味が強く表れている。阿部喜三男の「『俳家奇人談』に『古雅也』というが、ユーモラスでもある」という解釈（『日本古典文学大系近世俳句俳文集』昭39、岩波書店）に従うべきであろう。

ちなみにこれ以降の談林俳諧にも「鳴く蛙」の伝統は脈々と継承されていくことになる。白石悌三は、その伝統を断ち切り、新たに「飛ぶ蛙」を詠出したところに、芭蕉の〈古池や蛙飛び込む水の音〉の評価を求めている（「蛙―滑稽と新しみ―」『芭蕉』昭63、花神社）。

〔所収本〕 元禄二年（一六八九）刊『あら野』所収。その他『歴代滑稽伝』『温故集』『俳諧古選』『発句題苑集』『俳家奇人談』に掲載。『耳無草』には道寸の作として掲載され、別人の作であった可能性も否定できない。『日本古典文学大系近世俳句俳文集』（前掲）には「伝宗鑑作」として掲載。

〔作者と業績〕 戦国時代の連歌師・俳諧作者。天文八、九年（一五三九、一五四〇）に享年七十七～八十六歳前後で没したと推測されるが、生没年は未詳。近江国の出身とされるが、本名・出自についても諸説あり、はっきりとしない。洛西山崎に住したところから山崎宗鑑と呼ばれている。最初連歌師を志し宗祇・宗長らと交わったが、より自由な俳諧の世界に足を踏み入れ、当時連歌の余興として言い捨てられていた俳諧を丹念に収集し、連歌の『新撰菟玖波集』にちなんで『犬筑波集』と名づけられた。俳諧を独立した文芸として示した業績によって高く評価されている。自由奔放で滑稽味の強い作風は後年の談林俳諧にも影響を与え、荒木田守武とともに「俳諧の祖」として仰がれている。

〔その他〕 代表句には他に次のような句がある。

月に柄をさしたらばよきうちはかな　（『誹諧初学抄』）
風寒し破れ障子の神無月　（『真蹟』）
寒くとも火になあたりそ雪仏　（『真蹟』）

右のように、見立て・掛詞・滑稽を中心とした諧謔の句が多い。

〔参考〕 潁原退蔵「山崎宗鑑伝」（『校本犬筑波集』昭13、私家版）、吉川一郎『山崎宗鑑伝』（昭30、養徳社）、尾形仂「宗鑑と守武」（『俳諧史論考』昭52、桜楓社）、『新潮日本古典集成竹馬狂吟集新撰犬筑波集』（昭63、新潮社）

［本間正幸］

飛梅《とびうめ》やかろがろしくも神の春

守武《もりたけ》　その他

〈現代語訳〉梅の花が風に乗って飛んでいる。伝説の飛梅ではないが、軽やかに飛ぶさまは「神（紙）の春」とでも呼ぶべきめでたい春景色であることだ。

〈解釈〉季語は諸注とも〈神の春〉で新年とする。乾裕幸は、その根拠を「「飛梅」も初春の季語であるが、「神の春」に重心がかけられている」点に求めている（『新編俳句の解釈と鑑賞事典』平12、笠間書院）。ここもその解釈に従うが、後年の季寄せに〈神の春〉は登載されず、〈飛梅〉は『誹諧初学抄』以下、『毛吹草』『山の井』『増山井』などに取られていることも付記しておきたい。

この句は『守武千句』第一百韻の発句。草案本の表紙に「天文五年正月二十五日」と記されている。そこから、天満宮の祭日に奉納すべく発起された千句の発句であったと推測される。したがって一句全体も菅原道真の「飛梅伝説」を踏まえた作となっている。その伝説とは、周知のごとく、大宰府へ左遷されることとなった道真が、屋敷内の梅の木との別れを惜しみ、〈東風《こち》吹かばにほひをこせよ梅花主《むめのはなあるじ》なしとて春を忘るな〉（『拾遺和歌集』）という和歌を残して旅立ったところ、梅の木は一夜のうちに主人の暮らす大宰府まで飛んで行ったというもの。上五の〈飛梅〉は伝説となった安楽寺の梅のことと解する説（『守武千句考証』）と、眼前に散る梅を道真ゆかりの〈飛梅〉になぞらえたものと解する説（『守武千句注』）に分かれているが、ここは後者の説に従いたい。

中七〈かろがろしくも〉は「軽快に」「軽やかに」の意に、軽はずみの意を利かす。ここでの〈かろがろしく〉は梅の飛ぶさまの形容と解するのが一般的だが、〈神の春〉が軽やかに訪れるさまを表したものと解する説もある（『新編日本古典文学全集近世俳句俳文集』平13、小学館）。ちなみにこの〈かろがろしく〉は守武好みの措辞であったらしく、第五百韻にも〈かろがろしくも山ほととぎす〉と用いられている。

〈神の春〉は「神を迎えためでたい正月」（『日本国語大辞典』）の意。〈かろがろしくも〉という言葉の縁で〈神〉には「紙」の意も掛けられ、雲英末雄は「荘厳な神の春を、軽快な神（紙）の春に転じたところに上品な笑いがある」とする（前掲『近世俳句俳文集』）。〈神〉には「守武が所属する伊勢神宮と、菅原道真を祭神とする連歌の神様、北野天満宮」とが重ね合わされており、〈神の春〉全体に「世間の平安を言寿ごうとする気持」と「千句の完成を祈る気持」が込められていると解する説（『守武千句考証』）や、この措辞そのものに宗祇の〈なべて世の風をおさめよ神の春〉（『三島千句』第一）の影響を見る説（『守武千句注』）もある。また今栄蔵は〈かろがろしくも〉に軽はずみの意を利かせて、千句を興行するにあたって軽率さを卑下する心が現れているとも説く。中七・下五ともに頭韻をkで揃え、軽快なリズム感を醸し出している点も見落とすことはできない。

なお、後年の『犬子集』には「飛梅伝説」を踏まえた次のような発句が散見される。

飛梅や年飛越て花の春　徳元

香は四方に飛梅ならぬ梅もなし　貞徳

いずれも〈飛〉という言葉に関連づけ、前者は〈飛梅〉が一気に年を飛び越えて〈花の春〉を連れてきたとしたものであるし、後者はどの梅も香を四方に飛ばせる文字通りの〈飛梅〉だと戯れたもの。江戸初期の俳諧においてこの〈飛梅〉は好んで用いられる題材であったらしく、『崑山集』『続山井』などにもその作例が折々散見される。守武の句はこれらの先蹤と言えよう。

〈所収本〉天文九年（一五四〇）成『守武千句』所収。『小町躍』は上五・中七を〈飛梅のかるがるしきや〉、『曠野《あらの》後集』は下五を〈神の庭〉とする。これ以外にも『生玉万句』『歳旦発句集』『滑稽太平記』『歴代滑稽伝』『誹諧句選』に掲載。『功用群鑑』には「古老之発句手本」として春の部の冒頭に掲載されており、後世に大きな影響を与えた発句として評価されてきたことがわかる。

〈作者と業績〉文明五年（一四七三）～天文一八年（一五四九）。荒木田氏。伊勢神宮神官の名門に生まれ、晩年内宮の一禰宜長官職にもついた。『新撰菟玖波集』に一句入集。以降、『法楽発句集』『独吟百韻』など連歌・俳諧両方にわたって作品を残す。教訓歌集『世中百首』や和歌・説話集『守武随筆』などの著書もある。『守武千句』は初めて俳諧で独吟千句を試みた作品として評価が高い。句意の通らない「そらごと」を多用したその俳諧は後年の談林俳人たちに大きな影響を与え、山崎宗鑑とともに「俳諧の祖」として仰がれた。

〈その他〉伊勢神宮の神官も務めた守武ならではの句もいくつか見うけられる。

あさ露をはらふや風の御祓川　（『法楽発句集』）

元日や神代のことも思はるる　（『真蹟』）

前者の「御祓川」は伊勢内宮を流れる御裳裾川のこと。川風が、立ちこめた朝霧をお祓いのように払い去ると掛詞を用いて表したものである。

〈参考〉尾形仂「宗鑑と守武」「宗因と伊勢―守武・談林派の接点―」（『俳諧史論考』昭52、桜楓社）、飯田正一編『守武千句注』（昭52、古川書房）、沢井耐三『守武千句考証』（平10、汲古書院）、今栄蔵「『守武千句』第一百韻注解」（『初期俳諧から芭蕉時代へ』平14、笠間書院）

［本間正幸］

霞さへまだらにたつや寅《とら》の年

貞徳《ていとく》　貞門

〈現代語訳〉　寅の年というだけあって、今年の春霞は斑《まだら》に立つことだなあ。

〈解釈〉　当時の歳旦句には、〈寛永やあけ七歳の午《うま》のとし〉（玄札『歳旦発句集』）、〈さほ姫の手飼なるらし虎の年〉（定時同）のように、その年の干支に縁のある「あけ七歳」「手飼」などの言葉を組み合わせ、句作りするものが少なくない。この句は、春の訪れを告げる霞の立つ様を、寅と、その縁語である「斑」を結んで仕立てた、技巧的な句である。和歌では霞の一面にかかる様がよく詠まれるが、〈たえだえに瀬々のしら糸あらはれて霞にうすき布引の瀧〉（山階入道前左大臣『類題和歌集』）のような「たえだえ」とかかる霞も詠まれる。「斑」に立つ霞とは、このような「たえだえ」と立つ霞の俳諧化である。

〈所収本〉　『犬子集』（寛永一〇年刊）。近世最初に出版された俳諧撰集。貞徳の監督下で、重頼と立圃が撰集作業をおこなっていたが、途中で重頼の単独撰になったとされる。版元は寺町の大炊道場存故（時宗聞名寺）。中本や横本を主流とする後世の俳書とはまったく異なる堂々たる大本の形と、堂々たる大師流の書風で書かれた版下をもち、まさに上層階層の習い事として勃興した俳諧の姿を示す。前代の『犬筑波集』ほどではないが、発句にたいする付句の収録数もなお多く、付句主体の室町俳諧から発句主体の近世俳諧へと移り変わる過渡期の様相がうかがえる。

〈作者と業績〉　貞徳は、元亀二年（一五七一）に生まれ、承応二年（一六五三）に亡くなった。享年八十三歳。日蓮宗不受不施派の鳥羽実相寺に葬られる。幼名小熊・勝熊など。逍遊軒、明心居士などと号す。六十三歳の折生まれ変わったと自覚し、翌年の寛永一一年より再び齢を一歳と数え始める。稚児髷の童形姿となり、幼名風の延陀丸・長頭丸と名乗った。先祖は入江氏、摂津国高槻城主。祖父政重の代に、曾祖母（松永久秀の伯祖母）の縁で松永と改姓。父は永種、連歌師。和歌、連歌、俳諧、語学、仏学、漢学、神道、教育など多方面にわたる学識をもち、室町末の戦乱の中で生き残った様々な学問を近世に橋渡しした当代随一の学者である。

貞徳における師承相伝　貞徳の俳諧における業績は、和歌をはじめとした様々な学問の土台の上に成り立っていたものである。

目の不自由になった晩年の口述筆記『戴恩記』（天和二年刊）には「師の数五十余人」と記される。そこには、細川幽斎・九条植通・中院通勝らから和歌や歌学を学んだこと、里村紹巴からは連歌を、吉田兼見や梵舜からは神道をといった具合に、自らの学問が、師との一対一の師弟関係の中で築かれたものであることが詳細に述べられている。

遅くとも寛永一六年頃には原型ができていたと思われる俳諧伝書『天水抄』（『東方雨談』とも）もまた、師である細川幽斎への賛美からはじまっている。途中までは、連歌めいた俳諧への批判が語られ、いかにももっともらしい俳論の形をとっているが、その筆先は次第に「他をあざむき師をそしり」「新儀を企る」者への批判に向かっていき、後には「師匠の未存命の内に、己が方よりうとく、かへつてうしろ事を云」者たちへの辛辣な悪口が連なる。『天水抄』の大部分は、俳諧という習い事の世界で「師伝」や「相伝」をないがいしろにする「自見」の俳諧師への徹底的な批判で占められており、その批判の拠り所となったのが、幽斎をはじめとする師からの「相伝」なのであった。

貞徳がこのような「自見」の俳諧師への批判を書かざるをえなくなったのは、門人の重頼と立圃に編集を委ねた『犬子集』撰集の過程で立圃がまず離れ、その後は重頼までもが独自に撰集を編もうとしていたことに対する強い憤りがあったからである。晩年の『戴恩記』には、下京の知人たちに頼まれて、通勝から授けられた『百人一首』や『徒然草』の秘伝を講義形式で公開してしまったことを悔やむ回想があり、「相伝」意識は晩年になってもなお衰えなかった。

貞徳の没後、貞徳の跡目を継いだと自称した貞室が、自らのもとを離れていった季吟や梅盛にたいして、貞徳とまったく同様の論理で彼らを批判していることは興味深い（『五条之百句』）。

歌学の業績　『八雲神詠秘訣』、『伝授抄』（『古今集』の注釈）、『伊勢物語奥旨秘訣』、『光源氏物語秘訣』といった秘伝書は、このような「相伝」の中で受け継がれたものである。様々な歌書への注釈は数多く、『九六古新註』、『堀川百首肝要抄』（貞享元年刊）、『貞徳頭書百人一首抄』（寛文二年刊）、『光源氏物語聞書』、『徒然草なぐさみ草』（慶安五年跋）、『和句解』、『和歌宝樹』など枚挙にいとまがない。門人の編になる家集『逍遊集』も知られる。門人には、北村季吟、加藤磐斎、宮川松堅、山本春正、望月長好といった歌学者、歌人が輩出した。

全人貞徳　貞徳にはまた、当代随一の学者という枠組みにはおさまりきらない人としての信望や、日蓮宗（不受不施派）への強い信仰心があったが、そのような全人的ありかたは、慶長末ころに町中に開いた私塾や正保四年に大仏殿南東に開いた柿園（私塾）に象徴される教育への熱意、あるいは報恩蔵（法華経八千巻を収める蔵）建設（慶安三年成）といったことがらにあらわれている。

そこで学んだ者たちの中に、後の伊藤仁斎、木下順庵、野間三竹たちもいたという（『退私録稿』『滑稽太平記』）。貞徳の様々な友人たちとの交遊の中で特筆すべきは、彼の再従兄弟《またいとこ》である儒学者藤原惺窩との交遊であろうか。子の昌三は惺窩の門人となり、知友であった林羅山もその弟子となった。

俳諧指導者貞徳の登場　貞徳が俳諧の発句や前句付を試みたり、知友の作品に点を付けたりし始めたのは、はやくも慶長なかばの頃（『鷹筑波』跋より）かとされる。しかし、当時はいまだ室町末の雰囲気さながらの、連歌後の余興として楽しまれていた程度であろう。

寛永初年頃になると、京都の町中にも、俳諧を和歌や連歌に準じるものとして、諸芸の一つに数えようとする者が増加し、諸国にも望一や卜養、休甫、徳元といった名高い俳諧数寄が活躍していた。すでに俳諧の指導者としての評判の高かった貞徳も、この機運の中で、連歌の『大発句帳』に倣った俳諧の「発句帳」を編もうという願いを持ち出していたものと思われる。『犬子集』の編であった。『貞徳永代記』（元禄五年刊）は、寛永六年十一月、寺町の妙満寺で「真連歌の会の式法」通りの「俳諧の会」が開かれたことを伝える。疑うべき点は多いが、当時すでに同様の正式な俳諧の会が開かれていたであろうことは十分に想像される。『犬子集』の編集は、貞徳点の諸家の発句・付句をもとに、門人の重頼と立圃に委ねられ進行していたものの、立圃が離れ、重頼によって完成を見た。大本五冊からなる、俳諧の歴史を俯瞰したかのような堂々たる版本であった。

貞徳の業績　その後、重頼もまた貞徳から離れ、独自に大坂をも基盤にした『毛吹草』という撰集を企画しはじめる。師恩に背いた重頼への憤りの中で、貞徳は門人西武に第二の発句帳『鷹筑波集』の編集を任せ、両書の撰集争いとなった。これは、「このごろ世上のもてあそびに、誹諧ことのほかはやる」（『ひそめ草』正保二年刊）と記された当時の俳諧大流行の上におこった出来事であった。寛永二〇年には、『新増犬筑波集』を出版し、当代の俳諧と昔俳諧（室町俳諧）の違いを実作とていねいな説明で示した。とりわけ一句に論理性がない、いわゆる無心所着の俳諧を批判し、当世の俳諧のあるべき姿を論じている。

その後も、第三発句帳『崑山集』（慶安四年刊）を門人良徳に委ね、自門における俳諧ルールの手引き書として『俳諧御傘』（同年刊）も刊行した。最晩年に巻かれた『紅梅千句』（明暦元年刊）は貞徳の残した伝存するただ一つの千句作品である。貞徳の俳諧作品自体は意外に伝存しておらず、独吟の百韻にかぎればわずかに十二巻が知られるのみである。実作よりも論にひいでた者であったのであろう。

承応二年十一月に貞徳がなくなった後、正章（貞室）、季吟、梅盛といった直弟子や又弟子たちが、明暦二年からほぼ一斉にそれぞれのグループの中で活動をはじめ、俳壇は、その後の新点者輩出の時代へと移っていく。貞徳が固執していた「相伝」「師伝」といった価値観は、この趨勢の中で、次第に意味を持たなくなっていくのである。

〔その他〕貞徳の画像　稚児髷の童子姿の貞徳像は、妙満寺に伝来するものをはじめ、かなり多く伝存している。中でも季吟の関わったものが少なくない。これらの画像は、

貞徳廿三回忌
御仏事よこれも我かたの開山忌　季吟（『到来集』）

花咲翁の像に蓮葉をもたまへるを
葉にもしる詞の花の君子哉　季吟（『続連珠』）

貞徳老絵像開に
おからかさや頼む時雨のあめが下　一和（『阿波手集』）

などの句の前書きからうかがえるように、貞徳の忌日のさいの追善俳諧会に床の間に掛けられたものなのであろう。

（母利蔵）

貞徳の書簡と右筆　貞徳は晩年眼病を患い、書き物のために珍重と満足という二名の右筆をかたわらに置いた。よって貞徳の筆跡とされるもの、とくに書簡の類は、いかにも貞徳の筆跡らしいものでも、この両名の書いたものの混じっている可能性を考えねばならない。貞徳の書簡として知られるものは少なくないが、ほとんどが貴顕との間でやりとりされたものであり、多くが竪文である。年次不明の岡本仁意宛書簡は珍しく切紙状の書簡であるが、「火急之便御報、カヽスル右筆無之故、及切紙候」とあり、晩年の書簡は多くが右筆の書いたものであることを示唆している。

〔参考〕　小高敏郎『新訂　松永貞徳の研究（正・続）』（昭63、臨川書店）、吉田幸一『貞徳家集』（昭50、古典文庫）、島本昌一『松永貞徳―俳諧師への道―』（平1、法政大学出版局）、母利司朗「松永貞徳絵像考」（『連歌俳諧研究』132）、同「松永貞徳のめざした俳諧撰集」（同134）

［母利司朗］

ほこ長し天《あめ》が下照《したてる》姫はじめ

望一《もいち》　貞門

〈現代語訳〉　イザナギ・イザナミの二柱の神は、天上から天瓊矛《あまのぬぼこ》を地上に下ろして国を造られたというが、その矛の長いことよ。以来日本では、新年になると姫始めが行われるよ。

〈解釈〉　〈姫はじめ〉は正月の季語。暦の正月一日ないし二日条の暦注から出た言葉で、『誹諧初学抄』初春に「ひめはじめ」とある。種々の事柄をその年はじめて行う日とされ、編糅飯《ひめいい》を食べ始める日（『忠富王記』）、女性が衣類を縫い始める日（『雅筵酔狂集』）、最初に馬に乗る日（『増山井』）など諸説があるが、本来の正確な語義は不明である。

初期俳諧においては、『好色五人女』巻三の一に「二日姫はじめ、神代のむかしより、此事《この》、恋しり鳥のをしへ、男女のいたづらやむ事なし」とある如く、その年初めて男女が枕を交わす日の意として用いられ、

口をひらいてわらふ正月
暦にもおくには見えぬ姫はじめ　貞徳（『犬子集』）
けふ吉日とあら玉の春
機嫌よくむかへおきての姫はじめ　守次（『寛永十四年熱田万句甲』）

など、新年を言祝《ことほ》ぐ題材として詠み込まれている。

〈ほこ長し〉は、イザナギ・イザナミが天の浮橋から地上に天瓊矛を下ろして海をかき回し、その滴より磤馭盧島《おのころじま》を生じた、日本の創世神話にもとづく。矛の長さを具体的に想像させながら神話の一場面を描くところに滑稽味がある。二神は磤馭盧島へ降り立って国産みを行い、ここから〈姫はじめ〉へと連想が及んでいる。

天瓊矛は天逆矛《あまのさかほこ》とも呼ばれ、謡曲『逆矛』の詞章に「天の逆矛と名づけそめ。国富み民を治め得て。二神の始めより、今の代までの宝なり」とあるように、太古より続く日本のめでたさと、その背後にある神々の加護とを象徴するものとして捉えられた。俳諧にもしばしば詠み込まれ、たとえば、

おさがりはあまのさか鉾《ほこ》の雫哉　了三（『崑山集』）

は、当該句と同じ正月の句で、「おさがり」（歳始に降る雨で豊年のしるし）を天瓊矛の雫と見なしており、イザナギ・イザナミの力が眼前の吉兆をもたらし、その年を豊作に導くことを詠う。当該句の〈ほこ〉にも、こうした祝言的な意味合いがあり、〈ほこ長し〉は、二神の力が時を超えて日本に及ぶことを含意している。

〈下照姫《したてるひめ》〉は記紀神話に登場する大国主神《おおくにぬしのかみ》の娘で、天稚彦《あめのわかひこ》の妻。葦原中国《あしはらのなかつくに》を平定するために高天原《たかまのはら》から遣わされた天稚彦は、この下照姫を娶って下界にとどまり、命を果たさなかった。

ゑびすうたといふも姿はやさがたに　少蝶
美目もしたてる姫君はさぞ　季吟（『季吟廿会集』）

と、その美しさが描かれるように、〈下照姫〉には神話にともなう恋のイメージが含まれており、〈姫はじめ〉のそれと通じている。また、『古今和歌集』仮名序は、古代の和歌の伝存が天上では「下照姫に始ま」るとし、このことは〈はじめ〉の語とも響き合う。

〈天が下〉は日本全土のこと。〈天が下照〉は、謡曲『養老』に「ありがたや治まる御代のならひとて、山河草木おだやかに、五日の風や十日の、天が下照る日の光」とあるように、あまねく照らす日光によって天下泰平をいう言葉である。「天の下」から「下照姫」を導く例は、

影は天の下てる姫か月のかほ　宗房（『続山井』）
ぬれ色や雨のしたてる姫つゝじ　すて（同）

など、右の宗房（芭蕉）の句をはじめ、貞門俳諧に散見し、当該句はその早い例である。

本句が殊更に日本の神々を称える句作りとなっているのは、当該句を巻頭百韻の発句に据える『望一千句《もいちせんく》』が、伊勢神宮への奉納俳諧である『守武千句《もりたけせんく》』を範として製作されたことと関わっている。

〈所収本〉　慶安二年（一六四九）刊『望一千句』所収。望一の七回忌記念集として伊勢山田で版行された。千句の成立は寛永初年頃。序文に「荒木田の雁の飛ぶ跡をしたひ、守武朝臣、此《この》道の千句初めて仕りたまひしかば、其《その》声を伝へ聞き、われもとて」とあるように、『守武千句』に倣った作品である。

〈作者と業績〉　天正一四年（一五八六）～寛永二〇年（一六四三）、五十八歳没。杉木氏。望都・茂都とも。伊勢山田の人。盲人で勾当《こうとう》の位を得た。初期伊勢俳壇の重鎮。

〈その他〉　盲人であったために、視覚に頼らない独特の句が多く、たとえば、

一番に耳より年ぞ鳥の声　（『伊勢俳諧大発句帳抜書』）
年こゆる足音ぞきく今朝の雨　（同）

は、聴覚により新年の訪れを敏感に感じ取った句であり、

時鳥きかで待つ間や地獄耳（『伊勢俳諧大発句帳抜書』）
地獄耳にをちかへりなけ子規　（『犬子集』）

のように「地獄耳」を詠んだ句が複数あるのは、その鋭敏な聴覚を自ら形容したものであろう。

〈参考〉　森川昭「貞享三年十月寂照宛芭蕉書簡及び望一関係資料」（『連歌俳諧研究』34、昭43・2）、越智美登子「杉木望一句集稿」（『滋賀大国文』18、昭55）

［河村瑛子］

春立つやにほんめでたき門《かど》の松

徳元《とくげん》　貞門

〔現代語訳〕　春が立ったのだなあ。正月を祝う二本の門松が家々に立っていかにも日本国中めでたい様子であることだ。

〔解釈〕　〈春立つ〉〈門の松〉はいずれも正月の季語。『連歌至宝抄』の初春の条に「たつ春」「門の松」とある。〈立つ〉は「門松」の付合語でもある（『類船集』）。春が立ち、門松までも立ったという言葉遊びである。

　本句は、寛永七年（一六三〇）の年記を持つ斎藤玄蕃《げんば》宛徳元書簡中に見えることから、同年の歳旦句。同書簡は自他の歳旦《たん》句を報じる年始の挨拶状で、本句について「岡みの、殿のうらやしき二とくと有心申候」と述べており、江戸の岡部美濃守宣勝《のぶかつ》邸で披露された句と知られる。

　『古暦便覧』（慶安元年［一六四八］序刊）によれば、立春は前年の寛永六年（一六二九）十二月二十五日。したがって、〈春立つや〉は、新年を迎え、暦の上でもたしかに春であるという感慨を詠んだものということになろう。

　〈にほん〉は、家の門口に二本一対で飾られる門松の「二本」と「日本」とを掛ける。

唐土《タウド》にもたつるや門ににほん松　日能（『鷹筑波集』）

門松やにほん一度に辰の年　不竹（同）

など、歳旦句に頻出する掛詞である。こうした同音の取り成しは常套化し、『類船集』「日本」条には付合語として「門松」が挙げられる。当該句は、この掛詞を用いた早い例である。

〈めでたき〉は、まず〈にほん〉と〈門の松〉とに掛かる。前者は日本中が正月を迎えたことを喜ぶ表現であり、後者は新年を祝う門松の様子をいう。国土泰平のさまを巨視的かつ微視的に捉えた表現である。江戸の武家屋敷で詠まれた句であることを勘案すると、〈松〉には「松平」が意識された可能性もある。そうであるならば、これにより徳川家を言祝ぎ、のどやかな新年を迎えられるのは幕府の治世によるものであるとの意を含ませたことになろう。『功用群鑑』「古老之発句手本」に〈門松や二ほん目出たき御代の春〉の形で収められるのは、当該句がそのように解されていたことを示唆する。

　また、〈めでたき〉は〈門〉にも響いており、門を言祝ぐことでその家の繁栄を願う、門誉《かどほ》めの意味合いをも備えていると考えられる。本句には、日本中の家々の繁栄と、詠出の場である岡部家の弥栄を予祝する挨拶の気持ちも内包されているように思われる。

　本句は、史上初の俳諧撰集である『犬子集』（寛永一〇年［一六三三］序刊）巻一の巻頭に据えられ、このことは徳元の俳壇における地位を物語っている。

　当該句は徳元の代表吟として当時より名高く、摂津国平野の富豪俳人、末吉道節は、寛永一〇年正月十二日付の徳元宛書簡において当該句の揮毫を所望しており、道節自身も模倣句を詠んだことが知られている。その評判は三都以外にも広まっており、寛永一四年（一六三七）尾張国熱田社の法楽万句には、

月花も立つ正月をいはひ籠
日本目出たき門の松竹　信高（『寛永十四年熱田万句乙』）

と、本句を踏まえたと思しき作例が見える。後世においても、

あゝさうじや日本めでたき門の松　秋風（『俳諧雑巾』）

のような亜流作があり、その影響力の強さが知られる。

〔所収本〕　『犬子集』（重頼編、寛永一〇年序刊）所収。

〔作者と業績〕　戦国時代より江戸時代を生きた武将俳諧師。永禄二年（一五五九）～正保四年（一六四七）、八十九歳没。斎藤氏。斎藤道三の外孫、元忠の男。天正末年ごろ豊臣秀次に仕官、文禄末年ごろ美濃墨俣城主となり織田秀信に仕えるが、慶長五年（一六〇〇）、関ヶ原の戦いの前哨戦である岐阜城の戦いに敗れて若狭国に亡命、京極忠高に仕官した。寛永三年（一六二六）、忠高に陪従して上洛、在京中は連歌の師である昌琢《しょうたく》と雅交を結び、貞徳《ていとく》とも交流、また、八条宮家にも出入りした。同六年（一六二九）冬以降、江戸に定住してからは玄札や未得らと交わり、「武江の誹諧盛んなりし事は、徳元、此《この》道を楽しみてより、世々鳴る作者も出で来たり」（『滑稽太平記』）とある如く、草創期の江戸俳壇を牽引した。俳諧作法書に『誹諧初学抄』がある。散文や狂歌にも巧みで、仮名草子『尤之双紙』を著し、狂歌集『古今夷曲集』『後撰夷曲集』にも入集する。俳諧・狂歌・紀行文等を収めた自筆家集『塵塚誹諧集』は徳元の伝記と作品の研究における基本資料である。

〔その他〕　代表句には他に次のようなものがある。

口切に時雨を知らぬ青茶哉　（『犬子集』）

武蔵野の雪ころばしか富士の山　（同）

前者は、時雨の降る冬に茶壷の口を切った際、初夏に封じこめたままの青々とした茶葉が現れた感動を詠う。後者は武蔵野の雪を丸めて転がしていくと富士山になるのだろうか、というスケールの大きな見立ての句で、『功用群鑑』「古老之発句手本」にも収録される。

〔参考〕　笹野堅編『斎藤徳元集』（昭11、古今書院）、安藤武彦『斎藤徳元研究』（平14、和泉書院）、「徳元第五書簡の出現―歳旦吟「春立や」成立の経緯―」（『武将誹諧師徳元新攷』平19、和泉書院）

［河村瑛子］

霧の海の底なる月はくらげかな

立圃《りゅうほ》　貞門

〈現代語訳〉　霧が立ちこめて、地上が「霧の海」となっている。霧の海の向こうでおぼろに光る月は、まるで海の月、つまり海月《くらげ》のようだ。

〈解釈〉　〈霧の海〉は、霧が一面に立ちこめるさまを海にたとえた言葉。『毛吹草』の「連歌四季詞」に初秋の季語として載る。連歌において盛んに詠み込まれ、

秋の葉や散らでも浮かむ霧の海　兼載（『園塵』）

朝霜や梢なみこす霧の海　宗養（『大発句帳』）

のように、陸上を海中に言いなす趣向とともに用いられた。これは俳諧にも受け継がれ、『山の井』に〈霧の海〉の詠み方を「霧の海としては、世界のものは人魚といひ、山のをじかもあじかといひなす心ばへ」と、

霧の海に世界のものは人魚哉　幸和（『誹諧発句帳』）

小男鹿をあじかとなすや霧の海　忠俊（『鷹筑波集』）

の二句を引きつつ説明するように、霧中の人間を人魚に、牡鹿を海驢《あじか》（アシカ）に見立てるなど、陸のものを海のものと言いなすおかしみを主眼とする。天上の月を海中のクラゲと見なす当該句もこれらと発想を同じくする。

〈底なる月〉は、霧中でぼんやりと光る月の姿を描写している。前述の〈霧の海〉の趣向に伴い、本来ならば天上にある月を霧の海の〈底〉にあるとした。

月をさがす逆鉾《さかほこ》もがな霧の海　長河（『続連珠』）

も、霧の海の底に沈んだ月を〈逆鉾〉（イザナギとイザナミが日本創世の際に用いた、天上から地上に届くほどの長い矛）で探ることを詠んだ句で、当該句と同想であり、いずれも天地を逆転させるところに滑稽味がある。

〈くらげ〉は「海月」と表記される。「海月」という漢語は、本来、海上の空に見える月や海面に映る月の影をいう言葉。クラゲにこの字を充てるのは『本草和名』に「海月〈貌似レテ月ニ在二リ海中一ニ。故ニ以テ名レク之ヲ〉（中略）和名久良介《くらげ》」とあるように、クラゲが海に生息し、その形状が月と似ていることに由来する。

本句の〈くらげ〉は、クラゲに月の「暗げ」なさまを掛けている。これは、

山のはを出づるのみこそさやけけれ海なる月のくらげなるかな　弁乳母（『続千載和歌集』）

など、海面に映る月の「暗げ」なさまをクラゲに見立てる和歌の伝統にもとづくと思われる。こうした「暗げ」とクラゲとを掛ける手法は俳諧にも引き継がれるが、

琴引き〱もみる花のえん
ほそ殿も朧月夜は海月《くらげ》にて　徳元（『誹諧独吟集』）

のように、和歌の掛詞の伝統を踏まえつつも、海に映る月を詠み込まない例が現れてくる。また、

海の月とらへてみればくらげ哉　武珍（『伊勢正直集』）

天にあらば海月も名あらん今宵哉　永明（『つくしの海』）

のように、和歌の修辞を踏まえず、「海月」という表記に由来する字謎《じなぞ》の要素に重点を置き、クラゲと月との視覚的な類似を詠むものも多い。

その中にあって当該句は、和歌的な海面の月をそのまま詠み込むことを避けながらも、伝統的な掛詞を踏まえ、霧を海と見なして月を詠むことで、和歌における「くらげ」の本意を生かしつつ俳諧化することに成功している。これは、雅と俗とを巧みに取り合わせた方法であり、「花車尋常にこそ句作りをしまほしけれと思はる、故に、連歌にすこし誹言をもたせたる句体を好かる、」（『五条之百句』）、「連歌を知つて、句がらをやすらかに仕立てられければ、俳言うとからず」（『西鶴名残の友』）という立圃評とも合致する。

〈所収本〉　『誹諧発句帳』（立圃編、寛永一〇年刊）所収。立圃は『犬子集』の編集中に重頼と衝突し、寛永一〇年（一六三三）、『犬子集』に対抗すべく急遽本書を刊行した。発句数は『犬子集』の約二倍で、貞徳や編者立圃、立圃一派の句が大幅に増補されている。

〈作者と業績〉　文禄四年（一五九五）〜寛文九年（一六六九）、七十五歳没。京都の人。野々口氏。初め親重《ちかしげ》を名乗り、寛永一四年（一六三七）法体となり立圃と号する。雛人形の細工を生業とし、雛屋とも称した。早くより連歌を猪苗代兼与に学ぶ。俳諧は貞徳に従うが、のちに貞徳を離れて一流派をなした。烏丸光広、岩倉具起ら堂上の人々と交わり、また、慶安四年（一六五一）より備後福山藩二代藩主水野勝俊に仕えるなど、高級武家とも交流した。画を能くし、俳画の祖とされる。自画賛や自筆句文が多く伝存し、その人気の程がうかがえる。

『俳諧万句』『小町躍』をはじめとする大部の句集や、俳論書『河舟付徳万歳』、俳文風の長文の前書を含む自撰発句集『そらつぶて』、『源氏物語』の梗概書『十帖源氏』など著述多数。寛永一三年（一六三六）に刊行された『はなひ草』は出版された俳諧作法書の嚆矢であり、後年に至るまで大いに流布した。

〈その他〉　代表句には他に次のようなものがある。

天も花に酔へるか雲の乱れ足　（『犬子集』）

月花の三句目を今しる世かな　（『立圃追悼集』）

後者は辞世の句。立圃の指示により当該句を刻んだ石が鳥辺野に建てられ、立圃はそこに埋葬された。

〈参考〉　木村三四吾「野々口立圃」（『俳句講座2』昭33、明治書院）、米谷巌「野々口立圃年譜」（『十帖源氏下』平1、古典文庫）

［河村瑛子］

順礼の棒ばかり行く夏野かな

重頼《しげより》　貞門

〔現代語訳〕 順礼の人々が杖をつきつつ歩いて行く。あまりに草深いので、棒（杖）ばかりが進んでいくように見える夏野であることだ。

〔解釈〕 季語は「夏野」で、夏。順礼（巡礼）は各地の神社仏閣、聖地霊場を参詣してまわること。また、その人をいう。順礼装束は、白い行衣《ぎょうい》《ぎょうえ》・笈摺《おいずる》を着て、笠を付け、杖を持つ姿が一般的である。修験者や順礼者が持つ、八角または四角の白木の杖を金剛杖といい、その長さは身長ほど。四国遍路で杖は弘法大師自身とされ、順礼に杖は必須である。順礼者はたとえ一人であっても、いつも弘法大師とともにあるという意味で、杖または笠などに「同行二人《どうぎょうににん》」と書き付ける。この考え方は順礼一般に広まったが、芭蕉は弟子との二人旅にも笠に「乾坤無住同行二人」と書き付けている。『笈の小文』では杜国との旅を意識し、「いでや門出のたはぶれ事せんと、笠のうちに落書す」として、〈よし野にて桜見せふぞ檜の木笠〉と詠んでいる。また、『おくのほそ道』で曽良と別れる際に〈今日よりや書付消さん笠の露〉とも詠む。

芭蕉の旅ではもっぱら笠が注目されるが、順礼者には杖も必須のものであり、その杖を「棒」と称する例に次のような句がある。

順礼の棒をはなさぬ花見かな　李由（『菊の香』）

この李由の句は順礼者がいつも杖（棒）を放さぬものであることから、花見のときも手放さぬと付けたもの。

「夏野」は夏草が茂っている野。夏の野原である。和歌では、「草繁し」「草深し」の表現で詠まれることも多い。〈人言《ひとごと》は夏野の草の繁くとも妹と我とし携はり寝ば〉（『万葉集』）では、夏野の草の繁る様子が、恋人との共寝に対する人の噂（人言）のうるさいことの比喩として用いられている。

やがて、夏野の繁る草を分けゆく人の姿はなかなか見えないことが詠まれるようになる。〈たれかゆく夏野の草の葉末よりほのかに見ゆる三島菅笠〉（藤原季経『六百番歌合』夏部）。誰が行くのであろうか、夏野の草の葉からほのかに三島菅笠が見えているよの意。三島菅笠とは、摂津国三島郡産の菅で作られた笠。『万葉集』に「三島菅笠《みしますがかさ》」と詠まれるが、〈春雨の降る野の道を分けゆけば三島すがさかわく間ぞなき〉（源行宗『行宗集』）のように、春雨の降る野の道を分けゆくので、三島菅笠は乾く間もないことであるよと、道行く人の姿が浮かび上がる。

さて、重頼の句は季経の〈たれかゆく〉歌と同じ趣向で、夏野の草深さに道行く人の姿は見えないというものであるが、まだしも人とわかる菅笠ではなく、夏草繁る野から「棒ばかり」が見えるところに特徴がある。順礼者は一人行くこともあるが、これは複数で連れ立ち歩くからこそ、「棒ばかり」の表現から、草深い夏野で姿が見えずとも順礼者とわかるのだろう。

〔所収本〕 維舟（重頼）編『藤枝集』。天理図書館綿屋文庫蔵本は『大井川集・藤枝集』として、横本全四冊。延宝二年（一六七四）五月二十八日奥書。『大井川集』は諸家類題発句集。『藤枝集』は重頼の個人句集で、上巻は独吟歌仙一巻と寛文一三年（一六七三）春の独吟千句、下巻は四季別の発句、寛文一三年（一六七三）・延宝二年（一六七四）の歳旦からなる。

〔作者と業績〕 重頼は、京都の人。慶長七年（一六〇二）生まれ、延宝八年（一六八〇）六月二十九日没、七十九歳。松江氏。別号に維舟、江翁。通称、大文字屋治右衛門。京都の撰糸《せんじ》商人であったという。撰糸（撰糸絹）とは薄い絹織物で、羽二重に類するもの。松永貞徳の門人と目される。しかし、若い頃より、里村昌琢《しょうたく》に連歌を学び、宗因（談林派）と知り合ったという。

寛永一〇年（一六三三）、近世最初の俳諧撰集である『犬子集《えのこしゅう》（狗猧集）』を刊行した。

正保二年（一六四五）俳諧撰集書『毛吹草』を刊行。この書は、句集としてだけではなく俳諧の用語辞典的な要素がある。巻第一に作法式目　巻第二に誹諧四季之詞、巻第三に付合、巻第四に諸国より出る古今の名物、巻第五・六に四季別類題発句、巻第七に付句の七巻五冊からなる。本書は版を重ね、正保四年（一六四七）に『毛吹草追加』が刊行されている。これらの刊行は、近世における俳諧の普及に大いに影響を与えた。

やがて、万治三年（一六六〇）『懐子《ふところご》』、寛文四年（一六六四）『佐夜中山集』、寛文一二年（一六七二）『誹諧時勢粧』、延宝二年（一六七四）『大井川集・藤枝集』、延宝七年（一六七九）『名取川』などの俳書を次々刊行した。

一方、人間関係において、『犬子集』の編纂過程で野々口立圃と対立し、重頼の単独出版となるといったこともある。また、貞徳の門人と目された重頼であるが、貞門を離れ、宗因の談林俳諧の影響を受けていったようである。

〔その他〕 寛文四年（一六六四）『佐夜中山集』は若き芭蕉（松尾宗房）の発句が初めて入集した句集である。

〔参考〕 中村俊定『俳諧史の諸問題』（昭45、笠間書院）、田中善信『初期俳諧の研究』（平1、新典社）、乾裕幸『周縁の歌学史』（平1、桜楓社）、『天理図書館綿屋文庫俳書集成14　松江重頼集』（平成8、天理大学出版部）

［大内瑞恵］

釈迦の鑓《やり》さびたか今日の御身拭《おみぬぐひ》

令徳《りょうとく》　貞門

〔現代語訳〕 「釈迦は遣り、弥陀は導く」というが、その「釈迦の鑓」の身が錆びてしまったからだろうか。今日、清涼寺で御身拭が行われるのは。

〔解釈〕 〈御身拭〉は三月の季語。「オミヌグイ」とも「オミノゴイ」とも読むが、『鷹筑波集』における当該句の表記「御身のごひ」より、ここは後者に従う。本来は寺院で本尊を拭い清める行事の総称であるが、『増山井』三月条に「御身拭　十九日。嵯峨の釈迦の開帳ありて、御身を拭ふ事也」とあるように、通常は嵯峨の清涼寺で行われるものを指す。『日次紀事《ひなみきじ》』三月十九日条に「十九日（中略）嵯峨清涼寺〈釈迦御身拭、諸人群リ集ル。今日開帳、寺僧各以㆓テ白巾㆒ヲ払㆓拭仏像㆒ヲ〉」とあり、開帳された秘仏は寺僧によって白布で清められ、そのさまを一目見るべく、人々はこぞって清涼寺に集まった。

　ゆかたをぞきせん群集《くんじゆ》の御身拭　重吉（『崑山集』）

の句は、その様子を如実に伝えている。

　清涼寺の本尊である釈迦如来立像は宋より渡った古仏であり、「嵯峨の釈迦」と呼ばれる。謡曲『百万』に「毘首羯磨《びしゆかつま》が作りし赤栴檀《しやくせんだん》の尊容、やがて神力を現《げん》じて、天竺震旦我朝、三国に渡り」とあるように、三国伝来の像と信ぜられ、尊崇を集めた。〈御身拭〉を詠んだ句には、

　尊容やしやくせんだくの御身拭　道可（『詞林金玉集』）

と、謡曲の詞章を踏まえ、汚れを落とす意の「洗濯」を掛けつつ仏像の尊さを詠む例や、

　たがへぬ釈迦の御身拭の日　肖哉
　長閑《のどけ》さは流石《さすが》に嵯峨の古跡にて　嶺利（『巳己巳己《いこしき》』）

のように、往古より連綿と続く御身拭の行事や名刹清涼寺のめでたさを詠み込む例が多く見られる。

　〈釈迦の鑓〉は、謡曲『当麻』『柏崎』などに見える「釈迦は遣《や》り、弥陀は導く」の一節にもとづく。釈迦如来は衆生を現世から浄土へ送り出し、阿弥陀如来は極楽浄土へと招く意で、『類船集』「釈迦」条に「釈迦はやり、弥陀はみちびくともとけり」とあるように、当時広く流布した。この一節の「遣り」をもじって「鑓」とした例が、古く『犬筑波集』に見える。

　仏も喧嘩するとこそきけ
　釈迦はやり弥陀は利剣を抜き持ちて

〈利剣〉は煩悩や悪魔を打ち砕く仏の力をたとえた言葉であり、釈迦の持つ鑓がこれと並列され、仏が喧嘩の際に用いる道具とされている。こうした発想は〈釈迦の鑓〉という熟した言葉を生じ、それは次第に具体的なイメージを獲得してゆく。たとえば『東海道名所記』では、仏具を質草にする僧の行動を「紅の袈裟、金襴の打敷に、釈迦の鑓、弥陀の利剣をとりそへて質物にいれ」と表現しており、狂歌には〈押し並べて釈迦の鑓の手つかひなば剣の山のせめや遁れん〉（未得『古今夷曲集』）のような例が見られる。いずれも〈釈迦の鑓〉は「利剣」と同じく仏の力の象徴として描かれ、釈迦の所持品であるかのような印象を与える。当該句の〈釈迦の鑓〉には、本来の象徴的な意味合いは希薄であり、上述のような実体的なイメージのもとに使用されたのであろう。

　〈さびたか〉は、鑓が手入れされず錆び付いてしまったのだろうか、の意。『日葡辞書』に「Sabiuo nogô（錆を拭ふ）」とあるように〈さび〉と〈拭〉とは縁語であり、鑓の刃を「身」と呼ぶことから〈鑓〉と〈身〉もまた付合語である（『類船集』）。〈御身拭〉には、行事の名称と鑓の身の錆をぬぐい取る意とが掛けられており、これが本句の根幹をなす修辞である。

　〈釈迦の鑓〉が〈さびた〉という表現は、『東海道名所記』が荒廃した方広寺について「釈迦の鑓もさび果て」と述べるように、仏徳の衰えたさまを含意する場合がある。貞門俳諧における〈御身拭〉の一般的な詠みぶりと比べると、やや不謹慎な措辞ともとれるが、その表現史的背景には、

　仏ものを負ひたまふかな
　嵯峨の釈迦しやくせんだんと聞くからに　（『犬筑波集』）

が「赤栴檀《しやくせんだん》」から釈迦の「借銭《しやくせん》」を発想するような、室町俳諧的なおおらかさがあるように思われる。

〔所収本〕 『古今誹諧師手鑑』（西鶴編、延宝四年［一六七六］序刊）所収。守武から宗因に至る古今の俳諧師の自筆短冊を模刻して掲出した書。本書に先立つ歌人・連歌師の筆蹟の模刻集に『御手鑑』（称硯子編、慶安四年［一六五一］刊）があり、延宝三年に覆刻版が刊行された。本書はその俳諧版として製作されたもの。

〔作者と業績〕 天正一七年（一五八九）～延宝七年（一六七九）、九十一歳没。京都の人。鶏冠井《かえでい》氏。はじめ良《りょう》徳《とく》と称したが、承応三年（一六五四）に践祚した後西天皇の諱「良仁」を憚って令徳《りようとく》と改めた（『滑稽太平記』）。貞徳最古参の門人の一人で信頼が厚く、俳諧秘伝書『天水抄』を授与され、『崑山集』の編集を任された。貞徳没後は俳壇における勢力を減じ、明暦二年（一六五六）の『崑山土塵集』刊行後は、寛文一〇年（一六七〇）に版本『天水抄』を出版し、また、若干の加点作品等を残してはいるものの、目立った活動が見られなくなる。

〔その他〕 代表句には他に次のようなものがある。

　雨雲や笠めす月のかくれみの　（『犬子集』）

〔参考〕 小高敏郎「鶏冠井令徳」（『俳句講座2』昭33、明治書院）、『鑑賞日本古典文学33』（昭52、角川書店）

［河村瑛子］

芋も子を産めば三五《さんご》の月夜かな

西武《さいむ》　貞門

〔現代語訳〕 里芋も子芋を産むからであろうか、八月十五夜を三五（産後）の月夜というのは。

〔解釈〕 〈三五《さんご》の月〉は、三と五の積から十五夜の月をいい、白居易の詩「八月十五日ノ夜禁中ニ独リ直シ対レテ月ニ憶二フ元九一ヲ」の一節〈三五夜中新月ノ色　二千里外故人ノ心〉（『白氏文集』『和漢朗詠集』）で知られるように、通常、特に八月十五夜の月を指す。

〈芋〉は八月の季語（『毛吹草』）で、里芋を指す。『本朝食鑑』「芋」条に「世人称シテ二芋頭・芋ノ子《コ》ト一倶ニ愛二-美ス之一ヲ。就レ中近世八月十五夜賞スルレ月ヲ者ノ必ズ以テ二芋ノ子・青連莢豆ヲ一而煮食ス」とあるように、里芋には「芋頭」（親芋）と、その周囲に派生する「芋ノ子」（子芋）があり、八月十五夜には新たにできた子芋を収穫して賞玩した。そのため同日は「芋名月」（『誹諧初学抄』）とも呼ばれ、盛んに俳諧に詠み込まれた。

〈芋も子を産めば〉は、親芋が子芋を生じることを擬人的に表現したもの。〈芋〉は妻の意の「妹《いも》」をも含意する。子芋は「芋の子」として初期俳諧に頻出し、

芋の子のうぶやしなひか望月夜　正盛（『鷹筑波集』）

芋の子のきぬはおのれが産衣かな　幾重（『玉海集』）

など、本句と同様、子芋を幼児に見立てて詠む句が多い。また、出産から子芋を連想する例には、

有明の月にもたらぬ子を生みて

出でぬる芋の数もすくなき　慶友（『犬子集』）

がある。前句では出産を意味する〈子を生みて〉を、付句では親芋が周囲に子芋を付けることに取り成しており、当該句と発想が共通する。

〈三五の月夜〉の「さんご」は、八月十五夜と「産後」の意とを掛けている。これは初期俳諧における常套の方法で、連句においても、

心も空になる三五の夜

うれしさよ露のたま〳〵子をまうけ　一信（『季吟の巻』）

秋の夜も産後《さんご》の伽の物語

今日の月見の客は長尻《ながじり》（『雪千句』）

のように、月の句の周辺で話題を転換する際、この同音の取り成しが効果的に用いられている。

満月と出産とは元来縁が深く、両者をともに詠み込む句例は多い。たとえば、

月もみちてうむやさんごの天のはら　徳元（『塵塚誹諧集』）

では、満月をいう〈月もみちて〉に臨月の意を、天の原に腹を掛け、当該句と同様〈さんご〉の掛詞を用いて名月と出産とを詠んでいる。また、十四日の月をいう「小《こ》望月《もちづき》」は「子持ち」（妊婦）に取り成して用いられ、

あすは三五けふや胎前《たいぜん》こもち月　季吟（『山の井』）

あすはさんご気をさんぜんの月見哉　家貞（『続山井』）

のように、しばしば翌日の〈三五〉とともに詠まれる。前者の「胎前」は懐妊中の意で、後者は「気を散ぜん」に産前を掛けている。後者の例は小望月の語を表に出さないが、両句ともに、十四日の夜、明日に控えた出産と名月とを心待ちにするさまを詠う。当該句における〈三五〉と「産後」の掛詞は、音の共通性のみならず、こうした月と出産をめぐる表現史をも背景とする。

当該句は、八月十五夜を〈三五の月〉と呼ぶ理由について「芋も子を産むため」と俳諧的に説明した句であるが、その一方で、〈芋も子を産めば〉には「折しも芋名月に相応しい子芋の採れる時期となったので」という意が含まれており、〈三五の月夜かな〉には仲秋の名月を迎えたことに対する感慨が込められている。一見すると言語遊戯性の強さが目立つ本句であるが、時節に即した素直な情感をも表現するものとなっている。

〔所収本〕『犬子集』（重頼編、寛永一〇年序刊）所収。

〔作者と業績〕 慶長一五年（一六一〇）〜天和二年（一六八二）、七十三歳没。山本氏。京都の人で、綿商人。「西武は七歳にて貞徳と師弟の契約し、仕舞を習ひて、其後《そののち》歌学にもとづき、昼夜奉公を尽くして、俳諧は更なり、和歌の伝授も残らず」（『滑稽太平記』）、「十一歳より貞徳はいかいの執筆《しゅひつ》を仕ならひて、一生腰もとをはなれず」（『貞徳永代記』）とあるように、幼少期より貞徳に学んだ。寛永六年（一六二九）、妙満寺で初の正式俳諧が催された際には亭主を務め、貞徳より秘伝書を相伝し、『鷹筑波集』『久流留』の編纂を任されるなど、貞徳直系の門人の一人として中心的な役割を果たす。貞徳没後は貞室と後継者の地位を争う立場となった。故事や古典を踏まえ、縁語や掛詞を駆使した句が多く、『五条之百句』では「こせごと」（洒落）を好むと評される。談林俳諧が隆盛した延宝以後も古風を墨守して活動を継続し、撰集『沙金袋後集』を出版し、『高名集』『三ケ津』など談林俳人の手に成る当代の名家句集に入集するなど、貞門の古老として重きをなした。

〔その他〕 代表句には他に次のようなものがある。

児ざくらならぶや文殊普賢象（『百人一句』）

春いかん鶯なかで内裏がた（『貞徳誹諧記』）

前者は貞門の名家句集『百人一句』に選ばれたもの。後者は独吟百韻の発句で、底本は自注付きで収録する。

〔参考〕 森川昭「山本西武」（『国語と国文学』昭32・4）、同「山本西武」『俳句講座2』（昭33、明治書院）

［河村瑛子］

これはこれはとばかり花の吉野山

貞室《ていしつ》　貞門

〈現代語訳〉　これはまあ、と声もでないほどに美しい花景色の吉野山だよ。

〈解釈〉　吉野山の花景色の美しさは、和歌に繰り返し詠まれてきた。しかし、どのように言葉を尽くしそれを賛美しても、言葉を失うという以上の賛辞はない。「これはこれはとばかりに」とは、「思はず知らず抱きつき、これはこれはとばかりなり」（舞の本『山椒大夫』）のように、当時の御伽草子や舞の本などに見られた喜怒哀楽の常套句である。和歌の伝統を踏まえながら、それを見事に逆転させて詠んだ句といえよう。このように本来は技巧的な句であるにもかかわらず、この句が、吉野の花景色を端的にとらえた句のように見えることも事実である。芭蕉は、この句をたいへん高く評価し、『笈の小文』に、「かの貞室が、これはこれは、とうちなぐりたるに、我言はん言葉もなくて」と絶賛している。

〈所収本〉　『一本草』（寛文一一年頃刊）。江戸俳壇草分けの俳人未得の子、未琢が、寛文九年七月に亡くなった父未得の追善に編んだ発句集である。本句は巻二「花」の最初におかれ、前書きはないが、『誹諧拾葉集』という主に貞門・談林俳書の序跋や句文を書き留めた俳書（明和六年写）に、「遊吉野山」の題で、以下の前書きをおさめる。

　そのもろこしには牡丹の花を賞して詩に遊べるとや。日のもとにはさくらの花を詠で仮名もじの和らぎにあそべる也。春もやゝ万花咲みだれて、千枝だにわかるゝけしきはむべなれど、風に散はつる事をおもへば、見る人のこゝろもおのづからいたましむるにや。昔西行法師、此のみよし野に来りて、花の夕立しきるらしとよみしも此山の名残をしたふ心にやあらん。げにや此よしの山に花見るばかり目をよろこばしむる人もあり。又和歌を詠じ連歌を案じ誹諧を思ふ人もありて、をのがさまざまの風情をこめけるも、世俗のたとへにいふ命の洗濯とは此事なり。しからば世の中にたへて花といふものなかりせば春の心のたのしみもつきぬべき

〈作者と業績〉　事跡　貞室は、慶長一五年（一六一〇）年に生まれ、寛文一三年（一六七三）没。六四歳。本名、安原正章。通称、鎰屋彦左衛門。腐俳子、一嚢軒と号した。三条通埋忠町の紙商「かぎや」主人。寛永二年（一六二五）に貞徳の私塾に入門し、素読や手習いを受け、一九歳より俳諧を始める。寛永一〇年に出版された『犬子集』には、五句入集（句引には七句）。貞徳が西武に命じて編ませた第二撰集『鷹筑波集』にも四句が採られるが、当時並行して撰の進んでいた重頼の『毛吹草』には、五十四句もが入集しており、このころはむしろ重頼の門にあったと思われる。しかし、同一九年、亡母二五回忌追善のために巻いた自注付独吟百韻『俳諧之註』の出版をめぐり重頼との間で対立が起こった。重頼が、『源氏物語』による三句わたりのルールを正章が誤解していることを指摘しただけなのであるが、正章は、『毛吹草』に対する感情的な批判書『氷室守』を出版し、対立はエスカレートする。

　正章は貞徳側に戻り、貞徳門内での地歩を固めてゆく。慶安元（一六四八）年、独吟千句に貞徳の批判を受け、『正章千句』を刊行。同四年八月二一日、貞徳から俳諧点者の認可を受け、点者として独立（『蝿打』）。承応二年（一六五一）一月、友仙興行千句（『紅梅千句』）に参加。

　その年冬、貞徳が亡くなる。二か月後の同三年正月に、貞室と改号し、貞徳の跡目を継いだむねを記した歳旦句を披露。これがその後の諸俳人との軋轢の原因となる。貞徳の企画していた撰集資料と自門の句を併せ集めた『玉海集』は出版されたが、貞室一派の撰集という性格が強い。門人の季吟・安静・梅盛も、このころに貞室から離れる。以後、次の撰集を進めながら、自分から離れた彼らを「我流の点者」と批判（『五条之百句』）、俳諧の「師伝」に執着した。寛文七年（一六六七）、『玉海集追加』を出版。同一三年の死去後は、貞恕が跡をついで『新玉海集』（貞享二年［一六八五］刊）を出版した。

　また、芭蕉が、自らの目指す風狂の手本として、貞室を「狂夫」と呼び賛美していることは注目されてきた（『鹿島詣』『笈の小文』『奥の細道』）。西鶴もまた『西鶴名残の友』の中で、琵琶に慰みながら俳諧三昧にあった貞室の数寄者ぶりを描く。「老の末にいたりては、春の鯛を見ては吉野の花のもとを訪ね、秋の鮒につけては龍田の紅葉の陰を慕ひ、富士の雪には氷餅をふくみ、角田川の西瓜をあさり、心のゆくにまかせさまよひ歩き」（『新玉海集』）という描写も、言葉だけのものではなかった。その一方では、貞徳の跡目争いや、『茶杓竹』対『蝿打』の泥仕合に象徴される「喧嘩早い策謀家」という評判も、当時から確かにあり、貞室への見方を複雑にさせている。

〈参考〉　乾裕幸「重頼と正章の確執をめぐって—俳諧論戦史の内—」（『親和国文』9）、塩崎俊彦「安原貞室考—俳壇史的活動を論じて『紅梅千句』におよぶ—」（『上智大学国文学論集』17）、母利司朗「貞室と芭蕉」（『国語国文』65（5））、同「〈貞室〉の誕生」（『東海近世』27）

［母利司朗］

一僕《いちぼく》とぼくぼくありく花見かな

季吟《きぎん》

貞門

〔現代語訳〕　おだやかな春の一日、一人の下男を伴い、ぶらりぶらりと歩きながら、花見をすることである。

〔解釈〕　季語は「花見」で春。一般的には桜の花を賞翫することをいい、この句の場合もそうとらえて問題ない。花は咲くのを待ちかね、咲けば飽かずに眺めて暮らし、散るのを惜しむものとして詠むことになっている。遠路もいとわず花を求めて歩き回る姿を詠むこともあり、この句もそうした逍遥の一句といえる。「僕」は下男のこと。「ぼくぼく」は「ほくほく」と同じく、急がずゆっくり行くさまを表し、『桃青門弟独吟二十歌仙』の卜尺による独吟歌仙に〈紙衣《かみこ》に杖を引《ひい》てぼくぼくと帰《かえる》〉の付句例、芭蕉の〈馬ぼくぼく我を絵に見る夏野哉〉（『野ざらし紀行』）という発句例もある。ボクを三回くり返し、心地よいリズムを作ったところが一句の眼目で、いかにも駘蕩とした春の気分がかもし出されている。正保四年（一六四七）三月八日に花を見ながら吟行した折の作で、同日の句日記では、この句を載せた後、新黒谷・吉田・南禅寺・知恩院・祇園・清水寺などを回り、〈兼好となくやよしだのきじの声〉など十八句を詠んでいる。『俳諧古選』（宝暦一三年）は「俳体未ダ古轍《こてつ》ヲ脱セザルニ、其ノ中マタ一種ノ風致あり」と、古体ながらも風趣があることを指摘。『俳諧百一集』（明和二年）も「詞黙然とをかし。意亦ふかし」と、その味わい深さを好意的に評している。季吟の代表的な一句といってよいだろう。

〔所収本〕　季吟編『山の井』所収。同書は正保五年（一六四八）正月の刊行。五巻五冊からなり、大本と横本の二種類がある。巻一から巻四までは季語の解説書で、多くの例句を示し、歳時記の先蹤ともなっている。巻五は正保四年の一年間にわたる季吟の句日記「年中日々之句」で、当該句はその三月八日の項に収められている。

〔作者と業績〕　季吟は寛永元年（一六二四）に生まれ、宝永二年（一七〇五）六月十五日に八十二歳で没した。父祖の出身地は近江国北村で、北村氏。祖父宗龍は医学を修めると同時に、地元の連歌所宗匠を務め、父宗円も京に出て医術と連歌を学んだ。季吟は京粟田口で出生。幼名は久助、本名は静厚。季吟のほか、慮庵・呂庵・拾穂（軒）・七松子・湖月亭などの号をもつ。父祖と同様、医学の修行をする一方、十六、七歳ころから貞徳門下の貞室に俳諧を学び、十九歳（異説もある）の折には貞徳直門となる。正保五年（一六四八）に二十五歳で『山の井』を刊行。慶安二年（一六四九）に著した『師走の月夜』は俳諧随筆集ともいうべきもので、俳諧の名義などを解説するほか、自身の付合や発句も多く収め、雅趣と俳味を備えた句文で注目される。また、このころ、山城国長岡藩に医師として数年の勤務もしている。

有力な門人もでき、貞徳没後の明暦二年（一六五六）には貞室門から離れて独立。俳諧秘伝書である『誹諧埋木《うもれぎ》』の述作、門人を集めた興行（『祇園奉納誹諧連歌合』）、絵入り句集『いなご』の刊行などが、宗匠として自立する宣言ともいうべきものであった。寛永二〇年（一六四三）には『新続犬筑波集』を上梓。寛文七年（一六六七）には季語を集成し、以後の季寄書の規範ともなる『増山井』を著し、例句を入れない分、湖春編の撰集『続山井』を同時に刊行している。湖春は季吟の長男で、同書はその宗匠披露記念集であった。以後、父子が協力して俳諧活動を展開し、次男の正立と三人で巻いた連句集の『花千句』を延宝三年（一六七五）に、撰集の『続連珠』を翌年に公刊している。これらは流行しつつある談林俳諧への対抗手段でもあった。天和三年（一六八三）には湖春に跡目を譲り、新玉津島神社に隠栖。元禄二年（一六八九）には江戸幕府の歌学方に湖春とともに召され、この上ない名誉と栄華を手にすることになる。

俳諧活動と並行し、師の貞徳に倣って、古典文学作品の注釈にも精力的に取り組み、早く承応二年（一六五三）にはその第一弾として、『大和物語抄』を上梓する。これ以後に公にした主要な注釈書としては、『土佐日記抄』『伊勢物語拾穂抄』『（源氏物語）湖月抄』『枕草子春曙抄』『八代集抄』『百人一首拾穂抄』『万葉拾穂抄』などがある。季吟が注釈活動に積極的であったのは、貞門俳諧には古典の知識が不可欠であったからで、伝存する寛文元年（一六六一）の日記により、門弟への講釈をもとに注釈書を完成させていく様子が確認できる。そして、これらが公刊されたことにより、古典的教養が広く世中に浸透していくのであり、その功績はきわめて大きい。

季吟には膨大な連句稿が残り、それらを通じて、貴顕との交流が知られるほか、信徳・春澄《はるずみ》ら若い俳諧愛好者と広く一座していたことも確認できる。芭蕉もまた季吟を「吟先生」と呼ぶ一人であり、これら季吟の薫陶を得た人々が、元禄期の俳諧を進展させていくことになる。その意味でも、季吟の存在意義は甚大といえる。

〔その他〕　代表句には他に次のようなものがある。

女郎花《おみなえし》たとへばあはの内侍《ないし》かな（『師走の月夜』）
まざまざといますがごとしたままつり（『師走の月夜』）
地主《じしゅ》からは木の間の花の都哉（『花千句』）
さくや此《この》いまをはるべと冬至梅《とうじばい》（『新続犬筑波集』）

〔参考〕　野村貴次『北村季吟の人と仕事』（昭52、新典社）、同『季吟本への道のり』（昭58、新典社）、榎坂浩尚『北村季吟論考』（平8、新典社）、河村瑛子『古俳諧研究』（令5、和泉書院）

［佐藤勝明］

乙女草《をとめぐさ》やしばしとどめん霜おほひ

梅盛《ばいせい》 貞門

〔現代語訳〕 天つ乙女は、少しでも長くとどまってほしいと詠まれるもの。乙女草の名がある菊の花も、その名の通りに美しく、霜をよける覆いを付けるなりして、しばしとどめておくとしよう。

〔解釈〕 季語は「乙女草」で、これは菊の異称なので秋。「梅は花の兄、菊は花の弟」（『譬喩尽《たとえづくし》』）という言い方があるように、菊は他の花々に遅れ、その年の最後を飾る花とされている。その花をいつまでも見ていたいという感情が、一句の主題であろう。「霜おほひ」は霜囲い・霜よけともいい、作物や植木を霜による害から守るため、藁《わら》・菰《こも》などで覆いを作ることであり、また、その覆いをもいう。それ自体は冬の季語で、発句や連句での実例も少なくない。この句の場合は、実際に覆いをしているわけではなく、仮に想定しただけなので、冬の扱いにはならないわけである。ただし、この語が冬の季感を読む者に呼び起こすのも事実で、そのことにより、一句からは、菊を冬になっても眺めたいとの願望までが看取されることになろう。〈しばしとどめん〉は和歌からの文句取りで、その本歌は、『古今和歌集』『百人一首』などに収められて著名な、良岑宗貞（僧正偏昭）の〈天つかぜ雲の通ひぢ吹きとぢよ乙女の姿しばしとどめん〉である。歌の大意は、空に吹く風よ、雲の中にある通路を吹き閉ざして、天女たちの姿をしばしとどめておいてほしい、というもの。「乙女」は「天つかぜ」の「天」と結んで、天つ乙女（天女）を表すことになる。歌の結句をそのまま使いながら、「乙女」を「乙女草」に翻し、天女をとどめておきたいという願いから、菊をとどめておきたいという願いに改めたところが、一句の眼目である。また、上五・中七の雅に対して、下五には「霜おほひ」という日常的なものを配し、俳諧性を確保している。

〔所収本〕 梅盛編『口真似草』所収。同書は明暦二年（一六五六）十月二十日の刊行。四季別の発句集四冊と付句集一冊の計五巻五冊からなり、書型は中本。梅盛にとって最初の撰集であり、俳諧宗匠として独立する記念に編集・刊行したものと見られる。自序の末尾に「時に或《ある》人いふ、俳諧の撰集、家々口まねのごとくにして、めづらしげなし。予聞て、これも又よしといひて、やがて其《その》人を名付親にとりぬ」とあり、書名の由来が明らかになる。すなわち、ある人が、俳諧の撰集はどれも似たものばかりで、まるで口まねのようだ、と発言したのをおもしろく感じ、それを取り入れて題号にしたというもの。また、その冒頭部には、「人もすなるといふ俳諧を、われもせまほしきことよと、心にかけがねのあかれぬ口を明暮《あけくれ》うごめかして、とし月ふるかみこの、渋柿にはあらねど、へたのよこずきと成《なり》ぬ。いでや俳諧の徳こそすてられね」などとあり、掛詞を多用した遊戯的筆致の中にも、俳諧にかける思いを示している。貞門の撰集一般と同様、広く全国から句を集めているものの、自らの発句百三十のほか、門下の者たちの入集句数が多い。当該句は、秋の部の「菊」の題下に収められている。

〔作者と業績〕 梅盛は京の人で、元和五年（一六一九）に生まれ、元禄一五年（一七〇二）に八十四歳で没した。高瀬氏で、通称は太郎兵衛。佗心子の別号があり、法名は宗入居士。貞徳門で、重頼や貞室にも師事していたとされ、貞門七俳仙の一人にかぞえられる。承応二年（一六五三）に貞徳が没し、俳壇地図が大きく変わりつつある明暦二年（一六五六）に宗匠となり、『口真似草』をその記念集的な意味を込めて刊行。以後、大部な撰集を続々と刊行して、俳壇に一定の地位を築いていく。その書名を挙げれば、『鸚鵡《おうむ》集』（明暦四年）・『捨子集』（万治二年）・『早梅集』（寛文三年）・『落穂集』（寛文四年）・『細少石《さざれいし》』（寛文八年）・『山下水』（寛文一二年）『道づれ草』（延宝六年か）となる。撰集活動を終えた後も、元禄一五年に亡くなるまで、歳旦帖を出し続けていたことが、現存する井筒屋編の歳旦集によって確認される。歳旦帖の刊行は、俳諧宗匠であることの宣言というべきものであり、梅盛は生涯を現役の俳諧師として通したことになる。貞門の他の宗匠が次々と世を去る中にあって、大御所として活動を続けた意義は大きく、門弟にも、信徳・重尚ら重要な俳人が少なくない。その俳風は、言語遊戯を多用したもので、これといった特徴はないとされるものの、当該句をはじめ、味わいに富む佳句が見られる。狂歌の作者としても活躍し、発句と狂歌を収める夢丸編『狂遊集』（寛文九年）も、実質的には梅盛の編集と見られる（夢丸についての伝は未詳）ものである。

梅盛の功績には、付合語の集成ということもあり、『便船集』（寛文八年）とこれを増補した『類船集』（延宝四年）を刊行して、俳諧の普及に大きく貢献した。とくに後者は至便の一書で、貞門や談林の俳諧を研究する上で必備の資料といって過言ではない。

〔その他〕 代表句には他に次のようなものがある。

鶯も余寒《よかん》につれて無音《ぶいん》哉　（『口真似草』）

人の顔に似た顔もなし月の顔　（『鸚鵡集』）

独寝《ひとりね》も肌やあはする紙ぶすま　（『三ケ津』）

来る年や末たのみある中の秋　（『花見車』）

〔参考〕 島居清「高瀬梅盛」（『俳句講座2』昭33、明治書院）、榎坂浩尚「明暦二年の俳壇について」（『北村季吟論考』平8、新典社）、河村瑛子『古俳諧研究』（令5、和泉書院）

［佐藤勝明］

白炭《しろずみ》ややかぬ昔の雪の枝

忠知《ただとも》　貞門

〔現代語訳〕 白炭よ。その白さは、まだ炭として焼く前の木であった昔の姿、さながら雪に覆われた枝のごとくであることだ。

〔解釈〕 白炭は、カシ、ナラ、クリなどの木材を窯《かま》で高温で熱した後、窯の外に出し、灰の中に埋めて消火して処理した炭のこと。炭の表面に薄い灰の層ができて灰白色になっているので、白炭と呼んだ。通常の炭に較べて質が密で、火持ちがよいと言われるので、茶会などに珍重される。江戸時代の百科辞書『和漢三才図会』でも、泉州横山・横尾、摂州池田（いずれも現大阪府）などの名産地を挙げ、茶会に有用なことが記されている。鎌倉時代の歌人葉室光俊の和歌に〈なにとしていかに焼けばかいづみなる横山炭の白くみゆらん〉（『新撰和歌六帖』『夫木歌抄』）があり、炭のその白さが賞翫されていた。

季語は、「白炭」「雪」で冬。ただし、この場合の雪は眼前に実体としてあるものではなく、頭の中で想起されたものである。『山の井』は、冬の季語「埋火」の副題に炉びらき・白炭を掲げる。『増山井』も十月の季語「炭竈《スミガマ》」の副題にあげる。

『山の井』には、茶席の冬構の様子を雅文でつづった「又口きりのていたらく。ひらくいろりの火花をめで、しろずみと雪のまがふをあやしみ、炭とりを鳥に取りなして、羽箒を羽がひといひ」の一節がある。「白炭」から茶席や雪に連想が及ぶのは、自然の連想であることがわかる。したがって、白炭から雪の連想にいたった本句は、必ずしも目新しい着想であるとは言えない。例えば同じ『佐夜中山集』収録の高野直重（幽山）の句にも、〈何兎〉の詞書で〈白炭も友待雪の茶の湯哉〉がある。

本句は〈白炭〉を、炭として焼かれる前の雪の積もった枝に見立てることによって、白の二重映しとしたところが工夫である。『誹枕』所収の〈埋木や本の生木《ナマ》の花の波〉も、同様の着想と言える。

忠知の発句には、色彩感覚に優れたものが少なくない。見立表現を用いた発句においても、〈黒瀧やかすみのきぬを洗ひ汁〉（『奥州名所百番発句合』）、〈鋸山青さびかかる新樹かな〉（『桜川』）などがある。

〔所収本〕 『佐夜中山集』は、寛文四年跋、松江重頼編の俳諧撰集。貞門俳諧の特色をよく示した撰集で、古歌や謡曲を踏まえた発句を別に分類している。謡曲の文句取は、貞門俳諧の代表的な手法の一つである。芭蕉の発句の初見が収録された撰集としても知られているが、芭蕉の発句〈姥桜咲くや老後の思ひ出〉も、謡曲『実盛』の文句取りである。忠知の発句は他に三句入集しており、その一つは〈茶の花やたてても煮ても手向草〉で、やはり茶の湯に関わる発句である。

〔作者と業績〕 寛永二年（一六二五）～延宝四年（一六七六）十一月二十七日没、五十二歳。神野《かんの》氏。新井、荒井屋とも。俗称、長三郎。武士であったらしく、後述の逸話の他、「江戸御堂の輪番へ」の前書を持つ発句〈御一かにあくるかすみの樽もがな〉（『桜川』）もある。承応（一六五二～五五）の頃より江戸の俳諧師井坂春清に師事し、初期江戸俳壇を代表する俳諧作者として、寛文・延宝期の撰集に句を残している。〈武さし野はほむともつきぬところ哉〉（『桜川』）、〈須田町の道さまたげや若菜売〉（『俳諧洗濯物』）など、都市江戸の繁華を詠む発句も見える。

本句によって「白炭の忠知」と称され、伝説的な俳人として喧伝された。風国編の『初蝉』は、「翁の常に「俳諧に古人なし」と申されけるは、偏《ひとへ》に古人なしとにはあらず。「先徳多《おほき》が中にも、宗鑑あり、宗因あり、白炭の忠知あり」なんど慕ひ床しがられ侍りける」と芭蕉の語を伝えている。「白炭の忠知」という呼称が定着していたこと、芭蕉が宗鑑・宗因と並んで、心ひかれる俳諧の先人に数え評価していたことがわかる。蕉門における評価は、『あら野』に二句入集していることからもうかがえる。〈青海や羽白黒鴨赤がしら〉の作者名は、ことさら「白炭ノ忠知」と記されている。

其角の『雑談集』は、「白炭と聞えし忠知が、霜月やあるはなき身の影法師　と辞世して腹切ける。いかにせまりたる浮世には成けん。哀也」とその最期を惜しんでいる。切腹して果てたというのは尋常ではないが、後年『俳人百家撰』などには、その状況がやや詳しく伝えられている。「行ひ正しくして四書を傍に置ざる時なし、然れども不運にし難あり。讒者の為、虚名を受けて蟄居し、身の曇りなければ、速かに申開くは安けれど、かくては身のとが遁れんとし、其君を暗愚に云なすに同じと、一言の是非をもいはず罪を身に引きうけ腹十文字に掻切て相果しは、健気なる人と云伝べし」とあり、讒言に対して申し開きできたにもかかわらず、それは主君を貶めることになると切腹した忠義・高潔な人柄と伝える。

白炭の発句とともに、こうした潔い生き方が、忠知を伝説の人としたのであろう。

［安田吉人］

梅が香はおもふき様《さま》の袂《たもと》かな

捨女《すてじょ》　**貞門**

〈現代語訳〉 梅の香は、思いを寄せるあなた様の袂の香であることだよ。

〈解釈〉 〈梅が香〉は、春の季語。『古今和歌集』よみ人知らず〈梅が香を袖にうつして留《とど》めてば春は過ぐとも形見ならまし〉など、梅の清らかな香を衣に移して、記憶とともに留めおくのは、和歌以来愛され続けてきた詩情である。

〈おもふき様〉は、「思う貴様」、すなわち、恋しいあなた様の意。『古今和歌集』よみ人知らずの、香とともに昔の恋人を思う歌〈五月待つ花橘の香をかげば昔の人の袖の香ぞする〉を踏まえ、花橘の香を梅が香に、袖を袂に移して、恋しい人の香としたのである。

　ところで、初出の寛文六年（一六六六）刊『誹諧独吟集』では、〈梅がえはおもむきさまのかほり哉〉と表記されており、句形だけでなく、句意も異なっている。特に中七文字の「おもむきさま」は、そちらのほうを向くとすぐにの意と解するべきである。つまり、梅の花の咲く枝に惹かれて、そちらの方を向くとすぐに、良い香りが感じられたと詠んだのである。歌の主題は梅であって人ではない。もちろん、発句の梅の香に艶なる風情がないわけではない。脇句・第三は〈かすんで月にゆかしおもかげ／こぞににぬ春や昔と打ないて〉と付けられた。脇句の心惹かれる恋人の面影から、『伊勢物語』第四段の〈月やあらぬ春や昔の春ならぬわが身ひとつはもとの身にして〉を踏まえた第三句まで、恋の趣きが濃厚な連句である。

　編者西鶴は、女流俳人にふさわしい艶やかな句とするため、中七文字を〈思ふ貴様〉と読み替えたのではなかろうか。本句を収める『古今俳諧女歌仙』は、編者西鶴の自画自筆で各丁に肖像と発句を色紙風に記している。色紙の散らし書きは「おもふ」で改行し「様」に漢字を用いて表記した点に、その意図がうかがえる。捨女は後年も『続俳家奇人談』（一八三二）や『俳人百家撰』（一八五五）などにより、新たな伝承が加わっていくが、その始まりは西鶴にあったと言えよう。

　捨女には、女性らしく植物と優しく向き合う〈花の顔やわれもゐまるる児桜《ちござくら》〉、植物を優美に擬人化して詠む〈梅や実ににほひやかなる笑ひ顔《げ》〉、〈柳がみふつさりと成茂哉〉、〈姫松のかたびら雪やだてうすぎ〉（『続山井』）など、題材だけでなく言葉の選び方も繊細な発句が多い。

〈所収本〉 『古今俳諧女《にょ》歌仙』は、貞享元年（一六八四）刊。西鶴の自画自筆による古今女流俳人の句集。各丁に俳人の全身像を描き、余白に発句、囲みの枠内に解説を付す。枠内の西鶴の注には、「奥山の桜も梅もその匂ひに人もしるぞかし。丹波の柏原の里に、栗より外をしらぬ野夫迄、今俳諧の道つけしは此女也。哥学の窓より都を見おろし、萬の事にくらからず」とあり、丹波の山里に俳諧の風雅を教え、歌学の素養もあった著名俳人であると讃えている。

〈作者と業績〉 寛永一〇年（一六三三）～元禄一一年（一六九八）八月一日没、六十六歳。本名、田《でん》ステ。丹波国氷上郡柏原《かいばら》の庄屋・代官田助右衛門季繁の娘。三歳で実母と死別。継母の連れ子又左衛門季成と結婚し家督を継ぐ。季吟・湖春・松堅に、俳諧を学ぶ。夫季成も俳諧をよくし、〈花はゑみ我もふくむや桃の酒〉（『続山井』）などの発句がある。

　延宝二年（一六七四）夫に死別。〈露の身の消えぬもかなしもろともに枯れゆく萩ぞうらやまれぬる〉の追善歌は、西鶴の言う和歌の素養を十分感じさせる。七回忌のあと、落髪して妙融尼を名乗る。五十四歳で播磨国網干龍門寺の禅僧で俳人の盤珪に参禅し、貞閑尼と名乗る。元禄元年（一六八八）龍門寺に不徹庵を創建して庵主となる。

　一般に、貞門女流六歌仙の一人に数えられる。現在伝存する自筆句集の類には見当たらないが、広く人口に膾炙する〈雪の朝二の字二の字の下駄の跡〉（『続俳家奇人談』）は、六歳の頃の吟と伝えられる。国守が入府の際に、家を訪れ〈柏原（「萱原に」とも）をしや捨をく露の玉〉と、その才を讃えたとも言う。伝承が伝承を呼びながら、初期江戸俳壇の最も有名な女流俳人として評価が定着していく。

　女性の職業を描いた西川祐信画の絵本『百人女郎品定』（享保八年刊）は、女俳諧の項に「世に此道《このみち》をたしなむ女多しといへども、丹州かいばらのすて女。近くは其類成べし」と女流俳人の代表として挙げている。

　大伴家持の〈春の苑紅にほふ桃の花下照る道に出で立つをとめ〉（『万葉集』）を踏まえた〈ぬれ色や雨のしたてる姫つつじ〉（『続山井』『新百人一句』『点滴集』『高名集』）は、複数の俳書に収録される代表句。女性らしい艶やかな情が濃厚な発句は、〈水鏡見てやまゆかく川柳〉（『続連珠』）、〈気力なき柳のこぶややせぢから〉、〈月の貌みぬ恋に迷ふ闇路哉〉（『続山井』）なども ある。他にも、子を詠んだ〈凧になるやすずの子どものもて遊び〉（『続山井』）、家事仕事を詠んだ〈雑煮煮や千代の数かく花がつを〉（『続俳家奇人談』）など、女性らしい題材を詠む発句が多い。

〈参考〉 森繁夫『田捨女』（昭3、青雲社）、小林孔ほか『捨女句集』（平28、和泉書院）

［安田吉人］

雨を引きて涼しく入るや帆掛舟《ほかけぶね》

風虎《ふうこ》　貞門

〔現代語訳〕 雨を引くようにして涼しく入江に入ってくる帆掛舟であるよ。

〔解釈〕 季語は〈涼し〉。連歌・俳諧では、夏六月の季語とする書が多い。〈涼しく入るや〉は、涼しそうに帆掛舟が入ってくることよと、それを眺望している人の感覚である。作者は、入江を一望できる場所から、入船する帆掛舟を眺めている。海も空も雲も視界に入る、ダイナミックな景色に、夏の暑さを忘れるのである。

〈雨を引きて〉は耳馴れない表現で、「雨（を）引く」などの用語は、八代集などの古歌には見当たらない。あるいは、実景に即した嘱目を素直に表現したものか。その雲の下だけ雨が降るような通り雨の雲をひきつれるようにして、の意であろう。

『桜川』には〈矢橋の舟にて〉と前書のある近江八景を詠んだ松江維舟（重頼）の発句〈道涼しあしはや舟もくつのなる〉と、矢吹嘉品の発句〈御座船や風も帆に出ぬ夕すずみ〉の間に配列されており、納涼と船の取り合わせを詠んだ発句である。海に面した磐城平に城を構える風虎には、地元の海を詠んだ句が多い。〈網引　奥州岩城にて、石のみかえいと千引の春の網〉〈つくはねの近所土浦にて、つくはねの花やつもりてさくら魚〉（『続山井』）などは、単に景色としてではなく、魚の獲れる豊かな海が詠まれている。また、〈一葉や布帆新に秋の風〉、〈晴行や波にはなるるよこしぐれ〉、〈突や血に汐まてにこる初くじら〉（『桜川』）など、漁や海に精通している者でないと詠めない発句もある。

なお、〈雨を引きて〉の語については、『桜川』の近い筑波山の北に、幕府の庇護が厚かった雨引観音法楽寺がある。あるいは、その連想による着想の可能性もある。

〔所収本〕 『桜川』。松山玖也編、延宝二年（一六七四）自跋の俳諧撰集。風虎が、『夜の錦』（寛文六年成・一六六六）成立後、松江維舟・北村季吟・西山宗因らの有力俳人に蒐集させた発句を、大坂から招聘した玖也に編纂させた書。結局版行はされず、現在九冊の稿本で伝存している。京・大坂をはじめ、堺・江戸・諸国地方俳人まで網羅し、七千句を超える大撰集である。なかでも風虎は、別に風鈴軒・風山の二つの別号を用い、三百句以上の自作句を収めている。

書名の『桜川』は、常陸国筑波を源にし霞ヶ浦に注ぐ桜川に由来する。『類字名所和歌集』は、紀貫之の〈つねよりも春へになれば桜川花の波こそまなくよすらめ〉（『後撰集』）を挙げ、常陸の歌枕に挙げる。風虎にも〈南ふく筑波おろしに桜川言葉の花も波にかほりて〉（『義泰朝臣歌集』）などの和歌がある。風虎には、領地内を含め、広く陸奥の歌枕を積極的に顕彰しようとする姿勢が見える。

〔作者と業績〕 元和五年（一六一九）～貞享二年（一六八五）九月十五日没、享年六十七歳。陸奥国岩城平七万石の藩主内藤頼長（後、義概《よしむね》・義泰）。

寛永一三年（一六三六）、十八歳で従五位下、左京亮に叙任し、義概と改名した。この前後から和歌を学び、風雅な和歌文学や京文化へのあこがれを生涯持ち続けた。一方、新興文芸である俳諧にも関心を抱き、万治二年（一六五九）には、周囲の者と俳諧連句を巻いている。以後、維舟・季吟、宗因・玖也（初めは貞門派）らと交流、貞門派・談林派のどちらとも親しく交わり、多くの句集に入集する風流大名として知られた。

寛文一〇年（一六七〇）、五十二歳で藩主になった後も、風雅への情熱は衰えず、自らも俳諧句集の編纂を志し、玖也の編による『夜の錦』『桜川』をなし、また『奥州名所百番発句合』『六百番誹諧発句合』などを主催した。

風虎の句は、大名という為政者の見地から、民を思って詠まれた〈民はこれ国のもとなり種おろし〉、〈声たかく雨のしたこそ田うへ歌〉のような発句があるかと思うと、〈みとり子のおやにそひ寝はたんほ哉〉、〈大酒や人間万事としわすれ〉（『桜川』）、〈小うたふ声をのむ也花み酒〉（『六百番誹諧発句合』）などの庶民の俗情に通じる句もあった。

延宝三年（一六七五）、三度東下した宗因を迎え、多くの俳筵を開いた。風虎の江戸藩邸には、小西似春・岸本調和・高野幽山・岡村不卜・松尾芭蕉などの若き俳諧師が集い風虎サロンとも言うべき場が形成された。俳諧サロンは、没後は息子の露沾に引き継がれ、後年の江戸俳壇を支えていく逸材が育まれていく土壌を提供した。風虎・露沾父子が江戸俳壇に残した功績は特筆すべきものである。

〔その他〕 風虎は為政者として、諸国の産物にも強い関心を持っていたらしく、〈はやなりや山の南の伊豆蜜柑〉（『佐夜中山集』）、〈ことうをもよざにかかるや丹後鰤〉（『桜川』）、〈其毒をけすや金沢ふくの汁〉（『六百番誹諧発句合』）などの発句がある。さらに、食物にも造詣が深く、〈鵜つかひもはやわたをとれ鮎の魚〉（『奥州名所百番発句合』）、〈弁当の中の湊や沖なます〉（『誹枕』）などの発句もある。

〔参考〕 岡田利兵衛「内藤風虎・内藤露沾（『俳句講座二』昭33、明治書院）、檀上正孝「風虎内藤義概の生涯と文章」（『広島大学学校教育学部紀要』昭59）

［安田吉人］

宇治にて

里人のわたり候《さふらふ》か橋の霜

宗因　談林

〔現代語訳〕　里人がすでに渡っていったのだろうか。霜の降りた早朝、橋の上には点々とその足跡が残っていることだ。

〔解釈〕　前書は「於宇治」。季語は「霜」で冬。

謡曲「景清」において、従者が「いかにこのあたりに里人のわたり候ふか」（もし、このあたりにこの里の人がおいででしょうか）と問う。「景清」は日向に流された景清を、娘の人丸が尋ねて行く作品。謡曲では「わたり」を「あり・をり」の尊敬語の意で用いているところを、本句では橋を「渡る」の意によみ替えている。寛文四（一六六四）年刊『蠅打』に「大坂宗因、〈宇治にて、里人の渡り候ふか橋の霜〉とせしを、謡を直ちに取りたるとて人々興じければ、扨はよき事じゃと心得て、〈生国は越前鱈で候ひき〉〈小鮎なます首かき切て捨てんげり〉などいひて、謡の本を至極の歌書とする人有りと見えたり」とあるように、謡曲の詞をそのまま取り入れた趣向で、当時評判になり追随者も現れた。

「橋の霜」というと、温庭筠《おんていいん》の「商山早行」（『三体詩』所収）の漢詩句「晨《あした》に起きて征鐸《せいたく》を動かす、客行《きゃくこう》故郷を悲しむ、鶏声茅店《けいせいぼうてん》の月、人跡板橋《じんせきばんきょう》の霜」が知られる。山中の宿を早朝に商人は出立する。鶏の朝を告げる声が茅葺きの宿に響き、霜が下りた板橋の上には足跡が点々と残っているという情景である。

また、和歌においては、〈かささぎの渡せる橋におく霜の白きを見れば夜ぞふけにける〉（中納言家持『新古今集』冬歌・『百人一首』）が知られ、深夜の霜の白さが冬の寒さを思わせる。ただし、かささぎの渡せる橋は天の川であるので、地上の板の橋とは異なるが、霜の白さは共通するものであろう。前書に「宇治にて」とあり、宇治の橋といえば、〈橋上霜といへることをよみ侍りける／片敷きの袖をや霜に重ぬらん月に夜離るる宇治の橋姫〉（法印幸清《ぎょうしょう》『新古今集』冬歌）がある。この橋姫と月を思う里人を詠んだ歌として〈橋姫の袖とふ月の露霜をよそにはらはぬ宇治の里人〉（正徹『草根集』）。また、江戸時代の和歌では〈板橋やあらしのわたる霜の上にかよはぬ人の見えて淋しき〉（後水尾院『新明題和歌集』冬）、〈けさはまだ人もかよはぬ跡みえてふむ程もなき霜の板橋〉（道晃『新明題和歌集』冬）などのように、橋の上の霜を詠む。

とはいえ、この句においてはやはり、謡曲の影響が大きい。謡曲「頼政」では宇治の里の名所旧跡を尋ねられたシテが「いやしき宇治の里人なれば、名所とも旧跡とも、いさ白波の宇治の川に、舟と橋とはありながら、渡りかねたる世の中に、住むばかりなる名所旧跡、何とか答へ申すべき」と答えている。

句のねらいとしては、謡曲「景清」と漢詩「商山早行」の言葉を意識したものであるが、その背景に「宇治」「橋」「霜」「里人」の連想が働いているといえよう。

前述のとおり、この句は一つの流行を生み出した。この謡曲調の軽妙な句は、貞門俳諧とは異なる新風をもたらし、やがて談林俳諧へと続くものともいえる。

〔所収本〕　万治三年（一六六〇）五月刊、重頼編『懐《ふところ》子《ご》』。横本二十冊。「懐子」とは親の懐で養育される幼児の意で、和歌は親、俳諧はその懐で育つ子どもとする。重頼の撰集であるが、西山宗因の句が多く入集し、句風も談林に近づいている。影印は『近世文学資料類従　古俳諧編9～13』（昭47～48、勉誠社）。

ほかに万治三（一六六〇）年刊顕成編『境海草』（一幽の名で入集）、延宝八年（一六八〇）西漁子著『俳諧太平記』、元禄二年（一六八九）荷兮《かけい》編『あら野』、元文三年（一七三八）貞山編『其傘《そのからかさ》』などに入集。

〔作者と業績〕　慶長一〇年（一六〇五）～天和二年（一六八二）三月二十八日没。享年七十八歳。西山氏。名は豊一。俗名、次郎作。連歌号、豊一・宗因。俳号一幽・西翁・西幽子《さいゆうし》・西梅花翁《にしばいかおう》・梅翁《ばいおう》・野梅子・野梅翁・西山翁・長松軒・忘吾斎・向栄庵・夕芳庵。法名、実省院円斎宗因居士。

肥後国八代（熊本県八代市）の生まれ。加藤清正の家臣、西山次郎左衛門の子。幼時より天台宗釈将寺の僧豪信僧都に和歌などを学んだ。元和五年（一六一九）十五歳で、八代城主加藤正方《まさかた》（風庵）に仕えたことから、連歌の道に志し、元和七年（一六二一）から寛永六年（一六二九）まで、加藤家伏見屋敷詰めとなり上洛。里村昌琢に連歌と歌学を学んだ。この折、重頼と知り合ったようである。『時勢粧《いまようすがた》』に次の文がある。

「彼人もとは肥の後八代の生れなりしが、二八の比より連歌の道に心ざし、遥にのぼりて京人となり、里村氏の家を尋て、学寮あればすなはち入より、わたり近き予も折ふし毎に連歌のちなみ浅からざりし。又万治の比より、誹諧の会合斜《なのめ》ならず招かれて、京大坂へも打つれ、いとどむつまじかりき」。

宗因は里村家の学寮に入り、近くにいた重頼も何かにつけて連歌の縁浅からず、万治年間（一六五八～六〇）より、俳諧の会合にも招かれ、京都や大坂へもともに出かけ、たいそうむつまじく過ごしたということである。

寛永八年（一六三一）『両吟千句』、寛永九年に豊後円寿寺の寛佐から『源氏物語』の伝授を受けるなど、宗因は正方に仕える一方で、連記を学び続けていた。

しかし、寛永九年、加藤家は改易となり、正方は京都に隠棲。宗因も上洛し、紀行文『肥後道之記』を執筆。

正保元年（一六四四）正方は京都を追放され、慶安元年（一六四八）に預り先の広島で没した。

京に残った宗因は、正保四年（一六四七）大坂天満宮連歌所宗匠となった。慶長一九年（一六一四）以来途絶えていた月次《つきなみ》連歌を再興、慶安五年（一六五二）に菅家神退七百五十年万句を興行するなど、連歌所を経営し、明暦二年（一六五六）天満碁盤屋町に庵を結び、連歌文『有芳庵記（告天満宮文）』を著し、天満宮に奉納した。

このような活動から諸国に名声が広がり、各地へ旅をし、合わせて紀行文を著していった。承応二年（一六五三）『津山紀行』、寛文三年（一六六三）『松島一見記』、同年『筑紫大宰府記』、同五年『西国道日記』、延宝二年（一六七四）『宗因高野詣』などである。

連歌では寛文五年（一六六五）豊前国小倉城主小笠原忠真七十歳の賀を祝し『小倉千句《こくらせんく》』を行ったが、同七年に忠真は没した。その後、延宝六年（一六七八）忠真夫人の意を受けて豊前国綱敷天満宮に『浜宮千句』を奉納している。また、明石での『宗因独吟人丸社法楽百韻』、延宝七年（一六七九）伊勢神宮の神官との交流による『延宝千句』など、各地で連歌興行を行っている。

一方、宗因自身の身内に次々先立たれたことから、無常を感じ、寛文一〇年（一六七〇）二月十五日豊前国小倉、広寿山福聚寺の法雲禅師のもとで出家、六十六歳であった。天満宮連歌所宗匠の職は子の宗春《そうしゅん》に譲り、翌一一年に大坂へ帰るまで九州各地を旅した。

宗因の俳諧への移行は、明暦二年（一六五六）頃、有芳庵にて俳諧百韻を巻いている頃からであろうか。前述の『時勢粧』に「又万治の比より、誹諧の会合斜ならず招かれて、京大坂へも打つれ、いとどむつまじかりき」と重頼が記すように、万治年間頃より撰集への入集が増える。

宗因の句として有名な〈ながむとて花にもいたし頸の骨〉は明暦三年（一六五七）『牛飼』に入集。のち、寛文六年（一六六六）『誹諧独吟集』では、次のように、独吟百韻の冒頭となっている。

ひめもす（終日）花にくらして、彼西上人の花にもいたくといひしは、首のほねの事にやとおもひなして

ながむとて花にもいたくなれぬれば
ちるわかれこそかなしかりけり

独吟百韻

ながむとて花にもいたしくびの骨　　　一幽

西行法師の〈ながむとて〉（『新古今集』春歌）の「いたく」（「はなはだ」の意の副詞）を頸の骨が「いたく」（「痛し」の意の形容詞）と転じた表現。

和歌や謡曲を大胆に読み換え、雅を俗に転じる鮮やかさが宗因の特色であるが、宗因とその俳諧集団の動きはやがて、貞門とは異なる俳諧の流行を形成し、もてはやされる一方で「阿蘭陀流」「軽口」と呼ばれ揶揄される。寛文一三年（一六七三）西鶴編『生玉万句』には「遠き伊勢国みもすそ（御裳濯）川の流を三杯くんで酔のあまり、賤《やつがれ》も狂句をはけば、世人阿蘭陀流などさみして」と、世人が西鶴らの俳諧を阿蘭陀流などとけなしていたと記す。

一方で、宗因の人気は高く、延宝三年（一六七五）江戸に下向した宗因は歓待された。内藤風虎の江戸藩邸に滞在していた宗因の発句〈さればここに談林の木あり梅の花〉を与えられた、江戸の松意ら「俳諧談林」の者たちは、この句を巻頭句として『談林十百韻』を興行した。

このように貞門とは異なる新風、談林俳諧は全国に広まった。芭蕉もこの流れに、一時は乗っている。

しかし、やがて宗因は連歌に回帰し天和元年（一六八一）洛西鳴滝に引きこもる。翌二年三月二十八日、病気により七十八歳にて没する。墓所は大阪天満西寺町西福寺。

〔その他〕すりこぎも紅葉《もみぢ》しにけり蕃椒《とうがらし》

すりこ木が真っ赤に染まって、まるで紅葉したかのようだ、それは擂鉢《すりばち》で擂っているのは唐辛子だから。日常的な道具の〈すりこ木〉が〈紅葉〉するという雅な表現に、南米原産で十六世紀に日本に伝来したという「唐辛子」を組み合わせることで奇抜な見立てとなっている。「紅葉」も秋だが、「蕃椒」の実が熟して赤くなるのも秋。

世の中や蝶々とまれかくもあれ

荒木田守武が室町時代、大永五年（一五二五）に詠じた『世中百首』は、各首に〈世の中〉の語を読み込んだ道徳的・教訓的和歌が並ぶが、慶安元年（一六四八）の刊行以来版を重ねて流布した。その〈世の中〉を詠嘆したところに、軽やかな〈蝶々〉に〈とまれ〉から、「とまれ（ともあれ）かくもあれ」の言葉を導く。季語は〈蝶々〉で春。

郭公《ほととぎす》いかに鬼神《きじん》も慥《たしか》にきけ

ほととぎすが鳴いた。さあ、鬼神（貴人）もどうぞお聞きください。初夏を告げる〈ほととぎす〉の初音を待ちわびる情景は、古来多くの貴人（貴族）が歌に詠んできた。その貴人に〈鬼神〉を掛け、『古今集』の「仮名序」に「目に見えぬ鬼神をもあはれと思はせ」る歌から転じて、謡曲『田村』の「いかに鬼神もたしかに聞け、昔もさる例《ためし》あり」の文句をとる。季語は〈郭公〉で夏。

〔参考〕 中村俊定『俳諧史の諸問題』（昭45、笠間書院）、『西山宗因全集』（平成16、八木書店）

［大内瑞恵］

長持《ながもち》へ春ぞ暮れ行く更衣《ころもがへ》

西鶴《さいかく》　談林

〔現代語訳〕長持へ、春の衣がしまわれていく。四月一日は衣更え。まるで春の季節そのものが長持の中へ暮れていくように感じられることだ。

〔解釈〕季語は「更衣」で夏。「更衣」は「衣更」と記され、平安時代、四月一日には冬から夏へ、十月一日には夏から冬へと衣服及び調度を替えるものであり、もともとは宮中行事であった。寛政九年（一七九七）頃の『俚言集覧』には「衣かへ 更衣、四月朔日、十月朔日を云。今、江戸の御定は、四月朔日より五月四日迄袷小袖、五月五日より八月晦日ひとへ帷子麻布なり。九月朔日より同八日迄袷小袖、九月九日より三月晦日迄を綿入小袖なり」とある。ただし、季語としての「更衣」は、四月の行事をいう。

基本的に「更衣」は夏のはじまりを告げるものであり、〈題しらず　よみ人も／今日よりは夏の衣に成りぬれど着る人さへはかはらざりけり〉（『後撰集』）のように詠まれた。今日四月一日よりは、夏の衣になったが、着る人は変わらないことであるよの意。このように、『後撰集』以降の勅撰集では「更衣」の歌が夏の部立の巻頭となる。〈桜色に染めし衣をぬぎかへて山ほととぎす今日よりぞ待つ〉（和泉式部『後拾遺集』夏）のように、春の衣を脱ぎ替えて山ほととぎすに象徴される夏の訪れを待つ歌や、〈我のみぞいそぎたたれぬ夏衣ひとへに春をしむ身なれば〉（源師賢『金葉集』夏）のように、「たつ」（立つ・裁つ）・「ひとへに」（単衣）など、衣の縁語を駆使しつつ惜春の情を詠む歌がある。

『増山井』「四季之詞上夏」の四月の巻頭に「更衣（コロモカヘ）（カウイ）　一日」とあるように、江戸時代の俳諧においても、衣更えは四月一日。この日より夏となるので、冬の衣とともに春の衣もしまわれる。

自画賛には「袖をつらねて見し花も絶て女中きる物も今朝名残ぞかし」の詞書がある。〈袖をつらね歌をつらぬる花見哉〉（正種『玉海集』春部）を意識したものか。春の衣の袖を連ねて見た花ももう終わり、女中の着るものも今朝は衣替えでしまわれ、名残惜しいことであるの意。

その衣がしまわれる先の「長持」とは、蓋《ふた》付きの長方形の箱で、衣類・夜具・調度などを収納する。室町時代に長櫃《ながびつ》を改良した家具として広まった。長櫃との違いは、長櫃には長方形の櫃の前後にかつぎ棒を通す環がついていて脚がないこと。塗物または木地のままのものが多かった。嫁入道具にも用いられ、〈夜前引らん車長持〉（西鶴『大句数』）の句があるように、江戸時代には、車をつけた大型の車長持が作られた。しかし、火事のときには道をふさぐため、江戸・大坂・京では天和三年（一六八三）以降禁じられた。長持の句に〈火事よといひて風しづか也／おし合は葛籠長持車道／中くらいなるよめ入のくれ〉（西鶴『大句数』）がある。

〈暮れ行く〉は、ここでは春が終わることをいう。この〈長持へ春ぞ暮れ行く更衣〉の句は惜春の情を詠んだ句であるが、取り合わせの奇抜さがある。前述の和泉式部歌のように〈桜色に染めし衣〉つまり春の衣を脱ぎ替える、源師賢歌のように〈いそぎたたれぬ夏衣〉と、衣を替えることに惜春の情を詠む和歌はあるが、西鶴の句の着眼点は衣を替える、片付けることによって「長持へ」春が「暮れ行く」ように思われることである。日常的な生活用品である長持、ここに春が暮れ行くという取り合わせの妙があり、この連想に談林俳諧の特色があるといえよう。

〔所収本〕『落花集』は、〈長持へ春ぞ暮れ行く更衣〉。『歌仙大坂俳諧師』は〈長持に春ぞくれ行く更衣〉。『温故集』『俳諧古選』は〈長持に春がくれ行更衣〉。自画賛に「袖をつらねて見し花も絶て女中きる物も今朝名残ぞかし」の詞書がある。

『落花集』は高滝以仙編、寛文一一年（一六七一）自序。「宗因千句」を収録する。寛文年間（一六六一～七三）を台頭期、延宝年間（一六七三～八一）を最盛期、天和年間（一六八一～八四）を衰退期とすると、談林俳諧台頭期の俳諧撰集である。『歌仙大坂俳諧師』は西鶴編、延宝元年（一六七三）刊。西鶴が興行とともに刊行した『生玉万句』と同年の撰集であり、西鶴としては「長持に」の句形こそが完成形であろうか。

〔作者と業績〕寛永一九年（一六四二）～元禄六年（一六九三）八月十日没。享年五十二歳。井原氏。最初の号は鶴永。延宝元年（一六七三）から西鶴を名乗る。元禄元年（一六八八）から同四年（一六九一）頃まで西鵬とも称した。別号に、鶴翁、雲愛子、四千翁、二万翁、難波俳林。軒号に松風軒、松寿軒、松魂軒。出自や家系は未詳。『見聞談叢』によると、俗称を平山藤五と伝える。

十五歳の頃に俳諧を志し、二十一歳の頃に点者として独立したというが、その師は不明である。二十五歳のときに『遠近集《おちこちしゅう》』に発句が入集している。

承応二（一六五三）年に松永貞徳が没したが、全国的には貞門俳諧がまだ隆盛であった。

寛文一三年（一六七三）、大坂生玉社で鶴永の名で主催興行した万句と追加百韻、諸家による祝賀興行の百韻を収録した『生玉万句』を刊行。このときの興行は二百名を超える新風を求める俳人たちが、十二日間で行ったという。旧派（貞門俳諧）に対して新風の旗揚げといえる興行が鶴永（西鶴）を中心に行われたのである。

［大内瑞恵］

文《ぶん》を好むきてんはたらく匂ひかな

惟《い》中《ちゆう》　談林

〈現代語訳〉 文を好む木、すなわち好文木と名づけられた梅は、機転を働かせて文学隆盛の香気を漂わせていることだ。

〈解釈〉 〈文を好むきてん〉に「文を好む木」すなわち好文木を詠み込む。好文木は例えば『十訓抄』に「唐国の帝、文を好み給ひければ開け、学問怠り給へば散りしぼみける梅はありけれ。好文木とぞいひける」（六ノ一七）とある。謡曲『老松』に「唐の帝の御時は、国に文学盛んなれば、花の色を増し、匂ひ常よりまさりたり、文学廃れば匂ひもなく、その色も深からず、さてこそ文を好む木なりけりとて、梅をば好文木とはつけられたれ」と説かれている。この唐国の帝は、西晋の初代皇帝武帝のこと。「機転働く」とは、機転を利かせて。好文木たる梅が物事に応じてとっさにその場にふさわしい行動をすることをいう。ここは、文学盛んの様子を察してとっさに梅の匂いを薫らせることを言ったのである。

「好文木」を句に踏まえたのは、惟中が初めてではない。貞徳は和歌に〈読む文を好める窓の梅なればその灯《とぼしび》と月もさすなり〉（『逍遊集』）と詠んでいるし、貞門の撰集を探れば、つぎのような例が得られる。

状で送れ好文木の花のえだ　作者不記（『犬子集』）
文を好む木には千重《ちへ》咲け花の宿　蓮也（『崑山集』）
さす花は好文木刀《かうぶんぼくたう》のこだちかな　毎延（同）
文を好む木の母は是《これ》孟母かな　兼次（『玉海集』）
文好む木だてやさしや梅の花　直久（『続山井』）

また、『毛吹草』や『山之井』などの季寄せには、「梅」に「飛梅《とびうめ》」や「綸旨梅《りんじばい》」などとともに「好文木」を掲出している。梅を「好文木」として詠み込むことは、さして新しい作意ではけっしてなかったのである。むしろ好文木の由来を踏まえて、梅が文学の隆盛を察知して「機転はたら」かせると言い述べたところに、新味があったとすべきであろう。

後に惟中は、この句を立句《たてく》にして独吟百韻を巻き、これを宗因に示して点を乞うている。この百韻の発句として読んだ場合は、「文を好む木」すなわち梅に、宗因の号梅翁を踏まえ、文学の隆盛を、梅翁宗因の談林俳諧が隆盛して梅翁の風が一世を風靡するとの意を読み取っての挨拶となっている。宗因風の流行を梅の匂いに託して言祝いだ句ということになる。

〈所収本〉 寛文一二年（一六七二）自奥の維舟（重頼）編『時勢粧《いまようすがた》』巻一に初出。延宝三年（一六七五）四月刊惟中編『俳諧蒙求《もうぎゆう》』に、「俳諧はなんぞ。荘周がいへらく、滑稽なり。とはなんぞ。是なるを非とし、非なるを是とし、実を虚になし、虚を実になせる、一時の寓言をいふならんかし。荒木田の某（守武）この心を得たり。西山の翁、その道を学び得たり、……」以下の前書を付して、独吟百韻の立句にこの句を採用した。

〈作者と業績〉 寛永一六年（一六三九）～正徳元年（一七一一）。初め松永（長）氏、のち岡西氏。一時軒・北水浪士・一瓢子などと号した。鳥取の士族の生まれ。和歌を烏丸資慶・光雄、儒学を菊池東匀・檜川半融軒、連歌を里村昌益、漢詩を南源禅師、書道を青蓮院尊証法親王に学ぶ。寛文六年（一六六六）頃、岡山に移住。同九年初の編著『心正筆法論』を刊行。俳諧は、明暦四年（一六五八）刊『鸚鵡集』に初出、寛文九年、西下途次の宗因に入門したという。宗因流と貞門の対立が目立ってくる延宝三年以後、『俳諧蒙求』などで『荘子』の寓言論を論の柱に据え、自由な滑稽精神と奇抜な寓意的表現を俳諧の価値として標榜、宗因風の論客としてめざましい活躍をする。延宝六年大坂に移住。宗因や西鶴・任口・高政らと交流、『一時軒独吟自註三百韻』などの連句集を刊行する。しかし、やがて衒学的な文章と自己宣伝などにより談林派からも反感を買うようになる。天和二年、宗因の死を契機に次第に俳壇の第一線を退き、連歌・漢詩・古典注釈・随筆など、広汎な文学活動を展開した。句集に『岳《おか》西惟中吟西山梅翁判十百韻』（延宝四刊）『風鳶《ふうえん》禅師語録』（延宝七序）『一夜庵建立縁起《こんりゆうえんぎ》』（延宝九刊）など、俳論に『俳諧三部抄』（延宝五刊）、『俳諧或問』（延宝六刊）、『近来俳諧風躰抄』（延宝七跋）、随筆に『続無名抄』『一時随筆』、古典注釈に『清少納言旁注』『諸抄正誤徒然直解』などがある。

〈その他〉 他に次のような句がある。

底なしや玉にもぬけるあられ酒　（『俳諧三部抄』）

『徒然草』三段に「色好まざらん男は、いとさうざうしく、玉の盃の底なき心地ぞすべき」を踏まえ、〈浅緑糸よりかけて白露を玉にもぬける春の柳か〉（『古今集』）の言い回しを利かせて、霰酒を底なしに飲むと詠んだ。

腰おれのたぐひになりぬ田植歌　（『惟中十百韻』）

〈腰折れ〉は下手な歌の事。田植は腰を折ってするから、田植え歌もさぞ腰折れ歌になると理窟を言い述べた。

短冊《たんじやく》の旗管城《くわんじやう》の固め前は花　（『破邪顕正返答』）

短冊を旗印として筆で固く守り、春を通すまいとするの意。〈管城〉は筆。〈春を留むるに関城の固めを用ひず〉（『和漢朗詠集』）をもじって、「春を留むる」を抜いたぬけの手法の句。貞門俳諧に対して談林の俳諧を守ろうとする自身の心構えを述べた句である。

〈参考文献〉 島居清「岡西惟中」『俳句講座2』（昭33、明治書院）、上野洋三「岡西惟中年譜稿」（『國語國文』昭43・11）、「岡西惟中論」（『文学』昭45・5）

［宮脇真彦］

目にあやし麦藁一把《いっぱ》飛ぶ蛍

高政《たかまさ》

談林

〔現代語訳〕　『平家物語』に登場する、かの法師の被った麦藁一把が土器に入れた火に光って点いたり消えたりしている様子だと、目に怪しく見えたのは、蛍が飛んでいるのだった。

〔解釈〕　〈目にあやし〉と〈麦藁〉は、『平家物語』「祇園女御」の一節を踏まえる。五月雨の闇夜に、白河院は清盛の父忠盛らを従え、祇園女御のもとを訪れた。その近くの御堂に「御堂の傍《かたは》らに光り物出で来たり。頭は銀の針を磨きたてたるやうにきらめき、左右の手と思《おぼ》しきをさしあげたるが、片手には槌のやうなるものを持ち、片手には光る物をぞ持ツたりける」を、一同は鬼が出たかと騒ぐ。この「とばかりあツてはさツと光り、二三度しける」化け物を忠盛が捕まえて見ると、化け物などではなく、六十歳程の法師であった。「御灯《みあかし》まいらせんとて、手瓶といふ物に油を入て持ち、片手には、土器《かはらけ》に火を入れてぞ持ツたりける。……濡れじとて、頭には小麦の藁を笠のやうに引き結ふで被《かづ》ひたり。土器の火に、小麦の藁輝いて、銀の針のやうには見えけるなり」、という一節である。化け物と見たのは、雨除けにと頭に結んだ麦藁の先が、土器の火に輝いて銀の針のように煌めいていたのだった。これを、五月雨の時節と、光っては消え、光っては消える様子から、蛍を思い寄せ、蛍が集まって飛ぶ様子を、あたかもこの『平家物語』の麦藁の先が煌めいて飛んでいるようだと見立てたのである。

蛍火を火や光に見立てるのは近世の連歌に例があり、俳諧では蛍の典型的な作意となっている。連歌では、

照射《ともし》かと鹿子《かのこ》もよらむ蛍かな　玄仍（『大発句帳』）

飛ぶ蛍さながら衛士のたく火かな　昌琢（『昌琢句集』）

また俳諧では次のように詠まれている。

打ち出だす火か石山に飛ぶ蛍　徳元（『毛吹草』）

飛ぶ蛍竹松明《たいまつ》のひかりかな　望一（同）

高政の句も、蛍を麦藁の光る様と見立てたのである。後述するが、貞門側からこの句を批判した随流《ずいりゅう》の『俳諧破《は》邪顕正《じゃけんしょう》』は、〈目にあやし麦藁の光飛ぶ蛍〉とすれば意味が通じるのに、「麦藁を飛ばせねば嬉しうないと思ひ、無理に麦藁を飛ばせたり。是《これ》当風邪誹の作意なり。これ故一句埒《らち》明かず、阿蘭陀《おらんだ》の島のものなり」と非難している（「阿蘭陀の島のもの」とは無意味・難解の意で、談林俳諧への蔑称であったが、後に談林はそれを逆手にとり、革新性を自讃して自ら阿蘭陀流と名乗った）。この〈麦藁の光飛ぶ蛍〉については、『二つ盃』に「飛ぶ蛍のうちに光りはある也。当世は、纔《わずか》十七文字・十四文字のうちに、言ふても言はでも詞は惜しき事とて、聞《きこ》えさへすれば言はざる事尤もなり」というように、蛍といえば光は当然なのでそれを省き、謎仕立てにする手法を「抜け」といい、談林の特徴的手法であった。

高政の句は、麦藁が点滅しつつ一束飛ぶのを怪しんで見たが、それは蛍であったと謎解きのように詠んだところが、単なる見立てを超えて、『平家物語』での老人の正体を見たのと同じ趣向を取ったところ、凝った句となっている。

〔所収本〕　延宝七年（一六七九）刊、高政編『誹諧中庸《つねの》姿』所収、巻頭百韻の発句。本書は、前年宗因から「末茂れ守武《もりたけ》流の惣本寺」の挨拶句を贈られて宗因風に傾倒した高政が、一派の連句十一巻をまとめて京都談林の存在を誇示しようと刊行したもの。奇抜な譬喩や見立て、仏語や漢語による新奇な句調や、「俳諧惣本寺」を称したことなどから貞門側の非難を招き、『誹諧破邪顕正』（随流、延宝七年刊）以下論難書が出版され、貞門・談林の論争へと発展した。

〔作者と業績〕　菅野谷氏。生没年不明ながら、元禄一五年（一七〇二）に六十代半ばで生存が判明。通称、孫右衛門。京都住。はじめ貞室、のち宗因門。延宝三年（一六七五）『俳諧絵合《えあわせ》』を刊行。序文で宗因を称揚するが、作者は京都貞門が多数を占め、穏やかな作風の句集である。その後、宗因への傾倒を深め、延宝五年『後集《こうしゅう》絵合千百韻』では、京都貞門諸家の句は見えなくなる。延宝七年『俳諧中庸姿』を出版するや、貞門側から論難書が刊行されたことは述べた通りである。高政は、論難に答えて翌八年『是《これ》天道』、同九年『ほのぼの立《だて》』を刊行して、異風・異体の俳風を誇示して京都談林の雄として活躍したが、天和二年、宗因の死を契機に第一線から離れ、以後ほとんど活躍は見られない。

〔その他〕　他に次のような句がある。

鮓鮒《すしぶな》や終《つひ》は五輪の下紅葉　（『古今誹諧師手鑑』）

鮓となる紅葉鮒は、最後は鮓桶に積み重ねた重石の下になって、人間の最後である五輪の石塔に積もった下紅葉のようである、の意。紅葉鮒は晩秋鰭《ひれ》が紅色になった鮒。鮒鮨のシーズンも終わる頃の鮒の意も込める。

木食《もくじき》や梢の秋に成りにけり　（『洛陽集』）

「木食」は、米穀を断って木の実や草を食べて修行する僧。「梢の秋」は紅葉するゆえの呼称で、陰暦九月を指す。木食上人にとって、木の実の生る待望の秋となったことだの意。芭蕉の〈枯枝に烏とまりたりや秋の暮〉とともに談林末期、最新の俳体として称揚された（『ほのぼの立』序文）。

〔参考文献〕　今栄蔵「談林俳諧史」『俳句講座1』（昭34、明治書院）、雲英末雄「菅野谷高政」『貞門談林諸家句集』（昭46、笠間書院）

〔宮脇真彦〕

蛇《じゃ》のすけがうらみの鐘や花の暮《くれ》

常矩《つねのり》　談林

〈現代語訳〉 大酒飲みが、入相の鐘の音を恨めしく聞いている。花見の酒がまだ飲み足らないまま日が暮れてしまい、盃をしまってお開きにしなくてはならないから。

〈解釈〉 季語は〈花〉で旧暦三月、晩春。花が象徴的に桜を指すことは言うまでもないが。ここでは単に桜だけを指すのではなく、花見の風景全体を捉えたことばとして用いられている。しかも『敝帚《やぶれははき》』の前書きに「のみたらぬ心地せられて」とあるので、〈蛇のすけ〉が花見で大酒を飲んでいてまだまだ飲み足りない情景を合わせて描き出していると思われる。さらに〈鐘〉と〈暮〉により、「暮れ六つ」の鐘が鳴る夕暮れ時（午後六時くらいか）を想定し、〈うらみ〉により飲み足りない〈蛇のすけ〉の花見の宴の終りを惜しむ心情を暗示する。また〈花の暮〉には、花自体がもうすぐ散ってしまうという意味も含んでおり、全体が惜春の句ともなっている。

この句は大酒のみの未練がましさを滑稽に表現しながら、〈花〉に昼の華々しい花、花見にふさわしい満開の花を期待しつつ、間もなく散る花びらを想い、ひいては花の春の終焉を迎えねばならない無常感も込めている。単に大酒のみの酒への執着を詠んだだけではなく、花をめぐっての重層性を図っている。

〈蛇のすけ〉は大酒のみを人名のように表現した語であるが、その由来は、素戔嗚尊《すさのおのみこと》が八岐大蛇《やまたのおろち》に酒を飲ませて退治した伝説から、蛇を酒飲みといったものとされる（『日本国語大辞典第二版』による）。〈蛇之介こそ執心残つて花に酒〉（曲斎《きょくさい》『彼岸花《ひがんばな》』安政四年）などが類似句と言える。

〈うらみの鐘〉は、うらみに思う鐘の音であるが、ここでは〈蛇のすけ〉が鐘の音を聞いて、時の経つのが早いことをうらみ嘆いたことを意味する。この〈うらみ〉とは酒がまだ飲み足りないのに、もう日暮れなのかという不満の意である。〈うらみ〉と〈鐘〉については、謡曲「道成寺」に、

入相《いりあい》の鐘に、花や散るらん、花や散るらん……ねらひ寄りて、撞《つ》かんとせしが、思へばこの鐘、恨めしやとて……

とある。これは折しも入相の鐘（夕暮れの鐘）が響いてきて花が散り、夜になって白拍子の女は人々が眠っているのを見計らって、鐘を撞こうとしたが、恨めしく思って撞かずに、鐘を被ってしまった場面である。その女は亡霊で、かつて山伏に裏切られたと思って、その恨みで毒蛇になって道成寺の鐘に隠れたその山伏を焼き殺してしまったのである。

ここには、「入相の鐘」「花散る」「恨み」「蛇」と常矩の句の想定に類似する要素が組み込まれている。その四つの要素を踏まえて、恋の恨みから大酒のみの〈蛇のすけ〉の酒への恨みに転成して花見の場に見立てたのである。延宝のこの時期、談林では謡曲の文句を盛んに取り入れるいわゆる謡曲調を展開しており、談林に転向した常矩が謡曲調に心酔しても不思議ではない。ちなみにこの句の脇の「七まとひまとふ藤の松陰」も、同じく「道成寺」の「竜頭を銜へ七纏ひ纏ひ」を踏まえていると考えられる。

〈所収本〉 延宝五年刊（推定）『蛇之助五百韻《じゃのすけごひゃくいん》』所収。田中常矩《つねのり》編。京都井筒屋庄兵衛刊。常矩の独吟百韻四巻（〈蛇のすけがうらみの鐘や花の暮〉〈ありやうは耳が鈍《どん》なりほと丶ぎす〉〈ぞ丶りこを枡にのこして月見哉《かな》〉〈馬下踏《げた》やひけどもあがらず厚氷〉をそれぞれを発句とする）と谷口重以《じゅうい》の独吟百韻一巻（〈のしきって一句にはねや雁の声〉を発句とする）を収録。書名は巻頭発句〈蛇のすけがうらみの鐘や花の暮〉による。雲英末雄は、本書ははじめにその中の第一巻と第四巻を合わせた『俳諧二百韻蛇之助馬下踏《げた》常矩作』があり、延宝五年二月上旬に、『敝帚《やぶれははき》』の附録として刊行され、後に五百韻として再刊されたと推定される。さらに『古典俳文学大系3談林俳諧集一』の『蛇之助五百韻』注では、重以の発句が『敝帚』に入集していることから、制作年代を延宝四年秋と考えている。また重以の百韻の前書から、重以は常矩の「蛇のすけ」百韻以外の四巻を見てから作っているとわかるので、それらの制作年次の最後と思われる延宝五年の夏以降、さらに「のしきって」の句が秋の句なので延宝五年秋以降の刊行としている。

これらの作品は宗因風の影響を受けており、常矩が貞門から談林へ転向する時期のものと位置づけられる。これにより彼は「蛇之助常矩」と呼ばれるようになる。

〈作者と業績〉 寛永二〇年（一六四二）～天和二年（一六八二）三月十九日没。享年四十歳。麻尾氏、のち田中氏、本名、忠俊。通称、甚兵衛。京都の人。剃髪して真斎、別号、敝帚子。北村季吟《きぎん》門。常矩ははじめ貞門であったが、後に談林に傾倒し京都談林派の有力者となった。ただ宗因の門下になったわけではなく、友人関係を保っていた。編著に『誹諧捨舟《すてぶね》』『ねざめ』『花見三吟』『俳諧雑巾《ぞうきん》』『敝帚』『蛇之助五百韻』などがある。

〈その他〉 代表句には、他に次のような句がある。

されればこそ時雨ハぬるし松の雪　（『誹諧捨舟』）

親の杖よハりしはてや棚麻木《おから》　（『俳諧雑巾』）

〈参考〉 雲英末雄「蛇之介常矩について」（『元禄京都俳壇研究』昭60、勉誠社）

［塚越義幸］

花を踏んで蹈鞴《たたら》うらめし暮《くれ》の声

幽山《ゆうざん》　談林

〔現代語訳〕 一日中花見に遊び、花を踏んで歩き、その興も尽きていないのに、無情にも夕暮れの鐘が一日の終わりを告げる。夕暮れの鐘、すなわち入相の鐘の音は花を散らすというけれども、私には鐘を鋳造したときに使った蹈鞴《たたら》までもが恨めしく思えることだ。

〔解釈〕 能因の〈山里の春の夕暮来てみれば入相の鐘に花ぞ散りける〉（『新古今和歌集』）など、入相の鐘の音が花を散らしてしまうという発想は、能の『三井寺』や『道成寺』に受け継がれ、近世ではよく知られた詩材である。『類船集』にも「晩鐘《イリアイ》」の付合語として「花の散」が挙げられている。

　ところが、本句はその「鐘」には一語も触れず、思ってもみない「蹈鞴」を詠んだところにおもしろみがある。蹈鞴は、鐘を鋳造するときに、職人が炉の火に空気を送り込む道具で、ふいごとも呼ぶ。本句を所収している『六百番誹諧発句合』の判詞（句合のときに、番わせた左右の発句の優劣を定めた理由説明の言葉）には、「鐘の抜き手、花の波におよがるるか」と評がある。ここには、談林俳諧によく見られる「ヌケ」の手法が暗示されている。「ヌケ」とは、付合的な語の連想をするときに、故意に中間の着想にあたる語を抜いて、読み手に謎をかける手法である。例えば同じ幽山の発句〈山の秋世は皆酔へり富士独り〉（『誹枕』）なども「ヌケ」の手法を用いている。一句は「漁夫辞」における屈原の言葉「衆人皆酔へるに、我独り醒めたり」を用い、すべての山が酒に酔うように「紅葉」で赤く色付いているのに富士山だけが、孤高を保ち染まらないの意である。すなわち「紅葉」が「ヌケ」である。

　〈花を踏んで〉は、『和漢朗詠集』にも〈燭を背けては共に憐れむ深夜の月　花を踏んでは同じく惜しむ少年の春〉とある、唐の詩人白居易の七言律詩の一節をふまえている。風雅を愛する気の合う友人との生活を詠んだ詩は、日本でも愛され続け、『西行桜』『忠度』など、桜の印象的な謡曲の詞章に用いられている。幽山にも〈是や又少年の春若恵美酒〉（『時勢粧』）の発句がある。なんと言っても、青春の日々を惜しむ情は、時代を超えて不変のやるせない心情で、本句でも春の楽しい日を惜しむ背景となっている。

　談林的な技法を駆使しながら、しかも、花を愛でた一日を惜しむ叙情を失わない佳句と言えよう。

〔所収本〕 『六百番誹諧発句合』は、陸奥国岩城平藩主で、初期江戸俳壇の後ろ盾とも言える内藤風虎が催した俳諧句合を、季吟や維舟（重頼）の跋文を付してまとめた書。延宝五年成立だが、刊行はされず、現在は写本として伝存している。風虎と交流のあった俳人六十人の句を左右に番《つが》い、四季の句を五句ずつ、計二十句を出して六百番に分け勝負を競った。従来の貞門俳人のほかに、幽山、桃青（芭蕉）、言水など、江戸の新進俳人の躍進のさまも見られる書である。なお、本句は、延宝六年刊行、幽山自らが編集した『江戸八百韻』では、巻頭連句の発句となっており、作者自賛の句であったと思われる。脇・第三は〈松はしらぬか年号の春〉（安昌）、〈白い雉子葵かしらの山見えて〉（来雪）である。

〔作者と業績〕 生年未詳～元禄一五年（一七〇二）九月十四日没。本名、高野直重。のち竹内為入とも。通称、孫兵衛。別号、丁々軒。京の人。はじめ貞門派の松江重頼門で、京にあるときは高野直重の名で多くの俳書に入集。延宝三年（一六七五）頃、江戸に移住、内藤風虎や東下した西山宗因とも交流。〈大坂宗因下向挨拶にきき書や扇にこもる難波風〉と詠んでいる。同六年に『江戸八百韻』を企画・刊行、江戸俳壇の新進派の中心的存在として活躍。若き芭蕉は、幽山の執筆を務めたと言う伝承もある。同八年刊行の『誹枕』は、寛文二年（一六六二）頃に全国を行脚して得た自らの発句をもとに、その後諸家から得た発句を増補し刊行に至った書。日本全国の名所・名物を詠んだ発句を国別にまとめた名所俳諧集。天和二年（一六八二）刊『俳諧関相撲』では、桃青と並んで、江戸在住の点者六人の一人に数えられている。貞享期には活動は減退、元禄一〇年前後に伊勢国久居の藩主藤堂高通（俳号、任口）に招かれて移住、同地で没した。なお『大井川集』には、「勢州久居と云所に参りて（『誹枕』では「久居に始て召れし時」）」として〈千世や此久居花さへ園の菊〉があり、早くも延宝二年（一六七四）頃から、交流があったことが知られている。

〔その他〕 幽山には、蘇軾の漢詩「春夜」の〈春宵一刻直千金。花に清光有り、月に陰有り〉をふまえ、年末の決算にその千金を用立てたいと俳諧化した〈花月の千金かへせ年の暮〉（『江戸蛇之鮓』）や、〈都をば霞とともにたちしかど秋風ぞ吹く白河の関〉（『後拾遺和歌集』）から作者能因の旅姿を想像した〈白川の月や能因が影法師〉（『時勢粧』）など、和漢の古典を穏やかに俗化する句が多い。また、江戸下向後の庶民生活を詠む〈養父入や巷にしけき恋はなし〉（『六百番誹諧発句合』）、〈初雪や江戸の人足跡の沙汰〉（『坂東太郎』）にも、穏当な風雅さがある。

〔参考〕 阿部正美「芭蕉と幽山」（『連歌俳諧研究』20、昭35）、岡本聡「高野幽山年譜稿」（『大阪俳文学研究会会報』32、平10）

［安田吉人］

鼻息《はないき》の嵐もすごし今朝の冬

松意《しょうい》 談林

〈現代語訳〉 今日は立冬で、朝は寒さがひときわ厳しく、鼻息も真っ白ではっきりと見え、それがまるで嵐のように勢いよく噴き出していてぞっとするほどだ。

〈解釈〉 季語は〈今朝の冬〉で旧暦十月、初冬。〈今朝の冬〉は立冬当日の朝のこと。今朝から冬になったという気持ちを強調していう語であるとする（『日本国語大辞典第二版』による）。『図説俳句大歳時記』では、「立冬」の項目に入っており、そこには他に「冬立つ」「冬に入る」「冬来る」が並んでいる。立冬は、二十四気の十九番目で、太陽黄経二二五度、十月節（陰暦九月後半から十月前半、陽暦の十一月七日か八日）。この日から、次の節気の小雪前日までを言う。

『毛吹草』連歌四季之詞・『増山井』などの十月の項に「冬立つ」と「冬され」を併記。『増山井』には「立冬の節」「十月の節なり」とあり、『俳諧大成新式』・『滑稽雑談』には「立冬」として立項。ただし、いずれにも〈今朝の冬〉の語は見当たらない。

〈今朝の冬〉の用例としては同時期に

床闇し俄虚虫《にわかむしばら》今朝の冬　調古（『坂東太郎《ばんどうたろう》』初冬）

があるが少なく、芭蕉にも見られない。しかし蕪村には次のような句がある。

百姓に花瓶売りけり今朝の冬　（『落日庵句集』）

ただ「今朝の春」や「今朝の秋」は当時の歳時記にとられており、芭蕉にも

誰やらが形に似たりけさの春　（『続猿蓑《ぞくさるみの》』）

はりぬきの猫もしる也今朝の秋　（『知足《ちそく》伝来書留』）

の句がある。それぞれが立春の朝、立秋の朝の意味になるので、〈今朝の冬〉も立冬の朝と言う意味で用いられたと考えられる。

〈鼻息の嵐〉は、寒さのため白くなる鼻息を嵐と大げさに言った表現であり、談林調の誇張と取れる。風吟の〈鼻息や白きをみれば霜の朝〉（『坂東太郎』）や其角の〈夜神楽や鼻息白し面の内〉（『猿蓑《さるみの》』）のように「鼻息」の句はあるが、ここでは「鼻息」を「白し」と表現したに過ぎず、松意の句の誇張の程度の甚だしさを痛感させられる。

〈すごし〉は、心に強烈な戦慄や衝撃を感じさせるような、物事のさまを言う（『日本国語大辞典第二版』による）。ここでは、鼻息が嵐のように噴出していて、ぞっとするほど気味が悪いという意味に取れよう。

この句は、単に寒さを鼻息の嵐にたとえることによって描出した誇大表現に過ぎないが、卑近な内容なので十分実感できるだろう。

〈所収本〉 延宝六年刊『江戸新道《えどしんみち》』所収。池西言水《ごんすい》編。山口素堂《そどう》の〈目には青葉山郭公《ほととぎす》はつ鰹《かつお》〉など百三名による四季発句二百十五を前半に、言水の独吟四季歌仙四巻を後半に収める。主な入集者は幽山・露沾《ろせん》・似春《じしゅん》・一鉄・在色《ざいしき》・泰徳・桃青（芭蕉）・松意・調和・風虎・西丸《さいまろ》（才麿）・云奴《うんぬ》・不卜《ふぼく》など。二十九歳の言水が江戸に基盤を築きつつあったときの処女撰集で、江戸俳壇進出の意気込みを示したものである。作風は時流に乗った談林風である。

〈作者と業績〉 生没年未詳。田代氏。通称、新左衛門。別号、檀（談）林軒、冬嶺堂。宗因門。寛文一三年（一六七三）春、江戸神田鍛冶町の自宅を会所として、貞門古風に不満をもつ仲間と結社「俳諧談林」を結成した。延宝三年（一六七五）夏、大阪で新風を起こした西山宗因が江戸に下向した際に入門する。〈されば爰《ここ》に談林の木あり梅の花〉の発句を請い受けて九吟百韻十巻をつくり『談林十百韻《だんりんとっぴゃくいん》』と名づけて刊行した結果、大反響が起こり江戸屈指の点者になった。飛体《とびてい》と呼ばれる新奇な作風で世間の耳目を驚かせた。この頃の勢いは、延宝六年刊修竹堂著『俳諧或問《わくもん》』に、

今の江戸にて俳諧談林とて九人の点者出て自ら梅翁（宗因）の的流と称し、人もなげに言ひ散らす。江戸中大方その風に帰したり

とあって、後に宗因流を談林俳諧と呼ぶようになる状況を示している（ただ現在の談林俳諧は、松意ら以外に同時代の大阪の井原西鶴の「難波俳林」や青木友雪《ゆうせつ》の「大坂檀林」、京都の菅野谷高政《すがのやたかまさ》の「誹諧惣本寺」などをも含む）。

しかし、天和二年（一六八二）に宗因が没した直後から俳壇から姿を消し、俳諧活動は短命に終わった。今栄蔵は「江戸談林松意は、江戸俳壇の主導的存在ではなかったと言わなければならない……さらに文学自体の技倆の上でもその能力が他にたち及ぶものでなかった点に松意の文学的短命が運命づけられたと言うべきであろう」と述べられている。

なお編著には、『談林十百韻』『幕づくし』『軒端《のきば》の独活《うど》』『功用群鑑《こうようぐんかん》』などがある。

〈その他〉 代表句には、他に次のような句がある。

寝させぬは御身《おんみ》いかなる杜宇《ほととぎす》　（『江戸談林三百韻』）

恵み雨深し独活《うど》の大木一夜松　（『軒端の独活』）

雪折れや昔に帰る笠の骨　（『談林十百韻』）

〈参考〉 木村三四吾「田代松意」（『俳句講座2俳人評伝上』昭33、明治書院）、今栄蔵「田代松意」（『初期俳諧から芭蕉時代へ』平14、笠間書院）、森川昭「田代松意評巻」（『連歌俳諧研究』30号、昭41・3）

［塚越義幸］

子規《ほととぎす》子規とて寝入りけり

調和《ちょうわ》　元禄

〔現代語訳〕　初夏、ほととぎすの初音が待ち遠しくて、「ほととぎす」「ほととぎす」とくりかえし念じながら、夜を徹して耳をすませていたが、眠気には勝てず、とうとう寝入ってしまった。

〔解釈〕　季語は〈子規〉で夏。この季節の代表的な鳥で、早朝や夜に鳴くことで知られるように、その姿形よりは声の方に注目される存在である。表記としては子規のほか、時鳥、霍公鳥、杜鵑、杜宇、蜀魂、不如帰、無常鳥など二十種を超え、異名も多い。以下の文中では「時鳥」の表記をもって統一することにしたい。

この時鳥は、日本の詩歌の世界においては、『万葉集』以来、詠まれ続け、〈ほととぎす夜声なつかし網ささば花は過ぐとも離《か》れずか鳴かむ〉（『万葉集』）、〈ほととぎす夢かうつつか朝露のおきて別れし暁の声〉（『古今集』）などのほか、例歌は数多くあげられる。

紹巴の『連歌至宝抄』には「時鳥はかしましき程鳴き候へども、希にき丶、珍しく鳴、待かぬるやうに詠みならはし候」ともあるように、その鳴き声はやかましくて美しいとは言いがたいけれども、珍しいものだけに、それを聞かないことには何事も始まらない、といった前提がある。同様に、季吟の『山之井』にも「……声をまつには、しびりをきらして立花のかげに、かしらをかたぶけみみをすまし、うつらうつ木のもとに日をくらし夜をあかすありさま、一夏のうちにきかぬ心を、無言の行をおこなふかとも、山籠して音信ざるかともいひなし、一声のめづらしさは、金輪王の出世にもくらべ、をしの物いふにもなぞふ……」とある。夏の夜、時鳥の鳴き声を聞こうと、夜遅くまで起きている習慣は古くからあり、文学作品の中でもとりあげられてきたことは周知の通りである。

次に散文の例として、『枕草子』三十七段をあげておきたい。この章段は、季節の鳥として定番ともいえる春の鶯と夏の時鳥に言及した章段として有名な一節である。「時鳥」は、この章段の前半で言及された鶯よりも「なほさらに言ふべき方なし」とした後、「いつしかしたり顔にも聞え、歌に卯の花・花橘などに宿りをして、はた隠れたるも、ねたげなる心ばへなり。五月雨の短夜に寝覚をして、いかで人より先に聞かむと待たれて、夜深くうち出でたる声の、ろうろうしう愛敬づきたる、いみじう心あくがれ、せむ方なし」と記す。後半で、時鳥の初音を夜通し待つ様子がつづられていて、折良くその時鳥の鳴き声を耳にすることができたときの感興が如実に伝わってくる。

調和の当該句では、鳴き声を聞く前に寝入ってしまったのであって、もちろん頑張って起きていれば、初音を耳にすることはできたかもしれない。しかしそれはかなわなかった。翌日になって、運良く初音を聞いた人や周囲の人々が真っ先に昨晩のことを話題にするものだから、自らの失敗を言いわけがましく、軽く笑ってごまかすことになった。そんな情景が浮かんでくる。句中の人の失態は、日常ありがちなことでもあり、これに似た経験は誰にでもあるにちがいない。鑑賞者側は、そこに滑稽味を感じ取るわけだが、風流な習慣に対するおもわぬ失敗が、〈寝入りけり〉ときっぱりと言い切って表現されているところにも微笑を誘われる。

三宅嘯山の『俳諧古選』（宝暦一三年刊）では、本句に対して「俚語ヲ以テ風雅ヲ弄ス。人経書ノ風雅タルヲ知テ、俚語ノ風雅ヲ知ラズ。妙甚シ甚シ」と評している。時鳥の鳴き声を愛でるという、伝統的かつ風流な雅の世界を、俗なことばで平易に応じているとし、雅俗の調和を評価しているのであろう。

〔所収本〕　『蓮実』（半紙本二冊。賀子編。元禄四年［一六九一］自序。京都井筒屋庄兵衛刊）。上巻は編者の賀子が諸家と巻いた連句を中心に収め、下巻は諸家の四季発句と来山・賀子の両吟歌仙一巻を収録する。編者が大阪俳人なので、入集作者も大阪俳人が中心だが、江戸からは調和のほか芭蕉・其角らが入集している。なお、調和の〈子規〉の本句はその夏の部の巻頭を飾っている。

〔作者と業績〕　寛永一五年（一六三八）～正徳五年（一七一五）十月十七日没。享年七十八。岸本氏、木村氏とも。別号に壺瓢軒・土斎。陸奥国岩代の出身。寛文（一六六一～七三）中頃以降に江戸の芝、日本橋、山谷などに住んで活動する。師系は通説では京都の安静門だが、実際は江戸の未得から学ぶ。いずれにせよ俳系としては貞門である。俳壇への登場は二十九歳のときで、寛文一〇年（一六七〇）頃刊の一雪編『俳諧洗濯物』が句の初出となる。江戸俳壇では四十歳を過ぎてから名声を得るが、蕉門勢力に押され、元禄期はもっぱら前句付点者として精力的な活動をみせる。編著に『時鳥十二歌仙』『金剛砂』『誹諧題林一句』『夕紅』などがある。

〔その他〕　調和には次のような作品もある。

春の日や達磨大師《だるまだいし》の尻もだえ　（『富士石』）

松ふくや茶釜のたぎりかんこ鳥　（同）

幾寝覚《いくねざめ》雨の棕櫚《しゅろ》葉に秋を聞く　（『誹諧題林一句』）

居眠りてうつらうつらん砧《きぬた》かな　（『夜錦』）

〔参考〕　荻野清「岸本調和の一生」『俳文学叢説』所収、宮田正信『雑俳史の研究』（昭47、赤尾照文堂）、宮田正信『雑俳史料解題』（平15、青裳堂書店）

［竹下義人］

ふねになり帆になる風の芭蕉かな

一晶《いっしょう》　元禄

〔現代語訳〕 時に波に揺らぐ舟のように、時に風をはらむ帆のように見える、風に吹かれる芭蕉であるよ。

〔解釈〕 季語は「芭蕉」で秋。植物の芭蕉はバショウ科の多年草。中国原産で、観賞用の庭木として知られる。平安時代には日本に入っており『倭名類聚抄《わみょうるいじゅしょう》』に「発勢乎波《はせをは》」、『色葉字類抄』に「芭蕉《ハセウ》ハセヲハ」と記される。はやく〈いささめに時まつまにぞ日はへぬる心ばせをば人に見えつつ〉（紀乳母『古今集』物名）があり、これは詞書によると「笹《ささ》・松《まつ》・枇杷《びは》・芭蕉葉《ばせをば》」を詠み込んだ物名歌《もののなうた》。「心ばせを」と「ばせを」を掛詞としたもの。一方、「維摩経十喩のなかに此身芭蕉のごとしといふ心を」の詞書をもつ〈風ふけばまづ破れぬる草の葉によそふるからに袖ぞつゆけき〉（藤原公任『後拾遺集』雑六・誹諧歌）があるが、仏教では切っても葉ばかりで木質部がないことから「空《くう》」の意に、また破れやすい葉から、はかない無常の意に喩えられる。「ばせをばのごとし」の詞書をもつ〈秋風にくだくる草の葉を見てぞ身のかたからぬことはしらるる〉（赤染衛門『赤染衛門集』）、〈風吹けばあだにやれ行くばせをばのあればと身をもたのむべきかは〉（西行『山家集』）も同様に、秋風に破れる芭蕉の葉をはかない、無常のものとして詠む。それを転じて烏丸光広は「芭蕉の絵に」〈ばせをを葉をはかなき物とみる人の千とせの秋と身を頼むかな〉（『黄葉集』）と千歳の秋を願う。和歌に詠まれる「風に破れる芭蕉」の「無常」は、謡曲「芭蕉」でも夏の大きな葉が冬には枯れてしまうが、法華経により草木成仏を願うものとしてあらわされる。

ささがにのばせをに糸をより懸て
せこまつ化女は露と消つつ　（『新増犬筑波集』）

「芭蕉の女となりたる事也　くものふるまひにて付」と記されたこの「せこ（背子・夫）まつ（待つ）化女」は能の「芭蕉」に登場する芭蕉の化身である。また、芭蕉と糸というと、中世より「芭蕉布」が琉球より伝来していたことによる連想もあろう。

和歌や謡曲において無常観とともに詠まれる芭蕉葉であるが、中世には芭蕉の葉にあたる音に雨を感じる表現が登場する。〈きりぎりすまぢかきかべに音信れてよるの雨ふる庭のばせをば〉（三条実房『正治初度百首』）、〈村雨を知らでや夜半にすぎなまし音にぞたつる庭のばせうば〉（源資平『資平集』）、〈さひしきは野寺の秋のゆふまくれ芭蕉にかゝる雨も破れて〉（鴨田耕雲『雲玉抄』）などである。〈芭蕉野分《のわき》して盥《たらひ》に雨を聞く夜哉〉（芭蕉『武蔵曲』）はこの延長線上にあるだろう。和歌が芭蕉の葉に当たる水音で雨を感じるのに対し、「盥」に雨を聞く生活感が俳諧である。松尾芭蕉は門人の李下から芭蕉一株を贈られ、庵を芭蕉庵としたというが、芭蕉葉への愛着は次の句にもあらわれている。

芭蕉葉を柱にかけん庵の月　芭蕉（『蕉翁句集』）
鶴鳴《つるなく》や其声《その》に芭蕉やれぬべし　芭蕉（『曽良書留』）

〈鶴鳴や〉句は前書「ばせをに鶴絵がけるに」とあり、元禄二年黒羽滞在中の句である。千歳の象徴である鶴と、破れやすくはかない芭蕉葉をとりあわせた画賛句である。大きく広がり繁茂する芭蕉の葉の句もある。

此寺《このてら》は庭一杯《にわいっぱい》のばせを哉《かな》　芭蕉（『誹諧曽我』）

葉を舟と見る連想は、和歌に〈白浪に秋の木の葉のうかべるをあまのながせる舟かとぞ見る〉（藤原興風『古今集』秋歌下）などがある。漢詩文では晩唐（九世紀）の李商隠の詩句〈万里風波一葉舟〉があり、謡曲「八島」「一葉万里《いちようばんり》の舟《ふね》の道《みち》、唯一帆《ただいっぱん》の風《かぜ》に任《まか》す」に取り入れられる。一艘の小舟で果てしない大海を渡る、それはただ帆にあたる風任せであると心細い様子を示す。

しかし「ふねになり」句は、心細さ・はかなさではなく、芭蕉葉の風に揺れ動く様子を船と帆に見立て、「船になり帆になる」と対句めいた語調で、その動きある様子を活写する。『俳諧古選』（嘯山、宝暦一三）には〈舟と成帆と成風の芭蕉哉〉（一晶）を入れ「景情　倶《ニ》備《ル》（景情倶に備る）」と評価している。

〔所収本〕 『（一晶）真蹟短冊』、『我が庵』『わたまし抄』『釿始《ちょうなはじめ》』。本句は、『泊船集』（元禄一一）には芭蕉句として入集し「此句、翁の製なりとある人申されし。実否はしらず」と付記され、『芭蕉句解』（蓼太編、宝暦九）に「一晶が句なり」と誤りが指摘されている。

〔作者と業績〕 生年未詳～宝永四年（一七〇七）四月没。享年六十余歳。芳賀氏。名は治貞。通称、順益《じゅんえき》（玄益とも）。別号、冥霊堂・崑山翁・応言室。京都の人で、似船・常矩と親しく、秋風・信徳らに兄事し、京俳壇に登場した。天和元年（一六八一）『俳諧蔓付贅《つるいぼ》』を刊行、矢数俳諧で名をあげ、談林俳諧の三都一点者の一人と遇された。天和三年（一六八三）江戸に移住し芭蕉らと交流した。貞享三年（一六八六）帰京の後、上方風の前句付俳諧を江戸に持ち込み、雑俳点者として一家をなした。画をよくし、西鶴画像で知られる。編集した俳書に『四衆懸隔』『丁卯集』、雑俳書に『万水入海』など。

〔その他〕 代表句には、他に次のような句がある。

一夜漏る時雨に骨を絞る哉　（『一楼賦』）
塩焼かぬ須磨よ此うみ秋の月　（『自画賛』）

〔参考〕 白石悌二「芳賀一晶素描」（『近世文学 作家と作品』昭48、中央公論社）、武藤紀子『元禄俳人・芳賀一晶と歩く東海道五十三次』（平20、風媒社）

［大内瑞恵］

いざや霞諸国一衣《イチヱ》の売僧坊《マイスボン》

三千風《みちかぜ》　元禄

〔現代語訳〕　さあ霞よ、いざともに諸国一見の旅に出よう。私はというと、旅の衣は一枚きりで、それも立派な僧侶ではない、インチキめいた売僧坊主のようなものなのであるがね。

〔解釈〕　『日本行脚文集』に、「天和三癸ノ亥桜月廿五日、門出《かどで》の興行《こうぎょう》百韻満座の句」として掲載されている。天和三年（一六八三）三月二十五日、仙台から全国行脚に出立する前の送別会において、百韻満座の後に詠まれた発句。同書には本句に続けて、「すこしさはる事侍りて、同卯月四日、けふ夜を籠《コメ》て立《たつ》。おほくの朋友・数《ス》百の愛《アイ》弟《テイ》道送《みちおくり》して、なくなく別れんとす」（カタカナのルビは原文のまま）とあり、四月四日の出発の際には、多くの友人や門弟たちに見送られていたことがわかる。このとき三千風は四十五歳。この行脚は、北海道や九州の一部を除いた全国を巡るもので、全行程は三千八百余里にも及んだという。送別会で詠まれた本句においては、軽口を叩きながら、飄々《ひょうひょう》と身一つで旅に出ようとするさまを詠じているが、旅立ちの際には、見送りの人々に「けふを銘（命）日にして」ほしいと涙ぐみ、〈けふぞはや見ぬ世の旅の更衣《コロモカヘ》〉という句を詠んでいる（『日本行脚文集』）。

季語は〈霞〉で、〈都をば霞とともにたちしかど秋風ぞ吹く白河の関〉（能因『後拾遺和歌集』）などのように、三千風とともに〈旅〉立つものとして詠まれている。〈諸国一衣〉とあわせ、諸国一面にかかる霞を「霞の衣」にも見立てているか。霞に覆われた向こうには、これから訪れる未知なる世界が広がっているのである。

〈いざや〉は、「いざ」に間投助詞「や」の付いた形で、中世に多く見られる表現。「さあ」と、相手を誘うときに呼びかけたり、何かを思い立って実行に移そうとするときに発する語である。ここでは霞に向かって、やや芝居がかった調子で呼びかけたもの。〈一衣〉は着物一枚のことだが、「イチヱ」と訓ずることから、「三衣一鉢《さんね》」（僧侶が携帯する必要最低限の持ち物）の語を意識し、「みずからを道心者に擬し」た表現（尾形仂『おくのほそ道評釈』平13、角川書店）とも解せよう。〈諸国一衣〉は、謡曲によくある文句「諸国一見」を掛ける。

〈売僧坊〉は、『日葡《にっぽ》辞書』（一六〇三～四）にも見える語で、僧形で仏教を種に商売などをする堕落僧のこと。不徳僧や、人をだましたり嘘をついたりする者をもいう。また、僧をののしっていう語でもある。本句では、自らを自嘲的に言ったもの。三千風は三十一歳で薙髪し、俳諧の道に入ったときから僧形をしていた。なお、三千風の『松島眺望集』にも〈室浜、むろの浜や散乱の浪に売僧鳴〉という句がみえ、談林俳諧ではほかにも、〈うごきなき岩井に立る売僧坊〉（在色『談林十百韻』）などの用例がみえる。全国行脚を目指して旅立った三千風が、実際、行脚僧のように身一つで旅立ったわけはなかろう。自らを謡曲の諸国一見の僧になぞらえ、「売僧坊」なる俗語を用い、「いざや」と芝居調に旅立ちの様子を歌い上げた、談林らしい詠みぶりである。

〔所収本〕　三千風著『日本行脚文集』。元禄二年（一六八九）自序、同三年伊東春琳跋。七年間にわたる全国行脚において成った句文や、諸方で贈られた詩文歌俳などを記した懐《ふところ》日記から、二十分の一を抜き書きしてまとめたもの。七巻七冊と大部で雑纂的な作品だが、それでも三度縮めたとされる。知人にのみ読んでもらう俳書、という三千風の意図に反し、公刊された後は長年にわたって幅広く読まれた。

〔作者と業績〕　寛永一六年（一六三九）～宝永四年（一七〇七）一月八日没。六十九歳。本名、三井友翰。自ら大淀氏を名乗った。初号は梅睡。別号は、尺鴳・無不非軒・松島軒・紫冥軒・浮謡軒・寓言堂・無月庵・無玉庵・東往居士・風居士・友翰斎・行脚山人・呑空法師など多岐にわたる。伊勢国射和《いざわ》の商家の生まれで、三十才頃までは家業に従事、三十一歳で俳諧師を志し、薙髪して陸奥国松島に赴き、その後仙台に約十五年滞在する。延宝七年（一六七九）三月五～六日、矢数俳諧に挑戦し、二千八百句独吟記録を樹立、追加二百句を加えて『仙台大矢数』として刊行、以後、三千風と号する。仙台では数多くの門弟を擁し、『松島眺望集』なども刊行された。

天和三年（一六八三）四月四日、仙台を出立し、元禄二年（一六八九）までの七年間にわたり、北海道と九州の一部を除く全国各地を巡って、諸国の俳人たちと交流を重ねた。その旅中に得た詩歌句文を収録したのが『日本行脚文集』（元禄三年刊）である。元禄八年（一六九五）には、相模国大磯の西行ゆかりの鴫立《しぎたつ》庵に入り、同一四年に『倭漢田鳥集《わかんでんちょうしゅう》』を出すなど、西行五百回忌に当たって庵の再興に努めた。入庵後も二度九州を訪れるなど、三千風流の普及を図り、仙台や九州俳壇に大きな影響を与えた。俳風は談林系だが、特定の師はいない。編著は他に『法語三人物語』など。追善集『ころもがえ』。

〔その他〕　以下に挙げる発句も三千風らしい句である。

一口鉢《ひとくちハッチ》犬西行に時鳥　（『日本行脚文集』）

世を捨てし身の自慢日や大晦日　（『三千風笈探《おいさがし》』）

尊敬する「西行」に対して、自らを「今西行」ならぬ「犬西行」と自嘲的に称してみたり、忙しい世間とは関わりのない出家者の大晦日を「自慢日」であるとわざわざ自負するような詠みぶりから、その人柄が偲ばれよう。

〔参考〕　岡本勝『大淀三千風研究』（昭46、桜楓社）、岡本勝『近世俳壇史新攷』（昭63、桜楓社）

［永田英理］

六月《ろくぐわつ》や水行く底の石青き

信徳《しんとく》　元禄

〈現代語訳〉　六月の暑い盛りとなったころ、足もとを静かに流れ行く小川のその底の方に目を凝らしてみると、石ころが青く涼しげに見えた。

〈解釈〉　季語は〈六月〉で夏。〈六月〉には読み方が示されていないため、「ろくがつ」と読んでおく。旧暦の夏は四月から始まり、六月がもっとも暑い。そんな盛夏の小川の情景である。川底の石が見えるほどに澄んだ水が流れているという。〈青き〉という色彩表現が効いて、そこに流れる水もこの時期の暑さを忘れさせてくれるような清涼感を与える。青いといっても石そのものの色とは考えにくいから、水の色が反映したもの、つまり光の具合によって青く見えたというのであろう。小川の場所は定めがたいけれども、どこか人里離れた夏山の情景なのかもしれない。

本句のような確かな観察眼にもとづく、平易・平明にしてすぐれた詩趣を感じさせる句は、元禄俳諧の時代になってようやくめざすべき俳風となるのであって、芭蕉の唱導した「かるみ」にも通じるものである。信徳は早くからそうした俳諧を具現化していく資質に恵まれていたようで、以下にそうした例をあげておきたい。

涼しさは錫の色なり水茶碗　（『信徳十百韻』）

錫色の水茶碗に涼しさを見出した句である。「涼」と「錫」の語呂合わせはともかく、延宝期の作品としては、新鮮な感覚の発露がある。

旧道《ふるみち》や猿ひき帰る秋の暮れ　（『誹諧五乃戯言』）

この句からすぐさま想起されるのは、『猿蓑』「市中はの巻」にみえる芭蕉の〈さる引きの猿と世を経る秋の月〉という付句である。発句としての本句もわびしげな秋の情趣があふれる佳句の一つといえるだろう。

雨の日や門提《かどさげ》て行《ゆく》かきつばた

雨雲のたれこめた世界に大きな紫の色鮮やかなカキツバタの花が映える。生憎の雨の中、門のあたりをぼんやりと眺めやって目撃した美しい光景であった。

〈所収本〉　『枕屏風』（半紙本二冊。芳山編。八十宇序・自序・彦圭跋。年記はいずれも元禄九年［一六九六］。京都井筒屋庄兵衛刊）。発句・連句集。芳山が愛用した枕屏風（防風・防寒のため、枕もとに立てる背の低い屏風）に仕立てた諸家の句を中心にまとめたもの。作者は、我黒・言水・似船・如泉・晩山ほかの京都の作者が中心で、奈良の作者がそれにつぐ。大阪では西吟・休計、江戸では其角・嵐雪らの名がみえる。

『古今短冊集』（宝暦元年序）には、上五が〈日の夏や〉とある。

〈作者と業績〉　寛永一〇年（一六三三）～元禄一一年（一六九八）。京都の商人。伊藤氏。本姓は山田氏とも。通称、助左衛門。別号、梨柿園、竹太子。俳諧は当初、貞門の梅盛に師事し、延宝期（一六七三～八一）に談林派の高政・常矩らと交わり、延宝三年（一六七五）に『信徳十百韻』を刊行したあたりから談林俳諧へ傾倒していく。延宝五年に江戸へ下り、芭蕉・信章（素堂）らと百韻連句三巻を巻いた。これを信徳編『江戸三吟』と題して翌年に刊行。連句三巻のうち最初に成立した一巻は、桃青（芭蕉）の有名な発句〈あら何ともなやきのふは過て河豚汁〉で始まる巻であった。

ついで、同じ延宝六年に信徳門下の政定・仙庵と興行した三吟三百韻を『京三吟』として刊行し、続いて京都の連衆で『七百五十韻』を編んだ。この書の最後の五十韻に対し、江戸の芭蕉らが五十韻を継いで百韻とし、さらに二百韻を加え、『俳諧次韻』として刊行した。信徳の『七百五十韻』に対して、芭蕉が『俳諧次韻』を編んで続編としたわけだが、この書はいわゆる「虚栗調」を導き、天和期の漢詩文調や破調句の流行を促したように、貞享期蕉風の過渡期に位置する重要な一書であった。それだけに『俳諧次韻』が、信徳との交流を契機に成立したという事実は、注目すべき一件となった。

かように、元禄時代前夜、江戸や京都の俳壇は新風模索の状態にあったのだが、元禄期（一六八八～一七〇四）を迎えると、信徳は、言水・如泉・和及・我黒らと活発な俳諧活動を展開し、以後、京都俳壇で重きをなしていく。その一方で、芭蕉や蕉門との関係は疎遠になり、『去来抄』によれば、芭蕉から批難されるようにもなったというが、信徳自身は、現状の京都俳壇に安住する道を選んだのであった。

この時代の編著に『京三吟』『誹諧五乃戯言』『胡蝶判官』『雛形』などがある。

三千風の『日本行脚文集』（元禄二年刊）には「今の京に信徳、東都に桃青」とあり、元禄初頭において桃青（芭蕉）と双璧をなしていたことを伝えている。また『花見車』では、故人としてとりあげられ、「としかたぶくまで、時〳〵にうつりたるとりなりうるはしく、大よせにも上座にた〻れて、江戸ざくらのにほひ芳ばしく、とこ入もよきとて、大臣もあまた、やぼもなづみてときめかれたる也」と、一世を風靡した俳人と評されている。

〈参考〉　荻野清「信徳の俳歴とその俳諧」『俳文学叢説』（昭46、赤尾照文堂）、越智美登子「伊藤信徳年譜稿」『国語国文』（昭48・1）、同「伊藤信徳」『講座元禄の文学3』（平4、勉誠社）、田中善信『元禄名家句集略注　伊東信徳篇』（平26、新典社）

［竹下義人］

凩《こがらし》の果《はて》はありけり海の音

言水《ごんすい》　元禄

〈**現代語訳**〉 冬の野山や家々の間を凄まじい勢いで襲った木枯らしは、海に向かう進路をとったようで、やがて海鳴りの音と化し、消え去った。あれほど激しく吹き荒れた木枯らしにも行き着く果てがあったのだ。

〈**解釈**〉 季語は〈凩〉で冬。「木枯」とも表記し、晩秋から初冬にかけて強く吹く冷たい風のことをいう。

真蹟の詞書には「湖上眺望」とあり、本句の〈海〉は、事実上、琵琶湖を指している。〈海〉とは海洋に限らず、大きな湖沼に対しても使われ、湖のことを海と表記する例は少なくない。言水の他句にも「比叡にて」と前書した〈高根より礫うち見ん夏の海〉（『前後園』）がある。もともと琵琶湖は湖の規模としても大きいので、現代人一般が抱く海のイメージでとらえても違和感はないだろう。琵琶湖といえば、『猿蓑』の巻頭の時雨十三句の中にも関係する句がある。

時雨きや並びかねたる魦ぶね　千那
幾人かしぐれかけぬく勢田の橋　丈艸
舟人にぬかれて乗し時雨かな　尚白
いそがしや沖の時雨の真帆片帆　去来

いずれも琵琶湖の沖合や橋上の景を俯瞰的にとらえた句である。前書きは省略したが、一句目は「魦」が特産の淡水魚、二句目は「瀬田の橋」によってそれぞれ琵琶湖にちなんだ句であることがわかる。一句目と四句目などは同想の句のようだが、それぞれ湖の規模の大きいことも容易に想像がつく。いずれにせよ情報が与えられなければ、場所の特定などもできないわけだが、言水の当該句を解釈する上では、そこが琵琶湖か否かについては、拘泥する必要はなさそうである。

本句の同時代評として、『花見車』によると、「木がらしのはてては有けり、とたちあがりたる風俗に、一たびは京もいなかもなづみたりしが……」とある。これによれば、本句が京でも田舎でも大変に好まれたことがわかる。また、後年の文化一三年（一八一六）刊『俳家奇人談』に記される逸話の中では、言水を有名にした句として本句を引用し、「語尽きて意尽きず、至妙といひつべし。これよりして、木枯の言水と呼ばれしも宜なるかな」とある。「凩の言水」と呼ばれるほど評判になったことの理由が示され、先の『花見車』の評とを合わせれば、世上、この句がどれほど高く評価されていたかがわかる。なお、言水一周忌追善集も『海音集』（享保八年刊）と名付けられた。七回忌には『其木がらし』（同一三年刊）も編まれている。

かくして人口に膾炙した本句ではあるが、句の成立は所収本に照らして元禄三年頃かと推測される。いわゆる元禄俳諧に共通する特徴として、確かに平易な作風を示してはいる。しかし、本句の場合、中七の軽い驚きを含意させた〈果はありけり〉という表現に、やや理屈っぽさが感じられてしまうことも否定できないであろう。

なお、木枯しといえば、芭蕉の『野ざらし紀行』や『冬の日』所収連句の発句〈狂句木枯の身は竹斎に似たるかな〉が思い出される。こちらは蕉風開眼を前にした貞享期の作で、芭蕉の風狂精神が横溢したものであった。同じ「木枯」を題材にしながら、わずかな時代の違いもあるが、随分と異なった傾向の作風を示していることになる。言水には〈木枯の匂ひ嗅《かぎ》けり風呂あがり〉（『北の筥』）という作もある。

〈**所収本**〉 『都曲』（半紙本二冊。言水編。春澄《はるずみ》序。元禄三年［一六九〇］、井筒屋庄兵衛刊）。諸家の四季発句と言水の独吟歌仙四巻を収録。京都での言水の撰集としては『京日記』『前後園』につぐもので、この時期の京都俳壇の情況や俳風を知るためには格好の資料である。

〈**作者と業績**〉 慶安三年（一六五〇）の生まれで、奈良の人。通称八郎兵衛。初号は則好。別号、兼志・紫藤軒・洛下童・鳳下堂など。追善集『海音集』によれば、九歳で江戸に出て、十六歳で法体し、俳諧に励んだという。その甲斐あってか、二十三歳のとき、『続大和順礼』（寛文一二年刊）に四十二句という大量の発句が採られた。これが言水の撰集へ入集した最初となる。俳系としては貞門に始まりやがて談林へ移り、江戸に出ては芭蕉、才麿とも交友を重ねるなどしている。当時の元禄俳人一般に見られたように、俳系にこだわらない自由な立場で活動していたことがわかる。江戸在住中に『江戸新道』『江戸蛇之鮓』『江戸弁慶』『東日記』『後様姿』などを著している。

のちに京都新町通り六角下ルに落ち着き、信徳と交友を重ねた。京では『京日記』『前後園』『都曲』などを刊行している。享保七年（一七二二）九月二十四日没。享年七十三。墓は京都新京極の誠心院。能書家で、書画骨董の目利きにも優れていたという。

〈**その他**〉 以下も言水らしい佳句である。

牛部屋に昼みる草の蛍哉　（『稲筵』）
山茶花に囮《おとり》鳴く日のゆふべかな　（『京日記』）
卯花も白し夜半《よなか》の天河　（『都曲』）
猫逃げて梅匂ひけり朧月　（『かり座敷』）
菜の花や淀も桂も忘れ水　（『珠洲《すずの》海』）
鯉はねて水静《しずか》也郭公《ほととぎす》　（『初心もと柏』）

〈**参考**〉 荻野清『元禄名家句集』（昭29、創元社）、宇城由文『池西言水の研究』（平15、和泉書院）、田中善信『元禄名家句集略注 池西言水篇』（平28、新典社）

［竹下義人］

鐘霞み松昏《くれ》やすき東寺かな

似船《じせん》　**元禄**

〔現代語訳〕 春の長閑な気分の中、晩鐘の音が霞むようにかすかに聞こえてくる。東寺の松は早くも暮色に染まっていることだ。

〔解釈〕 季語は〈鐘霞み〉で春。霞は、空気中に浮遊する微細な水滴によって視界が妨げられ、ぼんやりして遠くが見渡せない現象をいうが、貞徳著『俳諧御傘《ごさん》』（慶安四年刊）の「鐘かすむ」の項に「この霞む、目に見る霞にあらず。声の、春は長閑にて霞む、といふことなり」とあるように、ここは春の長閑さを聴覚的にとらえる。似船編『かくれみの』（延宝五年序）には、霞を通して聞こえる鐘の音を〈鐘の声つ、むふくさか八重がすみ〉と詠んだ重政《しげまさ》の句が入集する。必ずしも入相の鐘に限って用いられる語ではないが、本句においては〈松昏やすき〉とあるので晩鐘である。

さて、本句は似船編『堀河之水《ほりかわのみず》』（元禄七年刊）に収められる「七条出屋敷十景」のうち「第九　東寺昏鐘《とうじのこんしょう》」の末尾に載る。東寺は京都市南区九条町にある寺院で、弘仁一四年（八一三）に嵯峨天皇が弘法大師に賜わって以来、真言密教の根本道場となったところである。本章で似船は、古歌や発句を交えながら東寺について案内する。

本句で注意されるのは、鐘の音とともに松が詠み込まれている点である。和歌において鐘の音は〈山里の春の夕暮れきてみれば入相の鐘に花ぞ散ける〉（能因法師『新古今』春歌下・一一六）等、桜の花とともに詠まれる例が多い。似船がこの能因歌について「鐘の声にて花のちりたるにはあらねども、古来いりあひの鐘に花の散たるやうにおぼえ給ひて、発句などにもところ〴〵聞え侍るこそ誹諧の徳なれ」と述べる通り、鐘の音は特に桜の花を散らすものとして詠まれ、『堀河之水』に取り上げられた〈秘密せば花に聞《きか》すな昏の鐘〉（一吟）の句もそれをふまえている。付合辞書『類船集《るいせんしゅう》』にも「霞」の付合語として「花の峰」「夕の空」「鐘の音」といった語が並んでおり、霞に鳴る晩鐘に花を取り合せるのは常道であるといえる。

ところで「東寺昏鐘」には、東寺の花の句として〈花昏《くれ》て鐘に追る、東寺かな〉（友貞）の句が載る。この句について、似船は次のような情景を思い描いている。

幕のものみより空焼《そらだき》につれてもれ出る一節切《ひとよぎり》、松のしらべにひゞきあひて、ねぬにめさます人おほかるに、よそよりはやき昏の鐘、花の外にしもくわびし。（花見幕にあけた小さな穴から、空薫きの香の香りとともに一節切の音がもれ聞こえ、それが松風の音と響き合って、人々がはっとして聞き入っているうちに、余所より早く時を知らせる晩鐘と撞木《しゅもく》の音が、楽しい花見のひとときに早くも終わりが来たことを告げる。）

「東寺昏鐘」には右の他にも、東寺の颯々たる松風の音を描写する箇所がある。また、時代は下るが秋里籬島《あきさとりとう》の『都名所図会《みやこめいしょずえ》』（安永九年刊）の東寺の図には多くの松が描き込まれ、後醍醐天皇ゆかりの「松子房松《しょうしぼうのまつ》」や開祖弘法大師ゆかりの「三鈷松《さんこのまつ》」が見どころとして挙げられる。似船句の〈松昏やすき〉という耳慣れない表現は、本来なら晩鐘の音に「花」を取り合わせるところ、東寺に因んで「松」を取り合わせたものではないだろうか。また似船は「東寺の晩鐘《いりあい》はよその夕ぐれより一刻ばかりはやく撞き侍る」と、東寺の晩鐘が他より三十分ほど早く鳴ることに言及している。〈松昏やすき〉にそのことが意識されているとすれば、本句はますます東寺ならではの句として詠まれたといえる。

〔所収本〕 似船編『堀河之水』所収。本書は下京新町の名所十箇所について記した前半三巻と、季語とその例句を並べて解説した後半五巻から成り、後半五巻は、元禄四年に刊行された似船編の俳諧歳時記『勢多長橋《せたのながはし》』を、序と連句を除き再録したものである。

〔作者と業績〕 寛永六年（一六二九）〜宝永二年（一七〇五）。貞徳直門である似空軒安静《じくうけんあんせい》の門人として頭角を現し、師の没後、遺作『如意宝珠《にょいほうじゅ》』（延宝二年刊）を上梓する。次第に宗因風の新風に傾倒し、その続編である『かくれみの』は、仏語の多用や字余りの増加など、『如意宝珠』の貞門的な句風とは明らかに異なる、新しい俳風の特徴を見せる。延宝六年から同八年までの作を収めた『安楽音《あんらくのこえ》』（延宝九年刊）は、天和期に流行した漢詩文調の特徴を示す最初期の俳書として注目され、マンネリ化した貞門俳諧の旧風を打ち破ろうと、新たな試みを行う似船の姿勢をうかがうことができる。貞享二年頃から句風が落ち着き、前句付集『苗代水《なわしろみず》』（元禄二年序跋）、先に言及した俳諧歳時記『勢多長橋』や『堀河之水』、一門の発句・付句を集めた『千代正月《ちよのむつき》』（元禄一〇年刊）と、いずれも大部な俳書を刊行して京都俳壇の実力者として活躍した。似船の編著からは、彼の幅広い教養と豊富な知識の多さがうかがえるが、元禄期にはそれがかえって衒学的で古風な俳諧師であるとの批判的見方にもつながっている。

〔その他〕 代表句には、次のような句がある。

遊ぶ日に菊いそがしき匂ひかな　（『元禄百人一句』）

鏡とて餅に影あり花の春　（『花見車』）

〔参考〕 雲英末雄「冨尾似船の俳風」（『元禄京都俳壇研究』昭60、勉誠社）

［牧　藍子］

客尽きて帰るや雪の比丘尼《びくに》ぶね

来山《らいざん》　元禄

〔現代語訳〕　いよいよ客足も途絶えたとみえて、雪景色の中を比丘尼船が帰っていく。

〔解釈〕　季語は〈雪〉で冬。〈客尽きて〉とはそれまで続いていた客足が時間や天候の変化とともに遠退いて、途絶えてしまったことをいう。また、後述する『世説新語』に含まれる〈興尽而返〉の一節に対応して、興が尽きてしまったことを重ね合わせた表現ともとれる。

〈比丘尼ぶね〉は、西鶴の『好色一代女』巻三―三「調諧哥船《たはぶれのうたぶね》」に、次のような具体的な描写とともに登場する。来山と同時代における難波津の入江の情景・風俗を活写したもので、本句の世界にも通じるところがあるので、やや長文ながら以下に引いておく。

そも〱川口に西国船のいかりおろして、我古里の嗅おもひやりて、淋しき枕の浪を見掛て、其人にぬれ袖の哥びくに沚《とて》、此津に入みだれての姿舟、艫に年がまへなる親仁、居ながら楫とりて、比丘尼は大かた浅黄の木綿布子に、竜門の中幅帯まへむすびにして、黒羽二重のあたまがくし、深江のお七ざしの加賀笠、うねたびはかぬといふ事なし。絹のふたの丶すそみじかく、とりなりひとつに拵へ、文臺に入しは熊野の牛王《ごおう》、酢貝、耳がしましき四つ竹、小比丘尼に定りての一升びしゃく、勧進といふ声も引きらず、はやり節をうたひ、それに気を取、外より見るもかまはず元ぶねに乗移り、分立て後、百つなぎの銭を袂へなげ入けるもおかし。あるはまた割木を其あたひに取、又はさし鯖にも替、同じ流れとはいひながら、是を思へば、すぐれてさもしき業なれども、昔日より此所に目馴ておかしからず。

右では難波津の入江、その川口に停泊する比丘尼船とそこで働く比丘尼たちの風俗が描かれている。〈比丘尼ぶね〉とは、舟比丘尼を乗せ、停泊している船の船頭ほかの船乗りたちに色を売ってまわる船のことをいう。当然、舟比丘尼とは下級の私娼である。なお、同所の比丘尼船については、同じ西鶴の『諸艶大鑑』巻二―二にも言及がある。

ところで、底本には次のような前書きが備わる。

王子遊が図を見れば、小船に一人棹さす有《あり》。見せばやな、難波入江の壮《さかり》に廻船湊をふさぎ、酒の舟、鯨の舟。是は一ふしを諷ふてありく、篷《とま》の下寝には知るしらぬ人の足手をさする。

この前書きは、『続いま宮草』にも収録され、そこでは冒頭の「王子遊」は、「王子猷」と正しく表記されている。王子猷は、書聖王羲之の第五子、王徽之のことで、中国東晋の文人。字は子猷。竹を愛したことでも知られ、竹の異名「此君」もこの子猷の故事にもとづいている。

さて、前書きにいう「図」とは「子猷訪戴《しゆうほうたい》」「子猷尋《しゆうじん》戴《たい》」「剡渓訪戴《えんけいほうたい》」などと呼称される画題によって描かれたものをいい、これらの画題はいずれも子猷の故事にもとづいている。その故事について確認しておくと、たとえば、『世説新語』「任誕第二十三」によれば、それは次のような内容である。

王子猷居山陰、夜大雪。眠覚開室、命酌酒、四望皎然。因起彷徨、詠左思招隠詩、忽憶戴安道。時戴在剡。即便夜乗小船就之、経宿方至。造門不前而返。人問其故、王曰、吾本乗興而來、興尽而返、何必見戴。

王子猷は戴安道とともに夜の雪景色を眺めようと思い立った。その契機は左思の「招隠詩」によるもので、隠逸生活に対する憧憬が、王子猷の以下の行動原理を支えていることがわかる。かくして隠棲している戴安道を思い出して無性に会いたくなり、一晩がかりで彼の家に向かうのだが、到着したときすでにその感興は醒めてしまった。それゆえ、そのまま帰途についたのだという。こうした展開になったのも、相手のことより自分の感情の動きを優先したことによるからで、結果として奇矯な行動をとったかのようにもみえる。よくいえば、王子猷の自由な精神のありようを伝えているともとらえられようか。こうした逸話を下敷きにしつつ、実際の山水画においては、舟の中に酒器が置かれ、雪の積もった竹を愛でながら、月見を楽しみつつ舟を進めていく王子猷の姿が描かれる。

この逸話は『世説新語』のほかに、『晋書』巻八十・列伝第五十や、『蒙求』にもみえ、また本邦では『蒙求和歌』にも同類の話があり、『十訓抄』五にも短く言及する箇所がある。蛇足ながら、当初写本で伝わり、後の文政期に版本として流布した『唐物語』の冒頭にもこの故事を載せる。ただし、それまでの出典の多くが「月」「雪」をキーワードとしているのに対し、『唐物語』では「月」の方に重点を置く記述がなされている点に相違がある。ともかく、広く知られた逸話であることは間違いないことで、長頭丸（貞徳）の『崑山集』所収発句に「八月十五夜友のきたりたるに」と前書された、

王子猷もかへらじけふの月の雪

などは、如上の故事を踏まえたものであることがよくわかる例句といえよう。

前書き中の次にある「見せばやな」とは、見せたいものだなあ、の意で、「王子遊が図」に描かれた船を進める王子猷の孤高なる姿と、漁船・商船など様々な船や人々で賑わっている難波の港の繁華な情景とを対照的にイメージさせる意図があるだろう。さらに前書きを読み

進めていくと、比丘尼船の船中から流行歌の一節でも聞こえてきそうな風情が漂ってくる。苫《とま》の下で知らぬ者同士の男女が寒さで冷たくなった手足を互いにすりあわせるように共寝している様子なども想像できよう。「苫」は菅や茅などで編んで作ったもので、船などを覆って雨露をしのぐために用い、竹や茅萱《ちがや》の葉を重ね、船中の夜霧や雨風を防ぐものをいう。

来山のこの句は、故事や画題などを勘案せずとも解釈は可能だが、本句の場合は、もともと句と詞書とが一体となって解釈・鑑賞されることを前提としている発句である。ゆえにそれらを考慮することによって、より臨場感豊かな鑑賞が可能となる。句中に存在するのは雪景色の中の船だけだが、遊女の生活のことまで想像できそうな感覚をもたらしてくれる佳句だと思うが、いかがなものだろうか。

あらためて前書きの世界と、句の世界とを合わせて鑑賞してみよう。いよいよ雪が本格的に降り始めてきたようで、時間の経過とともに、あたりいちめん、白一色に変化してゆく。そうした雪景色の中、川べりには、比丘尼船が薄ぼんやりと幻想的な雰囲気の中で停泊している。この天候ではもはや客に期待はできそうにない。雪は純白の花びらとなって、視界全体を包みこむようにうち重なり、どんどん降り積もってゆく気配がする。今日の営業は終わりとしよう。一句に直接比丘尼たちが描かれてはいないが、刻々と変わりゆく天候とともに、帰宅を余儀なくされ、日常生活へと戻っていく姿は十分に想像できよう。

〔所収本〕『海陸前集』は、春・冬の部の二冊と、『海陸後集』の乾・坤の二冊とを合わせ、現在『海陸前後集』という統一書名（『俳文学大辞典』）で知られる撰集である。編者は来山門の文十。乾・坤の順に宝永四年（一七〇七）、同七年と独立して刊行されているが、いずれも現存するのは写本で、『海陸後集』の下巻のみ刊本が存する。また、『海陸前集』は四季別の四冊で構成されていたようで、夏・秋の部は伝わらない。来山一派を中心とする当代の大阪俳人たちや地方俳人たちの発句・連句を収録する。

〔作者と業績〕承応三年（一六五四）～享保元年（一七一六）十月三日没。大阪の人。薬種商の家に生まれる。通称、伊右衛門。別号に満平、十万堂、湛翁、湛々翁など。俳諧は最初、由平に学び、後に宗因につき、十八歳のときに判者になったという。最初は『物種集』へ初号の満平で付句一句が入集。早くから西鶴へ接近し、一夜一日四千句独吟俳諧興行（『西鶴大矢数』）では指合見を務め、一夜一日二万三千五百句独吟俳諧興行にも同席している。天和元年に処女撰集として『八五十韻』を刊行。貞享五年の歳旦帖『辰歳旦惣寄』「十万堂引付」には二十九名の門弟たちが登載され、順調に大坂俳壇内に勢力を張りつつあることがわかる。伊丹俳人とも交流があり、とくに鬼貫とは親しい間柄にあった。元禄五年には『三物』を刊行。その後、編著はないが、知友・門人らに支えられながら俳壇内で不動の地位を築くに至る。それには一般の俳諧だけでなく、雑俳の隆盛にともなう点者としての活動に負うところが大きかったものと考えられる。かくして元禄時代を代表する俳諧師・雑俳点者として活躍した来山は、後世に名を残すことになった。没後に百カ日追善集『木葉古満』をはじめに八十回忌までに数種の追善集が刊行されている。また『いまみや草』『続いま宮草』などの句文集も編まれている。

『花見車』には「左づまにしやんとつかみあげ、大事の所の見ゆるもかまはず、くはんくわつなるとりなり、あね女郎よしさまには似ず、酒もよくなり手もよし。はなしがおもしろさに客もあまた有しが、くいものにいやしいとて、ちかごろはさびし」と評されている。性格は大らかで、物事にこだわらないさっぱりとした人だったようだ。先輩の由平とは違い、酒を愛し、字も達者で、話もうまくて人気があったが、食い物にいやしいところがあったという。

〔その他〕来山の発句で、とりわけ有名な一句として知られるのが、〈お奉行の名さへ覚えずとしくれぬ（『海陸前集』）であろう。「大坂も大坂まん中にすんで」の前書きがある。年の瀬の慌ただしさの中での感慨を詠んだものである。来山は、世の中の動きに無頓着で、浮世離れした生活を送っていたわけではないし、ことさらに反骨的な態度をとるようなこともなかったと思われる。しかし、この句によってその筋のお咎めを受けたというような巷説があり、宮武外骨の『筆禍史』（明44、雅俗文庫）にも、欄外の扱いとはいえ登載され、前述のような来山伝説はより確かなものになっていったようである。はたして本当にお咎めを受けるようなことがあったのだろうか。事実関係が確認できないまま、今日に至っている。あるいは大正初期に上演された榎本虎彦作の一幕物『来山』の影響があったかと疑ったこともあるが、これまた確証はない。

〔その他〕来山のその他の佳句を掲出しておく。

元日やされば野川の水の音　（『大坂辰歳旦惣寄』）
白魚やさながら動く水の魂《たま》　（『きさらぎ』）
見帰れば寒し日暮の山桜　（『ひらづゝみ』）
ほのかなる黄鳥《うぐいす》きゝつ羅生門　（『海陸前集』）
行水も日まぜになりぬ虫の声　（『俳諧古選』）

〔参考〕飯田正一編『小西来山全集　前・後編』（昭60、朝陽館）、飯田正一『小西来山俳句解』（平1、前田書店）、竹下義人「小西来山」『講座元禄の文学3』（平4、勉誠社）、佐藤勝明『元禄名家句集略注　小西来山篇』（平29、新典社）

［竹下義人］

夕暮のもの憂き雲やいかのぼり

才麿《さいまろ》　元禄

〔現代語訳〕　夕暮れ時、何気なく気鬱なままに空を見上げると、いかのぼりが行方定まらぬまま、ゆらゆらとあがっているのが見えた。夕闇せまる空の様子も何やら雲が重苦しくたれこめて、どんよりとしていた。

〔解釈〕　底本の前書きには「帋鳶」とある。季語は〈いかのぼり〉で春。凧《たこ》あげは一般的には正月の遊びだが、地方・地域によってはその季節も名目も様々なのが実際である。またタコは関東での呼称で、関西ではイカノボリやイカといい、これまた地方によっていろいろな呼び方がある。〈かつしかや江戸をはなれぬ鳳巾《いかのぼり》〉（其角『五元集拾遺』）、〈物の名も蛸や古郷のいかのぼり〉（信徳『江戸三吟』）、〈紙鳶裸子《はだかご》はみぬ都かな〉（言水『京羽二重』）などの例は、いずれもその呼称と地域性に着目した句である。才麿自身は、大和国の出身。大阪の西鶴に師事した後、延宝初頭の二十代のはじめに江戸へ下り、三十代に入った元禄以降は関西の住である。江戸在住は十年程度で、彼の日常的な感覚からすれば、関西風に〈いかのぼり〉と呼ぶのが自然だったのだろう。才麿には〈紙鳶《いか》吹や川は流て北南　（『遠帆集』）〉の一句もある。

本項の一句は、春の夕暮れ時、物憂き気分のままに空を見上げたら、ゆらゆらあがるいかのぼりが視界に入った。夕暮時といえば物思いにふけりがちな時分。そのどんよりとした空の様子は今の自分の心象風景そのもので、どうやらこのときの空模様も凧あげなどにはふさわしくなく、すっきりしないままに気分も晴れることなどなかったようだ。

西鶴の浮世草子『諸艶大鑑』巻七―三「捨《す》てもと、様の鼻筋《はなすじ》」には、「烏賊幟《いかのぼり》」に関する次のような一節がある。

人の心も空になりて、難波風の暮〴〵、烏賊幟のはやりて、さま〴〵の作り物、雲にかけはしのたより、是も糸による恋とや、藤屋の総角《あげまき》かたへ、色〳〵の唐絹《からぎぬ》つくして、天人の羽衣しておくりける。此美形、扇にまよふ、男の心なるべし。引《ひけ》ば自由になびく、女郎にあの心をもたせたし。

人の心もそぞろに、難波風が吹くような夕暮れ時ともなると、烏賊幟がはやり、いろいろな形の凧を作っては、かなわぬ恋のたよりとするようなこともあったという。そのなかに、藤屋抱えの太夫総角に、唐衣で作った羽衣の変わり凧をおくった者があった。男心としては、凧を操るように女郎の心もなびかせたいという魂胆なのだろう。だが、わずか一本の糸に頼る凧は、風の具合や技量によっては思い通りに操れないこともある。「いかのぼり」や「たこ」というと、どこか不安定さを覚える対象でもある。才麿の本句もなかなかに繊細な感覚が発揮されていて、その感覚は彼の代表句〈笹折て白魚のたえ〴〵青し〉（『東日記』）にも十全にあらわれている。

〔所収本〕　『其袋』（半紙本二冊。嵐雪編。自序。元禄三年［一六九〇］、井筒屋庄兵衛刊）。四季別の発句七百余句を収録する（途中に連句あり）。下巻末には、嵐雪と諸家との歌仙七巻を収録する。入集者は嵐雪一派を中心に、芭蕉ら江戸蕉門の人々のほか、本項の才麿をはじめ、鬼貫・来山・幽山ら他門の俳人の名もみえる。嵐雪の幅広い交友関係が示された撰集である。芭蕉は曽良宛書簡（元禄三年九月十二日付）の中で、嵐雪が『其袋』の刊行について何も連絡を寄こさなかったことに言及し、一方の曽良は芭蕉宛の返書（同年九月二十六日付）の中で、『其袋』の発句や歌仙などは面白くない、と辛口の評を残している。曽良は本書『其袋』には入集していないが、これらの書簡の内容から想像すれば、すでにこの時点で、嵐雪と芭蕉らとの間がギクシャクしていたことがうかがえる。

〔作者と業績〕　明暦二年（一六五六）～元文三年（一七三八）一月二日没。大和国宇陀の人。本姓、谷。一時、佐々木氏。通称、八郎右衛門。別号、則武、西丸、才丸、旧徳、松笠軒、一切経堂、春理斎、狂六堂。初め西武門。のち延宝期に西鶴に師事。西山宗因にも師事した。江戸に出て談林俳人として活躍したのちに大阪に住む。編著に、『椎の葉』『後しゐの葉』『うきぎ』『千葉集』などがある。

『花見車』では「うぐいすのほそはぎよりやこぼれけん。梅の匂ひのかうばしく、今の難波のはやり大夫也とて、都のかたよりも風俗をうかがふは此君とや。されども気がみじかふて、ちつとした事にも人をしからんす」とある。冒頭は〈うぐひすの細脛よりやこぼれむめ（『よるひる』）〉を踏まえ、大阪で評判の俳人で、京都の人たちもその俳風に注目していた。性格は短気で、すぐ人にあたるところがあったらしい。布門編の『桑老父』にも、「才麿は文才ありて、少腹ぐろなり」と評した一節があり、その性格には難があったようである。

〔その他〕　佳句の例を掲出しておく。

おもひ出《いで》て物なつかしき柳かな　（『続の原』）

青簾髪にさはりてつよからず　（『誹諧六歌仙』）

しら雲を吹尽《ふきつく》したる新樹かな　（『難波の枝折』）

猫の子に嗅《かが》れて居るや蝸牛《かたつむり》　（『陸奥衛』）

〔参考〕　荻野清『元禄名家句集』（昭29、創元社）、辛島啓子「椎本才麿年譜稿」『叢6』（昭44・1）、富田志津子「椎本才麿」『講座元禄の文学3』（平4、勉誠社）、佐藤勝明ほか『元禄名家句集略注　椎本才麿篇』（令3、新典社）

［竹下義人］

冬枯《ふゆがれ》や平等院の庭の面《おも》

鬼貫《おにつら》　元禄

〈現代語訳〉　冬の平等院を訪れたところ、源頼政が自刃したと伝える扇の芝などはすっかり枯れ果て、荒涼たる景色をあらわにしていた。

〈解釈〉　季語は「冬枯」で冬。草木の葉も枯れ、寒々としたものさびしい様子を誘発する季語である。句の成り立ちとしては、貞門から談林の時代を通じて流行した謡曲を利用したもので、いわゆる謡曲調の句である。手法としては、謡曲「頼政」からの文句取りということになる。所収本の前書きには「宇治にて」と記してあり、藤原氏ゆかりの寺院としての平等院の所在地を示していることになり、一句の世界を確かなものにしている。

文句取りの対象となった謡曲「頼政」の該当箇所を確認しておくと次の通りである。

これまでと思ひて、平等院の庭の面《おも》、これなる芝の上に、扇をうち敷き、鎧《よろひ》脱ぎ捨て座を組みて、刀を抜きながら、さすが名を得しその身とて、埋れ木の花咲く事もなかりしに、身のなる果《はて》は、あはれなりけり。

右の一節から句中に引かれた詞章は〈平等院の庭の面〉である。この詞は右の引用部分より前にも出てくるのだが、それはともかく、この詞がそのまま中七・下五に充てられているわけで、一句の構成要素としては文句取りの部分が大半を占めていることになる。そこにわずか五文字の上の句〈冬枯〉が冠せられただけの無造作で無技巧な句にみえないこともない。それでも一句として鑑賞に耐えうるだけの内容を有しているのは、引かれた詞章の言葉のイメージの重さに預かるところが大きいからであろう。つまり、〈平等院の庭の面〉の詞章が、頼政の悲運の死が想起される場所として十分な象徴的働きを担い、鑑賞者の心象に迫ってくるからである。それが、一面枯れ色に染まった荒涼たる景を想起させる季語〈冬枯〉と結びつくことによって、寥寥たる思い、万感の思いなどを呼び覚ますことになる。そうした鑑賞・想像の感覚と眼前の景とが重なり合って、夢幻的・幻想的なイメージを喚起するのである。

一見して難解さなど微塵も感じられず、平等院の冬のたたずまいを写実的にとらえただけの句にもみえるのだが、〈平等院の庭の面〉の象徴的な言葉の働きに注意すれば　底の浅い句でないことは了解できよう。ほかの庭に取材した発句に、

庭前に白く咲たるつばき哉　（『大悟物狂』）
春の日や庭に雀の砂あびて　（同）

などがある。前者は、庭前に白く咲く椿の美しさを、後者は、庭の雀の挙動から春ののどかさを、それぞれに詠んだものだが、表現上では眼前の光景をそのまま句中に切り取ってみせただけで、それ以上の鑑賞の奥行きや深さというものを感じさせることはない。本句の場合も、謡曲の文句取りの仕掛けに気づかなければ、平等院の庭の冬枯れたわびしい景を詠んだだけの叙景句ということになる。現代語訳を施す限りではまさにその通りなのだが、謡曲の詞章がもたらすイメージの喚起によっては、その背後にある悲運の武者像が浮上し、痛ましい思いにかられることになる。

本句の成立は、所収本の刊年に照らして元禄三年（一六九〇）頃と推測されるが、この時期に謡曲を利用した作品が試みられているということは、手法としてはいささか時代遅れの感が否めない。とはいえ、鬼貫を含めた伊丹俳人たちは、俳諧手法上の流行や廃りなどにはあまりこだわりがなかったようで、好んで謡曲を俳諧に利用している。そうした謡曲調は、その名乗りになぞらえた「かやうに候もの八青人猿風鬼貫にて候」のような書名にも及んでいた。同様に「～候」を裁ち入れた句もあり、そのいくつかも示せば、

白く候紅葉の外は奈良の町　（『よるひる』）
ちらとのみ雪はうき世の花候な　（『鬼貫句選』）
嘉義《かぎ》候よやをら初日の梅ごゝろ　（『仏兄七久留万』）

などがある。また、本項の句のような謡曲の詞章の文句取りやそのもじりの手法も長年にわたって駆使されてきた。前書きがある場合、その部分にも詞章が影響していることもあって、謡曲そのものへの関心が相当に高かったことがうかがえる。また、次のようないわゆる俗謡の利用もある。

秋はもの、月夜烏はいつも鳴く　（『天満拾遺』）
野の花や月夜うらめし闇ならよかろ　（『大悟物狂』）
うづら鳴《なく》吉田通れば二階から　（『犬居士』）

順に「月夜烏は若《も》しいつも啼く」、「月夜うたてや闇ならよかろ」、「吉田通れば二階から」の各部分が俗謡の一節で、その一部が句中に活かされている。

一般に謡曲調の場合、口語調に通じる場合もあるが、そうした謡曲の調子と重ならない口語調の例を引いておくと、

冬はまた夏がましじやといひにけり　（『大悟物狂』）
国〳〵を秋になつたら見にまはれ　（『あさくのみ』）
どつちへぞ春も末じやに又寝る歟　（『あふむ粒』）
そよりともせいで秋たつ事かいの　（『とてしも』）
あくたにと散気《ちるき》はなれてまあ廿日　（『分外』）
なんとけふの暑さはと石の塵を吹《ふく》　（『鬼貫句選』）
なんと菊のかなぐられふぞ枯てだに　（『鬼貫句選』）
春ちかうわらひ初たがわすられよ歟　（『仏兄七久留万』）

などがある。

このほか、例は省略するが、和歌を典拠とした句も少なくないのだが、とくに『古今和歌集』の序や同集中の和歌の利用頻度が高いように思われる。

〔所収本〕『大悟物狂』（半紙本一冊。鬼貫編。元禄三年（一六九〇）井筒屋庄兵衛刊）。内容は、跋文に鬼貫自身の俳諧大悟の表明がなされていることから、書名の由来もそこに求めることはできるが、鸞動と鉄卵の追善集としても編まれ、かつまた鬼貫発句集の趣きも備えていることから、やや異色な撰集ともいえる。全体は、自序「弔鸞動并序」、鸞動追悼鬼貫独吟百韻一巻、四季別ほかの鬼貫発句全百四句、鬼貫・才麿・来山・補天・瓠界・西鶴・万海・舟伴らの鉄卵追悼五十韻一巻、自跋の順に収録・構成されている。

自跋には、俳諧と和歌の精神のつながりや我執を去ること、さらには「常」を尊ぶ理念を説くなどし、末尾には「ひとり立我誹諧を観ずれば上手でもなし下手にてもなし」の一首を記す。これらは当時の鬼貫の俳諧に対する姿勢を誠実に語ったものと考えられており、書名の「大悟」の表明にあたるものとして注目にあたいする。

なお、冒頭の鸞動の追悼の箇所には、鬼貫の代表句の一つとして知られる〈によつぽりと秋の空なる不尽の山〉が記されている。

〔作者と業績〕鬼貫は、寛文二年（一六六二）、伊丹の酒造家、油屋上島宗春の三男として生まれた。幼少の頃から俳諧に親しみ、十二歳のときには「一声も七文字はあり郭公」の句に対し、維舟（重頼）から長点をもらったという。俳諧は当初この維舟の貞門俳諧に学んだが、やがて談林俳諧の宗因に師事。延宝六年（一六七八）の十八歳のときに『当流籠抜』に入集し、これが実質的な俳人としての第一歩を記したものとなった。その後、立て続けに俳書を刊行する。『無分別』（延宝八年、逸書）、『盆日』（同上、逸書）、『誹諧恵能録』（同上、逸書）、『西瓜三ツ』（延宝九年、逸書）、『三人蛸』（天和三年）、『有馬日書』（貞享元年、逸書）、『かやうに候ものハ青人猿風鬼貫にて候』（同上刊）等々。残念ながら逸書がめだつが、二十歳前後の若き鬼貫が実に精力的に活動していたことがわかる。その勢いのまま、貞享四年（一六八七）には「誠の外に俳諧なし」の言葉で知られる大悟に至る。

一方で鬼貫は俳人としてのほかに武士や医師としての顔ももっていた。鬼貫の武士としての名乗りは藤原宗邇《むねちか》である。二十五歳の貞享二年（一六八五）から五十七歳の享保二年（一七一七）まで、俳諧と関わりを持ちながらも、武士としての生活が断続的に続いていた時代があった。最初に二十五歳のときに大阪に出て立身出世を望んだようだが、京都の大久保道古に医術として導引を学び、仕官の機会をうかがっていた。導引とは、道教より出た治療・養生の法のことで、現代の医学とは異なるものである。貞享三年夏、丹波園部の城主、小出伊勢守家へ禄高三十人扶持で仕官するという話があったが、これは実現せず、ちょっとした騒動を引き起こして終わった。ついで、翌年の夏、今度は筑後三池藩主、立花主膳正藤原種明にまみえ、三十人扶持で、元禄二年（一六八九）まで仕えた。さらに、同四年、大和郡山藩に三十人扶持で仕え、大阪役目を命じられて、同八年まで仕官した。同五年九月六日、家来を一太刀で成敗するということがあった。鬼貫の武士としての面目を保った出来事として知られることにはなったが、俳人としての一面だけを見ていたのでは、その人間性を見誤ることにもなりそうな一件であった。この後も仕官の話はあったものの立ち消えになり、最後は宝永五年（一七〇八）、越前大野藩に仕え、享保三年（一七一八）に致仕した。

こうした武士としての諸記録は『藤原宗邇伝』に詳しいが、鬼貫の望んだ本来の生活・人生というのは、やはりこちらの武士の側にあったとみるべきであろう。

とはいえ、俳諧の面でも旦那芸の域を超え、熱心に取り組んでいたことも事実である。先にも示した多数の編著の存在があり、とりわけ『独ごと』のような俳論書まで残していることなどがその証しとなろう。

鬼貫のまとまった発句集としては『仏兄七久留万』がある。本書は鬼貫自身が生涯の発句を整理した写本として伝わり、増補が繰り返されたためか、岡本勝本『仏兄七久留万』（初稿本系）、柿衛文庫甲本『仏兄七久留万』・乙本『仏兄七久留万』（拾遺）、『続七車』などの諸本がある。所収発句は四季の分類で、年代順に配列してある。鬼貫の研究には欠かせない資料である。

ほかに刊行された撰集として、『鬼貫句選』（明和六年刊）、『鬼貫発句集』（天明三年刊）があり、いずれも伝記研究に資するところが大きいものばかりである。追善集に『月の月』『誹諧むなぐるま』がある。

〔その他〕先に謡曲調や口語調ほかの作品について触れたので、それ以外の佳句を次に紹介しておきたい。

春の水所〴〵に見ゆるかな　（『大悟物狂』）
面白さ急には見えぬ薄かな　（『河内羽二重』）
花散て又閑なり園城寺　（『高砂子』）
行水の捨てどころなき虫のこゑ　（『をだまき綱目』）
ひらひらと木の葉うごきて秋ぞ立《たつ》　（『仏の兄』）
骸骨のうへを粧《よそひ》て花見かな　（『鬼貫句選』）

〔参考〕鈴木重雅『俳人鬼貫の研究』（大15、共立社）、山崎喜好『鬼貫論』（昭19、筑摩書房）、岡田利兵衛『鬼貫全集　三訂版』（昭53、角川書店）、櫻井武次郎『伊丹の俳人　上嶋鬼貫』（昭58、新典社）、『岡田利兵衛著作集4　鬼貫の世界』（平13、八木書店）、玉城司ほか『元禄名家句集略注　上嶋鬼貫篇』（令2、新典社）

〔竹下義人〕

中わろき人なつかしや秋の暮

和及《わきゅう》

元禄

〔現代語訳〕 秋の夕つ方は、物寂しくて何となく人恋しい気分になり、自分とは仲の悪かった人でさえも妙に懐かしく感じられることだ。

〔解釈〕 和及編『雀の森』の巻頭に置かれた、自身の独吟百韻の発句で、「元禄巳九月」（元禄二年）の成立。脇は〈薄よ荻よ風の持ち合ひ〉。

季語は〈秋の暮〉。〈秋の暮〉は、秋の夕暮れと晩秋の両意があり、本句が詠まれたのは九月であることから、両意を掛けているとみてよい。去来の『旅寝論』（元禄一二年［一六九九］自序）に、「問ひて曰く、「春の暮に対して、秋の暮を暮秋と心得たる作者多し」と言へり。尤《もっと》も秋の暮は秋夕《あきのゆふべ》なり。春の暮は暮春の事に侍るや」。答へて曰く、「春の暮は暮春也。又一片《いっぺん》に限るべからず。一首一句の趣にもよるべし」」とあるように、一概には言えないものの、「秋の暮」は秋の夕べを指すという理解もあったようだ。なお、連歌学書『産衣《うぶぎぬ》』（元禄一一年［一六九八］刊）には、「春の暮、秋の暮としたるは大暮にてはこれなき也。時分の暮なり」とある。

秋の夕暮れは、〈寂しさに宿を立ち出でてながむればいづくも同じ秋の夕暮れ〉（良暹『後拾遺和歌集』）や「三夕」の歌に代表されるように、寂しいイメージを伴って詠まれる。芭蕉の発句にも、〈所思、此《この》道や行《ゆく》人なしに秋の暮〉（『其便』）や、〈秋深き隣は何をする人ぞ〉（『笈日記』）のように、他者を思いながらも孤独を抱えて生きるさまが詠じられている。言いようのない寂寥感に我が身の孤独を自覚させられる秋の暮れには、〈中わろき人〉、つまり自分と仲の悪い人でさえもまた懐かしく感じられるというのである。寂しさゆえに家族や故郷を思い出すというのではなく、仲の悪い人ですら懐かしい、とするのはやや理詰めな発想ではあるが、不愉快な人間の煩わしさも、ときに奇妙な懐かしさを人に与えることがある。人間関係における負の感情というのもまた、ふとしたときに日常を思い起こさせる思い出となり得るのだ。なお許六《きょりく》の『篇突《へんつき》』（元禄一一年刊。『旅寝論』にも同記述がある）には、〈秋のくれ肥《こえ》たる男通りけり〉という句をめぐって、「〈肥たる男〉と淋しからぬ物に、〈秋の暮〉のあはれを結びて淋しがらするは、誹諧の国の道具」という解説があるが、〈中わろき人〉と〈秋の暮〉の取り合わせもまた俳諧的な発想といえよう。

〔所収本〕 『雀の森』（和及編。元禄三年［一六九〇］三月自序、四月風葉軒跋）。書名は壬生《みぶ》に住む編者の居に近い森豊山更雀寺境内の森にちなむ。巻頭に和及の独吟百韻一巻を据え、嵐雪・如泉・竹亭・信徳・言水《ごんすい》・我《が》黒《こく》・常牧・才丸（麿）・芭蕉・晩翠・似船《じせん》ら、京都や南都を中心とした諸俳人の四季発句百十七と、連句一順二折を収録する。序文後半には、元禄俳諧の「景気付《づけ》」に対する和及の見解が示されている。

〔作者と業績〕 慶安二年（一六四九）～元禄五年（一六九二）一月十八日没。四十四歳。三上氏あるいは高村氏。幼名、辰之介。別号、露吹庵・直唱法師。京の人。京都建仁寺前に住んだ後、壬生の雀の森に隠棲した。『誹家大系図』には、立圃《りゅうほ》系俳人の「常辰門」とあるも確証がなく、むしろ京都談林の常矩《つねのり》と親しかったようである。延宝期（一六七三～八一）に俳壇に登場し、元禄初年（一六八八～）頃に、新進の俳諧点者としてめざましい活躍をした。前句付《づけ》俳諧の大規模な興行も行っている。作風は、延宝・天和期には談林俳諧の域を出なかったが、元禄期には景情一致や人情を主とした、元禄京都俳壇の典型的な俳風に変化していった。また、自身の俳諧撰集では独吟連句を巻頭に置くなど、連句に自信をもっていた向きもある。

和及の俳諧活動は、貞享二年（一六八五）に壬生へ隠棲し露吹庵を結んだ後、しだいに活発化してゆく。元禄二年（一六八九）には初の著作である俳諧作法書『誹諧《はいかい》番匠童《ばんじょうわらわ》』を刊行し、元禄俳諧の風として、景気付・心付《づけ》を重視する見解を著した。翌年には俳諧撰集『雀の森』を出版、十一月には我黒とともに奈良へ旅行、発句も『都曲《みやこぶり》』などの諸集に数句入集しており、その活躍ぶりが確認できる。さらに翌四年には、俳諧撰集『誹諧ひこばえ』を刊行、同書には尚白・如泉・言水・我黒・晩山らだけでなく、芭蕉や蕉門俳人の句も六句収録されている（京都俳壇への配慮からか、作者名は伏せてある）。和及は芭蕉を尊敬していたらしく、『葛の松原』によれば、この年の秋に大津で対面したようである。なお、和及は京俳壇にあっても親蕉門的な立場であったらしいが、必ずしもその作風は芭蕉たちと一致してはいない。同年中も『団袋』や『百人一句』など数多くの俳書に句がみられ、精力的に活動していたが、十一月頃から重い病にかかり、翌五年正月に亡くなった。生涯を通して、俳諧に対する真摯な態度が偲ばれる。辞世吟〈我《わが》としも四《ヨ》十四《シ》の花のあげ句かな〉。追善集『誹諧水茎の岡』。

〔その他〕 『雀の森』から和及の句をあげておく。

菜の花に半《なかば》や埋む塔ひとつ

わが恋は昼の六時よけふの月

いずれも、情景や市井の人情をそのままに詠み出したかのような作風である。〈菜の花に〉の句は、春ののどかな遠景を描き出しており、〈わが恋は〉の句は、「けふの月」に対して、昼間の恋を詠んでいるのが面白い。

〔参考〕 雲英末雄「三上和及覚書」（『元禄京都俳壇研究』昭60、勉誠社）

［永田英理］

麦のほに尾を隠さばや老狐《おいぎつね》

辞世

轍士《てつし》 元禄

〔現代語訳〕 豊かに実っている黄金色の麦の穂に、老狐となった私の尾も隠したいものだ。いまやこの世から姿を消そうとしている私ではあるが、さすがにその尾だけはこれまで隠しおおすことができなかったので。

〔解釈〕 本句は轍士の辞世吟である。『橋立《はしだて》案内志追加』所収の、其角への追悼吟をめぐる紅華の句文において、「過ぎし比《ころ》、鳳城の轍士（略）士も泉門（＝あの世への入口）の客と成りし。残し置《おく》言の葉とて」という文言に続けて掲載された。なお紅華は、轍士の句に対して「聞くに哀情の心浅からず」として、「麦の穂を掴《つか》ば涙もをさへまし」と詠じている。

季語は〈麦の穂〉で、夏。日本で主に栽培されている麦は大麦・裸麦・小麦などで、いずれも秋に種を蒔いて初夏に刈り取る。それは麦にとっての秋に当たるので、「麦秋（麦の秋）」と表現される。熟して黄金色になった麦畑は、初夏の新緑と対照的で、美しく豊饒たる風景である。和歌では『夫木抄』に、〈山賤《がつ》のはでに刈り干す麦の穂のくだけて物を思ふ頃かな〉（曽禰好忠）、〈種蒔きし木の下麦の穂に出でて風に秋ある山ばたの庵〉（藤原隆房）の例がみえ、俳諧でも以下のように詠じられている。

麦の穂や泪に染《そめ》て啼《なく》雲雀　芭蕉（『蕉翁句集草稿』）

麦の穂を便《たより》につかむ別《わかれ》かな　同（『蕉翁句集草稿』）

麦の穂に息つく蝶の暑《あつさ》哉　素蘭（『葱摺《しのぶずり》』）

麦の穂と共にそよぐや筑波山　千川（『すみだはら』）

飯盗む狐追《おひ》うつ麦の秋　蕪村（「句稿屏風」）

〈老狐〉は、年をとった狐、古狐。ほかのものに化け、人をだますのがうまいと信じられていた。狐や狸が人に化けても、尾だけは隠し得ぬものとされていたため、〈尾を隠さばや〉と詠んだのである。〈老狐〉とはまた、世慣れてずる賢い人、老獪な人のことをもいい、本句でも、年老いた自身のことを自嘲的にいったもの。轍士の撰集『誹諧白眼』に見える自画像は、総髪で眼光鋭く、癖の強そうな風貌で、世間を騒がせた『花見車』の暴露的な内容とあわせ、轍士は外見的にも性格的にも〈老狐〉と呼ぶにふさわしい人物であったのかもしれない。

〈麦の穂〉に〈狐の〉〈尾を隠〉す、という趣向は、外見的な類似による発想であるが、老いさらばえた狐と、今を盛りと豊かに実った黄金色の麦畑のイメージも、対照的な取り合わせになっている。なお、〈蛍火をけさば狐の尾ばな哉〉（『崑山集』）や、〈閑居せし時、尾をかくすにはよき庵の薄かな〉（射道『俳諧新選』）のように、薄の穂と狐の尾の類似性に着目した句もあり、また狐火は尾が火を放つものだという説もあった（『本朝食鑑』など）。〈尾を隠さばや〉という願望は、それで世間すべてをだましおおすことができたら…という老獪さゆえの発言であるが、その一方、尾を隠して世間からいっさい自分の正体を隠してしまうということは、自身がこの世から身罷ることを暗示してもいる。後年の例ではあるが、先掲の『俳諧新選』の句にも通ずる、去りゆく老身の心境を皮肉めいた笑いに包みながら詠じたところに、かえって哀愁が漂う辞世の吟である。

〔所収本〕 『橋立案内志追加』（正徳三年［一七一三］刊行）。晩山が自身の天の橋立文殊詣での紀行文と、橋立にちなんだ古今の詩歌を集めて編んだ『橋立案内志』（宝永五年［一七〇八］・孤山跋）の追加一巻として刊行されたもの。

〔作者と業績〕 ?～宝永四年（一七〇七）。室賀氏か。自著『花見車』に「我《われ》壮年より京・江戸・大坂の宗匠《そうしょう》達に相《あひ》なれ、三十年来好《すく》」とあることなどから、寛永末年～慶安・承応（一六四三～五四）頃の生まれで、五十数歳で没したか。大坂の人で、宗因門。別号、東鮒巷・仏狸斎・風翁。元禄六年（一六九三）秋までに、大坂から京都高倉四条下ル町へ移住、西鶴や団水とも交流があった。芭蕉を深く尊敬し、元禄四年（一六九一）には『おくのほそ道』の旅に倣って奥州を訪れた。「とても一生草の枕に果つべきと思ひ定めたる身ながら」（『かぶと集』元禄一五年自序）と、漂泊の旅に人生を終える覚悟を自ら示している通り、ほかにも江戸・東海道・上方・北陸など日本各地を旅し、その成果を撰集として出版し続けた。もっとも、多くの元禄俳人同様、旅の目的は芭蕉とは異なり、人々との交流によって点者としての収入を得たり、勢力を拡大するための営利的なものであった。その交友関係は、宗因・西鶴らの談林俳人、其角ら江戸俳人、鬼貫《おにつら》ら伊丹俳人、涼菟《りょうと》ら伊勢俳人、美濃・尾張・三河の俳人らと、広範囲にわたっている。なかでも、元禄一五年（一七〇二）に匿名で出版した『花見車』は、三都や諸国の俳人を遊女に見立てて論評した評判記で、暴露的な内容が話題となり、団水に反駁されることとなった。同書では、自身について「今の世のはやり太夫ときこゆ」と自画自讃している。其角の追善集『暁鶯編』の編集中に没した。編著は『黒うるり』『我庵』『誹諧白眼』『糸屑』『此日』『七車集』など多数。

〔その他〕 尊敬する芭蕉の追悼吟として、

きさかたを問《とは》ず語《かたり》や草の霜　（『枯尾華』）

の句が残る。

〔参考〕 水田紀久「『花見車』の価値と轍士の俳歴」（「連歌俳諧研究」五号、昭28）、雲英末雄（「元禄俳人の旅—轍士の旅を中心として—」（『元禄京都俳壇研究』昭60、勉誠社）

［永田英理］

時鳥《ほととぎす》何を古井《ふるゐ》の水のいろ

露沾《ろせん》 元禄

〔現代語訳〕 時鳥は、いったい何を、年月が経て古びたというのだろうか。使われなくなった古井戸の水の色をながめながら、旧懐の思いにひたることだ。

〔解釈〕 時鳥の声が、聞く者に昔を思わせ、懐旧の情をかきたてる景物であることは〈郭公去年《こぞ》のふる声聞くからにあはれ昔のおもほゆるかな〉（『古今和歌六帖』）や〈昔思ふ草の庵の夜の雨に涙なそへそ山時鳥〉（定家『新古今和歌集』）などの例からも知られる。

「何を古井」は、「何を古」と「古井の水」を言い掛けた表現。〈時鳥何を古〉は、何を古びたと言って時鳥が啼くの意と解せる。「古井」は、古くなり利用されなくなった荒れはてた井戸。芭蕉の〈城跡や古井の清水先づ問はむ〉（『笈日記』）などのように、その井戸を使っていた往事の人々の生活を偲ばせる語。

収録本『其袋』では、才麿の〈ほととぎす新茶より濃声の色〉と並んで配列されている。「…の色」で揃える。才麿の句は、新茶より濃いと声の色を形容し、同時に新茶より早く人々が賞翫するとする。本句が、水の色自体に深い懐旧の思いを託したのと対照的である。

〔所収本〕 『其袋』は、元禄三年（一六九〇）序、服部嵐雪編の俳諧撰集。嵐雪門の発句を主にするが、巻頭句の季吟をはじめ、才麿・鬼貫・来山など他門の句も多く見える。しかし、それにもかかわらず杉風らの深川蕉門を意図的に排除するなど、蕉門の確執もうかがえる。編者嵐雪と露沾の交流は、『続虚栗』に、露沾の代表句〈川尽て鰍《カジカ》流るるさくら哉〉を発句とする、其角・嵐雪・沾徳ら一座の六吟歌仙があることからもうかがい知ることができる。

〔作者と業績〕 明暦元年（一六五五）～享保一八年（一七三三）九月十四日没、享年七十九歳。本名、内藤義英、のち政栄。陸奥国磐城平藩主風虎の次男として江戸赤坂の藩邸で生まれる。寛文一〇年（一六七〇）従五位下野守に叙任されるが、家中の内紛により延宝六年（一六七八）蟄居を命じられる。

俳諧の初出は、寛文九年の『奉納于飯野八幡宮ノ発句』にある〈き手も着て烏帽子さくらや神の前〉である。奉納句には、北村季吟・松江重頼などの名も見える。以降、父風虎の編著や延宝期の江戸俳書に多く入集、例えば『桜川』には、四十五句が入集している。天和二年（一六八二）、二十八歳で退身し、弟義孝が世継となる。寺坂の本邸から麻布六本木に移った露沾は、特に父風虎が没した貞享二年（一六八五）以降は、父の俳諧サロンを継承するかたちになり、門流にこだわらず、広く諸俳家と交流、風雅に力を注いだ。蕉門とも親交が深く、芭蕉には「露沾公にて」と前書する〈西行の庵もあらん花の庭〉がある。また、貞享四年『笈の小文』の旅に出立の折、送別吟〈時は秋吉野をこめし旅のつと〉を発句とする歌仙一巻を芭蕉・其角らとともに巻いている。元禄二年（一六八九）『奥の細道』の旅に発足するときにも、餞別吟〈月花を両の袂の色香哉〉（『いつを昔』）を送っており、交流は、芭蕉が亡くなるまで継続していた。蕉門では、其角・路通・支考らの俳書に入集、他にも素堂・言水・才麿・由之・等躬ら、諸国の元禄俳人と交流している。

元禄八年（一六九五）に、磐城平に移住した後は、俳諧に専心する生活となり、藩士の門人は百人を超えると言われ、さらに庶民にも俳諧の指導をした。退隠したとはいえ、藩主の兄であり、長男政樹は次期藩主という立場の露沾には、為政者としての心構えが具わっており、〈今西新田民家の火影を見て〉と前書する〈蚊はしらに民草富めり暮篝〉など、庶民を思う歌も少なくない。一方、世に取り残されていく悲しみも〈僕と閑居に春を迎へて、菜に埋む庵の雑煮や一人前〉や〈人たらぬ岩城も春やかざり松〉などの句に感じ取ることができる。

磐城平を詠む歌も多い。〈いはき山岨麦青し童は笛〉、〈代々の秋四倉富り鰹船〉など、磐城を詠む発句に、海産物の収穫に関わる題材が多く詠みこまれているのは、領民を思う心根の反映であろうか。特に磐城平一の港小名浜については、門人らとの合作「小名浜八景」の中で「諏訪の晴嵐」を詠んだ〈春きよしみなとの嵐小名の海〉をはじめ、〈夏草にいか釣そめり夕渚〉、〈一時雨夕日に干すや鰈網〉など、具体的な景物を詠う印象深い発句が多い。

門人には、其角なき後、江戸俳壇で最も有力な宗匠だった沾徳、絵俳書の世界を拓いた露月、歳時記や随筆にも才能を発揮した沾涼などがおり、江戸享保俳壇の中心となる門人を輩出した。

〔その他〕

〔参考〕 岡田利兵衛「内藤風虎・内藤露沾」（『俳句講座二』昭33、明治書院）、雫石太郎『内藤露沾全集』（昭34、こども新聞社出版部）、大村明子「風虎と露沾―父子の確執」（『近世文芸研究と評論』46、平6）

［安田吉人］

廻廊《くわいらう》にしほみちくれば鹿ぞなく

素堂《そどう》　元禄

〔現代語訳〕　満潮時になり、厳島に海水が押し寄せてくる時間帯となった。折りしもあわれげに啼く鹿の声にそこでくりひろげられた歴史的な事象を想起して、しんみりとなることだよ。

〔解釈〕　一句を単純に眺めると、詠まれた場所がどこなのかはわからない。しかし、『素堂家集』に付された文章等により、素堂がいかなる場所で、この句に何を託そうとしたのかはよくわかる。「いつくしき此《この》島めぐり七里廻廊にうしほのみちたる景気、わきていはむかたなし。額両面／表　伊都岐島　空海筆／表　厳島　道風筆。宝物あまた有中《あるなか》に、平家の一門寄合書《よりあひがき》の法華経　二十八品清盛入道、安徳御誕生前の願書、墨いまだかはかぬやうにあり」とある。厳島神社ゆかりの平家一門の滅亡を視野にいれて、そこでの感慨を歌ったものとなる。なお、素堂唯一の編集物の『とく〳〵の句合』の場合、わずかに「いつくしま」の語を付すのみ。『素堂家集』が叙情的感動を反映した文章であるのに対して、『とく〳〵の句合』の方は一句に必要な情報だけを提示している。一句としては当然のこと、後者のほうがよい。読者がもろもろのことを想像する余地がのこる点において、評価できる。なお、廻廊に潮が満ちてくることと鹿の声とに何の因果関係もないが、〈鹿ぞなく〉の措辞は素堂の寂寥感をきわだたせるに効果的。

〔所収本〕　子光編『素堂家集』と自編の『とく〳〵の句合』所収。子光は素堂がのこした遺稿類を編集したものと思われる。『とく〳〵の句合』の方は、素堂が大病時にありし日を想起して自句をつがえて編集したものだという。ただし諸本により異同があり、自筆稿本・杉浦版・東門子版の存在を確認することができるのだが、自筆稿本には判詞がなく、句のつがえにも異同がある。杉浦版・東門子版は類似した様相を示すものの、杉浦版の方が刊行年も早く、本文的にも穏当といえる。後代になり竹阿《ちくあ》は江戸の『五色墨《ごしきずみ》』連衆が『とく〳〵の句合』を愛読珍重していたと、『其日《その》ぐさ』に伝える。この情報はきわめて貴重で、竹阿が意識したのは、杉浦版・東門子版『とく〳〵の句合』両者をさすと思われる。前者の場合、巻末に『五色墨』連衆の入集が認められる。本文的には異なるが、後者の東門子は元文・寛保年間以降、『五色墨』連衆に関係する俳書を出版しており、東門子版『とく〳〵の句合』もまた『五色墨』連衆の支援による出版物であった。なお、出版書肆の東門子については、加藤定彦・外村展子共編の『関東俳諧叢書　第二十巻』（平12、青裳堂）に、詳細な解説がある。

〔作者と業績〕　素堂は寛永一九年（一六四二）から享保元年（一七一六）まで生きた。享年は七十五歳。芭蕉とほぼ同時代人で、芭蕉より二歳年長。その一生の軌跡は、およそ三期に分けることができる。第一期は、延宝年間を中心として、芭蕉とともに江戸俳壇に雄飛した時代。第二期は、蕉風の客分的存在として、芭蕉と交流した貞享・元禄時代。第三期は、芭蕉が他界して以降の時代となる。

素堂のイメージ　江戸時代から現代にいたるまで、素堂のイメージは、一定していると理解してよい。竹内玄玄一の『俳家奇人談』（文化一三年）は、「つねに和漢の書を嗜んで、詩文をよくす」とか「後にある主家を辞して より深川の別荘に蓮池を掘り、交友を集めて、晋の恵遠が蓮池に擬せしより」などに、そのイメージは集約されている。作風は「高尚閑雅」とされるが、確かに素堂の特徴を言いあてているものの、それがゆえに人物・作風の多様性をとりこぼしてきた側面もないではない。ことに作品においては、きまった句しか注目されなかった弊害は大きい。素堂といえば、次の句が注目されるのが、一般的である。

目には青葉山ほととぎす初がつを

江戸時代から名句として喧伝されてきた句である。それだけに、一句の位置づけがおろそかになってしまった感はいなめない。本句は延宝六年（一六七八）の『江戸新道』などに所収の句で、典型的な談林風の句といえる。口ずさんでみてもわかる用に、名詞だけをならべ、しかも三段切れになっている。意味を考えると、中七には〈耳には〉を、下五には〈口には〉を補塡する必要がある。つまり、肝心な言葉を省略した「ぬけ風」の句なのである。さらに、西行の〈ほととぎすきくをりにこそ夏山の青葉は花におとらざりけり〉（『山家集』）を視野に入れて、そこに『徒然草』百十九段の「鎌倉の海に鰹と云ふ魚は」の情報を合体させている。知的情報を談林風の詠みぶりできりとった手際の良さと、いかにも江戸時代らしい〈初がつを〉を登場させた面白さといえる。その意味で、『江戸新道』などに付される前書きの「かまくらにて」は、絶対に必要な情報にほかならなかった。こうした手練手管を駆使した句ながら、口調の良さと初夏のさわやかさが功を奏し、素堂の代表句とされるに至ったものと思われる。別の考え方をするならば、かくも煩雑な一句の仕立てにもかかわらず、口調の良さだけで人口に膾炙された典型例。それほど一句のしらべは大切なのであろう。この句を評して、『俳家奇人談』は、「豪壮また見ルベシ」という。鎌倉ならではの句として、武者などの姿を連想している可能性もある。

西瓜《すいくわ》独《ひとり》野分《のわき》をしらぬ朝《あした》かな

『俳諧勧進牒』（元禄四年）所収。素堂の句は、談林時代からゆるやかに変化して、元禄期にはこうした世界に到達する。台風が通り過ぎた翌朝、田畑は乱れているのだが、西瓜だけは何事もなかったように畑にその姿をさらしている。その様子を〈西瓜独〉と擬人化した可笑味《おかしみ》と台風による被害をうけた光景とは、独特の哀感を訴えてくる。一般に、素堂の句としては、先掲の〈目には青葉〉が有名だが、素堂につらなろうとした人々は、この句を高く評価していたふしがある。この句を発想契機として、今日庵泰登は『野分集』（文久二年序）を編集している。こうした側面は従来あまり注目されてこなかったが、江戸時代人の素堂観を知るに貴重な一句であり一冊である。

素堂の出身地　素堂は甲斐の教来石《きょうらいし》字山口に出生したとされるが、確実な資料は何一つ残っていない。おおむね『甲斐国志』記載の記事が踏襲されており、現在のところこれ以上の情報はない。奥方は確実に甲斐の人であり、親戚筋も甲斐に住んでいた。しかし、何が原因で江戸に出ていったのか、等は一切判明していない。

第一期の素堂　素堂と芭蕉とは、江戸で出会い意気投合したことはまちがいない。二人が出会う必然性は、岩城平の内藤藩が運営する文学サロンともいうべき俳諧の会であった。そこに京都から伊藤信徳《しんとく》が合流して、芭蕉・素堂・信徳による活動が展開される。いわゆる『江戸三吟』をスタートする疾風怒濤の時代である。全国的に見て、これほど過激な作風を享受したグループはない。帰郷した信徳との関係を芭蕉は維持して、やがて『俳諧次韻』に彼らの交流はみごとな成果をのこす。素堂は、その間自由な活動を展開しつつ、あくまでも隠者として生きてゆく。よって蕉門俳人ではない。にもかかわらず、芭蕉の友人として独特の立場を保持する。芭蕉との関係でいうならば、江戸俳壇に雄飛した延宝期が第一期となる。

第二期の素堂　幸いなことに、素堂は蕉門俳書に入集する機会を多く得ることができた。しかし、素堂の幸運はそれだけではなかった。第二次芭蕉庵完成に際して、「芭蕉庵再建勧進簿」を書いたのが素堂であったことからわかるように、独特の芭蕉との交流パイプがあった。それは発句作者というよりも、詩文を得意とするところから、文章家として評価されていたようでもある。『素堂家集』をひもとくと、漢詩とともに文章の多さが目につく。元禄年間になると、素堂と芭蕉とが協力して完成させた「蓑虫説」と「蓑虫説跋」あたりが記憶にのこる。こうした実績から、『甲子吟行（野ざらし紀行）』の画巻の芭蕉自筆画巻本・濁子《じょくし》清書画巻本に素堂が序跋を提供したのは、当然のことといえる。芭蕉周辺にあった隠者として、また知識人として、芭蕉は積極的に素堂との交流を期待していたのであった。ちなみに『おくのほそ道』旅行の際に、芭蕉の頭陀袋のなかに、素堂の「松島詩」を入れていたことなどは、象徴的な意味をもつ。

第三期の素堂　芭蕉と素堂の交流は、およそ二十年の長きにわたった。芭蕉が他界してからは、さすがにその寂寥感は禁じえなかったらしい。芭蕉の墓のある近江の義仲寺を訪ねたり、芭蕉に対する追善句を詠んだりして晩年を過ごしている。その意味で、次の文章などは心にひびく。「ひとしかみな月中」の二日、はせをの翁の住捨てける庵に、むつましき心さりしたひ入て、堂あれども人は昔にあらずといふ、古ごとのまづ思ひ出られて、涙くだりぬ」（『素堂家集』）。また旅行におもむくことも多かった。その折には、下里知足亭に足をとどめることも多かった。おおまかに言うと、まことに寂しい晩年であるが、昔日への郷愁が、『とく〳〵の句合』を出現させたことは特筆すべきことであろう。宝永七年、七十近くの素堂は瀕死の大病をわずらい、それを契機に句合《くあわせ》編集にとりかかる。素堂は俳諧師ではないので、一冊の出版物もない。よってこの句合は、素堂の手による、唯一の編集物となる。ことわるまでもないが、素堂在世中に本書が出版されることはなかった。本書出版に関係した『五色墨』連衆の功績ははかりしれない。

〔その他〕　素堂は人見竹洞や林葛廬らと交流しながら、漢詩の素養を養成していった。素堂の学識の背景は、こういうところにあった。

素堂の家族　素堂の一族として、寺町百庵と山口黒露の存在は、その後の素堂系統のことを考えるに欠かせない。寺町百庵はまともに素堂につながる血筋の者だが、山口黒露の方は養子筋の存在であった。なお、素堂の追善集『通天橋《つうてんきょう》』は黒露の手によって、刊行されている。妻の方は早くに他界したことが報じられている。

その系統の末路　馬光を経て素丸《そがん》へと展開していった素堂系統はやがて葛飾《かつしか》蕉門として、再生してゆく。歴代のその系統の俳人のことに関しては、『葛飾蕉門分脈系図』にくわしい。注目すべきは、この一派の末端に小林一茶がいたことであろう。この一派には武士階級のものや札差関係のものも多く、一茶に心地よい集団であったとは思われない。そもそも蕉門にあらざる素堂系統の末流が、蕉門を名乗ることに大きな矛盾があろう。

〔参考〕　荻野清「山口素堂の研究」（『俳文学叢説』昭46、赤尾照文堂）、大庭卓也「山口素堂と江戸の儒者をめぐって」（『連歌俳諧研究』106号）、上野洋三「芭蕉と同時代の歌壇」（『和歌文学講座八』平6、笠間書院）、中野三敏「寺町百庵」（『江戸狂者傳』平19、中央公論社）、楠元六男編『芭蕉と素堂』（平15、竹林舎）

［楠元六男］

古池や蛙飛《とび》こむ水のおと

芭《ば》蕉《しょう》

蕉風

〔現代語訳〕 水温む頃とはいえ、冬の枯草のままで、人から忘れられた古びた池。そこに、冬眠からさめた蛙が飛び込んで水音を立てた。その音によって、世外の草庵にも春の生動が感じとられたことだ。

〔解釈〕 「蛙」は連歌以来、仲春二月の季語（『至宝抄』）。和歌では、「蛙」は『古今集』仮名序に「花に鳴く鶯、水に住む蛙の声をきけば、生きとし生けるもの、いづれか歌を詠まざりける」と記されて以来、水辺の蛙の鳴き声が春の賞美すべき景物として詠まれてきた。ことに同集に載るよみ人しらずの歌〈蛙鳴く井手の山吹散りにけり花の盛りにあはましものを〉は、「蛙」の詠み方に決定的な影響を及ぼし、例えば〈あしびきの山吹の花散りにけり井手の蛙は今や鳴くらむ〉（藤原興風『新古今集』春歌下）など、多くの歌例を生んだ。その結果、季節も「山吹の花」に合わせて晩春の景物として定着していった。田に鳴く蛙も、苗代に詠まれて同じく三月の景物として詠まれてきた。それが二月に定まったのは、おそらく二十四節気の「啓蟄」との兼ね合いで、蛙が地上に這い出てくる二月を季としたのであろう。

支考は、元禄四年（一六九一）刊『葛の松原』でこの句の成立事情をこう述べている。弥生も下旬の頃、蛙が水に落ちる音が時折聞こえてくるのに想を得て、〈蛙飛こむ水のおと〉という七・五ができた。傍らにいた其角が「山吹や」を提案したが、結局「古池」と定まったというのである。其角が候補に「山吹」を即座に挙げたのも、蛙の和歌伝統によったものであろう。とはいえ、あまりに陳腐で、和歌の〈蛙鳴く井手の山吹〉に対して〈水の音〉を対峙させただけの趣向となり、本当に支考の言うとおりだったか、甚だ心許ない。だが、この逸話は、そもそも初めに〈蛙飛こむ水のおと〉ができたというところが興味深い。和歌伝統の蛙は、述べたように鳴く声を賞美してきた。それが声ではなく、水面に飛び込んだ音を詠んだところ、蛙の新しい把握となっているからだ。だが、この「飛ぶ」蛙の着想は、芭蕉の独自な発想ではない。

飛びぬれば身を浮草の蛙かな　今武（『誹諧捨舟』）

この句は、小野小町〈わびぬれば身をうき草の根を絶えて誘ふ水あらばいなんとぞ思ふ〉（『古今集』）の〈わびぬれば〉を〈飛びぬれば〉ともじり、それを〈浮草〉にすだく〈蛙〉に転じた俳諧。『捨舟』は寛文一二年（一六七二）刊の俳書である。以後、「蛙飛ぶ」趣向は延宝期（一六七〇年代）を通じて何度も試みられた趣向だった（楠元六男『芭蕉、その後』）。寛文一二年八月に書かれた梅翁の『俳諧無言抄』序には、「俳諧の連歌はいまの世のはやり物にて、京も夷《ヰナカ》もたつ子はふ子まで翫《モテアソブ》に折《をり》をへだてず、口ずさぶにさりぎらひなし。うぐひすの山類《さんるい》を出《いで》てたかい植物《うゑもの》に吟じ、蛙《カハヅ》の水辺《すいへん》をはなれずして体用《たいゆう》の外にとび作をたくむも、この道時至れるからにやと思ひなし侍《はべり》ぬ」とある。この『俳諧無言抄』は、芭蕉が俳諧式目書として「大様よろし」と評した書として著聞する。その序で梅翁は、『古今集』仮名序を踏まえ、鶯が山を出て高い木に囀り、蛙が水辺を離れずに体用の埒外に飛び、作を工夫すると述べた。「体用の外に飛び、作を巧む」とは、俳諧が連歌の規定の外に飛び出して、連歌にない意外な作意を廻らすことを高らかに宣言した言葉であり、そこに、「蛙の…飛び」と述べて、伝統的な「蛙の声」に対する「飛ぶ蛙」の新しい趣向が踏まえられているのである。かくして「飛ぶ蛙」の発想は、芭蕉がこの句を詠もうとした時点では、当時の俳人たちにとって新しい趣向としてすでに確立していた、というべきであろう。だからこそ、芭蕉は〈蛙飛こむ水のおと〉の断片を、比較的容易に口にし得たのである。

〈古池〉と〈蛙〉の取り合わせは、連歌に次のように詠まれてきた。一、二例を挙げておこう。

一木見し野寺の花の頃過ぎて　明智政宣

古りたる池に蛙鳴くなり　玄清法師

（永享一二年〔一四四〇〕十月十六日山何百韻）

うち霞み野寺の夕べ閑かにて

古りたる池に蛙鳴く声

（文明一八年〔一四八六〕九月三十日山何百韻）

永享一二年山何連歌では、野寺の花が散ったあとの桜の木を見たという前句に、忘れられたような古びた池に蛙が鳴いていると付けた。「野寺」は野中の寺。例えば〈開花古寺中、尋ね来て花見る人のまたもあれな古き野寺の春の夕暮〉（光経集・九三）など「花」と結んだ歌を踏まえたのであろう。この付合は、前句〈花の頃過ぎて〉に、前引『古今集』〈蛙鳴く井手の山吹散りにけり花の盛りにあはましものを〉の歌を思い起こして、〈蛙鳴く〉と応じた付合となっている。文明一八年山何連歌は、前句野寺の夕暮時の静けさに、蛙の鳴き声を配した付合である。正徹に〈山もとの夕の鐘も霞消えて寺の前田に蛙なくなり〉（『草根集』）の歌例もあるように、〈夕暮など声あはれに鳴く〉（『初学和歌式』「蛙」）蛙は、和歌の蛙の本意そのものでもある。いずれも、「野寺」には古寺で寂びれたという意味合いが感じられ、それに〈古りたる池〉と応じたものと見られる。

〈古りたる池〉に鳴く蛙の情景は、さして用例が見いだせないものの、古びた寺の池を介して連歌に親しい情景であったということができよう。心敬の門弟による連歌寄合と見られる『連歌作法』（『連歌寄合集と研究』未刊国文資料）に、「池」に「蛙〈ふるき池に尤《もっともに》候〉」と連想が記されていることは、当時の「蛙」の構図として「古池」が連想されていたことを物語っているとしていい。芭蕉の〈古池や〉の句は、こうした中世以来の文学伝統の系譜に位置づけられるのである。

和歌・連歌の「水の音」も確認しておこう。和歌の「水の音」は、流れ、落ちる水それ自体が立てる音であった。例えば西行の『山家集』には次のようにある。

水の音に暑さ忘るる円位《まとゐ》かな梢の蟬の声もまぎれて

水の音は寂しき庵《いほ》の友なれや峰の嵐の絶え間絶え間に

前の歌は、「水辺納涼といふことを北白川にて詠みける」と詞書がある。北白川は、洛東、志賀の山越えの入り口。涼しげな水音に蟬の声も紛れ、集まった人々は暑さを忘れてしまう、の意。後の歌は、谷川の水音は一人寂しく住む庵の友である、峰を吹く嵐の絶え間に聞こえてきて、の意。遁世者の山居の心を澄まし慰める存在として「水の音」を捉える。涼をかき立てる水音と、隠者に近しい存在としての水音と、二つの水音が和歌における「水の音」の代表的な詠まれ方だといっていい。そもそも水音の清涼さは、俗世間から隔たった清閑の地をイメージさせてくるから、遁世者の住居を象徴するにふさわしい景物ともなったのであろう。『源氏物語』にも、山里の閑かさ・寂しさが「例の、かう世離れたる所は、水の音ももてはやして物の音澄みまさる心地して」（椎本）などと語られている。連歌においても同様。涼はもちろん、ことさら遁世者に近しい存在として水音が詠まれているようだ。

世にやふりたる道は残らむ　義藤
凍らめや雪に筧の水の音　道真
（川越千句第四百韻、文明二年正月）

差し籠もる一人一人か雨のうち　宗碩
谷を隔てて水の音のみ　聴雪
（住吉法楽千句第六百韻、大永元年十一月）

川越千句は、前句〈古りたる道〉を山へと続く人も通らぬ道と解して、山居の様子を思いやった付け。冬の今頃は筧の水音も雪に氷って聞こえなくなっているであろうと遁世者の住居を思いやった。住吉千句は、一人一人が雨で家に籠もっているという意の前句を、山居の草庵と見定め、谷を隔てて水の音ばかりがすると付けた。いずれも、連歌における「水の音」は単に流れの音というのみならず、山居の庵住を象徴する音であった。

芭蕉にも、〈松風の落葉か水の音涼し〉（『蕉翁句集』貞享元年）の句があり、遁世者に親しい「松風」とともに、世俗から離れた清閑の別天地を描き出している。

〈水のおと〉との関連でいえば、〈古池〉は期待すべき水音がそれ自体では立ちようのない、音のない池ということになるだろう。〈蛙飛こむ水のおと〉に〈古池や〉が冠せられたとき、古池からは立ちようのない「水の音」が、蛙の飛び込んだ音によって響き、それが「古池」の「水の音」として作者に届いたのである。この「水の音」によって、この句の世界は遁世者の草庵として定位されることとなった。とはいえ、和歌や連歌に詠まれてきたような水それ自体が立てる水音とは異なって、蛙の飛び込んで立てた水音である。世俗と隔たった隠者の草庵は、この蛙の水音によって近世的相貌をもって詠出されたといっていい。〈蛙飛こむ水のおと〉は、近世的隠者世界としての草庵を象徴する水音だったのだ。

『三冊子』で土芳はこの句を評して、「詩歌連俳はともに風雅なり。…花に鳴く鶯も、餅に糞する椽の先と、まだ正月もをかしこの頃を見とめ、また水に住む蛙も、古池に飛び込む水の音、といひはなして、草に荒れたる中より蛙のはいる響きに俳諧を聞きつけたり」と述べている。「草に荒れたる中より蛙のはいる響き」とは、いまだ春の草も生えてこず、冬の枯草のままの荒廃した中から這い出てきた蛙が池に飛び込んだことで、春の生動を捉えたというのだ。〈冬深み氷や厚く閉ぢつらん音絶えにけり谷川の水〉（肥後『堀河百首』冬）など、「水の音」の途絶えは、冬の川が氷に閉ざされていることを示す。それが音を立て始めることが、春到来の証なのである。〈蛙飛こむ〉〈古池〉の〈水のおと〉は、春になっても水音を立てなかった古池に立った水音として、蛙が鳴く前の音として、いち早い春の到来を告げるものにほかならない。その意味で、この句は啓蟄の句のなかでも殊更早い時節を見いだした句だと言わなくてはならない。

田中道雄は、「古池や」の句の、上五に切字「や」とおいて下五を体言で止める形に注目し、「世界の実在感」を提示する型であり、それがこの句によって質的完成をみたと述べている（「〝古池や——〟型発句の完成」『佐賀大学文学論集』一九六八）。「古池や」と「や」を介して提示された一句の場は、古池という人々から忘れられた、音のない静寂世界である。そこに蛙が飛び込んだことで静寂は破られ、水音が立つ。その水音は、「古池」を人々に意識させるとともに、水音を聞く草庵を形象する。そして再び、今度は人々に意識された草庵の古池として静寂を印象づけるのである。そう、解釈したくなるのは、切字「や」によって「古池」が一句の主調音として提示されたからだ。したがって、蛙が何匹も次々に飛び込むと解するのは、一句の文体を考慮しない説というべきであろう。また、蛙の飛び込みの実体を考慮して「水の音」を音ならぬ音と解するのも、和歌連歌の伝統を考慮しない説と言わなくてはならない。

この句は、「古池」「蛙」「水音」それぞれの和歌連歌の伝統の継承と、それに対する新しみの追求という点で、蕉風の実質的開眼を示す句だと言っていい。また、この後多用される俳句の文体を質的に創出したという点においても記念すべき一句だったのである。

〔所収本〕 貞享三年刊『蛙合』。同年刊『春の日』など。

〔作者と業績〕 正保元年（一六四四）～元禄七年（一六九四）十月十二日。本名、松尾忠右衛門宗房。初号、宗房。号、桃青。芭蕉は庵号である。別号に、釣月軒《ちょうげつけん》・栩々《くく》斎・泊船堂・芭蕉庵・風羅坊など。款印、素宣・風蘿・鳳尾・羽扇など。伊賀国上野赤坂（現、三重県伊賀市赤坂町）の郷士松尾与左衛門の次男（兄は半左衛門）として生まれる。伊勢藤堂藩 侍《さむらい》大将、藤堂新七郎家の台所用人として出仕。嫡子良忠《よしただ》（俳号、蟬吟。季吟門）の伽として俳諧を学ぶ。俳号、宗房。寛文四年『佐夜中山集』に蟬吟とともに二句入集するのが、俳諧撰集に入集した初めである。翌年、蟬吟主催貞徳十三回忌追善百韻に出座するなど俳諧に専心したが、寛文六年、蟬吟と死別。仕官の道が断たれる。同一二年（二九歳）、自判に小唄や流行語、奴言葉をふんだんに使った発句合『貝おほひ』を出版、上野の天満宮に奉納した。延宝二年（三一歳）、北村季吟から『誹諧埋木《うもれぎ》』を伝授され、翌三年春、郷里を捨て江戸に下るか。桃青と改号する。同年五月、西山宗因の東下を迎えた俳諧興行に一座し、談林俳諧に共感してこの作風を積極的に支持。素堂（信章）らと江戸俳壇で活躍する。はじめ高野幽山の執筆を務め、延宝五年宗匠として立机。日本橋小田原町に俳諧師として門戸を構え、『桃青門弟独吟二十歌仙』を同八年（三十七歳）に刊行して、俳壇的地歩を築いた。その冬、江戸市井を去って深川の草庵に入る。場所は「深川元番所池洲のこれある所」（『杉風秘記抜書』）。はじめ杜甫の詩句によって泊船堂、のち庵に植えた芭蕉が繁茂して芭蕉庵と号した。この草庵での反俗貧寒の生活のなかから、〈芭蕉野分して盥に雨を聞く夜かな〉〈櫓の声波を打てはらわた氷る夜や涙〉など、漢詩文調による「わび」の詩情を作品化して、蕉風への展開を摸索した。天和二年冬（三十九歳）、江戸の大火で芭蕉庵類焼。甲斐国谷村に避難して年を越し、翌三年六月刊、初の蕉門撰集『虚栗』（其角編）に跋文を寄せる。同年冬、第二次芭蕉庵に入る。翌貞享元年（四十一歳）八月、『野ざらし紀行』の旅に出る。〈野ざらしを心に風のしむ身かな〉と詠んで、東海道を西上、伊勢から郷里伊賀に着いて母の墓参を果たし、大和路を当麻・吉野などに遊び、九月下旬大垣着。木因亭に逗留する。十月、桑名・熱田から名古屋に逗留、『冬の日』五歌仙を興行する。そこで詠まれたのが〈狂句木枯の身は竹斎に似たるかな〉である。この旅を通じて次第に天和期の漢詩文調から、風狂に身を置いて和歌伝統との交響・新味の追求を試みるようになる。こうした風狂の姿勢は、貞享四年『鹿島詣』、同年〈旅人とわが名呼ばれん初時雨〉を出立吟とする『笈の小文』の旅、その帰路美濃からの『更科紀行』の旅に一貫して示されている。また、和歌連歌の本意に対して俳諧としての新しみの追求は、『はるの日』に一応の達成を見る。〈春なれや名もなき山の薄霞〉〈山路来て何やらゆかしすみれ草〉〈馬をさへながむる雪のあした哉〉など、同時代の俳壇が貞享連歌体と呼ばれる安らかで優美な句風を志向したこととも関連する。元禄元年八月末、更科紀行から江戸に帰り、元禄二年三月末には『おくのほそ道』の旅に出て、東北・北陸を巡り、九月大垣着。乞食行脚を標榜して歌枕・名所を尋ねるこの旅路は、詩歌の伝統に俳諧としての新しみを探る試みの旅と言ってよく、〈荒海や佐渡に横たふ天の河〉〈あなむざんやな甲の下のきりぎりす〉などを詠み、不易流行（伝統に連なる不変の価値と、新風を目指して変化してゆくことが俳諧の不変的価値とする考え）に思い至る。九月以降、元禄四年秋まで上方に滞在。この間、「幻住庵記」の湖南幻住庵に三ヶ月滞在、「嵯峨日記」の嵯峨に半月ほど滞在するなどを含め、郷里の伊賀、湖南大津・膳所、京を往き来する漂泊生活を送りながら、元禄三年には膳所の珍碩（洒堂）編『ひさご』、元禄四年には凡兆・去来編『猿蓑』の編集を指導する。ことに『猿蓑』は、これまでの風狂・わびの美意識を景情一致の手法によって詠む新風を世に問うたものとして評価が高い。元禄四年冬には江戸に帰着、翌五年夏、第三次芭蕉庵に入り、江戸深川の連衆を中心に、東下した珍碩・許六等を加えて活動も活発化し、「かるみ」の工夫を重ねてゆく。一方、六年正月頃から、結核で重篤になった甥桃印を引き取り、三月に喪うなど、芭蕉は身心ともに疲れ果て、秋口から一月ほど来客を謝絶、草庵に閉じこもる。仲秋から俳事を再開。宝生沾圃や越後屋の手代野坡等新連衆を得て、〈梅が香にのつと日の出る山路かな〉など、「かるみ」追求の成果は、『すみだはら』（元禄七年刊）に結実する。元禄七年五月には、『おくのほそ道』の浄書が成り、それを携えて上方へと最後の旅に出発する。この旅では、名古屋や伊賀・湖南・京および嵯峨の落柿舎などを巡り、多くの門人と交流。上方での「かるみ」への評価は高く、充実した俳席を重ねた。七月から二か月伊賀に滞在して『続猿蓑』の選句編集をほぼ終え、九月上旬、洒堂と之道との間を仲裁するため、大坂に出る。体調を崩しつつも多くの俳席に一座したが、九月末に体調が悪化、十月十二日〈旅に病んで夢は枯野をかけめぐる〉の病中吟を残して没した。遺骸は、近江膳所の義仲寺に葬る。

芭蕉は、蕉風樹立以来、反俗風狂の旅人（詩人）の視点から日常身辺に人情と自然の詩材を求め、これを詩にすくい上げる運動を展開した。その結果、それまでの詩歌の枠組みを広げ、俳諧を詩としての高みに押し上げたところに芭蕉の最大の功績がある。

〔参考〕 小宮豊隆ほか編『校本芭蕉全集』（平成3、角川書店）、尾形仂ほか編『新編芭蕉大成』（平11、三省堂）、今栄蔵『芭蕉年譜大成』（平6、角川書店）、堀切実ほか編『新芭蕉俳句大成』（平26、明治書院） ［宮脇真彦］

蚊柱《かばしら》に夢の浮きはしかかるなり

其角《きかく》

〈現代語訳〉 夏の夕暮れ蚊柱が庭に立っている。うたたねから目覚め、夢心地で眺めていると、あたかもそこに、夢の浮橋がかかっているかのようであるよ。

〈解釈〉 藤原定家の〈春の夜の夢の浮橋とだえして峯にわかるる横雲の空〉（『新古今和歌集』）を本歌とする。定家の和歌も、『源氏物語』最終巻「夢浮橋」の巻名を踏まえている。「夢浮橋」とは、夢の中のあやうい通い路。浮橋は、もともと水の上に筏を組んだり舟を並べたりして作った橋のこと。『源氏物語』の本文自体には記されていない熟語だが、人生と愛を綴った大長編物語の最後にふさわしい巻名である。〈はかなしや夢のわたりの浮橋を頼む心の絶えもはてぬよ〉（『狭衣物語』）、〈思ひ寝の夢の浮橋とだえしてさむる枕に消ゆる面影〉（俊成女『千五百番歌合』）など、夢とうつつのあわいに生ずる恋のはかなさは、後世の和歌でも印象深く詠まれてきた。定家の和歌では、春の夜のはかない夢の中で、恋人との逢瀬に渡る、現実とも夢とも判別のつかない浮橋である。その幻の夢の浮橋が途絶え、次第に目にはっきりと見えてくるのは、夜明けの空にかかる山の峯と今まさにそこから離れようとしている横雲である。二つの微妙な瞬間が生んだ美しい光景がある。其角は、その世界を、昼寝から目覚めた寝惚け眼に映った蚊柱と一転して俗化したのである。しかもこちらのうっとうしい浮橋は、途絶えるのではなく「かかる」のだと、反対に詠んでいる。

「蚊柱」は、雄の蚊が縦に連なって群がり飛び、柱のように見えるもの。定家は〈草ふかきしづのふせやのかばしらにいとふ煙をたてそふるかな〉（『拾遺愚草』）と、蚊柱を卑賤な家にふさわしいものと詠みこんでいる。

其角には、同じく寝覚めと虫を詠んだ有名な発句、〈切ラレたる夢は誠か蚤の跡〉（『花摘』）がある。『去来抄』には、「其角は誠に作者にて侍る。わづかに蚤の喰ひつきたる事、たれかかくは謂ひつくさん」と去来が評したのに応じて、芭蕉が「しかり。かれは定家の卿也。さしてもなき事をことごとしくいひつらね侍る」と言ったと伝えている。其角の作為的で、大仰に人目を驚かす作風を藤原定家の歌風に喩えているのである。

また、蚊を詠んだ其角の発句には〈蚊をやくや褒姒《ほうじ》が閨の私語《ささめごと》〉（『みなしぐり』）がある。蚊帳の中に入ってきた蚊を紙燭で焼くのを、女も喜んで見ているさまである。褒姒は、周の幽王の愛妾。幽王は笑わない愛妾を喜ばせるために平時にものろしをあげさせたため、ついに本当の反乱が起こったときに諸侯が援軍に駆けつけず殺された故事（『史記』『平家物語』）を踏まえた句作である。其角の手にかかると、卑俗な虫たちも、奥深い古典の世界にとりこまれ、異彩を放つ。

〈所収本〉 『葛の松原』。元禄五年（一六九二）刊。支考著の俳論書。随筆風の俳話・俳論を収録する。本句も俳論部分に載るが、「定家の卿の〈夢のうき橋〉はとだへてひさしくなりぬればと、晋子も自讃申つるが、かかる事、人のいふべき口質にもあらず。天縦の風骨、念相の外に志を得たり…夢ともなくうつつともなき無心所着の観相。蚊柱のごとき物あらば、千載の荘子をまつといへるならむ」と批判し、合わせて芭蕉と比較し、「左右の趣をとらへ世人の口意にさきだてる事は芭蕉庵の叟なるべし」と述べている。其角の天賦の才は、普通の人々が思いつかないような新しい物を見つけ出し句に仕立てるが、芭蕉は人々と同じ物を見、同じ趣を感じながら、誰も今まで詠むことがなかった物を句に仕立てるのである。誰もが共感を覚え、しかも新たな風趣に気付かせてくれるのは芭蕉であると、支考は軍配を上げている。

〈作者と業績〉 寛文元年（一六六一）～宝永四年（一七〇七）二月三十（一説に二十九）日没、享年四十七歳。榎本氏、のち宝井氏。別号に、螺舎・晋子・宝晋斎・渉川など。医師竹下東順の子として江戸に生まれる。延宝の初め、十代半ばで芭蕉に入門、延宝七年（一六七九）『坂東太郎』に初入集、翌年『桃青門弟独吟二十歌仙』に、杉風・嵐雪とともに入集以来、生来の資質と才気で頭角を現し、芭蕉第一の高弟として重きをなした。

天和三年（一六八三）、漢詩文の句調の『みなしぐり』を編む。〈酒債権尋常往処有　人生七十古来稀　詩あきんど年を貪ル酒債《サカテ》哉〉、〈酔登二階　酒ノ瀑布《タキ》冷麦の九天ヨリ落ルナラン〉（『みなしぐり』）など、漢詩文の教養を背景にする大胆な俳諧化は、集中でも芭蕉と並ぶ存在感であった。貞享元年（一六八四）、京阪に旅し、京で信徳・千春《ちはる》らと巻いた五歌仙などを『蠹《しみ》集』として刊行。大坂では、西鶴の二万三千五百句大矢数興行の後見を務めた。すでに、俳諧師其角の名が全国に知られていたことをうかがわせる。同三年、〈日の春をさすがに鶴の歩み哉〉（『丙寅初懐紙』）を発句にした百韻を興行、この頃俳諧宗匠として立机したと言われる。以後、『続虚栗』『新三百韻』『いつを昔』などの撰集を刊行、広く全国の俳人たちとの交流を示した。また、〈有明の月に成けり母の影〉と、母の追善供養の百日を句日記風に書き留めた『花摘』、俳諧に関する逸話や俳論を随筆風にまとめた『雑談集』、諸家と自らの発句を番わせて、雄弁な判詞（歌合・句合のときに、判者が優劣の理由を説いた言葉）を添えた『句兄弟』など、趣向を凝らした多彩な撰集を刊行し注目を集めた。芭蕉生前から、すでに一門人としてではなく、江戸を代表する俳諧宗匠として地歩を築いていたと言える。

元禄七年（一六九四）、芭蕉の死に際しては、追善集『枯尾華』を編み、「芭蕉翁終焉記」も自ら執筆した。

芭蕉は、其角の句風を自らの閑寂に対して、「伊達を好んでほそし」（『俳諧問答』）と評した。芭蕉と其角の句風の対比は、しばしば例句をもってなされる。例えば、〈草の戸に我は蓼くふほたる哉〉（『みなしぐり』）に唱和して、芭蕉は〈朝顔に我は飯くふをとこかな〉（同）と和した。「蓼くふ虫」の諺を用い、蓼を喰う蛍という奇抜な創作で自らを比喩した其角に対して、草の戸で閑寂な生活を送る自画像を、技巧を凝らさずにあっさり詠んだ芭蕉、両者の句風の相違は明らかである。また、『句兄弟』に番えられた、其角の〈声かれて猿の歯白し岑の月〉と、芭蕉の〈塩鯛の歯ぐきも寒し魚の店〉は、漢詩に好んで詠まれてきた猿を大胆な具象物〈猿の歯白し〉で新しくした其角の才気と〈塩鯛の歯ぐき〉という、日常生活に見る具象物に全く新しい詩情を見出した芭蕉の感性は、この師弟の本質をよく現している。

師芭蕉没後は、『末若葉』『焦尾琴』などにおいて、都会風で、作意の強い句作の傾向を強めていく。〈鶯の身をさかさまに初音かな〉（『初蝉』）は、蕉門内でも許六は「これ程に新しきは見えず」（『篇突』）と評し、去来は「画屏なんどを見て作したる句也と難じらるるも尤也」（『旅寝論』）と疑問を呈するなど、賛否が分かれている。「横の題（当世風の句）にては、洒落にもいかにも我思ふ事自由に云とるべし」（『句兄弟』）と言う其角の、伝統にこだわらない新奇壮麗な句風は、時には仲間でなければ理解できないような難解な句も多かった。例えば〈香需散犬がねぶつて雲のみね〉（『焦尾琴』）は、炎天に耐えかねた犬が、暑気払いの薬をなめるという趣向だが、中国の『列仙全伝』などの故事を踏まえている。其角の句の場合、背景に豊富な古典の教養が隠されていることが多いが、その亜流の人々が衒学的傾向に走るのは容易に想像された。しかし、この作風が、蕉門以外の江戸俳壇の後進からは広く慕われ「洒落風」の祖として仰がれることとなった。

其角は宝永四年に亡くなる。其角の直接の後継者は、半面美人の点印を譲られた女流俳人秋色、追善集を編んだ淡々などが想定されるが、いずれも江戸俳壇に大きな影響力を持ったわけではない。むしろ、晩年の其角と提携した沾徳やその弟子達によって洒落風として継承されていった。

〔その他〕

其角は、例えば後年出版された『江戸名所図会』の挿絵中の発句で、最も多く引用されるなど、江戸俳人の象徴として人々に愛され続けた。〈寝ごころや火燵蒲団のさめぬ内〉（『猿蓑』）、〈夕すずみよくぞ男に生れけり〉（『五元集』）などの庶民感覚にあふれた生活句は、川柳にも通じる俗情だが、市井に生きる人々の真情をよく伝えている。〈小傾城行きてなぶらん年の暮〉（『雑談集』）も、洒脱な詠みぶりの歳末風景であるが、これにも謡曲『現在江口』の詞章「小傾城どもになぶられて」を裏返す機知が隠されており、一筋縄ではいかない其角の詠みぶりが表れている。

江戸の街の繁華を詠んだ〈闇の夜は吉原ばかり月夜哉〉（『武蔵曲』）〈越後屋に衣さく音や更衣《ころもがへ》〉（『浮世の北』）〈鐘一つうれぬ日はなし江戸の春〉（『宝晋斉引付』）など、派手で都会的な句風は、江戸の人々に長く愛され続けた。例えば、『句兄弟』には、〈鯛は花は江戸に生まれてけふの月〉が、西鶴の〈鯛は花は見ぬ里もありけふの月〉と番《つがい》の句として挙げられる。西鶴の発句が鯛や桜も楽しめない里でも、中秋の名月の今宵だけは風雅を楽しめると言うのに対して、江戸に生まれれば、その三つ全てが楽しむことができると江戸の生活を謳歌しているのである。

江戸の人々が、いかに其角の発句を愛したかは、次のような例でもわかる。〈傘にねぐらかさうやぬれ燕〉（『みなしぐり』）が、歌舞伎の登場人物名古屋山三郎の衣装や科白になり、端唄「濡燕」の詞章には「あけていはれぬ胸のうち、包むにあまる袖の雨、紋は三つの傘に塒貸さうや濡れ燕」とそのまま採られている。また、〈ほととぎす一二の橋の夜明かな〉（『炭俵』）や〈名月や畳の上に松の影〉（『雑談集』）は、広重などの浮世絵中の画賛句として好んで用いられている。

さらに、其角の場合は江戸俳人の象徴として人物そのものが伝説化していく。門人で赤穂浪士大鷲文吾（大高源吾子葉）との両国橋の別れは、歌舞伎や戯作に名場面として繰り返し描かれている。例えば合巻『以呂波文庫』では、煤竹売に身をやつした文吾を見て其角が〈年の瀬や水のながれも人の身も〉と詠んだの対して、文吾が〈あしたまたるるそのたから舟〉と付句して、暗に翌日の討ち入りを示すという逸話が引用されている。また、向島の三囲神社をめぐっては、ある旱の歳に其角が発句によって雨を降らせることを依頼され、〈ゆふだちや田も三巡りの神ならば〉（『其角十七回』）の句を奉納し、旱を解消させたという雨乞い伝説がある。劇的な都市伝説とともに其角は江戸俳人の象徴として多くの人に愛された。

〔参考〕　今泉準一『元禄俳人宝井其角』（昭44、桜楓社）、石川真弘「宝井其角年譜」（『蕉門俳人年譜集成』昭57、高野山国文研究会）、石川八朗他『宝井其角全集』（平5、勉誠出版）、田中善信『元禄の奇才宝井其角』（平12、新典社）

［安田吉人］

名月や煙這ひゆく水の上

嵐雪《らんせつ》　蕉風

〔現代語訳〕 仲秋の名月が皓々と輝いている。そのさやけき月光の下、朦朧とした煙が水上を棚引いて行く。

〔解釈〕 季語は「名月」。陰暦八月十五夜、月、仲秋の名月をいう。この夜の月は一年のうちで最も澄み、清光が真昼のように明るく照らす。〈八月十五夜／いつとても月見ぬ秋はなきものをわきて今宵のめづらしきかな〉（藤原雅正『後撰集』秋中）と、とりわけ賞美される景物である。今日の月、三五の月、また、代表的な供え物が新芋であることから芋名月などとも呼ばれる。『誹諧初学抄』に「芋名月」、『俳諧御傘』以下に「けふの月」、『増山井』以下に「名月」、『をだまき綱目』に「十五夜・三五夜」として所収。『山の井』では「三五夜の月は、秋の最中なれば、光も常に越えて、海川も金を延べ、野山も平らに玉を敷きたらんやうに見ゆる心ばへ…」と、その光の美しさを説明する。

名月やかゞやくまゝに袖几帳　其角《きかく》（『末若葉』）
名月やしずまりかへる土の色　許六《きょりく》（『五老文集』）

例えば、蕉門の句から拾ってみると、名月の光は、思わず袖で顔を覆うほどに煌《きら》めき、また、地面に清らかに降り注いで静寂を感じさせると詠まれている。

八月十五夜、人々は川や湖などの水辺に赴き、月を賞玩する。観月の宴は中国唐代から盛んに行われ、『開元遺事』には玄宗皇帝が楊貴妃と大液池に臨んで月を愛でたことを伝える。この風雅な宴は平安時代に日本に伝来、公式行事となり、貴族たちは詩歌管弦にうち興じながら月を鑑賞した。月見の会は民衆にも浸透し、江戸期の『日次紀事《ひなみきじ》』（貞享二年〔一六八六〕）には「終夜月を見、意に随ひ興を催し、大井川、あるいは淀川、あるいは近江の湖水に、各々遊観す」とある。芭蕉の句〈名月や池をめぐりて夜もすがら〉（『孤松』）もまた、貞享三年、芭蕉庵での月見の会で披露された句であった。嵐雪が水辺の景を詠んでいるのも、このような観月の風習からのものである。

〈煙這ひゆく〉とある〈煙〉は、水面に立ちのぼる煙霧、水煙。名月を詠む場合、和歌では〈水の上に光さやけき秋の月万世《よろずよ》までの鏡なるべし〉（藤原為頼『続後撰集』賀）など、水面に映る月の姿を対象とすることが多いが、嵐雪句では煙霧が流れてきて、水面の月の姿は見えなくなる。月下に水煙の漂う景を詠んだ先例として、貞門の作に〈月の舟の底ふすぶるや水煙〉（蟬吟『続山井』）があるが、これは大空を海に見立て、月を船に譬えつつ、その船の保ちを良くするために、底を火の煙ならぬ水煙でふすぶっているとの意であり、見立てが趣向の主眼となっている。漢詩では、水煙の垂れ込める大河長江の峡谷、瞿塘峡《くとう》の入口で、白帝城の上空に見える月を眺めたとする白居易の〈瞿塘峡口水煙低《た》レ、白帝城頭《とう》月西ニ向カフ〉（「竹枝詞四首　其一」）が情景として近いであろうか。清らかに輝く月の下に縹渺《ひょうびょう》とした水煙が棚引き、夢幻のような世界が創出されている。

〈水の上〉について、川・湖・池のいずれとするかは諸説あり、特に川とする説が大勢を占める。ただし、水煙が這うように漂っているのであるから、水自体にあまり動きを与えない方が良いだろう。堀切実は「「水の上」は川面でもよいが、むしろ動きのない湖などとみておきたい」（『蕉門名家句選（上）』平成元、岩波文庫）と述べている。仮に川と考えるにしても、ゆったりと流れる大河をイメージするのが適切であろう。井本農一が「時に名月を仰ぎ、時に川面に光る月光に眼をやり、また遠くゆるやかに水上を流れる白い煙を、眺めるともなく眺めている作者の平安な心情の伝わってくる」（『俳句講座四』昭34、明治書院）と解説するように、心静かに月を愛でる作者の姿も想起される。

〔所収本〕 元禄六年（一六九三）刊『萩の露』。其角編。巻頭に其角が病床の父東順を囲み、八月十五夜、仙化・嵐雪らと俳諧興行をした折の句文・五十韻を据える。その他歌仙三、良夜吟引付と題する名月吟五十余句を所収。

〔作者と業績〕 承応三年（一六五四）～宝永四年（一七〇七）十月十三日没。享年五十四。服部氏。江戸の人。延宝二年（一六七四）末頃に芭蕉に入門、同八年の『桃青門弟独吟二十歌仙』では嵐亭治助の名で歌仙一巻が入集する。はじめ武士として仕官を転々としたが、貞享三年に辞し、同五年、俳諧宗匠となって歳旦帖及び『若水』を出板、元禄三年には『其袋』を上梓した。一時、芭蕉と距離を置き、点取俳諧に身を投じてもいたらしいが、同七年の師の訃報に接すると即座に追悼会を開き、西上して義仲寺に馳せ参じた。翌年、済雲和尚に参禅、法体となって師の喪に服し、一周忌追善集『若菜集』を刊行する。深川連衆との確執はあったが、嵐雪自身は温厚篤実な人柄であり、艶治・華麗な俳風で其角とともに草創期から江戸蕉門を支え、芭蕉から「草庵に桃桜あり。門人に其角嵐雪有〈両の手に桃と桜や草の餅〉」（『桃の実』）と詠まれて大いに信頼される存在であった。師の造化随順の教えをよく守り、江戸俳壇に残した功績は極めて大きい。門下は嵐雪の別号、雪中庵を受け継ぎ近代にまで至っている。その他、編著に『或時集』『杜撰集』『其浜木綿』などがある。

〔参考〕 石川真弘「服部嵐雪伝―家系・出生地・青年時代」、「服部嵐雪伝考―芭蕉入門から『猿蓑』入集まで」（『蕉風論考』平2、和泉書院）、同「服部嵐雪」（『蕉門俳人年譜集』昭57、前田書店）

〔稲葉有祐〕

振りあぐる鍬《くわ》の光《ひかり》や春《はる》の野ら

杉風《さんぷう》　蕉風

〈現代語訳〉 振り上げるたびに春の陽光があたり鍬が一瞬きらりと光る。農夫が耕す春の田畑に。

〈解釈〉 季語は「春の野ら」で春。ここでの「野ら」は田または畑。「野ら」の「ら」は接尾語である。

和歌では〈里は荒れて人はふりにし宿なれや庭もまがきも秋の野らなる〉（遍昭『古今集』秋上）のように、「里」に対比される「野ら」（野）であり、野原、草の生い茂る場所であった。『藻塩草』に「野ら 秋の野らなどいへり。只野か。但いささかかはるべきか。うつくしき心はなきか」とあるように、「秋の野」と同様に詠まれるものであった。秋以外の「野ら」を詠んだものに、「古郷梅」の題で〈花はかり残すむかしの里はあれて春の野らなる庭のむめがゝ〉（後花園院『後花園院御集』）、「庭夏草」の題で〈夏ふかき籬は秋の野らよりもあれぬとみえてしげる草かな〉（中院通村『後十輪院内府集』寛永一四）があるが、基本的に「野ら」は草の生い茂る（人の手が入りきらぬ）野であった。歌語としては「田」の方が一般的で、〈春の田を人にまかせて我はただ花に心をつくるころかな〉（斎宮内侍『拾遺集』春）がある。

野らと成宮《なるみや》か末摘花《すゑつむはな》畑　利広（『続山井』夏発句下）

この句は『源氏物語』「蓬生」を意識したもの。また、芭蕉に次の句がある。

蕎麦もみてけなりがらせよ野良の萩　（『続寒菊』）

前書「竜が岡　山姿亭」で、畑の蕎麦と野良（畑ではない場所で生い茂る）の萩を対比し、「けなりがらせよ（羨ましがらせよ）」と、その美しさを褒めた挨拶吟である。季語は「蕎麦（の花）」「萩」で秋。

一方、中世より「野ら・野良」を田畑とする表現が見られ、近世には定着していたようである。浄瑠璃に「手廻しよいは百性の秋の半としられたり。のらはいつでも隙だらけ」（『源平布引滝』寛延二）がある。

野らは早苗《さなえ》ふし立《たち》にけり莚織《むしろおり》　宗也（『坂東太郎』）

暑き日や野らの仕事の目ニ見ゆる　一茶（『だん袋』）

のらへ出た留守に一人で産んで置《おき》　（『柳多留』）

「鍬」は農機具の一種。田畑を掘り起こしたり、ならしたりするために用いる。形状はさまざまあるが、基本的には柄（棒状）と刃（板状または股状）からなる。古代より用いられ、八、九世紀頃には鉄製の刃をもつ鍬が登場している。

俳諧では、兜につける前立物との連想が見られる。次の句もその一例であり、田をかえす鍬を、内兜《うちかぶと》（兜の眉《ま》庇《びさし》の内側・顔面）へと言葉の連想でつないでいる。前書は「返田付苗代」で春の句である。

鍬《くわ》がたやかへす田づらのうち甲《かぶと》　繁秋（『崑山集』春部）

同じく、春の句で前書「春田」として、

あらがねの土や田面《たのも》を鋤と鍬　似閑（『時勢粧』）

〈振りあぐる〉句は「前書」に「絵讃」（『佐夜の中山』）と記されていることから、春の田畑をおこす風景を描いた絵を見てのものであろう。和歌とは異なる、〈振りあぐる鍬〉の躍動的な一瞬の「光」と絵画的な春の田畑の様子が印象的な句である。

〈所収本〉 元禄一六年自跋『小柑子《しょうこうじ》』所収。野紅《やこう》編。江戸の野坡が元禄一五年十一月に豊後日田の野紅亭に滞在した折の集で、下巻に蕉門知名俳人の句が入る。本句はほかに『柴のほまれ』『雪まろげ』『佐夜の中山』『杉風句集』などに収録される。

〈作者と業績〉 正保四年（一六四七）～享保一七年（一七三二）六月一三日没。享年八十六歳。杉山氏。通称鯉屋市兵衛または藤左衛門。別号、茶舎・採茶庵・五雲亭・茶庵・蓑翁・蓑杖・在耕庵・鶴歩など、隠栖して一元。法号、釈一元居士。江戸日本橋小田原町の幕府御用の魚屋で屋号は鯉屋。父賢永も俳諧を嗜み、仙風の号をもつ。杉風の俳諧ははじめ談林風であったが、芭蕉が江戸に下った寛文一二年（一六七二）頃より入門。最古参の門人かつ終生芭蕉を後援した。延宝八年（一六八〇）刊『桃青門弟独吟二十歌仙』では杉風の歌仙が巻頭を飾った。同年自句の二十五番句合に芭蕉による判（判定と判詞）を加えた『常盤屋之句合』を刊行。同年冬、深川六間堀の下屋敷を芭蕉に提供した（芭蕉庵）。元禄二年（一六八九）『角田川紀行』を執筆。元禄七年（一六九四）子珊編『別座鋪』の編纂に関わった。ここに、平明・率直・素朴に連なる「かるみ」調の句を残している。

芭蕉の信頼厚く「杉風は東三十三国の俳諧奉行」と言ったという。しかし、やがて杉風を中心とする深川派と嵐雪派は対立。元禄七年（一六九四）大坂にて芭蕉が没すると、芭蕉追悼句集『冬かづら』を編纂し、俳諧から遠ざかった。句集に採茶庵二世梅人編『杉風句集』がある。採茶庵は長く八世まで継がれた。墓所は江戸築地西本願寺中成勝寺（後に世田谷区経堂に移転）。

絵画を狩野昌運に学んだといい数種の芭蕉像を描いており、芭蕉の面影をよく伝えている。

〈その他〉 代表句には、他に次のような句がある。

五月雨に蛙のおよぐ戸口哉　（『別座鋪』）

襟巻に首引き入れて冬の月　（『猿蓑』）

〈参考〉 高木蒼梧「杉山杉風」（『俳句講座2』昭33、明治書院）、石川真弘『蕉門俳人年譜集』（昭57、前田書店）、堀切実『芭蕉の門人』（平3、岩波書店）

［大内瑞恵］

よもすがら秋風聞くや裏の山

曽良《そら》　蕉風

〔現代語訳〕　師と別れ、ただ一人の旅寝。一晩中まんじりともせずに、裏の山の木々をざわめかせ吹き渡ってゆく秋風の音を聞きながら明かす夜は、寂しさが胸にしみる。

〔解釈〕　江戸を出て約百三十日、疲れ臥す旅の夜にはいつも隣に師の芭蕉がいて、ともにねぎらいまた風雅を語り、時にはその寝息を聞いて安らぐことができた。今は芭蕉と別れ、ただ一人。寂しさがひしひしと心にしみてくる。句には、その寂しい真情を効果的に表す言葉が効果的に重ねられている。一つ目は「よもすがら—聞く」。この措辞によって、作者がまんじりともせずに夜を明かしている様が伝わってくる。疲れているはずの旅の宿で眠れぬのは、心配事や痛みを心に抱えているからである。師の芭蕉はどうしているだろう。恙なく旅を続けておられるだろうか。そして一人孤独であることのとらえどころのない漠然とした不安は、物の見えぬ闇の深さの中で、かえって眼を冴えさせる。感覚の集中するのはただ聴覚。耳に聞こえてくるのは風の音ばかり。

闇の中の音を詠んだ句としては、芭蕉の、

瓶破《かめわ》る、よるの氷の寝覚哉　（貞享三年）

が想起される。この句が一瞬の音で、まんじりともせぬ冬の夜の寝覚めを感じさせるのに対し、曽良の句は一晩中吹き続く風の音で、秋の夜長の寝覚めを表現している。

二つ目は「秋風」。この句の季語である。「秋風」は、伝統的な季語（竪題）で、和歌以来の豊かなイメージを担っている。例えば、

夕されば野べのあきかぜ身にしみてうづら鳴くなりふか草のさと　（『千載集』）

なにとなく物ぞかなしきあきかぜのみにしむよはのたびのねざめは　（『千載集』）

のように。このような和歌や漢詩にも詠まれたイメージ（本意）によって、一語で寂寥感や身にしみる冷たさを読む人に伝える。『野ざらし紀行』の旅立ちに際して詠まれた芭蕉句、

野ざらしを心に風のしむ身哉

の「風のしむ」が上下にかかるように、風は身にしみると同時に、心にもしみてゆく。

三つ目、「裏」もまた、どこか寂しさの感じられる言葉である。これには、季語「秋風」のもつ本意のように、必ず寂しさを感じとるべきだといった約束事があるわけではない。ただ、「表舞台」と「裏方」、「表玄関」と「裏庭」、そして「表店」に対する「裏店《うらだな》」といった言葉の対比から明らかなように、「裏」という言葉には、晴れがましさとは対極の、どこか光の当たらない、うらぶれた寂しいニュアンスが伴う。とともに、この「裏」は作者の旅寝する場所をも明確に指し示す。「裏の山」、即ち裏に山を背負うようなところ、それは人里を離れた山陰なのだ。山陰は、次の西行歌のように隠者の住むところとしても和歌に詠まれている。

山かげにすまぬ心はいかなれやをしまれて入る月もある世に　（『新古今集』）

こうした言葉のイメージが過不足なく重ね合わされて、情景と心情とがあざやかに描き出された名句と言うことができよう。

〔所収本〕　『おくのほそ道』。『猿蓑』にも「加賀の全昌寺に宿す」として所収。

〔作者と業績〕　慶安二年（一六四九）生、宝永七年（一七一〇）五月二二日、諸国巡検使の用人として筑紫に向かった際、壱岐の勝本で没したとされ、墓も同地にあるが、その後も生きていたとの説もある。本名、岩波庄右衛門正字《まさたか》。『おくのほそ道』には河合惣五郎と紹介されている。母方の姓は河西であるが、河合氏を名乗ったことは他に見えない。曽良という号が、その間の地で育った木曽川・長良川という二つの川の名に由来することに合わせた言葉遊びかと思われる。信濃国上諏訪の高野氏に生まれ、伯母の嫁ぎ先岩波氏の養子となるが、養父母の他界により、伊勢国長島の大智院の留守僧であった伯父に養われ、二十歳前後には長島藩に仕えていた。吉川《よしかわ》惟足《これたり》に神道を学ぶ。天和三年（一六八三）甲斐流寓中の芭蕉に出会い、その後深川の芭蕉庵近くに住んだ。『曽良旅日記』は芭蕉の動静の記録として貴重である。

〔その他〕　『おくのほそ道』に曽良の句は十句所収。芭蕉の代作かとされるものもあるが、この句は旅中に記された『曽良旅日記』にも載る。他には、白河の関を越える際の改まった気持ちを、白色の卯の花を挿頭《かざし》にしてこれを晴着にと詠む〈卯の花をかざしに関の晴着哉〉。腹の病気のため芭蕉と別れて旅立つ際の句〈ゆき〳〵てたふれ伏《ふす》とも萩の原〉は、『猿蓑』に〈いづくにか〉の上五で載る。旅にある命の定めなさをうたった西行の〈何処《いづく》にか眠《ねぶ》り〳〵て仆《たお》れ伏さんとおもふ悲しき道芝の露〉（『山家集』）をふまえ、別れの悲しみと覚悟を、和歌以来「伏す」ものとされた萩の原の美しい景色の中ならばと詠む。

〔参考〕　石川真弘『蕉門俳人年譜集』（昭57、前田書店）、岡田喜秋『旅人・曽良と芭蕉』（平3、河出書房新社）、村松友次『謎の旅人曽良』（平14、大修館書店）

［金田房子］

長松《ちやうまつ》が親の名で来る御慶《ぎよけい》かな

野坡《やば》　蕉風

〔現代語訳〕 丁稚奉公をしていた長松が、年季があけて実家へもどって親の名を襲名し、一人前になって新年の挨拶にやってきた。

〔解釈〕 季語は「御慶」で春。「御慶」は、新年を祝う挨拶。また、その言葉をもいう。年賀のことである。

例えば貞門の俳諧には、

正月をかさねのとしの御慶哉　（『崑山集』）
御慶とや礼のうなづく今日の春　（『時勢粧』）

のように詠まれている。「年を一つ重ねること（当時は年始に一斉に年を取った）」、「お互いに礼を交わすこと」、毎年決まった新年の行事であるから、こういった内容をどのような目新しい切り口で詠み込むかに、作者の工夫の見せ所がある。

例えば、礼を交わす様を詠み込んだ句として『大坂辰歳旦』（延宝四年［一六七六］）に、次のような作がある。

心やすく語りし中も御慶かな

普段はざっくばらんに軽口などを言い合っている同志が、妙にかしこまって挨拶を交わしている様に、どこかおかしみをも含んだ、御慶ならではの風景を捉えて詠んだ句である。

そういった作例の中でも野坡の句は、「年を重ねること」と「礼を交わすこと」という二つの要素をともに盛り込みつつ、切り口の新鮮さにおいて群を抜いている。人がそれぞれ齢を一つ加える新年に、少年の成長ぶりに注目することはきわめて時宜にかなっており、晴れがましさも年始の持つ雰囲気に調和する。それを〈親の名で来る〉と、具体的に、そしてユーモアを含んだ表現で詠み込んだ。「親の名で来たね」などという、会話の一コマであったのかもしれない。

「長松」は、丁稚・小僧の通称としてよく使われた名。年季奉公が明けて一人前になった少年が父親の名を襲名し、何屋何兵衛とか何左衛門とかいう、これまでよりはずっと重みのある名を名乗り、覚えたての新年の口上を述べる。緊張しつつかしこまって新年の挨拶をする少年に、相手を一人前の大人として、やはりかしこまって応対しながらも、どこか温かな笑いをこらえている年長者の様子が目にうかぶようである。

商家に丁稚から勤め上げた野坡ならではの新鮮な切り口で、市民生活の日常にある人情の機微を巧まぬ表現でさらりと詠み込んだ佳句と言えよう。

〔所収本〕 野坡・孤屋・利牛編、元禄七年序刊『炭俵』所収。芭蕉晩年の境地「かるみ」の作風を表す代表的撰集である。所収の野坡の発句は二十六句で、最も多い（芭蕉は発句の部に十三句）。共編の利牛・孤屋は、野坡と同じく越後屋の手代。

〔作者と業績〕 寛文二年（一六六二）生、元文五年（一七四〇）一月三日没。七十九歳。志太氏。幼名、庄一郎。通称、竹田弥助。前号、野馬。越前国福井の商家に生まれる。江戸に出て、越後屋両替店の手代（番頭とも）となる。晩年の芭蕉に親炙し、かるみの人事句を得意として、同門の去来に「軽き事野坡に及ばず」（『旅寝論』）と評された。元禄版『おくのほそ道』の末尾に「又真蹟の書、門人野坡が許に有」と記されており、芭蕉自筆本は、はじめ野坡の手元にあった。元禄末頃から俳諧に専念。宝永元年（一七〇四）大坂に居を移してからは、さらに熱心に中国地方や筑紫に度々行脚して、蕉風を広く普及させ、「盟約の門人一千余人」と言われた。正徳四・五年（一七一四・五）に、同門の許六と四通の書簡を応酬して交わした俳論が『許野消息』である。享保（一七一六～三六）頃から樗子と号し、樗木社と称したことから、一門を樗門と呼ぶ。

〔その他〕 野坡は、やはり当該句のような日常生活の機微を詠んだものに名句が多い。例えば、

総角《あげまき》が手に〳〵手籠や薺《なずな》つみ　（『続虚栗』）

総角は、子どもの髪型の一つで、髪を左右に分けて耳の上で束ねたもので、ここではそれを結った子どものこと。春を迎え、七草の薺を摘みに野に出かける喜びにはしゃぐ様子が「手に〳〵手籠」という言葉で、目に浮かぶように描かれている。

母の影ふみて田植の女かな　（同）

母の後ろの列を植えてゆく若い女性。嘱目の情景であろうが、母から娘に受け継がれてゆく営みへの温かい思いが「影ふむ」という言葉に感じとれる。

盆の月ねたかと門をたゝきけり　（『炭俵』）

盆は陰暦七月十五日、満月である。中秋の名月にはひと月早いが、ともに酒でも飲もうと押しかけて、既に閉めた門を叩く親しい友のほほえましい一コマ。

しかし芭蕉没後は、平俗に落ちたと評される。

〔参考〕 大内初夫『芭蕉と蕉門の研究―芭蕉・洒堂・野坡 考証と新見』（昭43、桜楓社）、堀切実『芭蕉の門人』（平3、岩波新書）

［金田房子］

白桃《しらもも》や雫《しずく》もをちず水の色

桃隣《とうりん》　蕉風

〔現代語訳〕　白桃の花の何ともみずみずしいことよ。この透き通るような白さは水の色というのがふさわしく、よくまあ雫が落ちないことである。

〔解釈〕　季語は「白桃」で春。読みにはハクトウ・シロモモなどもある。桃の園芸品種のうち、花が大輪で白色のものをいい、明治になって発見された果樹として栽培される白桃とは別物。この句を収める『続猿蓑』の「桃」の句は、他のすべてが「桃の花」を詠んでおり、この「白桃」も花をさしていると見られる。「をちず」は「落ちず」であるから、歴史的仮名遣いでは「おちず」。支考は『葛の松原』で「緋桃は火のごとくならねど、白桃はながるるにちかかるべし」と記し、白桃はまさに水の流れに近い色であろうとしている。また、芭蕉が「此句の入処《にっしょ》あさからず」と、この句を賞賛したことも録されている。「入処」は本来、悟りの機縁を意味する仏教語で、ここでは、対象の本質をつかんで句にする勘所といった意味なのであろう。花を水の色と把握したこともさることながら、さらに、本当の水なら雫が垂れるはずなのにと興じたところも、評価に値する点であろう。桃隣の代表作といってよい一句である。

〔所収本〕　支考著『葛の松原』所収。同書は元禄五年（一六九二）の刊行で、同年五月十五日の奥書がある。半紙本一冊からなる随筆風の俳論書であり、蕉門随一の論客として知られる支考にとって、最初の出版物に当たる。支考はこの年の春から夏にかけて奥州行脚を行っており、その記念集としての意味ももっている。巻頭には「野盤子支考述／潜淵庵不玉撰」とあり、出羽国酒田の不玉の関与があったと知られる。当該句は同書のほか、元禄一一年（一六九八）刊行の『続猿蓑』でも、春の部の「桃」の題下に収められている。これはもともと、江戸の沾圃《せんぽ》が企画・選定をしていたもので、元禄七年（一六九四）の旅に芭蕉がこれを携行し、伊賀で支考とともに編集したことが知られている。生前の刊行がかなわなかったため、芭蕉編集の原本（未詳）と版本の関係をめぐって、疑問が残る結果ともなっている。

〔作者と業績〕　桃隣は伊賀上野で生まれ、享保四年（一七一九）十二月九日に江戸で没している。享年については諸説があり、『綾錦』の七十有余歳説を参照すれば、慶安二年（一六四九）以前の生まれとなる。天野氏で、太白堂・呉竹軒・桃翁の別号がある。芭蕉の血縁者で、従弟かともいわれている。元禄四年（一六九一）九月二十八日、近江の義仲寺を発って江戸へ帰る芭蕉に従い、十月二十九日に到着して、芭蕉が仮寓する日本橋橘町に同居。以後は、芭蕉の指導を仰ぎつつ、俳諧宗匠として自立するため、杉風らの厚誼も得て修行することになる。芭蕉が大坂で死を迎える際には、遺書に桃隣の名を挙げて、再会がかなわず残念である旨を記し、杉風らに相談して励むよう、書き残している。これは、江戸俳壇に流行する点取《てんとり》俳諧に近づかず、自分が推進した「かるみ」の俳諧を追求せよとの戒めであった。

　芭蕉三回忌に当たる元禄九年（一六九六）には、芭蕉が歩いた東北方面への旅の跡をたどる行脚に出て、その成果を『陸奥鵆《むつちどり》』として上梓する。半紙本五冊からなる大部なもので、元禄一〇年の刊行。旅中や江戸での連句や発句に加え、自らの紀行も収めており、百句の芭蕉発句を集めている点も貴重。同書のもう一つの特色に、江戸で活躍する俳諧宗匠から餞別吟をもらったとして、その句と肖像を掲げたことがあり、これも大切な資料となっている。ただし、其角・嵐雪らの蕉門俳人ばかりでなく、調和・不角・立志・無倫・山夕・一蜂らの前句付や点取に従事する宗匠も含まれ、とくに巻頭の調和からは、出版にあたって援助を受けたものと推測される。芭蕉の心配が的中した恰好ながら、江戸俳壇で活動を続けるため、やむをえない選択だったのであろう。俳諧師の評判記である『花見車』（元禄一五年）では、最高位の太夫に擬され、「一風あるかたにて、人もそのにがみをすきて、ちよこちよこと客もあり」などとあり、宗匠として一定の成功を収めていたことが知られる。元禄一六年（一七〇三）からは桃翁の号を使い、芭蕉十七回忌の宝永七年（一七一〇）には追善の『粟津原』を刊行。その後も着実に俳諧活動を続けている。なお、浮世草子作者の桃林堂蝶麿との関係については、同一人説と別人説があり、現在は別人とする見方がやや優勢である。

　桃隣についてもう一つ特筆すべきは、桃隣の号が二世・三世・四世と続き、その後も堂号である太白堂の継承が続き、現在にまで至っていることである。なお、二世桃隣が著した『桃三代』（明和五年）の宗瑞による序文には、「素・嵐・杉・隣の四哲は世に江戸の四大家と尊んで」とあり、桃隣は素堂・嵐雪・杉風と並んで江戸四大家にかぞえられている。諸宗匠と交わりながらも、蕉風を守るべく活動を続けた生涯ということになろう。

〔その他〕　代表句には他に次のようなものがある。

三日月やはや手にさはる草の露　（『三日月日記』）
ゆく水の跡や片寄菱《かたよるひし》の華　（『別座鋪』）
物臭《ものぐさ》き合羽《かっぱ》やけふの更衣《ころもがえ》　（『陸奥鵆』）
枯《かれ》ながら芭蕉よ四百八十寺　（『粟津原』）

〔参考〕　松尾真知子『天野桃隣と太白堂の系譜並びに南部畔李の俳諧』（平27、和泉書院）　［佐藤勝明］

こがらしに二日《ふつか》の月のふきちるか

荷兮《かけい》

蕉風

〔現代語訳〕　冬の今宵、激しく吹き荒れるこがらしに、三日月よりもさらに細い、あるかなきかの二日月が、今にも木の葉のように吹き散らされてしまうのではないか、と頼りなくはかなく思われる。

〔解釈〕　季語は〈こがらし〉で、冬季。晩秋から初冬の頃にかけて吹く強風で、木の葉を吹き散らす風をいう。〈二日の月〉は、陰暦で月の第二日目に出る月のこと。繊月《せんげつ》。入日のあと、宵のうちに出る、糸のようにか細い月で、しばらくすると消えてしまう。

『あら野』巻一の「月三十句」二十四句目から三十句目には、「朔日」から「七日」にいたる各日の月を賞した七句の作品が配されるが、「朔日」と前書した〈暮《くれ》いかに月の気もなし海の果〉、「二日」と前書した〈見る人もたしなき月の夕《ゆふべ》かな〉などの荷兮句が収められている。荷兮の〈こがらしに〉の句も、こうした月齢の月を賞美する趣向の試みの一つとして詠まれたものか。

〈二日の月〉と〈こがらし〉との取り合わせは斬新であり、二日月がはかなく消えるさまを、木枯に吹かれて散ってしまったように比喩を交えて言い立てる作意は趣向的ではあるが、知巧の臭みがなく、新鮮な詩美が感じられる。元禄俳壇の世評は高く、兀峰《こっぽう》編『桃の実』（元禄六年刊）が証するように、荷兮は、「凩の荷兮」と称えられるに至った。『去来抄』「先師評」では、荷兮の〈こがらしに〉の句と去来の〈凩の地にも落さぬ時雨かな〉の句が並べて掲げられ、去来は、「二日の月といひ、吹きちるかと、働きたるあたり、予が句に遥か勝れりと覚ゆ」と荷兮句を賞揚したが、芭蕉は、「兮が句は二日の月といふ物にて作せり。その名目をのぞけば、させる事なし」と評し、荷兮句の特色が〈二日の月〉という「名目」の新奇性に立脚する点にあることを指摘している。なお、挙堂著『真木柱』（元禄一〇年刊）は、この句を「ほそくからびたる体」の例句として注目する。

〔所収本〕　元禄二年刊『あら野』所収。荷兮編。芭蕉の序文は、新時代の華実兼備の俳諧を模索している人々を、果てしなく広がる荒野を行く人に喩え、編者荷兮をその道案内の荒野の番人と称える。

〔作者と業績〕　慶安元年（一六四八）～享保元年（一七一六）八月二十五日没。享年六十九歳。尾張名古屋の人。山本氏。名は周知。通称は武右衛門、太一。初号は加慶、別号に一柳軒・江湖軒・橿木堂《きょうぼく》・撫贅庵《ぶぜい》。連歌師としては、昌達と号した。医を業としたとされる。俳歴は貞門俳人として出発、寛文一二年（一六七二）刊の椋梨一雪編『晴小袖』に発句七句が入集、翌延宝元年（一六七三）跋の渡辺友意編『旅衣』には発句六十一句（集中第六位）が入集するなど、注目を浴びた。延宝年間（一六七三～八一）は、宗因流俳諧に傾き、江戸談林の田代松意編の『功用群鑑』『軒端の独活《うど》』に「江湖軒加慶」として入集するとともに、自派「江湖」グループを主導して『江湖之花』の出版を企図するなど、時流に乗じて積極的に活動した。貞享元年（一六八四）冬、『野ざらし紀行』の旅の途にあった芭蕉を迎えて、野水・杜国ら名古屋連衆と「尾張五歌仙」を興行し、『冬の日』（貞享元年刊）と題して刊行し、蕉門に帰した。その後、次々と『はるの日』（貞享三年刊）、『あら野』（元禄二年刊）を編集・刊行し、尾張蕉門の雄としての地位を確立した。『あら野』入集の〈こがらしに二日の月のふきちるか〉の句の評判によって、「凩の荷兮」と呼ばれた頃が、荷兮の俳壇的地位の絶頂期であった。しかし、元禄六年（一六九三）刊の『曠野後集』では、冒頭に幽斎から宗因までの古人の句を並べ、「を《（お）》のづから景と情とそなはりて、又外に優を得たり」と称揚し、「ただいにしへをこそ、こひしたはるれ」と、古風憧憬の念を吐露して結ぶ序文には、荷兮の復古趣味が現れて、常に新しみを追求する師風との間の齟齬が顕在化した。さらに、『ひるねの種』（元禄七年刊）、『はしもり』（元禄一〇年刊）では、反蕉風的姿勢が強まり、去来・許六ら同門からの厳しい批判を受けた。元禄一二年（一六九九）刊の『青葛葉《あおくずのは》』は低調に堕し、晩年は、正徳年間（一七一一～一六）、昌達と号して連歌師となったが、志を得られないまま没したという。

〔その他〕　代表句には、次のような句がある。

霜月や鸛《カウ》の彳々《ツク》ならびゐて　（『冬の日』）

春めくや人さまざまの伊勢参り　（『はるの日』）

麦ぬかに餅屋の見世の別かな　（『続猿蓑』）

『冬の日』第五歌仙の発句の〈霜月や〉の句は、「田家眺望」の前書が付される。降り立った数羽の鸛がじっと立ち並ぶ、冬の田面の風景を詠んだもの。『はるの日』第一歌仙の発句の〈春めくや〉の句は、「曙《あけぼの》見んと、人々の戸扣《たた》きあひて、熱田《あつた》のかたにゆきぬ」から始まる長い前書を付す。春の陽気に誘われて、老若男女、めいめい思うままの旅姿で伊勢参りする、明るく伸びやかな情景を詠む。〈麦ぬかに〉の句は、前書に「元禄七年の夏、ばせを翁の別を見送りて」とある。鄙びた餅屋の店先での芭蕉との惜別の情がにじむ。

〔参考〕　大礒義雄「山本荷兮」（『俳句講座二』昭33、明治書院）、森川昭「冬の日以前の山本荷兮」（『江戸文学』3号、平2・6）、上野洋三「七部集の表現と俳言」（『芭蕉七部集』平2、岩波書店）

〔安保博史〕

行秋《ゆく》も伊良古《いらご》をさらぬ鷗哉《かもめかな》

杜国《とこく》

蕉風

〔現代語訳〕 今年もまた秋が終わろうとしているのに、伊良湖崎の鷗たちはこの浜辺を立ち去ろうとしない。

〔解釈〕 季語は〈行く秋〉、秋季。秋が終わろうとする頃の、過ぎゆく秋を惜しむ思いや寂しさを込めて詠む。〈伊良古〉は、罪を得て杜国が隠棲していた地を指す。杜国が、「旧里の人に云《いひ》つかはす」と前書した〈こがらしの落葉にやぶる小ゆび哉〉(『あら野』)、「旧里を立去《たちさり》て伊良古に住侍《すみはべり》しころ」と前書した〈春ながら名古屋にも似ぬ空の色〉(『みつのかほ』)などと、名古屋への望郷の念を詠んだ作例に注目すると、〈伊良古をさらぬ鷗〉が伊良古に謫居《たっきょ》する杜国自身の姿が寓されていることが分かる。

〈行秋も〉の句は、前書に「載《(戴)》叔倫が沅湘《げんしょう》東《ひン(ガ)シニ》流《なが》ル の句を身のうへに吟じて」とある。この前書は、『三体詩』に見える中唐の詩人戴叔倫《たいしゅくりん》の「湘南即時」と題する七言絶句の転、結句「沅湘日夜東ニ流レ去ル。／愁人ノ為ニ住《とど》マルコト少時《しばらく》モセズ」による。転句の「沅」も「湘」もともに杭州を流れて洞庭《どうてい》湖に注ぐ川。「東ニ流レ去ル」は東の長安の方に流れ去ること。結句の「愁人」は都を思って愁いに沈む人(作者自身)を指す。右の詩句は、『徒然草』第二十一段にも、「「沅湘日夜、東に流れ去る。愁人の為にとどまること少《しばらく》時もせず」といへる詩を見侍りしこそ、あはれなりしか」と見え、人口に膾炙していた。杜国は、前書にこの詩句を引き、いくら名残を惜しんでも跡形もなく過ぎ去ってしまう「行秋」のイメージを沅水・湘水の流れに重ね、一人取り残されてひたすら故郷の名古屋に思いを馳《は》せるしかない自らの境涯を「愁人」に投影して、〈行秋〉の句を詠じたのである。

〔所収本〕 享保二年(一七一七)成『鵲尾冠』所収。越人編。上中下巻三冊。下巻には、〈馬は濡レ牛は夕日の北時雨〉の杜国句を立句とした脇起こしの越人独吟歌仙が収められているが、その杜国発句の前書に、「杜国子は予が羈客たるをあはれみ、旦暮懇情を尽《つく》さる」、「其馴《なれ》睦《むつ》びし年月の深ければ、時として夢に入り、昔をかたりさめて又夢を泣く」など、杜国との交友を述懐する。

〔作者と業績〕 ?～元禄三年(一六九〇)三月二十日没。享年三十余歳か。尾張名古屋の人。坪井氏。通称は庄兵衛。富裕な米問屋の壺屋の主人であり、名古屋御園町の町代も務めた。初期の俳歴については、越人編『鵲尾冠』が杜国の〈紋所その梅鉢やにほふらん〉の句を掲げ、「杜国句は土岐一瓣子家にて、椋梨一雪《むくなしいっせつ》、杜国が奇作を聞ンと、難句五句出しける其一ツの付合也。其前句は、ちりけもとにて鶯の啼　一雪」と記して、寛文一二年(一六七二)頃の名古屋滞在中の一雪の逸話を紹介し、この記事に続けて、〈曙の人顔牡丹霞に開ケたり〉の杜国句を掲げて、「杜国句は天和の始の作也」と注しており、貴重である。右の『鵲尾冠』の記事からは、杜国の早熟の俳才ぶりが知られよう。貞享元年(一六八四)冬、名古屋に来遊した芭蕉を迎えて、荷兮・野水らとともに尾張五歌仙の連衆の一人として俳席に臨み、蕉風草創の一翼を担った。これら五歌仙は、荷兮編『冬の日』(貞享元年刊)として刊行され、杜国の名も尾張蕉門人士として世に顕れた。それも束の間、貞享二年(一六八五)御禁制の空米売買の罪で名古屋追放となり、三河国保美村に幽棲した。貞享四年(一六八七)十一月、『笈の小文』の旅中の芭蕉が杜国を来訪、〈鷹一つ見付けてうれしいらご崎〉(『笈の小文』)と詠んで、杜国に再会できた喜びを寓した。「杜国が不幸を伊良古崎にたづねて、鷹のこゑを折ふし聞《きき》て」の前書を付した〈夢よりも現《うつつ》の鷹ぞ頼母《たのも》しき〉(『鵲尾冠』)の芭蕉句は、「不幸」の身の杜国を伊良湖崎の鷹に重ね、〈現《うつつ》の〉杜国の無事を確かめ得た安堵の念と心強さを表している。翌年二月、杜国は、伊勢の地で芭蕉と落ち合い、五月初旬まで旅に同行し、万菊丸《まんぎくまる》と名乗って、吉野・高野に遊んだ。その後、杜国は元禄三年(一六九〇)はかなくも、三十余歳の短い生を終えることになった。芭蕉は、杜国の死を深く悲しみ、元禄四年(一六九一)四月二十八日、『嵯峨日記』に「夢に杜国が事をいひ出して、涕泣して覚《さめ》て又袂をしぼる」と記している。

〔その他〕 代表句には、次のような句がある。

つつみかねて月とり落す霽《しぐれ》かな　(『冬の日』)
この比《ごろ》の氷ふみわる名残かな　(『はるの日』)
年の夜や吉野見て来た檜笠《ひのきがさ》　(『鵲尾冠』)

『冬の日』第三歌仙の発句の〈つつみかねて〉の句は、「つえをひく事僅《わづか》に十歩」の前書が付される。降りみ降らずみ変わりやすい時雨のさまを擬人化して詠んだもの。〈この比《ごろ》の〉の句は、前書に「芭蕉翁をおくりてかへる時」とある。芭蕉を見送った後の痛切な悲しみを言い込める。〈年の夜や〉の句からは、大晦日の夜、「我は伊良古の草堂に眠り、なす業もなく」(前書の一節)、芭蕉との吉野の旅を象徴する檜笠を眺めて、追憶に耽る杜国の孤影が浮かぶ。

〔参考〕 石田元季「杜国」(『俳文学考説』昭13、至文堂)、大礒義雄「坪井杜国」(『俳句講座二』昭33、明治書院)、大礒義雄「杜国新考」(『芭蕉と蕉門俳人』平9、八木書店)

[安保博史]

雁がねもしづかに聞けばからびずや

越人《えつじん》

蕉風

〔現代語訳〕 秋の夜、草庵のなかでこうして静かに耳を傾けていると、いつも聞いている雁の鳴き声も、実に枯らびた味わいがあるではないか。

〔解釈〕 前書「深川の夜」。深川は東京都江東区。貞享五年（一六八八）八月、『更科紀行』の旅に同行した越人が、江戸に帰着後（九月に元禄へ改元）、深川の芭蕉庵に入った感慨を詠んだ挨拶吟で、芭蕉との両吟歌仙の発句。脇は〈酒強《し》ひならふこの頃の月〉（芭蕉）。

季語は〈雁がね〉。雁がね（雁が音）は雁の意にも用いられるが、順徳院の歌論書『八雲御抄《やくもみしょう》』に「かりがねは雁声也、只雁をいふにあらず」とあるように鳴き声を意識して詠まれることも多い。本句でも〈聞けば〉とあるので鳴き声のこと。雁は秋に北方より渡来し、春に北へ帰る渡り鳥で、ただ「雁」といえば秋の季語だが、「帰雁・行く雁」などは春の季語となる。

名前の由来である「かりかり」と鳴く寂しそうな鳴き声は、聞く者に悲しみを催させ、和歌以来、物思いや恋の想いなどと共鳴するように詠まれることが多い。有賀長伯の『初学和歌式』（元禄九年〈一六九六〉刊）でも、「夜深き空、寝覚めの床に声を聞きて、感を催す心をもよめり」と説かれる。本句では関係ないが、雁の声を「唐艪《からろ》」（中国風の艪）によそえて詠むのも常套。

当時の深川は江戸の郊外であり、市中の喧噪を離れた芭蕉庵の閑寂な趣のなかで、師と対座しながら聞く雁の声は、よりいっそう「感を催す」ものであったに違いない。〈しづかに〉とは、深川芭蕉庵のあたりの風情をいうとともに、その草庵の主である芭蕉の暮らしぶり、そして庵中で向かい合う主客の心の境地でもある。

〈からびずや〉の〈からび〉は、枯淡な趣、枯れ寂びた味わいのこと。切字「や」は反語で、「からびていないか、本当にからびている」の意となる。人に語りかけるような口調は、師に対する挨拶句にふさわしい表現である。〈からび〉とは、後鳥羽院らの『三体和歌』（建仁二年［一二〇二］）にも、秋・冬の歌は「からび細く」詠むことを説いているように、とりわけ中世で重んじられた美の概念でもある。何かの声を〈からび〉たものとしてとらえた例は、「鶴のからびたる声に、霜夜を侘《わび》たる我が老のさむしろにも打ちかはして、吟じたる心に候」（永正一〇年二月牡丹花宗碩《そうせき》両吟注）という連歌の注釈や、初期俳諧の『時勢粧《いまようすがた》』に〈歌の体やほそくからびて秋の蟬〉（不柄子一松）、〈からびたる声する鳩や友思ひ〉（維舟）などの句があるが、雁の声を〈からび〉ているととらえる先例はほかに見当たらない。聞きなれた雁の声に〈からび〉を見出す心情は、閑寂に住みなしている芭蕉の侘びた生活を思い遣ってのことでもあろう。〈しづかに〉〈からび〉ているのは、そんな芭蕉とともに聞く雁の声なのである。越人の発句に対して、芭蕉は脇句で「この頃の美しい月の前で、とかくお客さんに酒を勧めることが多くなりましたよ」と応じている。

なお、『源氏物語』「夕顔」で五条の宿に泊まった源氏が、夜明け方に周囲の物音に悩まされて雁の声をも堪えがたいものとし、夕顔の死後、梟を「からびたる」（『湖月抄』）声だと聞いたのをふまえ、雁の声を梟も顔負けの枯れがれた趣だ、と解する上野洋三の説もある（『新日本古典文学大系 芭蕉七部集』平2、岩波書店）。

〔所収本〕 荷兮《かけい》編『あら野』。芭蕉の序文には元禄二年（一六八九）とあるが、実際に刊行されたのは三年か。初上・下（発句集）・員外《いんがい》（連句集）の三冊から成り、初期の蕉門を代表する大撰集である。

〔作者と業績〕 明暦二年（一六五六）（元年説も）生。享保末頃に八十歳前後で没したか。越智《おち》十（重）蔵。別号、負山子《ふざんし》・槿花翁《きんかおう》。北越に生まれ、延宝初め頃に尾張国名古屋へ来て野水《やすい》の世話になり、紺屋（染物屋）を営んだ。貞享元年（一六八四）頃、『野ざらし紀行』の旅で名古屋を訪れていた芭蕉と対面、入門したか。同三年『はるの日』に句が入集。翌年には芭蕉とともに同国鳴海の知足《ちそく》亭へ、さらに三河国伊良古崎《いらござき》の杜国《とこく》を訪れた。同五年（一六八八）には『更科紀行』の旅で芭蕉に同行し、江戸へ下向、其角・嵐雪・杉風《さんぷう》らと交流した。元禄二年（一六八九）の『あら野』にも多数の句が入集、同三年刊『ひさご』では序文を担当している。作風は理知的・古典的傾向が強く、終生初期蕉風を尊重した。翌年の『猿蓑』にも句がみられるが、この頃から芭蕉の目指す新風についてゆけず、荷兮《かけい》・野水らと蕉門を離反し、その後、正徳五年（一七一五）の歳旦帖まで俳壇から消息を絶つ。晩年は撰集『鵲尾冠《しゃくびかん》』や、支考《しこう》・露川《ろせん》への論難書『不猫蛇《ふみょうじゃ》』を著すなど、生涯蕉門の古老を自負したが、貧窮のうちに亡くなった。

〔その他〕 代表句には、他にも次のような句がある。

餞別

藤の花ただうつぶいて別れかな（『はるの日』）

行灯の煤けぞ寒き雪の暮れ（『はるの日』）

うらやましおもひ切時《きるとき》猫の恋（『猿蓑』）

〈うらやまし〉の句は、芭蕉が「かれが風流、此《ここ》にいたりて本性をあらはせり」と絶賛したとされる（『去来抄』「先師評」）。

〔参考〕 石田元季「名古屋及び名古屋俳人」（『俳文学考説』昭13、至文堂）、宮本三郎「越智越人」（『蕉風俳諧論考』昭49、笠間書院）

［永田英理］

みちばたに多賀《たが》の鳥井《とりゐ》の寒さかな

尚白《しょうはく》

蕉風

〈現代語訳〉大宿も人通りが絶え、琵琶湖から吹きつける風も冷たい。冬空のもと、街道筋の多賀神社の石の大鳥居は、いかにも寒々しくそびえ立っていることだ。

〈解釈〉季語は〈寒さ〉で冬の句。〈多賀〉は、近江国多賀大社（現在の滋賀県犬上郡多賀町）。祭神は伊邪那岐命《いざなぎのみこと》、伊邪那美命《いざなみのみこと》。「多賀大明神」「お多賀さん」などと称せられる。『古事記』にも記載される古社で、歴代朝廷の祈願所でもある。室町時代以来、修験者がお多賀信仰、多賀杓子《たがじゃくし》を広め、延命長寿守護の神として信仰されてきた。豊臣秀吉が母の病気平癒を祈願したことでも有名。『古史伝』七巻（文政八年［一八二五］）によれば、「御多賀様へは月参りと云ふ由にて、伊勢の御神の宮と此の神社に詣でぬ人なしと国（＝近江国）人云へり」とあり、また「お伊勢参らばお多賀へ参れ、お伊勢お多賀の子でござる」と俚謡にも謡われるように、庶民にいたるまで幅広い信仰を集めた。毎年四月に行われる多賀祭は、大名が神事奉行となり、賀茂祭と並び称されるほどの華やかさであった。俳諧でも、

近江の人、京にきたり、多賀まつりにとてよびけるにゆきて
客となるもしやくし果報か多賀祭　季吟（『山の井』）
手づよきはお多賀杓子の荒けづり　正式《まさのり》（『玉海集』）
時雨来る空や女中の多賀参　許六（『柿表紙』）

などと、多賀祭や多賀杓子、多賀参りの様子が詠まれている。

〈鳥井〉は鳥居、高宮宿《たかみや》にある多賀大社の大鳥居のこと。高さ十一メートル、柱間八メートルの石造りの鳥居で、『木曽路名所図会《ずえ》』一（文化二年［一八〇五］刊）によれば、社前まで三十一丁（約三、四キロ）とされる。鳥居のある中山道の高宮宿も、多賀大社の門前町として栄えた。高宮宿から琵琶湖岸へ出ると彦根城、山手へ入ると多賀大社がある。全国から信仰者を集め、人々の往来の絶えない多賀大社だが、さすがに冬は人通りもなく、湖からの寒風が吹きすさぶなか、石造りの大鳥居がぽつんと立っている姿は、よりいっそう寒々しさを感じさせるのである。鳥居が石造りであるのもまた、荒涼感をいっそう引き立てる。

〈寒さ〉は、本句においてはただ荒涼としているさまのみをいうのではない。冬枯れの景色のなかで、孤高を保つかのごとく屹立する鳥居には、近づきがたいような荘厳さもあるのだ。なお、冬枯れの地にそびえる鳥居は他にも、

秋冬枯の嵯峨野おかしき
あら淋し黒木の鳥居小柴垣　偸閑（『時勢粧《いまようすがた》』）
冬枯れに文字の尊き鳥居哉　里山（『其便』）

などと詠まれている。本句では、常日頃人々の信仰を集めて賑わっている多賀大社だからこそ、その冬のうら寂びた景色が、より味わい深いものとして感得されているのである。まさしく、地元出身の尚白ならではの感慨であるといえよう。

〈所収本〉元禄四年刊『猿蓑』。去来・凡兆編。「俳諧の古今集」と評される蕉門を代表する珠玉の句集。

〈作者と業績〉慶安三年（一六五〇）〜享保七年（一七二二）七月十九日没。享年七十三才。本名は江左大吉。旧姓は塩川、幼名は虎助。別号は木翁、芳斎、老贅子。近江国大津柴屋町に住む医師であった。俳諧は、まず貞室の影響を受け、のちに原不卜《ふぼく》門となり、高政や常矩《つねのり》とも親しかった。

貞享二年（一六八五）春、芭蕉が『野ざらし紀行』の旅で大津に立ち寄った際に、「心友」千那《せんな》らとともに蕉門に帰し、貞享四年（一六八七）には大撰集『孤松《ひとつまつ》』を編む。近江蕉門の古老として湖南俳壇を盛り立て、珍碩・乙州《おとくに》・正秀《まさひで》・洒堂《しゃどう》・許六《きょりく》らを蕉門に導いたが、『猿蓑』（元禄四年［一六九一］刊）期に芭蕉が目指した新風を理解できなかったことや、編著『忘梅《わすれうめ》』（元禄五年序だが、生前刊行には至らなかった）の千那の序文をめぐって芭蕉との間に軋轢を生じたため、以後芭蕉らとは疎遠になった。元禄三、四年頃、近江蕉門もまた千那・尚白と、洒堂・乙州・正秀らの陣営に分裂している。『忘梅』以後、俳壇では目立った動きがないが、死ぬまで俳諧は続けていたようだ。晩年はのどに瘤を患い、その病のため没した。そのほかの編著には『夏衣』がある。追善集は『夕顔の歌』。

〈その他〉『猿蓑』には以下の句なども入集している。

田舎間《ま》のうすべり寒し菊の宿
青亜《せいあ》追悼
乳のみ子に世を渡したる師走哉
菜畠や二葉の中の虫の声
野の梅のちりしほ寒き二月哉

また、『去来抄』（先師評）における〈行春を近江の人と惜しみける〉という芭蕉の発句をめぐって、その真意を理解できずに、「『近江』は『丹波』にも、『行く春』は『行く歳』にもふるべし（『ふる』はほかの語に置き換えられる、の意）」と評したエピソードはよく知られている。

〈参考〉荻野清「近江蕉門の分裂と芭蕉」（『俳文学叢説』昭46、赤尾照文堂）、松岡満夫『俳句講座2 俳人評伝上』（昭33、明治書院）

［永田英理］

高土手《たかどて》に鶸《ひわ》の鳴く日や雲ちぎれ　洒堂《しゃどう》

蕉風

〔現代語訳〕 高く築いた堤の見上げるような木立の梢に、鶸がしきりに鳴いている一日。澄み切った晩秋の空を刻々と形を変えて雲がちぎれ飛んでゆくことだ。

〔解釈〕 季語は「鶸」。真鶸《まひわ》のことで、雀より小さく、体色は黄色で美しい。可憐な澄んだ声でチュインチュインと鳴く。旧暦八月の季語。『連珠合璧集』に秋北方から渡ってくる「色鳥」の一つに数えられ、『毛吹草』「誹諧四季之詞」に「鶸」として初出。連歌に「色鳥」（『至宝抄』に仲秋の季語）として一括されていたものが、俳諧で独立して季語となったものである。そのためか、初期俳諧では、作例は少ないものの、鶸の色に着目して詠まれてきた。それをここでは〈鶸の鳴く〉とその鳴き声に着目した点、新しい鶸の取り上げ方である。

〈高土手〉は、高く築いた堤のこと。高土手の上方で鶸がしきりに鳴いている。鶸は、平野や村落の雑木林などの梢に群れをなしていることが多く、地上には下りない。したがって〈高土手に鶸の鳴く〉も、川堤に立ち並ぶ木立の梢から聞えてくる鳴き声をいったことになろう。白石悌三氏が指摘するように（『俳句の解釈と鑑賞事典』昭54、旺文社）、視界を遮るような高土手、そこに立ち並ぶ木立、その木立の上に広がる秋の空と、「仰角でとらえた風景が爽快」な印象を与えてくる句である。

〈雲ちぎれ〉は、例えば初期俳諧に〈空に秋の風の手《て》分《わけ》や雲ちぎれ〉（鈴竿『時勢粧《いまようすがた》』）と詠まれている。〈手分〉は仕事を何人かで分担して行うこと。秋風が分担して雲をちぎってゆくと擬人化した句ではあるが、秋の雲がちぎれ離れつつ風に流されてゆくさまを捉えている。蕉門では、『あら野』「初雪や」歌仙に、〈かかる府中を飴ねぶり行く〉（野水）に付けて、〈雨やみて雲のちぎるる面白や〉（落梧）と詠んだ例がある。これは、前句の人物を飴を嘗めつつ気ままに歩く風狂人の体と見、その人物が空を見上げて雨後の雲がちぎれ離れてゆくさまに興じている体を付けたもの。刻々と形を変えつつ、ちぎれ離れてゆく雲の姿が、見るものを飽きさせないのだ。洒堂の〈雲ちぎれ〉は、ちぎれて飛び行く雲そのものを動的にとらえた措辞だといっていい。

行く雲の移りかはれる残暑かな　魚素（『あめ子』）
上行くと下くる雲や秋の天　凡兆（『猿蓑』）
ねばりなき空にはしるや秋の雲　丈艸（『東華集』）

いずれも洒堂と同時代の例であるが、刻々と移り変わる雲の様子や、澄んだ秋空の高層の雲と異なる下層の雲の動き、澄んだ秋空に軽々と流れ去る雲など、秋の雲は刻々と形を変え、軽やかに流れる雲として当時の俳人たちにとらえられていた。それはまた、〈秋の雲千里をかけて消えぬらし行くこと遅き夜半の月かな〉『後鳥羽院御集』などと和歌に詠まれて以来の秋の雲の本意でもあった。洒堂の「雲ちぎれ」の不安定な、雲を動的に捉えた表現は、今まさにちぎれ離れていく雲の軽やかな動きをもって秋の雲の本意を言い取ったものだったのである。

〈雲ちぎれ〉の不安定な表現は、切字〈や〉を介して〈鶸の鳴く〉という澄んだ鳴き声と響き合う。仰ぎ見る梢から聞こえてくる鶸の澄んだ鳴き声と、その木々の上に広がる秋空にちぎれ飛ぶ雲の軽やかな動きとが関連づけられ、あたかも鳴く音が雲に響いて雲がちぎれて行くかのように一体化して表現されている。この聴覚世界と視覚世界との合一が洒堂の描き得た世界だった。

〈鶸の鳴く日〉とは、鶸の鳴く一日。澄み切った秋の日、作者はずっと鶸の鳴く梢と刻々と移ろう軽やかな雲の世界に心奪われていたというのである。

〔所収本〕 元禄四年刊『猿蓑』所収。去来・凡兆共編であるが、芭蕉が積極的に編集に関わって二人を指導した。発句集の巻頭・巻軸に芭蕉句をおき、芭蕉一門の句のみで編む。蕉風の円熟期を代表する花実兼備の句集。

〔作者と業績〕 寛文中期〜元文二年（一七三七）九月十三日没。享年七十歳前後。浜田氏、のち高宮氏。近江国膳所の人。初号珍夕（珍碩・珍蹟とも）。元禄五年冬以後、洒堂を用いる。はじめ尚白についたが、元禄二年（一六八九）冬、二十代半ばで芭蕉に入門して指導を受ける。翌年、芭蕉から「洒落堂ノ記」を贈られ、親しく指導を受けて同年六月俳諧集『ひさご』刊。元禄五年九月、江戸に芭蕉を訪ね六年一月まで芭蕉庵に滞在。帰郷後その記念集として俳諧集『深川』を刊行。六年夏大坂に移住し、翌年俳諧集『市の庵』を刊行するなど、芭蕉晩年の新風「かるみ」の担い手として活躍した。が、大坂に移住後、同門の之道と縄張り争いから不仲となり、仲裁のため九月に芭蕉を大坂に迎えたが、病床の芭蕉からも遠ざかる結果となり、師の葬儀や追悼にいっさい顔を見せなかった。そのことがきっかけで蕉門から離れた。元禄一〇年冬に近江湖南に帰住、俳壇への復帰を模索したがうまくいかず、宝永以降は俳諧への興味を失った。

〔その他〕 代表句には、他に次のような句がある。

日の影やごもくの上の親すずめ　（『猿蓑』）
刈株《かりかぶ》や水田《みつた》の上の秋の雲　（『深川』）
花散りて竹見る軒のやすさかな　（『続猿蓑』）

〈日の影や〉の句は、芭蕉から「軽み」の代表的な作として賞されたという（『不玉宛去来論書』）。

〔参考〕 大内初夫『芭蕉と蕉門の研究―芭蕉・洒堂・野坡　考証と新見』（昭43、桜楓社）

［宮脇真彦］

十団子《とをだご》も小粒《こつぶ》になりぬ秋の風

許六《きょりく》

蕉風

〔現代語訳〕　古来名物として知られた宇津ノ谷峠の麓の十団子も、長い時が過ぎて小豆粒ほどの大きさの固い土産物になってしまった。時の流れに押し流されるように、さまざまな人も過ぎゆき、その営みも移り変わってゆく。折から冷たく吹きすぎる秋風に草木が凋落して行く中で、そういった移り変わりの様が妙に寂しく心にしみた。

〔解釈〕　十団子は、駿河国（静岡県）宇津ノ谷峠の麓で、古くから売っていた団子。『宗長手記』大永四年（一五二四）六月十六日の条に「夕立して宇津の山に雨やどり。此茶屋むかしよりの名物十だんごといふ。一杓子に十づつかならずめらう（女郎）などにすくはせ興（供）して」とあり、連歌師宗長が旅した頃には、杓子に十個ずつ掬って供していたことがわかる。江戸初期には、十ずつ糸に通し厄除けとして売るようになっていた。浅井了意著の仮名草子『東海道名所記』（万治二年［一六五九］刊）に「坂のあがり口に茅屋《かや》四五十家あり。家ごとに十団子《とおだんご》をうる。其大さ赤小豆《あずき》ばかりにして麻の緒につなぎ、いにしへは十粒を一連にしける故に十団子といふならし」と説明があり、ここで主人公楽阿弥は〈小粒なるうつの山べの十団子しかも固くて歯にあはぬ也〉と詠んでいる。

「宇津ノ谷峠」は、『伊勢物語』第九段、在原業平の東下り蔦の細道の場面で名高い歌枕。主人公は暗く険しい峠道で偶然出会った知り合いの修行者に都への便りを託す。添えられた和歌のうちの一首が、

駿河なる宇津の山辺のうつつにも夢にも人にあはぬなりけり

である。あなたが夢にも現れてくれないのは、私のことなど忘れてるんでしょう。と、拗ねた表現で、私はこんなにもあなたを思っているのに、と恋人に気持ちを伝えた。『東海道名所記』にも、「宇津の山のたうげ（峠）は道せばく、一騎うちに通る難所なり」と記されているように、東海道の難所としても知られ、旅人に行路の不安を感じさせ望郷の念をつのらせる地としてイメージされる地名であった。

季語「秋の風」は、古来蕭々と吹きわたり、寂しさをつのらせるものとして表現されてきた。旅人の不安・望郷の念が、そのイメージと呼応する。

〈小粒になりぬ〉は「（江戸へたびたび出府している許六が）このたびも宇津の山を通りかかり、茶店に休息して十団子を取り寄せてみると、心なしか以前より小さくなったようだ」（『新編日本古典文学全集近世俳句俳文集』小学館）のように、わずかの間に団子が小さくなったことに世情のせちがらさを嘆じたと解釈されることが多い。しかし、それよりももっと長い時間の推移が表現されていると読むべきであろう。許六の頃には、もう食用に供されるものではなかったのである。十六世紀初頭に既に「むかしより」と書かれるほどに、古くからの名物であった食物が小豆粒ほどの大きさの厄除けになってしまっていること、単に土産物のようなものとして姿を残しているにすぎないものとなっていること、そういった長い時間の変化に対する感慨をこめたものであろう。

それは、芭蕉が『おくのほそ道』の旅で歌枕を尋ね、その変化のさまを目の当たりにする――それと共通する思いである。芭蕉がこの句について「しをりあり」と評したことが『去来抄』に伝えられている。時間の推移とその中の人の営みを、しみじみと余情をこめて表現し得た句として高く評価されたのである。

〔所収本〕　元禄一〇（一六九七）年刊『韻塞』に「宇津の山を過」と前書して所収。『韻塞』は、李由・許六の共編。乾巻が李由の編で発句を、坤巻が許六の編で、連句と句文を収める。

〔作者と業績〕　明暦二年（一六五六）生、正徳五年（一七一五）八月二六日没。六〇歳。森川氏。本名、百仲。号は他に、五老井・横斜庵・菊阿仏・無々居士など。近江国彦根藩士。俳諧は始め季吟に学んだとされる。撰集を通して芭蕉に私淑。尚白を介して其角・嵐雪の指導を受け、元禄五年、江戸出府の際に芭蕉に入門した。狩野派の画技にすぐれ、芭蕉は「画はとつて予が師とし、風雅はをしへて予が弟子となす」（「許六離別の詞」）と言って絵の師と仰いだ。俳論としては、表現の真髄を求める血脈説を唱えた。

〔その他〕　許六は実際的な句作の技法として「取合わせ」を説いた。詠み込まれた二つのものの照応によって、すぐれた表現効果が発揮されるというものである。作例としては、

菜の花の中に城あり郡山　（『正風彦根躰』）

郡山は奈良県大和郡山市。郡山藩柳沢家の城下町である。一面の菜の花の中に堂々と構えられた白亜の郡山城。色の対比も鮮やかで、小さな花の柔らかな広がりと大きく堅牢な城郭との対照も印象的である。

寒菊の隣もありや生大根《いけだいこ》　（『有磯海・となみ山』）

「生大根」は、畑から引き抜いたまま春まで地中にうずめて貯蔵する大根。元禄五年冬、許六が深川の芭蕉庵を訪ねた折の句で、孤高の隠者の俤のある「寒菊」に、俗な土臭い大根を取り合わせた句。それぞれを芭蕉と自らになぞらえた挨拶の気持ちも含まれていよう。『俳諧問答』「自得発明弁」に、「取合せ」の趣向だからこそこういう句ができたのだとする芭蕉の言葉が載る。

〔参考〕　鈴木重雅『俳人許六の研究』（昭7、俳書堂）、堀切実『芭蕉の門人』（平3、岩波新書）　［金田房子］

鳥どもも寝入ってゐるか余呉《よご》の海

路通《ろつう》　蕉風

〈現代語訳〉　寂寞とした湖北の冬の夜、独り旅愁が身にしみる。死んだような静けさの漂う余呉の湖面、漂う浮き寝の鳥ももう眠ったのであろうか、羽音もしない。

〈解釈〉　季語は浮寝鳥（水鳥）で冬。『俳諧御傘』（慶安四年［一六五一］刊）に、「うきねの鳥、冬也。水鳥の事也。水鳥は昼も波の上によくぬる物也。故に夜分にあらず。（中略）新式目にも夜分にあらざる物の内に、うきねの鳥とばかり出したるにて、余の鳥のぬるは夜分としるべし」とあり、水鳥が寝ているというだけでは、昼の情景ととることも可能である。しかしこの句の場合は、やはり夜、あるいは暮れ方の景ととるべきであろう。上五〈鳥どもも〉の〈も〉という措辞によって、放浪の身の作者自身の境涯が投影されていると考えられるからである。

しかし、それは、単に作者一人の境涯というだけにとどまるものではない。山本健吉が（〈参考〉参照）、

路通の境涯のさびしさを、この句から受け取るのもよいが、やはりこの句には、自分一個の境涯を超えて、大きな自然と、歴史と、人間の生死への思いが深いのである。

と指摘する通り、作者は自身を投影させつつ、さらに大きな歴史のドラマを、そこに二重写しにしていると考えられる。そして、このような解釈の鍵となるのが、下五〈余呉の海〉という地名の持つイメージである。

余呉の海（余呉湖）は、琵琶湖の北方二キロばかりに位置する周囲六キロ余りの小湖で、琵琶湖との間には、秀吉と柴田勝家との合戦で知られる賤ヶ岳がある。賤ヶ岳の戦いは、路通の頃からは約百年前のこと。土地の人々は敵味方の区別なく死者を手厚く葬り、湖畔の至る処に有名無名の戦死者の墓があった。同氏の文をさらに引用しよう。

湖面を見つめれば、そこには死んだような薄暮（あるいは夜分）のしじまがただよっているばかりだ。ここに百年前、天下分け目の戦いを戦って死んだ、大勢の人たちの霊が眠っている。敵も味方も区別なく寝入っている。だが、ことりとの音もしないこの山中の湖面では、鳥どもも寝入ってしまったのだろう。この「寝入ってゐるか」が、ただちに静かに眠る勇士たちへの思いに連なってくるのである。

余呉湖はまた、羽衣伝説でも知られるが、この句においては、特に関連を考える必要はないであろう。

『去来抄』は、芭蕉が「此句細みあり」と評したことを伝える。「細み」とは、繊細な感受性による、例えば胸が締め付けられるような心の動きから生まれる句をいうのであろう。眼前の薄暮の湖の静けさの向こうに、過去の哀しみを思う作者の心が痛いほどに表された句として、高く評価されたのである。

〈所収本〉　元禄四年刊、去来・凡兆編『猿蓑』所収。芭蕉が編集に積極的に関与し、許六が「俳諧の古今集」と評したほどに、蕉風の円熟期を示す集として重視された。

〈作者と業績〉　慶安二年（一六四九）生まれ。元文三年（一七三八）七月一四日没。九〇歳。斎部（忌部）氏。また八十村氏。名、伊紀。通称、与次衛門。号は露通・呂通とも書く。出生地は美濃・筑紫など諸説あるが、門人毛越の「路通十三回忌跋」にいう常陸が有力か。神職の家に生まれ、少年時京都賀茂神社の社僧に和歌を学んだという。二六歳頃から漂泊の乞食生活に入り、貞享二年（一六八五）三月、近江国膳所で『野ざらし紀行』の旅中の芭蕉に会い入門した。当初『おくのほそ道』の旅に随行の予定であったが変更になり、敦賀まで出迎えて畿内の旅を共にし、翌元禄三年（一六九〇）その跡を辿る旅に出る。膳所で疑いを受けた茶入れ紛失事件は濡れ衣であったようだが、同五年の一時的な還俗で芭蕉の勘気を受ける。同七年芭蕉の最後の旅の際に許され、同八年『芭蕉翁行状記』を刊行して追悼した。

〈その他〉　『猿蓑』には他に、境涯ゆえの孤独を感じさせる次のような句が入集している。

いねいねと人に言はれつ年の暮

慌ただしい年の暮、どこに行ってもとりあってもらえず、帰れ帰れとすげなく追い払われるばかり。世間の活気の中で、そこからはみ出した乞食行脚の身のわびしさがいっそうつらく感じられて、途方にくれるばかり。

芭蕉葉は何になれとや秋の風

バナナ科の芭蕉の葉は、夏に長大な葉を茂らせるが、秋になると、その大きな葉は破れてぼろぼろになってゆく。葉と同じようにぼろをまとって秋風に吹かれるわが身。いったい何になればよいというのだろう。強い口調の問いかけに哀切な心情が感じられる。

また、

火桶抱いておとがひ臍《ほぞ》をかくしける　（『いつを昔』）

は、元禄元年十二月三日付益光宛・同月五日付尚白宛の芭蕉書簡でも紹介されている。尚白宛の書簡では、路通を紹介して「俳作妙を得たり」と言っており、芭蕉は路通の才能を高く評価していた。

〈参考〉　山本健吉「余呉の海、路通、芭蕉」（『文学』48（3）、一九八〇・三）、石川真弘『蕉門俳人年譜集』（昭57、前田書店）

［金田房子］

応々《おうおう》といへど敲《たた》くや雪の門《かど》

去来《きょらい》

蕉風

〔現代語訳〕　雪がしんしんと降っている夜更け、誰かは分からないが、しきりに門を敲く音がする。開けに出ようと「おうおう」と返事をするが、その声が聞こえぬようで、なおも敲き続けている。

〔解釈〕　去来は、この句は〈雪の門〉の句だと書簡で明言してる。〈雪の門〉は、和歌や連歌に詠まれていない言葉であるが、雪の戸の情景は例えば〈積もりける雪の深さもしらざりつ槇の戸明くる曙の空〉（定家『拾遺愚草』）や〈柴の戸に音する方を眺むればおのれと雪を払ふ松風〉（寂蓮『千五百番歌合』）など、降り積もって家を閉ざし、人の往き来も絶えた情景に詠まれてきた。人と人、家の外と内を隔てさせる〈雪の門〉に場面を設定し、来意を知らせつつ扉の開くのを待つ不意の訪問者と、応答しながら門を開けようとする主側とを描いて、何かしら事件性を一句に匂わせている。なお、一句に時刻の記述はないが、門が鎖され、門を開けるのに手間取っているということから、人々の寝静まっている夜を読み取ってよいだろう。

〈応々〉とは、相手の問いかけに答えた言葉だが、例えば虎明本狂言『武悪』に、「もの中とは誰《た》ぞ、いや太郎冠者か、応《あふ》、みどもでおりやる」とあり、また『源氏物語』「夢浮橋」では「うれしきにも、涙の落つるを恥づかしと思ひて、「をを」と、荒らかにきこえゐたり」などと用いられる。この『源氏物語』の例は、小君が男の子らしくぶっきらぼうに言う様子で、「応《をを》」自体は、畏まった返答である。「あふ」「をを」「おう」とさまざまに表記されるが、漢字で去来が「応」と記したのは、返事の意の漢語「応」からの連想であろう。その文脈をたどれば、〈応々と〉には、丁重に返答をしている場面を想像させてくる語感がある。おそらく〈雪の門〉とも相俟って、そこから屋敷の表門などを連想させ、〈応々と〉門番が返答している様子が想起される。返答をしたにもかかわらず、門の扉を敲いているのは、訪問者が扉の開くのを待ちかねている様子である。そこに訪問者が抱えている切羽詰まった状況が読み取れるであろう。火急の用件で訪ねてきているのだ。すでに深更であろう。門の内側は寝静まっている。門の内からは、予期せぬ訪問に応対する門番の動きがあり、扉を開けるまでの時間がある。それを待ちきれず、訪問者は扉を敲き続けている、というのだ。その訪問者によって、門の内側の日常に持ち込まれてくるであろう事件性が、軍記物の一節にもありそうな場面を想起させて、句柄を引き締めているのである。

去来は、元禄八年正月二十九日許六宛書簡（以下「書簡」）で、この句について自ら語っている。それによればこの句の初案・再案は次のような句だった。

たたかれて明くる間しれや雪の門
明くる間を扣《たた》きつづけや雪の門

去来自身、この句の初案は次の歌からの発想であったと述べている。

歎きつつ独り寝《ぬ》る夜の明くる間はいかに久しきものとかは知る　右大将道綱母（『拾遺集』恋四）

この歌は、藤原兼家がやってきたときに、門を遅く開けたところ、兼家は「立ち疲れた」と門の外から内に声を掛けて寄越した。そこで詠んだ歌だと詞書にある。嘆きながら独り寝する夜の明けるまでの間がどれほど長くつらいものか、あなたはお分かりになるだろうか、少し門を開けるのが遅かったくらいで文句を言うようなあなたでは、こんな私のつらさなどお分かりにはならないでしょうね、というのだ。兼家との恋に神経をすり減らし、迷妄の闇に入り込んでしまう道綱母の心の軌跡は、『蜻蛉日記』に詳細に綴られているが、この一首もそこに記された歌で、そんな彼女の心を十分に伝えてくる。

去来の「たたかれて」の句は、この王朝の物語的世界を踏まえつつ、門を敲かれてから開けるまでの間で、独り夜が明けるまであなたを待ち続ける間の長さを知りなさいよ、この雪の門で、の意を詠んだもの。〈明くる間〉に、門が開けるの意と夜が明けるの意とを掛けた作意は、いかに道綱母の歌の世界を一句に盛り込めるか、そこに苦心した句ということになる。〈明くる間知れ〉によって、読者が道綱母の歌を思い出し、門の内側にいる道綱母の心情を表現すべく、一句の世界がまとめられているのである。だが、「つまるところ、この歌の魂に落ち候ひて、発句の手柄少なく」（書簡）と去来自身も指摘しているように、この句は、道綱母の歌の心と同じことを言っているにすぎず、発句としての独自性に乏しい。

再案の句、〈明くる間を〉の句は、同じく門の内側の視点ながら、門外の人物が戸を敲く動作を継続的に叙した。それによって、門外の人物の苛立ちが表現されてくる。気が短いのか、あるいはなかなか戸を開けようとしないことに苛立っているのか。開けようとしないのは、門外の人物に対する家主の屈折した心情ゆえかなどと、読者はさまざまな想像を促される。おそらく去来の意図は、敲き続ける苛立ちと、急いで開けようとはしない家主とのギャップに、道綱母の歌の世界を感じとらせようとしたものだった。

去来はこうした試みの果てに〈応々と〉の言葉を得て、句の品位が格段に良くなったと述べている。〈応々と〉は、門の内側の返事である。その返事をいうことで、門の内側の人物も一句に登場してくる。返事をしているのに戸を敲くのは、早く開けるよう急がせているのである。それに対して、〈応々と〉答える側は、戸を開けるまでに時間がかかっているわけだ。そのギャップは、道綱母の歌の世界からはかなり離れ、恋の応酬の気分はほとんど読み取れなくなっているといえよう。

去来は、「この句のさびの付きたるやうに存じられて、これを自賛仕り候」（書簡）といっている。去来は指摘していないが、この〈雪の門〉での門番と戸を敲く人との応酬は、自然と『源氏物語』「末摘花」の一節を思い起こさせてくる。雪の積もった朝、源氏が末摘花の邸を退出する後朝の場面である。

御車出づべき門は、まだ開けざれば、鍵の預かり尋ね出でたれば、翁のいといみじきぞ出で来る。……翁、門をえ開けやらねば、寄りて引き助くる、（門は）いと頑なり。御供の人寄りてぞ開けつる。

これは後朝であり、去来の句はそれを来訪のときに替えているが、門を開ける手間取り方といい、待っている人物の苛立ちといい、一句には通じるものがあろう。〈応々といへど敲くや〉に、こうした門番の手間取りを読み取ることで、一句は、雪に開けにくくなった門や老いた門番などの姿を彷彿とさせてくる。この雪の日の、思うに任せぬ門の風情は、寂しく荒れ果てて歪んだ門に通じる風情である。その風情こそ、去来の描こうとしたさびの世界だった、と考えられる。

許六宛去来書簡によれば、其角はこの句について「誠の雪の門なり」と激賞したという。だが、去来自身はその評価を、「誠に情けなきことに候」といって、少しも喜んでいない。むしろ、「いかで雪の門の発句に、雪の門ならぬ句をいたし候はんや」といっている。この句は〈雪の門〉を詠んだ発句である、それなのにどうして〈雪の門〉らしくない句を詠みましょうかと、其角の評を心外だと言わんばかりの口吻である。「雪の門ならぬ句」とは、雪の門の本意を外した句の意であろう。私が本意を外した句を詠むと思いますか、そんなことは絶対にありません、そう、去来は反発しているのだ。

其角は、『句兄弟』の巻末に発句集を設け、そこで「健句・新句・清句・偉句・麗句・豪句」に発句を分類して、去来の句をこの「豪句」の巻軸に掲載している。其角は、「雪の門」から豪放な趣を読み取ったようなのだ。したがって、其角の言う「誠の雪の門」とは、雪の降る武家の表門のような門の情景をイメージし、いかにも「雪の門」というにふさわしい、と賞しているのである。そして、去来が気に入らなかったのも、其角がこうした豪壮な門を一句から思い寄せた点にあったのだ。

著者は、初めに述べたように、其角の読み取った情景をこそ一句の言葉は描き出していると考える。おそらく去来は、「雪の門」を門の開けにくい家を訪れた情景ととって、寂しく荒れ果てた門のイメージを持ち続けていた。初発の『蜻蛉日記』の面影から『源氏物語』「末摘花」の面影へと連想を展開させながら、老いた門番と荒れた邸内をイメージして、さびの色合いを一句から読み取っていたのである。去来の其角批判は、作者が一句に込めた情景と、読者が一句の言葉から作り上げた情景とのギャップがもたらしたものである。作者と読者、いずれが一句の世界を存分に読み取っているのであろうか。判定すべき芭蕉は、この句の少し前に亡くなっている。

〔所収本〕 元禄七年刊『句兄弟』所収。元禄八年正月二十九日許六宛去来書簡、浪化著『蕉門誹談随門記』、『去来抄』「同門評」にも載る。

〔作者と業績〕 慶安四年（一六五一）～宝永元年（一七〇四）九月十日。本名向井兼時、字は元淵、号に落柿舎など。肥前長崎に聖堂祭酒・儒医、向井元升の次男として生まれる。二五歳頃京都に移住し、兄元端の医業を助け、天文暦数の知識をもって堂上家に出入りした。俳諧は、貞享二年『一楼賦』に初入集。以来文通によって芭蕉の教えを仰ぎ、翌年冬江戸に下って芭蕉に対面、翌年春まで江戸に滞在して教えを受けた。元禄二～四年には上方滞在中の芭蕉の指導を得て『猿蓑』（元禄四刊）を凡兆と共編、刊行。元禄七年には、不玉（出羽酒田の俳人）や浪化（越中井波の俳人）に俳論書簡を書き与え、翌年浪化編『有磯海・となみ山』の編集を後援、元禄一〇年には其角や許六との間で俳論書簡を応酬した。翌一一年十二年には長崎に帰省して『旅寝論』を著し、晩年長崎の卯七と『渡鳥集』を共編。『去来抄』は、芭蕉俳論の集大成として、去来が草稿を残したものである。

終生芭蕉の俳風を遵守し、蕉門随一の人格者として、芭蕉をはじめ蕉門諸氏の信頼を得た。

〔その他〕 代表句には、他に次のような句がある。

一昨日はあの山越つ花盛 （『花摘』『去来抄』）

貞享五年の作、芭蕉が、今はこの句を理解する者はいないから数年発表を待て、と激賞した句。

湖の水まさりけり五月雨 （『あら野』）

許六はこの句を、去来の正風体開眼の句として称した。

岩鼻やここにもひとり月の客 （『笈日記』『去来抄』）

ここにも月を愛でて風狂の士がいると名乗った名句だと、芭蕉からこの句の解釈を教えられた逸話も有名。

木枯の地にも落とさぬしぐれかな （『葛の松原』）

芭蕉も「好句」として評価。初案「地まで」は劣る。

鉢たたき来ぬ夜となれば朧なり （『猿蓑』）

花守や白きかしらをつき合せ （『鷹獅子集』『去来抄』）

この句は、芭蕉から「さび色よくあらはれ悦び候」と称されたことで著聞する。総じて去来の句は、実感・実景を重視し、俳論でも作句の現場を尊重する。

〔参考文献〕 大内初夫・尾形仂他編『去来先生全集』（昭57、落柿舎保存会）、大内初夫・若木太一『向井去来』（昭61、新典社）

〔宮脇真彦〕

下京《しもぎよう》や雪つむ上の夜の雨

凡兆《ぼんちよう》

蕉風

〔現代語訳〕　下京の町に泊まっていると、夜半まで降っていた雪が、遅くなってから雨にかわった。積もった雪の上に雨が降り、雪を湿らせ、緩ませてゆく。あたかも、この下京の町の柔らかな雰囲気に合わせようとするかのように。

〔解釈〕　季語は「雪」で、冬の句。『猿蓑』巻之一の一連の「雪」の句の中に入る。

〈下京〉について、『日本歴史地名大系27　京都市の地名』（昭54、平凡社）の記事をまとめてみよう。京都市街すなわち「洛中」は、『今昔物語集』にも「上辺《かみわたり》」「下辺《しもわたり》」という表現が見られるように、古くから「上《かみ》」と「下《しも》」に区分されて意識されてきた。記録類においては、室町時代に至って「上京」「下京」の表記が現れるようになる。両者の境界線は、平安京における二条通りであった。下京は商工業地域として発展し、室町時代以来油屋・材木屋・綿屋・米屋・扇屋などが軒を並べ、町組を結成し祇園社との氏子関係を成立させ、祇園御霊会（祇園祭）には山鉾を出した。

要するに、上京が御所を中心とする貴族の町であるのに対して、下京は庶民の町であった。蕉門で、下京を詠んだ俳諧作品としては、

下京の果《はて》の果にも十夜《じゆうや》哉　　許六（『正風彦根躰』）

人の行脚のうらやましくて

下京をめぐりて火燵行脚《こたつあんぎや》かな　　丈草（『記念題』）

といった発句が挙げられる。許六句は浄土宗の寺院で十月に行われる「十夜念仏」を詠んだもので、〈下京の果〉には「京の町の場末」という意味合いがこもる。〈火燵行脚〉は丈草の造語であろうが、下京の知人を訪ねて歩き心安く火燵にあたらせてもらうことを言っている。下京は人懐かしさのある土地なのである。

京都市街は総体的に南下がりにゆるやかに低くなっている町である。よく「通り一本違うと気温が違う」と言われる。上京であれば一晩積もり続ける雪が、下京では夜更けてから雨にかわるというのは、いかにもありそうな気象状況である。掲出句は、そのような天候の夜の、白く冷たい雪が雨によってうるみ、ゆるむ感覚が、下京という地域の庶民性に重なり合うことを感覚的に掬い取ることに成功している。

また、〈夜の雨〉は、元禄当時の古典に関する常識的知識としては、『新古今和歌集』巻三・夏歌の、

入道前関白、右大臣に侍ける時、百首歌よませ侍ける郭公《ほととぎす》の歌　　皇太后宮大夫俊成

むかしおもふくさのいほりのよるの雨に涙なそへそ山時鳥《ほととぎす》

によって、夏の夜に時鳥の声を聞きつつ懐旧の情に涙を流す場面の背景であった。なお、この俊成歌は『和漢朗詠集』の「山家」題のもとに所収の白居易の詩句〈蘭省花時錦帳下、廬山雨夜草菴中《らんせいのはなのときのきんちやうのもとろさんのあめのよのさうあんのうち》〉から発想されている。さらにはまた、詩題・画題である「瀟湘八景」の一つ「瀟湘夜雨」、および、それを琵琶湖に当てはめた「近江八景」の一つ「唐崎夜雨」によるイメージも定着していた語であった。

ところが、掲出句は、そうした古典詩歌の〈夜の雨〉の本意から新しい趣向を展開して、庶民的な〈下京〉の冬の雪の上に降らせた。〈夜の雨〉が白居易詩や俊成歌以来帯びてきた人間の生活への懐かしみのような感覚を底に保ちながら、斬新な〈夜の雨〉の叙情を表現した発句が誕生したのである。

〔所収本〕　元禄四年（一六九一）刊『猿蓑』所収。『猿蓑』は芭蕉の指導を受けながら、去来とともに凡兆が編集した。掲出句の次も凡兆の句、

ながながと川一筋や雪の原

である。二句を合わせて鑑賞すると、人家の建て込むあたりから野や田畑の広がる郊外へと、夜の雪の原を流れる川が黒々と、いつもとちがう印象を帯びて延びている情景が浮かぶ。編集上の工夫であろう。

『去来抄』によれば、〈下京や〉の句をめぐっては、

此《この》句、初《かむり》冠なし。先師をはじめいろ〳〵と置侍りて、此冠に極め給ふ。凡兆、あトこたへて、いまだ落つかず。先師曰《いはく》、「兆、汝《なんじ》手柄に此冠を置べし。若《もし》まさる物あらば、我二度《ふたたび》俳諧をいふべからず」ト也。去来曰、「此五文字のよき事はたれ〳〵もしり侍れど、是《こ》ノ外《ほか》にあるまじとは、いかでかしり侍らん。此事、他門の人聞《きき》侍らば、腹いたく、いくつも冠置るべし。其《その》よしとおかるゝ物は、またこなたにはおかしかりなんと、おもひ侍る也」。

ということがあった（『去来抄』からの引用は『校本芭蕉全集七　俳論篇』によった）。

逐語訳すれば、「この句には、はじめ上五文字がなかった。芭蕉先生をはじめいろいろと置いてみまして、先生はこの『下京や』に決定なさいました。ところが凡兆は『あ』と答えてそれでもまだ納得できない様子でした。芭蕉先生は言いました。『凡兆、おまえの手柄としてこの上五文字を置いて集に載せるがよい。もし、もっと優れた上五文字があるならば、私は二度と俳諧を口にしない』と。そこで私・去来は言いました。『この五文字が優れていることは誰でも分かりますが、このほかにはないということまでは分かるものではありません。このこと、他門の人が聞いたならば、笑止にもいくつもの上五文字を置くことでしょう。彼らが良いと思って置く

上五文字は、またこちらから見ると可笑しなことだろうと思っています」ということである。すなわち、「雪つむ上の夜の雨」は凡兆の作だろうが、「下京や」は衆議によって生まれ、芭蕉によって決定された上五文字だったのである。芭蕉が発句の鑑定眼に絶対の自信を持っていたこと、それに、凡兆もまた自らの表現の選択において譲れない基準を持っていたことが分かる。

この逸話について小室善弘は、「名詞の斡旋に抜群のうまさを発揮する凡兆にしては理解しにくいところだが、「下京」の放散する人間生活の情調をはかりかねたところを見ると、五感、ことに視覚に鋭かった凡兆は、ディテールに敏感なわりには、世情・人情を背景にして詠むことには関心が薄く、また配合においても、名詞の感覚的効果ほどには、背景的なことがらにはゆき届かず、「下京」から見えてくる言外のイメージを読みきれなかったのかもしれない」と論評している（『俳人凡兆の研究』二七二頁）。

凡兆の感性についての論評として首肯できる。ただ、付け加えて言えば、芭蕉と凡兆のすれ違いの根にあったのは、〈夜の雨〉という語からどれほどの伝統の重みを感じていたかの差であったのではないかと思う。

〔作者と業績〕『風俗文選』の作者列伝その他によれば、加賀金沢の出身で、野沢氏または宮城氏・宮部氏とも言い、晩年には越野氏を名のった。曽良の『近畿巡遊日記』において「允昌《いんしょう》」と呼ばれているのが本名か。俳号は、元禄三年頃まで加生、その後凡兆と改め、のちに阿圭とも号した。元禄元年の初夏に京へ来た芭蕉と知り合って、元禄三年から四年にかけては去来とともに『猿蓑』の編集作業に当たった。当時の住所は京の小川椹《さわら》木《ぎ》町上ルで、医者を職業としていた（ちなみにこの住所は上京のうちにある）。しかし『猿蓑』刊行後は芭蕉とのあいだに隔意を生じた。芭蕉が大坂で没した際に会葬者として名前が見えないのは、罪状は不明だが入牢していたためらしい。元禄一四年（一七〇一）になって俳書入集が復活し、同一六年以降は大坂に住んでいたことが知られている。正徳四年（一七一四）の春に没したが、享年は未詳ながら六十歳は越えていたと見られる。

妻もまた俳諧の作者で「とめ」と言い、元禄四年春に尼となって「羽紅尼《うこうに》」と名のった。

凡兆の俳諧活動の絶頂期は何といっても『猿蓑』であって、同書においては芭蕉をしのぐ発句四十一句が採られ、歌仙四巻すべてに出座している。対象を客観的・感覚的に捉え自然と人間生活が微妙に交錯する情趣を表現することに優れていた。それは、当時京都に流行していた「景気」（景物描写）重視の俳風を追求し研ぎ澄ました作風と評することができよう。そうした作風の現れている句を同書から摘記する。

時雨るゝや黒木つむ屋の窓あかり
呼かへす鮒売見えぬあられ哉
渡り懸て藻の花のぞく流哉
はなちるや伽藍の枢《くるる》おとし行
市中は物のにほひや夏の月

〔その他〕『去来抄』には『猿蓑』編集の際の議論が断片的に書きとどめられている。掲出句をめぐるエピソードの他にも、芭蕉が自らの、

病鴈《びょうがん》の夜寒に落て旅ね哉
あまのやは小海老にまじるいとゞ哉

の二句からの択一を去来と凡兆に迫った話には、二人の俳諧の志向の違いがよく表れている。

さるみの撰の時、「此《この》内一句入集《にっしゅう》すべし」ト也。凡兆は「病鴈はさる事なれど、小海老に雑《まじ》るいとゞは、句のかけり・事あたらしさ、誠に秀逸の句也」ト乞《こう》。去来は「小海老の句は珍しといへど、其《その》物を案じたる時は、予が口にもいでん。病鴈は格高く趣かすかにして、いかでか爰《ここ》を案じつけん」と論じ、終《つい》に両句ともに乞て入集す。其後先師曰、「病鴈を小海老など、同じごとく論じけり」と笑ひ給ひけり。

（『校本芭蕉全集七　俳論篇』によった）。

これも逐語訳するならば、「『猿蓑』の撰句をしていたとき、芭蕉先生は「この内の一句を入集すべし」と言われた。凡兆は「病鴈の句もそれなりに良いのですが、小海老に雑るいとどの句は、句の趣向の工夫といい、素材の新奇さといい、まことに秀逸の句です」と言って入集を乞うた。去来は「小海老の句は珍しい物を詠んでいますが、そうした物を句にしようと考えたときには、私にも詠むことができるでしょう。病鴈は格が高く趣きはかすかで、芭蕉先生でなければどうしてこのような境地を思いつくことができましょうか」と論じ、結局、両句ともに乞うて入集した。のちに、芭蕉先生は「病鴈を小海老などと同列に論じたものだよな」と笑っておっしゃった」というところであろう。

いま右に、原文の「句のかけり」を「句の趣向の工夫」と訳してみたが、おそらく「かけり」は「駆けり」で、集団からすっと抜け出すような勢いを言っていると思われる。凡兆が、句の表現の独自性や素材の新しさを俳諧において重視していたことが分かる。

ただし、芭蕉がこの二句からの択一を求めた理由や、「病鴈を小海老など、同じごとく論じけり」という発言の意味については、諸説あって決着を見ていない。

〔参考〕　小室善弘『俳人凡兆の研究』（平5、有精堂出版）

［深沢眞二］

大原や蝶の出て舞ふ朧《おぼろ》月

丈草《じょうそう》　蕉風

〔現代語訳〕　京の近くの山里、大原に来てみた。すると、朧月がぼんやりと地上を照らし、その光に誘われるかのように蝶が出てきて舞を舞っている。

〔解釈〕　季語は「蝶」と「朧月」で、春の句。当時の季寄せ類では「蝶」「朧月」ともに兼三春。

〈大原〉には二つの可能性がある。一つは、洛西乙訓《おとくに》郡の、現在一般的に「大原野」と呼ばれている地域。もう一つは、洛北の、比叡山北西麓の「大原」である。

前者は『伊勢物語』第七十六段で春宮の御息所（藤原高子、のちに「二条の后」となる）が大原野神社に参詣した際「近衛府にさぶらひける翁」（業平）が、

大原や小塩の山もけふこそは神代のことも思ひ出づらめ

と詠んだことでよく知られており、また、同神社では二月の上卯日に大原野祭があって、春日大社の祭礼に倣い歌舞が催される。後者は『平家物語』の「大原御幸」の舞台として著名で、尼となった建礼門院の庵室（寂光院）やその近くの「朧の清水」がある。

前者の〈大原〉を念頭に置いて解釈すれば、王朝時代を思わせる大原野祭の歌舞のあとで、朧月の光のもと、こんどは蝶が舞っているという景である。『源氏物語』などに見られる、小童が背中に胡蝶の羽を付けて舞う「胡蝶楽《こちょうらく》」からの連想もあろう。後者の〈大原〉を舞台として想定するならば、悲運の中宮建礼門院が寂光院にて往時の栄華を偲んでいるというイメージが〈蝶の出て舞ふ〉に投影されていると読むことができよう。蝶は当時一般的に平家の家紋と認識されていた。

どちらの〈大原〉とも決めかねるところである。ただ、いずれにせよ古典を踏まえての発句であって、丈草が実際に見た景と限定する必要はないだろう。「蝶が夜に飛ぶか飛ばないか」といった議論に意味はない。

ちなみに関森勝夫は、前者の〈大原〉が西行や木下長嘯子にゆかりの地であることを指摘して、「たまたまある春の夜、大原野に遊び、西行を想い、長嘯子をしのんで、古典の世界に浸っているとき、ひらひらと舞う蝶を見ました。（中略）その蝶は、丈草には能『西行桜《さいぎょうざくら》』のシテ（主人公）が舞い遊ぶように思われたのです。蝶を見つめているうちに、西行がうかび、長嘯子が思われ、丈草自身古典の世界に入りこみ、歴史の舞台上を活々と舞い始めたのです、いずれが現《うつつ》で、いずれが夢かわからなくなったのです」と解釈している。

なお、『風俗文選』所収の去来「丈草誄《るい》」（誄は死者の生前の功徳を称える文体をいう）によれば、元禄四年（一六九一）の冬頃、江戸に戻った芭蕉が掲出句を伝え聞いて、去来に対して「此《この》僧なつかしといへ」と言ってよこしたという。芭蕉はこの句によって丈草の人柄を慕わしく思い起こしたのである。翌年の春に芭蕉は〈猫の恋やむとき閨《ねや》の朧月〉（『己《おの》が光《ひ》』）の発句を詠んでいるが、芭蕉は丈草の句を〈朧月〉の情趣を捉え得たものとして評価したのではないだろうか。

〔所収本〕　元禄五年（一六九二）刊、金沢の句空編『北の山』所収。句空が行脚中に書き留めた各地の俳人の句を集めた俳書。石川真弘は、前年春に句空が上洛し、丈草とともに大原に遊吟したと見ている。翌年刊の『炭俵』にも同じ句形で載る。

〔作者と業績〕　丈草は寛文二年（一六六二）尾張の犬山に生まれ、元禄一七年（一七〇四）年に四十三歳で没した。本名は内藤林右衛門本常、仏幻庵・懶窩《らんか》などの号を用いた。

父方の伯母が犬山城主の成瀬正虎の側室となって男子を産んだことから、父の源左衛門は成瀬家に仕えていた。丈草はその伯母の子である（つまりいとこに当たる）尾張藩士の寺尾直竜に仕えた。しかし、二十七歳の八月には致仕し出家して京に出、京都郊外の深草に隠棲した。致仕の理由は、二十三歳のときに切った指の痛みによって刀を握れなくなったためという（去来「丈草誄」）。致仕に際して次のような偈《げ》を残した。

多年、屋を負ふ一蝸牛《かぎゅう》、
化して蛞蝓《かつゆ》となり自由を得。
火宅最も惶《おそ》る涎沫《えんまつ》尽《つき》んことを、
法雨を追尋して林丘に入る。

京では、犬山にいた頃からの知己で仙洞御所の医師となっていた史邦《ふみくに》を介して去来を知り、史邦に従って去来の別荘である落柿舎において芭蕉に入門した。元禄二年（一六八九）十二月のことであった。そしてその翌々年に刊行された『猿蓑』に十二句入集し、漢文の跋を書いている。

元禄三年から四年にかけて、芭蕉と丈草の交流は密であった。近江湖南や嵯峨落柿舎においてひんぱんに句会に同席しているほかに、史邦・凡兆・去来らをもまじえて芝居見物に出かけたり（元禄四年五月十七日と二十三日）、京都郊外一乗寺にある石川丈山の旧居を訪ねたり（同年六月一日）している。

元禄七年（一六九四）十月、大坂にて芭蕉臨終の前夜、門弟たちが芭蕉から「夜伽の句」を求められたとき、

うづくまるやくわんの下のさむさ哉

と詠んで芭蕉からただ一人「丈草出来たり」とほめられたという（『去来抄』）。〈やくわん〉は薬湯を煮る「薬罐」である。この句について松尾勝郎は、「師の病状を案ずる真情とともに、師亡きあとの空虚さを予感した精

神的な寒さに蹲る丈草の心象風景もこめられていると思いたい」と論評している。

芭蕉の没後は三年間の心喪に服すとともに、無常観に満ちた文章「寝ころび草」を著した。また、芭蕉の墓のある義仲寺の近くの竜が丘に仏幻庵を結んで晩年を送った。元禄一三年（一七〇〇）に犬山へ帰省がてら美濃尾張を行脚したが、翌年の年頭からは三年閉関の誓いを立て、千部の法華経読誦と一字一石の経塚建立を発願し、それらを達成してまもなく亡くなった。

丈草は青年期に名古屋の穂積元庵に漢詩文を学び、また、犬山先聖寺の玉堂和尚のもとで参禅した。それゆえに、丈草の句作には漢詩文や禅語からの影響が見られる。そもそも丈草という俳号にしても、禅語録『碧巌録』の中の「無仏の処にては急ぎ走り過ぎよ、走り過ぎざらば草の深きこと一丈ならん」の語によっている。しかし、丈草自身「懶窩」（懶はものぐさの意。窩はあなぐら、転じて住みかの意）と名のったように、いわば怠惰を信条としていた。また、唯一の弟子の魯九が編んだ追悼集『幻の庵』に「入来る友を集めては風雅に興じ、仕形咄に麓の小童を憐み」と伝えられるように、座談を楽しむ磊落な一面を持っていた。

そうした丈草の性質は俳諧の句作においても同様だった。去来は『旅寝論』の序で「句において其のしづかなる事丈草に及ばず」と丈草の精神的境地の高さを述べ、前出の「丈草誄」においては丈草の俳諧の才能を称えた上で「然れども、性くるしみ学ぶ事を好まず。感ありて吟じ、人ありて談じ、常は此事（俳諧を指す）打わすれたるが如し」と言っている。一方、許六は『俳諧問答』において「釈氏の風雅たるによつて、一筋に身をなげうちたる所見えず」「自句をやるとて丈草の庵といふ、聞きあき侍るなり」などと丈草を評している。たしかに、丈草の詠む句には隠遁者としての澄んだ境地と、奥の深いユーモアを見出すことができるのだが、その反面として、仏幻庵周辺の狭い空間に詠句の対象が限定され、俳諧を追求する熱心さに欠けていたことは否めない。また、元禄一五年（一七〇二）四月十五日付の潘川宛て丈草書簡（飯田正一編『蕉門俳人書簡集』三一〇頁）に、

行春の底をふるふや松の華

の句を示して、

いつとても淋しき所を能《よく》するものぢやと、一座の褒美、腹中から淋しければ句もさびたりけりと、自慢に続《つづけ》て、発句なども少々書ちらし申候。

と書いているように、丈草自身「淋しき所」を詠むことに長けているという自覚があった。

そうした特徴の表れている発句を摘記する。

鷹の目の枯野にすはるあらしかな　（『菊の香』）
郭公鳴や湖水のさゝにごり　（『丈草発句集』）
藍壺にきれを失ふ寒さかな　（『桃の杖』）

これらの句には、透徹した眼を具えた精神的境地の高さが感じられる。

つれの有所へ掃ぞきりぎりす　（『そこの花』）
温飩《うどん》うつ跡や板戸の朧月　（『流川集』）

これらの句には優しいユーモアが感じられるが、

春雨やぬけ出たまゝの夜着《よぎ》の穴　（『笈日記』）
下京をめぐりて火燵《こたつ》行脚《あんぎゃ》かな　（『記念題』）

あたりになると、ユーモアに加えて丈草の「懶」ぶりが前面に出てくる。

淋しさの底ぬけてふるみぞれかな　（『篇突《へんつき》』）
病人と鉦木《しゆもく》に寐たる夜さむ哉　（『韻塞《いんふたぎ》』）
水底の岩に落つく木の葉哉　（『青莚』）

これらの句は「淋しき所」をよく詠んでいると評してよいだろう。

〔その他〕　近代作家の中で丈草の発句を高く評価したのは、芥川龍之介である。とくに、

木枕のあかや伊吹にのこる雪　（『住吉物語』）

を挙げて「この残雪の美しさは誰か丈草の外に捉へ得たであらう」と評している。小説『枯野抄』の登場人物としても、丈草に重要な役割を与えていた。

さらに、詩人・俳人の安東次男も右の句を愛唱し、古典句の評論集に『木枕の垢　古句再見』の題を付けているほどである（昭56、講談社）。

この句には前書がある。

身を風雲にまろめ、あらゆる乏しさを物とせず、たゞひとつの頭のやまひもてるゆへに、枕の硬《かたき》をきらふのみ惟然《いぜん》子が不自由なり。蕉翁も折〳〵是をたはぶれ興ぜられしにも、此人はつぶりにのみ奢《おごり》をもてる人也とぞ。此春故郷へとて湖上の草庵をのぞかれける幸に引駐《ひきとどめ》て、二夜三夜の鼾息《いびき》を贐《はなむけ》とす。猶末遠き山村野亭の枕に、いかなる木のふしをか佗《わび》て、残る寒さも一しほにこそと、背《うしろ》見送る岐《わかれみち》に臨て

つまり、硬い枕を苦手とする惟然を仏幻庵に泊めたあと、さらに行脚を続ける惟然を「この先の田舎の宿々にては硬い枕につらい思いをしてさぞ余寒も身に浸みることだろうに」という気持ちで見送りながら、その惟然の〈木枕のあか〉と伊吹山の残雪とを二重映しにして送別の発句としたのである。友人の惟然を思いやる繊細な描写であり、かつ、卓抜なユーモアのにじむ句でもある。

〔参考〕　市橋鐸『丈艸伝記考説』（昭39、愛知県立女子大学国文学会、平16にクレス出版の『蕉門研究資料集成五』に収録）、石川真弘『蕉門俳人年譜集』（昭57、前田書店）、関森勝夫「内藤丈草」（復本一郎編『芭蕉の弟子たち』所収、昭57、雄山閣）、松尾勝郎「丈草」（『芭蕉講座一』昭57、有精堂）、同『内藤丈草』（平7、蝸牛社）

［深沢眞二］

かげろふやほろほろ落つる岸の砂

土芳《どほう》　蕉風

〔現代語訳〕　春の晴れた日、川辺にも陽炎が立っている。陽炎のゆらめきに誘われてか、岸の砂の壁がほろほろと崩れて落ちる。

〔解釈〕　季語は〈かげろふ〉で春。春に直射日光で地面に近い空気が暖められ、空気の密度にむらができるために、光が不規則に屈折して物が揺れ動いて見える現象。陽炎・蜉蝣・糸遊などと表記する。『増山井』の季寄せでは、二月に「かげろふのもゆる」として「いとゆふ・糸あそぶ・遊糸」と並べて載る。

〈ほろほろ〉は、歌言葉としては山鳥や雉子の鳴き声として使われることがほとんどで、代表的な歌としては『玉葉和歌集』所収の「行基菩薩」の詠、

山鳥のほろほろとなくこゑきけばちちかとぞおもふ母かとぞおもふ

がある。しかし、平安期から花や葉や涙がこぼれて散るさまに用いた例があり、さらに近世初期になると、たとえば『日葡辞書』が「ほろほろと」を「土壁などのような物が崩れたり砕けたりするさま」と説明するように、固い壁状のものが崩て落ちる場合にも使われるようになっていた。ただ、〈岸〉や〈砂〉に用いた例は掲出句以前に見当たらず、なかなか斬新であった。

芭蕉は、元禄元年（一六八八）二月、

枯芝ややゝかげろふの一二寸

の発句、および、伊賀の新大仏寺に詣でての、

丈六にかげろふ高し石の上

の発句を詠んだ。また、同年三月には吉野川上流の西河《にじこう》で、

ほろほろと山吹ちるか滝の音

とも詠んだ（いずれも『笈の小文』所収句）。これら芭蕉の先行例を参考にしての発句であろう。〈かげろふ〉と、春の出水の後の川岸の点景とを組み合わせて、春の到来を繊細に描き出している。掲出句のような平易さ、飾り気のなさは、伊賀蕉門の風でもあった。

〔所収本〕　元禄四年（一六九一）刊『猿蓑』所収。

〔作者と業績〕　土芳は明暦三年（一六五七）に生まれ、享保一五年（一七三〇）に七十四歳で歿した。本名は服部保英《やすひで》、通称は半左衛門。初号を芦馬《ろば》といった。蓑虫《さちゅう》庵《あん》・些中庵《さちゅうあん》とも号した。

伊賀上野の米問屋である木津家の出身で、十歳ぐらいで同地の藤堂藩士・服部家の養子となった。しかし、貞享五年三月三十二歳で致仕、家督を辞して蓑虫庵に入り、以後は俳諧に専念して伊賀蕉門を率いた。生涯独身であった。

少年の頃芭蕉と親交があり、俳諧の手ほどきを受けたという。二人は貞享二年（一六八五）三月に近江国水口《みなくち》で再会した。そのことを芭蕉は『野ざらし紀行』に、

水口にて二十年を経て故人に逢ふ

命二ツの中に生《いき》たる桜哉

と記している。また、元禄元年、土芳が新しい庵に入って間もない三月十一日、芭蕉が訪れて、

蕉翁面壁の画図、一紙、ふところより取出て、是をこの庵のものにせばやと夜すがら書《かけ》るは、となり。

その讃に、

みのむしの音を聞きにこよくさの庵　　ばせを

則《すなわち》、おしいたゞきて、初五の文字を摘て簑虫庵と号すべしと云ば、よろしとなり。

ということがあった（土芳『庵日記』）。つまり、芭蕉は達磨面壁の絵を描き「みのむしを」句を賛として書き添えて、新庵への贈り物とした。土芳はその芭蕉句によって庵の名を「簑虫庵」とすることの許しを芭蕉に乞い、認められたというのである。その画賛は今日に伝えられている（『芭蕉全図譜』一〇七番）。

土芳の最大の業績は、俳論書『三冊子《さんぞうし》』を著したことだと言えよう。同書は、俳諧の歴史と式目作法を説いた「しろさうし」、蕉風の根本精神と修練の方法を説いた「あかさうし」、芭蕉遺語を集めた「わすれ水」の三部から成る。とくに「あかさうし」には、不易流行・高悟帰俗・風雅の誠といった蕉風俳諧の重要な理念が述べられている。元禄一五年（一七〇二）に成り、土芳没後も長く写本で伝えられたが、安永五年（一七七六）に刊行され、享和元年（一八〇一）の再刻本が流布した。

また、土芳は芭蕉の作品を『蕉翁句集』『蕉翁文集』『奥の細道』の三部書に集大成した。土芳の俳諧交遊録である『庵日記』『横日記』も、伊賀蕉門を知る上で貴重な資料である。

〔その他〕　『猿蓑』には発句六句入集しているが、掲出句のほかに、

ならにて

棹鹿のかさなり臥る枯野かな

翁を茅舎に宿して

おもしろう松笠もえよ薄月夜

といった発句がある。前者は、古典的な秋の妻呼ぶ鹿をずらして冬の枯野の鹿を詠み、芭蕉も「土芳鹿の句皆々感心申候」（元禄四年五月十日半残宛て書簡）と認めた句。後者は、前述の元禄元年三月十一日に芭蕉を蓑虫庵に泊めた際の、隠者らしいもてなしの句であった。

〔参考〕　富山奏『伊賀蕉門の研究と資料』（昭45、風間書房）

［深沢眞二］

食堂《じきどう》に雀鳴くなり夕時雨

支考《しこう》　蕉風

〔現代語訳〕　さる大寺《おおでら》にいるとき、食堂《じきどう》のほうから聞こえてくる雀の鳴き声に気がついた。夕時雨が降ってきたので、いつも食事のおこぼれにあずかる食堂で、雀が雨宿りをしているのだった。

〔解釈〕　季語は「夕時雨」で、冬。

〈食堂〉は、『国史大辞典』に「寺院で僧侶が斎食をする建物。金堂・講堂について重要な堂。南都六宗および初期天台宗の寺院に建てられた。（中略）禅宗では僧堂あるいは斎堂がこれにあたる。全寺の僧侶が一堂に会するので、講堂と同じかあるいは講堂より大きく造られ、講堂の東方（東大寺・興福寺）か北方（薬師寺・元興寺）に建てられた。平安時代以後、子院が発達したため、次第に建てられなくなった」とある。〈食堂〉という語によって、奈良あたりの古い大寺の情景が思い浮かぶように仕掛けられている。『風俗文選』所収の汶村の俳文「南都賦」で、興福寺の七堂伽藍を列挙する中に「東金堂。中金堂。食堂。講堂」云々と〈食堂〉の称が見出せる。類句を求めれば、許六の発句、

食堂のかねを聞しる男鹿哉　（『渡鳥集』）

も、〈男鹿〉の語から見て奈良の大寺の〈食堂〉を詠んでいる。それにこの許六句も、〈食堂〉において鳥獣に残飯の類が施されることを前提としているだろう。

ただし、『おくのほそ道』の全昌寺の段には「明ぼの の空近う、読経声すむままに、鐘板鳴て食堂に入」という禅寺（全昌寺は曹洞宗）の〈食堂〉の用例があり、掲出句も舞台が禅寺であるという可能性がないではない。だとすると、これは支考の経歴の反映を見るべき句ということになる。

また、和歌における〈雀〉は、西行『山家集』の、

雪埋竹と云ふ事を
雪うづむそのくれ竹をれふしてねぐらもとむるむらすずめかな

に代表されるように、「雪」「竹」「ねぐら」といった語と結んで詠まれることが多かった。〈食堂〉のような人間の生活空間に〈雀〉を登場させたのは斬新。実際に出会った情景のスナップショットなのだろう。

なお、〈時雨〉は短時間に通り過ぎることが本意であるから、〈雀〉が鳴いていたのもほんのひとときのことだったと見たい。

〔所収本〕　露川編、元禄六年（一六九三）刊の『流川《ながれがわ》集』。また、沾圃編、芭蕉・支考修補の、元禄一一年（一六九八）刊『続猿蓑』にも所収。

〔作者と業績〕　寛文五年（一六六五）、美濃の山県郡北野村の村瀬某の次男として生まれ、享保一六年（一七三一）六十七歳で歿した。姓は、のちに次姉の嫁ぎ先の各務《かがみ》氏の籍に入ったため、各務を名乗る。野盤子・盤子・東華坊・西華坊・見龍・獅子庵といった号を持ち、蓮二房・白狂・渡部《わたなべ》ノ狂《くるう》といった変名も用いた。

早く父母を亡くし、九歳にして北野村の禅寺・大智寺の雛僧となった。少年時代には播磨の盤珪《ばんけい》禅師に参禅したという（野盤子・盤子の号はそれによる）。十九歳で還俗し、しばらく伊勢や京の周辺を放浪していたが、元禄三年（一六九〇）春、近江湖南の義仲寺に滞在中の芭蕉に会って入門し、芭蕉が同七年に亡くなるまでしばしば随伴して身の回りの世話をつとめた。同五年には陸奥を行脚して俳論書『葛の松原』を執筆・刊行した。同七年には『続猿蓑』の編集に協力した。同八年には各地をめぐり芭蕉の残した句文を集めて『笈日記』を編集刊行した。その後、元禄一一年刊の『伊勢新百韻』によって涼菟ほかの伊勢の連衆との七吟百韻を公表し、俗談平話を旨とした新風をうち立て、西国や北陸にくりかえし行脚して俳壇における勢力を広げた。支考の流派を美濃派・獅子門などと言い、今日なお続いている。

俳論書として『俳諧古今《ここん》抄』『続五論』『俳諧十論』『十論為弁抄』『芭蕉翁二十五条』などがあり、俳文集として『本朝文鑑』『和漢文操』がある。また、俳詩ということを目指して真名詩・仮名詩を創始した。

支考は、地方行脚と芭蕉追善の法会の開催、それらの成果の俳書刊行という方法で、俳壇における一大勢力を築いた俳諧師だった。また、本領はどちらかと言えば発句よりも俳諧（連句）にあり、連句の付け方の理論的分析に長けていた。その「七名八体説《しちみょうはったいせつ》」は後世の連句に大きな影響をおよぼした。発句の作者としては、晩年の芭蕉の「かるみ」志向を受けた日常的で分かりやすい句風が見られるが、理屈に落ちた句もまた少なくない。

〔その他〕　よく知られている支考の発句としては、次のような作がある。

馬の耳すぼめて寒し梨の花　（『葛の松原』）

この句は『去来抄』において去来から「馬の耳すぼめて寒しとは我もいへり。梨の花とよせらるる事妙也」と、二物の配合の妙を賞賛されている。

歌書よりも軍書にかなし芳野山　（『俳諧古今抄』）

芳野（吉野）山は、歌枕の地としてよりも、『太平記』のいくさの舞台としての悲しさが身に迫ると言う。無季ではあるが名所を詠んでいて発句の格を持つ。

〔参考〕　堀切実『蕉風俳論の研究』（昭57、明治書院、「新訂・支考年譜」を付す）、同『俳聖芭蕉と俳魔支考』（平18、角川書店）、中森康之『芭蕉の正統を継ぎしもの　支考と美濃派の研究』（平30、ぺりかん社）　［深沢眞二］

蜻蛉《とんばう》や日は入りながら鳰《にほ》のうみ　惟然《いぜん》　蕉風

〔現代語訳〕日は沈みつつあるものの、夕暮れの琵琶湖はまだ明るく、岸辺には蜻蛉の群れが飛びかっている。

〔解釈〕季語は〈蜻蛉〉で秋。蜻蛉は虫の名でいわゆる「トンボ」。トンボ目の昆虫の総称であり、大型種はヤンマという。幼虫はヤゴと呼ばれる水生で、羽化して陸生となる。トンボの呼称の最も古いものは上代の「あきづ」、後に清音の「あきつ」となる。平安時代に「かげろう」「ゑんば」。中世に「とんばう（とんぼう）」、近世初期になり「とんぼ」となったようである。「蜻蛉　和止《と》ム波宇《むはう》」（『康頼本草』弘和元［一三八一］頃）、「蜻蜓トンバウ」（文明本『節用集』室町時代）「蜓《とんばう》を　とんぼ」（『かた言』慶安三）などさまざまに名称がかわる。

上代の「あきつ」は〈大和には群山あれど……うまし国そ蜻島《あきつしま》大和の国は〉（『万葉集』舒明天皇）のように「あきつしま」であり日本の古称または、大和にかかる枕詞である。

平安時代以降、和歌では「かげろふ」と詠まれる。『夫木抄』では「蜻蛉」の項に「かげろふ」の歌を並べる。また、藤原道綱母『蜻蛉日記』に「あるかなきかの心地するかげろふの日記といふべし」とあるように、はかないものとしての呼称である。

虫としてのトンボが登場するのは、室町以降である。

とんぼうに似たる虫とぶすまの浦　（『犬筑波集』）

これは、前の句の「とんぼう」「飛ぶ」からの連想からなる「とふ」を「問ふ」「飛ぶ」と掛けた表現である。

箱の緒の蜻蛉《とんばう》むすび永き日に　可頼（『紅梅千句』）
年の緒や蜻蛉《とんばう》むすび国の春　乗言（『歳旦発句集』）

これらは「蜻蛉結び」で、トンボが羽を広げた形に結ぶ結び方。『言継卿記』天文元年（一五三二）の正月七日条に「蜻蛉結」とあり、室町時代には「とんぼう」と読まれていたことがわかる。

立春やとんばうかへり秋津国　正平（『毛吹草』）
筋斗《とんぼかへり》を胡《きた》のたはぶれ　其角（『たれが家』）

「蜻蛉返り」は勢いよく飛んでいたトンボが急に身をひるがえすことからの語だが、宙返りや行ってすぐ帰ることをいう。虫のトンボの句としては、

秋の色や見ざりし雲の赤とんはう　風虎（『桜川』）
蜓《とんぼ》やとりつきかねし草の上　芭蕉（『笈日記』）
蜻蛉や何の味ある竿《さお》の先　探丸（『続猿蓑』）

などがあり、季節は秋。「赤卒　アカトンボウ…蜻蛉小而赤者」（『書言字考節用集』享保二）とあるように、トンボで小さく赤いものを赤とんぼうといい、風虎句は秋の夕暮れの色を赤とんぼに配したもの。また、トンボは竿や草木の先端にとまる習性があるが、草の上や尾花（薄《すすき》）にはなかなかとまれない。芭蕉句はそのとまれない様子を、探丸句は竿の先にとまった様子を描いている。トンボは身近な虫であるので、実景描写的な表現が多いようである。

「鳰の海」は琵琶湖の異名である。奈良時代から平安時代初期には、「近江《おうみ》の海」「淡海《おうみ》」と呼ばれるが、平安時代中期以降「鳰《にお》の海《うみ》」の語が登場する。「鳰」とは鳥の「かいつぶり」の古名。〈別れにし我ふる里のにほの海にかげをならべし人ぞ恋しき〉（『浜松中納言物語』浜松中納言）、〈にほの海や月のひかりのうつろへば浪の花にも秋は見えけり〉（藤原家隆『新古今集』秋上）など。琵琶湖は旧跡や歌枕も多いことから、恋や四季などさまざまに詠まれた。霞・花・月・氷・比良・志賀・舟人などが配されることも多い。〈鳰の海霞める沖に立つ波を花にぞ見する比良の山風〉（『為忠集』湖）、〈夕立は山より晴れて鳰の海の漕ぐ舟こえてわたる雲かな〉（正徹『草根集』）。

さまざまな情景が詠まれた「鳰の海」であるが、「蜻蛉や」句は、日が沈む夕暮れ時の琵琶湖にやはり夕暮れに飛びかう蜻蛉の視覚的イメージに、「とんばう」の語感を重ねている。

〔所収本〕元禄五年（一六九二）刊『北の山』。句空編。句空が行脚中に聞き集めた各国俳人の句を収めたうちの一句。本句は「素牛」の名で入集。

〔作者と業績〕生年未詳～正徳元年（一七一一）二月九日没。享年六十余歳か。広瀬氏。名は源之丞。初号は素牛。別号、鳥落人・湖南人・梅花仏・弁慶庵・風羅堂など。美濃国（岐阜県）関の酒造家九兵衛の三男であった。元禄元年（一六八八）芭蕉に入門。元禄三年以降芭蕉に随従し、元禄七年芭蕉最後の大坂行きにも同行している。芭蕉没後も各地を遍歴し、元禄八年九州、同一〇年に奥羽北陸を旅した。後に「風羅念仏」を唱え、晩年には故郷の弁慶庵に隠栖した。俗語や口語調に特色がある句を作った。編著に『藤の実』『二葉集《じょうしゅう》』。没後、秋挙編『惟然坊句集』がある。

〔その他〕代表句には、他に次のような句がある。

うめの花赤いは〱あかいはな　（『惟然坊句集』）
更け行くや水田のうへの天の川　（『惟然坊句集』）
水鳥やむかふの岸へつうい〱　（『惟然坊句集』）

〔参考〕高木蒼梧『杉山杉風』（『俳句講座2』昭33、明治書院）、石川真弘『蕉門俳人年譜集』（昭57、前田書店）、堀切実『芭蕉の門人』（平3、岩波書店）

［大内瑞恵］

焼けにけりされども花は散りすまし

北枝《ほくし》

蕉風

〔現代語訳〕　桜の樹は焼けてしまったよ。それでも、花が咲いてみごとに散ってしまった後だった。今年の花を賞すことができたのは、さいわいというものだ。

〔解釈〕　季語は「花」で春。〔所収本〕の項で述べる前書に言うように、北枝が火災に遭った折のことを詠んでいる。金沢市街は元禄三年（一六九〇）三月十七日・十八日、大火に見舞われた。右には『卯辰集《うたつ》』の前書「庭の桜も炭に成《なり》たるを」に従い〈焼けにけり〉を桜の樹のこととして現代語訳したが、『猿蓑』前書の「家を焼《やき》て」に従えば「我が家が焼けてしまったよ」ということになろう。

〈ちりすまし〉は、「散り」に、「そのことをうまくなしとげる。まんまとそのことに成功する」（『日本国語大辞典』）の意の「すます」の連用形が付いた語句。この句の主題は、火災に遭ったにもかかわらず、今年の花が散るのを見とどけられたことを喜ぶような風雅へのこだわりぶりにある。『猿蓑』前書の方が、そうしたこだわりぶりが強く出ていると言えよう。

この句については従来、元禄三年四月二十四日付北枝宛芭蕉書簡に次のような評があるということで、名句として喧伝されてきた。その書簡は、天明一〇年（一七八六）に金沢の闌更《らんこう》が刊行した『蕉翁消息集』に紹介された資料であり、原書簡の所在は不明である。

　池魚《ちぎよ》の災、承《わざわいうけたまわる》、我も甲斐の山ざとにひきうつり、さまざま苦労いたし候へば、御難儀の程 察《さつし》申候。されども、やけにけりの御秀作、かかる時に望《のぞみ》、大丈夫感心、去来・丈草も御作 驚 申 斗《おどろきもうすばかり》に御座候。
　名歌を命にかへたる古人も候へば、かゝる名句に御替被成《かえなされ》候へば、さのみおしかるまじくと存候。

「池魚の災」というのは火事のこと。「甲斐の山ざと」云々は、芭蕉がかつて江戸の大火に焼けだされ、甲斐の谷村に一時期流寓したことを指す。以下の部分の大意を取れば、そのような折に〈焼けにけり〉の句を詠んだとはたいしたもので、去来・丈草も感心しており、家が焼けてもこの句を得たのであれば惜しくないことでしょう、と言っている。

しかし、田中善信は『芭蕉の真贋』において、内容は知られていることばかりで「風雅を気取った空疎な表現としか思われ」ず、去来・丈草の名を持ち出すのも不自然であり、当時の芭蕉の書簡としてはとても異質であることを述べて、「明らかな偽簡」と結論付けている。従うべき見解であろう。

〔所収本〕　北枝編、元禄四年（一六九一）五月刊の『卯辰集』に所収、同書における前書は「元禄三のとしの大火に庭の桜も炭に成《なり》たるを」。凡兆・去来編、同年七月刊の『猿蓑』にも所収、同書における前書は「庚午の歳家を焼《やき》て」。

〔作者と業績〕　生年不明、享保三年（一七一八）歿。加賀国小松の出身で、金沢において刀研ぎを職業とし、通称を研屋《とぎや》源四郎と言った。金沢の俳人牧童《ぼくどう》は兄。同じく刀研ぎで、ともに立花氏。ただし北枝は初期には土井氏を名乗っていたことがあった。延宝年間の末頃に談林俳書『白根草』『加賀染』に入集しており、貞享期にも談林風の残る『稲筵《いなむしろ》』『孤松《ひとつまつ》』に入集している。

元禄二年（一六八九）七月なかばに加賀を訪れた芭蕉に入門し、七月二十四日から八月中旬まで、小松・山中温泉・松岡天竜寺と同道した。『おくのほそ道』に、

　又金沢の北枝と云《いふ》もの、かりそめに見送りて此処《このところ》までしたひ来《きた》る。所々の風景過さずおもひつゞけて、折節あはれなる作意など聞ゆ。今既別《いますでにわかれ》に望みて、

　物書て扇引さく名残哉

とその名を記されている。山中温泉では曽良餞別の、北枝の〈馬かりて燕追行わかれかな〉を発句とする歌仙を巻き、その際の芭蕉の添削と評語の書き留めは天保一〇年（一八三九）刊の『やまなかしう』に収められて知られている。なお、山中温泉での芭蕉の教えを筆記したとする『山中問答』も幕末に刊行されたが、こちらは偽書の疑いが濃い。

北枝の編著としては前出の『卯辰集』、芭蕉三回忌に義仲寺に墓参して編んだ追善句文の集『喪の名残』（元禄一〇年［一六九七］刊）などがある。晩年は、越中井波の浪化や、元禄末頃しきりに北陸を行脚した支考と交流を持ち、北陸俳壇に重きを成した。

〔その他〕　北枝の発句をさらに挙げておく。

　　わが草庵にたづねられし比《ころ》

　恥もせず我なり秋とおごりけり　（『あら野』）

この句の中七は〈我が成り秋と〉、すなわち「私にとっての豊年と」ということであろう。

　　贈蓑《みのをおくる》

　しら露もまだあらみの、行衛《ゆくえ》哉　（『猿蓑』）

「几右日記《きゆう》」の中の一句。この蓑のことは、芭蕉「幻住庵記」に「木曽の檜笠、越の菅蓑計《ばかり》、枕の上の柱に懸たり」と見える。

　さびしさや一尺きへてゆく蛍　（『卯辰集』）

〔参考〕　殿田良作『俳人北枝―その人と句』（昭32、石川県図書館協会）、田中善信「北枝宛書簡―見逃されてきた偽簡」（『芭蕉の真贋』平14、ぺりかん社）

［深沢眞二］

凩《こがらし》の一日吹いて居りにけり

涼菟《りょうと》

蕉風

〈現代語訳〉 木枯らしが、一日吹き続けていたことだ。

〈解釈〉 季語は「凩」(木枯らし)で冬。秋の終わり頃から冬の初めにかけての、木々を吹いて枯らすような冷たい強風を言う。和歌以来秋にも冬にも詠まれてきたが、たとえば万治二年(一六五九)刊の俳諧式目書『俳諧御《ご》傘《さん》』に「木枯は冬なり。秋の句にもあるは、秋よりも吹《ふく》ゆへなり」とあるように、基本的には冬の季題であり、紅葉や虫の声など秋の季題と組み合わせて、秋にも詠まれることがあった。なお、現代では気象庁が、その時期に冬型の気圧配置になって風速八メートル以上の強風が初めて吹いた日、「こがらし一号」を発表している。

近世前期の俳諧において〈凩〉を詠んだ著名句は、

凩の果はありけり海の音　言水(『都曲』)

である。この句については「言水」の項を参照していただきたい。芭蕉ならば、『冬の日』の、

笠は長途の雨にほころび、紙衣《かみこ》はとまりとまりのあらしにもめたり。侘《わび》つくしたるわび人、我さへあはれにおぼえける。むかし狂歌の才士、此国にたどりし事を不図《ふと》おもひ出て申侍る。

狂句こがらしの身は竹斎に似たる哉　芭蕉

がもっとも知られた〈凩〉の句であろう。『新古今和歌集』所収の定家の歌〈きえわびぬうつろふ人の秋の色に身をこがらしのもりのした露〉のように、古くから〈凩〉を「焦がらし」に言い掛ける技法があり、右の芭蕉句も「狂句に身を焦がして、木枯らしに吹かれながら旅をしているこの身は……」と言っている。

掲出句は、先行する〈凩〉詠に関わることなく、無技巧ぶりにおいて際立っている。

〈所収本〉 元禄一一年(一六九八)刊の『伊勢新百韻』所収。同書は、涼菟のほか乙由《おつゆう》・支考・芦本・里臼・水甫・反朱による七吟百韻のみを収めるが、掲出句はその百韻の発句であった。脇句は乙由の〈烏もまじる里の麦まき〉、第三は支考の〈鈴掛て出たれば馬のうれしげに〉。『伊勢新百韻』は美濃派・伊勢風の出発点と言うべき一書である。連衆の一人で、反朱とともに同書の編者でもあった麦林舎乙由は、涼菟の歿後伊勢の俳風を全国に広めた。伊勢風の俳諧作者は、支考の美濃派と併せて「支麦の徒」と呼ばれた。

〈作者と業績〉 万治二年(一六五九)生まれ、享保二年(一七一七)歿、五十九歳。本名、岩田正致。通称、権七郎または又次郎。団友もしくは団友斎と号す。伊勢神宮の下級の神職だった。

伊勢俳壇の一有が編んだ、貞享二年(一六八五)刊の『明烏《あけがらす》』に一句入集。伊勢を来訪した芭蕉と会った形跡はないが、元禄七年(一六九四)夏に伊勢を訪れた支考に接し、芭蕉追善集『枯尾華』に一句入集した。支考とはその後も親しくつきあい、支考編・元禄八年序の『笈日記』に発句十四句が採られたことをはじめ、支考関係の俳書にしばしば入集した。とくに、〔所収本〕で触れた『伊勢新百韻』と、宝永元年(一七〇四)におなじ連衆によって興行された三昼夜三百韻は、その後の伊勢の俳風を決定づける作品となった。

涼菟は、元禄の後半本格的に俳諧の活動を始めて以降、積極的に江戸・京・北陸・西国などに旅をし、各地で俳諧の会を催した。とくに正徳四年(一七一四)と五年の、乙由を伴った北陸への旅の成果は、多数の北陸の俳書刊行となってあらわれた。また、大垣の木因とは終生親しく、大垣を旅の拠点の一つとしていた。正徳年間の初め頃、伊勢の俳諧の「学校」とされる「神風館」を継承し、その館主を名乗った。

涼菟を筆頭に、伊勢風の特色は「俗談平話」にあると言われる。卑近な話題や俗語を含む平易な話し言葉を用いて、巧むことなく無造作に詠み出す俳風であり、掲出句はまさにその好例である。「俗談平話」は芭蕉が晩年に説いた「かるみ」に由来し、涼菟は支考を通じて「かるみ」という理念を知ったと見てよいだろう。岡本勝は、涼菟が「かるみ」を「平易軽妙にして卑俗な風体と理解したところから、伊勢風の特色が形づくられていったのである」と評している。また、そうした伊勢風の特色はむしろ連句の自在さとして発揮されたということを、忘れてはいけないだろう。

〈その他〉 涼菟の発句をもう少し掲げよう。

しら玉か何ぞと竹の蝸牛　(自画賛)

『伊勢物語』第六段の和歌〈白玉かなにぞと人の問ひし時露とこたへて消えなましものを〉のパロディ句。自画賛は『俳文学大辞典』に図版で掲載されている。

浮雲やあふちの花に鳶の声　(『浮世の北』)

さし当る用も先《まず》なし夕すずみ　(『皮籠摺』)

親しらず

人としておやしらずとは冷《すさま》じや　(『糸魚川』)

目にした物事や、思いついたことをそのままに五七五にしている感がある。

合点《がってん》ぢや其暁《そのあかつき》のほととぎす　(『誹諧世説』)

時鳥の声を句に見立てて、高評価に与える「合点」を懸けたというのである。これが辞世吟であった。

〈参考〉 各務虎雄「岩田涼菟」(『俳句講座第三巻』昭34、明治書院)、岡本勝「涼菟と乙由」(『近世俳壇史新攷』昭63、桜楓社)

[深沢眞二]

暮れて行く一羽烏や初しぐれ

諷竹《ふうちく》　蕉風

〔現代語訳〕 夕暮れ方、烏がただ一羽飛んでゆく。折から、冬の訪れを告げる初時雨がぱらぱらと降り過ぎていった。あの烏もぬれて冷たさに凍えていることだろう。

〔解釈〕 季語は、「初しぐれ」で、冬。初冬、草木を凋落させる、冷たい雨である。『古今集』の頃には、晩秋に木の葉を色づかせる雨として、鮮やかな色彩とともに詠まれたが、さっと降っては通り過ぎることから、定めなさが本意とされ、世に生きる感懐をこめて、

神な月ふりみふらずみ定なき時雨ぞ冬の始めなりける　（『後撰集』）

のように、無常観とともに詠まれるようになる。このイメージは連歌にも受け継がれ、連俳では冬の季語として定着した。また、通り過ぎて行く時雨は、旅をイメージさせるものでもあった。宗祇の、

世にふるもさらに時雨のやどりかな

をうちかえした芭蕉句、

世にふるもさらに宗祇のやどり哉　（『虚栗』）

は「笠やどり」の句文とともに、よく知られている。

時雨は『猿蓑』で、蕉風の「さび」の境地をあらわすものとして、集のはじめに配列された。芭蕉の巻頭句、

初しぐれ猿も小蓑をほしげ也

は、雨の冷たさを十分わかった上で「おまえも旅に出たいのだね」と語りかけたもの。その、動物に心を寄せる温かいまなざしが、やはりこの諷竹の句にも感じられる。

時雨のものさびた様は、同集所収の凡兆の、

時雨るるや黒木積む屋の窓あかり

や、芭蕉の、

しぐるるや田のあらかぶの黒むほど　（『泊船集』）

などに詠まれた黒のイメージによく表されているが、この句の一羽烏もまたモノトーンの世界である。

当該句の表現で、やや問題となるのは上五〈暮れてゆく〉である。和歌において、そして俳諧においても多くの場合、〈暮れてゆく〉は、暮春や暮秋といった季節の終わりや年の暮れを指して用いられる言葉である。例えば次のように。

くれてゆく秋のかたみにおく物はわがもとゆひのしもにぞ有りける　（『拾遺集』）

くれてゆく春はのこりもなきものををしむ心のつきせざるらん　（『千載集』）

くれてゆく年はしらがのもとひかな　（『玉海集』）

この句の場合は、初冬の〈初しぐれ〉とともに詠まれている以上、一日の暮れととらざるを得ない。〈行く〉は、ねぐらへ帰るため飛んで行く烏の姿を言ったものであるが、それに、次第に暮れゆくひと日の終わりを言い掛けたものであろう。暮れ方の寂しさに加えて、烏が冷たい雨の中でたった「一羽」で飛んでいるところに深い寂しさが感じられる。やはり時雨のもつ「さび」色がよく表れた句と言うことができよう。

〔所収本〕 元禄一一年（一六九八）一一月自序『砂川』所収。編者は、この句の作者諷竹である。元禄一二年初め頃刊か。書名は、芭蕉の言葉「今思ふ体は浅き砂川を見るごとく、句の形、付心ともに軽きなり」（『別座鋪』）によったもので、当時諷竹らが目ざしていた、芭蕉晩年の境地「かるみ」の集であることを示したもの。初版は、藤園堂文庫蔵。埋木訂正本は、綿屋文庫蔵。

〔作者と業績〕 万治二年（一六五九）の生まれか。宝永五年（一七〇八）におよそ五十歳で没した。槐本《えのもと》氏か。本名、伏見屋久右衛門、または久左衛門。号は初め、東湖。元禄三年（一六九〇）に芭蕉に入門し、之道と改める。諷竹と改号したのは、元禄一〇年。大坂本町の商人（薬種商か）で、元禄七年、大坂で死の床にあった芭蕉の看病と、その後の葬儀の世話に尽力して、蕉門の人々から信頼を得た。編著は、『砂川』のほかに、同じ年の三月自跋で刊行された『淡路島』がある。

〔その他〕 諷竹の佳句としては、他に、

田の草の道にへばりて暑さかな　（『砂川』）

をあげることができるが、多くは言葉を五七五にならべただけの凡庸な句で、許六の「同門評判」（『俳諧問答』）にも酷評されている。

あたゝかになるや椿のぽつたぽた　（同）

誰やらと萩とは横に成たがる　（同）

などの作を見ると、やはり芭蕉の「かるみ」の境地とは、はるかに隔たりがあったと言えよう。

〔参考〕 櫻井武次郎『元禄の大坂俳壇』（昭54、前田書店）、堀切実『芭蕉の門人』（平3、岩波新書）

［金田房子］

帯程《おびほど》に川も流れて汐干《しほひ》哉

沾徳《せんとく》　**享保**

〔現代語訳〕　大潮の日には、潮が遠く引くことによって、海に注ぐ川も普段とは違い、干潟の中に細い帯のように流れていることだ。

〔解釈〕　季語は〈汐干〉で春。野坡《やば》・孤屋《こおく》・利牛《りぎゅう》編『炭俵《すみだわら》』（元禄七年序）では「上巳《じょうし》」の題のもとに収められる。陰暦三月三日頃は春の彼岸の大潮で、干満の差が最も大きくなる。浜が遠くまで干上がるので、アサリ、ハマグリなどの貝類や、海藻などを採る潮干狩りが行われ、春の行楽の一つとなっていた。上方では住吉の浜などが有名であったが、其諺《きげん》著『滑稽雑談《こっけいぞうだん》』（正徳三年序）には「武州江戸品川の潮干など、江戸にちかければ、又眺望の興おほかめる」とあり、沾徳の活躍した江戸においては品川沖が名所として数えられ、また時代は下るが斎藤月岑《さいとうげっしん》の『東都歳時記《とうとさいじき》』（天保九年刊）の「汐干」の項には「芝浦・高輪・品川沖・佃嶋沖・深川洲崎・中川の沖」が挙げられる。潮干の句としては、潮干狩りに集まる人々の様子や、獲物である貝類や磯物、海岸線が沖に退いたさまなどが詠まれ、〈わが袖は潮干に見えぬ沖の石の人こそしらねかはくまぞなき〉（二条院讃岐『千載集』恋歌二）をふまえた句も多い。『東都歳時記』には〈けふの汐品川ちかし安房上総〉（魚路）「沖の石日にあたゝまる節句かな〉（鯉芝）〈品川に富士のかげなき汐干哉〉（闇指）〈汐干なり尋ねてまゐれ次郎貝〉（其角）〈親にらむひらめをふまん汐干かな〉（同）〈紀の国の鯛つりつれて汐干かな〉（同）の六句が見える。ところで『句兄弟《くきょうだい》』（元禄七年序）下巻で、其角《きかく》は「句兄弟追考之格」として「健句」「新句」「清句」「偉句」「麗句」「豪句」の六格を立てて発句を掲げ、本句を「新句」のもとに載せる。この六格は、其角が試みた新たな発句の分類で、当時俳人たちの間で広く読まれていた漢詩作法書『氷川詩式《ひょうせんしき》』巻三の、句法について論じた箇所で説かれている用語に基づいている。なお、其角は序文で「点ハ転ナリ、転ハ反ナリ」と、人の詩句を換骨奪胎して自句を作る「点化句法」について言及し、先人の名句を兄句、それをふまえて詠んだ自句を弟句として番える試みを行っているが、この「点化句法」も『氷川詩式』に載る句法であり、本書が『氷川詩式』を下敷きとしていることは通説となっている。

『氷川詩式』巻三には「新句」の例として四連が挙げられ、そのいずれにおいても「初」「新」「始」といった語が用いられている。たとえば「微月初三夜　新蝉第一声」（白居易「六月三日夜聞蝉」）は、旧暦六月三日に、その年初めて蝉の鳴く声を聞くというものである。『句兄弟』の「新句」は格として掲げられており、『氷川詩式』に説かれる「新句」を単純に重ねることはできないが、「帯程に」句を解釈するにあたり参考になる。

沾徳句が「新句」とされるのは、潮干の句の常道を離れて干潟を流れる細い川に注目し、帯ほどに細く流れていると俯瞰的にとらえた点、それがまた普段は目にすることのない、潮干ならではの珍しい景である点によると考えられる。『炭俵』では、中七が〈川のながるゝ〉とより叙景的なな形に仕立てられているが、潮干の頃の川の流れの変化に対する気づきがより強く感じられる〈川も流れて〉という表現も、本句の眼目と見なされたのではないだろうか。

〔所収本〕　元禄七年（一六九四）閏五月序、同六月奥の『炭俵』に〈帯ほどに川のながるゝ塩干哉〉、同年八月序『句兄弟』に〈帯程に川も流れて汐干哉〉の形で載る。『炭俵』も『句兄弟』もともに蕉門俳書であるが、『句兄弟』の編者其角と沾徳は非常に親しい関係にあり、沾徳自身本書に序を寄せていること、また沾徳十三回忌追善集『合歓《ねむ》の華道《はなみち》』（元文三年刊）に『句兄弟』と同句形で採録されることから、『句兄弟』の句形を基本形とした。他に、元禄一〇年跋の桃隣《とうりん》編『陸奥衛《むつちどり》』に〈帯ほどに川は流て〉、また同じ元禄一〇年刊の俳諧作法書『真《ま》木柱《きばしら》』に『句兄弟』と同句形で載る。蝶夢編『類題発句集』（安永三年刊）は『炭俵』と同形で収めるが、これには蕉風復興運動を盛んに展開した蝶夢の嗜好が反映していよう。

〔作者と業績〕　寛文二年（一六六二）～享保一一年（一七二六）。陸奥国磐城平《いわきたいら》藩主内藤風虎《ふうこ》の江戸藩邸に出入りし、その息露沾《ろせん》のもとで活躍した俳諧師。芭蕉一門とも交流があり、芭蕉が自句の句案を沾徳に示して評を乞うた逸話も残る。特に其角と親交があり、芭蕉没後には互いに交流して江戸俳壇の主流をなした。その作意を凝らした難解な句風は洒落風と呼ばれる。其角没後は有力宗匠のいないまま諸派を糾合し、俳壇を席巻した。撰集に『俳林一字幽蘭集《はいりんいちじゆうらんしゅう》』（元禄五年刊）、『余花千句《よかせんく》』（宝永二年刊）、『後余花千二百句《のちのよかせんにひゃっく》』（享保六年刊）、俳論書に『文蓬莱《ふみよもぎ》』（元禄一四年刊か）、『沾徳随筆』（享保三年稿）等があり、また沾徳点の歌仙を収めた風葉編『江戸筏《えどいかだ》』（享保元年刊）に、その俳風をうかがうことができる。

〔その他〕　『沾徳随筆』から洒落風の句を挙げる。

岩を飛ぶ美人は愛宕杜宇
白水の伊勢を出払ふ若葉哉
鱝《あかえい》の尾になる町は鵜かな

〔参考〕　潁原退蔵「享保俳諧の三中心」（『潁原退蔵著作集4』昭55、中央公論社）、白石悌三「誠と作意」（『文学』昭44・9）

［牧　藍子］

しみじみと子は肌へつくみぞれ哉

秋色《しゅうしき》　享保

〔現代語訳〕 しみじみと子供が肌に寄り添って離れない。冷たいみぞれの降る日に。

〔解釈〕 季語は〈みぞれ〉。『俊頼髄脳』に「雪まじりてふれる雨をいはば、冬もしくは春の初めなどに詠むべきにや」とある。和歌では平安後期以降、冬の題として定着した。真っ白に降り積もったり、軽やかに舞ったりと、雪には華やいだ趣もあるのに比べ、みぞれには重たげで冷たく、侘しい印象がある。連歌俳諧では『至宝抄』などに十一月、『糸屑』に十月とし、『通俗志』以下に三冬とする。初期俳諧では奈良名産の「みぞれ酒」に寄せて詠まれることが多かったが、次第に冬の寒さを象徴する景物として詠まれるようになった。作者秋色の師、其角の一座した連句でも、

　　ちらちらと霙《みぞれ》ふりこむ襟《エリ》寒し　　露荷

　かしらを包ム鷹居《タカスヱ》て行　　其角（『続虚栗』）

のように、言葉遊びを離れた実感的な句が作られている。

秋色の句は、そのみぞれの冷たさ、侘しさを、寄り添ってくる子供という俳諧らしい日常的な、また女性的な題材で表現している。

〈しみじみと〉は漢字で表記すれば「染み染みと」で、本来、心に深くしみ通るさまを表すが、ここでは子供がひたと肌を寄せてくることをいう。肌から離れないさま、騒がずにしんみりとしているさま、さらには温もりが心の奥深くまで届くさまなど〈しみじみと〉の一語によって、読者はさまざまな情景を思い描くことができる。さらに〈子は肌へつく〉という直接的な言葉が印象的である。〈子〉は乳飲み子であろうか。母親に抱かれ、その温もりを求めて、ぴったりと離れない。柔らかな幼い子供の肌、そしてその体温までストレートに伝える表現である。降り続く冷たいみぞれを背景に、言葉を必要としない、情愛に満ちた、母子二人の静かな幸福を描いた句と言えるだろう。秋色には、俳号を林鳥・紫万という二人の息子をはじめ、男女複数の子供がいたという（『近世奇跡考』）が、そうした体験もこの句には反映されているのかも知れない。

〔所収本〕 元禄一三年（一七〇〇）刊『三上吟』所収。本書は其角による芭蕉の七回忌追善集。なお、秋色没後の安永三年（一七七四）に刊行された女流発句集『たまも集』では〈しみじみと子は肌につく雫かな〉（〈雫〉は「みぞれ」か）の句型で収録されている。

〔作者と業績〕 寛文九（一六六九）～享保一〇（一七二五）。小川氏か。別号菊后亭。江戸小網町の菓子屋の娘で、其角門人。同門寒玉の妻となり、古着屋、ついで倹《けん》飩《どん》屋（一膳飯屋）を営んだ。其角の愛弟子であり、其角没後、その点印を譲られている。其角の俳文集『類柑子』は、秋色が沾洲、祇空と其角の遺稿を整理し、追悼句を加えて刊行したものである。他に、其角七回忌追善集『石などり』などの編著がある。

沾涼の地誌『江戸砂子』（享保一七年）には、秋色が十三歳の時に、上野清水寺観音堂の井戸端にある桜を見て、

　　井戸ばたの桜あぶなし酒の酔　　（『江戸砂子』）

の句を詠み、「宮様の御耳に入御感遊《ぎょかんあそば》され」たこと、以後この桜を秋色桜と呼ぶようになったという俗説が記される。現在ではこの説は否定的にとらえられているが、秋色には他にも秋色桜をめぐる話や、父への孝行ぶりなどの伝承、逸話があり、其角門の女流俳人として人々の興味・関心を集めたことが想像される。

〔その他〕 掲出句は母親の心情が強く現れ、表現上の技巧は目立たない。他に、

　　雉《きじ》の尾もやさしくさはる菫《すみれ》哉　　（『花摘』）

なども、春の訪れを繊細な感覚で素直に詠んだ句だが、一方、秋色には次のような句もある。

　　秋の蚊やしかもはらはで老の伽《とぎ》　　（『萩の露』）

貧しくて蚊帳が買えなかったため、自分が裸になって蚊に刺され、親を護ったという『二十四孝』の「呉猛」の話を踏まえ、弱った〈秋の蚊〉さえも払わずに自分が刺されようという句。

また、

　　武士《もののふ》のもみぢにこりず女とは　　（『たつのうら』）

これは信濃国戸隠を舞台に、武将平維茂が鬼の化けた美女にたぶらかされる謡曲『紅葉狩』を踏まえた句である。〈秋の蚊や〉も〈武士の〉句も、ともに典拠があってそれをさらにひとひねりする主知的な句であり、掲出句とは傾向を異にする。

なお、〈武士の〉句は、備中松山藩主で同じ其角門の安藤信友（冠里）に初めて召されたときの句というが（『たまも集』）、『紅葉狩』の故事にも懲りずまた女（秋色）をお召しになるとは、という、大名に対して遠慮のない物言いが特徴的である。豪放磊落で通っていた其角の門人らしい句であるといえるだろう。

〔参考〕 志田義秀『芭蕉前後』（昭22、日本評論社）、永井道子「秋色年譜稿」（『立教大学日本文学』30号、昭48・6）、永田英理「『女流』の眼差し―其角門を継いだ女性―」（『鑑賞女性俳句の世界』平20、角川学芸出版）

［深沢了子］

熊坂が長刀《なぎなた》あぶる霜夜かな

湖十《こじゅう》 **享保**

〔現代語訳〕 霜が降りものみな凍てつく夜、盗賊熊坂長範一味が焚き火を囲んでいる。長範の得物の長刀が焔にあぶられ、不気味に光ることだ。

〔解釈〕 季語は〈霜夜《しもよ》〉。『俳諧四季部類』に十月、『季引席用集』に三冬として掲出する。和歌では秋から冬にかけて詠まれ、〈きりぎりす鳴くや霜夜のさむしろに衣かたしき独りかもねん〉（藤原良経『新古今和歌集』）など、きりぎりすや水鳥などの景物と取り合わされ、厳しい寒さに独り寝のわびしさ、孤独感を重ねる歌が多い。また、霜夜に冴えわたる月も題材として好まれ、『山の井』には「霜夜はことに空さえて、月の光もさむけだち」（霜）と述べられている。湖十の句は、こうした凍てつく「霜夜」の凄みを物語として具体化したところが特徴的である。

湖十句の〈熊坂〉は、盗賊として名高い熊坂長範のこと。仲間を集め美濃国赤坂で奥州下りの金売り吉次一行の寝込みを襲うが、吉次に同行していた牛若丸（源義経）に討たれた。義経伝説の一つとして広く流布した話だが、とりわけ熊坂が長刀を振るう夜討ちの場面は、謡曲『熊坂』や幸若舞曲『烏帽子折』などによってよく知られており、『類船集』にも「長刀」や「夜討」の付合語として「熊坂」が挙げられている。熊坂を詠んだ作品も少なくなく、例えば、

松の木の茂れる枝にかがみゐて
往来《ゆきき》の袖を見るや熊坂 （『正章千句』）

は、熊坂が、松の木から旅人を物色するさまを詠んだものの。この松は熊坂長範物見の松として著名で、芭蕉の、

いまぞ恨の矢をはなつ声 荷兮
ぬす人の記念の松の吹おれて 芭蕉（『冬の日』）

付句にも、長範ゆかりの松が想定されていると思われる。芭蕉には、また、

熊坂がゆかりやいつの玉まつり （『笈日記』）

の句もある。

湖十の句は、熊坂が旅人を襲う前、夜が更けるのを待っている場面を詠んでいる。幸若舞曲『烏帽子折』は、吉次を襲う三百七十余人の盗賊たちが「舞ふつ歌ふつ酒盛をする」のを「熊坂の長範は、東西の鳴りをしつとと鎮め」自らが盗みを始めた由来を語って聞かせたといい、謡曲『熊坂』でも「究竟の手柄の痴れ者ら、七十人」が集結したという。湖十句の方はそれほどの大人数ではなく、まして「烏帽子折」のように大騒ぎをしている状態ではあるまい。偵察に出た手下が帰るのを、焚き火を囲んでじっと待つさまであろう。焦点を長刀に絞ることで、火にかざした長刀の不気味な光も想像され、それぞれの武器を手に暖を取る盗賊たちの凄絶な雰囲気が伝わってくる。幸若舞曲や謡曲では語られない状景を想像力豊かに描いて見せたといえよう。「霜夜」の持つ「月の光もさむけだ」つような凄みと、残虐な盗賊たちの襲撃を前にした緊張感が見事に響き合う印象鮮明な句となった。

〔所収本〕 享保一九年（一七三四）刊『たつのうら』所収。編者は青𤏐《せいろ》（米仲）。芭蕉、其角、嵐雪ら江戸俳家二十九名の句を、肖像とともに掲載している。

〔作者と業績〕 延宝五年（一六七七）～元文三年（一七三八）七月二十八日没。享年六十二歳。森部氏、曽湖十を名乗り、のち深川氏を称す。別号に老鼠肝（老鼠・鼠肝）ほか。宇治代官上林峰順（鼠肝）に師事し、のち江戸で其角に入門した（『宗祇戻』）というが、湖十が江戸で本格的に俳諧活動を始めるのは其角没後のことであった。其角後継者秋色の没後、その点印を譲り受け、其角座を主催し、江戸俳諧宗匠の代表的な存在となった。妻の花千尼は嵐雪門雪中庵吏登《りとう》の姉。養子の永機が二世湖十を継いだ。編著に其角七回忌『二のきれ』、『誹太郎』他がある。

〔その他〕 湖十には掲出句のような、江戸俳人らしい技巧的、都会的な句が多い。代表句に、

蓋とれば魚は雲間のいな光 （『続花摘』）

「題鮓」と前書がある。なれ鮓の鮓桶か、あるいは宴席で出された箱寿司であろうか。蓋を取ると稲光の如く、鮓がきらりと光ったという句意。鮓の味ではなく、魚の肌のきらめきという珍しいところに目を付けている。

松の外友のとぼしきしぐれかな （『鳥山彦』）

この句は〈誰をかも知る人にせむ高砂の松も昔の友ならなくに〉（藤原興風『古今和歌集』）を踏まえたもの。歌も句も老いて友人が少なくなったことを嘆く「嘆老」がテーマだが、歌が「松も友ではない」というのに対し、湖十の句は、松に縁のある〈しぐれ〉を加え、自らをその〈しぐれ〉に重ねて「松しか友がいない」と反転させている。単に歌を俳諧化したのではなく、松を濡らすわびしい時雨を独り聞く、老の孤独感をよく表現している。

〔参考〕 白石悌三「湖十覚書」（宮本三郎編『俳文学論集』昭56、笠間書院）、稲葉有祐「湖十系点印付嘱の諸問題―〈其角正統〉という演出―」（『立教大学日本文学』109号、平25・1）、稲葉有祐『宝井其角と都会派俳諧』（平30、笠間書院）

［深沢了子］

我門《わがかど》に富士のなき日の寒さ哉

沾洲《せんしゅう》　享保

〔現代語訳〕　晴れた日には我が家の門から見える富士の姿が、今日は見えない。晴天の澄んだ冷たい空気の中、雪をいただく富士が見える日よりも、どんよりと垂れ込めた冬の雲に覆われて富士の見えない日の方がいっそう寒さを感じることだ。

〔解釈〕　季語は〈寒さ〉で冬。身体にこたえる気温の低さや、いかにも寒そうだという客観的な情景のほか、心理的な寂しさや心細さ、貧しさなどについても用いられる。また「寒さ」は単にいとわしいばかりではなく、冬の醍醐味としても詠まれ、たとえば〈灯火の言葉を咲かすさむさ哉〉（鬼貫）（『仏兄七久留万《さとえななくるま》』享保頃）は、冬の夜の打ち解けた談話の様子を、〈両の手に朝茶を握る寒さかな〉（杉風）（『すぎ丸太』宝永二年跋）は冬の朝の清冽な空気を、「寒さ」のうちに表現している。

さて本句には、ふまえていると指摘される作品が二つある。一つは、江戸城を築いた太田道灌が櫓に上がって詠んだという次の歌である。すなわち、

「太田資長、今年廿五歳マデ、アマタノ城ヲトリシニ、此城ニ勝レタルナシトテ、矢倉ニアガリ四方ヲ詠メ、一首ノ哥アリ。　我庵は松原遠く海ちかく富士の高根を軒端にぞ見る　ト読レシヨリ、此城ヲ江戸ノ城、此矢倉ヲ富士見ノ亭ト号ス」（『道灌記』）。

道灌は江戸城を「我庵」とし、その「軒端」から富士の山が見えることを得意気に詠んでいる。これをふまえたものと見るならば、沾洲句の〈我門〉という表現は沾洲の江戸っ子としての自負が込められたものといえ、富士の姿が見えないことに対する彼のうそ寒さもまた理解されよう。

もう一つは、芭蕉が『野ざらし紀行』の旅で箱根の関を越えるときに詠んだ次の句である。

関こゆる日は雨降て、山皆雲にかくれたり。

霧しぐれ富士をみぬ日ぞ面白き

箱根を越える日は、時雨のような霧がかかり、富士山は全く見えない。しかし、雲に隠れて見えない富士の姿を心に思い描きながら旅をするというのは、何とも面白いことだ、という句意に解される。観念的であるとの批判もあるが、芭蕉の風狂の姿勢がよく表れた句であるといえよう。沾洲の句は芭蕉句の風狂をふまえつつ、日々の生活の中であえて「見えない富士」を意識した非常に理知的な句である。あたかも富士が存在していないかのごとく〈富士のなき〉と言い切る表現も、心理的な寒さを強く感じさせる。

本句の作者沾洲は、師沾徳の風を継ぎ、一句のうちに複雑な連想関係を詰め込むような理知的な作を好んだ。特に沾洲点の興行は譬喩《ひゆ》俳諧と呼ばれ、たとえば〈車をかつぐ橋の瘡毒〉（沾涼《せんりょう》編『鳥山彦《とりやまびこ》』享保二一年刊）のような、卑俗で奇抜な譬喩を用いた句に高点を付ける傾向が、時に非難の的となった。しかし、沾洲自身の作には佳句も少なくなく、享保七年刊行の潭北《たんぼく》著『今の月日』（享保七年序）は、沾洲風の句作りの心得を木彫になぞらえて「沾洲は、手斧目は疎也。小刀目は野也。丸くとも一かどあれや。上工は大ひらなるは、と」と説いている。平淡の中に趣向を凝らした句が、沾洲の句の特徴とされている。見えない富士に意識を向け、先人の作をふまえつつ表現にひねりを加えた本句もまた、そうした沾洲らしい性格を備えた句といえよう。

〔所収本〕　羊素《ようそ》編『玄々前集《げんげんぜんしゅう》』（享保二〇年跋）所収。羊素は沾洲の弟子。本句は羊素の記した序文中に沾洲の代表作として掲げられ、「誠に正風自然の曲節、感心に絶ず」と評される。羊素はまた、続く箇所で「さればいかいは、只人情平話のよく人に通ずる辞をして、徒《タヾ》ごとにあらざる此道の曲節をなすべし」と述べており、「正風自然の曲節」の意味するところがわかる。尾谷《びこく》編『園圃録《えんぽろく》』（寛保元年刊）に〈門口に富士のない日の〉、蓮谷《れんこく》編『誹諧温故集』（延享五年刊）に〈門口に不二見えぬ日の〉、嘯山《しょうざん》編『俳諧古選』（宝暦一三年刊）に〈門口に富士見へぬ日の〉とあるが、いずれも誤伝か。

〔作者と業績〕　寛文一一年（一六七一）～寛保元年（一七四一）。沾徳門。蕉門の其角・嵐雪とも交流し、其角の遺稿集『類柑子《るいこうじ》』（宝永四年跋）の編者の一人となっている。師の没後はその跡を襲って『続江戸筏《ぞくえどいかだ》』（享保一五年刊）を出し、世に江戸の新風を問うた。享保二〇年刊『親うぐひす』の序文で、沾涼編『綾錦《あやにしき》』（享保一七年刊）を暗に「胡乱の書」ととがめたため『鳥山彦』によって反撃され、譬喩俳諧批判を招くこととなった。撰集に『橋南《はしみなみ》』（宝永二年刊か）、『百千万』（享保一〇年刊）『友あぐら』（享保二〇年刊）等がある。

〔その他〕　代表句には、謡曲『田村』の詞章をふまえて飛び交う蛍を描写した〈乱れては鬼に降ル矢の螢哉〉（『綾錦』）や、庭に美しい梅の花を咲かせながら、家中みな朝寝をして静まりかえっているさまをひとひねりある表現でとらえた〈梅咲て朝寝の家と成にけり〉（『友あぐり』）がある。

〔参考〕　鈴木勝忠「貴志沾洲と比喩俳諧」（『国語国文学報』6号、昭32・7）、鈴木勝忠「水間沾徳・貴志沾洲」（『俳句講座3』昭34、明治書院）

［牧　藍子］

我が影もかみな月なり石の上

祇空《ぎくう》　享保

〔現代語訳〕　神無月に剃髪した私と同じように、己の影も髪のない姿である。その影が、敬愛する宗祇法師の墓石上に映っている。

〔解釈〕　正徳四年（一七一四）十月、箱根早雲寺にある宗祇の墓前で剃髪した際に詠んだ句。所収本には「豆州早雲寺宗祇師の墓前におゐて薙髪《ちはつ》の時」との詞書がある。季語は〈かみな月（神無月）〉。陰暦十月の異称で『毛吹草』に「初冬」として所収。『増山井』以下、十月。原義は諸説あるが、神祭りをする月の意で、「神の月」のことかとされる。この月に全国の神々が出雲大社に集まるので神無月となったとする俗説も広く知られ、『山の井』に「まことや世俗には、今朝よりよろづの神たち出雲の国にいますとかやいへば、神詣でする氏子もまれに、祠の片隅もうそさびしき云々」と解説される。〈神無月降りみ降らずみ定めなき時雨ぞ冬の初《はじめ》なりける〉（よみ人知らず『後撰集』冬）と、初冬に降る時雨とともに詠まれる題材でもあった。諸国を遍歴し、世の定めなさを時雨に託して〈世にふるもさらに時雨のやどりかな〉（『新撰菟玖波集』）と詠んだ宗祇の墓参をするにあたり、神無月は絶好の時期であったといえよう。

また、『山の井』には「なほ紙な月・髪な月など、その縁によりても言へり」との記述もある。これは「紙」・「髪」と「神無月」との掛詞を解説したもので、〈我が影もかみな月なり〉では、剃髪したため髪のないことを〈かみな月〉に言い掛けた表現となっている。〈我が影も…石の上〉の〈石〉は眼前にある宗祇の墓石のことで、「私の姿も、そして宗祇の墓石の上に出来た私の影も」の意である。じっと墓石を見つめる祇空の姿が彷彿とされる。

この句は反響を呼び、剃髪記念集『みかへり松』（正徳五年［一七一五］刊）では次のように唱和されていった。

もとゆひの箱根におゐて神な月　沾洲《せんしゅう》

剃からは髭も惜まじかみな月　素堂

笠の端やきのふにも似ず神な月　文十

沾洲は箱根で元結いを切り髪を剃ったこと、素堂は、宗祇が髭に香を焚き染めていたという故事（寛文四年（一六六四）刊『扶桑隠逸伝』）を念頭に置きつつ、剃髪するからには髭も惜しまずに剃ったであろうことを、「神無月」と「髪無月」との掛詞を駆使して詠む。文十は、剃髪により笠を被ったときの感触が以前と異なるようになったと、志を新たにした折の実感を思いやっている。

なお、文十句には「ひとり時雨のふりゐぼしきてとは宗祇・守武両師の出合おもひ出て」との前書が付されている。これは、ある夜、宗祇興行の連歌会に出座した荒木田守武《もりたけ》が、連衆が皆髪を剃った法体だったことに気づき〈御座敷を見れば何れもかみな月〉と詠んだところ、宗祇が〈ひとりしぐれのふり烏帽子着て〉と、神無月の景物「時雨」を詠みつつ、「降り」に神官である守武が被っている「古《ふ》り烏帽子」を掛けて巧みに応じた逸話（享保一七年（一七三二）刊『綾錦』）を踏まえてのもので、当時よく知られた話だったのだろう。とすると、祇空が詠んだ〈我が影もかみな月〉には、墓石上の我が法体の影という意とともに、守武と宗祇との文芸世界に自らも身を投じ、〈御座敷を見れば何れも〉法体をしている、その風狂人たちに連なる〈かみな月〉という意識が込められていたのかもしれない。

〔所収本〕　享保二〇年刊『誹諧句選』所収。祇徳《ぎとく》編。上巻に名家の発句・遺語を集めた「俳諧句選」「誹学語類」、下巻に祇空墓参の紀行文「はこねもうで」や祇徳が宗祇の短冊を得た際に開かれた「短冊開之誹諧」などを収める。「誹学語類」では「誹諧も古文辞を用ふべし」との俳諧の古学が提唱された。

〔作者と業績〕　寛文三年～享保一八年四月二十三日。享年七十一。稲津氏。大坂生。初号、青流。はじめ談林派の惟中《いちゅう》に学ぶ。元禄七年（一六九四）九月十四日の畦止亭興行で芭蕉と一座する機会を得る。同九年に『住吉物語』を刊行、同一五年春、江戸に下り其角《きかく》門に入る。宝永四年（一七〇七）の其角急逝に際しては遺稿集『類柑子』を共編、「晋子終焉記」を記す。正徳元年冬、江戸庵崎に有無庵を結び、同四年十月に箱根早雲寺の宗祇の墓前で剃髪して祇空と改号して帰阪、翌年江戸に戻り、記念集『みかへり松』を上梓した。享保三年、京紫野に移り敬雨と改号、同一六年、箱根湯本に石霜庵を結び、蕉風復古運動の先駆的な役割を果たした俳書、『五色墨』の序を草する。同一八年には『四時観《しいじかん》』に序を寄せ、また、五色墨派の『百番句合』の判者も務めている。祇空の俳風は法師風と呼ばれ、享保期に江戸俳壇を席巻していた洒落や譬喩とは一線を画す平明な句を志向した。俗に染まらぬ高潔な人柄が多くの俳人たちに慕われ、特に五色墨派・四時観派にとっては精神的な支柱ともいえる存在であった。一方、門弟に川柳文芸成立に影響を与えた『武玉川』の編者、江戸座の紀逸がいたことも看過できない。三周忌に深川八幡宮境内に祇敬霊神として祀られた。

〔参考〕　潁原退蔵「祇空」（『潁原退蔵著作集五』昭55、中央公論社）、島田筑波「祇空年譜」（『島田筑波集上』昭61、青裳堂書店）、桜井武次郎「祇空と淡々」（『蕪村・一茶』昭50、有精堂出版）

［稲葉有祐］

一夜づつ淋しさ替る時雨哉

巴人《はじん》　享保

〔現代語訳〕 一晩毎に時雨の淋しさの情趣は異なって感じられることだ。

〔解釈〕 季語は〈時雨〉。秋の終わりから冬にかけて降る雨だが、連歌俳諧では冬の季語である。『連珠合璧集』、『はなひ草』等に十月とする。

『増補和歌題林抄』に「はれくもるむら雲にふりみふらずみうちしぐれ。山めぐりしてよものこずゑの色をそめ。まきのいたやにをとづれて夜ふかきゆめをさまし。木の葉のをとにまがひ。松かぜのこゑにかよひ（中略）をとをきくにもこゝろすみて、もらぬさきにそでぬらす心をよむべし」とあるように、突然降っては止む局地的な通り雨であること、紅葉を染めること、その音を別のものに譬えて詠むことなどが時雨の本意である。時雨の「音」は淋しさ、悲しさを伴うものでもあった。さらに定めない降り方は無常の概念と結び付けられてゆく。そうした発句の代表が、宗祇の、

世にふるもさらに時雨のやどり哉　（『新撰菟玖波集』）

で、そのような無常の象徴である「時雨」を好んだ芭蕉は、

世にふるもさらに宗祇のやどり哉　（『虚栗』）

と宗祇に追随している。

巴人の句は、こうしたわびしく世の無常を思い知らせる時雨の伝統的な詠み方を踏襲したもので、その淋しさが〈一夜づつ〉〈替る〉としたところが趣向である。〈一夜づつ〉とは、時雨が訪れる夜ごとに、の意味で、夜を重ねて冬が深まりゆくさまをいう。木の葉は落ち、寒さもつのり、淋しさもまた深まってゆく。また、『増補和歌題林抄』が言うように時雨にはさまざまな詠み方のバリエーションがあるが、一時雨来る毎に時雨は違った側面を見せてくれる、という意味もこめられるだろう。ある晩は庭の紅葉を色濃く染め、ある晩は板屋に音を立てて通り過ぎる。〈淋しさ〉の趣きが時雨ごとに異なるというのである。そうした寂しい時雨を独りじっと聞いている風雅な人物が想像される。かつて芭蕉が、

初しぐれ猿も小蓑をほしげ也　（『猿蓑』）

と時雨を賞美したごとく、巴人もまた時雨の風雅を味わいつくそうとしているのである。『千載集』の〈草枕おなじ旅寝の袖に又よはのしぐれも宿はかりけり〉（小侍従）を踏まえるという説もある（『新日本古典文学大系 天明俳諧集』平10、岩波書店、『続明烏』注）が、あえて典拠を求めなくとも良いか。ただ、家に居ながらその変化を味わえる、という点には、〈草枕〉の歌とはかかわらず、「旅寝」ならずとも、というニュアンスを読み取っても良いと思われる。

掲出句は、『夜半亭発句帖』の時雨の部巻頭に掲げられた句であるが、ここには他に、

枯て鳴かけ菜の垣や片時雨
小夜時雨船へ鼠のわたる音
時雨るや軒にもさがる鼠の尾
既に来る足音余所へ小夜時雨
夕日さす波の鯨や片しぐれ

など、淋しさを基調としながら、日常の風景から空想句まで、さまざまな「時雨」詠が収められている。

〔所収本〕 宝暦五年（一七五五）刊行の『夜半亭発句帖』所収。同書は巴人の四季類題別句集、追善集。巴人の十三回忌に、門人の雁宕・阿誰・大済によって上梓された。諸家の追悼吟も収録される。蕪村が跋を寄せる。なお、この句は安永五年（一七七六）の几董編『続明烏』にも収録されている。

〔作者と業績〕 延宝四年（一六七六）～寛保二年（一七四二）六月六日没。享年六十七歳。本名、早野忠義。初号、竹雨。別号に宗阿・宋阿・松下庵・郢月泉・夜半亭がある。下野国烏山出身。其角・嵐雪門。江戸で活躍の後、享保一〇年頃、京都へ移住、江戸で親交のあった淡々・仙鶴らとともに人気を集め、宋屋、几圭（几董父）らの門人を擁した。京での成果に『一夜松』がある。元文二年（一七一三）、江戸に帰り、日本橋石町に夜半亭を結んだ。ここに同居した門人蕪村に対し「夫《それ》俳諧のみちや、かならず師の句法に泥《なじ》むべからず。時に変じ、時に化し、忽焉《こつえん》として前後相かへりみざるがごとく有べし」（『むかしを今』）と俳諧の自在を説いたという。其角・嵐雪三回忌には『桃桜』（元文四年）を編んだ。没後、句集『夜半亭発句帖』が出版された。巴人追善集には他に『西の奥』（一周忌、宋屋編）などがある。夜半亭の号は蕪村、几董に継承された。

〔その他〕 『夜半亭発句帖』には、他にも

伊勢近し尾花がうへの鰯雲

のような佳句が収められる。〈伊勢近し〉句は、〈伊勢の海〉と〈鰯〉、〈尾花〉と〈雲〉という連想語に拠りながらも、伊勢大神宮への憧れや敬意を清々しい秋の景の中に表現した。

〔参考〕 楠元六男『享保期江戸俳諧攷』（平5、新典社）、潁原退蔵「夜半亭巴人」（『潁原退蔵著作集一三』昭54、中央公論社）

［深沢了子］

うき草や動かずに居る冷《ひや》し馬

紀逸《きいつ》　享保

〔現代語訳〕繁茂する浮き草が小川の緩やかな流れに身を任せて漂っている。疲労を取るために川に入った馬は、ぴくりとも動かずにじっとしている。

〔解釈〕季語は〈うき草〉。ウキクサ科の一年草で、長さは五、六ミリメートル。表面は光沢のある緑色。裏面は紫色で、幾筋もの細い根が垂れ下がる。夏の間に数個が集まって水に浮かんで生育・繁殖し、まれに白い小花をつける。根が地に着かず、水面に漂っているため、根無草ともいう。また、水面に浮かぶ草の総称としても用いられる。『毛吹草』に五月の季語「萍の花」として初出。『温故日録』には「萍の花、茂るも夏なり」とある。各地の水田や池・沼など水の流れのないところや、小川など流れの緩やかなところに多く見られ、〈いづくにもうき草しげる早瀬川〉（紹巴《じょうは》『大発句帳』）、〈うき草や今朝はあちらの岸に咲〉（乙由《おつゆう》『麦林集』）と、川に群生する様や水面に漂流する様が詠まれる。

〈馬〉は、古くから交通・運搬や農耕などで人の生活を支えてきた。特に宿駅制度の整備された江戸時代には多くの荷馬が街道を往来し、市民経済の発展に大きく寄与した。〈冷し馬〉は、その労働で疲労した馬を水に入れて冷やし、養生させること。例えば、宝暦一〇年（一七六〇）の『万病馬療灸撮要』によると、重荷を運んだり、難所を越したりして大いに草臥れると、馬屋に帰ってから急に立てなくなる「大すくみ」という症状の出ることがある。その際、縮砂・芍薬・桔梗を粉にしたものなどを毎朝内服させ、九日ほど過ぎたら鍼をして血を採り、川へ引き入れ、朝夕馬の体を冷やすと良いという。もっとも、「大すくみ」にまでならずとも、労働後の養生のため、日常的に馬を冷やす特定の場所が設けられていたようで、〈尾房にも馬冷やし場の蛍かな〉（楼川『俳諧新選』）とも詠まれている。この馬冷やし場は、疲れを取るために入るのだから、踏ん張らなければならないような急流ではなく、浮き草の茂るような、流れの穏やかな場所であったのだろう。

句の眼目となる〈冷し馬〉は、本句以前には見当たらない素材。地を駈ける馬が動かず水に浸かっているという滑稽さが目新しかったと見え、後、点数の多寡を競う遊戯的な点取俳諧においても盛んに取り上げられた。

ひやし馬藍花越に背が見へて　（『俳諧觽』四編）
尾にひとつ蛍の光る冷し馬　（『俳諧觽』五編）
石川や蟬鳴下にひやし馬　（『俳諧觽』六編）
うれしげに尾ばかり動く冷し馬　（『俳諧觽』七編）

冷し馬は白く小さい藍の花越しに見え、尾に明滅する蛍がとどまり、そして〈石河の瀬見の小河の清ければ月も流れを尋ねてぞすむ〉（鴨長明『新古今集』神祇）の歌をかすめながら京都の瀬見ならぬ蟬の鳴く下に流れる小川に佇んでいるなどと詠まれた。〈うれしげに〉句は、束の間の休息に喜ぶ馬の心情を、思わず動いてしまう尾に焦点化することで表現したもので、楠元六男（『享保期江戸俳諧攷』平5）はこの句と紀逸句とを比較して「上五に「うき草や」を置くか否かによって、雑俳と俳諧とのあやうい分岐点があった」と述べる。確かに、切れ字「や」を介して、ゆらゆらと漂う萍と、水に入り静かにとどまっている馬との対照が巧みに表現された点を見るべきだろう。

〈たぎつ瀬に根ざしとどめぬ浮草のうきたる恋も我はするかな〉（壬生忠岑『古今集』恋二）、〈蘆鴨の羽かぜになびく浮草の定めなき世を誰か頼まん〉（大中臣能宣『新古今集』雑下）と、和歌では憂きもの、定めなきものとして詠まれることの多い「浮き草」を、観念的ではなく叙景として詠んだ点も評価される。なお、『武玉川』八編（宝暦五年刊）では上五を〈藻の花や〉とする。

〔所収本〕宝暦五年刊『硯の筏』所収。竹居丹志編。享保元年（一七一六）刊行の『江戸筏』に始まる「筏もの」の最後作。「筏もの」は沾徳《せんとく》・沾洲一派の権威的な俳書であったが、編者丹志は雪中庵系、他の参加者も沾洲の後継者沾山とは相容れない俳人たちであり、本書には沾洲没後の江戸俳壇の混乱が見て取れる（楠元六男『江戸の俳壇革命』平22、角川叢書）。

〔作者と業績〕元禄八年（一六九五）〜宝暦一二年五月八日。享年六十八。慶氏。本名、椎名土佐、件人。幕府御用鋳物師の次男として江戸神田鍛冶町に生まれる。俳諧は、はじめ父の友人であった不角に学び、後、白峰、祇空《ぎくう》門。別号、四時庵・硯田舎など。享保一八年に祇空追善集『六物集』を上梓、同一九年（或いは二〇年）に歳旦帖『平河文庫』の出板を開始する。元文五年には万句興行を催して、四十六歳で江戸座の一大勢力、其角《きかく》座の点者となる。寛延三年（一七五〇）、自身の選句した高点付句集『武玉川《むたまがわ》』が大好評を博し、以後続刊、宝暦七年の十一編より『燕都枝折《えどしおり》』と改題しつつ、安永五年（一七七六）の十八編に及ぶベストセラーとなった（十五編以降は二世紀逸の編）。『武玉川』は前句を省いた形式で高点句を掲載しており、軽妙洒脱な江戸風とも相俟って、後の川柳成立に影響を与えている。宗匠としての紀逸の人気は絶大で、批点の際に用いた点印を懇望した大名俳人も少なくない。その他、編著多数。

〔参考〕島田筑波「武玉川の撰者慶紀逸」（『島田筑波集上』昭61、青裳堂書店）、浜辺香澄「慶紀逸年譜」（『大妻国文』8号、昭52・3）、加藤定彦「俳諧史からみた慶紀逸」（『関東俳壇史叢稿』平26、若草書房）　［稲葉有祐］

陸奥小野に止宿

暁や灰の中よりきりぎりす

淡々《たんたん》　享保

〔現代語訳〕 秋も深い陸奥の旅、夜明けの冷気に目を覚ますとかすかにこおろぎの声が聞こえてくる。どうやら、昨夜の火のぬくもりが残る炉の灰の中で鳴いているようだ。

〔解釈〕 季語は〈きりぎりす〉。古典文学においては、現代のコオロギのことをいう。すでに江戸時代には『和漢三才図会』に蟋蟀《しっしゅつ》や蛬などバッタの仲間を「是皆混雑」といいその混乱を指摘するが、俳諧では『古今和歌集』以来の伝統的な本意を受け継いでいる。秋の虫はその多くが鳴き声によって秋のわびしさ、悲しさをかきたてるものとして詠まれるが、きりぎりすはその代表的存在で〈きりぎりすいたくな鳴きそ秋の夜のながきおもひは我ぞまされる〉（藤原忠房『古今和歌集』）などと詠まれた。『毛吹草』等に七月の季語とするが、晩秋の寂寥感を強く感じさせる虫でもある。特に藤原良経の〈きりぎりす鳴くや霜夜のさむしろに衣かたしき独りかもねん〉（『新古今和歌集』秋下）の歌は百人一首にも採られ、「きりぎりす」と「霜夜」は連歌寄合にもなって、俳諧に引き継がれた。さらにきりぎりすについては、中国の典拠も頻繁に用いられる。『詩経』（豳風《ひんぷう》・七月）に〈七月は野に在り、八月は宇に在り、九月は戸に在り、十月は蟋蟀我が牀下《しょうか》に入る〉（七月は野に鳴き、八月は軒に鳴き、九月には戸口に鳴き、十月は私の寝床の下で鳴くきりぎりすよ）、『礼記』の「月令」に「蟋蟀壁に居る」といい、秋の深まりとともに居所を変え、次第に人の住みかに近づいてくるさまが詠まれる。

白壁やふらぬ霜夜の蛬　中村泰春（『時勢粧』）
猪の床にも入るやきりぎりす　芭蕉（『三冊子』）

などは、〈壁〉〈床〉を詠んだ例。泰春の句は「霜夜」も詠み込んでいる。

淡々の句は、きりぎりすが「霜夜」など寒さを感じさせる言葉と取り合わされること、また寒さゆえに人の身近に移動することという伝統的な詠み方を踏まえ、〈壁〉や〈床〉という典拠を、より温かな炉の〈灰の中〉という意外な場所に変えたのが趣向である。ただし、単純に言葉の置き換えでは終わっておらず、暁方の冷気、かすかな灰のぬくもりなど、晩秋のわびしい室内の情景をよく表現していよう。〈暁〉と〈きりぎりす〉の取り合わせは和歌にも例があるが、ここでは一番冷え込みの強い時間帯という点が意識されている。なお、後の蕪村にも、

きりぎりす自在をのぼる夜寒哉　（『古今発句手鑑』）

のように、きりぎりすの温かな居場所を考えるという趣向を引き継いだ作品があるが、淡々句の方が、悲しくわびしいものであるきりぎりすの鳴き声の本意を活かしたものとなっている。〈灰の中よりきりぎりす〉を実体としてのこおろぎが姿を現した（『俳句大観』昭46、明治書院ほか）と解する説もあるが、きりぎりす一般の詠み方から考えて、淡々句は、灰の中から聞こえるその鳴き声を詠んだものであろう。

前書の「陸奥小野」は、石巻街道の小野宿（宮城県）のこと。淡々は宝永元年（一七〇四）の秋から冬にかけて、芭蕉の『おくのほそ道』の跡を慕い陸奥地方を行脚しており、その折の作品である。一句には寒い陸奥の宿で旅の一夜を明かした侘しさも籠められている。

〔所収本〕 延享三年（一七四六）刊『淡々発句集』所収。編者の分外は、淡々の門人で大坂の書肆。淡々の発句六百一句を、四季及び絵賛の五つに分類して上下二巻に収めている。

〔作者と業績〕 延宝二年か四年（一六七四か七六）～宝暦一一年（一七六一）十一月二日没。享年八十六歳か、八十八歳。松木氏。本姓曲淵氏。また乾氏を称す。別に森三楊とも称した。大坂西横堀の商家阿波屋の生まれ。淀屋辰五郎の一族という。江戸で芭蕉の指導を受け呂国と号したというが偽りか。はじめ因角と号し、其角入門後渭北、上京して淡々と改号。別号に半時庵。元禄一三年（一七〇〇）冬に江戸へ下り、不角・其角に接近、やがて其角に入門した。宝永元年には芭蕉の跡を慕って奥州行脚に出立し、記念集『安達太良根』を上梓。其角没後の宝永五年（一七〇八）に上京、享保二年（一七一七）には江戸風の斬新な恋雑百韻を収めた『にはくなぶり』を刊行し、京俳壇での足場を固めた。一句の趣向を重視する淡々流の点取俳諧は、華やかで一句あたりの点が異様に高い点印を使用したことも原因となり、京・大坂で大流行し、俳諧の疎句化現象を進める一因ともなった。一度は退隠して門人竿秋に点印と松木の姓を譲ったものの、享保一九年（一七三四）には故郷大坂へ戻って江戸堀に居を構え、再び点者として活躍、貴顕と親交を結び豪奢な生活を送った。癖のある人物として逸話も多い。祇空、巴人らと親しく、門人に竿秋、富天などがいる。

〔その他〕 代表句には、

口癖のよしのも春の行衛かな　（『淡々発句集』）
森の鵜のうきをうらやむ篝《かがり》かな　（同）
はつ雪や波のとどかぬ岩のうへ　（同）

など。

〔参考〕 櫻井武次郎『元禄の大坂俳壇』（昭47、前田書店）、深沢了子『近世中期の上方俳壇』（平13、和泉書院）

［深沢了子］

追悼
人間は傀儡のごとく五ッの物は糸を以操《アヤツル》

紙鳶切レて空の余波《ナゴリ》となりに凫

不角《ふかく》　享保

〈現代語訳〉 凧の糸が切れ、風で運ばれて次第に小さくなり、ついに空の彼方に消えて行った。今はただ空に凧の面影が残像として浮かんでいるだけだよ。

〈解釈〉 季語は〈紙鳶〉で春。『増山井』は、二月に「紙鳶《とびのぼり》」「いかのぼり」を挙げる。〈紙鳶〉は字数から「たこ」と読む。『書言字考節用集』などに「紙鳶《タコ》」とあり、一般に通用していた読み方。『日次記事』二月の項には「当月より三月に至《いたり》て、児童紙鳶を造り、風に乗じて之を揚ぐ。是を伊加能保里《いかのぼり》と謂ふ。或《あるい》は多古《たこ》と称す」（原、漢文。振り仮名を付した）とある。

〈余波〉は、『合類節用集』に「余波《ナゴリ》」。そのものが無くなったあとに、心にその面影が残って忘れられないことの意。吹き切られた凧を詠んだ嘱目吟と解せるが、虚空を見上げる視線の先を〈空の余波〉と表現した点に工夫がある。〈高過《たかすぎ》て哀れにもなし秋の富士〉（『続の原』）〈吹あげて雲に声有る落葉哉〉（『若摺』）など、遠くを仰ぐ発句が同時期に詠まれている。

ただし、所収本『蘆分船』には、前掲の前書があり、併せて解釈すると、〈余波〉は、亡くなった人の面影が消えずに、喪失感の中で空を見上げる思いとなろう。

「傀儡」は、二通りの読み方ができる。不角編の前句付集にも、〈いはば扇は風のぬす人〉の前句に〈方便と見破る目から弥陀は傀儡《でく》〉（『うたたね』）、〈引裂紙《ひきさきがみ》に髪をゆふたり〉の前句に〈木偶《でく》まはす乳母が火燵《こたつ》の傀儡《かいらい》師〉（『へらず口』）の用例がある。前書は「人間の五体は操り人形のようなもので、糸が切れてしまえば―死んでしまえば―悲しいかな再び動くことはない」の意。前書と発句は「糸」の連想でつながり、追悼吟となる。西鶴の『好色一代男』には、「世は五つの借物、とりにきた時、閻魔大王へ返さふのみ」とある。人間の身体を、地水火風空の五大（五輪）から借りて形をなしたものとする『大日経疏《だいにちきょうしょ》』などに見える教えである。

〈所収本〉 元禄七年（一六九四）刊、不角編の俳諧撰集『蘆分船』所収。四季別に四巻に分け、不角一座の連句と諸家の発句を載せる。連句では、調和・無倫・挙白・嵐雪・琴風ら貞門・蕉門にかかわらず、広く江戸俳壇の有力作者と一座している。発句でも、江戸の素堂や大坂の西鶴など著名作者が入集しており、元禄江戸俳壇の様相をよく示す撰集となっている。掲載句は冬巻末に不角自らの発句だけをまとめて掲出した一群にある。

〈作者と業績〉 寛文二年（一六六二）～宝暦三年（一七五三）六月二十一日没、九十二歳。立羽《たちば》氏。岡村不卜門。江戸貞門の俳人としては、やや先輩の岸本調和と並ぶ、元禄期を代表する俳人である。特に、『蘆分船』が刊行された元禄中期は、嵐雪編『其袋』、路通編『俳諧勧進牒』、桃隣編『陸奥鵆』などの蕉門俳書に入集するなど、江戸蕉門と積極的に交流していた。

不角の活動で特筆すべきは、元禄三年に始まる月次前句付興行である。毎月締切日を設けて、あらかじめ出題した前句に寄せられた付句を採点し、入選句を高点付句集として刊行（他の点者には、順位にあわせ賞品を出す興行もあった）した。連句の付合稽古という目的で始まった前句付ではあるが、仲間と時間を必要としない手軽さと、高点を得たいという射幸心から、熱狂的な投句者を生んだ。投句者は、東北から鹿児島まで全国に及び、「門人三千人」と自称した。玉石混淆ながら、〈障子に穴を明《あけ》るいたづら〉の前句に〈這ばたて立ば走れと親ごころ〉〈十が七つは見遁《みのがし》にする〉の前句に〈姑女《しゅうとめ》となるより姉の気に返り〉（『千代見草』）など、川柳に通じる素朴な庶民感情を詠んだ佳句も多い。

不角が月次前句付や月次発句興行に成功した背景には『二息』所収の独吟百韻に見える〈我宿は平松町の南側／書籍の外に俳諧も売る〉のように、自ら書肆を営み、自家版で書籍を発行できた状況がある。版元としての有利は生涯生かされ、前句付興行の勢いに翳りが見えた後には、連句百巻を収録する大部の連句集、各丁ごとに絵を添えた画賛のような絵入発句集、作者に負担の少ない年に一度の歳旦集と、門人の嗜好に合わせ撰集の形態を変えることを可能にした。晩年にいたると、他門との交流はほとんど見られなくなり、俳壇の中心からはずれ、固定化された門人相手に細々と歳旦集を編むにとどまった。しかし、長男不扃・三男寿角以下孫の代まで、宗匠として同様の出版を継続した。

門人には、備前岡山藩主池田綱政などの貴人も多く、後年、そうした人々の後援を得て、法橋・法眼の位を得ることとなった。

全国の俳諧師を遊女に見立てて批評した俳諧評判記『花見車』（元禄一五年成立）には、「みやこへはむかぬ風俗なり。奥すじの客をよふたらさんす」と、都会より地方の人々に人気があったと皮肉まじりに評されている。しかし、前句付興行などにより、俳諧を全国に普及・庶民化した功績は大きい。投句者からは、上方享保俳壇の雄となる淡々、川柳の先駆となる『武玉川』の撰者紀逸、発句入り浮世絵を多く残した奥村政信など、幅広い人材を輩出している。

〈参考〉 潁原退蔵「享保俳諧の三中心」（『潁原退蔵著作集4』昭56、中央公論社）、鈴木勝忠「立羽不角」（『俳句講座3』昭33、明治書院）

［安田吉人］

青やぎや二筋三すぢ老木より

柳居《りゅうきょ》　享保

〔現代語訳〕　春になり青々と芽吹く柳の枝よ、わずかに二筋三筋ではあるが、老いた木が春を忘れぬように枝を垂らしていることだよ。

〔解釈〕　季語は〈青やぎ〉で春。青柳は、春の芽吹きから新緑にいたる青々とした柳そのものを言うが、この発句では、わずか二・三本の枝だけが青く垂れているのである。

〈二筋三すぢ〉と「老」の語からは、白髪の中に残る黒髪のさまが想起される。『山家集』にも「新宮より伊勢のかたへまかりけるに、みきしまに舟の沙汰しける浦人の、黒き髪は一筋もなかりけるを呼び寄せて」と詞書して〈年経たる浦のあま人こととはん波をかづきていく夜過ぎにき〉と黒髪の一筋という表現が見える。

柳居には、動植物に擬人法を用いる見立て表現がしばしば見られる。例えば、植物では〈けいとうや日は燃さしを捨て行〉、動物では〈うくひすや筧伝ふて舌つづみ〉（『柳居発句集』）〈とんぼうや河原の石をかぞへ行く〉（『鏡の裏』）などがある。本句では、老木になりながらも春を忘れぬ柳の姿と、老いてまた今年も新たな春を迎える老人の姿が重なる。現実の柳を叙景するようでありながら、寓意的な見立ての意味を感じずにはいられない発句である。なお、柳居が髪を下ろしたときの発句は、〈我髪をけさ手はじめや散柳〉である。

〔所収本〕　『柳居発句集』は、寛政元年（一七八九）跋、門瑟《もんしつ》編、霜後校訂の俳諧句集。柳居の生涯の句を、門人らが編集した書。同書には〈日の昼は金糸をたるる柳哉〉〈青柳や鳥の声にも長みじか〉など、垂れる青柳を印象深く詠む句が見える。なお本句は、明和九年（一七七二）跋、几董編『其雪影』にも収録。『続俳家奇人談』では、「はやく官途を避けて、閑寂にかへたり。老いに向ふのころほひ、俳諧の琢磨を得て、遠く蕉翁の風潮柳居に坂のぼる」の略歴を記した後、最初にこの発句を挙げる。柳居の代表句と言えよう。

〔作者と業績〕　貞享三年（一六八六）〜延享五年（一七四八）五月三十日没、享年六十三歳。本名、佐久間長利。父は御細工頭を務めた幕臣で、柳居自らも元禄一一年（一六九八）から致仕する元文四年（一七三九）まで公務に勤めた。はじめ水間沾徳門で、初号は専鯉。享保七年（一七二二）より長水の号を用いる。享保一六年（一七三一）、宗瑞・蓮之・咫尺・素丸とともに『五色墨』を刊行、点取俳諧の流行を憂い、勝負に拘泥せず仲間同士で俳諧の風雅を純粋に楽しむ姿勢を示した。巻頭句は長水の「紅梅に青く横たふ筧かな」。この『五色墨』は、後に沾涼編『鳥山彦』によって、「譬喩俳諧滅却」の書として喧伝され、結果として中興俳壇における蕉風復古運動の先駆となった。

享保一八年頃、支考の末流の美濃派・伊勢派宗匠と積極的に交流、伊勢の麦林舎乙由の門に入る。江戸で流行していた洒落風末流の、難解な出典による句作りや比喩俳諧に対し、平明な叙景的作風を求めたものと思われ、俳号も麦阿と改めた。享保一九年頃、芭蕉の作風変遷を知らしめる基本書となる「俳諧七部集」の選定をしたと言われる。同書が、七冊の揃物として刊行されたのは、弟子の鳥酔の働きかけ以降であるが、中興期の諸流が、芭蕉の各時代を理想として標榜したことを考えると、俳諧史の上で大きな貢献と言えよう。

芭蕉を慕う姿勢は、元文四年（一七三九）に致仕した後、ますます傾向を強めていった。人の住み捨てていた庵を三斛《さんこく》庵と名付け、「囃し残す薺に咲や草の庵」（『柳居発句集』）の発句とともに入庵した。翌年には尾張・美濃・伊勢を訪れ、寛保元年（一七四一）に剃髪し、柳居と改号した。同二年には芭蕉の足跡を慕い奥羽行脚に出発、羽黒山南谷では「此所は祖翁もしばし御滞留ありて、雪をかほらすと有けん心の涼しさを感ぜられて」と前書して〈今更に寺はかほるや白牡丹〉と詠んでいる。

同三年には、芭蕉五十回忌追善集『芭蕉同光忌』を刊行、その跋文には「まくらの箱の中にも蕉門の七部集」とあるほど、芭蕉への思いを募らせている。

門人には、後に江戸俳壇の中心として門流を広げていく鳥酔がいる。鳥酔は柳居の残した三斛庵・松籟庵・落霞窓・守黒庵などの庵号を継承、さらにそれを門人たちに分与し権威の象徴として継承させるなど、江戸後期俳壇の庵号継承の流行のきっかけを作った。

〔その他〕　柳居の柳の句には、髪を下ろしたときの〈我髪をけさ手はじめや散柳〉（『柳居発句集』）がある。こちらは「散柳」で秋の季語。草庵生活で閑雅な友との交流を描いた句にも味わいがある。〈今植ゑた竹に客あり夕すずみ〉（同）は、植えたばかりの竹に、早速、仲間が夕涼みに訪れたと、さりげない日常を詠むが、「竹林の七賢」などの清逸な交わりが想起される。

〈七化の豆腐や庵のとし忘れ〉（同）などは貧客、仲間との豆腐を座の真ん中に置き、各々好みに食した後、庵主柳居の好みで「狐色の田楽」にしたという、自由・清貧な草庵生活が詠まれている。

〔参考〕　潁原退蔵「柳居―過渡期の人」（『潁原退蔵著作集5』昭55、中央公論社）、楠本六男『俳諧史のかなめ佐久間柳居』（平13、新典社）

〔安田吉人〕

菜の花や雨のかさいのにしひがし

祇徳《ぎとく》　享保

〔現代語訳〕　黄色い菜の花が咲いている。穏やかに降り注ぐ春の雨に育まれた葛西地方の菜の花は一面に咲き誇り、西も東も黄一色に染め上げられている。

〔解釈〕　季語は〈菜の花〉。アブラナの花。群生し、春に黄色い十文字状の花をたくさんつける。『滑稽雑談』が蔓青《かぶら》、菘《はたけな》、蕓薹《あぶらな》を挙げて「これらの諸菜、皆二月に開レ花、少の遅速侍る。すべて菜の花と称する也」と記すように、黄花を開くアブラナ属の総称としても用いられる。「菜」とは食用の意味で、古くから花芽が食された。十六世紀には搾油された菜種油が灯油原料として脚光を浴び、広く各地で栽培されるようになる。『はなひ草』二月の項に「菜大根の花」として初出。以下、二月とする歳時記は多いが、『誹諧初学抄』に「なたねの花」として三月、『番匠童はなひ大全』には一月とある。和歌では主に「若菜」を詠み、その花が詠じられることはなかったが、江戸期の人々にとって身近な作物であったこともあり、俳諧独自の春の風物として定着する。

菜の花のほいやりと来る匂ひ哉　北枝（『北の筥』）
餅ほして菜の花匂ふ日和哉　乙州《おとくに》（『孤松』）
闇《やみ》の夜になの花の香や春の風　木導（『水の音』）

「菜の花」の独特の香は、優しく穏やかなものとして「ほいやり」と表現されたり、餅を干す春の晴れた日ののんびりとした気分に取り合わせせられたりしている。それは、暗闇の中でも、春の穏やかな風に吹かれて香ってくる。

〈雨〉は柔らかに温かく降り注ぐ春の雨。〈梓弓おして春雨けふ降りぬ明日さへ降らば若菜摘みてむ〉（詠み人知らず『古今集』春上）とあるように、春雨は草木を潤し、生育させる。謡曲『熊野《ゆや》』の詞章「草木は雨露《うろ》の恵み、養ひ得ては花の父母たり」は、草花を育む雨露の恵を両親のありがたみに譬えて言ったもの。〈雨に暮る丶日を菜の花のさかり哉〉（青蘿『青蘿発句集』）と、優しい春の雨に包まれて、菜の花は盛りを迎える。

句の舞台となったのが〈かさい〉である。葛西は武蔵国葛飾郡の西部、隅田川東岸に位置し、今の東京都江戸川区・葛飾区の江戸川と中川に挟まれた広域を指す。江戸市街の近郊にあり、農産物で知られる。採れた野菜や花は江戸へ船で運ばれ、また、帰りには肥桶が積まれ、肥料として活用された。この船を葛西船という。特に葛西菜は名産で、地誌『江戸惣鹿子名所大全』（元禄三年［一六九〇］刊）で「此地の菜、凡《およそ》諸州にならぶものなし」と絶賛され、『江戸砂子』（享保一七年［一七三二］刊）に「此所の菘いたつてやはらかに、天然と甘みあり。他国になき嘉品なり」と紹介されている。句の〈菜の花〉は、この葛西菜の花である。

〈にしひがし〉は西と東。見渡す限り一面の意。〈菜の花の中に葛西の蔵建て〉（『近在名所集後編』）の句にあるように、春、葛西の地は黄色い菜の花畑で埋め尽くされたのであろう。同時代の作には、春の景物、例えば、菜の花の色に注目し、黄色い井手の山吹の花と見紛うとする〈菜の花や井手のあたりの紛れもの〉（蝸牛『梨園』）や、蝶と取り合わせた〈菜の花に蝶の咲き足す日和かな〉（南石『渭江話』）のような句例が散見される中、祇徳の〈菜の花や〉句は〈かさい〉という地名を詠み込み、名物の葛西菜の花として見たところが新しい。「～の～の～」「にしひがし」といった同語反復によって生じるリズムも軽快である。

また、後年、蕪村は〈菜の花や月は東に日は西に〉（『続明烏』）の句を詠んでいるが、これは菜の花の上空に広がる月と太陽を追って視線をゆったりと上に向けた形になる。これに対して、祇徳の句は視線を水平にして菜の花畑を見廻し、その美景を堪能している。〈雨のかさい〉とある分、眼前に広がる菜の花畑は朦朧と降り注ぐ春の雨に潤い、その芳しい香が辺り一帯にほの匂ってくるようである。

〔所収本〕　享保一八年刊『江戸名物鹿子』所収。露月ら編の絵俳書。江戸における種々の名物を題とした画賛発句などを収める。享保期、吉宗が行楽地を積極的に整備し、江戸近郊各所に名所・名物が成立、本書もその流行に乗って編まれた。江戸座俳諧の活動実態が知れるとともに、風俗資料としても貴重な一書である。

〔作者と業績〕　元禄一五年～宝暦四年（一七五四）十一月二四日。享年五十三。本名、仲惟起《まさのり》。通称、近江屋伝兵衛。江戸浅草蔵前片町の札差《ふださし》。初号、字石（慈尺とも）。別号に水光など。祇空《ぎくう》門。高潔な祇空の人柄や俳風を慕い、享保一八年に莎鶏《さけい》・為邦《ためくに》・魚貫《うおつら》らの札差連と『四時観《しじかん》』を刊行する。難解・技巧的な江戸座の俳諧とは一線を画す平明な句を志向し、四時観派を形成した。同二〇年、『誹諧句選』では「誹諧も古文辞を用ふべし」、「道は貞徳にあり、句は芭蕉にあり」と述べ、俳諧の古学を提唱する。元文五年（一七四〇）、浅草鳥越に自在庵を開き、翌年、古学門の提要を記した『一言庭訓』を刊行、以後は関東各地の社中を指導して廻っている。延享元年（一七四四）には、貞享四年（一六八七）の芭蕉の伊賀帰省にあたり諸家から贈られた餞別句文を『句餞別』として刊行し、芭蕉の顕彰に努めた。家督を委譲後、宝暦元年に剃髪。晩年まで俳諧活動を続けている。

〔参考〕　山岸竜生「一世祇徳年譜稿」（『連歌俳諧研究』74号）、飯倉洋一「祇徳の立場―「誹諧古学」について」（『国文学』48巻、昭58・8）

［稲葉有祐］

百姓の鍬《くは》かたげ行くさむさかな

乙由《おつゆう》

享保

〔現代語訳〕 冬の半ばで、畑仕事の男が鍬を担いで一人歩いて行く、なんと寒さの身にしみる情景であることか。

〔解釈〕 季語は「寒さ」で冬。この句は『俳家奇人談』(竹内玄玄一、文化一三)に次のように記される。

「ある時麦林舎に案内して入来る客あり。曰く、「われ俳諧を学びたき志あれどもその式むつかしく覚ゆ。下愚の者にも道に入るべき手段ありや」と。答へて曰く、「志さへ深切なればさのみむつかしきものにもあらず」。また問ふ、「発句は何様《いかよう》の事を申し侍るや」。答へて、「ただ眼前の風様を言ひ侍るのみ」。「しからば一句作りて聞かせ給へ」。「安き事なり」と、あたりを見まはすに、をりから冬も半ばにて、畠へかよふ男の、いと寒げに鍬打ちかたげ行くを指さして、「あれがすなはち発句の姿なり」とて、

百姓の鍬かたげ行くさむさかな」

乙由(麦林舎)のもとに来た客が、「俳諧を学びたいが難しく思われる。愚かであっても学ぶ方法はあるか」といった。乙由は「その思いに心がこもっているならそう難しいことでもない」。また「発句はどんなことをいいますか」と問う。乙由答えて「ただ目の前のありさまを言うだけです」。「では、一句作って聞かせてください」。「簡単なことだ」と、あたりを見わたすと、ちょうど冬も半ば、畑へ通う男がたいそう寒そうに、鍬を傾けて歩いて行く。その様子を指さして「あれがすなわち発句の姿である」といって、句を作ったという。

また同書では、乙由を「理ニカカハラズ、ひとり正風の真処を得たりとなす」と芭蕉の正風の本質を得ていると評価している。この逸話から、眼前のありさま重んじ、平明な作風であったことが示される。

「百姓」とは、古くはあらゆる姓氏を有する公民の意であったが、中世頃より庶民の多くが農業従事者であったところから、農民をあらわすようになる。

百姓は雁をもかへす田面《たのも》かな　徳元(『犬子集』)
百姓は田を刈《かり》かへる月のころ　立圃(『誹諧独吟集』)
百姓は畠《はたけ》を蔵《くら》やこがねぶり　一氏(『続境海草』)
年々《としどし》の不作《ふさく》を歎《なげ》く百姓《ひやくしよう》等　玖也(『続境海草』)
百姓の鋤に花の香よしの山　有風(『其角十七回』)
百姓の生きてはたらく暑かな　蕪村(召波宛蕪村書簡)

春に雁の帰る頃田を鋤きかえし、秋には田の稲を刈る。そうしてみると百姓の田は蔵のようなもので黄金色に輝く。とはいえ、年々の不作を歎くときもある。花の季節の吉野山では鋤にも花の香りがするのだろうか。苗代作業の合間に休み、夏の暑い時節も生きて働く。近世の俳諧に登場する百姓は基本的に農民である。

「鍬」は農機具の一種。田畑を掘り起こしたり、ならしたりするために用いる。形状はさまざまあるが、基本的には柄(棒状)と刃(板状または股状)からなる。古代より用いられ、八、九世紀頃には鉄製の刃をもつ鍬が登場している。

打《うち》かたげ行鍬《ゆくくわ》の見事《みごと》さ　長吉(『犬子集』雑上)
あらがねの土や田面《たのも》を鋤《すき》と鍬《くわ》　似閑(『時勢粧』)
振《ふ》りあぐる鍬《くわ》の光《ひかり》や春《はる》の野《の》ら　杉風(『小柑子』)
鍬かたげ行霧の遠里　素堂(芭蕉真蹟懐紙・かれ枝に)
鍬さげてしかりに出るや桃の花　涼菟(『東華集』)

農作業に鍬や鋤は必須のものであり、田畑へ行く農民が肩に鍬を担いで行く姿は日常の光景であろう。

〔所収本〕 天明五年(一七八五)『俳諧世説』所収。高桑蘭更編。俳諧伝記。加賀金沢の蘭更が芭蕉の逸話や門人らの逸話を書き留めたもの。当初、『正風人物誌』と題して著したが、書名を改めて刊行したという。金沢の先達北枝の遺文や師である希因からの伝聞、蕉門俳書などにより記したため比較的信憑性の高い話題が多い。

〔作者と業績〕 延宝三年(一六七五)~元文四年(一七三九)八月一八日没。享年六五歳。中川氏。名は宗勝。通称、利右衛門。別号麦林舎。梅我とも号した。伊勢国川崎の木材商であったが、のちに伊勢神宮の御師《おし》(案内人)となり慶徳図書《ずしょ》と称した。芭蕉に直接学んだというが、不明。涼菟に兄事し、元禄七年(一六九四)、支考が伊勢に庵住の際、入門。元禄一六年(一七〇三)には、涼菟に従い、加賀・越前へ旅する。享保二年(一七一七)に涼菟が没すると、伊勢俳壇の中心的人物となり、伊勢派(麦林派)を形成した。その作風は麦林調とよばれ、口語をまじえた、平易軽妙な句風であり、広く支持された。しかし、他派からは田舎蕉門と呼ばれ、支考の美濃派と近いところから「支麦《しばく》の徒」などと蔑視された面もある。編著に『反故さがし』。句集に『麦林集』(麦浪編)、『麦林集後編』(素道編)。追善集に『百蜀魂』(岸虎編)、『秋のかぜ』(麦浪編)、『四季の讃』(同)、『月の夕』(同)、『梅のしづく』(同)など。

〔その他〕

代表句には、他に次のような句がある。

花さかぬ身をすぼめたる柳かな　(『麦林集』)

涼袋《りようたい》は「かく作れば本性を立て、花にまけたる柳のすがたに語勢のさはやかなるもひとしほならん」(『南北新話』)と評価する。

閑皷鳥《かんこどり》我もさびしいか飛んで行く　(『麦林集』)
足高に橋は残りて枯野かな　(『麦林集』)
うき草や今朝はあちらの岸に咲く　(『麦林集』)

〔参考〕 中里富美雄『蕉門俳人の評伝と鑑賞』(平20、渓声出版)

[大内瑞恵]

初秋やそろりと顔へ蚊帳《かや》の脚《あし》

盧元坊《ろげんぼう》　享保

〔現代語訳〕 初秋となって気持ちよく寝ていると、夏のまま吊っていた蚊帳の裾が、涼しい風に動いてそろりと顔を撫でる。いかにも秋になったと感じたことだ。

〔解釈〕 〈蚊帳の脚〉とは、蚊帳の裾のことであろう。〈蚊帳〉は、蚊を防ぐための寝具で、紗や生絹で作った上等のものもあったが、多くは麻布を用いた。萌黄に染めた。〈御代の春蚊帳の萌黄に極まりぬ〉（『元禄四年歳旦帳』）という越人の句がある。初夏ともなれば、蚊帳を吊り、秋になり蚊もいなくなると外した。夏の風物である。〈蚊屋とりて天井高き寝覚めかな〉（許六『五老文集』）は、夏の間座敷に掛けていた蚊帳を取ってのすがすがしさに秋の清涼さを感じとった句である。夏の夜の蚊帳の鬱陶しさが逆に表現されていよう。盧元坊の句も、秋になったばかりでいまだ蚊帳を吊って寝ている情景であるが、この蚊帳の鬱陶しさも、夏の寝苦しさとともに引き継いでいよう。

〈そろりと〉とは、例えば『五十年忌歌念仏』に「大釜あけて身を縮め．そろり〳〵と忍び入り」（中之巻）や、『卯月紅葉』に「あれ、父様のと、言ひければ、与兵衛裏へそろりと抜け」（中之巻）など、動作が、ゆっくりとしずかなさまを表したり、なめらかに、するりと抜けるさまなどを表す語。〈そろりと顔へ〉とは、するりと〈蚊帳の脚〉が顔を撫でるさまを言い取った言葉である。〈そろりと〉に、顔に蚊帳が掛かったときの感触、蚊帳の生地の麻がそっと撫でるように触れた感覚がよく表れている。

蚊帳の裾を動かしたのは、〈そろりと〉の語感から、秋の朝風であろう。初秋の早朝、いち早く秋の風の涼しさを知った感慨を詠んだ歌に次の歌がある。

秋立ちて幾日《いくか》もあらねどこの寝ぬる朝明《あさけ》の風は袂涼しも

（安貴王「早秋」『和漢朗詠集』）

この歌は早秋を詠んだ典型として歌人たちに享受され、例えば〈この寝ぬる夜の間に秋は来にけらし朝明の風の昨日にも似ぬ〉（『新古今集』秋歌上・藤原季通）など、多くの歌例を生んだ。盧元坊の句も、この〈袂涼しも〉を〈顔〉をそっと撫でる〈蚊帳の脚〉の感触に替えて詠んだ句としてよいであろう。〈袂涼し〉といった雅な感触に対して、〈そろりと顔へ蚊帳の脚〉と、卑俗な日常の感触をもって初秋を捉えたところに、盧元坊の手柄があると言い得よう。夏の夜の鬱陶しい蚊帳も、秋風に動く軽やかな存在として、爽涼の気分を醸している。

とはいえ、あえて言えば、〈そろりと顔へ……脚〉という言い回しが、読者の歓心を得ようとしているようで気になる。忍び足で顔に足が乗るといった、一句の主旨とは無縁な部分で面白がってしまっていて、それがために秋の到来を、生々しく感じた興趣が減退している。そもそも一句の主眼は自身の顔を蚊帳が撫でたことにあるのに、〈そろりと顔へ蚊帳の脚〉が、あたかも他人の顔に蚊帳の裾が掛かったかのような言い回しになっているところ、飄逸味があるとも評せようが、自身の感触において秋の到来を捉えるという主題を伝わりにくくさせているように感じられるのだ。こうしたところにも、詩の低迷の一端が見えてくる。

〔所収本〕 享保一〇年（一七二五）自跋『文月往来』所収。越前府中本多家家臣の嵐枝編による美濃派の撰集。

〔作者と業績〕 元禄元年（一六八八）～延享四年（一七四七）。本名、仙石与兵衛。別号に、初め里紅、のち黄鸝園、茶話窟と号した。美濃国北方の人。俳諧師。宝永四年（一七〇七）『軒伝ひ』に入集して以来、露川系俳書に句を発表していたが、享保一〇年『三千化《さんぜんげ》』以来支考門として美濃派の俳書に入集する。同一二年、支考に勧められて『桃の首途《かどで》』の三越行脚をし、同一四年美濃派の道統三世を継ぐ。支考の命で、同一五年春から翌年九月まで九州を行脚して『藤の首途』刊。同年春に亡くなった支考の追善集『文星観』を一七年に刊行。一九年から翌年にかけて象潟まで行脚し、佐久間柳居と親交を結ぶ。元文二年支考七回忌追善『渭江話《いこうばなし》』刊。寛保二年（一七四二）には芭蕉五十回忌追善のために、諸国門下に発句ならびに六句表を呼びかけ、翌年京都東山双林寺で追善供養を行い、その記念集『花供養』を刊行した。活発な撰集活動と度重なる各地への行脚を行い、地方の美濃派の交流を促して、美濃派の基礎を築いた人物である。

〔その他〕 他に次のような句がある。

相宿のものうき蚊帳の鼾かな

（『藤の首途』）

「相宿」は同じ部屋に泊まり合わせること。夏の夜はただでさえ暑さで寝苦しい。「蚊帳」は、その鬱陶しさを増幅する。その蚊帳の中で、旅客が鼾をかいている。一人とは限らないであろう。「蚊帳の鼾」は、蚊帳全体に鼾が響いているさまを表して面白い。相宿の窮屈さのなかで、寝苦しさに鼾も気になって、作者は寝ようとして眠られずにいるのである。「ものうき」は、やりきれないほどわびしい、苦しいの意。侘しい旅の宿で、蚊帳全体に響く鼾に、寝られずに侘しさを噛みしめている様子がよく伝わってくる。

袷着る空や青酢の痩ごころ

（『ながら川』）

「青酢」は、菠薐草を茹でてすりつぶし、酢などを加えたもの。

〔参考〕 鈴木勝忠「享保俳諧史」『俳句講座1』（昭34、明治書院）

［宮脇真彦］

柴船《しばふね》の立枝《たちえ》も春《はる》や朝霞《あさがすみ》

希因《きいん》　享保

〔現代語訳〕船に積まれた柴の立ち枝の伸びた様子を見ると春を感じる。あたりは朝の霞が広がりこちらも春らしい。

〔解釈〕季語は「春・朝霞」で春。「柴船（舟）」は柴木を積んだ小舟。薪にする雑木の小枝を載せた舟。松葉、青柴などを運ぶものもある。「柴積み舟」（『源氏物語』）とも。「柴《シバ》船、諸国にあり、小船・中船也」（『和漢船用集』明和三）と、小船または中型船であった。霞の中を行く柴舟を詠んだ歌に、〈くれて行く春のみなとはしらねども霞におつる宇治のしばぶね〉（寂蓮『新古今集』春歌下）があり、晩春の夕霞の情景である。一方〈山路をばまだ夜ぶかくぞ出でつらんあくればくだす宇治の柴舟〉（後鳥羽院『後鳥羽院御集』）を見ると、山中を夜中に出発し、柴舟は夜明けに宇治川を下すようである。〈春霞うきてながるる柴舟の跡さへみえぬ宇治の河浪〉（幸清《ぎょうしょう》『石清水若宮歌合寛喜四年』）や〈柴舟のわたりもみえず霞こめて河おとしづむうぢの山もと〉（日野名子『竹むきが記』）などのように、柴船も見えないほど霞が立ちこめた宇治川の様子が詠まれている。

八十うぢや茶船柴船うがひ舟　元好（『洛陽集』）

この句は宇治川であるが、そう特定しない句も多い。

柴舟《しばふね》の花の中よりつつと出て　沾圃（『続猿蓑』）
柴舟《しばぶね》の花咲にけり宵の雨　卜枝（『あら野』）

「立枝」は高く伸びた枝。梅・櫨・柴・麻などが配される。〈我が宿の梅の立ち枝や見えつらむ思ひの外に君が来ませる〉（平兼盛『拾遺集』）は、我が家の長く伸びた梅の枝を詠む。「柴の立枝」には〈と山なる柴の立枝に吹く風の音聞くをりぞ冬はものうき〉（曽禰好忠『詞花集』冬）、〈かき分けしみかりののべのならしばの立枝も見えずふれる白雪〉（『俊頼朝臣女子達歌合』）のような冬の情景、または〈春をへてとがへる山のたかつめにしばのたちえもひこばえにけり〉（衣笠家良『夫木抄』）のように春を経て柴の立ち枝が芽吹く様子が詠まれる。

正直な梅のたちえや神ごころ　徳元（『犬子集』春上）
梅の立枝《たちえ》直《すぐ》なる道をあらはせり　魚住玄行（『時勢粧』）

俳諧も同様でまっすぐに伸びた様子を〈正直〉〈直なる〉とあらわしている。

本句の前書は「霞」。〈春立つといふばかりにやみ吉野の山もかすみてけさは見ゆらん〉（壬生忠岑『拾遺集』春一）などと詠まれる。

俳諧においても基本的に朝霞は春のものが多い。

あさがすみ春のあらしにあてられて　（『犬筑波集』）
来る春の引付ならし朝霞　（『崑山集』）
はるなれや名もなき山の朝がすミ　芭蕉（『芭蕉庵小文庫』）

ただし、この芭蕉句は『野ざらし紀行』において次のように記される。

春なれや名もなき山の薄霞

こうして見ると、「柴船の」句は、春の早朝、霞の立ちこめる中を柴船が行く。その立ち枝にすら春を感じるというものであり、和歌の伝統的な語を自然に配した句であるといえよう。

〔所収本〕明和三年（一七六六）序『暮柳発句集』（希因編）所収。ほかに明和六年（一七六九）序『誹諧有の儘』闌更編。『誹諧有の儘』には本句の前書に当時の北陸俳壇の様子を次のように記す。

まして我金城は、もとより北枝・秋の坊の徒、祖翁の風骨をしたひ初《そめ》てより、其名の世上を経たるもの少なからず。しかはあれど沅・湘の昼夜を舎《すて》ざる流行に、露とゆき霜と成て、次第にかわりもてゆくに、中ごろ暮柳舎の主人いでて北枝を師とし、程なく北枝世をさりて、東華坊の行脚をとどめ、其のち伊勢なる麦林老師の一風をしたひ申されしより、口調やうやく一変したるに似たり。されど猶祖翁の遺薫つきず、古へをもどかざる俳意も多く侍り。

柴舟の立枝もはるや朝がすみ　希因

金城とは金沢をいう。暮柳舎の主人（希因）が北枝を師とし、東華坊（支考）の来訪、伊勢の麦林の風を慕い、俳諧の口調が変わったように見える。しかしまだ芭蕉の遺薫は尽きず、昔に似ない俳意も多くある、その例として本句はあげられる。

〔作者と業績〕元禄一三年（一七〇〇）生～寛延三年（一七五〇）七月一一日没。享年五一歳。大越氏または和田氏。通称彦右衛門。初号、幾因・紀因。別号、申石子・暮柳・暮柳舎。法名、祐律。屋号綿屋。金沢観音町で酒屋を営んだ。俳諧は北枝に学び、享保四年（一七一九）、支考の金沢来訪時に入門し、美濃派となった。支考没後、伊勢国の乙由に学び、伊勢派として北陸俳壇の重鎮となった。芦丸・蘭更・如本・可枝・五竹を希因門五哲という。涼袋（建部綾足）も一時入門していた。句集『暮柳発句集』は息の後川の編。追善集に『北時雨』（如本編）、『こと葉の露』（後川編）、『ゆめのあと』（車大編）がある。

〔その他〕代表句には、他に次のような句がある。

鶯のあかるき声や竹の奥　（『暮柳発句集』）
実ざくらや寺中の人の声ばかり　（『誹諧有の儘』）

〔参考〕大河良一『加能俳諧史　改訂』（昭49、清文堂出版）、穎原退蔵『俳諧史論考』（昭11、星野書店）

［大内瑞恵］

一《ひと》つ家《や》の灯《ひ》を中にしてしぐれかな

鳥酔《ちょうすい》　安永・天明

〔現代語訳〕　冬枯れの野の中の一軒屋に、ぽつんと灯が点る。その灯を取り囲むかのように、時雨が野一面に、さっと降ってはすぐに止むのを繰り返していることだなあ。

〔解釈〕　季語は〈時雨〉で初冬。秋から冬にかけて、急に雨がぱらぱらと降ること。山地や山沿い地方に多く、奈良盆地や京都で顕著であるため、『万葉集』以来和歌に多く詠まれてきた。〈神無月降りみ降らずみ定めなき時雨ぞ冬の初めなりける〉（詠み人知らず『後撰和歌集』巻八）が、時雨の本意をよく詠み取った歌として喧伝されると、初冬の景物として意識され、また〈時雨〉に人生の定めなさ、はかなさを併せて感じ取るようになった。室町の戦乱の世になると、時雨に託して人の世の無常を詠む傾向が更に強まり、連歌では、心敬〈雲はなを定めある世の時雨かな〉、宗祇〈世にふるもさらに時雨の宿りかな〉（ともに『新撰菟玖波集《しんせんつくばしゅう》』）などと詠まれた。人生を逆旅と見る中世の無常観が「時雨」の季語に様々の意味や匂いを加え、芭蕉の「時雨」の句にもそれは濃厚である。『猿蓑』（元禄四年刊）の巻頭に芭蕉と蕉門作家計十三名の時雨の句がずらりと並ぶが、和歌以来の「雪・月・花」に対して、「時雨」を、ひえ・わび・さびを主とする連俳の景物と定めたものと言える。江戸に住んだ芭蕉の時雨の句は、必ずしも実景ではなく、蕉風俳諧の美学を表すものである。芭蕉の顕彰に力を注いだ鳥酔のこの句も、蕉風俳諧の伝統の延長線上にある。『俳諧百一集』の付記に「一点ノ漁燈《ぎょとう》杳靄《ようあい》ノ中、これらに似かよひ、風景さびしうしてただならぬ味あり」とあり、夜の海に一隻の船の漁火が深い靄の中にぼんやりと見える様に喩えるが、時雨に「ひえ・わび・さび」を感じる伝統に沿った鑑賞である。しかし、この句からは、家の灯火の懐かしさや暖かさも感じられる。鳥酔が第一義とした「姿先情後」に沿った句作りで、全く主観を述べずに、寂しさと懐かしさ・暖かさという一見相反する情趣を同時に読者に感じさせるところが優れている。詩論の「影写説」（後述）の影響も見て取れる。鳥酔の見た実景か否かは問題ではなく、景の構成の巧みさを評価すべき句である。

〔所収本〕　康工《こうこう》編『俳諧百一集』（明和二年）所収。書名は百人一句集の意。芭蕉を巻頭に、守武・宗鑑以下康工を含め麦林（乙由）で終わる俳人百人を選び、画像と一句を掲げて康工の短評を添える。編者は越中国戸出の人で麦林・希因（麦林門の金沢の俳諧師）門のため、北陸の俳家が全体の三分の一以上を占める。

〔作者と業績〕　元禄一四年（一七〇一）～明和六年（一七六九）四月四日没。本名、白井信興。初号、西奴《さいぬ》。別号、百明房・二世三斛庵《さんこく》・二世落霞窓《らっかそう》・松露庵・鴫立庵《しぎたつ》など。上総国埴生《はぶ》郡地引村の支配代官の家の生まれ。長水（柳居）門。家督を継いだが、同一〇年に罷免され、隠居剃髪して江戸に出、俳諧に専念する。初めは、前句付点者として江戸俳壇で大勢力を張っていた調和・不角系の俳諧に遊んだが、同一六年、『五色墨』が一世を風靡すると、その筆頭である長水門に帰した。元文四年、師の三斛庵に入って鳥酔と改号。延享二年、江戸神田柳原に庵を設け、落霞窓と呼んだ。以後、『けふの時雨』『夏炉一路』『冬扇一路』『壬生山家集』などの月次《つきなみ》集・行脚記念集や歳旦帖を続刊。生涯風雲を友とし、上方や奥羽など諸国を遍歴した。紀行に江戸～京都の『風字吟行』（宝暦六年）など。また、『俳諧七部集』のセット販売を書肆に勧めたり、芭蕉の旧跡を訪ねて資料を発掘・紹介するなど、蕉風の宣布に尽力。晩年は相模国大磯の秋暮亭（三千風創建）を再興し、鴫立庵と称して移り住んだ。多くの門人を擁し、門下から白雄が出た。鳥酔は俳論家として重要で、その俳論は没後に門人の烏明・百明によって『俳諧提要録』（安永二年刊）にまとめられた。鳥酔は「天地自然の姿をありのままにいひなしてはただ言なりて、私を入れて工《たく》みをかさね、却《かへつ》て自然を失ふ」ことを避けるために、「姿先情後」を第一義として強調した。「見ることにつと」め「姿を専ら」とすれば自ずから余情が籠る、「詩は画に声のあるが如」く、「千載のすがたを眼前になす」ものでなければならないと説く。支考の姿先情後説に加え、詩論（祇園南海『明詩俚評』宝暦六年刊等）における影写説（詩作の目的は対象の情趣（影）を写し取ることにあり、そのため描写においては、客観を重んじて素材を現実らしく構成するという理論）の影響が認められ、安永・天明期の諸俳家に強い影響を与えた。なお、鳥酔の庵号の一つ「松露庵」は二世左明に継承され、文政期の六世兀雨《ごつう》まで活発な活動を見せた。

〔その他〕　代表句には、他に次のような句がある。

氷解く朝日の上やうきみ堂　（『鳥酔先師懐玉抄』）
腰押すや片手におのが汗拭ひ　（『夏山伏』）
しんしんと黒きを見れば寒念仏　（『そのきさらぎ』）

〔参考〕　天野雨山『俳豪鳥酔』（昭8、蕉風社）、清水孝之他校注『古典俳文学大系14　中興俳論俳文集』昭46、集英社）、矢羽勝幸「白井鳥酔と信濃俳壇」（『信濃文芸史話』昭54、風景社）、田中道雄「『我』の情の承認—二元的な主客の生成—」（『蕉風復興運動と蕪村』平12、岩波書店）、加藤定彦「白井鳥酔資料叢稿—長南町地引の生家襲蔵資料」（『関東俳壇史叢稿—庶民文芸のネットワーク』平25、若草書房）

［満田達夫］

秋なれや木《こ》の間《ま》木の間の空の色

也有《やゆう》　安永・天明

〔現代語訳〕 ああ、秋だなあ。樹間から見える空の色が澄んで、夏が去ったことを感じることよ。

〔解釈〕 季語は「秋」だが、実質的には「秋の空」の句。「秋の空」は、澄みきった空をいう。『後撰和歌集』〈おほかたの秋の空だに侘びしきに物思ひそふる君にもあるかな〉(右近) など、平安時代以降の和歌に詠まれた。俳諧・俳句では、晴れ上がった爽やかな日の空のことで、「秋晴」「秋高し」「天高し」「秋澄む」等の季語も同様である。この句は也有生前の俳書入集や真蹟が確認できず、詳しい作句年代等は不明だが、『蘿葉集』二編に載ることから、隠居後還暦までの間の作と考えられる。この句の眼目は、秋の空を正面から詠むのではなく、樹間から見えた空の色を詠んだところにある。木々の緑の色や暑さなどまだ夏と思われるのに、樹間から見えた空の色に秋の到来を実感したのである。木々の緑がまだ濃い初秋の句であり、紅葉した木々の間に見えたと取るべきではない。〈木の間木の間の空の色〉はたいへん技巧的な表現ではあるが、嫌味がなく、しみじみと秋の到来を感じさせる高雅な句となっている。

〔所収本〕 也有著・知楽庵達下編『蘿葉集』(明和三年序、同四年跋)所収。書名は也有の別号「蘿隠」による。三編から成り、初編は有支編、春・夏・秋・冬・前書賛物の部立で、也有二十五～五十一歳の藩士時代の句各百句を収める。二編は蓑月編、部立・句数とも初編と同じで也有五十一～六十歳の句。三篇は文樵編、部立は同じだが句数は不統一で、六十一～六十五歳の句と「岐岨路《きそじ》紀行」を収める。この句は二編に所収。版木焼失のため、文樵が天明二年に新しく岡田挺之の序を加え、『蘿《かずら》の落葉』として四季百五十三句を追加した二冊本を再刊。他に寛政九年、再刊本から春・夏各六十句、秋・冬各五十九句を抄出した『蔦の落葉』がある。

〔作者と業績〕 元禄一五年(一七〇二)九月四日～天明三年(一七八三)六月十六日没。本名、横井孫右衛門時《とき》般《つら》。別号、素分・野又・蓼花巷・知雨亭・半掃庵。歌号、暮水。漢詩文号、蘿隠など。狂歌号、螻丸。ほかに別号、並明・永言斎など。尾張藩の重臣。名古屋住。巴静《はじょう》門。享保二年十六歳のときから、尾張六代藩主継友の御近習役を同八年まで務める。同一二年、父が隠居し、家督知行千石を継ぐ。同一五年、御用人等を命ぜられ、初めて江戸勤番に出る。同一六年より七代藩主宗春に、元文四年より八代藩主宗勝に仕え、藩主の帰国・参府の折、将軍への挨拶に随行して江戸城で将軍にお目見えすること八回。寛保元年、御番頭役兼任。延享元年、二百石加増。同四年、疝癪のため江戸参府随行を御免となる。二十九歳～四十六歳のうち、のべ九年余江戸勤番。寛延元年～同三年寺社奉行、以後普請組寄合に入り、宝暦四年、五十三歳で隠居し前津の庵で余生を送った。俳諧では、季吟門であった祖父野双を誇りとし、十五歳から俳諧を自学自習した。季吟門の可政を父にもつ巴静の指導を受け、享保一一年『むつのはな』に初入集。同じ頃から俳文に熱を入れ、藩士在任中に傑作が多い。巴静晩年の頃から巴雀・木児と、後には白尼・理然とも親しくなり、各宗匠から厚遇されるようになった。宝暦四年に隠居すると、漢詩・狂歌・談義物・漢和俳諧にも興じ、石原文樵のために二十八句連句の式目を制定する。俳論・俳話に力を入れ、若い頃からの獅子門(美濃派)攻撃に拍車を加えたり、綾足(涼袋)の『とはじぐさ』批判も試みる。旧世代の宗匠亡き後、白尼・八亀ら新時代の宗匠の軸となり、亡命中の暁台の庇護もする。諸々の文人が庵に出入りし、江戸の蓼太はじめ遠方からの来客も多く、大御所的存在となった。自身の編集になる俳文集『鶉衣《うずらごろも》』は、軽妙洒脱な名作として知られ、没後、天明七～八年と文政六年の二回に分けて刊本が上梓された。句集『蘿葉集』『蟻づか』、和歌集『蘿窓集』、漢詩集『蘿隠集』、俳論『くだ見草』、談義物『野夫談』、狂歌集『行々子』など。追善集、三回忌『俳諧夢の蹤』(石原文樵編)七回忌『蔦のしげり』(同)。

〔その他〕 代表句には、次のような句がある。

昼顔やどちらの露も間にあはず (『蘿葉集』)

昼顔の花に露を置く風情を加えたいが、朝露も夕露も間に合わない、の意。理屈っぽい句だが、当時たいへん評判になり也有の代表作とされていた。

化物《ばけもの》の正体見たり枯尾花 (『俳家奇人談』)

芒《すすき》を化物ととらえた趣向。竹内玄玄一『俳家奇人談』には、俳人淡々が己を高ぶり人を侮ると伝え聞き、初めて対面したときの句と伝える。

他に有名な句を挙げる。

くさめして見失ふたる雲雀かな (『蘿葉集』)
蠅が来て蝶にはさせぬ昼寝かな (『蘿葉集』)
物まうの声に物着る暑さかな (『蘿葉集』)
山は時雨《しぐれ》大根《だいこ》引《ひく》べく野は成りぬ (『蘿葉集』)
二三枚絵馬見て晴《はる》る時雨かな (『蘿葉集』)

平明だが、諧謔性の強い句が多い。

〔参考〕 岩田九郎「横井也有」(『俳句講座3 俳人評伝下』昭34、明治書院)、「横井也有の研究」(名古屋郷土文化会『郷土文化』昭27・7・3)、名古屋市蓬左文庫編『名古屋叢書三編16～18横井也有全集』上・中・下(1)・下(2)(名古屋市教育委員会、昭57～60)

〔満田達夫〕

月の夜《よ》や石に出て鳴くきりぎりす

千代《ちよ》　安永・天明

【現代語訳】澄んだ秋の月光に全てのものが照らされる夜。石も月光に照らされて清澄に見え、その上に蟋蟀《こおろぎ》が上って鳴いていることだ。

【解釈】季語は〈月の夜〉と〈きりぎりす〉で秋。季語が二つある「季重なり」の句で、現代俳句では避けるべきとされるが、俳諧では許容された。「月」は秋の月をさす。秋から冬にかけて空が澄み、月が大きく照り渡るからである。春の花、冬の雪とともに日本の四季を代表する景物。万葉集時代から現代俳句に至るまで、営々と詠み続けられている。「きりぎりす」は、『古今和歌集』の〈きりぎりすいたくな鳴きそ秋の夜のながき思ひは我ぞまされる〉（藤原忠房）など平安時代以降の和歌に多く詠まれたが、蟋蟀をさし、平安時代には今の螽蟖《きりぎりす》を「機織《はたお》り」と言った。一方、『万葉集』には「蟋蟀」が詠まれる（例〈夕月夜心もしのに白露の置くこの庭に蟋蟀鳴くも〉湯原王《ゆはらのおおきみ》）が、これは秋に鳴く虫の総称である。この名称の混乱は江戸時代末期まで続く。螽蟖は草原に住んで主に昼に鳴き、蟋蟀は草地や石の下・穴などに住んで主に夜に鳴く。千代のこの句の〈きりぎりす〉は、蟋蟀である。この句は、『千代尼句集』では季題「良夜」の項に載り、中秋の名月の句として扱われている。この句の成立事情は詳らかではないが、初出は此柱編『江湖』（寛保三年自序）で、上五が「月の夜は」である。のち乙由十三回忌追善集の麦浪編『月の夕《ゆうべ》』（寛延四年自序）、自来編『はしの松』（宝暦七年）にも載り、こちらでは上五が〈月の夜や〉となっている。初案の〈月の夜は〉だと、夜になると姿を現して鳴く蟋蟀の生態の説明になってしまう。〈月の夜や〉とすると、「や」の切字のはたらきで感動が強調され、蟋蟀の声の響きと清澄な月光とが生み出す至福の時間を感じさせる句となる。推敲によって句格が見違えるほど上がる好例である。千代には理に落ちた通俗的な句も多いが、この句は、視覚・聴覚の両面から名月の夜の情趣を描いた佳吟である。

【所収本】既白《きはく》編『千代尼句集』（宝暦一四年序、宝暦一三年跋）所収。巻頭に「千代あて蓮二《れんじ》書簡」「宇中の伝千代女書」「麦林《ばくりん》書簡」、「対加陽千代女」と詞書のある麦林（乙由）およびその門下と千代との唱和十二句と、千代を問うた蓮二（支考）・廬元坊《ろげんぼう》・希因らの発句を掲げ、以下、季題別の千代の発句五百四十六句を収める。後に千代尼句集後編『松の声』（既白編・校、明和八年序・跋）が編まれ、本書に漏れた三百二十七句を補っている。当時、作者の生前に個人句集が上梓されることは極めて珍しいことであった。千代の句集版本は幕末までに数種刊行され、需要があったことがわかる。

【作者と業績】元禄一六年（一七〇三）～安永四年（一七七五）九月八日没。別号、千代女・千代尼・尼千代・素園など。加賀国松任の人。表具師福増屋六兵衛の娘。十二歳頃、加賀国本吉の俳諧師大睡から俳諧を学ぶ。十七歳のときに支考の訪問を受け、「あたまからふしぎの名人」と称えられ、諸国に知られる。十八歳のとき、金沢の足軽福岡弥八に嫁ぎ、二十歳の春、夫に先立たれ松任の実家に戻ったといわれる。のち養嗣子白烏《はくう》を迎えて福増屋の跡目を固める。宝暦四年冬、剃髪。その間、支考・乙由門に入り、廬元坊《ろげんぼう》・希因・涼袋・麦水・闌更らと交友。麦水の『うづら立《だち》』、蕪村の『たまも集』などに序文を草した。俳風は平俗で、理に落ちた通俗的な句も少なくないが、繊細な感覚で情緒的にすぐれた句も見られる。追善集に、三十三回忌『長月集』（眉山編）、五十回忌『後無射集《のちのぶえき》』（黄年ほか編）がある。

【その他】代表句には、他に次のような句がある。

落鮎や日に日に水のおそろしき　（『三顔合』）

は、産卵を終え川を下る鮎に冷たく激しい川の流れが追い討ちを掛けるさまを率直な表現で詠み、成功している。

朝顔に釣瓶《つるべ》とられてもらひ水　（『千代尼句集』）

は広く人口に膾炙した句。当時の園芸ブームが背景にあるが、わざとらしい理屈と風流の衒いがあり、名句とは言い難い。上五を「朝顔や」とする真蹟も伝わる。

紅さいた口も忘るる清水かな　（『千代尼句集』）

の「さいた」は「さした」の意。清水の涼味を詠む。人情的側面から清水を詠み、俗受けをねらった一面がある。

ほととぎすほととぎすとて明けにけり
渋かろか知らねど柿の初ちぎり
起きて見つ寝て見つ蚊帳の広さかな
とんぼ釣りけふはどこまで行つたやら

これらの句は古くから千代の句として世に知られたが、いずれも千代の作という確証がない。〈起きて見つ〉の句は夫の死を悲しんだ句として知られたが、泥足編『其便《そのたより》』（元禄七年刊）に遊女浮橋《うきはし》の句として載り、千代出生以前の句である。生前に個人句集が上梓されるほど高名であったために、さまざまな俗説や誤伝が生れたものと思われる。

【参考】中本恕堂『加賀の千代全集』（昭30、加賀の千代全集刊行会）、川島つゆ「千代尼」（『俳句講座3 俳人評伝下』昭34、明治書院）、山根公『松任の俳人千代女』（平2、松任市役所）

〔満田達夫〕

行く春や海を見て居る鴉《からす》の子

諸九尼《しょきゅうに》　安永・天明

〔現代語訳〕霞がたなびいていた海も、日差しが強くなって波頭がきらきらと輝き始め、春は過ぎ去ろうとしている。浜辺ではこの春生れて巣立った鴉の子が、無心に海を眺めている。

〔解釈〕季語は〈行く春〉で晩春。過ぎ去ろうとする春を旅人になぞらえ、春を惜しむ心をこめた季語である。『拾遺和歌集』の〈花もみな散りぬる宿は行く春の故郷とこそなりぬべらなれ〉（紀貫之）はじめ、平安時代の和歌に既に多く詠まれ、〈行春や鳥啼《とりなき》魚の目は泪《なみだ》〉（芭蕉）〈ゆく春やおもたき琵琶の抱きごころ〉（蕪村）など、俳諧にも名吟が多い。季語「暮の春」も晩春を意味するが静的な把握であり、「行く春」はより動的である。従って、春が過ぎていくのをとどめ得ぬ詠嘆の気持ちがいっそう強くなる。また、近現代俳句では、「鴉の子」を夏の季語とするが、近世の歳時記類には見えない。ただし、「鳥の巣」は平安時代の和歌、中世の連歌を通して春の景物として詠まれ、近世の歳時記類では春季とする。〈巣つくるや憎き烏《からす》も親心〉（白雄）のように「鴉の巣」を詠んだ句もある。鴉の繁殖期は春から夏で、孵化から巣立ちまでほぼ一か月ほどかかり、その後も数週間は親鳥とともに過ごす。ここでは、晩春に目にする景物として「鴉の子」を季語「行く春」に取り合わせた。この句は諸九尼生前の俳書入集や真蹟が確認できず、作句の年代等は不明。諸九尼没三十年後の奇淵編『芭蕉袖草紙』に諸九尼の発句十八句が入集し、その中に見える。この句は、広々とした海辺に一羽の鴉の子を配することで、晩春の情感を描いた。海を眺めているのは作者だが、鴉の子の視点を通して海を眺めているように感じさせるところが巧みである。鴉の子だけを点出しているので、親鳥にはぐれたとも取れる。宝暦五年、諸九尼は前号波女を改めて睢鳩《しょきゅう》（「睢鳩」は『詩経』に名高い雌雄睦まじい鳥）となったが、同一二年、夫浮風《ふふう》を失い剃髪して尼になった。この句が浮風没後の作だとすると、「はぐれ鳥」となった睢鳩の墨染め姿の自分の孤独な境涯を、親にはぐれた黒い鴉の子に投影して詠んだという解釈も可能である。

〔所収本〕竹両・文沙・湖桂《こけい》編『諸九尼句集』（天明六年）所収。編者らは諸九尼の夫浮風の遺弟で、のち諸九尼の指導を仰いだ人々。跋文で尼の経歴に簡略に触れる。天明元年の尼の没後に収集した発句三百三十九句を四季別に分けて収録。同七年、筑前国篠栗《ささぐり》住福岡藩士の俳諧作者・其両《きりょう》により『諸九尼続発句集』が編まれ、遺句百三十一句が収録された。

〔作者と業績〕正徳四年（一七一四）～天明元年（一七八一）九月十日没。本名、有井なみ。前号、波（浪）女・睢鳩。別号、湖白庵。野坡系浮風門。筑後国唐島村の庄屋永松家に生まれ、同族の中原村庄屋に嫁したが、三十歳の頃、筑前国黒田藩士だった湖白（のちの浮風）と駆け落ちして上阪。浮風の指導で句作の腕を上げ、野坡の分骨碑造立記念集『松の中』以下に入集。宝暦五年、京に移住し千鳥庵を営み、同一二年、浮風死没後、剃髪して尼になった。明和四年、京岡崎に湖白庵を結ぶ。同八年夏～秋、江戸を経由して松島行脚に赴き、長野善光寺に参詣して帰洛。蝶夢ほか俳壇の諸名家と風交があり、旅を好んで中国地方や筑紫にしばしば曳杖、晩年は筑前国直方《のおがた》に帰住して没した。七回忌追善集『懐旧の発句』（天明七年刊、上中下三巻のうち「中」のみ伝存）。編著に『その行脚』『湖白庵集』『秋かぜの記』がある。作風は平明にして温雅である。

〔その他〕代表句には、他に次のような句がある。

一雫《ひとしづく》こぼして延びる木の芽かな　（『諸九尼句集』）

春雨が木の芽を濡らし、それが一粒の雫となって落ちる瞬間。〈延びる〉に、雫が延びて見えるのと芽が成長して伸びる意を掛ける。

朧夜《おぼろよ》の底を行くなり雁《かり》の声　（『諸九尼句集』）

秋の澄んだ月夜と異なり白っぽい光に満ちた朧夜に飛ぶ雁の声を、〈夜の底を行く〉の措辞で表現した。

百合《ゆり》咲くや汗もこぼさぬ身だしなみ　（『諸九尼句集』）

〈汗もこぼさぬ身だしなみ〉と清楚な百合の花を取り合わせて、美しくも怜悧な女性を連想させる。

紫陽花《あぢさゐ》や雨にも日にも物ぐるひ　（『諸九尼句集』）

「もの狂ひ」は狂気。「七変化」と言われ次第に色の変化する紫陽花に、日常の次元を離れた狂気を連想した。

音のした戸に人もなし夕時雨《ゆふしぐれ》　（『諸九尼句集』）

時雨模様の初冬の夕方の、もの寂しく人恋しい気分を、〈音のした戸に人もなし〉で表現した。

坂下りて月夜も闇《くら》し鴨の声　（『諸九尼句集』）

視界が広がる坂の上と、視界が狭まる坂の下とを、月光の明暗でとらえた。暗い中から鴨の声だけが聴こえるという設定が巧み。

枯るるほど草にしみこむか冬の月　（『諸九尼句集』）

冬になり草が枯れていくにつれて、冬の月光が草の中に沁み込んでいくととらえた。微妙な季節の推移を詠んだ句。

〔参考〕大内初夫・飯野松子・阿部王樹編『増訂版　湖白庵諸九尼全集』（昭61、和泉書院）

［満田達夫］

夜々《よよ》月《つき》の雫《しづく》や凝《こ》って蔓《つる》ぶだう

二世素丸《そがん》　安永・天明

〈現代語訳〉 夜毎に明澄な月の光が雫となって滴り落ちたためだろうか、この葡萄は、月光が凝り固まって出来たのではないかと思うほど、甘くて美味しい。

〈解釈〉 季語は〈月〉と〈蔓葡萄〉で秋。「葡萄」は漢語で、日本の食用葡萄栽培は戦国期以降のため、和歌・連歌ではほとんど詠まれない。俳諧の時代になって秋の季語とされたが、作例が増えたのは安永・天明期から。季語が二つある「季重なり」の句で、現代俳句では避けるべきとされるが、俳諧では許容された。この句は切字「や」がよく働いている。「凝」るのは雫なので、中七は「雫の凝って」でも意味が通じるが、それでは「夜毎に雫となって滴り落ちた月光が凝り固まったのが蔓葡萄だ」と断じた散文になってしまう。通常、切字の助詞「や」は詠嘆の意味で用いられるが、この句の「や」は詠嘆と疑問の両方のニュアンスを含んでいる。「夜毎の月の雫のためだなあ」と「夜毎の月の雫のためだろうか」である。「や」の一字で、葡萄の甘さから受けた感動が伝わる。昼の陽光と夜の露は葡萄の成熟に不可欠で、昼夜の寒暖差が大きいと夜間に結露する。水滴に月が映るさまは、藤原良経の〈雨はるる軒の雫に影みえて菖蒲にすがる夏の夜の月〉(『風雅和歌集』)など鎌倉時代の和歌に既に詠まれており、〈月の雫〉は「露」の異名とされていたので「月」と「雫」の配合は常套だが、〈月の雫〉から「葡萄」への連想は新しい。千代尼に〈雫かと鳥もあやぶむ葡萄かな〉(『千代尼句集』)の句があり、同想であるが、葡萄の甘さへの感動と月夜の情趣を表現している点で、この句の方が優る。素丸には平俗な句が多いが、この句は傑出している。なお、素丸に師事した一茶に〈春の月さはらば雫たりぬべし〉(『文化句帖』)がある。

〈所収本〉 二世素丸著、徳布編『素丸発句集』(寛政八年成)所収。二世素丸没後、その一周忌に門人・徳布が同じく門人の菊露の助力を得て編集した。遺吟千八百七十六句を、四季類題別に収録する。

〈作者と業績〉 正徳二年(一七一二)八月二十六日～寛政七年(一七九五)七月二十日没。「そまる」とも。本名、溝口勝昌。初号は白芹、別号、駒堂・五味堂・其日庵・涓浜庵・宝几庵。江戸の人。幕府旗本の家を継いで御書院番を勤め、知行地五百石であった。本所長崎町(のち日本橋浜町)に居住。俳諧を葛飾派(素堂を祖とする俳諧流派)の馬光(素堂門、一世素丸、其日庵二世)に学んだ。葛飾派は、江戸市中よりもむしろ葛飾(隅田川以東)を中心に周辺の農村地帯を勢力圏とし、俳風は平談俗語を用いた通俗卑近なもので美濃派(支考が始めた俳諧流派)に近い。延享三年(一七四六)頃、師の馬光から其日庵の庵号を受け継いで二世素丸を名乗り、葛飾派の当主となった。寛延四年(一七五一)、蓼太らと『続五色墨』を刊行し、蓼太一門と提携して、其角の門流が主流を占めていた江戸俳壇への進出を図った。江戸に一勢力を築き、天明元年(一七八一)には自邸の後園に一楼を建てて社中の集会に宛てるほどの盛況を呈し、この頃から自派を「葛飾蕉門」と呼号した。天明(一七八一～八九)末年からは浜町に別宅を営み、涓浜庵と称した。俳論を多く述作し、宝暦年間(一七五一～六四)初期のものは俗談平話を尊ぶ美濃派の影響が著しいが、晩年のものは美濃派の影響を脱し独自の見解を示す。たとえば、「蕉門変化論」(『秋顔子』寛政二年刊)では、支考の廿五ヶ条や七名八躰説を批判し、直接芭蕉の作品について付合変化の骨法を学び取ろうとする態度が著しい。また、芭蕉発句百五句を注解した『説叢大全』(安永二年刊)は在来の水準を遥かに凌ぐ画期的なものである。温厚篤実で寛容な人物であったようであるが、作品は概して平板で個性的魅力には乏しい。門下から一茶が出たが、一茶が入門したのは師の竹阿(馬光門)が寛政二年(一七九〇)三月に没した後で、二年後の寛政四年三月に一茶は西国行脚に旅立って素丸在世中には帰江しておらず、素丸の影響は大きくはない。葛飾派はその勢力圏や俳風の面では農村出身の一茶が身を寄せやすい俳団ではあったが、一方で素堂・馬光・素丸と士分の者に継承され、側近や主要な地位は多く士分の者によって占められていた。そのため、素丸門下にとどまることは、一茶には居心地の悪いものであったと思われる。

〈その他〉 代表句には、他に次のような句がある。

木がらしの音を着て来る紙子哉　(『藪うぐひす』)

鐘鳴りて春行くかたや海のいろ　(『素丸発句集』)

青瓢《あおひさご》ふくるる果や秋の水　(『青ひさご』)

一句目は、初号・白芹時代の句。「木がらし」「紙子《かみこ》」ともに冬の季語で、紙衣のがさがさ鳴る音を、戸外の木枯らしの音を着て来たようだと見た。二句目は、寺の鐘の音が海に広がってゆくとともに春も過ぎ去って行く、の意で、素丸の句としては理に落ちず秀逸。三句目は辞世の句で、全身に浮腫を生じて病臥している自分の姿を、膨らんだ青瓢簞に喩えて詠んだ。

〈参考〉 矢羽勝幸校注・小林計一郎解説「素丸発句集」(『一茶全集 別巻 資料・補遺』昭53、信濃毎日新聞社)、丸山一彦「涓浜庵素丸」「一茶と素丸」(ともに『一茶とその周辺』平12、花神社)

[満田達夫]

世の中は三日見ぬ間《ま》に桜かな

蓼太《りょうた》　安永・天明

〔現代語訳〕 雑事に取り紛れてばたばたと三日間を過ごしていたが、三日間見ないうちに何とまあ、世の中はすっかり桜の花盛りになっていることよ。

〔解釈〕 季語は〈桜〉で春。中七を「三日見ぬ間の」の形で誤伝されて世に広まったが、資料的には根拠がない。「三日見ぬ間の」だと、この世はたとえば三日見ない間に花盛りになってしまうように変わりやすいものだ、という処世訓めいた意味になる。この句の眼目は〈三日見ぬ間に〉の〈に〉。「三日間見ないうちに何とまあ」という驚きが、〈に〉の一字でよく表現されている。中村俊定（『俳句講座3』）によれば、この句は寛保二年（一七四二）二十五歳の作である。吏登述・蓼太編『ばせを翁七部捜《さがし》』（宝暦一一年序）によると、師・吏登はこの句を「世の中の五文字居《すわ》りかねるものなり。是は可なり」と評した。難しい〈世の中〉の語をこの句は上五にうまく使ったという評である。〈世の中〉は、平安朝以来、和歌の一句目に多用された（「男女の仲」の意味も含む）措辞。この句は、白石悌三（『俳句・俳論』）の指摘するように、在原業平の〈世の中に絶えて桜のなかりせば春の心はのどけからまし〉（『古今和歌集』）を踏まえつつ、〈三日見ぬ間に〉一斉に開花した桜の本意を巧みに言い取った句と言えよう。誤伝によって処世訓的に世に知られた句であるが、この句の価値は、助詞「に」の働きと、歌語〈世の中〉を踏まえて俳諧的に本意を表現したところにある。

〔所収本〕 吐月編『蓼太句集　初編』（明和六年）所収。蓼太自選の発句五百八十三句を、門人の俳諧師・吐月が四季類題別に編んだもの。安永六年刊の再版本（増補・削除あり）もある。『蓼太句集』はさらに、天明六年に二編（雪太郎三駱《さんらく》編）が、蓼太没後の寛政五年に三編（雪太郎三鷺編）が刊行された。

〔作者と業績〕 享保三年（一七一八）～天明七年（一七八七）九月七日没。大島氏。本姓、吉川《よしかわ》氏。名、陽喬。別号、蓼太郎・雪中庵（三世）・宜来・里席・老鶯巣・空摩など。信濃国伊那大島生れ。『俳家人物便覧』によると、少壮にして家を出て江戸に行き、藤屋平助と称して、御用縫物師を務めたという。初め点取俳諧に手を染めたが、吏登（嵐雪門、雪中庵二世）に入門、たちまち頭角を現した。寛保元年（一七四一）には『春の月』を編し、同二年には芭蕉の『おくのほそ道』を慕って行脚、遺吟を採集した。延享三年（一七四六）三月には西国巡礼にことよせて上方行脚を試み、東海・近畿の諸俳士と風交、帰江後の翌四年春に師・吏登から許されて雪中庵三世を名乗った。なおも江戸俳壇の雄たらんとして、寛延四年（一七五一）、二世素丸・二世宗瑞（杉風系）らと『続五色墨』を刊行、さらに宝暦元年（一七五一）には俳論書『雪颪《おろし》』を述作して江戸座（江戸点取俳諧宗匠の連合体）宗匠連の『江戸廿歌仙』（延享二年刊）を批判した。のちに江戸座と蓼太門の間に論争の応酬が行われ、俳壇に蓼太の名を高からしめた。以後も着実に地歩を占め、東西の吟行三十余回、編集に関与した俳書二百余部、免許した点者四十余輩、門人三千人と称される大勢力を築いた。隠士型の師・吏登とは逆に、貴顕の門に出入りし、経営の才に優れていたが、円満な性格で衆望厚く、その行動力は類を見ない。俳風は、師・吏登の所説を受けて、芭蕉晩年の『炭俵』調を基調とし、当時の晦渋《かいじゅう》・放恣《ほうし》な江戸座風に対抗した。彼の本領は連句にあり、連句に関する多くの著作がある。また、早くから芭蕉顕彰事業を志し、多くの資料紹介や注釈書を手がけており、後世の芭蕉研究に裨益するところが大きい。嵐雪を祖とする蓼太の門派を「雪門」と呼び、四世完来から十二世増田龍雨（明治七年～昭和九年）まで受け継がれ、正岡子規以降の俳壇で軽視された連句の伝統を伝えた。増田龍雨は、久保田万太郎と親交深く、旧派にありながら心理的陰翳の濃い佳吟を残した。一方、正岡子規は、伊藤松宇編『俳諧中興五傑集』（明治三二年）の序文では「詩才と世才とを兼ねたる者俳人に在りては蓼太一人なり」等と一定の評価を示したものの、俳論「芭蕉雑談」（「日本新聞」明治二六年～二七年）では「蓼太は敏才と猾智《くわっち》とを以て一時天下の耳目を聳動《しょうどう》せりと雖も、固より其の眼孔は針尖のごとく小なりき」と切り捨てた。子規の評価が「蓼太は俗物」との印象を世に広め、それが今日にまで続いていると言えよう。

〔その他〕 この句とともに人口に膾炙《かいしゃ》した句に、

むっとしてもどれば庭に柳かな　（『蓼太句集』）

があるが、「三日見ぬ間の」の誤伝同様、処世訓的に理解されて世に広まった。長崎で清人・程剣南に賞賛された

五月雨やある夜ひそかに松の月　（『蓼太句集』）

も有名だが、理に落ちている。蓼太の真価を窺える代表句には、次のような句がある。

馬借りてかはるがはるに霞みけり　（『蓼太句集』）

鳥遠うして高欄に牡丹かな　（『蓼太句集』）

絶々《たえだえ》に温泉《ゆ》の古道や苔の花　（『蓼太句集』）

我影の壁にしむ夜やきりぎりす　（『蓼太句集』）

〔参考〕 中村俊定「大島蓼太」（『俳句講座3　俳人評伝下』昭33、明治書院）、白石悌三他『鑑賞日本古典文学33　俳句・俳論』（昭52、角川書店）、中村俊定・加藤定彦「雪中庵蓼太年譜稿」（『連歌俳諧研究』66～68号、昭59・1～昭60・1）

［満田達夫］

梅が香に回廊ながし履《くつ》のおと

涼袋《りょうたい》　安永・天明

〔現代語訳〕 梅の香る中、寺の回廊が長く長く続いている。静寂を破るのは、我が履物の立てる音だけだ。

〔解釈〕 季語は〈梅が香〉で初春。梅は、万葉集時代には「うめ」、平安時代以降は「うめ」「むめ」両様の表記が行われた。梅は漢方薬の烏梅《うばい》として中国から渡来した植物で、飛鳥《あすか》・奈良の宮廷では、中国貴族をまねて舶来の梅の花を愛でる「梅花の宴」が流行した。『万葉集』の花の歌では梅が最多の百十八首、桜は四十首。平安時代の『古今和歌集』では逆転し、春歌百三十四首のうち百首以上が桜の歌で梅の歌は十数首しかない。これは、花に対する好尚が、漢風から国風に変わったことを意味する。平安時代には、色よりも香に心をこめるようになり、〈春の夜の闇はあやなし梅の花色こそ見えね香やは隠るる〉（凡河内躬恒）など、夜の梅、闇の梅がよく詠われた。また、当初は中国風の華麗な紅梅がもてはやされたが、徐々に清楚な白梅が好まれるようになった。俳諧・俳句では「梅」は白梅を意味し、紅梅は「紅梅」と明示して詠まれる。

この句は、延享二年、加賀国金沢に俳諧師希因（乙由門）を訪問して師事、俳号を都因と改めた後の作。二月二十日前後に越前から金沢に到着、盟友彭城百川《さかきひゃくせん》（南画家・俳諧師）の紹介状を携えて希因を訪ね、希因・門人らと六吟歌仙一巻を巻いた後、二月末には、金沢の南方船底山（金沢市長坂町）にある曹洞宗東香山大乗寺に入り修行僧として生活、七月十六日に下山し八月に能登へと旅立った。『杖のさき』には、「金城東香山　松茂つて山門ふかく閑せり。時は弥生のはじめながら残雪なを消えやらず。禅 寂霤に対して日に陰々たり」と前書があり、寺に入って間もない頃の作である。香り高い梅の花と境内に響く履物の音で清浄静寂な寺内の様子を表現し、「回廊ながし」で寺の大きさを賞揚している。平明な表現だが、格調高い句である。

〔所収本〕 都因（涼袋）編『杖のさき』（延享二年刊）所収。涼袋の加賀国金沢在住を記念する撰集。涼袋作『紀行』（宝暦三年頃成）所収の「紀行北南」によれば、実際には希因の編集である。これを機に涼袋は北陸俳壇との関係を深めたが、希因はそれに危惧の念を抱き、後に涼袋は希因から絶交されるに到った。

〔作者と業績〕 享保四年（一七一九）～安永三年（一七七四）三月十八日没。本姓、喜多村氏。後に建部《たけべ》と自称し、修して建・太気と称する。俳諧師・国学者・読本作者・画家。俳号、葛鼠・都因・涼岱《りょうたい》。庵号、吸露庵。片《かた》歌《うた》の唱道以後は、綾足《あやたり》・綾太理・綾太と称す。画号、涼岱・長江・寒葉斎・孟喬。陸奥国津軽の人。江戸および京都住。津軽藩家老津軽政方の次男として生れる。母は兵法家大道寺友山の娘。二十歳の頃に兄嫁と密通して弘前を出奔したといわれるが、彼自身は、幼い頃に家出をして、二十九歳のときに二十余年ぶりに母と再会したと書いている（『紀行』）。元文四年、二十一歳から行脚生活に入り、一時説教僧として秩父に住んだ。その後、加賀国金沢・大和国などに仮寓し、延享四年、二十九歳のときに江戸に出て、浅草に吸露庵を結んで俳諧師として立ち、多くの俳書を出版した。さらに、二度にわたり肥前国長崎行脚を実行して画技を身につけ、画家としても世に知られる。この間に、母の尽力で、豊前国中津藩奥平家に仕える。宝暦一三年二月から六月にかけて上信越地方を行脚し、初めて片歌説を唱え、『片歌二夜問答』などを刊行。同年九月には賀茂真淵に入門、この頃から国学に傾倒し、古語の研究書『歌文要語』や枕詞の研究書『詞章小苑』などを書く傍ら、万葉風の歌を詠み始めた。『伊勢物語』の研究に特に力を入れ、真名本の『旧本伊勢物語』を出版し、賀茂真淵説を批判する『伊勢物語古意追考』を書いた。また、古語を使用した雅文小説『西山物語』『本朝水滸伝』を発表し、長編読本の流行に先鞭を付けた。この間、明和七年、五十二歳のときに、右大臣花山院常雅から片歌道主の称号を与えられた。画家としては、屛風や掛幅に筆をふるったほか、『寒葉斎画譜』など数種の画譜を残した。彼の活躍は多岐にわたったが、一時師と仰いだ賀茂真淵の「虚談のみにて交りがたし」（蓬莱尚賢宛書簡）の言のように、一部の人々からは信頼できない人物と見られていた。俳諧は初め野坡門、のち伊勢派の百川・希因らに師事。伊勢派の平明調を重んじた。俳諧関係の編著には、撰集『続三疋猿』、俳論書『俳諧南北新話』『とはじぐさ』、俳諧逸話集『芭蕉翁頭陀物語』等がある。

〔その他〕 代表句には、他に次のような句がある。

祇園まで顔は日蔭《ひかげ》の扇かな　（『希因涼袋百題集』）
鶯や土のこぼるる岸に啼く　（『古今俳諧明題集』）
唇で冊子《そうし》かへすや冬ごもり　（『古今俳諧明題集』）

以上は通常の発句。宝暦末年、片歌説を唱えて以降の作には、次のような句がある。

奥山は山鳩鳴《なき》て花もしづけき　（『綾太理家之集』）
青柳のながらふ影に鮎子さばしる　（『綾太理家之集』）

〔参考〕 西島稔子「建部涼袋」（『俳句講座3　俳人評伝下』昭34、明治書院）、本多夏彦『涼袋伝の新研究』（昭48、本多夏彦著作刊行会）、頴原退蔵「涼袋の俳歴」（『頴原退蔵著作集5　俳諧史三』昭55、中央公論社）、田中善信「綾足の『紀行』について」（『近世文芸研究と評論』昭57・23）、松尾勝郎『建部綾足研究序説』（昭61、桜楓社）

［満田達夫］

よわよわと日の行きとどく枯野《かれの》かな

麦水《ばくすい》　安永・天明

〔現代語訳〕 見渡す限りの蕭条とした枯野、その隅々にまで冬の弱々とした日差しが優しく行き渡っていることよ。

〔解釈〕 季語は〈枯野〉で冬。草の枯れ果てた冬の野を言う。「冬野」は『万葉集』から既に和歌に詠まれているが、「枯野」は中世以降に盛んに詩歌に詠まれた。西行が陸奥の藤原実方の塚を見て作った〈朽ちもせぬその名ばかりを留め置きて枯野の薄形見にぞ見る〉(『新古今和歌集』)などが、「枯野」の語を歌の中に用いた早い作例である。華やかなものこそ美しいとする王朝の美意識に対して、中世の歌人たちは荒涼たる枯野に新しい美を見出した。俳諧でも好んで詠まれ、〈旅に病《やん》で夢は枯野をかけ廻る〉(芭蕉)〈蕭条として石に日の入る枯野かな〉(蕪村)〈遠山に日の当りたる枯野かな〉(高浜虚子)など、近代俳句に到るまで名吟が多い。この句には「加越　平原を過ぐる日」の前書がある。作句年代は詳らかではないが、北陸地方の旅吟と思われる。北陸の冬は雲のたれこめる曇りの日が多い。そんな中で、珍しく晴れ上がった日の情景。〈よわよわと〉は北陸の日差しの弱さを表し、〈日の行きとどく〉で、枯草までもが日光を渇望していることを表す。更に、雪に覆われた遠山や澄んだ空気までが想像できる。北陸ならではの「枯野」を詠んだ名吟である。

〔所収本〕 青城編『葛箒《くずははき》　樗庵《ちょあん》麦水発句集』(嘉永三年跋)所収。青城の跋によると、金沢の俳人青城が古い屏風を張り替えるために紙を剥がして、その反古の中に発句の書いてあるのを発見、麦水手記の句帖であることに気付き、汚れを洗い濯ぎ、綴じて一冊子としたもの。欠丁がある。四季類題別にそれぞれ旅の部を加えるが、秋・冬は旅の部のみで類題の部分を欠く。金沢の俳人蔵《くら》月明《げつめい》(明治一三～昭和四三年)が少年時代に手写した写本として伝わり、勝峯晋風《かつみねしんぷう》(明治二〇～昭和二九年)により『日本俳書大系』に翻刻された。

〔作者と業績〕 享保三年(一七一八)～天明三年(一七八三)十月十四日没。堀氏。名、長。字、子傾。通称、池田屋平三郎、のち長左衛門。初号、葭由・可遊。別号、四楽庵・樗庵・暮柳舎・五噫逸人・牛口山人・方城。俳諧師であるとともに、稗史実録作者でもある。加賀国金沢竪町で蔵宿池田屋の次男として生まれる。青年時代は上方に居たが、甥吉之丞後見のため、元文元年に帰郷した。俳諧は、初め美濃派の百雀斎五々に学び、のち麦林舎乙由の風に移り、麦水と号した。延享元年夏、木曾路を経て伊勢国に遊び、寛延二年には夏から秋にかけて江戸・東海道・伊勢・京を旅した。その間、金沢河原町に四楽庵を結ぶが、宝暦一一年六月、四楽庵を甥に譲って小松に樗庵を結び、町医者となった。同一二・一三年には京に上り、蕪村らと交流、『うづら立《だち》』を刊行。同じ頃、『越の白波』『三州奇談』などの稗史・奇談を刊行し、広く読まれていたという。明和元年春には江戸に赴き、冬に帰国して金沢寺町に新庵を構え、翌二年春には春帖『年またぎ』を上梓、次第に俳諧活動も活発化する。明和六年に『二十五ケ條註解』を著したあたりから、『みなしぐり』の気概高致な貞享正風に傾倒し、中興俳壇における麦水の主張が旗幟鮮明となる。明和七年以降相次いで春帖を公にし、新虚栗《みなしぐり》調を鼓吹するとともに、安永六年にはこれを集約して『新みなし栗』を発表した。これと並行して、『俳諧蒙求』『貞享蕉風句解伝書』(明和七年)、『山中夜話』(安永元年)などの俳論書を執筆、安永二年には大阪に出て旧友二柳と語らい、『蕉門一夜口授』を公刊する。明和八年、遠く肥前国長崎まで足を延ばしたのをはじめ、安永四年に上阪して几董・二柳らと会し、同五年には京で蕪村と会するとともに、五晴(大阪の書肆・石原茂兵衛)の家で『新みなし栗』を撰した。その後、俳諧活動は急速に衰え、特筆すべきことはなくなる。天明元年、加賀藩公の南京将棋の相手として五人扶持医師並みに取り立てられ、能太夫諸橋家の名跡を継いだ一子陸之丞の許に身を寄せ、天明三年、六十六歳の生涯を終えた。麦水の特質は俳論にあり、『みなしぐり』に蕉風の本意があるとして、佶屈な漢詩文調に倣おうとするのが彼の主張である。実録稗史として『慶長中外伝』『琉球属和録』『昔日北華録』などがあり、その方面の人気も高かった。また、旧友涼袋の片歌説を批判した『さきくさのみつのことば』(明和七年成)や謡曲を注した『謡俚諺祭形子』など、多彩な活躍をした。追善集は、七回忌に八水編『あら屋』(寛政元年刊)、其叟編『落葉搯《おちばかく》』(寛政二年刊)が上梓された。

〔その他〕 代表句には、他に次のような句がある。

蝶々や昼は朱雀《しゅじゃく》の道淋《さび》し
椿落ちて一僧笑ひ過ぎ行きぬ
郭公《ほととぎす》穂麦が岡の風早み
夕顔や物を借り合ふ壁の破《や》れ
静けさや蓮の実の飛ぶあまたたび

〔参考〕 勝峯晋風編・校『日本俳書大系11　天明名家句選』(昭2、日本俳書大系刊行会)、大河寥々「堀麦水」(『俳句講座3　俳人評伝下』昭34、明治書院)、日置謙校訂・解説『麦水俳論集』(昭47、石川県図書館協会)、大川良一『加能俳諧史』(昭49、清文堂出版)[満田達夫]

枯れ蘆の日に日に折れて流れけり

闌更《らんこう》　**安永・天明**

〔現代語訳〕　冬になって寒さが厳しくなるとともに、水辺に繁茂していた蘆も枯れ蘆となり、毎日、毎日、少しずつ折れて水の上を流れていくことだ。

〔解釈〕　季語は〈枯れ蘆〉で、冬の句。〈枯れ蘆〉の語により、穂もほほけ葉も枯れ、細い茎だけとなっていく蘆の姿と、枯れ蘆の残る寂しい冬の水辺の景が浮かび上がる。一句は、そうした冬の水辺の枯れ蘆が、毎日折れて流れるさまを捉えて詠んでいる。平易な言葉で、日常的に目にする、あたりまえの景を詠んだだけの句のように見える句であるが、中七の〈日に日に〉という語句によって句中に長い時間の経過を詠み込むことに成功し、しみじみとした冬の情感、季節と時間の推移が表現される句となっている。闌更七回忌追善集『もものやどり』には、「嘗テ枯蘆ノ吟アリ、則チ世挙ゲテ枯蘆ノ翁と称ス」とあり、当時世上に喧伝され、この句によって闌更が「枯蘆《かれあし》の翁」と呼ばれていたことが知られる。上五〈枯れ蘆の〉でいったん切れて間をおき、〈日に日に〉と繰り返した上で、〈折れて流れ〉と動詞を重ね、最後は〈けり〉と詠嘆でとめるという構成の句である。末尾を詠嘆でとめることは一句の形象力を弱め、安易な叙情に傾斜する危険性を孕むとも言えるものであるが、この句の場合には日に日に折れて流れる枯れ蘆の実態を確かに見届けており単なる詠嘆とはなっていない。

〔所収本〕　明和六年（一七六九）刊『有の儘』所収。同書は闌更編の俳諧撰集で、冒頭に芭蕉俳風の推移、加賀俳壇の状況、自身の思いなどを述べる俳論的文章を載せ、以下に古今の四季発句と芭蕉・乙由・支考らの書簡、逸話とを交互に収載する。麦水や白雄の俳風への批判的態度を見せるなど、中興期俳壇における闌更の立場を知る上でも有益な集となっている。

〔作者と業績〕　享保一一年（一七二六）〜寛政一〇年（一七九八）五月三日没。享年七十三歳。高桑氏。初号、蘭皐。別号、狐狸窟仙・半化・半化坊・半化居士。庵号、李桃亭・二夜庵・南無庵・芭蕉堂など。加賀国金沢森下町の商家釣瓶屋に生まれる。釣瓶屋の家業は未詳。二十代はじめ頃、希因に入門し俳諧を学ぶが、寛延三年（一七五〇）の希因没後の十年間余りはほとんど活動が見られなくなる。三十五歳頃から積極的な俳諧活動が行われるようになり、蕉風復興を志し、宝暦一三年（一七六三）に最初の編著『花の故事』を出版した。同書には、芭蕉資料である『初懐紙評註』を収録している。明和五年（一七六八）、四十三歳頃、金沢浅野川のほとりに二夜庵を結び、同六年に『有の儘』を出版。同書では、私意を排した平明な作風を説いた。同七年、四十五歳の春に江戸へ旅立ち、その後江戸に二夜庵を結ぶ。天明初年頃には京に上り、しばらく御幸町で医薬を業としたが、やがて洛東双林寺中に南無庵を営み、ここに許六作と伝える芭蕉像を安置して芭蕉堂と称した。天明六年（一七八六）以降は、毎年芭蕉追悼の法会を開催し、記念集『花供養』を編集。在世中に十二冊まで刊行した。寛政五（一七九三）年には五十八歳で、暁台に次いで花の本宗匠の称号を二条家より許されている。

闌更は温和篤厚な人柄で、平淡閑雅な俳風を特徴とし、多くの門人を育てた。その門下からは可都里・何丸・蒼虬・梅室など次代を代表するような俳人たちが輩出している。また、蕉風復興運動の中心人物の一人として芭蕉顕彰に努めた功績は大きく、『花の故事』所収の『初懐紙評註』を校訂して『落葉考』に再録したほか、『田舎句合』『ゆきまるけ』『三冊子』などの蕉門関係俳書の刊行、復刊を積極的に行った。また、芭蕉や門人の逸話を記した『俳諧世説』や、書簡を集めた『蕉翁消息集』などの編著もある。

闌更追善集として、百か日『おしてる月』、一周忌『三日の光』、七回忌『もものやどり』『続柞原』、十七回忌『合歓雨集』、百回忌『百めぐり』などが出されている。

〔その他〕　代表句としては、次のような句が知られる。

正月や三日過《す》ぐれば人古し　（『半化坊発句集』）

正月にはすべてが一心され生まれ変わった気持ちになるが、三が日を過ぎると結局は元通りの古い人に戻っている、の意。闌更句の中では比較的有名な句。

鵜の面《つら》に川波かかる火影かな　（『半化坊発句集』）

鵜飼いの最中、水をもぐっては浮かび上がる鵜の顔に川波がかかり、鵜舟の篝火の火影がそれを照らす。一瞬の動きを拡大して捉えた句。『あら野』収載の荷兮〈鵜のつらに篝こぼれて憐れ也〉に想を得た句とされるが、〈憐れ也〉と観念的にまとめず、具体的な描写に徹している点が中興期俳諧のあり方を示している。

白牡丹只一輪の盛りかな　（『半化坊発句集』）

初夏の光の中で見事に咲く白牡丹の花。〈只一輪〉と単純化した描き方に花を称える思いがこもる。

秋立つや店にころびし土人形　（『半化坊発句集』）

秋立つ日に目にした店先の景。粗末な土人形の素朴な表情や店先にころがる情景などに秋が感じられる。

〔参考〕　大河寥々「高桑闌更」（『俳句講座3』昭34、明治書院）、同『加能俳諧史』（昭13、金沢文化協会、のち昭49、清文堂出版）

［清登典子］

白ぎくや籬《まがき》をめぐる水の音

二柳《じりゅう》　安永・天明

〔現代語訳〕　庭の垣根に咲いた清楚な白菊の花を眺めていると、垣根をめぐって流れる澄んだ秋の水音が聞こえる。

〔解釈〕　季語は〈白ぎく（菊）〉で秋の句。菊の花は秋にふさわしいすがすがしい花であるが、とくに白菊は、芭蕉の〈白菊の目に立てて見る塵もなし〉の句に見えるように清浄で汚れのない美しさを持つ花として詠まれる。〈籬〉は、竹や小枝などをあらく編んだ垣根のこと。菊と籬との取り合わせは、「菊を採る東籬の下《もと》、悠然として南山を見る」という陶淵明の詩句以来、ごく一般的なものであり、菊の植えられている場所が庵などの庭であることを示す。菊は古く中国から渡来した植物であり、特に江戸時代には園芸植物として様々な種類が生み出され、広く鑑賞されるようになった。菊の咲く秋はまた水が澄む季節であり、水の清澄さを詠むことを本意とする「秋の水」の季語もある。一句は、庭の白菊に籬をめぐる秋の水音を配し、視覚的美しさに聴覚的要素を添えることで、秋の清澄感を立体的に表現した句となっている。

さらに、菊と水との取り合わせからは、菊からしたたる露が不老不死をもたらす薬の水（菊水）となって流れたという中国の伝説、およびそれに基づく謡曲『菊慈童』などが想起される。芭蕉も、この伝説および謡曲を踏まえ、『おくのほそ道』山中《やまなか》の章段で〈山中や菊も手折らぬ湯の匂ひ〉（ここ山中温泉に入ると命も延びたように思われ、湯の匂いは菊の香りに勝るとも劣らない。これなら長寿延命の伝説のある菊を手折る必要もないことだ）と詠んでいる。実は二柳はその加賀国山中の出身であり、しかも『奥の細道』に登場する「久米之助」、すなわち山中温泉和泉屋の主人、俳号桃妖に俳諧を学んでいた。そうしたことを勘案すれば、この句の発想の背後には、『菊慈童』にも登場する菊の咲く仙家がイメージされており、「水」には、不老長寿をもたらすとされた菊水の伝説が踏まえられていると見ることができるのではないだろうか。芭蕉顕彰運動に精力的に取り組んだ二柳であればこそ、芭蕉句を意識した句を詠んでいたことが考えられるのである。ただし、そうした仙家における菊と水とのイメージから発想されたものであったとしても、一句は、ことさらにそれを明示しておらず、表面上はあくまでも清澄な秋の庭の情景として描き出されているにとどまっている。ここに平明性の中に詩情を追求した中興期俳諧の有りようを見ることができるだろう。

〔所収本〕　安永五年刊『津守船初編』所収。同書は、編者五晴が広く諸国俳人の四季の吟詠を集めて住吉御文庫に奉納したもの。麦水・暁台・二柳・蓼太・大魯・蕪村・几董・蝶夢ら中興期俳壇の有力俳人の作を網羅する。安永九年三編まで続刊された。

〔作者と業績〕　享保八年（一七二三）～享和三年（一八〇三）三月二十八日没。享年八十一歳。勝見氏。初号、桃左。別号、三四坊・不二庵・売冠子・七彩堂・翁堂・白岳道人。加賀国山中の生まれ。はじめ、『おくのほそ道』の山中の章段に「久米之助」の名で登場する山中温泉和泉屋の主人、桃妖に俳諧を学び桃左と号した。若くして郷里を出て諸国を遍歴し、乙由に師事、その没後は希因門に入って号を二柳と改めた。近江八幡・阿波徳島・讃岐丸亀などを経て、明和八（一七七一）年暮れ頃から大坂に居を定め、大坂の遊行寺に埋もれていた芭蕉塚を再建、枯野忌、松風会などの年中行事を企てて芭蕉顕彰運動に励んだ。また、蕪村・几董・大魯・闌更らと積極的に交流し、蕉風中興運動の大坂における中心的存在となった。寛政五年（一七九三）の芭蕉百回忌には三日間の追悼俳諧を遊行寺で営み、同一〇年には、二条家より中興宗匠の称号を許された。

編著に『除元集』『松飾集』『俳諧氷餅集』『佐賀亭猿』『水の春』『梅花帖』『筆ついで』『この卯月』『四季部類』『新季寄』などがあり、追善集に『不二庵終焉記』（奇淵編）、『桃下華葉』（桃処編）がある。

〔その他〕　代表句としては、次のような句が知られる。

一里行き二里行き深山ざくらかな　（『其雪影』）

山桜を求めて春の山道を一里行き、さらにまた一里と歩いてしまった。平明な中に花にひかれる風狂者の心を感じさせる句である。

大仏のはしら潜るや春の風　（『津守船初篇』）

「大仏の柱」は、奈良東大寺大仏殿にある柱で、人の潜る穴があり、無病息災を祈る柱くぐりが行われる。春の一日、東大寺で柱潜りを行う人々の様子やそれを見守るような大仏の穏やかな姿も浮かんでくる。「春の風」の季語が駘蕩たる春の様子を伝える。

小海老飛ぶ汐干の跡の忘れ水　（『津守船初篇』）

海の汐が引いて一面の干潟となった春の浜。ところどころに忘れ水のように残されている水たまりの中で小海老が飛び跳ねている。観察に基づく自然詠。

うすうすと南天赤し今朝の雪　（『津守船初篇』）

雪の降った朝、庭の南天にも雪が積もり、うっすらと赤い実が見える。白一色の雪景色の中で南天の実の赤に注目した句。「うすうすと」の表現が巧みである。

〔参考〕　西山隆二『大阪と蕉門』（昭29、西山隆二遺稿集刊行会、のち佐藤勝明編『蕉門研究資料集成6』平16、クレス出版に抄録される）

［清登典子］

嵐吹く草の中よりけふの月

樗良《ちょら》　安永・天明

〔現代語訳〕　山道を行くと、秋の嵐に吹きなびかされ、波打っている草むらの中から見事な満月が悠然と上ってきた。その清光を受けて、草の葉先がきらきらと光ることだ。

〔解釈〕　季語は〈けふの月〉で、秋の句。〈けふの月〉は、八月十五夜の月のこと。「今宵の月・今日の月、以上、十五夜に限りていふ言葉なり。かつ今日・今宵と賞する心、句中にあらざればととのはず」（『栞草』）と言われ、満月を賞美する心を込めて詠まれる季語である。古来、多くの俳人によって詠まれ続け、名月にふさわしい情景、景物も詠み尽くされた感がある中で、樗良のこの句は月を静止的場面で捉えるのではなく、強い風に吹きなびかされる草の中からの月の出という動的場面で捉えることで、名月への感動と清澄感とを表現することに成功しており、清新な一句となっている。

稿本『乞食袋』に「小鹿なく朝熊山《あさまやま》に良夜の月見むと、酒肴やうのもの携へて、おのが家をうかれ出づるに、秋の野らの夕まぐれいとあはれなる頃、月はにほやかに出づる」との前書きがあるという。宝暦十二年（一七六二）八月十五夜の作である。朝熊山は伊勢の歌枕であり、当時樗良の住んでいた伊勢山田の東にある。樗良は海からのぼる月を眺めるために朝熊山に登り、山の草むらからの月の出を眺めたのである。のちに安永五年（一七七六）八月に巻いた蕪村・几董との三吟百韻において、樗良はこの句を発句として提出しており、自信の一句であったと思われる。蕪村も几董宛書簡において「良夜の句は、良叟の〈嵐吹く草の中よりけふの月〉是より外なく候」と述べ高く評価している。几董も『続明烏』にこの句を収録するに当たり、「清光」と詞書きを付け、月の句の巻頭に据えている。

〔所収本〕　天明四年（一七八四）刊『樗良発句集』所収。同書は天地の二冊から成り、天に春夏、地に秋冬の句を収める。

〔作者と業績〕　享保一四年（一七二九）～安永九年（一七八〇）十一月十六日没。享年五十二歳。三浦氏。別号、二股庵・一呆盧・無為庵・有無庵。志摩国鳥羽に生まれ、鳥羽藩士であった父の致仕に伴い、伊勢国山田岡本町に移住した。伊勢国山田は伊勢派俳諧の本拠地であり、樗良も延享頃（一七四四～四八）に紀伊国長島の百雄に俳諧を学んだといわれる。宝暦九年（一七五九）の一月から三月までは紀伊国木本に滞在し、第一撰集『白髪鴉』を刊行。同一二年冬に山田市中に無為庵を結んで、〈我が庵は榎ばかりの落葉かな〉と詠むとともに、これを発句とする歌仙を含む四歌仙を門人たちとともに巻いた（『我庵』収載）。明和元（一七六四）年には、加賀の既白、同二年には董也を伊勢に迎え、蕉風中興運動の担い手の一員としての活動を進めつつあったが、同三年十月、「思ふ人のほだしとなりて」罪を指弾され、山田を退去するに至る。同五年には、その「思ふ人」であった妻のかよと江戸に逃避行するが、窮乏の放浪生活を体験して帰郷。以後の苦難の日々の中では、雑俳点者として生活を支えることもあった。その後、各地の俳人らを尋ねて交流を深めていくが、とくに安永二年（一七七三）九月には京に上り、蕪村・几董・嵐山と四吟歌仙を巻いている（『此ほとり一夜四歌仙』収載）。これは、安永九年に刊行された『もゝすもゝ』収載連句とともに蕪村一派の代表的連句として高く評価されるものである。その後もしばしば京に上って蕪村周辺と親交を結び、同五年六月には、ついに京の木屋町三条に無為庵を移した。この京の無為庵を中心として活躍していた前後の時期が、俳諧師として樗良が最も充実していた時期と考えられている。この期の撰集として、『誹諧月の夜』『一日行脚』『年の尾』などが知られる。安永九年春、山田に帰り、門人坂仄の別邸において五十二年の生涯を閉じた。

樗良は、地方系蕉門である伊勢派の俳人として出発しながら、伊勢派の俳風「俗談平話」から抜け出て、新風を模索した俳人である。その俳風は「平淡味のうちに人生的感慨がこめられ」（清水孝之「樗良」『日本古典文学大辞典』4）ると評されるものであり、他の中興期俳人たちと積極的に交流を重ねることで、全国的な蕉風復興運動の盛り上がりに大いに貢献した。

〔その他〕　代表句としては、次のような句がある。

さくら散る日さへゆふべと成りにけり　（『樗良発句集』）

桜も散りがたとなった寂しい晩春の一日。次第に日も傾き夕暮れが色濃く迫ってきている。和歌的な情趣をよく解した樗良らしい句である。

山寺や誰も参らぬねはん像　（『樗良発句集』）

〈誰も参らぬ〉という平易簡潔な表現によって、春の涅槃会（陰暦二月十五日の釈迦入滅の日に寺院で行われる会）に訪れた山寺の静かな様子がありありと浮かび上がる句となっている。他にも、

虫ほろほろ草にこぼるる音色かな　（『樗良発句集』）

露の菊さはらば花もきえぬべし　（『樗良発句集』）

などの句が知られる。

〔参考〕　島居清「三浦樗良」（『俳句講座3』昭34、明治書院）、清水孝之「中興期の俳論」（『俳句講座5』昭34、明治書院）、同『追跡・三浦樗良』（平3、皇学館大学出版部）

［清登典子］

九月尽《くがつじん》遥かに能登の岬かな

暁台《きょうたい》　安永・天明

〈現代語訳〉 今日は九月の晦日、秋はもう終わりだ。海を見やると、遥か彼方に能登の岬が見える。秋はあの岬の果てへと去っていくのだなあ。

〈解釈〉 季語は〈九月尽〉で晩秋。旧暦九月末日をいう。旧暦の九月は秋の最後の月なので「秋惜しむ」の思いをこめて使う。春を惜しむ「三月尽」と同様の季語。「九月尽」の名目は、古く詩歌の題や撰集の部立に見え、撰集の部立としては平安時代中期の『和漢朗詠集』あたりが古く、勅撰和歌集の題としては、平安時代中・後期の『後拾遺和歌集』『金葉和歌集』などに見えるのが早い。ただし、和歌では「九月尽」はあくまでも題で、歌中に「九月尽」の語を用いることはなかった。〈傾城の小歌はかなし九月尽〉（其角）のように句中の語として用いたのは、俳諧の発明である。この句は、『暁台句集』秋之部の掉尾を飾る句（題は「暮秋」）。暁台生前の俳書入集や真蹟が確認できず、確かな作句年代は不明。暁台が北陸に秋滞在した可能性があるのは、明和七年、安永四年、寛政三年と三回あり、そのいずれかの旅吟と思われる。実景としては、越中国か越後国の親不知《おやしらず》あたりから能登半島を遠望した景かと想像される。上五に〈九月尽〉という強い調子の漢語を置き、中七下五は緩やかな調べに転じているのが効果的である。〈遥かに〉は、能登との距離感だけでなく秋が遥か彼方に去っていく意も響かせる。冬の荒波の気配の感じられる海の様子も想像され、寂寥感がある。蕉風復興を志す暁台なので、『猿蓑』「市中は」歌仙の凡兆付句〈能登の七尾の冬は住憂《すみう》き〉を意識しての句かと想像される。

〈所収本〉 『暁台句集』（文化六年成）所収。士《し》朗《ろう》の序文によれば、臥央《がおう》編『暁台句集』は、臥央が、蓼太・蘭更《らんこう》・暁台の発句を集めた車蓋編『発句三傑集』（寛政六年刊）に収められた暁台の句はわずかに六百余句に過ぎず、しかもその中の百七十余句に誤りがあることを嘆いた臥央が士朗に相談し、新たに暁台の句を集めて四季類題別に整理して刊行したもの。春三百三十三句、夏二百四十一句、秋三百五十句、冬二百二十三句、計千百四十七句、拾遺として俳文三篇、俳詩一篇を収める。

〈作者と業績〉 享保一七年（一七三二）〜寛政四年（一七九二）一月二十日没。加藤氏。本名、周挙。通称、平兵衛。初号、他朗。別号、買夜・暮雨巷。尾張藩士岸上林右衛門の長男として生まれ、のち同藩士加藤仲右衛門の養子となる。十七歳のとき、尾張徳川家に出仕し、寛延四年、伊勢派の巴雀《はじゃく》の門に入った。宝暦二年六月、師巴雀が急逝し、以後その嗣子白尼につく。宝暦七年、江戸藩邸詰に転じ、同九年三月、江戸において致仕した。やがて名古屋を中心に門弟を集めた。明和七年三月、名古屋を発って、芭蕉の『おくのほそ道』の後を慕い奥羽行脚に赴き、陸奥国平泉に到る（『しおり萩』）。安永元年、門弟と巻いた歌仙連句四巻に、芭蕉一座の未紹介歌仙を加えて五歌仙として刊行した『秋の日』は、全国的な蕉風復興運動のさきがけをなすものである。同三年、陸奥国仙台の丈芝（白居）を伴って京に上り、かねて文通していた蕪村に会い、それから同五年にかけて暁台はしばしば京に上って、蕪村一派と交流した。同四年六月には越後国出雲崎と佐渡に赴き、さらに江戸に赴いて蓼太のもとにしばらく滞在、冬に名古屋に戻る。天明元年には、九月初めに名古屋を発って江戸で年を越し、春から夏にかけて浅草を本拠として、芭蕉百回忌奉財の俳諧を募った。歳末に名古屋に戻る。天明三年三月には、洛東金福寺芭蕉庵などで芭蕉百回忌取越追善俳諧を興行し、『風羅念仏』法会之巻を刊行した。同年十二月に蕪村が没し、翌年二月の金福寺における本葬に参列。寛政二年春には大和・吉野へ赴き、同年九月には二条家に召され、蕪村門の月居とともに花《はな》の下《もと》宗匠の称号が与えられた。寛政三年十月には若狭をめぐり、その月のうちに京に出て、白山通り三条北の閑室に落ち着いたが、翌四年一月十九日、その地に没した。はじめは伊勢派・美濃派風の平俗な小理屈の作風であったが、やがて蕉風復興を志し、特に芭蕉の『冬の日』の時期の作風を慕い、高雅な詩趣を示して、中興俳諧の一翼を担った。『秋の日』『熱田三謌僊《かせん》』で芭蕉関係資料を紹介し、『去来抄』を校訂刊行した業績も大きい。奥羽行脚の記録集『しおり萩』、芭蕉百回忌取越追善集『風羅念仏』など、芭蕉に関わりのある著作が多い。一周忌に、追善集『落梅花』（桃睡・芦涯・臥央編）が上梓された。

〈その他〉 代表句には、他に次のような句がある。

火ともせばうら梅がちに見ゆるなり　（暁台句集）
日くれたり三井寺下る春のひと　（暁台句集）
蚊ばしらや棗《なつめ》の花の散るあたり　（暁台句集）
秋の山ところどころに烟《けぶり》たつ　（暁台句集）
風かなし夜々に衰ふ月の形《なり》　（暁台句集）
暁や鯨の吼《ほ》ゆる霜の海　（暁台句集）

〈参考〉 山下一海「加藤暁台」（『俳句講座3 俳人評伝下』昭34、明治書院）、山下一海『中興期俳諧の研究—暮雨巷暁台—』（昭40、桜楓社）、服部徳次郎『暮雨巷暁台の門人』（昭47、愛知学院国語研究会）、伊藤東吉『暁台の研究』（昭51、藤園堂書店）、丸山一彦「蕪村と暁台」（『蕪村』昭62、花神社）、清水孝之『加藤暁台 研究・鑑賞・資料』（平8、和泉書院）

［満田達夫］

花いばら故郷の路《みち》に似たるかな

蕪村《ぶそん》　安永・天明

〔現代語訳〕 路傍に群がり咲く野茨《のいばら》の花。この色と香り。幼い頃に駆け回った故郷の道にそっくりだなあ。

〔解釈〕 季語は〈花いばら〉で初夏。茨《いばら》（奈良時代には「うばら」、平安時代には「むばら」と表記）は、本来、野茨や枳殻《からたち》など棘のある植物の総称であったが、次第に野茨を指すようになった。野茨は日本全土の山野に自生し、若葉の頃に白い五弁の小花を多数つける。茨自体は『万葉集』に既に詠まれているが、花が詠まれるのは平安朝の和歌から（曽禰好忠〈なつかしく手には折らねど山がつの垣根のむばら花咲きにけり〉『好忠集』など）。俳諧時代になって多く詠まれ、野趣に富む可憐さと香りが愛でられた。この句は、『蕪村自筆句帳』には合点が付き、蕪村の自信作だった。蕪村の安永三年五月二日付柳女・賀瑞宛書簡に近作としてこの句が見え、安永三年作と知れる。三年後の安永六年五月二十三日付几董《きとう》宛書簡では、この句を「たけ高く、ひろびろと」した句だと述べ、この発句に脇を付けるよう求めている。『五車反古』『蕪村句集』には、「かの東皐《とうこう》にのぼれば」と前書があるが、これは晩年、『五車反古《ごしゃほうぐ》』入集時に付けたもの。「東皐《とうこう》」の語は陶淵明「帰去来辞《ききょらいのじ》」によるが、まずは前書を外して鑑賞してみたい。蕪村の故郷は摂津国東成郡毛馬《けま》村。俳詩「春風馬堤曲《しゅんぷうばていのきょく》」について述べた安永六年二月二十三日付柳女・賀瑞宛書簡には、「馬堤は毛馬の堤也《なり》。余が故園也。春色清和の日には、必《かならず》友どちと此《この》堤上にのぼりて遊び候《さふらふ》。（中略）実は愚老懐旧のやるかたなきよりうめき出《いで》たる実情にて候」とある。蕪村は二十歳前後に江戸へ下向し、三十六歳で上洛するが、上方に移っても大阪郊外の故郷毛馬村を訪ねた形跡がない。帰郷できない何らかの事情があったかと考えられる。『蕪村句集』には、この句に続いて〈路《みち》たえて香にせまり咲《さく》いばらかな〉（安永四年作）〈愁ひつつ岡にのぼれば花いばら〉（安永三年作か）の二句が載る。これら三句は、同じ望郷の念から発想された句と言える。「故郷の路に似」てはいても、実際に故郷には行けない。故郷への「路」は絶えている。帰れない故郷ゆえ、小高い所へ上って「愁」いつつ故郷に思いを馳せるしかない。さて、「かの東皐にのぼれば」の前書を踏まえて読むとどうであろうか。「東皐」は東の丘の意。「登リテ二東皐ニ一以テ舒嘯シ臨ミテ二清流ニ一而賦スレ詩ヲ」（「帰去来辞」）は、東の丘に登り緩やかに吟じ、清流の側に行き詩を作り歌う意。詩を吟ずる陶淵明に、発句を吟ずる蕪村自身を重ね合わせている。しかし、「帰去来辞」は陶淵明が四十歳で官職を辞して故郷に帰り隠棲する喜びを記した韻文である。陶淵明と対比することにより、思い出の中にしか故郷がない蕪村のやるせなさがより強調される。「かの東皐にのぼれば」の前書を加えることにより、晩年に到るまで遂に帰郷できなかった自身のやるせない思いをより明確に表現したと言えよう。もっとも、〈愁ひつつ岡にのぼれば花いばら〉の〈岡にのぼれば〉は、「帰去来辞」の「東皐に登りて」から発想したとも考えられる。また、前書と句を続けて「東皐にのぼれば　花いばら」と読むと、〈岡にのぼれば花いばら〉とほぼ同文になる。前書は〈愁ひつつ〉の句から発想されたのかもしれない。さらに、可憐で香りはいいが棘のある野茨に、郷愁を掻き立てながらも帰郷を許さない故郷を象徴させているという読みも可能であろう。極めて明快なようで、さまざまな想像の広がる句である。

〔所収本〕 維駒《これこま》編『五車反古』（天明三年）所収。蕪村序、几董跋。序（蕪村筆）以外は几董版下。維駒が父召波《しょうは》の十三回忌にあたり、生前父の集めておいた諸家の句を整理、さらに当代の句も加えたもの。召波の句を発句とする脇起し歌仙四巻と諸家の四季発句から成る。移竹《いちく》・嵐山《らんざん》・竿秋《かんしゅう》・太祇《たいぎ》・大魯《たいろ》ら古人も含め、几董の援助で当代諸家の句も広く入集する。書名は、召波の〈冬ごもり五車の反古のあるじかな〉の句による。また、序文は蕪村の最後の筆。『蕪村七部集』（文化七年）の一つ。

〔作者と業績〕 享保元年（一七一六）～天明三年（一七八三）十二月二十五日没。谷口氏、のち与謝《よざ》氏。初号、宰町（宰鳥とも）。庵号、夜半亭（二世、時に夜半・夜半翁とも署名）・紫狐庵（安永五年まで）・落日庵。別号、渓霜、嚢道人など。主な画号に子漢（寛延以前）・四明（宝暦以前）・朝滄・趙居（以上宝暦頃）・謝長庚（宝暦～明和）・謝春星（明和～安永）・謝寅（安永初年初出、同七年頃以降頻用）のほか、孟冥・魚君・老山・虚洞・雪洞・白雪洞など。

閲歴　生育地は摂津国東成郡毛馬村（大阪市都島区毛馬町）であると自ら述べる（安永六年二月二十三日付柳女・賀瑞宛書簡）。また出自は村長もしくは郷民の家といい、姉が二人あったとも伝える（几董「夜半翁終焉記」草稿）。母は丹後国与謝地方出身という伝承があるが、確証はない。幼少期の詳細は不明ながら、早くから絵画への関心が高く、狩野派の絵師に手ほどきを受けたという（「蕪村三回忌追悼刷物」）。二十歳前後に江戸へ下向。俳諧は初め沾山《せんざん》に入門したとも伝えるが（大江丸『俳諧袋』）、作例などの傍証を欠く。元文三年、二十三歳の春、巴人の歳旦帖に宰町号で句が見えるのが、確認できる蕪村句の初出である。巴人は十年に及ぶ京滞在を切り上げて江戸に戻り、日本橋石町《こくちょう》に夜半亭を構えて俳諧活動を再開、その頃蕪村が入門・同居したといわれる。元文四年、号を宰鳥に改める。寛保二年六月、師巴人が没すると、以後十年間北関東に流寓し、雁宕《がんとう》・晋我・阿《あ》誰《すい》・風篁《ふうこう》ら巴人系の土地の俳士たちと深い交わりを結ぶ。寛保四年、下野国宇都宮で歳旦帖を編み、初めて「蕪村」と称する。当時の蕪村の俳諧交流圏は江戸座の存義《ぞんぎ》系に近接し、その関係は後年まで続く。また、陸奥国行脚を試みたり、折々江戸にあっては服部南郭の講筵に列したこともあるという。この頃、絵画は主に「四明」の号で、狩野派の影響を受けた町絵師風の作を残す。宝暦元年八月、京都の巴人系俳人やそのゆかりの人を頼って上洛。当初は京中の寺社を訪ねては先人の名画を見て、絵画修行に専念したようである。宝暦四年夏、丹後地方に赴き、宮津や与謝で画作に励み、後年の南画の雅趣と俳画の洒脱の基礎をつくる。またその地の俳人と交流。宝暦七年秋に帰京、まもなく結婚し、その頃姓を与謝氏に改める。画作では、「謝長庚」「謝春星」の号で屏風講(屏風の資金調達のための門人たちの講)の支援のもと山水画・歴史画の大作をものし、また沈南蘋《しんなんぴん》風の花鳥画に写実絢爛の画風を見せる。明和三年夏、太祇・召波らと三菓社を結成。しかし秋に画業のため讃岐国に行き、明和五年夏に帰京。以後は三菓社句会を再開し、俳諧に熱を入れる。明和七年三月、五十五歳で巴人の夜半亭を継承して俳諧宗匠の列に加わる。翌八年、歳旦帖『明和辛卯春《めいわしんぼうのはる》』を刊行、京夜半門の披露目とする。画事でも同年、池大雅との共作『十便十宜図』を仕上げて南画の双璧と見なされるようになる。また、この年、俳諧の盟友である太祇・召波が没する。しかし、几董・大魯《たいろ》の入門に続いて、安永期には月渓・月居など有望な新人が門人に加わり、夜半亭は活況を呈していく。一方、各地から入洛した有力俳家との交際も活発になる。安永二年秋、江戸の嵐山《らんざん》と伊勢国の樗良《ちょら》を加えて『此ほとり』を刊行、翌三年四月に尾張国名古屋の暁台が上洛して、俳席をともにする。暁台一派は度々上洛して夜半門と密度の濃い交渉を重ねた。ただし表面上の親しさとは別に、俳諧上の見解は互いに異なるものがあった。夜半亭の活動の成果は、明和九年『其雪影』、安永二年『あけ烏』、同五年『続あけがらす』(いずれも几董編)などとなって示される。安永六年の春興帖『夜半楽』は、俳詩の傑作「春風馬堤曲」「澱河歌《でんがか》」を載せ、蕉風のさび・しおりよりも江戸座風の笑いを賞揚したユニークな書。同年四月には、其角の『花摘』に倣って亡母追善を意図した夏行詠作『新花摘』を始める。またこの頃には俳画の独自性を確立し、『おくのほそ道』『野ざらし紀行』など書画渾然の俳画の傑作を生み出す。さらに安永七年頃から「謝寅」の画号で日本的風趣を帯びた南画の傑作を次々に描く。安永八年には几董を中心とする俳諧修行の場に宗匠として参加、翌九年、几董と書簡の往復によって両吟歌仙『もゝすもゝ』を完成するなど、俳諧にも熱を注いだ。天明三年春、暁台主催の芭蕉百回忌取越句会に出座、秋には宇治に遊ぶ。初冬に召波十三回忌追善集『五車反古』に序文を書いた頃から病臥し、十二月二十五日未明、六十八歳で生涯を終えた。墓所は、蕪村一門が度々句会を開き、蕪村の盟友道立《どうりゅう》の発起で芭蕉庵が再興されていた洛東の金福寺《こんぷくじ》(京都市左京区一乗寺才形町)境内。蕪村の門人の大魯・月渓・月居の墓も同所にある。蕪村は、天明二年頃から自選句集を刊行するため『蕪村自筆句帳』を起稿したが、生前には刊行されず、蕪村の門人佳棠《かとう》(書肆汲古堂主人)が一周忌・三回忌に分けて刊行を企画、几董がその前編として『蕪村句集』を編んで刊行した。後編は未完に終わった。追善集、一周忌『から檜葉《ひば》』(几董編)、十三回忌・几董七回忌兼修『雪の光』(紫暁編)、十七回忌『常盤の香』(同)。

作風　蕪村の俳諧上の出自は江戸にある。師の巴人は其角・嵐雪の弟子で、特に其角系の江戸座との関係が深い。蕪村の俳諧も江戸座風で、その傾向は北関東流寓時代、上洛以後にまで及ぶ。淡々や巴人が既に江戸風を持ち込んでいた京俳壇は、江戸風の蕪村を受け入れる下地を持っていた。享保以来の漢学における古文辞学派の影響下、宝暦一三年の芭蕉七十回忌を契機に、蕉風復興運動が全国的に高揚した。蕪村も芭蕉を尊崇することは人後に落ちなかったが、都市系俳壇出身の蕪村は、安易に蕉風を唱え景気一辺倒で無趣向な地方系蕉門には批判的だった。画俳両面の活動を通して文人的視野を身につけ、かつ俳諧に多面性をもたらした。蕪村の発句は、大半が句会での題詠・探題句である。それが、季題的俳趣を醸し出し、想像性豊かな句を生み出した。蕪村の発句は、句材の幅が広く詠法も様々で多彩であるが、それは、①都市系俳壇に根を持ちながら地方系俳壇と交わったこと、②傑出した画家で画風も多彩だったこと、③実体験よりも句会での題詠を作句の中心としていたこと、によるものである。蕪村句を読むときに蕪村の実人生と安易に結びつけて鑑賞するのは、見当違いになる場合が多い。

影響　蕪村の死後は弟子の几董が夜半亭三世を継承したが、寛政元年に急死し、夜半亭の道統は断絶。紫暁が春夜楼(夜半亭傘下几董一門の称)二世を継ぎ(享和元年)、呂蛤《ろこう》がその後を襲い夜半亭四世を名乗ったが、まとまりを欠き、次第に影響力を失った。しかし、俳壇の蕪村への関心は、『蕪村七部集』(文化六年)、『蕪村翁文集』(文化一三年)出版、『蕪村句集』重版(寛政五年、ほか)、蕪村仮託書『俳諧三十六歌僊《かせん》』(寛政一一年)などにより連綿と続いていく。ただし、蕪村が広く世に知られるようになったのは、明治期の俳句革新運動以降であり、近代俳句に大きな影響を与えた。明治二四年(一八九一)夏、伊藤松宇らの椎の友社では、近世俳書の中の蕪村の句に注目していたが、正岡子規は同二五年十二月からその句会に出席し、蕪村のことを知った。子規は明治三〇年、新聞『日本』に「俳人蕪村」を連載(明治三二年『俳人蕪村』刊行）、蕪村が広く世に知られるに至った。筑波会の大野洒竹《しゃちく》も『与謝蕪村』を刊行。子規は蕪村句の様々な側面を指摘しているが、子規が俳句の実作において写生主義を唱えていたために、世には蕪村句の客観的な把握と写生的な描写の面が強く受け取られた。昭和に入り、萩原朔太郎が『郷愁の詩人与謝蕪村』（昭和一一年［一九三六］）を著し、子規の蕪村観を客観写生の立場によるものと断定し批判しながら、蕪村の抒情詩人としての面を強調し、以後の蕪村論に大きな影響を与えた。また、蕪村の俳詩「北寿老仙をいたむ」「春風馬堤曲」などが広く知られるようになり、蕪村は近代詩の先駆者とも見られるようになった。蕪村に関心を寄せる人々は多く、様々な視点から評論等の著述が上梓されている。詩人の安東次男は周到緻密な論理で『澱河歌の周辺』（昭和三七年）『与謝蕪村』（昭和四五年）などの評釈書を著した。一方、河東《かわひがし》碧梧桐《へきごとう》や潁原《えばら》退蔵らの努力で画・俳の作品が多く発掘され、現在の蕪村学の基礎が築かれた。尾形仂は、『蕪村自筆句帳』の復元・研究を通して、近代人の評価とは違う、俳諧としての蕪村句の読みをすべきことを提唱した。平成四年～同二一年、『蕪村全集』が刊行され、画俳にわたる蕪村の業績が句会稿や関係俳書も含めて網羅された。

編著　撰集『寛保四甲子宇都宮歳旦歳暮吟』（寛保四年）、『明和辛卯春』（明和八年）、『此ほとり』（安永二年）、『安永三年春帖』（安永三年）、『むかしを今』（安永三年）、『たまも集』（安永三年）、『芭蕉翁付合集』（安永三年自序・安永五年）、『安永四年春帖』（安永四年）、『夜半楽』（安永六年）、『新花摘』（安永六年）、『も、すも、』（安永九年）、『花鳥篇』（天明二年）、句集『蕪村句集』『蕪村遺稿』（未刊）、『蕪村自筆句帳』（稿本）、『落日庵句集』（稿本）、『夜半叟《やはんそう》句集』（稿本）、文集『蕪村翁文集』。

〔その他〕　蕪村には様々な傾向の句がある。例を挙げる。

酒を煮る家の女房ちよとほれた　（『新花摘』）

江戸座の影響を受けた人事句。

御手討の夫婦《めをと》なりしを更衣　（『蕪村句集』）

人事句だが小説的広がりをもつ。蕪村の手腕が冴える。

猿どのの夜寒訪《とひ》ゆく兎かな　（『蕪村句集』）

童話的な句。

姓名は何子《なにし》か号は案山子《かがし》哉　（『蕪村句集』）

江戸座的な言語遊戯を含む軽口の句。

水桶にうなづきあふや瓜なすび　（『蕪村句集』）

蕪村の洒脱ぶりを表す滑稽な句。

白露や茨の刺《とげ》にひとつづつ　（『蕪村句集』）

画家の観察眼を思わせる写実的な句。

易水《えきすい》にねぶか流るる寒《さむさ》かな　（『蕪村句集』）

古典に取材しながら強い俳諧性を見せる句。

鳥羽殿へ五六騎いそぐ野分かな　（『蕪村句集』）

特定の古典によらないものの、幻想味あふれる句。

山吹や井手を流るる鉋屑《かんなくづ》　（『蕪村句集』）

一見叙景句のようで、背後に本旨（能因と藤原節信が、長柄の橋の鉋宵と井手の蛙の干物を見せ合って互いの風流に感じ入った故事）を隠した趣向の句。

芭蕉のように時期によって作風が変化していくのではなく、様々な傾向の句が同時並行的に存在するのが、蕪村句の特徴である。これは、趣向を重んじる都市系俳壇から出て景気を重んじる地方系俳家と交わったことと、蕪村の俳諧活動の中心が兼題・探題の発句会にあったことによるものである。題詠は自由な想像力を喚起する。

ここに蕪村社中の月並発句会の記録の一部を掲げる。まず、明和五年七月二十日、八文舎自笑（京の書肆）宅での兼題句会（『夏より』）。題は「魂祭《たままつり》」「相撲」「蛬《きりぎりす》」「萩」「稲妻」。後の二題。

萩

なびかせてゆく手や萩を得たり顔　太祇

萩に行《ゆく》薄の野路を過《すぎ》ながら　鉄僧

村萩や犬に聞《きき》ける高台寺　召波

浴《ヨク》室の文字のおぼろや朝の萩　烏西

つど〳〵に目も及ぼさぬ萩見哉　自笑

子狐の何にむせけん小萩原　蕪村

稲妻

稲妻や波もてゆへる秋津島　蕪村

稲妻や二階座敷に盲女《ごぜ》ひとり　自笑

稲妻や雨月の夫婦未寝《まだいね》ず　召波

いなづまや如来《にょらい》こけしと思ひけり　鶴英

次に、安永四年七月二十二日、夜半亭月並句会（『月並発句帖』）。兼題「蘭」「露」、探題「百人一首歌」。後者を記す。

当坐　探題　百人一首歌

朝ぼらけ宇治の川霧《かわぎり》絶え〴〵に　下略

川霧やまた犬の声鶏《とり》の声　堅氷

めぐり逢て見しやそれとも　下略

我《わが》涙に月さへくらきわかれかな　几董

奥山に紅葉踏分《ふみわけ》鳴鹿の　下略

庭を踏む主や秋をしまる、　自笑

さびしさに宿を立出《たちいでて》詠《なが》むれば　下略

山も木も我家《わがや》に似たり秋の暮　百池

吹《ふく》からに秋の艸木《くさき》のしをるれば　下略

萩枯《かれ》て松にひゞくや夜半《よは》の音　月渓

夕されば門田の稲葉　下略

かけ稲に鼠鳴《なく》なる門田かな　蕪村

〔参考〕　尾形仂『蕪村自筆句帳』（昭49、筑摩書房）、『潁原退蔵著作集13　蕪村と門人』（昭54、中央公論社）、清水孝之『与謝蕪村の鑑賞と批評』（昭58、明治書院）、『蕪村全集』（平4～平21、講談社）、尾形仂『蕪村の世界』（平5、岩波書店）、藤田真一『蕪村』（平12、岩波書店）

［満田達夫］

やぶ入りの寝るやひとりの親の側《そば》

太祇《たいぎ》　安永・天明

〔現代語訳〕　藪入《やぶいり》で半年ぶりに親許に帰り、安心し切って寝ていることよ。たった一人の親と枕を並べて。

〔解釈〕　季語は〈やぶ入り〉で新年。正月十六日前後と盆の七月十六日前後に、奉公人が一晩親許に帰ること。また、結婚して他家にある子たちも、親許に帰る。七月は「後《のち》の藪入」と呼び、単に藪入といえば正月のそれをさす。本来は先祖の祭りのために帰省を許されたものだが、次第に信仰的な意義が薄れ、奉公人の休暇としての意味合いを持つようになった。主人は藪入にあたり、奉公人に仕着せや小遣いを与えた。この習慣は近代に入っても戦前まで続く。年中無休の奉公人にとって、藪入の前夜は眠れぬほどの楽しみだった。庶民の年中行事ゆえ和歌には詠まれず、俳諧の時代になって盛んに詠まれた。この句の作句年代は不明。蕪村の俳詩「春風馬堤曲《しゅんぷうばていのきょく》」（安永六年刊『夜半楽』所収）の最後に「君不見《みずや》古人太祇が句」として載る。「ひとりの親」は連れ合いと死別または離別して独り身の親。親は父か母か、子は息子か娘か。一人称の文芸である近現代俳句と違い、どちらに取ってもよい。「春風馬堤曲」は、大阪に奉公に出た娘が帰省する道中の情や景を作品化したもの。詩中で娘を待つのは母、家の前で弟を抱く白髪の母の姿が目に入った後にこの句が記され、実家での様子を暗示して終わる。この文脈では、すっかり都会風に染まった娘が、母の許では見栄を張らず、以前の田舎娘に戻って安らかに過ごしていると読める。細やかな親子の情愛が感じられる。『太祇句選』には、藪入の句として〈やぶ入りや琴かき鳴らす親の前〉〈養父入《やぶいり》の貌《かほ》けばけばし草の宿〉の二句が載り、いずれも娘。この句も、作者は娘を想定して作句したか。なお、蕪村が「藪入」を詠んだ句の大半が『夜半楽』刊行後安永六年以降の作で、大祇のこの句に触発されたものと想像される。

〔所収本〕　嘯山《しょうざん》・雅因・蕪村撰『太祇句選』（明和九年序・跋）所収。明和八年に没した太祇の発句集。四季別に五百七十句収録。京都島原の格子女郎屋・桔梗屋主人であった呑獅《どんし》の序文によると、呑獅の手元に残された数十巻の遺稿の中から初稿として選んだという。太祇の不夜庵を継承した五雲《ごうん》筆の太祇像を載せる。内容に異動のある後刷本もある。七回忌の安永七年には、『太祇句選』（一周忌）および『石の月』（三回忌）にもれた太祇の発句四百六句を収録した五雲編『太祇句選後篇』が刊行された。両書とも呑獅の後援によるか。

〔作者と業績〕　宝永六年（一七〇九）～明和八年（一七七一）八月九日没。炭《たん》氏（「すみ」と読む説もある）。諸号、水語。別号、徳母。庵号、宮商洞・三亭・不夜庵。江戸の人。江戸吉原の角（炭）町に住したか。はじめ沾《せん》州《しゅう》門の水国に学び水語と号したと伝える。享保期刊の『さくら集』に初入集。その後、紀逸門に属して活動したらしい。寛保三年刊の宋阿（巴人）追善集『西の奥』に句を寄せており、江戸在住期の蕪村との交渉の可能性もある。江戸座系俳書に多く入集。寛延二年の百万の『歳旦』に太祇号初見。同三年頃俳諧点者に列するか。当時は江戸尾張町に住む。宝暦元年、奥羽行脚に出、同年秋頃上洛、翌二年、五雲と肥前国長崎まで赴き、五月に帰洛。宝暦三年秋、紫野大徳寺の真珠庵に入って道源を名乗る。この一連の行動は、肉親の不幸などを契機としたものか。その後ほどなく、呑獅の招きによって島原郭内の不夜庵に入って手習師匠を兼ねて俳諧宗匠となる。その直後、太祇の発案で島原に盆灯籠を復活。同六年、いったん帰江して紀逸など旧友と旧交を温め、冬に再度上洛。以後は、京都島原に住み、島原俳壇を指導する。当初は主に羅人門の風丈と関係があったが、几圭・嘯山ら巴人系俳家との交際も増える。明和三年冬～翌年秋、嘯山・随古と三吟歌仙二十巻を巻き、同六年に『平安二十歌仙』として刊行。明和五年に『鬼貫句選』上梓。同七・八年には不夜庵の「歳旦」を刊行して島原俳壇の成果を示す。同七年、上洛した旧知の泰里《たいり》（存義門）と天橋立に赴く。一方、明和三年から蕪村・召波らと三菓社句会を始め、中断をはさみながらも没する直前まで活発な句作を続けた。太祇の句は、嘯山が『俳諧古選』で評したごとく江戸風の趣をもち、それを上方に持ち込み、蕪村らとともに中興期俳諧隆盛の下地を作った。特に人事句に秀で、その人柄は温和で飄逸であったと伝える。太祇没後、不夜庵は五雲が継承した。二十五回忌（二年取り越し）追善集、五雲編『その秋』（寛政五年刊）。

〔その他〕　代表句には、他に次のような句がある。

ふらここの会釈《ゑしゃく》こぼるるや高みより　（『太祇句選』）
ふりむけば灯《ひ》とぼす関や夕霞《ゆふがすみ》　（『太祇句選』）
行く女袷《あはせ》着なすや憎きまで　（『太祇句選』）
寝よといふ寝ざめの夫《つま》や小夜砧《さよきぬた》　（『太祇句選』）
冬枯や雀のありく戸樋《とひ》の中　（『太祇句選』）
脱ぎ捨てて角力《すまふ》になりぬ草の上　（『太祇句選後篇』）
初恋や灯籠《とうろ》によする顔と顔　（『太祇句選後篇』）

〔参考〕　池上義雄「炭太祇」（『俳句講座3　俳人評伝下』昭34、明治書院）、栗山理一「炭太祇」神田秀夫「太祇俳句管見」（『日本文学研究資料叢書　蕪村・一茶』昭50、有精堂）、頴原退蔵「太祇」（『頴原退蔵著作集13蕪村と門人』昭54、中央公論社）、大谷篤三編集・解説『島原角屋俳諧資料』（昭61、角屋）、谷地快一『与謝蕪村の俳景―太祇を軸として―』（平17、新典社）

［満田達夫］

長き夜《よ》の寝覚《ねざめ》語るや父と母

召波《しょうは》　安永・天明

〔現代語訳〕　夜が長く感じられる秋になった。早くに床に就いた我が父と母が夜中に目を覚まし、しみじみと語り合っている声が聴こえることよ。

〔解釈〕　季語は〈長き夜〉（夜長）で秋。秋の夜が長く感じられること。また長い秋の夜のことである。夏至を過ぎると夜は一夜ごとに伸び、秋分を境に昼より長くなる。「夜長」は秋、「日短」は冬と使い分けるが、秋は涼しい夜が長くなるのが嬉しく、冬は暖かな昼間が短いのを惜しむからである。「日永」を春、「短夜」を夏とするのも同じ。「夜長」「日短」「日永」「短夜」は、昼と夜の実際の長短ではなく、昼と夜に対する人間の気持ちを表す季語である。〈今造る久邇《くに》の京《みやこ》に秋の夜の長きに独り寝るが苦しさ〉（大伴家持）（『万葉集』）など、古くより和歌に詠まれ、俳諧・近現代俳句に至っている。この句は『春泥句集』秋之部の「秋夜」の題の項に載る。蕪村・太祇らとの三菓社句会の句会稿『夏より』『高徳院発句会』には見えず、作句年代は不明。古典和歌の歌語「寝覚《ねざめ》」は、男女の恋と結びつけて詠まれてきた。平安時代後期には、太政大臣の次女寝覚の上と義兄である中納言との悲劇的な恋を描いた物語『夜の寝覚』が書かれた。この句は、「寝覚」の語を、長年連れ添った夫婦が夜中に目を覚まして語り合う場面に用いているのが、俳諧としての新し味であり、俳諧らしい庶民性である。秋の夜のしみじみとした情趣が感じられる句である。なお、三菓社句会の句会稿には、召波の句として〈永夜《ながきよ》に江師《がうそつ》兵を談じけり〉（兼題「秋夜」）〈長き夜をあはれ田守の皷《つづみ》かな〉（兼題「長夜」）の二句が見える。

〔所収本〕　維駒《これこま》編『春泥句集』（安永六年序）所収。題簽・序文、蕪村版下。本文、几董《きとう》版下。召波の七回忌にあたって、その子維駒が亡父の遺句を四季別にまとめたもの。全九百四句。ただし、実質的には蕪村の撰になるとの説もある。蕪村の序文は、召波の人となりと俗に堕さない潔癖な俳諧観を述べるとともに、いわゆる「離俗論」として知られる内容を陳述する。

〔作者と業績〕　寛保一二年（一七二七）～明和八年（一七七一）十二月七日没。黒柳氏。通称、清兵衛。別号、春泥舎。詩号、柳宏。字、廷遠。初号、玄亭のち万年。京都の人。中立売猪熊に住み、等持院に別業を構える。町連歌師をつとめ、また古義堂（伊藤仁斎創設の私塾）にも出入りした家柄と思われる。壮年に江戸で服部南郭に学び、蕪村との面識も江戸でできた可能性がある。宝暦初年、帰洛して、龍草廬《りゅうそうろ》の幽蘭社に属し、その代表的詩人として名を連ね、『金蘭詩集』『友詩』『日本詩選』などに作品が見える。寛保～延享の江戸滞在時には俳諧に手を染めている。帰洛後の宝暦年間、巴人系俳家との交流が認められる。宝暦七年頃から蕪村との交渉が密になり、明和三年には太祇を含めた三菓社句会を開始して俳諧に熱を入れるようになる。明和五年に蕪村が讃岐国から帰洛してからは、自亭で頻繁に句会を催し、蕪村に添削を依頼するなど、猛烈な打ち込みようだった。その活動は蕪村の夜半亭継承の下地を作るものとなったが、明和八年冬に病臥し、十二月七日に没した。蕪村は『春泥句集』序文で、召波の死を「我俳諧西せり」と嘆き慟哭の情を吐露した。十三回忌の天明三年冬に維駒編で追善集『五車反古《ほうぐ》』が刊行され、これにも死の床にあった蕪村が序を寄せた。蕪村と召波には師弟関係を超えた文学的信頼関係がうかがえる。召波は、漢詩人としての素養を生かした文人的傾向の句作をなすとともに、去来・嵐雪・素堂の風骨を慕い、その作は「清韻洒落」と評された（『春泥句集』序）。

〔その他〕　代表句には、他に次のような句がある。

地車《ぢぐるま》に起行く草の胡蝶かな

「地車」は重い物を引く四輪車。重い地車と軽やかな蝶との取り合わせ。動きが見える

陽炎《かげらふ》に美しき妻の頭痛かな

胸の病に苦しみ顔をしかめるといっそう美しさが増したと伝える中国、春秋時代の美女西施（『蒙求』西施捧心）の姿を、頭痛の人妻の姿に置き換えた句。

傘《からかさ》の上は月夜のしぐれかな

時雨がぱらぱらと降り、月光の中で傘をさして歩くおかしさを詠む。

憂きことを海月《くらげ》にかたる海鼠かな

海底にいても人間に捕らえられてしまう海鼠が、海面を漂っていても捕らえられることがない海月に向かって、自分の運命のはかなさを嘆く。擬人化の妙。

冬ごもり五車の反古のあるじかな

自分は「五車の書」（万巻の書、『荘子』に出る宋の恵施の故事による）ならぬ五車の反古の主であるよ、と戯れた句。

浴《ゆあみ》して且つうれしさよたかむしろ

「簟《たかむしろ》」は竹で編んだむしろ。夏の敷物。厚い夏の日、入浴後に座る簟のサッパリした感触を詠む。三菓社句会での兼題「簟」の句。

〔参考〕　清水孝之「黒柳召波・吉分大魯・高井几董」（『俳句講座3　俳人評伝下』昭34、明治書院）、清水孝之「蕪村と召波」（『国語と国文学』昭36・1～3）、頴原退蔵「召波―詩人柳宏」（『頴原退蔵著作集13　蕪村と門人』昭54、中央公論社）、丸山一彦「召波の秀句」（『蕪村』昭62、花神社）

［満田達夫］

懐旧

牡丹折りし父の怒《いかり》ぞなつかしき

大魯《たいろ》 安永・天明

〔現代語訳〕 遠い少年の日に、父が丹精して咲かせた庭の牡丹の花を折ってしまい、激しい怒りをかったことがあった。いま眼前に咲く牡丹を見ていると、亡き父のあの怒りがよみがえってきて懐かしさでいっぱいになることだ。

〔解釈〕 季語は〈牡丹〉で、夏の句。〈牡丹〉は、千年以上前に薬用として中国から渡来した花であり、平安時代には寺院に好んで植えられた。庭園で栽培され、広く一般に鑑賞されるようになったのは江戸時代以降のことである。花が大きく華麗であることから「花の王」と呼ばれた。

この句を所収する『蘆陰句選』には、前書きとして「懐旧」の語が付されている。すなわち、この句はいま眼前に咲く牡丹の花から、少年時代、庭の牡丹の花を折ったことで父親に激しく叱責された記憶がよみがえり、その父の思い出に言いしれぬ懐かしさを覚えたことが詠まれているのである。一句は、〈牡丹折りし（ことあり き）〉で一旦切れ、間を置いた上で中七下五〈（その折の）父の怒りぞなつかしき〉と続く。〈牡丹折りし父の〉と連体修飾格として解すべきではない。花の王と呼ばれる華麗な牡丹の花の句でありながら、花の姿そのものに焦点を合わせることなく、花から想起された父との思い出を詠むという異色の作である。しかも、懐かしく思い出されているのが、優しい父の姿や笑顔ではなく、大切にしていた牡丹を折られて激しく怒っている父の姿である点に意表をつく新しさがあるとともに、一句に込められた実情、実感の強さを感じさせられる。

大魯には悲愁を帯びた境涯詠の秀作が、特に安永六年（一七七七）の兵庫移住後に多く見られるようになるが、この句もその時代の作かと考えられる。このほか『蘆陰句選』には、亡母追悼の〈首筋の今なほ寒し羽ぬけ鳥〉や、〈双親の日に当りたる彼岸かな〉など、両親への深い愛情を感じさせる句が散見される。

牡丹は蕪村愛好の季語の一つであり、〈金屏のかくやくとしてぼたんかな〉〈ちりてのちおもかげにたつ牡丹かな〉など唯美的、幻想的な句作が知られるが、大魯の牡丹句は、そうした作風とは大きく異なり、強い境涯性を見せる点に独自性があると言えよう。

〔所収本〕 安永八年刊『蘆陰句選』所収。同書は、大魯の没後、その門人が集めた句を几董が編集したもの。大魯の発句約百句を収載する。

〔作者と業績〕 享保一五年（一七三〇）～安永七年（一七七八）十一月十三日没。享年四十九歳。吉分（吉別）氏。初号、馬南。別号、月下庵・蘆陰舎・三遷居。阿波国徳島藩の新蔵奉行だったが、明和三年（一七六六）大坂の遊女と駆け落ちして脱藩上洛。宋屋門の文誰に入門して俳諧宗匠となるが、同七年頃、蕪村に入門した。安永元年（一七七二）秋、西播地方へ行脚し、翌安永二年に帰洛して几董と『あけ烏』巻頭の歌仙を興行し、中興俳諧の新風の担い手としての旗幟を鮮明にした。同年夏剃髪して、大魯と改号し、大坂に移住、蘆陰舎を結ぶ。この京から大坂への移住は、蕪村門の百池・月居・月渓らとの不和が原因かと言われており、翌年作の「秋興八句」には、「かねてひがめる身なれば」の前書きを持つ〈蓼喰ふ虫花に来て遊ぶか遊ばぬか〉などの句が見られる。大坂移住後も最大の支持者であった東菑《とうし》と衝突。蕪村の必死の取りなしもむなしく、安永六年五月には大坂を去り、兵庫に移ることとなる。大坂を去るに当たって詠まれた「感懐八句」には、「妻子が漂泊ことに悲し」と前書きする〈我にあまる罪や妻子を蚊の喰《くら》ふ〉の詠が見える。蕪村はこれらを「窮途の愁、句々実情ゆゑ感慨に堪へず」（七月三日付書簡）と評して大魯を励ましたが、移り住んだ翌年には兵庫の地での支持者士川《しせん》と悶着を起こし、樗良にも絶交状をたたきつけた。同年冬、病のために京都で客死。墓所は京都金福寺。編集書に『道の枝折』『俳諧五子稿』『とら雄遺稿』があり、『瓜の実』『津守船』に跋文を寄せている。直情径行で世間とうまく折り合っていくことができない性格であったが、その才能は、師蕪村によっても高く評価されていた。

〔その他〕 ここまでに見てきたような境涯性の強い句作のほかに、大魯句の特色として景を単純化、焦点化して捉えた明快直裁な句の存在することが指摘されている。例として

海は帆に埋もれて春の夕べかな （『蘆陰句選』）

眼のかぎり臥しゆく風の薄かな （『蘆陰句選』）

初時雨真昼の道をぬらしけり （『蘆陰句選』）

などの句が知られる。たとえば最後に挙げた〈初時雨〉の句を見ると、初冬を代表する季題であり、和歌・連歌・俳諧の世界で多くの秀吟が詠まれた〈初時雨〉を詠みながら、伝統にとらわれて観念的になることなく、初時雨が降り過ぎた後の真昼の道の濡れた様子に焦点を当てて即物的に詠むことで、初冬の風趣が見事に捉えられている。

〔参考〕 潁原退蔵「大魯」（『潁原退蔵著作集13』昭54、中央公論社）、清水孝之「黒柳召波・吉分大魯・高井几董」（『俳句講座3』明治書院、昭34）

〔清登典子〕

冬木立《ふゆこだち》月骨髄に入夜哉《いるよかな》

几董《きとう》　安永・天明

〔現代語訳〕　月が冴え渡って骨の林かと見える冬木立。冷たい光が、わが骨髄にも浸み透るばかりだ。

〔解釈〕　季語は〈冬木立〉、冬木の立ち並んだ群である。夏木立の茂る様に対して、葉が落ちて幹と枝だけの寒々とした様に多く言う。和歌・連歌ではほとんど詠まれず、俳諧時代になって季題として登場した。〈からびたる三井の仁王や冬木立〉（其角）など、元禄期以降に佳吟が多い。この句は「冬の月」の句でもあるが、寒々と冴えた冬の月は『万葉集』以来、和歌に多く詠まれ、平安朝には「冬月」の題が歌合でよく出された。紫式部は『源氏物語』朝顔で、光源氏に「花紅葉の盛りよりも、冬の夜の澄める月に、雪の光あひたる空こそ」趣深いと語らせている。〈骨髄〉は骨の芯をいうが、〈骨髄に入る〉は深く心の奥に沁み込む意の成句。この句は、〈骨髄〉の語を得たことにより、身体感覚の寒さと心理的な寒さとの両方を表現した句となった。〈骨髄〉は直接には自分（作者）のそれだが、〈骨〉が、冷たく白い月光に照らされて木々が白骨のように見える様をも暗示する。〈骨髄〉の一語がよく働いた句である。句末の切れ字〈哉〉が、この景を眺める人の感慨を示している。この句は、安永三年（一七七四）十一月十日、蕪村社中の月並句会での兼題「冬木立」による作（句会稿『月並発句帖』）。一年前の安永二年十一月の句会も兼題「冬木立」で、〈狼の骨をかけたり冬木立〉の作がある（几董句稿『発句集巻之三』）。冬木立を狼の骨と見立てた発想が、「月骨髄」の語につながっている。几董の自信作で、大阪・住吉神社に奉納された五晴編『津守船』初編（安永五年）にも出る。安永九年、蕪村の提案で蕪村・几董の両吟歌仙二巻（発句は夏・冬各一句）が往復書簡によって巻かれ、年末に『もゝすもゝ』と題し刊行されたが、冬の巻の発句がこの句である。蕪村の脇は〈此句老杜が寒き腸《はらわた》〉。蕪村は、几董に「冬木立の句は悲壮なる句法にて、実に杜子美がおもむき有之《これあり》候」（安永九年七月二十五日付）と書き送り、杜甫の詩境に適う句と賞賛した。のち几董自身はこの句を、「月の光ㇼのするどふ冴わたりたる夜に、冬枯せし木のつくづくとあらはなるを趣向にして、月のひかりも骨身にしむような夜じやといふを、月も骨髄に透るばかりなる哉、と作《つくっ》たものじや」（『附合てびき蔓』天明六年刊）と自解している。

〔所収本〕　几董編『続あけがらす』（安永五年）所収。三年前に、師・蕪村の意を受け各地の蕉風復興の動きに呼応して上梓した『あけ烏』の続編。無腸（上田秋成）の跋に几董が亡父・几圭の十七回忌の追善を志すとあり、上・下各巻末に几圭追悼の連句を載せるが、追善集の色は濃くない。むしろ、宋阿（巴人）・太祇・召波・千代女らの物故俳人、蕪村・大魯・月居ら蕪村一門に、暁台一門・樗良・蓼太・麦水・蝶夢・青羅・二柳・旧国（大江丸）・也有・闌更ら諸国の俳士を合わせ、名実ともにこの期を代表する一大撰集の内容を持つ。世に知られた秀句が多く入集し、虚実論・離俗論を説く道立《どうりゅう》（『日本詩史』の著者・江村北海の第二子で儒者、蕪村の盟友）の序も格調高い。

〔作者と業績〕　寛保元年（一七四一）〜寛政元年（一七八九）十月二十三日没。高井氏。別号、晋明・春夜楼など。蕪村門の中心人物。巴人門の俳諧師・几圭の次男として京に生まれる。二十歳で父と死別し、几董と号した。明和七年、蕪村の夜半亭（師・巴人の庵号）二世襲号の際、将来几董に三世を継がせるべくその入門を条件としたため、三十歳で蕪村門に入る。同九年、父の十三回忌追善集『其雪影』を編んで頭角を現し、安永二年以降は年々、歳旦帖『初懐紙』を出して夜半亭傘下春夜楼（几董一門）の存在を顕示、さらに師を補佐して樗良・暁台・二柳ら中興諸家と会吟、『あけ烏』『此ほとり』『続明烏』を出して、蕪村一門の盛名を高めた。同八年、蕪村門高弟の俳諧学校「壇林会」を発企。天明三年、蕪村の没するや追善集『から檜葉《ひば》』を手向け、『蕪村句集』を編み顕彰に尽くす。同五年、義仲寺で薙髪後に江戸に下り、師の遺志を継ぎ『続一夜松』（巴人編『一夜松』の続集）の編纂に着手するとともに、蓼太の推薦で夜半亭三世を継ぎ帰洛した。同七年、暁台・青羅を迎えて『続一夜四可仙』を興行。自撰句集『井華集《せいかしゅう》』の刊行を企てたが、翌八年の大火に罹災し版木を焼失、京阪神の門人間を転々とした。再度『井華集』の公刊を進めるうち、門人・士川（灘の酒造家松屋の主人）の伊丹の別荘で、盃を挙げ俳諧最中に急逝した。墓所は京都本能寺。性、温和篤実、広く諸俳家と交わり、師の絶大な信任下に夜半亭の経営に当たり、中興俳諧最盛期の実現に貢献。其角の洒落《しゃらく》を慕って書風を模し、漢詩人・竜草廬に学んで漢詩の風韻を摂取した。句は、蕪村の奔放はないが、清雅の趣が深い。没後、夜半亭の道統は断絶、紫暁が春夜楼二世を継ぎ（享和元年）、呂蛤《ろこう》がその後を襲い夜半亭四世を名乗った。

〔その他〕　代表句には、他に次のような句がある。

湖の水かたぶけて田植かな　（『井華集』）

やはらかに人分け行くや勝角力　（『井華集』）

舟慕ふ淀野の犬や枯尾花　（『井華集』）

〔参考〕　池上義雄「几董研究」（『国語と国文学』昭12・6）、秋岡美智子「几董年譜」（『連歌俳諧研究』13号、昭32・3）、浅見美智子編校『几董発句全集』（平9、八木書店）

［満田達夫］

二三尺秋の響きや落とし水

月渓《げっけい》　安永・天明

〔現代語訳〕　秋、豊かに実った稲田で、稲刈り前に田水を抜く、落とし水がおこなわれている。二、三尺の高さの田の水口《みなくち》から勢いよく田水が落ちる、その水音がいかにも実りの秋を告げるにふさわしい「秋の響き」として感じられる。

〔解釈〕　季語は〈秋〉〈落とし水〉で秋の句。〈落とし水〉は、稲刈りの前に畦の水口《みなくち》を切って水を落とすこと、また、その水のことをいう。水口を田の土で塞いだ場合、大雨などで水が溢れて畦が決壊するおそれがあるため、水口にはわら束を寝かせて詰めておくのだが、そのわら束を稲刈りの前に抜いて田水を落とした。一句は、実りの秋を迎えたことを実感させる落とし水の音を「秋の響き」として捉えるが、その際、落とし水が落ちていく高さを二、三尺すなわち六十センチから九十センチくらい、という数値で示すことで、句中の落とし水の景の焦点を定めるとともに、一句の詠まれた場面を具体的に浮かび上がらせることに成功している。こうした数値の効果的な使用は、蕪村句にも多く見られるものであり（〈牡丹散て打かさなりぬ二三片〉〈さみだれや大河を前に家二軒〉など）、蕪村門の逸材として、師風をよく学び取って活躍した月渓の俳人としてのあり方をよく示す句と言えよう。

〔所収本〕　安永五年刊『続明烏』所収。同書は、安永二年刊行の『あけ烏』をつぐ集との意を書名に込めて、几董によって編集された、蕪村一派による蕉風復興宣言の集とも呼べるものであり、『蕪村七部集』の一つにも数えられている。蕪村・几董ら一門の句とともに、他門である樗良・青蘿・蝶夢ら中興期俳壇における有力俳人らの句を網羅する撰集である。

〔作者と業績〕　宝暦二年（一七五二）～文化八年（一八一一）七月十七日没。享年六十歳。松村氏。別号、可転・允白・孫石・蕉雨亭・百昌堂・三菓軒（蕪村から譲りうける）。画号、呉春。尾張国生まれ。代々、京の金座役人を務める家の出身で、月渓も一時平役として勤めた。はじめ大西酔月に学んでいたというが、のち安永初年（一七七二）頃、蕪村門に入って画・俳を修めた。入門後、たちまち頭角を現し、とくに漢画・俳画などの画事において、蕪村から大いに将来を嘱望される存在となった。京都島原の遊女、雛路を妻としていたが、天明元年（一七八一）、海難事故により妻が死去。同年には父も没するという不幸が続いたため、摂津国池田（呉羽《くれは》の里）に転居した。翌年、ここで新春を迎えたことにより、「呉春」と号するようになる。以後、しばしば京に上って几董ら蕪村一門と交流しながら、この地を根拠地として画俳に活動した。やがて蕪村一派の俳書にも句を寄せている大坂北新地の妓女「うめ」と再婚する。蕪村没後は京に戻って東洞院四条に住み、円山応挙に学んで蕪村流の漢画から写生画へと転じた。さらに、応挙没後はみずから四条派を興して京画壇の中心画家となり、近代におよぶ日本画の礎を築いた。俳諧活動は寛政元年（一七八九）の几董没後遠ざかることとなったが、作品は師蕪村の俳風を追った佳吟が多く、諸集に収録されている。

〔その他〕　代表句としては、次のような句が知られる。

深草の梅の月夜や竹の闇　（『夜半楽』）

春の初めの深草の里。月の美しい夜に白い梅の花が香りを漂わせ、傍らの竹林の奥は暗い闇である。美しい早春の景色が明暗の構成により奥行きをもって捉えられている。画家としての月渓の確かな目の働きが感じられる。

花にくれて首筋さむき野風かな　（『十二ヶ月風物句画巻』）

春の一日を郊外の花に遊び、家路に着く夕暮れ時、花見酒の酔いもさめ野風の寒さがひんやりと首筋に感じられる。蕪村の〈花に暮れて我家遠き野道かな〉の句とも通じる世界である。

後《のち》の月女に羽織られけり　（『十二ヶ月風物句画巻』）

陰暦九月十三日の夜、一緒に後の月見をしている女から自分の着ている男物の羽織を貸してほしいとねだられ、羽織らせてやった、の意。物語的な背景を感じさせる人事句であり、省略された表現から、男女二人の親密さ、男羽織を着た女の可憐な姿までが浮かび上がる。「綱」という源氏名を持つ娼妓が客の羽織を着て千鳥の声に耳を傾けるさまを詠んだ蕪村の〈羽織着て綱もきく夜や河ちどり〉の句も想起される。

〔参考〕　岡田利兵衛「松村月渓」（『俳句講座3』昭34、明治書院）、同『俳画の美　蕪村・月渓』（昭48、豊書房）

［清登典子］

うづみ火や壁に翁《おきな》の影ぼうし

蝶夢《ちょうむ》 安永・天明

〔現代語訳〕人々が寝静まった夜更け、火桶の埋み火に手をかざす。壁に映る何かの影法師、きっと私が思慕してやまない芭蕉翁の影法師が出現されたに違いない。

〔解釈〕季語は〈埋《うずみ》火〉、炉や火鉢の灰に埋めて長持ちさせる炭火。静寂さを際立たせ、冬の生活の一端を示す季語。平安朝から和歌でも詠まれた。〈翁〉は一般的には老人男性をいうが、俳諧の世界では芭蕉を指す（「芭蕉翁」の略）。この句は芭蕉の〈埋火や壁には客の影法師〉（『続猿蓑』元禄五年作）を踏まえた作で、芭蕉句とは中七の後半が異なるのみ。前書に「東山正阿弥にて、芭蕉百回忌興行。一間に遺像を祭りしに、かの冬籠の俤《おもかげ》をそふ」とある。芭蕉の句は、実際には勤番中の門人・曲翠（近江膳所藩士）を江戸藩邸に訪ねた折の作だが、冬籠する芭蕉に来客があった折の作と解し、客と語り合う芭蕉を、芭蕉の影法師と語り合う自分に置き換えたのがこの句。芭蕉の顕彰と蕉風復興に尽力した蝶夢の面目躍如たる句である。東山双林寺内の正（西）阿弥亭で芭蕉百回忌俳諧が行われたのは、寛政五年（一七九三）十月五日。なお『みちのかげ』によると、寛政五年九月ころ都雀主催の芭蕉百回忌俳諧に同座、その後のある日、円山の寺院・勝興庵に闌更と二人だけ招かれた折の作である。前書に「（前略）此寺の広き客殿何にせむと人知らぬ一間に、花瓶にはなをいけ香炉に香をくゆらせるありさまは、むかしの冬籠の発句にもいま面影そふここちして」とある。『草根《そうこん》発句集』の記述とは、作句の場所と状況が異なり、時刻は夜更けではなく昼間、客殿で語り合う二人の影が壁に映り、そこに芭蕉翁の影法師が現われたように感じられ、あたかも三人で語り合っているようだ、の意になる。直後に編まれた『みちのかげ』の方が、実際の作句事情を伝えていると思われる。前書の付け替えが蝶夢自身の手になるものかどうかは不明である。

〔所収本〕蝶夢著『草根発句集』（安永三年自序）所収。蝶夢の発句を四季・雑の部立てで寛政五年までの六百四十句を収めるが、刊行されず写本で伝わる。書名は正徹（室町時代中期の歌僧・古典学者）の家集『草根集』に因む（自序）。詞書の記事内容が豊富で、俳壇・文壇事情をよく伝える。他に同名の書として、蝶夢自筆本二つを含む四本が伝わるが、構成や収録句数が異なる。この句は、他の四本には見えず、都雀編の芭蕉百回忌追善集『みちのかげ』（寛政五年自序）に載る。

〔作者と業績〕享保一七年（一七三二）〜寛政七年（一七九五）十二月二十四日没。別号、睡花堂・鳳声亭・五升庵・泊庵。法号、幻阿弥陀仏。京に生れ、父祖は越前国敦賀《つるが》出身。幼時に時宗寺院に入り九歳で得度。十三、四歳ごろ浄土宗の帰白院に転じ、住職の急逝に遭い十一世住職となる。俳諧には十三歳から心を寄せ、宋屋（巴人門の俳諧師）門。宝暦九年（一七五九）九月、敦賀気比大神宮で遊行上人他阿一海のお道作りの儀式を拝観、同地の琴路（盧元坊・二柳門）邸での俳席に連なり、「芭蕉翁の正風体を頓悟し」（『草根発句集』序）、都市系俳壇（貞門系・其角系）から地方系俳壇（支麦系）への劇的な転向を遂げる。誘引した二柳から京の地方系俳壇を受け継ぎ、明和元年（一七六四）には「花洛蕉門棟梁」（『華洛日記』）と呼ばれ、東山双林寺（時宗）の墨《すみ》直会《なおしえ》（毎年三月十二日に支考建立の芭蕉塚の刻字に墨をさし直す儀式）も主催。明和三年末には住職を辞し、同五年末、洛東岡崎に五升庵を結ぶ。以後約三十年間、蕉風復興運動の多彩な活動を展開し、芭蕉顕彰史上に最大の功績を残す。諸国へしばしば旅し、大量の文通で多くの地方俳士を指導した。義仲寺（芭蕉墓所）の護持と芭蕉追遠行事を活動の基軸とし、宝暦一三年（一七六三）以降、毎年の芭蕉忌に時雨会《しぐれえ》を催し、明和七年三月の芭蕉堂再建法要、寛政五年四月の百回忌供養は盛大を極めた。蝶夢はこれらの経営を地方俳人が主体的に担うように導き、各地の芭蕉塚建立をも勧め、諸派を糾合して芭蕉復興運動を全国規模に高揚させた。毎月の忌日に義仲寺に参詣、芭蕉を生涯旅に過ごした求道の「聖《ひじり》」と見て「宗祖」に位置づけ、俳壇に純粋な崇拝者を増やした。これは蕉風俳諧に精神性を求めたためだが、一方で偶像化への道も開いた。編纂者としても優れ、安永三年（一七七四）の『芭蕉翁発句集』に始まる『芭蕉翁文集』『芭蕉翁俳諧集』の三部作は初の芭蕉全著作の集成、寛政四年成の『芭蕉翁絵詞伝』は初の本格的芭蕉伝である。他にも、諸撰集の編纂、序・跋を与えた俳書の後見など、造本の活動が著しい。また、正式俳諧の復興を図り、連句の盛行をも促した。清廉篤実、文人としても知られ、広く人望を得た。実感をありのままに、事実に私意・作意を加えないという強い主張は、当代俳壇の実情実景重視の流れを加速させた。作風は、平明清澄を旨とし、やや淡白である。

〔その他〕代表句には、他に次のような句がある。

夕がすみ都の山はみな丸し　（『草根発句集』）

水落て田面《たのも》をはしる鼠《ねずみ》かな　（『草根発句集』）

凩《こがらし》や壁にからつく油筒　（『草根発句集』）

〔参考〕北田紫水『俳僧蝶夢』（昭23、大蔵出版）、高木蒼梧『蝶夢と落柿舎』（昭39、落柿舎保存会）、田中道雄「蝶夢を扶けた人々―運動の地方的基盤―」（『蕉風復興運動と蕪村』平12、岩波書店）、田中道雄・田坂英俊・中森康之編著『蝶夢全集』（平25、和泉書院）［満田達夫］

さうぶ湯やさうぶ寄りくる乳《ち》のあたり

白雄《しらお》 安永・天明

〔現代語訳〕 五月五日の端午の節句、今日の湯は菖蒲湯だ。湯槽に入った勢いで押し退けられていた菖蒲が、胸まで湯に浸かるとこちらへ漂ってきて、胸の辺りを擽るようだ。

〔解釈〕 〈さうぶ〉は菖蒲《しょうぶ》。〈さうぶ〉の発音は「そうぶ」だが、古くは「さうぶ」と書き、江戸時代には「さうぶ」「しゃうぶ」両様の表記が行われた。季語は〈菖蒲湯〉で、仲夏・旧暦五月の季語。五月五日、端午の節句に菖蒲の葉を湯槽に浸して入浴し、邪気を払い心身を清める。現在も続く習俗だが、新暦で行うため、当時は今よりも約一か月遅い。端午の節句は平安朝から行われたが、武家の世になって、男の尚武的な気性を養成する日とされた。菖蒲湯の習俗も、鎌倉時代の公家・武家に始まる。この句はまず、〈さうぶ湯や〉の〈や〉の切字により、菖蒲を浮かべた（おそらくは広い）湯槽が目に浮かぶ。中七の原本の表記は〈さうぶ寄くる〉で、「寄り」とも「寄せ」とも読め、正岡子規編『俳家全集』（子規が古句を作者ごとに収集した写本）では「寄せくる」と記すが「寄りくる」でないと、漂って少しずつ近付く感じが出ない。下五に〈乳のあたり〉と置いたことにより、菖蒲が意思を持ってそこに寄ってくるかのような感じが出て、微かなおかしみを感じさせる。菖蒲の動きの細かい観察に、年に一度の菖蒲湯に入った新鮮な感動が表れている。この句は、事実だけを詠みながら、菖蒲が乳のあたりに触れたときのくすぐったい感覚までが伝わるのが巧み。白雄初期の「姿《し》先《せん》情後」（句の情よりも句の姿の表出を優先）説にのっとった作品である。人物の男女の別も書かれていないが、「寄りくる」の措辞と、想像されるくすぐったさから、人物は作者自身と読める。この句は、安永三年（一七七四）、信濃国上田の門人・斎藤雨石の孫（左皐）の初幟を祝って、版刻師・坐井（白雄門）が白雄・雨石・坐井ら五名の端午の句各一句を版刻し出版した摺物に載る。挨拶句の意味合いがあるが、理に落ちた挨拶にならずに、菖蒲湯の清爽の気をもって挨拶とするのは、無技巧をよしとする白雄らしい。京都島原遊郭内に不夜庵を結び、島原俳壇を指導した同時代の先達・太祇の〈傾城の朝風呂匂ふ菖蒲かな〉（『発句題林集』）の艶かしさと対比すると、白雄の生真面目さがよくわかる。

〔所収本〕 白雄著、硯布《せきふ》編『しら雄く集』（寛政五年成）所収。門人・硯布が白雄の遺句千九十八句を四季類題別に編集し、同じく門人で書家・画師でもある巣兆《そうちょう》に版下を書かせ、白雄の三回忌を記念して刊行した。白雄の秀吟をほぼ過不足なく収める。後年、弘化四年に春秋庵（白雄が江戸に興した庵号）梅笠によって再刷された。

〔作者と業績〕 元文三年（一七三八）八月三十日～寛政三年（一七九一）九月十三日没。本名、加舎《かや》吉春。若年時には一時、平田忠二郎（平田家は父方の祖母の嫁ぎ先）とも称した。初号、昨烏・白尾・白尾坊。別号、春秋庵。

信濃国上田藩士・加舎吉亨の次男として、江戸深川扇橋の同藩邸で出生。五歳で生母、十三歳で継母、十六歳で父を失い、二十歳前後は仏門（上野国館林か）にあった。複雑な少・青年期を送ったらしく、十三歳家出説もある。宝暦（一七五一～六四）末年、江戸座（江戸点取俳諧宗匠の連合体）の春来（二世青峨）に入門して舎来号を名乗っていたともいうが未詳。明和二年（一七六五）、下総国銚子流寓中に江戸の烏明《うめい》（松露庵三世、烏酔門）に入門、日本橋浮世小路の松露庵に同居して点者をめざした。また、烏酔にも師事、その蕉風復古説の影響を受けた。同四年からかつて烏酔が遊説した信濃国に赴き、多くの門人を得た。同六年八月、同国姨捨《おばすて》山長楽寺の芭蕉句碑を建立、翌年七月、記念集『おもかげ集』を刊行。こうしてようやく信濃を手中にしようとしていた矢先、蘭更が同じ目的で北・東信濃に現れ、同年八月、同国戸倉の鳥奴宅で激しい論戦があった。翌明和八年春、春興帖『田ごとのはる』を刊行。同年四月、信濃から北陸・関西に遊説、門人の勧誘を図った。京で蝶夢らと風交、蕉風復古の志を固め、六月には七条の寓居で俳論『かざりなし』を執筆し、初冬頃に刊行、中興俳家の仲間入りをした。この年は伊勢国松坂で越年、翌安永元年（一七七二）春、春興帖『文《ふ》ぐるま』を刊行、三月には吉野に遊んで代表作〈人恋し灯ともしころをさくらちる〉の原案を得た。同年秋、二年ぶりに江戸に帰ったが、翌年五月銚子へ向かい、七月、銚子から奥羽行脚に出立、奥州街道を仙台に向かい、芭蕉の旧蹟を探訪した。道中、陸奥船岡大光寺の也蓼禅師（烏酔の親友）からは秘蔵の芭蕉真蹟『枕表紙』（行脚句帖）を白雄の師・烏明に与えるという形で託され、仙台では当地の俳壇と交友し密接な関係を築く。以後、松島～平泉～最上川～酒田～象潟～弥彦～出雲崎と『おくのほそ道』のコースを辿り、九月下旬に信濃国松代に到着、門人・其明宅に滞在した。滞在中、同地證蓮寺で芭蕉忌を催した折、烏明許可のもと『枕表紙』を公表、其明を督して記念集『帒表紙《ふくろびょうし》』を刊行させた。同三年夏、帰江して烏明の許しを得て独立、開庵（庵名未詳）したが、次第に烏明との間に隙が生じ、同五年、破門されるに至る。以後は江戸を離れ、関東・伊勢・大阪を巡って自家勢力を固めた。同九年二月に帰江、日本橋鉄砲町に春秋庵を開く。以後、春秋庵月次《つきなみ》（月例の俳諧例会）を開催、年刊撰集『春秋稿』

（初〜五篇）の続刊、天明八年（一七八八）の品川鮫洲海晏寺における芭蕉百回取越法要などにより、江戸俳壇に一勢力を築いた。関東・中部地方に三千の門人を擁し、長翠《ちょうすい》・巣兆・道彦ら次代の俊英を育てた。寛政二年（一七九〇）、春興帖『はるの音づれ』を刊行後、五年ぶりに信濃に行脚。同三年六月に病臥し、数か月の闘病後、江戸の春秋庵で没した。墓所は品川鮫洲の海晏寺にある。

不遇な生い立ちに由来するものか、狷介不羈で、信念をもって事を決することが多かった。また、生涯妻帯しなかったが、幼少時に母を亡くしたことに由来する心理的な理由によるものかとも思われる。その性格から人間関係にトラブルを生むことも少なくなかったが、芭蕉に範を取った潔癖な生き方と適切な指導は、多くの門人を吸引した。酒を好み、清貧で、唐様の書に優れた。俳風は、当初は師・鳥酔の影響から無技巧、「姿先情後」を標榜したが、天明期（一七八一〜八九）に至り、自らの個性を踏まえた「姿情《しじょう》兼備」（句の姿と情の均衡）に変わった。句風は繊細で格調が高く、中興俳諧の一つの風潮を代表するものである。編著には、俳論『誹諧寂栞《さびしおり》』『春秋夜話』『誹諧名家録』、撰集『発句五百題』、紀行『春秋庵白雄居士紀行』、作法書『袖書心得』『はし書ぶり』ほかがある。追善集として、一周忌『一鐘集』（巣兆編）、三回忌『俳諧冬瓜汁』（春鴻編）、七回忌『黒禰《ね》宜《ぎ》』（長翠編）『なゝとせの秋』（星布尼編）、十七回忌『いぬ榧《かや》集』（虎杖編）などがある。

白雄を祖とする門派は、白雄の庵号から春秋庵と言う。庵は日本橋鉄砲町から、のち馬喰町に移った。白雄の没後、長翠・葛三《かっさん》（大磯の鴫立庵と兼庵）と受け継がれ、明治二五年には十一世・三森幹雄（文政一二年〜明治四三年）が、明治四一年には十二世・三森準一（明治一四年〜昭和四一年）が継ぎ、昭和に至った。三森幹雄は明治期の旧派俳諧の中心的存在をなしたが、正岡子規から「月並風」の代表と見られ、その俳風を批判・攻撃された。三森準一は、子規以降の俳壇で軽視された連句の普及に尽力した。

近代における評価　俳諧椎の友社を結成して俳句革新をめざした伊藤松宇（安政六年〜昭和一八年）は、『俳諧中興五傑集』（明治三二年）で中興俳家の五傑の一人として白雄を取り上げた（他は、蕪村・蓼太・暁台・蘭更）。正岡子規はこれに序文を寄せ、「白雄は深沈《しんちん》にして清廉なり。彼が実着に蕉風を研究したるは蓼太の浮華に失したるに反映して却《かへつ》て好一対を為す。其句故《ことさ》らに漢語を用ゐず、しかも紆余にして迫らざる所あり。蓋し俳壇の老手なり」と讃辞を述べて、蕪村に次ぐ高い評価を与えた。しかし子規は一方で、俳論「芭蕉雑談」（『日本新聞』明治二六年〜二七年）で「白雄は『寂栞』を著して盛んに蕉風を唱道せりと雖も、その神髄を以て幽玄の二字に帰し、終に豪壮雄健なる者を説かず。其作る所を見るも、句々繊巧を弄し、婉曲を主とするのみにして、芭蕉の堂に上る事を得ず」と否定的評価を述べている。子規は、俳句革新運動において蕪村句を理想の句と位置づけ、白雄句を理想とすることはなかった。子規没後の俳壇を背負った高浜虚子は、俳句初学者向けの鑑賞入門書『俳句はかく解しかく味《あじは》ふ』（大正七年刊）で安永・天明期の句を多く取り上げたが、白雄の句は一句もない。その後、潁原《えばら》退蔵・中村俊定・荻野清等によって、白雄の文献的研究が進んだが、俳壇の無関心・低評価を覆すには至らなかった。

白雄の再評価　昭和四〇年代に至って、長野県上田に因みのある研究者によって全集の編纂が進められ、宮脇昌三・田子檀・亀村宏・矢羽勝幸編『加舎白雄全集』（昭49〜50、国文社）が刊行された。また、俳人・矢島渚男が昭和四六年より俳誌『杉』に「白雄の秀句」を連載して、昭和五二年に公刊。文献・批評の両面から白雄の句が広く知られるようになり、ようやく傑出した俳人として認識されるに至った。平成二年（一九九〇）、長野県上田市で加舎白雄二百回忌実行委員会により追善法要と全国俳句大会が行われ、上田市立博物館では特別展「加舎白雄とその門人たち」を開催。以後毎年秋、上田市の加舎白雄顕彰保存会によって加舎白雄忌全国俳句大会が開催される。また、長野県千曲市戸倉の坂井銘醸（白雄門人・坂井鳥奴の子孫）の蔵には「加舎白雄記念館」が設置されている。

〔その他〕　代表句には、他に次のような句がある。

子規《ほととぎす》なくや夜明の海がなる　（『しら雄く集』）

初期の作。明和七年（一七七〇）六月、大磯鴫立《しぎたつ》庵での作。切字「や」が、目覚めから意識の明瞭化への微妙な時間の流れを巧みに表現する。

人恋し灯とぼしころをさくらちる　（『芳野山紀行』）

中期の作。安永元年（一七七二）、吉野山燈籠の辻での歴史懐古詠、「人」は西行や南朝の人々を指す。が、吉野山詠という前提を外して読めば、春の夕暮れのやるせない感傷が感じられ、近代の憂愁に通じる。「人恋し」が、「姿先情後」の句境からの脱却を示す。

めくら子の端居さびしき木槿《むくげ》かな　（『しら雄く集』）

後期の作。白雄は後年、「ものを憐れむ」人情の句を主張・推奨したが、この句はその代表作。一茶の句風に通じるものがある。

〔参考〕　矢島渚男『白雄の秀句』（昭52、角川書店）、矢羽勝幸『俳人白雄　人と作品』（平2、信濃毎日新聞社）、矢羽勝幸『定本・俳人加舎白雄伝』（平13、郷土出版社）、矢羽勝幸編『増補改訂　加舎白雄全集』（平20、国文社）

［満田達夫］

戸口より人影さしぬ秋の暮

青蘿《せいら》

安永・天明

〔現代語訳〕　釣瓶落としと言われる秋の夕暮れ。すでに薄暗くなった家のうちに対して、戸口のところだけは残照で明るくなっている。その戸口に、すっと人影がさした。

〔解釈〕　季語は〈秋の暮〉で、秋の句。〈秋の暮〉は、秋の夕暮れの意。まれに暮秋の意で用いられることもあるが、俳諧においては〈秋の暮〉を秋の夕暮れの意で用い、「暮の秋」を暮秋の意で用いる、というふうに使い分けていたと考えられる。和歌では、三夕の歌と呼ばれる「秋の夕暮れ」を詠む名歌が知られるほど、最も寂しさを感じさせる季節と時間とされた。この句で注目すべきなのは、戸口からさした人影がだれで、何のために戸口を訪れたのか、などの背景説明がいっさいされていないことである。詠まれているのは、屋内は薄暗く屋外はまだ明るいという秋の夕暮れの微妙な一瞬であり、残照を受ける戸口にさっと人影がさす場面を詠むことで、古い日本家屋の空間における秋の夕暮れの光と影の感覚が見事に捉えられている。意味内容が単純でありながら、淡々としたその詠みぶりによって、かえって秋の夕暮れの詩情が漂う句となっていると言えよう。

〔所収本〕　安永五年（一七七六）刊『続明烏』に初見、のち寛政九年（一七九七）刊『青蘿発句集』に収録された。『青蘿発句集』は、青蘿の没後、青蘿門人たちが集めた発句および諸家から寄せられた青蘿の発句六百句余りを、門人玉屑が四季・恋・神釈・無常・名所等に分類して編んだもの。玉屑の序文には、「青蘿発句集前巻とする」とあり、後巻の出版を予定していたようだが、結局後巻は出版されていない。

〔作者と業績〕　元文五年（一七四〇）〜寛政三年（一七九一）六月十七日没。享年五十二歳。松岡氏。また武沢氏。初号、山李坊令茶。別号、三眺庵・栗の本・幽松庵・香松庵。江戸詰播磨国姫路藩士の家に生まれ、同藩士武沢氏の養子となったが、身持ち不慎として二十三歳で藩を追われ、松岡氏に復した。俳諧は十三歳のとき、江戸で、盧元坊門で美濃派の流れを汲む玄武坊に入門したというが、それもわずかの期間で、退仕後は諸国を遍歴した。明和四年（一七六七）、播磨国加古川にて三眺庵を構え、俳諧師として活動する。三眺庵は、庭の栗の木にちなんで栗本庵とも呼ばれ、「栗の本青蘿」と称した。のちに三眺庵から海沿いの幽松庵に移り住んだが、その号は変わらなかった。

明和五年、播磨国明石に芭蕉発句〈蛸壺やはかなき夢を夏の月〉にちなんで蛸壺塚を築き、記念集『蛸壺塚』を出版するなど、芭蕉顕彰行事に積極的に関わった。発句の俳風はやや知的技巧的であるが、連句を得意とし、中興期諸俳人とも交流して連句作品を残した。明和九年には、樗良と両吟歌仙七巻を巻き、のち門人の李雨によって『骨書』として出版された。天明七年（一七八七）には上洛して几董・月渓・五来・暁台・闌更とそれぞれ両吟歌仙を巻いて『都六歌仙』として出版。暁台・几董・月渓と巻いた四吟四歌仙は、几董編『続一夜四可仙』に収載されている。

寛政二年（一七九〇）、闌更とともに二条家俳諧宗匠に選ばれ、十月十六日の紅葉会、翌年三月十四日の花の会に召されるという栄誉に浴したが、その年の六月、〈舟ばたや履ぬぎ捨る水の月〉を辞世として没した。没後、「栗の本」号は、玉屑・梧庵・可大・必山・桃五と引き継がれ明治に至った。編著として天明五年、門人らと讃岐国金比羅、安芸国厳島に詣でた記念集『讃州金比羅山芸州厳島詣之記』、伝書『指月止観の巻』（自筆稿）、『青蘿発句集』（玉屑編）などがある。追善集としては、『水の月』（玉屑編）、十三回忌集『そのみなづき』が出されている。

〔その他〕　代表句としては、次のような句が知られる。

春たつや梢の雪にひかりさす　（『青蘿発句集』）

雪が積もっている高い木の梢に、立春の今日は春の日の光が差して光っている。昨夜までの「雪」と今日の「立春」という二つの季語を用いて季節の推移とともに春の訪れの喜びが素直に詠まれている。

落ちつみし椿がうへを春の雨　（『青蘿発句集』）

椿の花が地上に落ちて重なり合っている上にしとしとと春の雨が降っている。椿の花が形のままに散り落ちて積み重なり、やや茶色く変色した花の上に春雨の降る様子などが時間の経過とともに捉えられている。

雉子啼いて跡は鍬うつ光かな　（『青蘿発句集』）

春の山畑に鋭い雉子の鳴き声が響く。そのあとは、黙々と畑を耕す人の振り上げる鍬が日の光を反射してきらりきらりと光るのみである。〈跡は〉の措辞により静かな時の流れを表現した佳句。

いずれも平淡な中に、季節の推移や時間の経過を感じさせる味わい深い句となっている。

〔参考〕　大谷篤蔵「松岡青蘿」（『俳句講座3』昭34、明治書院）、冨田志津子「栗の本青蘿年譜稿」（大阪大学医療技術短大『研究紀要』25、平5）、冨田志津子『播磨の俳人たち』（平22、和泉書院）

〔清登典子〕

ちぎりきなかたみに渋き柿二つ

大江丸《おおえまる》　文化文政

〔現代語訳〕　約束をしましたよね、互いに柿を一つずつちぎり取って。まだ熟してはいない渋い二つの柿ではありましたけれども。

〔解釈〕　季語は〈柿〉で初秋。柿の渋味は、果実の発育期間中に温度が不足すると、シブオールという成分が溶け出て発生する。これが熟していくにつれて渋みがぬけていく。〈ちぎり〉は「契る」（約束する）と「ちぎる」（もぎとる）の二つの意味を掛けた表現である。〈き〉は過去の助動詞で、〈な〉は切字。〈かたみに〉は「お互いに」の意。この句は〈ちぎりきなかたみに袖をしぼりつつ末の松山波越さじとは〉『後拾遺集』清原元輔（清少納言の父）のパロディである。本歌の歌意は「約束しましたね。互いに涙に濡れた袖をしぼりながら、末の松山を波が絶対に越えないように永遠の愛を。（けれどもあなたの心は変わってしまったようです）」という、女の裏切りを悲しむ歌である。末の松山（多賀城市八幡の宝国寺裏の丘）は歌枕である。〈きみをおきてあだし心をわが持たば末の松山波もこえなむ〉（『古今集』）などで知られ、一途な思いを誓う比喩として用いられてきた。愛の約束を詠んだ古歌の趣を、渋い柿をちぎって味わうという場面に転じたところに俳味がある。そして愛には渋みが伴うものだという含みも感じられて巧妙である。

〔所収本〕　享和元年（一八〇一）刊『はいかい袋』所収。大江丸編著。蓼太、完来序。大江丸の八十賀記念家集。「ばせを翁行脚の掟」に始まり、自選の四季発句と連句、俳話、先人略伝、跋文として「貞徳俳諧未来記」の一部を抄出する。

〔作者と業績〕　享保七年（一七二二）～文化二年（一八〇五）三月十八日没、享年八十四歳。本名安井政胤。幼名利助。隠居後は宗二。大坂北革屋町に住み、飛脚問屋を営む。通称大和屋善右衛門。江戸店（日本橋瀬戸物町）での通称は嶋屋佐右衛門。初号は芥室、以後旧州、旧国、大江丸と改号する。飛脚問屋としての経営能力に優れ、家業を大いに繁栄させた。奥州二本松八丁目（現福島県福島市松川町）で勝手に遊女屋を始めた店支配下の伝兵衛を解雇せずに改心させ別の商売を勧めて成功させるなど、人情に厚く判断力に優れた人物であった。俳諧ははじめ松木淡々の門下であったが、のち大島蓼太に心酔し、さらに与謝蕪村、高井几董らと交流した。蕪村、几董の没後は個性豊かな作風が色濃くなる。『俳懺悔』は古稀を迎えて剃髪した大江丸が寛政二年（一七九〇）に刊行した家集である。八十歳を記念して上梓した『俳諧袋』では自由で軽妙な作品を数多く残している。

三森幹雄著『俳諧名誉談』（明26、庚寅新誌社）には、大江丸が〈をし鳥よ一夜わかれて恋を知れ〉の句を大坂の点取俳諧の中から見つけ、催主から金五十両で買い取って自分の句にしたという逸話が記されている。同書では「其卓見人の及ばざる処なり。此句を買ひてより名ます〳〵高し」と、大江丸がこの句を買い取った眼力を賞賛している。『一茶大江丸全集』解説（俳諧文庫）にも岡野知十が同内容の逸話を紹介している。事の真偽は断定できないが、大江丸ならばさもありなんと思わせるような興味深いエピソードである。

大江丸は中興期から文化期にかけて蕪村、几董、成美、一茶など、多くの著名な俳家と交流するとともに、作品においてもその個性を発揮した。俳諧の本質の一つである「滑稽」な作風を、パロディや口語調を駆使して生き生きと表現し得た力量には優れたものがある。

〔その他〕　古歌のパロディは大江丸が好んで用いた手法である。

竹の子やあまりてなどか人の庭　（『俳諧袋』）
秋来ぬと目にさや豆のふとりかな　（『俳諧袋』）

前者は〈あさぢふの小野の篠原忍ぶれど余りてなどか人の恋しき〉（源等『後撰集』）の歌を踏まえているが、抑えきれない恋心を日常卑近な存在である竹の子に転じるというユーモアが主眼となっている。後者もまた、〈秋来ぬと目にはさやかに見えねども風の音にぞおどろかれぬる〉（藤原敏行『古今集』）を〈さや豆のふとり〉というはっきりと目に見える身近な素材に転じている。

能因にくさめさせたる秋はここ　（『俳諧袋』）

この句は捩りではないが、古歌を題材にした作品である。能因法師の有名な歌〈都をば霞とともに立ちしかど秋風ぞふく白河の関〉（『能因法師集』）を踏まえている。能因はこの歌を作ったものの東北への旅には出ず、自宅にこもってわざと顔に日焼けをさせ、旅を捏造したという噂があった。それを「くしゃみをさせた秋はここだ」と揶揄するユーモアは切れ味抜群であるが、この諷刺性は川柳の領域である。古川柳には〈能因は一つの嘘を小半年〉〈白河の名歌能因黒くなり〉などがある。

口語調の作品は同時代の作風の特徴でもあるが、飾らない率直な思いを述べた大江丸の句には親しみを覚える。

一茶坊の東へかへるを
雁はまだ落ついて居るにお帰りか　（『俳諧袋』）
春の花こんな親仁じやなかつたに　（『大江丸追善集』）

前者は一茶が寛政期の西国行脚から帰る際の餞別吟である。三十代だった修行期の一茶は大江丸の作風の影響を受けた。後者は大江丸が自身で用意した辞世句である。

〔参考〕　大谷篤蔵「大伴大江丸」（『俳句講座俳人評伝下』昭34、明治書院）、加藤定彦「大伴大江丸の研究」（『国文学研究資料館紀要』昭51・2）

〔二村　博〕

大蟻の畳をありく暑さかな

士朗《しろう》　文化文政

〔現代語訳〕　座敷に寝転がってふと目をやると、真っ黒な大蟻が一匹、目の前の畳の上をのっそりと歩いている。それにしてもこの大蟻にも私にも逃げ場がないほどの日盛りの暑さであることだ。

〔解釈〕　季語は〈暑さ〉で夏。うだるような気候の中、作者はその暑さに耐えきれず畳に突っ伏してしまったのだろう。作者の視点は座敷の中において最も低い位置にある。すると目の前に一匹の大蟻が力なく歩いている。大蟻もこの夏の日照りを避けて畳に上がって来たのだろうか、普段上から見下ろしているときには気にも留めない蟻の存在も、畳の地平が広がる視点から対峙すると、なかなかグロテスクないで立ちである。まして、足高に歩く大蟻であれば存在感はなおさら大きい。実際小さめのクロヤマアリよりも、クロオオアリなどの大型の蟻の方が気温の変化には弱いようだが、科学的な見地はさておき、夏真っ盛りの暑さを感覚的にとらえ、畳の上に大蟻を配した士朗の鋭い着眼を評価すべきであろう。

みな月はふくべうやみの暑かな　芭蕉（『葛の松原』）
小夜中に蟬一声の暑さかな　其角（『古人五百題』）
石も木も眼に光る暑さかな　去来（『泊船集』）
座りたる舟に寝てゐる暑さかな　蕪村（『蕪村句集』）
暑き夜の荷と荷の間に寝たりけり　一茶（『一茶発句集』）

どの作品も真夏の灼熱世界を独自の視点でとらえている。だがこれら名家の句と並べて見ても、士朗の句に遜色は感じられない。足の爪先ほどの高さで繰り広げられるミクロの世界に焦点を絞ることで、むんむんするような暑気を写実的に描写している。平明な言葉のみで構成しながらも成功をおさめているところはさすがである。

〔所収本〕　文化元年（一八〇四）刊。『枇杷園句集』所収。椿堂、宇洋、卓池、蕉雨・松兄編。桂五序、岳輅跋。乾（春夏）、坤（秋冬雑）の二冊からなる士朗の発句集。

〔作者と業績〕　寛保二年（一七四二）～文化九年（一八一二）。本名正春。初号は支朗。別号に朱樹叟、枇杷園、松庵などがある。尾張春日井郡守山（現名古屋市守山）に生まれる。名古屋の医師で叔父の井上安清の養子となって家業を継承した。医師としては専庵を名乗り、城下一の名医との評判があった。建中寺（尾張徳川家菩提寺　現名古屋市東区）の和尚が重病を煩い、他の医師が匙を投げた病を士朗が診察して助けた。士朗はその莫大な謝礼を米に換えて困窮者に施したというエピソードが残っている（「朱樹叟士朗」）。文化人としての教養は広く、国学を本居宣長、絵画を長崎の勝野范古、平曲を荻野検校に学んだ。

俳諧は十代後半頃から加藤暁台に入門した。宝暦一三年（一七六三）、『蛙啼集』（暁台編）が出版された頃には一門の中でもすでに一目置かれる存在となっていた。性格は篤実で、暁台の後継者としての器を十分に備えていたが、「暮雨巷」の号は同門の臥央に譲り、士朗は自ら枇杷園（琵琶による平曲をよくしたため）を称した。東海地方における人望は絶大であり、〈尾張名古屋は士朗（城）で持つ〉と歌われたほどであった。

門人は尾張にとどまらず、士朗没年に刊行された追善集『信濃札』（素檗編）には、信濃、甲斐俳人による四百三十一句が寄せられている。同書の編者藤森素檗は在世当時一茶を凌ぐほどの著名俳人であったが、彼は暁台には師事せず、ひたすら士朗に学んだという（『力草』梅間著）。また、伊勢の鶴飛は、何らかの悪事をして士朗に風交謝絶されたが、江戸の鈴木道彦に「汝士朗の怒りに触ては此道に於て人と成事能はず」と戒められ、「鶴飛」を「護物」と改め道彦の門人になった。のちに士朗は、護物を救済してくれた道彦の温情に感謝したという。士朗と幕末の著名俳人田喜庵護物との間に何があったかはわからないが、士朗の存在感の大きさを示す逸話の一つである（『俳諧名誉談』）。士朗は文化九年（一八一二）、七十一歳で没している。戒名は松翁幽操居士。

著書には、『枇杷園句集』文化元年（一八〇四）刊、『枇杷園句集後集』文化五年刊、『枇杷園随筆』文化七年、『枇杷園七部集』文化八年などがある。

士朗の業績は、高雅な暁台の句風を平明化し、大衆の俳諧普及に大きく貢献したことにある。平板に甘んじる風潮を結果的に助長したとも言えなくはないが、庶民文芸である俳諧を大流行させた立役者の一人として、時代をリードする存在であった。

〔平明温和な士朗の句風〕　士朗の作風は平明温和で、とりわけ繊細な自然描写、調和的な取合せの趣向を凝らした作品に優れている。

生海鼠干す袖の寒さよ鳴千鳥　（『麻刈集』）
露に音あり誰住みなれし茶の烟　（『麻刈集』）
春雨に夢のうき橋通りけり　（『橋日記』）
雪どけの水に鳴なり河千鳥　（『雀芝集』）
今日の日も入りぬ枯野の水たまり　（『口笛集』）
五月雨に南天の花うるみける　（『杵拍子』）
足軽のかたまつて行く寒さかな　（『縦のならび』）
木枯や日に日に鴛鴦の美しき　（『枇杷園句集』）
菜の花に大名うねる麓かな　（『枇杷園句集』）

〔参考〕　寺島徹「井上士朗年譜稿」（『連歌俳諧研究』91、平8）、三森幹雄『俳諧名誉談』（明26、庚寅新誌社）、沼波瓊音「朱樹叟士朗」（『帝国文学』24・1、大正7）

〔二村　博〕

白雄翁のなつかしき此夜

長き夜や思ひあまりの泣《なき》寝入り　星布《せいふ》　文化文政

〔現代語訳〕秋の夜長、亡くなった師のことをあれこれ偲んでいると、悲しみに堪えがたくなり泣きながら寝入ってしまったことだ。

〔解釈〕季語は〈長き夜〉で秋（『増山井』では九月）。切れ字は〈や〉。『星布尼句集』に「白雄翁のなつかしき此夜」とあり、師・白雄の命日に詠んだ句であったと推測される。星布は三十九歳で寡婦となった後、俳諧活動に意欲的に取り組み、初めは鳥酔、鳥酔没後は白雄に師事した。

加舎《かや》白雄《しらお》は与謝蕪村・大島蓼太などとともに「中興五傑」および「天明の六俳客」の一人に選ばれる俳人。三宅嘯山の『俳諧古選』、五升庵蝶夢の『蕉門俳諧語録』と並び、白雄の『誹諧寂栞《さびしおり》』は平易な俳論として世に知られている。命日は寛政三年（一七九一）九月十三日。折しもその夜は「後の名月（ふた夜の月・月の名残とも）」に当たっていた。

旧暦九月十三夜には八月十五夜と同様、古くから月を観賞する風習があった。十五夜同様、団子などの供え物をするが、その頃収穫期を迎える大豆と栗が供えられるため、「豆名月」「栗名月」とも呼ばれた。以下、任意に九月十三夜を詠んだ発句を示せば次のようになる。

ア　十三夜
長月のつきにみじかき今夜かな　（『大発句帳』）

イ　栗名月に
くりごとのはなしもあかじ月の友　延純　（『宝蔵』）

ウ　**私はあとにふせらん後の月**　亀洞　（『曠野後集』）

エ　**たのしさや二夜の月に菊そへて**　素堂　（『其袋』）

オ　**ひとり居やおもひもふけし十三夜**　太祇　（『太祇句選後篇』）

カ　十三夜は亡母六七日にあたりて
后《のち》の世の月ならば母の影もさせ　暁台　（『暁台句集』）

いずれも名月に様々な思いを駆りたてられ、夜を更かすさまが詠まれている。アは〈長月〉という名前とは裏腹に夜が更けるのが短く感じられると戯れたものであるし、イは〈くり（繰）言〉の「繰り」に「栗」を掛けていつまでも同じような話をして飽きることのない談笑のさまを詠んだもの。ウももう少し〈後の月〉を眺めていたいので、〈あと〉になって休むと戯れたもの。エは供え物に菊を加えて楽しみたいと詠んだものであり、オはただ一人もの思いに耽っているうちに夜も更けてしまったとした句。そして最後のカは〈後の月〉を〈后の世の月〉と見立て替え、それならば亡母の姿を垣間見せてほしいと訴えかけたもの。悼句という点において星布の句に通じる部分がある。

星布の句は右のア～カのように、もの思いに耽っていつまでも起きているさまではなく、哀しみに泣き疲れそのまま寝入ってしまうさまを詠んだ点に新しさがある。〈喧嘩の沙汰も泣寝入也　吐論／葭芦にそよいで残る月ひとり〉（貞重『七柏集』）のように喧嘩口論に疲れて月も眺めず泣き寝入りするさまを詠んだ句は見られるが、亡師哀惜の念に堪えきれず泣き寝入りするさまを詠んだ句は珍しい。「やや感傷があらわなきらいもある」（『新編日本古典文学全集近世俳句俳文集』平13、小学館）としながらも、「それだけに哀悼の情が切実に響く」（同）と評されるゆえんであろう。ただし、〈思ひあまりの〉という措辞は和歌において〈身のうきに思ひあまりのはてはてはおやさへつらき物にぞ有ける〉（女御藤原慶子『玉葉和歌集』巻十三・恋五）、〈たづねてもおもひあまりの草の原とほれぬ露の身やどさまし〉（貞常親王「寄原恋」）などの相聞歌、もしくは「人しれぬ恋ぢにさへおもひいりぬるよしなさを、こはなに事のありさまと、思ひあまりのなぐさめに、むかしのあとをたづぬれば…」（藤原隆房『艶詞』）などの恋の文脈に用いられるものであり、師とは言いながら強い恋慕の情が込められているようにも見受けられる。ちなみに白雄の二七日にも星布は〈秋風や白き卒塔婆の夢に入る〉という、やはり「白雄への思慕の深さを思わせる」（『新編日本古典文学全集』前掲）悼句を詠んでいる。

〔所収本〕寛政五年（一七九三）刊『星布尼句集』所収。

〔作者と業績〕享保一七年（一七三二）～文化一一年（一八一四）。榎本氏。初号芝紅。別号、絲明窓、松原庵二世。武蔵八王子の人。継母の影響で俳諧に親しむ。三十九歳で夫に先立たれ、以後俳諧活動が活発となる。鳥酔門、のち白雄門。編著に白雄七回忌追善集『なゝとせの秋』など、句集に『星布尼句集』がある。

〔その他〕白雄の追悼句として他に〈秋風や白き卒塔婆の夢に入る〉という句が知られるが、それ以外にも代表句として次のようなものが知られている。

雉子羽うつて琴の緒きれし夕哉
むすぶ手に白雲すくふ清水かな
海にすむ魚の如身を月涼し　（以上、『星布尼句集』）

総じて清新で印象的な句が多いが、「海にすむ」のような幻想的な句も見うけられる。同句は海の見える酒楼で詠んだ即興吟とされる。

〔参考〕矢島渚男『白雄の系譜』（昭58、角川書店）、上野さち子『女性俳句の世界』（平1、岩波書店）、矢羽勝幸ほか編『榎本星布尼句集』（平8、古典文庫）

［本間正幸］

魚食うて口なまぐさし昼の雪

成美《せいび》　文化文政

〔現代語訳〕降り積もった昼の雪が光を反射して座敷の障子をまぶしく照らしている。今日に限って昼飯に食べた魚の生臭さがまだ口中に残っているように感じられることだ。

〔解釈〕季語は〈雪〉で冬。切れ字は〈なまぐさし〉。『成美家集』では「寓感」の題を付した一連に掲載される。ここでの〈雪〉は「今降りしきっている雪ではあるまい。庭一面に積もった雪が真昼の陽光を反射して、白光を放っている情景であろう」とする新編日本古典文学全集『近世俳句俳文集』（平13、小学館）の解釈に従いたい。

とはいえ、その〈雪〉をどのようなイメージで解釈するかによって句意は大きく変わってくる。日本古典文学大系『近世俳句俳文集』（昭39、岩波書店）は「清廉純白な雪」、新編日本古典文学全集（前掲）も「純白の雪」と解し、それとの対比によって、いつもは自覚されない口のなまぐささが知覚されたと解釈する。また両書を含め、諸注とも朝の雪でもなく夕の雪でもなく昼の雪を詠んだ点において、「鋭い感覚がとらえた官能的な句」（日本古典文学大系、前掲）と評価する。

一方、『俳句の解釈と鑑賞事典』（平12、笠間書院）は清純なものが解けかかり汚《けが》れてゆくという点で〈昼の雪〉に「デカダンスのにおい」を感じ取り、この句の眼目をそれと魚のなまぐささとの「コレスポンダンス（照応）」に見出し、それゆえ、この句が「近代的な、鋭い官能の句になっている」と評している。

確かに〈昼の雪〉には「朝の雪」の凜としたたたずまいとも「夕の雪」の凍て付くような冷たさとも異なった、ほの温かく柔らかいイメージがある。『麻刈集』所収〈閑か也草の雫に昼の雪〉（ツシマ木吾）にはその〈昼の雪〉のイメージが巧みに写し取られているといえよう。この句には気温が上がって〈雪〉が溶け始めるさまが詠まれているが、上五〈閑か也〉には俗事を離れた静謐な世界が表されているし、中七〈草の雫〉にも雪解け水の澄明なイメージが盛り込まれている。他俳人の句ではあるが、そこに「デカダンスのにおい」を感じ取ることはできない。

成美の句も同様であろう。〈昼の雪〉はほの温かく柔らかなイメージを持ちながらも、決してなまぐさい世俗の世界に堕することなく澄明さを保ち続けているのである。新編日本古典文学全集（前掲）には成美の〈雪〉の句が他に二句紹介されている。〈あさのゆき同じ文こす友ふたり〉〈ゆきの日は腹立つ人も来ざりけり〉。前者は友人二人が揃いも揃って雪に興じる手紙を送って来たこと、そして後者は普段愚痴を言いにくる人物も今日は雪に興じてやってこないさまを詠んだもの。これらの句にも文人たちの心を浮き立たせる清浄な〈雪〉が詠まれているといえよう。『成美家集』からさらに用例を示せば、〈雪の日は疝気の虫も音をいれぬ〉は雪に興じる気持ちに押され持病の「疝気」も鳴りを潜めるさまを読んだものであるし、〈ゆふべまで捨たい宿をゆきの宿〉はさっきまでは捨てたいと思っていた貧家も雪が積もって風情が変わったと興じたもの。「酔人狂客かはるがはる見まひ来れば、塵のこころ物にうつりて静かなるいとまなし」という前書を付した〈しばらくは雪にかくれん市の門〉も「酔人狂客」などの俗塵から一時も早く隔離されたいという願望を詠んだものにほかならない。以上の句にも〈雪〉を俗事・俗塵から掛け離れたものととらえようとする意識の片鱗を垣間見ることができる。したがって、やはり当該句でも〈口なまぐさし〉という俗事と〈昼の雪〉は対照的なものととらえなければならないであろう。だからこそ、〈昼の雪〉に対峙することによって「いつもなら何とも感じない口のなま臭さが今はふと感じられた」（『俳句大観』昭46、明治書院）のである。『成美家集』所載の諸句を見ても、成美は生涯にわたって「デカダンスのにおい」のする〈雪〉を詠むことはなかったと言っていいであろう。

〔所収本〕文化一三年（一八一六）刊『成美家集』所収。

〔作者と業績〕寛延二年（一七四九）～文化一三年（一八一六）。夏目氏。名は包嘉。通称、井筒屋八郎右衛門。別号に随斉、贅亭、四山道人などがある。江戸浅草蔵前の富裕な札差。十六歳で家督を継承するが、通風を患い右足の自由を失った。父の影響で少時より俳諧に親しむ。特に定まった師はなく、遊俳として活動した。道彦・巣兆など多くの俳人と親交したが、特に一茶の庇護者として知られている。随筆に『随斎諧話』、句集に『成美家集』がある。

〔その他〕代表句には、他に次のような句がある。

重箱に鯛おしまげてはな見哉
ふはとぬぐ羽織も月のひかりかな
朧夜や吉次を泊めし椀のおと　（以上、『成美家集』）

富裕な札差らしく大振りで都会的に洗練された句が多い。「朧夜や」の句は歴史上の人物の旅の一場面を空想したものであり、蕪村を思わせる句作となっている。

〔参考〕大磯義雄「夏目成美」（『俳句講座三』昭44、明治書院）、栗山理一「化政期以後」（『俳句講座四』昭44、明治書院）、荻野清『俳文学叢説』（昭46、赤尾照文堂）、『古典俳文学大系化政天保俳諧集』（昭46、集英社）、石川真弘編『夏目成美全集』（昭58、和泉書院）［本間正幸］

ゆさゆさと桜もてくる月夜かな

道彦《みちひこ》　文化文政

〔現代語訳〕　煌々と光の差す月夜、大きな桜の枝を肩にかつぎ、ゆさゆさと揺らしながらおぼつかない足取りでやってくる男がいることだ。

〔解釈〕　季語は〈桜〉で春。切れ字は〈かな〉。『蔦本集《つたのもと》』では次のような配列で掲載される。

桜

あかるみへ出過てさびしはつ桜
ゆさゆさと桜もてくる月夜哉
不受不施の御寺も花はさくら哉
玉川にべく丸を主とせし比
あたら松の科にもなるかちる桜

『増山井』は「初花・初桜」を二月、「山桜 桜狩」を三月として区別するが、ここは後者か。ただし、『蔦本集』では右のように両者を区別せずに掲載する。下五の〈月夜〉を「朧月夜」と解する注釈書も見られるが、「朧月夜」は二月の季語（『増山井』）で、「山桜 桜狩」とは時季を異にする。

上五〈ゆさゆさと〉は大ぶりの枝などが揺れるさまを表す擬態語。『新編日本古典文学全集近世俳句俳文集』（平13、小学館）はここから「片手にさげられるような小枝ではなく、かなり大きな枝であろう」と推測する。〈ゆさゆさと二階の雛やももの花〉（許六）などが類想の句に挙げられようか。ただし、『日本古典文学大系近世俳句俳文集』（昭39、岩波書店）はこの句の所作を「花見帰りの酔狂のしわざ」と見なし、「ゆさゆさと揺れるのは酔った足どりは肩の重みで乱れがちにな」るからだとする。一茶の「佐原紀行」（文化七年）に「跡の馬も引つづきて、かたのごとくなして、又もとの道に出で、ゆさゆさと急ぎける。彼は重荷を負たれば、身じろぎ自由ならず」とあるところを見ると、足取りの思うに任せぬさまも「ゆさゆさと」の語で表していたと推測される。ここは「ゆさゆさと」に枝振りの大きさと酔って足取りの不確かなさまを掛け合わせたものであろうか。ちなみに一茶には〈ゆさゆさと春が行くぞよのべの草〉（『七番日記』）と春を擬人化して詠んだ句もある。これも野辺の草を揺らしながらのらりくらりとおぼつかない足取りで春が去って行くさまを表したものであろう。

一句の解釈としては、「〈ゆさ〳〵と〉」が、たっぷりと花のついた大枝や、持って来る人物の酒に酔って浮かれる足取りを暗示する。折るべきではない桜の枝を月夜も憚らずに盗み採って行く大胆さが、春の宵の開放的な気分に通い合う」とする『日本秀歌秀句の辞典』（平7、小学館）が的を射ているといえよう。

脱で間にあふ蓑の松明　闇指
大枝は花盗人もあぐみけり　山蜂
（『句兄弟』「觜角に」歌仙）

という句もあるように、花盗人であっても大枝の桜を折り取るのは躊躇するものだが、人目も憚らず堂々と運んでいくさまに常軌を逸した風情が表れている。まさに〈問たきは花盗人のこころかな〉（士朗『枇杷園句集』）といったところであろう。

一方、『俳句の解釈と鑑賞事典』（平12、笠間書院）は「俗塵の中を俗人が桜をかついで通るのだが、そこにこの世ならぬ妖艶な世界が出現している」とし、仮にこの句が「実景の句であったとしても「作者の美意識により再構成された、耽美の世界と考えるべきであろう」とする。

また、諸注とも「『ゆさゆさと』の一語で情景を活写し、すぐさま『桜もてくる』と続けたあたりは、さすが老練である」（『新編日本古典文学全集』前掲）といった評価を下している。さらに、『俳句の解釈と鑑賞事典』（前掲）は、これに近い境地の作として一茶の〈山の月花盗人を照らし給ふ〉や成美の〈折れ盗めとても花には狂ふ身ぞ〉を挙げている。

〔所収本〕　文化一〇年（一八一三）刊『蔦本集』所収。

〔作者と業績〕　宝暦七年（一七五七）～文政二年（一八一九）。鈴木氏。本名、由之。別号に金令舎、十時庵《とときあん》などがある。陸奥国仙台の人。仙台藩医の家に生まれた。江戸で医を業としながら、白雄に師事した。師没後、成美・士朗らと親交。人心収攬の術に長け、各地の風土と交わって俳壇的地位を固め、「広きむさし野の正風は天下に普く、二十年来指折らるる者は誰ぞ。成美・みち彦此ふたりのみ也」（『芭蕉葉ぶね』）と称えられた。ただし、『無孔笛《むくてき》』で中興大家を酷評したため、晩年は非難を浴びた。妻も応々尼と号した俳人で、道彦没後、彼の金令舎を継承した。編著は没後『道彦七部集』にまとめられた。句集に『蔦本集』『続蔦本集』がある。

〔その他〕　代表句には、他に次のような句がある。

笋や妙義の神巫が小風呂敷
寝起から団扇とりけり老にけり
家ふたつ戸の口見えて秋の山
（以上、『蔦本集』）

人々の日常生活から受けた興趣を平易な言葉で詠んだ句が多い。「笋や」の句は、笋を風呂敷に包んで帰路を急ぐ妙義山の巫女の日常生活に興趣を覚えたもの。

〔参考〕　鈴木勝忠「鈴木道彦」（『俳句講座三』昭44、明治書院）、『古典俳文学大系化政天保俳諧集』（昭46、集英社）、矢島渚男『白雄の系譜』（昭58、角川書店）、矢羽勝幸『俳人鈴木道彦の生涯と作品』（平26、私家版）

［本間正幸］

朝顔の花に澄みけり諏訪の湖

巣兆《そうちょう》　文化文政

〔現代語訳〕　牽牛と織姫が逢瀬を遂げた七夕の翌朝、牽牛花ともいわれる朝顔が、しっとりと花開いている。美しくはかないその花の南のかなたには朝日を浴びてきらめく諏訪湖が一面に澄みわたっている。

〔解釈〕　季語は〈朝顔〉で秋。朝顔は〈萩が花尾花葛花撫子の花女郎花また藤袴朝顔の花〉（山上憶良『万葉集』巻八）によって秋の七草に数えられる。だが、当時は桔梗の花を朝顔と称していたらしい。現在の朝顔は平安時代に中国から渡来したもので、種子を薬用としていた。この種子を入れた箱を牛が牽いたので「牽牛子」と呼ばれるようになったという。在来種は素朴な紺色であったが、江戸時代には鑑賞用として広く栽培され、多くの品種が生み出された。この句に詠み込まれた朝顔がどんな品種であったかを限定することはできないが、澄みわたる諏訪湖の水色が際立っているのであれば、紺一色の素朴な在来種がふさわしいように思われる。

所収本の『曽波可里《そばかり》』には「信州若人亭七夕後朝《きぬぎぬ》」という前書きがある。若人は信州諏訪高島藩士、久保島権平。井上士朗門。この句は若人の家に訪問した七夕の翌朝の趣を詠んだ作品であることがわかる。諏訪盆地の中心に位置する諏訪湖は信州で最も広い湖（十三・三キロ平方メートル）で、標高は巣兆の住む江戸よりもずっと高地にある（海抜七百五十九メートル）。この時期の山国の新涼はほんのひとときであり、旧暦七夕の頃を過ぎると足早に冷気を増しはじめる。そのような気候の中、若人の家の庭に美しく咲いた朝顔も、二星が年に一度の逢瀬を終えた翌朝はそのはかなさをいっそう深めているように感じられる。紺色に咲く素朴な花のかなたには青く輝く諏訪湖の景がひらけて見える。清澄な景色の中に、しみじみとした淋しさを内包する秀逸作である。

〔所収本〕　文化一四年（一八一七）刊『曽波可里』所収。高橋国村編。亀田鵬斎、酒井抱一序。国村跋。巣兆が自選した春夏の発句二百三十七句に、武蔵蒲生の門人高橋国村が秋冬の百十一句を加えて巣兆の追善集にあてたもの。

〔作者と業績〕　宝暦一一年（一七六一）～文化一一（一八一四）。本名山本英親。別号には秋香庵、菜翁がある。江戸本石町名主の家の生まれ。俳諧は加舎白雄門。夏目成美、鈴木道彦とともに江戸三大家と呼ばれる。土佐風、蕪村風の画にすぐれ、書もよくした。天明元年（一七八一）頃から江戸の夏目成美と交流する。編著は非常に多く、寛政四年（一七九二）『一鐘集』（白雄一周忌追善集）、寛政五年『あみだ坊』（芭蕉百回忌集）、寛政六年『関屋帖』（春興）、寛政八年『月見ほくそろひ』（月の発句集）、『さしかた』（吾明追善集）、寛政一〇年『巣兆日記』（盛岡、秋田紀行の日記）。寛政一二年『徳万歳』、享和元年（一八〇一）『関屋帖』（春興）、『続加久夜姫』（名古屋訪問記念集）、享和二年（一八〇二）『せき屋でう』（大坂滞在中の春興）、文化六年（一八〇九）『玉の春』（春興）、文化七年『俳諧老が染飯』（巣兆五十歳祈念集）、文化八年『仙都記行』、文化九年（一八一二）『うさぎむま』、文化一〇年『はいかい小がさはら』、『木実あはせ』、文化一二年『玉の市』（巣兆没後刊行）などがある。『秋香庵月並高点摺』は文化四年、同七年～一〇年のものが確認され、宗匠活動を精力的に行っていた。

巣兆の信州訪問は文化二年（一八〇五）秋、「髪そらぬ盛のむかしより善光寺に三たび詣ければ」（『蟹窟《かいくつ》』）とあり、少なくとも三回はあった。巣兆発句集『曽波可里』の編集に際して、巣兆の秋香庵を継承した高橋国村は、秋、冬の部の校閲を信州諏訪の藤森素檗に依頼している。その際素檗が上記の句を採録したのであろう。巣兆の『徳万歳』『仙都記行』『はいかい小がさはら』『木実あはせ』『珠の市』には素檗や若人の句が採られ、素檗の編著四冊（『続雪まろげ』『続草枕』『信濃札』『長月集』）に巣兆の句が収録されている。

巣兆は絵画も名手として名高いが、軽妙洒脱な俳画には、蕪村―巣兆―素檗という流れが感じ取れる。洒脱の底に深みを感じさせる点は巣兆の句風とも通じる。

巣兆は無類の酒好きであった。亀田鵬斎が『曽波可里』の序文で「性酒を嗜み客を愛し銭手に到れば則ち之を散ずるを惜しまず」と述べている通り、酒が尽きると羽織などの余財を質に入れて飲むことが度々あった。訪問客が多いときはうるさがって居留守を使うこともあったが、心安い声で「（酒を）持ってきたよ」と呼ぶとすぐに喜んで現れたという。〈酒さますとてや飛び込む露の中〉（『八翁六百題発句集』）、〈陽炎や手をとりあへし酒の友〉（『初懐紙』）等の酒の句は二十句ほどみられる。巣兆の句には、洒脱な中にも気品の高さがうかがわれる秀作が少なくない。

芒より蚊の出る宿にとまりけり　（『山吹集』）
鶯のやねからおりし畠かな　（『三日月集』）
梅散るや難波の夜の道具市　（『曽波可里』）
江に添うて家々に結ふ粽かな　（『曽波可里』）
老いぬれば西瓜に辷る踊かな　（『曽波可里』）
柴の戸に夜明烏や初しぐれ　（『曽波可里』）

〔参考〕　磯ヶ谷紫江『建部巣兆と千住』（昭27、紫香会）、清水孝之「建部巣兆」（『俳句講座俳人評伝下』昭34、明治書院）、柿衛文庫調査図録第一号『巣兆』（昭63、柿衛文庫）

［二村　博］

夏霧にぬれてつめたし白き花

乙二《おつに》

文化文政

〔現代語訳〕 名も知れぬ白い花が点々と咲いている。夏霧に濡れていかにも冷たそうな色をしていることだ。

〔解釈〕 季語は〈夏霧〉で夏。〈つめたし〉で切れる。『松窓乙二発句集』に「秋田雄勝峠を越る時」の前書があり、山形県から秋田県に通じる雄勝《おがち》峠を越えた時の作であったことがわかる。ここは文政元年（一八一八）、二度目の函館行の際のことと推測される（小倉博編『白石市史 三（一）』昭56、白石市）。

雄勝峠は山形県最上郡真室川町と秋田県湯沢市の間にある標高四二三メートルの峠。江戸時代には久保田藩（秋田藩）が参勤交代の道として整備し、羽州街道の一部とした。以後、江戸時代を通じ、東北諸藩の参勤交代路として大いに賑わい、峠の両側に関所と宿所が置かれた。それでもなお「箱根の如き難関」と称されるほどの厳しい峠であった。明治一一年に北日本を旅したイザベラ・バードは『日本奥地紀行』の中で、彼女自身も馬から下り、馬車を押し上げねばならなかった厳しい峠越えについて記している。

「霧」は本来秋の季語（『増山井』に七月）であり、江戸時代の季寄せに〈夏霧〉では登載されていない。比較的近年の歳時記、例えば『図説俳句大歳時記 夏』（昭48、角川書店）などを見ると「夏の霧」で立項され、「単に霧といえば秋の季題であるが、夏の霧は山地や海辺でよく発生する」と解説されている。完来の句にも〈夏霧や十ヲのゆびをる晴間晴間〉（『空華集』）とあるが、これも前書に「豆州日金丸山眺望」とあるように、静岡県金丸山に臨んだ折の作であった。中七の〈つめたし〉も『増山井』に冬（十一月）の季語として掲載されており、ここは本来秋・冬の季に用いられる言葉を夏の句に転用することで一足早く冷気が訪れる山間の様子を表したものであろうか。新編日本古典文学全集『近世俳句俳文集』（平13、小学館）は「山中の冷気に身を洗われるようで、さわやかな旅情が感じられる」とする。

下五は具体的な花の名を記さず、単に〈白き花〉とした点に特徴がある。ただし、単に〈白〉と表現したため逆に「雪」「霜」に通じる冷たく清らかな印象が醸し出されているように見受けられる。実作面で〈白き（い）花〉を詠んだ例を見ても、

神垣や白い花ニハ白い蝶　一茶（『七番日記』）

入梅寒し活《いけ》るも活るも白い花　寥松（『八朶園句纂』）

のように、神聖さや冷たく澄んだイメージを伴って表現されているように見受けられる。ちなみに近世俳諧で単に〈白き花〉とした場合、〈夕顔をけはふか白き花の色〉（正吉『犬子集』）、〈夕貌やそこら暮るに白き花〉（太祇『太祇句選』）、〈ゆふがほやたしかに白き花一つ〉（蒼虬『訂正蒼虬翁句集』）など、夕顔を指す場合も多いが、山中の景を詠んだこの句には当てはまらない。

一句は、夏でありながら秋冬のような冷気を漂わせる雄勝峠の山中を、日常から切り離された冷たく澄んだ世界として描き出したものと見ていいであろう。新編日本古典文学全集（前掲）はこの句の類句として同じ作者の〈霧雨や白きさの子の名はしらず〉を挙げている。

〔所収本〕 文政六年序『斧の柄草稿』所収。『松窓乙二発句集』にも掲載されるが、下五を〈白い花〉とする。

〔作者と業績〕 宝暦五年（一七五五）～文政六年（一八二三）。岩間氏。本名、清雄。別号、松窓。陸奥国陸前白石の千手院住職。父に俳諧を学ぶ。蕪村に私淑し、『蕪村発句解』を著す。また芭蕉を慕い、同じように諸国を行脚した。享和三年、江戸に赴き、成美・巣兆・道彦らと親交。修験者としての旅は京都・江戸・東北・北陸から北海道に及んだ。北海道では二度にわたって函館に滞留し、斧の柄社を結んで俳諧の指導に当たった。晩年は越路から長崎に遊ぼうとしたが病気のため果たせず、郷里に没した。盛岡の素郷、秋田の五明、酒田の長翠とともに「奥州俳諧四天王」と称された。句集に『松窓乙二発句集』『松窓句集続編』がある。

〔その他〕 代表句には、他に次のような句がある。

夏書せん絃なき琵琶のうら表

あぢさゐや仕舞のつかぬ昼の酒

ともすれば菊の香寒し病上り　（以上、『松窓乙二発句集』）

旅に明け暮れる人生を送った乙二であるが、旅先で詠んだ句だけでなく無聊な日常生活を詠んだ句にも見るべきものが多い。「ともすれば」の句は軒に出て菊の香を嗅いだだけで寒さを感じてしまう自身の衰えを詠んだものであり、句集では「老躬」という前書が付されている。

〔参考〕 『校註俳文学大系三』（昭4、大鳳閣書房）、岡崎義恵「松窓乙二の句」（『文学』6～4号、昭13・4）、『古典俳文学大系化政天保俳諧集』（昭46、集英社）、新田孝子「松窓乙二略年譜―附「をの、え草稿」結句索引―」（『図書館学報告』9号、昭51・4）、新田孝子「松窓乙二の西遊の夢」（『文学・語学』78号、昭52・6）、小倉博編『白石市史三（一）』（昭56、白石市）、平井亮一「松窓乙二小論」（『神戸海星女子学院大学・短期大学研究紀要』24号、昭60）、大嶋寛『松窓乙二伝―北の芭蕉』（平5、北海道新聞社）

〔本間正幸〕

卯の花の満ちたり月は二十日頃

月居《げっきょ》　文化文政

〈現代語訳〉　卯の花が、あたり一面に白く咲き満ちている。夜がふけて空には二十日ごろの月が昇り、その月の光を浴びた卯の花達は、昼とは違った深みのある美しさを映し出している。

〈解釈〉　季語は〈卯の花〉で初夏。卯の花は山野に広く自生し、庭木や垣根としても利用される。白く愛らしい花は古来日本人に親しまれている。卯の花の咲く月夜といえば、〈五月山卯の花月夜霍公鳥《ほととぎす》聞けども飽かずまた鳴かぬかも〉（詠み人知らず『万葉集』巻十）がある。「五月の山の卯の花の咲く月夜。ほととぎすの鳴く声はいくら聞いても飽きません。また鳴いてくれないでしょうか」の意で、初夏の夜更けの風情を歌っている。夜の卯の花を題材にした叙景句には次のような作品もある。

卯の花も白し夜半の天河　言水（『新撰都曲』）
卯の花の絶え間たたかん闇の門　去来（『藤の実』）
卯の花に蘆毛の馬の夜明かな　許六（『炭俵』）

月居の句の秀逸さは、「二十日頃の月」を配した点である。古来日本人は夜毎の月の出の変化を的確に捉えて鑑賞してきた。十三日は十三夜（古来満月に次いで美しいとされた）、十四日は小望月（満月の前夜）、十五日は満月（望月、十五夜）、十六日は十六夜《いざよい》（月がためらって遅く出る）、十七日は立待月（立って月の出を待つ）、十八日は居待月（座って月の出を待つ）、十九日は寝待月（寝て月の出を待つ）、二十日は更待月（夜更けに登る月。午後十時頃に月の出となる）といった異名である。二十日の月は、人々の月への注目度が更に低下する頃であり、輝きを失いはじめた月に照らされることで、普段は地味で可憐な卯の花の存在感がじわりと増してくる。実に絶妙な自然描写である。

〈所収本〉　安永五年（一七七六）刊『続明烏』所収。本書は、高井几董編、道立序、無腸（上田秋成）跋。『あけ烏』の続編。上巻に春夏の部と連句六巻、下巻に秋冬の部と連句六巻を収録する。

〈作者と業績〉　宝暦六年（一七五六）～文政七年（一八二四）九月十五日没、享年六十九歳。江森師心。春面、聾斎、竹巣、些居、任他庵、桂川などの号がある。京都の人。国学を荒木田久老、村田春海に学ぶ。俳諧は蕪村の高弟で、「俳諧に几董、月居あり」と蕪村に賞賛された。蕪村は芭蕉が「門人に其角嵐雪あり」と述べたことになぞらえたのであろうか、月居の才の非凡さを物語る。安永四年（一七七五）春面の号で蕪村社中の月並句会に出座し、翌七年秋に月居と改号した。安永五年（一七七六）刊『続明烏』には几董との両吟歌仙が収録され、蕪村の言葉通り几董とともに蕪村門の双璧をなした。天明元年（一七八一）蕪村判の「十番発句合」においても几董と鎬を削っていた。だが、次第に月居は蕪村から疎まれるようになる。蕪村がのちに几董、士川に当てた手紙には「無頼者」「不届者」「義絶いたさねばならぬ男」「諸方不埒、日々評判悪しく」「無頼の悪少年」と師の蕪村にさんざんに人格を非難されている。その原因は月居のルーズな性格にあった。具体的には、蕪村に依頼された月並の募句や託された届け物を怠ったり、蕪村に借りた書籍（『二十五条』支考著、『野ざらし紀行』芭蕉著）をなかなか返却しなかったりといった不信を招くようなことがあった。蕪村書簡に添えられた月居の後年の弁明によれば、「若い頃は遊里に遊び歩いて怠けることがあったが、それを戒めとしたい」と述べた上で〈くつがへる雪の車は我のみか〉という句を残している。「若い頃に過ちを犯すのは自分だけではあるまい」という弁解であるが、結局月居は蕪村門下の人々には許されなかった。晩年における蕪村一門の集冊に月居作品の入集は少なくなる。だが、師の蕪村は病床の晩年、書物を月居から貰ったことについて、「病中のよきなぐさみ、大慶にござ候」と几董宛書簡に述べており、最後には月居を許していたようだ。

蕪村門人たちに義絶された月居は京都、大坂方面に独自の勢力を築くようになる。寛政二年（一七九〇）九月十七日二条家の雪月花の会に暁台、士朗と共に銅駝御殿に召され、百韻連句を興行した。文政五年（一八二二）の『平安人物志』には京麩屋町に竹巣僑居、同六年の『浪華金襴集』には大阪米屋町に些庵が掲載されている。伊丹俳人の入門者が多く、江戸の道彦、名古屋の士朗とともに時の三大家に数えられた。その一派の作品は『月居七部集』（文政二年　其成編）に纏められている。

俳風は蕪村門時代の浪漫的な作品から蕪村一派に疎外されるにつれて、平明な句風に変化していった。天明期に几董と双璧をなした時期に比べ、晩年は平板な句が多くなった。大衆化時代の趨勢に伴ったともいえるが、関西地方に一大勢力を築き多くの初心者を導いたこともまた彼の功績である。

〈月居のその他の句〉

朝霧にまぎれていでむ君が門　（『たちえ』）
のどかさは障子のそなたこなたかな　（『続明烏』）
ひたぶるに旅僧とめけり納豆汁　（『続明烏』）
月よしと来たればいぬる鵜舟哉　（『河衢』）
大津絵の時雨姿をうつされよ　（『河衢』）
芹焼の夜やまぼろしに鶴の声　（『河衢』）

〈参考〉　高木蒼悟『俳諧人名辞典』（昭35、巌南堂書店）、玉城司「蕪村の門弟たち―「篤実の君子」月渓「無頼者」月居」（『国文学解釈と鑑賞』837、平14）
［二村　博］

山門を出れば日本ぞ茶摘《ちやつみ》うた

菊舎《きくしや》　**文化文政**

〔現代語訳〕 異国趣味溢れる黄檗山の山門を出ると茶摘み歌が聞こえてきて、ここが日本だという実感がしみじみ湧いてくることだ。

〔解釈〕 季語は〈茶摘〉で春。『増山井』では「新茶」〈三月〉の傍題として掲載される。切れ字は〈ぞ〉。『手折菊』には「又或年、宇治の里なる黄檗山に詣て」という前書が付されている。菊舎が黄檗山を訪れたのは寛政二年（一七九〇）三月。京都東山雙林寺で行なわれた芭蕉百回忌取越法要参列のため上洛した機を生かしてのことであった（『田上菊舎全集 上・下』平12、和泉書院）。

「黄檗山」は黄檗宗の大本山萬福寺のこと。同寺は日本からの度重なる招請に応じ、弟子二〇名を伴って来朝した中国僧隠元によって寛文元年（一六六一）宇治の地に開創された。その際、寺名には中国の自坊と同じ「黄檗山萬福寺」が当てられた。同寺の伽藍建築・文化などはすべて中国の明朝様式であり、「『卍くずし』と呼ばれるデザインや、円い形をした窓、伽藍の扉に施された桃の実の形をした『桃符』という飾り、アーチ状に造られた『黄檗天井』など、ほかの日本の寺院では見かけることのないような建築手法、デザイン」（萬福寺ホームページ）が随所に用いられ、異国情緒に溢れていた。〈鳥の巣に額のないこそ不思議なれ〉（露川「黄檗山万福寺の唐めきたるに」『ふたり行脚』）という句もあるように、全てが美術品を彷彿とさせるたたずまいであった。

また〈唐染《カラソメ》か黄檗山の村紅葉〉（大坂）顕子『阿蘭陀丸二番船』）、〈ささやきの果は棲遑《せいこう》に月くらく（一葉）／黄檗山の雨のもみぢ葉（登舸）〉（『たびしうゐ』）などの句をみると、紅葉の名所としても知られていたことがわかる。さらに〈柱をのくが返事也けり／田に糸を黄檗山の下清水〉（淡々『万里行』）という句もあるように、炎暑の折には岩の割れ目から湧き出る下清水を近隣の田に引くこともあったようだ。

一方、下五〈茶摘うた〉は『世界大百科事典 三訂版』（平10、平凡社）によれば、「茶畑で茶の葉を摘む作業のときにうたう仕事歌」のことであり、「4月下旬から5月上旬ごろの、いわゆる八十八夜の季節に昔は手で新しい葉を摘んだ。近在から茶摘みに雇われた女たちが仕事中に鼻歌風にうたった歌である。したがって特に決まった茶摘歌はなく茶揉《ちやもみ》歌やほかの作業歌を流用したものも多い」とのこと。ただし、「特に決まった茶摘歌はなく」とはいうものの、〈ひとつ歌いく世もうたふ茶摘かな〉（梅室『梅室家集』）という句もあるように、昔から繰り返し歌い継がれてきた歌もあったようだ。実作において〈茶摘うた〉はおおよそ次のように詠まれている。

春昼

ア **午の時おぼつかなしや茶摘歌**　蚊足（『続虚栗』）

イ **川舟の櫓に響けり茶摘歌**　嘯山（『律亭句集』）

ウ **茶摘歌も巽上《たつみあが》りや宇治の里**　尺布（『俳諧新選』）

エ **春雨やはれ間晴れ間の茶摘歌**　不知（『其袋』）

昼時になると腹に力が入らないのか覚束ない歌声になることもある（ア）が、普段は川舟の櫓に響き渡るほど（イ）、大きな〈巽上り〉の声で聞こえてくるものであり（ウ）、春雨の折にはその声によって雨が止んで作業が再開されたことを窺い知ることができた（エ）。いわば〈茶摘うた〉は茶所における人々の生活とは切っても切り離せない季節の風物詩と化していたことがわかる。

一句は「異国風の黄檗山の山内から出て、折からの茶摘うたを聞き、ああ日本だなと感じた」（『日本古典文学大系近世俳句俳文集』昭39、岩波書店）というわかりやすい内容の句であり、「菊舎の句では最も知られているもので、旅行者らしい持味もある」が「線が荒くてよい句とはいえない」（同）という評価もある。なお、当該句を刻んだ大正一一年建立の句碑が萬福寺の境内に現存する。

〔所収本〕 文化九年（一八一二）序『手折菊』所収。

〔作者と業績〕 宝暦三年（一七五三）～文政九年（一八二六）。田上氏。本名、道。別号、一字庵。長門国長府藩士の娘。十六歳で村田氏に嫁したが、二十四歳で夫に死別。その後剃髪して旅に出て美濃派の傘狂に入門。北陸・信濃・奥羽をはじめ九州にも足を運び、生涯を旅に送った。詩・書・画に加え、茶道・香道・琴曲にも長じた。編著に『手折菊』がある。

〔その他〕 代表句には、旅の途中で詠んだ句が多い。

天目に小春の雲の動きかな

山中や笠に落葉の音ばかり

大ぶくや中にみどりの色鮮やか　（以上、『手折菊』）

「山中や」の句は立石寺から仙台に向かう途中、山中で道に迷い、一晩中さまよった時の体験に基づくものとされる。

〔参考〕 『古典俳文学大系化政天保俳諧集』（昭46、集英社）、上野さち子『女性俳句の世界』（平1、岩波書店）、上野さち子編『田上菊舎全集 上・下』（平12、和泉書院）

［本間正幸］

是《これ》がまあつひの栖《すみか》か雪五尺

一茶《いっさ》　文化文政

〈現代語訳〉　これがまあ終《つい》の落ちつきどころか。わが家とはいえ、降り積もった雪が五尺とは。雪も深いが、思えばここまでなんと長い道中であったことか。ようやく、気持の安らぎを手に入れることになる。

〈解釈〉　生涯の転機にあたる文化九年（一八一二）十一月二十四日柏原へ定住する決意で帰ってきた折の句である。十五歳で故郷を出てから三十五年経つ。一茶は齢五十歳。収録の句日記『七番日記』には当日は晴と記されているが、翌日、翌々日は「雪」。ちなみに十一月二十四日は陽暦（グレゴリオ暦）の十二月二十七日にあたる。いよいよ雪が深くなる時節にさしかかる。「五尺」とは約百五十センチ（一尺は三十センチほど）。一晩にそれほど積もる意であろう。北信濃には「一里《いちり》一尺《いっしゃく》」という俚言がある。北へ一里（約四キロ）進むごとに積雪が一尺深くなるの意である。いつ頃から用いられたのか、いかにも一茶の俳句が生まれる風土を想像させる。北への距離感を伴い「雪五尺」の表現からは沈鬱な暗さが思われよう。後年「俳諧寺記」（草稿、文政三年十二月、『一茶遺墨鑑』）に記された「悪いものが降る、寒いものが降る」と雪を罵り、閉ざされた雪国の囲炉裏火にしがみつき我を張り合うだけの暮らしを「化物小屋」と卑下する雪への憎悪にも連想を広げることができよう。

しかし、〈是がまあ〉と弾んだお道化《どけ》た上五音は沈鬱な暗さを払いのける明るさがある。一茶は雪国に生まれながら雪の少ない江戸を基点に旅暮らしの半生であった。その間、雪に埋もれた故郷への思いを寸刻も忘れたことがない。弟、義母との父の遺産分与の争いは享和元年（一八〇一）父の死以来、十三年に及ぶ。その交渉が菩提寺である明専寺住職の調停で「熟談書付《かきつけ》之事」を取り交わし、ぎりぎり話がつき、やっと柏原に住み着くのが、掲句を詠んだ二か月後の文化一〇年（一八一三）一月二十六日である。これが最後の交渉と決意し、長年の思いを適えようと柏原へ入った。そのときの一茶の気持は同時期の作〈ほち（や）〳〵と雪にくるまる在所哉〉（『七番日記』）から推察される無邪気さにも表わされていよう。温い雪に包まれた我が家を手にしたい期待である。雪に関する表現「雪五尺」の気持ちの揺れがそこにある。

一茶が夏目成美《せいび》と初めて連句を巻いた寛政十二年（一八〇〇）二月二十七日、以来成美への親炙の気持ちが昂じていた。一茶が西国行脚から帰り江戸に在住する十五年間のうち文化元年（一八〇四）頃から八年余り、一茶は成美の句会随斎会の常連となった。江戸蔵前の札差井筒屋の主人がパトロン、一茶は成美に寄食する食客の体であった。

自句二十四句の添削を依頼した成美からの返送『句稿消息』によると、一茶は「つひの栖」の掲句には「十二月廿四日古郷ニ入」と前書を付け（「古郷ニ入」は句の前書、「十二月廿四日」は作句した日ではなく、あるいは成美に句稿を送付した日付か）、掲句の他に中七が違う次の句を提示し、成美の判断を仰いだ。〈是がまあ死所かよ雪五尺〉。成美は〈死所かよ〉と露骨に突っ張ったいい方よりも、情が通った円やかな〈つひの栖か〉の表現を採り、句を「極上々吉」と評価した。〈つひの栖〉とは死を暗示する人生の最後の住処を指す平安歌人以来の伝統的な歌ことばである。

〈草枕人は誰とか言ひ置きし終《つい》の住処《すみか》は野山とぞ見る〉（源順『拾遺和歌集』）には前書「世のはかなき事を言ひて詠み侍《はべり》ける」が付く。野垂れ死にをしている人は自分が誰だといい置いたものか、最後の死に所が野山とは哀しいことであるよ。あるいは〈故郷も恋しくもなしたびの空宮こもつゐのすみかならねば〉（平重衡《たいらのしげひら》、『平家物語』巻十）と敗者ゆえに西国から鎌倉の頼朝の元へ連行される平重衡の旅空詠には故郷の都も「つゐのすみか」ではなかった嘆きが詠われている。これらの「つひの栖」詠を一茶が承知していた。メモ魔一茶には手作りの辞典『いろは別雑録』（『信州向源寺一茶新資料集』）（矢羽勝幸編、昭61、信濃毎日新聞社）がある。その中に目を通した古典が羅列され、『平家物語』も『拾遺集』も入っており、『父の終焉日記』には「草枕」の源順の歌（草枕旅とは誰かいひおきしつひの栖は野山也けり）が引用されている。「つひの栖」をよしとした成美の評価に一茶は、はたと感じるものがあったに違いない。一茶の本音は雪深い故郷柏原を「死所」と突っ張る思いが強かった。実感でもあった。「つひの栖」との歌ことばは究極の意味よりも語感が一見きれいごとめいて感じられたのであろう。しかし、そこに一抹の迷いがあったのも事実である。柏原は帰り着いた墳墓の地「死所」になろう。が、どんな雪深い故郷であっても、求め続けてきた「つひの栖」との人生最後のささやかでも平穏な落ち着きがほしい。師とも仰ぐ成美に添削を乞うたのも師の本心を忖度して、ことばの一押しをもらいたい。そのためである。

一茶は流行に敏感であった。成美に添削を乞う稿に書き添えた「辺地に引込候へば、彼《かの》流行とやらんにおくれはせぬかとそれのみ用心仕候」とは一茶の本音である。成美の返送には一茶の句風に関した「ヒイキ」「わる口」に分けた問答風な批評が書かれている。つべこべいうな、「日本中引くるめての名人〳〵」とヒイキ筋がいえば、わる口は「情がこはくて一ッ風流だから、切落《きりおとし》では請《うけ》とらぬ」（強情張りで自分勝手だから、大衆受けはしない）

といい、「雪の中でお念仏でもいつてゐるがいひ」とある。これは送稿全体への概評であろうが、「雪五尺」の掲句への適評でもある。

「是がまあ」も先例がある。成美が集録した諸国俳人句稿を一茶が書写した『随斎筆紀』（小林計一郎・丸山一彦校注一茶全集第七巻『雑録』、昭52、信濃毎日新聞社）には〈是がまあ芒に声をなすものか〉（大江丸）との小野小町の髑髏の目から芒が生えた伝説詠があり、文化九年の句文集『株番』には〈是がまあ地獄の種か花に鳥〉（鶴老）が出る。〈是がまあ〉は本来、心底から驚いたり、歎いたりするときに発する俗語表現である。しかし、周知の先例があれば、表現は初発の実感が内に籠り、自己への道化や茶化しに変わる。ましてや「つひの栖」が伝統意識をたっぷり含んだ歌語だけに、句の着地「雪五尺」の意外性がかえって際立つことになろう。俗語と歌語とのモザイク表現が見事にこのときの一茶の気持を表現している。

そもそも雪に関し、信濃の荒凡夫一茶と都人とはその感じ方が違っていた。初雪や薄雪などを讃え、雪が降ると木ごとに花が咲くと興じる都人と〈はつ雪を敵《かたき》のやうにそしる哉〉（『七番日記』）と詠んで、真冬の豪雪を雪地獄と憎悪する信濃人とは生き方が美意識の違いに現れている。〈雪行け〳〵都のたはけ待《まち》おらん〉（『七番日記』）と詠む。初雪よ都へ飛んで行け。都の風流人が今か今かと待ってるぞという。「雪五尺」と詠んだ翌文化一〇年の作。〈都のたはけ〉とはきついいい方だ。しかし、〈たはけ〉と用いた途端に一茶自身も〈たはけ〉であることに気付く。気付くだけではない帰住の決意は〈たはけ〉に徹しようとする宣言が〈雪五尺〉の句であったのである。

一茶の俳諧観を知る上で「芭蕉会偶感」（前田利治「『志多良《しだら》別稿』について」『俳句』昭53・11）がある。文化一〇年一〇月十二日芭蕉忌を長野の郊外、長沼の経《けい》善寺《ぜんじ》で開いた経緯を記し、俳諧は「平坐にありて讃談するを常とす」と座のあり方を述べた五百四十字ほどの文章の終りに一茶がことばの雅俗に触れている。俳諧は「四時を友として、造化にしたがひ、言語の雅俗よりも心の誠をこそのぶべけれ」という。いい換えれば俳諧に用いることばは歌語だ俗語だという差別よりも「心の誠」を率直に述べることが肝要だというのである。掲句〈雪五尺〉からは雅俗の表現を用いながら、柏原へ定住したいという一茶の率直な「心の誠」が伝わるのである。

〔所収本〕 自筆原本『七番日記』所収。原本は横六寸一分、縦二寸九分の横小本。もと柏原宿本陣中村六左衛利貞家蔵であったが、現在は小坂家所蔵。原本の翻刻本である宮脇昌三・矢羽勝幸校注『一茶全集3七番日記』（昭51、信濃毎日新聞社）による。『七番日記』は文化七年正月から文化一五年（文政元・四改元）十二月まで九年間に句日記。自らの題を付ける。記載は上段に年次・天候・見聞記事など、下段が作句録。重複句、類似句もあり整備されていないが、総句数七千三百三十六ほど、一茶の円熟期の句日記。他に掲句は『句稿消息』にも入る。本編の自筆句稿は湯田中湯本五郎治所蔵。丸山一彦・小林計一郎校注『一茶全集6句文集・撰集・書簡』（昭51、信濃毎日新聞社）の書簡に翻刻されており、参考にした。昭和二六年一茶百二十五年忌に小丸山に「是がまあ」の自筆句碑が建てられた。

〔作者と業績〕 宝暦一三年（一七六三）五月五日〜文政一〇年（一八二七）十一月十九日。六十五歳。黒姫山の麓、標高七百メートルの痩せ地、「下々も下々下々の下国」と一茶が卑下した柏原はまた一茶によって「上々吉」の日本の故郷に高められた。越後境の信濃国水内《みのち》郡柏原村（現長野県上水内郡信濃町柏原）の本百姓父小林弥五兵衛《やごべえ》、母くに（同村二之倉宮沢家の出）の長男として生まれた。名は弥太郎。家の持高六石五升は村内農家百三十八戸のうち中農。柏原宿の伝馬屋敷五十二軒の一軒前（およそ二百十八坪）を構え、駄賃かせぎもあった。家族は父母の他に祖母かながいた。弥太郎三歳で母に死別、八歳のときに継母さつ（同郡三水《さみず》村倉井）が来て、二年後に異母弟仙六（のち弥兵衛）が生まれる。多感な少年をめぐる、働き者のきびしい継母と気がいいばかりでおろおろする父。その間に入り孫を溺愛する祖母が十四歳のときに亡くなったことで家族の不和が一気に昂じる。十五歳の春、江戸へ奉公に出る。長男で貧困家計を助ける以外の理由で江戸稼ぎは珍しかった。以後五年余の弥太郎の消息はわからない。

〔俳号〕 流民のさみしさから、二十代のはじめには「夷《ひな》ぶりの俳諧」葛飾派の渭浜庵《いひんあん》素丸《そまる》、二六庵《にろくあん》竹阿《ちくあ》、今日庵元夢《げんむ》らと関わりを持っていたらしい。天明三年（一七八三）、二十一歳、素丸社中の一員として圯喬《いきょう》の号で相模国藤沢の菅神廟奉納吟がある。初期の俳号は二十五歳から三年ほどは圯喬・菊明など。後に三十三歳から数年間は阿道・亜道、四十一歳のときに雲外、五十二歳帰郷後は俳諧寺など。俳号一茶の初出は天明七年の春、信州佐久郡下海瀬、新海米翁米寿記念賀集に〈是からも未だ幾かへりまつの花〉（『真左古《まさご》』）が葛飾派三世溝口素丸の渭浜庵執筆《しゅひつ》一茶として見える。一茶とは「しら波のよるべをしらず、たつ泡の消えやすき物から、名を一茶坊といふ」と泡のような儚い意を俳号一茶に托し、出郷以来十四年ぶりの初の『寛政三年紀行』に記したのは『方丈記』の無常感を意識しながら、内心に旅人芭蕉にあやかる思いがあろうか。

漂泊 出郷以後三十六年。村落共同体から弾き出された青年が都市の俳諧派閥集団に新たな生きる場を模索した試練の時期。寛政元年（一七八九）八月には芭蕉追慕の俳諧のメッカに相当する象潟を訪ね、三年後同四年三月から一〇年八月まで六年余にわたる見聞を広め、性根を鍛える西国行脚に出る。『西国紀行』（「寛政七年紀行」とも）を書き、撰集『たびしうゐ』（寛政七年）、留別吟集『さらば笠』（寛政一〇年）を刊行。師竹阿の遺文集『其日ぐさ』を携え、京都の闌更、大阪の大江丸、升六、八代の文教、伊予の樗堂らと会う。ことに十四歳年長で門徒宗の信仰を共有する高名な樗堂との邂逅は一茶の人格形成に影響を与え、後に江戸俳壇引退記念の『三韓人』（文化一一年）の跋文に樗堂からの最後の手紙を載せている。西国から帰った翌年、二六庵を襲名するが、文化元年（一八〇四）四月からの『一茶園月並』を発刊する業俳活動も続かず宗匠立机の夢は適えられない。同じ時期、江戸での成美、道彦、巣兆、閑斎、一瓢らとの句会交流を重ねる中で、房総行脚が暮らしを支えていた。享和元年（一八〇一）帰省中に五月二十一日父が病没。その看護手記『父の終焉日記』（文化六年頃の執筆か）に一茶の遺産分与を迫る心情が巧みに吐露されている。この時から決着まで江戸―柏原間往復十回。文化五年（一八〇八）十一月、遺産を折半する合意を得たものの、遺言発生以来の小作料賠償金の請求によってさらに難航する。話が付き、家屋敷南半分、田四石七升五合、畑一石五斗六升、山林三か所、金十一両二分を手に入れたのは「是がまあ」を詠んだ翌五十一歳であった。

〔帰郷後〕　後半生十四年。北信濃を中心に、帰郷のたびにこまめに殖やした八十人ほどの門人がいた。初めての結婚を機に家庭を得た。これらの高揚感が一茶俳句の軽妙自在な口吻の根底に潜む慈愛に満ちた人間観を照らし出すことになる。帰郷の翌年文化一〇年（一八一三）、一茶社中の中核にあたる長沼で開かれた芭蕉忌の模様に触れた一文に「芭蕉会偶感」（「あるがままの芭蕉会」とも）がある。先述「是がまあ」の「解釈」でことばの雅俗よりも「心の誠」の大切さに触れており、その前文に、一茶は阿弥陀如来の前ではすべてが平等だという信仰心を述べている。柏原村は村人七百四十六人中、六百六十人（八八パーセント）が門徒（文政十一年）といい、信心深い父や祖母からの感化は一茶のからだに沁み込んでいた。「我《わが》宗門にてはあながちに弟子と云《いわ》ず師といはず。如来の本願を我も信じ人にも信じさすことなれば、御同《どう》朋《ほう》・御同行《どうぎょう》とて平坐にありて讃談するを常とす。いはんや俳諧においてをや」。俳諧の座では、師も弟子もなく、平等だという。明快な俳諧観であり、人生観である。ここに一茶の生きる勁さがあった。しかし、晩年の一茶はこの他力本願に縋らざるを得ない辛酸な境遇に遭遇した。遺産を手にし、父の死去以来十二年間柏原宿へ払い続けてきた伝馬役金により、一茶は共同体柏原に身を置く本百姓になった。が、辞世〈花の影寝まじ未来が恐《おそろ》しき〉の前書に記す「耕《たがやさ》ずして喰《くら》ひ、織《おら》ずして着る体《てい》たらく、今まで罰《ばち》のあたらぬもふしぎ也」との慙愧の思いに苛まれながら門人間を渡り歩く業俳に終始した。

文化一一年四月に柏原赤川の常田久右衛門の娘きくと結婚（二十八歳）し、間に三男一女を授かるがいずれも夭折する。とりわけ長女さとが一年二カ月後に天然痘に罹病、死去した哀しみは痛切であった。句文集『おらが春』（文政三年成稿か）は、さとへの溺愛とその死の哀しみを主要テーマに、幼少年期以来の流民暮しの辛酸から抱き続けてきた他力本願の無常観が滲み出た一代の傑作である。我を張ることで自分が見えない土凡夫たる者が「あるべきやうに」（「おらが春」）俳句を詠むことが、「名号《みょうごう》」（南無阿弥陀仏）を唱えることになると開き直っている。文政六年（一八二三）五月には、十年間ともにした妻きくが三十七歳で死去。翌年、再婚するも二カ月余で離婚。中風が再発し、言語不明瞭になる病態をおして柏原の小升屋の乳母宮下ヤヲ（越後頸城郡二俣村出身三十二歳）と結婚。翌文政一〇年（一八二七）夏には柏原の大火で自宅が類焼し、焼け残りの土蔵を「つひの栖」として、十一月十九日に逝去した。法名釈一茶不退位。墓所は自宅近い小丸山にある。翌年四月娘やたが生まれる。

〔業績〕　「貧乏人の貧俳諧」、成美の一茶評は適評である。不惑を過ぎてもごくつぶし、「巣なし鳥のかなしみ」（文政句帖）、浮浪者の貧者の低い目線こそが一茶の発想の基になった。十一代将軍家斉《いえなり》治世の奢侈に爛熟した都市は零落者の坩堝であった。大方、疲弊した農村からの移入者である。一茶もその一員として、彼らの代弁者たり得るか、一茶俳諧の真価はそこを問われた。総句数約二二千句、連句約二百五十巻、俳諧歌四百余。①寛政期三十八歳まで十二年。葛飾派俳諧師として自己鍛錬期。『寛政句帖』（句帖・寛政四～六年）。〈三文が霞見にけり遠眼鏡〉と江戸は霞を見るにも銭三文がいるとお道化る。『西国紀行』（寛政七年）。〈もたいなや昼寝して聞《きく》田うゑ唄〉と遊民の恥じ入るばかりの気持がある。西国行脚は大江丸の談林風、闌更や樗堂の天明蕪村風など著名な西国俳人との風交により、頑な貧者意識が庶民的な平明さに啓かれていく点は注目される。②享和期四十一歳まで三年。岐路混迷期。『享和句帖』（句日記・享和三年四月～十二月）。江戸本所に住み、房総巡りを始め、業俳活動に力を入れる。他方、浮草稼業の不安から父の死を境に遺産分与を求める柏原への帰属意識が強くなる。雪国人一茶の開明的な性格は旺盛な向学心に燃え、『詩経』の講義を聞き、「掻首踟蹰《かうべをかいてちちゅう》」を〈よりかゝる度に冷《ひや》つく柱哉〉と翻案するなど、のちに語彙集『いろは別雑録』（寛政元年～文化中頃）に出る古典を紐解く猛勉強が始まっている。③文化期前半四十二歳から四十六歳まで六年。一茶調開花期。『文化句帖』（句日記・文化元～五年、二千四百二十五句）。表紙裏に「本所五ッ目愛宕社別当一茶」とある。〈又ことし娑婆塞《しゃばふさぎ》ぞよ艸の家〉との自嘲が切実。椋鳥と蔑まれた信濃人一茶の、江戸の片隅での業俳活動も失敗し、素寒貧な暮らしからの僻み、不平、皮肉が諷刺となり、ときに孤独を託つ郷愁として詠まれる。④文化期後半四十八歳から五十六歳まで九年。一茶調円熟期。『七番日記』（唯一命名した句日記・文化七～一五年、七千三百三十六句。）は人生万華鏡。長い彷徨の果てに思いは深く表現は軽妙な体当たり句集。巻頭に「千辛万苦一日無心楽。不知己而終成白頭翁」。五十歳で帰郷、定住、結婚と同時に北信濃の門人間を巡回する俳諧師稼業から生まれたもの。〈月花や四十九年のむだ歩き〉と雅語的美意識よりも〈かすむやら目が霞むやらことしから〉素朴な身体感覚を尊重する。卑俗な擬人化による即興句、教訓や死生観を滲ませた境涯句、農民感情や体感を誇張した生活詠など夥しい駄句の中に直截な自己批評（不知己）に真実が籠められている。本陣中村六左衛門家蔵（現小坂家所蔵）。一茶同好会編『七番日記』（明治四三年刊）。同時期の手記『我春集』（文化八年）『株番《かぶばん》』（同九年）『志多良《しだら》』（同一〇年）がある。⑤文政期五十七歳から六十五歳まで十年。句作旺盛な執念の晩年。『おらが春』（句文集・文政二年）『だん袋』（句稿・同元～六年）『八番日記』（句日記・同二～四年、三千余、俳諧歌六十余）『文政句帖』（句日記・同五～八年・九番日記とも。三千五百余）『まん六の春』（句文集・同五年）。荒凡夫の「迷ひにまよひを重ね」た生涯が晩年に至り体質まで届いた他力本願の心境に収斂されていく。俳書への入集も多く、文政九年「諸国誹諧士番附」第二位。「愚禿親鸞」を念じ数奇な運命に翻弄された生活俳人一茶を、近年新しい時代の嚆矢の俳人と見る見解が出されている。

〔句風〕　特色①好奇心にみちた柔軟な感性。②弱いものへの愛を注ぐ土俗的信仰。③批評意識にめざめた社会性。④辺境意識に徹した地貌の詩人。

〔参考〕　信濃教育会編『一茶全集全八巻・別巻一』（昭51～54、信濃毎日新聞社）、矢羽勝幸編『信州向源寺一茶新資料集』（昭61、信濃毎日新聞社）、矢羽勝幸編『一茶の総合研究』（昭62、信濃毎日新聞社）、小林計一郎『一茶―その生涯と文学』（平14、信濃毎日新聞社）、前田利治『一茶の俳風』（平2、冨山房）、矢羽勝幸『一茶新攷』（平7、若草書房）、矢羽勝幸『信濃の一茶』（中公新書、平6）、青木美智男『小林一茶―時代を詠んだ俳諧師』（岩波新書、平25）、矢羽勝幸『一茶大事典』（平5、大修館書店）

［宮坂静生］

幕末から明治へ　―国学の時代―

江戸後期の俳家たちは国学の強い影響を受けていた。小林一茶の句に「神国」「日本」などの語が多く見られるのもその例の一つである。

田川鳳朗は熊本藩士だったが、致仕して江戸で開庵。真正芭蕉風を唱えて一家を成し、各地の俳家や国学者と交流を深め、二条家に働きかけて芭蕉をその百五十年忌に「花下大明神」として祀るが、これも神を重んじる国学思想あってのことである。

名のないは一ひらもなき落葉哉　鳳朗

屋敷褒めの句とも読めるが、自我意識をも感じさせる。国学の生みだした近世的な自我である。

こうした国学的な俳風は、『おらが春』の序を記す児玉逸淵、跋を記す志倉西馬らを経て、明治期に明倫講社を興した三森幹雄へと受け継がれていく。

釈迦のみと思ふ愚や人の秋　幹雄

「玉華金液」と前書きがあり、神道派として飲酒を正当化している句である。

一方で国学は文献への関心を高め、伝承されてきた式目より『芭蕉七部集』の実例を重視する潮流が起こる。信濃から江戸に出た茂呂何丸の『七部集大鏡』（文政二年序）は明治末期まで版を重ねた。

桜井梅室の一門も『俳諧七部集』に範を求め、より自由な俳風を作りだしていった。伝承として禁じられていることも『俳諧七部集』にあればよいという論法で自由な発想を貴び、無季の句も正当化する。

太良より次郎がさきに衣がえ　梅室
春秋も酔てわすれて松のごとし　同

右は梅室が自由人であったことが感じ取れる句で、左は『梅室家集』（天保十年）に載る無季の句。

明治期に至っても、梅室門だった橋田春湖校閲の西谷富水著『俳諧作例集』（明治一二年）は、冒頭に杜国の〈岡崎や矢矧《やはぎ》の橋の長きかな〉を置き、「やかな」を肯定するところから書き始めている。

富水は『俳諧開化集』（明治一四年）の編者として知られるが、その校閲者大久保漣々は富水の師で、『開化新題歌集』（明治一一年）を編んだ大久保忠保と同一人物である。二人は和歌も発句も詠む国学者であった。十九世紀の俳文芸と国学の関わりは深い。

また、係り結びを発見した本居宣長の『詞の玉緒』（安永八年）の影響も大きく、元木阿弥著『俳諧饒舌録』（文化一三年）は、その係り結びによって俳句を分析しようとした本で、明治に至るまで版を重ねた。この本は切字への懐疑を生みだしたようである。切字が詞と辞の範疇を逸脱した概念だったからであろう。その影響は正岡子規にも及んでおり、子規も切字への疑念を述べている。

［秋尾　敏］

初秋や心に高し空の鳶

抱一《ほういつ》（酒井忠因）　文化文政

〔現代語訳〕　秋がやってきた。清爽の気に乗じて空高く飛ぶ鳶の姿を見ると、自分の心も晴れ晴れと高く澄んでいくように感じられることだ。

〔解釈〕　季語は〈初秋〉で秋。切れ字は〈高し〉。〈初秋〉とあれば、「きのふの空にかはる気色もあらねど、吹風もひやりとけさは身にしられ、よだるかりし手足もたち、おほひきさるまぶたも昼寝《ひるね》を忘《わす》れ…」（『山之井』）など、いつの間にか訪れた秋の気配に気づいて驚いたり居住まいを正したりするさまを詠むのが一般的であった。〈夏はきのふけふこつ涼し今朝の秋〉（姫路　棒心子『境海草』）、〈秋来ぬと食先《めしまづ》うまし今朝は早《はや》〉（自悦『洛陽集』）など〈今朝〉という言葉を裁ち入れて詠む場合も多い。ここは大空に昨日までとは違った清爽の気を感じ、空高く飛ぶ鳶に自分の心境を重ね合わせて表現したもの。〈心に高し〉は「高い青い空を仰ぐと、わが心まで高く澄んでゆく」（『俳句大観』昭46、明治書院）ように感じられるさまを表したものであろう。

一方の鳶。「鵄《とび》の巣」は三月の季語（『毛吹草』）に挙げられているが、〈鳶〉だけでは季語の扱いにならない。実作において〈鳶〉は次のように様々なかたちで詠まれている。

ア　蒜《ひる》の籬《まがき》に鳶をながめて　ばせを
　　鳶のゐる花の賤屋とよみにけり
　　（天和二年付木因宛芭蕉書簡）

イ　鳶の羽も刷《カイツクロヒ》ぬはつしぐれ　去来（『猿蓑』）
ウ　あわれに枯し樗一本　炉方

風寒き夕日に鳶の声引て　古益
　　（『元禄風韵』「花に遊ぶ」歌仙）
エ　請合にたちて鳶啼く秋日和　月巵（『国の花』）
オ　はだしの跡も見えぬ時雨ぞ　重五
　　朝朗豆腐《あさぼらけ》を鳶にとられける　昌圭
　　（『春の日』「春めくや」歌仙）
カ　あなかなし鳶にとらるる蝉の声　嵐雪（『其袋』）
キ　あした夕に変る浜側　随古
　　鳶の羽に寒き嵐の渡るらし　嘯山
　　（『平安二十歌仙』「牛二疋」歌仙）
ク　鳶の羽の力見せ行野分かな　肥大村玉志（『俳諧新選』）
ケ　片恋の鮑を作る井戸の端　蓼太
　　鳶くるくると町の半空　同
　　（『七柏集』「白雲の」歌仙）
コ　主のなき花の目出度く咲初て　吾柳
　　鳶の輪をまふ空のうららか　厭路
　　（『茶翁聯句集』「土臼も」半歌仙）

アイのように何かに止まっている姿（アは蒜の籬、イは初時雨に打たれて枝に止まっている姿）、あるいはウエのような甲高く尾を引くような声で鳴くさま、もしくはオカのように食料などを奪い取る姿でしばしば詠まれている。もちろん空を飛ぶ姿も詠まれているが、抱一の句のように高く飛ぶ姿ではなく、キクのように強い風に揉まれながら苦労して飛ぶ姿や、ケコのように輪を描いて舞う姿で多く詠まれている。〈雲の峰これにも鳶の舞事よ〉（之房『俳諧新選』）などもその類例に加えられよう。

なかでも抱一の句に最も近い趣向の句は『藤の実』所載の〈澄切て鳶舞ふ空や秋うらら〉（京　正己）であろう。ただし、この句も「高く飛ぶ」姿ではなく、ケコ同様〈舞ふ〉姿を詠んだものにほかならない。したがって、抱一の句の新しさは〈高し〉という形容詞を用いながら鳶の飛ぶ姿を詠んだ点、さらにはそれを自分の心境と重ね合わせて表現した点に見いだすことができよう。上の〔現代語訳〕では「空高く飛ぶ鳶の姿を見ると、自分の心も晴れ晴れと高く澄んでいくように感じられることだ」と〈鳶〉を「実景」と解したが、「実景」ではなく、「空高く飛ぶ鳶のように自分の心も晴れ晴れと高く澄んでいく」と、「心象風景」のひとつとして解釈することも可能であろう。

〔所収本〕　文化一〇年（一八一三）刊『屠龍之技』所収。

〔作者と業績〕　宝暦一一年（一七六一）～文政一一年（一八二八）。江戸後期の画家・俳人。酒井氏。江戸の人。本名、忠因《ただなお》。別号に屠龍・鶯邨・軽挙道人・雨華庵などがある。播州姫路城主酒井忠以《ただざね》の弟。諸芸に秀で、特に画は尾形光琳に私淑し、江戸琳派の祖と仰がれた。文晁・鵬斎らと並ぶ江戸文墨の中心人物であり、特に晩年は風流三昧の生活を送った。俳諧は存義門。自撰句集に『屠龍之技』がある。

〔その他〕　代表句には、他に次のような句がある。

花びらの山を動かすさくらかな
星一つ残して落る花火かな
黒楽の茶碗の欠やいなびかり
（以上、『屠龍の技』）

風流三昧に暮らした趣味人らしく華麗で洗練された句が多い。「黒楽の」の句は金継ぎの跡を稲光に見立てた、いかにも文人らしい一句である。

〔参考〕　岡野知十『雨華抱一』（明33、裳華房）、相見香雨「抱一上人年譜考」（中野三敏・菊竹淳一編『相見香雨集1』昭60、青裳堂書店）、牧野宏子「文政期における酒井抱一の句風 其角から光琳へ」（『成城文芸』124号、昭63・10）、井田太郎『酒井抱一―俳諧と絵画の織りなす抒情』（令1、岩波書店）

［本間正幸］

蓬萊の橙あかき小家かな

蒼虬《そうきゅう》　文化文政

〔現代語訳〕 この小家は蓬萊飾りの橙だけが明るい雰囲気を醸し出していることだ。

〔解釈〕 季語は〈蓬萊〉で新年（『増山井』は「蓬萊かざる」で立項し、その傍題として「だい〳〵」を掲載する）。切れ字は〈かな〉。〈蓬萊〉は、中国山東半島の東方海上にあり、不老不死の薬を持つ仙人が住むと考えられていた蓬萊山をかたどった新年の祝儀飾り。三方《さんぽう》の盤の上に白米を盛り、熨斗《のし》鮑《あわび》・搗《か》ち栗・昆布・野老《ところ》・馬尾藻《ほんだわら》・橙《だいだい》・海老などを飾った。〈橙〉はミカン科ミカン属の果実（別名：ビターオレンジ）。日本では、名前が「代々」に通じることから縁起の良い果物とされ、鏡餅など正月の飾り物に用いられた。ただし、酸味と苦みが強く直接食するには適さない。

〈小家〉は小さく粗末な家。『類船集』に「煙《ケブリ》」（竈から出る煮炊きの煙の意）の連想用語として「賤が住家」「小家」「あまの住家」などを挙げる。ここから〈小家〉が「賤が住家」「あまの住家」と同じような印象でとらえられる言葉であったことがわかる。実作では信徳の〈何やらかやらとりうりの店／京わきや小家がちなる町はずれ〉（『信徳十百韻』）、梅室の〈雨降ばさぞな月さへもる小家〉（『梅室家集』）などの用例が散見される。

蒼虬の句は「正月の蓬萊飾りの中で、橙だけが明るい色をきわだたせている、質素な小家の正月の景」を詠んだもの（『日本秀歌・秀句の辞典』平7、小学館）。〈蓬萊は日の出る山ぞ草の庵〉（秋挙『曙庵句集』）という句もあるように、〈蓬萊〉は何も無い草庵で日の出のような鮮やかな色彩を放つ正月飾りであった。また、〈橙の色を木の間の冬の月〉（青蘿『青蘿発句集』）のように〈橙〉の色彩を〈冬の月〉に擬えた句も見受けられる。蒼虬の句は〈橙〉の明るい色彩を言うことによって、逆に他に目立つもののない質素な生活を表した点に特徴がある。

これ以外に〈小家〉の飾り物を詠んだ句として、〈願クハ以㆓歌舞ヲ㆒答ン㆓聖代ニ㆒　芙蓉／岨の小家も松かざる見ゆ〉（蓼太『七柏集』）、〈小家みなわが春々とおもふかな〉（成美　前書「ものむつかしきあたりなれど、さすがに松ども立わたしたるは」、『成美家集』）などを挙げることができよう。いずれも、貧家でありながらそれぞれ春を寿ぐ気持ちを込めて「松飾り」を立てている点に興味を引かれたものと推測される。飾り物以外では〈鰒汁や小家に似ざる灯の光〉（支鳩『俳諧新選』）・〈冬の日や何か振舞ある小家〉（道彦『続蔦本集』）など、何かの祝い日に普段とは違った表情を見せる〈小家〉を詠んだ句も散見される。

蒼虬の句には、〈小家〉の貧家らしからぬ風情に興じた次のような句も多い。

ア　**青柳のある顔もせぬ小家哉**
イ　**我さくら見て居る嵯峨の小家哉**
ウ　**卯の花や薺には見ぬ此小家**
エ　**是のみの小野の小家か唐がらし**
（以上、『訂正蒼虬翁句集』）

春を迎えて風にたなびく見事な青柳（ア）、嵯峨野の地に相応しい観賞用の初桜（イ）、輝かんばかりの白さで目を引く卯の花（ウ）、そしてどこまでも赤く色づいた唐辛子（エ）。いずれも貧家には似つかわしくない風流な景物ばかりといえよう。そして各句の背後には、貧しい生活の中で一点の風流心を忘れない主人の心のありようを愛でる気持ちが込められている。

とすれば、〈蓬萊の〉の句も同じ。単に「いつもはあわただしく生活に追われている家のなかにも、小ざっぱりと片づいて新年の装いをした趣を素直に詠んだ句」（『俳句大観』昭46、明治書院）ということにとどまらず、貧家ながらに正月飾りだけは忘れない主人の心の持ち方を称えた句と解釈することもできる。〈橙〉の明るい色彩は貧しい生活の中で一点の風流心だけは忘れない主人の心を表していると解釈することもできるであろう。

〔所収本〕 天保一五年（一八四四）刊『蒼虬翁句集』春の部所収。

〔作者と業績〕 宝暦一一年（一七六一）～天保一三年（一八四二）。成田氏。加賀国金沢の人。本名は利定。通称は久左衛門、別号に槐庵・芭蕉堂・南無庵・対塔庵。加賀藩士の家に生まれるが、致仕して上京し闌更に師事。師の没後は東山双林寺の芭蕉堂を守り、毎年芭蕉追善の『花供養』を板行した。各地に歴遊して名声を馳せ、のち京都八坂に対塔庵を結んだ。鳳朗・梅室とともに「天保の三大家」と称されている。句集に『対塔庵蒼虬句集』『蒼虬翁俳諧集』などがある。『訂正蒼虬翁句集』蒼虬伝には、その人物に関して「天性大量、相貌雄偉」と記されている。

〔その他〕 代表句には、他に次のような句がある。

いつ暮て水田のうへの春の月
江のひかり柱に来たりけさのあき
何処からか出て来て遊ぶ小鴨かな
（以上、『訂正蒼虬翁句集』）

叙景句を中心に日常生活の一齣を詠んだ句が多い。「いつ暮て」「江のひかり」は、ともに穏やかに差し込む光を詠んだ句となっている。

〔参考〕 『古典俳文学大系化政天保俳諧集』（昭46、集英社）、宮本三郎「成田蒼虬」（『俳句講座三』昭44、明治書院）

［本間正幸］

深山木《みやまぎ》の底に水澄《すむ》五月かな

鳳朗《ほうろう》

文化文政

〈現代語訳〉　五月、生い茂った奥山の木々の間を覗いてみると、底の方に澄んだ水を満々と湛えた水溜りが潜んでいたことだ。

〈解釈〉　季語は〈五月〉で夏。切れ字は〈かな〉。『鳳朗発句集』では「五月・端午」の季題のもと〈孫六が太刀の銘きる端午哉〉〈侍になつた子の来る端午哉〉と共に掲載される。『新編日本古典文学全集近世俳句俳文集』（平13、小学館）は〈五月〉に関して「サツキ・ゴグワツどちらにも読めるが、一句の音調のうえから音読したい」とする。

〈深山木〉は「深山に生えている木」（『日本国語大辞典第二版一二巻』平13、小学館）、そして〈水澄む〉は「川や湖などの水がことさら清らかに感じられる」（同）の意。『新編日本古典文学全集』（前掲）はこの〈水〉を「渓流ともとれるが、湖水とするほうが趣が深い」とする。同書は一句を「山間《やまあい》の湖を高みから瞥見《べっけん》した景」と見なし、「夏の山道を汗をふきながら下ってゆく。木々の青葉が目にしみるようだ。下方にちらっと光るものが見える。足をとめ、樹間からのぞき見ると、鬱蒼《うっそう》と茂った樹林の底に、碧色《へきしょく》に澄んだ湖水が静まり返っている。「水澄」に、山湖《さんこ》の静謐《せいひつ》感がよく出ている。この立体的な構図は、近代俳句にも通じる清新さがあり、鳳朗の異色作である」と評している。

しかし、管見の限り、和歌の世界で〈水澄む〉を「湖水」に当てた用例は見出しえない。具体例を示せば、〈なが井の池は水澄みて〉（『夫木和歌抄』）、〈雪消の水澄みて春をふかむる滝の白浪〉（『草根集』）、〈長良のかはの水澄みて〉（『大嘗会悠紀主基和歌』）、〈おぼろのしみづすむなばかりぞ〉（『後拾遺和歌集』）、〈秋のみづすむたにのこゑかな〉（『秋篠月清集』）など、「池」「滝」「川」「清水」「渓」に対して季節を問わず（今日、歳時記で「水澄む」は秋に立項される）、しばしば用いられている（ちなみに俳諧では「田」「川」に対して詠まれる場合が多い）。したがって、前掲書が示した二択でどちらかを選ぶとすれば、「湖水」よりも「渓流」の方が妥当と考えられよう。ただし、こと和歌に限っていえば、最も多く詠まれる〈水〉は次のようなものであった。

おちつもる木のはがくれの忘水すむともみえずたえまのみして　伊勢大輔（『新続古今和歌集』）

数ならぬ身をおく山のむもれ水すむもすまぬも知る人ぞなき　右近大将長親母（『新葉和歌集』）

「忘水」は「野中にあってとぎれとぎれに流れ、人目につかない小川」（『角川古語大辞典五』平11、角川書店）、「埋水」は「草木など、物の陰に隠れて見えない水」（『角川古語大辞典一』昭53）のこと。「埋水」といえば、梅雨晴の日の外出を綴った『枕草子』（「五月ばかりなどに」の段）の一節を想起する向きも多いのではないか。

草葉も水もいと青く見えわたりたるに、上はつれなくて、草生ひ茂りたるを、長々と縦ざまに行けば、下はえならざりける水の、深くはあらねど、人などの歩むにはしりあがりたる、いとをかし。

文中の「えならざりける水」は「なみなみならずたたえた水」（『新編日本古典文学全集』前掲）の意。それが草に覆い隠されていたため気づかなかったというのである。鳳朗はこれに想を得て「山里」の景を奥山の景へと移し替えたのではなかったか。下五にわざわざ〈五月かな〉と謳っているあたりに、関連を思わせるものが感じられる。

したがって、一句は五月晴れの日に奥山に旅した詩人が、生い茂った深山木の根もとに透明な水溜まりを発見して驚くさまを詠んだものと見ていいであろう。その水は新緑の木々を潤す冷たい雪解け水であろうか、それとも降り続いた五月雨の名残りであろうか。いずれにせよ「近代俳句にも通じる清新さ」という前掲書の評価は、敢えて「山間の湖を高みから瞥見した」という「立体的な構図」を持ち出さなくても与えうるものであろう。

〈所収本〉　嘉永二年（一八四九）刊『鳳朗発句集』所収。

〈作者と業績〉　宝暦一二年（一七六二）～弘化二年（一八四五）。田川氏。本名、義長。別号に対竹、鶯笠、自然堂などがある。肥後国熊本の人。細川侯に仕えたが、辞して俳諧に志した。諸国歴遊の後、最終的に江戸に居を構え、蕉風への復帰を唱えた。天保一四年、京の二条家に請うて芭蕉に「花下大明神」の神号を与え、自らも「花下翁」と称した。蒼虬・梅室とともに「天保の三大家」と称えられる。俳論に『芭蕉葉ぶね』、句集に『鳳朗発句集』がある。

〈その他〉　代表句には、他に次のような句がある。

元日の日のさす肩のあはひかな
大空をせましと匂ふ初日影
ふと買て無用な笊や年の市　（以上、『鳳朗発句集』）

穏やかな日常生活の一齣を切り取った句が多い。一年の区切りの時期に当たる年末年始の様子を詠んだ右のような句に見るべきものがある。

〈参考〉　『古典俳文学大系化政天保俳諧集』（昭46、集英社）、中村俊定「田川鳳朗」（『俳句講座三』昭44、明治書院）

［本間正幸］

背高き法師にあひぬ冬の月

梅室《ばいしつ》　文化文政

〈現代語訳〉 人気のない夜道でやたらに背の高い法師に出くわした。折しも凍て付くような光を放つ冬の月が、その姿を寒々しく照らしていることだ。

〈解釈〉 季語は〈冬の月〉で冬。切れ字は〈ぬ〉。『梅室家集』では〈在明て入る山遠しふゆの月〉〈寒月や雨さへもらぬやねをもる〉とともに「冬月」の季題に括って掲載される。

『山之井』は〈冬の月〉の関連用語として「月の霜」「さゆる」をあげ、「さえたる影の氷にまがひ、霜に似たる気色、顔のしはすの月を冷しき物といへる老女《らうじょ》のけさうにもなぞへ、臘月《らうげつ》といひかけて灯の光にもいひなし侍る」とする。また『類船集』は「冬の月」を「古塚」「ふかき淵」「老女のけはひ」「悪霊」「夜道」などとともに「冷《スサマジ》」の付合語に挙げており、もともとそのような印象でとらえられてきた言葉であったことがわかる。『泊船集』も〈冬の月〉を「冬がれ」「あられ」「寒さ」などと印象的に通い合う季語として位置づけている。

本来「すさまじ」という古語は「①風などが寒い。白々とした冷たさである。②色が白い。冷たさが感じられるほど白い。③不興だ。興が冷めるようだ。情趣がない。面白くない。④恐ろしい。ものすごい。恐怖を感じさせるほどだ。……」(『日本国語大辞典　第二版七巻』平13、小学館)など、さまざまな意味を含みもつが、俳諧の実作面で〈冬の月〉はおおよそ次のように詠まれている。

ア　冷じと下戸やいひけむ冬の月　方好(『境海草』)
イ　鳥辺野のかたや念仏冬の月　加賀小春(『あら野』)
ウ　雪よりは寒し白髪に冬の月　丈草(『射水川』)
エ　独寝のあら壁寒し冬の月　肥前平戸芙玉(『俳諧新選』)
オ　古寺や板間に落る冬の月　東歩(『秋風記』)

それぞれの句に詠み込まれた「すさまじさ」を前掲『日本国語大辞典』の語義に当てはめれば、アは②③、イは①④、ウエオはいずれも②に該当するであろう。イオには〈冷じ〉〈寒し〉に類する言葉が含まれていないが、いずれも〈冬の月〉の寒々しさと共に人物の寂寥感・孤独感(イは人の死に対する厳粛な気持ち)が巧みに映し出されていると見るべきであろう。すなわち実作面で〈冬の月〉という季語は物理面・精神面の両面において「荒涼として寒々しい」さまを表す言葉として用いられているように見受けられる。前掲〈解釈〉欄〈在明て〉〈寒月や〉の二句(『梅室家集』)もこの範疇に属する句と見ていいであろう。

ただし、問題となる〈背高き〉の句には、②に加え、「ぞっとするほど恐ろしい」という③の意も含まれているように考えられる。一般的に〈法師〉といえば、

物すごの身と人やみるらん
よろよろとしたる姿は八瀬法師　由勝(『鷹筑波集』)
信濃路や蠅にすはるる痩法師　許六(『水鷹刈』)
細腰の法師すずろにおどり哉　蕪村(『五車反古』)

など、弱々しい姿で詠まれることが多く、肉体的に秀でているという印象は薄い。したがってここでの〈背高き法師〉は一般的な法師のイメージから乖離した一種異様な存在として登場する。そして、それが「ぞっとするほど恐ろしい」という印象を生み出しているのである。したがって一句としては、『俳句大観』(昭46、明治書院)のように「一人歩いて行くと、ぬっと背の高いたくましそうな法師にばったり出会った。その黒々とした人影が凄惨ともいうべき冴えた月光の下で、一種何か異様な恐ろしいものに感じられた」と解するのが妥当であろう。

〈所収本〉 天保七年(一八三六)跋『梅室家集』冬の部所収。

〈作者と業績〉 明和六年(一七六九)～嘉永五年(一八五二)。桜井氏。本名、能充。別号に雪雄、素信、方円斎などがある。加賀国金沢の人。加賀藩の刀研師だったが、年少より俳諧を好み闌更門の馬来に師事した。京・大坂・江戸に住し、さらに各地を遊歴したため門人は全国に及んだ。晩年には京の二条家から「花の下宗匠」の称号を授けられた。鳳朗・蒼虬とともに「天保の三大家」と称されている。俳論に『梅林茶談』、句集に『梅室家集』がある。

〈その他〉 代表句には、他に次のような句がある。

ふゆの夜や針うしなうておそろしき
元日や鬼ひしぐ手も膝の上
水底の草も花さく卯日かな　(以上、『梅室家集』)

観察眼を活かして日常生活における細かな発見を詠んだ句が多い。「ふゆの夜」の句は表題句とは違ったかたちで冬の夜の無気味さを詠んだものとなっている。

〈参考〉 宮本三郎「桜井梅室」(『俳句講座三』昭44、明治書院)、『古典俳文学大系化政天保俳諧集』(昭46、集英社)、大畑健治「桜井梅室年譜」(『近世俳諧資料集Ⅲ』昭51)、桜井武次郎「桜井梅室」(『俳壇』4巻35号、昭62・6)

[本間正幸]

Ⅲ　解釈・鑑賞編

2　近現代編――俳句百冊

〔凡例〕
一、近現代の句人百名を選び、各々の句集の魅力を解き明かし、句集と作者を史的に位置づけ、俳句の多様性を明らかにするようにした。
一、各項は次のような構成とした。
〔内容〕　句集の内容について、句集の書誌的情報も加えつつ説明するよう心がけた。
〔特色〕　句集の特色と評価、その史的位置などについて説明するよう努めた。
〔作者と業績〕　作者の閲歴と業績について、近代俳句の史的展開と絡めて述べるよう努めた。
〔代表句〕　代表句を何句か取り上げ、それぞれの句について解釈を試みながら、句集の特色が浮かび上がるよう努めた。
〔その他〕　特に右の項目以外で述べるべき事柄があればここで紹介することとした。
〔参考〕　句集や作者について参考として参照すべき主な文献を記した。

『獺祭《だっさい》書屋《しょおく》俳句《はいく》帖抄《ちょうしょう》』（一九〇二刊）

正岡《まさおか》子規《しき》

〔**内容**〕 明治三五年、東京俳書堂・大阪金尾文淵堂刊。明治二五年から明治二九年の「寒山落木」の草稿から選んだ七百四十六句を収める著者唯一の自選句集。自序「獺祭書屋俳句帖抄上巻を出版するに就きて思ひつきたる所をいふ」は三十頁に及ぶ長文である。自選句を年代別に配列し、各年の最初にその年の主要な出来事を数行の短文で記している。四月に上巻が刊行されたが、九月に子規が死去したため、下巻は刊行されなかった。

〔**特色・評価**〕 子規が、西洋受容による俳句の近代化を模索し、推進した時期に創作した作品から選ばれている。自然に着目し、実景に即して詠まれた句、絵画性のある句、印象明瞭な句など写生論を具現した句が見られる。自序によると、死期が近づいている自分の作品を集大成して親しい句友に見せようという思いを持って選句したもので、選句作業は病床の慰みでもあったが、自句を選ぶことの難しさも表明している。選句をしていた時期の子規の俳句は、選句対象とした時期の句から、さらに平淡を目指していた。俳句革新に着手する前後の句からも選ばれており、初期の俗調、元禄俳諧、天明俳諧への傾倒も見られる。

〔**作者と業績**〕 正岡子規は慶応三年（一八六七）、伊予国温泉郡藤原新町（現愛媛県松山市花園町）生まれ。本名常規。幼名処之助、升。別号は、獺祭書屋主人、竹の里人など多数。外祖父大原観山に漢学を学んだ。明治一三年、松山中学入学。明治一七年、東京大学予備門（第一高等中学校）に進んだ後、明治二三年、東京大学入学。明治二二年に喀血し、ホトトギスが鳴いて血を吐くという中国の故事から子規と号した。

明治二〇年頃から松山の宗匠大原其戎の教えを受け、月並俳諧を知る。明治二四年、俳句分類に着手し、明治二五年頃から元禄俳諧の影響を受けながら、自然の実景を絵画的に詠むことを自分なりに試みた。ハーバート・スペンサーの「文体論」によって簡潔な表現に価値を見出し、五七五の短詩である俳句の存在意義を確信する。明治二六年、大学を中退し、日本新聞社に入る。

明治二七年、画家中村不折に出会い、イタリア人画家アントニオ・フォンタネージにつながる西洋美術の理論を教えられ、それを応用して文学の写生論を構築し、理論を意識した創作に進んだ。新聞『日本』、『ホトトギス』などで、俳句の近代化から始めて、明治三一年頃から短歌へ、そして文章へと文学革新を展開した。高浜虚子、河東碧梧桐、伊藤左千夫、長塚節、夏目漱石などに受け継がれている。辞世三句〈糸瓜咲て痰のつまりし仏かな〉〈痰一斗糸瓜の水も間にあはず〉〈をととひの糸瓜の水もとらざりき〉を自筆で遺し、明治三五年（一九〇二）没。

〔**代表句**〕（『獺祭書屋俳句帖抄』所収）

低く飛ぶ畦の螽《いなご》や日の弱り

明治二七年作。自序に「一冊の手帳と一本の鉛筆とを携へて得るに随て俳句を書つけた。写生的の妙味は此時に始めてわかつた様な心持がして毎日得る所の十句二十句位な獲物は平凡な句が多いけれども何となく厭味がなくて垢抜がした様に思ふて自分ながら嬉しかつた」とある。螽と畦の位置関係、明暗の加減、螽の動きによる時間の経過が描写されている。子規自身が構築した写生論を具現した表現である。

行く我にとゞまる汝に秋二つ

明治二八年作。「漱石に別る」の前書。日清戦争の従軍記者として中国大陸に渡った子規は、帰りの船中でひどく喀血したため、神戸須磨での療養の後、松山の漱石の下宿に二カ月近く滞在した。「行く我」は、漱石の生地東京に戻る自分、「とどまる汝」は、子規の生地松山に残る漱石である。秋という季節が二つに分割されると捉えるのは、芭蕉句〈蛤のふたみにわかれ行秋ぞ〉（『奥の細道』）、蕪村句〈秋ふたつうきをますほの薄かな〉（『蕪村句集』）に重なるといわれている。

柿くへば鐘が鳴るなり法隆寺

明治二八年作。「法隆寺の茶店に憩ひて」の前書。松山から東京に戻る途中に旅した奈良での句。子規は東大寺近くの宿対山楼（角定）に泊まり、名物の御所柿を食べた。このとき東大寺の鐘を聞き、柿と鐘の結びつきに心を動かされて、翌日、人力車で法隆寺に行き、東大寺を法隆寺に変えて完成作としたという（門前の茶屋大黒屋で御所柿を口にしたともいわれている）。一句の中で、視覚、触覚、味覚、嗅覚、聴覚など、五感の全てが同時に共鳴している。碧梧桐は〈柿食うて居れば鐘鳴る法隆寺〉の句形を提示したが、子規は句法が弱くなるとした。和歌の素材ではなかった柿を奈良で詠んだことを、子規は新しい配合ととらえている。

いくたびも雪の深さを尋ねけり

明治二九年作。「病中雪三句」の前書。〈雪ふるよ障子の穴を見てあれば〉に続く二句め。雪が庭全体に降り積もる様子を見たいが、病臥で動けず、障子も閉められている。母と妹に何度も何度も雪の積もり具合を尋ねる。何度訊かれても訊かれるたびに答える家族の姿がある。

〔**参考**〕『子規全集三』（昭52、講談社）、松井利彦「正岡子規」（『新研究資料現代日本文学六 俳句』平12、明治書院）、松井貴子『写生の変容—フォンタネージから子規、そして直哉へ』（平14、明治書院）

［松井貴子］

『妻木（四巻本）』（一九〇四～〇六刊）

松瀬《まつせ》青々《せいせい》

〔内容〕 全四冊。春俎堂刊。明治三七年一一月に『冬之部』が刊行され、同三八年四月に『新年及春之部』、七月に『夏之部』、同三九年一月に『秋之部』が刊行された。全四冊中に三千五百五十七句を季題別に所収。著者による加筆削除のある『妻木』は一冊に合本され、著者没後の昭和一二年に再版された。

〔特色・評価〕 『妻木（四巻本）』は明治の俳句近代化以降に出版された、個人の存命中の句集では最も古い句集である。明治三〇年から同三七年までの作品を季題別に収録。季題を乾坤・草木・生類・衣食・祭祀と著者の独自の区分で分類しており、歳時記としての性質も持ち合わせている。「薄暑」などの漢籍に由来する新しい季題を提唱するとともに、歴史を遡った古い季題（古季語）や詠まれることの稀だった季題（難季語）を積極的に取り上げた点でも画期的な句集である。

〔作者と業績〕 松瀬青々は明治二年、大阪生まれ。本名彌三郎。薪炭商（加賀屋）の長男。北浜上等小学校卒業ののち、小原竹香に詩文を学び、寺西易堂に書を、福田直之進に数学、池田蘆州に漢学を学んだ。和歌と国学を中村良顕の和文会で学び、邦武と号した。私塾で数学教師をしたのち、明治二八年に第一銀行大阪支店に入行。三〇年、寒山寺で催行された第一回の大阪満月句会に出席、松山から刊行されていた『ほとゝぎす』第四号で高浜虚子の選に入選する。また、正岡子規が選をしていた新聞『日本』などにも作品が掲載された。三二年、発行所を東京に移した『ホトトギス』（『ほとゝぎす』から改名）の編集に携わるために上京するが半年ほどで大阪に帰り、その後は大阪朝日新聞社に入社して俳壇欄を担当した。三四年『宝船』を創刊して主宰。三七年、『妻木』、（全四冊、三七・一一～三九・一）を上梓する。大正四年『宝船』を『倦鳥《けんちょう》』と改め、昭和一二年に六十九歳で死去するまで主宰をつとめた。『倦鳥』は、『ホトトギス』隆盛の当時の俳壇において関西俳壇の重鎮となった。死後、青々の弟子らによって句集『鳥の巣（上下巻）』『松苗（四巻本）』が編まれ、『倦鳥巻頭言集』『随感と随想』などの俳話集も刊行された。

　青々は若い時代から漢籍や古典を旺盛に学び、その教養が俳句に活かされている。子規は「明治三十一年の俳句界」（『ホトトギス』明32・1）と題した文章の中で青々について、「始めて見るの日既に堂に上りたるを認めたり。其句豪宕にして高華、善く典故を用ゐて勃窣に堕ちず、多く漢語を挿みて渋晦ならざるを得る者、以て其伎倆を見るに足る」と高く評価した。子規の生存中より高浜虚子、河東碧梧桐、松瀬青々は実力を認められていたが、明治三五年の子規の没後、虚子は『ホトトギス』を継承するとともに、「客観写生」を提唱、碧梧桐は新聞『日本』の俳壇選者を継承して新傾向の俳句を追求するなど、明治・大正の俳壇における、対照的な二大潮流を牽引した。それに対して、青々は関西にとどまり、碧梧桐の主張に対しては、季感の薄い散文的な作風を批判し、自然の美を尊重する立場をとった。一方、虚子の主張に対しても、己の感興や情感をにじませた主観的な写生を重視する立場をとった。初期は蕪村に傾倒していたが、やがて「俳句は自然界の妙に触れると共に人間生活の浄化をはかるにある」として芭蕉に傾倒するようになった。後年は仏典にも精通し〈月見して如來の月光三昧や〉の句が絶筆となった。

〔代表句〕

暁や北斗を浸す春の潮　（『妻木新年及春之部』）

　季語は「春の潮」。父の故郷である能登での作品。明け方の空に残る北斗七星に、春の潮がかさなり合おうとする雄渾な自然の様子が描かれている。明治三一年、二十九歳の時の作品。

しろき蝶野路にふかるゝ薄暑哉　（『妻木夏之部』）

　季語は「薄暑」で初夏の頃にやや暑さを覚えるようになった気候のことをさす。野の道を行きながら、風に吹かれる蝶の姿に季節の微妙な移ろいを感じている。漢籍に由来する「薄暑」はそれまでの俳句にはほとんど用例が無く、青々のこの句をもって広く季語として定着するようになった。そのほか、春のぬかるみをさす「春泥（春の泥）」なども『妻木』以降、季語として定着するようになった。

妻木くべて夜を日につぐや人の老　（『妻木冬之部』）

　句集の題となった「妻木」は「爪木」とも書く。爪先で折り取った小枝の意味で、焚き木のことを指す。季節は冬。老人が一人、炉のほとりに座って妻木をくべては燃やす様子を描いている。『妻木』の序文で青々は刊行の動機を「数星霜の括り捨をここに掻き集めたる爪木」として自分が自分の句を纏めて一覧したかったと記している。青々はその後も旺盛に句を詠み、さまざまな学問や芸術に触れ、日記や句録、文章など、子規にも比肩するほどの膨大な遺稿をのこした。

〔参考〕 青木茂夫『松瀬青々―評伝』（昭47、俳句研究社）、茨木和生編著『松瀬青々』（平6、蝸牛社）、松瀬青々全句集編集委員会編・茨木和生監修『松瀬青々全句集（上下巻）』（平18・23、邑書林）

〔田中亜美〕

『鳴雪句集《めいせつくしゅう》』（一九〇九刊）

内藤鳴雪《ないとうめいせつ》

〈内容〉 明治四二年、俳書堂刊。五百四十七句を収める第一句集。表紙画と題字を日本画家渡辺省亭（渡辺水巴の父）が書いた。子規が鳴雪の書画帖に描いた自画賛、芍薬の写生画と二句〈芍薬の衰へて在り枕もと〉〈芍薬を画く牡丹に似も似ずも〉を巻頭に写真版で載せている。収録句の配列は季題別で、「新年之部」に始まり、続く「春之部」「夏之部」「秋之部」「冬之部」では、さらに「時候・人事・天文・地理・植物・動物・雑」に分類されている。

〈特色・評価〉 鳴雪は七頁にわたる緒言の中で、子規に俳句を学び、俳論を戦わせた十年間について述べている。最初は子規の評価と自己評価のずれに納得できず、古句を学んで自己の創作の土台としたという。鳴雪の句には、漢学の素養が表れた〈洛陽の紙の価や筆始〉、古歌の影のある〈我庵は上野に近く初鴉〉〈浅茅生の宿と答へて朧月〉〈羅を曳くや天女の天津風〉〈夜をこめて柿のそら価や本門寺〉、日常生活に滑稽味を加えて詠んだ〈午睡さめて尻に夕日の暑さかな〉〈行く年よ我いまだ蕎麦も喰ひ了へず〉がある。また、鳴雪は子規の一周忌に〈下手な句を作れば叱る声も秋〉と詠んでいる。子規の写生論の影響が見られる〈矢車に朝風強き幟かな〉〈水馬一つ処を上りけり〉〈水馬かさなり合うて流れけり〉があり、〈末枯に真赤な富士を見つけゝり〉は印象明瞭である。

〈作者と業績〉 内藤鳴雪は弘化四年（一八四七）江戸三田の松山藩邸に生まれた。幼名助之進、元服して師克のち素行を本名とした。俳号の「鳴雪」は「何事も成行きに任す」の当て字からつけたという。別号に南塘、破焦、老梅居主人などがある。武家に生まれた男子として、父親から漢籍を教わる一方、草双紙類を好み、寄席や義太夫にも親しんでいた。松山の藩校明教館に進んだ後、明治二年東京の昌平坂学問所に学んだ。明治八年に愛媛県官権参事、明治二三年に文部省参事官となり、明治二四年に退官した。その後、明治四〇年まで松山出身の子弟のための常盤会寄宿舎で寄宿舎生の監督を務めた。

明治二五年、鳴雪は〈四十五の夢をさまして初日の出〉〈元日や仏に成るも此の心〉の二句を寄宿舎生であった正岡子規に褒められたことから、俳句を本格的に始めた。二十一歳年下の子規を俳句の師として、題詠で百句、百五十句と作った作品の批評を受けながら、『猿蓑』を読み、『蕪村句集』を輪読した。子規とともに、伊藤松宇らの「椎の友社」の互選句会にも参加した。そして、『ホトトギス』に『老梅居漫筆』他、多くの俳話、俳句を発表し、『万朝報』『読売新聞』『中外商業新報』『日本人』『日本及日本人』『太陽』など多くの新聞、雑誌で、俳句選者となった。

鳴雪は、その温厚洒脱な人柄から、尊敬の念を持って鳴雪翁と称された。特に初学者の指導に力を入れ、子規没後も日本派の長老として活躍した。作品には和漢の学識が活かされ、その人柄のままに正直で素直な表現、平明温雅、洒脱な句風である。大正二年『南柯』を主宰。絶句〈ただ頼む湯婆一つの寒さ哉〉を遺して、大正一五年（一九二六）没。

〈代表句〉（『鳴雪句集』所収）

屋根越に僅かに見ゆる花火かな

花火が打ち上げられているが、東京の市中では、家々が建て込んでいて、屋根の上に届く花火の一部分が見えるだけである。一句の中での画面構成を考え、視覚的描写を通して、作者の感動を伝えている。子規の写生論を活かした句である。同様の作品に〈で、虫の角に夕日の光かな〉〈秋の雲ちぎれ〳〵てなくなりぬ〉などがあり、色彩、明暗を意識した絵画的描写に、ものの動きと、それによる時間の経過を加え、静止画である絵画の写生を超えた、言葉による文学の写生を実践している。

日あたりや江戸を後ろに畑打つ

東京の市街を外れた郊外での農作業風景である。広々とした空間が広がり、日射しも遮られることなく十分にある。明治時代の東京を、過去の名前である「江戸」と称するところに、自分が育った時代としての江戸時代を知る作者の思いが籠められている。しかし、俳人としての作者が生きているのは、鎖国を解いた近代日本であり、西洋受容と近代化が進展していた東京である。その東京で現実に暮らす俳人の眼で句の材料を得て詠んだ作品に〈紅毛も一人の神を送るなり〉がある。近代と前近代が作者の中で対をなして作品に表出されている。

〈その他〉 鳴雪の句集は他に『鳴雪俳句抄』（大4、実業之日本社）、没後に刊行された『鳴雪俳句集』（大15、春秋社）がある。〈初冬の竹緑なり詩仙堂〉〈夕月や納屋も厩も梅の影〉など、『猿蓑』に学んだ成果の表れた写実的な句が見られ、子規の写生、日本派の写生につながる句が収録されている。

著作は『老梅居俳句問答』（明40、俳書堂）、『鳴雪俳話』（明40、博文館）、『俳句作法』（明42、博文館）などがあり、近世俳人などの作品の解釈を通して、俳句の味わい方、作り方を初学者向けに平易に説いている。

〈参考〉 『鳴雪句集』（『近代デジタルライブラリー』国立国会図書館）、『鳴雪自叙伝』（大11、岡村書店）、藤田万喜子「内藤鳴雪」（『新研究資料現代日本文学六　俳句』平12、明治書院）

［松井貴子］

『水《すい》巴《は》句《く》集《しゅう》』（一九一五刊）

渡辺《わたなべ》水巴《すいは》

〔内容〕　『水巴句集』は大正四年に「曲水文庫第一篇」として刊行された。これは俳誌『曲水』創刊の前年のことになるが、発行所の「曲水吟社」は、すでに大正二年に設立されていた。鳴雪の題句〈分けし根の菊に昔の心かな〉は、水巴が最初鳴雪門であったことを踏まえての句。虚子の序には、「水巴君の句が強い主観に立脚して何人の追随をも許さぬ境地に立つてゐるところは偉いと言はねばなりません」とあり、当時の虚子が主観を重視していたことが分かる。

凡例には、「明治三十六年より大正三年末に渉る詠草中より虚子先生の選抜されたる数百句を主としてそれに余の棄て難き幾句を加へたるものなり」とある。

編集は上部に季題を置いた類題集の体裁であるが、句の下に制作年が記されているところが新しく、江戸文化にモダニズムが付け足されている感がある。

夏の部には、小文二篇が置かれ、一つには新題として水巴が「水中花」を選んだことが記され、もう一つには「稗蒔」が「都人が避暑の一具」であると記されている。

〔特色・評価〕　明治三〇年代の句には、正岡子規の素朴な写生句に連なるものが多いが、四〇年代に入ると江戸俳諧の語法を取った句が多くなり、大正期にはそれがモダニズムに結び付いていく。水巴の江戸情緒というのは単なる古典指向ではなく、江戸文化から都会性を抽出することによって作り出したモダニズムであった。そうしたことは、類題集でありながら作句年を付すことによって作者の変遷をたどれるようにしたこの句集の編集からも読み取れることである。「類題」という配置は季題の構造に基づいたものだが、制作年順というのは作者個人の人生を軸とした配置なのである。

水巴の句集といえば、『白日』が論じられることが多く、この『水巴句集』を収めた書籍は少ない。たしかに水巴らしさということであれば、虚子が「無情のものを有情にみる」（『進むべき俳句の道』）と述べた『白日』の作品がその典型であろうが、しかし子規調の写生句が江戸情緒をともなうモダニズムとして練り上げられていく過程は、この『水巴句集』でしか知ることができない。

〔作者と業績〕　渡辺水巴は、明治一五年（一八八二）六月一六日、日本画家の渡辺省亭《せいてい》の長男として東京に生まれた。本名は義《よし》。日本中学中退後、明治三三年（一九〇〇）に内藤鳴雪の門に入り、のち高浜虚子に師事して『ホトトギス』の選者を務め、大正五年（一九一六）に俳誌『曲水』を創刊主宰。近代俳句に江戸情緒を漂わせた。大正七年（一九一八）の父の死を境に句に深みを加えた。昭和二一年（一九四六）八月十三日没。

〔代表句〕　（『水巴句集』所収）

庭少し踏みて元日暮れにけり

明治四〇年の句。〈少し〉が利いた句である。〈踏みて〉という動作が〈暮れにけり〉という詠嘆に収束していくあたりが、虚子が序に記す「強い主観」に通じるところであろう。

物の影なべて浮世の日永かな

明治四四年の句。〈なべて浮世の〉は抽象的で月並調だが、〈日永かな〉にすべてを納得させる力がある。俗な月並となるべき素材が、季語によって近代俳句の範疇に収められている。〈物の影〉も一般的には抽象であろうが、ここでは具象としての存在感を発揮している。水巴の江戸趣味と近代俳句の境界で成立している句と言えよう。

春の陽や亡き児が秘めし種袋

明治四四年の句。〈領土出れば身に王位なし春の風〉（大正二年）などのドラマ性にも水巴の力量が感じられる。

水無月の木蔭に寄れば落葉かな

大正二年の句であるが、子規の写生句の風合いを残した句である。〈水無月の〉の〈の〉は、従来の句であれば「や」であろうが、下五の〈かな〉を生かすために〈の〉にしたと思われ、結果的に〈水無月の木蔭〉という近代的な表現が生みだされている。

行水の我れに月古る山河かな

大正二年の句。古風な作りに見えるが、〈我に〉と言ったところに近代俳句らしさがある。これも虚子の言う「主観性」のひとつであろう。

団栗の己が落葉に埋もれけり

明治三九年の句。巧みな句だが、この発想は月並調であろう。後の世に類型を生みだしやすい句である。

大雨歇《や》みて寝し町戻る秋涼し

大正三年の句で、時間の経過を詠んでおり、当時の新傾向俳句の影響も感じられる。同年の〈樹々の息を破らじと踏む秋日かな〉なども同様である。

降る雪や消えまじと照る銀座の灯

大正二年の句で、〈銀座の灯〉という素材の新しさもさることながら、上五の〈降る雪や〉に対し、〈消えまじと照る〉と言い回した主観性に、水巴の特質がよく現れている。

［秋尾　敏］

『碧梧桐句集《へきごとうくしゅう》』（一九一六刊）

河東《かわひがし》 碧梧桐《へきごとう》

〈内容〉 大須賀乙字編『碧梧桐句集』は大正五年（一九一六）二月に俳書堂より刊行。むろん河東碧梧桐の句集だが、奥付の「著作者」には「大須賀績」と記されており、これは編者乙字の本名である。今では考えにくいことだが、乙字が自身の価値観で編んだという自負の表れであろう。「ホトトギス」社に入った原石鼎が編集を手伝ったようだ。

句の配列は「春」「夏」「秋」「冬」「新年」に分かれ、それぞれ「時候」「天文」「地理」「人事」「動物」「植物」の順に配列され、「夏」「秋」の末尾には「雑」の部があり、いわゆる類題集の体裁となっている。

碧梧桐最初の個人句集と言えるが、荻原井泉水の俳誌『層雲』の明治四五年一月号付録に碧梧桐の『類題第一次第二次旅中句集』の秋冬があり、同年七月号の付録に春夏がある。またこの『碧梧桐句集』の後に、大正一二年（一九二三）刊の『碧梧桐句集八年間』（玄同社）があり、この三点が碧梧桐生前の句集である。

〈特色・評価〉 「序」で乙字は、碧梧桐の句の「感覚」と「調子」とを高く評価するが、しかし「四十三年以後になると、殆ど拾ふ可き句がない」「其故にこれは序文にして又弔文である」とまとめている。とすれば、この句集は、碧梧桐の句を知る資料であるとともに、乙字の俳句観を知る資料でもあるだろう。結果として、この句集に新傾向俳句の掲載は少ない。一方で、対象に真向かい、それを自然に受け止めて言語化しようとする碧梧桐の本質がよく見える句集となっている。碧梧桐が子規から受け継いだものを捉えやすい句集でもある。

〈作者と業績〉 河東碧梧桐は、明治六年（一八七三）二月二十六日、松山市に生まれた。本名秉五郎《へいごろう》。別号青桐、海紅堂主人等。松山中学から三高に進むが学科の改編で二高に転じ、中退。上京して正岡子規のもとで「日本」派の俳人として活躍。子規没後は、新聞『日本』、雑誌『日本及日本人』の俳句欄選者を務めた。明治四一年（一九〇八）より大須賀乙字の示唆により「新傾向俳句」を探求。自然主義に立脚して俳句表現の複雑化を試みた。また、明治三九年（一九〇六）より明治四四年（一九一一）にかけて全国旅行を試み、旅中記を「一日一信」として『日本』や『日本及び日本人』に連載するなど、写生文に由来する個性的な紀行・随筆を残した。さらに季語の伝承的側面を排して実感を重視。また、季題を句の中心と考えず、作為をも排した「無中心論」を唱えた。大正期には荻原井泉水と自由律表現に進んだが、井泉水が『層雲』を発行して無季自由律に向かうと離反。昭和初期にルビ俳句に移行した。昭和八年（一九三三）三月二五日、還暦祝賀会の席上で俳壇からの引退を表明。同一二年（一九三七）、腸チフスから敗血症を引き起こし、二月一日に六五歳で没した。

〈代表句〉 （『碧梧桐句集』所収）

春寒し水田の上の根なし雲

明治二八年の句。作者の生涯の暗示と読む人が多いが、作者はまだ自分の生涯は見えていない。前年に仙台の旧制第二高等学校を中退し、上京して虚子とともに子規庵に転がり込んだ時期の不安定な生活や心理が投影された句と読むべきである。

赤い椿白い椿と落ちにけり

明治二九年の作。正岡子規が「印象の明瞭なる句」と評した。紅白の花が並んで落ちたのか、同時に落ちたのか、交互に落ちたのかさまざまな解釈があるが、「落ちにけり」は、今落ちたということに心を動かされている表現であろう。

から松は淋しき木なり赤蜻蛉

明治三五年の作。〈淋しき木なり〉という断定に近代的自我が感じられ、北原白秋の詩「落葉松」の発表に二十年近く先んじた作品として知られている。〈から松〉〈淋しき〉のア音の頭韻を〈寂しき木なり〉のイ音が引き締め、再び〈赤蜻蛉〉のア音にもどる韻《ひびき》の美しさにも注目したい。

空《くう》をはさむ蟹死にをるや雲の峰

明治三九年、「夏季俳三昧」で詠まれた題詠句。五七は観念的だが〈蟹死にをるや〉に実感があり、〈雲の峰〉という対比的な大景が置かれ、読者は広大な仏教的世界観の中に取り残される。

思はずもヒヨコ生れぬ冬薔薇

明治三九年の句。『三千里』の旅の仙台での句。後に乙字が「俳句界の新傾向」に取り上げ〈ヒヨコ〉と〈冬薔薇〉から冬の陽気を暗示させる新傾向の句と評した。

北風や磧《かわら》の中の別れ道

明治三九年、陸中遠野での句。北風の吹く河原に別れ道があったというだけの句だが、実際は吹雪の中の厳しい道中だったようである。「一日一信」と題して旅の様子を連載していた新聞『日本』に内紛が起こり、連載は政教社の雑誌『日本及日本人』に変わる。碧梧桐自身も政教社に移っているから「別れ道」は暗示的である。

〈その他〉

乙字は碧梧桐の新傾向以降の句を認めず、この句集に掲載していないが、碧梧桐はこの後、短律の自由律、長律の自由律を試み、昭和期には漢語に自由にルビを振って表現の幅を広げようとするルビ俳句に進んでいく。

［秋尾　敏］

『江戸庵句集《えどあんくしゅう》』（一九一六刊）

籾山梓月《もみやましげつ》

〈内容〉『江戸庵句集』は、大正五年二月一一日発行。上製二百部、並製八百部印行。著作兼発行者は籾山仁三郎。発行所は籾山書店。序は永井荷風で、「近来新派の俳人屢《しばしば》西洋風の文学論を俳諧に施し若し句意に幾分哲学の根拠なきに於てや直に詩たるの価値乏しく芸術たるの品位を欠くものとなすとかや」、「君が旧調は仮に当今文学上の標語を以てせば放散粗野無頼の陋《ろう》なるを避け専ら格調の均整を欲し感情の典雅純良ならん事を尊ぶものに外ならず」として〈春寒や机の下の置炬燵〉〈錦手の猪口の深さよ年忘〉などの例句を掲げ、「常住坐臥のこと悉く化して俳句の名吟となれるを見る」と評価している。

本文前半は頭注に季題を配した類題集で、総ルビである。各季ごとに時候・天文・地理・人事・動物・植物に分けられるが、夏に地理はない。

後半は「附合」が置かれ、

夕ざれば家根漆喰の苫葺いて
風景淋し広重が筆

など二句の附合が並ぶ。

跋は梓月自身の文章で、二十ページにわたって「永井荷風宛書簡」を載せ、江戸庵の由来が江戸趣味にあるのではなく、江戸定飛脚問屋の江戸屋に由縁《ゆかり》があったので付けたことなどが記されている。また、明治二十五年、十五歳で布川照庵に就き、其角の門流である晋派の田辺機一に学んでいたが、二十九年から三十年にかけて旧調の非を悟り、大谷繞石に虚子、子規を紹介されて根岸派に移った。すると「機一先生之を怒りて小生を破門しその後跡目を立て」江戸庵機文と申す人を取立て」たので、そういう世界だったのかと驚いたことなどが記されている。機一先生とは旧派の其角堂田辺機一のことで、当時の俳壇の様子を知ることのできる貴重な資料となっている。

〈特色・評価〉『江戸庵句集』は、その書名や永井荷風の序から、近代に江戸情緒を残した句集と評されがちであるが、旧派の俳諧を学んだ俳人が子規の主張に目覚め、どのように句風を改めていったかという過程の見える句集でもある。句は、江戸情緒の残るものと、明らかに新派と分かる句が混在している。

〈作者と業績〉籾山梓月は、明治一一年（一八七八）一月十日、東京府同本橋区呉服町に生まれた。本名、吉村仁三郎。父吉村甚兵衛は、三都定飛脚問屋和泉屋の主人であったが、官営郵便による打撃で、陸運元會社（現、日本通運）を設立した人。明治二九年（一八九六年）、慶應義塾大学に入学し、三四年（一九〇一）に理財科を卒業。俳諧ははじめ布川照庵につき、穂積永機、田辺機一に学んで、のち日本派に移った。日本橋の籾山家に入籍し、庭後と名乗る。明治三八年（一九〇五）高浜虚子から俳書堂を譲り受け、籾山書店を経営。俳書にとどまらず、森鷗外、夏目漱石、島崎藤村、萩原朔太郎らの文芸書を刊行した。大正九年（一九二〇）、俳書堂から『俳諧雑誌』を刊行。中断の後、大正一五年（一九二六）から復刊し、昭和五年（一九三〇）十一月まで刊行した。戦後は時代状況を嫌い、庭後隠士と名乗って隠居した。昭和三三年四月二十八日死去。

〈代表句〉（『江戸庵句集』所収）

暮れかゝる油掃除や春の雨

古典的な句であるが〈暮れかゝる油掃除〉という言い方に省略があって、新しみも感じられる。〈春の雨〉への展開にも意外性があって味わい深い句である。

山吹に蜂の多さよ暮れの春

〈に〉という助詞に新派の気配があり、口語的とも言えるが、そこに新しみがある。季語の多さが気になるがテーマとしては〈暮れの春〉を詠んだ句であろう。

夕立のあとの小雨やかきつばた

古典的な詠みぶりだが、〈夕立のあとの小雨〉には発見がある。下五の〈かきつばた〉も収まりがよい。

筋違《すじかひ》に碇の綱や夏の月

古典的な句だが、情景の構図を意図的に作り出そうとしている気配もあり、古典のよさを生かしつつ近代の写生句を組み立てようという工夫が感じ取れる。

里の子の豚洗ふ瀬に夕立かな

新派の句調である。その時代の生活感が生き生きと感じられる。〈朝寒やからむものなき草の蔓〉や〈秋風や稲毛の海のあくた船〉なども新調の写生句と言えよう。

畑道を行く水兵や秋の風

素材からして新しい句で、平明な近代の写生句と言えるだろう。「海岸撮影」と題し、〈秋の雲ピント硝子に映りけり〉などという新しい題材の句もある。

馬の背や船へ積みとる炭俵

写生句とも言えるが、〈馬の背や〉とまず景を置いているところが古典的で、〈船へ積みとる〉にも古典的な言い回しの工夫がある。「衣配《きぬくばり》」という古典的な季題で〈誰彼を思ひ見立てや衣配〉なども詠まれており、総じて冬季の句に古風な印象の句が多い。［秋尾　敏］

『漱石俳句集《そうせきはいくしゅう》』（一九一七刊）

夏目《なつめ》漱石《そうせき》

〈内容〉　大正六年、岩波書店刊。大正五年に漱石が没したのち、小宮豊隆、野上豊一郎が編集した季題別句集である。明治二二年から大正五年に至るまでの俳句、俳体詩、連句約二千六百句を収める

〈特色・評価〉　明治二二年に正岡子規を見舞う手紙に書いた〈帰らうと泣かずに笑へ時鳥〉〈聞かうとて誰も待たぬに時鳥〉という最初期の句から、亡くなる直前までの生涯の句業を網羅する。本句集は季題別だが、岩波版『漱石全集』では年代順に再編成されている。

〈作者と業績〉　夏目漱石、本名金之助は慶応三年（一八六七年）、江戸牛込の数代続く名主の家に生まれた。翌年幕府が瓦解し夏目家の没落が始まる。生後四か月で里子に出され、さらに一歳のときに養子に出されるが、九歳のとき生家に戻った。二松学舎で漢学を、成立学舎で英語を学び、大学予備門に進んだ。ここで同窓の正岡子規に触発され、俳句を始めるのである。二六年、東京帝国大学英文学科を卒業後、東京高等師範学校の教師になるが、神経衰弱を患う。二八年、松山の愛媛県尋常中学校に赴任する。やがて静養のため松山に帰郷した子規とともに俳句に精進することになる。翌二九年、熊本の第五高等学校に転任すると、いよいよ俳句に熱中する。子規は「明治二十九年の俳句界」において、滑稽味や奇抜な表現を漱石の句の特色として挙げつつ、「其句雄健なるものは何処迄も雄健に、真面目なるものは何処迄も真面目なり」と評した。三三年、イギリスへ留学すると、集中した句作は途切れ、三五年には子規も亡くなる。帰国後は東京帝国大学英文学科講師となる。三八年に発表した『吾輩は猫である』が評判を呼び、四〇年には一切の教職を辞し職業作家として立つ。小説執筆の傍ら句作も続けており、四三年の修善寺の大患以後、その句境は内面的深化を遂げた。病中に得た俳句を、「実生活の圧迫を逃れたわが心が、本来の自由に跳ね返って、むっちりとした余裕を得た時、油然と漲り浮かんだ天来の彩紋」（『思い出す事など』）として、楽しんだのである。大正五年十二月に病没した。

〈代表句〉　（『漱石俳句集』所収）

凩や海に夕日を吹き落す

熊本時代の漱石は、子規にせっせと句稿を送った。その中の一句である。言水の〈凩の果はありけり海の音〉の影響が感じられるが、いっそう雄壮である。日没後の凩の吹きすさぶ海原は、作者の内面の反映とも読める

ふるひ寄せて白魚崩れん許りなり

熊本から東京を思い出して詠んだ句であろう。江戸時代から明治時代まで佃島は白魚漁で有名であった。〈白魚〉のあえかな命を描写した佳句であり、消えゆく江戸の面影への懐旧の情がにじむ。其角の〈白魚をふるひ寄せたる四つ手かな〉も脳裡にあったことだろう。

菫程な小さき人に生れたし

芭蕉が〈山路来て何やらゆかしすみれ草〉と詠んだように、菫ほど可憐な花はない。この句は、一見季語が動きそうであるが、「菫」が漱石の心情を代弁して動かないのである。後年、西園寺公望の招待を断ったり、文学博士号を辞退したりした漱石は、弱きものに心を寄せる人であった。

安々と海鼠の如き子を生めり

前書に「長女出生」とある。長女筆子の誕生は明治三二年五月であるが、〈海鼠〉は冬の季語である。この句の〈海鼠〉は比喩に持ち出されたにすぎないから、無季句と捉えてよいであろう。女性は怒るかもしれないが、俳句ならではの諧謔が効いている。

霧黄なる市に動くや影法師

イギリス留学中の数少ない句のひとつである。「倫敦にて子規の訃を聞きて」との前書がある。濃霧の中を行き来する人影に、遠き故国の亡き親友を重ね見ている。同時にこの〈影法師〉は、異国で神経衰弱を病み、行き暮れた作者自身の姿でもあるだろう。

無人島の天子とならば涼しかろ

漱石生来の厭世的傾向が現れている。神経衰弱でイギリス留学を打ち切って帰国し、東京帝国大学英文科の教師生活に鬱屈を抱えていた頃の句である。〈涼しかろ〉という軽妙な下五は、長年の修練の成果であろう。

別るゝや夢一筋の天の川

明治四三年、転地療養先の修善寺温泉で大吐血した漱石は人事不省に陥った。いわゆる修善寺の大患である。掲句は、恢復期の病床で詠まれた句である。『思い出す事など』によれば、修善寺に同道し看病に尽くした松根東洋城と別れる折のイメージから生まれた句という。その事情を知らない読者は、壮麗な〈天の川〉と、夢のようにはかない人の営みとの対比を感ずればよいのである。

生きて仰ぐ空の高さよ赤蜻蛉

この句もまた修善寺の大患の病床で得た句である。上五中七のはからいのない澄明な心境と、はかない命の象徴〈赤蜻蛉〉が、静かに響きあう。

有る程の菊抛げ入れよ棺の中

修善寺から東京へ戻り入院療養していた折に詠まれたもので、漱石意中の人であったとも言われる大塚楠緒子への追悼句である。〈抛げ入れよ〉という命令形が、自身も生死の境をさまよった漱石の悲嘆の深さを語っていよう。

〈参考〉　沢木欣一編『近代俳人』（昭48、桜楓社）

［井出野浩貴］

『鬼《き》城《じょう》句《く》集《しゅう》』（一九一七刊）

村《むら》上《かみ》鬼《き》城《じょう》

〔内容〕『鬼城句集』は、大正六年四月一七日発行。編集者は大須賀績（乙字）。序は虚子と乙字で、虚子の序は、「村上鬼城といふのは既に旧い名前である」とはじまり、早い時期の『ホトトギス』に句と写生文が載っていることや、明治期の句集『新俳句』に句があることが紹介され、鬼城の耳の障害に触れて、その生活の労苦が詳しく語られている。乙字の序は、芭蕉、路通、一茶を例に境涯俳句の意味を説き、鬼城の敬愛する杉山杉風を凌駕する「明治大正俳壇の第一人者」と紹介されている。本文は類題集で新年と春夏秋冬に分けられている。

虚子の十九ページに及ぶ序に続いて大須賀乙字の序が五ページあり、鬼城自身の「例言」が五ページ記されているが、これは初期日本派に共鳴した若者の証言として重要な資料である。

〔特色・評価〕大正三年から鬼城の句は『ホトトギス』誌上で脚光をあびるようになり、一月号に六句選ばれ、四、六、九月号では巻頭を飾る。大正四年になっても六、八、九、一二月号で巻頭となり、しかも各二十句前後採られている。この状態は翌年も続く。『鬼城句集』はそうした状況下で刊行された句集である。今もその境涯俳句に注目が集まるが、すぐれた写生句も多い。

〔作者と業績〕村上鬼城は、慶応元年（一八六五）、因幡鳥取藩士の長男として江戸藩邸に生まれた。本名、荘太郎。八歳で高崎に移り、母方の村上姓を継いだ。明治一七年（一八八四）年、明治義塾法律学校に入学したが耳疾のため中退し、帰郷して高崎裁判所構内代書人となる。明治二五年（一八九二）、実父と妻を失い、正岡子規と文通して、子規選の新聞『日本』に投句。『ホトトギス』に参加し、大正期の『ホトトギス』で脚光を浴びる。大正六年（一九一七）に大須賀乙字編『鬼城句集』（中央出版協会）、昭和八年（一九三三）に『続鬼城句集』（鬼城会事務所）を刊行。昭和一三年（一九三八）没。享年七四歳。没後『定本鬼城句集』（三省堂・昭一五）が出された。

〔代表句〕（『鬼城句集』所収）

鍬始乏しき酒をあたゝめぬ

正月の鍬始めの儀式に、わずかの酒をぬくめたのであった、という句で〈乏しき〉に着目して境涯俳句として詠まれることもあるが、〈鍬始〉の句であることを忘れてはいけない。まずは収入の少ない冬を終えた農民が主人公の句として読むべきであろう。

治聾酒の酔ふほどもなくさめにけり

春の社日に酒を飲むと聾が治るという言い伝えがあるが、酔うほどもなく醒めてしまった、という句で、聴覚に障がいのあった境涯を詠んだ句として世に知られた。

郵便夫同じところで日々霞む

郵便配達が、律儀に毎日同じ時間に来て去る姿を詠んだ句で、写生句のひとつの典型を示した句である。

涼しさや小便桶の並ぶところ

「そこ〳〵に都門を辞して逃げ帰る」という前書きがあり、明治義塾法律学校を中退したときのことを想って詠んだ句と思われる。並んだ「小便桶」は学校の記憶であろう。

親よりも白き羊や今朝の秋

立秋の日の朝、親よりも白い子羊を見たという句で、斬新な感覚の写生句である。

痩馬のあはれ機嫌や秋高し

弱者への眼差しの句としてよく知られた句である。句集には時候の最後の「秋雑」に置かれているのは、〈秋高し〉という季題がそれまであまり見られなかったからであろう。

冬蜂の死にどころなく歩きけり

境涯俳句として、また写生句として論じられ、教科書にも掲載されて鬼城の代表句となった。

美しきほど哀れなりはなれ鴛

前書きに「予若かりし時妻を失ひ二児を抱いて泣くこと十年たま〳〵三木雄来る乃ち賦して示すこれ予が句を作る初めなり今こゝに添削を加へず」とある。「三木雄」とは、旧派の宗匠の三森幹雄である。鬼城の世代の俳人のほとんどは、旧派からスタートしている。

〔参考〕本句集は、以下の全集に納められている。『現代文学大系第凹』（筑摩書房・昭覗）、『日本詩人全集第30』（昭44、新潮社）、『現代旧本文学大系95』（昭48、筑摩書房）、『日本近代文学大系56』（昭49、角川書店）、『村上鬼城全集第一巻』（昭49、あさを社）、『現代俳句集成第四巻』（昭57、河出書房新社）、『昭和の名句集一〇〇冊・三』（平7、梅里書房）、『群馬文学全集第三巻』（平11、群馬県立土屋文明記念文学館）

〔秋尾　敏〕

『乙字句集《おつじくしゅう》』（一九二一刊）

大須賀《おおすが》乙字《おつじ》

〈内容〉　大正一〇年五月十日発行。岩谷山梔子《いわやくちなし》・名和三《なわさん》幹竹《かんちく》編。発行は懸葵《かけあおい》発行所。巻頭に写真版で句仏上人の題句、乙字の肖像、正岡子規の「絶筆仰臥漫筆《ママ》の原稿」を置き、三井甲之《こうし》、広田寒山、松本金鶏城《きんけいじょう》、山梔子による序と「略伝」が置かれる。甲之の序は当時の日本派や夏目漱石を批判する文章として貴重。寒山は長崎医学専門学校教授で、二高の百文会の思い出を十七ページに及んで記している。金鶏城の序には「大正一〇年四月一九日深夜岡山仮寓にて記す」とあり、河東碧梧桐の新傾向俳句に触れている。山梔子の序は、乙字の評論や俳句研究の重要性を述べ、句は晩年になると「技巧が拭ひ去られ」、「技巧の極地は自然に自然に近づかうとするにある」という乙字の「確信」を述べている。また、この句集が「句仏上人の芳情に負ふところが多い」とも記している。

句は制作年ごとの類題集で、明治三六年（一九〇三）から大正九年（一九二〇）までの作品を掲載している。

〈特色・評価〉　河東碧梧桐のもとで頭角を現しながら、そこを去った乙字については、句力から人間性に至るまでさまざまの褒貶がある。しかし、俳誌『懸葵』の編集者であった山梔子と三幹竹は、かなり公正な目でこの句集を編んでいるように思われる。それは『懸葵』に、真宗の僧大谷句仏の万人を受け入れる思想が影響していたためかもしれない。したがって、この句集に重要な句は選ばれていると考えてよいだろう。だがそれにしても、明治末期から大正初期にかけての碧梧桐と別れた時期の句については、この句集のみで評価することは難しい。

〈作者と業績〉　大須賀乙字は明治一四年（一八八一）七月二十九日、漢詩人大須賀筠軒《いんけん》の子として福島県に生まれた。本名は績《いさお》。三七年（一九〇四）、旧制第二高等学校を卒業して東京帝国大学に入学。卒業して曹洞宗第一中学校、麹町女学校教諭を務め、大正五年（一九一六）に東京音楽学校教授となり結婚。俳句は中学時代から親しみ、明治三八年（一九〇五）より河東碧梧桐の俳三昧に参加。喜谷六花《りっか》、小沢碧童とともに碧梧桐門の三羽烏と称された。明治四一年（一九〇八）二月、評論「俳句界の新傾向」を発表。古典的な俳句観に基づき、同時代の俳句に現れた暗示的な傾向を指摘すると、碧梧桐はそれを自我を表現する俳句の新しい傾向と解し、そこから新傾向俳句が展開されていく。大正四年（一九一五）五月、碧梧桐の欠席した海紅堂句会で、対立した相手から頭部への殴打を受けて入院。その後碧梧桐のもとを離れ、臼田亞浪を支えて『石楠』創刊に参加。古典を重視して碧梧桐らと対立した。以降俳論家として活躍したが、大正九年一月二〇日、四十歳で病没した。

〈代表句〉　（『乙字句集』所収）

籠の目に土のにほひや京若菜

明治三六年の句。籠に入れて売られる〈京若菜〉本来の姿を古典的に捉えた句だが、単に季語〈若菜〉の本意への理解を示すだけでなく、〈籠の目〉という細部に着目し、嗅覚も働かせて作者自身の実感を生き生きと伝えている。この年の夏には〈水馬ひよん〳〵はねて別れけり〉とも詠んでおり、感性豊かな作品が多い。

工女泣く機場の窓や朧月

明治三七年の句で、いささか類型的かも知れないが、新しい句材を詠んでいることには注目したい。小説に先行して社会的事象を詠んだと言えるかもしれない。

春月や戦の跡の無人街

明治四〇年の作。荒涼とした戦地は、〈春月〉の本意からは遠いが、そこに新しみがある。この時期は碧梧桐と新たな句の姿を模索した時期で掲載数は少ない。

南瓜吟ずらく我道邈爾《ばくじ》たり

明治四一年の句で、新傾向俳句に見えるが、これは「露月先生賛」と前書きがあり、漢語を多用した石井露月への献句ゆえの破調なのである。しかし、この年の冬からは、〈天井高き思ひに寝しが風邪引きぬ〉などと明らかに新傾向俳句と言える句が増えていく。

樹かぶさりの冷々として椿燃ゆ

明治四四年の句で、新傾向俳句である。〈冷々〉とあるが、季語は〈椿〉で春の句。見たままの心の動きをそのまま句にしようとしたと思われる。

水源の森のうしろや枯野山

大正四年五月の殴打事件によって碧梧桐のもとを離れた乙字は、臼田亞浪の『石楠』のもとに行く。四年夏の〈氷室かくしの森を残して芒かな〉には新傾向の色合いが残るが、五年以降は掲句のように古典の骨格を持った平明な句柄となる。六年以降も〈黍刈つて風をあてけり大根畑〉〈筑波根の影よ寒鮒釣るゝなり〉〈炊く手もとに鶴来て去にぬ明易し〉など平明な句が続いていく。

［秋尾　敏］

『亜浪句鈔《あろうくしょう》』（一九二五年刊）

臼田亜浪《うすだあろう》

〔内容〕 大正一四年、石楠社刊。明治三二年から大正一四年までの作品八百句余を逆編年体で収録した第一句集。本格的に作句活動を始めた三十代半ばからの作品が大半を占め、代表句〈今日も暮るる吹雪の底の大日輪〉〈郭公や何処までゆかば人に逢はむ〉等を収める。十六頁に及ぶ自序「歩みのあとをかへりみて」では俳壇に立つに至った経緯や俳句観を披歴。巻末に季語索引あり。装丁を平福百穂が担当。平福ほか、石井柏亭、小川芋銭らの著名な日本画家の挿画を掲載。

〔特色・評価〕 実感を尊ぶ雄渾な表現に特色がある。亜浪は自然詩人であり、自然の生命感を摑み取りながら、そこに自己を重ね合わせる作風である。守旧的な『ホトトギス』の客観写生や、俳句の伝統から大きく外れた新傾向俳句とは一線を画し、「意力的表現」と亜浪の呼ぶ全身全霊を傾けた力感のある俳句を志向する。江戸期の上島鬼貫に通じる「まこと」の精神を亜浪が重んじたことから、真情を力強く打ち出す秀句が多くみられる。

「一句一章」「広義の一七音」「自然感」が亜浪の実作上の主な主張であり、本句集において実践がみられる。〈今日も暮るる吹雪の底の大日輪〉、二句一章のように句中に断絶を作らず一気呵成に感動を表出する一句一章。〈霧よ包め包めひとりは淋しきぞ〉、情の発露を定型の鋳型に押し込めない広義の一七音。〈墓起す一念草をむしるなり〉、季語の固定化されたイメージから離れ、自然とのみずみずしい触れ合いから季節を感じ取る自然感。直情、実感を重視する姿勢は「まこと」の理念に繋がる。

〔作者と業績〕 臼田亜浪は明治一二年（一八七九）、長野県北佐久郡小諸町（現小諸市）生まれ。本名卯一郎。浅間山の麓で幼少期を過ごしたことは、大自然への畏敬の念を亜浪に抱かせ、その作風の根底をなすことになる。明治二九年に上京。短歌を与謝野鉄幹に、俳句を高浜虚子に教えを乞うた。明治三七年、法政大学を卒業。やがて政治・経済分野の新聞記者生活に入る。数社を経て、やまと新聞編集長職に就き、やまと俳壇を起こす。大正三年、腎臓を病み信州渋温泉にて療養中偶然高浜虚子に再会。作句復活を勧められ、俳壇に立つ決心を固める。同年の『ホトトギス』に「俳句に甦りて」の一文を寄稿。大須賀乙字の「俳壇復古論」に感銘、大正四年、乙字の援助を得て『石楠』を創刊。俳句に専念する。

「吾等は俳句を純正なる我が民族詩として、内的に新生活より生れ来る新生命を希求し、外的に自然の象徴たる季語と十七音の詩形とを肯定す」と『石楠』創刊号に巻頭言を記す。以来ホトトギス派、新傾向派のいずれとも距離を置きつつ俳壇の革正を目指した。〝俳壇中間派〟（伊澤元美）として『石楠』の勢いは一時期『ホトトギス』を凌ぐものであったという。内紛により乙字とは袂を別つが、人懐っこく無邪気な亜浪の性格は慕われ、門下には飛鳥田孋無公、原田種茅、林原耒井、大野林火、太田鴻村、篠原梵、八木絵馬、川島彷徨子、西垣脩などが育ち、俳壇に新風を吹き込んだ。『亜浪句鈔』の力強い作風ののち、第二句集以降の作品にはしだいに平明穏やかな境地が窺えるようになる。昭和二六年（一九五一）、脳溢血のため死去。

亜浪の求める「まこと」は文芸上の理念である以上に、人間の生き方に関わるものであった。俳句を通じて「まこと」を貫こうとする姿勢の求道的なさまは、「俳句道即人間道」という亜浪の言葉によく現われている。精神主義的傾向の強い点が特徴の作家である。

句集として『亜浪句鈔』の後、『旅人』（昭和一二年）、『白道』（昭和二一年）、『定本亜浪句集』（昭和二四年）、没後『臼田亜浪全句集』（昭和五二年）が編まれている。

死ぬものは死にゆく躑躅燃えており　（『旅人』）

白れむの的皪と我が明日は来ぬ　（『臼田亜浪全句集』）

また持論を説いた文章も精力的に発表。大正から昭和にかけて「石楠パンフレット」として『俳句を求むる心』、『内容としての自然感』『形式としての一章論』等を発刊したほか、『純粋俳句の鑑賞』（昭17、新土社）、『道としての俳句』（昭17、育英書院）を刊行している。

〔代表句〕（『亜浪句鈔』所収）

郭公や何処までゆかば人に逢はむ

大正一三年作。亜浪代表作の一つ。虚子との再会となった信州に遊んだ折の思い出が、十年後ふいに甦り一句をなしたという。開放的でありながらも、どこか陰翳の深い作である。高原の散策に読み手を誘うが、信じる道を歩む作者亜浪の孤独も思われる。『亜浪句鈔』での上五の表記は「かつこうや」だが、ここでは多く引用される『定本亜浪句集』の漢字表記に従った。

鵯のそれきり鳴かず雪の暮

大正九年作。端的な表現で豊かな自然をイメージさせる亜浪句の典型。「それきり鳴かず」の措辞に鵯との新鮮な邂逅が焦点を結び感動が言いとめられている。あと二声三声鳴けばこの句は出来なかったかもしれないと亜浪は語ったという。作句の機微が窺い知れて興味深い。

雪の中声あげゆくは我子かな

大正一二年作。微笑ましく健やかな吾子俳句である。わが子を慈しむ父親の情を、作者は隠そうとしない。亜浪に実子はなく、養女を迎えている。力強い句に隠れがちに、亜浪には親しみやすい穏やかな作品もある点は注目したい。

〔参考〕 『臼田亜浪先生』（平27、石楠社）、加藤哲也『臼田亜浪の光彩』（平27、東京四季出版）

［望月　周］

『道芝《みちしば》』（一九二七刊）

久保田万太郎《くぼたまんたろう》

〔内容〕　昭和二年、友善堂刊。序は芥川龍之介、自跋を付す。俳句をつくり始めた中学三年の頃から二十年間の百四十九句を、四季・季題別に収録した第一句集。〈したゝかに水をうちたる夕ざくら〉〈神田川祭の中をながれけり〉等の代表作を含む。自跋に「このさきわたしはどこまでもこの百四十九句から出立するつもりである」と記し、俳句を「余技」であると言い続けた著者が、俳人として歩み始めた作品である。

〔特色・評価〕　序で芥川龍之介は著者の俳句を「東京の生んだ「歎かひ」の発句」と呼び、その特徴を、江戸時代以来の東京下町の人々やその生活を抒情的に詠むと指摘している。〈もち古りし夫婦の箸や冷奴〉〈奉公に行く誰彼や海蠃《ばい》廻し〉〈新涼の身にそふ灯かげありにけり〉などの句にそれは明らかだが、自跋でも自身の俳句を「家常生活に根ざした抒情的な即興詩」と記す。また、芥川の序では下五の切字「けり」の多用も指摘されている。伝統的な切字である「や」「かな」「けり」はいずれも使用頻度が高い。定型・季語・切字という伝統的な俳句の形式をいかし、江戸情緒の残る下町の暮らしを抒情的に詠むという万太郎俳句の特徴が、すでにこの第一句集で確立している。

〔作者と業績〕　久保田万太郎は明治二二年（一八八九）、東京市浅草（現在の東京都台東区）生まれ。本名も同じ。東京府立第三中学校時代から作句を始める。慶應義塾大学文科在学中、小説「朝顔」が永井荷風、小宮豊隆らに認められ、作家として文壇に登場した。演劇との関わりも深く、文壇・劇壇で華々しく活躍していく。

俳句は、初め尾崎紅葉、角田竹冷らの秋声会系の三つの句会に参加していたが、大学時代、同級の大場白水郎とともに三田俳句会に出席。籾山梓月、岡本癖三酔、岡本松浜、渡辺水巴らを知る。癖三酔に現実把握を教えられ、梓月には古句に親しむことを教えられたという。

松浜が東京を去ると、松根東洋城に師事し、飯田蛇笏らとも句会を重ねた。昭和五年、『春泥』を創刊し選者となり、木津柳芽、野村喜舟らを育てる。同九年、水原秋桜子・富安風生らによって発足した「いとう句会」に招かれ、死の年までこの会の宗匠を続ける。同二一年、安住敦らの要望により『春燈』を創刊主宰した。昭和三八年（一九六三）五月死去。

定型、季語、切字等の伝統的な形式をいかした俳句は、江戸情緒の残る下町の暮らしを平明な言葉によって余情ふかく詠む句風であり、『ホトトギス』流の客観写生や、新興俳句とも距離を置いていた。

俳句を「余技」とする万太郎の言葉について、山本健吉は万太郎の俳句が立派なものであるということと矛盾しないとし、「ただ専門俳人との間に創作態度の違いが存在するのであって、彼にとって俳句は全面的な人間表現の場所でもないし、絶体絶命のひとすじの道ではなく、「彼の不段着の文学」（『現代俳句』）とする。小澤實も『万太郎の一句』（平17、ふらんす堂）で、万太郎は一段劣るものという意味で「余技」と言っていたのではなく、「余技」であることこそが俳句の本道であると考えていたという見方を示した。

〔代表句〕（『道芝』所収）

神田川祭の中をながれけり

「島崎先生の『生ひ立ちの記』を讀む。――ありし日の柳橋のほとりの家々のさま思ひいでらる」と前書がある。この句の祭は榊神社の祭礼。『生ひ立ちの記』には藤村が子どもを連れてこの祭に出かけた思い出が綴られている。祭の賑わいと神田川の静かな流れの対比が寂しさと懐かしさを伴った余情を生む。井の頭池を源とする神田川は、飯田橋、御茶ノ水を通って、この柳橋で隅田川に注いでいる。

竹馬やいろはにほへとちり〴〵に

幼なじみを表す語に、竹馬の友という古い言葉がある。「いろはにほへと」は、その竹馬の友と学んだ手習いの文字。竹馬で遊んだり、手習いを学んだりして共に過ごした友も、あるときが来れば散り散りに別れてゆく。家計を助けるため上級の学校には上がらず、奉公に出る者も多かったのだろう。〈色は匂へど散りぬるを、わが世誰ぞ常ならむ〉の一節をもとに、幼い日の郷愁と人生への哀歓がにじむ。

〔その他〕　単独で出版された句集は『道芝』以降、死後に出版された『流寓抄以後』（昭38、文藝春秋新社）まで十一冊ある。このうち、昭和二〇年までの戦前の作品を自選して年代別に整理した『草の丈』（昭27、創元社）、同様に戦後の作品を自選した『流寓抄』（昭33、文藝春秋新社）、その後の作品を編集した『流寓抄以後』の三冊により、この作家の生涯の句業を知ることができる。また昭和四二年、『久保田万太郎全集十四』（昭42、中央公論社）を久保田万太郎全句集とするため、右の自選三句集とそこから漏れた句とを併せた季題別全俳句集が編まれ、同巻に収められた。

〔参考〕　成瀬櫻桃子『久保田万太郎の俳句』（平7、ふらんす堂）

［押野　裕］

『草城句集《そうじょうくしゅう》』（一九二七刊）

日野草城《ひのそうじょう》

〔内容〕 昭和二年、京鹿子発行所刊。京鹿子叢書第四編。内扉に「草城句集（花氷）」とある。表紙に朝鮮の桃色の布が使われている。著者が俳句を始めた十六歳から二十六歳までの二千百三十九句を収める第一句集。序・高浜虚子、水原秋桜子、楠目橙黄子、鈴鹿野風呂、日野静山（草城の父）、著者自身。跋・竹下静廼、土屋愛子、著者自身。作品は四季別、季題別に配列されている。

〔特色・評価〕 『京鹿子』『ホトトギス』で、草城が最も華やかに活躍した時代の作品を収録している。若い情感、瑞々しい感覚の句、〈春の日や女は持たぬのどぼとけ〉〈潮干狩夫人はだしになりたまふ〉〈春愁を消せとたまひしキスひとつ〉のような、後の連作十句（『俳句研究』昭和9・4）につながる句がある。草城の清新かつ才気溢れる句風を、虚子が高く評価した。多彩で多面的な季題の活用が見られ、草城歳時記とも評される。以後の句集『青芝』『昨日の花』『転轍手』『旦暮』『人生の午後』『銀』まで展開する草城俳句の特質を包含している。水原秋桜子『葛飾』（昭5）、山口誓子『凍港』（昭7）に影響を与えた。

〔作者と業績〕 日野草城は明治三四年（一九〇一）、東京市下谷区（現台東区）山下町生まれ。本名克修《よしのぶ》。朝鮮の南大門尋常高等小学校、京城中学校卒業、大正七年、第三高等学校入学、大正一〇年、京都帝国大学法学部入学。

大正六年、勧められて『ホトトギス』に投句。他に原石鼎、前田普羅の添削を受けた。大正七年八月、〈駅の桜ともし火を得て汽車に近し〉で『ホトトギス』雑詠欄初入選。高浜虚子に会って本格的に俳句を志した。

大正九年、「京大三高俳句会」を結成し、山口誓子が入る。同年、鈴鹿野風呂と『京鹿子』創刊。新しい俳句の世界を提示し、誓子に大きな影響を与えた。

大正一〇年、〈遠野火や寂しき友と手をつなぐ〉以下八句で『ホトトギス』巻頭を得る。〈舌端に触れて夜寒の林檎かな〉が新味に富むと虚子に評価された。大正一一年から一三年頃まで『ホトトギス』雑詠欄で上位を占め、多作、連吟が注目されて、「才智の薄刃をひらめかす草城」とも評された。昭和四年『ホトトギス』同人となるが、後に、無季俳句に傾倒したことにより、昭和一一年十二月、同人を除籍される。

草城は、初期には蕪村の〈御手討の夫婦なりしを更衣〉（『蕪村句集』）に俳句の新しい可能性を見出し、小説的戯作的内容を俳句に取り入れた。そして、新しい感覚で事物を捉え直し、感動を自由に表現して、物がもたらす感覚を読者に伝えている。事物の感覚的把握によって、それまでの視覚描写の平板性を克服し、近代俳句から現代俳句への変化を促した。

昭和六年以降の草城は、反伝統、反ホトトギスの姿勢を示し、無季俳句を肯定した。都市の市民生活を素材とした連作俳句、社会性俳句を詠み、昭和九年「ミヤコ・ホテル」によって俳壇に論争を巻き起こした。草城句に見られる都会素材の感覚的把握、感情の表出、意識の表出は、後のシュールレアリズムの句にもつながっている。昭和一〇年『旗艦』創刊主宰、新精神と自由主義を掲げて、新興俳句を牽引した。西東三鬼、安住敦、富澤赤黄男らが参加し、無季俳句で都会生活者の哀歓を詠んだ。

戦後は、自身の戦争体験と病臥の日常を透徹した俳眼で捉え、平易に淡々と詠むようになった。〈見えぬ眼の方の眼鏡の玉も拭く〉（『人生の午後』）のように、日常身辺の事物、出来事に心境的深まり、諦観の見られる境涯詠である。自らの意識が鶴に化身した〈高熱の鶴青空に漂へり〉（『人生の午後』）のような幻想句にも佳句がある。昭和二四年「青玄」主宰。伊丹三樹彦、桂信子が参加した。昭和三一年（一九五六）没。

〔代表句〕（『草城句集』所収）

物種を握れば生命《いのち》ひしめける

これから芽吹き、成長し、開花して、結実する命の力が、掌にある種子の一粒一粒から発せられているのを、手を握る力との拮抗で捉えている。実りをもたらす未来への期待と共感がある。後に〈ものの種子にぎればいのちひしめける〉と改作した。

ところてん煙の如く沈み居り

大正一一年夏、草城は鈴鹿野風呂と俳句の夏稽古をしていた。心太を知らなかった草城のために、野風呂が目の前で心太を作る様子を見せると、草城はすぐに約二十句を詠んだ。心太が水の中に沈んでいる様子を「煙のごとく」と捉えているのが草城の感覚である。

秋の夜や紅茶をくゞる銀の匙

紅茶、銀匙という西洋的素材を取り合わせて、伝統的には、わびしさを感じさせる季語「秋の夜」に明るさと華やぎを加えている。〈雪の夜の紅茶の色を愛しけり〉とも詠んでおり、紅茶は草城の好みの素材であるという。

春暁や人こそ知らね樹々《きぎ》の雨

三高在学時の句。草城は古典に親しみ、蕪村句を筆写していた。『古今集』『新古今集』につながる表現、物語性、蕪村調がある。若くして老成した句と評されている。大阪の服部緑地の句碑の春の句に選ばれた。

〔参考〕 『日野草城全句集』（昭63、沖積舎）、復刻版『草城句集（花氷）』（平8、沖積舎）、伊丹啓子『日野草城伝』（平9、沖積舎）

［松井貴子］

『澄江堂句集』（一九二七刊）

芥川龍《あくたがわりゅう》之介《のすけ》

〈内容〉 昭和二年十二月、別冊印譜付（全二冊）。文藝春秋社出版部。一周忌に芥川家が配布するために遺族と関係者がまとめた私家版の句集。大正六年より昭和二年に至る七十七句を収録。死去する前年の大正一五年の夏に龍之介自身があらかじめ自選して同年十二月に刊行された随筆集『梅・馬・鶯』に「発句」と題して発表された七十四句をもとに、その後に作った三句を加えている。

〈特色・評価〉 龍之介は「我鬼句抄」（大6〜8）、「我鬼窟句抄」（大8）などの纏まった形で句稿を整理して、雑誌などに発表していたものの、句集を出版することは無かった。死後に刊行された『芥川龍之介全集』（昭9〜10、岩波書店）をはじめ、その後も全集や研究書の刊行が続き、草稿や書簡などからの出典研究が進むにつれ、俳句の収集も拡大した。遺句の総数は平成二二年の段階で一千百五十八句に及ぶ。龍之介は執拗なまでに自句に推敲を重ねているが、『澄江堂句集』の句は作者自身による最終決断の産物であり、自身によって厳選されている点で尊重されるべきだろう。多くの句が着想を得た段階（初案）の時系列順に配列されており、俳句のみならず、作家の思想の変遷を辿る上でも貴重な資料といえる。

〈作者と業績〉 芥川龍之介は明治二五年東京生まれ。母方の養子となり芥川姓となる。我鬼《がき》、澄江堂《ちょうこうどう》と号する。府立三中、一高を経て東京大学英文科入学翌年の大正三年に久米正雄（俳号・三汀）や松岡譲、菊池寛らと第三次および第四次『新思潮』を創刊した。同四年に小説「羅生門」、同五年に小説「鼻」を発表した。幼少のころから文学や芸術に親しみ、尋常高等小学校四年生の時に〈落葉焚いて葉守りの神を見し夜かな〉という句を作ったが、本格的に取り組み始めたのは「鼻」が夏目漱石の激賞を受けた同六年頃からである。同六年に横須賀の海軍機関学校の英語教員に就任して鎌倉に居住。同七年より、鎌倉に住む高浜虚子に会い『ホトトギス』に投句をはじめる。『ホトトギス』への投句は同九年まで続いた。

一方、同八年に海軍機関学校を退職して作家に専念するようになってからは東京・田端に移り住む。河東碧梧桐が主宰していた『海紅《かいこう》』の俳人の瀧井孝作（俳号・折柴）と会い、洋画家・小穴隆一（俳号・一游亭）らと句座をともにする。田端には久保田万太郎や室生犀星ら多くの文人が在住しており、俳句を仲立ちに親交を深めた。

句作の一方で江戸時代の俳諧を学び、芭蕉をはじめ、芭蕉門下の丈草、凡兆を愛好。「芭蕉雑記」（大12〜13）、「続芭蕉雑記」（昭2）、「凡兆について」（大15）、「俳句私見」（大15）等の評論を残した。芭蕉臨終の際の門人たちを描いた小説「枯野抄」（大7）も有名。昭和二年七月二十四日、自殺。三十六歳。忌日は最晩年の代表作の小説「河童」にちなみ「河童忌」（ほかに「我鬼忌」など）と呼ばれ、季語（夏）になっている。

〈代表句〉（『澄江堂句集』所収）

蝶の舌ゼンマイに似る暑さかな

句集の冒頭に置かれた句。蝶のくるくると丸まった舌（口吻）を機械のゼンマイにたとえた作品。季語は「暑さ」（夏）。この句の初案は同七年八月号の『ホトトギス』に掲載された〈鉄条《ぜんまい》に似て蝶の舌暑さかな〉だった。初案の句が発表された段階で虚子や飯田蛇笏によって絶賛されたが、その後も〈鉄条《ゼンマイ》〉とルビの表記を変更するなどの推敲を重ね、同一五年の段階で、語順を入れ替えた〈蝶の舌ゼンマイに似る暑さかな〉の形となった。小さな生きものへの観察眼とともに、うだるような暑さとゼンマイという金属の機械の部品が、シャープな対照を成している。初案の語順では、本来は別物の蝶の舌と鉄条の同質性を見抜いた機知の鋭さが際立つが、最終的な語順では〈暑さ〉に焦点が移っており、鋭敏な神経で感受される世界そのものを倦むかのような虚無感が滲んでいる。

木がらしや目刺しに残る海のいろ

季語は「木がらし」（冬）。大正六年作。〈凩や目刺しに残る海の色〉とあるのが初案で、のちに漢字の表記を平仮名に変更した。荒涼と吹きすさぶ木がらしという遠景と眼前にある目刺しという近景が「や」という切れ字によって巧みに結びついている。「目刺し」にされる魚の眼は空洞であるが、そこにみずみずしい青い海を想像することによって、明るく絵画的な印象を生んでいる。龍之介は学生時代から西洋絵画、中でもゴッホやルノアール、セザンヌらの印象派の画家に注目しており、その美意識は最晩年の文学評論『文芸的な、余りに文芸的な』（昭2）などにも通底している。芭蕉の〈行春《ゆくはる》や鳥啼き魚の目は泪〉の句も連想させる。

水洟《みずはな》や鼻の先だけ暮れ残る

季語は水洟（冬）。前書きに「自嘲」とある。大正九、一〇年頃の作と想定される。龍之介は小説「鼻」で文壇にデビューしたが、「鼻」という身体の部位に象徴される自尊心の問題は生涯のテーマとなった。昭和二年、自死による臨終の際、俳句の友人で主治医であった下島勲《いさおし》（俳号・空谷）に、この句を記した短冊を手渡した。

〈参考〉 村山古郷編『芥川龍之介句集　我鬼全句』（昭51、永田書房）、山梨県立文学館編『芥川龍之介資料集（全三冊）』（平5）、加藤郁乎編『芥川龍之介俳句集』（平22、岩波文庫）

〔田中亜美〕

『魚眠洞発句集』（一九二九刊）

室生犀星《むろうさいせい》

〈内容〉 昭和四年、武蔵野書院刊。著者が少年のときから刊行時までの二十五年間にわたる俳句作品の中から厳選した二百十七句を収録している。「新年」「春」「夏」「秋」「冬」の章に分かれて、季題別に句が配置されている。著者自身による「序文」のほか句の制作年と場所を記した「句作年譜」を所収。

〈特色・評価〉 犀星は俳句、詩、小説の三つのジャンルに優れた作品をのこした。詩人としては口語自由詩で新風を巻き起こしたが、俳人としては「発句集」という言葉に象徴されるように古風で閑寂な世界を志向した。「序文」で犀星は「新鮮であるために常に古風でなければならぬ詩的精神を学び得たのは自分の生涯中にこの発句道の外には見当たらないであろう」と記している。

〈作者と業績〉 室生犀星は明治二二年石川県金沢市生まれ。本名は照道。魚眠洞と号した。三五年、金沢高等小学校を中退、金沢地方裁判所の給仕となる。三六年、芭蕉庵十逸に俳句の手ほどきを受け、のちに河越風骨に学ぶ。藤井紫影が選をする『北國新聞』の「俳壇」に投句し、紫影が主宰する句会に精力的に参加する一方、大谷繞石が選をする『中央公論』の俳句欄などにも投句した。紫影は江戸期の文学研究を対象とする国文学者で貞門から一茶までの俳諧に詳しかった。一方、繞石は子規門下の英文学者で河東碧梧桐による新傾向俳句に理解を示していた。伝統と革新、東洋文学と西洋文学のエッセンスを知ったことは後年の犀星に少なくない影響を及ぼした。

句作をきっかけに詩作にも熱中。明治四二年、裁判所を退職。四三年以降、上京と帰郷を繰り返し、文学生活に入る。大正二年、萩原朔太郎と出会い、終生の親友となる。以後、俳句から遠ざかり詩と小説に没頭。七年に詩集『愛の詩集』『抒情小曲集』を相次いで刊行。八年に小説「幼年時代」「性に目覚める頃」が『中央公論』に掲載され、詩人・小説家として認められるようになる。大正一二年ごろより中断していた句作を再開。中でも芥川龍之介との出会いがふたたび句作に打ち込む契機となった。芭蕉の研究にも励み、昭和三年に評論集『芭蕉襍記《ざっき》』を刊行。四年、第一句集となる『魚眠洞発句集』を刊行した。一〇年に野田書房より第二句集となる『犀星発句集』を刊行。一八年、櫻井書店より第三句集となる『犀星発句集』を刊行した。三四年、犀星自身が最後の句集と位置付けた第四句集の『遠野集』が五月書房より刊行された。三七年、死去。日本芸術院会員。生前に刊行された単行本は二百六十冊に上った。没後に長女の室生朝子によって犀星の青少年期から最晩年までの一千七百四十七句を収集網羅した『室生犀星句集　魚眠洞全句』（北国出版社）が刊行された。

〈代表句〉

あまさ柔らかさ杏の日のぬくみ（『魚眠洞発句集』所収）

大正一三年。初出は『文藝春秋』同年九月号。季語は杏（夏）。この句は十七音だが、音読すると通常の七五調とは異なる甘美で抒情的な響きがある。ア音のあかるい響きが九音目まで続き、音律の面からも杏の実のあかるいオレンジ色とあたたかな陽射しが想像される。「杏」は犀星の愛した果実であり、『抒情小曲集』冒頭の「小景異情」には〈あんずよ／花着け／地ぞ早やに輝け〉という詩節がある。その後も〈あんずあまさうなひとはねむさうな〉（『室生犀星発句集』昭10）などの句を詠んだ。

鯛の骨たたみにひらふ夜寒かな

大正一三年八月十四日、軽井沢での作。犀星を訪ねてきた芥川龍之介に示した句。龍之介の絶賛を受けた。季語は〈夜寒〉（秋）。畳に落ちた鯛の骨という事物を端的に示すことで、誰がどのような場面で食事をしていたのかという物語を読み手に想像させる。俳句と小説の技法がともに活かされた作品である。〈夜寒〉の季語に象徴されるひんやりとした感覚には、犀星や龍之介ら同時代の文学者が共有していた鋭敏な感受性と不安が滲む。前年の大正一二年、関東大震災。昭和二年、龍之介の自死。

消炭のつやをふくめる時雨かな

昭和三年十二月一日、東京・大森に転居した時の作品。「時雨」の前書きがある。消炭《けしずみ》は薪の火を消したあとのやわらかな燠《おき》のこと。さっと降ってさっと上がる時雨の情趣が、消炭の周囲の淡い光を帯びた時空を際立たせている。犀星の生まれ故郷である金沢は、京都と並んで時雨の情趣がもっとも感じられる土地でもある。犀星が少年期より愛好してきた芭蕉の忌日は時雨忌とも称される。閑雅で幽遠な句風は「俳句にはじまり俳句に終わった人」（室生朝子）の生涯を貫くものだった。

〈その他〉 犀星は『魚眠洞発句集』を含め、生前に四冊の句集を刊行したが、一部は重複して収録され、表記も異なる例が少なくない。代表句の一つである〈ゆきふるといひしばかりの人しづか〉（『犀星発句集』昭18、櫻井書店）の表記が〈雪ふると言ひしばかりの人しづか〉（『遠野集』昭34）と変更されていることもその一例である。

〈参考〉 『魚眠洞発句集』（国立国会図書館デジタルコレクション）、室生朝子編『室生犀星句集　魚眠洞全句』（昭52、北国出版社）、岸本尚毅編『室生犀星俳句集』（令4、岩波文庫）

［田中亜美］

『葛飾《かつしか》』（一九三〇刊）

水原秋桜子《みずはらしゅうおうし》

〈内容〉 昭和五年四月一日、馬酔木発行所刊。馬酔木叢書第四編。定価一円五十銭。四六判、紙箱入。本文百二十五頁。著者三十歳から三十七歳の作品と推定される五百三十九句を一頁五句組で登載。著者の俳句観を述べた自序の文は十二頁という長いものであり、装丁は村田勝四郎、口絵に高村光雲作の菩薩像の写真を掲げる。

〈特色・評価〉 作品の掲載は作年順ではなく、春夏秋冬の四季に分けたあとに連作を付けたかたちになっている。また、春を例にとると「大和の春」「山城の春」「葛飾の春」「多摩川の春」「大垂水峠の春」のように、当時としては珍しい項目別になっている。そこに並々ならぬ秋桜子の創意が窺われる。

　また、長い自序の中で「我等の信ずる写生俳句の窮極は一にして二はない。然しながら其の窮極に達せんとして作者等がとるべき態度は大別して二つあると言うことが出来ると思う。その一は自己の心を無にして自然に忠実にならんとする態度、その二は自然を尊びつゝも尚ほ自己の心に愛着を持つ態度である。第二の態度を持して進むものは、先づ自然を忠実に観察する。而して句の表には自然のみを描きつゝ、尚ほ心をその裏に移し出さんとする。勢ひ調べを大切にするやうになるのである」と綴っているが、「自然の真と文芸上の真」の文章とともに、俳句の新しい世界を切り開こうとする当時の秋桜子の強い意志が見て取れる。序文というよりも自己の信じる道を推し進めようとする意志表明であろう。

〈作者と業績〉 水原秋桜子は本名豊《ゆたか》、明治二五年十月九日、東京都神田区に生まれる。父は産婦人科の病院を営む医者であり、秋桜子も独逸学協会学校中学、第一高等学校、東京帝国大学医学部に進み、産婦人科を専門とするようになる。

　大正七年に高浜虚子の『進むべき俳句の道』を読み、俳句に興味を持つ。同年医学部卒業後、血清化学教室研究生となるが、同期に高野素十《たかのすじゅう》がいた。五月、教室の先輩緒方春桐の勧めで「木の芽会」に入会、作句を始める。同会の南仙臥、野村喜舟らの縁故で『渋柿』の句会にも出席、松根東洋城の指導を受ける。

　大正九年、短歌の窪田空穂の門を敲き、二年間指導を受ける。秋桜子は俳句の道に入る前は短歌集に耽溺していた。同年十月、『ホトトギス』に投句を始める。一一年、富安風生、中田みづほ、山口誓子、山口青邨らと「東大俳句会」を再興、一三年『ホトトギス』課題句選者及び『破魔弓《はまゆみ》』雑詠選者となり、四S（水原秋桜子、山口誓子、高野素十、阿波野青畝《あわのせいほ》）と称されるようになる。

　昭和四年に『ホトトギス』同人となり、翌年『葛飾』を上梓するが、高浜虚子の主張する客観写生に同ぜず、主情を調べに乗せる手法を取り始める。それが虚子の受け入れるところとならず、昭和六年『馬酔木《あしび》』（『破魔弓』改題）に「自然の真と文芸上の真」を発表し、『ホトトギス』を離れる。昭和八年、俳壇で初めての自選同人欄を『馬酔木』に設け、翌年主宰となる。作句や執筆に精力的な活動を始めたが、連作を機に生じた無季俳句や新興俳句運動とは一線を画した。

　昭和二七年には俳句に専念するようになり、翌年、俳壇で初めての鍛錬会を谷川温泉で開催した。二九年、疎開のままに住み着いていた八王子より西荻窪に居を移し、九年振りに都内に戻った。三七年には俳人協会会長に就任、三九年には第二十回日本芸術院賞を受賞、四一年日本芸術院会員、四二年勲三等瑞宝章受章と誉が続く。生涯に上梓した句集は二十冊、他に芝居のみを句材にした句集『芝居の窓』がある。昭和四九年には求龍堂より『水原秋桜子俳句と随筆集』全五巻、五二年には講談社より『水原秋桜子全集』全二十一巻を刊行した。

　昭和五六年（一九八一）七月十七日急性心不全のため逝去、享年八十八。

〈代表句〉（『葛飾』所収）

梨咲くと葛飾の野はとのぐもり

　秋桜子には万葉調と呼ばれる一連の初期作品があるが、この句は中でも句集名に採られたほどの代表作。他にも、

水無月や青嶺つゞける桑のはて
追風にまろびて涼し沖津波
葛飾や水漬きながらも早稲の風
海贏《ばい》打《うち》や灯ともり給ふ観世音
むさしのの空真青なる落葉かな
好晴やほとゝく枯れし野路の蔓
桑の葉の照るに堪へゆく帰省かな
白樺に月照りつゝも馬柵《ませ》の霧
追い羽根に舁《か》きゆく鮫の潮垂りぬ

が『葛飾』の序に万葉調として引かれている。基本的には万葉集歌の調べに影響を受けた句を指すが、〈とのぐもり〉〈沖津波〉などの万葉集歌の語を用いた作もある。

啄木鳥や落葉をいそぐ牧の木々

　外光派と呼ばれた秋桜子の特長を余すところなく表した句。今までの鈍い光の侘び寂びでは捉えられない高原の明るい風光を、新鮮な感覚で印象画風に描きだした。西洋詩のような擬人法〈落葉をいそぐ〉を俳句表現に持ち込み、新鮮な感動を読者に与えた。

〈その他〉 『葛飾』には初版・二版（昭5、馬酔木発行所）、三版（昭11、沙羅書店）、四版（昭15、日新書店）、五版（昭26、笹書房）、定本（昭50、東京美術）があり、収録句にはそれぞれ異同がある。

［橋本榮治］

『普羅句集《ふらくしゅう》』(一九三〇刊)

前田普羅《まえだふら》

〔内容〕 昭和五年、辛夷叢書第一編として辛夷社より刊行。第一句集。巻頭に自序と「句集の出るまで」を記す。全体を「上の巻」百二十句と「下の巻」二百七十一句に分け、句を四季別に配列。各句の制作年代は不明だが、自序の記載によれば上巻は横浜時代の句、下巻は大正一三年五月の富山移住後の句となる。

〔特色・評価〕 『ホトトギス』大正三年一月号で高浜虚子に「大正二年の俳句界に二人の新人を得たり、曰く普羅、曰く石鼎」と推奨された普羅。その大正から昭和初期の作品には、「一句々々に就て私の生活が見出される事であろう」という自序の記述の通り、作者の生活環境が反映されている。横浜在住時代の〈人殺す我かも知らず飛ぶ螢〉〈夜長人耶蘇をけなして帰りけり〉などは、横浜における裁判所や新聞社勤めの生活を背景にした心理と無縁ではない。一方〈春更けて諸鳥啼くや雲の上〉〈春尽きて山みな甲斐に走りけり〉など、甲斐山中に遊んだ時の句にも佳吟がある。大正一二年の関東大震災を経た翌一三年の富山赴任以降は、自序に「心ゆくまゝに、降りかゝる大自然の力に身を打ちつけて得た句」とあるように、〈梅雨の海静かに岩をぬらしけり〉〈立山のかぶさる町や水を打つ〉など、当地の自然に感化された句を作った。これらには後年の精神性を深めた山岳俳句への端緒が見られる。

〔作者と業績〕 前田普羅は明治一七年(一八八四)、東京市芝区(東京都港区芝)の生まれ。出生地は神奈川県横浜市の説もある。年少時、両親が台湾へ移住したため、東京飯田町(東京都千代田区)の親類に預けられる。母は明治三三年に台湾で死去。開成中学から早稲田大学文科へ入学し、大学では江戸文学に親しんだ。

明治三七年、横浜の石油会社に就職。のち横浜市裁判所に勤務した。このころ松浦為王《いおう》の句会に出席。また、牛田鶏村《けいそん》・杉本禾人《かじん》らを知るなど、『ホトトギス』の俳人との交流が始まった。大正元年より『ホトトギス』へ投句。原石鼎らとともに高浜虚子の推奨するところとなる。

大正五年、時事新報社に入社、のち報知新聞記者となる。同一〇年、七号まで続いた『加比丹《かびたん》』を創刊。同一二年の関東大震災を経て、翌一三年、報知新聞社富山支局へ赴任。昭和四年、同社を退社し、『辛夷』主宰となる(同一九年、戦時統制により休刊)。昭和一一年、東京日日新聞に「甲斐の山々」を発表。〈霜強し蓮華とひらく八ヶ岳〉〈駒ヶ岳凍てて巌を落しけり〉〈奥白根かの世の雪をかがやかす〉などは、現在まで山岳俳句の絶唱として知られる。

昭和二〇年、富山空襲により罹災。妻の死や娘の結婚などがあり、孤独となった普羅は富山を離れ、奈良や東京五日市などを転住した。昭和二六年、東京都大田区の新居に落ち着くが、昭和二九年(一九五四)病没。享年七十一であった。

『普羅句集』以後の句集に『新訂普羅句集』『春寒浅間山』『飛驒紬』『能登青し』等がある。没後昭和四七年に『定本普羅句集』が刊行された。

〔代表句〕(『普羅句集』所収)

春更けて諸鳥啼くや雲の上

大正九年、横浜在住時代の作。横浜在住時の普羅は、しばしば都会の喧噪を離れ、甲斐の山中に遊んだ。この句も晩春の山中で、鳥たちの鳴き声を聞いた経験が基になっているのであろう。中七の切字〈や〉の詠嘆に加え、下五に〈雲の上〉と置いたことによる空間の広がりと視線の高さから、作者の主観が色濃く感じられる。この時期の普羅は三十代半ば。青年期を終え、壮年期にさしかかる頃の憂いが、惜春の情とともに思われる。

雪解川名山けづる響かな

切字〈かな〉の響きと格調、濁音の続く調べをいかし、雄大な景が詠まれている。早春の雪解けによって水嵩の増した川が大きな音を立て勢いよく流れる。周囲の山々に響くその音は、まさに山国に春を告げる響きである。中七〈名山けづる〉の大らかな表現も、現代から見るとやや時代がかっているように映るが、かえって自然の大きさを感じさせている。山岳俳句の代表的作家普羅の印象を決定付けた句の一つとして今も愛唱されている。

立山のかぶさる町や水を打つ

この句の初出は『辛夷』大正一四年十一月号。「富山市四十物町」と前書きがあった。富山市付近からは高々とした立山連峰が眺められる。この句のように町に〈かぶさる〉という距離ではないが、壮大な立山連峰を見て受けた感覚をこのように表現したのである。初案は〈立山のかぶさる町の日陰かな〉だったらしい。遠景の立山と近景の日陰を取り合わせたこの初案も悪くないが、何かよそよそしく、地に足が付いていない感じを受ける。それは第三者の視点でとらえた景色の報告に終わっているからだろう。〈水を打つ〉と人の姿を出したところでこの〈町〉に住む人々の生活が見えてくる。それは立山連峰を仰ぎつつその山々とともに暮らしてきた人々の生活である。

〔参考〕 中西舗土『鑑賞前田普羅』(昭51、明治書院)

[押野　裕]

『龍雨句集《りゅううくしゅう》』（一九三〇刊）

増田《ますだ》龍雨《りゅうう》

〈内容〉　昭和五年、春泥社刊の第一句集。昭和五年のこの年、龍雨は嵐雪を祖とする雪中庵を継ぐ。その十二世襲庵を記念して春泥社の社友が龍雨に句集出版を勧め、本句集を編む契機となった。序・久保田万太郎。著者自身による跋を付す。その自跋によると、千三百余句の中から、師である久保田万太郎が百三十句を選び、それに自選の二百七十句を加え収載句とした。その四百句が、新年春夏秋冬の順に季題別に収められている。

〈特色・評価〉　増田龍雨は九世雪中庵雀志門の旧派に属する俳人だが、旧派の宗匠としての地位に甘んじることはなかった。本書の自跋には、十世雪中庵宇貫没後、庵主の継承を懇願されたが断ったとあり、その理由は俳諧の大道を歩みたかったからだと記している。

久保田万太郎に師事すると、籾山梓月ら「俳諧雑誌」に関わる俳人らとも交流し、旧派の古い俳句から脱しようと試みた。その最初の成果がこの句集である。〈梅の花木場の書出し届きけり〉のように、幼時に親しんだ木場の地への郷愁を梅の花に寄せた句や、奉公の子の境遇を思いやった〈寒き夜や子の寝に上る階子段《はしご》〉など、季節の風物に寄せて自他の境涯を詠む哀切な内容に本句集の魅力がある。

〈作者と業績〉　増田龍雨は明治七年（一八七四）、京都生まれ。九歳のとき上京して深川の木場に住む。養家は代々中木場に邸宅を構え、幕府の橋御用、橋梁請負を務めていた。養父は八世雪中庵梅年の門人であり、雷堂龍吟の号を持つ。その父の運座（句会）の手伝いをしながら古俳諧の面白さや当時の発句（俳句）の批判等を聞くうちに自らも句作するようになった。初め龍昇と号したが、養父の死後、その遺言で九世雪中庵雀志の門に入り、龍雨と改めた。その後、深川より浅草に移り、一時吉原中米楼の奥帳場を勤めていたが、浅草千束町に雷堂庵を開き、花札や絵葉書、書籍等を売るかたわら、花火吟社を作って後進を指導。自らは久保田万太郎に師事した。『龍雨句集』の跋文によれば、この頃の万太郎との交流の中で、自らの生活の様子を詠んだ万太郎の句を見たり、万太郎に自作の句を添削してもらったりしながら、万太郎を自らの「俳句の先生」とする気持ちが生まれ、固まっていったようだ。

昭和五年、万太郎らに強く勧められて十二世雪中庵を継ぎ、雪門の指導者となる。別に『しまき』（田島柏葉）、『藤水』（石沢余水）等の俳誌の指導にも当たった。この雪中庵継承について、万太郎は本句集の序で「龍雨君に雪中庵を継ぐことを極力すすめた。それは龍雨君の『誹諧』の上を思ってではない。龍雨君の育ち、性状、生活を完成させたいと思ったからだ」と述べる。雪中庵は旧派に属するが、そこにあえて身を置くことによって龍雨の資質が開花することを見通していたのかもしれない。

昭和九年（一九三四）没。享年六十一。旧派にありながら、心理的陰翳の濃い佳吟が少なくない。他の著作に『龍雨俳話』（昭8、寶文館）、『龍雨遺稿　遠神楽』（昭13、不易発行所）等がある。

〈代表句〉（『龍雨句集』所収）

ひとり突く羽子なれば澄みつくしけり

羽子つきは「遣羽子」「追羽子」「揚羽子」などともいい、新年の季語となっている。女の子が羽子板を持ち、無患子の実と鳥の羽根で作った羽子を打ち合う様子は、いかにものどかな正月の風景であった。この句もその正月の風景なのだが、ここで羽子をついているのは一人の女の子である。親族をはじめ親しい者が集まる正月に一人でいるというだけでも寂しい。その羽子を着く音は見ている者の耳に響き、二人以上いれば聞こえるはずの歓声も聞こえない。この少女は今どのような境遇にあるのか。それは分からないが、少女を思いやる側の感受した寂しさは、羽子をつく音の響きと相俟って澄明な世界を伝えている。「潺々《せんせん》たる浅瀬と、滔々たる大流とを問はず詩は、常に透明であるべきである」（『龍雨俳話』）という龍雨俳句の詩情は、寂しさを伴う澄明な世界にある。切字〈けり〉の響きもその詩情の余韻を残している。

墓原や墓の暑さの身に移る

上五の切字〈や〉により一句が途切れることで、広い墓地に立つ主人公の姿が見えてくる。この墓原は縁ある人の墓がある墓地ととらえるのが普通であろう。しかし、旅の途中などに偶然通りがかった墓地としてもよい。夏の暑さを空気の暑さではなく〈墓の暑さ〉ととらえ、それが自身へ移ったとしたところに一句の眼目がある。墓、墓地は死者の霊を慰め、故人を偲ぶところ。しかしこの句ではそのような心情には触れていない。表明されているのは〈墓の暑さ〉という即物的な世界である。暑さを感じるのは自身が生きている証拠。それが死者との違いを際立てている。この句の主人公にも死者を悼む心があるはずである。そう思ってこの句を眺めてみると、暑さを伝える墓が何かを訴えているようにも思えてくる。

井戸深く雪の降りこむ日暮かな

井戸の深いところの闇に白く明るい雪が降り込んでゆく、そんな日暮であることよという意。井戸の底の暗さと日暮の暗さの中で、雪の白い明るさだけが際立っている。雪は大地を潤し、五穀豊穣をもたらす吉兆。その雪が井戸深くに入り見えなくなっていく。心理的な陰影が投影されているとも読める。切字〈かな〉の余韻も深い。

〈参考〉　『龍雨遺稿　遠神楽』（昭13、不易発行所）

［押野　裕］

『萬両《まんりょう》』（一九三一刊）

阿波野青畝《あわのせいほ》

〈内容〉 昭和六年、青畝句集刊行会刊。大正六年から昭和五年までの四百七十六句を収める第一句集。序は高浜虚子。版を重ね、第四版（昭50、東京美術）を『定本萬両』とした。『阿波野青畝全句集』（平11、花神社）では「故人の遺志により『定本　萬両』を底本とした」と記されている。

『定本　萬両』では、二句に改変がある他は、一年ごとに記されていた主なできごとを省略し、繰り返し記号の使用をやめ、句の表記を一般的なものにしている。『萬両』時代のおもかげを残しつつ、読みやすさに気を配った。ここでの表記は『定本　萬両』に従う。

〈特色・評価〉 虚子は序で、次のように山口誓子と青畝の句風を比較する。

誓子君の句は国境にある征虜の軍を見るが如き感じがするが、それが青畝君の句になると、俳諧王国の真中に安座して、神官行き、僧侶行き、貴人行き、野人行き、老も若きも共に行く縦横の街路井然として乱れず、而かも其、静かなる水に影を映して、一塵をとゞめざる感じがする。

これに対して、誓子は『かつらぎ』昭和六年十月号で「止揚」という小文を草し、両者を比較した。（『かつらぎ』平26・12再掲）

「ありきたりのもの」を「ありきたりでない方法」に於て―之は青畝の道である。そして「ありきたりでないもの」を「ありきたりでない方法」に於て―之は誓子の道である。（中略）（ありきたりのものを追及する）青畝の息づかひはおのづから深く、しづかに高朗、誓子の息づかひはいきほひ浅く、せわしく、疎硬となり、青畝は晏如として深化し、誓子は焦燥して流轉せざるを得ないのである。

「ありきたりなもの」を詠むとは、青畝の題材が伝統的な花鳥諷詠を離れず、高潮した思いをそこに託すということである。情の籠った客観写生、古典的な教養を下敷きにした同時代の風俗の描写、という一見矛盾した句作を、青畝はなんなくやり遂げている。

〈作者と業績〉 阿波野青畝は明治三二年（一八九九）奈良県高市郡高取町生れ。同三八年耳疾により難聴となる。大正四年畝傍中学のときに『ホトトギス』の読者となり、原田浜人に師事。大正六年『ホトトギス』初入選。大正一三年『ホトトギス』課題句選者。昭和四年『かつらぎ』創刊。『ホトトギス』同人となる。以後、昭和二六年まで『ホトトギス』に投句を続ける。その後も終生ホトトギス同人であった。

第二句集『國原』（昭17、天理時報社）。第三句集『春の鳶』（昭27、書林新甲鳥）。第四句集『紅葉の賀』（昭37、かつらぎ発行所）。第四句集『甲子園』（昭47、角川書店）により、蛇笏賞を受賞。第五句集『旅塵を払ふ』（昭52、東京美術）。第六句集『不勝簪』（昭55、角川書店）。第七句集『あなたこなた』（昭58、白夜書房）。第八句集『除夜』（昭61、白夜書房）。第九句集『西湖』（平3、青畝句集刊行会）により、平成四年、日本詩歌文学館賞受賞。第十句集『宇宙』（平5、青畝句集刊行会）。

〈代表句〉（『萬両』所収）

さみだれのあまだればかり浮御堂

近江八景の一つに謳われた堅田の浮御堂。美しい眺めが広がるはずの浮御堂が今は梅雨に閉ざされている。曇った灰色の空からは雨粒。お堂の屋根からは雨だれが落ちるばかり。陰鬱とも取れる風景なのだが、この句からはモノトーンの雨の中にたたずむ浮御堂の姿が伝わってくる。

平仮名の表記が柔らかな雨脚を想像させる。和語の響き、ア音の多用も、静かな、むしろ明るい雨の様子を思わせる。〈五月雨にかくれぬものや瀬田の橋〉（芭蕉『あら野』）〈湖の水まさりけり五月雨〉（去来『あら野』）に描かれた琵琶湖の梅雨の風情を下敷きに、やわらかな雨の中の浮御堂を描いた。

なつかしの濁世の雨や涅槃像

濁世は仏教用語で濁り汚れた世、人間界をいう。涅槃像を見ながらだと本来は浄土を願うところだろうが、お堂の外は雨。涅槃会の頃の暖かい春の雨である。仏から見れば愚かしい人の世のあれこれを包んで雨が降っている。釈迦が人の世を離れていく涅槃像を見ながら静かな時間を味わう。人の世もそう捨てたものではない。懐かしいものではないか。

ゆったりとした響きが心の余裕を思わせ、距離を置いてみる現世を「なつかし」と肯定する。第三句集『春の鳶』には〈端居して濁世なかなかおもしろや〉もある。

葛城の山懐に寝釈迦かな

青畝の故郷高取からは葛城山がよく見える。山腹にある寺の涅槃図を詠む。切り取り方が斬新である。葛城山そのものと涅槃図の中の寝釈迦だけを取り上げて、寺もお堂も山の木々も描かない。山懐に直接釈迦が寝ているようにも読むことができ、寝釈迦の存在感が大きくなる。「葛城」という由緒ある地名を生かした句。

〈参考〉『阿波野青畝全句集』（平11、花神社）

［岩田由美］

『凍港《とうこう》』（一九三二刊）

山口誓子《やまぐちせいし》

〈内容〉　昭和七年、素人社書屋刊。第一句集。序・高浜虚子。跋・著者。『ホトトギス』雑詠に入ったものから自選した二百九十七句を年代順に配列している。第一期（大正一〇年から大正一四年）を伝統俳句とともにあった時期、第二期（大正一五年から昭和三年）を伝統俳句を乗り越えた時期、第三期（昭和五年から昭和七年）を連作形式によって新しい俳句の世界を構成しようとしつつある時期と自ら跋文で規定している。昭和一一年九月、〈走馬燈地にうつされて燃えてゐる〉を一句追加して決定版が沙羅書房から刊行された。

〈特色・評価〉　虚子は、この句集によって、誓子がそれまでの俳句が及び得なかったところに到達しようとしていると期待している。誓子は客観偏重になっていた写生に代わって、構成の方法をとり、新興俳句に大きな影響を与えた。新しい「視角」で、新しい現実を把握し、自覚的に新しい俳句の世界を作り出すことを意図して、樺太の回想、阪神の都市風景から近代的素材を開拓し、連作形式を用いて流動的、多面的な現代人の感情を表現している。〈スケート場沃度丁幾の壜がある〉のような近代素材とモンタージュ技法による空虚感の表出、〈住吉に凧揚げゐたる処女はも〉のような万葉語の使用が見られる。

〈作者と業績〉　山口誓子は明治三四年（一九〇一）、京都市上京区生まれ。本名新比古。樺太新聞社社長となった外祖父脇田嘉一のもとで、豊原尋常高等小学校、大泊中学校に通う。祖父の勧めで俳句を作り始め、雑誌に投句した。『ホトトギス』を読み、牧水、啄木の歌に親しんだ。

　大正八年、第三高等学校入学。大正九年から京大三高俳句会で鈴鹿野風呂、日野草城の指導を受け、草城の〈葡萄含んで物言ふや唇の紅濡れて〉に魅せられて、本格的に俳句を志す。『ホトトギス』に投句し、〈暑さにだれし指悉く折り鳴らす〉で初入選した。この頃から、誓子の号を使い始める。大正一一年、東京帝国大学法学部入学。東大俳句会で水原秋桜子、中田みづほ、富安風生らとともに高浜虚子の指導を受けた。

　誓子は、客観写生句から、新たな素材、短歌的表現、連作に関心を持ち、都会素材を有季定型の俳句に詠んだ。詩の技法、映画の技法、モンタージュ理論を俳句に取り込み、即物具象による構成、二物衝撃により新たな感動世界を創出した。昭和三年に山口青邨が命名した四Sの一人である。水原秋桜子が『葛飾』（昭和五年）で抒情の回復によって俳句の現代化を促したのに対し、誓子は事物の感覚を通して現代的な感情を表現することで、現代俳句への道を拓いた。昭和一〇年『ホトトギス』を離れ、秋桜子の『馬酔木』で創作評論活動を行った。昭和一三年頃からは物我一如の句風を示し、戦争と病臥の時代には芭蕉への関心を深めた。

　戦後、桑原武夫の「第二芸術―現代俳句について」（『世界』昭21・11）に対して、誓子は『朝日新聞』他で、反論を繰り返し、昭和二三年一月『天狼』創刊主宰。「酷烈なる俳句精神」「根源俳句」を主張して実作を進めた。写生構成と即物具象、知性によって現実を構成的に把握すること、感動を根源とした物の把握によって、現代俳句を牽引した。昭和四三年紫綬褒章、昭和五一年勲三等瑞宝章、昭和六二年芸術院賞、平成元年朝日賞、平成四年文化功労者。平成六年『天狼』終刊。辞世句は〈一輪の花となりたる揚花火〉で平成六年（一九九四）没。

〈代表句〉（『凍港』所収）

凍港や旧露の街はありとのみ

　凍港は樺太の大泊（サハリンのコルサコフ）港。冬には一面凍りつく。街は帝政ロシア時代にひらかれた旧市街（楠渓町）と日本人新市街（本町）に丘陵を挟んで分かれ、誓子が通った大泊中学は街を見下ろす丘の上にあった。誓子は、明治四五年から大正六年、十二歳から十七歳まで樺太に暮らした。

流氷や宗谷の門波荒れやまず

　大泊中学から京都一中に転校するため、流氷の季節に宗谷海峡を渡った。三等船室の丸窓から見た海峡は白々としていて、流氷が東から西へ海峡を移動し、船腹に流氷がぶつかってがりがりと音を立てていたという。豪壮な景と一体化した感情の表出がある。誓子は「過去のことを回想してこの句を作ったが、出来上がった句は、海峡の波の荒れていることを詠っていて、船の姿はない。空から俯瞰した大景になっている」（山口誓子『現代の俳句5　自選自解　山口誓子集』昭44、白鳳社）と述べている。俳句では、作者の創作意図と、作品から読者が作り出す世界とが、必ずしも一致しないことを示す代表例である。

学問のさびしさに堪へ炭をつぐ

　高級官僚を登用する高等文官試験のために本郷の下宿で法学の勉強をしていて、火鉢に炭を足した。法律の勉強は味気なく、わびしく、司法官にも行政官にもなりたくなかった。学問の「きびしさ」ではなく「さびしさ」ととらえているところに特色がある。平畑静塔は「近代的知性のなげきの新しい俳句の萌芽」と評した。

〈参考〉　『山口誓子全集全十巻』（昭50、明治書院）、楠節子・室岡和子「山口誓子」（『新研究資料現代日本文学六　俳句』平12、明治書院）、真銅正宏「山口誓子」（『展望現代の詩歌9　俳句Ⅰ』平19、明治書院）

［松井貴子］

『山廬集《さんろしゅう》』（一九三二刊）

飯田蛇笏《いいだだこつ》

〔内容〕 昭和七年、雲母社刊。明治二七年以前から昭和六年までの千七百七十五句を収めた第一句集。冒頭に昭和六年の作品群を据え、新しいものから古いものへと年代を遡り、年ごとに句をまとめる。各年の句は、新年春夏秋冬の順にまとめ、さらに季題ごとに配列している。

〔特色・評価〕 後世に残る代表句も多いが、九歳で詠んだ句まで収録している。「山廬」とは蛇笏が父祖より受け継ぎ、学生時代を除けば生涯を暮らした家のことである。本句集は、父祖の地に根を下ろし、風土に根差した俳句を詠む覚悟を表明したものといえよう。

〔作者と業績〕 飯田蛇笏は明治一八年、現在の山梨県境川町に生まれた。蛇笏、本名武治の父宇作の生家では折々句会が開かれ、小学生の蛇笏も参加することがあった。中学生の頃から文学に熱中し、早稲田大学に入学すると早稲田吟社に参加、『ホトトギス』および高浜虚子選の国民新聞俳句欄への投句を始める。明治四二年に帰郷後は、若山牧水が創刊した雑誌『創作』に俳句を発表した時期もある。大正二年、『ホトトギス』に雑詠欄が復活すると、蛇笏は、渡辺水巴、村上鬼城、原石鼎、前田普羅らとともにホトトギス第一期黄金時代を現出する。大正四年、愛知県に俳句雑誌『キラヽ』が創刊されると、請われて雑詠欄の選者となる。大正七年に誌名を『雲母』と改め、一四年には発行所を甲府に移し、昭和五年には蛇笏が雑誌運営の責任を負うようになる。昭和七年、第一句集『山廬集』を上梓する。第二句集『霊芝』は、『山廬集』から五百句の再録に加えて、昭和七年から一一年までの五百句を収める。それ以降の生前の句集には『山響集』『白嶽』『春蘭』『心像』『雪峡』『家郷の霧』がある。昭和三七年、七十七年の生涯を閉じるが、その四年後、第九句集『椿花集』が、『雲母』後継者飯田龍太の編纂により刊行された。門下には、龍太のほか、松村蒼石、西島麦南、長谷川双魚、柴田白葉女、文挾夫佐恵、石原八束、福田甲子雄、廣瀬直人、本宮哲郎らがいる。その功績を称え昭和四二年に角川書店が創設した「蛇笏賞」は、俳壇最高の賞と目される。

〔代表句〕（『山廬集』所収）

秋たつや川瀬にまじる風の音

『古今和歌集』の〈秋来ぬと目にはさやかに見えねども風の音にぞ驚かれぬる〉（藤原敏行）が思われる。上五の切字〈や〉が空間を広げ、〈川瀬にまじる〉が風に実体を与える。すぐれた俳句は「風の音」にすべてを語らせ、「驚かれぬる」のような心情表現を要しないのである。

折りとりてはらりとおもきすゝきかな

後年みずから〈をりとりてはらりとおもきすゝきかな〉と平仮名表記に直している。〈はらりとおもき〉と矛盾した表現によって、読み手に芒の感触を実感させる。リズムのよろしさもまたこの句の命である。

死骸《ナキガラ》や秋風かよふ鼻の穴

前書に「仲秋某日下僕高光の老母が終焉に逢ふ。風蕭々と柴垣を吹き古屏風のかげに二女袖をしぼる」とある。遺体の〈鼻の穴〉に冷徹に焦点を絞り、免れがたき人の死を描いた。季語〈秋風〉に哀切の情がある。

極寒の塵もとゞめず岩ふすま

前書に「富士川舟行」とある。甲斐山中の水を集める笛吹川と釜無川が合流し、急流富士川となるのである。山国の冬の厳しい空気が作者の凛冽たる精神と響きあい、それを下五〈岩ふすま〉がしかと受け止める。

流燈や一つにはかにさかのぼる

〈流燈〉は盆の終わる夜に川や海へ燈籠を流す行事、すなわち精霊を幽界へ送る行事である。〈にはかにさかのぼる〉とは見たままを描写しただけのようだが、そこに作者の精霊に寄せる思いがおのずとにじみ出る。

山寺の扉に雲あそぶ彼岸かな

〈扉に雲あそぶ〉のであるから、濁世をはるか下に望む山寺である。俳句では〈彼岸〉は春の彼岸を指す。「かな」止めのゆったりした気息が、〈彼岸〉ののどかさに似つかわしい。

山国の虚空日わたる冬至かな

山を出て山へ沈む太陽を見て日々暮らしている。都市生活者よりも、冬至の日の短さを切実に感じることだろう。どっしりとした生活者の実感に裏打ちされ、〈虚空〉という観念的な言葉に違和感がない。

死病得て爪うつくしき火桶かな

〈死病〉、すなわち肺結核を病む若い女である。季語〈火桶〉が甲斐の厳しい寒さを感じさせる。火桶にかざした手は、野良仕事や炊事による荒れとは無縁であるがため、いっそう哀れをそそる。

芋の露連山影を正うす

作者三十歳のときのこの格調高い句をもって、蛇笏独自の句境は確立した。近景の里芋畑、その芋の葉に結んだ微細な〈露〉と、遠景の〈連山〉とが鮮やかなコントラストをなし、山国の秋の澄んだ空気を描くのである。

かりそめに燈籠おくや草の中

〈かりそめに〉置くのだから、燈籠流しの燈籠であろう。やがて川に流される燈籠が、束の間草むらを照らしているというだけのことである。燈籠をそっと置くように、そっと言葉を置く、その呼吸に学びたい。

〔参考〕 『鑑賞現代俳句全集』（昭55、立風書房）

［井出野浩貴］

『草木塔《そうもくとう》』（一九三三・四〇・五六刊）

種《たね》田《だ》山《さん》頭《とう》火《か》

〈内容〉　句集『草木塔』にはいくつもの版がある。最初に出たものは昭和八年刊の折本で、山頭火の第二句集として出された。その『草木塔』を含む七冊の小句集をまとめた句集『草木塔』が、昭和一五年四月に八雲書林から刊行された。序は荻原井泉水で、齋藤清衛が「嚴肅な惱み」と題する評論を寄せ、大山澄太が跋を書いている。この明示されていないが大山の編と考えてよいだろう。この再版が昭和二七年四月に出版され、その折りに昭和一五年以降の句が追加された。

さらに、昭和三一年に山頭火顕彰会から出されたものは三版と記された横本で、これが「決定版」とされるが、昭和四六年には『草木塔山頭火俳句集』が潮文社から出された。同年弥生書房から『定本種田山頭火句集』も刊行されている。翌年、『山頭火著作集四草木塔（自選句集）』が潮文社から刊行され、同時に『定本山頭火全集』が春陽堂書店から刊行されて、その第一巻に『草木塔』が収められ、昭和六一年に再版されている。これらはみな大山澄太の編で、版ごとに訂正や修正がある。『定本山頭火全集』第一巻の「解説」に大山は、「全集としては、観点を改めて、初版『草木塔』に還り」と記しているが、実際にこの全集に収められているのは昭和一五年版なのである。この時期の大山の意識としては、昭和一五年版が初版だったのであろう。

初版の『草木塔』は二章に分けられ、「其中一人」四十七句、「行乞途上」四十一句からなる。巻末に「其中庵から草木塔まで」と題されたあとがきがあって、「私は酒が好きであり、水もまた好きである」「第一句集には酒のやうな句（その醇不醇は別として）が多かつた。本集には酒のやうな句、水のやうな句がちやんぽんになつてゐる。もし幸にして第三句集が出るならば、水のやうな句が多いやうにと念じている」とある。

昭和一五年版の『草木塔』は、第一句集『鉢の子』（昭和七年）、第二句集『草木塔』（昭和八年）、第三句集『山行水行』（昭和一〇年）、第四句集『雑草風景』（昭和一一年）、第五句集『柿の葉』（昭和一二年）、第六句集『孤寒』（昭和一四年）、第七句集『鴉』（昭和一五年）からなり、みな『草木塔』と同じ大きさに仕立てられている。小句集をこのように継続的に刊行したのは、大山がこれを編んで配り、山頭火の飲食の足しにしようと思いついたからである。

〈特色・評価〉　句集『草木塔』は、初版から大山澄太の意図によってさまざまな改編が行われている。さらにその背後に、荻原井泉水もおり、作句、選句、添削、編集という多角的な観点から、句集とは何であるかという考察が今後必要になるであろう。しかし、編集者による度重なる改訂や再版が内容を安定させ、この句集が山頭火の作品を各時代に普及させていった。この句集が自由律俳句を世間に認めさせたとさえ言い得るであろう。

〈作者と業績〉　種田山頭火は、明治一五年（一八八二）一二月三日、山口県防府に生まれた。本名は正一。山口中学校を経て早稲田大学文科に入学するが中退。大正二年（一九一三）より荻原井泉水に師事し、「層雲」に所属。自由律俳句を作り続け、その価値を社会に認めさせた。大正一四年（一九二五）年からは出家して各地を放浪。小郡の其中庵、松山の一草庵など各地の草庵から「層雲」に投句した。昭和一五年（一九四〇）一〇月一一日没。

〈代表句〉　（『草木塔』所収）

あるけば蕗のとう

一七音より短い短律と呼ばれる自由律の句である。歩き続けていると蕗の薹があったというだけの句だが、主体と対象という俳句の基本構造を満たしており、最少の要素で、対象を発見した語り手の心情の変化を暗示している。〈笠をぬぎしみじみとぬれ〉〈分け入つても分け入つても青い山〉なども同じ構造である。

どうしようもないわたしが歩いてゐる

『鉢の子』に納められた句で、自己を客体化した句。〈うしろすがたのしぐれてゆくか〉も同様である。

鉄鉢の中へも霰

これも『鉢の子』に載る句。山頭火自身はこの時代の句を「酒のやうな句」と喩え、自らが追究する「水のやうな句」と区別しているが、一五年版『草木塔』の冒頭に置かれたこともあって、こうした句の方が一般には知られていった。

月のあかるさはどこを爆撃してゐることか

『孤寒』の「銃後」という章に置かれた句。「街頭所見」という前書きの〈日ざかりの千人針の一針づつ〉などもあって時代状況を感じさせる。

だまつてあそぶ鳥の一羽が花のなか

『孤寒』に置かれた句。「ただごと」であろう。作為や技巧を排して「水のやうな句」を目指した結果であろう。

水のうまさを蛙鳴く

『鴉』にある句で、「を」で切って前段を自身のこととして読むべき句である。この時期からまた短律の句が増えていく。

死ねない手がふる鈴をふる

『鴉』にある句で、「老遍路」と前書きがある。「生」「死」という語の使用が増え〈むすめと母と蓮の花さげてくる〉のように死を連想させる句が多い。最後の〈鴉とんでゆく水をわたらう〉も此岸彼岸を思わせる句である。

［秋尾　敏］

『草《くさ》の花《はな》』（一九三三刊）

富安風生《とみやすふうせい》

〔内容〕 昭和八年、龍星閣刊。大正八年から昭和八年、著者三十四歳から四十八歳までの十四年間の五百五十八句を収める第一句集。序は高浜虚子。『ホトトギス』雑詠欄、国民俳句などで虚子選を経た作品の中から自選、制作年代順に並べる。

〔特色・評価〕 『草の花』の序文で虚子は「中正、温雅の句」と評し、「静かに歩を中道にとゞめ騒がず、過たず、完成せる芸術品を打成するのに志してゐる」とする。また、「風生君は混雑したむづかしい景色を叙するのにも決して晦渋に陥らない。素梗に終らない。軽快で、典雅で、極めて易々たるもの、如く見える」という。

角川『俳句（富安風生追悼特集号）』（昭54・5）の座談会（清崎敏郎、山口青邨、山本健吉）では、風生の俚謡のたしなみや長兄が月並の宗匠であったことに触れ、「月並の素養のある人はなだらかなんですね。てにをはの使い方が非常にうまいし…」（山本健吉）という発言がある。軽快で自在な言葉の使い方は第一句集においても明らかだ。

風生は長寿であり、第一句集をもってそのすべてを語ることはできないが、『草の花』に見られる口調のよろしさ、言葉の平明さ、「植富」（植木屋の富安）とあだ名されたという草木への愛着は生涯変わることはなかった。

〔作者と業績〕 富安風生は明治一八年、愛知県八名郡生まれ。長兄が発句の作者だった。第一高等学校を経て東京帝国大学に入学。『中央公論』に投句を試みる。大学を卒業後逓信省に奉職。大正七年福岡在任中に吉岡禅寺洞を知り、俳句の道に入る。大正九年より『ホトトギス』への投句開始。昭和三年貯金局有志の俳誌「若葉」の雑詠選者となり、のち主宰。昭和四年『ホトトギス』同人。昭和五年『ホトトギス』課題句選者。

実生活では二十七年の宮仕えを見事に果たし、逓信次官まで勤め上げて昭和一二年に退官。そののちは乞われて公職資格審査委員を昭和二二年より約一年、電波監理委員会委員長を昭和二五年より一年半余り務めた他は、俳句中心の暮しだった。昭和五四年没。

俳句に関する著書は多数。句集は第一句集『草の花』を始めとして第十五句集に及ぶ。『十三夜』（昭12、龍星閣）。『松籟』（昭14、三省堂）。『冬霞』（昭18、龍星閣）。『村住』（昭22、七曜出版社）。ここまでは虚子選のみを収録。『母子草』（昭24、武蔵野書房）。『朴若葉』（昭25、書林新甲鳥）。『晩涼』（昭30、近藤書店）。『古稀春風』（昭32、龍星閣）。『愛日抄』（昭36、角川書店）。『喜寿以後』（昭40、句集「喜寿以後」刊行委員会）。『傘寿以後』（昭43、東京美術）。『米寿前』（昭46、東京美術）。『年の花』（昭48、龍星閣）。『齢愛し』（昭53、龍星閣）。その他自句自解、自選句集、自註句集も多数。昭和四六年芸術院賞受賞。昭和四九年芸術院会員となる。

〔代表句〕（『草の花』所収）

よろこべばしきりに落つる木の実かな

楽しい気持ちで林間にあれば、木の実がぱらぱらと降ってくる。そのリズムがまた楽しく、木の実もまた自分の思いに応えて落ちてくるように感じられる。「木の実落つ」が秋の季語。秋の大気を感じながら読みたい。

再び虚子の序文から引けば、「作者の温情が句の底を流れてをつて、いかに草木花鳥に親愛を感じてゐるかを物語る」。衒いのない言葉で詠んで、句の調子は滑らか。心の動きをいきいきと伝える。

みちのくの伊達の郡の春田かな

内容からすれば、みちのくと呼ばれた東北、福島県北部の、伊達郡の春田であることよ、というだけの句。そこから鑑賞が広がる。たとえば「見るかぎり春田がうち続いている。まだ耕作の行われる前で、土はやや凍解けているが、畦など全く冬のままで、いたるところ欠け落ち、そこを通る人影もなく、飛び立つ一羽の鳥の影も見えない。しかし、その田をながめつつ、作者はようやく春の来たことを感じているのである」（水原秋桜子『近代の秀句』）

「～の～の」と繰り返して豊かな連想を伴う言葉を重ね、ゆったりとしたリズムを刻む。すべては春田のイメージに収束し、懐古の情を伴う北国の春田の景色が読者の心に広がる。具体的な描写は一切省略して読者の鑑賞に任せた。後年の〈まさをなる空よりしだれざくらかな〉（『松籟』）同様に、言葉少なくして、リズムよく読者を誘い込む句だ。

提げ来るは柿にはあらず烏瓜

向こうからやってくる人の手にした枝に、柿色の実が下がっている。近づいてみると烏瓜だった。ささやかな出会いを描く。近づいてくる烏瓜の色が心に残る。見間違いも含めて複雑な状況を、やすやすと一句に収めている。

夏山の立ちはだかれる軒端かな

山が近々と見える軒先。生命力にあふれた夏には木々も勢いを増して山がいっそう大きく見える。まるで軒端に山が立ちはだかるようだ。夏山の存在感を擬人法で描いた。

〔参考〕 角川書店『俳句　富安風生追悼特集』（昭54・5）、遠藤文子『富安風生の思い出』（平23、講談社出版サービスセンター）

［岩田由美］

『不器男句集』（一九三四刊）

芝《しば》　不器男《ふきお》

〔内容〕『不器男句集』は、昭和九年、横山白虹の編集により天の川遠賀支社から刊行された全句集。序・吉岡禅寺洞、跋・横山白虹。別冊付録の『落暉』には、芝不器男による「内田慕情論」と内田慕情による「芝不器男論」、横山白虹による「白皙の人」が収録されていた。このうち句集の方は、同二二年になって、石田波郷によって復刻され、現代俳句社から上梓され、『芝不器男句集』となった。同四五年、飴山實の編集により、『定本芝不器男句集』が刊行された。『不器男句集』は、大正一四年から昭和五年までの百七十五句を収録。「藹玉」「苜蓿」「山霧」「碧玉」「暖炉」の五章に分けられている。

〔特色・評価〕芝不器男は二六歳で夭逝。生涯に作ったのは三百五十句ほどといわれる。しかし、作品は極めて完成度が高く、これまでに横山白虹、石田波郷、飴山實ら様々な俳人によって作品集が編まれた。生前、伝統派の高浜虚子と新興俳句系の吉岡禅寺洞の絶賛を同時に受けるという、古典性と近代性が同居した稀有な作家としても知られる。端正で格調の高い句の中に、時間と空間を大胆に捉える印象明瞭な作風が注目される。

〔作者と業績〕芝不器男は明治三六年（一九〇三）、愛媛県明治《あけはる》村松丸（現・松野町）の芝家に生まれる。七歳のとき、父死没。宇和島中学校四年修了で松山高等学校に入学する。東大農学部に入学したが、帰省中の大正一二年に関東大震災があり、そのまま中退。同一四年、東北大学機械工学科に入学する。俳句は高校時代に『虚子句集』を読み始め、同一二年に「枯野」句会に参加。その後、吉岡禅寺洞の「天の川」を読み始めるようになり、同一四年秋から本格的に投句を開始。『天の川』雑詠欄に不器男時代を画することになる。同一五年秋からは、『ホトトギス』にも投句した。昭和二年四月に東北大学を退学。昭和三年、養子に入ることの決まっていた太宰家の娘の文江と結婚して太宰家の養嗣子となり、新婚生活を送る。昭和四年四月末に発病して、九月に九州大学に入院して治療を受ける。退院後の十二月より横山白虹を主治医として福岡市内に仮寓。翌五年（一九三〇）二月二四日に亡くなった。

不器男が俳人として活動したのは、大正一四年末から昭和五年初めの五年余りにすぎない。『天の川』の吉岡禅寺洞は、「俳壇に流星のごとく現はれて流星のごとくに去った、若き情熱の作家」と絶賛。石田波郷は『不器男句集』を復刊させた理由を「戦後俳壇の為に『現代俳句』の編集を始めたとき、昭和に入ってからの物故俳人の中で現代俳句につながる作風の先駆として、先づ紹介したい作家は芝不器男であった」としている。

〔代表句〕（『不器男句集』所収）

永き日のにはとり柵を越えにけり

大正一五年「天の川」初出。〈永き日〉は春の季語で、日が永くなったことへののどかな心持ちをあらわす。放し飼いにされた鶏の動作に焦点を絞って全体を伸びやかな韻律で詠み上げることで、時間の流れが止まったかのような悠久の空間を出現させることに成功している。

向日葵の蕋を見るとき海消えし

大正一五年『天の川』初出。向日葵の鮮やかな黄色と蕋の褐色、夏の強烈な陽射しを受けて輝く紺青の海という色調の対比が際立つ。『天の川』誌のよきライバルであり、のちに新興俳句時代に活躍した内田慕情は、「油絵のような発色の強さがある。しかし色と色との境界は鋭利でないためにモデレートな快い印象をあたえてやまない」と不器男の作風を評した。

あなたなる夜雨の葛のあなたかな

大正一五年『ホトトギス』初出。東北大学在学中の句で「二十五日仙台に着く、ここよりふるさとへのはるかなる道程をおもへバ」の前書き。「暗闇の中にただその夜雨の葛といふ光景がまぼろしの如く描き出された」〈絵巻物〉のような句という高浜虚子の鑑賞が知られている。〈あなた〉は彼方の意味。〈あなた〉のリフレインとA音の連なりが、しっとりとした静謐な情趣を生んでいる。

白藤やゆりやみしかばうすみどり

昭和三年『ホトトギス』初出。白い藤の花房が風に揺れたあと、静かに垂れている様子を表している。〈白藤や〉と〈や〉の切字が用いられることで、眼前に広がる近景としての白藤の花だけではなく、背後に広がる遠景としての新緑の色までも想像される。〈うすみどり〉は花房にさす淡い緑色の翳であるとともに、晩春から初夏へと移ろう季節の感触や光の揺らぎを象徴している。不器男は『万葉集』や『アララギ』の短歌に親しむと同時に、『ホトトギス』誌で、主観を流麗なしらべによって表す方法を説いた水原秋桜子の主張に注目していた。

一片のパセリ掃かるゝ暖炉かな

昭和五年『天の川』初出。亡くなる三か月足らず前の同四年十二月二十九日の夜、福岡市内の仮寓の枕頭で不器男を慰めるため横山白虹が開いた小句会で作られた絶筆三句のうちの一句。内容や素材の上でも、新興俳句のモダンな傾向が認められる。不器男は『万葉集』や芭蕉など日本の古典に親炙すると同時に、ゲーテやチェーホフを愛読する当時の時代思潮に敏感な青年でもあった。

〔参考〕飴山實『芝不器男伝』（昭45、昭森社）、堀内統義『峡のまれびと』（平8、邑書林）、川名大『俳句に新風が吹くとき』（平26、文學の森）

［田中亜美］

『川端茅舎句集《かわばたぼうしゃくしゅう》』（一九三四刊）

川端茅舎《かわばたぼうしゃ》

〔内容〕 昭和九年十月、玉藻社刊。『ホトトギス』第三三二号から四四五号（大正一二年［一九二三］秋から昭和八年八月）までの雑詠欄の高浜虚子の選を得た句のみを収めた第一句集。序・高浜虚子。

〔特色・評価〕 句集の冒頭から露の句が二十六句も並び、一特色を成す。山本健吉は「露はこの句集の美目をなしている」と評している。虚子は序文で、「露の句を巻頭にして爰に収録されてゐる句は悉く飛び散る露の真玉の相触れて鳴るやうな句許りである」と書いた。露の佳句の多さから、茅舎は「露の茅舎」とも称された。また、本句集にも見られる仏教用語を用いた茅舎の作品世界を、中村草田男は「茅舎浄土」と表現した。

〔作者と業績〕 川端茅舎は明治三〇年（一八九七。戸籍上は三三年）、東京日本橋蛎殻町生まれ。本名は信一。別号に遊牧の民、俵屋春光。異母兄は日本画家の川端龍子。生家は煙草小売商を営む。獨協中学校在学中に聖書に親しむ。父親の期待を受け医学の道を目指すが受験に失敗。その後画家を志し藤島武二絵画研究所に通った。生家を離れ母の営む芸者置屋の一間に住み、茅庵と称す。趣味人の父の影響で十七歳で俳句をはじめる。大正四年（一九一五）『ホトトギス』初入選。大正期の茅舎は、画業を専らとしながら、大場白水郎の筍頭会に出たり、『渋柿』『俳諧雑誌』『土上』など他にも複数の俳誌に投稿していた。大正七年、句友西島麦南の誘いに応じ、武者小路実篤の「新しき村」村外会員となる。その縁から、同一〇年白樺派の画家岸田劉生に師事。同年、禅僧大島丈道を知り、草庵で修行。丈道の紹介で京都東福寺の塔頭正覚庵の平住温州を訪ね、しばらく滞在。同一二年、自宅で関東大震災に被災。一家で長野の旅館に避難の後、震災被災後の劉生が京都に移り住んでいたこともあり、昭和二年まで先の正覚庵に寄宿。参禅し、画業に励んだ。これらの宗教体験と画業とは、茅舎の句作のバックボーンとなった。この間、『ホトトギス』大正一三年一一月号雑詠欄で初の巻頭。松本たかしとともに、四Sに続く新人として頭角を現す。池内たけしは、投句の茅舎の住所が東福寺なので、直接会うまでお坊さんと思いこんでいたと追悼文で回顧している。昭和四年（一九二九）、師の岸田劉生が急逝し画業から遠ざかる。さらに昭和六年脊椎カリエスで入院。画業を断念し、療養生活が続くなかで最晩年まで情熱的に俳句に専心した。『ホトトギス』同五年十二月号で雑詠欄二度目の巻頭。翌年は一月号、十二月号と二度巻頭を得ている。同八年十二月号より同一一年七月号まで三二編に及ぶ「花鳥巡礼」を『ホトトギス』に連載。同九年六月同人推挙。十月、第一句集『川端茅舎句集』発刊。同一四年五月、第二句集『華厳』（龍星閣）刊行。同書は『川端茅舎句集』所収句以降、昭和一四年春までの三百句を年代順に配列したもので、冒頭の虚子の短い序文「花鳥諷詠真骨頂漢」は有名。同一六年六月第三句集『白痴』（甲鳥書林）刊行。同一四年から一六年までの『ホトトギス』掲載以外の発表句二百四十を鈴木抱風子が集め制作年代順に配置したもの。刊行には間に合ったものの、既に病状が悪化しており、同年（一九四一）七月没。

〔代表句〕（『川端茅舎句集』所収）

金剛の露ひとつぶや石の上

〈金剛〉は仏教用語でダイヤモンド。古来儚く消えるものの代表として用いられてきた〈露〉（秋の季語）に、金剛石の堅固さと周囲を照らす輝きを見いだし、独自の作品世界を構築している。山本健吉は、「何か造花の精錬の力が一粒の露に凝縮しているよう」と評す。

蚯蚓鳴く六波羅蜜寺しんのやみ

〈蚯蚓鳴く〉は秋の季語で、蚯蚓が鳴くのは空想。〈六波羅蜜寺〉は京都東山にある密教の寺院で、「波羅蜜」は「彼岸に至る」の意。その呪文めいた響きの名の寺の真闇の中に、実際にはない蚯蚓の声を聞いているという。実世界に虚を置く絵画的な発想の句といえよう。

〔その他〕『川端茅舎句集』と題した単行本は、現在四種類ある。①『川端茅舎句集』本項の句集。②『定本川端茅舎句集』（昭21、養徳社）。扉の後に「著者筆蹟」（雑詠投句原稿五句）と高浜虚子の追悼写生文「庭の花」。『川端茅舎句集』、『華厳』、「華厳以後」（『白痴』の他、諸誌から抄出したもの）を所収。③『川端茅舎句集』（昭32、角川文庫）。②を定本とし茅舎の短文集「花鳥巡礼」と「解説」（松本たかし）、「年譜」（深川正一郎）を加える。④『川端茅舎句集』（昭56、日本近代文学館）。名著復刻で①を正確に復刻したもの。

〔参考〕『川端茅舎全句集』（令4、角川ソフィア文庫）、岸本尚毅著『川端茅舎の百句』（令5、ふらんす堂）

［橋本　直］

『雑草園《ざっそうえん》』（一九三四刊）

山口青邨《やまぐちせいそん》

〈内容〉 昭和九年龍星閣刊。大正一一年から昭和九年の十三年間、著者三十歳から四十二歳までの五百四十六句を収める第一句集。序は高浜虚子。

〈特色・評価〉 青邨は〈みちのくの町はいぶせき氷柱かな〉を含む四句で、昭和五年五月『ホトトギス』雑詠の巻頭を初めて得た。『雑草園』においても「みちのく」を詠み込んだ句は多く、いずれも故郷への深い愛着が感じられる。気候に恵まれない鄙びた土地というイメージを生かしながら、懐かしいふるさとの景色を詠う。細かい描写より、情緒を伝えることに重きを置いた句風である。「青邨のみちのくの句は唄だ。（中略）かなしく、わびしい唄だが、本人は愛しくて仕方がないのだ」（古舘曹人『青邨俳句365日』平3、梅里書房）。

私は盛岡で生まれて盛岡で育つた、貧乏士族の家の四男坊に生まれて、かうした山間僻地で人と成つたのである、私の性癖はそこに根ざし、そこに影響を受けてゐる、時あつてか、私の頭の中にはみちのくの春、みちのくの秋が閃く、私の眼の前にはみちのくの山、みちのくの川が髣髴する、私はそれを句に詠む、古里は私の詩嚢の一部分である。

跋で青邨は語る。

明治生まれの文人である青邨は漢詩文の造詣も深い。〈摘草や嬋娟として人の指〉〈維好日牡丹の客の重なりぬ〉などの漢詩文に見られる語を自在に使った句や、〈菊咲けり陶淵明の菊咲けり〉（『雪国』）等が名高い。漢語がそのままに詠み込まれた句は『雑草園』にも多くはない。むしろ、漢詩の対句の手法を取り入れたことが、青邨の句の魅力になっているのではないかと大屋達治は示唆する（「山口青邨論」『12の現代俳人論下』平17、角川学芸出版）。

〈作者と業績〉 明治二五年（一八九二）岩手県盛岡市に生まれた。本名、吉郎《きちろう》。四三年仙台の第二高等学校に入学。ドイツ語教授登張信一郎（竹風）に影響を受ける。長兄の感化で漢詩を作る。大正二年東京帝国大学工科大学採鉱学科入学。子規、虚子らによる『蕪村句集講義』を精読。卒業後は古河鉱業を経て、農商務省に勤務。大正九年文芸雑誌「玄土」の創刊に参加し、シュトルムの「蜜蜂の湖」を訳出。大正一〇年東京帝国大学助教授となる。

大正一一年、『ホトトギス』に俳句と文章の投稿を始める。富安風生、水原秋桜子らと東大俳句会を設立。昭和三年九月ホトトギス講演会で「どこか実のある話」と題して講演した。「秋桜子君にしても、素十君にしても、青畝君にしても、誓子君にしても…この四人は何と云つても今日俳壇の寵児であり流行児であります。東に秋素の二Sあり！西に青誓の二Sあり！」（『ホトトギス』昭和四年一月号）この一節から「四S」という呼び名が始まった。

昭和四年ホトトギス同人となる。昭和五年『夏草』創刊。主宰・雑詠選者として迎えられる。昭和九年東大ホトトギス会を設立し、学生の指導に当たる。第一句集『雑草園』、第一随筆集『花のある随筆』刊行。昭和一二年から一四年、ヒトラー全盛時代のベルリンに留学し、ヨーロッパ各地を訪問。帰国後教授となる。昭和一七年の第二句集『雪国』（龍星閣）には外遊の句も多い。

その後も次々と句集、随筆集を刊行しながら、昭和六三年（一九八八）、九十六歳で亡くなるまで、生涯学問と文学を追い求めた。十二冊の句集に加えて遺句集があり、随筆は八冊を数える。『夏草』は有馬朗人、黒田杏子等多くの俊秀を育て、青邨生誕百年の平成三年に終刊となった。

〈代表句〉（『雑草園』所収）

摘草や嬋娟として人の指

「摘草をする人の美しい指を眼にえがいて作った」という作者の言葉がある（『自註現代俳句シリーズ　山口青邨集』昭54、俳人協会）。嬋娟《せんけん》とはあでやかで美しいさま。春の野の緑に映える白くなよやかな指を思わせる。〈嬋娟として〉というきりりとした語感が快い。

天近く畑打つ人や奥吉野

吉野といえば桜の名所だが、この句は花見には少し早い時期の奥吉野を詠む。ひっそりとした山間の土地。見上げれば、山肌に畑を打っている人がいる。〈天近く〉という言葉に高さと遠さが感じられる。旅先で見かけた光景を的確に写生した。

みちのくの雪深ければ雪女郎

雪女郎・雪女が冬の季語。みちのく、つまりは「道の奥」と呼ばれる辺境の地は雪が深い。そこでは雪女の伝説もいっそう身近に感じられる。リアルな内容はないのだが、〈みちのく〉と〈雪女郎〉という、情緒や連想の広がる言葉を使い、快い調子だけで読ませる句である。

をみなへし又きちかうと折り進む

野の花をつぎつぎに剪る。黄色い女郎花。紫の桔梗。盆花かもしれない。どんどん束にしていく。野を進んでいく心の弾みがある。

をみなへし、きちかうという平仮名の表記も考え抜かれている。漢字での表記より、生きた花の柔らかい感触を伝える。その中で〈きちかう〉という固い音は一句を引き締める。

〈参考〉 古舘曹人『山口青邨の世界』（平3、梅里書房）、『山口青邨季題別全句集』（平11、夏草会）　［岩田由美］

『山行《さんこう》』（一九三五刊）

石橋辰之助《いしばしたつのすけ》

〈内容〉 昭和一〇年、馬酔木叢書第八編として沙羅書店刊。定価一円三〇銭。四六判、紙箱入。目次四頁、本文一五二頁、一頁三句組、序とあとがきはない。作品は「昭和六年以前」の一三句から始まり、「昭和拾年」までの計三二五句を作製年代順に並べる。また、昭和八年から一〇年の章は連作俳句で占められているのが特徴的である。

〈特色・評価〉 山岳を詠んだそれまでの俳句は麓から眺めたものであったり、遊覧的なものであったが、本書の作品は日本初の本格的な山岳俳句、登攀者としての俳句との評価を受けている。目次を開いたのみでも赤城山、穂高岳、劔岳、信州大河原峠などの名が出てくる。

岩灼くるにほひに耐へて登山綱《ザイル》負ふ

霧ふかき積石《ケルン》に触る丶さびしさよ

わが国のスポーツとしての登山は一九二一年、槙有恒のアイガー東山陵の初登攀を通して徐々に浸透していったが、それまでは神や魔物が住むところとして多くの高山は恐れの対象であった。辰之助が山岳俳句を作った時代はわが国の近代的な登山の揺籃期に当たる。掲句の〈登山綱〉や〈積石〉にはルビが振られており、それを見ればザイルやケルンなどの語がまだ一般に普及していなかった頃であることがわかる。そのような時代にあって積極的に高山の登山に挑み、清新な山岳俳句を生み出した価値は高い。

この句集は後半が連作俳句で占められているのが一つの特徴だが、昭和初期の『馬酔木』では一句のみでは表すことのできない世界を表現しようと、水原秋桜子主導の下、連作俳句が広範かつ盛んに試しみられた。新たな俳句世界を開拓しようとする当時の熱気が伝わる。

本集を出した後辰之助は、次第に山岳俳句から離れ、第三句集『家』の自序では「『山行』『山岳画』を経て、積極的に山岳を対象としなくなつた私の俳句が果してどういふものになつてゆくか」と記し、社会意識の濃い句を作り始める。辰之助が登攀を通して表現した青春の輝きともいうべき作品がこの一集に残ることとなった。

〈作者と業績〉 明治四二年（一九〇九）五月二日、東京市浅草区（現、台東区）に生まれる。開成中学校に入学後中退、安田保善工業学校（現、安田学園）電気科へ編入学、昼間は商工省に勤め、夜間に学ぶ。卒業後は帝国劇場に入社、照明助手を経て日活（元、日本活動写真株式会社）に入り、神田日活館に勤め、昭和一〇年、新宿帝都座に勤務。俳句は職場の商工省で手ほどきを受け、昭和三年頃より『ホトトギス』『土上』に投句が載る。四年より竹秋子と号し『馬酔木』に投句。六年、水原秋桜子の離脱に伴い『ホトトギス』を離脱、以降は辰之助の名で『馬酔木』に拠る。

七年、第一回馬酔木賞を受ける。翌年、第一期馬酔木自選同人となる。一〇年、第一句集『山行』を上木。一二年、第二句集『山岳画』を上木するとともに作風の展開を求めて『馬酔木』を離れ、新興俳句運動に加わる。同年、杉村聖林子と『荒男《あらお》』を創刊する。

一三年、『京大俳句』に参加、一五年、西東三鬼や東京三（秋元不死男）らと『天香』を創刊、俳句の関心は戦時下の重圧に喘ぐ社会に向いてゆく。だが、同年五月、新興俳句弾圧事件で身柄を拘束され、作家活動を断たれる。戦後は新生日本映画社で製作課長に就く。二一年、新俳句人連盟に参加し、幹事に選ばれる。創刊された連盟の機関誌『俳句人』に拠り本格的な俳句活動に入るが、二三年（一九四八）八月、結核に罹患し入院、同月二一日逝去。

句集は『山行』（昭10、沙羅書店）、『山岳画』（昭12、龍星閣）、『家』（昭15、三省堂）、『妻子』（昭23、七洋社）、『山暦』（昭26、朋文堂）がある。

〈代表句〉（『山行』所収）

藺干すや農鳥岳にとはの雪

農鳥岳は標高三千米余、山梨と静岡の県境にある白根三山の一つ。農事を始める目安とした鳥の形の雪形がその名の由来。小さな干藺と背後の大きな農鳥岳の対比と、干藺と雪の白色の色彩感を生かしつつ、ゆったりと構えている自然の中であれこれと忙しい山村の生活を描き出している。

朝焼けの雲海尾根を溢れ落つ

高山の山小屋で迎えた朝の光景だろう。臨場感溢れる中七下五の表現は師の秋桜子に絶賛された。静かにも力強い、この躍動感に満ちた表現はまさに言葉で綴った動画である。作者は照明技師として映画と身近に接していた。その視線から生まれた表現ではなかろうか。

登山綱《ザイル》干す我を雷鳥おそれざる

まるで日常生活の一こまのように登山生活を描き出している。日常生活と違うのは干しているものがザイルであることと、雀や鶏ではなく雷鳥であること。雷鳥は夏羽は褐色、昼間は隠れていて、朝夕に草原に出てくる。作者に命懸けの登攀をしてきたという気負いはない。登山の熟達者であることを窺わせる。

炉火守りて焼岳凍る夜を寝ねず

「山小屋想片」として纏められた連作のうちの一句。この句の発表の前年に作者は上高地に行っている。その時は〈おとろへし吹雪の天に岳《ヤマ》は燃ゆ〉と焼岳を詠んでいるが、この句は厳しい山生活を強いられる小屋守に焦点を合わせている。馬酔木調とも言われる、短歌的な抒情を湛えた調べである。

［橋本榮治］

『松本《まつもと》たかし句集《くしゅう》』（一九三五刊）

松本《まつもと》たかし

〔内容〕 昭和一〇年、欅発行所刊。著者十八歳の大正一三年頃から二十七歳の昭和八年までの約十年間の七百九句を収める第一句集。序・高浜虚子、後記・松本たかし。作品を春夏秋冬新年別に六百五十五句収録し、巻末に季題索引が付してある。また別に、「恵那十日句録」五十四句を収める。七頁にわたる虚子の序文は、昭和四年一月号から昭和七年六月号まで『ホトトギス』に掲載された雑詠句評会から抜粋して転載したもの。その抜粋は虚子評のみで、〈赤く見え青きも見ゆる枯木かな〉〈藪の空ゆく許りなり宿の月〉など六句について言及した評である。

なお、句集上梓直前に父長《ながし》が脳溢血で急逝したため、扉に「父に捧ぐ」という献詞が添えられている。

〔特色・評価〕 松本たかしは、能の名門の長男に生まれながらも、宿痾のために能役者を断念せざるを得なかった。そのため、たかしの作品には、能の格調や気品、それと病者特有の鋭敏な感覚や繊細さがあらわれている。

虚子は、たかしの句〈雨音のかむさりにけり虫の宿〉の「かむさりけり」について、「言葉を見出すのが巧みだとも言へるが、その感じが鋭敏だとも言へる。両者は一にして二ならずといふべきである」（『ホトトギス』昭和四年一月号）とたかしの繊細さと言葉の選択の巧みさを評価した。そして、虚子は水原秋桜子や山口誓子ら以後の『ホトトギス』の中心作家としてたかしや川端茅舎、中村草田男らを輩出させた。

〔作者と業績〕 松本たかしは明治三九年（一九〇六）、東京市神田区猿楽町（現、千代田区）生まれ。父、長、母ふみの長男。本名は孝。家は代々江戸幕府所属の宝《ほう》生《しょう》流座付の能役者の名門。家業を継ぐべく五歳から稽古を始め、八歳のとき「草紙洗《そうしあらい》」で初舞台を踏んだ。将来を嘱望されていたが、大正九年秋十四歳のときに肺尖カタルを病んだことが契機となって神経衰弱なども加わり、次第に能役者への道を断念した。しかし、終生能から離れることはなく、能に関する俳句も多く、また、能についての随筆や小説もある。

たかしが俳句に興味を持つようになったのは肺尖カタルの療養中のことで、父の忘れていった『ホトトギス』を読んだことに始まる。虚子に大正一〇年に師事し、本格的に俳句に取り組むようになるのは大正一五年である。この年以後約二十年間、鎌倉浄明寺の小家に住み、療養しながら句作生活に入る。体調のよいときは各地の知人や弟子のところへ旅行し句作する。戦時中岩手県へ疎開するが、終戦後は杉並区久我山へ転居し、その地で過ごす。

『ホトトギス』初入選は大正一一年〈霰来て焚火人去る渚かな〉〈踊見る踊り疲れを憩ひつゝ〉である。昭和四年には『ホトトギス』三月号で〈鶺鴒のあるき出て来る菊日和〉〈狐火の減る火ばかりとなりにけり〉などの句で巻頭を飾る。虚子は「狐火」の句を「写生にあたって用ひる言葉が、普通の人より一段高いところにある」とたかしの技巧的センスを高く評価している。同年、ホトトギス同人に推挙。この頃から看護師の高田つやと結婚生活に入る。やがて茅舎、高野素十らと交友を深めた。殊に茅舎とは親しく、茅舎はたかしを評して「生来の芸術上の貴公子」といった（跋『鷹』昭13、竜星閣）。たかしは茅舎没後に「茅舎研究」を吉野秀雄、皆吉爽雨、島村重雄らと行い、茅舎を顕彰した。この研究は昭和二一年二月に創刊した『笛』に連載。『笛』では「只管写生」を唱え、一貫して自然の写生ということにその意を尽くした。

第四句集となる『石魂』では昭和二九年第五回読売文学賞を受賞。昭和三一年（一九五六）五月、脳血栓がもとで死去。享年五十歳。

〔代表句〕（『松本たかし句集』所収）

羅《うすもの》をゆるやかに着て崩れざる

羅は盛夏に用いる絽や紗など薄絹で作った単衣の着物である。薄くて軽やかであるが、その分着こなしも難しい。きちんと着てこそ涼しげに見えるのである。〈ゆるやかに着て〉かつ〈崩れざる〉という姿は、粋であり端正である。和服を好んで用いていた作者ならではの作品である。

芥子咲けばまぬがれがたく病みにけり

芥子の花は初夏に咲く。薄い四弁の花びらは優美で散りやすい。どこかはかなさを漂わせている花であるが、この花の咲く頃は決まって病状が悪化するのである。ひ弱な感じのする芥子の花と病が結びつき、〈芥子咲けば〉と叙したところに宿痾の病であることが籠められていよう。また、芥子の実は毒性があることから、妖しさや死のイメージが付きまとう。この句には、作者特有の心の動きや言葉の運びの巧みさがある。

〔その他〕 昭和一五年から一九年まで、九人のホトトギス若手俳人による句会「九羊会」がある。会員は松本たかし、川端茅舎・星野立子・中村草田男・中村汀女・深川正一郎・福田蓼汀・京極杞陽・池内友次郎。会名は高浜家の紋所「九曜星」から虚子が命名し、虚子が選句した（句会稿「九羊会」虚子記念文学館蔵）。

〔参考〕『たかし全集全四巻』（昭40〜43、笛発行所）、香西照雄「解説」『現代俳句体系二』（昭47、角川書店）、上村占魚編『松本たかしの世界』（平1、梅里書房）

［黒川悦子］

『白い夏野』（一九三六刊）

高屋《たかや》窓秋《そうしゅう》

〈内容〉 昭和一一年、龍星閣刊。出版社龍星閣の主人の沢田伊四郎の企画で出版された。昭和六年から同一〇年までの一一五句を連作形式の二十五章で構成し、制作年順に収録した第一句集。新興俳句運動初期の代表的句集とされる。二十五章のタイトルは「雑」「虻」「蒲公英」「南風」「海辺」「露」「おもひ求めて」「雪」「さくらの風景」「麦」「青蛾」「かなかな」「蛾Ⅰ」「月夜」「夜の庭」「夜の庭で」「山鳩」「風邪の朝」「春愁」「無題」「蛾Ⅱ」「蛾Ⅲ」「北へ」「乾燥期」「山に憩ひて」。

〈特色・評価〉 高屋窓秋は新興俳句の初期（昭和六年から同一〇年くらいまで）に、自らの初期作品の完成を了えている。『白い夏野』の制作時期は新興俳句の初期と完全に合致する。この句集で確立された心象風景を描く手法、テーマ主義に基づく連作の試み、俳句形式という器に盛られた西欧的な詩精神（モダニズム）は、後進の富澤赤黄男や渡辺白泉、西東三鬼ら新興俳句の代表的俳人に圧倒的な影響を与え、現代俳句の先駆的存在といえる。

〈作者と業績〉 高屋窓秋は明治四三年（一九一〇）愛知県名古屋市生まれ。本名は正国。大正一五年、十六歳から俳句をはじめる。昭和二年、初期の肺結核にかかっていることが分かり、療養に専念するとともに『馬酔木』『破魔弓』（のちの馬酔木）に投句を始める。同五年、『馬酔木』発行所を訪ね、水原秋桜子に師事する。同六年、法政大学文学部英文科入学。同年、秋桜子は「自然の真と文芸上の真」を唱えて『ホトトギス』を去るが、窓秋は秋桜子が勧めていた連作俳句を多く作り、『馬酔木』同人として編集・経営の面でも、石田波郷らとともに秋桜子を支えた。同一〇年、『馬酔木』同人を辞し、俳句から一時的に離れる。同一一年、第一句集『白い夏野』刊行。法政大学卒業。同一二年戦争俳句の先駆的句集となる第二句集『河』を書き下ろし、以降『風』『広場』『京大俳句』に参加したが、一三年満州（中国東北部）に就職したことをきっかけに、作品発表がなくなる。戦後に帰還し、同二三年『天狼』の創刊同人として参加、翌年『俳句評論』同人を経て『未定』同人となるが、句作はたびたび中断した。第三句集『石の門』（昭和28）。第四句集『花の悲歌』（平5）。平成一一年（一九九九）、死去。

窓秋の業績は、昭和初期の新興俳句運動を山口誓子とともに実作面で先導したことにある。従来の客観写生や花鳥諷詠から離れ、「言葉が言葉を生み、文字が文字を生む」句作により、イメージを心象風景として詠む方法を確立。テーマ主義の句作を貫き、連作構成によって、近代詩に通底するような清新な詩情を表現した。切れ字や体言止めといった俳句の伝統的技法や文語に拠るのではなく、動詞の終止形や連体形を多用した散文的な定型口語表現は、新興俳句における主流の文体となった。

〈代表句〉（『白い夏野』所収）

頭の中で白い夏野となつてゐる

『馬酔木』昭和七年初出。句集では冒頭に置かれた「雑」という章に置かれている。頭はズではなくアタマと読むことを前提にしていたとの自註がある。窓秋は〈白い夏野〉という文字を原稿用紙に書いて一週間くらい見続けた結果、この作品を得た。「白い色が好きだった。絵でも何でも『白』に関心をもっていた。そして「白」の追求。―『夏野』は、必然的に『白い夏野』でなければならなかった」と創作動機を述べている。リアリズム的写生であれば緑一色の夏野をあえて〈白〉と捉えたのは、〈頭の中〉のイメージから生み出される心象風景ゆえである。この作品以降、モダンで清新な詩情を醸し出す〈白〉という色彩は、多くの新興俳人に愛用されるようになった。

ちるさくら海あをければ海へちる

『馬酔木』昭和八年初出。「さくらの風景」と題された連作の最後に置かれた作品で、窓秋は「日本人の心を詠ったもの」と述べている。〈白い夏野〉の〈白〉同様、〈さくら〉と〈あを〉の色彩感が新興俳句の先駆的存在となった。青年たちに愛誦され、後年、特攻隊をテーマにした劇映画のオープニングに用いられた経緯もある。

山鳩よみればまはりに雪がふる

『馬酔木』昭和九年初出。初出では下五が〈雪が降る〉の表記だったが、柔らかな印象の平仮名表記に改められた。「山鳩」と題する章の一句で、山鳩の声に気付いてから飛び去ってゆく過程を記した映像的な構成は、新興俳句に特有の手法である。

煖房に血の疲れゆき日を憂ふ

『馬酔木』昭和一〇年初出。「乾燥期」と題された章の一句。「乾燥期」の章は都市や工場を題材にした五句を収録。それまでのどちらかといえば唯美主義的な作品とは異なり、当時の社会状況に対する個人的な生活感情を反映している点に大きな特徴がある。〈煖房〉は冬の季語だが、窓秋自身の関心は〈しんしんと肺碧きまで海のたび〉（篠原鳳作）といった同時代に推進されはじめていた新興無季俳句に傾いていたことを窺わせる一句でもある。

〈参考〉 『高屋窓秋全句集』（昭51、ぬ書房）、三橋敏雄「遺された『白い夏野』」（『俳句研究』昭45・5）、川名大『挑発する俳句　癒す俳句』（平22、筑摩書房）

［田中亜美］

『長子《ちょうし》』（一九三六刊）

中村草田男《なかむらくさたお》

〔内容〕 昭和一一年、石塚友二の沙羅書店刊。昭和四年から十一年（作者二十八歳から三十五歳）までの『ホトトギス』発表句を中心に、高浜虚子選に自選句十九を加えた三百三十八句を収める第一句集。戦後間もない昭和二一年に松本たかしの笛発行所から跋文のみ新たに加えて再刊され、いずれも春夏秋冬の四季別編集である。

句集冒頭の虚子の言葉「印度洋を航行して居る時もときどき頭をもたげて来るのは　秋の航一大紺円盤の中　草田男　といふ句でありました」から、草田男の存在が「秋の航」の句とともに俳壇で一躍有名になった。

〔特色・評価〕 昭和四年、草田男は『ホトトギス』の高浜虚子を訪問し、東大俳句会に入会。虚子の教えである「花鳥諷詠」「客観写生」に従い、俳句を通して自然のいのちに触れ合い、そこで得た感動を積極的に俳句作品にしてゆく。そのお陰で十代からたびたび襲われた神経衰弱（今日では、神経症性障害の一つ）など精神の脆弱さや、虚無感・死の不安から救われていった。そして八年にもわたる大学生活を終え、成蹊学園に就職し、生涯の伴侶を得る。『長子』の特色は向日的な生命賛歌である。〈黄楊の花ふたつ寄りそひ流れくる〉〈乙鳥はまぶしき鳥となりにけり〉など初心の頃から描写力に優れ、よく知られている句〈蜻蛉行くうしろ姿の大きさよ〉〈降る雪や明治は遠くなりにけり〉からは作者の感動がよく伝わってくる。〈木葉髪文芸永く欺きぬ〉では自分の感慨に対して季語を象徴的に活用している。

『長子』は虚子の唱導する花鳥諷詠に従い、写生を心に据えて詠まれた作品が収められている。しかし単なる自然詩ではなく作者の内奥が反映しているところに特色がある。人間を詠みたいとの思いが季語と内容に生かされたこの句集は俳壇で高い評価を得た。

〔作者と業績〕 中村草田男は明治三四年（一九〇一）七月二四日、清国福建省厦門《あもい》の生まれ。当時、父・修《まさき》は清国領事。三歳の時、帰国し、松山市郊外、松前町に住む。七歳から四年間の東京生活を経て十一歳のとき、松山へ帰郷。十代に松山中学校回覧同人雑誌『楽天』で出会った友人（伊藤大輔、伊丹万作）たちから大きな影響を受ける。二十四歳で一家が東京に転住。東京帝国大学文学部独文学科に入学。神経衰弱により一年間休学の末、虚子の指導を受けて大学に復学。二年後には、国文学科に転科し東大俳句会の幹事となる。自分を精神的苦境から救ってくれた虚子を敬い、「花鳥諷詠」「客観写生」を信条としていた。だが次第に自分の心を詠みたいと考えるようになる。昭和一四年の座談会で加藤楸邨、石田波郷らとともに山本健吉から「人間探求派」と呼ばれる。

大戦中は新興俳句に対する反論を展開し、戦争直後は桑原武夫の「第二芸術」論に反発。『長子』の時代は俳句の近代化を推進する草田男の闘いの序章だった。日本の自然に対する美意識と西洋思想の人間観を取り入れ、文芸としての俳句の近代化を求めて思想・心理などを盛り込むようになる。

草田男俳句の特色として向日性、明朗性が挙げられるが、一部の読者には能天気と受け止められ、のちに楠本憲吉や塚本邦雄に酷評されることもあった。その背景には虚無感克服のため作品に明るさを強く求めたことがある。また山本健吉に「腸詰俳句」と揶揄されたが、俳句近代化推進の信念のため、俳句という詩型を酷使するようになったことがその理由である。草田男は人間愛を重視し、文学の基礎となるべき人間性を探究し、俳句に作者の内面を反映させる「二重性の世界」を目指し、俳句の文芸としての地位を確保すべく苦闘した。

〔代表句〕（『長子』所収）

とらへたる蝶の足《あ》がきのにほひかな

「蝶」は春の季語。薄い翅をつまんで目の前にかざすと、か細い針金のような脚をもつれさせるようにして「足が」いている。その動きとともに鱗粉が「にほひ」立つようだ。指先の触覚、「足がき」の視覚、視覚から嗅覚へ転ずる作者の感性の豊かさが誠に清新な作品。

蟾蜍《ひきがえる》長子家去る由もなし

「蟾蜍」は夏の季語。長男である作者は、いかなる理由があっても「宿命の中における決意」として家を守り、決して「家去る」ことはあり得ないとする。蟾蜍の鈍重だがどっしりと地に座す様子が、長子の存在感と響きあい、季語が象徴として見事に効果を発揮している。

玫瑰《ハマナス》や今も沖には未来あり

「玫瑰」は夏の季語。バラ科の落葉低木である玫瑰が砂浜に咲いている。たくましい枝は棘を蓄え、現実の厳しさをのぞかせているかのようだ。青々と広がる海は太陽の光を反射させ、水平線のかなたの明るさには、きっと約束された未来がある。若々しい詩情が溢れる。

曼珠沙華落暉も蘂《しべ》をひろげけり

「曼珠沙華」は秋の季語。落ちてゆく茜色の夕日が光を散らす景と曼珠沙華の豊かな蘂の様子を取り合わせた油絵のような作品。作者の美意識がよく反映された句。

冬の水一枝の影も欺かず

数日前の景が「武蔵野探勝会で立川郊外の曹洞宗の一寺」で一句となったと自注に記す。厳しい寒気の中、「冬の水」が全ての影をきっぱりと映している。「一枝の影も欺かず」と見事にその映像を描写した。「冬の水」の本質を突き、虚子の目をみはらせた。

〔参考〕『中村草田男全集』全十八巻・別巻一巻（平3完結、みすず書房）

［角谷昌子］

『五百句《ごひゃくく》』（一九三七刊）

高浜虚子《たかはまきょし》

〈内容〉 昭和一二年、改造社刊。著者二十歳の明治二七年から六十一歳の昭和一〇年までの四十四年間の作品五百句を収める。序・高浜虚子、後記はない。この句集は『ホトトギス』五百号記念にその号数に合わせた五百句を選んで編まれたもの。茄子紺の表紙と蘇芳色の見返しとの対比が典雅で美しい。明治時代は百二十八句、大正時代は百六十一句、昭和時代は二百十一句それぞれ収められている。大半の句は一頁に一句とゆったりしており、鑑賞も念入りにできる。各句に制作年月と簡単な注が添えてある。

〈特色・評価〉 句集の冒頭は明治二七年の〈春雨の衣桁に重し恋衣〉の句である。この句はロマンチックな連想から詠まれた作品であるが、謡曲『恋重荷』をも想起させ、虚子の親しむ謡曲の世界から句集が始まっているといえる。二九年には〈怒涛岩を噛む我を神かと朧の夜〉〈海に入りて生れかはらう朧月〉などの句があるが、これらは松山に赴任中の夏目漱石と神仙体の句を試みた作品である。神仙体というのは、自分が神や仙人になって俳句を詠むという、現実離れした空想的で理想を追い求めるような甘美な作風である。神仙体は乱調を交えた主観的な句であるが、まもなく終わり、三三年の〈遠山に日の当りたる枯野かな〉に代表される客観描写の句となっていく。しかし、元来小説家志望の虚子は、子規没後から次第に俳句から遠ざかる。

大正二年に俳壇復帰し、同年の〈春風や闘志いだきて丘に立つ〉は虚子の決意表明の句として名高い。一五年〈大空に伸び傾ける冬木かな〉、昭和三年〈流れ行く大根の葉の早さかな〉、六年〈紅梅の紅の通へる幹ならん〉、八年〈凍蝶の己が魂追うて飛ぶ〉など、若き日の虚子の優れた作品が多く、現代俳句における名句集といわれている。

なお、この句集以降、『ホトトギス』の号数に合わせて『五百五十句』『六百句』『六百五十句』と、虚子没後高浜年尾・星野立子共選で『七百五十句』（『日本現代文学全集』講談社）がある。

〈作者と業績〉 高浜虚子は明治七年（一八七四）、愛媛県松山市長町新丁（現湊町）生まれ。父、池内《いけのうち》庄四郎政忠、母、柳の四男。本名は清。父は松山藩の剣術監や祐筆を務めたが、廃藩後、信夫と改名して能楽保存に尽す。虚子誕生後すぐに一家は柳原村西の下に転居し、七年間帰農した。この西の下の記憶が虚子の原風景となった。九歳のとき祖母の家系を嗣いで高浜姓を名乗る。二四年伊予尋常中学校在学中に同学の河東碧梧桐を介して正岡子規と交流を始める。子規の命名により虚子と号し、俳句に意を注ぐ。二五年京都第三高等中学校に入学し、二七年仙台第二高等学校に転校するが、程なく碧梧桐とともに退校して上京。この頃子規は新聞『日本』や『小日本』で盛んに明治の新俳句を唱導し、俳句革新運動を展開するが、虚子と碧梧桐はその運動の先鋒となり日本派俳人の双璧となる。二八年、虚子は、日清戦争従軍帰途に喀血し、病身となった子規から、道灌山で後継者となるよう説得されるが、断る。三〇年大畠いとと結婚。三一年『ホトトギス』を松山から東京に移し、発行人となる。子規没後は碧梧桐との俳句観の相違が著しくなる。

虚子は一時小説に熱中するが、四五年、碧梧桐の新傾向に対して守旧派を以て任じ、『ホトトギス』に雑詠選を復活させ俳壇復帰する。この雑詠欄から村上鬼城、渡辺水巴、飯田蛇笏らを輩出、「進むべき俳句の道」で彼ら二十三人を推奨し、大正時代の俳壇を席巻する。

昭和三年には花鳥諷詠を提唱し、『ホトトギス』雑詠欄で活躍する水原秋桜子、阿波野青畝、高野素十、山口誓子、いわゆる四Sを世に出す。後に秋桜子と誓子は『ホトトギス』を離脱し、新興俳句へと進むが、虚子は動じず、俳句の理念として花鳥諷詠、方法として客観写生を確立させる。昭和二六年三月号より雑詠選を年尾に譲り、虚子は次女の星野立子を主宰とする『玉藻』に力を注ぐ。二九年、文化勲章受賞。三四年（一九五八）、鎌倉で脳幹部出血のため死去。享年八十四歳。

〈代表句〉（『五百句』所収）

桐一葉日当りながら落ちにけり

桐は初秋に一葉ずつ落葉する。人は大きな桐の葉がばさと落ちるのを見て秋を知るのである。転じて、「一葉落ちて天下の秋を知る」（『文録』）とあるように、衰亡の兆しを表すたとえにも用いる。この句は、桐の一葉が落ちる自然現象を「日当りながら」と叙したところが眼目。かつて、子規が虚子の句を「客観的時間の句」（『明治二九年の俳句界』）と評したことがある。枝から離れて着地するまでの短い時間を、ゆったりとした時間と思わせるところに、この作品の味わいがある。

白牡丹《はくぼたん》といふといへども紅《こう》ほのか

牡丹は初夏に、紅、紅紫、桃、黄、白色などの花を咲かせる。なかでも白牡丹は清楚で気高い。だがよく見ると、ほのかに紅色をさしているというのだ。どことなく艶もある。ゆるやかな句の調べは、白牡丹の気品と華麗さを漂わせている。作者独自の感覚を、読み手にも共有させる作品である。

〈参考〉 清崎敏郎・川崎展宏編『虚子物語 花鳥諷詠の世界』（昭54、有斐閣）、深見けん二監修『虚子『五百句』入門』（平15、蝸牛新社）

［黒川悦子］

『花影《かえい》』（一九三七刊）

原《はら》　石鼎《せきてい》

〈内容〉　昭和一二年、現代自選俳句叢書の一冊として改造社より刊行された第一句集。著者生前唯一の句集である。収録された九百八十六句は、「おくがき」によると、大正元年から昭和一二年までの二万句近い作品の中から自選したもの。全体の構成は、「深吉野篇」「海岸篇」「都会篇(1)牛込・麹町時代」「都会篇(2)龍土町時代」「都会篇(3)本村町時代」の五章から成る。著者による「おくがき」と「著者年譜」を付す。

〈特色・評価〉　飯田蛇笏、村上鬼城、前田普羅らとともに、大正期『ホトトギス』の中心作家であった著者の代表句を多数収めた作品である。深吉野に仮寓して『ホトトギス』雑詠に投句を始めたころから、山陰の海岸地方を放浪していた時期を経て、上京して以降の句までを網羅。晩年の時期を除く著者の句業を辿ることができる。特に〈頂上や殊に野菊の吹かれ居り〉〈花影婆娑と踏むべくありぬ岨の月〉などの深吉野篇の句は、高浜虚子によって「巧妙なる客観描写はやがて作者の主観をも力強く表はし得るものとなつてゐる」（「進むべき俳句の道」）と称揚された。

〈作者と業績〉　原石鼎は明治一九年（一八八六）、島根県出雲市生まれ。中学時代、島根新報募集俳句に入選。教師の竹村秋竹のもとに寄宿し、正岡子規派の俳人や俳句に関する話を聞く。その後『草笛』『芙蓉』『銀鈴』『一葉』などに作品を発表。小説・俳句・短歌・美文等を諸誌に投稿した。

明治三八年、京都に出て、京大・三高の学生と白鵠会を興す。明治四一年、京都医専に入学するが、二年続けて落第し放校処分となる。春蝉会を興し、明星派の歌会に参加。吉井勇らと沛藩社を結んだ。

明治四四年、東京に出た後、高浜虚子に就職の斡旋を依頼に行き、帰郷を勧められる。同四五年、帰郷の途次、奈良にいる次兄を訪ねてともに吉野に入り、東吉野村小村《おむら》の診療所をあずかる。診療に従事する兄を支える雑用は多忙を極めたが、吉野の人情と風物は、石鼎の詩心を大いに刺激した。作品は『ホトトギス』に投じられ、虚子に「豪華、跌宕《てっとう》とも形容すべきものであつて、全体が緊張して調子の高朗なものが多い」（「進むべき俳句の道」）と讃えられる。

大正二年、吉野を出て島根県杵築《きづき》、鳥取県米子に仮寓。同四年、再び上京してホトトギス社に入社し、同六年まで虚子の口述筆記、各種句選や句会の指導を行った。

同一〇年、小野蕪子《ぶし》から譲られた『草汁』に他誌を吸収して『鹿火屋《かびや》』と改題して主宰。同一二年の関東大震災以降、病気がちとなり、昭和一六年、神奈川県二宮町に転居静養する。『鹿火屋』の雑詠選は門弟数名が担当した。同一八年（一九五一）から作句の衰えを見せるが、同二三年末から句を発表。雑詠は夫人のコウ子と共選とした。

同二六年、『鹿火屋』雑詠の選をコウ子に譲り、死去。その後、『定本石鼎句集』（昭43、求龍堂）、『原石鼎全句集』（平2、沖積社）が出版された。

〈代表句〉（『花影』所収）

頂上や殊に野菊の吹かれ居り

本句集冒頭、深吉野篇の第一句。大正元年、神武天皇の遺跡と言われる鳥見之霊時《とみのれいじ》で作られた。丘の頂上、秋草の咲き乱れた中、とりわけ野菊が目立って風に吹かれているという景。この句の上五〈頂上や〉は、切字〈や〉で提示しながら「秋風や」などの季語でもなければ「淋しさや」などの心情語でもない。一句の表す場所を軽く示したところが新鮮であった。続いて〈殊に〉と野菊に焦点を当て、〈居り〉とさりげなくその存在を示す。野菊の風情が際立つ句となっている。

花影婆娑と踏むべくありぬ岨《そば》の月

深吉野篇の句で、大正二年に作られた。〈婆娑〉は舞う人の袖の翻るさまを言う語だが、物の影が乱れ動く様子にも使われる。ここでは険しい崖の続く山中の道に、月光によって桜の影が差し、それが揺れ動いているという意味であろう。一句の主体である作者は、その影を気付かずに踏むところであった。字余りのリズムと重々しい熟語を配した上五の表現は、桜花の量の多さと、月夜の花下に高揚した気分を想像させる。バサという音も、花の影に確かな感触があるかのようだ。「花影」という句集名はこの句から取られている。

蔓踏んで一山の露動きけり

これも深吉野篇の句で、大正二年作。山中で踏んだ蔓によって、この蔓と周囲の草木の露が流れたり落ちたりした。その動いた露の範囲はごく限られていたはずだが、それを〈一山の露〉と言ったことによって、山全体の秋色が浮かび上がる。その世界の大きさに、切れ字〈けり〉の響きが深い余韻を生んでいる。

秋風や模様のちがふ皿二つ

海岸篇の句で、大正三年作。前書に「父母のあたゝかきふところにさへ入ることをせぬ放浪の子は、伯州米子に去つて假の宿りとなす」とある。本来は家族が揃って同じ模様の皿を並べるところだが、一句の主人公である作者は、卓袱台にある模様の違う二つの皿を見つめた。その孤独感は、季語〈秋風〉の寂寥感とともに読み手の胸に迫る。山陰の海岸地方を放浪していた時代を象徴する句である。

〈参考〉　原裕「句集『花影』のこと」（原裕『原石鼎ノオト』昭51、鹿火屋会）

［押野　裕］

『黴』（一九三七刊）

森川《もりかわ》暁水《ぎょうすい》

〈内容〉 昭和一二年、暁水句集『黴』刊行会。大正一二年から昭和一二年まで著者二十三歳から三十五歳までの十三年間の作品三百六十二句を制作年月順に収録した第一句集。高浜虚子による序文と著者による跋文を収録。

〈特色・評価〉 この句集の特徴としてあげられるのは、当時の大阪の庶民の暮らしぶりが哀歓とともに描かれており、近現代俳句における境涯俳句の先駆けとなった点である。高浜虚子は序文の中で「四百年の俳諧史に一茶を有することを誇りとするならば、我が昭和の俳壇に暁水君を見出すことも亦誇りとせねばならぬ」と暁水の独自の詩境に高い評価を与えている。

〈作者と業績〉 森川暁水は、明治三四年大阪生まれ。本名は正雄。尋常小学校を卒業後、老舗の表装店での徒弟奉公を経て表具師として独立自営し、のちに古書店業などを営んだ。大正九年ごろから句作をはじめ、『ホトトギス』や『山茶花』に投句。高浜虚子、山本梅史に師事した。昭和七年、『ホトトギス』同人。一一年『山茶花』選者を大橋桜坡子、皆吉爽雨と分担するが、三年余りで辞任した。一二年、第一句集『黴』を刊行。一三年、山本梅史の没後に廃刊した『泉』の有志らと『すずしろ』を創刊主宰した。一五年、第二句集『淀』を刊行。『すずしろ』は戦時下の俳誌統合令により、一七年に『蕪』と合併して鳥取へ発行所を移し、一八年より『火林』と改題したが、印刷事情の悪化などで廃刊を余儀なくされた。昭和二一年、『風土』を創刊。『風土』は戦後の混乱の中で合併号や遅刊を続け、のちに順調に刊行されるようになったものの、二九年に廃刊した。二八年、第三句集『澪』刊行。『風土』廃刊後もホトトギス同人で『鳴野』主宰の本田一杉の弟子たちが創刊した『雲海』の選者をつとめるなど、若手の俳人たちの句会指導や育成にあたるが、俳壇と積極的にかかわることはしだいに少なくなっていった。四五年、最終句集となる第四句集『砌』を刊行。五一年、七十四歳で死去。

暁水の特徴は、第一句集『黴』の序文で虚子が「昭和の一茶」と評したように、自分の境涯に根差した俳句を多く詠んだことにある。虚子は暁水について「彼は一茶と一脈相通じ、自己の境遇を隠さずに吟詠してをるが、併し一茶は貧を憤り権力に反抗する呪詛の傾向が多分にあつたが、暁水君にあつては常に諦めの心持で静かに自己の境遇を反省し、或いは蔑みつつも之を笑つて居る、といふ相違がある」と評している。その一方で暁水の俳句は、虚子の提唱した花鳥諷詠の枠組みを超えて、生活の真情を詠むものとして、無季俳句の実践の先頭に立った篠原鳳作や日野草城らといった新興俳句の作家たちからも高い評価を得た。暁水は『すずしろ』創刊の辞に「風流生活に基礎を置いた遊戯的な俳句を排撃致します（中略）今日の生活の位相の中に、伝統を生かすと共に今日の生活の真実を詠ふことによつて伝統を拡充せんとする熾烈な念願を我々は持つもの……」と記している。

〈代表句〉（『黴』所収）

春寒や指きずつけて職やすみ

冒頭に置かれた句。暁水は大正一二年から昭和三年までの習作時代の作品の中で、唯一この句を残している。表具師の仕事は指先の繊細さと強靭な集中力が要求される。早春の寒さの中で、仕事が思うようにいかない様子を哀感を込めて詠んでいる。

夜なべしにとんとんあがる二階かな

昭和七年作。〈とんとん〉という軽やかな足音の形容が、表具師の仕事の音と重なりあうようで親しみぶかい。暁水は職人としての生活に即した句を、大阪人の市井の言葉を用いて数多く詠んだ。〈夜なべ〉は秋の季語だが、〈まうからぬ夜なべ細工やちちろ虫〉〈唄はねば夜なべさびしや菜種梅雨〉など年間を通して夜業の句を詠んだ。

箸箱の黴におどろく夫婦かな

昭和七年作。暁水は淀川のほとりに生まれ、生涯のほとんどを大阪市と周辺で過ごした。句集の題になった「黴」について、暁水は跋文の中で「一概に黴といつても、その顕すかたちの面白さに、その帯ぶる色調の美しさに、変化の妙と無限の神秘があるやうに思ふ」と記している。この句においても、箸箱に生えた黴を忌避するのではなく、微細なものの造形の美しさにあらためて〈おどろく〉ところに妙味がある。暁水は長屋生活や夫婦の哀歓、人情の機微など庶民的な題材を好んで詠んだが、そこには職人としての経験に裏付けされた審美眼も働いている。

あるきつつねむるさびしさきんぽうげ

昭和一〇年作。「早春譜」という標題のある連作の中の一句。きんぽうげは春の季語。ひらがなによる表記がゆったりとして柔らかな韻律を生んでいる。暁水は昭和七、八年頃から「老工気質」「安息」といった標題のもと連作形式での作句（連作俳句）に取り組んだ。連作俳句は新興俳句の作家の間で流行した形式だったが、戦後は余り行われなくなった。しかしながら、暁水は境涯を詠み続ける手法として、生涯にわたり連作形式にこだわった。

〈参考〉『増補現代俳句大系第2巻』（昭51、角川書店）、松崎豊「境涯の作家森川暁水」（『俳句』昭55・9）、松崎豊「森川暁水」（『大阪の俳人たち3』（平3、和泉書院）

［田中亜美］

『立子《たつこ》句集《くしゅう》』（一九三七刊）

星野《ほしの》立子《たつこ》

〔内容〕　昭和一二年、玉藻社刊。大正一五年から昭和一二年、著者二十三歳から三十四歳までの十一年間の千二百三十二句を収める第一句集。序は高浜虚子。全句を月別に分け、さらに季題別に制作年代を記して収録。

〔特色・評価〕　虚子の序にいう。「自然の姿をやはらかい心持で受取つたまゝに諷詠するといふことは立子の句に接してはじめて之ある哉といふ感じがした」あるいは「純粋な情感の天地に住つてゐる立子の句は自然が柔らかく其の懐にとけ込んで来るやうに感ずる」

自然の姿を詠むといっても、子細に観察してその結果を言葉でなぞるような作り方ではない。「やはらかい心持で諷詠する」とは、見ている情景と立子の心が重なり合って、思いを詠むことがそのまま情景を詠むことになるような作り方である。たとえば〈昃《ひかげ》れば春水の心あともどり〉は、眩しい春の日差しを感じていたが日が陰ると冬に戻ったように思われた、という心の動きを詠む。それがそのまま光の変化を表わしている。心が主役のようで、実は心は情景に従っている。

言葉づかいも立子はやわらかい。抽象的な漢語はまず現れず、平仮名表記が多い。擬音語、擬態語も使われるが「うかうか」「ごろごろ」「つんつん」など、日常に使われる言葉そのままだ。ただし凡庸ではない。奥坂まやは「立子は、このような質感の実に的確な、しかし既存の表現からは意表をついた、擬態語・擬音語を得意とした。外部に対する柔らかな感受性の現れのひとつであろう」（「躍動する外部―星野立子」『鑑賞　女性俳句の世界二　個性派の登場』（平20、角川学芸出版）とする。

〔作者と業績〕　星野立子は明治三六年（一九〇三）、東京麹町生まれ。高浜虚子の次女。七歳のとき、立子の健康のために一家あげて転居して以来、鎌倉に育つ。大正一四年東京女子大学高等部を卒業後、星野天知の長男吉人と結婚。『ホトトギス』発行所および文化学院に就職。大正一五年父の勧めで初めて俳句を作る。昭和二年『ホトトギス』婦人句会幹事。昭和五年二月長女早子（俳号は星野椿）出産。六月父の勧めで初の女流主宰誌『玉藻』創刊。昭和七年『ホトトギス』同人。中村汀女と出会い、橋本多佳子、三橋鷹女とともに四Tと称される。昭和一二年『立子句集』（玉藻社）。昭和一五年第二句集『鎌倉』（三省堂）。昭和二二年第三句集『続立子句集　第一』（菁柿堂）、第四句集『続立子句集　第二』（菁柿堂）、『中村汀女・星野立子互選句集』（文芸春秋社）。昭和二五年第五句集『笹目』（七洋社）。昭和三二年第六句集『實生』（玉藻社）。昭和四四年第七句集『春雷』（東京美術）。昭和四八年第八句集『句日記Ⅰ』（東京美術）。昭和四九年第九句集『句日記Ⅱ』（東京美術）。昭和五九年（一九八四）死去。玉藻主宰は娘の星野椿に引き継がれ、平成二四年千号を迎えて、さらにその息子の星野高士に引き継がれた。

〔代表句〕（『立子句集』所収）

吹かれきし野分の蜂にさゝれたり

野分つまり台風の激しい風に、蜂が吹き飛ばされてきた。避ける間もなく刺されてしまった。

事実だけをそのまま詠んだ句である。作者の驚きや痛みが直接描かれていないだけに、事実の持つ重みに読者はどきりとする。強い風の中に弱々しくも見えた蜂が野性をあらわした。

暁は宵より淋し鉦叩

だんだんあたりが明るくなってくる暁は、心も明るくなってくるのが通常だ。だが、虫の音に聞き入って心を澄ませているときは、闇の深まる宵の方に、むしろ包み込まれるような優しさを感じる。朝へ向かう暁の光の中では、繊細な心の動きは置いてきぼりにされてしまうのかもしれない。「暁は宵より淋し」という心の状態を想像できない大人はいないだろう。

鉦叩は単調に短い音を繰り返す。仏具の鉦を叩く音にたとえられるその声は美しくもなく、いかにも淋しい。

大仏の冬日は山へ移りけり

散文では「大仏にかかるように見えていた冬日が西の山の端へ移った」となる。事実だけを述べたように見えるが、句の印象は散文と大きく異なる。省略を効かせた「大仏の冬日」という措辞からは、散文以上に強い印象を以て、露座仏であることや、くっきりと冬日の見える青空の青さが感じられる。「山へ移る」という位置関係からは、大仏と山の近さが分かる。冬の山の木々の枯れた様子も想像される。鎌倉長谷の高徳院の大仏である。

「けり」は詠嘆を表わす。「冬の日が移ってしまった。短い冬の一日が終わっていく」といった感慨である。

しん〳〵と寒さがたのし歩みゆく

これ以上説明の付け加えようのない句である。身体の芯までしんしんと冷えるような寒さを、「楽しい」と受け止め、歩いていく。寒いときは寒さを、暑いときは暑さを句に詠む楽しさを俳人は知っている。素直な心で四季に寄り添うのだ。

〔参考〕『中村汀女　星野立子集　現代俳句の世界10』（昭60、朝日新聞社）解説（三橋敏雄）

［岩田由美］

『寒雷《かんらい》』（一九三九刊）

加藤《かとう》楸邨《しゅうそん》

〔内容〕　昭和一四年、交蘭社刊。楸邨二十六歳から三十三歳までの八年間の五百四十句を収めた第一句集である。「古利根抄」「愛林抄」「都塵抄」の三章から成っている。序は水原秋桜子。

〔特色・評価〕　句集名「寒雷」は集録句〈寒雷やびりりびりりと真夜の玻璃〉からきている。冬の雷では十分に伝えきれない思いから楸邨の考えた新季語である。師水原秋桜子は『寒雷』の序で「題して寒雷といふことを聞いてそれは現在の君の強い句風を象徴し得て好い題名だと思った。これが二、三年前だと寒雷ではその句風に比べて題の方がきつくなりすぎる」と言っている。

　同僚から強引に俳句の道に誘われた楸邨であったが、秋桜子との出逢いによって俳句の道に深く入っていった。「俳句は勿論のこと、人間として頗る多くのものを与えられた」と後記にある如く「古利根抄」〈行き行きて深雪の利根の船に逢ふ〉〈常念が吐く霧さへや夕映ゆる〉にはまだ馬酔木調、短歌的叙情の世界が展開されている。「愛林抄」は上京までのものである。〈枯れゆけばおのれ光りぬ冬木みな〉〈かなしめば鵙金色の日を負ひ来〉など、自然に没入しながらそれには満足できず「眺める立場」から「動きゆく立場」に進めようと考えたと序にある。それが「都塵抄」へとつづくのである。

　〈鰯雲人に告ぐべきことならず〉〈冬帽を脱ぐや蒼茫たる夜空〉ここでは「自分の外に美の世界を築くことを止めて、自分の中に、自分と共なる姿の俳句を見ようとした」そこから日常生活を取材し、そして「人生といはず、あらゆる隠れたるものの本質へ」向かおうとする。そして「自分の本音を吐きたいといふ気持は、段々身の皮を脱ぐやうなことになつた」（後記）のである。即ち秋桜子の眼ではない。楸邨の眼が「都塵抄」にはある。

〔作者と業績〕　加藤楸邨は明治三八年（一九〇五）、山梨県大月町生まれ。本名健雄。東京国分寺小学校に入学。秋設甲武鉄道（のちに国有化）の駅員だった。父の転任にともない御殿場小学校に入学。以後転校を重ねる。昭和六年粕壁中学校の同僚に誘われ俳句を始める。この頃秋桜子を知り入門。昭和八年第二回馬酔木賞受賞。昭和一四年『寒雷』刊。昭和一五年俳誌『寒雷』創刊。そして『颱風眼《たいふうがん》』『穂高』『雪後《せつご》の天《てん》』『火《ひ》の記憶《きおく》』『野哭《やこく》』『山脈《やまなみ》』『まぼろしの鹿《しか》』と次々に句集を刊行。昭和四三年『まぼろしの鹿《しか》』により蛇笏賞受賞。昭和四九年朝日俳壇の選者となる。昭和四九年紫綬褒章。昭和六〇年日本芸術院会員。昭和六二年句集『怒濤《どとう》』により第二回詩歌文学館賞受賞。昭和六四年第一回現代俳句協会大賞受賞。平成四年朝日賞受賞。平成五年（一九九三）従四位。同年七月三日永眠。この間シルクロードに三度旅している。

〔代表句〕（『寒雷』所収）

鰯雲人に告ぐべきことならず

　人口に膾炙された句である。この句により楸邨は難解派と称せられることになった。しかし、今日の俳人から見ればわかりやすい種類の俳句と言える。軍国主義により思想も言論も厳しく制限され弾圧されていた時代背景がそこにはある。内心の自由までその圧力は及んでいた。一人の人間としての尊厳を考える者にとって、とても耐えられる時代ではない。個人も大衆も言う術をもたない中で悶悶と自己の内面と対峙する他はない。言うべき人を持たない孤独感、絶望感は鰯雲に向かっても言えなかったのではないか、人間としての根源的な苦悩、淋しさを深く感じる。真摯に生きる楸邨の姿勢がある。

降る雪が父子に言を齎しぬ

　思春期の子供の心に特長的なものは、傷つきやすさである。その傷つきやすき心は、自分を傷つけるだけでなく他人をも傷つける。そして、深く沈黙することになる。父子関係はそのような複雑な心理関係の中にある。子は父を尊敬する一方厳しく父を憎む。父もまた子を納得させる言葉を持たない。重い沈黙世界がそこにある。そのような父子関係を降り出した雪が解消した。自然の偉大な力によって、父子のわだかまりが解かれた。自然讃歌、人間讃歌の作品である。

棉の実を摘みゐてうたふこともなし

　労働に歌が伴わないことほど哀しいことはない。棉というとアメリカ南部の奴隷制度のことを考えてしまう。そこでも歌はあったであろうに、楸邨のいま見ている棉の実の労働にはそれがない。労働の辛さ、過酷さを暗示する。歌うことがなければ言葉もなかったであろう。そこにあるのは喘ぐような息だけである。その息に触れるとき、楸邨の息も喘いでしまうのである。農民への共感を通して、社会の矛盾に目を向けはじめている。

学問の黄昏さむく物を言はず

　いきなり「学問の」と大仰に読み出したところなどは立身出世を第一とする時代的背景を感じる。現代の俳人ではこの上五は決して生まれない。それだけに社会や時代によって制約を受ける学問の現場や人間存在そのものに耐え難い感慨を抱くのである。その激情を社会ではなく〈物を言はず〉と自分の胸中深くで処理するしか方法がない。字余りにも楸邨の苦悩の深さが見られる。形式よりも内容を重視する楸邨の姿勢がここにある。

　楸邨が詠う苦悩は、ひとり楸邨のみの苦悩ではない。人間としての我々すべての者に通底する苦悩である。

〔参考〕『加藤楸邨全句集』（平22、寒雷俳句会）

［中村正幸］

『砲車《ほうしゃ》』（一九三九刊）

長谷川素逝《はせがわそせい》

〔内容〕 昭和一四年四月十日、三省堂刊。著者は同一二年日中戦争勃発に際して応召され、砲兵少尉として中国大陸各地を転戦。同一三年病を得て帰国する。本句集はその間に戦地で詠んだ二百十四句を制作順・戦地順に収録する。著者三十歳、三十一歳の作品。第一句集である。

巻頭に高浜虚子の序。かつて正岡子規は新聞記者として日清戦争に従軍したものの到着したときには講和が成立しており、戦争から何物も得られずに帰還した。虚子はそのことに触れた上で、本句集について「戦を描き戦を戦ふ者の心を詠ひ、滞陣の状を描き、滞陣のこころを叙し、病を得て還送さるるものの心持を詠つた是等素逝君の句は、戦争の生んだ文芸品の上乗なるものとして推奨に憚らぬものである」と絶賛。また、素逝出征中のふみ子夫人の作品十九句を「銃後の婦人」の句として掲出している。巻末には著者の後記。「いくさにしたがつたものの誰もが大なり小なり感じたことであらうけれど、何かに表現しないではをれない衝動に、いつもいつも駆られたものである。それはどんなものでもよい、文章でも、詩でも、何でもよい、とにかく何かにあらはして残しておきたい、何かに表現せずにはをれないといふ大きな衝動の重みをいつもいつも感じた。／私は平素、俳句にしたしんでゐた。それでおのづからその重圧のはけ口が俳句となつたのであらう」と記す。

〔特色・評価〕 昭和六年（一九三一）に勃発した満州事変以降、日中間の戦線は拡大し、同一二年には日中戦争が始まった。多くの応召兵が中国大陸に渡った。同一三年十月号、同一四年四月号の『俳句研究』では「支那事変三千句」「支那事変新三千句」の特集が組まれており、膨大な数の戦争俳句が詠まれていたことがわかる。その一方で新興俳句・無季俳句の俳人たちによって、戦場を想望して描いた俳句、いわゆる戦火想望俳句が盛んに詠まれ、批判を浴びることもあった。

素逝は戦地での実体験を詠み、同一三年一月号『ホトトギス』の巻頭を得た。本句集にも収められている次の四句。〈みいくさは酷寒の野をおほひ征く〉〈友はふり涙せし目に雁たかく〉〈ねむれねば真夜の焚火をとりかこむ〉〈をのこわれいくさのにはの明治節〉。後記に「この集の大部分の句は、馬の上で地図に走り書きしたり、まつくらな夜中、手帳に大きな字でさぐり書きしたりしたものが多い。その手帳は雨と汗でぼろぼろになつてゐるけれど、私には一生の記念である」とある。収録句は抒情的で美しく、しかもそれらがまぎれもなく本物の戦争俳句であるために本句集は好評を博した。

素逝の第六句集『定本素逝集』は、逝去直後の昭和二二年二月刊行。収録された句は自選である。しかし『砲車』からは〈朝濡るる落葉の径はひとり行かな〉〈落葉ふかしけりけりゆきて心たのし〉〈明日は発つこころ落葉を手に拾ふ〉の三句しか掲載していない。しかも前書を省くことによって戦争俳句の痕跡を消している。戦後の素逝は本句集の存在を抹消したかったのだろうか。GHQの指令による検閲をおそれたという説もあり、その真意は不明である。

〔作者と業績〕 長谷川素逝は明治四〇年（一九〇七）二月二日、大阪市生まれ。大正四年、父の退職に伴い本籍地の三重県津市に移る。大正一三年、京都の第三高等学校に入学。昭和二年、田中王城・鈴鹿野風呂に師事し、俳句を始めた。昭和三年、京都帝国大学文学部国文科に入学。『ホトトギス』に初入選。同八年、平畑静塔・藤後左右らと『京大俳句』を創刊。また、『阿漕』を創刊し主宰となる。同九年、津中学校の教員となる。同一一年、新興俳句化・無季俳句化に進みつつあった『京大俳句』を脱会。同一二年、中国大陸に出征。同一三年、病のため内地送還。同一四年、第一句集『砲車』刊行。『ホトトギス』同人となる。同一五年、甲南高等学校教授となる。同二一年（一九四六）、『桐の葉』を創刊し主宰となる。喀血し、国立三重療養所に入所。十月十日、肺結核のため逝去。

句集六冊。『砲車』の後に『三十三才』『ふるさと』『村』『暦日』『定本素逝集』。

〔代表句〕（『砲車』所収）

ねむれねば真夜の焚火をとりかこむ

〈焚火〉が冬の季語。兵士たちは野営で寒くて眠れないのだ。だが、戦場詠であることを超越して、普遍的な青年ならではの懊悩、あるいは火を自分たちのものとした人類の若き日へと思いを誘う句である。

南京を屠りぬ年もあらたまる

「年改まる」が新年の季語。〈屠る〉は動物を殺すことであり、現在では批判の対象となる句だろう。素逝のようにすぐれた俳人が言葉をあやつれば、いくらでも戦争を美しく描くことができる。だが、何気なく用いた言葉がこうして復讐するのだ。

てつかぶと月にひかると歩哨言ふ

〈月〉が秋の季語。月に反射するヘルメットによって敵兵に所在が知られてしまうと歩哨に忠告したのである。戦争俳句であることを隠すことのない句であるが、それを一瞬忘れさせる美しい句。

〔参考〕『素逝研究 砲車篇』（昭42、年輪発行所）、『現代俳句大系三』（昭47、角川書店）、中村雅樹『俳人橋本鶏二』（平24、本阿弥書店）

［加藤かな文］

『鶴《つる》の眼《め》』（一九三九刊）

石田《いしだ》波郷《はきょう》

〔内容〕　昭和一四年、沙羅書店刊。定価一円七〇銭。四六判、紙箱入、一六〇頁。一頁二句組。四季に分類された初期作品から一四年作まで、年齢で言えば一九歳より二七歳までの二六三句が収まる。扉絵は近藤晴彦、序は横光利一、巻末に著者の後記が載る。

〔特色・評価〕　本書は第一句集『石田波郷句集』刊行後の四年目に出された。厳密に言えば第二句集だが、『馬酔木』掲載の広告文には「前句集『石田波郷句集』を自ら抹殺し、ここに『鶴の眼』を以て敢て第一句集と称ふる」とあり、波郷自身も後記で「『鶴の眼』は自分の二度目の句集であるが、前句集中からも百数十句抽出採録してあり、それに現在までの句を加へた。だから厳しい意味で第一句集と敢て言へなくもない」と記す。

当時の波郷の新人の地位を疑いないものとしたのは横光利一の本集の序であった。横光は「古い言葉を新しく使ふ苦心と古さを古さとして生かす苦心、このやうな新旧の表現手段の対立の中にあつて新人はさらに一歩出で、自然の宝をどんなに変化せしめて自分の宝となすかを考へる。石田波郷氏の俳句はたしかに新人の価するものと私は思つてゐる」と認める。後に波郷も「伝統を拒否したものはそれはもはや新しさではない『別のもの』である。伝統の彼方、鬱然たる古典の高さを思ひ、それに競ひ立たうとするとき僕はそこに新しさが分明し、（以下略）」（『馬酔木』昭15・3）と述べる。

〔作者と業績〕　大正二年（一九一三）三月一八日、愛媛県温泉郡垣生《はぶ》村（現、松山市）生まれ。本名哲大《てつお》。一四年、愛媛県立松山中学校（現、松山東高校）入学。四年生の時、同級の中富正三（後の俳優大友柳太朗）に勧められ、俳句を始める。昭和五年四月、『ホトトギス』『馬酔木』所属の俳人五十崎古郷に師事。「波郷」の命名は古郷。『馬酔木』に投句を始め、昭和七年二月号の新樹集（雑詠集）巻頭。同年二月、古郷の勧めもあり、上京して水原秋桜子の庇護を受ける。同年一〇月頃より馬酔木発行所の事務を手伝うようになる。八年、『馬酔木』が自選制を設けるに当たり、その第一期同人となる。

一〇年、石塚友二の紹介で横光利一の門を敲く。同年一一月、沙羅書店より『石田波郷句集』を出版。一二年九月、『馬』と『樹氷林』を合併して『鶴』を創刊、主宰となる。一二月より『鶴』の発行編集を友二が担う一四年八月の『俳句研究』の座談会以降は人間探求派、難解派と呼ばれ、波郷の作品は次第に重厚さを増してゆく。『馬酔木』一七年六月号に作品を出した後、『馬酔木』の同人並びに編集を辞退。翌年、『鶴』の連衆と「風切会」を作り、古典の勉強に身を入れるが一八年九月応召。

昭和二一年、江東区北砂町の焦土に移り住み、『鶴』を復刊、『現代俳句』を創刊編集に当たる。二三年二月に『馬酔木』同人に復帰したが五月に清瀬村の国立東京療養所に入所、二度の胸部成形手術を受ける。二五年退所後、『馬酔木』の編集を担当、二七年には句集出版の竹頭社を設立する。昭和三〇年、『定本石田波郷句集』（創元社刊）にて読売文学賞（詩歌部門）受賞。三二年、読売新聞江東版に「江東歳時記」を連載。三四年、朝日新聞俳壇選者。四三年に出版した句集『酒中花』にて翌年の芸術選奨文部大臣賞を受ける。

全句集などを除くと句集は全部で十六冊（全句集などを加えると二十一冊）あるが、前後の句集と重複した句を収めている句集がかなりある。再刊本、及び重複する部分の多い句集を除くと、『鶴の眼』（二六三句）、『風切』（三二八句）、『病鴈』（一一一句）、『雨覆』（二七三句）、『惜命』（五〇六句）、『春嵐』（四二四句）、『酒中花』（九二八句）、『酒中花以後』（二四二句）の八冊になる。詳しくは『石田波郷全集』（昭45〜47、角川書店、昭62〜63、富士見書房）を参照されたい。

四四年（一九六九）十一月二十一日死去。その日を波郷忌、忍冬忌《にんどうき》、風鶴忌《ふうかくき》、惜命忌《しゃくみょうき》と称して詠まれている。

〔代表句〕（『鶴の眼』所収）

バスを待ち大路の春をうたがはず

韻文精神に徹し、重厚な境涯俳句を作り出す以前の青春讃歌の一句。下五の表現は当時の波郷の独特の言葉遣いと見てよく、同年作〈プラタナス夜もみどりなる夏は来ぬ〉と同様に甘美な短歌的抒情が濃い。

銀座　千疋屋　二句

あえかなる薔薇撰りをれば春の雷

前句の翌年の作。当初、「銀座千疋屋にて」の題で五句発表したうちの一句。この句では古語「あえかなる」を用いて全体の調べを落ち着いたものにしている。この頃の波郷は都会の風景を瑞々しい抒情で詠い上げている作が多く、それが俳壇の注目を浴びていた。

昼顔のほとりによべの渚あり

上京以前の昭和六年作。この頃、秋桜子俳句の抒情を学ぼうと日々手元に『馬酔木』を置き、熟読した。その甲斐あってか、翌年二月号の巻頭を得るのだが、とても十代の作者とは思えないほどの熟達ぶりの言葉遣い。

冬日宙少女鼓隊に母となる日

昭和一四年の作。俳句は短いのでどうしても表現に省略が必要となる。そこに分かりにくさの種が生まれる。作者の眼前を進む少女鼓笛隊、空には冬日が眩しい、景としてはそれだけだが、それに作者の思いが加わると、幾分かの分かりにくさが出てくる。

［橋本榮治］

『海門《かいもん》』（一九三九刊）

大野林火《おおのりんか》

〈内容〉 昭和一四年交蘭社刊。大正一四年（二十一歳）より昭和一四年（三十五歳）までの四百九十七句を収める第一句集。序は臼田亞浪。昭和七年以前とそれ以降の各年ごとに章立てする。〈鳴き鳴きて囮は霧につつまれし〉〈本買へば表紙が匂ふ雪の暮〉など、林火の抒情性の根源をうかがい知ることができる作品を多く収める。

〈特色・評価〉 後記で林火自身が全体を三期に分けている。一期は昭和七年以前。臼田亞浪に師事してまもなくの作品から始まる。「この時代、私は殆んど先生及び先輩の愛撫の中にあったと云ってよい」（後記）と述べているが、横浜生まれ横浜育ちの明るさを肯い、詩を懐かしんだ時代であった。二期は昭和七年より一〇年。長男と妻を相次いで喪うという悲しみの中で、俳句にすがり、俳句に光を求めた時代である。〈燈籠にしばらくのこる匂ひかな〉は妻子の新盆に詠まれ、代表作の一つとして知られる。三期は昭和一一年以降。八年再婚した林火は心身の健康をようやく快復。落ち着きを取り戻し、旅に出ることに楽しみを見いだした時代。特に八丈島行は、「俳句に取縋る気持から、漸く俳句と闘ふ気持になった」（後記）という転機をもたらすものとなった。〈甘藷《いも》植ゑて島人灼くる雲にめげず〉など群作十五句は新たな意欲に満ちている。

〈作者と業績〉 大野林火は、明治三七年（一九〇四）神奈川県横浜市生まれ。旧制県立横浜第一中学校の同級に荻野清がおり、四年生のとき荻野宅の家庭句会で手ほどきを受けたのが、俳句との出会いである。大正一〇年、旧制第四高等学校入学、『石楠』入会。臼田亞浪に師事、飛鳥田孋無公《あすかたれいむこう》に兄事。型にはまらない新鮮な抒情が注目される。東京帝国大学進学後、中野にある『石楠』発行所を頻繁に訪れるようになり、原田種茅の影響をも受ける。また、佐藤春夫の『殉情詩集』を愛読した。卒業後、日本光機工業を経て、昭和五年神奈川県立商工実習学校の教師となった。昭和二一年主宰誌『濱』創刊。「発刊に際して」には「濱という語感の持つあかるさ、おほらかさ、ひろさ、きよらかさをそのままその作品に具現したいと念じてゐる」と述べられている。ガリ版刷り二十四ページであったが、「誌面に真摯さが溢れている」と安住敦が評した。野澤節子、目迫秩父らが名を連ねる。

林火の業績として特筆すべきことに、ハンセン病療養所栗生楽泉園の高原句会の指導があろう。初めて訪れたのは二六年。すでに『濱』に入会していた村越化石に会う。以降年一度は訪れて指導を継続する。また、二八年より三年間総合誌『俳句』の編集長を務め、社会性の吟味と若手の発掘に尽力した。「戦後新人自選五十人集」などその特集は俳壇を牽引するものとなった。林火自身、実作を重んじる人であった。『濱』の講演で語られた「執して、離れて、遊ぶ」は、林火の作句の心髄を知る上での重要な手がかりになるとともに、一句を成す上で大きな示唆に富む言葉である。還暦の頃より、林火はいかに老いるかを考え始める。風土や年中行事への関心を深めて各地を訪れ、また桜に執し古木や名木を訪ねている。

句集は十一冊。第四句集『冬雁《ふゆかり》』は、『濱』創刊後二年での上梓、この年教師の職も辞して俳句一筋となった。〈冬雁に水を打つたるごとき夜空〉〈ねむりても旅の花火の胸にひらく〉など代表作が多い。他に『冬青集《とうせい》』『早桃《さもも》』『青水輪《あおみずわ》』『白幡南町《しらはたみなみちょう》』『雪華《せっか》』『飛花集《ひか》』『方円集《ほうえん》』『月魄集《げっぱく》』など。評論も多数。『ホトトギス』閲覧のため丸ビルに通い、虚子の執務を間近に見て書き上げたという『高浜虚子』、『近代俳句の鑑賞と批評』『俳句鑑賞歳時記春の俳句』『新稿・高浜虚子』など、その著述には深い見識と鋭い眼力が表れている。昭和五七年（一九八二）逝去。死の四日前、松崎鉄之介を枕元に呼び〈先師の萩盛りの頃やわが死ぬ日〉〈残る露残る露西へいざなへり〉〈萩明り師のふところにゐるごとし〉の三句を書き取らせた。昭和三九年、第十三回横浜市文化賞受賞。四四年、第八句集『潺潺集《せんせん》』ほかにより第三回蛇笏賞受賞。四八年、第二十二回神奈川県文化賞受賞。五三年、社団法人俳人協会会長就任。五五年、『朝日新聞』俳壇選者。

〈代表句〉

燈籠にしばらくのこる匂ひかな （『海門』）

燈籠は、盆燈籠のこと。盆の仏を迎える目印として灯す。夜更けて燈籠の蠟燭を吹き消した。あとに残る匂いが、胸にしみ入る。前年、林火は三歳の長男を亡くしている。〈棺に入るるクリスマスのチョコレートも〉がある。そして、次の春には妻を喪った。妻子の新盆という底知れぬ悲しみを、かすかな匂いに託している。後年、「こうした隠微なものにひかれるところはいまも私にある。私の俳句の源だろう」と自解している。

山ざくら水平の枝のさきに村 （『潺潺集』）

『潺潺《せんせん》集』は還暦からおよそ三年間の作品を収めた句集で、「いかに老いるか」はこの頃から林火の胸中にあった。〈あはあはと吹けば片寄る葛湯かな〉は人口に膾炙した一句。一方、山国への旅を多く詠んだ。身延線沿線の鉱泉宿を訪ねた折の掲句。眼前の山桜と伸びる枝先の集落。近景と遠景の構図が鮮やかだ。静かで明快な一句のリズムが、平穏な山里の暮らしを彷彿とさせる。

〈参考〉 『大野林火全集 二』（梅里書房）、宮津昭彦『大野林火の世界』（梅里書房）

［中田尚子］

『街《まち》』（一九四〇刊）

秋元《あきもと》不死男《ふじお》

〔内容〕昭和一五年、三省堂刊。『俳苑叢書』全十三巻のうちの一巻。昭和一一年から一四年、三十八歳までの百七十二句を収める第一句集。嶋田青峰主宰『土上』に入り、新興俳句運動に参加した頃の作品の中で、ペンネーム「東京三《ひがしきょうぞう》」によるものを収録。「自序」に新興俳句の革新は「新しい現実を俳句の素材」とし、連作、無季の実践を行うため、日常生活から新しい俳句を「赤裸々な、現実的な、人間感情の中に」見出したいと記す。〈護送囚徒あはれ草鞋を足に穿き〉が巻頭句。ほかに「帰る造船工」「私娼窟」「工場」など社会的な諸事を取材した句を含む。

〔特色・評価〕当時、新興俳句運動として無季俳句、連作俳句、新たな素材の開拓など、俳壇の新しい動きが活発となった。『街』は時代を反映した作品が多い。〈ルンペンら火を焚き運河薔薇色に〉〈街を見て糞《くそ》まり寒き艀の子〉〈胃散買ひ帰る背に鳴る高射砲〉など貧しく、つましい市民の日常の生活ぶりがリアリズムで描かれた。全体として、現実を直視した詩情豊かな作風が特色。ことに幼時の体験を追想した連作「回想」の世評が高かった。

〔作者と業績〕秋元不死男は明治三四年（一九〇一）、横浜生まれ。誕生同日、長男初雄が夭逝したため、親から不二男と命名される。十三歳で父を亡くし、家族のため母とともに夜店行商をして働かねばならなくなる。十五歳で横浜火災海上保険会社に就職。「自慢できることといえば高等小学校を終えて以来、親の脛をかじって生活したことがなかったこと」と自伝に綴る。松根東洋城の『渋柿』、嶋田青峰の『土上』に参加。戦時色が濃くなり、言論統制が厳しくなる中、昭和一六年、京大俳句事件に連座して不死男は検挙され、東京高輪警察署に留置される。ほかには嶋田青峰、古家榧夫らが捕えられた。約二年にわたる拘置期間に、職を失っただけでなく、結核の身を悲観した次弟が自殺している。この厳しい獄中生活を詠んだのが第二句集『瘤』で、巻頭句は〈降る雪に胸飾られて捕へらる〉である。事件に連座した二十数名の俳人のうち、句集にまとめたのは著者のみである。昭和二三年、西東三鬼の勧めで山口誓子の『天狼』に参加、翌年には『天狼』東京句会を母体とした『氷海』を発足。高屋窓秋、三谷昭、孝橋謙二らと指導に当たり、のちに主宰誌とする。第三句集『万座』は叙法の洗練、季語の増加、作風の多彩が特色であり、第二回蛇笏賞を受賞。俳人協会幹事長を経て、昭和四七年には副会長に就任。昭和五二年（一九七七）、七月二十五日、七十六歳で逝去。勲四等旭日小綬章受章。

〔代表句〕（『街』所収）

寒や母地のアセチレン風に欹《な》き

貧しさのため父の遺体を寝棺に容れられなかったことが不死男の心を生涯離れなかった。父の逝去のあと、生計を立てるため、母は賃仕事と夜店を営む。不死男は母を庇いながら、寒風吹きすさぶ行商に立った。地に置かれた「アセチレン」ランプの灯が風に煽られて今にも消え入りそうに「欹」いている。ほかに〈夜店寒く艀の時計河に鳴る〉〈乳棄つる母に寒夜《かんや》の河黝く〉など。

少年工学帽かむりクリスマス

著者の近所の貧しい少年が、小学校を卒業してすぐに工場へ働きに行くようになった。何年も同じ学帽をかぶっており、たとえクリスマスでも普段と変わらない。同級生たちは、きっと進学して学業に勤しんでいることだろう。少年工の寂しさが滲む。

原句は「学帽古りし」だったが師の西東三鬼の言葉により、事実描写の大切さに気付き、「かむり」と推敲した。学帽と少年工との関係をはっきりさせることにより、目に見える「もの」で描くことに開眼した。三鬼の指摘は、のちの俳句「もの」説に結びついた。

子を殴《う》ちしながき一瞬天の蟬

「蟬」は夏の季語。言葉に従わない吾子を平手打ちしたのだろう。子どもの頬の痛みは、そのまま父のてのひらにもしっかりと残った。子への怒りは、たちまち萎え、手を上げてしまった後悔がじんじんと心を嚙む。天に響き渡る蟬の声が己を責めるように襲いかかってくる。

〔その他〕不死男は最初、プロレタリア俳句に関心を抱き、獄中生活、『天狼』の時代を通じての信念として、俳句は「モノローグ」と考えていた。山本健吉の述べる「ダイアローグ」に反発していたが、晩年は変化して芭蕉の軽み、建吉の説く挨拶、存問などを尊重し「ダイアローグ」の重要性を認識する。晩年は「原始象徴」を重視するようになった。その例句として〈まぼろしのあをあと鯊死にゆけり〉〈嘆く日のみな一本の葡萄の木〉〈元日の夜を流木の谿泊り〉が挙げられる。

逝去五日前、庄中健吉に「最短詩型の俳句はリアリスティックだけでは駄目で、「原始象徴」が必要、芭蕉の〈夢は枯野を駈けめぐる〉は象徴を探求する姿」と語った。評論では「俳句と『もの』」が著名。「事」ではなく「もの」で俳句を表現することが俳句の近代化に適うことであると不死男は自句〈少年工学帽かむりクリスマス〉や〈伸る肉縮る肉や稼ぐ裸〉（草田男）、〈蟹の出るところに斧をおく厨〉（誓子）、〈鵙死して翅拡ぐるに任せたり〉（誓子）などを例に挙げ、「事」では説明を要するところ、「もの」では断定を生命とする俳句の強さが獲得できると論じた。

〔角谷昌子〕

『旗《はた》』（一九四〇刊）

西東《さいとう》三《さん》鬼《き》

〈内容〉 昭和一五年、三省堂刊。俳苑叢刊中の一書。第一句集。序は著者。巻末に自伝。昭和一〇年から昭和一四年に『京大俳句』『走馬燈』『旗艦』などに発表した句から選んだ二百九句。年代別に配列し、「アヴェ・マリヤ」「魚と降誕祭」などの小題をつけて連作風にまとめている。昭和一四年の句の後半では、特に「戦争」と題して、作品1から15に構成している。三鬼所蔵の『旗』には〈寒夜明るし別れて少女駈け出だす〉が書き加えられているという。

〈特色・評価〉 自序で「或る人達は『新興俳句』の存在を悦ばないのだが、私はそれの初期以来、いつも忠実な下僕である」と記し、自己の立場を明示している。山口誓子、日野草城の作品を意識しながら、物に即して書くことを展開させ、無季俳句も積極的に実践する態度を明らかにした。〈砂白く寡婦のパラソル小さけれ〉や〈湖畔亭にヘヤピンこぼれ雷匂ふ〉は都会的感覚、無機質な素材を特徴としているが、このような句については三鬼自ら「戦前の私の俳句に、人を楽しませるフィクションが多い」と言っている。また、もう一つの特徴は戦火想望俳句である。兵役につかなかった三鬼は、ニュース映画などを情報源として〈パラシウト天地ノ機銃フト黙ル〉〈黄土の闇銃弾一箇行きて還る〉と戦争を詠んだ。〈右の眼に大河左の眼に騎兵〉は多摩川の土手で発想したという。そして、〈塹壕に蠍の雌雄追ひ追はる〉〈逆襲ノ女兵士ヲ狙ヒ撃テ！〉のように戦争を戯画化して批判し、新興俳句の自由精神を貫いた。

〈作者と業績〉 西東三鬼は明治三三年（一九〇〇）、岡山県苫田郡津山町（現津山市）生まれ。本名斎藤敬直。青山学院中等部から日本歯科医専に進学し、長兄が日本郵船のシンガポール支店長であったことから、当地で歯科医を開業した。昭和三年休院し、昭和四年帰国。

昭和八年頃、東京神田の共立和泉橋病院歯科部長のとき患者の俳句会で句作を始める。昭和九年、日野草城が雑詠選者であった「走馬燈」に入会し、東京の新興俳句誌『土上』『句と評論』『早稲田俳句』と、『新俳話会』を創立して、積極的に交流し、俳句研究を進めた。昭和一〇年『旗艦』創刊同人、『京大俳句』入会、新興俳句運動を推進し、無季俳句の可能性を追求した。昭和一五年四月『天香』創刊同人。これは、新興俳句の最後の抵抗であったが三号で終刊した。同年八月『京大俳句』事件で検挙され、起訴猶予となるが俳句執筆活動を禁じられた。

昭和二一年、復員した平畑静塔と奈良で俳句を再開した。この頃「俳句は感覚のみに頼れば足りる。俳句の深さ、強さはすべて感覚の鋭どさによる」（『俳句研究』昭22・1）と説いている。昭和二二年九月、石田波郷らと「現代俳句協会」設立。橋本多佳子宅で見た山口誓子の第五句集『激浪』稿に感激したことから、昭和二三年『天狼』発刊に尽力し、誓子の「根源俳句」の実現をめざした。大阪女子医大付属香里病院歯科部長となり、身辺の素材を即物的に有季定型で詠んだ。昭和二七年「断崖」主宰。昭和三一年『俳句』編集長。昭和三六年「俳人協会」設立に参加。句集は『夜の桃』（昭23、七曜社）、『今日』（昭26、天狼俳句会）、『変身』（昭37、角川書店）刊行（没後、俳人協会賞受賞）。昭和三七年（一九六二）没。

〈代表句〉（『旗』所収）

水枕ガバリと寒い海がある

昭和一〇年作。「がばり」を「ガバリ」に変えて、昭和一一年に配列。結核の急性症状、肺浸潤による四十度の高熱で、連日、夢幻の境をさまよう中で、この句がひらめきながら到来した（『俳愚伝』）。水枕の不定形な存在感と寒い海の質感を結びつける「ガバリ」という口語表現が新しい。それまでの二年余りの創作は、自分の文学的才能を過信し、秋桜子や誓子などの先輩俳人を真似た修辞の羅列として限界を感じていたが、この句によって、俳句の本質を把握し、進むべき方向と、未来へと長く続く展望を見出した。病状の回復は遅々としていたが、自分自身の俳句を得た三鬼は、見舞いの俳優たちと語り、自身の俳句開眼を喜んだ。

算術の少年しのび泣けり夏

昭和一一年作。「愚息は父に似て数学的頭脳を持っていない。宿題が出来ないで一人シクシク泣く。それは哀れであるし、父から見れば気の毒でもあった」（『三鬼百句』）と自註している。当時小学一年の長男太郎がモデルであるのか、作者の想像であるのか、両様の解釈がある。五七五の句形をずらしており、反『ホトトギス』的前衛意識が鮮明に示されている。「少年」と客観化、一般化することで、読者に少年時代への郷愁、共感を呼び起こし、少年の気持ちを、ある距離を置いて見ているおもしろさ、おかしさと悲しさが表裏にあることを感じさせている。

〈その他〉 三鬼の俳句には、エトランゼ的な傾向、実存的な不安感、孤独感があり、鋭敏な感覚で近代人の内面にある虚無感を表出している。意表をつく表現で、読者をあっと言わせるところから「俳句の手品師」と呼ばれ、新興俳句から出た昭和俳壇の鬼才と評された。

〈参考〉 『西東三鬼全句集』（平29、KADOKAWA）、『西東三鬼自伝・俳論』（平26、沖積舎）、『西東三鬼全句集』（平4、沖積舎）、堀信夫「西東三鬼」（『展望現代の詩歌9 俳句Ⅰ』平19、明治書院）

［松井貴子］

『春雪《しゅんせつ》』（一九四〇刊）

中村汀女《なかむらていじょ》

〔内容〕 昭和一五年、三省堂刊。著者十八歳から三十九歳までの二百三十三句を収める第一句集。巻頭に掲げられた高浜虚子の一文は、虚子の娘である星野立子の第二句集『鎌倉』（昭15、三省堂）と同文。大正七年十八歳のときの作〈我に返り見直す隅に寒菊赤し〉をもって作句の最初とし巻頭に据える。故郷熊本と、夫の転任に伴い移り住んだ土地の名を冠する「熊本」「横浜」「東京大森」「仙台」「東京　北沢」の五章に分けられている。

〔特色・評価〕 この句集の中心をなすのは、夫の転任に従って次々に見知らぬ土地に赴くという激変する生活環境で、子を産み育てながら詠み続けた作品である。家庭内で伝統的な役割を果たしながら暮らす女性が示す詩情豊かな作品群は、同時期の、また後世の女性に大いに刺激を与えた。巻頭の高浜虚子の一文は「立子句集『鎌倉』と汀女句集『春雪』は姉妹句集といふことが出来る。其性質は決して似てゐるとはいへず、むしろ全く異つてゐるといふべきかもしれぬ。併しながら清新なる香気、明朗なる色彩あることは共通の風貌である」と『ホトトギス』の女性俳人の双璧としての揺るがぬ地位を示すものであった。第二句集『汀女句集』（昭19、甲鳥書林）に全作品を再録。汀女の「吾子俳句」の代表作は、ほとんどすべて『春雪』とそれを内包する『汀女句集』に収められている。

〔作者と業績〕 中村汀女は明治三三年（一九〇〇）、熊本県江津湖畔の旧家に一人娘として生まれた。本名破魔子。実家は有数の地主で父は村長も務めた。阿蘇の山々を遥かに望む田園地帯で、両親の愛情を一心に受けて育った。

熊本県立高等女学校を卒業後、いつものように朝の拭き掃除をしていたときに一句浮かんで驚いたのだという。続いて得た身辺詠とともに九州日々新聞（今の熊本日々新聞）の俳句欄に投句し、俳句への道が開けた。選者は高浜虚子門の三浦十八公、『ホトトギス』への初投句も十八公による。一時青木月斗の『同人』に投句するなど、順調な入門期を送った。俳号の「汀女」は生け花の斎号から。

大正九年、熊本市出身の中村重喜と結婚。夫とともに上京後、長谷川かな女邸で催されていた「ホトトギス婦人句会」に出席するが、句作中止。夫の転勤に伴う頻繁な転居、出産と子育てなどのため「ちょうど十年間。私は句を一つも作らず、俳句雑誌も読まなかった」（『自選自解　中村汀女句集』）という。

作句再開は昭和七年。かねてより交流のあった杉田久女が俳誌『花衣』を創刊し、参加を勧められたことや、東京丸ビル内のホトトギス発行所に初めて虚子を訪ね、娘の立子に会ったことが転機となった。九年には『ホトトギス』同人となり、一〇年以降、『ホトトギス』の雑詠欄巻頭に立子と競い合うように登場。この間も夫の転任に伴う転居が続くが、一七年、世田谷区代田の新居に移り、定住することになる。後に橋本多佳子、三橋鷹女とともに「四T」と称されるようになる基盤はこのころ培われた。戦後、入院した病院で句会が始まり、翌二一年、俳誌『風花』創刊。女性俳句のリーダーとして婉やかにかつ精力的に活躍を続けた。

句集は他に『春暁』『半生』『花影』『都鳥』『紅白梅』『薔薇粧ふ』『軒紅梅』と遺句集『芽木威あり』。昭和六三年（一九八八）他界。享年八十八。

〔代表句〕

さみだれや船がおくるる電話など　（『春雪』）

汀女が横浜へ引っ越して来たのは昭和五年。この町で俳句を再開することになる。〈街の上にマスト見えゐる薄暑かな〉。明るく住みよい町に汀女はすぐになじんだ。三溪園へもよく赴き〈とどまればあたりにふゆる蜻蛉かな〉〈中空にとまらんとする落花かな〉等を詠んでいる。

秋雨の瓦斯が飛びつく燐寸かな　（『春雪』）

横浜から移った大森での作。主婦としての明け暮れの、折に触れ浮かぶ想いを、自分自身の言葉に留め続けた汀女は、虚子の提唱する「台所俳句」の強力な推進者におのずとなった。〈春暁や水ほとばしり瓦斯燃ゆる〉〈春暁の厨しづかに意のままに〉。生き生きと楽しんでいる姿が目に浮かぶ。掲句の〈瓦斯〉も生きもののようだ。

あはれ子の夜寒の床の引けば寄る　（『春雪』）

昭和一一年、仙台へ移る。七夕が終わるとにわかに秋が深まる北国の気候に驚き、子の布団の思いの外の軽さに胸をつかれて成った句。生まれ育った南の国からも、両親からも遠く離れ、新たな未知の土地で冬を間近にして、ほかならぬ汀女自身が心細さに襲われたのであろう。〈あひふれし子の手とりたる門火かな〉〈咳の子のなぞなぞあそびきりもなや〉

外にも出よ触るるばかりに春の月　（『花影』）

敗戦の翌年の春に詠まれた句である。夫がパージを受け公職を追われ、経済的に逼迫していた時期でもあった。「その月の新しさ、大きさ」を「『こんな』と両手で円を作って説明したくなるのだった」と自解する。この天真爛漫さこそが、汀女のポジティブで精力的な活動の源なのであろう。

〔参考〕 『自選自解　中村汀女句集』（昭44、白鳳社）、『現代俳句の世界中村汀女・星野立子集』（昭60、朝日新聞社）

［髙田正子］

『翠黛《すいたい》』（一九四〇刊）

後藤《ごとう》夜半《やはん》

〈内容〉 昭和一五年、三省堂刊。大正一二年から昭和八年、著者二十八歳から三十八歳までの十年間の二百十六句を制作順に収める第一句集。自序・自伝を付す。

〈特色・評価〉 後藤夜半と言えば、上方の遊里や伝統ある行事の情緒を詠んだ句を思い浮かべる一方で、〈滝の上に水現れて落ちにけり〉という写生句の代表のような句も名高い。第一句集『翠黛』はその両方の要素を合わせ持つ。

子息の後藤比奈夫は「後藤夜半小論―艶麗な情趣、流露する調べ―」（『後藤夜半の百句』）の中で「夜半の上方遊里の句はまことに美しく、やわらかで、その情趣は独特のものであった。幼い頃を狭斜の巷で育ったために見聞きしたことが、俳句開眼とともに噴き出して作品となったのであろう」という。ただし夜半本人は後に「柳暗花明の趣味は、私のよく解するところではなかつたから、句も亦、単なる遊里の風俗を模したものにすぎなかつた」と記したことも書かれている。

集の後半に向かうにつれ、遊里の句は減っていく。畿内の行事や景色をやわらかに詠んだ句に交じり、トリビアルとも思われる写生句が現れる。故事、芸能、芸術への深い造詣を生かした人事詠を得意としながら、ものの見え方を子細に追及する写生句の魅力も十分に味わえる句集である。

〈作者と業績〉 後藤夜半は明治二八年（一八九五）大阪曽根崎新地生まれ。母はそこで料亭を経営し、芸妓を取り仕切っていた。父は俳句をたしなみ、河東碧梧桐や荻原井泉水とも親交があった。四人兄弟のうち夜半を除く三人は喜多流の能楽に関わり、後藤得三、喜多実は実弟である。小学校卒業後、私塾柏園書院で漢籍を学ぶ。そのころから友人と碧梧桐の影響を受けた俳句を作っていた。また、父の書架にあった『ホトトギス』の小説や写生文を読んだことで俳句を知ったと『翠黛』の自伝にある。

大正一二年『ホトトギス』に初出詠。昭和三年日野草城、山口誓子、阿波野青畝らと「無名会」を結成し、研鑽を積む。昭和四年『ホトトギス』課題句選者。昭和六年俳誌『蘆火』創刊主宰。奈良鹿郎編集。昭和七年『ホトトギス』同人となる。昭和九年『蘆火』終刊。

昭和二三年『花鳥集』創刊。二八年より『諷詠』と改題。以来昭和五一年に子息の後藤比奈夫、平成二〇年に孫の後藤立夫、平成二八年曽孫の和田華凜へと主宰が継承され、通巻九百号を越えた。

第二句集『青き獅子』（昭37、東京第一出版）は大正一二年より昭和二〇年までの句を収める。戦争の句はない。戦後は俳句専業となる。昭和四三年、第三句集『彩色』（東京第一出版）。昭和五一年（一九七六）没。三回忌供養のため、後藤比奈夫が編んだ遺句集『底紅』（昭53、角川書店）がある。

〈代表句〉（『翠黛』所収）

二階からあやめ葺きゐる廓者

「廓者」とは遊郭に勤めて諸々の用を果たす男。「あやめ拭く」は端午の節句に邪気を払うために軒に菖蒲を挿すことで夏の季語。

廓者が二階の窓から身体を乗り出して、軒にあやめを挿している。季節の行事を大切にする遊里の一景。さりげない仕草だが、夏のしつらいになっていく廓の情趣を感じさせる。「あやめ」という音と平仮名の表記が優雅。

いなづまの花櫛に憑く舞子かな

舞子の髪に挿した飾り櫛が稲妻の光を映したのだろう。着飾った舞子の髪にきらきらと光が添う。〈いなづま〉という平仮名の表記は「稲妻」という漢字に比べて、激しさよりも光の屈曲を思わせる。〈憑く〉は光が取りついたように感じられたという意味か。妖しいほどの魅力を表わしている。

国栖人の面をこがす夜振かな

国栖は古事記、日本書紀にも現れる吉野の地名。奈良県吉野郡吉野町南国栖の浄見原神社で毎年奉納される国栖奏という歌舞で知られ、また謡曲『国栖』の舞台ともなっている。夜振は火振とも呼ばれる漁法で、舟の上でたいまつを振って鮎を網に追い込む。謡曲『国栖』には大海人皇子を漁夫の翁が根芹と鮎でもてなす場面がある。

このような由緒のある国栖に住む人が、たいまつで顔を焦がさんばかりに夜振り漁をしている。古代の人がよみがえってきたかのような幻想的な景を詠む。

滝の上に水現れて落ちにけり

見上げる滝頭に水が現れては落ちる。スローモーションで水の動きを捉えたような詠みぶりである。当たり前のことを当たり前に詠むのは難しい。「現れて落ちる」があまりにも自然。後藤比奈夫は言う。「この句が句会で発表されたとき、誰も見向きもしなかったそうであるが、多分それが自然であろう。「ホトトギス」で認められ、合評会や新聞で虚子が客観に徹した写生句と賞賛し、はじめて世に出たのである。」（『我が愛する俳人第四集』「後藤夜半」）現在は滝を詠んだ客観写生の代表句になっている。

〈参考〉 後藤比奈夫『後藤夜半の百句』（平26、ふらんす堂）、後藤比奈夫「後藤夜半」『我が愛する俳人第四集』（昭54、有斐閣）

［岩田由美］

『颷《はやて》』（一九四〇刊）

竹下《たけした》しづの女《じょ》

〔内容〕 昭和一五年、三省堂刊。俳苑叢刊の一冊として刊行された。著者三十四歳より五十三歳までの二十年間の三三五句を収める、生前に刊行された唯一の句集。序句・高浜虚子。巻末に自身による後記と俳歴を収める。

〔特色・評価〕 巻頭から三句目の〈短夜や乳ぜり泣く児を須可捨焉乎《すてつちまをか》〉を含む一連の作品で、大正九年に『ホトトギス』雑詠欄の巻頭となる。これは句作を始めた翌年のことであり、『ホトトギス』への投句を始めてすぐのことであった。彗星のごとく登場したしづの女だったが、翌一〇年には句作を中断する（昭和二年再開）。その理由を、この句集の後記に「俳句の主観・客観・及び季の問題に懐疑・懊悩、終に解決を得ず作句を擲つ」と書いている。俳句の伝統的性質である客観主義や定型・季題と、近代の内的要求（主観や自我）の表現との間の矛盾に悩んでのことだった。しづの女は俳句で自己を打ち出す主観的表現を目指し、この均衡が生涯の課題となった。たとえば「短夜」の句や〈カルタ歓声《どよみ》が子を守るわれの頭《ず》を撲《う》つて〉〈汗臭き鈍《のろ》の男の群に伍す〉のように女性、母である自分を一人の人間として力強く詠んだ。また〈緑蔭や矢を獲ては鳴る白き的〉〈紅塵《こうじん》を吸うて肉《しし》とす五月鯉〉〈山の蝶コツクが堰きし扉に挑む〉のように主観でとらえた擬人化の句は鮮やかに迫る。漢文調のきびきびとした硬い響きを好み、高い教養に裏打ちされた理知的で男勝りな句が特徴。ただ理知や観念に傾きすぎるきらいがあり、虚子に「詰屈聱牙《きっくつごうが》」（文章や字句が堅苦しくて難解なこと）と評されたこともあった。この句集ではそのような句をほとんど省き、客観的平明な句を選出したと後記にある。

〔作者と業績〕 竹下しづの女は明治二〇年、福岡県京都郡稗田村（現・行橋市）生まれ。本名静廼《しずの》。福岡女子師範学校卒業後、地元の尋常小学校訓導（教員）を経て、小倉師範学校の助教諭となる。国語、音楽を担当。大正元年、水口伴蔵と結婚（養子縁組）し、二男・三女を得る。大正八年、吉岡禅寺洞のもとで俳句を始める。「俳句にも自己があり、自己を表わし得るものだと知ったので始めた」と後に書いている。大正九年『ホトトギス』に投句。日野草城を識る。大正一〇年、俳句を中断。昭和三年、虚子の福岡来訪を機に俳句復帰。ホトトギス同人となり、久保より江、杉田久女らと『ホトトギス』の女流黄金時代を築く。昭和八年、農学校の校長だった夫が急逝し、生活が一変。官舎を出て、一家を支えるために福岡県立図書館で出納手（児童室係）として働いた。昭和一二年、長男吉信（俳号・竜骨）を中心とする福岡高校俳句会の主唱で高等学校俳句連盟が結成され、機関誌『成層圏』を創刊。しづの女は選者として指導にあたる。二年後には中村草田男を顧問に迎え、生徒たちが大学に進学すると「学生俳句連盟」と改称。全国の旧制高校および大学生が集い、香西照雄、金子兜太ら多くの青年俳人が育った。『成層圏』は昭和一六年に戦時下の情勢で廃刊。終戦の直前に吉信が結核で死去。戦後の農地改革では、郷里の農地確保のために、農地に一人、丸太小屋を建てて住み、自家米と家族に運んだ。戦後、昭和二四年より没年まで、九大俳句会を指導。昭和二五年、腎臓病で死去。享年六十三。「芸術に進歩はない。あるのは変遷ばかりである」という俳句観を貫いたしづの女は、当時の女性俳人には珍しく、すぐれた本格俳論を書き、また音楽の俳句化を試みるなど、進取の女性俳人であった。

〔代表句〕（『颷』所収）

短夜や乳ぜり泣く児を須可捨焉乎《すてつちまをか》

短い夏の夜、出の悪い乳に癇癪を募らせ、火がついたように泣く我が子。家事と育児に疲れた睡眠不足の母の一瞬の強い苛立ちを「いっそ捨ててしまおうか」と漢文調で率直かつ大胆に詠んだ。〈須可捨焉乎〉の〈乎〉は漢文の反語表現であり、「いや捨てられはしない」と、その裏にある母性愛をうかがわせる。しづの女自身は「現今の過渡期に半ば自覚し、半ば旧習慣に捉えられて、精神的にも肉体的にも物質的にも、非常なる困惑を感ぜしめられ、懊悩せしめられている中流の婦人の或る瞬間的の（心の）叫び」と解説している。

緑蔭や矢を獲ては鳴る白き的

昭和一〇年、『ホトトギス』の二度目の巻頭となったときの句。矢が的を射るのではなく「的が矢を獲る」と、的を主体にしたところが眼目。射られた矢を発止と受け止めて高らかに鳴る的は、自らの運命を受け止め、声をあげて立ち向かう彼女自身の姿と重なる。緑蔭の中の的の白さの視覚的象印が強く、矢の響きで聴覚的な力強さも加える。

汗臭き鈍《のろ》の男の群に伍す

汗臭く愚鈍な、働く男たちの群れに肩を並べるという句。男性から非難されそうだが、しずの女の思いがこもる当時は働く女性が珍しい時代で、男性本位の社会で女性差別もあっただろう。「鈍」「肩を並べる」と詠む覚悟の大きさが現代とは違うのだ。一家の大黒柱として働く優秀な女性、しづの女の矜持である。

〔参考〕 香西照雄編『定本・竹下しづの女句文集』（昭39、星書房）、竹下健次郎編『解説しづの女句文集』（平12、梓書院）

［相子智恵］

『向日葵《ひまわり》』（一九四〇刊）

三橋鷹女《みつはしたかじょ》

〈内容〉 昭和一五年、三省堂刊。俳苑叢刊の一冊として刊行された。著者二十五歳から四十二歳までの十七年間の三百四十句を収める第一句集。約二千句の中から自選し、制作年別に配列。巻頭に自序、巻末に短文の小伝である「伝」を収める。初期の句はほとんど捨てられ、「従来の俳句に不満寂寥を感じ、敢へて冒険的なる句作を試み初め」（「伝」）た昭和九年頃から、後年になるほどに多くの句が採録されている。直近の昭和一四、一五年の句だけで百二十九句を占め、新たな俳句を打ち出そうとする意欲が高まってゆく様子が句数からも見て取れる。

〈特色・評価〉 巻頭の二句、つまり初期作品が〈すみれ摘むさみしき性を知られけり〉〈蝶とべり飛べよとおもふ掌の菫〉であることが象徴するように、鷹女は最初から、写生という方法を取らずに自己の思いを表出する作家であった。〈夏痩せて嫌ひなものは嫌ひなり〉〈初嵐して人の機嫌はとれませぬ〉〈つはぶきはだんまりの花嫌ひな花〉〈日本の我はをみなや明治節〉〈詩に痩せて二月渚をゆくはわたし〉〈書き驕るあはれ夕焼野に腹這ひ〉など激烈に自我を押し出し、自虐精神をもって女性の情念を描いた。また〈ひるがほに電流かよひゐはせぬか〉のような鋭敏な感性による詩的表現、〈みんな夢雪割草が咲いたのね〉の口語表現など、前衛的な作風は当時の女流俳人の中でも傑出していた。当時は新興俳句運動が無季俳句を推進した最高潮の時代。鷹女は運動とは距離を置いて独歩しつつも、意識して「冒険的なる句作」を行った。この句集で鷹女は異色の女流俳人として一躍注目された。

〈作者と業績〉 三橋鷹女は明治三十二年（一八九九）、千葉県成田町（現成田市）生まれ。本名はたか子。幼名は文子。父は成田山新勝寺の重役で、三橋家は代々和歌を嗜む家系であった。成田高等女学校を卒業後、上京して次兄慶次郎の許に寄寓。兄の師事する与謝野晶子・若山牧水に私淑し作歌に励んだ。大正一一年、二十四歳で歯科医師の東謙三（俳号・剣三）と結婚。やがて短歌から俳句に転ずる。俳号は東文恵。昭和四年、三十一歳のとき原石鼎の吉野山時代の作品に魅せられ、夫剣三とともに『鹿火屋』に入会。昭和九年、剣三とともに同誌を退会し、剣三が同人として在籍する小野蕪子主宰の『鶏頭陣』に出句。東鷹女と改号。昭和一一年、同人誌『紺』創刊に参加し、女流俳句欄の選句を担当するも戦時下の雑誌統合により約二年で終刊。昭和一三年『鶏頭陣』を剣三とともに退会。昭和一五年、第一句集『向日葵』刊。三か月後、『向日葵』と同年代の作品と以後の若干の作品を収める第二句集『魚の鰭』刊。昭和十七年、兄の死去により、夫、長男陽一とともに東家を廃家、三橋家を継ぎ三橋姓となる。昭和二七年、第三句集『白骨』刊。翌二八年、長らく無所属だったが、高柳重信の熱心な勧誘で富澤赤黄男の『薔薇』に同人として参加。昭和三三年、同誌の発展的解消で発足した『俳句評論』に参加。昭和三六年、第四句集『羊歯地獄』刊。昭和四二年『俳句評論』を辞し、四四年に湊楊一郎と同人誌『羊歯』を創刊するも十号で同誌を退き、『俳句評論』に復帰し顧問となる。昭和四五年、第五句集『橅』刊。昭和四七年（一九七二）没。享年七十四。

鷹女は昭和期に活躍した代表的な女流俳人として、中村汀女、星野立子、橋本多佳子とともに、頭文字を取って四Tと並び称されたが、四人のなかでも情念の激しさと表現の前衛性において特異な存在であった。「一句を書くことは 一片の鱗の剥脱である」（『羊歯地獄』自序）という緊迫した俳句観で、生涯、自らの孤独な生、老い、死を追求した。老いを自覚後は、変身を主題にした句も特徴となり、〈この樹登らば鬼女となるべし夕紅葉〉〈老いながら椿となつて踊りけり〉など壮絶な中にも幽玄な美しさを詠んだ。四Tと名付けたのは山本健吉だが、健吉は『現代俳句』で四Tのうち鷹女のみ取り上げておらず、その評価が定まったのは、高柳重信らが編纂した『三橋鷹女全句集』など、後年のことだった。

〈代表句〉

ひるがほに電流かよひゐはせぬか （『向日葵』）

奇想だが〈ゐはせぬか〉の強い反語の口調によって、蔓が電線のように、花に触れれば感電しそうに思えてくる。激しく鋭敏な感覚を持つ鷹女らしい初期の代表句。

夏痩せて嫌ひなものは嫌ひなり （『向日葵』）

三橋敏雄は「新興俳句の諸傾向が、ついに達成できずにいた、女性による女性意識の不敵な解放と、それに伴う痛切な生命の歎き」（『現代俳句の世界11』（昭59、朝日文庫）を鷹女の句に見る。掲句もその一例であろう。

この樹登らば鬼女となるべし夕紅葉 （『魚の鰭』）

美女に化けた鬼が登場する謡曲『紅葉狩』を想起させるが、逆に鷹女は女から鬼へと化す。「登れば当然鬼女となるだろう」という強い推量で、心中の魔性を曝す。

鞦韆《しゅうせん》は漕ぐべし愛は奪ふべし （『白骨』）

ブランコ本来の姿と、むき出しの愛の本能の姿を、ブランコの反復リズムのように対句で激烈に畳みかける。

白露や死んでゆく日も帯締めて （『白骨』）

死に際まで毅然としようとする高い矜持と、女性という性が持つ宿命の哀しみ。孤高の鷹女に白露が美しい。

〈参考〉 『三橋鷹女全集 全二巻』（平1、立風書房）、『現代俳句の世界11』（昭59、朝日文庫）

［相子智恵］

『海燕《うみつばめ》』（一九四一刊）

橋本多佳子《はしもとたかこ》

〈内容〉 昭和一六年、交蘭社刊。著者二十八歳から四十一歳までの十四年間の四百十七句を収める第一句集。序・山口誓子、表紙絵・富本憲吉、題字・水原秋桜子。生涯の師山口誓子とともに『ホトトギス』を離脱し、水原秋桜子の『馬酔木』に入会した昭和一〇年以前の句は、『ホトトギス』に投句して高浜虚子選に入ったものから八句のみ収録。一〇年からは一年ごとに章をたてて編年体で編集。後記に「本当に（俳句の）勉強を始めたのは昭和十年に馬酔木に拠ってから」と記す。また「夫との最後の旅行となった上海行の途次、霧に停船している筥崎丸にあまたの燕が翼を休めたことが忘れ難く」句集名とした、とある。

〈特色・評価〉 橋本多佳子は山口誓子というよき師を得てまもなく、よき夫豊次郎を失い（昭12）、運命が急展開する。そうした中で誓子の「写生構成」を学んで出した句集である。誓子は後年『橋本多佳子全句集』（昭51、立風書房）に「『写生』とは現実に即すること」「『構成』は現実から離れて、俳句の世界を構成すること」、多佳子は「情の激しい作家であったから、その情を流露せず、現実に即しメカニズムを通して表現するといふことは、困難なことにちがひなかった」と記している。

〈作者と業績〉 橋本多佳子は明治三二年（一八九九）、東京生まれ。本名多満。幼くして父が他界し、母と妹の三人で暮らすことになる。小学校卒業後、美術学校に進むが病弱のため中退。その後箏曲の奥許を受けるが、大正六年（一九一七）、橋本豊次郎と結婚して大阪に住むこととなる。九年、小倉市に新築して移り住んだ櫓山荘は瀟洒な洋館で、文化人の集うサロンとなった。そうした環境の中で俳句と出会う。一一年、高浜虚子来訪を機に、杉田久女に俳句の手ほどきを受けるようになる。山口誓子との出会いも久女の紹介による。昭和一〇年、師・誓子に従って『ホトトギス』を離脱し、水原秋桜子の『馬酔木』に入会。一二年、夫が他界し、経済的文化的な最大の庇護を失った。

多佳子は「男の道」を歩く稀な女流作家の一人（『海燕』序）と誓子に励まされ、ますます峻厳な道を選び登ってゆく。戦後、西東三鬼、平畑静塔と始めた「奈良俳句会」は、右城暮石、榎本冬一郎らを加え、二三年の誓子主宰誌『天狼』創刊へ向けての原動力となる。同時に『七曜』創刊、指導にあたる（二五年より主宰）。句集はほかに『信濃』『紅絲』『海彦』『命終《みょうじゅう》』。

誓子は、多佳子が「第一句集『海燕』に受けた過酷な批評を」「乗り踰えようと」し、その努力が「第二句集『信濃』となつて美事に結実した」こと、「第三句集『紅絲』は、『信濃』を更に飛躍」させることで「『海燕』が受けた世評を完全に乗り踰え」「遠く引き離した」ことを『紅絲』の序に記した。また『紅絲』の時代に「よく現実から離れた。現実から離れて、私の構成の世界には入らず、みづからを愛惜して、女ごころを打ち出した」（『橋本多佳子全句集』）として誓子流ではない、多佳子自身による自己の確立を評価した。三八年（一九六三）癌の治療が手遅れとなり他界。享年六十四。

〈代表句〉

月光にいのち死にゆくひとと寝る　（『海燕』）

夫の豊次郎を看取る連作六句のうちの一句。月明りの中で、砂のように零れゆく〈いのち〉を見つめている。夫を送るに冷たすぎるという批判を受けもした。〈月光に一つの椅子を置きかふる〉（『信濃』）、〈夫恋へば吾に死ねよと青葉木菟〉（『紅絲』）、〈雪はげし抱かれて息のつまりしこと〉（『紅絲』）と夫への追想句は年を経るにつれて激しくなっていく。

母と子のトランプ狐啼く夜なり　（『信濃』）

大阪から奈良のあやめ池に疎開し、灯火管制の光の下でよくトランプをした、と自解する。あやめ池の狐は、多佳子母娘をすくませたが、親しい句材ともなった。

いなびかり北よりすれば北を見る　（『紅絲』）

多佳子には稲妻や稲光の句が多く、西東三鬼に「いなづまのお多佳さん」と呼ばれた。日吉館で開いていた「奈良俳句会」で詠まれた句。

雄鹿の前吾もあらあらしき息す　（『紅絲』）

〈息あらき雄鹿が立つは切なけれ〉〈夫恋へば吾に死ねよと青葉木菟〉などとともに「奈良俳句会」の成果。真剣勝負の作句の場で成った句であるが、「紅絲の嘆き」には「女心のヴァニティ」を見る気がする（平畑静塔）、「多佳子の下意識に常にエクスタシイが存在する」（堀井春一郎）など、多佳子を怒らせる評言も伴った。

乳母車夏の怒濤によこむきに　（『紅絲』）

〈乳母車〉と〈怒濤〉の対比、〈よこむき〉の構図など、情より理の勝った構成であるが、読者にさまざまな思いを喚起する映像の句である。寺山修司は「潜在的な捨子願望の句」と評したという。

雪の日の浴身一指一趾愛し　（『命終』）

この句と〈雪はげし書き遺すこと何ぞ多き〉の短冊を残して入院し、そのまま還らぬ人となった。句集名として誓子は「浴身」を推したが、四女美代子が〈この雪嶺わが命終に顕ちて来よ〉の「命終」を選択して命名した。

〈参考〉 『現代俳句の世界11　橋本多佳子／三橋鷹女集』（昭59、朝日新聞社）、『俳句とエッセイ別冊　杉田久女と橋本多佳子』（昭63、牧羊社）

［髙田正子］

『天《てん》の狼《おおかみ》』（一九四一刊）

富澤赤黄男《とみさわかきお》

〈内容〉　初版は昭和一六年（一九四一）四月の刊行。発行者は水谷勢二（砕壺）。「水谷砕壺におくる」と記された献辞がある。限定二百五十冊。頒価二円八十銭。

ページ二句組。「跋」には「すぐるかた六年間の作品を集め、逆年順に並べて」とある。「天の狼」「阿呆の大地」「蒼い弾痕」「鶴の抒情」の四章に分かれ、「天の狼」は四十ページ六十一句、「阿呆の大地」は三十三ページ四十九句、「蒼い弾痕」は四十五ページ六十六句、「鶴の好情」は三十ページ四十一句で、計二百十七句が収録されている。

昭和二六年四月には増補改訂版が刊行され、その跋に「本島高弓、高柳重信君等の強い要望があり」などと書き加えられている。続いて「再版の言葉」があり、「初版当時の状勢で掲載を差し控えた二三の作品も今度は組入れた。またやむなく字句を歪めて載せたものも生来のものに戻して入れたものもある」と記されている。

〈特色・評価〉　『天の狼』は、戦前の新興俳句運動の最後を飾る句集である。新興俳句弾圧によってつぎつぎに検挙者が出る中、この句集は刊行された。一二年から戦地に赴いていた赤黄男は、さしたる制約もない中で作品を詠み続けていたようである。限定二百五十部のこの句集を、当時の若い俳人たちは競うように求めたようで、その影響力はきわめて大きかったと考えられる。新興俳句運動は昭和一六年に終焉を迎えたというのが定説になっているが、この句集はその年から読者を生み出し始めるわけで、そのことが戦後俳句の方向性に影響を与えたことは明らかである。増補改訂版もあり、戦後俳句への影響力は計り知れない。

〈作者と業績〉　富澤赤黄男は、明治三五年（一九〇二）七月十四日、愛媛県西宇和郡川之石村（現八幡浜市保内町）に開業医の長男として生まれた。本名、富澤正三。宇和島中学校から早稲田大学政経学部に進み、松根東洋城の主宰する『渋柿』に参加。卒業後は国際通運（現在の日本通運）に入社し、大阪支社に転勤して菊池清と結婚。眼疾により転業することとなった父を助けるため、帰郷して国立第二十九銀行（現在の伊予銀行）に勤務し、美名瀬吟社に参加して『ホトトギス』にも投句したが掲載はなかったらしい。昭和七年（一九三二）、俳号を赤黄男として山本梅史主宰の『泉』に投句。翌年、父の事業が失敗し、銀行を退職。移住してセメント重紙袋製造合資会社を起こすが、室戸台風のため工場が閉鎖。昭和一〇年（一九三五）、日野草城の俳誌『旗艦』同人となり、高屋窓秋に傾倒した。昭和一二年（一九三七）、工兵隊に招集され、将校として中国各地を転戦。『旗艦』に前線俳句を掲載した。昭和一五年（一九四〇）、マラリアに罹患して帰国し、中尉として召集解除。昭和一六年（一九四一）四月、句集『天の狼』を刊行するが、再度召集され、北千島の守備についた。昭和一九年（一九四四）召集解除。昭和二〇年（一九四五）四月、四谷区箪笥町の自宅を空襲で失い、吉祥寺に移った。戦後は、昭和二一年（一九四六）、『太陽系』創刊。新俳句人連盟に参加するが退会して現代俳句協会を設立。昭和二三年（一九四八）、詩歌誌『詩歌殿』を創刊、『太陽系』終刊して『火山系』を創刊。昭和二六年（一九五一）、『天の狼』の増補改訂版を刊行。昭和二七年（一九五二）、高柳重信、本島高弓と『薔薇』を創刊し、句集『蛇の笛』刊行。昭和三三年（一九五八）年、高柳重信が創刊した『俳句評論』に参加。昭和三六年（一九六一）、第三句集『黙示』を刊行するが、翌年三月七日、肺ガンにより死去。享年六十歳。

〈代表句〉　（『天の狼』所収）

蝶墜ちて大音響の結氷期

〈結氷期〉と題された章に置かれている。眼前の具象の〈蝶〉ではなく、本質として意識に存在する〈蝶〉を詠んでいる。それは「個」というものの象徴であろう。〈結氷期〉を状況と解せば、はばたく個の存在性が、凍りつく状況の中で何ほどのものであり得るかという思いを読むことができる。シュールレアリスムの影響も感じさせ、新興俳句の中でもかなり突き抜けたところにある句と言えるであろう。

一本のマツチをすれば湖は霧

「秋炎」の章に置かれた句で、マッチを擦るという日常的な行為が、人間らしさを取り戻そうとする営みであることを認識させる。平明であるが、赤黄男の叙情性の側面を味わうことのできる句である。

やがてランプに戦場のふかい闇がくるぞ

「蒼い弾痕」の章に置かれた句で、「ランプ―潤子よおとうさんは小さい支那のランプを拾つたよ―」と前書きされた八句の一つ。兵士という存在にも故郷があり、家族があり、抒情があるということを思い知らされる。戦時下という特殊な状況において、このように若々しいモダニズムの叙情を実現させた赤黄男という作家の存在意義はきわめて大きい。

［秋尾　敏］

『桃《もも》は八重《やえ》』（一九四二刊）

細見綾子《ほそみあやこ》

〔内容〕 昭和一七年、倦鳥社刊。著者二十三歳から三十四歳までの十二年間の四八〇句を収める第一句集。巻頭には右城暮石の序文、巻末には著者の後記を付す。昭和五年から同一六年まで一年ごとに題名をつけて作品を配列。順に「猫柳」「春寒」「春の雨」「菜の花」「芽芹」「日永」「短日」「水涸」「笹鳴」「雪」「立春」「冬山」。なお、これらの題名は、各年の冒頭句の季語をそのまま用いているにすぎない。

〔特色・評価〕 綾子は結婚生活三年足らずで夫と死別し帰郷。その後まもなくして母も亡くなる。そして自身も肋膜炎を患い、療養生活を強いられることになる。そのときの主治医が松瀬青々の主宰する『倦鳥』の俳人であり、綾子に俳句を勧めた。それが綾子と俳句との出合いである。二十三歳のときであった。

そうした意味で、本句集に収められた作品は療養俳句といえる。他の療養俳句と異なるのは、失意と病の底から俳句によって奇跡的に救われた、その記録となっている点である。後記に「全部で四百八十句、斯くまとめまして、私としましては感慨深いものがございます。短き詠歎もて、自然の厳しさと温かさに寄つて来たものである事を思はずには居られません。今後もこの単純なる武器をたよりに、地下には水の湧くことを信じて掘り下げて行きたく思ひます」とある。俳句という「単純なる武器」に綾子は救われた。俳句に対する絶対の信頼から綾子の俳句は始まった。心に浮かぶことばをそのまま俳句にする。命を救ってくれた、その作句スタイルを綾子は生涯貫いていく。

〔作者と業績〕 細見綾子は明治四〇年（一九〇七）三月三十一日、兵庫県氷上郡芦田村（現・丹波市）生まれ。大正九年、父病没。昭和二年日本女子大学国文科卒。同年、東大医学部助手の太田庄一と結婚。同四年、夫病没後、帰郷。母も病没。綾子は肋膜炎を発症。医師に勧められ、松瀬青々主宰『倦鳥』に投句を始める。同一七年、第一句集『桃は八重』刊行。同一八年、出征する沢木欣一を送る。同二〇年、沢木復員。同二一年、『風』の創刊同人となる。同二二年、沢木と結婚、石川県金沢市に移る。同二五年、長男出産。同三一年、東京都武蔵野市に移る。

綾子は沢木を支え、『風』を拠点に作品を発表し続けた。昭和二八年頃より俳壇では俳句の社会性に対する意識が高まり、同二九年には社会性論争が起きた。『風』は、俳句には社会性が必要とする側の中心的役割を担い、俳壇を牽引した。同三〇年に沢木が発表した連作「能登塩田」は、「社会性俳句」の代表的作品である。その後、昭和三五年の安保闘争挫折により「社会性俳句」は衰退し、俳壇はゆっくりと伝統へと回帰していくことになる。

『風』の有力メンバーとして、そうした「社会性俳句」の渦中にいながら、綾子がほとんどその影響を受けていないように見えるのは興味深い。「俳句と社会性」に関するアンケートに対しても「俳句に社会性の重要なことは言うまでもないことである。（中略）私自身は社会性を主題にした俳句をあまり作らない。けれども社会性を詠おうとしている人々から、いつも刺激をうけている。作品の完成さにではなく、その態度に」（『風』昭29・11）と回答している。時流に超然とするこの姿勢は、作家としての揺るがぬ覚悟に基づくものと思われる。実際、綾子の作品は、先行する俳人の誰にも似ておらず、また後続する誰にも似ていない。独特な感覚に基づいた天衣無縫で平明な作品は、今も人々の心をつかみ、季節が巡るたびに愛誦されている。平成九年（一九九七）九月六日逝去。九十歳であった。

句集十冊。本句集後に『冬薔薇』『雉子』『和語』『伎藝天』『曼荼羅』『存問』『天然の風』『虹立つ』『牡丹』。他に随想集多数。第二句集『冬薔薇』で第二回茅舎賞（現・現代俳句協会賞）受賞、第五句集『伎藝天』で昭和四九年度芸術選奨文部大臣賞受賞、第六句集『曼荼羅』で第十三回蛇笏賞受賞。勲四等瑞宝章受章。

〔代表句〕（『桃は八重』所収）

冬になり冬になりきつてしまはずに

〈冬〉が季語。立冬を過ぎてもそれらしくないということをそのまま詠んでいる。俳句は物を描くことによって何かを表現する文芸と言われるが、そうした基本を気持ちよく無視する。それが綾子俳句であり、綾子だけに許される自由奔放な句である。

チューリップ喜びだけを持つてゐる

〈チューリップ〉が春の季語。いわゆる写生句ではない。心に感じたことをそのまま表現しているにすぎず、標準的な俳句表現を踏み外している。しかし対象の真実に触れているのだろう。読者の共感を誘ってやまない。あと少しで壊れそうなところで踏み止まっている俳句であり、それが大きな魅力となっている。

つばめつばめ泥が好きなる燕かな

〈つばめ〉が春の季語。子どもが呼びかけているような冒頭部分ゆえ、素朴な印象を受ける。だが、「泥が好きなる」という断定によって、てらてらとする泥の輝きをイメージさせる。春の明るさを描いて巧みだ。

〔参考〕『細見綾子全句集』（昭54、立風書房）、沢木欣一編『細見綾子俳句鑑賞』（平4、東京新聞出版局）、『細見綾子秀句』（平12、翰林書房）

［加藤かな文］

『くくたち（上・下）』（一九四六・四七刊）

京極杞陽《きょうごくきよう》

〈内容〉 上巻は昭和二一年、菁柿堂刊。序は高浜虚子。昭和一一年から一六年までの作品を収録した第一句集。下巻は昭和一七年より二〇年までの作品を収録。序文は上巻と共通。下巻の後記に「私のこの句集は、虚子先生の下に生活してゐる私の一生の記念品だ」とある。『ホトトギス』雑詠における虚子選の句をまとめた本書は、上下巻併せて千句を超える作品を収める。

〈特色・評価〉 昭和一一年ヨーロッパ遊学中、ベルリン日本人会の句会で高浜虚子に認められた〈美しく木の芽の如くつつましく〉の新鮮な比喩をはじめ、〈鷲にサイレンの音ひろがり来〉などの斬新な素材、〈汗の人ギューッと眼つぶりけり〉の擬態語等、斬新な発想と表現は、虚子も本句集の序文で「杞陽調」と呼ぶなど、それまでの『ホトトギス』には見られない新鮮な印象を与えた。他にも、〈浮いてこい浮いてこいとて沈ませて〉〈刈葦の枯葦に立てかけてある〉〈脚ひらきつくして蜘蛛のさがりくる〉など、とらえた対象を独自の表現で描いた句が数多くある。

〈作者と業績〉 京極杞陽は明治四一年（一九〇八）、東京市本所（現在の東京都墨田区）生まれ。本名は高光《たかみつ》で、兵庫県の豊岡京極氏十四代当主。京極家はかつての但馬豊岡藩の藩主家にあたり、父は貴族院議員を務めた子爵であった。学習院中等科（現在の学習院中・高等科）に在学中の大正一二年、関東大震災により生家を焼失し、家族も陸軍被服工廠に失った。この学習院時代、文学趣味のある学友、都志見木吟によって俳句に興味を持つ。東京帝国大学文学部に進んだ後は文学に力を注ぎ、小説家の牧野信一の助言を受けつつ小説の執筆などを試みた。東京帝国大学卒業後、昭和一〇年からヨーロッパに遊学し、翌一一年、ベルリン日本人会の句会入選句〈美しく木の芽の如くつつましく〉が虚子の目にとまる。帰国後の同年九月、虚子と再会し、虚子との師弟関係が始まった。以降、ホトトギス発行所の句会をはじめ、各所の句会に参加して俳句の研鑽を積む。昭和一二年、式部官として宮内省に勤務を始めた杞陽は、『ホトトギス』十一月号にて〈香水や時折キッとなる婦人〉〈浮きをどる名古屋城かや秋天に〉などの句で初巻頭を飾った。昭和一五年、『ホトトギス』の同人に推され、誌上において「静かなる美」、「皮相と内奥」など自らの俳論を発表。ホトトギス同人の池内友次郎、川端茅舎らと共に九羊会に属し、虚子の指導を受けた。俳句のほか、随筆や俳諧詩も得意分野とし、高浜年尾発行の『俳諧』では多数の俳諧詩を発表している。

昭和二〇年、東京で戦災に遭うと、活動の拠点を父祖伝来の地、兵庫県豊岡町（現豊岡市）に移した。昭和二一年、宮内省を退職。第一句集『くくたち・上巻』を刊行。この年の七月、豊岡の古俳誌『木兎』を再刊し、主宰した。

豊岡移住以降も、高浜虚子の忠実な門人として師や同門の俳人たちと行動をともにすることが多く、虚子が没するまでほぼ毎年、ともに国内各地へ旅して句作を行った。昭和三六年には豊岡移住以降の句から虚子が選んだものを第二句集『但馬住』として上梓。この間、『ホトトギス』には九回巻頭に選ばれ、杞陽俳句が次第に確立されてゆく。以降、虚子没後の喪失感の中で詠まれた句による第三句集『花の日に』、豊岡で詠まれた句が中心の第四句集『露地の月』などがある。昭和五六年（一九八一）、心不全により死去。翌年、遺句集として『さめぬなり』が編まれた。

〈代表句〉

香水や時折キッとなる婦人　（『くくたち（上巻）』）

夏の季語香水と、〈キッとなる〉という人物描写により、女性の一典型を描いている。『ホトトギス』昭和一二年十一月号掲載。杞陽にとって初の巻頭作品だったが、描写の語〈キッとなる〉の口語を大胆に取り入れた表現は、現在も新鮮な印象を受ける。『くくたち』上巻収載。

春風や但馬守は二等兵　（『くくたち（下巻）』）

昭和一九年の作品。杞陽はこの年の三月、教育召集令状を受けて朝鮮に渡る。しかし晩春には除隊され帰国した。かつての但馬豊岡藩の藩主、豊岡京極氏の十四代当主である自身を〈但馬守〉と言い、そのお殿様が二等兵になって戦争に行ったとあざける。自身をこのように弄びながらも、春風の明るさが一句を包み、嫌みがない。

〈その他〉 俳諧詩は俳句趣味による自由詩。昭和一〇年代、『ホトトギス』の俳人により書かれ、『俳諧』誌に掲載された。杞陽も多くの作品を残している。

ピアノと耳と眼

湧き立つ雲の峯の如く
轟く音《オン》。
そのとどろきから生れて転げまはる怪音。
弾奏者の女のからだは
揺れてゐる、
水の中で運動してるみたいに
どこかユッタリ揺れてゐる。

（『昭和俳句文学アルバム13京極杞陽の世界』）

〈参考〉『昭和俳句文学アルバム13京極杞陽の世界』（平2、梅里書房）

［押野　裕］

『草枕《くさまくら》』（一九四六刊）

相馬遷子《そうませんし》

〈内容〉 昭和二一年、函館市の壺俳句會発行。自序二頁、目次一頁、本文五十四頁。本文は「草枕（八十六句）」「大陸行（五十三句）」「蝦夷（七十一句）」の三章に分かれ、そのあとに著者紹介、壺冊子の広告、奥付が各一頁付く。一頁四句組、収録句数二百十句。

〈特色・評価〉 『草枕』は戦前の作品を中心に集められ、その一部が『山国』の「草枕抄」としてまとめられているので、相馬遷子の句集は基本的には『山国』（昭31）、『雪嶺』（昭44）、『山河』（昭51）の三冊と考えてよい。しかし、「草枕抄」には句集『草枕』に収められていない句も多くある。愛する郷土の自然を厳しい気息と清澄な眼光で読み続けた遷子だが、それだけにとどまらず水原秋桜子直系の豊かで広い詩心を持っていた。その遷子に対し応召、病による本土送還、療養、函館への赴任、帰郷という一身上の変化が与えた影響を知るためには避けて通れない一集である。後の遷子の作家活動の基盤となるものがこの時代に作られている。

昭和一三年とその翌年、遷子は馬酔木集の巻頭を半分近く得ている。秋桜子調、純馬酔木調とも言うべき美しい言葉、流麗な調べの作が並ぶ。吟行によって新鮮な刺激を受け、感性を研ぎ、詩心を膨らませた成果である。

熊野川筏をとゞめ春深し

富士山麓にて　五句（のうちの一句）

渓とざす霧にたゞよひ朴咲けり

那智の瀧　五句（のうちの一句）

瀧壷やとはの霧湧き霧降れり

どの句も明るく調べがよく、師の秋桜子の詩心を間違いなく受け継いでいる。遷子自身の言葉を引けば「ひたむきな投句家時代の所産であり、俳句に対して最も強い情熱を持つてゐた時のもの」が最もよくあてはまる作品が応召までの「草枕」の章に並ぶ。戦地に赴いた遷子を待っていたのはこれまでの作句方法を改めねばならぬ環境の変化であり、それに伴う表現方法の変化だった。

海原や蒼茫と春日呑み了る

冱え返る宵のまどろみ夢をなさず

一本の木蔭に群れて汗拭ふ

「大陸行」の章では戦争という厳しい現実を目の当りにして、リアリストの眼で対象を捉え始める。

だが、一年ほどで病を得て本土へ送還、療養を終えた遷子は函館へ赴任する。そこには当時『鶴』同人で『壺』を率いる齋藤玄がいた。玄と『鶴』の連衆との交流は遷子の句に『鶴』流の視点と表現を齎す。

煮凝や他郷のおもひしきりなり

すでにして都塵の君か立葵

雪靴に常の勤めの三日かな

本句集の著者紹介「水原秋桜子に師事　馬酔木、鶴、壺の同人」は簡素だが、遷子俳句の本質をついている。抒情的な句が『馬酔木』の主流であるとすれば、それに境涯性を加味したその後の遷子の句は、本集に収まる戦地の体験と函館の交流を通して培われた。

〈作者と業績〉 本名は富雄《とみお》。俳号の遷子は信濃柿の君遷子による。明治四一年（一九〇八）一〇月一五日、長野県南佐久郡野澤町（現、佐久市）生まれ。大正八年、東京の上野桜木町に一家で転居。昭和七年、東京帝国大学医学部医学科卒業。二二年、野沢町にて開業。俳句は昭和九年、医学部在学中に島薗内科教授の卯月会（東大医科出身者の俳句会）に入会し、『馬酔木』に入会。翌年、水原秋桜子の直接指導を受け、石田波郷に兄事し、『鶴』にも投句。一三年に『鶴』同人、一五年に『馬酔木』同人。二四年、馬酔木高原派の一員として堀口星眠、大島民郎らと親交を結ぶ。四四年、句集『雪嶺』により第九回俳人協会賞受賞。五一年（一九七六）一月一九日逝去。著書に句集『草枕』（昭21、壺俳句会）、句集『山国』（昭31、近藤書店）、句集『雪嶺』（昭44、竹頭社）、句集『山河』（昭51、東京美術）、共著の句文集『自然讃歌』（昭31、琅玕洞）がある。

〈代表句〉（『草枕』所収）

瀧をさゝげ那智の山々鬱蒼たり

昭和一三年の夏、「草枕」の章の南紀での作。〈瀧をさゝげ〉にアニミズムに通じる思考が見て取れる。昭和二九年、同じモチーフで秋桜子が〈瀧落ちて群青世界とどろけり〉と詠んだ。遷子が秋桜子直系の詩心を持っていたことがよくわかる作。

栓取れば水筒に鳴る秋の風

「大陸行」の章、「中秋討匪」と題されて発表された一句。戦地の句としてはもの静かで客観的に詠まれている。この句にある研ぎ澄まされたリアリストの眼はその後の遷子の句の方向を暗示しているようでもある。

忽ちに雑言飛ぶや冷奴

「蝦夷」の章、「送迎桂郎　四句」の前書のある中の一句で一八年の作。それまでの遷子には見られない表現。無頼かつ洒脱な作品を残した石川桂郎を前にして、その桂郎に染まってしまったかのような表現が興味深い。

くろぐろと雪片ひと日空埋む

函館での作だが、その後の佐久での作に続く趣を持っている。単なる風景句に終わらず、空を一日埋めた雪片が心をも埋めたようにも感じ取れるのは、函館の交遊が遷子の俳句に深みを与えた証左であろう。

〈その他〉 第二句集『山国』の四百十三句のうち、前半百十二句は『草枕』よりの抄録である。

［橋本榮治］

『鈴木花蓑句集《すずきはなみのくしゅう》』（一九四七刊）

鈴木花蓑《すずきはなみの》

〔内容〕 昭和二二年、笛発行所刊。著者三十三歳の大正三年から六十一歳で没する昭和一七年まで、二十九年間の八百七十五句を収める。編集は著者自身で行ったが、没後に刊行された。序・高浜虚子、後記・花簔句集刊行会代表白井松石。作品を春夏秋冬ほぼ同数に分け、別に新年を十七句加えている。これらの句はさらに、時候・天文・地理・人事・動物・植物の季題別に分類し、各句には制作年代が添えてある。

他に、妻の鈴木菊女句集、長男の鈴木ひなを句集、それぞれ五十七句、八十一句を収める。

〔特色・評価〕 この句集は花蓑の生涯を通した句が一冊に収められている。また、これらの句はすべて虚子選『ホトトギス』雑詠の作品で、ほぼ入選句が網羅されている。これは謂わば、虚子の唱えた客観写生を実際に示した花蓑の全句集といえる。虚子は十六頁にわたる序文の中で、花蓑の句を九十五句採りあげている。その上で、「総じてその句は写生に忠実な句であつて、写生を踏み外したやうな句は一句もない」と、花蓑の作品はあくまでも客観写生によって詠まれていると評している。

収録されている作品の季題は、植物と人事が群を抜き、それらの句には写生の鬼といわれた花蓑の面目躍如たるものがある。

花蓑は俳句を明治三七年頃から始め、大正三年十一月、〈明らかに露の野を行く人馬哉〉の句が初めて『ホトトギス』に入選。大正四年には本格的に俳句の勉強をする決心をし、虚子を訪問してその指導を仰いだ。以来、虚子の影響を強く受け、虚子が提唱する客観写生を追究した。花蓑の初期作品では〈夕映の二度して秋の島明し〉〈日かげれば麦蒔消えぬ土色に〉などがあり、既に徹底した写生態度を示している。その姿勢は晩年の〈もつれつ、とけつ、春の雨の糸〉〈鷹舞へり雪の山々慴伏《しょうふく》す〉などの句まで変わっていない。また一方では、〈茎漬や金の指輪を二つして〉〈一々に意地悪く炭つぎ直す〉など観察眼の行き届いた軽妙な人事句もある。

大正初期に強い個性と主観句で活躍した村上鬼城、飯田蛇笏、原石鼎などの後、大正中期から花蓑は客観写生の句で頭角をあらわし、虚子が序文で「大正末から昭和初期には花蓑時代というものを出現」と評したように、『ホトトギス』の代表作家として活躍した。

〔作者と業績〕 鈴木花蓑は明治一四年（一八八一）、愛知県知多郡半田町（現、半田市）生まれ。父彦重、母かねの長男。本名は喜一郎。父は機織業を営んでいた。

花蓑が俳句を始めたのは、明治三七年二十三歳のころで、花蓑自身が「『萬朝報』の内藤鳴雪選に投句したのが始め」と述べている（『ホトトギス』昭14・3）。このころ花蓑は半田裁判所に勤務し、職場の先輩たちとの句会「芋会」で句作。その後、名古屋を経て一旦職を辞し、大正一〇年に東京地裁書記に復職。大正一四年には大審院書記となっている。この間、六歳年上の志まと結婚し、明治三二年に長男誕生以後、明治四一年までに二男三女の子を設けている。しかし、大正二年に志まが死亡し、大正四年にカマ（菊女）と再婚。同年雛夫が誕生。また同年、東京へ転居し、『ホトトギス』発行所例会にも参加。当時活躍中の長谷川零余子、富安風生らに交じり俳句研鑽を重ねた。

大正一〇年、花蓑四十歳のときに『ホトトギス』十二月号の巻頭を飾り、以後、西山泊雲・池内たけし・島村元らとともに大いに活躍した。大正一三年には『ホトトギス』の課題選者、昭和四年の『ホトトギス』四百号では同人に推挙されている。この頃、たけし等とともに、水原秋桜子、高野素十、山口誓子ら東大俳句会の指導をし、所謂四Sの作家を育てたというその功績は多きい。

昭和一四年、溺愛していた雛男を肺結核で亡くした辺りから体調を損ない、翌年に大審院書記を辞職した。

晩年は三河棚尾の『アヲミ』、西尾の『百舌鳥』、大阪の『あをさ』などの俳誌を指導するが、昭和一六年九月号で資材不足のため『アヲミ』以外は廃刊。昭和一七年に日本俳句作家協会常任理事となるが、間もなくして病に倒れ、同年（一九四二）十一月六日死去。享年六十一歳。

〔代表句〕（『鈴木花蓑句集』所収）

大いなる春日の翼垂れてあり

春日は、春の暖かく明るい太陽、あるいは、春の長閑な一日のことである。春の明るい大きな太陽がまるで巨大な鳥が翼を広げたように日差しを注いでいるというのである。〈翼垂れて〉と比喩表現を用いて主観的に捉えているように思える。だが、作者は客観的に見ているうちに日差しが垂れてきたのである。

晴天やコスモスの影撒きちらし

コスモスは秋の公園や沿道を、紅・白・ピンクなどの花で彩り、風によく靡く。晴れた秋空の下、地上に撒き散らすようにコスモスがくっきりと影を落としているのである。光と影の光景を詠みながら、〈撒きちらす〉という表現で、コスモスの花の多さや風に揺れている様を浮かびあがらせた作品である。

〔参考〕 清崎敏郎「解説」（『現代俳句体系六』昭48、角川書店）、伊藤敬子『写生の鬼　俳人鈴木花蓑』（昭54、中日新聞社）、西元和「俳人鈴木花蓑の生涯」（『法曹』593号、平12・3）

〔黒川悦子〕

『笹鳴《ささなき》』（一九四七刊）

阿部《あべ》みどり女《じょ》

〔内容〕 昭和二二年、河北新報社刊。作者二九歳から五七歳までの二十九年間の俳句七百句を収める第一句集。序は女婿の一力五郎（後に河北新報社長）。表紙口絵は、みどり女が春陽会に出品した絵画「郊外風景」。章立ては、大正四年～昭和一八年の作成年順。句集巻頭には、『ホトトギス』に初めて入選した〈秋風や石積んだ馬の動かざる〉（大正四年はこの句のみ）。

〔特色・評価〕 この句集の内容は、作者の二十八年間のさまざまな人生模様を詠った世界と言うことができる。病気療養、結婚、虚子との出会い、長女出産、長子と夫との死別、新聞俳句欄の選者就任、結社誌の創刊などを経て成った一集である。その世界は、平易で明るく、ふくらみのある豊かな詩情をたたえている。〈雪の畑鶯色に暮れてゆく〉や〈風吹いて牡丹の影の消ゆるなり〉のように、確かな写生眼に支えられた抒情性の深い、みどり女らしい個性が静かに表現されている。

〔作者と業績〕 阿部みどり女は明治一九（一八八六）、北海道札幌生まれ。父は北海道長官。明治三九年結核を理由に札幌北星女学校中退。四三年上京、結婚。長女出産後、病状悪化。四五年（大正元年）、鎌倉で通院中に薬剤師から勧められて俳句をはじめる。大正二年に高浜虚子が、『ホトトギス』誌上で、婦人のみを対象とする「婦人十句集」を募集するなど、女性が俳句の世界に登場しはじめた時代であった。みどり女は、病気が全快し、大正三年帰京。翌年に長谷川かな女らとともに『ホトトギス』に投句し、高浜虚子に師事する。かな女の誘いで、『ホトトギス』婦人句会に出席などし、次第に頭角を現す。昭和二年に室積徂春《そしゅん》が創刊した『ゆく春』、昭和一〇年に長谷川零余子《れいよし》が創刊した『枯野』にも参加。この頃、写生の技法を実のあるものとする手段として、画家の森田恒友にデッサンを学ぶ。春陽会展にも出品し、連続入選をはたすほど、絵画に励み、写生への鍛錬を積む。

六年には長女が一力五郎と結婚した縁で、『河北新報』俳壇選者。さらに翌年、五郎の薦めと支援もあり、虚子の理解を得て東京阿佐ヶ谷で『駒草』を創刊・主宰。一五年、長男と五郎死去。一九年には『駒草』を休刊し、仙台に疎開。翌年復刊。二四年一月号より、『駒草』は河北新報社からみどり女が発行人となる。三〇年『ホトトギス』同人。五三年帰京。五五年（一九八〇）九月十日死去。享年九十三歳。

みどり女は、女性俳句の草創期にあって、先駆的な役割を果たした。「写生は眼が三分、心が七分」を作句の信条とした。その作風は、〈初蝶の流れ光陰流れけり〉〈月下美人力かぎりに更けにけり〉〈空蟬のいづれも力抜かずゐる〉〈泰山木乳張るごとくふくらめる〉などに見られるように、写生の確かな視線から対象をみずみずしく、そしてふくよかに捉えてみせた。命を包み込むように捉えた世界は艶めくように輝いている。

最晩年の作である、〈九十の端《はした》を忘れ春を待つ〉は、春の季節に寄せる、自らの生の息遣いを静かに諷詠してみせた。

野澤節子は、みどり女の作品を、かな女や久女らが感情に傾斜した世界と違うとし、「写生より入り、写生を超え、しかも、この大地にしっかりと己を据えた至妙な世界にいのちを花咲かせた偉大な作家であり、明治、大正、昭和の三代を貫いた見事な俳句精神の具現者でもある」（『現代俳句大系』昭48、角川書店）と評した。

第一句集以後、『微風』『光陰』『定本阿部みどり女集』『雪嶺』『陽炎』『月下美人』『自註阿部みどり女集』『石蕗』『阿部みどり女　五百句撰集』。随筆集『冬蟲夏草』、句集評『四季のこころ』、『八十八句集』（自筆色紙集）。日記集に『梅苑日記』。

受章に、昭和五三年『月下美人』で女性初めての第十二回蛇笏賞、三一年河北文化賞、四五年勲五等宝冠章。四七年宮城県文化功労者、五五年俳人協会顧問。

〔代表句〕（『笹鳴』所収）

戸一枚刈田に開けてかまど焚く

東京目黒の田園風景を詠ったと自註にある。日常の生活を絵画的な光景として捉えている。開いた戸からは、刈田の風景が広がる。家の内には竈の火があかあかと燃える様子が見える。自然の風景と生活の営みとが一つとなって、明暗、静動の対比によって鮮やかな世界を描く。写生の骨法を踏まえた豊かな詩情を湛えた作品である。

打ちあけしあとの淋しさ水馬《あめんぼう》

言いたくないこと言ってしまって、後味の悪さと後悔の念が残ってしまった。自註には「かな女さん淡路女さんとでかけた。家の中のつまらない事情をお話した。言ってしまってからすぐ後悔した」とある。生い立ちも作風も違うかな女や淡路女に何を語ったのだろうか。このときの思いを、自然な日常の口調でつぶやくように一句と成した。水馬との取り合わせが、作者の清明な心象世界を象徴的に表現している。

〔参考〕『自注現代俳句シリーズI期8　阿部みどり女集』（昭52、俳人協会）、蓬田紀枝子『俳人阿波みどり女ノート　葉柳に…』（平11、私家版）

〔渡辺誠一郎〕

『光背《こうはい》』（一九四七刊）

下村槐太《しもむらかいた》

〈内容〉　昭和二二年、金剛発行所刊。著者自身の謄写版印刷による文庫型のA6版。発行部数三百部。大正一五年から昭和二二年、著者十七歳から三十八歳までの作品三百四十句を制作年代順に収める。第一句集にして生前唯一の句集となった。岡本松浜の下で研鑽を積んだ頃から、戦後間もなく自らの主宰誌『金剛』を創刊した頃までの著者の俳句遍歴をたどることができる。

〈特色・評価〉　終戦後の混乱が続く昭和二一年、三月に主宰誌『金剛』の創刊、十二月に長男の誕生と、公私ともに充実した時期を迎えた著者が、自らの手による謄写版印刷によって上梓し、好評を得た作品である。大正一五年から昭和二二年春までの約千句について、岡本圭岳、日野草城、山口誓子、石田波郷、朝木奏鳳の五人が目を通し、二人以上の評価を得た句をもとに収録句が三百四十句に絞られた。〈深庇蝶ぶらさがる暑さかな〉などの初期作品から、〈女人咳きわれ咳きつれてゆかりなし〉〈目刺やいてそのあとの火氣絶えてある〉など戦後間もない頃の作品まで、外界の事物を見つめ、それを即物的に描くことによって、自らの内面、自身の生を見つめる。作者はあとがきに「私は『私』と『私の俳句』をどうしても訣れさせねばならぬ」と書き、「私」という境涯性を乗り越えようとする意志を見せた。

〈作者と業績〉　下村槐太は明治四三年、大阪市生まれ。大正一〇年、尋常小学校六年のとき、教頭の横手兎味から手ほどきを受け俳句を作り始める。

大正一五年、自宅の近所で俳誌『寒菊』が創刊され、その主宰者岡本松浜の門に入る。松浜は虚子の俳諧散心にならい、俳諧接心と称する句会を開いた。槐太はここで松浜の指導を熱心に受ける。松浜と二人だけの回も何度もあったという。『寒菊』では初め白剣と号していたが、昭和五年に槐太と改めた。

昭和七年一月号をもって『寒菊』は終刊。この年、山口誓子を初めて訪ねている。昭和一一年、古代嵯《あきら》と号して岡本圭岳の『火星』に拠る。昭和一三年『火星』を去り、同人誌『鞭』を創刊するも四号で廃刊。実生活も失職状態が続いていたが、この年、謄写印刷業・古代工房を開業した。

昭和一四年、師の松浜が死去。同一六年に岡本松浜句集『白菊』を上梓した。同一八年、同人誌『海此岸』を創刊するも十号で廃刊。

昭和二一年三月、主宰誌『金剛』を創刊。戦後の貧窮の内だったが、金子明彦、火渡周平、林田紀音夫、堀葦男などの俳人が育っていった。

昭和二二年、句集『光背』を上梓。前年の十二月には待望の長男も生まれた。この年の作品には〈葱を切るうしろに廊下つづきけり〉〈死にたれば人来て大根煮きはじむ〉など、存在の本質に迫る句が多く、気力の充実がうかがえる。

昭和二四年、第二句集となる『天涯』刊行を企てるも果たせなかった。同二七年五月、俳句をやめる決意をして、主宰誌『金剛』も終刊。その後、沈黙を続けた著者だったが、昭和三九年、個人誌『天涯』を創刊して作句にも復帰。その作品は〈人しれず赤飯を食べてやはり泣いた〉〈死ねば終りのじぶんの字がまだ書けない〉などであり、有季定型とは異なる口語体のものだった。

昭和四〇年、『天涯』三号発行後、脳溢血で倒れ、翌四一年（一九六六）十二月死去。享年五十六であった。

昭和四八年、句集『天涯』（下村槐太句集刊行会）刊行。これは『光背』より二百三十九句、『光背』以降の句より四百四十一句を収めたものである。その後、昭和五二年刊行の『下村槐太全句集』（下村槐太旧門下生有志の会）がある。

〈代表句〉（『光背』所収）

深庇蝶ぶらさがる暑さかな

春の野や畑を軽快に飛ぶ蝶ではない。夏の暑さの中、軒深い庇にぶらさがり、じっとして動かない蝶である。この蝶も、見つめる作者も暑さに堪えている。人や動物は、夏の暑さそのものをどうすることもできない。逆さになって動かぬ蝶は、その暑さの印象を強めている。

女人咳きわれ咳きつれてゆかりなし

場所は明示されていないが、電車の中、病院の待合室など、人の集まる場所ならどこを想像してもよい。近くの女性が咳をした。その咳に続いて自分も咳をしたのである。だからといって、その女性と自分との間に何かの関係が生まれるわけではない。日常生活の中でそれは当然だが、〈ゆかりなし〉とあえて断言したことで、自身を見つめる目が際立っている。

葱を切るうしろに廊下つづきけり

葱を切るその後ろに廊下が続いているという。現実にこのような光景があるのかもしれないが、現実とは異なる風景にも感じられる。見えない後ろに廊下が続くというイメージが、ある不安な感情を伝え、一句の中に虚無的な空間が広がってゆく。

〈参考〉　金子明彦「下村槐太」（『俳句研究』昭53・5）、中田剛「孤独な雁——下村槐太論（上）（下）」（『俳句研究』平6・5・6）

［押野　裕］

『初鴉《はつがらす》』（一九四七刊）

高野素十《たかのすじゅう》

〔内容〕 昭和二二年、菁柿堂刊。大正一二年から昭和二一年までの二十四年間の六百五十四句（六百五十七句収録するものの重出が三句あるため実質六百五十四句）、著者三十歳から五十三歳までの作品を季節順に配列する。第一句集。なお、本句集の編集は出版社菁柿堂の吉田正志による。俳句に対する知識不足のためか、句の重出以外にも四季の分類の誤りが見られる。巻頭には高浜虚子の序と著者による自序が並ぶ。著者は、多忙な虚子の手を煩わせないように序文は自分で書くと出版社に伝えていたのだが、虚子の序が掲載されることになった。句集が出版されるまで、二人とも相手の序文があることを知らなかった。

本句集は、虚子の唱える「客観写生」を当の虚子以上に具現化する一書として世に迎えられた。虚子の序からは著者への全幅の信頼がうかがわれる。「磁石が鉄を吸ふ如く自然は素十君の胸に飛び込んで来る。素十君は劃然としてそれを描く。文字の無駄がなく、筆を使ふことが少く、それでゐて筆意は確かである。句に光がある。これは人としての光であらう」と記す。そして「句の光」について、元禄期の凡兆を引き合いに出しつつ「素十君自身にもわからんかもしらんが、その人とその技巧から来てゐるものと思ふ。凡兆にもいくらかあると思ふが、然し素十君には及ばない」と手放しで絶賛する。さらに「今迄多くの人が争うて句集を出してゐる中に、素十君は全く無頓着であった。句集を出す面倒をする暇に、一句でも作りたい、といふのが、その本心であらう。」と、著者の恬淡とした人柄への賛辞を惜しまない。それに呼応するように、自序の中で著者は「私はたゞ虚子先生の教ふるところのみに従つて句を作つてきた。工夫を凝らすといつても、それは如何にして写生に忠実になり得るかといふことだけの工夫であつた。従つて私の句はすべて大なり小なり虚子先生の句の模倣であると思つてゐる」と虚子への感謝の辞を捧げる。

〔特色・評価〕 虚子が序で述べているように遅い句集刊行である。しかも他人任せで重出句が三句もあり、句集に対する思い入れがほとんどないように思われる。このことは、素十の俳句を考える上で案外大きな意味を持っているのではなかろうか。素十俳句における境涯性の薄さとも関係することであろう。

俳句に関わるとき、素十の自我は消滅してしまう。素十にとって俳句は自己表現の手段ではない。あたかも、俳句にとって素十が自己表現の手段となっているようにも見えるのだ。こうした素十のあり方が、秋桜子をひどく苛立たせたであろうことは容易に想像できる。俳句の近代化を目論む秋桜子にとって、〈甘草の芽のとびとびの一ならび〉〈ひつぱれる糸まつすぐや甲虫〉等の素十の俳句は非近代的なものにしか映らなかったに違いない。しかし素十作品の存在感は、現在も揺るぎない。非近代的と思われたものが近代をも超克する反近代的なものと評価されているようだ。俳句でしか表現できないものを追求し続けた俳人として多くの俳人を刺激してやまない。

〔作者と業績〕 高野素十は明治二六年三月三日、茨城県北相馬郡山王村（現・取手市）生まれ。小学校卒業後、新潟県長岡市の叔父のもとに移り、新潟県立長岡中学を卒業。第一高等学校を経て、大正二年、東京帝国大学医学部入学、同七年卒業。同大法医学教室に入局。同教室の先輩の水原秋桜子に俳句を勧められる。同一二年十二月号の『ホトトギス』に初投句して四句入選。同一五年九月号で初巻頭。秋桜子・山口誓子・阿波野青畝らとともに「四S」と呼ばれ、『ホトトギス』の黄金時代を築いた。昭和七年、新潟医科大学助教授となる。同年、ドイツのハイデルベルク大学に留学。帰国後の同一〇年、新潟医科大学教授。同二四年、新潟医科大学学長。同二八年、奈良医科大学教授。同二九年より大阪毎日俳壇選者。同三二年、『芹』を創刊主宰。同三五年、奈良医科大学教授を退官。昭和五一年十月四日逝去。八十三歳であった。なお、俳誌は選者一代限りとの考えから『芹』には同人を置かず、素十没後終刊となった。

句集三冊。本句集後に『雪片』『野花集』。

〔代表句〕（『初鴉』所収）

くもの糸一すぢよぎる百合の前

「くもの糸」「百合」がともに夏の季語。主季語がどちらであるか迷う。素十にとって「写生」は俳句の方法である以上に目的であったことを考えると、季重なりは容易に乗り越えられるタブーであったのだろう。世界のありのままの姿は、作句上の些細な損得勘定を吹き飛ばしてしまう。夏の朝の静寂を感じさせる清潔な一句。

大榾をかへせば裏は一面火

「榾」が冬の季語。素十は一物仕立ての作家である。言葉を巧みに構成して感動を作り上げる、取り合わせによる作句法を潔しとしない。この句も作者の眼前で起きたことを時系列に沿って描いているだけである。そのときの驚きを伝えようとする計らいはいっさいない。私たちはそこに作者の澄みきった目を感じる。それは、あまりに純粋すぎて虚ろにも感じられる目である。

〔参考〕『素十全集一俳句編』（昭46、明治書院）、倉田紘文『高野素十『初鴉』全評釈』（平23、文學の森）

［加藤かな文］

『胡桃《くるみ》』（一九四八刊）

加倉井秋を《かくらいあきを》

〈内容〉　昭和二三年、白砂書房刊。第一句集
　序は富安風生、跋は加倉井秋を、昭和一四年から昭和二二年までの作品五百八句からなる。

〈特色・評価〉　句中の〈父と話す蚊帳は母が吊つてくれる〉〈晩涼や弟が描くモデルとなる〉等の口語調の句は、師風生の口語調俳句の影響を受けている。この点について秋をは「俳句の骨法を先生の作品から次第に私は体得したと思う。芸術の仕事は真似ることに始まる学びだと思う」と述べている（『新訂俳句シリーズ・人と作品九　富安風生』昭41、桜楓社）。

　この句集の特色について風生はその序で「…全体に通ずる口語調の自由奔放な駆使にあるだろう。…しかし定型否定と根本に立場を異にしてゐる…」と前述の口語調に触れている。草間時彦は秋をが詩人であること、口語調の表現を用いているのは、発想そのものが口語的発想の故であることを指摘している。（『俳句』昭63・9）。また風生は「感覚の鋭さ」「感受性の柔かさ」「父母。妻子兄弟を詠んだ句」の多いことを述べ、そして句集『午後の窓』において「何よりも著者は詩人である」と草間と同様秋をが詩人であることに言及している。

〈作者と業績〉　加倉井秋をは明治四二年（一九〇九）茨城県東茨城郡山根村に生まれる。本名は昭夫。昭和二年東京美術学校（現東京芸術大学）建築科に入学。同七年卒業。俳句初学の頃は「あきを」の俳号のもと『馬酔木』に投句。昭和一三年俳号を「秋を」と改めて富安風生の『若葉』に入門。同人を経て後に『若葉』の編集長となる（昭和一六年）。俳句の作家懇話会結成（昭和二二年）。昭和二三年に同人誌『諷詠派』を安住敦らと刊行。第一句集『胡桃《くるみ》』を上梓。昭和二四年現代俳句協会員となる。昭和三〇年『午後の窓』を上梓。昭和三四年より俳誌『冬草』を主宰。昭和四二年現代俳句協会脱退。俳人協会に入会。昭和四三年『真名井《まない》』上梓。昭和四七年武蔵大学教授。昭和六〇年『風祝《かざはふり》』で第二十四回俳人協会賞を受賞。『新訂俳句シリーズ・人と作品九　富安風生』の著作がある。

　風生は句集『午後の窓』に「淋し」と「かなし」が多用されていることについて、それによっていやな気を起こさせないのは、その「淋し」「かなし」が著者の真実の声であるからと述べている（「序」『現代俳句集成十一』昭57、河出書房新社）。さらに風生は第一句集『胡桃《くるみ》』で述べた「新鮮さ、誠実さに学ぶところが大きいことに感謝している」と言う言葉をこの第二句集を読んでも「変りがない」と言っている。

　〈ごみ箱に乗りメーデーの列を見る〉の句から、風生は秋をの句が社会性俳句とはっきり一線を画しており、そこに期待していると述べている。

〈代表句〉（『胡桃』所収）

二科を見る石段は斜めにのぼる

　戦前・戦争中において、芸術には自由は全くなかった。自由と言えば（国家に従う自由）だけであった。自由はただ心の中に静かに秘するだけのものであった。いや内心の自由、沈黙の自由さえ奪われていたのが戦前、戦争中であった。言わばその時代において芸術は窒息し息絶え絶えの状態であった。

　戦争が終わり、いま国民の前に自由が与えられ二科展を見る喜びが眼前にある。〈斜めにのぼる〉の措辞にその喜びの深層心理が感じられる。わざわざ〈斜めに〉と言ったのは、戦前の自由への圧迫の歴史を振り返るとともに、身を包む自由の喜びの感慨に浸りたいという思いを感じる。斜めにのぼる肉体的苦痛は、かえってその喜びを身体に刻みつけるような快感となっている。草間の言う如くその喜びは表現上にもあらわれ、口語調の表現形式をとらせることになった。自由の喜びは心、肉体、思想のすべてを包み込み口語調となった。新しいものを得た喜びは新しい表現形式によってのみ可能であり、文語表現では表現しきれないものを感じたのだ。それが秋をの詩人としての感性であり芸術家としての矜恃である。

折鶴のごとくに葱の凍てたるよ

　折鶴の特長は何かと言えば、強く折れた折り目であり、尖った先端であり鋭さである。作者の眼前の葱がその折鶴のように折れ曲り凍てている。そこに強く心を向けている作者の心もまた凍てて折れ曲がっている。時代の重さ、個人の人生の重さに心を痛め、疲れ切っている心がそこにある。本来折鶴は何かの願いのために折られるものである。その折鶴さえ希望と見ることができない心は淋しく切ないと言わざるを得ない。人の温みで折られた折鶴がいまは人の心を離れ、忘れられ凍てる中に放置されている。まさにそれは自分自身の姿であると思うのである。葱の姿、折鶴の姿に自分をオーバーラップさせている。

　ただ救いは、下五の「凍てたるよ」の「よ」である。この「よ」によって明るさが想像され期待される。シーシュポスの神話ではないが、絶望的な状況の中に光を見い出すのが人間である。

秋風に吹かれ胡桃の木とわれと

　胡桃の木も自分も同じように秋風に吹かれている。ともに自然の中の淋しい一つの存在なのだ。そうだ秋風も淋しいのだ。秋風の淋しい手が胡桃の木に触れ我に触れ続けている。風と木と人とが一体化した。　［中村正幸］

『荷風句集《かふうくしゅう》』（一九四八刊）

永井荷風《ながいかふう》

〔内容〕 昭和二三年、細川書店刊。百十八句を四季別に収める。昭和一三年の『おもかげ』所収の「自選荷風百句」を底本としたもので、生前唯一の句集である。

〔特色・評価〕 荷風は生涯に八百句以上を遺したが、句集としてまとめたのは本書のみである。自序に「わが発句の口吟、もとより集にあむべき心とてもなかりしかば、書きもとゞめず」とあるように、荷風には俳人として立つ気はなかった。当世風の俳句を敬して遠ざけ、江戸情緒の名残を慈しんだ荷風の俳句を、読者はただ、陋巷を気ままに散歩するように愉しめばよいのである。

〔作者と業績〕 永井荷風、本名壮吉は明治一二年、東京市小石川に生まれた。父久一郎は漢詩人鷲津毅堂の門下、母恆は鷲津毅堂の次女であった。明治三二年に高等商業学校附属外国語学校清語科を除籍となり正規の学校教育は途絶えるが、漢詩を習い、落語家修業に励み、夜学でフランス語を学び、その稟質を養った。明治三三年、巌谷小波の木曜会に参加し俳句の手ほどきを受ける。また同年、歌舞伎座立作者福地桜痴の弟子となり、『新小説』などに小説を発表するようになった。明治三五年、『野心』を処女出版。明治三六年、父の勧めで渡米し、英文学やフランス語を学び、正金銀行ニューヨーク支店に勤めた。明治四〇年には正金銀行リヨン支店に転勤、四一年までフランスに滞在する。四二年から新帰朝の文学者として次々に小説を発表、フランス詩の翻訳にも勤しんだ。四三年、慶應義塾大学文学科教授に就任、『三田文学』を創刊する。同誌を通じて俳人籾山梓月と友誼を結び、ともに遊蕩に明け暮れつつ、俳句を愉しんだ。大正三年から四年に『三田文学』に連載された随筆「日和下駄」は、近代化によって失われゆく古きものへのオマージュである。五年には慶應義塾を辞任し『三田文学』からも手を引く。大正九年、麻布に洋館を新築し偏奇館と名づける。昭和一一年、玉の井の私娼窟に通いはじめ、一二年『濹東綺譚』を発表する。一三年、「自選荷風百句」を含む『おもかげ』刊行。昭和二〇年、東京大空襲により偏奇館が消失し、戦後は市川市に住んだ。昭和二三年、『荷風句集』刊行。三四年、心臓発作のため死去した。

〔代表句〕（『荷風句集』所収）

葡萄酒の色にさきけりさくら艸

芭蕉の〈秋海棠西瓜の色に咲きにけり〉を踏まえる。一茶に〈我国は草もさくらを咲きにけり〉があるように、桜草は日本伝統の花である。〈葡萄酒〉はフランスをはじめとする欧州への憧れを象徴する。日本の古きものへの愛着と、舶来趣味との幸福な結婚と言えようか。

うぐひすや障子にうつる水の紋《あや》

鶯の声は春の訪れを告げる。障子にも日が差して、水陽炎が淡くゆらめいている。その美しい取り合わせを味わいたい。この障子は、随筆「妾宅」に書かれた「廃業する芸者家の古建具をそのまま買い取ったもの」を想像すると、味わいが増すことだろう。

色町や真昼しづかに猫の恋

荷風にとって色町は世間から身を隠す場所であった。次の〈葉ざくら〉の句のように、昼遊びの折に詠んだ句と思われる。〈猫の恋〉は卑俗なものとして和歌では忌避されたが、俳諧では好まれた。脱俗と卑俗という矛盾するものが、荷風の句の世界を作っている。

葉ざくらや人に知られぬ昼あそび

「向島水神の茶屋にて」と前書がある。〈葉ざくら〉から感じられる初夏の透明な風と、〈昼あそび〉の淫靡さとの取り合わせに妙味がある。上五を〈や〉で切るオーソドックスな手法が功を奏している。このような内容は骨法を崩すと読むに堪えなくなるものである。

秋風や鮎焼く塩のこげ加減

「芝口の茶屋金兵衛にて三句」と前書を付したうちの一句である。料亭の女将に請われ色紙に書いたものという。〈秋風〉と〈塩のこげ加減〉の取り合わせが落鮎の旨さを想像させる。後年の鈴木真砂女の〈新涼や尾にも塩ふる焼肴〉は、この句の影響を受けているのかもしれない。

秋雨や夕餉の箸の手くらがり

荷風は暗がりを好んだ。その暮らしも俳句も陰翳礼讃の手本と言ってよい。〈夕餉の箸の手くらがり〉は、みずから求めた独り居のわびしさの象徴であり、〈秋雨〉の静かな音と響きあう。本句集には収められていない〈寂しさや独り飯くふ秋の暮〉と対をなすような句である。

湯帰りや灯ともしころの雪もよひ

〈灯ともしころ〉という昼と夜のあわいの時分、垂れこめた雲から雪が舞いそうな空の下、湯屋を出て独りの家に帰るのである。古き世が偲ばれるような句である。荷風は随筆「雪の日」に、「わたくしは雪が降り初めると、今だに明治時代、電車も自動車もなかった頃の東京の町を思起すのである」と書いた。

昼間から錠さす門の落葉哉

芭蕉に〈朝顔や昼は錠おろす門の垣〉がある。芭蕉はこの句を詠んだ年、盆過ぎの頃からしばらく草庵の門を閉じて世間との交わりを絶った。荷風の場合は、常に錠をさして人を遠ざけたのである。〈落葉〉はさしずめ、みずから落魄を演じる荷風の分身と言ってよいであろう。

〔参考〕 加藤郁乎『俳人荷風』（平24、岩波書店）

［井出野浩貴］

『年輪《ねんりん》』（一九四八刊）

橋本鶏二《はしもとけいじ》

〈内容〉　昭和二三年、竹書房刊。同二年から二二年まで、著者十九歳から三十九歳までの四百八十三句を収録する第一句集。序・高浜虚子。「一口にて申せば『鶏二は作者である。』といふに尽きるかと存候。」とある。著者による跋。「私の俳句は、短い指で、鈍重な太さでごつごつと『土』をほじくつてゐるやうな俳句だ、と自分でそんなに思ひます。（中略）不器用な気の利かない俳句だと思ひますが、その気の利かなさの図太さといふところへ、ぐんぐんつつこんでゆくのが、あるひはひよつとして、『日』の日を拝める私に、なれるかもしれないといふ、それが自分の身のほどをわきまへたみちなのではないかといふ、そんな思ひがしてをります」と記す。本句集は、跋文中に用いられている言葉、「土」と「日」の二部構成となっている。それぞれを「一月―四月　新年・春」「五月―七月　夏」「八月―十月　秋」「十一月―十二月　冬」に整然と分類。前書のある句は一つもない。

句集に収められた二十一年間の作品のうち、前期作品を「土」に、後期作品を「日」に収めていると考えられる。野見山朱鳥らは「日」の部の作品を高く評価した。後年、著者自身が「年輪抄百句」として自選した際にも「土」の部からは十五句のみ、「日」の部からは八十五句を選んでいる。

〈特色・評価〉　「土」の部から「日」の部へ読み進むと、句の印象が明らかに変化する。もちろん、徹底的な写生の信念が揺らぐことはない。しかし、その写生の眼が深まり、描かれるものの象徴化が進んでいくように思われる。昭和四〇年代に入ると、著者は「俳句は言葉による彫刻である」「『季題』を彫るのが十七音の詩である」といった発言を繰り返すようになる。写生とは「彫る」こと、著者はそう確信するようになったのである。

高浜虚子は、序文の「鶏二は作者である」の言葉によって、何を言おうとしたのだろうか。おそらく、句集後半部の作品から感じられる、著者の写生観に触れていると思われる。「作者」であることの是非について、虚子は何も述べてはいない。しかし、若干の違和感や危惧を抱いていたのではなかろうか。

〈作者と業績〉　橋本鶏二は明治四〇年（一九〇七）十一月二十六日、三重県阿山郡小田村（現在・伊賀市）に生まれる。大正一二年（一九二三）、上野町立男子尋常高等小学校卒業。大正の終わり頃、高浜虚子に師事。昭和三年（一九二八）、『ホトトギス』十二月号に鶏二の俳号で初入選。昭和五年、名古屋市公会堂で催された「第四回関西俳句大会（中部日本俳句大会）」に参加し、初めて虚子を間近に見る。同一八年、『ホトトギス』六月号で初巻頭。この頃から二年間、名古屋市の三菱発動機に徴用される。これ以降、俳句以外の職業経験はない。同二〇年、『ホトトギス』同人となる。同二一年五月、長谷川素逝を主宰、鶏二を編集人として『桐の葉』創刊。同十月、肺結核で素逝死去。同二二年、『桐の葉』を『桐の花』と改称し、主宰を継承する。同二三年、『桐の花』を『鷹』と改称。第一句集『年輪』刊行。主宰であった加藤霞村逝去後の『牡丹』と『鷹』を合併し、『雪』創刊。同三二年、『雪』を改称し『年輪』創刊。また、同年には、『年輪』、『山火』（福田蓼汀主宰）、『菜殻火』（野見山朱鳥主宰）、『青』（波多野爽波主宰）のホトトギス系四誌による「四誌連合会」が結成された。多くの若手を世に送り出したが、同四〇年に解散した。平成二年（一九九〇）十月二日逝去。八十四歳であった。

句集十一冊。『年輪』の後、『松囃子』『山旅波旅』『朱』『花袱紗』『鳥襷』『汝鷹』『二つを一つのごとく』『鷹の胸』『聖顔』『欅』。『欅』以降の作品は『続・橋本鶏二全句集』に収められている。他に評論集、随想集も刊行。第九句集『鷹の胸』で第二十一回俳人協会賞受賞。

〈代表句〉（『年輪』所収）

たくさんの手のあがりたる踊かな

「踊」が秋の季語。自然を凝視した名句の多い鶏二であるが、盆踊りに興じる群衆を描いて印象に残る句。一連の動きの一瞬を切り取って、ユーモアを感じさせる。まさに眼前の光景を彫り刻むことによって描かれたものだろう。抽象化、さらには象徴化にまで進めた写生句として興味深い。

鳥のうちの鷹に生れし汝かな

「鷹」が冬の季語。「鷹の鶏二」と呼ばれるほどに多くの鷹の句を残したが、その中でも代表的な句。『ホトトギス』の客観写生の基準からいえば逸脱している。発表当時、評価すべきかどうか戸惑う人々も多かったようだ。美しさを賞賛している、肉食猛禽であることの悲しみを哀れんでいる、自身を鷹にたとえて自恃の気持ちを詠んでいる。その他多様な解釈が可能な一句である。

日輪のがらんどうなり菊枯るる

「菊枯るる」が冬の季語。取り合わせの句である。「がらんどうなり」とは、冬日の弱々しさ、空しさを詠んでいるのだろう。冬日と枯菊の同質のイメージが重なり合い、不思議な印象を与える。鶏二には「日輪」などの漢語を多用する傾向が見られるが、この句もその好例。硬質の抒情とも呼ぶべき魅力がある。

〈参考〉　『橋本鶏二全句集』（平2、角川書店）、『続・橋本鶏二全句集』（平14、角川書店）、中村雅樹『俳人橋本鶏二』（平24、本阿弥書店）

［加藤かな文］

『月光抄《がっこうしょう》』（一九四九刊）

桂《かつら》　信子《のぶこ》

〈内容〉 昭和二四年、星雲社刊。著者二十三歳から三十三歳までの十年間の四百二十句を収める第一句集。序・日野草城、山口誓子、生島遼一。跋・八幡城太郎、伊丹三樹彦。装丁は桂信子。昭和二〇年の大阪空襲で自宅が全焼した際、信子は唯一、これまでの句稿をとっさに懐に入れて逃げた。信子の命ともいえるその句稿から、八幡城太郎が抄出・和唐紙に浄書し「月光」と命名、安住敦の題簽で手製の句集を一部制作した。『月光抄』はそれを原稿に、『まるめろ叢書』として刊行。「まるめろ」は戦後、日野草城を中心に結成されたグループである。

〈特色・評価〉 句集の中心をなすのは、結婚から二年弱での夫の病死、その後の寡婦としての生活、空襲での自宅の焼失など、激動の前半生を送ったひとりの女性の哀歓である。〈ひとづまにゑんどうやはらかく煮えぬ〉〈クリスマス妻のかなしみいつしか持ち〉〈夫逝きぬちちははは遠く知り給はず〉〈誰がために生くる月日ぞ鉦叩〉など。

日野草城の「触覚」を活かした清新な官能性の句に学んだ信子は、〈ゆるやかに着てひとと逢ふ蛍の夜〉〈やはらかき身を月光の中に容れ〉など、自らの肉体を通して清新なエロティシズムを感じさせる句を詠んだ。これは第二句集『女身』につながる傾向である。また、昭和二十一年、山口誓子の句集『激浪』に衝撃を受け、句をつぶさに研究した「『激浪』ノート」を『まるめろ』（のちに『アカシヤ』）に連載。誓子から抒情を感情のままに吐露するのではなく、物に即して語らせることを学んだ。『月光抄』の後半に、即物的でやや硬質な句が見られるのはその影響である。ただし〈門をかけて見返る虫の闇〉〈雁なくや夜ごとつめたき膝がしら〉など、物に即しつつも、しなやか、やわらかな質感の句が多いのは信子の特徴である。

〈作者と業績〉 桂信子は大正三年（一九一四）、大阪府大阪市生まれ。大手前高等女学校卒。昭和九年、日野草城の「ミヤコ・ホテル」の新しさに驚き、翌年俳句を始めるが、どこにも投句しなかった。昭和一三年、草城主宰の『旗艦』を知り投句。昭和一四年、二十四歳で桂七十七郎と結婚。昭和一六年『旗艦』同人。俳誌統合により『琥珀』となり、引き続き同人となる。同年、七十七郎が喘息の発作で急逝、実家に帰る。昭和一九年、生島遼一の世話で神戸経済大学予科図書科に就職。昭和二〇年、空襲で自宅が全焼。終戦後、草城を中心に伊丹三樹彦、楠本憲吉らと「まるめろ」俳句会を結成。昭和二一年、大学の図書科への通勤が困難なため、近畿車両K・Kに転職。同人誌『太陽系』創刊、同人。日野草城主宰『アカシヤ』同人。『まるめろ』創刊、同人。山口誓子を訪ね、「『激浪』ノート」を『まるめろ』に連載。昭和二十三年、『太陽系』が終刊、『火山系』となり、引き続き同人。昭和二十四年、草城主宰『青玄』創刊に参加。昭和二十五年、『火山系』終刊。昭和二十九年、細見綾子、殿村菟絲子、加藤知世子らと『女性俳句』を創刊、編集同人。昭和三十一年、日野草城死去。『青玄』の「光雲集」選者となる。昭和四十五年、五十五歳で近畿車両K・Kを退職し、『草苑』を創刊、主宰となる。『青玄』同人を辞退。昭和五十二年、第一回現代俳句女流賞を受賞。平成四年、第八句集『樹影』により、第二十六回蛇笏賞を受賞。平成一一年、『女性俳句』終刊。同年、第一一回現代俳句協会大賞を受賞。平成一六年、第一〇句集『草影』により、第四十五回毎日芸術賞を受賞。平成一六年（二〇〇四）死去。享年八九。句集に『月光抄』『女身』『晩春』『新緑』『初夏』『緑夜』『草樹』『樹影』『花影』『草影』等。散文集に『草花集』『信子十二か月』『草よ風よ』等がある。没後の平成二一年、信子の資料室を有する柿衞文庫が、その功績を称えて「桂信子賞」を設立、優れた女性俳人に贈られる（平成三一年、第一一回をもって終了）。

『月光抄』『女身』の肉体を通した情感の句、『晩春』の分かち書き表記の実験期を経て、『新緑』以降は女性の哀歓から自然の不思議へと句柄が大きくなり、平明ながら奥深い作品を残した。作風は変遷しつつも、凛とした矜持から生まれる瑞々しくしなやかな抒情は終生変わらなかった。まさに戦後俳句を代表する女性俳人である。

〈代表句〉

ゆるやかに着てひとと逢ふ蛍の夜　（『月光抄』）

蛍が舞う夏の夜。着物をゆったりと着付けて恋人に逢う。寛ぎと官能的な気分があり、蛍には恋の儚さも漂う。

ふところに乳房ある憂さ梅雨ながき　（『女身』）

女性の象徴、乳房が着物の懐にあるのを憂鬱だというのは、女性である自分を憂うことだ。寡婦の哀しみ、男社会での悔しさなど、女ゆえの物憂さもあったろう。長梅雨の鬱陶しさと響く。女性でなければ詠めない名句。

窓の雪女体にて湯をあふれしむ　（『女身』）

満々と張った浴槽の湯を溢れさせるわが肉体。純白の雪によって、自己愛から女性賛歌にまで昇華された。

たてよこに富士伸びてゐる夏野かな　（『樹影』）

天空高く、裾野は広く伸びる富士山を単純化して表現。平明さの中に、山容だけでなく山の魂の大きさも思う。

雪たのしわれにたてがみあればなほ　（『草影』）

八十二歳の作。雪が愉しい、私に鬣があったら靡かせて走り、もっと愉しいだろうと想像する童心の明るさ。

〈参考〉 『桂信子全句集』（平19、ふらんす堂）、『桂信子文集』（平24、ふらんす堂）

［相子智恵］

『荒天《こうてん》』（一九四九刊）

鈴木《すずき》六《む》林《り》男《お》

〔内容〕　昭和二四年、雷光同人会刊。作者十九歳から二十九歳までの十年間の三百二十八句を収める第一句集。序・西東三鬼。編成は、「阿吽抄」（一三年～一五年四月）、「海のない地図」（一五年七月～一七年夏）、「山口市の鴉」（一八年～二〇年夏）、「深夜の手」（二〇年夏～二二年一二月）。五〇年、新たに七十句を追加し『定本・荒天』を刊行。

〔特色・評価〕　この句集には、昭和三年の俳句との出会いに始まり、兵士としての戦場体験、そして戦後と、時代の軋みを鋭く投影させた作品を収める。六林男は「後記」に、「荒涼たる戦争の十年間に、二十代を過ごした僕の貧しい記録である」と書き、「現在『雷光』同人。無季俳句実践派である。西東三鬼に師事する。『天狼』創刊以来同誌に句を投じて山口誓子の選を受けてゐる」と自らの立ち位置を明らかにしている。後記の最後に、「齢三十。／僕の荒天は尚続くであらう」と書く。

宇多喜代子は、この句集を、「文学論のコードだけでは賄えない兵士の生の時間と戦場の泥濘が、見えざる根として作品に食い込んでいた」とし、「『荒天』は果てることのない文学的主題なのだ」（『全句集』栞）と評している。六林男は後に、「当時の私は、一切のものが堪えがたく、私自身が一個の廃墟であった」（『定住游学』）と述懐している。句集には、無季俳句として、六林男の代表句となった〈遺品あり岩波文庫「阿部一族」〉のように、戦場体験に基づく記念碑的な作品を収録。また、章題に「入営以前」とある〈怒りつつ書きゐしはわが本名なり〉のような、戦時下の若者の不安な心情を吐露した作品を収める。

〔作者と業績〕　鈴木六林男は大正八年（一九一九）、大阪府岸和田生まれ。旧制山口高商（現山口大学）中退。昭和一一年、荻野雨亭のすすめで『串柿』に出句。翌年、『紺』（加藤しげる主宰）の大阪句会に出る。永田耕衣に会う。一四年に同人誌『螺線』を和田吉朗らと創刊。『蠍座』『京大俳句』『自鳴鐘』に投句。十代の頃より当時の新興俳句運動にまみえ、関わる。十五年入隊。中国大陸及び南方戦線を転戦。翌年に南京の戦場で、生涯の盟友となる佐藤鬼房と劇的な初めての出会いがあった。〈会ひ別る占領都市の夜の霰〉（六林男）、〈会ひ別れ霙の闇の跫音《あし》追ふ〉（鬼房）。一七年バターン・コレヒドール要塞戦で負傷、帰還。体内に機銃弾破片を残し、右腕に機能障害。退院除隊。

戦後、二一年に和田吉郎らと『青天』創刊。西東三鬼を招聘し、六林男が発行人となり、『天狼』系の同人誌『雷光』創刊。その他『梟』『風』『頂点』等に参加。『天狼』創刊同人。四六年『花曜』創刊・代表。五七年、特高のスパイ容疑の西東三鬼の名誉回復裁判にかかわる。

六林男は戦争体験を原点としながら、時代に真摯に対峙し、時代の不条理を自らの肉体に取り込み、詩想を深めた。特に、常に鋭い批評精神を支えに、「戦争」や「社会と個」、そして「愛」など、テーマ性を強く自覚した独自の世界を作り上げた。また、俳句との出会いは「季の無い俳句との出会いからであった」というように、自らは「無季俳句実践派」と称したが、無季俳句と有季俳句には国境がないとの立場であった。

第二句集『谷間の旗』では、〈暗闇の眼玉濡さず泳ぐなり〉のような、あくまでも己の肉眼しか信じない、冷徹でしかも曇りのない自覚した世界を見せる。第五句集『国境』の〈天上も淋しからんに燕子花〉には、天上と地上を等しくつなぐように、燕子花を配置し、戦争に散った死者への鎮魂の深い思いを込める。〈短夜を書きつづけ今どこにいる〉（『雨の時代』）には、常に時代の中で自己、そして俳句を凝視し続けた晩年の作者の姿がある。

他句集に『第三突堤』『桜島』『王国』『後座』『悪霊』『傢賊』『一九九九年九月』『鈴木六林男全句集』等。俳論集に『定住游学』。

受賞は、昭和三二年第六回現代俳句協会賞、平成七年『雨の時代』で第二九回蛇笏賞、一四年第二回現代俳句大賞。一三年勳四等瑞寶章。昭和五〇年現代俳句協会副会長。三五年泉大津市教育委員長、五八年大阪芸術大学教授に就く。

平成一六年（二〇〇四）一二月一二日肝不全のため逝去。享年八十五歳。

〔代表句〕（『荒天』所収）

遺品あり岩波文庫「阿部一族」

戦友が遺品として残した一冊の岩波文庫。その書名は『阿部一族』。苛酷な戦争体験の中で生まれた無季俳句であり、この時代の代表句となった。「阿部一族」は、武家社会の殉死にまつわる事件をテーマにした森鷗外の歴史小説。時代を超えて強いられる死の現実をそのまま一句として差し出し、読者に委ねる。

かなしきかな性病院の煙突《けむりだし》

占領下の荒廃したなかでも、逞しく生活の糧となった性の現実を捉えた作品。六林男は、自句を「敗戦焦土の瓦礫のなかにあって、戦争の地獄を見てきた傷痕と虚脱の世代が彷徨をかさねているときの生活と性に対する感慨である」（『俳句研究』昭60・1）と述べる。

〔参考〕『俳句研究　特集鈴木六林男』（昭51・9、昭57・7）、『昭和の証言　上』（昭14、角川書店）

［渡辺誠一郎］

『月斗翁句集《げっとおうくしゅう》』（一九五〇刊）

青木月斗《あおきげっと》

〔内容〕 昭和二五年三月、鈴木鶉衣編、菅裸馬序。同人社刊。千二百八十六句を収める。月斗没後、門弟により『同人』第一、第二、第三句集所収の月斗の句をすべて集めて編まれたもの。

〔特色・評価〕 月斗は句集を出すことを嫌ったため、生前の個人句集の刊行はない。本句集は、没後まもなく関係者の手で編まれた唯一の個人句集となっており、月斗の句業を見る上では貴重な資料である。また、明治から昭和までの月斗の全業績を見渡せる全集や全句集などはいまのところ刊行されておらず、平成二九年に編まれた『月斗句集』（ふらんす堂）も、本句集を底本にして抄出されたものである。

〔作者と業績〕 青木月斗は、明治一二年（一八七九）、大阪船場の生まれ。昭和二四年（一九四九）没。本名親護。家業は薬種業。妹しげ江（茂枝）は河東碧梧桐夫人。初期使用した号に図書、月兎、護郎丸など。母親が俳句をたしなんでいたため、幼少から作句をしていたという。まだ少年期の明治二二年に父新十郎が没す。同二七年小学校卒業後、大阪薬学校に入学したが、翌年、父没後家業を継いだ長兄が早世したため、次男の月斗が薬学校を中退して後を継いだ。同二九年京阪俳友満月会が発足。このころから『日本』『文庫』『国民新聞』などの俳句欄に盛んに投句、入選。同三〇年、大阪満月会発会、出席。同三一年満月会を離れ三日月会結成。また、金尾文淵堂の金尾種次郎の立ち上げた文淵会に参加。同三二年、同社発行の文芸誌『ふた葉』に参加。さらに同社から関西における日本派の俳誌の嚆矢となる『車百合』を創刊。子規より祝句〈俳諧の西の奉行や月の秋〉を得た。年末に上京し初めて子規と対面し、東京の俳人と交流。同三三年、子規「明治三十二年の俳句界」（『ホトトギス』第三巻第四号）で「三十二年中頭角を顕したる者」の一人にあげられる。同年、妹しげ枝が碧梧桐に嫁す。この縁から後に実子が碧梧桐の養子になるなど個人的関係が深まり、『層雲』にも作品を発表、碧梧桐の新傾向俳句運動に関係することになるが、季語（季題）・定型の軽視や放棄には同調しなかった。大正期に入ると虚子との交流が深まり、大正四年（一九一五）に『ホトトギス』課題選者となる。同五年、主宰誌『カラタチ』創刊（八年終刊）。同九年、主宰誌『同人』創刊。月斗は句作第一主義をとって後進の指導にあたり、同誌は関西俳壇を代表する俳誌の一つとなった。昭和一〇年（一九三五）『子規名句評釈』（非凡閣）刊。同一九年四月、太平洋戦争激化により『同人』休刊。翌年には月斗も奈良県大宇陀町に疎開した。戦後、門弟の努力により『同人』は二一年に復刊したが、月斗は病を得て二四年、奈良で没した。

〔代表句〕（『月斗翁句集』所収）

元日や暗き空より風が吹く

〈元旦〉は正月一日をさす意味でも使われているが、「旦」は早朝を意味し、本来は一月一日の早朝のことをいう。この句は、正月のまだ明けていない暗い空から、風が吹いてくる景を描いている。この空の暗さには日の昇る前の強い寒気と緊張感があり、そこから吹く風には、新しい年への期待と不安とが感じ取れる。

梅寒し祀る鎌倉右大臣

一見すると季語は〈梅寒し〉で、梅は咲いたがまだ寒気の厳しい早春の景ということになる。〈鎌倉右大臣〉は源実朝のことで、〈祀る鎌倉右大臣〉で実朝忌（陰暦一月二七日）の法要が行われているのをいう。角光雄『俳人青木月斗』の掲句の解説によれば、「実朝忌」を季語として提唱したのは青木月斗であるという。それゆえか、門弟によって編まれた『月斗翁句抄』には、掲句は「梅」ではなく「実朝忌」の項の所収となっている。なお、忌日は季感が薄いので、別の季語を添えるのは格別珍しいことではない。

春愁や草を歩けば草青く

〈春愁〉は春独特のそこはかとない物憂い心をいう季語。〈草を歩けば草青く〉は、そんな物憂さを抱えながら草野を歩いていると、その青さに春をしみじみ実感してくる、という意。〈くさをあるけばくさあおく〉は、「草」の反復とア母音の多用によっておだやかなリズム感を醸し出しており、決して暗く沈みきっているわけではない春愁の憂いの程度と響き合っていよう。

〔参考〕 角光雄『俳人青木月斗』（平21、角川学芸出版）、中原幸子編『月斗句集』（平29、ふらんす堂）

［橋本　直］

『蕗子《ふきこ》』（一九五〇刊）

高柳《たかやなぎ》重信《じゅうしん》

〈内容〉 昭和二五年、東京太陽系社刊。和装本一二〇部限定版。二十四歳（二二年）から二十七歳（二五年）までの作品四七句を収める第一句集。内扉に「父に献ず」とある。「序にかえて」を富澤赤黄男、巻末跋文は作者。編成は「逃竄の歌」「盗汗の歌」「なげき節」「子守歌」「廃嫡の歌」。〈身をそらす虹の／絶巓／処刑台〉にはじまる全て多行形式の句集。

〈特色・評価〉 この句集の多行形式による作品は、改行による言葉の意味とリズムの断絶効果、そして表意文字である漢字の視覚的なイメージを持ち込み、俳句の「切れ」を意識的に顕在化させた。俳句の本質を際立たせる方法へと踏み込んだ前例のない独自の世界。俳句という新たな詩型の可能性への挑戦であり、実験の書である。

後に作者は、当時を回想し、現代俳句は赤黄男をもって終焉したとの認識から、自らが目指すものは「俳句の死を祀る儀式」であったとし、「当時の私は、客気に満ちあふれていて、俳壇の一切の既成権威を破壊するとともに、自分自身をも破壊しつくすことを、ほとんど唯一絶対の念願としていた」（『黒彌撒』）と述べた。まさに前衛としての旗手としての立ち位置を鮮明にした。赤黄男は、作品が未完成ではあるものの、自覚的な作句の方法に、「言葉の連続性と不連続性の統一を造型性に置かうとする」ものであり、「高柳重信は今日この一書を彼の最初の実験として提示した」（「序にかへて」）と評した。

〈作者と代表句〉 高柳重信は大正一二年（一九二三）、東京生まれ。父（黄卯木《こうぼく》は俳人。昭和六年、東京府立第九中学校では友人とともに同人誌を出す。一一年『春蘭』に投句・入選。一五年、早稲田大学専門部法科に入学し、文芸同人誌『群』創刊・編集。「早大俳句研究会」入会。一七年『早大俳句』創刊。同年戦争のため繰り上げ卒業。夏に宿痾となる結核発病。二〇年理研工業勤務。二二年赤黄男に会い、新興俳句系の同人誌『太陽系』に参加。二三年俳句同人誌『弔旗』創刊。この頃多行形式の俳句を作る。その後『黒彌撒』『七面鳥』、赤黄男を擁して『薔薇』など次々と同人誌を創刊。

『蕗子』刊行以降も、多行形式の世界を深化させた。特に、『山海集』では四行に分かち、〈飛騨の／美し朝霧／朴葉焦がしの／みことかな〉など、祖霊・地霊・山霊の世界に踏み込む。『日本海軍』では、山河の名がついた軍艦を、硬質な艦のイメージと交感させて、季題に代わる新たなイメージの喚起力によって、幻想的な世界を作り上げた。著者は、「社会性俳句」「人間探求派」「花鳥諷詠派」などの論議が盛んであった俳壇の中で、あくまでも言葉の自立的可能性を独自の多行形式の世界のなかに見出そうとした。多行形式の発想は、二十世紀初頭にヨーロッパで起こったダダイズムやシュールレアリズムなどの芸術運動を強く意識したものである。また、一行の俳句については、〈友よ我は片腕すでに鬼となりぬ〉など、山川蟬夫（高柳は一行の俳句を、自身の「認知せざる摘出子」と言った）名で発表、句集を上梓した。

重信は自ら俳句を詠む一方、総合雑誌を創刊し、精力的に評論活動を行い、俳句界へ絶えず刺激的言説を送り続けた。三三年、高屋窓秋、永田耕衣、三橋鷹女、三橋敏雄、中村苑子、赤黄男らと「俳句評論」創刊。四〇年『俳句研究』編集長となって、「五十句競作」等を企画し、若い俳人が世に出る機会を作った。『現代俳句論集』『三橋鷹女全句集』『高屋窓秋全句集』『富澤赤黄男全句集』を編む。

句集はほかに、『伯爵領』『前略十年』『黒彌撒』（『罪囚植民地』含）『高柳重信句集』『高柳重信全句集』『遠耳父母』『青彌撒』『山川蟬夫句抄』『山川蟬夫句集』。評論集に『バベルの塔』『現代俳句の軌跡』。『俳句研究』編集後記をまとめた『俳句の海で』が没後刊行された。

昭和五八年（一九八三）七月八日肝硬変のため急逝。享年六十歳。

〈代表句〉（『蕗子』所収）

身をそらす虹の／絶巓／処刑台

生と死は表裏であることを暗示する。絶頂に向かう生（性）的喜びは、一気に死への不安と恐怖へと突き落とされる。赤黄男の〈乳房や　ああ身をそらす　春の虹〉を意識しながら、多行の効果をさらに発展させた。処刑台という死への執行装置を持ち出し、虹のような生は、冷やかで暗鬱な死の世界に導かれる。表意の漢字を配列し視覚的に組み立て、絶嶺から処刑台への落差と断絶をスリリングに描き出した。

船焼き捨てし／船長は／／泳ぐかな

三つのパラグラフのイメージが一つの物語を暗示する。ここでは、船長によって焼かれ廃棄された船、船長、泳ぐ船長というふうに、言葉は既成のイメージを背くように提示される。多行形式による、視線の移行と改行による時間の空白と変化、さらに、それぞれの行から繰り出されるイメージの展開が、不思議な物語性を帯び、さまざまな想像を喚起させる。

〈参考〉 『俳句研究　特集・高柳重信』（昭57・3）、『高柳重信読本』（平21、角川学芸出版）

［渡辺誠一郎］

『曼珠沙華《まんじゅしゃげ》』（一九五〇刊）

野見山朱鳥《のみやまあすか》

〈内容〉 昭和二五年、書林新甲鳥刊。著者二十七歳の昭和一九年から三十二歳の昭和二四年まで、二百六十五句を収める第一句集。序・高浜虚子、後記、野見山朱鳥。緋色の扉には虚子の題字がある。作品は全て虚子の選によるもので、制作年代順に収録されている。昭和二〇年以前が十六句、二〇年から二四年までが二百四十九句あり、その中で二三年が八十六句と最も多い。各年の前には一枚の遊紙がり、一頁に二句とゆったり組まれている。

なお、著者には昭和三六年刊の同名の版画集がある。

〈特色・評価〉 朱鳥には「如」の語を用いた句が多く散見されるのも特徴の一つである。この「如」の語を用いた比喩表現が見られるのは昭和二一年〈火を投げし如くに雲や朴の花〉の句以後である。この句は『ホトトギス』六百号記念号で雑詠欄の巻頭を飾った作品である。

句集の「如」の使用頻度を調べると、二二年は約三十九%、他の年が十五%から十九%であることからして、朱鳥自身が巻頭句から得た確信的表現を翌年盛んに使用したことが推察できる。朱鳥は、この比喩表現を川端茅舎の俳句から学んだことを「自己を托するに足る表現の基礎を見出した」（『川端茅舎』昭43、菜殻火社）と述懐し、その影響の大きかったことを述べている。

序文で虚子は「曩《さき》に茅舎を失ひ今は朱鳥を得た」と朱鳥を茅舎と並び賞した。また、後記で朱鳥は「虚子先生より題字と序を頂いた。若き日の夢であつたこの歓び、この一行の慈文を真実生きぬきたいと私は念願する」と、敬慕してやまない茅舎の句と並び称されたことの喜びと今後の俳句道への決意を表明した。

茅舎と朱鳥は、画家志望から俳句へ転じたことや永い療養生活という共通点はあるが、両者の俳風は違う。茅舎は求道的、朱鳥はロマン的といえる。序文からもわかるように、虚子の評価の高い句集である。

〈作者と業績〉 野見山朱鳥は大正六年（一九一七）、福岡県鞍手郡直方町（現、直方市）生まれ。父、直吉、母のぶの次男。本名は正男。父はかなり大きな呉服商。鞍手中学校を卒業した昭和一〇年十八歳のときに胸を病み、三年間の療養生活に入る。健康を回復し、上京して東洋精機株式会社に勤務。そのかたわら、鈴木千久馬絵画研究所夜間部に入り絵画を学ぶ。しかし、一五年病再発のため帰郷し、二〇年まで療養生活を送る。翌年、末崎ひふみと結婚、一男一女を得た。

朱鳥が俳句を始めた時期や契機ははっきりわからないが、昭和一三年一月号『駒草』雑詠欄に野見山まさをの名で〈闇空に黒い蝙蝠とぶ河原〉の句がある。以後、一六年七月号まで毎月句があり、中には〈病む兄の句が胸ゆする秋の暮〉（『駒草』昭和一四年十一月）などの句が散見され、兄の影響も考えられる。

『ホトトギス』に初めて朱鳥の名があるのは一七年三月の〈初風呂を出て寝床に戻りけり〉であり、兄直美の句もある。同年五月号には〈喀血の寒さのあとは眠くなる〉という句があるが、朱鳥は帰郷後は病のため職に就かず、絵画と俳句に専心するのである。

朱鳥の絵画的で新鮮な句風は、二一年『ホトトギス』六百号記念号で、〈火を投げし如くに雲や朴の花〉〈なほ続く病床流転天の川〉の句で早くも巻頭を飾り、一躍俳壇に躍り出た。二四年に『ホトトギス』同人に推挙され、二七年に『菜殻火《ながらび》』を創刊主宰。俳人として順調に滑り出していた。しかし、二九年に上梓した第二句集『天馬』の序文で虚子は、朱鳥の句は「別途の方向に歩み続け」ていて「具体化が不十分」、俳句は「何処迄も客観描写を主として具体化が十分であらねばならぬ」と厳しく評した。朱鳥は『曼珠沙華』以後、虚子の説く客観写生の枠から出てロマン的な「生命諷詠」を唱導し、独自の心象詠を確立させてゆくのである。三八年に『山火』『年輪』『青』『菜殻火』の四誌連合会を発足させて新人の教育と顕彰に力を注ぐが、四五年（一九七〇）に肝硬変で死亡した。享年五十二歳。

句集は前掲以外に、『荊冠』『運命』『野見山朱鳥全句集』、俳論・評論・小説などに『純粋俳句』『忘れ得ぬ俳句』『死の湖』『助言抄』『川端茅舎』など、版画集に『天馬』『大和』などがある。

〈代表句〉（『曼珠沙華』所収）

火を投げし如くに雲や朴の花

朴はモクレン科の落葉高木で、初夏に車座の若葉の上に白色大輪の花を咲かせて芳香を放つ。作者はこの朴の花越しに真っ赤に染まる雲を見たのである。夕空に浮かぶ雲を〈火を投げし如く〉と捉えたところに作者独自の発想や美意識があり、気品溢れる朴の花を浮かびあがらすことに成功している。

曼珠沙華散るや赤きに堪えかねて

曼珠沙華は、秋の彼岸ごろ、花茎だけを三、四十センチ伸ばして真っ赤な花を輪状に咲かせる。曼珠沙華が散るのは、まるで己の赤い色が燃え尽きて耐えかねているからだ、と作者は思ったのである。〈赤きに耐えかねて〉の表現には自身の病で果たせぬ志を想起させるところもあり、インパクトの強い詩想豊かな作品である。

〈参考〉 香西照雄「解説」『現代俳句体系八』（昭47、角川書店）、野見山ひふみ『野見山朱鳥の世界』（昭64、梅里書房）

〔黒川悦子〕

『名《な》もなき日夜《にちや》』（一九五一刊）

佐藤鬼房《さとうおにふさ》

〈内容〉 昭和二六年、梟の会刊。著者十八歳（昭和一二年）から三一歳（昭和二五年）までの十三年間の百八句を収める第一句集。序は西東三鬼、跋は鈴木六林男。「哀しき鞭」「虜愁記」「名もなき日夜」の三章。さらに、五六年に、増補版が坪内稔典の企画によって、南方社から刊行。初版の句に追加し、二百十一句を収める。その他、和田悟朗、坪内稔典、林桂の書下ろしの評を載せる。

〈特色・評価〉 この句集の中心を成すのは、戦時下や戦後の状況に誠実に向き合い、おのれ自身の存在と時代を問う作品である。後に鬼房の俳句世界を特徴付ける、「亡父」「戦場」「生への希求」「東北」などのいくつかのモチーフが、表現されている。〈切株があり愚直の斧があり〉や〈かまきりの貧しき天衣ひろげたり〉などの代表句には、新興俳句、社会性俳句の色彩が強く表われている。西東三鬼は序文に、「鬼房は彼の詩友達と遠く離れていて、極北の風と濁流に独り立つ。風化せず、押し流されず独り立つ」「私は新興俳句生えぬきの作家に今日の鬼房あることを誇りとする」との言葉を寄せた。この句集には、東北の地に根を降ろし、一労働者として身を粉にして作句に励む鬼房俳句の原点がある。

〈作者と業績〉 佐藤鬼房は大正八年（一九一九）、岩手県釜石生まれ。十年、釜石鉱山のストライキのあおりで、一家は外祖父に伴われて宮城県塩竈に移る。その後一時上京するが、塩竈が終生の表現の場となる。鬼房は少年時代から文学に強い関心を抱いていた。俳句との出会いは、塩竈町立商業補習学校卒業後の昭和一〇年である。渡辺白泉の「句と評論」を知って投句し、通信指導を受ける。十一年には、長谷川天更主宰の俳誌『東南風』に投句し、四号より同人になる。

一五年入隊。輜重兵として中国の南京、漢口などを転戦。一六年暮、戦時下の南京城外にて、後に盟友となる鈴木六林男と初めて会う。〈会ひ別れ霙の闇の跫《あし》音追ふ〉（鬼房）、〈会ひ別る占領都市の夜の霰〉（六林男）と、緊迫した戦場における、束の間の美しい出会いがあった。

終戦後復員。西東三鬼に師事。『青天』『雷光』『梟の会』『風』（沢木欣一）『野盗派』に参加。三〇年に『天狼』（山口誓子）の同人。その後『頂点』『海程』にも参加。

三〇年に第二句集『夜の崖』刊行。〈戦あるかと幼な言葉の息白し〉〈齢《よわい》来て娶《めと》るや寒き夜の崖〉など、いわゆる社会性俳句の色調を濃くし、鬼房俳句の骨格が定まった。六林男は句集に、「身辺に文学の友をもたない佐藤鬼房が一対百万の意気込みで精進してきた激しい作家精神の集積である」と跋文を寄せた。鬼房は新興俳句と係り、社会性俳句の代表的な作家とされる。しかし、作風はあくまでもヒューマニズムを基調とした抒情性に富む重厚な世界である。〈縄とびの寒暮いたみし馬車通る〉〈冬山が抱く没日よ魚売る母〉。

鬼房は俳句を「弱者の文芸」とし、庶民の生活感情を詩想に昇華した。さらに、自然への畏敬と東北の歴史や風土を自らに取り込み、俳句によって「私の風土記」を綴りたいと述べた。〈みちのくは底知れぬ国大熊《おやぢ》生《い》く〉〈蝦夷の裔《えい》にて木枯をふりかぶる〉〈やませ来るいたちのやうにしなやかに〉。神話世界に拠る〈陰《ほと》に生《な》る麦尊けれ青山河〉が代表作。六〇年、『小熊座』を創刊・主宰。

二句集以後、『海溝』『地楡』『鳥食《とりばみ》』『朝の日』『潮海』『何處へ』『風の樹《き》』『半跏坐』『瀬頭』『霜の聲』『鹹《から》き手』『枯峠』『佐藤鬼房全句集』『愛痛きまで』。随想集に『蕗の薹』、俳論集『片葉の葦』『沖つ石』（没後刊）。

平成一四年（二〇〇二）一月『小熊座』名誉主宰。一月十九日肺炎のため死去。享年八十二歳。絶句〈翅を欠き大いなる死を急ぐ蟻〉。翌年、『幻夢』刊。

受賞は、昭和二十九年第三回現代俳句協会賞、平成二年第五回詩歌文学館賞、五年『瀬頭』で第二十七回蛇笏賞、昭和五九年宮城県教育文化功労者、平成二年河北文化賞、四年地域文化功労者文部大臣表彰。平成元年第三回河北新報社俳壇選者。二年現代俳句協会顧問。

〈代表句〉（『名もなき日夜』所収）

切株があり愚直の斧があり

無季の句。七・四・五の破調のリズムが、切株・愚直・斧の言葉に強い力を与えている。ひたすら木を切る道具である斧。切株と斧の存在が、愚直という言葉を介して一句をなしている。切株はおのれ自身の投影。後に鬼房は、「愚直」を「ぐうちょく」と発音するものと思っていたと述べている。愚直はまさに鬼房の肉声、存在そのものである。この句によって、愚直は鬼房の代名詞になる。

毛皮はぐ日中桜満開に

実景の作と言われている。兎の生皮が桜の木の下に干されている光景。咲き誇る桜と鞣《なめ》された生き物の皮の肌色が匂い立つように、生々しい。毛皮が象徴する狩猟的な世界と満開の桜の世界とが一つとなった濃密な光景。東北の土俗の空気が漂う。生き物の命を奪いながら生きる哀しみは、美しく咲く桜の光景とともにある。

〈参考〉『俳句研究 特集・佐藤鬼房』（昭57・5）、『証言・昭和の俳句 下』（平14、角川書店）、渡辺誠一郎『佐藤鬼房の百句』（令2、ふらんす堂）

［渡辺誠一郎］

『驢鳴集《ろめいしゅう》』（一九五二刊）

永田耕衣《ながたこうい》

〈内容〉 昭和二七年（一九五二）播磨俳話会から刊行された第三句集。同二二年から同二六年までの合計五百四十七句が制作年順に収録されている。装丁は棟方志功。巻頭に序に代えてとして「驢鳴集」の題のもとになった臨済録の一節が引用されている。後記は著者によるもの。

〈特色・評価〉『驢鳴集』の制作時期は、耕衣が山口誓子の『天狼』同人に参加した時期とほぼ重なる。誓子は「素手によって生命の根源を捉える」として『天狼』で根源俳句運動を展開したが、耕衣は、誓子やその他の俳人とは異なり、「根源俳句」における「生命の根源」について「東洋的無」や「諧謔の精神」「宇宙的な自己解消」などの理念のもとに積極的に探究した。『驢鳴集』は耕衣の独自の作風が確立された点で画期的な句集である。

〈作者と業績〉 永田耕衣は明治三三年（一九〇〇）兵庫県加古川生まれ。本名は軍二。大正三年、兵庫県立工業学校機械科に入学して以降、文芸・演劇・映画に関心を持ち、俳句を始める。青年期に禅思想に興味を持つと同時に、武者小路実篤に心酔し、「新しき村」の機関誌に短編小説や自由詩などを寄稿する。俳句は大正一一年より『山茶花』をはじめ、戦前戦中は原石鼎の『鹿火屋』や小野蕪子の『鶏頭陣』、戦後は石田波郷の『鶴』や沢木欣一の『風』などに投句した。昭和二三年に山口誓子の『天狼』同人として同誌で「根源俳句探求論」を展開。二四年に、勤務先の三菱製紙高砂工場社内同好誌として『琴座《りらざ》』を刊行して主宰となる。同三三年高柳重信の『俳句評論』同人。同時代の俳人たちと幅広く交遊したほか、吉岡実、大岡信などの詩人とも交流した。同五一年、吉岡実編『耕衣百句』が刊行される。平成二年、第二回現代俳句協会大賞受賞、同三年詩歌文学館賞受賞。同九年（一九九七）死去。句集『驢鳴集』『吹毛集』『悪霊』『闌位』など十六冊。評論『山林的人間』など。書画や骨董など諸芸に通じ、九十歳を超えた最晩年まで旺盛な創作活動を行った。

永田耕衣の独自性は、写生や花鳥諷詠が中心の伝統俳句の流れに不満を抱き、混沌とした人間存在に強い関心を持ち続けた点にある。その一方で、新興俳句や前衛俳句を志向する俳人が主として西洋文学や詩的発想を大切にするのに対して、耕衣は終始一貫して東洋的無を主張した。「ひとくちにいえば、私は新興俳句をキザだと思っている」。「私は、俳句は純粋詩であってはいけないと思うし、詩的であってさえ困ると思う」（『俳句窮達』）。基調には仏教の禅的思想が据えられており、卑俗性・混沌性・諧謔性を融合させた作風で注目に値する。

〈代表句〉（『驢鳴集』所収）

夢の世に葱を作りて寂しさよ

昭和二二年作。〈夢の世〉とは、夢のようなこの世という現世と死者たちの住むあの世という両方の意味を併せ持つ。そうした虚実が融合した時空にあって、白くほっそりとした葱のたたずまいとそれを作るという行為は、無為の報われぬ寂しさを連想させる。終戦直後の食糧難の時期に発表された作品であるが、庶民の怒りや哀しみといった直接的な感情の表出とは別の、より形而上的な人間存在の根源的な哀愁を感じさせる。

恋猫の恋する猫で押し通す

昭和二二年作。〈恋猫〉は春の季語で、交尾相手を求めて争い、切ない声で泣き続ける猫を指す。耕衣には生きものを題材にした作品が多くあり、〈行けど行けど一頭の牛にほかならず〉〈他の蟹を如何ともせず蟹暮るる〉など一つの題材を反復させることで、生きものが持つ存在感を強調させる技法を用いている。「生命というものは実に厄介千万なものだ」と『驢鳴集』後記にある。

朝顔や百たび訪はば母死なむ

昭和二二年作。〈百たび訪はば〉とは、神仏に願をかけるお百度参りなどの伝統を踏まえている。しかし、この句では百たび訪れるならば、母は死んでしまうだろうという不吉な内容を示している。それは通常の表現では飽き足らない、独得の母恋いであり、諧謔ゆえにかえって深い愛情を感じさせる。耕衣は「非情は『存在のユーモア』に位する。自虐でも自悦でもありえない永遠無相の快感を宿す上に」（『二句勘辨』）と述べている。

うつうつと最高を行く揚羽蝶

昭和二三年作。揚羽蝶を主題とした二十一句のうちの一句で、〈或る高さ以下を自由に揚羽蝶〉〈石かたくして上通る揚羽蝶〉などがある。〈最高〉は、空間的な高さの指標であるとともに、内面的な心の昂ぶりの象徴でもあり、黒揚羽の悠々とした飛翔とよく響き合っている。

いづかたも水行く途中春の暮

昭和二六年作。〈いづかた〉は、どちらの方向・方面という意味。〈春の暮〉は、うっすらと明るい夕暮れどきを指しており、それがしずかに流れ続ける運動と結び付けられている。両者の間にあえて〈途中〉という語が差し挟まれることによって、水や大気の持つ永遠の循環性がいっそう強調されている。高柳重信は「永田耕衣の最大の魅力は、その一句の中にときに伸縮自在の不思議な時間が生きていることである」と評した。

〈参考〉 永田耕衣著『山林的人間』（昭49、人文書院）、高柳重信「遠望の永田耕衣」（『俳句研究』昭49・2）、鳴戸奈菜『田荷軒狼箴集』（平8、湯川書房）

［田中亜美］

『杉田《すぎた》久女《ひさじょ》句集《くしゅう》』（一九五二刊）

杉田《すぎた》久女《ひさじょ》

〈内容〉　昭和二七年、角川書店刊。大正七年から昭和二一年（著者二八歳から五六歳、逝去までに当たる）と句集には記されている。ただし句集掉尾に〈鳥雲にわれは明日たつ筑紫かな〉（前書「昭和十七年光子結婚式に上京　三句」）などがあり、長女石昌子の久女年譜によると、次女光子の結婚式は昭和一六年なので、句集所収の作品制作最終年度は定かではない。

　久女自身による選句から高浜虚子が『ホトトギス』雑詠句を基本としてさらに選んでいる。悼句として虚子自筆の序句〈悼久女　思ひ出し悼む心や露滋し〉を掲載。序文も虚子。長女昌子による「母久女の思い出」と略年譜を付す。句数千四百一句。一頁十句組み。構成は「堺町（大正七年～昭和四年）」「花衣（昭和四年～昭和十年）」「菊ケ丘（昭和十年～昭和二十一年）」の三章。

　改めて昭和四四年、角川書店から『杉田久女句集』が補遺二百四十四句を加えて刊行された。一頁六句組み。

〈特色・評価〉　久女逝去六年目にしてようやく虚子の序文を得て刊行された。虚子は「杉田久女さんは大正昭和にかけて女流俳人として輝かしい存在であつた。ホトトギス雑詠の投句家のうちでも群を抜いて居た」と記す。そして〈無憂華の樹かげはいづこ仏生会〉〈花衣ぬぐやまつはる紐いろ〳〵〉〈咲き移る外山の花をめで住めり〉〈菊干すや東籬の菊もつみそへて〉など十句を挙げて「清艶高華」「久女独特のもの」と賛辞を贈っている。

　評論家山本健吉は〈朝顔や濁りそめたる市の空〉〈谺して山時鳥ほしいまゝ〉を「前句は大正期を、後句は昭和一桁代を代表する名吟」と評価した。〈山時鳥〉や〈橡《とち》の実のつぶて颪《おろし》や豊前坊〉のような雄渾、絢爛さが久女句の特色とする。さらに補遺を加えて編まれた『久女句集』では〈たてとほす女の意地や藍ゆかた〉〈押しとほす俳句嫌ひの青田風〉〈虚子きらひかな女嫌ひのひとへ帯〉などを挙げ、『ホトトギス』除籍以降、何故そう詠まねばならなかったのか、句の背景を考えた上で久女の内心の葛藤を慮っている。

〈作者と業績〉　杉田久女は明治二三年（一八九〇）五月三〇日、鹿児島市生まれ。本名は久《ひさ》。父赤堀廉蔵は長野県松本市出身で久女誕生当時は鹿児島県庁の官吏。久女は幼少の頃、父の転勤に伴い、沖縄や台北の生活を経験している。十九歳で画家杉田宇内《うない》と結婚。福岡県小倉の小倉中学校美術教師として赴任する夫とともに小倉市に移り住む。二十六歳のとき、次兄赤堀月蟾（渡辺水巴門下）から俳句の手ほどきを受ける。翌年、『ホトトギス』台所俳句・婦人十句集について勉強し、『ホトトギス』一月号の「台所雑詠」に〈鯛を料るに俎板せまき師走かな〉など五句が初掲載される。大正八年（一九一九）発表の〈花衣ぬぐやまつはる紐いろ〳〵〉で虚子から高い評価を受ける。二十代は夫婦仲が波立ち、三十一歳のとき、母さよから家庭円満のため俳句をやめるように説得されている。三十二歳で〈足袋つぐやノラともならず教師妻〉などを発表。この年、橋本多佳子に俳句を教えるよう、夫豊次郎から依頼を受けている。昭和六年（一九三一）、〈谺して山ほととぎすほしいまま〉が「東京日々」「大阪毎日」共催、新名勝俳句の帝国風景院賞金賞受賞。四二歳のとき、「花衣」を創刊主宰。作品、評論を発表するも五号で廃刊。四六歳で日野草城らとともに『ホトトギス』除籍となる。以後、創作意欲が衰え、日中戦争、太平洋戦争勃発などの時代背景もあり、健康を害して終戦の年に福岡市郊外大宰府の保養院に入院、翌年（一九四六）、腎臓病悪化、死去。享年五十六歳。

　日本で「主婦」「職業婦人」の語が一般的になるのはだいたい一九一〇年代以降のこと。旧来の家制度が依然として力を持つが、女性の自立意識が芽生えてきた頃である。そんな時代を背景として久女の作品は台所仕事の日常性を超克し、自然や家庭生活ばかりでなく女性の自我の目覚めなどを描き、人間の内奥に踏み込んでいる。近代女性俳人の草分け的な存在である。

〈代表句〉（『杉田久女句集』所収）

足袋つぐやノラともならず教師妻

〈足袋〉は冬の季語。〈ノラ〉はノルウェーの劇作家イプセンの戯曲「人形の家」のヒロインの名。主人公が一人の人間として目覚めてゆく過程を描き、女性解放に多大な影響を与えた。掲句では自立した女性にもならず〈教師妻〉として日々の家事に勤しむ自分を自嘲的に描く。〈足袋つぐ〉の具体性が作者の嘆きを際立たせる。

花衣ぬぐやまつはる紐いろ〳〵

〈花衣〉は春の季語。花疲れの身をいたわるように帯を解き、〈花衣〉を肩から滑らせる。いかにも春らしい着物の色彩が畳に広がる。紐を一本ずつほどいてゆきながら、いかにたくさんの紐が身体を締めつけていたことに思い至る。〈紐いろ〳〵〉は、自愛の思いばかりでなく、女の抱えるこの世のしがらみさえも連想させる。

紫陽花に秋冷いたる信濃かな

久女の父廉蔵は信州松本の出身であり、大正七年（一九一八）、脳溢血のため死去。二年後、久女が三十歳のとき、松本城山の墓地に納骨している。この折に詠まれた作には掲句のほか〈墓の前の土に折りさす野菊かな〉〈忌に寄りし身より皆知らず洗ひ鯉〉などがある。〈紫陽花〉の句は凛とした格調があり、信濃の風土性が強く感じられるばかりでなく、作者の孤独感も滲むようだ。

［角谷昌子］

『雪櫟《ゆきくぬぎ》』（一九五四刊）

森《もり》　澄雄《すみお》

〈内容〉　昭和二九年、書肆ユリイカ刊。著者二十二歳から三十六歳までの十四年間の四百十七句を収める第一句集。巻頭には著者の自序句〈雪櫟夜の奈落に妻子ねて〉、巻末には著者の後記を付す。内容は二部構成。第一部「松」は、昭和一五年「寒雷」投句当初から同二三年の結婚まで。九州帝国大学の学生として博多箱崎の松林の中で下宿していた頃の作品を中心に収録。第二部「櫟」は、上京後の昭和二八年まで。武蔵野の櫟林の中に居を定めて以降の、妻と幼い子どもたちとの生活を詠んだ作品を収める。

〈特色・評価〉　『雪櫟』の後記で、澄雄はいささか挑戦的な言辞を記している。「これ（第二部「櫟」筆者注）は貧しい生活の記録だ。この間俳壇では俳句に於ける社会性、或ひは近代性についてやかましい論議が行はれたが、僕はそれらを一応黙殺して自らの生活に執した。僕の腹の虫がそれらの論議を容易と見たこともあるが、何よりも生活に余裕がなかつたからであらう」。

当時の俳壇を席捲していた「社会性俳句」に対する違和感を表明し、身ほとりの暮らしと自然をみずみずしい抒情とともに詠む。それが『雪櫟』である。澄雄は生涯を通じて妻を詠み続けた。〈妻がゐて夜長を言へりさう思ふ〉、晩年には妻への追悼句〈木の実のごとき臍もち死なしめき〉を遺した。本句集にも〈新緑や濯ぐばかりに肘若し〉〈除夜の妻白鳥のごと湯浴みをり〉といった清々しい愛妻句が散見される。『雪櫟』は、俳句とは何かという問いへの一つの解答である。その後澄雄は古典文学への関心を強め、さらに作品世界を深めていく。ただし、愛妻句とともに一貫して失われることのなかった抒情性は、すでに本句集において大きな魅力となっている。

〈作者と業績〉　森澄雄は大正八年（一九一九）二月二十八日、兵庫県姫路市生まれ。本名、澄夫。五歳まで母方の祖父母に育てられ、その後は長崎へ移る。昭和一六年、九州帝国大学経済学部繰り上げ卒業と同時に久留米連隊に入隊。同一九年にフィリピン・ボルネオに出征。敗戦後捕虜収容所に。同二一年に焦土と化した長崎に復員する。同二二年、佐賀県立鳥栖高女に就職。同僚の内田アキ子と結婚後、上京して都立高校教員となり、同五二年退職するまで社会科教員として勤務。

『ホトトギス』系の俳人であった父の影響で昭和四年頃に俳句入門。加藤楸邨の第一句集『寒雷』に感銘を受け、同一五年『寒雷』創刊とともに投句を開始。同三二年から同四六年まで編集長を務める。楸邨だけでなく石田波郷にも私淑する等、「人間探求派」の影響を強く受けながらも、その超克を目標に、同四五年『杉』を創刊。同四七年に楸邨とともにシルクロードの旅をして帰国の後、頻繁に近江を訪ね、新しい境地を開拓していく。芭蕉や漢詩をはじめとする古典文学の世界に思いを馳せ、人生に対する深い省察を美しい日本語のしらべに載せる、独特の世界を生み出した。「社会性俳句」の波が去った後の俳壇で、伝統俳句の二大巨頭の一翼として飯田龍太とともに一時代を築いた。

句集十五冊。本句集後に『花眼』『浮鷗』『鯉素』『游方』『空艪』『四遠』『所生』『餘日』『白小』『花間』『天日』『虚心』『深泉』『蒼茫』。評論集や随想集も多数。第四句集『鯉素』で第二十九回読売文学賞受賞、第七句集『四遠』で第二十一回蛇笏賞を受賞、第十一句集『花間』および随想集『俳句といのち』で第四十回毎日芸術賞受賞。日本芸術院会員。勲三等瑞宝章受章。文化功労者。

平成七年に脳血管障害によって半身不随となった後も結社主宰を務め、読売俳壇選者を続けた。生涯現役俳人であり続けようとした森澄雄の姿は、早々と俳壇から退いた飯田龍太とは対照的なものであった。俳句と人生が強く結びついた「人間探求派」から出発した澄雄の出自を改めて思い起こさせる。平成二二年（二〇一〇）八月十八日逝去。九十一歳であった。

〈代表句〉（『雪櫟』所収）

冬の日の海に没る音をきかんとす

冬の日が茜色の海に沈もうとしている。その瞬間の音を聴き取ろうと耳を澄ましている。心を澄ましている。夕日と海を見つめるのは、人生の門出に立つ青年だろう。人間とは何か、自分とは何者か。そんな自問を繰り返す青年の姿が見えてくる。

白桃や満月はやや曇りをり

「白桃」は秋の季語。昼の暑さも去り、心地いい時間が訪れている。作者は、生毛におおわれた白桃のみずみずしさを天空の満月にも発見する。「やや」にリアリティが感じられる。そして、白桃が置かれ満月が浮かぶ夜にうっすらとエロスの香りが漂い始める。

家に時計なければ雪はとめどなし

貧しさゆえに時計がなかったのだろう。しかしそのおかげで、うっとりするような永遠性に触れることができた。時計が告げる時間は薄っぺらだ。本当の時間は細切れのものではなく、滔々と流れ続けるものなのだ。本当の時間の中を雪が降り続く。

〈参考〉　『増補現代俳句大系十』（昭56、角川書店）、岡井省二『鑑賞秀句一〇〇句選17　森澄雄』（平4、牧羊社）

［加藤かな文］

『古暦《これき》』（一九五四刊）

安住《あずみ》 敦《あつし》

〔内容〕 昭和二九年一月、春秋社刊。すべて久保田万太郎の厳選を経た昭和二〇年から二八年までの百三十五句を制作年代順に配列している。序句は久保田万太郎〈古暦水はくらきを流れけり〉。跋は木下夕爾。

〔特色・評価〕 制作年代順ということで、太平洋戦争末期の従軍中の詠〈蟬しぐれ子の誕生日なりしかな〉〈てんと虫一兵のわれ死なざりし〉からはじまる。戦前までは日野草城門でモダンな新興俳句を志向していた敦は、戦後一転して久保田万太郎に師事。師に従って市井に材を取り、私的、庶民的で抒情性豊かな句風に大きく転じた。本句集は第三句集だが、その変転後の句作をまとめて世に問うた最初の句集であり、敦の代表句集の一つ。木下夕爾は跋で「人生の悲哀に材をとられてもいつもしみじみとしたあたたかさが感じられる」と評している。なお、成瀬櫻桃子は『安住敦の世界』（平成六年梅里書房）の作品二百抄出にあたり、『古暦』以前の句を習作期のものとみなし、取り上げていない。

〔作者と業績〕 安住敦は明治四〇年（一九〇七）、東京市芝区二本榎西町の生まれ。昭和六三年（一九八八）逝去。初期の表記は「安住あつし」。立教中学校卒業後、逓信省官吏練習所を経て昭和三年（一九二八）逓信省に入省。逓信省で上司であった富安風生に師事し、風生主宰の『若葉』に投句していたが、日野草城の句集『ミヤコ・ホテル』のモダニズムに惹かれ、昭和九年草城の主宰誌『旗艦』に転じ、主要同人として新興俳句運動に関わった。このころ富澤赤黄男、水谷砕壺らと交流。砕壺の『琥珀』を経て『多麻』を創刊したが、応召により廃刊した。同一九年逓信省を退職し、演劇に関わる仕事に就くが、応召で兵役についたまま千葉で終戦を迎えた。新興俳句時代の句集に『まずしき饗宴』（昭和一五年七月、旗艦発行所刊）、『木馬集』（同一六年五月、月曜発行所刊）がある。戦後の昭和二一年に小説家、劇作家で俳人でもあった久保田万太郎を擁し、『春燈』を創刊・編集。また、『若葉』の加倉井秋をらと俳句懇話会を結成、同人誌「諷詠派」を刊行した。万太郎の、俳句は「即興的な抒情詩、家庭生活に根ざした叙情的な即興詩」という主張に拠り、新興俳句時代から作風を大きく転じた。現在の安住敦の俳人としての評価は、主にこの万太郎に師事して以降が対象となる。石原八束は、「哀感をたたえたその人事諷詠句には、この人独自の風刺も諧謔もともに深まりを示している」と評している。昭和二九年に万太郎選による句集『古暦』（春秋社）を刊行。同三六年、俳人協会設立発起人となる。同三八年五月、万太郎没後、『春燈』を継承、主宰となる。同四七年『午前午後』で第六回飯田蛇笏賞受賞。同五四年紫綬褒章授章。同五七年から六二年まで俳人協会長を務めた。同六三年没。エッセイストとしても評価が高く、同四一年に日本エッセイストクラブ賞を受賞している。

〔代表句〕 （『古暦』所収）

てんとむし一兵のわれ死なざりし

〈てんとむし〉（天道虫）は夏の季語。「八月十五日終戦」の前書がある。現在、季語「終戦記念日」は秋季とされるが、作者の実感のまま詠まれたもの。敦は三八歳にして召集され、米軍の上陸してきた戦車に爆弾を背負って特攻する「対戦車自爆隊」の一員として千葉県上総湊で終戦を迎えた。小さな〈てんとむし〉には、そのような一兵卒としての私の存在のはかなさが象徴されているように感じられる。草間時彦は敦の追悼文でこの句を「安住敦の全作品のうちで、彼自身にとって最も記念すべき作と言える」と評した。

雁啼くや一つ机に兄いもと

〈雁鳴く〉は晩秋の季語。冬鳥として渡ってくる雁とその鳴き交わす声は、「かりがね」とも言われ、秋の深まりを知らせるあわれ深い景物として古来より好んで歌句に詠まれてきた。掲句では、一つしかない机を兄妹で分け合って使っている貧しくつましい暮らしぶりと、この雁の声のもつ哀感が響きあっている。

しぐるるや駅に西口東口

「しぐれ（時雨）」は初冬の通り雨のことをいう季語。昭和二一年の田園調布駅（東急東横線）で、待ち合わせがうまくいかなかったことをきっかけに詠んだものという。同駅は線路がほぼまっすぐ南北を走る。「東西」は、「古今東西」のように「南北」より空間の広がりをもたせる表現によく使われているので、自ずと〈西口東口〉にも世界の広がりがあり、冬の通り雨との取り合わせでドラマを想像させる。石川桂郎が「逢引き」の句として鑑賞したことでも知られる。

〔参考〕 成瀬櫻桃子『昭和俳句文学アルバム 安住敦の世界』（平6、梅里書房）

［橋本 直］

『百戸《ひゃっこ》の谿《たに》』（一九五四刊）

飯田《いいだ》龍太《りゅうた》

〔内容〕　昭和二九年、書林新甲鳥刊。著者二十六歳から三十三歳までの八年間の二五九句を収める第一句集。作品の配列は、制作年次の新しい年度から古い年度へ並べた逆年順。「昭和二十八年」から始まり、最後を「昭和二十三年以前」とする七章構成。それぞれを春・夏・秋・冬に分類して収録する。扉には「兎に角、自然に魅惑されるといふことは怖ろしいことだ　龍太」とある。巻末に西島麦南の解説、著者の後記と略歴を付す。後記の中に「今はもうともにこの渓谷に還って眠る三人の兄等の霊前に、一書を捧げることを許していただきたいと思ふ」の一節がある。長兄聡一郎はレイテ島で戦死、次兄数馬は病死、三兄麗三は外蒙古で戦病死している。

〔特色・評価〕『百戸の谿』が刊行された当時の俳壇は、金子兜太、沢木欣一、原子公平たちの「社会性俳句」が隆盛をきわめていた。そうした中、郷里の自然と暮らしを真正面に据えて詠む、定型精神に貫かれた本書は、伝統俳句を愛する人々から大きな期待を込めて迎え入れられた。「現代俳壇において比類なく清新」（水原秋桜子）、「純粋叙情」（石塚友二）、「戦後俳句に抒情の炬火をかかげる唯一の旗手」（角川源義）といった讃辞が贈られた。昭和三二年、社会性俳句の鈴木六林男とともに第六回現代俳句協会賞を受賞した。

　父の蛇笏は、家を継ぐために東京での暮らしを捨て帰郷した。その息子の龍太は健康上の問題とともに、兄三人を次々に喪うという数奇な運命に見舞われ、父と同様に家のために都会を後にした。本書に描かれる安らかな自然は、龍太の傷心を癒やしてくれた自然でもある。

〔作者と業績〕　飯田龍太は大正九年（一九二〇）七月十日、山梨県東八代郡境川村（現・笛吹市）生まれ。飯田蛇笏の四男。三人の兄が早逝したため、帰郷し家を継ぐ。昭和三七年、蛇笏の死にともない、結社「雲母」の主宰を継承する。生涯にわたって営々と郷里を詠み続け、平明な作風と高潔な人柄によって多くの人々から愛された。「社会性俳句」の流行が去った後、森澄雄とともに俳壇を牽引し「龍太・澄雄時代」とも呼ぶべき一時代を築いた。

　句集十冊。本句集後に『童眸』『麓の人』『忘音』『春の道』『山の木』『涼夜』『今昔』『山の影』『遅速』。評論集や随想集も多数。毎日俳壇選者を務めた。第四句集『忘音』で第二十回読売文学賞を受賞。日本芸術院会員。紫綬褒章受章。

　本句集による俳壇への鮮烈な登場とともに、俳壇からの突然の退場も人々を驚かせた。平成四年、『雲母』を九〇〇号で終刊させ、その後いっさい作品を発表しなかった。引退して十五年後、平成一九年（二〇〇七）二月二十五日逝去。

〔代表句〕（『百戸の谿』所収）

春の鳶寄りわかれては高みつつ

　大きな輪を描いて空を舞う鳶の、その輪と輪がぶつかりそうではっとする。うまくすれ違ったと思ったら、同一周期ゆえ再び接近。そしてまたぶつからない。その輪がどんどん上昇していくのである。精妙な自然のリズムに陶然と、作者はいつまでも空を仰ぎみる。

紺絣春月重く出でしかな

　どっぷりと濡れたような春月が山の端に現れる。その瞬間、作者は重さを感じている。それは青年の鬱屈した思いの重量感でもあろう。また、「紺絣」には幼い頃の思い出が込められている。いつも兄からのお古を着させられた四男坊。三人の兄たちはすべて、戦争や病によって命を奪われた。ゆっくりと昇る満月を懐かしさと哀惜の思いで見つめている。

いきいきと三月生る雲の奥

　春は〈雲の奥〉から生まれる。山間の時空全体に春が訪れ、川音が変化し、地上の草木が芽生える。モノクロの世界にマンサクの黄が現れる。それらが明るい空の一点から始まるという感覚がみずみずしい。

〔その他〕　昭和五一年に『定本　百戸の谿』（牧羊社）を刊行。二百七十三句を収録。初版本の逆年順の配列を作句年代順に改めた上で、冒頭に「昭和二十年以前」として次の十四句を加えている。俳句入門当初から、抒情性豊かな自然詠を特色としていたことがわかる。

萌えつきし多摩ほとりなる暮春かな　（『定本　百戸の谿』）
巌を打つてたばしる水に蓼咲けり
毒空木熟れて山なみなべて紺
朝焼の峡凪ぎわたる秋つばめ
鴨の子のひく波ひかる初冬かな
冬に入るあらくさむらの山帰来
ひもすがら鳴く蟇に散る樝子《しどみ》かな
みづうみに雷気の渡る花藻かな
雲の峰祭の夜をうつくしく
三十三才にはかに水の夕景色
音澄みて鶲鳴く多摩の寒日和
春蟬のなくふるさとをかへりみる
寒の落水の日向を流れけり
つみとりてまことにかるき唐辛子

〔参考〕『増補現代俳句大系十』（昭56、角川書店）、俳句研究編集部編『新編飯田龍太読本』（平2、富士見書房）、『飯田龍太全集一』（平12、角川書店）

〔加藤かな文〕

『咀嚼音《そしゃくおん》』（一九五四刊）

能村登四郎《のむらとしろう》

〈内容〉 昭和二九年、近藤書店刊。昭和二三年から二八年、四二歳までの作品を収める。『馬酔木』主宰水原秋桜子選の作品から四百五十句を自選し、さらに石田波郷の選を経て三百八十五句に絞った。波郷の勧めにより出版した第一句集であり、題字、挿入写真、跋は波郷による。序文は秋桜子が執筆。秋桜子は國學院大学の折口信夫門下である登四郎に大きな期待を寄せている。

後記に、人間表現を一途に志してきたことについて「有季十七音といふ限られた約束の中で、いかに人間が描出し得るかといふことを、実作の上で表現したかつた」と記す。年代順に「春鮒」「その後知らず」「霜の華」「夜の辛夷」「咀嚼音」「白鳥」の六章から成る。

〈特色・評価〉 職業である教師としての日常、家庭における父、夫としての生活実感を抒情豊かに詠み上げた。全作品に通底するのは人間の生きる哀しみの韻がかそけく響き合うことだろう。勤務する学校の先輩教師を描いた〈長靴に腰埋め野分の老教師〉、教え子をモデルとした〈卒業生言なくをりて息ゆたか〉、長男急逝のときの〈逝く吾子に万葉の露みなはしれ〉、父としての〈子にみやげなき秋の夜の肩ぐるま〉〈白地着て血のみを潔く子に遺す〉など多くの愛誦されている句がある。

その後二十年の歳月を経て『定本　咀嚼音』が刊行された。第一句集『咀嚼音』から約二十句を捨て三十八句を新たに加えた四百二十一句を収録。その中に〈ぬばたまの黒飴さはに良寛忌〉が改めて収められた。この句は秋桜子に激賞され、巻頭句となったが、美意識が強く趣味的で、戦後俳句を担うべき新人の仕事とは思えないと波郷に手厳しい批判を受けた。その反省から生まれたのが一連の教師俳句である。波郷は作品を高く評価したが、教師俳句の限界や俳句形式を損なっても内容を重視する登四郎の作風に疑問を呈することを忘れなかった。

〈作者と業績〉 能村登四郎は明治四四年（一九一一）一月五日、東京生まれ。建築業の父三三郎、母かねの四男。父は金沢生まれで頑固な性格、母は生粋の江戸っ子で派手好みだったと言う。〈汗ばみて加賀強情の血ありけり〉など、血脈への関心は生涯を通して作品の一つの旋律を成している。

二十歳のとき、国語教師を志望して國學院大学高等師範部に入学し、迢空の講座を受け、短歌の同人誌に加わる。家族との永訣、家の没落に遭ったのち、二十七歳で中学教師としての生活をスタートさせる。『馬酔木』に投句を始め、短歌の七・七を切り捨てたことにより、登四郎俳句にはどこか喪失感と痛みが伴うようだ。終戦の年の昭和二〇年に応召し、「酸鼻を極めた」軍隊生活を体験する。教育現場に復帰するものの、学友、教え子が多く戦死するという現状を突きつけられ、価値観の転倒した戦後教育に懐疑的になった。その上、長男、次男を亡くす悲劇に見舞われる。この過酷な体験は、登四郎に強い喪失感、無常観を刻みつける。

『馬酔木』では下積み時代が続くが、『咀嚼音』で地歩を固める。「個」に執し過ぎた反省から第二句集『合掌部落』（第五回現代俳句賞受賞）を昭和三二年に刊行。社会性俳句の代表作となる。

昭和四五年、『沖』創刊。〈火を焚くや枯野の沖を誰か過ぐ〉（第三句集『枯野の沖』）から「沖」と名付けた。〈曼珠沙華天のかぎりを青充たす〉（第四句集『民話』）、〈裡よりの力も見えて露充てる〉（第五句集『幻山水』）、〈白繭のさとりてをりし朝茜〉（第六句集『有為の山』）、〈しどけなく山雨が流す蛇の衣〉（第七句集『冬の音楽』）、〈朴ちりし後妻が咲く天上華〉（第八句集『天上華』）、〈身を裂いて咲く朝顔のありにけり〉（第九句集『寒九』）、〈狂死てふ死に方もあり曼珠沙華〉（第十句集『菊塵』）、〈霜掃きし箒しばらくして倒る〉（第十一句集『長嘯』）、〈跳ぶ時の内股しろき蟇〉（第十二句集『易水』）、〈胸ふかく悪霊そだつさくらの夜〉（第十三句集『芒種』）、〈月明に我立つ他は箒草〉（第十四句集『羽化』）などが各句集の代表句。

登四郎は常に自己変革を己に課し、句集ごとに違う境地を目指した。風貌の通り求道的な生き方を貫き、俳句という伝統詩型を墨守しつつ虚実を往還し、心象世界を俳句に拓いた。時代も自分自身の枷も越え、言葉の無限の可能性をひたすら追求した創作者であった。

〈代表句〉（『咀嚼音』所収）

長靴に腰埋め野分の老教師

〈野分〉は秋の季語。随筆「野分の碑」に「野分の老教師」について詳しく書かれている。勤務する学校の先輩教師を活写した句。「どこか自然主義小説に出てきそうな人」と自解する通り、リアリズムに徹して表現した。この教師の墓所、市川霊園に登四郎の第一句碑建立。

ひらく書の第一課さくら濃かりけり

四月の新学期になってまっさらな新入生を迎え、生徒たちの輝く眼を見ると日頃の苛立ちなどは消えてしまう。教科書のまず〈第一課〉を開いて授業をする窓外には真間川が輝き、土堤の桜が美しい。

梅漬けてあかき妻の手夜は愛す

「梅漬ける」は夏の季語。万葉集の巻一四、東歌〈稲春《つ》けば皸《かが》る吾が手を今宵もか殿の若子がとりて嘆かむ〉がこの句の原典となる恋の歌。赤く染まった妻の指先は「官能的な美しさ」だ。日常を掬った初々しい詩情。

〈参考〉『能村登四郎俳論集　伝統の流れの端に立って』（昭48、永田書房）

［角谷昌子］

『月下《げっか》の俘虜《ふりょ》』（一九五五刊）

平畑静塔《ひらはたせいとう》

〔内容〕 昭和三〇年、酩酊社刊。著者二十一歳から四十八歳までの六百四十七句を収める第一句集。序・山口誓子、後記・著者自身。「初期」（大正一五年から昭和一五年）、「終戦以後」（昭和二〇年から昭和二二年）、「天狼時代」（昭和二三年から二八年）の三部構成。「初期」は『ホトトギス』『馬酔木』『京大俳句』で和歌山を詠んだ句、戦火想望句、「終戦以後」は戦地の記憶、敗戦の虚脱感、「天狼時代」は医師として関わった患者、受洗を詠んでいる。

〔特色・評価〕 この句集に誓子は長い序文を書いた。静塔の句を「きびしい俳句」とし、〈つゝましき飛雪あそぶや鉄格子〉〈枯野ゆく鳴りを鎮めし楽器箱〉などの句を挙げて、「君の眼は常に精神病医たる自己の生活と信仰生活とに向けられてゐる。向けたとなつたら金輪際、眼をその生活から外さない。これほど執拗な凝視がまたとあるであらうか」「君の俳句はその点で、君が若き日に読み、いまも関心を失はずにゐる斎藤茂吉先生の生命短歌に相通ずるものがあるのではあるまいか」「この句集は世の期待に背かざる句集である」と評価している。

〔作者と業績〕 平畑静塔は明治三八年（一九〇五）、和歌山県和歌浦町（現和歌山市）生まれ。本名富次郎。読書好きで父親が集めた本を読み漁っていた。第三高等学校から、昭和六年、京都帝国大学医学部卒。医学博士。湯川秀樹と同級。斎藤茂吉に倣い、精神医学を専攻、大阪女子医専教授、坂本病院、京阪病院、宇都宮病院の院長を歴任した。

大正一五年、京大三高俳句会に入り、鈴鹿野風呂に師事した。『京鹿子』『馬酔木』『ホトトギス』に投句。昭和八年、井上白文地らと『京大俳句』を創刊編集し、東京の西東三鬼らとともに新興俳句運動を推進すべく中心的に活動した。新興俳句での厭戦俳句が治安維持法により弾圧され、昭和一五年二月、京大俳句事件で検挙された。京都府特高警察に連行され、一年間京都拘置所で拘留された後、懲役二年（執行猶予三年）の判決を受けた。

昭和一九年応召、戦闘には出ず、昭和二一年三月帰国。三鬼、橋本多佳子、右城暮石、榎本冬一郎らと奈良句会で俳句を再開した。昭和二三年、誓子を主宰として、三鬼、多佳子らと『天狼』を創刊し、同人として編集も担当した。昭和三一年から三七年まで編集長。昭和二六年、カトリックに入信（洗礼名ルカ）するが後に離れる。昭和三七年、宇都宮に移住し、自身の俳句観の変化、古代への回帰、作風が野趣を帯びたことを自覚した。よく旅に出て、日本の風土、生活行事を素材とした。精緻な描写、おおらかな人間味のある作風で、作者自身が俳句的に生活し、人格を発展、完成させる俳人格の実践を全うした。俳句雑誌を主宰せず、一生「私の仕事は医者です。俳人ではありません」と言い続けたという。

昭和四〇年から平成六年まで『下野新聞』俳句欄選者。昭和四三年栃木県俳句作家協会会長。昭和四六年第五回蛇笏賞。昭和四七年栃木県文化功労者。昭和六一年第一回詩歌文学館賞受賞。平成三年第五回下野文学大賞。平成六年『鉾』名誉顧問。平成七年第七回現代俳句協会大賞。俳人協会常任幹事。平成九年（一九九七）九月没。

〔代表句〕（『月下の俘虜』所収）

徐々に徐々に月下の俘虜として進む

昭和二一年作。「上海集中営」十八句中の一句。「兵站病院部隊が上海五条辻の集中営に移る月下の徒歩行風景である」と自註がある。静塔は召集されて南京陸軍病院で軍医となり、昭和二〇年三月、江蘇省崑山に移駐して終戦、貨車で上海に移動し、徒歩で東部に移動した。淡々と落ち着いた緩慢な行進、武装解除して急に軽くなった身体は重心の平行を失って、不安定であったという。敗者の虚脱感、不安、安堵の交錯がある。

藁塚に一つの強き棒挿さる

誓子主宰の『天狼』は、「酷烈なる俳句精神」「根源俳句」を主張して創刊された。静塔が「根源俳句と写生」を論じたときに示した句である。ただ一本の棒が、藁塚を貫く芯となっている。地中深く突き立ち、その反力は天に向かう。深奥の根源に到達する強い力を表象し、新たな俳句を牽引する思いが重ねられる。

新春の人立つ書肆に今日も来る

「京大俳句世に出づ」の前書がある。正月から書店に毎日通い、創刊されたばかりの自分たちの雑誌の売れ行きが気になって、書店にいる客の様子を見ている。

〔その他〕 静塔は評論家としても俳句の固有性を探求し本質に迫った。静塔の「俳人格」は、山本健吉の挨拶と滑稽説、井本農一の俳句イロニー説と並ぶ戦後の代表的俳論である。「俳人格」（『馬酔木』昭26・4）、「昭和の西鶴—虚子の俳人格とその作品」（『俳句』昭27・7）で、俳句表現における俳句性の確立は、俳人自身が俳句的に生活し、俳句的に人格を発展させることであるとし、虚子に俳句そのものというべき完成された俳人格を見出している。山本健吉の反対説も出たが、俳人の理想像として多くの共感を呼んだ。「優季論」（『俳句』昭36・11）で、季語は人間の生命の基本であるリズム（時間意識）を最も端的に、美的に表現したもので、俳人自身がそのリズムと化さなければならないと説き、「狩猟論」「不実論」へ発展させた。

〔参考〕 『自選自解　平畑静塔句集』（昭60、白鳳社）、『平畑静塔俳論集』（平2、角川書店）、『平畑静塔全句集』（平10、沖積舎）

〔松井貴子〕

『微茫集《びぼうしゅう》』（一九五五刊）

相生垣瓜人《あいおいがきかじん》

〔内容〕 著者の第一句集であり、昭和三〇年、近藤書店刊。定価三百二十円。四六判、著者自身の装丁による紙箱入。序文はなく、後記は二頁。総頁数百五十八、一頁三句組。戦前の昭和五年より一六年までを「黄茅集」、戦後の二三年から二九年までを「白葦集」と二分し、それぞれ九一句、三四三句を収める。二集の間には自筆の胡瓜の図と自賛「わかくしてあまきまくはをこのみけりおいてはあはききうりしたしも」と、栗の図と自賛〈栗もまたふさぎの蟲をかくしけり〉を挟む。

〔特色・評価〕 集名『微茫集』は石田波郷の発案。刊行の昭和三〇年は著者が教壇を離れた年であり、句集出版は第二の人生を自祝する意味もあった。

相生垣瓜人は昭和八年に馬酔木第一期自選同人に選ばれ、水原秋桜子の期待する弟子の一人であったが、戦時中の六年間は作品活動を断っている。その間の沈黙が作者の精神を変え、俳句の中で東洋的諦観の境地を示し、瓜人仙境と称される独自の脱俗の作風を作り上げた。

春めくを冬田のために惜しむなり （「白葦集」）

村人の見ざる樒の花を見る （同）

日見て来よ月見て来よと羽子をつく （同）

家にゐても見ゆる冬田を見に出づる （同）

などを次の戦前の作品、

向日葵と闘ふ如く描くなる （「黄茅集」）

帰りゆく蛾に逢ひたりし朝月夜 （同）

無花果を裂けば落暉の燃え移り （同）

と比べて見れば一目瞭然であろう。戦前の作品の「黄茅集」、戦後の作品の「白葦集」と二分しなければならなかった理由もここにある。

みずから述べるように瓜人の俳句は『馬酔木』の多くの写生俳句や風景俳句とはやや違うものの、美術教師であったことが物を見る骨格を形成し、漢籍に対する豊富な知識が飄逸味のある仙境と称される世界を作り上げた。

〔作者と業績〕 明治三一年八月十四日、兵庫県加古郡高砂町南渡海（現、高砂市）に生まれる。本名貫二、俳号は本名に由来する。『ホトトギス』同人の相生垣秋津《しゅうしん》は実兄。大正九年、東京美術学校（現、東京芸術大学）製版科を卒業、浜松工業高校（現、静岡県立浜松工業高等学校）に図案科教諭として奉職。昭和三〇年同校退職。

俳句は昭和三年に『ホトトギス』投句、五年に『馬酔木』『かつらぎ』に投句、八年に水原秋桜子の『ホトトギス』離脱に従い、同年『馬酔木』同人となる。二二年に『あやめ』に参加、翌年『馬酔木』に投句再開。二五年、『あやめ』を改題した『海坂《うなさか》』を百合山羽公《ゆりやまうこう》と共同主宰。以来、『海坂』の表紙とカットは毎号瓜人の筆（例外あり）による。三〇年、第一句集『微茫集』（近藤書店刊）発刊。三六年に馬酔木賞受賞、五一年には前年上木した第二句集『明治草』（著者自身の装丁）等で第十回蛇笏賞を受賞。六〇年（一九八五）二月七日、風邪をこじらせて心筋梗塞を併発、永眠。享年八六。

逝去後の六一年一月、海坂発行所より第三句集『負《ふ》暄《けん》』（装丁に著者自身の絵を使用）が出版された。他に文集『言はでものこと』（昭61、東京美術）がある。

〔代表句〕（『微茫集』所収）

形代をつくづく見たり裏も見る

ゴッホやロダンを題材にした句が『微茫集』にあるように瓜人は絵画に親しみ、みずからも描いた。この句にあるように、物を描こうとするときの姿勢が句作のときも意図せずに出てしまう。それに気づいて句にしたことが瓜人らしい。〈家にゐても見ゆる冬田を見に出づる〉の句もあり、瓜人は物をつくづく見る俳人であった。

荒海の秋刀魚を焼けば火も荒ぶ

外の七輪で秋刀魚を焼いているのだろう。油が秋刀魚から滴るたびに火が高く上がる。その火を見ながら、油ののった美味しそうな秋刀魚のみで終わらず、この秋刀魚は荒海育ちに違いないと考える眼差しが非凡。

干梅を見るや惨事を見る如く

胃の弱かった瓜人は干梅の酸っぱい匂いに敏感に反応する。他にも「梅干せり簾を以て遮れど」や、「酷しきものを隠すなく」「発《アバ》きてこれを暴《サラ》すなり」とまるで干梅が敵であるかのような表現の句もある。だが、掲句のように瓜人ほど干梅を生きいきと描いた俳人はいない。

〔参考〕 自註現代俳句シリーズ1期19『相生垣瓜人集』（昭52、俳人協会）、『相生垣瓜人全句集』（平18、角川書店）

［橋本榮治］

『未明音《みめいおん》』（一九五五刊）

野澤節子《のざわせつこ》

〈内容〉　昭和三〇年、琅玕洞刊。昭和二二年から二九年までの作品五百二十八句を制作年順に収録した第一句集。序文・大野林火、跋・田邊篤子。巻頭に著者近影、巻末に「あとがき」と年譜あり。人口に膾炙する〈冬の日や臥して見あぐる琴の丈〉ほか〈春燈にひとりの奈落ありて坐す〉など野澤節子の代表作を数多く含む。

〈特色・評価〉　著者は、脊椎カリエスによる闘病生活という境涯を負いながら、生きる証《あかし》を俳句にとどめた。外出もままならない身で詠まれた作品群は、目に見えるものを凝視することにより同時に自己の内面をも深く見つめている。〈春昼の指とどまれば琴も止む〉〈刃を入るる隙なく林檎紅潮す〉〈天《あめ》地《つち》の息合ひて激し雪降らす〉〈春曙何すべくして目覚めけむ〉など、引き締まった表現による清冽な作品が強い印象を残す。病臭を感じさせない節子俳句を大野林火は序文で次のように評している。「徒らに病生活を歎く愚は見られず、沈潜されたかなしみはむしろ著者の生くる力となつて現はれてゐる」戦後の混沌とした世相の中、病床にある一女性の純粋な心の記録である『未明音』は、抒情俳句の新生面を切り開き高い評価を得た。この句集により節子は第四回現代俳句協会賞を受賞している。

〈作者と業績〉　野澤節子は大正九年（一九二〇）、神奈川県横浜市生まれ。本名同じ。生来病弱であり、十三歳で脊椎カリエスの診断を受ける。フェリス女学校を中退し、以後三十七歳まで自宅にて闘病生活を送る。

医師に読書を勧められ、乱読のうちに『芭蕉七部集』に興味をもったのが、俳句との出会いである。ついで、大野林火著『現代の秀句』に掲載された石田波郷、加藤楸邨、中村草田男ら同時代作家の俳句に感動。作句意欲が湧き、林火の師である臼田亞浪主宰の俳誌『石楠』に入会。病身の亞浪に代わり投句の選をしていた林火の抒情的な作風に惹かれ、昭和二一年、林火の主宰誌『濱』創刊に参加する。第一回『濱』賞、第一回『濱』同人賞を受賞し、初期の『濱』を牽引する作家の一人となる。その清冽・明澄な抒情俳句は、目迫秩父らとともに刊行した合著句集『暖冬』を経て、昭和三〇年、個人として第一句集となる『未明音』に結実する。『未明音』刊行後の昭和三二年、奇跡的にカリエスが完全治癒。以後自由な外出が可能となり、一時期いけばな教授を職とするなど、長年の病苦を耐え抜いた強い精神力を支えとして活動的な日々を送るようになった。昭和四六年、主宰誌『蘭』を創刊。昭和五三年、俳壇の最高賞と評される蛇笏賞の選考委員に就任。そのほか随筆・俳句入門書等を多数執筆した。『未明音』以外に以下の句集がある。『雪しろ、未明音抄』『花季』『定本未明音』『鳳蝶』『飛泉』『存身』『八朶集』、遺句集『駿河蘭』。このうち第四句集『鳳蝶』は、昭和四六年、第二二回読売文学賞を受賞した。

はじめての雪闇に降り闇にやむ　（第三句集『花季』）
せつせつと眼まで濡らして髪洗ふ　（第四句集『鳳蝶』）
さきみちてさくらあをざめゐたるかな　（第五句集『飛泉』）
てのひらにくれなゐをよぶ大旦　（遺句集『駿河蘭』）

「濁りのない高度の詩精神」（桂信子）が生涯にわたり貫かれた。平成七年（一九九五）没。なお、平成二七年、『野澤節子全句集』が刊行された。

〈代表句〉　（『未明音』所収）

冬の日や臥して見あぐる琴の丈

昭和二四年作。「臥す」には単に「床に寝る」という意の他に「病気で床につく」という意味がある。節子の場合は、常の病臥である。弾かれることのない「琴の丈」は現実の光景でもあり、また叶うことのない諸々の希望や夢の象徴でもあろう。境涯を嘆き悲しむ心を抑えて、清純さや気品を湛える掲句は、痛切である。節子自身はこの句の格調を「七部集からの影響」としている。

われ病めり今宵一匹の蜘蛛も宥さず

昭和二二年作。抑えきれない激情を露わにしている。「長年鬱積した情感を俳句の中に叩きつけるように吐き出した」（節子）。一進一退の病状の変化がそのまま節子俳句の激しさと静けさの振幅に表れているようである。抒情とは甘美なものではなく「情の高潮した発露」という師・大野林火の俳句観に適った一句である。

天地《あめつち》の息合ひて激し雪降らす

昭和二七年作。降雪という現象を天と地の呼応という動的な相で捉えた作品。「長いこと臥せっていると、すべての動きへの渇望は尋常なものではない」（節子）。激しさのうちにあっても失われない雪の清浄さが印象深い。「降らす」という意志的表現が一句をさらに生動させている。大自然を詠みながらも生命の危機を経てきた作者自身の「息」が強く意識されていよう。

〈その他〉　昭和二四年、初版に先立ち刊行された合著句集『暖冬』。その中の「琴の丈」と題された節子作品は後に抄出されて『未明音』に収められた。

昭和三五年、『雪しろ、未明音抄』（近藤書店）。巻末に『未明音』から抄出された八十余句が収められている。

昭和四二年、『定本未明音』（牧羊社）。初版とは数句の異同がある。文芸評論家・山本健吉の一文がつく。「対象にきりりと噛みつく女の糸切歯のなまなましさを具へた、猛獣のやうな原初のいのちの志向」と節子俳句を評した。

〈参考〉　「追悼・野澤節子」『俳句研究』（平7・6）、『野澤節子全句集』（平27、ふらんす堂）

［望月　周］

『途上《とじょう》』（一九五五刊）

藤田湘子《ふじたしょうし》

〈内容〉 昭和三〇年、近藤書店刊。昭和二一年から三〇年まで、著者のほぼ二十代の作品三百七十八句を収めた第一句集。序・水原秋桜子、跋・石田波郷。冒頭の高尾山麓二句〈雪しろき奥嶺があげし二日月〉〈夕月や雪あかりして雑木山〉は、『馬酔木』昭和二二年四月号新樹集初巻頭四作品中の二句。全体の構成は、「初蝶」（初期作品）、「牛の眼」（小田原抄）、「夜の坂」（市野倉抄）、「晩春」（荻窪抄）の四章から成る。

〈特色・評価〉 初期の代表句〈愛されずして沖遠く泳ぐなり〉を始めとする、二十代の清新な抒情を湛えた作品である。戦後すぐに復刊した『馬酔木』で水原秋桜子の指導の下、当時の『馬酔木』の抒情的な作風が著者の持つ抒情性を開花させた。秋桜子は「序」で著者の指導者としての資質の高さと作者としての可能性を称揚する。一方、石田波郷は「跋」で句の形象力の弱さを指摘した。秋桜子の期待に応え、波郷の示した課題を克服することが、その後の著者の目標となった。

〈作者と業績〉 藤田湘子は大正一五年（一九二六）、神奈川県小田原市生まれ。小学校高等科を終え東京の中学校に入学したが、十六歳のときに帰郷した折、月の光に照らし出された桜の蕾を見て詩心を誘われ、俳句を志す。翌年から『馬酔木』に投句を始め、秋桜子に師事した。

昭和二二年、高尾山麓での『馬酔木』復刊記念大会にて秋桜子に初めて会う。このときの作品で『馬酔木』四月号新樹集初巻頭となった。翌年には『馬酔木』に復帰した波郷に会い、能村登四郎とともに新人賞の馬酔木賞を受賞。翌年、馬酔木同人となる。その後、結社賞である新樹賞の受賞、馬酔木若手グループ青の会の指導、『馬酔木』編集次長就任等、『馬酔木』の中心的な作家となった。

第一句集『途上』に続く第二句集『雲の流域』では〈闘争歌ジヤケツがつゝむ乙女の咽喉〉など社会性・境涯性を深め、第三句集『白面』では〈気泡となりバンドの男帰る霧〉など幻想的な内容の句も見られる。社会や俳壇の状況に影響を受けつつ作風にも変化が見られた。

昭和三九年、『鷹』を創刊。昭和四三年には馬酔木同人を辞退して『鷹』主宰となる。以降、〈筍や雨粒ひとつふたつ百〉（『狩人』）、〈うすらひは深山へかへる花の如〉（『春祭』）と詩境を深めていく。

完成された作品世界からの次の展開を求め、昭和五三年「愚昧論ノート」、昭和五六年「俳句以前のこと」の二つのエッセイを執筆。虚子の再評価と新たな作句方法が模索された。そして昭和五八年、一日十句を開始する。三年間毎日十句以上を作り、『鷹』の誌面に掲載。その成果は『一個』『去来の花』『黒』の三句集にまとめられた。

平成二年、『鷹』新人スクール第一期を開講。入門書の著作も多く、馬酔木の青の会以来、新人育成、俳句指導には定評があった。

平成以降も『前夜』『神楽』と句集を刊行。主宰する『鷹』においても平成八年創刊三十五周年の際、第二次鷹と名付け、五人会（小句会）と二物衝撃（作句方法）の重視を打ち出すなど、晩年も精力的な活動を示した。平成一七年（二〇〇五）逝去。享年七十九。遺句集『てんてん』が刊行され、『藤田湘子全句集』が編まれた。

〈代表句〉（『途上』所収）

愛されずして沖遠く泳ぐなり

思いを寄せる相手から愛されることなく、一人遠い沖を泳ぐ。作句当時、師の水原秋桜子の不興を買うことがあり、それを契機として成った句と伝えられるが、満たされない思いを抱えながら自己と向き合う姿は、恋愛等、青春の情景を詠った句としての普遍性を持つ。上五から中七にかけての句またがりのリズムも、一句の主人公の屈託した心理を示すにふさわしい。

己れ殺す勤めぞ金魚買ひ足して

作句当時、作者は国鉄の統計事務所に勤務していた。働く組織の中では、自分の意思や行動を組織の論理に合わせることも多い。〈己れ殺す勤め〉とはかなり強い表現だが、飼っている金魚を買い足すという私生活の描写と対比することで一句の境涯性が強調された。本書後半はこのような境涯性を打ち出した句が見られ、兄事した石田波郷の影響を感じさせる。

〈その他〉 昭和五〇年『定本 途上』（永田書房）を刊行。初版から十二句を削り、新たに十三句を加えた。削られた句からいくつかの例を挙げる。

雪降るに溺るるわれを遮るな　（『途上』）
鴉の愚穂麦野をどこまでも飛ぶ　（同）
牛の顔よりもあはれに汗の顔　（同）
焚火激しかの日の焔色忘れんや　（同）
誰も来ずや仰臥あそばす冬林檎　（同）

抒情過多の句や観念的な傾向の強い句が削られている。

一方、新たに加えられた句は、

楓の芽ほぐれしよりはかゝはらず　（『定本 途上』）
朧よりうまるゝ白き波おぼろ　（同）
四五歩にて枯草を踏み過ぎしこと　（同）
頂は明けし甲斐駒露の野に　（同）
わがねむる間も寒雲は覆ふらし　（同）

等であり、甘美な抒情性は変わらないものの、確かな描写への志向がうかがえる。

〈参考〉 『藤田湘子全句集』（平21、角川書店）

［押野　裕］

『少年《しょうねん》』（一九五五刊）

金子兜太《かねことうた》

〈内容〉　金子兜太の句集『少年』は、『鼎』（昭25、七洋社）に続く二冊目の句集で、昭和三〇年十月に金沢市の「風発行所」から刊行された。個人句集としては一冊目で、『鼎』に納めた作品のほとんどを再掲している。『鼎』は、田川飛旅子・青池秀二との共著で、兜太作品のタイトルは「生長」であった。これは『金子兜太集第一巻』（平14、筑摩書房）に納められた未完句集『生長』とは別の内容である。

句集『少年』は全百八十ページ。発行者は細見綾子。折り返しのある表紙の並製本であるが、扉の次に著者の写真を載せ、一ページ三句組で、当時としては丁寧に作られた句集と言えよう。序はなく、著者自身による「後記」に刊行までの経緯が記されている。暮らした地域ごとに三部に構成され、一部が「東京時代」「トラック島」、二部が「結婚前後」「竹沢村にて」「福島にて」、三部が「神戸にて」である。

〈特色・評価〉『少年』は、兜太の作風の生成過程を知る上で欠かせない句集であるばかりでなく、戦後俳句の成立を追うためにも重要な句集である。そこには、戦場から帰還した兵士が、実存主義的認識を持って社会とつながる表現者となっていくという、戦後日本の知性のひとつの典型が示されている。さらには、そうした典型を超えた兜太独自の思想もある。それは、知性を社会に開いて状況認識を深めていくベクトルと、自らの内面を肉体や土着性に掘り下げていくベクトルとを併せ持つ思想であった。

〈作者と業績〉　巻末の「著者略歴」に「大正八年秋彼岸の中日に生まれ」と記されているが、実際は、八月生まれのようである。二歳から四歳までを上海で過ごした後、埼玉県熊谷市に戻っている。昭和一六年に東京帝国大学に入学し、加藤楸邨の『寒雷』に参加。日本銀行を経て帝国海軍主計中尉としてトラック島で終戦を迎えた。二六年に復員し『寒雷』に復帰。六二年、『海程』を創刊して六十年より主宰。以後、現代俳句協会会長等を務めるなどし、俳壇を牽引した。平成三〇年（二〇一八）歿。

〈代表句〉（『少年』所収）

機銃音寒天にわが口中に

冬空に響く機関銃の音が自分の口の中まで響く、と。「東京時代」に置かれた句で、新興俳句運動の渦中で詠まれたことの分かる作風だが、すでに兜太俳句に特徴的な身体表現が現れている。

空壕の浮く夕焼へ飛機還れ

「トラック島」の章には昭和一九年から二一年までの四四句が納められており、掲句はその冒頭の句。出撃した戦闘機がなかなか戻ってこなかったのであろう。作者はトラック諸島（現チューク諸島）に赴任し、秋島（フエファン島）で終戦を迎え、捕虜となって春島（エモン島）の航空基地建設に従事。二一年一一月に最終復員兵の一人として浦賀に戻った。

家は栁妻にも吾にも夜番が叫ぶ

「結婚前後」中の句。結婚に伴う因習との軋轢を感じさせる。復員後の兜太は、沢木欣一が金沢で創刊した『風』に参加し、楸邨の『寒雷』にも復帰。『寒雷』に戻ったのは人間に執着する楸邨の俳句観に魅かれたためで、この句のテーマも人間の生活である。

妻みごもる秋森の間《あい》貨車過ぎゆく

〈妻みごもる秋〉で切れる。命の力とともに、妻の背負ったものをも感じ取っているようである。二二年二月に日本銀行に復職し、四月に塩谷皆子と結婚。〈方方にひぐらし妻は疲れている〉とも詠んでいる。二三年六月、長男真土《まつち》誕生。

夜も稲刈るのっぴきならぬ星鋭し

「竹沢村にて」に置かれた昭和二五年の句。働きずくめの農民を詠んだ句だが、自分自身の状況もそこに重なっている。職場の組合専従の事務局長となって竹沢村（現在の埼玉県小川町）に転居。二五年四月には志木町に転居するが、年末にレッドパージの影響で組合を退かされている。

暗闇の下山くちびるをぶ厚くし

「福島にて」にある昭和二八年の句。無季だが冬の気配を読むこともできよう。福島支店勤務となり現在の福島市渡利に転居。阿武隈川の河畔である。状況は厳しくとも人間としての存在性を保持しようとする思いが読み取れる。〈奴隷の自由という語寒卵皿に澄み〉などとも詠んでいる。

原爆許すまじ蟹かつかつと瓦礫あゆむ

「神戸にて」に置かれた昭和三〇年の句。二八年秋から神戸支店勤務となって神戸市岡本の家族寮に住んだ。瓦礫を歩む蟹の文学的形象によって、〈原爆許すまじ〉という思想性をどう生きるかという態度を表明している句。二九年には金沢の『風』の大会で、大野林火、秋元不死男、鈴木六林男とともに講演し、『風』のアンケートに答え、「社会性は作者の態度の問題」という有名な言葉を残している。

［秋尾　敏］

『塩田《えんでん》』（一九五六刊）

沢木欣一《さわききんいち》

〔**内容**〕昭和三一年、風発行所刊。著者二十歳から三十六歳までの十七年間の六百七十五句を収める第二句集。表記は現代仮名遣い。巻末に著者による年譜と後記を付す。内容は、制作順に「雪白抄」「大学裏」「旅の夫婦」「産屋」「犠牲」「唐招提寺」「広島」「能登塩田」の八章により構成される。

欣一には本句集以前に第一句集『雪白』がある。昭和一九年、欣一出征後に細見綾子、原子公平らの尽力によって刊行された。遺著のつもりで入営前に両名に出版を依頼したものである。巻頭に加藤楸邨の序句〈鰯雲流る、よりもしづかに征く〉（「出征の沢木欣一」の前書あり）。三百六句を収録。本句集冒頭の「雪白抄」にはそのうちの百六十七句が再録されている。

〔**特色・評価**〕昭和二九年、『風』十一月号の「俳句と社会性」の同人アンケートにおいて、欣一は「社会性のある俳句とは、社会主義的イデオロギーを根底に持った生き方、態度、意識、感覚から産まれる俳句を中心に広い範囲、過程の進歩的傾向にある俳句を指す」と回答した。それに端を発し、俳壇で社会性論争がわき起こった。その最中に発表され話題となった連作「能登塩田」をはじめ、石川県内灘の米軍基地化反対闘争を詠んだ作品も収録されており、本句集は「社会性俳句」の成果の一つとして注目された。しかしながら、刊行から長い時を経た現在、冷静に本句集に向き合うとき、滅びゆくものに対する愛惜の念、その感情を抑制した文体で描ききる写生の手腕こそを評価すべきではないかという思いを抱く。風土を詠むという枠にも収まらず、やがて欣一の関心は能登から沖縄、大和へと広がり深まっていく。本句集から、日本の祖型ともいうべき何かを探し求める欣一の旅が始まったといえるだろう。

〔**作者と業績**〕沢木欣一は大正八年（一九一九）十月六日、富山市生まれ。二歳のとき、父の転任に伴い朝鮮に移る。昭和一四年、金沢の第四高等学校に入学。在学中に俳句を始め、『馬酔木』『鶴』『天香』『寒雷』に投句。同一七年東京大学文学部国文学科に入学。同一八年、臨時徴集により満州牡丹江に出征。同二〇年、朝鮮釜山で終戦を迎える。十月復員。同二一年、金沢市で『風』創刊。同二二年、細見綾子と結婚。同二八年、『天狼』同人となる。同三〇年、『俳句』十月号に「能登塩田」二十五句を発表し、「社会性俳句」の作品化として注目される。同三一年、東京都武蔵野市に移る。金沢大学助教授から文部省教科書調査官に転任。同四一年、東京芸術大学助教授に転任。同四五年、東京芸術大学教授となる。『俳句』三月号に「即境俳句論」を発表。「俳句の特質いわゆる俳句性を《即境》として理解している私は、《即境》を三つの要素に分けて考えている。第一は《即物性》ということであり、第二は《即興性》ということ、第三は《対話性》ということである」と記す。現在を間髪入れずに描くという点で「社会性俳句」を包含する概念といえるだろう。なお、『風』終刊後に生まれた数多くの僚誌は、欣一の唱える「即物具象」を共通のスローガンとしている。同六二年、俳人協会会長となる。東京芸術大学を定年退職。平成九年、細見綾子逝去。平成一三年（二〇〇一）十一月五日逝去。八十二歳であった。

句集十二冊。『雪白』『塩田』の後に『地聲』『沖縄吟遊集』『赤富士』『二上挽歌』『遍歴』『往還』『眼前』『白鳥』『交響』『綾子の手』。他に評論集、随想集多数。第九句集『眼前』で第十回詩歌文学館賞受賞、第十句集『白鳥』で第三十回蛇笏賞受賞、『昭和俳句の青春』で第十回俳人協会評論賞受賞。勲三等旭日中綬章受章。

〔**代表句**〕（『塩田』所収）

天の川柱のごとく見て眠る

「天の川」が秋の季語。「出雲崎」の前書がある。同所で詠まれた、芭蕉の〈荒海や佐渡によこたふ天の川〉を踏まえていると思われる。同じ天の川を仰ぎながら、芭蕉がそれを水平に描いたのに対し、欣一は垂直に描く。二十三歳の作品。青春性が感じられるのではないだろうか。

わが妻に永き青春桜餅

「桜餅」が春の季語。細見綾子四十八歳の誕生日に詠まれた。欣一はそのとき三十六歳。本句集の後記に「詩の在り方の純粋さにおいて細見綾子より多くを学んだ」とある。俳人・綾子への尊敬の思いがこもる句。

塩田に百日筋目つけ通し

無季。塩田を生活の場として暮らす人々を詠んだ連作「能登塩田」中の一句。過酷な労働を詠むという点では「社会性俳句」的であるが、滅びゆく伝統産業を記録するという点では「風土俳句」的である。感情表出を抑えた写生が多様な解釈をもたらす。

〔**その他**〕昭和五一年に『定本　塩田』（牧羊社）を刊行。著者による後記に「再版にあたって、作品の仮名遣いを旧仮名遣いに改め、また若干の句に加筆した」とある。「加筆」の主目的は字余りの句の修正であり、仮名遣いの改変とともに伝統回帰への意思表示と考えられる。

〔**参考**〕『増補現代俳句大系十一』（昭57、角川書店）、細見綾子編『欣一俳句鑑賞』（平3、東京新聞出版局）、『証言・昭和の俳句　下』（平14、角川書店）

［加藤かな文］

『舗道《ほどう》の花《はな》』（一九五六刊）

波多野爽波《はたのそうは》

〈内容〉 昭和三一年、書林新甲鳥刊。昭和一五年から二八年、著者十七歳から三十歳までの十三年間の三百二十三句を収める第一句集。冒頭に「写生の世界は自由闊達の世界である」と掲げる。序は高浜虚子。巻末に京極杞陽の解説と跋を添える。

〈特色・評価〉 初学時代より高浜虚子を父のように慕い、高野素十に傾倒した波多野爽波は、生涯写生の徒をもって任じた。『舗道の花』では、東京に生まれ育ち、京都に暮らす都会生活者の目に映るもの、吟行や日常で出会うものが、軽妙に写生されている。

爽波の「写生」は「自由闊達の世界」という幅の広い概念である。後に主宰誌『青』に連載した「枚方より」に繰り返されるように、体で覚えた写生の徹底的な実践により「臨場感」や「手ごたえ」を得た句が爽波の写生句である。

『舗道の花』は虚子選を信じ、写生の可能性を信じた若き作者の到達点である。

〈作者と業績〉 波多野爽波は大正一二年（一九二三）東京に生まれる。本名敬栄《よしひで》。祖父は元宮内大臣波多野敬直。昭和一四年学習院中等科の時に鎌倉で療養中、書斎の『ホトトギス』を読み耽る。翌年一月号に初めての投句が入選した。ホトトギス系の複数の雑誌に投句。学習院高等科進学後、学内で俳句同好会を発足させ、平岡青城（三島由紀夫）などが参加。京極杞陽の私邸を訪れ、指導を受ける。

昭和一七年京都大学経済学部に入学し、松尾いはほの蜻蛉会、京大三高ホトトギス会に参加。昭和一八年、高浜年尾、粟津松彩子等と五人会発足、虚子選を受ける。学徒出陣後復学。昭和二一年松本たかしの『笛』に参加。この間戦災で家を失い、父母と死に別れる。

昭和二二年京大ホトトギス会のメンバーで春菜会発足。東大の新人会と虚子選を競う。昭和二三年京極杞陽の『木兎』に参加。昭和二四年『ホトトギス』同人。昭和二八年主宰誌『青』創刊。翌年の五月号巻頭に虚子の〈青といふ雑誌チューリップヒヤシンス〉〈チューリップヒヤシンスのち梅椿〉を掲げた。昭和三一年第一句集『舗道の花』刊行。昭和三二年『年輪』『菜殻火』『山火』『青』による四誌連合会発足。互いに研鑽した。

昭和三三年『ホトトギス』への投句をやめる。昭和三八年勤務先の三和俳句会を再興し、ゲストとして迎えた赤尾兜子、鈴木六林男、林田紀音夫ら前衛作家と交流。

昭和五六年第二句集『湯呑』（現代俳句協会）刊行。昭和五七年『俳句年鑑』（角川書店）に「俳句スポーツ説」を寄稿し、若い俳人に向け多作多捨、多読多憶を説く。「言葉が五七五という定形の〝塊《カタマリ》〟として一時に、反射的に出てくるような練習」を積めと爽波は言う（「現代俳句の活性化とは」『波多野爽波全集三』平10、邑書林）。そのために古今の名句を暗記し、表現のさまざまな型を身に付ける。吟行の際は「何々を写生しにゆく」という目的をもって写生し、その場で五七五にならなかった句は捨てる。心や感動より芸を身に付けるのが先という実践的な作句法である。『青』からは田中裕明、岸本尚毅等多くの俊秀が育った。

昭和六一年第三句集『骰子』（角川書店）刊行。平成二年第四句集『一筆』（角川書店）刊行。平成三年（一九九一）逝去。

〈代表句〉（『舗道の花』所収）

鳥の巣に鳥が入ってゆくところ

〈鳥の巣〉が春の季語。鳥の巣に鳥が入って行く一瞬をスローモーションのように引き延ばして詠んだ、とだけ解しても面白いが、背景に春という季節を置いて読みたい。幹のうろか、丸い穴の開いた巣か。そこに鳥の後ろ姿が消えていく。営巣の鳥を見かけた心の弾みは、句の表には出ていない。

大滝に至り着きけり紅葉狩

紅葉を愛でながらたどり着いたのは大きな滝であった。ゆったりと過ごす晩秋の一日を思わせる。虚子に褒められた句として「その日その時の気持に逆らわず、自由闊達な気持でものを見るという写生の態度について教えを受けたもの」と爽波は語る（波多野爽波「自作ノート」『現代俳句全集四』昭52、立風書房）。

冬空や猫塀づたひどこへもゆける

冬空を見上げていると猫が塀の上を通っていった。猫ならば塀伝いに好きなところへ行ける。「どこへもゆける」とつぶやくような字余りの下五が、気ままな猫をどこかうらやむ心情を思わせる。京極杞陽の解説には「病中の句であらうか」とある。

金魚玉とり落しなば舗道の花

金魚玉とは金魚を入れて軒先などに吊るすガラスの器。金魚玉を買って帰る途中の心情を詠む。もし取り落したら、ガラスが散り広がり、その中に赤い金魚が跳ねる。舗道の上で花のようにみえることだろう。

「構成などという意識など全く無くて、ただ事実に即していつもと全く同じ作り方で出来た句であり、『舗道の花』という言葉も口をついて出てきた言葉そのものである」（波多野爽波、同前）。爽波にとってはこの句も写生句。金魚玉という季語に写生で迫っていった結果、「向うから飛び込んできた」言葉であった。

〈参考〉 小林千史等編著『再読　波多野爽波』（平24、邑書林）、島田牙城『俳句の背骨』（平29、邑書林）

〔岩田由美〕

『含羞《がんしゅう》』（一九五六刊）

石川桂郎《いしかわけいろう》

〈内容〉 昭和三一年、琅玕洞刊。三五〇部限定、紙箱入、定価三五〇円。B六判、一八六頁。一頁三句組。昭和一三年『鶴』投句以降三一年までの作品から四百五十三句を自選して収録。序は石田波郷、著者の俳人としての特長を百字余りの中に見事に捉えている。対して長文の跋は中村草田男、力を振り絞った渾身の筆運びと言える。なお、著者自身の後記はない。

〈特色・評価〉 散文に力を入れていた一時期があったとは言え、昭和八年より句作を始めた著者の俳句歴からすれば、やや遅すぎた出版とも言える第一句集である。しかし、それだけに内容は充実している。年代順に収録された作品は三つに区分される。まずは昭和一三年から一九年までの作品である。そこでは家業や家族を通して日常を描き出す、著者の細やかな視線が感じられる。

花の雨みごもりし人の眉剃《ツク》る
春昼の風呂ぞ父子の肌触れしめ
甘藷《イモ》粥や父の忌日の膳低く

次は著者はもちろんのこと、わが国の社会全体が戦後の貧窮に喘いでいた二一年から二五年までの作品群である。著者は滑稽感を漂わせつつ時代を詠む。

鳴きおこる蛙忽ち腹へりぬ
子のあとの机待つなり蛞蝓《ナメクジリ》
除夜にしてかすとり酒は溢るるよ

最後は作者が真骨頂を発揮する二六年から三一年の作品であり、波郷の言うところの捨身の自己追求、すなわち見据えた視線の鋭さが見られる内容である。

熱の午後破れ風鈴も押し黙る
われのみに肉添ふ梅雨の朝餉憂し
病み籠り西日四畳を逃げまはる

波郷が序で「現代の俳壇では彼だけが唯一人の自由な俳人」と言い、草田男が跋で「いかにも本真剣な真顔の冴えをまぎれなく示してゐる」と言った、追随や模倣を許さない自在な句境を示す作品、著者自身が門下に説いた「てめえの面《つら》のある句を作れ」と言ったような作品がこの一集には含まれている。

〈作者と業績〉 明治四二年（一九〇九）八月六日、東京市芝区（現、港区）に生まれる。本名一雄《かずお》。高等小学校在学中より三田聖坂にある家業の理髪店を手伝い、父の死後店を継ぐが昭和一六年、店を廃業。戦後、『俳句の国』『俳句研究』『俳句』の編集長を歴任、三一年、結核のため東京医科歯科大学国府台病院にて入院手術。

俳句歴は昭和九年、杉田久女門下の女流に指導を受け、星野立子の『玉藻』に投句。一二年、その作品に感銘を受けていた石田波郷が『鶴』創刊を機に『鶴』に投句再開。一四年、一般投句者として初の『鶴』同人となる。一八年、齋藤玄『壺』同人。戦後の二三年、波郷の『馬酔木』復帰に従い、『馬酔木』同人となる。三九年より『風土』主宰となる。

句集に『含羞』（昭31、琅玕洞）、『竹取』（昭44、牧羊社）、『高蘆』（昭48、牧羊社）、遺句集『四温』（昭51、角川書店）がある。三六年、「佐渡行」他の作品により第一回俳人協会賞受賞。五〇年、『高蘆』以後の作品により第九回蛇笏賞受賞。

散文家としても知られ、昭和一四年に横光利一の門を敲き、小説を学ぶ。短編集には横光の序を持つ『剃刀日記』（昭17、協栄出版）、『妻の温泉』（昭29、俳句研究社）があり、『俳人風狂列伝』（昭48、角川書店）では四九年の第二十五回読売文学賞（随筆紀行部門）を受賞、他に『面会酒舌』（昭53、東門書屋）がある。昭和五〇年（一九七五）一一月六日逝去。

〈代表句〉（『含羞』所収）

入学の吾子人前に押し出だす

作者の背におずおずと隠れ、庇護を求めているわが子を先生や同級生のもとへ押し出す親心は真に子を思う心である。入学するとは親の眼の届かないところで教えを受けることであり、社会へ一歩踏み出すことである。子の成長を喜びつつ、人前に押し出すのだ。

一つづつ分けて粽《チマキ》のわれに無し

食料事情がまだまだ悪かった戦後二三年の作である。粽を得た嬉しさを隠しきれず、子供に母に、妻にと手渡して、最後に自分の分がなかった。だが、それを哀しんではいない。久しぶりに家族に甘いものを分けられた満足感で作者の気持は満たされていただろう。

昼蛙どの畦のどこ曲らうか

作者の生まれ育ちは東京芝であるが、戦災に遭い都内を転々とし、戦後は東京西郊の鶴川村（現、町田市）能ヶ谷に落ち着いた。のどかな村のどの道を通っても家に着くという気軽さ、家に戻る道を選ぶ楽しさが窺える。次第に俳人の眼と心で景を見はじめたようだ。

遠蛙酒の器の水を呑む

こよなく酒を好む作者だが、酒を禁じられていた。酒器が手に届くところに置いてあり、喉が渇いたので水を飲もうとして、手にしたのが酒器であった。この器で水を飲もうとは、と複雑な心理が滲み出ている。

〈その他〉 『私版・短詩型文学全書』第十四集に『石川桂郎集』が加わっている。『俳句』及び『俳句研究』の昭和五一年三月号は石川桂郎追悼号を組む。『含羞』は昭和四七年に風土刊行会から復刻版が出版され、『剃刀日記』は目黒書店、創元文庫、角川文庫、巴書林より再刊されている。また、小説『妻の温泉』は昭和二九年の第三十二回直木賞候補になった。

［橋本榮治］

『われに五月《ごがつ》を』（一九五七刊）

寺山《てらやま》修司《しゅうじ》

〈内容〉　昭和三二年、作品社刊。のち昭和六〇年に思潮社より復刊された。内容は、俳句、短歌、詩、散文詩、日記風散文の五ジャンルにわたり、俳句が「燃ゆる頬」「鳥影」「雉子の詩」、短歌が「森番」「真夏の死」「祖国喪失」、詩が「楔形文字」「三つのソネット」「かずこについて」に分けられている。俳句九十一句、短歌百十二首、詩十七篇、散文詩二篇を収める。俳句は十五歳から十八歳までの作品。他に序詞「五月の詩」、巻末言「僕のノート」からなる第一作品集である。収録されている俳句作品は、単独句集である『わが金枝篇』（昭和48、湯川書房）に全句収められ、さらに定本句集といえる『花粉航海』（昭和50、深夜叢書社）にも六十六句が収められた。

〈特色・評価〉　この作品は『短歌研究』編集長の中井英夫の尽力により出版された。当時寺山は二十一歳。十八歳時に発病したネフローゼにより入院しており、重篤な時期であったという。「生活を知覚できずに感傷していた僕へのわかれとするとともにこれからの僕への出発への勇気としよう」（「僕のノート」）とあるように、著者十代後半、青春の時期の詩歌が収められた。〈一粒の向日葵の種蒔きしのみに荒野をわれの処女地と呼びき〉〈マッチ擦るつかのま海に霧ふかし身捨つるほどの祖国はありや〉等の短歌もよく知られている。文学や演劇等多彩な分野でその才能を発揮した著者の原点というべき作品である。

〈作者と業績〉　寺山修司は昭和一〇年、青森県弘前市生まれ。父の転勤のため県内各所を転々とする。昭和二〇年、父が戦病死。母も仕事のため別の土地に暮らし、親類の家に預けられる。孤独な青春時代を過ごした。

俳句は、中学二年生からの友人、京武久美の影響を受け熱心に作るようになる。文芸部に入り、俳句、詩や童話を学校新聞に書き続けた。昭和二六年、全国の高校生俳句作家に呼びかけ十代の俳句研究誌『牧羊神』を創刊。この雑誌によって知遇を得た山口誓子、中村草田男、西東三鬼や、秋元不死男、橋本多佳子らの主宰誌にも投句した。さらには学習雑誌、新聞などにも投句活動を広げ、十代の天才俳人としてよく知られる存在となる。

昭和二九年、早稲田大学教育学部国文学科に入学。中城ふみ子の影響から短歌を作り始め、在学中から早稲田大学短歌会などにて歌人として活動。「チエホフ祭」五十首にて第二回短歌研究新人賞を受賞した。この年、混合性腎臓炎により入院。翌年、ネフローゼと診断されて長期入院となり、大学も在学一年足らずで退学となる。

昭和三三年、第一歌集『空には本』刊。七月に退院して青森に帰省後、新宿区諏訪町に転居。谷川俊太郎の勧めでラジオドラマを書き始める。以降、テレビ、ラジオ、映画や演劇など様々なメディアを通じて作品を発表。国内外で高い評価を得る。

句集は昭和四八年『わが金枝篇』、昭和五〇年『花粉航海』と編まれた。『われに五月を』に収められた十代の作品を含むこれらの句集には、三十代後半となった当時の作句が収められている。

昭和五八年五月、肝硬変と腹膜炎から敗血症を併発して死去。享年四十七であった。

〈代表句〉（『寺山修司俳句全集』所収）

目つむりていても吾《あ》を統《す》ぶ五月の鷹

巻頭作品であり、句集『花粉航海』においても巻頭の「十五歳」一連の作品の筆頭に置かれている。句集タイトルにある「五月」もこの句から取られたものであろう。俳句作者としての出発点であり、代表句の一つとされる。五月は夏の初めの生命が輝く季節。鷹はその精悍な印象が十五歳の少年の憧れを思わせる。自身を統べる存在としての五月の鷹は、作者を支配する存在を連想させた。その存在とは作者の父であろうか。男性的なもの、強いものに憧れる気持ちを象徴的に描く。

林檎の木ゆさぶりやまず逢いたきとき

林檎の木から、作者の故郷、弘前の林檎畑の風景が広がる。その林檎の実は、聖書におけるエデンの園の、アダムとイブの禁断の木の実であった。作者のエッセイ「次の一句」に、この句を含む当時の句に共通しているのは「翳りのなさ」であり、「少年の世界」の一般的な表出にすぎないが、そこには「私のアリバイ」があったような気がする、とある。異性への憧れを告白する内容を示したこの作品には、思春期であった当時の自分自身の真実が描かれているという認識がうかがえる。

便所より青空見えて啄木忌

石川啄木の命日は明治四五年四月十三日。肺結核により二十七歳で亡くなった。便所の窓から見える四月の青空は、やや霞んで淡くやわらかい。生活の困窮の中で文学を志し、理想を求めた啄木への親近感があったのだろう。岩手渋民村の故郷を思う啄木の歌は、弘前を故郷とする作者の思いと通じるものがある。便所という古い言い方も、うらぶれた寂しさを漂わせている。

〈参考〉　『寺山修司俳句全集全一巻』（昭61、新書館）、『没後二十年寺山修司の青春時代展図録』（平15、世田谷文学館）

［押野　裕］

『峡《かい》の音《おと》』（一九五八刊）

馬《ば》場《ば》移《い》公《く》子《こ》

〈内容〉　昭和三三年、竹頭社刊。著者二十八歳から三十九歳までの十二年間の四百二十六句を収める第一句集。序・水原秋桜子、跋・石田波郷。巻頭の〈岩襞にすがれる草も月あかり〉は『馬酔木』初入選の句（昭21・10）。編年体の編集で「初百舌鳥」「菊焚」「霜のこゑ」の三章から成る。『馬酔木』初入選から馬酔木新人賞受賞（昭25）までを「昭和二十五年以前」として第一章「初百舌鳥」に収める。

〈特色・評価〉　若くして夫を戦争で失い、秩父の実家へ戻って家業に従事する暮らしの中で詠み上げた、深い観照の眼差しの作品群である。『峡の音』の「峡」は移公子のうぶすなであり、生涯を送ることになった秩父のこと。秋桜子は「他からの影響を」「自分の心の中で十分に発酵するのを待つてから現すといふのは、いかにも立派な作家魂である」と絶賛。移公子の俳句への傾倒は「重い宿命を負つた若い命を燃焼させての、はげしいものだつたにちがいない」（波郷）。『馬酔木』入会当初から秋桜子の高い評価を得、並み居る俊秀たちに伍する作品を発表し続けたが、目立つことを嫌い、その情熱は内へ内へと向かった。桂信子は「恰度感情のこまやかな肌の美しい女の人になぐさめられる様なかんじで、心の隅にのこつてゐるトゲトゲしさも、この句集をよむと妙に洗ひ流された様にさつぱりする」と評した。句集は波郷夫妻の支援を得て、波郷の経営する出版社「竹頭社」から刊行。

〈作者と業績〉　馬場移公子は大正七年（一九一八）、埼玉県秩父郡の蚕種屋を営む旧家に生まれた。本名新井マサ子。移公子誕生当時、生家は良質の蚕種製造家としての祖父の実績によって秩父の名家となっていた。昭和一五年、熊谷市出身の馬場正一と結婚して東京に住む。一六年、祖父他界。一九年、夫戦死。移公子は二十六歳で寡婦となり、実家に戻り家業に従事することとなった。移公子の生涯は開戦とともに暗転したのであった。さらに二〇年に祖母、二一年に父が他界。

同郷の金子伊昔紅（兜太の父）を知り、すがるように俳句の道を進み始めた。「移公子」の俳号は伊昔紅の命名。秋桜子の『馬酔木』に投句することをすすめたのも伊昔紅である。主宰誌『雁坂』終刊に際し、伊昔紅は「雁坂が生んだ第一の実力者移公子さんに、将来雁坂の復刊を計って貰いたい」と書いた。移公子は伊昔紅を中心とする秩父の俳壇で研鑽を積み、生涯『馬酔木』へ投句を続けた。

戦後弟が生還。男手を得たことが、移公子の俳句への傾倒を肯うことにもなった。二四年に移公子が『馬酔木』で初巻頭となったとき、二席は林翔（後に『沖』副主宰）、三席は藤田湘子（後に『鷹』主宰）。また二五年の「馬酔木新人賞」の同時受賞者に殿村菟絲子（後に『万蕾』主宰）がいる。三五年には「馬酔木賞」を受賞。

六〇年刊行の第二句集『峡の雲』は、帯に千代田葛彦の一文「著者は秩父の峡深く、むしろ世に顕れることをひたすら避けるかのようにつゝましく生きる旧家の佳人。水原秋桜子・石田波郷に親炙した名花が、まぼろしの第一句集『峡の音』以後の作品から含羞のうちに自選した珠玉の四百余句」を掲げ、秋桜子、波郷夫妻、伊昔紅の霊前に捧げられた。『峡の雲』により俳人協会賞受賞。平成六年（一九九四）他界。享年七十六。

〈代表句〉

夜の枯野つまづきてより怯えけり　（『馬酔木』）

昭和二四年の『馬酔木』初巻頭五句のうちの一句。自筆短冊が残っており、移公子にとって愛着のある句と言われている。正統派の美しい文字である。〈つまづきてより〉とはすなわち躓くまでは平気だったということだ。恐いもの知らずに過ぎたのはいつまでだったか、と作者の境涯が思われもする。

萩咲きぬ峡は蚕飼をくりかへし　（『峡の音』）

移公子が〈峡〉と呼びならわした秩父は、養蚕で栄えた土地である。〈十六夜の桑にかくるゝ道ばかり〉（『峡の音』）、〈積み捨ての蚕籠にこぼれえごの花〉（『峡の雲』）など、秩父の自然と暮らしを繰り返し詠んだ。

手向くるに似たりひとりの手花火は　（『峡の音』）

〈手花火〉すら仏の灯のようだという。戦争で夫を亡くしたことが移公子の生涯を決定づけたが、身内が次々に亡くなり、まさに悼み続けた年月であった。〈喪の底に月日失せをり初蛙〉（『峡の雲』）。

寒雲の燃え尽しては峡を出づ　（『峡の雲』）

実家に身を寄せたときから、〈峡〉に身を埋めることを心に決めた移公子であったが、〈いなびかり生涯峡を出ず住むか〉（『峡の音』）には自己愛隣の思いが滲む。「出ず住まむ」ではないのである。〈曼珠沙華濁流峡を出でいそぐ〉（『同』）は更に強く、焦燥感すら感じる。胸を病み、療養の身となってよりの掲句では、峡を出て行ける〈寒雲〉を羨ましく眩しく仰いでいる。

頭上にのみ星は混みをり春隣　（『峡の雲』）

四方に山があり、頭上に切り取られたように空があるのである。〈峡の空せまきに馴れて星まつる〉（『峡の音』）四季折々に星がまたたく空はまた〈柿捥ぎて空の深さに憩ひをり〉安らぎをもたらすものでもあった。

〈参考〉　中嶋鬼谷『峡に忍ぶ―秩父の女集俳人、馬場移公子』（平13、藤原書店）

［高田正子］

『おりいぶ』（一九五九刊）

飴山《あめやま》 實《みのる》

〈内容〉 昭和三四年、風発行所刊。著者十九歳から三十三歳までの十五年間の三百九十二句を収める第一句集。序・沢木欣一、跋・金子兜太、題字・加倉井秋を。巻頭の〈秋山のぬくさしづけさ背をつたう〉のみ昭和二〇年作。「正常の二学期はじまる」と前書を付す。「河原紋白」「傘さす神父」「仮泊の空母」「赤銹病」「桃の袋」「銀行の裏」「ピアノ線」の七章に制作順に収めている。タイトルはゴッホ展で「オリーブ畑」を見て著者自身が決めた。

〈特色・評価〉 この句集の中心をなすのは、社会性俳句の渦に身を投じつつ、自己発見への道を模索する作品である。戦後俳句の旗手であった俳誌『風』の「詩質も実力も充分そなえた新人として注目」（石原八束）されていた著者は、この句集で「本質的な抒情を、現代の思想に沿った論理で貫き変革させようと努力している」（原子公平）として、戦後派の中で最も期待できる気鋭の作家と評価され、評論と作品の両刀での活躍を期待されたが、自ら『おりいぶ』は「蹴り板のつもりだった」と記し、戦後俳句の現在と自己の作品そのものを厳しく総括する。そして次の句集『少長集』で大変貌を遂げることになるのである。

〈作者と業績〉 飴山實は昭和元年（一九二六）、石川県小松市生まれ。金沢の第四高等学校時代に芭蕉、蕪村に親しんだ。二一年「風」が創刊され、投句を始める。「沢木欣一、原子公平、安東次男、金子兜太、主として四人の抒情をなぞることがぼくの俳句修業」（『おりいぶ』後記）であった。二五年、京都大学農学部で発酵醸造学を専攻し、卒業。浪速大学（今の大阪公立大学）に着任し、五年近く俳句から遠ざかる。二九年『風』に再び投句を始める。三〇年静岡大学へ転任。

三七年から『俳句』誌に「芝不器男伝」を連載（四五年昭森社から『芝不器男伝』『定本芝不器男句集』刊）。このころから作風を変え始め、三九年『俳句』誌上で原子公平と「ねじれ論争」を展開。新興俳句、社会性俳句、造形俳句云々という俳句史の流れを進歩と思うことは独断であると戦後俳壇を真っ向から喝破した。四四年山口大学へ転任。四六年第二句集『少長集』刊行。社会的関心の色濃い『おりいぶ』の作風は跡形もなく、季語中心のシンプルで淡泊な全百十九句であった。完成度はもとよりその変貌の大きさを世に驚かれた。刊行に先立ち、飴山の変化を目崎徳衛は「孤絶のわざ」と呼んだ。『おりいぶ』では「自覚的にあらわれるにはいたらなかったもの」であり、飴山を「知ろうとする者は『おりいぶ』以後の変貌した作品をこそ、最も注目すべきであろう」（『俳句』昭44・12）とする。

五一年『風』三十周年を以て『風』への投句を止め、以後無所属となった。本業の発酵学の研究も怠りなく、「酢酸菌の生化学的研究」で日本農芸化学会功績賞、中国文化賞を受賞。平成二年山口大学定年退職後、関西大学に着任（九年まで）。この間に長谷川櫂を中心とする京都句会を始め、後進の育成にあたった。句集はほかに『辛酉小雪』『次の花』『花浴び』。一二年（二〇〇〇）腎不全のため他界。享年七十三。

〈代表句〉

掌によしきりの卵のせて来ぬ （『おりいぶ』）

社会性俳句の最後の旗手として現れ、論理に支えられた抒情を主張したが、季語を生かした句作を志してよりは、『おりいぶ』の自選句としてこの句と〈赤ン坊を尻から浸す海旱り〉を挙げることが多い。掌の〈よしきりの卵〉は作者が温め続けた抒情のようにも思えてくる。後年この句は〈てのひらに葭切の卵のせてきぬ〉の形で掲出されることが多い。

小鳥死に枯野よく透く籠のこる （『少長集』）

旧制高校時代に芭蕉や蕪村に親しんだ作者は、小鳥の死に際して〈夢は枯野を駆け廻る〉と思ったかもしれない。この句の〈枯野〉は季語であるとともに、芭蕉の夢の枯野でもあるだろう。

うつくしきあぎととあへり能登時雨 （『少長集』）

〈あぎと〉は顎のこと。時雨傘のためか、顔の全貌ではなく、顎の輪郭線だけが作者の意識に焼き付いたのである。能登は作者の好きな町の一つであった。

あを〳〵とこの世の雨の箒草 （『辛酉小雪』）

〈この世〉とあれば反射的に「かの世」を思う。眼前に立っているのは、雨粒をちりばめた夏の緑の箒草であるが、かの世を同時に思うとき、箒草の存在が雨以上に輝き出す。

大雨のあと浜木綿に次の花 （『次の花』）

大雨に多くのものが失われたはずだ。〈次の〉は「前の」や「今の」をおのずと引き出す言葉であるから、作者が心を痛めていることは言われなくても伝わってくる。〈次の花〉を見つけたことによって動き始めた作者の「詩」は〈次の〉ことだけを表現した。この世にあるものの次へのつながり方を思わせられる句でもある。

青竹に空ゆすらる、大暑かな （『花浴び』）

〈大暑〉ゆえ空は灼けているかもしれない。が〈青竹〉にゆすられている空を仰ぐ作者は、どこか超然としている。

〈参考〉 『現代俳句全集五』（昭53、立風書房）、『花神コレクション 飴山實』（平5、花神社）、『飴山實全句集』（平15、花神社）

〔髙田正子〕

『声《こえ》と声《こえ》』（一九五九刊）

右城《うしろ》暮石《ぼせき》

〈内容〉 昭和三四年、近藤書店刊。大正一四年から昭和三三年までの三十四年間の四百九十六句、すなわち著者二十六歳から五十九歳までの作品を制作年順に収録。第一句集である。

巻頭に山口誓子の序。「右城暮石氏は、『倦鳥』と『天狼』の接木作家である。『倦鳥』を台木として、それに『天狼』を接ぎ、自己を進めた作家である」と記す。さらに「昭和二四年以後、暮石氏は『天狼』に参加した。この句集を、前の時代からこの時代へ読み移った読者は、世界が変わったことをはっきり意識するだろう」とある。巻末に著者の後記を付す。印象的な句集名について「集名の『声と声』は巻末の一句から採った。内容にふさわしくないかも知れないが、巻末の句を選んで、多少次の機会を期する意を含めたつもりである」と述べている。巻末の句は〈夜の稲架を組む声家のラジオの声〉である。

〈特色・評価〉 序文の中で誓子は、暮石の作風の変化について、島崎藤村の『夜明け前』に触れつつ、明治維新と同様の大変化であると指摘する。『倦鳥』時代の作品を数句挙げた上で、『天狼』参加以後の作品を大量に掲出し「これらの作品を見つゝ、私はまた『夜明け前』の半蔵が一生を賭けて新しき古を発見しようとしたことを思ひ出す。『新しき古』の『古』は『伝統』である。暮石氏は『倦鳥』に『古』を求めて、それを『新しき古』として『天狼』に生かしたように思はれる」と述べる。しかし現在の時点から見ると、誓子の評言に対して違和感を抱かざるをえない。たとえば、暮石とともに細見綾子を生んだ『倦鳥』は、「古」とか「伝統」の一言で片づけていい結社なのだろうか。そもそも本句集中の暮石作品は、『天狼』前後で大きな変化を遂げているのだろうか。人にも自然にもバランスよく目を配り、かすかなユーモアを漂わせ、自然体で詠む。そうした初学からの一貫した作句スタイルが好もしい。後記にある「作句以外に支えを持たぬ一市井の生活の記録」として滋味に富み、今後も読み継がれるべき句集だ。

〈作者と業績〉 右城暮石は明治三二年（一八九九）七月十六日、高知県長岡郡本山町大字古田小字暮石生まれ。俳号は小字の暮石による。大正二年、本山高等小学校を二年で中退、高知市に出て土佐電鉄に入社。大正七年、大阪に出て大阪電燈株式会社（現・関西電力株式会社）に入社、昭和二九年に関西電力株式会社大阪北支店長を最後に定年退職するまで勤務した。大正九年、職場の上司から社内句会に誘われ、俳句と出合う。その指導者が松瀬青々門下の俳人であったこと、投句していた大阪朝日新聞の「朝日俳壇」の選者が青々であったこともあり、青々の主宰する『倦鳥』に入会。昭和一二年、青々没後、武定巨口に指導を受けながら、古屋ひでを・細見綾子らと会報誌を発行し、その編集に携わる。同一九年、戦中のため『倦鳥』は廃刊となり、『倦鳥』『山茶花』『同人』『早春』『俳林』『火星』『琥珀』の七誌による統合誌『このみち』が創刊される。戦後、同二一年、長谷川素逝主宰『青垣』同人、『風』同人。また、このころより、西東三鬼・平畑静塔・橋本多佳子らと奈良で日吉館句会をともにする。同二四年、三鬼に誘われ、山口誓子主宰『天狼』同人となる。同年より会報誌『斜面』を指導。同二七年より会報誌『筐《かたみ》』を指導。同二九年より「朝日新聞大和俳壇」の選者を平成四年までつとめる。昭和三一年、『筐』を改題して、主宰誌『運河』を創刊。

句集六冊。本句集後に『上下』『虻峠』『天水』『一芸』『散歩圏』。第二句集『上下』で第五回蛇笏賞を受賞。

平成二年、茨木和生が『運河』主宰となり、自身は名誉主宰となった。平成四年、八十年ぶりに故郷に移り住む。平成七年（一九九五）八月九日死去。九十六歳であった。

〈代表句〉（『声と声』所収）

雷雨中別なる降りになる音す

「雷雨」が夏の季語。作者は〈別なる降り〉と述べるだけであり、状況がどう変化したのか、その解釈を私たち読者に委ねている。雨音は大きく激しくなったのだと思う。雷鳴が間遠になった後、本降りの雨音に入れ替わったのだ。激しい雨音は安定し、永遠に続くようだ。その雨音に耳を傾ける作者は、心に深い安らぎを感じているのではないだろうか。

風呂敷のうすくて西瓜まんまるし

「西瓜」が秋の季語。うすい風呂敷に包んで届けようとする西瓜だが、余りに丸くて西瓜以外の何物にも見えない。討ちとった敵の大将の首であるはずもないから、それはもう誰が見ても西瓜としか思えない風呂敷包みを描く。そんなことも俳句になると確信し、印象深い俳句にしてしまう。

牛肉の赤きをも蟻好むなり

「蟻」が夏の季語。甘いものにたかるイメージが強いから、生の赤い牛肉にたかる蟻の姿に作者は驚いたのだろう。実に困った事態に陥っているのだが、作者は運命を呪っているようでもなく、蟻を憎んでいるのでもなさそうだ。好奇心に満ちた観察眼によって、作者の前にユーモラスな世界が広がる。

〈参考〉 『増補現代俳句大系十二』（昭57、角川書店）、茨木和生「右城暮石」（『大阪の俳人たち3』平5、和泉書院）

［加藤かな文］

『礼拝《らいはい》』（一九五九刊）　津田清子《つだきよこ》

〈内容〉　昭和三四年、近藤書店刊（新選女流俳人叢書2）。著者二十七歳から三十代の四百五十句を創作年順に収録した第一句集。序・山口誓子、跋・橋本多佳子、後記・著者。収録句はすべて誓子が選句した。誓子は序文で「句集『礼拝』は清子にとっては俳句に対する礼拝である。」と述べている。

〈特色・評価〉　この句集の時期の清子は、誓子と多佳子という二人の若い師の下で、情熱のままに創作に打ち込んでいた。俳句創作に対して何も怖れることはなかったという。多佳子の激しい叙情性と誓子の知的構成を受け継いだ句風は「硬質の叙情」と評される。〈電気より熱と燭得て寒夜読む〉〈毒きのこ日を経て毒の持ち腐れ〉など、物質の内部にある抽象的な構造に眼を注ぎ、瞬間の情を定着させることにより新しい俳句世界を見せた。

〈作者と業績〉　津田清子は大正九年、奈良県生駒郡富雄村（現奈良市）生まれ。実家は自作農。幼くして自立の意識を持ち、奈良県女子師範学校に進んで、十八歳から五十五歳まで奈良県と大阪市で小学校教員を勤めた。

昭和一九年頃、前川佐美雄から短歌を学び、昭和二二年職場の句会で俳句に興味を持った。『京大俳句』で平畑静塔に指導を受けた堀内薫が近所にいたことが縁で、昭和二三年一月、『天狼』新人会を前身として創刊された『七曜』の初句会に出席した。橋本多佳子に師事し、『七曜』同人となる。昭和二四年『天狼』に入会し、山口誓子の写生構成と、若く現代的な感覚によって作品を練磨した。

昭和二七年から二九年頃まで多佳子と各地を吟行し、昭和三八年、多佳子の死に際して俳句に専念することを誓う。昭和三八年から昭和四六年まで自宅の竹動書屋で月一回集雲会を開いて誓子に直接指導を受けた。

昭和四六年『沙羅』創刊主宰、『沙羅』は誓子が命名した。句作に精進しない同人が増えたことを嫌い、昭和六一年七月終刊。同年九月、橋本美代子らと、主宰、同人を置かない『圭』を発会し会員代表となる。昭和二六年第二回天狼賞受賞。昭和三〇年『天狼』同人。昭和四四、四七、四九年天狼スバル賞（同人賞）受賞。句集『無方』により平成一二年第三十四回蛇笏賞受賞。平成二四年、『圭』を八月号で終刊し、平成二七年（二〇一五）五月五日、老衰のため没。

〈代表句〉（『礼拝』所収）

礼拝に落葉踏む音遅れて着く

戦後間もなく、ドラム缶を截り伏せたような粗末な教会が焦土に建ち、清子は、讃美歌が好きで、日曜日に礼拝の会衆にまぎれ込んだ、という。昭和二四年作。

虹二重神も恋愛したまへり

人間と同じく神々も恋愛をすると作者は想像した。恋する二神は二本の美しい虹に姿を変えて大空で寄り添っている。この神が、どのような神であるかは、誰がいつどのように句を読むかによって、自在に変化するであろう。昭和二四年作。

紫陽花剪るなほ美《は》しきものあらば剪る

清子の生家の門前に紫陽花の大きな株があって、毎年青い大きな花毬が盛り上がるように咲いたという。昭和二四年作。一句の中での「剪る」の語の反復に、美しいものを追い求める心情が表現されている。昭和二七年作の〈真処女や西瓜を喰めば鋼の香〉と合わせて、清子の若き時代の記念碑的作品と評されている。

〈その他〉　清子の俳句は、誓子と多佳子に学んだ俳句を自らの内で厳しく育てて新しさを生み出している。誓子は俳諧的な古さを嫌って切字を避けたが、清子も切字に頼らないで、五七五のリズムそのものに対峙して新鮮なリズムを構築している。俳句は五七五のリズムを楽しむ詩であり、季語は内容を深く、広くするのに役立つと清子は捉えている。俳句という詩には心の自由があるというのが清子の考えである。そして、句集には、人に褒められた句だけでなく、自分のために、後世に残す句を入れるのであるから、自選力をつけることが必要であると説いていた。

『礼拝』以後の句集には、『二人称』（昭48、牧羊社）、『縦走』（昭57、牧羊社）、『葛ごろも』（昭63、圭の会）、『七重』（平3、編集工房ノア）、『無方』（平11、編集工房ノア）がある。

昭和四三年、四十七歳で、自己存在への強烈な意識を〈灼けし溶岩さまよふ原始人清子〉（『二人称』）と詠んだ清子は、さらに、平成五年、七十二歳で、アフリカのナミブ砂漠を旅して〈砂漠に立つ正真正銘津田清子〉（『無方』）と詠み、自分の存在を強く意識しながら、同時に、方角も時間も距離も感じられない世界に自己存在が同化した感覚を得て〈無方無時無距離砂漠の夜が明けて〉（『無方』）と詠んだ。そして、〈木の葉散る別々に死が来るごとく〉（『縦走』）、〈月明るすぎて死ぬこと怖くなる〉（『葛ごろも』）、〈北きつね老いさらばへて昼遊ぶ〉（『無方』）、〈雪の渓死の贅沢を思ふべし〉（『俳句研究』平12・5）と、新たな好奇心を持って老いと死を眺め、新たに捉え直して詠んでいる。

〈参考〉　『自註現代俳句シリーズ津田清子集』（昭57、俳人協会）、「特集・津田清子研究」（『俳句研究』昭58・4）、『津田清子俳句集』（平12、本阿弥書店）、正木ゆう子「ナミブ砂漠の罔象女」（『鑑賞女性俳句の世界四　境涯を越えて』平20、角川学芸出版）、『証言・昭和の俳句　増補新装版』（令3、コールサック社）

［松井貴子］

『風蝕』（一九六一刊）

林田紀音夫《はやしだきねお》

〈内容〉　昭和三六年（一九六一）、十七音詩の会刊行。昭和二二年から同三十五年まで十四年間の四百六十句を収めた第一句集。跋は堀葦男と金子明彦。「地上抄」「林間雑唄」「流域」「河口付近」「風葬」の五章に分けられており、「地上抄」から「河口付近」までは旧仮名遣いで書かれているが、「風葬」では現代仮名遣いになっている。

〈特色・評価〉　この句集の中心を成すのは、戦後の混乱と困窮から始まり、療養生活の苦悩、病弱な身体を抱えながら組織の底辺で生きることなど人間存在に普遍的な哀しみを、無季俳句という表現手段によって追究した作品である。俳句表現史の上では、新興俳句のモダニズムが、死を題材にした実存的なペシミズムを掘り下げることによって、より詩的抽象性の高い前衛俳句へと接近してゆく過程がみとめられる点で注目に値する。

〈作者と業績〉　林田紀音夫は大正一三年（一九二四）朝鮮京城府生まれ。本名は甲子男。父親の転勤に伴い、広島・東京・名古屋と移って幼時を過ごす。大阪今宮工業本科精密機械科卒業。年少の頃から宗匠俳句の影響を受けていた父親の影響で、昭和一四年に学校の俳句同好部に入学。同一六年『山茶花』をはじめ俳誌への投句を始める。長谷川素逝の『砲車』と中村草田男の『長子』を読み衝撃を受ける。さらに新興俳句運動の存在を知るようになり、下村槐太、堀葦男と知り合う。同二〇年、浜松に飛行兵として入営、中国北部に転属するが、終戦を迎える。昭和二四年結核が見つかり大阪府内の療養所に同二六年まで入所する。俳句では、下村塊太が主宰する『金剛』に堀葦男、金子明彦と参加。このころから意識的に無季作品を作り出す。この間に、日野草城の『青玄』なども経て、同二八年、紀音夫、金子明彦、堀葦男の三人の同人誌として『十七音詩』を発足させる。第一句集『風蝕』を刊行した翌三七年、金子兜太の『海程』創刊に伴い同人として参加。同三一年から赤尾兜子や伊丹三樹彦、金子兜太、鈴木六林男、島津亮、林田紀音夫、堀葦男、八木三日女と、関西の三十代作家を中心とした「新俳句懇話会」を結成するなど、関西前衛俳句の一翼を担った。三八年、第十一回現代俳句協会賞受賞。四九年、鈴木六林男の『花曜』の客員同人となった。第二句集『幻燈』。平成一〇年（一九九八）死去。平成一八年、弟子の福田基によって『林田紀音夫全句集』が刊行された。

紀音夫は、戦中に弾圧された新興俳句運動の最後の系譜を受け継ぎながら、戦後は無季俳句に強い影響を受けて作風を確立。昭和二〇年代の終わりから三〇年代にかけて社会性俳句、前衛俳句のエッセンスを取り入れ、詩的密度の高い口語表現による無季俳句を洗練させた。後年は有季定型の割合が多くなったが、平成七年の阪神大震災罹災をきっかけに、ふたたび本格的に無季俳句に取り組んだ。戦後俳句の歴史を振り返る上で大きな意味を持つ俳人の一人といえよう。

〈代表句〉（『風蝕』所収）

水いろの夕ぐれ薔薇を買ふ金なし

昭和二四年作。新興俳句に特有のモダニズムや繊細なロマンチシズムを感じさせる一句である。〈薔薇〉は夏の季語だが、この句では都市生活者の哀感や感傷をもたらす詩語として用いられている。紀音夫はこの頃から意識的に無季作品を作り出した。〈月光のをはるところに女の手〉〈木琴に日が射してをり敲くなり〉も初期の作。

鉛筆の遺書ならば忘れ易からむ

昭和二八年作。無季。通常であれば、毛筆や万年筆で書く遺書を消えやすい鉛筆で書くという行為に、紀音夫作品の終生のテーマであった死を想うペシミズムが色濃く滲んでいる。紀音夫自身も「二年に余る療養生活や戦時の徴用或いは軍隊生活の間にも、死の影は常にあった」と記している。日野草城は当時二十代だった林田に「年齢に似合わぬ老成と重厚」を認めて「作品の風貌は概して憂鬱、時に沈痛である」と激賞した。散文的な文体で書かれた愛誦性の高い一句。

黄の青の赤の雨傘誰から死ぬ

昭和三二年作。無季。黄の／青の／赤の／と小刻みに切れを入れることで〈誰から死ぬ〉というメッセージを強く浮き彫りにしている。当時、紀音夫は大阪市大正区の川に囲まれた地域に住んでおり、雨、傘、運河、海など水に関するメタファーと人間の死や存在の哀しみを結びつけた作品を数多く残した。〈死にばかり遭ひて小さき傘借りる〉〈傘なしに別れ貧しく血につながる〉。

洗った手から軍艦の錆よみがえる

昭和三五年作。無季。同時期の作品に〈消えた映画の無名の死体椅子を立つ〉〈低い融点の軍歌がざぶざぶ来る〉など。何度洗ってもよみがえる軍艦の錆とは、戦後の復興が進み「もはや戦後ではない」という言葉が流行語になった高度経済成長時代にあっても、多くの人がトラウマとして抱えていた戦争の記憶を指している。紀音夫のペシミスティックな内面意識には、戦後派俳人に特有の、自分が生きていることの背後には無数の非業の戦死者たちがいるという贖罪的な死生観が滲んでいる。

〈参考〉　林田紀音夫著・福田基編『林田紀音夫全句集』（平18、富士見書房）、金子明彦「『風蝕』までの道」（「俳句研究」昭43・6）、塩野谷仁「紀音夫断片」（「海程」平19・2・3月合併号）

［田中亜美］

『獨眼《どくがん》』（一九六二刊）

村越《むらこし》化石《かせき》

〈内容〉 昭和三七年、琅玕洞刊。昭和二五年から三七年までの作品五百五十一句を制作年順に収録した第一句集。序文・大野林火、跋・山本よ志朗。〈除夜の湯に肌触れあへり生くるべし〉〈生き堪へて七夕の文字太く書く〉など、ハンセン病による療養生活という過酷な境涯を虚心に見つめ、「魂の俳人」とも呼ばれる村越化石の代表作を数多く含む。

〈特色・評価〉 著者は、俳句に生きる希望を見出し、病者の内面や自身をとりまく自然を詠う。表題は治療の甲斐なく片目を失ったことによる。「片眼喪失の嘆きは深かった。私に俳句はいよいよ心の寄り所となった」（化石）。しだいに視力を失っていきながらも、隔離を強いられた療養所内での森羅万象に向けられた深い凝視は、まさに〝心眼〟と言える。

〈癩人の相争へり枯木に日〉〈顔上げて冬の長さの燈にもあり〉〈湯豆腐に命儲けの涙かも〉〈寒餅や最後の癩の詩つよかれ〉〈どこ見ても青嶺来世は馬とならむ〉など、境涯を包み隠すことがない。これは「抒情は私に発する」という姿勢を貫いた師大野林火の指導による。林火は序文にて、化石句の「生命の尊厳への認識の強さ」を指摘し、「われわれは却て化石により生くる尊さを知らされる思いだ」と記している。社会復帰こそ叶わなかったものの、新薬プロミンの開発により未来に希望を見出した化石は「最後の癩者」の覚悟をもって俳句に打ち込んだ。『獨眼』はその尊い覚悟の結実である。

〈作者と業績〉 村越化石は大正一一年、静岡県志太郡朝比奈村（現・藤枝市岡部町）生まれ。本名英彦。旧制中学の身体検査でハンセン病罹患が判明、昭和一三年、治療のため故郷を離れた。治療の慰めに俳句を始め、「土中に埋もれ、すでに石と化した物体」（『獨眼』序）に自らをなぞらえて「化石」の俳号を名乗る。昭和一六年、群馬・草津高原に建つ国立ハンセン病療養所栗生楽泉園に入所。同年、同じ病のなみと結婚。やがて各地の療養所で俳句指導を行っていた俳誌『鴫野』の本田一杉に指導を受けるようになる。療養所の先輩俳人・浅香甲陽からも大いに感化された。当時の過酷な療養所生活を耐え抜く精神的な支えとすべく俳句に精進することとなった。

戦後間もない昭和二四年、大野林火句集『冬雁』に感動し、林火主宰『濱』に入会。二五年、療養所内の句会「高原俳句会」の指導を林火に仰ぎ、自らの境涯を告白する。二六年、化石は『濱』巻頭を取る。いまだハンセン病への世の中の偏見が強い中、林火は療養所への訪問指導を行った。化石は新薬により命をとりとめたものの、昭和三〇年、左眼の視力を失う（昭和四五年、全盲となる）。林火の後押しにより甲陽ほか四十四名の作家による合同句集『火山翳《ひやまかげ》』が刊行され、化石も名を連ねる。三三年、療養所での日常を詠んだ「山間」で第四回角川俳句賞を受賞。三七年には、第一句集『獨眼』を刊行した。

化石には『山國抄』『端坐』『筒鳥』『石と杖』『八十八夜』『蛍袋』『八十路』『団扇』『籠枕』と生涯に十冊の句集および『雪割』『一代畑』など複数の合同句集がある。

闘うて鷹のゑぐりし深雪なり　（第二句集『山國抄』）
天が下雨垂れ石の涼しけれ　（第三句集『端坐』）
山眠り火種のごとく妻が居り　（第四句集『筒鳥』）
生きものの耳もて冬の山に向く　（第五句集『石と杖』）
望郷の目覚む八十八夜かな　（第六句集『八十八夜』）
見えぬ眼の目の前に置く柿一つ　（第八句集『八十路』）

昭和四九年、『山國抄』で第十四回俳人協会賞。五八年、『端坐』で第十七回蛇笏賞。平成元年、『筒鳥』で第四回詩歌文学館賞。二〇年、『八十路』で第八回山本健吉文学賞等、受賞歴多数。その間、病に対峙する作品のこわばりは和らぎ、年々作品は平明、穏やかなものとなっていった。療養所を取り巻く草津の風土に触れ、ときに望郷の思いの滲む句柄は終生実景、実感を離れることはなかった。平成三年、紫綬褒章を受章。平成二六年、栗生楽泉園で老衰のため死去。享年九十一歳であった。生涯の師林火とは昭和五七年に永別しているが、林火は化石の俳句を、北条民雄の小説、明石海人の短歌と並びハンセン病文学の三本柱と位置付けている。

〈代表句〉（『獨眼』所収）

除夜の湯に肌触れあへり生くるべし

昭和二六年の作。療養所の風呂での景。この頃、新薬プロミンの開発によりハンセン病は不治の病ではなくなった。「生くるべし」には、まさに生への意志と喜びが言いとめられている。境涯を包み隠さず詠んだ掲句に「ここには、怯懦の影は微塵もない。正真正銘の化石がいる」（「松虫草」、『行雲流水』より）と林火は記した。

生き堪へて七夕の文字太く書く

同年作。石田波郷の〈七夕竹惜命の文字隠れなし〉などとともに療養俳句の代表句として挙げられることが多い。「太く書く」に自らの生を受け止め肯定する力強さが感じられる。境涯の不幸を歎かぬ前向きな作風が、いまも多くの読者に勇気を与えている。

〈その他〉 ハンセン病治療のため離郷を余儀なくされた化石を支えた母・起里の存在は大きい。決心のつかぬ化石に上京を促し母子ともに民間療養所を訪ねた。『獨眼』は母に捧げられているが、刊行を目前に母は急逝した。

〈参考〉 角谷昌子『俳句の水脈を求めて　平成に逝った俳人たち』（平30、角川書店）、「村越化石の生涯と仕事」『俳句』（平26・5）、荒波力『生きねばや　評伝　村越化石』（令5、工作舎）

〔望月　周〕

『黄炎《こうえん》』（一九六三刊）

鷲谷七菜子《わしたにななこ》

〔内容〕 昭和三八年、南風俳句会発行。著者二十歳から三十九歳までの二十年間の三百二十七句を収める第一句集。序・水原秋桜子、解説・山口草堂。編年体の編集で「十六夜」「雪」「黄炎」の三章から成る。妖しい情念の美しさに貫かれた一集であるが、章を追うにつれ「知的に処理された情緒とロマンが冷たくひかり出す」（草堂）。あとがきに「俳句は抵抗から生まれるものであると共に、愛から生まれるもの」とある。

〔特色・評価〕 この句集の中心テーマは、生来身に具わった美意識に支えられた「愛と死」である。師の草堂は解説に「俳句だけはこの主題に背をそむけている。俳句は自然風物を意識化することを忘れ、人間性から遠ざかってしまった。そういう老人文学に、敢然と青春の血をそそいだ七菜子俳句は、特異というよりは賞賛されるべきであろう」と語気荒く記した。初期より〈十六夜やちひさくなりし琴の爪〉のような整った句を詠み、初学時代が無いと言われたが、「きびしい自己彫琢の心象風景へと突きすすみ、今や独自の句境を拓きつつある」（草堂）。

〔作者と業績〕 鷲谷七菜子は大正一二年（一九二三）、大阪生まれ。楳茂都流三代家元陸平と元宝塚歌劇団娘役スターの吉野雪子の長女。本名・ナナ子。生後まもなく二代目家元の祖父に引き取られるが、五歳のとき祖父と死別。祖母との二人暮らしの中で、昔風に厳格にしつけられた。兄弟の夭折、父母の離婚など、翳のある生い立ちであったと言えよう。

夕陽丘高等女学校（今の大阪府立夕陽丘高等学校）時代に俳句を始め、かねてより魅力を感じていた水原秋桜子が主宰する『馬酔木』に入会（昭17）。更に『馬酔木』の大阪支部として出発した、山口草堂が主宰する『南風』にも投句を始める（昭26）。草堂の情熱に打たれ、生涯の師と仰ぐことを決意し、『南風』の編集や発行にも関わるようになる。昭和三〇年、祖母が他界してより一人暮らしとなった。

第二句集『銃身』（昭44、牧羊社）のあとがきに「『黄炎』以後の六年間に私の句境が或る変化を見せてきた」として「甘美な抒情を俳句の出発の起点とした私にとって、不得手中の不得手である写実の道に体当りしようと決心した」ことを記している。七菜子にとって四〇年代は「仮象から実体へ」を心に、〈もの〉の存在を問うことによって」「自分自身の生を証しだてる」方向へ転換してゆく時期となった。

五〇年代、草堂と七菜子の師弟は華麗な成果を伴った句業を展開させてゆく。草堂の第四句集『四季蕭嘯』が蛇笏賞受賞（昭52）。七菜子の第三句集『花寂び』が現代俳句女流賞受賞（昭53）、さらに第四句集『游影』が俳人協会賞受賞（昭59）。五九年、草堂の指名により『南風』主宰を継承。「荒草堂」の異名をとる師の愛と叱正の指導は、ときに過酷なものであったが、『南風』は草堂自身の意志で、最も信頼できる最愛の弟子に委ねられたのであった。六〇年、草堂と父が他界。

平成一六年、後継に山上樹実雄を指名して主宰を辞任、名誉顧問となった。翌年第六句集『晨鐘』で蛇笏賞を受賞するも、一九年、『南風』誌上で断筆を宣言し、一切の創作を停止した（『南風』は山上主宰の他界により津川絵理子と村上鞆彦が共同で主宰を務めたのち、令和五年、津川は顧問、村上が主宰の体制となった）。句集はほかに『銃身』『天鼓』『一盞』。

〔代表句〕

牡丹散るはるかより闇来つつあり （『黄炎』）

このとき感じていたのは、いつ散ってしまうかわからない危機感のような「気」、即ち「足音もなく忍び寄ってくる闇への恐れ」であった、と自解する。飯田龍太は「写生より情念にこころを託す」作家の今後は「はるかなものへの思慕をどこまで大切に育て得るか否か」にかかっている、と評した。〈ぼうたんに波うつてゐる真闇かな〉（『天鼓』）と併せ読むと、大波のような闇が思われる。また色の襲は〈すさまじき真闇となりぬ紅葉山〉（『游影』）に通じるものがある。

滝となる前のしづけさ藤映す （『銃身』）

摂津峡での作。滝の上に登ってみたら、見事な藤が水に影を落としていて驚嘆したのだそうだ。動へ移り変わる直前の水は、息をひそめている生き物のようだ。

行き過ぎて胸の地蔵会明りかな （『花寂び』）

地蔵会の賑わいを抜けて再び夜の闇に入った作者は、地蔵さまの明りがなお心に灯っていることに気付いたのだ。胸のあたりがほのと温かくなる句である。

邯鄲に息つぐときのありて風 （『天鼓』）

和歌山生石高原での作。邯鄲の「継目なく続く声の美しさ」と「息の長さ」にうっとりしながらも、ふと隙間があることに気付いたのだという。師の草堂の〈邯鄲の骸透くまで鳴きとほす〉が荒事の美とすると、七菜子の邯鄲には和事の嫋やかさがある。

拈華微笑《ねんげみしょう》の日のさめてまた枯野かな （『一盞』）

雲の切れた一条の光によって「救われたような温み」を感じたのだという。「束の間で、もとの枯野になった」そうだが、不思議な思いが作者に留まったのだろう。

〔参考〕 『自解100選 鷲谷七菜子集』（平14、牧羊社）、『鷲谷七菜子全句集』（平25、南風俳句会）　［高田正子］

『洗礼《せんれい》』（一九六四刊）

古賀《こが》まり子

〔内容〕 昭和三九年、麻布書房刊。著者二十歳から四十歳までの二十年間の四百三十八句を収める第一句集。序は水原秋桜子、跋は藤田湘子。編年体の編集で「清瀬」「運河のほとり」の二章からなる。前章は、「初学にしてすぐ辞世ともなるような句」（秋桜子）を詠まざるを得ない重篤な病臥の中で、祈りを籠めて詠み続けた作品を収める。後章は、奇蹟的な恢復を果たして社会復帰し、恵まれぬ人たちのために献身的に働く日々を詠んだ作品を収める。「病床から始まる」著者の「生の証し」（あとがき）の一集である。

〔特色・評価〕 この句集には、結核療養中の心境を切々と詠んだ二十代の作品と、社会復帰が叶い、貧しく恵まれない人々のために尽くす暮らしの中で詠んだ三十代の、社会性の高い作品が収められている。病と貧困、自己と社会、とテーマも素材も異なるが「ひとしく清冽な詩情に貫かれ、その上梓は多大の感銘を世に与えた」（大島民郎『洗礼　復刻版』解説）。病の中にあっても「どの句も病床らしい暗さがなく、むしろ明るく美しくさえあって、一読明快である上に、音誦はよく整ひ、ふかい心の翳が流れる如く読者の心に浸みとおって来る」と序に秋桜子が記すように、清浄な光に満ちた作品世界を作り上げた。また、貧しい人たちの姿をリアルに捉えながらも「心の翳にほのぼのとした明るさが漂っている」。

〔作者と業績〕 古賀まり子は大正一三年（一九二四）、神奈川県横浜市生まれ。父が戦死して母と二人の暮らしとなった。帝国女子医専在学中に結核に罹り、昭和一九年医専附属病院の分院に入院し、病院内の回覧句会に参加して俳句と出会う。自宅療養に移った後『馬酔木』で秋桜子の添削指導を受け、昭和二一年には『馬酔木』に初投句の〈月の出の雲美しや涼み舟〉が初入選（句集未収録）している。

病状が悪化して、二四年清瀬の国立療養所へ入院するが、院内に『馬酔木』同人山田文男をはじめ、熱心な俳句の仲間を得ることとなった。手術を繰り返し、〈昼ふかき囀りやがて夢となる〉と、眠りに命をつなぐ状態が続く。二七年病床受洗して日本福音ルーテル東京池袋教会員となる。〈風花や受洗の朝の髪梳かる〉はその際の作。そうした中で句作に励み、馬酔木賞（新人賞）を受賞（昭27）、同人となる（昭29）。幸い肺切除の手術に成功して恢復し、退院。「清瀬病院最大の傑作、貴重な作品」と言われるほど、死の一歩手前から幾度も甦る闘病生活であった。

退院後横浜の「運河のほとり」の診療所に勤務し、貧しい人々のために奔走する生活に入った。〈小さき幸福大八車に冬日満ち〉等、作句は祈りであったかもしれない。四二年病院を退職し、家で書道・華道教室を開く。四四年刊行の第二句集『降誕歌』のあとがきに、『洗礼』時代の闘病生活を振り返り、自分を支えたのは「信仰、俳句、母の愛」であったと記している。また「どんな時にも微笑むゆとり、この〝ゆとり〟が俳句にも欲しい」と思ったとある。この思いこそがまり子の作品に漂う不思議な明るさに通ずるものであろう。

五五年、まり子を支え続けた母他界。翌年師の秋桜子他界。自身も癌を患う多事多難の年月であったが、五七年、第四句集『竪琴』で俳人協会賞受賞。五九年、「馬酔木」を退会し、堀口星眠の『橡』創刊に加わった。句集はほかに『緑の野』『野紺菊』『名残雪』『暁雲』『源流』。平成二六年（二〇一四）他界。享年八十九。

〔代表句〕

紅梅や病臥に果つる二十代　（『洗礼』）

「私が生まれ育った家の中庭に、一本の薄紅梅の老木があった。沢山の花はつけないが、艶やかな美しさのなかに品があって好きであった」（『現代女流俳句全集』昭56、講談社）。薄紅梅の咲く中庭には戦死した若き父と健康な幼いまり子がいるのだろう。〈紅梅の天死際はひとりがよし〉（『緑の野』）〈紅梅やいま母残しては死ねず〉（『同』）〈紅梅や遂に一人となる戸籍〉（『竪琴』）など、境涯に思いを馳せるとき、まり子の心には中庭の薄紅梅が咲いた。「古賀まり子が死んだら、紅梅忌にしよう」と藤田湘子が言ったという（『自註現代俳句シリーズ　古賀まり子集』昭57、俳人協会）。

朧ふかし明日切る乳房抱きねむる　（『緑の野』）

社会復帰してからも肝機能の低下、癌の発覚など、病魔に親しく、死は絶えず傍らにあった。この句は乳癌の手術に際しての作（昭46）。後に『竪琴』で俳人協会賞を受けたとき（昭57）も、癌の手術後の養生をしているさなかであった。

今生の汗が消えゆくお母さん　（『竪琴』）

まり子には母の佳吟が多いが、中でもこの句は人口に膾炙した絶唱である。かつて〈花いちご母より先の死を願ふ〉（『洗礼』）と詠んだ日もあったが、存《なが》えて母を送る日を迎えることになった。この句を収める『竪琴』で俳人協会賞受賞。選評に「ことに母上を詠まれた句は切々として胸を打ち、作者の詩心の主流となって一巻を重からしめている」（野澤節子）とある。

〔参考〕 『自註現代俳句シリーズ　古賀まり子集』（昭57、俳人協会）、『俳句とエッセイ別冊　現代の女流俳人Ⅱ』（昭62、牧羊社）、『古賀まり子作品集』（平2、本阿弥書店）

［髙田正子］

『誕生《たんじょう》』（一九六五刊）

鷹《たか》羽《は》狩行《しゅぎょう》

〈内容〉 一九六五年、昭森社刊。著者十八歳から三十四歳までの十六年間の四百四十四句を収める第一句集。序は山口誓子、跋は秋元不死男。巻頭の二句、〈乗りてすぐ市電燈ともす秋の暮〉〈書肆出でて銀漢ひくき方へ帰る〉は、「天狼」が創刊された年の誓子選「遠星集」に入選した記念すべき作品である。「鰯雲」「船の蛾」「新しき家」「一羽鳩」「誕生」の五章に分けられている。

〈特色・評価〉 この句集の中心をなすのは、家庭をもった作者が妻や子を詠み続けた作品である。その大らかな愛情表現はそれ以前にはない、新しい時代を象徴するものであった。〈スケートの濡れ刃携へ人妻よ〉〈新緑のアパート妻を玻璃囲ひ〉〈人妻の素足の季節硝子の家〉など、詠まれている素材に都市生活者の日常の反映がある。また、〈落椿吾ならば急流へ落つ〉〈みちのくの星入り氷柱吾に呉れよ〉などの俳句における新鮮な自己表現や斬新な発想が注目される。終章の「誕生」は、長女誕生の年の作品で、〈天瓜粉しんじつ吾子は無一物〉が著者の代表句ともなった。

〈作者と業績〉 鷹羽狩行は一九三〇年、山形県新庄生まれ。父親の仕事の関係で東京を経て広島県に移り、尾道に定住。尾道商業時代に校内俳句誌ができ、投稿するようになったのが俳句との出会いだが、事実上の出発は『天狼』への参加である。戦後あいついで創刊された俳誌の中でも、山口誓子の『天狼』には多くの青年が集まり、俳壇に活気をもたらした。誓子の厳しい選を受けて個性的な作家が育ったが、まだ本名の髙橋行雄であった狩行は、昭和生まれの作家として逸早く頭角を現した。大学進学とともに上京した狩行は、卒業後神奈川県で就職。以後、川崎、横浜に住む。誓子の指導を受けるとともに、東京では『天狼』の衛星誌というべき秋元不死男の『氷海』にも参加。狩行自身が言う、誓子の「剛」、不死男の「柔」を取り入れながら作風を確立した。

満を持して刊行の『誕生』は高い評価を得、俳人協会賞を受賞。俳壇での活動の場が広がった。第二句集『遠岸』は、〈摩天楼より新緑がパセリほど〉をはじめとする米国での作品を収めているのが特徴。当時はまだ珍しかった海外詠の草分けと評される作品である。第三句集『平遠』により芸術選奨文部大臣新人賞を受賞。以後、定期的に句集を刊行し、第五句集からは何番目の句集かが分かるように『五行』『六花』『七草』と、タイトルに数字を入れることを考え出した。これも狩行らしい発想である。二〇一八年現在『十八公』まで刊行。七六年には毎日俳壇選者となる。七八年、主宰誌『狩』を創刊。四十周年となる二〇一八年に終刊した。社団法人（のち公益社団法人）俳人協会の理事長、会長の要職につき、俳句の普及・発展に貢献してきた。毎日芸術賞、詩歌文学館賞、蛇笏賞を受賞。日本藝術院会員。二〇二四年没。

〈代表句〉 （『誕生』所収）

落椿吾ならば急流へ落つ

鑑賞　椿は、花弁を散らすことなく花の形のまま落ちる。それが樹下に溜まって変色していくのは無残な光景である。狩行は、自分ならそんな姿を人目にさらしたくないと思ったのだ。潔さとともに、急流に身を投げようとするかのような危うさも感じさせ、斬新な発想である。

天瓜粉しんじつ吾子は無一物

「天瓜粉」は夏の季語。キカラスウリの根からとった澱粉で、汗疹の予防に用いる。風呂上りの赤ん坊に天瓜粉をはたくとき、全く無防備な姿にいとおしさを覚えたのである。禅語の「人間本来無一物」を下敷きにしているが、「しんじつ」の一語に親としての思いがこもる。

〈その他〉 七六年に『定本誕生』（牧羊社）を刊行。初版から十七句を削り、四十句を加えるとともに、推敲を加えた作品も少なくない。いくつかの例を挙げる。

凧の絲急流の上にて弛む　（『誕生』）
急流の上にてたるむ凧の糸　（『定本誕生』）
青嶺島無尽蔵なる石材出す　（『誕生』）
青嶺島より石材の無尽蔵　（『定本誕生』）
建てかけの家はや虎落笛が棲む　（『誕生』）
建てかけの木の家にはや虎落笛　（『定本誕生』）
餅を搗くこの家幸せきつと来る　（『誕生』）
餅を搗くこの家きつと幸せに　（『定本誕生』）

このように、動詞で終わっている句を名詞止めにしたり、字余りを五・七・五の定型に収めた例が多い。原句の多くは山口誓子の選を経たものであり、動詞で終わるのは、誓子が好む叙法だったことが影響している。誓子は「かな」「けり」などの切字を排除することで、旧来の俳句との違いを打ち出そうとした。それが動詞の多用につながったのだが、散文的な印象を与えることは否めない。狩行は自身の文体を確立する上で、誓子調からの脱却を図ることとなった。ほかにも、漢語を和語に置き換えたり、漢字表記を平仮名に換えたりと、平明な表現による内容の深化を目指したことがうかがえる。その後の作風確立に向けて、『定本誕生』は大きな意味をもつのである。

〈参考〉 山崎ひさを「『誕生』から『定本誕生』へ」（『俳句研究』昭56・4）

［片山由美子］

『中年《ちゅうねん》』（一九六五刊）

草間時彦《くさまときひこ》

〈内容〉 昭和四〇年、竹頭社刊。昭和二四、五年から四〇年（著者三十歳頃から四十五歳）までの作品を収める。初期の『馬酔木』発表作はじめ、三十三歳で『馬酔木』を退会し、『鶴』に入会してからの作品を含む第一句集。編年体であり、各年がさらに一～三章に分かれる。妻の出産についての「産月」、新潟鉄道局管内を取材した「新津機関区」、父の逝去から告別式までを詠んだ「喪服」、ほかにも「運動会」「白世界」などを収める。

〈特色・評価〉 作者の結婚、入社、会社員生活、長男の誕生、父の逝去などが主要テーマになっている。当時盛んだった社会性俳句の影響も見られる。後記に「平凡なサラリーマン生活に於て、俳句を作ることによつてのみ、自由気儘に自分の個を主張し得た」とある。作品には「性欲」「避妊日」「失職」「残業」「胃潰瘍」「昇給」「源泉課税」など卑近な言葉が用いられている。だが決して抒情や詩情を損なわず、かえって鮮度を高めていることが、この句集の特色でもある。サラリーマン俳句の新境地を開く句集として大いに注目された。

〈作者と業績〉 草間時彦は大正九年（一九二〇）五月一日、東京生まれ、鎌倉育ち。昭和一五年、二十歳のとき、胸部疾患のため武蔵高等学校を休学。父が『馬酔木』同人であった縁で、昭和二四年、『馬酔木』に投句開始、昭和二八年退会。同年、石田波郷主宰の復刊した『鶴』に参加。敬愛する波郷は昭和四四年、逝去。そのときの句に〈黄落の真つ只中の亡骸ぞ〉〈煮大根を通夜の畳の上に置く〉〈煮染芋漢ばかりが哭きにけり〉などがある。二年後刊行の第二句集『淡酒』のあとがきには師の死後、「荒涼たる思い」でいると綴る。〈足もとはもうまつくらや秋の暮〉には、その頃の心境がよく表れていよう。

師を亡くした喪失感を吹っ切るように、五十代は俳人協会の社団法人設立認可はじめ俳句文学館建設推進の主要な役割を担う。昭和五〇年、俳句文学館建設の原動力であった角川源義が逝去。そのため資金調達困難を極めるが、昭和五一年、ようやく俳句文学館竣工。それ以降も事務局長、理事長として俳人協会の運営や企画に尽力。

俳句文学館竣工の年、『鶴』同人を辞退し、以後、無所属を貫いた。〈甚平や一誌持たねば仰がれず〉は昭和四八年の作。主宰にならないことは、俳壇の安易な結社林立傾向や運営方針にずっと批判精神を持ち続けた意志の表れである。

昭和六二年、神奈川県大磯町鴫立庵第二十一世庵主を継承。平成一三年、病気のため退庵するまで、句会指導、西行祭の開催など、鴫立庵に関係する活動にも業績を残した。

第三句集『櫻山』の〈熟れ柿を剝くたよりなき刃先かな〉〈顔入れて顔ずたずたや青芒〉、第四句集『朝粥』の〈牡丹鍋よごれし湯気をあげにけり〉、前書「俳句文学館成る」の〈花冷えの百人町といふところ〉、第五句集『夜咄』の〈葛切やすこし剰りし旅の刻〉〈鱧食べて夜がまだ浅き橋の上〉、第六句集『典座』の〈よく晴れて五月カレーが食べたき日〉〈とんとんと年行くなないろとんがらし〉、第七句集『盆点前』の〈コンソメを冷やす時間の月見草〉〈牡蠣《かき》食べてわが世の残り時間かな〉、第八句集『瀧の音』の〈千年の杉や欅や瀧の音〉〈老後とは死ぬまでの日々花木槿〉など親しまれた句が多い。

日常生活を詠む詩情や俳味、生死観を描くさり気なさ、温かな人情味が時彦俳句の特色であり、サラリーマン俳句、食べ物俳句のパイオニア的存在でもあった。

平成一一年、『盆点前』で第十四回詩歌文学館賞受賞。平成一五年（二〇〇三）、『瀧の音』で第三十七回蛇笏賞受賞。同年五月二十六日、腎不全のため死去。

〈その他〉 俳論集に『伝統の終末』『私説・現代俳句』『近代俳句の流れ』などがある。昭和四八年刊行の『伝統の終末』では「虚子が花鳥諷詠によって、俳句を〝多芸多能〟〝自らを恃む人々〟に解放」し、「日本の古典芸能の伝統保持の手段としての家元制度と俳句の座としての結社組織とを握手させ」て俳句の隆盛をもたらしたと指摘。だがその「隆盛となる俳句とわたくしの俳句とは別のもの」と明言した。波郷が自ら「晩鐘を鳴らす」と言った現代俳句の「日暮れ」を予感しつつ、伝統俳句の最後の栄光を護りたいとの論は俳壇の大きな話題となる。

〈代表句〉（『中年』所収）

馬車ゆけり春の雪嶺照る下を

初期作品の一つであり、映像の美しさがあり、抒情性豊かな味わい。春まだ浅く、冠雪を頂く嶺の光を浴びながら、初春の硬い空気を切って馬車が軽快に進んでゆく。清新な詩情のあるリズミカルな作品。

冬薔薇や賞与劣りし一詩人

前書に「勤めの身は」とある。凛として真冬の風に耐える〈冬薔薇〉が効果的だ。この季語と取り合わせることにより、たとえ安サラリーマンで賞与が少なくとも、姿勢を正して生きているとの矜持が感じられる。ほかにも賞与を詠んだ句に〈賞与使ひ果しぬ雨の枯葎〉〈おいらん草賞与家計にまぎれ消ゆ〉などがこの句集にある。

逢ひに行く開襟の背に風溜めて

句集には瑞々しい愛情の溢れた句が多い。この句からは愛しい相手に「逢ひに行く」心の弾みがよく伝わってくる。「開襟」が夏の季語。緩やかなシャツが風をはらみ、いかにも心地よさそうだ。颯爽と夏の光の中を歩む作者の歩幅の大きさも見えてくる。

［角谷昌子］

『阿部青鞋集《あべせいあいしゅう》』（一九六六刊）

阿部青鞋《あべせいあい》

〈内容〉 昭和四一年、私版・短詩型文学全書①として八幡船社より刊行。巻頭の著者小歴に、「車」「漏斗」「女像」「俳句評論」「瓶」の編集・発行歴を記す。解題・津久井理一。〈半円をかきおそろしくなりぬ〉〈かたつむり踏まれしのちは天の如し〉〈馬の目にたてがみとどく寒さかな〉などの代表作を収載。「老薔薇」「樹皮抄」の二章からなる百五十一句を収める。

〈特色・評価〉 作者自身の名を題名としたこの句集は〈機関車が涙のように思われて〉〈斧よりもくらくなりたる夕立前〉など、昭和四三年刊『火門集』（八幡船社）の収録句を数多く含む。『火門集』が五百五句集載していることから、この時期の集大成である『火門集』の足がかりになった句集と位置付けることができる。この二句や〈かたつむり〉〈少年が少女に砂を嗅がしむる〉などの俳句における柔軟な文体と自他の存在や生命をとらえようとする姿勢は、昭和の新興俳句の流れの中にありつつ、それを継承していこうとするものであった。

〈作者と業績〉 阿部青鞋は大正三年（一九一四）、当時の東京府下、渋谷の生まれ。大正七年四歳の青鞋は、父方の伯父が住職であった千葉県東葛飾郡湖北村の真言宗竜泉寺に、後継ぎとして預けられる。七歳時に書庫で見つけた絵解本の〈枯枝に鴉のとまりけり秋の暮〉（芭蕉）が俳句との最初の出会いであった。昭和六年に養家の寺を出て実父母の許に戻り、昭和八年、十九歳で高輪学園を卒業。画家を志望して渡仏を志すもならず、以来詩文に心を傾けるようになる。昭和一二年に渡辺白泉を知り、俳誌『風』に同人参加。その年の『風』八月号には「葛飾の冬」四十六句を発表。昭和一三年、府中市内の黎明学園に勤務。淀橋のチクマ書房主人で歌人の山本喜策を知り、同書房発行の俳誌『車』と詩誌『詩』の編集に携わる。昭和一五年一月、結婚して戸越に新居を構えると、以降、ここに渡辺白泉、三橋敏雄らが会合し、古俳諧の研究にいそしんだ。この年は教材社発行『作品倶楽部』の俳句欄選者を担当（以降三年間）。同社の『現代名俳句集』を編纂するなど、精力的に活動した。昭和一六年、近衛第二連隊に応召、衛生兵となり満州に送られたが、右肺浸潤のため送還。昭和一七年四月に再招集されるも病歴により即日召集解除となる。昭和一九年八月、岡山県英田郡巨勢村へ疎開。三橋敏雄、渡辺白泉の来訪を受けるなどした後、白泉に巨勢村への移住を勧める。白泉は昭和二三年三月から二年余り巨勢村に在住。この間、白泉、青鞋二人が受け持った村の教養講座のうち、俳句の研究講座は、白泉が去った後、青鞋指導の句会となり、主宰する俳誌『女像』『瓶（のち壜）』の母体となった。昭和二九年、美作町の教育主事となり、俳句、短歌愛好者の雑誌を編集するなど、地域文化の向上に貢献する。昭和三四年、同町にキリスト教会が開かれ、四年後の宣教師帰米まで、宣教師の説教通訳を担当。その間受洗し、キリスト教信者となった。宣教師の帰国後は教会の維持に従事することとなり、公務を退く。昭和五三年春、妻の病気治療のために東京に移る。昭和六四年（一九八九）一月一一日、上腸間膜動脈血栓のため死去。享年七十四。

約半世紀におよぶ青鞋の句業は複数の句集に収録されているが、いずれも制作年の表示はない。三橋敏雄の推定によると、『現代名俳句集・第一巻』（昭16、教材社）、『阿部青鞋集』『武蔵野抄』の三百四十六句が昭和一二年から一五年、『火門集』の五百五句が昭和二〇年から四二年、『続・火門集』の五百三句が昭和四三年から五二年、『ひとるたま』の三百三十句が昭和五二年から五七年までの期間の作品という。『ひとるたま』より後の作品は句集に収められていない。その他の句集として、昭和一六年刊『壺』、昭和三八年刊『樹皮』、昭和三九年刊『羽庵集』、昭和五四年刊『霞ケ浦春秋』、昭和五七年刊『火門私抄』などがある。昭和五八年、第三〇回現代俳句協会賞受賞。

〈代表句〉（『阿部青鞋集』所収）

半円をかきおそろしくなりぬ

円が完全な形を表すのだとしたら、半円は不完全な形ということになる。人はそのような不完全性へのおそれを無意識のうちに持っているが、この句の読み手はそれを目の前に突きだされた恰好となる。その半円という不完全な形を作り出したのは、この句の主人公であった。読み手の一人一人もこの主人公になり得る可能性がある。季語のないことも、存在の不安定さ、認識の危うさを醸し出している。

斧よりもくらくなりたる夕立前

夏の強い日差しが地を熱して空気の対流を生み、厚く暗い積乱雲を発生させる。夕方、大粒の雨を短時間降らせるのだが、その直前の暗さを斧と比べて見せたのがこの作品である。斧も暗い存在として示されており、この斧の暗さは何を表現しているのかと、読み手は句の前で立ち止まることになる。斧という道具を使う人の暮らしか、または斧そのものの存在か。木材の伐採用具として、戦闘時の武器として、儀礼や神事における道具として、斧は昔から世界各地で使用されてきた。そのような人類の歴史も背景に見えてくる。

〈参考〉 三橋敏雄「噫 阿部青鞋」（『俳句研究』平1・5）

［押野 裕］

『まぼろしの鱶《ふか》』（一九六六刊）

三橋敏雄《みつはしとしお》

〔内容〕昭和四一年、俳句評論社刊。著者十代半ばから三十代（昭和一〇年から昭和三九年）までの三百二十一句を収める。三橋は高柳重信編集の『俳句評論』に同人参加し、片腕となって活動を支えていた。そのために、名刺代わりに句集が必要という重信の助言で上梓した。昭和一〇年代五十一句、昭和二〇年代二十一句、昭和三〇年代二百四十九句を収録。十代で俳句の世界に登場した作者にとっては遅すぎる初めての句集。代表作〈かもめ来よ天金の書をひらくたび〉や東京空襲の年の作である〈いつせいに柱の燃ゆる都かな〉などを収める。

〔特色・評価〕この句集の中心をなすのは、十五歳のときに新興俳句に足を踏み込んで句を学び、戦後俳句、現代俳句へと、独自の歩みを見せた泰然たる世界。重信は句集を上梓して俳句界に登場した三橋について、「昭和十年代の俳壇と四〇年代の俳壇と、まさに二度にわたって、きわめて出色の新人として登場した」（『俳句研究』昭52・11）と評した。

〔作者と業績〕三橋敏雄は、大正九年（一九二〇）、東京府八王子生まれ。昭和一〇年、東京の書籍取次店・東京堂に入社、夜間は実践商業学校に学ぶ。社内俳句の会（野茨《のいばら》吟社）の句会に参加。三橋の俳句との出会いは、花鳥諷詠の世界ではなく、新興俳句であった。昭和一二年、渡邊白泉・小沢青柚子《せいゆうし》らを編集同人とする『風』に参加。同誌に「戦争」と題したいわゆる戦火想望俳句、五十七句（無季俳句）を発表。これを山口誓子は、無季俳句は作らないが作るならこういう句を作るとし、「この作家怖るべし」と絶賛した。西東三鬼にも師事。一四年に東京堂を退社し、三鬼在職の貿易商に入社。この間、『広場』、『京大俳句』に参加。新興俳句が弾圧された戦中には、古俳諧研究を阿部青鞋《せいあい》や白泉らと没頭。後に、古俳諧の研究成果が、新興俳句の精神とともに、三橋俳句の滋養となって独自の世界を支えた。

一八年、横須賀海兵団に入団。海軍工機学校勤務。蜂窩織炎・右肺浸潤により一時入院。戦後は運輸省航海訓練所の練習船の事務長として、四七年まで船上勤務。三鬼指導誌『激浪』、三鬼主宰誌『断崖』同人。三〇年頃より作句再開。三七年三鬼推薦により『天狼』同人。同人誌『面』創刊に参画。四〇年四十六号より『俳句評論』同人参加。赤尾兜子、佐藤鬼房、鈴木六林男、高柳重信、林田紀音夫らと「六人の会」を結成。四七年に練習船の仕事から平河会館支配人に。五三年運輸省退職。五七年、六林男らとともに西東三鬼の名誉回復の裁判に係る。五八年に重信の逝去に伴い、『俳句研究』の編集員会に阿部完市、高屋窓秋とともに加わる。六一年『壚母《ローム》』創刊・監修。句会誌『檣《しょう》』を指導。

作者は、伝統的な花鳥諷詠俳句に対して、無季俳句の可能性を追求し、戦争や時代、そして個人の内面の陰影を捉える、「大人が読むに堪える」世界を目指した。

第二句集『眞神《まかみ》』以降は、無季俳句の世界に一層詩情を深めていく。〈昭和衰へ馬の音する夕かな〉では、無季ではあるが、〈昭和衰へ〉と馬の蹄の音を重ね合わせ、昭和という時代へ、ノスタルジックな情感を込めて感慨深く詠む。昭和六三年刊行の『畳の上』では、〈戦争と畳の上の団扇かな〉で、戦争と畳の上の団扇を同じ時空のなかに取り合わせて、不思議な懐かしさとともに不気味な空気を一句のなかに漂わせた。さらに戦争の時代への鎮魂であり、次の時代への予感も込める。

五九年、朝日文庫の『現代俳句の世界』全十六巻刊行に参加。綿密な書誌的裏付けによる解説は高く評価された。平成一三年（二〇〇一）一月十二月逝去。享年八十一歳。

その他の句集に『鷓鴣』『長濤』『畳の上』『しだらでん』『三橋敏雄全句集』。受賞に、昭和四二年、第十四回現代俳句協会賞。平成元年『畳の上』で二十三回蛇笏賞。勲四等瑞宝章。

〔代表句〕（『まぼろしの鱶』所収）

かもめ来よ天金の書をひらくたび

自注によると天金の書は、茂吉や白秋などを収めた改造社版の『現代代表自選歌集』がモデル。海空を舞うかもめに、青春の息吹と不安を象徴化させ、天金を施した書物の存在と取り合わせることで、清新でモダンな詩的イメージを溢れさせる。

少年ありピカソの青のなかに病む

若きピカソの青の時代に符号するように、病む少年が差し出される。青という色彩が奥底に持つ不安に沈んだ陰影とともに、現実に病む少年の深層を描き出した。それは若い作者自身の精神そのもの、あるいは戦時へと傾斜が始まった社会に対する不安の投影でもある。

いつせいに柱の燃ゆる都かな

戦時下の帝都東京の空襲が動機になっている。重信は、この句を「敗戦前後の日本の国土と、そこに住む人間たちの痛切な心を、心にくいまでに的確に射止めている」と評した。炎上する都といえば、「応仁の乱」による京の都の情景をはじめ、幾度も戦火に襲われた世界中の都市へも想像が及ぶ。時代を超えた、美しくも鮮烈な光景。

〔参考〕『俳句研究　特集三橋敏雄』（昭52・11）、遠山陽子『評伝三橋敏雄―したたかなダンディズム―』（平24、沖積舎）

〔渡辺誠一郎〕

『東洋城全句集』《とうようじょうぜんくしゅう》（一九六六・六七刊）

松根《まつね》東洋城《とうようじょう》

〈内容〉　上中下三冊からなり、上中巻が昭和四一年、下巻が四二年刊。発行所は東洋城全句集刊行会。俳句は上中巻に載り、下巻は連句と文章である。編者は、安倍能成、小宮豊隆、野村喜舟、松根宗一。序は安倍能成。同郷の後輩の目で、東洋城の出自から晩年までを率直に綴っている。「東洋城はかつて虚子と親しく、虚子の関係した国民新聞の俳壇を預かつて居たこともあつたが、理由は知らず、虚子との交わりをも断ち、その後は遠く芭蕉を祖とし、漱石を仰望し、後になつて寺田寅彦（吉村冬彦）を親友として、俳壇の人々に交わりを求めることもなく、専ら「渋柿」の孤塁に、俳句、俳諧を守り、自ら下ることなく、狷介なくらゐに俳壇に孤行して、屈する所がなかつた」などとある。

〈特色と評価〉　古典志向と、平明率直な実感表現という二つの軸の間に東洋城の句が醸成され、「渋柿」の句柄が作られていったことが分かる句集である。詠みぶりは古典的だが、震災や戦災などの社会事象を詠んだ句も多く、時代の状況に開かれた句が多い。東洋城自身の言葉を使えば「ネオクラシカル」な作風と言うことになろう。また、前書きの中には虚子や碧梧桐との関係に言及しているものもあり、明治から大正にかけての俳句史を論じるにあたっては、必ず目を通しておくべき基礎資料である。

〈作者と業績〉　松根東洋城は明治一一年（一八七八）二月二五日、東京築地に生まれた。本名、豊次郎。祖父は宇和島藩城代家老であった。愛媛県尋常中学校、第一高等学校、東京大学を経て、京都大学仏法科を卒業。明治三九年（一九〇六）宮内省に入省。式部官、書記官、会計審査官等を歴任し、大正八年（一九一九）退官した。愛媛県尋常中学校時代に夏目漱石の教えを受け、『ホトトギス』に参加。明治四一年（一九〇八）、高浜虚子から『国民新聞』俳壇の選者を引き継ぎ、『新春夏秋冬』四巻を刊行。大正一四年（一九二五）には俳誌『渋柿』を創刊した。昭和三九年（一九六四）十月二八日没。

〈代表句〉（『東洋城全句集』所収）

机から炬燵に冬を籠りけり

明治三三年の句。〈冬を〉の〈を〉が江戸俳諧を思わせ、初期から古典志向があったことがわかる。

春の燭鉄の扉に凍りけり

明治四二年の「タンタヂイルの死十八句」という連作中の一句である。モーリス・メーテルリンクの演劇を観ての作品。嘱目の句だが、対象が西洋の演劇であるから自ずとあたらしみは生じる。他に〈雁帰る女王の心疑へば〉など。東洋城は早くから連作を試みた一人である。

虚子捨て碧梧誤りし俳句子規忌かな

明治四四年の作。虚子が小説に向かい、碧梧桐が新傾向俳句に進んだことを子規忌に嘆いた句である。翌年には〈虚子に曰ほ句作らにやと子規忌かな〉なども詠んでおり、碧梧桐と虚子が子規の遺志を継いで真摯に俳句に向き合うことを願っていたことが分かる。

和歌の君に俳諧の臣や菊花節

大正元年の「明治大帝崩御十二句」にある句。明治三九年から仕えた明治天皇への思いを詠んだ連作である。和歌を詠む天皇に仕えた日々を懐かしんでいる。「菊花節」は重陽の節句のこと。

蜻蛉やほ句の古道つうい〱

長い前書きがあり、虚子と東洋城の句は「殊更に古臭く作らるるやう」と人に言われているが、「作りますとも古臭く〱。クラシカルといふのが悪るけりや此頃はやる符牒をつけてネオクラシカルと断つて置いてでも」と書いている。時代を知らずに古風に詠んでいるのではないということである。

巨弾命中秋の巌山も揺ぎけり

大正三年の「青島陥落十六句」中の句。後の新興俳句の戦火想望俳句に先行するものとして注目される。

その時幾十万人死にしを知らず蜻蛉かな

大正一二年の関東大震災を詠んだ「大地は震ふ十四句」中の句。東洋城が「古臭く」というのは、あくまで句の姿のことであって、その内容は同時代に開かれていた。

冬ごもり何に泣きたる涙かな

昭和二年の「『大正天皇と私』より」と題された連作。〈人の子におはす涙や時鳥〉とも詠んでおり、四十七歳で崩御した明宮《はるのみや》への思いが記されている。

花も散れ弾丸《たま》椴ねよとや鉄兜

昭和七年の作。「風雲急四句」と前書きがある。姿は古風だが、この句も新興俳句の戦火想望俳句に通じる内容である。東洋城の句は、終生古典的な姿で詠まれたが、その内実は、同時代の社会に開かれていた。東洋城は、震災俳句、戦争俳句、社会性俳句などを論じる上でも避けては通れない作家である。『ホトトギス』と新興俳句だけで、二十世紀前半の俳句史を語るわけにはいかない。

［秋尾　敏］

『田園《でんえん》』（一九六八刊）

上田五千石《うえだごせんごく》

上田五千石は昭和八年（一九三三）十月二十四日東京に生まれ、平成九年（一九九七）九月二日に死去。俳句は『氷海』『天狼』に投句、二十二歳の折に秋元不死男の『氷海』の同人となり、昭和四八年四十歳のときに主宰誌『畦』を創刊、昭和四三年に第一句集『田園』（春日書房）、五三年に第二句集『森林』（牧羊社）、五七年に第三句集『風景』（牧羊社）を出版し、順調に見えたが平成四年に第四句集『琥珀』（角川書店）を出した後、平成九年に乖離性動脈瘤にて死去。翌一〇年、遺句集の第五句集『天路』が刊行された。

〔内容〕　第一句集『田園』の句集名は陶淵明の帰去来辞の「田園将蕪胡不帰」から採る。収録された二百十二句は五千石が二十歳からおよそ十五年間、休むことなく力を注ぎ続けた作品群から選び抜かれた、人口に膾炙する代表作が揃う。たとえば、代表句の項に挙げた「万緑や」「もがり笛」「父といふ」「あけぼのや」「渡り鳥」の句の他にも、

ゆびさして寒星一つづつ生かす
冬薔薇の花弁の渇き神学校
木枯に星の布石はぴしぴしと
雪の渋民いまも詩人を白眼視
見えぬ手がのびて蛍の火をさらふ
秋の雲立志伝みな家を捨つ
木の実降る石の円卓石の椅子

などがよく引用される。それらは端正な詩人のまなこを通して再現された人と自然の姿とも言える。和風と言うより洋風、象徴性を前面に押し出し、翳りを芯に置いた作品は俳句特有の生活感や人臭さが失せて、西洋詩の影響さえ感じる。そのことが観念臭を句に齎すことにもなるが、句に籠められたスケールの大きさがその批判をやわらげ、同時に情の豊かさが対象を温かく包んで批判をかわすものとなっている。それは言葉の技としか言いようがないものであって『田園』の評価を高め、刊行の翌年、第八回俳人協会賞を受けたのも頷ける。

〔特色・評価〕　『田園』の「後記」で「私の句は全て「さびしさ」に引き出されて成ったようである。この「さびしさ」が深められて、しずかさにおいて凝集されるのが、いまの私の念じているところである」と五千石は記すが、それに対し、師の秋元不死男は同書の序で「さびしさに引き出され、やがて静かさに深まってゆく句づくりが、もし俳句固有の詩法だと仮定すれば、五千石俳句はその詩法を身につけている」と心の籠る好意的な言葉を返している。この詩法に加えて、第二句集『森林』を出版した辺りから俳句は「いま　われ　ここ」であるとして眼前直覚論を展開し始める。

〔作者と業績〕　『氷海』出身の俳人として、五千石は鷹羽狩行と並び称される昭和俳壇の逸材であった。鷹羽狩行が「知」と近代性を備えた俳人とすれば、上田五千石は「情」と俳諧性を特長とする作品を生み出した。この文章の他所で挙げた『田園』収録句を除いて示すとすれば、

告げざる愛雪嶺はまた雪かさね
啓示乞ふ泉の面にくちづけて
冬銀河青春容赦なく流れ

などに情が、それも青春の情が濃い。情に捉われると、どうしてもものを見る力が弱まる。そのことを自省しつつ、五千石は自らの作品の方向を探っていった。

〔代表句〕（『田園』所収）

万緑や死は一弾を以て足る

この句のような観念的、思想詩のような句が『田園』には多い。だが、逆に具体的な事柄を詠んだものでないからこそ一句が格を保っている。物に即していないと著者が自省する対象にこの句も含まれていようが、命の自覚という視点から捉えたとき、五千石の体質をこの句は確かに含んでいる。

もがり笛風の又三郎やあーい

少年期の頃聴いたラジオ劇「風の又三郎」の記憶が心の奥に強い印象として残っていた。尊敬する先輩から「君ははじめて君の句を作った」と評価された作品。師の不死男譲りの言葉遣いの軽妙さの中に、作者のナイーブな心の叫びが聞こえるようだ。

父といふしづけさにゐて胡桃割る

少年期の回想と現実がないまぜになった内容。発想時は「さびしさ」であったが「しづけさ」に変えたという。作者自身もわかっていたようだが、「さびしさ」では誓子の影響が直に表れ、「しづけさ」となれば「誓子に学ばずして体得し難い」との評価にも繋がる。

あけぼのや泰山木は蠟の花

樹の高いところに開く泰山木の花、他のものに先んじて暾に染まってゆく直前だろうか、艶やかに開いている花を蠟の花に見立てた点がそのように感じさせるのだ。自然が見せる一瞬の美しさを見事に切りとっている。

渡り鳥みるみるわれの小さくなり

渡り鳥を見送っていると、自分がみるみる矮小化していくと感じた。自分が矮小化していくと実感したところに作者の謙虚さが滲み出ている。

〔その他〕　平成二年四月十八日に五千石の主宰誌『畦』の創刊二百号記念出版として東海美術社から復刻版が出された。また、『上田五千石全句集』が平成一五年に富士見書房から上木された。

〔橋本榮治〕

『朝《あさ》』（一九七一刊）

岡本《おかもと》 眸《ひとみ》

〔内容〕 昭和四六年、牧羊社刊。著者二十九歳から四十二歳の十四年間の四百四句を収める第一句集。解説は富安風生。結婚、両親の死、自身の闘病を経て、生きることの喜びと悲しみを「抱き温めながら」、俳句を「生涯の記録として書きとどめてゆこう」（あとがき）と決意するに至る日々の記録でもある。「大森」「神明町車庫前」「駒込動坂下」「金町駅前団地」「病後抄」の五章からなる。句集名は著者の本名にちなみ風生が命名した。

〔特色・評価〕 この句集の中心をなすのは、人生の喜怒哀楽に素直に従い、自分の心で感じ、自分の言葉で詠った作品である。たやすく感傷に陥って古風な「あはれ」の世界を表出するのではなく、理性に澄んだ眸で、生を見届けようとするところに新しさがある。風生は「眸作品は堂々男性俳句と競い立つ強さであり重さでありながら、どこまでも女流俳句独特のよろしさを失っていない」（解説）と讃えた。「女性特有の情におぼれた押しつけがましさがなく、初々しさと新鮮さの中に落ち着いた抒情がある。生活の素材にもたれず内面的な深まりを加えている」（『俳句文学館』昭3）と評価され、俳人協会賞を受賞。

〔作者と業績〕 岡本眸は昭和三年（一九二八）、東京都江戸川区生まれ。本名朝子。兄が戦死、空襲で二度罹災、自身も勤労動員を受けるなど、戦時下での青年期を送った。

戦後、社長秘書として職場句会の世話をするうちに、自らも作句するようになった。踊は花柳流の名取、生け花は草月流の師範、密かにテレビのシナリオも書くという三面六臂ぶりであったから、俳句の成績もはじめから良かったに違いない。二五年、職場句会の師である富安風生が主宰する『若葉』に入会し、更に三三年『若葉』編集長岸風三樓主宰の『春嶺』にも入会する。まもなく「春嶺賞」、「若葉賞」を受賞して両誌の同人となる。

三七年、結納の当日に母が倒れ、急逝。句友の曾根けい二と結婚するが、自身に癌が発覚し、四一年子宮癌摘出手術を受ける。退院後、父が病み他界。「運命の神に何かミスが伴っているように思われる」と風生は哀しんだ（『朝』解説）。五一年には第二句集『冬』刊行。同年夫急逝。神のミスが止まらない。

五四年師・風生が他界し、五五年主宰誌『朝』創刊（平成二八年終刊）。「俳句は日記」を信条に掲げ、日常生活に真摯に向かい、写実を基本とした叙情性のある句を詠み続けた。第四句集『母系』で現代俳句女流賞、第十一句集『午後の椅子』で蛇笏賞・毎日芸術賞を受賞。句集はほかに『二人』『十指』『矢文』『手が花に』『知己』『流速』『一つ音』。平成三〇年（二〇一八）老衰のため他界。享年九十。

〔代表句〕

夫愛すはうれん草の紅愛す 『朝』

〈夫〉と〈はうれん草の紅〉を並べて愛しているようでほほえましく、また不思議な面白さがある。この殊更な感じのない愛は、骨まで愛すと言うよりも強靭な愛であろう。

雲の峰一人の家を一人発ち 『母系』

主宰誌『朝』創刊号に発表された句。悲しみを乗り越えて「発つ」心意気に、〈雲の峰〉は一層高く輝く。読者も思わず励まされる句。

柿照るや母系に享けて肥り肉 『母系』

自分の体型に、早くに亡くした母を思う句。つやつや照る柿はずっしりと安定感のある形に違いない。自制の効いた諧謔味のある詠みぶりに、読者は思わず吹き出しつつも涙ぐんでしまいそうだ。

子に五月手が花になり鳥になり 『手が花に』

病のため自分の子を持つことはなかったが、〈照つつじ抱かれゆく子の手のみ見ゆ〉（『矢文』）、〈幼きへ木の実わかちて富むごとし〉（『午後の椅子』）ほか、豊かな母性を感じる句が多い。〈子探しに似て黄落の木から木へ〉（『同』）。終生醸し続ける思いかもしれない。

温めるも冷ますも息や日々の冬 『午後の椅子』

身辺の些事を大切にし続けてきた人が、日常の更に深いところから汲みあげた詩である。

〔その他〕 眸は生きていることを確かめるように自身の身体を詠む。『朝』同人だった仲村青彦によると「身体を詠んだ句は各々の句集の一二から一六％にも及ぶ」という。中村が「親しく」思い浮かべる「身」を詠んだ句は次の通り。

雨がまぶす婚近き身の黒コート 『朝』
癌育つ身の影折れて月の階 『朝』
冬山を仰ぐ身深く絹の紐 『朝』
石投げて不惑の身浮く冬の浜 『冬』
現身の寒極まりし笑ひ声 『二人』
身のうちの紅をもて春うれひ 『母系』
渾身に真向へば夏美しや 『母系』
水飲んで春の夕焼身に流す 『十指』
汗拭いて身を帆船とおもふかな 『矢文』
物音のみな身にこもり夜の黴 『手が花に』
身のまはり手で掃いて冬深まりぬ 『知己』
枯深き身を打ちうちて塵払ふ 『流速』

（『輝ける挑戦者たち—俳句表現考序説』）

〔参考〕 『別冊俳句とエッセイ 現代の女流俳人Ⅰ』（昭61、牧羊社）、『花神コレクション［俳句］岡本眸』（平7、花神社）

［髙田正子］

『裏山《うらやま》』（一九七一刊）

安東次男《あんどうつぐお》

〔内容〕 昭和四六年、卯辰山文庫刊。限定二百二十部。著者二十代の作品を中心とする第一句集。十九歳時の作品〈てつせんのほか蔓ものを愛さずに〉や、表題作〈蜩といふ名の裏山をいつも持つ〉など四十代の作品十五句を含む九十九句を収める。収録作品は「裏山」「旅信一束」「木橋」「夜の水音」「寒の内」「無明」「塔なき国」の七章に分けられている。加藤楸邨による跋文と一句を所載。昭和四七年、普及版三百部が同じ卯辰山文庫から刊行された。

〔特色・評価〕 昭和二四年、三十歳のときに詩へ転じた著者が、「季節の暦になぞらえた詩集『CALENDRIER』（昭和三五年刊）のあと、十数年ぶりに作句の興がうごいたのがきっかけ」（「あとがき」）となり、編まれた句集。〈そもそものはじめは紺の絣かな〉〈夏山を直と出てくる濁り川〉や、自らの誕生日を詠んだ〈七夕竹寝がへりをうつ方ありや〉など、作品には若き著者の鋭敏な感性がうかがえる。表題作にある「蜩といふ名の裏山」は、そのような感性を自身の拠り所としているという表明である。また、〈病むひとに紫苑の高さ枯れしまま〉〈悲運にも似たり林檎を枕とし〉〈己が影に釘打つてゐる夜長人〉などにも、若い時期の作品らしい屈託が見られる。

〔作者と業績〕 安東次男は大正八年（一九一九）、岡山県苫田郡沼生まれ。号は流火。小学校五年のときに一家で神戸に移住。昭和一二年、旧制三高に入学。伊吹武彦にフランス語の手ほどきを受ける。在学中、梶井基次郎、牧野信一、三好達治などの詩文や、小林秀雄、保田与重郎の評論を読み、後の詩作と批評活動の原点となった。

俳句は昭和一六年末より加藤楸邨について学び、二三年頃まで断続して『寒雷』および『風』に出句。二四年、詩に転じ、詩誌・第二次『コスモス』に参加。以降、高校・大学の講師や平凡社嘱託などを勤めながら、詩集三冊の出版、評論、翻訳などの執筆活動を続ける。昭和三七年、蕪村、芭蕉、ボードレール、ランボー、シュルレアリスムその他についての文章をまとめた評論集『澱河歌の周辺』（未来社）で第十四回読売文学賞受賞。昭和四一年より東京外国語大学教授（文学・比較文学）。

昭和四五年文芸『すばる』創刊号より「芭蕉七部集評釈」の連載を開始。長く俳句創作から遠ざかっていたが、翌昭和四六年、二十代の句を中心とした句集『裏山』を編み、句作にも復帰。昭和五二年、『安東次男著作集』により第十四回藤村記念歴程賞受賞。昭和五四年、六十歳にて第二句集『昨《きそ》』（卯辰山文庫）発行。〈鷹匠の鷹なくあそぶ二月かな〉〈庖丁の香を逃がしやる朧かな〉など、虚実の融合した世界を展開した。以降、句集は平成四年に『花筧《はなかけい》』（思潮社）、平成七年に『花筧後』（卯辰山文庫）を刊行。他に生涯の句から三百四句を選び収めた『流《りゅう》』（平8、ふらんす堂、第十二回詩歌文学館賞受賞）がある。平成一四年、呼吸不全のため死去。

〔代表句〕（『裏山』所収）

てつせんのほか蔓ものを愛さずに

鉄線は中国原産の蔓性植物。五月末ごろに白または淡紫色の六弁花を咲かせる。しかしこの句では〈てっせん〉と平仮名表記され、〈ほか〉と述べていることから、鉄線花の印象はそれほど強くない。鉄線への愛着を示しつつも、それ以外のものを愛さないのだという否定的な意志が句の中心となっている。この句は昭和一三年、十九歳のときの作品。自身の愛着をそのまま明らかにするのではなく、他を打ち消すことによって示し、いかにも若い時期らしい屈折した心理を描いている。

己《し》が影に釘打つてゐる夜長人

秋の夜長、釘を打っている人がいる。それだけの事実なら、やらねばならない夜業の一場面ということになる。この句がそれだけの内容にとどまらないのは、釘を打つ対象が自らの影であるとしているからである。この表現により、釘を打つという具体的な場面が心理的な陰翳を帯びる。二十代の作者らしい内省的な側面がうかがえる句である。

蜩といふ名の裏山をいつも持つ

句集のあとがきで「最近の作」と述べていることから、作者五十歳前後の作品。裏山は郷里である岡山県の里山をさす。初秋の夕暮れ、蜩の哀調を帯びた声とともにあるこの裏山は、作者の感受性の拠り所であった。作者自身も「あとがき」で、「裏山といふのはいつも感性の出発点になつてゐて」と述べる。句中にある「いつも持つ」が端的に示しているように、作者はその感性の出発点としての裏山を後年まで持ち続けていた。

〔その他〕 『流《りゅう》』（平8、ふらんす堂）には、『裏山』から三十四句を収載。その中で表記の変更があった一句を示しておく。

乙鳥《つばくろ》も所持物《もちもの》おなじ旅なれや（『裏山』）

つばくろも持ち物おなじ旅なれや（『流』）

〔参考〕 『俳句の現在別巻1　安東次男集・塚本邦雄集・結城昌治集』（昭62、三一書房）、『安東次男全詩全句集』（平20、思潮社）

［押野　裕］

『母国《ぼこく》』（一九七二刊）

有《あり》馬《ま》朗《あき》人《と》

〈内容〉 昭和四七年、春日書房刊。序文は山口青邨《せいそん》。青邨に入門した昭和二五年から四四年までの三百句を収める。年代順に十四章に分けられ、さらにそれぞれの章が二から六の表題に分けられている。目次には詩集さながらに印象的な表題が並ぶ。その時々の基調をなすテーマを意識しながら句群が続いていく。

〈特色・評価〉 有馬朗人といえば海外詠と言われる。山口青邨は序文でその特徴として、抒情、海外詠、理知の句を挙げている。「旅人ではない生活者としての海外俳句」（大屋達治「有馬朗人掌論」・花神コレクション『有馬朗人』所収）である。西洋古典の深い教養と実体験に裏付けられた有馬朗人ならではの作品が見られる。

しかし第一句集のタイトルは『母国』。アメリカで研究を続ける選択肢もありながら、日本の若い研究者の育成と俳句のために日本に帰ってきた。すぐれた海外詠のほかにも、第三句集『天為』の〈光堂より一筋の雪解水〉のような国内での名吟がある。

『母国』は後に世界的な教養人となる日本人、有馬朗人の俳句における詩的冒険の書である。

〈作者と業績〉 有馬朗人は昭和五年（一九二〇）、大阪市生まれ。千葉、神奈川を経て浜松に育つ。両親はともに『ホトトギス』の俳人で、幼少より句会を見聞きしていた。『ホトトギス』初入選は十六歳。東大入学後、山口青邨に入門。東大ホトトギス会、「夏草」に入会。大学院進学後、高橋沐石、古館曹人らと『子午線』創刊。これを通じて鷹羽狩行、上田五千石ら若手俳人と交流。

専門は原子核物理学。昭和三四年のフルブライト基金によるアメリカ留学を皮切りに、アメリカ、日本で研究生活を重ねる。『母国』出版のときはニューヨークに一家を構えていた。翌年の帰国後も、海外出張の続く日々を送る。物理学での業績で国際的に評価されている。

昭和六三年、第三句集『天為』により第二七回俳人協会賞を受賞。その後、東大総長、文部大臣、科学技術庁長官などを歴任し、平成二年の俳誌『天為』創刊後も多忙を極める。国際俳句交流協会会長、社団法人俳人協会顧問を勤めた。令和二年（二〇二〇）没。

第二句集『知命』（昭57、牧羊社）。第四句集『耳順』（平5、角川書店）。第五句集『立志』（平10、角川書店）。第六句集『不稀』（平16、角川書店）により第七回加藤郁乎賞受賞。第七句集『分光』（平19、角川学芸出版）により第三回詩歌句大賞受賞。第八句集『鵬翼 四海同仁』（平21、ふらんす堂）は海外詠のみを収めた。第九句集『流轉』（平24、角川書店）により第二八回詩歌文学館賞受賞。第十句集『黙示』（平29、角川文化振興財団）。

〈代表句〉（『母国』所収）

初夏に開く郵便切手ほどの窓

路上から見上げた高いビルの窓だろうか。郵便切手ほどに小さく見える。閉ざされていれば、外から近づくものを拒否しているようにも思われるだろうが、窓は初夏の空に向かって開かれている。窓を郵便切手と見立てる童心と初夏という季節があいまって、曇りのない明るさを感じさせる句。あるいは高階の住人が窓を開くそのときの姿を見たとも考えられる。童話の中の一場面のように描く。山口青邨が序に言う「童話的とか童心といふこと」が端的に表れている。

初夏という季語にはあまり文学的伝統がまつわっておらず、現代のからっとした詩情を感じさせる。

やがて来るものに晩秋の椅子一つ

当時暮していたシカゴの黒人街で、音楽会に行ったときの作品という。どんな人がやってきて座るのか。ぽつんと空いた椅子に、むしろ人の温もりを感じとる。椅子を描きながら、晩秋の人恋しさを伝える。

妻告ぐる胎児は白桃程の重さ

妊娠中の妻が言う。おなかの赤ちゃんはちょうど白桃ほどの重さだと。順調に育ってきた大切な胎児をたとえるのに、その白さも、柔らかさも、健やかさも、白桃が何よりもふさわしい。子どもの重さがリアルに感じられ、傷つきやすい桃に似て両手で包みたいほどいとおしいことが伝わってくる。

この句では白桃という季語はイメージとしてのみ使われ、季感は弱い。それでも桃のめでたさが十分に生かされている。『詩経』の「桃夭」の世界にもつながる健康な抒情の世界である。

草餅を焼く天平の色に焼く

濃い緑色の蓬餅をあぶる。美味しそうな焼き色が付いていく。その色を「天平の色」と言った。天平時代は東大寺、正倉院などに代表される、西方や中国の文物が流入し、華やかな文化が花開いた時代。時を経てその先端性は沈潜し、懐かしい日本文化のふるさととも感じられる。今となってはどことなく鄙びたイメージがあり、そこが素朴な草餅の焼き色に重なる。

〈参考〉 『花神コレクション 有馬朗人』（平14、花神社）、津久井紀代『一粒の麦を地に』（平26、ふらんす堂）、『有馬朗人全句集』（令6、角川文化振興財団）

［岩田由美］

『蕨《わらび》手《で》』（一九七二刊）

飯島晴子《いいじまはるこ》

〈内容〉 昭和四七年、鷹俳句会刊。限定三百五十部。著者四十三歳から五十歳までの七年間の三百二句を収める第一句集。序は藤田湘子。序文に「この句集には、著者自身の後記も、略歴も、写真も、いっさい載せないという。作品に日常的なものがまつわりつくことを嫌う飯島さんの、潔よさ《ママ》であろう」とあるとおり、後記も略歴も掲載していない。昭和三九年『鷹』創刊以降の作品のみを収録し、それ以前の『馬酔木』時代の五年間の句はすべて潔く捨てている。章立ては年代別で、年を追って句数が増えてゆく。なお後年『花神コレクション〔俳句〕飯島晴子』（平6、花神社）に『蕨手』を収める際、三十句を削除し、定本『蕨手』とした。これらすべての過程に晴子の自作への厳しい態度が見て取れる。

〈特色・評価〉 巻頭の〈泉の底に一本の匙夏了る〉は初期の代表作。序文で藤田湘子はこの句の頃を『馬酔木』の抒情的な作風を排し「俳句を告白の詩から認識の詩として自覚しはじめる過程」だと書く。そして後年の〈一月の畳ひかりて鯉衰ふ〉の頃には「見えるものをとおして見えない世界へはいりこんでいった」と句風の変遷を捉える。晴子はのちに俳論「言葉の現れるとき」で「言葉の偶然の組合せから、言葉の伝える意味以外の思いがけないものが顕《た》ちのぼったり顕ちのぼりかけたりすることを体験した。（中略）私などのように、仮の相手としての言葉に拠って言葉を手に入れようと、ホトトギス派のように仮の相手としての事物に拠って言葉を手に入れようと、とにかく言葉が言葉になる瞬間は無時間であり、従って無意識である」（『文学界』昭51・1）と書いているが、『蕨手』時代から終生、晴子は句作の出発点が言葉であれ写生であれ、俳句に現れる言葉は意味を伝達する言葉ではなく、未見の新しい言葉の世界が、瞬時かつ無意識に展かれることを求めた。実際晴子の句作は、ほぼ吟行での写生が起点となっていたが、現れる俳句は思いもよらぬ言葉で緊密に構築され、実景の痕跡は感じられない。

〈旅客機閉す秋風のアラブ服が最後〉〈これ着ると梟が啼くめくら縞〉はモダンな破調のリズムや鮮明な画を通じて、見えない詩性が摑み出された。死が主題の句も多く、〈うすうすと稲の花さく黄泉の道〉〈樹のそばの現世や鶴の胸うごき〉など虚実の融合で生死の境を往来する。また肉親の句も多いが〈螢とび疑ひぶかき親の箸〉〈冬簾や、ふくらみて母まよふ〉のようにその印象は暗い。

〈作者と業績〉 飯島晴子は大正一〇年（一九二一）、京都府久世郡冨野庄村（現・城陽市）生まれ。父は商社員で長年ニューヨークに在住、母は西陣の商家の出身。昭和一三年、京都府立第一高等女学校を卒業、田中千代服装学院に入学。卒業後は日本衣服研究所で服飾関係の仕事に従事。昭和二一年、飯島和夫と結婚。翌年、長女素子誕生。夫の結核発病のため、数年間洋裁の内職で家計を支える。昭和三四年、夫の代理で『馬酔木』の句会に出席。能村登四郎に会い、以後薫陶を受ける。翌年『馬酔木』に初投句し〈一日の外套の重み妻に渡す〉が一句入選。昭和三九年、藤田湘子ら『馬酔木』若手同人が『鷹』を創刊すると、同人として参加。以後、湘子に次ぐ『鷹』の中心として活躍してゆく。昭和四四年、『俳句研究』編集長の高柳重信に会い評論の才を見出され、同誌に評論を続けて執筆。昭和五二年、阿部完市との二人誌『現代俳句ノート』を発行（三号まで）。平成八年、七十五歳で刊行した第六句集『儚々』により、第三十一回蛇笏賞を受賞。平成一二年（二〇〇〇）、自死。享年七十九。句集に『蕨手』『朱田』『春の蔵』『八頭』『寒晴』『儚々』遺句集『平日』。評論集に『葦の中で』『俳句発見』がある。

『蕨手』『朱田』『春の蔵』の、言葉で虚構の物語を紡ぎ出す世界から、『八頭』以降は写実的で平明になっていった。晩年は老いが作品の主題となる。句集ごとに新境地を拓き、また不毛とされてきた女性による俳句評論の分野でも鋭い論考を多数執筆。作品も本格評論も書ける女性として、現代の女性俳人の先駆者的な役割を果した。

〈代表句〉

泉の底に一本の匙夏了る （『蕨手』）

泉の底に沈んだ匙の金属の冷たさと水の澄んだ印象に、夏が終わり、秋が来る気配がよく伝わってくる。

月光の象番にならぬかといふ （『春の蔵』）

自解によれば、実際に見た象舎の景が起点とのことだが、形になるまでの経路はまったく覚えていないという。晴子らしい方法で、幻想的な物語世界が開けた。

螢の夜老い放題に老いんとす （『寒晴』）

昔から恋の思いや魂になぞらえて詩歌に詠まれてきた螢が、迫力のある「老い」の意識と結ばれる凄まじさ。

寒晴やあはれ舞妓の背の高き （『寒晴』）

小柄で可愛い舞妓のイメージとは違う、背の高さがあわれ。寒晴の「カン」の音に京都の厳しい寒さを感じる。

さつきから夕立の端にゐるらしき （『儚々』）

降ったり止んだり気をもむような天気を〈夕立の端〉と見事に表現。口語・文語混じりで愛唱性を獲得した。

葛の花来るなと言つたではないか （『平日』）

最晩年の絶唱。葛の花が異界との境を思わせる。

〈参考〉 『飯島晴子全句集』（平14、富士見書房）、『飯島晴子読本』（平13、富士見書房）、『12の現代俳人論（上）』（平17、角川選書） ［相子智恵］

『初心《しょしん》』（一九七三年刊）

後藤比奈夫《ごとうひなお》

〈内容〉　昭和四八年、諷詠会刊。『ホトトギス』初入選の昭和二七年から三九年までの四百三十句を収める。自序、自題簽、あとがきに替えて著者身辺を添える。

〈特色・評価〉　後藤比奈夫は後藤夜半の長男。父に俳句の手ほどきを受けた。『ホトトギス』『玉藻』『諷詠』に発表した作品から自ら予選、さらに夜半の再選で五百句に絞られたが、序文も題も夜半から得られないまま十年近くが過ぎた。結局『諷詠』三百号記念祝賀会に寄せて題名も自ら考え、夜半の賛成を得て『初心』とした。その際自ら更に七十句を削ったという（後藤比奈夫『増補現代俳句大系月報十四『初心』のころ』昭56、角川書店）。

タイトルは『初心』、そして序に言うとおり「私にとつては誠に素直に初心であり、客観写生とか省略とかいふことだけが頭を占めてゐた、無欲な時期の作品ばかりである」。俳句を始めたばかりの頃の、目に映るもの何でもが句になる、先達の教えに素直に従って夢中で句を作る時期の眩しさが感じられる句集である。

髙柳重信は『現代俳句全集五』（昭53、立風書房）の「後藤比奈夫集」に「凛たる響き」と題して文を寄せている。「見事な感性の閃き」「清潔な緊張感を湛えた凛たる響きの言葉」と比奈夫の句を評する。「瓦斯炉」「ビヤガーデン」など、当時としては目新しい題材を詠んだ句もあるが、多くは柔らかな和語で構成され、言葉に無理をさせることなく詠まれている。その句の調子はゆとりを感じさせる。

〈作者と業績〉　大正六年（一九一七）大阪生まれ。父は後藤夜半。叔父は喜多流の能楽師の後藤得三と喜多実。大阪大学理学部物理学科卒業。昭和二七年より俳句入門。昭和二九年『諷詠』編集兼発行人となる。『初心』自序には「初めはほんの手すさびのつもりが、父の仕事を手伝はなければならぬやうになり、次第に深みに嵌ることとなつて、今では俳句の為に割く時間の方が、本業の為に使ふ時間よりも遥かに多くなつてゐる」と謙虚に語るが、その専心は、環境に流されてというような安易なものには見えない。「ホトトギス」流の客観写生を貫きつつ、平易な言葉で自らの感覚や発想を深く表現しようとする。第二句集『金泥』は『初心』と同じ年の暮に出版された。大きく句風を変えることはなくとも、初心の自分を越えて、新たな段階へ進んでいこうとする強い意志の現れであろう。

「物の姿を心をこめて見ていると、物の姿が次第にはっきりし、物の姿の向うにある物の心に作者の心が感応し始める。あるいは逆に作者の心が物の姿を通して物に乗り移り、物の心となって物の姿を介して、再び作者の心に戻って一体となると考えてもよい。いわば物心一如の世界。写生の醍醐味といえよう」長年客観写生に努め、工夫を重ねてきた作者の言葉である（『自句自解Ⅱベスト100後藤比奈夫』）。令和二年没。

さまざまな賞に恵まれているが、大きなものでは第八句集『沙羅紅葉』により、第二回俳句四季大賞受賞。第十句集『めんない千鳥』により、第四十回蛇笏賞を受賞している。柔らかな言葉づかいで耳に入りやすく、上方の教養を下敷きにした深みのある句境は余人の及ばぬところである。

〈代表句〉（『初心』所収）

首長ききりんの上の春の空

きりんの長い首を下から目で辿っていくと、ふと春の空が開ける。きりんののんびりとした顔と、暖かそうな春の空がよく似合う。「首長き」という描写はきりんには何の意味も付け足すわけではないが、きりんの首の長さを読者にゆったりと想像させる間を一句にもたらす。

前掲『自句自解』では「次第に植物の中に自分の心が映るのが面白くなって来たが、動物は個性が強すぎて苦手であった。この日、機嫌のいい麒麟の顔を見上げていて、春の空に気付き、それから麒麟が好きになった」とある。作者の機嫌の良い心理状態が麒麟の顔とその後ろの春の空に反映し、作者に戻ってきたのだろうが、俳句の上では心は描かれない。「心で作って心を消し去るもの」という作者の俳句観そのままの作品である。

昼は子が鵜匠の真似をして遊ぶ

鵜匠の子が昼に親の真似をして遊んでいるのであろう。前夜に観光で鵜飼を見た子どもが真似をしているとは考えにくい。猟とは本来殺生であるうえに、鵜の生態を利用した鵜飼は現代の目から見ても残酷ともいえる。能の「鵜飼」では鵜飼の男は殺生戒に触れて地獄に落ちている。救ってもらおうとして、旅の僧の前で鵜飼の所作をして見せる男が、殺生と知りつつ夢中になり、「面白や」と言ってしまうあわれが、この句の背景にある。

もっとも当の子どもは通りすがりの人の思い入れには何の頓着もなく、楽しそうに遊んでいるのだ。

〈参考〉　後藤比奈夫「自作ノート」（『現代俳句全集五』昭53、立風書房）、『シリーズ自句自解Ⅱベスト100後藤比奈夫』（平25、ふらんす堂）

〔岩田由美〕

『葛《くず》の葉《は》』（一九七三刊）

川崎展宏《かわさきてんこう》

〈内容〉 昭和四八年刊。杉発行所。「序にかへて」として〈をみなへしといへばこころやさしくなる〉の一句が置かれている。「春鹿」「雪」「桃畑」「海」の四章からなる。収録数三百一句である。

〈特色・評価〉 展宏は『葛の葉』の跋で「俳句は遊びだと思っている。余技という意味ではない。いってみればその他一切は余技である。…」と言う。小檜山繁子は「俳句は遊びだ。命がけの遊びだ」と言い放った句会での展宏の思い出を述べている。（『俳句研究』平22、春の号）。これについて角谷昌子は「…その他一切は余技とも明言し実生活でも俳句一途だった。展宏はその遊びに生涯を掛け、『遊びだから息苦しい作品はいけない』として平明さを心掛けた。この姿勢には虚子の『極楽の文学』が反映しており背景の地獄を見据えていよう。」と述べている・（『俳句』平25・3）

作品には以下のようなものがある。「春鹿」より〈夕焼けて指切りの指のみ残り〉「雪」より〈天の川水車は水をあげてこぼす〉「桃畑」より〈まっすぐに菊に注ぎし水の跡〉〈涼しさは端の欠けたる僧の下駄〉「海」より〈虚子に問ふ十一月二十五日のこと如何に〉〈何の木にかかりて高き藤の花〉。

〈作者と業績〉 川崎展宏は昭和二年（一九二七）一月十六日広島県呉市生まれ。本名は展宏《のぶひろ》。東京大学文学部卒業。寒雷主宰加藤楸邨の門に入り、のち同人となる。昭和四五年『杉』創刊に参加する（森澄雄主宰）。『杉』編集長を務めたあと『貂』創刊主宰（昭和五五年）。句集『夏《なつ》』で読売文学賞受賞（平成三年）。平成一〇年には句集『秋《あき》』で詩歌文学館賞、評論「俳句初心」で俳人協会評論賞を受賞。米沢女子短期大学、共立女子短期大学を経て明治大学法学部教授となる。「朝日俳壇」選者（平成六年から平成一八年まで一三年間）。

著作・句集に『葛《くず》の葉《は》』『義仲』（昭53、牧羊社）、『観《かん》音《のん》』（昭57、牧羊社）、『夏《なつ》』（平2、角川書店）、『秋《あき》』（平9、角川書店）がある。評論に前述の「俳句初心」（平9、角川書店）がある。

業績について角谷昌子は「現代俳句に俳味を呼び戻し古典が息づく沃野を拓いた」（『俳句』平25・3）と言い、稲畑汀子は「古典に対する深い知識と理解を踏まえながら、題材も表現も自由闊達で不羈の精神を孕んでいるようにさえ見える」と言い、そして「展宏氏は虚子をライフワークとして研究し読み続けた人である。虚子の花鳥諷詠を誰よりもよく理解し、心を寄せた人である」と言う。（『俳句研究』平22・春の号）そして更に汀子は展宏の句「戦争に駆り出され死んでいった同世代の多くの若者達への鎮魂の思い…」に言及する。

これに対して展宏は〈「大和」よりヨモツヒラサカスミレサク〉（『義仲』）の句に関連して、「鎮魂を意図した句ではなく、切なさが句になった」と述べている（『俳句初心』平9、角川書店）

〈代表句〉（『葛の葉』所収）

天の川水車は水をあげてこぼす

精米、製粉のため水のエネルギーを機械的エネルギーに変えるものが水車である。古い時代にはこのエネルギーが貴重であった。

水車が水をあげてこぼすという事実は指摘されるまでもなく、あまりにも当然と言えば当然である。しかし、コロンブスの卵の話と同じように、言われはじめてわかる真実がそこにある。「水をあげてこぼす」この単純な事実の中にすべてがあり、水車の本質があることに気づくことは決して容易ではない。心を無にして対象に向かうことが必要であり、瑞々しい感性が必要である。

後藤夜半の〈瀧の上に水現れて落ちにけり〉という句を思い出す人も多いであろう。当然と思われることの中に、ものの本質があることを見い出すことは、いつも自然と一体となってその中に自分をゆだねる余裕がなければ生まれない。天の川という悠久の自然と水車という人工物の対比は人間存在、人間の営為を我々に問いかけるものがある。平明であるが、深い心に裏打ちされたものが一句の中にある。

涼しさは端の欠けたる僧の下駄

仏道修行の僧の中心的目的は、様々な欲望を捨て去ることにある。そうであるとすれば、物欲を捨てようとする僧にとって、下駄の端の欠けていることは、何の気にもならないことである。しかし、我々俗人はそのような下駄を履いている僧を見るとき、僧の精神の気高さを感じ心まで涼しく感じることもまた素直な感情である。よくよく考えてみると、悟りたいという気持こそ最大の欲望である。寺に入り悟りのために修行することこそ大欲そのものである。端の欠けた下駄を履いて修行に努める僧は悟るという大欲のために今も修行を続けているのであろうか。何もかも捨て去ることが悟りなら、悟ることさえ捨て去らねばならない。しかしながら、俳句の鑑賞において、そこまで考えを進めることは、過剰な読みとなるかもしれない。単に下駄の欠けたという事実に涼しさを感じる俳人の感性に、目を向ければよいのかもしれない。この涼しさには、物理的な涼しさだけでなく、精神的な涼しさが含まれており、その俳句世界を共有出来ればよいのである。

［中村正幸］

『水妖詞館《すいようしかん》』（一九七五刊）

中村苑子《なかむらそのこ》

〈内容〉 昭和五〇年、俳句評論社刊。著者三十七歳から六十二歳までの二十五年間の百三十九句を収める第一句集。序・高屋窓秋。「遠景」「回帰」「父母の景」「山河」「挽歌」の五章に分けられ、制作年に関係なく主題に基づき編集されている。翌年に刊行された第二句集『花狩』には初期句抄を収めるものの、第一句集では初期「春燈」時代の、日常生活の抒情を詠んだ句はほぼ省かれ、「俳句評論」時代の幻想的な独自の心象句が中心をなす。二十五年間の句としてはかなりの厳選であり、有名句も多い。

〈特色・評価〉 底流をなすテーマに「死」があり、生と死を往還する幻想的な句が特徴。代表句の〈黄泉に来てまだ髪梳くは寂しけれ〉〈凧《いかのぼり》なにもて死なむあがるべし〉を始め、〈死後の春先づ長箸がゆき交ひて〉〈春の日やあの世この世と馬車を駆り〉はその例。父母への追悼句のみで編まれた「父母の景」の章では〈母の忌や母来て白い葱を裂く〉〈死に遅れたる父は父どち魚遊び〉と夢幻の美しさで哀悼する。艶と情念があるのも特徴で、〈翁かの桃の遊びをせむと言ふ〉〈桃の木や童子童女が鈴なりに〉〈貌が棲む芒の中の捨て鏡〉〈おんおんと氷河を辷る乳母車〉など古典的な美しさと凄みのある前衛句を詠んだ。『水妖詞館』という題名は『証言・昭和の俳句 下』（平14、角川書店）によれば、夫の十七回忌後に佐渡の寺から東京に墓を移すために骨壺を開けたところ、骨は消え、黄色い水が少し溜まっていたことに驚き、「人間の原始は水である」と実感したことによる。〈鈴が鳴るいつも日暮れの水の中〉〈一椀の水の月日を野に還す〉〈汐木積み水の匂ひのもの焚ける〉など水の佳句も多い。本句集にて苑子は現代俳句協会賞を受賞。

〈作者と業績〉 中村苑子は大正二年（一九一三）（※）、静岡県伊豆生まれ。伊豆は母の実家で、ほどなく東京都千代田区一番町の家に戻る。十一歳で父が死去し伊豆へ移住。昭和四年、十七歳で小説家を志し、母の反対を押し切って日本女子大学国文科に入学するも、肺結核に侵され一年半で中退。志賀高原で療養。文芸誌『創作紀元』に参加し、大江満雄、山之口貘と知り合う。文藝春秋社の俳誌『邸下選』の佐佐木茂索の知遇を得、横光利一、中山義秀を識る。昭和七年、二十歳で佐渡出身の中日新聞政治部記者、中村孝と結婚。昭和一七年、三橋鷹女の第一句集『向日葵』に衝撃を受ける。昭和一九年、三十二歳のとき、フィリピンに報道班員として派遣されていた夫が戦死。同じく報道班員だった石坂洋次郎が帰国し、遺品の句帖を手渡され、初めて夫が俳句に入門していたことを知る。昭和二〇年藤沢に疎開中、久米正雄、川端康成、高見順、中山義秀が設立した「鎌倉文庫」の事務を手伝うも終戦により解散。昭和二二年、『鶴』の石橋秀野選の入選を機に俳句に興味を持つ。昭和二四年、三十七歳で『春燈』に入会。昭和二七年、春燈婦人句会の機関誌『紫苑』を創刊、十号まで発行。昭和三三年、四十五歳で高柳重信の要請に応じ『春燈』を辞し『俳句評論』を創刊。重信とは公私ともにパートナーとなる。昭和四九年、六十一歳で俳句評論年間作品優秀賞を受賞。翌五〇年、第一句集『水妖詞館』刊、現代俳句協会賞受賞。翌五一年、吉岡実と重信編纂による第二句集『花狩』刊。昭和五四年、第三句集『中村苑子句集』刊。集中の「四季物語」で現代俳句女流賞を受賞。七十歳となった昭和五八年、高柳重信急逝。『俳句評論』を二十五周年で終刊とする。昭和六〇年『高柳重信全集』を編集刊行。翌六一年、富士霊園の苑子自身の墓の隣に重信の墓を建立。墓碑銘は〈わが盡忠は俳句かな〉。八十歳となる平成五年、第四句集『吟遊』刊。これにより翌年詩歌文学館賞、蛇笏賞をダブル受賞。平成八年、生前葬を行い遺句集として『花隠れ』刊。平成一三年（二〇〇一）死去。

※晩年、本当は明治四三年（一九一〇）年生まれと明かしたが、本稿では公式発表の年譜によった。

〈代表句〉

黄泉に来てまだ髪梳くは寂しけれ （『水妖詞館』）

死んで黄泉の国に来てもなお、女性の象徴である髪を梳く行為をやめられない。持って生まれた女性の性と自己愛か、此の世に未練があるのか、その姿が寂しい。

凧《いかのぼり》なにもて死なむあがるべし （『水妖詞館』）

凧は一本の糸で風任せに天へ上がる。私はどう死のうかと自問するうち、凧と自身が融合する。風の召すまま、運命のままにただ上がるべきだと。〈あがるべし〉の力強さは、死を詠みながらも「どう生きるか」に通じる。

翁かの桃の遊びをせむと言ふ （『水妖詞館』）

梁塵秘抄の「遊びをせんとや生まれけん」を踏まえる。古典的な美しさを持ちながら、挑発的な妖しいエロスがある。「桃」は苑子の愛した季語で、句も多い。

桃のなか別の昔が夕焼けて （『花狩』）

桃の実の中には、自分が生きてきた昔とは違う別の昔があり、夕焼けに照らされて懐かしい。不思議な安らぎに満ちたパラレルワールド的望郷。

わが墓を止り木とせよ春の鳥 （『中村苑子句集』）

春の鳥よ、私が死んだら墓を止り木に翼を休めておくれという。春の鳥に死後の明るさがある。

〈参考〉 『花神コレクション［俳句］中村苑子』（平6、花神社）、『証言・昭和の俳句 下』（平14、角川書店）

［相子智恵］

『白泉句集《はくせんくしゅう》』（一九七五刊）

渡邊白泉《わたなべはくせん》

〔内容〕 昭和五〇年、書肆林檎屋刊。句集は自筆稿本句集復刻版（二八頁）である『白泉句集』とこれから洩れた作品を『拾遺』として二百三十六句を収めて二分冊からなる。『白泉句集』は、昭和四年、十六歳の作品にはじまり、同四三年、五十五歳までおさめた第一句集であり、遺句集である。編集・年譜制作は三橋敏雄。編成は、四年（一句）から四三年までの四百九十六句を収める。その内訳は、「涙涎集」（四年から一六年までの百六十八句）、「欅炎集」（一六年から二〇年までの百五十七句）、「瑞蛇集」（二〇年から四十三年までの百七十一句）。稿本は半紙版、和紙袋綴、九十丁、「白泉句集」と題簽。「あとがき」には昭和四四年とあり、一月三十日に急逝した年。この稿本は、生前の勤務先であった学校の書類保管のロッカーから発見された。集中の〈戦争が廊下の奥に立つてゐた〉は、白泉の代表句であり、戦時下の日常の空気を鋭く表出した無季俳句の傑作である。

〔特色・評価〕 この句集は、三つの時期に分けられる。まず、作句を始めた昭和八年頃から新興俳句事件（京大俳句事件）で逮捕・収監された時期。作品としては、〈街燈は夜霧にぬれるためにある〉〈鶏《とり》たちにカンナは見えぬかもしれぬ〉〈憲兵の前で滑つて転んぢやつた〉〈銃後といふ不思議な町を丘で見た〉など、戦時下の鬱屈した不安を正面から詠う。次は、京大俳句事件で起訴猶予・執筆禁止の時期である。しかし密かに句作を続ける一方、古俳句の研究に取り組んでいる。〈藤咲いて山の手曇る都かな〉。さらに応召中の作品では、〈夏の海水兵ひとり紛失す〉〈玉音を理解せし者前に出よ〉〈新しき猿又ほしや百日紅〉。戦後の作品としては、〈まんじゆしやげ昔おいらん泣きました〉〈行春やピアノに似たる霊柩車〉〈マリが住む地球に原爆などあるな〉。このように、戦争・敗戦・戦後という、激動の時代に対峙し、無季俳句という武器によって、俳句の新たな可能性に挑んだ一集である。

〔作者と業績〕 白泉は大正二年（一九一三）、東京に生まれる。十六歳の頃、『子規俳話』を読み、俳句に興味を抱く。昭和八年慶應義塾大学経済学部に進学し、『馬酔木』に投句。翌年、『句と評論』へ投句し、同人。同誌上で無季俳句等の評論を書く。一一年卒業し、三省堂入社。翌年、同人誌『風』を創刊。高屋窓秋を迎え、読者投句欄の選者に。一三年に『広場』に合流、十一月号で退く。翌年、三鬼の斡旋で『京大俳句』会員。十五年『天香』創刊に参画。同年京大俳句事件に連座し、起訴猶予・執筆禁止になる。そのため、阿部青鞋や三橋敏雄らと古俳諧の研究に没頭する。一六・一七年と石田波郷の『鶴』に変名で投句。一八年三省堂退社、損害保険統制会に勤務。一九年応召。横浜海兵団に入団。兵科は水兵。翌年黒潮部隊函館分遣隊にて敗戦。損害保険統制会解散により退職。大洋物産に入社。二二年現代俳句協会創立に伴い会員に。二三年、大洋物産を退社。青鞋の招きで岡山に移住。岡山県立林野高等学校に教諭として勤務。二四年、岡山市立石井中学校に転勤、二六年退職。その後三島、沼津の高校に勤務。

戦後は結社等には所属せず、わずかに総合雑誌に作品を寄せるも、俳壇とは距離を置き、自らを独りの場に置き、俳句に向き合う。

白泉は、戦時下の圧倒的に不条理な社会に対して、俳句作品で悲しいまでの諧謔のアイロニーの世界を対峙させた。同世代の高屋窓秋は、「俳人として一番困難な作品の世界を見事に生きてきた白泉の前に、誰しも脱帽せざるを得ないだろう」（『渡邉白泉全句集』栞）と述べたように、まさに孤軍の戦いの俳句人生であったといえる。同様に、『渡邊白泉集』を編んだ三橋敏雄は解説に、「白泉俳句が、古典俳諧の風趣を呼び据えながら、その総合の上に、白泉自身であるところの現代人の憂愁を永遠の人間存在の憂愁へ限りなく転換していく絶妙さを、改めて知ることができる」とともに、結社や俳壇から距離を置いた後半生に、「強い信念を感知する」と述べた。昭和四四年（一九六九）一月二九日逝去。享年五十六歳。

〔代表句〕（『白泉句集』所収）

鶏《とり》たちにカンナは見えぬかもしれぬ

鮮烈な赤の色彩が印象的である。絵画でいえば画面全部が赤一色である。鶏冠の鶏の動き回るなかでは、カンナの花の存在は認知されない。鶏冠とカンナの赤が画面の中で不思議な光景を作り上げている。赤は強烈な社会批判の色彩でもある。

戦争が廊下の奥に立つてゐた

昭和一四年の作。日常の空間である廊下の奥に、戦争が影のように立ち現れてきたのを感受したのである。戦争を擬人化することで、一層不気味で暗い空気を漂わせている。幻想が現実と次第に一つに重なってくるような光景である。

玉音を理解せし者前に出よ

敗戦の詔勅の場面。静かに隊列を崩さず玉音に聞き入る兵士らを前に、その意味を問う上官の声が一人聞こえる。戦いが終わったにもかかわらず、緊張した場面が続く一瞬に、まさに諧謔のアイロニーが漂う。

〔参考〕『渡邊白泉全句集』（昭59、沖積舎）、『富澤赤黄男 高屋窓秋 渡邊白泉集』（昭60年、朝日文庫）

［渡辺誠一郎］

『汀子句集《ていこくしゅう》』（一九七六刊）

稲畑汀子《いなはたていこ》

〈内容〉　昭和五一年、新樹社刊。著者十六歳の昭和二二年から昭和四九年四十三歳までの二十七年間の八百五十八句を収める第一句集。序は高浜年尾、あとがきは稲畑汀子。巻頭の句〈今日何も彼もなにもかも春らしく〉は昭和二六年三月十七日付け『朝日新聞大阪本社版』「朝日俳壇」の高浜虚子選初入選の作品、それにつづく〈武者人形飾りし床の大きさよ〉は昭和二二年八月号『ホトトギス』に初入選の作品。

巻末に「祖父虚子をなつかしみ」と題して、虚子の句、九枚の写真、八通の虚子書簡写真と翻字、四通の虚子書簡紹介があり、これら書簡にたいする著者の短い解説が添えられている。

〈特色・評価〉　句集は昭和二六年以前が四句、以後の四九年までが八百五十四句収められている。二七年以降の年度別句数をみると、三四年は十二句、三五年は十六句、三六年は十句と他の年に比して極端に少ない。その理由の一つには三一年の結婚や三二年の長男出産などが考えられる。その後は年を追うごとに収録句数が増加し、四八年、四九年はそれぞれ八十六句、八十句である。つまり、句集には汀子の初学時代から結婚・子育てという起伏に富んだ生活がそのまま収められているといえる。

序文で年尾は、星野立子の句に対して、虚子が「景三情七」と評したことと比べて、「汀子の句は景八情二位」と汀子が写生に忠実であると評している。作品はおおらかで明るく、技巧を弄したところを感じさせない清新さがある。幼いころから俳句に親しんでいたため、俳句のリズムや気息は生得のものといえる。

〈作者と業績〉　稲畑汀子は昭和六年（一九三一）、神奈川県横浜市に生まれる。父、高浜年尾、母、喜美の次女。虚子は祖父。

幼時を鎌倉で過ごすが昭和一〇年に父の転勤で兵庫県芦屋に転居。翌年、小林聖心女子学院小学部に入学し、このころから祖父・父に俳句を学ぶ。一七年には同学院の高等女学校へ進学し、二〇年に空襲で家が焼失したため寄宿舎に入る。翌年カトリックの洗礼を受ける。あるがままを受け止め最善を尽くす、という姿勢はこのときに培われたようだ。寄宿生活中も小諸に疎開していた虚子に俳句を送り、学ぶ。二四年、同学院英語専攻科に進んだが健康を害し中退。その後、虚子や年尾の俳句の旅に同行し、本格的に俳句を始める。三一年、稲畑順三と結婚し、翌年長男廣太郎誕生、現在の『ホトトギス』主宰である。三四年、虚子死去。四〇年、『ホトトギス』同人となる。五二年、父年尾が脳梗塞で倒れたため、『ホトトギス』雑詠選者となり、翌年父の死去により『ホトトギス』の主宰となる。主宰継承後まもない五五年に『ホトトギス』一千号を迎えたこと、祝賀会を執り行ったことなどが大きな話題となった。だが、同年夫と死別する。

この間、甲南中学校非常勤講師を勤め、さらに、若手俳人育成のための「野分会」を発足させ、次世代へ花鳥諷詠を正しく伝えることに努める。五六年に著した句文集『星月夜』（ホトトギス社）は好評を博し、後に創元社より再版されている。五七年、祖父虚子、父年尾、叔母立子のあとを継ぎ、朝日俳壇選者となる。

六二年、社団法人（のち公益社団法人）日本伝統俳句協会を設立し、会長に就任。虚子の提唱した花鳥諷詠の理念のもとに現代にふさわしい伝統俳句を正しく世に伝えることを目指す。同時に、俳句の国際化へも力を注ぎ、国際俳句シンポジウムを隔年開催。ドイツや韓国などで度々俳句講演活動をする。

平成一二年、虚子顕彰および資料の保存・公開のため、芦屋市に財団法人（のち公益財団法人）虚子記念文学館を創建し、理事長に就任。他にも地球ボランティア会長などの要職に就き、国内外の俳句の発展に貢献している。また、機会ある度に虚子の俳句理念を自身の言葉でわかりやすく説き、その普及にも努める。汀子の功績には、昭和五八年に芦屋市文化賞、平成三年に大阪市民文化賞、平成七年に兵庫県文化賞がそれぞれ授与された。令和四年、二月、芦屋市の自宅で死去。九十一歳。

句集に『汀子第二句集』『汀子第三句集』『障子明り』など、評論・随筆に『自然と語りあうやさしい俳句』『俳句に親しむ』『虚子百句』など多数ある。

〈代表句〉（『汀子句集』所収）

今日何も彼もなにもかも春らしく

今日は見るもの触れるもの全てが春らしく感じられる、という喜びを詠んだ句。昭和二六年、二十歳での作。中七の〈何も彼もなにもかも〉というリフレインは作者の心からの発露なのである。句全体に漂う伸びやかな明るさと弾むようなリズムは、真っ直ぐ読み手に伝わってくる。作者の初期の代表作である。

とらへたる柳絮を風に戻しけり

柳は春に花が咲いた後、晩春には白い綿毛の種子となって飛び散る。それが柳絮である。柳絮をとらえて風に戻すという所作は、作者の心のゆとりや優しさから生まれたもの。平明な言葉でさりげなく詠まれているが、柳絮の本質を的確に捉えた作品である。

〈参考〉　「特集・稲畑汀子の世界」（『俳句研究』平6）、「稲畑汀子『汀子句集』とその時代」（『俳句』平16）

［黒川悦子］

『微光』（一九九二刊）

橋《はし》 閒石《かんせき》

〔内容〕 平成四年、沖積舎刊。昭和五十八年以降の二百句を五章に分けた。第十句集。著者によるあとがき。

〔特色・評価〕 この句集の特徴を成すのは、古典性と前衛性がせめぎ合いながらも調和を見せる、和洋折衷の揺らぎに満ちた作品群である。多くの俳句作家が青年期から壮年期に自らの作風を確立させるのに対し、閒石はさまざまな試行錯誤を重ねながら、最晩年の本句集において独自の世界観を完成させている点でも特筆に値する。

〔作者と業績〕 橋閒石は、明治三六年（一九〇三）に金沢市生まれ。本名・泰来《やすき》。旧制四高を経て、京都帝国大学文学部英文科卒業。英文学者としての専門は十八世紀イギリスの随筆家であるチャールズ・ラム。俳句には中学生のときに、病気で通学不能になったために親しむようになった。英文学の教授として兵庫県立神戸高等商業学校に着任した翌年の昭和七年、兵庫の俳諧師寺崎方堂の蘿月吟社に加わり、俳文学の研究と連句の実作に努めるようになる。昭和二一年、和歌・連歌の発生から俳諧へ展開して子規に至る通史を記した『俳諧史講話』を刊行。同二四年、俳句・連句・随筆の月刊誌『白燕』を創刊主宰（のちに代表同人）。昭和二六年、第一句集『雪』を刊行。『雪』には、俳句のほか、連句六巻および随想十編をおさめた。同二九年に第二句集『朱明』、同三二年に第三句集『無刻』刊行。同三三年、永田耕衣や赤尾兜子の誘いを受けて、高柳重信の『俳句評論』創刊同人になる。同三八年、第四句集『風景』刊行。同じ時期に、英文学者として『イギリスの随筆』や『ラムの思考様式』などの研究書も著した。同四三年、神戸親和女子大学教授（のちに学長）。同四六年、第五句集『荒栲』刊行。同五三年、第六句集『卯』刊行。同五八年に第七句集『和栲』を刊行、翌五九年、『和栲』にて第十八回蛇笏賞を受賞する。同六〇年にそれまでの抄出句集として第八句集『虚』、同六二年にそれまでの選集として第九句集『橋閒石俳句選集』を刊行。平成四年（一九九二）、第十句集『微光』を刊行した後、十一月に死去。平成二三年『橋閒石全句集』刊行。

　閒石の特徴は、寺崎方堂の薫陶を受けて俳諧連歌に親しんでいた時期の影響が顕著な初期のしっとりとした抒情性（第一句集『雪』）を経て、『俳句評論』に参加し、関西の前衛作家と交流した時期の前衛性への傾倒（句集『朱明』『無刻』『風景』）、そして、ふたたび古典へと回帰した後期の抽象性と俳諧性（『荒栲』以降）と、生涯を通じて、その作風が劇的に変転した点にあるだろう。このため、閒石ならではの代表句というと、『和栲』『微光』の二句集に集中している。八十九年の生涯を通じた俳諧などの古典と英文学の研究の両立から生まれた独自の世界観は、晩年にゆたかな結実を見せたのである。

〔代表句〕（『微光』所収）

噴水にはらわたの無き明るさよ

　噴水は夏の季語。噴き出された水が陽射しを受けて輝く様子を〈はらわたの無き明るさ〉と表現した。〈明るさ〉はまた、〈はらわた〉に代表される実体性の無い、虚無的な浮遊感にもつながろう。閒石は生涯を通じて、虚と実、仮面と素面というテーマにこだわり、それらの一方がつねに他方を包含した多義的な浮遊性こそ矛盾的な合一であることを「雲を踏む確かさ」という評言であらわした。

芹の水言葉となれば濁るなり

　芹は春の七草の一つで、田の畔に群生しているほか、水の中でも栽培する。早春に香りのよい新芽を出すことで清新な植物の印象がある。まだ汚されることを知らない純粋さの象徴としての〈芹の水〉に対して、物ごとを認識して了解可能なものにしようとする人間の言葉はどこか不純な存在であることが暗示されている。〈言葉〉に代表される知のかなしみ、認識以前の無垢な状態へのあこがれも滲んでいよう。

ラテン語の風格にして夏蜜柑

　閒石の特徴は、外界の事物を観察しながらもそれをそのまま写生するのではなく、抽象的な思考や概念に結び付ける点にある。この句ではオレンジ色の日本の〈夏蜜柑〉という実在が、〈ラテン語の風格〉という抽象的な次元へとひらかれている。両者は関係がないようでありながら、その発想の飛躍の大胆さにおいて、遥か彼方の柑橘類の育つローマ文化圏とその言語を取り巻く〈風格〉を一挙に想起させる役割を果たしているのである。

銀河系のとある酒場のヒヤシンス

　ヒヤシンスは春の季語。〈銀河系〉という広大無辺の時空から、〈とある酒場〉という地上の時空、さらにその酒場の片隅にひっそりと置かれている小花を群がり咲かせるヒヤシンスへと、巨大なものから極小のものへの視点の移動が鮮やかな句である。銀河系に浮かぶ無数の星と、ひっそりと薄い青紫の花を咲かせるヒヤシンスの照応性も美しい。若い頃に親しんだ連句の実作によって培われた想念の飛躍性と、英文学者としてのモダニズム的な言語センス、前衛・抽象的なイメージの深化など、さまざまなジャンルを貪欲に取り込んで融合させてきた閒石の代表作といえる作品。

〔参考〕『橋閒石全句集』（平23、沖積舎）、和田悟朗「抽象を見る―『微光』の光」、大林信爾「閒石俳句と俳諧性」（『白燕』328号、平5）

［田中亜美］

Ⅳ　季題・季語編

1　基本季語

〔新年〕元日／若菜／子の日／

〔春〕立春／梅／霞／残雪／鶯／柳／若草／氷解く／帰雁／春の月／春雨／蝶／蛙／花／桜／耕し／燕／苗代／椿／陽炎／永日／雉子／雲雀／菫／蕨／雛祭／藤／躑躅／山吹／暮春

〔夏〕更衣／余花／新樹／仏生会／橘／卯の花／時鳥／祭／夏草／夏月／牡丹／牡若／菖蒲／端午／早苗／青梅／五月雨／鵜飼／蟬／百合草／若竹／蛍／水鶏／氷室／暑し／蚊遣火／白雨／撫子／夕顔／蓮／扇／納涼／清水／夏の暮

〔秋〕初秋／七夕／一葉／蜩／荻／萩／虫／鹿／露／霧／稲妻／踊／盂蘭盆会／木槿／槿／草花／薄／女郎花／秋の空／秋田／葛／野分／月／冷やか／雁／砧／蛩／夜寒／菊／紅葉／九月尽

〔冬〕初冬／時雨／落葉／山茶花／木枯／霜／寒し／短日／冬月／寒草／冬木立／鷹狩／氷／霰／霙／雪／冬籠／水鳥付鴛／千鳥／師走／早梅／歳暮

2　近代の季語

〔春〕寒明／春浅し／二月尽／春昼／花冷／春の星／春一番／春時雨／春田／春泥／鶯餅／桜餅／麦踏／花篝／風船／石鹼玉／朝寝／春眠／桜蘂ふる

〔夏〕薄暑／炎昼／夜の秋／虹／雷／夕焼／西日／油照／雪渓／出水／土用波／滴り／滝／帰省／噴水／籐椅子／香水／天瓜粉／走馬灯／夜濯／泳ぎ／日焼／蛇／万緑／緑陰／黴

〔秋〕秋めく／爽やか／秋麗／秋晴／松手入／秋思／黄落／色変えぬ松

〔冬〕数え日／三寒四温／日脚伸ぶ／冬銀河／北風／隙間風／重ね着／雪吊／障子／火事／風邪／咳／息白し／木の葉髪／綿虫

〔新春〕初茜／初景色／初詣

1　基本季語

基本季語のために

季語は、俳句にあって読者とイメージを共有しつつ、一句が詩的イメージを形成するための基盤として機能している。季語は、そのイメージが文化的に共有されるためにさまざまな詩歌を背景に背負ってきている。その背景を解き明かしつつ、共有されるべき文化的イメージがどのようなものかを明らかにすることが、歳時記本来の役割だと考える。本事典では、分量的にそのすべてを明らかにすることはできないが、一つの基本的サンプルとして、歳時記のあるべき説明の形を示したい。

取り上げた季語は、基本季語として、百二十語を選んだ。これは、和歌の伝統を承け、連歌において発句に詠まれてきた季語（季題）に、江戸時代になって詠まれるようになった若干の季語を加えた数である。

基本季語　凡例

一、連歌から俳諧へと季語が受け継がれる時点で、連歌において季題として機能していた季語を中心に百二十語を取り上げ、それらについて、季語のイメージが確立してくる経緯、それらによって成立した本意の具体相を示した。季語は、『至宝抄』所載の季の言葉二百五十七語と、『大発句帳』所載の季題百四十二とをもとに選定した約百語に、俳諧の季題として二十語を加えた、全百二十語を選定した。

一、見出しの振り仮名は、右に現代仮名遣い、左に歴史的仮名遣いを示した。ただし、現代仮名遣いと違いのないものは、歴史的仮名遣いを省略してある。

一、見出しの下に、十二月に分類した場合の季（初春・仲春・晩春・兼三春）を記した。

一、次に、季語の句中での使われ方のバリエーションを具体的に示した。ただし、代表的な語に限った。

一、〔本意と連想関係〕には、その季語における和漢の伝統を具体的にたどりつつ、季語の歴史を解説し、季語が持っている言葉のネットワーク（連想関係）を明らかにするよう心がけた。また、それに伴って整備されてきた季語の本意の輪郭を示した。

○その際、歌書（撰集・歌合・百首・歌学書等）や連歌書（百韻連歌・千句連歌・撰集・連歌論書・式目書等）、および俳諧書（撰集・歌仙俳諧・俳論書・季寄・歳時記等）を参看、引用した。

○句、文章の引用にあたっては、読みやすさを考慮して、ふさわしく濁点・送り仮名を補い、漢字仮名も宛て替えた。漢字は、人名等を除き、原則として常用漢字に統一した。

ただし、発句など表記どおりにすべきと判断した場合は、濁点・ルビを補うのみとして、漢字仮名の宛て替えは行わなかった。

歌・句の引用は〈　〉、詩歌以外の引用は「　」で括り、それぞれ原則として（　）内に、作者名と出典を掲げた。

一、〔例句〕には、季語の代表句を連歌発句、俳諧発句、俳句からそれぞれ取り上げた。このとき、連歌発句は[連] 俳諧発句は[諧] 俳句は[句] として、区別した。

一、多出する引用書の簡単な解説を示しておこう。

和歌関係

万葉集　七五九年以後の成立。長歌・短歌・旋頭歌が主で、二十巻に約四千五百首を収める。

〔**勅撰集**〕　**古今集**　最初の勅撰和歌集。九〇五年成立か。歌数千百首を、春上・春下、夏、秋上・秋下、冬、賀、離別、羇旅《きりょ》、物名《もののな》、恋一～恋五、哀傷、雑《ぞう》上・雑下、雑《ざつ》躰《たい》、大歌所御歌《おおうたどころのみうた》や儀式歌の二十巻に収める。が、分量的にも四季の自然と、恋が中心を占める。各部立内は、時間的な進行を中心として整然と配されている。その構成法も、後世の歌集の規範とされた。

以下、**後撰集**（九五八年一月以前成立）、**拾遺集**（一〇〇五～七年）、**後拾遺集**（一〇八七年）、**金葉集**（三奏本は一一二七年）、**詞花集**（一一五一年）、**千載集**（一一八九年）、**新古今集**（一二一六年）。以上の勅撰集を八代集と呼び、平安時代の和歌の精粋として珍重された。この後も勅撰集は十五世紀まで続いた。

〔**私撰集**〕　**古今和歌六帖**　私撰集。編者未詳ながら、兼《かね》明《あきら》親王、源　順《みなもとのしたごう》説が有力。九七六～九八八年の成立。『万葉集』から『古今集』『後撰集』の頃までの歌を、天象、地儀、人事、動植物の四項目を、さらに五百十六題に細分し、それぞれに歌を分類して収める。その構成法などから、古来、作歌のための手引書といわれてきた。

和漢朗詠集　藤原公任《きんとう》撰、一〇一三年頃の成立。朗詠に適する漢詩約五百九十句、和歌約二百二十首を、上下二巻に分け、上巻は「立春」以下歳時仕立ての四季を、下巻は天象・動植物および人事にかかわる雑題を総計百二十五項目（付加項目を含む）に分類。各項目は、白楽天など中国人の長句・詩句、菅原道真など日本人の長句・詩句・和歌の順に配列する。貴族・武家の学問教養の基本図書にあげられ、後代文学への影響は甚大であった。

夫木《ふぼく》抄　一三一〇年頃。万葉以来当代までの歌で原則として勅撰集に入らなかった一万七千余首を四季十八巻に「歳内立春」以下「炉火」「歳暮」までの百八十一題、雑十八巻に「天」「日」から「言語」「述懐」まで四百十五題に部類した膨大な歌集である。

〔百首〕　**堀河《ほりかわ》百首**　源俊頼《としより》、源国信《くにのぶ》らが中心に、有力歌人に詠進させた百題（「立春」以下春二十題、「更衣」以下夏十五題、「立秋」以下秋二十題、「初冬」以下冬十五題、恋十題、雑二十題）による百首歌の集成である。一一〇五年から六年に成立か。組題百首の最初の試みとして後代の規範とされ、題詠の範として尊重された。

永久《えいきゅう》百首　「堀河後度百首」とも。一一一六年。春十八題、夏十二題、秋十八題、冬十二題、恋十題、雑三十題で、堀河百首とは趣を異にする組題百首。

〔歌論〕　**能因《のういん》歌枕**　能因著。平安時代の歌学書。歌語注釈および名所の名・各月の歌題を列記する。

和歌初学抄　藤原清輔《きよすけ》。一一六八年以前の成立。歌集・物語から歌語を抄出し、初学のために例歌を示す。

和歌無底《むてい》抄　鎌倉時代後期には成立。藤原基俊《もととし》に仮託された歌論書。巻一から巻四まで、四季の代表的景物の詠み方を記すが、『堀河百首』の題の詠み方、趣向を祖述したものである。延宝四年（一六七六）刊板本がある。

和歌題林抄　南北朝初期の成立か。四季・恋・雑の歌題別に、題意や歌を詠む際の趣向、故事などを説き、証歌を挙げる。延宝六年（一六七八）刊板本がある。なお、本書の増補版ともいうべき書に**『増補和歌題林抄』**がある。これは、本書の証歌に類似の歌題と証歌を増補し、また本書の歌題にふさわしい歌語や言い回しを頭注に列挙したもの。季吟《きぎん》編、宝永三年（一七〇六）刊。

初学和歌式　有賀《あるが》長伯《ちょうはく》著、元禄九年（一六九六）刊。巻二、巻三には四季の題の詠み方を記す。

連歌関係

〔撰集〕　**菟玖波《つくば》集**　准勅撰集。一三五七年、二条良基《よしもと》が地下連歌師救済《きゅうぜい》の助力を得て編纂した。部立は、四季、神祇、釈教、恋、雑、羈旅、賀、雑体（俳諧・雑句・聯句・片句）、発句を二十巻に収める。巻二十の発句以外は、付句を前句とともに示す形で収める。

竹林《ちくりん》抄　宗祇編、一四七六年以前成。十五世紀中葉に活躍した連歌師、宗砌《そうぜい》・宗伊・心敬《しんけい》・行助《ぎょうじょ》・専順・智蘊《ちうん》・能阿の七人の付句・発句を、春・夏・秋・冬・恋上下・旅・雑上下・発句の十巻に収める。

新撰菟玖波集　准勅撰集。一四九五年、宗祇・兼載《けんざい》・三条西実隆《さねたか》編。部立は、四季、賀、哀傷、恋、羈旅、雑、聯句、神祇、釈教、発句を二十巻に配する。

大発句帳　一六一四年以前成。連歌撰集の発句および宗祇・宗長・肖柏《しょうはく》・兼載・紹巴《じょうは》ら連歌師の発句を中心に、実隆・宗碩《そうせき》・宗牧・宗養・昌休・心前・昌叱《しょうしつ》・玄仍《げんじょう》らの句を、四季の題百四十二ごとに七千四百七句を収める。

〔連歌学書〕　**連珠合璧《れんじゅがっぺき》集**　一条兼良《かねよし》編。一四七六年以前成。連歌用語八百八十六語を、天象、光物《ひかりもの》、聳物《そびきもの》など四十一項に分類し、それぞれの語に寄合《よりあい》となる語を掲げる。「寄合」とは、詩歌や物語など、文学伝統において関連付けられて想起される言葉のネットワークをいい、連歌の場合、前句の語から付句を案じるきっかけとなった。

初学用捨抄　伝宗祇著、兼載とも。一五一〇年以前成。発句に詠む景物を十二月に分けて列挙し、それぞれの月ごとに主要な景物に対する詠み方を簡潔に記す。

梅春《ばいしゅん》抄　兼載著。十二月それぞれに詠む景物を示す。

連歌天水抄　宗養・昌休に仮託した連歌論書。十七世紀初頭成か。前半の「万《よろづ》道具仕立様《したてよう》の事」には、連歌の素材の本意が端的に記される。

至宝抄　連歌至宝抄とも。紹巴著。一五八六年。「連歌に本意と申す事候」以下、四季の代表的景物の本意を端的に解説、四季の詞を列挙し、解説を付す。

随葉《ずいよう》集　一六〇三年以前成。四季の詞を十二か月に分けて掲載、それぞれ歌詞を示し、寄合を掲げ、証歌を示す。これに歌詞、寄合、証歌を増補した**『増補随葉集大全』**（元隣《げんりん》著、一六七〇年刊）がある。

竹馬《ちくば》集　一六七〇年以前刊。『随葉集』と同じ構成。歌詞を「句作」、寄合を「付合」として掲載する。

俳諧関係

「俳句概説編」4の（3）「地方と中央、季節の座標」の中、「歳時記の成立まで」から「江戸時代の歳時記」を参照されたい。特に多出するものを挙げておく。

〔季寄せ・歳時記〕　**毛吹草《けふきぐさ》**　重頼編。一六四五年刊。巻一式目作法、巻二季寄せ・恋詞・世話（俚諺）、巻四諸国名産、巻五・六発句、巻七付句。

山の井　季吟著、一六四七年刊。主要季題百十四語について異称・類語・関連語を掲げ、『和歌題林抄』の解説を俳諧風に擬《もど》いて本意を示し、例句を挙げる。

増山井《ぞうやまのい》　季吟著、一六七六年刊。季語を四季別、十二月に列挙し、それぞれ類語、連俳の別、故事を簡潔に記す。

類船《るいせん》集　梅盛著、一六七六年刊。寄合（付合語）の題材をいろは順に掲出、それぞれに寄合（付合語）を記し、関連する詩歌・故事・物語・伝承などを注記する。寄合（付合語）は、文学のみならず日常品などをも踏まえている所に俳諧らしさがある。

元《がん》日《じつ》　新年

御元日　元旦　元朝　歳旦　朔旦　鶏旦　鶏日　三元　元三　三《みつ》の始　年の始　月の始　日の始　大旦　初旦　今朝の春　今日の春　三の春　花の春立　年立ちて　年越えて　去年　ふる年

〔季語解説〕 一月一日。一年の始まりの日。「元旦」はその朝の意であるが、ほぼ同義で用いられる。「鶏日」「鶏旦」は、『荊楚歳時記』に鶏・狗・猪（豚の意）・羊・牛・馬を一日から六日に宛て、それを屠殺しない日とするのによる（七日は人で、死刑を行わない）。

「三元」は、年・月・日の始まりを意味し、「元三」も同義。「三《みつ》の始《はじめ》」はその歌語で、例えば〈あらたまの年も月日も行き返り三つの始めの春は来にけり〉（姉小路顕朝『夫木抄』春部一）などと詠まれる。

和歌では春の始まりを立春とする（「立春」の項参照）が、連歌では、『新撰菟玖波《つくば》集』第一巻「春連歌上」巻頭に、「霞につるる空ののどけさ、と侍る句に、三元の心を」として〈睦月立つ今日しも春や来にけらし〉（後土御門院）と、霞によって冬空が一変のどかな春の空になったという前句に、元日立春を詠んで万物維新の意を込めた付句が配されるように、「元日」を春の始まりとした。これは、和歌が「年内立春」を春季とするのに対して、連歌がこれを冬季とする違いとして表れる。この連歌の扱いは俳諧にも踏襲された。が、近代に至って、明治五年の太陽暦の採用により、再び「立春」が春の始めとなり、「元日」は新年として、冬季の中の特別な時節に扱われることとなった。現代の歳時記の多くが春・夏・秋・冬・新年の順で編纂されている理由もここにある。

山岡元隣《げんりん》『増補随葉集大全』には、「春立」と「立春」の二項目を掲げ、「春立」に「今朝の春・今日の春・御代の春・君が春」以下「歳の始・あら玉の歳・去年・ふる年」等を挙げて、「立春」と区別する。「元日」はこの「春立」に相当している。『初学和歌式』にも「立春」とは別に「元日」が立項され、「あらたまの年の始め、月日の始め、三の始めなど詠めり。立春とは変はりたれど、大かた相応・不相応、寄せの言葉なども立春に同じ」とある。即ち「見る物・聞く物につけて長閑に心浮き立ちて目慣れし野山もめづらしく、物ごとに改まりて、鳥の鳴く音も若やかに改まる由をいひ、松竹の千代の緑によせて、世を祝ひ人を寿くなど相応也。……元日の歌に、述懐めき、憂はしき心などは悪しし」というところが立春と共通するのであろう。また旧暦の場合、「朔日には月なき故」「光影」などは詠まないものとされた。

「新年」「初春」「去年今年」「去年」「旧年」など、連歌ではそのまま「元日」の詠み方に含まれているが、俳諧ではそれぞれ立項されてゆく。なお連歌の時代から年頭にあたって新春を言祝いで句を詠む慣わしが定着し、これを「歳旦《さいたん》吟」と呼んだ。連歌や俳諧で正月の吉日を選び、宗匠が門弟等と歳旦吟を披露し、歳旦三つ物（宗匠が高弟らと三人で歳旦発句・脇・第三を詠んだものを一組とし、それぞれが発句を詠んで三組作る）を興行することを「歳旦開《びらき》」という。なお、歳旦開当日の句帖を「歳旦帳《さいたんちょう》」といい、歳旦三つ物とその後に付載される「引付《ひきつけ》」（一門・知友の歳旦三つ物や歳旦吟・歳暮吟など）からなる。俳諧では年頭の披露に印刷された。寛永一六年（一六三九）以前からの作品が伝存する。

〔例句〕

連 **年や今朝あけのいがきの一夜松《ひとよまつ》**　宗祇（『自然斎発句』）

「文亀二年正月一日夜の夢想《むさう》に」と前書。年が今朝明けると朱の斎垣に一夜で松が生えたことだ。元日の門松を一夜松の伝承（菅原道真の没後、北野に一夜で数千本の松が生えたという伝説）になぞらえる。

諧 **春立つや新年ふるき米五升**　芭蕉（『真蹟短冊』）

新春となった。何かと乏しい我が草庵も、去年から持ち越しの米五升を、新年のものとして改めて見て心浮き立つ思いだ。「古き」とは新年の物に対して旧年のものの意。「目慣れし野山も珍しく物ごとに改まり」の本意を、草庵の米によって具体化した句。「古き米」も、新年ゆえ新鮮に目に映った。侘びた草庵の新春である。

句 **旧景が闇を脱ぎゆく大旦《おおあした》**　中村草田男（『時機』）

闇を払って昨日までの景色が新しい景色として元日の朝に現れる。「野山も珍しく…改まり」の本意を、去年の景に焦点を当てて描いた。〈旧景が闇を脱ぐ〉と大仰な言い回しが「大旦」にふさわしい。

［宮脇真彦］

若《わか》菜《な》　新年

若菜摘む　若菜摘み　菜摘み　摘み菜　初若菜　筐に摘む若菜　摘みはやす若菜　磯若菜　緑の若菜　野辺の若菜　京若菜　若菜迎　若菜狩　若菜売

〔季語解説〕 「若菜」は正月七日の七草粥《がゆ》に入れる七草（萌え出たばかりの七種の草）の総称。これを羹《あつもの》にして食すと万病を除くとされた。若菜を摘む風習は万葉の時代からあったが、これが宮中の行事になったのは十世紀初めの頃であったらしい（『公事《くじ》根源』）。『荊楚歳時記』に「正月七日、…七種ノ菜ヲ以テ羹ト為シ」とあるように中国の風習に倣ったものである。

「若菜摘み」は、その七草粥の料として、若菜を摘むことをいい、もとは初子の日の行事であったものが、七日に定着した。『枕草子』にも、七日に摘んだ（三段「正月一日は」）記事が見える。若菜摘みもそれに伴って正月六日の行事とされた。『三冊子』に「若菜の発句は初春七日の後先《あとさき》三日の内なり」（忘れ水）というのは、六日若菜摘みを踏まえての定義である。なお、俳句で「若菜」といえば七草の若菜のみならず、自ずから「摘む若菜」の意も含んでいる。

若菜は、〈深山には松の雪だに消えなくに都は野辺の若菜摘みけり〉（読人不知『古今集』春歌上）・〈君がため春の野に出でて若菜摘む我が衣手に雪は降りつつ〉（光孝天皇『同』）など春浅き頃を詠み、〈消え残る雪間を分けて春日野に摘めどたまらぬ若菜をぞ摘む〉（永縁《ようえん》『堀河百首』若菜）など雪間の野辺に出て摘むと詠む。萌え出たばかりの若菜は〈摘めどたまらぬ〉少量のものである。摘む野には、春日野が多いが、他に飛火《とぶひ》野・生《いく》田《た》の小野・三吉野などが詠まれた。また、野沢に摘むのは芹の若菜である。〈老せずと聞きし若菜の名にめでて誰かは摘まぬ春の野ごとに〉（源師時『堀河百首』）と、「若」にかけて老を忘れて摘むと詠み、「摘む」に「積む」を掛けて〈あらたまる春にしなれば人ごとに年も若菜もつむにぞありける〉（慈円『拾玉集』）と新春の言祝ぎに寄せて詠む。四十の賀に〈春日野に若菜摘みつつ万《よろづ》世《よ》を祝ふ心は神ぞ知るらむ〉（素性『古今集』賀歌）と長寿を祈る歌にも詠み、『源氏物語』「若菜」の巻名も、源氏四十賀を祝って玉鬘が若菜を献じたことによる。若菜とつながりの深い語に「雪間の野辺、春の野静か、雪払ふ袖、里人、山賤《やまがつ》の垣根、春日野、三吉野、生田《いくた》の小野、雪間の野辺、野の霞む」（『随葉集』『竹馬集』）などである。

〈例句〉

[連] **雪のみや摘む手にたまる初若菜**　宗碩《そうせき》（『大発句帳』）

雪ばかりであろうか、今年初めての若菜を摘んでも手にたまるのは、の意。萌え出たばかりの若菜はほとんどなく、雪ばかりが手にたまると、若菜の少なさを詠んで、まだ雪が降る春浅い野辺の様子を言い止めた。

[諧] **蒟蒻《こんにやく》にけふは売《うり》かつ若菜哉《かな》**　芭蕉（『芭蕉一周忌』）

蒟蒻よりも今日ばかりは若菜が売り勝っている、の意。蒟蒻と若菜の売れ行きをいうことで、昨日までとは打って変わっての七日の市井のさまを表した。日頃蒟蒻が売れる街頭で、今日のみは若菜売りに人が集まっている。若菜の緑が、市井の浅き春を示している。

[句] **人並に若菜摘まんと野に出でし**　高浜虚子（『虚子句集』）

人並みに若菜を摘もうと野に出たとは、さほど若菜に興味もなかったさま。だが、その結果、まだ春とは名ばかりの野に萌え出た若菜の緑が作者の心を捉えて放さない。「出でし」の措辞の効果である。

[句] **乏しきを言はず若菜の色愛でよ**　文挟夫佐恵（『木賊』）

貧乏のことは口にせず、先はこの若菜の瑞々しい緑を賞美せよ、の意。〈乏しき〉は貧しさであると同時に、若菜の量の〈乏しき〉でもある。古歌に〈摘めどたまらぬ〉と詠まれたように若菜の本意が利いている。

［宮脇真彦］

子《ね》の《の》日《ひ》

初春

子の日の松　初子《はつね》の祝　小松引《こまつひき》　松引《まつひき》　ねのび　今日の子の日　ねのびする野　小松引く袖　姫小松　子の日の遊び　子の日の友

〈季語解説〉　正月最初の子の日に野に出て小さい松を根ごと引き抜き、不老長寿を寿いだ。「子の日」が、「根延び」に通じるとされ、十七世紀『書言字考節用集』のように「ねのび」と読む例も見られる。『初学和歌式』に、「正月初子の日、野に出でて小松を引きて庭に移して千年をちぎり、万代を祝ひ、二葉の緑に千世籠もるよしなどを詠むなり」とあるように、〈子の日する野辺に小松のなかりせば千世の例しに何を引かまし〉（壬生忠岑『拾遺集』春）と詠んで、小松の根を引く子の日の行事を松の千世の齢にあやかる例に引くとしたり、〈千歳まで限れる松も今日よりは君に引かれて万代や経む〉（大中臣能宣『同』）と、千年の寿命に限られている松も、今日からは君の長寿にあやかって万年までもいきながえることだろうと詠む。ともに、松は千年の長寿であることを踏まえ、それにあやかって長寿を予祝する歌である。「引く」に「根を引く」「例《ため》しに引く」を掛ける。

〈めづらしき千世の始めの子の日にはまづ今日をこそ引くべかりけれ〉（藤原信賢『同』賀）も、同様の趣向で、珍しい子の日の行事がこれから千年も続くであろうが、その最初の例に今日の子の日の催しを引くべきだの意。その詞書「康保三年（九六六）、内裏にて子の日せさせ給ひけるに、殿上の男ども和歌つかうまつりけるに」とあるように、子の日の行事は詩歌を詠み、宴を催す雅な行事であった。ただし、奈良時代から見られる行事で、平安時代から広く行われるようになった。当時は、北野や紫野に出かけていって宴遊することが多かった。『連珠合璧集』は、子の日から連想される地名に「春日野・引馬野・紫野」を挙げている。「引馬野」は「引く」を言い掛けての地名であろう。

なお、〈我より先に霞棚引く〉(『和歌無底抄』)、〈霞もいつしか棚引きにけり〉(『和歌題林抄』)、〈雪間を分けて引くよし〉(『初学和歌式』)など、早春の季感をも持つ。

〈例句〉

連 子の日して年やふる木の野辺の松　紹巴《じょうは》(『大発句帳』)

子の日で引いて移し替えた小松も、今や年が何年も経って古木のようになった野辺の松である。子の日の小松を引くことを詠むのでなく、その結果古びた松を詠む。子の日の松は家に移し植えたから、かつての邸宅も今や野となっていることも言おうとしているか。

諧 子の日しに都へ行かん友もがな　芭蕉(『蕉翁句集』)

子の日の遊びをしに、都にともに行くような友がいればいいなあ、の意。〈子の日〉は都から野辺に出かけて宴遊する行事。その方向を反転させて、あえて都に出かけていって、すでに廃れてしまった雅な遊びを共にしようという風狂の友を希求した。

句 子の日する昔の人のあらまほし　虚子(『虚子全集』)

子の日の行事は、王朝貴族の頃に行われたもので現代ではすでに廃れてしまったが、そんな子の日の雅な遊びをする風流な人がいればいいのに、の意。行事の廃れたことを言うのではなく、行事をする人を望んだことで、かえって早春の小松の生えている野辺を前にしている作者が見えてくる。

句 雪嶺の襞濃く晴れぬ小松曳き　杉田久女(『杉田久女句集』)

〈雪嶺の襞〉が早春の山国の景をよく捉えている。晴れ上がった青空の下、子の日の遊びが展開させた一句は、山国の子の日を描き出している。

［宮脇真彦］

立春《りっしゅん》　初春

春立つ　春来る　春されば　立春大吉

〈季語解説〉 二十四節気(太陽が天球上を一周するのを二十四等分したもので、季節の目安として定められた)の一。節分の翌日で、春の初めの節をいう。新井白石は「春とは、草木の芽はる時なればハル」と注し(『東雅』)、『説文解字』には草木初生の意、『礼記』に「蠢」(啓蟄)の意とする。万物が生動し始める時節をいう。立春は、その春の始まりの日である。

『和歌題林抄』には、立春の詠み方を「明け行く空もいつしか霞み、谷の氷打ち解けて岩漏る音も著く、梢の雪も今朝は花かとおぼめかれ(不審に思われ)、朝日の影も麗らかに、……見慣れたる人も今さら珍しき心などを詠む」とある。『初学和歌式』には「見る物聞く物につけて長閑に心浮き立ちて、目慣れし野山も珍しく、物ごとに改まりて、鳥の鳴く音も若やかに改まる由をいひ」ともいう。すなわち、〈春たつといふばかりにや三吉野の山も霞みて今朝は見ゆらん〉(壬生忠岑『拾遺集』春)など霞に春の到来を知り、〈袖ひちて結びし水の凍れるを春立つ今日の風や解くらん〉(紀貫之『古今集』春歌上)、あるいは〈今日知らず誰か計会せし、春の風春の水一時に来たる〉(白楽天『和漢朗詠集』)など雪や氷に閉ざされていた川の水の流れに春を実感し、〈春立てば花とや見らむ白雪のかかれる枝に鶯ぞ鳴く〉(素性『古今集』春上)など、雪を花と見ようと心動くのも春が来たと思うゆえであり、その枝に来て啼く鶯の声はまさしく春を告げる声であった。

『和歌無底抄』には「春は東より来るとかや申せば、浅妻《あさつま》山、音羽《おとは》山・逢坂《あふさか》などは詠むべきにこそ」とあるように、〈逢坂の関をや春も越えつらん音羽の山の今日は霞める〉(橘俊綱『後拾遺集』春上)などと詠まれた。

和歌では、『古今集』巻一の巻頭に〈年の内に春は来にけり一年を去年とや言はむ今年とやいはむ〉(在原元方)が置かれたように、「年内立春」(正月前に立春が来ること)から春とされた。が、連歌俳諧では、「元旦」が春の始まりとなったため、「年内立春」は冬とされた。

〈例句〉

連 花の春立てるところや吉野山　専順(『竹林抄』)

華やかで美しい花の咲く春の季節が、花の名所の吉野山に訪れたことだ。〈花の春〉は、華やかで美しい春の季節の意。ここは、〈春立てる〉と続いて、春の到来を寿ぐ心を込める。吉野に春の訪れを詠む伝統を踏まえ、吉野にまず春は立つと提示した体の発句である。

諧 春立つや静かに鶴の一歩より　召波(『春泥句集』)

春が立ったことだ、静かに、鶴の典雅な一歩から。其角の〈日の春をさすがに鶴の歩みかな〉(『丙寅初懐紙』)を踏まえての詠。其角は立春に瑞鳥とされる鶴の気品ある歩みはさすがにふさわしいと詠む。召波は、その「鶴の歩み」に、春の到来を実感した。〈静かに〉は〈一歩〉にかかるが〈春立つ〉にもかかる。鶴のみならず、地面の様子まで春らしくなっている様子が伝わってくる。

諧 ちぐはぐの下駄から春は立にけり　一茶(『文化句帖』)

不揃いの下駄でつい出歩くことに、春となった実感を覚えた。冬は雪沓などを専ら用い、下駄はどこかに押しやられていたのであろう。雪が解けて下駄を履こうとすると、下駄が揃わない。ちぐはぐの違和感が久しぶりの下駄の感触を却ってリアルに伝えてくる。

句 **立春の雪のふかさよ手鞠歌**　石橋秀野（『桜濃く』）

立春といってもまだ雪深いが、家内で遊ぶ手鞠歌の声にも、春が来た喜びが感じられるのである。［宮脇真彦］

梅《うめ》　うめ・むめ　初春

咲く梅　梅が香　梅が枝　梅匂ふ　窓の梅　庭の梅　垣根の梅　軒端の梅　梅園　梅林　梅の下風　梅の花笠　夜の梅　白梅　紅梅　野梅　飛梅　鶯宿梅　花の兄　春告草　梅の主　梅見　観梅

〈季語解説〉「梅」は『古事記』や『日本書紀』には登場しないが、葛野《かどの》王（七〇六没）に「春日翫鶯梅」の詩があり（『懐風藻』）、天平二年（七三〇）には、太宰帥大伴旅人が観梅の宴に仕立て「梅花歌三十二首」（『万葉集』）を編んでいるように、王朝貴族・知識人等によって中国の詩文の摂取とともに賞翫された。すでに「梅」に「鶯・雪・月」などの連想が成立している。

『古今集』になると梅の香を賞美する歌が主流となる。〈色よりも香こそあはれと思ほゆれ誰が袖触れし宿の梅ぞも〉（よみ人しらず）、〈春の夜の闇はあやなし梅の花色こそ見えね香やは隠るる〉（凡河内躬恒）、「初瀬に……、人はいさ心もしらず古郷は花ぞ昔の香に匂ひける」（紀貫之）など、香を契機として、人との関わり、特には異性への思いをかき立てる詠が多い。

この『古今集』の頃までは、例えば〈難波津《なにはづ》に咲くやこの花冬籠もり今は春辺と咲くやこの花〉（『古今集』序）など「花」といえば梅を指していたが、これ以後、桜に取って替わられる。が、春に先駆けて咲く梅の花への賞翫は和歌・連歌・俳諧を通じて引き継がれた。なお、前引「初瀬」「難波津」は、同じく『古今集』の〈梅の花匂ふ春辺は暗部《くらぶ》山闇に越ゆれど著《しる》くぞありける〉（紀貫之）と詠まれた暗部山（鞍馬山か）とともに、梅の名所となる。「梅」は、これらに加えて、『新古今集』の〈主をば誰とも分かず春はただ垣根の梅を尋ねてぞみる〉（藤原敦家）、〈梅の花匂ひを移す袖の上に檐《のき》もる月の影ぞあらそふ〉（藤原定家）、〈梅の花誰が袖触れし匂ひぞと春や昔の月に問はばや〉（源通具）などが中世の歌人たちに反芻されて、梅の本意を形成してゆく。その概要は、『和歌題林抄』に「風のしるべに山里の垣根を尋ね、夜半の枕に匂ひを身にしめ、誰が袖触れし移り香ぞと疑ひ、梢を見て人の訪ひ来る由をいひ、雪の下にも香は隠れぬ心を詠み、風もなつかしく、夕暮には日の光に紛ふよしをも詠む。梅の花笠といひては、鶯の縫ふ心などを詠めり」とあるとおりである。

『至宝抄』には、「冬季より咲くものにて候へば、もちろん初春に仕り候。さりながら二月までも残るやうに仕り候。宗祇の発句に、〈春半ば冬の梅咲く深山かな〉。深山は寒き故に冬木のやうに侘びて咲くなり」と時節の説明がある（宗祇の句は、深山は春半ばといっても未だ冬のようで、深山に咲く梅はまるで冬の梅のようだの意）。

なお「飛梅《とびうめ》」は、太宰府に左遷された菅原道真の歌〈東風《こち》吹かば匂ひおこせよ梅の花主《あるじ》なしとて春な忘れそ〉（『大鏡』）をもとに、道真を慕って太宰府まで飛んでいったとする伝説に基づく。「鶯宿梅《あうしゆくばい》」は、村上天皇のとき、清涼殿の前庭に、梅を移植しようとしたところ、その梅の女主人（紀貫之女）が〈勅なればいともかしこし鶯の宿はと問はばいかが答へん〉（『大鏡』）と詠んだため、沙汰止みとなったという逸話に基づく。

〈例句〉

連 **霞さへ梅さく山の匂ひかな**　宗祇（『自然斎発句』）

〈朝霞梅が匂ひを袖にしめて棚引く山に春風ぞ吹く〉（慈円『拾玉集』）など、霞に梅の花の香が籠もるイメージを踏まえ、全山梅の香りで満ちた情景を詠む。

諧 **梅が香にのつと日の出る山路かな**　芭蕉（『炭俵』）

夜明け前、梅が香を愛でて歩いていたところ、朝日が華やかに顔を出した瞬間、梅が香から想像していた世界と異なる山路が出現したことの意外さを詠む。

諧 **二もとの梅に遅速を愛すかな**　蕪村（『炭俵』）

〈東岸西岸の柳、遅速同じからず、南枝北枝の梅、開落已に異なり〉（慶滋保胤『和漢朗詠集』早春）の詩句による。開花の遅速は、春がやってくる足取りそのもののように感じられて、まことに好もしく感じられるの意。

句 **白梅のあと紅梅の深空あり**　飯田龍太（『山の木』）

白梅の空はまだ冬の名残の空であり、紅梅の咲く頃はやや春らしくなる。時候の変化を梅の花で示した。

句 **紅梅であつたかもしれぬ荒地の橋**　飯島晴子（『朱田』）

荒れ地に架かる橋の木が紅梅の木だったかも知れないと想像した。「梅」は昔を回想する契機となる景物として詠まれてきた。この句は、それを「紅梅」へと回想するところに本意を逆転した新しみがある。足尾鉱毒事件の舞台、谷中村址での句という。［宮脇真彦］

霞《かすみ》　初春・三春

霞む　春霞　朝霞　夕霞。薄霞　八重霞　雲霞　霞流るる　うは霞　霞棚引く　霞渡る　霞の絶え間　霞の籬　立つ霞　むら霞　霞の衣　霞の網　鐘霞む　鳥の音霞む　霞の洞　霞の海　霞の谷

〔季語解説〕「霞」は、空気中の微細な水滴や塵が原因で、空や遠景がぼんやりしてはっきりと見えない現象をいう。中国で、朝または夕方、雲や霧に日光があたって赤くなる朝焼け・夕焼けをいうのと異なる。

霞は、『古今集』以来、春らしい景色を現出する景物とされ、『和漢朗詠集』の〈昨日こそ年は暮れしか春霞春日の山にはや立ちにけり〉（伝柿本人麻呂・霞）など、春の到来を告げていち早く現れるものとされた。勅撰集も『拾遺集』巻頭に〈春立つといふばかりにやみ吉野の山もかすみて今朝は見ゆらん〉（壬生忠岑・春）を配して以来、ほとんど霞を詠む歌を巻頭に据えている。

霞はまた、見ようとする物を隔て隠すものでもある。〈春霞何隠すらむ桜花散る間をだにも見るべきものを〉（紀貫之『古今集』春下）が、山の桜を隠す春霞に、せめて散り際の間なりとも見たいのにと詠んで、見えないことでかえって花への思いがかき立てられる心裡を伝えてくる。〈三輪山をしかも隠すか春霞人に知られぬ花や咲くらむ〉（同）では、三輪山の神慮によって隠された花を思うことで、見えざる花が神秘的な存在に位置づけられてゆく。霞は、物を隠すことで、かえってその物を想像の中でより美しく見せる装置なのである。

霞はまた、〈浅緑花も一つに霞みつつ朧に見ゆる春の夜の月〉（菅原孝標女『新古今集』春上）や〈春霞色の千種《ちくさ》に見えつるはたなびく山の花の影かも〉（藤原興風『古今集』春下）など、霞の向こうの景と一体化して「緑・浅緑」などと詠まれる。

江戸時代初頭の『三湖《さんこ》抄』には「霞は朝薄く夕べ深し」とある。例えば〈春深き野寺立ちこむる夕霞つつみ残せる鐘の音かな〉（慈円『風雅集』春歌下）や〈朝戸明けん春の景色を思ひ出づる心違はぬ薄霞かな〉（藤原公衡『公衡集』）など、立ちこめる夕霞の景、薄く立つ朝霞と詠まれた伝統が踏まえられていた。連歌にも、〈東雲《しののめ》の朝の山の薄霞〉（宗砌『新撰菟玖波集』）の付句もある。

なお、『至宝抄』以下「霞」は兼三春とされ、立春から晩春まで幅広く詠まれてきた。

〔例句〕

[連] **風や光霞に浮かぶ玉津島**　紹巴《じょうは》（『大発句帳』）

和歌浦には霞がかかり、その向こうに玉津島がまるで霞に浮かんでいるように見せている。吹き渡る風が春の光にきらきらとして、波もきらきらと光り、あたりも風の動きに輝いている。玉津島の神々しさをとらえた句。

[諧] **春なれや名もなき山の薄霞**　芭蕉（『野ざらし紀行』）

和歌では、大和三山など歌枕に立つ霞が詠まれてきた。歌枕の山々に立つよりも以前に、名もない山に立った薄霞に着目したことで、いち早い春の到来を発見した句。「春なれや」の措辞は、春なのかと問うことで、春が来たというよりも早い春の到来を表している。

[諧] **高麗《こま》船のよらで過ぎ行く霞かな**　蕪村（『俳諧新選』）

高麗船は霞から現れ、霞の中に消えて行く。「高麗船」が春の海の茫々たる霞に隠されたことで、未知なる古代、遠き異国への憧れが表出された。

[句] **霞みけり山消え失せて塔一つ**　正岡子規（『寒山落木』）

山をかき消すごとくかかる霞によって、塔だけの景色となった。いつもの、山を背景にした塔の景色を見慣れてきた作者にとって、眼前の塔だけの景色は、頼りなく心細いものとして感ぜられ、塔を抱くようにして背後にある山の存在感にかえって気付かされた。

[句] **帰るべき山霞みをり帰らむか**　小澤實（『立像』）

〈帰るべき山〉とは故郷のある山。故郷の山に春が訪れたと見るや、急に望郷の念が高まったのである。景として描かれてきた霞に対して主体的に参与する詠み方が新しい。

［宮脇真彦］

残《ざん》雪《せつ》　初春

雪残る　残る雪　のこんの雪　宿雪　雪間　雪間そふ　去年の雪　雪のむら消え　雪の下消え　雪の名残　雪の隙

〔季語解説〕春になっても残っている雪をいう。『随葉集』に、「去年より消え残りたる雪なり。また、去年の雪のことを思ひ出せる句もあるべし」と定義する。『和歌無底抄』に「この題は、東風氷をとくといふ事のあれば、雪も消ゆべしと思ふに、なほあるによつて残雪とは申す。さればこの題をば、寒き所、岩陰・谷の底、木の榑などに詠むべし。山里の垣穂（垣根）などにもあるべし。去年《こぞ》の形見になどいふよし詠むべし」というように、冬の雪が物陰に残るところに着眼しての題である。

和歌において「残雪」は古くから歌材とされ、やがて題となったが、『和歌無底抄』に前引部に続けて「正二月などに降る淡雪をも、残りの雪とは言ふべし」というとおり、雪残る意のみならず、春になっても降る雪（春の雪・はだれ雪・淡雪）をもいい、また「春雪」の題にも雪残る情景を詠むこともあった。『堀河百首』に「残雪」で雪残る情景が多く詠まれて、中世において「春雪」が題となるのにしたがい、それぞれ詠み分けられるようになったが、なおそれぞれの題に残雪も春降る雪も詠まれた。連歌も同様で、「残雪」は『連理秘抄』正月の発句の題に挙げられているが、その詠みようは『大発句帳』に見られるように、〈降りそめし程だに残れ春の雪〉（宗祇）、〈散りくるも残るも雪は水泡《みなわ》かな〉（宗養）、〈春降るや思へば年の初深雪〉（紹巴）など、春降る雪も数は少ないながら詠まれているのである。

俳諧では、「春の雪」と区別して雪残る意に限定された。貞徳は「雪間」として立項し、『無言抄』『至宝抄』の説を踏まえて「雪のひま、雪の絶ゆる、残る雪、みな春なり。…雪の名残といふも残雪の類なり。雪汁も春なり。冬も雪汁はありといへども、大法春ならでは消えぬものに定まりたれば雫も汁もみな春なり」（『御傘』）と述べている。雪が解けて消えるところに春季たる理由を見出しているのである。

連想語に「春の寒き・声せぬ鶯、かつちる花、北の峰、若菜摘む、日影うとき谷の戸」（『竹馬集』）などがある。

〔例句〕

連 **雪に明け霞に暮るる高嶺《たかね》かな**　細川政元（『新撰菟玖波集』）

頂の雪を照らしながら夜が明け、茫々たる春霞に包まれながら暮れてゆく高嶺であることだの意。当時、雪に夜が明けて行く情景は美の一典型であった。

連 **雪ながら山もと霞む夕べかな**　宗祇（『大発句帳』）

霞のかなたに遙かに雪の頂を望むこの夕景色は、〈見渡せば山もと霞む水無瀬川夕は秋と何思ひけむ〉（『新古今集』）と後鳥羽院が讃えた春の夕暮を思わせることだ。「水無瀬殿御廟の法楽に」と前書。御廟は水無瀬離宮跡に営まれた後鳥羽院御影堂（現、水無瀬神宮）のこと。

諧 **木枕の垢や伊吹に残る雪**　丈艸（『鳥のみち』）

美濃へと帰郷する広瀬惟然に贈った送別句。無一物の境涯に徹し諸国を漂泊する惟然は、頭に病があり、硬い枕を嫌ったと前書にある。伊吹山は滋賀・岐阜の県境の山。垢じみた木枕での侘び寝に、伊吹の向こうへの旅はまだ寒さも残ることだろう、と旅路を思いやった句。木枕に付いた垢と伊吹山の残雪と、雅俗を対照的に置いて、春なお寒い旅路を描いた。

句 **残雪やごう〳〵と吹く松の風**　村上鬼城（『鬼城句集』）

春なお寒さのなか、松に吹きつける風がごうごうと音を立てている。春を吹き飛ばすような厳しい早春の自然の一コマを捉えた句。

［宮脇真彦］

鶯《うぐいす》《うぐひす》　三春

黄鳥《うぐひす》　黄鸝《うぐひす》　匂鳥《にほひどり》　歌よみ鳥　経よみ鳥　花見鳥　報春鳥《はるつげどり》　春告鳥　人来鳥《ひとくどり》　金衣鳥　藪鶯　飼鶯　初音　友鶯

〔季語解説〕鶯といえば「花に鳴く鶯、水にすむ蛙の声を聞けば、生きとし生けるものいづれか歌を詠まざりける」（『古今集』仮名序）が有名で、鳴く音を賞美して和歌の代表的な景物とされた。〈鶯の谷より出づる声なくは春くることを誰か知らまし〉（大江千里《ちさと》『古今集』春上）は、『詩経』小雅の〈鳥鳴嚶々たり、幽谷より出で喬木に移る〉を踏まえた歌だが、春になると〈谷より出づる〉は鶯のイメージとして定着する。この春を告げる鶯は、〈あらたまの年立ち帰る朝《あした》より待たるるものは鶯の声〉（素性『拾遺集』春）のように、鶯の詠み方の典型となり、「春告鳥《はるつげどり》」（『梵灯庵袖下集』）の異名のもととなる。ただし、「鶯の声」を待つといっても、時鳥《ほととぎす》のように山野を尋ねて声を聞こうというのではない（鴨長明『無名抄』）点は注意すべきである。

「梅」と鶯の取り合わせは、『万葉集』の時代から詠まれており、〈鶯の声なかりせば雪消えぬ山里いかで春を知らまし〉（藤原朝忠『拾遺集』春）など多くの作例を生んだ。また鶯は「竹」に棲むと考えられ、〈梅の花散らまく惜しみわが園の竹の林に鶯鳴くも〉（奥島『万葉集』巻五）や〈竹近く夜床寝はせじ鶯の鳴く声聞けば朝寝せられず〉（藤原伊衡『後撰集』春中）などと詠まれた。また鶯を擬人化して「柳」の枝が風にもつれるのを緑の糸が縒られると見立てた〈青柳を片糸に縒りて鶯の縫ふてふ笠は梅の花笠〉（『古今集』神遊び歌）は、〈うちなびく春立ちぬらし我が門の柳の末に鶯鳴きつ〉（『万葉集』巻十）など鶯と柳の取り合わせによるもので、〈鶯の糸に縒るてふ玉柳吹きなみだりそ春の山風〉（『後撰集』春下）などと反芻されて鶯の趣向の一つとなった。そうした趣向は『和歌題林抄』に「谷より出でて春を報せ、古巣を捨てて花に移るともいひ、籬《まがき》の竹に塒《ねぐら》定むとも詠み、花笠に縫ふとも、賤《しづ》が垣根に木《こ》伝ひて、里馴れそむるとも」とまとめられている。

「鶯鳴く」の連想もこれらを踏まえて「梅の咲く、雪消ゆる、葛城山、春の野、青柳、園生、呉竹、谷の奥の静か、琴、相坂、朝寝せられぬ、山里、谷の戸、野辺近き家居」（『随葉集』）などが挙げられ、それ以外にも「柴の庵、霧、立田山、笛、菜、袖、長閑《のどか》なる野」（『類船集』）などが挙げられる。なお、鶯を「人来鳥《ひとくどり》」と呼ぶのは、〈梅の花見にこそ来つれ鶯のひとくひとくと厭ひしもをる〉（『古今集』誹諧歌）による。梅の花を見に行ったのに、鶯が人来人来と鳴いて嫌がっているというのである。

鶯は初春に限らない。〈霞立つ春の山辺に桜花あかず散るとや鶯の鳴く〉（『新古今集』春下）など、晩春の落花にも詠む。行く春を惜しんで鳴くのも鶯である。

〔例句〕

連 **鶯の明闇《あけやみ》たどる梢かな**　紹巴（『大発句帳』）

「明闇」は夜明け前を言ったのであろうが、幽明の意をも効かせているか。〈鶯の木づたふさまもゆかしきに今一声は明け果てて鳴け〉（源雅兼『金葉集』春）を踏まえ、暁の中で鳴く鶯を詠んだ。

諧 **鶯や柳のうしろ藪のまへ**　芭蕉（『続猿蓑』）

鶯と柳・藪（竹）の連想を踏まえて、そこここで鶯が鳴いている情景を描いた。

諧 **鶯の身を逆さまに初音かな**　其角（『初蝉』）

鶯の鳴く姿に着目して新味を出した句。ただし去来は、初音の鶯は身を逆さまにすることはない、逆さまにして鳴く鶯は春も盛りの頃の鶯だと難じ、だからといって「鳴く音かな」では面白みに欠けると述べている（『去来抄』）。

句 **鶯や前山いよゝ雨の中**　水原秋桜子（『葛飾』）

木下幸文は〈春雨のふり暮らしぬる山陰は鶯の音も聞こえざりけり〉（『亮々集』）と詠むが、香川景樹は〈鶯の鳴きくらす日の春雨はつれづれならぬ物にざりける〉（『桂園一枝』）と詠む。古来、春雨にも鶯は鳴くと詠まれてきた。この句は、全てをかき消すような雨音を聞きながら、目の前の山に鶯が鳴いている情景を心に思い描いているのである。

［宮脇真彦］

柳《やなぎ》　三春

青柳　糸柳　玉柳　嬌柳　玉の緒柳　枝垂柳　ふし柳　さし柳　川柳　川添柳　岩柳　箱柳　門柳　柳陰　柳の露　柳の糸　柳の眉　柳の髪　柳腰　柳原　遊行柳　風見草　根水草　川根草

〔季語解説〕　『万葉集』の時代から、歌人たちは川や池の辺の柳が緑の枝を伸ばすさまに、春の到来を見出してきた。「養老令」には堤堰の用に楡《にれ》・柳・雑樹を植えよとあり、実際に川辺の柳はよく目にした光景でもあったろう。水面に垂れる柳の枝も、春風と波の動きに引かれて動くさまが着目され、〈柳、池の水を払ふといふ心を詠める、池水の水草《みくさ》もとらで青柳のはらふ下枝《しづえ》にまかせてぞ見る〉（藤原経衡『後拾遺集』春上）と、春風に吹かれて柳の下枝が水面の水草を払っていると、柳を掃除具に見立てたり、〈春風に波よる糸と見ゆるかな川添柳《かはぞひ》水にひかれて〉（藤原基俊『堀河百首』）と、柳の枝が同じ方向に吹かれ靡いて寄るさまを、青い糸が縒られているようだと詠む。そうした着眼には『和漢朗詠集』にも録された〈柳気力なくして条先《えだ》づ動く〉（白居易）、〈東岸西岸の柳遅速《ちそく》同じからず〉（慶滋保胤《よしししげのやすたね》）、〈気霽《は》れては風新柳の髪を梳る〉（都在中《みやこのありなか》）といった詩句も影響している。『長恨歌《ちょうごんか》』の「芙蓉は面のごとく柳は眉のごとし」の比喩は〈春の日の影そふ池の鏡には柳の眉ぞまづは見えける〉（『後撰集』春下）などの趣向を生んだ。そうした「柳」の詠み方の大枠は、例えば『和歌題林抄』に「川添柳に思ひ寄りなば、〈枝一重〉とも、〈下枝は底に波よる〉とも、〈片枝は玉藻にまがふ〉とも。佐保姫のうち垂髪に寄せて言はば、〈春風の梳る〉とも、柳の糸と言ひて、〈結ぼほるる〉とも、〈乱る〉とも、〈佐保《さほ》姫の緑に染むるか〉など詠む」とあるとおりである。

その他、「柳の糸」を縁に〈浅緑糸縒りかけて白露を玉にもぬける春の柳か〉（遍昭『古今集』春上）などとも詠む。また〈わが門の五本柳いかにして宿によそなる春をしるらん〉（藤原清輔『久安百首』）など、五柳先生と称された陶淵明の隠遁趣味を踏まえて時流に乗り得ない境遇を述懐する詠もある。

これら柳の歌の趣向を含めた連想の総体は、例えば『類船集』に「岸根　堤　川辺　清水　かづらき山　佐保川　西の大寺　吉野川　淀河　鷺　つばめ　鶯　蛍　梅　桜　茸　鞠の場　古塚　膏薬　俎板　樽　籠履　遊行　陶淵明　梅若の墓　観音　さかひ　馬場　腰　髪　眉　餞別　昭君　鮫」などと挙げられている。これらのうち、「鞠の場」は蹴鞠の庭の四隅に立てる木のうち南東には柳を植えることからの連想であり、「俎板」は「柳俎板」（柳の材で作った俎）、「樽」は「柳樽」（酒を入れた樽）、「柳行李」、「遊行柳」（謡曲）、「柳馬場」（万里小路）、「柳腰」、「柳を折る」（旅行の餞別に柳を折る）、謡曲『昭君』（王昭君の老父母が、昭君の形見の柳を鏡に映すと、鏡の中に昭君の霊と胡王の霊が現れるという筋）、「柳鮫」（鮫皮の一）による連想など、和漢、雅俗交えての連想があった。

〔例句〕

連 **みくさゐぬ水をもはらふ柳かな**　宗祇（『大発句帳』）

『後拾遺集』経衡の「池水の…」の歌を踏まえつつ、水草のない水面をも柳の枝がはらっていると詠む。

諧 **青柳の泥にしだるゝ潮干かな**　芭蕉（『炭俵』）

潮干の柳は、「泥にしだるる」の語を得て、水辺に枝を垂れる柳という伝統をイメージさせつつ、伝統とは異なる「泥」の新しさにおいて潮干潟に枝垂れる柳の実景を引き寄せている。

諧 **八九間空で雨ふる柳かな**　芭蕉（『続猿蓑』）

陶淵明の詩句〈草屋八九間、楡柳後簷ヲ蔭フ〉（「帰田園居」）を踏まえ、八九間ほどの所に空から雨が降っているかと思ったら、風に靡く柳の枝から露が落ちてきたと詠んで、陶淵明のいる田園を思い浮かべた。

句 **遠くまで海濁りたる柳かな**　岡本松浜《しょうひん》（『日本大歳時記』）

海の濁りは、春になり氷や雪が解けて勢いを増した川が押し流してきた泥水故であろう。「遠くまで」に、その勢いの強さが伝わる。水辺の柳の構図を踏まえる。

［宮脇真彦］

若《わか》草《くさ》　初春

草の若葉　新草　春の草　初草　草若し
萌え出る小草　にこ草　若草野　枯生草《からふくさ》
草の芳しき

〔季語解説〕　萌え出たばかりの春の草をいい、若く柔らかい瑞々しさを捉えた言葉である。『万葉集』では、「つま」「にひ」にかかる枕詞として〈若草の新手枕をまきそめて夜をや隔てむ憎くあらなくに〉（作者未詳・巻十一）などと用いられた。〈春日野は今日はな焼きそ若草のつまも籠もれり我も籠もれり〉（よみ人しらず『古今集』春上）の歌は、『伊勢物語』十二段にも上五「武蔵野は」として収められており、同じく『伊勢物語』の〈うら若みねよげに見ゆる若草を人の結ばむことをしぞ思ふ〉（四九段）とともに愛唱されて、「若草」は若く美しい女性をイメージさせる言葉となった。

「正月一日雨降るに、庭の草青みわたりて見ゆれば」と詞書のある〈いつしかと今日降り初むる春雨に色づきわたる庭の若草〉（『肥後集』）は、「若草」の瑞々しい緑を詠んでおり、〈萌え出づる野辺の若草末若み空とともにぞ浅緑なる〉（藤原家房『六百番歌合』春上二十番右）も、早春の空と一体化した浅緑色が詠まれる。こうした「若草」の叙景的な表現は、〈薄く濃き野辺の緑の若草に跡まで見ゆる雪のむら消〉（宮内《くない》卿『新古今集』春上）など新古今集時代に確定したとみられる。その基本的な構図は、例えば『和歌題林抄』に、「枯野の茂み、緑の色めづらしき心をもいひ、秋は千種となるべけれども、生ひ初めたるはそれとも見え分かず、春雨の降るままに野辺の緑色深くなりゆくとも、また春きても猶寒ければ、萌えやらずともいひ、若草はまだ浅ければ、雲雀の床も未だ隠れずとも」と述べているとおりである。

連想語には「野に春雨の降る、駒の嘶《いば》ふ、春日山（春日山を若草山といふ）、雪消えし野、柳陰、雲雀、庭の露、春日野、武蔵野、雉子の声、霞の間」（『増補随葉集大全』）など。「駒の嘶ふ」は、例えば〈春くれば美豆の御牧の若草に荒れゆく駒の声ぞ離れぬ〉（『為家千首』）など、若草を食む春駒が若草とともに詠まれたことによる。「庭の春草」は〈我が宿の庭の若草茂りあひてながめに日をも暮らす頃かな〉（『兼盛集』）、「雉子の声」は〈生ひ代はる春の若草待ち侘びて原の枯野に雉子《きぎす》鳴くなり〉（西行『山家集』）、「雲雀」は〈住み侘びてあがる雲雀の著きかなまた陰もなき春の若草〉（定家『拾遺愚草員外』）による。

〔例句〕

連 **若草の山のしづくや春の水**　紹巴《じょうは》（『大発句帳』）

〈消えやらぬ雪より芽ぐむ若草の露知り初むる春雨の空〉（源具親『千五百番歌合』）など、若草に置く露もよく詠まれた。その露の雫をもととして春の水となって流れるとしたところ、春の水の艶な情趣を捉えている。

諧 **前髪もまだ若草の匂ひかな**　芭蕉（『翁草』）

前書「圃角《ほかく》扇ニ讃ヲ望ミテ」。扇の前髪立ちの少年の姿は若草のように瑞々しく匂い立っている、の意。若く美しい女性のイメージを、少年の姿に宛てたことで、若衆の女性とも通じる美しさを際立たせた。

句 **若草にやうやく午後の蔭多く**　山口誓子（『晩刻』）

遅々として暮れがたい春の日に、ようやく日射しも傾いて物の影法師が若草の上に延びてきた情景である。春の日射しの暖かさと暮れがたさが描かれている。

句 **若草や水の滴る蜆籠**　夏目漱石（『漱石全集』）

若草と蜆籠との取り合わせが、若草の生えそろった春の汀の情景を伝えてくる。水の滴る蜆籠に、春の生気が宿っているようだ。

［宮脇真彦］

氷解く《こおりとく》《こほりとく》　初春

春氷　氷消ゆ　氷の隙　氷流るる　解く
る薄氷　解氷　浮き氷　解氷湖

〔季語解説〕　冬の間水辺を閉ざしていた氷が春になって解けることをいう。「氷解く」を春到来の事象として位置づけたのは、『和漢朗詠集』である。その「立春」には、〈池の凍《こほり》の東頭《とうとう》は風度《わた》つて解く　窓の梅の北面は雪封《ほう》じて寒し〉（藤原篤茂）や〈柳気力なくして条《えだ》先づ動く　池に波の文あつて氷尽《ことごと》くに開く〉（白居易）の詩句を掲げ、〈袖ひちて結びし水の凍れるを春立つ今日の風や解くらむ〉（紀貫之）の歌を示す。続く「早春」にも〈氷田地に消えて蘆錐《ろすい》短し〉（元稹《げんしん》）や〈気霽《は》れては風新柳の髪を梳る　氷消えては浪旧苔《なみきうたい》の鬚《ひげ》を洗ふ〉（都在中《みやこのありなか》）の詩句、および〈谷風に解くる氷のひまごとにうち出づる波や春の初花〉（源当純《まさずみ》）の歌があるように、氷が解けて水が流れ始める情景は、春の息吹そのものだった。なお、春になっても氷の解けぬ寒さの残る情景も、〈春は来て谷の氷はまだ解けずさは思ひ分く鳥の音もがな〉（定家『拾遺愚草員外』）のように詠まれている。

春の氷は張っても薄く、「薄氷《うすらひ》」は春の季語となっているが、和歌では〈山川の薄氷わけて漣《さざなみ》の立つは春べの風にあるらむ〉（曾禰好忠《そねのよしただ》『好忠集』）や〈春風に下ゆく波の数見えて残るともなき薄氷かな〉（藤原家隆『六百番歌合』春十七番右）のように詠まれた。が、それらは春の情景を前提に詠まれた歌で、「薄氷」というだけでは春の氷にならず、「春の薄氷」「解くる薄氷」とする必要があった。山本健吉によれば、「薄氷」が春の季語になったのは、虚子の〈薄氷《うすらひ》の草を離るる汀《みぎは》かな〉（明治三一年）あたりからで、歳時記では虚子編『新歳時記』（昭和九年）からであるようだ。もっとも、この虚子の句にしても、「薄氷流るる」を詠み込んだ句で、「薄氷」のみを詠んだ句ではない。やはり『新歳時記』をもって「薄氷」が春季に加わったとすべきか。

『初学和歌式』に「春氷」として「春風に解け行く由をもいひ、寒かへる嵐に再び凍る由をもいふ」と述べる。連想語として『竹馬集』は「朝日さす池・渡る春風・芹摘む小沢・舟さす川辺・角ぐむ蘆・野沢に萌ゆる草・鶯の涙・煙る朝霜・羽ぶく水鳥・波のよる辛崎・霞む志賀の浦」を挙げる。

〔例句〕

連 **風や春名残だになき氷かな**　心敬（『大発句帳』）

氷がすっかりと消えてしまった水辺に、吹く風は春風なのかと問うている句。かえって、氷は解けていてもなお寒い早春の様子が表現された。

諧 **うすらひやわづかに咲ける芹の花**　其角（『猿蓑』）

「薄氷」を詠んだ句として注目されるが、〈芹〉で春。水辺に緑を添えて生えた芹に薄氷が張っている様子で、その氷片が花かと見まがうほど美しいさま。「芹摘む小沢」（『竹馬集』）の連想を踏まえて、実景を引き寄せた。

句 **流されて花びらほどの浮氷**　片山由美子（『天弓』）

川の流れに花びらほどの氷片が浮いている。氷片は、流されることで、初めて花びらのように見えた。流されながら春の日射しを反射しているのであろう。晩春の花筏のイメージを重ねて豪華。

句 **父病めば空に薄氷あるごとし**　大木あまり（『山の夢』）

父の病が自身の生活に危うい閉塞感をもたらしている。春の来ている伸びやかな空なのに、のびのびとした気分になりえない自身の感覚を、春なお寒く水面を閉ざしている薄氷に喩えた。

［宮脇真彦］

帰《き》雁《がん》　仲春

帰る雁　雁帰る　別るる雁　雁の名残　北へ行く雁　残る雁　今はの雁

〔季語解説〕『初学和歌式』に、「雁は八月の半ばに常世《とこよ》の国より来たりて、二月半ばにまた越路《こしぢ》に帰るとも詠める。秋は南に行き、春は北に帰るなり。しかる故は、北国は雪深くて己が食物なければ、雪より前に南の暖かなる国に行き、春やうやう雪の消える頃、また北に帰るなり」と説くのが、当時の帰雁に関する歌人たちの理解であったろう。「常世」は古代人が、海の向こうの遠い所にあると考えていた想像上の国のこと。現実の世とはあらゆる点で異なる地と考えられた。〈春霞立つを見捨てて行く雁は花なき里に住みや馴らへる〉（伊勢『古今集』春上）は、厳しい冬を過ごして良い季節の春となったのに、それを見捨てて去ってゆく雁は、花のない里に住み慣れているのだろうかと不審の念を表出して、雁の詠み方の一典型となった。この歌を踏まえた〈帰る雁今はの心あり明《あけ》に月と花との名こそ惜しけれ〉（藤原良経《よしつね》『新古今集』春上）がある。

『源氏物語』で須磨に流された源氏を親友の頭中将が訪ねた折、源氏が詠んだ歌〈ふる里をいづれの春か行きて見んうらやましきは帰る雁がね〉（「須磨」）は、源氏が頭中将を雁に見立てて、北へと帰る雁に対して一人取り残される自身を嘆いた歌。『新古今集』では、帰雁の別れの嘆きとそのように帰ってゆく雁を思いやっての涙を、〈今はとてたのむの雁もうちわびぬ朧月夜の曙の空〉（寂蓮）と〈聞く人ぞ涙は落つる帰る雁なきて行くなる曙の空〉（俊成）を並べて、この地を去って北へと帰る雁の別れを表現する。別れの切なさは、再びこの地に来ることを約させようとする心の動きをもたらしてくる。〈忘るなよたのむの沢を立つ雁もいなばの風の秋の夕暮〉（藤原良経・同）、〈秋風に逢ひ見むことは命とも契らで帰る春の雁がね〉（藤原隆祐『続拾遺集』雑春）などがある。こうした帰雁の詠み方は「帰雁を詠むには、花を見捨てて帰るを恨むる心を詠むこと常のことなり。または、故郷にいかなる契《ちぎり》ありて春は必ず帰るらんと疑ひ、今来む秋を契るらんといひ、あるいは霞に消えゆく面影を慕ひ、いかなれば月に忘れず来る雁の、花には辛く帰るともいひ、または都の花よりは故郷の花や勝らんとも詠み、花なき里に住みや馴らへるともいへり」（『初学和歌式』）というとおりである。

連想語には「たのむ（田の面）・花の咲く・玉章・常世・春の曙・霞む海面《うみづら》・春の月・渡る燕・ならす琴の音・泊船・鉤簾《こす》の外《と》山・越路・志賀の浦・比良の海」（『随葉集』）などがある。

〔例句〕

連 **雁かへる声にや峰をこしの雪**　紹巴《じょうは》（『大発句帳』）

雲井から聞えてくる声は、越路のいまだ雪の積もる峰を越えて帰っていく雁の声であろうか。越路は都から北へと帰る雁が通ってゆく雪深い地。

諧 **花よりも団子やありて帰る雁**　貞徳（『犬子集』）

花を見捨てて行く雁の理由を「花より団子」の俚言に求めた。帰雁を惜しむ和歌の本意を踏まえての作意。

句 **みちのくはわがふるさとよ帰る雁**　山口青邨（『雑草園』）

〈わがふるさとよ〉に、長らく帰っていない故郷を自分の代わりに見て欲しいという思いが込められている。北国へ帰る雁に、望郷の念をかき立てられているのだ。

[句] **胸の上に雁行きし空残りけり**　石田波郷（『惜命』）

「胸の上」の措辞に、病臥の作者が表現される。雁の去った空は、悲しく虚しい空である。〔宮脇真彦〕

春《はる》の月《つき》　三春

春月　朧月　朧月夜　月朧　長閑なる月
弥生の月　霞む月　おぼろけならぬ月

〔季語解説〕　春の「月」は、十世紀から詠まれており、〈梅の花紅深き春の夜の色をも香をも照らす月影〉（『元《もと》真《ざね》集』）や〈花散らば起きつつも見む常よりもさやかに照らせ春の夜の月〉（『能宣《よしのぶ》集』）など、梅や桜の花など春の景物に関わらせて詠み込まれてきた。が、春の月のありようは、景物との兼ね合いによってさまざまな詠まれ方となっている。「春の月」としての本意が定まってくるのは新古今時代で、〈梅が香に昔を問へば春の月こたへぬ影ぞ袖にうつれる〉（藤原家隆『新古今集』春上）などと詠まれる。この歌は、〈月やあらぬ春や昔の春ならぬ我が身一つはもとの身にして〉（在原業平《なりひら》『伊勢物語』）の本歌取りで、梅が香を介して懐旧の情をかき立てる景物として詠まれた。以降、春の月もまた懐旧の景物として詠まれることが多い。飯田龍太が「春月には思わぬ親しさとなつかしさがある」と述べている（『日本大歳時記』）のは、本意を言い当てた言葉である。

「朧月」は、「文集《もんじふ》、嘉陵《かりようの》春夜詩《のし》、不明《あきらかならず》不暗《くらからず》朧朧《ろうろうたる》月といへることを詠み侍りける」と詞書を付す大江千里《ちさと》の歌〈照りもせず曇りもはてぬ春の夜の朧月夜にしくものぞなき〉が、その代表である。この歌は、『白氏文集』の「嘉陵の夜懐ふことあり二首」の詩句を下に、春夜の美を定義したもの。『新古今集』は、この歌を筆頭に、春の朧夜の歌を並べることによって、梅の咲く頃の夜を、朧月夜の美として新たに定位した。以来、朧月は春夜の典型となり、連歌から俳諧へと受け継がれて現代に至っている。その詠まれ方は、「春月は朧々と霞みて幽かに艶なる心相応也。…春月に向かひては見ぬ世の昔まで思ひやり、霞めば影の漏り来ぬ心をもいひ、老の涙にはいとど曇れる影をかこち、或は花の梢の朧月夜を愛づる心など数々也」（『初学和歌式』）と説かれている。連想語としては「帰る雁、霞む夕、春雨晴るる、梅かほる窓、花の峰、鐘かすむ、時鳥、鉤簾《こす》捲ぐ袖、とまり舟」（『竹馬集』）が挙げられる。

〔例句〕

[連] **花に添へ朧月夜の今朝の雲**　宗砌《そうぜい》（『新撰菟玖波《つくば》集』）

朧月夜の夜が明けた今朝、名残の白雲よ、今は花に寄り添って花の美しさを一段と引き立ててくれ、の意。月を朧に見せていた霞の名残の雲を、朝は花の雲となって私の目を楽しませて欲しいというのだ。

[連] **月いづく空はかすみの光かな**　肖柏（『大発句帳』）

月はどこか、と問うことで、月の辺りが霞に覆われて、霞が明るく光っているさまが描き出された。〈そことしも分かれぬ空の光にて霞ににほふ春の夜の月〉（二条為定『新千載集』春下）といった趣向である。

[諧] **大原や蝶の出て舞ふ朧月**　丈艸（『北の山』）

大原で、朧月の光を白く浴びた蝶がひらひら舞い出たことだ。大原は、京都市左京区の地名。三千院や、建礼門院が隠栖した寂光院があり、『平家物語』灌頂《かんじよう》巻や謡曲の『大原御幸《ごこう》』で名高い。朧月に舞う蝶は、平家一門の亡霊かと歴史的回想を催すに十分幻想的である。

[句] **外《と》にも出よ触るるばかりに春の月**　中村汀女（『花影』）

触れられそうなほどの月とは、周りの霞に潤んだように大きく光る満月。朧月は遠く、春の月は近い。

[句] **紺絣《こんがすり》春月重く出でしかな**　飯田龍太（『百戸の谿』）

「紺絣」は紺地に白いかすりのある模様の着物。春月と紺絣の取り合わせが、山間から重々しく上る大きな月を表現している。〔宮脇真彦〕

春《はる》雨《さめ》　三春

春の雨　暖雨　膏雨《かうう》

〔季語解説〕　雨はその名ごとに異なる本意をもって受け止められてきた。春雨は、紹巴が「春も大風吹き、大雨降るとも、雨も風も物静かなるやうに仕り候ふこと、本意にて御座候」（『至宝抄』）と述べるように、しとしとと小止《おや》みなく降る雨として捉えられてきた。

和歌において春雨は、草木の生長を促す雨として詠まれる。例えば「我が背子が衣《ころも》春雨降るごとに野辺の緑ぞ色まさりける」（紀貫之『古今集』春上）のように、野辺の草を育み、野辺の緑の色を深める。また〈四方山に木《こ》の芽春雨降りぬればかぞいろはとや花の頼まむ〉（大江匡房『千載集』春上）など、木の芽が張ると春を掛け、木の芽を膨らませ（「木の芽春雨」の歌語もある）、花を芽吹かせることから、花の父母《かぞいろ》とされた。また、春雨は〈春雨のしくしく降れば山も野もみなおしなべて緑なりけり〉（藤原顕仲《あきなか》『堀河百首』）など、絶え間なく降る雨とされ、〈ながめする緑の空もかき曇りつれづれまさる春雨ぞ降る〉（藤原俊成『長秋詠藻』）など、長雨に降り込められて物思いをもたらすものでもあった。そうした和歌の総体は、例えば『和歌題林抄』に春雨の詠み方を「春雨は、つくづくとのどかに降る心を詠む。降るとしも見えねども、草の上には露を結び、日ごろ降るままに野辺の緑も色まさり、山川は増さらねども、草の葉は深く見ゆるよしをもいひ、晴間なき空をながめて、つれづれを嘆き、万の草木の芽張るによりて木の芽はるさめともいへり」と述べているのにほぼ尽くされている。

連歌での春雨は、こうした和歌の本意を踏襲したものであることは、冒頭引いた紹巴の言説からも明らかであるが、近世初頭より細分化されて、「春の雨と正月・二月の初め頃はして、また二月中頃より三月中は、春雨のつれ〴〵と降る心持也」と「春の雨」「春雨」を分けて捉えるようになった。すなわち、春に降る雨を「春の雨」と総称し、そのうち二月三月に降る雨を特に「春雨」と呼ぶのである。この連歌師流の説は、『連歌新式増抄』（寛文五年刊）を介して俳諧へと流れ込んだ。『三冊子』に「春雨は小止みなく、いつまでも降り続くようにする。三月をいふ。二月末よりも用ふるなり。正月・二月初めを春の雨となり」とあるのは、その例である。

〔例句〕

連 **雨知らぬ霞の軒の雫かな**　専順（『竹林抄』）

物静かに降るともなく降る春雨は、雨とも見えないが、霞の立ちこめた軒に垂れる雫でそれと知られることだ。本意を踏まえて「霞の軒の雫」にリアリティがある。

諧 **不精さやかき起こされし春の雨**　芭蕉（『猿蓑』）

春雨の降る朝、けだるさから眠気が抜けきらずにいたところ、抱き起こされてしまったことだの意。長雨の物憂さを「不精さ」に変容させての作。

諧 **春雨や蜂の巣伝ふ屋根の漏**　芭蕉（『炭俵』）

軒の蜂の巣を伝わってきた雨漏りの雫が、静かに降るともなく降る春雨を知らせたことだ。「蜂の巣伝ふ」といったことで、春雨の繊細さを伝えてくる。

句 **寺に入れば石の寒さよ春の雨**　高村光太郎（『全集』）

春の雨を受け付けぬ寺の石畳の冷たさは、俗界を拒む寺の厳しさをも告げ、逆に寺以外の、雨の温かさが冬を留める土に温かく浸み込んで行くさまを暗示する。

句 **春雨や藁の満ちたる納屋の闇**　大野林火（『雪華』）

納屋《なや》は、農事用の作業場兼物置小屋。藁で一杯になっている納屋は、藁の軽やかな重さで満ちている。〈納屋の闇〉は、納屋の物陰に、何かが潜んでいるかのような存在感を引き出している。

［宮脇真彦］

蝶《ちょう》《てふ》　三春

胡蝶　初蝶　寝《ね》る胡蝶　白妙の蝶　蝶の羽　飛ぶ蝶　蝶々　春の蝶　蝶生まる　舞ふ蝶　白蝶　紋白蝶　黄蝶　紋黄蝶　鳳蝶　烏揚羽　小灰蝶《しじみ》　蛺蝶《たては》

〔季語解説〕　蝶が春の季とされたのは連歌の『至宝抄』に「蝶、正月より三月まで」と規定されたのが最初で、それまでは「蝶は春さまざまの花の咲くより、秋花の散るまでのものなり。ただ蝶ともいひ、なべてはこてふといふ」（『八雲御抄』）と季は定まっていなかった。

蝶が和歌に詠まれたのは『古今和歌六帖』第六に「てふ」の標目の下に載る「言へばえに言はねばさらにあやしくも鹿毛《かげ》なる色の蝶にもあるかな」（言おうとしても言いようがなく、言わなければいっそう珍しい、影のような鹿毛色の蝶であることだ）など二首載るのが早い。その後、『拾遺集』などに散見されるが、多く詠まれるようになるのは院政期以降である。〈百歳《ももとせ》は花に宿りて過ぐしてきこの世は蝶の夢にぞ（ざ）ありける〉（大江匡房『堀河百首』『詞花集』雑下）は、『荘子』斉物論編に載る、荘周が夢に胡蝶となり、夢から覚めて、自分が夢で胡蝶となったのか、胡蝶が今夢の中で自分になっているのか疑ったという故事を踏まえる。以来、例えば〈籬《ませ》に咲く花に睦れて飛ぶ蝶のうらやましくもはかなかりけり〉（西行『山家集』）や〈草枯れて飛び交ふ蝶の見えぬかな咲き散る花や命なるらん〉（藤原定家『拾遺愚草』）など花に遊び戯れる蝶が、この世を夢のようにはかないものとする無常の譬えに詠まれた。なかでも〈訪ね来るはかなき春もにほふらむ軒端の梅の花の初蝶〉（藤原家隆『壬二《みに》集』）は、〈尋ね来てはかなき羽を宿しける〉と上句を変えて近世初期の連歌辞書『随葉集』『竹馬集』に載り、匡房や西行の歌とともに記憶された。

近世では、季吟の『山の井』に「蝶々は、菜の葉にとまり、花に宿りて、余裕なげなる昼寝のけしき、羽衣の袂を翻し、雪をめぐらしつつ舞ひたはるるありさま、なほ荘周が夢を寄せて、胡蝶の夢の百年目とも言へり」と記されるように、和歌の詠まれ方を受け継いだ。とりわけ、老荘思想の影響を強く受けた談林俳諧では、胡蝶の夢の故事が好んで取り上げられた。

連歌の連想語に「庭の露、霞む外面、霞の籬、長閑なる野、春雨の跡、花園の富士、山吹、菊、閑かなる朝日、梅の花、隣の家」（『竹馬集』）をあげ、俳諧は『類船集』に「蝶」の付合語に「花園、菊、夢、荘子、猫、牡丹、菜の葉」などをあげる。

〔例句〕

連 **蝶鳥に暮らさぬ日なき春野かな**　宗祇（『大発句帳』）

蝶が舞い、鳥が囀りながら飛び交うのを愛でて暮らさない日はない春の野辺であることだ。自身も、蝶鳥のように野に遊び暮らしているというのである。

諧 **蝶の羽の幾度《いくたび》越ゆる塀《へい》の屋根**　芭蕉（『芭蕉句選拾遺』）

背の高い土塀の屋根を蝶の翅がひらひらと幾度も越えていることだ。「蝶の羽」と具体的に言ったことで、蝶か花か、かえって幻想的な光景となった。

句 **方丈の大庇より春の蝶**　高野素十（『初鴉』）

方丈（所出では竜安寺と前書）に座し、空の大部分を占める大庇の下、静寂そのものの中にいると、その大庇の上から蝶が現れたというのである。死の如き静寂に、生命の彩りが鮮やかである。

句 **山国の蝶を荒しと思はずや**　高浜虚子（『六百句』）

山国（信州小諸と知られる）の蝶を荒々しいとおもわないかね、という存問において、華やかに花に戯れ、はかない存在として詠まれてきた蝶が、強い生命感を持った存在として定位されたのである。　［宮脇真彦］

蛙《かわず・かえる》　かはづ・かへる　　仲春

鳴く蛙　蛙の諸声　すだく蛙　井手の蛙　かへる　初蛙　遠蛙　昼蛙　夕蛙　山蛙　苗代蛙　泥蛙　蛙合戦　赤蛙　殿様蛙　土蛙

〈季語解説〉「蛙」は連歌以来、仲春二月の季語とされた（『至宝抄』）。

和歌では、「蛙《かはづ》」は『古今集』仮名序に「花に鳴く鶯、水に住む蛙《かはづ》の声をきけば、生きとし生けるもの、いづれか歌を詠まざりける」と記されて以来、水辺の蛙の鳴き声が春の賞美すべき景物として詠まれてきた。ことに同集の春下に載るよみ人しらずの歌〈蛙鳴く井手の山吹散りにけり花の盛りにあはましものを〉は、「蛙」の詠み方に決定的な影響を及ぼし、例えば〈蛙なく神奈備川《かんなびがは》に影見えて今か咲くらむ山吹の花〉（厚見王《あつみのおおきみ》『新古今集』春下）〈あしひきの山吹の花咲きにけり井手の蛙は今や鳴くらむ〉（藤原興風・同）など、「井手」「山吹」の連想を核に多くの歌例を生んだ。その結果、季節も「山吹の花」に合わせて晩春の景物として定着していった。

田に鳴く蛙も、〈春の田の苗代水をまかすればすだく蛙の声ぞ流るる〉（慈円『拾玉集』）や〈折にあへばこれもさすがにあはれなり小田の蛙の夕暮の声〉（藤原忠良『新古今集』雑上）など、苗代や水田の蛙が詠まれ、同じく三月の景物に相応しい。それが二月に定まったのは、二十四節気の「啓蟄」との兼ね合いで、蛙が地上に這い出てくる二月をもって蛙の季としたのであろう。

和歌の蛙は、「蛙は、春の田、苗代、水、川、いけ、沼、沢、江、その外水辺に読めり。夕暮など声あはれに鳴くよしをいひ、また寂しき心を詠むも相応なり。或いは落花、山吹に詠み合はせ、或いはつれづれと降り暮らす雨の日に声しきるとも、または妻恋ふよしをも詠めり。すべて春の末のものなり」（『初学和歌式』）といった文章のとおりである。

和歌の「かはづ」に対して、俳諧は「かへる」と読んで俗を強調したが、蕉門以前はこの和歌の構図を踏まえた作が多かった。和歌的構図に対する俳諧の新しみの追求は、芭蕉の〈古池や蛙《かはづ》飛び込む水の音〉を初めとする『蛙合《かわずあわせ》』（一六八六年）の試みを経て自覚されたといってもいい。

蛙の連想は『類船集』に「小田の水口《みなくち》、苗代、池水、井の水、古沼、萍、春雨、欸冬《やまぶき》、玉川、佐山のいけ、みなふち山、神奈備《かむなび》川、俣野《またの》、住吉、昆陽《こや》の池、水さびゐる江、高瀬舟、暮れて行く春、堀江、棟に縄をはる、鶉、蓮の葉、仙人、すまふ、蛇、蛞蝓《なめくじ》」を挙げている。

〈例句〉

連 **うぐひすのもろごゑに鳴く蛙かな**　紹巴《じょうは》（『大発句帳』）

「諸声」は声を合わせて鳴くこと。『古今集』仮名序を踏まえての作意であるが、〈諸声にいたくな鳴きそさもこそはうき沼《ぬ》の池の蛙なりとも〉（藤原兼宗『六百番歌合』）を意識して、鶯の「憂」を利かせるか。

諧 **居直りて孤雲に対す蛙かな**　蕪村（『落日庵句集』）

宙《そら》を仰いでいるような蛙は、居住まいを正してちぎれ雲と対して居ることだ。世俗の外に一人いる隠者のごとき風貌を蛙に見た。

諧 **痩蛙負けるな一茶是に有り**　一茶（『七番日記』）

前書に「蛙戦ひ見にまかる」。蛙合戦の様を詠んだ。一匹の雌をめぐる雄同士の激しい戦いを見て、群衆のなかでもがき苦しむ自身を思わず投影したのである。

句 **あたらしき畳匂ふや夕蛙**　久保田万太郎（『句集』）

新しい畳の匂に気付いたのは、夕暮時のつれづれに身を置いていたゆえである。つれづれの物寂しさをかき立てる蛙の伝統が、息づいている。　［宮脇真彦］

花《はな》　　晩春

初花　花を待つ　花盛　花の雲　花月夜　花の波　花の風　花の陰　花の本　花の露　窓の花　落花　花の雪　花吹雪　花散る　花の滝　花の塵　花筏　残花　花守　心の花

〈季語解説〉「花」といえば桜の花を指すが、「花」は桜のみならず、華やかで賞美すべきものをいう抽象名詞でもある。芭蕉が「花といふは桜の事ながら、すべて春の花をいふ」（『三冊子』白）といい、また許六《きょりく》が「花といへるは賞翫《しやうぐわん》の惣名《そうみやう》、桜はただ一色《ひといろ》の事なり」（『篇突』）というとおりで、『至宝抄』に「花の本意とは、花とばかり申し候ふは桜のことにして御入候。桜花《さくらばな》と申しては正花《しやうくわ》にならず候」と述べるのも、同じである。「正花」

とは、連歌・俳諧の用語で、華やかで賞翫すべきものをいう「花」を、桜花など名の草木の花と区別していう語。「桜花」は、桜の花をいうのみで、賞翫の意が薄いので正花にならない。同様に、「波の花・雪の花・火花」など景物を花と見立てた言葉も正花ではない。

「花」はすでに『万葉集』に〈あしひきの山さへ光り咲く花の散りぬるごとき我が大君かも〉(大伴家持・巻四)や〈あをによし奈良の都は咲く花の薫《にほ》ふがごとく今盛りなり〉(小野老《おののおゆ》・巻三)など、桜花をイメージさせつつも、華やかな繁栄を表す用法がある。和歌にあっては、「花」は桜花とほとんど区別なく詠まれたから、「花」の本意はそのまま「桜」の本意に重ね合わされる。とはいえ例えば、〈花の色は移りにけりないたづらに我が身世にふるながめせし間に〉(小野小町『古今集』春下)が桜花の衰えに我が身を重ねた歌の「花」が、〈色見えで移ろふものは世《よの》中の人の心の花にぞありける〉(同・恋五・小町)の「花」に対比されるように、「花」は桜の花の具体相から抽象化され、華やかにも、それゆえ上辺だけの意にも、翻って移ろいやすい意にも用いられた。「今の世の中、色につき、人の心、花になりけるにより、徒《あだ》なる歌はかなき言《こと》のみ出でくれば」(紀貫之『同』仮名序)と述べている花や、〈我のみや世をうぐひすとなきわびむ人の心の花と散りなば〉(同・恋五)など、その例である。そしてまた、〈年を経て花の鏡となる水は散りかかるをや曇るといふらん〉(同・春上・伊勢)、〈桜散る水の面には塞き止むる花の柵《しがらみ》かくべかりける〉(『能因集』)と詠まれる見立ての「花」はもちろん、〈宿りして春の山辺に寝たる夜は夢の内にも花ぞちりける〉(紀貫之『古今集』春下)、〈うちはへて春はさばかりのどけきを花の心や何急ぐらん〉(清原深養父《ふかやぶ》『後撰集』春下)、など桜をイメージさせる「花」に、また〈山里の春の夕暮来てみれば入相の鐘に花ぞ散りける〉(能因『新古今集』春下)、〈花をのみ待つらん人に山里の雪間の草の春を見せばや〉(藤原家隆『壬二集』)など桜の「花」にも、抽象化された「花」のイメージが重ね合わされ、桜花の表情に微妙な陰影を付与しているのである。

なお「花」の言葉には冒頭挙げた以外に、「花の下紐、紐解く花、ほころびる花、えむ花、花房、移ろふ花、花を惜しむ、花の香、匂へる花、薫れる花、花の色、花の枝、折る花、摘む花、挿頭《かざ》す花、挿頭《かざし》の花、花籠、花筐《がたみ》、花皿、夕花、花の夕映、一花、千《ち》花、百木《ももき》の花、花の宿、花の庭、花の友、花を友、花の前、花笠、花の袖、花衣、花染衣、花染の袂、花曇り、花の都、花の衾」(『増補随葉集大全』)。付合語に「鶯、鳥の囀り、春風、庭、園、籬《まがき》、梅、峰の雲、帰る雁、菫、柳、待つ、酌む酒、詠む歌、都の春、九重の内、葛城、初瀬」(『竹馬集』)を挙げる。

〔例句〕

連 **月に見ぬおぼろは花のにほひかな**　心敬(『竹林抄』)

朧月の光の及ばぬ辺りは、花が朧に見せている、の意。花の気配を朧といって実体化している。

連 **吹き上《のぼ》れ嵐の花の早瀬川**　紹巴《じょうは》(『大発句帳』)

「早瀬川」は瀬の流れの速い川。「嵐」の語と相俟って、嵐が落花を巻き込んで吹き上っていくかのような、桜吹雪の豪華な景色が描かれた。

諧 **四方《しはう》より花吹き入れて鳰《にほ》の波**　芭蕉(『白馬』)

「鳰」は「鳰の海」(琵琶湖)の略称。春風が四方の山々の花を散らして湖面に吹き入れてくる。〈鳰の海霞吹きゆく春風に浪もいくよの志賀の花園〉(藤原家隆『壬二集』)など、琵琶湖に散る花は詠まれてきたが、波の花に吹き入れる花を交えて、豪華な花の景が現出した。

諧 **花にくれて我家《わがいへ》遠き野道かな**　蕪村(『摺物』)

花の下で一日中花に興じ、我が家までの道のりがいかにも遠く感じられる。花への愛着から花の下で旅寝をする王朝の歌人たちの心情を受け継ぎつつ、我が家への帰り道をいうところが新しい。遊興の後の寂しさもある。

句 **人体冷えて東北白い花盛り**　金子兜太(『蜿蜿』)

「人体」とは人を物として扱った措辞。〈白い花盛り〉も、無生物的な花の形容。血の気のない、生命の感じられない世界の華やぎに、東北の本情をみた。生活感を奪い取ってしまうほどの自然の厳しさでもある。

句 **天寒く花の遊べる真夜かな**　飯田龍太(『百戸の谿』)

〈天寒く〉とは、真夜の天の星やその間に広がる闇と、冷たく感じられるほどの宇宙の深みを言い取った措辞。そこを舞う花びらは、あたかも天を遊んでいるかのようだというのである。

[宮脇真彦]

桜《さくら》　晩春

桜花　朝桜　夕桜　夜桜　山桜　家桜
庭桜　初桜　八重桜　緋桜　糸桜　枝垂
桜　遅桜　残る桜　桜狩　桜人　桜田
桜戸　桜散る　桜吹雪　彼岸桜　里桜
樺桜　(名木の)桜

〔季語解説〕　桜は、『古事記』に、山の神大山津見神の娘に木花知流比売《このはなちるひめ》と木花之佐久夜毘売《このはなのさくやびめ》がいるように、古代から木の花(桜の花)の咲く・散るとが表裏の関係で捉えられていた。しかも、天孫降臨の邇邇芸命の求愛に応えて「木の花の栄ゆるがごと栄え坐さむ」と木花之佐久夜毘売に醜い石長比売を添えて、遣わしたところ、石《いわ》長比売《ながひめ》を送り返してきたことに父大山津見神《おおやまつみのかみ》が「天つ神の御子の御寿は木の花のあまひのみ坐《き》さぬ」(雨に散る桜のごとく短い)と述べたように、桜に繁栄と衰亡の二面を重ね合わせてきた。

『万葉集』の桜も、〈春雨に争ひかねて我が宿の桜の花は咲きそめにけり〉（作者未詳・巻十）と春雨に催促されて桜が咲き始めたといい、〈見渡せば春日の野辺に霞たち咲きにほへるは桜花かも〉（同）と輝くばかりに咲く桜を愛で、〈春雨はいたくな降りそ桜花いまだ見なくに散らまく惜しも〉（同）と散るのを前提に惜しむ。多くは山桜であるが、〈人の世も常にしあらねば宿にある桜の花の散れる頃かも〉（久米女郎《くめのいらつめ》・巻八）と、家桜を詠むこともあり、桜の移ろいやすさに人の世の定めなさ（実は恋人の移ろいやすい心）を重ねた歌もある。

『古今集』では、〈見渡せば柳桜をこきまぜて都ぞ春の錦なりける〉（素性・春上）と都の花盛りを賞し、〈桜花咲きにけらしなあしひきの山の峡《かひ》より見ゆる白雲〉（紀貫之・同）と桜の開花を叙し、〈みよし野の山辺に咲ける桜花雪かとのみぞあやまたれける〉（紀友則・同）と桜の名所吉野の雪かと見紛う桜を賞め、〈桜色に衣は深く染めて着む花の散りなむ後の形見に〉（紀有朋・同）と散る前から花の中で遊んだ名残を惜しみ、〈待てといふに散らでしとまるものならば何を桜に思ひまさまし〉（よみ人しらず・春下）と桜の散るのを嘆き、〈残りなく散るぞめでたき桜花ありて世の中はての憂ければ〉（同）と散り際を賞し、〈久方の光のどけき春の日に静《しづ》心なく花の散るらむ〉（紀友則・同）と桜のはかなさを歌い、〈桜花散りぬる風の名残には水なき空に波ぞ立ちける〉（紀貫之・同）と桜の花びらが舞う様を空の波かと見立て、〈花の色は移りにけりないたづらに我が身世にふるながめせし間に〉（小野小町・同）と自身の衰えを重ね合わせる。『古今集』の桜に寄せる時間的な把握は、以後の歌人の桜に寄せる基本的な構図を形成した。『和歌題林抄』に、「春は花ゆへ静心なき由をも言ひ、待つに心を尽くし、散るに身を砕き、命に代へて惜しめど、留まらぬことを恨み、山の桜を白雲に譬へ、心空なるとも言ひ、散るをば雪かとおぼめき、立ち隔つる霞を恨み、春風を厭ひ、徒なることを嘆き、遠く訪ぬとて、知らぬ山路に惑ひ、思はぬ木の下に旅寝をし、故郷も疎くなりて、山辺に日ごろを経、九重の庭には、伴造《とものみやつこ》が朝清《ぎよ》めを厭ひ、山里には花ゆゑ人の訪はれ、寝ても覚めても忘れねば、夢にも花を見るとも言ふ」とある。

〔例句〕

[連]限りさへ似たる花なき桜かな　宗祇（『独吟何人百韻』）

桜の花の盛りの時はもちろん、散り際でさえ他に似た素晴らしさをもった花はないことだ。あらゆる花をイメージさせながら、桜の花の散り際の見事さを賞美する。桜の執着のない散り方を讃えた句。

[諧]さまざまの事おもひ出す桜かな　芭蕉（『笈の小文』）

伊賀上野に戻った芭蕉を迎えて、芭蕉の旧主藤堂良忠の子良長（俳号探丸《たんがん》）が下屋敷で花見を催した際の句。「……昔の跡もさながらにて」と前書（真蹟懐紙）。今盛りの桜を前に、二十数年前の桜も同じだったと、今昔の境もなく、思い出しているのである。

[諧]夕桜家ある人はとくかへる　一茶（『享和句帖』）

花見に興じていたが、家庭のある者はすぐに帰って行く。興じているのは、帰る家もない者ばかり。世外の風雅に生き切れぬ作者の寂しい呟きである。

[句]観音の大悲の桜咲きにけり　正岡子規（『寒山落木』）

「大悲」とは、衆生の苦しみを救う仏の広大な慈悲。観音が衆生を救うべく、見事な桜を咲かせたかのような言い方になっており、桜の見事さが想像される。

[句]山又山山桜又山桜　阿波野青畝（『甲子園』）

〈山又山〉とは、山が幾重にも連なっているさまをいい、〈山桜又山桜〉とは、その山にそれぞれ山桜が咲き誇っていることをいう。山桜の山が幾重にも重なって描かれた大和絵を思わせる句である。

[句]さきみちてさくらあをざめゐたるかな　野澤節子（『飛泉』）

満開の今まさに散らんとする間際の桜花の様が言い留められた。〈青ざめ〉の措辞の効果である。［宮脇真彦］

耕し《たがえし》《たがへし》　三春

たがやし　耕す　小田返す　鋤渡す田
春耕　耕人　耕牛　耕馬　馬耕

〔季語解説〕「耕し」（たがへし）は、春の季語。田返しの意で、春、鋤・鍬などを用いて田の土を返しておくことをいう。稲が刈り取られたまま放置されていた田に、鍬が入れられ、掘り起こされると、冬の間雪や氷の下で眠っていた田に、再び物を育てる場としての活力が蘇ってくるようだ。一年の農耕の始まりである。

和歌には、「田を返す」という言い回しで、〈荒小田をあら鋤き返し返しても人の心を見てこそやまめ〉（よみ人しらず『古今集』恋五）、〈忘らるる時しなければ春の田を返す返すぞ人は恋しき〉（紀貫之『拾遺集』恋三）など、いずれも、田を返すことを「返す返す」を導く序言葉に用い、恋を詠む。春の農耕をイメージさせつつ、農耕を詠むのではなく、恋の心へと展開させているのである。農耕が恋から独立して、歌の中心に据えられるのは、次の『後拾遺集』に収める〈穂に出でて秋と見し間に小山田をまた打ち返す春も来にけり〉（小弁・春）が早い例であるが、たとえば、『金葉集』には、〈桜咲く山田を作る賤の男は返す返すや花を見るらん〉（高階経成・春）などと詠まれていて、やはり「返す返す」が詠まれて、花への賞翫を一首の中心にすえ、農耕はその脇役に扱われており、「田返し」が詠まれたのではない。

「田返し」が中心に据えられた歌は、鎌倉時代末から室町時代にようやく現れてくる。〈氷だにまだ打解けぬ荒小田を粗鋤きかへす春は来にけり〉（慶運『慶運法印集』）と田返しに春の到来を思い、〈深き田を老いたる牛に返させてさせよといふもさすがあはれさ〉（三条西実《さね》隆《たか》『雪玉集』）など、牛を使っての農耕を詠む。

俳諧になると、「耕す」の語で農耕が詠まれるようになる。芭蕉の連句、元禄二年十一月「いざ子ども」歌仙、〈羽織揃へて春の参宮〉（芭蕉）の前句に、〈鍬立《たて》て耕す肩をうち休め〉（梢風尼）と付けた句は、羽織をお揃いにして参宮に出かける人々を、耕す手を休めて眺めている農民の姿が捉えられている。とはいえ、「耕す」が俳諧で多く詠まれるようになるのは、江戸中期、蕪村らが「耕」を題として積極的に詠むようになってからであった。〈耕すや五石の粟のあるじ皃《がほ》〉（蕪村『自筆句帳』）、〈耕すや鳥さへ啼かぬ山かげに〉（蕪村『続明烏』）など、蕪村の「耕す」には、人里離れた小さな耕地に生きる姿がイメージされている。俗世界から離れた所に見出される水墨画の世界の点景といってもいい。

〔例句〕

諧 **耕や細き流れをよすがなる**　蕪村（『落日庵句集』）

春になって田に引く水も細い流れながら音を立てて流れ始めた。その流れを唯一の頼りに、田返しをする。

諧 **一鍬に雪まで返す山田かな**　一茶（『八番日記』）

〈雪まで返す〉というところ、まだ雪解けやらぬ中で始められる雪国の耕しが描かれた。まだ残雪のなか、春の田の準備をするのである。

句 **地のかぎり耕人耕馬放たれし**　相馬遷子（『山国』）

人や馬が田のあるところへ点々といる。あたかも、田に放たれたように。「放たれし」が、冬の間家々に閉じ込められていた人々が出て耕作を始めた開放感を表す。

句 **耕人に余呉の汀の照り昃《かげ》り**　長谷川久々子

余呉の海の汀がキラキラと照ったり、翳ったりする。その光を受けて耕している人物。春の光が辺りに満ちている早春の景に溶け込んで耕している様子が見えてくる。〔宮脇真彦〕

燕《つばめ》　晩春

つばくら　乙鳥　玄鳥　社燕　燕来る　初燕　燕渡る　朝燕　夕燕　川燕　里燕　群燕　飛燕　岩燕　腰赤燕

〔季語解説〕 燕は三、四月頃南方より飛来して軒や梁に巣を掛け、子を育て、十月頃南方へ渡って行く。『万葉集』に〈燕来る時になりぬと雁がねは国偲ひつつ雲隠り鳴く〉（大伴家持・巻十九）と詠む、燕が飛来すると雁が帰るという着想は、『礼記』「月令」を踏まえたもので、以後〈燕《つばくらめ》急ぎやすらん天の原雲路の雁の声聞こゆなり〉（源顕仲『堀河百首』秋）などに引き継がれ、『連珠合璧集』には「燕」の項に、「雁に行き違ふものなり。故に帰る燕は秋なり」と記されてもいる。

和歌に詠まれるようになるのは、ほとんど新古今時代以降で、〈燕あはれに見ける例しかな変はる契《ちぎり》は習ひなる世に〉（藤原定家『拾遺愚草』）など、燕は番《つがい》の相手を変えないという伝承や、〈軒端荒れて春は昔の故郷に古巣尋ぬる燕かな〉（藤原家隆『壬二集』）など、燕は古巣に戻るとする趣向が繰り返し詠まれた。他に、李白〈簾外の薫風に燕語り、庭前の緑樹に蝉鳴く〉を踏まえた〈燕簾の外にあまた見えて春日のどけみ人影もせず〉（光厳院『風雅集』春中）など「簾」と結んだ趣向や、〈燕鳴く軒端の夕日影消えて柳に青き庭の春風〉（花園院『風雅集』釈教）など「柳」と結んだ趣向、〈江をめぐる燕あまたの水澄みて春日ゆるがぬ青柳の糸〉（正徹『草根集』）など水辺と結んだ趣向が室町時代以降目に付く。

『連珠合璧集』に「並ぶ、梁、語る、雁、行き違ふ、石」などを挙げるように、連歌も和歌の趣向を引き継いだ。このうち「石」への連想は、「石燕」の故事による。すなわち『連集良材』に「零陵《レイリヤウ》山ト云処ニ石アリ、雨フレバ其《その》石燕ニ成リテ飛ブ、晴ルレバ又《また》石ニ成ルト云」と説く。『随葉集』にも、〈降れば飛ぶ降らねばもとの石となる雨や燕の命なるらん〉の歌が引かれる。連歌では〈雨の日を語る軒端の燕かな〉（肖柏『大発句帳』）など、雨と燕を結んだ句が目に付くが、この趣向は〈飛び石は燕になるや雨の中〉（正平『鷹筑波』）など俳諧にも受け継がれた。

連想語は、連歌では「春雨、苗代、青柳風になびく、門田の水、雁帰る、舟の帆柱、故郷の軒端」（『随葉集』）、俳諧ではこれに「宮の内、鉤簾の戸、鶯、梁、簾、藁屋、社の祭、零陵山の雨、石、彼岸、算用、飛魚、神輿、椀」（『類船集』）を加える。

〔例句〕

連 **つばめ飛ぶ雨ほのけぶる柳かな**　宗長（『宗長手記』）

雨と燕の趣向を、柳に飛ぶ燕の構図を用いて詠んだ。「ほのけぶる柳」に春雨らしい情景が浮かび上がる。

諧 **蔵並ぶ裏は燕のかよひ道**　凡兆（『猿蓑』）

「蔵並ぶ」とは、川岸に並んだ蔵屋敷の様子であろう。その裏手を燕がしきりに行きつ戻りつしている。和歌の水辺・柳に飛ぶ燕の情景を、都市のなかに見出した。

諧 **夕燕我には翌《あす》のあてもなし**　一茶（『一茶発句集』）

古巣に戻るといわれる燕に対して、自分には明日行くべき当てもない。寄る辺ない身なのだ。「夕燕」の「夕」に帰るところのない自身の寂しさが浮かび上がる。

句 **町空のつばくらめのみ新しや**　中村草田男（『長子』）

「松山城北高石崖にて」と前書。故郷は昔と同じ、何も変わるものなく、厳としてある。そこを飛ぶ燕のみ新しいとは、「燕」にここに居つくことない我が身を重ね合わせての感慨か。

句 **春すでに高嶺未婚のつばくらめ**

飯田龍太（『百戸の谿』）

「高嶺《たかね》」は「既に闌《た》け」の言い掛け。春闌けた高嶺に未婚のまま飛び回る燕は、自身の投影である。

［宮脇真彦］

苗代《なわしろ》《なはしろ》　初春

苗代田　苗田　代田　のしろ　苗間　苗代小田　親田　苗代水　苗代拵　苗代占　苗代粥　種井　種池　種井戸　苗代垣　苗印　苗棒　苗見竹　苗代道　苗代時

〈季語解説〉　苗代は、水に浸しておいた籾種《もみだね》を蒔いて、稲の苗を育てる水田のこと。苗が約二十センチほどに生長したところで、本田に植え替える（田植）。『和歌題林抄』に「苗代といふは、春の田を作らんとする時、田を打ち返して種を種井《たなゐ》に漬けつつ、蒔くべき時になりぬれば、田の中に良き所を占めて苗代垣《なわしろがき》をし廻し、水引《ま》かせ、標延《しめは》へて、水口祀《みなくちまつ》りて、種を蒔くことをいふ」とある。田を耕して種を蒔けるようにすることを苗代拵《ごしらへ》（苗代占《じめ》とも）といい、それを終えて注連縄《しめなわ》を張り（苗代占）、苗代の水口を祀って粥を炊いた（苗代粥）。種井は、発芽を促して籾種を浸す小さな池。苗代垣は、蒔いた種を鳥から守るためでもある。

『万葉集』には二首詠まれるが、〈言出《ことで》しは誰《た》が言にあるか小山田の苗代水の中淀《なかよど》にして〉（紀女郎《きのいらつめ》・巻四）が、恋の不実を苗代水の途絶えに喩えて詠むように、相聞歌に詠まれた歌。苗代が叙景に詠まれてくるのは、院政期『金葉集』以降で、〈山里の外面の小田の苗代に岩間の水を塞かぬ日ぞなき〉（藤原隆資・春）などと詠まれた。この時代の『堀河百首』には春の題に採用され、新古今時代に至って多くの歌例を生んだ。『和歌無底抄』には、「田を挙げさせては、種井に種を浸《か》させ細く引《ま》かすべし。細く引かする水と言ひては、注連《しめ》の中には漏らじなどこそは続けめ。山田に苗代をせさせては雪解《ゆきげ》の水を引かせ、ゑぐの若葉を返させては、苗代水を塞き入れさすべし。秋刈りし稲を思ひ出でてや春は種井に種は浸《まか》すなどいへり。白露の晩稲の山田など続けては、苗代を急がぬ由あるべし。……苗代のことは、水を引き引きなどいふべし、注連延《しめは》へて等も詠み、また斎串《いぐし》立ててなども詠めり」とある。

『増補随葉集大全』には「流れに鳥の集まる、蛙の鳴く、茅花、根芹、塞き入る水などよし。…春の水、沢べ、雁がね、蛙、柳、朝霞、春雨」と寄合が記され、「能因法師、伊豆の三島の明神に雨乞ひせし時の歌也。此歌《このうた》にて雨降り侍り」として〈天の河苗代水に塞《せ》き下せ天下《あまくだ》ります神ならば神〉を載せる。『類船集』ではこれに「ぐみ、洞亀《ドウカメ》、谷水、雪解の水、えぐの若菜」を加えるのみ。

〈例句〉

連 **苗代にしづめる水のみどりかな**　玄仍《げんじょう》（『大発句帳』）

「於小田原」と前書がある。苗代の水には周囲の芽吹いたばかりの緑も映り込んでいようが、種籾から水中に芽を出した緑が印象的だったのである。支考に〈水澄みて籾の芽青し苗代田〉の句がある。

諧 **泥亀や苗代水の畔づたひ**　史邦《ふみくに》（『猿蓑』）

寂蓮に「苗代の水に浮き寝や任すらん蛙の声の畦つたひゆく」（夫木抄）がある。泥亀《どうがめ》（鼈《すつぽん》）は、鳴くこともなければ、見た目も評価されない。「淤泥《おでい》の中に身をよごして、不才の才を楽しみ侍る」（『蛙合』）存在であり、それ故に俳諧的な景物であった。「苗代水の畦づたひ」という和歌の構図に、蛙でなく、泥亀を見出したところに史邦の句の眼目があった。

句 **苗代や水を離るる針の先**　正岡子規（『寒山落木』）

稲の葉先を針の先と見たことで、苗の天を衝こうとするかのように伸びた緑の力強さが示された。

句 **苗代の水よく見れば流れゐる**

能村登四郎（『能村登四郎全句集』）

言われてみれば、苗代に水を引き入れた後の水の流れを見ていなかった。苗代の生命感、澄んだ水、苗の清らかさが「よく見れば流れゐる」が表している。

［宮脇真彦］

椿《つばき》　初春

紅椿　白椿　一重椿　八重椿　藪椿　玉椿　つらつら椿　雪椿　落椿　散椿

〈季語解説〉　椿は日本自生の花木であり、「椿」という漢字も、春の木として創出された国字とする説もある。同じツバキ科ツバキ族の山茶花の花が一片ずつ散るのに対して、椿は、花の基部で花弁と雄蕊が合着しているらしく、花全体が基からぽたりと落ちる。元禄時代、〈蝸牛打かぶせたるつばき哉〉（坂上氏『猿蓑』）〈うぐひすの笠おとしたる椿哉〉（芭蕉・同）など、蝸牛にすぽっと椿の花が落ちたといい、鶯が被る花笠を落としたと見ると椿の花だったといい、ともにその散り方への着眼が一句の趣向となって、椿の花の本意を形成する。

とはいえ、和歌や連歌に、椿の散り際を詠んだ例を見いだすことはできない。椿は、古来から〈川の辺のつらつら椿つらつらに見れども飽かず巨勢《こせ》の春野は〉（春日蔵首老『万葉集』巻一）をはじめとして、つやつやと光沢のある葉の間に点々と連なって花を付けている様子を春を謳歌する美しい景物として賞美されてきた。また平安時代以降は、『荘子』逍遥編、古代の伝説上の大木大椿が、八千年を春とし、八千年を秋とし、四季三万二千年が人間の一年にあたるような長寿を保ったという故事を踏まえ、〈君が代は白玉椿八千代とも何か数へむ限りなければ〉（藤原資業《すけなり》『後拾遺集』賀）や〈とやかへる鷹の尾山の玉椿霜をば経《ふ》とも色は変はらじ〉（大江匡房『新古今集』賀）のごとく、椿の寿命にこと寄せて祝賀に詠まれるのが一般的となった。そうした椿のイメージには、『万葉集』以来の、〈鏡山磨きそへたる玉椿影も曇らぬ春の空かな〉（藤原定家『拾遺愚草』）といった椿の葉のつややかさも大きく働いている。

連歌も同様で、例えば梵灯庵《ぼんとうあん》には〈松よりも花に千代ある椿かな〉（『日発句』）があり、また荒木田守武にも〈常磐木も花の春しる椿かな〉（『守武句集』）があるように、常磐木や長寿のイメージをもって捉えられた。これらは、『山の井』に「椿は八千代も変はらぬ色を愛で、玉椿といふを玉に寄せて琥珀・珊瑚とも言ひなす」とあるように、俳諧にも踏襲されたのである。

連歌の連想語では「白玉、つらつら、八千年の春秋、八みね、葉がへせぬ」（『連珠合璧集』）などが挙げられ、俳諧ではこれに「油・灰」を加える（『類船集』）。

散り際への着眼は、椿の近世的把握というべきだろう。

〈例句〉

連 **春いく世みがくいらかの玉椿**　宗祇（『大発句帳』）

何代も磨いてきたほど美しい玉の玉椿が甍に咲いていている。「甍」の主人が何代も栄えてきたことを言祝いだ。

諧 **椿折りて昨日の雨をこぼしけり**　蕪村（『落日庵句集』）

椿を折り取ったところ、椿の花に溜まっていた昨日の雨露が零れ出た。降るともなく静かに降る春雨を受け止めて咲いていた、椿の美しさを思いやっているのである。

句 **赤い椿白い椿と落ちにけり**　河東碧梧桐（『新俳句』）

椿は花ごと落ちる。紅椿の木の下に赤い椿の一群、白椿の木の下に白い椿の一群が落ちている。紅白それぞれの一群が地上に鮮やかな対照で落ちているのである。

句 **暁紅のうつろふ沖や山椿**　水原秋桜子（『蓬壺』）

「暁紅《ぎょうこう》」とは、明け方の光が東の空を紅色に染めること。その紅色が徐々に青色へと変わって行く沖を背景に、その赤さそのままに山椿が咲いているのである。

句 **落椿とはとつぜんに華やげる**　稲畑汀子（『汀子第二句集』）

一輪の椿が落ちて、地に花が咲いたように華やかとなった。椿の花の再発見である。

［宮脇真彦］

陽炎《かげろう》《かげろふ》　三春

野馬《かげろふ》　かぎろひ　陽炎燃ゆ　糸遊《いとゆふ》　遊糸　糸遊ぶ　遊ぶ糸遊

〈季語解説〉　陽炎は、光が微妙なたゆたいを見せる現象。強い日射しに地面が熱せられ、水蒸気や地面に近い空気が暖められるなどして密度にむらができ、光が不規則に屈折させられて、揺れ動いて見えるものをいう。『万葉集』では〈今さらに雪降らめやもかぎろひの燃ゆる春へとなりにしものを〉（作者未詳・巻十）など、「かぎろひ」と訓まれている。平安時代では、「かげろふのそれかあらぬか春雨の降る日となれば袖ぞ濡れぬる」（よみ人しらず『古今集』恋四）や〈あはれとも憂しともいはじ陽炎のあるかなきかに消《け》ぬる世なれば〉（よみ人しらず『後撰集』雑二）など、陽炎の実体のない点に着目した詠まれ方が特徴的となる。

陽炎は「糸遊」ともいう。糸遊は、例えば『初学和歌式』に、「遊糸」として「二月の末、三月の頃、春日ののどかなる空をみれば、糸の乱れたるやうの物のちりちりとして見ゆるをいふなり。これ、春の陽炎なり。かげろふのもゆるといふも陽炎のことなり。遊ぶ糸とも詠み、遊ぶいとゆふとも詠むなり。風絶えてのどかなる心相応なり」と説いている。『日本国語大辞典』では、陽炎と区別して糸遊を、「春の晴れた日に、蜘蛛の子が糸に乗じて空を浮遊する現象。…蜘蛛の糸が光の加減で見えたり見えなかったりするところから、あるかなきかのものにもたとえられる」と説いている。が、平安時代に成立した『柿本人麿集』に「糸遊」の題で〈今さらに雪降らめやも陽炎のもゆる春辺となりにしものを〉とあるから、すでに十世紀には糸遊も陽炎も同じ現象をいう語とされていた。蜘蛛の糸が空を飛ぶ現象は、「糸遊」の文学伝統とは関わりのない説としてよいようだ。

糸遊を詠み込んだ歌としては、〈霞晴れ緑の空ものどけくてあるかなきかに遊ぶ糸遊〉（『和漢朗詠集』）が早い例である。おそらくは漢語「遊糸」をいとゆふと詠み慣わしたもので、和歌では「遊ぶ糸」「遊ぶいとゆふ」と詠まれることが多かった。

連歌では、「いとあそぶ」の語も用いられる。『大発句帳』に「遊糸」の題が設けられて、〈空晴れて庭もいとあそぶ柳かな〉（宗長）など、柳の糸に掛けて、糸遊と柳の緑の糸が揺らいでいる様を詠む。「糸遊」をあえて「いとあそぶ」と訓じて、表現の幅を広げたのであろう。『連珠合璧集』に「ありやなしやと、あだなる世、軒、もゆる、春日小野」を掲出する。

〈例句〉

連 いと遊ぶ空をちいろの春日かな　宗碩《そうせき》（『大発句帳』）

〈空を千尋の春日〉と空間的に広く、時間的に永い春の空に陽炎がもえている様を詠んで長閑さを印象づけた。

諧 かげろふやほろほろ落つる岸の砂　土芳《どほう》（『猿蓑』）

冬の間凍てついて固まっていた砂の壁が、春に弛んで、少しずつ、しかし絶え間なく、ぽろぽろと落ち零れているさま。陽炎と結んで大地の弛みがリアルに響いてくる。

諧 いとゆふのいとあそぶ也虚木立《なりからきだて》　永固（『猿蓑』）

〈虚木立〉は柱立て、桁組だけを終えた状態の家のこと。柱だけの家が陽炎のなかに幻影のように見える、の意。

句 ギヤマンのごとく豪華に陽炎《かげろ》へる　川端茅舎（『華厳』）

〈ギヤマン〉はガラスのこと。が、ダイヤの輝きのイメージも含意する。陽炎のたつ大地が浄土のごとく光につつまれている情景である。

句 原爆地子がかげろふに消えゆけり　石原八束（『秋風琴』）

子どもの姿が遠く陽炎の中で見えなくなったということだが、「原爆地」が凄惨な記憶を蘇らす。［宮脇真彦］

永《えい》日《じつ・ながきひ》　初春

永《なが》き日　日永《ひなが》　日永し

〈季語解説〉冬の間短かった日が、春になって長くなったことをいう。最も長いのは夏至の頃であるが、春になり、日が長くなってきたとの感じを賞して春の季語とされた。山本健吉は「待ちこがれていた春が来た歓びと、日中がのんびりと長くなったことへのひとびとの実感」が日永の語に込められており、「長閑が春の季語であることも相通ずる」（『日本大歳時記』）と指摘する。

和歌では『万葉集』に〈霞立つ長き春日をかざせれどいやなつかしき梅の花かも〉（小野氏淡理《おのうじのたもり》・巻五）など春の日の長さが詠まれるが、多くは相聞に、〈おほほしく君を相見て菅の根の長き春日を恋ひ渡るかも〉（巻十）など、春の日の長さをかえって辛く持て余す意に詠むことが多い。『後拾遺集』の〈つれづれと思へば長き春の日に頼むこととはながめをぞする〉（藤原道信・恋四）も同じく、春の日永を恋の物思いに結びつける。これは、日永が「遅日」と同意に受け止められてきたことと関わりがあろう（『和歌題林抄』「遅日」の歌語に「ながき日影」とある）。「遅日」は『六百番歌合』に春の題となり、〈春の日は頼むる中にあらねども暮らし煩ふものにぞありける〉（藤原季経《すえつね》）や〈かくしつつ積もれば惜しき春の日をのどけきものと何思ふらむ〉（藤原隆信）など、日暮を待ち遠しく思ったり、年を取っての述懐と絡めたりして物憂き春を詠んでいる。

一方、〈散りぬべき花見る時は菅の根の長き春日も短かりけり〉（藤原清正『拾遺集』春）のように、花を見る間に長い春も暮れてしまうと詠む歌も多い。〈我が心春の山辺にあくがれてながながし日を今日も暮らしつ〉（紀貫之『新古今集』春上）もまた山辺の桜への思いに永き日を暮らすと詠む。〈花見にと暮らしし時は春の日ぞいとかく長き心地やはせし〉（『和泉式部集』）は、花と春愁を重ねて詠む。日永は、他に〈春の日に岸の青柳うちなびき長き世ちぎる滝の白糸〉（藤原定家『拾遺愚草』）など「柳の糸」や、〈つれづれと雨降り暮らす春の日は常より長きものにぞありける〉（章義門院『題林愚抄』第二）など「春雨」にも詠まれる。

連歌の連想は『竹馬集』に「聞き飽かぬ鶯、花を愛《め》づる、春雨の中、越え行く山々、寂しき心、調べ返す糸竹」を挙げる。『類船集』はこれに「機《ハタ》の糸、広間の軒、待つ時鳥、刀、小田の遣り水」を加える。

〈例句〉

連 花鳥に夕べいそがぬ春日かな　宗祇（『自然斎発句』）

〈花鳥《はなとり》〉は花や鳥。〈今日もなほ名残は尽きぬ花鳥の跡なき雲に春ぞ暮れ行く〉（『為家百首』）など、花と鳥は春とともに去ってゆく。春は日暮れを急がずに、その花鳥に思うがまま春を味わわせようとしている、の意。

諧 がつくりと隙になる日の永さかな　嵐雪（『刷毛序《はけついで》』）

〈がっくり〉はそれまでの気分が一気に弛んで、気落ちするさま。しなくてはならない予定がなくなって暇になり、急に気が弛んで心許ないまま日の永さを持て余すというのである。春愁の伝統を日常に生かした。

諧 一村はかたりともせぬ日永かな　一茶（『文化五六年句日記』）

〈かたりともせぬ〉とは物音一つせず、静謐そのものの様子。生命感溢れる春と死の世界に近い静謐さとの結びつきに、日永の内実がある。

句 永き日やつばたれ下がる古帽子　永井荷風（『句集』）

鐔の垂れた古帽子に、自身のこれまでを回想している。物憂き日永の伝統である。［宮脇真彦］

雉《き》子《じ・きぎす》　三春

きぎし　雉　雉子のほろろ　妻恋ふ雉子

〈季語解説〉日本特有の鳥で、雄は暗緑色を主体とした派手な羽色で、目の周囲は赤色の皮膚が露出、尾が極めて長く美しい。雌は全体に黄褐色で地味、尾羽も雄に比べ短い。草原、低木林、林縁などにすみ、地上性である。春の繁殖期に雄はケン・ケーンと二声に鳴く。〈春の野にあさる雉の妻恋ひに己が辺りを人に知れつつ〉（大伴家持『万葉集』巻八）と詠まれるように、妻恋の声が特徴で、〈春の野の茂き草葉の妻恋ひに飛び立つ雉子のほろろとぞ鳴く〉（平貞文『古今集』雑体）と春の情景とされた。春先は山焼き・野焼きが行われるが、〈冬枯の裾野の原を焼きしより早蕨あさり雉子鳴くなり〉（藤原俊成『長秋詠藻』）、〈霞をや煙とみらむ武蔵野のつまもこもれるきぎす鳴くなり〉（源頼政『別雷社歌合』）など、焼野に餌をあさる構図も雉子の詠まれ方の一つである。

焼野といえば、「焼野《やけの》の雉の残る叢を命にて、雛を育むらむ風情にて」（『太平記』巻十三）など、「焼野の雉子夜の鶴」の世話（雉は野を焼かれると、わが身を忘れて子を救おうと巣に戻り焼け死ぬといい、子を思う親の深い愛情の譬え）もあり、「春の野に妻恋ふる心を詠む。また子を思ふともいふ。焼野の煙の中に、子を悲しみて立ちもやらぬ心をも憐れむべし」（『和歌題林抄』）と和歌の詠み方に挙げられてもいる。

『和歌題林抄』では、右に続けて「声につきて狩人の尋ぬる由をも詠む」と記すように、雉子の肉は美味で、鷹狩りの獲物とされた。〈藪隠れ雉子の在りかうかがふとあやなく冬の野にやたはれん〉（『好忠集』）、〈雪の上に雉子の跡も隠れねば今日箸鷹を合はせてぞみる〉（『行宗集』）など鷹狩りに合わせて冬の景に詠まれる。「三月ばかり、大原に小鷹狩に行きたるに、道に桜のおもしろき所にとまりて……」と詞書のある〈雉子鳴く大原山の桜花狩にはあらでしばし見しかな〉（『実方集』）や、〈狩人の朝踏む小野の草若み隠ろへかねて雉子鳴くなり〉（俊恵『林葉集』）など、狩を詠み込みながら春の景に仕立てた歌もある。新古今時代以後、例えば〈春霞たち出でて行けば桜狩野にも山にも雉なくなり〉（藤原家隆『壬二集』）、〈萌え出づる若菜あさると聞こゆなり雉子鳴く野の春の曙〉（西行『山家集』）など、雉子の声に、春の野、花の景を結んで詠む趣向も多くの歌例を生んだ。

付合語は『竹馬集』に「霞む野、岡辺の道、若草、麓の原、雪間、野辺の朝気、交野、須磨の上野」を挙げ、『類船集』はこれに「小塩山、あさつ野、焼野、鷹、梅の作り枝、麦、蛇、蛤、焼豆腐、湯殿」を加える。

〔例句〕

連 **きぎす啼く跡や山の端《は》うすがすみ**　宗養（『大発句帳』）

「雉子の跡も隠れねば」（前引『行宗集』）と詠まれた雉子の跡を、春になって薄霞が隠すように立った、の意。

諧 **父母のしきりに恋し雉の声**　芭蕉（『笈の小文』）

高野山での詠。〈山鳥のほろほろと啼く声聞けば父かとぞ思ふ母かとぞ思ふ〉（行基『玉葉集』釈教）を踏まえ、「焼野の雉子」の世話を用いて「雉子の声」とした。

句 **雉子啼くや胸深きより息一筋**　橋本多佳子（『紅絲』）

雉子の声は妻恋の声であり、子を思う親の声でもある。胸深くからの息は、それらを思っての息である。

句 **雉子の眸《め》のかうかうとして売られけり**　加藤楸邨（『野哭』）

〈かうかう〉は盛んに憤るさま。鷹狩りの雉子は狩る前のさまが詠まれてきた。売られる雉子の目の憤りと不安とが緊張感をもって描き出されている。　［宮脇真彦］

雲雀《ひばり》　三春

ひめひな鳥　告天子《こくてんし》　初雲雀　朝雲雀　夕雲雀　揚雲雀　舞雲雀　落雲雀　諸雲雀　友雲雀　雲雀野　雲雀籠　雲雀の床　雲雀落つ　鳴く雲雀　子を思ふ雲雀

〔季語解説〕　雲雀は、空高く舞い上がって囀る声が春の情景として賞美されてきた。『万葉集』〈雲雀上がる春辺とさやになりぬれば都も見えず霞たなびく〉（大伴家持・巻二十）の歌が、高く舞い上がる雲雀と、都を隠して立つ霞に春の典型を見ている。〈朝な朝な上がる雲雀になりてしか都へ行きて早帰り来む〉（安倍沙弥麿・同）と朝ごとに雲雀が上がる景や〈うらうらに照れる春日に雲雀上がり心悲しもひとりし思へば〉（家持・巻十九）は暮れ遅き日射しに上がる雲雀を詠む。長閑な春に空高く舞い上がる雲雀の明るい囀りは、下界の春愁をかえって意識させたようだ。

『万葉集』に三首詠まれた後、雲雀が多く詠まれるようになるのは、十二世紀末の『六百番歌合』に初めて題に出されて以後のことである。集中〈見渡せば焼野の草は枯れにけり飛び立つ雲雀寝床定めよ〉（藤原経家）、〈冬枯れの芝生が下に住みしかど春は雲居に上がる雲雀か〉（藤原兼宗）など、空高く啼く雲雀と地上の住処とが対比的に詠まれ、〈あはれにも空に囀る雲雀かな芝生の巣をば思ふものから〉（藤原俊成『千五百番歌合』）のように雲雀の基本的な構図として多くの歌例を生んでいく。そもそも『万葉集』の三首も、地上と空とが対比的な構図にあった。『増補和歌題林抄』の増補部に「雲雀」を挙げ、「雲雀は春の野の芝生に塒《ねぐら》して、長閑なる日影に、空に上がりて囀り」と述べるとおりである。

『増補和歌題林抄』に右に続けて「囀り果ててまた芝生の中へ落ち来るなり」と述べるように、雲雀が降りてくるのを「落つ」と表現するのも、〈野辺見れば上がる雲雀も今はとて浅茅に落つる夕暮の空〉（藤原家隆『壬《み》二《に》集』）など新古今時代からである。

また『増補和歌題林抄』に「朝日を待ちて鳴くとも、行方も知らぬ雲に入るとも、霞の内に声あるとも、草に落ちても見えぬ心をいひ、夕雲雀といひては、日影によそへても詠め」とあるように、特徴ある詠まれ方をした。
連歌の連想には「霞む野、春風、春の日、若草、芝生、暖か、夕への空のどか」、『類船集』はこれに「野沢、馬の毛、骨、行燈、夏野、片岡、荻の焼生」を加える。

〈例句〉

連 **夕雲雀芝生を花のやどりかな**　肖柏《しょうはく》（『大発句帳』）
芝生に落ちてくる夕雲雀は、芝生の落花を賞してそのまま宿りとしたことだ。桜花の舞ふ空に上がるとした和歌〈夕雲雀床も忘れて桜花散りかひ霞む空に鳴くなり〉（肖柏『春夢草』）も詠んでいる。

諧 **雲雀より空にやすらふ峠かな**　芭蕉（『笈の小文』）
雲雀の声よりもさらに上の峠でしばらく休むことだの意。和歌の雲雀の構図を逆転させた新しみ。「臍峠　多武峰より龍門へ越す道也」と前書がある。

諧 **山かげの夜明けをのぼる雲雀かな**　几董《きとう》（『晋明集二』）
まだ夜の明け切らぬ山陰を雲雀が鳴きながら空へと上って行く。明け切った空と、夜の闇の残る山陰と、和歌の構図を踏まえつつ、雲雀の声が辺りを明るくさせて行くような厳粛な景である。

句 **日輪にきえ入りてなくひばりかな**　飯田蛇笏（『春蘭』）
太陽の眩い光の中に消えたかと思うと、天空から雲雀の声が聞こえてくる。雲雀の高く上る姿を、日輪へと飛び込んで行くかのような表現が印象的に伝えてくる。また、「日輪」も春の日とは思えぬほど眩く感じられる。

［宮脇真彦］

菫《すみれ》　晩春

菫草　菫菜　花菫　壺菫　姫菫　茜菫
岡菫　野路菫　雛菫　藤菫　桜菫　小菫
叡山菫　菫野　菫摘む　一夜草　一葉草
ふたば草

〈季語解説〉　菫は山野に自生する小草で、春花茎の先に可憐な紫色の花が咲く。「菫」は『万葉集』に〈春の野に菫摘みにと来し我ぞ野をなつかしみ一夜寝にける〉（山部赤人・巻八）、〈茅花抜く浅茅が原のつぼ菫今盛りなり我《あ》が恋ふらくは〉（大伴田村大嬢《たむらのだいじょう》・巻八）などがある。ことに赤人の歌は『古今集』仮名序の古註にも引かれ、「菫摘む」として、また「茅花抜く」とともに基本的な「菫」の詠み方となってゆく。『後撰集』に「荒れたる所に住み侍りける女、つれづれに思ほえ侍りければ、庭にある菫の花を摘みて言ひ遣はしける」と詞書のある、〈我が宿に菫の花の多かれば来宿る人やあると待つかな〉（よみ人しらず・春下）の歌があるが、これを本歌とした能因の歌に、「斎院の忌むに早う見し人を訪はするに、その人も今はなしと言はせて女の菫摘むあり、それを呼びてかく聞こえよとて」と詞書して〈いそのかみふりにし人を尋ぬれば荒れたる宿に菫摘みけり〉（『新古今集』雑歌中）がある。ともに「菫」に「住み」を言い掛けて、「菫」に「荒れたる宿」のイメージを形成している。『堀河百首』に「菫菜」として出題されて、「菫」は歌題として定着するが、その中の一首〈昔見し妹が垣根は荒れにけり茅花まじりの菫のみして〉（公実）は、そうした「荒れたる宿」に咲く菫のイメージを捉えて、以後の菫の典型となった。例えば西行も〈跡絶えて浅茅しげれる庭の面に誰分け入りて菫摘みてん〉（『山家集』）と詠んでいる。こうした「菫」をめぐるイメージを『八雲御抄』は、「野、また荒れたる所に摘むなり」と記している。そのイメージの総体は『和歌題林抄』に、「菫は若菜のやうに摘む草なり。紫に花咲くものなれば、草のゆかりなつかしとも、荒れたる庭などに生れば、古里にひとりすみれとも、君と菫摘ままほしとも、また妹がかたみ《筐・記念》に摘む心なども詠む」というとおりである。
『連珠合璧集』には、「菫」の寄合として、「紫　摘　荒れたる宿　小野の芝生　春の形見　野をなつかしみ　一夜」を掲出する。同じく俳諧の付合語を集めた『類船集』には、「紫野　双岡《ならびの》　箱根山　茅花　鳥の卵《カヒゴ》　小野　古跡　雲雀あがる野　伏見の野べ　春の野　妹が垣ね　芝草　浅茅原　露払ふ袖　野辺の仮寝　荒たる宿　荒田の畔」を掲出している。これらが、近世前期の「菫」の一般的な文学連想と見ていいだろう。

〈例句〉

連 **日を積めば春も行く手の菫かな**　邦高親王（『新撰菟玖波集』）
一日一日と春闌けて、やがて春が過ぎ去る時節に、菫の花を見いだした喜びと、行く春への哀惜とを詠む。

諧 **山路来て何やらゆかしすみれ草**　芭蕉（『野ざらし紀行』）
「箱根山薄紫の壺菫二入《ふたしほ》三入誰か染めけん」（大江匡房『堀河百首』）の歌を木下長嘯子が箱根で追体験した（『挙白集』）。それを芭蕉は念頭に、自身も山路の菫に心惹かれることだと詠む。『野ざらし紀行』には、「大津に出づる道、山路をこえて」と前書きする。

句 **菫程な小さき人に生まれたし**　夏目漱石（『漱石全集』）
菫は可憐で、路傍にあって人から注目されぬままひっそりと咲いている。自身の望に自身が押し潰されそうな心から、ふと漏らされた吐息のような一句である。

句 かたまつて薄き光の菫かな　渡辺水巴（『水巴句集』）

日溜りに咲く菫を詠むが、集まって菫の花が光を発するような華やかさだという。「薄き光」が、可憐な菫にふさわしい。「鹿野山にて」と前書を付す。［宮脇真彦］

蕨《わらび》　仲春

初蕨　早蕨　蕨手　鉤蕨《かぎ》　蕨折る　蕨摘む　木の下蕨　老蕨　蕨長く　蕨のほどろ　千蕨　煮蕨　蕨汁　蕨飯　紫の塵

〔季語解説〕 羊歯《しだ》の一種。春、日当たりの良い山野に、地中から先端が拳状に巻いた新葉を出す。この新葉を早蕨という。蕨の歌では〈石《いは》ばしる垂水《たるみ》の上の早蕨《さわらび》の萌え出づる春になりにけるかも〉（志貴皇子『万葉集』巻八）がことに知られ、『古今和歌六帖』『和漢朗詠集』や『新古今集』に採られている（三者とも「石そそくたるひのうへの」）。〈早蕨は今は折にもなりぬらん垂氷の氷石そそくなり〉（藤原俊成『正治初度百首』）など、これを踏まえた歌も多い。

『古今集』では〈煙立ちもゆとも見えぬ草の葉を誰かわらびと名づけそめけむ〉（真静《しんせい》・物名）と、「萌ゆ」に「燃ゆ」、「蕨」に「藁火」を掛けて詠む。『古今和歌六帖』にも〈みよし野の山の霞を今朝見ればわらびのもゆる煙なりけり〉（蕨）と同趣向の歌があり、春霞のもと焼野から萌え出る蕨を連想させる。「…冬野焼くところ」と詞書のある〈早蕨や下にもゆらむ霜枯の野原の煙春めきにけり〉（藤原通頼『拾遺集』雑春）なども同様の趣向で詠んだ歌。また、「わらび」の火の縁で「飛火野」の蕨を詠んだり、「火」の縁で「思ひ」に結んだ〈世の中を厭ふ思ひも早蕨ももゆる煙は目に見えばこそ〉（慈円『拾玉集』）もある。

『和漢朗詠集』には、「紫塵《しぢん》の嬾《ものう》き蕨は人手《て》を拳《にぎ》る」（早春・小野篁《おののたかむら》）とあり、「紫塵」は蕨の芽に生える紫色の細かい毛をいい、「嬾き蕨」とは蕨の頭をもたげたさまを物憂げなさまと見た表現。「嫩《わか》き」の誤りとも解されるが、〈紫の塵打払ひ春の野にあさる蕨の物憂げにして〉（藤原顕季『堀河百首』）など、〈紫の塵〉〈物憂き蕨〉が「蕨手」とともに歌語として受容された。蕨が拳に似ることからの「蕨手」も、この詩句による。

『源氏物語』「早蕨」の巻名のもと〈この春は誰にか見せむ亡き人の形見に摘める峰の早蕨〉（中の君）は、本歌として多くの歌を生んだ。また、不義の粟を食わずといって首陽山に隠れ、蕨のみを採ったという伯夷・叔斉の故事を踏まえた〈今ぞ知る山に入る人春されば賢からぬも蕨折りけり〉（葉室光俊『新撰六帖』）がある。なお、蕨が伸びすぎて葉が開いたものを「蕨のほどろ」といい、〈なほざりに焼き捨てし野の早蕨は折る人なくてほどろとやなる〉（西行『山家集』）などがある。

連歌の連想に「片山畑、外山、春の野、世を捨《すて》人、木の下、岩陰、山賤、宇治山」、『類船集』はこれに「春日野、武蔵野、鏡台、縄、箒、神輿、笄、左義長、餅、新《ニッ》坂《サカ》、葬礼の跡、船岡、富士の裾野、秋田」を加える。

〔例句〕

連 **紫の塵を末野の蕨かな**　智蘊《ちうん》（『竹林抄』）

紫の塵を野の末までいっぱいに溜めたように野原中蕨が萌え出たことだ。「塵を据ゑ」（塵を溜まったままにする）に「末野」を言い掛ける。

諧 **蕨よりものうき春の炬燵かな**　土芳《どほう》（『蓑虫庵集』）

「物憂き蕨」を踏まえ、その蕨の姿以上に自身は物憂く春炬燵にあたっていることだ、の意。蕨の頭をもたげた姿そのまま炬燵で項垂れる姿が目に浮かぶ。

句 **金色の仏ぞおはす蕨かな**　水原秋桜子（『葛飾』）

「浄瑠璃寺」と前書。仏は浄瑠璃寺の仏像、九体の阿弥陀如来であるが、そこここに生え出た蕨の綿毛が日射しに金色に輝くようにも読め、浄土の感がある。

句 **俎に流るる水や茹で蕨**　磯田多佳女（虚子編『新歳時記増訂版』）

包丁で切って出た水の量が、茹蕨の瑞々しさを伝えてくる。［宮脇真彦］

雛《ひな》祭《まつり》　晩春

雛　雛遊　雛事　雛の日　雛の節　雛飾　雛飾る　雛人形　内裏雛　古雛　紙雛　立雛　坐雛　雛菓子　雛の膳　雛の酒　雛の使　雛の家　雛の宿　雛の間　雛の客　雛納　雛市

〔季語解説〕 三月初めの巳の日を上巳《じょうし》といい、水辺に出て御祓を行い、穢《けが》れを祓った。日本では大化改新以後三月三日の節日となった。この日、御祓の道具として人形《ひとがた》に穢れを移し、水辺に流す俗習があった。この人形と、幼女の雛遊びの小さな人形とが結びついて、雛祭の雛人形となったとされている。上巳祓のために贈られた人形を枕辺に置き、祓の後、神聖なものとして三歳まで身に添えて持たせる風習もあったという。これが三月三日に雛遊びを行うよう定着したのは、江戸初期から。上巳祓の人形を保存し、三月三日に子どもの幸せを祈って飾るという風習として行われるようになった。当時の風俗に敏感な俳諧では、寛文三年（一六六三）『増山井』に「雛遊《ひひなあそび》」を「雑」としながらも、詠み方によっては「この頃の俗に任せて」三月三日の句にしてもよいか、と言っているから、この頃雛祭が一般に行われていたことが分かる。延宝六年（一六七八）『江戸広小路』には〈大裏雛《だいりびな》人形天皇の御宇《ぎょう》とかや〉（芭蕉）、同七年『坂東太郎』に〈雛の帝《みかど》酒やことぶく今朝の花〉（露沾）と詠まれているのも、当時の流行を物語っていよう。

雛人形の形代《かたしろ》としての歴史は、雛人形への視線に織り込まれ、単なる人形以上の生命感を感じとる句を生んでいる。〈綿取りてねびまさりけり雛の顔〉（其角『其袋』）や〈酔ざめやほのかに見ゆる雛の顔〉（暁台『暮雨巷句集』）、〈更けまさる火《ほ》かげやこよひ雛の顔〉（芥川龍之介『澄江堂句集』）など、いずれも人形でありながら、生命を宿しているかの印象をもつ。雛は、何代も受け継がれて古を思うよすがとなる。〈古雛やむかしの人の袖几帳《きちやう》〉（『蕪村句集』）、〈天平のをとめぞ立てる雛かな〉（水原秋桜子『葛飾』）、〈雛かざる古き都のありさまや〉（山口青邨『露団々』）など、雛のみならず雛祭の行事自体が古への想像をかき立てる。また、雛祭は子をもつ家族の温もりを伝えてくる。〈草の戸も住み替はる代ぞ雛の家〉（芭蕉『おくのほそ道』）、〈裏店《うらだな》や簞笥の上の雛まつり〉（几董『晋明集二稿』）、〈われの凭《もた》る壁に隣は雛かざる〉（飴山實『少長集』）など、ともに侘しくも暖かい家族の風景である。雛に人の世の相を見て取った句に、〈振舞《ふるまひ》や下座になほる去年《こぞ》の雛〉（去来『猿蓑』）、〈不産女《うまずめ》の雛かしづくぞ哀なる〉（嵐雪『続虚栗』）などがある。

雛祭の日は、女性の晴の日でもある。雛遊びをした少女の記憶と現在と、華やかなうちにも寂しみの世界が、雛をめぐる詩的世界と言えようか。

〔例句〕

諧 **衣手は露の光りや紙雛**　蕪村（『蕪村遺稿』）

和歌では、衣手に置く露は涙。紙雛ではあるが、その袂に、涙が光を宿して乗っていることだ、の意。紙雛に王朝人の情を想像した。

諧 **菱餅や雛なき宿もなつかしき**　一茶（『享和句帖』）

「菱餅」は雛段に供える餅。菱餅を供えながら、雛のない独り身の生活を回想しているのである。子どもを持った暮らしは、幸せばかりではないのであろう。

句 **叱られて泣きに這入るや雛の間**　高浜虚子（『五百句』）

雛祭の日、叱られた女児は、泣き顔を見せまいと雛を飾った部屋に入ったというのである。雛は親しい存在であり、雛の間は女児の心の世界そのものなのである。

句 **雛飾りつゝふと命惜しきかな**　星野立子（『春雷』）

雛を飾り付けながら、ふと我が命に思い至った。形代としての雛の本情に触発されたか。

［宮脇真彦］

藤《ふじ》《ふぢ》　晩春

藤波　藤かづら　藤房　藤の末葉　藤の匂ひ　松の藤　芝の藤　藤棚　白藤　赤花藤　八重藤　野田藤　南蛮藤　山藤　野藤

〔季語解説〕　藤といえば藤の花を指す。藤の花の詠み方は「藤の花は、多くは松に咲きかかる心をいひ、また紫の色を専らに詠めり。白藤を詠めるは少なし。又、第一、池に詠めり。藤波といふは波に見立てていふなり。藤の歌、十が八九は藤波なり。又なみは並びたる心なり。また、紫の雲、紫の糸に見立てても詠めり。大かた春の名残に咲きかかるを恨み、又は春の名残はつらけれど、藤の咲けるを見て慰むる心をいひ、松にかかりては松の緑も花に隠れて、松とも分かぬ心をいひ、又、松に千歳の春を契る由をも詠める、相応なり。又、夏に咲きかかると詠みたる歌もあり、色紫なればゆかりの色ともいふ也」（『初学和歌式』）というのに尽きている。

古来、「藤の花」は春の最後の景物とされ、藤の花に春の名残を見ていたようだ。それには『和漢朗詠集』「三月尽」に収められた白居易の詩句〈惆悵《ちうちやう》す春帰つて留むることを得ず、紫藤《しとう》の花の下《もと》に漸《やうや》く黄昏《くわうこん》たり〉（『白氏文集』）が大きく影響を与えた。この詩句は、春が過ぎ去るのを留め得ないことを嘆き、藤の花の下で春の名残を惜しんで黄昏時になってしまった、の意。以来「暮・黄昏」は「藤」の歌に詠まれるようになり、〈我が宿の藤の色濃きたそかれに尋ねやはこぬ春の名残を〉（『源氏物語』藤袴）などの詠を生んでいった。『六百番歌合』に出された藤原家隆の歌、〈いかなれば咲き初むるより藤の花暮れゆく春の色を見すらん〉は、咲き始めたときから、藤の花が終わり、春が去ってゆく暮れ方の色を見せているのはなぜだろうという意で、藤の花の本意をよく示した歌といえよう。『新古今集』には紀貫之の〈暮れぬとは思ふものから藤の花咲ける宿には春ぞ久しき〉の詠もあり、暮れ方の藤の花のイメージは、そのまま連歌にも踏襲されて俳諧へと流れ込んでゆく。連歌では、〈花をのみ思へば霞む月のもと〉（宗長）の前句に、〈藤咲く頃のたそがれの空〉（宗祇）と付けた例がその典型である（『湯山《ゆのやま》三吟』）。前句の花を藤にとりなして、藤の花を見つつ春を惜しんでいるといつの間にか空には月が出たとした付合。白居易の詩句を踏まえたのである。江戸時代の連歌付合語を収録した『竹馬集』も、「藤」に「黄昏時」の連想を収める。他に「松、池水、時鳥、春の暮、黄昏時、春雨、宿、庭、春日山、饗応《あるじまうけ》、住吉の松、高砂の松」（同）を挙げる。『類船集』はこれに加えて「廊の廻《めぐ》り、御吉野の大川野辺、蓬生《よもぎふ》の宿、下地《したぢ》窓、綱、衣、つづら、多古、野田、鷹の鞭、大谷、月輪、深草」を挙げている。

〈例句〉

連 **句へ藤いくかとあらん春もなし**　宗祇（『自然斎発句』）

「濡れつつぞしひて折りつる年のうちに春はいくかもあらじと思へば」（在原業平『古今集』春下）は雨の藤を詠んだ歌。それを踏まえつつ、あと僅かな春を〈匂へ〉（照り輝け）と藤に呼びかけた。惜春の表現である。

諧 **草臥《くたびれ》て宿かる比《ころ》や藤の花**　芭蕉（『笈の小文』）

春の名残を惜しむべく黄昏に咲く藤の花によって、春を愛でる余裕もなく一日中旅してきた現実から、図らずも春の名残を惜しむ風雅の世界へと転位したのである。

句 **白藤や揺りやみしかばうすみどり**　芝不器男（『句集』）

白い藤波が吹かれて白い波のように揺れている。揺りが収まると、若葉の薄緑が映える。微妙な陰影を捉えた。

句 **藤浪に雨かぜの夜の匂ひけり**　前田普羅（『句集』）

雨風の吹き付ける夜、ふと藤の花が匂ってきた。雨風による藤の花の生々しさの発見である。

［宮脇真彦］

躑躅《つつじ》　晩春

岩躑躅　岩根の躑躅　丘躑躅　小躑躅　夕躑躅　紅躑躅　白躑躅　躑躅色濃き　にほふ躑躅　躑躅咲く　躑躅原　磯間の躑躅　姫躑躅

〈季語解説〉　躑躅は、晩春の野山に目立つ花としてその美しさが詩歌に詠まれてきた。『万葉集』の時代には、桜と対にして少女に喩えられてもいる。例えば、「物思《も》はず　道行く行くも　青山を　振り放《さ》け見れば　つつじ花　にほえ娘子《をとめ》　桜花　栄え娘子　汝をぞも　我に寄すといふ　汝はいかに思ふ（後略）」（柿本人麻呂・巻十三）は、躑躅の赤く照り映えるように、桜の咲き誇るようにと少女の美しさを形容している。『和漢朗詠集』には「躑躅」の題のもと「晩蘂《ばんずゐ》なほ開く紅躑躅《こうてきちょく》」（『白氏文集』）の詩句を挙げ、続けて引く源順の詩句の題「山榴《つつじ》、火よりも艶なり」もまた灯火のような躑躅の赤い花を詠む。〈岩つつじ折りもてぞ見る背子が着し紅染の衣に似たれば〉（『和泉式部集』）など、躑躅の花の赤さが注目され、さらに〈入り日さす夕紅の色映えて山下照らす岩つつじかな〉（三河『金葉集』春）のように、夕焼けの色とも形容される。俳諧〈山つつじ海に見よとや夕日影〉（智月『猿蓑』）はこれを踏まえたものである。

「岩躑躅」の趣向として多用されたのは、〈思ひ出づる常盤の山の岩躑躅言はばこそあれ恋しきものを〉（よみ人しらず『古今集』恋一）以来の、「いは《岩》つつじ」の「いは」に同音の縁で「言はず」と続けて行く序詞となる詠み方で、〈岩つつじ言はでや染むる忍山心の奥の色をたづねて〉（定家『拾遺愚草』）などと引き継がれた。連歌に〈種しある松とは誰か岩つづじ〉（宗養『大発句帳』）では、「言はず」の意を含意して詠まれている。

これら躑躅の詠み方の総体は、『和歌題林抄』に「紅に咲くをば岩躑躅といふ。常盤の山に色珍しとも、夕日に色映えて見ゆとも、山下照らすともいひ、背子《せこ》が衣の色に紛へ、妹が裳の裾に比《よそ》へ、蘇芳なるをば、羊《もち》躑躅といふ。白きをば、白躑躅、波などに比へ詠む」と述べるとおりである。

連想語には、連歌に「春の山陰、霞む谷合、山の片岸、川岸、春の夕日、磯の巌、竜田川、白躑躅には三保の浦」（『竹馬集』）とあり、『類船集』ではこれに「皐月、賀茂山、岡、羊、灌仏、白炭、岩根の山」を加える。

〈例句〉

連 **岩つつじいはば言葉の色もなし**　宗祇（『自然斎発句』）

「岩躑躅…言はず」の伝統を、「言はば言葉の色もなし」と逆の言い方で踏まえる。口に出したら言葉の真意も伝わらないものだ、というのである。

諧 **ひとり尼藁屋すげなし白つつじ**　芭蕉（『真蹟懐紙』）

尼が一人藁屋に住む風情は、誰とも素っ気ない感じで、庭に白躑躅が咲いている。白躑躅は、目立たぬ花。尼の素っ気なさと照応する。が、その素っ気なさこそ、世俗との関わりを断った隠徳の姿だというのであろう。

諧 **さしのぞく窓につつじの日足かな**　丈艸（『白陀羅尼』）

窓からさし覗く景色は、直接庭などに出てみる景色とは異なる。その窓から、日脚の延びた春の夕方、夕日の色と重なって躑躅の花があかあかと映えていることだ。窓を介して改めて躑躅の赤さを印象深くしたのである。

句 **山つつじ照る只中に田を墾《ひら》く**　飯田龍太（『百戸の谿』）

山つつじがあかあかと夕日を浴びている。その最中に、田を耕していることだ。日脚の延びるままに、暗くなるまで耕している姿を描く。山つつじの花も、夕日の美しさにも見向きもせず、ひたすら耕している農夫の姿。それが、躑躅と夕日のなかでの耕作としていかにも春らしい、と見るのである。

［宮脇真彦］

山《やま》吹《ぶき》　晩春

欵冬《やまぶき》　白山吹　八重山吹　岸の山吹　井手の山吹　野辺の山吹　濃山吹

〈季語解説〉　山吹は、『万葉集』に〈蛙鳴く神奈備《かんなび》川に影見えて今か咲くらむ山吹の花〉（厚見王《あつみのおおきみ》・巻八）など、水辺に咲くさまが詠まれ、〈蛙鳴く井手の山吹散りにけり花の盛りにあはましものを〉（よみ人しらず『古今集』春下）や、〈今もかも咲き匂ふらむ橘の小島の崎の山吹の花〉（同）、「吉野川岸の山吹」（紀貫之・同）などさまざまな水辺の山吹が詠まれたが、とりわけ「井手の山吹」を蛙とともに詠むのが、山吹の典型的構図となった。なお、「野辺の山吹」は〈妹《いも》に似る草と見しより我が標《し》めし野辺の山吹誰か手折りし〉（大伴家持『万葉集』巻十九）と女性に喩えた歌に詠まれた。

水辺の山吹は、その花の影が水面に映るのも常套的な発想で、それを踏まえて〈吉野河岸の山吹吹く風に底の影さへ移ろひにけり〉（紀貫之『古今集』）と、底に映った山吹の影までも散ってしまったと惜しんでいる。さらに、〈山吹のうつろふ水に影みれば波の底にも春風ぞ吹く〉（飛鳥井雅有『雅有集』）と波の底にも咲くといい、〈水の面にうつろふ影に浪越えて底にぞみゆる岸の山吹〉（二条道平『文保百首』）と水面の影に波が越えるさまから、岸の山吹を水底に咲く詠む趣向を構えている。これら、水面に花が「映る」に花が「移ろふ」を掛けて詠むように、山吹の花は移ろいやすい（散りやすい）花とも捉えられていたことも注意しておきたい。

山吹の花の色は、〈山吹の花色衣ぬしや誰問へど答へずくちなしにして〉（素性《そせい》『古今集』誹諧歌）と詠まれる。これは、山吹の花の色を衣に見立てて、誰のものかと問うても答えないのは、梔子《くちなし》の実で染めて「口無し」（物を言わぬ）からだ、という意。以降、例えば〈物も言はでながめてぞふる山吹の花に心ぞ移ろひぬらん〉（清原元輔『拾遺集』春）など、「山吹」に「物言はぬ」と詠むのが、山吹の型の一つとなってゆく。

山吹は晩春の花。行く春を惜しむ情と移ろいやすい山吹とを結んで詠むことも多い。藤原定家は〈色に出《い》でて移ろふ春をとまれともえやは伊吹の山吹の花〉（『拾遺愚草』）と詠む。〈えやは伊吹〉は地名伊吹山に「えやは言ふ」を言い掛けて、口に出して言うことはできないが、行く春を留まれと思っていることだろうという意。『初学和歌式』にも、「山吹を詠むには、暮れゆく春を止まれとも言はぬ色を恨み」と述べている。

連歌の連想に「蛙鳴く、吉野川、井手の里、蝶の遊ぶ、衣の色、玉川、清滝川、川辺、庭の露、霞の籬、行く春、鶯、春雪」（『増補随葉集大全』）、『類船集』はこれに「蛤、宇治の川瀬、神奈備川の岸、橘の小島、木曽殿の妾《オモヒビト》、鮒膾、真《ま》かね、水無瀬川」を加える。

〔例句〕

連 **やまぶきや春をしがらむ谷の水**　宗養（『大発句帳』）

山吹の花は散りやすい。谷川に散った山吹の花びらを堰き止めている所は、春を堰き止めているかのようだ。

諧 **ほろほろと山吹ちるか滝の音**　芭蕉（『あら野』）

吉野の「西河《にじかう》」（西河の滝）と前書。滝の響きに移ろいやすい山吹が散るのだろうかの意。能因の〈山里の春の夕暮来てみれば入相の鐘に花ぞ散りける〉（『新古今集』）を念頭に置いたか。

句 **ふるさとや白山吹の町のうら**　室生犀星（『遠野集』）

「白山吹」は華やかな黄色の「山吹」とは異なって目立たずひっそりと咲く。川岸の白山吹の咲く町の裏とは、物陰のような目立たぬ場所である。

［宮脇真彦］

暮《ぼ》春《しゅん》　晩春

暮《くれ》の春《はる》　行く春　春の名残　春の形見　春の行方　春の別　春の限り　春の果　春の湊　春の泊　春の暮　春暮れて　春過ぎて　帰る春　尽くる春　過ぐる弥生　三月尽　弥生尽くる

〔季語解説〕「暮春」の題は、延喜五年（九〇五）に催された『定文家歌合《さだふむのいへうたあはせ》』に「暮春」の題で「惜しめども留まらなくに春霞帰る道にしたちぬと思へば」（在原元方）〈止《とど》むべきものとはなしにはかなくも散る花ごとにたぐふ心か〉（凡河内躬恒）が番《つが》えられたのが早い。元方は、霞が立って春が帰って行く道を隔てると詠み、躬恒は散る花ごとに春がゆくと詠む。ともに行く春を、晩春の景物に関わらせて惜しむのが暮春の詠み方となった。ことに「花」と結んで詠んだ歌に〈花は根に鳥は古巣に帰るなり春の泊《とまり》を知る人ぞなき〉（崇徳院『千載集』春下）があり、〈さもこそは春は暮れなめ一枝の花のかたみは留めおかなん〉（源師頼『堀河百首』）・「花の散ることを嘆くとせしほどに夏の境に春は去《い》にけり」（藤原顕季・同）などがある。また「山吹」に寄せて〈移ろへば春は限りの色ぞとも言ふにまさされる山吹の花〉（衣笠家良『続古今集』春下）、「躑躅」に寄せて〈岩躑躅言はねばとても款冬《やまぶき》の花に問ふべき春の暮かな〉（藤原家隆『壬二集』）などとも詠まれた。

「行く春」は、〈花もみな散りぬる宿は行く春の古里とこそなりぬべらなれ〉（紀貫之『拾遺集』春）、「春の名残」は〈三月尽心を、惜しみかね春の名残も小夜更けぬ跡なき空を眺め残して〉（藤原隆信『隆信集』）、「春の形見」は、〈我が宿の八重山吹は一重だに散り残らなん春の形見に〉（よみ人しらず『拾遺集』春）、「春の限り」は〈惜しめども春の限りの今日のまた夕暮にさへなりにけるかな〉（よみ人しらず『後撰集』春下）などと詠まれた伝統を踏まえた言葉である。こうした「暮春」の概容は、「ただ春は東より来るなれば、本の方へ帰るべくこそは侍らめ。ただし、花は根に帰り、鳥は雲に入り、霞の色をあやしみて、春の帰る由をあらはせり。されば、古くも行方も知らぬ春なども言へり。大様は花を日ごとに愛し惜しみつるほどに、月日の過ぎて春今日ばかりになりにける由を、あやなく惜しき心に述べたり。桜を山路も見えず散らして、これより春は帰りけるかと疑ひ、霞の色を海の面に深く眺めて、波路にさは帰りぬるかと恨みたり。または、花も散り、鳥さへ雲に入りぬれば空を仰ぎて惜しむ春かなとこそ詠じて侍るめれ」（「三月尽」『和歌無底抄』）にほぼ尽くされていよう。なお、「春の暮」は和歌・連歌では暮春の意である。

連歌の連想には「花も残らぬ、寂しき鐘の音、帰る鳥の声、時鳥、藤、山吹、連ぬる歌」（『竹馬集』）がある。

〔例句〕

連 **花落ちて鳥鳴く春の分かれかな**　賢盛《かたもり》（『竹林抄』）

「…暮春の心を」と前書。古注に「人の別れの時は泣くものなれば、鳥も花の別れに鳴くとなり」（『竹聞』）とある。花が散り、鳥は春の別れを惜しんで鳴く。

諧 **行く春や鳥啼き魚の目は泪**　芭蕉（『おくのほそ道』）

当て所なく空を飛ぶ鳥も哀愁に満ち、閉じることのない魚の目も涙に潤んでいる、春の別れの時節に、人々と別れを惜しんでいることだ。

諧 **春雨の今日ばかりとて降りにけり**　鬼貫《おにつら》（『仏兄七久留万《さとえななくるま》』）

「今日」とは三月尽の今日。春雨も今日一日かぎりと行く春を惜しんで、物静かに降るともなく降っているというのである。

句 **春惜むおんすがたこそとこしなへ**　水原秋桜子（『葛飾』）

「百済観音」と前書。その静かな立ち姿に、幾代を経て、繰り返し行く春を惜しんできた姿を見ている。

句 **行く春や近江いざよふ湖の雲**　阿波野青畝（『万両』）

「行く春」と「近江」とは芭蕉の〈望湖水惜春、行く春を近江の人とおしみける〉（『猿蓑』）があるように、春を惜しむに相応しい場所。その近江の湖にとどまりつつ動く雲に、惜春の情を読み取った。

［宮脇真彦］

更衣《ころもがえ》《ころもがへ》　初夏

更衣　衣更《か》う　衣がえ

〔季語解説〕　陰暦四月一日に、衣服や室内調度などを夏のものにあらためること。「更衣」はもともとは宮中行事で、平安時代に四月一日と十月一日の年二回と定められた。四月一日に、宮中の御帳などをあらため（建武年中行事）、公卿から女房まで薄い単衣の夏装束にかえたのである。室町時代以降、更衣の細分化がすすみ、四月一日に綿入れを袷《あわせ》にかえ、五月五日（端午節供）から帷子《かたびら》を着、九月一日に袷になり、九月九日（重陽節供）から綿入れを着用した。この習わしが江戸幕府において武家の間で制度化され、民間にも衣がえの意識が広く浸透した。詩歌における「更衣」は、和歌以来もっぱら四月の更衣が詠まれ、夏の題材として定着している。

更衣は、夏のはじまりをつげるものであり、『後撰集』以後の勅撰和歌集では、更衣を詠む歌が夏部の最初に置かれる。『古今和歌六帖』『和漢朗詠集』『堀河百首』『夫木抄』に夏の題として掲出。身にまとう衣を薄い夏物に一新する更衣は、季節の転換を軽やかに感じさせる営みであったろう。と同時に、〈今日よりは夏の衣になりぬれど着る人さへはかはらざりけり〉（読人不知『後撰集』夏）のように、衣の薄さと対比して人の心がわりを連想したり、〈夏衣花の袂にぬぎかへて春の形見もとまらざりけり〉（大江匡房《まさふさ》『千載集』夏歌）のように、惜春の情とともに詠まれるものでもあった。「花の袂」「花色衣」は更衣以前に着用している春の衣を表す。また、薄い夏衣を蝉の羽にたとえ、更衣の時期に着る襲の色目である「白襲《しらがさね》」を詠み、その白さを卯の花に見立てて表した。たとえば、〈今朝かふる夏の羽衣着てみれば袂に夏はたつにぞありける〉（藤原基俊《もととし》『堀河百首』更衣）、〈卯の花のかさねも今朝ぞしらがさね袖にのみとも見えぬ色かな〉（三条西実隆《さねたか》「更衣日見卯花」『雪玉集』）などとある。

連歌論書『三湖抄《さんこしょう》』に「更衣、四月一日なり。衣がへのことなり」とあるように、連歌・俳諧、そして俳句においても、「更衣」の季節感および詠みかたは、和歌の伝統を踏襲する。近代以降は、もとより宮中行事の更衣はなくなり、制服や通勤着および日常着を季節に応じてかえることが生活感覚となった。現代では、衣服を改める時期は個々人の感覚にゆだねられ、学校や企業で定められた日に一斉に衣がえを行うきまりは少ない。そうした生活感覚にもとづく俳句もあるが、衣服をあらためることを契機に夏の到来を意識するという、発想の基本構造はかわらないのである。

〔例句〕

連 **かへてだになほ花染《ぞめ》か白重《がさね》**　後花園院（『大発句帳』）

更衣の白襲もなお花染かと思うほどに花を慕う心情が吐露されている。〈たちかふる甲斐こそなけれ夏衣心はもとの花染の袖〉（藤原季経『正治後度百首』）

諧 **一つ脱いで後《うしろ》に負ひぬ衣がへ**　芭蕉（『笈の小文』）

今日は四月一日更衣の日だが、旅先のこととて着かえる衣もなく、二枚重ね着していた一枚を脱いで、後ろに背負うことだ、の意。旅での一行為が折しも時節の変わり目を告げる行為として意義付けられた。

句 **百官の衣更へにし奈良の朝**　高浜虚子（『定本虚子全集』）

かつて数多くの宮廷官人たちが衣がえをおこなった、旧都奈良の朝である、の意。平城京があった往時の栄華に思いを馳せつつ、初夏をむかえた朝、眼前にひろがる奈良の情景を、いにしえの面影と重ね合わせて味わって

いるのであろう。　　　　［岡崎真紀子］

余《よ》《よ》花《か》《くは》　　初夏

若葉の花　青葉の花　夏桜

〈季語解説〉　夏にまだ咲き残っている桜。木々の若葉が青々としているなかで、桜の花が白く咲き残るさま。『連歌天水抄』に「若葉に花の残りたるを云《いふ》」とあるのが、余花の基本的な定義である。

和歌の題としての「余花」は、勅撰和歌集では『金葉集』夏部に、「二条関白の家にて人々に余花の心を詠ませ侍りけるに詠める」という詞書で、〈夏山の青葉まじりの遅桜初花よりもめづらしきかな〉（藤原盛房《もりふさ》）とあるのが最も早い例である。『夫木抄』では、夏部に「余花」の部立をもうけ、〈朽ち残る春の色とや山陰の青葉にしづむ花の埋もれ木〉（飛鳥井《あすかい》雅有《まさあり》）などを収める。「青葉」に混じって咲く桜は、平安後期の和歌から夏の題材として詠まれており、「遅桜」という歌語や、人に知られず咲く「埋もれ木」といった語句とともに表現された。また、花の季節である春が過ぎ、夏になってもまだ花を慕って探し求める心持ちから、中世和歌には「尋余花（余花を尋ぬ）」（頓阿《とんあ》『草庵集』）、「余花在何（余花いづくにか在らむ）」（正徹《しょうてつ》『草根《そうこん》集』）といった歌題も見える。そして、〈春の後またぞとひける散ると見てあるべき山に残る桜を〉（頓阿「尋余花」『続草庵集』）のように、山に分け入って桜を見に行くさまが詠まれた。

『題林愚抄』夏部上の題に、「残花」「余花」を続けて掲出し、『連珠合璧集』にも「夏の始めの心ならば、残桜」とある。また、『連歌至宝抄』に「初夏の言葉」として「余花とは、若葉などに花の残りたるを申候。又時鳥に花を結びても夏なり」と記す。一方、時代がくだって『滑稽雑談』になると、四月の「余花」に「ある師の云、残花といふ題も夏にて、余花と同じといへども、いささかの替りめあるべし」とある。遅咲きの桜は、自然現象としては春の終わりから夏の始めにかけて見られるものであろうが、発句の題としては、暦の季節で春のうち（立夏の前）は「残花」といい、夏になってからは「余花」という、と使い分ける意識が生じた。俳句でも「残る花」といえば晩春の季語となる。先に、和歌においては「余花」題の歌に「遅桜」が用いられていることを見たが、俳諧『毛吹草』では、「遅桜」を詠む句の多くは、春の「桜」題に所収する。夏の「余花」題にも〈おちやかしら夏の初花遅桜〉（徳元）を収めるが、この句は「夏の」と季節を限定する語を伴っており、単に「遅桜」というと春、という意識があったことが知られる。

なお、「余花（よか／よくわ）」ということばは、漢字を音読みした漢語である。和歌以来伝統的に、わが国の詩歌は、和語で詠むものであって、漢語は原則的に用いられることがなかった。「余花」ということばを実作に詠みこむ例が現れるのは、俳諧を待たねばならない。

〈例句〉

連 **時鳥花も待ちける深山《みやま》かな**　　専順（『初瀬《はつせ》千句』）

深山では時鳥を待って、桜の花も散らずに残っていることである、の意。深山に残る花を時鳥の鳴く声を待っているのだろうと見たところが趣向。

諧 **積善《しやくぜん》の余花や有《あり》ける家桜**　　吉弘（『毛吹草』）

「積善の余慶」に「余花」を掛けて、遅く咲いた家の桜を、我が家の幸いを予祝するものと見て慶ぶさまを詠む。「積善（「せきぜん」とも）の家には必ず余慶あり」は、善行を積み重ねた家には、その酬いとして子孫まで及ぶ幸福が必ずやってくる、という意。

諧 **余花も見ん男やまめの浮かれ者**　　重頼（『名取川』）

（花盛りの季節に咲いた桜だけではなく）遅咲きの花にも目をやる男は、独り身の浮かれ者なのだろうか。

句 **余花の峯うす雲城に通ひけり**　　飯田蛇笏（『霊芝』）

遅咲きの花が咲く峰にかかる薄雲は、その峰のあたりに建つ山城《やまじろ》に行き通うかのようである。

［岡崎真紀子］

新《しん》樹《じゅ》　　初夏

新樹蔭

〈季語解説〉　新緑の樹木。初夏の若葉をつけた木々。葉に焦点をあてる際には「新緑」「若葉」の語があるが、木立ちに着目する場合には「新樹」という。「新樹」は六朝詩・唐詩など中国古典から見られる漢語で、日本の平安朝漢詩にも例がある（『本朝無題詩』など）。和歌連歌では、漢語を原則的に用いないので、「新樹」という語が実作に詠み込まれることはない。歌題としては『六百番歌合』夏部に見られるのが早く、〈影ひたす水さへ色ぞ緑なる四方の梢の同じ若葉に〉（藤原定家）や〈竜田山若緑なる夏木立紅葉の秋はさもあらばあれ〉（顕昭《けんしょう》）のように、「若葉」「夏木立」が詠まれている。『夫木抄』『題林愚抄』に夏題で掲出。中世後期以降の和歌では、〈雨はらふ木々の夕風吹きたちてなびく青葉の色ぞ涼しき〉（伏見院「雨中新樹」『伏見院御集』）や〈若緑露吹き乱す朝風に昨日の花も散るとこそ見れ〉（後柏原院「新樹風」『柏玉集』）のように、雨滴や露を帯び、それを夏風が吹き払う情景が詠まれた。

連歌論書・連歌寄合書では、『連理秘《れんりひ》抄』の四月に掲出。『竹馬《ちくば》集』は、「新樹」の句作りとして「木々の若葉、木々の若緑、若葉交じりの花、夏木立、若楓、常磐木《ときは》の若葉」を掲げ、付合として「ほととぎす、村雨、夏山、夏の月」を掲げており、夏を代表する景物の時鳥《ほととぎす》や、村雨、夏の月と取り合わせて、新緑の樹木を詠む発想が類型と意識されていたことが知られる。

俳諧の季寄せでは、『山の井』夏部の「新樹」に「夏木立・木の下闇・青葉・詰葉・茂る」をあげ、「夏木立は太刀にそへて、葉早く茂るなどいひ……」と解説する。『滑稽雑談《ぞうだん》』では、「草の若葉は春なり。これは木の若葉なり。夏木立、夏山など、この心得なるべし」と記す。自然現象としては、木草の若葉が萌え出る時節は晩春から初夏にまたがると言えようが、「新樹」は夏の季題であると規定した意識である。

「新樹」という語を用いる句が現れるのは俳諧の発句に至ってからである。近現代の俳句では、さまざまな事物や情景と取り合わせ、多様な句が作られている。

〔例句〕

連 **茂る木も中々知らぬみ山哉**　宗祇（『大発句帳』）

新緑が茂る木々もかえってどこにあるか見分けがつかない深山であるよ。『大発句帳』「新樹」の項目に所収。

諧 **夏山は目の薬なるしんじゆ哉**　季吟（『山の井』）

夏山には、目の保養となる若葉の緑が木々に茂っているよ。漢語「新樹」に「真珠」を響かせ、目薬の滴を真珠の玉のようだと見立てる発想も含むか。

諧 **新樹深く大観音の嵐かな**　白雄《しらお》（『誹諧寂栞』）

新緑の樹木が深く生い茂る初瀬（長谷寺）の大観音のもとで、木々に吹き渡って激しい音を響かせる嵐であることよ。「初瀬の吟なり」とある。〈憂かりける人を初瀬の山颪よ激しかれとは祈らぬものを〉（源俊頼『千載集』恋歌二）を念頭に置いた句作りであろう。

句 **大風に湧き立つてをる新樹かな**　高浜虚子（『定本虚子全集』）

大風が吹いて、新樹の林が大きくゆれ、緑の湯が湧き立つごとくだと捉えた。大風に揺れる木々の新緑を、湯が「湧き立つ」と表現したところ、読者を圧倒する迫力がある。

［岡﨑真紀子］

仏生会《ぶっしょうえ》《ぶつしやうゑ》　初夏

灌仏　浴仏　誕生会　花祭り　誕生仏　竜華会

〔季語解説〕釈迦の誕生した日である陰暦四月八日に修する法会。現在は多く陽暦の同日四月八日に行う。灌仏会、誕生会などとも。釈迦は、母の摩耶夫人《まやぶにん》が出産のため生家に帰る途中、藍毘尼園（ルンビニ園）の無憂《むう》樹林の花の下で誕生し、七歩歩いて一手を天に向け、一手を地に向け「天上天下唯我独尊」と唱えたと伝える。これにちなみ、四月八日に、釈迦の誕生仏（右手を上方、左手を下方に指す釈迦像）に香水をそそぎ、花をまつって供養する。平安初期から灌仏会（灌仏）は宮中の年中行事として修された。そして、諸宗の寺院や民間でも、「花祭り」として深く浸透し、現在でも広く行われている。甘茶をそそぐ形は江戸時代以降のものらしい。

勅撰和歌集では、『拾遺集』雑賀に「灌仏のわらはを見侍りて」と詞書のある一首が入集。歌題としては『題林愚抄』の「公事」部に「灌仏」を掲げ、〈咲きそめし卯月の今日を数ふればさかり久しき法の花ぶさ〉（冷泉《れいぜい》為秀《ためひで》）を収める。この歌は二条良基《よしもと》主催の『年中行事歌合』での詠で、判詞に「仏生会、灌仏も同じ事にやとて勝ち侍りき」、「灌仏は仏の生れ給ふ時、天竜くだりて水をそそぎ侍るとかや、その趣にて百敷にも、上達部よりはじめ仏に水を浴《あぶ》せ奉るなり」とある。このように、和歌において「灌仏」を題として設定する際には、季節の意識よりも、宮廷または寺院の公事と捉える意識のほうが強かったことがうかがわれる。初夏の季節感と結んだ叙述には、『徒然草』第十九段の「灌仏のころ、祭のころ、若葉の梢涼しげに茂りゆくほどこそ、世のあはれも、人の恋しさもまされ、と人の仰せられしこそ、げにさるものなれ」がある。

『毛吹草』「連歌四季之詞」の初夏に「灌仏、八日」、「躑躅《つつじ》」の付合に「灌仏」を掲出。『山の井』夏部に「灌仏」をあげ、「卯月八日は、尺尊嵐毘園にて誕生したまへる時、天竜くだりて水をそそぎ、仏に浴《あぶ》せ奉りにしをまねぶ日なれば、諸寺をはじめ、大内にも是を行はれて、御導師五色の水をそそぎ侍事などありしと也。又けふ躑躅・樒《しきみ》など、あま入道の摘みけるわざは、彼花園のけしきを思ふよしとかやいふを、うぶやの餅つつじなどいひなせり」と記す。『誹諧初学抄』「四季の詞」の初夏に「灌仏、四月八日也。夏に入日也」とある。『増山井』「四季之詞」の夏には「灌仏、八日。仏生会。竜花会。仏のうぶ湯、俳。五香水。浴仏。けふ諸寺に斎をまうけ、五香水をもて仏に浴して、竜花会をなすと歳時記に有」とあり、「仏生会」の語を掲出する。このように、陰暦四月の暦日意識により、夏に分類される。ただし、現在の俳句の季語としては晩春に分類されることもある。

〔例句〕

諧 **仏もやいはふ生屋《うぶや》のもちつつじ**　一之（『犬子集』）

仏も生誕の吉事を祝って、産屋に餅躑躅をまつるのである。灌仏に餅躑躅をそなえる習慣（前掲『山の井』参照）をとりあげた句である。

諧 **灌仏の日に生れあふ鹿の子《かのこ》哉**　芭蕉（『笈《おい》の小文』）

四月八日の灌仏の日にちょうど生まれ合った鹿の子であるよ。『笈の小文』に「灌仏の日は奈良にてここかしこ詣で侍るに、鹿の子を産むを見て、此日においてをかしければ」とある。

句 **無憂華《むいうげ》の木陰はいづこ仏生会**　杉田久女（『杉田久女句集』）

摩那夫人が釈迦を生んだという無憂華の咲く木陰はどこだろうか、と思いをはせる仏生会の日である。同じ作者には「ぬかづけばわれも善女や仏生会」の作もある。仏生会を女性の観点から捉えている。

［岡﨑真紀子］

橘《たちばな》　仲夏

花橘　橘の花　常世の花

〔季語解説〕 食用となる柑橘類を総称する古名。常緑木で、夏に枝先に白色で香りのよい五弁花を咲かせ、花ののち黄色の果実がなる。『日本書紀』垂仁天皇に、田道《たじ》間守《まもり》が常世の国から「時じくの香の菓《かくのこのみ》」（常に香味が変わらない木の実）である橘を持ち帰ったとの伝承を記す。『万葉集』以来数多く歌に詠まれた。大伴家持は橘を詠む長歌で、〈…春されば　孫枝萌《ひこえも》いつつ　ほととぎす鳴く五月には　初花を　枝に手折りて…〉（巻十八）とうたい、春は若葉、夏は花と香、秋は実、冬は常緑の葉というように、四季折々に良さがあると賞賛しているが、橘を歌に詠む場合、多くは花をとらえる。

橘の本意を規定する核となった一首が、『古今集』の〈五月待つ花橘の香をかげば昔の人の袖の香ぞする〉（読人不知・夏歌）である。右の歌によって、橘というと、花の香をめでる意識、そして、香が過去を偲ぶよすがとなるという懐旧のイメージが定着した。〈帰りこぬ昔を今と思ひ寝の夢の枕ににほふ橘〉（式子《しょくし》内親王『新古今集』夏歌）、〈橘のにほひをのこす昔かな〉（紹巴『大発句帳』）など、この発想にもとづく詠作は、和歌・連歌・俳諧に至るまできわめて多い。『源氏物語』の「花散里《ちるさと》」の物語の下敷きにもなっている。

平安京内裏の紫宸殿には左近の桜と相対して右近の橘があり、貴族の個々の邸の庭にも橘が植えられていたらしい。『枕草子』「木の花は」には、次の具体的な描写がある。「四月のつごもり、五月のついたちの頃ほひ、橘の葉の濃く青きに、花のいと白う咲きたるが、雨うち降りたるつとめてなどは、世になう心あるさまにをかし。花のなかより黄金《こがね》の玉かと見えて、いみじうあざやかに見えたるなど、朝露に濡れたる朝ぼらけの桜に劣らず。時鳥《ほととぎす》のよすがとさへ思へばにや、なほさらに言ふべうもあらず」。時鳥と橘を取り合わせる発想は〈やどりせし花橘もかれなくになど時鳥声たえぬらむ〉（大江千里《ちさと》『古今集』夏歌）などさまざまに詠まれる。

『和漢朗詠集』は夏に「花橘」、『夫木和歌抄』は夏の歌題に「橘」を掲出。連歌論書の『連理秘抄』『長短抄』『連歌至宝抄』は五月に「橘」を掲げる。仲夏五月のものという季節感の位置づけが知られる。『連珠合璧集』には「橘」の寄合として、「故郷、昔、五月雨、袖の香、時鳥、風、かげふむ道、常世の国、軒端」をあげる。『山の井』夏部の「橘」には「盧橘、とこよ花、柑子の花、柚の花、かほる」と記す。このように、「橘」が喚起する連想とイメージは、和歌を中心とする古典文学の類型にもとづいて形づくられているのである。

〔例句〕

連 **その葉さへはなたち花の色香かな**　宗祇（『大発句帳』）

橘はその葉までも、花橘というにふさわしい色香を漂わせていることよ。〈橘は実さへ花さへその葉さへ枝に霜置けどいや常葉《とこは》の木〉（聖武天皇『万葉集』巻六）を踏まえる。

諧 **駿河路や花橘も茶の匂ひ**　芭蕉（『炭俵』）

駿河路では、橘の花の咲くあたりも茶の匂いがかおっているように思われる。駿河は茶の名産地。橘といえば花の香をめでるものと捉える本意を前提に、新茶のよい香りがする初夏の風情を詠む。

句 **橘の花やしたがふ葉三枚**　星野立子

橘の花に、付き従うような葉が三枚。橘の「葉三枚」に焦点をあてて、その葉が花に「したがふ」と擬人的に捉えた句。

［岡﨑真紀子］

卯《う》の花《はな》　初夏

卯の花垣　卯の花月夜　花卯木《はなうつぎ》

〔季語解説〕 空木《うつぎ》の花。空木はユキノシタ科の落葉低木。初夏に白色五弁の花が枝先に群がって咲く。〈鶯の通ふ垣根の卯の花の憂きことあれや君が来まさぬ〉（作者未詳『万葉集』巻一〇）とあるように、『万葉集』以来、垣根に咲くものとされ、「憂し」を導く形で多く詠まれた。『枕草子』「木の花は」（能因本・第四十四段）には、「卯の花は、品劣りて、何となけれど、咲く頃のをかしう、時鳥《ほととぎす》の陰に隠るらむ思ふに、いとをかし。（中略）花の中より黄金の玉かと見えて、いみじくきはやかに見えたるなどは、朝露に濡れたる桜に劣らず」とある。時鳥との取り合わせは、〈時鳥我とはなしに卯の花のうき世の中に鳴きわたるらむ〉（凡河内躬恒《おおしこうちのみつね》『古今集』夏歌）ほか和歌に多く、これも発想の伝統となった。

卯の花は、白一色に咲く花のさまを捉えて詠まれる。その白さは、月光、白波、雪などに喩えて表現された。たとえば、〈時わかず月か雪かと見るまでに垣根のたわに咲ける卯の花〉（読人不知『後撰集』夏）は早い例。なお、月との取り合わせは、〈月影のもるかと見えて夏木立しげれる庭に咲ける卯の花〉（平経親《つねちか》『玉葉集』夏歌）のように、卯の花を〈眼前に照っているわけではない〉月光の白さに喩える見立てで詠む場合もあれば、月夜に咲く卯の花を〈眼前に照る〉月光の白さと見まがうと捉えて詠む場合もある。「卯《う》の花月夜《はなづくよ》」は後者を中心に、前者を表すこともある歌語である。〈白波の音せで立つと見えつるは卯の花咲ける垣根なりけり〉（読人不知『後拾遺集』夏）は白波に、〈降りつもる雪とや見まし卯の花を山ほととぎす来鳴かざりせば〉（慈円『拾玉集』）は雪に見立てた詠。発句にも〈雪月花一度に見する卯木かな〉（季吟『山の井』）とある。

歌題としては「天徳四年内裏歌合」（九六〇年）に見え、以後の屏風歌・歌合で取りあげられ、『古今六帖』『堀河百首』『夫木抄』に分類項目として掲出。連歌寄合書では、『連珠合璧集』に「卯花トアラバ、初卯花　うつきなどいふ。垣寝、雪、月、布さらす、しらゆふかくる、波、時鳥、玉川の里、神山、白河の関」。卯の花の白さは、神にまつる白木綿に喩えられ、白布を曝す歌枕玉川や、「白」の同音で歌枕白河関のイメージとも結びついていた。『連歌至宝抄』では初夏。『増山井』では「四季之詞」の四月に「卯の花月」。季節感は初夏に定まっている。

〈例句〉

連 卯の花や水上知らぬ滝の浪　紹巴《じょうは》（『大発句帳』）

卯の花は、水上がどこかも分からぬ滝の白波のように咲きこぼれている。卯の花を白波に見立てる伝統を下敷きに、その波を滝波とした趣向。参考に〈天の川せき入れて雲の音すかと水上知らぬ山の滝つ瀬〉（三条西実隆『雪玉集』）。

諧 卯の花をかざしに関の晴着かな　曽良

卯の花を挿頭《かざし》として髪にさし、白河関《しらかわのせき》を越える晴れ着とすることだ。『おくのほそ道』の旅で、白河関において芭蕉の門弟曽良が詠んだ句。「中にも此関は三関の一にして、風騒の人心をとどむ。秋風を耳に残し、紅葉を俤にして、青葉の梢猶あはれ也。卯の花の白妙に茨の花の咲そひて、雪にもこゆる心地ぞする」とある。

句 花卯木水模糊《もこ》として舟ゆかず　飯田蛇笏

卯木の花が群がり咲くあたりでは、水面もぼんやりとして、舟も進むことなく停泊している。水辺に咲く卯の花を詠む。卯の花を白波に見立てる伝統からの延長で生み出された情景の趣向だろうか。　［岡﨑真紀子］

時鳥《ほととぎす》　初夏・仲夏

山時鳥　郭公　子規　杜鵑　蜀魂　死出の田長　冥途の鳥

〈季語解説〉夏を代表する景物である。『万葉集』の時代から、その鳴き声を愛でる心情が詠まれ、『古今集』以降、勅撰和歌集の夏部において最も大きい比重を占めるのが時鳥の歌である。南方から飛来する鳥で、四月になると、人々は時鳥の鳴く一声を待つ心になった。〈初声を聞かまほしさに時鳥夜深く目をもさましつるかな〉（読人不知『拾遺集』夏）とある。時鳥は、日中はもとより夕暮れから夜明けにかけても鳴く。〈み山出でて夜半にや来つるほととぎす暁かけて声の聞ゆる〉（平兼盛『拾遺集』夏）とあるように、夜中に山から来て鳴き、〈時鳥鳴きつるかたをながむればただ有明の月ぞ残れる〉（藤原実定『千載集』夏）のように夜明けの月とともに詠まれ、〈五月雨の雲間の月の晴れ行くをしばし待ちける時鳥かな〉（二条院讃岐『新古今集』夏歌）のように、五月雨の後の空に現れるさまも捉えられた。花橘や卯の花、村雨といった夏の景物とともに詠まれた歌も少なくない。『枕草子』の「五月の御精進《みさうじ》のほど」や「賀茂へ参る道」の章段には、時鳥について具体的に描写した叙述がある。

時鳥には、生態からくる異名や伝承および宛字が多い。口の中が赤く見えることから血を吐いて鳴くとされ、〈杜鵑啼血《とけんちになき》〉（「琵琶行《びわこう》」『白氏文集』）や〈思ひ出づるときはの山の時鳥唐紅《からくれない》のふりいでてぞ鳴く〉（読人不知『古今集』夏）などと詠まれた。蜀の望帝（杜宇）が故郷を離れたのち、魂が化してこの鳥になったという伝承から、「蜀魂」「杜宇」「不如帰」とも記される。また、渡り鳥であることから現世と冥途を往還する鳥、田植えの時期に鳴くことから農事を勧める鳥のイメージも有し、「冥途の鳥」「死出《しで》の田長《たをさ》」とも呼ばれる。鶯の巣に卵を産む托卵の生態も『万葉集』巻九「詠霍公鳥一首」以下に捉えられている。

『連理秘抄』の四月・五月に掲出、『連歌至宝抄』に「時鳥は、かしかましきほど鳴き候とも、まれに聞き、めづらしく鳴き、待ちかぬるやうに詠みならはし候」、「初の夏より五月までも待つやうに仕り候」とある。寄合語としては、『連珠合璧集』に「時鳥トアラバ、鶯、卯の花、花橘、山、村雨、月、雲間、一声、鳴き古す、五月、忍び音、寝覚め、杜のしづく、涙なそへそ」をあげる。『俳諧類船集』では、「藤花、杉村、関の戸、無尽、新樹、樗、弓張月、岩倉、片岡のもり、淀のわたり、音羽山、石上寺」なども見えており、「時鳥」から連想される語が多様になる傾向が見られる。

〈例句〉

連 月や今朝入る山さそふほととぎす　宗祇（『大発句帳』）

月が今朝、夜が明けて山に入った、その山を誘い出るように現れて鳴く時鳥であるよ。「時鳥」を「月」と取り合わせた句。

諧 **ほととぎす声横たふや水の上**　芭蕉（『藤の実』）

鳴きながら飛び去っていった時鳥の声が水の上にひろがり、声が横たわっているようだ、の意。時鳥の声を「横たふ」と表現したことについて、『三冊子』の評に、「一たびは〈声や横たふ〉とも、〈一声の江に横たふや〉とも句作有。人にも判させて後、江の字抜て、〈水の上〉とくつろげて、句の匂ひよろしき方定る。〈水光天ニ接《まじ》ハリ白露江ニ横タフ〉の「横」、句眼なるべし、と也」とある。

句 **蕨長《た》け山ほととぎす靄《もや》遠し**　水原秋桜子（『晩華』）

蕨が長く生い伸びる頃、山時鳥の声は、靄のかかる遠くかなたから聞こえてくる。

［岡崎真紀子］

祭《まつり》　初夏

賀茂祭《かものまつり》　御阿礼祭《みあれのまつり》　御阿礼日《みあれのひ》　葵祭《あおいまつり》　夏祭り　葵の鬘《まづら》　もろ鬘

〔季語解説〕　陰暦四月中酉《なかのとり》の日に行われていた京都の賀《か》茂別雷《もわけいかづち》神社（上賀茂神社）と賀茂御祖《かもみおや》神社（下鴨神社）の祭礼。賀茂祭。平安時代には単に「祭」と言うと、一年で最も盛大な祭儀である賀茂祭を指した。連歌の寄合書『随葉集』に、「まつりは、先、賀茂の事なり」とあり、俳諧の『誹諧新々式』にも「祭とばかりいひて夏の季を持つも、この祭に限るなり」とある。貞徳《ていとく》の『俳諧御傘』に「大方神事は四月に多ければ」祭を夏とすると述べるように祇園会ほか夏に行われる祭礼は多く、時代が下るにつれて「祭」という語を賀茂祭に限定して用いる意識は薄れる。それに伴い、他の諸社で行われる夏祭りも総称する「祭」を、春・秋に行われる祭と区別して夏の季語と位置づける意識が生じ、季寄せや歳時記等にも現れるに至る。すでに、『山之井』夏部に、「葵」の項目に賀茂祭に関する記述があり、その次の項目に「祭」を掲げ、「稲荷、今宮、祇園会」とあるが、和歌を中心とする詩歌の伝統を継承する季の言葉としての「祭」は、賀茂祭を指す。

賀茂祭では、祭の前の午の日に御阿礼の神事が行われ、ついで賀茂斎院の御禊がある。祭当日は、斎院と勅使と供奉する貴族たちが列をなして、内裏から下鴨社、次に上賀茂社に行って内裏に戻る。二葉葵の葉や、葵の葉に桂の枝を組み合わせた飾りを、社前や牛車につけ、供奉者も衣冠にさす、華やかな行列であった。『増山井』の四季之詞・夏「賀茂祭」に、「けふ人々、葵桂のもろかづらをかくるゆへに、世俗に葵祭といへり」とあるように、「祭」といえば「葵」がまずイメージされた。そして、都の人々は祭見物にこぞって出かけたという。『源氏物語』葵巻に描かれる、六条御息所と葵の上の車争いは、そのときの出来事である。

勅撰和歌集では、「賀茂祭の物見侍りける女の車にいひいれて侍りける」との詞書を有する歌が『後撰集』に入集し、祭の勅使になったときの歌〈年を経てかけし葵はかはらねど今日のかざしはめづらしきかな〉（藤原長房『詞花集』夏）もある。歌題としては、『永久百首』、『六百番歌合』の夏部に「賀茂祭」が見え、後者には〈雲居よりたつる使ひに葵草いくとせかけつ賀茂の川波〉（藤原良経）、〈雲の上を出づる使のもろかづらむかふ日影にかざす今日かな〉（藤原定家）などの歌がある。このように、勅使の衣冠を飾る葵の挿頭（かざし、髪飾り）のさまや賀茂川の風情とともに詠まれた。

宮廷の公的な行事であるとともに、多くの人々の楽しみでもあった祭は、都の初夏を彩る光景であった。現在では、葵祭として陽暦五月十五日に行われる。賀茂斎院に準じた斎王代が一般女性から選ばれる形へと祭もすがたを変えたが、行列の華やかさと見物のにぎわいは、今日も受け継がれている。

〔例句〕

連 **万代をかけてぞまもる葵草**　（『大発句帳』）

幾久しく続くことを請け合って、この御代を見守るようにしている葵草であるよ。植物の葵を主眼とするが、賀茂祭も意識した発想であろう。

諧 **草の雨祭の車過ぎてのち**　蕪村（『自筆句帳』）

草を湿らす雨が降る、祭の行列の車が通り過ぎたのちに。古典文学の賀茂祭のイメージを踏まえつつも、祭の後に降る雨が、路傍の夏草を濡らすさまを見出した。

句 **桐の花葵祭は明日とかや**　河東碧梧桐

桐の花が咲いている。葵祭は明日であるということだよ。賀茂祭の到来を「桐の花」によって知るという着想で詠む。

［岡崎真紀子］

夏草《なつくさ》　三夏

夏の草　青草　草繁る

〔季語解説〕　夏になって繁茂する草。さまざまな草を総称する。古くは『万葉集』の歌に〈このごろの恋の繁《しげ》けく夏草の刈り払へども生ひしくがごと〉（夏相聞・巻十）が見えるように、刈っても生い繁るさまが捉えられ、繁茂する夏草は人の思いの深さの譬喩として詠まれた。平安以後は「夏草の」を、「繁き」「深く」や、「刈る」の同音「仮り」「かりそめ」を導く枕詞的に用いた歌が多い。〈夏草のかりそめにとて来しかども難波の裏に秋ぞ暮れぬる〉（『能因《のういん》法師集』）はその例。ただ、〈枯れ果てむのちをば知らで夏草の深くも人の思ほゆるかな〉（凡河内躬恒《おおこうしこうちのみつね》『古今集』夏歌）のように、下に続く語を導く用法でも、夏草が生い茂る具体的な情景のイメージを伴う。また、〈夏草は繁りにけりな玉鉾の道行く人も結ぶばかりに〉（藤原元真《もとざね》『新古今集』夏歌）があるように、夏草を結ぶという表現も定型化した。『産衣』に「夏草結ぶは、行路を帰る道しるべなり」とある。

和歌の題では「天徳四年内裏歌合」（九六〇年）に見えるのが早く、『永久百首』『六百番歌合』に「夏草」題を掲出。〈道もなき夏野の草の庵かな花にけがるる宿と見し間に〉（寂蓮《じゃくれん》）はその歌合での詠である。中世和歌に見られる、「野夕夏草」（藤原定家『拾遺愚草』）、「風前夏草」（頓阿《とんあ》『草庵集』）、「水辺夏草」「行路夏草」（正《しょう》徹《てつ》『草根集』）といった四字題から、夏草が和歌においてどのような風情で詠まれたかが知られよう。

『連珠合璧集』には、「夏の心、夏草・草のしげる」とし、「夏草トアラバ、事しげき、結ぶばかり、玉まく葛、野島が崎、さゆりば、刈りにくる人」と記す。ここで「夏草」から連想される語として列挙された連歌の寄合は、いずれも和歌に典拠のある言葉である。

一方、貞門の俳諧集『犬子集』で「夏草」題に所収するのは、「むくげ」「なうぜんさう」（凌霄花《のうぜんかずら》のこと）「みやうが」「灯台草」を詠む句である。『続山井』も「夏草、付夏草花」題に、「末摘花」「鷺草」「白丁花」「きりん草」といった夏のさまざまな草花の名を詠む句を収める。これは、和歌連歌では用いられなかった草花の名を表す言葉を取りこむことで、新味と機知のある表現を創出しようとする意識が、その当時の俳諧に存したことを反映しているのかもしれない。

和歌連歌俳諧を通じて、「夏草」は初夏仲夏晩夏に限定されない素材であったようだが、たとえば前掲『続山井』では、「夏之発句題」上中下の中の部に「夏草、付夏草花」を掲げる。繁茂する夏草は、夏の半ば以降のものという感覚はあったのかもしれない。なお、芭蕉の〈夏草や兵どもが夢の跡〉は有名だが、陰暦五月十三日、平泉での句であると『おくのほそ道』には記されている。

〔例句〕

連 **武蔵野は青葉の山か夏の草**　宗祇（『自然斎発句』）

武蔵野は青葉の山のようになっているのか、繁茂する夏の草で。〈武蔵野は今日はな焼きそ若草のつまもこもれり我もこもれり〉（『伊勢物語』十二段）は武蔵野の「若草」を詠む古歌だが、当該句は「夏の草」を詠む。

諧 **夏草や兵どもが夢の跡**　芭蕉（『おくのほそ道』）

『おくのほそ道』で前文に、奥州藤原氏の栄華をしのび、「国破れて山河あり、城春にして草青みたりと、笠うち敷きて、時の移るまで泪を落としはべりぬ」とある。

俳 **夏草とともに病髪伸びやすし**　山口誓子（『激浪』）

病身ゆえ伸び放題になった髪のさまを、夏草の繁茂するイメージで捉えた句。病身と髪の生命力との組合せが病に倦んだ心情を伝えてくる。

［岡崎真紀子］

夏月《なつのつき》　三夏

夏の月　月涼し　夏の霜

〔季語解説〕　夏の夜に照る月。夏は短夜で、五月雨をもたらす雲で空が遮られることもある。『枕草子』は「夏は、夜。月のころはさらなり」と言っているが、秋の夜長に澄んだ名月を愛でることに比べれば、夏は実際のところ、くっきりと美しい月を眺めるわけにはいかない季節であろう。しかし和歌においては、その雲間や明けやすい短夜にわずかに見える月光を、逆に積極的にとらえて詠まれた。〈夏の夜はまだ宵ながら明けぬるを雲のいづこに月やどるらん〉（清原深養父《ふかやぶ》『古今集』夏歌）が早い例。〈わが心いかにせよとて時鳥雲間の月の影に鳴くらむ〉（藤原基俊《もととし》『新古今集』夏歌）は、月が雲間に照る夏夜に時鳥が鳴く風情を詠む。また、〈重ねても涼しかりけり夏衣薄き袂に宿る月影〉（藤原良経《よしつね》・同・夏歌）や〈涼みつるあまたの宿もしづまりて夜更けて白き道の辺の月〉（伏見院『風雅集』夏歌）のように、月は夏夜に涼しさをもたらすものとされた。また、「夏の霜」は、夏の月光の白さを霜に見立てた表現で、『和漢朗詠集』「夏夜」題に所収の白居易の詩句〈月平沙を照らせば夏の夜の霜〉を典拠とする。

歌題としての「夏月」は、『古今六帖』『夫木和歌抄』の項目に掲出し、歌合では平安中期の「長保五年左大臣家歌合」（一〇〇三年）に「惜夏夜月」が見え、歌集には「水上夏月」（『林葉集』）、「旅宿夏月」（『新後撰集』）などがある。〈村雨の降るほどよりも涼しきは端山の露における月影〉（頓阿《とんあ》『草庵集』）は、「雨後夏月」題の歌で、村雨の後におく露に月光がやどるさまを詠む。〈吹きかへす荻の上葉を霜と見て風に夏なき庭の月影〉（正徹《しょうてつ》『草根集』）は、「夏月涼」題で詠まれた室町期の佳詠。

『連珠合璧集』には「夏の心、短夜（夏の夜、明けやすき夜）、明けやすき月」。『山の井』は夏部に「夏月」を立項し、「みじか夜の月、明けやすき月」として、「夕の影の涼しさをめで、入る事の早きを惜しみて、めぐるは扇車哉とも、鳴門や落とす月の舟などもつらね、時ならぬ霜雪氷に見なして、野山海川のけしきをも」と記す。「夏（の月）は涼しきを肝とすべし。明《あけ》残る体よし」

（『連歌天水抄』）これが「夏月」の本意を端的に表していよう。

〔例句〕

連 **更けて見ぬ光も涼し夕月夜**　宗祇（『自然斎発句』）

夜が更けると見えなくなる光も涼やかである。夏の短夜に照る夕月よ。

連 **ささの葉にしみつかぬ霜や夏の月**　紹巴（『大発句帳』）

夏の月を「夏の霜」と見立てる発想（前掲）によって、笹の葉に凍みつかない霜とは、夏の月が白々と照る光であるよ、と捉えた句。

諧 **蛸壺《たこつぼ》やはかなき夢を夏の月**　芭蕉（『笈《おい》の小文』）

「明石夜泊」の句。蛸は明易い夏の夜、明日引き上げられる蛸壺の中ではかない夢をむすんでいる、の意。『笈の小文』では、須磨や明石は月の名所であるゆえ、明石浦は本来は秋を旨とすべきだとしたうえで、謡曲『松風』の悲話や、一ノ谷の戦で敗走した平家一門に思いを馳せたことを記す。「蛸壺」は明石の名産の蛸を採る漁具。

句 **夏の月皿の林檎の紅失す**　高浜虚子

「…芥川我鬼、久米三汀等来り共に句作」とある。霜を置くような月光の白さを言わず、「皿の林檎の紅失す」とあえて林檎の紅を印象的に示したところ、和歌以来の「夏の月」を詠む類型から飛躍した、近代俳句における表現の革新の一端がうかがえる。

［岡﨑真紀子］

牡丹《ぼたん》　初夏

ぼうたん　深見草　二十日草

〔季語解説〕　ボタン科の落葉低木。紅・白・紫紅などの大きな花が咲く。その華麗さから「花の王」と呼ばれる。奈良時代に唐から日本に渡来したのだろうといわれる。『白氏文集』新楽府の「牡丹芳」に「花開き花落つること二十日、一城の人皆狂せるがごとし」とある。この詩句を踏まえて牡丹を詠んだ歌に〈咲きしより散りはつるまで見しほどに花のもとにて二十日経にけり〉（藤原忠通『詞花集』春）があり、異名「二十日草」も生じた。牡丹には他にも異名が複数あり、連歌論書『梵灯庵袖下集』に「深見草、山橘、名取草、二十日草、となり草、夜白草」、『毛吹草』に「富貴草」を掲出する。このうち「深見草」は、源順『倭名類聚抄』に見え、和歌にも平安後期から用例がある。「牡丹の花盛り」に詠んだとする『経信集』所収の〈君を我が思ふ心のふかみ草花の盛りに来る人もなし〉が早い例。以後、歌例が散見し、連歌寄合書『連珠合璧集』にも「ふかみ草トアラバ、牡丹也。二十日、花のもと」とある。藤原為家『詠歌一体』は、和歌では漢字を音読みした語（漢語）を用いるのを避けることから、牡丹（ぼたん・ぼうたん）を歌に詠む場合は「異名ならずは叶ふべからず」と述べている。室町時代の正徹《しょうてつ》『草根集《そうこんしゅう》』の〈ともに見んことわりあれやもろこしの師子を絵がけばぼうたんの花〉は、獅子と牡丹を描く唐絵を題材とする歌で、「ぼうたん」を用いた例外的な詠と言えよう。連歌でも、もっぱら異名を用いて詠まれている。俳諧の連歌・発句に至って、〈富貴の体を見する此宿／広庭《ひろには》に牡丹《ぼたん》の花の盛にて〉（重頼『犬子集』夏）が見える。これは、前句の「富貴」から牡丹の異名「富貴草」を連想して「牡丹」と付けた句である。

前掲の『詞花集』の藤原忠通詠は春部に収められているが、『夫木抄』には夏部二に「牡丹」の項目があり、連歌論書においても、『連歌新式』で夏、『連歌至宝抄』でも四月の詞として掲出しており、初夏のものと位置づける季節意識は定まっている。

『山の井』では「牡丹」について、異名を列挙したうえで、「牡丹は重衡《しげひら》の形にもたとへ、夢庵の名をも寄《よ》せ、赤き絵の具、鞐《こはぜ》などにもいひかけ、蝶・唐獅子の飛びまはる心ばへ、猫ぜなかのうちねふりゐるありさまなどしたつ。もろこしには花の王ともてはやし、牡丹は花の富貴なる物共いへり」と述べる。平重衡は容姿を牡丹の花に譬えられた。「夢庵」は　牡丹花と称した室町時代の連歌師肖柏のこと。

中国渡来の花である牡丹は、漢詩文や故事と結びついたイメージが強く、また、異名や漢字音の名称「牡丹」を言葉として詠み込む趣向を主眼として詠まれる傾向が強かった。華麗な花のさま自体を叙景的に描く発想は、伝統的な類型にはなりにくかったようである。

〔例句〕

連 **くれなゐや葉さへ花さへふかみ草**　紹巴《じょうは》（『大発句帳』）

紅に、葉も花も深く染まったような色を見せる、深見草の異名をもつ牡丹であるよ。

諧 **牡丹切て気のおとろひし夕哉**　蕪村

牡丹の花を切りとって、自らも気が衰えていた夕べであるよ。安永五年五月二日士朗宛書簡に所収。同書簡には〈ちりて後俤にたつ牡丹哉〉ほか計六句が記される。

句 **牡丹散り終日本を読まざりき**　山口青邨（『雪国』）

牡丹が散り、一日中本を読まずに過ごしたことだ。牡丹を愛でて日を過ごすのは「花開き花落つること二十日」（前掲）以来の発想の伝統だが、読書をしなかった我を省みる点に近代的な個の抒情が窺える。

［岡﨑真紀子］

杜若《かきつばた》　仲夏

燕子花

〔季語解説〕アヤメ科の多年草。水湿地に生え、剣状の葉のあいだから濃紫色の花を咲かせる。菖蒲《あやめ》と似る。花のすがたが飛燕に似ることから「燕子花」とも表記する。上代では「かきつはた」と清音。〈住のえの浅沢小野のかきつはた衣に摺《す》りつけ着む日知らずも〉（作者不詳・巻七）など『万葉集』から見られ、衣に摺りつけるさまは以後も詠まれた。また、〈君が宿我が宿わける杜若移ろはぬ時見む人もがな〉（『貫之集』）のように、「かき」の同音から「杜若」に「垣」を掛ける。さらに、右の貫之歌を踏まえ、垣根からの連想で「隔つ」を共に詠む発想が生じ、〈鳰《にほ》鳥のすだく水沼《みぬま》の杜若人隔つべき我が心かな〉（源俊頼《としより》『堀河百首』杜若）などと詠まれた。もとより、水辺や沼地に咲く情景を捉えた歌も平安以後多くあって、たとえば、〈杜若浅沢沼の沼水に影をならべて咲きわたるかな〉（師頼・同・同）、〈影うつす汀の藤の池水に色を隔てぬかきつばたかな〉（三条西実隆《さねたか》『雪玉集』）などとある。

　杜若といえば、何と言っても有名なのは、『伊勢物語』「東下り」の第九段に収める〈からころも着つつなれにしつましあればはるばる来ぬる旅をしぞ思ふ〉（在原業平『古今集』羇旅歌）であろう。三河国八橋において「からころも」を各句の頭におく折句で詠まれた歌である。これ以降、八橋は杜若の名所となった。宗祇の〈見る人の旅をし思へかきつばた〉は業平歌を踏まえた句であり、江戸時代の尾形光琳や酒井抱一の「燕子花図屏風」は、八橋の杜若を図像化したものである。

　『万葉集』は夏相聞、『後撰和歌集』は夏の部に杜若を詠む歌を所収。しかし『堀河百首』の歌題では春部に「杜若」を収め、『夫木抄』も同様に春部。一方、連歌論書では、『連歌新式』に夏。『連珠合璧集』は、「杜若トアラバ、連歌には夏の景物にとれり」とし、寄合語として「春の隔て〈垣に寄せていへり〉、衣に摺る、紫、池、沢、沼水、八つ橋」をあげる。『連歌至宝抄』では初夏の言葉として掲出し、「杜若、歌には春の題に入り候。連歌には夏に仕り候」とある。連歌においては夏季のものとされ、俳諧・俳句へと踏襲された。

　以上のように、古来歌に詠まれてきた杜若は、和歌以来の発想の類型が比較的強くかたちづくられた季語であると言えよう。

〔例句〕

連 **かきつばた岩漏る水の色香かな**　宗牧（『大発句帳』）

　杜若が咲くあたりでは、岩から漏れでる水に杜若の色香がただよっている。

諧 **杜若語るも旅のひとつかな**　芭蕉（『笈の小文《こぶみ》』）

　元禄元年（貞享五年）四月二十五日付惣七（猿雖）宛芭蕉書簡に記される連句の発句。杜若のことを語るのも旅のひとつである。『伊勢物語』「東下り」の旅のイメージを踏まえる。

句 **古溝や只一輪の杜若**　正岡子規（『寒山落木』四）

　古溝のほとりに、ただ一輪の杜若が咲いている。和歌以来伝統的に、杜若が咲く所として詠まれてきた沼や池ではなく、「古溝」に咲く一輪の杜若を見出したまなざしに特徴がある。

句 **千紫万紅《せんしばんこう》の紫《し》のぬきんでてかきつばた**　中村草田男（『中村草田男全集』五）

　様々の色であふれた中で、ことにその紫が抜きん出て美しい杜若の花である。杜若の色を取り出したことで、様々な花を背景にして咲く杜若の花が見えてくる。

［岡崎真紀子］

菖蒲《あやめ・しょうぶ》《あやめ・しやうぶ》　仲夏

白菖《しょうぶ》　あやめ草　菖蒲草

〔季語解説〕和歌などの古典文学に見られる「菖蒲《あやめ》」は、サトイモ科の多年草で、現在の植物学上の和名ショウブのこと。近世以後「花あやめ」と呼ぶのは、カキツバタ（杜若）やハナショウブ（花菖蒲）と同じくアヤメ科の植物で、ショウブとは別種である。『連珠合璧集』に「あやめトアラバ、あやめ草ともいふ。又さうぶとも、花さうぶともいへり」とあり、「菖蒲」はショウブとも言う、と記されている。他方、近代以降の俳句になると、「あやめ」「花あやめ」の語で、アヤメ・ハナショウブを指すと思われる句もあり、歳時記でも、同様の意識で記述する姿勢が見られる。ここでは、和歌以来伝統的に詠まれてきた「菖蒲」の語（植物ショウブを指す）を中心に、表現の歴史的展開を見てゆく。

　菖蒲は、水湿地に生え、初夏の頃に剣状の葉の間から淡黄色の小花の密集した形態の花穂をつける。根や葉や茎に香りがあるため、邪気を払う草とされ、五月五日の端午の節句には、軒に差したり、屋根に葺いたり、薬玉に添えたり、根を贈ったりした。根を引いてその長さを競う根合も行われた。『枕草子』第三十六段に、「節は、五月にしく月はなし。菖蒲（さうぶ）・蓬などの薫りあひたる、いみじうをかし。九重の御殿の上をはじめて、言ひ知らぬ民のすみかまで、いかで我がもとにしげく葺かんと葺きわたしたる、なほいとめづらし」とあり、『徒然草』第十九段にも、「五月、菖蒲葺くころ、早苗とるころ、水鶏のたたくなど、心細からぬかは」とある。

古くは『万葉集』から詠まれ、平安以後の和歌に多い。〈時鳥鳴くや五月のあやめ草あやめも知らぬ恋もするかな〉（読人不知『古今集』恋歌一）をはじめとして、「時鳥」と取り合わせたり、綾織物の織り目（文目）、転じて物の分別をいう「あやめ」「あや」を言い掛けて詠まれた。また、軒端に生えるさまや、香りを捉える。たとえば藤原定家の〈あやめ草かをる軒端の夕風に聞く心地する時鳥かな〉（『拾遺愚草』）は、軒端の菖蒲の芳香を五月雨と結んで詠む。

歌題では、『古今六帖』第一に「五月」「五日」に続いて「あやめぐさ」の項目がある。『堀河百首』の夏に「菖蒲」題があり、〈珍しき君がよどのあやめ草ひきくらぶべきもののなきかな〉（藤原基俊《もととし》）などを所収。

連歌寄合書『拾花集』では、「軒の菖蒲、菖蒲葺く宿、菖蒲引く、薫る菖蒲、沼の菖蒲、池の菖蒲、水隠もりの菖蒲」などをあげる。前掲『連珠合璧集』では、寄合として「引く、苅る、根、草の庵、時鳥、五月雨、葺く、軒のしづく、仮寝の床、枕、うちしめり、五日、薫る、沼の岩垣、淀野、池、桂にかくる、真弓のひおり、五月、葛花、水のほとり、我駒、駒もすさめぬ」をあげる。こうした連歌における連想は、和歌の伝統にもとづき、それを土台として、俳諧・俳句で新たな表現が展開する。

〈例句〉

連 花の香にあやめもわかぬ軒端かな　宗祇（『自然斎発句』）

菖蒲を軒に差した家々に、菖蒲の花の香で、そこが軒端なのか区別が付かないほど芳香が漂っている、と詠む。

諧 ほととぎす啼《なく》や五尺の菖草《あやめ》　芭蕉（『葛の松原』）

時鳥が鳴くのは五尺の丈の菖蒲草である。元禄五年壬申芭蕉書簡。『古今集』の〈時鳥鳴くや五月のあやめ草あやめも知らぬ恋もするかな〉を下敷きとして、「五月」ならぬ「五尺」の丈の菖蒲草と趣向した。「五尺の菖蒲」はのびやかで滞ることのない句の仕立方をいうが、それを実景のごとく言いなした。

俳 なつかしきあやめの水の行方かな　高浜虚子

あやめの花が慕わしいのと同様に、その花の辺りを流れる水の行方が気にかかることだ。　［岡﨑真紀子］

端午《たんご》　仲夏

端午の節句　菖蒲の日　菖蒲の節句　菖蒲の節会　重五

〈季語解説〉 五月五日の節句。「端午」という語の由来について、『増山井』は「端午の節、端五とも。端五とははしめの五日といふ心也。五月は午の月也。よりて端午ともいへり。是もはしめのむまといふ心也」と記す。五が重なるので「重五」ともいう。元来は中国から渡来したもので、日本では平安時代以降、貴族社会の年中行事として確立した。人々は邪気を払うために、菖蒲や蓬を軒にさし、屋根に葺き、菖蒲を薬玉に添えたり、根を贈ったりし、根を引いて長さを競う根合《ねあわせ》も行われた。現在は、菖蒲の葉を入れて沸かす菖蒲湯につかり、粽《ちまき》・柏餅を食する習慣となって伝わる。また、この日に宮中では、馬上で弓を射る行事である騎射の儀が行われた。中世には民間でも、童が菖蒲刀・菖蒲冑・菖蒲鬘を身につけていたことが『年中行事絵巻』から知られるが、おそらく騎射の流れを汲むものだろう。そこから武家人形や甲冑を飾って子どもの将来を予祝する風習も生じたらしい。鯉のぼりをあげる習俗の起源は定かではないとされるが、吹き流しについての記述は江戸初期から見られる。その頃には男子の節句と意識されるようになっていたようで、特に初節句を祝うことが重んじられた。

古来の詩歌に目を移すと、『和漢朗詠集』夏に「端午」の題が見え、〈若駒と今日にあひくるあやめ草おひおくるるやまくるなるらん〉ほか計三首を収める。五月五日における和歌の贈答は時代を通じて見られる。たとえば室町時代の公卿三条西実隆の歌〈九重の五月の今日を代々までのためしに引かん菖蒲とぞ見る〉の詞書に、「端午、素経法師、粽など送るとて、菖蒲にさして」とある。当時の節句の具体的なありようの一端が窺えよう。

連歌においても、基本的に和歌以来の発想にもとづいて詠まれた。連歌寄合書『竹馬集』には、「五月之詞」に「菖蒲」「薬玉」をあげている。

『山之井』は夏部「五月五日」に、「端午、ちまき、薬玉、あやめ、根合、永き根、菖蒲刀、菖蒲湯、けづりかけ甲」をあげ、端午の節句について、〈あやめの節供は、浅香の沼つく泥にまぶれて、永き根を引く心ばへ、西のこんちも東の小路も、あやめによもぎ葺きわたす軒のはなやかさ、吹きちりのぼり立てならべし大路のありさま、粽ねぢきる家々の嘉例、薬玉や菖蒲の鬘、駆けまはる人々のけはひ、菖蒲刀や小長刀もて印地にまかる馬鹿者の気色などすべし〉と記す。このように「端午」は、宮中の年中行事以来の伝統を受け継ぎつつ、広く民びとに浸透した節句で、初夏の陽気のもと、子どもを中心に、特別な日に興じる軽やかな風情を詠むものであった。

〈例句〉

連 薬玉にあやめもわかぬ袂かな　紹巴《じょうは》（『大発句帳』）

薬玉の芳香に、誰の袂か区別もつかないことだ、の意。各々が好みの香をたきしめた着物を着ているが、その区別がつかないと、文目《あやめ》に菖蒲を掛けて詠んだ。

諧 五月雨や傘に付たる小人形　其角

菖蒲《さうぶ》懸てみばやさつきの風の色　洒堂

文もなく口上もなし粽五把《は》　嵐雪（『炭俵』）

蕉門の句集『炭俵』の「夏之部之発句」から、「端午」題に収められた三句をあげた。人形を飾る、菖蒲を軒や屋根にかける、粽を贈るといった節句の風習を捉える。其角句は「五月雨」に「傘」と詠む趣向、洒堂句は五月の風の「色」を見出して「菖蒲」と取り合わせる着眼、嵐雪句は「文」も「口上」もなく粽五把だけを贈ってくる知友との関係を想像させる人情。

句 **雨がちに端午ちかづく父子かな**　石田波郷（『雨覆』）

五月雨の季節ゆえ雨がちの曇天が続くなか、晴れやかな端午の節句を待ちわびる父と子のさまを詠む。初節句をむかえる親子でもあろうか。　［岡﨑真紀子］

早苗《さなえ》《さなへ》　仲夏

早苗とる　玉苗

〈季語解説〉苗代から田へ移し植える、稲の若苗。早苗を詠む歌というと、『古今集』の〈昨日こそ早苗とりしかいつのまに稲葉そよぎて秋風の吹く〉（読人不知・秋歌上）があるが、この歌は、つい昨日早苗を採って田植えをしたと思っていたら、早くも秋風が吹いたという、季節の推移を捉えた秋の歌である。夏の「早苗」が和歌の題材として定着するのは平安中期以降であった。〈御《み》田屋守《たやもり》今日は五月になりにけり急げや早苗老いもこそすれ〉（曽禰好忠《そねのよしただ》『後拾遺集』夏）は、「早苗をよめる」の詞書があり、五月になると早苗を植えるという時節意識にもとづく。この意識から、陰暦五月の異名を「早苗月」ともいう（『奥義抄』『千五百番歌合』など）。また、右の好忠詠は、紀貫之《きのつらゆき》の〈時過ぎば早苗もいたく老いぬべし雨にも田子はさはらざりけり〉（『貫之集』）を踏まえ、「早苗」なのに「老い」るという言葉の機知による詠作であろう。なお、田を耕す農夫をいう「田子」は、山間にある田をいう「山田」「小山田」と並んで、「早苗」と結んで詠まれることが多い語である。

『堀河百首』には「早苗」題があり、〈小山田に今ぞ玉苗植ゑて見る乙女が裳裾濡れて帰りぬ〉（源顕仲《あきなか》）などを収める。右の歌に拠り、「玉苗」は早苗を表す美称となった。『増山井』に「早苗とる、若苗、玉苗」とある。

苗代から早苗を採ることを「早苗とる」、その早苗を田に植えることを「早苗植う」という。「早苗」を詠む際の具体的な情景としては、〈早苗とる賤が小山田ふもとまで雲もおりたつ五月雨のころ〉（藤原為家《ためいえ》『玉葉集』夏歌）のように「五月雨」と取り合わせたり、逆に、雨後の晴れ間に早苗を植えるさまが詠まれる。〈時鳥鳴きにし日よりあしひきの山の岡辺に早苗とるなり〉（頓阿《とんあ》『草庵集』）のように、時鳥と結ぶ例もあり、夕暮まで早苗を採る光景や、田に水を引く営みも詠まれた。また、早苗を植える初夏に、収穫の秋にかねて思いを馳せるという発想もある。〈早苗とる田子の心は知らねどもそよぎし秋の風ぞ待たるる〉（藤原良経《よしつね》『秋篠月清集』）のほか、連歌の発句にも〈秋風の面影そよぐ早苗哉〉（宗祇『自然斎発句』）などと継承されている。これらは、はじめに掲げた古今集歌に詠まれた夏から秋への推移を、「早苗」の時節を主眼として捉えたものと言えよう。

『連珠合璧集』では、「早苗トアラバ、初苗とも云也」として、「とる、五月雨、竹田、板舟、田子、室のはや早稲」を寄合に掲出。『拾花集』は「五月」の部に、「早苗には、五月雨、蛍、時鳥、水の流、若竹、夕風、朝露」をあげる。和歌に詠まれてきた蓄積のもと、連歌の寄合書では「五月」に季節を規定する意識が明確に定まり、俳諧・俳句へつながってゆく。俳句の歳時記には、季語「早苗」の項目に、「早苗束」「苗打ち」「苗運び」「余り苗」「捨苗」などが掲出される。具体的な農作業に由来する多様な言葉が生み出されたということであろう。

〈例句〉

連 **早苗をとるみぎはも山のみどり哉**　紹巴（『大発句帳』）

早苗をとる田の水際も、若々しい早苗とともに山の緑が映じて、あざやかな緑に彩られている。

諧 **山颪早苗を撫てゆくへかな**　蕪村（『自筆句帳』）

山颪のはげしい風が、早苗を撫でて吹き過ぎる、その行方が思われることよ。早苗に風が吹くという発想の型を前提に、早苗を「山颪」が「撫で」ると趣向した。

句 **水煙あげて早苗の投げらる、**　高浜虚子

田植に、水煙をあげて、早苗が投げられている。田植えの人に配るために、束ねた早苗を投げている情景。早苗を田に植える様子を具体的に捉えた句。［岡﨑真紀子］

青梅《あおうめ》《あをうめ》　仲夏

梅の実　実梅

〈季語解説〉まだ熟していない青い梅の実。梅は、梅雨に入る頃に葉が茂ってくると、実が太りはじめる。なお、熟して黄色になったものは実梅《みうめ》という。青いうちにとって、梅干にしたり梅酒をつくったりする。「青梅」は食用のものというイメージと結びついて詠まれることが多い。

梅の実をとりあげた和歌は上代から存するが、その数はきわめて少ない。たとえば『万葉集』巻三に〈妹が家に咲きたる花の梅の花実にしなりなばかもかくもせむ〉（藤原八束《やつか》）という歌が見え、『古今集』巻十九に、〈梅

の花咲きてののちの実なればやすき物とのみ人のいふらむ〉（読人不知）がある。万葉の例は、愛しい女性を梅に喩え、実となったらどうとでもしてしまおう、という歌。古今の例は、花が咲いた後に成る実のような身なので、花よりも「やすき物」（気安い、格が低い物）と人はいうだろうか、といった歌。梅の「実」に「身」を掛ける趣向によって我が身を卑下してみせる発想で、「誹諧歌」の部立に収める。また、平安後期の勅撰集『金葉集』雑部上には、〈葉隠れてつはると見えしほどもなくこはうみうめになりにけるかな〉（源俊頼《としより》）を収める。この歌も、子を産む意と熟《う》んだ梅の意を掛けた言語遊戯的な詠作である。和歌においては、梅といえばもっぱら花を詠むものであって、梅の実を捉えるのは、伝統的な表現の類型からすると例外的なものと位置づけられる。

連歌の寄合書に目を向ければ、たとえば『連珠合璧集』には、「夏の始の心」の言葉を列挙する最後に「青梅」をあげる。「北野の御し。青梅まいらする」（『お湯殿の上の日記』文明一〇年六月十八日）などの記述から、連歌が盛行した室町期における貴族社会の日常で、食用の青梅が親しまれていたことも確認できる。ただ、連歌の実作で「青梅」という言葉が数多く詠まれているかというと、そうではない。

俳諧に至ると、和歌には詠まれてこなかった題材として、着目されるようになったようである。貞門の『犬子集』夏部に「青梅」題を立項し、〈枝ながら青梅漬やつぼのうち〉（慶彦）などの句を収める。『増山井』の「四季之詞」の夏に「青梅、もち梅、俳」とあり、『誹諧初学抄』の「中夏」にも「青梅」を掲出する。「青梅」が実作の句作りに用いる言葉として着目されるようになるのとともに、五月仲夏のものとして位置づける季節意識も定まっていったのである。

〈例句〉

連 **青梅の葉分けにあけのいがきかな**　紹巴《じょうは》（『大発句帳』）

青梅の葉と葉の間を分けて朱色が鮮やかな斎垣であるよ。「あけのいがき」は神社などにめぐらされる朱色垣。

諧 **青梅にうはの空なる人恋し**　北枝《ほくし》（『草刈笛』）

青梅の実る頃に、物思いでうわの空の気分になって、空をながめつつ人恋しい思いがつのる。「青梅」に「うはの空」と取り合わせた趣向。

句 **塩漬の梅実いよいよ青かりき**　飯田蛇笏（『椿花集』）

塩漬けにした梅の実は、木に成っていた青梅以上に、日が経つにつれてますます青くなるのであった。塩漬けの梅の実の鮮やかな青色を捉える。

［岡崎真紀子］

五月雨《さみだれ》　仲夏

五月《さつき》雨　さみだるる　五月雨《さみだれ》雲

〈季語解説〉　陰暦五月頃に降りつづく長雨。梅雨。和歌においては「梅雨」という語は用いられない。五月雨（さみだれ）の「さ」は五月（さつき）の「さ」と同根とされるが、語源は明確ではない。

夏を代表する題材の一つだが、『万葉集』には見えず、和歌に詠まれるようになるのは『古今集』からである。〈五月雨に物思ひをれば時鳥夜深く鳴きていづちゆくらむ〉（紀友則『古今集』夏歌）のように、時鳥とともに詠まれたり、人の晴れぬ物思いや憂いを託して詠まれた。長雨の鬱陶しさを晴れぬ物思いに重ね合わせる発想は、その後も多く詠まれ、「五月雨」を歌に詠むときの類型となる。同様の発想は、〈かきくらし雲間も見えぬ五月雨はたえず物思ふ我が身なりけり〉（藤原長能《ながよし》『後拾遺集』恋四）などとあるように、恋歌にも用いられた。また、動詞化した「さみだる」は、「乱る」を掛けて、思い乱れる心を表現する。『和泉式部日記』の〈おほかたにさみだるるとや思ふらむ君恋ひわたる今日のながめを〉がその主な例である。

『古今六帖』の「天」部の項目には、春雨・村雨・夕立・時雨はあるが、五月雨は見えない。歌題としては、長元八年（一〇三五）藤原頼通《よりみち》主催の「賀陽院水閣歌合」が早い。その後『堀河百首』、そして『金葉集』以後の勅撰和歌集の詞書に、題として多く現れる。歌題として定着するとともに、詠まれ方は多様化し、〈小山田に引くしめ縄のうちはへて朽ちやしぬらん五月雨のころ〉（藤原良経《よしつね》『新古今集』夏歌）、〈樗《あふち》咲く外面《そとも》の木陰露おちて五月雨晴るる風わたるなり〉（藤原忠良《ただよし》・同）のように、さまざまな夏の風物と取り合わせて、叙景的な表現を生み出した。その典型は、「五月雨の比《ころ》は明暮《あけくれ》月日の影も見ず、道行く人の通ひもなく、水たん〳〵として野山をも海に見なし候様に仕事、本意也」（『至宝抄』）という五月雨のイメージにあった。取り合わせの多様さは、『連珠合璧集』の「五月雨」に、「日数経る、水まさる、うちたれ髪、夏引の糸、涙、真菰《まこも》苅る、菖蒲の露、青葉色づく、軒端つくる、みをしるし、早苗、田子の裳裾、晴れぬ思ひ、月はつれなき、時鳥、樗《あふち》、花橘」をあげることから知られよう。『山の井』『増山井』『俳諧類船集』等にも悉く掲出。『山の井』は「五月雨」の類語として「ついり（梅雨入り）、梅の雨、庭の海」をあげる。「梅雨（梅の雨）」は、『菟玖波集』の発句〈橘の匂になりぬ梅の雨〉（素阿）に見えるが、主に用いられるのは俳諧に至ってからである。芭蕉『おくのほそ道』の〈五月雨を集めてはやし最上川〉や〈五月雨の降り残してや光堂〉の佳句に代表されるように、和歌以来の伝統的な雅語である「五月雨」のほうが、季語としての存在感が大きい。

〈例句〉

連 **五月雨は庭や深山の滝の声**　宗祇（『自然斎発句』）

五月雨は、この庭が滝のとどろく深山かと思わせるような音を立てて降り続く。五月雨を滝の声に見立てる。

諧 **五月雨や天下一枚うち曇り**　宗因（『ゆめみ草』）

五月雨が降り、世の中がおしなべてかき曇っている。「天下一枚」は天下がおしなべて一様であるの意。「うち曇り」は懐紙の上方に青色、下方に紫色の雲形の模様。雲の垂れ込めた五月雨の情景を懐紙の内曇にたとえた。なお、降り続く五月雨によって辺り一面の視界が曇って覆われるさまを詠む蕉門の発句に、〈空も地もひとつになりぬ五月雨《さつきあめ》〉（杉風（『続別座敷』））もある。

句 **のみさしの茶の冷たさよ五月雨《さつきあめ》**　高村光太郎

飲みかけの茶がさめて冷たいことよ、五月雨が降るなかで。「のみさしの茶の冷たさ」を捉える感覚と季語「五月雨」を結びつけて詠んだ句。　［岡﨑真紀子］

鵜《う》飼《かい》《うかひ》　三夏

鵜川　鵜舟　鵜飼舟　篝火　鵜篝　鵜匠

〈季語解説〉飼い慣らした鵜を使って鮎などの魚をとる漁法。現在は岐阜の長良川の鵜飼が有名だが、和歌では京の大堰川がよく詠まれる。鵜に手縄を付けてとらせる漁法と、縄を付けずに鵜を上流に放って下流の網に追い込む漁法があり、前者では舟に乗る。また、昼間おこなう漁と、篝火を焚いておこなう夜の漁がある。和歌の題材となるのは、もっぱら夜に篝火を焚き、舟に乗っておこなう鵜飼である。

鵜による漁労は、古く『古事記』歌謡や『万葉集』から詠まれており、古今集時代の延喜六年月次屏風の屏風歌（貫之集）に「六月、鵜飼ひ」の詞書で〈篝火の影しるければうばたまの夜川の底は水も燃えけり〉と見える。右の「夜川」は「鵜川」と同義。「鵜川」は、鵜飼をする川のことだが、鵜飼自体を表すこともある。『永久百首』『六百番歌合』の夏題に「鵜川」が見え、以後歌題として浸透した。〈大堰川篝りさしゆく鵜飼舟幾瀬に夏の夜を明かすらむ〉（藤原俊成『新古今集』夏歌）は同歌合での詠歌。〈早瀬河みをさかのぼる鵜飼舟まづこの世にもいかが苦しき〉（崇徳院《すとく》『千載集』夏歌）は、鵜飼を仏教の殺生戒を犯す罪にあたる営みと捉え、それゆえ「苦し」いものであると詠む。この発想は、殺生禁断の川である甲斐国の石和川で鵜飼をおこなって殺された男を弔って罪を懺悔することを語る謡曲『鵜飼』や、連歌の寄合〈罪トアラバ、鵜舟〉（『連珠合璧集』）、芭蕉の〈おもしろうてやがて悲しき鵜飼かな〉（『あら野』）にも受け継がれ、鵜飼を詠む類型の一つとなる。

一方、〈大堰川なほ山影に鵜飼舟いとひかねたる夜半の月影〉（藤原良経《よしつね》『六百番歌合』）は「月」との取り合わせ、〈雨晴れて瀬にふる鮎のあそぶほど我が物顔に行く鵜舟かな〉（慈円『拾玉集』）は、雨後のさまを捉える。そして、〈鵜舟漕ぐ夜川の波の音ふけて映るも涼し篝火の影〉（徽安門院《きあんもんいん》『新千載集』夏歌）のように、舟漕ぐ音と川面に映る篝火といった聴覚的・視覚的印象を、夏の涼感とともにえがく叙景歌も詠まれた。

『連珠合璧集』の「夏の心」に「鵜舟〈鵜川、夜川の篝り〉」を掲出。連歌においても、和歌の伝統を受け継ぎ、鵜飼は夏の風物として詠まれた。『山の井』夏部には「鵜」の項目があり、「鵜川、鵜舟、鵜縄、鵜飼舟、篝火、大堰川、石和」をあげる。さらに、『笈日記』には「入日の影も月にかはりて、波にむすぼる篝火の影もやや近く、高欄のもとに鵜飼するなど、誠にめざましき見ものなりけらし」とある。また、『三冊子』には、「師」が岐阜の鵜飼を見物したとき、「鵜匠」一人が十二羽の鵜を遣っているのに、十二筋の縄を捩れることなく容易く扱うさまに接し、万事を自ずからうまく捌くとはこのようなことであると悟った、と論じるくだりがある。蕉門の俳文・俳論において、長良川の鵜飼は、繰り返し語られる重要なイメージの一つである。

〈例句〉

諧 **しののめや鵜をのがれたる魚浅し**　蕪村（『自筆句帳』）

明け方に、鵜飼いの鵜から逃れた魚が浅瀬ではねている。夜の鵜飼いが終わる明け方に時分をさだめ、漁から逃れた魚のほうに着眼した句。

句 **鵜のやさしさ鵜匠《うしょう》の腰の蓑を嚙む**　山口誓子（『方位』）

鵜匠の腰の蓑を嚙む、鵜のやさしさよ。訓練された鵜は、鵜匠の掛け声や手馴れた捌きに従順に呼応して、魚をとる。その鵜が鵜匠に寄り添って蓑の腰を嚙むさまを「やさしさ」（殊勝である、風雅の心がある）と捉えた。　［岡﨑真紀子］

蟬《せみ》　晩夏

蟬の羽衣　空蟬　初蟬　蟬の初声　蟬時雨　雨

〈季語解説〉セミ科の昆虫の総称。鳴くのは雄蟬で、雌蟬は鳴かない。古くは『万葉集』に〈石走る滝もとどろに鳴く蟬の声をし聞けば都し思ほゆ〉（蓑麻呂《みのまろ》・巻十五）

と見え、平安以後も、主として夏の鳴き声が多くの歌に詠まれた。〈蟬の声聞けば悲しな夏衣うすくや人のならむと思へば〉（紀友則《とものり》『古今集』恋歌四）は、悲しげな蟬の声を恋心を募らせるものと捉えた歌だが、蟬の羽の薄さを「夏衣」の薄さに喩え、人の心が薄れゆくことによそえる。羽の薄さを衣に喩えた歌語に「蟬の羽衣」があり、〈ひとへなる蟬の羽衣夏はなほ薄しといへどあつくぞありける〉（能因《のういん》『後拾遺集』夏）とある。また、〈常もなき夏の草葉におく露を命と頼む蟬のはかなさ〉（読人不知『後撰集』夏）のように、短命な蟬のはかなさも詠まれた。このように、蟬というと、命短さに羽の薄さがあいまって、はかなげなイメージが伴う。蟬の抜け殻をいう語「空蟬《うつせみ》」は、転じて蟬そのものをも表す。この世に現存する人間を意味する「うつせみ（現人ウツシオミの転）」と同音であることから、重ね合わせて用いられることもあった。蟬のはかなさは、常無き現世を生きる人の虚しさにも通底するものであったのである。

とはいえ、蟬を夏らしい景物として叙景的に捉えた歌も無論ある。〈夏山の峰の梢し高ければ空にぞ蟬の声も聞ゆる〉（『和漢朗詠集』蟬）をはじめとして、中世和歌においては、〈雨晴れて露吹きはらふ梢より風に乱るる蟬のもろ声〉（進子《しんし》内親王『風雅集』夏歌）や〈鳴く蟬の端山の夕日影見えて緑も薄き木々の色かな〉（正徹《しょうてつ》『草根集』）といった詠が見られる。

『古今六帖』『和漢朗詠集』夏に「蟬」題が見え、『永久百首』『六百番歌合』で歌題とされている。蟬の鳴く時期というと、夏の盛りから終わりにかけて、という季節感がある。〈下紅葉ひと葉づつ散る木の下に秋とおぼゆる蟬の声かな〉（相模《さがみ》『詞花集』夏）では、秋を予感させるものとして詠まれている。『連珠合璧集』では、「夏の末の心」に「蟬」を掲出。「秋の始の心」に「一葉散る、蟬〈秋の詞を入て〉」とあるのは、前掲詞花集所収歌にもとづいていよう。『山之井』も夏部に掲出。『増山井』の「四季之詞」夏には、「蟬　うつせみ。せみのぬけがら、俳。せみこゑ、同。せみのもろこゑ」とあり、「蟬の抜け殻」「蟬声」は俳諧の詞であると注する。『俳諧類船集』になると、「夏山、茂る梢、暑き日、夕立」のほか「耳の熕」など二十の寄合語が掲げられている。

〔例句〕

連 **木の間漏る夕日やしぐれ蟬の声**　宗牧《そうぼく》（『大発句帳』）

木の間から漏れくる夕日の照るなかで、時雨のように鳴き立てている蟬の声よ。時雨は和歌において、木の間から漏れるものとして詠まれる。その発想を踏まえ、「蟬時雨」と重ね合わせた句。

諧 **鳴きながら川飛ぶ蟬の日影かな**　巴人《はじん》（『夜半亭発句帖』）

川の上を鳴きながら飛ぶ蟬に日の光があたっていることだ。「蟬の日影」によって川の辺が暮れかかっている情景も見えてくる。

諧 **蟬鳴くや物喰ふ馬の頬ぺたに**　一茶

蟬が鳴いている、物を食う馬の頬っぺたで。蟬をとらえる着眼と言い回し、ともに軽妙な句である。

句 **蟬とんで木陰に入りし光かな**　高浜虚子

蟬が飛んで、木陰に入っていった、そこに光が差し込んでいる。なお正岡子規にも、光のなかで飛ぶ蟬を捉えた句〈一筋の夕日に蟬の飛んで行〉がある。

［岡﨑真紀子］

百合草《ゆりくさ》　晩夏

百合《ゆり》　姫百合　さ百合　さ百合葉　さ百合花　百合の花　車百合　鬼百合

〔季語解説〕「百合」はユリ科ユリ属の球根植物の総称。その種類は多く、鬼百合、鉄砲百合、黒百合、白百合など、種類や花の色によって名称も多い。日本で山野に自生し、人家にも植栽される山百合は、夏に白色で香りの高い大輪の花を咲かせる。和歌における「百合」は、接頭語「さ」をつけて「さ百合」「さ百合葉」「さ百合花」と用いられることが多い。また、「姫百合」も詠まれた。連歌寄合書『拾花集』の夏部五月や『大発句帳』『犬子集』など発句集の夏部に「百合草」を分類項目として掲出し、『産衣』に「百合草、夏なり」とあるが、「百合草」という語形を実作に用いた例はまれである。

〈夏の野の茂みに咲ける姫百合の知らえぬ恋は苦しきものぞ〉（大伴坂上郎女《さかのうえのいらつめ》『万葉集』巻八）は、「姫百合」に可憐な女性をイメージさせつつ、夏草の茂みにひっそり咲くものとして詠む。この歌が後代に与えた影響は大きく、〈忍びても我が袖ひめや姫百合の知られぬ草の下の白露〉（藤原家隆《いえたか》『壬二集』）や〈うちなびく茂みが下のさ百合葉の知られぬほどにかよふ秋風〉（藤原定家『続古今集』夏歌）とあるように、「百合」を詠む発想のひとつの基調をなした。また、風に吹かれるさまもよく詠まれた。前掲の定家詠は、百合の葉に吹き通う風に秋の訪れを予感する晩夏の歌。一方、〈潮満てば野島が崎のさ百合葉に波越す風の吹かぬ日ぞなき〉（源俊頼《としより》『千載集』雑歌上）は、浜辺に生える百合に風が吹くさまを詠む歌。ただし「夏草をよめる」の詞書がある。『連珠合璧集』では「百合トアラバ、さ百合、姫百合、草ふか百合、さ百合葉、百合花」とし、寄合に「野島が崎、さ百合葉、燈」を掲げる。「百合」と「燈」の連想は〈ともし火の光に見ゆるさ百合花ゆりもあはむと思ひそめてき〉（伊美吉縄麿《いみきなりまろ》『万葉集』巻十八）による。

『山之井』夏部「百合」には、「さ百合、姫百合、鬼百合、博多百合、車百合」というように、多様な種類の名称をあげたうえで、「百合若の名をも寄せ、百合に明くるなどそへてもいひ、又車百合の花のめぐりをもてはやし、鬼百合のあかき顔をもいひたてぬ」とある。なお「百合若」とは、説経節・幸若舞に登場する英雄、百合若大臣のこと。「車百合」は、〈夕顔の陰にやたてん車百合〉（『百合草』『崑山集』夏部）など貞門の句に用例がある。素材の拡充を押し進めた俳諧に至って百合の種類も俳諧の対象となった。なお、〈心性さだまらず〉を題とする〈雲雀《ひばり》立つ曠《あら》野に生ふる姫百合の何につくともなき我が身かな〉（西行『山家集』）は、曠野の姫百合の定めないさまを我が身に重ねているが、『あら野』の序文で芭蕉はこの西行歌を何にもすがらず一人であることとして積極的に評価している。

〈例句〉

連 **強からぬすがたを花のさゆり哉**　肖柏（『大発句帳』）

強からぬ姿をして花を咲かせるさ百合であるよ。「強からぬは女の歌なるべし」（『古今集』仮名序）を踏まえ、百合に嫋やかな女性のイメージを重ねる。

諧 **かりそめに早百合生けたり谷の房**　蕪村（『夜半叟句集』）

かりそめのこととて、百合を生けた、谷の僧房で。何の技巧もなく無雑作に生けられた百合の花の姿が、かえって百合らしいというのである。

句 **頸あをき少年と対す百合の前**　石田波郷（『鶴の眼』）

頸が青々としている少年と相い対する、百合の前で。「頸あをき」は髪を短く刈りあげたばかりの少年のすがたであろう。

［岡崎真紀子］

若竹《わかたけ》　仲夏

今年生ひの竹　今年竹　若葉の竹　竹の若葉

〈季語解説〉 その年に新たに生えた竹。筍は根本から順に皮を脱いで生長し、夏になると青々とした鮮やかな緑色の竹となる。「若竹」という語は、平安中期の『朝忠集』所収の贈答歌から見られるが、和歌に多く詠まれたわけではない。『源氏物語』の胡蝶巻には、光源氏が玉鬘と交わした詠歌、〈籬《ませ》のうちに根深く植ゑし竹の子のおのが世世にや生ひわかるべき〉、〈今さらにいかならむ世か若竹の生ひはじめけむ根をばたづねむ〉がある。男女の仲を意味する「世」に竹の「節（よ）」を掛け、「竹の子」は、光源氏の庇護のもとで美しい女性になった玉鬘を暗示する。〈山賤《がつ》のさかひになびく若竹のわかわかしくてよをや過ぎなん〉（藤原為家《ためいえ》『夫木抄』竹）は、山間に生える若竹が風に靡くさまを詠むが、これも「若竹」と「わかわかし」の同音繰り返しと「世」と「節」の掛詞によって、山賤《がつ》のような境涯で未熟なまま世を過ごしてきた身の述懐を詠む。いずれも、掛詞を介して「若竹」を用い、人間関係や人（幼子）の生長といった人事を表すことを主眼とする詠みぶりである。一方、〈村雨にしばし靡ける若竹の涼しきくれは秋おぼえけり〉（新宰相「乾元二年（一三〇三）仙洞五十番歌合」）は、村雨が降ってしばし雨風に靡いた若竹が、夕暮時をむかえ、夏ながら秋のごとき涼感をただよわせるさまを詠んだ歌である。京極派歌人の「若竹」を叙景的に描写した詠作だが、こうした詠みぶりは和歌のなかではむしろ例外的といえる。なお同じ歌合に、〈枝よわき若葉の竹は庭にふして雨こまかなる夏の夕暮〉（北畠親子《ちかこ》）も詠出された。「若葉の竹」という語の用例である。

『堀河百首』雑の「竹」題に、〈今年生ひの籬《まがき》のもとの呉竹も秋はよながくなりやしぬらん〉（藤原基俊《もととし》）がある。「今年生ひ」は、その年に生長したの意。竹の「節」が長く伸びることに「秋は夜長」を言い掛けて、今年生い出た竹も、秋にはさらに生長するのだろうかと詠む。夏の季節感をもって若竹を捉えた歌だが、「若竹」という語を用いてはいない。「若竹」を季節の言葉として掲出したものとしては、『連珠合璧集』に「夏の心、若竹（竹の子）」とあるのが早いか。ついで『連歌至宝抄』には、「中の夏」に「若竹」と見える。『増山井』夏には、「若竹、今年竹」という記述がある。「今年竹」は、「今年生ひの竹」の意を圧縮した成語であろうが、和歌連歌には見出しがたい。実作の早い例は『守武千句』第一か。なお、正岡子規の〈若竹や豆腐一丁米二合〉（『子規句集』）は、食用の筍を念頭に置いた句であろう。季語「若竹」を、食を連想させる発想で用いた句は、近世俳諧にも若干見えている。

〈例句〉

連 **今年生ひの竹にもしるし千代の陰**　宗祇（『大発句帳』）

今年生えた竹によってはっきりわかる。永く千年まで続く御代における恩恵のありがたさを。青々とした若竹が夏の日をさえぎる影を、治世から人々がこうむる御陰に喩えて、御代を言祝いだ句。

句 **白沙《しらすな》やしよろりとはえし今年竹**　浪化（『浪化上人発句集』）

竹林から離れた庭の白沙に一本するりと若竹が生えた。青と白の対照が却って白沙の白さを際立たせている。

諧 **若竹や竹より出て青き事**　立花北枝（『草刈笛』）

若竹は、竹から生え出でて、竹よりも青いことよ。「青は藍より出でて藍より青し」を踏まえた句作り。

句 **若竹や鞭の如くに五六本**　川端茅舎（『川端茅舎句集』）

若竹が、鞭《むち》のようにしなって五六本たっている。若竹のしなやかさを「鞭の如く」と喩える。［岡崎真紀子］

蛍《ほたる》　仲夏

飛ぶ蛍　行く蛍　蛍火　初蛍

〔季語解説〕 ホタル科の昆虫。夏の夜に、光を放ちながら水辺で飛び交う。〈夕されば蛍よりけに燃ゆれども光見ねばや人のつれなき〉（紀友則《とものり》『古今集』恋歌二）や〈音もせで思ひに燃ゆる蛍こそ鳴く虫よりもあはれなりけれ〉（源重之《しげゆき》『後拾遺集』夏）のように、蛍の光と人の思いは、ともに火を連想させ、「燃ゆ」と表されることから、「蛍」は人の思いと重ね合わせて詠まれることが多い。『伊勢物語』四十五段の〈行く蛍雲の上まで往ぬべくは秋風吹くと雁に告げこせ〉や、和泉式部の〈物思へば沢の蛍も我が身よりあくがれいづる魂かとぞ見る〉（神祇『後拾遺集』）は、飛ぶ蛍を、物思いや魂が外に現れ出たものと捉える。また『源氏物語』蛍巻には、源氏が几帳の帷子から蛍を放って玉葛《たまかずら》の顔を見る場面がある。いずれの例も、蛍に人の思いを託した発想にもとづく。また、蛍といえば、車胤《しゃいん》が蛍の光で、孫康《そんこう》が窓の雪明かりで勉学に励んだ故事（「車胤聚蛍・孫康映雪」『蒙求《もうぎゅう》』）などといった、漢詩文からくる発想も広く知られていた。くわえて、中世以降になると、〈蛍飛ぶ野沢に茂る蘆の根のよなよな下にかよふ秋風〉（藤原良経《よしつね》『新古今集』夏歌）や〈月薄き庭のま清水音澄みてみぎはの蛍影乱るなり〉（恒明《つねあき》親王『風雅集』夏歌）などのように、蛍の飛ぶさまを叙景的に捉えた歌もよく詠まれるようになる。

歌題としての「蛍」は、『古今六帖』夏、『和漢朗詠集』夏、『堀河百首』夏に立てられ、早くから夏を代表する季題と位置づけられていたことがわかる。『題林愚抄』夏部中では、「沢蛍」「池蛍」「蛍過窓」「叢端蛍」「蛍似露」「蛍似玉」「秋蛍火稀」等の結題を掲げる。

連歌寄合書『拾花集』は、夏部五月の項目に「蛍」をあげ、「飛ぶ蛍、行く蛍、蛍の影、蛍の光、蛍の影消えて、乱るる蛍、窓の蛍」としたうえで、寄合として「庭の若竹、夏草、五月雨、雨夜の窓、池の浮き草、沢水、納涼、夕露、月遅き夜、学びの袖、川水、茂る芦辺」を掲げる。このように、蛍はいろいろな夏夜の風物とともに詠まれる。『連歌至宝抄』では、「中の夏」に「蛍、四月より六月までなり」とある。仲夏のものと位置付けつつも、四月から六月までよいという季節の意識を示す。『山の井』の夏に「蛍、飛ぶ蛍、蛍火、窓の蛍」。『増山井』の夏では「蛍、蛍火、誹」とあって「蛍火」は俳諧の言葉と位置づけるが、和歌にもまれながら用例はあり、古くは〈蛍火は木の下草もくらからず五月の闇は名のみなりけり〉（『和泉式部集』）がある。闇のなかでほのかな光を放つ蛍は、夏という季節をかたどる代表的な景物の一つである。和歌・連歌から、〈草の葉を落《お》つるより飛《と》ぶ蛍哉《かな》〉（芭蕉『いつを昔』虫部）といった俳諧の発句、そして現在に至るまで、さまざまに詠まれ続けている。

〔例句〕

連 **夏はただ蛍や窓の雪の枝**　宗祇（『大発句帳』）

夏はただ、蛍は、窓の雪明かりのように、庭の枝で光を放っている。前掲『蒙求』の故事を踏まえた句。

諧 **さびしさや一尺消えてゆく蛍**　北枝（『卯辰集』）

一尺飛んでは消えてゆく蛍の寂しさよ。闇の中でほのかな光を放って飛ぶ蛍に自身の胸中を重ね合わせて「さびしさ」と捉える。

句 **この闇のあな柔かに蛍かな**　高浜虚子（『ホトトギス雑詠集』）

この闇のなかでああ、柔らかに飛ぶ蛍よ。蛍のほのかな光を「あな柔か」と捉えたところに眼目があろう。［岡崎真紀子］

水鶏《くいな》《くひな》　仲夏

叩く

〔季語解説〕 クイナ科の鳥の称。「キョッ、キョッ、キョッ」「コッ、コッ、コッ」と鳴く。その声が戸を叩く音に似ているので、水鶏を歌に詠む場合、「叩く」といい、恋人や知人の来訪によそえることが圧倒的に多い。たとえば、勅撰集初出の〈叩くとて宿の妻戸をあけたれば人もこずゑの水鶏なりけり〉（読人不知『拾遺集』恋三）のごとくである。また、『源氏物語』澪標巻の花散里と光源氏の贈答歌に、〈水鶏だにおどろかさずはいかにして荒れたる宿に月を入れまし〉〈おしなべてたたく水鶏におどろかば上の空なる月もこそ入れ〉がある。このように、「水鶏」は、「叩く」からの縁語的な繋がりで、戸を「開く」、「おどろく」といった言葉の寄せによって詠まれた。「開く」は夜が「明く」を連想させることから、昼間よりも月夜や闇夜のなかで鳴くものとされた。

「叩く」の発想を伴わず、叙景的に水鶏を捉えた詠も、ないわけではない。たとえば、『風雅集』夏歌所収の〈影しげき木の下闇のくらき夜に水の音して水鶏なくなり〉（永福門院《えいふくもんいん》）。これは『源氏物語』の「ただそこはかとなうしげれる影どものなまめかしきに、水鶏のうちたたきたるは」（明石）を踏まえるか。同集の〈心ある夏のけしきの今宵かな木の間の月に水鶏声して〉（後伏見院）や、正徹の〈をちこちの村の蚊遣火うちけぶり水鶏鳴くなり森の木隠れ〉（『草根集』）などの歌もある。

藤原定家『拾遺愚草』所収の「詠花鳥和歌」は正月から十二月までの各月に花鳥それぞれ一首を配した連作歌であるが、その題に「五月、水鶏」とある。歌は〈真木の戸を叩く水鶏のあけぼのに人やあやめの軒の移り香〉である。『連珠合璧集』では、「夏の心」に「水鶏」を掲出し、「水鶏トアラバ、たたく、真木の戸、夏の夜、梢、あかし」とする。『連歌天水抄』に「藪・水辺近くゐる体也。野山に不似相。四月から五月迄によし。たゝくといひならはし候ゆへに、戸の縁語也。戸を敲くと云ふ心に、戸を結びて句を作る也。夜分也」。『連歌至宝抄』では「中の夏」に「水鶏」。『山の井』は夏に「水鶏、たたく」をあげ、「ことことと戸を叩くやうに鳴く鳥なれば、歌にも多く叩く水鶏などよみ侍る。俳諧体には、ただむねたたき、はちたたき、などやうにもいひなし、をのが名にたたきづえもつく、いなとも」と注する。『増山井』は夏。和歌連歌俳諧を通じて、水鶏といえば、水辺近く、夜分、叩くといったところが本意の中核をなす。鳴く声を聴覚的に捉えるという基本は総じて共有されており、そのなかでさまざまな詠みぶりが展開した。

〔例句〕

連 天の戸の横雲いそぐ水鶏哉　宗長（『壁草《かべくさ》』）

大空の横雲がすみやかに移ろってゆくなかで、夜明けをせかすように鳴く水鶏よ。「天の戸」は大空の意。「戸」と「いそぐ」、「戸」と「水鶏」の縁語的繋がりによりつつ、「水鶏」を「横雲」と取り合わせて詠む。

諧 此の宿は水鶏も知らぬ扉かな　芭蕉（『笈《おい》日記』）

この宿は、人の訪れもなく、夜な夜な戸を叩くという水鶏さえ気付かないわびしい隠れ家である。閑居に隠れ栖む隠者の境遇を讃えた句。水鶏が戸を「叩く」とする発想をふまえ、来訪する人もない宿のさまを詠む。

句 初対面そゞろ水鶏の夜に入りぬ　中村草田男（『来し方行方』）

初対面の人に会い、そわそわした気持ちのまま、水鶏の鳴く夜は更けていった。水鶏を人の来訪と重ね合わせる和歌以来の発想を承けつつ、「初対面」と趣向した。

〔岡崎真紀子〕

氷室《ひむろ》　晩夏

氷室山　氷室守　氷室の雪

〔季語解説〕 冬の氷を夏まで貯蔵しておくための穴室。『日本書紀』仁徳天皇六十二年条における大和国闘鶏（つげ）の氷室の記事によると、氷を保存するためにしつらえた設備で、山陰に穴を掘り、底に茅などを敷いて、池から採取した氷を置き、上を草で覆うものだったという。氷室の氷は、四月一日から九月末日までの間、避暑のため京の天皇および皇族や貴顕に献上された。たとえば『源氏物語』常夏巻に「氷水《ひみづ》めして」とあって、貴族たちが夏に氷の飲食を珍重していたことが知られる。『延喜式』によると、氷室は、山城国葛野郡徳岡、同愛宕郡小野・栗栖野《くるすの》ほか、大和国、河内国、近江国に、合計二一箇所あった。和歌においても、「栗栖野の氷室」「大和路」「松が崎」などというように、氷室の所在地名を具体的に詠みこんだ例もある。

「氷室」は、氷室の氷を涼しさを感じさせるものと捉えたり、帝に献上するさまを詠んだり、暑い夏なのに夏ならぬ季節を思わせるといった機知によって詠まれたりした。歌題としては、『堀河百首』夏に掲出、〈夏待ちて出だす氷室はいにし年まかせし水のこほるなりけり〉（藤原公実《きんざね》）や〈すべらきのみことの末し消えせねば今日も氷室におものたつなり〉（源俊頼《としより》）などを収める。〈おもの〉は御物で、天皇が召し上がる食物。水にひたして飲食する夏の食膳を「氷《ひ》のおもの」という。『夫木抄』では、夏部三に「氷室」を項目として掲げる。

ほかに氷室を詠むときの発想には次のようなものがある。〈氷室山いかに契りて岩陰や夏の氷の淵と成るらむ〉（藤原家隆《いえたか》『壬二《みに》集』）とある「氷室山」は、氷室のある山で、普通名詞と地名の場合とがある。〈木の間漏る朝日に出だす氷室守やがてしづくや袖に涼しき〉（正徹《しょうてつ》「朝氷室」『草根集』）などと詠まれる「氷室守」は、氷室を守る番人のこと。謡曲『氷室』は、丹波国氷室山の氷室守の老人が登場する能である。また、〈限りあれば富士のみ雪の消ゆる日も冴ゆる氷室の山の下柴〉（順徳院『新続古今集』夏歌）のように、富士の雪が消えたとしても氷室の氷は冴えている、などと詠まれた。

連歌俳諧の寄合書では、「氷室」を晩夏に定める季節意識が明示される。『連珠合璧集』は「夏の末の心」に「氷室」とある。『増山井』は「氷室の御調、氷のおもの、氷水めす、氷室の雪」などの語を掲げ、「貞徳云、氷室の氷は四月一日より九月尽まで献ずる物なれとも、六月一日を肝要と用るゆへけふに相定る也云々」と記す。

人口的な製氷や冷凍保存技術が定着した今日にあっては、天然の氷を氷室に貯蔵する営みは一般的ではなくなったが、氷室がイメージさせる夏の涼感は、季語というかたちで詩歌のなかにいきづいている。

〔例句〕

連 朝夕の風や守る人氷室山　宗養（『大発句帳』）

朝夕の風が、氷を守る人なのだろうか、氷室山においては。夏山の朝夕に吹く涼風を、氷室守に見立てる。

諧 水の奥氷室尋ぬる柳かな　芭蕉（『ゆきまろげ』）

水の奥所ともいうべきこの地は、氷室を訪ねたかと思うほどの涼しさを味わう柳陰であるよの意。〈道の辺の清水流るる柳陰しばしとてこそ立ちとまりつれ〉（西行『新古今集』）を踏まえ、訪れた地の涼を氷室のようだと讃めた。

[句] 氷室の戸白雲深く閉しけり　河東碧梧桐（『類題俳句大全』）

氷室の戸のように、白雲が深くかかって、氷室のあたりを閉ざしている。氷室がある山間にかかる白雲を、氷室を閉ざす戸に見立てる。　［岡崎真紀子］

暑《あつ》し　三夏

暑さ　暑き日　暑き夜　暑

〈季語解説〉 夏の気温の高い状態。季語においては、四季それぞれの気温の感覚を、春は「暖かし」、夏は「暑し」、秋は「ひやか（ひややか）」、冬は「寒し」という。ただし、「暑し」だけではなく、「涼し」も夏の季語である。身に感じる暑気を詠むのと並んで、暑気のなかで涼しさを求める心持ちを詠むのも、夏という季節をかたどる主題なのであった。

平安末期成立の六番目の勅撰和歌集『詞花和歌集』夏の巻頭歌に、〈今日よりはたつ夏衣うすくともあつしとのみや思ひわたらむ〉（増基《ぞうき》法師）がある。暦のうえで季節が夏に転換する四月一日におこなう更衣《ころもがえ》に寄せて、これからは薄い単衣の夏衣を身につけていても、暑いと思い続ける日々になるのだろうか、と詠む。ここでの「暑し」は、夏衣の「薄し」の縁の「厚し」を掛ける。〈蟬の声聞くからにこそいとどしくあつき思ひも燃えまさりけれ〉（藤原元輔《もとすけ》『元輔集』）は、夏の「暑き」に火が燃えるような物思いの「熱き」を重ねた歌。このように、「暑し」という言葉を詠み込む和歌は平安朝から見られるが、掛詞の技法を介した詠作が多い。〈木の間より影もる宿の暑き日にかざす扇に妻こがすらん〉（正徹《しょうてつ》『草根集』「扇」）も「暑き日」を詠むが、「焦《こ》がす」との縁を技法とする。もとより、「夏いと暑き日ざかりに」（『伊勢集』詞書）とあるように、貴族の日常生活において、うだるような京都の夏の暑さは体感されていたはずだが、暑さを直接的に表す形容詞「暑し」は、歌語としてはあまり馴染まなかったのであろう。

歌題としては、「対泉避暑」（『教長集』『為家集』など）、「泉辺避暑」（『続後撰集』など）が見える。やはり詠歌の焦点となるのは、盛夏の暑さそのものよりも、暑気を避けることであった。

連歌寄合書『拾花集』には、夏六月に「暑日」の項があり、「暑さをしのぐ、暑さ忘るる、暑きころ、暑をいとふ、暑き日」をあげたうえで、「暑きには、端居する暮、蟬の声、月待つ袖、蚊の声、常夏の花、せばき庵、酔心、物やみ」とする。『連歌至宝抄』「末の夏」にも「暑き日」を掲げており、季感を晩夏（六月）に限定する意識が見える。一方、『産衣』には、「暑《アツキ》、夏也。あつしなどと煩《ワヅラヒ》の事にしては夏に非ず」、「暑き日、日次たるべし。但し暑き日の影など云は、日次たるべからず」とある。夏の「暑し」と病悩をいう「あつし」の差異や、「暑き日」に暑い日々の意と、夏の暑い一日・陽射しの意で用いる場合があることを解説するが、季感を敢えて晩夏に限定する記述は見えない。

〈例句〉

[連] 暑き日は立かくすらん雲のみね　紹巴《じょうは》（『大発句帳』）

夏の暑い日には、たち隠すのだろうか、雲の峰を。夏空に雲が沸いてきて、山の峰をたち隠すさまを詠む。

[諧] 照付《てりつけ》てひかりも暑し海の上　嵐雪（『渡鳥』）

陽射しが照りつけて、砂浜のみならずその光も暑い、海の上よ。詞書に「稲村が崎を過《すぎ》るに、木陰どももなき砂の上に漁父のこぞりて若なごといへるものを選《え》りとり侍る」（『玄峰集』）とある。

[句] 葛の葉の上を風吹く暑さかな　星野立子（『玉藻俳話』）

葛の葉の上を風が吹き過ぎる頃の暑さである。葛の葉が風に翻るさまは和歌以来伝統的に詠まれる。それを「暑さ」と取り合わせた趣向。葛の葉が「裏返る」と言わず、〈上を風吹く〉ということで、じっと照りつく暑さが表現された。　［岡崎真紀子］

蚊遣火《かやりび》　三夏

蚊火　蚊遣り

〈季語解説〉 蚊を追い払うために焚く火。『古今集』に〈夏なれば宿のふすぶる蚊遣火のいつまで我が身下燃えをせむ〉（読人不知・恋歌一）がある。このように「蚊遣火」は、炎が表に現れることなく煙だけがくすぶるさまを、燃えるような思いを心内に秘めることの譬喩として詠む。

『堀河百首』夏に「蚊遣火」を歌題に掲出する。同百首には、〈我妹子にいかで知らせん蚊遣火の下燃えするは苦しきものを〉（藤原顕季）のように、前掲古今集歌と同様に、蚊遣火を秘める思いの譬喩として詠む歌もある一方、〈蚊遣火の煙うるさき夏の夜は賤《しづ》の伏屋に旅寝をばせし〉（源師頼）のように、蚊遣火そのものを情景として捉えた詠作もある。〈ながめやる麓の庵の蚊遣火の煙も涼しおろす山風〉（藤原定家『拾遺愚草』）とあるように、蚊遣火は、賤しい山間の家屋でたてるものというイメージがあった。ただ、実態は具体的にどのようなものであるかは、平安後期頃には分からなくなっていたようで、『俊頼髄脳』等の歌学書に諸説が記されている。

〈蚊遣火のつれなきころの下燃えを心弱くも行く蛍かな〉（藤原家隆『新続古今集』夏歌）は、蛍火を重ね合わせて詠み、〈忘れては春かとぞ思ふ蚊遣火の煙にかすむ夏の夜の月〉（藤原基氏『新続拾遺集』夏歌）では、月と取り合わせて詠む。このように蚊遣火は、夕刻から夜の時間帯の風情とともに詠まれることが多い。なお、「蚊遣火」は古今集以来の歌語・歌題だが、「蚊」「蚊の声」に着目する歌が現れるのは中世以降である。たとえば〈木隠れの村の煙を吹き出だし蚊の声送る野辺の夕風〉（正徹『草根集』）は、「夕蚊遣火」題の歌である。

『連珠合璧集』には「夏の心」に「蚊遣火」、「蚊遣火トアラバ、蚊火といふ。ふすぶる、をく、賤が伏屋、煙、いぶせき」とある。『竹馬集』夏部の「蚊遣火」では、「句作り、蚊遣り立る、蚊の声、けぶる蚊遣り、蚊の細声、蚊柱」としたうえで、「付合ニハ、夏の夜、賤が伏屋、草の庵、呉竹の陰、籔し隠れ」を掲出しており、「蚊遣火」から連想される語彙の広がりがみてとれよう。

〔例句〕

連 **蚊遣火の煙露けき草の戸に**　宗祇（『老葉《わくらば》』）

蚊遣火の煙も露に湿っているように感じられる、草葺きの戸の庵で。前句〈さぞ時鳥よそのむら雨〉に付けた付句。村雨の過ぎ去ったあとで、露が置いている草庵に、蚊遣火の煙がたつさまを詠む。

諧 **旅寝して香わろき草の蚊遣哉**　去来（『続虚栗《みなしぐり》』）

旅寝をしていると、香がよくない草をいぶす蚊遣火の煙が匂ってくる。鄙びた旅先での、蚊遣に燃やす草の香の悪さは、旅のわびしさを如実に伝えてくる。

句 **蚊遣一すぢこの平安のいつまでぞ**　加藤楸邨

蚊遣火の煙が一筋たちのぼっている。この平安はいつまで続くものなのだろうか。蚊遣の煙は少しの風にすぐ乱される。乱れることなく立つ一筋の煙に、平安であることの危うさが表されている。

［岡崎真紀子］

白雨《ゆうだち》《ゆふだち》　晩夏

夕立　夕立つ　白雨《はくう》　夕立雲　夕立風

〔季語解説〕　夏の夕方に、雲が急に立って短時間に激しく降る雨。『古今六帖』第一・天の分類項目に掲出するが、夕立が平安時代に和歌に詠まれることはまれで、源俊頼の〈この里も夕立しけり浅茅生に露のすがらぬ草の葉もなし〉（『金葉集』夏）や曽禰好忠の歌などに散見する程度である。歌題としては、『永久百首』に「晩立」の表記で見え、『六百番歌合』で夏の題となっている。『新古今和歌集』夏歌において、〈よられつる野もせの草のかげろひて涼しく曇る夕立の空〉（西行）のほか六首が採録され、夏の題材としての定着をみる。急に激しく降ったと思ったら、忽ちやんで空が明るくなる夕立は、夕立そのものを詠むよりも、降りやんだ後の涼しさや草木にのこる露（雨滴）、または夕立を降らせる雲を詠むことが多い。たとえば〈風早み雲の一むら峰越えて山見えそむる夕立の後〉（伏見院『玉葉集』夏歌）は、激しい雨風をもたらす一むらの雲が峰を越えて訪れ、しばしの夕立の後、また山が見えはじめるさまを詠む。〈夕立の雲飛びわくる白鷺のつばさにかけて晴るる日の影〉（花園院《はなぞのいん》『風雅集』夏歌）は、夕立の雲をわけて飛ぶ白鷺の翼に、晴れた後の夕日の光がさしかかるさまを詠む。このように中世和歌において、夕立を中心的な題材に据えつつ、あたりの風情を叙景的に描く詠作が生み出された。そして、〈時ならぬ木の葉乱れて夕立の雲鳥さわぐ山風の声〉（正徹《しょうてつ》『草根集』）のように、夕立が激しく降る最中のさまを捉える詠も登場する。

以上のような和歌に詠まれてきた発想は、連歌においても基本的には継承されている。寄合書では、『連珠合璧集』の「夏の末の心」に「晩立《ゆふだち》」を掲出し、「夕立トアラバ、涼しくくもる、草葉に露すがる、雲もとまらぬ、空ぐもりする」とある。『連歌至宝抄』には「末の夏」に「夕立」。このように「夕立」の季節を晩夏に定める意識が明示されるようになった。

俳諧においては、空・雲・草木の露といった情景だけではなく、夕立に際しての人間の動向に目を向ける傾向が現れる。たとえば、〈夕立や猫の尾をふむ簀子縁《すのこえん》〉（『卯辰集』小春）など。にわかな夕立に慌てて対処する人の様子を活写するまなざしは軽妙である。

最後に、夕立の表記「白雨」について。「白雨《はくう》」は、にわか雨の意の漢語。李白の漢詩（宿鰕湖詩）に用例がある。日本の古辞書では、『易林本節用集』『書言字考節用集』に和語「ゆふだち」の訓として掲出。『毛吹草』『犬子集』では「白雨」の表記で夏の項目にあげる。連歌の実作にはこの表記が散見し、俳諧では比較的好んで用いられている。

なお、「むらさめ（村雨）」もにわか雨を意味する言葉だが、雑の言葉である。

〔例句〕

連 **白雨《ゆふだち》の露吹きむすべ風の松**　宗祇（『大発句帳』）

夕立が降って、露を結んでくれよ、風の吹きつけた松に。「吹きむすぶ」は、風によって露が寄せ集められ、玉のように結ばれること。

諧 **夕立や洗ひ分けたる土の色**　其角（『花摘』）

夕立が、まるで地面を洗い分けたような土の色である。

夕立の後に、濡れた場所と濡れていない場所で土の色が異なるのを、「洗ひ分け」たと表現した。

[句]**鏡中に西日射し入る夕立《よだち》あと**　山口誓子（『俳句鑑賞のために』）

鏡の中に西日が差し入る、夕立の後よ。「鏡中」の「西日」を捉える鋭い着眼で夕立を詠む。誓子は「夕立のあとのけろりとした嘘のやうな風景」と自解で述べる。

［岡﨑真紀子］

撫子《なでしこ》　晩夏

瞿麦　常夏《とこなつ》　石竹

〔季語解説〕 日本に自生するナデシコ科の多年草の総称。淡紅色の花を咲かせるカワラナデシコが代表的なもの。歌題等の表記では、漢名「瞿麦《くばく》」が宛てられることもある。「石竹《せきちく》」は中国原産のナデシコを指す漢名で、それを「からなでしこ」というのに対して、「やまとなでしこ」という。ただし、和語「なでしこ」に宛てる表記として「撫子」「瞿麦」「石竹」が古来通用されていたことから、植物分類学上の花の名称と、古典の詩歌に詠み込まれる花の名とは必ずしも対応しない場合があり、作者が明確に区別を意識して詠んだのかどうかが定かでない場合もある。「常夏」は撫子の異名である。

撫子という名は、「撫でし子」すなわち、愛おしい子の意。可憐に咲くすがたを、恋人の女性を愛おしむ情や我が子を慈しむ情と重ね合わせて、『万葉集』の昔から和歌に詠まれた。〈我がやどのなでしこの花咲きにけり手折りて一目見せむ児《こ》もがも〉（大伴家持《やかもち》『万葉集』巻八）などとある。山上憶良《おくら》は、撫子を秋の七種の花の一つに数えるが（同・巻八）が、『万葉集』では撫子を詠む歌が夏に部類された所もある（巻十）。晩夏から秋にかけて咲く花という意識があったということだろう。

『古今集』では、〈あな恋し今も見てしが山がつの垣ほに咲けるやまとなでしこ〉（読人不知）が恋歌四に入集。撫子は、賤が垣根に咲くものというイメージで詠まれた。同集夏歌には、〈塵をだに据ゑじとぞ思ふ咲きしより妹と我が寝るとこ夏の花〉（凡河内躬恒《おおしこうちのみつね》）を収める。撫子の異名「常夏」に「床」を掛け、塵もおかせじと花を大事に思う心に、恋人との共寝を暗示した歌である。

歌題としては、『古今六帖』分類項目に見え、『永久百首』では夏の歌題。『夫木抄』でも夏部三に「瞿麦」をあげ、〈おく露のやどりなるべき夕暮の籬はやがてやまとなでしこ〉（藤原雅経）などを収める。このように撫子に露がおくさまも多く詠まれた。『源氏物語』紅葉賀巻で光源氏と藤壺が交わした贈答歌、〈よそへつつ見るに心は慰まで露けさまさるなでしこの花〉、〈袖濡るる露のゆかりと思ふにもなほうとまれぬやまとなでしこ〉では、我が子への思いを秘かに共有する二人の情が、撫子と露に託されている。『源氏物語』では、夕顔と玉鬘の母娘のつながりも、「撫子」と異名「常夏」のイメージを介して語られており、「撫子トアラバ、籬、唐のやまとの、此花ぞの、親の心、玉鬘、もとのねざし」（『連珠合璧集』）とあるように、物語の叙述は連歌の寄合の典拠にもなった。

その『連珠合璧集』では「夏の末の心」に「なでしこ・常夏」を掲出。晩夏とする季節意識が定まる。『連歌至宝抄』も「末の夏」に掲げ、「撫子、石の竹、常夏、同じ類なり。宗祇の発句帳にも一つに編み入候」として、「撫子、石竹、常夏」の通用について言及している。

〔例句〕

[連]**撫子の朝がほ清し花の露**　宗祇（『大発句帳』）

撫子が朝咲くさまが清らかである、花に露がおいて。撫子の花を、女性の顔に見立てる。

[諧]**酔《ゑう》て寝むなでしこ咲る《さけ》石の上**　芭蕉（真跡短冊）

酔ったまま寝よう、撫子が咲く石の上で。〈岩の上に旅寝すればいと寒し苔の衣を我にかさなむ〉（小野小町『後撰集』）…に想をとって「酔て寝む」とその戯笑性を生かした。撫子に小町の俤を込めるか。

[俳]**撫子や濡れて小さき墓の膝**　中村草田男

撫子が咲いた、露に濡れて小さい墓の膝元に。幼子の墓か。撫子の可憐なイメージが響く。

［岡﨑真紀子］

夕《ゆう》顔《がお》　晩夏

（ゆふがほ）

〔季語解説〕 ウリ科の蔓性一年草。夏に、先が五つに裂けた漏斗状の白い花を咲かせる。夕方に花が開き、翌朝しぼむので、この名がある。果実は大きく長楕円形か球形の瓢状で、食用となり、干瓢をつくる。ヒルガオ科の一年草である朝顔とは別種。

『枕草子』には、「夕顔は花の形も朝顔に似て、言ひ続けたるにいとをかしかりぬべき花の姿に、実のありさまこそいとくちをしけれ。など、さはた生ひいでけむ。ぬかづきなどいふ物のやうにだにあれかし。されど、なほ夕顔といふ名ばかりはをかし」（六十四段）とあり、花と実の両方に言及したうえで、人の顔を連想させる名に注目している。

和歌において、夕顔が夏の重要な題材となったのは、『源氏物語』夕顔巻の影響である。物語では、「かの白く咲けるをなむ夕顔と申し侍る。花の名は人めきて、かうあやしき垣根になむ咲きはべりける」と語られた後、宿の住人である女から、白い扇にのせた詠歌と夕顔の花が光源氏のもとに贈られる。そして、女と光源氏が交わした贈答歌が、〈心あてにそれかとぞ見る白露の光添へたる夕顔の花〉、〈寄りてこそそれかとぞ見めたそかれのほのぼの見つる花の夕顔〉であった。『六百番歌合』夏下で「夕顔」が歌題とされ、〈片山の垣根の日影ほの見えて露にぞうつる花の夕顔〉（藤原良経《よしつね》）などが詠まれているのは、『源氏物語』によると見てよい。『夫木抄』夏部三の分類項目に「夕顔」を掲出するが、その所収歌の多くは『源氏物語』を下敷きとした詠作である。室町時代の〈夕顔の花の枝たかき籬《まがき》より白き扇を出だす月影〉（正徹《しょうてつ》『草根集』「牆夕顔」）も同様。夕顔は、『源氏物語』の面影を底流させつつ、賤しい家屋の垣根に自生し、花の色は白く、露が置いている、といったイメージの類型をかたちづくっていったのである。

『連珠合璧集』は「夏の末の心」に「夕顔」をあげ、「夕顔トアラバ、宿、半蔀、ゑみの眉ひらけたる、遠方人、ざれたる戸口、こがしたる扇、しづが家居」とある。寄合とされているのは、いずれも『源氏物語』を典拠とする言葉である。『連歌至宝抄』も「末の夏」に掲出。晩夏の季節意識が定着している。俳諧においては、〈夕顔や一丁残る夏豆腐〉（許六『蝶すがた』）のように、日常の生活感にそくした詠みぶりも現れるようになる。だが、「小家・賤が屋に咲く物也。淋しき体也」（『連歌天水抄』）というように『源氏物語』からくるイメージの規範は強固に生き続けて、夕顔の花に賤が家をイメージさせる。物語と分かちがたい命脈をもった季語であると言えよう。

〔例句〕

連 夕顔にしづや過ぎ憂き垣根かな　肖柏《しょうはく》（『大発句帳』）

夕顔の花が咲き、賤しいとはいえそのまま通り過ぎがたい垣根であるよ。『源氏物語』の場面にもとづく句。

諧 夕顔や白き鶏垣根より　其角（『花摘』）

夕顔の花か、そうではないが、白い鶏が垣根から首をのぞかせている。垣根に白い夕顔が咲くイメージを前提としつつ、ここでは「白き鶏」と趣向した。

句 夕顔を蛾の飛びめぐる薄暮かな　杉田久女（『杉田久女句集』）

夕顔の咲くあたりを、蛾が飛びめぐる薄暮のころよ。日暮れ方の様子を〈蛾の飛びめぐる薄暮〉と描写し、夕顔の花が咲く夏の風情を詠む。

［岡﨑真紀子］

蓮《はす》　晩夏

はちす　蓮《はちす》の花　蓮葉《はちすば》　蓮《はす》の浮葉　蓮華《れんげ》　白蓮《びやくれん》

〔季語解説〕　スイレン科の多年生水草。池沼などに生える。葉は円い楕形で大きく、長柄があって水面に出る。夏に、約十六個の花弁をもつ紅色または白色などの大きな花を開く。蓮は、仏教において重視される植物である。たとえば大乗仏教の主要経典『妙法蓮華経』があるように、泥沼に生えていても清浄である蓮の花は、仏の教えの象徴とみなされ、仏・菩薩は蓮華の座にすわる形で図像化される。また、西方極楽浄土は、「蓮《はちす》の上」にある地と認識されていた。そのようなことから、寺院の中庭の池には、蓮が植栽されていることが多い。

「蓮」は『万葉集』から詠まれているが、たとえば〈勝間田の池はわれ知る蓮《はちす》なししか言ふ君が髭なきがごと〉（作者未詳・巻十六）は言語遊戯的な詠歌。和歌の題材として主に取り上げられるのは『古今集』以降である。その場合も、仏教的なニュアンスを何かしら含意する歌が多い。〈蓮葉の濁りにしまぬ心もて何とて露を玉とあざむく〉（遍昭《へんじょう》『古今集』夏歌）や〈ひとたびも南無阿弥陀仏といふ人の蓮の上にのぼらぬはなし〉（空也『拾遺集』哀傷）はその一例。平安後期には、〈風吹けば蓮の浮葉に玉越えて涼しくなりぬひぐらしの声〉（源俊頼《とよし》『金葉集』夏）のように、夏の景物としての「蓮」を叙景的に捉えた詠作も現れる。「蓮の浮葉」は水面に浮かぶ蓮の葉をいう歌語。蓮葉の上に「玉」を見るという発想は、〈池水は風も音せで蓮葉の上越す玉は蛍なりけり〉（順徳院『風雅集』夏歌）など中世和歌にも受け継がれる。

『古今六帖』第六の分類項目に「はちす」。『和漢朗詠集』では夏の題に「蓮」を掲げ、〈風荷《ふうか》の老葉《らうえふ》蕭条として緑なり、水蓼《すいれう》の残花《ざんくわ》寂寞として紅なり〉（白居易）ほかの詩句を収める。『堀河百首』も夏の歌題に「蓮」を設ける。〈夏の池のはちすの露を見るからに心ぞことに涼しかりける〉（藤原仲実《なかざね》・同）は、池の蓮から夏の清涼感を感じ取った詠だが、「心」の「涼し」さには、宗教的な悟りも含意していよう。

『連珠合璧集』には、「蓮トアラバ、花はちす、蓮の浮葉などいふ」として、寄合に「胸、池、糸、勝間田の池、うてな、濁りにしまぬ」を掲出。連歌における「蓮」を詠む発想も、基本的に和歌伝統からの連想を踏襲する。『連歌至宝抄』では、「末の夏」に「蓮」をあげており、夏のなかでも晩夏と季節を定めている。

夏の季語であり、晩夏の季節感を表す「蓮」であるが、俳諧・俳句においても、仏教とのゆかりを意識して詠まれることが多いようである。

〔例句〕

連 はちす葉はつゆくもりなき鏡かな　宗祇（『自然斎発句』）

蓮の葉は、露ほども曇りなく清浄な鏡のようである。池の水面の蓮葉を、曇りない鏡と見て、仏教的な悟りの譬喩として詠む。

諧 **ざはざはと蓮うごかす池の亀**　鬼貫《おにつら》（『仏兄七車《さとえなくるま》』）

ざわざわと蓮を揺すって池の亀が泳いでいる。池に住む亀の動きを、蓮の葉の動きによって捉えた水面を覆い尽くす蓮を描き出す。

句 **黎明の雨はらはらと蓮の花**　高浜虚子（『定本虚子全集』）

夜明けの雨がはらはらと蓮の花に落ちている。漢語「黎明」と、蓮を打つ雨を捉えた擬態語「はらはらと」を取り合わせた言葉選びにくわえ、第二三句に「は」音を連ねる響きを用いた趣向によって、蓮の花が夜明けに降る雨に濡れるさまを描いた句。［岡崎真紀子］

扇《おうぎ》

あふぎ　**三夏**

扇子　白扇　末広　絵扇　古扇　扇売

〈季語解説〉 手に持って振り、風を起こして涼をとる道具。折りたためる形状の扇子《せんす》と、折りたためない団扇《うちわ》があるが、「扇」というと通常は前者をさす。薄い木板を根元の要で綴じ合わせる板扇（檜を用いるものを檜扇《ひおうぎ》という）と、竹や木の骨に紙、絹布などを張った蝙蝠扇《かわほり》がある。古くは『万葉集』に、〈とこしへに夏冬行けや裘《かはごろも》 扇放たぬ山に住む人〉（人麻呂歌集・巻九）とある。題詞に「仙人の形を詠む」とあって、これは中国風の団扇を指すと考えられる。平安時代になると、夏の暑さを凌ぐ道具として定着した。『枕草子』に、〈檜扇は、無紋、唐絵〉〈扇の骨は、朴。色は赤き。紫。緑〉とある。和歌においても、〈夏は扇冬は火桶に身をなしてつれなき人に寄りもつかばや〉（読人不知『拾遺集』雑賀）などとある。また、〈別れ路を隔つる雲のためにこそ扇の風をやらまほしけれ〉（大中臣能宣《おおなかとみのよしのぶ》・同・別）などとあるように、餞別に贈られたりした。

『古今六帖』第五・服飾の部に「あふぎ」を掲出するが、季節の意識は見えない。『和漢朗詠集』では、夏の最後に「扇」を立項。〈盛夏に銷《き》えざる雪、年を終ふるまで尽くること無き風。秋を引いて手の裏《うち》に生る、月を蔵《かく》して懐中に入る〉（白居易）などを収める。このように、扇を「月」に見立てたり、手元の扇と空の月を取り合わせて詠む和歌も生まれた。たとえば〈袖のうちに半ば隠るる扇こそまだ出ではてぬ月と見えけれ〉（藤原季《すえ》経《つね》『六百番歌合』）などとある。

また、右の白居易の詩句にあるように、扇は、暑い夏に「秋」を感じさせる涼をもたらすものであり、夏と秋の季節のあわいを意識させるものでもあった。たとえば、「夏」題で詠まれた〈夏はつる扇に露も置きそめて禊ぎ涼しき賀茂の川風〉（藤原定家『拾遺愚草』）は、夏の終わりで、これから訪れる秋を感じさせる露も置きはじめた、という季節意識のもとで、川風の涼しさとともに扇を詠む。なお、「秋扇」というと、時節はずれの不用なものとして、寵愛を失った女性に喩える秋の季語となる。

歌題としては、『永久百首』『六百番歌合』において夏の題に「扇」が設けられる。『夫木抄』では夏部三の分類項目とする。『連珠合璧集』になると「夏の末の心」に「扇」を掲出。『連歌至宝抄』も「末の夏」に「扇」をあげ、「かはほりと云ふも扇の名に用候、蝙蝠の羽を扇に似する故なり」と記す。連歌論書・寄合書において、晩夏のものと季節を位置づける意識が明記されるようになった。その他、たとえば『平家物語』の扇の的を射貫いた那須与一の話があるように、扇にまつわる説話や故事は多く、『俳諧類船集』の「扇」の項目では、説話や故事にまつわる解説を記す。

〈例句〉

連 **月と見ば扇は風の光かな**　宗祇（『大発句帳』）

月だと見ると、扇はまるで風をもたらす光であるかのように思われる。夏の月は涼しい光を投げかけるものとされた。「月」を「扇」に見立てる。

諧 **富士の風や扇にのせて江戸土産《みやげ》**　芭蕉（『芭蕉翁全伝』）

富士山から吹き下ろす風を、扇にのせて江戸土産にすることだ。形なき物を扇に載せると言い立てたところが談林風で、いかにも涼しげな富士の風をのせて土産とすると趣向した。

句 **母がおくる紅き扇のうれしき風**　中村草田男（『来し方行方』）

母が贈ってくれた紅色の扇がもたらす、嬉しい涼風よ。扇の風の心地よさに、母の情を感じ取る。［岡崎真紀子］

納《どう》涼《りょう》

だふりやう　**晩夏**

朝涼み　夕涼み　庭涼み　門涼み　下涼み

〈季語解説〉 涼むこと。夏の暑さを避けて涼しさを味わうこと。和歌の題や歌集句集の項目として掲出される「納涼」は漢語で、古来ドウリョウ（ダフリヤウ）と音読みするのが通例である。「ドウ（ダフ）」は「納」の漢音。「涼み」は、動詞「涼む」の連用形の名詞化。『山之井』夏部には「納涼、朝涼み、夕涼み」とあり、「涼み」が「納涼」の意に相当するという意識を示す。なお、「涼し」は、涼しさを感じる状態を表す形容詞で、これも夏の季語である。

「納涼」は、『千載佳句』『和漢朗詠集』の夏の題に採用されており、古くから詩歌の題材とされていた。『和漢朗詠集』所収の詩句に〈青苔の地上に残雨を銷《け》す、緑樹の陰の前に晩涼を逐《お》ふ〉（白居易）や〈池冷《すず》しくしては水三伏《さんぷく》の夏無し、松高くしては風一声の秋有り〉（源英明）とあるように、木陰や水辺で涼むさまを詠み、暑さのなかに秋の気配を感じ取ろうとする心を表現するものであった。和歌にも、〈下くぐる水に秋こそかよふなれむすぶ泉の手さへ涼しき〉（中務・同）とある。

中世和歌においても、たとえば〈かげ深き外面《そとも》の楢《なら》の夕涼み一木がもとに秋風ぞ吹く〉（藤原良経《よしつね》『玉葉集』夏歌）は、詞書に「納涼の心を」とあり、楢の木のもとで夕暮れ時に涼んでいるなか、秋を感じさせる風が吹くさまを詠む。「夕涼み」という語を和歌に用いた例。〈鳴く蟬の声やむ森に吹く風の涼しきなへに日も暮れにけり〉（伏見院新宰相『風雅集』夏歌）も、夕暮れ時に涼むさまを詠むが、蟬の声が鳴きやんだことも添える。

文治五年（一一八九）十二月の女御入内屏風歌は、十二帖の月次《つきなみ》屏風で、藤原俊成・定家、家隆などが出詠したものだが、〈六月、山井の辺に人人納涼したり、又人の家もあり〉（藤原俊成『長秋詠藻』）とあって、「納涼」は晩夏六月に配されていたと知られる。なお、同屏風歌で、俊成は〈立ちとまる程だに涼し山の井にすむらん里の人をしぞ思ふ〉、定家は〈ながき日に春秋とめる宿やこれむすべば夏も知らぬ真清水〉、良経は〈山陰や出づる清水のさざ波に秋を寄すなり楢の下風〉と詠んだ。

歌題では、「水辺納涼」「泉辺納涼」「川辺納涼」「樹陰納涼」「松下納涼」「竹陰納涼」などがある。『連珠合璧集』では、「夏の末の心」に「涼しき、夕涼み、朝涼み」を掲出。『竹馬集』には、夏之部に「納涼」を掲出し、「句作」に「夕涼み、朝涼み、下涼み、涼み行く、立ち涼む、涼み所、心涼しき、夏なき、夏知らぬ、夏をよそなる、夏もいさ」を列挙し、「付合ニハ、袖の夕風、夕立、蛍、むらさめ、端居の月、柳陰、橋の上、茂る木陰、川浪、露分くる道、竹のそよぎ、開け置く窓、網代の床、たかむしろ」とする。これによって、「納涼」を詠む際の具体的な情景や発想の類型は知られよう。

〔例句〕

連 **朝涼みただ山風の木陰かな**　宗祇（『大発句帳』）

朝涼みで、ただ山風の吹きつける木陰にたたずむこと。「朝涼み」は夏の朝のうちに風に吹かれて涼むこと。

諧 **立ありく人にまぎれて涼みかな**　去来（『続猿蓑』）

立ち歩く人にまぎれて涼むことだ。せっかく涼みに出た夏の夕暮れ時も、人混みにまぎれてはなかなか涼むことができないでいるおかしみが面白い。

句 **古井戸に物の音聞く夕すずみ**　高浜虚子

古井戸から響くかすかな物の音を聞く、夕涼みよ。「夕涼み」は夏の夕方、戸外や縁側に出て涼むこと。この句は、古井戸の端での納涼。

［岡﨑真紀子］

清《し》《し》水《みず》《みづ》　晩夏

岩清水　岩漏る清水　真清水　清水陰
清水堰く　清水むすぶ　清水汲む

〔季語解説〕　清らかに澄んだ水。とくに清らかな湧水をさす。古くは『万葉集』巻一に藤原宮の御井を詠む長歌がある「水こそば　常にあらめ　御井の清水」と藤原宮の御井の清水を称える。『古今集』の「神遊びの歌」に〈我が門《かど》の板井の清水里遠み人し汲まねば水草《みくさ》生ひにけり〉がある。「清水」は汲み上げたり、手で掬ったりするものであった。〈逢坂の関に流るる岩清水いはで心に思ひこそすれ〉（同・恋歌一）は、上句が「いは」の同音反復で「言はで」導き出す序。この歌にあるように、「岩清水」の語形で詠まれたり、「逢坂の関の清水」「野中の清水」といった具体的な地名として詠まれることも多い。また、〈逢坂の関の清水に影見えて今や引くらん望月の駒〉（紀貫之『拾遺集』秋）など、清水に人や月の影が映るさまも詠まれた。

手で掬えばひんやりとし、せせらぎの音が心地よい「清水」は、おのずから夏の涼感とむすびつく。『堀河百首』では、夏の題に「泉」を掲出し、〈むすぶ手に扇の風も忘られておぼろの清水涼しかりけり〉（藤原顕季《あきすえ》）や〈真清水の見れば涼しくおぼえつつむすばでただに暮らしつるかな〉（隆源）などを収める。そして、「清水」を詠んだ歌として名高いのが、西行の〈道のべの清水流るる柳陰しばしとてこそ立ちとまりつれ〉（『新古今集』夏歌）であろう。「清水」のある涼しげな所は、旅の行路でしばしの休息をとる場所なのであった。室町時代の正徹《しょうてつ》の歌〈清水堰《せ》く山松が根の苔むしろ枕も夏も知らぬ夢かな〉（『夏枕』『草根集』）も、「清水」を堰き止める松の根のたもとでの旅寝を詠む。

こうした和歌に詠まれてきた蓄積を承けて、連歌論書では、「清水」は夏の季節の言葉なのか、季節を限定しない言葉なのかが議論になっている。たとえば『宗祇袖《そで》下』に、「清水のこと、〈せく〉とも〈汲む〉とも候はねば雑なり」とある。『連歌新式追加並新式今案等』にも、「可分別物《ふんべつすべきもの》」として「清水、雑也。むすぶと云ては夏也。只水をむすぶは雑也」とある。『至宝抄』も「末の夏」に「清水結ぶ」を掲げつつも、「清水と計《ばかり》は夏にあらず」と記すのである。同様の議論は俳諧の『俳諧御傘』や『滑稽雑談』にも踏襲されている。たとえば〈清水すみ冬草青き岩根かな〉（宗祇『大発句帳』寒草）は、「むすぶ、せく、汲む」といった動作を伴わずに「清水」を詠む発句であるが、季節は夏ではなく、冬である。連歌論書の記述は実作の句作りに対応しているようだ。このような議論を経て、「清水」という言葉自体が単独で夏の季節感を帯びた語として位置付けられていったのだろう。「清水」の季節をとりたてて論じる意識が現れるのは、「清水」という言葉が、夏の季語として確立してゆく過程をものがたっているとも言えるかもしれない。

〈例句〉

連 **しばしとてむすびくらせる清水哉《かな》**　専順（『大発句帳』）

しばしと思っていたが、清水を手で掬って一日を過ごしてしまったことだ。前掲の西行歌の本歌取りによる発句。

諧 **さざれ蟹足はひのぼる清水かな**　芭蕉（『続虚栗《みなしぐり》』）

小蟹が足を這い上ってくる清水であるよ。「さざれ蟹」は小さい蟹。清水の蟹足を這う触感が「むすぶ」などの動作の替りを担って有効に働いている。

句 **底の石ほと動き湧く清水かな**　高浜虚子（『五百句』）

水底の石がふつふつと動いて水が湧き出る清水であるよ。清水を、手で掬う触覚の涼感ではなく、水底に石の動きに着眼する視覚によって捉えた句。

［岡﨑真紀子］

夏の暮《なつのくれ》　晩夏

夏暮るる　夏の夕　夏の夕暮　夏夕べ

〈季語解説〉　夏の終わり。また、夏の夕暮。「夏の夕暮」は、たとえば〈草深み浅茅まじりの沼水に蛍飛びかふ夏の夕暮〉（源師頼「蛍」『堀河百首』）とあるように、初夏仲夏晩夏を問わず詠まれる。一方、「夏の暮」というと、夏の終わり、すなわち季節感は晩夏に限られ、かつ、夏の夕暮れのニュアンスも兼ねる場合が多い。

夏という季節の終わりは、一年の半分を終える節目であり、身を祓え清める六月祓（みなづきばらえ、夏越の祓え）が行われた。〈いつとても惜しくやはあらぬ年月を禊ぎに捨つる夏の暮かな〉（藤原俊成『千載集』夏）は、「夏の暮」を六月祓の禊ぎとともに詠む。他にも、さまざまな風物に寄せて詠まれた。たとえば、〈ひぐらしの声にや秋のかよふらん木陰涼しき夏の暮かな〉（藤原良平『千五百番歌合』）は、蜩の声や木陰の涼しさとともに「夏の暮」を詠む。蜩の鳴く夏の終わりの夕暮れに、秋の気配を感じる体である。また、〈杣川《そまがは》やうき寝に馴るる筏師《いかだし》は夏の暮こそ涼しかるらめ〉（藤原定家『拾遺愚草』）は、〈杣川の筏の床の浮き枕夏は涼しきふしどなりけり〉（曽禰好忠『好忠集』）を下敷きとしつつ、杣木を川で運搬する筏師の営みに寄せて、「夏の暮」の涼しさを詠んだものである。室町時代では、たとえば、〈下風の涼しかるべき心をも月に見えぬる夏のくれ竹〉（後柏原院「夏月透竹」『柏玉集』）との詠がある。竹のもとを吹く涼やかな風によって心もすがすがしくなり、さやかな月光を眺めていると、その心までも見えてくるような気がする夏の暮れ方である、といった意の歌である。ここでの「夏の暮」は、「呉竹」を言い掛けており、夏の終わりの意であると同時に、月が現れる夕暮れの意でもあろう。夏は、日が長く、短夜。夕暮れが訪れるのは遅い。暑い日中がようやく過ぎた夕暮れは、涼しさを感じる時である。そして、夕暮れの涼しさは、秋の訪れを予感させるものでもあるのだ。

『連珠合璧集』には、「夏の末の心」に「夏暮れて」を掲出する。連歌および俳諧の発句において、「夏暮れて」や「夏の暮」といった言い回しを用いた句は、さほど多くの作例を見出せない。だが、たとえば蕉門の連句に〈向ふに付る日野の壺皿／紫蘇の葉のちりちりとなる夏の暮〉（許六《きょりく》・汶村《ぶんそん》『韻塞』）などが見られる。食膳にならぶ紫蘇の葉とともに「夏の暮」を捉えるのは、和歌・連歌にはない俳諧ならではの表現と言えよう。「郊外」と前書して〈夏の暮たばこの虫の咄し聞く〉（重厚『五車反古』）の句もある。こうして俳諧は、夏から秋への季節の移ろいをさまざまな物に見出して、「夏の暮」の詩情を確かめてきたのである。

〈例句〉

連 **夏もはやいなばのそよと夕かな**　玄仍《げんじょう》（『大発句帳』）

夏もはやくも過ぎ去ろうとして、そよと音をたてて涼しい風が吹いている、夏の夕べであるよ。『大発句帳』の詞書に「於伊勢田丸稲葉蔵人殿」とある。当座の主人の名前の「稲葉」に寄せて「往なば」と詠み、夏の終わりの夕暮れを詠む。〈昨日こそ早苗とりしかいつの間にいなばそよぎて秋風の吹く〉（読人不知『古今集』）。

諧 **夏暮てもはや蛍も入日《いりひ》哉**　可常（『続山井』）

夏も暮れて、飛んで火に入る夏の虫ではないが、もはや蛍の光も衰えゆき、夕日も沈んでゆく暮れ方である。「入日」に「火」を響かせ、蛍火に寄せて、夏の終わりの夕暮れを詠む。

俳 **夏の暮駅の水栓飲み勤む**　山口誓子

夏の暮れに、駅の水飲み場の水栓をひねって、水をごくごく飲みことだ。夕暮れの駅で、渇いた喉を癒すさまを詠む。

［岡﨑真紀子］

初秋《はつあき》　初秋

新秋　孟秋　早秋　首秋　上秋　肇秋《ちょうしゅう》
蘭秋《らんしゅう》　秋初め　秋浅し

〔季語解説〕 秋の初めをいう。古代の和歌では、立秋から七月の半ばまでをいったが、連歌ではその期間が短くなり、近世後期には立秋から三、四日となった。春夏の陽気に対して陰気を詠み、立秋の朝からは風が身にしみ、哀れにもの悲しさを感じはじめるということが本意である。それは立秋の本意に重なるものであった。平安時代後期の『和歌無底抄《わかむていしょう》』に「初秋」の項はないが、「立秋」の項に記された「すゞしき風ばかりをしるべにて」という情趣は、初秋のものでもあった。

古代の和歌に「初秋」自体が詠み込まれた例は少なく、前詞に現れることが多い。抽象性の高い言葉だからであろう。例えば「初秋の心をよめる」として〈秋は来ぬ年も半ばにすぎぬとや荻吹く風のおどろかすらむ〉（寂然法師『千載集』）や〈いつしかと荻の葉むけのかたよりに空や秋とぞ風も聞こゆる〉（崇徳院『新古今集』）などがあり、歌中に多く現れるのはその後のことである。

連歌では、『連珠合璧集《れんじゅがっぺきしゅう》』に「初秋とあらば、荻の葉風、露置きそむる、西、三日月、風ぞ涼しき、一葉散る、扇を置く、七夕」とある。これらは古歌の例に加え、中世に広がった連想も加えられている。

近世初期の連歌辞書『竹馬集《ちくばしゅう》』は、「立秋」の下位に「初秋」を置いており、有賀長伯『初学和歌式』には「初秋早秋の題にては立秋の心をよむもよし」などとあって、初秋の本意が立秋に重なると考えられていた。

北村季吟の『増補和歌題林抄』にも初秋の項はなく「立秋」が立項されるが、中に「早秋初秋は立秋と少かはりめ有べし。早秋初秋にも、秋くる秋たつとよめり」とあって解釈が難しい。しかし、同じ季吟の『山の井』（正保五年［一六四八］）には「初秋」が立項され、「文月　けさの秋　きのふの空にかはる気色もあらねど、吹風もひやりとけさは身にしられ、よだるかりし手足もたち、おほひきさるまぶたも昼寝《ひるね》を忘《わす》れ、草の朝露も、夕《ゆふべ》の虫の音も、漸《やうやう》さびしさのおさなだちときゝなされ、桐も柳も一ように、舟出する池の心ばへなどもつらぬ」とあり、やはり立秋に重なる本意と考えてよいであろう。

初秋の時期については、千梅《せんばい》『華実年浪草《かじつとしなみぐさ》』（天明三年［一七八三］）の「初秋・孟秋」の項に「中院通茂《なかのいんみちしげ》公御説に曰《いわく》、和歌には初秋は七月十四日迄をいふべし」とあり、「秋初風・けふの秋・初秋」の項に「幸隆《ゆきたか》聞書に曰、立秋・早秋・初秋・新秋とある題も、立秋は秋立つ日をさし、初秋・早秋は大《おお》やうに秋の初つかたを詠じしかるべく候哉」とある。一方『改正月令博物筌《かいせいがつりょうはくぶつせん》』（文化五年［一八〇八］）には、「朔日より三四日をいふ。されど、和歌には広く詠みて七月なかばまでのけしきをも詠みたり」とあり、これが近世後期の一般的な認識であったと思われる。

〔例句〕

連 袖涼し秋ははつ風夕月夜　　肖柏《しょうはく》（『春夢草《しゅんむそう》』）

夕月夜のおりふし、袖に吹く初秋の風が涼しいと、初秋の情趣を詠んでいる。

諧 初秋や友まして夜の静なる　　暁台《きょうたい》（『暁台句集《きょうたいくしゅう》』）

訪れる友は増えたが、初秋の気に、かえって静かな夜と感じられることだ。「友まして」にひと夏の交流が推測され、新しい友への挨拶の心も感じられる句である。

句 初秋や人のうしろを風が過ぎ　　桂《かつら》　信子《のぶこ》（『初夏』）

人の背後を風が過ぎゆき、秋になったと思わせることだ。「うしろ」に初秋の本意である陰の気配を漂わせ、都市生活者の寂寥感を表現している。

［秋尾　敏］

七夕《たなばた》

初秋

七夕祭《たなばたまつり》　星祭《ほしまつり》　星迎《ほしむかへ》　星の歌　梶葉《かじのは》の歌
七夕飾　七夕竹　星合　星の契　星の別
二星《じせい》　織女　星の妻　棚機津女《たなばたつめ》　牽牛
彦星　男星《をとこぼし》　鵲《かささぎ》の橋　妻迎舟　七夕の舟
天の河　銀漢　催涙雨《さいるいう》　乞巧奠《きかうでん》　乞巧棚《きつかうだな》
乞巧針　願の糸　七夕の御遊《おんあそび》　七箇《なな つ》の池
百子《ももこ》の池　七遊《しちいう》

〔季語解説〕 七夕は、中国の牽牛星、織女星の伝説と乞《き》巧奠《こうでん》の行事が渡来し、日本の棚機《たなばた》つ女《め》（乙棚機《おとたなばた》）の信仰に習合された行事と考えられる。

棚機つ女の信仰は、人里離れた水辺の機屋で神と一夜を過ごし、翌朝禊《みそぎ》をして神に穢れを持ち去ってもらうという行事で、その夜には少量にしても必ず雨が降るという。「たなばた」という語の起源は、この「棚《たな》」と「機《はた》」に由来する。一方、乞巧奠は陰暦七月七日の夜に牽牛、織女の二星を祭って、手芸や芸能の上達を祈願する行事で、日本では奈良時代から宮中で行われ、民間に広まった。成立過程が複雑なだけに関連語は多岐にわたるが、本意としては、平安時代後期の歌学書『和歌無底抄《わかむていしょう》』にある「せめても逢ふ夜のみじかゝるべきよしをいはむとにこそ」というあたりが中核であろう。

近世の歌学書には、「七夕」と「乞巧奠」に二つの扱いがあり、北村季吟が増補した『増補和歌題林抄』が「七夕」の下位に「乞巧奠」を置く一方で、『初学和歌式』は二つを並列に置き、乞巧奠を「七夕まつり也」と解説している。七夕という習俗があって、その中の特別な祭典が乞巧奠だという意識であろう。

北村季吟編『増補和歌題林抄』は、「七夕」を立項し、「秋七月七日の夜を星あひといふ。まれにあふ夜なれば、暮ゆく空の心もとなしとも。年に一夜のちぎりを、玉をのながきうらみに嘆き（後略）」と説き、〈あまの河水かけ草のあき風になびくをみればときはきぬらし〉という歌を置く。一般に裁縫や書道などの技芸の上達を願うとされるが、同じ季吟の『増山井』には「大かた星に乞《こふ》事《こと》、寿と子と富と也」とあって、現代の七夕同様、近世の七夕の願いも多様であったことが分かる。

一方で、棚を作り笹に札を下げることから、盂蘭盆会との類似も指摘されているが、これは起源ではなく、神仏習合の歴史が作り出した結果であろう。

季の詞として、里村紹巴《さとむらしょうは》『連歌至宝抄《れんがしほうしょう》』には「天河《あまのがわ》、としの渡《わたり》り、秋去衣、願《ねが》ひの糸、星合《ほしあひ》みな七夕の事なり」とあり、連想関係では『連珠合璧集《れんじゅがっぺきしゅう》』に「七夕」の寄合として「天の川、かささぎの橋、紅葉の橋、年の渡、妻むかへ舟、袖つく夜、七日の月、ねがひの糸、ささがにの糸、かぢの七葉」等々を記すが、今はこの多くが七夕の季語となっている。

俳諧では、季吟の『山《やま》の井《い》』が「七月七日」を立項し、「今日はまづ節供にて（中略）香炉に空だきし、箏《そう》のことに柱《ことじ》をたてて庭にたて、いついろの糸を竿にかけて、ねがひの糸とて是をたむけ、七つの盥《たらい》に水をいれて、大空の星のひかりをうつす事などあめるとなり。猶書生は書をさらし、宮女《きゅうじょ》も、糸針など用ひ（後略）」と記す。

連歌では「天の川」は「七夕」に関わる季題だが、芭蕉の〈荒海や佐渡によこたふ天河〉の句は、七夕の本意を離れた句とも言われる。梅盛《ばいせい》『俳諧類船集《はいかいるいせんしゅう》』に記された七夕の寄合にも「天の川」はなく、「千鳥」「扇」の寄合に置かれている。季語が別の本意を持って自立していく事例と言えよう。

〔例句〕

連 **水もらぬちぎりやよよの天の川**　宗祇（『老葉《わくらば》』）

水ももらさぬほどきちんと約束を守り、天の川を渡って年に一度の逢瀬を世々かさねてきた。「星の契」を趣向として詠んでいる。

諧 **七夕やひらふ《う》て戻す蜑が櫛**　乙二《おつに》（『松窓乙二発句集《しょうそうおつにほっくしゅう》』）

今日は七夕。海岸で海女の櫛を拾ったのだが、そのまま元に（あるいは持ち主に）戻したことであった。一夜で別れて戻る織女の姿を遠くに連想させている。

諧 **七夕や髪ぬれしまま人に逢ふ**　橋本多佳子（『信濃』）

今日はたなばた。濡れ髪のままで思う人と会ったことであった。棚機つ女信仰を遠く響かせている。

［秋尾　敏］

一《ひと》葉《は》　初秋

桐一葉　一葉《いちよう》　一葉落つ　桐の葉落つ　一葉散る　桐散る

〔季語解説〕　現代の歳時記は、「桐一葉」の下位に「一葉」を置くが、中世の和歌連歌まで「一葉」は主に柳か桐の葉で、近世俳諧で桐に限定された。

桐はシソ目キリ科（かつてはゴマノバグサ科）の落葉木。日本では古くから栽培され活用された。中国の古典に現れる桐は、多く梧桐《あおぎり》であるというが、連歌や俳諧がそれをどう区別してきたかは不明。いずれにせよ、初秋のもの悲しい陰の心を表すものであった。

連歌では室町時代後期の『連歌天水抄』に「何の木にても、一葉落は初秋也。第一柳を用也。又、桐一葉落、これも初秋なれば、天下の秋を知、といひ来る」とあり、『至宝抄』には「一《ひと》葉《は》　いづれの木も葉の落《おつ》るは始《はじめの》秋に候。梧桐一葉《ごとういちよう》　落《おちては》天下秋と作り候間、梧桐《きり》の事なりと申ならはし候」とある。この「一葉落つ」については、前漢の『淮南子《えなんじ》』「説山訓」に「一葉の落つるを見て、歳の将に暮れなんとするを知り」とあり、身近な小さなものによって、大きな動向を察知することの喩えとして用いている。それによるかは不明だが、李子卿《りしけい》の『秋虫《しゅうちゅう》賦《ふ》』に〈一葉落つ天地の秋〉とあり、宗の唐庚《とうこう》編『文録』に〈一葉落ちて天下の秋を知る〉（作者不詳）という詩が載る。さらに元《げん》の呉自牧《ごじぼく》の『夢粱録《むりょうろく》』に〈梧桐一葉落ち、天下尽く秋を知る〉とあり、明の王象晋《おうしょうしん》の『群芳譜《ぐんぽうふ》』にも同じ句が載る。また北宋の道原による『景徳伝灯録《けいとくでんとうろく》』の問答に

問う、「杖子《ジョウシ》を竪起《ジュキ》す、意旨如何《イシイカン》」、師曰く「一葉落ちて、天下の秋を知る」

とあるから、禅の公案として日本に伝えられた側面もあると思われ、一葉によって広く世界を感得するということが趣旨であろうが、詩歌では秋の訪れを知るという意味合いで詠まれることが多い。

なお、杉村友春『温故日録《おんこじつろく》』に「准南子に、梧桐一葉落ちては天下の秋を知る」とあるなど「天下の秋を知る」の出典を『淮南子』とするのは俗説である。

俳諧では、季吟編『増山井』（寛文七年［一六六七］）に「一葉　ひと葉の舟。一葉は桐也」とある。江戸後期の類題集には「一葉」を立項するものと「桐一葉」のものとがある。明治になって、三森幹雄選『俳諧新選明治六百題』（明治一二年）が「桐一葉」を立項して以降「桐一葉」が増えていくようである。高浜虚子編『春夏秋冬』（明治三五年）も「桐一葉」を立項している。

〔例句〕

連 **木枯らしの初風しるき一葉かな**　宗祇（『萱草《わすれぐさ》』）

一葉が落ちることによって、木枯らしの初風が吹いて晩秋の気配が明らかになった。和歌では木枯らしは晩秋

の題とされることがあった。

諧 **つりがねの肩におもたき一葉哉《かな》**　蕪村《ぶそん》（『落日庵句集《らくじつあんくしゅう》』）

釣り鐘の肩に桐一葉が乗っていて、それが（釣り鐘の重さのせいか）重たそうに見えることであった。

諧 **あけぼのの青き中より一葉かな**　蓼太《りょうた》（『蓼太句集』）

明るくなった夜明けの空の青色の中から、桐の一葉が落ちて、秋の訪れを知ったことであった。

諧 **さをしか《小男鹿》の角にかけたる一葉哉**　一茶《いっさ》（『七番日記』）

美しい牡鹿がその角に掛けている桐の一葉に趣があるではないか。

［秋尾　敏］

蜩《ひぐらし》　初秋

日暮　茅蜩《ひぐらし》　かなかな

〈季語解説〉　夏の終わりから秋にかけて鳴くセミの一種。夜明けや日暮に「かなかな」と鳴くことから、ヒグラシ、カナカナと呼ばれる。栗褐色で斑紋があり、雄の腹部は薄く半透明の共鳴器となっている。夏に鳴くセミの声は陽の気を感じさせるが、ヒグラシの声にはたしかに陰の気配がある。古くは『万葉集』巻十に〈夕影に来鳴くひぐらし幾許《ここだく》も日毎《ひごと》に聞けど飽かぬ声かも〉と詠まれており、この「ひぐらし」は現在のヒグラシであろうと言われている。『古今和歌集』にも〈ひぐらしの鳴きつるなへに日は暮れぬと思ふは山のかげにぞありける〉（詠み人知らず）などと詠まれている。多くはしみじみとした秋の夕暮に鳴くことが詠まれる。

連歌では室町時代後期の『連歌天水抄《れんがてんすいしょう》』に「蜩　初秋也。森・山路・深山路に似相《にあひ》候也。いかにも物さびしき体也。秋の涼しき体に吉。山里にて聞《きく》体よし」とあって、「物さびしき」と「涼しき」の二面に本意が形成されている。

近世初期の連歌辞書『竹馬集』は付合として「森、軒の外山、蓮葉《はちすは》、涼しき秋風、山の夕影、こぬ人をまつ夕、風吹く山陰」を示し、〈来《こ》めやとは思ふ物から蜩の鳴く夕暮はたち待たれつゝ〉〈蜩のなく夕暮の山陰は風よりほかに訪ふ人もなし〉の二首を引いて、人を待つ心が加えられている。

俳諧では、重頼《しげより》『毛吹草《けふきぐさ》』に「蜩《ひぐらし》、白雨を結ても秋、蜩《ひぐらし》に蟬を結ても秋」とあり、北村季吟『山の井』は「虫」の項の例句に〈蜩もなくやゆふづけとりのこく〉（守栄）を置き、『増山井《ぞうやまのい》』も『毛吹草』の説を踏襲する。

一方で、江戸中期に杜口《とこう》は其蜩庵《きちょうあん》を名乗っており、蕪村に〈秋もはや其蜩の命かな〉などという句もあることから「その日暮らし」との意味の二重性の意識はあったと思われる。

〈例句〉

連 **蜩の声に月待つ朝《あした》かな**　専順（『竹林抄』）

蜩の声を聞くと、日が暮れて夕方のように思われ、月が待たれる朝であることだ。ひぐらしに日暮れを言い掛けている。

諧 **蟬といふせみ蜩《ひぐらし》に成《なり》にけり**　鳳朗《ほうろう》（『鳳朗発句集』）

秋になり、夏に鳴いていたすべての蟬が蜩になってしまったようだ。秋の到来を告げるとともに、「蜩」の数の多さも伝えている。

句 **かなかなや川原に一人釣りのこる**　瀧井孝作《こうさく》（『浮寝鳥』）

夕暮れになって蜩が鳴き始めた。川原で釣りをしていた人たちも皆帰り、今は自分一人が残って釣りを続けていることだ。

［秋尾　敏］

荻《おぎ》　三秋

風聞草《かざききぐさ》　寝覚草《ねざめぐさ》　たはぶれ草　とはれ草　浜荻　荻の風　荻の上風　荻の声　荻原

〈季語解説〉　水辺に自生するイネ科の多年草。薄に似るが葉は大きく広く、草丈が高い。湿地に生ずるとされるが、古代、神の招代《おぎしろ》として邸宅の庭にも植えたといい、「軒端の荻」の歌語がある。『古今集』には詠まれず、『後撰集』に秋の歌材として注目されるようになる。〈いとどしく物思ふ宿の荻の葉に秋と告げつる風のわびしさ〉（詠み人知らず『後撰集』秋上）や〈荻の葉のそよぐおとこそ秋風の人にしらるる始なりけれ〉（紀貫之『拾遺和歌集』）のように、大きな葉が風を受けて葉ずれの音を立て、それによって秋の到来を知るという歌が多い。「荻の声」「荻の風」「荻の上風」「荻の葉風」などの歌語が生まれたゆえんである。『初学和歌式』にはこうした詠み方をまとめて「おぎの歌はことごとく風をよみ合せたり。荻には風のそよぐが淋しく哀ふかき物也。されば其心をよむが相応也。萩などの盛りを興ずるやうには詠まず。されどさびしき宿などにては、かへつて友となるやうに詠みたるもあり。また荻の葉のそよぐを人の来るにまがへてもよむ也。又は荻の上風吹ごとに袖の露こぼれそふよしをも詠めり」と記している。

これらを踏まえ、連歌では『連歌天水抄《れんがてんすいしょう》』に「風とも声ともする也。（中略）初秋也。幾度も上風《うはかぜ》として吉《よし》」とある。また一条兼良《かねよし》編『連珠合璧集《れんじゆがっぺきしゅう》』（文明八年［一四七六］）は寄合の語として「荻トアラバ、秋風、秋とつげつる、そよぐ、そそや、浜、そよとこたふる、軒ば、故郷」を挙げている。

俳諧では季吟《きぎん》編『山の井』（正保五年［一六四八］）が「荻はら、下おぎ、荻の声、荻の上風、軒端のおき、いせのはまおき。荻は風にこたへて声のあなれば、秋風の口まね、定宿《ぢやうやど》などもいひ、ふるひ声、そそやき声《ごゑ》にもきなす、又かざけに荻やそぞろごと松風の地うたひなどもいひ（後略）」と、本意は和歌のままに俳言を加えている。また『増山井《ぞうやまのい》』（寛文三年［一六六三］）は「さざれをぎ。荻の上風。貞徳云、いせの浜荻は、芦の事なれは雑也。穂をむすへば尤秋也。下荻。軒端の荻」と記す。

〈例句〉

連　空の色やこたへは秋の荻の声　肖柏《しょうはく》（『春夢草《しゅんむそう》』）

「空の色」は空模様のことで、〈夏と秋と行きかふ空の通ひ路はかたへ涼しき風やふくらむ〉（凡河内躬恒『古今集』夏）を踏まえて季節の変化を空に問うと、その答えは荻の風が秋の到来を告げているというものであったということ。

諧　荻の風いとさうざうしき男かな　蕪村《ぶそん》（『蕪村遺稿』）

『徒然草』に「色好まざらむ男はいとさうざうしく」とあり、この「さうざうし」は「寂々し」で物足りないという意味であるが、それを「騒々し」と曲解して「荻の風」を茶化した句。

句　死神は美男なるべし荻の声　池田澄子《すみこ》（『たましいの話』）

死神が現れたとしたら、それはきっと美男であることであろう。荒涼と荻の風音が聞こえる。

［秋尾　敏］

萩《はぎ》　初秋

鹿鳴草《しかなくくさ》　魂見草《たまみ》　古枝草《ふるえ》　胡枝花《こしか》　真萩《まはぎ》
白萩《しらはぎ》　糸萩《いとはぎ》　もとあらの萩　野萩《のはぎ》　小萩《こはぎ》
萩むら　萩原《はぎはら》

〈季語解説〉　ハギはマメ科ハギ属の小低木。秋の七草の一つで、さまざまな種類がある。夏から秋にかけて紅紫色や白色の花を総状につけ、やがて莢を結ぶ。『万葉集』の時代から「鹿」や「露」「雁」との組み合わせで詠まれることが多く、それが『古今集』の萩の表現に踏襲されてゆく。例えば〈鳴き渡る雁の涙や落ちつらむ物思ふ宿の萩の上の露〉（詠み人知らず『古今集』上）など、「露」を雁の涙にたとえるのも、その延長であった。「萩の上の露」は、移ろいやすくはかないものの象徴で、萩の花に何かしら哀感を添えている。その和歌の伝統の総体は『初学和歌式』に、「萩の歌は花の盛りのおもしろき心をよむが相応也。荻に風を詠むごとく萩には露を詠めり。萩が花ずりといふは、萩の盛りなる中を分ゆけば、紫の色の袖にうつるをいふ。萩のにしきは錦にみたて丶いふなり。萩の戸とは禁中にあり。萩の花妻といふは、萩は鹿の素といふ子細あり。又色むらさきなれば、ゆかりの色共《とも》いふ。萩に鹿のむねわけとよむは、鹿の萩をむねにて分行也。鹿のしがらみといふは鹿の萩にたはむれて、しがらみよする心なり。宮城野は萩をつかさどれる名所也」とあるとおりである。なお、『新古今集』に〈故郷のもとあらの小萩さきしより夜な夜な庭の月ぞうつろふ〉（藤原良経《よしつね》）などと詠われている「もとあらの萩」はについて、『連歌天水抄《れんがてんすいしょう》』に「末の秋也。花散《うり》、もとのあらき体也」とある。

俳諧では、『山の井』に「萩の花といひては、望月の詠《なが》めに比べ、蜀の錦（注・蜀江の錦のこと）とも連ねなす。また脛高《はぎだか》、鶴脛《つるはぎ》なども添へ、萩の戸、萩殿なども寄せていひ、裸に萩の花衣、つぎはぎたりやとも言ひかく。小鹿の妻といへば、柵みて鹿のつまづくとも、潜《くぐ》るは鹿のつま戸哉《どかな》ともつづけ、身をする鹿やにしき草、小萩やこけるから錦《にしき》など、専《もは》ら錦にもいひなす」と、和歌の情趣を俳諧の世界観に転じる術を記している。

『俳諧類船集《はいかいるいせんしゅう》』は、付合語として「荻《おぎ》　薄　虫の音　霧の笆《まがき》　垣　渡ル　雁　鹿　田面《タノモ》　露　春日野　さが野　門　茶碗　大名の狂言　久米《クメ》の仙　人　玉祭　あづき　甕《カメ》　真野《マノ》　住吉ノ岸　遠里小野《とおさとおの》　時鳥なかぬ　足　長餅」を挙げ、「萩咲《サケ》ば子規《ホトトギス》鳴やみ、ちれば雁がくる物と見えたり。子規《ほととぎす》こゑきくをの秋風に萩さきぬれや声のともしき。又秋はぎは雁にあはじといへればか声を聞ては花のちりぬる。萩の戸は禁中に有とぞ。萩原院と中は花園院を申奉れり」と記す。「萩の戸」は『誹諧初学抄《はいかいしよがくしよう》』に「萩をうへ《植ゑ》られたる御庭なり。清涼殿北の二間の前とかや」とある。

〈例句〉

連　残れ今朝月を末葉の萩の露　宗祇《そうぎ》（『萱草《わすれぐさ》』）

今朝は残ってくれ、月を宿して光る、萩の末葉の露よ。

諧　萩の花一本をればみなうごく　梅室《ばいしつ》（『梅室家集』）

萩の花は、そのうちの一本を手折ると、別の枝もみな動くことだ。萩の花の特徴を言いあてた句。

句　脈を見し萩の女をのこし置く　平畑静塔《ひらはたせいとう》（『天狼』）

（医師である自分が）脈を取った女性を萩の花のある場所に残して、私は去った（その女性のイメージを萩の花の様子に重ねている）。

［秋尾　敏］

虫《むし》　三秋

鳴く虫　虫鳴く　虫の声　虫の音　虫時雨　虫の闇　虫の秋　昼の虫　虫すだく　虫選ぶ　虫籠

〈季語解説〉　秋の虫として詠むときは、松虫、鈴虫、きりぎりすといった夜に鳴く虫を意味した。鳴く声を楽しむものとして詠むことも、夜寒を厭うて鳴き寄るものとして哀れんで詠むこともあった。自然の虫の音を聞くというほかに、虫を飼って鳴かせるという貴族的、都会的な文化があったことも忘れるべきではない。近代俳句においても、季題としてただ「虫」と言えば、鳴く虫に限られ、その声を愛でることが本意である。一方で、古くは「蟷螂《かまきり》」「こがね虫」「いなご」など鳴かぬ虫も、虫に分類されており、また「みのむし」のように鳴かぬはずの虫も鳴くとして秋の季をもたせた。

『和歌無底抄』は、「この題はつねに野辺、草むら、山家、まがきなどによめり。恋によそふれば、つま松虫などといひ、無常にたとふれば鈴虫の日をふるまゝになどこそはつゞけめ（後略）」と松虫、鈴虫などの具体的な詠み方を述べている。『連歌天水抄《れんがてんすいしょう》』には「松虫・きりぎりす　初秋より鳴《なく》也。松虫のなくは、にぎやかに取なす也。聞《きく》にしたふ体吉《ていよし》。きりぎりすは、同事ながら末の秋の心也。物哀に鳴也。鈴虫　同前。居所近く、又、野にすむ体吉。露を愛して鳴也。時雨・霜の降時はよはりて、何の虫も音をかれがれにする体也。田山に不似相候なり」とあり、虫ごとの本意を端的に注している。

『初学和歌式』に「虫の題には、松虫、すゞむし等の名ある虫をも詠み、又は虫とばかりも詠む也。或はそゝとなく鳴音《なくね》をたづぬる心、又は月すむ庭の露に鳴音をあはれむ心、又は虫のなく音《ね》に友を偲び、長き夜すがら鳴あかすは何を憂しとて鳴《なく》ぞともいひ、秋寒くなりては声もよはり行《いく》をあはれみ、照月《てるつき》を草葉の霜にまがへ、夜寒をいとひて夜床ちかく鳴心など相応也。すべて虫の音は哀《あはれ》なるやうにも詠み、おもしろきやうにも詠む也」と、哀れと興趣の二面を指摘している。

俳諧となると、素材の拡充とも相俟って虫の種類が多様化していく。例えば北村季吟『山の井』の「虫」の項には「虫を選ぶ、鈴虫、松むし、轡むし、きりぎりす、玉虫、はたをり、こふろき、いとど、蟷螂、こがね虫、いなご、いも虫、みのむし、ぬかつき虫、虫ふく、むし籠、すだく、よはる、りんりんとなく、ちんちろり、つづりさせ、露草」とある。「すだく」「よはる（呼ばる）」「露草」は付合語であろう。なお、「虫を選ぶ」について、「虫を撰《えら》ぶとは、うへ人たち嵯峨《さが》野わたりに逍遥しつつ、虫を取て籠《こ》にいれて、大内にまいらせ侍し事とぞ。今の世も賀茂侍《さぶらい》など、ここかしこより求めてたてまつり侍る」と解説している。鳴かぬはずの虫として、「みのむしなく」については『増山井《ぞうやまのい》』（寛文三［一六六三］）は、「貞徳云《いう》、蓑《ミノ》虫と計《ばかり》は雑《ぞう》也。鳴心あれは秋也（中略）枕双紙《まくらのそうし》に、秋風ふけは父恋しとなくといへり。鳴心あれは、秋なる事又尤《もっとも》にや」と記している。また、「へこきむし」が『俳諧勧進牒』（元禄四年［一六九一］）に〈此《この》秋も鳴《なき》そこなふ《う》て屁《へ》こきむし〉（乙州）と詠まれている。これが季であったかは疑わしいが、〈御仏《みほとけ》の鼻の先にて屁《へ》ひり虫〉（一茶『八番日記』）においては季を表していたと考えられる。

〈例句〉

[連] 風や秋垣根涼しき虫の声　肖柏《しょうはく》（『春夢草《しゅんむそう》』）

秋風が吹き出して、垣根の虫たちも涼しげに泣き出した。

[諧] 草の葉や足の折たるきりぎりす　荷兮《かけい》（『あら野』）

草の葉に、脚の折れたキリギリスがいたことであった。キリギリスを詠んだと見られる句。「きりぎりす」がコオロギからキリギリスへと変化するのはこの頃からである。

[句] 虫売の鳴かずの虫も飼ふならむ　行方克己《なめかたかつみ》（『昆虫記』）

虫売りは、鳴かない虫も飼っているのであろう。作者のいう鳴かない虫が何なのかは、読者の想像に任されている。

［秋尾　敏］

鹿《しか》　三秋

子鹿《をじか》　牡鹿《をしか》　小男鹿《さをしか》　牝鹿《めじか》　女鹿　妻恋ふ鹿　鹿の妻　鹿笛　鹿鳴く　鹿の声　鹿狩

〈季語解説〉　偶蹄目シカ科のニホンジカである。四本の枝がある雄の角が特徴的で、十月からの交尾期に雄が他の雄への挑発として鳴く声を、妻を恋う声として聞き、感を催すものとして詠まれた。〈夕されば小倉の山に鳴く鹿は今夜は鳴かず寝ねにけらしも〉（『万葉集』巻八）のように、特に夕暮から夜に鳴くものとされた。古歌には〈おく山に紅葉ふみわけなく鹿のこゑきく時ぞ秋は悲しき〉（詠み人知らず『古今和歌集』）のように、鹿の声に秋を「悲し」と観じ、〈山里の稲葉の風に寝ざして夜深く鹿の声を聞くかな〉（源師忠『新古今集』秋上）と、寂しい山里の秋に興じたりした。『新古今集』では「秋歌下」の巻頭から十六首「鹿」のいる情景を詠んだ歌が並べられている。それらの歌の総体は、季吟が『増補和歌題林抄』に「妻恋ふる鹿の音《ね》にあやなくよその袖をぬらし、はぎの露はしがらむ鹿の涙かとたとい、尾の上《え》になくこゑの風にさそはる丶かたをおもひ、あかつきさむきあらしをわぶるかと疑ひ（後略）」と述べている通りである。

俳諧では同じ季吟が『山の井』（正保五年〔一六四八〕）が「鹿笛といひては、狸のはらつづみはやさせ、猿のまひをもまはせ、かいらうとなくこゑに、萩の花づまのちぎりをやさしみ、紅葉のにしき着て、古郷をおもふかとあはれみ、又山田のひたのひたとおふひびき、鹿はなるこになれこにておどろかぬけしき、弓いる猟師は山も見ぬありさま、妻とふしかは命をもいとはぬ心ばへなどすべし」と、俳諧的な連想を展開している。

連歌における「鹿」の連想は『連珠合璧集《れんじゆがつぺきしゆう》』に「秋萩　紅葉　時雨　しがらみ　夢野　妻恋　通路　山田　たちど　たたずむ　高砂」などとある通りで、さらに「霧」「尾上（峰）」「秋の田」「床」「園」「芭蕉」「さつを」「妻」「ともし」などの付合語として「鹿」を記している。「霧」の付合語として「友まどはせる鹿」なども記されている。

俳諧では『俳諧類船集《はいかいるいせんしゆう》』に「鹿」の付合語として「花野　萩原　森　真葛原　田面　紅葉　澄月《すむ》　霧まよふ野　嵐山　小倉《をぐら》山　あかしの浦　立田山　高砂　稲荷山　筆　鞠　袴　春日　厳島　一ノ谷　清水《きよみず》　曽我　ふじ野　孔門　淡路　芭蕉」が挙げられ、また「稲」「畑《はた》」「柞《ははそ》」「威《をどす》」「追《をふ》」などの付合語に「鹿」が挙げられている。さらに、京都の石田を初めとして全国各地の名所の付合語として「鹿」が挙げられている。

〔例句〕

連 **鹿の音を今一《ひと》しほの山路かな**　宗長《そうちよう》（『壁草《かべぐさ》』）

山路を一人進んでいくと、鹿の音が聞こえ、いっそう感を催すことだ。

諧 **身ぶるひは尾花の雪や夜の鹿**　乙由《おつゆう》（『麦林集《ばくりんしゆう》』）

鹿の身震が夜の闇の薄の穂を揺らし、雪のように見せたことだ。

句 **雄鹿の前吾もあらあらしき息す**　橋本多佳子（『紅絲《こうし》』）

荒々しい息をする雄鹿の前で、私も同じように荒々しい息をしていたことだ。

［秋尾　敏］

露《つゆ》　三秋

白露　露の玉　朝露　夕露　夜露　初露
上露　下露　露けし　露の秋　袖の露
波の露　芋の露　露の世　露の身

〔季語解説〕　大気が露点以下になり、水蒸気が物の表面に凝結した水滴である。古代より涙の比喩となり、また小さいものやはかなく消えやすいものの喩えでもあった。萩や薄に寄せ、また草葉に置き、白玉と比喩され、風に散り、朝夕は置き増さるものとして詠まれた。『金剛般若経』に、仏教の無常を表す六喩として「夢・幻・泡・影・露・電」があり、古くからはかないものの喩えとされていた。和歌では、近世に至るまで四季を通して詠まれているが、『和漢朗詠集』秋に「露」の項を設けているように「露」は早くから秋を本季とされた。連歌では、『連歌天水抄』に「四季に降物なれども、秋は深きてい吉《よし》」とあり、和歌でも〈秋風にとやまの鹿は声たててつゆ吹きむすぶをののあさぢふ〉（皇太后宮大夫俊成女《こうたいごうぐうのだいぶとしなりのむすめ》『続拾遺和歌集』）など、秋の景物とともに詠まれている。その景物の代表としては、例えば『連珠合璧集《れんじゆがつぺきしゆう》』に示される「涙　玉　閑事《かごと》　風をまつ　野　草　蛍　虫　命　雨之類」がある。また同書には露の詠み方について「白露　朝露　夕露　上露　下露。露こほるといへば冬也」と述べている。

『和歌題林抄』に「朝ごとにたまらぬとも、草ばにむすぶ露をばぬぐかとも、風に散るをば玉のをのよはきかとも、又夕べには葉のぼる露を数へ、暁はわかれの涙をそふ。たまさかに光をみがき、秋の野を分ゆくには袖ほしわぶる心などを詠むべし。こはぎがうへには雁の涙をやどし、あさぢにこぼるゝは、虫の涙かとも詠む」と、露の詠み方を記す。これが俳諧にも踏襲され、『山の井』に、「やくし草にを《お》けるを瑠璃の光りかと疑ひ、観音《くわんをん》草に結べるを如意輪と言ひたて、月を宿しては、水とる玉と見なし、闇に光るを、うば玉などもいひなす。又なびきあふ花壇に、露のふり心をとがめ、色なき露のそめわくる千栽をあやしみ、猶すゑの露もとの雫に、せんぐりな世を思ひ、無常の風は時をきらはぬ露の身をはかなむ心ばへなどすべし」と、玉、涙、無常を中心とした本意を俳諧風に祖述している。「露」をめぐるこれらの連想は『俳諧類船集』に踏襲され、「雨はるる跡《あと》　浪のちる　露　月　萩　袖の涙　稲葉　涼しき暮　立花《りつくは》　柳　むしの音　野　庭　秋風たゆる　時雨　草　命　装束《しやうぞく》　膳　朝がほ　木の下　あだし野　小篠　道芝」とある。なお「芋の葉の露」については『増山井《ぞうやまのい》』（寛文三年〔一六六三〕）に「芋の葉の露　俳。是は此国の風俗《ならはし》に、七夕の歌を手向るに、芋の葉の露を硯に滴《したで》て梶に書也」とあって、七夕に関わることが分かる。

近代俳句では、露の本意であった涙、無常などの奥にある命の象徴として肯定的にとらえる傾向が見られる。

〔例句〕

連 **花よ露よ秋の野ならぬ袖もなし**　肖柏《しようはく》（『春夢草《しゆんむそう》』）

野には、秋草の花や露がいっぱいで、そこを分け行くすべての者の袖に花や露がうつろって、その袖までが秋の野のようになっている。

諧 **露の世は露の世ながらさりながら**　一茶《いつさ》（『おらが春』）

娘の死に際しての句。前書きに「この期に及んでは、行水《ゆく》のふたたび帰らず、散花《ちる》の梢《こずゑ》にもどらぬくひごとな（悔《い》）どとあきらめ貌しても、思ひ切《きり》がたきは恩愛のきづな也けり」などとある。

[句] **芋の露連山影を正うす**　飯田蛇笏《だこつ》（『山廬集《さんろしゆう》』）

芋の葉に露が乗っている。周囲の連山は、その姿を正しているようである。芋の露という小さくはかないものの存在感が、雄大な山並を背景に描かれている。小さい物への敬意とまで読んでは読み過ぎだが、それに近いものがある。

[句] **妻子寝て我寝て露の家となる**　高野ムツオ（『蟲の王』）

まず妻子が寝て、次に私も寝て、ついに私の家は露の家となった。

［秋尾　敏］

霧《きり》　三秋

朝霧　夕霧　夜霧　山霧　海霧《じり》　海霧《ガス》　野霧　狭霧　霧襖　霧の籬　霧雨　濃霧　霧の香　霧の海　霧の雫　霧の下道　胸の霧　心の霧

〔季語解説〕「霧」は、気温が下がって水蒸気が凝結し、微小な水滴となって浮遊している大気の状態。『万葉集』の時代には季節による霞と霧の区別はなかったが、平安時代以降は春を霞、秋を霧と呼び分けるようになった。ただし徳元《とくげん》の『誹諧初学抄《はいかいしよがくしよう》』（寛永一八年〔一六四一〕）には「霧は四季共に立《たつ》物也、霞は春斗《ばかり》立《たつ》物也」とあるから、そのような認識もあったのであろう。古代には露と並んではかないものの象徴とされ、人の死のはかなさを暗示した。また、相手との間を隔てるもの、景や心をしかと捉えられぬものとされた。のちに、霧の晴れゆく様も注目され〈しほがまのうらふくかぜに霧はれてやそ島かけてすめる月かげ〉（藤原清輔朝臣《ふじわらのきよすけあそん》『千載和歌集』）などの叙景が詠まれてゆく。

こうした和歌の詠み方の基本は、『初学和歌式』に「霧は物を立へだてゝ、それとも定かに見えぬ心を詠むなり。或は野べの千種も霧にこめて、それと見えねど香に匂ふとも、行かふ人の笠のはも、それと分ねど声ばかり近づく心、又は浦舟の行来も見えねど楫《かじ》の音にそこと知り、汐やのけぶりもわかれぬ心などをよむ也。又秋の山をみれば出る朝日に高根の霧は晴てふもとにたな引体をもよむ也。霧は景気を詮に思ひよるべき也」とあって、古歌の心を近世に伝えている。一方、『増補和歌題林抄』は「きりはこずゑの紅葉をこめ」と書き出し、秋の景物に立ちこめることを強調している。

連歌では『連歌天水抄《れんがてんすいしよう》』に「夕ぎりは幽なる体、朝霧は深き体、遠近もわかず立こめて、野山も海のごとくにて、高山も嶋に見えて、麓より立上る体は、さながら波の打心也。是を本意とする也。秋三月にわたる也」とある。また一条兼良《かねよし》編『連珠合璧集《れんじゆがつぺきしゆう》』（文明八年〔一四七六〕）は歌語を「秋霧　うす霧　朝霧　夕霧　夜霧」とし、付合語に「立こむる　あたる　ぬるる　むせぶ　しほるる　時雨　へだつる　鹿　雁　朝ぐもり　紅葉　籬」を記し、「朝霧」に対し「はれまもまたぬ（源）　雁のくる嶺（古）」、「夕霧」に対し「あしの葉（万）　友まどはせる鹿　哀をこむる　宿はなくして（万）　小野の山里（源）　草葉の露（同）　色こきいね（同）」、「霧の籬」に対し「夕暮　立どまるべき（源）　鹿のたたずむ（同）　秋の田　花の朝じめり」（カッコ内は出典で『源氏物語』『古事記』『万葉集』の略）を挙げる。

俳諧では北村季吟『山の井』が和歌の本意を踏襲しつつ「霧の海としては、世界のものは人魚といひ、山のをじかもあしかといひなす心ばへ、猶霧の印《ゐん》といひては、木の葉てんぐを思ひやり、夕霧としては雲井の雁のあまへ声とも、北のかたよりわたるなども」と俳諧への展開を記している。また梅盛《ばいせい》『俳諧類船集《はいかいるいせんしゆう》』（延宝五年〔一六七七〕）は関連語として「夕露　時雨　月ほのか　鹿の音　岑山　紅葉　槙原　秋の野　川瀬　あぶくま川　笆《まがき》　朝朗《あさぼらけ》　雨気　宇治川　仙術　印むすぶ　小野の奥　淡路島　酒ふく」をあげる。

〔例句〕

[連] **鹿の音を山なる霧のあした哉**　宗祇《そうぎ》（『萱草《わすれぐさ》』）

鹿の寂しげな声が山から聞こえてくるようだ、朝霧の立ちこめる朝は。

[諧] **朝霧や船は四国のこめだはら**　涼菟《りようと》

朝霧が立ちこめている。その中から現れたのは、四国の米俵を積んだ船であった。「明石人丸明神奉納」句。

[句] **かたまりて通る霧あり霧の中**　高野素十《すじゆう》（『芹《せり》』）

一面の霧の中を、さらに濃い霧がかたまって通過して行ったことだ。

［秋尾　敏］

稲《いな》妻《ずま》　三秋（初秋）

（稲《いな》妻《づま》）

稲光　稲の殿　いねつるみ　いなつるび　いなたま

〔季語解説〕　雷雲と地面との電位差によって起こる火花放電である。稲の実る時期に重なる現象であることから、稲を実らせる力があると考えられていた。『改正月令博物筌《かいせいがつりようはくぶつせん》』（文化五年〔一八〇八〕）に「光ありて雷鳴らざるをいふなり。稲光といふも同じことなれども、稲光と唱へては、雑なり。晴れたる空に光るは、秋の初めにあり。これは、風雨によるにあらず。季夏《なつのすへ》のはなはだしき陽気、秋収斂の時至りて地中に伏せんとするにより、陰陽相きしり合ひて、光気をあらはす」とあり、これが近世の一般的な認識であったと考えられ、この「陰陽相きしり合ひて」という辺りがこの語の本意の中枢であろう。それが生産のエネルギーや人間の刹那の精神面へと転じ、さまざまな比喩性を持つようになったと考えられる。古歌には〈秋の夜にいくたびばかりてらすらむいな葉の露にやどるいなづま〉（兼宗《かねむね》『六百番歌合』）、〈よひのまのむら雲つたひかげ見えて山のはめぐる秋の稲妻〉（院御製〈伏見院〉『玉葉和歌集』）などと詠まれ、後の連歌俳諧の本意の根拠となっている。たとえば『初学和歌式』に「いなづまをよむには稲葉の上にかよはせ草葉の秀にうつし、すべて光とゞめず、はかなき心をよめり。よつて世のはかなきにたとへ、又は人の心のあだなるによそふ（後略）」とあるのが和歌の詠み方の大筋であった。

一条兼良《かねよし》編『連珠合璧集《れんじゆがぺきしゆう》』に「稲妻トアラバ、秋の始の物也」とあり、付合語として「よひの間、光のま、てらす、露にやどる、山の端めぐる、秋の田のほのうへ、石の火」を挙げ、『新古今和歌集』の〈在明の月待やどの袖の上に人だのめなる夜ひの稲妻〉（家隆）を置いている。なお、服部土芳《どほう》『三冊子《さんぞうし》』（元禄一五年［一七〇二］）には「いな妻は、宵《よひ》の内ばかりのもののやうに連歌には云《いふ》也」とある。

俳諧では北村季吟『山の井』（正保五年［一六四八］）は関連語に「よひのま、いねのとの、ひかり、てらす」を挙げ、「いなづまは、妻によせて、ちらと見しよひの俤《おもかげ》などいひ、雲の衣のもんにもいひなす」と記す。梅盛《ばいせい》『俳諧類船集《はいかいるいせんしゆう》』（延宝五年［一六七七］）は、付合語として「端居の袂、月遅《おそ》き夜、あけ置《をく》窓、浅茅《あさぢ》原、涼しき袖、秋風、鳥羽田、田面、雨はるる跡、雲間、霧間、うたたね、村雨、かつらぎ山、りんすの紋、あだなる世、悋気《りんき》、雁、宵闇、田中の里」を置き、「木の間に光る稲妻は山伏のうつ火かとうたがふ。又は何にたとへん秋の田のほのうへてらす宵の稲妻といへり。足疾鬼《そくしつき》が舎利《しやり》をどりしいなづまの光に紛れてと有。黒塚の鬼あらはれし時鳴《なる》神いなづま天地にみちとかや。朝貌の露いなづまの影とはくらべ物か」と記す。また付合語に「田面の露田中の蛍　村雲」が示されている。

〔例句〕

連 **稲妻は消え返るものを憂き身かな**

黒田如水（官兵衛）追悼。稲妻は消えて再び現れることを思うと、亡くなった人を悼む心がますます募る。

諧 **稲妻にさとらぬ人の貴《たつと》さよ**　　芭蕉《ばしよう》（『焦翁句集』）

稲妻に悟り顔をせず怖がる人がいるが、そういう（半端な悟りを開かぬ純粋な）人の心が尊いのである。

句 **稲妻の切っ先鈍る夜の河**　　河合凱夫《がいふ》（『はればれと』）

稲妻が鋭い切っ先で天から地に向かってきたのであるが、夜の川面に至って、その切っ先を鈍らせたように見えたのである。

［秋尾　敏］

踊《おどり》《をどり》　　初秋

盆踊　踊場　音頭取　踊子　踊手　踊振　踊見　踊太鼓　踊衣　踊帷子《おどりかたびら》　踊笠　懸踊　念仏踊　題目踊　灯篭踊　伊勢踊　木曽踊　小町踊　七夕踊

〔季語解説〕「踊」は俳諧以降の季題である。重頼《しげより》編『毛吹草《けふきぐさ》』の「連歌に不云出物、誹諧之一座に只一也」という中に「踊《をどり》」があるように連歌でも詠まれていない。「踊」は、一般に盆踊りのこととされ、先祖の供養を本意とするはずの題だが、各地の踊りには、季節の変わり目の祭、七夕、雨乞い、豊年祈願等の性格が見られる。室町末期から民衆娯楽となって広がったようだが、江戸期には禁止令も出ているから、よほど盛んになったのであろう。しかし、地域や時期によって、その性格や華やかさには違いがあったと考えられる。

また、盆踊は一般に時宗の念仏踊に発すると説明されるが、『誹諧初学抄《はいかいしよがくしよう》』（寛永一八年［一六四一］）に「時宗躍《をどり》念仏、二月彼岸也。八月の彼岸にも在之《これあり》。是又はじめを用也《もちふる》」とあって、一考を要するかと思われる。『貞徳誹諧記《ていとくはいかいき》』（寛文三年［一六六三］）にある「歌いづれ小町おどりや伊勢踊」の自注に、「伊勢・小町歌のよみ無勝劣《しやうれつなき》上手なれば、今をどりの名によせ侍る」とあり、すでに貞徳の時代においても「踊」は娯楽の趣である。ただしこの「伊勢踊」は、時代的に盆踊でなく伊勢神道普及のための踊であろう。

『はなひ草』（寛永一三年［一六三六］）の「四季の詞・七月」に「をどり」がある。ただし『山の井』に「躍《をどり》はいつと時しわかねど、木曽躍《をどり》小町おどりなどやうの類は秋の季にて侍るとぞ」とあって、まだ明確な定義はなされていなかったようである。『増補改正俳諧歳時記栞草』（嘉永四年［一八五一］）には「七月十四日より晦日に至り、毎夜大人小児街頭《ちまた》に踊をなす」とあって、江戸後期には秋の季題として定まっていたことが分かる。

連想の広がりとして、梅盛《ばいせい》『俳諧類船集《はいかいるいせんしゆう》』が示す付合語は「馬、雀、胸《むね》、脈、童の頭、雨乞、文字、淵《ふち》の魚、鴉《からす》、猿《さる》、四十一の卦《け》、北さが、きれぬ小刀、住吉の御祓《おはらい》、時宗の念仏、松が崎、布袋《ほてい》、鉾《ほこ》ノ児、花園《その》、糺《ただす》ノ杜、牛ノ子」と多岐に渡り、この季題が多様な文化的背景を背負っていることがわかる。

〔例句〕

諧 **丸かれとおもふ踊が飯櫃《いびつ》形《な》り**　　蕪村（『耳たむし』）

丸くあれと思う踊りの輪が、どうしても楕円形になってしまうことだ（明和五年［一七六八］）。

諧 **四五人に月落ちかかる踊かな**　蕪村《ぶそん》（『蕪村句集』）

深夜になって四、五人となった踊りの輪に、中天を過ぎた月の光が差し掛かっていることだ。

句 **手のひらをかへせばすすむ踊かな**　阿波野青畝《あわのせいほ》（『紅葉の賀』）

踊り手が手のひらを返すたびに、踊りの列が前に進んでいくことであるよ。　［秋尾　敏］

盂蘭盆会《うらぼんえ》《うらぼんゑ》　初秋

盂蘭盆　盆　盆会　盆供　盆祭　盂蘭盆経　盆棚　棚経　棚経僧　迎火　送火　迎盆　新盆　初盆　盆前　盆三日　盆過ぎ　魂祭《たままつり》　聖霊棚《しょうりょうだな》

〔季語解説〕 旧暦七月十三日から十六日まで祖先の魂を祭る行事である。『改正月令博物筌《かいせいがつりょうはくぶつせん》』に「盂蘭盆」は梵語で、漢訳すれば「倒懸救鬼」、すなわち「地獄の苦しみ」を救うために「祭の供えをなす」とある。「盂蘭盆経」という仏典のある重要な行事であるが、古来の習俗と思われる「魂祭《たままつり》」と結びつき、あるいは「七夕」と関わる部分もあって、多様な展開を見せる季題となっている。さらには一年の後半が始まる時期であるため、年の区切りの行事として、正月と並んで重要な位置をしめ、そのため各地のさまざまな行事や風習と結びつき、近代に至るまで「生身魂」「墓参」「帰省」などの派生する季題を生み出してきた。

「盂蘭盆」の起源については『増山井』が「目蓮の母餓鬼の中にありて食する事を得す。仏うらぼんをなさしめ七月十五日百味五菓をそなへ十方の仏に供養せしめ給へば、母終に食を得たり。ここに目蓮、仏にまうさく、仏弟子の孝順をおこなふものは、まさにうら盆をなすへしといふ。仏大善との給へり。これよりうらぼんはおこれり。盂蘭盆経」と記している。歳時記では「魂祭」とは別の季題として提示されることが多いが、両者を区別することは難しい。例えば『俳諧炭俵下巻』にある洒堂の句〈と《た》うきびにかげろふ軒や玉まつり〉の前書きは「盂蘭盆」である。盂蘭盆会を詠み込んだ早い例に『七十一番職人歌合』（明応九年［一五〇〇］頃成立か）の〈うらぼんのなか半のあきの夜もすがら月にすますやわがこころてい〉がある。

連歌では『無言抄』（慶長三年［一五九八］）に示されるものの用例は見られない。俳諧には多くの例があるが「盂蘭盆会」という表記は少なく、「盂蘭盆」「盆会」などと略される。

北村季吟『山の井』には「なき玉のきますといふ事、一年に数多度《あまたたび》あなるとなれど、ことに七月はうらぼんにて、久かたの雲のうへにも御盆供《ぼんぐ》を備へ給ひ、あまさがるひな人までもあたりあたりの持仏《ぢぶつ》の前に、わさ米枝豆《えだまめ》根芋《ねいも》など所せきまでたてまつり、檜破子《ひわりご》くきやう様《やう》の物調へて、身よりよりのくゐんぞくはさらなり、ききふれ見なれし、無縁法界にいたるまで、残なくまつり侍る。されば水せがきして、火の車のたけさもうちけす心ばへ、をくり火の光りに、くらやみの地獄の迷ひなからんを思ひやり、麻からの杖つくらんよろぼひ姿《すがた》を悲しみ、灯籠《とうろう》木のごとき餓魄ばらをあはれみ、又蓮葉にぶりめく露をのるらん人玉になぞへ、ほえみそはぎの露けさを我袖の涙《なみだ》によそへて、ふるきを思ふ心なとすべし」とあり、当時の風習を知ることができる。

なお、重頼編『毛吹草《けふきぐさ》』（正保二年［一六四五］）に「盆のつと入」という風習が出ている。「盆のつと入十六日。勢州山田に有之。様々に出立て人の家につと入、見度物を此日見ると也」とあり、こうした地域独自の風習は各地にあったと思われる。

〔例句〕

諧 **極楽も地獄も盆は月夜哉**　許六《きょりく》（『正風彦根躰』）

極楽も地獄も盆の夜は月夜なのであるなあ。盆は旧暦の七月十三日から十六日までの行事であるから、必ず満月の夜を挟んだのである。

句 **脚入るるときやはらかし茄子の馬**　恩田侑布子《おんだゆうこ》（『夢洗ひ』）

茄子の馬の脚にする苧殻《おがら》を差し込むと、柔らかい手応えが返ってくることであった。　［秋尾　敏］

木槿《むくげ》　初秋

きはちす　はちす　もくげ　はなむくげ　ゆうかげぐさ　しろむくげ　そこべに　木槿垣

〔季語解説〕 アオイ科の落葉大低木。西アジア原産と思われ、日本では庭木や生垣にする。夏から秋にかけて一重または八重の花を付け、一日でしぼむものが多い。主に紅紫色だが、園芸種として淡紫、淡紅、白色、しぼりなどさまざまの種類がある。また白花を乾燥させて煎じ、胃腸病に用いる。『改正月令博物筌《かいせいがつりょうはくぶつせん》』（文化五年［一八〇八］）は『万葉集』の朝顔をこの木槿とするが真偽は不明。桔梗ではないかという説もある。しかし、木槿の本意は、現在の朝顔同様、朝に咲いて一日でしぼむはかなさにあると考えられる。『本草綱目』に「木槿、舜、日及、朝開、暮落花、藩籬草、花奴玉蒸。この花は朝開き暮に落つ。故に日及といひ、槿といひ、蕣といふ。僅に一瞬の栄といふ意なり」とある。ただし、大韓民国では国の花の扱いで、つぎつぎに咲き出るところを好まれているから、近代俳句の大陸詠などでは、また別の本意・本情を考える必要があるかと思われる。

木槿は和歌の題とはなっていないが〈さなくともさかしきものを冬来ればはちすの垣もかれがれにして〉（『和泉式部集』）の「はちす」は槿のこととされ、また、『桂園一枝』（天保元年〔一八三〇〕）に「木槿の花を見て」と詞書のある〈いけ垣の小杉が中の槿の花是のみをむかしはいひし朝がほのはな〉がある。

梅盛《ばいせい》『俳諧類船集《はいかいるいせんしゆう》』（延宝五年〔一六七七〕）は「垣」の付合語としてムクゲを置く。重頼編『毛吹草《けふきぐさ》』（正保二年〔一六四五〕）には「連歌付誹諧付合差別《しやべつ》の事」として「地誹諧には、垣と有に、梅　卯花　蕣《あさがほ》は連歌付、木槿《むくげ》　正木　小角豆《ささげ》等ははいかい」とある。北村季吟『増山井』（寛文三年〔一六六三〕）は、「木槿《ムクゲ》　月令《グワツリヤウ》には夏也。好む所に随《したが》ふ可也《ベキナリ》」とある。許六編『本朝文選』（宝永三年〔一七〇六〕）にある浪化の「誹諧発願文」に、「まづ椿《つばき》ころりと落《おち》て。無常をしめし。木槿《むくげ》一日の栄をさとりて程なくしぼる」とあり、ムクゲの本意がよく示されている。

〈例句〉

諧 花ならで木のつら雪ぞ白木槿　休安《きゆうあん》（『ゆめみ草』）

花ではなく、木の面は（白くて）まるで雪のよう、これは紀貫之の風情であるなあ、白木槿は。

諧 道のべの木槿は馬にくはれけり　芭蕉《ばしよう》（『野ざらし紀行』）

道のほとりに咲くムクゲは、朝に咲いて夕べにはしぼむものであるのに、その前に馬に食われてしまったことだ。

句 白木槿うかべて野路の月いまだ　林翔《はやししよう》（『馬酔木』）

夕方になっても散らない白ムクゲが野道の闇に浮かんでいるのだが、月はまだ上ってこない。はかない命のはずのムクゲの花が闇に咲き残っていて、永遠を回り続ける月の方がまだ現れないという、本意を踏まえてその逆の美の瞬間をとらえた句である。　〔秋尾　敏〕

槿《あさがお》 あさがほ　　初秋

牽牛花《けんぎゆうか》　しののめ草　朝顔市

〈季語解説〉 ヒルガオ科の一年草。遣唐使が中国から持ち帰ったと言われ、江戸後期、観賞用に多様な花が作られた。牽牛子《けんごし》という生薬にもなる。

『万葉集』に詠まれた朝顔は、秋の七草の一つとされるが、木槿《むくげ》、あるいは桔梗《ききよう》を指すなど諸説ある。

平安時代以降が現在の朝顔で、『古今集』では物名《もののな》の歌に「けにごし」として詠まれ、『後撰和歌集』から「あさがほ」として詠まれるようになる。『源氏物語』『枕草子』にも登場する。〈あさがほをなにはかなしとおもひけんひとをもはなはさこそみるらめ〉（道信朝臣《みちのぶあそん》（藤原道信）『拾遺抄』）など、花が早くしぼむことから、あだにはかないものとして詠まれてきた。

『和歌無底抄』には「此題はかたち大様は無常にこそきこえ侍るめけれ。霧の籬に立ちかゝりて朝日のいたらむことをまつ程の栄えある花なり。思ひあやしなど、つゞけては架のうちにもさがすべし（後略）」などとある。『連歌至宝抄』は「中の秋」に置き、重頼編『毛吹草《けふきぐさ》』は「七月」に置くが、初秋が通例であろう。

室町時代後期の『連歌天水抄』に「あだなる花也。朝一時の間に咲、日影出れば、間もなくしぼむ也。さりながら、一時といへども咲つゞけば、ながながしくも有体、肝とする也」、また『初学和歌式』（元禄九年〔一六九六〕）にも「朝顔は日かげをまたでしぼむものなれば三日程もなき心をいひ、又は世のはかなきにたとへてもいふ也」と、その本意を端的に記している。

俳諧では、『山の井』には「あさがほは顔にたよりて、露のたまれるを、えくぼといひなし、しぼめるをひたいのしわとも見なせり。ふのやきの名によりて、あざやかならぬはなのあたりとも、又斎院《さいゐん》の名をもよせ、牽牛花《けんぎうくわ》といふにつきて、かの星《ほし》のすくなき契《ちぎり》をもおもひ、又日影をまたぬさかりに、露の玉のをのかかれるほどをはかなみ、ほどなき此世のたとへにもす」と、俳諧の世界の連想の広がりを伝えている。

梅盛《ばいせい》『俳諧類船集《はいかいるいせんしゆう》』（延宝五年〔一六七七〕）は、見出しに「朝顔《あさがほ》　一名しののめ草」と記し、付合語として「霧のまがき、露の下庵、呉竹のすゑ、手水、斎宮、賤の垣ほ、鏡、源氏、髪あぐる、ゆやの使、明石の浦、寝起、麩《ふ》の焼《やき》、芦垣」を挙げ、さらに「露命《ろめい》」「垣」「竹」「籬」「朝日」などの付合語として朝顔を挙げている。

なお、「朝顔姫」は、七夕の織女星の異名である。

〈例句〉

連 槿は露の花なるさかりかな　宗長《そうちよう》（『壁草』）

朝顔は、はかなさの象徴である露の花ともいうべき花で、その露を置いた朝顔の花が今や盛りである。

諧 あさがほに我は食《めし》くふおとこ《を》哉　芭蕉《ばしよう》（『虚栗《みなしぐり》』）

其角の「草の戸に我は蓼くふほたる哉」という句に和しての句。其角の、いささか佗を構えた比喩句に対し、日常で応じた句であるが、すぐしぼむというあさがおの本意を背景に置けば、限りある人生を「食ふ」という行為において過ごしていく人間の根源的な姿を描いているとも読める。

句 北斗ありし空やあさがお水色に　渡辺水巴《すいは》

（『水巴句集』）

さっきまで北斗七星のあった空に、今は水色の朝顔がある。永遠の星が消え、限りある命の朝顔が美しく現れるという逆説的な美の世界である。　［秋尾　敏］

草花《くさのはな》　三秋

草の花　百草《ももくさ》の花　千草の花　草の初花　野の花

〈季語解説〉　木の花に対して、草の花をさす。和歌・連歌・俳諧では、もっぱら秋の山野を彩り咲く野草の花をさす。『至宝抄』『毛吹草』など、七月の季語として所出。「草花」の語は八代集の歌中には用いられず、例えば『古今和歌集』秋、よみ人知らずの歌には〈緑なる一つ草とぞ春は見し秋は色々の花にぞありける〉〈百草の花の紐解く秋の野に思ひたはれむ人なとがめそ〉などと表現されている。

歌合などでは、同趣の「野花」が、題として先に用例が見える。「草花」の早い例と思われる元永二年（一一一九）「内大臣家歌合」では、「草花」の題のもと二十二首が詠まれているが、「さまざまの花」「千種《ちくさ》の花」「百《もも》草《くさ》の花」「草々の花」など、具体的な花の名を詠みこまない歌は五首、他は「女郎花」「藤袴」「萩」「花薄」などを詠む歌である。近世、重宝された類題歌集の項目には、「草花」の他に「草花告秋」「草花露」「草花満庭」などの題が見える。つまり、『山の井』に「草花といふ題に、ただひとくさの名をもいへり」とあるように、「草花」の語は歌題として秋の草の花の総称で用いられ、実際には、具体的な秋の花が詠まれることが多かった。

具体的な花の名は、『枕草子』に「草の花は、なでしこ。唐のはさらなり、やまとのもいとめでたし。をみなへし。桔梗。あさがほ。刈萱。菊。壺菫。竜胆…」以下、かまつかの花・かにひの花・萩・八重山吹・夕顔・しもつけの花・葦の花・薄を挙げる。『山の井』は副題に「女郎花・薄・かるかや・萩・荻・蘭・桔梗」を挙げる。

俳諧では、「草の花」の語そのものが、多く詠まれるようになる。季語の数が増え、それぞれの花が単独で季語として意識されるようになったこともあり、むしろ「草の花」が、秋の野原の美しさを彩る名もなき草花の総称として意識され、その健気《けなげ》さを賞翫する心が詠まれるようになったからであろう。

〈例句〉

連　名も知らぬ小草《こくさ》花咲く川部哉《かな》　智蘊《ちうん》（『竹林抄』）

「草花」を題として詠んだ発句。『親当句集』に〈中川のわたりにて〉と詞書。中川は『源氏物語』ゆかりの地で、京の東端を流れる川。花散里巻では「忍びて中川のほどおはし過ぐるに」と描かれる。なお、「名も知らぬ小草」も、若紫巻に「名もしらぬ木草の花ども」の表現がある。名も知らぬが心ひかれる小草の花の咲く川のほとりであることよ、の意。

諧　名はしらず草毎に花あはれ也　杉風《さんぷう》（『雪七草』）

「角田川紀行」の前文に「漸《やうやう》里はなれたる岸に舟さしよせてあがり、野を分るに、ちぐさの花おのが色々咲て、見ぬ草の数多かりき」とある。師の芭蕉にも〈草いろいろおのおの花の手柄かな〉（『笈《おい》日記』）がある。無名の花がおのおの懸命に咲くことで、秋の野の美しさを生みだしていると讃えるのである。一つ一つの花に目をやる作者の視線は温かい。

俳　草の花少しありけば道後なり　正岡子規（『散策集』）

明治二八年（一八九五）、松山にあった漱石の「句陀仏庵」にて病気療養中の子規が、「今日はいつになく心地よければ」友人柳原極堂も誘い合わせ散歩をし「秋の風のそぞろに背を吹いて暑からず、玉川町より郊外には出でける。見るもの皆心行くさまなり」として詠んだ句。子規を満足させるものの一つが、生命力あふれる「草の花」であったことは疑いない。　［安田吉人］

薄《すすき》　三秋

芒　尾花　花薄　薄の穂　一本《ひともと》薄　むら薄　薄原　薄野　しの薄　糸薄　ますほ薄

〈季語解説〉　イネ科の多年草。秋の七草の一つ。原野に自生し、秋に、黄褐色の穂を出す。その穂を「花薄」「尾花」とも詠む。『天水抄』は、薄と尾花の違いを、「尾花、穂に出たる薄也。薄、穂出ぬ心也」とする。歳時記類では、兼三秋に扱うものもあるが、『増山井』以下、八月とするものが最も多い。

『枕草子』は、「秋の野のおしなべたるをかしさは、薄こそあれ。穂先の蘇芳《すはう》にいと濃きが、朝霧にぬれてうちなびきたるは、さばかりのものやはある。秋の果てぞ、いと見どころなき。いろいろに乱れ咲きたりし花の、形もなく散りたるに、冬の末まで、頭のいと白くおほどれたるも知らず、昔思ひ出顔に風になびきてかひろぎ立てる、人にこそいみじう似たれ」と、種々の草木が枯れた晩秋まで哀れを誘う景物とする。『徒然草』も、家にあってほしいものとして「秋の草は、萩・薄」と挙げる。

『万葉集』では、薄は秋だけでなく、雪と取り合わせて冬枯れの野の景色にも用いられている。〈秋萩の花野の薄には出でずわが恋ひわたるこもり妻はも〉や〈はだ薄穂にはな出でそ思ひたる心は知らゆ我も寄りなむ〉のように、「穂に出る（表に出してしまう）」（『連珠合璧集』）にかかる序詞や枕詞として用いられた。『古今集』以降は、在原棟梁《ありわらのむねやな》〈秋の野の草の袂か花薄穂に出でて招く袖と見ゆらむ〉などにより、「尾花が袖・なびく・招く」（『山の井』）と、「招く」と結んで詠まれることが多かった。

叢生するさまを「一むら薄」「村薄」と呼ぶが、原野に群生する葉や穂が風になびくさまや、白い穂の向こうに見る夕暮れや月の光は、秋の荒涼たる景にふさわしい。中世になると、西行の〈花薄月の光にまがはまし深きまそほの色に染めずは〉（『山家集』）藤原隆祐《たかすけ》の〈夕日さす遠山もとの里見えて薄吹きしく野辺の秋風〉（『風雅集』）など、薄の景色をそのまま詠むことが増える。

〔例句〕

連 **ゆく人をまねく尾花のたもと哉《かな》**　紹巴《じょうは》（『大発句帳』）

平忠盛《ただもり》〈ゆく人を招くか野辺の花薄今宵もここに旅寝せよとや〉（『金葉集』）をふまえる。和歌の伝統である薄の「招く」様子を詠んだ。同書には、肖柏《しょうはく》〈誘はれていく村薄秋の風〉もあり、風になびく薄に誘われるようだと詠む。

諧 **渡辺やとふもすすきの数寄《すき》の風**　正章《まさあきら》（『山の井』）

「雨降りける日大坂にて」とある。『無名抄』の伝える「ますほの薄」の故事を踏まえる。登蓮法師が、雨中、簑笠を借りて「ますほの薄」の秘伝を知る摂津国渡辺に住む聖を訪問し、「いみじかりける数寄者」と賞された逸話。『徒然草』にも引用され、蕪村は、同書を前書きにした〈簑借りて行路《ゆくみち》細きすすきかな〉の自画賛を作っている。

諧 **山は暮《くれ》て野は黄昏《たそがれ》の薄哉《かな》**　蕪村（『自筆句帳』）

遠くの山はすっかり暮れて暗くなり、近くの野はまだ黄昏のかすかな光に照らされて、白い薄の穂がなびくのが見えることだ。一つの画面に遠近と明暗の対照を写生した蕪村らしい発句。

句 **をりとりてはらりとおもきすすきかな**　飯田蛇笏（『雲母』）

風に穂をなびかせる薄はいかにも軽そうだが、折り取って持ってみると、はらりと穂が垂れ、思いがけずその重さを感じ取り驚かされたことだ。すべて平仮名書きで見かけは軽さをかもしだしながら、ふと感じる生きる物の重みを籠めている。

［安田吉人］

女郎花《おみなえし》《をみなへし》　初秋

女郎花《ぢよろうばな》　をみなめし　粟花

〔季語解説〕　オミナエシ科の多年草で、大伴家持〈萩の花尾花葛花瞿麦の花女郎花また藤袴朝顔の花〉（『万葉集』）が挙げる秋の七草の一つ。山野に自生し、時には一メートルに及ぶ細い茎を分枝し、先端に黄色い粟粒のような細かな花を傘状に咲かせる。季語としては、連歌書『長短抄《ちょうたんしょう》』、俳諧書『はなひ草《ぐさ》』以下、七月とする書が多い。

別名の「をみなめし」も同様、「えし・めし」は「粟飯」の意で花の形状に由来する。『和漢朗詠集』源順〈花の色は蒸せる粟の如し。俗呼びて女郎と為す。名を聞きて戯れに偕老を契らんと欲すれば、恐らくは衰翁の首の霜に似たるを〉は、形状に触れたあと、女郎花の語から、女性に見立てる。野に自生しながら、繊細な風情を失わない姿と「女」の語意や「女郎花」の文字から、和歌以来女性に見立てられ、『八雲御抄《やくもみしょう》』も「女に寄せて詠む」とする。連歌書『梅薫抄《ばいくんしょう》』も、「いかなる歌にも女にしなして詠侍る也。発句にもその心有るべし」とある。

『古今和歌集』仮名序「女郎花の一時をくねるにも」の一節は、若い女性が艶やかさを競い合って騒がしくする姿にたとえた僧正遍昭《へんじょう》〈秋の野になまめき立てる女郎花あなかしがまし花もひと時〉による。おなじ僧正遍昭の、女郎花の色香に迷う男の心を詠んだ〈名にめでて折れる許ぞ女郎花我おちにきと人に語るな〉（『連珠合璧集』も引用）は、後世の詠みぶりを決定づける歌と言え、重頼《しげより》〈見ておちぬお僧はあらじ女郎花〉（『犬子集』）など、俳諧でも多く詠まれ続けた。

『山の井』に「頼風《よりかぜ》の古事をよせて、くねるは女気かとも、散りなば男やもめ哉ともいひ」は、前述の仮名序をもとに、中世の注釈書に付会され、謡曲『女郎花』などで、広く知られるようになった小野頼風の伝説を踏まえる。頼風の訪れが間遠になり身を投げ死んだ妻の塚から女郎花が生え、哀れに思った頼風も後を追って身投げする夫婦の悲話。付合語集『連珠合璧集』の「男山」、『類船集』「古塚」「頼風」など、連歌俳諧ではこの着想による句が多く、『犬子集』には〈男山へ誰がなかうどぞ女郎花〉（徳元《とくげん》）や『山の井』の記述のもとになった発句が並ぶ。

〔例句〕

連 **誰袖をふれてかなびくをみなへし**　紹巴《じょうは》（『大発句帳』）

いったい誰の袖が触れてなびいたのであろうか、女郎花は。謡曲『女郎花』の「草の袂も我が袖も、露触れそめて、立ち寄れば此花恨みたる気色にて、夫の寄れば靡き退き、又立ち退けばもとの如し」を踏まえる。

諧 **草刈よ馬に喰はするをみなへし**　杉風《さんぷう》（『続別座敷』）

草刈男よ。古典では風趣ある女郎花も、働くおまえには馬に与える食い物であることだよ。支考の〈粟飯を喰せむ馬に女郎花〉（『草刈笛』）は、連想がさらに明瞭。近世では、芭蕉〈ひよろひよろと尚露けしやをみなへし〉、蕪村〈女郎花そも茎ながら花ながら〉、一茶〈女郎花あつけらこんと立てりけり〉（『七番日記』）と、繊細な姿を観察、描写した発句も多いが、作者の個性がよく表れる。

句 **をみなめしおほよそ嘘な女かな**　松根東洋城
（『新春夏秋冬』）

女郎花よ、総じて話すことは嘘ばかりの女であることだ。古典の女性の枠を超えた、したたかな悪女の面を強調した俳句である。近代俳句では叙景句が増えるだけに女性の性質までとらえ直した見立ては貴重。

［安田吉人］

秋《あき》の空《そら》　三秋

秋空《あきぞら》　秋天《しゅうてん》　旻天《びんてん》

〔季語解説〕 清く澄んで広がる秋の大空。秋の澄んだ大気は、遠くの山々を鮮明に見せ、木々や建物の姿を際立たせる。

「秋の空」は、『和漢朗詠集』に集録する白楽天の詩句〈大底《おおむね》四時《しいし》心惣《す》べて苦《ねんごろ》なり、就中《このなか》に腸《はらわた》の断ゆることはこれ秋の天〉（「秋興」）があり、秋の愁いをことさらかきたてるものとされる。『後撰集』の〈おほかたの秋の空だに侘しきに物思ひそふる君にもあるかな〉（右近）も、秋の空が侘しいという前提のもとに、訪れの間遠になった恋人に愁いを訴える歌である。

『源氏物語』賢木巻で六条御息所《みやすんどころ》との別れに際して詠む〈あかつきの別れはいつも露けきをこは世に知らぬ秋の空かな〉は、光源氏の万感の思いが投影される秋の空である。〈誰にかは秋の心も愁へまし友なき宿の夕暮の空〉（五条為実《ためざね》『玉葉集』）は、我が心の内の愁いを誰にも語れず見上げる秋の空。連歌の付合にも〈我が心誰に語らん秋の空／萩に夕風雲に雁が音〉（心敬『新撰菟玖《つく》波《ば》集』）と、同じ心が詠まれる。心敬自讃の付合には萩には夕風、雲には雁が訪れるとあり、前句と合わせれば、それなのに私には心をうちあけるべき友もいないという愁いを表した付合《つけあい》になる。

季語「秋の空」が歳時記類に収められるのは近世後期の『栞草《しおりぐさ》』を待たなければならないが、実作の上では〈秋の空尾の上の杉に離れたり〉（其角『炭俵』）、〈行く先に都の塔や秋の空〉（太祇『太祇句集』）などがある。和歌以来の伝統である愁いをかきたてる「秋の空」から、実景をもとにした清澄な青空のイメージが生じてくる。『寄垣《よせがき》諸抄大成』に八月の異名として採録する「秋高」は、杜審言《としんげん》の詩〈秋高くして塞馬肥ゆ〉に由来すると言われるが、匈奴《きょうど》の来襲に注意を促す漢詩の一節であった。そこから派生した「天高し」をはじめ「秋澄む」などには、台風一過の塵を払った空、運動会で見上げた快晴の空など、現代俳句の爽やかな澄んだ空の風情がある。

〔例句〕

連 **憂きものと言ひしぞまこと秋の空**　一覚
（『新撰菟玖波集』）

〈夕べを人の形見とやせむ〉の前句に付けられた付句。夕空を眺めながら、失われた人に思いをはせる前句に、漢詩・和歌以来の伝統を受けて「秋の空」を「憂きもの」とあらためて知る万感の思いを付けた。

諧 **によつぽりと秋の空なる不尽《ふじ》の山**　鬼貫
（『大悟物狂《だいごものぐるい》』）

にょっぽりと突き出るようにして秋の空にあった富士の山であることよ。擬態語「にょっぽりと」は、作者鬼貫の創作と思われるが、高い秋の空に届きそうなひときわ高い富士山を実感させる語である。貞享四年（一六八七）七月、江戸から戻った鬼貫は、詠んで聴かせてくれるように頼まれていた富士の発句を、亡き友の墓前で披露した。

句 **秋空にさしあげし児の胸を蹴る**　福田蓼汀

まるで秋空にさし上げるように、子供に高い高いをしてやると、興奮した子供が足をばたつかせ私の胸を蹴る。その子供の生命力のなんと好ましいことか。一方、〈秋天の高さ淋しさ極りぬ〉は、和歌以来の本情に立つ句。蓼汀は登山家で、山岳俳句の第一人者と言われる。

［安田吉人］

秋《あき》田《のた》　仲秋・三秋

秋の田　田の色　色づく田　早稲　晩稲

〔季語解説〕 秋になり、稲の稔った田。豊かに稔り、黄金色に頭を垂れた稲穂の並ぶ秋の田は美しい。

和歌では、すでに『万葉集』巻十の「秋相聞《そうもん》」に、「寄水田」として〈秋の田の穂の上に置ける白露の消ぬべく吾は思ほゆるかも〉など、秋田の景に託した恋の思いが詠まれている。『古今集』でも、例えば素性《そせい》法師の〈秋の田のいねてふこともかけなくに何を憂しとか人のかるらむ〉は、「稲・去ね」「刈る・離る」の掛詞や縁語を用いた恋の歌。秋田が、人々の身近な景であるがゆえに、恋の歌としても利用されたのである。

『後撰集』秋の歌で、百人一首の歌としても知られる天智天皇の〈秋の田の刈穂の庵の苫を荒み我が衣手は露に濡れつつ〉は、もともと農作業の実感を詠む作者不明歌〈秋田刈る仮庵を作り我が居れば衣手寒く露ぞ置きにける〉を、王朝歌人好みの語に改め、作者も農民の労苦を理解する理想的な天皇として天智天皇に仮託された和歌である。人々が農作業を主観的に詠み、秋田をめぐる景物に広く関心を持っていたことは『連珠合璧集』の付合語に「秋の田とあらば、守。刈る。稲葉。刈りし穂。初穂。はやわせ。晩稲《をしね》。おくて。落穂。稲筵《いなむしろ》。穂屋作る。紅葉散敷。庵《いほ》。引板《ひた》のかけ縄。鳴子。案山子（以下略）」などと列挙されていることからもわかる。日本は現代にいたるまで米文化の国であり、国や人の豊かさを象徴するのが秋の田である。

連歌・俳諧では、八月の季語として所出。『鼻紙袋』は、早田・はやわせ・田を刈る・落穂・稲干す・刈田・・田を守る・おくて田・新米・稲臼・稲葉・稲穂・案山子・引板・鳴子《なるこ》など四十を超える語を掲出する。稲穂の広がる豊かな秋田の景を眺望する視点、田を守る立場を思いやりつつ、仮庵や鳴子といった景物や刈り取られた稲そのものに示す関心など、実景に即した作が俳諧では多くなっていく。

〈例句〉

連 **山たかみ雲をすそわの秋田哉《かな》**　宗祇（『自然斎発句』）

〈筑波山のほとりにて〉と詞書がある。『八雲御《やくもみ》抄』に「つくばねのすそわの田井《たゐ》とは、山のすその田なり」とある。「すそわ」は、「雲を」にも「秋田」にもかかる。筑波山が高いので山裾に雲が広がり、その山裾の秋田は関東平野いっぱいに広がっているように見えるのである。『方丈記』の鴨長明も、方丈の生活の中で「或はすそわの田居にいたりて、落穂をひろひて、穂組をつくる」と記す。

諧 **早稲《わせ》の香《か》や分入《わけいる》右は有磯海《ありそうみ》**　芭蕉（『奥の細道』）

『奥の細道』の旅で、加賀国に初めて足を踏み入れた際の句。「早稲」は、通常の稲より早く成熟する品種。同行曽良の日記によれば、加賀の番所を超えたのは元禄二年七月十三日。黄金色に豊かに稔った早稲田が一面に広がる平野を分け入ると、その右に『万葉集』以来の歌枕有磯海（富山湾）が広がっている。雄大な景を詠むことで大国への挨拶とし、そこに旅人として入っていく芭蕉の心の弾みも感じられる。

句 **秋の田の大和を雷《らい》の鳴りわたる**　下村槐太（『天涯』）

槐太は大阪の俳人。天智天皇以来、大和国の秋田は、豊かな瑞穂の国の象徴。作者の脳裏には、「雷の多い年は豊作」という諺の連想もあったであろう。空に鳴り響く雷鳴、大和盆地一面の稲田。天地を壮大に捉えた実景。

［安田吉人］

葛《くず》　中秋

葛の葉　葛の花　真葛原

〈季語解説〉　マメ科の多年草のつる草。つるは地上を這って繁茂したり、樹木をつたいのぼり、木のようになることもある。三枚の小葉が一つの柄について分かれて大きくなり、葉裏は白い。

つる（茎）は丈夫で、そのまま用いたり、繊維として葛布を織るのに用い、根は葛粉《くずこ》として薬用に用いられた。人々の生活に有用な葛は『万葉集』でも多く詠まれた。〈女郎花佐紀沢の辺の真葛原《まくずはら》何時かも繰《く》りてわが衣《きぬ》に着む〉〈ほととぎす鳴く声聞くや卯の花の咲き散る岡に葛引く娘子《をとめ》〉などは、生活に即した歌である。

葛の葉が、秋の深まりによって色付く様は〈雁がねの寒く鳴きしゆ水茎の丘の葛葉は色づきにけり〉（『万葉集』巻十・秋の雑歌）、〈ちはやぶる神の斎垣《いがき》に這ふ葛も秋にはあへず移ろひにけり〉（紀貫之『古今集』）などと詠まれてきた。しかし、葛の葉の特別な色彩を決定づけたのは、『古今集』平貞文《さだふん》の歌〈秋風の吹き裏返す葛の葉のうらみてもなほ恨めしきかな〉である。風に翻える葛の裏葉の白さを印象的に詠んだ和歌で、以来、葛の葉は、その葉裏の白さを本意として詠まれるようになった。また、その葉裏を見る風とともに詠まれ、表現としては、「裏見」と「恨み」の掛詞によって、恋の恨みを詠む歌として定着する。『連珠合璧集』なども付合語として「くずとあらば、恨《うらみ》る。かへる」を最初に挙げる。

なお、近世では、説経節《ぶし》などで親しまれた「葛の葉」伝承がさかんに演劇化された。安倍保名《やすな》の妻となった狐が正体を知られ〈恋しくば尋ね来て見よ和泉なる信太の森のうらみ葛の葉〉の歌を残して去る話も「葛の葉」と「うらみ」の連想である。

葛の花は、紅紫色の房状の花を下から咲き上らせる。山上憶良《おくら》の秋の七草の歌に〈萩の花尾花葛花撫子が花女郎花また藤袴朝顔の花〉があり、『八雲御《やくもみ》抄』も、秋の語として「葛　ま。夕。くず花。くずかづら」をあげている。連歌・俳諧でも、秋の季語として『至宝抄』『毛吹草』以下に八月とする。ただし、「葛の花」を『糸屑』など俳諧歳時記の一部には六月の季語として掲出するものもあり、混乱が見られる。現代俳句では、葛の葉よりも葛の花の方が詠まれている。

〈例句〉

連 **吹きかへるかぜやくず葉も荻のころ**　宗長（『新撰菟玖波集』）

葛の葉を吹く秋風は、例えば『新古今集』秋の巻頭歌で、『俳諧類船集』も引用する大伴家持の〈神南備《かんなび》の御《み》室《むろ》の山の葛かづら裏吹かへす秋は来にけり〉（『新古今集』）など、和歌以来の伝統である。本句は、そこに荻を加え、荻が風に靡き葉ずれする音に喩えた。また「起き」と「荻」の掛詞を結んだ点に工夫がある。

諧 **葛の葉のうらみ皃《がほ》なる細雨哉《かな》**　蕪村（『蕪村句集』）

葛の葉の「裏見・恨み」の伝統的な掛詞を用いた句作。〈葛の棚葉、しげく軒端を覆ひければ、昼さへいとくらきに〉と前書がある。かそけき風で裏返る葛の葉を、細雨によって揺らした点が眼目。〈春雨や小磯の小貝ぬるるほど〉など、ささやかな雨の風情を詠むのは蕪村の真骨頂。

句 **むづかしき禅門出れば葛の花**　高浜虚子（『五百句』）

明治三七年（一九〇四）の作。禅寺で聴く難しい禅話よりも、門の先に咲いていた葛の花の姿にこそ世の真理は宿っていると詠む。近代俳句は、山野や荒地に自生する素朴で逞しい葛の花の姿にむしろ引かれている。

［安田吉人］

野分《のわき》　仲秋

野わけ　野分立つ　野分跡　野分晴

〔季語解説〕 秋に吹く暴風。連歌書『随葉集』に「野分とは八月に吹《ふく》大風のことなり」とある。俳諧式目書『俳諧御傘《ごさん》』にも「秋なり。七・八月に吹く大風なり。暴風とも書く」とある。

野分には、暴風吹き荒れる激しい「動」と、去った後の「静」の、二つの趣がある。『俳諧類船集』が挙げる『源氏物語』野分巻では、「野分例の年よりもおどろおどろしく、空の色変りて吹き出づ…大きなる木の枝などの折るる音も、いとうたてあり。殿の瓦さへ残るまじく吹き散らす」、「山の木どもも吹きなびかして、枝ども多く折れ伏したり。草むらはさらにも言はず、檜皮瓦、所どころの立蔀《たてじとみ》・透垣《すいがい》などやうのもの乱りがはし。日のわづかにさし出でたるに、愁へ顔なる庭の露きらきらとして」と両方の風情を描く。

『枕草子』の「野分のまたの日こそ、いみじうあはれにをかしけれ。立蔀・透垣などの乱れたるに、前栽《せんざい》どもいと心苦しげなり。大きなる木どもも倒れ、枝なども吹き折られたるが、萩・女郎花などの上によころび臥せる、いと思はずなり」や『徒然草』の「野分の朝こそをかしけれ」など、野分の過ぎ去った後の、荒れた非日常の風情に、意外な美を見出すところに詩人としての眼がある。

八代集では、藤原季通《すえみち》〈野分する野辺のけしきを見る時は心なき人あらじとぞ思ふ〉（『千載集』）、寂蓮《じゃくれん》〈野分せし小野の草ぶし荒れはてて深山に深きさを鹿の声〉（『新古今集』）があるが、平安時代にはあまり詠まれず、中世以降に詠まれるようになった風物である。

連歌でも〈吹き入れば野分や庭の花盛〉（宗長『大発句帳』）など、野分が過ぎた後の風情が詠まれることが多く、『連歌天水抄』に「風過たる跡は物さびしくなる躰、本意也」とある。

漢詩では、『俳諧類船集』が引用する「八月秋高く風怒号す、我が屋上三重の茅を巻く」など、杜甫の「茅屋秋風の破る所と為る歌」が、「野分の心」の詩情を言い表しており、漢詩文調時代の芭蕉にも影響を与えた。

俳諧では、野分の激しさとそれに対する人物や動植物との関係を、眼前の実景として描いたり、ドラマチックな物語風世界として詠んだりする。

〔例句〕

連 **空みだれ雲野分だつ往来《ゆきき》かな**　宗長（『宗長日記』）

雲が野分の予兆の風に吹かれ飛び、空の様子が乱れている。間もなく野分が襲来する緊迫感がある。「往来」を急ぐのは、空行く雲だけでなく、道を行く人も同様である。

諧 **芭蕉野分して盥《たらひ》に雨を聞く夜かな**　芭蕉（『武蔵曲《むさしぶり》』）

江戸深川に移居した桃青が、門人から芭蕉の株を贈られたのが天和元年（一六八一）。漢詩に多く詠まれた芭蕉は、肉厚で頑強そうに見えながら破れやすい葉を詩情とした。激しい野分の風雨の中、庭の芭蕉葉は破れ放題になり、侘び住まいの庵は雨漏りがし、その雫を受ける盥の音が響くのである。前掲の杜甫の漢詩の詩情を踏まえているが、芭蕉庵の実景でもある。芭蕉葉の侘び尽くした姿と見かけ倒しの脆弱な性質を自らに投影させ、桃青は芭蕉と改号した。

諧 **鳥羽殿へ五六騎いそぐ野分哉《かな》**　蕪村（『自筆句帳』）

鳥羽殿は、白河上皇が鳥羽に造営した離宮で、後に鳥羽上皇が伝領した。野分の暴風をついて五六騎の騎馬武者が急ぐのは、政変があったからであろうか。軍記物語じたての緊迫感ただよう世界に、野分が見事な背景となっている。

［安田吉人］

月《つき》　三秋

秋の月　月夜　月影　月明　月下　月の桂　月の兎　月の暈　月の輪　月の出　夜半の月　月更く　月待つ　月入る　初月　二日月　三日月

〔季語解説〕 雪月花というように、月は日本人の風雅を喚起する景物の代表である。例えば連句の歌仙においては「二花三月」の法式があり、三か所の月の定座が用意されていることからも、いかに月が重要な風物であるかがわかる。

『古今集』秋歌に〈月見れば千々にものこそ悲しけれ

我が身一つの秋にはあらねど〉（大江千里《ちさと》）とあるように、四季折々、月の趣はそれぞれ深いが、単に「月」とあれば、秋の月をさす。したがって、三日月・弓張月・夕月・有明月など、さまざまな形状や時間の月を表現する語も秋の季語として扱われる。

とりわけ「秋の最中」と呼ばれる八月十五夜、中秋の名月は、一年で最も美しいとされ、『続古今集』天暦御歌に〈八月十五夜、月宴せさせ給ひけるに、月ごとに見る月なれどこの月の今宵の月に似る月ぞなき〉と詠まれるように、中秋の名月は特別な月とされた。芭蕉は元禄七年（一七九四）、伊賀帰郷の折に生涯最後の月見の宴を開いた。自ら書いたその献立「月見の献立」には、芋煮〆・酒・煮物・吸物・肴・菓子の食材まで細かく記している。月に新芋を供えたので芋名月の季語もある。

『山の井』は月の句の本意について「おほやう月の句は、千夜を一夜と明るをおしみ、暮るるを遅しと待ちわび、影をめでては無価宝珠ともてはやす心を旨といひ侍る」と記す。月を待ち侘びる心は、たとえ天気が悪くとも、無月・月の雨などの季語を生んだ。兼好法師の「雨に向かひて月を恋ひ」（『徒然草』）の満たされぬ思いに風情を見出す心にも通じる。『おくのほそ道』の芭蕉は、敦賀での名月を待望していたにもかかわらず、「明夜の陰晴はかりがたし」というとおり天候に妨げられ、〈名月や北国日和《びより》定めなき〉と無月を詠んでいる。

また、月の清浄な光は信仰心とも結びつきやすく、和泉式部が娘小式部内侍《ないし》の死に際し、性空上人に結縁を求めた歌〈暗きより暗き道にぞ入りぬべき遙かに照らせ山の端の月〉（『拾遺集』）は有名。月が、仏法の真理を体現するという「真如《しんにょ》の月」の発想は、『華実年浪草《としなみぐさ》』では、「衆生の真如仏性《ぶっしょう》は、常に煩悩に包まれながら、その体、少しも染らず、汚れず。喩へば、月の雲に掩れても、月の体は常に清く明らかなるがごとし。これを真如の月といふなり」と説かれている。

〔例句〕

連 **月は世のにごりにしまぬ光哉《かな》**　昌琢《しょうたく》（『懐子《ふところご》』）

月はこの俗世の汚れに染まることなく、常に清澄な光を私たち地上のものに注いでくれる。真如の月の清浄は、連歌・俳諧の時代も変わらない。

諧 **月天心貧しき町を通りけり**　蕪村（『蕪村句集』）

月が天の中心で澄んでいる。すっかり寝静まった貧しい人々の住む町を、私は通って行く。清浄な月の光が、雑多な世俗の町や人を浄化していくようだ。町中の月と言えば、季節は異なるが、凡兆の〈市中《いちなか》は物のにほひや夏の月〉（『猿蓑』）も、天空の月と地上の人間世界の対照として思い起こされる。

句 **こんなよい月を一人で見て寝る**　尾崎放哉（『層雲』）

五七五の定型に縛られない自由律俳句。すばらしい明月を共に見る人もいない孤独を嘆く。『炭俵《すみだわら》』所収の連句に〈桐の木高く月さゆるなり〉の前句に付けた芭蕉の付句〈門しめてだまつてねたる面白さ〉に通じる。孤独を楽しむ風狂に見えながら、その奥にある人間のどうしようもない孤独が通じあう。

句 **月明の道あり川ともつれつつ**　松本たかし（『鷹』）

昭和一一年の作。月の光に照らし出される一本の道。月を映してきらめく川と時折交差しながら、もつれるようにして遙かに続いていく。〈月明〉の漢語の響きが、幻想的な景を描き出すのに効いている。作者の〈月明の蛾の跳梁や月見草〉（『野守』）における〈蛾の跳梁〉も、季語〈月明〉によって同様の趣を生む。

［安田吉人］

冷《ひや》やか

初秋

ひゆる　ひやひや　下冷　秋冷

〔季語解説〕 秋になりはっと感じる冷たさ。風や水などの初秋の景物が肌に触れ、冷ややかさを実感した時の驚きを表す。単に季節の移ろいによる気温の低下だけでなく、秋になり鋭敏になった人の感覚から生まれた季語である。『俳諧御傘《ごさん》』に、「ひややか、初秋のみとなり。暮秋には叶はず」とあるように、『至宝抄』以下、多くの連歌学書・俳諧歳時記は初秋七月の季語として掲載する。『三湖抄《さんこ》』は「ひややかは初秋也。身にしむも七月末より八月迄、涼しきは八月末より九月まで、やや寒き・夜寒・秋寒はた寒き、同前」と、秋の感覚の微妙な推移を季語で説く。『華実年浪草《としなみぐさ》』は、「文選《もんぜん》に曰《いはく》、開秋、涼気を肇《はじ》む」を挙げ「冷やかは秋冷なり」とする。時候の挨拶に用いられる「秋冷」は、近代俳句における季語。

「冷やか」は、和歌では、十五・六世紀に用例が集中している。後柏原院の〈夏ながら暁月に秋見えて風冷ややかに露ぞ涼しき〉（『柏玉集』）は、まだ季節は夏であるが、夜明け間際の月・風・露に夏とは異なる秋の冷たい気配を感じ取っている。風の「冷やか」は肌を通しての実感である。寄合集『竹馬集《ちくば》』は、「月見る袖・露の衣手・夕の虫の音・柳散る陰・飛蛍・川辺の道・橋の上・村雨・森の下陰・苔の下露・秋の銚子・笛の音」を付合語に挙げるが、心敬の〈枯れやすき色とは見えず冷やかに夜半の露おく朝顔の花〉（『心敬集』）も、露と合わせて詠まれている。

『源氏物語』若菜上には、女三宮の降嫁に傷心する紫の上の様子を「風うち吹きたる夜のけはひ冷やかにて、ふとも寝入られたまはぬ」と描く。物語の場面においては、二月の余寒の風であり、「冷やか」に秋の季節感はない。むしろ紫の上の心が感じる冷たさを反映している。荷兮《かけい》の〈もたれゐて物冷やかになりにけり〉（『みつのかほ』）、一茶の〈よりかかる度に冷《ひや》つく柱かな〉（『享和句帖』）などの句のように、なにかの拍子に物に触れた瞬間、秋の訪れに気付かされる冷たさである。近代の句になると、直接肌に触れなくとも、見たり雰囲気で感じ取る詠みぶりが増えるようである。

〔例句〕

連 更けぬれば鐘の音まで冷やかに　（『宮島千句』第九百韻）

連歌の発句には〈冷やか〉の用例はない。掲出句は、〈月出づらしも霧薄き山〉を前句とした付句。薄霧の山に出た月に、夜が更けて鐘の音までも澄み切って冷やかに聞こえると詠む。秋の清澄な世界に〈冷やか〉の季語の風情はふさわしい。

諧 ひややひやと壁をふまえて昼寝かな　芭蕉（『笈《おい》日記』）

季語は〈ひややひやと〉。『笈日記』によれば、大津の木節亭に遊んだときの発句。芭蕉が支考に、この句をどう解釈するかと尋ねたところ、「残暑」の心であると答えたので、この句の謎は支考によって解かれたと言ったという逸話がある。残暑の中、心地よさを求め自堕落に昼寝をする自画像の滑稽。同時に、くつろいだ気分が、木節亭の居心地の良さを讃える挨拶となっている。ふと触れた壁に瞬間的に秋の訪れを感じ取り、さらにそれを楽しもうとする風狂が芭蕉らしい。

句 冷かや人寝静まり水の音　夏目漱石（日記）

明治四三年（一九一〇）十月六日の日記には「快晴。心地よし。昨夜眠穏」の記事があり、それに続いて記された句。八月の修善寺の大患以来「不眠」の記事が多く、寝苦しい夜を送っていた漱石も、冷ややかな空気によやく安眠を得、心地よい眠りに落ちた。秋夜の静寂により、今まで聞こえなかった、かそけき水の音にも気付いたのである。

［安田吉人］

雁《かり》　晩秋

雁《がん》　かりがね　初雁　来る雁　雁渡る　雁行　落雁

〔季語解説〕 カモ目カモ科の渡り鳥。北の国で繁殖し、秋から春にかけて日本にとどまる。列になり空を渡る姿や田や水辺に降りたって鳴く声が哀れを誘う。『連理秘抄』以下、連歌俳諧では九月の季語とする書が多い。

秋の深まりを告げる鳥として、聖武天皇〈今朝の朝明《あさけ》雁が音《ね》寒く聞きしなへ野辺の浅茅ぞ色づきにける〉など、『万葉集』にもすでに多く詠まれている。一方「帰雁」は〈春霞立つを見捨てて行く雁は花なき里に住みやならへる〉（伊勢『古今集』）と旅立ちを惜しむ風情を詠む。したがって「雁」は秋の季語、「帰雁」は春の季語となる。『連歌天水抄』は「渡る時は遅れじと急ぐ躰よし。帰る時はいかにもゆるゆると名残惜しむ躰よし」とする。『八雲御抄《やくもみ》』には、「八月柳のすゑに風ふく時、常世《とこよ》の国より来て、二月に帰るといへり」とある。遙かに海を越えくる雁が、異界・異国から飛来するという発想は、『源氏物語』須磨〈心から常世を捨てて鳴く雁を雲のよそにもおもひけるかな〉などに見える。

『古今集』紀友則《とものり》の〈秋風に初雁が音ぞ聞《きこ》ゆなる誰が玉章《たまづき》を掛けて来つらむ〉など、『漢書』にある、異民族に囚われた蘇武《そぶ》が雁に手紙を結んで託した故事によって、玉章・文とともに詠む和歌も多い。なお、『八雲御抄』は、蘇武の故事の後に「又薄墨に書く、たまづさに似《に》るは、雁の飛たる也」と、飛び行く列の形状とも結びつけている。去来に〈雁がねや竿になるとき猶さびし〉（『渡鳥集』）があるが、その列の形状を竿・琴柱《ことじ》・帯・文字などに喩える例は多い。

「雁がね」は、本来雁の声だが、雁そのものも示すとは、『古今集』凡河内躬恒《おおしこうちのみつね》の〈憂きことを思ひつらねて雁がねの鳴きこそ渡れ秋の夜な夜な〉の例などで明らか。秋空のもと、遠い異国から連なって飛ぶ雁の姿に哀れを覚えるのは、古来変わらない。『古今集』読み人知らずの〈鳴き渡る雁の涙や落ちつらむ物思ふ宿の萩の上の露〉など、雁に物思いや恋の嘆きを重ねる例も多い。

〔例句〕

連 一声にすむや雁なく夜半の月　肖柏《しょうはく》（『新撰菟玖波《つくば》集』）

雁の一声に、いっそう光が冴えて見える夜更けの月である。『古今集』読み人知らず〈さ夜中と夜は更けぬらし雁が音の聞ゆる空に月渡る見ゆ〉を本歌とする。江戸時代、歌川広重《ひろしげ》の浮世絵「月に雁」は有名だが、和歌以来、月と雁の取り合わせは多い。

諧 病雁の夜寒《よさむ》に落ちて旅寝かな　芭蕉

『猿蓑』には「堅田《かただ》」の前書がある。近江の堅田で風邪により病臥していた芭蕉は、自らに病のため列から離れ落ちた雁を重ねあわせた。近江八景（「八景」は中国文学に由来する）の一つ「堅田落雁《かただのらくがん》」からの着想がある。雁の列から一羽離れて行く落雁を思い、「びょうがん」の音で、病床の憂鬱を濃厚に詠み込んだ点に俳諧の新しみがある。

諧 けふからは日本の雁ぞ楽に寝よ　一茶（『七番日記』）

文化九年（一八一二）に帰郷したときの作。真蹟短冊には「外ヶ浜」と前書のあるものがある。北の国から旅を続けてきた雁が、青森の津軽海岸にたどりついたことを想い、故郷で眠りにつく自らと重ね合わせた。正岡子規にも〈きのふ来てけふ来てあすや雁いくつ〉の句がある。昨日は何羽、今日は何羽と、毎日辛苦の果てにたどりついた雁を迎える優しい心遣いの句である。

句 **雁過ぎしあとむらさきの山河かな**　草間時彦（『夜咄』）

雁は、竿になり鉤になり、列を組み空を渡っていく。その雁が通り過ぎた後には、夕照の紫の山河が広がっていることだ。「むらさきの山河」は、夕暮れの光に染まる大地であろう。「山河」と大きく景色を描いている。作者には〈しろがねのあとのむらさき春の暮〉の句もある。「春の暮」は晩春の時節を表す季語だが、「暮」には、夕暮のイメージも含まれる。雁はすでに眼前にはいないが、空に浮かぶ雁の残影には存在感がある。［安田吉人］

砧《きぬた》　三秋

砧打つ　擣衣《とうい》　衣打つ　小夜砧　遠砧

〈季語解説〉　古くは植物の茎や皮の繊維を用いて衣を作った。それらは堅くごわごわしていて、そのままでは着られるものではなかった。そこで、木製の台（砧盤）の上に布を置き、ちいさな槌で打ち、柔らかくしあげた。これを砧打つ・衣打つといい、『源氏物語』夕顔巻では「白栲《しろたへ》の衣うつ砧の音も、かすかに、こなたかなた聞きわたされ」と描写されている。

漢詩では、六朝以来の詩題。李白の「子夜呉歌」は、〈長安一片の月、万戸衣を擣《う》つの声、秋風吹きて尽きず、総て是れ玉関《ぎょくくわん》の情、何《いつ》れの日か胡虜《こりょ》を平《たいら》げ、良人遠征を罷《や》めん〉と、遠征に行った夫を思う妻の心情を、衣擣つ労働とともに詠んだ詩。『和漢朗詠集』は「擣衣」の題の白居易「八月九月正に長き夜　千声万声了《や》む時なし」（「夜の砧を聞く」）を挙げる。作業は冬支度に向かうためのものなので、連歌・俳諧書では、七月・八月の季語に挙げるものが多い。

砧の音は、あたりが静まった秋の夜長の澄んだ空気に響きわたるのがふさわしく、聞く者の感興を誘う。和歌では『堀河百首』の題詠「擣衣」の頃から「砧」が定着する。素性の〈さ夜更けて砧の音ぞたゆむなる月を見つつや衣打つらむ〉（『千載集』）や連歌書『至宝抄』の「擣衣　衣うつ砧の音など仕り候ふ」など、和歌・連歌とも秋の夜に響く音を詠むことが多い。

また、「子夜呉歌」も含め、藤原公実《きんざね》〈恋ひつつや妹が打つらむ唐衣砧の音の空になるまで〉（『千載集』）など、砧打つ作業は女性の労働にふさわしい。『古今和歌六帖』「衣打つ」の条にある紀貫之の〈雁鳴きて吹く風寒み唐衣《からころも》君待ちがてら打たぬ日ぞなき〉も、女性の労働と恋情が詠まれている。

連歌・俳諧においても、和歌以来の本意は変わらない。『山の井』には、「風のさそひて砧の音に、遠里の夜寒をも思ひやり、妻待つ閨にうち驚きて、むすびし夢の槌みじかなるを惜しみ」と詩情をまとめて記している。

〈例句〉

連 **里遠き山も寝覚めの砧かな**　紹巴《じょうは》（『大発句帳』）

里から遠く離れた山深い所に住む人も、まだ寝ないで夜業をしているようだ、砧の音が聞こえてくることだよ。紀貫之〈唐衣擣《う》声きけば月きよみまだ寝ぬ人をそらにしるかな〉（『和漢朗詠集』）など、砧の音を聞き、人を思いやる風情は変わらない。

諧 **砧打ちて我に聞かせよや坊が妻**　芭蕉（『野ざらし紀行』）

貞享元年の『野ざらし紀行』の旅中、吉野の宿坊での発句。別伝の俳文には「独《ひと》吉野の奥に宿りて、誠に山深く、白雲峰に重なり、烟雨谷を埋て、西に木を伐る音、東に低き院々の鐘の声は、心の底にこたへて、或る坊に一夜明かしぬ」とある。宿坊の妻に砧を打ってきかせてほしいと所望する。そうすれば、この寂しい秋の吉野山のあわれをいっそう深く感じられることだという心。

諧 **音添うて雨にしづまる砧かな**　千代尼（『千代尼句集』）

規則正しく刻む砧打つ音に、いつの間にか添うように雨の音が聞こえてくる。その雨に手を止め耳をそばだてているのか砧の音は静まった。砧と雨の音が秋の夜の静けさをいっそう際だたせる。「朝顔に」で有名な千代尼は、〈けふばかり男をつかふ田植哉《かな》〉〈縫物に針のこぼる鶉かな〉など、女性の視点でとらえた労働の句が印象的である。

句 **聞かばやと思ふ砧を打ち出しぬ**　夏目漱石（『車百合』）

〈祝車百合発刊〉の詞書がある。青木月斗を中心にした俳句雑誌の創刊に寄せ、砧を打ち出す、すなわち世に作品を問う、と寿いだのである。芭蕉の前掲の発句や〈蓬莱に聞かばや伊勢の初便〉（『炭俵』）の諧調も思いおこされる。［安田吉人］

蛬《きりぎりす》　初秋

機織　ぎす

〈季語解説〉　古典では、現在のコオロギをさす。新井白石の語源考究書『東雅《とうが》』も「古にキリギリスと云ひしものは今俗にコオロギといふ是也」とする。漢字表記も多様で、『鑊纑輪《わくかせわ》』は、「蟋蟀・促織・蛚婦虫・蛬・蛬、皆キリギリスと訓ず」と挙げる。『至宝抄』は初秋に挙げ、「三月にわたり」と注記する。俳諧歳時記も多く七月。

『万葉集』には、蛩・松虫・鈴虫などの用例はなく、蟋蟀《こおろぎ》を秋鳴く虫の総称として詠んだ〈夕月夜心もしのに白露の置くこの庭に蟋蟀《こほろぎ》鳴くも〉（湯原王《ゆはらのおおきみ》）、〈庭草に村雨降りて蟋蟀の鳴く声聞けば秋づきにけり〉の例がある。『古今集』藤原忠房の〈きりぎりすいたくな鳴きそ秋の夜の長き思ひは我ぞまされる〉や『和歌題林抄』などが挙げる日野資明《すけあき》〈長き夜はたえまもあれやきりぎりす鳴き尽くすべき恨みならぬを〉は、声の寂しさに耐えかねる心情である。

蛩は秋の虫のなかでも、とりわけその声が人に寂寥感をもよおさせる。『古今集』誹諧歌に〈秋風にほころびぬらし藤袴つづりさせてふきりぎりす鳴く〉（在原棟梁《すねやな》）とある。「つづりさせ」や「かたさせすそさせ」（『篗纑輪』）と声を聞くのは、寒さに備える人々の生活感と結びついている。『和漢朗詠集』橘直幹《なおもと》が詠んだ詩の〈山館の雨の時に泣くこと自ら暗し、野亭の風の処に織ることなほ寒し〉は、鳴く声が機を織る音に似るからである。促織をはたおりと読むのも、同じ発想である。

漢詩文の影響もあり、『温故日録《おんこじつろく》』は「毛詩八巻に曰《いは》く、七月は野に在り、八月は宇《ヤカズ》に在り、九月は戸に在り、十月の蟋蟀我が牀下《キッカ》に入る。（中略）寒ければ十月に床の辺へ来て啼く也。温なる間は野に居と也」を引用する。『礼記』「月令」の語で、暦七十二候の一つになっている「蟋蟀居壁」とともに、秋の微妙な深まりを、蛩の鳴く場所でしめす。

蛩にかぎらず、虫の声は、身近な秋の風情として日本人に親しまれてきた。初めて耳にした虫の声にかすかな秋の訪れを知り、秋の盛りにはさまざまな虫の声をききわける。『江戸名所花暦』（文政一〇年［一八二七］）には、虫聴の名所道灌山を「くさくさの虫ありて、人まつ虫のなきいづれは、ふりいでてなく鈴虫に、馬追ひ虫、轡虫のかしましきあり。おのおのその音いろを聞かんとて袂すずしき秋風の夕暮より、人人是にあつまれり」と記し、歌川広重《ひろしげ》も「東都名所」にその様子を描く。そして、人は秋の深まりとともに残った虫のかそけき音に季節の終わりを悟る。

〔例句〕

連 **きりぎりす寝ぬ夜をあかぬ朝け哉**　肖柏《しょうはく》（『大発句帳』）

蛩の声を愛で、一晩中寝なかった夜だが、まだそれにも飽きることない夜明け方であるよ。夜もすがら、物思いにふけっていて夜が明けてしまったという思いを込めている。

諧 **灰汁桶《あくをけ》の雫《しづく》やみけりきりぎりす**　凡兆（『猿蓑』）

洗濯や染物に用いる灰汁を取るため、灰を水に浸し、濾したものを集める。雫を受けるための灰汁桶の音が、断続的に聞こえていた。ふと気付くと、先刻まで続いていた雫の音は止み、夜の閑かさの中、蛩の声だけが聞こえている。静寂の中の音の交代が、いっそうの秋の夜長を描き出す。なお、芭蕉はこの発句に、「あぶらかすりて宵寝する秋」と脇句を付けている。

諧 **我が影の壁にしむ夜やきりぎりす**　蓼太《りょうた》（『蓼太句集初編』）

秋の夜、一人部屋に座し、壁にしみ入るように映る自らの影と向かい合っている。蛩の声が静寂と孤独をいっそう際立たせる。

［安田吉人］

夜寒《よさむ》　晩秋

宵寒

〔季語解説〕　晩秋の頃、夜の寒さを感じること。『連珠合璧集』以下、連歌・俳諧の歳時記の多くは晩秋九月の季語とするが、七・八月に掲出する本もある。『類船集』の付合語に挙げる、擣衣・冬近き・紅葉散る音・弱る虫の音などは、やはり晩秋の趣である。

『万葉集』冬の雑歌に〈夜を寒み朝戸を開き出で見れば庭もはだらにみ雪降りたり〉、『古今集』秋に〈夜を寒み衣かりがね鳴くなへに萩の下葉もうつろひにけり〉などでは、「夜を寒み（夜が寒いので）」と詠まれ、「夜寒」の語は見出せない。「夜寒」の語を用いた伊勢大輔の〈さ夜ふかく旅の空にて鳴く雁はおのが羽風や夜寒なるらむ〉が、歌合の折に「己が羽風や寒けかるらんと読むべし」と批判された逸話が『袋草紙《ふくろぞうし》』に伝わるが、歌語として「夜寒」は定着しにくかったようである。

しかし、西行の〈きりぎりす夜寒に秋のなるままに弱るか声の遠ざかりゆく〉など、『新古今集』時代には、好んで用いられるようになった。『至宝抄』末の秋では「夜寒と続かねば秋にあらず。夜を寒みなどは冬也」と区別している。この説は俳諧にも受け継がれ「夜寒き、寒き夜、夜を寒み、夜の寒き、皆冬也」（『俳諧御傘《ごさん》』）とある。例えば「夜を寒み」は初期俳諧では〈夜を寒み炉に屈《かが》む身や猫背中〉（『山の井』）など冬として扱われている。

和歌では、夜の寒さから季節の深まりを感じ、動植物の変化を合わせて詠むことが多い。俳諧でも、許六《きょりく》の〈落雁《らくがん》の声のかさなる夜寒哉〉（『韻塞《いんふたぎ》』）蕪村の〈きりぎりす自在をのぼる夜寒かな〉（『古今発句手鑑』）など、動物と取り合わせた例が見える。

しかし、夜寒は単に気温差による季節感ではない。蕪村の〈書《かき》つづる師の鼻赤き夜寒哉《かな》〉（『落日庵句集』）、成《せい》美《び》の〈茶をのめば目鏡はづるる夜寒かな〉（『成美家集』）など、夜業をしていてふと感じる秋の風情。秋の夜長を大切に使おうとした日本人らしい生活感のこもった季語である。さらに、一人、秋の夜長に座して我が身を省みたり、孤独をかみしめるさまなど、いっそう深まりをみせる季語である。

〔例句〕

連 **あつき日を思ふ夜寒の心かな**　紹巴（『大発句帳』）

夜寒を感じる夜は、あの暑かった日を懐かしく思ってしまう心であるよ。「あつき日」の対として「夜寒」が詠まれるのは、やはり「夜寒」という季語に、冬に近い季感があるからであろう。秋には春を、冬には夏を慕わしく思ってしまう人の心の身勝手さ、しかし、そこに豊かな四季に恵まれた日本のありがたさがある。

諧 **すずむしのふるひごゑなるよさむかな**（『竹馬狂吟集』）

鈴虫の声も、おのずから震え声になる夜寒であることよ。擬人化することで、しみじみと秋の深まりを感じさせる。夜寒を動物で表現する和歌の伝統を踏まえつつ、「鈴」と「ふる」の縁語、「振る」と「震ひ」の掛詞で、連歌的な機知を生かした発句。

諧 **起きて居てもう寝たと云ふ夜寒哉**　蕪村（『自筆句帳』）

訪ねてきた客を、「もう寝た」と言って断る、ものぐさな自画像。夜寒の孤独を、一人でわざわざ楽しもうとするユーモアがある。蕪村の〈貧僧の仏をきざむ夜寒かな〉や〈洟《はな》たれて独り碁をうつ夜寒かな〉などは、背後に物語性を感じさせ、描かれた人物の人生を嚙みしめる風情がある。

諧 **あばら骨なでじとすれど夜寒かな**　一茶（『七番日記』）

一茶になると、夜寒の句はもっと生活感にあふれた自画像となる。〈我がとしの直ぶみされたる夜寒かな〉（『九番日記』）など、貧寒の境涯から、いっそうの孤独感が感じられる。

句 **あはれ子の夜寒の床の引けば寄る**　中村汀女（『汀女句集』）

ふと感じた夜寒に、隣で寝ているいとし子が心配になり、蒲団を引き寄せてみたが、思いがけずその軽さに気付いたのである。主婦俳句の作者と言われた汀女の、子に寄せる母の情愛に満ちた句。

［安田吉人］

菊《きく》　晩秋

花の弟　小菊　白菊　黄菊　菊畑　園の菊　籬の菊　菊作り

〔季語解説〕キク科の多年草。中国原産で、奈良時代には日本に渡来したらしい。『八雲御抄』に「凡菊は万葉に詠まざるか」とあるとおり、『万葉集』には「菊」の語の用例はない。しかし、日本最古の漢詩集『懐風藻《かいふうそう》』には菊が詠まれており、菊は中国渡来の詩題として、まず日本に入ったのであろう。したがって、菊の本意の多くは、漢詩文の影響によるところが大きい。

『古今集』秋には〈心あてに折らばや折らむ初霜の置きまどはせる白菊の花〉（凡河内躬恒《おおしこうちのみつね》）など十三首の菊の和歌が並ぶ。連歌・俳諧では『連珠合璧集』以下、九月に分類する。「花の弟」「残り草」の異称は、すべての草木が枯れ果てた後でも、菊だけは美しさを失わず咲き続けると、晩秋の花として讃える呼称である。『和漢朗詠集』は、元稹《げんしん》の詩〈これ花の中に偏《ひとへ》に菊を愛するのみにあらず。この花開けて後更に花の無ければなり〉を挙げる。

『連歌天水抄』は「八月より咲物なれども、九月九日にかぎる也」と、重陽の節句と合わせて九月とする。中国の菊水の故事は、長江上流の甘谷は、群生している菊の露が谷水として流れ出て、その菊水が不老長寿を約束するというもの。日本にも早く伝わり、謡曲『菊慈童』などにも用いられ「其の身も変わらず八百歳を既に経たり」の詞章がある。『古今集』紀友則《とものり》の〈露ながら折りてかざさむ菊の花老いせぬ秋の久しかるべく〉、『菟玖波《つくば》集』藤原為家《ためいえ》の〈千世経べきかざしとぞみる菊の花〉など、和歌・連歌の長寿の故事の伝統は、芭蕉の『おくのほそ道』山中温泉、〈山中や菊は手折らぬ湯の匂ひ〉までつながっている。

菊の花は、陶淵明が、市中に隠逸する境地を詠んだ〈菊を采る東籬の下、悠然として南山を見る〉（「飲酒」）を踏まえて、「菊は華の隠逸なる者」（『愛蓮説』）という高潔なイメージが日本でも定着していた。

江戸時代は、演芸ブームによって特定の花の品種改良が進んだ。菊の流行もその一つで、『花壇地錦《かだんちきん》抄』（元禄八年刊）には、夏菊二十、秋菊二百三十種の菊の名が列挙され、その人気の程がうかがえる。

〔例句〕

連 **うつろふは菊咲く比《ころ》の草木哉《かな》**　智蘊《ちうん》（『竹林抄』）

色あせて移ろい変わってしまうものは、菊の花が咲く頃の草木であることだよ。菊だけが永遠の生命を保つかのように美しく咲いているのである。宗祇にも〈菊さけば野はうつろはぬ花もなし〉（『自然斎発句』）の発句がある。

諧 **黄菊白菊其の外の名はなくもがな**　嵐雪（『其袋《そのふくろ》』）

前書に「菊花九唱　其三　百菊揃へけるに」とある。元禄元年九月十日、素堂《そどう》亭における菊見の宴での発句。黄菊と白菊、その他に余計な飾った菊の名前はあってほしくないものだなあの意。園芸ブームでさまざまに工夫された色や形状の菊が登場するけれども、やはり美しいのは、あるがままの黄菊や白菊である。

句 **菊干すや東籬の菊も摘みそへて**　杉田久女（『杉田久女句集』）

「東籬の菊」は、前掲の陶淵明の詩をふまえる。菊を干す行為は、同じ連作にある〈白妙の菊の枕をぬひ上げし〉からわかるように「菊枕（乾燥させた菊の花を詰め物にした枕）」を作るためである。その菊枕は師である高浜虚子の長寿を願い贈ったものとして知られている。

［安田吉人］

紅葉《もみじ》《もみぢ》　晩秋

紅葉葉　もみづる　夕紅葉　下紅葉

〈季語解説〉　晩秋になり木や草の葉が、赤や黄色に変わること。『連理秘抄』以下、連歌・俳諧では九月の季語とする。『無言抄《むごん》』に「紅葉の散るは冬なれども、露・色を結びては、秋なり。かくのごとくの分別、まぎらはしきものなり」とある。実際、例えば『俳諧御傘《ごさん》』には「紅葉の朽つる、などしても秋なり」とあるが、『産衣《うぶぎぬ》』には「朽つるは、冬なり」とある。『はなひ草』などが九月に挙げる「紅葉かつ散る」は、〈下紅葉かつ散る山の夕時雨ぬれてやひとり鹿の鳴くらむ〉（藤原家隆『新古今集』）などを踏まえ、「盛りに染まりたる紅葉の、片つ方は散り始むるをいふ」（『栞草《しおりぐさ》』）。紅葉は、晩秋から冬に移ろい行く頃の微妙な季節感を持つ景物である。

現在は、通常「紅葉」と表記するが、『万葉集』巻十秋の雑歌では、〈雁がねは今は来鳴ぬわが待ちし黄葉はや継げ待てば苦しも〉など、「黄葉」の表記が多く、「紅葉」「赤葉」「赤」は数例しか見えない。しかし『古今集』になると、〈龍田川紅葉乱れて流るめり渡らば錦中や絶えなむ〉など「紅葉」の用字が定着する。この変化は、六朝から盛唐の漢詩文が「黄葉」であるのに対し、盛唐以降の漢詩文が「紅葉」を用いた影響と言われる。菅原道真の〈このたびは幣《ぬさ》もとりあへず手向山《たむけやま》紅葉の錦神のまにまに〉の「紅葉の錦」も、漢詩風の着想である。

『八雲御抄《やくものみ》』は、「詠紅葉木。かえで、まゆみ、はし、きり、かき、つた、ははそ、桜」と、具体的に木を列挙するが、『山の井』は、「すべて万木の色あるを、其物につきて、錦とも何ともいひなして、あながちに紅葉といはざれども落題にはなり侍らず」とする。

紅葉を染めるものとしては〈白露も時雨もいたくもる山は下葉のこらず色づきにけり〉（『古今集』紀貫之）など「露」「時雨」が知られ、宗祇の発句にも〈うすくこくそめよ梢の秋の露〉〈染わたせまだむら山の初時雨〉（『自然斎発句』）などがある。

〈例句〉

連　**日は入りてもみぢにのこる夕かな**　良基《よしもと》（『菟玖波集《つくばしゅう》』）

「貞和四年秋、山家にて紅葉み侍りけるに」と詞書。夕日がすっかり沈んでしまったが、その赤は紅葉に残っているというのである。蕪村の〈山暮れて紅葉の朱《あけ》をうばひけり〉（真蹟扇面）は、ちょうど逆の光景を詠んだもの。

諧　**紅葉にはたがをしへける酒の間《かん》**　其角（『あら野』）

紅葉狩の風雅に、いったい誰が教えたのであろうか、散紅葉を焚いて酒の燗をすることを。『和漢朗詠集』にも収められる白居易の漢詩〈林間に酒を煖《あたた》めて紅葉を焼く〉の風雅な行為は、『徒然草』や謡曲『紅葉狩』にも引用され、日本でも愛された。さらに、『五元集』の前書「ある人の従者に」と中七「たがをしへける」を合わせてみると、『平家物語』「紅葉の事」で、高倉帝が散り敷く紅葉を掃いてしまった下僕の行為を、「されば、それらには誰が教えけるぞや。優しうも仕つたるものかな」と讃えた逸話を踏まえていることになる。

句　**障子しめて四方の紅葉を感じをり**　星野立子（『実生』）

直に見る紅葉も美しいが、すべての障子を閉め切って、障子一面に広がる穏やかな紅色を四方から受けると、いっそう紅葉の美しさを感じ取ることができる。谷崎潤一郎が「外光を一旦障子の紙で濾過して、適当に弱める働き」（『陰翳礼讃《らいさん》』）と表現した日本独自の障子がもたらす効果である。

［安田吉人］

九月尽《くがつじん》《くぐわつじん》　晩秋

九月尽く　暮の秋　行く秋

〈季語解説〉　陰暦九月晦日のこと。興趣豊かな秋も今日で終わり、明日からは冬を迎える。『山の井』は、副題に「秋の暮・ゆく秋・かへる秋」を掲げる。漠然と秋の終わり頃をさす「秋の暮」や、季節のうつろいを主眼に秋の去るのを示す「行く秋」にはない、今日ばかりと限定された切迫感を感じさせる語である。

早くは『和漢朗詠集』に「九月尽」の題が見え、源《みなもとの》順《したごう》の漢詩「九月尽日、仏性院に於て秋を惜しむ詩序」の一節を掲げているが、作品中には「九月尽」の語は見えない。歌語として漢語の「九月尽」を詠み込むことは容易ではなく、勅撰集で初見の『後拾遺集』でも「九月尽《つくる》日よみ侍りける」など詞書《ことばがき》に用いられるばかりで、和歌は〈秋はただ今日ばかりぞとながむれば夕暮にさへなりにけるかな〉（法眼源賢《げんけん》）と詠まれている。『堀河百首』の「九月尽」の項でも、和歌では「暮れて行く秋」「秋の別れ」「秋は限り」などの表現を用いて、去り行く秋を惜しんでいる。

連歌の季語としても見えず、俳諧歳時記では『山の井』『世話尽』『鼻紙袋』などが「九月尽」を挙げているが、多くとられていないのは、俳諧においても詠みやすい語ではなかったからであろう。しかし、こうした語をあえて句中に詠みこむところに俳諧の妙味もある。

〈例句〉

連 秋の行《ゆく》道芝埋《うづ》め下紅葉　宗砌《そうぜい》（『竹林抄』）

「暮秋の心を」の題がある。去り行く秋を擬人化し、その道も、そこの生える道芝も埋め尽くして、秋が行ってしまわないようにしておくれと紅葉の落ち葉に呼びかけた句。和歌以来の去り行く秋を惜しむ心を、二重の擬人化で仕立てた句である。

諧 頼政の月見所や九月尽　其角（『錦繍緞《きんしゅうだん》』）

源頼政は、能『鵺《ぬえ》』では、弓の達人で、宮中に出没する鵺を退治する勇者として登場する。『平家物語』では、源三位入道と呼ばれ、平家転覆を企て、宇治で自害に追い込まれる。劇的な生涯を送った頼政がかつて月を見た場所を訪れる。折しも時は秋の最後「九月尽」。頼政はさし迫った運命の中で、何を思い月を仰いだのか。特定の場面と限定せずとも、「頼政」の生涯に籠められたドラマ性に「九月尽」の切迫感がふさわしい。

諧 傾城《けいせい》の小歌はかなし九月尽　其角（『其便《そのたより》』）

艶なる傾城の小歌に「かなし」みを感じ取ったのは「九月尽」の季節の終わりのせいである。其角には〈小傾城行てなぶらん年の暮〉（『友すずめ』）もある。遊郭という華やかな世界の中で、わずかに感じ取った季節の終わり、時の移ろいの切なさである。

句 九月尽日許六拝去来先生几下《きか》　高浜虚子（『虚子全集』）

書簡の末尾に添える後付（日付・署名・宛名・脇付）をそのまま発句の形に仕立てた破調。「九月尽日」の日付がそのまま季語になっている。句の解釈には、ある程度の知識が必要。書簡を書いたのは、芭蕉の高弟で「西の俳諧奉行」と呼ばれるほど、師の信頼厚かった去来。宛先は芭蕉晩年の弟子で「画はとつて予が師とし、風雅は教へて予が弟子となす」と絵画にも優れた許六《きょりく》である。許六は芭蕉晩年の作風「軽み」への理解も深く、俳論も残している。二人の間では、俳論をやりとりした「許六宛去来書簡」も現存している。虚子は、俳諧の愛好者ならば、こうした空想も首肯されることを予想して、句作したのであろう。

［安田吉人］

初冬《しょとう・はつふゆ》

初冬　孟冬、上冬、冬の始

〈季語解説〉　冬の初め。冬を三冬（初冬・仲冬・晩冬）に分けた最初。十一月初旬の立冬から十二月初旬の大雪の前日までをいう。旧暦では十月。和歌では冬の初め、と表現する。〈神無月降りみ降らずみ定めなき時雨《しぐれ》ぞ冬の初めなりける〉（読人不知『後撰集』冬）の影響が強く、この歌を本歌とした〈神無月時雨とともに降りまよふ木の葉も冬の初めなりけり〉（藤原家隆《いえたか》『壬二《みに》集』）、〈いつしかと袖に時雨のそそくかな思ひは冬の初めならねど〉（賀茂重延《しげのぶ》『千載集』恋一）など、時雨とともに詠まれることが圧倒的に多い。また、右の家隆の歌や正徹《しょうてつ》の〈嵐ふき木の葉乱れて曇る日やあれ行く冬の初めなるらん〉（『草根集』）のように、木の葉の散る景に冬の初めを見る歌もある。

『千載集』に入集した〈澄む水を心なしとは誰か言ふ氷ぞ冬の初めをも知る〉（藤原隆季《たかすえ》・冬歌）は、『和漢朗詠集』の〈落花語《かたらは》ずして空しく樹を辞す、流水心なくして自《おのづか》ら池に入る〉（白居易・落花）を踏まえ、水は心なしと言うけれど、初冬の到来に気づいき氷となった水は心あるのではないか、と詠む。冬のはじめ・初冬と題して詠まれた歌は、〈遙かなる峰の雲間の梢までさびしき色の冬は来にけり〉（藤原良経《よしつね》『秋篠月清集』冬部）、〈今日よりは冬になりぬと告げにきて柴の戸たたく木枯の風〉（慈円『拾玉集』冬）のように、寂しく人の訪れのないさまを詠む歌例がある。

『初学和歌式』に、「初冬は十月朔日の心をもよみ又は冬来て五三日の心を大やうにも詠むべし。四方の嵐も今朝よりは激しく吹き、空のけしきもいと早うち時雨《しぐ》れ、木々の木の葉も散り乱れ、葎《むぐら》の軒も霜枯れて隙あらはになり、山里は筧《かけひ》の水もいつしか氷りそめ、人め草もかれ行き、荻の枯葉はなほ秋を忘れずうちそよぎ、垣根の霜も深くなり行く心など也」とある。

『連珠合璧集』に「冬の始の心ならば、冬の来て、初冬、神無月」、『山の井』に「神無月、小春、亥子」とある。初冬とつながりの深い語に「時雨、雪を待つ、露の氷、木の葉《落葉》、紅葉散る」（『連珠合璧集』）がある。

〈例句〉

連 初冬は秋より後の朝嵐　宗祇（『宗祇日発句』）

今日が冬のはじめだと、秋の季節より後に吹くという朝嵐によって気づかされたことだ、の意。朝嵐は〈朝嵐の吹過ぎてゆく深山木のこの寒けさや雪気なるらん〉（寂西『建長八年百首歌合』）の歌例のように、冬の朝の嵐。十月朔日の発句。

諧 初冬や日和《ひより》になりし京はづれ　蕪村（『蕪村句集』）

京の外れに出かけたところ小春日和となった、初冬の日であることだ、の意。初冬の時雨は多く詠まれることから、ここもその前の天気は時雨を想起すべきか。『蕪村句集講義』には「雨の降りさうなる日、または降りたる日にてもよし、京をぬけてその町はづれ迄行きしに、雨も晴れ雲も散じてうららかなる日和となりし景なり」とある。

句 **初冬の竹緑なり詩仙堂**　内藤鳴雪（『鳴雪句集』）

詩仙堂は、京都の左京区にある石川丈山《じょうざん》の居宅をいう。竹林があり庭園の見事さで知られている。丈山は、江戸初期の文人。この句は鳴雪の代表句の一つ。冬に竹の緑を結んだ歌に、慈円の〈冬来れどさびしくもなし霜やたびおけども枯れぬ竹を友にて〉（『拾玉集』）などがある。　［松本麻子］

時雨《しぐれ》　初冬

朝時雨　夕時雨　小夜時雨　村時雨　北時雨　片時雨　時雨雲　時雨傘　時雨心地　時雨の色　月時雨　松風の時雨

〈季語解説〉　晩秋から初冬にかけて降るにわか雨。「神無月ふりみふらずみ定なき時雨ぞ冬の始なりける」（読人不知『後撰集』冬）と詠まれたように、降るかと思えば止み、止むかと思うと降りはじめる不安定な雨で、「十月の空の俄《にはか》に曇りて一村雨降りて、ほどもなく晴るるなり」（『俊頼髄脳《としよりずいのう》』）とされる雨である。『能因《のういん》歌枕』にも「十月の雨をば時雨といふ」とあり、また、『連歌天水抄』に、「秋の中より降る物なれども、秋の詞入り候はねば冬に成る也」とあるように、初冬の景物とされる。

早くに『万葉集』では、〈うらさぶる心さまねし久方の天の時雨の流れあふ見れば〉（長田王《ながたのおおきみ》・巻一）と時雨の寂しさを詠んだ歌例がある。〈時雨の雨間なくし降れば真木の葉も争ひかねて色付きにけり〉（読人不知・巻一〇）や『古今集』〈白露も時雨もいたくもる山は下葉残らず色づきにけり〉（紀貫之・秋歌下）などと、葉を紅葉させる雨として詠まれ、初冬の歌では、〈山深み落ちて積もれるもみぢ葉のかわける上に時雨ふるなり〉（大江嘉言《よしとき》『詞花集』冬）と散った紅葉の上に降る雨、「木葉散るとばかり聞きてやみなましもらで時雨の山めぐりせば」（覚性《かくしょう》法親王『千載集』冬）のように紅葉を散らす雨としても詠まれた。

また、〈紅葉散る音は時雨の心地して梢の空は曇らざりけり〉（藤原家経《いえつね》『後拾遺集』冬）のように、葉の散る音と時雨を重ねて詠む例もある。

〈今はとて我が身時雨にふりぬれば言の葉さへに移ろひにけり〉（小野小町『古今集』恋五）は、時雨に色づく紅葉を相手の心変わりにたとえて詠み、〈もらすなよ雲居る峰の初時雨木の葉は下に色変はるとも〉（藤原良経《よしつね》『新古今集』恋二）は、袖が紅涙に染まり紅葉が色づいても恋心を漏らさぬよう時雨に呼びかける。このように、葉を色変わりさせる時雨は恋の歌にも多様される。

また、〈御吉野の山かき曇り雪降ればふもとの里はうち時雨れつつ〉（俊恵《しゅんえ》『新古今集』冬）のような冬の景を描写した歌、〈あはれにもたえず音する時雨かな訪ふべき人も訪はぬすみかに〉（藤原兼房『後拾遺集』冬）のように、時雨の音はするが人の訪れはないと詠む歌、〈草枕同じ旅寝の袖にまた夜半の時雨も宿は借りけり〉（小侍従『千載集』羈旅）の、旅のつらさと時雨を結んで詠んだ歌など夥しい数の時雨の和歌が詠まれている。

時雨とつながりの深い語に「山めぐる、山かき曇る、草場を染める露、雪気の雲、月を待、雲間の日かげ、や寒、紅葉、鹿、木の葉、寝覚め、涙、川音、松風、槙の板屋、身のふりて、ふるの神杉、三笠の山」（『連珠合壁集』）などがある。

〈例句〉

句 **世にふるもさらに時雨の宿りかな**　宗祇（『新撰菟玖波《つくば》集』）

定めのない憂き世を暮らしている我が身に、さらに時雨が降りかかり、しばらく雨宿りする。思えば無常の世に生きる人生もこの雨宿りのような仮の宿りであることだ、の意。

諧 **初しぐれ猿も小蓑を欲しげなり**　芭蕉（『猿蓑』）

折からの初時雨に山中を行くと、猿がぬれそぼっている。その猿も小蓑がほしそうだと、時雨に興じて思うことだ、の意。他にも〈旅人と我が名呼ばれん初しぐれ〉（『笈《おい》の小文』）や右の宗祇の句を踏まえた〈世にふるもさらに宗祇の宿りかな〉（『虚栗』）など、芭蕉は時雨を好んで詠んだ。

諧 **時雨《しぐ》るや我も古人の夜に似たる**　蕪村（『自筆句集帳』）

時雨の音を聞いてると、宗祇や芭蕉たち古人と同じ思いを抱く。孤独に夜を明かした昔の人と私はつながっているように感じることだ、の意。時雨を愛した芭蕉を慕う気持ちを詠む句。

句 **まぼろしの鹿はしぐるるばかりなり**　加藤楸邨（『まぼろしの鹿』）

この時雨の降る中に鹿がいかと見たのは幻だったのか、と心の内の景を叙した句。作者は良寛の鹿の歌〈やまたづの向ひの岡にさを鹿立てり神無月しぐれの雨に濡れつつ立てり〉の自筆を入手できなかったことを詠んだという。　［松本麻子］

落葉《おちば》　兼三冬

名の木落葉　落葉の雨　落葉の時雨
落葉時　落葉掃く　落葉掻く　落葉籠
落葉焚く

〔季語解説〕　和歌では『千載集』の頃までは、晩秋から初冬にかけて散り落ちる葉を言ったが、『新古今集』の頃から冬の季と定まった。近世、たとえば『初学和歌式』に、「落葉は秋よりかつがつ（次第に）散る心を詠めど、うちまかせては（一般には）冬のもの也」と述べるのも、そうした事情による。和歌の例では「落葉埋橋…」と詞書する〈小倉山峰の嵐の吹くからに谷のかけ橋紅葉しにけり〉（藤原顕季《あきすえ》『金葉集』秋）など、鮮やかに紅葉した葉の散る晩秋の景が詠まれたり、冬も〈家に歌合し侍りけるに落葉を詠める、梢にて飽かざりしかば紅葉葉の散り敷く庭をはらはでぞ見る〉（源資通《すけみち》『詞花集』冬）などがあり、色づいた葉が庭に散り残るさまが詠まれた。

なお、歌語として「落葉」が歌に読み込まれるのは院政期からで、〈山里は楢《なら》の落葉を踏む音に訪ひ来る人ぞかねて聞こゆる〉（覚性《かくしょう》『出観集』）などが比較的早い例である。

また、冬の景物「時雨」と結んで詠まれることも多く、源頼実《よりざね》に「落葉如雨」として〈木の葉散る宿は聞き分くことぞなき時雨する夜も時雨せぬ夜も〉（『後拾遺集』冬）などの例がある。また、落葉の音も、〈あはれにぞものめかしくは聞こえける枯れたる楢の柴の落葉は〉（西行『山家集』雑）など注目された。

連歌では『連理秘抄』に「時雨落葉」として十月に、『連珠合璧集』にも十月として「冬の心」に「落葉」。

俳諧でも、『毛吹草』『増山井』以下に十月として載る。初期俳諧では、『犬子集』に「落葉」の題で〈めきめきと落葉は何を神無月〉（貞徳《ていとく》）とあり、秋の句も多い。さらに、〈柏木もちと秋かぜの落葉かな〉（『崑山集《こんざん》』）のように、『源氏物語』の登場人物「落葉宮」を詠んだものが見える。落葉とつながりの深い語に「桐、椋」（『連珠合璧集』）、「山風吹く、道のたえだえ、松陰」（『随葉集』）などがある。

〔例句〕

連　風見えで木《こ》のもとめぐる落葉かな　後土御門天皇（『新撰莵玖波集《つくば》』）

文明一六年（一四八四）禁裏月次連歌の発句。風はこちらからは見えないが、落葉が木のもとを廻るように舞っていることだ、の意。

諧　百年《ももとせ》の気色を庭の落葉かな　芭蕉（『韻塞《いんふたぎ》』）

百年の歳月が経った風格を見せる木々の葉が、寺の庭に散っていることだ、の意。元禄四年（一六九一）に彦根の明照寺を訪れたときの句。「当寺この平田に地をうつされてより、すでに百年に及ぶとかや。（中略）誠に木立もの古りて殊勝に覚え侍りければ」の詞書がある。

諧　西吹けば東にたまる落葉かな　蕪村（『自筆句帳』）

西風が吹くと、落ち葉が東の方に吹きつけられてたまってしまう、の意。萩原朔太郎は「その当たり前のことに言外の意味が含まれ、いかにも力なく風に吹かれて、鉋屑などのやうに転つてる侘しい落葉を表象させる」（『郷愁の詩人與謝蕪村』岩波文庫）とする。

句　ごうごうと楡の落葉の降るといふ　高野素十（『野花集』）

楡の木の葉が、ごうごうと音を立てているかのように落ちている、の意。〈ごうごう〉と大きな音を轟かしているわけではないが、一斉に散る葉のさまを風や吹雪の激しく吹く景に見立てた句。

［松本麻子］

山茶花《さざんか》《さざんくわ》　初冬

姫椿　小椿

〔季語解説〕　「山茶花」は、ツバキ科ツバキ属の在来植物。「山茶」はツバキの漢名。別称「姫椿」「小椿」。常緑小高木で、晩秋から初冬にかけて紅色または白色の五弁の花を咲かせる。園芸種として八重咲きや濃紅・絞りなどもある。日本の暖かい地域に自生するが、現代は全国的に庭木や生け垣に植栽されている。「山茶花、その樹葉花実、海石榴と同じくして小さし。その葉、茶の葉のごとく、その実円長、形、梨のごとくにして微毛あり。（中略）およそ山茶花、冬を盛りとなし、海石榴の花は、春を盛りとなす」（『和漢三才図会《さんさいずえ》』）。種子からは油をとり、食用油、鬢油に用いる。『書言字考節用集』に「山茶花サンザクハ・サザンクハ」とあるように、古くは「さんさ（ざ）か」と訓み、『毛吹草《けふきぐさ》』には「山茶《さんざ》花」とある「さざんくわ」はその転である。

「山茶花」は、和歌や連歌には詠まれることのない花で、わずかに別称の「姫椿」として近世中期、田安宗武《たやすむねたけ》、〈桑山茶、姫椿名にも似ぬかも風すかぬ狭間《はざま》にし植ゑば虫枯らすなり〉（『悠然院様御詠草』追補特有歌）がある程度である。

初期俳諧では、『誹諧初学抄』の「初冬」の項に、『毛吹草』「誹諧四季之詞」、『増山井』の「十月」の項に載る。ただし、『増山井』は「蠡海集《れいかいしゅう》に、小寒節。梅花の次也」とも記す。『詼諧番匠童《ばんじょうわらわ》』にも、「二十四番花信に、寒第二候、梅花の次なり」とする。

早い例に、〈山茶花のあかぬ眺めや八重一重〉（心計『宝蔵《たからぐら》』）があるが、初期俳諧に句例は少ない。芭蕉の歌仙に〈狂句木枯しの身は竹斎に似たる哉（芭蕉）／誰そやとばしる笠の山茶花（野水）〉（「狂句こがらしの」歌仙）や、『笈《おい》の小文』他にも〈旅人と我名よばれん初しぐれ（芭蕉）／又《また》山茶花を宿々にして（長太郎）〉が知られる。この頃から、〈山茶花に囮《をとり》鳴く日の夕べかな〉（言水《ごんすい》『京日記』）、〈山茶花を旅人に見する伏見かな〉（井原西鶴『蓮実《はすのみ》』）、〈山茶花は元より開く帰り花〉（車《しゃ》庸《よう》『続猿蓑』）など多く詠まれた。近代以降は、〈山茶花の散りしく月夜つづきけり〉（山口青邨『冬青空』）の句例のように、花弁が地面に散り敷くさまや、寒風に散るさまが多く詠まれるようになる。

〔例句〕

諧 庚申《かうしん》や山茶花すでに開ける夜　露沾《ろぜん》（『俳諧勧進牒』）

庚申は 干支の五七番目「かのえさる」の夜に、人の体内にいる三尸《し》の虫が、その体内を抜け出して天帝にその人の罪過を告げると信じられ、これを防ぐため寝ないで夜を過ごすことをいう。初冬の花である山茶花が咲き、すでに寒くなりはじめた夜に、庚申待ちをするさまを詠んだ句。

諧 山茶花や雀顔出す花の中　青蘿《せいら》（『青蘿発句集』）

山茶花の大ぶりな花から、雀が顔を出すさまを詠む。俳諧では、梅や菜の花と結んで詠まれる「雀」を、山茶花と結んだのはこの句が初出であろう。後に、正岡子規に〈山茶花を雀のこぼす日和かな〉（『子規句集』）の句がある。

句 山茶花のここを書斎と定めたり　正岡子規（『子規句集』）

山茶花の咲くここを書斎と定めた、の意。他の季節は何かしら見るべきものはあるが、冬枯には賞すべきものは山茶花以外にない、というのである。子規には〈山茶花の垣根に人を尋ねけり〉の句もある。

［松本麻子］

木枯《こがらし》　　初冬　凩

〔季語解説〕 秋から冬にかけて吹く風。木を枯れさせる風。『俊頼髄脳《としよりずいのう》』には「木枯といへる風あり、冬のはじめに木の葉をふきちらす風なり」とある。一方、『袋草紙《ふくろぞうし》』には、『女四宮歌合《おんなしのみやの》』で、橘正通《まさみち》が相手の但馬《たじま》の歌〈浅茅生の露ふきむすぶ木枯に乱れても鳴く虫の声かな〉を「木枯とは冬の風をこそいへ」と難じたのに対し、〈木枯らしの秋の初風ふきぬるをなどか雲井に雁の声せぬ〉（『古今六帖』第一）といった秋の木枯を詠む歌が証歌として挙げられ、「冬の風」と主張した正通が負けたとある（『八雲御抄《やくもみ》』にも類似記事がある）。実際に和歌では、たとえば〈いかばかりさびしかるらん木枯の吹きにし宿の秋の夕暮〉（源顕房《あきふさ》室『後拾遺集』哀傷）や、〈冬山の雪吹きしをる木枯に方も定めぬ暁の鐘〉（後鳥羽院『続後撰集』冬歌）など秋季にも冬にも詠まれた。

木枯は雲を払い澄んだ月を見せる。〈木枯の雲吹き払ふ高嶺《たかね》よりさえても月のすみのぼるかな〉（『千載集』）、〈よしさらば四方《よも》の木枯吹きはらへ人は曇らぬ月をだにみん〉（藤原定家『拾遺愚草』）など、月と結んだ歌例も多い。また、〈染めかぬる時雨はよそに過ぎぬれどつれなき松に残る木枯〉（慈道《じどう》法親王『玉葉集』冬）のように、晩秋から初冬の景物である時雨と結んで詠まれることもある。

〈消えわびぬうつろふ人の秋の色に身を木枯の森の下露〉（藤原定家『新古今集』恋四）の歌例のように、駿河国の歌枕「木枯森《こがらしのもり》」と掛ける歌もある。〈人知れぬ思ひするがの国にこそ身を木枯の森はありけれ〉（『古今六帖』）以降、木枯と焦がれるを掛け、恋の歌として詠まれる。『連歌天水抄』に「秋の末より吹物《ふく》なれども十月に限る也。木の葉を散らし、夜は霜を降らせ、時雨、雪を作す風也」とあるのは、以上の和歌伝統を踏まえての説である。

『連珠合璧集』「冬の心」に「木枯」。『白髪集《はくはつ》』『はなひ草』以下に十月とする。木枯とつながりの深い語に「森、笛、賤の松がき、色をはらひ」（『連珠合璧集』）、「寒き山陰、さやかなる月、霜、笛の音、冬籠もる柴の戸、寝られぬ冬夜、時雨」（『拾花集《しゅうか》』）などがある。

〔例句〕

連 木枯に思ふ都の青葉かな　宗祇（『自然斎発句』）

今眼前の白河の関には木枯が吹いているが、都を旅立った頃の夏の青葉がなつかしく思い出されることだ、の意。「白河の関にて」と題し詠まれた発句。能因の〈都をば霞とともに立ちしかど秋風ぞ吹く白河の関〉（『後拾遺集』）を踏まえる。

諧 狂句こがらしの身は竹斎に似たる哉《かな》　芭蕉（『野ざらし紀行』）

狂句を詠み木枯に吹かれながら旅を続けるこの身は、さしづめあの有名な狂歌師竹斎に似ていることだ、の意。竹斎は仮名草子『竹斎』の主人公。芭蕉には他に〈京にあきてこの木枯や冬住居〉（『笈《おい》日記』）もある。

句 海に出て木枯帰る所なし　山口誓子（『遠星』）

陸から海上に吹き出た木枯は帰る所などないことだ、の意。池西言水《ごんすい》の〈木枯の果てはありけり海の音〉（『新撰都曲《みやこぶり》』）を踏まえた句。ただし、「木枯らしの行方」に思いを馳せ、それが遠くの海鳴りに変じたと詠む言水に対し、本句には「帰る所なし」に強い虚無感・孤独感が漂う。

［松本麻子］

霜《しも》　兼三冬

霜解　霜晴　大霜　深霜　強霜　朝霜
霜の声　霜凪　霜雫　霜の花　霜日和
霜だたみ

〈季語解説〉 霜は、空気中の水蒸気がそのまま冷え、氷となり地面一帯を白く覆うもの。「霜をば置くとぞ詠む。霜降るとも詠めり」（『綺語抄《きごしょう》』）とあるように、その状態を、置く、降る、また結ぶともいう。『筆のまよひ』に「霜はまた秋より置けども、冬の物に定めたり。秋も詠むべきこと勿論なるべし」とあり、冬は当然のことながら和歌では秋や早春の霜もある。〈篠《ささ》の葉におく霜よりも独り寝《ぬ》るわが衣手ぞさえまさりける〉（紀友則《とものり》『古今集』恋歌二）、〈夜を寒み寝覚めて聞きけば鴛ぞなく払ひもあへず霜やおくらん〉（読人不知『後撰集』冬）など、葉・鳥・花などに霜が置くさまが詠まれた。

李白の「静夜詩」〈牀前《しやうぜん》月光を看る、疑ふらくは是《これ》地上の霜かと〉のように、漢詩では月光を霜と見立てるが、和歌でも〈夏の夜も涼しかりけり月影は庭しろたへの霜と見えつつ〉（藤原長家《ながいえ》『後拾遺集』夏）、〈冬枯れの森の朽ち葉の霜の上に落ちたる月の影の寒けさ〉（藤原清《きよ》輔《すけ》『新古今集』冬歌）のような例が多く見られる。霜の白を効果的に用い他の景物と取り合わせる例が一般的で、〈心あてに折らばや折らむ初霜のおきまどはせる白菊の花〉（凡河内躬恒《おおしこうちのみつね》『古今集』秋下）は、菊と紛れる霜を詠む。同じく『百人一首』に所収の〈鵲《かささぎ》の渡せる橋に置く霜の白きを見れば夜ぞふけにける〉（大伴家持『新古今集』冬歌）は、天の川の白さを霜に譬えたもの。〈高砂の尾上の鐘の音すなり暁かけて霜やおくらん〉（大江匡房《まさふさ》『千載集』冬）などの歌例のように、暁の鐘と結ぶ歌例も多い。

霜とつながりの深い語に「置く、消、降る、結ぶ、寒、草のうら枯れ、木葉、色づく、虫の声かるる、晩稲の稲葉、暁、夏の夜、鐘、月、菊、真砂、元結、白妙の衣うつ、露氷る」（『連珠合璧集』）、「夏の月、秋の月、鐘の音、橋の上、山陰、草木の冬枯れ、弱る虫の音、寒き嵐、冬野、竹の葉、木葉散る、鏡に変はる黒髪」（『竹馬《ちくば》集』）、「篠原、眉、頭、鸛の羽、鵲、水島、腹のいたみ、瓦、茶園、かたそぎ、松、菊、黒焼、かたき氷、鶴、八十八夜、鴨の上毛、鴛」（『俳諧類船集』）などがある。『連理秘抄』「十月には、霜十二月まで」『華実年浪草』他に兼三冬、『至宝抄』以下に十月として所出。

〈例句〉

連 **今朝のあさけ雪は待たれよ霜の松**　宗祇（『自然斎発句』）

今朝のまだ朝早いとき、雪の降るのはもう少し待ってほしい、松に霜が置き美しいのだから、の意。〈あさけ〉は朝明の変化した語で、夜明け方をいう。宗祇には〈置きそふか猶《なほ》あらはるる霜の松〉（『自然斎発句』）などもある。

諧 **葛の葉のおもて見せけり今朝の霜**　芭蕉（『きさらぎ』）

葛の葉は風に裏返り、白い葉の裏を見せると和歌に詠まれて来たが、今朝霜が葉の表に降りて、葉が白くなり、ちょうど表のまま葛の本意である葉裏の白さを見せていることだ、の意。

句 **南天をこぼさぬ霜の静かさよ**　正岡子規（『子規句集』）

南天の実を木から落とさぬように、霜がひっそりと置いていることだ、の意。南天の実も冬の季語。実は小粒の球形で、晩秋から初冬に真っ赤に色づく。

［松本麻子］

寒《さむ》し　兼三冬

寒さ　寒気　寒威　寒冷　寒九

〈季語解説〉「寒し」が暦の上で小寒（陽暦一月五日ごろ）～寒明け（二月三日頃）までのおよそ一ト月を指すように、「寒」は冬の極度の低温をいい、その体感である「寒し」は冬の季感の代表である。『連歌天水抄』に「冬は寒きを肝《かん》とすべし」とある。

「寒し」は『万葉集』以来多く和歌に詠まれていてか、例えば〈秋田刈る仮廬《かりほ》を作り我が居れば衣手寒く露ぞ置きにける〉（『万葉集』巻十）、〈朝まだき嵐の山の寒ければ紅葉の錦着ぬ人ぞなき〉（藤原公任《きんとう》『拾遺集』秋）など、冬の寒さを逸早く秋に感じ取る歌も多い。また、〈春べとは思ふものから風まぜにみ雪ちる日はいとも寒けし〉（伏見院『風雅集』春上）など、春とはいえ寒さを残すと詠む歌もある。

〈大室の月の光しさむければ影見し水ぞまづ凍りける〉（『古今六帖』）、〈冬枯れの森の朽ち葉の霜の上におちたる月の影の寒けさ〉（藤原清輔《きよすけ》『新古今集』冬歌）など月の光を「寒し」と見、〈相坂《あふさか》の嵐の風は寒けれど行方知らねば侘びつつぞ寝《ぬ》る〉（『古今集』羇旅）〈霜むすぶ袖の片敷きうちとけて寝ぬ夜の月の影ぞ寒けき〉（源通具・同）など、風の寒さを詠む歌も多い。

『連珠合璧集』「冬の心」に「風寒し、月寒し」、『至宝抄』「夜寒と続かねば秋にあらず。夜を寒みとは冬なり」、『俳諧御傘』「夜寒き、寒き夜、夜を寒み、夜の寒き、皆冬也」。『至宝抄』『増山井』以下に十月、後に兼三冬となる。「寒し」とつながりの深い語に「霜、州崎、鷺」（『連珠合璧集』）がある。連歌の例に〈雨寒し雲のいづくか峰の雪〉（宗祇『自然斎発句』冬）や宗長の十一月の発句〈有明の入空寒し嵐山〉〈音寒し風も霰の玉柏〉（『宗長日発句』）などとあり、「雨寒し」「空寒し」「音寒し」といった表現が特徴的。寒しは俳諧でも多く詠まれるが、〈葱白く洗ひたてたる寒さかな〉（芭蕉『韻塞《いんふたぎ》』）や〈白水《しろみず》の流れも寒き落葉かな〉（木導《ぼくどう》『去来抄』）など、寒さを白さと併せる趣向がある。

〈例句〉

連 音むせぶ山水寒し苔の庭　宗祇（『自然斎発句』）

苔の庭の山水は寒々として、流れが滞って音がつかえているように聞こえることだ、の意。「音むせぶ」によって、山水が氷り、流れが滞っていることを表現する。宗祇には解説に示したものの他、〈池晴れて山水寒し雪の陰〉（『自然斎発句』冬）の句もある。

諧 塩鯛の歯ぐきも寒し魚の店　芭蕉（『薦獅子集《こもじし》』）

魚屋に並ぶ塩鯛の、剝き出した歯茎が何とも寒々しいことよ、の意。其角の〈声かれて猿の歯白し峰の月〉に触発されたという（『三冊子』）。『句兄弟』でもこの句と番えられ、其角の評に「塩鯛の歯のむき出たるも冷じくや思ひよせられけん」とある。元禄五年（一六九二）に詠まれた句。

句 寒けれど不二《ふじ》見てゐるや坂の上　正岡子規（『子規句集』）

冬は空気が澄んでいるため、坂の上から富士山がよく見える。子規には他にも、〈はつきりと富士の見えたる寒さかな〉〈雲もなき不二見て寒し江戸の町〉など、冬の寒い日の富士を詠んだ句がある。

［松本麻子］

短日《たんじつ》　兼三冬

日短か　短景　暮《くれ》早し　暮易《くれやす》し　日つまる

〈季語解説〉冬の日中の時間がの短いことをいう。秋分以降、日暮は早くなり冬至は最も昼の時間が短くなる。冬はあっと言う間に日が暮れてしまい、昼が随分と短く感じられる、その感覚を短日という。「短日」は、日短か、暮早し、暮易しなどとも用いられ、生活実感と結びついた季語の代表的な一つであろう。だが、「短日」の季語としての成立は新しく、天明三年（一七八三）刊の季寄『華実年浪草《かじつとしなみぐさ》』に、『礼記』月令を引いて「仲冬の日は短至なり」をもとに「短日」を挙げたのが初めてである。用例も、『蕉門むかし語《がたり》』（明和二）に、〈道草の野に暮《くれ》やすき小春かな〉（紫狐）のほか、例句にあげた成美や一茶の句を見るくらいである。もっとも蕪村は十月二十七日付書翰に「短日にて一向はかどり申さず候ふ」とか、十一月二十七日付に「この節短日」などと使っているから、「短日」という語自体は通用していたのである。だが、和歌では次のような歌が目に付く。

〈程もなく暮るると思ひし冬の日の心もとなき折もありけり〉（道命『詞花集』恋上）

この歌は、詞書によれば、冬の頃、女に日が暮れたら逢おうといったが、それが待ち遠しくて詠んだ歌だという。冬の日はすぐに暮れると思ったのに、なかなか暮れないと思うことだ、の意。和歌にあって、夕暮への着眼は恋人との逢瀬の時を思うことだったのであり、それゆえ日の短さをも敏感に感じとったに違いない。『新古今集』時代以降は、それが季節の事象として、詠まれるようになる。例えば、〈神無月暮易き日の色なれば霜の下葉に風もたまらず〉（藤原定家『拾遺愚草』）は、短日に霜の解けるまもない下葉を詠む。〈冬はげに日影短き頃なれば暮易くこそ年も行くらめ〉（藤原為家『為家集』）は、短日ゆえに年もあっというまに過ぎて行くと詠み、〈暮易きならひと思う冬の日の残るは雪の光なりけり〉（尊胤『延文百首』）と、短日の習いに日に代わって雪の光が辺りを浮かび上がらせると詠む。これら、冬の日が短く、暮れ易いことを踏まえての詠であるところに、「暮易し」が当時の実感であったことを知る。

江戸時代の後期の大隈言道《ことみち》の家集『草径集《そうけい》』に「短日」の題で〈何をするいとまもなしと年ごとに日の短さをわぶる比《ころ》かな〉〈暮れやすき日数かさねて年の間も秋より後は程ぞ短き〉が見える〈冬の空日影短きころなればいとどほどなく暮るる年かな〉（覚寛《かくかん》『続拾遺集』冬歌）や、正徹の〈冬の日は入江立ちゆく鴨の足の空に短く暮るるころかな〉（『草根集』）などが散見される。

連歌では、〈すそのまで吹く山風の音／冬の日もともに短き旅衣〉（救済《きゅうぜい》『菟玖波集《つくば》』羇旅）のような例もある。『連珠合璧集』には「日とあらば（中略）短き秋冬の日に」とあって和歌を踏まえているが、俳諧では、和歌伝統は受け継がれなかったようで、「短日」は『俳諧大成新式』に「漢に用ふる辞の類」とあり、漢詩句に用いる語と認識されていたのである。

〈例句〉

諧 日短かに見ても居らるる落葉かな　成美《せいび》（『成美家集』）

落葉を詠んだ句群の一句。日が短くなって慌ただしいが、冬の落葉の風情は時間を忘れ見ていられることだ、の意。

諧 日短かやかせぐに追ひつく貧乏神　一茶（『文政八年句帖』）

冬の日が短くなり働ける時間も短くなった、日々の稼ぎに貧乏神が追い付いてきて一向暮らしが楽にならない、の意。冬の短日を人の生業に結んで詠んだ一茶らしい句である。

句 **短日やにはかに落ちし波の音**　久保田万太郎（『流寓抄』）

冬の日の短さであっという間に暗くなった浜辺では、波の音もにわかに闇に落ちていったように聞こえる、の意。「やわらかいが無駄のない表現に、鋭い感性を秘めた句」（飯田龍太『日本大歳時記』講談社）と評された。［松本麻子］

冬月《ふゆのつき》　兼三冬

冬三日月　寒月　寒三日月　月冴ゆ　月氷る

〔季語解説〕 冬の月。『拾遺集』には〈いざかくてをり明かしてん冬の月春の花にも劣らざりけり〉（清原元《もと》輔《すけ》・雑秋）と、冬月の美しさを詠んだ歌が見える。『源氏物語』にも「花紅葉の盛りよりも、冬の夜の澄める月に雪の光りあひたる空こそ、あやしう、色なきものの身にしみてこの世のほかのことまで思ひ流され、おもしろさもあはれさも残らぬ折なれ。すさまじきためしに言ひ置きけむ人の心浅さよ」（朝顔）と記される。

〈冬枯れの杜《もり》の朽ち葉の霜の上に落ちたる月の影のさやけさ〉（藤原清輔《きよすけ》『新古今集』冬）、慈円の〈冬の月のまことにふれる雪の上にさえたる影をなににたとへん〉（『拾玉集』）、藤原定家の〈にほの海や氷を照らす冬の月浪にますみの鏡をぞしく〉（『拾遺愚草』）など、霜・雪・氷の上を照らす月光を表す歌も多い。

「月冴ゆる」の表現も和歌に好まれ、〈月冴ゆる氷の上に霰ふり心くだくる玉川の里〉（藤原俊成『千載集』冬歌）、正徹《しょうてつ》の〈月冴ゆる都の霜も深き夜にいづくともなき千鳥ひと声〉（『草根集』）など冬の歌がある。

『山の井』に「冴えたる影の氷にまがひ霜に似たるけしき顔の師走の月を、すさまじきものと言へる老女の化粧にもなぞへ、臘月と言ひかけて灯の光にも言ひなし侍る」、『俳諧御傘《ごさん》』に「冬の月とは、寒き、冴ゆる、時雨、霰、落葉、などに結び入れたる月なり」と記される。「冬の心ならば月氷る」（『連珠合璧集』）。冬の月とつながりの深い語に「鴛、寒月」（『拾花集』『竹馬集』）などがある。

〈冷まじと下戸やいひけむ冬の月〉（方好『境海草《さかいぐさ》』）は、酒を飲まない下戸は寒いと言って冬の月を愛でないのだろう、と詠む。『徒然草』十九段「すさまじきものにして見る人もなき月の、寒けく澄める廿日あまりの空こそ、心ぼそきものなれ」、『河海抄』に引かれる『枕草紙』に「すさまじきもの、おうなの化粧、師走の月夜」とあり、先に引いた『源氏物語』「すさまじきためしに言ひ置きけむ人の心浅さよ」と対比する。俳諧においても、〈あら猫のかけ出す軒や冬の月〉（丈草『続猿蓑』冬部）など、冬の月が取りあげられた。

〔例句〕

連 **名こそ秋光は冬の月夜かな**　兼載（『新撰菟玖波集《つくばしゅう》』）

月といえば秋の月が賞されてきたが、光の美しさは冬の月夜こそ賞すべきだ、の意。和歌に〈冬の夜の冴えゆく空を見ぬくや月をば秋と言ひ始めけん〉（『重家集』）などがある。

諧 **この木戸や鎖のさされて冬の月**　其角（『五元集』）

夜が更けて木戸は鎖がかかり閉ざされている、空を見上げれば冴え冴えとした冬の月が空にかかっている、の意。『去来抄』によると、『平家物語』で徳大寺実定が遷都先の福原から京の旧御所をたずね「禁門は鎖のさされて候ぞ」と言ったことを踏まえた句。

諧 **静かなる樫の木原や冬の月**　蕪村（『蕪村句集』）

静かな夜、樫の木立に冬の月が見えることだ、の意。『蕪村句集講義』で、正岡子規は「自分は林の中に居るので、ほとんど自分を忘れて見てゐる静かな景色」として、樫の林の中で月光を浴びているさまと解釈している。ただし、議論に参加した内藤鳴雪は空に冬の月を見ている、と主張した。

句 **冬の月焦土に街の名がのこり**　加藤楸邨（『野哭』）

第二次世界大戦の空襲で建造物は悉く焼かれ、跡かたもなくなり、街は、地名ばかりの焼野原となってしまった。その街の名にかつての繁華な街並みや、そこでの人々の生活を思い出すが、そんな甘い回想を打ち消すごとく、荒廃の焼け跡を冬の月は冷たく照らし出す、というのである。［松本麻子］

寒草《かんそう》　兼三冬

冬の草　冬草　冬青草

〔季語解説〕 冬の草、冬草とも。枯れ草、枯れ残っている草、寒さにあい、枯れしおれた草、また冬の常緑の草をもいう。漢語の「寒草」をそのまま和歌に用いることはないが、「永久元年十一月少納言定通歌合」（『夫木抄』）において「寒草」題が出され、以降、多くの歌合や定数歌題に冬の題として採用された。たとえば、「月照寒草」の題で〈もろともに秋をやしのぶ霜枯れの荻の上葉を照らす月影〉（紀康宗《やすむね》『千載集』雑上）のように、枯れた草を照らす月や冷たい風のさまが詠まれる。連歌の『大発句帳』も「寒草」の節の下、芒枯、冬の茅原、冬原、枯野の千草、浅茅枯などの句を収める。

また、「冬草」としては〈さらぬだに枯れゆく宿の冬草にあかずも結ぶ夜半の霜かな〉（一条実経《さねつね》『続拾遺集』冬）や、〈庭の面に枯れて残れる冬草のむらむら見えてつもる白雪〉（二条為定《ためさだ》『新拾遺集』冬）などの例があり、「霜」「雪」とともに詠まれるものが多い。

『古今集』〈わがまたぬ年は来ぬれど冬草の枯れにし人はおとづれもせず〉（凡河内躬恒《おおしこうちのみつね》・冬）や〈冬草の枯れにし人のいまさらに雪ふみわけて見えむものかは〉（曽《そ》禰好忠『新古今集』冬）などの例のように、人目が離れると草が枯れるの掛詞を用いて、人の訪れがないことを詠む歌もある。

『連理秘抄』に「十月には（中略）寒草、十一月まで」とある。『栞草』に兼三冬として冬草を「枯れたるをも言ひ、枯れ残りたるをも言ふべし」とする。連歌では〈梅咲けと冬草青む垣根かな〉（肖柏《しょうはく》『春夢草』）や〈雁のゐる冬草繁る堤《つつみ》かな〉（『宗碩《そうせき》発句』）の句例のように、冬の寒さを際立たせる青い草を詠む。俳諧では、「冬草」題で〈すね萩もやせてはすそが枯野かな〉（藤谷貞好《さだよし》『崑山《こんざん》集』）もあるが、句例は少ない。寒草・冬草とつながりの深い語に、『連珠合璧集』に「冬草とあらば、霜枯、人目離れたる、霜の花、露氷る、残菊」がある。

〔例句〕

[連]**清水すみ冬草青き岩根かな**　宗祇（『老葉《わくらば》』）

岩の根本には清らかな水が流れ、青い冬草が繁っていることだ、の意。解説にも示したように、連歌は青い冬草を詠むものが多い。〈種やかる冬草青き松の陰〉（『園《その》塵《ちり》』）などの句例もある。

[諧]**青々とあはれは深し冬の草**　一笑（『西の雲』）

冬の枯れ枯れとした景の中で、わずかに青々と生えている冬草には、かえって深いあわれを感じることだ、の意。『冬の日』に、〈笠ぬぎて無理にもぬるる北時雨〉の前句に、〈冬がれわけてひとり唐苣《とうちさ》〉（野火）と付けた付合がある。

[諧]**冬草にちからもつけず涙かな**　巴人（『夜半亭発句帖』）

「霍梅《かくばい》老人愛子を失ひ給ふを」の詞書で詠まれた発句。厳しい寒さを耐えて生きる冬草に、何の励ます言葉もかけられず、ただ涙するばかりだ、の意。

[句]**鎌倉や冬草青く松緑**　高浜虚子（『虚子全集』）

虚子は明治四三年（一九一〇）に鎌倉に移住し、虚子庵を住居とした。鎌倉を詠んだ句に〈鎌倉を驚かしたる余寒あり〉（『五百句』）などもある。

［松本麻子］

冬《ふゆ》木《こ》立《だち》

兼三冬

寒林

〔季語解説〕　冬木の立ち並んでいるさま、冬枯れの木々。木立は群がって生えている木々をいう。『栞草《しおりぐさ》』に「夏木立は茂りたるをいひ、冬木立は葉の脱落したるさまなどいふべし」とあるように、葉が落ちた寒々しい冬木のさまを表す語。

和歌・連歌には、夏木立の用例は多く見られるが、冬木立という語は用いられない。冬の木立を詠むわずかな歌例に藤原家隆《いえたか》の〈おしなべていづれを梅とふる雪の木立はしるき庭の松かな〉、〈今朝見ればあらぬ木立にたわむまで岡べの杉に雪つもるなり〉（『壬《み》二《に》集』）がある。『万葉集』には〈矢釣山《やつりやま》木立も見えず降りまがふ雪にさわける朝楽しも〉（柿本人麻呂・巻三）があるが、木立は雪で見えないさまを詠む歌となる。

連歌も和歌と同じように、後述の連歌例や足利義政の〈松はこれ雪にもしるき木立かな〉（『室町殿御発句』十一月十三日）のように、雪の木立を詠んだ例は僅かにある。俳諧では一転して冬木立が多く詠まれるようになり、早い例に〈冬木立葉もやこぼれてさび刀〉（如水『増山井』）がある。〈冬木だち月骨髄に入る夜かな〉（几董《きとう》「冬木立」歌仙・安永九年）のように、寒々とした景を表現する語となった。『袖かがみ』『小槌』などに十月、『線車大成』などに兼三冬とある。

〔例句〕

[連]**庭の面《おも》は雪を姿の木立かな**　西順《さいじゅん》（『如是庵日発句』）

十二月九日の発句。近世の連歌師である西順の句。庭の面には、雪の姿をした木々が立ち並んでいることだ、の意。〈雪を姿〉の言い回しは、近世の歌集『新明題集』に〈雪埋竹、降るままに積もるさ枝はそれながら雪を姿になびく呉竹〉（資行・冬）と詠まれている。

[諧]**斧入れて香におどろくや冬木立**　蕪村（『自筆句帳』）

斧を打ち込むと驚くべきことに木の香がしてきた、枯れたように見える冬木立であるのだが、の意。蕪村は冬木立の表現を好んだようで、〈二村に質屋一軒冬木立〉（『蕪村句集』）〈冬木立家居ゆかしき麓かな〉（『蕪村遺稿』）など、幾つかの句作がある。

[句]**其中《そのなか》に境垣あり冬木立**　高浜虚子（『五百五十句』）

一月二十日の句とある。「境垣」とは家と家の境にある垣根のこと。厳しい冬であっても、凜として立つ木々のさまを詠む。

［松本麻子］

鷹《たか》狩《がり》　兼三冬

放鷹　鷹猟　鷹野　狩杖　鷹の鈴　竿鷹
鴨鷹　鳥叫び　暖鳥

〔季語解説〕　飼い慣らした鷹や隼などを使って小さな鳥獣を捕獲すること。秋に小ぶりの鳥を用いて行う小鷹狩と、冬に行う大鷹狩とに区分される（『俳諧御傘』に「大鷹狩は冬なり。小鷹は秋なり」とある）。「小鷹狩」の早い例として〈陽成院御屏風に、小鷹狩したる所、狩りにのみ人の見ゆれば女郎花花の袂ぞ露けかりける〉（『後拾遺集』）や、〈天暦御時の御屏風に小鷹狩する野に旅人の宿れる所を詠める、秋の野に狩りぞ暮れぬる女郎花今宵ばかりの宿もかさなん〉（清原元輔『後拾遺集』秋上）などと詠まれた秋の歌例がある。

冬の鷹狩を詠む歌には、〈鷹狩を詠める、霰ふる交野の蓑の狩衣ぬれぬ宿かす人しなければ〉（藤原長能《ながよし》『詞花集』冬）が、「雪中鷹狩をよめる」という詞書の〈ぬれぬれもなほ狩り行かん鷂《はしたか》の上羽《うわば》の雪をうち払ひつつ〉（源道済《みちなり》『金葉集』冬）とともに鷹狩を詠んだ歌の代表として、『俊頼髄脳《としよりずいのう》』に見える。その中で、藤原公任は、霰が降り宿を借りて休もうとする前者より、濡れてもやはり狩りを続けようとする後者の方が、「鷹狩の本意もあり」と評した、という。

「鷹狩」の読み方について『初学和歌《が》式』には、「鷹狩を詠むには、野辺の草葉も冬枯れぬれば、鳥も隠れ得ずとも、またふる雪に真白の鷹も見分かぬ心、または飽かず狩暮らして冬の日の程なきを惜しむとも、鷹の鈴の音をしるべに慕ひ行くとも、狩場の勢子《せこ》も疲れぬる由をもいう」と、鷹狩の歌の趣向を端的に述べている。

なお、〈鷹狩の心を詠み侍りける、狩り暮らし交野《かたの》の真柴折りしきて淀の河瀬の月を見るかな〉（藤原公衡《きんひら》『新古今集』冬）など、「交野」と詠まれる歌はいずれも『伊勢物語』八二段「渚の院」の影響下にある。『古今集』にも「惟喬《これたか》の親王の供に狩りにまかりける時に」親王が「狩して天の河原に至るという意を詠めと言われたので、と詞書して〈狩り暮らしたなばたつめに宿からむ天の河原に我は来にけり〉（在原業平《なりひら》・羇旅）とある。「交野」は、現在の大阪府枚方市あたりの歌枕で鷹狩の名所。

『僻連抄』に十一月として初出。『毛吹草』「連歌四季之詞」『増山井』などに十月とする。『連珠合璧集』「犬とあらば鷹狩」

〔例句〕

連罪ぞとも知らず白尾の鷹据ゑて　西園寺実遠《さねとお》

連歌に「鷹狩」の発句は見当たらない。掲句は、前句「身を忘るるや恋の理《ことわり》」に応じた付句。前句は、恋い慕うあまり身の程を忘れてしまうのが道理だと詠む恋の句。付句はそれを鷹狩に取りなして、殺生の罪を犯していることを忘れて鷹狩に興じる人のさまを付けた。

「恋」と「鷹」は寄合である（『連珠合壁集』）。

諧 **鷹狩や畠も踏まぬ国の守**　蕪村（『落日庵句集』）

鷹狩をしても、畑を踏み荒らすことはない、国の守である、の意。『山の井』に「霜雪霰の昼夜なく、野を分け原に惑ひて、田畑を荒らす鷹人のさま」とある。〈鷹狩の路にひきたる蕪かな〉（蕉笠『あら野』）のように、鷹狩によって道ばたに引き抜かれた蕪が転がっているさまを詠んだ句もある。

句 **大空に一鶴白し鷹はやる**　原石鼎（『花影』）

大空に一匹の白い鶴が飛び、それを見た鷹は勇み立つことだ、の意。将軍によって行われた、鶴をとらえる鷹狩を鶴御成という。将軍による鷹狩りの中で最もおごそかなものとされた。

［松本麻子］

氷《こおり》《こほり》　晩冬

厚氷　綿氷　氷の声　氷の花　氷点下
氷塊　結氷　氷結ぶ　氷面鏡　氷張る
氷閉づ　氷上氷雪　氷田　氷壁　氷の楔
蟬氷

〔季語解説〕　水が寒さによって凝固したもの。「氷」そのものを詠む歌例は平安中期まではほとんどない。『古今集』の〈袖ひちて結びし水の凍れるを春立つ今日の風やとくらむ〉（紀貫之・春上）や、「初春の歌」の〈水の面にあや吹きみだる春風や池の氷を今日はとくらむ〉（紀友則『後撰集』春上）など、春の訪れを氷の融けるさまに託したものや、〈大空の月の光し清ければ影見し水ぞまづ氷りける〉（読人不知・冬）など、他の景物の美と関わらせて詠むのが、その詠み方であった。例えば、この氷を月光に関わらせて詠む歌には『拾遺集』〈冬の夜の池の氷のさやけきは月の光のみがくなりけり〉（清原元輔・冬）があり、その後も〈滋賀の浦や遠ざかり行く浪間より氷りて出づる有明の月〉（藤原俊成『新古今集』）など、氷の詠み方の一型となった。また、恋の心情と関わらせては、涙・袖・枕とともに氷が詠まれ、〈思ひわび返す衣の袂より散るや涙の氷なるらん〉（藤原国房『後拾遺集』恋四）や、〈床の霜枕の氷きえわびぬ結びもおかぬ人の契に〉（藤原定家『新古今集』恋二）など、多くの歌例がある。あるいは、鮎の稚魚である氷魚《ひうを》と氷を詠んだ〈月清み瀬々の網代による氷魚は玉藻にさゆる氷なりけり〉（源経信『金葉集』冬）は後代にも影響を与え、〈風冴ゆる網代の氷魚はよる波の下より結ぶ氷なりけり〉（『寂蓮法師集』）などと詠まれた。

「氷」が叙景として詠まれるようになるのは、〈小夜更くるままに汀や氷るらん遠ざかりゆく志賀の浦波〉（快覚『後拾遺集』）などからで、『堀河百首』では「凍」の題のもと、〈山里の夜中の嵐の寒ければ細谷川ぞまづ氷りける〉（師頼）・〈冬深み氷や厚く閉ぢつらん音絶えにけり谷川の水〉（肥後）など、さまざまに氷の景が試みられた。以来、「氷」は冬を特徴付ける景物として、中世以降多くの歌を生んだ。

『和歌題林抄』に「氷」の詠み方を挙げて、「雫に濁りし山の井の水も、この頃は氷のみ結び、谷風冴え行けば、滝の糸筋も氷に結ぼほれ、山里には筧《かけひ》の水絶えて、朝餉《あさげ》の水だに氷を砕き、山川も、これの下水も、冬氷して岩漏る音も聞こえず、軒の雫も絶えて垂氷《たるひ》と結び…」と述べている。山の井、凍る滝、筧の水の氷、氷を割って朝餉の水を汲むなど、冬の山里に住む隠者たちが、詫びつつ目にする景ではなかったろうか。中世の和歌にあって「氷」は、あらゆるものを寒さに凍てつかせる、冬の静寂な世界を象徴する素材となった。十五世紀の連歌師の心敬は、「氷ばかり艶なるはなし。刈田の原などの朝薄氷、古りたる檜皮《ひはだ》の軒などのつらら、枯野の草木など露霜の閉じたる風情、面白くも艶に侍らずや」（『ひとりごと』）と述べている。

連歌・連歌では「冬」（『連珠合璧集』）、「十月」（『梅薫抄』）、「兼三冬」（『白髪集』）、「十一月」（『至宝抄』『はなひ草』他）など一定しない。『梅薫抄』に「十月わたりの発句には、（中略）落葉の流れ来ぬ水上や氷るらんの躰」、『無言抄』に「氷砕くる、としても冬なり」とある。氷とつながりの深い語に「閉づる、薄き、関、砕く、結ぶ、解く、踏む、橋、岩間、水際、くさび、水鳥」（『連珠合璧集』）、「遠ざかる川音、芦辺の霜、千鳥、鴛鴨、ふしつけ、池水、汀の月影、志賀の浦、辛崎、こやの池」（『拾花集』『竹馬集』）などがある。

〔例句〕

連 **冴ゆる夜の川音遠し朝氷**　　宗祇（『自然斎発句』）

冴え冴えとした寒い夜は、川音が遠く聞こえる、朝氷に閉じ込められて、の意。〈天河冬は氷に閉ぢたれや石間にたぎつ音だにもせぬ〉（読人不知『後撰集』冬）が参考になる。

諧 **芹焼やすその田井《たゐ》の初氷**　　芭蕉（『其便《そのたより》』）

人から頂いた芹焼は、この初氷の張った山裾の田で採ったものかと、ことさらゆかしく思われるの意。芹焼とは芹とともに雉や鴨などを焼いた料理のこと。「裾輪の田井」は古くからの雅語。それを用いて主人の風雅へ挨拶した。

諧 **歯豁《あらは》に筆の氷を噛む夜哉《かな》**　　蕪村（『自筆句帳』）

老いてまばらになった歯で、氷のような筆先を噛んでやわらかくしながら絵を描く夜である、の意。「蕪村自賛像」として、筆を持って何かを描いている自画像に見える句。

句 **厚氷びしりと軋みたちあがる**　加藤楸邨（『火の記憶』）

厚い氷がびしりと音をたててきしみ、立ち上がってい る。和歌・連歌では繊細な氷を詠むのが一般だが、俳諧では〈賀茂川も白川なれや厚氷〉（直甫『続山井』冬）など厚い氷が詠まれはじめる。ここは諏訪湖の御神渡りのような貫禄のある氷であろう。

［松本麻子］

霰《あられ》　　兼三冬

初霰　夕霰　玉霰　雪あられ　氷あられ　急霰

〔季語解説〕　水蒸気が氷の粒になって降ってくるもの。雪と雹との中間の状態。気温の冷え込む朝夕に多く見られる。早くは『万葉集』の〈我が袖に霰たばしる巻き隠し消《け》たずてあらむ妹が見むため〉（柿本人麻呂・巻十）や、〈かきくらし霰ふりしけ白玉をしける庭とも人の見るべく〉（読人不知『後撰集』冬）のように、玉のごとく美しいものとして詠まれた。藤原俊成には〈月さゆる氷の上に霰降り心くだくる玉川の里〉（『千載集』冬歌）の詠がある。

また、『古今集』の〈深山には霰降るらし外山《とやま》なるまさきのかづら色づきにけり〉（神遊びの歌）が、後代に影響を与えた。「霰打つ」として音のみが詠まれることもあり、『枕草子』も「降るものは雪。霰」「時雨、霰は、板屋」として、板屋に降る霰の音に注目している。『八《や》雲御《くも》抄《み》』には「霰万十六、これを「みぞれ」ともいへり。「たまきる」は「玉に似る」なり。「たばしる」は「とばしる」といへり。故人説なり」と記す。

〈山里の霰をよめる、問ふ人のなき葦葺《あしぶき》の我宿はふる霰さへ音せざりけり〉（橘俊綱《としつな》『後拾遺集』冬）や〈ふる里のまきの板戸の妻庇《つまびさし》霰たばしる冬ぞさびしき〉（藤原顕仲《あきなか》『堀河百首』）のように、人の訪れのない荒れた庵に降る霰を詠む歌も多い。その屋は〈旅の歌とてよめる、霰もる不破の関屋に旅寝して夢をもえこそ通さざりけれ〉（大中臣親守『千載集』羇旅歌）のように旅の宿であり、霰の冷たさがいっそう感じられるとする歌もある。同じ冬の景物である「鷹狩」とともに詠まれるものも多く、〈鷹狩をよめる、霰ふる交野の蓑の狩衣ぬれぬ宿かす人しなければ〉（藤原長能《ながよし》『詞花集』冬）や、源実朝の〈もののふの矢並みつくろふ籠手《こて》の上に霰たばしる那須の篠原〉（『金槐集』）という、巻狩の光景を描く歌もあり、これは後世賀茂真淵らが高く評価した。

霰とつながりの深い語に、「砕く、横切る、玉、深山、玉篠、驚くばかり、松原」（『連珠合璧集』）、「そよぐ篠原、寒き庵、槇の葉、浮雲、寝られぬ板屋、狩場、交野、鷹人、信楽山」（『拾花集』）などがある。

〈例句〉

連 秋もいさ荻の枯葉の玉霰　宗養（『宗養発句帳』）

冬の枯れた荻の葉には、秋と違って風は吹かず、玉霰の降る音がするばかりである、という意。荻の葉が風にそよぐ音は、古来「そうよ」と相手の相づちに見立てて詠まれた。〈秋はいさ〉は、秋の頃は恋人からの手紙があったものか、さあどうだったでしょうか、とはぐらかした言い。秋の頃はともかく、冬の今は荻の上に落ちる霰の音ばかりで人の訪れもない、というのである。

諧 石山の石にたばしる霰かな　芭蕉（『あさふ』）

石山寺の境内にある珪灰石に勢いよく霰があたり、飛び散っていることだ、の意。「石山」は、現在の滋賀県大津市にある石山寺のこと。元禄三年（一六九〇）四月、石山寺に参詣した芭蕉の句で、岩本坊の僧侶に与えたもの。解説に挙げた源実朝の歌を踏まえたもの。

句 盤石をめがけて霰降り集う　山口誓子（『青女』）

右の芭蕉の句に影響を受けた句か。「盤石」は重く大きな石の意。安定していて、動かないさまもいう。雪でも雨でもない不安定な「霰」が、堅固な石をめがけて降りそそいでいる。「霰」は、動かせぬものに抵抗する、弱い人の群れのようにも読める。

［松本麻子］

霙《みぞれ》　兼三冬

みぞる　雪雑り　雪交ぜ　氷雨

〈季語解説〉　雪が融けかかって雨のように降るもの。また、雨に湿った雪が混じり降るものも言う。「霙と言へるは、雪まじりて降れる雨を言はば、冬もしくは春のはじめなど詠むべきにや」（『俊頼髄脳《としよりずいのう》』）。動詞「みぞる」の形でも詠まれる。「降るものは、雪、霰。霙はにくけれど、白き雪のまじりて降る、をかし」（『枕草子』）。

霙は春の季節に〈春雨にちる花見ればかきくらしみぞれし空の心地こそすれ〉（藤原長家『千載集』春下）、〈暗き夜の雨にたぐひて散る花を春の霙と思ひけるかな〉（一条院『続古今集』春下）などのように、そのものが対象となるのではなく、雨まじりに散る花を霙に見立てて詠まれた。反対に〈たれも見よこれは霙の空ならむ散りくる花は雨やまじりし〉（藤原季経『六百番歌合』冬部）は、霙を花に見立てた歌である。

霙そのものは、平安後期の『永久百首』に「霙」題として〈雨の下降るとはすれどはかなきは庭にたまらぬ霙なりけり〉（大進・冬）や、『六百番歌合』に〈積もるかと見えつる雪も霙にてながめわびぬる冬の山里〉（中山兼宗・冬部）など、時雨から雪に移り変わる時期の冬の景物として詠まれた。

『至宝抄』以下に十一月、『糸屑』『清鉋』などに十月、後に兼三冬とされる。連歌では宗祇の〈水白き庭は霙の名残かな〉（『自然斎発句』冬）や、〈木枯のぬれ色薄き霙かな〉（『宗養発句帳』冬）など、霙の透明な色が詠まれている。初期の俳諧では、〈篠の葉に降るやまことのみぞれ酒〉（『犬子集』冬）などの例のように、「みぞれ」の縁で「霙は多く酒に寄せつつ」（『山の井』）というようにみぞれ酒を詠む句が頻出した。蕉門ではそうした言葉遊びから脱却し、〈寂しさの底ぬけて降る霙かな〉（丈草「寂しさの」歌仙）、〈霙降る音や朝飯《あさげ》の出来る迄《まで》〉（画好『猿蓑』）など、冬の景物として様々なものと組み合わされている。

霙とつながりの深い語に「山路に往来たゆる、むら雲の寒き」（『随葉集』）、「戦《そよ》ぐ竹の葉、月寒き、松の葉、峯の雲、はしたか、山路」（『拾花集』『竹馬集』）などがある。

〈例句〉

連 降る雪の里にたまらぬ霙かな　宗祇（『宗祇日発句』）

雪の降る里には積もることのない、霙であることよ、の意。『永久百首』の歌例「庭にたまらぬ霙なりけり」と同様、霙は消えてなくなるものである。十一月二六日に「霙」題で詠まれた発句。十二月の題はすべて「雪」であり、雪の降る直前の様子が霙の句となる。

諧 古池に草履《ざうり》沈みてみぞれかな　蕪村（『蕪村句集』）

古池に草履が沈んで、霙が降りそそいでいる。草履も沈む古池は、誰も省みない忘れられた池である。周囲も枯草が覆っているようなところであろう。そこに霙が降り注ぎ、荒廃の感を深めているのである。

句 沢蟹を伏せたる籠もみぞれゐる　飯田龍太（『山の木』）

沢蟹をとって入れた籠にも霙が降りかかることだ、の意。沢蟹の水気に霙が相応しい。

［松本麻子］

雪《ゆき》　兼三冬

六花　雪の花　雪の声　深雪　雪明り　粉雪　細雪　小米雪　餅雪　衾雪　今朝の雪　根雪　雪べと雪　雪紐　筒雪　冠雪　雪庇　水雪　雪華　雪片　しまり雪　ざらめ雪　湿雪　雪月夜　雪景色　暮雪　雪国　銀化　雪空　白雪　明の雪　新雪

〔季語解説〕　雪は古くから冬の景物として愛された。『枕草子』では「冬はつとめて。雪のふりたるはいふべきにもあらず」とあり、香炉峰の雪の逸話のほかにも、雪が降ることを「をかし」「あはれ」と賞美している。「雪」の詠み方は、『和歌題林抄』に、「梢の雪をば花にまがへ、夜の雪をば月かとおぼめき、山里は雪に閉ぢられて、谷の細道人も通はず、をのづから訪ひ来る志をあはれみ、跡つけまうき庭の雪なれど、なを人の訪ふは嬉しく、雪の上葺《うはふ》き変らねば荒れたる宿も見え分かず、籬の竹の雪の下折れに目を覚まし、松の下枝も折れ臥して庭につき、越路の庵には軒隠るばかり積もることを厭ひ、道に惑ひては駒を放ちて跡を尋ね、谷のかけ橋埋もれて峰より通ひ、旅寝の草の庵に雪の下臥《したぶし》を嘆き、賤《しづ》の男が爪木も雪積もりて重く、山里の籬の戸ぼそも雪に閉ぢられて開くることも知らず、夜の窓には雪を集めて文を読める心などを詠むべし」と、その趣向の大略を記している。『至宝抄』は、「雪は遠山の端、奥山の端、奥山里には降りつもり、爪木・薪《たきぎ》の道も絶え、往き来の人の袖も払ひかねたる折節も、都の空には珍しく、初雪・薄雪など興を催し、然るべく候と簡潔に記す。特に花に取り合わされ、雪を梅・桜とそれぞれに見立てる趣向の歌も多く、〈雪降れば木ごとに花ぞ咲きにけるいづれを梅とわきて折らまし〉（紀友則《とものり》『古今集』冬）などの梅の歌や、雪を桜と見た〈雪ふれば冬ごもりせる草も木も春に知られぬ花ぞさきける〉（紀貫之・同・冬）などがある。また、〈朝ぼらけ有明の月と見るまでに吉野の里にふれる白雪〉（坂上是則《これのり》『古今集』冬）は一面に降り積もる雪の光を月光と見たものである。他に雪の白さと常緑の松を対比させ〈松の葉にかかれる雪のそれをこそ冬の花とはいふべかりけれ〉（読人不知『後撰集』冬）のように詠む歌や紀貫之の〈うばたまの我が黒髪やかはるらむ鏡の影に降れる白雪〉（『古今集』物名）など雪を白髪に見立てる歌がある。

『連理秘抄』に十一月・十二月、『白髪集《はくはつ》』に一一月、『通俗志』『華実年浪草《としなみぐさ》』以下に兼三冬とある。雪とつながりの深い語に「降る、積もる、深き、浅き、白、払ふ、あと、波、埋む、集むる、消、花、梅、桜、卯花、菊、月、富士、越路の山、友待、鏡の影、白木綿、松」（『連珠合璧集』）などがある。

〔例句〕

連 **雪の夜の竹の葉とづる朝戸かな**　宗祇（『自然斎発句』）

雪の降る夜には竹の葉にも雪が積もり、その重みでしなった竹が翌朝は戸を閉ざすことだ、の意。「竹雪」と題し詠まれた発句。〈明けやらぬ寝覚めの床に聞こゆなり籬の竹の雪の下折れ〉（藤原範兼『新古今集』冬）が参考になる。

諧 **君火をたけよきもの見せむ雪まるげ**　芭蕉（『続虚栗』）

君は火を焚いて温まりなさい、私は良い物を作って見せよう、雪まるげだよ、の意。「君」は芭蕉のもとを訪れた曽良を指す。「雪まるげ」は雪を転がして大きいかたまりにしたもの。稚気あふれる呼びかけに二人の親密さが表れている。

諧 **鍋さげて淀の小橋を雪の人**　蕪村（『新花摘』）

鍋をさげて淀の小橋を行く、雪の中の人である、の意。寒い雪の日に、何か温まる食材を買いに行くのだろう。

句 **いくたびも雪の深さを尋ねけり**　正岡子規（『子規句集』）

何度ともなく雪がどれくらい深く積もったのか、訪ねたことだ、の意。病床から動けない子規は、雪の深さを何度も尋ねる。見ることはできなくとも、雪を喜ぶ気持ちが表れている。

［松本麻子］

冬籠《ふゆごもり》　兼三冬

冬ごもる　雪籠

〔季語解説〕　冬の間活動せず内に籠っていること。古くは「こもり」と清音。『万葉集』では枕詞として用いられ、〈冬籠もり春さり来ればあしひきの山にも野にも鶯鳴くも〉（読人不知・巻十）のように「春」を導く例が見られる。平安時代以降は、〈雪降れば冬籠もりせる草も木も春に知られぬ花ぞ咲きける〉（紀貫之『古今集』冬）、〈初雪のふるの神杉埋もれてしめゆふ野べは冬籠もりせり〉（藤原長方『新古今集』冬）のように、雪に埋もれた草木の状態が詠まれた。『宗祇袖下』にも「冬籠もりとは、草木の雪に埋もれたる事」とある。

また、西行の〈ふる雪に枝折し柴も埋もれて思はぬ山に冬ごもりぬる〉（『山家集』）の歌例のように、雪によって人が閉じ籠もるさまを詠むものもある。また、雪ではなく〈ひまもなく散る紅葉葉に埋もれて庭の景色も冬籠もりけり〉（崇徳院『千載集』冬）のように、散った紅葉に埋もれたと詠む例も見られる。慈円の〈冬籠もる谷の小川につららゐてさびしさ深き深山辺の里〉（『拾玉集』）のように、人の訪れのない寂しさを表すものが多い。

『古今集』仮名序の〈難波津《なにはづ》に咲くやこの花冬ごもりいまは春べと咲くやこの花〉以降、「難波」と結ぶ歌例も多い。冬籠もりとつながりの深い言葉に「難波」（『連歌作法』）、「柴、爪木、春を待つ、木枯」（『随葉集』『竹馬集』）などがある。

俳諧では、『増山井』「四季之詞」の「冬」に掲出。『至宝抄』『毛吹草』以下に十月として所出され、『華実年浪草《としなみぐさ》』『線車大成《いとぐるま》』などに兼三冬とある。『滑稽雑談』には、「人の寒を凌ぎて籠居するを、冬籠ともいふ」とあり、以下「俳諧には人の一間にこもり寒を厭ふをいふなり」（『華実年浪草』）、「寒風を防ぎて居宅に籠もるをいふ。（中略）草木の凋み冬枯れたるをも、冬籠といふ」（『栞草』）とこの説が踏襲された。

〔例句〕

連 **冬籠もる深山隠れの草の庵**　平長恒（『新撰菟玖波集』）

前句は「人を見る目の離《か》るるかなしさ」。人目の「離るる」のは、冬籠もりの季節であるからと応じた。深い山の草庵で冬籠もりをしていると、ますます人の訪れはなく哀しいことだ、の意。

諧 **冬籠また寄りそはんこの柱**　芭蕉（『あら野』）

今年の冬籠りはまたこの柱によりかかって暮らそう、の意。草庵の柱に自身の安住の場を見ている句である。元禄元年芭蕉は『笈の小文』の旅から久々に深川の芭蕉庵に戻り、その年の冬をここで過ごした。

諧 **鍋敷きに山家集有冬籠もり**　蕪村（『自筆句帳』）

冬籠りの庵を尋ねて鍋敷をみると『山家集』が使われていたの意。『山家集』以外鍋敷にするものとてない侘しい生活ぶりで、そこに文人の閑居する様子を伝えている。

句 **薪をわる妹一人冬籠**　正岡子規（『子規句集』）

明治二六年（一八九三）作。妹が一人で薪を割る音がしている、冬籠もりの時期であることだ、の意。日常生活の雑事を全て一人で引き受けている妹と、そこに寄寓する自身の生活から離れた姿が伝わってくる。

［松本麻子］

水鳥《みずとり／みづとり》付 鴛《おし／をし》　兼三冬

浮寝鳥　水禽

〔季語解説〕 河や湖などの水辺に暮らす鳥の総称。鴨、鴎、雁、白鳥、都鳥、鳰、鴛、家鴨などをいう。多くは冬を日本で過ごし、春に北へ帰る。水鳥は『万葉集』以来詠まれるが、〈波高しいかに梶取り水鳥の浮寝やすべきなほや漕ぐべき〉（読人不知・巻七）、〈秋の露は移しにありけり水鳥の青葉の山の色付く見れば〉（三原王《のおおきみ》・巻八）、〈水鳥の発ちの急ぎに父母に物言はず来にて今ぞ悔しき〉（牛麻呂・同巻二十）と詠み込まれた「水鳥」は、それぞれ「浮寝」「青葉（羽）」「発つ（立）」に掛かる枕詞となる。枕詞ではなく、水鳥そのものを詠んだ歌も〈水鳥の玉藻の床のうき枕ふかき思ひは誰かまさるらむ〉（大江匡房《まさふさ》『千載集』冬）、「水鳥の鴨の浮き寝のうきながら浪の枕に幾夜へぬらむ」（河内『新古今集』冬）の歌例のように、「浮」と「憂」を掛けて詠まれるものが多い。

冬の景物としての水鳥は、氷・霜などと結んで〈水鳥の床はいかにぞ冴ゆる夜はいづれの池か氷らざるべき〉（慈円『拾玉集』）、〈夜もすがら払ひもあへぬ水鳥の羽がひの霜に氷る月影〉（二条為道『新千載集』冬）などと詠まれた。水鳥の声も〈冬の池の氷りゆくらん水鳥の夜深くさわぐ声きこゆなり〉（『公任集《きんとう》』）などのように、寒々しく聞こえると詠む。

水鳥の中でも特に鴛は冬の鳥として好まれた。〈夜を寒み寝覚めて聞けば鴛ぞ鳴く払ひもあへず霜やおくらん〉（読人不知『後撰集』冬）などに見るように、「浮」と「憂」の掛詞を用いるなど、水鳥と同様の詠み方と見てよい。ただし、雌雄離れぬ睦まじさを背景として〈夕されば寝にゆく鴛の独りして妻恋すなる声のかなしさ〉（藤原冬嗣《ふゆつぐ》『後撰集』哀傷）や、〈独り寝《ぬ》る我にて知りぬ池水につがはぬ鴛の思ふ心を〉（藤原公実《きんざね》『千載集』恋三）など、共寝する本来の鴛とは違って、独り身のわびしさを嘆く歌は鴛に特有である。

『初学和歌式』に水鳥は、「寒き河水に群れゐて遊ぶ体をいひ、寒《さゆ》る夜は、翅の露払ひあへず鳴く音身にしむとも、池の氷閉ぢぬれば、水鳥も夜床をあくがるるよしをいひ、池水に番はぬ鴛を哀れみ、わが独り寝にたじへて夜寒を思ひやる心など」詠むとある。

『僻連抄《へきれん》』に十一月、『増山井』『至宝抄』に兼三冬、『毛吹草』などに十一月、『増山井』などに十月とする。水鳥とつながりの深い語に「池、氷」（『連珠合璧集』）、鴛とつながりの深い語に「池水、枯るる芦辺、水氷る、冬の月、岩根の水、山川、玉藻、霜夜、こやの池」（『拾花集《しゅうか》』）などがある。

〔例句〕

連 **水鳥は氷の花の青葉かな**　行助（『行助句集』）

水鳥は、水辺の花のような氷に浮かぶ青葉のようであるよ、の意。〈立ちよれば涼しかりけり水鳥の青羽の山の松の夕風〉（藤原光範《みつより》『新古今集』賀）のように、歌枕である青葉山（若狭とも陸奥とも）は水鳥の羽のように青いと詠まれた。「鴨の青羽とは羽の内に緑色の羽のあるをいふ」（『初学和歌式』）。

諧 **水鳥を吹きあつめたり山おろし**　蕪村（『新五子稿』）

山颪が吹き、水鳥は風に吹き集められたことだ、の意。水の上ではあまり動きのない冬の水鳥が、山颪の風で吹き集められた、と詠む。蕪村には〈涼しさをあつめて四つの山おろし〉（『天明三年句稿』）の句もある。

句 **つぶらなる氷の上の浮寝鳥**　高浜虚子（『虚子全集』）

まるくて、かわいらしい氷の上の浮寝鳥である、の意。水鳥は浮寝鳥ともいう。羽根に首を突っ込み、まるまった姿で浮いている。〈水鳥のおもたく見えて浮きにけり〉（『鬼貫句選』）の句も想起される。　［松本麻子］

千鳥《ちどり》　兼三冬

曰大千鳥　大膳　胸黒　小千鳥　白千鳥　鵤千鳥　千鳥足　千鳥掛　磯千鳥　浜千鳥　浦千鳥　島千鳥　川千鳥　群千鳥　友千鳥　遠千鳥　夕千鳥　小夜千鳥　夕波千鳥　月夜千鳥　鵆

〈季語解説〉　チドリ科の鳥の総称、または類似した種類の鳥も含めていう。旅鳥として春と秋に日本を通過する種類や夏に渡ってきて冬に南方へ帰っていく種類などもいる。古来は『万葉集』に〈朝猟《がり》に五百《いほ》つ鳥立て夕猟《ゆふがり》に千鳥踏み立て…〉（大伴家持・巻十七）の例のように、多くの鳥の意で用いられる場合もあったが、『万葉集』の〈淡海《あふみ》の海夕浪千鳥汝《な》が鳴けば心もしのに古へ思ほゆ〉（柿本人麻呂・巻三）、〈千鳥鳴く佐保の川門の清き瀬を馬打ち渡しいつか通はむ〉（大伴家持・巻四）のように、一般には季節を問わない海や川辺の鳥として詠まれた。

平安時代以降は、〈千鳥鳴く佐保の河霧たちぬらし山の木の葉も色まさりゆく〉（壬生忠岑『古今集』賀）、〈七夕は今や別るる天の川かは霧たちて千鳥鳴くなり〉（紀貫之『新古今集』秋上）のように、秋の千鳥が詠まれた。一方で、〈思ひかね妹がりゆけば冬の夜の河風寒み千鳥鳴くなり〉（紀貫之『拾遺集』冬）、〈淡路島かよふ千鳥の鳴く声に幾夜寝ざめぬ須磨の関守《せきもり》〉（源兼昌《かねまさ》『金葉集』冬）の歌例のように、冬の歌も見える。『堀河百首』冬部に「千鳥」題がもうけられ、『千載集』冬部に千鳥の歌が入り、中世以降は冬の景物として詠まれることになる。たとえば、〈風寒み夜のふけゆけば妹《いも》が島かたみの浦に千鳥鳴くなり〉（源実朝『新勅撰集』冬歌）のように、浜辺の冷え冷えとしたさまが詠まれてゆく。

さらに千鳥は、〈逢ふことはいつとなぎさの浜千鳥波のたちゐに音をのみぞ鳴く〉（源雅定《まささだ》『金葉集』恋上）、〈我が袖に跡ふみつけよ浜千鳥逢ふことかたし見ても偲ばん〉（読人不知『新古今集』恋一）の歌例のように、特に「浜千鳥」として恋の歌に詠まれることも多い。浜千鳥は砂の上に足跡をつけることから、筆跡・手紙・書物の意を表す「あと」「あとなし」などの掛詞が用いられた。群がっている千鳥を示す「友千鳥」の語も好まれた。

『梵灯庵《ぼんとうあん》袖下集』に冬、『連珠合璧集』「冬の心」に「千鳥」、『長短《ちょうたん》抄』に十一月、『梅薫《ばいくん》抄』に十二月、『至宝抄』に兼三冬とし、『毛吹草』『増山井』以下に十月とする。千鳥とつながりの深い語に「海川、夕波、友なし、あと、浦づたふ、たち居」（『連珠合璧集』）、「入江の月、霜夜、潮風寒き、芦分小舟、泊舟、雁の声、芦田鶴、妹がりの道、木の実色づく、明石、浅茅原、須磨の関・浦、佐保の河、真砂地」（『拾花集』『竹馬集』）などがある。

〈例句〉

連 **氷りきや水の上ゆく浜千鳥**　宗養（『宗養発句帳』）

氷りついてしまったのか、水上を飛んでゆく浜千鳥は凍てついているように見えることだ、の意。「氷りきや」は宗養の父宗牧に〈氷りきや霙《みぞれ》てかわく月の庭〉（『大発句帳』）とある珍しい表現。千鳥も凍てついて見える、冬の厳しい寒さを詠んだ句。

諧 **星崎の闇を見よとや啼く千鳥**　芭蕉（『笈《おい》の小文』）

星のきらめく星崎の闇を見よというのか、闇の中で千鳥が鳴いていることだ、の意。詞書に「鳴海にとまりて」とあり、星崎は地名（現在の名古屋市）。その名から星が連想されるため、闇は縁語となる。

句 **薄星の光り出でたる千鳥かな**　日野草城（『花氷』）

冬の夜、淡い星の光の下で千鳥が飛んでいるさまを詠んだ句。星と千鳥を結んだ歌に、正広《しょうこう》の〈天の川川風寒み星の影思ひよいかに千鳥なく声〉（『松下《しょうか》集』）がある。　［松本麻子］

師走《しわす》《しはす》　仲冬・晩冬

曰極月　臘月　春待月　梅初月　三冬月　弟月　親子月　乙子月

〈季語解説〉　陰暦十二月の異称。陽暦でも用いられる。語源については諸説あり、たとえば『奥義《おうぎ》抄』では「僧を迎へて仏名を行ひ、あるいは経読ませ、東西に馳せ走るゆゑに、師はせ月といふをあやまれり」と説明する。早く『万葉集』に〈十二月《しはす》には沫雪《あわゆき》降ると知らねかも梅の花咲く含《ふふ》めらずして〉（紀女郎《きのいらつめ》・巻八）がある。ただし、〈物へまかりける人を待ちて師走の晦に詠める、わがまたぬ年は来ぬれど冬草の枯れにし人はおとづれもせず〉（凡河内躬恒《おおしこうちのみつね》『古今集』冬歌）の歌例ように、詞書・歌題に「師走」とするものは見えるが、和歌自体に「師走」が用いられることは極めて少ない。

室町時代になると用例が散見され、『六華《ろっか》集』に在原業平作とする〈何となく極月《しはす》の末になりにけりあはれ重なる年の数かな〉が伝わる。また、三条西実隆《さねたか》の〈歳暮、いかにせんまた一とせの影そはむ師走の月も有明の空〉（『雪玉集』）などが見られる。近世以降では〈すさまじきものとも見えず明石潟師走の月も所がらにて〉（烏丸光広『黄葉集』）など、『枕草子』に「すさまじきもの…師走の月」を踏まえた歌がある。

一方、連歌では〈年なみの立つ春近き師走かな〉（『梵《ぼん》灯庵《とうあん》日発句』）や、〈今年も暮れぬ月もうらめし／衰ふる老いの師走のいくめぐり〉（宗祇『萱草《わすれぐさ》』冬連歌）のように、和歌よりも豊富な用例がある。『毛《け》吹草《ふきぐさ》』に「連歌四季之詞」として「師走」が挙げられるのも、こうした事情による。さらに初期俳諧では〈雪も今いそがしぶりを師走かな〉（休甫『犬子集』）、〈十二単衣着るとも冷えん師走かな〉（貞徳『崑山集』冬部）など用例は極めて豊富になる。『山の井』には「框・かち栗を売り、立松、ゆづり葉もて歩き、節季候《せきぞろ》のやかましく、借銭乞ひのせはしなく行き違ふ大路の気色」（歳暮）と師走の様子が具体的に記される。『俳諧類船集』には、「油　味噌　餅つき　煤掃　金払ひ物よし　姥等　節季候　声つかふ　うんざうがゆ（温糟粥）商」を記している。忙しく落ちつかぬ世間の様子が師走の本意であろう。

〔例句〕

連 向かひえぬ師走の月の鏡かな　心敬（『心玉集』）

師走の月が冴え冴えと鏡のように光を放っている、その月には向かうことができない、の意。新年になりまもなくもう一つ歳を重ねる私は、清浄で完全な満月と等しい心を持っていたいのだが、それが叶わないというのであろう。

諧 月白き師走は子路《しろ》が寝覚め哉《かな》　芭蕉（『孤松』）

師走の白く冴え冴えとした月は、寝覚めた子路の潔癖さそのものであることだ、の意。右の心敬句と同様に師走の月を詠むが、芭蕉は孔子の高弟の子路のようだと表現した。

諧 何にこの師走の市に行く烏　芭蕉（『花摘』）

人々は年の瀬で慌ただしく行き来しているが、どうしてまた市に用もない烏が向かって行くのか、の意。〈師走の市〉は世間の生活感あふれる場。そこでは生活を離れた無用者＝風雅人にとって違和感を痛切に感じることになる。

句 エレベーターどかと降りたる町師走　高浜虚子（『六百五十句』）

近代以降、師走は正月準備の慌ただしさに加え、クリスマスの飾り付けが町を彩り華やかな連想で詠まれる句が詠まれるようになる。同じく虚子の句に〈女を見連れの男を見て師走〉、〈街師走何を買つてもむだづかひ〉（稲畑汀子）などがある。

［松本麻子］

早《そう》梅《ばい》《さうばい》　晩冬

早咲の梅　梅早し　冬の梅

〔季語解説〕 早咲きの梅。冬に咲く梅をいう。『万葉集』には〈今日降りし雪に競ひて我が宿の冬木の梅は花咲きにけり〉（大伴家持・巻八）のように、冬の梅を詠む歌が詠まれた。和歌の題として「早梅」が見えるのは、藤原定家が建保二年（一二一四）道助法親王の命により詠んだ屏風歌のうち十二月の花の歌〈色埋む垣根の雪の花ながら年のこなたに匂ふ梅が枝〉（『拾遺愚草』）が初出か。さらに、『為尹《ためまき》千首』に「年内早梅」として〈今はや春の隔てや程近き花になりゆく庭の梅垣〉、正徹《しょうてつ》に「冬早梅」として〈古《ふる》年に春の立ち枝は雪ながらことわりしるき梅が香ぞする〉（『草根《そうこん》集』）などの詠がある。

室町以降は「早梅」の他、「年内早梅」「雪中早梅」といった歌題で詠まれた歌もあり、たとえば、三条西実隆《さねたか》の〈年内早梅、いとはやも立枝や春に見えつらん思はぬ花の匂ふ梅が香〉（『雪玉集』冬）、肖柏の〈雪中早梅、雪のうちに待ちみしよりぞ梅花さかぬ垣ねも過ぎがてにする〉（『春夢草』冬）などが挙げられる。

連歌では二条良基《よしもと》の『連理秘抄』に「十二月には　雪　歳暮　早梅但し冬の詞を入るべし」とあり、『至宝抄』や『毛吹草』『増山井』以下にも十二月として所出。『栞草』には十月とある。連歌では、『宗砌《そうぜい》日発句』『宗祇日発句』で十二月に、『兼載《けんざい》日発句』では十一月と十二月に、梅が詠まれている。「冬の梅」の他「雪の梅」も好まれ、〈時知らで咲くとやいはむ冬の梅〉（『宗砌日発句』）、〈早梅、匂ひ出でてはらふ袖まで雪の梅〉（『自然斎発句』）など多くの句例が挙げられる。初期俳諧も「冬梅」の題で〈春咲くに百早梅ぞ雪の中〉（『崑山集』冬部）、〈早梅と咲きわけなれや雪の花〉（宜真『ゆめみ草』）など和歌の伝統を引き継ぐ趣向で詠まれている。早梅とつながりの深い語に、「冬の梅には、雪の日、春めく庭の朝日、春待つ鶯、春近き鳥の音、南の窓」（『拾花《しゅうか》集』）などがある。

〔例句〕

連 一花《ひとはな》も春の千枝《ちえだ》ぞ冬の梅　兼載（『兼載日発句』）

たった一輪の花であっても、千本の枝のように春の到来を感じることだ、冬の梅よ、の意。宗祇や兼載は冬の梅の発句を好み多くの句を詠んだ。いずれも春を待ち望む気持ちが表れている。

［諧］**梅つばき早咲《はやざき》ほめん保美《ほび》の里**　芭蕉（『真蹟懐紙』）

昔、院が褒めたという保美の里で、私も早咲きの梅や椿を褒めることにしよう、の意。詞書に「この里を保美といふ事は、昔、院の帝の褒めさせ給ふ地なるによりて褒美といふ由、里人の語り侍る（略）」とある。〈ほめん〉に風雅を殊さらに求める風狂者の俤がある。

［諧］**早梅や御室の里の売屋敷**　蕪村（『蕪村句集』）

御室の里の家は売屋敷となっているのに、今年も健気に早梅が咲くことだ、の意。御室の里とは、京都の仁和寺周辺のこと。去来に〈冬枯れの木の間のぞかん売屋敷〉（『いつを昔』）がある。

［句］**早梅や日はありながら風の中**　原石鼎（『原石鼎全句集』）

日の当たる場所には早梅は咲いたが、冷たい風が吹き付けている、の意。日はありながらもまだ寒い早春の景を詠む。［松本麻子］

歳暮《さいぼ》　仲冬

年の暮　歳末　歳晩　年暮るる　年の果
年の瀬　年守る　行く年　暮れ行く年

〈季語解説〉　年の暮れ。年末。歳末。さいぼ。『古今六帖』では「年の暮」、『和漢朗詠集』では「歳暮」の項がある。『古今集』の〈行く年の惜しくもあるかなます鏡見る影さへに暮れぬと思へば〉（紀貫之・冬）や、〈あらたまの年の終はりになるごとに雪も我が身もふりまさりつつ〉（在原元方《もとかた》・冬）は年の暮れに自身の老いを重ねて詠む歌例。あっという間に過ぎた一年を〈一とせは儚《はかな》き夢の心地して暮れぬる今日ぞおどろかれける〉（俊宗『千載集』冬歌）などと詠むが、これも無為に年を重ねてしまった我が身を嘆く述懐の歌の一例となる。〈年の明けて憂き世の夢のさむべくは暮るとも今日はいとはざらまし〉（慈円『新古今集』冬歌）や、〈へだて行く代々の面影かきくらし雪にふりぬる年の暮かな〉（藤原俊成・同・冬歌）など多くの歌例がある。

歳暮のこうした和歌伝統をまとめて宗祇は「古人の心を見るに、…歳暮に至りては述懐を多く詠み給へり。まことに哀れ深きことなり。年の暮は今年の夢の限り、こより去り来たりつる方の無常を観じ、しかのみならず、この年の暮より、老いの積もれる道よきん方なれば、さまざまの心述を詠み尽くし給へり」（『初学用捨抄』）と述べている。一年の終わりに自らをみつめ、人の世の悲しみをかみしめ、このつらい年が去ってはまた同じくつらい一年がやって来ると、この世の無常を観じ、新たな一年を迎えることは避けがたく我が身に老いを加えることだと老いをかみしめる、というのである。歳暮の本意はここに明らかであろう。

江戸時代には西鶴が〈大晦日定めなき世の定めかな〉（『三ケ津』）と詠んだように、節季払いの督促が大晦日には行われ、〈花月の千金かへせ年の暮〉（幽山『江戸蛇《じゃ》之鮓《のすし》』）といった句が詠まれるようになった。

歳暮・年の暮とつながりの深い語に「春の隣、松切る賤、冬木の梅、なやらふ鬼追ふ事なり、我黒髪、雪積もる、月日、春秋、一夜ばかり」（『連珠合璧集』）、「仏唱ふる、嘆く老いの身、連る歌、たち縫ふ衣、往来を急ぐ道、鏡の影の白雪」（『拾花集』『竹馬集』）などがある。

〈例句〉

［連］**年暮れぬ花を春をやまつの雪**　宗祇（『宗祇日発句』）

年の暮れに花の咲く春を待っている、松にはまだ雪が積もっているけれど、の意。発句という性格上、連歌では述懐の心ではなく、新しい年への期待を詠む。

［諧］**年暮れぬ笠着て草鞋《わらぢ》はきながら**　芭蕉（『野ざらし紀行』）

年が暮れようというのに、笠や草履を身につけたまま、自分は旅の空にあることだ、の意。貞享元年（一六八四）、郷里である伊賀上野で詠まれた句。藤原定家の歌として伝わる〈旅人の笠きて馬に乗りながら口をひかれて西へこそ行け〉を踏まえつつ、世間の慌しい年の暮に、旅人としてその慌しさとは無縁の自らを詠む。

［諧］**年守るや乾鮭《からざけ》の太刀鱈の棒**　蕪村（『自筆句帳』）

年末に掛け金を取りに来る人を、私は乾鮭の太刀と干した鱈の棒で追い帰そうと思うことだ、の意。年守るは大晦日に眠らずにいることをいう。名僧として知られた増賀は、師が僧正に昇進する日に、乾鮭を太刀とし見苦しいやせた牛に乗って批判したという故事による句。

［句］**年を以て巨人としたり歩み去る**　虚子（『虚子全集』）

去りゆく年を「巨人」と捉えたところに、一年の重さ、思いの大きさが表れている。［松本麻子］

2　近代の季語

近代の季語

　季語は、連歌から俳諧へと受け継がれるとともに、俗語としてそれまで詩歌には詠まれてこなかった、季節特有の言葉を大量に増補して季語の体系を形作ってきた。和歌・連歌で用いられて歌語として扱われる言葉であっても、例えば「耕し（田返し）」や「春めく」など俳諧においては江戸中期になってようやく季語として定着したものもあったし、また「若緑」など俳諧では用例を見出しがたく近代になってようやく季語として採用されてくるものもある。また、「蚕」など『万葉集』に詠まれた言葉であっても、その後の勅撰集にはほとんど詠まれず、俳諧において再び登場し、それに関連する季語のバリエーションを多く生じさせたものもある。伝統的な年中行事も、俳諧に至って季語として採用されるようになったものがほとんどである。

　これら季語が増大した要因の多くは、庶民の詩としての俳諧が庶民の生活環境に取材し、庶民の生活感と関わる素材が広く取り上げられた結果、季節の言葉が多く採録されたことによる。その増補の様相は、「俳句概説」四章の（3）「中央と地方、季節の座標」の節で、「歳時記の成立」から「江戸時代の歳時記」、「近現代の歳時記」と項を設けて概観してあるので、参照願いたい。

　近代の季語といっても、その多くは基本的に江戸時代後期の歳時記、例えば『増補改正俳諧歳時記栞草』などに示されている季語の体系を受け継いでいることはいうまでもない。が、明治初期の太陽暦採用を契機として季語の体系が大きく改編され、さらにその後の、近代から現代に至る俳句の創作を通じて、私たちの生活様式の改変に伴う形で新たに増補・改編がなされてきたものである。その結果、江戸時代から用いられていた季語であっても、現代の生活に関わる形で新たに位置づけ直されたり、現代生活に見合う季語の用いられ方に取って代わられたりしてきた。

　そうした季語のうちで、現代までに俳句で比較的よく詠まれてきた季語七十二語を取り上げて解説を試みた。したがって、近代の季語とはしているが、実際は近代になって詠まれるようになった季語ばかりではなく、近世から詠まれていたが歳時記に登載されていなかった季語や、近世後期にはすでに歳時記に登載されているが、近代の用例がことに多い季語なども含まれている。

近代の季語　凡例

一、俳諧から近代俳句へと受け継がれたり、あるいは近代になって新たに季語として成立したりした季語の中から、近現代の季語として用例の比較的多い七十二語を選定した。

一、見出しの振り仮名は、右に現代仮名遣い、左に歴史的仮名遣いを示した。ただし、現代仮名遣いと違いのないものは、歴史的仮名遣いを省略してある。

一、見出しの下に、十二月に分類した場合の季（初春・仲春・晩春・兼三春）を記した。

一、次に、季語の句中での使われ方のバリエーションを具体的に示した。ただし、語の多いものについては、代表的な語に限った。

一、【季語解説】には、その季語の成立や、イメージを明らかにするよう心がけた。また、当該の季節以外の関連季語とのかかわりにも考慮した。

○その際、句、文章の引用にあたっては、読みやすさを考慮して、ふさわしく濁点・送り仮名を補い、漢字仮名も宛て替えた。漢字は、人名等を除き、原則として常用漢字に統一した。

　ただし、俳句作品などのように、発表時の表記どおりにすべきものは、濁点・ルビを補うのみとして、漢字仮名の宛て替えは行わなかった。

　歌・句の引用は〈　〉、詩歌以外の引用は、「　」で括り、それぞれ原則として（　）内に、作者名を掲げた。

一、【例句】には、季語の特色をよく示している俳句を選ぶよう心がけた。

　掲出に際しては、発表の表記どおりを旨とした。ただし、作品に作者名を記すほか、出典は紙面の関係上示さなかった。

寒《かん》明《あけ》　初春

寒明く　寒の明

〈季語解説〉 寒は一月六日頃から節分で終わる。寒明は、立春の日でもあり、二月四日頃になるが、新しい季節の到来の喜びよりも、三十日間にわたる寒が終わったという安堵に重点が置かれる。

冬の季語である「寒の入」は近世より季語として使われてきたが、「寒明」は、〈もろもろの鳥の勢《きほ》ひや寒の明《アキ》〉（林紅『丙子丁丑風月藻』）など若干の例句があるに過ぎない。近代になっても、『俳諧歳時記』（昭8、改造社）では「小寒・大寒三十日の終る日、即ち立春の前日、または立春の日の春立つ時刻までをいふ」とあり、宮田戊子編『昭和大成新修歳時記』（昭8、大文館）では、「節分」の傍題に「寒明」があって「寒はこの夜に終わる故に寒明ともいひ」とある。このように、昭和初期の歳時記では、記述が曖昧で例句も少なく、作品が増えてくるのは、昭和二〇年代以降になる。また、昭和初期の歳時記では「かんあき」と振り仮名がついているが、以後は「かんあけ」が標準になり、明るい響きになった。「寒明け」と送り仮名を付ける作家も少なくないが、これは「かんあき」と読まれないための配慮であろう。名詞として用いられるほか、「寒明く」というように動詞としても用い、「寒の明」と五音でも用いる。

〈例句〉

寒明や野山の色の自《おのずから》　青木月斗
寒明けの崖のこぼせる土赤く　木下夕爾
寒明けの日射に舞へる都鳥　西村和子
川波の手がひら〳〵と寒明くる　飯田蛇笏
寒明くる身の関節のゆるやかに　三橋敏雄

［山崎祐子］

春浅《はるあさ》し　初春

浅春

〈季語解説〉 立春を過ぎても、降雪もあり、木々の芽吹きには間がある時期をいう。時期でいえば立春の二月四日頃から二月半ばくらいになり、「春兆す」よりもまだ早い雰囲気を持つ。

詩歌では古くから使われ、平安時代後期に編まれた『新撰朗詠集』に白楽天の〈林外雪消山色静、窓前春浅竹声寒〉があり、和歌では『山家集《さんかしゅう》』に〈春あさき篠のまがきに風さえてまだ雪消えぬしがらきの里〉などがあり、連歌にも〈春浅き宿の道芝萌え出でて〉（守元「明応七年正月山何百韻」）などと詠まれたが、近世の俳諧では〈春浅く鳴《ル》子に似たる蛙かな〉（三宅嘯山『律亭句集』享和元）が見られる程度で、他に用例は見出せない。俳句の近世の季語に「春寒し」があり、蕪村の〈池田から炭くれし春の寒さかな〉などの例句がある。「早《そう》《さい》春《しゅん》《しゅん》」も「春浅し」と同様に近代になって成立した季語であるが、どちらも、直接的な表現で春の寒さをいわずに、暦の上のみの春であることを示している。現在は、「浅春《せんしゅん》」というように熟語でも使うが、『俳諧歳時記』（昭8、改造社）では、「春浅し」「浅き春」のみが掲載されている。「春浅し」は、子規派によってひろめられた季語だというが、同じ季節感を持つ「早春」「初春《しょしゅん》」が古典的な趣きを持つのに対し、「春浅し」は新しい感覚で捉えた季語である。

〈例句〉

病牀の匂袋や浅き春　正岡子規
春浅き水を渉るや鷺一つ　河東碧梧桐
剥製の鳥の埃や春浅し　柴田宵曲
春浅し空また月をそだてそめ　久保田万太郎
猛獣にまだ春浅き園の樹々　本田あふひ

［山崎祐子］

二月尽《にがつじん》《にぐわつじん》　初春

二月果つ　二月尽く

〈季語解説〉 新暦二月の終わり。平年は二十八日、閏年は二十九日である。「二月果つ」「二月尽く」など、動詞としても用いられる。短い月が慌ただしく終わってしまうという感慨と同時に、寒さがゆるみ、いよいよ仲春の三月を迎える期待感もあるだろう。梅の盛りの頃で、野には犬ふぐりやたんぽぽが咲き始め、人々の装いもダウンコートからスプリングコートなどの軽やかなものに変わる。

もともと、「尽」のつく季語は、惜春の情をこめた「弥生尽」と、行く秋を惜しむ「九月尽」のみが使われてきた。いずれも陰暦三月、陰暦九月の終わりであって、春秋の季節の終わりを惜しむ気持ちがこめられてきたのだが、明治六年（一八七三）の改暦以降に成立した「二月尽」は、他の月より短い一か月がすぐに過ぎてしまうという現代感覚にもとづいた季語といえる。

したがって、一月から十二月に「尽」をつければすべて季語として成り立つわけではないことに留意したい。ただし、現代では、「弥生尽」のもつ惜春の情を、「四月尽」として詠む例もでてきた。

〈例句〉
二月尽雑踏にゐて雲を見る　伊藤滴声
木々の瘤空にきらめく二月尽　原　裕
夕鶴のはなればなれに二月尽　有馬草々子
二月尽母待つ家がときに憂し　鈴木栄子
牛小屋の敷藁に鳩二月尽　山西雅子
踊り場に本積むならひ二月尽　鷹羽狩行
［鶴岡加苗］

春昼《しゅんちゅう》《しゅんちう》

三春

春の昼

〈季語解説〉　明るく、のんびりとした春の昼は「長閑《のどか》」や「春眠」と通じるものがある。これは、春といっても春先ではなく、気温が上がり、春もたけなわのころに使われる季語である。

一日の中の時間帯は、「枕草子」の書き出しでも知られるように、春は曙、夏は夜というようにそれぞれの時間帯に文学的な背景がある。四季それぞれの時間帯に意味があるが、その中でも「春暁《しゅんぎょう》《しゅんげう》」「春の朝」「春昼」「春の暮」「春の夕」「春宵《しゅんしょう》《しゅんせう》」「春の夜《よ》」というように、春はほぼ一日のすべてが季語になっている。この中で、とくに「春昼」は近代以降に作られた季語である。四月を新年度とする生活の中で、この時期の持つけだるさと新しい生活の忙しさのギャップのようなものも「春昼」に感じることができる。春以外の昼では、「炎昼《えんちゅう》《えんちう》」の傍題である「夏の昼」と、「秋の昼」がある。「秋の昼」には「春昼」の持つけだるさはなく、澄み切った空間の広がりを感じさせる。

「春の昼」と五音で用いることもできるが、季語の持つものうい感覚は、シュンチュウと音読みにしたときの子音の響きの効果も大きい。

〈例句〉
春昼の指とどまれば琴も止む　野澤節子
妻抱かな春昼の砂利踏みて帰る　中村草田男
春昼の生家貫ぬく太柱　野見山ひふみ
春の昼大きな竈の燃ゆるなり　和田耕三郎
子のくるる何の花びら春の昼　髙田正子
［山崎祐子］

花《はな》冷《びえ》

晩春

〈季語解説〉　桜が咲く頃、急に冷え込みを感じることがある。山本健吉は、「花冷えという言葉自身、京都で言い出したのではないかと思う」（『日本大歳時記』）と記しているが、ことに、京都の花冷えは著しい。京都盆地の冷え込みと、古都に咲く桜の華やかさの対照は、たしかに格別の趣きがあるだろう。ちなみに、桜が咲く時期に降る雪のことをいう「桜隠し」は、「春の雪」の傍題である。

「花冷」は、明治以前の俳書には見られないので、大正以降になってから使われだしたものと思われる。京都に限らず作例も多く、俳人に愛される季語の一つである。この言葉の持つ美しい響きを味わいたい。

花時に感じる冷えを意味することから、歳時記には［時候］の季語として立項されている。したがって、「桜冷」という使い方は避けたい。また、「花の冷」「花冷ゆ」などの作例もみられるが、やはり「花冷」の形で使うことが望ましい。

〈例句〉
花冷や眼薬をさす夕ごころ　横光利一
花冷の百人町といふところ　草間時彦
花冷や吾に象牙の聴診器　水原春郎
生誕も死も花冷えの寝間ひとつ　福田甲子雄
花冷えの芯までとほる甲斐の雨　廣瀬直人
花冷えのその名も花見小路かな　江國　滋
花冷や柱しづかな親の家　正木ゆう子
飾るものなし花冷のくびすぢに　髙柳克弘
花冷えの鏡中に髪切られゆく　村上鞆彦
［鶴岡加苗］

春《はる》の星《ほし》

三春

春星

〈季語解説〉　星はどの季節も美しいが、季語になっているのは、春、夏、冬である。「春の星」という季語は、特定の星をさすわけではないが、夜気に潤んで瞬く星は春の到来を感じさせる。「春星《しゅんせい》」と音読みにすることもあるが、語感が柔らかくこれも春の風情がある。春は一等星が少なく、天の川も見えないが、目立つ星が少ないことも、星空が潤んだような雰囲気を醸し出す。

夏の星空は、蠍《さそり》座のアンタレスや牛飼座のアルクトゥルスが赤く輝いている。赤みを帯びた星を「旱星《ひでりほし》」ともいう。秋は夏よりも湿度が下がるため、星がよく見える。「星月夜」は秋の新月のころの輝く星空のことである。「天の川」は夏や冬にも見えるが、七夕の伝説と結びつき、古来より詩歌で詠われてきた。「銀河《ぎんが》」「銀漢《ぎんかん》」も「天の川」のことである。冬の天の川は「冬銀河」という。冬は一等星が多く、太平洋側は晴れた夜が多く、星も美しい。「寒星」「凍星《いてぼし》」「寒昴《かんすばる》」「寒オリオン」「寒北斗」「冬北斗」なども季語である。

〔例句〕

春の星ひとつ潤めばみなうるむ　柴田白葉女
妻の遺品ならざるはなし春星も　右城暮石
鶏小屋に鶏をさめて旱星　今瀬剛一
豪雨止み山の裏まで星月夜　岡田日郎
鳴り出づるごとく出揃ひ寒の星　鷹羽狩行
寒昴天のいちばん上の座に　山口誓子
生きてあれ冬の北斗の柄の下に　加藤楸邨

［山崎祐子］

春一番《はるいちばん》　仲春

春二番　春三番

〔季語解説〕　立春から春分の間で、初めて吹く強い南寄りの風をいう。気象庁では、昭和二六年より関東地方の春一番の観測を始めており、以後、北海道、東北、沖縄を除く各地方での春一番を発表している。春一番は、日本海側を進む低気圧に向かって、太平洋高気圧から暖かい空気が流れ込み、気温の上昇とともに強風が吹き荒れる。かならずしも規定の条件が整うわけではなく、春一番が吹かない年もある。同じ条件の風が二度目に吹けば「春二番」、三度目は「春三番」という。

もともとは漁師言葉であり、「春一《はるいち》」「春一番」と呼ばれた春先の暴風のことである。季語としては『歳時記』（昭34、平凡社）が初出であり、民俗学者の宮本常一が、長崎県壱岐の事例をもとに解説を書いた。その後、季語として定着しただけでなく、語感の良さもあって「春一番セール」のように日常の言葉としても定着した。季語の本意としては、遭難を恐れる気持ちの込められた言葉である。

春の移動性低気圧に伴う南や西寄りの暴風を「春疾風《はるはやて》」「春嵐」「春荒《はるあれ》」といい、移動性低気圧が通り過ぎると一時的に西高東低の気圧配置となり「春北風《はるきた》」「春北風《はるならい》《はるならひ》」が吹く。

〔例句〕

春一番武蔵野の池波あげて　水原秋桜子
胸ぐらに母受けとむる春一番　岸田稚魚
春一番柩ぐらりとかつぎ出す　宮下翠舟
春嵐足ゆびをみなひらくマリヤ　飯島晴子
春北風白嶽の陽を吹きゆがむ　飯田蛇笏

［山崎祐子］

春時雨《はるしぐれ》　三春

春驟雨

〔季語解説〕　春に降るにわか雨である。雨足が強いのは「春驟雨」。

冬季の「時雨」は俳諧以来の季語であり、『万葉集』にもすでに用例がみられる。「秋時雨」も『古今集』にみられるのに対し、「春時雨」は昭和になってから使われ始めた新しい季語である。

それぞれの季節の情趣に沿って詠まれてきたが、「春時雨」には、どことなく明るく華やいだ印象がある。

例句に挙げた、〈晴れぎはのはらりきらりと春時雨〉（川崎展宏）のように、さっと降ってさっと上がるときの空の明るさは、春という季節ならではの色彩感があるだろう。「はらりきらり」のオノマトペ、五七五の「ハ」の頭韻、母音のa音とi音を多用した一句の調べも美しく、内容とみごとに響きあっている。草木や家々の屋根をしっとりと濡らした雨がいまにも止みそうなところに、日が差してきらきらと輝いている情景に、春の息吹が感じられるのである。

〔例句〕

いつ濡れし松の根方ぞ春しぐれ　久保田万太郎
海の音山の音みな春しぐれ　中川宋淵
母の忌やその日のごとく春時雨　富安風生
晴れぎはのはらりきらりと春時雨　川崎展宏
みづうみの目覚めの音の春時雨　廣瀬直人
橋は人見送るところ春時雨　片山由美子
春驟雨木馬小暗く廻り出す　石田波郷
大仏の忽ちに濡れ春驟雨　上野　泰

［鶴岡加苗］

春田《はるた》　三春

田打　耕し　畦塗

〔季語解説〕　「春田」とも「春の田」ともいう。

前年の秋に稲刈りを終えた後、厳しい冬を越し春を迎えた田のことである。早春には紫雲英《げんげ》などが一面に咲き広がった美しい田（地方によっては「花田」ともいう）、仲春には荒く鋤き返された田を見かける。いずれも「春田」である。「春田」という季語の本意には冬の寒さからようやく解放され、春を迎えた喜びがこめられ、同時に実りの秋への期待がある。

「春田」に関連して「田打」「耕し」「畦塗」等々、さまざまな農作業の過程が季語として立項されている。なかでも「耕し」は広く畑の場合にも使われるが、本来「田返す」の意で、田についていうものであり、「耕す」ことが春の農事の始まりであった。

かつては牛馬や人力に頼ることが多かったが、近年では耕耘機などによる機械化が進んだ。農作業のスタイルも様変わりしている現在ではあるが、実作においては季語の本意を心において用いるようにしたい。

〈例句〉

よろよろと畦のかよへる春田かな　綾部仁喜
みちのくの伊達の郡の春田かな　富安風生
生きかはり死にかはりして打つ田かな　村上鬼城
耕せばうごき憩へばしづかな土　中村草田男
みづうみをこえて雨くる春田打　田中裕明
鋤き込みし紫雲英に満たす山の水　斎藤夏風
塗畦のぐうつと曲りゐるところ　清崎敏郎
畦塗るやちちははの顔映るまで　若井新一

［藤本美和子］

春《しゅん》泥《でい》　三春

春の泥　春の土

〈季語解説〉　春の雨に限らず、凍解け、雪解けなどによってできたぬかるみのこと。またはぬかるみの泥そのものをいう。近年は道路が舗装され、泥濘のある道は少なくなったが、それでも郊外の細道や公園内などでは足をとられて行き悩むことがある。とはいえ、これも春ならではの現象であり、寒気厳しい冬が終わり、春を迎えた喜びを感じさせる。北国や雪国の人々にとってはことさら喜びが大きく、季節の情趣の濃い季語である。同種の季語に「春の土」がある。「春泥」を市井的、「春の土」を田園的、園芸的といったのは山本健吉だが、いずれにしても泥や土にじかに接することで春がきたことを実感する季語である。

「しゅんでい」は四音、「はるのどろ」は五音。音数の関係から「春泥」は上五に用いられることが多く、「春の泥」は下五に据える場合が多い。それぞれの語感を生かすことで、春の日射しに輝く「春泥」を詠みたい。

〈例句〉

鴨の嘴よりたら〳〵と春の泥　高浜虚子
春泥の道かへさんと思ひつゝ　星野立子
午前より午後をかがやく春の泥　宇多喜代子
踏みあとのついて漸く春の泥　飯島晴子
長靴の校長訓話春の泥　森田　峠
春泥の道にも平らなるところ　星野高士
河原畑まで春泥の深轍　本宮哲郎
雪解の大きな月がみちのくに　矢島渚男
凍解や子の手をひいて父やさし　富安風生
つばさあるもの、歩めり春の土　軽部烏頭子

［藤本美和子］

鶯《うぐいす》《うぐひす》餅《もち》《もち》　初春

〈季語解説〉　鶯餅は春の代表的な和菓子の一つ。たっぷりの餡を求肥またはやわらかな薄い餅で包み、両端をちょっとつまんだ形は鶯の意匠であろう。表面に青黄な粉（青大豆の粉）をまぶした餅菓子は見た目にも美しく美味しそうである。

菓子の名に由来する鶯は春の訪れをいち早く告げる鳥としてよく知られる。早春、梅の咲くころともなると山から里近くに下りてきて美しい声で鳴く。が、姿を見せることは少ない。うぐいす色という名にもなっている色は、実は緑色の目白を鶯と勘違いしたことによる。「経よみ鳥」「匂鳥」「黄粉鳥」「花見鳥」「春告鳥」などさまざまな異名があるが、鶯餅のイメージには「春告鳥」がもっともふさわしい。〈街の雨鶯餅がもう出たか〉という富安風生の句には春の到来を喜ぶ心が口語形の弾んだリズムに出ている。他の例句は「鶯餅」の姿、形が発想の契機となって機知的な味わいを深めている。

〈例句〉

街の雨鶯餅がもう出たか　富安風生
鶯餅の持重りする柔かさ　篠原温亭
鶯餅つまみどころのありにけり　百合山羽公
からうじて鶯餅のかたちせる　桂　信子
鶯餅いまに啼き出すかもしれぬ　藤岡筑邨
これはこれは髭に鶯餅の粉　小島　健
鶯餅裏山はいまこんな色　佐藤郁良
目鼻より尾の欲しげなる鶯餅　片山由美子
またしても鶯餅の粉厚し　飯島晴子
鄙ぶりの鶯餅ぞ緑濃き　島谷征良
雪舞ふや鶯餅が口の中　岸本尚毅

［藤本美和子］

桜餅《さくらもち》　晩春

〔季語解説〕小麦粉を溶き薄くのばして焼いた生地に餡をはさみ、塩漬けの桜の葉でくるんだ餅菓子である。餡の甘さ、桜の葉の香りとほのかな塩気にこの餅菓子特有の風味がある。桜餅は江戸時代、隅田川近くにある長命寺の門番山本新六が堤の桜の葉を利用して考案、長命寺の門前にて売り出したことに始まると言われる。現在各地で売られているものは一枚の葉をたたむようにして餅を包んでいるが、長命寺の桜餅は三枚の葉を使い、たたまずに餅を包んでいるのが特徴。東京名物の一つである。一方、関西では生地に道明寺粉を用い蒸して作る。道明寺粉はもち米を蒸して乾燥させ粗く挽いたものである。大阪の尼寺、道明寺で作られた（道明寺糒）ことからついた名前である。米の粒が見える関西風と関東風では趣きが違うが、桜の葉の香りが床しい餅菓子には変わりなく、花時に相応しい。桜の開花を待ち、花の盛りを愛でる心に寄り添う和菓子である。

〔例句〕

三つ食へば葉三片や桜餅　高浜虚子
さくら餅食ふやみやこのぬくき雨　飯田蛇笏
卓袱台に恍と日のさす桜餅　本宮哲郎
雨かしら雪かしらなど桜餅　深見けん二
桜餅葉三枚や長命寺　森　澄雄
葉をたたむときに香りて桜餅　鷹羽狩行
山裾に大きな鐘や桜餅　宇佐美魚目
どの山のさくらの匂ひ桜餅　飴山　實
一樽に二百万枚桜葉漬く　小澤　實
桜餅買うて力士の遊山かな　津川絵理子

［藤本美和子］

麦踏《むぎふみ》　初春

麦を踏む

〔季語解説〕麦は稲の裏作として栽培されてきた。稲の刈り入れを終えた後、田に畝を立てて麦を蒔く。晩冬から早春にかけて伸びすぎないように霜で浮きあがった根を踏み、根の張りをよくする。これが麦踏である。

高野素十の〈歩み来し人麦踏をはじめけり〉からもわかるように道具を使うこともなく、一見単調な作業だが早春のまだ風の冷たいなか、懇ろに足で踏み固めてゆく作業は根気がいる。例句は季語の本意に添った麦踏の景だが、近頃はタイヤローラーなどを用いて行うことも多い。

麦踏を経て、やがて四月の半ば頃には「青麦」の畑が出現する。「麦秋」は五月から六月頃「麦の穂」が黄熟し刈り取られるまでに育ったころの時候を表わす夏の季語。「ばくしゅう」とも「むぎあき」とも「麦の秋」ともいう。この時期に行う「麦刈」「麦扱」「麦打」等々の作業はすべて夏の季語だが、どれも人の手によるものは少なくコンバイン等の機械化による作業が多くなった。

〔例句〕

村の名も法隆寺なり麦を蒔く　高浜虚子
麦を蒔く二つの村のつづきをり　大峯あきら
歩み来し人麦踏をはじめけり　高野素十
麦踏の折り返す足とんと踏む　綾部仁喜
麦踏の人相隣り相黙す　高橋睦郎
麦踏の手をどうするか見てゐたる　茨木和生
青麦の雨の止みたる青さかな　山本一歩
父の眸や熟れ麦に陽が赫つとさす　飯田龍太
麦刈りて墓の五六基あらはるる　細見綾子
麦秋の一本道を行けとこそ　行方克巳

［藤本美和子］

花篝《はなかがり》　晩春

花雪洞

〔季語解説〕花見の頃、夜桜の趣を引き立てるために花の下に設える篝火のこと。漆黒の闇のなかで燃え盛る炎は咲き満ちた桜の花や樹形ばかりではなく、夜桜に集う花見客の姿をも浮かび上がらせる。ときに花びらが花篝の炎に散りかかる情景などは妖しくも華やかである。

例句の〈つねに一二片そのために花篝〉（鷹羽狩行）は篝火に散りかかる花びらの美しさが強調される。〈花篝薪足したる火の粉なり〉（小澤實）は篝火の炎の迫力を際立たせている。「花篝」を描きながら、篝火に照らし出された花や花びらがクローズアップされ見えてくるのは、花篝を包む闇の力でもある。

近年は何処もライトアップが主流になっているが、花下で焚かれる篝火には得も言われぬ格別な風情があり夜桜見物には欠かせない。よく知られているのは京都市東山区にある円山公園の篝火である。

〔例句〕

つねに一二片そのために花篝　鷹羽狩行
水の上に炎のひとひらや花篝　桂　信子
花篝薪足したる火の粉なり　小澤　實
くべ足して暗みたりけり花篝　西村和子

現し世のものは照らさず花篝　片山由美子
花篝ぢりぢりと落花はらはらと　高橋睦郎
笠を被て花の祇園のかゞり守　大橋桜坡子
夜櫻のぼんぼりの字の粟おこし　後藤夜半
夜桜やうらわかき月本郷に　石田波郷
［藤本美和子］

風《ふう》船《せん》　三春

紙風船　風船売　ゴム風船

〔季語解説〕 紙やゴムでできた風船に息を吹き込んでふくらませ、突いて遊ぶ。または空気よりも軽いガスを入れ、糸をつけて空中に浮かべる。ゆったりとした長閑さがあり、春の季語である。『俳諧歳時記』（昭8、改造社）では、「風船売」として出ており「風船」「風船玉」が傍題になっている。

ゴム風船がイギリスから日本に紹介されたのは幕末であるが、一般にひろまったのは明治以降である。当時、風船はガス気球のことをさし、ゴム風船は、風船玉、球《たま》紙鳶《だこ》といった。明治中期になると、欧米人による熱気球の興行が行われ、ゴム風船が大流行するとともに、木の葉型の紙を貼りあわせた球形の紙手毬《かみてまり》やパラシュート型の紙風船が玩具として販売されるようになった。現在のように風船がゴム風船、紙風船を示すことが定着するのは、大正中期以降である。「風船売」が売るのはガスを入れたゴム風船であるが、球形の紙風船や富山の置き薬販売業者がおまけとして用いた角型の紙風船は、安価な玩具として普及した。いずれにしても風船は明治以降に新しい文明として流行し、春の日差しやそよ風を感じさせるものとして季語となった。

〔例句〕
風船の子の手離れて松の上　高浜虚子
風船の早や晴天に見放さる　右城暮石
置きどころなくて風船持ち歩く　中村苑子
風船が乗つて電車のドア閉まる　今井千鶴子
紙風船息吹き入れてかへしやる　西村和子
風船の中の風船売の顔　杉本　零
［山崎祐子］

石鹼玉《しやぼんだま》　三春

〔季語解説〕 石鹼液を管の先につけて吹き、泡を膨らませる遊びである。石鹼は南蛮貿易で日本にもたらされたが、石鹼玉の遊びが庶民にひろまったのは江戸時代であり、『守貞漫稿』には、夏になると、江戸では「玉や玉や」、京阪では「ふき玉や、さぼん玉、吹けば五色の玉が出る」と言いながら売り歩いたとある。当時の石鹼玉は、高価な石鹼液ではなく、サイカチの実やムクロジの種の回りの果肉から作る液であり、麦藁や葦の茎を管に用いた。『新編柳多留』に〈千なりや管一ト筋のしやぼん玉〉があり、庶民に親しまれていたことが窺える。古くは石鹼玉を「たまや」「水圏戯《すいけんぎ》《すゐけんぎ》」とも呼んでいた。

石鹼玉が季語になったのは大正時代であり、山本健吉が「私の知る限り」として高木蒼梧『大正新修歳時記』（大14、資文堂）が歳時記に掲載された初出であるとしている。江戸時代の石鹼玉売りは夏の風物詩であったが、風船と同様に春らしい長閑さがあり、春の季語となった。太陽の光を受け、空を飛んではすぐに消えてしまうことから、はかなさの象徴でもある。

〔例句〕
ふりあふぐ黒きひとみやしやぼんだま　日野草城
流れつゝ色を変へけり石鹼玉　松本たかし
石鹼玉木の間を過ぐるうすく〳〵と　水原秋桜子
しやぼん玉独りが好きな子なりけり　成瀬櫻桃子
石鹼玉よろばひ出でし無風かな　山口誓子
石鹼玉天衣無縫のヒポイクリツト　中村草田男
［山崎祐子］

朝《あさ》寝《ね》　三春

〔季語解説〕 春の朝は寝心地がよく、つい寝過ごしてしまう。「春眠《しゆんみん》」に通じる季語である。文芸では古くから春の気分を表す言葉として使われており、十一世紀初頭に編まれた『後撰和歌集』春中に藤原伊衡の〈竹ちかくよとこねはせじ鶯のなく声きけばあさいせられず〉がある。近世の俳諧『談林十百韻』（一六七五年）に〈申さぬが脈にすすんであだ心〉（松意）〈朝ゐの床をはづる小娘〉（卜尺）や『あら野』（一六八九年）に文潤の〈朝寝する人のさはりや鉢鼓〉がある。「朝ゐ」は朝寝のことであり、鉢鼓は葬列の鉦太鼓をいう。しかし、季語と認めるようになったのは、新しく「春眠」と同様に大正時代以降のことである。「春眠」が漢詩に因む季語であるのに対し、「朝寝」には現代の生活感が感じられる。夜ではない時間帯に寝ることは、なにかしらの罪悪感がある。「朝寝」にもそのような気持ちも含まれている。

「昼寝」は夏の季語として『季寄大全』（享和三）にあり、江戸時代より季語として成立していた。夏は寝苦しいうえ、夜明けが早く、睡眠不足になりやすい。「午睡《ごすい》」「昼寝覚《ひるねざめ》」も「昼寝」の傍題であり、職人が、昼食後に仕事場の三尺にも足らぬ場所で短時間昼寝をすることを「三尺寝《さんじゃくね》」という。

〔例句〕

美しき眉をひそめて朝寝かな　高浜虚子
長崎は汽笛の多き朝寝かな　車谷　弘
朝寝して夢のごときをもてあそぶ　山田みづえ
朝寝してとり戻したる力あり　稲畑汀子
朝寝して授かりし知恵ありにけり　片山由美子
さみしさの昼寝の腕の置きどころ　上村占魚
昼寝より覚めてこの世の声を出す　鷹羽狩行

［山崎祐子］

春眠《しゅんみん》

三春

春眠し

〔季語解説〕「春眠」は、春の夜や暁の眠りの意味である。唐の孟浩然の「春暁詩」の一節、〈春眠不暁覚、処処聞啼鳥〉がよく知られており、この詩は、春は夜が短くなるうえに、寝心地がよいので、夜が明けたのも知らずに眠り込んでしまったという意味である。この詩をふまえ、「春眠」には、朝になっても心地よく眠っているという気持ちよさをいう。孟浩然の一節は、歌舞伎の台詞にも取り入れられ、たとえば、通称「白浪五人男」で知られる「青砥稿花紅彩画《あおとぞうしはなのにしきえ》」に「春眠暁を覚えずと、昨夜の夢の覚めやらで、山さへ眠る春の夜に雪と見紛ふ花盛り」がある。

「春眠」の季語も孟浩然の詩をもとにしているが、季語として歳時記に掲載されたのは、今井柏浦『新校俳句歳時記』（大14）が初出であり、新しい季語である。「春眠し」とも使うが、「シュンミン」という柔らかな響きも春にふさわしい。「朝寝」や「春の夢」にも通じる季語である。

〔例句〕

春眠の覚めつゝありて雨の音　星野立子
春眠の身の閂を皆外し　上野　泰
春眠をむさぼりて悔なかりけり　久保田万太郎
春眠のさめてさめざる手足かな　稲畑汀子
春眠といふうす暗くほの紅く　岡本　眸
春眠のきれぎれの夢つなぎけり　舘岡沙緻
金の輪の春の眠りにはひりけり　高浜虚子
よむ頁皆黄になつて春眠し　長谷川かな女
春の夢夜つづき煌たり疲れたり　中村草田男

［山崎祐子］

春《しゅん》《しゅん》愁《しゅう》《しう》

三春

春愁《はるうれひ》

〔季語解説〕春のけだるさを伴う物思いをいう。春のみに成立する感覚であり、夏、秋、冬にはない。漢詩では古くから使われており、たとえば、平安時代後期の『本朝無題詩《ほんちょうむだいし》』に収録されている藤原周光《ちかみつ》の「春日山家眺望」に「生計先忘雲外暁、春愁遠送日西天」がある。季語として歳時記の初出は『新校俳句歳時記』（今井柏浦、大正一四年）であり、新しい季語である。

「シュンシュウ」と音読みにするほか、「春愁《はるうれい》《はるうれひ》」と訓読みにもする。この場合、送り仮名をつけなくとも「はるうれい」と読めるが、「春愁ひ」と送り仮名をつけて区別することもある。抒情的な言葉であり、近代の俳人に好まれた。「春愁」に続き、やや拡大した意味の「春《しゅん》恨《こん》」「春怨《しゅんえん》」「春かなし」「春思《しゅんし》」などができた。「春恨」「春怨《しゅんえん》」は女性が色恋に関わった男性に対する気持ちをいうばかりではなく、出会いと別れの季節である春そのものに対しても使うが、季語としての普及度は低い。

〔例句〕

春愁や雲に没日のはなやぎて　原コウ子
春愁の渡れば長き葛西橋　結城昌治
髪おほければ春愁の深きかな　鷲谷七菜子
縁側欲し春愁の足垂らすべく　中原道夫
人の世に灯のあることも春愁ひ　鷹羽狩行

［山崎祐子］

桜蘂《さくらしべ》ふる

晩春

〔季語解説〕桜の花びらが散ってしまったあと、蕊《しべ》と萼《がく》がついた赤い花柄《かへい》が木から落ちてくること。

木に残っているのではなく、「降る」ことに晩春の季節感と情趣が感じられるので、「桜蘂」だけでは季語としない。昭和に入ってから使われ始めた新しい季語である。

桜の花が満開のころの賑わいはすでになく、その下を通る人の肩に桜蘂が降りかかったり、地面に散り敷いて、すこし色褪せたような赤色に積もっていく様子は、落花とはまた違う風情がある。

桜の花びらのように遠くへは飛ばされないので、どこに降り積もるかに焦点をあてて詠んだ句が多い。なかでも、清水利子の〈桜蘂ふる夢殿のにはたづみ〉は、言葉と情景の構築という点で、完成された美しさがある。「にはたづみ」は水たまりのことである。法隆寺の「夢殿」という歴史を負った建造物のそばの水たまりには、何が映っているだろうか。その上に赤い桜蘂が静かに降ってきて浮かぶ様子は、玄妙な味わいがある。

〈例句〉

桜蘂ふる夢殿のにはたづみ　清水利子
桜しべ降る金文字は靴の中　波多野爽波
桜蘂降る一生が見えて来て　岡本　眸
桜蕊ふるや溶きゐる絵具にも　仙田洋子
桜しべ降る待つといふしづけさに　日下野由季

［鶴岡加苗］

薄《はく》暑《しょ》　初夏

軽暖　薄暑光

〈季語解説〉　初夏の、やや暑さを覚えるようになった頃の時候の季語である。ちょっと歩くと汗ばむほどの陽気ではあるが、真夏の本格的な暑さではない。人々の服装も軽快になり、最も過ごしやすい時節である。

例句の〈人々に四つ角ひろき薄暑かな〉（中村草田男）には「薄暑」という季語遣いによって大通りの交差点を颯爽と行き交う人々の姿が見えてくる。同様に、〈水底の小鮒に届く薄暑光〉（本宮哲郎）にはこの頃の水辺に心惹かれ、水に親しむ人々の心持ちが思われる。

なお、薄暑の傍題に「軽暖」がある。高浜虚子の〈軽暖の日かげよし且つ日向よし〉は「軽暖」という季語を端的に示した作品である。しかしながら、「軽暖」には「軽くてあたたかな衣服」という意味もあるので、混同のなきよう慎重に用いる必要があろう。

この他、暑さの度合いによって「溽暑《じょくしょ》」「極暑《ごくしょ》」「炎暑」等々の季語があり、二十四節気を表す季語には「小暑」「大暑」がある。

〈例句〉

人々に四つ角ひろき薄暑かな　中村草田男
街の上にマスト見えゐる薄暑かな　中村汀女
水底の小鮒に届く薄暑光　本宮哲郎
伊勢に来たからは薄暑の伊勢うどん　飯島晴子
むかうへと橋の架かってゐる薄暑　鴇田智哉
軽暖の日かげよし且つ日向よし　高浜虚子
蓋あけし如く極暑の来りけり　星野立子
椰子の葉のざんばら髪の溽暑かな　鷹羽狩行
下北の首のあたりの炎暑かな　佐藤鬼房
蝶の舌ゼンマイに似る暑さかな　芥川龍之介
行列の真中にゐて大暑かな　桂　信子
掘り起こす土器の手触り小暑かな　三森鉄治

［藤本美和子］

炎《えん》昼《ちゅう》　晩夏

〈季語解説〉　真夏の灼けつくような暑さの昼のことである。

炎天の「炎」と昼間の「昼」から成る言葉で山口誓子が第三句集名として『炎昼』（昭和一三年刊）を使って以来、広く使われるようになったといわれる。同義の言葉に「日盛り」があるが、「火の穂」の意でもある「炎」という表記には激しさや生々しさが伴う。「えんちゅう」という語感もまた強烈でインパクトが強い。

例句の〈一瞥をくれ炎昼の銃器店〉（奥坂まや）などの句は強烈なこの季語の趣を存分に生かし、「銃器店」という特殊な店の佇まいを描き出している。

同じく、〈炎昼や白く光れる頭痛薬〉（片山由美子）の「白く光れる」という光彩を導き出しているのも季語「炎昼」の本意と語感の働きにほかならない。

〈例句〉

炎昼の女体のふかさはかられず　加藤楸邨
みじろぎもせず炎昼の深ねむり　野見山朱鳥
炎昼の黒き大甕なかも黒し　藤岡筑邨
炎昼や白く光れる頭痛薬　片山由美子
炎昼の蛇口あければ蝶の来て　石田郷子
一瞥をくれ炎昼の銃器店　奥坂まや
ただあゆむ炎昼のわが首なき影　桑原まさ子
炎昼のひかりの果ての磧　廣瀬直人
鶏鳴いてただそれだけの日の盛り　山上樹実雄
日盛りに蝶のふれ合ふ音すなり　松瀬青々
飲食のことりことりと日の盛　岡本眸

［藤本美和子］

夜《よる》の秋《あき》　晩夏

夜《よ》の秋《あき》

〈季語解説〉　暦の上ではまだ夏ではあるが立秋も近い頃の夜更け、吹いてくる風に涼しさを覚えたり、また虫の音が早々と聞こえ始めたりする。昼間の暑さを忘れ、いよいよ秋が近いことを感じる夜、これが「夜の秋」である。古くは秋の夜のことを意味したが近代になって夏の夜の季語として使われ始めた。

暑い盛りの夏の季節にありながらいち早く秋を感じとる、日本人の鋭敏な感覚が生み出した季語と言える。

混同しやすい季語に「秋の夜」がある。秋の日没後の宵から次の日の出までの時間が「秋の夜」。こちらは秋の季語である。夏の季語「夜の秋」は「よるのあき」と読み、秋の季語「秋の夜」は「あきのよ」と読む。これは、例えば〈いつはとは時はわかねど秋の夜ぞもの思ふことのかぎりなりける〉（『古今集』）など古歌の読みに倣った読みである。「あきのよる」とは読まないので注意を要する。

〔例句〕

涼しさの肌に手を置き夜の秋　高浜虚子
粥すゝる杣が胃の腑や夜の秋　原　石鼎
西鶴の女みな死ぬ夜の秋　長谷川かな女
卓に組む十指もの言ふ夜の秋　岡本　眸
かけてゐし眼鏡を卓に夜の秋　森　澄雄
山の湯のすこしの濁り夜の秋　桂　信子
それぞれの部屋に人ゐて夜の秋　田中裕明
子にみやげなき秋の夜の肩ぐるま　能村登四郎
酒も少しは飲む父なるぞ秋の夜は　大串　章
亡き父の秋夜濡れたる机拭く　飯田龍太
秋の夜の延べて四肢ある熊の皮　廣瀬直人

［藤本美和子］

虹《にじ》　三夏

朝虹　夕虹　二重虹

〔季語解説〕　雨のあとなどに、太陽と反対側の空に半円形の色帯が現れる天象。七色に分かれ、内側から紫、藍、青、緑、黄、橙、赤となる。これを主虹という。

ときに、その外側に色の配列が逆になる副虹が見えることがある。二重虹である。

俗に、朝虹が立てば雨、夕虹が立てば晴れの前兆と言われる。虹は四季を通じて見られるが、夏の夕立のあとにくっきりと現れる印象が強いため、夏の季語としている。

他の季節の虹を詠む場合は、その季節を冠して「春の虹」「秋の虹」「冬の虹」とする。二十四節気の清明の三候に「虹初めて見《あらわ》る」とあり、「初虹」は春季に分類される。「しぐれ虹」は冬。

万葉時代から「虹《のじ》」「弩自《ぬじ》」などと詠まれてきたが、連俳書には季の詞《ことば》との記載はなく、虹を季語としたのは大正時代以降と思われる。

〔例句〕

虹立ちて忽ち君の在る如し　高浜虚子
虹消えて忽ち君の無き如し　高浜虚子
虹消えてすでに無けれどある如し　森田愛子
虹のぼりゆき中天をくだりゆき　山口誓子
畦を違へて虹の根に行けざりし　鷹羽狩行
虹立ちて湖を歩める虹の脚　森　澄雄
虹二重神も恋愛したまへり　津田清子
春の虹となりの家も窓ひらく　大野林火
秋の虹消えたるのちも仰がるる　山田弘子
冬の虹消えむとしたるとき気づく　安住　敦

［鶴岡加苗］

雷《かみなり》　三夏

神鳴　いかづち　はたた神　鳴神

〔季語解説〕　雲と雲の間、雲と地表の間で起こる放電現象をいう。一年を通じて起こる自然現象であるが、日本では夏が多く、夏の季語である。他の季節では、立春の後、初めて鳴る雷を「初雷《はつらい》」、春の「春雷《しゅんらい》」「春の雷《らい》」、気圧が不安定な啓蟄のころは「虫出しの雷」「虫出し」という。秋は「秋雷《しゅうらい》《しうらい》」「秋の雷」、冬は「冬の雷」「寒雷《かんらい》」がある。雷は積乱雲によって生じるが、太平洋側では夏多いのに対し、日本海側では、西高東低の気圧配置になる冬に積乱雲が発生し、雷が鳴り、大雪をもたらす。そのため「雪起し」ともいう。北陸では、十二月から一月にかけて、鰤漁が盛んな時期で、鰤は雷とともにやってくるといい、この時期の雷を「鰤起し」という。雷そのものばかりではなく、「落雷」「雷鳴」「雷雲」「雷雨」「遠雷)」、雨を伴わない「日雷《ひがみなり》」もある。雷を示す「いかづち」は「厳《いか》つ霊《ち》」を語源とする説があり、恐ろしい力のある神霊を示す。「鳴神《なるかみ》」「はたた神」は雷の音に由来する。雷の現象には音と光があるが、光は「稲妻《いなずま》」として近世より秋の季語である。

〔例句〕

夜の雲のみづみづしさや雷のあと　原　石鼎
昇降機しづかに雷の夜を昇る　西東三鬼
はたゝ神七浦かけて響みけり　日野草城
生駒山鳴れるごとくに日雷　茨木和生
春雷や胸の上なる夜の厚み　細見綾子
冬の雷家の暗きに鳴り籠もる　山口誓子
寒雷やびりりびりりと真夜の玻璃　加藤楸邨

［山崎祐子］

夕焼《ゆうやけ》《ゆふやけ》　晩夏

夕焼雲　夕焼空

〈季語解説〉 日没の頃、西空が紅く染まる現象。四季を通じて見られるが、単に「夕焼」といえば夏の季語である。他の季節の場合は「春の夕焼」「秋の夕焼」「冬の夕焼」のように表現する。現象自体は季節によってそれほど違いがあるわけではないが、春という季節において眺める夕焼は淡く、やさしいと感じ、秋の夕焼には褪せゆく速さを見る。冬の夕焼は「寒夕焼」ともいい、透徹した空気の中で炎のように赤いと感じる。これは、季節そのものがもっている気分や趣を前提として受けとめるからといえる。

夕焼が季語となったのは近代以降のことで、俳諧では特に季節を定めなかった。

「ゆうやけ」は四音のため五・七・五のリズムに乗りにくいことから「ゆやけ」と読むことが多く、しばしば「春ゆやけ」「秋ゆやけ」「冬ゆやけ」「寒ゆやけ」のかたちで使われる。「夕焼けて」のように、動詞として使っている例もあるが、本来は名詞で用いるべきであろう。

〈例句〉

遠き帆に夕焼のある別れかな　永方裕子

間もなく薄れて消えてゆく夕焼は、さびしさの象徴である。夕焼じたいが遠いものだが、「遠き帆」が夕焼に染まっている光景は何ともせつない。一日の終りである夕焼が人と人との別れに重なり心に染みる作品となっている。

以下の作品も味わい深い。

暗くなるまで夕焼を見てゐたり　仁平　勝
竹山の声つつぬけや春夕焼　長谷川　櫂
秋夕焼旅愁といはむには淡し　富安風生
秋夕焼わが溜息に褪せゆけり　相馬遷子
冬夕焼見つめることを獣らも　正木ゆう子
路地染めて何をもたらす寒夕焼　菖蒲あや

［片山由美子］

西日《にしび》　晩夏

〈季語解説〉 午後になって、西に傾いた太陽または日差しをいう。四季を通じての現象だが、近代以降に夏の季語と定められた。理由は、その日差しのもたらす光の強さにある。日が傾きはじめても西方から部屋の中にまで差し込んできては、容赦のない暑苦しさをもたらすため、うっとうしさがその本意といえよう。このように、西日がある種の嫌悪感とともに詠まれることが多いのは、「夕焼」のような色彩的な美しさを欠いており、さえぎるものがないと居たたまれないような強烈な日差しのせいである。「西日」は太陽が傾き始めた午後から日没までの時間帯を指すとされ、夕暮れの太陽そのものも「大西日」などと表現され、夕日と同義語で使われる場合がある。また、「夏日」は、夏の太陽にも日差しにも使われ、時には夏の一日も指すが、最高気温が25℃となる一日を表す「夏日」は気象用語である。秋になってもそういう日は少なくないので、夏の季語とはいえない。

〈例句〉

校舎高し西日受けたる窓並び　高浜虚子

たなごころ向けて遮る西日かな　京極杞陽
西日照り命無惨にありにけり　石橋秀野
浅草にかくも西日の似合ふバー　大牧　広
人絶えぬ西日にとどく観覧車　仙田洋子
商談の煙草《たばこ》臭さよ西日中　長嶺千晶
僕のほかに腐るものなく西日の部屋　福田若之
西日落つシナイの山の黒また黒　高澤晶子
コロッセオまた血の色の西日さす　林　翔
夏日負ふ佐渡の赤牛五六頭　成田千空

［長嶺千晶］

油照《あぶらでり》　晩夏

脂照

〈季語解説〉 日差しのない薄曇りなのに蒸しむしして、風もなく、じっとしていても脂汗が滲んでくるような暑さを言い「脂照《あぶらでり》」とも表記される。一六五一年刊『崑山集』に、すでに〈さしぬるも暑き日笠や油照〉（重吉）があるが、「油照」は曇天の暑さであることに留意したい。時候の季語に「炎暑《えんしょ》」があるが、こちらは「炎天下」における暑さに主眼を置く。「炎暑」から派生した「炎熱《えんねつ》」は、その焼けつくような日差しや暑さに、さらに光のまぶしさが加味されている。一方、「旱《ひでり》」は、雨の降らない暑い日が続き、水が涸れ、大地が干上がる「旱魃《かんばつ》」の総称で、「旱害《かんがい》」「大旱《おおひでり》」のように総括する場合と、空模様をあらわす「旱天《かんてん》」や「旱川《ひでりがわ》」「旱雲《ひでりぐも》」「旱《ひでり》畑《ばた》」「旱草《ひでりぐさ》」など、個々をさす場合がある。特に「旱星《ひでりぼし》」は、蠍座のアンタレスや、牛飼座のアルクトゥルスが旱が続くと赤々と見えることをいう。

〈例句〉

大阪や埃の中の油照り　青木月斗
子を呼びに来し子の声も油照り　飯田龍太
トラックが砂こぼしゆく油照　遠山陽子
炎天より僧ひとり乗り岐阜羽島　森　澄雄
つよき火を焚きて炎暑の道なほす　桂　信子
城跡といへど炎暑の石ひとつ　大木あまり
炎熱や勝利の如き地の明るさ　中村草田男
大旱母に柱が暗く立つ　柴田佐知子
浦上は愛渇くごと地の旱　下村ひろし
鶏小屋に鶏を納めて旱星　今瀬剛一

［長嶺千晶］

雪《せっ》渓《けい》　晩夏

〈季語解説〉夏でも標高の高い山々では雪が解けずに白い氷のかたまりとなって残る斜面がある。これを「雪渓」と呼び、近代以降に夏の季語とされた。また、「氷河」は「雪渓」の大規模なもので万年雪が氷の河のような形で残ったものをいう。かつて、日本の山に「氷河」はないとされてきたがドローンによる撮影で、近年、北アルプスの剱岳付近で発見されている。スイスのユングフラウ・ヨッホの「大氷河」などは一万年以上を経た氷原が眼下に広がり、その割れ目を「クレバス」と呼ぶ。

「雪渓」は「登山」から派生した季語のひとつである。「登山」はヨーロッパの貴族階級のスポーツだったが、明治時代にウエストン卿が長野の山々を踏破したことから、日本に広めた。立山や白馬岳の「大雪渓」は、雲に近いのでその白さはいかにも涼しげで神々しく、また、その近くの標高二千五百メートル以上の高山では「お花《はな》畑《ばたけ》」と呼ばれる高山植物の花々が、雪が溶ける真夏の一時期に限っていっせいに咲き揃う様子も可憐である。

〈例句〉

大雪渓けふの形を与へられ　鷹羽狩行
雪渓やいづこに立つも斜めなる　佐藤博美
雪渓の一黒点と人なりゆく　林　翔
雪渓の水汲みに出る星の中　岡田日郎
ピッケルを立て雪渓を私有せり　上田五千石
踏破せし雪渓仰ぐ足湯かな　太田土男
雲生まる雪渓よりもまだ淡く　広渡敬雄
氷河よりほとばしる水振りむかず　橋本美代子
しばらくは雲の中なりお花畑　片山由美子

［長嶺千晶］

出水《でみず》《でみづ》　晩夏

梅雨出水　夏出水　出水川

〈季語解説〉梅雨どきの豪雨で、水嵩の増した河川が氾濫すること。この時期に地形的に湿った強い南風（俗にいう荒南風）を受ける西日本各地では、雨量が増え続け、鉄砲水のような土砂災害までが引き起こされる危険がある。二〇一八年の西日本豪雨は甚大な被害をもたらした。

古来、梅雨時の雨は、陰暦五月にあたるために「五月雨《さみだれ》」と呼ばれ、五月雨の続く川を「五月川《さつきがわ》」という、その氾濫が「出水」となる。また、「梅雨穴《つゆあな》」「梅雨入穴《ついりあな》」は、地盤のゆるみから梅雨の豪雨で陥没することを称し、『増山井』（寛文七年）以下に五月「梅の雨」の傍題「墜栗穴《ついりあな》」として掲載されている。また「水見舞」も、出水の被害にあった親戚や知人を訪ね見舞うことで古くからの習わしである。「出水」の傍題に「夏出水」「水害」「水禍《か》」「出水川」があるが、台風による出水は「秋出水」として梅雨による出水とは区別されている。

〈例句〉

夢の淵どよもしゐたる梅雨出水　藤本安騎生
出水川とどろく雲の絶間《たえま》かな　飯田蛇笏
目のついてゆけぬ迅《はや》さの出水川　藤崎久を
一夜経て日は轟然《ごうぜん》と出水川　長嶺千晶
牛小屋に出水の跡のまざまざと　棚山波朗
出水後の備前の土のにほひける　矢島渚男
水沸きし辺りや大き梅雨入穴　藤本　則
引き返すほかなき出水見舞かな　館野翔鶴
犬抱ける水禍の民に祖国なし　久米幸叢
五月雨をあつめて早し最上川　松尾芭蕉
五月川心細く水まさりたる　正岡子規

［長嶺千晶］

土用波《どようなみ》　晩夏

〈季語解説〉夏の土用《どよう》（七月二十一日頃から十八日間）のころ、南方海上の台風や熱帯低気圧の影響で、海がうねり、太平洋沿岸に高波が打ち寄せる。この高波をいう。もともと、土用は暦の上で年四回存在し、特に立秋前の十八日間が「夏の土用」にあたり、丑の日に鰻を食べる習慣があるこの時期は、一年で最も暑く、身体も疲れやすい。「土用波」は、その頃の高波で、この波が立つと秋が近いことが感じられ、海水浴シーズンもそろそろ終わりを告げる。

昔から「夏の波」は、時期を分けて、「卯波《うなみ》」「皐月《さつき》波」「土用波」と呼ばれている。「卯波」は、陰暦四月ごろの波で「卯月波」ともいい、「卯の花腐《くだ》し」と呼ばれる雨が降り続くころの白波である。その白さから卯の花が風になびくさまを称したという。また、「皐月《さつき》波」は、「さなみ」ともいい、陰暦五月の梅雨の頃に梅雨前線の活発化で、海が荒れるときの高波である。そして、夏も終わる頃の高波が「土用波」である。これらが皆、海が荒れることで起こる高波をさすことに留意したい。

〈例句〉

海の紺白く剝ぎつつ土用波　瀧 春一
近づかむために陸あり土用波　三橋敏雄
引くときと音を大きく土用波　宇多喜代子
土用波一角崩れ総崩れ　本井 英
土用波夕日の力まだのこる　桜井博道
繭のごとき卯波の白をまぶしめり　皆川盤水
あるときは船より高き卯波かな　鈴木真砂女
海くらく長汀《ちょうてい》洗ふ皐月波　相沢行々子

［長嶺千晶］

滴《したた》り　三夏

滴る

〈季語解説〉崖の岩肌を伝いつつ、苔にしみ込んだりした清冽な水が雫となって落ちてくるさまをいう。木の葉や軒端などから、雨あがりの水滴が雫となって落ちるものや、洞窟の湿気が水滴となって落ちるものを指すわけではないことに注意したい。「滴り」が季語とされたのは『新撰袖珍俳句季寄せ』（大正三年）が始めと言われ、近代の新しい季語である。「滴り」が夏の季語とされたのは、水が雫となって落ち続ける様子が、見た目にも涼しく、耳で聞くその音もまた清涼感を誘うからであろう。「巌滴り」「崖滴り」「苔滴り」などと場所と併せて名詞形で使われ、「滴る」「滴れる」と動詞形で使われる用例も多い。

一方、「山滴《したた》る」は、北宋の画家郭熙の「林泉高致」の一節「夏山蒼翠として滴るが如し」から夏の山の青々とした様子を比喩的に表した別の季語である。

〈例句〉

したたりのきらめき消ゆる虚空かな　富安風生
滴りの思ひこらせしとき光る　中村汀女
滴りの金剛力《りき》に狂ひなし　宮坂静生
今生《こんじょう》の刻一刻《こくいっこく》をしたたれり　西嶋あさ子
滴りや眠れる者を呼び起こし　高澤晶子
滴りをさだかに聴くはめつむりて　田中裕明
苔の先光りてはまた滴れる　岩田由美

［長嶺千晶］

滝《たき》　三夏

瀑布　飛瀑

〈季語解説〉山中の高い崖から流れ落ちる水。瀑布。木々の緑に囲まれた豪壮な滝の眺めは、夏にふさわしい清涼感がある。

滝の落ちこむ淵が「滝壺」である。庭園などに人工的に設えるのを「作り滝」といい、『伊勢物語』にも作り滝に関する記述がみられる。「滝見」のために、滝のほとりに建てられるのが「滝殿」である。

万葉時代に「滝《たぎ》」とあるのは、奔流のことであり、現在の滝のことは「垂水《たるみ》」といった。平安時代以後、垂直に落ちる水を「たき」と清音で呼ぶようになった。夏の季語になったのは、明治以後と思われる。

「冬の滝」は水量が減り水が細くなる。厳寒の頃、水が白く氷結した「凍滝《いてだき》」は峻厳をきわめる。

〈例句〉

神にませばまこと美はし那智の滝　高浜虚子
滝の上に水現れて落ちにけり　後藤夜半
滝落ちて群青世界とどろけり　水原秋桜子
滝の影煙の如く岩を這ふ　岸本尚毅
滝壺に滝活けてある眺めかな　中原道夫
滝みちや日のさしてゐる母の帯　宇佐美魚目
一枚の水のねぢれや作り滝　日原 傳
凍滝と奥嶺の月と照らし合ふ　能村登四郎
凍滝を背骨とした御山かな　堀本裕樹

［鶴岡加苗］

帰省《きせい》　晩夏

帰省子

〈季語解説〉学生や会社に勤めている人々が休みを利用して、郷里へ帰ることをいう。特に夏休みが、時間的にも長く生家に留まれることもあり、夏の季語とされている。また、「帰省子《し》」は、帰省する人のことをいい、子供には限らないことに留意したい。「帰省」は大正時代に制定された新しい季語である。単身あるいは家族をともなって、今では自家用車や飛行機や列車などの交通手段を使っての大移動となり、一斉に行われるため、高速道路の渋滞や駅や車内の混雑ぶりは、帰省ラッシュといわれるほどである。けれど一旦、故郷に降り立てば、大気そのものが懐かしく、青々とした山並みや川の流れに、そこで暮らしていた頃のかつての自分を取り戻す癒しの時間ともなるのである。
　盆休みを利用する場合は旧暦になるため「盆帰省」といい秋の季語になる。

〔例句〕
桑の葉の照るに堪へゆく帰省かな　水原秋桜子
さきだてる鵞鳥《がちょう》踏まじと帰省かな　芝不器男
父母の闇をおそるる帰省かな　橋本榮治
食堂車ありし昭和の帰省汽車　福永法弘
帰省子の今エンジンを止めし音　宅和玲子
踏みならす帰省の靴はハイヒール　杉田久女
末の子の耶蘇名を持ちて帰省せり　松野園子
帰省子に目の穴大き魚のあら　山崎祐子
帰省子の太梁《ふとはり》のごと熟睡《うまい》せり　鈴木節子
日々野良にゐて悪友の帰省待つ　佐野まもる
帰省した足で余呉湖の辺りまで　藤田哲史
［長嶺千晶］

噴水《ふんすい》　三夏

〔季語解説〕　公園や庭などの池の中からさまざまな形に水を噴き上げる装置やその水をさす。一年中存在するが、その涼感を喜ぶことから単に「噴水」といえば夏の季語となる。他の季節は「秋の噴水」「冬の噴水」というが、「春の噴水」には興趣が乏しいせいか詠まれることはないようだ。「秋の噴水」は残暑の折のうっとうしさから晩秋の寂しさを表現するものまで幅広く詠まれ、「冬の噴水」は寒さの中に水を噴き上げる様に孤独感がただよう。もともとは、外国の庭園で発達した仕掛けで、日本で最古とされるのは一八六一年に前田斉泰が作らせた兼六園の噴水で、動力は使われず、高低差が利用されている。最近は、夜は照明を当てて色彩豊かにライトアップさせたり、音楽に合わせて複雑に形を変化させたりと、目でも耳でも楽しめるように工夫されている。本来は憩いのための装置だが、俳人はそこに倦怠感や鬱屈などの心情を込めて詠むこともある。

〔例句〕
噴水に真水のひかり海の町　大串　章
噴水が虹撒く鳩に旅人に　坂本宮尾
噴水はまこと大きな感嘆符　金子　敦
噴水の百本噴けば競ひけり　日原　傳
広島や噴水一瞬静止の刻　柴田奈美
噴水の匂ひを憂しと通りけり　飯島晴子
噴水の了はりし水の暮色かな　髙柳克弘
噴水のひたぶるに春もの憂しや　橋　閒石
秋の噴水己《おのれ》噴きあぐことに倦《う》む　川合絹漱
さびしさや冬の噴水我が前に　村山古郷
［長嶺千晶］

籐椅子《とういす》　三夏

籐寝椅子

〔季語解説〕　ヤシ科の蔓性植物である籐を編んで作られた椅子をさす。その網目から風が通るように感じられ、感触にもつめたさがあり、見た目も涼しげなので夏の季語とする。窓辺や縁側におかれ、来客のもてなし用に使われたりもする。また、休息用の大きなものは背もたれの角度が変えられ、仮寝をすることもできるので「籐寝《とうね》椅子」と呼ばれている。避暑のための宿や別荘などで見かけることが多い。座ると籐が軋む音がする。また、歳月がたつにつれ、籐の色が飴色に変わってゆくので、その時間的経過が詠まれることも多い。また、籐椅子に仰臥することで見える風景や籐椅子に座っている人を傍から詠むこともある。「竹床几《たけしょうぎ》」は背もたれのない竹製の横長の腰掛で、数人が同時に座ることができる。夕涼みのために風通しのよい家の外などに出しては、夜には花火を見たり、縁台将棋などにも使われた。

〔例句〕
籐椅子に暮れゆく高嶺みてゐたり　及川　貞
山荘の月日籐椅子にも月日　稲畑汀子
籐椅子が廊下にありし国破れ　川崎展宏
籐椅子のどこか光りて部屋暗し　森田　峠
籐椅子の背につややかな窪みあり　染谷秀雄
籐椅子やひかり退く海の果　髙柳克弘
爪先にとどく潮騒籐寝椅子　片山由美子
歳月のゆるび我が身に籐寝椅子　木村風師
目をつむり右手ひたひに籐寝椅子　深見けん二
竹床几出しあるまま掛けるまま　高浜虚子
［長嶺千晶］

香水《こうすい》　三夏

オーデコロン

〔季語解説〕 香水は一年中使われるが、汗をかく季節は体臭が気になるため、身だしなみとして使用されることから夏の季語となっている。また、男女を問わず愛用する香水の香りは、個性を表現するものと考えられている。「オーデコロン」は香料の純度が低くアルコール量が多いのでさらりとしている。

香水は西洋で生まれ発達し、日本へは江戸初期に渡来、〈なみだ露けき袖の香水〉（貞室『玉海集』一六五八刊）と詠まれてもいる。日本では竜脳《りゅうのう》、麝香《じゃこう》、白檀《びゃくだん》、丁子《ちょうじ》など日本の動植物に由来する香料を調合した「匂袋《においぶくろ》」が作られてきた。和服の懐《ふところ》や袖に入れるため「誰袖《たがそで》」とも呼ばれ、簞笥《たんす》に入れると防虫効果もある。また、広げた着物の下で香《こう》を焚き込め香りを移すことを「薫衣香《くのえこう》」といい、部屋の臭気を除くために匂袋を柱や壁に掛けられるようにしたものを「掛香《かけこう》」という。平安時代の貴族の風習だが、防虫や殺菌をして邪気を払う効果があると言われている。

〔例句〕

香水の香ぞ鉄壁をなせりける　中村草田男
香水の一滴づつにかくも減る　山口波津女
香水のなかなか減らぬ月日かな　岩田由美
香水を振つて己が身たしかむる　山本百合子
追ひかけて来て香水を匂はする　黛 まどか
老船長わが香水を言ひあてし　岩永佐保
香水を濃く幻に飽きやすく　阪西敦子
香水の封切りてやや子離れす　佐久間尚子
香水の人漱石を読みてをり　小川軽舟
地下鉄の女のオーデコロンかな　星野麥丘人
風とほす行李《こうり》のひとつ薫衣香　古川美智子
掛香にものや偲《しの》ばれひるさがり　伊藤敬子

［長嶺千晶］

天瓜粉《てんかふん》《てんくわふん》　三夏

天花粉　汗しらず

〔季語解説〕 キカラスウリ（天瓜）の根から精製した純白の粉末。あせもや急性湿疹の皮膚へはたくと吸湿鎮炎効果があり、おしろいをつけたように見えたりする。また、雪のように白いことから雪を表す天花から「天花《てんか》粉《ふん》」とも呼ぶ。季語ではないが、江戸時代〈子の貌に秋風白し天瓜粉〉（召波『春泥句集』一七七七刊）の句例もある。今でも、亜鉛華にでんぷん、滑石、香料を加えたものが市販されている。

風呂上りの嬰児の汗とりに使われることが多いので「天瓜粉」といえば、赤ん坊を詠む場合が圧倒的に多い。さらに、子供そのものを暗示したりする。もちろん大人も使うため、その作例も少しはあるが、最近では、特に山野の風景と取り合わせる季語として使われることもある。その場合も子供時代を暗示し、郷愁を感じさせる季語となっている。

〔例句〕

天瓜粉しんじつ吾子は無一物　鷹羽狩行
睡たさにうなじおとなし天瓜粉　水原秋桜子
みめよくてにくらしき子や天瓜粉　飯田蛇笏
天瓜粉何摑まんとする手足　西村和子
天花粉つけて赤ん坊できあがる　坊城俊樹
天瓜粉打てばほのかに匂ひけり　日野草城
子に打ちしあとおのれ打つ天瓜粉　伊丹三樹彦
打ち過ぎといふばかり打ち天瓜粉　上田五千石
天瓜粉非番の夫を裏返す　瀬間陽子
天瓜粉身より瀬音の響きけり　生駒大祐

［長嶺千晶］

走馬灯《そうまとう》　三夏

回り灯籠

〔季語解説〕 箱型の木枠に薄紙や絹地を張り、人や動物や草花などを型抜きした紙の筒を中心に置いて蝋燭《ろうそく》を灯すと、熱によって上昇気流が生まれ、紙の筒が回転し始める。すると、木枠に張られた薄紙や絹地のスクリーンに、走るように動く映像が映しだされる。その箱型の装置を「走馬灯」という。かつては、縁日や夜店などで売られていた。その涼味を感じさせる映像を夏の夜に楽しむことから夏の季語となっている。江戸時代には「回《まわ》り灯籠」と呼ばれ、照明器具としても使われていた。

「走馬灯」は単調な映像の繰り返しなので、見ていると過去へ想いが遡《さかのぼ》る。ほの暗い蝋燭の灯りに、一瞬にして、一生がありありと浮かぶとのことから、「走馬灯のように」という比喩表現が用いられる。

〔例句〕

走馬燈火を入れて世を忘じけり　能村登四郎
西鶴のをとことをんな走馬灯　平田冬か
人の世の影ばかりなり走馬灯　山口青邨
走馬灯影の逃げゆく指の先　山田佳乃
十二支みな闇に逃げこむ走馬灯　黒田杏子
走馬燈輪廻の音のなかりけり　鈴木貞雄
更けてより亡者の混じる走馬灯　柴田佐知子
売れるまで走馬燈売り声出さず　鈴木節子
影を売るごと走馬灯売る男　有馬朗人
おなじ絵の売れのこりゐる走馬燈　後藤夜半

見る人も廻り灯籠に廻りけり　宝井其角
生涯にまはり燈籠の句一つ　高野素十
［長嶺千晶］

夜《よ》濯《すすぎ》　晩夏

〈季語解説〉　夜に洗濯をすることを「夜濯」といい、夜の間に干すことを「夜干《よぼし》」という。洗濯はどの季節でも行う家事であるが、夏であれば汗まみれの衣類を夜のうちにに洗って干せば、翌朝には乾く。

かつての生活では頻繁に洗濯をしていたわけではない。麻などの衣料は肌に密着せず、皮脂汚れが少ない。柔らかい木綿が、安価で全国に普及する明治以降、洗濯の方法や頻度が変わった。洗濯板が日本に入ったのは明治半ばであり、盥での揉み洗いが一般的になるのはこのころからである。夜濯も、洗濯をする場所が河原ではなく、井戸端になってからの習俗である。「夜濯」「夜干」は近代の生活の実態に即した季語であった。なお、洗濯機や乾燥機が普及し、共働きが増えるようになると、洗濯をする時間帯の選択肢が増え、実感が薄れている。

「髪洗ふ」「洗ひ髪」も夏の季語である。夏は汗をかくため髪を洗う回数が多く、「洗ひ髪」のままでも乾くのも早い日本髪に結っていた時代は頻繁に髪を洗うわけではなかった。「髪洗ふ」の季語も、女性が日本髪を結わなくなってから成立した。髪を洗うことが日常の行為になり、ドライヤーが普及した現代は、実感としての季節感はない。「夜濯」「夜干」「髪洗ふ」などは、日本の生活が近代化してゆく中で生まれ、社会情勢の変化によって、季語の実感が薄れてきた季語だといえる。

〈例句〉
夜濯にありあふものをまとひけり　森川暁水
夜濯ぎの蹠《あうら》のほてりいつまでも　花谷和子
せつせつと眼まで濡らして髪洗ふ　野澤節子
［山崎祐子］

泳《およ》ぎ　晩夏

水泳　遠泳　競泳　遊泳

〈季語解説〉　日本では、武術の一種として水練があり、立泳ぎを基本にした泳法があった。明治時代になって欧米よりクロールなどの西洋式の泳法がひろまった。傍題は多く、見出しの傍題のほか、「犬搔き」「立泳ぎ」「クロール」「平泳ぎ」「バタフライ」「背泳ぎ」「飛込《とびこみ》」など泳法の種類、「プール」「浮輪」「水着」「水泳帽」なども季語である。泳ぐ場所によって「川浴《かわあび》」「海水浴」「潮《しお》浴《あび》」という。海水浴は西洋から伝わったもので、明治一四年の愛知県知多半島の千鳥ヶ浜、明治一八年の神奈川県の大磯海岸に海水浴場が開かれたのが始まりである。療養や保養が目的であり、潮湯治《しおとうじ》とよばれていた。マリンスポーツとして、「ヨット」「サーフィン」「波乗」も夏の季語である。川や湖で楽しむ「ボート」も夏の季語であるが、「ボートレース」「競漕」「レガッタ」は、大学など団体の対抗競技で、隅田川や琵琶湖などで春に大きな大会が行われることから春の季語になっている。民俗行事としての競漕に長崎の「ペーロン」、沖縄の「ハーリー」があるが、これらは夏の行事である。

〈例句〉
愛されずして沖遠く泳ぐなり　藤田湘子
泳ぎ子の石を濡らして去りにけり　榎本好宏
クロールの夫と水にすれ違ふ　正木ゆう子
遠景のゆらりと見えて平泳ぎ　櫂未知子
背泳ぎの空のだんだんおそろしく　石田郷子
こんなにもさびしいと知る立泳ぎ　大牧　広
飛込の途中たましひ遅れけり　中原道夫
ピストルがプールの硬き面《も》にひびき　山口誓子
富士暮るゝ迄夕汐を浴びにけり　大須賀乙字
［山崎祐子］

日《ひ》焼《やけ》　三夏

潮焼　日焼止め

〈季語解説〉　夏の強い日差しに当たると、紫外線の影響で肌が赤くなり、やがて黒みを帯びる。

夏休みが終わると小学生の日焼けコンテストが行われ、外で元気に遊んだという理由の表彰をされることもあった。大人が、均一できれいに焼くためにオイルを塗ることもある。小麦色に灼けた肌は、健康的な美しさの象徴として捉えられている。近年は、医学的に日焼は好ましくないものとされているが、俳句では、近代になってから、子どもや若者の健康的な明るさや、戸外での労働のたくましさや厳しさを詠んできた。現在は、逆に皮膚がんの危険もあるといわれ、日に焼けないように日焼止めのクリームなどを塗るようになり、「日焼止め」も季語である。

なお、日焼という言葉は、旱のときに水田や池、川が涸れること、草木が枯れることもさし、『竹馬狂吟集』（一四九九年）に〈水なすびさへひやけするなり／かもうりに何とて羽のなかるらん〉があるが、季語の「日焼」は人間の日焼のことのみをいう。その日焼も、江戸時代は〈秋風や日焼の顔の磯枕《いそまくら》〉（魯町《ろちょう》『西華集』一六九九刊）など季語としては扱われなかった。また、海で日焼をすることを「潮焼《しおやけ》」とをいう。

〔例句〕

虚を衝れしは首すぢの日焼かな　飯島晴子
純白の服もて日焼子を飾る　林　翔
日焼子は賢しき答へ返しけり　五十崎朗
ただ立つてゐる日焼子の笑顔かな　綾部仁喜
少女はも珊瑚の色に日焼して　行方克巳
日焼してピカソの生家通りけり　藺草慶子
潮焼にねむれず炎《も》えて男の眼　能村登四郎

［山崎祐子］

蛇《へび》

ながむし　くちなは

三夏

〔季語解説〕　トカゲ目ヘビ亜目の爬虫類の総称で、形状より「ながむし」、縄に似ているという意味で「くちなは」とも呼ばれる。春から秋にかけて活動するが、夏の季語であり、「蝮《まむし》」「飯匙倩《はぶ》」「蛇捕《へびとり》」「蝮捕《まむしとり》」、「蝮酒《まむしざけ》」も夏の季語である。蛇は冬眠をするので、春になって穴から出てくることを「蛇穴を出づ」といって春の季語とし、冬眠を始める前に「蛇穴に入る」といって秋の季語とする。秋の彼岸を過ぎても冬眠せずに徘徊している蛇を「穴惑《あなまどい》」「秋の蛇」という。「蛇穴を出づ」「穴惑《あなまどひ》」は、春、秋の訪れを表す季語として近世から使われてきた。

近代になると、蛇は身近にいるものとして俳句の題材に多く取り上げられるようになった。改造社の『俳諧歳時記』には「ながむし」「くちなは」「青大将」「黄頷蛇《こうかんだ》」「さとめぐり」「ねずみとり」「赤楝蛇《あかかがし》」「山楝蛇」「縞蛇」「熇尾蛇《ひばかり》」「日計《ひばかり》」「縞蛇」「烏蛇」「あまがさ蛇」「えらぶうなぎ」「金蛇《こがねへび》」「銀蛇《しろがねへび》」というように多くの傍題が掲載されており、蛇の呼称の多さがわかる。蛇は不気味な形をしているので怖がられることもあるが、水に関わる信仰の対象でもあり、田畑を荒らす小動物を餌とするので人間にとって益のある動物ともいえる。「青大将」は家の守り神という伝承も日本各地にある。

〔例句〕

蛇逃げて我を見し眼の草に残る　高浜虚子
空に弧を描きて蛇の投げられし　林　徹
水銀の流るる如し川の蛇　大木あまり
蛇の子の尾の浸りたる流れかな　日原　傳
蝮獲捕水のぬくもり見に来たる　茨木和生

［山崎祐子］

万《ばん》緑《りょく》

三夏

〔季語解説〕　見渡す限り、草木が緑で満たされていることをいう。王安石『詠石榴詩』、「万緑叢中紅一点」から取られた言葉であり、中村草田男の〈万緑の中や吾子の歯生え初むる〉（『火の島』昭14［一九三九］）により、季語として一般化した。「万緑叢中紅一点」はよく知られた言葉であり、正岡子規の『病牀六尺』（明35［一九〇二］）に「墨画ども多き画帖の中に彩色のはっきりしたる画を見出したらんは万緑叢中紅一点の趣あり」と記している。このように、「紅一点」に重きを置いて使われることが一般的であった。草田男の「万緑」は、「茂《しげり》」よりも広範囲で生命力の溢れた季語として、多くの俳人に迎えられた。

単に「緑」というと、若葉のころで「新緑」の傍題である。同じような景色だが、「新樹」「若葉」は近世からある季語で、「新緑」「緑夜《りょくや》」は新しい季語である。「緑夜」は『日本国語大辞典』第二版には収録されていない新しい日本語である。

〔例句〕

万緑の中や吾子の歯生え初むる　中村草田男
万緑やわが掌に釘の痕もなし　山口誓子
万緑やわが額にある鉄格子　橋本多佳子
万緑や死は一弾を以て足る　上田五千石
肘若し万緑に弓ひきしぼり　野崎ゆり香
万緑のどこに置きてもさびしき手　山上樹実雄
万緑や木の香失せたる仏たち　伊藤通明
摩天楼より新緑がパセリほど　鷹羽狩行
子の皿に塩ふる音もみどりの夜　飯田龍太

［山崎祐子］

緑《りょく》蔭《いん》

三夏

〔季語解説〕　緑が茂った木陰をいい、暑い最中に涼しさを感じる空間である。

「木下闇《こしたやみ》」と同じような意味であるが、「木下闇」はすでに、『俳諧歳時記栞草』（曲亭馬琴、享和三年［一八〇三］）に季語として入っており、「下闇《したやみ》」と「木晩《このくれ》」を傍題に示している。芭蕉の『笈の小文』には〈須磨寺やふかぬ笛きく木下やみ〉があり、木の茂った下の暗さに趣きを置いた季語である。同じ景観を表しているが、「緑蔭」から受けるあざやかな緑の印象は薄くなる。

山本健吉によると、「緑蔭」は明治時代の歳時記には見あたらず、大正時代に成立した季語だという。古くから詩歌で用いられてきた「木下闇」よりも、夏の明るさを感じる季語である。明治時代に西欧の文化や生活用式が知られはじめ、西洋の建築学を取り入れた建物や都市計画が始まり、木陰に椅子やテーブルを置いて休息をとるような生活スタイルもひろまった。大通りの街路樹を植えたり、大学や公共施設の敷地のアプローチの並木は、「木下闇」とは異なる生活空間を市民に提供している。このような新しい時代に歓迎された季語である。

〈例句〉

緑蔭に三人の老婆わらへりき　西東三鬼
緑蔭に顔さし入れて話しをり　橋本鶏二
緑蔭の戸毎に朝のミルクあり　石橋辰之助
ひと一人ゐて緑蔭の入りがたき　飯島晴子
緑蔭は人に譲りて戻りけり　山田みづえ
緑蔭にあり美しき膝小僧　加古宗也
緑蔭を大きな部屋として使ふ　岩淵喜代子

［山崎祐子］

黴《かび》　仲夏

黒黴　青黴　麹黴

〈季語解説〉有機物に生じる菌類、または菌糸の集合体であり、きのこを生じないものをいう。適当な温度と水分があれば繁殖を続ける。食物、衣類、器具、住居など多様なものに黴が生えやすい。条件が整えば、どの季節でも黴が生えるが、梅雨の時期が最も黴の生えやすい時期である。

黴の字音はバイであり、黴雨《ばいう》は梅雨のことである。そもそも黴という漢字には黒の意味が含まれているが、色や形状の見た目で「黒黴」「青黴」「毛黴」などという。黴が生えると毒性が生じたり、品質が落ちたりするが、青黴はペニシリンの発見につながり、多くの病気の治癒に貢献している。麹も黴の一種であり、日本酒、味噌、醤油などの醸造に用いられているが、季語としての「麹黴」は、醸造に用いる麹ではなく、「青黴」と同様に食物に生えて毒性を生じる「麹黴」をいう。「黴」を払おうとするとあたりに黴が舞い上がることを「黴けむり」といい、「黴の宿」は黴の匂うような陰気な住まいをいう。温かく湿度の高い日本では、黴はいつの時代も身の回りにあった。黴の句は、黴そのものを詠むばかりではなく、黴の生えるような時期の鬱陶しさや陰気な気分を象徴するように用いられている。

〈例句〉

徐《おもむ》ろに黴がはびこるけはひあり　松本たかし
見ゆる黴見えぬかび拭きひと日果つ　花谷和子
うかうかと黴にとられし夫の靴　和田祥子
黴の世や言葉もつとも黴びやすく　片山由美子
青黴を拭けば煙たつ夜の自炊　石原八束
黴けむり立てヽぞ黴の失せにける　池内たけし
黴の宿寝過ごすくせのつきにけり　久保田万太郎

［山崎祐子］

秋《あき》めく　初秋

〈季語解説〉秋らしさを感じることをいう。「めく」はそのように見える、そのような状態になる、それに似た様子を示すなどの意の接尾語である。「秋を感じる」ということでいえば、夏の季語の「秋隣《あきどなり》」があるが、「秋隣」がふと感じる気配であるのに対し、「秋めく」は明らかに秋の訪れを感じる季語である。

詩歌では古くから使われている言葉であり、西行の〈山里は庭のむら草うら枯れて蟬の鳴くねも秋めきにけり〉（『山家集』）がある。近世の俳諧では、『たねだはら』に〈帷子も袷羽織も秋めきて〉に芭蕉が〈食《めし》早稲くさき田舎なりけり〉として歳時記に登載されるようになる。しかし、季語と付け、発句でも〈秋めくや竹は竹はと呼ばる声〉（釣雪『曠野後集』一六九三刊）の例があるのは近代以降である。四季それぞれで「春めく」「夏めく」「冬めく」という。「秋兆す」のように「きざす」をつけるのも同じ意味の季語である。

季語としての認識には、春、夏、秋、冬で若干の時間の差があり、改造社の『俳諧歳時記』では「春めく」「夏めく」「冬めく」は季語として立てられているのに対し、「秋めく」は「初秋《はつあき》」の傍題になっており、例句は掲載されていない。「秋めく」は「春めく」「夏めく」「冬めく」を追うように新しい季語として近代の俳人に用いられるようになった。「初秋」よりも主観的な印象の強い季語だといえる。同じ意味の季語に「秋づく」「秋じむ」がある。

〈例句〉

書肆の灯にそぞろ読む書も秋めけり　杉田久女

秋めくとすぐ咲く花に山の風　飯田龍太
秋めくや一つでてゐる貸ボート　高橋悦男
［山崎祐子］

爽《さわ》《さは》やか　三秋

さやけし　さやか　爽涼

〈季語解説〉 秋の大気が澄んで、清々しいこと。心身もさっぱりして気持ちが良い。空が高くなり、遠くの山々もくっきり見える。

日常的な表現では、「爽やかな五月」のように他の季節にも用いられるが、俳句では、暑い夏が過ぎ去ったあとに迎える、さらりとした心地よい季節であることに意味があり、秋の季語としている。

実体がなく、主観的、感覚的な季語であるが、背景に秋の澄んだ空気が感じられるような詠み方をする必要があるだろう。したがって、「彼は爽やかな人だ」といった人物の形容に用いる場合は、季節感を伴わないため季語にはならない。

〈例句〉

爽やかに日のさしそむる山路かな　飯田蛇笏
さわやかにおのが濁りをぬけし鯉　皆吉爽雨
爽やかやたてがみを振り尾をさばき　山口誓子
爽やかや風のことばを波が継ぎ　鷹羽狩行
爽やかに前山襞を濃くしたり　深見けん二
爽やかや生まれたる子に会ひに行く　小島　健
爽やかや仏も脚を組みたまひ　片山由美子
［鶴岡加苗］

秋《あき》麗《うらら》　三秋

秋麗《しゅうれい》

〈季語解説〉 秋晴れの太陽がのどかに照っていることをいう。「麗か《うらら》」「うらら」は春の季語であり、春の日が輝いて、万象が明るく見えることをいう。杜甫に〈遅日江山麗《ちじつこうざんうららかなり》〉がある。古くから春の形容として詩歌に用いられ、近世の俳諧でも季語として使われていた。「秋麗」は、春の季語である「麗か」「麗日《れいじつ》」を踏まえた語で、江戸時代にすでに〈澄切《すみきり》で鳶舞ふ空や秋うらら〉（正己《せいき》『藤の実』一六九四刊）の例がある。が、二の句以外に句例はほとんどなく、季語として使われるようになったのは近代になってからとしていい。『俳諧歳時記』（改造社、昭8）では「秋麗」の参照に「秋高し」と「秋澄めり」をあげている。「秋高し」は、秋の晴れた日のことをいうので「秋晴」なども同じであるが、澄み渡った冷たい空気ではなく、春の季語である「麗か」にあるような柔らかな光を感じさせる季語である。秋の晴れた状態であるが「秋高し」や「秋澄めり」とは異なる日差しを近代の俳人は「秋麗」に求めた。

同じように、「冬うらら」「冬麗《とうれい》」もおだやかに晴れた冬の日をいう。『俳諧歳時記』では「冬麗」は「冬日和《ふゆびより》」の傍題であり、山本健吉の『最新俳句歳時記』（文春文庫、昭52）では「冬晴」の傍題になっている。「秋麗」も「冬麗」も、この季語でなければならない光の加減を表し、季語としての地位を得た。

〈例句〉

天上の声の聞かる、秋うら、　野田別天楼
田の中に赤き鳥居や秋うらら　邊見京子
秋麗の産後まばゆき妻迎ふ　能村研三
秋麗の柩に凭れ眠りけり　藤田直子
冬麗の不思議をにぎる赤ン坊　野澤節子
身ふたつのなんの淋しさ冬麗　辻美奈子
［山崎祐子］

秋《あき》晴《ばれ》　三秋

秋日和　菊日和

〈季語解説〉 空気が澄んで晴れ渡っていることをいう。同じ秋の晴れた日であっても、「秋麗」は時候、「秋晴」は天文に分類される。傍題に「秋日和《あきびより》」「菊日和」がある。日和とは晴れた日のことをいい、「秋日和」は澄んだ日差しの中、おだやかに過ぎてゆく一日を感じさせ、「菊日和」は菊の盛りのころをいう。

「秋日和」は江戸時代から使われてきた季語であるが、澄み切った空を単純に「秋晴」と季語としたのは、近代になってからである。秋は湿度が下がるので、晴れた日は空も澄む。「秋高し」「秋澄む」にも通じる季語である。

「冬晴」も季語である。「冬晴」も江戸時代には、使用例はあるものの季語として成立してはおらず、近代になってからの季語である。春晴、夏晴は、日本語の熟語がない。晴れた空は湿度の低い秋と冬にふさわしいといえる。

〈例句〉

秋晴の何処かに杖を忘れけり　松本たかし
秋晴の口に咥へて釘甘し　右城暮石
秋晴や瞼をかるく合はせても　鷲谷七菜子
山峡《やまかひ》に字一つづつ秋晴る、　相馬遷子

畳屋の肘が働く秋日和　草間時彦
我のみの菊日和とはゆめ思はじ　高浜虚子
菊日和身にまく帯の長きかな　鈴木真砂女
冬晴れの水音鋭《と》がり来る日暮　岸田稚魚
［山崎祐子］

松手入《まつていれ》　晩秋

〔季語解説〕　秋に行う松の手入れをいう。古葉を取り、余分な芽の剪定をし、枝の形を整える。明治四三年の『明治新題句集』に句があるものの大正八年の改造社の『俳諧歳時記』には、「庭木刈る」「秋手入れ」が掲載されているが、「松手入」はない。

松の木の剪定は難しいので、庭師が行うことが多い。秋の季語ではあるが、実際には十一月から一月頃に行うことが多い。また、松の新芽は「若緑《わかみどり》」「松の芯」といい、春の季語である。四月から五月にかけて、伸びてきた松の新芽を摘み取る作業は「緑摘む」でこれも春の季語である。「剪定」は春の季語だが、多くの植物は、成長がゆるやかな十一月から二月に剪定をし、躑躅《つつじ》などは花が終わった五月から六月に剪定をすることが多い。

文化財に指定されているような庭園では、暑い夏以外は一年を通じて松の手入れをする。「松手入」の実際の作業時期で季節感を得る幅は難しい場合もあるが、日本庭園の代表的な植物である松を秋の澄み切った空の下で手入れをするのは、秋らしい風景である。

〔例句〕
ぼと〳〵と落つる葉のあり松手入　高浜虚子
きら〳〵と松葉が落ちる松手入　星野立子
大空に徽塵かがやき松手入　中村汀女
松手入せし家あらん闇にほふ　中村草田男
松手入男の素手のこまやかに　西村和子
ばさと落ちはらはらと降り松手入　片山由美子
［山崎祐子］

秋思《しゅうし》《しうし》　三秋

〔季語解説〕　秋に感じる寂しい思いをいう。杜甫の〈秋思抛雲髻《しゅうしうんけいをなげうつ》〉による季語である。古くから詩歌に用いられ、菅原道真が太宰府で詠んだ〈去年今夜侍清涼《きょねんのこんやせいりょうにじす》、秋思詩篇独断腸《しゅうしのしへんひとりはらわたをたつ》〉がよく知られている。季語として歳時記に収録されたのは、昭和三一年の『新俳句歳時記』（山本健吉編、光文社）が初出だという。作例としては、たとえば昭和一五年に細見綾子の〈爪切れど秋思どこへも行きはせぬ〉があり、昭和の初めごろから出てくる。「秋思ふ」と動詞にして用いたり、「思」と同じ意味の「懐」で「秋懐《しゅうかい》」とすることもある。

「春愁」「春怨」に相対するが、これから冬に向かうという終わりを迎える淋しさがある。同じ意味を持つ季語に「秋さびし」「秋あはれ」がある。季語として成立していたとは言い難いが、去来の〈秋淋しおのがつたなき心より〉があるように、「秋思」の思いは近世俳諧でも共有されていた。

〔例句〕
頬杖に深き秋思の観世音　高橋淡路女
爪切れど秋思どこへも行きはせぬ　細見綾子
永劫の涯に火燃ゆる秋思かな　野見山朱鳥
この秋思五合庵よりつききたる　上田五千石
ことごとく秋思十一面観音　鷹羽狩行
鳴き砂の秋思の一歩にも鳴けり　今瀬剛一
新書版ほどの秋思といふべしや　片山由美子
［山崎祐子］

黄落《こうらく》《くわうらく》　晩秋

黄落期

〔季語解説〕　日本語としての意味は、木の葉や実が黄ばんで落ちることをいうが、季語としては黄葉した葉が落ちることをいう。古来より詩歌に詠まれてきた紅葉より色彩は地味ではあるが、手入れのされた里山の楢《なら》や櫟《くぬぎ》、公園や街路の銀杏など黄落するものは多い。赤く色がつく「紅葉《こうよう》《こうえふ》」に対し、黄色に色づくことを「黄葉《こうよう》《くわうえふ》」といい、読み方は同じであるが、文字で区別する。「黄落期」は、黄落するころのことをいう傍題であるが、まだ『日本国語大辞典』や『広辞苑』には収録されていない言葉である。

「黄葉」も「黄落」も秋であるが、「紅葉」と「紅葉且つ散る」は秋、「紅葉散る」は冬、「落葉」「木の葉」も冬の季語である。黄色に色づく植物の中で、とくに銀杏は印象鮮明であり、秋の季語に「銀杏黄葉《いちょうもみじ》《いちやうもみぢ》」、冬の季語に「銀杏落葉」がある。

〔例句〕
黄落や或る悲しみの受話器置く　平畑静塔
黄落に立ち光背をわれも負ふ　井沢正江
黄落や風の行手に地獄門　宮下翠舟
黄落のはじまる城の高さより　野見山ひふみ
黄落の中のわが家に灯をともす　高橋睦郎

翼欲しい少年街は黄落期　高野ムツオ
病室の中まで黄葉してくるや　石田波郷
黄葉して思慮ふかぶかと銀杏の木　鷹羽狩行
［山崎祐子］

色変えぬ松《いろかえぬまつ》《いろかへぬまつ》　晩秋

〔季語解説〕　晩秋、周りの木々が紅葉するなかで、常緑樹である松が変わることなく美しい緑を保ったままであるさまをいう。ことに辺りに枯れ色が兆すなか、松の緑はいかにも美しく泰然として見える。多くの常緑樹の中でも松は特別の存在であることを示す季語。
　松には季節の移り変わりに応じてさまざまな季語がある。春には「松の芯」「若緑」といわれる新芽が伸び、先端には「松の花」をつける。また初夏ともなれば少しずつ古い葉を落とし始める。これは「松落葉」と呼ばれ、夏の季語である。秋には「新松子」という青々とした松毬ができる。一方で松は季節に応じ、丹念な手入れを必要とする樹木でもある。春は「松の緑摘む」、秋には樹形を整えるための「松手入」、冬は寒さや雪害を防ぐために「藪巻」「菰巻」「雪吊」などの支度が施される。これら松に関わる一連の作業もすべて季語である。

〔例句〕
城亡び松美しく色かへず　富安風生
大江戸の昔より色変へぬ松　鷹羽狩行
色変へぬ松美しや六義園　森　澄雄
色変へぬ松を窃かに侮れり　相生垣瓜人
太幹をくねらせて色変へぬ松　片山由美子
松の芯千万こぞり入院す　石田波郷

松の花波寄せ返すこゑもなし　水原秋桜子
旅人に松の落葉の降りかかる　渡辺純枝
商家みな清らに住みき新松子　友岡子郷
松手入ひかりの針をふりこぼし　鍵和田秞子
藪巻の松千本や法隆寺　細川加賀
［藤本美和子］

数え日《かぞえび》《かぞへび》　仲冬

〔季語解説〕　「年の瀬」「師走」「歳晩」等、年末の季語は、新年を迎える前の高揚感や過ぎた一年を振り返る感慨を伴って句に詠まれる。それらの季語の中で「数え日」は、残った日にちが指で数えられるほどになったことを表し、いかにも押し詰まったという感じがする。近世にも使われていた言葉だが、季語として歳時記に立項されたのは戦後である。
　一日一日を有効に使い、年内に済ませるべき用事を一つずつこなさなくてはならず、忙しない日常生活の一齣を掬い上げた句が多い。しかし逆に、日常と変わらない山河を見つめることによって、人間の定めた時間の流れとはかかわりなく、大自然は存在し続けることを詠んだ句も見られる。いずれにしても、流れゆく歳月を惜しむ心に変わりはない。

〔例句〕
数へ日の欠かしもならぬ義理ひとつ　富安風生
数へ日となりたるおでん煮ゆるかな　久保田万太郎
数へ日の数へるまでもなくなりぬ　鷹羽狩行
数へ日を旅して橋の上にあり　大串　章
数へ日の陽差しが墓の中にまで　高野ムツオ

数へ日の犀の耳のみ動きけり　松尾隆信
数へ日のせまる紺青駿河湾　恩田侑布子
数へ日や谷をおほへる藪蘇鉄　山西雅子
数へ日や家族みな知るパスワード　小川軽舟
数へ日や鍋の魚は口を開け　三木瑞木
数へ日のごろりごろりとカレーの具　寺澤　始
［藤田直子］

三寒四温《さんかんしおん》　晩冬

三寒　四温　四温日和

〔季語解説〕　冬期に、厳しい寒さが三日ほど続いた後、寒さの緩む日が四日ほど続く。この周期を表すのが三寒四温である。元は中国の東北部や朝鮮半島の北部で、冬の気候を表すときに用いられた言葉だった。日本では必ずしも同様の周期にはならないが、仲冬から晩冬にかけて、一定の周期で気温の変化が生じることがある。冬の間に居座っていた大陸のシベリア高気圧が弱まる頃、南からの低気圧が暖かい空気を連れてくるためで、そのせめぎ合いによって、寒い日が数日続いたかと思うと、やや暖かい日が続くという天候を繰り返すのである。三寒四温という言葉が日本でも受け入れられたのはそのためであろう。あくまでも冬期に、厳しい寒さの和らぐ日が周期的に訪れることを意味する言葉であり、立春を過ぎた後の寒暖の繰り返しを指すのではない。
　俳句では、晩冬の季語とされ、「三寒四温」と四字熟語で使うほか、「三寒」「四温」と別々に使うこともできる。「四温日和」という使い方もある。

〔例句〕

三寒の四温を待てる机かな　石川桂郎
三寒のきづな四温のえにしかな　鷹羽狩行
踏切の向かう四温の海のあり　雨宮きぬよ
海山に鎌倉ぶりの四温かな　行方克巳
三寒を安房に四温を下総に　大屋達治
土笛の穴も三寒四温かな　野中亮介
切藁の畑に匂ふ四温かな　杉阪大和
三寒の雲押し寄するビルの窓　木暮陶句郎
三寒は我に四温は母に来よ　望月　周

［藤田直子］

日脚伸ぶ《ひあしのぶ》　晩冬

〔季語解説〕　二十四節気の一つである冬至は太陽の黄経が二七十度に達する日で、北半球では十二月二十二日頃に当たる。昼の長さが一年のうちで一番短い日である。しかし日にちが経つにつれて日照時間が長くなり、一月も半ばを過ぎると、夕方になってもまだ明るいままであることに気づく。これを表す季語が「日脚伸ぶ」である。単に日暮が遅くなるばかりでなく、日差しもどこか柔らかく感じられ、春の足音が聞こえてくるような安堵感や期待感が含まれる。

　昼夜の長さを表現する季語は春の「日永」、夏の「短夜《みじかよ》」、秋の「夜長」、冬の「短日《たんじつ》」等がある。「日脚伸ぶ」は春の「日永」「暮遅し」と似ていて混同されやすいが、あくまでも冬の季語である。寒中でありながら梅の花を探しに出かける「探梅」も、冬の季語であること等と併せて覚えておくとよい。

〔例句〕

山へ帰る人に鴉に日脚伸ぶ　阿部みどり女
日脚伸びいのちも伸ぶるごとくなり　日野草城
日脚伸ぶ鳥の影さす花頭窓　稲垣きくの
銭湯へ父子がつれだち日脚伸ぶ　石橋秀野
日脚伸ぶ山嶺は雲解き放ち　雨宮きぬよ
富士塚に立つも日課ぞ日脚伸ぶ　山本鬼之介
日脚伸ぶ泣いて智恵付く赤ん坊　蟇目良雨
片ひらくフランス窓や日脚伸ぶ　行方克巳
がんばりの利く古釘や日脚伸ぶ　小川軽舟
日脚伸ぶ言葉いきいきしてきたり　植田紀子
高校も大学も都電日脚伸ぶ　田中康雄

［藤田直子］

冬銀河《ふゆぎんが》　三冬

冬の星　寒星　凍星　寒昴　寒オリオン
寒北斗　冬北斗　星冴ゆ

〔季語解説〕　銀河は天の川のことである。夜空に淡く輝く帯状の天体で、銀河系の円盤部の、数億以上の恒星が天球に投影されたもの。単に「天の川」と言えば秋の季語となり、和歌の世界では七夕伝説と結びつけて詠まれることが多かった。俳諧ではそこから離れて天体としての美しさも詠むようになる。冬の澄み切った夜空の銀河は美しく、近代になって冬銀河という季語が生まれた。

　寒気に身を晒しながら天体を見上げるので、心も引き締まり、毅然とした視座を持つ句が詠まれてきた。宇宙の持つ神秘性や永遠性への憧れ、目に見えぬ力への畏敬等が詩の源となろう。

　冬季の星は他にも北斗七星を「冬北斗」と呼ぶほか、プレアデス星団の「すばる」、オリオン座の「オリオン」、おおいぬ座の首星シリウスの「天狼」を季語としている歳時記もあるが、実際には「寒オリオン」「寒昴」などと詠まれることが多い。

〔例句〕

冬銀河らんらんたるを惧れけり　富安風生
再びは生れ来ぬ世か冬銀河　細見綾子
冬銀河詩を遺して人は逝き　大串　章
冬銀河時間の砂を零しをり　小島　健
人体に骨ゆきわたる冬銀河　鳥居真里子
冬銀河溺るるやうに仰ぎけり　井越芳子
見上げたる闇透明や冬銀河　小川軽舟
ヒマラヤの岩塩を挽く冬銀河　石井洽星
冬銀河この子とめぐり会ふ不思議　市村栄理

［藤田直子］

北《きた》風《かぜ・きた》　三冬

北吹く

〔季語解説〕　冬は北寄りの風が強く吹き、身を切られるような寒さを感じる。これは、日本の冬の西高東低の気圧配置が原因である。冬になると日照時間が減って気温が下がり、ユーラシア大陸は熱を放射して、重い寒冷な空気を堆積し大高気圧をつくる。一方、太平洋は大陸に比べて冷えにくいので、日本の東方に大低気圧をつくる。両者の気圧の差が冬の季節風の北風を生む。日本海を渡り湿気を含んだ北風や北西風は日本列島の中央に連なる高山にぶつかって上昇し、雪雲となり日本海側に雪を降らせる。その一方で山脈を越えた風は乾いた冷たい北風となって太平洋側に吹き下ろすのである。

「北風」は単に「きた」ともいい、「北吹く」は北風が吹くという意味、「朝北風《あさぎた》」は朝に吹く北風、山から吹き下ろす北寄りの風は「北颪《きたおろし》」と呼ぶ。北風は「朔風《さくふう》」ともいい、西日本では「乾風《あなじ》」、東日本の太平洋沿岸では「ならい」、東北・北陸地方の日本海沿岸では「たま風」等、地方によって冬の風の種々の呼び方がある。

〔例句〕

北風に腹を叩いて牛通す　長谷川かな女
北風や浪に隠るゝ佐渡ヶ島　青木月斗
北風やわが生涯の一里塚　星野立子
嫁ぐ荷を送りて北風の縄筵　寺田京子
たましひの紅らんでゐる北風のなか　桑原三郎
裸婦像にデモの終りの北風生まれ　宇多喜代子
北風がぬくくて本所七不思議　秋尾　敏
北吹くと種になりたるもの光る　山西雅子
白樺は白もて耐ふる北颪　須賀一惠

［藤田直子］

隙間風《すきまかぜ》　三冬

〔季語解説〕　主に日本家屋において、板戸や硝子窓、障子、襖、壁等に生じる隙間から吹き込んでくる冷たい外気が隙間風である。「ひま洩る風」とも呼ばれるが、「ひま」は隙《ひま》、即ち隙間のことである。北風や木枯しと違って室内に吹き込む風だが、暖房が火鉢や炬燵しかなかった時代に、木造家屋の隙間から入ってくる冷気は身に沁みるものだった。

隙間風を防ぐために、窓や戸の隙間に紙やテープ等を貼る「目貼」は生活の季語である。近年は建物に断熱材が使われ、アルミサッシが増えて部屋の密閉度が上がったため隙間風は少なくなった。しかし窓に厚手のカーテンを取り付け、窓枠にテープを貼るなどして、部屋を冷気から守る工夫はなされている。

俳句では、一般家屋だけでなく、大きな建物で受ける隙間風も詠まれ、旧い建造物の寒さを思わせる。隙間風はいささかの哀れが漂う。

〔例句〕

時々にふりかへるなり隙間風　高浜虚子
ほのゆるる閨のとばりは隙間風　杉田久女
隙間風兄妹に母の文異ふ　石田波郷
すぐ寝つく母いとほしや隙間風　清崎敏郎
灯を消してより明らかに隙間風　小出秋光
隙間風屛風の山河からも来る　鷹羽狩行
吉祥天の裳裾を乱す隙間風　山本鬼之介
手洗ひに立てば昭和の隙間風　行方克巳
隙間風嫌がつてをり座敷犬　小川軽舟
海荒れて鰊御殿の隙間風　重信通泰

［藤田直子］

重ね着《かさねぎ》　三冬

厚着

〔季語解説〕　寒さを凌ぐために、衣類を何枚も着る「重ね着」「厚着」が冬の季語になっている。重ねて着ると、衣類の繊維の間に、体温で暖められた空気が入るので、暖かさが保たれるのである。はじめに、汗を吸いやすい肌着を着て、次にシャツやブラウスを着、その上に繊維が暖かい空気をたっぷり溜めるセーターを着、外側には繊維の目が詰まったものを着て風を通さないようにすると良い。重ね着をして、姿が膨れることを「着ぶくれ」と言い、これも季語である。「着ぶくれ」は動作が鈍くなる様子が面白く詠まれることがある。その一方で「重ね着」は、「重ねる」という言葉からの発想で詠まれることが多い。

昔からの冬の防寒着は、冬羽織、ちゃんちゃんこ、褞袍《どてら》、角巻等が季語である。古くは背蒲団や負真綿もあったが、現在ではほとんど見られない。洋装が多い上、薄くても暖かい素材が開発されてきた。ダウンジャケットも一般に普及している。重ね着もほどほどになったと言えるであろう。

〔例句〕

重ね着やみだる、袖の色ふかし　長谷川春草
母となる日の近き重ね着へたすき　加倉井秋を
よんどころなく世にありて厚着せり　能村登四郎
重ね着の模様重なる襟周り　原子公平
わが齢の数にかなひし厚着かな　鷹羽狩行
胸元を牛に嗅がれて厚着の子　木附沢麦青
重ね着の切手一枚買ひに出づ　湯口昌彦
着ぶくれて汽車の切符が後生大事　遠藤梧逸

［藤田直子］

雪吊《ゆきつり》　晩冬

〔季語解説〕　雪の重さで枝が折れるのを防ぐために木に施される雪除の一つが雪吊である。

冬の初め、樹木の真ん中に高い支柱を立て、その先端

から幾本もの縄を垂らして下方の枝と結び、円錐形を作る。雪吊の典型的なこの形は「りんご吊り」という様式で、兼六園式とも呼ばれる。明治以降に始まった林檎の栽培において、実った林檎の重さで枝が折れないように補強したのが始まりといわれる。他に幹から縄を張って枝を支える「幹吊り」、背の低い木に施される「しぼり」という方法もある。
　雪吊ではないが、比較的低い木を莚や縄で巻く「藪巻」「菰巻」と呼ばれる雪除もあり、これも冬の季語である。雪吊も藪巻も縄が美しいので、庭園では積雪に備えるだけでなく、装飾として施され、冬の風物詩になっている。日本三大名園の一つである金沢の兼六園の雪吊はその見事さでよく知られる。

〔例句〕

雪吊りの倒影青き水を刺す　文挾夫佐恵
雪吊を見てゐて酷なことを云ふ　飯島晴子
雪吊りの裳裾を水の上にまで　鷹羽狩行
雪吊の松囚はれの気品かな　鍵和田秞子
雪吊のはじめの縄を飛ばしけり　大石悦子
雪吊りの藁の匂へる二三日　太田土男
雪吊をして雪を呼ぶ湖北かな　西山　睦
雪吊の金色となる夕べかな　片山由美子
雪吊の闇と闇とをつなぎをる　松尾隆信
雪吊の高さを決むる大き声　すがはら秋

〔藤田直子〕

障《しゃう》《しやう》子《じ》《じ》　三冬

腰障子　明り障子　白障子　雪見障子

〔季語解説〕　障子の歴史は古く、平安時代の寝殿造りの外回りに使われていた遣戸《やりど》が原型と言われる。当時は絹や紙を両面から張った襖障子、移動して使う衝立障子、白い紙を張った明り障子等の総称が「障子」だった。平安時代後期に、明り障子だけを障子と呼ぶようになり、襖や衝立は障子と呼ばれなくなった。室町時代には書院造りが増えて障子が一般的になり、江戸時代には組子の意匠に凝った障子が生まれた。
　障子は部屋を仕切るだけでなく、外の光を入れて部屋を明るくする働きもあり、障子紙は断熱効果があるので部屋の温度を保つことができる。季語としては「白障子」がよく使われ、下方に板が張ってある「腰障子」、一部分に硝子を嵌めた「雪見障子」等がある。柔らかな光をもたらす障子の内で思惟を膨らませた句や影を通して何かを想像させる句が詠まれてきた。「障子貼る」「障子洗う」は秋の季語、「春障子」は春の季語である。

〔例句〕

うしろ手に閉めし障子の内と外　中村苑子
日の暮をととのへてゐる障子かな　八田木枯
亡き人の亡きこと思う障子かな　宇多喜代子
灯さねば誰も映らず白障子　桑原三郎
切貼りの一輪二輪白障子　木内怜子
庭から見る客間の雪見障子かな　池田澄子
午後といふ不思議なときの白障子　鷹羽狩行
松籟や鳴立庵の白障子　蟇目良雨
糸電話障子に影のありにけり　松尾隆信
あかるさも静けさも白障子越し　片山由美子

〔藤田直子〕

火《か》《くわ》事《じ》《じ》　三冬

大火　小火　近火　遠火事　昼火事　火事見舞

〔季語解説〕　冬になると空気が乾燥し、木枯しや空っ風が吹く上、ストーブや炬燵など、暖房のために火を使う機会が増えるので、火事が起こりやすい。そのことから火事が冬の季語になっているが、比較的新しい季語である。かつては地域ごとに火の見櫓があり、半鐘の鳴らし方で火事の状況を伝えていた。現在は防災無線やサイレンがその役目を果たしている。火事で最も多いのは建物火災で、車両火災や林野の火災がそれに続く。火災原因は煙草火、ガスコンロ、焚火の不始末等。電話や電機製品の配線からの出火もある。
　俳句では「大火」「山火事」「遠火事」「小火《ぼや》」「近火」「火事見舞」といった言葉が使われる。日常生活において、火事という非常事態が起こることへの不安や危惧が詩を生むことになる。しかし惨事なので当事者への配慮を忘れずに言葉を選びたい。

〔例句〕

遠火事の夜空をにごすこともなし　中村草田男
白鳥のごときダンサー火事を見て　百合山羽公
火事とほし妻がしづかに寝がへりぬ　安住　敦
暗黒や関東平野に火事一つ　金子兜太
青天の火事を不毛と思ひけり　八田木枯
木の股のかなたに果てる昼の火事　宇多喜代子
昔ならめ組走るぞ遠き火事　山本鬼之介
焼け岩の鳴沢なせる山の火事　谷口智行
豪華なる消防車来て小さき火事　平野美子

火事跡の鏡に余るほどの空　　板倉ケンタ
火事見舞あかつき近く絶えにけり　　西島麦南
［藤田直子］

風《か》邪《ぜ》　三冬

ふうじゃ　感冒　風邪心地　風邪薬

〔季語解説〕　冬になると寒さがつのるため屋外と室内での気温差や空気の乾燥で、鼻水やくしゃみ、発熱とともに呼吸器に炎症の生ずる風邪が流行する。インフルエンザと呼ばれるウイルス性の流行性感冒も季語では「風邪」とされ、発熱や全身の倦怠感、重いときには死に至ることもあり侮れない。そのため、症状を軽減するために高齢者のワクチン接種などが、近年は盛んになっている。

「風邪」の季語の本意は、気分のうっとうしさにある。流行が顕著なので「風邪」は冬の季語とされる。他の季節は「春の風邪」「夏の風邪」として区別されるが「秋の風邪」の用例をあまり見ないのは、冬と症状の区別がないためであろうか。「春の風邪」には、「春愁」にも通じる、ちょっとした憂鬱な気分も籠められ、「夏の風邪」「夏風邪」は一度ひくとなかなか治らず、ぐずぐずと後をひくなど、季節により微妙に異なる。

〔例句〕

縁談や巷《ちまた》に風邪の猛りつつ　　中村草田男
風邪を引く命ありしと思ふかな　　後藤夜半
半眼の河馬の眼と会ふ風邪心地　　鈴木多江子
曳いてゆく水尾のごとくに風邪心地　　藤井あかり
閂をさす音がして風邪ごころ　　鈴木節子
店の灯の明るさに買ふ風邪薬　　日野草城
咳の中何か言はれしききもらす　　能村登四郎
水洟《はな》や鼻の先だけ暮れ残る　　芥川龍之介
水に皿沈めて眠る春の風邪　　正木ゆう子
春の風邪小さな鍋を使ひけり　　井上弘美
いとはねばならぬ旅の身夏風邪に　　稲畑汀子
［長嶺千晶］

咳《せき》　三冬

しわぶき　咳《せ》く

〔季語解説〕　冬は寒さのために、咽喉や気管が刺激されやすく「咳」をすることが多くなる。風邪以外でも連続して咳き込むけいれん性のものもあり、咳地獄などと呼ばれる。「しわぶき」とは、繁《しわ》吹きの意味で、頻繁に起こることから来ている。「咳」には咳地獄のようにすさまじさがあり、人間の存在としての孤独な思いが詠まれる深刻な表現が多い。

それに対して、「くしゃみ」を表す「嚔《くさめ》」「くっさめ」は、同じく冬の季語だが、とぼけたようなユーモラスな味わいがある。また、「鼻ひり」はくさめの別名で、『徒然草』にも「鼻ひたるとき、かくまじなはねば死ぬるなり」とあり、「くさめくさめ」はそのまじないの語で、「休息万病《くそくまんびょう》」を早口にいったものという説がある。

〔例句〕

咳の子のなぞなぞあそびきりもなや　　中村汀女
咳込めば我火の玉のごとくなり　　川端茅舎
母の咳道にても聞え悲します　　大野林火
妻の留守ひとりの咳をしつくしぬ　　日野草城
咳をしても一人　　尾崎放哉
税重し税吏《り》の真似《まね》の咳一つ　　石原八束
咳やまぬここより暗夜行路の地　　対馬康子
咳込んでしばらく白きなかにゐる　　鈴木節子
咳くたびに鳥は荒野へ遠ざかる　　大塚　凱
咳《しはぶ》きて崖下を覗きこむごとし　　藤井あかり
洟ひりて翁さびたる吾等かな　　高浜虚子
なほ出づる嚔を待てる面《おも》輪かな　　山口波津女
はからずも居場所知らるる大嚔　　清水和代
［長嶺千晶］

息白《いきしろ》し　三冬

白息《しらいき》

〔季語解説〕　大気が冷えこむと、吐く息が一瞬にして細かい水滴と変わり、白く見えることがある。これを「息白し」といい、冬の朝などに特に実感されることが多く、寒さの中にあっても生きとし生けるものの生命力が感じられ、きっぱりとした潔さを託す表現として使われることが多い。近年の季語である。

〔例句〕

向ふからくる人ばかり息白く　　波多野爽波
中年の華やぐごとく息白し　　原　裕
荒涼たる星を見守る息白く　　野澤節子
息白く我よりわれを解き放つ　　岡本　眸
息白く意地を通してゐたりけり　　黒澤麻生子
パン種を叩きつけたる息白し　　矢野玲奈
残心の整うてゆく息白し　　山田佳乃
息白くいま喰べしもの血となりゆく　　寺田京子

息白く丑三つにもの申すなり　宇多喜代子
息白く多くを言ふはあはれなり　殿村菟絲子
生徒等のいま反抗期息白く　木村　蕪城
息白く恐れげもなく答へたる　星野立子
長崎のにんげんの丘息白し　夏石番矢
主の磔像《しゆたくぞう》仰ぐ白息ほそめつつ　古賀まり子
みほとけのまへ白息のわれかすか　野見山朱鳥
泣きしあとわが白息の豊かなる　橋本多佳子
わが身からこの白息ぞオホーツク　大石悦子
満ちてくる精気白息吐き出せり　柴田奈美
胸中のこゑ白息にこもりけり　加藤耕子
作業衣の同紺五百の白息よ　藤田湘子

［長嶺千晶］

木の葉髪《こはがみ》　初冬

〈季語解説〉　木の葉がしきりに落ちるように、人の髪の毛も冬になると目立って抜け落ちたりする。俗に「(陰暦) 十月の木の葉髪」と言われており、新暦では、初冬にあたる。抜け落ちた髪の毛ひとすじを目にしても、侘びしさや切なさがつのるものである。近年になって成立した季語。もともと髪の毛は「恋」の情念やエロスを暗示するので、「木の葉髪」もそんな詠まれ方をされる場合がある。

〈例句〉

新しき櫛の歯に在り木の葉髪　高浜虚子
音立てて落つ白銀の木の葉髪　山口誓子
常臥《とこぶ》しの枕に残り木の葉髪　森　澄雄
木の葉髪文芸永く欺きぬ　中村草田男
憎形にかたち似てくる木の葉髪　平井照敏
剃ることもある日おもひし木の葉髪　津森延世
そのむかし恋の髪いま木の葉髪　鈴木真砂女
情こはきうたは妖艶木の葉髪　飯田蛇笏
われのものならぬ長さの木の葉髪　鷹羽狩行
夢見れば夢に疲れて木の葉髪　岡本　眸
小説を開けば落つる木の葉髪　右城暮石
帰らざるもののみが増ゆ木の葉髪　佐藤鬼房
指に纏《ま》きいづれも黒き木の葉髪　橋本多佳子
木の葉髪こころの奥に風の立ち　鷲谷七菜子
木の葉髪ちりちり灼いて狂ひ出す　三橋鷹女
木の葉髪泣くがいやさに笑ひけり　久保田万太郎
何につけただただ一途《いちず》木の葉髪　深見けん二
木の葉髪嘆く齢《よわい》もややに過ぎ　伊丹三樹彦

［長嶺千晶］

綿虫《わたむし》　初冬

雪虫　雪蛍　白子婆　大綿虫　大綿　雪婆《ばんば》

〈季語解説〉　初冬の頃の夕暮れに、空中を青白く光りながら綿状のものをつけた虫がただようように飛び、物にあたると付着する。アリマキ科の「リンゴワタムシ」などは林檎の木にとりつく害虫だが、これらを俗に「綿虫」と呼ぶ。「大綿虫」でも体長は五ミリほどである。地方によっては、初雪の頃に出現するので「雪虫」「雪蛍」「雪婆《ばんば》」とも呼ばれ、種類が多い。また、カワゲラ科やユスリカの類も「雪虫」と呼ぶ地方があるが、いわゆる「綿虫」とは種類が異なっている。「綿虫」は江戸時代に、「南部湯田むらと云処《いふところ》にて」と前書して〈宿かりて身を雪虫に類《たぐ》ひけり〉(長翠『あなうれし』一八一六刊) や、〈綿虫に昼はまじりてきりぎりす〉(秋挙『曙庵句集』一八四七刊) などの句例がわずかにあるが明治以降になって、俳人たちがよく詠むようになった季語。浮遊しながら彷徨《さまよ》うような飛び方から、この世ならぬ時間的な経過や人の死と結びつけて詠まれる場合も多い。

〈例句〉

青と思へば青とも見ゆる綿虫は　きくちつねこ
綿虫のあたりはきつと無重力　柴田多鶴子
綿虫や坂かがやきて立ち上がる　村上鞆彦
綿虫の間遠《まどお》き光ばかり来ぬ　生駒大祐
綿虫やそこは屍《かばね》の出でゆく門　石田波郷
死を告げに来し綿虫の大きな目　武藤紀子
母すでに綿虫ならむ暮れゆける　長嶺千晶
大綿は手にとりやすしとれば死す　橋本多佳子
大綿のさもやはらかく当たりくる　長谷川　櫂
大綿の日差に入れば日のかけら　山田佳乃
雪虫の飛ぶ廟《びよう》前の木立かな　河東碧梧桐
雪ぼたる木霊蒐《こだまあつ》めてゆきにけむ　大石香代子
雪蛍手に包むときわれ消ゆる　遠山陽子

［長嶺千晶］

初茜《はつあかね》　新年

〈季語解説〉　元日の明け方、日が昇る前に空が茜色に染まることをいい、似たような季語に「初明り」「初東雲《はつしののめ》」がある。初明りは東の空から差してくる曙光のこと、初東雲は元日の明け方、あるいは明け方の空を意味する。茜は、やや沈んだ赤色で、古来、アカネの根が染料として用いられてきた。朝日や夕日を受けて赤く染まった雲を茜雲というように、茜色に染まる空は四季を通じて見られるが、元日の日の出前の空は特別なものとして「初茜」と称するのである。そこに、新年を寿ぐ心がこめられている。

俳諧では「初日」を中心に詠まれてきたのに対し、近代になって「初明り」や「初茜」を季語として詠むことも多くなった。

〔例句〕

初日さす硯の海に波もなし　正岡子規
大初日海はなれんとして揺らぐ　上村占魚
初明りわが片手より見えそむる　長谷川かな女
初あかりそのまま命あかりかな　能村登四郎
初明り机上のものを浄めけり　西村和子
何鳥の塒をつゝく初茜　飴山　實
初茜波より波の生れけり　小島花枝
馬小屋に馬目ざめゐて初茜　有働　亨
相聞のごとくに天地初茜　岩岡中正
追憶を波に返して初茜　秋尾　敏
林中にわが泉あり初茜　小澤　實

［片山由美子］

初景色《はつげしき》　新年

初山河

〔季語解説〕　新年の季語には地理に分類されているものがきわめて少ない。「初富士」「初比叡」「初浅間」「若菜野」などのほかには「初景色」くらいである。新年は行事中心であることが如実に反映されているといってよいだろう。「初景色」は漠然とした季語であるが、新年の、特に元日の景色をいう。ふだん見慣れている景色であるにもかかわらず、年が改まって見渡すだけで何かめでたさを感じるものに変って見えるという、多分に心理的な要素をはらんでいる。「初山河」は部分的な景色ではなく、視野の限りを見渡しているような視覚的広がりを感じさせる。

〔例句〕

くれなゐのひろがつてゆく初景色　伊藤通明
みちのくの海がゆさぶる初景色　佐藤鬼房
初景色水平線のほかあらず　岡本まち子
一族の墓を高きに初景色　柴田佐知子
をちこちに灯のともりをり初山河　木内怜子
はらわたへ息を大きく初山河　須原和男
初富士のかなしきまでに遠きかな　山口青邨
ほのぼのと二つ峰あり初筑波　清崎敏郎
ひたち野のどこからも見え初筑波　小室善弘
晴れきつて三十六峰初比叡　朝妻　力
胸高にかすみの帯や初浅間　矢島渚男

［片山由美子］

初詣《はつもうで》《はつまうで》　新年

初参　初社《やしろ》　初神籤

〔季語解説〕　元日に、氏神やその年の恵方の神社仏閣に詣でること。一年の息災や家内安全を祈る。毎年参詣する人の多さが話題になる有名な寺社もあり、山口誓子の〈日本がここに集る初詣〉はそれをよく示している。古くは「恵方詣」が詠まれていたが、現代では「初詣」のほうが生活に密着しているせいか俳句に詠まれることも多い。大晦日の夜に除夜詣に出かけ、除夜の鐘を聞いてそのまま初詣をする人もいる。自身の宗教や信仰とはかかわりなく、正月の観光のような気分で出かける傾向もなしとはいえず、宗教的な雰囲気は薄れつつあるかもしれない。

〔例句〕

御手洗の杓の柄青し初詣　杉田久女
住吉に歌の神あり初詣　大橋桜坡子
日本がここに集る初詣　山口誓子
簪のゆれつつ下る初詣　山口青邨
巫女らみな黒髪長き初社　野見山ひふみ
初みくじ大国主に蝶むすび　平畑静塔
天へ向く枝に結びぬ初みくじ　中村正幸

［片山由美子］

V　地　名　編

〔北海道〕
宗谷岬
〔東北地方〕
津軽／岩手／平泉／末の松山／松島／象潟／出羽三山／最上川／信夫／白河の関
〔関東地方〕
筑波山／黒髪山／利根川／入間／真間／隅田川／武蔵野／足柄山／鎌倉
〔中部地方〕
佐渡島／有磯海／白山／能登／帰る山／甲斐が嶺／姨捨山／木曽／不破の関／佐夜の中山／富士山／鳴海
〔近畿地方〕
伊勢／鈴鹿／二見浦／逢坂／近江の海／比叡山／天橋立／宇治／大原／嵯峨／春日野／龍田／奈良／吉野／住吉／長柄の橋／熊野／高野山／和歌浦／那智／明石／淡路島／須磨
〔中国・四国地方〕
因幡山／出雲／隠岐／吉備の中山／厳島／広島／下関／鳴門／白峰／松山／土佐の海
〔九州地方〕
松浦／長崎／阿蘇／宇佐／高千穂／出水／沖縄

地名のために

地名は、単にその土地を示すのみならず、季語と同じように、俳句にあって読者とイメージを共有しつつ、一句が詩的イメージを形成するための基盤として機能している。地名は、そのイメージが文化的に共有されるためにさまざまな詩歌の背景を背負ってきた。その背景を解き明かしつつ、共有されるべき文化的イメージがどのようなものかを明らかにすることが、地名辞書における地名解説の本来の役割だと考える。本事典では、分量的にそのすべてを明らかにはできないが、一つの基本的サンプルとして、地名のあるべき説明の形を示したい。

取り上げた地名は、各都道府県から一つ以上、全七十三の地名を取り上げた。それらについて、詩歌に詠まれた場合に機能するイメージを端的に解説するよう心がけた。

地名　凡例

一、和歌に詠まれた特定の地名（歌枕・名所《などころ》）を初めとして、物語や説話に因んだ地名や、寺社仏閣などの旧跡が名所《めいしょ》として俳諧・俳句に詠み込まれてきた。そのうち、古来著名な歌枕を中心に項目を立てた。が、京都・奈良・静岡など歌枕の多い地域はその代表的なものに止め、歌枕の少ない地域には、江戸時代以降の俳枕から選んだ。具体的には各都道府県ごとに一、二例、多い地域は三、四例を選ぶこととし、全七十三語を選定した。

一、見出しの振り仮名は、右に現代仮名遣い、左に歴史的仮名遣いを示した。ただし、現代仮名遣いと違いのないものは、歴史的仮名遣いを省略してある。

一、見出しの下に、県名・旧国名を示した。

一、見出しの下には、地名の句中での使われ方のバリエーションを具体的に示した。ただし、語の多いものについては、代表的な語に限った。また、地名によっては連想される語の代表的なものも示した。

一、【本意と連想関係】には、その地名における和漢の伝統を具体的にたどりつつ、地名に織り込まれた歴史を解説し、地名が持っている言葉のネットワークを明らかにするよう心がけた。また、それに伴って地名の本意の輪郭を示すよう心がけた。

○その際、歌書（撰集・歌合・百首・歌学書等）や連歌書（撰集・連歌論書等）、および俳諧書（撰集・俳論書・季寄・歳時記等）を参看、引用した。

○句、文章の引用にあたっては、読みやすさを考慮して、ふさわしく濁点・送り仮名を補い、漢字仮名も宛て替えた。漢字は、人名等を除き、原則として常用漢字に統一した。

ただし、発句など表記どおりにすべきと判断した場合は、濁点・ルビを補うのみとして、漢字仮名の宛て替えは行わなかった。

歌・句の引用は〈　〉、詩歌以外の引用は「　」で括り、それぞれ原則として（　）内に、作者名と出典を掲げた。

一、【例句】には、地名の代表句を連歌発句、俳諧発句、俳句からそれぞれ一例以上取り上げた。この時、連歌発句は[連]　俳諧発句は[諧]　俳句は[句]　として、区別した。

一、引用書の簡単な解説を示しておこう。ただし、季語解説に引用する書と重複するものは省いた。「基本季語のために」（382頁）を参看願いたい。

【和歌関係】 **能因歌枕**のほか、**五代集歌枕**（十二世紀中頃、藤原範兼編か。万葉・古今・後撰・拾遺・後拾遺集から地名を抽出）、**和歌色葉**（十二世紀末、上覚著。古活字本、寛文五年版がある）には名所の部が設けられ、また**八雲御抄**（十三世紀前半、順徳院著。古活字本以下、寛永一二年、慶安四年版本など多い）では、巻五名所部に山以下五十項目に分けて歌枕を解説。**井蛙《せいあ》抄**（十四世紀中頃、頓阿著。慶安元、貞享三年版など）巻四「同名々所」には同名で異なる歌枕を、例歌を挙げて解説。

名所の歌を類従した書に、**歌枕名寄《なよせ》**（十四世紀前半、澄月撰。鎌倉時代までの勅撰・私撰・家集などから地名を詠み込んだ歌七千首余りを、五畿七道、国ごとに分類、末尾に未勘国を付し、地名の注や歌書の引用を付した、地名別の和歌大成ともいうべき書。万治二年版本など）、**勅撰名所和歌抄出**（十六世紀初頭、連歌師の宗碩撰。勅撰集から名所和歌を抄出）、**類字名所和歌集**（十七世紀初頭、昌琢撰。勅撰集から抜き出した名所和歌を、名所ごといろは順に編む）などがあり、またこの類字名所和歌集の誤謬を訂正して歌を増補し、名所に詳細な考証を加えた、**勝地吐懐篇《しょうちとかいへん》**（十七世紀末、契沖著）がある。**歌枕秋の寝覚《ねざめ》**（十七世紀末、有賀長伯編）は名所の詠み方を端的に記す。

【連歌関係】 **名所方角《ほうがく》抄**（伝宗祇編、寛文六年刊）は国別に名所を挙げ、異名・寄合を示す。**浅茅《あさじ》**（十六世紀初頭、宗祇著）は、国別に名所を示し、寄合を掲げる。**歌林名所考**（十七世紀中頃、西順編）歌枕六百余をいろは順に編み、例歌・景物を記す。

【俳諧関係】 **名所小鏡**（貞享二年刊）は名所の寄合を挙げて簡便。**俳諧名所小鏡**（十八世紀後半刊、蝶夢編）は、五畿七道にわたる名所旧跡を詠んだ古今の発句四千八百八十七句を収める大部の撰集である。

宗谷《そうや》岬《みさき》

北海道

宗谷、宗谷海峡

〈本意と連想関係〉 北海道稚内《わっかない》市の岬。北は宗谷海峡で東はオホーツク海。西は宗谷湾を挟み野寒布《のしゃっぷ》岬と相対する。北方領土を含まない場合の日本最北端の地である。晴天には、北に樺太（サハリン）を望むことができる。

「宗谷」の地名の由来は、アイヌ語のソーヤ（岩嶼、あるいは裸岩の地の意）によるといわれる。貞享年間に松前藩の領地となり、幕府直轄の勤番所が置かれ、津軽・会津・秋田から藩士が渡り駐在した。樺太への渡航地として栄え、ロシア南下に対する防衛拠点でもあった。

岬の先端には「日本最北端の地」の碑が立つ。また、江戸時代に蝦夷《えみし》地の測量や樺太探検に赴いた間宮林蔵の像が立つ。宮沢賢治の文学碑には、賢治が大正一二（一九二三）年八月、稚内から大泊への連絡船に乗船した折に作成したといわれる「宗谷（二）」の一節が刻まれている。

〈例句〉

句 **流氷や宗谷の門波荒れやまず**　　山口誓子（『凍港』）

大正一五年（一九二六）作。誓子は少年時代を樺太で過ごし、中学四年のときに小樽へ渡った。その際、オホーツク海を流氷群が移動しており、船が通り抜けるときに船腹に当り、音を立てたのを見た。「門波」は海境の波の意。『万葉集』巻七に〈粟島に漕ぎ渡らむと思へども明石の門波いまだ騒けり〉の例があり、誓子自身、この万葉語を用いたと自注に語っている。万葉語を用いて北辺の自然を格調高く詠った、誓子一代の代表句。

句 **ししうどの花劃然と宗谷岬**　　勝又木風雨（『新選俳枕1』）

「猪独活」は歳時記に載っていないことが多い。その植物名を季語としてはたらかせ、宗谷岬の風景を描いている。冷涼な気候の中で物の輪郭がくっきりと浮かぶ様が、〈劃然〉の語から伝わる。　　［小林貴子］

津《つ》軽《がる》

青森県（陸奥国）の一部

津軽平野、岩木山、津軽半島、津軽海峡

〈本意と連想関係〉 青森県の西半分を指す古くからの呼称で、東半分の「南部」と対する。「津軽」の語源について高橋富雄は、『古代蝦夷を考える』（平3、吉川弘文館）で「ツガル」とは「流」（流れ、ナガル）の転訛ではないかとしている。

古来蝦夷地とされ、源頼朝により陸奥国とされた後、戦国時代には大浦氏（津軽氏）の支配となって、以後津軽氏弘前藩領として明治維新まで続いた。『日本書紀』斉明天皇元年（六五五）に「津刈」の表記が見え、これは広く東北地方日本海岸側を指すものと考えられている。また、同五年（六五九）、蝦夷には三種類あり、「遠き者をば都加留《つがる》と名《なづ》け、次は麁蝦夷《あらえみし》、近き者をば熟蝦夷《にきえみし》と名《なづ》く」とあって、最も荒い蝦夷が「津軽」と呼ばれていたことが分かる。

歌枕として詠まれた例として〈別るれど別ると思はず出羽《いでは》なるつがろの島のたえじと思へば〉（読人不知『夫木和歌抄』雑部五）、〈石碑《いしぶみ》やつがるの遠《をち》にありと聞くえぞ世の中を思ひ離れぬ〉（藤原清輔『清輔集』）などがある。塩竈の俳人佐藤鬼房は『日本書紀』の記述から〈霜夜なり胸の火のわが麤蝦夷《あらえみし》〉（『霜の聲』）と詠んでいる。

〈例句〉

句 **面つゝむ津軽をとめや花林檎**　　高浜虚子（『五百五十句』）

林檎畑で作業をしている少女であろうか。それに限らず、女性が直射日光を避けるために顔を包んでいる姿にはゆかしさが増す。島崎藤村の詩「初恋」と同様に、花林檎の可憐さと乙女の姿が交響する。

句 **草矢放たん津軽の空は青鋼**　　磯貝碧蹄館（『握手』）

草矢を打つのは単に子どもの遊びにとどまらず、狩猟時代の記憶につながる。紺碧の空へ向かって草矢を放とうとする瞬間の緊張感が漲る。その空に鋼の質感を看取し、力強い手応えを残す句となった。　　［小林貴子］

岩手《いわて》《いはて》

岩手県（陸奥国）

岩手山、陸奥、岩手の関

〈本意と連想関係〉 「岩手」は「岩手山」にちなんだ名称であり、「岩手山」の名は、溶岩流によって岩が押し出された所の意味の、「岩《いわ》」「出《いで》」から転じたものと考えられている。『能因歌枕』の「みちのくに」に「いはでのこほり」とあり、『八雲御抄』には「陸奥。いはでの関」とある。

『大和物語』に岩手の話が載る。「陸奥国《みちのくに》、磐手《いはで》の郡《こほり》よりたてまつれる御鷹」が賢く、帝は「磐手《いはで》」と名づけて愛したが、行方不明になる。帝は「いはでおもふぞいふにまされる」と言い、悲しみに沈む。これ以後歌人は「いはでおもふぞいふにまされる」に上句をつけて詠うようになったという。この由来譚の通り、「岩手」は専ら「岩手《いはで》」と「言はで」を掛詞とし、打ち明けられない恋心を詠む言い回しとして多くの歌例を生んだ。〈心には下行く水のわきかへりいはでおもふぞいふにまされる〉（『古今和歌六帖』）が代表的な例である。

この掛詞で、「岩手の山」を結んだものとしては〈思へどもいはでの山に年をへて朽ちやはてなむ谷の埋れ木〉（藤原顕輔『千載和歌集』）、「岩手の関」を結んだものとしては〈ひとめ守いはての関は固けれど恋しき事はとまらざりけり〉（源俊頼『新勅撰和歌集』）など。

〔例句〕

句 岩手山露照り移る放牧地　石原八束（『秋風琴』）

岩手山が遠景に立ち、広大な牧場の草には露の玉がきらめく。清らかな秋景。「放牧地」の語が動かない。

句 雪渓の斧鉞発止と岩手山　鷹羽狩行（『七草』）

「岩手・八幡平」と前書。雪渓は斧鉞《ふえつ》、すなわち斧や鉞の形状をなして鋭く掛かり、岩手山はそれを発止と受け止めるかのようだ。叙景に気迫を伴う。　［小林貴子］

平《ひら》泉《いずみ》

岩手県（陸奥国）

東稲山、中尊寺、高館、衣川、衣の関、ひらいづみ

〔本意と連想関係〕　陸奥国磐井郡、現在の岩手県西磐井《いわい》郡平泉町。地名としての平泉は北上川西岸の丘陵地で、北側は衣川《ころもがわ》が東流し北上川へ注ぐ。この地は、奈良時代から平安時代初期、坂上田村麻呂の蝦夷征討の際に「衣川営」が置かれ、奥州鎮圧の要所の一つ。平安時代には安倍氏の築いた「衣の関」（衣関《ころものせき》・衣川関《ころもがわのせき》）があったとされる。後三年の役の後、藤原清衡が平泉に居館を移し、清衡・基衡・秀衡による中尊寺・毛越寺の再興、無量光院の建立など、奥州藤原氏三代の栄華を極めた。が、文治五年八月、頼朝に追撃され平泉は寂れた。中尊寺・毛越寺は鎌倉幕府の保護を受けたが、毛越寺は嘉禄二年（一二二六）に焼失。残ったのは中尊寺金色堂などであり、江戸時代には平泉村・中尊寺村という農村地帯であった。

平泉の町は『吾妻鏡』（文治五年九月十七日条）に「観自在王院（毛越寺に隣接）ノ南大門ノ南北路」に東西より数十町に及び倉町を作り並べ、亦数十宇の高屋を建つという有様であったという。藤原氏の居館は、『吾妻鏡』（文治三年十月二十九条）に「秀衡入道於陸奥国平泉館卒去」、「平泉館《ひらいずみたち》」として知られ、その位置は柳之御所遺跡と目される。金鶏山には『奥羽観蹟聞老志』（佐久間洞巌著、享保四年）に「秀衡コレヲ駿州ノ慈峯ニ擬ス。カツ金鶏一匹ヲ峯頭ニ埋メ、金鶏山ト号ス」というように、秀衡が富士山に擬して築かせ、金鶏を埋めたという伝承が残る。高館は源義経の居館であるが、この名称は『吾妻鏡』にはなく、『義経記』など中世文学に登場し、天和三年（一六八三）に伊達綱村により義経堂が建立され、元禄二年（一六八九）芭蕉が訪れた。高館は、『おくのほそ道』によって平泉の代表的名所となったといっていい。

歌枕として、古く『能因歌枕』「みちのくに」に「衣の関」「衣かわ」の名が記されている。「衣川」は〈身にちかきなをぞ頼みしみちのくの衣の川とみてや渡らん〉（『古今六帖』第三）と、衣の川の「衣」を「身に近き名」と見るように、「衣」の名からの連想が多い。〈袂よりおつる涙はみちのくの衣河とぞいふべかりける〉（よみ人しらず『拾遺集』恋二）は「袂」「衣」の縁語、〈衣河みなれし人の別には袂までこそ浪は立ちけれ〉（源重之『新古今集』離別歌）はさらに、「衣」「袂」「裁つ」、「河」「浪」「立つ」の縁語で結んでいる。歌学書『和歌初学抄』（藤原清輔著、十二世紀）では「ころもがはナミタツナド」とする。

平安末期、平泉を訪れた西行は〈とりわきて心もしみてさえぞわたる衣河みにきたるけふしも〉（『山家集』雑）と冬の実景と心情と重ね合わせた歌を詠み、平泉の最期の様子をうかがわせる。

〔例句〕

諧 平泉影さへ清き月の暮　良庵（『時勢粧』）

〈明日はとくいそがん旅のうき難所〉〈すでに近づく高館の城〉に続く句。〈旅の憂き難所〉から、奥州平泉へ急ぐ義経一行を連想し、〈高館の城〉と付け、「平泉」へ続く。『義経記』に秀衡が義経を平泉へ迎え、「月見殿とて常に人も通はぬ所に入れ奉り」もてなす。月見殿は現在の中尊寺の登り口、月見坂のあたりにあったか。

諧 掘り出しは東稲山《たばしねやま》の花の旅　去来（『落柹舎の記』）

東稲山は平泉町と一関市の境界にある山。安倍頼時が桜一万本を植えたという（『吾妻鏡』）。西行の〈聞きもせず東稲山の桜花よしののほかにかかるべしとは〉（『山家集』雑）を踏まえた句。東稲山は桜の名所として知られ、藤原定家も〈桜色によもの山風染めてけり衣の関の春の曙〉（『拾遺愚草』）を詠んでいる。　［大内瑞恵］

末の松山《すえのまつやま》《すゑのまつやま》

宮城県（陸奥国）

末の松、松山・波

〔本意と連想関係〕　宮城県多賀城市八幡、末松山宝国寺《まつしょうざんほうこくじ》の後ろの小高い丘とされる。宗久の『都のつと』（十四世紀半ば）には「それ（多賀城）より奥の細道といふ方を南ざまに末の松山へ尋ね行きて、松原越しにはるばると見わたせば、げに波越ゆるやうなり」とあるので、少なくとも中世以降は、この場所とされたことが分かる。『おくのほそ道』の途次、芭蕉等が訪れたのもこの寺で、「末の松山は寺を造りて末松山といふ。松のあひ〳〵皆墓はらにて」と記す。また同行した曽良の『名勝備忘録』には「末ノ松山ウチ越シテ海見ユルナリ」とある。『奥羽観蹟聞老志』（佐久間洞巌著、享保四）には「寺林二高丘有リ。丘上二青松数十株有リ」と記すが、現在は松の巨木が二本、名残にあるばかりである。

「末の松山」は、『古今集』に〈君をおきてあだし心を我が持たば末の松山浪も越えなむ〉（陸奥《みちのく》歌）と詠まれて知られた歌枕。松山を波が越えることはあり得ないように他の人に心移すことはないという意から、「波越す」といえば、恋人が変心して他人に心を移すことをいい、〈契りきなかたみに袖をしぼりつつ末の松山波越さじとは〉（清原元輔『後拾遺集』恋四、『百人一首』）など、契を違えて心変わりした恋人を恨む歌などに多用された。松山を波が越えるということについては、『奥義抄』（藤原清輔著、一二世紀半ば）に「かの山（松山）にまことに波の越ゆるにはあらず。あなたの海のはるかに退《の》きたるには、波の、かの松山の上より越ゆるやうに見ゆるを、あるべきもなきこと」に言うと説く。

恋歌のみならず、四季の歌にも、〈浦近く降りくる雪は白浪の末の松山越すかとぞ見る〉（藤原興風『古今集』冬歌）と海辺に降る雪を松山を越す波に見立てた歌をはじめ、〈覚束《おぼつか》な末の松山いかならん籬《まがき》の島をこゆる藤波〉（大中臣能宣『続詞花集』春下）、〈霞たつ末の松山ほのぼのと浪に離るる横雲の空〉（藤原家隆『新古今集』春歌上）など春に多く詠まれたが、また〈秋風は浪とともにや越えぬらんまだき涼しき末の松山〉（藤原親盛『千載集』夏歌）、〈白浪の越すかとぞ見る卯花《うの》の咲ける垣根や末の松山〉（『長方集』）など夏にも、〈浪にうつる色にや秋の越えぬらん宮城が原の末の松山〉（俊成女『夫木抄』）など秋にも詠まれた。いずれも末の松山に「波越す」という必然を景物のありさまで言い表そうとするところに特色がある。それら「末の松山」とともに詠まれた和歌の景物には、「白波、鳥の飛び行く、鐘響く、花の散る、帰る雁、寺の煙」（『随葉集』）、「雪、月、花、藤、涼しき、秋風」（『竹馬集』）、「宮城原、花の浪こす、ほととぎす、卯花、藤、鹿、岸の初雪、蜑《アマノ》釣舟、雁、鴨」（『類船集』）などがある。

〔例句〕

[諧] **松山も波や腰たけ五月雨**　友静（『続山井』）

「腰」に「越し」を言い掛けて、「松山も波や越し」で〈末の松山波越さじとは〉（『古今集』）の歌の下句を踏まえる。一句は、末の松山を越すという波が越したのであろうか、ここ松山も、降り続く五月雨に腰まで水に浸かったことだの意。野を海のように水浸しにする雨とされる五月雨の本意をも踏まえた作である。

[諧] **波遠し末の松山の春の月**　陸奥 暁宇（『俳諧名所小鏡』）

「波」は末の松山を越すと言われる波のこと。その波はるか遠くにあって、〈末の松山波越さじ〉（『古今集』）という歌そのままの長閑な海である。折から、朧に霞む春の月が、波の代わりに末の松山を越えてくることだの意。〈月や今越えて入りなん明け方の沖つ浪間の末の松山〉（高階重経『嘉元百首』）など、月が越えるとする趣向を用いての作である。

［宮脇真彦］

松《まつ》島《しま》

宮城県（陸奥国）

松が浦島、雄島、瑞巌寺

〔本意と連想関係〕 宮城県の松島湾一帯及び松島湾の島々。松島町、塩竈市、七ヶ浜町等を含む。松が浦島、千賀の浦ともいう。湾内の雄島に千本の松が植えられたところから「千松島」とも。

平安時代、源融《みなもとのとおる》が陸奥塩竈の景色を模した庭園を河原院に作らせたという逸話（『伊勢物語』第八十一段）が知られるが、和歌の「松島」の名は長保二年（一〇〇〇）に陸奥で没した源重之の〈松島や雄島の磯にあさりせしあまの袖こそかくはぬれしか〉（『後拾遺集』恋四）が早い時期のものである。

「あま（海人）」と「尼」をかけた表現もあり、〈音にきく松が浦島今日ぞ見るむべも心あるあまは住みけり〉（素性『後撰集』雑一）や、〈ながめかるあまのすみかと見るからにまづしほたるる松が浦島〉（『源氏物語』賢木）では、「あま」のほか「長海布（海藻）」と「眺め」をかける。また、〈松しまのあまの苫屋もいかならむすまの浦人しほたるるころ〉（『源氏物語』須磨）はさらに「松島」の「松」と「待つ」をかける。

雄島は湾内最大の島であり、〈見せばやな雄島のあまの袖だにもぬれにぞぬれし色はかはらず〉（殷富門院大輔『千載集』恋四、『百人一首』）で知られる。一方、〈立ちかへり又もきて見む松島や雄島の苫屋浪にあらすな〉（藤原俊成『新古今集』羈旅歌）のように、重之歌を踏まえて「松島や雄島の」と詠まれることが多い。また、平安末期頃より叙景的に詠まれ、〈松島や雄島が磯による浪の月の氷に千鳥鳴くなり〉（藤原俊成女『俊成卿女集』冬、『千五百番歌合』）は「月」「千鳥」の景物を配する。西行が象潟で詠んだ〈松島や雄島の磯も何ならずただ象潟の秋の夜の月〉（『西行法師家集』雑）は松島や雄島の磯より象潟の月を強調しているが、これはそれだけ「松島や雄島の磯の月」が知られていたともいえる。

天長五年（八二八）延福寺が慈覚大師円仁により開山と伝えられ、平安後期には見仏上人が雄島に庵を結んでいたという。元永二年（一一一九）、見仏上人の名声を聞いた鳥羽院が姫松一千本を下賜したことから、この島を「千松島」と称したという（『天台由緒記』）。江戸時代に西行作とされていた『撰集抄』では主人公が「月まつしまの聖」に出会ったという話がある。しかし、十三世紀頃、天台宗から臨済宗（禅宗）へと切り替わり円福寺となり、室町時代には紀行文に記されることも増えた。宗久の『都のつと』（十四世紀半ば）には「寺の前、南は塩竈の浦へ続きて、千島などいへども、なほそのかぎり見えず、あるは沖の遠島とて、海を隔ててはるかなり、そのあはひに小島多く見えたり」と開けた海の眺望と点在する島々を描写している。文明一八年（一四八六）に旅立った道興准后は「浦々島々の風景言葉も及び難し、兼ねて聞き侍りしは物の数にても侍らず」と言葉で言い尽くせない風景を賞美している。

江戸時代には伊達政宗が瑞巌円福禅寺と改め、豪華な桃山様式寺院建築をもって堂宇を復興し、賓客の接待を主眼とした松島観光の御用船も整えられた。寛永二〇年（一六四三）成立の林春斎『日本国事跡考』陸奥国の項に、松島は、丹後の天の橋立、安芸厳島とともに「三処奇観」と記されたことから後世日本三景の一つに数えられる。また、大淀道風は俳諧句集『松島眺望集』を天和二年（一六八二）に刊行し、全国に松島の名を知らしめた。

そして、元禄二年（一六八九）芭蕉が松島を訪れ、『おくのほそ道』によって、名所として確立したといえよう。

〔例句〕

諧 **松島やおそらく極楽月の秋**　維舟（『時勢粧』）

雲居和尚の往生要歌〈松島や雄島の海も極楽の池水と同のりのみちのく〉（『松島眺望集』）を踏まえた句。歌の〈みち〉は「法《のり》の道」と「陸奥」をかけている。雲居《うんご》希膺《きよう》（一五八二～一六五九）は江戸時代前期の臨済宗の禅僧。伊達忠宗に招かれて瑞巌寺中興の祖となった。美しい松島は古来極楽浄土への往生を目指す霊場でもあったことから美しい秋の月を極楽に喩えた。松島や、極楽もおそらくこのような所と思われる、月のきれいな秋であるよ。

諧 **あさよさを誰まつしまぞ片ごゝろ**　芭蕉（『桃舐集』）

〈あさよさ〉とは朝晩の意。「よさ」は「夜去《よさ》り」の変化した語で、狂言「靫猿」に用例が見られるが、歌語ではなく俗言。「まつ」は「松島」と「待つ」をかけた表現。「片心」は片思い。無季（季語がない）の句。朝も夜も誰を待つといって松島に心ひかれるのであろうか。『蕉翁句集』には貞享五年（一六八八）の句とし、「此句いつのとしともしらず。旅行前にやと此所に記ス」と付記する。『おくのほそ道』の旅の前、松島の思いを軽くサ音を重ねて口語調の響きで表現したもの。

［大内瑞恵］

象《きさ》潟《かた》　秋田県（出羽国）

八《や》十《そ》島《しま》・八《や》十《そ》八《や》潟《がた》・九《つ》十《く》九《も》島《じま》・蚶満《かんまん》寺《じ》・汐越《しおこし》

〔本意と連想関係〕　秋田県にかほ市象潟町。日本海に面し、かつては東西約二キロ、南北約四キロの潟《かた》が広がり、多くの島が点在することから八《や》十《そ》八《や》潟・九《つ》十《く》九《も》島と呼ばれる景勝地であった。しかし、文化元年（一八〇四）の地震で湖底が隆起、陸地化し、現在は水田が広がる地域である。蚶方、蚶潟、象潟とも記す。

能因法師の〈世の中はかくても経《へ》けり象潟《きさかた》の海人《あま》の苫屋をわが宿にして〉（『後拾遺集』羇旅）と、「島中有神、云蚶方（島中神有り、蚶方と云ふ）」の詞書を持つ〈天《あめ》にますとよをか姫にこと問はむ幾代になりぬきさかたの神〉（『能因法師集』中）歌が知られる。豊岡姫とは蚶満寺境内の八津島神社の祭神で、かつては象潟大明神ともいった蚶満寺の守り神。豊岡姫は『古事記』に記される食物の神、豊宇気毘売《とようけびめ》神の別称である。

能因の旅の歌を先例として、〈さすらふる我が身にしあれば象潟やあまの苫屋にあまたたびねぬ〉（藤原顕仲朝臣『新古今集』羇旅歌）など「あまの苫屋」に旅寝を重ねる歌が詠まれた。一方、陸奥で没した源重之は「恨み」題十首に〈きさかたや渚《なぎさ》に立ちて見渡せばつらしと思ふ心やはゆく〉（『重之集』）を詠んでいる。同じく「恨」題で、〈象潟や海士の苫屋の藻塩草うらむる事の絶えずも有るかな〉（大江匡房『堀河百首』恋十首）がある。この歌について『和歌色葉』（上覚著、建久九年頃）は「（藻塩草を）ほすあひだは常に立ち出でてみれば、うらみのたえぬことによせてよめる也」と「浦見《うらみ》」「恨《うらみ》」

をかけたところからの連想とする。『おくのほそ道』における「象潟はうらむがごとし」もここから導かれる世界であろう。

平安末期より叙景歌が増え、西行の〈松島や雄島の磯も何ならずただ象潟の秋の夜の月〉（『西行法師家集』雑）は象潟の月を強調し、象潟は「月」「花」の名所ともなっていく。

〈例句〉

諧 **ゆふばれや桜に涼む波の花**　芭蕉（『継尾集』）

前書に「西行桜／象潟の桜はなみに埋れてはなの上こぐ蜑のつり船　西行法師／花の上漕とよみ給ひけむ古き桜も、いまだ蚶満寺のしりへに残りて、陰波を浸せる夕晴いと涼しかりければ」と伝西行歌が記されている。夕晴れの光りが「花の上こぐ」と歌に詠まれた海面に映り、まるで「波の花」のように見えることだよ。『曽良書留』に「夕に雨止て、船にて潟を廻る」とあることから、船上からの情景と思われる。季語は「涼む」で夏。

諧 **蚶潟や幾世になりぬ神祭**　曽良（『継尾集』）

前書に「神事の日参りあひければ」とある一句。『おくのほそ道』の旅の途次のものであり、前述の能因歌〈天にます〉を踏まえる。能因歌を思い浮かべつつ、象潟の神の祭りも幾代を経たことかと、その時の流れに感じ入ることであるよ、の意。季語は「神祭り」で夏。

諧 **象潟や田中の島も秋の暮**　一茶（『我春集』）

象潟が隆起して陸地化した跡の様子を詠む。稲が刈り取られた田の中に、所々島が小山となって点在する景に秋の夕暮れの寂しさがよく似合う。

［大内瑞恵］

出羽三山《でわさんざん》《ではさんざん》　山形県（出羽国）

羽黒山、出羽神社、南谷、月山、月山神社、湯殿山、恋の山

〈本意と連想関係〉　山形県中央部に連なる月山《がっさん》、羽黒山《はぐろさん》、湯殿山《ゆどのさん》を出羽三山という。古来、修験道の聖地である。室町時代末期までは羽黒山・月山・葉山を三山といい、湯殿山を総奥の院といった。葉山の衰退とともに、湯殿山が三山に加わった。

その開基は奈良時代、崇峻天皇の第三皇子蜂子皇子が羽黒山に登り、月山・湯殿山を開いたとして知られる。その後、役行者が羽黒山に来て能除仙の法を継ぎ大和金峯山を開いたという。また、近世には湯殿山別当四ケ寺は真言宗であるところから弘法大師開山を主張し、天台宗系の羽黒派と対立した。

三山参りが盛んになったのは江戸時代以降であり、羽黒手向《とうげ》、大網《おおあみ》、七五三掛《しめかけ》、肘折《ひじおり》、岩根沢《いわねざわ》、本道寺《ほんどうじ》、大《おお》井沢《いさわ》の七口の登拝口が知られる。そのうち、羽黒手向は古くからの門前集落で、多くの三山参りの行者で特に賑わい、宿坊も多かった。表参道三の坂より南にある南谷《みなみだに》は羽黒山別当天宥が住したところである。寛永一八年（一六四一）羽黒山別当天宥は真言宗から天台宗に転じ、天海僧正の弟子となり、羽黒一山を天台宗とした。羽黒修験の一山統一など改革を行ったが、寛文八年（一六六八）伊豆新島に流罪となり、延宝二年（一六七四）その地で没した。元禄二年（一六八九）芭蕉が訪れ、「天宥法印追悼の文」を残している。

和歌では湯殿山を「恋の山」と詠む表現がある。積もる恋の思いを山に喩えたものであり、〈恋の山茂き小篠の露分けて入りそめるより濡るる袖かな〉（源顕仲『新勅撰集』恋歌一）などが知られるが、『歌枕名寄』「出羽国」の部に「恋山」の例としてあげられたことより「粽の小笹は恋の山出羽の国庄内」（『武道伝来記』貞享四）などと広まった。実景では「夏の比《ころ》いではの国羽黒といふ山にいりける時読める」の詞書をもつ〈み山ぢは夏をもしらず白がしの枝には雪をみる心ちして〉（僧善阿『林葉累塵和歌集』夏歌下）があるが、近世以降、俳諧でより多く詠まれる地であるのは、『おくのほそ道』の影響もあろう。同書に、〈雲の峰いくつ崩れて夕の山〉（芭蕉）〈涼しさやほの三か月の羽黒山〉（同）〈語られぬ湯殿にぬらす袂かな〉（同）など三山が詠まれている。また、出羽三山とその付近の名勝を挙げて地誌や関連する漢詩・和歌・俳諧をあげた集に『三山雅集』（宝永七奥）がある。

〈例句〉

諧 **其玉や羽黒にかへす法《のり》の月**　芭蕉（「天宥法印追悼の文」）

元禄二年（一六八九）『おくのほそ道』の旅の途中、羽黒山にて、流罪先の伊豆で没した天宥法印を追悼した句。「玉」は「魂」の意。「法の月」とは、真如の月ともいい、仏法が世人の迷いを救うことを、月が闇夜を照らすことに喩えていう。季語は「月」で秋であるが六月（夏）に作られた句。

［大内瑞恵］

最上川《もがみがわ》　山形県（出羽国）

白糸の滝、板敷山、仙人堂

〈本意と連想関係〉　吾妻山地に発し、山形県を縦断、米

沢・山形・新庄を通り、庄内平野を経て、酒田市で日本海に注ぐ。富士川・球磨川とともに日本三急流の一。

古代から船による交通路として用いられ、『延喜式』にも川船をもつ駅の名が記され、近世以降、上流から下流まで一貫して川船が就航するようになった。酒田船・最上船などが主な川船であり、米の運搬が行われた。上流の起点を糠野目とし、中流部の清水・大石田・本楯《もとだて》・寺津《てらづ》・船待ち・左沢《あてらざわ》の河岸が発達した。

『おくのほそ道』の旅にて、芭蕉は清水の枝河岸とされる本合海《もとあいかい》河岸より舟に乗り、古口・清川の番所を通過した。また、出羽三山の行者が乗船し清川へ下ることが多く、芭蕉等は禅僧と同船している（『曽良旅日記』）。

和歌では古く、刈り取った稲穂を積んで運ぶ稲舟が詠まれる。〈最上川のぼればくだる稲舟のいなにはあらずこの月ばかり〉（『古今集』東歌）は「いな（稲・否）」の掛詞を用いた恋の歌であるが、これにより歌枕として知られる。この歌は結句が「しばしばかりぞ」（『俊頼髄脳』『定家八代抄』）の形で伝わるものもあるため、〈稲舟も苦引きおほへ最上川しばしばかりのしぐれなりとも〉（九条基家『続古今集』冬）のようにも詠まれ、「岸の柳」「鵜舟」「（岩うつ）波」「岸の柳」「瀬」「棹」「綱手」「滝」などが配される。

『義経記』では義経の北の方が〈最上川瀬々の岩波堰き止めよ寄らでぞ通る白糸の滝〉〈最上川岩越す波に月冴えて夜面白き白糸の滝〉の二首を詠み、最上川の「岩波」「岩越す波」の激流の様子があらわされる。

『おくのほそ道』は「最上川は、みちのくより出て、山形を水上とす。ごてん・はやぶさなど云おそろしき難所有。板敷山の北を流て、果は酒田の海に入。左右山覆ひ、茂みの中に船を下す。是に稲つみたるをや、いな船といふならし。白糸の滝は青葉の隙々に落て、仙人堂、岸に臨て立。水みなぎつて舟あやうし」と記す。三難所として村上市の碁点《ごてん》・三ケ瀬《みかのせ》・隼《はやぶさ》が知られるが、芭蕉が舟に乗ったのは、村上より下流の本合海であり、実際には訪れてはいない。板敷山は『夫木抄』に「いたしき山、常陸或出羽」と記され、〈陸奥に近きいではの板敷の山に年ふるわれぞわびしき〉（読人不知）とある歌枕。また、その北に流れる最上川沿岸に常陸坊海尊を祀る仙人堂（外川神社）や、その少し下流に最上四十八滝中の最大の滝、高さ約百二十メートルの白糸の滝など義経所縁の伝承の地である。

古今歌の「のぼればくだる」は稲舟ばかりではなく、兼好法師の〈最上川はやくぞまさる雨雲ののぼればくだる五月雨のころ〉（『兼好法師家集』）のように五月雨の時節の急流を表現することもあり、〈五月雨をあつめて早し最上川〉（『おくのほそ道』）につながることとなろう。

〔例句〕

諧 最上川渡すや青苧《あおそ》紅《べに》の花　嘉辰（『洛陽集』）

青苧は苧麻《ちょま》から取った繊維をいう。古くから衣料の原料として越後の特産であったが、近世になり会津・米沢・最上などで生産が高まり、米沢藩では慶安四年（一六五一）専売とした。「当年の紅の花の出来は青苧は何程と入事ばかりを尋ね」（『日本永代蔵』貞享五）で知られるように、山形のもう一つの名産は紅花。舟で運ぶ産物二つの青と紅の対比を取り合わせた句。季語は〈紅の花〉で夏。

諧 毛見《けみ》の衆の舟さし下だせ最上河　蕪村（『夜半叟句集』）

毛見の「毛」とは田畑の作物をいい、検見衆のこと。稲の刈入れ前に、その年の年貢高を定めるために作柄を検分する役人をいう。最上川は前述の通り、稲舟で知られる歌枕。季語は〈毛見〉で秋。

〔大内瑞恵〕

信《しの》夫《ぶ》

信夫山、信夫里、信夫摺　福島県（陸奥国）

〔本意と連想関係〕 陸奥国信夫郡（福島市）。『和名抄』に陸奥国信夫郡があり、「志乃不」と訓を付している。陸奥国の歌枕。『歌枕名寄』に「信夫〈山・岡・原・杜・浦・渡・里〉」とあるように、さまざまなかたちで歌に詠まれた。地名からの連想で「人を偲ぶ・忍ぶ」意で用いられる。信夫を詠んだ歌は、〈しのぶ山忍びて通ふ道もがな人の心のおくも見るべく〉（『伊勢物語』十五段）が初出。「しのぶ山」は「忍びて」を引き出す枕詞。「通ふ」「道」「奥」が「山」の縁語。陸奥国にて詠んだ歌とされる。また、〈君をのみしのぶのさとへゆくものをあひづの山のはるけきやなぞ〉（藤原滋幹女『後撰集』離別）も、同様に、「しのぶの里」は「君を偲ぶ」を掛け、「会津」は「会ひ」を掛ける。これは紀友則女が陸奥国へ行く際に送った歌である。

なお、〈陸奥のしのぶの鷹を手にすゑて安達の原を行くは誰が子ぞ〉（能因法師『万代集』冬歌）のように、信夫は鷹の産地であり、安達の原にほど近いことが知られる。

『伊勢物語』（一段）に「しのぶ摺の狩衣をなむ着たりける」ところから、〈春日野の若むらさきのすりごろもしのぶの乱れかぎりしられず〉の歌を書きつけて送った話がある。これは、源融《とおる》の〈陸奥のしのぶもぢずり誰ゆゑに乱れそめにしわれならなくに〉（『古今集』恋四・『百人一首』）を踏まえた歌という。「しのぶ摺」は「忍摺」で、忍草の葉を布に摺り付けた、乱れ模様。〈ことづけに思ひいづやとふる里のしのぶ草してすれるなりけり〉(『敦忠集』)のように、忍ぶ草で摺った布ということであったが、『伊勢物語』の「しのぶもぢずり」から平安末期には陸奥国信夫郡で摺られた乱れ模様という説(『俊頼髄脳』など)が現れた。遍照寺の御簾のへりがその摺だというが、「遍昭寺にまうでて侍りしかば、彼母屋の御簾はみくりのつると申す物にてしのぶずりのへりはみなうせてはべらざりしかば」現存しなかったという(『袖中抄』)。とはいえ、〈陸奥のしのぶもぢずりしのびつつ色には出でじ乱れもぞする〉(寂然法師『千載集』恋歌一)のように「陸奥のしのぶもぢずり」は源融歌によるイメージにより広まった。

一方、『吾妻鏡』文治五年(一一八九)九月十七日条に藤原基衡《もとひら》が仏師雲慶(運慶)に与えた功物に、水豹皮六十余枚・安達絹千疋・希婦細布二千端・糠部駿馬五十疋・白布三千端・信夫毛地摺千端等がある。平安末期には「信夫毛地摺」が作られていたようである。

「奥州の人の記せる『信夫摺記』云《いはく》、しのぶもじずりのかり衣は、みちのくにしのぶの郷にてそめしとなり。信夫の里は今の福嶋なり。此の所に石あり。是に草の葉をすりぬりて絹を押しぬれば、色々に乱れ染みて見ゆるなり。今此の石福嶋の府より一里ばかり隔てて山口村の山下にあり。方二尺長八尺斗なり。いにしへは、福島二三里のうちをすべて信夫ノ里といふ」(井沢長秀『広益俗説弁』享保一二)

『おくのほそ道』では、「しのぶもぢ摺りの石を尋て、忍ぶのさとに行。遥山陰の小里に石半土に埋てあり。里の童部の来りて教ける、「昔は此山の上に侍しを、往来の人の麦草をあらして、此石を試侍をにくみて、此谷につき落せば、石の面下ざまにふしたり」と云。さもあるべき事にや」と、信夫文字摺りの石を探してみると、畑を荒らされた里人が谷に突き落としてしまったという。『曽良旅日記』では地元に伝わる源融と虎女の悲恋の遺跡を見ている。

元禄九年(一六九六)に福島藩主堀田正虎が文知摺石の顕彰碑を建立。現在、福島市の文字摺観音堂境内にこの石はある。

〔例句〕

[諧]**しのぶずりはだてなかりばの出立《でたち》哉**　長頭丸(貞徳)
(『崑山集』)

信夫摺の派手やかな乱れ模様は、隣の伊達藩のような伊達な狩り場の出で立ちであろうよ。信夫の里は鷹の産地でもあるので、鷹狩りの情景。季語は「狩り場」で冬。

[諧]**なつかしきしのぶの里のきぬた哉**　蕪村
(「遺稿稿本」)

古代より知られているので昔懐かしく思われる。信夫摺の信夫の里の砧であることよ。砧とは衣板を語源とする。布を柔らかくするために、槌で布を打つことを砧打ちという。季語は「きぬた」で秋。　[大内瑞恵]

白河《しらかわ》の関《せき》　福島県(陸奥国)

二所の関、勿来《なこそ》の関

〔本意と連想関係〕　福島県白河市旗宿関ノ森。「白河関跡」として寛政一二年(一八〇〇)白河藩主松平定信によって古関蹟碑が建立された。

古代に東海道の菊多《きくた》(勿来《なこそ》)関、北陸道の念珠《ねず》関とともに東山道の関として設置された奥羽三関の一。承和二年(八三五)の太政官符に「白河菊多両剗」(『類聚三代格』)とあり、両関の取締を長門国関に準じるように定めた。「置剗以来、于今四百余歳矣」とあり、この時点で四百年以上経っていたという。

和歌では「みちのくにの白河の関越え侍りけるに」の詞書をもつ〈たよりあらばいかで宮こへ告げやらむけふ白河の関はこえぬと〉(平兼盛『拾遺集』別)が初出か。ただし、この歌は『金玉集』などには「屏風の絵に白河の関にいる人描きたるところに」と記されているので、実際に兼盛が白河の関を訪れたかは不明。しかし、都から遠く離れた陸奥の白河の関でありこの関を越えると辺境の地というイメージはよく詠まれている。

その遠い道のりを詠んだ歌に〈都をば霞とともに立ちしかど秋風ぞ吹く白河の関〉(能因法師『後拾遺集』羈旅)がある。都を春の霞とともに旅立ったが、白河の関に着く頃には秋風が吹く時節であったというもので、能因は二度、陸奥を訪れており、この歌は家集の詞書「二年の春みちのくにあからさまにくだるとて、しら河の関にやどりて」によると万寿二年(一〇二五)春に白河の関で詠じたという。同様に道のりの遠さと季節の推移を詠み込んだものに、〈都にはまだ青葉にて見しかども紅葉散りしく白河の関〉(源頼政『千載集』秋下)〈都をば花を見すてて出でしかど月にぞ越ゆる白河の関〉(足利義満『新後拾遺集』羈旅)などがある。また、季節の推移をそのまま日数とした歌に〈限あればけふしら川の関こえてゆけばゆかる日数をぞしる〉(源兼氏『続後拾遺集』羈旅歌)がある。

実際に陸奥を訪れた西行は、白河の関で能因歌を思い起こしつつ、関屋の柱に歌を書きつけた。〈白河の関屋を月のもる影は人の心をとむるなりけり〉(『山家集』雑)。「とむる」は関の縁語で「鎖す」の意。「心を止むる」を掛けている。

しかし、多くの都人にとって、白河の関は辺境の地であり、実際に訪れることはない。藤原長家は京の白河院で〈東路の人に問はばや白河の関にもかくや花はにほふと〉(『後拾遺集』春上)と詠んでいる。同音である京の白河院の花からの連想である。

また、「白河」の「白」から、〈見て過ぐる人しなければ卯の花のさける垣根や白河の関〉（藤原季通『千載集』夏）や〈別れにし都の秋の日数さへつもれば雪の白河の関〉（大江貞重『続後拾遺集』冬）などは「卯の花」「雪」を詠み込んでいる。

一方、和歌説話において、前述の能因歌は実は陸奥に行かずに京で蟄居して帰京したと偽り歌を披露した（『袋草紙』『十訓抄』など）。また、竹田国之が白河関を過ぎるとき、特に装束を整えて向かったが、それは能因法師が歌を詠んだところであるからだという話がある（『袋草紙』『俊頼髄脳』）。

〔例句〕

諧 **卯の花をかざしに関の晴着哉**　曽良（『おくのほそ道』）

〈見て過ぐる人しなければ卯の花のさける垣根や白河の関〉（藤原季通『千載集』夏）を踏まえつつ、『袋草紙』に記された、能因に因んで白河の関を越えるときは正装するという竹田国行の逸話を重ねる。卯の花をかざし（挿頭）のように頭に飾り、関を越えるときの正装としよう。季語は〈卯の花〉で夏。

［大内瑞恵］

筑波山《つくばやま》

茨城県（常陸国）

筑波嶺《ね》、男体山《なんたいさん》、女体山《にょたいさん》、筑波山神社、男女《みな》ノ川、桜川

〔本意と連想関係〕　筑波山《つくばさん》は茨城県中央部にある筑波山地の主峰。『万葉集』（西本願寺本）に〈伊《い》毛《も》我《が》可《か》度《ど》　伊《い》夜《や》等《と》保《ほ》曽《そ》吉《き》奴《ぬ》　都《つ》久《く》波《は》夜《や》麻《ま》　可《か》久《く》礼《れ》奴《ぬ》保《ほ》刀《と》尓《に》　蘇《そ》提《て》婆《ば》布《ふ》利《り》弖《て》奈《な》（妹が門いや遠そきぬ筑波山隠れぬ程に袖ば振りてな）〉とあるように、古語・歌語としては「つくばやま」と詠まれる。常陸国の筑波・真壁・新治（八郷町）三郡にまたがる山。

地名としての筑波は『和名抄』「国郡部」常陸国に「筑波〔豆久波《つくば》〕」と記す。筑波山南西の一帯。日本武尊と御火焼《みひたき》の老人《おきな》の唱和〈新治《にひばり》都久波《つくは》を過ぎて幾夜か寝つる〉〈かがなべて夜には九夜日には十日を〉（『日本書紀』歌謡）により、連歌のことを「筑波の道」という。

『和歌初学抄』に「つくば山〈しげきことによむ、つくばねともいふ〉」とある。〈筑波山《つくばやま》端山《はやま》繁山《しげやま》しげけれど思ひ入るにはさはらざりけり〉（源重之『新古今集』恋一）のように、端山繁山は端の山、木の繁った山ので「しげき」を導く。

「筑波嶺《つくばね》」の語も古く、〈筑波嶺《つくばね》に逢はむと言ひし子は誰《た》が言《こと》聞けばかみね逢はずけむ〉（『常陸風土記』筑波郡）がある。『常陸風土記』に神祖《みおや》の尊《みこと》が巡行し、富士山には拒まれたが、筑波山にて歓待されたことから人が集まる山となったという伝説がある。これは春と秋に山に男女が集まり交歓する歌垣《かがい》の起源説話であり、筑波山に恋を連想する一因となっている。また、この説話は富士山と筑波山は関東の両端の山として、関東の人々には意識されていたことを示すものでもあり、その意識は近世、江戸の人々に再確認され、浮世絵などにも筑波山は多く描かれた。江戸の歌人による隅田川との取り合わせも詠まれる。〈つくばねの高嶺のみゆき霞みつつすみだ河原に春たちにけり〉（村田春海『琴後集』春歌）〈すみだ河ゆふこぎ渡り筑波嶺のは山に続く雪を見るかな〉（加藤千蔭『うけらが花初編』冬歌）。

また、筑波山の山頂は男体・女体の二峰に分かれている。ここを水源とする男女川《みなのがわ》は〈つくばねのみねより落つるみなの川恋ぞつもりて淵となりける〉（陽成院『後撰集』恋三、『百人一首』）で知られ、『百人一首美濃抄』に「みなのかわとはなんによのかわ（男女ノ川）と書きたるなり」。また、『百人一首像讃抄』に「筑波嶺より真砂の下をくゞりて河とも見えず」末は川となることから「水無乃川」ともいう。

この男女川は、桜川に合流し土浦市で霞ヶ浦に注ぐ。桜川は歌枕で、上流の桜川市磯部付近は謡曲『桜川』の舞台である。人買いに身を売った桜子を探して、物狂いとなってしまった母が、常陸国桜川にてめぐり会う。謡の曲名を詠み込んだ謡誹諧として〈花のふる役者よはやせ桜川〉（斎藤徳元『犬子集』）がある。桜川は、その名の通り桜の名所として知られる。

〔例句〕

諧 **咲《さく》花やこの目かの目に筑波山《つくばやま》**　不尤（『続山井』）

〈筑波嶺のこのもかのもに影はあれど君が御かげにますかげはなし〉（『古今集』東歌・常陸歌）を踏まえる。〈このもかのも（此の面彼の面）〉とは、こちら側とあちら側、またはあちらこちらの意。これを「この目かの目」と読み換える。筑波山は古来、桜の名所。咲く花の美しさ。あちらこちらと目につく筑波山であることよ。季語は〈咲花〉で春。

諧 **つくばねの花やつもりてさくら魚**　風虎（『続山井』）

前書きは「つくばねの近所土浦にて」。前述の陽成院の「つくばねの」歌を踏まえ、男女ノ川ならぬ桜川から〈さくら魚〉。一般に、桜魚とは『運歩色葉集』に「吉野桜水に落入り魚と作る、故に桜魚と曰ふ」とあり、桜の花の咲く頃にとれる魚、小さい鮎をいう。しかし「常州桜川に桜魚と云有、是江戸にていふわかさぎ也。又俳諧季立の中春の部に桜魚と云有。これは桜の花盛のころ出る魚を云」（『物類称呼』安永四）があり、前書きの「土浦」霞ヶ浦はワカサギ漁で知られることから、この桜魚はワカサギか。季語は「さくら魚」で春。

［大内瑞恵］

黒髪山《くろかみやま》

栃木県（下野国）

日光山、男体山《なんたいさん》、二荒山、裏見《うらみ》の滝、華厳《けごん》の滝、日光東照宮

〔本意と連想関係〕 栃木県日光市の男体山を「二荒山（ふたらやま・にこうさん）」「黒髪山」「日光山」「補陀《ふだ》落山《らくさん》」ともいう。男体山は日光火山群中、中禅寺湖の北東にそびえる成層火山である。男体山・女峰山・太郎山を日光三山（総称して日光山）ともいう。

下野の勝道上人が延暦元年（七八二）男体山登頂に成功し、日光山中禅寺を創建したと伝えられる。日光山の主峰である男体山は補陀落山（観音菩薩の住む山）、二荒山とも呼ばれた。弘仁五年（八一四）空海は勝道の求めに応じて日光山開山の記「沙門勝道歴山水瑩玄珠碑并序（沙門勝道《しゃもんしょうどう》山水《さんすい》を歴《へ》て玄珠《げんしゅ》を瑩《みが》くの碑《ひ》并《ならび》に序《じょ》）」（『性霊集』）を著す。以後、修験の霊場として崇敬された。

元和二年（一六一六）、徳川家康が駿府で没し、駿河久能山に葬られた。しかし、翌三年日光山に遷葬され、朝廷より東照大権現の神号を授けられ、正保二年（一六四五）日光東照宮となった。これにより一山の主体は東照宮、二荒山の神は地主神と位置付けられる。明暦元年（一六五五）輪王寺宮門跡が創立され、後水尾天皇皇子守澄法親王が関東に下向し、日光と上野の両門主を兼ね、以降幕末まで親王を門主とする慣例が続いた。

和歌においては「黒髪山」で詠まれることが多い。『日光山志』（植田孟縉編、天保八）には、名の由来として「麓より嶺に至るまで、松・樅・檜・梅等の古木、積翠朦朧として真黒に見ゆるにより名づけたる」という古老の言をあげる。

『万葉集』に〈ぬばたまの玄髪山《くろかみやま》を朝越えて山下露に濡れにけるかも〉（『続古今集』巻七雑歌）があるが、奈良市佐保山の一部黒髪奈保町付近かとされる。しかし『歌枕名寄』では「上野国　黒髪山」、『五代集歌枕』では「くろかみ山　同（下野）」にこの歌を配し、〈むばたまの黒髪山の山菅に小雨降りしきますますぞ思ふ〉（『万葉集』巻十一では結句「しくしく思ほゆ」）を続ける。万葉歌の植物の生い茂る山で、露に濡れる、または雨がしとどに降るイメージは〈旅人の真菅の笠や朽ちぬらん黒髪山の五月雨のころ〉（藤原公実『堀河百首』夏十五首・五月雨）に継承される。山菅は山に生えるスゲ（カヤツリグサ科）で、真菅はその美称である。

一方、平安後期には黒髪の黒に白い雪を対比する表現も登場する。〈むば玉の黒髪山に雪ふれば名もうづもる物にぞ有りける〉（隆源、源俊頼『堀河百首』冬十五首・雪）。さらに雪は白髪とも見られる。〈むば玉の黒髪山のいただきに雪もつもらばしらがとやみん〉（隆源『堀河百首』雑二十首・山）など。

〔例句〕

連 **若えつつ黒髪山ぞ秋の霜**　宗長（『東路のつと』）

永禄六年（一五六三）八月、連歌師宗長は鹿沼《かぬま》の壬生《みぶ》綱重《つなしげ》の館に一宿し、もてなしを受ける。翌朝、日光山へ出立する準備の間の句。綱重は当時六十二歳。秋の霜（白髪）が見えるとはいえ、黒髪山のように若やいでいるとの挨拶であり、「黒髪山の麓なればなり。綱重の子孫類ひろく栄えたること」と、一族の繁栄を黒髪山（広がる黒髪）に寄せて祝福している。中世には歌枕として「下野の黒髪山」は知られていたといえる。〈我身の老と成にけるかな／むば玉のくろかみ山の秋の霜〉（藤原家隆『菟玖波集』『天水抄』）を本歌とする。　［大内瑞恵］

利《と》根《ね》川《がわ》

群馬県（上野国）

坂東《ばんどう》太郎、上利根、中利根、下利根

〔本意と連想関係〕 群馬県と新潟県の境、大水上山（大利根岳）を水源とし、関東平野を北西から南東へ斜めに横断し、銚子付近で太平洋に注ぐ。俗に坂東太郎と呼ばれ、日本三大河川の一つである。古代より洪水により何度も川筋が変化している。近世以前は現在の古利根川筋を流れ、東京湾に注いでいた。近世には数度の改修工事が行われ東遷し、最終的に太平洋に注ぐようになった。銚子から利根川を遡り、関宿に至り、江戸川経由で江戸に至る利根川水運は、物産の流通を促すとともに鹿島詣で銚子巡りなどの流行をもたらした。

和歌には〈利根川の川瀬も知らずただ渡り波にあふのす逢へる君かも〉（『万葉集』上野国歌）と詠まれ、歌謡では〈篠分けば袖こそ破れめ利根川の石は踏むともいざ川原より川原より〉（『神楽歌』、『新勅撰集』神祇歌）と謡われた。ともに、利根川を渡り恋人の許へ通う婚《よばひ》歌である。また、その川の深さから〈とね河の下はにごりてうはずみて有りけるものをさねてくやしき〉（よみ人不知『夫木抄』雑部六）とも。

中世頃より、「とね川」に「戸」を連想する歌があらわれる。文明一九年（一四八七）に関東を旅した尭恵は〈ふりつみし雪の光やさそふらん浪よりあくるあまのとね川〉（『北国紀行』）と詠んだ。同様に〈雲ひらくとねの川とのみるが中にこなたやとまり帰る舟人〉（武者小路実陰『芳雲集』）と、「雲開く」「戸」と利根川を詠む。〈いざさらばとねの河ぶね行きかへりまたとひ来ませ波のよるべを〉（村田春海『琴後集』雑歌）は香取に帰る

人に贈った歌。香取は利根川水運の物資集散地として繁栄した地である。

〈例句〉

諧 月見んと汐引のぼる船とめて　曽良（『鹿島紀行』）

芭蕉は貞享四年（一六八七）八月、常陸の鹿島へ、曽良・宗波とともに月見に出かけている。船が川上へ上る際は引綱をつけて、陸岸より引いた。時代は下るが橘千蔭に〈ほととぎす鳴くひとこゑをつな手にてみを引きのぼるとねの川ぶね〉（『うけらが花初編』）がある。

句 明月や海につき出る利根の水　村上鬼城（『鬼城句集』）

曇りなく澄み渡った月の光の下、波も静かな海面を押し切るようにして、川から注ぐ勢いそのままに利根川の水が海に流れ込んでゆく。月光によって水の動きがかえってよく見えるのである。

［大内瑞恵］

入間《いるま》　埼玉県（武蔵国）

入間川、入間の里、堀兼の井、三芳野の里

〈本意と連想関係〉 武蔵国入間郡は埼玉県の南西部にあった郡。入間川が流れ、相模から鎌倉街道上道が南北に縦貫する。『倭名類聚抄』には「伊留末」と記す。〈入《いり》間道《まぢ》の大屋が原のいはゐつら引かばぬるぬる我にな絶えそね〉（『万葉集』）があるが「伊利麻」はこの歌のみ。

『伊勢物語』（十段）に、武蔵国入間の郡、三芳野《みよしの》の里の女が〈みよしののたのむの雁もひたぶるに君が方ぞよると鳴くなる〉と男に詠み送る話がある。「田の面《たむ》（方言）」は「頼む」を、「ひたぶるに」は「引板《ひた》振る（引板で鳥を追い払う）」をかけ、田園地帯を思わせる表現である。また、〈さりともとたのむのかりをたのみきているまのさとにけふぞいりぬる〉（藤原俊成『長秋詠藻』、『夫木抄』雑部）は「入間」に「入る」を導く。

入間川は利根川に合流していたが、寛永六年（一六二九）荒川の瀬替えにより荒川に合流するようになった。「利根入間のおちあへる所にかの古き渡りあり」（尭恵『北国紀行』文明一七年）と渡りで知られ、狂言「入間川」は入間川の渡り瀬が舞台である。

『枕草子』に「井はほりかねの井」とある堀兼の井は入間郡にあり、狭山市北入曽の七曲井はその一つという。〈武蔵なるほりかねの井の底をあさみおもふ心をなににたとへむ〉（『古今六帖』）、〈くみてしる人もあらなんおのづからほりかねの井のそこの心を〉（西行『山家集』）で知られ、中世には歌枕堀兼の井を尋ねる人が続いたが、「堀兼の井は跡もなくて、ただ枯れたる木の一つ残りたるばかりなり」（後深草院二条『とはずがたり』、正応三年）、「堀兼の井、見にまかりてよめる。今は高井戸といふ　俤ぞ語るに残るむさしのやほりかねの井に水はなけれど」（聖護院道興『廻国雑記』、文明一八年）という状況であった。

〈例句〉

諧 名にしあふ月弓や水に入間川　正之（『ゆめみ草』）

「義貞たちまちに入間河を打ち渡って」と『太平記』に記される小手指原の戦をはじめ、中世の入間川は古戦場で知られる。月弓は弦を張った弓のような月、水に「入る」と弓を「射る」を「入間川」にかける。

［大内瑞恵］

真間《まま》　千葉県（下総国）

真間の継橋《つぎはし》、真間の井《い》、真間の入江《いりえ》、弘法寺《ぐほうじ》

〈本意と連想関係〉 下総国葛飾郡（千葉県市川市）の歌枕。〈葛飾《かつしか》の真間《まま》の浦廻《うらみ》を漕ぐ船の船人騒く波立つらしも〉（『万葉集』東歌・下総国歌）と詠まれたように、古代は東京湾が今よりも内陸に入り込み、真間川が注ぐ入江であった。近くの国府台には下総国府、国分台には国分寺・国分尼寺があったとされる。

『歌枕名寄』に「真間〈入江、浦、継橋、井〉」と記され、山部赤人や高橋虫麻呂に詠まれた「真間之手児名《ままのてごな》」（『万葉集』挽歌）の伝説で知られる。〈葛飾の真間の入江にうちなびく玉藻刈りけむ手児名し思ほゆ〉（山部赤人『万葉集』挽歌）と詠まれた「真間の入江」、〈葛飾の真間の井を見れば立ち平し水汲ましけむ手児名し思ほゆ〉（高橋虫麻呂）と詠まれた「真間の井」が手児名所縁の歌枕。〈足《あ》の音《おと》せず行かむ駒もが葛飾の真間の継ぎ橋止まず通はむ〉（『万葉集』東歌・下総国歌）と詠まれた〈真間の継ぎ橋〉は、橋脚の上に板を継ぎ渡した橋。この歌では継ぎ橋のように続いて通うの意が込められた。後に〈葛飾や昔の真間の継橋を忘れずわたる春霞かな〉（慈円『新勅撰集』雑四）や〈忘られぬままの継橋思ひ寝に通ひし方は夢に見えつつ〉と「儘《まま》」「真間」とを掛けたり、橋の縁語「渡る」などが詠まれた。

真間山弘法寺は、天平九年（七三七）行基の創建、弘仁一三年（八二二）空海再建と伝えられる寺で、鎌倉時代に日蓮宗の寺院となり、『江戸名所図会』には水田地帯となった真間（市川）と弘法寺の様子が描かれている。

江戸時代には境内の紅葉が名物で、歌川広重の『名所江戸百景』に「真間の紅葉手児那の社継はし」で知られる。

〈例句〉

諧 八百日《やおか》ゆく真間の大門紅葉哉　　朝叟（『沾徳随筆』）

「朝叟、真間の紅葉見に行て後、発句勧進」による。八百日とは多くの日数の意で〈八百日行く浜の沙《まなご》も我が恋にあにまさらじか沖つ島守〉（笠女郎『万葉集』）による。季語は「紅葉」で秋。

諧 つぎはしの跡は水田の水鶏《くいな》かな　　史邦（『芭蕉庵小文庫』）

前書「同（真間寺）継橋」。『万葉集』に詠まれた「真間の継橋」も江戸時代には水田地帯となって古代とは様変わりしていた。「跡は見ず」「水田」をかける。季語は〈水鶏〉で夏。

［大内瑞恵］

隅田川《すみだがわ》　東京都（武蔵国）

角田川《すみだがは》、すみだ川、大川、千住《せんじゅ》大橋、両国橋、言問橋《こととひばし》、永代橋、吾妻橋《あづまばし》

〈本意と連想関係〉 東京都の東部を流れ東京湾に注ぐ荒川の分流。武蔵国の歌枕。平安時代以降、武蔵国と下総の国との境を流れる川とされたため「下総の国」に分類する書物もある（『八雲御抄』『名所付合』『歌枕秋の寝覚』『類字名所和歌集』『名所小鏡』『勅撰名所和歌抄出』）。『八雲御抄』に「駿河とも」、そして『俳諧名所方角集』にも「駿河に同名あり」と記されているが、これは『万葉集』の〈亦打山《マツチヤマ》　暮越行而《ユフコエユキテ》　廬前乃《イホサキノ》　角太河原尓《スミダカハラニ》　独《ヒトリ》可毛将宿《カモネム》〉（弁基・雑歌）に詠まれた場所を指したもの。今日の研究ではこの歌の「角太河原」は「奈良県五條市から紀ノ川沿いの大和街道を通って和歌山県側に出た辺り、橋本市隅田町の紀ノ川の河原」（『新日本古典文学大系萬葉集 一』平11、岩波書店）とされている。

武蔵国の歌枕隅田川のイメージは、この川を渡りながら望郷の念を詠んだとされる在原業平の歌〈名にし負はばいざ事問はむ宮こ鳥わが思ふ人はありやなしやと〉（『伊勢物語』、『古今和歌集』羇旅）と、謡曲『隅田川』によっておおよそ決定されたと見ていいであろう。『類船集』（梅盛編、延宝四年刊）は「隅田川」の寄合語として「都鳥、わがおもふ人、関屋の里、都の友、月、渡し船、まつち山、いほ崎、梅若丸、しるしの柳、大念仏、謡」を挙げるが、このうち「都鳥、わがおもふ人、渡し船」は『伊勢物語』の連想によるもの。そして「梅若丸、しるしの柳、大念仏、謡」は謡曲『隅田川』に由来する。これ以外の「関屋の里、まつち山、いほ崎」は隅田川周辺の地名であり、残る「都の友、月」は『玉葉和歌集』所載〈ことゝへどこたへぬ月のすみだ川都のともとみるかひもなし〉（一条為子・旅歌）などの和歌によるものであろう。『歌枕秋の寝覚』はこれ以外に「時鳥、千鳥、いせき、せぎりの水」を寄合語に挙げるが、これも〈こととはんすみだがはらのほととぎすむかしのとりの跡になくなり〉（九条基家『夫木和歌抄』夏部二）、〈まつち山おろすあらしやさむからんすみだがはらにちどりなくなり〉（智海法師『夫木和歌抄』冬部三）、〈すみだ川ゐせきにかかるしら浪のたちかへるべき心ちこそせね〉（源師頼『堀河百首』雑二十首）、〈すみだがはせきりにむすぶ水のあわのあはれなにしかおもひそめけん〉（藤原盛方『井蛙抄』）などによるものと推測される。

詠み方の特徴としては〈月かげのす（澄）みだがはらによもすがら千鳥の声もさえわたりけり〉（藤原経家『月詣和歌集』十一月）、〈事とはんたれかはここにす（住）みだ川名にしおふ鳥はありやなしやと〉（後鳥羽院『後鳥羽院御集』）など「澄み」「住み」と掛詞にした例が多く、その傾向は〈口ばし赤き鳥角（住）田河〉（維舟『時勢粧《いまようすがた》』）、〈秋水や月はにごらぬすみ（澄）だ川〉（利合・芭蕉宛書簡）など、江戸時代の俳諧にも継承されている。

江戸時代、隅田堤は桜の名所としても広く知られた。

〈例句〉

諧 角田川やゐ中にも住《すむ》都鳥　　徳元（『鷹塚誹諧集』）

「ゐ中」は田舎。上方文化旺盛な時代にあって新興都市の江戸はまだ田舎と称してもよい状態にあった。ここは前掲業平の歌を踏まえながら「ゐ中」にも「都」の名を持つ鳥が住んでいることだと戯れたもの。

諧 としの瀬や都の世話もすみだ川　　鬼貫（『仏兄七久留万《さとえななくるま》』）

ここは「すみだ川」に「済み」を掛け、「都の節季じまいも無事済んだのか都鳥が隅田川にいることだ」と戯れたもの。やはり業平の歌を念頭に置き、「都」の名を持つゆえ都の節季じまいにも手伝いに駆り出されたとしたものであろうか。「としの瀬」は「年末」を意味する成語。「瀬」は「川」の縁語でもある。

［本間正幸］

武蔵野《むさしの》　東京都・埼玉県（武蔵国）

〈本意と連想関係〉 武蔵野は武蔵国に広がる台地。入間川、荒川、多摩川、関東山地山麓に囲まれた埼玉県川越から東京都府中あたりまでを指すが、広義には武蔵国全域を言う場合もある。

中世の武蔵野は森林の広がる原野だったが、十七世紀

以降に神田上水、玉川上水、野火止用水、千川上水などが開削され、新田開発や野焼きによって森林は減少。スキ原野と水田と雑木林が混在する独特の景観が形成された。雑木林は武家屋敷や寺社に薪や炭を供給するために植林されたものである。横井也有著『鶉衣』（天明七年・文政六年）の「武蔵野紀行」に「昔はここもとも月の名におふ武蔵野なりしよし、今は家つらなり、田畠と変じて、霜おく草の名にもあらぬ大根・牛房《ごぼう》（牛蒡）のことにめでたき里なりと語る」とあり〈武蔵野や今は茶にたく枯尾花〉の句が置かれている。また、『俳諧当世男』（延宝四年）には、〈武蔵野や人の心が江戸の春〉（慶豊）とあって、既に十七世紀に都市の側面も現れている。

この地の連想語は多岐にわたる。連歌では『連珠合璧集』（文明八年）の「朮《おけら》・うけらが花」と「りんだう《りんどう》」の項に「武蔵野」が置かれる。これは『万葉集』巻十四の東歌〈恋しけは袖も振らむを武蔵野のうけらが花の色に出《づ》なゆめ〉などによる。

俳諧では、『俳諧類船集』の「武蔵野」の項に「若紫」がこの地の属性のように記され、『古今集』巻十七の〈紫の一本《ひともと》故に武蔵野の草はみながらあはれとぞ見る〉（読人しらず）等により、「紫・若紫」がこの地を代表する植物になっていたことを示している。続いて「千種・月・草のゆかり・若草・若菜つむ・あづま・妻も籠れり・さをしか・ほととぎす・杯・合戦・むかひの岡・堀兼の井・富士の根」と多様な関連語が記されているが、草や月は『新古今和歌集』の〈行く末は空もひとつの武蔵野に草の原より出づる月かげ〉（藤原良経）や、『続古今集』の〈武蔵野は月の入るべき嶺もなし尾花が末にかかる白雲〉（源道方『東海道中膝栗毛』の冒頭に置かれた歌）等により、武蔵野のイメージとして定着した。「草のゆかり」は『源氏物語』「若紫」の、武蔵野を詠んだ源氏の歌に対して幼い紫の上が「いかなる草のゆかりなるらむ」と返した場面によるもので、「所縁《ゆかり》」の項にも「武蔵野の草」が置かれている。最後の「富士の根」は、武蔵野の広さを伝える語で、『犬子集』（寛永一〇年）に〈武蔵野の雪ころばしか富士の山〉（徳元）がある。さらに「盗人」の項にも「武蔵野」が置かれている。これは、『伊勢物語』十二段の「人のむすめを盗みて武蔵野にかくす」話を踏まえてのこと。他に「遠山・女郎花・蕨・鹿の子・野・尾花」等の項に「武蔵野」が載る。

近代になって国木田独歩の「武蔵野」（明治三四年）は、浪漫主義的自然主義によって、古典主義によらない独自の武蔵野観を描き出そうとしたが、それは植林による雑木林が広がった景であった。独歩の方法は、見たように描くと主張した正岡子規の写生論に通じる面がある。

高浜虚子の『武蔵野探勝』（昭和一七）は『ホトトギス』の若手とともに行った九年間にわたる吟行記であるが、その地が千葉県、茨城県にまで広がっているのは、関西人から見た武蔵野が、東歌の世界に重なっていたということでもあるだろう。

〔例句〕

諧 **武蔵野や一寸ほどな鹿の声**　桃青（芭蕉）
（『俳諧当世男』）

広大な武蔵野の中、鹿の声がわずか一寸ほどに聞こえたことだ。声の大きさを「一寸」と長さで表したところが檀林調とされるが、「一寸の光陰」という比喩言葉もあり、無理な表現とは言えない。延宝三年の作。

［秋尾　敏］

足柄山《あしがらやま》

神奈川県（相模国）

足柄御坂《みさか》、足柄峠、金時山《きんとき》、箱根

〔本意と連想関係〕　箱根外輪山をなす金時山から足柄山地の足柄峠にかけての連山を「足柄山」と呼ぶ。金時山を含めた総称で、特定の山を指すものではない。相模国（神奈川県）の歌枕であり、付合は「菅《すげ》」「雪」「富士」である。

「箱根山」は富士火山帯に属する火山で神奈川県と静岡県の県境に位置する。「箱根の関」は近世東海道の要衝であり、小田原から三島にいたるまでは「箱根八里」と呼ばれる難所であった。「箱根の山は天下の嶮」と歌われて名高い。

『古事記』で、妻を失った倭建命が「足柄の坂本」まで来たところ、その地の神が白い鹿の姿となって現れたが、それを撃ち殺してしまったため、倭建命は「其の坂に登り立ちて、三たび歎かして」「阿豆麻波夜《あづまはや》」と言った。それ以来、足柄以東の地を「あずまの国」と称するようになったという伝説の地である。

『常陸国風土記』には「古は、相模の国足柄の岳坂《やまさか》より東の諸の県は惣べて我姫《あづま》の国と称《い》ひき」とある。

『万葉集』には沙弥満誓の〈鳥総《とぶさ》立て足柄山に船木伐り木に伐り行きつあたら船木を〉（三九一）、よみ人しらずの〈足柄の箱根飛び越え行く鶴《たづ》のともしき見れば大和し思ほゆ〉（一一七五）が出る。また、巻一四「東歌」の中に「相模の国相聞往来の歌一二首」として、〈足柄の箱根の山に粟蒔きて実とはなれるを逢はなくも怪し〉（三三六四）、〈足柄の御坂《みさか》かしこみ曇り夜の我が下延《したば》へを言出《こちで》づるかも〉（三三七一）等があり、「足柄の箱根」

の呼称が散見される。

箱根を詠む際は「箱根」に「箱」を掛け、その縁語として「ふた」（蓋）(二)、「み」（身）(三)、「あく」（開く）（明く）が詠まれる。この「み」「ふた」「おほふ」「ひらく」「あく」には枕詞「玉くしげ」が冠される。〈ともしして箱根の山に明けにけりふたよりみより逢ふとせしまに〉（橘俊綱『千載和歌集』一八、雑歌、誹諧歌）には「照射《ともし》」と前書があり、「照射」とは五月闇の頃、山野で火串をともして鹿を射る狩をいう。また、枕詞「玉くしげ」を用いて、正岡子規は〈玉くしげ箱根の空を見てあればふた子の山に雲たちのぼる〉（『子規歌集』）と詠っている。

『更級日記』における足柄峠越えの様子は「足柄山といふは、四五日かけて、おそろしげに暗がりわたれり」「えもいはず茂りわたりて、いとおそろしげなり」「まだ暁より足柄を越ゆ。まいて山の中のおそろしげなる事いはむ方なし」とあり、山中の恐怖が強調されている。

俳諧の用例として、〈足がらや向ふ臑《ずね》から杜宇《ほととぎす》〉（了因）があり、時鳥の声が足下よりとすることで山中高く登ってきた様子を表す。芭蕉は『笈の小文』の道中にあって〈箱根こす人も有《ある》らし今朝の雪〉と詠み、これを発句として貞享四年（一六八七）十二月四日に聴雪・如行・野水・越人・荷兮と歌仙を巻いている。

〔例句〕

句 **足柄の今朝雪かけし椿かな**　水原秋桜子（『葛飾』）

椿は春の季語なので、この雪は春の雪である。鮮やかな紅色の椿の上に、今朝降った春の雪が白くかかっている情景を詠み、峻険な山中ならではの清冽な美の極致を捉えている。

句 **栗の花そよげば箱根天霧らし**　杉田久女（『杉田久女句集』）

栗の花は初夏に咲く。むんむんとした青臭い香を放ち、突出した生命力を感じさせる。その栗の花が〈そよげば〉という表現に新しみが盛られている。『万葉集』以来の歌語「天霧らす」を用いることにより、格調高い句となった。

［小林貴子］

鎌《かま》倉《くら》

神奈川県（相模国）

鎌倉山、鶴岡八幡宮、鎌倉五山

〔本意と連想関係〕　相模国鎌倉郡（神奈川県鎌倉市）。『古事記』に「鎌倉之別」、『和名抄』に「加末久良」、『万葉集』に「可麻久良」と記す。

『万葉集』東歌に〈鎌倉の見越の崎の岩くえの君が悔ゆべき心は持たじ〉、〈まかなしみさ寝に我は行く鎌倉の水無瀬川《みなのせがわ》に潮満つなむか〉があり、「水無瀬川」は由比ヶ浜に注ぐ稲瀬川と考えられる。〈鎌倉やいなの瀬川をゆく水のむかしの浪にかへる世もかな〉（太田道灌「自詠京進之歌」）。〈薪伐《たきぎこ》る鎌倉山の木垂《こだ》る木をまつと汝《な》が言はば恋ひつつやあらむ〉（『万葉集』東歌）の「薪伐る」は「鎌」の連想から「鎌倉」にかかる枕詞。「松・待つ」の掛詞。鎌倉山は歌枕であるが、特定の山ではなく鎌倉周辺の山と考えられる。

鶴岡八幡宮が建てられ、鎌倉幕府が開かれた中世には、「鎌倉山に人の住居たる庵」（夢窓国師「正覚国師詠草」）のように、具体的な地名もあったようであるが、「鎌倉山を朝立ちて」（謡曲『調伏曽我』）と鎌倉の町を指す場合もある。現在は鎌倉大仏西方の丘陵地をいう。

俳諧では、鎌倉の若宮八幡宮で静御前の舞〈しづやしづ賤のをだまき繰り返し昔を今になすよしもがな〉（『義経記』）や〈宮柱太敷きたてて万代に今ぞ栄えん鎌倉の里」（源実朝『金槐集』）などが知られ、『俳諧類船集』には「鶴岡　相模」の項に「松の葉　八幡　鎌倉　万代　雪の下　小袋坂　山の内さし桝　静か舞　公暁実朝をころす」と記され、軍記物や謡曲で知られた地名が連想される。

〔例句〕

諧 **鎌倉を生《いき》て出《いで》けむ初鰹《はつがつお》**　芭蕉（『葛の松原』）

『徒然草』に「鎌倉の海に鰹といふ魚は」（第一一九段）とあるように、中世より鰹は鎌倉の名産として知られる。〈目には青葉山ほととぎす初鰹〉（素堂）句の前書も「かまくらにて」とあるように、近世、江戸では鎌倉の初鰹を珍重した。初鰹の生き生きとした様子と、（鎌倉幕府に）捕らえられると生きて出ることが難しかった鎌倉の連想を取り合わせた句。「生死のさかひを以て出入せむに、かまくら・六波羅の外、殊に有べからず」（支考『葛の松原』）という。元禄五年（一六九二）の句。季語は〈初鰹〉で夏。

［大内瑞恵］

佐渡島《さどがしま》

新潟県（佐渡国）

加茂湖、国府川、真野御陵、黒木御所、根本寺

〔本意と連想関係〕　新潟県、日本海上にある島。古代において、一時期越後国に合併されたが、佐渡国として北陸道に属する。『延喜式』で国の等級は中国。神亀元年（七二四）以来、遠流の地とされ、穂積老・文覚・順徳上皇・行空・日蓮・京極為兼・日野資朝・観世元清（世阿弥）・小倉実起など多くの人が配流された。『正章千句』（貞室）に〈佐渡の島にて年をとらしめ／配所でも

命あらばとねんじ佗〉の句がある。

『歌枕名寄』「佐渡国」には越水海・雪高浜　越浦（柏崎市）・越松原・越菅原・奈古継橋（富山県新湊市）があげられる。〈恨みてもなににかはせんあはでのみ越の水海みるめなければ〉（藤原俊成『続後拾遺集』恋歌二、『正治百首』）と詠まれた越水海（加茂湖）は佐渡島、両津湾にある鹹水湖。

近世においては金銀を産出する鉱山で知られ、幕府直轄の天領となった。〈君が代の宝尽きせぬ岩くらと神やたてけん佐渡の島山〉（前田夏蔭『大江戸倭歌集』）は鉱山を宝と読み込む。

『俳諧類船集』「佐渡北陸道」には「袈裟かけ松　切付沓《クツ》　金山　弦藻《ツルモ》　小するめ　判金　流人　越《コシ》松原　奈古の海　灰吹かね　資朝《スケトモ》流罪」があげられる。

元禄二年七月、いわゆる『おくのほそ道』の途次、この地を想いやって〈荒海や佐渡によこたふ天の河〉を詠んだが、それを記した「銀河序」に「むべ此島は黄金多く出てあまねく世の宝となれば、限りなき目出度島にて侍るを、大罪朝敵のたぐひ、遠流せらるゝによりて、たゞおそろしき名の聞えあるも、本意なき事に思ひて」とあるのは、こうした佐渡の本意を踏まえての表現であった。

〔例句〕

諧 罪なうて配所の月や佐渡生れ　其角（『温故集』）

〈配所の月〉を無実の罪で流罪地に流され悲歎に暮れるの意と誤られることもあるが、ここでは、平安時代、源顕基が言った「罪無くして配所の月を見ばや」（『古事談』）などという俗世を離れて風雅な生活をしたいの意。配流の地佐渡で生まれた人は、文字通り俗世を離れ、ひなびた配所で風雅な生活をしているのだろう。季語は〈月〉で秋。

諧 ゆく春に佐渡や越後の鳥曇　許六（『韻塞』）

越後・佐渡は渡り鳥の飛来地として知られる。「鳥曇」とは雁や鴨などが、北に帰る頃の曇り空をいう。季節は春。　［大内瑞恵］

有磯海《ありそうみ》

富山県（越中国）

〔本意と連想関係〕　荒磯《ありそ》に波の打ち寄せる海。越中国射水郡渋渓（富山県の西部高岡市から氷見市）一帯の海辺。〈かからむとかねて知りせば越の海のありその浪も見せましものを〉（大伴家持『万葉集』）により、越中の歌枕とされる。

『歌枕名寄』「越中国」に「有磯　海　浦　浜　渡」とあり、〈ありそ海の浜のまさごと頼めしはわするることの数にぞありける〉（読み人知らず『古今集』恋五）のように、「浜の真砂」を詠み込むことも多い。

〈大崎の有礒のわたり延《は》ふ葛《くず》の行くへもなくや恋ひ渡りなむ〉（『万葉集』）は『夫木集』に「右今案未決、暫就有磯之詞載之」と場所を同定できなかったが、やがて〈越の海のありその真葛霜さえて通ふ千鳥の声うらむなり〉（頓阿『続草庵集』）、〈越の海有磯の真葛かへらずは若葉に契れ春の雁がね〉（尭恵『下葉集』）のように葛の名所として確定されていった。

〔例句〕

諧 わせの香や分入《わけいる》右は有そ海　芭蕉（『おくのほそ道』）

『おくのほそ道』の旅にて、那古の浦（富山県射水市）から加賀へ向かう道で有磯海を眺めた。『万葉集』に〈波たてばなごのうらまによるかひのまなき恋にぞとしはへにける〉〈多祜《たご》の浦の底さへにほふ藤浪をかざしてゆかん見ぬ人のため〉と詠まれた歌枕が続く地域である。しかし、潟湖であった「多祜の浦」は、近世には干拓が進み、田園地帯となっていた。早稲の中の道を分け入るように歩き、たどり着いた、越中と加賀の国境の倶利伽羅《くりから》峠からの眺望。季語は「わせ」で秋。　［大内瑞恵］

白山《しらやま》

石川県（加賀・越前国）

越《こし》の白嶺《しらね》、白根ヶ岳、白山比咩《しらやまひめ》神社

〔本意と連想関係〕　「白山《はくさん》」は石川・岐阜県境にまたがる火山。雪深いことから「しらやま」、越路にあるとして「越の白嶺」とも。頂は御前峰、大汝峰、剣が峰の三峰に分かれ、別山、三ノ峰を加え、白山五峰と称される。また白山釈迦岳も含め白山と総称される。山頂には白山権現が鎮座し、修験道の山岳霊場として知られる。養老元年（七一七）に大徳泰澄が初登頂し、加賀白山寺、越前平泉寺、美濃長滝寺の三ヵ所から参拝道が開かれた。

和歌では『五代集歌枕』や『八雲御抄』などに越前国の歌枕として、「白山の雪」や「越路の白山・白嶺」が詠まれる。『歌枕名寄』では「加賀国」。越路からの連想により「越の白嶺」が定着したものであろう。

『古今集』に〈よそにのみ恋やわたらむ白山《しらやま》の雪見るべくもあらぬわが身は〉（凡河内躬恒・離別歌）と、「白山の雪」と「行き」をかける。また、年中雪に覆われているとして〈きえはつる時しなければこしぢなる白山の名は雪にぞありける〉（凡河内躬恒・羇旅）と白山は雪に因む名と詠む。〈君をのみ思ひこしぢのしら山はいつかは雪のきゆる時ある〉（雑歌）は「思い越す」「越路」をかける。越へ行く大江千古への餞別歌〈君が行く越の白山知らねども雪のまにまに跡は尋ねむ〉（藤原兼輔・離別歌）のように都人にとって見知らぬ「越の白山」は年中雪に覆われた、また「越（越路）」という言葉から詠まれるものであった。

「越の白嶺」単独の歌は〈年深く降り積む雪を見る時ぞ越の白嶺に住む心地する〉（よみ人しらず『後撰集』冬）がある。藤原公任は雪の山を作り〈音にきくこしのしらねは白山の雪つもりての名にこそありけれ〉（『公任集』）と前述の躬恒歌同様に、有名な越の白嶺は雪がありてこその名と見立てる。

一方、〈御よしのの花のさかりをけふ見ればこしのしらねに春かぜぞふく〉（藤原俊成『千載集』春歌上）のように、芳野と越の白嶺を対比させ、季節の推移を空間的に連想させる歌が登場する。〈おしなべてかすめる花とみゆるかなこしのしらねの春の明ぼの〉（二条院讃岐『夫木抄』）、〈尋ねくるこしのしら根に雪ちりて花ゆゑ春もわすられにけり〉（寂蓮法師『夫木抄』）など、雪から花への連想が見られる。中世、実際に越州へ行く歌として〈一かたに心とめしとみよし野やことしはこしの花をみるらん〉（十市遠忠『遠忠詠草』）がある。また、西行に〈わけいればやがてさとりぞあらはるる月のかげしく雪の白山〉（『聞書集』）があり、白山信仰を伺わせる。

〔例句〕

諧 風かほるこしの白根を国の花　芭蕉（『柞原集《ははそはら》』）

『柞原集』巻頭に「春なれやこしの白根を国の花」とし、「此句芭蕉翁一とせの夏越路行脚の時、五文字、風かほると置てひそかに聞え侍るをおもひ出て、卒爾に五文字をあらたむ」と記す。芭蕉が越路に入ったのは元禄二年（一六八九）六月二十七日。この年の立秋は過ぎて季節は秋。「風かほる」の季語は夏。しかし前掲の俊成歌や〈雲さそふ天つ春風薫るなり高間の山の花盛りかも〉（鴨長明『無名抄』）を踏まえてみると、心地よい風が吹く越の白嶺を満開の桜と見ることであるよ。

〔大内瑞恵〕

能登《のと》　石川県（能登国）

能登海、能登島山、七尾《ななお》、珠洲《すず》

【本意と連想関係】 能登国。能州。石川県の東北部の能登半島。北陸道の一つ。古代の能登国府が七尾（石川県七尾市）にあったと推定される。珠洲は能登の郡で、能登半島先端部。

天平一八年（七四六）、越中守・大伴家持はこの地を訪れて〈珠洲の海に朝開きして漕ぎ来れば長浜の浦に月照りにけり〉（『万葉集』）を詠んでいる。

『歌枕名寄』「能登国」として「能登海」「能登島山」「珠洲海　付長浜浦　御牧」などがあり、〈能登の海に釣するあまのいさり火のひかりにいませ月まちがてら〉（『万葉集』羇旅発思）など『万葉集』由来の名所として知られる。その流れを汲み、〈能登の海長閑にかすむ春の日はおきに出でそふあまの釣舟〉（藤原家隆『洞院摂政家百首』春、『夫木抄』）、〈浪間より今朝こそみつれとぶさたて舟木きるてふのとの島山〉（衣笠家良『新撰六帖』、『夫木抄』）と詠まれ、「あま（海人・海女）」、「舟」「海」などが連想され詠まれる。

中世に至り「珠洲・鈴」の縁語でつないだ〈浪のなるすずのうみ行く上り舟能登の浦をばふりすててけり〉（『他阿上人集』）があるが、和歌では基本的におだやかな情景が詠まれることが多い。しかし軍記物・紀行文などでは日本海の荒い波風・海の描写が目立つといえよう。

〔例句〕

諧 能登の七尾の冬は住うき　凡兆（『猿蓑』「市中は」歌仙）

前句〈道心のおこりは花のつぼむ時〉（去来）を、仏道修行に入ったきっかけを廻国の修行僧が語ると見ての句。『撰集抄』「松島ノ上人ノ事」の「道心深き人」からの連想。能登国いなやつの郡の荒磯の岩屋で修行する見仏上人に出会った。その厳しい生活を〈難波潟むらたつ松も見えぬうらをここすみよしとたれかおもはむ〉と詠んだ歌の「すみよし（住み良し・住吉）」を踏まえ、逆に「冬は住うき」とする。

諧 短夜の夢やむすばん京のひも　菊舎尼（『手折菊』）

前書「能登の国、津幡といふ所に舎りせし折節、京のひもと云名産有ば」。能登は古来より、海産物で知られ、『毛吹草』には、「能登　鯖《サバ》同背腸《セワタ》　烏賊黒漬《イカノクロヅケ》　クマビキ　内海鱰《ウチノウミノシイラ》　経紐苔《キヤウノヒモノリ》　和島素麺《ワジマソウメン》」が記される。経紐海苔は海藻で、「経のひも 昆布に似て小也。広二三寸、長五六寸ばかり。食すれば脆く、味よし。醋みそにて食す」（『大和本草』）という。季語は〈短夜〉で夏。

諧 九月尽遥かに能登の岬かな　暁台（『暁台句集』）

「九月尽」は秋の終わりの日、去ってゆく秋を惜しむ情を込める。秋が去ろうとする今日、能登の岬が海に突き出ているのを遙かに望むことだ、の意。あたかも、その半島のかなたへ秋が去るかのように、行く秋を惜しむ作者の情が伝わってくる。

〔大内瑞恵〕

帰る山《かえるやま》《かへるやま》

福井県（越前国）

鶯の関、燧《ひうち》が城《じょう》、湯之尾峠

〈本意と連想関係〉越前国敦賀郡、鹿蒜《かへる》にある山。福井県南条郡今庄町帰（字名）の南方の山か。

『能因歌枕』などで知られる歌枕で、『枕草子』「山は」に「いつはた山。かへる山」とある。「かへるの山は道に山のふたがりて、道のみえざりければ、道なしとてかへりたりける故に、かへる山となづくと云へり」（『顕註密勘』）と山によって道が見えず引き返すことから名付けたというが、その場所は定かではない。

『万葉集』に〈かへるみの道行かむ日は五幡の坂に袖振れ我れをし思はば〉（大伴家持）と詠まれ、『古今集』に〈かへる山ありとはきけど春がすみたちわかれなばこひしかるべし〉（紀利貞「離別」）、〈白雪の八重降りしけるかへる山かへるがへるも老いにけるかな〉（在原棟梁「雑上」）など、地名の「かへる」と「帰る」を掛けて、旅や離別の歌に詠まれる。『国花万葉記』「越前」に「帰山（此山は西東へ遠し、海道は南の埜也、名景　かへるの山共　おほくはたびによせて帰る心によめり、又白雪の八重降しける帰る山共こしぢの帰る山共雪を専によめり、景物、海・雁」と記す。

『おくのほそ道』には、「鶯の関を過て湯尾峠を越れば、燧が城、かへる山に初雁を聞て、十四日の夕暮つるがの津に宿をもとむ」とする。「鶯の関」は、福井県南条郡南条町にあった関所とされ、平安時代〈我がをしむ心もつきぬ行く春をこさでとどめよ鶯のせき〉（『康資王母集』）と詠まれた歌枕。湯之尾峠は、北陸街道の峠。柚尾峠とも。古戦場で、隣接して燧が城がある。『源平盛衰記』に「陣をば柚尾《ゆのお》の峠にとり、城をば燧に構たり」と記され、交通・軍事の要所であった。かへる山の雁は、〈北へゆく雁のつばさにことづてよ雲のうはがきかきたえずして〉（紫式部『紫式部集』）や、〈かへる山いつはた秋と思ひこし雲居の雁も今やあひみん〉（藤原家隆『壬二集』）のように「帰る」「雁」からの連想。『おくのほそ道』では八月十四日の夕暮れに津に着く。秋、この年初めての雁が渡る時節である。

〈例句〉

諧 **春を見かぎり雁かへる山**　徳元（『犬子集』）

前句「花はまだ木のめ峠に咲かねて」に付けた付《つけ》句。木ノ芽峠は福井県敦賀市と南越前町の境にある峠。近畿と北陸を結ぶ交通の要所であるが、ここでは「花」「木の芽」「咲かねて」の縁による。なかなか咲かない花に、春を見限り、雁が帰って行くというかへる山。前句「木ノ芽峠」から「かへる山」を一般的な「帰る山」ではなく、福井の名所として見る。また、「かへる山」を木ノ芽峠とする説（『越前国名蹟考』）もあることから、それに依ったか。

諧 **義仲《よしなか》の寝覚《ねざめ》の山か月悲し**　芭蕉（『荊口句帳』）

前書「燧が城」（『荊口句帳』）、「燧山」（『泊船集』『蕉翁句集』）。湯之尾峠、燧が城は、木曽義仲と平維盛が戦った古戦場。寿永二年（一一八三）四月、義仲は燧が城に立てこもり破れ、越中まで退いた。その後、義仲は倶利伽羅峠で勝利し入京するも、元暦元年（一一八四）に北陸道へ落ちる途中の粟津で討ち死にする。芭蕉が訪れたとき、城は残っていない。義仲が夜半に寝覚めて月を見た山であろうか、同じ場所で見る月が悲しく見えることだ。季語は「月」で秋。

［大内瑞恵］

甲斐《かい》《かひ》が嶺《ね》

山梨県（甲斐国）

白根三山、甲斐白根山

〈本意と連想関係〉甲斐国（山梨県）の高山の意であったが、後に白根三山を指すようになる。山梨県南巨摩郡、南アルプス市と静岡市にまたがり、赤石山脈の北東部にある北岳、間ノ岳《あいのたけ》、農鳥岳を総称する。

『古今集』「東歌」に「かひうた（甲斐歌）」として、〈甲斐が嶺をさやにも見しがけけれなく横ほり伏せるさやの中山〉〈甲斐が嶺を峰《ね》越し山越し吹く風を人にもがもや事づてやらむ〉の二首がある。また、古代歌謡（風俗歌）に〈甲斐が嶺に白きは雪かやいなをさの甲斐の褻《け》衣《ごろも》や晒す手作や晒す手作〉と詠まれる。

甲斐守に送った歌として〈いづかたとかひのしらねはしらねどもゆきふるごとにおもひこそやれ〉（紀伊式部『後拾遺集』冬）のように都人にとって場所は不明ながら、雪のイメージが先行している。〈しなのなるいなにはあらずかひがねにふりつむゆきのとくるほどまで〉（源重之『重之集』）では信濃の伊那（否とかける）を併せて詠み込む。

一方、「かひにて山なしのはなを見て」と題した能因の〈かひがねにさきにけらしな足曳のやまなしをかの山なしのはな〉（『能因法師集』）は、甲斐の山全般を「甲斐が嶺」と詠んだように見える。

しかし、紀伊式部歌のように、甲斐が嶺の雪の白から「しらね（白根）」が連想され、『歌枕名寄』は「甲斐嶺又云白嶺」とする。『新千載集』〈雪つもるかひのしらねをよそにみてはるかにこゆるさやの中山〉（大江茂重・羇旅歌）は『古今集』歌の「かひがね」と同様に「かひのしらね」を用いている。

「雪」が降り、「さやの中山」から見える山はいつしか、中世には白根、白根三山を示すようになる。『裏見寒話』（鶉鼠、宝暦二）は「富士に続いての高山也、盛夏までも雪あり、其雪の年中絶さるを以て、白根ケ嶽の名あり、此山を甲斐ケ根とも云ふ」と記す。ただし、折口信夫は富士山説を提唱している。佐夜の中山との位置から興味深いが、用例の検証を要する。

〈例句〉

謡 甲斐がねをさやにもみるや月の剣　吟習（『続山井』）

前掲の『古今集』〈かひがねをさやにも見しが〉を踏まえ、佐夜の山と「鞘」をかけ、月を剣と見立てる。季語は「月」で秋。

句 奥白根《おくしらね》彼《か》の世の雪をかがやかす　前田普羅（『東京日日新聞』昭12）

「奥白根」は白根三山の奥所の意、普羅の造語と言われるが、麓からは見ることのできない白根の奥をイメージさせる。「彼の世」はあの世。あたかも浄土のごとき清浄な雪が輝いている世界を描いて、白根山の崇高さを捉えた。

［大内瑞恵］

姨捨山《おばすてやま》《をばすてやま》　長野県（信濃国）

更科《さらしな》、冠着山《かむりきやま》

〈本意と連想関係〉信濃国更級郡（長野県更埴市）にある山。冠着山《かむりきやま》、更級山《さらしなやま》とも。

『大和物語』に更級の里に住む男が、親代わりに育ててくれた伯母を山に捨てる（棄老説話）。男が詠んだ歌として〈我が心なぐさめかねつ更級や姨捨山に照る月を見て〉（よみ人しらず『古今集』雑上）があり、「姨捨」の地名はこれによるという地名説話にもなっている。同様の話は『今昔物語集』にも見え、やがて中世に世阿弥の謡曲『姨捨』が作られた。

和歌では『能因歌枕』以降知られた歌枕として詠まれる。〈来《こ》むといひし月日をすぐす姨捨の山の端つらき物にぞ有りける〉（『後撰集』恋一）は、約束を破り来ない恋人へ送る歌で「捨てられた」つらさを詠む。

『古今集』歌を継承し、「月」と「慰さまぬ」を詠む〈月見ては誰も心ぞ慰さまぬ姨捨山のふもとならねど〉（藤原範永『後拾遺集』）や、〈あらはさぬわが心をぞうらむべき月やはうとき姨捨の山〉（西行法師『新勅撰集』雑歌一）のように、「うらむべき月」など物思いの伝統が生じる。

菅原孝標女『更級日記』は晩年、暗い夜に久しぶりに訪れた甥に「月も出でで闇に昏れたるをばすてに何とて今宵尋ね来つらむ」と詠んでいる。

一方、〈帰りけん空もしられず姨捨の山より出でし月を見しまに〉（源重光『後撰集』恋二）は後朝の歌であり、「月」「帰る」の連想である。〈名に高きをばすてやまもみしかどもこよひばかりの月はなかりき〉（藤原為実『詞花集』雑上）信濃守の父とともに下向し、有名な姨捨山の月を見たことを都で詠んだ歌であり、ここでは純粋に「月の美しさ」を詠む。〈さらしなやをばすて山のたかねよりあらしをわけていづる月かげ〉（藤原家隆『新勅撰集』秋歌上）も美しい月である。

中世より棚田が作られるようになると、田の一枚一枚に月が映る「田毎の月」という語が作られる狂言『木賊』に「さらしなの里、おばすて山、田ごとの月」と言われ、近世には、〈更科やいなばの露を吹く風に田毎のつきのかげぞくだくる〉（千坂畿『大江戸倭歌集』秋歌）と歌に詠まれ、広重の「六十余州名所図会　信濃　更科田毎月鏡台山」が描かれ、「月」の新たな見方が登場した。

〈例句〉

謡 俤《おもかげ》や姨ひとりなく月の友　芭蕉（『更科紀行』）

前書「姨捨山」貞享五年（一六八八）、中秋の名月の夜、更科の里にての句である。『大和物語』『今昔物語集』に記され、謡曲『姨捨』を思う。遠い昔捨てられ、独り泣いたであろう老女の俤を忍び、自分もひとりであるが、ただ月だけが友のようにそこにあることだ。季語は〈月〉で秋。

［大内瑞恵］

木《き》曽《そ》　長野県（信濃国）

木曽路《じ》、木曽谷《だに》、木曽の桟《かけはし》、寝覚《ねざめ》ノ床、御嶽山《おんたけさん》

〈本意と連想関係〉信濃国南西部（長野県木曽郡）。木曽川・奈良井川上流の山岳地帯。古代には美濃に属したが、中世には信濃の一部と考えられ、近世には信濃国、尾張藩領となった。ここを通る道を木曽路という。

木曽路は大宝二年（七〇二）に起工、和銅六年（七一三）に開通したという東山道の一部。桟《かけはし》があって、嶮《けわ》しい道として知られた。「美濃信濃二国之堺、径路険阻、往還艱難、仍て吉蘇路《きそぢ》を通ず」（『続日本紀』和銅六年七月）とある。

『倭名類聚抄』に「桟 加介波之、板木、険に構へて道と為す也」とあり、嶮しい崖に沿って板を棚のようにかけて作った道。古代から知られ、『能因歌枕』「しなのの国」に「きそのかけはし」と記され、〈分けくらすきそのかけはしたえだえに行末ふかきみねの白雪〉（藤原良経『続拾遺集』羈旅歌）と、冬は絶え絶えになる様子が

案じられている。

一方、嶮岨な道から恋の困難を詠む歌も登場する。なかなか言い出せないことを喩えた〈なかなかにいひもはなたでしなのなるきそぢのはしのかけたるやなぞ〉（源頼光『拾遺集』恋四）、通う人が多いと言われる女に送った〈あさましやさのみはいかにしなのなるきそぢのはしのかけわたるらん〉（平実重『千載集』恋歌四）である。

また、木曽路随一の景勝地として「寝覚《ねざめ》ノ床《とこ》」がある。木曽郡上松《あげまつ》町にあり、木曽川の寝食により花崗岩が直角に削れ柱状節理の絶壁となった奇勝である。

竜宮（浦島太郎）伝説があり、謡曲『寝覚』は「さても信濃の国木曾の郡に、寝覚の床とて在所あり。かの所に三帰《みかえり》の翁《おきな》と申す者。寿命めでたき薬を与ふる由」とこの地を紹介する。天正一八年（一五九〇）、細川藤孝は〈月のみかねさめの床の秋の月〉（『東国陣道記』）の句を残す。

木曾の御嶽山《おんたけさん》は、長野県木曽郡の山。山裾は広く長野県のみならず岐阜県に及ぶ。頂上には御嶽神社が祀られ、御嶽信仰で知られる。古くは「王嶽《おうたけ》」と呼ばれていた。貝原益軒は木曾を通り「おんたけとは木曾の御嶽なり」（『岐蘇路之記』宝永六序）と記す。

〔例句〕

諧 **寝覚の床や夢もこゞへき**　貞室（『正章千句』）

前句「雪国ときく信濃路を旅にみて」に付けた付句《つけく》。近世には木曾は、前掲の九条良経の歌に詠まれたように、雪深い地であった。夢に信濃路を旅して、夜中ふと目を覚ますと、雪国だけに夢も凍えるように寒く感じられることだ。季語は「凍ゆ」で冬。

諧 **おくられつおくりつはては木曽の秋**　芭蕉（『あら野』）

『更科紀行』では「送られつ別ツ果ハ木曾の秋」とする。『あら野』の段階では二句を「おくりつ」、紀行で「別ツ」とした。『更科紀行』の孤独さよいが、旅先の出会いの句としてはこちらの句形にも味がある。旅において、あるときは人に見送られ、あるときは人を見送る。それを繰り返し、嶮岨な木曽路を越え辿り着いた木曽はもう秋になっていたことであるよ。

［大内瑞恵］

不破《ふわ》の関《せき》　岐阜県（飛彈・美濃国）

不破《ふは》の関《せき》　関ヶ原、野上、寝物語（今須）

〔本意と連想関係〕　美濃国不破郡内（岐阜県不破郡関ケ原町）。律令制度に於いて、畿内と美濃国の間に設置された東山道の関。「美濃の関」とも。東海道の鈴鹿関《すずかのせき》、北陸道の愛発関《あらちのせき》とともに三関と呼ばれる。延暦八年（七八九）七月に三関は停止された。関屋があり、関守もいたようであるが、中世には荒廃した。

『万葉集』に〈荒し男も立しやはばかる不破の関越（く）えてわは行く〉（防人歌・長歌）と、固い守りが詠まれているが、平安時代には〈今はとて立ち帰りゆくふるさとの不破の関路に都忘るな〉（藤原清正『後撰集』離別）と、出立する人が都を振り返り感傷の思いをなす場となっていく。平安時代後期には、荒廃が進み、〈霰もる不破の関屋に旅寝して夢をもえこそとほさざりけれ〉（大中臣親守『千載集』羇旅）のように、霰が漏れ落ちる関屋であったり、〈人すまぬ不破の関屋の板びさしあれにし後はただ秋の風〉（『新古今集』雑・中）と無人で荒れ果てた様子が詠まれるようになっていった。

一方、鎌倉時代以降は、鎌倉往還の人が増え、街道が整備されていくが、「不破の関」は、四季の風物と関が取り合わされた名所となる。

この不破の関が置かれた一帯を、関ヶ原といい、伊吹山系の合間、中山道・北国街道・伊勢街道が通る交通及び軍事の要衝であった。慶長五年（一六〇〇）、この地で関が原の戦があった。

この関ヶ原と垂井の間に野上の宿があった。古く『和名抄』「美濃国不破郡」に「野上郷」の名があり、平安時代には「美濃の国になる境に、墨俣といふ渡りして、のがみといふ所に着きぬ。そこにあそびども出で来て、夜ひとよ、うたうたふにも」（『更級日記』）とあるように、遊女が多く集まる地となり、中世紀行文にも見られる。

また、不破の関あたりの里に「寝物語（今須）」がある。「ねものかたりといふ里は美濃と近江の堺とかや」（『類船集』）と記されるように、昔、近江国と美濃国との境が小溝を隔てて接し、両国の者が寝ながら話ができることからこの名がついたという。平安末期、平治の乱で敗走する源義朝を追ってこの宿に泊まった常磐御前が、義朝の家臣と語り合ったという伝承がある。が、この美濃の山中で殺されたという伝承もある。絵巻「山中常磐」（岩佐又兵衛）などで知られる。

〔例句〕

諧 **秋風や藪も畠も不破の関**　芭蕉（『野ざらし紀行』）

『野ざらし紀行』の旅において、「います・山中を過て、いにしへ常磐の塚有。伊勢の守武が云ける「よし朝殿に似たる秋風」とはいづれの所か似たりけん。我も又」に続き「義朝の心に似たり秋の風」。荒木田守武の句を「心に似たり」と読み換えて、中世に思いをはせる場面であるが、同時に不破の関は古代からの歌枕。前掲の「荒れにし後はただ秋の風」を思い起こしつつ、荒れ果て、すっかりその痕跡もなくなってしまい、藪や畠になってしまった不破の関。それでも古歌と同じ秋風が吹く。季語は「秋風」で秋。

［大内瑞恵］

佐夜の中山《さやのなかやま》

さよの中山、夜泣石《よなき》、日坂《にっさか》

静岡県（遠江国）

〈本意と連想関係〉　静岡県掛川市日坂《にっさか》と島田市金谷との間にある東海道の坂路で、左右に谷のある曲折によって難所として知られた。表記に「佐夜・小夜・佐野」などがあり、古くは「さやの中山」と読まれ、恋歌を支える歌枕であった。『古今集』巻二の紀友則の歌〈あづまぢのさやの中山なかなかになにしか人を思ひそめけむ〉が初出とされる。

『千載集』に至ると、「小夜の中山」は羇旅歌の素材となり、都からの隔絶感を象徴しはじめるが、やがてそこに恋歌の要素も復活していったようである。

『新古今和歌集』の西行の歌〈年たけて又こゆべしと思ひきや命なりけりさ夜の中山〉も羇旅歌として入集しているが、〈命なりけり〉という個性的な表現は後世に多くの引用を生んだ。謡曲『賀茂物狂』にも「小夜の中山なかなかに、命のうちは白雲の又越ゆべしと思ひきや」などとある。

俳諧においても「命」からの連想が多い。『崑山集』（慶安四年）に〈命《いのち》さまぞ佐夜の中山時鳥〉（良保）があり、『ゆめみ草』（明暦二年）にも〈みのかさは命也けりさよ時雨〉（重成）があって、これは西行の歌の〈命なりけりさ夜〉までを取った凝った作りである。『境海草《さかいぐさ》』（万治三年）の〈命なりけり灸《やいと》なりけり〉（一幽）には〈やせこけて又こゆべきと思ひきや〉（長治）が付けられ、西行の影響を見ることができる。

檀林俳諧においても『大阪独吟集』（延宝三年）に〈一かせぎいのちのうちにと存候《ぞんじそろ》〉（幾音）に〈江戸まで越る佐夜の中山〉と付され、西鶴は『大坂檀林桜千句』（延宝六年）に〈水かさまされる川越の駕籠〉（夕烏）に対して〈金谷迄やれ命也佐夜の山〉と付けている。また『洛陽集』（延宝八年）の正長の句〈煮売也佐夜の中山鯸汁《ふぐとじる》〉とあるのは、背後に「命」を思わせた句ということができよう。さらに『二葉集』（延宝七年）の〈ぬけ共《ども》ぬかれぬさやの中山〉（銕幽）は、「佐夜」に「鞘」を掛けた句で、これも背後に「命」が置かれていると考えられる。

俳諧において、小夜の中山の本意は、ほぼ「命」の連想にあり、そうでない場合も旅の景となっていて、古今集の恋からの連想からは遠ざかっているようである。

〈例句〉

諧 **命なりわづかの笠の下涼み**　桃青（芭蕉）（『江戸広小路』）

「小夜中山にて」という前詞のある句で延宝四年の作。江戸で立机した後、初めて帰郷する途次の句といわれ、歌枕で西行の世界を偲ぶという域を超え、実際に自分が「命」を懸けて人生を旅に置き、歌枕の本意が自己の現実と重なった句となっている。他に〈忘れずば佐夜の中山にて涼め〉（芭蕉）『丙寅紀行』（貞享三年）がある。なお、芭蕉作とされる〈又越《またこえ》む佐夜の中山はつ松魚〉と、「佐夜の中山にて」と前詞のある〈けけらなくよこをりふせて郭公《ほととぎす》〉は存疑とされる。

諧 **鶯や佐夜の中山冬ごもり**　野坡（『佐夜の中山』）

はや鶯が鳴いているが、山奥である佐夜の中山あたりは、まだ冬ごもりの生活をしていることだ。この句は、筑前の遊五が、師の野坡から勘当を解かれたときに送られた句で、直接には「佐夜の中山」の本意の見えない句だが、句の背後に西行の「又こゆべし」「命なりけり」を置くことによって、〈勘当されて〉冬ごもりをしていた遊五にも鶯を鳴かせようという思いの伝わる句となる。遊五はこの句をもとに鶯塚を建立し、句集『佐夜の中山』を刊行した。

［秋尾　敏］

富士《ふじ》山

富士の嶺《ね》、富士の高嶺、不二、不尽、富嶽、芙蓉峰《ふようほう》

静岡・山梨県（駿河国）

〈本意と連想関係〉　駿河国の歌枕。静岡と山梨の県境に跨《またが》る日本最高峰（標高三七七六メートル）の成層火山。天応元年（七八一）の記録（『続日本紀』）以来、噴火は十数回に及び、特に大規模であった貞観六年（八六四）五月の噴火では、噴出した溶岩流が青木ヶ原樹海《あおきがはらじゅかい》や河口湖・西湖《さいこ》・精進湖《しょうじこ》を形成した。古くより聖なる山、荒ぶる火山として敬慕・畏怖《いふ》され、富士山本宮浅間神社は富士山を神体として祀る。宝永四年（一七〇七）には、噴火により東側山腹に宝永山が生成され、火山灰は江戸にまで及んだ。

日本一の高峰としての神秘性は『万葉集』に〈天地《あめつち》の分かれし時ゆ神さびて高く貴き駿河なる富士の高嶺を…〉（山部赤人《あかひと》・巻三）と詠まれるが、和歌で富士を詠む場合、『和歌初学抄』に「煙立つ、雪絶えず」とあるように、火口から上がる「煙」と降り積もる「雪」がよく題材とされる。

活火山である富士の「煙」は〈富士の嶺の煙もなほぞ立ち昇る上なきものは思ひなりけり〉（藤原家隆『新古今集』恋二）と、相手を恋い慕う「思ひ」に富士の燃える「火」を掛けて「煙」の縁語とし、恋歌として詠まれることが少なくない。また、富士の噴煙は都からの旅人の心を捉え、〈東路《あづまぢ》や富士に煙を見るからに旅の思ひは

心にぞたつ〉（慈円『拾玉集』）と、遙か東国へ至った思いを強くさせた。中でも西行は、我が身の行く末と煙の消えゆく様とを重ね合わせ、〈風になびく富士の煙の空に消えて行方も知らぬ我が思ひかな〉（『新古今集』雑中）と詠んでいる。

〈都にて先《まづ》や語らん大空のなかばに見ゆる富士のみ雪を〉（頓阿『草庵集』）と、富士の「雪」にも都人は大きな関心を寄せる。富士の「雪」は〈田子《たご》の浦ゆうち出でて見ればま白にぞ富士の高嶺に雪は降りける〉（山部赤人『万葉集』巻三）、〈時知らぬ山は富士の嶺いつとてか鹿の子まだらに雪の降るらん〉（在原業平《なりひら》『新古今集』雑中）と、白雪の積もる美しい姿や常に雪の消えることのない恒久性が詠まれた。

なお、〈田子の浦ゆ…〉の歌のように、清見《きよみ》が関・足《あし》柄《がら》の関や武蔵野など、近隣の名所が詠み込まれることも多い。江戸に幕府の開かれた近世期には、市内から眺められる富士は江戸の町の身近な景物として定着、葛飾北斎「富嶽三十六景」などにも絵画化されている。

連想される語に、「雪のつもる、むさし野、田子の浦」（『随葉集』）、「山、根、川、嶋、沢、麓、駿河。△付合ニハ、煙、雪、清見が関、田子、霧、鳴沢、山ざくら、足柄、みほのうら、夕立、子規、むさし野」（『拾花集』）、「中空、武蔵野、みほの海、雪、遠山、しをり、かゞみ、時しらぬ、竹姫、するが」（『連歌付合の事』）、「山、嶺、高根、御嶽、河、裾野、あさまの山、清見潟、煙、三保の浦、氷室《ヒムロ》、なでしこ、飛蛍、東路《アヅマヂ》、太鼓の上手、もゆるおもひ、雪、鷹、蒔狩《マキガリ》、苔、香炉ノ灰、権現、千間、人穴、武蔵野、足柄《アシガラ》、神《カン》原、興津、吉原、由井、行人、袖師《ソデシ》が浦、浮嶋が原、あしたか山、曽我の夜討《ヨウチ》、仁田しゝに乗ル、比叡の山」（『類船集』）。

〈例句〉

諧 **煙にもすゝけず白し富士の雪**　徳元《とくげん》（『犬子集』）

「煙」も「雪」も和歌で富士とともによく詠まれた景物。一句は、噴煙にも煤けることなく、富士に積もる雪は白く美しいとの意。徳元には、富士と武蔵野とを組み合わせた〈武蔵野の雪ころばしか富士の山〉（『犬子集』）の句もある。

諧 **によっぽりと秋の空なる富士の山**　鬼貫《おにつら》（『仏兄《さとえ》七車《ななぐるま》』）

抜きん出て高い様を表現した上五が秀逸。〈言の葉も及ばぬ富士の高嶺かな都の人にいかが語らん〉（源有房『続千載集』羇旅）と和歌で詠まれた富士の高嶺を、鬼貫は〈によっぽり〉と表現した。一句は、秋の高い空に、高々と富士の峰が聳《そび》えているの意。康工の『俳諧金花伝』（安永二年［一七七三］刊）は、この句を「言詰《いひつめ》ず、雪もあり、霧もあり、言外に意味あふる」と絶賛している。

［稲葉有祐］

鳴《なる》海《み》

鳴海潟、鳴海の浦

愛知県（尾張国）

〈本意と連想関係〉　現在の、名古屋市緑区鳴海町一帯。尾張国の歌枕で千鳥の名所。かつて、天白《てんぱく》川流域の伊勢湾に深い入江の鳴海潟が形成され、河口部は鳴海の浦と呼ばれていたが、近世初期には入江が後退し、陸地となる。濃尾《のうび》平野の東端に位置する交通の要所で、東海道の宿駅として繁栄し、特産物の鳴海絞りは著名。また、鳴海の豪家、千代倉《ちよくら》（下里《しもさと》）家は代々風流韻事を好み、多くの文人墨客が杖をとどめた。貞享四年（一六八七）、芭蕉は『笈の小文』の旅の途次に下里知足《ちそく》を尋ね、当地で〈星崎の闇を見よとや啼《なく》千鳥〉句を詠んでいる。

和歌では、潟という地形から〈鳴海潟沖にむれゐる群《あぢむら》のすだく羽風の騒ぐなるかな〉（藤原仲実『堀河百首』）と、そこに集まる水鳥を組み合わせることが多く、特に千鳥が詠まれた。〈鳴海潟夕波千鳥立ち返り友呼続《よびつぎ》の浜に鳴くなり〉（厳阿『新後拾遺集』雑秋歌）はその歌例。「成る」を「鳴海」に言い掛けることも頻繁に行われており、〈浦人《うらびと》の日も夕暮れになるみ潟帰る袖より千鳥鳴くなり〉（源通光『新古今集』冬歌）では、夕暮れになり、海人が鳴海潟を帰る、〈小夜千鳥声こそ近くなるみ潟傾く月に潮や満つらん〉（藤原季能・同冬歌）では月が傾き、夜が更けるにつれて潮が満ちてくる中、千鳥の鳴く声が近くなると詠まれている。

また、恋歌として〈甲斐なきは名を人知れず逢ふことの遥かなるみのうらみなりけり〉（増基『後拾遺集』恋三）、〈寄る浪も哀れなるみのうらみさへ重ねて袖に冴ゆる比《ころ》かな〉（後鳥羽院『後鳥羽院御集』）のように「鳴海」に「（遥か・哀れ）なる身」、「浦」に「恨（み）」を掛ける例も散見される。

鳴海潟は、『海道記』に「朝には入り潮にて、魚に非《あら》ずば泳ぐべからず、昼は潮干潟、馬を早めて急ぎ行く」とあるように、日中は潮干潟となるが、夕方には潮が満ちてくる。そのため、〈鳴海潟塩瀬の波に急ぐらし浦の浜路にかかる旅人〉（大江忠成『玉葉集』旅歌）、〈旅人はさぞ急ぐらん鳴海潟潮干のかたの道にまかせて〉（藤原為氏『新千載集』羇旅《きりょ》歌）と行路を急いだり、〈鳴海潟潮の満ち干のたびごとに道踏みかふる浦の旅人〉（詠み人知らず『新葉集』羇旅歌）と道を変えたりする旅人が詠まれる。〈都思ふ涙のつまとなるみ潟月に我問ふ秋の塩風〉（藤原定家『拾遺愚草』）と、を思う歌も詠まれた。

連想される語に、「浜千鳥、あぢむら、鈴虫、浜楸、塩のみちひ」（『随葉集』）、「渡、浦、野、浜、沖、海、寺、尾張。△付合ニハ、鈴虫、千鳥、月、満汐、浜楸、雪、うつせ貝、紅葉、あぢむら」（『竹馬集』）、「渡、浦、野、潟、浜、沖、海、寺、呼続橋《ヨミツギノ》、若浦、千鳥、鵆、鯛《タイ》釣《ツル》、浜楸《ハマヒサギ》、塩竈《シホガマ》、都こひし、空貝《ウツセ》、蜑《アマ》、鈴虫、擣衣、玉も刈、上野の道、塩満」（『類船集』）。

〈例句〉

諧 宵闇や霧のけしきになるみ潟　其角《きかく》（『卯辰集』）

仲秋の名月後の十七、八日頃は月の出が遅く、暫く闇になる。これを「宵闇」という。一句は「鳴海」と「成る」との掛詞を用い、漸く月が上り、暗闇から次第に霧のかかった鳴海潟が見えてきたとの意。「霧」を詠んだ歌例には〈聞くからに哀れなるみの小夜千鳥霧立つ波の末の松風〉（慈鎮『最勝四天王院障子和歌』）がある。

諧 鈴虫や鳴海なはての駄負《だおひ》馬　知足（『熱田宮雀』）

鳴海潟は夕方になると潮が満ちてくるため、往来の人々は鳴海野（鳴海付近の野原）を通行する。「駄負」とは、寒さのために荷馬に掛ける覆いのこと。一句は、秋、駄負をした荷馬が鳴海の縄手道を歩いていると、周りの野から鈴虫の音が聞こえてきたとの意。鳴海野と鈴虫を詠んだ歌として〈故郷にかはらざりけり鈴虫の鳴海の野辺の夕暮れの声〉（橘為仲『詞花集』秋）がよく知られる。

［稲葉有祐］

伊勢《いせ》

三重県（伊勢国）

伊勢の海、伊勢島、苧生《おう》の浦、内外宮、五十鈴川、神路山、月読、海

〈本意と連想関係〉 伊勢国（現在の三重県中部）のこと。和歌では「伊勢の海、伊勢の嶋、伊勢の浜、伊勢の神」いずれかの形で詠まれる場合が多い。「伊勢の海」は〈伊勢海之《イセノウミノ》　礒毛動尓《イソモトドロニ》　因流浪《ヨスルナミ》　恐人尓《カシコキヒトニ》　恋渡鴨《コヒワタルカモ》〉（笠女郎『万葉集』相聞）など、『万葉集』以来恋の歌に詠まれることが多い。それ以降も〈伊勢の海につりするあまのうけなれや心ひとつを定めかねつる〉（読人しらず『古今和歌集』恋歌一）、〈いせのうみのあまのつりなは打ちはへてくるしとのみや思ひ渡らむ〉（同・同）など、様々な恋の思いと共に詠まれてきた。これ以外の寄合語に「みるめ、しほ干貝、塩焼、まてがた、釣舟、あはびの貝、朝霞、忘貝、清渚《きよきなぎさ》、月、天てる神風、鶴、浜荻、鴈がね、玉も刈、いさり火」（幽山著『和歌名所追跡考』延宝六年跋）などがある。

「伊勢の嶋」は「嶋」とは言うものの、〈伊勢しまやいちしのうらのあまだにもかづかぬ袖はぬるるものかは〉（道因法師『千載和歌集』恋歌四）とあるように「一志の浦、二見ノ浦」（『名所小鏡』）など伊勢湾沿いの海岸を指したものと推測される。寄合語としては「磯なづむ、あまの焼火、月、水鳥、あらき浜べ、紀の海かけて、若の松原、秋風、雪、かすみ、浜荻、みるめにまじるうつせ貝、霜、しき波」（『和歌名所追跡考』）などが挙げられる。なかでも多く詠まれるのは〈伊勢島や潮干の潟にあさりてもいふかひなきはわが身なりけり〉（六条御息所『源氏物語』須磨）、〈伊勢しまやしほひもしらず袖ぬれていけるかひなき世にもふるかな〉（藤原良経『続後撰和歌集』雑歌中）などの「潮干」（『名所付合』『名所小鏡』）であり、「貝なき」に「甲斐なき」を掛けて自分の境遇を嘆くかたちで詠まれている。

「浜」に関しては「妹こひしらに見つる月、思はぬ磯、旅寝、かりがね、むすぶ枕、恋わたる、涼しき風、蛍」（『和歌名所追跡考』）などが寄合語に挙げられるが、なかでも最も多く詠まれるのは「浜荻」であろう。「伊勢の浜荻難波の芦」という成語があるように「浜荻」とは芦のことであり、場所によって同じ物の呼び名が変わることのたとえとして引用される。和歌では〈風さむみ日かずもいたくふる雪に人やはおらん伊勢の浜荻〉（順徳院『紫禁和歌草』）など、「寒し」「涼し」「つらし」「身にしみわたる」などの心情とともに表現される場合が多い。

また、伊勢と言えば「天照神」（『名所付合』）を祀《まつ》った伊勢神宮で広く知られている。〈神風之《カミカゼノ》　伊勢乃浜荻《イセノハマヲギ》　折伏《ヲリフセテ》　客宿也将為《タビネヤスラム》　荒浜辺尓《アラキハマヘニ》〉（碁檀越之妻『万葉集』相聞）とあるように「神風の」は「伊勢」に掛かる枕詞であった。伊勢神宮を詠んだ歌としては〈かたそぎの千木はうちとにかはれどもちかひはおなじ伊勢の神風〉（度会朝棟『風雅和歌集』神祇歌）などが見うけられる。右の歌の「かたそぎ、千木」以外では「宮柱、君が代、玉ぐしのは、八の石ぶみ、宮人、榊、月、しめ縄、神ぢ山、杉」（『名所付合』）などが寄合語に挙げられている。

〈例句〉

諧 歌いづれ小町おどりや伊勢おどり　貞徳（『犬子《えのこ》集』）

小町踊は鉢巻・襷《たすき》姿の娘たちが華美な衣装で町を踊り歩く七夕踊り、そして伊勢踊は伊勢神宮の神霊を諸国に送る神送りの踊りのこと。ここは平安女流歌人「小町」と「伊勢」の名に掛けて、どちらの歌が優れているかと戯れに優劣を問いかけたもの。

諧 蓬莱に聞かばや伊勢の初便り　芭蕉（『真蹟』）

めでたい正月の飾り物である「蓬莱」を前に、伊勢の神々しい元日の儀式に思いをはせ、伊勢からのめでたい初便りも聞きたいものだとしたもの。

［本間正幸］

鈴《すず》鹿《か》

三重県（伊勢国）

鈴鹿の関、鈴鹿山、鈴鹿川

〈本意と連想関係〉 伊勢国の歌枕。北西部に鈴鹿山脈が走り、山脈南部の鈴鹿峠付近を源流とする鈴鹿川は四日市で伊勢湾に注ぐ。鈴鹿峠辺は古く鈴鹿山と呼ばれた交通の要衝にあたり、延暦八年（七八九）まで古代三関の一、鈴鹿の関が設けられていた。

京都から伊勢に向かう際、鈴鹿山を越える伊賀越えのルートは天候の変化が激しく、また〈ふりず名を鈴鹿になるる山賊《やまだち》は聞え高きもとりどころかな〉（西行『山家集』）の歌にあるように、山賊の出没する難所として知られていた。鬼の棲家とも伝えられる（『田村草子』）。そのため、〈思ふ事なるといふなる鈴鹿山越えて嬉しき境とぞ聞く〉（村上天皇『拾遺集』雑上）と、無事に山越えをした喜びも詠まれている。

前出の歌にも見られる修辞だが、鈴鹿山を和歌に詠む場合は「振る」「鳴る」などの「鈴」の縁語を「経《ふ》る」「降る」や「成る」の語と掛けるのが常套的。〈世に経れば又も越えけり鈴鹿山昔の今になるにやあるらん〉（徽子女王『拾遺集』雑上）は、世に永らえている（経る）ので昔越えた鈴鹿山を再び越えることになったとする歌例。〈神無月時雨《しぐれ》の雨の降るからにいろいろになる鈴鹿山かな〉（摂政家参河《みかわ》『金葉集』冬）では時雨が降り紅葉した鈴鹿山、〈降るままに跡たえぬれば鈴鹿山雪こそ関の鎖《とざ》しなりけれ〉（藤原良通『千載集』冬）では降るにつれ雪が古《いにしえ》の関所の鎖しのようになり、往来が絶えてしまった鈴鹿山が詠まれた。「音」も「鈴」の縁語で〈音もせずなりもゆくかな鈴鹿山越ゆてふ名のみ高く立ちつつ〉（詠み人しらず『後撰集』恋六）は、恋のうき名が高く立つ一方で、恋人の訪れ（音）のなくなった悲しみを鈴鹿山によそえて詠んでいる。

鈴鹿山を詠んだ歌として最も著名なのは、西行の〈鈴鹿山うき世をよそに振り捨てていかになり行く我が身なるらん〉（『新古今集』雑中）であろう。この歌は源俊頼の〈音もせで越ゆるにしるし鈴鹿山振り捨ててける我が身なりとは〉（『散木奇歌集』雑部上）を本歌とし、出家後まもなく伊勢に下る際に詠んだ歌。都を捨て鈴鹿山に至った西行の覚悟をよく表現しており、後世、〈都をば今日振り捨てて鈴鹿山越ゆなる人に関の名も惜し〉（木下長嘯子『挙白集』）との作も生んだ。

鈴鹿川は〈鈴鹿川八十瀬《やそせ》渡りて誰ゆゑか夜越《よごゑ》に越えむ妻もあらなくに〉（作者不詳『万葉集』巻一二）と、その瀬の多さで知られ、「八十瀬川」とも呼ばれる。『和歌初学抄』には「音高くなるなどそふべし」とある。〈五月雨《さみだれ》の日を経るままに鈴鹿河八十瀬の波ぞ声増さるなる〉（源盛子『詞花集』夏）は「声増さる」としたもので、「振る」「経る」の掛詞を用いつつ、五月雨に増水した鈴鹿川の勢いをよく表している。

連想される語葉に、「一、鈴鹿川には、八十瀬の波、斎宮」（『随葉集』）、「蜑、捨衣、雪、山田原、時雨、木葉、世をすつる、五月雨、紅葉、神路山、花、ほと丶ぎす、古郷おもふ、駅路、月、榊葉」（『竹馬集』）、「川、山、関、駅路《ムマヤヂ》、山田の原、神路山、田村麻《マ》呂《ロ》、祇園会、山賊、鬼神、あの丶松原、みつ子山、あめ、岩こす浪、花の淵、老の波、榊葉」（『類船集』）。

〈例句〉

諧稲づまや浮世をめぐる鈴鹿山　越人（『続猿蓑』）

一句は〈鈴鹿山浮世をよそに…〉歌を踏まえ、西行が俗世を捨てて臨んだ鈴鹿山で一瞬の稲光が閃くのを見、現世のはかなさに思い至ったとの意である。

諧おそろしき鈴鹿もいまや初紅葉　涼菟（『皮籠摺』）

鈴鹿山には山賊や鬼が住むとされる。一句は、そのような恐ろしい鈴鹿山でも、〈神無月時雨の…〉歌のように、今は紅葉の季節を迎えていると詠んだ。

諧川の瀬も鳴るや鈴鹿の花曇り　昌房（『雪の白河』）

鈴鹿川は数多くの瀬で知られる。一句は、波音が瀬々に響く鈴鹿川は花曇りであることよの意。和歌伝統に則り「鈴」の縁で「鳴る」の語を用いている。　［稲葉有祐］

二見浦《ふたみがうら》

三重県（伊勢国）

二見潟、高城《たかしろ》浜、御塩《みしお》浜、夫婦岩《めおといわ》

〈本意と連想関係〉 伊勢国の歌枕。「二見潟」とも。志摩半島北縁。五十鈴《いすず》川河口右岸、今一色《いまいっしき》の高城《たかしろ》浜から東へ立石崎《たていしざき》に至り、松原の景勝地として知られる。立石崎沖合には注連《しめ》縄で結ばれた大小の石「夫婦石」がある。『倭姫命《やまとひめのみこと》世紀』の伝承によると、垂仁《すいにん》天皇の皇女倭姫命が桑名野代《のしろ》宮行幸の際に当地を海上から眺め、さらに五十鈴川の辺りに斎宮を建て「再び見た」ので二見と名付けられたという。高城浜は伊勢神宮参拝に際して身を清める垢離《こり》の場。〈二見潟月をも磨け伊勢の海の清き渚の春の名残を〉（後鳥羽院『最勝四天王院障子和歌』）と、「清き渚」とも呼ばれる。貝の名所で、当地の貝は貝合に用いられる。晩年になって十年ほど二見に住んだ西行は、京都からの依頼で蛤を拾い集める女童たちに出会い〈今ぞ知る二見の浦の蛤を貝合せとて覆ふなりけり〉（『山家集』）と詠んでいる。

和歌では「貝」の縁で「二見」を「蓋」・「身」と掛けて詠出されることが多い。〈あけがたき二見の浦による波の袖のみ濡れて沖つ島人〉（藤原実方『新古今集』恋歌三）は、夜、訪れのない戸に寄り掛かり、一人恋人を待ち続ける悲しみを「二見」によそえて表現したものだが、「二見」と「（開けがたき）蓋」との掛詞を用いるのみならず、「あけがたき」に「明けがたき（夜）」、「開けがたき（戸）」を掛け、「浦」との縁で「波」や「寄る」を詠みつつ、「寄る」と「夜」とを掛詞とし、さらに「沖」に「起き」を掛けた技巧的な歌。また、「蓋」の縁で「玉匣《たまくしげ》（鏡・化粧道具などを入れておく手箱の美称）」を冠して詠まれ、〈玉匣二見の浦の貝しげみ蒔絵に見ゆる松の群立《むらだち》〉（大中臣輔弘『金葉集』雑部上）では、二見浦の松原の美しさが、玉匣の蒔絵に見立てられた。同歌では「貝」から螺鈿《らでん》が想起されている。

「浦」の縁で「寄る」、そして「夜」と連想されて〈二見潟月影冴えて更くる夜に伊勢島遠く千鳥鳴くなり〉（足利尊氏『延文百首』）、〈玉匣二見の浦の夕月夜明けても見ぬは夢路なりけり〉（順徳院『建保名所百首』）と月が詠み合わせられ、〈春の色を誰をさめけむ伊勢の海の二見の浦の曙の空〉（慈円『拾玉集』）のような明け方の情景も詠まれるようになった。〈二見潟伊勢の浜荻敷妙《しきたへ》の衣手《ころもで》かれて夢もむすばず〉（藤原定家『建保名所百首』）と、「浜荻」もよく詠まれた景物である。

連想される語に、「夕月夜、浜荻」（『拾花集』）、「山、潟、伊勢。△付合ニハ、貝、衢、松、夏の月、いせじま」（『随葉集』）、「伊勢嶋、千鳥、浜荻、夏の月、松の村立、玉櫛笥《タマクシゲ》、沖津《オキツ》嶋人、鏡岩、防風、海蘿《フノリ》、貝、海松《ミル》、但馬、播磨《ハリマ》」（『類船集』）。なお、播磨国の歌枕にも二見浦があり、どちらを詠んだものか判然としない歌も少なくない。

〈例句〉

諧 蛤《はまぐり》のふたみにわかれ行《ゆく》秋ぞ　芭蕉（『おくのほそ道』）

『おくのほそ道』の末尾を飾る句として著名。旅の終焉、大垣から伊勢遷宮を拝観するため二見浦を目指した折の吟で、「二見」に「蓋」「身」「見」を掛け、蛤が蓋と身に分かれるように、過ぎゆく秋とともに親しい人々と別れ、遷宮を見るために二見浦へと向かうのだとの意。句には西行の〈今ぞ知る…〉歌が踏まえられるとされる。

諧 ふたみがたかげや蒔絵のふん月夜　常信（『続山井』）

『金葉集』の〈玉匣二見の浦の貝しげみ…〉の歌で蒔絵に見立てられた二見潟の松を詠んだ句。下五の「ふん」は「蒔絵の粉《ふん》」と「文月《ふんづき》」との上下に掛かる掛詞。一句は、七月の月光が差し、二見潟はまるで金銀の粉が輝く蒔絵のような美しさであるの意。

諧 立帰り花や二見の伊勢桜　利邑（『毛吹草』）

一句は「二見」に再び見る意を掛け、二見から立ち帰ろうとするときに、思いがけなく二度咲きの伊勢桜を見たことだよの意。同趣向の歌に〈時ならで又も桜の花盛り春を二見と言ふべかりけり〉（鴨長明『夫木抄』巻三二）がある。

［稲葉有祐］

逢坂《おうさか》《あふさか》　滋賀県（近江国）

関《さか》、山、蟬丸神社

〈本意と連想関係〉　大津市南部にある東海道の坂。北西に逢坂山（標高三二五メートル）があって近江と山城の国境をなし、近江側に逢坂の関が置かれた。『五代集歌枕』『八雲御抄』等は、その関の位置によって逢坂を近江国とする。会坂、相坂とも書く。

逢坂の関は大化二年（六四六）に置かれ、一時廃止されたが、天安元年（八五七）に復活。畿内の北限とされていたため、東国に向かう都人には別離の坂であった。『万葉集』巻十五に〈我妹子に逢坂山を越えて来て泣きつつ居れどあふよしもなし〉とあり、『古今集』にも〈かつ越えて別れもゆくか逢坂は人だのめなる名にこそありけれ〉とある。その一方で東国から都に戻る人にとっては文字どおり逢坂で、『後撰集』には、この地に住んだ蟬丸の歌〈これやこの行くも帰るも別れつつ知るも知らぬも逢坂の関〉が載る。

連歌では、『連珠合璧集』（文明八年）の「むまや」（厩・馬屋・駅）の項に「逢坂の関」がある。これは『拾遺集』巻三の〈逢坂の関の清水にかげ見えていまや引くらん望月の駒〉（貫之）などによるのであろう。俳諧でも『誹諧寂栞』（文化九年）の「壬生の山家」で、芭蕉の〈ともにとしよる逢坂の杉〉に卓袋が〈晨明《ありあけ》にしばし隔《へだ》て馬と駕《かご》〉と付けている。

『俳諧類船集』の「逢坂（山・関）」の項には「近江の海・鶯・夕附鳥・関の杉村・郭公・さねかづら・駒むかへ・旅人・しの薄・杉間の月・岩清水・関の明神・琴の音・走り井・蟬丸・おいわけ・大谷・大津の八町・三井寺・関守・別れ路」が記され、「菊」の項に「逢坂の関」がある。「夕附鳥」は鶏。『古今集』の〈逢坂のゆふつけ鳥もわがごとく人や恋しき音のみ鳴くらむ〉（読人しらず）によって「逢坂」と結びついた。『天満千句』で〈折ふし郭公こきやかうの声〉（梅翁）に〈あふ坂の関に用る正気散〉（素玄）と付けているのは、「郭公」の連想に加え「こきやかう」が鶏の声であるから。

『崑山集』（慶安四年）の「逢坂にて」に、貞徳の〈逢坂の翁の吟かせみの声〉（長頭丸）など蟬の句が十一句並び、許六にも〈杖の間の逢坂山やせみの声〉がある。これは「蟬丸」からの連想として「蟬」が関連語になったものであろう。

同じ『崑山集』に「逢坂に当座」と前詞された〈逢坂や清水の冠者木曽踊〉（林鹿）は、逢坂を都（清水の冠者）と地方の文化（木曽踊）が交わる地として捉えたものであろう。同様に『紅梅千句』に〈馬のやまひやはやなをるらん〉（長頭丸）、〈逢坂や八坂で鯖をほどこして〉（正章）、〈乞食あはれむ能登の国人《くにうど》〉（可頼）と続くのも、馬の連想と、都と地方の交錯する地という二つの連想によるものと考えられる。一方で『新撰犬筑波集』には〈逢坂山をこゆるはりかた〉への付句として〈鎌倉の御所比丘尼かやなつかしや〉〈恋の文入て旅だつ具足びつ〉〈露けしや殿もたぬ身はさねかづら〉などが示され、貞門俳諧の卑俗な一面というべきだが、そこに詠まれているのは、やはり別れの切なさである。

〈例句〉

諧 まないたの関はゆるさじ忍び猫　如風（『洛陽集』）

忍び猫がやってきたのであるが、俎を立てて関とし、それを越えさせないというのである。『後拾遺集』巻十六〈夜をこめて鳥の空音ははかるともよに逢坂の関はゆるさじ〉（清少納言）による。

諧 逢坂の蕗の葉かりて一夜鮓《ひとよずし》　一茶（『七番日記』）

逢坂までできたが、ここはすぐ越していくべき地。そこの蕗の葉を借りて、一晩漬けただけの鮨を作ったことだ。

［秋尾　敏］

近江の海《おうみのうみ》《あふみのうみ》　滋賀県（近江国）

志賀、辛崎、大津、勢多、堅田

〈本意と連想関係〉「あふみのみ」とも。「淡海の海」の表記もある。近江国の歌枕。形が楽器の琵琶に似ているところから「琵琶湖」とも、水鳥のカイツブリが多く生息するところから「鳰の海」とも呼ばれた。『俳諧名所方角集』（安永四年跋・素外編）には「（近江の）湖、鳰の海、琵琶湖」と記されている。

早く柿本人麿が詠んだ〈淡海乃海《アフミノウミ》 夕浪千鳥《ユフナミチドリ》 汝鳴者《ナガナケバ》 情毛思努尓《ココロモシノニ》 古所念《イニシヘオモホユ》〉（『万葉集』雑歌）の歌で知られている。和歌に詠まれる際には〈恋ひしのぶ人にあふみの海ならばあらき波にもたちまじらまし〉（建礼門院右京大夫『玉葉和歌集』雑歌四）、〈君が代にあふみの海をいくそたびくはたになせとさだめ置きけん〉（小侍従『夫木和歌抄』雑歌五）など「逢ふ身」に掛けて表現される場合が多い。また、〈相坂（逢坂山）をうち出で（打出の浜）てみれば近江の海しらゆふ花に波立ちわたる〉（よみ人しらず『新拾遺和歌集』羇旅歌）、〈あふみの海せたのわたり（瀬田の渡り）にかづくとり田上（田上山）すぎてうぢ（宇治）にとしへつ〉（武内宿彌『歌枕名寄』）、〈みるめこそあふみのうみにかたからめふきだにかよへしがのうら（志賀の浦）風〉（伊勢大輔『後拾遺和歌集』恋三）など、近辺の地名と共に「しらゆふの花」「海松布《みるめ》」等の景物を詠み込む場合も多い。最後に挙げた〈みるめこそ〉の歌は「海松布」と「見る目」、「近江」と「多み」を掛詞にしたものにほかならない。

これ以外には周囲の山々が湖面に映る美しさを詠じた〈水うみに秋の山べをうつしてははたばりひろき錦とぞ見る〉（法橋観教『拾遺和歌集』秋）のような歌もある。『俳諧名所方角集』は産物として「氷魚《ひを》、江鮒、源五郎鮒」を挙げるが、実際に〈さざ浪やあふみの海のあじろ木に波と共にやひを（氷魚）のよるらむ〉（大江匡房『堀河百首』冬一五首）のように詠んだ歌も見うけられる。

「鳰の海」の呼称を用いた例では、〈鳰の海は氷らぬ浪もなかりけり千里に澄める冬の夜の月〉（九条道家『夫木和歌抄』雑部五）、〈鳰の海やしたひてこほる秋の月みがく波間をくだす柴舟〉（藤原定家『夫木和歌抄』雑部五）など、月光が氷ったように白いさざ波を照らし出すさまを詠んだものや、〈さざ浪や玉藻にあそぶ鳰の海の霞の隙は春風ぞふく〉（藤原家隆『夫木和歌抄』雑部五）のように、一面に立ち籠めた霞が春風の立てるさざ波によって所々途切れるさまを詠んだ叙景歌、さらには〈五月雨にみかさまさりて鳰の海の汀の蘆も浪の下草〉（藤原頼孝『新明題和歌集』夏）のように五月雨によって湖の水量が増すさまを詠んだものなども見うけられる。

〈例句〉

諧 灸《やいと》より近江の海の流れきて　岩井武仙（『二葉集』）

優美な和歌とは異なり、ここは「近江」と「多」、「海」と「うみ（膿）」を掛詞にし、灸を据えた痕から大量の膿が「近江の海」のごとく流れ出すさまを詠んだもの。いかにも俳諧らしい卑俗性に富んだ一句である。

諧 四方より花吹入てにほの波　芭蕉（『白馬』）

「洒落堂記」と前書するように、膳所の門人洒堂の「洒落堂」からの琵琶湖の眺望を詠んだもの。「にほ」は琵琶湖のこと（『卯辰集』は下五を「鳰の海」とする）。四方から吹き入れる風を受けて琵琶湖は波立ち、風に運ばれてきた桜の花びらが辺り一面に舞い散っているというのであろう。絢爛たる絵画のような琵琶湖の景を詠んだもの。「にほ」には「匂ふ」の意も掛けられていよう。

諧 稲妻の弦やきれ行《ゆく》琵琶の湖《うみ》　萬古（『誹諧名所方角集』）

稲妻が一瞬光を走らせてすぐに消えていくさまを、琵琶の弦が一瞬にして切れてしまうさまに見立てた一句。「近江の海」「鳰の海」に比べると、詩歌において「琵琶湖」の呼称はあまり見うけられない。その点において右の句をはじめ、『俳諧名所方角集』に掲載される〈鳰照るや秋は錦の琵琶袋〉（平砂）、〈三日月は定座に晴れつ琵琶の湖〉（西外）などは貴重な用例といっていいであろう。

［本間正幸］

比叡山《ひえいざん》　滋賀県（近江国）

比叡《ひえ》の山、叡山《えいざん》、北嶺《ほくれい》、大比叡《おおひえ》、延暦寺、根本中堂、東塔、西塔、横川

〔本意と連想関係〕 京都府と滋賀県の境にある山。古くから王城鎮護の霊山とされていた。東の嶺を大比叡あるいは大岳と呼び、標高は八四八メートル、これに四明岳、釈梼ヶ岳、水井山、三石岳を合わせた五峰を総称して比叡山と呼ぶ。もとは大比叡神、小比叡神をまつる山岳信仰の山であったが、霊亀元年（七一五）ごろ藤原武智麻呂が禅院を建立。延暦七年（七八八）に最澄が一乗止観院を建てて天台宗の本拠地となり、多くの荘園を持って、都の鬼門を守る山として中世に至るまで霊威と財力と武力を誇った。

最澄入寂の翌年に延暦寺の勅号を賜っているが、この名は「三塔十六谷」と称される施設の総称である。この延暦寺を比叡山と呼ぶこともある。元亀二年（一五七一）、織田信長の焼打ちにより堂塔を失い、豊臣秀吉、徳川家康の援助によって復興したが、中世の威光を取り戻すことはなかった。

比叡山は、「叡山」「大比叡」などとも呼ばれ、さらに慈円に〈世の中に山てふ山は多かれど山とは比叡の御山《みやま》をぞいふ〉（『拾玉集』）と詠われて、ただ「山」とのみ詠まれることも多い。ただし「その山」と記された場合は、『伊勢物語』九段により富士山を指す。『塵塚誹諧集』（寛永一〇年）には「鷲山」とあるが、これはインドの霊鷲山《りょうじゅせん》になぞらえ、比叡を鷲山《じゅせん》と呼んだもの。このことからも分かるように、比叡は日本の聖地の代表であり、大きな山として描かれる。

「東塔」「横川《よかわ》」など、延暦寺の施設によってこの地が示されることも多く、『俳諧類船集』では「僧都」「桑門《よすてひと》」「元三《がんさん》」「杉」などの項に「横川」が登場する。さらに寺の行事によって比叡山であることが示される場合もある。『誹諧初学抄』には「延暦寺六月会《みなづきえ》」が記され、『増山井』も「最勝講」「六月会」について解説している。

またさまざまな挿話も伝わり、『俳諧類船集』では、「本尊」の項に「本尊の御前に柘榴をかれしは延暦寺の座主ぞかし」とある。これは、菅原道真の霊を退散させた十三世天台座主の逸話である。また、「布施」の項には「延暦寺千僧読経の布施をあらそふて喧嘩に及《および》し事あり」などとも記されている。さらに「禅法《ぜんぽう》」の項には「応安の比《ころ》延暦寺より状をささげて禅法を退転せしめ南禅寺を破却せんと申たり」とあって、霊力と抗争の二面が伝えられている。

〔例句〕

諧 **細ながう首に日永し山の児《ちご》**　菊阿（『正風彦根躰』）

「山」とは比叡山延暦寺のこと。頭を丸めた稚児の首筋が春の日を受けて印象的だったのであろう。

諧 **大比叡《おおひえ》やしの字を引て一霞**　桃青（『江戸広小路』）

比叡山に「し」の字を引いたように懸かって、ともかくも霞ということになっているのだ。『一休咄』に、大きな字を望まれた一休が、比叡山から麓まで「し」の字を書いたという話が載る。この句は延宝五年（一六七七）の作で、仮名草子『一休咄』の刊行は寛文八年（一六六八）であるから、芭蕉が仮名草子の一休を念頭に詠んだ可能性は高い。

諧 **同《おなじ》日に山三井寺の大根引**　許六（『韻塞』）

「山」は比叡山延暦寺。三井寺は滋賀県大津市の長等《ながら》山園城寺《さんおんじょうじ》の通称。九世紀末の比叡山は、円珍の門流と慈覚大師円仁の門流が分裂し、十世紀末に円珍派は比叡山を下りて、園城寺に移った。延暦寺は山門、園城寺は寺門と呼ばれ、比叡山の宗徒によって園城寺が焼き討ちされることが史上度々あった。弁慶が、三井寺の田原藤太秀郷ゆかりの梵鐘を奪った話はよく知られている。そのように抗争を重ねた両寺の大根引きが、同じ日に行われているというのである。

［秋尾　敏］

天橋立《あまのはしだて》　京都府（丹後国）

与謝海《よさのうみ》、磯清水《いそしみず》

〔本意と連想関係〕 丹後国の歌枕。宮津湾《みやづ》（与謝《よさ》の海）を、東側の外海と、内海の西側の阿蘇海とに分ける全長三・五キロの砂嘴《さし》（砂礫《れき》が細く突堤状に堆積してできた地形）。七千本余もの松が連なり、白砂青松の景観を作り出している。南端には「文殊《もんじゅ》の切戸《きりど》（九世戸《くせど》）」と呼ばれる狭水道がある。日本三景の一。数多の画家・歌人・俳人が訪れた地で、宝暦四年（一七五四）には、蕪村が京都より移り、同七年秋まで逗留した。伊弉諾尊《いざなぎのみこと》が天に昇らんとして作った橋で、尊が眠っている間に倒れて海上に横たわったとの伝説（『丹後国風土記』逸文）が残っており、古代から天と地とをつなぐ場所として神聖視されていた。

和歌では、その天橋立を天に向けて立てたとしても届かない恋のはかなさを吐露した、伊勢の〈音に聞く天橋立たてたてて及ばぬ恋も我はするかな〉（『伊勢集』）が早い例。『八雲御抄《やくもみしょう》』には「是は橋にはあらず。海中に出たる島さきの松原の、橋に似たる也」とあり、美しい松原が詠まれることも多い。〈恋渡る人に見せばや松の葉の下紅葉する天橋立〉（藤原範永『金葉集』恋部下）は愛しい人にその松の下葉の紅葉を見せたいと詠んだもの。〈波立てる松の下枝《しづえ》を蜘手にて霞渡れる天橋立〉（源俊頼『詞花集』雑上）は、並び立つ松の下枝を「蜘手（橋柱を補強するため筋交いに打ち付ける木）」に見立て、実際の橋のように霞の中に架かっているとした歌例で、「橋」の縁語で「渡る」が詠み込まれた。〈与謝の海や霞のひまに見え初《そ》めてはや明け渡る天橋立〉（藤原公冬《きんふゆ》『永享百首』）、〈明け渡る与謝の内との海松を隔てて続く天橋立〉（正徹『草根集』）と、夜明け方、天の橋立には立ち並ぶ松原が姿を現し、湾内に明確な境界を作り出していく。また、〈秋霧の隔つる天橋立をいかなるひまに人渡るらん〉（藤原彰子『玉葉集』旅歌）のように霧、〈冴ゆる夜の入海かけて友千鳥月にと渡る天橋立〉（隆勝『風雅集』雑上）のように千鳥や月とともに詠まれることもある。天橋立中、最も幅広の場所が濃松《あつまつ》で、天橋立神社や名水「磯清水」がある。

天橋立に纏《まつ》わる和歌で最も人口に膾炙したのは『百人一首』に採られた小式部内侍の〈大江山いくのの道の遠ければまだふみもみず天橋立〉（『金葉集』雑上）であろう。この歌は、歌人として著名な母の和泉式部が丹後国司である父藤原保昌に随行して不在にしていた頃、招かれた歌合で、藤原定頼から「母の詠んだ歌の綴られた手紙はもう届いたのか（実は母に代作を頼んでいるのではないのか）」とからかわれた折に即興で詠出したもので、「いくの」に「行く野」と「生野」、「ふみ」に「踏み」と「文」とを掛け、大江山を越えて行く生野の道があまりに遠いので、まだ行ったこともないですよ、あの天橋立には（丹後にいる母からの手紙など見たことがないですよ）と、見事にやり返した逸話で知られる（『俊頼髄脳』他）。

連想される語に、「文殊、大江山、生野《イク》ノ道、成相《ナリアヒ》、伊勢の御灯、竜灯《リウトウ》、白藻《シラモ》、さよ千鳥、松のしづえ、よさの海、海岸《カイガン》寺」（『類船集』）。

〈例句〉

諧 **天のはしたてる霞や丹後ぎぬ**　　意朔（『続山井』）

天橋立に立つ霞は、まるで丹後縮緬の模様のようだの意。宮津は丹後縮緬の主要な産地。「たてる」には天橋立と霞立つの意が掛かる。当地の名産を讃えつつ、和歌にも詠まれる「霞」を衣に見立てた句。神話からの連想で、衣には天の羽衣の意も効いている。

諧 **橋立やしらまぬ松の一文字**　　露川（『橋立の秋』）

しらじらと夜が明ける前に、松が黒々としたシルエットを真一文字に湾内に浮かび上がらせているとの意で、天橋立の松原が整然と立ち並ぶ景を賞美した句。前述のように、和歌においても夜明け方の景が詠まれていた。「しらまぬ」には松が常緑樹であるために色あせない意も込められている。

［稲葉有祐］

宇治《うぢ》《うじ》　　京都府（山城国）

宇治川、宇治の里、宇治の渡り、宇治橋、宇治山

〈本意と連想関係〉　現在の京都府宇治市を中心とする一帯。山城国の歌枕。大化二年（六四六）に架設されたと伝わる宇治橋を中心に、交通の要衝として早くから開けた。『日本書紀』には、仁徳天皇に位を譲るために自害したと伝わる菟道稚郎子《うじのわかいらつこ》を祀ったのが宇治神社とされる。古来「宇治」は「菟道」とも表記された。

平安時代には、貴族の離宮・別業《なりどころ》・仏堂が営まれ、特に藤原道長が子の頼通に伝えた平等院が著名。『源氏物語』宇治十帖の舞台となり、物語の中や『蜻蛉日記』『更級日記』などでは初瀬詣の道中として記される。また、源平の合戦、南北朝の合戦など、しばしば戦いの舞台ともなった。宇治川は、宇治を代表する風景として最も多く和歌に詠まれた。『万葉集』に〈もののふの八十宇治川の網代木にいさよふ波の行くへ知らずも〉（柿本人麻呂・巻三）の用例がある。「川」と結びつく「波」「船」「橋」や、「霧」と結んで詠まれる歌も多く、〈朝ぼらけ宇治の川霧たえだえにあらはれわたる瀬々の網代木〉（藤原定頼『千載集』冬）、〈くれてゆく春の湊はしらねども霞に落つる宇治の柴舟〉（寂蓮『新古今集』春下）などと詠まれた。

また、『和歌初学抄』に、「宇治川（中略）橋姫と詠む」とあるように、宇治の橋姫も歌材として好まれた。〈さむしろに衣かたしきこよひもやわれを待つらん宇治の橋姫〉（読人不知『古今集』恋四）。〈わが庵は都の辰巳しかぞすむ世をうぢ山と人はいふなり〉（喜撰『古今集』雑下）と詠まれた宇治山は、鴨長明『無名抄』に「宇治山の喜撰がすみける跡あり。家はなけれど、堂の礎《いしずえ》など定かにあり」とあるように、喜撰が隠遁したと伝えられる。以降、待つ女としての橋姫や喜撰の歌、『源氏物語』宇治十帖などの影響から、「宇治」に「憂し」を掛けて詠まれることが多い。

「宇治」とともに詠まれた和歌・連歌の景物には、「川霧、柴船、浮舟、水車、我庵、橋、真木の島、朝日山、都の辰巳、木幡、中宿、難波」（『連歌付合の事』）、「鵜飼ひ船、岩こす波、川沿ひ柳、網代、岩の梯、峯の早蕨、向かひの寺、蔦、葎、葛、犬吠ゆる、花園」（『連歌作法』）、鮎に関わる言葉（『随葉集』ほか）、「椎、調布さらす、宿直、親、琴」（『竹馬集』）など多岐にわたる。

〈例句〉

諧 **山吹や宇治の焙炉《ほいろ》の匂ふ時**　　芭蕉（『猿蓑』）

宇治で焙炉からの茶の香りがただよう頃、山吹の花も盛りである、の意。元禄四年（一六九一）の作で、「画賛」との前詞がある。「焙炉」は茶の葉を蒸して陰乾した後、炭火で乾燥させる乾燥器のこと。宇治の名産である宇治茶は室町時代には既に知られていたが、和歌・連歌に詠まれることはなかった。宇治と茶の取り合わせは〈宇治山の喜撰群集は茶摘み哉〉（重頼『犬子集』）など初期俳諧から作例が見られる。

諧 **鮎落ちてたき火ゆかしき宇治の里**　蕪村（『句稿屏風』）

落ち鮎の季節の晩秋に、暖かい焚き火が恋しくなる宇治の里である、の意。天明二年（一七八二）の作。「落ち鮎」とは産卵のために川を下る鮎で、さび鮎とも。宇治川の鮎は〈波による網代の木の葉かきまぜて氷魚もていづる宇治の里人〉（『草根集』）のように、「鮎」ではなく「氷魚」と詠まれる。

句 **宇治川を渡りおほせし胡蝶かな**　高浜虚子（『五百句時代』）

小さな蝶が宇治川を渡り遂げたさまを詠んだ。「胡蝶」は『源氏物語』の巻名であり、この点も意図したか。

［松本麻子］

大《おお》原《はら》　京都（山城国）

大原の里、寂光院、三千院、朧の清水、音無の滝

〈本意と連想関係〉　京都市左京区北東部の、高野川上流域にある小盆地を指す地名。都から北へ向かう若狭街道沿いに、大原陵《おおはらのみささぎ》（後鳥羽天皇・順徳天皇陵）や、寂光院、来迎院、三千院などの古刹がある。惟喬《これたか》親王（小野宮）の隠棲した地として知られる。もともとは「おはら」と呼ばれ、小原とも書かれた。薪、炭、黒木の生産地であり、『守武千句』にも〈大原やそくひをしほの山見えて〉に〈峰にすみやく日はたけのへら〉と付けられている。都でそれを売り歩く大原女《おはらめ》も広く知られていた。

大原に続く八瀬の地とともに八瀬大原と呼ばれる。

能『大原御幸《おおはらごこう》』では、大原寂光院に建礼門院を訪ねた後白河法皇に、女院が安徳天皇の最期を物語るが、これは『平家物語』「灌頂巻」と同じ設定であり、「大原」を隠栖の地として強く印象づけている。

また、『八雲御抄』には、天下の五奇祭の一つとして、大原社の雑魚寝が数えられ、これは江文神社のこととされていて、西鶴の『好色一代男』にも紹介され、『宗因千句』には〈見わたせば言書《ことがき》の奥の八瀬大原〉に〈ざこねの沙汰は秘すべし秘すべし〉と付けられて、大原にまた別のイメージを付け足している。

また、『犬子集』の〈大はらや酒呑たらぬはなの下〉のように「大腹」に掛けた洒落による連想もある。

この地には、ほかに「音なしの滝」や「おぼろの清水」などの歌枕もある。来迎院の「音なしの滝」は『源氏物語』「夕霧」に〈朝夕に泣く音を立つる小野山は絶えぬ涙や音無の滝〉と詠まれ、「おぼろの清水」については蕪村が〈春雨の中におぼろの清水かな〉（天明二年）と詠んでいるるため、大原のイメージは多岐にわたり、『俳諧類船集』は「名所」の「大原（山城）」の項に「市柴　炭竈　ひらの高嶺《たかね》　朧清水《おぼろのしみず》　八瀬　ひえの山　高野川　証拠のあみだ　草生《おの》地蔵　来迎院　音無の滝　瀬井《せがい》の水　芹生里《せりふのさと》　小野　修学寺　寂光院　菩提子　孕女　女院　御幸　鴨長明が隠家　素性法師　八重葎　秋の夕　松虫の声　爪木　声明　融通念仏」を記し、別に「大原」を立項し「神代の事　小塩《お》の山　小松原　時鳥　雉子　姫小松　桜花　氏人　沢の沼　良峰《よしみね》　向《むこう》の明神　久世　鷺坂　はいがた　村　粟生　道譽《どうよ》花の会　ましらふの鷹　注連《しめ》の内　行幸　産前　布袋　大黒」と列挙している。

これらを整理すれば、大原は隠棲の地で、薪炭を産し、奇祭が行われるほど都から隔った場所ということになろう。それゆえに感動的な行幸もあるということである。

なお、「大原野」は、京都市西京区にある別の歌枕だが、左京区の大原にも「大原野村町」の町名が残る。また「大原山」は大阪府と奈良県の県境にもある。『連珠合璧集』「炭竈」の項の「大原山」や、「御幸」の項の「大原野」はいずれも左京区のものと思われるが、これらの地名の所在は慎重に読まれなければならない。

〈例句〉

諧 **藪入や牛合点して大原まで**　其角（『菊の香』）

奉公人がようやく正月前の休暇をもらい、土産を持って実家に帰ろうというのである。牛もその状況を理解し、少々遠方なのだが、大原まで荷を運ぶ気になっているようである。大原が都から離れていることで詠まれた句。

諧 **大原や人留のある若菜つみ**　一茶（『八番日記』）

ここは都から離れてはいるが、貴人の隠棲する大原。謡曲「大原御幸」の「檀特山のさかしき道を凌ぎ、菓摘み水汲み薪とりどり」が念頭にあったか。文政四年の作。

［秋尾　敏］

嵯《さ》峨《が》

京都府（山城国）

嵯峨野、小《お》倉《ぐら》山《やま》、嵐山、大《おお》堰《い》川、大《おお》沢《さわの》池《いけ》、広《ひろ》沢《さわの》池《いけ》、大覚寺、天竜寺、祇《ぎ》王《おう》寺《じ》、常寂光寺、野《のの》宮《みや》、落《らく》柿《し》舎《しゃ》

〈本意と連想関係〉 京都市右京区の地名。山城国の歌枕。「嵯峨野、嵯峨の山、嵯峨の原」の形で多く詠まれる。平安時代から狩猟地に利用され、嵯峨天皇の離宮が営まれてから貴族（「大宮人」『歌枕秋の寝覚』）の別荘地となった。秋里籬島著『都名所図会』（安永九年）には「いにしへより閑静の地にして、故人も多くこゝにかくれ、秀詠の和歌数ふるに遑《いとま》なし」と記されている。『平家物語』の「小督《コガウ》の局、祇王」（『類船集』）もこの地に隠れ住んだとされ、古来「世を捨るには…嵯峨の奥」（『随葉集』）というイメージで捉えられてきた。また、光孝天皇が嵯峨天皇に倣って芹川に行幸したときの〈嵯峨の山みゆきたえにしせり河の千代のふるみちあとは有りけり〉（在原行平『後撰和歌集』雑一）、またそれを本歌とした〈さがの山千代のふるみち跡とめて又露わくるもち月の駒〉（藤原定家『新古今和歌集』雑歌中）などの歌によって「御幸、千代の古道、望月の駒」（『類船集』）などの語を裁ち入れた歌が多く作られた。「大井（堰）川、広沢、小倉の里」（『類船集』）など周辺の地名を詠んだ歌も多く見うけられる。

この地は古来名所旧跡に富み、北嵯峨には清涼寺・大覚寺、下嵯峨には天龍寺・法輪寺などの古刹がある（その中間地点には伊勢の斎宮となる内親王が三年間住んだ野《のの》宮《みや》もある）。『連珠合璧集』に「釈迦阿弥陀トアラバ……さがの古寺」「寺トアラバ……さがの山」とあるのはそれを踏まえたものであろう。なかでも清涼寺は「嵯峨の御寺」、そしてその本尊（赤栴檀の釈迦如来像）は「嵯峨の釈迦」と呼ばれ人々の尊崇を集めてきた。同寺の年中行事は「嵯峨のお松明《たいまつ》（二月十五日）」「嵯峨の大念仏（三月六日～十五日）」と呼ばれ、『増山井』（季吟編、寛文三年刊）など江戸時代の季寄せにも取られている。

和歌の景物としては、僧正遍昭がこの地で馬から落ちて詠んだとされる〈名にめでてをれるばかりぞをみなへし我おちにきと人にかたるな〉（『古今和歌集』秋歌上）にちなんで女郎花を詠んだ歌が多い。また、詠み方としては〈ここにしも何にほふらんをみなへし人の物いひさがにくきよに〉（遍昭『拾遺和歌集』雑秋）のように「嵯峨」と「性」を掛詞にした例が多く見うけられる。それ以外では「すゝき、紅葉」（『歌枕秋の寝覚』）、「小萩」（『随葉集』）などの景物や、それに関連させて「白露、鹿、虫、きりぐ〵す」（『随葉集』）などとともに詠まれることも多い。総じて和歌の世界において嵯峨の地は〈さらでだに露けきさがののべにきて昔のあとにしをれぬるかな〉（藤原俊忠『新古今和歌集』哀傷）、〈かなしさは秋のさがののきりぎりす猶ふるさとにねをやなくらむ〉（藤原実定『新古今和歌集』哀傷）など、もの寂しい秋の景とともに詠まれることが多かったといえよう。

〈例句〉

諧 いざのぼれ嵯峨の鮎喰《くひ》に都鳥　貞室（『誹諧寂栞《さびしおり》』）

保津川で採れる鮎は「嵯峨の鮎」として珍重された。一句は在原業平の〈名にしおはばいざ事とはむ宮こどりわが思ふ人はありやなしやと〉（『古今和歌集』羈旅）を踏まえ、「都の名を持つならば嵯峨の鮎を食いに上っておいで」と隅田川の都鳥に呼びかけた諧謔の句。

諧 嵯峨吉野ふるし上野の山桜　為秀（『江戸通り町』）

和歌では秋のもの寂しい景とともに詠まれることが多かったと先述したが、一方において嵯峨は華やかな桜の名所でもあった。一句は「桜の名所として嵯峨・吉野は古い。今は上野の桜に限る」と江戸桜を讃美したものだが、裏返せば嵯峨桜が吉野桜と並んで長く人々に親しまれてきたことがうかがわれる。

［本間正幸］

春《か》日《すが》野《の》

奈良県（大和国）

春日野、春日の里、春日の野辺、春日の原、春日山、春日大社、飛《と》火《ぶひ》野《の》

〈本意と連想関係〉 「春日」は現在の奈良市春日野町。大和国の歌枕。「春日野」は春日山をとりまく広範囲の山裾の野をいい、現在の奈良公園一帯を含む。春日山は花山、若草山、三笠山などからなる山全体の総称。麓に藤原氏の氏神である春日大明神を祀る春日大社がある。『枕草子』の「野は」にも「春日野」とある。『万葉集』には「春日野に登りて作る歌」として、〈春日を春日野山の高《たか》座《くら》の三笠の山に朝去らず…〉（山部赤人・巻三）の詠のほか、「春日」が多く詠まれている。

平安時代には、『古今集』に〈春日野は今日はな焼きそ若草の妻もこもれり我もこもれり〉（よみ人しらず・春上）、〈春日野の若菜つみにや白妙の袖ふりはへて人の行くらむ〉（紀貫之・春上）のように、若草・若菜と共に詠まれ、また、一月の年中行事である子日の小松引きの景物も、〈春日野の子の日の松は引かでこそ神さびゆかん陰に隠れめ〉（藤原公長『金葉集』春）などと詠まれた。さらに、〈春日野は雪のみつむと見しかどもおひ出づるものは若菜なりけり〉（和泉式部『後拾遺集』春上）や、〈春日野の下萌ええわたる草の上につれなくみ

ゆる春の淡雪〉（源国信『新古今集』春上）のように、春の雪と結ぶ歌例も目立つ。

「藤」を藤原氏として〈春日山松にたのみをかくるかな藤の末葉の数ならねども〉（三条公行『千載集』雑中）のように藤原氏の繁栄を詠む歌も多い。〈峰高き春日の山に出づる日は曇る時なく照らすべらなり〉（藤原因香『古今集』賀）は、醍醐天皇第四子保明親王の誕生を祝う歌で、母の中宮穏子が藤原氏であることから「春日の山」を、「出づる日」である春宮がいずれは皇位を継ぎ、世を曇りなく照らすと言祝いだ内容の歌である。〈春日野や守るみ山のしるしとて都の西も鹿ぞすみける〉（『拾遺愚草』）のように、春日明神の使いである鹿を詠む例も見える。

「春日野」から連想される言葉は「子の日、若草、粟〈春日野に粟まけりせば鹿《しし》待ちに継ぎて行かましを社はしるを〉［佐伯赤麿『万葉集』巻三］」（『連珠合璧集』）。「朝ゐる雲、木高松、春の日、故郷、藤、岩根松、桜花、谷の埋木、時鳥、蕨、鶯、菅、朝なく雉子、おどろ、草のはつる、尾花、葛、浅茅」（『連歌作法』）、「春日野には、若菜、梅が香、鶯、早蕨、鹿、神垣、おどろが下、飛火野、淡雪、下萌、子日の松を引く、雉子、荻の焼原」（『随葉集』）などがある。

〔例句〉

諧 **春日野や慈悲万行の鹿野園《ろくやおん》**　徳元（『犬子集』）

春日野は、慈悲の心による行いに満ちあふれた鹿野園であることだ、の意。仏道を修行した春日神を慈悲万行菩薩といい、春日野の鹿から「鹿野園」を連想した。「鹿野園」は古代インド波羅奈国にあった林園。釈伽が悟りを開いてのち初めて説法した所。謡曲『春日竜神』では、春日山が霊鷲山であり、慈悲万行の神徳に照らされる春日野が鹿野苑だとする。

諧 **春日野の鹿に嗅《か》がるる袷かな**　一茶（『文化六年句日記』）

神の使いの鹿が、自分の着古した袷に顔を近づけて臭いをかいでいるように見える、の意。正岡子規が「一茶の俳句を評す」の中で、「中にも滑稽は一茶の独擅《どくせん》に属し、しかもその軽妙なること俳句界数百年間、僅に似たる者をだに見ず」と評し、例として挙げた句。和歌・連歌にも解説のように「春日野」と「鹿」を結んだ例は見られるが、俳諧では特に目立つようになる。

［松本麻子］

龍《たつ》田《た》

龍田山、龍田川、龍田の森　奈良県（大和国）

〔本意と連想関係〕 立田とも。現在の奈良県生駒郡斑鳩町・三郷町の一帯。大和国の歌枕。「立つ」と掛けて用いられる。『万葉集』に〈大伴の三津の泊まりに船泊《は》てて竜田の山をいつか越え行かむ〉（よみ人しらず・巻十五）とあるように、河内国から大和国への重要な交通路であった。河内の高安の女に通う男を思って、妻が詠んだ〈風吹けば沖つ白波龍田山夜半にや君が一人越ゆらむ〉（読人不知『古今集』雑）も同様の例である。

平安時代は、『古今集』仮名序に「秋の夕べ、龍田河に流るる紅葉をば帝の御目に錦と見給ひ、春の朝、吉野の山の桜は人麻呂が心には雲かとのみなむ覚えける」とあり、〈ちはやぶる神世も聞かず龍田川から紅に水くくるとは〉（在原業平『古今集』秋下）の歌例に代表されるように、多くが「紅葉」と結んで詠まれるようになる。

他にも、『古今集』の〈花の散ることやわびしき春霞龍田の山の鶯の声〉（藤原後蔭・春下）や、〈誰がみそぎゆふつけ鳥か唐衣龍田の山にをりはへて鳴く〉（読人不知・雑下・九九五）のように、「霞」「桜」「ゆふつけ鳥」、〈夏衣龍田川原の柳陰涼みにきつつならすころかな〉（曽禰好忠『後拾遺集』夏）「柳」を詠み込んだ例が見られる。

また、龍田山は平城京のほぼ西南にあたり、西は五行説で四季の秋に相当するので、春の佐保姫に対し、龍田姫は秋の女神となった。奈良県生駒郡三郷町にある龍田神社の祭神（『延喜式』）である。紅葉と結びつき、龍田姫や織物の上手とされた。『古今集』の〈竜田姫たむくる神のあればこそ秋の木の葉の幣と散るらめ〉（兼覧王・秋下）は、美しく散る紅葉を龍田姫が神に捧げる幣と見立てた歌。歌例は多いが、いずれも紅葉、秋、染む、錦などの語とともに詠まれる。

「龍田」から連想される言葉として、「河原柳、夕付鳥、松」（『浅茅』）、「龍田には、紅葉、神南備、初瀬、大和、三室の岸」（『連歌付合の事』）、「龍田には、柳陰、蘭、飛鳥川、卯の花、御祓、鶯、鹿、松陰、琴を弾く、葛城」（『随葉集』）、「龍田姫とあらば、紅葉、錦、山、秋色」（『連珠合璧集』）などがある。

〔例句〉

連 **涼しさや今朝から衣龍田姫**　肖柏（『春夢草』）

秋が到来し「衣」を「裁つ」ではないが、秋の女神である龍田姫の季節となったことだ、の意。「立秋の心」として詠まれた発句。「唐衣」は「着る」「裁つ」など衣に関する語に掛かる枕詞。

諧 **龍田山の月のきるもや紅葉笠**　保友《やすとも》（『崑山集』）

龍田山にのぼる月は裳を付けているようだ、色づいた紅葉の日傘をさして、の意。初期俳諧でも、「龍田」と「紅葉」の結びつきは強く、〈龍田姫たやをやこぼす下紅葉〉（『犬子集』）、〈龍田川瀬中にかへで山の原（元信）〉（『崑山集』）などと詠まれた。

諧 **夜興《よこう》ひく盗人《ぬすっと》犬や龍田山**　其角（『東日記』）

夜興が山の中を盗人のような犬を引いている、龍田山だけあって、白波の名所であるので、の意。「夜興」は「よこびき」とも。冬に、獣猟のため犬をひいて山中にはいること、またその人を言う。解説で挙げた『古今集』の「風吹けば」の歌の「白波」から、盗賊を連想して「龍田山」とした句。先に『ゆめみ草』に〈月の失せた雲や白波龍田山〉（之富）の例もあるが、さらに紅葉も桜もない、薄暗い冬の龍田山の景を詠んだ。

［松本麻子］

奈《な》良《ら》

奈良県（大和国）

那羅《なら》、平城《なら》、寧楽《なら》、平城宮《へいじょうきゅう》、奈良山、奈良坂

〈本意と連想関係〉　大和国の歌枕。現在の奈良市とその周辺一帯。平安遷都後には南都とも呼ばれた。『日本書紀』（崇仁紀）では、天皇の軍勢が丘の草木を踏みならし平らにしたため、「なら」と呼ばれるようになったと伝える。和銅三年（七一〇）には平城京が置かれ、延暦一三年（七九四）の平安遷都まで日本の中心として栄えた。後に、東大寺・春日大社・興福寺の門前町として発達した。和歌では早くに『万葉集』に、〈あをによし奈良の都は咲く花の薫《にほ》ふがごとく今盛りなり〉（巻三・老）と詠まれた。

都が京に移った後は、〈故郷となりにし奈良の都にも色はかはらず花は咲きけり〉（平城天皇『古今集』春下）や、〈いにしへの奈良の都の八重桜今日ここのへに匂ひぬるかな〉（伊勢大輔『詞花集』春）など、寂れた古都にも桜の花は昔のままに咲くさまを詠む歌が多い。

また、〈奈良の都の荒れたるを見て、世の中は常なき物と今ぞ知る奈良の都のうつろふ見れば〉（読人不知『玉葉集』雑二）や、〈菫咲く奈良の都の跡とてはいしずゑのみぞ形見なりける〉（『為忠家初度百首』）といった変わり果てた古都を詠む歌も目立つ。

奈良とつながりの深い語に『伊勢物語』「むかし、男初冠して、奈良の京春日の里にしるよしして、狩にいにけり」（一段）による「初冠」（『連珠合璧集』）や、「都、山、故郷、寺、大和、花、八重桜、狩の使、時鳥、御祓、佐保路、妹、時雨、御法」（『竹馬集』）などがある。

連歌には〈いつしか寂し奈良の故郷／柳散る佐保の川風今朝吹きて〉（宗祇『新撰菟玖波集』秋上）などの例があるが、古都の寂しげなさまを詠む趣向は和歌の伝統を受け継いでいる。俳諧でも、〈奈良物のこだちもよしや八重桜〉（如貞『崑山集』）など、「八重桜」とともに詠まれる句もあるが、奈良の名物と組み合わされることが多い。「奈良物」とは奈良で生産された刀のことで、近世には大量生産されて粗悪になり、鈍刀の代名詞ともなった。他にも、〈風薫れ都の南なら団〉（貞盛『続境海草』）などと詠まれる「奈良団扇」は春日大社の神官が作ったもので、謡曲の人物や風景、判じ物の絵などが描かれ評判となった。

〈例句〉

諧 **菊の香や奈良は幾代の男ぶり**　芭蕉（「杉山宛書簡」）

菊の香が漂う重陽の日に訪れた奈良は、業平の男ぶりにも匹敵することだ、の意。元禄七年（一六九五）九月十日の杉山宛書簡に見える句で「重陽の日南都を立ち」とある。解説で挙げた『伊勢物語』の一段を踏まえたもの。芭蕉には〈菊の香や奈良には古き仏たち〉（『笈日記』）の句もある。

諧 **秋の灯やゆかしき奈良の道具市**　蕪村（『蕪村句集』）

秋の日の夕暮れに早くも灯がともっている、奈良の道具市には古い都ならではの物があり、心ひかれることだ、の意。〈秋の灯《ひ》〉は秋の夜長に灯す明り。

句 **奈良の宿御所柿くへば鹿が鳴く**　正岡子規（「くだもの」）

明治二八年（一八九五）松山から上京する途中で奈良を訪ねたときの句。子規は「この時は柿が盛んになっておる時で、奈良にも奈良近辺の村にも柿の林が見えて何ともいえない趣であった。柿などというものは従来詩人にも歌よみにも見離されておるもので、殊に奈良に柿を配合するというような事は思いもよらなかった事である。余はこの新たらしい配合を見つけ出して非常に嬉しかった」と記している。

［松本麻子］

吉《よし》野《の》

奈良県（大和国）

吉野の里、吉野山、吉野川、金峯山、吉水神社、如意輪寺、宮滝、青根が嶺、西行庵、雪・花・山吹

〈本意と連想関係〉　吉野は現在の奈良県吉野郡の一帯をさす。吉野山は、今の吉野山・金峯《きんぷせん》山・水分《みずわけ》山・高城《たかぎ》山・青根が嶺などの山岳地帯の総称であった。そこを流れる吉野川は、大台ヶ原を源に、宮滝・上市・下市・五條を経て紀伊国に入って紀ノ川となる。『万葉集』には川が多く詠まれ、〈見れど飽かぬ吉野の川の常滑《とこなめ》の絶ゆることなくまたかへりみむ〉（柿本人麻呂・巻一）や〈苦しくも暮れゆく日かも吉野川清き河原を見れど飽かぬかも〉（元仁・巻六）など、吉野川流域の聖地のイメージが流れの絶えぬ川の清らかさによって具体化されている。『古今集』以後は、〈吉野川岩波高く行く水の早くぞ人を思ひ初めてし〉（紀貫之『古今集』恋一）など激流に恋情の激しさを託す歌が詠まれるようになる。なお、〈吉野川岸の山吹吹く風に底の影さへうつろひにけり〉（紀貫之・同・春下）は吉野と山吹との組合せの本となった。また〈流れては妹背の山の中に落つる吉野の川のよしや世の中〉（読人不知・同・恋五）は、「妹瀬山」（紀伊国）の趣向の本となった。

『古今集』以後では〈春霞たてるやいづこみ吉野の吉野の山に雪は降りつつ〉（読人不知・同・春上）など、吉野山が多く詠まれるようになり、また〈朝朗《ぼらけ》有明の月と見るまでに吉野の里に降れる白雪〉（坂上是則・同・冬）など、吉野はことに雪深い地として詠まれてくる。なかでも〈神無月時雨るる時ぞみ吉野の山のみ雪も降りはじめける〉（読人不知『後撰集』冬）や〈いづことも春の光は分かなくにまだみ吉野の山は雪降る〉（凡河内躬恒・同・春）など、吉野山と里との季節の推移のずれを詠む趣向が特徴的で、人も通わぬ深山として吉野は雪の名所となった。

桜の名所として詠まれるようになるのは平安時代後期『金葉集』からで、ことに西行の〈思ひやる心や花に行かざらん霞こめたるみ吉野の山〉（『山家集』）〈吉野山去年《こぞ》の枝折《しをり》の道かへてまだ見ぬ方の花を尋ねむ〉（『新古今集』春上）や〈吉野山桜が枝に雪散りて花おそげなる年にもあるかな〉（同）など、新古今時代には吉野の桜の美が春の一典型となるに至った。その結果、〈み吉野の山辺に咲ける桜花雪かとのみぞあやまたれける〉（紀友則『古今集』春上）や〈み吉野の吉野の山の桜花白雲とのみ見えまがひつつ〉（読人不知『後撰集』春下）など、雪・雲を介して桜を詠んだ歌が、吉野の桜の歌として記憶されるようにもなった。また吉野川も、〈吉野川水嵩《みかさ》はさしも増さらじを青根を越すや花の白浪〉（顕昭『千載集』春上）や〈吉野河岸の山吹咲きにけり峰の桜は散り果てぬらむ〉（藤原家隆『新古今集』春下）など、桜を結んでの趣向を生んでいった。

〔例句〕

[連] 花の春立てるところや吉野山　専順（『新撰菟玖波集』）

華やかで美しい花の咲く春の時節が、花の名所の吉野山に訪れたことだの意。〈春立つといふばかりにやみ吉野の山も霞みて今朝は見ゆらん〉（壬生忠岑『拾遺集』春一）など、雪深い吉野に春のいち早い訪れを詠むのが和歌の一型である。

[諧] これはこれはとばかり花の吉野山　貞室（『一本草《ひともとぐさ》』）

〈これはこれは〉は古浄瑠璃に頻出する語、吃驚《びつくり》したときに使われた流行語。詩歌に詠まれて思い描いていた以上の花の吉野の見事さだと感嘆する様そのままを詠む。

[諧] 歌書よりも軍書に悲し吉野山　支考（『俳諧古今抄』）

吉野は名所歌集などに取り上げられるが、それよりも軍記物に吉野にまつわる悲話が印象的であるの意。源義経・静御前は吉野で涙ながらに別れ、『太平記』には吉野にまつわる南朝義臣の悲話が載る。

［宮脇真彦］

住吉《すみよし》　大阪府（摂津国）

住江《すみのえ》、墨江《すみのえ》、住吉大社、出見《いでみ》の浜、住吉の松

〔本意と連想関係〕 摂津国の歌枕。現在の大阪市住吉区、住之江区。古代はすみのえとも。住吉は大和川・木津川の注ぐ海浜の地で、『更級日記』に「山の端に日のかかるほど、住吉の浦を過ぐ。空も一つに霧わたれる。松の梢も、海の面も、波の寄せ知る渚のほども、絵に描きても及ぶべき方もなうおもしろし」と描写された。

住吉大社の神は、航海安全の神、軍神として祀られた。『伊勢物語』百十七段に、帝が住吉に行幸したときに〈大御神現形し給ひて、むつましと君は白浪瑞垣の久しき世より祝ひそめてき〉と詠んだという話がある。和歌説話としては、『袋草紙』上巻に〈夜や寒き衣や薄き片そぎのゆきあひの間より霜や置くらん〉（『新古今集』神祇）と、神が帝に神殿の破損を訴えたことや、源頼実が秀歌を詠むことを祈願し、得た話を伝える。和歌を詠む住吉の神は平安後期には歌神として崇拝された。

『土佐日記』に〈住の江に船さし寄せよ忘れ草しるしありやと摘みて行くべく〉、〈道知らば摘みにも行かむ住の江の岸に生ふてふ恋忘れ草〉（紀貫之『古今集』墨滅歌）、〈住吉の岸に生ひたる忘れ草見ずやあらまし恋は死ぬとも〉（読人不知『拾遺集』恋四）と恋や人を忘れるための「忘れ草」が詠まれている。住吉の松は、〈住吉《すみのえ》の岸の松が根うち曝《さら》し寄せ来る波の音のさやけさ〉（読人不知『万葉集』巻七）や、〈住の江の松を秋風吹くからに声うち添ふる沖つ白浪〉（凡河内躬恒『古今集』賀）以下、波に洗われるさまが詠まれる。また、「久し」と合わせ〈君が代の久しかるべきためしにや神も植ゑけむ住吉の松〉（読人不知『詞花集』賀）のように、君が代の恒久を言祝ぐ意もある。

〈住の江の岸に寄る波よるさへや夢の通ひ路人目よくらん〉（藤原敏行『古今集』恋二）、〈白浪のよるよる岸に立ち寄りてねもみしものを住吉の松〉（読人不知『後撰集』恋一）などのように、恋人の訪れを住吉の波が寄ると表現した歌例もある。これらの多くは、「住吉」を「住み良し」、「（浪）寄る・夜」「松・待つ」など、掛詞が多用される。

住吉とつながりの深い語に「宮井、松、翁、釣舟、難波、津守浦、岸、淡路島」（『連歌付合の事』）、「忘れ草、姫松、恋わすれ貝、松、藤の花、御祓、松原、月、落かかる、あら人神、雀、塩干三月三日、御田植、五月廿八日、藤浪、おどり、水仙、酢、蛤利、団子、市、伶人、天王寺、白楽天、堺の浦、合戦、遠里小野、津守、物語、芦田鶴、難波、印南野、白雨、澪標」（『類船集』）などがある。

【例句】

連 **住吉といふ名にめでよ帰る雁**　宗養（『宗養発句帳』）

『伊勢物語』六十八段に「むかし、男、和泉の国へ行きにけり。住吉の郡、住吉の里、住吉の浜を行くに、いとおもしろければ、降りゐつつ行く。ある人が〈住吉の浜と詠め〉と言ふ」として詠まれた「雁なきて菊の花さく秋はあれど春の海辺に住吉の浜」を踏まえた句。業平が「春の海辺に住吉の浜」と詠んだ住みよいという名を慕ってここに留まって欲しい帰る雁よ、の意。

諧 **住吉の雪にぬかづく遊女かな**　蕪村（『蕪村遺稿』）

この住吉は遊郭のあった島原の住吉神社（現在の京都市下京区）。廓の外には出られなかった遊女が、雪の中にひざまづいて何かを祈っているさまを詠む。

［松本麻子］

長柄《ながら》の橋《はし》

大阪府（摂津国）

長柄川《ながらがわ》、長柄の浜

【本意と連想関係】摂津国の歌枕。長柄川に架けられた橋のこと。現在の大阪市北区長柄から東淀川区柴島《くにじま》のあたりにあったと伝える。『日本後紀』には、弘仁三年（八一二）六月三日に長柄橋を造るために使者を遣わしたと記されている。仁寿三年（八五三）には、「頃年橋梁断絶。人馬不通」（『日本文徳実録』）であった。

早くに『古今集』の仮名序に「長柄の橋もつくるなりと聞く人は」見える。以降、夥しい数の和歌が詠まれた。〈世中にふりぬる物は津の国の長柄の橋と我となりけり〉（読人不知『古今集』雑上）や、〈朽ちにける長柄の橋を来てみれば芦の枯れ葉に秋風ぞ吹く〉（『新古今集』雑中）のように、古びた朽ちた橋として詠まれるのが一般的である。〈行く末を思へばかなし津の国の長柄の橋も名は残りけり〉（源俊頼『千載集』雑上）、のように、名のみ残る、また〈芦間より見ゆる長柄の橋柱昔のあとのしるべなりけり〉（藤原清正『拾遺集』雑上）のように、橋の名残を留める「橋柱」も多く詠まれた。

連歌・俳諧でもこの傾向は変わらず多くの句作がある。〈昔を残す嵯峨の古道／つくれ猶長柄の橋の跡も惜し〉（『萱草』雑）、〈旧跡に立ち残れるや霜柱／長柄に来ても橋はどこもと〉（読人不知『増山井』雑）、〈借金や長柄の橋もつくる也〉（一朝『談林十百韻』上）など、和歌の伝統を引き継いだものが多い。能因が節信《ときのぶ》に初めて会った際に、長柄の橋造りのときの鉋屑だといって見せた逸話が『袋草紙』に見える。また、摂津国の地誌『摂陽群談』には、長柄橋の人柱の話として次のように伝える。橋を架ける際に、長者巌氏が「継ぎのある袴をはいている人を人柱にすればうまくいくだろう」と提案したところ、彼の袴に継ぎがあったため人柱となった。一人娘はまもなく嫁ぐが、悲しみのためものを言わず離縁されることになった。夫に送られて帰る途中、雉子が鳴いたのを聞いた夫がそれを射た。雉子の射られる様子を見ていた娘は「もの言えば父は長柄の橋柱鳴かずば雉子も射られざらまし」（『藤川五百首』詞書、他）の歌を詠む。ものが言えることを知った夫はたいへん喜んだ、という伝説である。これを典拠とした句も俳諧には詠まれた。

長柄は「橋」の他にも、多くの歌例・句例がある。長柄とつながりの深い語に、「山、井、峯、尾上、近江、志賀の都、山桜、花、萱、松風、月、紅葉」（『竹馬集』）、「橋、浜、浦、宮、君が代、芦の枯葉、芦屋、難波、住吉の松、さざれ石、千鳥」（『類船集』）などがある。「難波」は『古今集』「難波なる長柄の橋もつくるなり今は我が身を何にたとへむ」（誹諧・伊勢）、「君が代」は謡曲『難波』の〈君が代の長柄の橋も造るなり〉による。

【例句】

諧 **時鳥父や長柄の橋柱**　木水（『江戸広小路』）

解説で示した人柱の説話による句。伝説で鳴くのは雉子だが、ここでは季語として時鳥を置く。類似した句例に〈鉄橋や親は長柄と雉子なく〉（梅水軒『洛陽集』）などもある。

諧 **やぶ入りや浪花を出て長柄川**　蕪村（『蕪村全句集』）

待ちに待ったやぶ入りの日、人の多い難波を出て生家に近づく長柄川にさしかかったことだ、の意。やぶ入りとは、正月および盆に奉公人が暇をとり自分の生家に帰ることをいう。

［松本麻子］

熊《くま》野《の》

和歌山県（紀伊国）

熊野山、熊野川、熊野（那智）滝、熊野の湯、熊野の宮、熊野路、雲取山

【本意と連想関係】紀伊国の歌枕。現在の紀伊半島の南部、和歌山県と三重県の境の一帯の地域から熊野灘にかけてを言う。本宮・新宮・那智の熊野三山は、修験の地、熊野信仰の霊地として知られる。和歌では「御熊野《みくまの》」と詠まれることが多い。京都からの参詣路は紀路と称され、和歌山県田辺市から山中を通る中辺路と海岸沿いを行く

大辺路がある。

『万葉集』の〈御熊野の浦の浜木綿百重なす心は思へど直《ただ》に逢はぬかも〉（柿本人麻呂・巻四）や〈浦廻《うらみ》漕ぐ熊野船着きめづらしくかけて偲はぬ月も日もなし〉（読人不知・巻一二）以降、浜木綿や小舟とともに詠まれた。また、〈いくかへりつらしと人をみ熊野のうらめしながら恋しかるらむ〉（和泉式部『詞花集』恋下）のように御熊野の「み」に「見」を掛けた歌もある。

院政期以降には、〈熊野に参りてたてまつり侍りし／岩にむす苔ふみならす御熊野の山のかひある行末もがな〉（後鳥羽天皇『新古今集』神祇歌）のように、熊野詣で、社、神を主題とした歌、託宣歌や夢告の歌、観音の補陀落浄土を詠んだ歌も多い。〈白河院熊野に詣で給へりけるに、御供の人々塩屋の王子にて歌よみ侍りけるに／たちのぼる塩屋の煙うら風になびくを神の心ともがな〉（徳大寺実定『新古今集』神祇歌）などのように、各王子での詠歌も多く残る。

熊野とつながりの深い語に「紀路、苔路、南、白木綿、詣づる、那智」（『連歌付合の事』）、「駒なづむ、時鳥、くだす筏、梛の葉」（『随葉集』）、「神蔵山、鬼のしこ草、浦の浜木綿、梛の葉、和歌の浦、すず分し道、苔衣、新宮、塩屋王子、比丘尼、蟻、藤代の松、牛王、鈴木、山臥、白蜜、酢貝、海羸、岩田川、鰹ぶし、葛藤、重盛参詣の心、維盛入道参詣の心、大塔の宮、滝、湯、那智、鬼界が島、山烏、行幸」（『類船集』）などがある。連歌では、〈仏の道を神に祈らん／御熊野は補陀洛近き所にて〉（『宗砌発句並付句抜書』）、〈色に出湯の春の俤／霞みけり有明の月の熊野山〉（行助『前句付並発句』）などと詠まれた。

俳諧では〈羅《うすもの》に日をいとはるる御かたち（曲水）／熊野見たきと泣きたまひけり（芭蕉）〉（『ひさご』）のように、熊野詣での上臈を付けた句もある。

〈例句〉

諧 **暮れて行く年のまうけや伊勢熊野**　去来（『猿蓑』）

年の暮れに新年を迎える準備をしている、伊勢や熊野でも、今頃は新年を迎える準備で大忙しであろう、の意。「年のまうけ」とは、年を越す準備のこと。去来の熊野を詠んだ句に〈熊野路に知り人もちぬ桐の花〉もある。

諧 **熊野路や分つつ入れば夏の海**　曽良（『嵯峨日記』）

熊野の山を分け入ってゆくと、そこに青い海が開けていた、の意。元禄四年（一六九一）京都嵯峨の去来の落柿舎に滞在した間の句文を収録した『嵯峨日記』に、「曾良来たりて吉野の花を尋て、熊野に詣侍るよし」と記されている。

句 **ひぐらしや熊野へしづむ山幾重**　水原秋桜子（『旅愁』）

熊野の山は、幾重にも重なって鬱蒼としており、蜩の鳴く声も山に沈んでいるように聞こえる、の意。蜩は秋の季語。蜩のかまびすしい鳴き声と神聖な熊野の対比がこの句の眼目。

［松本麻子］

高野山《こうやさん》《かうやさん》　和歌山県（紀伊国）

高野《たかの》の山、金剛峯寺《こんごうぶじ》、奥の院

〈本意と連想関係〉 紀伊国の歌枕。現在の和歌山県伊都郡高野町。高野山のある地。弘仁七年（八一六）に弘法大師空海が金剛峯寺を創建して以来、真言密教の中心地として栄えた。空海大師の歌として〈忘れても汲みやしつらん旅人の高野の奥の玉川の水〉（『風雅集』雑中）が伝わる。〈暁を高野の山に待つほどや苔の下にも有明の月〉（寂蓮『千載集』釈教）、〈高野山奥まで人の訪ひこずは静かに峰の月は見てまし〉（藤原成頼『新勅撰集』雑一）などの歌例がある。また、〈我あらばよも消え果てじ高野山たかき御法の法の灯〉この歌は高野山に人すまずなりけるころ、祈親上人嘆き侍りて祈念しけるに、この山の神明とて、夢につげ給ひけるとなん〉（『続古今集』神祇）という歌も見える。

西行は「高野より京なる人につかはしける」の詞書で〈住むことは所柄ぞといひながら高野はもののあはれなるかな〉（『山家集』）、などと詠み、歌枕としての高野山と西行は強い結びつきがある。和歌では「たかのやま」と詠むのが通例だが、〈あはれさはかうやと君も思ひやれ秋暮れ方の大原の里〉（寂然『山家集』）のように掛詞として「かうや」とする例も散見される。

〈古寺鐘といふことを／高野山あか月をまつ鐘の音もいくよの霜に声ふりぬらん〉（心円『続拾遺集』雑歌秋）、〈高野山あか月とほく松の戸に光を残す法の灯〉（二品法親王深勝『新葉集』釈教歌）の歌例のように、暁時を詠む歌が目立つ。高野山とつながりの深い語に、「御法、その暁、行ひ、閼伽の水、はり道、そばづたひ」（『連歌付合の事』）、「法の灯、有明の月、玉川の水、松陰」（『随葉集』）などがある。俳諧では〈高野山谷のほたるもひじりかな〉（『増山井』夏部）のように、「かうやさん」の「高野聖」を詠む句が増える。

〈例句〉

連 **入る月やここにとどまる高野山**　西山宗因（『宗因発句帳』）

空海の廟である石室に月も留まっていめように見える、と詠む句。高野の月は解説に挙げた歌例のほか、「石の室苔のとぼその露の上に高野の月ぞ影静かなる」（『亜槐集』秋部）などと詠まれている。

諧 **父母のしきりに恋し雉の声**　芭蕉（『笈の小文』）

高野で雉子の鳴く声を聞くと、父母の生まれ変わりではないか、と思いしきりに恋しく思われる、の意。貞享五年（一六八八）に詠まれた句。父親の三十三回忌法要の翌年、芭蕉は高野山を詣でた。行基が高野で詠んだとされる〈山鳥のほろほろとなく声聞けば父かとぞおもふ母かとぞおもふ〉（『玉葉集』釈教歌）を踏まえたもの。

諧 月おぼろ高野の坊の夜食時　蕪村（『蕪村句集』）

月と高野の組み合わせは右に示した通り。朧月と高野山の坊で食されるおぼろ豆腐を掛けた。解説にも挙げたが、俳諧は高野山で修行をする聖に焦点をあてた句が多い。

［松本麻子］

和歌浦《わかのうら》

和歌山県（紀伊国）

片男波《かたおなみ》、玉津島《たまつしま》神社

〈本意と連想関係〉 紀伊国の歌枕。現在の和歌山市街南端、和歌川の河口にあり、「片男波」と呼ばれる砂州に囲まれた浦をいう。その湾の北西隅にあった小島を玉津島と呼び、奠供山《てんぐやま》の麓に玉津島神社がある。地名の縁から和歌神である衣通姫《そとおりひめ》が祀られる。

聖武天皇の玉津島行幸に従った山部赤人の、〈若の浦に潮満ち来れば潟をなみ葦辺をさして鶴鳴き渡る〉（『万葉集』巻六）以降、多くの歌は「鶴」「田鶴」とともに詠まれた。〈和歌の浦芦辺の鶴のなく声に夜わたる月の影ぞひさしき〉（後堀河天皇『新勅撰集』秋上）。〈和歌の浦に昔を偲ぶ浜千鳥あと思ふとて音をのみぞなく〉（藤原泰朝『続拾遺集』雑上）のように千鳥との組合せも多い。〈老いの波寄せじと人はいとへどもまつらんものを和歌の浦には〉（連敏『後拾遺集』雑五）のように、和歌の浦に「若」の意を含ませ、「老い」とともに詠まれることもある。

〈和歌所の開闔に成りて、はじめて参りし日、奏し侍りし／藻塩草かくともつきじ君が代の数に詠みおく和歌の浦波〉（源家長『新古今集』賀）や、藤原俊成が西行から依頼された『御裳濯河歌合』の判に添えた歌〈契りおきしちぎりの上に添へおかむ和歌の浦路の海士の藻塩木〉（『新勅撰集』雑二）など、和歌の浦の名から「歌」「詠草」などを示す詠も見られる。

和歌の神である玉津島神・住吉明神とのかかわりで、〈盛りなる和歌の浦波立ちそひて恵もしるき玉津島姫〉（『寂蓮法師集』）、藤原定家の「和歌の浦の浪に心はよすときく我をば知るや住吉の神」（『拾遺愚草』）などがある。初期俳諧でも、〈和歌の浦に霧間の月やかくし題〉（守昌『続山井』）や、〈月次に集まれ和歌の浦鵆〉（徃良『ゆめみ草』）などのように和歌の浦に「和歌」を掛けて詠まれる句が多い。

和歌の浦とつながりの深い語に「田鶴、松原、釣舟、芦辺、満汐、浜千鳥、夕月夜」（『随葉集』）、「藻塩草、雪、神、澪標、住吉」（『竹馬集』）などがある。

〈例句〉

連 和歌の浦の春風もがな宿の松　宗祇（『自然斎発句』）

和歌の浦に春風が吹かないものかな、宿の常緑の松にも春の風情が感じられるだろうから、の意。〈かかる世にあらはれそむる春風の末も霞むる和歌の浦波〉（藤原隆祐『洞院摂政家百首』雑）など、霞みのかかる春の景を詠む歌例が参考になる。

諧 行く春に和歌の浦にて追ひ付きたり　芭蕉（『笈の小文』）

過ぎゆく春にこの和歌浦で追いついたことだ、の意。貞享五年（一六八八）に詠まれたもの。名高い和歌の浦にて「行く春」を惜しむことができたという句。

句 涼しさや蚊帳の中より和歌の浦　夏目漱石（『漱石全集』）

明治四四年（一九一一）八月漱石は和歌の浦を訪れた。旅館の部屋の蚊帳の中から、夏の和歌の浦を眺め詠んだ句。「和歌山からすぐ電車で和歌の浦に着。あしべやの別荘には菊池総長がゐるので、望海楼といふのにとまる。晩がた裏のエレベーターに上る。東洋第一海抜二百尺とある。岩山の頂きに茶店あり猿が二匹ゐる。キリといふ宿の仲居が一所にくる。裏へ下り玉津島明神の傍から電車に乗って紀三井寺に参詣。牧氏と余は石段に降参す、薄暮の景色を見る」とある。

［松本麻子］

那智《なち》

和歌山県（紀伊国）

那智の山、那智の高嶺、那智の浜、熊野那智大社、青岸渡寺《せいがんとじ》

〈本意と連想関係〉 紀伊国の歌枕。現在の和歌山県東牟婁郡那智勝浦町那智山。熊野三山の一つ。熊野信仰の霊地として知られ、熊野那智大社が鎮座する。著名な那智の滝への信仰にはじまり、本宮・新宮の祭神勧請の後、滝は飛滝権現として祀られた。

『枕草子』には「那智の滝は、熊野にありと聞くがあはれなるなり」とある。熊野信仰が盛んになる院政期以降に和歌の例が多く見え、「那智の山に花山院の御庵室のありける前に、桜の木の侍るを見て」花山院を思いだし詠んだとする〈木のもとにすみける跡を見つるかな那智の高嶺の花を訪ねて〉（西行『風雅集』雑上）、〈熊野へまうで侍りけるとて、那智の滝を見て／身につもる言葉の罪もあらはれて心すみけり三重ねの滝〉（『西行法師家集』）、藤原定家の〈那智、深山風／風の音もただ世の常に吹かばこそ深山いでての形見にもせめ〉（『拾遺愚草』）など、釈教的な内容で詠まれた。

また、「那智」を実際に詠み込んだ例としては、〈那智山の雲井に見ゆる岩ねより千尋にかかる滝の白糸〉（九条教実『洞院摂政家百首』雑）、源実朝の〈法眼定忍にあひて侍りしに那智滝のありさま語れりしかば／御熊野の那智のお山に引くしめのうちはへてのみ落つる滝かな〉（『金槐集』）、〈雲かかる那智の高根に風ふけば花ぬきくだす滝の白糸〉（源仲正『夫木抄』春四）などがあり、いずれも那智の滝のさまを表現する。ただし、『夫木抄』では、「那智の山」「那智の高嶺」のほか「那智の浜」も取り上げられ、藤原俊成の〈遥かなる那智の浜路を過ぎてこそ空と海との果ては見えけれ〉（『夫木抄』巻二五）の用例がある。

『毛吹草』の誹諧恋之詞に「那智八十」とある。これは、「高野山六十」と対で、高野山や那智には六十歳、八十歳で男色の相手をさせられる者がいるという意。『犬筑波集』『時勢粧』などにも多くの句例がある。那智とつながりの深い語に「山伏」（『連珠合璧集』）、「滝、草の庵、花、木の下、法に入」（『竹馬集』）、「三熊野、三年経る、三重の滝、草庵、高根の花、ふるき軒端、黒碁石、一夏籠る、権現参り、八十の恋、なぎの葉、金時石」（『類船集』）などがある。

〈例句〉

諧 那智の滝や花の白波今熊野　松永貞徳（『崑山集』）

那智の滝が詠まれるのは、俳諧も同じ。ただし、「那智の滝を拝む。日本第一の飛泉にして、富士に対せる絶景なり」の詞書の句〈暑雲の外瀑に奪はるる人の声〉（嵐雪『蕉門名家句集』）のように、歌枕のイメージではなく実際に見物した際の詠が見える。

諧 家づとや那智の梛《なぎ》の葉美濃の柿　路通（『蕉門名家句集』）

熊野の神木である梛の葉や美濃柿を土産とすることだ、の意。「梛の葉」は現在の熊野でも販売されているお守り。熊野速玉大社の境内にある梛は神木とされ、熊野詣の際に葉を懐中に納めてお参りする習慣がある。藤原定家も熊野を訪れ〈千早ふる熊野の宮の梛の葉を変わらぬ千代のためしにぞ折る〉（『拾遺愚草』）と詠んだ。また、「美濃柿」は、蜂屋柿ともいう美濃原産の渋柿で、乾し柿にして食された。

句 神にませばまこと美《うる》はし那智の滝　高浜虚子（『虚子五句集』）

那智の滝を畏怖する気持ちは近代以降も受け継がれた。神がそこにいらっしゃると思うと、那智の滝の美しさもまた一層増すと詠む。山口誓子に〈鳥居立つ大白滝を敬へと〉（『一隅』）がある。　［松本麻子］

明石《あかし》　兵庫県（播磨国）

明石潟、赤石の浦、明石の泊・明石の門《と》、明石の瀬戸

〈本意と連想関係〉　明石は、古代から交通の要衝で、西国への旅人にとっては、畿内の西端として意識された。『古今集』の〈ほのぼのと明石の浦の朝霧に島隠れ行く舟をしぞ思ふ〉（読人不知・羈旅、仮名序・左注に柿本人麻呂）は、「明石」に夜の「明かし」を言い掛け、ほのぼのと明け行く朝霞のなか、島隠れに舟が漕ぎ行く明石の浦の美しい情景を詠む。この歌は、『和漢朗詠集』「行旅」にも収められて愛唱され、「ほのぼのと」「朝霧」「島隠れ」が明石の歌に詠み込まれるようになる。同じく柿本人麻呂の〈白波は立てど衣に重ならず明石も須磨もおのが浦々〉（『拾遺集』雑上）は、「立つ」「浦」に衣の縁語「裁つ」「裏」を掛けた歌だが、この歌を本にして「おのが浦々」の語も詠まれた。

夜を「明かし」と言い掛けて〈おぼつかな都の空やいかならむ今宵あかしの月を見るにも〉（源資綱『後拾遺集』羈旅）などと詠まれたり、〈長き夜を思ひあかして朝露の置きてしくれば袖ぞひちける〉（『古今和歌六帖』第一）や〈思ひくれ嘆きあかしの浜によるみるめ少なくなりぬべらなり〉（同・第三）など、「思ひ明かし」「嘆き明かし」と掛けての趣向も見られる。

『源氏物語』で須磨に流謫となった源氏が、明石の君と初めて結ばれたのも、明石である（「明石」巻）。仲秋八月十二、三日の月の美しい夜のことであった。「十二三日の月のはなやかにさし出でたる」に、明石の君へと向かう「道のほども四方の浦々見渡し給ひて、思ふどち見まほしき入江の月影」に、明石の君の住居は「月入れたる真木の戸口けしきことに押し開けたり」と、月が繰り返し用いられている。明石が月の名所とされるには、この『源氏物語』の場面が大きく作用していよう。〈ながめやる心の果てぞなかりける明石の沖に澄める月影〉（俊恵『千載集』秋上）は、「海辺ノ月」の題で詠まれた歌であるが、明石の浦の月に、それを眺める者の心情を重ねて「明石」の巻の源氏を思わせる。〈つくづくと思ひあかしの浦千鳥浪の枕に泣く泣くぞ聞く〉（藤原公経『新古今集』恋四）は「明石」の巻〈独り寝は君も知りぬやつれづれと思ひあかしのうらさびしさを〉（明石入道）を踏まえる。

そのほか、〈一声と聞かずは出でじほととぎす幾夜あかしの泊なりとも〉（藤原公通『新古今集』夏）、〈夜をこめて明石の迫戸を漕ぎ出づればはるかに送る小牡鹿の声〉（俊恵『千載集』秋下）、〈明石潟月の出潮や満ちぬらん須磨の波路に千鳥とわたる〉（藤原俊成『新後撰集』

冬）などが愛唱され、「明石」に「時鳥」「鹿」「千鳥」などが連想されるようになった。

俳諧では芭蕉が明石を訪れて「明石夜泊」と前書きした〈蛸壺やはかなき夢を夏の月〉の句を詠んでいる（『笈の小文』）。播磨名産の蛸の漁の蛸壺を思い、その蛸壺に一夜のはかない夢を結ぶことだと、自身の旅泊と人の世のはかなさとを重ねて詠んだ句。明石の月、旅愁ともにこの地ならではの本意をすくい上げている。また、柿本人麻呂の「ほのぼのと」の歌を踏まえた、〈ほととぎす消え行く方や島一つ〉もこのときの句である。

〈例句〉

諧 **面梶《おもかぢ》やあかしの泊り郭公《ほととぎす》**　荷兮（『曠野後集』）

『新古今集』藤原公通の歌を踏まえ、折からの時鳥に面梶を切って船出せよと船頭に呼びかけた句。時鳥の鳴く方へと船出せよとは風流の呼びかけ。

諧 **日は落《おち》て波をあかしの夕時雨**　樗良（『樗良発句集』）

日が落ちて辺りが暗くなると、明石の海の波音を夕時雨が海に降っているかと趣深く感じたことだの意。

［宮脇真彦］

淡路島《あわじしま》　あはぢしま　兵庫県（淡路国）

淡路潟、淡路の瀬戸、淡路島山、通ふ千鳥・月・八重立つ霞・牡鹿

〈本意と連想関係〉『古事記』『日本書紀』に、伊弉諾・伊弉冉の二神が最初に作った島。すなわち「産《こう》む時に及《い》至《た》り、先づ淡路洲《あはぢのしま》を以ちて胞《え》（兄）と為す。意《みこころ》に快《よろこ》ばざる所なり。故《かれ》、名づけて淡路洲（吾恥《あはぢ》）と曰《い》ふ」（『日本書紀』）と名の由来を説く。が、「淡路」は実際は畿内から阿波へ至る道の意が名の由来であろうか。

淡路は『万葉集』にも多く詠まれ。『古今和歌六帖』には、〈淡路にてあはと雲井に見し月の近き今宵は所がらかも〉（凡河内躬恒、『新古今集』にも）や〈住吉の岸に向かへる淡路島あはれと君をいはぬ日ぞなき〉（読人不知、『拾遺集』に柿本人麻呂）などと詠まれる。躬恒の歌は、「淡路」は「あは」（あれは）から淡い意を引き出し、「住吉の」の歌は、「あはれ」（愛しい）の「あは」を導く序詞となっている。『源氏物語』「明石」巻で、源氏が京を思い出しながら「いづ方となく行く方なき心地したまひて、ただ目の前に見やらるるは淡路島なりけり。あはとはるかに、などのたまひて」と、この躬恒の歌を口ずさみつつ、〈あはと見る淡路の島のあはれさへ残るくまなく澄める夜の月〉（源氏）と詠んでいる。さらに「松風」巻では、京にあってこの明石での歌を思い返しながら〈廻り来て手に取るばかりさやけきや淡路の島のあはと見し月〉（源氏）と詠む。その趣向は、躬恒の歌の「淡路」の月と「雲居」（宮中）の月の対照をそのまま物語に用いたものだった。

淡路を詠み込んだ歌としては、〈淡路島通ふ千鳥の鳴く声にいく夜寝覚めぬ須磨の関守〉（源兼昌『金葉集』冬、『百人一首』にも）が特に有名で、たとえば〈淡路島瀬戸の潮干の夕暮に須磨よりかよふ千鳥鳴くなり〉（西行『山家集』）など、淡路島と千鳥とを結んだ趣向を生んだ。

『新古今集』は右の躬恒の歌を採録したが、そのほかにも、〈春といへばかすみにけりな昨日まで浪間に見えし淡路島山〉（俊恵・春上）は淡路の「淡」から淡く霞んだ海上をイメージし、また〈秋深き淡路の島の有明にかたぶく月を送る浦風〉（慈円・秋下）は躬恒の歌を踏まえて淡路の月を詠んで、淡路島と月・千鳥・霞を趣向とした歌が詠まれるようになった。

なお、〈わたつ海の挿頭《かざし》にさせる白妙の浪もて結《ゆ》へる淡路島山〉（読人不知『古今集』雑上）から、淡路島に白のイメージが印象づけられ、雪などの作意を生じた。また〈淡路島吹きこす秋の浪風にたぐふ牡鹿の声のはるけさ〉（藤原家隆『壬二集』）や〈淡路島時雨のしたに行く舟を鹿の音ながら送る山風〉（後鳥羽院『雲葉集』、『随葉集』所引）などの歌によって、淡路に鹿の声を結ぶ趣向も一つの型として成立した。

『随葉集』には「淡路島には、住吉、千鳥、難波、須磨、明石、入り日、月残る、鹿の音」を付合語として掲出している。淡路は常に住吉から須磨にかけての岸から眺める島として和歌において詠まれてきたのである。

〈例句〉

諧 **沖膾箸の雫や淡路島**　言水（『江戸蛇之鮓』）

沖膾《おきなます》は沖で捕った魚を、すぐに舟で膾にして食べる料理。それを箸でとったときの雫の落ちかかる様を、国生み説話に結びつけた。

諧 **のぼり帆の淡路はなれぬ潮干かな**　去来（『続猿蓑』）

幟のような帆を立てた舟が淡路島をなかなか離れずにいる。風も弱くおだやかな潮干の頃の景。

諧 **青麦にしばらく曇る淡路かな**　許六（『続有磯海』）

「住吉の浜に出て」と前書。霞と波の上の淡路島を、「曇る淡路島」と述べて、白一色の中、伸び始めた麦が青々と映える春の淡路島の眺望を叙した。

［宮脇真彦］

須磨《すま》

兵庫県（摂津国）

須磨の関、須磨の浦、須磨寺、海人・千鳥・藻塩煙・松風村雨・流人

〔本意と連想関係〕　摂津と播磨の国境で、古代須磨の関があった。今の神戸市須磨区の海岸近くをいう。『万葉集』に〈須磨の海人《あま》の塩焼き衣《ぎぬ》の藤衣間遠にしあればいまだ着なれず〉（大網公人主《おほよさみのきみひとぬし》・巻三）、『古今集』に〈須磨の海人の塩焼き衣筬《をさ》を荒み間遠にあれや君が来まさぬ〉（読人不知・恋五）など、塩焼く海人の「塩焼き衣」が詠み慣わされ、恋歌の序詞にも用いられている。また、『古今集』に〈須磨の海人の塩焼く煙風をいたみ思はぬ方にたなびきにけり〉（読人不知・恋四）は、同じく海人の塩焼く煙になぞらえて恋人の心変わりを詠む。こうした須磨の塩焼きの歌のなかでも、在原行平の歌〈わくらばに問ふ人あらば須磨の浦に藻塩たれつつわぶと答へよ〉（『古今集』雑下）は、「田村の御時（文徳天皇の時世）に、事に当たりて（事件に関わって）津の国須磨といふ所に籠もり侍りけるに…」と詞書がある。流罪でないにせよ、貴公子が配所に謹慎したこの歌は、『源氏物語』「須磨」の巻、源氏が宮廷での立場の悪化を背景に自ら須磨に退去するところに、「おはすべき所は、行平の中納言の藻塩たれつつわびける家居近きわたりなり」と語るように、後代の文学に大きく影響を与えた。その須磨の様子を語る一文、「須磨には、いとど心づくしの秋風に、海はすこし遠けれど、行平の中納言の、関吹き越ゆると言ひけん浦波、夜々はげにいと近く聞こえて、またなくあはれなるものはかかる所の秋なりけり」（「須磨」巻）は、古来名文として愛唱された。近世、須磨を訪れた芭蕉は、それを踏まえて「かかる所の秋なりけりとかや。此浦の実は秋を旨とするなるべし。悲しさ、寂しさ、言はむかたなく、秋なりせばいささか心のはしをも言ひ出づべき物をと思ふぞ、我心匠《しんしょう》（心中の工夫）の拙なきを知らぬに似たり」（『笈の小文』）と述べている。

『源氏物語』「須磨」では、源氏が須磨での孤独な暮らしを嚙みしめて詠んだ〈友千鳥もろ声に鳴く暁は独り寝覚めの床もたのもし〉（光源氏）は、「明石」の巻の異名ともなった「浦伝ひ」の由来の歌〈遥かにも思ひやるかな知らざりし裏より遠に浦伝ひして〉（光源氏）とともに須磨の歌の趣向となり、例えば〈明石潟須磨も一つに空冴えて月に千鳥も浦伝ふなり〉（『秋篠月清集』）などと詠まれた。同じく千鳥を踏まえた〈淡路島通ふ千鳥の鳴く声に幾夜寝覚めぬ須磨の関守〉（源兼昌『金葉集』冬）は『百人一首』にも収録されて愛唱された。

須磨はまた一ノ谷を主戦場とする源平合戦の地でもあった。須磨寺（福祥寺）には、『平家物語』や謡曲『敦盛』にその最後を語られた敦盛の青葉の笛が伝わっている。また、謡曲『松風』は、須磨の浦で行平に愛された海女乙女、松風・村雨の姉妹が、行平との昔をなつかしみ、恋い慕ったという伝説に取材する。近世、それを物語にした浄瑠璃や歌舞伎が作られた。

〔例句〕

諧 **松にすめ月も三五夜中納言**　貞室（『玉海集』）

行平《ゆきひら》中納言ゆかりの松に、月も十五夜の澄んだ光を投げかけよ、月を愛でてその松の辺りに住もうではないか、の意。須磨寺は行平の住んだ跡と伝え、その山の東の尾続きに月見の松があると前書する。謡曲『松風』を踏まえる。

諧 **須磨寺や吹かぬ笛きく木下闇**　芭蕉（『笈の小文』）

須磨寺の青葉で埋め尽くされた境内の木下闇に佇めば、今は吹く人とていない笛の音がどこからか聞えてくるような気がしたことだ。敦盛の青葉の苗を念頭に置く。

諧 **須磨の海人《あま》の矢先に鳴くか郭公**　芭蕉（同）

須磨の漁師の番えた矢先のかなたに郭公が鳴いて飛び去って行く。矢先に鳴く郭公は、源平の争乱で命を落とした人々の遺恨を今に伝えるかのようだ。　［宮脇真彦］

因幡山《いなばやま》

鳥取県（因幡国）

因幡の山、稲葉山、宇倍野山、宇倍神社、松・時鳥・秋の田面《たのも》

〔本意と連想関係〕　因幡山は鳥取県岩美郡国府町にある高さ二百五十メートルほどの山。その南麓には、国庁が置かれ、山腹には因幡国の一宮、宇倍神社がある。『万葉集』に歌例はないが、詞書に大友家持が正月一日にこの国庁で国司・郡司等を饗応したとある〈新しき年の初めの初春の今日降る雪のいやしけよごと〉の歌が載る。

因幡山の歌として有名なのは、在原行平が国司として因幡国に赴任するに際しての歌〈立ち別れいなばの山の峰に生ふるまつとし聞かばいま帰り来む〉（『古今集』離別）である。この歌は、地名「因幡」に「往《い》なば」、「松」に「待つ」を掛け、あなたが待っていると聞いたならすぐにでも帰りましょうと述べて離別の情を尽くした歌。以来、この「因幡」「松」の掛詞の趣向が、因幡を詠む時の典型となった。〈忘るなよ秋はいなばの山の端にまた来むころをまつの下陰〉（藤原良経『秋篠月清集』）や〈忘れなむまつとな告げそ中中にいなばの山の峰の秋風〉（藤原定家『新古今集』羇旅）などは、そうした趣向を踏まえての詠である。

また〈今はとていなばの山の時鳥忘れがたみの一声も

がな〉（顕昭『千五百番歌合』）や〈鳴き捨てていなばの山の時鳥猶立ち帰り待つとしらなん〉（藤原経平『新後撰集』夏）は、右の趣向を踏まえつつ、「時鳥」の声を結んだ趣向で、これも因幡山の詠み方の一つとなった。

藤原定家の〈昨日かも秋の田の面《も》に露置きしいなばの山も松の白雪〉（『拾遺愚草』）は、「因幡山」の「いなば」に稲葉を掛け、稲葉の縁で「秋の田の面に露置き」と詠んだ歌で、「因幡の山」「松」を詠み込みながら、それを稲葉の田の露へと展開したものであるが、〈打ち過ぎて君しいなばの露の身は消えぬばかりぞ有りて頼むな〉（むすめ『後撰集』離別）など、因幡国へ下向するに際しての心情を「稲葉」を介して「露の身」と詠んだ歌の蓄積を踏まえたものだった。

〈例句〉

諧 岑《みね》に生ふる松に頼母しのぼり藤　維舟《重頼》（『時勢粧』）

前書に「因幡より江戸参勤之人餞別に所望」とある。因幡に帰る人に、『古今集』在原行平の「立ち別れ」の歌を踏まえて、「まつとし聞かば今帰り来む」の松も頼もしいと詠む。松にかかる藤を縁にして、上り来る意に家紋の上り藤を掛けたか。

諧 いなば山や薄はまねく秋ながら　見山（『俳諧名所小鏡』）

稲葉の名のある因幡山よ、実際は稲葉ではなく、薄が招く秋であるが、の意。

［宮脇真彦］

出雲《いずも》

島根県（出雲国）

出雲山、八雲山、須我山、出雲大社、須佐神社、稲佐浜、斐伊川

〈本意と連想関係〉　島根県東部の国名。出雲神話の舞台。「出雲」といえば、『古今集』仮名序に「人の世となりて素戔嗚尊《すさのをのみこと》よりぞ三十文字余り一文字は詠みける」と和歌の初めの歌として引かれる〈八雲たつ出雲八重垣《やへがき》妻籠《ご》めに八重垣作るその八重垣を〉の歌が、「出雲」の歌としてまず想起される。この歌の初めの歌の意は、〈敷島や大和言の葉尋ぬれば神の御《み》代より出雲八重垣〉（藤原良経『秋篠月清集』）などと反芻された。

出雲には「八雲たつ」や「八重垣」が詠み込まれる。〈古へを思ひいづもの甲斐もなく隔てけるかなその八重垣を〉（寂蓮『寂蓮集』）や〈八雲たつ出雲八重垣今日まで昔の跡は隔てざりけり〉（藤原良経『続古今集』雑下）など、「古へ」・「昔」を思う意を込めて詠まれたり、また〈故郷の花の都に住みわびて八雲たつてふ出雲へぞゆく〉（大江正言『後拾遺集』別）など「八雲たつ」に多くの雲が立ち上る意を込め、〈出雲には晴れぬ八雲に閉ぢられて今宵の月や朧なるらん〉（源俊頼『散木奇歌集』）や〈春の色に出雲八雲ぞ茜さす日の川上の朝霞かも〉（正徹『草根集』）などと詠まれた。

〈例句〉

諧 出雲への路銭はいかにびんぼ神　親重《立圃》（『犬子集』）

「十月《かみなづき》、天下の諸々の神、出雲国にゆきて、異《こと》国に神なきが故にかみなし月といふを誤れり」（『奥義抄』）とあるように、十月は八百万の神が出雲に集まる伝承が古来からあった。貧乏神は路銭をどう捻出するのか、さぞお困りであろうと戯れ掛けた。

諧 ほり植うる花や八重垣出雲鍬《いづもぐは》　立静（『時勢粧』）

何重にも花を掘って植えるのには出雲鍬を使ったことだろうの意。出雲は鉄の産地でもあった。

［宮脇真彦］

隠岐《おき》

島根県（隠岐国）

隠岐島、島前、島後、国賀海岸、黒木御所、後鳥羽院火葬塚

〈本意と連想関係〉　島根県北部の海に浮かぶ群島（ほぼ円形の島後《どうご》と、知夫里《ちぶり》島・中ノ島・西ノ島から成る島前《どうぜん》、および多くの小島）は、古く山陰道に属し隠岐国とされ、都から遠く離れて、律《りつ》に定める遠流《おんる》の地とされた。朝鮮との交通の要衝でもあった。九世紀小野篁は遣唐使に関連して勅勘を被《こうむ》り隠岐に流されたが、その船出に、〈わたの原八十島かけて漕ぎ出でぬと人には告げよ海人の釣船〉（『古今集』羇旅）と詠んだ。この歌は「百人一首」にも選ばれて後世にも知られた。また『和漢朗詠集』に「渡口の郵船は風定まて出づ　波頭の謫処は日晴れて看ゆ」（行旅）と引くのもこのときの作である。この詩句も、謡曲『船弁慶』にも引かれて人口に膾炙した。承久の乱に敗れ、隠岐に流された後鳥羽院は、在島十九年に及んで隠岐で崩御した。『遠島百首』は後鳥羽院が隠岐で詠んだ百首歌であるが、その中の「我こそは新島守よ隠岐の海の荒き波風こころして吹け」は、在島の院の様子を語る歌として『増鏡』の章名「新島守」に使われて世に知られた。「この御座します所は、人離れ里遠き島の中なり。……水無瀬殿（離宮）思し出づるも夢のやうになむ。はるばると見遣らるる海の眺望、二千里の外も残りなき心地する、今さらめきたり。潮風のいとこちたく吹き来るを聞こし召して」と詞書を加えている。

〈例句〉

諧 **行雁や余波に一夜隠岐の島**　嘯山（『葎亭句集』）

「帰雁」の題に収める。この国の余波に一夜隠岐の島に泊まってゆけと呼びかけた。

諧 **一方や島後に落つる天の河**　風水（『俳諧名所小鏡』）

島後の壇鏡滝《だんぎょうたき》は二つあり、雄滝は裏から滝を見られる。この句は、そこから天の河を眺めた。　［宮脇真彦］

吉備《きび》の中山《なかやま》　岡山県（備中国）

細谷川、成親墓、有木山、真金吹く・霞の帯・鶯・松

〈本意と連想関係〉　岡山県北西部に位置する備中の歌枕。山は備前・備中の国境にあり、西麓には備中国一宮の吉備津神社、東北の麓には備前国一宮の吉備津彦神社が鎮座する。『古今集』に〈真金《まがね》ふく吉備の中山帯にせる細谷河の音のさやけさ〉（神遊びの歌）は、左注に仁明天皇の大嘗祭《おおなめまつり》の吉備国の歌とある。このときの大嘗祭の主《す》基《き》国（第二に斎忌《ゆき》を捧げる国郡。第一に捧げるのが悠紀《ゆき》国）として備中から奉った歌という。〈真金吹く〉は、鉄を精錬する意で、古代吉備の国から鉄を産出したため、吉備の枕詞となったものである。この歌は、細谷川が中山を帯のように廻って流れ、澄んだすがすがしい音をたてると詠む。この「細谷川」が〈谷川の音は隔てず真金吹く吉備の中山霞こむれど〉（藤原孝善『袋草紙』）や〈真金吹く吉備の中山埋もれて細谷川も雪の下水〉（藤原光経『光経集』）〈思ひ立つ吉備の中山遠くとも細谷河の音づれはせよ〉（三善資連『新千載集』離別）など、吉備の中山を詠む時の一型となった。

大嘗会のときの歌が『新古今集』にも載っている。〈常盤なる吉備の中山おしなべて千年をまつの深き色かな〉（読人不知・賀歌）は村上天皇の大嘗祭のときの歌で、「千歳を待つ」に「松」を言い掛け、千載変わらぬ吉備の中山を言祝ぐ。

吉備の中山を詠む歌の趣向は、おおむね『歌枕名寄』（万治二年刊）にまとめられている。そのうち、右に取り上げていない代表的な歌をあげれば、次のようになる。〈誰かまた年経ぬる身をふり捨てて吉備の中山越えんとすらん〉（清原元輔『後拾遺集』雑三）は、備中への国境としての吉備の中山を詠む。〈鶯の鳴くにつけてや真金吹く吉備の山人春を知るらん〉（藤原顕季『金葉集』春）は、吉備の中山に鶯を結んで詠む。〈春くれば麓廻りの霞こそ帯とは見ゆれ吉備の中山〉（小侍従『正治初度百首』下）は、『古今集』「帯にせる細谷川」を踏まえた歌ながら「細谷川」のかわりに「霞」を帯にと趣向した歌。〈谷川の帯の広さや増さるらん五月雨しげき吉備の中山〉（『有房集』源有房）、〈朝まだき棚引き渡る霞をも帯にはしけり吉備の中山〉（藤原季経『季経集』）、〈明け行けど細谷河は見えわかで霧を帯たる吉備の中山〉（藤原為理『為理集』）、〈冬くれば細谷川に氷して玉の帯する吉備の中山〉（藤原実家『実家集』）など四季に詠まれた「帯」の趣向の一つであるが、特に後代有名になって「霞の帯」の歌語を生んだ。

吉備の中山はまた、『平家物語』で、大納言藤原成親が非業の死を遂げた所。成親は、鹿ヶ谷での平家打倒の密議が露見、流罪となって吉備の中山、有木の別所に移され、そこで殺された。なお、吉備津彦神社・吉備津神社に関わる、吉備津彦命の鬼退治の伝承も、この山のイメージの一つを担っている（次の去来の句参照）。

〈例句〉

諧 **秋風や鬼とりひしぐ吉備の山**　去来（『青莚』）

吉備津彦命が吉備平定にあたって温羅《うら》という鬼を討ったという伝承が備中にある。この地に製鉄をもたらし、鬼ノ城に住んで地域を荒らした温羅を、吉備津彦命が討ち、祟りを鎮めるために温羅の首を吉備津神社の釜の下に封じたという。

諧 **夏草や細谷川の音ばかり**　備中 路風（『俳諧名所小鏡』）

和歌伝統を踏まえて細谷川を詠むが、夏草に隠れて音ばかりで川が見えないとしたところが手柄の句。

諧 **こがらしやいまも有木の山の痩**　二柳（『俳諧名所小鏡』）

有木で惨殺された成親墓を詠む。木枯に吹かれて葉を落とした木々に山の痩せた形が見えてくる。　［宮脇真彦］

厳《いつく》島《しま》　広島県（安芸国）

厳島神社、宮島、弥山、鏡池、大鳥居、回廊、舟渡御・鹿

〈本意と連想関係〉　広島県廿日市市に属す、広島湾西部にある島。厳島神社の所在地で宮島《みやじま》ともいう。本州との間は、三百米から六百米ほどで、大野瀬戸と呼ばれる。最高所は弥山《みせん》。弥山の北麓に厳島神社が鎮座している。

厳島神社は、海上に浮かぶ朱塗の大鳥居と社殿で知られ、平安時代末期に平清盛が厚く庇護して以後、源頼朝や足利義満、毛利元就等の庇護を受けた。『撰集抄』巻五ノ十二「安芸ノ厳島ノ眺望ノ事」には「安芸《あき》の厳島の社は、後ろは山深く茂り、前は海、左は野、右は松原なり。

東の野の方に清水清く流れたり。これを御手洗《みたらゐ》といふ。御社三所に御座します。また少し前の方に引き退けて南北へ三十間、東西へ二十五間の回廊侍り。潮の満つ時は、かの回廊の板敷の下まで海になり、潮の引く時は、白き砂子五十町ばかりなり。しかれば潮のさしたる時参れば、舟にて回廊まで参るなり。気高くいみじき事たとへもなく侍り」と述べられている。歌例は例えば、「厳島へ詣でて侍るに、汀も見えず潮の満ちたるを見侍りて」と詞書のある〈みな人の願ひを満つる潮なれば残れる磯も見えぬなりけり〉（平経盛『経盛集』）や、〈宮島や願ひひらくる潮汲みてまたも波路に舟装《ふなよそ》ひせん〉（藤原実家『実家集』）などがある。また、『文明万句』第三千句には〈暮急げ秋の川辺の渡し船〉の「秋」を「安芸」に取りなして〈鹿も鳴くなりこの厳島〉と詠んだ付合もある。

〈例句〉

諧 弥山とは芥子の苔に朝日かな　支考（『梟日記』）

〈芥子の苔〉は譬喩にとどまらず、苔が花開き始めるイメージを喚起して華やかな朝の景となっている。

諧 薫風やともし立てかねついつくしま　蕪村（『夜半叟句集』）

海上の回廊に吹き渡る薫風が印象的。

［宮脇真彦］

広島《ひろしま》　広島県（安芸国）

広島城、広島湾、平和記念公園

〈本意と連想関係〉 現在の広島市には七世紀から安芸国府が置かれ、天正一七年（一五八九）、毛利輝元が居城を置き「広島」と命名した。関ヶ原の戦のち福島正則が基礎を固め、明治までは浅野氏十二代の城下町として発展した。日清戦争後は軍都の性格を帯びて発達し、第二次世界大戦末期の昭和二〇年（一九四五）八月六日、原子爆弾の投下によって甚大な被害を被った。

原水爆禁止を訴えるスローガン「ノーモアヒロシマ」から、「広島」は世界に向けての地名となり、「ヒロシマ」とカタカナ書きも行われている。八月六日、広島平和記念式典が行われる日を、従来の歳時記では「原爆忌」「原爆の日」「広島忌」として秋季に入れている。

〈例句〉

句 広島のたか菜は牡蠣は余寒かな　久保田万太郎

広島の特産品は牡蠣であり、葉野菜の高菜である。昭和二〇年を境に本意の一変した地名「広島」であるが、それ以前の広島を詠んだ作品として、名産の食材が平和で穏やかな暮しの象徴となっている。

句 広島や卵食ふ時口ひらく　西東三鬼（『西東三鬼全句集』）

昭和二二年（一九四七）、「有名なる街」と題して発表された八句のうち掲句を含む七句は無季である。生者が物を食する際に口を開くのは常だが、被爆地広島においてはそのような当り前の事象も当り前でない意味を帯びる。「原爆忌」「広島忌」といった語を嫌う向きもあるが、掲句の〈広島や〉はうむを言わさず読者に迫る。被爆を主題として詠まれた作品に〈原爆図中口あくわれも口あく寒〉（加藤楸邨）、〈彎曲し火傷し爆心地のマラソン〉（金子兜太）、〈瞬間に彎曲の鉄寒曝し〉（山口誓子）、〈あやまちはくりかへします秋の暮〉（三橋敏雄）などがある。

［小林貴子］

下関《しものせき》　山口県（長門国）

赤間が関、壇ノ浦、赤間神宮、安徳天皇陵

〈本意と連想関係〉 下関は、関門海峡を隔てて北九州の門司に接する。古来関所が設けられ赤間関《あかまがせき》と呼ばれ、これを「赤馬関」とも書いて「あかまがせき」と読むと同時に「あかばかん」とも読み、縮めて「馬関」と書いて「ばかん」とも呼ばれた。「下関」の名称は『類聚三代格』の貞観一一年（八六九）に見え、「赤間関」の名称は『吾妻鏡』の元暦二・寿永四年（一一八五）の条に見える。南北朝時代以後二百年近く、大内氏の支配が続いた。文久三年（一八六三）に「下関事件」、翌年に「四国艦隊下関砲撃事件」が勃発。明治期以降第二次世界大戦の終結まで、下関一帯は日本軍の要塞地となった。

壇ノ浦は関門海峡の海岸名。元暦二・寿永四年（一一八五）壇ノ浦の合戦が行われ、平家は滅亡した。『平家物語』「先帝身投」によれば、数え年八歳の安徳帝は祖母に当たる二位尼に「尼ぜ、われをばいづちへ具してゆかむとするぞ」と問い、尼は「浪のしたにも都のさぶらふぞ」と答えて帝を抱き、身を投げた。壇ノ浦を望む位置に、安徳帝の霊を鎮める赤間神宮が建てられている。

〈例句〉

句 春潮を灯の中にきく下関　石原八束（『空の渚』）

時刻は夜、景は闇の中に沈み、春潮は見えていない。主人公は灯の中に佇み、その音を聞いている。春潮を見せず主人公に灯を当てたところに独自性が感じられる。

句 白扇を流してみむか壇ノ浦　星野麥丘人（『小椿居』）

二位尼は安徳帝に「浪のしたにも都のさぶらふぞ」と

言って身を投げたが、今白扇を流したならばその海底の都の安徳帝のもとに届くであろうか否かと作者は思い巡らせ、悲劇の歴史に思いを寄せる。地名〈壇ノ浦〉がなければこの句は成立しない。 ［小林貴子］

鳴門《なると》 徳島県（阿波国）

鳴門海峡、大鳴門

〈本意と連想関係〉 鳴門市北東部と淡路島南西部の間には鳴門海峡がある。本州・淡路島と四国とを結ぶ水路の要地で、流れ込む播磨灘と紀伊水道の満潮・干潮時刻が逆であることから起こる渦潮がよく知られる。古くは『万葉集』に〈これやこの名に負ふ鳴門の渦潮に玉藻刈るとふ海人娘子《あまをとめ》ども〉（田辺秋庭・巻一五）と詠まれた。〈日暮るれば忍びもあへぬわが恋やなるとの浦に満つ潮の音〉（源俊頼『散木奇歌集』恋上）では、押さえきれないほど我が身に高鳴る恋情が、高く渦巻き波音の激しい鳴門の潮に比して表現される。〈思はんと頼めし人の昔にもあらず成るとの恨めしきかな〉（永縁《ようえん》『金葉集』恋下）のように、「成ると」に「鳴門」を、「恨（めしき）」に「浦」を掛けて恋の情を詠む歌も少なくない。叙景のみならず、恋歌の題材としてもよく用いられた歌枕である。また、鳴門は平通盛の北の方、小宰相の局が入水した地で、謡曲『通盛』の舞台でもある。連想される語に、「浦、沖、淡路がた、那古浦、浜庇《ハマビサシ》、水鶏、千鳥、貝、蜑、堂の浦、おのころしま、通盛《ミチモリ》、小宰相の局《ツボネ》、もづく、武文《タケブン》か怨霊《ヲンレウ》、若和布《ワカメ》」（『類船集』）。

〈例句〉

諧 星合や阿波の鳴門の汐かげん　舎羅（『駒掫』）

恋の情を詠むという和歌伝統を受け継ぎながらも、それをさらに七夕の星合へと連想を発展させた句。織姫と彦星との年に一度の逢瀬が叶えられるかどうか、天の川ならぬ鳴門海峡に隔てられていては、渦潮の状況次第であるとの意。

諧 初潮《はつしほ》や鳴門の浪の飛脚舟　凡兆（『猿蓑』）

一年で最高の潮位となる八月十五日の大潮を「初潮」という。「飛脚舟」とは、天候にかかわらず、急ぎの用に応じて臨時に運行された高速の便船。句には、渦巻く鳴門海峡の荒波と、それを駆け抜ける飛脚舟の勇壮さが詠まれている。 ［稲葉有祐］

白峰《しらみね》 香川県（讃岐国）

松山、松が浦、白峰御陵《ごりょう》

〈本意と連想関係〉 現在の香川県坂出市。白峰寺のあるあたりから、海岸にかけてを松山という。『好忠集』に〈色かへず見ゆる讃岐の松山も春は緑の深さまされり〉と詠まれたが、「松山」が地名かどうかは不明である。家人の源光成が讃岐に下向するときに詠まれた〈松山の松の浦風吹きよせば拾ひてしのべ恋忘れ貝〉（藤原定頼『後拾遺集』別）や、「すけよしの朝臣の讃岐にあるころ（略）」〈古里は紅葉しぬめり松山の常磐の影を見やなれぬらん〉（『為仲集』）などがある。

保元の乱に敗れた崇徳院は讃岐に配流となりこの地で没したため、白峰や松山は院のイメージを有するところとなった。崇徳院の歌に〈浜千鳥跡は都にかよへども身は松山に音をのみぞ泣く〉（『保元物語』五、『平家物語延慶本』など）がある。院を偲び西行は「讃岐に詣でて、松山の津と申す所に、院おはしましけん御あと訪ねけれど、かたもなかりければ〈松山の波に流れて来し舟のやがてむなしく成りにけるかな〉（『山家集』）、〈松山の波のけしきは変はらじをかたなく君はなりましにけり〉（同）、「白峰と申しける所に、御墓の侍りけるに参りて〈よしや君むかしの玉の床とてもかからん後は何にかはせん〉」（同）の歌を詠んだ。以降、白峰・松山の和歌は西行詠が意識されることが多い。

〈例句〉

諧 君やよしと捧げし僧も神無月　宋屋（『瓢簞集』）

解説に挙げた西行詠の〈よしや君むかしの玉の…〉を踏まえた句。「白峰」の題で詠まれた。 ［松本麻子］

松山《まつやま》 愛媛県（伊予国）

にきたつ、道後《どうご》温泉、松山城、子規堂、三津浜

〈本意と連想関係〉 松山藩十五万石の城下町として発展した。同藩は俳諧が盛んで、四代藩主の松平定直は蕉門の其角《きかく》門。天明期に樗堂《ちょどう》、幕末期に鶯居《おうきょ》、其戎《きじゅう》らを輩出し、正岡子規を生み出す母胎となる。

東部にある道後温泉は日本最古の温泉で、神功皇后や聖徳太子が訪れたとされる。『日本書紀』他によると、来浴する場合は海路、熟田津《にきたつ》（飽田津《あきたづ》、柔田津《なりたづ》とも）と呼ばれる港に上陸したという。斉明天皇の行幸に随行した額田王《ぬかたのおおきみ》は、塾田津からの船出を〈塾田津に船乗りせむと月待てば潮もかなひぬ今は漕ぎ出でな〉（『万葉集』巻一）と詠んだ。同集には他に〈ももしきの大宮人の飽田津に船乗りしけむ年の知らなく〉（山部赤人《あかひと》・巻三）、

〈柔田津に船乗りせむと聞しなへなにかも君が見え来ざるらむ〉（作者不詳・巻十二）の歌もある。ただし、熟田津の具体的な位置については諸説あり、特定することはできない。用例も少なく、『万葉集』にのみ歌われる歌枕であった。なお、道後温泉は夏目漱石『坊ちゃん』の舞台としても著名である。

〔例句〕

句 **松山や秋より高き天守閣**　子規（『寒山落木』）

松山城は慶長七年（一六〇二）、加藤嘉明《よしあき》によって築城された。城山山頂に本丸がある。一句は、高く澄んだ秋の空よりも高々と感じられる天守閣の姿を詠んだもの。子規には〈春や昔十五万石の城下かな〉（同）の句もあり、故郷のシンボルに誇りと愛着を見せている。

句 **春の雪ちりこむ伊予の湯桁《ゆげた》哉**　松瀬青々（『妻木』）

湯桁は浴槽のこと。『源氏物語』空蝉巻に〈とを《十》、はた《二十》、みそ《三十》、よそ《四十》など数ふるさま、伊予の湯桁もたどたどしかるまじう見ゆ〉とあるように、道後温泉の湯桁は非常に数の多いことで知られる。句には、湯気に煙る道後温泉に、春雪が散り込んでは消えていく美しくもはかない景が詠まれている。

［稲葉有祐］

土佐《とさ》の海《うみ》

高知県（土佐国）

九十九《つくも》洋《なだ》、白湾《はくわん》

〔本意と連想関係〕「土佐の海」は土佐国の周辺海域を総称する歌枕。東端の室戸《むろと》岬から西端の足摺《あしずり》岬にかけて弓状の土佐湾、南には太平洋が広がる。波が荒く交通の難所で、『土佐日記』によると、紀貫之は帰京の際に十日間の滞留を余儀なくされている。〈土佐の海に御舟浮べて遊ぶらし都の冬は風ぞ長閑《のど》けき〉（藤原家隆『壬二集』）、〈日ばかりを頼みて出ぬこの旅は漕ぐ手もたゆき土佐の船路に〉（藤原隆親『久安百首』）のように、都から遠い海と認識される。幾重にも波の押し寄せる土佐への船路は〈何となく心細きは南吹く土佐の船路の明け方の空〉（顕昭『千五百番歌合』）と不安な心境を生じさせた。また、『毛吹草』「土佐」の項に「硯石　三月三日、塩干ニ海底ヨリ取也」とあり、三月三日に潮の引いた海岸で硯を作るための石を採取する風習があった。連想される語に、「駒、猿、鰹《カツヲ》ぶし、色紙、硯石、材木、一の宮の流《ナガ》され、海蘿《フノリ》、つゞら藤、大米餅、猿貝、正尊、畑、名越《ナゴシ》山、夢野、室戸、日記、薬紙」（『類船集』）。

〔例句〕

諧 **それの日も硯とりけん土佐の海**　嵐雪（『誹諧六歌仙』）

句の題は「貫之」。三月三日の硯取りを詠んだ句だが、「それの日」は、『土佐日記』の冒頭「それの年の師走の二十日余り一日の戌の時に門出す」を踏まえている。土佐の海を詠む場合は、この硯取りの風習と『土佐日記』を組み合わせて詠まれることが多く、〈涼しさの日記待たばや土佐硯〉（乙由《おつゆう》『麦林集』）といった句もある。

諧 **月になをその果もなし土佐の海**　白許（『俳諧名所小鏡』）

太平洋に突出する室戸岬を臨む、雄大な景観を詠んだ句。室戸岬には景勝地の月見が浜があった。水平線の果てに凩が吹き込んでいくと詠んだ〈凩の果はありけり海の上〉（言水『都曲』）を彷彿とさせるが、一句は皓々と輝く月の下、荒々しく、そして果てしなく広がる大海原を描出した。

［稲葉有祐］

松《ま》浦《つ》《ら》

佐賀県（肥前国）

松浦川、松浦山、鏡山、虹ノ松原

〔本意と連想関係〕肥前国の歌枕。現在の佐賀・長崎県の北西部一帯の地名。『万葉集』（巻五）の別れの歌の詞書には松浦佐用姫が朝鮮半島の任那《みまな》に渡る大伴狭手彦《さてひこ》を見送った際、松浦山から領巾《ひれ》を振って別れを惜しんだという伝説が記され、〈よろづ代に語りつげとしこのたけに領巾《ひれ》ふりけらし松浦佐用姫〉他の歌が載る。以降、〈木の間よりひれふる袖をよそに見ていかがはすべき松浦佐用姫〉（藤原基俊『千載集』恋四）、〈暮れてゆく霞の袖に春かけてひれふりかへす松浦佐用姫〉（春部『壬二集』）など、松浦佐用姫に関する歌が多数詠まれた。後には藤原定家作とされる『松浦宮物語』や、世阿弥作の謡曲『松浦佐用姫』もある。

他にも、〈誰としも知らぬ別のかなしきは松浦の沖を出づる舟人〉（藤原隆信『新古今集』離別）のように、渡宋する僧の離別の景を詠んだ歌や、〈松浦潟もろこしかけて見わたせばさかひは八重の朝霞かも〉（『後鳥羽院御集』）など「もろこし」と結んで詠まれる歌も多い。「松浦舟」も好まれた語で、〈あらたまの年のを長くまつら舟いくよになりぬ波路へだてて〉（九条道家『続後撰集』恋五）や、藤原定家の「寄船恋〈来ぬ人をつきせぬ浪にまつら舟よるとは月の影をのみ見て〉（『拾遺愚草』）のように、「松」に「待つ」を掛けた恋の歌もある。

松浦とつながりの深い語に「舟人、もろこしを思ふ、尾花」（『随葉集』）、「佐用姫、堀江、舟、鏡の神、物ぐるひ、鰯、唐船、玉島の里、五郎、長者、鵜飼舟、八重の塩路、沖行く船、七瀬のよど、蟬」（『類船集』）などがある。初期俳諧でも、〈唐船の帰朝をいつと松浦姫〉（重頼『犬子集』恋）などのように和歌の伝統を踏襲する句もあるが、〈鯨つくや是は九州松浦潟〉（芳野偸閑『時勢粧』第二）など、九州の名産と結んで詠まれる句も現れる。

〔例句〕

諧 **手をたれてその鮎汲めよ松浦川**　不得（『其便』）

「松浦に行く人に」と詞書にある。領巾《ひれ》を振るのではなく、手をたらして鮎を汲みなさい、松浦川で、の意。松浦川と鮎と結んだ歌例に、『万葉集』に〈松浦川川の瀬光り鮎釣ると立たせる妹が裳の裾濡れぬ〉（巻五）の歌があり、俳諧にも〈女の童上る小鮎や松浦川〉（『葎亭句集』）がある。

諧 **松浦の文かく夜半や時鳥**　蕪村（『新五子稿』）

松浦で夜ふけに手紙を書いていると、時鳥が鳴いたことだ、の意。松浦と時鳥を結んだ歌例に〈松浦潟遠ざかり行く時鳥声のゆくへやもろこしの空〉（藤原知家『夫木抄』雑部七）などがある。解説に挙げたように松浦は唐土に渡る人を見送る場所。この句の手紙もそのように読みたい。

［松本麻子］

68 長《なが》崎《さき》

長崎県（肥前国）

長崎港、出島《でじま》、丸山、オランダ坂、眼鏡橋、平和公園

〔本意と連想関係〕　長崎は大陸との外交・防衛の要衝。対馬は壱岐とともに朝鮮半島への中継点として知られる。対馬はリアス式海岸に富み、〈百船《ももふね》の泊《は》つる対馬の浅茅山時雨《しぐれ》の雨にもみたひにけり〉（作者不詳『万葉集』巻一五）とあるように、浅茅《あそう》浦など遣唐使や遣新羅《しらぎ》使らの船が停泊するのに絶好の湾があった。〈船出せし博多やいづら対馬には知らぬ新羅の山は見えつつ〉（津守国基『国基集』）は対馬から朝鮮半島を遠望した歌。〈ありねよし対馬の渡り海中《わたなか》に幣《ぬさ》取り向けてはや帰り来ね〉（春日蔵首老《かすがのくらのおびとおゆ》『万葉集』巻一）と、波の荒い対馬海峡を渡る旅の無事を祈願する歌も詠まれた。対馬は鎌倉時代より宗氏の支配となる。

また、長崎は、元亀元年（一五七〇）にキリシタン大名の大村純忠《すみただ》がイエズス会に寄進したことで諸外国との交易港として発展、鎖国後は出島が設置され、海外貿易・異文化交流の拠点として多くの商人たちが集まった。連想される語に、「白たばこ、黒船、木綿《モメン》、唐蒔絵、絵筵、仏手柑《ブッシュカン》、畝《ウネ》ざしの足袋」（『類船集』長崎）、「椎茸《シイタケ》、こぶ苔、青砥《アヲト》、鰤《ブリ》、熨斗《ノシ》、上方山、紅葉山、浅茅《アサヂ》山」（同、対馬）。近代に入り、第二次大戦で原爆が投下されてからは、平和を訴える象徴的な都市となった。

〔例句〕

諧 **長崎の秋や是より江の月夜**　支考（『梟日記』）

国際港の長崎には国内の船のみならず唐船や阿蘭陀《オランダ》船なども出入りし、活況を呈した。一句は、その長崎を出帆すると遙かな航海となり、これからは海上より秋の月を愛でることになろうとの意である。

諧 **珍しき鷹わたらぬ歟対馬船**　其角（『其袋』）

鷹は秋に日本に渡ってくる。一句は、大陸から渡来する中に何か珍しい種類の鷹はいないかと、対馬海峡を渡る船に問いかけたもの。『和漢三才図会《ずえ》』（正徳二年［一七一二］成）には「遼東《りようとう》ニ産スルモノ、上トナス。故ニ中華ノ鷹ハ高麗ノ産ニ及バズ」とある。

［稲葉有祐］

阿《あ》蘇《そ》

熊本県（肥後国）

阿蘇山、中岳、大観峰《だいかんぼう》、草千里、阿蘇神社

〔本意と連想関係〕　熊本県北東部、活火山の阿蘇山のある地。歌枕。広大なカルデラが広がり、中央の火口群は根子《ねこ》岳・中岳・高岳・烏帽子岳・杵島《きしま》岳の五岳と称される。『日本書紀』（景行紀一八年六月）によると、景行天皇が九州を巡った折、野の広がるこの地に赴いて「人ありや」と呼んだところ、阿蘇都彦《あそつひこ》・阿蘇都媛《あそつひめ》の二神が現れ答えたため、それに因んで地名を阿蘇としたという。〈世にわびて波たちまちに色なれど阿蘇の御池に幣奉《ぬさ》る〉（源俊頼『散木奇歌集』雑上）は「神霊池」と呼ばれる噴火口について詠んだ歌。「筑紫国風土記」逸文（『釈日本記』）には「肥後の国《ひのみちのしり》。閼宗《あそ》の県《あがた》。県の坤《ひつじさる》のかた二十余里に一禿《あるけなし》の山あり。閼宗の岳と曰《い》ふ。頂に霊《くす》しき沼あり。石の壁もて垣とせり。計るに縦は五十丈、横は百丈、深さは或るところは二十丈、或るところは十五丈ばかりなり。清き潭《ふち》は百尋《ももひろ》にして、白き緑を鋪《し》きて質《かたち》とす。彩しき浪《うるわ》は五色にして、黄金を絙《は》へて間を分ちたり」云々と記される。中岳北麓には阿蘇神社があり、阿蘇開拓の祖神、健磐竜命《たけいわたつのみこと》以下十二神を祀る阿蘇神社があり、冬は北国を思わせるほど降雪することから、〈今はとて下の祝子《はふりこ》暇有れや阿蘇の御山に雪の積もれる〉（名和基長『夫木抄』巻三四）とも詠まれる。

〔例句〕

諧 **阿蘇山の蓋とる息や霧煙**　露川（『西国曲《ぶり》』）

活火山である阿蘇山は常に噴煙を上げている。その山の有様を、まるで鍋の蓋を取ったときに立ち籠める湯気のようだとした句。

諧 **砂のふる朧月夜やあその山**　蘭居（『俳諧名所小鏡』）

春の夜に仄《ほの》かに霞む月を朧月という。一句は、阿蘇では噴煙とともに火山灰も舞い落ちてきて、ただでさえ霞んでいる朧月が、さらにぼやけて見えるの意。

諧 **つつじばかりもへ習ふてか阿蘇の山**　菊舎尼（『手折菊』）

火の山阿蘇の面目躍如たる句。赤い躑躅の咲き乱れる様は燃える火に譬えられるが、一句は、それを阿蘇山の燃えさかる炎に習ったものだと結ぶことで新味を出している。　［稲葉有祐］

宇《う》佐《さ》　大分県（豊前国）

宇佐神社

〈本意と連想関係〉　豊前の国の歌枕（『八雲御抄』）。国東半島の付け根に位置し、周防灘に面する水路の要地。南宇佐亀山には八幡宮の総本社、宇佐神宮が鎮座する。祭神は応神天皇・比売大神《ひめおおかみ》・神功皇后。神護景雲三年（七六九）、和気清麻呂《わけのきよまろ》が〈西の海立つ白波の上にしてなに過ぐすらむ仮のこの世を〉（『新古今集』神祇歌）との神詠を託宣に得て、皇位を狙う弓削《ゆげ》道鏡を退けた宇佐八幡宮神託事件は著名。醍醐天皇の代より、宇佐神宮には定期的、また臨時に奉幣を献じ奉告する勅使、宇佐の使が派遣されている。『和歌初学抄』に「豊前　うさの宮　みのうさに」とあり、都から離れ、遙かな遠路の旅程を行く物憂さから「宇佐」と「憂さ」とを掛ける歌例は多く、〈わたの原波路隔つるうさの宮深き誓ひは代々に変はらじ〉（藤原良経『夫木抄』巻三四）などと詠まれた。また、筑紫にあることから、〈身のうさもとふ一文字にせかれつつ心づくしの道はとまりぬ〉（内大臣家小大進『金葉集』雑部上）と、「心尽くし」の語を伴う歌も見受けられる。連想される語に「使トアラバ…宇佐宮」（『連珠合璧集』）、「宇佐ノ宮、豊前、すゞなみの神、西の海、心づくし、平家」（『類船集』）。

〈例句〉

諧 **世の中のうさ八幡ぞ花に風**　宗因（『宗因千句』）

『平家物語』（巻七）で、平宗盛は筑紫での新都造営を巡り、〈世の中の宇佐には神もなきものを何祈るらん心づくしに〉との神詠を得る。この神詠を踏まえ、「宇佐」と「憂さ」とを掛詞としつつ、一句は風に花が散ることを憂いた。

諧 **行春やうたも聞へず宇佐の宮**　蕪村（『落日庵』）

中七は、和気清麻呂、平宗盛は神詠を得ることができたが、残念ながら自分には託宣が下りないとの意。「行春」とあるから、行く春を留めたいとの願いであろう。一句は、「宇佐」と「憂さ」との掛詞を用い、惜春の情を表現している。　［稲葉有祐］

高《た》千《ち》穂《ほ》　宮崎県（日向国《ひゅうが》）

高千穂峡、高千穂峰《たかちほのみね》、高千穂神社

〈本意と連想関係〉　現、宮崎県北西部の西臼杵《うすき》郡高千穂町。九州山地に囲まれ、中央を五ヶ瀬《ごかせ》川が東流する。五ヶ瀬川峡谷（高千穂峡）は大規模な柱状節理の岸壁が向き合う渓谷で、国名勝および天然記念物。

高千穂は『古事記』『日本書紀』に記される天孫降臨神話の地といわれ、『釈日本紀』（巻八）は、天照大神《あまてらすおおみかみ》の命を受けた瓊瓊杵尊《ににぎのみこと》が高天原《たかまがはら》から高千穂峰（久士布流《くしふる》岳）に降臨した際、霧が立ち籠めていて方向を見失ったが、当地の土蜘蛛の進言通り稲千穂を抜いて籾とし四方に蒔いたところ、霧が晴れたとの伝承を記載し、地名の由来とする。また、高千穂峰東峯は、古くは矛峯ともいい、山頂に瓊瓊杵尊が降臨したときに突き立てたものとされる青銅製の天逆鉾《あまのさかほこ》が立っていた（天保一四年［一八四三］成『三国名勝図会《ずえ》』）。

和歌では『八雲御抄』に「是は天津彦のいたり給し所也」とあり、〈久方の天の戸開き高千穂の岳に天降《あも》りし皇祖《すめろき》の神の御代より…〉（大伴家持《やかもち》『万葉集』巻二〇）と天孫降臨の舞台となった神秘性が詠まれた。ただし、あまりに古代のことゆえか、題材となることは稀で、〈高千穂のくしぶる嶺ぞ仰がる天のをずめの始めと思へば〉（藤原俊成『俊成卿文治六年五社百首』）、近世期の〈皇神の天降りましける日向なる高千穂の岳や先霞むらむ〉（楫取魚彦『楫取《かとり》魚彦《なひこ》家集』）が見られる程度。

〈例句〉

諧 **蓬莱や高千穂峯《タカチホノダケ》よねの山**　常矩（『元旦発句』）

「蓬莱」は、新年の蓬莱飾りの意に、神の降り立った霊山との意を効かせたもの。稲籾を四方に蒔いたという神話を踏まえつつ、高千穂峰のような米俵の山ができますようにと、豊作を言祝《ことほ》ぐ句である。

句 **高千穂の霧来てひびく鵯《ひよ》の声**　水原秋桜子（『玄魚』）

一句は、霧に覆われて視界が開かない高千穂峰に、群れをなして啼く鵯の声が響いているとの意。神話にも語られるように、高千穂峰には「霧」のイメージがある。　［稲葉有祐］

出水《いずみ》《いづみ》

鹿児島県（薩摩国）

隼人《はやひと》の瀬戸、薩摩の瀬戸

〈本意と連想関係〉 出水は県北西端に位置する市。八代《やつしろ》海（不知火《しらぬい》海）に面し、市内には出水平野が広がる。市西部、荒崎《あらさき》の干拓地帯は鶴の飛来地として著名。出水郡長島と阿久根市黒之浜との間には、八代海から天草灘に抜ける海峡、黒之瀬戸がある。この海峡の潮流は非常に速く、干潮時には渦潮が発生する。

黒之瀬戸の古称は「隼人《はやひと》の瀬戸」「薩摩の瀬戸」。「隼人（ハヤトとも）」とは、古代、大隅・薩摩一帯に居住し、大和政権に対して度々反乱を起こした勇猛果敢な民族のことで、その地をもいう。後、八世紀には服属、一部の者は山背《やましろ》国に移住し、朝廷警備の任に当てられていた。〈隼人の薩摩の迫門《せと》を雲居なす遠くもわれは今日見つるかも〉（『万葉集』巻三）は、筑紫《つくし》に遣わされた長田王《ながたのおおきみ》が都から遙かに隔たった隼人の瀬戸に至った折に感慨を吐露したもの。太宰帥《そち》として薩摩を巡視した大伴旅人《たびと》は、〈隼人の湍門《せと》の磐《いわお》も年魚《あゆ》走る吉野の瀧になほ及《し》かずけり〉（『万葉集』巻六）と詠み、隼人の瀬戸にある大岩を前に遠く吉野離宮を追慕した。出水や隼人の瀬戸が和歌に詠まれることは多くないが、〈隼人の薩摩の瀬戸の潮騒に浪をかしこみいけるともなし〉（海量『八十浦之玉』）との近世期の例もある。

〈例句〉

諧 稲妻もをくれて行や隼人の瀬　薩摩 青牛（『俳諧名所小鏡』）

隼人の瀬戸の潮流は速く、激しい。一句は、刹那に輝く稲光であっても、隼人の瀬戸の潮流と比べると遅れて感じられることだとの意である。

句 なべ鶴もまな鶴も来て出水かな　磯野充伯（『五七五』）

出水西部の荒崎地方は薩摩藩により干拓され、元禄年間には鶴の越冬地となった。以来、現代まで至る。一句は、鍋の底のように黒い鍋鶴や目の周りの赤い真鶴など、様々な鶴が大陸から飛来し出水に集っているとの意。充伯には出水での作〈首高く伸べて見張りの鶴となる〉（同）もある。

［稲葉有祐］

沖縄《おきなわ》

沖縄県

琉球、首里、那覇

〈本意と連想関係〉 日本列島の南西部、かつ最西端に位置し、三百六十三の島からなる。県庁所在地は那覇。年間を通して気温の年較差が少なく、亜熱帯性（一部は熱帯）気候に属する。

句 炎天や水を打たざる那覇の町　篠原鳳作（『泉』）

句は、その夏の猛暑にあって、涼を得るための水打もしない南国の町、那覇を詠んだもの。視点を遠くに置いてみると、島の周辺には珊瑚礁に囲まれた真っ青な美しい海が広がっている。

古くは天平勝宝五年（七五三）、遣唐使の藤原清河らが帰国の途次「阿児奈波島」に漂着したとの記事が『唐大和上東征伝』に見える。十二世紀末に琉球王国として独立し明の冊封《さくほう》を受けるが、慶長一四年（一六〇九）、薩摩藩に征服されて直属地となる。徳川将軍の襲職時や琉球国王の即位時にはそれぞれ「江戸上り」と呼ばれる使節（慶賀使・謝恩使）を首都の首里から派遣し、江戸の人々はその異国風の服装や立居振舞に大きな関心を寄せた。

ニライカナイ信仰に基づく祭祀、固有の音楽（オモロ・歌垣）や琉球舞踊といった独特の芸能・風俗を持ち、伝統工芸も盛んで、琉球絣《かすり》、芭蕉布などの織物や陶器がよく知られる。連想される語に、「むしろ、つゝじ、三味線《ミセン》、あはもり、蘇木、蘇鉄、薩摩、毛だま、むくろじ」（『類船集』）。

近代に入り、明治五年（一八七二）に琉球藩、同一二年に沖縄県が設置される。太平洋戦争末期には戦場となり、多くの犠牲者を出した。戦後は米国の統治下となるが、昭和四七年（一九七二）に日本に復帰する。

〈例句〉

諧 琉球は三味線ひいて田植かな　日良（『正風彦根躰《ひこねぶり》』）

琉球では三味線の伴奏に合わせて田歌を歌い、田植えをするのであろうと、遥か遠くの国に思いを馳せた句。中国より琉球に渡来した蛇皮《じゃび》線は室町末期に日本に伝わり、さらに改造されて三味線へと姿を変える。琉球は、日中両国の文化風俗をつなぐ役割も担っていた。

［稲葉有祐］

Ⅵ 俳句実作編

本編は、これから俳句の実作を始めようとする読者のみならず、基本を確認し、表現技術をより高めたいという実作者のために、俳句の手ほどきとして執筆してもらった。

俳句の実作は詩の創作であるから、作者ごとに方法論があり、また俳句観の違いもあって、ひとつの標準を示すことは難しい。本編は、経験を積んだ実作者に、可能な限り広い視野から、一般的な俳句の実作の方法を語ってもらったものである。おのずから、執筆者それぞれの経験に基づく論述となっていることは注意せられたい。また、俳句概論や俳句史に照らして、記述を確認してほしい。読者には、本編をもとに各自の俳句観を深め、自らの方法論を構築していっていただきたいと願うものである。（編者）

序

〈俳句を作るということ〉 わが国の小学校から高等学校までの国語の教科書に俳句が載り、主要な新聞には俳句の投句欄がある。新聞以外にも雑誌やテレビ、ラジオなどのメディアや、街で見かける広告、飲料のペットボトルにも俳句を見かけることがある。インターネット上の俳句に関するサイトや個人のブログ、SNSなどでも多くの俳句や俳句に関する文章を目にする。このような状況を見れば、日頃から俳句を作ったり読んだりする習慣がない人にも、わが国において俳句という文芸が広く知られていることがわかるだろう。五・七・五という定型のリズムと、季語に見られる、自然や自然の中の暮らしに親しんできた伝統が、現代にもまだ生きていることを感じる。

俳句を日常的に作っている俳句愛好者も、他の多くの趣味に比べて決して少なくはない。ただ、その俳句との接し方は一様ではなく、さまざまな方法で俳句と関わっている。作った俳句を誰にも見せず、ノートや日記帳、パソコンなどに記録するという人もいるだろう。新聞や雑誌などの投句欄に投句する人、俳句結社に所属し、その所属誌の主宰者の選を受けるという人も多い。最近はインターネットの普及により、俳句愛好者同士のつながりも多様になった。実際に顔を合わせなくてもネット上で句会や批評ができる。そのような愛好者同士が集まる場をネット上に設けることもある。

このように現代も多くの人を引きつけている俳句だが、その魅力はどこにあるのだろうか。筆者の経験から、ここではその魅力を四点示しておきたい。

第一にあげることとして、その手軽さがある。俳句を作るのに大がかりな装置や高価な道具は要らない。特殊な技能が必要なわけでもない。筆記用具と歳時記があれば誰でも始めることができるのである。

二つ目として、言葉を多く知るということがある。俳句を作るときにも新しい言葉を知るのだが、俳句に関わり始めると、他者の俳句を読んだり選んだりして言葉を知る機会も多くなる。俳句を始めてから何年経っても、目にふれる俳句に未知の言葉が出てくる。その新たに覚えた言葉は、自作の句に生かすことができるばかりでなく、日常のさまざまなものにふれたときの感受性を高める。たとえば、桜は多くの人が知る春の季語だが、俳句では単に桜あるいは花といえば、それは桜の花が咲いている状態である。桜の芽、初花、落花、花の雨、花の昼、花の雲、花筏《はないかだ》、桜蘂《しべ》降る、残花《ざんか》、余花《よか》など、咲いているときの状況や咲く前後の状態に関わるさまざまな季語がある。これらの言葉を知ることで、同じ桜でもその時々の違いに気付くことができる。それは季節の変化を敏感に感じ取ることにもつながるのである。

三つ目は、四季を通じて自然に深く親しめることである。俳句に季語が含まれていることを前提にすれば、四季のさまざまな自然と、その自然の中で営まれてきた生活、文化などに意識的になる。一つの植物の名前を覚えると、それがそれまで気にとめていなかった身近な植物であることも多い。農耕や伝統文化、行事などにもおのずと意識が向いていく。日本の風土の中に生きてきた私たちの文化を知ることで、自然とともに生きていることへの自覚が生まれるのである。季語を通じて現在の季節を知るとともに、過去の俳人が詠んできた句によって、その季語に関する文学の伝統や日本の文化、風俗を改めて知ることにもなる。

四つ目として、俳句は人と人とをつなぐものであるということをあげたい。先に俳句への多様な関わり方の一つとして、一人で俳句を作って記録するという例をあげた。もちろん、俳句の楽しみ方は人それぞれでよいのだが、俳句は短い形式ゆえ、作者一人ではその作品の本当の評価が分かりにくい。そこで、信頼できる読み手が必要となる。特定の一人に選を委ねれば、そこに師弟関係が生まれる。同じ志を持った者同士で互いの句を読み合うことも、俳句を通じた人と人とのつながりとなる。それらの人間関係は、一般社会のそれとは大きく異なる。俳句を読むことによって、一句に表現されたその人の感受性や考え、生活などが伝わる。この俳句を介した交流の繰り返しによって、深い関係が生まれるのである。

以上、俳句の四つの魅力をあげたが、その俳句の伝統の上に立つ現代の私たちが、現代の自然や生活をどのように詠むのか。変わらない自然がある一方で、私たちを取り巻く社会やその中で日々を過ごす生活の実態は少しずつ変化している。その変わっていく社会や生活の中で、自然の姿もこれまでにない見え方をすることがある。たとえば、ビルの多く立つ都会の月に、かつての山村や海浜で見えた月とは異なる風情を感じることがあるだろう。そこに新しい俳句が生まれる可能性があるのである。

〈作り手と読み手の関係〉 現在、多くの俳句愛好者は、さまざまな場を通じて自分の作品を他者の目にふれさせている。新聞や俳句総合誌の投句欄なら、その選者が最初の読み手となる。選者は応募された数多くの作品の中から良いと思う作品を選ぶのみであるから、応募作品の作者と直接会うことはない。一方、俳句愛好者同士が集まって俳句を詠み合い選び合う場があり、これを句会と呼んでいる。各自の自作の句を無記名のまま読み合い選び合う。自作の句について、思いもよらなかった読み方や深い洞察に満ちた鑑賞を聞き、驚くことも多い。俳句という短い形式は、他の読み手の解釈によってはじめてその世界が完成するという側面がある。それは一句の世界がその読者の数だけ広がりを持つということでもある。

　このように、句会は自作の句の良否やその内容を確認する場となっている。それと同時に、俳句という一つの文芸作品を通じて、居合わせた者同士が交流する場でもある。俳句作品の多くには、その季節の言葉である季語が含まれている。日常の挨拶と同じように、その季語を通じて、同じ季節の中にいる者同士が同じ場に生きていることを確認し合うのである。句会に作品を提出することを投句というが、その投句の条件として、当季雑詠という言葉がよく使われる。俳句を詠むのにどのような対象を取り上げてもよいが、その俳句に示される季節は必ず今の季節にせよ、という意味だ。ここには、そのときの季節の言葉である季語を通じて、人と人とが結びつく場への思いがある。それは「暑いですね」「寒くなりました」などと声をかけ合う挨拶の場によく似ている。俳句を通じた挨拶は、日常の挨拶と同じように、季節を通じて人と人とを結びつける。

　このような俳句の挨拶性は、万葉集の相聞歌や記紀歌謡までさかのぼる日本詩歌の伝統であり、「雪月花の事のみ云ひたる句にても、挨拶の心なり」（『三冊子』）、「日常の存問が即ち俳句である」（高浜虚子『虚子俳話』）など、俳諧・俳句の伝統に一貫して見られる特性である。特定の相手に贈る目的で作られた贈答句や、慶弔の際の挨拶を目的とした慶弔句ばかりではなく、俳句を詠み合う関係にあれば、すべての句は挨拶の意を含んでいるといえる。俳句が座の文芸などと呼ばれるのも、一つにはこのような挨拶性によるところがあるからである。

〔まずは作ってみよう〕　俳句を作ろうとしても、五・七・五の定型と季語を入れるという約束を知っているだけでは、作り方にとまどうかもしれない。そこで歳時記にある季語の例句を手本にしたり、俳句の入門書を読んだりして作ることになる。もちろん本事典を手がかりにしてもよいのだが、最初から名句を作ろうとすると、おそらく何もできないのではないか。俳句を長年作り続けている人でも、良い句を作ろうと気負うとなかなかできないものである。

流れ行く大根の葉の早さかな　高浜虚子
パンにバタたつぷりつけて春惜しむ　久保田万太郎
鳥わたるこきこきこきと罐切れば　秋元不死男

　小川を流れる大根の葉を見てその流れの速さにハッとした様子、食卓でパンにバターを塗るというひとときに感じた季節の移り変わり、自らの人生の一コマと鳥の一生の一場面とが接点を持った瞬間。明治以降のこれらの句は、歳時記や入門書などでもよく取り上げられ、俳句愛好者なら一度は見たことのある名句である。

　名句といっても、これらは日常誰もが経験することを基にして作られている。切字「かな」の使用を除けば、表現の上で難しい言葉遣いもない。名所や旧跡など、特別な場所に行って作ったのでもない。俳句を作ると決めたら、まずは自身の生活の情景を見つめ直してみたい。気になる場面があったらそれを言葉にしてみる。五七五の形にならなくても、断片的な言葉を記録しておくだけでもよい。そして作句の際は、その場面にふさわしい季語を選んでみよう。最初は植物や動物など、目に見える季語を使いたい。具体的なものを詠んだ方が、読み手にその句の世界が伝わりやすいからである。

　そして俳句を作ったら、それを誰かに見てもらおう。自分では気付かなかった点が明らかになるはずだ。最初は表現が未熟で、伝えたいことが伝わらないことも多いだろう。しかし、思いがけないその句の良さに気付いてもらえることもある。作り、読んでもらい、自分も他者の句を読むことで、俳句の作り方がしだいにわかってくる。それは時間のかかることだが、多くの人と互いの人生、考えなどを伝え合うことにもなる。俳句を通じ、さまざまな場で出会う人との関係はかけがえのないものだ。俳句とともにある人生のよろしさを感じながら、気長に俳句と付き合っていきたい。

［押野　裕］

1　準　備

（1）定型に親しむ

〔音数を数える〕　俳句は「五七五」。短歌は「五七五七七」。小学生でも答えられるだろう。俳句には「季語」が要るということも常識だろう。なぜ俳句は「五七五」なのか、という疑問に対しては「Ⅰ俳句総説」「Ⅲ歴史研究編」に詳しいことは譲り、ここでは実作する上で大事なことを述べていきたい。俳句を俳句たらしめている要素に「定型（五七五）」「季語」そして「切字（切れ）」の三つがある。
　まず、五七五という音数に親しむことが俳句を作る第一歩。「五音」と「七音」の組み合わせに注目したい。日本語ではこの「五音」と「七音」の組合せが、韻律上調子（リズム）がよい、心地よいのだ。和歌の時代から先人たちはこの音数の組合せを定型として日本の詩形を完成させ今日に至っている。そして俳句は和歌の下の「七七」を切ることにより、「十七音（字）」という極小の定型を持つこととなった。十七音ならいいかというと違う。あくまで「五七五」の定型を意識して構成しなければ俳句ではない。最初の五音を「上五《かみご》（初五《しょご》）」、まん中の七音を「中七《なかしち》」、最後の五音を「下五《しもご》（座五《ざご》）」と呼ぶことを覚えてもらいたい。音数の数え方も述べておく。拗音《ようおん》（「や」「ゆ」「よ」のかなを小さく書き表現する音）の「きゃ」「しゅ」「ちょ」等はそれぞれ二音ではなく、一音と数える。それに対し同じく小さく書く促音《そくおん》「っ」は「っ」も一音と数える。「言った」であれば、三音と数える。

下京や雪積む上の夜の雨　凡兆《ぼんちょう》（『猿蓑』）
しもぎょうや／ゆきつむうえの　よるのあめ

平仮名のみで読みを併記したが、傍線部分「ぎょ」は一音として数えるので上五は五音である。／はそこで句が切れることを表したが、「切字」については後述する。

がつくりと抜け初むる歯や秋の風　杉風《さんぷう》（『猿蓑』）
がっくりと　ぬけそむるはや／あきのかぜ

「がつくりと」で五音となる。また、文語体では拗音、促音とも小さく表記しない。「がつくり」と表記し、音読は「がっくり」となる。「下京」も歴史的仮名遣いで書けば「しもぎやう」となる。この表記は歴史的仮名遣いを用いた現代俳句にも踏襲されている。

最初は指を折りながらでいい。五七五のリズムを体に刻んでもらいたい。

〈なぜ定型で作るのか〉　なぜ、俳句は定型（五七五）で作らなければならないのか。乱暴に答えれば「決まりだから」「定型でなければ俳句ではないから」としかいいようがない。前述したように、日本語における韻律として最も滑らかで、美しい五音と七音の組合せによる調べを究極まで削いだのが俳句の定型である。俳句における五七五という「定型」は完成されている。スポーツや遊びにはルールがある。例えばラインという枠があるからこそ面白いのだ。十一人で戦うサッカーにはサッカーにあったコートが、一人で戦うテニスにはテニスに合ったコートの広さがおのずと決まってくる。初心のうちは十七音という定型が小さな器としか思えずに「もう少し字数があれば、表したいことが言えるのに」などと思う。そこは発想を変え、「その器に入ることを詠《よ》む」と考えてもらいたい。自分の言いたいことは五七五ではやはり足りない、という人は短歌や詩を選べばよい。

ひかり野へ君なら蝶に乗れるだろう
てふてふが一匹韃靼《だったん》海峡を渡つて行つた。

作者名なしで、二つの作品を並べてみた。比べられたい。最初は折笠美秋《おりかさびしゅう》という作者の俳句作品（『君なら蝶に』）。〈乗れるだろう〉という口語体であるが、五七五の定型である。季語は〈蝶〉（春）。季語では「蝶」とあれば春の季語となる。他は「夏の蝶」「秋の蝶」「冬の蝶」とすることにより、四季それぞれの季語となるという決まりがある（他にもこういう例がある。「歳時記」の項で詳述）。次の作品は有名なので知っている人も多いだろう。詩人、安西冬衛《あんざいふゆえ》の「春」という題名をもつ「短詩」。詩であるから句読点がつく。〈てふてふ〉は「蝶々」であるが、ここでは俳句の季語としての機能はない。「春」という題名を持つことにより、春を表現する象徴詩となる。安西作品は俳句より少々長いだけである。しかし、俳句は「題」を持たない（作句状況などを簡略にいう「前書」をつける場合はあるが「題」ではない）。句読点もつけない。そしてなにより「俳句」と「短詩」の境は「定型」と「季語」によりはっきりと峻別されるのである。

〈定型の魅力を名句で味わう〉　俳句は「言えない」詩である。十七音で壮大な思想を述べるのは無理である。しかし、およそ他の文芸では取り上げられない日常の些末な出来事を詩にしてくれる。では、些末なことしか言えないか、といえばそれも違う。十七音に十七音以上の世界を現出させるために「季語」と「切字」がある。「季語」も季語を使わなければいけない、と考えると定型と同じように単なる足枷である。「定型」も「季語」も先人が我々に遺してくれた共通財産と考えてほしい。「定型」に親しみ、「季語」への知識と理解を深め、「切字」を使いこなせるようになれば実に芳醇な世界が開けているのだ。

定型の名句を挙げてみるが、俳句作品は後述する「自由律」を除けば、「定型」であることが条件である。「定型の名句」とは単に「名句」ということになってしまう。ここでは「定型の持つ力」が最大限に発揮されている句という観点で選んでみた。「力」とは、「調べのなめらかさ」「明快さ」「格調」。「五七五」という器を窮屈に感じさせない大らかさと言ってもよい。

古池や蛙《かはづ》飛びこむ水の音　芭蕉（『春の日』）

誰もが知っているであろう一句。詠まれている光景は格別どうということはない。しかし、俳句に詳しくない人間でも、寂しい池の佇まいと一匹の蛙が池に飛び込んだ後の静寂が想起されるのではないか。外国人にこの句を読ませると「蛙は何匹いるのか」という質問が出るそうだ。芭蕉と現代の我々との間には変わらね日本人的感性の共通項があるのである。

遠山《とほやま》に日の当たりたる枯野かな　高浜虚子《きょし》（『五百句』）

くろがねの秋の風鈴鳴りにけり　飯田蛇笏《だこつ》（『霊芝』）

教科書に載る定番作品。句世界が無理なく描かれ、抜群の安定感がある。口に出しても言いやすい。覚えやすい。一句目、虚子で一句といったらこの句が挙がるだろうか。誰もが目にするような冬の風景。何の衒いもない言葉を定型に嵌め〈枯野かな〉という「季語」＋「切字」で収める。内容の何ということの無さといい「これぞ俳句」というような一句。蛇笏の句も定型の力を信じ切った作り。〈くろがね〉と〈秋の風鈴〉が絶妙の付き方をしている。南部鉄の風鈴であろう。「風鈴」は夏の季語となるが、ここでは夏を過ぎても、忘れられたように吊るされた風鈴が秋風にかすかに鳴る。「風」という語が出てこなくとも、ここには秋風が通っている。ここに配されるのが、鮮やかな色硝子の江戸風鈴では秋風の趣が醸し出されない。多くのことが述べられていなくても、おのずと景が浮かび、さらに想像が膨らんでいくのが名句の条件といえよう。

みちのくの淋代《さびしろ》の浜若布《わかめ》寄す　山口青邨《せいそん》（『雪国』）
花あれば西行《さいぎょう》の日とおもふべし　角川源義《げんよし》（『西行の日』）

この二句は固有名詞を有効に使って句世界を広げている。一句目は題詠の句で、作者は現地を訪れているわけではないが〈みちのく〉〈淋代〉という地名が眼目。淋代は青森県三沢市にある砂丘海岸。誰もがその地の風景を思い浮かべられるという名所ではないが、誰もに東北の淋しい海辺や寒村を想起させる。「浜に若布が寄せている」（若布・春）という単純な句に、不思議な地名が絶大なイメージを付与している。青邨は一風変わった地名を詠む名手で〈祖母山《そぼさん》も傾山《かたむくさん》も夕立《ゆだち》かな〉（『雑草園』）という句もある。

二句目は〈西行〉という新古今時代を代表する歌人名が効いている。北面の武士から妻子を捨てて出家遁世《しゅっけとんせい》した西行は芭蕉にもあこがれの歌人であった。その人気は現在も続く。この句には西行の〈願はくば花のもとにて春死なむその如月の望月のころ〉（『新古今和歌集』）の歌が重なり、詠んだ通りに吉野で亡くなった西行という歌人の存在そのものが句の中に二重写しとなる。和歌で「花」といったら「桜」のことで、その伝統は俳句にも受け継がれている。和歌に詠まれる名所は「歌枕」といい、俳句でも様々な地が読み込まれる。花という季語も歌枕も和歌から受け継いだ財産なのである。固有名詞はそれの持つイメージにより句世界を広く深くする。ただし、むやみに使えばいいというものではない。安直な用い方は鼻持ちならない句になる。初心者のうちは慎重に。

〔定型の例外〕　どんな規則にも例外はある。「定型の例外」とは何か。次の句を読まれたい。

海暮て鴨の声ほのかに白し　芭蕉（『野ざらし紀行』）

いったい中七以下は、どこでどう切って読めばいいのか。これって定型ではないのでは。意味で切れば〈うみくれて／かものこゑ／ほのかにしろし〉「五五七」となる。中七であるところが、五音で二音分が下五部分に跨っている。こういう構成を「句またがり」という。総数は十七音であり、あくまで定型の中での破格である。「五七五」の持つ滑らかさや安定感は失われる。一方で破格の持つアンバランスさや切れの変化が、句にある種の面白みや躍動感を与える場合がある。この句は本来聴覚で捉えるべき〈声〉が〈白し〉という視覚に転じて俳諧的というより詩的。新感覚的な句と言おうか。伝統の安定感を排した句またがりが一層その斬新さを光らせている。季語は「鴨」（冬）。冬ざれた海辺の暮色が〈声〉の〈白し〉に凝縮している。芭蕉はやはりすごい。

茎右往左往菓子器のさくらんぼ　高浜虚子（『六百五十句』）

意味的には「茎／右往左往《うおうさおう》／菓子器《かしき》のさくらんぼ」と読むことができる。「右往左往」の四字熟語が上五と中七に分割された句またがり。ガラス器に盛られているであろう山盛りのさくらんぼ（季語・夏）。愛らしい色や形状が句またがりの躍動感に伝わる。有季定型、伝統俳句中の伝統俳句の覇者、虚子は自在だ。

木《こ》の葉ふりやまずいそぐないそぐなよ　加藤楸邨《しゅうそん》（『起伏』）

意味としては〈木の葉／ふりやまず／いそぐな／いそぐなよ〉となるが、この句はなぜか〈木の葉ふり〉で軽く一拍おき、〈やまず〉でまた一拍、〈いそぐな／いそぐなよ〉という息で読みたい。眼前でしきりと降りしきる木の葉。〈いそぐないそぐなよ〉は木の葉への呼びかけでもあり、人の世の営みの中で焦る自分への言い聞かせでもある。最初の〈いそぐな〉は木の葉へ、二回目の〈いそぐな〉は自分へともとれる。この反芻が句またがりにより深みを増している。加藤楸邨は花鳥諷詠だけではなく、俳句を人間存在を探るものとして詠んだ「人間探求派」と呼ばれる俳人。季語は「木の葉降る（散る）」で冬。

一月の川一月の谷の中　飯田龍太《りゅうた》（『春の道』）

〈一月の川／一月の谷の中〉の二部構成といっていいだろう。「一月」「川」「谷」「中」という左右対称で画数の少ない漢字構成。句意も姿もシンプル極まりない。飯田龍太は〈くろがねの秋の風鈴鳴りにけり〉の蛇笏の息子。父子とも甲斐の山で生まれ、生涯を送った。筆者はこの句の風景として森閑とした甲斐の山中を想定する。厳寒の谷間に一本の川が走っている。すべてが冷え冷えとしたモノトーンの世界である。

季語はもちろん「一月」（冬）であるが、何月という季語は難しい。この句も「二月」や「三月」ではいけないのかという問いもできるわけであるが、やはり「一月」しかない、と思う。「一」という姿、その繰り返しが一筋のそれも細い川を具現しているかのように思われるからだ。作者にその意図があったかはわからない。名句というものは鑑賞すればするほど、神の計らいのようにすべてが緻密に構築されているものなのである。

句またがりの名句を鑑賞したが、句またがりの鉄則が句またがりのリズムの切れと意味の切れのずれを逆に活かす、ということをおわかりになったであろう。どんなに破格であっても、総数は十七音に収めるということが。そして、固有名詞と同じくむやみに句またがりにしてはならない。まず定型できっちり作ること。下手な句またがりは生理的に不快なばかりである。

〈字余り　字足らず　自由律俳句〉　「句またがり」は基本十七音であるが、「字余り」「字足らず」の句が存在することも確かだ。あくまでも「定型」のうちであることも押さえていただきたい。よく言われるのは「中七」は守るということだ。上五か下五が六音、七音になっても「中七」は枠に収める。こうすると腰が据わり字余りの不安定感が緩和される。

芭蕉野分《のわき》して盥《たらひ》に雨を聞く夜《よ》かな　芭蕉（『武蔵曲《むさしぶり》』）

上五が〈ばしょうのわきして〉となる。傍線部は一音と数えるから、「八七五」の字余り句。〈野分〉は台風のことで秋の季語。前書に「茅舎《ぼうしゃ》の感」とある。深川の芭蕉庵。庭には芭蕉の木が激しい雨風に打たれ、家の中では芭蕉本人が雨風の音と盥に落ちる雨漏りの音を聞いている。後年芭蕉は上五の〈芭蕉〉を省いて字余りをなくしたそうだが、現在のアンソロジーはすべて字余り句の方を名句として載せている。〈芭蕉〉が本人だけでなく、庵の芭蕉の木とその大きな葉が台風にばたばた煽られる景も思わせ、さらに字余りが台風の夜の不安感を増幅させている。こちらの句の方が絶対に面白いからである。

雪はしづかにゆたかにはやし屍室《かばねしつ》　石田波郷《はきょう》（『惜命』）

上五が〈雪はしづかに〉となり、「七七五」だが、読む息としては〈雪は／しづかにゆたかにはやし／屍室〉という感じになろうか。俳句は短い詩型ゆえ「一句一動詞」が原則とも言われる。この句は動詞はないが、〈しづかに〉〈ゆたかに〉と二つの形容動詞が重ねられ、さらに〈はやし〉と形容詞が続く。形容動詞をどちらか一つにすれば字余りなしに収まる。例えば〈雪はしづかにはやし屍室〉のように。しかし、作者は〈しづかにゆたかにはやし〉と言わずにいられなかった。石田波郷は結核患者であった時期があり、いわゆる「療養俳句」の佳句も多い。死病といわれた結核を病み療養所にいた。今日も屍室（霊安室）に死者が運び込まれ、雪がしきりに降り続く。その景は単に雪の様だけではなく、死への鎮魂でもある。俳句では思いを溢れさせることは難しい。形容動詞の連なりと字余りに作者の思いが籠められているのだ。

字余りも上手く使えば、効果絶大である。また字余り句は時としてできてしまうことが多い。どうしても字余りでなければ収まらないか、推敲の上で作りたい。

では、字足らず句はどうだろうか。

と言ひて鼻かむ僧の夜寒《よさむ》かな　高浜虚子（『五百句時代』）

「四七五」の字足らずだが、あまりリズムが悪く感じないのは〈と言ひて〉という人をくったような出だしだが、「　」と言ひて、と読み手が最初に一拍置いて読んでしまうからであろう。「冷えるなあ」など、「と」の前にあるであろう僧の呟きをも頭の中に想像するからだ。季語は「夜寒」（秋）。夜になると寒さが感じられる晩秋。

いづれのおほんときにや日永《ひなが》かな　万太郎（『流寓抄《りゅうぐうしょう》』）

こちらも「四七五」の字足らず。しかも禁じ手の「や」「かな」が一句中に使われている。切字の項で詳述するが、切字の中でもとくに強い切れを与える「や」「かな」「けり」を同じ句で併用することはいけないとされている。しかし、著名俳人の中でたまに見かけるのも事実。〈降る雪や明治は遠くなりにけり〉（草田男《くさたお》『長子』）が有名。久保田万太郎は劇作家であるが、現在では本人も「余芸」といっていた俳句作品において評価されることが多い。「や・かな」の上に字足らず。〈いづれのおほんときに〉は『源氏物語』の冒頭。「いづれの御時《おほんとき》にか女御《にょうご》、更衣《こうい》あまた候《さぶら》ひ給《たま》ひける中に……」と続き王朝物語が繰り広げられる。〈日永〉は冬に比べ、日中が長く暖かくなったことを感じる春の季語。〈いづれのおほんときにや〉で『源氏物語』冒頭の一節となり、心理的にもその背後に長い物語世界が横たわり、字足らずを感じさせない。

「字余り句」に比べ「字足らず句」は少なく、当然名句といわれる句も少ない。ただでさえ短い十七音をさらに短くすることはない。この二句には、表面上字足らずであっても、字足らずを感じさせない高度な技巧が内在していることがわかると思う。「字足らず句」を作ることはまず避けた方が賢明であろう。

「自由律」と呼ばれるジャンルがある。「定型にこだわらない自由表現の俳句」を「内容表現の新しさ（新傾向）」とともに河東碧梧桐《かわひがしへきごとう》・中塚一碧楼《なかつかいっぺきろう》・荻原井泉水《おぎわらせいせんすい》らが明治末から大正にかけ推進したものだ。しかし現代においては「俳句＝定型」という概念が確立しており、また「短詩とどこが違うのか」という問いへの明確な答えもなく、現在は自由律を掲げる俳人はきわめて少ない。だが、現代においても「自由律」という語を廃れさせなかったのは、次に挙げる二人の自由律俳人の存在があったからである。

咳をしても一人　尾崎放哉《ほうさい》（『大空』）

入れものが無い両手で受ける　同

うしろすがたのしぐれてゆくか　種田山頭火《さんとうか》（『草木塔』）

あるけばかつこういそげばかつこう　同

二人とも井泉水の「層雲」から出た俳人。〈咳〉〈しぐれ〉〈かつこう〉は、それぞれ「冬」(咳・しぐれ)、「夏」(かっこう)の季語でもあるが、作者に季題(季語)意識がなく作られているため「無季」句としてとらえられる。尾崎放哉《おざきほうさい》は帝大を出て保険会社の支配人とまでなったが、過度の飲酒が原因で職も家庭も失い、寺男となり果ては小豆島の寺で四十三歳の生涯を閉じた。種田山頭火《たねださんとうか》も人生半ばに家庭を捨て出家得度、行乞《ぎょうこつ》放浪の生涯を送った。放浪の詩人として現在も人気が高い。

この二人の自由律俳句はその背後にある壮烈な境涯とともに鑑賞するからこそ万人の胸に迫るものとなる。虚子や蛇笏の句はその作者の境涯を知らなくとも鑑賞できることの対極にある。それが「自由律俳句」の弱さであろう。「壮烈な境涯」を持たなかった師匠格の井泉水らには〈曳かれる牛が辻でずつと見廻した秋空だ〉(碧梧桐『八年間』)などわずかしか、この二人に拮抗できる自由律俳句は残せなかった。

しかし、現代においては俳句とは別の短詩として楽しむ流れがあるようである。

(2) 文語を楽しむ　切字を使う

〈なぜ現代語を使わず、文語で作るのか　切字を使うのか〉 「文語」とは何か。「表現される言語の中で、現代口語ではすでに一般的ではなくなった文体・文語表現。(『新明解国語辞典〈第六版〉』)」とある。「古典文法を基とした書き言葉」ともいえる。今まで紹介した俳句はほとんどが「文語」で書かれている。俳句は俳諧の時代を経て、まさに現代に創作される文芸であるのになぜ「すでに一般的ではなくなった文体」を用いるのか。現代短歌においては昭和六二年(一九八七)に発表された〈「この味がいいね」と君がいったから七月六日はサラダ記念日〉(俵万智『サラダ記念日』)以降、文語を駆逐せん勢いで口語短歌が作り出されているが、俳句においてはまだまだ文語優勢といってよい。それは俳句の短さにも原因があろう。口語の緩やかさ(冗長さ)と比べ、文語は書き言葉であるため無駄がなく緊密な文体を持つ。古語の助動詞は数が多い上に一語が短い。たとえば、助動詞「む」は一字のみで推量・意志など複数の意味を持たせることができる。過去も完了も存続もごく短い語で足りる。

その上、俳句には「や・かな・けり」という文語中の文語ともいえる切字が重要な部分を占めていることにも拠ろう。有季定型の俳句は定型(前提)・季語(構成要素)・切字(表現手段)により成り立っている。繰り返すが俳句は短い。五七五を最大限に表現するためには定型・季語・切字を駆使しなければならない。切字とは一句の中、または句末に「切れ」を作るためのものである。「切れ」は短い構成に緩急の変化をつけ、詠嘆を込める手段となる。「や」は句の中に切れを作り、「かな・けり」は主に句末に置くことにより続く意識を遮断する。句末であるのに、なぜさらに切る(遮断)のか。それは連歌形式の発句(第一句)では発句は必ず切り、完結していなければならなかった。「七七」と続く和歌と峻別がなされなければならなかったからだ。

〈切字の魅力　切字の名句〉 切字は単純に切るだけではない。言語学者、外山滋比古《とやましげひこ》は「論理的関係をあえてぼかすのが切れ字の役割のひとつである」(『俳句の方法』)と述べる。

古池やかはづ飛び込む水の音

において、「古池の」とすれば、これはただ「かはづ」を修飾するにとどまる。「古池」を「かはづ」と断絶させるために「や」が用いられる。そのために「古池」から「かはづ」へ直線的に言葉が流れないで、切れ目ができる。そこで余情が即発される。この余韻は享受者によって大きく異なるから、句意も人によって微妙に違ってくる。あいまいである。そこがおもしろいのである。

「や」によって、句という流れが一旦、堰き止められる。そこに「ため」ができる。また水は流れるが、中七以降その速さや流れ方は変化する。この有名な句から切字を取ってみよう。

古池のかはづ飛び込む水の音
古池にかはづ飛び込む水の音

「古池や」の切れから想起される静寂の世界が広がる元句の魅力がまったく失せ、言葉が平板となり単なる説明、叙述に終わっているのが一目瞭然であろう。切字「や」の品詞は間投助詞(詠嘆)、または係助詞(疑問・反語)となる。

切字「や」の名句を集めてみよう。

木《こ》がらしや目刺にのこる海のいろ　芥川龍之介(『澄江堂句集』)
綿虫やむらさき澄める仔牛の眼　水原秋桜子(『帰心』)
かなかなや裏窓明けて裏の山　草間時彦(『桜山』)
紅梅や遺稿へ千枚通《センマイドオ》しさす　鷹羽狩行《たかはしゅぎょう》(『遠岸』)
頂上や殊に野菊の吹かれ居り　原石鼎《せきてい》(『花影』)
中年や独語おどろく冬の坂　西東三鬼《さいとうさんき》(『夜の桃』)

一句から四句目は「季語+や」上五で切れる。五、六句目は「季語以外+や」の切れ。六句中、四句が体言止めである。

上五(季語+や)　中七　下五(体言)

の形は定型として多いパターンと言えよう。

句の内容をみてみると、〈頂上や〉の句は「頂上に」とすれば句はすんなりと一文で一つの内容という「一《いち》物《ぶつ》」という作りであるが、他の句は「や」を他の助詞に置き換えるだけでは句意が通らない。意味・内容の上での分断があるからだ。〈木がらし・目刺〉〈綿虫・仔牛〉〈かなかな・（裏窓と）裏山〉〈紅梅・遺稿〉〈中年・冬の坂〉という二つの要素が取り合わされている「取合せ」という作り。「や」で分けられた上と下には情景のつながりを思わせるものはあるが論理のつながりはない。〈中年や〉の句が最も内容が離れている。この「一物」と「取合せ」については、次の「2　作句」で述べられるが、上五の「や」は「取合せ」句を作るはたらきがあることは覚えておいてほしい。

ひっぱれる糸まっすぐや甲虫《かぶと》　高野素十《すじゅう》（『初鴉』）
炎天の遠き帆やわがこころの帆　山口誓子《せいし》（『遠星』）
端居《はしい》して濁世《じょくせ》なかなかおもしろや　阿波野青畝《せいほ》（『春の鳶』）

三句とも「一物」仕立て。一句目は二句目で切れる。二句目は中七の中に「や」がくる。「や」は一句のどこに置くこともできるが、三句目のように句末に置く例は少ない。「おもしろし」と止めていいところを、「や」に諧謔を含ませた止め方になっているが上級者の手法である。初心者のうちはまずは前掲の「上五＋や・中七・体言止め」の型を習得することを勧める。

「かな」は最も俳句らしい「切字」（終助詞）といってよいであろう。和歌でも使われたが、江戸時代の俳諧発句にも多くの例がある。

さまざまの事思ひ出す桜かな　芭蕉（『笈の小文』）
野ざらしを心に風のしむ身かな　芭蕉（『野ざらし紀行』）
さびしさの底抜けてふるみぞれかな　丈草《じょうそう》（『篇突』）
鳥羽殿へ五六騎いそぐ野分かな　蕪村《ぶそん》（『蕪村句集』）
足軽のかたまつて行く寒さかな　士朗《しろう》（『縦のならび』）

「かな」はほぼ句末に置かれ、上五・中七をしっかりと受け止め、また反芻して返っていくような切字である。断定より「感慨」の切字と言えよう。句末以外に置かれる例はきわめて少ない。例句をなしとはしないが、句中で効果的に使うことはかなり難しい。

句末「かな」の場合、中七は連体形とすることが原則である。ただし、「中七（の）」＋「下五（かな）」の句形も近年は多い。また「かな」は体言・連体形につく。「季語＋かな」の例が多いことも言い添えておく。前掲句もすべて季語についている。〈野ざらし〉句は〈風のしむ身〉が「身に入《し》む」という秋の季語の変形。

最後に「かな」という切字は風格のある句に用いたい。もちろん現代俳句は古臭くてはいけない。どんどん新しい素材を詠むべきである。しかし「かな」は軽い面白みを狙う句には合わない。なぜなら「かな」は上を受け止める切字である。そこには重みが加わっていてこそ「かな」の真価が発揮できる。

近現代俳句における「かな」の句を挙げる。

みちのくの伊達《だて》の郡《こおり》の春田かな　富安風生《とみやすふうせい》（『草の花』）
東大寺湯屋の空ゆく落花かな　宇佐美魚目《ぎょもく》（『天地存問』）
どの子にも涼しく風の吹く日かな　飯田龍太（『忘音』）
杭打つて鯉おどろかす晩夏かな　友岡子郷《しきょう》（『黙礼』）
虫の夜の星空に浮く地球かな　大峯あきら（『夏の峠』）
後の世に逢はば二本の氷柱《つらら》かな　大木あまり（『雲の塔』）

「けり」は「かな」の上に返っていく柔らかさに比べ、きっぱりとした切れがある。韻文における「けり」は過去の助動詞ではなく、詠嘆の助動詞となる。和歌においてはいわゆる「気づき」の「けり」と言われる用法が多い。単なる「…だなあ」という詠嘆ではなく「（気がついたら）…であったよ」と詠嘆する。

木の間《こま》よりもりくる月のかげ見れば心づくしの秋は来にけり　詠み人不知（『古今和歌集』）
見渡せば花も紅葉もなかりけり浦の苫屋の秋の夕暮　定家（『新古今和歌集』）

俳諧・俳句においては「気づき」の要素は薄く、単純に「詠嘆」となる用法が多い。きっぱりと言い切ることが「けり」の役目である。

月天心《つきてんしん》貧しき町を通りけり　蕪村（『蕪村句集』）
いくたびも雪の深さを尋ねけり　正岡子規（『寒山落木』）
冬蜂の死にどころなく歩きけり　村上鬼城（『鬼城句集』）
滝の上に水現れて落ちにけり　後藤夜半《やはん》（『翠黛』）
大仏の冬日は山に移りけり　星野立子《たつこ》（『立子句集』）
白魚のさかなたること略しけり　中原道夫（『蕩児』）
健啖のせつなき子規の忌なりけり　岸本尚毅《なおき》（『健啖』）
貧乏に匂ひありけり立葵　小澤實（『立像』）

最後の句のように、「けり」は句末だけではなく、句中の句切れに置き、取り合わせ句とすることもできる。

初心者に一番使いやすい切字は「や」であろう。「かな」は少し難しく、「けり」は意外に使いにくい。大正末期から昭和初期にかけて、秋桜子、誓子らが俳句革新運動を標榜していた頃、「や・かな」といった切字は古臭いからと排斥する傾向があった。確かにこうした切字があれば「俳句らしい」感じになる。そして安易に使うと「古臭いことこの上ない句」が出来上がる。しかし「有季定型」でいくならば、「切字」を使いこなせてこそ「定型」に十七音以上の世界を与えることができる。ぜひ、「けり」も含め「切字」を詠むことを懼れず挑戦してもらいたい。

俳句における「切れ」にも言及しておく。句はいわゆる「や・かな・けり」といった「切字」以外にも「切れ」を作ることが可能である。動詞・助動詞・形容詞など活用語の終止形・命令形、終助詞に加え、単なる並列や助詞の省略ではなく名詞と名詞が並ぶ場合である。「切れ」を／で示した。

うらやまし／思ひ切る時猫の恋　越人《えつじん》（『猿蓑』）
鞦韆《しゅうせん》は漕ぐべし／愛は奪ふべし　三橋鷹女《たかじょ》（『白骨』）
悉《ことごと》く全集にあり／衣被《きぬかつぎ》　田中裕明（『花間一壺』）
乳母車／夏の怒濤によこむきに　橋本多佳子（『紅絲』）
鰯雲《いわしぐも》／人に告ぐべきことならず　加藤楸邨（『寒雷』）

〈衣被〉〈鰯雲〉の句の「切れ」は「二物」の飛躍を生じさせている。多佳子句の句意は「乳母車（が）夏の怒濤に（対し）よこむきに（置いてある）」であり、助詞「が」の省略ともとれるが、読み手が「乳母車」で切って読むことにより〈乳母車〉と〈夏の怒濤〉との対比に、無防備な命と自然に潜む不穏さが鮮明になる。「切れ」により外山滋比古のいう「余情が即発される」という大きな効果は他の句においても同様である。

〈例外　口語俳句〉　現代俳句においては、まだまだ文語が生きていることを述べてきたが、もちろん口語俳句もあり、その歴史は江戸時代の俳諧まで遡ることができる。和歌は明治以前までは「雅な歌語」に縛られざるをえなかった。引き換え、俳諧は「俗な口語」も使いうる詩として出発した。

そよりともせいで秋立つ事かいの　鬼貫《おにつら》（『とてしも』）
昨日からちよつちよと秋も時雨かな　芭蕉（『笈日記』）
水鳥やむかふの岸へつういつい　惟然《いぜん》（『惟然坊句集』）
むまさうな雪がふうはりふはり哉　一茶《いっさ》（『七番日記』）

芭蕉・惟然・一茶の句は部分的な口語に「かな」「や」という文語切字とが混ざった文体だが、鬼貫は一句全体が口語であり、切れがない。口語を用いることは新たな俳味とおもしろさの発露ではあったが、発句としての格や独立性が希薄で江戸俳諧の主流とはならなかった。

近代においては、前述した自由律俳句において口語が用いられた。しかし、近現代の定型俳句においても口語が用いられ、人口に膾炙した句も多くある。

母上の詞自ら句になりて
毎年よ彼岸の入りに寒いのは　正岡子規（『寒山落木』）
約束の寒《かん》の土筆《つくし》を煮て下さい　川端茅舎《ぼうしゃ》（『白痴』）
街の雨鶯餅《うぐひすもち》がもう出たか　富安風生（『松籟』）

子規、茅舎、風生はむろん文語を常として句作をした作家である。子規の句は前書にあるように母親がふと言葉にしたものをそのまま句にしたものである。茅舎の句は病床にあった茅舎が知己の女性に寒中の土筆（本来は春のもの）をねだった挨拶句。風生句は作句状況が限定される句ではないが、季節が巡ってきたことが、ふと自らの言葉となったままを句に仕立てた。〈鶯餅〉に俳味がある。

がんばるわなんて言うなよ草の花　坪内稔典（『猫の木』）
じゃんけんで負けて蛍に生まれたの　池田澄子（『空の庭』）
コンビニのおでんが好きで星きれい　神野紗希（『光まみれの蜂』）

現代作家においては、有季定型においても口語を多用する作家の存在はあるが、文語を主に創作している作家でも作品の内容、効果をねらい、時に口語も用いている場合がある。効果を吟味した上で口語を取り入れたい。

（3）季語とつきあう　季語を使う

〈俳句になぜ季語が必要か〉　俳句を俳句たらしめているのは、定型（前提）・季語（構成要素）・切字（表現手段）である。俳句においては「季語」は欠くべからざる構成要素である。和歌（短歌）には季語を入れなければならないという決まりはない。「俳句になぜ季語が必要か」という疑問に答えるには、和歌から考えてみる必要がある。

『古今和歌集』以来の勅撰集《ちょくせんしゅう》（天皇の勅命によって編纂される和歌集）の部立ては「春」「夏」「秋」「冬」の四季から始まる。季節を詠むとは春には花（桜）、夏には蛍、秋には月や紅葉、冬には雪という自然を詠むことである。わが国において季節は自然と同義である。自然をつかさどるのは「神」であり、和歌世界では春は佐《さ》保姫《ほひめ》、秋は竜田姫《たつたひめ》という女神が配された。和歌とはいわば人と神とが交信、交感する術でもあった。「季節＝神」への挨拶といってもよい。人の中で一番神に近い存在は天皇であり、それゆえ天皇は歌を詠むことが務めであり、その庇護者たるべき存在として勅撰集が編纂されたのである。

対峙する自然ではなく、人が自然の中に包まれ親しく同化する自然観は王朝貴族の文化において「色好み」（和歌において四季とともに重要なテーマは「恋」である）とともに深化していった。王朝貴族は季節の移ろいの中に生活規範を定め、詩文芸的教養を基とした文化的生活を送った。和歌のみならず、漢詩の世界の知識も重要であった。『枕草子』に登場する白居易の「香炉峰の雪は簾を撥《かか》げて看《み》る」や「雪月花の時最も君を憶《おも》ふ」のエピソードなどを積み重ねながら、「花」はこう詠む、

「雪」はこう詠むという「本意」が確立していった。『徒然草』三十一段の、雪が趣深く降った朝、ある人のところへ用があり手紙を遣ると「雪のことを一言もふれない無風流な人のいうことを聞けましょうか」と言われてしまった、というエピソードは「雪月花の時最も君を憶ふ」の世界を引き、「季節の挨拶」の重要性を示している。

和歌の説明がいささか長くなったが、鎌倉・室町時代と進み貴族と天皇制の衰退につれ和歌も力を失い、連歌の隆盛となった。連歌は最終的に和歌の雅に対し、俗語を用い卑俗・滑稽を詠む俳諧連歌となり、その発句が近代以降の俳句となったわけである。発句は必ず「季の詞」（季語という語は江戸時代にはなかった）が入る決まりがある。人と季節の交信・交感という「季節への挨拶」を和歌から引き継ぐこととなった。

以上が俳句になぜ「季語」があるかという伝統的側面からの理由である。次はなぜ俳句には季語が必要か、という側面から述べたい。和歌・短歌には季の詞（季語）が約束事として入っていないにもかかわらず、である。伝統的な和歌世界では、季節の題にはこう詠むべきという「本意」が積み重ねられていった。「花」といったら「桜」であり、咲く前はいつ咲くかと待ち焦がれる心、咲いたら美しさを賞で散らないでほしいと願う心。「月」は四季を通してあるものであるが、特によいのは秋。秋は「あはれ」の深い季節。美しい秋の月を見れば一入《ひとしお》その感が深まる。こうした「本意」は名歌が生み出されることによりいっそう強固な概念となっていった。

世の中にたえて桜のなかりせば春の心はのどけからまし　業平（『古今和歌集』）

ひさかたの光のどけき春に日にしづ心なく花の散るらむ　友則（『古今和歌集』）

木《こ》の間よりもりくる月のかげ見れば心づくしの秋は来にけり　読人知らず（『古今和歌集』）

月見れば千々《ちぢ》に物こそかなしけれわが身ひとつの秋にはあらねど　千里（『古今和歌集』）

こうした古歌は規範となり本意は継承されていった。俳諧の時代となり、雅な世界から離れても連句に「月の定座」「花の定座」「恋」という和歌における大きな題を残したのは季の詞の「本意」を意識して受け継いだためである。

さらに「本意」からはみ出す「本情」に踏み込んだのが江戸俳諧である。和歌において「雪月花」は雅の象徴であるが、現実には卑近・卑俗な状況下の「雪月花」も存在するのである。和歌は卑俗な現実は詠まない、という不文律がある。俳諧は現実の俗な世界（本情）をも取り込むことにより、形の上だけではなく和歌と一画を画している。「本情」は「本意」があるからこそ成立する。「本情」を包含した「本意」を持つ季の詞＝季語を十七音という極小詩型の中に配することにより、俳句はそのイメージを大きく広げることができるのである。

また、五七五に七七が加わる短歌は「季語」という約束事を持たなくとも、「思い」を述べるに十分な（最低限ではあるが）器を持っているのである。俳句は「思い」を捨てるところに詩情が生まれる。表面上は捨てた思いを補完するのが季語の果たす役目の一つと言えよう。

〈歳時記をどう用いるか〉　俳句を作ろうということになったら、まず必要なものは「歳時記」である。「季語」の辞典といってよい。季節別に季語が立項されて解説が施されている。そして「例句」が挙げられている。この例句は通常、芭蕉など江戸俳諧から現代までの作家の名句が選び抜かれているわけで、それを読むだけでも優れたアンソロジーを読むということになる。手本でもあるし、ルールブックでもある。きちんと選びたい。様々な出版社からいろいろな歳時記が刊行されている。カラー図版が入った大判から文庫サイズ。一冊にすべての季節が収まったものから、季節ごとに分冊になったもの。

最初はどういうタイプの歳時記を買ったらいいか。最初の一冊は合本《がっぽん》といって、一冊に春・夏・秋・冬・新年（「新年」は季語が多く特殊なものも多いため、「冬」と別に独立している）が収まったものを勧める。大判でなく小型のものでよい。歳時記を手に入れたら、座右に置き、ことあるごとに読みたい。初心者のうちは季語を覚えること、多くの佳句を読むことが大事である。目次を見ていくと季語の多さに驚くとともに初めて目にする語や、こんなものが季語なのかと驚きの連続である。俳句をやりたいが、花や木の名前などほとんど知らないという人もいるだろう。まず自分が知っている花はどう詠まれているか引いてみる。「チューリップ」の項目をみたら、その前後の春の草花の解説も見てみる。例句を読む。知らないうちに少しずつ覚えていけるものである。俳句を始めると、自然と草花や季節の移ろいに目が向くものだ。一冊目の歳時記を読み進めていったら、今度は持ち運びに便利な文庫版を買ってみる。こちらは季節別に一冊である（新年を入れて五冊）。

最終的に歳時記は複数（なるべく多く）持つことを勧める。用途に応じて（家では詳しい記述のある大判。吟行〈句を作るため出掛けること〉には手軽なもの）ということもあるが、編者が違えば例句が違う。またA歳時記にはなかった季語が、B歳時記にはあるということもある。季語というのは時代により、廃れたり、季節が現代の生活・感覚とずれてきたり、新たに加わったり変化するものである。その意味から古本屋で歳時記を手に入れるという方法もあるが、何十年も前の古い歳時記のみ入手するのは考えものである。俳句は決して古臭いものではない。現代には現代を詠んだ俳句であるべきである。古い歳時記にはその時代を知る面白さがあるが、必ず現代のものと合わせて利用することだ。「季寄せ」というのは歳時記の軽便なもの。季節別に季語が集められている。解説や例句は少ないが吟行には便利かもしれない。最近は電子辞書に歳時記が入っているものがあり、吟行・句会では利用者も多い。スマートフォンのアプリにも歳時記がある。用途に応じて選択したい。大事なことは歳時記を愛読書として日々親しむことに尽きる。

歳時記は「季語の辞典」と述べたが、重要な季語には、立項された季語の下に別の言い方が並んでいることがある。たとえば『合本　俳句歳時記　第五版』（KADOKAWA、令1）、「雛祭」の項には他に「桃の節句」「五人囃」「古雛」「雛あられ」「雛の灯」「雛の客」など三十以上のいわゆる「傍題」が並んでいる。傍題とは、主題の別の言い方（桃の節句）を挙げるほか、主題に付随するもの（雛あられ・雛の客）を挙げる場合がある。傍題が多い季語は重要季語でもある。傍題も併せてよく目を通したい。「養花天《ようかてん》」（「花曇」の傍題）、「星祭《ほしまつり》」（「七夕」の傍題）など、俳句特有の季語を知り、使いこなせるようになりたい。また、同じものを指しているのに、別々の語で立項されている季語がある。たとえば「花」と「桜」である。「花」は和歌からの伝統をひき「桜」を指す。どういう使い分けがあるのか。単に字数の問題ではない。歳時記から例句を引いてみよう。

咲き満ちてこぼるる花もなかりけり　高浜虚子（『五百句時代』）

さきみちてさくらあをざめゐたるかな　野澤節子（『飛泉』）

どちらの句も咲き満ちた花（桜）を詠んでいるが、受ける印象は対極だ。「花」には「お花見」のようなのどかな雰囲気があるのに対し、「桜」は少し死の世界に通じるような冷たい雰囲気がある。「花」「桜」という季語の世界は深く、単純に言い切れないが、季語の使い分け、選び方は大事なポイントである。季語に対する知識、理解を深めたい。

俳句の作り方として「一物」と「取り合わせ」があることは述べている。「取り合わせ」（季語＋別のもの）句は季語が自然と決まって作った場合と、季語以外の部分が決まってどの季語を持ってくるのが最適かを考える場合がある。前者の場合でも自然と浮かんだ季語、もしくは目にしたもの（＝季語）で本当にいいのか。後者の場合はそれこそ目を皿のようにして歳時記を繰り、最適の季語を探さなければならない。どんなに素晴らしい発想であっても季語がしっくりこなければ台無しである。前述した傍題の季語は、主題季語のある一面を細かにすくったものであり主に「一物」に用いる季語である。

「季語が動く」という言い方がある。もっとよりよい季語がある。他の季語に置き換えても成り立つなど、その季語の「本意」が生きていないときである。時候・天文・植物などの季語は動きがちである。

〈季語の魅力を名句で味わう〉　優れた着眼、描写の句に選び抜かれた最適・最上の季語が置かれた句は名句でしかありえない。季語に傍線を付した。

行く我にとどまる汝《なれ》に秋二つ　正岡子規（『寒山落木』）

春ひとり槍投げて槍に歩み寄る　能村登四郎（『枯野の沖』）

夏の河赤き鉄鎖のはし浸る　山口誓子（『炎昼』）

子規の句は、漱石との別れの折のもの。〈秋〉という季節が二人の心情を表し深めている。〈春ひとり〉には春の孤独をいう季語「春愁《しゅんしゅう》」の意がこめられている。槍投げというスポーツに託したところが秀逸。自分の投げた槍を拾っては戻り、また投げるという孤独な営為。主人公は青年であることも揺るがない。誓子の句からは夏の河の澱みと匂いが伝わってくる。

花衣ぬぐやまつはる紐いろいろ　杉田久女《ひさじょ》（『杉田久女句集』）

春の灯や女は持たぬのどぼとけ　日野草城《そうじょう》（『草城句集（花氷）』）

たわたわと薄氷に乗る鴨の脚　松村蒼石（『露』）

永き日のにはとり柵を越えにけり　芝不器男《ふきお》（『芝不器男句集』）

それぞれ、春の季語の本意をとらえている。「花衣」は花見のための着物。草城句には春灯に女の白い喉がくっきり浮かぶ。ともに春という季節の「艶」を詠んだ句。

次の二句は春初めと春深い頃の季感の違いがよくわかる。

蒼石句、「薄氷《うすらい》」は春浅いころの薄く張った氷。下の水も透けて見える。そこに鴨の脚が乗っているのだが、薄い蹼《みずかき》も読み手に見せている。「たわたわ」の響きとともに早春の景を切り取っている。

不器男の句は春となり、日が長くなってきたのどかな日中の一場面。理屈や意味性のなさがまさに俳句的。

美しき緑走れり夏料理　星野立子（『笹目』）

いつの間にがらりと涼しチョコレート　星野立子（『立子句集』）

ゆで玉子むけばかがやく花曇　中村汀女（『汀女句集』）

どの句も日常生活の中で感じるさりげない季感である。二立子の一句目は、和食の極みに通じる姿の整った句。二句目は、一見「涼し」（夏）の句と思うが、「いつの間に」「涼し」で「新涼」（秋）という立秋を過ぎた涼感を「がらり」という擬態語とチョコレートで描く発想の自在さ。もはや暑さで緩まない固い板状のそれを割った時の細かな欠片まで浮かぶ。汀女の句は「取り合わせ」句で、季語と季語以外の部分に「外し」があるが、〈ゆで玉子〉の艶々としながら少しくぐもった白さが、〈花曇《はなぐもり》〉（桜時の曇天）と絶妙の取り合わせ。

去年今年貫く棒の如きもの　高浜虚子（『六百五十句』）

初夢の扇ひろげしところまで　後藤夜半（『底紅』）

大寒の一戸もかくれなき故郷　飯田龍太（『童眸』）

ゆびさして寒星一つづつ生かす　上田五千石《ごせんごく》（『田園』）

どれも大きな時空や空間を詠む。虚子句は「去年今年《こぞことし》」（一夜明けると昨日は去年であり、今日は今年である、という「新年」の季語）の句として、いまだこの句を超える句はない、とまでいわれる名句。

〈どんな季語を使うか　挨拶〉　俳句は「挨拶」と「滑稽」といったのは、山本健吉である（『現代俳句』）。虚子も俳句は「存問（安否）」の文学とした。さかのぼり、和歌の時代からの神への交信から、季語を中心に据えることにより、季節と人への挨拶性がより明確になったのが俳諧・俳句である。「季語」による同じ時の共有は「挨拶」の本質から離れることはない。その面からは、俳句は人のみならず森羅万象への「挨拶」であるが、ここでは狭義の特定の相手に対する人事の挨拶句を季語の面から考えたい。

「挨拶」には場と折が重要となってくる。句を贈る「場と折」は、やはり慶弔（結婚・誕生・追悼等）が主であろう。そこにもっと軽いまさに「挨拶」（時候・安否等）が加わる。和歌・短歌と比べると、相手におくるという意味での恋愛の要素はかなり低い。

一般的に作品としての句にはなるべく「前書」（句の前に置いて作句状況を説明するもの）は避けたいが、挨拶句には許されよう。

碧梧桐とはよく親しみよく争ひたり
たとふれば独楽のはぢける如くなり　高浜虚子（『五百句』）

芥川龍之介氏の長逝を深悼す
たましひのたとへば秋のほたるかな　飯田蛇笏（『山廬集』）

昭和十八年十月、友田恭助七回忌
あきくさをごつたにつかね供へけり　久保田万太郎（『草の丈』）

やはり、追悼句に名句が多いようだ。挨拶句を詠もうという契機には強い感情が働く必要があるからだ。一句目、河東碧梧桐が亡くなった折の句。虚子と碧梧桐は同郷の親友であったが、有季定型を固守する虚子と自由律を標榜した碧梧桐は袖を分かった。その状況を「独楽」に喩えて見事。蛇笏句は前書きと句を分かつことができない。「秋の蛍」のはかなさは、自死に追い込まれた作家の魂が投影されている。万太郎も挨拶句の名手といわれた。素朴な「あきくさ」と、「ごつた」というぞんざいな口語がかえって親しさを思わせ、悲しさが迫る。

人事の挨拶句における季語は、詠む対象をくっきりと浮かびあがらせるものであることが第一。あまり特殊な季語を選ばないほうがいい。

〈例外　無季俳句〉　これまで、俳句とは「季語」があるものという前提で論を進めてきたが、「無季俳句」というものも存在する。その成り立ちは、有季で作ることを常としている作者であるが結果として「無季」となってしまった場合と、意図的に「無季俳句」を志向している場合に大別できよう。芭蕉の時代から「無季」句はあった。連句の発句（最初の五七五）には「季語」が必須であったが、平句（連句の第四句目以降の句）には必ず雑の句（季語を詠み込まない句）が含まれた。近世では、雑の発句も、例外的ではあるが試みられてもいる。しかし、近代俳句は連句を非文学として切り捨てるとともに、虚子が「花鳥諷詠」を俳句の本質であるとして、俳句には「季語」が必須という伝統俳句の立場を確立し、無季俳句を排斥した。その後、新傾向俳句（自由律）における無季俳句、新興俳句における無季派の作家も現れたが、現代においては「有季定型」が主流となっている。

参考に、近世で試みられた無季の句を挙げておこう。

世にふるも更に宗祇のやどり哉《かな》　芭蕉（『みなしぐり』）

かち《歩行》ならば杖つき坂を落馬哉　芭蕉（『笈日記』）

歌書よりも軍書にかなし吉野山　支考（『俳諧古今抄』）

一句目は無季とは言いがたい。中世の連歌師宗祇の〈世にふるも更に時雨のやどり哉〉（『新撰菟玖波集』）の本歌取りの句で、季語「時雨」をあえて抜いて詠む、談林俳諧で多用された「抜け」という技巧を用いた句。作者にも、読者にも季語「時雨」が句中に隠れていることが了解されているのである。それに対して、二句目、三句目は無季の句と言えよう。両句ともに「杖突坂」「吉野山」の地名が入っており、季語の代わりに地名のイメージを核として、作者の思いを読者に共有させようとしたのである。二句目は、「杖突坂」に「杖突く」を言い掛けて、徒歩であれば、坂の名の通り杖を突いてこの坂を越えたであろうに、馬に乗ったばかりに落馬したことだと詠んだ句。三句目は、和歌の本であれば吉野山の花の歌が数多く載っているが、それ以上に軍記物、例えば『太平記』などに、吉野山にまつわる南朝の義臣たちの悲話が哀れ深いという句。花の吉野に対して、新しさを雑の句で試みている。これらは、地名が季語と同じく読者と共有される核となる言葉として機能するか、試みたものだった。地名以外の無季の句もわずかながら試みられていたということは、知っておくべきであろう。

近現代以降の自由律以外の無季俳句を読んでいきたい。

しんしんと肺碧きまで海の旅　篠原鳳作《ほうさく》（『篠原鳳作句文集』）

戦争が廊下の奥に立つてゐた　渡邊白泉《はくせん》（『白泉句集』）

遺品あり岩波文庫『阿部一族』　鈴木六林男《むりお》（『荒天』）

彎曲し火傷し爆心地のマラソン　金子兜太（『金子兜太句集』）

いつせいに柱の燃ゆる都かな　三橋敏雄（『まぼろしの鱶』）

篠原鳳作は新興俳句の中で無季俳句を推進した俳人であるが三十歳で夭折。この夭折という境涯と青春性が句に輝きを与えている。

白泉以下の句はすべて太平洋戦争の影がある。六林男句は『阿部一族』という殉死をテーマとした鷗外の作品名から、遺品は戦死者のものであることが暗示される。兜太句は広島・長崎の被爆地が。敏雄句は三月十日の東京大空襲が。また「戦争（原爆投下・大空襲）」という共通体験は「共時性」という意味で「季語」を代替するとも言える。先の東日本大震災時も疑問が呈されたが、未曾有の大災害を詠むとき「季語」は絶対に必要なものであるのか。逆に言えば、無季にすることの絶対的な必然性がなければ「無季俳句」は「有季俳句」を凌ぐことが難しいと言えよう。

新興俳句以降、現代において「無季俳句」の大きな流れはないが、敢えて無季に挑戦するという句は散見される。ともあれ、初心者はまず「季語」を念頭においた句作りを始められたい。

（4）表記をいかにするか

〔一行縦書　例外　多行〕　俳句の表記は一行縦書が基本である。なぜ、俳句は一行書か。先に縦書について考えよう。

もともと日本語の文字は、中国の漢字に日本語をあてはめる形で成立した。したがって散文でも韻文でも、中国の書法に倣い縦書が基本となった。漢字とともに筆記用具も伝来し、墨と筆とは、日本語の主たる筆記用具となった。漢字の草書から仮名文字が生まれ、漢字の字体から片仮名も生まれたから、仮名も片仮名もまた縦書にふさわしい字体として成立している。中国の漢文が縦書であるのと同様に、日本の漢文はもちろん漢字仮名交じり文も、かな文もすべて縦書なのである。

散文が上から下へ縦書で記され、書き切れない場合は次の行へと移ってゆく形は、散文のみならず詩歌もまた同様に書かれた。もっとも、平安時代に和歌や仮名消息を散らし書きにする書法も現れたが、これは仮名文字の美しさを問題にする書道の書き方である。連歌や俳諧も和歌の書き方を踏襲して一行で書かれる。ことに撰集などには、和歌よりも短い俳句は一行で書かれることが基本となった（ただし、連句など懐紙の書き方は別に定めがあり、また歳旦の一枚刷や浮世絵の賛、あるいは短冊などに散らし書きしたものもあるが、和歌の散らし書きに習ったもので俳句の書き方とは異なる）。以来、現代俳句においてもこの原則は変わらない。したがって、これに拘らない書き方をするには、そこに必ず詩的作意が必要となる。

例えば、高柳重信は次のように三〜四行の多行書きを試みている。

身をそらす虹の
絶巓
処刑台　高柳重信（『蕗子』）

これは、書記されてある俳句そのものの視覚的効果をねらった作品であって、俳句の一般的な書き方とはならなかった。

なお、昨今、インターネットの普及により、インターネットの基本的書式のために、俳句が横書きに書かれることが多くなったが、だからといって俳句の横書きが定着したというのではない。画面上の横書きは、一行縦書きのインターネット書式に過ぎないと理解すべきである。また、色紙やときに短冊でも、俳句を散らし書きや分かち書きすることがあるが、これは俳句を書として鑑賞されることを意識しての特別な場合である。

〔仮名遣い　歴史的仮名遣い　現代仮名遣い〕　俳句作品の仮名遣いであるが、結論から言えば「歴史的仮名遣い（旧仮名）」「現代仮名遣い（新仮名）」のどちらを使うかは、作者の方向性によるということになるが、短歌・俳句ではまだ歴史的仮名遣いと文語文法が生きている。和歌の時代からの伝統を継承する意識が強いためであろうか。特に短歌と比べると俳句の歴史的仮名遣いと文語使用率は高い。前述したように現代短歌は若い層を中心に口語化が進んでいるからだ。

歴史的仮名遣いと文語は必ずしも連動するものではなく、歴史的仮名遣いの口語表現、現代仮名遣いの文語表現も認容されてる。

青柿にこれからという日数かな　宇多《うだ》喜代子（『記憶』）

歴史的仮名遣いで俳句を書く俳人が多い中で、現代仮名遣いで作品を発表している作家である。

では、歴史的仮名遣い（旧仮名）と現代仮名遣い（新仮名）のどちらを選んだらいいか。どんな利点や欠点があるのか。旧仮名派が多いのは、伝統の継承という面と旧仮名の字形の味わいが字数の少ない俳句作品に視覚上も有効に活かせるからであろう。

秋風やくわらんと鳴りし幡《はた》の鈴　高野素十

（『素十全集』）

ふはふはのふくろふの子のふかれをり　小澤實（『砧』）

を、次のように書き換えると句の味わいが失われるのが一目瞭然であろう。

秋風やからんと鳴りし幡の鈴

ふわふわのふくろうの子のふかれおり

一句目は聴覚的な効果もなくなるようである。二句目は句から「は」「ふ」のハ行音が減り、ふくろうの「ふはふは」具合も減ってしまう。

しかし、私たちは旧仮名を日常的に用いる生活を送っていない。旧仮名を使うためには、文語文法のよりいっそうの理解が必要であるし、仮名遣いが間違っていないか絶えず確認する必要がある。ある句は旧仮名、ある句は現代仮名と使い分けることは厳禁である。ある時期から変更することはあろうが、意図的である場合を除き、同時期の同一作者において、仮名遣いが混在しないのが普通である。まして一句のうちに新旧混在することは、明らかな誤りである。旧仮名使用者は常に仮名遣いの確認を怠ってはならない。

〈ひらがな、片仮名、漢字の書き分け、前書、ルビ〉　仮名遣いが作品効果と密接な関連を持つことを述べたが、字数の少ない俳句作品においては「表記も作品の一部」と強く意識するべきである。ひらがなで書くか、漢字で書くか、片仮名を用いるかで作品の印象はまったく変わってくるのである。例えば、ひらがなを多用した名句を見てみよう。

をりとりてはらりとおもきすすきかな　飯田蛇笏（『山廬集』）

まさをなる空よりしだれざくらかな　富安風生（『松籟』）

を、漢字仮名混じりの、通常こう書くであろうという表記に直してみると、

折り取りてはらりと重き薄かな

真青なる空より枝垂桜かな

まったく、印象が異なってしまうことが明らかだ。一本の薄のしなやかさ、枝垂桜の枝垂れる様は、ひらがな表記によって表現されていることがわかる。

短夜《みじかよ》や乳《ち》ぜり泣く児《こ》を須可捨焉乎《ステッチマオカ》　竹下しづの女（『颯』）

山又山山桜又山桜　阿波野青畝（『甲子園』）

漢字が効果を上げている句である。一句目、泣く児を〈捨てつちまおか〉という非道な言葉が万葉仮名のような当て字を用いることにより諧謔が生まれる。

次の片仮名の利かせ方も絶妙だ。

水枕ガバリと寒い海がある　西東三鬼（『旗』）

チチポポと鼓打たうよ花月夜　松本たかし（『鷹』）

「挨拶句」のところでも述べたが、作句状況などを説明する「前書」は安易に付けないようにするべきである。一句が単独で成り立たなくてはならない。前書に頼ると句が弱くなる。初心のうちは前書はないものとして句作をしたい。しかし、上級者になり、句集を編むときなどには、一部の句に効果的な前書をつけることもよいだろう。「挨拶句」など贈答の句に前書は多いが、前書を付けることにより作品効果を上げる場合もある。

終戦

なにもかもあつけらかんと西日中　久保田万太郎（『これやこの』）

万太郎は前書を多用した。本来、劇作家である彼にとっては、台本のト書きのような感覚だったのかもしれない。昭和二〇年八月の太平洋戦争終戦は重い歴史的事実である。俳句に直截入れ込むことは難しい。「一句が単独で成り立たなくてはならない」としたが、この句は「終戦」の二文字が、分かちがたい作品の一部である。焼け野原となった東京の風景は万太郎の心象風景でもあり、戦争直後の日本社会でもある。

ルビは一般的には難読語の読みを記すものであるが、俳句の季語は難読語だらけである。基本的には季語にはルビを振らない。俳人ならばわかって当然という前提があるからだ。特殊な固有名詞にはルビを振ることも多いが、ルビも作品の一部。その効果も考えて神経を使いたい。前掲のしづの女のルビがよい例である。

伯林《ベルリン》と書けば遠しや鷗外忌　津川絵理子（『和音』）

外国地名漢字の当て字にカタカナルビを振ることによって、明治という時代、文語体による『舞姫』という作品世界が立ち上がってくる。忌日の季語は難しいが「鷗外忌」も当然動かない。

しかし「娘《こ》」「亡夫《つま》」のような意味を伝えて字数を減らすといった安易な意読ルビを使うことは、句の品格を損なうことがあるので勧めない。

「表記も作品の一部」を常に意識し、言葉を選び抜いて作句したい。

［望月とし江］

2　作句

（1）一物か取り合わせか

〈一物と取り合わせ〉　一物とは一物仕立ての俳句という意味であり、「一つの材料だけで一句をつくる句作法」（『俳文学大辞典』）による俳句である。俳句が季語を含むものだとするならば、季語を主題に詠んだ俳句と言い

換えることもできる。

鶏頭の十四五本もありぬべし　正岡子規
さきみちてさくらあをざめゐたるかな　野澤節子
翅わつててんたう虫の飛びいづる　高野素十

これらの句は、鶏頭、さくら（桜）、てんたう虫（天道虫）という季語のことだけを詠んでいる。しかもそれぞれ〈十四五本〉〈あをざめゐたる〉〈翅わつて〉という視点が言葉に定着し、各季語の、それまで誰も詠んでいないと思われる側面が浮かび上がっている。

一方、取り合わせは、「二つの題材を効果的に配合し、その相互映発により詩趣を醸成する方法」（『俳文学大辞典』）による俳句である。「配合」「二物衝撃」などと呼ばれることもある。

菊の香やならには古き仏達　芭蕉

季語〈菊〉と、古都奈良の古い時代の仏像。両者はまったく異質なものだが、切字〈や〉を挟んで取り合わせられると、奈良という古都の雰囲気が濃厚に漂ってくる。

遠山に日の当りたる枯野かな　高浜虚子
初蝶やわが三十の袖袂　石田波郷
秋風や模様のちがふ皿二つ　原　石鼎

近代以降のこれらの句も、遠山と枯野、その年初めて見た蝶と三十歳になった自分、秋風と模様違いの二つの皿という、それぞれ二つの要素によって一句となっている。その二者は直接的には関係のないものだが、一句に取り合わせられると、一つの季節の風物と一句中の主体の情感との通い合う世界が現れる。一句目の蕭条とした風景の中にある安堵感、二句目の清新な気分、三句目の寂寥感は、そうした二物の取り合わせによって醸し出されたものだ。ただし、季語とその他のものとの取り合わせは、どのような組み合わせでもよいというわけではない。その季語の持つ本意（ほんい）、すなわち、その季語の持つ、歴史的に定まってきた意味・内容をふまえ、それにふさわしい取り合わせの内容を考えるべきなのである。『平井照敏編新歳時記』（河出文庫）の「解説」は、季語の本意について次のように述べる。

よく言われることだが、「春雨」ということばを使ったときには、「をやみなく、いつまでも降りつづくやうにする」（『三冊子』）のが本意なのである。春雨といっても、現実には、大降りの激しい雨も、すぐやむ雨もあるだろう。しかしこのことばを用いたら、しとしとと降りつづく雨をイメージしなければ本意にそむくことになるわけである。

現実の季節の風物は、私たちにさまざまな表情を見せる。しかしそれが言葉となって定着した季語は、その言葉の持つ特定のイメージがあり、現実の風物とは完全に一致していない場合もある。そのイメージは長い時間をかけて作られてきたものであり、古くからある季語であればあるほどそのイメージは強く定まっている。春雨と同じ春の季語「花」は、直接的には桜の花を示しているわけだが、古来、和歌や俳諧などに詠み継がれ、言葉としての「花」の印象が定着している。取り合わせを考える際も、このような言葉にまつわるイメージについて考えることになる。

〈季語が動くという問題〉　取り合わせによる俳句について、しばしば「季語が動く」ということが言われる。これは取り合わせの句の季語を他の季語に置き換えても、その句が成立してしまうということである。

一般に季語が動くという句の場合、その季語に、空、雲、海、山など、天文や地理の季語を取り合わせた場合が多い。特に四季にわたって見られる天文の対象に、植物の季語を取り合わせるのは難しい。

大空に白雲うかぶ桜かな

たとえば右のような句を作ったとしよう。青空に浮かんだ白い雲と桜を取り合わせ、春の風景が描かれている。青空、白雲、桜という色の対照も鮮やかであり、春の明るさもうかがえ、決して悪い句ではない。しかし、桜という季語を他の季語に置き換えても成立してしまう。

大空に白雲うかぶ若葉かな
大空に白雲うかぶ紅葉かな
大空に白雲うかぶ冬木かな

このように夏、秋、冬と、他の季節の植物を取り合わせてみても、それぞれの季語の風景として成立していることがわかる。大空に白い雲の浮かんでいる光景が、一年中どの季節でも見られるということに加え、それ以外の要素が無いので、さまざまな季語を取り合わせることができるのだ。一方、次の句は同じ天文と植物の取り合わせだが、一句として定着し、季語も他の季節のものに置き換えることのできない名句として、今日まで愛唱されている。

武蔵野の空真青なる落葉かな　水原秋桜子

この句が先の三句と異なるのは、武蔵野という地名のあるところである。この地名と落葉の季語から、東京郊外の冬の晴天と、冷たく乾いた空気が感じられる。冬の武蔵野の典型的な風景が描かれ、地名による土地の歴史的印象も浮かび上がる。青空と落葉という天地の二物を描くことによって、広く大きな空間が感じられるところも、この句の魅力となっている。

さまざまの事おもひ出す桜かな　芭蕉
葉桜や白さ違へて塩・砂糖　片山由美子

天文以外の対象を植物と取り合わせた例を見ても、その植物の持つ属性や季語の来歴によって作られたイメージと、取り合わせの対象とが一つの像を結び、読み手にその季節の感覚を呼び起こす。

一句目の芭蕉の句では、桜という植物に、過去のさまざまなことを思い出すという心象とが取り合わせられている。この句を作ったときの芭蕉は四十五歳。かつて仕えた藤堂良忠（蝉吟）との交流を偲んで作った作と伝えられている。この句が今でも共感を呼び読み継がれているのは、そのような句の成立事情によるものだけではない。桜は多くの地域で三月の終りから四月の初めにかけて短い間咲き、散るのも早い。その花の華やかさと散り際の早さとが、人々にしみじみとした感情を生んできた。近代以降も、四月が年度の始めとなり、人々の人生の節目とともにある花となっている。このような桜を他の植物に置き換えると、桜とともにあるときのような情感が生まれないのである。

二句目の由美子の句の季語は、同じ桜でも夏の季語となっている葉桜である。初夏の頃に多くの葉をつけた桜は、鬱蒼とした木蔭を作る。この葉桜から、やや汗ばむ温度と湿度、桜の葉の重なる鬱々とした暗さを感じ取ることができる。この季語によって、塩と砂糖の白さが際立った。さらにその両者の白さの違いを思い浮かべるとともに、塩と砂糖を使い分ける日々の暮らしを思うのである。

草臥《くたびれ》て宿かる比《ころ》や藤の花　芭蕉

この句は貞享五年、『笈の小文』の旅での作。旅の疲れと物憂げに垂れる藤の花とを取り合わせた。一句の「草臥て宿かる比」と「藤の花」とに直接の関係はない。しかし、旅の疲れという芭蕉の心身の状況が、藤の花のイメージによって読み手にも感じられる。

春風や闘志いだきて丘に立つ　高浜虚子
秋たつや川瀬にまじる風の音　飯田蛇笏
万緑の中や吾子の歯生え初むる　中村草田男
へろへろとワンタンすするクリスマス　秋元不死男

取り合わせにより作られた近現代の句。各句とも季語（春風、秋たつ、万緑、クリスマス）とその他の部分とが、直接的な関係を持たず取り合わせられている。春風は暖かく、自然界の命を育むエネルギーを秘めている、というように、季語にはそれ自身の持つ詩的イメージがある。そのイメージと、ある闘志を抱いて丘に立つ一句の主人公の姿とが重なり合うと、自然と人の心情とが一体となった一つのイメージを読者に呼び起こすのである。春という季節のエネルギーと、主人公の心のエネルギーとが一句の中で均衡を保ち、詩的感興を引き起こす。そのとき、春風という言葉から連想されるイメージを想像することが詠み手の側に課せられる。

季語を知り、それを一句に詠み込むということ。それは季語を知らなくてはかなわないことだが、それによって、五七五という短い形式でも、大きく広く深い世界を描くことができるのである。〈秋たつ〉という立秋の頃の季節の雰囲気、〈万緑〉という夏の自然のエネルギー、〈クリスマス〉という行事の華やぎ、これらの季語も同様の連想力を持っている。

〈第一作はどちらで作るか〉　俳句を初めて作る人に五七五の定型と季語を入れることを伝え、あとは自由に作りなさいと言ってもなかなか簡単には作ることができない。そこで俳句には一物と取り合わせがあることを伝え、さらに「や」「かな」「けり」などの切字を使うことを勧めてみる。切字は一句中に断絶を作り、読み手の想像を喚起する。また、格調高い響きや余韻・余情を生む場合もある。

流灯や一つにはかにさかのぼる　飯田蛇笏
をりとりてはらりとおもきすゝきかな
くろがねの秋の風鈴鳴りにけり

これらの三句は切字を生かした一物の俳句である。それぞれ、流灯、すすき（芒、薄）、秋の風鈴のことだけを表現している。言い換えれば、季語のことのみを言っていることになる。それぞれ切字の響きを生かしていることも見事だが、〈一つにはかにさかのぼる〉〈はらりとおもき〉〈くろがねの〉という着眼点と表現は、俳句の初心者にはなかなか真似のできないところだ。季語そのものを詠む場合、その季語についての新たな視点が見つからないと、過去に詠まれた句と類似してしまうか、その季語から連想される範囲内のことを説明してしまうことになる。

川土手の風になびける芒かな

仮にこのような芒の句を作ったとしても、芒というものは本来的に風になびくような形状をしている植物であり、芒と言っただけでその光景は読み手の想像の中に生まれている。つまり、「風になびける」の部分は芒という季語から読み手の想像するところであり、季語を説明してしまっていることになるのである。

朝顔や濁り初めたる市の空　杉田久女
帯解きてつかれいでたる蛍かな　久保田万太郎
けふの月馬も夜道を好みけり　村上鬼城

これらの句は切字「や」「かな」「けり」を使い、季語とそれ以外の要素とを取り合わせて作られている。季語は季語だけで用いられているのであって、季語に含まれている意味は一切述べられていない。一句目の季語朝顔は〈濁り初めたる市の空〉とは直接関係がない。しかし、両者の取り合わせから、まだ暑さの残る初秋の頃の空気と、遠くから聞こえる市場の喧騒が読み手に伝わるのである。

季語の新たな視点を見つけて一物の俳句を作るのと、季語とその他の要素の取り合わせを考えるのと、どちらが初心者に作りやすいか。案外作りやすいのは一物の俳句かもしれない。その季節の季語を見つけたらその印象を五七五にしてみる。季語が入っていて五七五になっているというだけならこれでもよい。しかし、先ほどの

〈川土手の風になびける芒かな〉のような句になる危険性もある。初心者でも、俳句作品としてある一定のレベルの句ができる可能性があるのは、取り合わせの方ではなかろうか。

(2) 俳句は何を詠むか　素材

自　然

〔宇宙・天空〕

高嶺星蚕飼の村は寝しづまり　水原秋桜子
夏の月昇りきつたる青さかな　阿部みどり女
夏至ゆうべ地軸の軋む音少し　和田悟朗

俳句はあらゆる自然をその対象とするが、宇宙となると、その対象が茫洋としてとらえがたい。しかし、これまでに詠まれた名句を詠むと、その大きな対象をとらえる要点が見出だせる。

一句目、山の上に光る星を高嶺星という一語でとらえているが、句の主体となっているのは養蚕の村の家々が寝静まっている様子である。二句目は夏の月そのものをとらえているのだが、その昇りきった時点の色を青と見ている。夏の月に対する一つのとらえ方が示されている。三句目も、夏至という日中の時間が一年で最も長い一日に、宇宙の中にある地球の姿をとらえてみたのである。

宇宙という広い対象の中で、古来詩歌に最も取り上げられ、親しまれてきたものが月である。

ふるさとの月の港を過るのみ　高浜虚子
門を出て道を曲れば盆の月　高野素十
待宵の姿見のある廊下かな　山本洋子
けふの月長いすゝきを活けにけり　阿波野青畝
いくたびか無月の庭に出でにけり　富安風生
物音も雨月の裏戸出でずして　田中裕明
草照りて十六夜雲を離れたり　橋本多佳子
立待や明るき星を引き連れて　岩田由美
くらがりをともなひ上る居待月　後藤夜半
寝待月灯のいろに似ていでにけり　五十崎古郷
祀ることなくて澄みけり十三夜　川崎展宏

秋は空気が澄み、月を観賞するのによい季節であることから、古来、月は秋をその季としてきた。特に旧暦八月十五日の月は一年で最も美しいとされ、「名月」「今日の月」などと尊重される。月見の席を設けたり、供え物をしたりして月を祭る。待宵はその名月の一日前の月。無月、雨月は、雲や雨のために名月が見えないことである。見えないということを主題にして名月を尊重する。十六夜《いざよい》は名月の翌日の月、またはその夜。月の出がやや遅くなるので、ためらうという意味の「いざよふ」からこのように呼ばれる。以降、一日ごとに月の出が遅れていくことから、立待月、居待月、寝待月など、それぞれの月を待つ様子によって月の名を付けている。後の月、十三夜は旧暦九月十三日の夜の月。名月より一月ほど遅れ、肌寒さを感じる頃となり、物寂しさの漂う月である。

このように月の句を見ていくと、月そのものを描いた句もあるが、月と人との関係、月と他の自然との関係をとらえた句も多い。そのような関係を詠むことによって、天体の大きさとはまた別の情趣を醸し出すことができる。

われの星燃えてをるなり星月夜　高浜虚子
うすうすとしかもさだかに天の川　清崎敏郎
流星の使ひきれざる空の丈　鷹羽狩行

秋の澄んだ夜空は、輝く星も美しい。星月夜は月のない新月の頃の星空の輝きを月夜にたとえて言ったもの。一年中見られる天の川も秋が最も明るく美しい。流れ星は初秋に最も多く見られるという。

一句目は数ある星の中の一つを〈われの星〉ととらえたのが大胆。二句目は〈うすうすと〉〈さだかに〉という相反する意味の語を使い、天の川の印象を的確に表現している。三句目は流れ星の軌跡と天空の広さとの関係を描いた。

首長ききりんの上の春の空　後藤比奈夫
どこまでが父の戦記の夏の空　宇多喜代子
去るものは去りまた充ちて秋の空　飯田龍太
雲詰めて冬空といふ隙間あり　山西雅子

普段見上げている空も、四季それぞれに異なる姿を見せる。きりんの長い首の上に見える春の空は、どこかのんびりとした明るさがある。夏の強い日差しに照る鮮やかな空に戦争の記憶がよみがえることもあれば、秋の清澄な空に寂しさを感じることもあるだろう。冬空は雲に覆われて寒々しいが、その雲が切れると透徹した青空が顔を出す。四季それぞれの空をあらためてよく眺めてみると、その季節特有の姿をとらえることができる。

大いなる春日の翼垂れてあり　鈴木花蓑
風呂の戸にせまりて谷の朧かな　原　石鼎
夕東風や海の船ゐる隅田川　水原秋桜子
春雪三日祭の如く過ぎにけり　石田波郷

天空のさまざまな現象を四季ごとにとらえ、詠み継がれてきた季語がある。

春日は春の太陽、あるいはその日差しをいう。また、春に大気中の水分が増加することによって万物が霞んで見える現象を、日中は霞、夜間は朧と呼んでいる。春風は春風駘蕩の語の通り暖かくのどかな風のことだが、東風《こち》、春疾風《はるはやて》、貝寄風《かいよせ》、涅槃西風《ねはんにし》、春一番など、時期や風の諸相によってさまざまな季語がある。たとえば掲出句の東風は、東から吹くやや荒い早春の風である。これらの季語は、漁業や農業など、人々の暮らしとともにある自然との関係に由来する。作句の際には歳時記などを参照し、その点をふまえなくてはならない。切実な体験として経験していない季語は、使用しても空虚なものとなりやすいので注意が必要である。

雲の峰一人の家を一人発ち　岡本　眸
夏の雨きらりきらりと降りはじむ　日野草城
ふところに乳房ある憂さ梅雨ながき　桂　信子
さつきから夕立の端にゐるらしき　飯島晴子
いづくにも虹のかけらを拾ひ得ず　山口誓子
炎天を槍のごとくに涼気すぐ　飯田蛇笏

夏の天文の季語を詠んだ句である。夏の雨、梅雨、夕立と、同じ夏に降る雨でも日本人はその違いを感受し、それぞれの言葉で表現してきた。また、一年中見ることのできる虹、夕焼などを夏の季語としているのは、それらが最も鮮やかに見えるのが夏だからである。

秋晴の何処かに杖を忘れけり　松本たかし
痩馬のあはれ機嫌や秋高し　村上鬼城
鰯雲日かげは水の音迅く　飯田龍太
秋風の吹きくる方に帰るなり　前田普羅
大いなるものが過ぎ行く野分かな　高浜虚子
いなびかり北よりすれば北を見る　橋本多佳子

秋の天文の季語。春、夏と異なり、同じ晴天、風でもどこかに寂しさをたたえているのは、春夏という生命の躍動の季節を過ぎ、死の季節である冬を次に控えているからである。

寒雲の燃え尽くしては峡を出づ　馬場移公子
木がらしや目刺にのこる海の色　芥川龍之介
天地《あめつち》の間にほろと時雨かな　高浜虚子

冬の天文の季語には、冬の寒さや寂しさを見ることができる。そして、冬の天文の現象として古来最も親しまれてきたのは、「雪月花」の雪である。

いくたびも雪の深さをたづねけり　正岡子規
奥白根彼《か》の世の雪をかがやかす　前田普羅
雪降れり時間の束の降るごとく　石田波郷
限りなく降る雪何をもたらすや　西東三鬼
風花《かざはな》の大きく白く一つ来る　阿波野青畝
橇やがて吹雪の渦に吸はれけり　杉田久女

雪はその降り方によっては深刻な災害をもたらすが、大地に水を与え、草木の芽吹きを助ける自然の恵みでもある。農業においては豊作の予兆となり、林業では材木を運搬する川の水量を増してくれるなど、人の営みに密接な関係があった。風花は冬晴の日に山から飛来する雪である。

はつそらのたま〳〵月をのこしけり　久保田万太郎
初あかりそのまま命あかりかな　能村登四郎
林中にわが泉あり初茜《はつあかね》　小澤　實
お降りのまつくらがりを濡らしけり　岸田稚魚

新年の天文の季語より。〈はつそら〉（初空）は元旦の空、〈初あかり〉（初明り）は元朝の曙光、〈初茜〉は初日の上る直前の空が茜色に染まることである。〈お降り〉（御降り）は元日または三が日に降る雨や雪。いずれも新年を迎えためでたさのあるところが、他の季節の季語と異なる。季語にめでたさが十分出ているので、一句を詠む際、めでたさを直接的に詠もうとしないことである。

〔大地・海洋〕

春山のどの道ゆくも濡れてをり　加藤三七子
夏山や雲湧いて石横たはる　正岡子規
下るにはまだ早ければ秋の山　波多野爽波
冬山の倒れかかるを支へ行く　松本たかし
雪嶺のひとたび暮れて顕《あら》はるる　森　澄雄

四季それぞれの山の姿。三句目は紅葉山であろうか、秋の山の華やぎを感じている主体の感覚を詠み、秋の山の姿を読み手に想像させている。草木の枯れた冬山の寂しさと、雪を被った雪山の神々しさ、静けさ等、同じ季節でもその状況によって受ける印象が異なる。

をちこちの水集ひ合ふ春野かな　黛　執
たてよこに富士伸びてゐる夏野かな　桂　信子
駒ヶ岳遠山となる花野かな　高木晴子
遠山に日の当りたる枯野かな　高浜虚子

四季の野の風景。広い景色を描くことになるが、その中で一句の中心となるべき対象を決め、風景の焦点を絞ることにより、読み手にその風景が印象付けられる。一句目の水、二句目の富士、三句目の駒ヶ岳、四句目の遠山に当たる日が各句の焦点となっている。

春の浜大いなる輪が画いてある　高浜虚子
あらはれし干潟に人のはや遊ぶ　清崎敏郎
あるときは船より高き卯波かな　鈴木真砂女
土用波一角崩れ総崩れ　本井　英

海洋を詠んだ俳句を見ると、一口に海といっても大海原だけが海ではないことに気付く。浜や磯もあれば、海水の流れを表す潮もあり、水面が盛り上がれば波となる。海は大きな対象だが、海とその周囲をよく眺めてみたい。四季ごとに、海に関するさまざまな現象があるはずだ。その中で特に顕著なものや人の生活・行事に関わり深いものは季語になっている。歳時記でそれらを確かめ、季節ごとに海に出かけてみてはどうか。季語という視点から、あらためて海の姿をとらえてみたい。

右の二句目、干満の差が春に大きいことから、干潟は春の季語となっている。三句目の卯波は陰暦四月頃の波浪。晩春から初夏にかけての季節の変わり目に海が荒れ、白波が立つ。その様がちょうどその頃に咲く卯の花の、風になびく様子に似ていることから卯波と名付けられたという。

〔動物・植物〕

恋猫の恋する猫で押し通す　永田耕衣
全長のさだまりて蛇すすむなり　山口誓子
谺して山ほととぎすほしいまま　杉田久女

暗闇を鹿列なして横切りぬ　岡井省二
寒雀身を細うして闘へり　前田普羅
綿虫の双手ひらけばすでになし　石田あき子
ばらばらに飛んで向うへ初鴉　高野素十

哺乳類から昆虫の類まで、四季それぞれに見られる動物の俳句。作句の際は、四季それぞれの特徴をとらえることが基本となる。猫や雀のように一年中見られる動物でも、その季節による特徴が見られる。人の生活にも深く関係しているものについては、その時期特有の呼び方がある。恋猫は早春の交尾期に入った猫のこと。夜昼となく雌を求める雄猫は、数匹で争いわめいたり、せつない声を上げたりして、恋情を訴える。食物の乏しくなる寒中、雀は人家の庭先などへ餌を求めにやって来る。

あをあをと空を残して蝶分れ　大野林火
夏の蝶高みより影おとしくる　久保田万太郎
秋蝶の驚きやすきつばさかな　原　石鼎
凍蝶に指ふるるまで近づきぬ　橋本多佳子

春の季語・蝶は、初蝶という季語がある通り、一年の中で初めて目にしたときの強い印象から春季と定められている。ただし蝶は夏以降も通年で見られることから、それぞれの季節で詠まれる対象となった。夏の蝶は強い日差しの中を飛ぶ、揚羽蝶などの蝶。秋の蝶は秋が深まるにつれて飛ぶ姿が弱々しくなり、冬の蝶は寒さで凍えたようにじっとしている。春季の燕や夏季の蛇も同様にそれぞれの季節の姿がある。

実際の動物の詠み方としては、まず、その動物の特徴となる姿を描写することである。先に掲出した句で見てみよう。たとえば、誓子の蛇の句、〈全長の定まりて〉に蛇の様子がよく表れている。蛇は通常、とぐろを巻いたり、身を折り曲げたりして、その全長をあらわしていない。この句のように、何かの目的で移動するときにその全長をあらわすのである。

また、動物と人との関係を示すという作り方もある。あき子句の〈双手ひらけばすでになし〉は、綿虫と一句の主人公との関係が示され、双手の中にいた綿虫の不在から、主人公の寂しさが伝わってくる。多佳子句の〈指ふるるまで近づきぬ〉の緊張感も同様である。

さらに、次のような作り方もある。

愁《うれい》あり歩き慰む蝶の昼　松本たかし

何か心に気になることを抱えていた主人公は、春の昼の陽光の中を歩いて気が紛れていく。しかし、蝶とこの主人公との関わりは、句の表面上は明記されていない。季語と主人公の姿との取り合わせの俳句といえる。〈蝶の昼〉という季語から、春の昼の日差しや空気、散歩中に見える外のさまざまな春の風物、人々の暮らしの様子などが連想される。

轆轤《ろくろ》の座人なく梅の匂ふなり　水原秋桜子
起ち上る風の百合あり草の中　松本たかし
黒きまで紫深き葡萄かな　正岡子規
水仙の束解くや花ふるへつつ　渡辺水巴
妻の座の日向ありけり福寿草　石田波郷

植物も四季それぞれに花が咲くもの、果実をつけるもの等、人の生活と関わりの深いものが詠まれ、季語として定着している。その季語を詠むことによって、各季節や新年の空気、人の生活などが想像される。右は植物の名がそのまま季語になっているものである。順に春夏秋冬と新年の、梅、百合、葡萄、水仙、福寿草。季節とその植物の特徴をふまえて詠んでみたい。そのためには、それぞれの植物を実際に見て、触れ、香りを感じるなど、歳時記の解説だけではなく、実際に体験することが大切である。

人はみなにかにはげみ初桜　深見けん二
ゆさ〳〵と大枝ゆるゝ桜かな　村上鬼城
花ちるや瑞々しきは出羽の国　石田波郷

桜蘂《しべ》降る一生が見えて来て　岡本　眸
夕ぐれの水ひろびろと残花かな　川崎展宏
雀ゐて余花の日ざしをほしいまま　吉岡禅寺洞
葉桜の中の無数の空さわぐ　篠原　梵
紅葉して桜は暗き樹となりぬ　福永耕二
山の日は鏡のごとし寒桜　高浜虚子

桜は植物の中でも特に日本人に好まれ、詩歌に詠まれてきた。〈咲き満ちてこぼるる花もなかりけり〉（虚子『虚子句集』）の「花」は桜であり、花といえば桜をさすという詩歌の決まりごととしての伝統が今も残っている。その年初めて見た初桜、花が散る落花、花が終わった後の桜蘂降る、春の終わりになってもなお木に残る残花。春季だけでも開花からその蘂が落ちるまで、それぞれの状態に美を見出している。それは夏の葉桜、秋の桜紅葉、冬の寒桜（冬桜）についても同様である。

特定の植物名とは異なる名称の季語も多い。これらは四季それぞれの植物の状態を示し、人との関わりが深いものもある。

下萌の大磐石《だいばんじゃく》をもたげたる　高浜虚子
緑蔭や矢を獲《え》ては鳴る白き的　竹下しづの女
障子しめて四方《よも》の紅葉を感じをり　星野立子
街路樹の夜も落葉をいそぐなり　高野素十

下萌は早春、地中から草の芽が萌え出ること。緑蔭は緑が茂った夏の木蔭を表す。木々の葉も秋は紅葉となり、冬は落ちて落葉となる。

人　間

〈自分自身〉

わが背丈以上は空や初雲雀　中村草田男
ひとり居のわれに首振り扇風機　細川加賀
学問のさびしさに堪へ炭をつぐ　山口誓子
初空や大悪人虚子の頭上に　高浜虚子

俳句では特に句中の動作主体を示さない場合、その句に表れる動作や状態の主体は作者（あるいは作者をモデルとする一句の主人公）である。また右の句の中にもある通り、われ（我、吾）、わたし（私）、おのれ（己）などと、自身を直接示す場合もある。二句目は扇風機を主体として、自分自身である「われ」と対峙している様子が一種のおかしみを醸し出している。四句目は作者の名を句中に直接示しているが、これは特殊である。

〔人　生〕

一生の楽しきころのソーダ水　富安風生
大試験山の如くに控へたり　高浜虚子
初蝶やわが三十の袖袂　石田波郷
啄木忌いくたび職を替へてもや　安住　敦
ひとづまにゑんどうやはらかく煮えぬ　桂　信子
父となりしか蜥蜴とともに立ち止る　中村草田男
子がなくて夕空澄めり七五三　星野麥丘人
短夜や乳ぜり泣く児を須可捨焉乎《すてつちまおか》　竹下しづの女
中年や独語おどろく冬の坂　西東三鬼
自らの老い好もしや菊に立つ　高浜虚子
着ぶくれてわが一生も見えにけり　五十嵐播水
大雪にぽつかりと吾れ八十歳　飯島晴子

学生であった若いころから、中年、壮年を経て老年に至るまで、人の一生のそれぞれの時期が詠まれている。これらのように、人生を詠むということはどういうことか。それは一人の人が生きた確かな事実だということである。観念や空想ではない事実は、読み手にその句の現実感を与える。読み手も自らの人生をふり返り、人生のその時点での自身を見つめ直すことになる。

このように人生が詠まれた句も、その季語の働きを注意して見ておきたい。たとえば波郷句は、初蝶という季語に、春初めて姿を見せる蝶の清新な印象がある。その印象は、三十歳という主人公の着物姿、その清々しさと通い合うのである。

〔青　春〕

春ひとり槍投げて槍に歩み寄る　能村登四郎
愛されずして沖遠く泳ぐなり　藤田湘子
青春の過ぎにしこゝろ苺喰ふ　水原秋桜子

青春と呼ばれる時期を詠んだ句には、その若さ、青春性が一句に表れている。それははつらつとした若さ、健康的な肉体ばかりではなく、その時期特有の心理も描かれている。思春期ともいわれる頃の葛藤や鬱屈、孤独感などはこの時期ならではのものだ。

登四郎句の青年は、陸上競技の槍投げの練習を行いつつ、自身の内面と向き合っている。中七の字余りは、投げた槍を取りに行く時間を、自らの内面に向き合う時間の長さとして伝えている。次の湘子句も、沖遠く一人で泳ぐ青年の心理を想像させる。〈愛されずして〉は当時の俳句の師に対する思いだったようだが、恋愛の対象を想定した句と読んでも差し支えない。ここにも孤独な青年の姿とその心理を読むことができる。秋桜子句はそのような青春の時期を過ぎた頃の感慨を伝える。青春のイメージを苺という果物で表しているのだが、その酸味と甘みが青春という言葉のイメージと通い合う。

〔老　い〕

落葉明りに岩波文庫もう読めぬ　安住　敦
蛍の夜老い放題に老いんとす　飯島晴子
白髪の乾く早さよ小鳥来る　同

人は年齢を重ねるにつれ、次第に肉体が衰えてゆく。その肉体の衰えが心理面にも少なからず影響を与えるのだが、そのような自身との向き合い方は人生の晩年における大きな課題となる。

敦句にはその老年に、自身の衰えた肉体を詠んでいる。以前は何の苦もなく読めた文庫本の文字が、今は小さすぎて読めない。〈もう〉という一語に万感の思いがこもる。

一方、晴子の二句は老いを嘆いていない。年老い、肉体が衰えると、若さを懐しんだり羨んだりする気持ちが生まれ、何事にも消極的になるが、〈蛍の夜〉の句では、その老いを積極的に肯定してみせた。季語・蛍には、伝統的に恋の情念が色濃い。この季語と合わせてみると、老い放題に老いるという言葉には、老いてなおある恋の情念が込められているのではないか。

〈白髪の〉の句の主人公は、自身の肉体を少し距離を置いて眺めている。黒髪の頃に比べて、白髪となった今は髪の乾くのが早い。その発見と、小鳥が渡ってきたという季節の発見との取り合わせ。そこには、老いという人生の重さを受け止めつつも、明るく軽やかな気分が表れている。

〔病気と死〕　病気をせずに一生を送ることができたら、それにまさることはない。しかし多くの人がその一生の中で病気と向き合い、その病気とともに人生を過ごしてきた。俳句でも病を詠んだ作品が数多くあり、今も作られている。

紅梅や病臥に果つる二十代　古賀まり子

二十代という若く活力ある時期を病臥に終わったという。そこには深い感慨があるはずだが、そのような主観的なことは句の表面に表れていない。二十代を病臥に過ごした事実と季語紅梅との取り合わせによって、その思いを想像することになる。

芥子咲けばまぬがれ難く病みにけり　松本たかし

松本たかしは明治三九年、宝生流能役者の名門、松本家の長男として生まれた。家業を継ぐべき立場にあったが、病弱であることから断念。大正一〇年頃から高浜虚子について俳句を始める。この句ではそのような自身の運命を避けられぬものであったと諦観するが、取り合わせられた芥子の花の繊細な容姿と鮮烈な色の印象（この句の場合は赤か）は、作者の境遇と心象を感覚的に伝えている。

たばしるや鵙叫喚す胸形変《きょうぎょうへん》　石田波郷

石田波郷は太平洋戦争に従軍して以来胸を病み、戦後は入退院を繰り返した。手術によって胸の形が変わったという〈胸形変〉は作者の造語。ほとばしる鵙の高音と取り合わせている。〈たばしる〉〈叫喚〉そして〈胸形変〉という強い印象の言葉は、病による苦しみの重さを思わせる。石田波郷はこの句を含む句集『惜命』（昭25、作品社）に自らの療養生活を題材にした句を多く収めた。

綿雲ひろがりひろがり創《きず》痛む　石田波郷
麻薬うてば十三夜月遁走す
秋の暮溲罎《しゅびん》泉のこゑをなす
綿虫やそこは屍《かばね》の出でゆく門
白き手の病者ばかりの落葉焚
雪はしづかにゆたかにはやし屍室
梅も一枝死者の仰臥の正しさよ
七夕竹惜命の文字隠れなし

波郷は「一日一日の生を噛みしめて味はふやうな生き方を求めた。それはものを深く見つめてそこに己れを徹らせることであった」（「肺の中のピンポン玉」『文芸春秋』12月号、昭25）と述べる。病気と向き合うことは自身の生き方と向き合うことでもあったのだ。

糸瓜咲て痰のつまりし佛かな　正岡子規
痰一斗糸瓜の水も間に合はず
をととひの糸瓜の水も取らざりき

正岡子規は明治三五年九月十九日午前一時に没した。右はその前日の作。

人は誰もがいずれ死を迎える。その死とどのように向き合うかも、古来、人類の大きな課題の一つであった。俳句で詠まれる死も、自身の死はもちろん、身近な家族の死、友人の死、社会に大きな影響を与えた人の死など、その対象はさまざまだが、どの場合も死という避けられない運命への自覚がある。

母の死や枝の先まで梅の花　永田耕衣
死骸《なきがら》や秋風かよふ鼻の穴　飯田蛇笏
白露や死んでゆく日も帯締めて　三橋鷹女

耕衣の句、母の死という一大事に満開の梅の花を取り合わせた。〈枝の先まで〉という強調表現に、その死に対する衝撃が感じられる。梅の花の高い香気、凛として上品な姿にも、母への愛惜の情がある。蛇笏句の〈秋風〉、鷹女句の〈白露〉は伝統的に死を想起させる季語。秋風によって草木は枯れ、越冬できない動物は死に絶える。秋の朝結んだ露も、日が上ると消えてしまう。そのはかない存在の象徴である露が、命や死を連想させる季語として定着している。

大寒の埃の如く人死ぬる　高浜虚子
大寒や見舞に行けば死んでをり

両句とも『五百五十句』所収、昭和一五年一月九日の句。「句日記」には「さみだれ会。日本橋倶楽部」と前書がある。虚子の句会は、決められた季題（季語）で詠み合う題詠の句会だった。大寒が句会前に決められた兼題であり、この季題から想を得て作られた句である。〈埃の如く〉という比喩や、〈見舞に行けば〉という状況の設定は、それまでの何らかの経験が基になっているはずだ。

〔肉　親〕

天花粉しんじつ吾子は無一物　鷹羽狩行
百年は生きよみどりご春の月　仙田洋子
子の夏や昼餉の皿をひびかせて　安住　敦
裸の子裸の父をよぢのぼる　津田清子
卒業の兄と来てゐる堤かな　芝不器男
妻がゐて子がゐて孤独いわし雲　安住　敦
父がつけしわが名立子や月を仰ぐ　星野立子
端居してたゞ居る父の恐ろしき　高野素十

作者にとって肉親は、最も身近な存在であろう。俳句の対象としてとらえるときは、その肉親の日常の様子、自分との関係などを改めて見つめ直すことが必要である。たとえば狩行句の〈無一物〉は、作者として自分の子どもをとらえ、俳句の素材として対象化したからこそ、出てきた言葉であろう。また、不器男句は卒業という季語から、読み手に兄弟の関係を想像させている。

〔恋人・配偶者〕　日本の詩歌の始まりである神話の時代、神への恋を詠った歌謡から、恋を詩の中心に置いた王朝和歌を経て、恋の座を尊重した俳諧まで、恋は常に日本の詩歌の伝統の中心にあった。そして現代の俳句にも恋を詠んだものがある。

春寒のよりそひ行けば人目ある　高浜虚子
はたはたはわぎもが肩を越えゆけり　山口誓子
をんな来て別の淋しさ青簾　長谷川双魚
ゆるやかに着てひとと逢ふ蛍の夜　桂　信子
薄紅葉恋人ならば烏帽子で来《こ》　三橋鷹女
佐渡ヶ島ほどに布団を離しけり　櫂　未知子

男性と女性、それぞれから恋の対象を詠んだ句をあげた。俳句は五七五の定型で完結しているゆえ、恋の場面の一瞬を提示するに過ぎない。だが、その一瞬からさまざまな恋の場面や心情を推し量ることができる。季語によってもたらされる季節感は、一句の恋の雰囲気を形作る重要な要素である。また、一口に恋といっても、さまざまな状況があり、当事者の感情もその範囲は広い。双魚句の複雑な心理や、未知子句の恋の相手を拒絶する行動なども、確かに恋の一場面なのである。

妻二ㇳ夜あらず二ㇳ夜の天の川　中村草田男
除夜の妻白鳥のごと湯浴みをり　森　澄雄
新緑のアパート妻を玻璃囲ひ　鷹羽狩行
夫恋へば吾に死ねよと青葉木菟　橋本多佳子
何か負ふやうに身を伏せ夫昼寝　加藤知世子
死ぬ人の大わがままと初蛙　飯島晴子

恋の句には配偶者を詠んだ句も多い。夫は妻を、妻は夫を対象とするが、近代の家の制度のもとにあった時代は、むしろ自由な恋愛という習慣がないため、特に男性の恋の句の対象は配偶者である妻を詠む場合が多かった。草田男句の天の川は牽牛と織姫の伝説を想起させ、澄雄句の除夜は年が変わる特別な時間である。これらの季語により、妻が特別な存在として読み手に印象付けられる。一方の女性、妻の側からの夫への恋は、多佳子句のような強い恋慕の情もあれば、知世子句のように夫を労わる優しい目もある。晴子句の、夫の死に臨む場面での初蛙というユーモアは、恋の句の表現の幅広さを感じさせる。

〈他　人〉　一口に他人と言っても、その対象とする範囲は広い。家族や友人、同僚などの知り合いを除けばみな他人である。極端に言えば、世界中のあらゆる人が俳句に詠む対象となる。

日のくれと子供が言ひて秋の暮　高浜虚子
人入つて門のこりたる暮春かな　芝　不器男
また一人遠くの芦を刈りはじむ　高野素十
露人ワシコフ叫びて柘榴打ち落す　西東三鬼

これらの句の〈子供〉〈人〉〈一人〉と作者との関係は明確ではないが、いずれも描かれた風景の一部となっている。秋の夕暮れ時の子どもの言葉、暮春の門をくぐる人、芦刈を始めた遠くの一人、いずれも季語の世界を目に見える形として伝えている。三鬼句の〈露人ワシコフ〉は、作句当時三鬼宅の隣に住んでいた実在の人物。他人とはいえ身近な存在である。ワシコフという名前、柘榴を打ち落とす様子の描写からは「巧まざるユーモア」（山本健吉『定本現代俳句』）がにじむ。

奉公にゆく誰彼や海贏《ばい》廻し　久保田万太郎
歩き来し人麦踏をはじめけり　高野素十
寒晴やあはれ舞妓の背の高き　飯島晴子

自分ではない他人がどのような立場で何をしているのか。まずはそれを目でとらえたい。そしてその立場や境遇に思いを寄せてみよう。奉公へ行くことになった子ども、麦踏を始めた農夫、背の高い舞妓、それぞれの人の姿、様子を描写することで、自分とは異なる他者への共感が浮かび上がる。

〈社　会〉　昭和六年、水原秋桜子の『ホトトギス』離脱に端を発した新興俳句は、『ホトトギス』の花鳥諷詠とは異なる句風を生んだが、戦争へと突き進む時代背景のもと、しだいにその戦争が大きなテーマとなっていった。

戦争が廊下の奥に立つてゐた　渡辺白泉
戛々《かつかつ》とゆき戛々と征くばかり　富澤赤黄男

新興俳句は昭和一五、六年頃、体制による弾圧によって終焉を迎えるが、終戦直後の社会状況は次のような句に詠まれている。三鬼句は作者の自註（『三鬼百句』）によると神戸駅の風景。大きな袋には買い出しの食料が入っているようだ。

焼跡に遺る三和土《たたき》や手毬つく　中村草田男
風や焦土の金庫吹き鳴らす　加藤楸邨
みな大き袋を負へり雁渡る　西東三鬼

昭和二一年に発表された桑原武夫による第二芸術論は、俳句が他の文学ジャンルに比べて思想性や社会性のない不完全な芸術様式であるとした。これが多くの俳人を刺激し、現代の社会情勢や社会的素材を中心に詠む句が生まれた。また、昭和二八年十一月、大野林火編集の『俳句』が「俳句と社会性の吟味」を特集したことも、俳句の社会性を強く意識させたといえる。次のような句は当時、社会性俳句と呼ばれた。

原爆許すまじ蟹かつかつと瓦礫あゆむ　金子兜太
噴水や戦後の男指やさし　寺田京子
秋風やかかと大きく戦後の主婦　赤城さかえ

復興した戦後の都会の風景も盛んに詠まれた。

二十のテレビにスタートダッシュの黒人ばかり　金子兜太
新宿ははるかなる墓碑鳥渡る　福永耕二

現代社会の光景も詠まれている。

倒・裂・破・崩・礫の街寒雀　友岡子郷
人類に空爆のある雑煮かな　関　悦史
車にも仰臥という死春の月　高野ムツオ
椿象《かめむし》は来るはパソコンは鈍《のろ》いは　大石悦子
コンビニのおでんが好きで星きれい　神野紗希

子郷句は阪神淡路大震災、ムツオ句は東日本大震災という平成の大災害を詠んだもの。先の戦争を詠んだ句と同じく、社会的な大事件の記憶をとどめている。

悦子句のパソコン、紗希句のコンビニという現代社会の日常の風景も、そこに人が暮らしている限り詠まれ続けるだろう。

（3）感覚をいかに表現するか

〈写生ということ〉　俳句で写生ということを提唱したのは、明治時代の正岡子規である。子規は絵画のスケッチの理論をもとに、対象をありのまま描写することによって、理屈や通俗に陥ることのない近代の俳句を確立しようとした。

若鮎の二手になりて上りけり　正岡子規

夏山や雲湧いて石横たはる
赤蜻蛉筑波に雲もなかりけり
枯芦の中に火を焚く小船かな

これらの句には作者の感情や思考など、観念的なことが述べられていない。あるのは意識的に見たものや目に映る風景の描写である。しかしこれらの句が俳句として成立し、成功しているのは、見たものや風景の中に、作者自身の発見があるからである。各句の〈二手になりて〉〈石横たはる〉〈雲もなかりけり〉〈火を焚く〉は、句中の言葉として一句の焦点となっている。これらの発見は、それまで誰も気づかなかった特殊なことではない。誰もが見ているが、特に気にとめて意識していなかったことである。それを言葉で示すことにより、読み手に強い印象を残す句となった。

〔視覚〕

漣《さざなみ》の中に動かず蛙の目　川端茅舎
ひつぱれる糸まつすぐや甲虫　高野素十
よろ〳〵と棹がのぼりて柿挟む　高浜虚子
薄氷《うすらい》の吹かれて端の重なれる　深見けん二
まだもののかたちに雪の積もりをり　片山由美子

「よく見ている」「目が利いている」などという言葉が、俳句を評するときによく使われる。対象をよく見て描写するという写生の方法は、現代でも有効とされている。ここに掲げた茅舎、素十、虚子の各句はすでに評価の定まったものだが、平成以降のけん二、由美子の両句も〈端の重なれる〉〈まだもののかたちに〉というところを視覚でとらえた点が一句の焦点となり、薄氷、積雪の本来の姿が読み手の脳裏に浮かぶ。絵画による描写と同じように、俳句に表現された風景も現実の風景とまったく同じではない。そこには俳句の言葉から想起された風景、それぞれの体験や知識によって作られた、あるいは理想化された風景が描かれるのである。

冬の水一枝の影も欺かず　中村草田男
チューリップ花びら外れかけてをり　波多野爽波

冬の池の水面は鏡の如く透明度が高まっていて、周囲の木々を映し静まり返っている。一方、チューリップの花は散る直前となった。視覚によってとらえたこれらの対象を、俳句ではどのように表現すればよいのか。

水面に木の映った様子を、通常の散文のように「映る」「鏡のごとく」「同じ」などというのは陳腐な表現となる。爽波句でも、チューリップの花びらが「散りかけている」とはしなかった。

草田男句の〈欺かず〉は水の擬人化表現である。擬人化は対象を直接示すのではなく、人の姿にたとえるという修辞が加わるところから、技巧過剰や陳腐な表現になりがちである。しかし、静かに張りつめた冬の水の厳しさを表現するのに、この句では擬人法という強い表現が最もふさわしいものだったのだろう。

爽波句の〈外れかけてをり〉も、チューリップという対象の特徴をよくとらえた表現である。この表現によって、チューリップの花びらの質感がありありと思い浮かぶ。また、五七五のリズムの切れ目で〈外れ〉と〈かけて〉が分かれており、一句のリズムがやや滞るのも、このチューリップの花の不安定な状態をよく伝えている。これは「句またがり」の効果的な使用例である。

〔聴　覚〕　明治時代の子規以来、写生の提唱により、見ること、視覚が句作の上で重視されてきた。だが、詠む対象をとらえる際には他の感覚も働かせたい。過去の作品にも視覚以外の感覚を生かした句が数多くある。

雪解川名山けづる響かな　前田普羅
蚊が一つまつすぐ耳へ来つつあり　篠原　梵
秋たつや川瀬にまじる風の音　飯田蛇笏
鶴唳《かくれい》の響けば山河緊《しま》りけり　福田蓼汀

自然の発する音を聞きとめた句を引いた。音は空気を伝わってくる。したがってそれぞれの音は、その季節の空気をも伝えることになる。日常の中で普段意識していない音をよく聞いてみよう。季節毎に異なる自然の音が、その季節の空気を伝わって響いてくるはずだ。

春昼の指とどまれば琴も止む　野澤節子
田を植ゑるしづかな音へ出でにけり　中村草田男
秋の谷とうんと銃《つつ》の谺《こだま》かな　阿波野青畝
餅搗《つ》きし家ありすでに音ひそめ　山口誓子

人もさまざまな音を出して生活している。琴の演奏、田植え、猟銃、そして餅つき。つまり、音を生むということは、人が生きて生活することと関わりが深い。節子句と誓子句は音の止んだ後を描いているが、読み手はその音の余韻の中に、春の昼下がりや年末の慌ただしい頃の空気を感じるのである。

裏がへる亀思ふべし鳴けるなり　石川桂郎
秋声を聴けり古曲に似たりけり　相生垣瓜人

実際に耳でとらえることのできない音も俳句に詠まれることがある。

春の季語〈亀鳴く〉は藤原為家の〈川越のみちのなかぢの夕闇に何ぞと聞けば亀ぞなくなる〉（『夫木和歌抄』）由来といわれる伝統的な季語。実際には亀が鳴くということはない。一方〈秋の声〉は、秋の風雨、葉擦れや虫の音など、季節の音を総合的に示しているが、そのような音や気配に秋を感じるという、心理的な側面の強い季語である。

白樺を幽かに霧のゆく音か　水原秋桜子
冬の日の海に没る音をきかんとす　森　澄雄

これらも実際に耳に届く音ではない。自然と向き合った俳人に、自らの感性によって聞こえてくる音といえよう。

ピストルがプールの硬き面にひびき　山口誓子
厚餡割ればシクと音して雲の峰　中村草田男
秋の暮溲罎《しゅびん》泉のこゑをなす　石田波郷
貝こきと嚙めば朧の安房の国　飯田龍太

聞きとめた音をどのように表現するか。音を確かにとらえても、それを言葉にできなければ一句に表現できない。過去の作品を例に、音を言葉にするための工夫を考えてみたい。

誓子句は水泳の競技会の風景。競技開始を知らせるピストルの音をとらえた。ピストルの音自体の形容はなく、プールの水面を〈硬き面〉と描写したことによって、ピストルの鋭い音が響いてくる。

草田男句、龍太句はいずれも擬音語〈シク〉〈こき〉を使い、厚餡を割る、貝を嚙むという行為の際に発せられる微かな音をとらえた。

波郷句は自身の療養生活中の音をとらえた。溲罎の中に入っていく尿の音を〈泉のこゑ〉という比喩で表し、排せつ物を自らの命の証であるかのように描いている。

葉桜の雨しづかなり豊かなり　九鬼あきゑ
胡桃二つころがりふたつ音違ふ　藤田湘子
きちきちといはねばとべぬあはれなり　富安風生

日常の慌ただしさの中では聞こえてこない音がある。気持ちを落ちつかせ、周囲の音にしばらく耳を傾ける。たとえ短くてもそのような時間を持ちたい。

〔嗅　覚〕

菊の香や奈良には古き仏達　松尾芭蕉
斧入て香におどろくや冬木立　与謝蕪村

凡河内躬恒〈春の夜の闇はあやなし梅の花色こそ見えね香かやは隠るる〉(『古今和歌集』)など、詩歌の伝統の中に嗅覚の生かされた作品は数多い。特に嗅覚は人の記憶と結びついていることが多く、何かの匂いによって忘れていた記憶がよみがえることもある。芭蕉句の、菊の香という現実の匂いから奈良という古い時代の都への郷愁が導かれるのも、嗅覚のそのような働きによる。蕪村句の嗅覚による発見も、冬枯れの木の幹に斧を入れた瞬間に発した木の香りが、木が生きていることに改めて気づく契機となっている。

梅雨明けや深き木の香も日の匂　林　翔
五月の夜未来ある身の髪匂う　鈴木六林男
短夜のあけゆく水の匂かな　久保田万太郎

時候や天文の季語と木や水、人の髪の匂いを取り合わせた句。それぞれの時期の空気感が嗅覚とともに呼び起こされる。

寒の梅挿してしばらくして匂ふ　ながさく清江
草芳《かぐわ》し子を抱きて子の髪を愛す　岡本圭岳
花栗のちからかぎりに夜もにほふ　飯田龍太

植物の季語はそれ自体に香りのあるものが多い。梅や栗の花のように強い香を発するものもある。句作には、それらの香りの特徴をよく生かすことが求められる。実際の香りを感じる体験とともに、歳時記の例句もよく味わってみたい。

さみどりの菜飯ができてかぐはしや　高浜虚子
香水の香ぞ鉄壁をなせりける　中村草田男
教室にプールの水の匂ひ来る　茨木和生

生活の季語の中にも嗅覚に訴えるものがある。菜飯はその味覚もそうだが、青菜の香にも春の季節感を味わう。香水は夏の発汗にともなう体臭を予防するのが本来の目的。学校のプール、その水に溶けた塩素剤の匂いも学校の夏を思い出させる

貧乏に匂ひありけり立葵　小澤　實
道に干す漁網の匂ひ秋暑し　小路紫峡
朝寒や歯磨匂ふ妻の口　日野草城

季語以外の部分に嗅覚による把握が示されている句もある。私たちの生活の中にはさまざまな香り、匂いがある。それらは習慣化し、意識しなければ気に留まらないことも多い。しかし、ひとたび意識して嗅覚を働かせると、その季節の空気中を伝わる匂いや香りは、生活の営みと、その中で生きている人の姿を浮かび上がらせる。

貧乏の匂いとは抽象的だが、言われてみれば貧しい生活の中には、人やものの発する匂いがある。それは豊かな生活の中では消されたり隠されたりするものだ。しかしそのような匂いがあるのは、生活の本来の姿なのである。初秋の暑さの中で匂う漁網、歯を磨いた後の妻の口の匂い、これらからも漁師や夫婦の生活の姿が嗅覚を通して髣髴としてくる。

ふるさとの海の香にあり三ヶ日　鈴木真砂女

自然の香りも生活の匂いも、人の記憶と強く結びついている。この真砂女の句も、正月の三が日にふるさとの千葉の海に戻って感じた海の香りが、真砂女の人生の記憶を呼び起こしている。どのような記憶なのかということは句の表面に表れていない。しかし、〈香にあり〉とあるだけで、その記憶を推し量る契機となるのである。

〔味　覚〕　ものを食べるということは、人が生きる上で無くてはならない行為である。食べ物を体内に取り込むことによって自らの肉体を作り、または維持し、同時に生きる活力を補給する。その食べるという行為の際、食べ物の味を舌に感じる。その味は甘さ、苦さ、酸っぱさなどの味覚そのものだけではなく、季節感や味覚による記憶など、さまざまな要素を伴っている。

つり鐘の蔕《へた》のところが渋かりき　正岡子規
腸《はらわた》に春滴るや粥の味　夏目漱石

正岡子規の柿の句といえば、〈柿くへば鐘が鳴るなり法隆寺〉が思い出される。この句に味覚の表明はないが、右の句には〈渋かりき〉と、明確に示されている。〈つ

り鐘〉は柿の種類の名称。明治三〇年、子規は京都桃山の禅僧天田愚庵から柿を贈られてこの句を作った。渋いというのは柿の味としてよろしくないのだが、それをあえて言ったところに相手の好意の純粋なところを見たといえる。

漱石の句は、明治四三年、修善寺大患（胃潰瘍）の時の作。喀血し生死の境をさまよったところを乗り越え、粥を許された漱石が、自身の肉体の恢復を感じている。句中ではそれを〈春滴る〉と表した。この粥の味は単なる味の知覚ではなく、季節の中に生きる自身への認識を示している。

共に剝きて母の蜜柑の方が甘し　鈴木栄子
数の子を噛み壮年の心ばへ　山口青邨
牡蠣食べてわが世の残り時間かな　草間時彦
夏みかん酸つぱしいまさら純潔など　鈴木しづ子

昭和以降の味覚の句にも、自身の生き方や人生について、その味覚と重ねているものがある。

一句目、母と自分の蜜柑の味の違いから、両者の関係を思わせる。自分が生きて生活しているのは、近くにいる母があってのことなのだ。そのような認識へとつながる蜜柑の味である。二句目、三句目は味覚とともに自身の生涯における現在を意識した点で共通したところがある。人はそれぞれの時点で自らの人生をふり返るものなのだろう。そのような内省的な志向と味覚が関わり合うのは、やはり食というものが生きるということと根源的なつながりを持っているからに違いない。四句目、いまさら純潔などを求められても困るという気分は、戦後の自立した女性の典型的な心情を代弁している。そのことと夏蜜柑の酸味は直接関係のないことだが、その酸味の記憶が、読み手にこの句の気分を伝えている。

葡萄食ふ一語一語の如くにて　中村草田男
冷麦てふ水の如きを食うてをる　筑紫磐井

味覚そのものを、それまでなされていない表現で詠むのはなかなか難しい。人の生活に密接した食材、特に伝統的なものは古来多くの句が詠まれている。右の二句はどちらも比喩を使って非凡な表現を成した例である。一句目の〈一語一語の如く〉は味覚を含めた葡萄を食べる行為全体を示している。葡萄の一房から一粒を手に取り口の中に入れる、その繰り返しの行為は、一語一語の言葉の重みを感じつつ話す人の姿に重なる。二句目、冷麦を〈水の如き〉と例えたのも読み手の意表をつく意外性がある。冷麦は冷水にさらされた状態で食卓に上るので、視覚的にも水の印象がある。この句では〈食うて〉をあえて言ったことで、味覚に訴えるところとなった。食べ物の季語はそれを示しただけで読み手には食べている状態の連想を生む。この句では現実の冷麦と比喩の水、その双方がこの〈食うて〉と関係を持ち、その認識の境界が曖昧になるのである。

そら豆はまことに青き味したり　細見綾子
梨食うてすつぱき芯にいたりけり　辻　桃子

両句とも味覚による発見がある。一句目、青物という言葉があるとおり、食用の植物を青という色で表現することは常識と言っていいだろう。この句ではそれをふまえて〈まことに〉としているわけだが、青、すなわち空豆の緑という色を視覚的な色ではなく、味覚の印象として示した点が非凡である。この句を読むと読み手は視覚、味覚、そして嗅覚まで自身の経験した空豆の印象を確かめることになる。そして〈まことに青き味〉という表現に納得するのである。二句目の梨の印象も、多くの人が経験していながら言いとめていなかった。梨の水分の多い瑞々しい果肉を食べていくと、芯の部分が残る。確かにそこは〈すつぱき芯〉であり、甘くはない。しかしこの部分もまぎれもなく梨の一部なのである。

〔触　覚〕

日のあたる石にさはればつめたさよ　正岡子規
手で顔を撫づれば鼻の冷たさよ　高浜虚子

正岡子規の写生提唱以降、俳句は視覚による情報から作られることが多くなった。それは当時月並と呼ばれた陳腐で低俗な作品からの脱却と、古典の知識を必要としないことによる俳句の一般化に貢献したといえる。しかしこれまで見てきたように、視覚以外の感覚によっても対象を把握することができる。そうしてできた各句には、視覚ではとらえられなかった詩情がある。

ここでは触覚を働かせた作句について見ていくが、季語の中には「冷たし」など、触覚により成立したものもある。右の子規の句は、日の当たっている石に触れ、その冷たさを感じたという内容。日が当たっていても冷たいというところに意外性がある。それが冬という季節を改めて思わせてくれるのだが、読み手も自身の経験を思い出し、冬の寒さという季節の感覚がよみがえってくる。虚子の句も「冷たし」という季語が詠まれたもの。鼻の冷たさを感じた触覚は、冬という季節の実感とともに、人としての存在を改めて意識することにもつながっている。

生れたばかりの赤ん坊が、まだ目も開かないうちに母親の存在を知るのは、母の肌に触れるからである。人がものを認識するその根源的なものを触覚は持っているのではないか。

初秋の蝗《いなご》つかめば柔らかき　芥川龍之介
をりとりてはらりとおもきすすきかな　飯田蛇笏

触覚によって新たに季語をとらえ直した句もある。龍之介の蝗の句は、視覚による印象ではとらえきれていなかったその体の柔らかさを伝えている。つかむという行為により、触覚による新たな発見があったのである。その発見により、蝗という昆虫の生命に対して新たな認識を得たのだともいえる。

蛇笏の句も、一句の主人公は、薄を手に取ったことによってその重量の実際に気付いた。これも見るだけでは意識されなかったことである。〈はらりとおもき〉と表現されたその重さは、薄の実体が確かにあったという認識につながっている。

つなぐ手にをさなの湿り夕ざくら　千代田葛彦
西日中電車のどこか摑《つか》みて居り　石田波郷

季語以外のものを触覚でとらえ、それを季語との取り合わせにより成った作品もある。幼い子どもの手をとらえたときに感じたその湿り具合、西日の差す満員の電車内で車体の一部をつかんだ感触。いずれも何気ない日常の出来事である。しかし、ともすれば意識に上らないこのような触覚による把握を記し、季語と取り合わせることによって一句と成す。そうすることで、季節の中に生きる私たち自身の姿をとらえることができるのである。

花弁《はなびら》の肉やはらかに落椿　飯田蛇笏
鶏頭に鶏頭ごつと触れゐたる　川崎展宏

視覚の印象から触覚を感じるということがある。私たちは経験上、そのものに実際に触れなくても、ある程度それに触れた感覚を予想する。

蛇笏の句は地面に落ちている椿の花を見て、その花びらの印象を〈やはらかに〉と表現した。これが「やはらかし」となっていればその柔らかさが確定し、実際に花びらに触れていることになっただろう。〈やはらかに〉は見た印象による判断と受け取ることができる。

展宏の句の〈ごつと〉は句の表面上は鶏頭と鶏頭とが触れて発した音ということになる。しかし実際に鶏頭同士が触れてこのような音が鳴ることはない。鶏頭の花の厚みのある印象、実際に触れたときの手ざわり、それらの記憶から、こういうこともあるのかもしれないと思わせるのである。

季語となっている自然の風物をただ見るだけではなく、実際に触れてみたり、匂いを嗅いだりと、五感をを使い感じることによって、その季語の持つ様々な特徴をつかむことができる。吟行の際に心がけておくとともに、日常の中でも気にとめておきたい点である。

（4）俳句表現の特殊性

〈観念的な句〉　俳句に表現されるのは目に見える「もの」が中心であり、「もの」が現れない観念を中心とする句は作るのが難しいとされる。季語においても「春愁」「秋の声」などを詠んで新鮮な句を成すのは容易ではない。では「もの」を中心とした句が作り易く、観念的な内容の句がそうではない理由は何なのか。それを考える際に、まず観念的な句の例を見ておきたい。

頭の中で白い夏野となつてゐる　高屋窓秋

この句の〈夏野〉は実際の夏野を描写したものではない。夏の強い日差しに照らされた夏野を〈頭の中で〉想像したものである。ただ、この〈白い夏野〉は多くの読み手の共感を得た。それは、多くの人の経験にある、夏の日差しに輝く野の印象と、〈白い夏野〉という言葉のイメージとが、それほどかけ離れたものではなく、受け入れられやすかったからである。

しかし、これは数少ない成功例であって、一作者の考えたイメージが、不特定多数の人に共感されるのは容易なことではない。

咲き満ちてこぼるゝ花もなかりけり　高浜虚子

たとえば満開の桜を詠んだこの句を次のように改作してみたらどうだろうか。

咲き満ちて散る花もなく美しき

この改作には、元の句の内容に加えて〈美しき〉という作者の判断を示す言葉がある。句によってはこのような作者の主観を示す言葉が効果的なこともあるが、大抵は句の感興を弱めることが多い。句に描かれた具体的な世界、提示されたものから読み手はその場の感興を想像し、感じ取ることができる。その感興を作品の中の言葉で示されてしまっては、俳句を読む楽しみが削がれてしまうのである。

松のことは松に習へ、竹のことは竹に習へと師の詞《ことば》ありしも、私意をはなれよといふ事也《なり》。
服部土芳（『三冊子』）

松と竹を例にあげるこの芭蕉の言葉にも、松や竹というものの実質を重視することの有効性がうかがえる。自分が考えたり判断したりしたことというのは、他の誰かが既に考えたことと同じである場合が多いものである。

〈「もの」中心〉　観念的な句、頭で考えたイメージを書いた句というのは成功しがたい。そこで多くの作者が作句の方法としているのが即物的な句である。即物的な句、すなわち実際にある物や風景を描写することを基本とし、五感を使ってとらえた現実にあるものが、読み手に伝わるような言葉で表現されること。正岡子規はこれを「写生」と言い、高浜虚子は「客観写生」と言った。

いくたびも雪の深さをたづねけり　正岡子規
桐一葉日当りながら落ちにけり　高浜虚子
かたまつて薄き光の菫かな　渡辺水巴

子規の句、病床にいて外の雪の深さを何度も尋ねたという、自身の行動だけを描写した内容である。病床にある寂しさや降雪に心躍らせている心情など、心理的な内容が句の表面上には一切表れていない。虚子の句も、広く大きな桐の葉が枝を離れてゆっくりと落ちてゆく様子を、主観を交えず描く。〈日当りながら〉にはその落ちてゆく時の流れが示され、秋の日差しと影の明暗が映し出されている。深まる秋の寂しさが伝わってくる句だが、そのこと自体は句の言葉の中にはない。水巴の句は千葉県鹿野山での作。雄大な景の中の可憐な菫のありようが〈かたまつて薄き光の〉の描写によってとらえられている。この句もこの描写だけで菫の可憐な様子は伝わるのである。

翅わつててんたう虫の飛びいづる　高野素十
食べてゐる牛の口より蓼の花
大榾をかへせば裏は一面火

高浜虚子の唱えた客観写生を最も忠実に実践したのが高野素十である。ここに引いた句のいずれも対象を即物的に描き、感想や感情など作者の主観を示す言葉は使われていない。虚子は次の文に見えるように、自身の主張を最も体現している者として、この素十を称揚した。

厳密な意味に於ける写生と云ふ言葉はこの素十君の句の如きに当て嵌るべきものと思ふ。素十君は心を空しくして自然に対する。自然は何等特別の装ひもしないで素十君の目の前に現れる。自然は雑駁であるが、素十君の透明な頭はその雑駁な自然の中から或る景色を引き抜き来つてそこに一片の詩の天地を構成する。それが非常に敏感であつてかくて出来上がつた句は空想画、理想画といふやうな趣はなく、何れも現実の世界に存在してゐる景色であるといふ事を強く認めしめる力がある。即ち真実性が強い。

高浜虚子（「秋桜子と素十」）

この文にある「心を空しくして自然に対する」「雑駁な自然の中から或る景色を引き抜き来つて」という虚子の言葉には、対象を即物的に描く写生の方法の要点が示されている。詠むべき対象に向き合った際、その対象に対してあらかじめ持っていた先入観にとらわれず、その対象から「一片の詩」となり得る「或る景色」を見出すこと。それは誰もがすぐにできることではない。過去のさまざまな句を知り、対象のどの部分に着目し、どのような言葉で表現したらよいかということを知っておく必要がある。それは俳句に関する多くの書物や歳時記をよく読む、句会で句の選や批評に数多くふれる、そのようなことの積み重ねによって培われるものである。

【「もの」に託して詠む】「もの」に託して詠むということは、「もの」を「もの」として一句に示すということである。

囀りやピアノの上の薄埃　島村　元
西国の畦曼珠沙華曼珠沙華　森澄雄
父の箸母の箸芋の煮ころがし　川崎展宏

「もの」を示すには、まずその名称である名詞を示すということが考えられる。ここに引いた句のように、ほとんど名詞だけで成立している句があることからもそれが分かる。名詞ばかりなので、作者の感想や余計な説明は一切ない。読み手は一句に示された複数の名詞からその場面を思い描く。あれこれと説明されるよりも、それぞれの名詞から想像して浮かびあがる場面の方がより現実感がある。

一句目、屋外では鳥が囀り、室内の蓋の閉じたピアノには埃が見える。家の内外の現象をただ示しただけである。しかし、この両者を示しただけで、読み手には春昼の暖かく物憂げな空気が伝わってくるのである。

二句目は〈曼珠沙華〉のくり返しが印象的だが、畦に咲く曼珠沙華の多さとともに、くり返しのリズムと〈西国〉という言葉の組み合わせから、仏教的な雰囲気が濃厚に現れてくる。

三句目も、父と母それぞれの箸と〈芋の煮ころがし〉という調理された副菜名が示されているだけである。しかしこの三者から、作者と父母との関係がさまざまに想像される。〈芋の煮ころがし〉という料理は親の手づくりであって、それを幼いころから両親と一緒に食べてきたのだろう。その作者の来歴と郷愁が思われる。ここで一句に懐かしいということを直接示す語があったならば、このような連想に遊ぶことはできないのである。

しきりなる落花の中に幹はあり　長谷川素逝
万緑の中や吾子の歯生え初むる　中村草田男
畳屋の肘が働く秋日和　草間時彦

即物的な描写において有効な方法が、焦点を絞るということである。

素逝句は桜の花びらがしきりに落ちる中、桜の木の幹に焦点を当てた。夥しい落花を目にすれば、その落ちる花びらばかりに目がいくが、そのときの桜の木、さらに幹の存在を示すことによって、落花という現象だけにとどまらない桜の木の生命を感じさせている。枝ではなく幹を示したことで、その存在が揺るぎないものであるという印象も加わっている。

草田男句は〈万緑〉という夏の季語が定着した句として名高い。夏の自然の生命力を感じさせる生い茂った緑の中、自身の子どもに歯が生え始めたという内容だが、その緑と白という色の対照だけではなく、自然と人との生命力の対照が一句の力強さを生んでいる。子どもの歯に焦点を当てたことで、その生命力の印象が強まっているのは、歯が物を食べる器官の象徴だからである。

時彦句は畳屋という職人の働く様子を描写している。大きな針を使い畳を縫う作業を、職人の〈肘〉だけを示して感じさせた。畳を作る作業の中で、その縫う様子は、肘の動きに特徴がある。腕の支点となっている肘は、確かに畳屋の作業には欠かせない。他を省略してその肘だけに焦点を当て、畳屋という職人を描いたのである。

明ぼのやしら魚しろきこと一寸　芭蕉
空蟬をのせて銀扇くもりけり　宇佐美魚目
今生の汗が消えゆくお母さん　古賀まり子

俳句に示された「もの」から、命について深く考えさせられることもある。

一句目は、芭蕉「野ざらし紀行」の旅の桑名での作。明け方浜辺へ出た芭蕉は、打ち上げられた白魚の幼魚を見る。その命を〈しろきこと一寸〉と色と長さで示した。

二句目、命の抜け殻とも言うべき〈空蟬〉が銀扇を曇らせたという。蟬の命の営みの一部分であった〈空蟬〉が〈銀扇〉という「もの」と取り合わせられ、蟬の命をより強く感じさせる。それは両者の取り合わせによって曇るという現象が示されたからである。命の不思議な力をそこに見ることができる。

三句目は、〈汗〉が臨終の母の命の象徴とも言うべき存在感を示している。この〈汗〉は母の命であるとともに、この母の人生の象徴ともなって読み手に迫る。作者との関わりを含め、汗を流して懸命に生きてきた人生だったのであろう。

(5) 推敲と添削

〈自分が行う推敲〉　詩や文章の字句や文を十分に吟味して練り直すことを推敲という。俳句においても、最初から完成した作品を作り出すのは容易ではなく、多くの作品は作者自身の推敲を経ている。

閑《しづか》さや岩にしみ入《いる》蟬の聲　　芭蕉

『奥の細道』のこの句も、作者の芭蕉による推敲過程が知られている。

山寺や石《いわ》にしみつく蟬の聲　　（『曽良書留』）
さびしさや岩にしみ込《こむ》蟬のこゑ　　（『初蟬』）
淋しさの岩にしみ込せみの聲　　（『こがらし』）

この推敲過程について、加藤楸邨は次のように記す。

上五は、初案の「山寺や」では単なる説明にとどまるであろうし、「さびしさや」ではなお、自己をも包み込んでいる大いなる自然の静謐感がたちあらわれて来ない。全山寂たる岩山の中、一筋に澄み徹る蟬の声に耳を傾けることによって、更に幽閑なる境に入り立ったとき、「閑かさや」という大きく奥深い語感と、おおらかな響きを備えた発想の中に自ずと落ちついたものであろう。中七について言えば、「石にしみつく」は表層的で流動感に乏しく、「岩にしみ込む」でも、形のない声の感じが死んで、水などのような形あるもののあらわな手ざわりが入りこんできて純一でない。やはり「しみ入る」とあってはじめて一筋に澄み徹るその細みは生かされる。

（『芭蕉全句』）

俳人の楸邨らしく、作句上の推敲過程を丹念にたどった解説である。ここに指摘されている通り、一語の違いによってその句の表す世界が大きく変わってくる。一句の中の言葉を初案のままにするのではなく、他により良い言葉があるのかどうか吟味する必要がある。そのためには自身の内に数多くの言葉や言葉と言葉との関係性を蓄積し、言葉の選択肢を広げておかなければならない。特に俳句はその短さゆえ、一語、あるいは一字の違いがその作品の成否を左右するのである。

歳時記や俳句関係の書物をはじめ数多くの書を読み、過去の名句を覚えることとともに、句会に参加するなどして、同じ俳句の仲間がどのように作句しているかを知ることも大切だ。師とする人を決めて指導を受けると、自分では気付かなかった言葉の扱い方を直接学ぶこともできる。

〈他人がおこなう添削〉　添削とは文字通り元の句に言葉を加えたり削ったりしてより良い句に改めることである。もちろんこれは作者自身も行うことであるが、それは推敲と呼んでいる。一般に添削といえば、それは作者以外の人が作品に手を入れる意味となる。

下京や雪つむうへの夜の雨　　凡兆

『猿蓑』所収のこの句、最初は上五〈下京や〉がなく、師の芭蕉をはじめ蕉門の人々がさまざまな案を出し、最後に芭蕉が〈下京や〉に決めたという逸話が『去来抄』（先師評）にある。作者の凡兆はこの案についてすぐに承服しなかったが、芭蕉は「兆、汝手柄に此《この》冠を置《おく》べし。若《もし》まさる物あらば、我二度《ふたたび》俳諧をいふべからず」（『去来抄』）とまで言い、この〈下京や〉に絶対の自信を持っていたことが分かる。〈下京〉の言葉が入ったことで、貴族が住む上京とは異なる、上人、工人、職人などの日々の暮らしとその庶民的な町並みが想像される。

この例は添削というより合作と言った方がいいのかもしれない。しかし、一句をより良いものにするためには、作者一人の考えではなく、信頼できる他者の目を通して作品を見ることも大切である。作品の添削は、その作者と添削者の信頼関係があって成立する。

現代の名句の中にも添削があったことの知られているものがある。

啄木忌いくたび職を替へてもや　　安住　敦

この句の原句は、

啄木忌いくたび職を替へても貧

と、句末の〈や〉が〈貧〉となっていた。それを敦の師である久保田万太郎が〈や〉と添削したのである。〈啄木忌〉という季語の含んでいる意味の中に〈貧〉はすでにある。啄木、すなわち歌人の石川啄木の生涯の貧しさを、啄木忌という季語から読み手は感じ取るのである。そこでさらに〈貧〉という言葉が出てくれば、読み手はせっかくの想像に水を差されてしまう。私たちは自分の表現したいことを散文的につい説明したくなってしまうが、万太郎の添削はそのことに気付かせてくれたのだ。互いに信頼関係のある師弟だからこそ、作品に手を入れることができ、師が弟子を導くことができるといえる。

〈調子を整える〉　ここからは句会の場で実際に行われた添削例を紹介する。小澤實（「澤」主宰）による添削である。

原句　**初午や鯛奉納す浜通り**

添削　**初午の鯛奉納す浜通り**

原句は上五〈や〉の切字、中七〈奉納す〉の終止形と、二か所に句中の断絶があり、いわゆる三段切れとなっている。五七五のそれぞれが切り離され、調子が良くない。句中の切れは一か所とすることが基本となる。添削句のように、切字〈や〉の代わりに助詞〈の〉を置いて中七につなげれば、切れは中七と下五の間一か所となり、句全体の調子が整う。

原句　**春の海見むと雲梯《うんてい》にぶら下る**

添削　**春の海見む雲梯にぶら下る**

原句は句中に切れがなく散文的である。また、中七が八音となっており、一句全体の調子も良くない。中七の〈と〉を取れば五七五となる。〈む〉は意志を示す助動詞〈む〉の終止形であることから、ここに切れも生まれた。定型五七五のリズムを大切に作句したい。

原句　**初雀沓《くつ》脱石に降りにけり**

添削　**沓脱石初雀降り来たるなり**

原句は切字〈けり〉の響きをいかしているが、初雀が沓脱石に降りたという報告的な表現になっている。添削では語順を変え、沓脱石を上五にしたことで散文的な語句のつながりを脱し、俳句らしい断絶が句中に生まれた。沓脱石という舞台を先に示して読み手にその場を想像させ、その後に雀の様子を描写しているのである。

俳句には五七五という定型のリズムがあり、それは俳句が成立する最も基本的な要素である。有名句の中には字余りや字足らずのものもあるが、あくまで例外であり、またそれらも五七五という定型のリズムが前提にあって成り立っているところがある。句会等で字余りの句を見かけることもあるが、それらの中には明らかに推敲不足と思われるものがある。作句の際にはよほどの必然性がない限り五七五の定型を守るべきである。

〈説明をしない〉　五七五という定型を持つ俳句において、その短さの中で散文のような説明をしてしまっては、読み手の想像の余地がなくなり、詩的情趣の広がりも消えてしまう。

原句　**二の午の幟の脇の仮面売**

添削　**二の午の幟立ちをり仮面売**

原句は仮面売の場所を〈幟の脇の〉と説明している。幟と仮面売との位置関係は、作者の側で説明しなくても、季語〈二の午〉の連想範囲から読み手が想像できるのである。

原句　**うぐいす餅父の湯のみに茶をそそぐ**

添削　**鶯や父の湯のみに茶をそそぐ**

原句は、鶯餅という菓子を出したので茶を用意した、というように、季語とそれ以外の部分とが原因と結果の関係になっている。このような因果関係の説明は詩とは遠いところにある。添削句は季語が変わり、別の内容になったといえるが、菓子と茶という強い因果関係を断つにはそれでよいのである。

原句　**大仏のまろき肩ふれ鬼やんま**

添削　**大仏のまろき肩なり鬼やんま**

原句は中七〈ふれ〉によって、大仏と鬼やんまとの関係が示されている。これも読み手の想像に任せたいところである。添削句はこの部分を断定の助動詞終止形〈なり〉として両者を切り離し、その関係性が句の表面に出ていない。

〈焦点を絞る〉　俳句に描く風景や場面の構成方法として、焦点を絞るということが言われる。映像のクローズアップの方法と同様に、大きな景、場面から、小さな部分へ焦点を絞ってゆく方が、その場面の像を結びやすい。

原句　**餌《え》を銜《くわ》へ洞から鷽《うそ》の飛び立てり**

添削　**洞から鷽飛び立ちにけり餌を銜へ**

原句は餌をくわえた鷽の嘴の描写から始まって、洞を飛び立つ鷽の様子がその後となっている。この順序を逆にし、洞、鷽、嘴の順にした方がこの場面の印象が際立つ。

原句　**五六人御慶《ぎょけい》のべたる渚かな**

添削　**六人の御慶のべたる渚かな**

渚で新年の挨拶を交わしている場面だが、その人数を原句では〈五六人〉としている。これでは五人なのか六人なのかはっきりしない。ここは〈六人〉として人数を確定させた方が、読み手も安心してこの場を想像できる。

〈疑問・推量は見えてこない〉　疑問や推量の形で一句を成すのはなかなか難しい。疑問や推量の句は作者の心理の動きのみ伝わり、実景を想像するための情報が少ないからである。描こうとしている景色や物が見えるようにするためには、疑問、推量の形をなるべく避けた方がよい。

白樺を幽かに霧のゆく音か　水原秋桜子

秋桜子のこの句は、白樺とそこに流れる霧を表すだけで、読み手に秋の高原の風景が伝わる。そこに本来はない音を聞きとめようとしているところにこの句の詩情があるのである。

このように疑問や推量の形をいかした句もあるのだが、このような句を作る難しさは、次のような添削例に明らかである。

原句　**曽我梅林太宰もかつて歩きしか**

添削　**曽我梅林太宰もかつて歩きたる**

梅林で有名な小田原市曽我には、太宰治の小説『斜陽』のモデルとなった家があった（現在は焼失）。この句はその太宰治にゆかりの深い曽我梅林に来て、かつてここを太宰が歩いたのではないかと思ったというのである。しかしこの疑問形では、作者がそう考えたという報告に終わってしまう。なぜなら、それは句の作者が実際に体験したことではなく、史実からの推量であり、実感が薄いからである。過去の不確かなことであっても〈歩きたる〉とし、今まさに太宰が歩いていると詠った方が一句の世界が確かなものになる。

原句　**桴《ばち》かまへ腰すゑ打たん秋祭**

添削　**桴かまへ腰すゑ打ちぬ秋祭**

秋祭の太鼓の前で腰を据え、今まさに桴で太鼓を打つところである。〈打たん〉とその意志を示しているので、まだ太鼓は打っていない。ここでは添削句のように〈打ちぬ〉とし、今まさに打ったとした方がよい。〈ぬ〉は動作や状態が完了したことを示す助動詞。対象そのものの実質的なところを描写しなくては、その句の内容が読み手に伝わらないのである。

（6）旅吟と日常吟

〈旅吟〉　生涯の多くを旅に過ごし、旅に風雅を求め続けた芭蕉は、その『奥の細道』の冒頭で「古人も多く旅に死せるあり」と記している。この「古人」は芭蕉の敬愛した西行や李白、杜甫などを念頭に置いたものだろう。彼らもそれぞれの理由で生涯の多くの時間を旅に過ごし、すぐれた詩歌を残している。

田一枚植ゑて立ち去る柳かな　芭蕉

『奥の細道』「遊行柳」の段の句。奥の細道の旅の目的には歌枕の地を訪れるということがあった。この句も西行の和歌〈道のべに清水流るる柳陰しばしとてこそ立ち止まりつれ〉（『新古今和歌集』）を本歌としている。この句の解釈には諸説あるが、西行が〈道のべに〉の歌に詠んだ柳の陰に自分も立ち寄ることができたという喜びとともに、西行と同じく柳の下に佇んでいる間に早乙女が田一枚を植え終わっていたという眼前の景があったのであろう。旅に出て、かつて西行が立ち止まった地に自分も立ったからこその句であり、西行の和歌からこの地とこの柳を想像して作られた句ではない。日常生活の地を離れ、旅に出て句を作ることを旅吟というが、それによってこの芭蕉句のように、多くの佳吟が生まれてきた。それは現代の俳句でも同じである。

瀧落ちて群青世界とゞろけり　水原秋桜子

秋桜子が南紀熊野の那智の滝を見て詠んだ句である。秋桜子の自句自解には、那智神社の境内の一隅にある観瀑台から那智の滝を正面に見たとある。句中の〈群青世界〉という造語については次のように記している。

この句では、「群青世界」という言葉を考え得たのが、よかったのだと思う。前に平泉の中尊寺で、金色堂を案内されたとき、「金色世界」という言葉を説明された。それを思い出して、ここで「何々世界」という、うまい言葉が出来ぬものかと考えたが、群青色の山杉を眺めているうちに、自然に「群青世界」がうかびあがった。

（『現代の俳句1自選自解水原秋櫻子句集』）

那智の滝という名所について、現地に赴かずとも一句を成すことはできるかもしれない。しかしこの句の〈群青世界〉という造語を生んだ風景の把握は、現地で実際の滝と周囲の風景に身を置いたからこそできたのである。

秋の航一大紺円盤の中　中村草田男

草田男が北海道への船旅の際に作った句。句の調子から、旅に出ている心の張りが感じられる。大海原の印象は旅先でなくても思い描くことができるが、それを〈一大紺円盤〉とたとえるのは、先の秋桜子の句と同様、その中に身を置いたからこそと思われる。

〈旅の俳句をどう作るか〉　藤田湘子『新版二十週俳句入門』（平成22、角川学芸出版）で、著者は旅先での作句の要点について、「観光客の眼でフワフワと対象をとらえても、軽薄な句しかできない。旅という思いを捨てて、その土地に根を据えたつもりになって観察することが大切」と記している。旅先ではその土地の人になったつもりで、自分の生活圏なら旅人として訪れた気分で、それぞれの土地を眺めてみると、それまで見えていなかったものや風景が見えてくることがある。旅先で観光気分に浸っていると、作る俳句も観光地を訪れたというだけの報告的な内容に終わってしまうのである。たとえば次のような句がそれにあたる。

車窓より流氷見えて宗谷なり

この句は宗谷という地名からの連想はあるが、それ以外は車窓から流氷が見えたと報告しているにすぎない。作者の心の動きのようなものは伝わってこないのである。

流氷や宗谷の門波《となみ》荒れやまず　山口誓子

こちらははるばると旅をして遂に見た流氷に対する作者の感動が、〈門波〉〈荒れやまず〉という表現から伝わってくる。波荒く、大きな音が響いている宗谷の海に見える流氷。その海をよく観察して言葉を選んでいることが分かる。万葉集に見える〈門波〉という柔らかい語の響きと、強い印象を持つ〈荒れやまず〉とのつながりは、北の海の厳しさを感じさせる。

山の宿出でて箱根の紅葉かな
無人駅降りて田植ゑの中ゆける
雪解の山を背にして写真撮る

旅先での作句というと、このような句がよく見られる。

先の車窓もそうだが、これらの〈山の宿〉〈無人駅〉〈写真撮る〉なども、詩的な感興の薄い常識的な句になりやすい。これらの語の代わりに、その場にいる自分自身のことや見ている風景について、さらに踏み込んだ表現にしたい。たとえば次のようにしてはどうか。

紅葉せり仙石原を下り来れば
駅前の田より田植のはじまりぬ
還暦や雪解の山正面に

箱根というある程度広さのある範囲から、〈仙石原〉という地名を使い、土地のイメージを絞ってみる。箱根も高所の紅葉は終わり、比較的低い地に紅葉の時期が移ってきた。二句目、駅前に田があるというだけで都会ではないと分かる。駅を含めた周囲の様子も見えてくるだろう。三句目、雪解けの山を自分がどう見ていたのか。ここでは年齢を示してその感慨を風景に託してみた。正面ならその風景と向き合っていることになる。「二十歳なり」「五十過ぐ」など、他の年齢でも応用できる。

〈吟行ということ〉　吟行とは「詩歌・俳句などを作るために野山などへ出歩くこと」（『俳文学大辞典』）である。旅吟というと旅が主体であり、吟行というと句作が主体のような印象はあるが、日常を離れて他の土地へ行き、新鮮な刺激を受けるという意味では両者に大きな差異はない。ただし、吟行の場合は慣れ親しんだ近くの土地に出かけることもある。仲間と出かけ、吟行後に句会を行うことも多い。

複数の人数で同じ風景を見て句を作り、句会を行うと、同じものを見ているのに作句の仕方も物の見方もそれぞれ異なることに気づくだろう。その他、実際の季語にふれて季語の認識を深めたり、短時間で作句する練習になったりと、吟行の効用は多い。都市の中心街や庭園など人工的に整備された場所よりも、その季節の自然の姿や人々の生活の様子が分かる土地の方が作句しやすい。同じ土地を季節ごとに何度も訪れるのも、季節による土地の変化に気づく良い機会となる。

高浜虚子とその門下の俳人が昭和五年八月から月一回の吟行会を始めた。それは「武蔵野探勝」と名付けられ、昭和一四年一月八日、鎌倉の鶴岡八幡宮で行った最後の回まで合計百回を数える。その吟行記も出版され、吟行が現在まで盛んに行われてきた契機となった。

冬の水一枝の影も欺かず　中村草田男

昭和八年十二月三日、第四十一回武蔵野探勝会が立川の普済寺で行われたときの作である。当日の吟行記は草田男が執筆している。

見覚えのある水辺へ着くと、もうそこから彼方へ渡る連絡はない。そのまま枯草の中へ腰をおろした。微動にもしない穏やかな冬の水が、深く脚元に澱み湛えて居る。〈中略〉いかにも沈静だ。水辺の枝の細かな樹木が、そのままの姿を水面鏡の上に――故芥川龍之介愛用の言葉を借用すれば――瞭然と、切ないほど瞭然と映って居る。
（『武蔵野探勝（中）』）

吟行記ではこの直後に〈冬の水〉の句が掲出されている。他の参加者と少しの間離れ、一人になって冬の水に向きあったからこそできた句といえる。また、この吟行で他の参加者から刺激を受けたこと、提出句（投句）の締切とその後の句会があるということも句作への緊張感を生んだ。吟行の効用によって生まれた名句の一つなのである。

〈日常吟〉　旅や吟行で新鮮な刺激を受けての句作もよいが、それだけが作句の方法ではない。日々の暮らしの中でも新たな気持ちで周囲を見渡せば、それまで気付かなかった季節の変化や、見ているようで見えていなかった自然や人々の生活の様子に気付くこともある。その中で日常の雑事に追われて見失っていた自分自身を意識することもあるだろう。これらはすべて俳句を作るきっかけとなる。

石田波郷の次の言葉は、昭和二一年、『鶴』復刊号に掲げられたものである。日常吟ということにふれる際、これまでよく引用されてきた。

俳句は生活の裡《うち》に満目季節をのぞみ、蕭々《しょうしょう》又朗々たる打坐即刻のうた也。

俳句を作るために特別な場所へ行く必要はない。日常生活の中でそれぞれの季節の句を作ればよいのである。石田波郷もこの主張の通り、その時々の生活の中から佳句を生み出してきた。

バスを待ち大路の春をうたがはず　石田波郷

故郷の松山を離れ、東京に出てきた二十代の頃の作品。都会の大通りでバスを待つという日常が詠われている。街並や街路樹、空の様子や空気の匂いから、春という季節を感じたのだろう。

初蝶やわが三十の袖袂　石田波郷
雁《かりがね》や残るものみな美しき
西日中電車のどこか摑《つか》みて居り
蚊を搏《う》つて頰やはらかく癒えしかな
春雪三日祭のごとく過ぎにけり
元日の日が当たりをり土不踏《つちふまず》

三十歳、而立を迎えた感慨から、応召、戦後の入退院を繰り返す日々まで、日常を詠みながら、その日常を取り巻く環境や自身の状況がさまざまに変わっていった。その時々の思いは俳句には直接述べられていないが、これらの句からはそれが伝わってくるようである。初蝶なら清新な印象というように、それぞれの時に詠まれた季語の持つ連想力、作中人物との関係が、読み手に作者の内面を想像させる。

〔女性作家の日常吟〕　高浜虚子が女性のみの句会を始め、ホトトギス誌にもその投句欄を設けたのは、大正二年のことである。家事、育児を繰り返す毎日を送っていた女性にとって、家庭を離れた句会や創作発表の場であるホトトギス誌への掲載は、表現意欲のある女性たちにとって、自己実現の場となった。

短夜や乳ぜり泣く児《こ》を須可捨焉乎《すてっちまおか》　竹下しづの女
あはれ子の夜寒の床の引けば寄る　中村汀女
羽子板の重きが嬉し突かで立つ　長谷川かな女
大佛の冬日は山に移りけり　星野立子

これらの句は、繰り返される日常生活の中の喜怒哀楽、移り変わる自然の姿を確かにとらえた佳吟として今に伝わっている。一方で、日常生活の報告に過ぎないような句も多く作られた。それらは男性から台所俳句などと呼ばれ揶揄されたのだが、それでも俳句は女性の表現意欲を満たす一つの方法として普及していく。女性にとって俳句の世界に入りやすい環境が整っていった。数多くの女性作家を生む契機となったのである。

先の石田波郷の言葉にある通り、「俳句は生活の裡に満目季節をのぞみ」、そこに詩情を見出すことができるものである。普段と気分を変えて生活の周囲を見渡すと、家庭や職場、学校等の内外の様子に、季節の変化が見えてくるだろう。それを季語として認めることができたら、俳句作りに一歩踏み出したことになる。寒い、暑いという言葉も時候の季語となる。空の様子を見て天文の季語を探してみてもよい。山や川、海などが見えれば地理の季語もある。祭などの行事や更衣などの生活の季語、さらに動植物など、意識して見渡せば、一日の生活の中で数多くの季語と出会うことができる。そのためにも歳時記に親しみ、知っている季語を少しずつ増やしていきたい。

（7）連作・群作と一句の独立性

〔連作俳句〕　現代の俳句は五七五の一句で独立した形式を取るのが普通である。しかし、複数句による連作という形式もあり、過去にも盛んに作られた時代がある。現在もそのような形式で作品を発表する例もみられるが、連作俳句という名称はかつてほど使われない。連作俳句の一般的な定義は「一句では表現できない内容を、連作・並列する表現形式」（『俳文学大辞典』）である。

この連作という言葉が使われた例に、『ホトトギス』大正一〇年十月号、前田普羅による「俳句の連作に就て」がある。これは当時前田普羅が同誌上で担当していた課題句欄、すなわち課題の季語を詠み込んだ俳句を一般から募集する欄について書かれたもの。「一句が価値あると共に価値ある数句が連続して一つの詩境（一句が示すものとは全然異なったもの）を生み出す場合、それを条件として其の一群の俳句を入選せしむる」と、連作の価値について述べている。また、この文章には、『ホトトギス』の雑詠欄の中にも、「自然と連作になって居る」実例があるとし、自他の作品の例を示す。

鮓《すし》なるゝや暗きを出づる主顔　普羅
鮓なるゝ頃不参の返事二三通
押鮓の鯖生きてあり切らんとす
乳に流れてあまたの筋や苺の血　としを
乳の味舌を流る時苺噛みくだく

これらは作者が連作ということを意識せず、同じモチーフで複数の句を作ったにすぎないという可能性が高い。しかし前田普羅はこれらの複数句のまとまりに内容の関連性を見出し、一つの作品としてとらえている。連作俳句は、作者が連作を意識しているか、読み手が連作ととらえてその作品を受け取るか、そのとらえ方の面で二つの方向性がある。

作者が連作を意識して作った例としてまずあげられるものに、水原秋桜子の「筑波山縁起」がある。

筑波山縁起　水原秋桜子

わだなかや鵜の鳥群るゝ島二つ
天霧らひ男峰は立てり望の夜を
泉湧く女峰の萱の小春かな
國原や野火の走り火よもすがら
蠶《こ》の宮居端山霞に立てり見ゆ

昭和二年十一月、秋桜子は筑波山に吟行し、その成果を「筑波山縁起」五句にまとめ『ホトトギス』に発表した。後に句集『葛飾』（昭和五年、馬酔木発行所）等に収められるが、これがいわゆる連作俳句の始まりと言われる。秋桜子が現地を訪れたのは十一月だが、各句の季語は四季に渡る。連作といっても同じ対象を詠んだ句を並べただけではない。あらかじめ全体の構成を考え、句の配列がなされている。海の中の二島が筑波の山になり、やがて人の暮らしが始まる。そのような物語性が五句全体を貫き、一つの作品となっているのである。

赤城山　五句　水原秋桜子

コスモスを離れし蝶に谿《たに》深し
白樺に月照りつゝも馬柵《ませ》の霧
月明や山彦湖《うみ》をかへし来る
啄木鳥《きつつき》や落葉をいそぐ牧の木々
雲海や鷹のまひゐる嶺ひとつ

句集『葛飾』の構成は、春夏秋冬の各雑詠に連作を加えた五章となっている。この赤城山五句は秋雑詠の一部だが、先の「筑波山縁起」に比べると構成的な要素は薄い。同じ主題で作られた句群、すなわち群作と言うべきものである。しかし、連作と群作は明確に区別されないことも多く、このような群作も連作と呼ばれることがある。

蟲界変　　山口誓子

蟷螂の蜂を待つなる社殿かな
蟷螂の鋏ゆるめず蜂を食《は》む
蜂舐《な》ぶる舌やすめずに蟷螂《いぼむしり》
かりかりと蟷螂蜂の皃《かほ》を食む
蟷螂が曳きずる翅の襤褸《つづれ》かな

秋桜子『葛飾』とほぼ同時期、山口誓子の第一句集『凍港』（昭7、素人社書社）にも、連作俳句の試みが見られる。秋桜子は連作全体の構成を考えてその設計図から各句を製作したが、誓子の連作は少し異なっている。三谷昭は「新興俳句と連作」（『宮田戊子編新興俳句の展望』昭11、東洋閣）で、誓子の連作を「写実的態度に基いて、立体的或いは流動的な対象をモティーフの示す動向に随ひ一句一句制作して行く。かくて生れた作品を最後に配列するのである」とし、秋桜子の製作方法との違いを指摘した。

アサヒ・スケート・リンク　　山口誓子

スケート場四方に大阪市を望む
スケートの紐むすぶ間も逸りつつ
スケートの真顔なしつつたのしけれ
スケートの「君」横顔をして憩ふ
スケート場沃度丁幾《ヨードチンキ》の壜がある

〈スケート場〉〈沃度丁幾〉など、当時としては新しい素材を積極的に詠んでいる。これは連作に限らない誓子俳句の特徴だが、連作ではその新しい素材をさまざまな角度から詠み、一句では為し得ない世界の広がりを見せている。

【一句の独立性について】

さくらの風景　　高屋窓秋

さくら咲き丘はみどりにまるくある
花と子ら日はそのうへにひと日照る
灰色の街に風吹きちるさくら
いま人が死にゆくいへも花のかげ
はれし日はさくらの空もとほく澄む
静かなるさくらも墓もそらの下
ちるさくら海あをければ海へちる

秋桜子は、昭和四年以降、主宰する『馬酔木』において、誓子を選者とする連作俳句欄「深青集」を設け、連作俳句を推し進めていった。昭和九年にはその成果を『連作俳句集』（交蘭社）にまとめ、世に出している。秋桜子による「編輯者の言葉」に「連作俳句は馬酔木の業績のうち最も多く世論の対象となったものである」とある通り、当時の俳句界には、連作俳句についての議論があった。秋桜子は、約五年という短い期間で連作俳句は成功を収めたと自負し、その原因について「真摯なる論説」と「佳き作品」があったためとしている。右に引いた連作「さくらの風景」はこの『連作俳句集』に収められた八十五章の一つだが、高名な〈ちるさくら海あをければ海へちる〉以外の句は今はほとんど顧みられることがない。人の死の象徴的な存在として桜があり、最後の〈ちるさくら〉に向かって死と桜のイメージが収斂されていく構成となっているが、〈ちるさくら〉を除く六句は、やや感傷的な句というだけの内容にとどまっている。「ちるさくら」の句とともに七句の連作という構成の中で生きている句なのである。

連作俳句における一句の独立性という面では、同じ『連作俳句集』に次のような例もある。

並木　　加藤楸邨

この並木稲刈る音をはなれざる
この並木枯蓮ひかる田も沿へり
この並木小鳥のかげのまれにさす

加藤楸邨の連作「並木」は全六句で、右はその前半三句。後半の三句も上五はすべて〈この並木〉となっている。この連作、一句の独立性への意識は薄いと言っていいだろう。一句の独立性を重視する立場なら、これらの句は認められないということになる。しかしあくまで連作という形式を重視するなら、並木のある風景を複数の句で多角的に描くこのような構成方法もあり得たのである。

昭和九年、当時創刊されたばかりの『俳句研究』四月号に掲載された日野草城の連作「ミヤコ・ホテル」十句は、俳壇内外で賛否両論の論争を引き起こした。

ミヤコ・ホテル　　日野草城

けふよりの妻と泊るや宵の春
春の宵なほをとめなる妻と居り
枕辺の春の灯《ともし》は妻が消しぬ
をみなとはかかるものかも春の闇
薔薇匂ふはじめての夜のしらみつつ
妻の額《ぬか》に春の曙はやかりき
うららかな朝の焼麺麭《トースト》はづかしく
湯あがりの素顔したしも春の昼
永き日や相触れし手は触れしまま
うしなひしものをおもへり花ぐもり

十句の連作によって描かれた新婚初夜のフィクションは、室生犀星や西東三鬼の支持を得る一方、中村草田男、久保田万太郎らの非難を浴びる。俳壇だけでなく文壇をも巻き込んだ論争を引き起こした。しかしその論争は句のモチーフを中心としており、連作俳句自体の方法論には発展しなかったのである。

戦火想望　抄　　日野草城

『麦と兵隊』（火野葦平）に拠る

千里茫々として麦青きのみ
きのふ火を噴きしトーチカ青麦に
爆撃機爆弾《たま》を孕めり重く飛ぶ
大陸の黄塵を歯に噛みて征く

薄暮なり榴弾飄と飄と過ぐ
寝し兵も高粱殻《きびがら》も輝《て》り月更けぬ
裹《つつ》まざる骨にさわりぬ戦友《とも》を抱き
一弾のつらぬくまでのいのちなる
戦車より兵出て煙草くはへけり

太平洋戦争の時代に入り、その戦争が重要なモチーフとなっていった。ここに引いた連作は火野葦平『麦と兵隊』の読後感から戦場の様子を想像して作られたものである。作品は戦争という一つのテーマで貫かれている。無季の句も多い。しかし、世の中の戦時色が次第に濃くなる昭和一五年以降、このような俳句自体が弾圧を受けたため、連作俳句もその後の発展を見ることはできなかった。

連作俳句について、その第一の提唱者であった水原秋桜子が、後年次のように述べている。

この仕事は結局一句々々の独立性が希薄になるという欠陥のあることがわかった。前の句の意味を受けて後の句を詠むようにすると、それだけ前の句にもたれかかることになり、後の句だけでは意味を成さぬようになる。〈中略〉そのうちに各句とも同じ季語を使うのも感心出来ぬから、一句に季語があれば、つづく句は無季でもよいではないかというような考えを持つ人も出て来る。結局連作をよむことは、俳句では無理で、とかく安易に作りがちになり、俳句の独立性が失われるという結論に達したから、その後は全く作らぬことにした。

（『私の俳句のつくり方―時代による変遷―』）

これは水原秋桜子一個人の見解であるが、連作俳句に対する俳壇全体のとらえ方でもある。戦後も連作俳句という言葉が使われることはなかったのである。

〈戦後の展開〉 昭和二一年、俳句は桑原武夫「第二芸術」によってその思想性・社会性の無さを指摘された。戦後の俳句は、この指摘にどのように応えるかを課題として出発したが、その中で、社会や生活の現実に素材を求める社会性俳句に、連作俳句の影響が見られる。

能登塩田　　　　沢木欣一

塩田の黒さ確かさ路かがやく
汐汲むや身姙《みごも》りの胎《はら》まぎれなし
塩田に百日筋目つけ通し
塩田夫日焼け極まり青ざめぬ
一家額《ぬか》集め地の隙《すき》塩雫
海に日を沈め塩焼く火を守る
大釜に煮詰まる塩と夜明け待つ
夜明けの戸茜飛びつく塩の山
塩握り緊《し》め塩のなか塩の音
塩田さらば汗ほしいまゝ崖能登路

昭和三〇年夏、沢木欣一は輪島市町野町曽々木に上浜式塩田の作業を取材した。この時の取材から作られたのが「能登塩田」二十五句である。『俳句』昭和三〇年十月号に発表された。作品の冒頭に「輪島よりバスで二時間、町野町に一寒村あり、最も原始的な塩田を営む、嘗て二十を数へたが衰へて二、三残る」とある。滅びつつある伝統的な労働の姿を二十五句の作品にまとめた。右はその中から十句を抜粋したものである。

この一連の作品を連作俳句と呼ぶことはなかったが、このように一つの主題で複数句をまとめて発表することは盛んに行われ、この社会性俳句以外にも境涯俳句、風土俳句、療養俳句など、その主題による句群が数多く作られていった。

砂漠　　　　津田清子

はじめに神砂漠を創り私す
無方無時無距離砂漠の夜が明けて
己が根の深さどこまで砂漠の木
砂漠の木自らの影省略す
砂漠に立つ正真正銘津田清子
唾すれば唾を甘しと吸ふ砂漠
風に研がれ砂純粋に純粋に
砂漠戒第一条目を瞑るべし
砂漠戒第二条耳塞ぐべし

平成五年十一月、津田清子はアフリカのナミブ砂漠を歩き、その地で作った四十八句を、句集『無方』（平11、編集工房ノア）に収めた。右はその中の九句である。句集名の「無方」は「荘子」秋水篇にある言葉で、「人間の言語や思考で方向づけることのできない無限定の世界」と「あとがき」にある。砂漠という環境の中でどのような俳句ができるのか。ここにも一つの主題による複数句のまとまりが見られる。

この例のように、句集や雑誌等に発表される作品には一つの主題による一貫性のあるものが今でも作られている。かつての連作俳句と同じものととらえる見方もあるが、連作俳句という呼称は特に使われていないのが現状である。

［押野　裕］

3　応　用

（1）挨拶しよう　贈答しよう

〈年賀状に句を書くには〉 手軽に送れる電子メールが全盛の時代に、手紙やはがきを出す機会はめっきり減ってしまった。そんな現代であっても、心を込めた手書きの手紙をもらうのは嬉しいものだ。また、普段の通信は電子メールでも、年賀状だけは手書きのはがきで送りたいと思う人も多いだろう。

手紙には前文の「時候の挨拶」がつきものであるが、そのルーツは平安時代に遡る。中国から二十四節気の暦が導入され、『万葉集』、『古今和歌集』に季節の和歌が詠まれるようになると、それが手紙にも引用されて時候の挨拶になったとされる。平安の末期に藤原明衡《あきひら》が記した手紙の文例集『明衡《めいごう》往来』には、すでに新年の挨拶状の例文が掲載されている。

時候の挨拶と同様、俳句における季語も、和歌から連歌、連歌から俳諧、俳諧の発句から俳句へ……と詩歌の歴史をたどって現代まで生き続けてきたものである。

「座の文芸」と呼ばれる俳諧にとって、挨拶はたいへん重要であった。客人が当季の季語を入れた発句を詠んで挨拶をし、主人がそれに脇句を付けて応答することで一座が始まる。俳句は俳諧の発句から生まれたものであり、現代でも俳句に季語を詠みこむという行為そのものに、挨拶の思想は脈々と息づいているのである。

こうして見てくると、季節の言葉で挨拶をし、相手の安否を気遣うという手紙の前文の儀礼と、俳句に季語を詠みこむという挨拶の思想とは、根が同じである。そこに共通するのは「いま、同じ季節を生きているという奇跡を確認し、あなたを大切に思い、対話を喜ぶ」という心だ。高浜虚子が『虚子俳話』の「存問」の章で語った有名な言葉がある。

お寒うございます、お暑うございます。日常の存問が即ち俳句である。

「存問」とは、安否を問うという意味。相手に向かっての日常の挨拶が俳句だというのである。

さて、年賀状は新年を寿ぎ、相手の今年一年の幸いを祈って送る一年で最初の挨拶状である。そこに同じく挨拶を思想とする俳句を書き贈ることで、きっと相手の心に残るものになるだろう。では、いざ年賀状の一句を詠むとき、どんな点に気をつければよいのだろう。まず大前提は、新年の季語で詠むということである。歳時記には四季の部に加えて新年の部が設けられている。旧暦（太陰太陽暦）によっていた江戸時代、新年はそのまま春の始まり「初春《はつはる》」であった。だが明治時代に新暦（太陽暦）が採用されると、新年は冬に入ってしまった。明治以降の歳時記は新旧の暦が併用されているので、新年を冬とは別の、独立した季節として分類したのである。そのため新年の部の季語は数こそ少ないが、日本古来の正月の習俗と文化を知ることのできる味わい深い季語が多い。

次に句を詠むときの姿勢について述べたい。正月とは年が明けるとやってくる、新しい歳神《としがみ》を迎える行事である。たとえば今ではあまり意味を深く考えずに飾るが、門松は歳神が降臨する目印であるし、鏡餅も歳神へのお供え物だ。正月は歳神と過ごす非日常、つまり「晴《ハレ》」の時なのである。その反対が「褻《ケ》」であり、日常のことだ。前述の虚子の存問は、まさに褻の挨拶である。正月の挨拶は晴の挨拶であるから、晴の場を穢さないように気をつけて、明るく詠むことを心がけたい。しかし身構えることはない。なぜなら、新年の季語自体が晴のものであり、めでたさを多分に含んでいるものだからである。その季語を詠みこむだけで晴の気分は伝わるのである。たとえば「初景色」や「初雀」など、新年には「初」の付く季語がとても多いが、これは「初」の字を冠することで、見慣れた景色や、庭に遊びに来る雀といった日常＝褻を、晴に転換しているのである。正月の心で見ることで、万物が瑞祥に満ちたものとなるのだ。

年賀状に書く句のポイントは、このように新年の季語自体が晴であり、めでたさを多分に含んでいるので、ことさら観念的、抽象的にめでたさを言い募る必要はないということである。それよりもできるだけ景物を素直に、具体的に描写することで、ありありと晴の気持ちを伝えることができる。また年賀状だから、新年の決意を俳句で述べてみたくなるが、これも観念的に詠むと押しつけがましい。しかし決意を物に託して詠み、相手に想像させる余地を持たせることで余情を生み、成功させることができるのである。例を挙げて考えてみたい。

水底に元日の日のあふれけり　大野林火（『大野林火全句集』）

木綿縞着たる単純初日受く　細見綾子（『和語』）

橙のたゞひと色を飾りけり　原　石鼎（『原石鼎全句集』）

林火の句。元日に池を眺めていると、澄んだ水の底に日光がキラキラとあふれていた。風景を詠んだ中に新年のめでたさが良く表れている句である。綾子の句。縞を織り上げた単純で素朴な木綿の着物を着て、初日の出を全身に受けている。今年一年、気取らずに素直に生きようとする作者の決意が、身に着けた着物から伝わってくる。石鼎の句。〈橙飾る〉は新年の季語で、鏡餅の上やお飾りに橙を飾ることだ。橙色という明るい一色は、そのまま新年の明るい希望に通じる。その一色をもって、めでたさに代えているのだ。

俳句は挨拶の思想によって「いま同じ季節を生きるあなたを大切に思う」というメッセージを伝えることができる文芸だ。季語や物、風景に思いを託して具体的に詠むことを心がけながら、まずは年賀状で、そして四季折々の便りで、大切な人に俳句を書き贈ってみよう。

〈追善の句を作るには〉　近現代の挨拶・贈答句は慶弔の際に詠まれることが多い。追善の句を詠む場合、感情に流されるあまり、客観性を失って表現が上滑りしたり、故人の思い出を詰め込みすぎて意味が伝わらなくなるような事態は避けたい。贈答句の名手と言われ、『贈答句集』も刊行した高浜虚子は、序文で慶弔贈答句の難しさを次のように述べる。

贈答の句、慶弔の句の如きものは他の意の加はつたものであるから純粋の俳句といふことは出来ないかも知れない。然《しか》し、それでゐて平凡な句であつてはならない。他の意味も十分に運びしかも、俳句としてみてもなほ存立の価値があるといふやうなものでなくてはならぬ。そこが普通の俳句よりもむづかしいと言へば言へぬこともないのである。

慶弔の思いを十分に伝えながらも、同時に平凡ではなく、俳句としての価値も高い贈答句とは、いったいどのように作ればよいのか。その要諦についても、虚子は『虚子俳話』の「慶弔贈答の句」の章で伝えている。

慶弔贈答の句は、その意味が一方にあって、四季の諷詠が一方にある。その両者が一つになつたところに慶弔贈答の句の妙味があるのである。その場合慶弔贈答の意味のみが強く出て、四季の諷詠のおろそかな句は、句としてまづい。

追善の句においては、哀悼の思いと季語（四季の諷詠）とが一つに融合されること。ここでも「思いを季語に託す」という季語への信頼感がポイントとなるのである。『虚子五句集』から虚子の追善句の実例を見てみよう。

明治三十五年九月十九日・未明子規歿す

子規逝くや十七日の月明に

正岡子規が亡くなった時の追善句である。あまりにもシンプルで、一見、どこに哀悼の意があるのかと思ってしまうほどだ。しかし虚子の『子規居士と余』に当時の情況が詳しい。子規の臨終に立ち会った虚子は、碧梧桐と鼠骨に子規の死を知らせるために外へ出たのである。

その時であった、さっきよりももっと晴れ渡った明るい旧暦十七夜の月が大空の真中に在った。（中略）黒板塀に当っている月の光はあまり明かで何物かが其処《そこ》に流れて行くような心持がした。子規居士の霊が今空中に騰《のぼ》りつつあるのではないかというような心持がした。

子規逝くや十七日の月明に

そういう語呂が口のうちに呟《つぶや》かれた。余は居士の霊を見上げるような心持で月明の空を見上げた。

月は花、雪と並び「雪月花」と称される季語の代表格である。雪月花は、唐の詩人・白居易が遠方の友人、殷《いん》協律《きょうりつ》を思って詠んだ詩「殷協律に寄す」の「雪月花時最憶君（雪月花の時　最も君を憶ふ）」という詩句を出典としている。「雪、月、花が美しいとき、もっとも君のことを懐かしく思う」という意味だ。これが『和漢朗詠集』に収録されると、和歌や『枕草子』を始め、その後の日本文化、文学、芸術に大きな影響を与えてゆく。四季の景物に美を見出すことと、友を思う心が結ばれ、のちに季語の挨拶性にもつながってゆくのである。虚子の句は、眼前の月明かりを詠んだ実景であるが、その裏側には、こうした歴史を持つ季語への絶対的な信頼がある。

ほかにも虚子のすぐれた追善の句を挙げてみよう。

三月二十日『日本及日本人』碧梧桐追悼号。碧梧桐とはよく親しみよく争ひたり

たとふれば独楽《こま》のはぢける如くなり

河東碧梧桐は虚子と仲のよい同級生で、ともに子規に俳句を習い「子規門下の双璧」とうたわれたが、子規の死後は季題や定型にとらわれない「新傾向俳句」を打ち出し、虚子と対立していく。独楽を弾いて勝負する子どもの遊び「けんか独楽」に、その関係性がよく表れており、争いをも懐かしさに変えた見事な追悼句である。

明治四十一年九月・修善寺にあり。十四日、東洋城より電報にて「センセイノネコガシニタルヨサムカナ」と漱石の『吾輩は猫である』の猫の訃を伝へ来る。返電

ワガハイノカイミヨウモナキススキカナ

漱石の愛猫への追悼句、当意即妙な応答である。「吾輩は猫である。名前はまだ無い」という『吾輩は猫である』の有名な冒頭から、戒名もないと転じたユーモア。電報なので片仮名表記だが、それが小説の世界とも通じている。芒という寂しいながらも飄々とした植物の季語と、Kの音が響く調子のよさもこの句の味わいである。

追善に時間が積み重なり「年忌」となると、また違った俳句を贈ることができる。俳句を詠むことで、折々に故人を思い出し、しのぶことができるのだ。

明治二十九年・古白子一周忌

永き日を君あくびでもしてゐるか

若くしてピストル自殺をした子規の従弟、藤野古白の一周忌の句だ。俳人であり、文学を志して戯曲も残した。緊迫した自死から一年が経ち、このように大らかな句が詠めたことで、故人の魂にも平安が訪れていよう。

追善の句は、かけがえのない時と場で詠まれる。そのため誰の追善の句か、情況なども記憶・記録しておきたい。そんなときは虚子の句に付いているような「前書」が役に立つ。俳句は短く、複雑な情況は伝えきれないからだ。和歌の「詞書」に始まり、俳諧、俳句は伝統的に前書を用いてきた。最近では、俳句は一句で独立させるべきで、前書に頼らなければ意味の分からない句は避けるべきだという考えから、前書に批判的な風潮があるが、追善の句は前書も大切な要素となる。ただし、あくまでも虚子のいう「俳句としての存立の価値」のある追善の句を作ったうえで、前書を付すことを心掛けたい。

（2）句会に出よう

〔句会の魅力と運営方法〕　これまで贈答句の側面から、

俳句の奥にある挨拶の思想に触れてきた。俳句は「友とともにあり、同じ季節を生きている他者を大切に思う」というダイアローグ（対話）的な性質を歴史的に有している。「座の文芸」といわれる俳諧から生まれた俳句においては、現代の「句会」が「座」のダイナミズムをもっとも感じることのできる場と言えるだろう。句会は江戸時代後期、数人が集まり、その場で出された題（席題）によって発句を詠み、宗匠がその場で選をする「運座」という形式が元になっている。明治に入り、宗匠を置かずに参加者が公平に互選をする形式が編み出され、正岡子規の日本派の句会がこれを慣例としたことから、現在の一般的な句会の方式となっていった。現代では互選の後に指導者の選を受けるのが一般的となっているが、句会に参加するいちばんの醍醐味は、互選を通じての対話にこそある。

俳句は一人で作り、一人で楽しむこともできる。また新聞や雑誌の雑詠欄に投句して選者の選を受けたり、通信講座で添削指導を受けることもできる。この場合、作者は選者に向けて俳句を作り続けるのみだ。決して作者が選者になることはない。しかし句会の互選は、作者も選者になるのである。これは一方的に選を受け続けるのとはまったく違う驚きと喜びをもたらしてくれる。

句会の詳しいやり方は後ほど述べるが、句会では無記名で出句し、無記名のまま互選と合評（講評）が行われ、作者が誰であるかは最後にようやく明かされる。つまり句会という座においては、すべての俳句がまずは無名となり、公平かつ大切な「座の句」として扱われる。ここに作者の肩書などにとらわれない、日常とは別次元の、純粋に俳句を媒介とした文芸的なコミュニケーションが生まれる。俳句は短く、すべてを語れないため、伝えたいことは読み手の想像力に委ねるしかない文芸だ。その想像の余地が多いために、じつは他者の自由な読解によって、自分の句に予想以上の膨らみが生まれることが多い。互選の選評によって「自分よりも自分の句の魅力を発見してくれる他者＝句友」と出会うことができるのだ。また同時に、自分自身がそのような他者（選者）になれるのである。俳句に限らず、自分の作品を発表するのは勇気がいるものだ。だからこそ自分以上の読みで対話してくれる信頼できる他者に出会えたとき、その緊張感は感動に変わる。句会の後には、互いの俳句の読解を通じて、日常では味わえない種類の友情が深まっていることに気付くだろう。

句会は次のような場所で開かれている。結社の句会、カルチャーセンター、地域の俳句会、大学などの学生俳句サークル、職場の俳句会などである。最近では公開句会イベント、句会ライブも開催されている。適当な句会がなければ、あなたが中心となって仲間を集め、句会を始めてみるのもよい。その場合、合評の発言を活発にするために、十人を超えない程度の人数が理想的だ。

次に、句会はどのように進行するのか、その運営方法を具体的に説明する。

〔準備〕

・机をロの字型等に配置して、参加者全員が机を囲んで座れるようにする。中央に司会進行役が座る。

・あらかじめ出句する句数と選句数、題を出す場合は題を決めて参加者に伝えておく。出句数は参加者が二、三十人を超えなければ一人五句、それ以上だと三句程度が進めやすい。俳句を事前に作って句会にのぞむ場合と、その場で作る場合とがあるが、出句締切時間も決めておくとよい。参加者は必ず未発表の新作を用意すること。

・短冊と清記用紙を用意する。短冊といっても、金銀箔で装飾された市販の分厚い短冊のことではなく、単にコピー用紙や裏紙等を細長く切ったものである。短冊一枚に一句が書かれることになるので、出句数×人数分の枚数を用意する。書き損じを考慮して多めに用意するとよい。清記用紙は出句された句を一覧できるように清書する紙で、これもコピー用紙等を利用する。こちらは参加者の人数分用意する。

〔進行〕

①出句

短冊一枚に一句ずつ作った俳句を記入する。その際、作者名は書かないこと。記入した短冊は裏返して進行役に提出する。たとえば参加者が十人で一人五句を出句した場合、進行役の手元には五十句の短冊が集まることになる。

②清記

進行役は全員の短冊が集まったら、同一作者の短冊がばらけるように、集まった短冊を裏返したまま、トランプの要領で交ぜ合わせ、出句数と同数にして全員に配る。配られたら参加者は清記用紙に短冊の句を書き写してゆく。前述の人数の例でいうと、各自の清記用紙には五句が清書されることになる。これによって作者の筆跡などもわからなくなるので、誰の俳句なのかまったくわからなくなる。大切な「座の句」なので間違えないように書き写すこと。写し終わったら清記用紙に番号を振る。進行役を一番とし、左隣へ号令をかけて番号を送り、自分の番号を清記用紙の左上に記入する。最後の番号の人は番号の後ろに「止メ《とめ》」と書き、この清記用紙が最後の紙であることを示す。

③選句

句を選ぶことを選句という。清記用紙に番号を記入したらそのまま選句を始める。まず手元の清記用紙からよいと思った句を選び、番号とともに自分のノート等に書き抜いておく。これが予選となる。選び終わった清記用紙は右隣の人に回し、左隣の人から次の清記用紙を受け取る。先ほど清記用紙に書いた番号が増えてゆく形となる。選をすることが大切なので、全句を書き写すことは避け、用紙を回す流れが滞らないように注意する。自分が清記した用紙が手元に戻ってきたら全句に目を通したことになるので回すのを止める。次に、あらかじめ決められた選句数に絞り込む。句会によっては、特によいと思った句を特選、それ以外の選を並選（正選ともいう）とし、それぞれ選句数が決められている場合もある。たとえば「五句選のうち一句特選」など。大切かつ基本的なことであるが、自分の句は絶対に選ばないこと。他者の句の選者となることが句会の醍醐味である。

④披講

　選んだ句を読み上げて発表することを披講という。選んだ句を自分で披講する場合と、披講係が披講する場合とがある。係が披講する場合は、事前に「選句用紙」を用意し、各自が選句と選者名を記入して披講係に提出する。自分で披講する場合は、進行役またはその左隣の人から順番に披講してゆく。披講者はまず選者名（各自で披講する場合は自分の名前）に「選」をつけて「山田太郎選」のように言ってから、清記用紙の番号とともに句を読み上げる。番号が小さい句から披講し、特選句がある場合は最後に読み上げる。参加者は手元の清記用紙の番号の句が披講された場合「ハイ」と返事をして、清記用紙の該当の句の上に選者名を書く。これでどの句を誰が選んだかが明確になるのだ。選者は最後に「以上、太郎選でした」と選者名を言って締める。並選を一点、特選を二点など、あらかじめ得点を決めておき、点数を記録する場合もある。これを点盛りという。

⑤合評（講評）

　全員の披講が終わったら、進行役は清記用紙を集め、それを見ながら選ばれた句に対して一句ずつ、選者にその句を選んだ理由を述べてもらう。また各人に感想を聞くこともある。通常は高得点を集めた句から合評する。ここが互選句会のもっとも楽しいところで、作者を伏せたままで、その句の良さについてディスカッションするのである。他者の鑑賞を聞くことで、選者としての自分の解釈が浅かったことに気づけたり、自分が見逃した句にも他者の鑑賞で魅力を発見したりする。また作者としては、自信をもって作った句が誰にも選ばれずに、逆にあまり自信のなかった句が高評価を受けることもある。他者の鑑賞によって自分の作品を客観視することができるのである。このように合評は選者としても作者としても磨かれる場である。指導者がいる句会では、各自の選評の後に講評やアドバイスをもらう。こうして、ひととおりその句についての合評が終わったら、進行役が「作者はどなたでしょう」と参加者に尋ね、そこで作者が名前を言う。これを名乗りという。進行役は清記用紙の該当句の下に作者名を書く。ちなみに披講のときに名乗りを済ませてしまう形式の句会もよくある。ただし合評の後で名乗る方が、作品本位の批評がしやすい。

　以上が一般的な句会の流れである。ほかにもさまざまな句会の方法があるので紹介する。

〔題詠と当季雑詠〕　題詠とは、決められた題によって俳句を作ることで、句会の前にあらかじめ決められた題を「兼題」、句会の席上で出される題を「席題」という。題は「雪」「月」など当季の季語（季題）である場合が多いが、ほかに「机」「眼鏡」など季語以外の言葉を詠み込む題もある。また「数字しばり」など、数字であれば何を詠み込んでもよいというような「しばり」という方法もある。

　当季雑詠とは、「雑」が「もろもろの」の意味で、その季節の季語の俳句であれば何を詠んでもよいということである。現代の句会は当季雑詠で行われることがほとんどだが、題詠もぜひ行ってみたい方法だ。題の限定があることで、かえって思いがけない発想が生まれることが多く、題を通じて同じ土俵の様々な句を比較鑑賞でき、参加者に一体感が生まれ、合評が活発になりやすいからである。子規の日本派の句会では「一題十句」の題詠を行い、一つの題を徹底的に掘り下げることで新たな境地を摑むことを行った。

〔袋廻し〕　題詠の一種である。参加者全員に短冊と袋（茶封筒などが適当である）を配る。参加者は他の参加者に見えないように自分の袋に題を書く。一題五分など制限時間を決め、進行役の合図で順に廻し、廻ってきた袋の題で時間内に句を作り、書いた短冊を袋の中に入れていく。一巡したら出句終了。あとは前述の句会と同様に進行する。席題よりもさらに即興性が高いので、瞬発力や高い集中力によって、思いがけない句ができる。袋廻しは句会後の座興の遊びとして行われることがほとんどである。

〔吟行〕　句会当日に参加者全員で戸外へ出かけ、散策しながら各々が句を作り、その後に句会をするのが吟行句会（吟行会）である。同じ時と場で、仲間と同じ季節の景物を味わうことができるのは楽しいものだ。その場で見たものを詠む嘱目吟となるが、同じものを見ていても作者によって視点が異なり、他者の視点や表現の違いに学べる点が多い。現代でも盛んに行われている形式である。

〔詠むことと読むこと〕　これまで述べてきたように、句会とは一人の参加者が作者と選者の両方を経験する場である。俳句では、作者として句を詠むことと選者として句を読むことは「車の両輪」に例えられる。俳句は短く、読者の想像の余地が多い文芸なので、作者の句と選者の読解とが相まって一つの俳句が完成するという考えである。「選は創作なり」という高浜虚子の有名な言葉があるが、俳句においては作ることだけでなく、選もまた創作といえる。それだけに選者の役割と責任は重い。そこで初心の頃は結社の主宰など、膨大な数の投句者の句を読み、選を行ってきた経験豊富な選者について学ぶことが有益となる。結社の主宰が指導する句会の場合、他の参加者が誰も選ばない句を主宰のみが選ぶことがある。逆に高点句が選ばれないこともままある。俳句の読解に正解はないが、多くの俳句を読んできた選者だからこそわかるその句の魅力や欠点があり、その選句眼には学ぶところが多い。このように経験豊富な選者に学びつつ、一方で互選と合評のディスカッションを積み重ねて自身の選句眼を磨いてゆくと、やがて自作を客観視する力も付き、結果的に作者としても力が付くのである。詠むことと読むことが俳句にとって両輪であることと、句会はその両輪がうまく回転し、俳句を媒介としたコミュニケーションが生まれる現代の「座」であることを確認しておきたい。

(3) 結社・グループに参加しよう

〈自分に適した結社誌、同人誌を見つけるには〉 自分の俳句を誰かに読んでほしい、俳句仲間がほしい、本格的に俳句を学びたい、と思ったときには「結社誌」「同人誌」などの俳句雑誌に参加するという道がある。結社や同人誌のグループは、それぞれに句会も開いており、句会に参加したい場合も、これらの雑誌への参加が一つの選択肢となるだろう。「結社誌」「同人誌」それぞれの特徴を知って、自分に合った雑誌に参加したい。

〈結社誌の特徴〉 俳句における結社とは、結社を主宰する俳人の文学理念や俳句観、作品に共感し学びたいと思う人たちが、結社発行の俳句雑誌である結社誌の会員となり、その投句欄である「雑詠欄」に、自分の作品を投句することを活動の中心とした集団である。主宰は雑詠欄に投句された会員の句の選者であり、主宰と会員とは必然的に師弟関係となる。結社誌は月刊であることが多く、毎月雑詠欄に投句することにより、継続的に選による指導を受けることになる。投句する句数はあらかじめ定められているが、その中で結社誌には主宰の選を通過した句のみが掲載されるので、どの句が通過したのかを読むことによって、会員は自作を客観的に読み直すことができるのである。時には添削されて掲載されることもあり、その添削にも学ぶ。

雑詠欄の掲載順の序列のつけ方には主宰の選句基準が反映され、また投句者一人一人の長所を伸ばし、会員同士が切磋琢磨する場としての意味を持っている。自分の作品の掲載順位や掲載句数が毎月上下することが、会員にとっての重要な上達の指標となるのである。雑詠欄の最初に掲載される投句作品を「巻頭」と呼び、巻頭を占めることは会員にとって名誉となる。また主宰に認められて同人になると、主宰の選を通さずに自選で作品を発表する欄が与えられることもある。このように結社誌とは、自作の投句と主宰による選句を通じて「詠み、読む」を誌上で学ぶ場なのである。

結社の活動のもう一つの大きな柱が句会である。結社では毎月複数の句会を開催することが多く、句会に出ることで主宰の直接指導を受けられる。結社の規模にもよるが、地域ごとに句会が開かれている場合が多いので、結社に入会したら近所の句会に参加してみると、誌上で名前を知るだけだった他の会員とも知り合うことができ、句会仲間ができる。句会の見学は会員以外にも開かれていることが多いので、その結社の雰囲気を知るために、まずは見学に行ってみるのもよいだろう。

結社とは厳しい修行の場を想像するかもしれないが、現代では俳句を学ぶ会員の目的や楽しみ方も多様化しており、実際には理想を高く掲げつつも裾野の広い結社がほとんどで、初心者への指導を丁寧に行うところが多い。

俳句結社も年々細分化しており、結社の数は二〇〇五年の推計で全国に八百から一千ほどもあるといわれ、結社に集う人の数も「ホトトギス」のような数千人規模の会員数を持つ結社から、数十人の結社まで多様である。結社は会員の姿勢によって、厳しさを求めれば厳しさで応え、楽しさを求めれば楽しさに応える仕組みであり、俳句を師に学び、仲間とともに句会を楽しむ一つの「座」として機能している側面も大きい。

〈同人誌の特徴〉 結社誌が主宰を頂点とした師弟関係のもとに発行されており、掲載される句も主宰の選を経ているのとは違い、同人誌は特定の主宰を持たず、全員が平等の立場で自選の作品を発表することができる俳句雑誌である。結社誌に比べ、編集企画にも同人の自由な意見が反映されるため、批評や研究に力を入れるなど、同人誌ごとに特色が出やすい。基本的には書きたいものを書けるが、同人誌であっても代表者が主宰に近い立場で編集方針を決めている場合もある。このあたりは同人誌ごとにまったく性格が異なるので調べておきたい。同人誌は結社誌と比べて自由である一方、参加者が少人数のことが多く、運営の個人的負担が大きいことや、同人同士の意見の相違などから簡単に解消できるため、結社誌に比べて雑誌が短命に終わるケースも少なくない。月刊誌もあれば、季刊など緩やかな発行ペースのものもある。

句会については、頻繁に行う同人誌もあれば、誌上の作品がすべてであるとして、句会をほとんど行わない同人誌もある。

同人誌を発行するきっかけはさまざまだ。たとえば結社誌に所属していた俳人が、主宰の選にとらわれない自由な表現の場を求めて創刊するもの、異なる結社に属する俳人たちが結社の枠組みを超えて（超結社という）活動するために発行するもの、前衛俳句運動の拠点に端を発するもの、学生俳句会の出身者や結社に属さない若手グループが作品掲載の場として発行するものなど、創刊の経緯や同人の属性もさまざまである。また最近では著名な俳人でも結社を起こして選者になる道を選ばず、平等な発表の場を望んで同人誌を発行することがある。結社誌と同人誌の両方に所属する俳人も少なくない。

同人誌はその発行経緯からもわかるとおり、ある程度の経験を積んだ参加者が多い。また気心の知れた仲間と発行することに重きを置いている同人誌の場合は、新たに同人を募ることもしないので、同人誌に参加したい場合は、その同人誌が誰でも自由に参加できる雑誌なのかどうかを確認する必要がある。

近年ではインターネットの普及により、若手俳人を中心に、紙媒体の雑誌ではなくインターネットのブログを活用した「ウェブマガジン」形式で同人誌を創刊、定期的に配信することで活動するグループも登場している。ウェブマガジン（ブログ）は雑誌を発行するよりも手軽で運営資金も格段に安く、パソコンやスマートフォンなどインターネット端末があれば誰でも無料で読めるため、読者も限定されない。ウェブマガジンで掲載した内容を再編集して紙媒体の同人誌として発行するような、媒体を横断した同人誌も生まれている。

〈結社誌・同人誌の探し方〉　以上のように結社誌と同人誌の特徴をまとめると、指導者について俳句指導を受けたい場合は結社誌、自由に作品を発表したい場合は同人誌への参加が向いている。まずはそれを決めてから探すとよい。

結社を選ぶ際に最も重要なのは、その結社の主宰の作品に感銘を受け、学びたいと思える俳句観を持っているかどうかである。それが将来の自分の俳句および俳句観を育てる上での道標となるからだ。結社選びとは、師を選ぶことだともいえる。初心の頃は身近な先生について始め、本格的に自分の俳句を深めたいと思ったときに、自分に合った師を選び直すという方法もある。

同人誌を選ぶ際は、実際に見本誌を取り寄せてみて、この同人誌で自作を発表したいかどうか、集う同人が魅力的か、どんな特集を組んでいるか、発行のペースが自分の書きたい欲求に合うか、そもそも同人募集を行っているか、などが選定のポイントとなる。結社誌が学びの場としての性格が強いのに対し、同人誌選びとは、純粋に発表の場選びである。

では自分に合った結社誌や同人誌を探すにはどうしたらよいか。もっともポピュラーな方法は、書店で販売されている主要な俳句総合誌が年に一度出版する「年鑑」を見て探すことである。『俳句年鑑』（角川文化振興財団）、『俳壇年鑑』（本阿弥書店）などがあるが、年鑑には全国の主要な結社誌・同人誌の主宰や代表の句、文学理念、そこに参加する俳人の句、一年間の活動状況、発行所の連絡先などが一覧で掲載されているので探しやすい。たとえば『俳句年鑑二〇二四年版』（角川文化振興財団・『俳句』一月号増刊）には、全国の結社誌・同人誌等の俳誌が五百六十誌掲載されている。気になった結社誌や同人誌を読んでみたい場合には、発行所に見本誌を請求することができる。誌代は一冊千円前後のところが多い。複数の結社誌や同人誌を見比べて検討してみるとよいだろう。

また近年ではインターネットで情報を配信する結社や同人誌も増えており、検索して探すのもよい。インターネット上の俳句総合誌ともいえるウェブマガジン『週刊俳句』（http://weekly-haiku.blogspot.jp/）の俳句関連ホームページへのリンク集なども参考になる。

さらにカルチャーセンターの講師や地域の俳句会の指導者、新聞・雑誌・テレビ等のメディアで見る選者は結社の主宰や同人誌の代表であることが多いので、そこで学んでみて自分に合うと思えば、その指導者の雑誌でさらに学ぶという方法もある。

（4）発表しよう

〈句はいかに並べるか〉　俳句は一句で完結するものだが、発表する際には、数句から数十句の俳句に表題を付け、一つの作品として発表することが多い。俳句作家の登竜門と呼ばれるような公募の俳句賞では、五十句や三十句の俳句に表題を付けた作品が審査の対象となる。俳句を一句詠むだけなら誰でもできるが、ひとまとまりの作品として発表するとなると、客観的な自選力と編集力が必要となり、作者の力量が問われる。逆に言えば、自作をひとまとまりで発表することが、本格的な俳句作家への第一歩なのだ。

句を発表しようと思ったとき、半年や一年かけて作りためた俳句をまとめる場合と、連作・群作のように、あるテーマのもとに短期間で創作する場合とがあるだろう。長期間かけて制作した俳句を並べるときは、季節をまたぐことになるので、季節に沿って句を並べ、四季の流れを妨げないことが大切である。どの季節から並べ始めてもよいが、春の句の後ろに冬の句が来るようなあべこべの並べ方や、春の句の中でも初春、仲春、晩春の季語が遡る並べ方は避ける。連作・群作の場合は、単調にならないように起承転結を考えて並べ、一句では表現できない世界が立ち上がるようにその特色を生かしたい。

読者が真っ先に目にする一句目は何より大切である。自信のある句は最後に読ませたいと思いがちだが、ひとまとまりの作品を連句に例えれば、一句目は「発句・立句」にあたる。ここが全体の印象を左右するのである。自信のある句を最初に持ってきて、その季節から並べはじめるとよい。そしてちょうど歌のサビの部分のように、中盤より少し後ろで山場を持たせ、最後はまた印象的な句で終わりたいものだ。あるいは連句の挙句のように、さらりと軽く終えるのもよい。

俳句を並べるときは、裏紙などを短冊に切って一句ずつ書き、それを並べ替えながら句の順番を考えていくと整理しやすい。一句をどの位置に置くかによって、全体の輝きが変わってくるのがわかるだろう。何度も並べ替えているうちに、推敲したり差し替えたくなる句がでてくるはずだ。そうした推敲、差替えを経て、作品は力強さを増していくのである。内容・季語に注意して並べ終わったら、今度はリズム・切字に注目して全体を眺めてみよう。「や」「かな」や「けり」など同じ切字や体言止めが何句も続いていないだろうか。特に下五に同じ止め方が続くと、読んでいて単調になりがちだ。句の編集には内容とともにリズムも大切なのである。最後に誤字脱字、歴史的仮名遣いに間違いがないかを入念にチェックし、さらに一晩おいて頭を冷やして見つめなおす。そうした時間をかけた推敲と編集は、必ず読者に伝わる。

〔表題はいかに付けるか〕　俳句の並べ方以上に難しいのが表題の付け方だ。俳句作品では、一句の言葉から一部を抜き出し、それを表題にすることが多い。その場合は作品全体を見て、主題や一定の雰囲気が表れていたら、主題や雰囲気を代表する一句の中から表題を付けるとよいだろう。どの句を表題にするか迷う場合は、自信作から付けよう。表題に使われた句にはおのずと注目が集まるからだ。表題の句があまりよくないと、読者が拍子抜けしてしまう。

表題にする句が決まったら、今度はその句の中のどの一語を表題にするかを考えよう。読者が先を急いで読みたくなるような、「おや」と思わせる表題にしたい。たとえば次の虚子の代表句を表題にすると仮定して、どの言葉を選ぶか、実際に考えてみたい。

去年今年貫く棒の如きもの　高浜虚子（『虚子五句集』）

まず季語の「去年今年」を表題にした場合は、ゆく年くる年の感慨が一作のテーマであるような印象を受ける。季語を表題にすると、その季節感が作品全体を覆うのがわかるだろう。歳晩や新年の句が多い場合に向いている。

次に「貫く」はどうか。「何が何を貫くのだろう」と、読者を「おや」と思わせることができそうだ。「貫く」のイメージからは、鋭さや強さを感じさせる。作品全体にきびきびした調子の句が多い場合は特に合いそうだ。

次に「棒」ではどうだろう。この句の場合は、棒そのものを詠んでいるわけではないので、表題を読んでからこの句を読むと、微妙にずれた感じがする。そのずれに読者が膝を打つかもしれない。表題で「おや」と思わなくても、この句にたどり着いてそう思うのだ。

それでは「棒の如き」にしてみたらどうか。これも読者が「棒のような、とは何だろうか」と、次を読みたくなる仕掛けが効いている。先ほどの「貫く」よりは、表題の雰囲気がやわらかくなるので、作品全体に柔らかい句が多ければ「貫く」よりも向いているだろう。

最後に「如きもの」ではどうか。これも「何だろう」と思わせられる。やや摑みどころがなさすぎる気もするが、茫洋とした雰囲気を狙うならよいかもしれない。

以上のように表題に正解はないので、一句から表題を付ける場合は、自作をよく読み、全体の雰囲気に合い、かつ読者が先を読みたくなるような一語を選ぼう。

次に、一句にはない言葉で表題を付ける場合であるが、これは連作・群作に多い付け方で、先にテーマを打ち出すことが多い。たとえば連作俳句の始まりと言われている水原秋桜子の「筑波山縁起」を見てみよう。

筑波山縁起　水原秋桜子（『葛飾』）

わだなかや鵜の鳥群るる島二つ
天霧《あまぎ》らひ男峰は立てり望の夜を
泉湧く女峰の萱の小春かな
国原や野火の走り火よもすがら
蚕《こ》の宮居端山《はやま》霞に立てり見ゆ

この連作は全体を筑波山縁起の「絵巻」になぞらえ、最初にしっかりと構成を決めて制作されたものだ。筑波山がかつて海から隆起したことを踏まえて景は海であり、季節は夏に始まり二句目は秋、三句目は冬、四句目は初春、五句目は春で終わる構成となっている。このような場合、「筑波山縁起」という表題でないと意図が伝わらないことがわかるだろう。連作・群作のほかに、一句にない言葉から表題を付ける場合として、吟行で詠んだ句に吟行地の地名を付けたりすることもある。

最後に、俳句は語らない文芸であり、表題を読めば以下の俳句を読まなくてもすべてわかってしまうような「語りすぎの表題」は、作品にとってマイナスにしかならない。表題と作品は不即不離であることを意識しよう。

〔短冊・色紙に揮毫して楽しむ〕　文学として俳句の内容を楽しむだけではなく、俳句には短冊や色紙に筆でしたため（揮毫という）、飾って「鑑賞」する楽しみがある。作者本人の筆跡で俳句を読めるので、活字では味わえない面白さがあるのだ。たとえば、自作を誰かに贈るときにも、短冊や色紙に書いて渡すとよい。無地の白い短冊や色紙のほかに、様々な装飾が施された料紙（用紙）が使われているものもあり、これもまた美しいものだ。文具店や書画用品店で購入できる。

俳諧の伝統を踏まえた短冊の書き方は、一句に題がある場合は上三分の一に小さく題を書き、下三分の二に句を書く。題がない場合は三分の二より一字と半字分上げて句を書く。句は一行で書くことが普通だが、二行に分けたり、行をそろえずに散らす「散らし書き」にしたりしてもよい。句の下には名前を書く。なお俳句では苗字は書かず、ファーストネームまたは俳号のみを使う。「松尾芭蕉」ではなく「芭蕉」のように書くのである。

色紙の場合は短冊よりもスペースが大きいので、基本は五・七・五を三行に分けて書くが、これも句の内容や雰囲気に合わせて散らし書きにしても面白い。スペースがあるぶん「余白の美」を活かし、文字の大小、字間や行間を工夫して美しく見せよう。

また俳句を揮毫するだけでなく、画に句を添える「俳画・俳画賛」に挑戦するのも楽しいだろう。俳画の大成者として名高い与謝蕪村を始め、俳句に写生を提唱した正岡子規も味わい深い俳画を残している。幕末・明治期の宗匠たちは、ほとんどが俳画・画賛を制作したと言われており、それは月次《つきなみ》句会の景品として、彼らの掛け軸や短冊が配られたからであった。現代でも俳句大会では、表彰時に選者の染筆が贈られることが多い。

〈インターネットをどう利用するか〉　インターネットについては前章にて、結社誌や同人誌を探す際の「検索」という側面から紹介したが、もちろん自ら「発表」する場にもできるのである。最近では個人が簡単にブログやSNSを始められるので、ブログやSNSで自作を発表する人も増えてきている。メリットとしては気軽に発表ができること、全世界に読者が持てること、冊子と違いページ数に制限がないこと、写真なども添えられること、読者がコメントを書き込める欄を設けておけば、そこから感想を聞けたり対話が生まれたりすることなど。

デメリットとしては媒体の特性上、俳句が横書きになってしまうことが大きい。これを解消するために、パソコン技術に長けた俳人の間では、縦書きの俳句を画像に変換してページ上に埋め込むような工夫がされている。

現在インターネットは、作品発表の場として以上に俳句批評の場としての広がりを見せている。発表の場としてもジャーナリズムとしても、今後はもっと使われてゆくだろう。また、インターネットの掲示板やメーリングリストを使った句会は、作品発表や批評の広がりに先駆けて、一九九〇年代後半からすでに行われてきた。近年では自動で集計もできるオンライン句会システムも作られている。インターネットを使えば日本全国、全世界の人と句会ができることも書き添えておく。

（5）作品集、句集、合同句集を編もう

昭和の初めまで、俳人たちが生前に個人句集を何冊も刊行することはほとんどなかった。句集は死後、門人らによって編まれることが常であり、個人句集よりも結社で合同句集を編み、出版することに重きが置かれていた。昭和一三年から一八年にかけて四季別に刊行された『ホトトギス雑詠選集』は合同句集の最高峰とされる。昭和に入って、ようやく個人がその時々の成果を句集で世に問うようになり、個人句集の時代が到来した。現在では、ほとんどの俳人が節目ごとに自作をまとめて句集を刊行しており、個人句集の出版が花盛りである。句集は自費出版であることが多いが、自分の句集を持つことは俳人にとっての一つの目標であり、誇りなのである。一方、合同句集も健在であり、結社や同人誌では、その雑誌の百号記念などの節目で刊行されることが多い。また、まだ個人句集が刊行されていることが少ない若手俳人を集めたアンソロジーも出版されている。

句集を編んで出版しようと思ったとき、最初に決めなければいけないのは、掲載する句を「自選」にするか「他選」にするかである。選者の存在が大きい俳句の世界では、結社に所属していると、特に第一句集の場合、結社の主宰による他選で出版されることが多い。自選にせよ、主宰の選を受けるにせよ、選句の大切さは107頁の〔詠むことと読むこと〕で述べたとおりである。

次に選んだ句を並べて編集してゆく。句集における句の編集・配列の方法は、大きく分けて三つある。

一つめは、制作年代順（逆制作年代順を含む）に配列する編年体の編集である。一年を一章とすることが多い。現在刊行されている句集のほとんどがこの編集方法を取っており、スタンダードなまとめ方と言える。編年体のよいところは、特に第一句集の場合には作者の成長過程がよくわかることや、時系列に並べることによって、作者の人生が意図しなくても句の背景に浮かび上がり、一句を読むだけではわからなかった句の厚みが、一冊の集積によって読後に感じられてくる点である。

二つめは、俳句を季節ごとに分け、歳時記のように季語別に配列する編集である。これは作者の没後に刊行される全句集など、全作品が確定している場合に行われやすい方法である。季語別編集のよさは、俳句を検索しやすいため、資料としての利便性が増すことである。その作者が好む季語や、同じ季語に対する作品の変化も見やすい。その資料性から、編年体など他の編集方法を取りつつも、巻末に季語別の索引を付ける句集もある。

三つめは、テーマごとに章を立てる、テーマ別編集である。編年体では作者の人生が垣間見えるルポルター

ジュ性が強まるのとは逆に、テーマ別編集ではフィクショナルな物語性やドラマ性が強まるよさがある。そのため、俳句に新たな表現を求めて詩的実験を行った戦前の新興俳句、戦後の前衛俳句系の作家に採用された例が多い。

高度情報化社会の現代では、さまざまな情報があふれ、それを無意識に「編集」して心に取り込むことが当たり前となっている。その影響からか、編年体とテーマ別編集をごく自然に融合させた「心象における編年体」ともいうべき編集スタイルも若手を中心に生まれている。

句集にすべき句を選び、編集を施したら、あとがきを書く。また最後に著者の略歴を付けるのも句集の定番である。さらに序文・跋文・栞文等を誰かに依頼して書いてもらうこともある。特に結社に所属している俳人が第一句集を出す場合、伝統的に主宰の序文を戴くことが多い。これは初句集という門出に対する主宰からの餞であると同時に、俳壇にその作者を知らしめる役割を持つ。

最後に装丁を行うが、これは多くの句集を出版し、ノウハウを蓄積している詩歌専門の出版社などがあるので、相談しながら進めるとよい。安価に読むことのできる電子書籍としての出版も、最近は増えつつある。

一句では多くを語れない俳句が、句集で集積させることによってその作者を語りだす。つまり、句集を出すことによって俳人の「作家性」が浮き彫りになるのである。また、句集を出版することで、同時代の読者とともに、後世の読者も得ることができる。句集は俳人にとって、過去の作品のまとめであると同時に、未来へとつながる発表の集大成なのである。

(6) 俳句と短歌・川柳・現代詩との差異は何か

俳句と短歌、川柳、現代詩はどう違うのだろうか。詩型の成り立ちや音数の違いから、差異は明確だと思われるかもしれない。しかし現代では各々の詩型が革新を行い続けた結果、詩型同士の表現領域に曖昧な重なりが生まれている。そこで差異とともに共通点も挙げてみよう。それが「俳句とは何か」を考えることにつながるだろう。

俳句・短歌・川柳は歴史的に根がつながっている。和歌から連歌が生まれ、連歌から俳諧が生まれた。そして俳諧から俳句と川柳が生まれたのである。一方で短歌は古代から和歌の一形式として親しまれてきた。現在和歌といえば短歌のことを指すが、和歌とは本来、漢詩に対して日本固有の詩歌を意味する言葉であり、古くは短歌のほかにも長歌や旋頭歌《せどうか》という形式もあった。

まずは短歌と俳句の違いについて考えてみたい。五七五七七の三十一音の短歌と五七五の十七音の俳句、音数の違いは明らかである。また、俳句は季語を詠み込む（無季俳句もある）が、短歌に季語を入れる決まりはない。俳句には切字があるが、短歌にはない。和歌の一形式である短歌にこれらがないのは、季語も切字も、複数の作者が連作する「連歌」の発句に対する約束事が起源だからである。複数の人が共同創作する場での挨拶が季語であり、和歌の合作ではなく連歌であることを示すために、発句と脇句の間をしっかりと切ったのが切字であった。

では、俳句と短歌の違いは音数や季語、切字の有無など、その形式の違いのみなのであろうか。詠まれる内容や表現に違いはないのか。短歌は「私《わたくし》性」「一人称の文学」と言われる。俳句が「座の文芸」であるのと対照的だ。詩人の吉本隆明は『言語にとって美とは何か』で、短歌にしかない喩の構造として、上句と下句が全く別々の具体的な像と心情的な意味を述べながら、それが対応するという「短歌的喩」を指摘した。俳句にも季語と季語以外の二物の取り合わせはあるが、それは具体的な像同士であり、喩の関係でもない。「具体的な像（もの）に託す」は短歌と俳句に共通の表現法と言えるが、短歌では具体的な像に託しつつ、対応した心情的意味を語るのであり、俳句は具体的な像を提示するのみで心情的意味は語らない。俳句と短歌の内容の大きな違いは、私の心情を作品の内に表出できるかどうかであると言えよう。

ラグビーの頰傷ほてる海見ては　寺山修司（『海に霧』）

ラグビーの頰傷は野で癒ゆるべし　自由をすでに怖じぬわれらに　同

試みに寺山修司が詠んだ同じモチーフの俳句と短歌を並べてみた。修司は俳句、短歌、詩、演劇、映画、小説等マルチな才能を見せた作家である。特に初期の高校時代は俳句と短歌に熱中し、同じモチーフで詠んだものも多い。寺山は俳句でも「私性」を志向したが、短歌と並べてみると心情的意味の有無がわかる。俳句のほうから読解してみたい。ラグビーは冬の季語。部活動だろう。ラグビーでできた頰の傷が、冬の海の潮風に曝されてほてっている。冷たい潮風が、頰の傷とラグビーの勝負で荒ぶった心にむしろ心地よい。「海見ては」の「ては」の循環に、海を見つめながら青春の様々な思いに心を巡らせる様子が浮かぶ。ただその思いは読者が想像するしかない。心情まで描かず（描けず）、読者の想像に任せるのが俳句の表現の特徴と言える。次に短歌を読んでみる。この短歌が詠まれたのは戦争の傷跡も生々しい戦後であることを念頭に置いてほしい。「ラグビーの頰の傷など、野で放っておけば治るのだ。すでに自由を謳歌することを怖れない、戦後の若者であるわれらにとっては」という意味になろう。戦後の自由にいち早く適応した若者の、少しくらいの傷をものともしない果敢さと、若者らしい驕りが表れている。「自由」という観念とそれを謳歌する心情が、ラグビーの頰の傷が野で癒えるという具体的な像と対応する。これが短歌の表現の特徴である。

しかし二〇〇〇年代に入り、短歌の若手作家の中に、私性が極めて薄く、具体的な像に心情を託すこともない、ふつうの言葉で誰にでもある心情だけを詠む作家が出てきた。まるでポップスの歌詞のようなその短歌は、短歌になじみのない若者の共感を呼んだ。逆に心情的意味が語れないとされてきた俳句では、若手によって、社会性俳句のような大きな思想を持たない「平凡な私のつぶやきのような心情」が表れた作品が詠まれ始めた。

かなしみはだれのものでもありがちで
ありふれていておもしろくない　増野浩一（『ハッピーロンリーウォリーソング』）

会社やめたしやめたしやめたし落花飛花　松本てふこ（『汗の果実』）

この潮流はSNSに、自分の日常のささやかなつぶやきを公開する感覚に近く、「平凡な自分、けれども他の誰でもない自分が語る私」という時代的共感を呼んでいる。この共感が、現代の短歌と俳句の表現領域に重なりをもたらしているのだ。

次に、川柳と俳句の違いについて見てみよう。音数は同じ五七五だが俳句には季語と切字があり、川柳にはない。これは俳諧の発句が独立したものが俳句であるのに対して、川柳は付句（平句）を前句から独立的に鑑賞するようになったものが起源だからである。川柳は下句の題を用意し、気の利いた上句を考えて技巧を競う「前句付け」の遊戯から発展した。たとえば「恐《こわ》い事かな恐《こわ》い事かな」の題に、「雷をまねて腹掛けやっとさせ」という上句を付けるといった遊びで、そのうち付合よりも一句の面白みを狙って独立してゆく。川柳は口語を用い、簡潔・滑稽・機知・風刺・奇警を特徴とするが、近代に入ると川柳の表現も多様化する。逆に俳句では新興俳句運動が起こり、無季俳句が詠まれるようになった。このとき俳句と川柳はかなり接近するのである。

手と足をもいだ丸太にしてかへし　鶴彬《つるあきら》（『鶴彬全川柳』）

戦争が廊下の奥に立つてゐた　渡辺白泉（『白泉句集』）

鶴彬は川柳作家。昭和一二年、日中戦争時の川柳である。渡辺白泉は新興俳句運動で無季派として活躍した俳人。昭和一四年の俳句である。どちらも反戦の作品だ。

戦後、川柳は個性的な自己表現へと変化し、短歌と同様に「私性」が導入されてゆく。時実新子は女性の情念を鮮烈に表現し「川柳界の与謝野晶子」と呼ばれた。

凶暴な愛が欲しいの煙突よ　時実新子（『有夫恋』）

現代では詩的飛躍のある川柳が多く詠まれ、逆に俳句では口語を用いた平句性のある句が多く詠まれている。俳句と川柳の境界はますます滲みあっているのだ。

式服を山のかなたに干している　樋口由紀子（『容顔』）

ピーマン切って中を明るくしてあげた　池田澄子（『空の庭』）

右の句が川柳作品、左の句が俳句作品である。

最後に、現代詩と俳句の違いについて見てゆこう。現代詩は二十世紀初めごろから書かれた詩で、日本では特に第二次大戦以後に書かれた詩を言う。現代詩に定型はなく、内容も自由であり、何をもって現代詩というかは難しい。一方、俳句では戦後、高柳重信が意識的に詩的スタイルとの近似をはかった「多行俳句」を創作した。多行俳句の、文字の配置工夫による視覚的効果や、一行ごとの孤絶性によるイメージの不連続と統合の相互作用で、一行の俳句にはない詩的表現を目指したのである。

立てば傾斜
歩めば傾斜
傾斜の
傾斜　高柳重信（『蕗子』）

明治時代、西洋近代詩の翻訳から日本の近代詩が始まり、そこから現代詩が生まれたのに対し、俳句はいまや「世界最短の定型詩」と言われ、世界中に翻訳され、愛好されている。欧米には、詩は二行以上であるという強い考えがあり、俳句が外国語に翻訳される際は、三行に分かち書きされるのが普通である。「俳句は一行書き」というのも、世界から見れば相対化されているのだ。

また、忘れてはならないものに碧梧桐の新傾向俳句に端を発する「自由律俳句」がある。すぐれた作品が詠まれ、俳句は必ずしも定型に限らないことを示した。

うしろすがたのしぐれてゆくか　種田山頭火（『山頭火句集』）

現代に「俳句を詠み、読む」という行為は、俳句と、隣接する各詩型それぞれの革新により、滲みつつある境界を知り、それを排斥してしまうのではなく、それでも「俳句とは何か」という根源的な問いを、一人一人が自問しながら、創作・味わうことに他ならないのである。

〔参考〕高浜虚子『虚子俳話』（昭44、新樹社）、『贈答句集』（昭21、菁柿堂）、『虚子五句集（上）（下）』（平8、岩波文庫）、小澤實『俳句のはじまる場所』（平19、角川選書）、片山由美子・谷地快一・筑紫磐井・宮脇真彦編『俳句を作る方法・読む方法』『俳句の広がり』（平21、角川学芸出版）、吉本隆明『定本　言語にとって美とは何かⅠ』（平13、角川ソフィア文庫）、『現代俳句大辞典』（平20、三省堂）、『俳文学大辞典　普及版』（平20、角川学芸出版）、『現代俳句ハンドブック』（平7、雄山閣）

〔相子智恵〕

Ⅶ　俳句教育のために
——俳句を読む能力を育む

はじめに
一、教科書の中の俳句
二、俳句教育のあり方
—詩歌教育の一環として
三、俳句教育の具体例
—日本語の豊かさを身につける
「教科書」指導書
小学校低学年用教材　読解篇（解説）
小学校中学年用教材　読解篇（解説）
小学校高学年用教材（解説）
中学一年用教材（解説）
読解用（解説）
実作用（解説）
中学二年用教材（解説）
読解用（解説）
実作用（解説）
中学三年用教材（解説）
読解用（解説）
実作用（解説）
高校一年用教材（解説）
読解用（解説）
実作用（解説）
高校二年用教材（解説）
読解用（解説）
実作用（解説）
高校三年用教材（解説）
読解用（解説）
実作用（解説）

はじめに

現代にあって日本の古典詩歌、とりわけ和歌・俳句に対する理解力の低下は、相当深刻な段階に来ていると言わざるをえない。詩歌の理解不足は、詩歌を核として成立してきた日本の古典文学そのものへの理解を浅薄にし、詩歌の趣向を取り込み、詩歌を共通基盤として成立してきた日本文化をも私たちから遠ざける結果をもたらしているとも、いうことができるだろう。詩歌への興味を、教育の場において引き出すには、どうしたらよいのだろうか。詩歌の教育は、どのように行われてゆくべきなのだろうか。以下、それについての問題点をいくつか指摘しつつ、その一試案をここで述べておこう。

一、教科書の中の俳句

平成二三年度版、小学校の国語教科書を一覧すれば、次のような句が教材として並べられている（西嶋あさ子「俳人協会夏季俳句指導講座委員会まとめ」による）。

古池や蛙飛び込む水の音　芭蕉
閑かさや岩にしみ入る蝉の声　芭蕉
五月雨を集めて早し最上川　芭蕉
荒海や佐渡に横たふ天の河　芭蕉
山路来て何やらゆかしすみれ草　芭蕉
草の戸も住み替はる代ぞ雛の家　芭蕉
夏草や兵どもが夢の跡　芭蕉

小学校では、三年と六年に俳句教材が採用されており、そのうち芭蕉の俳句を挙げてみた。もちろん、いきなりこの句はどんな句か味わおうなどというのではない。音読して俳句に触れさせようとか、季語を抜き出してみようとか、この句を読んでどんな感想をもったか、という程度の入門として、これらの句が並べられているのである。だが、これらの俳句から何を教えるのだろう。指導要領に照らして言えば、名句に触れ、俳句がどういう詩なのかを、季語や切字、句に描かれた情景を思い浮かべるように、といったことを目指しての教材なのだが、果たしてそれが効果を上げているか否か、甚だ疑問である。例えば、〈古池や〉の句について小学生がどのように学習するか、想像してみよう。

切字「や」の前に置かれた「古池」がこの句の舞台であり、そこに蛙が飛び込んで水音を立てたということが書かれているということは、説明して理解させることができるだろう。それによって、俳句という詩が、日常文と異なって、言葉の断片を並べながら、一つの世界を切り取って提示しているものだ、と理解させることになる。問題は、そこからであろう。「古池」とはどんな池なのか。なぜ蛙は飛び込むのか、水の音とはどんな音なのかなど、この句の世界について具体的に話し合うことで、この句のおもしろさに迫れるか、どうかである。例えば筆者の場合、筆者は田舎育ちで、家の周りが水田だらけだったから、畦道を通れば、足下から次々に蛙が水に飛び込んで水音を立てることがよくあった。そんな筆者ならば、古池の周りを歩いていると蛙が飛び込んで水音を立てたのだと理解したかも知れない。そんな筆者に、誰かが、「蛙」は見えなかったのであって、〈水の音〉だけがして、それで蛙が飛び込んだことが分かる、と発言してくれれば、解釈は一歩進むことになろう。そこで、教師が「古池」とは、古い池だから、そこに池があることも忘れられている池で、しかも草がぼうぼうと生えたままで、池の水面も見えないような池だと説明すると、児童たちは「水音で古池があることに気付いたんだ」など と、この句の核心に迫ることができるかもしれない。あるいは、〈水の音〉が一回だけなのか、「古池」の周りは静かなのか、などと問うてみてもよいだろう。そうした議論のなかで、散文的に、「古池に蛙が飛び込んで水音を立てた」と言ったのとは異なる、俳句の表現効果に一歩近づくのではないか。

こうした授業風景を想像したとき、改めて問題になるのは、〈古池や〉の句の解釈は、小学生の段階ではどこまで解釈できればよしとするのか、という問題である。解釈のおもしろさに気付かぬまま、単に暗記させるだけでは、「俳句はつまらない」という感想とともに、子どもたちの脳裏に名句が刻まれることになりかねないのだ。

俳句と関連して季語もまた問題である。季語はどのように教えるのか、ということだけでも何も定見はないのである。なぜ季語を覚える必要があるのか、ということでさえ、おそらく誰も答えることができないまま、俳句の技巧として片付けてしまっているのではないか。そうして季語の体系としての季節感もまた、自然が豊かならば自ずから季節感は培えるものだ、などという幻想を信じているのではないか。例えば、〈古池や〉の句と関連して「蛙」が春の季語だと教えたなら、蛙と身近に関わっている子どもほど抵抗を感じるのではなかろうか。蛙は田植をする頃から目立って鳴き始めるので、むしろ初夏と感じる子どもたちも多いに違いない。蝌蚪《おたまじゃくし》は春で、蛙は夏というのが、子どもたちにとっての素朴な感覚なのではなかろうか。この一事をもってしても、自然との関わり合いから季節を学ぶなどということがあり得ないことは了解されよう。そういう意味では、「鶯」が春の季語だと分からせるほどには、「蛙」が春だと分からせるのは容易ではないのであって、季語を教える順番としては、鶯の方を先にすべきなのであり、俳句とともに教えるのであれば、鶯の句を先に教えるべきなのである。

どのような俳句を、いつ、どの程度の解釈を要求しつつ教えるのか。俳句の何をどのように教えていくのか。俳句の教育を考えるとき、こうした問題を念頭において考えていくべきであろう。

二、俳句教育のあり方
—詩歌教育の一環として

まず私たちは、俳句を含めて広く詩歌一般の教育の問題としてその意義を考えておこう。詩歌には、日常会話での日本語の運用を越えたさまざまな表現の可能性が試みられ、それによって日常会話では表現し得ない、多様な世界が表現されてきている。詩歌を学ぶということは、そうした日本語の表現の多様性、その魅力を知り、それを運用する能力を身につけることである。いうまでもなく、日本語を知る・使うということは、日常会話を満足にするというだけでは不十分なのである。

詩歌の言葉は、その時代や文化と密接に結びついて用いられ、それが日本文化の基底を形成するものとして機能している。季語・地名（歌枕・俳枕）・人名、歌語などを考えれば明らかなように、そこには単に言葉の意味という以上の、歴史的に形成されてきたイメージの積み重ねがあり、私たちは単にその意味のみならず、その言葉が醸し出すイメージを駆使して言語活動を行っているのである。詩歌に親しむことは、そうした詩歌の伝統を知ることになるが、それは同時に日本文化を深いところで共有する心を身につけるということになる。

そうした詩歌教育の一環として、日本の詩歌を学ぶ一つのプロセス（あるいは詩歌の言葉の機能を学習するカリキュラム例）を構想する、という姿勢で以下、一つの試案を述べていきたい。俳句の教育は、俳句のいくつかを知っている、何人かの俳人を知っているという教養を身につけるためのものではなく、俳句という言葉の世界を、その表現技法を活用できるかたちで知ることを目的とした教育が考えられるべきだろう。

俳句は「詠み」「読む」文芸であるから、その学習も両面から組み立てていくことが必要不可欠である。詩歌の表現の技術は、それを読み解く能力を習得するのみならず、実際に使ってみることで、身についた技術となる。あるいは、句を詠むことへの習練が、おのずから読解力をも身につけさせていくことにもなる。そのためには俳句の創作を通じて、言葉の豊かな世界を身をもって体験的に学習することに踏み込んだカリキュラムが必要となる。とはいえ、俳句が詠めればそれでよい、という方法もまた問題である。日本語の表現に習熟するという意味で、俳句の創作はあくまでも「読む」ための、あるいは日本語の運用能力を身につけるための方策だからだ。

言葉の学習と、それに合わせた俳句を選び、どういう面でこの俳句を教えるか（味わうべきか）を明確に示す、言い換えれば、俳句を通じて言葉のおもしろさに気づかせる教育を考えてみたい。なお、こうした学習は「あそび」の要素をふんだんに入れて、遊びながら言葉の感覚を実感する必要があろう。楽しむことは、学習効果を上げる最大の要素だからである。

三、俳句教育の具体例
—日本語の豊かさを身につける

以下、構想の一端を次のように考えてみた。一つの試みとして参考になれば、と思う。

〈1　小学校低学年　ことば集め〉

①花の名前を集め、いつ頃の花か考える
・虫の名前を集め、見られる時期を考える
②季節に目を向ける
・衣服に見られる季節感
③虫の観察
・蟻らしさ、甲虫らしさを考える
・甲虫を観察する
・甲虫の俳句に触れる
④俳句に触れる。
五七五音の短詩
自分の発見を短詩に書きとどめてきた

まず言葉を通じて周囲の物と自身とを関連付けることから始めたい。周囲の物が、季節によって変わっていくことに気付かせることから、「季節」を意識させ、季節に生きている自覚を持たせたい。また、言葉と物の関係の基本となる、対象のらしさと新しさについて、物の見方の基本を学ばせたい。

〈2　小学校中学年　ことば探し〉

①「公園」にあるもの、いるもの
・「公園」の共通のイメージ、私だけのイメージ
②「体育館」にあるもの
・体育館の共通のイメージ、私だけのイメージ
③連想ゲームで遊ぼう
・イメージは、連想語の組合せで作られる
・組合せ方で、イメージされるものは異なる
④想像と実際
・「体育館」から連想することば
・実際の体育館で見つけたことば
・自分だけのことば（短文）を見つけよう
・体育館の俳句に触れる
⑤「公園」「工場」見学で、連想やイメージを刷新しよう

対象のらしさ（共同の認識）と、自分なりの見方（独自性）とを継続して学ばせたい。集める言葉の範囲を広

げながら、そのつど、対象のらしさを確認する癖をつけさせたい。また、イメージが言葉の組合せによって形成されるものだということを体験的に学ぶことは、表現の基本となるだろう。その連想の組合せを変えることで、自分なりの独自なイメージが作られることも同時に学ばせたいところではある。とはいえ、ここはその初歩、あくまでも導入として位置づけたい。

〔3　小学校高学年〕

①連想と季節
・春のうれしかったこと、夏の楽しかったこと、秋の寂しかったこと、冬のつらかったこと
・楽しかったこと……春・夏・秋・冬

②連想から描写へ
・楽しかったことについて、何をしたか、どんなところが楽しかったか、その時の自分の服装、周りの様子などを具体的にメモする

③描写
・持ち物から自分らしさを表す
・教室にあるものから、自分のクラスらしさを考える
・住んでいる地域の「らしさ」を具体的なもの、場面、景色などで表す

④俳句と季節

⑤俳句を書いてみよう

季節と自分の結びつきは、単に物との関わりに留まらない。自身の心情と季節も結びついて、季節（の言葉）を享受する身体が作られる。物と季節との関わりを踏まえて、自身の感情と季節の結びつきを考えさせたい。また、表現の練習としては、言葉の連想から描写への練習をすることで、描写の導入としたい。描写の上で、「らしさ」が重要であることを、実感させたい。

〔4　中学校一年〕

①ことばと私
・持ち物や身の周りにある物を通じて、私らしさを表してみよう

②情景を詠む

③自分の身の周りを俳句にしてみよう

「私」という存在に言葉で迫ってみるという試みは、自身が他とどういう共通点を持ち、どう独自性を持ちえているかと問うことでもある。中学生としての表現の出発は、書く主体としての「私」の自覚から始めたい。また、日常のいつもと違うものを発見させる試みは、書くべき素材を見つける練習にもなり、文学の読み方の訓練にもなるだろう。

〔5　中学校二年〕

①描写のおもしろさを体験しよう

②描写が筆者の心理状態と関わることを体験しよう

③比喩表現を考えよう

④否定表現を考えよう

事件の報道や見知らぬ物の説明など、描写はあらゆる場面で重要な表現方法である。その描写について習熟することは、自らが書くというときのみならず、読む技術を深めることになる。ことに描写が、対象を描くということにとどまらず、そう見ている人物（筆者）の心裏と密接に結びついていることを理解させたい。なお、描写に関わりの深い表現として、比喩表現と否定表現を取り上げて、その読み方に習熟させることは、日本語の運用を深いレベルで行わせることになるだろう。比喩表現や否定表現など、文学を通じての学習となるが、その読解は、けっして文学だけのためにあるわけではない。日常の言語生活と密接に結びついている表現であることを念頭において指導したい。

〔6　中学校三年〕

①季節の発見
・季節感とは何か
・雨の十二か月

②ものと季節の関わり―ものの本情

③季節と季語

④文脈を切ってつなぐ―切字
・切字「けり」「かな」「や」の働き
・切れ

⑤俳句会

義務教育の最終学年として、俳句についてこれだけは知っておいてほしいということで、季語と切字を中心に学ばせるよう考えた。季語と切字について学習することは、しかし単に俳句のための約束事を学ばせるためだけではない。季語は、日本語を通じて季節と我々の心とを結びつけるものであり、その意味で季語の理解は日本文化の理解にほかならず、また切字の学習は、詩歌の読み方を知るための技術を学ぶことになり、それは和歌や連歌、近代詩などを読み解くための訓練の一つともなる。詩歌の日本語は、現代の言語生活の隅々にまで浸透しているから、いわば現代の日本語の読み方を正確に、また豊かに理解する方途ともなろう。

〔7　高校一年〕

①俳句の読み方の基礎
・一字の作意
・推敲、添削
・語順と意味の生成

②俳句の推敲

詩歌を読むことに限らないが、助詞や言い回しなど、一字一句の働きを丹念に読み解くことは、日本語の運用に不可欠なことである。その方法を自覚的に身につけさ

せようと設けた単元である。

〔8　高校二年〕

①季語の世界
・「水辺柳」の文学史
・歳時記を読む
・季語の成立

②ことばのつながりを詠む
・取合せという方法
・取合せの仕方
・取合せによる意味の生成

③題詠俳句会

季語は単独で一つの世界を作り上げているのみならず、他の言葉と固有の関係を持ってさまざまな世界を作り上げてきた。その具体例を学ぶ単元である。

〔9　高校三年〕

①作者の意図と読者の読み
・推敲における他者（読者）の役割

②俳句会

これまでの俳句の学習のまとめとして、『去来抄』の一節をもとに、作者と読者の関係を考えさせる。すなわち、自身の発した言葉は、他者の解釈を得てはじめて言葉としての意味を知ることになるということを考え、読みが創造に寄与するということを実感させたい。それは、作者の意図が読者の読みに対しての権威となる通念に訂正を迫ることになるだろう。同時に、作者と読者の関係はいかにあるべきか、コミュニケーション全体に対して問いかけることにもなる。

なお、これまでのどの単元にも、最後に俳句の創作の機会を設けている。前述したように、俳句を詠むということは、同時に読むことでもあるから、言葉の学習をするつど、それを俳句の詠み方に還元し、また俳句という短詩によって訓練することで、言葉の学習を自身の言語技術として活用できるようにさせたいと願ってのことである。

「教科書」（指導書）

「俳句の教科書」――味も素っ気もない名前の教科書を本事典の中に掲げたのには訳がある。前節で述べたような基本的な枠組みをもとに、それではどういう教材を使って、どのように問うて、どのように作業させるのか、と考えたとき、基本的な指針がいくらあっても指導の実際には結びつかないと考えたからだ。

例えば、小学生の指導を考えたとき、どう問いを発して、それにどう作業をさせるかは、子どもたちの興味や関心をどう引き出すかと直接関わってくる。「あそび」の要素をふんだんに入れた作業が好ましいなどと書いたが、それではどのように遊びの要素を盛り込むのか。そう考えただけでも、指導の実際と「俳句の授業のあり方」との距離を感じざるを得ないであろう。

同様のことは、中学の単元でも言いうる。例えば描写の例文にはどのようなものがふさわしいのか、それを用いて何を教えるのかなどなど、具体的に教材の例が示され、その教材に対してどのような問いを設定するかまで含めて示されるべきなのである。極端なことを言えば、教材、教える内容、その教え方に関わる問い、それぞれが具体的な教材に即した一回限りのものだから、である。

あるいはまた、中学三年に季節（季語）を教えるというとき、具体的にどのように季節を教えるのか、その導入となる文章はいかにあるべきか、も問題である。そもそも、季節をどのように定義して教えるかは、季節への理解なくして成立しないだろう。教える側がそうした前提を、あたかも自明のこととしていること自体、季節の教育を難しくしているのだ（季節感が日本の風土に根ざした所与のもので、現代は季節感が薄れてきて子どもたちは季節の変化に鈍くなっているなどと歎く教師がいたとしたら、その時点で季節の教育は不可能なのである）。切字にしても同様である。文を「切る」（切ってつなぐ）ということが、解釈にどう反映されるのかを自覚的に教えなくてはならないが、そのためには、切字への理解が必要なのである。それらを踏まえて、導入文としてふさわしい文章を提示してみた次第である。

高校では、中学以上に教材の選定が難しくなるだろう。中学三年で俳句の基本を学んだ生徒に、詩歌の教育として何を教えるのか。教材としてどのような教材がふさわしいのか。その一つ一つの教材選びの見本を示さなければ、俳句の教育を提示したことにならないだろう。

「俳句の教科書」は一つの見本である。できることならば、本書をたたき台にして、俳句の教育はどのようにあるべきか、あるいは詩歌の教育のカリキュラムはいかにあるべきかをより深く議論してほしい。私たちの試みは、一つの指針を示し、その具体的な教育案を示したにすぎない。もって、本事典の「俳句の教育」に対する一つの答えを示したものであることをお断りしておく。

なお、本書には、スペースの関係で「俳句の教科書」の指導書のみを掲載した。教科書部分は、朝倉書店ホームページからダウンロードしてご覧いただきたい。

小学校低学年用教材 読解篇（解説）

1 ことばあつめ

ねらい 子どもたちに、詩歌の言葉を季節とともに記憶させることで、季節の記憶、その総体としての季節感を、言葉を核として作っていこうとする試みである。

一 いろいろな ことばを あつめて みましょう。花や 虫は、いつも さいて いたり、いつも いる わけでは ありません。花が さく 時《とき》は、きまって います。虫を 見つける 時期《じき》も、きまって います。

解 子どもたちは、花や虫の名前をほとんど知らない。花が時節に応じて咲くことを花の名前とともに覚えさせたい。虫も、いつ頃見かけるかと問いかけながら、虫の名前を覚えさせたい。

(1) 花の なまえを ノートに いっぱい あつめて みましょう。
また、その花は いつごろ さきますか、みんなで おもいだして ください。
例《れい》 さくらの花 卒業式から入学式のころ

解 まず、学校の周りや、家の周りでよく見かける花を問うことから始めたい。写真を示しながら、「この花を知っている人いますか」「いつ頃見ましたか」と問いつつ、授業を進めたい。できれば、よく見かける花がいい。春ならば、ホトケノザ、ヒメオドリコソウ、ハコベ、オオイヌノフグリなどの雑草など、道端に生えている花の名を教えよう。また、「いつ頃見た花か」の答えは、なるべく子どもたちの生活と関連して答えさせたい。「あやめ」が、「五月の連休の頃」でもいいが、「連休で遊びに行ったところに咲いていた」の方がもっといい。あるいは、「子どもの日で遊園地で見た」などの答えを期待したい。花と他の言葉との季節に応じたネットワークを作り始めようという意図からである。

(2) 虫の なまえを ノートに いっぱい あつめよう。
また、その虫を みかけるのは いつごろでしょう、みんなで はなしあって ください。
例 赤《あか》とんぼ 稲刈りをするころ

解 「花」と同じく「虫」もまた、いつも見られるわけではない。ただし、季語としての季節にこだわる必要はない。蚊や蠅、アリ、蝶など普段見られる虫も、いつ頃見たか、いつ頃から見るようになったかと問うことで、季節の記憶と結びつくだろう。「春の遠足の後、帰りがけに見た」「夏休みにキャンプに行って見た」「お祭りを見に行って神社で見た」などの思い出を発掘してみたい。

(3) くだものの なまえを ノートに いっぱい あつめましょう。
また、それが たべられるのは、いつごろ ですか。みんなで はなしてみて ください。
例 いちご 一年中《いちねんじゅう》
みかん こたつがあるころ

解 果物が食卓に並ぶのは、親の季節感を反映する。が、昨今は店先にあらゆる果物が一年中あるので、季節を反映するのは僅かしかない。むしろ、果物と自身の思い出とを結びつけることで、言葉のネットワークを形成したい。なお、苺《いちご》は夏の季語であるが、一年中店頭に見られるので、それでよい。季節の修正は、後から十分可能である。あえて初めから季節に正確を期す必要はない、と考える。

二 わたしたちの まわりは、さく 花が ちがったり、さむかったり、あつかったり、はれていたり、ずっと雨ばかりだったりと、すこしずつ かわって いきます。そのかわりかたを 大きく わけて、四つの きせつに まとめて います。春《はる》、夏《なつ》、秋《あき》、冬《ふゆ》の 四つ です。

(1) それぞれの きせつで、きている 服《ふく》が かわります。どう かわる でしょうか。じぶんが どんな 服《ふく》を きているか、おもいだして みましょう。
① セーターを きたくなるのは いつごろですか。
② セーターを きなくなるのは いつごろですか。
③ ジャンパーを きたくなるのは いつごろですか。
④ ジャンパーを きなくなるのは いつごろですか。
⑤ うすぎを したくなるのは いつごろですか。
⑥ てぶくろを したくなるのは いつごろですか。

解　季節の感覚を実感させるものとして、服を選んだ。子どもは、季節の感覚を持っていないので、自身で冬服や夏服を選ぶことはできない。むしろ、親や周囲が子どもに着せる服を選ぶことで、季節の感覚を服を通じて身につけさせてゆく。服とは、季節を受け止める文化的制度なのである。この問いは、そうした親からの指示を意識させることで、季節の感覚に意識を向けようとするものである。

(2)　夏らしい服《ふく》は、どんな服ですか。ぼうしは、どんなぼうしですか。きるもの、足に　はくもの　など　こまかに　かんがえて　みましょう。

解　まずは具体的に夏の着物を指摘させ、そのうちになぜそうした服装になるのかを考えさせたい。夏のイメージを定着させる方途である。

(3)　冬には　どんな　服《ふく》を　きますか。さむい　ときに　どんなものを　みにつけて　いましたか、おもいだして　みましょう。

解　細かく言えば「冬」と「寒い時」とは異なる。寒暖はその時々での感覚だから四季それぞれに寒い時はある。一方、季節は全体的な位置付けであるから、冬、暖かい小春日であっても冬らしい服装をするように、「冬」とは文化的な制度なのである。

(4)　春・夏・秋・冬、それぞれと　かかわりの　ある　ことばを　あつめましょう。
五人《ごにん》で　一組《ひとくみ》となって、あつめた　ことばを　ひとつずつ　一《いち》まいの　カードに書《か》いておきます。十のことばが　あつまれば、十《じゅう》まいの　カードが　できますね。
そのカードをもって、別《べつ》の組と対戦《たいせん》します。まず、春のことばを出《だ》し合《あ》います。どちらが　たくさん　カードを　出せますか。

解　「言葉集め」のまとめのゲームである。季節と結びついた言葉をどれだけ言えるか、競うことでより多く言葉を探すことだろう。大事なのは、季節と結びついた言葉を多く知ることである。実感は必要ない。言葉を知ることで、外界の事象が子どもたちへと入り込んでくる。まずは、季節という切り口で、どれだけ言葉と関われるかが大切なのだ。

◎　季節《きせつ》は決《き》められています。おおよそ春《はる》は二月《にがつ》から四月《しがつ》、夏《なつ》は五月《ごがつ》から七月《しちがつ》、秋《あき》は八月《はちがつ》から十月《じゅうがつ》、冬《ふゆ》は十一月《じゅういちがつ》から一月《いちがつ》の間《あいだ》を言《い》います。

解　まず季節のルールを説明する必要がある。暦の上で、立春、立夏、立秋、立冬と、それぞれ季節の開始の日が決まっていることを話してもいいだろう。教える立場としては、季節が自然の決まりごとなのではなく、文化的なルールだということを了解しておきたい。

三　よく　みかける　虫を、かんさつ　しましょう。

解　理科で昆虫の体のつくりを学ぶのは、三年の理科であるが、ここでは科学的視点を学ぶのではなく、「よく見る」ということは、見る前には知らなかったこと、不確かだったことを見て知ることだということを教えるにとどめたい。むしろ、自由に足の様子、動いている様子、色や表情などを指摘させたい。子どもたちが、あらかじめ持っているイメージがいかに貧しいものか、そして観察することで、意外なことを発見できることを学ばせたい。

(1)　アリについて　かんさつ　してみましょう。
①　アリの　うごきかたは　どんな　ふうでしょうか。ことばで　あらわして　はっぴょう　してみましょう。

解　アリは、少し動いては止まり、を繰りかえす。その歩き方は、三脚歩行、すなわち三本の足（右二左一本と、右一左二本）を一セットにして交互に前へ踏み出す歩き方で、これがアリの歩き方の基本となるようだ。それはともかくも、歩行の特徴をどう言えば、いかにもアリらしいのか、言い方を工夫させたい。

②　みんなが　はっぴょう　した　アリの　うごきかたの　なかで、どんな　うごきかたが　アリらしいと　おもいましたか。みんなで　はなしあって　みましょう。

解　同じ世界を見ても、表現の仕方は個々区々《まちまち》である。どのような言い方がアリらしいのかと考えることは、表現と向き合う第一歩である。また、「らしさ」を意識することは、物と言葉の関係を考える導入になる。例えば、「立ち止まっては歩き出す」とか「ぶつかりながら歩いていく」「あっちへちょっとこっちへちょっと」などがアリのちょっと動いては止まる移動の仕方を言い取ろうとした表現であるというふうに、どんな点に着目したかも、確認しながら授業を進めたい。

(2)　カブトムシは、どんな　ところが　カブトムシらしいですか。はなしあって　みましょう。かたち、いろ、うごきなど、いろいろな てん から カブトムシの ようすを かんさつして、カブトムシらしさを みつけてみましょう。

解　設問は二段階になっている。まず、甲虫《かぶと》らしさを話し合ってみる。子どもたちの甲虫に対するイメージを総括する作業である。思い込みや自分なりのイメージを語っても、訂正しないでおき、「後で確認する」よう指導したい。次の段階は、観察である。話し合ったイメージと実際の様子の確認から始めて、いろんな角度から甲虫を見てその様子や印象を言葉にするよう指導したい。イメージと実際の印象や観察によって、甲虫のイメージの定着や発見を導き出したい。

たとえば、カブトムシをこんなふうにみている人がいます。

ひっぱれる*1 糸 まっすぐや 甲虫《かぶとむし》　高野素十《たかのすじゅう》

*1「ひっぱれる」は、ひっぱっていること。

動《うご》く とき かすかに 匂《にお》う 甲虫《かぶとむし》　鈴木鷹夫《すずきたかお》

甲虫《かぶとむし》しゅうしゅう鳴《な》くを もてあそぶ*2　橋本多佳子《はしもとたかこ》

*2「もてあそぶ」は、手にもって遊ぶ、いじくること。

甲虫《かぶとむし》 角《つの》 もてあます*3 篭《かご》の 中《なか》　山下美典《やましたよしのり》

*3「もてあます」は、扱《あつか》えないで困《こま》ること。

持《も》てば すぐ もがく 力の 兜虫《かぶとむし》　沖倉好秋《おきくらよしあき》

みなさん、それぞれどういうようすをいっているのか、わかりますか。わかった人はせつめいしてください。それぞれどんなカブトムシらしさがでているでしょうか。はなしあってみましょう。

解　俳句といわずに、短文で観察結果を示した例として子どもには触れさせたい。特別なものという意識を持たせたくないからである。素十は、甲虫の小さい方の角に糸を付けて物を引かせる遊びの様子を観察した。直接甲虫を詠まずに、糸のぴーんと張った様子に、甲虫がぐいぐい引っ張っている様子を詠んだ。鈴木鷹夫は、甲虫の匂いを嗅ぎつける。「動く時」に匂ったというところに、甲虫の生々しさがある。橋本多佳子は、鳴かない甲虫を、あえて「しゅうしゅう鳴く」ということで、人の手から逃れようともがく必死さを伝えている。手でいじくりながらの観察である。山下美典は、籠のなかの甲虫が角を籠に引っかけているところをいう。「角もてあます」ということで、籠の小ささのみならず、角の立派さ、大きさが伝わる。沖倉好秋は、手で持った途端、意外な力強さで抵抗する甲虫を詠む。それぞれ、甲虫で遊んだり、手にしたり、いじくったりしながら、甲虫らしい様子を発見しているのである。

四　右の カブトムシを かんさつした 文章《ぶんしょう》は、どれも五音《ごおん》・七音《しちおん》・五音《ごおん》の 文章 です。たとえば、ヒツパレル・イトマツスグヤ・カブトムシで五音・七音・五音ですね。これを 俳句《はいく》と いいます。せかいで 一ばん みじかい 詩《し》で、むかしから 日本人《にほんじん》は、自分《じぶん》の 発見《はっけん》したことを この みじかい 詩に かいてきました。

解　俳句を手短に定義すると、五・七・五音、合わせて十七音の詩型と、季節の発見という内容とに尽きる。季節については、今、花や虫、服装などから季節を学んでいるところだから、あえて言う必要はない。むしろ、「自分なりの発見」を書く詩という理解から始めたい。

右の俳句を、五音・七音・五音に わけて 声に だして 読んで みましょう。

解　詩型に慣れるために、読み方から始めたい。俳句であれば、文に切れ目がなくとも、五音七音五音で切って読む習慣を身につけたい。なお、促音や撥音は一音として数えるので、「っ」は一音とあえて指導しておく必要がある。また、五・七・五の各まとまりごとに一拍空けて読む習慣をつけさせたい。

みなさんも、五音・七音・五音に あわせて カブトムシの ようすを いって みましょう。

解　俳句を詠むのは難しいが、自分の見つけた甲虫の様子を「甲虫―（七音）―（五音）」、あるいは、「―（五音）―（七音）甲虫」として、十二音で表すように指導すれば、結果的に俳句のようになるだろう。例えば、

「太い木にしがみついてる」甲虫

甲虫「つかんだ後は手がくさい」

「前足でふんばっている」甲虫

などである。うまく十二音にならないときは、その場で十二音にしてみせる指導も効果的だろう。あるいは、多少字余り、字足らずになっても構わない。要は、自分が発見したことを書くことが詩を書く（俳句を詠む）ことだと、分かればよいのである。

小学校中学年用教材　読解篇（解説）

1 ことばを探そう

ねらい　イメージの喚起力を支える言葉の連想関係を介して読解のための基礎的練習をするとともに、物事の実際のありようを観察することで、そうした連想関係を刷新することを学ばせたい。

一　私たちは、ことばをきっかけにしてさまざまなことを記憶《きおく》しています。たとえば、「公園《こうえん》」ということばからは、そこで友だちと追《お》いかけっこをしたり、セミを捕《つか》まえたり、かくれんぼをしたり、ブランコで遊《あそ》んだりしたことが思い出されてくるでしょう。それらの記憶《きおく》が、「公園」ということばから連想《れんそう》されるものとなるわけです。

解　記憶の核となるのは言葉である。むろん、言葉にならないイメージや印象といったものもあるだろうが、それを言葉にして記憶の定着を試みる。それが、さらなる連想をも育み、発想の自在さへとつながってゆくものだ。

(1) 公園の記憶をたどって、「公園」にあるもの、「公園」にいるものを思いつくかぎり集《あつ》めてみましょう。

解　公園に行ったときのことを思い出せるだけ思い出させたいが、何も覚えていないという子どもには、自分が何となく公園に対してもっているイメージを書かせるようにしたい。街角の小さい公園から「森林公園」のような大規模な公園まで、区別なく思い出させてよい。

(2) それを発表《はっぴょう》して、多くの人があげている順《じゅん》に並《なら》べてみましょう。一番多くの人があげたものは、何だったでしょうか。おそらく、それは誰《だれ》もが連《れん》想《そう》するものだということになります。

逆《ぎゃく》に、一人しかあげていないものは何でしょうか。それは、「言われてみればたしかに公園にあるもの」でしょうか。あるいは、「公園にあるとは思えないもの」でしょうか。分類《ぶんるい》してみましょう。

「言われてみればたしかに公園にあるもの」をあげられた人は、よく思いつきましたね。また、「公園にあるとは思えないもの」をあげた人は、珍《めずら》しいものを公園で見つけたことがあるのですね。

解　公園から連想されるものを分類すると、一般的な連想から珍しい連想にまで分けられる。このうち一般的な連想は、一般的な公園のイメージを支える連想になる。「言われてみれば確かに公園にあるもの（いるもの）」は、そうした一般的なイメージを補うものとなる。それに対して「公園にあるとは思えない物」は、その人独自のイメージということになるだろう。いずれも大切な連想で、どの連想も持っていたいものである。

また、「公園にしかない（いない）もの」「公園以外にもある（いる）もの」という分類の仕方も有益だ。公園にしかないものは、公園らしさを示すし、公園以外にもあるものは、連想の広がりを示すからである。

二　あることがらに関係《かんけい》したことばをいくつか集めると、それらが何を指《さ》しているか、連想できます。次の要領《ようりょう》で、連想ゲームをしてみましょう。

① 連想ゲームは、解答者《かいとうしゃ》が答えとなることばを他のメンバーのことばから連想して言い当てるゲームです。

② クラスをいくつかの組に分けます。例《たと》えば、一組五人としましょう。一度に二組（例えばa組とb組）が左右に分かれて対戦《たいせん》し、得点《とくてん》を競《きそ》います。

③ 対戦では、a・bそれぞれの組から解答者を一名ずつ選びます。また、対戦する組以外から司会者《しかいしゃ》を一名選びます。司会者は、対戦の進行係です。

④ 司会者が答えとなることばを出題《しゅつだい》します（解答者だけはそれを見ることはできません）。解答者以外《いがい》のa・b組の各メンバーは、出題されたことばから連想される語を解答のヒントとして一人一つずつ順番にあげていきます。それらのヒントから解答者が出題されたことばを言い当てると得点します。

⑤ 順番は、a組の次はb組というふうに、交互にあげていきます。この時、解答するのは、a組からヒントが出された時はa組の解答者、b

組からヒントが出された時は、b組の解答者となります。得点は、一人目で分かれば十点、二人目は八点、三人目は六点、四人目は四点、五人目は二点、六人目以降《いこう》は、一点です。

⑥　解答者へのヒントは、出題から連想されることばを一つだけ出すことができます。この時、出題《しゅつだい》のことばの一部を使《つか》ったり、同《おな》じことを言い換《か》えたりしてはいけません。また、物事の名前を表す言葉しか使《つか》ってはいけません。ヒントが適切《てきせつ》かどうかの判定《はんてい》は、司会者が行い、ルール違反《いはん》だった場合は、対戦する相手の得点となります。ルール違反の得点は、三点です。

解　組にする人数は児童数に応じて変えて構わない。ただし、あまり大人数になると、ゲームに関われない児童が出てくるので、注意されたい。だいたい、八人から九人が最大だろう。基本的には、クラスを四組に分けて対戦させるのが効率的だろう。なお、司会者は、そのつど教師が務めるのがいい。出題としては、「図書館・交差点・プール」などから始めるのがいいだろう。「ピアノ・みかん・バナナ・西瓜《すいか》」などは、難しいかもしれない。

三　この連想ゲームでの様子を具体的に見てみましょう。

出題に対して連想することばがあげられていく時、解答者がすぐに答えられないのは、ことばにいくつも連想できる広がりがあるからです。「体育館」を例《れい》にして考えてみましょう。

司会者が「体育館」を出題しました。a組最初《さいしょ》の人が「ドッジボール」と言ったとします。「ドッジボール」は、もちろん体育館でするものですから、なかなか良いヒントです。しかし、「ドッジボール」は体育館だけでするわけではありません。a組解答者が「校庭《こうてい》」と外でしたことを思い出してしまうと、「体育館」の答えが出てきません。次の人（b組最初の人）が続《つづ》けて「跳《と》び箱《ばこ》」と言ったとします。「跳び箱」は外でしませんから、今度《こんど》は「体育館」が連想できるでしょう。しかし、b組解答者は、「ドッジボール」「跳び箱」から、「体育器具倉庫《きぐそうこ》」を連想してしまいました。なぜなら、ボールも跳び箱も倉庫に置《お》いてあるからです。三番目（a組二番目）の人は、どう連想語を出したらいいのでしょう。「倉庫」ではなく「体育館」となるようなことばを付《つ》け加《くわ》える必要《ひつよう》がありますね。そこで、三番目の人は、「かけっこ」と言いました。倉庫でかけっこをする人はいませんから、今度は体育館ということになりそうです。ところが、解答者は今度は「体育」と答えてしまいました。場所《ばしょ》ではなく、跳び箱を使って跳び越えたり、かけっこをしたりしているところを連想してしまったのです。四番目（b組二番目）の人は、そこで「入学式」と言いました。「入学式」とはとっぴな連想ですが、体育館で入学式をしたのですね。その結果、ようやく解答者は、体育の授業ではなく、「体育館」と答えを出しました。

「体育館」ということばを連想するためには、体育館らしさを言う必要があるのです。この「らしさ」は、「体育器具倉庫」や「体育」など、似たものとの違《ちが》いを明らかにすることでもあります。一つのことばで連想するのは無理《むり》ですが、いくつかのことばが集まると、連想もしやすくなります。

解　実際のゲームを例にとって、なぜ答えがすぐ出ないのかと考えてみてもいいだろう。一つの言葉はいくつもの方向に連想を展開させてしまう。その連想の輪を積み重ねることで徐々に一つの方向に連想が限定され、答えにたどり着くということを理解させたい。

(1)　「保健室《ほけんしつ》」から連想されることばをあげてみましょう。たとえば、「ベッド」「白いカーテン」「視力検査表《しりょくけんさひょう》」「ヨードチンキ」「ガーゼ」「身長《しんちょう》計《けい》」「体重計」「体温計」「白衣《はくい》」「先生」などいろいろありますね。その中から「保健室らしさ」を表すことばの組み合わせを考えましょう。なるべく少ない組み合わせで保健室をいうには、どんな組み合わせが良いですか。

解　「保健室」からは、さまざまな言葉が連想される。クラス全員で出し合ってみてもいい。だが、それらの中から、「保健室」をイメージさせる、なるべく少ない組み合わせを求めようとすると、なかなか難しいだろう。まずは、連想される語を黒板に書き出し、その中のどの組み合わせが短くしかも保健室をイメージさせられるか、話し合わせたい。短い組み合わせとしては、例えば「ベッド・視力検査表・先生」くらいであろうか。

(2)　組み合わせを変えることで、別な場所を連想することができます。例えば「保健室」を連想することばのうち、「ベッド」「白衣」に「注射器《ちゅうしゃき》」を組み合わせれば、「病院《びょういん》」を連想することになります。

「体育館」から連想したことばに、別《べつ》のことばを加えて、「公園」を表すことばの組み合わせを考えてみましょう。

解　積み重ねてゆく連想の組み合わせが、イメージを一つに絞り込んでゆくが、この連想の組み合わせを変えれば、結ばれるイメージもまた異なるものとなる。「体育館」からの連想語のうち、「ドッジボール」「かけっこ」とすれば野外がイメージされやすくなるので、これに「花壇」あるいは「砂場」などとすれば、「公園」のイメージが出てくるだろう。ただし、「園庭」のイメージもあるので、「公園」と限定するためには、「ドッジボール・かけっこ・お花畑」などとする必要があるかも知れない。なお、「我々は、組み合わせによって一つのイメージを作り上げながら、「読む」という作業をしているのだということを確認したい。

四 「体育館」から連想することばを探《さが》しているとき、私たちは体育館を頭《あたま》の中で想像しているわけです。自分の経験《けいけん》や体育館の映像《えいぞう》など、体育館にまつわる記憶《きおく》をもとにして想像していきます。

しかし、実際《じっさい》の体育館にあるものは、想像以上のさまざまなことばで表されます。実際に体育館に行ってみましょう。

(1) 体育館として想像したことば以外にどんなものがあるか、探してみましょう。ただし、必《かなら》ず「体育館らしいもの」と「体育館以外にもあるもの」とに分けて、ことばを探しましょう。

(2) どんなものが見つかりましたか。発表してみましょう。誰《だれ》もが見つけられることば、誰も見つけられなかったことばがあると思います。誰も見つけられなかったことばを見つけるように、努力《どりょく》してみましょう。

解 物のイメージは、用途や社会における評価、位置付けなどを反映して、人々に共有されている。我々は、その物との関わり合いが少なければ少ないほど、社会的な評価や一般的なイメージを学んで、その物を知ったことにしてしまっている。あるいは、物と密接に関われば関わるほど、その関わり合い方によってその物の個人的な印象やイメージに偏った見方をしてしまっているものである。だが、その物の実際は、そうした一般的なイメージや個人的なイメージそのままでは決してない。見る視点を変えたり、評価にとらわれずに見直したりすることで、物は、一般的なイメージやこれまで自身が持っていたイメージとは異なる意外な相貌を現してくるものだ。そうした意外な物の相貌は、その物の固定的イメージに新しい要素を追加することで、イメージを修整し、新たなイメージを要求してくる。観察とは、そのようにして物の価値を刷新する行為なのである。だから、なるべくその物のイメージからは意外なものを見つけるよう指導したい。

(3) 授業の様子や、運動の様子など、体育館で目についた一場面をことばにしてみましょう。ことばを探したのと同じように、短文《たんぶん》(十二音程度《ていど》)を探してみましょう。

解 物の観察は、長々と書く必要はない。発見の驚きとともに自身が見出した事柄、印象を端的に指摘するというのでよい。箇条書き的に、あるいは言葉の断片でよいから、いくつも見つけるように指導したい。その短さとしては、七音から十二音くらいにまとめられると、俳句の創作という点で都合が良い。が、初めから七音・五音、五音・七音でまとめる必要は決してない。例えば、「思ったより床がひんやりしている」、「見るとエンジンが煙を吸っているみたい」という形で構わない。それをもとに「思ったより」「見ると」は言わなくても良いから「床がひんやりしている」「エンジンが煙を吸っているみたい」だけで十分だと指導してゆく。短くまとめることも、一つの技術であり、習熟する必要があるからだ。

たとえば、「壁《かべ》に悪口《わるくち》残ってる」「床《ゆか》よりも壁冷《つめ》たそう」のように、五音と七音で文を作れるようなら作ってみましょう。もちろん、十二音前後でかまいません。体育館の雰囲気《ふんいき》、人がいる時といない時、壁《かべ》、窓《まど》、ステージ、天井《てんじょう》など、さまざまなところを眺《なが》めて、それがどう感じられるか、どんなふうなものなのかと考えながら、見ていくと良いでしょう。また、ステージの上から、二階から、窓の外から、など立つ場所を変《か》えてことばを探すのも大事なことです。

解 観察に慣れないうちは、観察せよ、意外な物を見つけよといっても、どうしても社会的な見方、あるいは普段の関わり方に即した見方をしてしまうものである。どうすれば普段の見方と異なる見方で見られるのか、具体的に指導したい。

(4) 次の俳句は、体育館を詠《よ》んだものです。体育館はどんな様子でしょうか。体育館に対するどんな思いが感じられますか。話し合ってみましょう。

体育館は巨大な卵《たまご》冬の雨　高野《たかの》ムツオ

からっぽの体育館の西日《にしび》かな　河合《かわい》澄子《すみこ》

解 俳句であるが、一つの観察の報告として読んでおきたい。高野ムツオの句は、どこから体育館を見ての印象を詠んでいるのかまず確認したい。かなり離れた、高台から体育館を見下ろすようにして見ている。どんな体育館かといえば、ドーム型の体育館であろう。それを〈巨大な卵〉と表現した。ここが観察の結果である。〈冬の雨〉は、今自分にそして体育館に降っている冷たい冬の雨を言ったのであるが、その組合せによって、〈巨大な卵〉は〈湯気が出ているというのではないが〉何ものかを育むように息づいている感じを伝えてくる。単なる建物ではなく、何か生き物が生まれ出る生命感を宿しているものと見ている作者の思いが表現されていよう。〈冬の雨〉が効果的である。

　河合澄子の句は、体育館の入口付近から体育館の中を見た観察の結果である。〈からっぽの〉とは、人が居ないというのみならず、使用されている感じがまったくしない、空虚感を表す措辞。そこに「西日」が射し込んでいる。「西日」は夏の季語であるが、ここでは今まさに落ちようとしている日の印象がある。ために、かつて人々で満ち、人々の体が躍動した体育館も今や使う人もいない、がらんどうにすぎないという意が引き出される。それが、あたかも記憶の中でセピア色に染まる映像のようになっているのである。とはいえ、そこまで鑑賞する必要はあるまい。なぜ〈からっぽ〉なのか、本来ならば夕方はどうなのか、などと質問しながら、人の居ない体育館のがらんとした空虚感が伝われば、それで十分である。

◎ 俳句を作ることを「詠《よ》む」といいます。
俳句のことばを音数《おんすう》に乗《の》せて口から出すということを言います。

解　俳句を創作することを「俳句を詠む」という。「書く」「作る」などではなく、「詠む」という言い方をする理由を、五七五の音数に合わせて声に出す、という形で教えておきたい。「読む」は「詠む」に通じて、やはり音数に合わせて声に出すということなのである。

五　「公園」に出かけていって、ことば、短文を探してみましょう。あらかじめ連想したことば（一）のメモをもっていき、自分のメモにないことばや短文を探しましょう。

**　なるべく人が見つけないもの、しかも公園らしいものが見つけられるといいですね。**

**　あるいは、公園と関係《かんけい》なさそうなものでも、印《いん》象《しょう》に残ったものがあれば、書き留《と》めておきましょう。あらかじめ連想したことば以外のことばや短文が、たくさん見つかれば見つかるほど、実際に公園に来た意義《いぎ》があるというものです。できるだけたくさんのことばを探しましょう。**

解　どれだけ意外なものを見つけられるか、それをどれだけ発見として短文にまとめられるか、を評価したい。できれば、今までの公園に対するイメージと異なるイメージができあがると面白い。とはいえ、短文にまとめることは、どうしても難しい。せめて「思ったよりも」「精しく見ると」「耳を澄ますと」などの言葉を省略することだけは、徹底させたい。

小学校高学年用教材 （解説）

1 連想を展開する

ねらい 季節の大まかなイメージを捉えるとともに、季節の言葉と自身の記憶とを結びつけ、季節感を身につけることを目的とする。

一 うれしかったこと、楽しかったこと、さびしかったこと、つらかったことの例を、いくつも思い出してみましょう。またその季節はいつだっただろう、思い出してみましょう。

解 記憶のなかにあらかじめ季節と結びついた記憶があるという子どもは少ないだろう。例えば遊んだ記憶ならば、誰と何をして遊んだか、その時どう楽しかったかということが中心になっているに相違ない。だが、どこで遊んだか、周りはどんな様子だったか、寒かったか暑かったか、周りで蟬は鳴いていたかなどと記憶を掘り起こしてゆくうちに、季節が浮かび上がってくることもあるだろう。あるいは、まったく記憶になくとも、おそらくこの頃だったのではないかと、推測によって季節を記憶に滑り込ませることも可能である。そのような作業をさせることで、子どもたちに季節と思い出とを結びつけたい。

(1) うれしかった思い出の中から、春にうれしかったことを書いてみましょう。何がうれしかったのか、短い文章にまとめてみましょう。終業式、入学式、始業式、春の遠足など、思い出してみましょう。

解 「春にうれしかったこと」と、春と嬉しいこととを結びつけようとするのは、「春」という季節が、木々が一斉に芽吹いて花を咲かせる、明るく生き生きとした季節感を持っているからだ。人は季節と無関係にさまざまな感情をもつが、季節には季節らしさがあり、その季節らしさを、あたかも「自然にそういう感じになる」と感じさせるまで、自身の記憶と結びつけたい。それが、季節感の核となっていくと考える。なお、例に挙げた行事ではなく、むしろ季節の花や草、虫、衣服などと結びつけた思い出を探すよう、指導したい。

(2) 楽しかった思い出の中から、夏でなくてはできなかったことをあげて、何をして楽しかったか、短い文章にまとめてみましょう。たとえば、夏休みでの旅行、キャンプ、水泳、虫取り、釣、川遊びなど、いろいろと思い出してみましょう。

解 「夏」は、暑さで生活しにくい感覚と、草木が繁茂し、動物も活動的になる、生命力旺盛な感覚との二つの季節感を持った季節である。そうした季節感を思い出と結びつけようと考えての出題である。

(3) さびしかったことがありますか。とくに秋さびしかったことがあれば、どんなことでさびしい思いをしたのか、短くまとめて書いてみましょう。

解 「秋」は、木の葉が色づき、草木の実がつく、美しい豊かな季節であるが、それまで旺盛な活動をしていた動植物が、凋落してゆく季節でもある。その全体としての寂しさは、秋の季感を大きく特色づけている。

(4) 冬の出来事のなかで、つらいと思ったことをあげて、どういう点がつらかったのか、短くまとめて書いてみましょう。

解 「冬」は、草木も枯れ、動物も動かずにじっと堪え忍んでいる、いわば死の季節である。人も寒さに耐え、じっと春を待ってすごす。そうしたつらさを季節感としてイメージするよう出題した。とはいえ、橇《そり》やスキーなど冬のスポーツもまたある。けっして堪え忍ぶだけの季節ではないが、冬の基本的な季感を形成すべく出題した。

二 楽しかったことを、春・夏・秋・冬それぞれの季節の出来事から探して、それぞれ書いてみましょう。どんな出来事だったのか、どこでの出来事なのか、どんなふうに楽しかったのかなど詳しく書いてみましょう。

解 四季それぞれについて楽しかったことを書くとは、春には春の、冬には冬の楽しいことがあるはずで、それを季節と絡めて書くように、という指示である。「一」

が、季節感を踏まえての記憶の再発見であったのに対して、ここはつらい冬の季節でも楽しいことはあるということの確認である。「詳しく」書けというのは、季節との関わりを思い出せということで、決して記憶をすべて書けという意ではないので、そう指導してほしい。

三　ことばには、季節が決まっていることばがあります。これを「季語《きご》」といいます。たとえば、「梅雨《つゆ》」は、六月から七月にかけて降る雨のことですから、季節は夏と決められているのです。
　次のことばについて、それにまつわる記憶を思い出してみましょう。

季語（季節）	思い出
▼春雨《はるさめ》（春）	
▼春の水（春）	
▼木《こ》の芽《め》（春）	
▼梅雨《つゆ》（夏）	
▼清水《しみず》（夏）	
▼紫陽花《あじさい》（夏）	
▼鰯雲《いわしぐも》（秋）	
▼蜩《ひぐらし》（秋）	
▼芒《すすき》（秋）	
▼凍《こお》る（冬）	
▼枯野《かれの》（冬）	
▼山茶花《さざんか》（冬）	

右にあげた季語は、みなさんの身のまわりにあるもの、雲、雨、川、虫、植物などです。直接《ちょくせつ》、これらの季語と思い出が結びついている必要はありません。その近くを登下校で通ったり、近くに遊びにいったり、雨で家にいるしかなかったり、傘《かさ》を差して歩いたりしたことなどを、これらの季語に結びつけてください。それが、季語の記憶になります。

解　「一」「二」を踏まえた設問である。重なる記憶は同じ思い出を書いてよい。具体的な季節の言葉と結びつけた記憶は、その季語をも記憶に定着させることになる。例えば、春雨＝「外に出て遊べず、一日中窓から外を見ていた」、春の水＝「公園で飲んだ水道水がへんに生暖かだった」、木の芽＝「サッカーボールを植木に蹴り込んでしまったら、ボールに緑の瑕がついた」などの他愛のないものでよい。あるいは、木の芽＝「初めて近くのスーパーに買い物に行かされた」と一見関わりがない記憶でもよい。やや強引でも、自身のあいまいな記憶とこれらの季語とを結びつけて、ありそうな思い出を作ってしまっても構わない。ありふれた日常の一コマを季語と結びつけることで、季節を受け止める心が生まれていくと考える。

2　連想から「らしさ」へ

ねらい　物事のイメージには、その物事らしい基本的なイメージが存在する。それを介して、詩歌は読者に共有されてゆくのである。ここでは、そうした詩歌のことばの本情を学習したい。

一　「私」からはどんなことを連想するでしょうか。自分で連想してみましょう。
　難しく考える必要はありません。特徴《とくちょう》となるくせ、いつも身につけている物、気に入っている物、食べ物の好き嫌い、好きな遊び、得意《とくい》な科目、スポーツ、趣味《しゅみ》、習い事などなど、思いつくものを箇条書《かじょうが》きに短文もしくはいくつかのことばで書きましょう。

解　子どもたちは、そろそろ自分らしさを気にしはじめる時期ではなかろうか。とはいえ、難しく考えず、自分の好きな物嫌いな物、ずっと大切にしている物、食べ物の好み、ついやってしまうこと、よく親から怒られていることなどなどを、短文にすることで十分である。「自分らしさ」を使って俳句の素材を用意する、というのが目的である。

二　「私」から連想するもの（一）を、十二音にしてみましょう。
　たとえば、あなたが「よく笑う」という特徴をあげたとします。それを十二音にするのです。どうしたらいいでしょう。いつも笑っているのですから、いつも笑っている、としましょうか。しかし、笑う時には何かきっかけがありますよね。そのきっかけで、ケラケラ笑うわけですから……、そうだ「何かと言えばよく笑う」としましょう。ちょうど十二音です。

解　例を挙げておこう。「算数きらい体育好き」「忘れ物しない日がない」「ぼろぼろとご飯よくこぼす」「毎日道草して帰る」「ゆで卵むくのが苦手」など、どんな些細なことでも良いのである。また「麦わら帽子が嫌いだよ」のように、季語が入ってしまってもかまわない。ただし、子どもは、時に「良い子のふりをしているだけ」など、友だち関係に影響がありそうなフレーズをそのまま詠んでしまうこともあるので、配慮が必要である。

この十二音に、季語を組み合わせてみましょう。次にあげる季語から選んで、組み合わせましょう（なお、四音の季語は「や」を加えて五音にしてあります）。

〔季語群〕

春風や　草餅《くさもち》や　石鹼玉《しゃぼんだま》　雪柳《ゆきやなぎ》
夏の朝　氷《こおり》水　草刈《くさかり》や　花菖蒲《しょうぶ》
秋深し　とろろ汁《じる》　豊年や　貝割菜《かいわりな》
十一月　焼芋《やきいも》や　日向《ひなた》ぼこ　水仙《すいせん》や

どうですか。「遊び」で、さきほどの十二音と季語の一つを組み合わせてみてください。

春風や何かと言えばよく笑う
貝割菜何かと言えばよく笑う

「春風や」だと、春風の中、よく笑う人がいるということになります。よく笑う人は、あたたかみのある感じになりますね。「貝割菜」では、食卓を前にしてよく笑っているという情景になります。かわいらしい顔がほころんだ感じですね。

みなさん、いろいろと試してみましょう。

解　課題文の例を季語と組み合わせてみよう。例えば、「石鹼玉算数きらい体育好き」「忘れ物しない日がない貝割菜」「秋深しぼろぼろとご飯よくこぼす」「雪柳毎日道草して帰る」「ゆで卵むくのが苦手日向ぼこ」「氷水麦わら帽子が嫌いだよ」「十一月良い子のふりをしてるだけ」などである。注意すべきは、季語との組み合わせは、けっして意味でつなげないようにしたい、ということだ。意味を求めて組み合わせると、季語との関係が理窟になって、季語が死んでしまう。例えば「とろろ汁ぼろぼろとご飯よくこぼす」では、とろろ汁を掛けたご飯をこぼしているとなって、「とろろ汁」はご飯をこぼす説明になってしまう。「秋深しぼろぼろとご飯よくこぼす」のような意味のない組み合わせをあえて選ぶことで、むしろ拙い箸使いや食い散らかした食卓に、惻々とした哀れが漂う。俳句は、季語との組み合わせによってその人が見えてくるように詠むのが最上である。

三　私たちが住んでいる地域のらしさとは、どんなところですか。「（地名）＋らしさ」というかたちで、他の地域とは異なる、地域らしさを考えましょう。

(1)　地域の特産品、産業、山、川、遺跡や祭、集落の歴史など、地域から連想されるものを、あげられるだけあげてみましょう。

(2)　また、私たちの地域ではどんなところが、他の地域と異なっているのか、いろいろ調べてみましょう。図書館や郷土資料館に行けば、歴史や産業、あるいは地誌について書いてある本がきっとあります。それらをもとに調べてみましょう。

解　本来、地域の特色とは、他の地域と比べることによって導き出されてくる。地域への眼差しは、純粋な生活者の眼差しではなく、むしろ旅人の視線にほかならない。子どもたちは、地域の中で育ってきたわけだが、やがて地域を越えて他地域へ、やがて世界へと目を開いていくにちがいない。そうした中で、他の地域への目が、同時に自身の育った地域への目もまた開いていくことだろう。その意味で、ここであえて郷里を他地域と比較することで、他地域へと目を向けてゆく出発点としたい。

郷土のことを調べるのは、すでに社会の授業で行っているかもしれない。が、改めて資料を見たり、大人たちから聞いたりして、自分たちの住んでいる地域の特色、すなわち他地域との違いをメモさせたい。ある程度理解しているようならば、授業で話し合って箇条書きに板書しても良い。

(3)　前問で調べた結果をもとに、地域の特色を十二音で表してみましょう。「山の斜面に葡萄畑《ぶどうばた》」とか、「目の前に琵琶湖《びわこ》広がる」とか、「鯖《さば》の水揚《みずあ》げ多い港」など十二音と多少はずれてもかまいません。

その十二音に、「地名四音＋や」もしくは「地名五音」、あるいは「地名三音＋かな」「地名三音＋では」あるいは「地名二音＋なれや」、「地名一音＋なりけり」として、俳句にしてみよう。ただし、季語は入っても入っていなくてもかまいません。

（例）　勝沼《かつぬま》や山の斜面に葡萄畑
目の前に琵琶湖広がる大津《おおつ》かな
鯖の水揚げ多い港の七尾《ななお》かな

解　地域の特色を、ただ標語のように示してもつまらない。特産物ならば、それをどうとりあげるか、産業ならば働いている人々、仕事の様子をどう見るのか、観光地ならばそこをどう見るのかなど、子どもたち一人一人の自由な視線で捉えられるよう指導したい。あるいは、特色ではないが、自分にとってはこの風景がもっとも自分の地域らしいと思っている景色がある、というのならば、それを挙げさせてもかまわない。十二音は短いが、それだけに着眼の仕方や捉え方の鋭さがよく表れる。地域の特色をどう十二音で表すか、考えさせたい。

「勝沼」ということばが、葡萄の産地として勝沼の地を人々にイメージさせるように、地名は単にその土地を示す名前というのみならず、その土地のイメージを担《にな》っていることばなのです。こうした働きは、地名ばかりではありません。季語や人名など、詩歌に用いられることばには、それぞれ固有《こゆう》のイメージを引き出す力があるのです。「らしさ」とは、いわばそうしたことばのイメージそのものなのです。

解 ことばとは、単に物事を指し示す記号ではない。地図上の記号とは異なって、ことばに蓄積されてきたイメージを伴っている。地名のイメージは、歴史的な出来事や歴史的に人々が抱いてきたその土地への思いを表出する。それは、例えば歌枕のように、実際の土地のイメージと異なっていることが多いわけだが、地名のイメージは実際の土地のあり方によって刷新されながらも、重層的に地名のイメージを形成するのである。そうした詩の言葉の働きに、地名を使って気づかせたい。

3 句会をしてみよう

ねらい 自分が詠んだ俳句を相互に鑑賞・批評する場を設定し、俳句を読むことの楽しさを学ばせる。

一 「俳句を読むためのカリキュラム」を学ぶ中で作った俳句の中から自信作を一句提出して、クラスで句会をしてみよう。

解 生徒達に選句の楽しさを味わわせたい。

◎ 各自が詠んだ俳句を持ち寄って、みんなで互いにそれぞれの俳句について鑑賞し合うことを「句会」といいます。句会には基本的なやり方があり、それに則《のっと》って俳句を読んだり、話し合ったりします。

句会に俳句を提出することを「投句」といい、参加者からの投句をもとに、気に入った句を選ぶことを、「選句」といいます。

解 句会は、俳句の相互批評の場であるとともに、俳句を読み、俳句を詠むための技術を培う場として、古来造られてきたシステムである。その基本を学ばせたい。

次の要領で、句会をしてみよう。

1 自分の句を選びます。今回は、1連想を展開する・2連想から「らしさ」への単元で詠んだ句のなかから、一句自信作を選んで、投句用紙に記入しましょう。

2 全員の俳句を一覧表にしたプリントが配られます。その俳句をしっかりと読んで、気に入った句に○印をつけます。選ぶ句はいくつでもよいです。

3 2で選んだ俳句のうち、一番良いと思う句を選び、選句用紙に書いて提出します。

4 先生が、選句用紙に書かれた作品を順に読み上げていきます。各自、どの句が選ばれたか、一覧表に印をしていきましょう(一つの句が何人にも選ばれることがありますから、正の字を書くようにして、印をして行くと良いでしょう)。

選句結果をもとに、みんなで選ばれた句について、その句の良いと感じたところや選んだ理由を発表しましょう。感想が終わった句から、句の作者が名乗ります。大きな声で名乗りをするようにしましょう。

5 終わりに、先生が好きな句、良いと思った句を発表していきます。句会に出された句についての感想や意見を先生が言うことを「講評」といいます。講評では、友達から選ばれた句についてはもちろんのこと、選ばれなかった句についても、それぞれの良いところや、直せばもっと良くなるところなどを取り上げて話していきます。

自分の句を直すにはどうすればいいか、自分の句についての講評を聞くのはもちろんのことですが、他の人の句についても、そのどこが良かったのか、あるいはどこを直せば良いのかなど、よく聞いて、次に俳句を詠むときの参考にしましょう。

その際、自分が初めてその俳句を読んだときに、どんな感想を持ったかを覚えておくと、先生の講評と自分の感想との違いに気がつきます。先生の講評から、俳句を詠むためにはどういう点に気をつけて詠めば良いか、分かっていきます。

聞くということは、けっして受け身の作業ではありません。自分の感想と講評との違いを意識し、講評から俳句の詠み方を学ぶ大切な作業なのです。

解 担当教員は、生徒の提出した俳句をアトランダムに並べて一覧表にして、次回までに印刷しておく。選句用紙も同時に配布できるよう準備する。

時間の許す限り全員の句に触れて、良いところを褒め、言葉を少し換えたり、表現のしかたを変えると読む人に分かりやすくなる、というようなアドバイスもできるとよい。

事後活動として、学級句集を作って配布する、というようなこともできるとよい。

〈俳句一覧　例〉

学級句会　　令和五年一月	
小学六年　組　番氏名	
記号	俳句
1	雪柳毎日道草して帰る
2	ゆで卵むくのが苦手日向ぼこ
3	石鹸玉《しゃぼん》何かと言えばよく笑う
4	かけっこが苦手なのですばらの花
5	目の前に琵琶湖広がる大津かな
・	
・	

解　1春になったので、冬の間は寒いのでさっさと家に帰っていた子供達も道草しながら帰る、という春の開放感を詠んだ句。2きれいにむけない、ということで卵のつるっとした感触が表されている。日向ぼこをしながら食べている様子。3「石鹸玉」が次々に吹き出される様子と、ころころとよく笑う子の笑顔がシャボン玉の中に浮かんでいるような楽しい句になった。4かけっこは得意な子供もいるが、苦手な子も多い。「苦手なのです」と置かれたことで、うまく走れないでいる子の、心に棘がささったような気持ちが表現されている。5大津から眼前に広がる琵琶湖を望み、ここに大津の宮があったのだなあと遥かな昔に思いを馳せている。琵琶湖は、滋賀県にあるに日本最大の湖で、古代には都から一番近い淡水の海として『古事記』にも「淡海の湖」（あふみのうみ）と呼ばれたとある。天智天皇（大化の改新を行った中大兄皇子）によって琵琶湖西岸に大津宮が置かれたこともあり、それをなつかしんで和歌も多く詠まれた。江戸時代に測量され、その形が琵琶に似ていることから名付けられたという。こうした説明を子供達と確認しながら「大津」という地名の歴史的背景をイメージさせ、こうしたイメージを重層的に担っていることばであることを確認させたい。現在の土地のイメージとは違っていても、その土地で起きた歴史的な出来事などが重なって地名のイメージが形作られてきたのだということに気付けるとよい。

〈選句用紙　例〉

学級句会　　令和五年一月	
小学六年　組　番氏名	
句番号	俳句
4	かけっこが苦手なのですばらの花
選んだ句について、良いと思ったところ等の感想メモ	
私もかけっこが嫌いなのだけれど、「ばらの花」という季語から、鋭い棘を思い出して、自分を責めているのかなあと、心配になった。	

中学一年用教材（解説）

読解用（解説）

1　ことばと私

ねらい　言葉が喚起するイメージについて理解し、説明ではなく、描写によって物を表現する方法を身につけさせるべく、まず言葉のイメージに注目させる。

一　私を表現するためにはどう言えば良いだろう。「私らしさ」といっても、「癖《くせ》」は私の一部でしかないし、「性格」といっても、性格を表すことばで自身を分類しているだけのように思えてしまう。そもそも、明るく人前でふるまっていても、一人でいる時はむしろ暗く不安であったりして、一つの性格で説明できるとはとうてい思えない、というふうではないか。一口に「私らしさ」などといっても、なかなかぴったりとしたことばなど探せないのである。

解　「私らしさ」を言え、と言われると、「私」を説明しようとするのではないか。だが、言葉は「私」を誰々と同じといった形で血液型の性格分類のように分類するばかりで、私らしさを言い当てる言葉が見つからない。どう説明しようと、「私」という独自性は説明からすり抜けてしまうのである。

少し視点を変えて、「私らしさ」とはどんなところに表れるのだろう、と考えてみよう。持ち物や服装、靴の履き方など、実は何でもないような日常の物との関係に、「私らしさ」は表れているのではないだろうか。実は、さりげない日常の服装や、自分好みの持ち物などを通じて、私たちは常に「私らしさ」をアピールしているのである。例えば制服を取り上げてみよう。スカートの丈や靴下の長さ、あるいはズボンのベルトの位置や靴下の色など、校則で決められた服装の着こなし方をずらしながら、画一化に抗《あらが》いたくなる人もいるのではないだろうか。彼らが抵抗を試みるのは、「中学生らしい服装」という社会的なまなざしをずらすことで、少しでも「中学生」という典型に埋もれない、紛れもない自分を取り戻そうとしているのである。服装違反は、制服によって失われてしまいそうな自身へのいとおしみそのものなのだ。

解　説明ではなく、自分の現在の様子そのものを言葉が捉えれば、それは紛れもなく自分自身を言い表したことになる。つまり、説明ではなく、描写によって自分らしさを言い表そうというわけだ。どんなものでもよい。自分の身につけている物を取り上げれば、そこに私がいるのである。とはいえ、誰でも取り上げている物を取り上げても、私らしさにはならない。みんなが持っている物を私も持っているというように過ぎないからである。そのことに気づかせるように、まずは自由に持ち物を取り上げさせたい。次に、同じ物を挙げている生徒があれば、同じ物を挙げても、私らしさにならないということを確認して、今度は、なるべく人と異なる私自身だけの持ち物を探させるようにしたい。物だけではない、物との関係性でもよい。例えば、学生鞄は誰もが持っていても、何も入っていない鞄を持ち歩くのは独自性になりうる。

実は、こうして自分らしさを表す物を探すこと自体が、私らしさに自覚的になる第一歩でもあるわけだ。

(1)　自身の持ち物で、自分らしいと思うものを挙げてみよう。その際、自分のこだわりを短文で表すように工夫してみよう。

例　赤い靴紐のスニーカーが好み
　　鞄につけたスヌーピーのぬいぐるみ
　　いつでもリップクリームがないと不安
　　キャンディ型のボールペンがお気に入り
　　四色のマーカー筆箱にないと不安

解　短文で端的に表すように練習するのは、俳句のフレーズに馴染むためでもあるが、文章一般においても、物事を的確に伝える訓練になる。初めから短くする必要はないが、短く言える物事を長々と言わぬように指導したい。例えば、「空っぽの学生鞄を持ち歩く」は、「空っぽの学生鞄」とは違う。「持ち歩く」ところが大切なのだから、省略できない。むしろ「学生鞄いつも空」の方が勝る。だが、それでも「持ち歩く」感じは出てこない。とすれば「空の鞄を持ち歩く」の方がいいか、生徒の意図と相談しながら指導したいところだ。

(2)　その短文を、七音五音（あるいは五音七音）の組み合わせにしてみよう。「好み」とか「お気に入り」などの言葉は、あえて言わなくても、自分らしい物として取り上げているのだから必要ないと判断して省略してみよう。また、語順を入れ替えたり、助詞を省略しても伝わりそうな場合は省略しても良い。

例　靴紐赤いスニーカー
鞄のスヌーピーのぬいぐるみ
リップクリームないと不安
キャンディ型のボールペン
四色マーカー筆箱に

解　(1)でも触れたが、短くするためには、逆に「ここだけは残す」という部分を自覚する必要がある。あとは、省略しても、また言い回しを変えても構わない。まず、特に残したい所（面白い所）はどこか考えさせ、それ以外を工夫するように指導したい。そういう意味では例のなかでも、「リップクリーム手放さず」でもいいし、「四色マーカー持ち歩く」でもいい。要は、思いついた短文を五・七音もしくは七・五音にする要領を身につけさせるのみならず、言葉の言い回し次第でイメージが微妙に変わるということを実感させたいのである。

(3)　これに「春の暮」「夏の暮」のどちらかを接続してみよう。

例　春の暮靴紐赤いスニーカー
夏の暮靴紐赤いスニーカー
春の暮鞄のスヌーピーのぬいぐるみ
夏の暮リップクリームないと不安
春の暮キャンディ型のボールペン
夏の暮四色マーカー筆箱に

春の暮四色マーカー筆箱に

解　自身の発した言葉の断片が、ある言葉と出会って意外なイメージを喚起するということを、実感させたい。俳句の取り合わせの練習というのみならず、言葉のイメージが生まれる現場に立ち会わせたいのである。「春の暮」「夏の暮」は、私らしさから出てきた言葉と意味的なつながりがないだろうと推測して選んだ。言葉は、意味を断ち切ったつながりによってイメージを豊かに表してくる。二つの関係に意味が表出されてしまうと、イメージは立ち上がってこないからだ。

　それでは、一句の意味はどうなるのか、といえば、例えば「春の暮靴紐赤いスニーカー」ならば、靴紐が赤いスニーカーを履いて春の夕暮に家へと帰る、でもいいし、春の夕暮を見ているでもいい。いずれにしても、そこに春の夕暮時を惜しんで見ている情が喚起されてくることを確認できれば良い。「夏の暮四色マーカー筆箱に」も同様である。夏の夕暮時、四色マーカーを筆箱に入れたでも、夏の夕暮を見ていて四色マーカは筆箱にあったなあとついこの夕暮を描いてみたいと思ってもいいのである。そこに、夏の暮を味わう情がにじみ出ているからだ。

二　自分の学校やその周囲にあるものを取り上げて、「自分の中学校らしさ」を表現してみよう。「中学校らしさ」といっても標語ではない。「私らしさ」と同じく、学校の校庭や植え込み、碑あるいは庭に据えた石、玄関や廊下など、思いつくままに挙げてみよう。小学校と違っているところを挙げてみるのも、上手いやり方である。「私」と同じく、それらが「自分の中学校らしさ」を表現しているのである。

解　自身への目を今度は外に向けさせたい。日頃馴染んでいる学校は、まずその第一歩である。ほとんどの生徒たちは、小学校と異なる中学校に新たに入ってきた生徒である。中学に慣れるまで、小学校との違いに戸惑ってきたことだろう。その違和感こそ、「中学校らしさ」そのものである。あるいは、中学校に馴染んでも、普段気に入らないと思っているところもあるだろう。その気に入らないところが、逆にその学校らしさでもある。周囲に自覚的に違和感を求めることは、自分探しのプロセスでもある。

(1)　設問一と同じ要領で、中学校らしいと思うものを短文で表してみよう。それを十二音前後にまとめて、発表してみよう。

例　屋上のテニスコート
鼻髭のブロンズ像
校門の大欅
トイレに落書き消した跡

解　誰もが思いつくものから、あまり他の生徒が見つけなかった物へと、観察を深めていきたい。が、どの学校にもありそうな物でも、その置き方や組み合わせなどで、その学校らしさも異なってくる。たとえば「市役所の隣り」でも「山の木が覆い被さる」などでももちろん良い。なるべく学校のさまざまに目を向けさせたい。

(2)　これに自由に季語を結びつけてみよう。意味でつながるような季語は好ましくない。あまり意味でつながらないように、むしろその場所や物のそばにありそうな季語、あるいは情景が浮かびそうな季語を選ぶようにしよう。

例　屋上のテニスコートや蝸牛

鼻髭のブロンズ像の野分かな
夕焼けの校門に立つ大欅
実南天トイレに落書き消した跡

解　問一と異なって、ここでは自分で季語を選ぶように設定した。多くの生徒は、意味で(1)のフレーズを季語と結びつけようとするだろう。それだと、一句が理窟となる。例えば「屋上のテニスコートや秋暑し」では、屋上のコートは暑くて嫌だという意味になってしまって、屋上のテニスコートのイメージは、暑いだけのものとなる。「蝸牛」を据えれば、梅雨の時期、雨で濡れたコートのみならず、ボールネットなども湿って重く垂れ下がった様子もイメージされてくる。理窟で季語を選ばないように、なるべく風景やその場にありそうな物や、あるいはまったく関係ないものを選んで、どんなイメージが立ち上がってくるか、愉しませたい。

例句では、「鼻髭の」は、嵐にブロンズ像が抵抗して立ち向かうイメージが生じるだろうし、「夕焼けの」では、真っ赤な空に大欅の黒々とした陰が印象的である。「実南天」では、裏手にひっそりとあるトイレのイメージが生じてくる。

季語を結びつけて、どんなイメージか改めて考えさせるのも、大切な作業である。

2　情景を読む

ねらい　言葉は対象の典型的なイメージを作り上げるが、それを組み合わせることで、その典型からずれた、その時、その場一回限りの独自な世界を創り上げるということを、俳句を通じて実感させたい。

一　自分の周囲にある物事のなかで、いつもとちょっと変わった事柄、言われてみれば「へえーっ」と言いたくなるようなことを見つけてみよう。

私たちの日常はいつも何も変わらないように見えて、実は知らなかったことや自分の思っていることとは違っていることで満ちている。例えば小川がある。そこに春は花が流れ、夏は草刈後の草が流れてきたりするが、ほとんど目に留めたことはない。日常とはそういうものだ。川の監視員でないかぎり、毎日川面を眺めたりはしないのが普通である。そして眺めもしないまま、いつもと変わりのない川と思いこんでいるのである。だが、そこに特別変わったものが流れてくれば話は別だろう。蛇の死体、迷い込んだ大きな鯉など、その瞬間川は日常から逸脱して特別な空間となる。

解　日記や文章を書かせようとすると、いつも同じで書くことがないという答えが返ってくる。だが、私たちの周りは絶えず変わったことばかりで、一つとして同じ繰り返しはない。私たちがそれを見過ごしているだけなのである。見過ごすのは、物事を見ていないからで、それはイメージで見ているに過ぎないからだ。自分が、いつもの繰り返しだとしか見られていないとしたらどうだろう。随分さびしいし、無視されているように感じるのではないか。風景も同じだ。無視せず、違いに敏感になろうなどといって、導入としたい。

冬の朝、川を見ると大根の葉が流れてきた。川に目が行ったのは、枯草や石だけの冬の川に、動く緑色が目に入ったからだろう。あっ、と目にした大根の葉は、意外なほど早く川下へと流れてゆく。春や夏ならばともかくも、冬の川がこれほど早く流れているとも思わなかった。その感想を率直に句にするとこういう句になるだろう。

流れ行く大根の葉の早さかな　　高浜虚子（『五百句』）

川を流れてゆく物が蛇の死体などショッキングであるかどうかではない。流れに作者の目を留めさせて、流れてゆく物に注視するだけのインパクトが、大根の葉にはあったという意味で、蛇の死体も大根も変わりない。少なくとも作者にとって、川を流れてゆく大根の葉は、川の流れの速さを作者に告げつつ、いつも見慣れている冬の川とは異なる特別な空間を作者の目の前に現出させていたのである。その特別さをあえて言えば、生き物もいない、冷たい冬の川が、この時ばかりは、青々とした葉の生命感を感じさせる川となっていたのである。

解　俳句を読み慣れていない人にとって、虚子の句は、川を大根の葉が早く流れて行くというだけの意味として、何の面白味も感じないだろう。それは俳句の読み方ではないとどんなに言っても、無理がある。むしろ、こうして自分たちの周囲への目を前提に、見慣れた景色に一つの違和感を見出すということがどういうことかを考えながら、俳句に触れさせたい。小学生用で、俳句とは自身の発見を記述する文学だと定義してある（本書596頁）。発見するまでの自身の状況、発見したことでそれがどう変化したかなどと想像しながら、言葉のイメージを確かめたい。

虚子の句を例に、この句から想像される川のイメージを述べて、俳句の解釈の一端を示しておこう。川を流れてゆくのが大根の葉だとは見てすぐに分かるものではない。にもかかわらず、なぜそれが大根の葉だと分かったのか。そう考えるのが解釈の始まりである。作者が、川を流れてゆく葉を大根とみたのは、川で大根を洗っている情景を目にしたからに違いない。それゆえ、大根の葉が切れて流れていったのだと思ったのであろう。なぜ川で洗うのか。それは、引いたばかりの大根の土を洗い落とすためであり、あるいは漬物にするためなのである。冷たい川に手を入れて、何十本もの大根を洗う農家の生活の一コマが、この句の背後にあるわけだ。と見れば、この川は単なる川ではない。農村の人々の生活と結びついた川が描かれているのである。

(1) 川に落ちていそうなものが落ちていても、私たちは気にも留めない。だが、あえて落ちている物を指摘すると、そこにはある種の「出来事」が書き留められたことになる。

冬河に新聞全紙浸り浮く　山口誓子

「新聞全紙」とは新聞紙を折らずに広げた大きさ（A４用紙八枚分）。どんな冬の河の情景が浮かんでくるだろう。話し合ってみよう。

解　発見とは、普段と異なるものを見出すことであり、普段と異なっているという意味でそれはある種の「事件」といってもいい。「出来事」と言ったのは、そういう意味である。誓子のこの句は、単に新聞紙が広がって川に浮いているというように過ぎないが、まさしく「事件」と呼ぶにふさわしいインパクトを持って詠まれている。「新聞全紙」は広い。その広がった大きさが、人目に付き、また何事かと特別なことのように印象づける。もちろん、実際は単に風で飛ばされた新聞紙が広がって川に落ちているというだけである。それが、あたかも冬の川をビルの間の雑踏を流れる都会の川のようにイメージさせ、自然からかけ離れた人工のイメージを作り上げてくる。

虚子の〈大根の葉〉と誓子の〈新聞全紙〉と、川に浮いている物の違いで、川自体が大きく異なってイメージされるのを確認しておきたい。

二　ふだん見ているようでも見ていない身の回りを、あらためて見てみよう。どんなふうだろうか。

実は、川にしても木にしても、あらゆる物事は、「そのものらしさ」から少しずつずれて一般的な「らしさ」ではない独自な川、独自な木として存在している。ちょうど「中学生らしさ」をずらすことで他の誰でもない「私」を私たちがさりげなく主張しているように、私たちのどんな物事も一般的な物事「らしさ」からずれてその存在を主張しているのである。だから私たちは、その物を見るとき、その物事「らしい」姿とともに物事らしさからずれている独自性をも同時に見ないと、目の前の物を見たことにはならないのだ。

解　私たちは、中学生としての私と中学生からずれた私とから成り立っている。どんなに中学生らしい中学生であっても、中学生というイメージどおりの中学生が存在しないように、風景や物事もまた、イメージどおりの物は決して存在しないのである。だから、物を見るということは、一般的なイメージ（らしさ）を前提として、他の物とは異なる目の前の物事の独自性を見出すことでなくてはならない。俳句を読むということも、まず一般的なイメージを確認しながら、それに対して、一句がどう特別な情景を独自な景色として見出すか、表現しているか、見極めることでなくてはならないだろう。

空をゆく一かたまりの花吹雪《ふぶき》　高野素十

〈花吹雪〉とは、桜の花が乱れ散るさまを、吹雪に喩えてのことば。桜の花びらが、風に乗って空を舞ってゆく。ああ花が散っている、風で空に舞い上がっているという程度に見ているのは、桜は豪華に咲き、豪華に散るものだと知っている人が、いかにも桜の花らしいと思って、それで済ませているのである。だが、作者が落花を目にしたとき、その空を行く花びらが、ちょうど小魚が固まって一匹の大魚の影を現出するように、一かたまりになって空を舞っていったのだ。〈一かたまりの花吹雪〉という言い方は、一つの桜の木の花がごっそりと固まって空に舞い上がったかのような情景を読者に思い描かせる。その瞬間、作者が見た落花は、他にない今このときだけの情景として、特別な落花の時空を現出していたのである。

解　読みのプロセスとしては、〈空をゆく〉とは何が行くのか、と問うことから始めたい。そして、この句の表現の中心が〈一かたまり〉にあることを確認する。〈一かたまり〉になって空を花吹雪が舞ってゆくことに、どんな印象を得るかとイメージを深めてゆきたい。

泉の底に一本の匙夏了《おは》る　飯島晴子

こんこんときれいな水がわき出る泉。見ているだけで涼しげである。泉は、生活する場の近くにそう簡単には見いだせない。だが、泉があったからといって、泉があるというだけでは見たことにならない。泉だといえば、涼しげな水の美しい場所と決まっているからだ。だが、そこに一本のスプーンが落ちていた。そのことが、泉を単なる泉から特別な泉へと変貌させてゆく。スプーンは、人がものを食べるのに使う食器である。だから、スプーンの皿の丸みには、人の舌の感触がつきまとう。人の側にあって食物と舌とを関わらせていたスプーンが、人から離れて、冷たい飲み物の側にある。そこが、冷たさを欲していた夏が終わろうとしているのを感じさせるのだ。

解　泉の底に一本のスプーンが落ちていたということを一つの出来事として、どれだけ衝撃をもって受け止めれるかが、この句を読む場合のポイントになる。ここまで挙げてきた例はいずれも日常からほんの少しだけずれた出来事を取り上げたものである。が、それが俳句に取り上げられ、一つの発見として提示されたことで、一般的な情景と、それからどうずれているかが二重写しにイメージされることになる。この晴子の句も、こんこんと湧き出る澄んだ水とともに、その水底にスプーンが落ちていることの異常さがイメージされる。スプーンは、そこに誰かが来ていて、そのスプーンで水を掬おうとしたか、そしてそのスプーンを落としたことなどを想像させる。置き去りにされたスプーンは、不用とされたということだろうか。あるいは取ろうにも手の届かない底の深さだったのだろうか。いずれにしても、置き去りにされたスプーンは、すでに泉の水の冷たさと作者とが関わり得ない状況を物語ってくる。もはや泉の冷たさはさほど作者にとって関心事ではなくなっているわけだ。その感覚が、〈夏了る〉の感慨に説得力を持たせてくるのである。なお、「スプーン」と「匙」とは、実体としては似ていても、言葉としては別物である。「匙」の古い言い方が、「泉」という人の居住空間から少し離れた場所にふさわしい。

(1)　次の俳句は、どんなところが日常のありふれた情景と違っているのか、それぞれの句に設けた問をヒントにして話し合ってみよう。

①　一本のすでにはげしき花吹雪　　片山由美子

花がいっせいに花吹雪となって散っている情景とどう違うのか。

解　花吹雪は、一般に何本もの桜が折からの風にいっせいに花を散らせている情景を想起させる。作者はその一本に視点を定めて、花吹雪を吹き出している桜を描き出した。風が吹いて花が散っているのではない。〈すでにはげしき〉とあるように、作者が見た時には、すでにその桜は花吹雪の状態だったのだ。散る前が見事だったとか、吹雪の前ちらほらと散っていたとか、想像していない。初めからその桜は花吹雪の桜として目の前にある、まさに花吹雪の桜以外の何物でもない、というのだ。そういうことでこの句は、花吹雪その物を描いたのである。

②　葉桜の中の無数の空さわぐ　　篠原　梵

葉桜となった桜の木を下から眺め、葉が風に揺れている情景とどう違うのか。

解　〈葉桜〉を私たちはふだん真下から見上げることはしない。花も終わったと傍からみているのである。あるいは、桜の下にいても、葉桜と思うと、見上げようとはしない。賞翫すべきは花なので、花の時だけ花の下で宴を張り、花を見上げているのである。だが、作者は見るべき花もなくなった葉桜を下から見上げている。それは花を思い返してのポーズだったろう。ところが、葉の間から覗く空が、風で無数に見えたり見えなくなったりしている。〈無数の空さわぐ〉とは、まさしく風で揺れる桜の葉が見せている空のさざめきなのである。そしてその空が騒ぐ情景は、花に見合う見事さとして作者に印象づけられたのだ。だからこの木は、〈葉桜〉でなくてはならないのである。

③　乳母車夏の怒濤によこむきに　　橋本多佳子

海岸に対して横向きに乳母車を駐めたということ、どう違うのか。

解　乳母車を海岸線に沿って伸びる道に置いたというだけのことである。折から夏の海は荒れ、その波頭があたかも乳母車にぶつかるように見えたという情景である。〈夏の怒濤〉の迫力やイメージの大きさに対して、〈乳母車〉の小ささがアンバランスで、かえって面白い。乳母車は、日よけのついた、赤ん坊を寝かせるだけの乗物である。怒濤にひとたまりもないだろう。また、乳母車を道端に駐めた母親は、何をしているのだろうか。おそらくは、日傘をさして、海からの風の清々しさを気持ちよく感じているのであろう。作者はそうした日常の情景を捨象し、乳母車と夏の怒濤とに焦点を絞り込むことで、危うい一場面を創出しているのだ。

④　背泳ぎの空のだんだんおそろしく　　石田郷子

寝転がって見上げている空とどう違うのか。

解　〈背泳ぎ〉というからには、作者は今泳いでいるのである。泳ぐ時には、いかに早く泳ぐかと必死になっているものであり、そういう時には泳ぐことに夢中になって他のことは考えられない。そういう点から言えば、〈空のだんだんおそろしく〉とは、泳ぎ方としてはずいぶん雑念の入った泳ぎ方だということになる。背泳ぎはただ空と向き合うだけで、前も周りも見えにくい。自分の位置感覚が摑みにくい泳ぎである。その位置感覚のなさが、空と向き合いながらどこへと言ってしまうのかという感覚を引き出してくる。その感覚をうまく言い得た句である。

実作用（解説）

1 身のまわりのことがらを俳句に詠んでみよう

ねらい 日常生活の中で見つけた小さな感動、朝目覚めた時の空の様子・肌に感ずる空気感、登下校時に目にした光景、学校での授業中にふと感じた光や雲の動き、友人達の言動や部活動でのこと等々、身のまわりには俳句の題材は沢山ある。そのことに気付かせ、その感動をできるだけ他の人に分かるように描写することで句作の実践につなげていくことを目指す。

一 昨日一日のことを振り返って、あらっ・おやっと思ったこと、はっとしたことなどについて、情景が具体的に伝わるようにメモしてみよう。そして、それをもとに俳句を作ってみよう。表現には「……がどうだ」という描写を心がけて作ろう。

俳句には季語が必要なので、自分の描写している物事の焦点をはっきりさせ、その情景を伝えるためにふさわしいと思う季語を使ってみよう。また、季語を描写してもよいし、季語にあることを体験した記憶などから発想して一句を完成させてもよい。

解 俳句を作るには、対象をしっかり見て、触れて、感じた感動を表現する描写が何より大切だ。これまでぼんやりと見ていた日常の事柄にも敏感に、細やかな心を向けていく姿勢が大切だ、ということを伝えたい。そして、自らの感動を表現した俳句を他の人に分かってもらうためには、的確な描写と季語の働きが欠かせない、ということも理解させたい。

季語は、そのものが一番生き生きとして美しく見える季節に置かれていて（月は秋の季語というように）、その季節感を共有し共感し、作者と読者とが心を通わせあえる道具として、なくてはならない言葉であることを伝えたい。

当季の季語の一覧表を生徒に配布するなどして、季語に関心を持たせ、自作の俳句に様々な季語を合わせてみて、一番ふさわしいと思う季語を探すこともしてみるようアドバイスしたい。

二 参考として、日常の感動を詠った俳人の作品を読んでみよう。（10は生徒作品）

1 蜻蛉《とんぼう》や村なつかしき壁の色　与謝蕪村
2 落花生食ひつつ読むや罪と罰　高浜虚子
3 パンにバタたつぷりつけて春惜しむ　久保田万太郎
4 ピストルがプールのかたき面《も》にひびき　山口誓子
5 金剛の露ひとつぶや石の上　川端茅舎
6 咲ききつて薔薇の容《かたち》を超えけるも　中村草田男
7 仕る手に笛もなし古雛　松本たかし
8 やはらかに金魚は網にさからひぬ　中村汀女
9 寒雷やびりりびりりと真夜の玻璃　加藤楸邨
10 西瓜食べて耳まで濡れてしまひけり

解 1蜻蛉が飛び交う様子を見ていると、幼い頃過ごした村の光景が懐かしく蘇ってくる。家々のも土壁にやわらかな秋の陽に映えていかにものどかな景だ。2ロシアの作家ドストエフスキーの長編小説『罪と罰』を落花生をつまみながらぽりぽり音をさせて読んでいる。高度な文学と卑近な落花生との取り合わせが何とも滑稽であるし、また妙な実感を伴う。辺りに散らばる落花生の殻の滓などまでが想像され思わず苦笑を誘われる。3〈春惜しむ〉とは去りゆく春を惜しむこと。その想いの強さ、さみしさを焼きたてのパンにたっぷりの〈バタ〉をつけるという行為によって表現した。〈バタ〉のひびきに日本を離れた地での想いを伝える。実際はハルビンのロシア料理店での作という。4競泳のスタートのピストルが鳴った瞬間を捉えた句。ピストルの音がしたことを〈プールの硬き面にひびき〉と言ったことで、静まりかえったその場の緊張感、競技の始まる瞬間の切迫感を表現している。5〈金剛〉は仏教用語で、ダイヤモンド、転じて極めて堅固でどんなものにも壊されないこと。はかないもの、消えやすいものとしての〈露〉に、〈金剛〉という硬く破れることのない強さときらめきをもった存在として表現されている。6〈咲ききつて〉は、次の瞬間には散ろうとする薔薇の満開のさまを言った言葉。一般にイメージされる薔薇の容《かたち》以上の至高の姿だと讃えた句。「も」は強調・詠嘆を表し、いままさに容を超えたと気付いた作者の驚きを伝えている。7〈仕る〉は「お仕え申し上げる」という意味の古語。作者が目にしている古雛、五人囃子の中の笛方の手に笛がない。が、その表情や姿かたちからは、かつて笛を携えていたであろう頃のりんとした華やかさが髣髴とする。〈仕る〉の語の働きによるのだろう、雛飾り一式に漂う気品のようなものまでが伝わってきて、単なる古雛ではない美的な古雛となった。8金魚は網にさからうことでその存在感を作者に伝えている。また、〈やはらかに〉には金魚の動きの優雅さが描き出されている。しなやかな優雅さである。9〈寒雷〉は「寒中の雷」。それが、深夜のガラス戸を震わせて鳴り響く。そのガラス戸になり響くすさまじさを表す〈びりりびりり〉という擬音語を用いることで寒雷の大きさ、厳しさを言った。10ざくざくと櫛形に切られた西瓜にかぶりつくさま。〈耳まで濡れ〉たという表現に、いかにも夢中になって脇目もふらずに西瓜をむさぼり食べている様が表れている。

三　句作の実践を行おう。自分の表現したい情景が他の人にも理解共有し共感してもらえるような工夫をしてみよう。
俳句ができたら、五・七・五のフレーズをそれぞれ別々の紙に書き、上の句・下の句を入れ替えてみるなどして、自分の一番表現したいことに焦点が合った句になっているかの確認をしてみよう。納得のいく句ができたら一句、清書して提出しよう。

解　十七音という短い詩であるから、感動したことをいくつも詰め込んでしまうと、読んだ人は何を描写したかったのかが分からず、感動は伝わらない。ポイントを絞って、その光景をなるべく簡潔に描写することが大切だということを伝えたい。面白い、楽しい、悲しい、等の自分の気持ちを表す言葉は用いずに、そのものへの自分なりの発見を五・七・五に込めて表現することが大切だということを指導したい。短い言葉で、感動したものの姿やその場の情景を誰も気付かなかった新鮮な視点で切り取って言葉で表現できるよう、常日頃から言葉を沢山蓄えておくことが大切だということもアドバイスしたい。

俳句に出来ずに困っている生徒には、声をかけ、好きな季語を決めたり、感動したものや場面の状況の切り取りについてアドバイスし、不完全な短文のようなものでもよしとすることも必要だ。

俳句ができた後の作業は、推敲の一つの方法として有効なので、五・七・五のフレーズの書ける用紙を事前に準備しておきたい。

四　提出された句を指導教員が清記し（無記名・通し番号をつける）、印刷して配布する。選句用紙も一緒に配布する。
句会は次の手順で行ってみよう。
①　配布された清記用紙をよく読んで、良いと思う俳句を一句ずつ選び、選句用紙に記入して提出する。
②　生徒が自分の選んだ句を順番に発表する（それぞれの句の上の番号を先ず伝えて、句を読み上げる）。
③　指導者と生徒で点盛りをする。
④　指導者が点の多く入った順に句を読み上げる。選ばれた俳句の作者は名乗りを上げよう（姓ではなく名で）。名乗りは、自分の句を選んでくれたことへの感謝をこめて大きな声で名乗ろう。
⑤　指導者の選んだ句を読み上げる。その際もできるだけ大きな声で名乗りをしよう。
⑥　順位とは別に、指導者がなるべく多くの句に触れながら総評をする。

解　②については、選句用紙を集めて指導者が読んでもよく、その方が時間短縮になる。③については、前もって二名程度を選び、句会の時は教室の前に出て座っているように指示しておく。④⑤で25分程度。⑥は時間の許す限り。クラスの生徒達の共感を得た高得点句には表彰するなどして褒めることも大切だ。指導者の選句はできるだけ多く、生徒達の選に入らなくとも良いと思う句については積極的に取り上げたい。また、総評として、描写という観点から講評・指導したい。表現についても具体的なアドバスができるとよい。

（清記例）

一年A組句会　　平成　年　月　日

	俳句	点数
1	稲妻に鳥のかけこむ大きな樹	
2	遠き日のこと思い出す更衣	
3	雨あとの雲をまたいで虹かかる	
4	桜の木の下であの日を思い出す	
5	風鈴のちりんと鳴って祖母いない	
6	昼食の定番となる冷奴	
7	もう百円金魚は一匹も釣れず	
8	片思いのままの今年も毛糸編む	
9	秋刀魚焼くにおいに急ぐ帰り道	
10	食道にぶつかり落ちるかき氷	

※　点数の欄には、選んだ人の人数を書く（正の字で）か、または選んだ人の名前を書く。

（選句例）

選句用紙　　平成　年　月　日
中学一年　組　番氏名

句番号	俳句	作者名
4	桜の木の下であの日を思い出す	
9	秋刀魚焼くにおいに急ぐ帰り道	

中学二年用教材（解説）

読解用（解説）

1 描写の力

ねらい 描写の方法を身につけることで、世界の独自な伝え方を学ばせるとともに、自分の心裏に応じて世界の捉え方も変化することを実感させ、生き生きとした世界との関わり方を学ばせたい。

一　そこにある物がどのようなものかをいうのに、私たちは説明と描写という二つの方法を持っている。説明は、その物と対応する言葉を用いて端的に示すこと。たとえば、「赤い林檎が一つ、机にある」という言い方である。それに対して、林檎の様子や、机の様子、その置かれ方などを言葉でスケッチしていくやり方がある。これを描写という。

①　つやつやとした赤い林檎の下の丸みが、冷たそうな板の上にある。

②　黒々とした机に置かれた林檎は、そこだけが夕陽に染まっているようだった。

③　血塗られたハート型の林檎が、刃のように冷たく光る板の上にある。

④　歓喜で紅潮した顔色の林檎が、今にも転がり出そうとして、板の上に止まっている。

どれも「机の上の林檎」の描写である。しかし、それぞれ同じ「机の上の林檎」とは思えないのではないか。①は机がいかにも冷たそうで、触ればヒヤッとするかのようだし、②は部屋全体が夕暮時のようだし、③の林檎は今にも切られそうだし、④は嬉しくてたまらない感じに見える。「机の上の林檎」を見る人が、それにどんな印象を抱くかによって異なる表現となっていることが分かるだろう。描写は、見る人（描写文の筆者）が見ている物に対してどんな印象をもったかを伝えてくるのである。―こう書くとずいぶん難しそうだが、そんなことはない。林檎を思ったまま、見たまま、思いついた言葉を使って書いていけばよいのである。そのようにして書かれた描写文に、林檎の様子が伝わるのみならず、林檎を見た筆者の印象がおのずから表れてくると言いたいのである。

描写文は、どう書けば正解ということはない。各人の感じたままを言葉にしてゆけばよいのだ。同じ人が見たとしても、その時々の感じ方は異なるから、同じ人でも同じ描写にはならない。寒い時や暑い時、昼間と夜とで、物の見方が変わるように、季節や時刻によって描写も変わってくる。つまらないと思っていたり、悲しかったり、嬉しかったり、その時々の気持ちによっても異なる描写となるだろう。描写文は、描写しようとしている物事を伝えるのみならず、描写する側の状況や気持ちを、読者に想像させることになるのである。

解　説明文が実生活において不可欠であるのに対して、描写は、レトリカルで文学的であり、日常で用いることはあまりない。だが描写は、世界を自分の見たままに語るということにおいて、自分の心的状況と世界とを結びつけることになる。世界は自分と無関係に存在するのではなく、自分の心のあり方と結びついて自分の前に出現しているのであり、一刻一刻自身が変化するように、世界も自分の前に異なる相貌を見せているのである。そうした世界と自分との関わり方を学ぶことで、世界と生々しく向き合うことが出来るだろう。

(1)　次のうちの一つを取り上げて、楽しい時の見え方、悲しい時の見え方を考えて、描写してみよう。

①　プール　②　学校の廊下　③　薔薇の花

解　自分の楽しさ・悲しさをプールや廊下、薔薇によって表現すると指導しても良い。①「プール」では、水面の様子、コンクリートの色合い、友人達があげる水しぶき、水の冷たさ、水に映る空の色、など描写する素材をヒントとして挙げながら、「冷たく人を寄せ付けないような水面」「足の裏になじまないコンクリート」などと言えば、悲しいイメージになるし、「ばしゃばしゃと勢いよく水しぶきを上げて」「熱い日射しに輝いている水面」といえば楽しいイメージになると話してから作業させると良いだろう。②「学校の廊下」では、人々の話し声や歩く音、走る音、誰も居ない廊下の静けさ、授業中の廊下の様子、③「薔薇の花」では、花びらの色、茎の棘、葉の色合い、集まって咲いている様子などをそれぞれヒントにして作業させたい。なお、長く描写させる必要はない。

(2)　次のうちの一つを取り上げて、春夏秋冬それぞれの様子を描写してみよう。

①　山　②　海　③　川　④　雲

解　山や海の四季は比較的易しいだろうが、近くにそれがなければ、イメージを構成するのが難しいだろう。川や雲は、どこでも当てはまるが、違いに気付くまでが難しいかもしれない。川は、冬は凍り、水嵩も減り、春は氷や雪が解けて水量が増し、濁川となる。夏は、淀んで緑色の水苔が生えたり、嫌な臭いがしたり、あるいは涼しげであったりする。秋は、川の水が澄み、せせらぎが心地よく、周りの紅葉を映したりして美しい、というのが基本となろうが、実際にはそうイメージ通りには行かない。違いが意識されればそれでよいとまずは考えるが、季節の違いをどこに見るかを指導して、川の記憶を蘇らせたい。雲は、冬は重く寒々と垂れ込めた雲であり、春は霞んで全体に薄曇りのようになり、夏は入道雲、秋はうろこ雲などであろうが、これも季節の記憶と結びつけて考えさせたい。

(3)　次の俳句には、どんな場面のどのような気持ちが表現されているだろうか。

ピストルがプールの硬き面にひびき　山口誓子

解　この句は、音を描写したものだということを確認したい。プールとピストルという取り合わせは、水泳大会のスタート場面を想像させる。ピストルの音が硬い水面に響いているというのであるから、泳ぐ本人ではなく、それを見ている人物の視点で描かれている。水面の「硬さ」は単に水面の波立たぬ様子をいうのみならず、飛び込もうとする選手にとっての飛び込みにくさ、その不安と緊張を表している。飛び込んで泳ぎ始めてしまえば、水など気にならなくなるが、その飛び込む間際の緊張が、そう見せているのだ。作者は、スタートする選手の一瞬の不安や緊張に一体化して、その緊迫感を表現したのである。

二　次の文章は室生犀星の随筆の一節である。

飴《あめ》色の肌をしているのと、虹《にじ》のような色をしているのとが、まぶしい日光の中を這《は》い出しながら、低い蚊や蠅の飛ぶのを見ている。——暑い日には少しばかりの雑草のかげから、三角形の口を少し上向きにして、凝然《ぎょうぜん》として何かを狙《ねら》っている。が、別に蚊も蠅も飛んでいるわけではない。かれはただ待ち伏せをしているだけである。ちょっとした物音にも直ぐ頭を曲げて物音のする方へ向ける。……眼も一しょに動く。あぶらのように柔らかいからだが砂利の間にたらりと零《こぼ》れると、すぐ這い出して行くのである。そしてはまた立ち停《どま》って眩《まぶ》しい夏の日光の中にうずくまっている。

わたしは始め二三足《びき》くらいだろうと思っていたが、ところどころの石垣の間から出るのを交ぜると十足くらいはいると思った。かれらは二足ずつ追いかけ合ったりして、庭先きの森閑《しんかん》とした昼過ぎに、寂しい忌《い》み嫌いされるその姿を現わした。わたしは五六寸もあるかれらの奇体な原始的な姿を庭の内に見出すことが、何となく可愛《かわい》らしく思われた。手と足で砂利の上を這うている頓馬《とんま》でそのくせ素早い姿が、木彫か何かの古くさいもののように珍らしかったからである。

注　「凝然として」じっとして動かないさま。
「森閑とした」物音一つせず、ひっそりと静まりかえっているさま。

解　室生犀星の「とかげ」の一節である（『室生犀星全集　第三巻』昭41、新潮社）。冒頭は、「わたしの今住んでいるところは、川原につづいた貸家で庭には樹も草もない。眩しい日かげに打たれた砂利ばかりである。だから滅多に庭へは出ない。ただよくとかげが這うている。」とあり、課題文はそれに続く一連である。

(1)　この文章に描かれている動物は、何だろう。次の選択肢から選びなさい。また、そう考えたのは、この文章中のどういう表現からだろうか。それぞれメモしてみよう。

①　ヘビ　②　トカゲ　③　ヤモリ　④　カエル

解　「飴色の肌」「虹のような色」「三角形の口」「あぶらのやうに柔らかいからだ」「石垣の間から出る」「五六寸」などから「とかげ」が思い浮かぶであろう。単なるクイズではなく、筆者がよく観察しているところに注意を向けさせたい。あるいは、ヘビ・ヤモリ・カエルでない点を文章中から見つけ出しても良い。どの表現がこれらとは違うのかを探すことも、描写を味わうことになる。

(2)　筆者は、このあと、次のような思いつきを夢想する。

ふむ、こいつを一つ切ってやろう。わたしの心は瞬時にして悲壮な画面を描くために、やや睡気ざましをそぞろに感じた。わたしは竹切れをさがした。その尖端をナイフで掠め、ナイフと同じいくらいの鋭い刃拵えをした。指頭にさわると西洋剃刀くらいの刃あたりが麗朗として感じられた。――わたしはこれでいいと呟いた。これなればあいつの尾くらい切れるだろうと思った。

このことを踏まえて、傍線部「木彫か何かの古くさいもの」に、この動物に対する筆者のどのような感情が表れているだろうか。自由に話し合ってみよう。

解 なかなか残忍な着想が記されているが、原文を読めば、それが筆者の夢想でしかないことが了解される。なぜ、そんな残忍なことを思ったのだろうか。それを考えるためのヒントとして、蜥蜴は、尾を切られたらどうなるだろうと考えさせたい。その際、蜥蜴は敵に遭遇した場合、危地を脱するために自ら尻尾を切って逃げるという話を持ち出しても良いだろう。蜥蜴が自分から切るのと、切られるのとの違いはあるが、蜥蜴は危険な状態でパニックになっていることが想像される。筆者は、蜥蜴に危険な状況を体験させたいと考えていることが分かる。そのことを踏まえて、課題文を読めば、課題文で描かれている蜥蜴は、日常ののんびりとした状態であることが分かる。「木彫か何かの古くさいもの」と筆者が呼んだのは、生命の躍動感のない、見飽きた、つまらないものと蜥蜴を見ていることが明らかとなるだろう。

2 表現を考えよう

ねらい 描写の手段として用いられる方法のなかで、際だったレトリックとして、比喩と否定文について、その方法と効果に習熟することを目的とする。

一 次は「風」の比喩表現の例である。

①隙間からは剃刀の刃のような冷たい風がシュッシュッと吹き込んだ（葉山嘉樹「海に生くる人々」）

②胸の中を吹き抜けるような風の音（梅崎春生「桜島」）

③無数の死を築く墓地の方からは、人間の毛髪の一本一本を根元から吹きほじって行くような冷たい風が吹いてきた。（田村俊子「木乃伊の口紅」）

「AのようなB」という形でBを叙述しようとする表現を直喩という。直喩は、たとえば「水母《くらげ》のような月」というように、Bと異なるが似ている事柄(A)をもってBを表現しようとするものである。この場合、AのイメージによってBのさまざまなイメージの一つを強調することになる。「月」といってもさまざまなイメージがあるが、「水母のような」ということで、月の白く丸いイメージが強調されるのみならず、「水母」もまた「月」のイメージによって丸く白い傘を上から見たイメージが引き出されることになる。「AのようなB」という直喩が用いられている場合、AとBとの共通のイメージが相互に作用しながら、独特のBが表現されるのである。

解 右の用例は、中村明『比喩表現辞典』（昭52、角川書店）による。直喩の用例であるが、①では、「剃刀の刃」ということで、風がごく薄い隙間を通り抜けて、強く吹き付けてくる様が描かれる。とともに剃刀が肌を切り裂くように感じられている様子も見えてくる。②では、胸の中を通り抜けるような肌感覚が示され、爽快さや空虚感が感じられるであろう。③「人間の毛髪の一本一本を根元から吹きほじって行く」とは、毛髪を逆立てて一本一本毛髪を靡かせる感触を肌に覚えさせるという表現。「身の毛もよだつ」という以上の、冷たい風が肌に吹き付けてぞっとさせる様子が描かれている。まず注意させたいのは、どのように言えば伝わるか、言い方の分からない「風の吹き方」を伝えようとして、独自な比喩表現が用いられている、ということである。比喩とは、言いようのない物事を言おうとする表現だと定義しても良いだろう。また、比喩する物事と比喩とには、イメージにおいては主従がない、ということだ。その相互作用において一文の効果ができあがるのである。以下はその実験である。

(1) 「月」「太陽」を二十字以内の直喩で表現してみよう。

解 思いつくままに、短くても良いからメモさせたい。「月」「太陽」ともに、丸い、明るい、輝きなどのイメージに共通する比喩が使われることだろう。「お盆のような月」「鏡のような月」「スケートリンクのような月」、「溶鉱炉のような太陽」「CD版のような太陽」「熟れた果実のような太陽」など言えるだけ言わせたい。

(2) 二人一組になって、一人は「AのようなB」のA（十文字程度の、名詞で終わる短文）を、もう一人はB（単語）を小片に一つずつ記し、互いにそれを組み合わせて「のような」で結んでみよう。

この時、あらかじめ二人で話し合わないように、また互いに何を書いているか分からないようにして、書き上がったところで初めて見せ合うこと。

次に、A・Bの担当を入れ替えて、Aは動詞で終わる短文を、Bは動詞もしくは形容詞を小片に書いて組み合わせ、「ように」で結んでみよう。

今度は、先ほどとは全く違うイメージになるように意識して、しかも決して何を書くか相手に分からぬようにして書いてみよう。

⑴の作業で記された直喩は、「向日葵の花のような太陽」とか「まぶしい鏡のような月」などのように丸さや輝きを念頭に置いて書かれることが多いのではないか。それに対して、⑵の直喩は、「嵐が過ぎ去った跡のような月」とか「開いた教科書のような太陽」、あるいは「階段を駆け上がるように美しい」とか「パンを口につっこむように悲しむ」といった、AとBに共通点がほとんどない直喩になっていることに気付くだろう。だが、言われてみれば、直喩として成立していないかといえば、そうではない。かろうじて成立しているのである。これは、読者がAとBとに共通点を見出そうとして、そこから一つのイメージを読み取ろうとするからである。そして、あらかじめ共通点のないような直喩の方が比喩としては面白く感じるだろう。直喩とは、未発見の類似性を発見するところ、その意外さに表現としての価値があるわけだ。

解　直喩の定義（「BのようなA」という場合、Aを似ているBによって喩えること）を、直喩を使う場合に用いると、「似ている」物事によってしか表現できないと思い込み、陳腐な比喩しか使えなくなる。むしろ逆に考えよう。読者にとって、「BのようなA」という表現があると、AとBに似ている点を見出そうとし、AのイメージにBのイメージを重ねて一つのイメージを作り上げるものが比喩だと定義しておきたい。そうして重要なのは、直喩はAとBの組み合わせの意外さに価値があるということである。右の遊びは、そうしたことを実感するための遊びであり、かつ直喩の読み解き方の練習にもなる。⑵の作業でできあがった比喩がどんなメッセージを伝えてくるのか発表させるのも、有効である。

⑶　「中学生のような私」を題にして四〇〇字程度の作文を書いてみよう。

解　直喩のまとめとして、ちょっと変わった題を出してみた。「BのようなA」の直喩であることは、AとBが似ていながら異なったものであることを前提にしている。したがって「中学生のような私」とは、中学生と私（中学生）とは似ているが別だという事である。この課題作文によって、生徒は中学生の自分と、中学生という呼称（社会が作りあげている中学生のイメージ）とのズレを考え始めてくれるだろう。

二　隠喩は、直喩の「ような」といった比喩であることを示す語を用いない比喩である。

晩秋の夜、音楽会もすみ、日比谷公会堂から、おびただしい数の鳥が、さまざまの形をして、押し合い、もみ合いしながらぞろぞろ出て来て、やがておのおのの家路に向かって、むらむらぱっと飛び立つ。

（太宰治『渡り鳥』）

「日比谷公会堂から」「押し合い、もみ合いしながらぞろぞろ出て来て」とあるから、この「鳥」は人々の比喩であることが分かる。隠喩は、比喩（この場合「鳥」）によって表現する実体が暗示する形になっている。「鳥」と比喩によって述べたことで、日比谷公会堂の入口付近を遠くから眺めており、そこにいる人としての存在感が消え、ただ黒っぽい影のような群を見ているような、冷めた視点が読み取れる。その黒っぽい影は、群衆であると同時に個々に関わらない孤独な存在であることも暗示されていると言えよう。

解　表現としての暗喩の難しさは、暗喩が実体ではないということを読者に知らせる仕掛けが必要だという点にある。その仕掛けさえあれば、直喩以上に比喩のイメージが大きく前面に押し出されてくることになる。

⑴　次の文章に用いられた比喩は、それぞれどんな効果を上げているだろうか。話し合ってみよう。

①　死はやおら物憂げな腰を上げて、そろそろとその人に近寄ってくる。（有島武郎『生れ出づる悩み』）

②　明子の感情は始終、ヒステリックな高音を保ちつづけていた。（佐多稲子『くれない』）

③　お延の心には羨望の漣が立った。（夏目漱石『明暗』）

解　引用はいずれも中村明『比喩表現辞典』（前出）による。①「死は……その人に近寄ってくる」の言い方がすでに擬人化されており、隠喩と分かる仕掛けになっている。「やおら物憂げな腰を上げて、そろそろとその人に近寄ってくる」とは、それまで離れた所にいて近寄ろうとしなかった者が、急に重たそうな腰を上げ、相手に気付かれぬように近寄ってくるという人物の動きが、「死」を意志ある者の動作のように表現して、「その人」が気付かぬ内に死へと連れ去られるような不気味さを醸し出す。②「感情は」とあるから、「ヒステリックな高音を保つ」が比喩と分かる。感情をおさえることができず、病的に高ぶった状態を「高音」と比喩する。張り詰めた甲高い音の表現が、感情が高ぶるのみならず、叫んだり喚いたりしているような声をともなうように表現されている。③「心には」とあるから、「漣が立つ」は比喩である。羨望で動揺している様子を、水面に漣がたつということで、静かではあるが、はっきりと感情に動きがあったことを示す効果がある。

三　直喩、暗喩ともに、俳句では次のように多用されている。次のいづれか一つの句を選んで、感想を書いてみよう。その際、何をどのような比喩によって描いているか、その効果について必ず言及すること。

霧の海の底なる月はくらげかな　立圃

解　『誹諧発句帳』所収。江戸初期の俳人、野々口立圃の句。「霧の海」とは、霧が一面に立ち籠めている様子を海に見立てていう。霧の向こうに上り始めた月が見えるが、海の底にぼんやりと見える海月《くらげ》のようだ、というのである。霧の立ちこめた空と海とを重ね合わせた幻想的風景。ただし、月と海月の比喩は、当時常套的表現。

何にこの師走の市を行く烏　芭蕉

解　『花摘』所収。元禄三年の句。この人々が忙しなく行き交う師走の街に、何でこの烏のような私が行くのだろうか、の意。〈烏〉を実際の烏と見ても良いが、〈市を行く〉の措辞は、烏を芭蕉自身の隠喩と見ても良いであろう。旅でよごれた墨染めの衣を着て歩く姿が彷彿とする。世間の喧騒に対して、それと無縁の自身の姿の違和感が表現されている。

閻王《えんおう》の口や牡丹を吐かんとす　蕪村

解　『蕪村句集』所収。緋牡丹が今にも開こうとしている、ちょうど閻魔王が長く赤い舌を翻して憤怒の形相を示しているかのようだの意。仏法では、広く長く、のばしひろげると顔面をおおって髪のきわにまで及ぶという広長舌を福相とし、説法の後、虚妄でない証拠に広長舌を示して誓うことを「舌相紅蓮を生ず」といった。それを踏まえて、閻王の憤怒の形相は、紅蓮を生ずのごとく、まさに牡丹を吐き出そうとしていると見た。牡丹の赤い花色がこの世のものでないように見えてくる。

咳き込めば我火の玉のごとくなり　川端茅舎
咳止めば我ぬけがらのごとくなり　同

解　『定本川端茅舎句集』所収。咳き込む様子、咳が鎮まった様子が、全身で咳き込み、咳が鎮まると体力を使い果たしたようになる姿を描いて、圧倒的な迫力がある。

四　次の文章を読んで、「豪華さが荘厳されている」とは、どういうことか、具体的に一句に即して説明してみよう。

金魚大鱗夕焼の空の如きあり　松本たかし

この句は、大鱗の金魚の繚乱《りょうらん》たる美しさの中に、かつて見た夕焼けの空の大景観が、一瞬あざやかに輝き出る。池の金魚であるか、金魚玉の中の金魚であるか、この句は限定していないし、それはどうでもよいことだ。私が句から受ける第一印象としては、ガラスの容器を通して金魚を見ているのだが、とにかく、ここでは大鱗の金魚が、あたかもバックミラーに映っているような夕焼けの空の景観によって、二重映しとなることによって、その豪華さが荘厳《しょうごん》されていると言うべきであろう。
（山本健吉『現代俳句』）

注　「荘厳されている」美しく厳《おごそ》かに飾られていること。

解　右の原文は次の通り。傍線部を省いてある。「この句は、大鱗の金魚の繚乱《りょうらん》たる美しさの中に、かつて見た夕焼けの空の大景観が、一瞬あざやかに輝き出る。池の金魚であるか、金魚玉の中の金魚であるか、この句は限定していないし、それはどうでもよいことだ。私が句から受ける第一印象としては、ガラスの容器を通して金魚を見ているのだが、書かれていないことをあまり強調すると、鑑賞過剰の弊に陥《おちい》る。とにかく、ここでは大鱗の金魚が、あたかもバックミラーに映っているような夕焼けの空の景観によって、二重映しとなることによって、その豪華さが荘厳《しょうごん》されていると言うべきであろう。この句の比喩は強く張っている」

池の金魚か金魚玉の金魚かは、書かれていないのだから穿鑿する必要はない、と言いながら、筆者は金魚玉の中の金魚をイメージしたいと述べている。自身の第一印象を、一見鑑賞から排除する言い方をして、しかし自身の印象が読者の印象になるようなレトリック（否定）を用いているのである。さて、ここで筆者は、金魚玉の金魚をイメージし、その横に見た胴体の鱗の金色に、カーブミラーに映った空の夕焼けを重ねている。夕焼けの赤い空と金魚の光る鱗とが二重映しになって、単に金魚の鱗と夕焼けの重ね合わせではなく、光り輝く夕焼けが出現しているのである。「豪華さが荘厳されている」（豪華に、美しく厳かに飾られている）とは、こうした互いに映発し合って、夕焼けの豪華さにこの世のものとは思われぬ美しさが備わったことを言うのである。

五　否定文の面白さを考えてみよう。

菜の花や鯨もよらず海暮れぬ　蕪村

目の前に菜の花が、あたり一面を黄色に染めて咲いている。その向こうには、青々とした海が広がっている。その海に、今日は何の変化もなくただ日暮がやってきた、というのだ。問題は、「鯨も寄らず」のイメージであろう。試みに一句の情景を絵に描いてみよう。どんな絵になるだろうか。沖の方に小さく鯨を描いた人もいるかもしれない。何も描かず、ただ青い海と黄色い菜の花を描いただけの人もいるかもしれない。沖の方に小さく鯨を描いた人は、〈鯨も寄らず〉を「鯨も近寄らず」の意味に取ったのである。「寄らず」の意味としては、間違いというのではない。だが、〈鯨も寄らず〉の虚無感は伝わってこない。何も描かなかった人は、「菜の花や海暮れぬ」の絵と変わりがない。

おそらくこの句にふさわしい絵は、鯨が海を泳いでいる絵と、鯨のいない海の絵と二枚を連ねた（重ね合わせた）絵ではなかろうか。

否定とは、単なる打ち消しではない。イメージの世界は、ひとたび言葉が発せられると、そのイメージが出現して消えようがないのだ。「テストで百点とれなかった」と聞いた時、テストの点数を百点近くであると想像してしまうのと同じである。実際には零点から九十九点まですべて「百点ではない」のであるが、百点をイメージしてしまった聞き手は、百点を基準にしてその近くの点数を考えるのである。否定文の面白さはここにある。

「私の家の庭にはライオンはいないし、水槽には鮫は泳いでいない」という時、聞き手の脳裏にイメージされるのは、ライオンのいる草原であったり、鮫が泳ぎ回る大水槽であったりする。あるいは、ライオンや鮫といった生物に代表される危険な場所として「私の家」がイメージされるかもしれない。否定文とは、現実には存在しないものをイメージさせる豊かな表現技術なのである。

解　否定文をレトリックには数えないが、否定文の効果は十分理解させたい。詩歌のみならず、散文にも多用される表現効果をもっていることに気付かせたい。

(1)　次の句の面白さを考えてみよう。

①　高麗舟《こまぶね》のよらで過ぎゆく霞かな　蕪村

解　『蕪村句集』所収。「高麗舟」は高麗国の舟というほどの意味で、高麗舟という舟型があるわけではない。高麗は、朝鮮の王朝（九一八～一三九二年）。朝鮮半島を統一した、はじめての統一国家である。その舟は、大型の古代の舟のイメージである。一面の霞の中、白い帆をあげて航行する古代の高麗舟が近寄るかと見えてそのまま過ぎ去っていった、というのだ。近寄らなければはっきりとは見えない。一瞬、高麗舟ではと思った舟が、そのまま霞の中に消えていったという、一瞬の幻想を捉えた句。

②　万緑やわが掌《て》に釘の跡もなし　山口誓子

解　昭和二二年作。〈万緑〉は見渡す限り一面緑に覆われているさま。夏の草木の繁茂した生命力溢れる世界である。〈釘の跡〉は、イエスが磔刑に処せられた時、十字架に打ち付けられた手の釘の跡のこと。イエスは手に釘の跡を残したまま復活したが、それは地上における信仰の戦いにおける名誉の戦傷とされた。万物の生命力溢れる季節を意識しつつ、自分の手に釘の跡も何もないと呟くのは、釘の跡をつけて復活するすべもないと自身の生命力のなさをむしろ寂しく見つめている作者の心情を伝えてくる。

③　雁の数渡りて空に水尾《みを》もなし　森澄雄

解　昭和四七年、近江での作。〈水尾〉は、航路のあとに出来る水の筋のこと。航跡ともいう。空に航跡など立ちようがないのだが、〈水尾もなし〉といわれることで、かえってそこにあるはずのない航跡が、飛んでいってしまった雁の名残のように漣立つのを感じとるのである。

④　落葉踏む足音いづこにもあらず　飯田龍太
（「十月二十七日母死去　十句」のうち）

解　昭和四〇年作。落葉を踏む足音がどこにもしない、というだけだが、かえって足音を聞こうと耳澄ます作者の心情が伝わってくる。母死去という前書を踏まえると、母の足音を聞くことがもうないと、改めて母の死を実感していることが分かる。のみならず、落葉は絶えず風に動いてかさこそと音を立てる。その音の中に、母の足音を聞きつけようとする、亡き母を慕う作者の心も感じ取れよう。

(2)　次の文章は、鴨長明『方丈記』の冒頭である。現代語訳をもとに、この文章から見えてくる一般的な人々の見方をまとめてみよう。

ゆく河の流れは絶えずして、しかももとの水にあらず。よどみに浮ぶうたかたは、かつ消えかつ結びて、久しくとどまりたるためしなし。世中にある人と栖《すみか》と、またかくのごとし。

（現代語訳）

次々と行く川は流れは絶えることなく、しかも元の水ではない。よどんだ所に浮ぶ水の泡も、あちらで消えたかと思うと、こちらにできていたりして、けっしていつまでも消えずに残っている例はない。世間の人を見、その住居を見ても、やはりこのようなものだ。

解　川の流れは絶えず流れているが、その水が流れ去ってゆく連続であることを一般には思わない。常に川は、ずっと前から同じようであると思っている。淀みに浮く泡も、一つ一つの違いを考えず、いつも泡があるように思っている。川や水泡を、概念的にずっとそこにあるものと捉えて、その一つ一つ、一瞬一瞬の変化を見ようとしないまま、変わりないと思い込んでいる考え。鴨長明は、そこを取り上げて、変化していることを見ようとしていないだけだ、と問題提起するのである。

六　次の文章は、安岡章太郎「サアカスの馬」の冒頭部分である。

僕の行っていた中学校は九段の靖国神社の隣にある。

鉄筋コンクリート三階建ての校舎は、そのころモダンで明るく健康的といわれていたが、僕にとってはそれは、いつも暗く、重苦しく、陰気な感じのする建物であった。

僕は、全くとりえのない生徒であった。成績は悪いが絵や作文にはずば抜けたところがあるとか、模型飛行機や電気機関車の作り方に長じているとか、ラッパかハーモニカがうまく吹けるとか、そんな特技らしいものは何一つなく、なかでも運動ときたら学業以上の苦手だった。野球、テニス、水泳、鉄棒、などもだが、マラソンのように不器用でも誠実に頑張りさえすればなんとかなる競技でも、中途で休んで落伍してしまう。体操の時間にバスケットボールの試合でもあると、僕は最初からチームの外の四人の邪魔にならぬよう、飛んでくる球をよけながら、両手をむやみに振り回して、「ドンマイ、ドンマイ。」などと、訳も分からず叫んで、どかどかコートの周りを駆け回っていた。おまけに僕は、全く人好きのしないやつであった。地下室の食堂で、全校生徒が黒い長いテーブルについて食事するとき、僕は独りでだれよりも先に、お汁の実のいちばんいいところをさらってしまう、そんなときだけはだれよりもすばしこくなる性質だった。そのくせ食べ方は遅くてきたなく、ソースのついたキャベツの切れ端や飯粒などが僕の立った跡にはいちばん多く残っていた。

僕はまた、あの不良少年というものでさえなかった。朝礼の後などに、ときどき服装検査というものが行われ、ポケットの中身を担任の先生に調べられるのだが、他の連中は、たばこの粉や、喫茶店のマッチや、けんかの武器になる竹刀のつばを削った道具や、そんなものが見つかりはしないかと心配するのに、僕ときたら同じびくびくするのでも、全く種が違うのだ。僕のポケットからは、折れた鉛筆や零点の数学の答案に交じって、白墨のでよごれた古靴下、パンの食いかけ、鼻くそだらけのハンカチ、そういった種類の思いがけないものばかりが、ひょいひょいとび出して、担任の清川先生や僕自身を驚かせるのだ。

そんなとき、清川先生はもう怒りもせず、分厚い眼鏡の奥から冷たい目つきでじっと僕の顔を見る。すると僕は、悔しい気持ちにも、悲しい気持ちにも、なることができず、ただ心の中をからっぽにしたくなって、目をそらせながら、（まあいいや、どうだって。）と、つぶやいてみるのである。

教室でも僕は、他の予習をしてこなかった生徒のようにそわそわと不安がりはしなかった。どうせ僕に当てたってできっこないと思っているので、先生は、めったに僕に指名したりはしない。しかし、たまに当てられると僕は必ず立たされた。教室にいては邪魔だというわけか、しばしば廊下に出されて立たされることもあった。けれども僕は、教室の中にいるよりは、かえってだれもいない廊下に一人で出ているほうが好きだった。たまたまドアの内側で、先生がおもしろい冗談でも言っているのか、級友たちの「わっ」という笑い声の上がったりするのが気になることはあったけれど……。そんなとき、僕は窓の外に目をやって、やっぱり、（まあいいや、どうだって。）と、つぶやいていた

解　安岡章太郎の「サアカスの馬」

安岡章太郎（一九二〇～二〇一三）は、小説家。高知市生まれ。第二次世界大戦後、病臥の中で小説を書き、芥川賞候補となった『ガラスの靴』で登場。「第三の新人」の一人と目された。『陰気な愉しみ』『悪い仲間』『海辺の光景』『流離譚』など。「サアカスの馬」は『新潮』昭和三〇年十月号に発表された。

(1)　否定文を手がかりに、①特技、②体育の時間、③服装検査、④授業中の四つの場面で、「僕」が取り上げている自分以外の生徒たちはどのような生徒たちなのか、その共通点を考えてみよう。

解　否定文の読み取りが実際の読解にどう関わるかを実地に検証する作業である。前問(1)に戻りつつ、作業させたい。①「全くとりえのない生徒」は、生徒が何かしら取り柄を持っていると考えている「僕」を印象づける。同様に「特技らしいものは何一つなく」と、僕以外の生徒は特技と呼べないまでも、その生徒なりきの得意なものを持っていると「僕」は思っている。②体育の時間の描写でも同様である。バスケットボールの試合で「邪魔にならぬよう」とは、チームの邪魔な存在にもならないということで、邪魔な存在とは自分という存在そのものだから、自分がいないように振舞うという態度である。「訳も分からず」は、そもそも「ドンマイ、ドンマイ」

という語は意味もなく発せられる、チームを鼓舞する言葉なのだが、それが意味を持つかのように「僕」には意識されている。③服装検査では、不良少年もまた、「僕」にとっては服装検査の対象となる意味ある存在であり、①の「とりえ」と同様に意識されていることが明らかとなる。④「怒りもせず」とは、先生が叱る対象に自分が入らないという意識を表す。つまり集団の構成員としての生徒が、何かしら存在意義を持っていると「僕」は思い、それを自分は持たないと思うことで、集団に入れない自分を痛切に意識しているといえよう。「悔しい気持ち」「悲しい気持ち」はそれぞれ授業で注意されたことに対する反省や反抗の気持ちであるが、それを意識することは、逆に授業での教師との関係、授業そのものの根柢となる集団に参加する自分という意識を持っていない「僕」を浮かび上がらせている。

(2)　食事の場面など、否定文で書かれていない場面では、「僕」の動作や様子はどのように描かれているだろうか。具体的にメモしてみよう。

解　「落伍する」「食べ方は遅くてきたなく」「清川先生や僕自身を驚かせる」などをヒントに考えさせたい。一つは、自分の言動に対する圧倒的なマイナスイメージである。これが否定文と相俟って、自分の劣等意識を誇張している。冒頭の中学校の建物の印象「いつも暗く、重苦しく、陰気な感じのする建物」とは、そうした「僕」の意識が建物をそう見せているという点も、確認したい。

(3)　前の二つの問いをもとに、学校の中の「僕」は自分自身どんな生徒だと考えているか、話し合ってみよう。

解　「心の中をからっぽにしたくなって、めをそらせながら、〈まあいいや、どうだって〉とつぶやいてみるのである」をヒントに、考えさせたい。(1)で読み取った、集団の中に入れない自分が、他の生徒たちが集団の構成員としての役割を持っていると見ている意識、(2)の劣等意識と関わって、そうした集団の中に役割をもって生きるという関心（それはそのまま集団に入りたいという希求そのものなのだが）までも捨てたいと思っていることを示している。〈まあいいや、どうだって〉とは、集団への関心を捨てる呪文のような言葉なのである。

実作用（解説）

1 描写から俳句へ

ねらい　描写による俳句表現、特に否定・比喩を効果的に用いた俳句を学ぶことで俳句の魅力を知る。

一　次の1〜7の描写による俳句について、それぞれの問いに答えて一句を完成してみよう。

(1)　次の句の空欄に入る最適な季節としてどの季節がよいか、漢字一字で書き入れ、それぞれ考えを話し合ってみよう。

バスを待ち大路の□をうたがはず　石田波郷

解　波郷の句は〈春〉。〈バスを待ち大路の春をうたがはず〉。バスを待つ時間というのは、何をするわけでもない所在のない状態。それが、仕事をしたり、移動をしたりしているときには感じられない春の到来を感じさせたという。〈春をうたがはず〉からは春になったのだなと実感して心弾ませている様が伝わってくる。「秋」は風の冷たさも感じられて〈バスを待ち〉という期待感に合わない。「夏」や「冬」は、日差しの強さ・風の冷たさなどから、暑さ・寒さは強く感ずる季節で〈バスを待〉っていなくとも十分伝わってくるので、合わない。心の弾む思いはやはり「春」が相応しい。

生徒達の日常の実感を引き出してこの句の思いに共感を持ち、通学時等にも季節の移ろいに関心を持たせられるような話し合いにしたい。

(2)　次の句の空欄に入る語を漢字一字で考えてみよう。

一枚の□のごとくに雪残る　川端茅舎

解　茅舎の句は〈餅〉。〈一枚の餅のごとくに雪残る〉。残雪（残る雪・雪残る）は冬降った雪が根雪となって春まで残っているものをいう。春になっても残っている雪の様子を比喩によって表した句。「餅」の比喩で表現したことで、他から切り離された雪の塊りの厚みと存在感とが伝わってくる。

(3)　次の句の空欄には、「秋の蚊」らしい様子を表すことばが入る。四文字で考えてみよう。

秋の蚊の□と来て人を刺す　正岡子規

解　子規の句は〈よろよろ〉。〈秋の蚊のよろよろと来て人を刺す〉。頼りなげによろよろと飛んできた秋の蚊が今、自分の膚に針を刺している。程なく命を終えるはずの蚊を、叩くでもなくみつめている。夏のころの勢いをなくしてどこか哀れを誘う秋の蚊の様子を〈よろよろと〉という擬態語と、それでも〈人を刺す〉ことを忘れない習性とで表現した。

(4)　次の句の空欄には「冬蜂」の歩く様子を見てい

る作者の感慨が入る。冬の蜂はどのように歩いていると見ていたのだろうか、七文字で考えてみよう。全員が書いた後、村上鬼城の句を確認した上で、自分たちの句と比較しながら、どのような違いがあるか話し合ってみよう。

冬蜂の□歩きけり　村上鬼城

解　鬼城の句は〈死にどころなく〉。〈冬蜂の死にどころなく歩きけり〉。冬の寒さを生きながらえる蜂が、彷徨《さまよ》っている。蜂は自らの余命を悟っているかのようだが、命の続くかぎり生き、自らの死ぬべき場所を探して歩き続けるのだ。〈死にどころなく〉はただ死ぬのに相応しい所がないというのではなく、死ぬに死にきれずにいた結果生きているというニュアンスを伝えている。死のさびしさ・厳しさよりも生きることのさびしさ・厳しさが伝わってくる。

　生徒達それぞれが中七のことばを書き入れたことを確認した後、原句を板書して示し、自由に話し合いをさせたい。

(5)　次の句の空欄に入る季語として最適なものを後のア～オから選び、その理由をそれぞれ述べてみよう。その上で、作者の用いた季語を確認し、自分たちの選んだ季語と比較して話し合ってみよう。

□一枝の影も欺《あざむ》かず　中村草田男

ア 春の水　イ 夏の川　ウ 秋の水　エ 冬の水

解　草田男の句はエ。〈冬の水一枝の影も欺かず〉。冬の水面に木の影が写っている。葉をすっかり落した冬枯れの枝の、細く枝分かれしたところまで寸分の違いもなくくっきりと映し出している。実物の木よりも透明で美しくさえ感じられる。〈欺かず〉の「だまさない・ごまかさない」等の意味をもつ否定表現が、かえって木の姿をそのまま映している様を強調している。〈冬の水〉は澄んで冷たく硬質の印象があり、そこに映る影は精密な感じがする。「春の水」は明るく豊かな勢いのある水、芽吹きにけぶる枝は〈欺かず〉という表現に合わない。「夏の川」はこんもりとした緑陰が見え、「一枝」というイメージが結びにくい。「秋の水」は澄みかえって清澄な感じで、紅葉の影が映っていることになる。

　正解よりも、それぞれの選択に即した読み取りが肝心で、生徒にはそれぞれの季節で成り立つかを考えさせる話し合いをさせたい。

(6)　次の句の空欄にはどのようなことばが入るか、五文字で考えてみよう。それぞれことばを選んだ理由を話し合ってみよう。

□力満ちゆき螇蚸《ばった》とぶ　加藤楸邨

解　楸邨の句は〈しづかなる〉。〈しづかなる力満ちゆき螇蚸とぶ〉。じっと動かない螇蚸がいる。見ていると、急に葉を蹴って螇蚸が跳んだ。作者は、跳ぶまでのじっと動かない時間を、静かにしずかに全身に力の満ちるのを待って跳んだと見た。作者の、息をひそめて螇蚸の様子を見つめていた緊張感や、跳んだ瞬間の心の躍動感が伝わってくる句となった。

二　否定と比喩で遊んでみよう。

(1)　1　十二音程度で否定表現を使って短文を作り、それぞれの効果を話し合ってみよう。

(例)① サングラスをかけずに行く。
② 灯りのつかない窓がある。
③ 誰にも告げず旅に出る。
④ 首輪のない犬がとぼとぼ歩く。

解　〈参考〉①海辺やプールサイドでサングラスをかけている人達が見え、そういう人達を拒否する作者像が浮かんでくる。②人々の暮らしが見えて、灯りのついていないことが寂しそう。③「誰にも告げず」と言っていることで、一人旅の寂しさ、孤独が表わされ、旅に行くと言って出る旅との違いが鮮明になる。④犬には首輪がついていない、ということしか言われていないが、「首輪のない」犬というのはよそ者が迷い込んだような印象を与える。

2　1の①～④にそれぞれ季語を入れて俳句にしてみよう。

(例)① サングラスかけずに行くや炎ゆる海
② 灯のつかぬ窓がいくつも走り梅雨
③ 誰にも告げぬ晩春の一人旅
④ 首輪なき犬がとぼとぼ秋祭

解　〈参考〉①季語は真夏の暑さを言う「炎ゆ」を用いて炎天下の海でもサングラスなどかけないという強がりを言う人の姿を描写したが、「サングラス」も季語なので「サングラスかけずに行くや怒り肩」のように、いかにも強がっている姿を直接表現して一句にすることもできる。俳句の約束に一句に季語は一つ、という考えがあるので、その説明もしておきたい。②季語の「走り梅雨」は、梅雨に入る前の五月末頃、梅雨に似た雨の日が続くことがあるが、それを言う。湿気と薄暗さの中で、いつまでも灯の付かない窓はいかにも寂しく、周囲から取り残されたような感じがする。③季語は「晩春」、春季の終わりの少しもの寂しい感じが漂う。旅の理由も旅先も誰にも告げたくないという屈折した思いが伝わってくる。④季語は「秋祭」、収穫に感謝する祭「村祭・浦祭」などともいい、地域の神社や鎮守などを中心に行われる。首輪のない犬は祭の賑わいの中で、誰からも声を掛けられるでもなく、いかにも余所者の風情でとぼとぼ歩く姿が浮かんでくる。

(2)

1　次の①～④の文章の中で、どのような比喩表現が使われているか、探してみよう。

①　午後になって暑さはうっとうしさを増してきた。燃えるような陽光はかげり、厚ぼったい毛布のような灰色の空が低くたれこめ、息苦しくさせる。
ジル・ベイトン・ウォルシュ（『海鳴りの丘』百々佑利子訳）

②　母上は疲れ果てたように、間もなく破れた草笛のような、かすれた小さな寝息を立てて眠った。　大原富枝（『婉という女』）

③　そこに見えるのは、時の深みを貫いて渦巻く星空ではなく、画鋲のような星がまばらに点在する一枚の平たいいたのような空である。
ローレンス・ブレア（『超―自然学』菅靖彦訳）

④　掌の中心のくぼみは無限に広い砂漠にみえてくる。そこに濃く《こまか》刻みこまれている無数の皺は、月のない夜に砂漠の風の足跡がつけていった風紋の砂文字。（中略）指は砂漠よりもっと無限の広い海に突き出した孤独な岬。
瀬戸内晴美（『遠い声』）

解　①「燃えるような・厚ぼったい毛布のような」で、どちらも直喩。「燃えるような」は「陽光」の比喩、「厚ぼったい毛布のような」は「空」を喩えている。②「破れた草笛のような」で直喩、「寝息」を喩える。③「画鋲のような・一枚の平たいいたのような」で直喩。「画鋲のような」は「星」を「一枚の平たいいたのような」は「空」を喩える。④「砂漠の風の足跡がつけていった風紋の砂文字」が「皺」の擬人化。「砂漠よりもっと無限の広い海に突き出した孤独な岬」が「指」の擬人化。

2　次の1①～③の俳句の□にふさわしい言葉を考えて、入れてみよう。

①　a　毛布のごと空垂れ込める□
　　b　厚ぼったい毛布のような□
②　a　草笛のような寝息や□
　　b　破れた草笛のように鳴く□
③　a　画鋲のごとき凍星□
　　b　一枚の板のごとくに□

解　〈参考〉①a季語となる「原爆忌」。広島・長崎に投下された原子爆弾によって壊滅的な打撃を受け、多くの人々の命が失われた忌日、という重たい季語を用いることで、厚ぼったい毛布のような雲が垂れ込める不安感・不穏な空気感を伝える。「毛布のごと」の「ごと」は文語助動詞「ごとし」の語幹で「……のようだ……のように」の意を表す。この場合は「垂れ込める」にかかる。b季語として「朝曇り」。夏の朝、空がどんより曇っている時があるが、それが「厚ぼったい毛布のように」感じられたのだ。そんな日の日中はよく晴れて炎暑となる。②a季語となる「藍浴衣」。藍浴衣は浴衣の中でも着ている人にある年齢を感じさせる。「草笛のような」寝息をたてて眠っている藍浴衣の人、いつも元気そうにしているが、疲れているのだろうか、との作者の気遣いが感じられる。b「子山羊」。「破れた草笛のように鳴く」とはどのような声で鳴くのか想像してみよう、不安なのか、お乳が欲しいのか、寝息を子山羊の鳴き声に喩えた奇抜な面白さ。季語は「草笛」で夏。③a「ひとりいるがすき」。「画鋲のごとき凍星」で痛いほどに冷たく凍り付いた冬の山地の夜空が思われる。たった一人で青白く凍てついた星をみている人の孤独感と心に抱いているいたみのようなものまでが想像される。b「秋の海」。空気が澄んで遠くまで見渡せるさわやかな「秋の海」、一枚の板のようにその青さが遥か沖まで続いているのだ。

3　④の例文に用いられている比喩表現を活かして俳句を作ってみよう。

(例)　a　木枯しや指は孤独な岬なる
　　　b　幾筋もの風の足跡月の浜
　　　c　祖母の掌の風紋の皺夜の長き

解　この問題は、中学二年生には難しい課題であろう。が、小説や映画あるいは漫画などの表現をもとにして、それを俳句に活かそうとしてみることは、比喩表現を自分の表現のための武器にするのみならず、小説などの作品を読み解くための訓練にもなる。あえて設問してみた。a木枯らしの吹きすさぶ音を聞きながら、しみじみ我が指を見ている。「指」は腕を伸ばせば、人の身体の一番先っぽにあって、まるで無限の広い海に突き出した孤独な岬のようだ。b月夜の浜辺には風が吹き抜けていった跡が幾筋もあって、曲がったり交叉したり突然消えていたりと、まさに自在な風の足跡だ。c祖母のてのひらには沢山の皺があって、まるで風が付けていったしるしのようだ、自分の掌と見比べながら、あれこれ思う秋の夜長のひととき。

中学三年用教材（解説）

読解用（解説）

1 季節の発見

ねらい 俳句の読解の中心となる季語について理解を深め、文学の深い読解や句作に活用することができるようにする。

一　私たちの生活は、季節を介して自然や社会と関わっている。正月の行事から始まって節分、立春、雛祭、彼岸と暦に従って行われるさまざまの行事はもちろん、卒業・入学、夏休みなどの学校行事や国民の祝日などが暦のうえで定まり、それぞれの季節と結びついている。のみならず、例えば春まだ浅く寒さが残る頃、梅が咲いたのを見て春の到来を実感し、街路の柳の枝が青々と伸びるのを見て春の深まりを思い、桜の花が咲いて花見に興じる人々を見ては春爛漫を感じるというように、草木の花を賞美してはその季節を実感する。あるいは、鶯が鳴き、燕が飛び、蝶や蜂が飛び交うのを見ては春らしさを思うように、私たちは身の回りのさまざまの物を季節と結びつけてきた。季語とは、そうした私たちと季節との関わりを端的に示す言葉である。

例えば昼の時間は季節によって長くなったり短くなったりして季節を敏感に反映している。そこに着眼して生まれた季語に、「短夜《みじかよ》」「夜長《よなが》」「短日《たんじつ》」「日《ひ》永《なが》」などがある。

「短夜」は、文字どおり夜が短いことをいう夏の季語である。一年で一番夜が短い夏至は、太陽暦で六月二十二日頃であるが、その前後の期間、すなわち夏は昼が長く夜が短い。その上、夏は暑い季節でもある。昼は強い日射しが照りつけて、暑さを凌ぎようがない。その日射しが消えた夜は、涼しく過ごしやすい貴重な時間でもあった。だが、その過ごしやすい夜が短いのだ。古代の人々は、和歌に「寝ぬに明けぬ」（寝ないでいる内にもう夜が明けてしまった）と詠み、また「明易し」（夏の夜が短く、明けるのが早いこと）と詠んで惜しんだ。だから「短夜」には、夜の短さを惜しむという気持ちが込められている。

その夜が、秋になると徐々に長くなってくる。これを「秋の夜長」、もしくは単に「夜長」といって秋の季語となっている。実は、夜が長いのは冬で、秋は昼と夜との長さがほぼ似通っている時期に当たる。だが、夏の夜の短さを惜しんでいた人々にとっては、秋は夜が長くなったと思われたのだ。それが、「夜長」を秋の季語とした理由である。夜が長くなるということは、昼が短くなるということでもある。夏の間暮れなずんでいた空が、あっという間に暮れてしまうように感じられてくる。「秋の日は釣瓶《つるべ》落《おと》し」という言葉が生まれたのも、そうした感覚からであり、「釣瓶落し」といえば秋の暮れやすいことをいう季語となっている。

冬は夜が長く昼が短い。「短日《たんじつ》」とは、昼が短く、早々と暮れてしまうことをいう冬の季語である。「暮易《くれやす》し」とか、「暮早し」ともいう。「短日」が一日の昼の短いことをいうのに対して、「暮易し」「暮早し」は、日暮に焦点を当てた言い方ということになる。冬は、草木も枯れ、雪と氷に閉ざされて食物も少なく、弱い日射しのもとで人々は寒さにじっと堪えた生活を強いられる。「短日《たんじつ》」には、そんな厳しい生活感が込められている。

その冬が終わり、春になるにつれて日射しが強まるとともに昼の時間が長くなる。その実感が、「日《ひ》永《なが》」（「日長」とも）という季語を生んだのである。だから「日永」には、草木が芽生え、一日一日と緑が濃くなり、野山には花が咲き、凍っていた大地がゆるみ、川の水も軽快に流れ始める頃の、身も心もほぐれてくるような喜びが込められているのである。

季語は、言葉一つ一つがばらばらに季節感を担っているのではない。「暮易し」が弱々しい冬の日がそのまま日暮れへと向かう日の短さのをいうのに対して、「釣瓶落し」が日暮れの早さをいうのみならず、冬へと向かう秋の気配を背景に、先ほどまでの日射しが急に暮れてしまうといった慌ただしさを表現する。これは、冬の暮れやすさと秋の暮れやすさを実感しての違いではなく、二つの言葉の違いからもたらされる季節感の差異であって、実感があるから季語が生まれたというのではなく、季語をもとに季節の受け止め方が微細になっているのである。こうして季語は、一年を通じてそれぞれの違いを際立たせるように言葉が選び取られていると同時に、季語によって季節の差異が意識されているのである。

解　この文章は、季節感というものが、自然に生まれたものではなく、自然との関わりのなかで、自然を受け止めようとして生まれた言葉が、自然の季節というものを際立たせているという前提で書かれている。自然に季節があるから季節の言葉が生まれたのではない。自然を季節によって切り分ける言葉が生まれたために、その言葉によって私たちは、季節を意識しているということを念頭に置いてこの文章を読ませて欲しい。

(1)　雨や雪、露など空から降ってくるものを「降《ふり》物《もの》」と呼ぶ。降物は一年を通じて雨となり露や霜、時には雪となって降るが、それらは季節ごとにさまざまな呼び名で呼ばれている。次に示すのは、伝統的に定義されてきた降物の呼び名を、現代の季節に対応させたものである。それぞれどんな雨を言うのか、調べてみよう。

二月から三月はじめ	春の雨
三月末から四月	春雨
四月から五月にかけて	村雨
六月から七月にかけて	五月雨・梅雨
七月中旬から夏の間	夕立
八月から九月にかけて	村雨
九月中旬から十月中旬	秋の雨
十月から秋の間	秋時雨・露時雨
十一月	時雨
十二月	霙・霜
一月	雪

解　「五月晴れ」という言葉が、梅雨の晴れ間をいうと誤解されてきたように（本来は、梅雨明けの晴れ晴れとした晴天のこと）、言葉が意味・イメージを失うと、季節の受け止め方も変わってしまう。本来、どんな雨を言うのか、生徒の実感を意識させながら、言葉のイメージを確認したい。注意したいのは、実際の雨がどうかではなく（もちろん実際の雨と重なることもある）、雨の名がいかなる意味・イメージを持つかということである。「春の雨」は、氷や雪に閉ざされていた世界を融かし、大地や木々に芽を出させる温かな雨で、春の間に降る雨の総称でもある。「春雨」は、しとしとと小止みなく音もなく降る静かな長雨で、草木の芽を育み、花芽を膨らませる雨でもある。人々に所在ない思いをもたらす雨でもある。春から夏にかけての「村雨」は、春の驟雨。秋の村雨もあるため季語にはなっていないが、降り方が激しかったり、弱くなったりする春の雨をいう。「五月雨」は、梅雨のこと。湖も川も増水して、野を湖のごとくにする雨とされ、人々の往き来も絶える長雨である。雨それ自体に着目して五月雨といい、五月雨の時期を総括して梅雨という。「夕立」は、雲が急に立って、短時間に激しく降る大粒の雨。多く雷鳴を伴って午後から夕方にかけて降る。秋の「村雨」は、春の村雨と同じ。ただし、春の村雨がどことなく温かさがあるのに対して、秋の村雨は冷たさが印象的である。「秋の雨」は、秋の物思いとともに降りしきる寂しい雨。「秋時雨・露時雨」は、紅葉を紅く染めて降る時雨。時雨は、降るかと思えば止み、止むかと思えば降る雨のこと。初冬の景物の代表である。その時雨が秋にすでに降り始めていることを言い、木々から落ちる露の多さを時雨に喩えたのが「露時雨」である。ともに秋の深まり、冬の間近さを喚び起こす雨でもある。「時雨」は、侘しさや寂しさをかき立てるものでもある。「霙」は雪が融けかかって雨のようになるものとされた。もの。雨から雪へと変わる景物である。「霜」は降物であるが、空冴えて月の光も寒々と射して凍てつく夜のイメージで、菊などの花を萎れさせるものであった。「雪」は、辺りを真っ白にして降る様に眺望も奪われ、また山里には人の往き来も絶えるほど降り積もり、都では珍しく初雪や薄雪を興じることが多い。こうして十二か月に雨を分類することで、それぞれの雨は、他の雨との違いをあえて際立たせることになる。

(2)　右に挙げた降物以外で、耳にする雨の名前を集めてみよう。また、それらはいつ頃降る雨か、例にならって調べてみよう。

例　菜種梅雨
三月から四月にかけての雨。本来は、伊勢・伊豆地方の方言で、春の東南風のことだったが、転じて晩春、菜の花の咲く頃の、東南風のもたらす明るい暖雨をいうようになった。

名残雪
三月中旬から下旬に、降り納めのように降る雪のこと。「雪の果」ともいう。

解　歳時記を紐解けば、さまざまな雨が掲載されている。御降《おさがり》（新年）・春霖・花の雨・春の雪・淡雪・斑雪・雪の果・春の霜（以上春）。卯の花腐《くた》し・走り梅雨・送り梅雨・夏ぐれ・薬降る・虎が雨・喜雨（以上夏）。雨月・御山洗《おやまあらい》・富士の初雪（以上秋）。冬の雨・寒の雨・霰・雨氷・吹雪《ふぶき》・雪しまき（以上冬）等が挙げられよう。なお、手頃な歳時記を生徒に持たせるようにしたい。その際、単なる季寄せではなく、解説と例句の揃ったものが良い。

二　物と季節との関わり方はさまざまである。例えば、小松菜は、一年中野菜として売られているが、春の季語となっている。小松菜は、春に種を蒔いて十センチほどに伸びたものを摘んで食用とする。冬の間凍てついた大地には野菜も少なく、春になって得られる野菜は、季節の恵みそのものである。季語としての「小松菜」という言葉には、単に食べられる時期を季語として示したというのみならず、冬の間不足していた野菜を食べられるようになった喜びが込められているのである。したがって、小松菜は一年中見られるが、だからといって季節感がないということではないのだ。春の食材である小松菜が、昨今は一年中食べられるようになったというにすぎないのである。小松菜を詠むということは、春の恩寵として小松菜を見るということにほかならない。

だが、こう述べてくると人は、小松菜は一年中あるわけだから、どの季節の小松菜を詠もうとしても良いではないかと言いたくなるらしい。だが、例えば小松菜を夏に詠もうとしても、小松菜に夏らしさを感じることはできず、「炎天の小松菜」とか「旱の小松菜」など、夏らしい言葉と組み合わせていうしかないのである。だが、それは「炎天」の一場面を言ったものや、「旱」の一情景を言ったものでしかなく、小松菜を詠んだものではなくなってしまう。

いつの季節であろうと、小松菜を食べて、その味やしゃきしゃきした茎の感触を「うまい」、あるいは「小松菜だ」と思うとき、その味わいは春の生命感を味覚を通じて確かめる感覚と通じているのである。そこに、小松菜を取り上げて詠もうとする所以《ゆえん》があるからだ。季語を詠むとは、そのものならではの価値に感動するということであり、一言で言えばそれは「賞《ほ》める」ということなのである。

次の季語は、一年中あるものである。それぞれどういう点を賞めて季節が定まっているのか、話し合ってみよう。

① 浅蜊　② アイスクリーム
③ 金魚　④ 鮭

解 ①浅蜊は、汐干狩の最も対象となる貝。汐干狩は、彼岸から四、五月にかけて干上がった浜で貝を獲り、浜辺で飲食する行楽。この汐干狩を賞めてのもの。②アイスクリームは、夏の暑さを凌ぐ氷菓の一つ。③金魚は、かつて金魚玉と呼ばれる円形の薄いガラスの玉に入れて鑑賞された。これを軒に吊して見た目の涼を賞美したのである。④鮭は、八月から冬までの産卵期に海から川に入り、川を遡って産卵する。肉も、この川に遡上する間際がもっとも美味とされた。鮭が川に大量に遡上し、獲られる時期を賞して秋季とする。

三　季語にはそれぞれ関わりの深い季節がイメージされるように決められている。次にいくつかの季語を取り上げてみた。自分たちの言葉の感覚と、言葉として定められている季節のイメージとの違いを確認してみよう。なぜ言葉がその季節と関わることになったのか、その理由を考えながら自分の感覚との違いなどを発表してみよう。

① 麗らか　涼し　爽やか　冴ゆ
② 風光る　風薫る　台風　木枯《こがらし》
③ 鳥帰る　燕　色鳥　白鳥

解 降物の十二か月の体系が、それぞれの雨の違いを際立たせるように、似たものの季節での違いを考えさせることで、それぞれの言葉の意味合いの違いが明確になる。①は、季節の特徴とも言える時候を表す言葉を集めた。「麗らか」は、春の日が輝き渡り、物皆柔らかに明快に美しく見えるさま。「涼し」は、晩夏の暑苦しい中でひとしお意識される涼味のこと。「爽やか」は、さっぱりとして快く気分が晴れ晴れとしているさま。すがすがしい晴れやかさが秋の澄んだ大気に通じる。「冴ゆ」は、冷たく凍てついて物皆鮮やかに見える冬のさま。②は風の違いである。「風光る」は、春風にゆらぐ風景のまばゆいような明るさを、風が光ると感じての言葉。「風薫る」は、晩夏に吹く涼風のことで、水の上、緑の上を渡って匂うような爽やかさを感じるのを薫ると表現した言葉。「台風」は「野分」ともいい、激しく吹いて草木をも吹き分ける暴風。「木枯」は、木の葉を吹き落として枯れ木にしてしまう強風。③は渡り鳥の様子。「鳥帰る」は、日本で越冬した鳥が春になって北に帰ってゆくこと。雁が代表である。「燕」は、三、四月頃渡来して軒などに巣をかけ、子育てをして秋から初冬の頃南方に去る。「燕」といえば、近くに姿を現した春の季節のものとする。「色鳥」は、秋渡来する渡り鳥には、色彩の美しい鳥が多いのでこの名が生まれた。彩りの美しい鳥が増えたとの実感が生んだ言葉である。「白鳥」は、夏アジアの北方で繁殖し、冬になると日本に渡来してくる。大きな白色が美しい。

問題は、生徒があらかじめ持っている感覚とのズレをどう考えるかであろう。それぞれの言葉のイメージと、自身の個別なイメージとを、標準的イメージと例外的個別的なイメージとして二重に理解するのがよいだろう。

四　次の句の季語を指摘し、それぞれのイメージを調べてみよう。また、一句としてはどう季語が働いているのか、話し合ってみよう。

① あたたかな雨が降るなり枯れ葎《むぐら》　子規
② 火の奥に牡丹崩るるさまを見つ　楸邨
③ 九月尽はるかに能登の岬かな　暁台

解　①「枯れ葎」は葎の枯れた様子。葎は、荒れた庭や空き地などに生い茂る雑草。「八重葎」「金葎」という植物の種類もあるが、古典文学や詩歌では、幾重にも茂り絡みついた雑草の様としてよい。冬の荒れ地に、枯れた雑草が折れ崩れている寒さ厳しい情景をイメージさせる。暖かな雨が、そこに静かに潤いを与えるように降る情景が、かえって新鮮に映る。②牡丹の花は大輪で真っ赤な花である。炎の中に建物か何かが崩れ落ちるのが、大輪の真っ赤な牡丹が崩れてゆくように見えた。③「九月尽《じん》」の「尽きる」という語は、九月が終わること（秋が終わること）に対してそれを惜しむ気持ちを込めた言葉。今日で秋が去ってしまうと秋を惜しむ言葉によって、遥か遠く隔たった能登の岬の彼方へと秋は去っていったかと、思いやっている心情が出てくる。

なお、「一句にどう季語が働いているか」という問いは難しい問いかけである。それに答えるためには、次の問五のように、似ているが違う季語に替えてみて、その季語のよろしさを考えるという作業が必要となるだろう。本問は、それへの展開のきっかけとして置いたものなので、この問いを省略して、次の問題から始めてもかまわない。

五　次の句は、季語を□で表してある。□にはどんな季語が入るだろうか。自分なりにふさわしい季語を、後ろの語群から選んで当てはめてみよう。それぞれどんな世界をえがいているか、発表してみよう。

①　□や色紙《しきし》へ《剝》ぎたる壁の痕《あと》　芭蕉

＊「色紙」は、和歌や俳句などの短詩などの書や画を書いた方形の厚紙。

②　□や障子懸《か》けたる片びさし　嵐雪

＊「片庇《かたびさし》」は、片側だけ差し掛けた屋根の意で、粗末な家の様子。その粗末な家の窓に障子戸がはめ込まれている意。

③　□や人げも見えぬ裏の門　一茶

＊「人げ」は、人のいそうな様子、気配《けはい》。

④　□や金箔は《剝》げし粟田《あわた》御所　子規

＊「粟田御所」は、青蓮院のこと。京都市東山区粟田口にある寺。天台宗三門跡の一。もと延暦寺東塔の坊であったが、鳥羽天皇の皇子、覚快法親王の入寺以来門跡《もんぜき》（法親王の居住する寺）となった。一七世尊円法親王は書道の青蓮院流（御家流）の祖。国宝不動明王二童子像がある。

〔語群〕　ア　春雨　イ　五月雨　ウ　白雨《ゆふだち》　エ　秋雨

解　雨のイメージの違いをもとに、一句に相応しい言葉を選ばせることで、句の創作の練習にもなろうかと企図した問題である。①は五月雨、②は白雨、③は秋雨、④は春雨。理由を挙げて当てはめた言葉であれば、正解ではなくとも評価したい。要点は、むしろ中七下五を以下にイメージしたかという点であり、その読みが季語とマッチしていれば、それでよいとしたい。

2　文脈を切ってつなぐ

一　いうまでもなく俳句は、五・七・五の音のまとまりからなる、十七音の短詩である。私たちが日常的に用いている文章を使って、十七音で伝えようとしても、大したことは言えないのが当然である。

例えば、次の短文はどう受け取るだろうか。

いくたびも雪の深さを尋ねた。

何度も雪がどれくらい深いか質問した、というだけの意である。せいぜい、雪の深さが気になっているんだな、なんでそんなに気になるんだろうと思う程度ではないだろうか。前後の文脈が分からないので、この文が一つの意義あることとして読者に伝わってこないのだ。

いくたびも雪の深さを尋ねけり　子規

では、どうだろう。「尋ねた」を〈尋ねけり〉と変えただけである。「けり」は、日常的には用いないが、詩歌とくに和歌や連歌・俳諧、その伝統を踏まえた俳句では、多用される言葉である。「けり」は、動詞など用言の連用形に接続して、その動作や状態になっていることに今気づいた、という作者の心理を表す言葉である。「気づきのけり」などと言われる。その「けり」が用いられることで、作者が何度も雪の深さを尋ねたという自身の行為にふと気づいた、ああ私はまた雪の深さを訊いてしまったな、雪が気になって仕方ないんだという自身の雪へのこだわりを自覚した時点での軽い驚きを伝えてくる。作者のメッセージの中心が、この自身の行為に対する驚きにある、ということになるわけだ。そう考えると、読者は、そんなにこだわっているなら人に訊かずに自分で外に出て雪を見ればいいのに、と思い、そうか、外に出られないから人に訊いているのか、何度も訊いているのだから、外に出られずにいるんだと思うことになる。そして、作者が外に出られない理由をあれこれ思い巡らせる。おそらくは病気で寝ているのだろうと想像してみると、雪への執着も納得がいく。外へ出たい、外の世界と関わりたいと願う作者の切実な思いが、この句から読み取れるのである。

「けり」など、発話者の心の動きをまざまざと読者に伝える働きを担いながら、一句をまとめ上げる言葉を、「切字」という。文末に置いて発話者の関心のあり方を示す言葉には、「けり」の他には「かな」が代表的である。

例えば、こんな俳句はどうだろう。

短夜のあけゆく水の匂《にほひ》かな　　万太郎

短夜が明けて、辺りは次第に明るくなり、水も見えてくる。その水の匂いが印象的だというのであろう。〈かな〉は、接続する言葉もしくは文節を他から切り離して取り出すことで印象づけ、発話者の詠嘆の中心を提示する役割を果たしている。この句では、〈水の匂〉に対する作者の感動が表出されている。

一句は〈短夜のあけゆく〉と〈水の匂〉とに別れ、それが同時に起こったこととして表現されてくる。その結果、夜明けとともに辺りが白々と明けてゆき、水も見えてきたとき、水の匂いがしたという文脈を形成するのである。作者は、もしかしたら今までも匂いを感じたこともあったかもしれない。だが、この時（というのは、「短夜があけゆく」時）初めて水が匂ったというのだ。その新鮮さがこの句の詩の生命である。〈短夜〉は明けやすい夏の夜。涼しげな夜があっと言う間に明けてゆく。闇の中に沈んでいたさまざまなものが、しらじらと明けてゆくなか、水も見えてくる。そのとき、水が自身の存在を私に知らしめて匂いを発した。ちょうど、夜の闇の中で存在すら紛れていた水が、闇から抜け出て、水としての存在を主張するように、である。作者にとってそれは、朝の清浄さと水の生命感が漲った瞬間である。

「けり」や「かな」が比較的日常文の延長にある文体を形成するのに対して、「や」は明確に文章を途中で切ることによって、文脈を複雑化する役割を果たしている。

啄木鳥《きつつき》や落葉をいそぐ牧の木々　　秋桜子

この句は、啄木鳥が木の幹を叩いている音に合わせるかのように牧場の木々がしきりに落葉しているさまを詠んだものである。「啄木鳥に落葉をいそぐ牧の木々」と言っても同じようであるが、こう言ってしまえば啄木鳥の叩く震動で落葉するようになってしまう。この句は、「や」を介して上五と中七下五とに分けたことで、啄木鳥の叩く音と木々の落葉とが別々の事象でありながら同時進行のように重ね合わされている。それが高原の晩秋の景を、聴覚と視覚とによって描きだしているのである。

流氷や宗谷《そうや》の門波《となみ》荒れやまず　　誓子

この句は、宗谷海峡の荒波を詠んだものである。〈門波〉とは、『万葉集』に詠まれた歌語で、狭い海峡に立つ荒波のこと。「流氷」はこの海峡に流れているわけだから〈流氷の宗谷の門波〉といってもいいわけだが、それを〈や〉によって〈宗谷の門波〉と切ったことで、止むことのない荒波に流氷がぶつかり合っている豪壮な情景が描かれた。

こうして切字は、俳句の十七音に、発信者の心理を刻みつけたり、中心を取り出したり、また二つに分けて繋ぐことでイメージを重層化したりする役割を果たしている。いずれも、日常文とは異なる文にすることで、十七音の世界をより豊かに、より深く描き出すための技法である。

解　子規は正岡子規。万太郎は久保田万太郎。秋桜子は、水原秋桜子。誓子は山口誓子。俳句の文の特質として、切字の効果を考えさせる文章である。単なる約束事ではなく、切字によって解釈がどう変わるのか、学ばせたい。

(1)　それぞれは、切字を用いた場合と用いていない場合を示してある。それぞれの違いを話し合ってみよう。

①　a古池や蛙《かはづ》飛び込む水の音　　芭蕉
b古池に蛙飛び込む水の音

解　bでは、古池は単なる蛙が飛び込んだ場所を示しているのみであるが、aでは、古池が取り出されて注目され、その生命の動きのない、死んだ世界のように静かな空間がまず印象付けられる。そこに蛙の飛び込んだ音がすると考えると、死の世界が一転生命の躍動する世界へ変貌した驚きが表現されていることに気づくだろう。

②　a紫陽花《あぢさゐ》や青にきまりし秋の雨　　子規
b紫陽花の青にきまりし秋の雨

解　bでは、秋の雨の青色は、アジサイの花の青色だといっている。aでは、「紫陽花や」と紫陽花の花に注目することで、まず秋になってもなお咲いている紫陽花の青い花が見えてくる。その紫陽花の青い花があるために、秋の雨は青色に見えるとなる。紫陽花が秋になっても咲き続けているために、秋の雨はこんなにも冷たい青なのだと言いたげである。

③　aくろがねの秋の風鈴なりにけり　　蛇笏
bくろがねの秋の風鈴なってゐる

解　bでは、鉄製の風鈴が秋も鳴っている、というだけだが、a〈なりにけり〉ということで、あ、鉄製の風鈴が秋に鳴っていると気づいた、軽い驚きが表現されている。いつから鳴っていたのか知らぬが、今気づいた。鉄製の風鈴の音に、かえって秋らしさを感じ取ったという気持ちが読み取れる。

④ a朝顔やにごりそめたる市《いち》の空　久女
b朝顔ににごりそめたる市の空

解 aでは、朝、朝顔の花を見ていた作者が、人々の生活が動き始めて活気づき始めた街中の変化を感じ取っている。清純な朝顔と人々の生活感とが対照的。bでは、朝顔の花のために街中が活気づいたように読める。

⑤ a雁《かりがね》や残るものみな美しき　波郷
b雁に残るものみな美しき

解 a秋になって飛来する雁を見て、この雁も、この世に残っているものも、すべてが美しいと思う作者の心を伝えてくる。そう思うのは、作者がそれらと決別しようとしているからだろうとまで思わせる表現である。bでは、雁が来たためにこの世のすべてが美しく感じられるという意味になってしまう。

(2) 次の俳句の「かな」に注目して、どのような面白さがあるのか、話し合ってみよう。またくりかえしの面白さについて、「参考」句と比較して話し合ってみよう。

かなかなのかなかなかなと鳴く夕《ゆふべ》かな　清崎敏郎

参考
ツクツクボーシツクツクボーシバカリナリ　子規

解 〈かなかな〉は蜩のこと。涼しくなった夕方に、かなかなかなと鳴きたてる。〈かなかな〉の繰り返しは、虫の名を意識する以上に、その鳴き声を呼び起こす。〈夕かな〉の〈かな〉は詠嘆。その詠嘆の〈かな〉が、かなかなかなと鳴き声と重なって、鳴き声に詠嘆の響きを纏いつかせる。子規の法師蟬の句も、繰り返しによって法師蟬の鳴き声があたり一面から聞こえてくるが、こちらはつくづくとその音を聞いている感じである。

二 切字を用いていなくても、俳句には「切れ」が効果的に用いられている。例えば、次の句はどうだろう。

a秋の暮《くれ》大魚の骨を海が引く　三鬼
b春ひとり槍投げて槍に歩み寄る　登四郎
c空を行く一《ひ》とかたまりの花吹雪《ふぶき》　素十

これらは、切字がないが、五・七・五の音のまとまりによって、それぞれ一箇所、文が切れている。

解 西東三鬼、能村登四郎、高野素十の句。五七五の定型がおのずと一句を三つに区切る働きをし、それに意味が重なって句が二つに切れるということを学ばせたい。

(1) 三句それぞれ、どこで切れるか、考えてみよう。

解 a「秋の暮」。b「春ひとり」。c「空を行く」。

(2) aの句に切れがあることで、〈秋の暮〉はどのような印象となるだろう。〈秋の暮〉に込められたメッセージを読み解いてみよう。

解 大魚の骨が波に揺れ、攫われそうになっている様を、〈海が引く〉と形容した。海に生きたものを海が引き取ろうとしているかのような鎮魂が感じられる。〈秋の暮〉と秋を惜しむ情と合わせて、壮大な舞台の幕引きの印象がある。

(3) bcは、次のように並べ替えることも出来る。本の句とどう異なるか、話し合ってみよう。

b槍投げて槍に歩み寄る春ひとり
c花吹雪一とかたまりに空を行く

解 語順とは、それ自体メッセージを持った一つのレトリックである。俳句は、頭から読んでゆくから、初めに語られる語は、印象強く読者にイメージの多様性をもたらす。そうした効果を味わわせたい。

b「春」は、生命力あふれる躍動の季節であると同時に、そうした中で自分ひとり、とらえどころのない鬱屈をかみしめる季節でもある。〈春ひとり〉は、そうした鬱屈した春の気分をかき立てる言葉である。〈槍投げて槍に歩み寄る〉という動作も、一人黙々と練習しているというよりは、練習しつつも他と共同しえない鬱屈が出て、鬱屈した青年の思いを槍投げに託しつつも、紛れえない孤独さが表れている。〈春ひとり〉が下五に来ると、そうした鬱屈は消え、ただ春に一人で練習しているの意となる。c「空を行く一かたまり」と言い出したことで、一塊が実体的にイメージされるが、〈花吹雪〉と初めに言い出すと、そのインパクトが消えて、たんに花の様子を形容しただけになってしまう。

実作用（解説）

1 俳句を作ろう。

ねらい 「俳句を読むためのカリキュラム　季節の発見・切字の働き」で学んだことをもとに、季語・切字を意識して使って俳句を作り、有季定型に慣れる。

一 五人一組になって、季語や切字で遊んでみよう。

(1) 上五に「四文字の季語＋や」を置き、中七には「〜＋動詞の連体形」を、下五には「五文字の名詞」をそれぞれが考えて、上五・中七・下五を別々のカードに書く。各カードからそれぞれが好きな上五・中七・下五のカードを選び、組み合わせて俳句を作ってみよう。

(例) 上五　たんぽぽや・爽やかや・月光や・初蝶や・八月や
中七　烏が歩く・軋む音する・パン食べ残す・ホームラン打つ・試合に負ける・地下街へ行く
下五　観覧車・黒コート・腕時計・ハイヒール・雨の音・ラーメン屋・大型犬
1　初蝶やホームラン打つハイヒール
2　たんぽぽや軋む音するラーメン屋
3　月光や叱られているハイヒール
4　月光や地下街へ行く黒コート
5　八月やパン食べ残す雨の音

解　上五と中七下五の組み合わせは、意味でつながらないように指導することが必要だ。その組み合わせがちぐはぐでも何となく「詩」が感じられれば、それでよい。俳句として意味が伝わらないものが出ても、他のどの上五・中七・下五なら俳句として面白いものになるかということ等も確認して、俳句は楽しいという思いにさせられればよい。指導に当たっては、どれだけ「詩」が感じられるか句になっているかということで評価してゆけばよく、各班の生徒達の言葉を組み合わせた様子を説明してやり、どの句にも詩の世界があると褒めてやることが大切だ。

1「初蝶」は、今年初めての蝶を以外に早く見つけて驚きをもって蝶を褒《ほ》めた言葉。ハイヒールの女性がホームランを打ったということの意外性が魅力。「初蝶や」が、見ている人の驚き、ハイヒールの女性の野球ボールなど打ちそうもない女性らしさを伝えている。2「たんぽぽ」は春の雑草でどこにでも咲く花、ここではラーメン屋のそばに見つけたのだ。鉄道の高架下でも風が吹く野でもよい。風が吹くたびにぎしぎしと音をたてるラーメン屋を想像させるとともに、たんぽぽの明るさと健気さが店主の心意気まで感じさせる。3夜遊びの帰りか、煌々と照る月の下、迎えに出た父親から叱られている様子、履き慣れないハイヒールに疲れた足を揃えて神妙な姿が可笑しい。4コートは冬の季語、「月光」は冬の月の光ということになる。黒いコートを翻して地下街へ駆け下りてゆく男性の様子。地下街の明るさと街の暗さとが対照的。5「八月」は秋の季語。残暑厳しい季節、パンを食べ残した食卓で雨の音を聞いている場面。

(2) ①「寒さかな」または「暑さかな」を下五にして、何に対して、どこで、どんな時に、どのように感じたか、感じたときの印象を五感を用いて俳句にしてみよう。

(例) 1　大空に星のひしめく寒さかな
2　喧嘩したまま別れゆく寒さかな
3　鯛の骨畳にひろう寒さかな
4　街中が歪んでみえる暑さかな
5　雨止んでまた降りいだす暑さかな
6　オルゴール動かなくなる暑さかな

解　日常生活の中で感じている寒さ・暑さを季語として下五に置き、上五・中七には生徒それぞれが捉えた情景や光景が自由に表現できていれば良く、どれだけ俳句として面白いかを評価してやればよい。従って、余り寒さ・暑さを常識的に捉えるのではなく、そうしたことと無関係のフレーズをあえて暑さ・寒さに結びつけて、その意外性を味わいたい。

1大空に星が一杯あるというだけのことを言っているフレーズに〈寒さかな〉と結びついたことで、寒気のため大気が澄んでいる山上からの眺めのようにイメージされる。2喧嘩別れはよくあることだが、大気の寒さと心寒さとが結びついたことで、喧嘩を後悔している作者の思いが伝わる。3鯛の骨が畳に落ちていた、というだけのことだが、「夜寒かな」と結びついて、生きるために他のものの命をいただく私達の業を突きつけられたようなリアリティが出て来る。なお、室生犀星に〈鯛の骨たたみにひらふ夜寒かな〉の句がある。4街中が歪むということはあり得ないが、〈暑さかな〉がそれを実際にあるかのように説得力を持たせている。5・6どちらも日常のどうということのない断片だが、「……かな」と続いて、5は、じめじめした蒸し暑さを不快に感じている様子を、6は、物の調子を狂わせるほどの酷暑を伝えている。

(3) ① 次の1・2の空欄に、後のア・イをそれぞれ入れて鑑賞してみよう。
1　□遊びけり
2　□別れけり
ア　夕焼けを見て恋人と
イ　友達と雪合戦をして

解　「けり」は「動詞など用言の連用形に接続して、その動作や状態になっていることに今気づいた」という作者の心理を表す言葉である」と「俳句を読むためのカリキュラム」で学んだことを確認して考えさせたい。
〈解答例〉 1アでは、夕焼けを見ていることが二人にとって遊びだった、と気付かされたという内容になり、イでは、単に雪合戦の思い出を語っているニュアンスになる。　2アでは、夕焼けを共に見ることが別れの儀式だったようだと振り返って思われ、イでは、久しぶりの雪合戦に、幼馴染みの感触を思い出し、子供の頃のことが懐かしく思い出された、という心情を表す。

② 1〜5の空欄に入る言葉を、後のア〜コから選んで、その効果を話し合ってみよう。

(例)
1 おたまじやくしガキ大将も□けり
2 秋風と駅の階段□けり
3 冬帽子かぶり直して□けり
4 花ふぶき二階の窓を□けり
5 日向ぼこしりとり遊び□けり

ア 始め　イ 上り　ウ すくい
エ 閉ざし　オ のぞき　カ 終わり
キ 黙り　ク 開き　ケ 下り　コ 語り

解 〈解答例〉1ウ・オ。オ「のぞき」は、誰かが掬ったおたまじゃくしを覗いているガキ大将の姿が、ウ「すくい」では、皆に遅れじと大騒ぎをしておたまじゃくしを掬おうとする姿が見えてくる。2イ・ケ。イ「上り」が入ると爽やかな秋風に押されて軽やかに上っていく印象があるが、ケ「下り」では、肩を落とした後ろ姿が見えるようだ。3キ・コ。コ「語り」を入れると、決意を込めて意思表示をしているように感じられ、キ「黙り」では、心の動揺を見透かされまいとする動作のようだ。4エ・ク。ク「開き」が入ると、身を乗り出して花吹雪を浴びようとしているような、部屋に降り込んでくることを願うような動作に思え、キ「閉ざし」では、心が屈しているのか、外界を拒絶するような感じがある。5ア・カ。ア「始め」とすると、日だまりに集う賑やかな声が聞こえてくるようであり、カ「終わり」だと、楽しいひとときを終えた満足感と軽い空虚感も漂う。

③ 「気付いたら〜だった」ということを表す「けり」を用いて、何をしていた時に、何に気付いたかとイメージを膨らませて俳句にしてみよう。

(例)
1 籐椅子に祖母のくぼみの残りけり
2 地球儀をまはして春を惜しみけり
3 戸を叩くタヌキと春を惜しみけり
4 カーテンのそよげば花となりにけり
5 初詣民族衣装も交じりけり

解 「〜けり」とすることで、普段の何でもない行為がより作者の思いや物の様子を印象深く伝えてくることを実感させたい。1籐椅子に祖母の身体のくぼみが残っているということに気付くことで、祖母を懐かしむ作者の気持ちが表現され、祖母がすでにこの世にはいない、ということを読者に想像させることになる。2地球儀をまわすという何でもない行為が春の終わりと結びつけられて、季節の移ろいの感慨とともに、この春のあれこれが思い出されることだ。3タヌキが戸を叩く、などという滑稽なフレーズに、行く春を惜しむ気持ちを噛みしめ、春をことさらに惜しむ気持ちを伝えている。なお、この句は与謝蕪村の〈戸を叩く狸と秋を惜しみけり〉をもとにしている。4カーテンをそよがせて春風が吹いてくる、ふと見ると、いつの間にか、その向こうの庭の桜が満開になったことだの意。カーテンのそよぎに春本番の訪れを感じているように読める。カーテンそのものが華やかに風に揺れているとも解釈できる。5民族衣装も交じるということで、初詣の混雑、新年の祈りを捧げる人々の雑多な身なりの様子が生き生きと伝わってくる。

二　一の(1)・(2)、(3)の③の作業で作った句の中から、各自の自信作を一句選び、それを相互に鑑賞してみよう。

① 俳句を提出する。
(①の俳句を指導者が清記し〈無記名・通し番号をつける〉、印刷して配布する。選句用紙も配布する。)
② 清記用紙の俳句を良く読んで、良いと思う句を一句ずつ選ぶ。
③ 選んだ句を選句用紙に記入し、提出する。
④ 指導者が③をまとめて、点の多く入った順に句を読み上げる。
選ばれた句の作者は大きな声で名乗りを上げよう。(名乗りは、姓ではなく、名で、自分の句を選んでくれたことへの感謝をこめて)
⑤ ④の句を選んだ生徒は、その句のどういう点が良かったのかを発表してみよう。
⑥ 作者への質問やその句を選ばなかった生徒も意見を述べるなどして、意見交換をしてみよう。
⑦ 指導者の選んだ句を読み上げる。その際もできるだけ大きな声で名乗りをしよう。
⑧ 指導者の講評を聞く。

解 当該学年では、句会の楽しさを経験させることより講評と意見交換に重点をおいて、一時間たっぷり使って読み方の指導を行いたい。

指導者は、全ての句について講評するよう心掛けたい。句会の後、清記用紙に作者名を入れたものを全員に配布するか、教室に掲示するなどしておくとよい。

高校一年用教材（解説）

読解用（解説）

1 読み方の基礎

ねらい 俳句の読解の基礎として、一語の相違、助詞の働き、語順などに注意して一句を読み解く能力を培いたい。

一 俳句は十七音の短詩であるから、一つ一つの言葉の働きを考えながら、句のメッセージを読み解いてゆくことが要求されている。

中世末期に活躍した連歌師里村紹巴《じょうは》は、「作意《さくい》」（作者がとくに心にかけた表現意図、創作意図）にかかわって、作意を立てるということは、突飛で珍しいことを詠もうとすることではなく、また深遠なことを言おうとすることでもなく、ほんのちょっとの工夫次第だと述べて、次のような例を挙げている。次の例は、一文字二文字の違いが、句の世界を大きく変えている例である。それぞれの違いを考えてみよう。

(イ) 立ちよりて涼しさまさる木陰かな
　　立ちさりて涼しさまさる木陰かな　　心敬

(ロ) 雲霧に月もかくるる今宵かな
　　雲霧も月にかくるる今宵かな　　兼載

解 紹巴は十六世紀後半に活躍した連歌師。本文は、『連歌教訓』（紹巴著）所収。連歌と俳諧・俳句とジャンルは異なるが、作意に関する問題は、俳句にも共通する問題である。また、広告のコピー、標語などにも応用できる。なお原文は次のとおり。「作意といふは、あながち天竺唐土の遠き境にもあらず、仏教仏道にてもただ目前の事に候、文字の一二の変はり目なり、たとへば、〈立ち寄りてすずしさまさる木陰哉〉とあらん発句は、殊の外寄りなきあつかひ也。しかるを心敬僧都の発句に、〈立ち去りて涼しさまさる木陰かな〉これ、珍しき作意なり。「よ」の字、「さ」の字の替はりにて、暑き所を立ち去りて木陰の涼しさを知りたる心、げにもと覚えたり。兼載、八月十五夜の発句に、〈雲霧も月にかくるる今宵哉〉雲霧に月の隠るる事有るべきを、一字二字をもて心を雲路に取り換へられ候。これらを真実の作意といふべし。意は新しきを先として詞は古きを用ゐるべきなり。よくよく工夫有るべきことなり」。

(1) 〈立ちよりて〉の句、〈立ちさりて〉の句は、それぞれ何が〈涼しさまさる〉と言っているのだろうか、考えてみよう。

解 どちらも〈木陰〉が〈涼しさ勝る〉と述べた句である。〈立ちよりて〉は〈立ち寄りて〉。木陰に立ち寄ると涼しさが一際感じられる、の意。木陰はそもそも涼しいものであって、立ち寄れば涼しいのは当然。〈立ち去りて〉では、立ち去ってはじめて木陰の涼しさが思い返される、の意。木陰にいる時は快適で、ことさら涼しいとも思わなかったが、日向に出ると、改めてその涼しさが思い返される。木陰の涼を心に思うところ、深い。

(2) 〈立ちよりて〉〈立ちさりて〉の句と似た歌に、次のような歌がある。

道のべに清水流るる柳陰しばしとてこそ立ち止まりつれ　　西行（『新古今和歌集』夏歌）

この西行の歌は、道の辺に柳があり、その木陰には清水が流れていかにも涼しそうである。暑い日射しの中を歩いてきて、ほんのしばらくと思ってたちよったことだった、の意。「こそ」「つれ」の係り結びは、逆説的な文脈を形成する。ここも、しばしの間と思ってたちよったのだったが（つい長々と立ち止まったことだった）というニュアンスを示している。

この西行の歌をもとにすると、〈立ちよりて〉の句、〈立ちさりて〉の句、どちらが俳句として新鮮にひびくだろうか、話し合ってみよう。

解 詩歌は、それまでの詩の世界に対していかに新しさを提示するか（これを「新しみ」という）、が評価の眼目である。〈立ち寄りて〉は西行の歌とメッセージが変わらず、また思わず時を過ごしたという感動もなく、詩としての面白味がない。〈立ち去りて〉は、西行歌が木陰にいて涼しさを感じているのに対し、木陰を出て改めて涼しさを感じたとするところ、新しい把握になっている。この把握の新しさが、一句の魅力となる。

(3)　(ロ)は八月十五日の月を詠んだものである。〈雲霧に〉の句は、どんな情景か、解釈してみよう。また、兼載の句が描いている情景を説明してみよう。

解　〈今宵〉は、設問にあるとおり仲秋の名月の今宵。〈雲霧に月も隠るる〉は、月が雲や霧で見えないの意。せっかくの月が台無しである。〈雲霧も月に隠るる〉は、月の光に雲や霧もどこかに消えてしまったの意。実際には、月が雲霧を隠すことはありえないので、あたかも名月の威光に負けて雲霧もどこかに消えたといったニュアンスをも表してくる。単に、名月の空には折良く雲も霧もなく晴れて月がよく見えるという以上の、名月へのことさらの賞翫の意が一句に表現されることになった。

二　次の俳句には、それぞれ一字二字の違いがある。一句の意味がどう変わるのか、考えてみよう。

(1)　a　桃赤し青きところの少しあり　　高野素十
　　 b　桃青し赤きところの少しあり

解　a句はあるアンソロジーの誤植による異形句。〈青きところの少しあり〉ではまだ熟したりない意となる。bは、定稿。まだ青々とした桃だが、〈赤きところ〉への着眼は、熟しつつある萌しを見出して、完熟した桃を期待する作者の気持ちが表れている。

(2)　c　秋草も人の面輪《おもは》もうちそよぎ　　木下夕爾
　　 d　秋草や人の面輪もうちそよぎ

解　〈面輪〉は顔面。c〈秋草も〉は、秋草も人の顔もともに折からの秋風に吹かれて揺れ動いているの意。d〈秋草や〉は、秋草が吹かれて揺れ、その揺れに合わせて、秋草の向こうにある人の顔も揺れて見えるの意。前面に秋草が見え、その秋草を愛でる人の姿が秋草越しに垣間見えるという立体的な構図となる。それに対して、c〈秋草も〉は並列で平面的である。

(3)　e　花冷《はなびえ》幾日《いくか》友の死つひに肯《うべな》はず　　安住　敦
　　 f　花冷幾日人の死つひにうべなふも

解　〈花冷〉は桜が咲く頃の冷え込み。e句は、花冷えの日が何日も続いたが、結局友人の死を納得することができないの意。f句〈うべなふも〉は、納得するが、の意。ついに人に避けがたく訪れる死というものに納得してはみたが、しかし花冷えが何日も続くまま、私の心も友人の死のつらさに冷え切っているの意。死というものを頭では納得しようとしても、心に宿る悲しみはどうしようもないとするf句の方が、深い悲嘆を伝えてくる。

(4)　g　この道を行く人なしに秋の暮　　松尾芭蕉
　　 h　この道や行く人なしに秋の暮

解　g句は、今私が歩んでいるこの道を行く人もいない、寂しい秋の日暮である、の意。h句は、私が歩んでいるこの道よ、誰もこの道を通る人もいない寂しい秋の日暮れである、の意。gの〈道〉は、人の往き来する道であるが、h句は切字〈や〉を用いて上五を切り、〈この道〉が単なる道にとどまらず、人生など象徴的に響いて、誰も通らぬ道という求道的なイメージが備わる。

(5)　i　いざ出でむ雪見にころぶ所まで　　松尾芭蕉
　　 j　いざさらば雪見にころぶ所まで

解　i句は、さあ雪見にでかけよう、雪で転ぶ所まで、の意。j句は、さあ、それではみなさん、雪で転ぶ所まで雪見に行きましょう、の意。「いざさらば」は行動を促す言葉。i句が雪への興を高ぶらせる自身の意志を打ち出すのに対して、j句は雪に興じて皆を誘い出そうとする点が異なる。

三　次の俳句は、「も」が入るか否かの相違である。その違いについて、作者（鍵和田柚子《かぎわだゆうこ》）は、別の俳人（大串章《おおぐしあきら》）と次のように語っている。

a　樹の洞に託す卵や聖五月
b　樹の洞にも託す卵や聖五月

鍵和田　先生（中村草田男）は〈樹の洞にも〉と直される。私は自分としてはこういうことがなかなかできなかったのですが、〈樹の洞にも〉とするとあちこちに卵が見えてきて、樹の洞にまで卵を産みつけられちゃったという情景が見えてきて、はるかに句としてはすごくなります。

大串　私は元のほうが好きですね。だって、〈樹の洞に〉で「も」がないからすべての卵が〈樹の洞〉にあるって思う人はいないですよ。これはやはり定型のほうがいい。

（『名句に学ぶ俳句の骨法』上）

(1)　「聖五月」とは、カトリックの祝日として、聖霊降臨祭や聖母祭が五月にあることから、五月を聖五月と称したもの。それを踏まえてa句を解釈してみよう。

解　キリスト教で聖霊降臨祭や聖母祭のある五月、木の洞に鳥は卵を産みつけ、その誕生を託している、の意。「聖五月」は、ここでは命を宿す五月の意としてイメージされている。

(2) 鍵和田はb句をどう理解しているか。a句との違いが分かるように説明してみよう。

解 聖なる五月、樹の梢はもちろん洞にも鳥たちは卵を産みつけてその誕生を託していることだの意。「も」によって樹の洞以外、木のそこここに卵が産みつけられている様子が示される。

(3) a句とb句とでは句の意味がどう変わるだろうか。自身の考えを発表してみよう。また、どちらの句がより魅力的に感じるか、話し合ってみよう。

解 a・bいずれを評価しても良い。「も」の効果とそれによる句の意味の変化が踏まえられていることが肝要である。（意見の例）大串は、a句でも梢などいろいろに鳥が卵を産みつけていると解釈できると言っているが、a句は他の場所ではなく「樹の洞」というい わば奥所にそっと卵を産み、樹に鳥の誕生を託す意が強い。b句は、大樹の洞のみならず、さまざまな所にも卵を産んでいる意となり、樹は鳥たちの卵をたくさん抱えてその誕生を託されている。その意味で、大樹はあらゆる命の源のような存在としてイメージされてくる。命を宿す聖五月のイメージとしては、b句に魅力を感じる。

四 一句の中の言葉の配列を変えるだけでも、また一語の中の並び方を入れ替えるだけでも、言葉のイメージは大きく異なってくる。

(1) 次の文章は、俳句に用いる言葉の問題である。文章を読んで、「畠山兵衛佐《はたけやまひやうゑのすけ》」と「山畠助兵衛《やまばたけすけべゑ》」と、それぞれ言葉から受ける印象がどう変わるか、その違いを話し合ってみよう。

俳句も一句の仕立て方が大切である。上の五文字を下へ移し、下の五文字を上へあげるなど、色々に句を練ってゆくうちに、自然と一句の表現もよくなり、後悔することもなくなるというものだ。たとえば、畠山兵衛佐《はたけやまひやうゑのすけ》という名を同じ文字にて山畠助兵衛《やまばたけすけべゑ》と号したならば、やたらと見劣りがするのと同じである。

（『誹諧初学抄』）

解 『誹諧初学抄』は徳元著。徳元は、近世初期の俳諧師（159頁参照）。原文は「俳諧も一句の仕立てやう肝要なり。上の五文字を下へなし、下の五文字を上へあげ、色々に句を練り侍らば、おのづから句がらもよく、後悔もあるべからず。たとへば、畠山兵衛佐《はたけやまひやうゑのすけ》といふ名を同じ文字にて山畠助兵衛《やまばたけすけべゑ》と号し侍らば、無下に劣り侍るなり」。なお、「佐」と「助」とは「すけ」と読んで通用する。「畠山兵衛佐」は大名のような身分の高い武将のイメージを与えるが、「山畠助兵衛」では、庄屋か山村出身の浪人のようである。つまり、一句の構成や語順によって同じ言葉を用いてもまったく違う句になるということを了解させたい。

(2) 次の二句、それぞれの違いを話し合ってみよう。

(イ) a 鉄条《ゼンマイ》に似て蝶の舌暑さかな　芥川龍之介
b 蝶の舌ゼンマイに似る暑さかな

解 ともに語順が異なるだけの俳句である。(イ)aは、〈鉄条〉が唐突で、後から説明している感じになり、〈暑さ〉がとってつけた感じになる。bは、〈蝶の舌〉が鉄条のようだという発見が提示されて、〈暑さ〉が共感される。

(ロ) c 赤くあがり青くひらきし花火かな　久保田万太郎
d 花火赤くあがりて青くひらきけり

解 cは、〈赤くあがり青くひらきし〉が謎のようになり、その答えを下五で述べている形になり、謎解きの興味が中心となる。が、その描写によって不思議に見つめる作者の心躍る感じが伝わっても来る表現となっている。dは、予め花火と分かっているので、花火の色の変化に子供のように目を輝かせて注目している作者の目が感じられる。cは花火と知らずに見ての驚き、dは花火がどんなふうに開くのか興味を持っての驚きとなる。

五 次の文章は、大岡信の文章である。これを読んで、「大きな耳の兎」と「耳の大きな兎」との俳句の違いを筆者がどう捉えているか、まとめてみよう。

吹越《ふっこし》に大きな耳の兎かな　楸邨

作者加藤楸邨氏はこの句をどんな動機で作ったのか、もちろん私には知る由もないが、『吹越』一巻を読み了える寸前にこの句に到り、私はこれを作者の自画像と瞬時に感得してしまった。

「あとがき」に、「吹越」なる現象についての説明があって、曰く、「谷川岳あたりの北が吹雪になると、その一部が風に乗って岳越しに南の麓に飛んでくるもので、私は青天に舞ふ吹越に心を打たれつづけてきた。私の心の中に長く生きてきたのは、吹越のくる岳の彼方の未知のものに惹かれたからであらう」と。

そういう作者の説明に調子を合せたわけでは決してない。しかし私には、吹越を浴びつつ雪原に大きな耳をたてて天地の物音に聴きいっている一羽の兎は、楸邨氏の自画像にちがいないと思われた。楸邨氏の動機の中には、あるいは自画像をえがくなどということは少しもなかったかもしれない。それは私には一向さしつかえない。絵の場合とは違って、文学や詩の世界では、作者の意図せざる間に成った自画像というものは少なくないのである。これをもう少し註釈すれば、次のように言えるだろうか。

文学や詩の世界では、描かれた対象がただちに明示的に作者自身を意味するがゆえにそこに自画像があるというのではなく、この句を例にとっていえば、「吹越」という壮大な現象を眼中に想い描いたとき、何たることか、ただ一羽の「大きな耳」の兎をその大景に向き合せるだけで足り、他の何物にも眼をくれようとはしない、そういう作者の心の動き方そのものに、まずもってありありと作者自身がいるということなのである。そういう心の動き方の面白さにうたれたあとで、「そういえばこの大きな耳の兎は、加藤楸邨その人ではないか」という感想がやってくる。作者が意識的に自画像を描いた場合よりも、こちらの方が一層深い意味で自画像でありうる場合が多いというのも、ここには、あらかじめそこに的をしぼって描かれた作者自身の像ではなく、描きつつある作者自身の姿が、その運動中の姿勢においてとらえられているからである。

何はともあれ、「吹越」という現象に取合せるのに「大きな耳の兎」をもってしたところに、加藤楸邨の現在が実によくあらわれているというのが、私の実感である。

　吹越に大きな耳の兎かな

大きな耳の兎は、このときどこに位置しているのだろう。私は仮りに、この兎を雪原に吹越を浴びている姿で想像した。けれども、吹越が飛んでくる山岳南麓は、雪などどこにもないかもしれないのだし、そこが原野だという保証はどこにもない。作者は峰のてっぺん、吹越が足もとから舞いあがっては南側へ飛び越えてゆく、そのてっぺんの岩間に、兎の姿を思い描いているのかもしれない。

なんと、そんな頼りないことでいいのか、と詰問する人もいるだろう。詰問されても仕方がない。実をいえば、作者自身、この兎が現実世界のどこに位置しているか、しかと確認してはいないのである。いないのである、などと私が断定すべき筋合ではないかもしれないが、私にはそう思われる。というのも、この句の「大きな耳の兎かな」が、もし「耳の大きな兎かな」であったなら、兎はたしかにその辺の野ッ原にいるか、それともたぶん、どこかの家の兎小屋にいるにきまっているのだが、「大きな耳」のとあれば、この兎はもはや現実のあの五十センチ足らずのサイズの兎ではあり得ず、とてつもなく大きな兎に膨れあがっているからである。

なぜ、と聞かれても、これまた返事が難かしい。しかし、「吹越」と初五があって、次に「大きな耳の」とくるか、「耳の大きな」とくるかの違いは決定的である。というのも、「吹越に大きな耳の兎かな」にあっては、「大きな」は「耳」にかかると同時に、「兎」にまで残響効果を及ぼし、兎の姿そのものを大きく見せるように働いているからである。「耳の大きな兎かな」では、大きいのは耳だけである。

これはいわば詩の文法に属する問題だが、「大きな」という一語の位置を右のように決めた瞬間、楸邨氏のこの句は、写実ではなく象徴の句として立ちあがったのである。大きな耳の兎は、もはや地上にいなくてもいいとさえいえる。実をいえば、吹越という言葉の字面や語感に導かれてにちがいないが、私はこの句を読みながら、山越阿弥陀の図をふと思い浮かべたのである。もとよりそれは私の放恣な空想の戯れにすぎないが、「大きな」の一語の働きは、そんな空想までも喚び起すだけの力をもっている。

（『楸邨・龍太』昭60、花神社）

解　語順によって句の意味が変わるということを踏まえて、俳句の鑑賞を試みた文章である。「耳の大きな兎」とあれば、実際にいる兎の特徴を叙した句となるが、原句の〈大きな耳の兎〉では、〈大きな〉は耳のみならず兎にも掛かって、読者に実際以上の大きな兎をイメージさせることになる。その兎が吹越の来る彼方をじっと窺っている姿には、作者の意識が重ね合わされているように感じられる。

六　芭蕉が亡くなった後、弟子達の間で芭蕉の句の句形が問題になった。以下記すのは、異なる句形が生まれた事情と、それぞれについての弟子達の見解をまとめたものである。

元禄七年（一六九五）に芭蕉が亡くなり、翌元禄八年に俳諧集『有磯海・となみ山』が刊行された。そこに去来は、芭蕉の未発表句を入集させた。

a　はれ物にさはる柳のしなへかな　芭蕉

この句は、翌元禄九年、史邦が芭蕉の発句・連句・俳文を中心に編んだ『芭蕉庵小文庫』に、次のような注記とともに再度入集している。

b　はれ物に柳のさはるしなへかな　芭蕉

この句、浪化子の『有磯海』に、「さはる柳のしなへかな」と去来が書き誤りて入集しはべるとて、常にこのことを悔やみぬるまま、この序《つい》でとなしぬ。

つまり、『有磯海』に去来が書き誤って〈さはる柳の〉として載せてしまったのを常々悔やんでいたので、ここに正しい形〈柳のさはる〉と直して改めて載せた、ということである。

これに対して支考は、a〈はれ物にさはる柳〉がよいと反論した。支考は、柳のしなやかに撓《たわ》むさまは、腫れ物に触るように恐る恐る接しているかのようだ、という比喩だというのである。

去来は、そうではない、b〈はれ物に柳のさはる〉の形なのだとして、次のように述べている。すなわち、「この句は比喩ではなく、柳が腫れ物に直接触ったというのだ。〈さはる柳の〉というと、比喩にも直接にも聞えておもしろくない。また、腫れ物に触るようだという比喩なら、誰でも詠むだろう。柳の枝が直接触るという先生の着想には誰も及ばない。一句の格調も品位も格別だ」という。

解　本文は『去来抄』「同門評」による。

(1)「はれ物にさはる」とは、どういう比喩か、調べてみよう。それをもとに、a句を解釈してみよう。

解「腫れ物に触るように」とは、恐る恐るそっと扱う意の比喩。a句は、腫れ物に触るように柳の枝が柔らかく揺れていることだ、の意。

(2) b句で、直接柳が触るとしたら、どのような句になるか、考えてみよう。

解　柳の枝がふと腫れ物に触れた感触に、柳の枝の撓みの意外な強さを感じた。その撓みこそ、春芽吹いた柳の枝の生命感そのものだ、の意。

(3)〈はれ物に柳のさはるしなへかな〉と〈はれ物にさはる柳のしなへかな〉とでは、「しなへ」のイメージがどう異なるのか、話し合ってみよう。

解「しなへ」は、撓み。a句では、柳の枝の撓みが、恐る恐る物に触れるかのようだと視覚的に「しなへ」を捉える。b句では、腫れ物に柳の枝が触れたことで、その撓みを知る。触覚を通じて柳の枝を捉えている。

七　次の句は、平仮名表記を効果的に使って発表された句である。漢字仮名交じりで記された句とどう異なるのか、表記による句の違いについて話し合ってみよう。

a　をりとりてはらりとおもきすすきかな　飯田蛇笏

b　折取りてはらりと重き芒かな

c　まさをなる空よりしだれざくらかな　富安風生

d　真青なる空より枝垂桜かな

解　漢字表記と仮名表記一つにしても、句の内容が変わるということを考えてもらうための問いである。一般に、漢字は意味を明確に読者に伝え、仮名は音やリズムなどの語調を伝える。b〈折取りて〉句は、「折取る」という意味と、「重き」「芒」とそれぞれ意味が真っ先に伝わってきて、軽々と風に靡く芒に対して手にしたときの重さが句の中心になる。それに対してa〈をりとりて〉句のように、仮名表記にすると、言葉の意味よりも、「り」の繰り返しや「き」の繰り返しなど語調が先に伝わってくる。「き」「り」などイ段の言葉は痩せた軽い語感がある。これが、芒の軽さを読者にイメージさせ、「はらりとおもき」芒の手応えの意外さを伝える効果を果たす。「をりとり」「おもき」のオ段の安定した言葉も、芒の重さを伝えていることも看過できない。cdの差異は、「しだれざくら」にある。d枝垂桜が桜のイメージを真っ先に伝えてくるのに対し、c仮名書きは「空よりしだれ」の意を喚起して、枝垂桜を大きく見せている。

実作用（解説）

1　詠み方の基礎　推敲・添削

ねらい　推敲・添削の作業を通して詩の表現を磨くとともに、豊かな感性を培う。

一　俳句を作るのには表現技術も必要であるし、よりよい言いまわしを追求する必要もある。自句を自分で直すことを推敲と言い、他者に直してもらうことを添削と言う。

推敲とは、そもそも中国唐時代の詩人賈島の故事から、一度書いた詩文などの字句を様々に考え練り直すことを言う。

解　推敲の故事は次のようである。（書き下し文）

島擧《きょ》に赴きて京《けい》に至り、驢《ろ》に騎《の》りて詩を賦《ふ》し、「僧は推す月下の門」の句を得たり。推を改めて敲と作《な》さんと欲す。手を引きて推敲の勢ひを作すも、未だ決せず。覚えず、大尹韓愈《たいいんかんゆ》に衝《あた》る。乃《すなは》ち具《つぶさ》に言ふ。愈曰く、敲の字佳し、と。遂《つひ》に轡《くつわ》を並べて詩を論ず。（「唐詩紀事」）

推敲は具体的にどのようにすべきか、俳人は常にそのことに心を用い、悩み努力していると言ってよい。次の(1)から(4)の作業を通して、言葉の感覚を磨いてみよう。

(1) 次の1～4の語句をそれぞれ並べかえて俳句にしてみよう。

1　ア 楊貴妃桜　イ 風に落つ　ウ 房のまま

2 ア 大群衆と　イ 暗く暑く　ウ 花火待つ
3 ア 西日濃き　イ 匙　ウ 置手紙
エ 載せて去る
4 ア なき　イ 貨車一つ　ウ 向日葵と
オ みるかげも

解 1〈風に落つ楊貴妃桜房のまま〉杉田久女。烈風が吹き荒れて、枝から吹っ切られた楊貴妃桜が地に落ちている、色褪せもせぬ瑞々しい房のまま。その「房のまま」を強調し、八重桜のいさぎよい終焉の姿に賛辞を送る詠み方として意図された。「房のまま」を上五に置いては目に触れたものを即興的に詠んだ感じが強く、いさぎよい終焉の姿を讃える意は薄らぐ。2〈暗く暑く大群衆と花火待つ〉西東三鬼。花火大会の暗い広場で大群衆とともに花火の揚がるのを待つ、その真っ暗な中で人いきれも加わって耐え難い暑さを表現する「暗く暑く」という状況を上五に置いたことで臨場感のある表現になった。3〈置き手紙西日濃き匙載せて去る〉中島斌雄《たけお》。紙片に用件と会えなかった心残りを書いて卓上に置いた。それを風に飛ばされないように茶匙で押さえたのだ。匙には濃い西日がいっぱいに溜まっている。「置手紙」と詠いだして状況を述べた後の中七・下五からは作者の思いが滴るようにさえ感じられる。4〈みるかげもなき向日葵と貨車一つ〉京極杞陽《きよう》。見るかげもない向日葵といえば、鉄色に黒ずんでいる様が浮かぶ。もちろん貨車は漆黒だから、この句を塗りつぶしている色彩は黒の色感である。〈みるかげもなき〉という平易な言葉で詠いだしその色感を強烈に印象づけた感覚の閃きの強い句となっている。イメージは変わるが、〈貨車一つみるかげもなき向日葵と〉の句も成り立つのでは、という投げかけもしたい。

(2) 次の1～5の空欄に入る最適な言葉を選んで一句を完成させてみよう。

1 □峰に雲置く嵐山　松尾芭蕉
ア 十月や　イ 八月や
ウ 六月や　エ 三月や
2 古池や□飛びこむ水の音　松尾芭蕉
ア 鯉の　イ 蛙　ウ 芭蕉　エ 蟾蜍《ひきがえる》
3 □桜さいたる日本かな　松根東洋城
ア 山の中に　イ 田の中に
ウ 風の中に　エ 海の中に
4 人入って□のこりたる暮春かな　芝不器男《ふきお》
ア 花　イ 門　ウ 影　エ 木々
5 囀りをこぼさじと抱く□かな　星野立子
ア 日向　イ 大樹
ウ 枯木　エ 青葉

解 1―ウ。江戸時代は陰暦が前提となる。陰暦六月は陽暦では七月のこと。梅雨が明けた六月の空の下、鬱蒼と繁る嵐山の頂には雄大な入道雲がどっかりと居座って、辺りは寂として静まりかえっている。「十月や」では峰を廻ってゆく時雨の雲となり、「八月や」では秋の雲となり、「三月や」では花の雲の意になって、入道雲の季とは合わない。2―イ。人口に膾炙した句だが、江戸時代中期、多くの洒脱・飄逸な禅画を残した禅僧仙厓義梵《せんがいぎぼん》は、この句をもじった〈古池や芭蕉飛びこむ水の音〉の句を芭蕉の画の画賛に書いた、という逸話等も伝えたい。3―エ。日本という国を俯瞰して、神のように高いところから見下ろして日本の美しさを賛美した。この意表を突く視点はア～ウにはない。4―イ。春の暮れ方、それまで前を歩いていた人がふっと門の中に消えて見えなくなった。のこされた門を見つめて立ち尽くす。人懐かしい、ゆえわかぬ哀感の情緒溢れた一句。花・影・木々ではこの情緒は生まれない。5―イ。沢山の鳥たちが想いおもいに囀り、枝移りして春を楽しんでいる。その小鳥たちを一羽もこぼさず抱きかかえて、陽光に輝いて立っている大樹である。

(3) 次の1～3の俳句の空欄には、どのような比喩表現または擬音語が入るか、それぞれ考えてみよう。

1 □小春日和を授かりし　松本たかし
ア 花の如き　イ 夢の如き
ウ 玉の如き　エ 光の如き
2 □月光降りぬ貝割菜　川端茅舎
ア ほろほろと　イ ひらひらと
ウ はらはらと　エ ふはふはと
3 鳥わたる□罐切れば　秋元不死男
ア さきさきさきと　イ かりかりかりと
ウ きりきりきりと　エ こきこきこきと
4 □蟷螂蜂の皃《かほ》を食む　山口誓子
ア かりかりと　イ さくさくと
ウ じゅるじゅると　エ ずんずんと

解 1―ウ。〈小春日和〉とは、十一月頃の春のように温かい晴天の日が続くこと。花・夢・光ではなく〈玉の如き〉に天からの賜りもののような明るく温かい日への感謝と感嘆の気持ちが込められている。2―イ。月光のもと、無数の貝割菜の小さな二枚葉がかがやいている。天上から舞い降りてきた月光が貝割菜の一つひとつに宿っているようだ。〈ひらひらと〉という擬音が幻想味に満ちた世界を描き出している。「ほろほろと」は涙のこぼれるさま、「はらはらと」は花びら・木の葉・露など小さく軽いものが落ちるさま、「ふはふはと」は物が空中や水中を軽やかに漂うさまを言う。3―エ。戦後間もない困窮の時代の句。貴重な缶詰を半ば錆びついたような缶切りで開けている、その〈こきこき〉というおどけてさびしい音が渡り鳥の羽ばたきにもきこえてくる。「さきさきと」は繊維質の野菜などを噛む音、「かりかりと」は堅い物をかみ砕いたりするする軽い音、「きりきりと」は堅い物がこすれ合って軋む音を言う。4―ア。「皃」の字体から蜂のかおが髣髴として、〈かりかり〉という音が〈皃を食む〉蟷螂の発する音であると同時に〈皃を食まれる〉蜂の抗いがたい痛みの音とも感じられる。「さくさくと」は果物や野菜等の噛み味や切れ方が小気味良いさま、「じゅるじゅる」は粘りけのある液体などをすする音、「ずんずんと」は物事が滞りなく速やかに進むさまを言う。

(4) 次のa〜dの俳句の波線部の語を変えて、推敲してみよう。

a 月光の一つの椅子を置きかふる

b 鵯《ひよどり》のそれきり鳴かぬ雪の暮

c 赤い椿白い椿が落ちにけり

d 淋しさにまた銅鑼を打つ鹿火屋守《かびやもり》

解 作業に当たっては必ずしも原句通りにできなければいけないというのではなく、推敲を試みることで言葉への感度を高め、自句の推敲にも関心を持たせるよう指導したい。

a〈月光に一つの椅子を置きかふる〉橋本多佳子。月明の夜、今は亡き夫を偲びつつ椅子に凭れている。ふと椅子を置き換えてみる、淋しさの変わるはずはないのだが。「月光の」だと椅子にかかる連体修飾語になるという機能的な面が強くなるが、〈月光に〉では月明の中に一人いる孤独感に絶えきれず、思わず椅子を置き換えたという、作者の心象までが伝わってくる。「月光や」という推敲もあるが、月の光が強くなりすぎて一句のバランスが悪い。b〈鵯のそれきり鳴かず雪の暮〉臼田亞浪。「鳴かぬ」は打消の助動詞「ず」の連体形で、辺りの静寂を破って一度鳴いた鵯の声がもう聞こえてこないという余韻を含んだ切れにはなるが、「鳴かず」の強い打消の言い切りには、あれきりもう悠久に鳴かないかのように、その鵯の声に感じた寂寥感を一句に定着させる力がある。c〈赤い椿白い椿と落ちにけり〉河東碧梧桐《かわひがしへきごとう》。〈赤い椿白い椿〉の反復により赤・白のイメージが強調され、静まりかえった空間にその赤い椿・続いて白い椿と続けざまに落ちる音が響く。主格を表す「が」では単に赤と白の椿の花の落ちる様を伝えるだけの報告句となってしまう。d〈淋しさにまた銅鑼打つや鹿火屋守〉原石鼎《せきてい》。〈鹿火屋守〉とは、夜中、鹿や猪が出て田畑を荒らすのをふぐため、火を焚き板を打ち鳴らすなどして警戒する小屋の番人をいう。「打つや」からは「また」と相まって夜更けの寂しさに堪えきれず銅鑼を打ってしまった漢《おとこ》の姿が立ち上がってくる。「を打つ」では説明調の散文になってしまって〈打つや〉ほどの緊迫感は表現されない。「打てり」という表現も考えられるが、「また」と相まって何度も繰り返すという意味が加わってしまって、寂しさに耐えきれず思わず銅鑼を打ってしまったという意味は薄れてしまう。(1)〜(4)については、明治書院編集部編『名人×名句×名評集　上・下』より。

二 次の(1)・(2)の句について、それぞれどちらの句が俳句として良いと思うか、話し合ってみよう。

(1) a 鉄条《ぜんまい》に似て蝶の舌暑さかな

b 蝶の舌ゼンマイに似る暑さかな　芥川龍之介

(2) c 雲霧に月もかくるる今宵かな

d 雲霧も月にかくるる今宵かな　猪苗代兼載

解 いずれも「読解用[1]読み方の基礎」で学んだ句である。どちらが良いと思うかについては、一律に決めることはせずに、生徒が自分の鑑賞・感想をその根拠を示しつつ述べることに重点を置きたい。

(1)a・bの句はどちらも同じことを言っているのだが、a句では花の蘂《しべ》に差し入れた蝶の舌が鉄条に似てよく動くという、動いている感じが強調され、b句は蝶の舌がゼンマイのようだ、という認識から述べられていて、発見の驚きや意外性が減少し、暑さのみが強調される感じがある。表記もゼンマイと片仮名にしたことで鉄条状の蝶の口吻《こうふん》のイメージも減るように思われる。(2)c・dのc句では、折角楽しみに待っていた仲秋の名月が雲や霧に覆われてしまって見ることができなかった、という無念の思いが「かな」に籠められている。d句では、待ち望んだ明月を何一つ遮るもののない中空に眺められることへの喜びと、その全き月を褒め称える思いが「雲霧も」の「も」によって表現されている。思いはどちらの句が強いと思うか等の問いかけもしたい。

三 次のa・bの句をそれぞれ皆で推敲してみよう。

a こだま号四時間乗ると春の京都だ

b うららかに水辺に浮かぶ金閣寺

解 俳人協会『俳句への一歩――俳句指導の方法』参考。「a・bとも板書して、班単位で推敲」を行った例。

a ＊こだま号あつという間に春の京

＊こだま号乗つて着いたぞ春の京都

＊こだま号春の京都へ客運べ

＊こだま号春の京都にすべりこむ

b ＊うららかに水面に浮かぶ金閣寺

＊うららかや水面に映る金閣寺

四　次の1～6は添削する際の基本項目である。それぞれの原句と添削句ではどのように句の印象が変わったか、鑑賞してみよう。

1　景が見えるよう具体的で臨場感ある表現にする。
〈原句〉七階へ飛花一すじの光なし
〈添削句〉七階へ飛花一すじの光曳き

2　的確な表現にする。心情語を安易に用いない。
〈原句〉托鉢のうしろさびしく梅雨に入る
〈添削句〉托鉢のうしろ姿のさみだるる

3　表現の省略を、特に動詞の省略を心掛ける。
〈原句〉土筆摘む城跡風の鳴り来たる
〈添削句〉つくづくし城跡に風鳴るばかり

4　季節・季語を表現したい内容に相応しくする。
〈原句〉夜のつまるナースの胸にペンライト
〈添削句〉短夜やナースの胸のペンライト

5　切字を正しく用い、説明的ではなく感動の中心を明確にする。
〈原句〉麦秋を描くゴッホの畑うねり
〈添削句〉麦秋やゴッホの畑うねりだす

6　上五中七下五の語を入れ替えるなどして、散文から詩への転換を試みる。
〈原句〉蜻蛉の空借りて放水訓練を
〈添削句〉放水訓練とんぼうの空を借り

解　1原句は「光なし」という強い調子の否定から、思いがけず飛んできた桜のひとひらがまるで不要のもののように感じられてしまうが、「光曳き」としたことで、桜の華やぎの余韻を伝える句になった。2街頭などでも目にする「托鉢」だが、「うしろ寂しく」の過度の感情移入を「うしろ姿」と僧の姿をくっきりと表現し、「梅雨に入る」という説明調になっている季語から「さみだるる」にすることで五月雨の降る中に立つ僧の姿が見えてくるとともに、作者の思いも自ずと伝わってくる。3動詞は、時間的な持続・移り変わりを表す語で、どうしても説明的、間延びする感じを与える。「鳴り来たる」を「鳴るばかり」とし、「土筆摘む」という動作を「つくづくし」という土筆の古称に変えることで寂しみと懐旧のおもいが加わった。4原句の「夜のつまる」は「短夜」の傍題としてあるが、「つまる」が「ナースの胸」に係っていくような胸苦しささえ感じさせる。ここは、「短夜や」とすんなり詠いだすことで、眠れぬまま過ごす作者の様子が伝わる。また「ナースの胸に」ではなく「胸の」とすることで説明調ではなく、見廻りのナースの胸に灯るペンライトにほっと救われたような安堵感も表現された。5原句では上五・中七と下五の時制が同じというのはこの句の場合不自然であるし、散文の報告のようで感動が伝わってこない。まず、「麦秋や」と目前の黄金色に輝く麦畑を詠い、そこからゴッホの描いた麦畑へ想いを広げていき、その畑がうねりだすように思われた、といえば説得力のある句となる。ゴッホの「麦秋のクローの野」に描かれた画面一杯に広がる眩しいほどの麦畑も思い出される。6原句では放水訓練をしたという報告の散文になっていて、驚きや感動が少ないが、下五と上五を入れ替えることでイメージがくっきりと結べて、しかも「とんぼうの空を借り」という意外性も生きてくる。

五　次の(1)・(2)の俳句について、それぞれどちらの句が俳句としてよいと思うか、話し合ってみよう。

(1) a　巣燕や苛められつ子苛めつ子
　b　いぢめつ子いぢめられつ子巣の燕

(2) c　卒業期教室のまだ灯りたる
　d　教室のまだ灯りゐる卒業期

解　鷹羽狩行『添削に学ぶ俳句上達法』『俳句表現は添削に学ぶ　入門から上達まで』より。

型にはまった鑑賞ではなく、各自が自らの感性や知識を総動員して俳句を読み解き、その評をきちんとまとめて発言できるよう指導したい。

(1)a・b句について、「巣燕」をみていると、特に元気の良い一羽がいるかと思えば気の弱そうなものもいる。そんな様子を人間の子供になぞらえて「苛められつ子苛めつ子」と言ったのだろう。が、a句は上五が「や」ではっきり切られているため、中七・下五が「巣燕」のことなのか、それともそのまわりの子供たちのことなのかが曖昧だ。bのように下五と上五を入れ替え、「苛め」の刺激の強い漢字を平仮名にすることで、競いあって巣から乗り出して餌を待つ雛たちの様子がくっきりと表現できた。(2)c・d句について、cの表現では、卒業期だからまだ教室の明かりがついている、という因果関係が前面に出てしまうが、dのように「卒業期」を下五に置くことで、「ああ卒業が近いからなあ」と感じた作者の心の動きまでが伝わってくる。更に、cの「灯りたる」という明かりのつく一瞬をいう表現より、dの「灯りゐる」と時間の経過を表す表現の方が、教室での作業や生徒たちの尽きない会話の様子などまで想像できる印象深い句となっている。

※添削・評価について俳句の評価、事後指導が難しいという声があるが、俳句は「有季定型の詩」であることを忘れず、いかに想像力豊かに、言葉を意識して用いることができているかということを判断基準に、教師としてその場で自信を持って良い悪いを判断したい。

高校二年用教材（解説）

読解用（解説）

1 季語の世界

ねらい　詩歌の言葉が固有の文学的構図を作りながら、固有のイメージを形成していることを理解する。

一　日本の詩歌は短い詩型のため、共通する言葉のイメージに拠りながらそれを駆使して創作し、読者もまたそのイメージを手がかりに詩歌の内容を享受してきた。詩歌に詠まれた物事は、その詩歌を含めて読者にイメージとして蓄えられたのである。その後の作者は、そのようにして形成されたイメージをもとにしながらさらにそこに自分なりの新しさを付加するように詠むことになった。季語や地名は、そうした詩歌の営みのなかで共通のイメージを豊かにもつようになった言葉である。

次に示したのは、「柳」を詠んだ和歌、連歌、俳句、短歌である。それぞれどんな「柳」のイメージを前提として詠んでいるのか、またそれぞれの新しさ・おもしろさはどこにあるのか、考えてみよう。

(イ)　和歌の柳

大伴坂上郎女《おおとものさかのうへのいらつめ》柳の歌二首

a　**うちのぼる佐保の河原の青柳は今は春辺となりにけるかも**　（『万葉集』第八）

解　「上って行く佐保の川原の青柳は今はもう春の装いとなったことだなあ」〈うちのぼる〉は一説に「佐保」にかかる枕詞。のみならず佐保川の地形を喚起する表現。いつの間にか青々と枝を伸ばし、芽吹いて、春らしくなったことに気づいての歌。大伴坂上郎女は、大伴旅人の異母妹。八世紀前半に活躍した。母は石川郎女。旅人の没後、大伴家の中心となる。

b　春の池のほとりにて

春の日の影そふ池の鏡には柳の眉ぞまづは見えける　よみ人しらず（『後撰集』春下）

解　「春の日の光が照らす鏡のように静かな池には、岸辺の柳の新芽が眉のように見えることだ」〈柳の眉〉は柳の新芽が眉のようだという見立て。〈鏡〉に〈眉〉と応じて鏡に顔を映す女性のイメージを喚び起こす。

c　柳、池の水を払ふといふ心を詠める

池水の水草もとらで青柳のはらふ下枝《しづえ》にまかせてぞ見る　藤原経衡《つねひら》（『後拾遺集』春上）

解　「池の水草もとらずに、青柳が水草を払うのを、下枝の動きに任せたまま見ていることだ」池の水面に柳の枝が届き、下枝が水面を払っていると見立てた。

d　池岸柳をよめる

風ふけば波のあやおる池水に糸ひきそふる岸の青柳　源雅兼《まさかね》（『金葉集』春）

解　「風が吹くと綾を織るように漣が立つ水面に、糸を引き加えるように青柳の枝が吹き寄せられていることだ」「波―綾―織る」と連想によって池の面を形容したのを踏まえ、「織る」と縁語の「糸」に柳の枝を見立てた。

e　**み吉野の大川の辺の古柳かげこそ見えね春めきにけり**　輔仁《すけひと》親王（『新古今集』春歌上）

解　「吉野の大川の岸の古柳は、まだ木陰を作るほど茂ってはいないが、春らしい様子になったことだ」古柳に何となく春めいた感じを覚えて、大らかな古調の歌。

f　**道の辺に清水ながるる柳陰しばしとてこそ立ちとまりつれ**　西行《さいぎょう》（同・夏歌）

解　「道の辺に清水が流れている柳の木陰にしばらくと思って立ち止まったのだったが（涼しさに長居した）」夏の柳陰の涼しさは着眼が新しい。

g　岸柳を

潮みてば蜑《あま》の釣かとみゆるかな岸に乱るる青柳の糸　源有仁《ありひと》（『続古今集』雑歌上）

解　「潮が満ちてくると海人の釣糸とも見えることだ、

岸で風に乱れる青柳の糸は」柳の伸びてきた緑の枝が風に乱れるのを、釣り人が釣糸を繰り出すさまに見立てる。

h　水辺柳といへる心を
波かくる竜田河原のふし柳梢は底の玉藻なりけり　俊恵《しゅんえ》法師（『玉葉集』春歌上）

解「河波がかかる竜田川の川原の臥柳の芽吹いた緑の梢は、川底の玉藻かと見まがうことだ」河の中に浸っている枝を、川藻に見立てる。

i　広沢の池の堤の柳陰みどりも深く春雨ぞふる　藤原為家《ためいえ》（『風雅集』春歌中）

解「嵯峨にある広沢の池の堤の柳陰は緑も深くなり、春雨が小止みなくしとしとと降り続いていることだ」「緑も深く」に春の深まった感があり、春雨にふさわしい。

(ロ)　連歌の柳

j　みくさゐぬ水をもはらふ柳かな　宗祇《そうぎ》（『大発句帳』柳）

解「柳は、水草の生えていない水面をも払っていることだ」c歌（池水の）の本歌取り。水草が生えている所はもちろん、生えていない所も柳が水を払うと詠む。

k　朝霧に柳木だかき河べかな　宗祇（同・秋柳）

解「朝霧で川辺は一面に隠れてしまっているが、柳だけは小高く朝霧から抜けてその姿を見せていることだ」低くたなびく川霧に対して一際小高い柳の構図が見事。

l　枝分けて動くや流れ川柳　紹巴《じょうは》（同・柳）

解「川柳の緑の枝が二筋に分かれているのは、川の流れにしたがっているのだ」川面に届いて流れにしたがう柳。

(ハ)　初期俳諧の柳

m　青柳の眉かく岸の額かな　守武《もりたけ》（『守武千句第二百韻』）

解「岸の額（岸の突き出た所）では、眉を描いたように青柳が枝を伸ばしていることだ」春の池辺を擬人化する。b歌の本歌取り。「岸の額」という俗語を用いたところが俳諧であった。

n　川傍で浪の綾おれ糸柳　貞徳《ていとく》（『犬子集』春上）

解「川の辺で寄せては返す波で糸を動かして綾を織れ、糸柳よ」d歌を踏まえ、漣を綾織りに見立てる。

o　陰うつす水や柳のびんかがみ　親重《ちかしげ》（同・春上）

解「陰を映す水面は柳の髪のほつれを直す鬢鏡だ。柳の糸を髪に、水面を鬢鏡に見立てる」b歌など、水面を鏡に見立てた趣向を踏まえる。

p　水に枝垂るるや釣のいと柳　千世《ちよ》（同）

解「水に枝を垂れているさまは、糸柳が釣糸を垂れているようだ」柳の枝を釣糸に見立てるg歌の本歌取り。

(ニ)　芭蕉から近代へ

q　また、清水流るるの柳は蘆野《あしの》の里にありて、田の畔《くろ》に残る。この所の郡主戸部某《こほうなにがし》の、この柳見せばやなど折々に宣《のたま》ひ聞え給ふを、いづくのほどにやと思ひしを、今日この柳の陰にこそ立ち寄り侍りつれ。
田一枚植て立《たち》去る柳かな　芭蕉（『おくのほそ道』）

解「（文）また、西行が〈清水流るる柳陰〉と詠んだ柳は芦野の里にあって、今は田の畔に残っている。この地の領主戸部何某が、この柳を見せたいと折あるごとに仰ってくださったのを、それはどの辺りかとゆかしく思っていたが、今日この柳の陰に、西行の歌と同じくまさに立ち寄ったことだった」（句）早乙女達が田一枚を植えて立ち去る間、この柳の陰に立ち寄っていたことだ。西行のf歌を踏まえつつ、f歌が涼を求めて立ち寄ったのに対して、芭蕉は田植の間立ち寄ったと庶民の農事に即して柳陰に立ち寄ると示した。納涼という和歌の雅に対して田植という俗に柳を定位したところが眼目。

r　青柳の泥にしだるる潮干かな　芭蕉（『炭俵』）

解「海の水が引き、青柳の枝が今は泥に枝垂れていることだ」和歌の水面に浸る柳を、潮干の泥に趣向した。

s　水音の野中さびしき柳かな　洒堂《しゃどう》（『いつを昔《むかし》』）

解「水音が響くだけの野中に寂しげに柳が立っていることだ」水音は、川柳や清水流るる柳をイメージする。枯草に流れが埋もれて、水音と柳の青さばかりがかろうじて春を告げている情景である。

t　柳散《ちり》清水涸《かれ》石処々《ところどころ》　蕪村（『蕪村句集』）

解 「柳も散り、清水も涸れ、今は石が所々にあるばかりだ」q句を踏まえる。柳散るは秋。f歌「清水流るる柳」が今や陰もなく、流れもないといって、逆に心の中でf歌やq句の情景を思い返す作者の姿を示す。

u　落《おと》し水柳に遠く成りにけり　　蕪村（『夜半楽《やはんらく》』）

解 「落し水は、稲刈りの前に田から水を落とすこと。落し水の音が聞こえ、清水流るる柳はいよいよ時期的にも地理的にも現在の自分から遠い存在となったことだ」q句を踏まえ、q句を偲ぶ縁さえないとq句を思い返す。

v　獺《をそ》の住む池埋《うづ》もれて柳かな　　蕪村（『夜半楽《やはんらく》』）

解 「獺（うそ・かわうそ）の住んでいた池は埋め立てられて今はなく、ただ柳がかつてを偲ぶように立っていることだ」心の中で、池の畔の柳を思い返す。

w　やはらかに柳あをめる
　　北上《きたかみ》の岸辺目に見ゆ
　　泣けとごとくに　　石川啄木（『一握の砂』）

解 「見るからに柔らかそうな柳の枝が青々としてきている北上川の岸辺が目に浮かぶことだ、恰も私に泣けと告げるように」望郷の歌。北上川の岸辺の柳の芽吹きは、啄木の故郷への思いをかき立てるものであると同時に、日本人が営々と詩歌に詠み継いできた歌の故郷をも偲ぶものである。〈泣けとごとくに〉は、啄木のみならず、詩歌を詠み継いできた日本人全体へのメッセージとして共感を誘う。

(1)　和歌・連歌・俳諧・短歌それぞれの柳の読み方には、どのような共通点があるか。話し合ってみよう。

解 全体的には、柳が水辺《すいへん》（川、池など）と結びつきながら、それとの関連で趣向を生み出していることを指摘させたい。また、多くは柳の芽吹きを賞美してそこから趣向を立てていることも、季語の成立と関連して重要。

(2)　ジャンルによって、柳のイメージは変化しているが、それはどのようなものか。話し合ってみよう。

解 柳の趣向をさまざまに探り、そこに春到来の喜びを見出す和歌に対して、連歌はその趣向を踏まえつつ、その趣向をさらに広げようと試みる。また連歌は和歌の一部を取り出すので、より見立てなどの趣向が目立つことになる。俳諧は、そこに俗の視点を必ず入れて和歌世界を庶民の世界に捉えなおそうとする。芭蕉以降は、和歌やそれ以前の世界が今はないということ（不在の感覚）を手がかりに、和歌伝統を踏まえて、その上で水辺の柳を詠もうとしている、といったことを確認させたい。

二　次の文章は、季語「朧月」についての「歳時記」の解説とその例句である。文章を読んで、「朧月」とはどのようなイメージか、話し合ってみよう。

朧月　（季節）三春　（季語）朧月夜・月朧・淡月
　（連想語）梅の香り・しるしの扇・帰る雁
朧月は「朧月夜《おぼろづきよ》」（おぼろづくよ、とも）と熟して、新古今集時代以後、盛んに詠まれた歌題である。そのもととなったものは、大江千里の「文集、嘉陵春夜詩、不明不暗朧朧月といへることをよみ侍りける」と題した①〈照りもせず曇りもはてぬ春の夜の朧月夜にしくものぞなき〉（『新古今集』）である。題となった『白氏文集《はくしもんじゆう》』の詩は、「嘉陵《かりよう》の夜懐《おも》ふことあり二首」の二首で、②「明ならず闇《あん》ならず朦朧たる月　暖にあらず寒にあらず慢慢たる風　独り空床に臥して天気好《よ》し　平明間事心中に到る」という春夜の快適さを吟じたもの。『源氏物語』花宴《はなのえん》の巻には、朧月夜と呼ばれる女性が登場する。紫宸殿《ししんでん》の花の宴のあと、酔いのまぎれに迷い込んだ弘徽殿《こきでん》の細殿《ほそどの》で、源氏は「朧月夜に似るものぞなき」と口ずさんで来る女性と出会う。
　漢詩と『源氏物語』を積極的に摂取した『新古今集』は、この朧月の情趣を好んで採り上げた。とくに藤原家隆《いえたか》が多く詠じ、藤原良経《よしつね》がこれに次いだ。③〈春の夜のおぼろ月夜の梅の花霞もやらで有明の空〉藤原家隆（『壬二集《みにしゅう》』）。④〈みよしのの花のかげにてくれはてておぼろ月夜の道やまどはむ〉藤原良経（『秋篠月清《あきしのげっせい》集』）。
　「朧月夜」は梅や桜と混融して優艶な境地をつくり、⑤〈難波潟かすまぬ浪もかすみけりうつるも曇るおぼろ月夜に〉源具親《ともちか》（『新古今集』）、⑥〈今はとてたのむの雁もうちわびぬおぼろ月夜のあけぼのの空〉（寂蓮『新古今集』）のように海辺や雁などとともに詠まれた。

解 「歳時記」は、『大歳時記　第一巻』（平1、集英社）による。「朧月」の担当執筆は、赤羽淑。この歳時記は、見出しの下に、季節、関連語を並べてある。季節は、初春・仲春・晩春ならびに特定できない三春（兼三春とも）の四分類（他季も同）。現代よりも細かな季節の分類になっている。関連語のうち、（季語）は俳句に詠み込む際の言葉。「朧月」の場合は、朧月夜でも月朧・淡月でもよい。
　こうした文章は、やや読みにくい文章であろうが、大学入試やその模擬試験などでは融合問題として出題されるレベルであろう。古典の詩歌、とくに漢詩と和歌が、現代の季節感を形成する本にあるということを確認させたい。

（例句）
今更に土の黒さやおぼろ月　来山《らいざん》
猫逃げて梅匂ひけり朧月　言水《ごんすい》
大原や蝶の出て舞ふ朧月　丈草《じょうそう》
くもりたる古鏡の如し朧月　高浜虚子

(1)　「朧月」とはどのような月をいうのか、調べてみよう。

解　朧月とは、日中の霞と同じ現象が夜も生じ、そのために月が霞んで見えることをいう。本解説は、朧の現象がなぜ生じるかではなく、文化的に朧月がどうイメージされてきたかを述べている。

(2)　引用されている漢詩・和歌の意味を調べながら、朧月のイメージをまとめてみよう。

解　①大江千里の歌。照りもせず曇りきってもしまわない春の夜の朧に霞む月の美しさに及ぶものはない、の意。②白楽天の詩。明るくもなく、暗くもなく、おぼろに霞んだ月。暑くもなく、寒くもなく、のんびりとゆるやかな風。私は独り寝床に臥して、天気は穏やか。明け方、つまらぬ事ばかり心に浮かんで来ることだ。「平明」は明け方、「間事」はここでは取るに足らぬ日常の雑事をいうか。③藤原家隆の歌。春の夜の朧月の光に梅の花もはっきりとしないまま香りが漂い、霞みきらずに空が明けようとしている。④藤原良経の歌。花の名所吉野で桜花を眺めているうちに日が暮れてしまい、朧月のぼんやりとした光と桜花と一つに霞んでしまって道に迷いそうだ。④源具親の歌。霞むはずのない難波潟の波も霞んで見えることだ、映る光も霞んでいる朧月のせいで。朧月の下で、難波潟の夢幻のような世界。⑤寂蓮の歌。今はもうこれまでといって北へ帰って行く田の面の雁もわびしげに鳴いている、朧月のかかる曙の空の下で。⑥いずれも、ぼんやりと霞んだ月の光の美しさを詠む。花と一体化して幻想的でやわらかな世界を作り上げている。

(3)　例句から気に入った句を選んで、鑑賞してみよう。

解　来山の句は、今さらながら土が黒々としていると思ったことだ、この朧月の光の下で。言水は、猫がうるさく鳴いているのが気になっていたが、それが逃げていなくなってしまうと、ふと梅が匂ってきたことだ、と詠む。猫に気が取られて梅の花の匂いに気付かずにいたのである。丈草は、大原の里で、朧月の光の下、白い蝶がひらひらと舞い出ていることだと詠む。虚子は、朧月の淡い光を、曇りの出た古鏡の面のようだと喩えた。これらの句意を踏まえて、どんな世界が描かれているか、それをどう思ったかなど、自由に発表させたい。

2　言葉の結びつき

ねらい　俳句の読解の前提として、取り合わせの句の解釈に習熟し、俳句が言葉の響き合いによって世界を創造する詩であることを理解することを目的とする。

一　俳句で、二つの文（一語からなる文も含む）を結びつけて詠む方法を、「取り合わせ」もしくは「二句一章」という。試みに、五音と十二音の言葉もしくは短文を組み合わせてみよう。

(1)　十二音の短文を書いてみよう。例文に倣って、季語の入らない短文を自由に書いてみよう。
例　消えかけた壁の落書き　手の傷もなまなましくて　運動靴の紐切れて　教室の窓の山脈

(2)　歳時記で季語を選んで、それを(1)で書いた十二音と組み合わせて、俳句にしてみよう。
季語の例　たんぽぽ　四月馬鹿　五月雨　十二月
組み合わせの例
消えかけた壁の落書きさみだるる
たんぽぽや運動靴の紐切れて
手の傷もなまなましくて四月馬鹿
教室の窓の山脈十二月

(3)　(2)とは別な季語を組み合わせてみよう。
例　消えかけた壁の落書き春の暮
消えかけた壁の落書き日脚伸ぶ

解　まずは、取り合わせによって俳句らしきものができてしまうという感覚を遊びながら身につけたい。(1)では、「季語の入らない短文」というところが難しい。知らぬ間に季語が入ってしまうことが多いからだ。怪しいと思ったら歳時記で確認せよと指導してほしい。意外な季語を知ることにもなるからだ。(2)と(3)は、同時に行っても良い。(2)(3)は歳時記を引きながら言葉探しをする作業である。まず生徒に(1)の短文とあう言葉の方面（天文、地理、行事・生活、動物、植物）を考えさせた後探させても良い。それができなければ、どんな季語でもよいからいくつも置かせてみるのもいいだろう。遊びの精神を発揮させるのも、言葉の感覚をみがくのに大切である。

二　次の文は、飯島晴子がこの二句一章の俳句の作り方について述べたものである。

二句一章のポイントは、取り合わすAとBとのずれ加減、離れ具合である。AとBとの間の落差とその様相いかんによって成功が決まる。AとBとの間の落差によって、AプラスBではなくA掛けるBが成立して、Cという詩的時空が出現すれば成功というわけである。Cは、詩の出現を目ざす詩歌の一形式であるという認識に立っての、広い意味での詩的時空である。

1　桃咲いてほつそり育つ男の子
2　朴咲いてほつそり育つ男の子
3　桐咲いてほつそり育つ男の子

1の場合、①〈桃咲いて〉では男の子はほっそりとはならない。桃太郎に育ってしまう。つまり、AとBとはぶつからず平行線に終り、何事も起こらない。

2の場合、②朴は静かな花だし、普通に野山に見られる花だし、朴の咲く頃には一種の清潔な季感があり、ほっそり育つ男の子との相性はわるくない。しかしいまひとつ③AとBとの落差の様相が平板である。「野山には朴が咲いてほっそり育つ男の子がいます」と、朴の花と男の子は並立する。即ち、AプラスBに終って掛け算は成立せず、Cは出現しない。

3の場合、まず桐の花は子供のイメージではない。④桐の花とほっそり育つ男の子との間には微妙な違和感と親近感が同時に顕《た》つ。―と私は思ってこの句を残した。桐の花Aとほっそり育つ男の子とはぶつかって、⑤少し屈折したやや翳った時空Cが漂うかと思う。しかしそれがどれだけの読者の共感を得られるか、読者との相性次第である。俳句には絶対安全というものは何もないのである。俳句の成功には常に危うさがつきまとうのは、二句一章でも避けられない。

（『俳句研究』平成10年6月号）

解　飯島晴子は373頁参照。言葉の特質を究める優れた評論が多い。本文は感覚的に書かれていて分かりにくいが、設問にしたがって読み解くうち、言葉と言葉の響き合いをどう捉えて行くかの目安を示してくれるであろう。

(1)　傍線部①、1の俳句ではなぜ「男の子はほっそりとはならない」のか。考えてみよう。

解　「桃吹く」は晩春の季語。〈桃咲いて〉は、まるまるとふくよかな桃のイメージが表出され、それが〈男の子〉のイメージに影響するため、まるまるとはち切れんばかりの男の子のように表現されてしまうから。

(2)　傍線部②、「朴の花」は、朴の木の花。朴の木は、山地に自生する落葉高木で、時に二十メートルを越す高さになり、葉も四十センチほどにもなる。初夏、その枝の先に黄色みを帯びた白い大輪の花を開き、馥郁と匂う。離れた所から眺めると、緑の葉のなかに白い大きな花が鮮やかに浮かんで美しい。葉は香りもよく、昔から味噌や飯を包むのに用いられた。次の詩歌から共通する朴の花のイメージを話し合ってみよう。

朴の花朝日さしをる向ひ山　　細見綾子
光発《さ》しその清《すが》しさはかぎりなし朴は
小高く白き花群《はなむら》　　北原白秋

解　「朴の花」のイメージは、歳時記の例句や和歌などを読みながら確認するしかない。自身のイメージにのみに頼るのは危うく、むしろ自身のイメージとこれら例句のイメージとを総合して導き出すべきものであろう。綾子は朝日を浴びて白く輝く朴の気高さを詠み、白秋は白い花の清々しさを詠む。「朴の花」は、孤高で静かさを保ちながら、高潔なイメージということになろうか。

(3)　傍線部③、2の俳句が「平板」だというのは、どういうことか、説明してみよう。また、あなたは2の俳句の取り合わせをどう思うか、発表してみよう。

解　平板とは変化がなく興趣のないこと。筆者は「朴の花と男の子は並立する」が考えるヒントとなる。朴の花の高潔さが細くしなやかに育つ男の子に映って、男の子にもう一つ特別な情感を与えるといった働きがない。単に、朴の花の下に男の子がいるというだけのことになってしまうということ。

(4)　傍線部④、「桐の花」は初夏に咲く紫色の花で、清楚な感じがし、芳香があるなどと評されるが、具体的にどんな花か、歳時記や植物事典などで調べてみよう。

解　桐は落葉高木で、幹は直立して十メートルほどになる。五、六月頃、枝の先に淡紫色の花が円錐穂状に多数咲く。学校の近所にある桐の木を例にして具体的にイメージさせたい。とはいえ、イメージは、歳時記などの例句を通じてもたせるようにしたい。その語の典型的なイメージが一句の鑑賞には必要だからだ。「桐の花」には、〈殿作りならびてゆゆし桐の花〉（其角）、〈夕陽や山を東に桐の華〉（乙由）等、由緒ある清楚なイメージがある。

また、それをもとに、傍線部④「微妙な違和感と

親近感」とはそれぞれ句のどのような点について評した言葉か、話し合ってみよう。

解　「違和感」とは桐の花の由緒あるイメージが男の子との間に醸し出すズレ。それにより、一句の〈ほつそり育つ男の子〉は、田舎の古い大きな家で厳格に育てられた感じを伴う。「親近感」とは、桐の花の清楚さが男の子の潔癖さと通じる所があること。それにより、一句の男の子の「ほつそり育つ」に若さ故の潔癖さが加わる。

(5)　傍線部⑤、3の句について「少し屈折したやや翳った時空」とは、具体的にはどのようなイメージなのだろうか。各々の考えを発表してみよう。

解　桐の花が男の子の育った家の、古く由緒ある感じを伝えるということを踏まえての解答が望ましい。例えば、男の子のイメージに、古い家の親からの重圧と、それをはねのけようとする心理的葛藤が見えてくるかもしれない。もとよりこれは解答例にすぎない。生徒達の想像力を愉しみたい。要は、「桐の花」のイメージを根拠にして、さまざまな鑑賞を試みさせることが重要だろう。

三　小林一茶は次のように自身の句を推敲していったことが知られている。

瓜西瓜《うりすいくわ》ねんねんころりころりかな
団栗《どんぐり》のねんねんころりころりかな
夕霰《ゆふあられ》ねんねんころりころりかな　　一茶

それぞれの句にはどんな情景が描かれているのか、話し合ってみよう。

(1)　季語の働きに注意して、それぞれの句の中で〈ねんねんころりころりかな〉がどのような意味を表すことになるのか、具体的に話し合ってみよう。

解　〈ねんねんころりころりかな〉とは、幼児を寝かしつける時の子守歌。この言葉が上五の語との兼ね合いで、意味を変化させるのだ。〈瓜西瓜〉では、畠に瓜や西瓜が転がっている情景。〈ねんねんころりころり〉は、その形容となる。〈団栗〉も、同じく地面に落ちた団栗が転がっているさま。袴を付けた様子を赤子に見立てたとしても良い。〈夕霰〉は、夕霰の降る中、家の中で親が子供をあやして口ずさむ声。〈夕霰〉は小さく、また夕暮れに見えにくいことから、〈ねんねんころりころり〉がその形容になりえず、比喩として機能しない。その結果、実際の情景が立ち上がってくるのである。

(2)　話し合いをもとに、〈夕霰〉の句について鑑賞文を書いてみよう。

解　〈夕霰〉が降ってきたとみている作者は家の外にいる。家の中から聞こえてくる、子どもをあやす声は、家の中の暖かさ、家族のぬくもりを伝えてきて対照的。霰に降られての寒さのなかで、家の中を思いやる心情を鑑賞させたい。

実作用（解説）

1　句会の実践　Ⅰ

季題をテーマとして俳句を詠む　①「題詠」

ねらい　題詠による句会を通して、詩の世界の可能性を知る。前もって題を設けて俳句を詠む「題詠」という方法で俳句を作り、句会に出して互いに鑑賞し、批評しあう。そうした中から、俳句という詩の表現の限りなく広い世界を知り味わうことを目的とする。

一　「七夕」という題で俳句を詠んでみよう。「七夕」という題は季節を表す題なので「季題」という。「歳時記」などから「七夕」についての解説をよく読んで、七夕について知っていることや自分の体験・思い出等からイメージを作り上げていく方法で句作する。季題の「七夕」を俳句に詠みこむ場合、次のような言葉を詠みこむことで「七夕」という季題を詠んだことになる。

七夕・棚機《たなばた》・七夕祭・星祭・星合《ほしあい》・星今宵・星の恋・牽牛《けんぎゅう》・織女・二星・七夕竹・七夕飾・七夕流し・願ひの糸・硯洗ふ・乞巧奠《きっこうでん》・梶《かじ》の葉・鵲《かささぎ》の橋・天の川・銀河・銀漢等。

解　「**七夕**」とは、旧暦七月七日の夜、牽牛星と織女星とが年に一度相会うという伝説に基づく星を祀る行事。今日では陽暦七月七日に行うことが多い。日本古来の棚機津《つ》女《め》の信仰に、中国の牽牛・織女の伝説とそれから発達した**乞巧奠**《きっこうでん》の行事が習合されたものだとされている。牽牛と織女は恋人でありながら年に一度しか会うことができないという伝説に、その夜、**梶の葉**に歌を書き、様々な遊びをするなどして祝った。それがやがて笹竹に詩や歌を書いた短冊をつるし、文字や裁縫の上達を祈る形に変化してゆく。乞巧奠《きっこうでん》の乞巧とは、牽牛・織女の二星に裁縫技術の上達を祈ること、奠とは物を供えて祭る意。**棚機津女**とは、棚機（機織り機のこと）で布を織る女性を指す。**織女星**、**機織姫**ともいう。

星祭…七夕の夜、牽牛・織女の二星を祭る行事、**星合**・**星今宵**などともいう。**七夕**竹…七夕に飾る、文字や歌を書いた短冊・色紙などをつるした竹をいう。それを七夕の終わったあと川や海へ流す風習が**七夕流し**。**願ひの糸**…七夕に、機織りが上手くなる（願い事がかなう）ことを祈って竹竿の先にかけた五色の糸。**硯洗ふ**…七夕の前夜、日頃使っている硯や筆・机などを洗い清めること。翌七日朝、芋の葉の露を取り、墨をすり、七夕の色紙を書く。**梶の葉**…カジノキの葉、古くは、七夕に七枚の梶の葉に詩歌を書いて織女星を祭ったという。**鵲《かささぎ》の橋**…七夕の夜、牽牛星と織女星を会わせるため、鵲が翼を並べて天の河に渡すという橋。**天の川**…銀河系星雲の厚く帯状に見えるところを星の川に見立てて名付けた。無数の星が密集して銀の砂のように美しく、北半球では夏秋の変わり目には天頂に来てよく見える。中国の伝説に、七夕の夜、牽牛星と織女星がこの川を渡って逢うという。**銀河・銀漢**ともいう。

二 「七夕」の季題で詠んだ俳人の作品を読んでみよう。

1 荒海や佐渡によこたふ天の河　松尾芭蕉
2 うつくしや障子の穴の天の川　小林一茶
3 うれしさや七夕竹の中を行く　正岡子規
4 誰が持ちし硯ぞ今日をわが洗ふ　水原秋桜子
5 妻二夕夜あらず二夕夜の天の川　中村草田男
6 うち曇る空のいづこに星の恋　杉田久女
7 七夕や髪濡れしまゝ人に逢ふ　橋本多佳子
8 かけ渡す願の糸のおもはゆし　高橋淡路女
9 七夕竹惜命《しゃくみょう》の文字隠れなし　石田波郷
10 七夕の子の前髪を切りそろふ　大野林火

解 1日本海の暗く荒れた海が眼前に広がり、彼方には流人の島佐渡が島がある。数々の流人達の悲しみの籠もった島だ。仰ぎ見ると空には銀河が佐渡の方へ冴え冴えと横たわっている。雄渾の中に悲哀を込めた一句だ。2病床にあって仰ぎ見ているのだろう。障子の穴からのぞく天の川だ。〈うつくしや〉とあるが、単に天の川そのものが美しいといっているのではなく、障子の穴を通してのぞき見る天の川が美しく見えたというのである。貧しくつつましい暮らしが想像され、そんな中でもゆたかである人の心のまことが詠われている。3賑やかに飾り付けられた七夕竹の下をくぐってゆく。竹の葉や短冊が背に肩に触れるのを楽しみながら、まるで子供のように心弾ませている様子。4今は自分の物として大切に使っているが、以前は一体どのような人の手元にあったのだろう、と硯を洗い清めながらその来し方に思いを馳せる、七夕の前夜である。5我が家を留守にしている妻を思っての作。外に出て空を仰ぐと、天の川が美しく流れている。妻の不在が天の川を常よりも美しく感じさせ、はたまたその美しさが妻の不在を痛感させるのだろう。「天の川」の季題が、妻恋の叙情のみの俳句というのではなく、しんと深い生への思いまでを伝えている。6牽牛織女の二星が一年に一度だけ天の川を舟で渡って相会うという、今日は七夕の夜、生憎の曇り空で星は見えない。二星の恋は一体果たされたのだろうか、気のもめることだ。7七夕の風習として子供は水浴をし、大人は髪を洗う慣習があったという。禊《みそぎ》をし穢《けがれ》れを祓《はら》う盆の行事と習合したものらしい。どんな用件か、洗い髪のままで人に逢ったという。「逢」の字から相手は男性か、などと想像を誘われるが、長い髪を洗ったまま無造作に後ろで束ねた女性の艶な姿が髣髴とする。8七夕の今宵、竹竿の先に五色の糸をかけてあれやこれやと願い事をする、あまりに欲張りすぎるようで何やら気恥ずかしい思いがしてしまうことだ。9七夕竹に結ばれた短冊に、「惜命」の文字を見つけた。戦地で得た胸部の病が再発して療養中の作者、その余りに直截な言葉に驚いたが、実感でもあったろう。「隠れなし」はまさしくその通りだ、という強い断定であり、作者の痛切な祈りでもあったのだ。10七夕祭りが近づいてきた。今年も子供の前髪を切りそろえてやる。娘に対する父の優しい心くばりとそれを素直に受けとめる子供との心の交感が温かく伝わる。岸田劉生描く「麗子像」に似た眉毛の少し上辺りで綺麗に整えられたおかっぱ頭の女の子の姿が浮かぶ。

三 句作の実践を、「2言葉の結びつき」一(1)~(3)で学んだ「取り合わせ」（二句一章）の方法で試みてみよう。

(1) 七夕にまつわる思い出、七夕と言えば浮かぶ景をメモして「七夕」の季題とつなげてみよう。

例 友と輪になり語り合う
風荒き空を見上げる
人に背を向け書く言葉
さよならと友に手を振る

(2) 七夕の季題と組み合わせて俳句にしてみよう。

(組み合わせの例)
七夕や友と輪になり語り合う
風荒き空を見上げる星祭
七夕飾人に背を向け書く言葉
さよならと友に手を振る天の川

(3) 七夕とは無関係な言葉を思い出し、「七夕」の季題とその二つに関わるフレーズとでつないで俳句にしてみよう。

(例)泥　ノート　髪　パソコン
(組み合わせの例)
七夕飾竹より切れて泥の中
星合や恋の字ノートに書き連ね
長き髪束ねて硯洗ひけり
パソコンに向きいて願ひの糸結はず

句が出来たら声に出して読んでみて、より分かりや

すい言葉で想いは深く表現できるよう推敲にも挑戦してみよう。そして、これは、という自信作を一句提出することを目指して、出来るだけ沢山の句を作ってみよう。

解　句作のために、歳時記・季寄せなどを一人一冊ずつ持たせることができればよいが、そうした準備ができない場合は、季題の解説や例句が見られるようクラスに何冊かでも準備しておきたい。机間巡視をして作句の様子を確認し、てこずっている生徒には適宜アドバイスをし、生徒の言葉の中から詩になる表現を選びとる手助けをすることも必要だ。また、早々と出来てしまったという生徒には、一年次で学んだ、並びかえの教材を思い出して、句の上下を並びかえたりしながら推敲を試みるよう指導したい。

四　できあがった句の中から自信作一句を小短冊に書いて提出しよう。

解　小短冊の大きさは、一句が一行に縦書きできる程度の幅と長さがあればよく、特別なきまりはないが、A四サイズの用紙を。予備も含めて、前もって作っておくとよい。書くときには、上句と中句の間、中句と下句の間はあけたりせずに一行に書くこと、誤字脱字のないよう漢字や仮名遣いなどは辞書で調べて正確に書くという注意事項を伝えたい。

五　全員の短冊が提出されたら、短冊をよくまぜて一覧できるよう清書する。（無記名・通し番号をつける）

解　通常、句会では小短冊には記名はしないが、授業の提出物として記名して提出する、ということを事前に説明しておく。

清書は係の生徒を決めて行うとよい。書き間違えのないよう、書き終えたら一句一句短冊とつきあわせて確認することを指導したい。最後に、指導教員の確認も必要である。次回までに印刷しておく。その際、選句用紙も作って印刷しておくこと。

（清書例）

二年A組七月七日句会

選者名			作者名
	1	七夕や昇降口の混み合つて	
	2	願いごと濃いペンで書く星祭	
	3	部活終え夜空にさがす天の川	
	4	私にも出会いください銀河の夜	
	5	七夕の短冊読んで遅刻する	
	6	かささぎの橋を渡って逢いにゆく	
	7	すれちがう七夕笹に触れながら	
	8	七夕竹の下に集うや昼休み	
	9	牽牛織女ことしも会えぬ雨の夜	
	10	七夕の願いそれぞれ三姉妹	

六　クラス全員の俳句が印刷されたプリントをよく読んで、良いと思う句を二句選び、その内の一句について、その句を選んだ理由・良いと思ったところなどを選句用紙に書いてみよう。特に、季題が一句の中でどのような効果をもっているかということに触れて書けるとよい。

指名に従って、自分の選んだ句を読み上げ、その句についての評や感想を選句用紙に書いたことをもとに発表しよう。

自分の句が読みあげられたら、大きな声で名乗りをしよう。

最後に、指導教員の選んだ句が読み上げられる。この時も、自分の句が読まれたら必ず名乗りをしよう。選んだ句についての指導教員の評や全体の講評をよく聞いて、今後の作句・選句の参考にしよう。

解　自分の句が読み上げられたときには、大きな声で名乗るよう、前もって指導しておきたい。

（選句用紙例）

選句用紙　高校一年A組　番氏名

句番号	俳句	作者名
7	すれちがう七夕笹に触れながら	
6	かささぎの橋を渡って逢いにゆく	

選んだ句についての評・感想

7の句について。一読して情景が眼の前に浮かんで、すれちがう二人の表情や指先までが見えてくる。年に一度の出会いを祝う七夕祭からは、会えない・言えない辛さのあることも想像させられる。片想いか互いに思いあう二人なのか、秘めた恋への祈りがすれ違いざまにそっと触れた「七夕笹」に託して表現されているところに感動した。

高校三年用教材（解説）

読解用（解説）

1 作者の意図と読者の読み

ねらい 自身の発した言葉は、他者の解釈を得てはじめて言葉としての意味を知ることになるということ、また自身の一句は、他者の解釈を経てはじめて言葉としての意味を発し始めるということを学びたい。

一 次の文章は、名句とされる凡兆《ぼんちょう》の俳句〈下京《しもぎょう》や雪つむ上の夜の雨〉の成立事情について、その場に居あわせた去来が詳しく記したものである。芭蕉と凡兆のやりとりや、去来の感想について、話し合ってみよう。

下京や雪つむ上の夜の雨　　凡兆

この句は、初め上五がなかった。先師（芭蕉）をはじめ我々門人たちがいろいろと上五を置いてみた末に、ようやく先師が〈下京や〉の上五に決定した。ところが、凡兆は、あ、と答えたままで、まだ迷っているふうだった。そこで先師は「凡兆よ、お前の手柄としてこの上五を置いて一句としなさい。もしこの上五以外に良い上五があるなら、私は二度と俳句を作らないであろう」と述べられた（『去来抄』）。

(イ) この句の成立過程を本文からまとめておこう。

解 凡兆が〈雪つむ上の夜の雨〉という句の断片を持っており、それを俳句にしようと皆であれこれ相応しい上五を探し、芭蕉が〈下京や〉を見付けて、決定した。なお、この一節について「I俳句概説編」38頁に詳述してある。

(ロ) 「下京」とは、どのような所なのか。またどんなイメージがあるだろうか。「上京《かみぎょう》」「中京《なかぎょう》」などと比較して具体的に情景を思い浮かべてみよう。

解 皇居を中心として公卿・武将ら上流階級の広い敷地が整然と並ぶ上京に対して、「下京」は庶民が住む小さな家が寄り集まった地域。人家が稠密《ちゆうみつ》してごみごみした地域。「中京」は京都の中心、繁華街や市の行政の中心があった。

(ハ) 「下京」が置かれたことで、この句はどのような情景を詠んだ句となっただろうか。季節、時刻、音、景色などについて想像を働かせながら、この句の世界を鑑賞してみよう。

解 〈雪つむ上の夜の雨〉は〈下京〉と置かれたことで、冬ながら深更に寒気が緩み、びしょびしょと陰欝な、しかしどこか親しみのある情感が描き出された。

二 次の文章は、芭蕉の指導を受けて去来が自身の俳句を推敲していった例である。

涼しさの野山にみつる念仏《ねぶつ》かな　　去来

これは、善光寺の本尊（阿弥陀如来）が、京都の真如堂（極楽寺）に出開帳（別の場所に出して公開すること）があり、その時の句である。初めの上五は「ひいやりと」であった。先師（芭蕉）が「こういう句は、一句全体を穏やかに仕立てるものである。五文字がよくない」といって、「風薫る」と改められた。

その後、『続猿蓑』の編集に当たって、再び「涼しくも」の上五に直して入集してくださった（『去来抄』）。

右の文章をもとに、去来のそれぞれ推敲した句を示すと、次のようになる。

a ひいやりと野山にみつる念仏かな　（去来の原案）
b 風薫る　野山にみつる念仏かな　（芭蕉の添削1）
c 涼しくも　野山にみつる念仏かな　（芭蕉の添削2）
d 涼しさの　野山にみつる念仏かな　（去来の推敲）

解 文中『続猿蓑』〈涼しくも〉を『去来抄』では〈涼しさの〉としている。これは、おそらく去来の記憶違いであろう。が、元禄一一年刊『続猿蓑』のときと、『去来抄』執筆時（元禄一五年頃）とで、この句に対する意識も異なり、去来自身が無意識のうちに推敲してしまっていると考えて、異なる句形と考えることとした。なお、この一節について「I俳句概説編」58頁に詳述してある。

(1) それぞれの句には、作者が「念仏」の声をどのように感じていると表されているのか、具体的に説明してみよう。

解　aは、念仏により寺の堂内の荘重な冷ややかさが辺りに満ちるとする。が、〈ひいやりと〉に込めた感覚が曖昧。bは、涼風（薫風）に乗って念仏が辺りに満ちるとする。薫風と念仏と二つが並列され、焦点が一つに絞れない。cは、念仏の声がいかにも涼しげだの意。dは、念仏の心澄む涼しげな声が辺りに満ちると、念仏の声の清らかさを称賛する句となる。

(2)　右の推敲には、読者である芭蕉がどのような役割を果たしているか、話し合ってみよう。

解　去来の〈ひいやりと〉への拘りを捨てさせ、去来自身により相応しい上五を探させるきっかけを作った。

三　次の文章は、去来が自身の句の下五「月の客」に対して、同門の洒堂が「月の猿」とすべきだと論評し、どちらがふさわしいか迷い、その是非について芭蕉に尋ねたところ、芭蕉から意外な指摘を受けたという逸話である。

これは、自分の句に対する作者の意図ないし理解と、読者の理解との違いについて考えるのに恰好の逸話である。そのことを念頭に置いて、俳句の読みということについて考えてみよう。

岩鼻やここにもひとり月の客　　去来

先師（芭蕉）が上洛された時のことである。先師に、「洒堂はこの句の下五を〈月の猿〉とすべきだというのですが、私はやはり〈月の客〉のほうが勝っていると言いました。どちらがよいでしょうか」と尋ねた。すると先師は、「〈月の猿〉とはどういうことだ。去来よ、お前は一体この句をどういうふうに思って作ったのだ」と怒ったように問い返された。恐る恐る私が「名月があまりに美しかったので、俳句を作りながら山野を歩いておりましたところ、大きな岩の端に一人の風流人が月を愛でているのを見付けたのです」と答えると、先師は「〈ここにもひとり月の客〉がいます、とお前自身が自分から名乗り出たほうが、どんなに風流かしれない。〈ここにもひとり〉と自分が名乗り出た句としなさい。この句は、私も高く評価して、我が手作りの名句集に載せてある」と仰った。

後で考えると、この句を自称の句として見れば、月を愛でるあまりの風狂さが浮かんできて、初めの趣向に十倍も勝っている。まことに作者は自分の句の意味が分からなかったということなのだ。

（『去来抄』）

(1)　去来の句案「月の客」と、洒堂の句案「月の猿」と、それぞれどのような情景を表すことになるのか、考えてみよう。

去来の案　　岩鼻やここにもひとり月の客
洒堂の案　　岩鼻やここにもひとり月の猿

解　「岩鼻」は、突き出た岩の突端。去来は、岩鼻に一人月を愛でている人物がいるの意。洒堂は、月を愛でるが如く猿が岩鼻に一人いるの意。

(2)　去来がこの句を作った時の様子を、『去来抄』からまとめてみよう。

解　名月に誘われて句を案じながら山野を歩いていると、岩鼻に自分と同じく月を愛でている風流人を見付けた。

(3)　芭蕉の解釈は、どのような解釈か、話し合ってみよう。

解　危ない岩鼻のここにも一人、月を愛でるあまりに居る風騒の士がおります、と月を愛でてきた詩人たちに向けて、私もまた月を愛でる心は人後に落ちない、と名乗りを上げている句。

(4)　去来は芭蕉の指摘を受けて、「初めの趣向に十倍も勝っている。まことに作者は自分の句の意味が分からなかったということなのだ」と述べている。なぜ、去来は自身が句を作った時、こうした解釈が出来なかったのか、話し合ってみよう。

解　「ここにもひとり」を自分の名乗りと解釈できなかったのは、風流人を見付けて詠もうとした創作意図にしばられて、言葉の自然な解釈ができなかったため。

(5)　俳句の作者と読者と、どちらが俳句の解釈にはふさわしいのか、またそれはなぜか、考えてみよう。

解　読者の方がふさわしい。句の解釈に当たって、作者は、自身の創作意図や創作経緯などを優先するため、自身の発した言葉を自身の意図でゆがめて解釈してしまいがちだから。

(6)　自分が俳句を作る時、また他人の俳句を読者として批評する時、それぞれどのような点に気をつけたら良いだろうか、おのおのの考えを発表してみよう。また、句会などの際に、俳句の作者として他人の批評にどう向き合うべきかについても話し合ってみよう。

解　自分が句を作ろうとした意図、言葉に込めた意味、表現しようとしたねらいなど、創作にあたっての思いを捨て、自身が発した十七音の言葉が、それ自体でいかなる意味を表現しようとしているか、自身から離れて解釈する必要がある。だが、作者はどうしても自身の発した言葉に自身が込めた思いから離れられない。そこで、他者の読みに向き合い、自身の言葉に対して読者の立場に立つことによって、はじめて自身の言葉が表現している意味を知ることになる。したがって、他者による解釈に立つことで自身の言葉と出会い、そこから自身の言葉と他者として向き合いながら、自身の句を推敲するというプロセスが必要なのである。句の創作意図にこだわることは、せっかく自身が発した一句の言葉の可能性を、自身の意図によって狭めることにしかならないのだ。なお、「I俳句概説編」12頁参照。

実作用（解説）

1 句会の実践 Ⅱ

季題をテーマとして俳句を詠む ②「嘱目《しょくもく》」

ねらい 嘱目による句作・句会を通して、詩の世界の可能性を広げていく。目に触れたものを詠む「嘱目（描写）」という方法で、クラス全員で同じものを見て俳句を作り、句会を行う。視覚だけでなく、聴覚・嗅覚・味覚・皮膚感覚なども総動員して感じたことを表現するよう指導したい。そして句会で、同じ場で同じものを見て作った級友達の俳句を読むことで、俳句という詩の可能性の多様さに気付くことができればよい。

また、作句にあたっては文語を使う、ということも目指して指導していきたい。

俳句で用いられる「や・かな・けり」等の切字、特に「や」は十七音の中に立体感・重層感・中断・沈黙・余韻などの効果を生み、俳句表現の容量をより大きくし、型を整える働きをする。その「や」の働きこそ文語文法を用いたものなのである。それゆえ、俳句は文語で詠むことが一番自然な形である、ということを認識させていきたい。

一 これまでに学んだ古典の知識を生かして、文語で俳句を作ってみることとする。初めに、間違えやすい文法事項の確認のために、次の(1)〜(3)の問題に取り組んでみよう。

(1) 次の1〜5の俳句について、表現上間違っているところを正しい表現に直してみよう。

1 葉桜の中の無数の空さはぐ　篠原梵
2 さきみちてさくらあおざめいたるかな　野澤節子
3 橋いくつ越へて来たるや初桜
4 短夜の夢に出でこし人想ふ
5 遠山の影を映せり青田かな

解 1・2は仮名遣いの問題。文語での実作に欠かせない歴史的仮名遣いだが、現代的仮名遣いとは異なる場合が多く迷うことが多い。単語一つひとつに歴史的仮名遣いが記されてある国語辞典をこまめに引いて、正しく表記するとともに、その都度知識を蓄えていくことを心掛けさせたい。1さはぐ→さわぐ。現代仮名遣いと同じである。2あおざめいたる→あをざめゐたる。「あおざめ」…口語では自動詞下一段活用の動詞「あおざめる」の連用形だが、文語では「あをざむ」という下二段活用の動詞として用いられる。「ゐたる」…自動詞ワ行上一段活用「ゐる」の連用形の「ゐ」＋存続の助動詞「たり」の連体形。3越へ→越え、でヤ行下二段活用の動詞「越ゆ」の連用形。ちなみに、現代仮名遣いでも「越え」で、ヤ行下一段活用の動詞「越える」の連用形である。4出でこし→出できし。「し」は過去の助動詞「き」の連体形で、連用接続の助動詞、ゆえに「し」の前の用言は連用形とすることが必要で、カ行変格活用の動詞「出で来《く》」の連用形「出でき」とする。5映せり→映せる。遠山の影を映している青田、の意であるから、存続の助動詞「り」は「青田」を修飾する連体形に直す必要がある。

(2) 次の1・2の俳句の傍線部の音数はそれぞれいくつか、数えてみよう。

1 雪だるま星のおしやべりぺちやくちやと　松本たかし
2 向寒やロールキャベツは素《しろ》く蒼く　中村草田男

解 俳句の音数を数えるのに注意が必要なのが「拗音」である。ヤ行拗音（きゃ・きゅ・きょ・ひゃ・びゃ・ぴゃ等）とワ行拗音（くわ・ぐわ等）とがある。俳句では拗音は二字で一音に数える。ちなみに、撥音（ん）・促音（っ）・長音（ー）は一音に数える。1八音（お・しゃ・べ・り・ぺ・ちゃ・く・ちゃ）。2六音（ロ・ー・ル・キャ・ベ・ツ）。俳句で用いる歴史的仮名遣いでは原則として小文字は用いないが、例外的に、外来語についてはカタカナで表記し、小文字を用いる。

(3) 次の1〜3の俳句の用言について、必要な箇所を適切な音便の形に直してみよう。（一文節で）

1 おもしろくてやがてかなしき鵜舟《うぶね》かな　松尾芭蕉
2 翅《はね》わりててんたう虫の飛びいづる　高野素十
3 白露や死にて行く日も帯締めて　三橋鷹女

解　用言の音便にはイ音便・ウ音便・撥音便・促音便がある。1おもしろくて↓おもしろうて（ウ音便）。2わりて↓わつて（促音便）3死にて↓死んで（撥音便）

二　校庭の桜の花をクラス全員で見て、俳句を詠んでみよう。

高校二年次に行った「題詠」が言葉からイメージを膨らませるのに対して、「嘱目」（描写）は視覚からのイメージを言葉にしてゆく方法である。

同じ桜の花を見て句を見て作っても、人により視点や感じかたが異なることを改めて知ることになる。また、桜を見て、普段忘れていたことを思い出したり、それらが蘇ったりすることもあるだろう。様々な視点から桜の花を見たり、匂いを楽しんだり、木の幹に触れてみるなどしてみたい。

メモ帳を持参し、心に浮かんだ言葉やフレーズを書きとめたり、思いついた十七音をそのまま書きつけて後で推敲するのもよい。

「桜」を詠みこむためには次のような季語を使う。

桜・初桜・遅桜・枝垂桜《しだれざくら》・山桜・八重桜・染井吉野・楊貴妃桜・朝桜・夕桜・夜桜

花・初花・花盛り・花明り・花の雲・花の雨・花の昼・花の山・残花・落花・花吹雪・花筏《はないかだ》・花屑・花見・花衣・花篝《はなかがり》・花冷・花曇・花疲れ

解　**桜**は日本の国花であり、四季を代表する花として日本人に最も親しまれている。しかし、植物学的には桜という具体的な名前はない。俳句では、桜とだけいって種類を問わないのが普通だが、桜の種類全てが季語になる。咲き始め、三、四分咲きの頃、そして今を盛りと咲く美しさに誰もが心奪われ、散りぎわの潔さにも名残を惜しむ。さらに満開の桜は一日のうちでも美しさを変え、朝にも昼にも夜にもそれぞれの美しさがあり、晴れても、降っても、嵐でも趣深いものである。

初桜…その年に初めて咲いた桜。**遅桜**…花時に遅れて咲く桜。**枝垂れ桜**…三月下旬、細長く垂れ下がった枝に淡紅白色の花をつける桜。**山桜**…関東以西の山地に自生する桜。吉野山の桜はこの種。四月頃、新葉とともに白花を開く。散り際の美しさもこの桜の白眉。**八重桜**…八重咲きの品種の総称、桜の中では開花が最も遅い。重苦しいほどの華麗な花で、牡丹桜ともいう。**染井吉野**…各地で最も普通に植えられている桜、花は葉に先立って開き、蕾は初め淡紅色で次第に白色に変わる。江戸染井の植木屋から売り出されたという。**楊貴妃桜**…昔、奈良地方にあった桜で、花は八重咲きで四月頃咲き、蕾は濃い紅色だが開花時には淡紅色となる。優雅な中に、気品もあり艶麗で、中国唐時代の楊貴妃を連想して名付けたものという。**朝桜**…朝、露を帯びて咲いた美しい桜。**夕桜**…夕方に眺める桜の花。**夜桜**…夜、見物する桜。桜の樹の周辺に灯籠・雪洞《ぼんぼり》を灯し、または篝火を焚いて観覧することが多い。

俳句の世界では、**花**といえば桜を指すが、それのみならず、花婿・花嫁などのように、華やかなもの・華やぎのあるものの総称でもある。**初花**…その年に初めて咲いた桜の花、また、咲いて間もない桜の花。**花明り**…暗闇の中でも満開の花のあたりがほのかに明るいこと。**花の雲**…遠くから見た桜の花が一面に咲いて雲かと見まごうばかりの様子。**花の雨**…桜の咲く頃の冷たい雨、あるいは桜の花に降る雨のこと。**花の昼**…桜の花の美しい昼のこと。**残花**…散り残った桜の花。**花吹雪**…桜の花びらが吹雪のように激しく舞い散るさま。**花筏**…水面に散り敷いて流れる花びらを筏に見立てていう。**花屑**…散らばり落ちた桜の花びらのこと。**花見**…桜の花を賞美し遊興すること。**花衣**…花見の時に着る晴れ着。**花篝**…夜桜を照らすために焚く篝火のこと。夜の桜の美しさを一層引き立て、幻想的な世界をつくり出す。**花冷**…桜の咲く頃に寒さが戻って冷え込むこと。**花曇**…桜の咲く頃の曇り空のこと。華やかさの中に翳りを含み、物憂い心情もこめられている。**花疲れ**…花見のあとの歩き疲れや、気疲れなどからくる物憂く気だるい疲れのこと。

三　桜を詠んだ俳人の作品を読んでみよう。

1　さまざまの事おもひだす桜かな　松尾芭蕉
2　ゆさゆさと大枝ゆるる桜かな　村上鬼城
3　花影婆娑《かえいばさ》と踏むべくありぬ岨《そば》の月　原　石鼎
4　空をゆく一とかたまりの花吹雪　高野素十
5　まさをなる空よりしだれざくらかな　富安風生
6　夕桜あの家この家に琴鳴りて　中村草田男
7　チチポポと鼓うたうよ花月夜　松本たかし
8　花衣ぬぐやまつはる紐いろ〳〵　杉田久女
9　さきみちてさくらあをざめゐたるかな　野澤節子
10　満開のふれてつめたき桜の木　鈴木六林男

解　1久しぶりに見た桜の樹を前に、昔のいろいろな思い出が蘇ってくることだ。2満開の桜の大枝、まだ散る花のない、花吹雪の始まる寸前の景を大づかみに表現して、桜の豪華さを際だたせた。3「婆娑」は影などの乱れ動く様。「岨」は山の切り立った斜面のがけ道、懸路《かけじ》。やや夜更けてこの山路に歩み出ると、春月が照らす谷々を埋めた花が真っ白にかがやき、見上げる頭上もまた花に覆われて、辿《たど》ろうとする路にはその花の影がくっきりと写っている。その花影は神々しいまでに鮮やかで、しばしためらわれて佇《たたず》んでしまうのだ。4一塊りになって空間をおし移ってゆく花吹雪を捉えた句。青空を背景に力強く、一塊りの花吹雪に何かしら意志を感じさせる表現となっている。5満開の枝垂桜の下に立っている。晴れ渡った空が広がっていて、その桜の枝はまるでその空の深みから垂れ下がってでもいるように、しんと静かに花を咲かせている。桜の花の美しさゆえに空はいよいよ青く、空の青さゆえに桜の花はいよいよ美しい。「空」以外の文字をひらがなにしたことで中七から下五にかけてなだらかに続き、一句の優美さを演出している。6桜の花の咲く夕暮れどき、あの家からもこの家からも琴をかき鳴らす音が静かに聞こえてくる。〈あの家この家〉の畳みかけのリズムに夕桜の中に響く琴の余韻を増幅させてゆく。7庭の桜が今まさに咲き満ちて、散りもせず爛漫と咲く今宵、その梢の上には円かな月が昇って照りわたる。久しぶりに鼓を取り出して好みの音をチチポポと打ち鳴らし、花に興じよう。8花見から帰って、ともかくも花衣を脱ごうとするのだが、何本もの紐がなかなか解けず、まどろっこしい。まるで紐たちが離れまいとまつわりつくかのようだ。花疲れと花見の余韻を愛惜する思い。9咲き満ちて白をきわめた花たちが、息をつめてそのときを保っているような緊張感を発している。咲き満ちての後は散ってゆくしかない。じっと見つめている作者の目に満開の桜があおざめているように見えたのだ。10満開の桜の美しさに圧倒されながら、あまりの見事さに、その太い木の幹に触れてみる。しんとつめたくて、昂ぶった心までがひんやりと鎮められるおもいになる。蓄えた力の全てを桜の花を咲かせることに注いだ木の静けさだ。

四　校庭で桜を見ながらメモ帳に書き留めた言葉やフレーズをもとに、俳句を作ってみよう。その場で書きとめた十七音が一句として成り立つのかどうかも検討してみよう。今回は、文語で俳句を作るということが課題なので、文法的なこと、仮名遣いなどについても注意し、国語辞典、文法の教科書などを駆使して、よりよい俳句に仕上げることに努力しよう。桜（季語）の説明の句にならないように注意することが大切だ。

解　課題二の季語の意味を確認しながら詠むようにさせたい。文語で俳句、という課題に戸惑いや反発があるかもしれないが、国語辞典による仮名遣いの確認のし方を教え、古典文法についても個別に相談にのるなどして、生徒それぞれが自分なりの努力の結果としての俳句を提出でき、達成感を味わえるよう手助けをしたい。句作・推敲にあたっては、目前の桜ではなく思い出の桜の句になってもよいのだということも伝え、柔軟に対処し、楽しんで句作させたい。特に、桜（季語）の説明にならないように注意すること、取り合わせ（二句一章）の方法が有効であることなどの説明もしておくとよい。

五　できあがった俳句の中から自信作二句を小短冊に書いて提出しよう。

解　小短冊の大きさは、一句が一行に縦書きできる程度の幅と長さ（A4の用紙を八等分して三・五センチ×二十一センチ程度のものが目安）があればよい。予備も含めて前もって印刷しておくとよい。

上句・中句・下句それぞれの間は空けずに一行に書くこと、歴史的仮名遣いが正しくできているか、用言・助動詞などの用法が文語文法に則っているか、誤字脱字はないか等に注意して正しく書くよう指導したい。

六　全員の短冊が提出されたら、短冊をよく混ぜて一覧できるよう清書する。（無記名・通し番号をつける）

解　通常、句会では小短冊には記名はしないが、授業の提出物として記名して提出する、ということを事前に説明しておく。

高校二年次に行った句会より出句数が多いので、係を何名か決めて行うとよい。書き間違えのないよう、自分の担当部分を書き終えたら一句一句短冊とつきあわせて確認するよう指導したい。最後に、指導教員の確認が必要である。句会当日までに印刷しておく。その際、選句用紙（問七参照）も作っておくとよい。

（清記　例）

三年A組句会　平成二十六年四月二十日

点数	俳句	作者名
	1　教室の窓に触れくるさくらかな	
	2　肩ならべ友と語らふ花の昼	
	3　木の幹のざらりとかたき桜かな	
	4　さよならとさくら吹雪をかけ出せる	
	5　人も犬も濡れてゆくなり花の雨	
	6　花屑をまきあげてゆくオートバイ	
	7　もう誰もをらぬ校庭夕桜	
	8　思ひつめたやうに桜の散りはじむ	
	9　花冷えや天より祖母のこゑのする	
	10　桜の木の下であの日を思ひだす	

七　クラス全員の俳句が印刷された清書プリントをよく読んで、良いと思う俳句を二句選び、その内の一句についてその句を選んだ理由・良いと感じた点・

共感した所等についてメモしよう。クラス全員が自分の良いと思った句について、そのメモをもとに発表しよう。指名に従って、自分の選んだ句を発表し、その句についての感想をメモに従って述べてみよう。

　自分の句が読み上げられたら、大きな声で名乗りをしよう。

　クラスの生徒の選句を点盛りして、得点結果を最後に発表しよう。

　お終いに、指導教員の選んだ句を読み上げる。このときも、声を大にして必ず名乗りをしよう。

　指導教員の選んだ句についての評や全体の講評をよく聞いて、今後の作句・選句の参考にしよう。

解　句会の時、生徒それぞれの句について、何人の生徒が選んだかを正確に記録し、その結果を発表し、高点句についてコメントするようにしたい。それぞれの句の得点の記録は正確を期すために、二、三名の生徒に点盛りをさせたい。それぞれの句の上の欄に「正」の字を書いてゆくことで正確に数を数えられることを指導するとよい。生徒同士、また指導者と生徒達の選句の違いは深刻に受け止めず、自信を持って自分の選んだ俳句の良さを発表できるようにさせることが大切だ。また指導教員は、できれば、あらかじめ生徒が提出した俳句の中から、一句選んで、コメントできるよう準備しておけるとよい。

選句用紙記入（例）

選句用紙　　　平成　年　月　日
高校三年A組　番氏名

句番号	俳句	作者名
3	木の幹のざらりとかたき桜かな	
8	もう誰もをらぬ校庭夕桜	

選んだ句についての評・感想

8の句について

　一日中賑やかだった校舎の窓からの声も聞こえず、部活動に励む部員達の姿も今日はなく、しんとした校庭の何と広々としていることか。耳鳴りのしそうな静けさの中で、校庭の奥にある桜の大樹を見つめていると、これまでの学校生活のあれこれが思い出され、懐かしさと言いようのないさびしさとが湧いてくる。日常の中の非日常に身を置いた作者の感慨が静かに伝わる。

　廃校になった母校の校庭に立っている。かつては、校舎全体が膨らんでいるかのように響きわたる生徒達の声を、楽しむかのようにゆったりと大きな枝を揺らしていた桜の樹。誰もいないしんとした夕景の中で、桜はあの頃と同じようにおおらかに花を咲かせている。久しぶりに訪れた校庭の桜を見ながら懐かしさとさみしさの思い一杯になって立ち尽くす、そんな作者の感慨がしみじみと伝わってくる。

　本稿は、二〇一三年六月からおよそ二年間、毎月俳句教育の可能性について議論した結果に基づいてこれを文章化したものである。メンバーは、椿文恵・谷地快一・宮脇真彦の三名である。

［執筆分担］

はじめに　宮脇真彦
小学校低学年用教材
　～小学校高学年用教材2まで　宮脇真彦
小学校高学年用教材3　椿　文恵
中学一年用教材以下　読解用　宮脇真彦
同　実作用　椿　文恵

Ⅷ　俳句文化編

(1) 鑑賞・批評の歴史

総論

俳句の鑑賞・批評ができあがって行くプロセスを考えてみたい。鑑賞・批評は長短さまざまであり、一冊の本から数行のコラムまであるが、まず、俳句の場合、鑑賞・批評の対象の一句（数句）を選ぶことから始る。これが第一段階になる。

そうした選句に解説・感想・考証を施すこと（特にそのすぐれている理由を証明すること）――特に個人の俳句群やグループの作品群に対して――により次の段階の鑑賞・批評となる（A：広義の鑑賞）。我々が世の常鑑賞・批評と言っているものはこれに当たる。

そうした行為が高次化すると、批評態度の中で特定の俳句の理論を明示することにつながる（B：俳句論）。常識的に言えば、すぐれた句を選び、それの解説をすること（A）によりある作家や時代の作風を特徴付けるのだが、Bにあってはむしろ自己の俳句論を正当化する句を絞って提示することになる。現代の感覚では鑑賞・批評と言いがたいようにも思うが、定型詩の場合はこれまで含めていいだろう。

こうした高次化がすすむとすべての俳句が不可であると言う主張も鑑賞・批評と言わねばならないことになる（C：否定論）。ジャンルを否定する批評活動が果たして鑑賞・批評と言えるかどうか疑問に思う人もいるが、しかし戦後における最も影響力のある批評的言説が桑原武夫の「第二芸術」であったのであるからこれを無視できない。

さて最初に話を戻して、選句が第一歩であると述べたが、実は俳句というジャンルでは、その選句を集成するだけで鑑賞・批評となるのである（D：選集）。芭蕉の『猿蓑』『炭俵』が代表例である。伝統的には漢詩・和歌から始まっているもので、和歌でいえば勅撰和歌集などはその最たるものであろう。時代時代の好尚が選に如実に反映しているから確かに批評性を持っている。

以下この区分を踏まえて、近・現代の代表的な鑑賞と批評を眺めてみることにする。取り上げるべき鑑賞批評は多くあるが俳句史的観点から特に価値の高いものを選んだ。

鑑賞と批評

①正岡子規「明治二十九年の俳句界」(A)

新聞『日本』で明治三〇年一月二日～三月二一日の二十四回にわたり連載された膨大な時評である。以後毎年、子規は亡くなるまで「明治三十年の俳句界」「明治三十一年の俳句界」「明治三十二年の俳句界」と毎年執筆を行っているが、長編かつ内容が充実しており、子規の俳句論の本質を突いているという点ではこの「明治二十九年の俳句界」に如くものはない。

言ってみれば、子規はまず「獺祭書屋俳話」「芭蕉雑談」によって古今の俳句を批判した後、「俳諧大要」によって新しい俳句の標準を示し修学過程を明かしたあと、「明治二十九年の俳句界」と『俳人蕪村』によって子規が理想とする俳句を示すことになったのである。こうして子規の俳句の改良事業は理論的な帰結を迎えることとなるのである。俳句を始めて五年目――なくなるまであと四年であった。

＊　＊

「明治二十九年の俳句界」は冒頭二回で一年間の特徴を述べ、残りの過半の頁、十五回にわたり河東碧梧桐と高浜虚子の俳句を論じている。まさに圧巻であり、この論はこの二人の顕彰のための時評であるといってよかった。次に七回にわたり内藤鳴雪（碧梧桐・虚子に対立的な作家としてあげるが作品は示されない）、石井露月、佐藤紅緑、村上霽月、夏目漱石、柳原極堂の六人を評し、さらにこれに準じた十九人を付記している。以下では碧梧桐と虚子を中心にながめてみる。

碧梧桐の評は、有名な「碧梧桐の特色とすべきところは極めて印象の明瞭なる句を作るにあり」である。子規の碧梧桐評は詳細であり、印象明瞭の結果、理想（空想。後述）と大観を避け客観中の小景を材料とし絵画的であると述べる。

赤い椿白い椿と落ちにけり　河東碧梧桐

はまさしくこうして碧梧桐の代表句として取り上げられているのである。

これに対して虚子の評は、「明治二十九年の特色としてみるべきものの中に虚子の時間的俳句なるものあり」とする。

盗んだる案山子の笠に雨急なり　高浜虚子

のような物語性のある句を選んでいる。さらに虚子には、もう一つの特色に、人事を詠んだ句、それも複雑かつ新奇を特色としている句をあげる。

老後の子賢にして筆始めかな　高浜虚子

とはいえ、虚子は晩成の人であり、現在ではこのときの句はほとんど忘れられ、後世にまで残ったのは碧梧桐の句ばかりである。「赤い椿」の句は明治を代表する句として高い評価を受け、現在も教科書に欠かさず載っている。

②正岡子規『俳人蕪村』（A）

『日本』の明治三〇年四月十三日から十一月十五日まで十七回にわたり連載された俳論である。『俳諧大要』を一歩進めて、子規一派の俳句の理念を蕪村に求めたものである。蕪村によって示された俳句美を、積極的美・客観的美・人事的美・理想的美（明治の用語法では空想的美のことである）・複雑的美・精細的美の六つの美として掲げ、またその表現の特徴を、用語（漢語・古語・俗語）・句法（漢文句法・古文句法・形容語）・句調（五七五以外の新奇なる調子）・文法（同詞・助動詞・形容詞の新しい用法）・材料（怪異・国名・糞尿・そのほか新奇なる素材）・縁語及び譬喩の六つの手法から明らかにし、最後に時代、履歴性行等を解説する。

特に注目すべきは蕪村の六つの美であり、子規は多くの例句をあげているがここではその一部を取り上げて彼の主張をうかがうことにしよう。注意を要するのは理想的美で、子規は解説にあたり実験的と理想的とを対比している。明治の用語は現代日本の用語と微妙に違ったところを持っているようであり、例句を眺めてみれば分かるようにこれは空想的美であり、実験的とは体験的の意味と考えられる。

牡丹散つて打ち重なりぬ二三片　（積極的美）
柳散り清水涸れ石ところどころ　（客観的美）
御手討ちの夫婦なりしを更衣　（人事的美）
鳥羽殿へ五六騎いそぐ野分かな　（理想的美）
五月雨や水に銭踏む渡し舟　（複雑的美）
鶯の鳴くや小さき口あけて　（精細的美）

最後の「履歴性行等」については、「春風馬堤曲」の全文を引き、高く評価している。「惜しいかな、蕪村はこれを一編の長歌となして新体詩の源を開く能はざりき」とその展開のなかったことを惜しんでいる。

③高浜虚子『進むべき俳句の道』（A）

「明治二十九年の俳句界」に相当する新俳句顕彰の時評を、子規没後、弟子である虚子も行っている。すなわち二十年後に執筆した「進むべき俳句の道」（大正四年四月〜六年八月『ホトトギス』掲載）である。ここでは雑詠欄主要作家の渡辺水巴、村上鬼城、飯田蛇笏、長谷川零余子、石島雉子郎、原月舟、前田普羅、原石鼎の八名を大きく顕彰するほか、これに次ぐ二十四名の作家を掲載している。このうちから著名な五名を眺めてみよう。

提灯にほつほつ赤き野萩かな　渡辺水巴
冬蜂の死にどころなく歩きけり　村上鬼城
古き世の火色ぞ動く野焼かな　飯田蛇笏
人殺すわれかも知らず飛ぶ蛍　前田普羅
頂上や殊に野菊の吹かれ居り　原石鼎

いずれもその後の長い句歴を持つ作家たちだけにこれ以後も代表句を持つが、雑詠欄に多様な個性が揃っていたことはこれからもよく分かる。

これに加えて、虚子の総論はさらに興味深い。

虚子は「子規居士時代の俳句ならびに俳句に対する居士の主張と、今日の我等の俳句ならびに俳句に対する主張との上で著しく相違してゐるのは主観的なることである」という。長い文章が続くが、要約すれば、子規の主張は客観描写に重きを置いたのであったが、当時の句を通覧し無上の名句として嘆服し満足するであろうか、今少し光彩の加わった、滋味のある、力の強大な、刺激の強いものが欲しいというような心持ちはしないだろうか、と疑問を投げかける。だから子規が述べた蕪村の句などは果たして純客観句として取り扱われるべきかどうか、子規は自分よりも前代の俳人に客観的傾向の著しいものを求めて蕪村を得たのだが、今日から見ると純客観趣味の俳人は蕪村ではなくかえって子規自身であった、子規の句に比べれば蕪村の句などは遥かに多くの主観味を持っている、と批判している。だから掲出の作家たちの句をこうした主観句として賞揚しているのである。

にもかかわらず、「進むべき俳句の道」の結論は全く異なる。

私は本論の初めに近来の句の著しい傾向の一つは主観的であると言つた。さうしてこれが子規居士の主張した客観主義よりも一歩を進めたものであると言つた。その言の誤りでないことは査《しら》べ来たつた人の句を見ることによつて明白となつたことであらう。然し乍らここに一大事を閑却してはならぬ。何ぞや、曰く、

客観の写生。

この点についても、私は緒言においてすでに多くの言を費やしてゐる。読者は今一度繰り返して熟読されんことを希望する。

一冊の本の中で、客観写生に逆戻りしているのである。こうした虚子の矛盾した体質から、「進むべき俳句の道」の作家の多くは虚子のもとを離れていく。その後再び、大正末期に虚子が発見した才能（四S）もその多くは主観派であった。その代表者の水原秋桜子・山口誓子は、さらにあからさまな言動でホトトギスを去ってゆく。

④桑原武夫「第二芸術」（C）

「第二芸術——現代俳句について——」は、昭和二一年十一月、岩波書店の『世界』誌上に発表された桑原武夫のエッセイである。大きな反響を呼び、伝統定型詩に対する批判は広く「第二芸術論」と呼ばれ、俳句のみならず短歌にまで波及している。一種の俳句全否定論であり、これを鑑賞・批評に含めるのは議論もあるところだが、戦後最大の批評であり、その後の戦後俳句に圧倒的な影響を与えたという意味では避けて通れない。

この論で、桑原武夫は、従来無関心だった現代俳句に

取り組んだ理由として、日本の明治以来の小説がつまらない理由は俳諧をモデルとした安易な創作態度があること、これからの日本文化を考えていく上で芭蕉以来の俳諧精神の見なおしが不可欠であることをあげている。そして、現代の俳句がいかに芸術品としての未完結性すなわち、脆弱性を示しているかを示すため、一つの実験を試みる。それは、阿波野青畝・中村草田男・日野草城・富安風生・荻原井泉水・飯田蛇笏・松本たかし・臼田亞浪・高浜虚子・水原秋桜子の当時の十名家の十句に、無名の作家の五句を加えて匿名でこれを示し、優劣の順位づけ、どれが名家の誰の作品であるか、専門家の十句と無名の五句との区別がつけられるか、という質問を発するのである。そうした上で一句だけで作者の優劣がわかりにくく、一流大家と素人との区別がつきかねることを指摘した上で、「そもそも俳句が附合いの発句であることを止めて独立したところに、ジャンルとしての無理があったのだろうが、ともかく現代俳句は芸術作品自体(句一つ)では、その作者の地位を決することが困難である」と述べるのである。

さらにつづけて、筆者の芭蕉観、戦時の文学報国会への俳人の迎合的態度からうかがえる近代的文学精神の欠如、現代俳句が盛り込みうる範囲を披歴した上で俳句は、「他に職業を有する老人や病人が余技とし消閑の具とするにふさわしい。しかしかかる慰戯を現代人が心魂を打ち込むべき芸術と考えうるだろうか」として、菊作りに類するもの、称するならば第二芸術と呼ぶのがふさわしいと結論づけるのである。

論理の運びは乱暴であるが、その設問は、(芭蕉のような古典俳句の是非ではなく)そもそも俳句は現代を詠みえるのかという点にあり、若い世代に深刻な影響を与えたのである。

⑤山本健吉『現代俳句』(A)

山本健吉は、本名石橋貞吉、父は明治時代の評論家石橋忍月である。慶応大学国文科に入学し折口信夫に学んだ。卒業後改造社に入社し、昭和一三年頃より俳句総合誌『俳句研究』の編集に従事する。人間探求派(草田男・楸邨・波郷ら)をプロモートした座談会「新しい俳句の課題」(昭和一四年八月)であまりにも有名であるが、一方で、「支那事変三千句」「支那事変新三千句」などの戦争特集も行っている。個人的には、吉田健一、中村光夫らと同人誌『批評』を創刊し、昭和一八年には初めての評論集『私小説作家論』を刊行している。

本格的な俳句評論は、桑原の「第二芸術」に反発して書かれた「挨拶と滑稽」(昭和二一年十二月。補筆を加えて昭和二二年四月に最終版とした)で俳句の固有性を主張したものであり、広く山本の名が俳壇に知られるようになった。

こうした中で角川書店社長角川源義から勧められて執筆した初めての俳書『現代俳句』は、角川新書として上巻が昭和二六年六月、下巻が二七年十月に刊行されている。取り上げた作家は、上巻は高浜虚子から始まり石塚友二まで十四人、下巻は村上鬼城から始まり平畑静塔まで二十四人となっている。その後新版で正岡子規、夏目漱石、星野立子、橋本多佳子の四人を加えた。昭和俳句を鳥瞰する鑑賞を執筆し、第二芸術論で揺れていた俳壇に新しい秩序を打ち立てたといえる。今もってこの本は俳句入門の格好の手引きとなっている。

鶏頭の十四五本もありぬべし　正岡子規
帚木に影といふものありにけり　高浜虚子

これらの句は健吉によって近現代俳句史上評価が定まったと言えるであろう。

⑥金子兜太「俳句の造型について」「造型俳句六章」(B)の代表。前衛俳句のバイブル。

金子兜太の造型俳句論を鑑賞・批評に入れるべきかどうかは議論があろう。堂々たる戦後の俳句論であるからである。しかし俳句論だからといって鑑賞・批評ではないとは言えない。鑑賞・批評までを含めた俳句論であるからこそ価値が高いと言えるかもしれない。「造型俳句論」は、都合二回執筆されている(「俳句の造型について」(『俳句』昭和三二年二〜三月)と「造型俳句六章」(『俳句』昭和三六年一〜六月))。

造型俳句論を鑑賞・批評としてみた場合ユニークなのは、他の鑑賞・批評と違い、雑然と作品があってそれを鑑賞・批評するのではなく、鑑賞・批評の視点がはっきり決まっており、それに基づいて作品が裁断されているということである。それはどのような視点かと言えば、一種の造型俳句史観というものである。兜太の目的は造型俳句という新しい俳句を確立することであり、その他の俳句はその道程(プロセス)で鑑賞・批評されることになる。その道程が兜太独自の俳句史観なのである。具体的にいえば、近・現代俳句が、諷詠的傾向から表現的傾向に移ったという認識を持ち、諷詠的傾向はさらに花鳥諷詠(虚子)から人生諷詠(波郷)へ、表現的傾向はさらに象徴的傾向(楸邨・草田男)から主体的傾向(誓子、赤黄男、三鬼)に移ったと見るのである。もちろんこの先には、兜太の主張する「造型俳句」が待っているという結論になるのであるが。

この論で印象的なのは、明示的ではないにせよ桑原の「第二芸術」を踏まえた現代俳句を模索する思索をしていることであろう。例えばその過程で、兜太が師事しまたは影響を受けた楸邨・草田男に対するかなり容赦ない批判が行われている点も大事だ。実は直前の兜太の俳句も同質の傾向であったのであり、論争的ではあると同時に自己批判的といえなくもない。

⑦高浜虚子『俳句は斯く解し斯く味はふ』（A）

大正七年四月に新潮社より刊行。宗鑑、芭蕉、天明の俳人、蕪村、一茶、そして子規、水巴などの（当時の）現代俳人までを含めて自由自在に取り上げて論評していく。順番も体系づけているわけではなく、前半では、出代、椿、春の水、夏野、五月雨、秋風、冬木立等を題とした句を次々と紹介し、歳時記を種本として例句を上げているようである。後半に入ってからは、芭蕉、一茶、子規、天明の俳人と作家ごとに取り上げる。また必ずしも名句ばかりではなく、「同じ蕪村の句でも下等な句である」と述べることもある。虚子の関心は、古典から現在までの句を使って俳句の読みを示していると言ってよいであろう。だから虚子の結論は、「元禄、天明、明治と並べ立ててみると多少変化がないでもないが、それは小異動であって、本書の冒頭に言った通り、俳句は要するに芭蕉の文学であるという事に対して異論の挿みようがないであろうと思う。天明、明治は芭蕉時代の祖述と言っても間違いはないのである。大正にいたってどう変化するかは未定である」と言うことになる。

そうした中で、虚子が殊のほか詳細に解説している句もあり、むしろ虚子は芭蕉の句よりもこれらの句に共感しているのではないかとさえ思われる。虚子の鑑賞基準を知る上で貴重である。

元日や草の戸ごしの麦畑　召波
雛店に彷彿として毬《てまり》かな　召波
蚊帳くぐる女は髪に罪深し　太祇
短夜を敵のうしろを通りけり　几董

⑧高浜虚子等「研究座談会」（戦後俳句批判）（A）

高浜虚子は、星野立子の主宰する『玉藻』で行われた若手たち（上野泰、深見けん二、清崎敏郎、藤松遊子ら）による「研究座談会」（昭和二七年十二月号から開始）に、昭和二九年四月号以後立子とともに参加している。この研究座談会は虚子が倒れる昭和三四年四月まで（雑誌の連載としては三四年八月号まで）続いており、虚子最晩年の俳句に対する考えを知る上でも貴重な資料である。内容は、俳句本質論や回顧談、『ホトトギス』や『玉藻』の雑詠評など広範であるが、特に、昭和三〇年八月号からは『ホトトギス』外部作家たち（『ホトトギス』離脱後の作家も含めて）の作品批評を連続して行っているのである。

論評された作家としては、飯田蛇笏に始まり、秋桜子・誓子・素十・青畝らの四S・草田男・楸邨・波郷の人間探求派、草城・不死男・静塔・三鬼らの新興俳句、龍太・兜太・欣一・太穂・登四郎・重信らの戦後派（社会性俳句と伝統派）とほぼ万遍なく戦後作家が取り上げられている。もちろん、風生、青邨、立子、たかし、杞陽ら『ホトトギス』の代表作家も含まれている。このうちの虚子の発言部分だけを抜粋編集したものが『虚子は戦後俳句をどう読んだか』（筑紫磐井編）として刊行されている。

既出の『俳句は斯く解し斯く味はふ』「進むべき俳句の道」そして本論により江戸時代から現代俳句にまで到る虚子のほとんどの鑑賞・批評がうかがえることになった。明治から昭和戦後までの最も長期にわたる鑑賞・批評活動を行った人の前人未踏の成果といえる。

なお、本論の特徴としては、『ホトトギス』の外部作家を取り上げているために、虚子の従来の主張である花鳥諷詠・客観写生にあまりこだわらず、表現の成熟・達意性に重点をおいた批評となっており、虚子の新しい一面をうかがうことができる点である。

俳句独特の批評（選ということ）

以下は選集を紹介する。明治以降の選集は多いが、特に明治は顕著である。なぜなら明治は選集の時代といってよいぐらい多くの選集が編まれたのである。現代と違って個人句集はほとんど存在しなかった（没後に編まれる個人の追善句集は除く）。それらは季題別に編まれているから、「類題句集の時代」であったといってもよい。

①河東碧梧桐『続春夏秋冬』（D）

そうした中で特に取り上げたのは、日本派（子規一派）の選集であるが、それは何も俳句改良事業を行った子規一派の選集だからというわけではなく、選集の根本的原理が現代では決してあり得ない方法をとっているからである。いずれも、新聞『日本』の俳句欄に発表された句から選ばれているが、その『日本』俳句の選がユニークなのである。

・『新俳句』（明治三一年三月、民友社）は日本派の作家の明治二五～三〇年の俳句を上原三川・直野碧玲瓏が編み、子規が校閲した四季別類題句集で日本派の第一句集。

・『春夏秋冬（四巻）』（明治三五年五月～三六年一月、俳書堂）は明治三〇～三五年の『日本』俳句から主として編んだ四季別類題句集で、『新俳句』に次ぐ日本派第二句集。子規、碧梧桐、虚子三人の共選による（春の部は子規序。夏の部以降は子規の病状が重く子規は不参加）。

・『続春夏秋冬（四巻）』（明治三九年八月～四〇年六月、俳書堂籾山書店）は、碧梧桐選の『日本』俳句を中心に撰ばれた四季別類題句集である（四方太・虚子序、碧梧桐自序）。

＊

それに先立ち子規の選句の態度を見ておきたい。子規は明治一四年頃から亡くなる直前まで、「俳句分類」（発句類題全集、俳句分類全集、発句類題集などの名称で呼ばれている）を行っている。江戸時代の俳書から例句（佳句）を収集し、それをさらに季題別に分類するという作業を繰り返し、生涯で十万句を収録するデータベースを完成したのである。その意味で子規の最大の事業は「俳句分類」であったといっても過言ではない。

この「俳句分類」はいくつかの分類からなるが、圧倒的多数は四季・雑の分類である。しかもこれは単なる季題分類ではなく、正確には「俳句配合分類」なのである。過去の俳句を季題別に分類しただけではなく、季題と何を配合したのかをさらに分類したものである。驚くことに、単純に二つの配合ではなく、数層に及ぶ分類となっていることもある。例えば、「俳句分類」で①時鳥②月③時間の重複検索をすると、〈子規《ほととぎす》二十九日も月夜かな〉（蓼太）の句が出てくるのである。

子規は、「獺祭書屋俳話」（明治二五年六月〜十月）で俳句の前途について、限られた字数の錯列法（数学における組合せ）から俳句は早晩その限りに達してもはやこの上に一句の新しいものを作り得なくなるであろうという説に賛同する。「概言すれば、俳句はすでに尽きたりと思ふなり。よし未だ尽きずとも明治年間に尽きんこと期して待つべきなり」と断言する。その後「俳諧大要」で「俳句は文学の一種なり」と宣言し、俳句改良運動に邁進するようになるが、子規の頭には組合せが念頭にあり、「俳句分類」はそのための実作上の極めて重要なツールであったのである。じっさい子規は「俳句分類」を活用してさまざまな評論を執筆している。これは晩年、ホトトギス内部における配合説を唱える子規・碧梧桐と、配合に関心を持たない虚子の調子説という深刻な対立となり、子規没後の碧梧桐・虚子の分裂の遠因となったのである。

さてここから本論であるが、子規は、江戸時代の俳句を分析するための「俳句分類」の考え方に従い、当時の『日本』新聞の俳句欄（正確には「文苑」欄）を編集している。なぜなら、当時ホトトギスやその他俳句雑誌、新聞俳句欄は題を公募し読者からの作品の応募を待っていたが、『日本』にあっては題による公募は行われていない。投書等により子規の手元に集まった作品を題ごとに発表していたようである。足りない場合は自分や門下が制作していたこともあるようだ。さながら、明治版「俳句分類」を作成していたことになる。子規没後、『日本』の俳句欄を引き継いだ碧梧桐もこの方式を踏襲している。

実は、こうした方式はかなりの危険性を内包している。選句が馴れ合いとなる可能性があるからだ。しかし、逆に適切な緊張感があれば思いがけない傑作が生まれる可能性もある。それが碧梧桐の編んだ『続春夏秋冬』であり、これは明治に作られた最高の選集とされている。新聞選句と選集の選者が同じ碧梧桐であり、新しい文芸思潮のもとで最も脂の乗りきった碧梧桐の選と指導があったからこそ達成できた事業であると考えられる。

野は枯れて蘆辺さす鳥低きかな　碧梧桐
から松は淋しき木なり赤蜻蛉
鹿出て木々の皮食む深雪かな　師竹
ほとほとほとほとと撲つ門朧
蟻の道天より来たる飼屋かな　桜磈子

②高浜虚子『ホトトギス雑詠選集』『新歳時記』『日本新名勝俳句』（D）

子規の「俳句分類」や配合説に否定的であった虚子は、しかし独自に新しい選集の原理を創造した。虚子は、碧梧桐に対抗して俳壇復帰した後『ホトトギス』の「雑詠」欄に力を注ぎ、結果的には雑詠欄の集積こそ虚子の財産となった。「進むべき俳句の道」ですでにその一端を見たが、さらに体系的に雑詠から佳作を選ぶ作業は、大正四年十月『ホトトギス雑詠集』、大正一一年九月『ホトトギス雑詠選集』と行っており、昭和に入ってから一層壮大な体系的事業を進めている。

昭和六年五月〜七年四月『ホトトギス雑詠全集』全十二冊
昭和八年三月〜六月『続ホトトギス雑詠全集』全四冊
昭和一〇年三月〜六月『第三ホトトギス雑詠全集』全四冊
昭和一六年五月〜一七年二月『新選ホトトギス雑詠全集』全九冊
昭和一七年十一月『ホトトギス雑詠年刊（昭和一六年）』
昭和一九年二月『昭和十七年ホトトギス雑詠年刊』

さらに驚くことには、虚子は二度行った選をさらに重ね究極の選句集を作り始める。当時ホトトギスの雑詠欄は最高水準に達していたから、ここには名句がひしめくことになる。

昭和一三年八月『ホトトギス雑詠選集・春』
昭和一五年一月『ホトトギス雑詠選集・夏』
昭和一六年八月『ホトトギス雑詠選集・秋』
昭和一八年六月『ホトトギス雑詠選集・冬』

なおこの時期併行して、虚子は改造社の『俳諧歳時記』の監修を行った（昭和八年十一月『俳諧歳時記・春』、昭和八年十月『俳諧歳時記・冬』）がいくつかの点で不満があったようで、独自のホトトギス歳時記を編集する。初版の後二度の改訂を行っておりその都度雑詠選集の成果を取り入れているから、これをもって選集の頂点ができあがったといってよいであろう。

昭和九年十一月『新歳時記』

昭和一五年四月『新歳時記（改訂）』
昭和二八年十月『新歳時記（増訂）』

＊

一方虚子は一般的な募集方式をとることにより別種の選集も作っている。大阪毎日新聞社・東京日々新聞社の刊行した『日本新名勝俳句』（昭和六年四月刊）で、新名勝百三十三景について俳句を懸賞募集したものである（既発表句も可）。応募句は、十万三千二百七句。これを選考し一万句に絞って刊行した。優秀句の中から選ばれたさらなる最優秀句二十句が巻頭に載る。これらは昭和初期を代表する屈指の名勝俳句と言えよう。

噴火口近くて霧が霧雨が（阿蘇山）　藤後左右
谺して山ほととぎすほしいまま（英彦山）　杉田久女
啄木鳥や落葉をいそぐ牧の木々（赤城山）　水原秋桜子
瀧の上に水現れて落ちにけり（箕面瀧）　後藤夜半
さみだれのあまだればかり浮御堂（琵琶湖）　阿波野青畝

（ちなみに、直接選に関係するものではないが「日本新名勝俳句」の募集発表直後（一九三〇年十月）虚子は「武蔵野探勝」を開始し、以後百回に及ぶ長期連載をホトトギスに掲載している。虚子の戦前の大きな事業となっている。

まとめ

以上見たように、文学としての俳句の活動は、（半分は創作だが）半分は選なのである。そして選の形態も、新聞俳壇のように膨大な作品から一句選ぶこと、雑誌投稿のように一人何句かの投稿から作者の顔を思い浮かべつつ作者の成長をも配慮して複数を選ぶこと（すべてを肯定することもある）から始まり、最終的には、選者の俳句史、俳句論の構築、選集の編纂、歳時記の編纂にまで至る俳句独自の形態を持つ。小説などであれば「編集」と言われるものが、俳句の場合は「選」に集約する。しかもこれらの一つ一つの選の結果について、俳人は何らかの根拠を常に示すことが求められているのもかなりの負担である。飯田龍太は主宰する雑誌『雲母』の選、新聞俳壇の選の負担に耐えきれず、『雲母』終刊、新聞俳壇選者辞退したが、それにとどまらず結果的に俳句を作ること自身を止めている。選をしない俳人は信用されないという考えかもしれない。ある意味で、選は俳人の人格に係る行為でもあった。

［筑紫磐井］

（2）現代俳句における地方の視点

昭和三〇年代の「風土詠」

昭和二一年に桑原武夫が「第二芸術」を発表して俳句を批判すると、これに応え、俳句の革新が図られた。労働運動・学生運動・反戦平和運動などの社会の動きを捉え、これを句材とする「社会性俳句」運動が起こり、当時三〇代の俳人を中心に様々な試行がなされ、新しい表現が生み出された。それと連動し、日本の各地に特色のある風土を捉え、その特色を俳句に生かす「風土俳句」「風土詠」が盛んになった。和辻哲郎は『風土―人間学的考察―』（昭和一〇年、岩波書店）冒頭で、「風土」とは「ある土地の気候、気象、地質、地味、地形、景観などの総称である」と定義し、人間はその風土から影響を受けるものであるとして、これを考察対象とした。

俳句界において社会性運動の機運が高まる中で、昭和三〇（一九五五）年、沢木欣一は能登の塩田を訪れ、〈塩田に百日筋目つけ通し〉など二十五句を発表。同年岐阜県白川村を訪れた能村登四郎は「合掌部落」と題し、〈暁紅に露の藁屋根合掌す〉など四十七句を発表した。前者は句集『塩田』（昭和三一年、風発行所）、後者は句集『合掌部落』（昭和三二年、近藤書店）に入集。これらの連作が話題を呼び、「風土詠」の実作とその批評が盛んになされるようになったが、欣一・登四郎作品はいずれも、吟行地に赴いて制作された旅吟である。

一方、自己の拠って立つ故郷や現在の居住地の特色を捉え、風土に根ざした俳句を生み出すという姿勢はかねてより自覚的に存在していた。大正期以後を見れば、吉野山中にあって特色ある自然と人間生活を描いた原石鼎〈淋しさにまた銅鑼打つや鹿火屋守〉、山梨県・甲斐に根ざし、雄渾な作品を残した飯田蛇笏〈芋の露連山影を正しうす〉、飯田龍太〈山河はや冬かがやきて位に即けり〉、宮城県塩竈の佐藤鬼房〈縄とびの寒暮いたみし馬車通る〉などが上げられる。

前田普羅は生涯を通じ、「地貌」を俳句に生かす試みを続けた。「地貌」は地理学用語で意味は「風土」と通底するが、普羅は『春寒浅間山』（昭和二一、靖文社）の「序」に「自然を愛すると謂ふ以前にまづ地貌を愛すると謂はねばならなかった。此の山は、此の渓谷は、此の高原は、何故にかく在らねばならなかったかと思ったのが其れである。（中略）謂はんやそれらの間に抱かれたる人生には、地貌の母の性格による、独自のものを有せざるを得ないのである」と宣言。その実践として、同一句集中に異なる地貌を混在させることを好まず、国別三句集『春寒浅間山』『飛騨紬』（昭和二二年、靖文社）『能登蒼し』（昭和二五年、辛夷社）を編んだ。

歳時記の見直し

『ホトトギス』第二巻第九号（明治三二年六月）において、盛岡の俳人から、当地は季節の進行が歳時記通りに行かず四季混交の俳句ができてしまうが差し支えはないかと問われた正岡子規は、「少しも差支なし。盛岡の人は盛岡の実景を詠むが第一なり」と答えた。

山本健吉によれば、従来の歳時記において「季の詞にはだいたい以上のほぼ同緯度（三四～五度前後）の地方の風土現象の名目が採録されたと見てよい」（『最新俳句歳時記　新年』「歳時記について」昭和四七年、文藝春秋）のである。歳時記に採録されている風土現象は北緯三四～三五度の範囲にしか当てはまらないとの認識が披瀝されており、盛岡俳人の実感は正しい。

大野林火は「従来の歳時記が京阪や東京を中心に編まれているだけに、辺土においてさまざまの問題が起こるのは当然なのである。結論を急げば、従来の歳時記をもととして各自が自らの歳時記を胸中に編むべきなのである」（『現代俳句大系第一一巻』「解説」昭和四七年、角川書店）と問題提起し、解決法を示唆している。この示唆に応え、地域別の歳時記は、北は佐々木丁冬編『蝦夷歳時記』（五冊　昭和三六～五一年）から、南は沖縄俳句研究会編『沖縄俳句歳時記』（平成一四年）まで、全国各地で発行されている。その各々に、その土地の言葉でその土地の現象を表す季節の言葉が採録されている。

前田普羅が提唱した「地貌」を俳句に生かす道を追求する宮坂静生は、『俳句地貌論―二十一世紀の俳句へ』（平成一五、本阿弥書店）を著した。その中で西暦一〇〇〇年頃に成立した従来の季語体系のみではなく、縄文時代以来培われて来た地域の風習とその言葉を俳句に生かしたいと考え、全国から「地貌季語」と例句を蒐集し、季語に準ずる語として提唱している。この成果は『語りかける季語　ゆるやかな日本』（平成一八年、岩波書店）、『ゆたかなる季語　こまやかな日本』（平成二〇年、同）にまとめられた。新潟県の齊藤美規〈可惜夜《あたらよ》の桜隠しとなりにけり〉の「桜隠し」は桜の花の咲いたところへ降る雪を表す新潟の語である。鷹羽狩行は東京都木場の秋の伝統芸「木場の角乗り」を〈角乗りの水裏返し裏返し〉と。茨木和生は河内特産の大粒のそら豆「河内一寸」の名称を生かし、〈河内一寸鼻べちゃのわての顔〉と。宮坂静生には、春先、雪国において大木の根本から雪解が始まることを表現する言葉「木の根明く」を生かした作〈逝く母を父が迎へて木の根開く〉がある。

なお、有馬朗人〈火を焚くや白夜の森のバラライカ〉の「白夜」のように、海外のみに存在する現象の季語もある。地域の特色を詠う風土詠は、現在、全世界に敷衍されて実作されているといえよう。

［小林貴子］

（3）俳句の現在・未来

結社誌の同人誌

俳句の現在がどういう状況にあるのか、とは考えるのは、非常に難しい。また、俳句に未来はあるのか、その未来とはいかなるものであるか、とはさらに難しい問題である。しかし、俳句に関わる者としてはどうしても避けては通れない問題である。じっくりと考えていきたい。

俳句の現在がいかなる風景か、筆者はそれを結社誌と同人誌の混在に見ている。

結社誌の中心は「雑詠欄」である。ひとりあるいは複数の主宰が、投句者の投句作品を選をして、配列した欄をあることが結社誌の特徴である。筆者自身もかつて昭和三九年（一九六四）創刊の俳句雑誌『鷹』の藤田湘子選「鷹集」という雑詠欄で育てられた。現在筆者は平成一二年（二〇〇〇）創刊の俳句雑誌『澤』において「澤集」という雑詠欄の選を行っている。

「雑詠」の原点は、『ホトトギス』の「雑詠」欄にあった。『ホトトギス』明治四一年（一九〇八）十月号において虚子によって、「雑詠」欄が創設される。

巻頭の作者は渡辺水巴だった。〈花鳥の魂遊ぶ絵師の午寐かな〉〈山百合に雹を降らすは天狗かな〉〈女の子交りて淋し椎拾ふ〉など十二句を掲載している。

虚子における選とは、投句の内から優れたものを選び出していくことであった。さらに、投句作品に順序を付けるものであった。もっとも優れた作品は、「雑詠」欄巻頭の位置に置かれることとなった。

対して、投句者は、「雑詠」巻頭句および上位作品を自句の目標として学んでいくのである。さらには、投句作品と「雑詠」掲載句とを比較して、自分の句の進むべき方向をはかっていくのだった。選句者虚子と投句者とは、「雑詠」という場所において、会話を交わすようであった。

なお、「雑詠」欄には一句も選ばれることのない、没の作者も多かった。

同号の「消息」に虚子は次のように書いている。「雑詠は当分のうち季の制限は置かず候」。従来の募集句欄は「題」が指定されることが多かった。その「題」は季語である場合が多い。その限定から自由になることによって、全国にいる投句者はのびのびと才能を伸ばしていくことができた。その結果、『進むべき俳句の道』（大正七年刊）で虚子が推輓している俳人たちを始めとする『ホトトギス』諸作家の台頭を見ることができた。渡辺水巴、村上鬼城、飯田蛇笏、原石鼎らである。さらに、虚子は四Sと呼ばれる、水原秋桜子、高野素十、阿波野青畝、山口誓子らも育てていく。『ホトトギス』「雑詠」から育った俳人は、質量ともにもっとも豊かで、「雑詠」の有効性を証するものである。そして、「雑詠」は『ホトトギス』や『ホトトギス』系俳誌のみならず、それ以外にも広がっていった。この「雑詠」欄を有するものが、結社誌ということになる。

最古の結社誌『ホトトギス』はいまだに刊行されている。現在の主宰稲畑廣太郎は虚子の曾孫。他にも歴史ある結社誌は多い。また、現代においてもなお結社誌は創刊されている。平成三〇年（二〇一八）には、『いぶき』と『蒼海』の創刊があった。『いぶき』は今井豊と中岡毅雄二人が代表である。『蒼海』は堀本裕樹が主宰を務めている。

「雑詠」に対するものは「同人自選欄」であると考えている。「同人自選欄」が初めて設けられたのは、水原秋桜子主宰『馬酔木』の昭和八年（一九三三）四月号であった。『馬酔木』にも「雑詠」欄はあったが、幹部同人は主宰者の選を受けずに、自選で作品を発表できるようになった。この欄に、秋桜子をはじめ、軽部烏頭子・百合山羽公・瀧春一・篠田悌二郎・塚原夜潮・佐野まもる・高屋窓秋・石橋辰之助・石田波郷らが名を連ねていた。

高屋窓秋はこの時、二十三歳であった。それですでに代表句〈ちるさくら海あをければ海へちる〉を出句している。主宰が選をするのでなく、才能のある作者を自由にさせることで、清新な俳句を掲載させることができているのだ。なお、窓秋はこの後、昭和一〇年（一九三五）『馬酔木』を去ることになる。

『馬酔木』は「雑詠」欄と「同人自選欄」両方を持つ存在で、どちらかと言えば、結社誌と言える。この後、「雑詠」欄がなく、「同人自選欄」だけの同人誌と呼ばれる存在が生まれてくる。

現代の代表的な同人誌といえば、次のようなものがある。『豈』、発行人筑紫磐井、昭和五五年（一九八〇）創刊。『船団』代表坪内稔典、昭和六〇年（一九八五）創刊。『鬣TATEGAMI』代表林桂、平成一三年（二〇〇一）創刊。

同人誌には選句欄は設けられていない。その代わりに相互批評が盛んに行われている。それは句の切磋琢磨には有効であるはずである。また、批評が無くとも、同人同士の作品そのものに学びあうということだろう。ただし、初心者が参加しにくいところはあるかもしれない

結社誌においては、主宰と投句者の関係は選を介して師弟となる。同人誌には選はないため、参加者同士は仲間の関係となる。現代は、厳しい指導を求める結社誌から仲間意識の同人誌へとゆるやかに変化していく時代かと考えていたこともあるが、そうでもないようだ。結社誌も今だに意義を失っていない。強く選を求められていることを感じている。現在は俳句愛好者の志向によって、結社誌か同人誌かが選ばれている。結社誌と同人誌が共存している時代であると言っていいと思う。結社誌、同人誌以外の新しいかたちはまだ現われていないようだ。

テレビや新聞、俳句総合誌などにも膨大な投句を集める選句欄がある。ただ、投句者数が膨大すぎて、選者は意識して持続して投句者を育てるということには向かないようだ。また、投句者も地道に一人の選者に向けて、句を磨いていく、ということもこういう場では、困難のようだ。虚子選「雑詠」欄において行われていた、選者と投句者のこまやかな会話はなりたちえない。そのため、膨大な投句があっても、そこから新人が登場することは、まずない。

〈俳句甲子園〉

少子高齢化が進む現在において、俳句が生き残るためには、若い年齢層にいかに俳句を伝えていくかが、問題になる。さまざまな協会や結社で取り組まれていることと思うが、筆者は俳句甲子園という高校生に向けてのイベントが重要なひとつになると考えている。もっとも俳句の未来を感じるイベントと言ってもいいのではないか。

俳句甲子園、全国高等学校俳句選手権大会である。地方大会、書類審査を経て選ばれた全国の高校生たちが、毎年八月、愛媛県松山に集い、熱戦をくりひろげる。

五人が二チームに分かれ、一句ずつ句を出し合って、優劣を競い合う。自句の披講の後、質疑応答があり、相手チームの句に対して質疑がなされる。いかに相手チームの句の欠点を指摘し、さらには魅力までを語れるかが評価される。同時に相手チームの問いかけに対し、自分のチームの句の美点を語ることも評価されることとなる。作品そのものの優劣とともに、相手チームおよび自分のチームの作品の読みの深浅も評価されることとなる。

第一回俳句甲子園松山大会が開催されたのは、平成一〇年（一九九八）。松山青年会議所と夏井いつきら俳句関係者の呼びかけによって始まった。参加校は九校であった。平成一二年（二〇〇〇）の第三回より、全国大会と名乗ることとなった。参加校は一四校。第四回より松山市が加わり、第一一回からはＮＰＯ法人俳句甲子園実行委員会が中心に運営することとなった。令和二年（二〇二〇）は新型コロナウイルス感染症流行の影響で、投句審査のみの選考となった。決勝戦はリモートによって行われた。令和三年（二〇二一）は投句審査によって上位四チームを選出の上、決勝トーナメントが無観客で行われた。令和四年（二〇二二）から通常開催に戻った。令和五年（二〇二三）の地方大会参加校は七五校、全国大会参加校は二八校であった。順調に発展しているといえよう。

俳句甲子園では第一回から最優秀句が選ばれてきた。各審査員の選んだ優秀句から、長い時間の合議を経て一句に絞られるものである。

第四回平成一三年（二〇〇一）大会の最優秀句は、次の句であった。「〈カンバスの余白八月十五日〉神野紗希 愛媛県立松山東高等学校」。油絵の〈カンバスの余白〉

に終戦記念日〈八月十五日〉を取り合わせた、単純かつ大胆な句である。余白に戦争での死者たちを思い、追悼しているとも言えよう。

紗希は現代俳句協会常務理事、結社には所属していない。第一回芝不器男俳句新人賞坪内稔典奨励賞、第一一回桂信子賞受賞。句集も『星の地図』『光まみれの蜂』『すみれそよぐ』など三冊を刊行している。〈すみれそよぐ生後0日目の寝息〉。

第二十回平成二九年（二〇一七）大会の最優秀句は、次の句であった。「〈旅いつも雲に抜かれて大花野〉岩田奎　開成高等学校」。大きな花野、草の花が咲いている野原に来ている、今まさに雲に抜き去られていて、旅に出るといつもそんな体験をした、と思い返している。高校生にして自然の大きさを知っているようだ。

奎は櫂未知子・佐藤郁良代表の『群青』同人。第十回石田波郷新人賞、第六六回角川俳句賞を受賞。句集『膚』で、第十四回田中裕明賞、第四七回俳人協会新人賞をダブル受賞している。〈立てて来しワイパー二本鏡割〉。

俳句甲子園を経験したものから、このような俳壇の若きリーダー的存在まで生まれている。どのような若手が登場してくるのか、さらに期待するものである。

［小澤　實］

祭・芸能・行事大辞典
【上・下巻：2分冊】

前歴博 小島美子・前慶大 鈴木正崇・
前中野区立歴史民俗資料館 三隅治雄・前国學院大 宮家準・
元神奈川大 宮田登・中部大 和崎春日監修

B5判 2228頁 定価 85,800(本体 78,000)円 50013-4

日本人は平素なにげなく行っている身近な数多くの祭・行事・芸能・音楽・イベントを通じて，それらを生活の糧としてきた。これらの日本文化の本質を幅広い視野から理解するために約6000項目を取り上げ，民俗学，文化人類学，宗教学，芸能，音楽，歴史学の第一人者が協力して編集，執筆した本格的な祭・芸能大辞典。

王朝文化辞典
―万葉から江戸まで―

元東大 山口明穂・元東大 鈴木日出男編

B5判 616頁 定価 19,800(本体 18,000)円 51029-4

日本の古典作品にあらわれる言葉・事柄・地名など，約1000項目を収める50音順の辞典。〔内容〕【自然】阿武隈川／浅茅が原／荒磯海，【動植物】犬／猪／優曇華／茜，【地名・歌枕】秋津島／天の橋立／吉野，【文芸・文化】有心／縁語／奥書／紙，【人事・人】愛／悪／遊び／化粧／懸想／朝臣／尼，【天体・気象】赤星／雨／十五夜／他。

日本語大事典【上・下巻：2分冊】

前東北大 佐藤武義・前阪大 前田富祺編集代表

B5判 2456頁 定価 82,500(本体 75,000)円 51034-8

現在の日本語をとりまく環境の変化を敏感にとらえ，孤立した日本語，あるいは等質的な日本語というとらえ方ではなく，可能な限りグローバルで複合的な視点に基づいた新しい日本語学の事典。言語学の関連用語や人物，資料，研究文献なども広く取り入れた約3500項目をわかりやすく丁寧に解説。

日本語 文章・文体・表現事典（新装版）

前早大 中村明・前早大 佐久間まゆみ・
前お茶女大 髙崎みどり・早大 十重田裕一・
共立女大 半沢幹一・早大 宗像和重編

B5判 848頁 定価 17,600(本体 16,000)円 51057-7

文章・文体・表現，レトリック，さらには文学的に結晶した言語芸術も対象に加え，日本語の幅広い関連分野の知見を総合的に解説。収録規模において類を見ないわが国初の事典。
〔内容〕ジャンル別文体／文章表現の基礎知識／目的・用途別文章作法／近代作家の文体概説・表現鑑賞／名詩・名歌・名句の表現鑑賞／他。

シリーズ〈日本語の語彙〉1
語彙の原理
―先人たちが切り開いた言葉の沃野―

阪大 石井正彦編

A5判 208頁 定価 4,070(本体 3,700)円 51661-6

第2巻以降に先立ち，記述を理解するうえで前提となる，語彙と語に関わる諸分野・諸方面の原理的な事柄を示す。
〔内容〕語彙の本性：理論・分類・体系・組織・構造，語彙の動態：運用・創造・変化・交流，語彙の営為：獲得・教育・流通・批判。

日本語文法百科

前立教大 沖森卓也編

A5判 560頁 定価 13,200(本体 12,000)円 51066-9

日本語文法を体系的に解説。
〔内容〕総説(文法と文法理論，文法的単位)／語と品詞(品詞，体言，名詞，代名詞，用言，動詞，形容詞，形容動詞，副詞，連体詞，接続詞，感動詞，助動詞，助詞，他)／文のしくみ(態とその周辺，アスペクトとテンス，モダリティ，他)／文法のひろがり(待遇表現，談話と文法，他)。

敬語の事典

前日本大 荻野綱男編

A5判 704頁 定価 16,500(本体 15,000)円 51069-0

敬語の基本的な体系を解説しつつ，敬語の多様性にも着目した。敬語の歴史，方言，の敬語，敬語の年齢差，男女差，敬語の職業差，会社と敬語，家庭と敬語など様々な場面と敬語，外国語の敬語との対照，敬語の調査，敬語の教育法，情報科学と敬語，心理学など周辺分野との関連など，敬語の総合的理解を得られる事典。

講座日本民俗学 3
行事と祭礼

前歴博 新谷尚紀編

A5判 256頁 定価 4,070(本体 3,700)円 53583-9

伝統的な年中行事と，神社や寺院の祭礼について，現在の民俗研究の水準を示し，さらなる進展をはかる。
〔内容〕年中行事／正月・盆・節と節供／農山漁村・南西諸島・都市型社会／社寺と祭礼・寺院と法会／伝統的・創生された都市祭礼。

子どもの読書を考える事典

慶大 汐﨑順子編

A5判 496頁 定価 9,900(本体 9,000)円 68026-3

「つくる」「読む」「つなぐ」の観点から子どもの読書に関する理論と実践をまとめた事典。見開き2〜6ページの項目読み切り形式。現場を熟知している編者・執筆陣で，図書館や司書，子どもの読書にかかわる研究者が本当に役立つレファレンス。〔内容〕子どもの本の歴史／子どもの本をとりまく力／子どもの本をつくる／他。

最新の情報は小社ホームページをご覧ください。

俳 句 の 事 典　　定価はカバーに表示

2024年11月1日　初版第1刷
2025年5月15日　　　第2刷

編集者　宮 脇 真 彦
　　　　楠 元 六 男
　　　　片 山 由美子
　　　　小 澤 　 實
　　　　秋 尾 　 敏

発行者　朝 倉 誠 造

発行所　株式会社 朝 倉 書 店

東京都新宿区新小川町 6-29
郵 便 番 号　162-8707
電　話　03(3260)0141
F A X　03(3260)0180
https://www.asakura.co.jp

〈検印省略〉

©2024〈無断複写・転載を禁ず〉

日本ハイコム・牧製本

ISBN 978-4-254-51067-6　C 3592　　Printed in Japan

JCOPY ＜出版者著作権管理機構 委託出版物＞

本書の無断複写は著作権法上での例外を除き禁じられています．複写される場合は，そのつど事前に，出版者著作権管理機構（電話 03-5244-5088，FAX 03-5244-5089，e-mail: info@jcopy.or.jp）の許諾を得てください．

事項索引

一、この索引は、本事典の本文から、重要な事項を抜き出し、それについて参照すべき頁を抜き出したものである。
一、事項には、連歌・俳諧・俳句の用語・出来事および結社（グループ）・雑誌・新聞等を取り上げた。
一、見出しは、原則として本文の表記に従った。表記が異なっても同一内容を指している場合は、統一的な表記によってこれを整理し、本文の表記の異なりを（　）に示した。
一、見出しの配列は現代仮名遣いによる五十音順に従った。

あ

挨拶　49, 50, 51, 52, 55, 75, 102, 258, 317, 547, 554, 556, 578, 579, 581
挨拶吟（挨拶句）　206, 558
挨拶と滑稽　137, 141, 347
アイロニー　377
青　334, 339, 353
青嵐　134
青垣　358
青の会　350
アカシヤ　137, 335
アカネ　113
挙句　585
阿漕　314
吾子俳句　319
朝　371
朝日新聞　298, 316
朝日俳壇　358, 375, 378
あざみ　137, 146
馬酔木　42, 577
蘆火　320
飛鳥　134
畦　151, 369
馬酔木　119, 122, 124, 126, 128, 129, 130, 132, 136, 143, 145, 147, 294, 298, 305, 307, 315, 323, 327, 332, 346, 347, 348, 350, 352, 354, 356, 362, 363, 365, 373, 377, 661
あだなる風　85
新しき古　358
新しき村　341
新しみ　17, 20, 24, 25, 27, 30, 31, 35, 36, 37, 45, 61, 81, 83, 93, 196
あとがき　587
豈　661
アニミズム　327
あふち草紙　102
虻峠　358
天の川　116, 119, 122, 124, 126, 130, 134, 147, 302
アメリカン・ハイク　148
あやめ　137, 348
荒男　305
アララギ　302
有のまま（ありのまま）　33, 94, 237
あをさ　328
アヲミ　328

い

言い掛け　9, 222, 386, 404, 434
言い捨て　72, 73
言い立て　76, 204
伊賀蕉門　85, 217
行きて帰る心の味はひ　15
偉句　223
十六夜　268
石狩　134
意匠　32
泉　311, 324
伊勢派（麦林派）　89, 91, 92, 99, 232, 234, 236, 243, 247, 248
伊勢俳壇　75, 89, 158, 221, 234
伊勢風　221
伊丹俳人　185
一行縦書　557
一芸　358
一字の作意　592
一題十句　27, 28, 582
一人称の文学　587
一物の上になりたる句（一物）　37, 38, 331, 551, 552, 555, 558
一句一章　289
一句立　90, 91
いとう句会　290
田舎蕉門（田舎俳諧）　88, 89, 90, 234
東南風　340
犬西行　180
異風・異体の俳風　174
いぶき　660, 661
イマジスト派　148
伊予派　102
意力的表現　289
伊呂波新式　64
岩躑躅　406
韻　4
韻字留　44
インターネット　152
韻文精神　130, 132
隠喩　616, 617

う

浮世風　91
動く　→　季語が動く
宇佐神宮　542
歌枕　7, 19, 20, 21, 22, 23, 80, 549
歌枕探訪　80
打越　54
卯月会　327
海坂　348
海燕　323
馬　130, 315
運河　110, 358
雲海　311
運座　27, 581
雲母　120, 137, 150, 299, 345, 659

え

穎才新誌　101
詠史　40
影写説　237
絵入発句集　231
江戸享保俳壇　191
江戸後期俳壇　232
江戸座　86, 90, 233, 242, 250
江戸三大家　98, 266
江戸趣味（江戸情緒）　283, 285, 333
江戸蕉門　186, 199
江戸談林　204
江戸貞門　231
江戸上り　543
江戸俳壇　85, 86, 159, 164, 176, 177, 178, 191, 192, 193, 196, 198, 199, 203, 223, 227, 229, 231, 232, 237, 241, 242, 259, 272
江戸風　229, 230, 250
江戸琳派　274
絵俳書　191
エロティシズム　335
エロティシズム俳句　130
縁語　35, 72, 156, 163
厭戦俳句　347
炎昼　151

お

欧州と日本の俳句　148
近江蕉門　23, 84, 85, 207
大坂檀林　177
大坂俳壇　75, 76, 85, 87, 185
大阪毎日新聞　114, 135, 342
大阪満月会　337
大阪満月句会　281
大矢数　76
沖　346, 356
おばけ暦　100
重くれ　83
オランダ正月　100
阿蘭陀流　76, 171, 174
尾張蕉門　204, 205
温故知新流　87
女うた　146
オンライン句会システム　586

か

槐庵　98, 275
かひうた　514
海外詠　372
諧謔（諧謔味）　371, 377
海紅　113, 114, 117, 120, 134, 147, 292
外光派　122, 294
改作　11, 55, 56, 58, 140, 291, 570
海此岸　330
会所　85, 177
改造　131
改造社　125
海程　146, 340, 351, 360
海南新聞　108
改暦の布告　99
加賀俳壇　84, 245
夏季俳三昧　284
学生俳句連盟　321
懸葵　288
掛詞　25, 35, 50, 72, 73, 82, 88, 154, 155, 159, 160, 163, 166, 179, 227, 422, 425, 445, 446, 451, 460, 466, 500, 504, 509, 511, 519, 520, 521, 522, 526, 529, 531, 535, 542
掛け軸　586

かけり　214
歌語　3, 20, 29, 43, 72, 84
雅語　43
過去のし　13, 15
風切会　131, 315
笠付　87
風花　319
傘火　124
画賛　586
火山系　324, 335
花実兼備　208
風　131, 137, 138, 142, 146, 307, 325, 336, 340, 341, 351, 352, 357, 358, 366, 370, 377
火星　134, 330, 358
片歌説　243, 244
片男波　532
筐　358
花鳥　41
花鳥集　320
花鳥諷詠　122, 124, 126, 132, 149, 297, 303, 307, 308, 309, 311, 341, 365, 375, 378, 549, 556, 566, 656
花鳥諷詠派　132, 338
月山　503
葛飾派（葛飾蕉門）　89, 97, 193, 241, 271
活版の俳書　105
合評　581, 582
かつらぎ　134, 137, 297, 348
桂信子賞　335, 662
家庭俳句会　121
角川俳句賞　142
かな（哉）　6, 70, 128, 364, 547, 550, 551, 552, 560, 626, 627
かな止め　299
仮名表記　635
加比丹　295
鹿火屋　120, 310, 322, 341
蕪　311
壁　230
河北新報　329
かまつか　137
上五　548
花曜　336, 360
我楽多文庫　101
カラタチ　117, 337
からび　206
樺太日々新聞　103
狩　364
雁坂　356
火林　311
軽口　171
かるみ（軽み）　77, 83, 84, 85, 94, 181, 196, 200, 202, 203, 208, 218, 221, 222, 317
かるみの人事句　202
枯野　116, 121, 302, 329
側　91
寒菊　330
完結性　6
漢語　174
関西前衛俳句　146
漢字表記　635
漢詩文調　77, 79, 84, 181, 183, 196, 197, 244
環礁　151
鑑賞　585
眼前　5, 11, 15, 20, 26, 29, 30, 31, 41, 50, 234
眼前体　93
眼前直覚論　369
感動律　115
観念的な句　570
官能性　335
寒雷　132, 134, 143, 313, 343, 351, 352, 370

き

擬音語　312, 568, 611, 636
其角一門　86
其角座　90, 91, 225, 229
季重なり　239, 241, 331
旗艦　124, 128, 130, 134, 291, 318, 324, 335, 344
季刊俳句　143
季吟門　77, 196
季語　2, 8, 10, 16, 17, 18, 19, 65, 67, 71, 72, 92, 128, 547, 548, 549, 553, 554, 560, 563, 564, 565, 569, 570, 571, 572, 575, 576, 579, 580, 584, 587, 592, 593, 594, 600, 602, 603, 608, 610, 621, 622, 623, 624, 628, 641, 642, 650, 651
——が動く　23, 555, 559
揮毫　585
季語別　586
擬人化　73, 75, 193, 205, 567, 622
擬人法　294, 301
季節感　16, 18, 65, 594, 624
季節の典型　9, 17
季節の独自性　63
季題（季の題）　18, 19, 26, 27, 64, 75, 565, 582, 649
擬態語　312, 326
季題的俳趣　250
季題別（季題ごと）　95, 286, 293, 299
季題無用論　115
機知　72
季の詞（季詞）　18, 554
奇抜な表現　286
疑問　573
客観　33
客観写生　117, 124, 126, 138, 281, 289, 294, 297, 298, 307, 308, 309, 320, 328, 331, 334, 339, 374, 570, 571, 655
客観的美　655
客観描写　309
九州日々新聞　319
九州俳壇　180
九大俳句会　124, 130, 321
旧派　99, 100, 109, 118, 285, 287, 296
九羊会　306, 326
境涯性　254, 327, 331, 350
境涯俳句（境涯句）　273, 311, 315, 578
京鹿子　119, 120, 134, 291, 347
京鹿子俳句会　121
教師俳句　346
教授病　139
京大三高句会　119
京大三高俳句会　120, 128, 291, 298, 347
京大三高ホトトギス会　353
京大神陵俳句会　120
京大俳句　119, 124, 125, 128, 131, 133, 305, 307, 314, 318, 336, 347, 359, 367, 377
京大俳句事件　128, 133, 134, 317, 318, 347, 377
京大ホトトギス会　353
杞陽調　326
教導職　98, 99
京都談林　174, 175, 189
京都貞門　174
京都俳壇（京俳壇）　181, 182, 183, 189, 250
業俳　89, 97, 272
教林盟社　98, 99
京日俳壇　103
京連歌　70
曲水　117, 120, 134, 283
虚子記念文学館　378
季寄せ　18, 19, 64, 65, 75, 96, 555, 646
キラヽ　117, 120, 299
桐の葉　314, 334
きりんそう　137
切る　626
切れ　5, 7, 8, 13, 14, 15, 16, 34, 35, 547, 553, 627
切字　3, 5, 6, 8, 13, 15, 34, 39, 70, 71, 72, 93, 128, 273, 302, 547, 548, 551, 552, 553, 560, 585, 587, 592, 626, 627, 628, 649
切字説（切字論）　13, 14
吟行　28, 570, 575
吟行会（吟行句会）　582
近代書史　120
近代俳句　102, 106
金時山　510
吟遊　115
銀鈴　310

く

句合　111
寓意的（寓意的表現）　173, 232
寓言　76
寓言論　173
空想的美　655
句会　26, 27, 59, 95, 546, 565, 571, 573, 575, 576, 581, 582, 583, 584, 604
——の原点　104
句眼　28
草上　134
草汁　120, 310
草田男の犬　140
草笛　310
鎖連歌　70
串柿　336
句集　587
口合ひのや　13
句読点　3
句と評論　124, 318, 340, 377
句の選　571
熊坂　225
句またがり　549, 550, 567
熊野信仰　532
熊野那智大社　532
雲井草紙　102
苦楽　39
栗の本号　260
車　366
車百合　109, 337
玄土　304
黒彌撒　338
群青　662

け

褻　579
圭　359
景気　29, 30, 31, 33, 82, 214, 250
景気付　189
景曲　30
景曲体　29
稽古会　113
芸術派　146
景情一致　32, 82, 189, 196
形象と情緒　128
京城日報　103
慶弔句　51, 547
慶弔贈答句　580
鶏頭陣　322, 341
鶏頭論争　140
京阪俳友満月会　337
京阪満月会　109
景物　21, 43
激浪　136, 151, 367
化鳥風　87
結社　583, 584, 586
結社誌　118, 583, 584, 660, 661
結社誌創刊相次ぐ　116, 117
結社賞　126
血脈説　209
けり　5, 6, 44, 290, 364, 550, 551, 552, 560, 626, 629, 630

健句　223
言語遊戯（言語遊戯性）　163, 166
現在のし　15
原始象徴　317
現実　45
兼日題（兼題）　26, 95, 251, 582
原始林　134
現代仮名遣い　8, 557
現代詩　588
現代の座　583
現代俳句　127, 137, 139, 141, 142, 290, 298, 302, 315, 322, 367, 556, 617, 656
現代俳句協会　137, 139, 148, 318, 324
現代俳句協会賞　140
現代俳句協会設立　139
現代俳句ノート　373
倦鳥　109, 117, 134, 281, 325, 358
元禄江戸俳壇　231
元禄俳諧　82, 181, 182, 189, 280
元禄俳壇　29, 204

こ

恋　554, 565
郊外散策　95
広義の鑑賞　654
広義の一七音　289
郊行詩　95
豪句　212, 223
高原句会　316
高原俳句会　361
口語　8, 551, 553, 588
郊行　32
高悟帰俗　217
口語自由詩　115
口語体　330, 548
口語調　97, 187, 188, 219, 261, 332
口語調俳句　332
口語俳句　115, 128, 553
口語俳句協会　115
口語表現　318, 322, 360, 557
硬質の叙情　359
構成　298, 323
高点発句集　96
高点付句集　87, 91, 229, 231
高等学校俳句連盟　321
合同句集　586
講評　581, 604, 630, 646
古歌　167
——のパロディ　261
金を打ち延べたるやうに作すべし　38
古季語　281
国際俳句協会　148
国際俳句交流協会　148
国際俳句シンポジウム　378
国粋思想　103
小熊座　340
国民新聞　103, 110, 114, 116, 118, 119, 337, 368
酷烈なる俳句精神　298
心付　189
心の誠　271, 272
故事　40, 163, 185, 198, 320
五色墨派（五色墨連衆）　192, 193, 227
五・七・五音　3
五十句競作　338
語順　47, 628
個人句集　111, 586
コスモス　370
こせごと　163
互選　104, 581
——の運座の方法　106
互選句会　582
小短冊　652
国家総動員法　134
滑稽（滑稽性、滑稽精神、滑稽み）　17, 43, 45, 46, 49, 52, 54, 72, 75, 102, 154, 173, 261, 286, 556
古典志向　368
古典性と近代性　302
ことば集め　591
言葉が喚起するイメージ　606
ことば探し　591
言葉の配列　633
言葉の連想　597
言葉派　146
詞寄せ　64
湖南俳壇　207
このみち　134, 358
木の芽会　294
古俳諧（古俳句）　366, 377
琥珀　134, 335, 344, 358
辛夷　134, 136, 295
古文辞学　90
駒草　329, 339
小諸雑記　135
小諸時代　135
小諸高浜虚子記念館　136
紺　322
根源俳句　137, 145, 298, 318, 341, 347
根源俳句運動　341
根源俳句探求論　341
根源俳句論　142
根源俳句論争　150
金剛　137, 330, 360

さ

座　41, 91, 583
歳時記　19, 63, 64, 65, 67, 165, 281, 554, 571, 572, 576, 593, 624, 642, 643, 646
歳旦句（歳旦発句）　156, 159, 164, 384
歳旦集　166, 231
歳旦三つ物　97, 384
作意　23, 28, 32, 44, 48, 79, 80, 89, 94, 194, 198, 223, 257, 631
作者と読者　12, 40, 55, 56
作者の情　83
作品倶楽部　366
探り題　26
作を巧まず　57
蠍座　336
座中の体　29
雑詠　309, 658, 660, 661
雑詠欄　581, 583, 660
作家性　587
五月川　479
雑体連歌　72
雑俳　84
雑俳点者　85, 185, 247
座の句　581
座の文学（座の文芸）　59, 84, 102, 141, 547, 579, 581, 587
さび　212, 222, 237, 250
淋しき所　216
沙羅　359
サラリーマン俳句　365
澤　573, 660
山火　334, 339, 353
山岳俳句　295, 305
三菓社　27, 94, 95, 250
三山参り　503
三段切　13
サンデー毎日　127
三昧　115
三和俳句会　353

し

詩　366
字余り　76, 77, 313, 550
私意　81, 82, 83, 89, 93, 94, 245, 257, 570
詩歌殿　324
四時観派　227, 233
椎の友会　109
椎の友社　104, 282
——の句会方法　104
しおり（しをり）　209, 250
紫苑　376
鹿笛　134
時間性の抹殺　141
時間的俳句　654
子規庵　109
色紙　585
鴫野　311, 361
四季の詞　18
四季の題名　18
子規派　109, 112, 118, 120
式目　70
四季類題　71, 95
時雨会　92, 257
時雨の伝統　141
地下連歌　70
地下連歌師　70
子午線　372
試作　114
時事新報　118, 145
姿情兼備　259
四条派　256
可定時節事　19
自然詠　345
自然感　289
自然主義　113, 284
自然主義文学　102
姿先情後　94, 237, 258, 259
自選同人制　126
自然の真　124
自然の真と文芸上の真　122, 126, 294
自然描写　262, 268
自然諷詠俳句　129
自選力　584
羊歯　322
字足らず　550
七賢時代　71
七名八体説　218
七面鳥　338
七曜　151, 323, 359
実感　24, 25, 361
実景　24, 25, 26, 29, 43, 66, 81, 94, 102, 113, 117, 131, 146, 147, 254, 257, 289, 368
実相観入　138
七宝会　121
指導者　584
字謎　160
科野　137
信夫毛地摺　505
支麦の徒　89, 221, 234
しばり　582
渋柿　116, 117, 294, 303, 317, 324, 368
しまき　296
島原俳壇　252, 258
自鳴鐘　124, 134, 336
下野新聞　347
社会性　316, 350, 351, 363
社会性探求　142
社会性俳句　99, 122, 142, 291, 325, 332, 338, 340, 343, 345, 346, 352, 357, 360, 365, 368, 566, 578, 657, 659
社会性俳句運動　143
社会性論争　325, 352
釈迦の鑓　162
石楠　113, 117, 119, 120, 132, 136, 288, 289, 316, 349
石楠パンフレット　289
写実（写実的）　32, 187, 262, 362, 371, 373
写実的態度　577
写生（写実主義、写生論）　29, 32, 33, 101, 106, 113, 122, 125, 251, 280, 282, 298, 323, 328,

329, 331, 334, 341, 347, 352, 353, 359, 373, 378, 566, 569, 570, 571
写生句　283, 287, 320
写生構成　128, 298, 323
写生俳句　123, 294, 348
写生文　106, 287
斜面　358
洒落　227
洒落風　86, 87, 198, 223, 232
秋桜子と素十　123
週刊俳句　152, 584
衆議判　26
秋興　97
秀句　82
従軍俳句　124
銃後俳句　128, 132
十七音詩　360
修辞的残像　48
秋声会　112, 118
十七音詩　146
十二ヶ月　104
自由律　113, 125, 300, 550, 556, 557
自由律誌　117, 120
自由律俳句　102, 114, 117, 131, 133, 137, 300, 447, 551, 588
樹海　136
主観　33, 283
主観句　118
主観写生　122
主観的の句　118
守旧派　309
主宰　546, 583, 584, 586, 661
主体的傾向　656
出句　582
出題　26, 27
出版検閲　134
出版事業令公布　136
出版書肆　85, 192
樹氷林　130, 315
主流　137
狩猟論　347
シュールレアリズム（シュールレアリスム、シュルレアリスム）　291, 324, 338, 370
純客観句　118
春興　97
春興帖　94, 250, 258, 259, 266
春秋庵　259
春泥　290
春燈　136, 145, 290, 344, 376
筍頭会　303
春燈婦人句会　376
春雷　136
春嶺　371
証歌　64, 383
情感　335
貞享期蕉風　84, 93, 181
貞享連歌体　78, 79, 196
上下　358
正式俳諧　94, 163, 257
象徴的　187
象徴的傾向　656
小日本（新聞）　102, 105, 309
少年倶楽部　118
蕉風　37, 77, 78, 82, 84, 87, 88, 89, 90, 91, 92, 93, 94, 95, 96, 182, 195, 196, 202, 203, 204, 205, 206, 207, 208, 209, 210, 211, 212, 213, 214, 215, 216, 217, 218, 219, 220, 221, 222, 232, 237, 250, 259, 276
正風　13, 77, 81, 92, 93, 96, 97, 99, 212, 226, 234, 257, 265
正風体　77, 81, 257
正風宗師　95
蕉風復興運動（蕉風中興運動、蕉風復古、蕉風復興）　91, 93, 94, 95, 232, 246, 247, 248, 250, 255, 257, 258
蕉門（蕉門俳人）　26, 93, 191, 193, 203, 204, 208
蕉門俳書　193, 234
省略　3, 46, 47, 49, 119, 192
昭和の四S時代　119
昭和俳句の出発　123
初期蕉風　92, 206
嘱目　28, 29, 30, 33, 34, 37, 649, 650
嘱目吟　28, 582, 251, 268
叙景（叙景歌、叙景句）　42, 82, 83, 223, 229, 232, 251, 268, 275, 391, 399, 416, 420, 421, 423, 427, 429, 438, 444, 462, 500, 503, 522, 539
抒情（抒情性）　290, 293, 316, 335, 340, 345, 349, 350, 357, 371, 372, 373
叙情的な即興詩　344
女性作家の日常吟　576
女性俳句　146, 319, 329, 335
女性俳句懇話会　146
触覚　335
女流十句集　116
女流俳句　127, 146, 371
女流俳人　322
白樺　120
新句　223
新傾向俳句（新傾向、新傾向派、新傾向運動、新傾向俳句運動）　102, 103, 111, 113, 114, 116, 118, 120, 130, 147, 281, 283, 284, 288, 289, 293, 309, 337, 368, 550, 556, 580, 588
新傾向俳句誌　117
新興俳句（新興俳句派、新興俳句運動）　102, 122, 124, 125, 128, 129, 131, 133, 137, 291, 294, 298, 302, 305, 307, 308, 309, 311, 314, 317, 318, 322, 324, 336, 338, 340, 341, 344, 347, 351, 357, 360, 366, 367, 368, 377, 556, 566, 587, 588, 657
新興俳句弾圧事件　305
新興無季俳句　131, 132, 307
新興有季俳句　131
震災俳句　368
新思潮　292
真実感合　138
人事的美　655
人事諷詠句　344
真情　289
新小説　333
心象風景　274, 362
新生活　118
人生諷詠　656
神仙体　309
新体制運動　134
新潮　129
沈南蘋　250
新日本文学会　136
晋派　285
新派　109, 285
新俳句　118, 309
新俳句懇話会　360
新俳句人連盟　115, 125, 137, 140, 305, 324
新俳話会　318
新聞雑誌用紙統制委員会　134
新聞俳諧大熊手　102
新聞俳句　102
新聞俳壇　102
新名勝俳句　342

す

推敲　24, 55, 56, 58, 61, 135, 239, 255, 292, 317, 364, 550, 572, 573, 585, 592, 593, 635, 637, 646
推量　573, 574
杉　259, 343, 375
直なる　236
すずしろ　311
すその　134
すばる　370
炭俵調　96, 97, 242
墨直会　92, 93

せ

清韻洒落　253
生活詠　273
生活俳句　122, 125
清記　652
清句　223
青玄　291, 335, 360
精細的美　655
誓子調　364
正選　582
成層圏　321
青天　137, 336, 340
生命諷詠　339
世界　137, 138, 298, 655
世界俳句　148
世界俳句協会　115, 148
世界俳句コンテスト　148
席題　26, 581, 582
積極的美　655
雪月花　554, 580
接社会的態度　113
雪中庵　94, 98, 199, 229, 296
説明　606, 613, 651
雪門（嵐雪門）　89, 91, 191, 225, 228, 242, 296
旋頭歌　587
芹　331
競り吟　104
選　659
前衛　146, 353
前衛性　379
前衛派　147
前衛俳句　146, 341, 360, 587
前衛俳人　557
戦火想望俳句（戦火想望句）　124, 128, 131, 314, 347, 367, 368
仙境　348
選句　581, 604, 646, 652, 654
選句用紙　646, 652
戦後派　360, 657
戦後俳句　324, 335, 345, 346, 351, 357, 360, 367
――の隆盛　136
戦後俳壇　357
撰者　56, 231
選者　13, 103, 104, 118, 152, 546, 581, 582, 583, 584, 586, 658, 659, 661
選集　112, 654
沾洲風　226
戦線俳句　132
前線俳句　128, 324
戦争責任追及　140
戦争俳句　128, 131, 314, 368
戦争フィクション俳句　131
船団　661
沾徳一門　86
沾徳座　90, 91
沾徳門　90
選は創作なり　583
川柳　229, 231, 587, 588
川柳しなの　134
川柳人　125
川柳点　91

そ

宗因風（宗因流）　76, 173, 174, 177, 183, 204
層雲　113, 114, 116, 117, 119, 120, 125, 134, 147, 284, 300, 337, 447
草苑　145, 146, 335
宋屋門　254
蒼海　661

造化随順　199
造型俳句（造形俳句）　146, 357, 656
造型俳句論　656
創作　299
創作紀元　376
草樹会　121
早春　134, 358
宗匠　581
草城と中村草田男との論争　129
宗瑞門　90
早大俳句　338
早大俳句研究会　338
贈答　578
贈答句　51, 547, 579, 580
雑の句　147, 556
走馬燈　318
疎句化現象　230
速吟　76
俗語　43, 72, 74, 75, 76, 88, 94, 97, 180, 219
——を正す　88
即題　26
俗談平話　88, 218, 221, 247
俗調　280
即物具象　298, 352
即物的（な句）　570, 571
即興（即興性）　49, 52, 54, 72, 73, 74, 141
即興感偶　143
即興句　273
即興的な抒情詩　344
即境俳句論　352
素堂系統　193
そらごと　155
存義側　91
存問　317, 547, 556, 579

た

題　19, 25, 26, 96, 548, 582
ダイアローグ　317
題意　64, 70
第一次の共時的共同体　41
第一回蕪村忌　108
太陰太陽暦　99, 111
太陰暦　99
対梅宇日渉　102
題詠　25, 26, 27, 28, 37, 70, 95, 582, 593, 644, 650
対詠的性格　49, 51, 141
多行形式俳句　114
体言止め（体言で止める）　13, 44, 70, 195, 307, 552, 585
第三次の共同体(歴史的共同体)　41
大正期の俳壇状況　119
大正日々新聞　120
対象の典型的なイメージ　608
大正ホトトギス派　102
大政翼賛会　134
台所雑詠　116, 119, 145
台所俳句　116, 123, 319, 342
第二芸術（第二藝術）　137, 138, 141, 145, 146, 149, 150, 298, 308, 566, 578, 654, 655, 659
第二次の共時的共同体　41
第二封鎖　139
大名俳人　91
太陽　109, 282
太陽系　137, 147, 324, 335, 338
太陽暦　65, 99
対話性　50, 352
台湾日日新報　103
鷹　42, 306, 334, 350, 356, 373, 447, 558, 660
高砂（謡曲）　73
高浜虚子の小諸疎開　135
高浜虚子の俳壇離脱宣言　113
宝船　109, 117, 281
岳　151
多行俳句（多行形式）　115, 146, 338, 557, 588
蛇笏賞　299
他選　586
ダダイズム　338
立句　173, 205, 585
鬣TATEGAMI　661
食べ物俳句　365
多麻　344
玉藻　116, 123, 129, 145, 309, 312, 354, 374
多羅葉樹下　134
短歌　587
断崖　367
短歌研究　355
短歌的抒情　315
短歌的喩　587
短句　3
短冊　557, 585
短詩　548
談笑の場　141
探題　26, 95
耽美　265
短文　599
短律　300
——の自由律　284
暖流　134, 136
壇林会　255
談林俳諧（談林、談林派）　43, 75, 76, 77, 79, 84, 87, 90, 154, 161, 163, 165, 169, 170, 171, 172, 173, 174, 176, 179, 180, 181, 182, 186, 188, 189, 220, 227
談林俳書　164
談林風（談林調）　177, 192, 200, 220, 272, 430
短連歌　50
鍛錬会　112, 126

ち

治安維持法　133
地域句集　111
地域歳時記（地域別の歳時記）　67, 660
ちぎり　261
築港　151
知的技巧的　260
地方　67
地貌（地貌季語）　151, 659, 660
地方系俳壇　250, 257
地発句　101
千松島　502
地名　20, 21, 22, 29, 559, 574
——のイメージ　604
中央　62, 63, 67
中央公論　293, 301
中外商業新報　282
中興俳諧（中興期、中興期俳諧、中興期俳壇）　232, 245, 246, 254, 256, 259, 260
長歌　587
弔旗　338
超季派　147
長句　3
超結社　584
丁摺　96
頂点　336, 340
長律の自由律　284
直喩　615, 616, 617, 622
樗門　88, 202
散らし書き　586

つ

追善の句　579, 580
月とスッポンチ　101
月並句合（月次句合、月次句会、月並俳諧、月次俳諧）　27, 96, 97, 101, 111, 280, 586
月並調　97, 283
月並風　259
月次発句興行　231
月次前句付興行　231
月次連歌　171
月の定座　447, 554
月の都　105
筑波会　251
筑波山縁起　129
付合　52, 53, 54, 70, 71, 588
付合語　75, 166, 383
付句　16, 588
付句集　70, 74, 94
付ける　9, 58
土御門家　99
壺　327, 354
鶴　130, 132, 134, 137, 315, 327, 341, 352, 354, 365, 376, 377
津和野派　98

て

邸下選　376
定型　5, 57, 77, 547, 548, 550, 553, 557, 573, 588
定型詩　588
帝大俳句会　121
貞門（貞門俳諧）　42, 76, 79, 87, 161, 162, 165, 167, 168, 169, 170, 172, 173, 174, 175, 182, 183, 188, 199, 202, 204
貞門・談林の論争　174
て留め　44
テーマ別　586
貂　375
天為　372
点印　86, 91, 198, 224, 225, 229, 230
点化句法　223
点業　86
典型としての中央　62
天香　124, 305, 318, 352, 377
添削　572, 573, 574, 592, 635
点者　26, 84, 85, 87, 164
天水　358
伝統派　147, 302, 318, 657
伝統俳句　127, 132, 149, 298, 341, 343, 345, 365, 378
伝統俳句派　133
点取句合　101, 105
——の返草　103
点取俳諧　85, 86, 87, 90, 101, 111, 199, 203, 229, 230, 232, 242, 258, 261
点譜　90
天保暦　99
天保の三大家　97
天保風　97
天明調　110
天明俳諧　280
点盛り　582, 652
天狼　142, 145, 146, 150, 298, 307, 317, 318, 323, 336, 340, 341, 347, 352, 358, 359, 364, 367, 369, 435

と

当意　29
当意の気色　29
道灌山事件　106
道灌山論争　106
当季雑詠　547, 582
東京朝日新聞　118
東京新聞　143
東京日日新聞（東京日々新聞）　114, 342
東京毎日新聞　135
投句　96, 575, 583, 604
投句者　583, 661
投句欄　546, 576

桃源　134
倒語（倒語法）　76, 77
当座　26
当座性　29
当座題　26
当座の季節　70
倒叙　47
同人　116, 133, 134, 319, 337, 358, 583, 584
同人誌　583, 584, 586, 660
同人自選欄　661
藤水　296
桃青霊神　95
踏跡　39, 40, 41, 42
倒装法　77
東大俳句会　119, 121, 123, 294, 298, 304, 328
東大ホトトギス会　304, 372
東武獅子門　90
都会的　264
都会的な句　198, 225
特選　582
床　230
土佐の海　540
都市系俳壇（都市俳諧）　89, 250, 257
土上　119, 124, 125, 129, 132, 147, 303, 305, 317, 318
橡　363
土地のイメージ　605
鳶　274
飛体　177
取合せ（取り合わせ）　32, 34, 35, 36, 38, 39, 172, 209, 240, 262, 552, 555, 559, 570, 587, 593, 607, 642, 645, 651
取合せ物　38
取り成し　159, 163
とりはやし　36, 38
蜻蛉会　353
蜻蛉返り　219

な

内閣情報部　134
中七　548
菜殻火　334, 339, 353
夏草　123, 134, 304, 372
夏の稽古会　113
ナップ　125
七名八体説　88
斜めに見る（斜めの視線）　42, 44
難波俳林　177
名乗り　582
並選　582
奈良句会　347
奈良俳句会　323
南柯　282
難解派　313, 315
難解俳句　132, 146, 146
難季語　281
南風　134, 146, 362

に

二花三月の法式　446
二句一章　34, 38, 39, 642
二十四節気　386, 579
二条家　95, 96, 245, 246, 248, 268, 273, 276, 277
二条家俳諧宗匠　260
二章体　34
日常吟　575
日光東照宮　507
日本（新聞）　32, 98, 101, 102, 105, 108, 109, 110, 113, 118, 129, 242, 250, 259, 280, 281, 284, 287, 309, 337, 654, 655, 657, 658
二飛四飛　56
二物衝撃（二物）　34, 298, 350, 553, 559
日本及日本人（日本及び日本人）　103, 113, 282, 284, 580
日本出版配給株式会社　134
日本出版文化協会　134
日本人（雑誌）　282
日本伝統俳句協会　148, 149, 378
日本派　108, 110, 282, 284, 285, 287, 309, 337, 581, 582, 657
日本俳句　102, 105, 113, 125
日本俳句作家協会　133
日本文学報国会　133, 134
日本文学報国会俳句部会　133, 136
日本民主主義文化連盟　139
入花料　96
女像　366
ニライカナイ信仰　543
人間探求派　122, 132, 147, 308, 315, 338, 343, 549, 656, 657

ぬ

ぬかご　124
ぬけ（抜け、ヌケ）　76, 78, 174, 176
ぬけ風　192

ね

根岸派　285
ねじれ論争　357
熱帯季題　135
熱帯季題小論　135
年輪　334, 339, 353

の

野火　137
野分会　378

は

俳意　43, 45, 236
俳家新聞　102
俳画　94, 586
俳諧　3, 34, 72, 74, 102, 104, 106, 326, 587
——の古学　90, 227, 233
——の付け方　9
——の取合せ　36, 37, 38
——の発句　70, 72, 157, 579, 588
——の本領　31
——の誠　44, 85
俳諧一枚摺（俳諧一枚刷）　96, 111
俳諧歌　72
俳諧鴨東新誌　110, 120
俳諧雑誌　120, 285, 303
俳諧散心　112, 330
俳諧師　85, 86, 114
俳諧詩　326
俳諧式目書　194
ハイカイ詩人　148
俳諧七部集　90, 232, 237, 273
俳諧集　72（以下略）
俳諧新誌　102
俳諧新聞誌　102
俳諧性　11, 17, 44, 73, 369, 379
俳諧接心　330
俳諧宗匠　85, 86, 118, 166
俳諧大要　105, 108, 654
俳諧談林　76, 171, 177
俳諧一日集　101
俳諧的　44
俳諧評論　101, 110
俳諧風聞記　103
俳諧明倫雑誌　101, 110
俳諧連歌　554
俳諧連歌（連句）集　111
俳画賛　586
俳句　3, 33, 34, 101, 129, 142, 143, 144, 146, 271, 316, 332, 347, 352, 354, 357, 375, 554, 566, 578, 584, 587
——の国際交流　147
——の地名　19
——の文体　195
ハイク（haiku）　148
俳句イロニー説　347
俳句界　139
俳句界の新傾向　284, 288
俳句改良運動　658
俳句革新　105, 280
俳句革新運動　250, 259, 309, 552
俳句形式　128
俳句芸術　140, 141
俳句月刊　127
俳句結社　546
俳句研究　122, 125, 129, 130, 132, 138, 142, 291, 314, 315, 318, 338, 354, 359, 373, 375, 577, 643, 656
俳句甲子園　661
俳句懇話会　344
俳句作家懇話会　137
俳句賞　584
俳句人　115, 125, 305
俳句生活　115, 125, 147
俳句前衛　125
俳句弾圧事件　136
俳句的（俳句的視点）　42, 54
俳愚伝　133
俳句日本　115, 134
俳句の国　137, 354
俳句の生活　133
俳句の友　125
俳句配合分類　658
俳句は生活そのもの　130
俳句評論　146, 307, 322, 324, 338, 341, 367, 376, 379
俳句復古論　289
俳句文学館　365, 371
俳句文学館紀要　147
俳句分類　106, 280
俳句「もの」説　317
俳句論　654
俳句論争　140
配合　34, 35, 218, 241, 559
俳声　109
俳言　43, 44, 75, 79
俳三昧　112, 284, 288
俳詩　218
俳誌統合　134
俳誌統合令　311
俳趣味　96
俳人格　144, 145, 347
俳人協会　140, 148, 318, 344, 365
俳人協会賞　147
俳人の戦争責任　136, 138
敗戦と俳句　136
俳壇中間派　289
配置　32
俳林　134
俳星　109
俳枕　21, 22
俳味　375, 553
俳藪　109
俳林　358
配列　586
破格　549
麦林調　234
箱根の関　510
芭蕉翁の一驚　103
芭蕉翁百九十回正忌追遠　103
芭蕉九十回忌　94
芭蕉顕彰　92, 242, 245, 257
——運動　246
——行事　260
芭蕉五十回忌　92
芭蕉雑談　103, 105, 654

芭蕉新聞　103
芭蕉塚　88, 92
芭蕉二百回忌（芭蕉二百年忌）
98, 103
芭蕉百回忌　96, 246, 248, 250, 257, 259, 269
芭蕉復興運動　92, 96, 257
芭蕉礼讃　120
巴人系俳人（巴人系俳家）
250, 253
外し　556
旗　125, 318
破調　77, 79, 114, 181, 288, 340, 373
八千房　96
花衣　126, 129, 319, 342
花の定座　554
花の下衆　95
花の下宗匠　95, 97, 248, 277
花本大明神（花下大明神）　96, 276
花火吟社　296
濱　137, 316, 349, 361
破魔弓　119, 122, 294, 307
薔薇　147, 322, 324, 338
晴　579
番傘　134
判者　89
反戦俳句　128
ハンセン病文学　361
反伝統　291
反伝統性　127
反ホトトギス　291, 318
半面　109
万蕾　356
萬緑　137, 146

ひ

ひえ　237
比枝　134
披講　582
飛音明神　95
日盛会　113
卑俗滑稽　17, 45
只管写生　306
否定（否定表現）　592, 620, 621
否定文　615, 617, 618, 619, 620
否定論　654
批点　85
批評　137, 141, 656
百韻連歌　70
白燕　379
譬喩（比喩）　174, 227, 326, 615, 620, 621
譬喩俳諧（比喩俳諧）　87, 90, 226, 232
譬喩俳諧批判　226
譬喩俳諧滅却　232
比喩表現　592
評価　638
氷海　151, 317, 364, 369
描写　592, 606, 613, 615, 620, 650
表題　585
日吉館句会　358
平句　15, 16, 39, 79, 93, 556, 588
平田神道　99, 100
広場　124, 125, 132, 307, 367, 377
瓶（壜）　366

ふ

諷詠　320, 374
諷詠派　332, 344
風雅新聞　101, 102
風雅の誠　31, 217
風狂　12, 44, 77, 78, 80, 84, 164, 182, 196, 226, 227
風景　28, 29, 30, 31, 32, 33, 95, 106, 123
風景俳句　348
風刺性　261
風土　146, 299, 311, 316, 340, 352, 354, 361
風土詠　659
風土俳句　151, 352, 578, 659
風羅念仏　219
笛　137, 306, 353
不易流行　31, 81, 82, 83, 196, 217
深川連衆（深川蕉門、深川派）
85, 89, 191, 199, 200
複雑的美　655
梟　336
梟の会　340
袋廻し　582
不実論　347
婦人句会　312
婦人公論　118
婦人十句集　329, 342
婦人俳句　130
婦人俳句会　115, 124
蕪村研究　120
蕪村風　272
二葉　310
ふた葉　337
物我一如　83
仏語　174
復古趣味　204
不夜庵　252
冬木　115
冬草　332
冬野　134
芙蓉　310
降物　624
振る　23
古池の季節　141
プロレタリア俳句（プロレタリア俳句運動）　99, 115, 125, 136, 139, 317
プロレタリア俳人同盟　146
プロレタリア俳人連盟　124
プロレタリアリアリズム俳句
128
文淵会　337
文学界　373
文学者の戦争責任　136
文藝春秋　129, 293
文芸上の真　124
文庫　337
文語　8, 551, 557, 649, 651
文語定型詩　146
文章倶楽部　118
文脈　8, 16, 40, 41, 42, 49, 59, 626, 627

へ

平談俗語　89, 241
平明　243, 245, 246, 257, 262, 268, 272, 335, 375
碧　115, 120
べし　70
ペシミズム　360
編集　585, 586, 587
編集力　584
返草　103, 111
編年体　586

ほ

法師風　227
茅舎賞　140
傍題　26, 555
蓬萊　275
牧羊神　355
北陸俳壇　220, 236, 243
鉾　347
星学局　99
ポストモダニズム　102
ほそくからびたる体　204
細み　210
牡丹　334
発句　3, 15, 44, 49, 70, 71, 93, 101, 105, 554, 585, 587
発句集　94
発句の景物　64
発句は金を打ち延べたるやうに作すべし　37
北國新聞俳壇　293
ホトトギス（ほとゝぎす、ほとゝぎす）　101, 106, 107, 108, 109, 110, 112, 113, 114, 115, 116, 117, 118, 119, 120, 121, 122, 123, 124, 125, 126, 127, 128, 129, 132, 134, 135, 145, 147, 149, 151, 280, 281, 282, 287, 289, 290, 291, 292, 294, 295, 297, 298, 299, 301, 302, 303, 304, 305, 306, 307
ホトトギス仮事務所　135
ホトトギス雑詠再開　114
ホトゝギス創刊　108
ホトトギス第一期黄金時代
119
ホトトギス同人削除　130
ホトトギス派　289
ホトトギス俳人　148
ホトトギス婦人句会　319
ホトトギス六百号記念小諸俳句会　136
橉　367
本意　17, 18, 21, 22, 24, 25, 29, 42, 62, 64, 71, 72, 75, 79, 80, 81, 196, 554, 555, 559
——を失う　24
本歌取り　40
本情（本性）　17, 18, 21, 22, 23, 24, 25, 42, 82, 93, 554, 602
本説取り　40

ま

毎日俳壇　345, 364
前書　4, 10, 11, 12, 40, 548, 556, 558
前句付　85, 86, 87, 203, 588
前句付高点集　86
前句付集　91
前句付点者　237
前句付俳諧　189
誠（まこと）　83, 89, 289
——を責める　83, 89
真砂の志良辺　106
まはぎ　126
真間之手児名　508
まるめろ　137, 335
万葉語　298
万葉調　294

み

澪　311
三日月会　109, 337
水明　124
見立て　73, 74, 76, 154, 174, 232
三田俳句会　290
三田文学　333
未定　307
虚栗調　94, 181
美濃の関　516
美濃派（獅子門）　89, 91, 93, 218, 221, 232, 235, 236, 238, 241, 248, 260
木兎　326, 353
都新聞　128
ミヤコ・ホテル　122, 128, 130, 132, 344, 577

む

無季　340, 556, 578
麦　137

無季自由律　284
無季自由律俳句　115, 147
無季前線俳句　128
麦と兵隊　131
無季俳句　114, 122, 124, 128, 130, 131, 147, 291, 294, 311, 314, 317, 318, 322, 336, 360, 367, 377, 556, 588
無季容認派　147
武蔵野　113
むし籠　109
無心所着　157, 197
結題　37
鞭　330
無中心論　113, 284
無名会　320
群　338
室町俳諧　156, 157, 162

め

明治の俳句アンソロジー　110
名所　19, 21, 80
明倫講社　98, 99, 101
面　367

も

百舌鳥　328
モダニズム　283, 344, 360
「もの」に託して詠む　571
像（もの）に託す　587
物の本情　141
モノローグ　317
守武流　76
文選読　77
モンタージュ（モンタージュ理論）34, 128

や

や　7, 13, 14, 15, 34, 39, 128, 550, 551, 552, 560
八重垣　536
矢数俳諧　179, 180
夜盗派　146
野盗派　340
やまと俳壇　289

ゆ

有季定型（有季定型派）122, 132, 147, 149, 298, 330, 549, 553, 556, 628, 638
有季俳句　124, 128, 336
優季論　347
融合冥化　117
遊俳　90, 96, 264
郵便報知新聞　102
雪　334
雪解　137
行きて帰る　15, 39
ゆく春　116, 329

よ

謡曲（謡曲調）75, 167, 170, 175, 187, 188
用紙統制　134
余技　290, 375
横の題　198
読売新聞　118, 282
詠む（読む）4, 8, 49, 583, 586, 591, 600
萬国普通暦　99
万朝報（萬朝報）118, 282, 328
四S　116, 119, 121, 123, 124, 294, 298, 303, 304, 309, 328, 331
四誌連合会　334, 353
四T　116, 145, 312, 319, 322

ら

雷光　336, 340
落題　26
楽天　308
螺線　336
La俳句　125
蘭　349

り

リアリズム　106, 317, 346
リアリズム俳句　128
陸　134
理想的美　655
離俗論　94, 253
理知　372
理知的　226
立秋　432
立春　384
立圃系　189
蓼太門　242
療養俳句　137, 143, 325, 361, 550, 578
旅吟　244, 248, 659
琴座　341

る

類題（類題別）19, 27
類題句集（類題集、類題発句集）65, 94, 96, 111
ルビ　558
ルビ俳句　102, 115, 284
瑠璃　134

れ

麗句　223
例句　554
歴史的仮名遣い　8, 557, 651
連歌　3, 10, 74, 75, 79, 554, 587
連歌所　171
連歌の付け方　9
連句　3, 54, 58
連句集　94
連句（連歌）の発句　49
連作　124, 128, 130, 147, 307, 368, 576, 577
連作俳句　128, 129, 291, 305, 311, 317, 576, 577, 578, 585
連衆　26, 54, 84
連想　592

ろ

六人の会　367
露川系　235
魯文珍報　101
ロマンチシズム　360

わ

和歌　587
分かち書き　335, 557
若葉　301, 332, 344, 371
脇　44, 49, 50, 52, 54, 579, 587
早稲田吟社　299
早稲田俳句　124, 318
私性　587, 588
わび　196, 237
吾等仲間の解体　102

人名索引

一、この索引は、本事典の本文から人名を抜き出し、その所在を頁で示したものである。
一、見出しは、江戸時代以前は雅号または通行の名、明治時代以降は俳号に姓を冠して見出しとした。歌人・その他の人名は通行の名をもって統一した。
一、同一人物が異なる表記で記されている場合、（　）に異なる表記を示した。
一、江戸時代以前の連歌作者・俳人については、（　）に姓を冠した形もしくは姓と名、姓が不明な場合は、別号、時に住所などを示して検索および本文理解の一助とした。
一、見出しの配列は現代仮名遣いによる五十音順に従った。

あ

相生垣瓜人（貫二）　126, 348, 489, 567
相沢行々子　481
青池秀二　351
青木月斗（親護、図書、月兎、護郎丸）　110, 117, 134, 319, 337, 449, 470, 480, 491
青木森々　109
赤尾恵以　146
赤尾兜子　146, 353, 360, 367, 379
赤城さかえ　136, 140, 142, 566
明石海人　361
赤染衛門　179
赤星水竹居　121, 134
赤堀月蟾　342
赤堀廉蔵　342
秋尾敏　491, 495
秋里籬島　526
顕成（阿知子顕成）　170
安貴王　235
秋の坊　28
秋元源吾　101, 111
秋元洒汀　112
秋元不死男（不二男，東京三）　124, 125, 128, 131, 133, 137, 140, 142, 147, 151, 305, 317, 351, 355, 364, 369, 547, 560, 636, 657
秋山秋紅蓼　134
芥川龍之介（我鬼、澄江堂）　120, 216, 290, 292, 293, 405, 476, 493, 551, 562, 569, 575, 633, 637
明智政宣　194
浅井啼魚　130
浅井了意　209
浅香甲陽　361
朝木奏鳳　330
麻田椎花　134
足利尊氏　521
足利義満　505, 537
阿誰（箱島阿誰）　228, 249
飛鳥井雅有　407, 409
飛鳥井雅親　44
飛鳥井雅経　61
飛鳥田孋無公　289, 316
東謙三（剣三）　322
安住敦　129, 137, 140, 147, 148, 290, 291, 316, 332, 344, 478, 492, 564, 565, 572, 632
厚見王　154, 395, 406
姉小路顕朝　384
阿部完市　367, 373
阿部筲人　137
阿部青鞋　366, 367, 377
安倍沙弥麿　402
安倍宗良　42
阿部みどり女　116, 127, 145, 329, 490, 561
安倍能成　368
天田愚庵　569
雨宮きぬよ　490
飴山實　302, 357, 405, 473
綾部仁喜　131, 473, 474, 475
新井白石　386, 449
荒川つるゑ　127
荒木田久老　268
新木瑞夫　128
有島武郎　616
有馬朗人　304, 372, 483, 660
有馬草々子　471
有馬登良夫　140
在原業平　71, 80, 209, 215, 242, 393, 416, 461, 465, 467, 468, 509, 518, 527, 554
在原棟梁　443, 450, 514
在原元方　386, 407, 467
在原行平　526, 535
有賀長伯　15, 46, 206, 383, 432, 498
阿留多伎祖琳　103
粟津松彩子　353
阿波野青畝　24, 123, 124, 137, 142, 149, 294, 297, 309, 320, 331, 397, 408, 440, 552, 558, 561, 562, 567, 656, 657, 659, 660
安斎桜磈子　658
安西冬衛　2, 548
闇指　223
安昌（藤井安昌）　176
安静（荻野安静）　164, 178, 183
安東次男（流火）　357, 370
安藤信友　224

い

飯島晴子　373, 387, 472, 473, 477, 475, 482, 485, 486, 492, 562, 564, 566, 609, 643
飯田蛇笏（武治）　102, 113, 117, 118, 119, 120, 121, 134, 137, 142, 147, 149, 290, 292, 299, 309, 310, 328, 345, 403, 409, 412, 419, 438, 443, 470, 474, 480, 483, 487, 494, 548, 549, 551, 556, 558, 560, 562, 565, 567, 569, 570, 627, 635, 655, 656, 657, 659, 660
飯田龍太　147, 150, 152, 299, 343, 345, 387, 393, 396, 399, 406, 459, 463, 474, 478, 480, 485, 487, 549, 552, 556, 561, 562, 568, 618, 657, 659
家貞　163
五百木飄亭　106
五十崎古郷　126, 561
五十崎朗　485
五十嵐播水　120, 128, 149, 564
藺草慶子　485
生島遼一　335
池内亀子　116
池内澄子　116
池内たけし　113, 116, 142, 303, 328, 486
池内友次郎　134, 140, 149, 306, 326
池田澄子　435, 492, 553, 588
池田青鏡　119
池田綱政　231
池田義朗　119
池田蘆州　281
池大雅　250
井越芳子　490
生駒大祐　483, 494
意朔（伊勢村意朔）　524
諫早李坪　109
勇巨人　150
井沢長秀　505
井沢正江　146, 488
伊沢元美　289
為山（関為山、月の本）　97, 98, 99, 103
石井治星　490
石井得中　104
石井柏亭　289
石井露月　109, 130, 288, 654
石川桂郎（一雄）　131, 142, 147, 327, 344, 354, 490, 567
石川丈山　215
石川啄木　127, 298, 557, 572, 641
石川郎女　639
石坂洋次郎　376
石沢余水　296
石島雉子郎　114, 119, 655
石田あき子　563
石田勝彦　131
石田郷子　477, 484, 610
石田波郷（哲大、山眠、二良）　124, 132, 136, 137, 140, 142, 143, 146, 147, 302, 307, 308, 315, 327, 330, 341, 348, 349, 350, 354, 356, 365, 377, 393, 418, 422, 472, 475, 489, 491, 494, 550, 559, 561, 562, 563, 564, 565, 568, 570, 575, 620, 627, 645, 656, 657, 661
石塚友二　130, 147, 308, 315, 345, 656
石野秀野　140
石橋辰之助（竹秋子）　124, 126, 128, 130, 137, 140, 305, 486, 661
石橋忍月　141
石橋秀野　145, 376, 387, 479, 490
石原舟月　150
石原八束　150, 299, 344, 357, 401, 486, 493, 500, 538
石山桂山　104
和泉式部　172, 447, 524, 526, 531
伊勢　43, 75, 392, 523
伊勢大輔　276, 450, 522, 528
涓川（斯波涓川、一有）　89
以仙（高滝以仙）　172
惟然（広瀬惟然、素牛、梅花仏、風羅堂）　53, 54, 216, 219, 553
磯貝碧蹄館　499
磯野充伯　543
板倉ケンタ　493
伊丹万作　308

伊丹三樹彦　137, 291, 335, 360, 483, 494
一栄（高野一栄）　55
市川一男　115
移竹　249
一事百古　111
一条兼良　18, 383, 434, 439
一条実経　42, 460
一条為子　509
市村栄理　490
惟中（岡西惟中、一時軒）　76, 173, 227
一葉　269
一力五郎　329
一松（後藤一松、不柄子）　206
一覚（一覚法師）　444
一茶（小林一茶、菊明、俳諧寺）　97, 112, 193, 200, 241, 259, 262, 264, 265, 267, 270, 272, 287, 293, 386, 395, 397, 398, 401, 405, 421, 434, 436, 437, 444, 448, 451, 458, 503, 522, 525, 527, 553, 626, 644, 645, 657
一氏　234
一之（堺住）　410
一笑（小杉一笑）　84, 460
一晶（芳賀一晶、順益）　78, 79, 84, 85, 179
一信　163
一井　26
一雪（椋梨一雪）　178, 205
一朝（豊島一朝）　530
一鉄（三輪一鉄）　177
一瓢（川原一瓢）　96, 97, 272
一蜂（河曲一蜂）　203
伊藤敬子　483
伊藤左千夫　280
伊藤松宇　104, 105, 109, 134, 242, 250, 259, 282
伊藤仁斎　156
伊藤大輔　308
伊藤滴声　471
伊藤柏翠　39, 41, 136
伊藤博文　99
伊藤通明　485, 495
稲岡長　149
稲垣きくの　145, 490
稲畑廣太郎　378, 661
稲畑汀子　149, 375, 378, 400, 476, 482, 493
井上洗耳　139
井上白文地　121, 124, 128, 132, 347
井上弘美　15, 493
井上安清　262
茨木和生　110, 358, 474, 478, 485, 568, 660
伊吹武彦　370
渭北（右江渭北）　90
今井杏太郎　131
今井千鶴子　475
今井つる女　494
今井柏浦　476
今井豊　661
今瀬剛一　472, 480, 488
今津乙之助　102
今村青魚　149
伊美吉縄麿　421
井本農一　140, 347
岩岡中正　149, 495
岩木躑躅　119
岩倉具起　160
岩佐又兵衛　516
岩田紫雲郎　120, 121
岩田由美　481, 483, 561
岩永佐保　483
岩淵喜代子　486
岩谷山梔子　288
巖谷小波　333
殷協律　580
員九（児島胤矩）　64
隠元　269
殷富門院大輔　501

う

上田五千石　151, 369, 372, 480, 483, 485, 488, 556
上田青逸　134
植田紀子　490
上野章子　149
上野泰　113, 136, 472, 476, 657
上原三川　657
上村占魚　113, 136, 476, 495
魚住玄行　236
魚貫（心祇、大口屋長兵衛）　233
ウォルシュ、ジル・ペイトン　622
杉浦宇貫　296
浮橋　239
羽紅（野沢羽紅、羽紅尼）　10, 85, 214
右近　444
右近大将長親母　276
宇佐美魚目　474, 481, 552, 571
牛田鶏村　295
卯七（十里亭）　13, 212
菟道稚郎子　524
牛麻呂　465
牛山一庭人　126
後醍醐帝　61
右城暮石　110, 150, 323, 325, 347, 358, 472, 475, 487, 494
牛若丸　225
臼田亞浪（卯一郎）　117, 120, 134, 136, 139, 288, 289, 316, 349, 656
烏西　251
右大将道綱母　211
右大臣北方　456
歌川広重　198, 448, 450, 508
宇多喜代子　146, 151, 336, 473, 479, 481, 491, 492, 494, 557, 561
内田南草　115
内田慕情　124, 302
うめ　256
烏明（松露庵三世）　94, 237, 258
梅崎春生　615
梅沢墨水　109
宇洋　262
雲居希膺　502
雲慶　505
云奴（京極高住）　177
云也（半井云也）　75
雲裡坊（無名庵五世）　92

え

永機　→　湖十（二世）
　　　→　穂積永機
永固　401
永種（松永永種）　73, 156
栄春（井岡弥兵衛母）　9
エイゼンシュタイン　34
永福門院　423
永明　160
江國滋　471
越人（越智越人、負山子、権花翁）　53, 81, 84, 205, 206, 511, 520, 553
榎本虎彦　185
榎本冬一郎　150, 323, 347
榎本好宏　484
潁原退蔵　137, 142, 147, 251, 259
江村北海　255
曰良　543
延純　263
円珍　523
遠藤梧逸　491
円仁（慈覚大師）　502
役行者　503
園風　12
厭路　274

お

小穴隆一　292
及川貞　482
王安石　34, 483
応々尼（鈴木道彦妻）　265
鶯居　539
王子猷　184
王象晋　433
鶯笠　100
徃良　532
大網公人主　535
大石悦子　131, 492, 494, 566
大石香代子　494
大江貞重　506
大江忠成　518
大江千古　512
大江千里　16, 389, 411, 447, 554, 641, 642
大江正言　536
大江匡房　393, 394, 403, 408, 457, 465, 502, 522
大江嘉言　454
大江丸（安井政胤、嶋屋佐右衛門、旧国）　96, 249, 255, 261, 271, 272
大江満雄　376
大江茂重　514
大岡信　47, 341, 633
大木あまり　392, 480, 485, 552
大串章　148, 478, 482, 489, 490, 632
大国主命　493
大久保道古　188
大久保橙青　149
大隈言道　458
凡河内躬恒　41, 47, 243, 387, 407, 411, 414, 427, 448, 451, 457, 460, 467, 512, 513, 529, 534, 568
大島丈道　303
大島民郎　327, 363
大須賀乙字　18, 34, 111, 113, 117, 120, 284, 287, 288, 289, 484
太田土男　480, 492
太田道灌　226, 511
大谷繞石　109, 285, 293
大谷句仏　288
大塚凱　493
大塚菜浦　116
大伴坂上郎女　46, 421, 639
大伴稲公　59
大伴狭手彦　540
大伴旅人　543, 639
大伴田村大嬢　403
大伴家持（中納言家持）　59, 168, 170, 253, 396, 398, 402, 407, 411, 427, 443, 457, 466, 467, 512, 513, 514, 535, 542
大中臣輔弘　521
大中臣親守　462, 516
大中臣能宣　229, 385, 429, 501
大西酔月　256
大野酒竹　251
大野林火　131, 137, 140, 141, 142, 147, 148, 289, 316, 349, 351, 361, 394, 478, 493, 563, 566, 579, 645, 660
大橋敦子　146
大橋越央子　121, 133
大橋桜坡子　475, 495
大橋菊太　119
大場白水郎　290, 303
大原観山　280
大原其戎　105, 280, 539
大原富枝　622
大牧広　479, 484
大峯あきら　474, 552

大村純忠　541
大屋達治　304, 372, 490
大山澄太　300
大鷲文吾（大高源吾子葉）　198
岡井省二　563
岡崎義恵　142
小笠原忠真　171
尾形光琳　274, 416
緒方春桐　294
尾形仂　41, 59, 62, 251
岡田挺之　238
岡田日郎　472, 480
岡野伊平　101, 102
岡野知十　103, 109
岡部宣勝（岡部美濃守宣勝）　159
岡本圭岳　330, 568
岡本松浜　290, 330, 390
岡本仁意　157
岡本 眸（朝子）　146, 371, 476, 477, 478, 493, 494, 562, 563
岡本癖三酔　290
小川芋銭　150, 289
小川軽舟　483, 489, 490, 491
小川双々子　150
小川千甕　150
沖倉好秋　596
荻野雨亭　336
荻野清　316
荻野検校　262
荻生徂徠　90
荻原井泉水　102, 113, 114, 116, 117, 120, 125, 134, 147, 149, 284, 300, 320, 550, 551, 656
奥坂まや　312, 477
奥島　389
小倉実起　511
小倉博　267
尾崎紅葉　101, 109, 112, 118, 290
尾崎放哉　115, 120, 447, 493, 550, 551
小沢青柚子　367
小沢武二　125, 134
小沢碧童　288
小澤實　290, 388, 473, 474, 495, 552, 558, 562, 568, 573
織田信長　523
織田秀信　159
乙二（岩間乙二、松窓）　96, 267, 433
乙由（中川乙由、麦林舎、麦林）　89, 91, 93, 221, 229, 232, 234, 236, 237, 239, 243, 244, 245, 246, 437, 540, 644
乙州（河合乙州）　85, 207, 233, 436
鬼貫（上嶋鬼貫）　10, 31, 185, 186, 187, 188, 190, 191, 226, 289, 408, 429, 444, 509, 518, 553
小野氏淡理　401
小野老　396
小野小町　194, 396, 397, 454
小野滋蔭　47
小野篁　404
小野蕪子　133, 310, 322, 341
小原竹香　281
折井愚哉　109
折笠美秋　548
折口信夫（迢空）　142, 346, 515
恩田侑布子　440, 489
温庭筠　76

か

貝原益軒　63
貝原好古　63
櫂未知子　484, 565, 662
海量　543
雅因　252
臥央（桜田臥央、暮雨巷）　248, 262
香川景樹　390
柿本人麻呂（柿本人麿）　78, 388, 406, 460, 462, 466, 522, 524, 528, 531, 533, 534
蝸牛　233
鍵和田秞子　146, 489, 492, 632
鶴英　27, 95, 251
覚寛　458
郭熙　481
覚性（覚性法親王）　455
角谷昌子　375
鶴需（南部利勝）　91
加倉井秋を（昭夫、あきを）　137, 332, 344, 357, 491
岳輅（秀円、虎足庵）　262
鶴老　271
荷兮（山本荷兮、昌達）　26, 35, 44, 81, 84, 170, 204, 205, 206, 225, 436, 448, 511, 534
画好（臥高）　462
我黒（中尾我黒）　85, 181, 189
加古宗也　486
笠女郎　509, 519
花山院常雅　243
可枝　236
賀子　178
梶井基次郎　370
可常　431
嘉辰　504
春日蔵首老（弁基）　400, 509, 541
可政　238
花千尼　225
可大（栗の本可大、只夕坊）　260
片岡奈王　121
賢盛　→　宗伊
片山桃雨　104
片山桃史　124
片山由美子　392, 472, 473, 475, 476, 477, 480, 482, 486, 487, 488, 489, 491, 492, 559, 567, 610
葛三（倉田葛三）　259
勝田明庵　103
勝野茫古　262
勝又木風雨　499
勝峯晋風　244
桂七十七郎　335
桂信子　145, 291, 335, 356, 432, 473, 474, 477, 478, 480, 562, 564, 565
可都里（五味可都里）　245
佳棠（田中佳棠）　250
加藤郁乎　146
加藤かけい　151
加藤霞村　334
加藤清正　170
加藤耕子　494
加藤胡堂　109
加藤しげる　336
加藤楸邨（健雄）　4, 34, 124, 126, 132, 137, 138, 140, 143, 147, 308, 313, 315, 343, 349, 351, 352, 370, 375, 402, 426, 454, 459, 462, 472, 477, 478, 538, 549, 553, 566, 572, 577, 611, 621, 625, 633, 656, 657
加藤千蔭　506
加藤知世子　145, 335, 566
加藤磐斎　156
加藤正方（風庵）　170
加藤三七子　146, 562
加藤嘉明　539
角川源義　142, 147, 345, 365, 549, 656
角川照子　146
角光雄　337
楫取魚彦　542
金尾種次郎　337
仮名垣魯文　101, 102
金売り吉次　225
金子明彦　330, 360
金子篤子　349
金子敦　482
金子伊昔紅　356
金子麒麟草　137
金子せん女　116
金子兜太　115, 142, 146, 147, 321, 345, 351, 356, 357, 360, 396, 492, 538, 557, 566, 656, 657
金児杜鵑花　124
兼次　173
兼覧王　527
狩野昌運　200
下物　64
神代藤平　125
亀田鵬斎　266
鴨祐夏　26
賀茂重延　453
鴨長明　229, 389, 513, 521, 524, 618, 619
賀茂真淵　243
可躍　18
可頼（青地可頼）　219, 522
烏丸資慶　173
烏丸光雄　173
烏丸光広　160, 179, 467
柄谷行人　33
花裡雨（細川重賢）　91
軽部烏頭子　126, 473, 661
川合絹湫　482
河合澄子　599, 600
河合凱夫　439
河越風骨　293
川崎展宏　375, 472, 482, 561, 563, 570, 571
川島彷徨子　140, 289
川端茅舎（信一、遊牧の民、俵屋春）　303, 306, 326, 339, 401, 423, 493, 553, 567, 611, 617, 620, 636
川端康成　376
川端龍子　150, 303
河原枇杷男　146
河東碧梧桐（秉五郎、青桐、海紅堂主人）　27, 102, 103, 106, 110, 113, 114, 117, 118, 120, 130, 147, 149, 251, 280, 281, 284, 288, 292, 293, 309, 320, 368, 400, 413, 425, 470, 494, 550, 551, 580, 637, 654, 658
川本晧嗣　14
寛逸（秋月亭寛逸）　105
顔回　77
寒玉　224
環渓（幻斎、雪主）　98
岸虎　234
閑斎　272
竿秋（松木竿秋）　230, 249
寛水　79
丸石（武州羽生住）　45
観世元清（世阿弥）　511, 515, 540
神田秀夫　140, 150
含咕　26
雁宕（砂岡雁宕）　90, 92, 228, 249
元仁　528
上林峰順（鼠肝）　225
閑賦　12
韓愈　635
完来（大島完来）　96, 242, 261, 267

き

徽安門院　420
紀伊式部　514
紀逸（慶紀逸、四時庵、硯田舎）　91, 94, 227, 229, 252
紀逸（二世四時楼慶紀逸、井上晋恕）　229

希因（和田希因、暮柳、暮柳舎） 88, 91, 92, 93, 234, 236, 237, 239, 243, 245, 246
木内怜子 492, 495
奇淵（菅沼奇淵） 16, 98
幾音（中堀幾音） 517
祇園南海 237
祇園女御 174
其角（宝井其角、螺舎、晋子、宝晋斎） 24, 25, 27, 35, 36, 37, 82, 84, 86, 87, 89, 90, 92, 93, 94, 102, 112, 167, 178, 181, 186, 190, 191, 194, 197, 198, 199, 203, 206, 209, 212, 219, 223, 224, 225, 226, 227, 228, 229, 230, 241, 248, 250, 255, 262, 268, 285, 286, 390, 392, 405, 417, 426, 428, 444, 453, 458, 459, 462, 484, 512, 519, 525, 527, 539, 541, 644
季吟（北村季吟、拾穂） 64, 75, 76, 77, 156, 157, 158, 163, 164, 165, 168, 169, 175, 176, 178, 191, 196, 207, 238, 383, 394, 410, 412, 432, 433, 435, 436, 439, 441, 526
祇空（稲津祇空、敬雨） 90, 224, 227, 229, 230, 233
菊舎（田上菊舎、菊舎尼） 96, 269, 513, 542
菊池寛 292
きくちつねこ 494
菊池東匀 173
菊貫（真田幸広） 91
菊露 241
几圭（高井几圭） 90, 93, 228, 252, 255
其諺 223
徽子女王 520
岸田稚魚 131, 144, 472, 488, 562
岸田劉生 150, 303, 645
岸風三樓 147
岸本尚毅 353, 473, 481, 552
琪樹 79
幾重 163
宜真 9, 467
喜撰 524
其叟 244
木曽義仲 514
北川梨春 103
喜谷六花 112, 134, 288
北原白秋 284, 643
喜多実 320, 374
木附沢麦青 491
吉弘 409
木津柳芽 290
几董（高井几董、晋明、夜半亭三世） 93, 94, 95, 112, 228, 232, 244, 246, 247, 249, 250, 251, 253, 254, 255, 256, 260, 261, 268, 403, 405, 460, 657
亀洞（武井亀洞） 26, 263
義藤 195
祇徳（仲祇徳、近江屋伝兵衛、水光） 89, 90, 227, 233
城所志門 151
衣笠家良 236, 407, 513
紀有朋 397
紀女郎 399, 466
木下順庵 156
木下長嘯子 35, 215, 520
木下夕爾 344, 470, 632
紀貫之 7, 23, 44, 80, 169, 240, 386, 387, 388, 391, 393, 396, 397, 401, 405, 407, 418, 430, 434, 445, 449, 452, 454, 461, 463, 466, 468, 521, 526, 529, 540, 557
紀貫之女 387
紀利貞 514
紀友則 44, 397, 419, 421, 423, 448, 451, 457, 461, 464, 529, 554
紀乳母 179
紀康宗 459
既白（無外庵） 91, 92, 239, 247
吉備津彦命 537
枳風 79
機文（江戸庵機文） 285
木村風師 482
木村子瓢 119
木村蕪城 136, 147, 494
其明 258
休安（蔭山休安） 75, 441
休音 9
休計（厚東休計） 181
救済 70, 71, 458
休甫（津田休甫） 157, 467
玖也（松山玖也） 169, 234
暁宇 501
尭恵 507, 508, 512
行基 402, 508
行空 511
京極杞陽（高光） 39, 41, 113, 136, 306, 326, 353, 479, 636, 657
京極忠高 159
京極為兼 15, 511
行助 383, 464, 531
暁台（加藤暁台、暮雨巷） 92, 93, 94, 95, 238, 245, 246, 248, 250, 255, 259, 260, 262, 263, 268, 405, 432, 513, 625
京武久美 355
旭斎（東旭斎） 110
曲斎 175
玉志 274
曲翠（菅沼曲翠、曲水） 223, 257, 531
玉屑 260
玉沾（金森頼錦） 91
曲亭馬琴 34, 65, 485
清崎敏郎 149, 301, 473, 491, 495, 561, 562, 627, 657
魚素 208
挙堂 204
挙白（草壁挙白） 231
清原枴童 119
清原深養父 396, 414
清原元輔 261, 407, 459, 461, 501, 537
去来（向井去来、落柿舎） 12, 13, 23, 24, 25, 37, 38, 41, 45, 54, 57, 58, 82, 83, 85, 89, 92, 146, 182, 189, 196, 197, 198, 204, 207, 208, 210, 211, 212, 214, 215, 216, 220, 253, 262, 268, 274, 297, 405, 426, 430, 448, 453, 468, 500, 513, 531, 534, 537, 634, 635, 648, 649
許六（森川許六、五老井、菊阿） 30, 35, 36, 37, 38, 57, 82, 85, 89, 189, 196, 198, 199, 202, 207, 209, 210, 211, 212, 213, 216, 218, 245, 265, 268, 277, 395, 428, 431, 440, 450, 453, 512, 521, 523, 534
魚路 223
其両（平井其両） 240
其隣 111
黄靈芝 147
銀鵞（酒井忠以） 91
芹舎（花の本芹舎） 96, 98, 103
吟習 515
琴風（生玉琴風） 231
金羅（四世夜雪庵金羅） 289
琴路（白崎琴路） 257

く

空海（弘法大師） 503, 508, 531
空也 54, 428
九鬼あきゑ 568
句空 215, 219
草間時彦 131, 332, 344, 365, 449, 471, 488, 551, 569, 571
九条稙通 74, 156
九条教実 533
九条道家 522, 540
九条基家 504, 509
楠目橙黄子 291
楠本憲吉 335
久世車春 119
屈原 176
宮内卿 21, 391
国木田独歩 113, 510
国村（高橋国村） 266
久保島権平 266
窪田空穂 122, 294
久保田万太郎 117, 120, 129, 134, 137, 242, 290, 292, 296, 344, 395, 459, 470, 473, 476, 486, 489, 494, 538, 547, 550, 556, 558, 560, 562, 563, 566, 568, 572, 577, 611, 626, 627, 633
久保より江 116, 321
熊坂長範 225
久米幸叢 480
久米女郎 397
久米正雄（三汀） 134, 292, 376
蔵月明 244
倉橋弘躬 150
栗生純夫 137
栗田木罔 109
栗林一石路（栗林農夫） 115, 125, 131, 133, 137, 140
車谷弘 476
黒澤麻生子 493
黒田杏子 146, 147, 304, 483
桑田青虎 149
桑原三郎 491, 492
桑原武夫 137, 138, 141, 146, 150, 298, 308, 566, 578, 654, 655
桑原まさ子 477

け

慶運 398
慶彦（松木慶彦） 419
桂五（金森桂五） 262
敬二 135
慶豊 510
珪琳（蓮之）89, 90, 232
月居（江森月居、三菓園） 93, 95, 248, 250, 254, 255, 268
月渓（松村月渓、蕉雨亭、三菓軒、呉春） 93, 250, 251, 254, 256, 260
月巵 274
ゲーテ 120, 302
厳阿 518
見外（小林見外、菊守園） 110
堅結 19
源賢（法眼源賢）452
元好 236
兼好法師 57, 447, 504
兼載（猪苗代兼載） 48, 160, 383, 467, 631, 637
玄札（高島玄札） 156, 159
見山 536
顕子 269
顕昭 529, 536, 540
玄仍（里村玄仍） 71, 174, 383, 399, 431
元信 527
元稹 391, 451
玄随（明石玄随、一枝軒） 40
玄清法師 194
玄宗皇帝 199
言聴 42
堅氷 251

見仏上人　502
玄武坊（神谷玄武坊）　90, 260
元夢（今日庵元夢）　97, 271
兼与（猪苗代兼与）　160
元隣（山岡元隣）　383, 384
建礼門院　215
建礼門院右京大夫　522

こ

梧庵　260
小泉迂外　65
小出伊勢守　188
小出秋光　491
紅華　190
康工　237, 518
光孝天皇　385, 526
光厳院　43, 398
香西照雄　142, 147, 321
孔子　77
行正（井岡行正）　139
幸田露伴　105
工迪　45
黄年（十梅園）　239
神野紗希　553, 566, 661
河野多希女　146
河野南畦　137
孝橋謙二　139, 144, 150, 317
弘美　102
広聞和尚　78
甲本政江　129
幸和（江崎幸和）　160
交林　45
行露　223
五雲（岡五雲、不夜庵二世）　252
古益　53, 274
小枝秀穂女　146
孤屋（小泉孤屋）　56, 83, 85, 202, 223
瓢界　188
後柏原院　409, 431, 447
古賀まり子　143, 363, 494, 564, 572
木暮陶句郎　490
黒露（山口黒露、雁山）　89, 193
湖桂（香月湖桂）　240
孤月（太白堂六世）　96
五々（百雀斎、阪尻屋八郎右エ門）244
吾山（越谷吾山）　66
後三条院　23
小侍従　228, 454, 522, 537
呉自牧　433
小島健　473, 487, 490
湖十（森部湖十、曽湖十、深川湖十、老鼠肝）　225
湖十（二世湖十、巽籬斎永機）　90, 91, 92, 225
湖春（北村湖春）　75, 165, 168
五条為実　444
五晴（石原茂兵衛）　244, 246, 255
後川　236
孤村　116
五竹（山崎屋清兵衛）　236
五竹坊（琴左）　88, 94
兀雨（松露庵六世）　237
後土御門院　384
後土御門天皇　455
兀峰（桜井兀峰）　204
後藤立夫　320
後藤得三　320, 374
後藤比奈夫　149, 320, 374, 561
後藤夜半　320, 374, 475, 481, 483, 493, 552, 556, 561, 659
胡徳昭　30
後鳥羽天皇（後鳥羽院）　29, 50, 206, 208, 236, 456, 509, 518, 520, 525, 531, 534, 536
近衛経平　20
近衛文麿　133
碁檀越之妻　519
木花之佐久夜毘売　396
湖白（有井浮風）　240
後花園院　200, 408
小林永濯　97
小林康治　131
小林秀雄　370
小林弥五兵衛　271
小檜山繁子　375
後深草院二条　508
後伏見院　424
護物（田喜庵護物、鶴飛）　262
小弁　397
後堀河天皇　532
後水尾院　170
小宮豊隆　286, 290, 368
五明（吉川五明）　96, 267
呉猛　224
小山榮一　135
五来（福田五来）　260
吾柳　274
維駒（黒柳維駒）　249, 253
惟喬親王　525
言水（池西言水）　76, 85, 176, 177, 181, 182, 186, 189, 191, 221, 268, 286, 456, 534, 540, 642
近藤晴彦　315
今日庵泰登　193
今武　194

さ

済雲和尚　199
西園寺公相　7
西園寺公望　286
西鶴（井原西鶴、鶴永、西鵬、二万翁、難波俳林）　43, 53, 56, 76, 164, 168, 171, 172, 173, 177, 184, 185, 186, 188, 190, 197, 198, 231, 456, 468, 517, 525
西行（西行法師）　6, 30, 35, 40, 41, 43, 48, 52, 62, 76, 77, 80, 81, 85, 164, 179, 180, 192, 201, 215, 218, 391, 394, 402, 403, 404, 422, 425, 426, 430, 443, 450, 464, 500, 502, 503, 508, 513, 515, 517, 520, 521, 531, 532, 534, 539, 549, 556, 557, 631, 639, 640
西漁子　170
西吟（水田西吟）　181
斎宮内侍　200
西郷竹彦　140
在色（野口在色）　177, 180
西順（如是庵）　460, 498
斎藤雨石　258
斎藤夏風　473
齋藤清衛　300
斎藤月岑　223
斎（齋）藤玄　128, 140, 354
斎藤玄蕃　159
西東三鬼（斎藤敬直）　124, 125, 127, 129, 131, 132, 137, 140, 142, 145, 147, 150, 151, 291, 305, 307, 317, 318, 323, 336, 340, 347, 355, 358, 367, 377, 478, 486, 538, 551, 558, 562, 564, 566, 577, 627, 636, 656, 657
斎藤道三　159
齊藤美規　150, 660
斎藤茂吉　140, 143, 347
斎藤元忠　159
西馬（志倉西馬）　98
さいばら天気　152
才麿（椎本才麿、才丸）　76, 84, 85, 177, 186, 188, 189, 191
西武（山本西武）　74, 75, 76, 157, 163, 164, 186
斉明天皇　499, 539
佐伯赤麿　527
酒井雄二郎　103
嵯峨天皇　526
阪西敦子　483
坂上是則　78, 464, 529
相模　421
坂本四方太　109, 657
坂本宮尾　482
佐久間洞巌　500, 501
佐久間尚子　483
佐久間法師　119
桜井博道　481
桜井能監　98
莎鶏（伊東祇明）　233
蓑月　238
佐々木綾華　126
佐々木丁冬　660
佐佐木茂索　376
坐井　258
佐多稲子　616
貞常親王　263
定長　58
貞盛　528
貞行　19
貞頼　45
佐々醒雪　16
颯爽児　135
佐藤郁良　473, 662
佐藤鬼房　142, 336, 340, 367, 477, 494, 495, 499, 659
佐藤紅緑　109, 134, 654
佐藤清吉　103
佐藤春夫　316
佐藤博美　480
佐藤肋骨　130, 134
佐野まもる　126, 147, 482, 661
座光寺亭人　42
沙弥満誓　510
寒川鼠骨　27, 65, 130, 580
左明（松露庵二世）　237
沢木欣一　137, 143, 146, 148, 151, 325, 340, 345, 351, 352, 357, 578, 657, 659
沢田伊四郎　307
傘下（加藤傘下）　81
傘狂（大野傘狂）　269
三条公行　527
三条実房　179
三条西実隆（聴雪）　195, 383, 398, 408, 416, 417, 467, 511
山夕（樋口山夕）　85, 203
杉風（杉山杉風、鯉屋市兵衛、採茶庵）　10, 84, 85, 89, 91, 197, 200, 203, 206, 226, 234, 420, 442, 443, 287, 548
三駱　242
傘路（森忠洪）　91

し

自悦（浜川自悦）　76, 274
慈円（慈鎮）　20, 385, 387, 388, 395, 404, 412, 420, 454, 459, 465, 468, 508, 518, 519, 521, 534
塩川雄三　151
塩屋朝業（信生）　61
似閑（深堀似閑）　200, 234
慈願（慈願法師）　73
志貴皇子　404
式部卿邦高　403
式部大輔資業　400
紫暁（宮紫暁）　250, 255
重成（大井重成）　517
重信通泰　491
重頼（松江重頼、維舟）　19, 64, 74, 75, 156, 161, 163, 164, 166, 167, 169, 170, 171, 176, 188, 191, 383, 409, 415, 434, 439, 441, 502, 509, 525, 536, 541
紫狐　458
支考（各務支考、野盤子、蓮二

房） 10, 17, 38, 49, 52, 54, 59, 82, 83, 87, 88, 89, 91, 191, 194, 197, 203, 206, 218, 220, 221, 232, 234, 235, 236, 239, 241, 245, 399, 443, 448, 511, 529, 538, 541, 556, 635
子光 192
子珊 83, 200
似春（小西似春） 76, 169, 177
自笑（八文舎自笑）27, 95, 251
静御前 56
咫尺 → 寥和
士川（松岡士川） 254, 255, 268
似船（冨尾似船） 76, 85, 181, 183, 189
志田素琴 134
此柱（長野此柱） 239
之道（槐本之道、諷竹） 85, 196, 208
慈道法親王 456
篠田悌二郎 126, 137, 141, 661
篠原温亭 473
篠原鳳作 124, 125, 147, 311, 543, 557
篠原梵 132, 140, 289, 563, 567, 610, 649
芝子丁種 137, 140
柴田佐知子 480, 483, 495
柴田宵曲 112, 470
柴田多鶴子 494
柴田奈美 482, 494
柴田白葉女 145, 150, 299, 472
志波汀子 128
芝不器男 302, 406, 482, 555, 565, 636
芝不器男 566
島崎藤村 285, 290, 358
嶋田青峰 125, 317
島田的浦 119
島谷征良 473
島津亮 146, 360
島村重雄 306
島村元 328, 571
志摩芳次郎 130, 138, 140
紫万（秋色息） 224
清水和代 493
清水昇子 128
清水清山 138
清水利子 477
清水基吉 130
下島勲 292
下田実花 136
下村為山（下村牛伴） 108, 109
下村槐太（白剣、古代嵯） 137, 330, 360, 445
下村ひろし 480
車胤 76
車蓋（岡本車蓋） 248
寂西 453
雀志（雪中庵九世） 296
寂忍 71
寂然（寂然法師） 432, 505, 531
寂蓮（寂蓮法師） 16, 79, 211, 236, 392, 414, 446, 513, 524, 531, 536, 641, 642
車大（暮柳舎三世） 236
射道 190
洒堂（浜田洒堂、珍夕、珍碩） 12, 13, 85, 196, 207, 208, 417, 641, 648
車庸（潮江車庸） 456
舎羅（榎並舎羅） 539
重似（谷口重似） 175
十逸（芭蕉庵十逸） 293
十雨 27
重吉 162, 479
秋挙（中島秋挙） 219, 275
秀鏡 28
重五（加藤重五） 274
秋色（小川秋色、菊后亭） 198, 224, 225
重尚（小山重尚、夏木軒） 166
舟伴 188
秋風（三井秋風）159
寿角（立羽寿角） 87, 231
叔斉 404
守昌（寺田守昌） 532
守澄法親王 507
春可 9
俊恵（俊恵法師） 402, 454, 533, 534, 640
春湖（橘田春湖） 98, 99
春秋園 110
春清（井坂春清） 167
俊宗（前律師俊宗） 468
順徳天皇（順徳院、順徳上皇） 70, 81, 424, 428, 498, 511, 519, 521, 525
春来 → 青峨（二世）
春和 28
昭庵（市川昭庵）285
松意（田代松意） 76, 177, 204, 475
蕉雨（桜井蕉雨） 262
昌益（里村昌益） 173
上覚 502
章義門院 401
昌休（里村昌休） 49, 383
松兒（木犀居） 262
昌圭 274
松堅（宮川松堅） 156, 168
乗言 219
正広（招月庵二世） 15, 466
照高院道澄 74
肖哉 162
嘯山（三宅嘯山、葎亭） 92, 94, 96, 226, 252, 269, 274, 537
小路紫峡 568
昌叱（里村昌叱） 73, 383
小春（亀田小春） 56, 277
常信（井狩常信） 521
丈草（内藤丈草、丈艸） 13, 56, 85, 88, 182, 208, 213, 215, 220, 277, 292, 389, 393, 406, 459, 463, 552, 642
昌琢（里村昌琢） 71, 75, 95, 159, 174, 447, 498, 640
少蝶 158
正徹（徹書記、招月庵） 170, 194, 219, 257, 398, 409, 414, 415, 421, 424, 425, 426, 428, 458, 467, 524, 536
松塘 111
聖徳太子 539
庄中健吉 317
召波（黒柳召波、春泥舎） 27, 32, 93, 94, 95, 249, 250, 251, 252, 253, 255, 386, 657
紹巴（里村紹巴） 10, 13, 17, 29, 31, 44, 48, 64, 71, 73, 74, 79, 156, 178, 229, 383, 386, 388, 389, 391, 392, 395, 396, 411, 412, 415, 418, 419, 425, 432, 443, 449, 450, 631, 640
尚白（江左尚白） 23, 24, 27, 36, 85, 182, 189, 207, 209, 210
肖柏（牡丹花肖柏） 50, 71, 206, 383, 393, 398, 403, 422, 428, 432, 435, 436, 437, 443, 448, 451, 460, 527
菖蒲あや 479
正風道場 101
梢風尼（智周） 398
正平 219, 398
常牧 189
聖武天皇 411, 448, 532
蕉笠 461
青蓮院尊証法親王 173
諸九尼（有井諸九尼、湖白庵） 94, 240
式子内親王 411
如行（近藤如行） 511
如水 460
如泉（斎藤如泉） 181, 189
如貞（井口如貞） 9, 528
如風（文英和尚） 522
如本（舘屋如本、松裏庵） 236
舒明天皇 219
自来（野木庵自来） 239
白井松石 328
白雄（加舎白雄、春秋庵） 93, 94, 96, 237, 240, 245, 258, 263, 265, 266, 410
白河院 174, 531
支龍 275
二柳（勝見二柳） 91, 92, 93, 94, 244, 246, 255, 257, 537
士朗（井上士朗、枇杷園） 32, 96, 248, 262, 265, 266, 268, 552
心円 531
晋我（早見晋我、北寿） 249
神功皇后 539, 542
心敬（十住心院心敬） 20, 28, 71, 194, 237, 383, 392, 396, 444, 447, 467, 631
信高 159
進子内親王 421
真静（真静法師） 404
心前 383
信徳（伊藤信徳） 76, 85, 165, 166, 181, 182, 186, 189, 193, 197, 275

す

随古（湯浅随古） 93, 252, 274
水国（雲津水国） 94
垂仁天皇 411, 520
粋白坊勝郁治兮 103
水甫 221
随流（中嶋随流） 85
菅江真澄 66, 67
須賀一恵 491
すがはら秋 492
菅原師竹 658
菅裸馬 337
菅原孝標女 16, 388, 515
菅原道真 38, 72, 75, 155, 387, 452, 523
杉浦正一郎 140
杉木普斎 → 廬牧
杉阪大和 490
杉田宇内 126, 342
杉田久女（久） 116, 126, 130, 145, 319, 321, 323, 329, 342, 386, 411, 428, 451, 482, 486, 491, 495, 511, 555, 560, 562, 627, 636, 645, 651, 659
杉田昌子 127
杉村聖林子 128
杉村楚人冠 134
杉村友春 433
杉本禾人 119, 295
杉本零 475
杉本幽烏 150
杉山岳陽 130
輔仁親王 639
資行（柳原資行） 460
素戔嗚尊 175
崇峻天皇 503
鈴鹿野風呂 119, 120, 128, 291, 298, 314, 347
鈴木栄子 471, 569
鈴木菊女 328
鈴木貞雄 483
鈴木しづ子 137, 569
鈴木鶉衣 337
鈴木章生 31
鈴木清風 62
鈴木節子 482, 483, 492, 493
鈴木禅丈 118
鈴木多江子 491
鈴木鷹夫 596
鈴木千久馬 339
鈴木桃孫 118

鈴木花蓑（喜一郎） 328, 561
鈴木ひなを 328
鈴木抱風子 303
鈴木真砂女 145, 481, 488, 494, 562, 568
鈴木六林男 128, 137, 142, 336, 340, 345, 351, 353, 360, 367, 557, 568, 651
捨女（田捨女） 75, 158, 168
崇徳院 72, 407, 420, 432, 464, 539, 639
スペンサー、ハーバート 280

せ

西王母 76
青峨（盌田青峨、初世青峨） 90
青峨（前田青峨、二世青峨、春来）258
正己 274
正吉 267
青牛 543
正景 45
青城 244
清少納言 522
政定 181
正藤（岩脇正藤） 9
成美（夏目成美、包嘉、井筒屋八郎右衛門、随斉、贅亭、四山道人） 94, 96, 264, 265, 266, 267, 270, 272, 275, 450, 458
清賦 12
星布（榎本星布、星布尼、芝紅、絲明窓、松原庵二世） 96, 263
西与（大塚西与） 2
青蘿（松岡青蘿、栗の本、幽松庵） 2, 33, 94, 233, 255, 256, 260, 275, 456
青藍（藍亭青藍） 64
夕烏 517
関悦史 566
関口火竿 130
関萍雨 119
尺布（佳夕亭尺布） 269
碩布（川村碩布、春秋庵三世） 258
雪人（阿心庵雪人） 101
瀬戸内晴美 622
瀬戸口鹿影 121
瀬間陽子 483
蟬丸 521
芹田鳳車 120
善阿 503
仙庵 181
仙化（青蟾堂） 79, 199
沾峨（吐屑庵） 27
仙鶴（堀内仙鶴） 228
蟬吟（藤堂蟬吟、藤堂良忠） 199, 560
沾山（内田沾山、玉桂坊） 86, 90, 229
沾洲（貴志沾洲） 87, 90, 224, 226, 227, 229
専順（池の坊） 383, 386, 394, 431, 434, 529
千川（岡田千川） 38, 190
仙田洋子 139, 477, 479, 565
沾徳（水間沾徳、門田沾葉、合歓堂） 85, 86, 89, 90, 191, 198, 223, 226, 229, 232
千那（三上千那） 82, 85, 182, 207
千梅 432
仙風（杉山賢永） 200
沾圃（立圃二世、宝生沾圃） 49, 56, 83, 196, 203, 218, 236
禅予（法眼禅予） 17
沾涼（菊岡沾涼） 89, 191, 224, 226, 232

そ

素阿（素眼） 419
宗伊（杉原賢盛） 383, 408
宗因（西山宗因、一幽、西翁、梅翁） 43, 75, 76, 161, 162, 169, 170, 171, 173, 174, 176, 177, 186, 188, 190, 194, 196, 204, 420, 531, 542
宗円（北村宗円） 165
宋屋（望月宋屋） 90, 94, 228, 257, 539
宗鑑（山崎ノ宗鑑） 72, 73, 74, 81, 154, 155, 237, 657
宗祇（種玉庵、自然斎） 13, 23, 28, 29, 31, 42, 50, 71, 72, 78, 80, 82, 222, 227, 228, 237, 383, 384, 387, 388, 389, 390, 394, 397, 400, 401, 406, 410, 411, 412, 415, 416, 417, 418, 420, 422, 423, 426, 427, 428, 429, 430, 433, 435, 438, 445, 452, 453, 454, 456, 458, 460, 461, 462, 463, 464, 467, 468, 498, 528, 532, 556, 557, 640
増基（増基法師） 425, 518
蒼虬（成田蒼虬、槐庵、芭蕉堂二世） 95, 96, 97, 245, 267, 275, 276, 277
宗久（瞬庵） 500
宗次 57
荘周（荘子） 76, 197
宗春（西山宗春） 171
宗瑞（中川宗瑞、風葉） 89, 90, 223, 232
宗瑞（二世宗瑞、広岡宗瑞） 91, 203, 242
宗砌（高山宗砌） 383, 388, 393, 453
痩石 28
宗碩（月村斎） 195, 206, 383, 385, 401, 498
宗旦（千宗旦） 30
巣兆（建部巣兆、秋香庵、菜翁） 96, 258, 259, 264, 266, 267, 272
宗長 42, 50, 209, 383, 398, 400, 405, 424, 437, 441, 445, 446, 458, 507
宗波 508
宗牧（谷宗牧、孤竹斎） 42, 383, 416, 421
相馬遷子（富雄） 327, 398, 479, 487
宗也（菅沼宗也） 200
宗養（谷宗養、半松斎） 48, 73, 160, 383, 388, 402, 406, 407, 424, 463, 466, 530
素郷（小野素郷） 267
素玄（中林素玄） 521
ソシュール 19
素性（素性法師） 15, 385, 386, 389, 397, 407, 444
鼠弾 26
素堂（山口素堂、山口信章） 61, 76, 82, 84, 89, 177, 191, 192, 196, 203, 227, 231, 234, 241, 253, 263, 511
素道（立々斎素道） 234
曽根けい二 371
曽禰好忠 190, 236, 249, 391, 418, 431, 460, 527
園女（斯波園女） 85, 89
素檗（藤森素檗） 262, 266
蘇武 448
亀文（鵜川亀文、三余斎） 64
素丸（二世素丸、溝口素丸、其日庵三世） 91, 94, 97, 232, 241, 242, 271
染谷秀雄 482
曽良（岩波正字、河合惣五郎） 62, 63, 84, 161, 201, 214, 220, 412, 464, 501, 503, 506, 508, 531
素蘭（矢内素蘭） 190
尊胤法親王（尊胤） 458
尊円法親王（尊円） 12
存義（馬場存義、泰里、古来庵） 90, 94, 250, 252, 274
孫康 76

た

戴安道 184
泰澄（大徳泰澄） 512
太祇（炭太祇、不夜庵） 27, 93, 94, 95, 249, 250, 251, 252, 253, 255, 258, 263, 267, 444, 657
大圭 27
醍醐天皇 527, 542
大済（中村大済） 228
戴叔倫 205
泰春（中村泰春） 230
大進（皇太后宮大進、若水） 463
大睡（岸大睡、半睡） 239
泰徳（西岡泰徳） 177
太穂 657
平兼盛 236, 412, 505
平清盛 174
平維茂 224
平維盛 514
平貞文 42, 402, 445
平実重 516
平重衡 270
平忠度 23
平忠盛 174, 443
平経親 412
平経盛 538
平長恒 465
泰里（橋本泰里） 252
大魯（吉分大魯、馬南、三遷居） 93, 94, 246, 249, 250, 254, 255
田岡爛腸 103
高木蒼梧 65, 473
高木晴子 136, 149, 562
高木豊孝 102
高倉天皇 452
高澤晶子 479, 481
高階重経 501
高階経成 397
高田蝶衣 112
高田正子 471
高野素十 3, 10, 121, 123, 124, 126, 134, 136, 294, 306, 309, 328, 331, 353, 394, 438, 455, 474, 484, 552, 558, 559, 561, 563, 565, 566, 567, 571, 596, 609, 627, 632, 650, 651, 657, 660
高野直重 → 幽山
高野ムツオ 438, 489, 566, 599
高橋淡路女 150, 488, 645
高橋悦男 487
高橋源助 111
高橋拙童 119
高橋虫麻呂 508
高橋睦郎 341, 474, 475, 488
高橋沐石 372
鷹羽狩行（髙橋行雄） 148, 151, 364, 369, 372, 470, 471, 474, 476, 477, 478, 480, 485, 487, 488, 489, 490, 491, 492, 494, 500, 551, 561, 565, 566, 660
高浜糸子 116
高浜虚子（清、信夫） 27, 39, 40, 41, 100, 102, 103, 104, 105, 106, 107, 108, 109, 110, 112, 113, 114, 115, 116, 118, 119, 120, 121, 122, 123, 124, 125, 126, 127, 129, 130, 132, 133, 135, 136, 137, 138, 142, 143, 144, 145, 148, 149, 152, 244,

259, 280, 281, 283, 284, 285, 289, 291, 292, 294, 295, 297, 298, 299, 301, 302, 303, 304, 306, 309, 310, 311, 312, 314, 316, 319, 321, 323, 326, 328, 329, 330, 331, 334, 339, 342, 353, 375, 378, 385, 386, 392, 395, 405, 408, 410, 415, 417, 418, 421, 423, 429, 431, 433, 446, 452, 453, 459, 460, 465, 466, 467, 468, 473, 474, 475, 476, 477, 478, 479, 481, 482, 483, 485, 488, 491, 493, 494, 499, 525, 533, 547, 548, 549, 550, 551, 555, 556, 559, 560, 561, 562, 563, 564, 565, 566, 567, 568, 569, 570, 571, 575, 576, 579, 580, 583, 585, 608, 611, 642, 654, 655, 656, 657, 658, 659, 660, 661
高浜赤柿　120
高浜年尾　113, 136, 142, 309, 326, 353, 378
高浜真砂子　116
高政（菅野谷高政）　76, 85, 173, 174, 177, 207
高松院右衛門佐　73
高見順　376
高村光雲　294
高村光太郎　394, 420
高屋窓秋（正国）　123, 124, 125, 128, 137, 140, 150, 307, 317, 324, 338, 367, 376, 377, 570, 577, 661
髙柳克弘　471, 481, 482
高柳重信（山川蟬夫）　115, 143, 146, 152, 322, 324, 338, 341, 367, 373, 374, 376, 379, 557, 588, 657
田川飛旅子　351
瀧井孝作（折柴）　292, 434
滝沢馬琴　105
瀧春一　126, 136, 140, 481, 661
瀧本水鳴　130
太笻（青野太笻）　65
卓袋（貝増卓袋）　521
卓池（鶴田卓池、青々処）　2, 96, 98, 262
宅和玲子　482
健磐竜命　541
竹内玄玄一　192
武定巨口　358
竹下しづの女（静廼）　116, 126, 145, 291, 321, 558, 563, 564, 576
竹下東順　197, 199
竹田国之　506
武内宿彌　522
武原はん　136
竹村秋竹　109, 310
太宰治　574, 616
田島柏葉　296
田助左衛門季繁　168
忠俊（松山忠俊）　160
忠知（神野忠知）　75, 167
立花種明（立花主膳正種明）　188
橘為仲　519
橘俊綱　386, 462, 511
橘直幹　450
橘正通　456
立原道造　45
達下（知楽舎達下）　238
舘岡沙緻　476
伊達忠宗　502
伊達綱村　500
館野翔鶴　480
伊達政宗　502
田中午次郎　130
田中王城　120, 121, 314
田中犢二郎　105
田中波月　137
田中裕明　353, 473, 478, 481, 553, 561
田中みづほ　121
田中康雄　490
棚橋影草　124
田辺篤子　349
田辺機一　103, 105, 285
田辺秋庭　539
棚山波朗　480
谷川俊太郎　355
谷口智行　492
谷崎潤一郎　452
谷野予志　151
谷文晁（文晁）　274
種田山頭火（正一）　12, 115, 300, 550, 588
田村俊子　615
為邦　233
為秀（久保為秀ヵ）　526
田安宗武　455
田山花袋　114
多代女（市原多代女）　98
田原藤太秀郷　523
俵万智　551
丹志（竹居）　229
団水（北条団水）　85, 190
淡々（松木淡々、渭北、半時庵）　87, 91, 96, 112, 198, 228, 230, 261, 269
潭北（常盤潭北）　90, 226
探丸　219

ち

智蘊（蜷川親当）　28, 383, 404, 442, 451
チェーホフ　302
チェンバレン、B・H　148
智海法師　509
親重　→　立圃
近松門左衛門　45
竹阿（小林竹阿、二六庵）　97, 192, 241, 271
竹亭（溝口竹亭）　189
竹両（小林竹両）　240
智月（河合智月、乙州姉）　24, 406
千坂畿　515
知足（下里知足）　27, 193, 519,
千原叡子　149
千原草之　149
千春（望月千春）　77, 197
千世（千世一）　640
千代（千代女、千代尼、素園）　88, 93, 239, 241, 255, 449
長河（生田長河）　160
長吉（福岡長吉）　234
長虹（竹夭和尚、竹葉軒）　26, 53
長治（川辺長治）　517
聴秋（花の本聴秋）　96, 110, 119
鳥酔（上田聴秋、白井鳥酔、松露庵、鴫立庵）　93, 94, 232, 237, 258, 259, 263
長翠　（常世田長翠、春秋庵二世）96, 259, 267
長頭丸　→　貞徳
聴雪　→　三条西実隆
朝叟（石井朝叟）　509
長太郎　→　由之
蝶々子（神田蝶々子）　85
蝶夢（五升庵、泊庵）　65, 92, 93, 94, 223, 240, 246, 255, 256, 257, 258, 263, 498
調和（岸本調和、壺瓢軒）　57, 76, 87, 169, 177, 178, 203, 231, 237
直温　28
直甫（生田直甫）　462
千代田葛彦　144, 356, 570
樗堂（栗田樗堂）　271, 272, 539
樗良（三浦樗良、無為庵）　92, 93, 94, 247, 250, 254, 255, 256, 534
ちり　10
珍重（貞徳右筆）　157
椿堂（徳田椿堂）　262
枕流亭一澄　103

つ

塚原麦生　150
塚原夜潮　126, 661
津川絵理子　362, 474, 558
津久井理一　366
筑紫磐井　569, 661
辻曾春　128
辻田克己　151
対馬康子　493
辻美奈子　487
都志見木吟　326
辻桃子　569
津田清子　146, 150, 359, 478, 565, 578
津田南涛　111
土屋愛子　291
筒井民次郎　103, 105
恒明親王　423
常田久右衛門　272
常矩（田中常矩）　76, 175, 189, 207, 542
角田竹冷　102, 109, 290
椿海潮堂　100, 111
坪内稔典　151, 340, 553, 661
津守国基　541
津森延世　494
鶴彬　588

て

貞佐（森岡貞佐）　90
鼎左（藤井鼎左）　98
貞山（桐淵貞山）　170
貞質　511
貞室（安原貞室、正章）　75, 82, 156, 157, 164, 165, 166, 174, 207, 442, 511, 516, 522, 526, 529, 535
貞重　263
貞恕（大井貞恕、一囊軒貞恕）　85, 164
泥足（和田泥足）　52, 239
貞徳（松永貞徳、逍遊軒、長頭丸）　42, 43, 58, 64, 74, 75, 79, 156, 158, 159, 161, 163, 164, 165, 166, 172, 183, 392, 435, 455, 467, 505, 519, 521, 522, 533, 640
轍士（室賀轍士、東鮒巷、仏狸斎、風翁）　190
鉄僧（雨森章廸）　27, 95, 251
銕幽（上嶋銕幽）　517
寺尾直竜　215
寺崎方堂　379
寺澤始　489
寺島良安　66
寺田京子　491, 494, 566
寺田寅彦　368
寺山修司　323, 355, 587
天智天皇　23, 444, 605

と

土居通夫（八世八千坊）　100
唐庚　433
桃印（芭蕉の甥）　196
道因法師　519
陶淵明　49, 83, 246, 249, 369, 451
登舸　269
道可（山中道可）　162
倫閑（芳野倫閑）　207, 541
等躬（相楽等躬）　57, 191
東鶏　63

道原　433
桃五（栗の本桃五）　260
道晃（道晃法親王）　170
道興（聖護院道興、道興准后）　502, 508
藤後左右　121, 128, 314, 659
等栽（鳥越等栽）　98
洞斎（鳥飼洞斎）　64
東菑（正名〔まさな〕）　254
道真（太田資清）　195
道生（道生法師）　71
道助法親王　467
桃睡（曲江亭桃睡）　248
道節（末吉道節）　159
東歩　277
道命　458
東門子（書肆辻村五兵衛）　192
董也　247
桃妖（久米之助）　2, 91, 246
道立（樋口道立）　250, 255, 268
桃林　28
桃隣（天野桃隣、太白堂）　96, 203, 223, 231
桃林堂蝶麿　203
登蓮法師　443
十市遠忠　513
遠山陽子　480, 494
時実新子　588
鴇田智哉　477
節信　→　藤原節信
時之（小松原時之）　43
土岐錬太郎　137
徳川家斉　272
徳川家康　523
徳元（斎藤徳元）　19, 47, 64, 75, 157, 159, 160, 163, 174, 234, 236, 409, 438, 443, 506, 509, 510, 514, 518, 527, 633
徳富蘇峰　103
徳布（横山徳布、絢堂）　241
吐月（飯島吐月）　242
杜口（神沢杜口）　434
杜国（坪井杜国、万菊丸）　84, 161, 204, 205, 206
杜哉（大貫杜哉）　51
智仁親王　75
杜若（土田杜若）　37
都雀　257
としを　576
杜審言　444
徒南　79
殿村菟絲子　145, 335, 356, 494
鳥羽院　502
鵙田耕雲　179
杜甫　78, 83, 85, 196, 446
土芳（服部土芳、蓑虫庵、些中庵）　15, 39, 43, 44, 85, 195, 217, 401, 404, 439, 570
杜牧　46
富澤赤黄男（富澤正三）　124, 125, 137, 138, 140, 146, 147, 291, 307, 322, 324, 338, 344, 566, 656
富本憲吉　323
富安風生　121, 123, 133, 136, 138, 139, 142, 147, 290, 294, 298, 301, 304, 328, 332, 344, 371, 472, 473, 479, 481, 489, 490, 552, 553, 558, 561, 564, 568, 635, 651, 656, 657
友岡子郷　489, 552, 566
友貞（井上友貞）　183
外山滋比古　48, 551
豊宇気毘売神　502
豊岡姫　502
豊臣秀次　17, 159
豊臣秀吉　523
鳥居真里子　490
頓阿　70, 83, 409, 414, 418, 498, 512, 518
呑獅（原呑獅）　252

な

内大臣家小大進　542
内藤吐天　139
内藤鳴雪（素行、南塘、破焦、老梅居主人）　104, 108, 109, 124, 130, 282, 283, 328, 454, 654
内藤義孝　191
直野碧玲瓏　109, 657
直久（荒尾直久）　173
永井荷風（壮吉）　120, 285, 290, 333, 401
中井英夫　355
永方裕子　479
中岡毅雄　661
中川宋淵　150, 472
ながさく清江　568
中里大次郎　103
中島斌雄　137, 140, 147, 636
中嶋秀子　146
中城ふみ子　355
永田耕衣（軍二）　140, 145, 150, 336, 338, 341, 379, 562, 565
長田王　454, 543
中田みづほ　121, 123, 126, 294, 298
中塚一碧楼　102, 113, 114, 117, 133, 147, 550
中塚響也　113
中務　430
長塚節　140, 280
中西其十　120
中西善助　105
中院通勝　156
中原道夫　476, 481, 484, 552
長嶺千晶　479, 480, 494
中村草田男　34, 121, 128, 131, 132, 137, 139, 141, 142, 144, 146, 306, 308, 315, 317, 349, 354, 355, 360, 384, 399, 416, 424, 427, 429, 471, 473, 475, 476, 477, 480, 483, 485, 488, 492, 494, 550, 560, 563, 564, 566, 567, 568, 569, 571, 574, 575, 577, 611, 621, 645, 650, 651, 656, 657
中村三山　121, 128
中村苑子　338, 376, 475, 492
中村汀女（破魔子）　116, 127, 140, 142, 145, 306, 312, 319, 322, 393, 451, 477, 481, 488, 493, 555, 576, 611
中村不折　32, 105, 108, 280
中村正幸　139, 495
中村光夫　656
中村良顕　281
中村嵐松　289
中村露松　289
永安壺公　100
中山兼宗　463
中山義秀　376
奈倉悟月　119
名古屋山三郎　198
夏井いつき　661
夏石番矢　114, 146, 148, 494
夏目漱石（金之助）　110, 116, 117, 120, 280, 285, 286, 292, 309, 368, 391, 403, 442, 448, 449, 532, 540, 555, 568, 569, 616, 654, 656
何丸（茂呂何丸）　245, 273
行方克巳　436, 474, 485, 490, 491
奈良鹿郎　320
成田千空　499
成瀬櫻桃子　344, 475
成瀬正虎　215
名和三幹竹　288
名和基長　541
南源禅師　173
南石（山形本荘の俳人）　233

に

西川祐信　168
西嶋あさ子　481
西島麦南　140, 147, 150, 299, 303, 345, 492
西村和子　470, 474, 483, 488, 495
西山次郎左衛門　170
西山泊雲　119, 328
西山睦　492
二条院讃岐　223, 412
二条為氏　21
二条為定　460
二条為道　465
二条道平　407
二条良基　19, 70, 72, 383, 410, 452, 467
仁智栄坊　128, 133
日能（敦賀の本勝寺住職）　159
日蓮　18, 57, 511
邇邇芸命　396
瓊瓊杵尊　542
仁平勝　479
二品法親王深勝　531
如泉　181, 189
任口（西岸寺住職）　173
任口（藤堂仁口, 藤堂高通）　176
仁徳天皇　424, 461, 524
仁明天皇　537

ぬ

額田王　539

ね

根岸和五郎　100

の

能阿（能阿弥）　71, 383
能因（能因法師）　80, 176, 180, 183, 261, 383, 396, 403, 421, 456, 504, 505, 506, 514, 530
野上豊一郎　286
野崎ゆり香　485
野澤節子　145, 316, 329, 349, 363, 397, 471, 484, 487, 493, 555, 559, 567, 649, 651
能勢香夢　65
野田別天楼　134, 487
野中亮介　490
野平椎霞　121
野間三竹　157
野見山朱鳥（正男、野見山まさを）　147, 334, 339, 477, 488, 494, 495
野見山ひふみ　471, 488
野村喜舟　290, 294, 368
能村研三　487
能村登四郎　143, 147, 151, 346, 350, 373, 399, 478, 481, 483, 485, 491, 493, 495, 555, 562, 564, 627, 657, 659
野村泊月　119

は

梅翁　→　宗因
梅郊（溝口直温）　91
梅室（桜井梅室）　96, 97, 98, 99, 118, 245, 269, 275, 276, 277, 435
梅人（平山梅人、採茶庵二世）　200
梅水軒　530
梅盛（高瀬梅盛）　75, 76, 85, 156, 157, 164, 166, 383, 433, 439, 441, 509

梅痴　101
梅通（堤梅通、花の下九世）　96
梅年（服部梅年、不白軒、八世雪中庵）　98, 102, 296
梅笠（春秋庵九世）　258
パウンド、エズラ　148
萩原乙彦　98, 102
萩原朔太郎　115, 129, 251, 285, 293, 455
萩原羅月　115
伯夷　404
白鳥（千代息、栄言）　239
白許　540
白居（山田白居、丈芝坊）　248
白居易（白楽天）　9, 11, 12, 23, 31, 46, 77, 85, 163, 176, 199, 213, 386, 390, 391, 405, 428, 430, 444, 452, 453, 470, 553, 580, 642
麦水（堀麦水、樗庵）　88, 92, 93, 94, 239, 244, 245, 246, 255
白尼（武藤白尼）　92, 238, 248
白峰（三田白峰）　229
麦浪（中川麦浪）　234, 239
馬莧（鷺馬莧）　56
馬光（長谷川馬光、一世素丸）　89, 94, 193, 241
波止影夫　124, 125, 128, 150
橋閒石（泰来）　379, 482
橋本榮治　482
橋本鶏二　334, 147, 486
橋本多佳子（橋本多佳女、多満）　116, 127, 140, 142, 145, 147, 150, 151, 312, 318, 319, 322, 323, 342, 347, 355, 358, 359, 402, 404, 433, 437, 485, 493, 494, 553, 561, 562, 563, 566, 596, 610, 637, 645, 656
橋本美代子　146, 150, 359, 480
橋本夢道　115, 125, 133, 140, 142, 147
巴雀（武藤巴雀）　92, 238, 248
巴静（太田巴静）　89, 90, 238
芭蕉（松尾芭蕉、宗房、桃青、はせを）　4, 6, 7, 8, 10, 12, 13, 14, 15, 17, 18, 19, 20, 21, 22, 23, 25, 30, 31, 32, 33, 35, 36, 37, 38, 40, 41, 42, 43, 44, 45, 46, 47, 49, 51, 52, 53, 54, 55, 56, 57, 58, 59, 61, 62, 67, 76, 77, 78, 79, 80, 81, 82, 83, 85, 87, 89, 93, 94, 95, 96, 102, 103, 104, 105, 112, 117, 119, 137, 140, 149, 154, 158, 161, 164, 165, 167, 169, 174, 176, 177, 178, 179, 181, 182, 186, 189, 190, 191, 192, 193, 194, 196, 197, 198, 199, 200, 201, 202, 203, 204, 205, 206, 207, 208, 209, 210, 212, 213, 214, 215, 217, 218, 219, 220, 221, 222, 223, 224, 225, 226, 228, 230, 232, 233, 236, 237, 241, 242, 244, 245, 246, 248, 250, 251, 257, 260, 262, 266, 268, 271, 274, 276, 280, 281, 286, 287, 292, 293, 297, 317, 352, 357, 366, 370, 384, 385, 386, 387, 389, 390, 391, 394, 395, 396, 397, 398, 399, 402, 403, 405, 406, 407, 408, 410, 411, 413, 414, 415, 416, 417, 419, 420, 423, 424, 427, 429, 431, 433, 439, 441, 445, 447, 448, 449, 450, 451, 453, 454, 456, 458, 462, 463, 465, 466, 467, 468, 480, 485, 500, 501, 502, 503, 504, 508, 510, 511, 512, 513, 514, 515, 516, 517, 518, 519, 521, 522, 523, 524, 528, 531, 532, 534, 535, 548, 549, 550, 552, 553, 556, 557, 559, 560, 568, 571, 572, 574, 590, 617, 625, 627, 632, 634, 636, 640, 641, 645, 647, 648, 649, 650, 651, 654, 656, 657
巴人（早野巴人、宋阿、夜半亭）　90, 93, 228, 230, 249, 250, 252, 255, 421
長谷川櫂　357, 479, 494
長谷川かな女　116, 119, 123, 124, 142, 145, 319, 329, 476, 478, 491, 495, 576
長谷川久々子　398
長谷川春草　491
長谷川双魚　150, 299, 565
長谷川素逝　121, 128, 314, 334, 358, 360, 571
長谷川朝風　150
長谷川天更　340
長谷川零余子　113, 116, 119, 120, 121, 124, 130, 328, 329, 655
長谷瓏北　118
波多野爽波（敬栄）　334, 353, 477, 493, 562, 567
蜂子皇子　503
八田木枯　492
服部耕雨　101, 110
服部南郭　94, 250, 253
バード、イザベラ　267
花園院　398, 426
花園左大臣　640
花谷和子　484, 486
馬場移公子（新井マサ子）　356, 562
祝部成仲　23, 30
浜口今夜　126
浜松中納言　219
葉室光俊　404
林葛廬　193
林桂　115, 340, 661
林春斎　502
林翔　356, 479, 480, 485, 568
林田紀音夫（甲子男）　146, 330, 353, 360, 367
林徹　485
林羅山　157
葉山嘉樹　615
馬来（上田馬来）　98, 277
原右衛門　109
原月舟　115, 119, 655
原コウ子　310, 476
原子公平　143, 345, 352, 357, 491
原石鼎　34, 102, 113, 116, 117, 119, 120, 134, 149, 295, 299, 310, 328, 341, 461, 468, 477, 478, 551, 559, 561, 563, 579, 637, 651, 655, 659, 660
原田種茅　147, 289, 316
原田浜人　119, 126, 297
原裕　471, 493
春澄（青木春澄）　76, 165, 182
万海（武村万海、益友）　188
盤珪（永琢）　168, 218
萬古（小林万古）　522
半残（山岸半残）　37, 48
晩山（爪木晩山）　181, 189, 190
反朱（星山反朱）　221
繁秋（森繁秋）　200
晩翠（斎藤晩翠）　189
潘川（神足潘川）　216
范蠡　40

ひ

日影董　121
日下野由季　477
光源氏　255, 422, 423, 427, 444, 535
檜川半融軒　173
蓁目良雨　490, 492
樋口由紀子　588
肥後　195
尾谷（千足尾谷、二世盤谷）　226
眉山（中山眉山）　239
必山（小島必山、晩花坊、栗の本）　260
人見竹洞　193
火野葦平　131, 578
日野資朝　511
日野静山　291
日野草城（克修）　119, 120, 122, 124, 128, 130, 132, 134, 137, 140, 142, 147, 291, 298, 311, 318, 320, 321, 324, 330, 335, 342, 344, 466, 475, 478, 483, 490, 493, 555, 562, 568, 577, 656, 657
日野晏子　129
日原傳　481, 482, 485
比売大神　542
百庵（寺町百庵）　193
百歳子（西島百歳）　53
百川（彭城百川）　91, 243
百池（寺村百池、百雉）　251, 254
百明（杉坂百明）　237
百雄（無敵斎）　247
百里（高野百里）　27, 89
平井照敏　494
平岡青城　353
平川へき　119
平沢栄一郎　125
平住温州　303
平田忠二郎　258
平田冬か　483
平野美子　492
平畑静塔（富次郎）　121, 124, 125, 128, 133, 140, 142, 143, 145, 147, 150, 298, 314, 323, 347, 358, 359, 435, 488, 495, 656, 657
平福百穂　150
廣瀬直人　299, 470, 471, 472, 477, 478
広田寒山　288
廣田二郎　30
広田精知　111
弘光春風庵　109
広渡敬雄　480
火渡周平　330

ふ

風吟　177
風虎（内藤風虎、内藤義概、風鈴軒）　76, 86, 91, 169, 171, 176, 177, 191, 219, 223, 506
風篁（中村風篁）　250
風国（伊藤風国）　112
風丈（万化堂）　252
風水（日置風水）　537
諷竹（槐本諷竹、之道）　222
風律（多賀庵、木地屋保兵衛）　94
傳温　77
深川正一郎　149, 306
不角（立羽不角）　87, 90, 203, 229, 230, 231, 237
深見けん二　472, 482, 487, 494, 563, 567, 657
芙玉　277
不玉（伊東玄順、淵庵）　12, 53, 203, 212
福井圭児　149
福岡弥七　239
福沢諭吉　65, 100
福田甲子雄　299, 471
福田直之進　281
福田基　360
福田蓼汀　147, 306, 334, 444, 567
福田若之　479

福地桜痴　333
福永耕二　563, 566, 150
福永法弘　482
不扃（立羽不扃）　231
藤井あかり　492, 493
藤井紫影　103, 120, 293
藤岡筑邨　473, 477
藤木清子　128
藤崎久を　480
藤島武二　303
藤田哲史　480
藤田湘子　42, 350, 356, 363, 373, 484, 494, 564, 568, 574, 660
藤田直子　487
藤谷貞好　460
藤田初巳　125, 137, 140, 147
藤田初己　147
藤壺　427
藤松遊子　657
伏見院（伏見院）　42, 50, 409, 414, 426, 439, 457
伏見院新宰相　430
藤本安騎生　480
藤本則　480
普成　28
藤原惺窩　157
藤原彰子　524
藤原顕季　404, 407, 425, 430, 455, 537
藤原顕輔　45, 500
藤原顕仲　393, 462, 502
藤原明衡　579
藤原朝忠　389
藤原敦家　387
藤原篤茂　391
藤原有家　28
藤原家隆　44, 219, 391, 393, 394, 396, 398, 402, 405, 407, 421, 424, 426, 430, 439, 452, 460, 501, 507, 513, 514, 515, 517, 522, 529, 534, 540, 642
藤原家経　454
藤原家房　391
藤原興風　14, 179, 194, 225, 388, 395, 501
藤原穏子　527
藤原兼家　211
藤原兼輔　513
藤原兼房　454
藤原兼宗　402
藤原清河　543
藤原清輔（藤原清輔朝臣）　70, 72, 383, 390, 438, 457, 459, 499, 500, 501
藤原清正　16, 401, 516, 530
藤原清衡　500
藤原公実　424, 449, 465, 507
藤原公経　533
藤原公任　16, 21, 51, 179, 383, 457, 461, 513
藤原公長　526
藤原公衡　388, 461
藤原公冬　524
藤原公通　533
藤原国房　461
藤原伊衡　389, 475
藤原定頼　524, 539
藤原実家　537, 538
藤原実方　81, 244, 521
藤原実定（徳大寺実定、後徳大寺実定）　412, 526, 530, 531
藤原定家　47, 51, 70, 85, 191, 197, 197, 211, 221, 387, 391, 394, 398, 400, 401, 406, 407, 409, 413, 414, 417, 421, 424, 425, 430, 431, 456, 459, 461, 467, 468, 500, 518, 521, 522, 526, 532, 533, 536, 540, 552, 557
藤原重家　62
藤原滋幹女　504
藤原季経　31, 161, 401, 429, 462, 537
藤原季通　235, 446, 506
藤原季能　80, 518
藤原資明　450
藤原資通　455
藤原高子　215
藤原隆季　453
藤原隆祐　392, 443, 532
藤原隆資　399
藤原隆親　540
藤原隆信　401, 407, 540
藤原隆房　263
藤原孝善　537
藤原忠房　230, 239, 450
藤原忠通　415
藤原忠良　395, 419
藤原為家（前大納言為家）　21, 23, 70, 72, 415, 418, 422, 451, 458, 640
藤原為氏　518
藤原為実　515
藤原為理　537
藤原為頼　199
藤原親隆　26
藤原周光　476
藤原親盛　501
藤原経家　402, 509
藤原経衡　390, 639
藤原経平　436
藤原節信　251, 530
藤原俊忠　526
藤原俊成　16, 17, 21, 71, 213, 392, 393, 402, 404, 420, 430, 431, 459, 462, 468, 501, 508, 512, 513, 532, 533, 542
藤原俊成女（皇太后宮大夫俊成女）　197, 437, 501
藤原敏行　261, 299, 529
藤原知家　541
藤原長家　457, 463, 505
藤原長方　464
藤原仲実　428, 518
藤原長綱　17
藤原長房　413
藤原長能　419, 461, 463
藤原成親　537
藤原成通　51
藤原成頼　531
藤原後蔭　527
藤原信賢　385
藤原範兼　464, 498
藤原範永　515, 523
藤原秀衡　500
藤原冬嗣　465
藤原雅正　199
藤原雅経　427
藤原道綱母　212, 219
藤原道長　524
藤原道信（道信朝臣）　401, 441
藤原光経　537
藤原光範　465
藤原武智麻呂　523
藤原基氏　426
藤原元真　414
藤原元輔　425
藤原基俊　383, 390, 408, 414, 417, 422, 540
藤原基衡　500, 505
藤原基政　26
藤原盛房　409
藤原師頼　425
藤原泰朝　532
藤原保昌　524
藤原八束　418
藤原行成　81
藤原慶子　263
藤原良経　20, 23, 40, 41, 78, 225, 230, 241, 392, 413, 414, 418, 419, 420, 423, 428, 430, 435, 454, 510, 515, 519, 535, 536, 542, 642
藤原良平　431
藤原良通　520
藤原頼孝　522
藤原通頼　404
藤原頼通　419
藤原因香　527
藤原盛方　20, 509
武仙（武井武仙、大坂岩井住）　522
蕪村（与謝蕪村、宰町、夜半亭二世、落日庵）　24, 26, 27, 32, 90, 93, 94, 95, 96, 97, 108, 112, 118, 119, 140, 190, 228, 230, 233, 234, 239, 244, 246, 247, 248, 249, 250, 251, 252, 253, 254, 255, 256, 259, 261, 262, 263, 266, 268, 277, 280, 281, 291, 357, 370, 387, 388, 395, 396, 398, 400, 405, 413, 415, 418, 420, 422, 434, 435, 439, 440, 443, 446, 447, 451, 452, 453, 454, 455, 458, 459, 460, 461, 462, 463, 465, 466, 468, 504, 505, 523, 525, 528, 530, 532, 538, 541, 542, 552, 568, 611, 617, 618, 630, 641, 657
不知　269
武珍（荒木田武珍）　160
富天（浦川富天）　230
不得（五十嵐ヵ不得）　541
文挟夫佐恵　299, 385, 490
不卜（岡村不卜）　77, 85, 87, 169, 177
不卜（原不卜）207
史邦（中村史邦）　82, 85, 215, 399, 509, 634
布門（桑原布門）　186
不尤（米村不尤、津住）　506
ブライス・R・H（Reginald Horace Blyth）　148
古川古松軒　31
古川美智子　483
古舘曹人　304
古館曹人　372
古屋榧夫　137
古家榧夫　317
古屋秀雄　150
古屋ひでを　358
分外（大坂書肆、丹波屋伝兵衛）　230
聞角　28
文教　271
文沙（長野文沙）　240
文十（高橋文十、路鳥斎）　185, 227
文潤　475
文樵（石原文樵）　238
文誰（岡田文誰）　254
文川　27
蚊足（和田蚊足）　269
汶村（松井汶村）　218, 431
文鱗　（鳥居文鱗）35

へ

米翁（柳澤信鴻）　91
平砂（皐月平砂、二世）　522
平城天皇　528
米仲（青壚）　90, 225
米芾　77
弁基　→　春日蔵首老
弁慶　523
遍昭（僧正遍昭、良岑宗貞）　50, 166, 200, 390, 428, 443, 526
ヘンダスン、H・G　148
弁乳母　160
邊見京子　487

ほ

抱一（酒井抱一、屠龍、鶯邨）　91, 266, 274, 416

方好（堺住） 277, 459
芳山（滝方山） 181
褒姒 197
北条民雄 361
坊城俊樹 483
棒心子（林棒心子、姫路住） 274
鳳朗（田川鳳朗、鶯笠、花下翁） 95, 98, 275, 276, 277, 434
木因（谷木因） 221
北枝（立花北枝） 37, 63, 81, 85, 91, 220, 233, 234, 236, 419, 422, 423
卜枝（近江日野住） 236
卜尺（小沢卜尺） 165, 475
牧童（立花牧童） 84, 220
木導（奈越江木導） 30, 31, 233, 458
卜養（半井卜養、慶友） 75, 157, 163
星野高士 312, 473
星野立子 113, 116, 122, 123, 127, 136, 142, 145, 147, 306, 309, 312, 319, 322, 354, 378, 405, 411, 425, 452, 473, 476, 477, 488, 491, 494, 552, 555, 563, 565, 576, 636, 656, 657
星野椿 149, 312
星野天知 312
星野麥丘人 130, 483, 538, 564
星野麦人 134
星野吉人 123
細川加賀 131, 489, 563
細川政元 389
細川幽斎（細川藤孝） 74, 156, 204, 516
細見綾子 145, 150, 325, 335, 351, 352, 358, 474, 478, 488, 490, 569, 579, 643
細谷源二 125, 133
細谷不句 134
法橋観教 522
堀田正虎 505
穂積永機（永機、其角堂七世、宝晋斎永機） 98, 103, 285
穂積元庵 216
穂積老 511
補天 188
ボードレール 370
堀葦男 146, 330, 360
堀井春一郎 150
堀内薫 128, 359
堀口星眠 327
堀辰雄 123
堀本裕樹 481, 661
梵舜（神龍院梵舜） 156
本田あふひ 116, 127, 468, 470
本田功 138
本田一杉 311, 361
凡兆（酒井忠徳） 91
凡兆（野沢凡兆、加生） 38, 50, 51, 56, 82, 85, 91, 196, 207, 208, 210, 212, 213, 214, 215, 220, 222, 248, 292, 331, 398, 447, 450, 513, 539, 548, 572, 647

ま

毎延（橋本毎延） 154, 173
前川佐美雄 359
前田吐実男 139
前田夏蔭 512
前田斉泰 480
前田普羅 102, 117, 119, 134, 136, 139, 149, 151, 295, 299, 310, 406, 515, 562, 563, 567, 576, 655, 659, 660
牧野信一 326, 370
正岡子規（常規、獺祭書屋主人、竹の里人） 4, 6, 8, 11, 12, 27, 32, 33, 34, 97, 98, 100, 102, 103, 104, 106, 107, 109, 112, 113, 117, 118, 140, 147, 242, 250, 258, 259, 280, 281, 282, 283, 284, 285, 286, 287, 293, 304, 309, 314, 337, 388, 397, 399, 416, 421, 422, 442, 448, 456, 458, 459, 463, 465, 470, 480, 485, 495, 510, 511, 527, 528, 539, 552, 553, 555, 557, 559, 562, 563, 565, 566, 568, 569, 570, 620, 625, 626, 627, 645, 654, 655, 656, 658, 660
正木ゆう子 471, 479, 484, 493
正種（高田正種） 172
政輝（長佐和政輝） 35
正式（池田正式） 207
正秀（水田正秀） 38, 54, 82, 85, 207
正盛（中江正盛） 163
正之（大坂住） 508
昌房（小林昌房） 82, 520
増田龍雨（龍昇、十二世雪中庵） 242, 296
増永徂春 → 室積徂春
枡野浩一 588
馬田江公年 100
又左衛門季成 168
松浦為王 295
松尾いはほ 128
松岡譲 292
松尾隆信 489, 491, 492
松風 535
松崎鉄之介 148, 316
松沢昭 150
松瀬青々（彌三郎、邦武） 109, 112, 117, 281, 325, 358, 477, 540
松平定直（三嘯、橘山） 539
松田聴松 101
松永昌三 157
松根宗一 368
松根東洋城（豊次郎） 103, 112, 114, 116, 117, 134, 286, 290, 294, 317, 324, 368, 444, 636
松野園子 482
松村巨湫 136
松村蒼石 150, 299, 555
松本金鶏城 288
松本たかし（孝） 137, 140, 303, 306, 308, 353, 447, 475, 486, 487, 558, 562, 563, 564, 611, 617, 636, 650, 651, 656, 657
松本てふこ 588
松浦佐用姫 540
幻斉 99
黛執 562
黛まどか 483
円山応挙 256
円山恵正 149
丸山哲郎 150
満足（貞徳右筆） 157

み

三浦十八公 319
未灰 115, 118
三河（摂政家参河） 520
三木瑞木 489
三木芳桂（与吉郎） 100
三島由紀夫 353
水落露石 110
水谷砕壺（勢二） 137, 324, 344
水野勝俊 160
水原秋桜子（豊） 13, 117, 119, 121, 122, 123, 124, 125, 128, 129, 130, 133, 136, 139, 142, 147, 148, 290, 291, 294, 298, 301, 302, 304, 305, 306, 307, 309, 313, 315, 323, 327, 328, 331, 345, 346, 348, 350, 356, 362, 363, 390, 400, 404, 405, 408, 413, 472, 475, 481, 482, 483, 489, 511, 531, 542, 551, 552, 559, 561, 563, 564, 566, 567, 573, 574, 576, 577, 578, 585, 626, 643, 645, 655, 656, 657, 659, 660, 661
水原春郎 471
三谷昭 125, 128, 133, 137, 140, 150, 317
三千風（大淀三千風、梅睡） 180, 181
道彦（鈴木道彦、金令舎） 96, 191, 259, 262, 264, 265, 266, 267, 268, 272, 275
三井甲之 288
光貞妻（杉本光貞妻、美津女） 75
三橋鷹女（たか子、東文恵、東鷹女） 116, 145, 312, 319, 322, 338, 376, 494, 553, 565, 650
三橋敏雄 125, 128, 131, 322, 338, 366, 367, 377, 470, 481, 538, 556
未得（石田未得） 76, 159, 162, 178
皆川盤水 481
湊楊一郎 125, 137
南仙臥 294
源重光 515
源顕仲 30, 398, 418, 503
源顕基 512
源有房 518, 537
源家長 532
源兼氏 506
源兼昌 466, 534, 535
源公忠 71
源国信 64, 383, 527
源実朝 463, 466, 511, 533
源重之 423, 500, 501, 502, 506, 514
源順 270, 415, 443, 452
源資綱 533
源資平 179
源盛子 520
源経信 78, 462
源融 504
源俊頼 64, 383, 410, 416, 419, 421, 424, 426, 428, 461, 500, 507, 524, 530, 536, 539, 541
源具親 16, 391, 641, 642
源仲正 20, 533
源英明 430
源雅兼（源雅兼朝臣） 389, 639
源雅定 466
源当純 391
源道方 510
源通具 387, 457
源通光 518
源道済 460
源光成 539
源師賢 172
源師忠 436
源師時 385
源師頼 407, 416, 431, 509
源行宗 161
源義経 225, 500
源義経北の方 504
源頼綱 73
源頼朝 499, 500, 537
源頼政 187, 402, 453, 505, 507
源頼光 516
皆吉爽雨 137, 306, 487
箕麻呂 420
三原王 465
壬生忠岑 14, 44, 229, 236, 386, 388, 466, 529
三森準一 259
三森鉄治 477
三森幹雄 98, 102, 105, 109, 111, 259, 261, 287, 433
三宅嘯山 178, 263

都在中　390, 391
宮坂静生　151, 481, 660
宮崎戎人　128
宮下翠舟　472, 488
宮武外骨　185
宮武寒々　150
宮田戌子　470
宮本正子　354
三好潤子　150
三善資連　537
三好達治　370

む

夢丸（京住）　166
武者小路実篤　303, 341
武者小路実陰　507
夢窓国師　511
無腸（上田秋成）　255, 268
武藤紀子　494
棟方志功　341
宗尊親王　16, 17
宗良親王　61
村上鬼城（荘太郎）　117, 119, 149, 287, 299, 310, 328, 389, 473, 552, 560, 562, 563, 621, 651, 655, 656, 660
村上霽月　134, 654
村上天皇　387, 520
村上鞆彦　362, 471, 494
村上蛃魚　119
村越化石（英彦）　144, 316, 361
紫式部　255, 514
村雨　535
村沢夏風　131
村瀬元代　111
村田勝四郎　294
村田春海　268, 506, 507
村松紅花　112, 136
村山古郷　112, 114, 116, 482
無倫（志村無倫）　203, 231
室生朝子　293
室生犀星（照道、魚眠洞）　129, 292, 293, 407, 577, 614, 629
室積徂春（増永徂春）　119, 329
室積波那女　116

め

目崎徳衛　357
目迫秩父　316

も

望一（杉木望一、望都）　75, 157, 158, 174
孟浩然　476
毛利輝元　538
毛利元就　537
木児　238
木水（杉浦木水）　530
望月周　490
望月長好　156
本井英　481, 562
本居宣長　262
本島高弓　324
本宮哲郎　299, 473, 474, 477
籾山梓月（吉村仁三郎、庭後）　120, 134, 285, 290, 296, 333
森鷗外　285
森川暁水（正雄）　311, 484
森猿男　104
森澄雄（澄夫）　138, 343, 345, 375, 472, 476, 480, 489, 494, 562, 566, 567, 571, 618
森田愛子　39, 40, 41, 42, 136, 478
守武（荒木田守武）　73, 74, 75, 76, 155, 158, 162, 171, 173, 227, 237, 640
森田恒友　329
森田峠　473, 482
守次　158
森山鳳羽（茂）　100
文覚　511
文徳天皇　535

や

八木絵馬　140, 289
八木三日女　146, 360
八木林之助　131, 144
矢島渚男　473, 480, 495
保明親王　527
野水（岡田野水）　38, 84, 204, 205, 206, 208, 456, 511
安井浩司　146
安岡章太郎　619
保田与重郎　370
保友（梶山保友）　527
野双（横井野双）　238
柳原極堂（正之、碌堂）　101, 105, 107, 108, 134, 442, 654
矢野玲奈　493
野坡（志太野坡、樗木社）　46, 53, 83, 85, 87, 88, 196, 202, 223, 240, 517
八幡城太郎　335
矢吹嘉品　169
山上樹実雄　362, 477, 485
山川蟬夫　338
山口誓子（新比古）　3, 4, 13, 34, 121, 123, 124, 128, 131, 136, 137, 138, 139, 142, 145, 146, 147, 149, 150, 291, 294, 297, 298, 306, 307, 309, 317, 318, 320, 323, 328, 330, 331, 335, 341, 347, 355, 358, 359, 364, 367, 391, 414, 420, 427, 431, 463, 472, 478, 484, 485, 487, 494, 495, 499, 538, 552, 555, 562, 563, 565, 567, 568, 574, 577, 609, 611, 614, 618, 626, 627, 636, 655, 657, 660
山口青邨（吉郎）　121, 123, 134, 136, 139, 147, 149, 294, 298, 301, 304, 372, 392, 415, 456, 483, 495, 549, 569, 657
山口草堂　362
山口波津女　145, 150, 483, 493
山崎祐子　482
山下美典　596
山階入道前左大臣　156
山田宗徧　89
山田春生　137
山田弘子　478
山田文男　363
山田みづえ　131, 146, 476, 484
山田佳乃　483, 494
日本武尊（倭建命）　506, 510
倭姫命　520
山西雅子　471, 489, 491, 561
山上憶良　60, 266, 445
山之口獏　376
山畑禄郎　150
山部赤人　403, 508, 517, 518, 526, 532, 539
山本一歩　474
山本果采　119
山本喜策　366
山本鬼之介　490, 489, 491, 492
山本京童　121
山本健吉　13, 16, 17, 49, 59, 65, 66, 102, 127, 131, 137, 140, 142, 145, 149, 152, 290, 301, 303, 308, 317, 322, 327, 347, 349, 392, 471, 486, 487, 488, 566, 617, 656, 660
山本春正　156
山本東洋　109
山本梅史　324
山本村家　119
山本百合子　483
山本洋子　561
山本よ志朗　361
楊梅兼行　30
也有（横井也有）　90, 94, 238, 255
也蓼禅師　258

ゆ

幽王　197
結城昌治　476
友五（本間道因）　79
幽山（高野幽山）　76, 85, 167, 169, 176, 177, 186, 196, 468, 519
有支　238
由之（井手由之、長太郎）　191, 455
由勝（足代由勝）　277
友静（井狩友静）　9, 501
友雪（青木友雪）　177
友仙（有馬友仙、寿白）　164
友道　42
有風　234
由平（前川由平）　185
雄嶺（小蓑庵）　110
湯川秀樹　347
幸清（法印幸清）　170, 236
之房　274
湯口昌彦　491
湯原王　239, 450
百合山羽公　125, 137, 348, 473, 491, 661

よ

永縁　385, 539
楊州庵半湖　111
陽成院　506
羊素（鈴木羊素）　226
横光利一　130, 315, 354, 376, 471
横山白虹　124, 140, 150, 302
横山林二　124, 125
与謝野晶子　322, 588
与謝野鉄幹　289
余子　118
吉井勇　310
吉岡禅寺洞　115, 119, 120, 122, 124, 130, 142, 147, 301, 302, 321, 563
吉岡実　341, 376
吉川惟足　201
慶滋保胤　387, 390
吉田兼見　156
吉武月二郎　150
吉田健一　656
吉田正志　331
吉野秀雄　306
吉信（竜骨）　321
良岑宗貞　49, 166
吉村冬彦　368
吉本隆明　587
依田明倫　149
淀屋辰五郎　230
蓬田紀枝子　146

ら

来山（小西来山、十万堂）　178, 184, 185, 186, 188, 191, 642
来雪（山口来雪）　176
楽阿弥　209
落梧（安川落梧）　208
羅人（山口羅人、書肆柊屋甚四郎）　252
蘭居　542
闌更（高桑闌更、半化坊）　88, 92, 93, 94, 96, 97, 220, 234, 236, 239, 245, 246, 248, 255, 257, 258, 259, 260, 272, 275, 277

嵐山（和田嵐山、竹護） 247, 249
嵐雪（服部嵐雪、雪中庵、嵐亭治助） 84, 85, 86, 89, 90, 93, 181, 186, 189, 191, 197, 199, 203, 206, 209, 223, 225, 226, 228, 231, 242, 250, 253, 268, 274, 296, 401, 405, 418, 425, 451, 533, 540, 625
蘭台（大村蘭台、大村純備） 91, 96
鸞動（橋川鸞動） 188
ランボー、アルチュール 370
嵐蘭（松倉嵐蘭） 37, 53

り

梨一（一祚梨一、蓑笠庵） 93
李雨（三木李雨、竹裡舎） 260
李下（江戸、芭蕉門弟） 98, 179
里臼（伊勢住） 221
利牛（池田利牛） 37, 83, 85, 202, 223
利広（大井利広） 200
利合（堤利合） 509
里山（大坂住） 207
鯉芝 223
李子卿 433
理然（如是庵理然） 238
立静（小谷立静） 536
吏登（桜井吏登） 91, 225, 242
李白 38, 77, 426, 449, 457
里圃（棚松軒、山田市之丞カ） 56
利邑（江戸住） 521
李由（河野李由） 161, 209
柳居（佐久間柳居、長水、麦阿） 90, 91, 232, 235, 237
隆源 430, 507
立志 85, 86, 203
隆勝 524
龍草蘆 94, 253, 255
立圃（野々口立圃、親重、雛屋） 64, 74, 75, 156, 160, 234, 536, 617, 640
良庵（西村良庵、熊本住） 500
了因 511
両馬良之助 102
了三（今井了三） 158
寥松（欝寥松、八朶園） 24, 96, 267
良暹 7, 51, 189
鶉鼠（巣飲叟鶉鼠、野田成方） 515
蓼太（大島蓼太、雪中庵三世、宜来） 91, 92, 93, 94, 96, 238, 241, 242, 246, 248, 255, 259, 261, 263, 274, 275, 434, 450, 658
涼袋（建部涼袋、吸露庵、綾足） 88, 91, 92, 236, 238, 239, 243, 244
涼菟（岩田涼菟） 27, 89, 190, 218, 221, 234, 438, 520
令徳（鶏冠井令徳、良徳） 74, 75, 76, 162
良保（片桐良保） 517
寥和（大場寥和、咫石） 89, 232
林鹿（江戸住） 521
林曹（比良城林曹、花の本八世） 96
林鳥（秋色息） 224

れ

鈴竿（大槻鈴竿） 208
冷泉為秀 410
嶺利（竹井嶺利） 162
蓮谷（電風庵蓮谷） 226
連梅 102
連敏 532
蓮也（橋本蓮也） 173

ろ

浪化（井波の瑞泉寺住職） 63, 212, 220, 422
楼川（谷口楼川） 229
露荷 224
芦涯（大和屋吉兵衛） 248
芦丸 236
魯九（堀部魯九） 216
六条御息所 519
六平斎亦夢 101
露月（豊島露月） 233
露言（福田露言、風琴子） 85
廬元坊（仙石廬元坊、里紅、黄鸝園） 88, 89, 235, 239, 257, 260
呂蛤（西村呂蛤、夜半亭四世） 250, 255
鷺水（青木鷺水） 64, 85
露沾（内藤露沾） 44, 85, 86, 88, 90, 91, 169, 177, 191, 223, 405, 456
露川（沢露川） 206, 218, 235, 269, 524, 541
路通（斎部路通） 191, 210, 231, 287, 533
路風（備中住） 537
炉方 274
廬牧（杉木普斎） 30
芦本（浦田芦本） 221
ローレンス・ブレア（Lawrence Blair） 622
ロンパイ、ヘルマン・ファン 148

わ

淮南王 86
若井新一 473
若紫 29
若山牧水 298, 299, 322
和及（三上和及、露吹庵） 82, 85, 181, 189
和気清麻呂 542
鷲谷七菜子（ナナ子） 146, 362, 476, 487, 494
和田華凜 320
和田耕三郎 471
和田悟朗 340, 561
和田祥子 486
渡辺水巴（義） 113, 114, 116, 117, 119, 133, 136, 149, 283, 290, 299, 309, 342, 404, 442, 563, 570, 571, 655, 657, 660
渡辺純枝 489
渡辺省亭 282, 283
渡辺桑月 102, 111
渡辺たけ 102
渡辺露子 116
渡辺友意 204
渡邊白泉（渡辺白泉） 124, 125, 128, 131, 133, 141, 307, 340, 366, 367, 377, 557, 566, 588
渡辺楓関（千秋） 99
和田辺水楼 128
渡辺無辺（国武） 99
和田吉郎 336
度会朝棟 519
和風 27
ワラ、ウィリー・ヴァンデ 148

書名索引

一、この索引は、本事典の本文から書名・漢詩題・作品名等を抜き出し、その所在を頁で示したものである。
一、同一の本が異なる表記で記されている場合、（　）に異なる表記を示した。また、見出しに空見出しを設けた。
一、見出しの配列は現代仮名遣いによる五十音順に従った。

あ

愛痛きまで　340
挨拶と滑稽　137, 141, 656
愛日抄　301
愛の詩集　293
愛蓮説　451
青き獅子　320
青葛葉　204
青芝　291
青ひさご　241
青彌撒　338
青水輪　316
青莚　216, 537
亜槐集　44, 531
赤染衛門集　179
赤富士　352
秋　375
秋かぜの記（秋風記）　240, 277
秋篠月清集　276, 418, 453, 535, 536, 641
秋のかぜ　234
秋の日　248
秋の日五歌仙　93
握手　499
芥川龍之介全集　292
悪霊（鈴木六林男）　336
悪霊（永田耕衣）　341
あけ烏　93, 250, 254, 255, 256, 268
明烏　221
曙庵句集　275
朝　371
朝粥　365
麻刈集　262, 264
あさくのみ　187
浅茅　498, 527
朝の日　340
あさふ　463
芦刈（謡曲）　47
葦の中で　373
蘆分船　231
吾妻鏡　500, 505, 538
東路のつと　507
東日記　45, 76, 77, 79, 182, 186, 527
東風流　90
安住敦の世界　344
汗の果実　588
安達太良根　230
新しい俳句の課題　656
熱田三歌仙（熱田三謌僊）　78, 248
敦忠集　505
熱田宮雀　519
あつめ句　7
敦盛（謡曲）　535
蛙啼集　92, 262
あなたこなた　297
阿部一族　557
阿部青鞋集　366
阿部みどり女 五百句撰集　329
あみだ坊　266
あめ子　208
雨の時代　336
綾子の手　352
綾太理家之集　243
綾錦　203, 226, 227
荒栲　379
あら野　23, 26, 81, 84, 97, 154, 167, 170, 204, 205, 206, 208, 212, 220, 236, 245, 277, 297, 407, 420, 436, 452, 461, 465, 475, 516
曠野後集　155, 204, 263, 534
あら屋　244
有磯海・となみ山　209, 212, 634
蟻づか　238
有の儘（誹諧有の儘）　94, 236, 245
有房集　537
有馬朗人　372
有馬日書　188
或時集　89, 199
亞浪句集　289
淡路島　222
粟津原　203
阿波手集　157
安永三年春帖　251
安永四年春帖　251
杏の落ちる音　114
安東次男著作集　370
庵日記　217
安楽音　76, 183

い

飯島晴子（花神コレクション）373
家　305
斑鳩物語　110, 114
イギリスの随筆　379
生玉万句　76, 155, 171, 172
渭江話　233, 235
巳己巳己　162
石川桂郎集　354
石田波郷句集　131, 315
石田波郷全集　315
石と杖　361
石などり　224
石の月　252
石の門　307
意匠自在発句独案内　105
何處へ　340
泉　543
和泉式部集　401, 406, 423, 441
和泉式部日記　419
伊勢集　425, 523
伊勢正直集　160
伊勢新百韻　89, 218, 221
伊勢俳諧大発句帳抜書　158
伊勢物語　25, 38, 61, 79, 80, 168, 209, 215, 221, 243, 391, 393, 414, 416, 423, 461, 481, 501, 504, 505, 508, 509, 510, 523, 528, 529, 530
伊勢物語奥旨秘訣　156
伊勢物語古意追考　243
伊勢物語拾穂抄　165
惟然坊句集　219, 553
一握の砂　641
一隅　533
一言庭訓　233
一時軒独吟自註三百韻　173
一時随筆　173
一日行脚　247
市の庵　208
一夜庵建立縁起　173
一夜松　228, 255
惟中十百韻　173
一楼賦　179, 212
一休咄　523
一個　350
一茶遺墨鑑　270
一茶園月並　272
一茶発句集　112, 262, 398
一盞　362
一鐘集　259, 266
一筆　353
一兵卒　114
いつを昔　191, 197, 210, 423, 641
糸魚川　221
糸屑　190, 224, 445, 463
綫車大成　460, 465
田舎句合　245
いなご　165
稲莚　182, 220
いぬ榧集　259
犬居士　187
犬新山家　90
犬筑波集　43, 52, 72, 73, 74, 154, 156, 162, 219, 236, 533
言はでものこと　348
今の月日　90, 226
いまみや草　185
時勢粧　9, 170, 171, 173, 176, 200, 202, 206, 207, 208, 230, 234, 236, 500, 502, 509, 533, 536, 541
射水川　277
色杉原　56
色葉字類抄　179
以呂波文庫　198
いろは別雑録　270, 272
岩木の栞第一編　101, 111
石清水若宮歌合寛喜四年　236
陰翳礼讃　452
飲酒　451
韻塞　209, 216, 431, 450, 458, 512, 523

う

卯　379
羽庵集　366
有為の山　346
上田五千石全句集　369
魚の鰭　322
羽化　346
鵜飼（謡曲）　420
浮鷗　343
うきぎ　186
浮寝鳥　434
浮世の北　198, 221
うけらが花初編　506, 508
うさぎむま　266
牛飼　171

臼田亞浪全句集 289
鶉衣 238, 510
謡俚諺察形子 244
うたたね 231
卯辰集 63, 85, 220, 423, 426, 519, 522
宇陀法師 30, 39, 82
歌枕秋の寝覚 509, 526
歌枕名寄 498, 503, 504, 507, 508, 512, 513, 514, 522, 537
歌よみに与ふる書 106
宇宙 297
団扇 361
卯月紅葉 235
うづら立 92, 239, 244
産衣 189, 414, 421, 425, 452
生れ出づる悩み 616
海燕 323
海鳴りの丘 622
海に霧 587
海彦 323
梅・馬・鶯 292
梅のしづく 234
宇良葉 71
裏見寒話 515
裏山 370
末若葉 86, 198, 199
瓜の実 254
瓜畠集 15
雲玉抄 179
運歩色葉集 506
運命 339
雲葉集 534

え

詠歌一体 415
詠歌大概 79
永久百首 8, 383, 413, 414, 420, 421, 426, 427, 429, 463
永享百首 524
易水 346
易林本節用集 426
蝦夷歳時記 151, 660
越前国名蹟考 514
江戸庵句集 285
江戸筏 86, 223, 229
江戸三吟 61, 181, 186, 193
燕都枝折 229
江戸蛇之鮓 176, 182, 468, 534
江戸新道 177, 182, 192
江戸砂子 224, 233
江戸惣鹿子 85
江戸惣鹿子名所大全 233
江戸談林三百韻
→ 談林三百韻
江戸通り町 526
江戸廿歌仙 90, 91, 92, 242
江戸八百韻 176
江戸広小路
→ 俳諧江戸広小路
江戸弁慶 182
江戸名所図会 198, 508
江戸名所花暦 450
江戸名物鹿子 233
淮南子 433
えの木 24
犬子集（狗猧集） 9, 43, 74, 75, 79, 156, 157, 158, 159, 160, 161, 162, 163, 164, 173, 234, 236, 267, 392, 410, 414, 415, 419, 421, 426, 443, 455, 463, 467, 506, 510, 514, 518, 519, 525, 527, 536, 541, 640
蜿蜿 396
遠岸 364, 551
延喜式 424, 504, 511, 527
艶詞 263
遠耳父母 338
遠星 456, 552
炎昼 3, 476, 555
塩田 352, 659
婉という女 622
遠島百首 536
遠帆集 186
延文百首 458, 521
延宝千句 171
園圃録 226

お

生ひ立ちの記 290
笈日記 10, 15, 52, 59, 84, 88, 189, 191, 212, 216, 218, 219, 221, 225, 420, 424, 442, 448, 528, 553
笈の小文 6, 14, 59, 61, 80, 81, 161, 164, 191, 196, 205, 217, 397, 402, 403, 406, 408, 410, 415, 416, 454, 456, 465, 466, 485, 511, 518, 531, 532, 534, 535, 552, 560
笈の若葉 89
老松（謡曲） 173
奥羽観蹟聞老志 500, 501
往還 352
奥義抄 72, 418, 466, 501, 536
王国 336
奥州名所百番発句合 167, 169
鸚鵡集 166, 173
あふむ粒 187
大井川集 161, 176
大内旅館 114
大江戸倭歌集 512, 515
大江丸追善集 261
大鏡 387
大隈伯昔日譚 100
大句数 172
大坂辰歳旦 202
大阪辰歳旦惣寄 185
大坂檀林桜千句 → 桜千句
大坂独吟集 76, 517
大空 550
大野林火全句集 579
大原御幸（謡曲） 393, 525
岳西惟中吟西山梅翁判十百韻 173
沖つ石 340
翁忌二百年祭発句輯抜萃各上座 103
翁草 24, 391
沖縄吟遊集 352
沖縄俳句歳時記 151
おくのほそ道（奥の細道） 6, 7, 49, 55, 57, 62, 63, 81, 82, 84, 161, 164, 179, 190, 191, 193, 196, 201, 202, 209, 210, 217, 218, 220, 230, 242, 246, 248, 250, 258, 280, 405, 408, 412, 414, 419, 445, 447, 451, 500, 502, 503, 504, 505, 512, 521, 574, 640
おしてる月 245
をだまき綱目 188, 199
遠近集 172
落葉合 90
落葉掐 244
落葉考 245
落穂集 166
乙字句集 288
御手鑑 162
鬼貫句選 94, 187, 188, 252, 466
鬼貫発句集 188
己が光（をのが光） 62, 215
斧の柄草稿 267
釿始 179
姨捨（謡曲） 515
女郎花（謡曲） 443
思い出す事など 286
おもかげ 333
おもかげ集 258
親うぐひす 226
お湯殿の上の日記 419
おらが春 272, 273, 437
阿蘭陀丸二番船 76, 269
おりいぶ 357
音楽は尚ほ続きをり 39, 40, 41
温故集 154, 172, 512
温故日録 229, 433, 450
女四宮歌合 456

か

貝おほひ 35, 196
海音集 182
懐旧の発句 240
蟹窟 266
開元遺事 199
海溝 340
廻国雑記 508
甲斐国志 193
峡の音 356
峡の雲 356
改正月令博物筌 64, 432, 438, 440
海道記 518
懐風藻 387, 451
海門 316
海陸後集 185
海陸前後集 185
海陸前集 185
改暦弁 65
花影（桂信子） 335
花影（原石鼎） 34, 310, 551
雅筵酔狂集 158
河海抄 459
加賀染 220
鏡の裏 232
花間 343
花眼 343
花季 349
柿の葉 300
柿本人麻呂 141
柿本人麿集 400
柿二つ 106, 114
家郷の霧 299
斯くして進みゆかば 117
神楽 350
神楽歌 507
かくれみの 183
景清（謡曲） 76, 170
花月六百韻 87
陽炎 329
蜻蛉日記 211, 212, 219, 524
嘉元百首 501
籠枕 361
風切 315
風祝 332
かざりなし 94, 258
華実年浪草 64, 432, 447, 457, 458, 464, 465
鹿島紀行 508
鹿島詣 164, 196
柏崎（謡曲） 162
春日竜神（謡曲） 527
霞ケ浦春秋 366
風の樹 340
歌仙大坂俳諧師 43, 172
傢賊 336
片歌二夜問答 92, 243
かた言 219
片葉の葦 340
記念題 56, 213, 216
語りかける季語 ゆるやかな日本 151, 660
花壇地錦抄 451
花鳥篇 251
月光抄 335
葛飾 122, 126, 291, 294, 390, 404, 405, 408, 511, 576, 577, 585
葛飾蕉門分脈系図 193
甲子吟行画巻 10
合掌部落 346, 659
合補俳談草稿 92
合本俳句歳時記第五版 555

加藤楸邨初期評論集成　140
楫取魚彦家集　542
鼎　351
金子兜太句集　557
金子兜太集　351
兼盛集　391
蚊柱百句　76
黴　311
荷風句集　333, 401
かぶと集　190
株番　271, 273
花粉航海　355
歌文要語　243
壁草　423, 424, 436, 437, 441
鎌倉　312, 319
剃刀日記　354
賀茂物狂（謡曲）　517
火門私抄　366
火門集　366
かやうに候ものハ青人猿風鬼貫にて候　187, 188
鹹き手　340
華洛日記　257
鴉　300
カラー図説日本大歳時記　65
から檜葉　250, 255
唐船（謡曲）　9
唐物語　184
空艪　343
かり座敷　182
狩人　350
歌林名所考　498
枯尾花　98
枯尾華　190, 198, 221
枯峠　340
枯野抄　216
枯野の沖　346, 555
枯野の夢夏草の夢　15
夏炉一路　237
河　307
川越千句　195
皮籠摺　221, 520
蛙合　26, 77, 79, 84, 196, 395, 399
河衡　268
河内羽二重　188
川端茅舎　339
川端茅舎句集　303
河舟付徳万歳　160
寛永十四年熱田万句　158, 159
寒菊随筆　88
寒玉集　107
寒九　346
寒山詩　30
寒山落木　4, 11, 33, 388, 399, 539, 552, 553, 555
含羞　354
漢書　448
鑑賞俳句歳時記　141
寛政句帖　272
寛政三年紀行　271
眼前　352
元旦発句　542
観音　375
寒晴　373
寛保四甲子宇都宮歳旦歳暮吟　251
寒葉斎画譜　243
寒雷　34, 132, 313

き

希因涼袋百題集　→　百題集
記憶　557
祇園奉納誹諧連歌合　165
其角十七回　198, 234
聞書集　513
季吟廿会集　158
季吟の巻　163
菊慈童（謡曲）　246, 451
菊塵　346
菊の香　161, 216, 525
義経記　500, 504, 511
伎藝天　325
紀行　243
季語鑑賞 あきた歳時記　151
季語集　151
綺語抄　457
季語体系の背景 地貌季語探訪　151
きさらぎ　185, 457
雉子　325
喜寿以後　301
鬼城句集　287, 389, 552
帰心　551
昨　370
岐蘇路之記　516
木曽路名所図会　207
北時雨　236
北の筥　233
北の山　219, 393
几董句稿（晋明集）　95, 403, 405
几董全集　107
砧　558
杵拍子　262
昨日の花　291
季引席用集　225
起伏　549
基本季語五〇〇選　65, 141
君なら蝶に　548
久安百首　26, 390, 540
宮中行楽詞八首　38
旧本伊勢物語　243
虚　379
暁雲　363
暁鶯編　190
行々子　238
京三吟　181
郷愁の詩人与謝蕪村　251
教授病　137, 139
行助句集　465
暁台句集　248, 263, 432
京日記　182, 456
けふの時雨　237
京羽二重　186
狂遊集　166
享和句帖　272, 397, 405, 448
清鉋　463
玉葉和歌集（玉葉集）　42, 80, 217, 263, 402, 412, 418, 426, 430, 439, 444, 456, 509, 518, 522, 524, 528, 532, 640
虚子句集　122, 302, 563
虚子五句集　533, 580, 585
虚子全集　386, 408, 453, 460, 466, 467
虚子俳話　547, 579, 580
虚子は戦後俳句をどう読んだか　657
虚子百句　378, 563
虚心　343
清輔集　499
季寄新題集　16
季寄部類俳諧発句早まなひ　105
玉海集　45, 74, 81, 163, 164, 172, 173, 222, 535
玉海集追加　74, 164
挙白集　35, 520
漁夫辞　176
魚眠洞発句集　293
許野消息　57, 202
去来抄　12, 13, 18, 21, 24, 38, 41, 45, 48, 56, 57, 58, 67, 89, 147, 181, 197, 204, 206, 207, 209, 210, 212, 213, 214, 215, 248, 390, 458, 459, 572, 593, 635, 647, 648
去来の花　350
去来発句集　95
羇旅　512
金槐和歌集（金槐集）　463, 511, 533
近畿巡遊日記　214
金玉集　505
近郊散策の流行　32
近古発句明治五百題　111
近在名所集後編　233
錦繡段　15, 30
近世奇跡考　224
近代の秀句　301
近代俳句の鑑賞と批評　316
近代俳句の流れ　365
金泥　374
公任集　465, 513
公衡集　388
吟遊　376
金葉和歌集（金葉集）　172, 248, 382, 389, 397, 399, 406, 419, 426, 428, 443, 455, 462, 466, 520, 521, 523, 526, 529, 534, 535, 537, 539, 542, 639
近来俳諧風躰抄　173
金蘭詩集　253

く

空華集　267
句歌歳時記　141
句兄弟　90, 93, 197, 198, 212, 223, 458
くくたち　326
句稿消息　270, 271
草刈笛　419, 422, 444
草の丈　290, 556
草の花　301, 552
草枕　327
草よ風よ　335
公事根源　77, 385
国栖（謡曲）　320
葛ごろも　359
葛の葉　375
葛の松原　83, 88, 189, 194, 197, 203, 212, 218, 262, 417, 511
葛箒 樗庵麦水発句集　244
句餞別　233
くだ見草　238
口笛集　262
口真似草　166
句日記　312
国の花　88, 274
國原　297
国基集　541
九番日記　451
久保田万太郎全集　290
久保万太郎句集　395
熊坂（謡曲）　225
雲鳥日記　98
雲の塔　552
雲の流域　350
車百合　449
胡桃　332
久流留　163
くれない　616
黒　350
黒うるり　190
九六古新註　156
黒禰宜　259
黒彌撒　338
群芳譜　433

け

慶運法印集　398
桂園一枝　390, 441
荊冠　339
荊口句帳　514
形式としての一章論　289
形象と情緒　128
荊楚歳時記　63, 384
慶長中外伝　244
鶏頭　114
景徳伝灯録　433
激浪　317, 318, 335, 414
華厳　303, 401
月下の俘虜　347

月下美人　329
月居七部集　268
月斗翁句集　337
月斗翁句抄　337
月斗句集　337
月魄集　316
毛吹草　9, 18, 19, 64, 75, 155, 157, 160, 161, 163, 164, 173, 174, 177, 208, 219, 227, 229, 230, 274, 383, 409, 410, 415, 426, 434, 439, 440, 441, 445, 455, 461, 465, 466, 467, 513, 521, 533, 540
毛吹草追加　76, 161
欅　334
見外発句集　111
研究座談会　657
玄魚　542
現今の俳句界　110
玄々前集　226
兼好法師家集（兼好家集）　55, 504
兼載日発句　467
現在江口（謡曲）　198
源三位頼政集　507
源氏物語　28, 29, 80, 160, 164, 170, 195, 197, 200, 206, 211, 212, 215, 236, 255, 385, 392, 404, 405, 411, 413, 423, 424, 427, 438, 441, 442, 444, 446, 447, 448, 455, 459, 501, 510, 519, 524, 525, 533, 534, 535, 540, 550, 641
幻住庵記　196
建春門院北面歌合　20
元真集　393
現代歳時記　147
現代代表自選歌集　367
現代の秀句　349
現代俳句の軌跡　338
現代俳句の世界　367
現代俳句論集　338
現代名俳句集　366
健啖　552
顕註密勘　514
倦鳥頭言集　281
建長八年百首歌合　453
幻燈　360
源平盛衰記　81
源平布引滝　200
玄峰集　425
建保名所百首　521
幻夢　340
見聞談叢　172
源流　363
元禄百人一句　183
元禄風韵　274
元禄明治枯尾花　98
元禄四年歳旦帳　235

こ

恋重荷（謡曲）　309
耕衣百句　341
光陰　329
広益俗説弁　505
黄炎　362
交響　352
江湖之花　204
江湖風月集　78
後座　336
甲子園　297, 397, 558
孔子賛　77
後集絵合千百韻　174
好色一代男　231, 525
好色一代女　56, 184
好色五人女　158
降誕歌　363
校註蕪村全集　109
荒天　336, 557
高徳院発句会　253
光背　330
紅梅千句　157, 164, 219, 522
紅白梅　319
神戸・続神戸・俳愚伝　318
高名集　163, 168
功用群鑑　155, 159, 177, 204
黄葉集　179, 467
合類節用集　231
高蘆　354
こがらし　572
孤寒　300
古稀春風　301
五行　364
古今和歌集（古今集）　7, 41, 42, 43, 44, 47, 71, 72, 75, 78, 79, 80, 81, 156, 171, 173, 178, 179, 194, 200, 222, 229, 233, 261, 291, 382, 385, 386, 387, 388, 389, 390, 391, 392, 393, 395, 396, 397, 400, 402, 403, 404, 406, 407, 411, 412, 414, 418, 419, 423, 434, 441, 442, 460, 461, 464, 465, 501, 504, 506, 509, 510, 512, 514, 515, 517, 519, 521, 524, 526, 527, 528, 529, 530, 534, 536, 537
古今和歌六帖（古今六帖）　16, 63, 191, 382, 394, 404, 408, 412, 414, 417, 419, 421, 426, 427, 428, 429, 449, 457, 468, 500, 508, 533, 534
小倉千句　171
湖月抄　165
五元集　27, 112, 198, 452, 459, 463
五元集拾遺　186
午後の椅子　371
午後の窓　332
古今夷曲集　159, 162
古今短冊集　181
古今誹諧師手鑑　162, 174
古今俳諧女歌仙　→　俳諧女歌仙
古今俳諧明治五百題　111
古今俳諧明題集　243
古今発句手鑑　230, 450
胡沙笛　112
御傘　→　俳諧御傘
五色墨　89, 90, 192, 193, 227, 232, 237
乞食袋　247
古事談　512
五七五　543
古史伝　207
越の白波　244
五車反古　249, 250, 253, 277
後拾遺和歌集（後拾遺集）　51, 172, 176, 179, 180, 189, 248, 261, 276, 382, 386, 390, 397, 400, 401, 412, 418, 419, 421, 423, 452, 454, 456, 461, 501, 502, 505, 514, 515, 518, 522, 526, 532, 533, 536, 537, 539, 639
五十年忌歌念仏　235
五条之百句　156, 160, 163
古人五百題　262
後撰夷曲集　159
後撰和歌集（後撰集）　7, 14, 16, 24, 32, 46, 62, 63, 72, 169, 172, 199, 222, 227, 237, 238, 261, 382, 389, 390, 396, 400, 403, 407, 408, 412, 413, 416, 421, 434, 441, 444, 454, 457, 461, 464, 465, 475, 504, 515, 516, 520, 521, 526, 529, 536, 639
古代蝦夷を考える　499
五代集歌枕　20, 498, 507, 512, 521
呉中別厳士元　71
胡蝶判官　181
国花万葉記　514
国境　336
滑稽雑談　15, 65, 177, 223, 233, 409, 410, 430
滑稽太平記　155, 157, 159, 162, 163
小槌　460
骨董集　36
古典と現代文学　141
後藤夜半の百句　320
琴後集　506, 507
後鳥羽院御集　208, 236, 509, 518, 540
こと葉の露　236
この卯月　246
木葉古満　185
此日　190
此ほとり（此ほとり一夜四歌仙）　247, 250, 251, 255
木実あはせ　266
琥珀　369
湖白庵集　240
後花園院御集　200
五百韻三歌仙　76
五百五十句　309, 460, 499, 565
五百句　113, 309, 405, 415, 446, 459, 548, 556, 608
五百句時代　525, 550, 555
瘤　317
駒掫　539
小町躍　155, 160
鷹獅子集　57, 212, 458
小諸百句　136
後葉和歌集　160
古来庵発句集　94
古暦　344
古暦便覧　159
是天道　174
これやこの　558
五老井発句集　209
五老文集　199, 235
語録を褙す　78
ころもがえ　180
金剛砂　178
崑山集　43, 58, 74, 154, 157, 158, 162, 173, 184, 190, 200, 202, 236, 422, 455, 460, 467, 505, 517, 521, 527, 528
今昔　345
今昔物語集　213, 515
今人五百題　98
昆虫記　436
今日　318

さ

サアカスの馬　619
西鶴大矢数　185
西鶴名残の友　160, 164
西華集　88
西行桜（謡曲）　176, 215
西行の日　549
西行法師家集　62, 502, 503, 532
西行物語　30
西国紀行　272
西国曲　541
西国道日記　171
骰子　353
妻子　305
歳時記について　660
歳時記例句選　65
罪囚植民地　338
最勝四天王院障子和歌　519, 520
彩色　320
最新俳句歳時記　65, 141, 486, 660
犀星発句集　293
歳旦発句集　155, 156, 219
西東三鬼集　131
西東三鬼全句集　538

茶翁聯句集　274
境海草　170, 277, 459, 517
佐賀亭猿　246
嵯峨日記　196, 205, 531
逆矛（謡曲）　158
さきくさのみつのことば　244
沙金袋後集　163
桜かくし　151
桜川　167, 169, 191, 219
桜川（謡曲）　506
桜島　336
さくら集　252
桜千句　517
櫻山（桜山）　365, 551
詠石榴詩　483
狭衣物語　197
笹鳴　329
笹目　312, 555
細少石　166
さしかた　266
定文家歌合　407
雑詠予選句漫評　115
雑草園　124, 304, 392, 549
雑草風景　300
雑録　271
佐藤鬼房全句集　340
仏兄七久留万　10, 31, 187, 188, 226, 408, 429, 509, 518
実方集　402
実盛（謡曲）　167
さめぬなり　326
早桃　316
佐夜の中山　200, 517
佐夜中山集　161, 167, 169, 196
皿　132
更科紀行　61, 196, 206, 515, 516
更級日記　511, 515, 516, 524, 529
サラダ記念日　551
さらば笠　272
沙羅紅葉　374
猿蓑　10, 15, 23, 24, 32, 48, 50, 51, 56, 57, 62, 81, 82, 85, 87, 93, 97, 112, 141, 177, 181, 182, 196, 198, 200, 201, 206, 207, 208, 210, 212, 213, 214, 215, 217, 220, 222, 228, 237, 248, 274, 282, 315, 392, 394, 398, 399, 401, 463, 513, 524, 531, 539, 553, 557, 572
山河　327
山海集　338
山岳画　305
山家集　26, 35, 41, 48, 52, 81, 179, 192, 195, 201, 218, 232, 391, 394, 402, 403, 404, 422, 443, 455, 463, 465, 470, 486, 500, 505, 508, 520, 529, 531, 534, 539
三ケ津　163, 166, 468
三月三十日、題慈恩寺　23
三韓人　272
三鬼百句　318, 566
山響集　299
山行　305
山行水行　300
山國抄　361
三国名勝図会　542
三湖抄　388, 408, 447
散策集　442
三山雅集　503
傘寿以後　301
三州奇談　244
讃州金比羅山芸州厳島詣之記　260
三十三才　314
三上吟　224
山椒大夫　164
三世夜半亭　110
三千化　27, 88, 235
三千里　113, 284
三冊子　15, 44, 51, 55, 89, 195, 217, 230, 245, 385, 394, 395, 413, 420, 439, 457, 458, 547, 559, 570
三体詩　46, 76, 170, 205
三体和歌　206
纂註芭蕉翁一代集　103, 105
山頭火句集　588
三人蛸　188
杉風句集　200
杉風秘記抜書　196
散木奇歌集　536, 539, 541
山林的人間　341
山廬集　299, 438, 556, 558

し

四時観　90, 227, 233
椎の葉　186
四遠　343
潮海　340
しおり萩　248
四温　354
自画賛　179
詞花和歌集（詞花集）　16, 236, 382, 394, 413, 415, 421, 425, 454, 458, 461, 463, 515, 519, 520, 524, 528, 529, 531
時間性の抹殺　141
史記　41, 197
子規歌集　511
子規句集　422, 456, 457, 464, 465
子規居士と余　107, 580
四季蕭嘯　362
子規全集　106
子規追悼集　108
四季のこころ　329
四季の讃　234
子規俳話　377
四季部類　246
子規名句評釈　337
詩経　9, 230, 240, 272, 372
四季類題一万題　111
紫禁和歌草　519
時雨の伝統　141
重家集　62, 459
指月止観の巻　260
重之集　502, 514
地聲　352
四衆懸隔　179
耳順　372
詞章小苑　243
私小説作家論　656
私説・現代俳句　365
自然愛と人間苦　117
自然讃歌　327
自選自解 中村汀女句集　319
自選自解 水原秋櫻子句集　574
自選自解 山口誓子集　298
自然と語りあうやさしい俳句　378
下草　29
羊歯地獄　322
下葉和歌集（下葉集）　512
志多良　273
しだらでん　367
志多良別稿　271
七十一番職人歌合　440
七番日記　265, 267, 270, 271, 273, 395, 433, 434, 444, 448, 451, 522, 553
七百五十句　309
自註阿部みどり女集　329
自註現代俳句シリーズ　148
十訓抄　173, 184
十指　371
尻尾を振る武士　129
信濃　323, 433
信濃札　262, 266
自然斎発句　71, 82, 94, 384, 387, 406, 415, 417, 418, 420, 428, 445, 451, 452, 457, 461, 462, 464, 467, 532
しののめ　98
篠原鳳作句文集　557
葸摺　57, 190, 231
信夫摺記　505
死の湖　339
芝居の窓　294
柴のほまれ　200
芝不器男句集　302, 406, 555
芝不器男伝　357
私版・短詩型文学全書　354
自筆句帳　→　蕪村自筆句帳
至宝抄　→　連歌至宝抄
蠹集　197
霜の聲　340, 499
下村槐太全句集　330
社会性と季の問題　143
釈日本紀　541, 542
鵲尾冠　205, 206
惜命　143, 393, 550, 565
寂蓮集　536
寂蓮法師集　462, 532
鷓鴣　367
蛇之助五百韻　175
斜陽　574
舎利風語　97
朱　334
拾遺　377
拾遺愚草　47, 197, 211, 394, 398, 400, 401, 406, 414, 417, 424, 425, 429, 431, 456, 459, 467, 500, 518, 527, 532, 533, 536, 540
拾遺愚草員外　391
十一面　151
拾遺和歌集（拾遺集）　15, 20, 21, 23, 45, 61, 71, 80, 155, 200, 211, 222, 236, 240, 270, 382, 385, 386, 388, 389, 394, 397, 401, 404, 407, 410, 412, 423, 428, 430, 434, 441, 447, 457, 459, 461, 466, 505, 516, 520, 521, 522, 526, 529, 530, 533, 534
拾花集　417, 418, 421, 423, 425, 456, 459, 463, 465, 466, 467, 468, 518, 521
秋顔子　241
拾玉集　20, 385, 387, 395, 404, 412, 420, 454, 464, 518, 521, 523
秋香庵月並高点摺　266
十三夜　301
十帖源氏　160
銃身　362
楸邨俳句覚書　143
楸邨・龍太　634
袖中抄　505
秋虫賦　433
袖珍俳句季寄せ　108
十二ヶ月風物句画巻　256
12の現代俳人論　304
十八公　364
秋風琴　401
十便十宜図　250
十論為弁抄　88, 218
樹影　335
酒中花　315
酒中花以後　315
出観集　455
朱田　373, 387
樹皮　366
朱明　379
春夏秋冬　100, 106, 108, 111, 433, 657
春寒浅間山　151, 295, 659
春暁　319
春秋庵白雄居士紀行　259
春秋稿　258
春秋関　87
春秋夜話　259
殉情詩集　316
純粋俳句　141, 339

純粋俳句の鑑賞　289
俊成卿文治六年五社百首　542
春雪　319
春泥句集　94, 95, 253, 386
春風馬堤曲　249, 250, 251, 252
春望　83
春夢草　403, 432, 435, 436, 437, 460, 527
春雷　132, 312, 405
春嵐　315
春蘭　299, 403
蕉翁句集　179, 195, 217, 386, 439, 502, 514
蕉翁句集草稿　190
蕉翁消息集　220, 245
蕉翁文集　217
松下集　15, 466
貞享蕉風句解伝書　93, 244
昭君（謡曲）　390
証言・昭和の俳句　376
小柑子　200, 234
商山早行　76, 170
障子明り　378
正治初度百首　179, 404, 537
正治百首　512
二葉集　187, 219, 517, 522
小説は尚ほ続きをり　41
松窓乙二発句集　267, 433
松窓句集続編　267
丈草発句集　95, 216
昌琢句集（昌琢発句集）　71, 174, 640
勝地吐懐篇　498
少長集　357, 405
小椿居　538
召波樗良句集　107
湘南即時　205
少年　351
焦尾琴　86, 198
正風人物誌　→　俳諧世説
正風彦根躰　213, 440, 523, 543
蕉門一夜口授　93, 244
蕉門俳諧語録　263
蕉門誹談随門記　212
蕉門むかし語　458
逍遊集　156, 173
松籟　301, 553, 558
性霊集　507
昭和十七年ホトトギス雑詠年刊　658
昭和大成新修歳時記　470
昭和俳句の青春　352
昭和文学全集　142
諸艶大鑑　184, 186
初夏　335, 432
初学用捨抄　28, 383, 468
初学和歌式　15, 20, 23, 34, 46, 59, 79, 194, 206, 383, 384, 385, 386, 392, 393, 395, 400, 405, 407, 432, 434, 436, 438, 441, 453, 454, 465
諸九尼句集　240
諸九尼続発句集　240
続現葉和歌集（続現葉集）　26
続古今和歌集（続古今集）　20, 23, 407, 421, 447, 463, 504, 507, 510, 531, 536, 640
続後拾遺和歌集（続後拾遺集）　505, 506, 512
続後撰和歌集（続後撰集）　199, 425, 456, 519, 540
続詞花和歌集（続詞花集）　501
続拾遺和歌集（続拾遺集）　80, 392, 437, 458, 460, 515, 531, 532
続千載和歌集（続千載集）　21, 160, 518
続草庵集　409, 512
続日本紀　515, 517
書言字考節用集　219, 231, 385, 426, 455
除元集　246
助言抄　339
叙事文　32
所生　343
抒情小曲集　293
諸抄正誤徒然直解　173
初心　374
『初心』のころ　374
初心もと柏　182
除夜　297
女流俳句を味読す　127
白石市史　267
白雄句集　258, 259
白髪鴉　247
白菊　330
白根草　220
白幡南町　316
詞林金玉集　162
白い夏野　307
銀　291
師走の月夜　165
心敬集　447
心玉集　467
新季寄　246
新玉海集　164
新句兄弟　90
新稿・高浜虚子　316
新校俳句歳時記　475
新古今和歌集（新古今集）　6, 14, 16, 20, 21, 23, 28, 29, 40, 43, 45, 50, 51, 61, 76, 78, 170, 183, 194, 201, 219, 229, 235, 236, 291, 382, 387, 388, 389, 391, 392, 393, 395, 396, 400, 401, 403, 404, 405, 407, 411, 412, 414, 419, 420, 423, 425, 430, 432, 435, 436, 439, 452, 459, 460, 461, 464, 500, 501, 502, 506, 516, 517, 518, 520, 521, 524, 526, 527, 529, 530, 531, 533, 534, 535, 536, 537, 540, 542
新五子稿　466, 541
新後拾遺和歌集（新後拾遺集）　518
新後撰和歌集（新後撰集）　42, 414, 533, 536
新歳時記　65, 135, 392, 658, 659
新山家　90
新三百韻　197
新拾遺和歌集（新拾遺集）　460, 522
心中重井筒　45
新春夏秋冬　114, 368, 444
『新春夏秋冬』を読む　114
晋書　184
心像　299
晨鐘　362
信生法師日記　61
新続古今和歌集（新続古今集）　276, 424, 426
新続拾遺和歌集（新続拾遺集）　426
人生の午後　291
心正筆法論　173
深泉　343
新千載和歌集（新千載集）　7, 23, 393, 420, 465, 466, 514, 518
新撰袖珍俳句季寄せ　481
新撰菟玖波集　17, 28, 71, 72, 154, 155, 227, 228, 237, 383, 384, 388, 389, 393, 403, 444, 445, 448, 454, 455, 465, 466, 528, 529, 556
新選俳枕　499
新選ホトトギス雑詠全集　658
新撰都曲　268, 456
新撰朗詠集　470
新撰六帖　404, 513
新撰和歌六帖　167
新増犬筑波集　72, 75, 157, 179, 522
新続犬筑波集　165
新続古今和歌集（新続古今集）　42
新勅撰和歌集（新勅撰集）　465, 500, 507, 508, 515, 531, 532
新訂普羅句集　295
信徳十百韻　181, 275
新俳句　106, 111, 287, 400, 657
新俳句歳時記　488
新花摘　109, 250, 251, 464
新版角川俳句大歳時記　151
新版二十週俳句入門　574
新百人一句　168
新編柳多留　475
新みなし栗　94, 244
晋明集　→　几董句稿
新明題和歌集（新明題集）　170, 460, 522
辛酉小雪　357
新葉和歌集（新葉集）　61, 276, 518, 531
新緑　335
森林　369
新和歌集　26

す

西瓜三ツ　188
随感と随想　281
随斎諧話　264
随斎筆紀　271
翠黛　320, 552
水巴句集　283, 404, 442
吹毛集　341
水妖詞館　376
随葉集　383, 385, 388, 389, 392, 394, 398, 413, 446, 455, 463, 465, 501, 518, 520, 521, 524, 526, 527, 531, 532, 534, 540
季経集　537
杉田久女句集　342, 386, 410, 511, 555
すぎ丸太　226
資平集　179
杜撰集　89, 199
素十全集　558
鈴木花蓑句集　328
鈴木六林男全句集　336
珠洲海　182
進むべき俳句の道　116, 118, 119, 122, 283, 294, 309, 310, 655, 657, 660
雀の森　189
硯の筏　229
図説俳句大歳時記　64, 65, 177
素手　151
捨子集　166
砂川　222
隅田川（謡曲）　509
角田川紀行　200, 442
すみだはら（炭俵）　33, 46, 47, 56, 77, 83, 85, 87, 93, 97, 190, 196, 198, 202, 215, 223, 242, 268, 387, 390, 394, 411, 418, 440, 444, 447, 449, 640, 654
墨なをし　88
住吉法楽千句　195
住吉物語　216, 227
摺物　396
駿河蘭　349
寸紅集　106, 107

せ

井蛙抄　19, 70, 498, 509
晴霞句集　98
井華集　112, 255
聖顔　334
西湖　297
青女　463
正章千句　164, 225, 516
清少納言旁注　173

青々句集妻木　111
青々処句集　2, 98
青邨俳句365日　304
生長　351
性に目覚める頃　293
生の問題と大自然憧憬　117
成美家集　97, 264, 275, 450, 458
星布尼句集　97, 263
青陽帖　96
青蘿発句集　2, 233, 260, 275, 456
瀬頭　340
石魂　306
昔日北華録　244
関屋帖　266
せき屋でう　266
世説新語　184
勢多長橋　183
雪華　316, 394
雪玉集　398, 408, 412, 416, 467
雪後の天　313
説叢大全　241
雪片　331
説文解字　386
摂陽群談　530
節用集　219
雪嶺（阿部みどり女）　329
雪嶺（相馬遷子）　327
芹　438
世話尽　453
戦艦ポチョムキン　34
一九九九年九月　336
前句付並発句　531
前後園　182
戦後俳句論争史　139, 140, 142
千五百番歌合　21, 211, 391, 402, 418, 431, 502, 536, 540
千載佳句　429
千載和歌集（千載集）　23, 30, 73, 201, 222, 223, 228, 382, 393, 407, 408, 410, 412, 420, 421, 432, 438, 446, 449, 453, 454, 456, 459, 462, 464, 465, 467, 500, 501, 505, 506, 511, 513, 515, 516, 517, 519, 520, 524, 527, 529, 530, 531, 533, 540
撰集抄　40, 502, 513, 537
潺潺集　316
仙台大矢数　180
仙都記行　266
沾徳随筆　86, 223, 509
前夜　350
千葉集　186
前略十年　338
洗礼　363

そ

草庵集　83, 409, 414, 418, 518
宗因高野詣　171
宗因千句　525, 542
宗因独吟人丸社法楽百韻　171
宗因発句帳　531
草影　335
草花集　335
宗祇袖下　430, 464
宗祇日発句　453, 462, 467, 468
宗祇戻　225
蒼虬翁句集　275
蒼虬翁俳諧集　275
草径集　458
造型俳句六章　146, 656
草根集　170, 194, 219, 257, 276, 398, 409, 414, 415, 421, 424, 426, 428, 430, 453, 458, 467, 524, 525, 536
草根発句集　257
荘子　2, 40, 76, 173, 253, 394, 400
草樹　335
草城句集　291
草城句集（花氷）　555
宗砌日発句　467
宗砌発句並付句抜書　531
漱石全集　286, 391, 403, 532
漱石俳句集　286
宗碩発句　460
雑談集　90, 167, 197, 198
宗長手記　209, 398
宗長日記　446
巣兆日記　266
宗長日発句　458
増訂蕪翁句集　109
贈答句集　580
早梅集　166
蒼茫　343
増補改正俳諧歳時記栞草（俳諧歳時記栞草、栞草）　64, 65, 105, 247, 444, 451, 459, 464, 466, 469, 474, 484
増補再版獺祭書屋俳話　105
増補随葉集大全　383, 384, 391, 396, 399, 407
増補和歌題林抄　228, 383, 402, 433, 436, 438
草木塔　300, 550
増山井（増山の井）　15, 18, 23, 64, 75, 155, 158, 162, 165, 167, 172, 177, 199, 217, 227, 231, 263, 265, 267, 269, 275, 383, 404, 410, 412, 413, 417, 418, 419, 421, 422, 423, 433, 434, 436, 437, 440, 442, 455, 457, 461, 465, 466, 467, 479, 523, 526, 530, 531
宗養発句帳　463, 466, 530
桑老父　186
素丸発句集　241
続あけがらす（続明烏）　93, 228, 233, 247, 250, 255, 256, 260, 268, 398
続有磯海　534
続一夜四可仙　255, 260
続一夜松　255
続いま宮草　184, 185
続江戸筏　86, 90, 226
続加久夜姫　266
続・火門集　366
続草枕　266
続五色墨　91, 92, 241, 242
続五論　17, 88, 218
続境海草　234, 528
続猿蓑　40, 49, 55, 56, 58, 62, 83, 88, 177, 196, 203, 204, 208, 218, 219, 236, 257, 389, 390, 430, 456, 459, 520, 534, 648
続三疋猿　243
続春夏秋冬　114, 657, 658
続立子句集　312
続蔦本集　265, 275
続七車　188
続俳諧師　114
続俳家奇人談　168, 232
続・橋本鶏二全句集　334
続芭蕉雑記　292
続花摘　87, 90, 225
続柞原　245
続別座敷　10, 89, 443
続ホトトギス雑詠全集　658
続虚栗　46, 59, 82, 191, 197, 202, 224, 269, 405, 426, 431, 464
続無名抄　173
続大和順礼　182
続山井　9, 58, 75, 158, 163, 165, 168, 169, 173, 199, 200, 414, 431, 462, 501, 506, 515, 521, 524, 532
続雪まろげ　266
続連珠　157, 160, 165, 168
そこの花　216
底紅　320, 556
咀嚼音　346
袖かがみ　460
袖書心得　259
袖日記　88
素堂家集　192, 193
その秋　252
その行脚　240
其傘　170
そのきさらぎ　237
其便　2, 63, 84, 189, 207, 239, 453, 462, 541
園塵　160
其浜木綿　199
其日ぐさ　192, 272
其袋　186, 191, 199, 231, 263, 269, 274, 405, 451, 541
岨のふる畑　86
そのみなづき　260
其雪影　93, 232, 246, 250, 255
曽波可里　96, 266
祖芭蕉翁二百回忌追福四時混題句集　103
曽良旅日記（曽良書留）　81, 179, 201, 503, 505
そらつぶて　160
空には本　355
空の渚　538
空の庭　553, 588
存身　349
存問　325

た

他阿上人集　20, 513
題詠俳諧明治千五百題　101
戴恩記　156
太祇句集　444
太祇句選　94, 252, 267
太祇句選後篇　252, 263
太祇全集　107
大悟物狂　187, 188, 444
大歳時記　65
第三突堤　336
第三ホトトギス雑詠全集　658
大嘗会悠紀主基和歌　276
大正新修歳時記　65, 475
対塔庵蒼虬句集　275
第二芸術―現代俳句について　138, 298, 655
「第二藝術」論に答へる　137
大日経疏　231
対梅宇日渉　98
颱風眼　313
太平記　218, 402, 508, 529, 556
大発句帳　23, 27, 42, 44, 48, 49, 64, 65, 71, 73, 79, 94, 157, 160, 174, 229, 263, 382, 383, 385, 386, 388, 389, 390, 391, 392, 393, 394, 395, 396, 398, 399, 401, 403, 406, 407, 408, 410, 411, 412, 413, 415, 416, 419, 421, 422, 423, 424, 425, 426, 427, 429, 430, 431, 442, 443, 446, 449, 451, 460, 461
大陽暦四季部類　100
題林愚抄　30, 401, 409, 410, 423
題林集　258
台湾歳時記　147
当麻（謡曲）　162
手折菊　96, 269, 513, 542
高靬　90
高砂（謡曲）　73
高砂子　188
鷹筑波集（鷹筑波）　43, 73, 74, 157, 159, 160, 162, 163, 164, 277, 398
隆信集　407
鷹の胸　334
高浜虚子　316
高浜虚子全集　135
高村光太郎全集　394
高屋窓秋全句集　338
高柳重信句集　338

高柳重信全句集　338
高柳重信全集　376
宝蔵　263, 456
瀧の音　365
竹取　354
蛸壺塚　260
田ごとのはる　258
但馬住　326
忠富王記　158
忠度（謡曲）　176
畳の上　367
たちえ　268
立子句集　123, 312, 552, 555
獺祭書屋日記　104
獺祭書屋俳句帖抄　106, 112, 280
獺祭書屋俳話　98, 101, 105, 106, 654, 658
辰歳旦惣寄　185
たつのうら　224, 225
竪琴　363
縦のならび　262, 552
譬喩尽　166
谷間の旗　336
たねだはら　486
旅衣　204
たびしうゐ　269, 272
旅寝論　21, 37, 189, 198, 202, 212
旅人　289
玉競四季廼魁　101
たましいの話　435
玉の市　266
珠の市　266
玉の春　266
たまも集　224, 239, 251
田村（謡曲）　171, 226
田村草子　520
為家集　20, 21, 425, 458
為家千首　391
為家百首　401
為忠家初度百首　528
為忠後度百首　20
為忠集　219
為尹千首　467
為仲集　539
為理集　537
たれが家　219
端座　361
淡酒　365
誕生　364
談笑の場　141
淡々発句集　87, 94, 112, 230
暖冬　349
団袋　189
だん袋　200, 273
旦暮　291
談林三百韻（江戸談林三百韻）　177
談林十百韻　76, 171, 177, 180, 475, 530

ち

親当句集　28, 442
力草　262
知己　371
竹斎　78
竹枝詞四首 其一　199
竹馬狂吟集　52, 72, 451, 484
竹馬集　18, 383, 385, 389, 392, 393, 394, 396, 401, 402, 405, 406, 408, 409, 417, 426, 430, 432, 434, 447, 457, 459, 462, 463, 465, 466, 468, 501, 519, 520, 524, 528, 530, 532, 533
竹聞　408
竹林抄　71, 383, 386, 394, 396, 404, 408, 434, 442, 451, 452
遅速　345
知足伝来書留　177
父の終焉日記　270, 272
千鳥掛　56
知命　372
茶杓竹　164
地楡　340
中年　365
樗庵草結　88
澄江堂句集　292, 405, 551
長恨歌　390
長子　132, 308, 360, 550
超/自然学　622
長秋詠藻　16, 393, 402, 430, 508
長嘯　346
鳥酔先師懐玉抄　237
朝鮮　114
長短抄　25, 411, 443, 466
長濤　367
調伏曽我（謡曲）　511
勅撰名所和歌抄出　498, 509
千代正月　183
千代尼句集　94, 239, 241, 449
千代見草　231
樗良発句集　247, 534
塵塚誹諧集　159, 163, 509, 523
椿花集　299

つ

通俗志　64, 224, 464
通天橋　193
杖のさき　243
杖酒　29
継尾集　503
月並発句帖　251, 255
月に吠える　115
月の月　188
次の花　357
月の都　105, 106
月の夕　239
月見ほくそろひ　266
月詣和歌集　509
筑紫大宰府記　171
つくしの海　160
菟玖波集　70, 71, 72, 73, 74, 383, 419, 451, 452, 458, 459, 507
筑波問答　70
附合てびき蔓　255
蔦の落葉　238
蔦のしげり　238
蔦本集　96, 265
続の原　186, 231
筒鳥　361
経信集　415
経盛集　538
壺　366
妻木　112, 281, 540
妻の温泉　354
罪と罰　611
津守船　246, 254, 255
津山紀行　171
露団々　405
貫之集　416, 418
鶴　575
寉芝集　262
鶴の眼　130, 132, 315, 421
徒然草　57, 156, 192, 205, 410, 416, 442, 447, 452, 459, 493, 554
徒然草なぐさみ草　156
石蕗　329

て

定家八代抄　504
汀子句集　378
汀子第三句集　378
汀子第二句集　378, 400
定住游学　336
汀女句集　319, 451, 555
訂正蒼虬翁句集　98, 267, 275
貞徳永代記　157, 163
貞徳頭書百人一首抄　156
貞徳誹諧記　163, 439
丁卯集　79, 179
定本阿部みどり女集　329
定本石田波郷句集　315
定本塩田　352
定本川端茅舎句集　303, 617
定本鬼城句集　287
定本現代俳句　137, 566
定本・荒天　336
定本山頭火全集　300
定本芝不器男句集　302, 357
定本石鼎句集　310
定本咀嚼音　346
定本素逝集　314
定本種田山頭火句集　300
定本誕生　364
定本途上　350
定本百戸の谿　345
定本普羅句集　295
定本萬両　297
定本未明音　349
手が花に　371
寺山修司俳句全集　355
天為　372
田園　369, 556
帰田園居　83
天涯　330, 445
澱河歌　250
澱河歌の周辺　251
天鼓　362
天空海濶軽快舟　106
典座　365
天日　343
伝授抄　156
天上華　346
天水抄　74, 75, 156, 162, 442, 446, 451, 507
天地存問　552
点滴集　168
転轍手　291
てんてん　350
伝統の終末　365
天然の風　325
天の狼　324
天馬　339
天満拾遺　187
天満千句　521
天明三年句稿　464
天宥法印追悼の文　503
天路　369

と

洞院摂政家百首　513, 532, 533
東雅　386, 449
東海道中膝栗毛　510
東海道名所記　162, 209
桃下華葉　246
東華集　88, 208, 234
桃家春帖　96
道灌記　226
凍港　121, 126, 291, 298, 577
東国陣道記　516
等栽発句集　98
東西夜話　88
蕩児　552
道成寺（謡曲）　175, 176
桃青三百韻　47
冬青集　316
桃青門弟独吟二十歌仙　86, 90, 165, 196, 197, 199, 200
冬扇一路　237
唐大和上東征伝　543
冬蟲夏草　329
頭注蕪翁句集拾遺　109
東都歳時記　223
当風連歌秘事　29
童眸　345, 556
東方雨談　156
東遊雑記　31
東洋城全句集　368
到来集　157

当流籠抜　188
遠い声　622
遠忠詠草　513
遠野集　293, 407
時機　384
言継卿記　219
常盤の香　250
常盤屋之句合　200
獨眼　144, 361
独吟何人百韻　71, 397
独吟百韻　155
とくとくの句合　192, 193
徳万歳　266
土佐日記　529, 540
土佐日記抄　165
年の尾　247
年の花　301
年またぎ　244
途上　350
俊頼朝臣女子達歌合　236
俊頼髄脳　224, 426, 454, 456, 461, 463, 504, 505, 506, 524
吐屑庵句集（吐屑庵）　27
とてしも　187, 553
怒濤　313
富澤赤黄男全句集　338
富安風生（新訂俳句シリーズ・人と作品）　138
友あぐら　87, 226
友すずめ　453
とら雄遺稿　254
鳥襷　334
鳥語　151
鳥の巣　281
鳥のみち　84, 389
鳥食　340
鳥山彦　90, 225, 226, 232
屠龍之技　274
とはじぐさ　238, 243
とはずがたり　508

な

内容としての自然感　289
長月集　239, 266
長綱集　17
中村草田男全集　133, 416
中村苑子句集　376
中村汀女・星野立子互選句集　312
ながら川　235
流川集　88, 216, 218
名残雪　363
梨園　90, 233
汝鷹　334
夏　375
夏木立　87
夏衣　207
夏の峠　552
夏山伏　237
夏より　251, 253
名取川　161, 409
七重　359
七柏集　263, 274, 275
七草　364, 500
七車集　190
なゝとせの秋　259, 263
七百五十韻　181
難波（謡曲）　530
浪華金襴集　268
難波草　76
難波の枝折　186
名もなき日夜　340
成通集　51
苗代水　183
南風　122
南北新話　234

に

和栲　379
二句勘辨　341
虹　39, 40, 41
虹立つ　325
西の奥　228, 252
西の雲　460
西山物語　243
二十五条　268
二十五ケ條註解　244
二十四孝　224
日光山志　507
日葡辞書　162, 180, 217
二人称　359
二のきれ　225
にはくなぶり　87
二百回忌取越翁忌集　103
日本行脚文集　180, 181
日本奥地紀行　267
日本海軍　338
日本近代文学の起源　33
日本後紀　530
日本国事跡考　502
日本歳時記　63
日本詩史　255
日本詩選　253
日本書紀　387, 411, 424, 499, 506, 524, 528, 534, 539, 541, 542
日本新名勝俳句　658, 659
日本大歳時記　16, 393, 401, 457, 471
日本俳句鈔　113
日本文徳実録　530
如意宝珠　183
女身　335
如是庵日発句　460
にはくなぶり　230

ね

猫の木　553
ねざめ　175
寝覚（謡曲）　516
熱帯季題小論　135
ねぶりのひま　100
合歓の華道　223
年中行事歌合　410
年中行事絵巻　417
年輪　334

の

能因歌枕　20, 383, 454, 498, 499, 500, 514, 515
能因法師集（能因集）　261, 396, 414, 502, 514
軒紅梅　319
軒伝ひ　235
軒端の独活　177, 204
野紺菊　363
野ざらし紀行（甲子吟行）　4, 10, 11, 30, 77, 78, 80, 84, 165, 182, 193, 196, 201, 204, 206, 207, 210, 217, 226, 236, 250, 268, 388, 403, 441, 449, 456, 468, 516, 549, 552, 572
後しゐの葉　186
御無射集　239
後余花千二百句　223
後様姿　182
能登青し　295, 659
能登釜　2
信子十二か月　335
野見山朱鳥全句集　339
野守　447
教長集　425
野分集　193

は

梅苑日記　329
俳諧一串抄　101
誹諧五乃戯言　181
俳諧当世男　510
誹諧時勢粧　161
俳諧馬の糞　27
誹諧埋木　165, 196
俳諧絵合　174
俳諧翳　64
俳諧江戸広小路　405, 517, 523, 530
誹諧恵能録　188
はいかい小がさはら　266
誹諧をだまき　64
誹諧温故集　226
俳諧貝合　65
俳諧勧進牒　62, 192, 231, 436, 456
俳諧季寄兼用題意註解玉兎　100
俳諧金花伝　518
俳諧金繍緞　453
誹諧句選　90, 155, 227, 233
俳諧觿　91, 229
俳諧古今抄　218, 529, 556
俳諧御傘（御傘）　14, 43, 64, 75, 157, 183, 199, 210, 221, 389, 430, 446, 447, 450, 452, 457, 459, 461
俳諧五子稿　254
俳諧古集之弁　51
俳諧古選　95, 154, 165, 172, 178, 179, 185, 226, 252, 263
俳諧氷餅集　246
俳諧歳時記　34, 65, 470, 475, 485, 486, 658
誹諧寂栞　259, 263, 410, 521, 526
俳諧散心　113
俳諧三十六歌僊　250
俳諧三部抄　173
俳諧師　114
俳諧次韻　181, 193
俳諧四季部類　225
俳諧史講話　379
俳諧自在法　105
誹諧拾葉集　164
俳諧十論　88, 218
俳諧趣味　122
誹諧初学抄　19, 47, 64, 75, 154, 155, 158, 159, 163, 199, 233, 410, 419, 435, 438, 439, 455, 523, 633
俳諧新季寄　16
誹諧新々式　413
俳諧新選　95, 190, 229, 269, 274, 275, 277, 388
俳諧新選明治六百題　100, 111, 433
誹諧捨舟　175, 194
俳諧関相撲　176
俳諧世説（正風人物誌）　221, 234, 245
俳諧洗濯物　167, 178
俳諧雑巾　159, 175
誹諧曽我　179
俳諧大成新式　177, 458
俳諧太平記　170
俳諧大要　32, 97, 106, 107, 108, 147, 655, 658
誹諧題林一句　178
誹諧龍の声　91
俳諧中興五傑集　242, 259
誹諧月の夜　94, 247
誹諧中庸姿　174
俳諧蔓付贅　179
俳諧提要録　237
俳諧冬瓜汁　259
俳諧独案内　105
誹諧独吟集　43, 160, 168, 171, 234
俳諧七百題　111
俳諧南北新話　243
俳諧二十一品　88
俳諧二百韻蛇之助馬下踏常矩作　175
俳諧女歌仙　168
俳諧之註　164

誹諧白眼　190
誹諧破邪顕正　174
詼諧番匠童　82, 189, 455
誹諧ひこばえ　189
俳諧秘伝語録　88
俳諧百一集　165, 237
俳諧風聞記　103
俳諧袋　249, 261
俳諧反故籠　32
俳諧発句十万題　111
俳諧発句題叢　65
誹諧発句帳　74, 160, 617
俳諧発句類聚（類聚）　28
俳諧万句　160
誹諧水茎の岡　189
俳諧三佳書　106, 107
俳諧向之岡　77
俳諧無言抄　194
誹諧むなぐるま　188
俳諧名家新題林　111
誹諧名家録　259
俳諧名所小鏡　498, 501, 536, 537, 540, 542, 543
誹諧名所方角集　522
俳諧名誉談　261, 262
俳諧蒙求（惟中）　76, 173
俳諧蒙求（麦水）　93, 244
俳諧問答　35, 37, 198, 209, 216, 222
俳諧夢の蹤　238
誹諧寄垣諸抄大成　64
俳諧老が染飯　266
誹諧六歌仙　186, 540
俳諧或問　173, 177
誹家大系図　189
俳家奇人談　154, 182, 192, 234, 238
俳家全集　258
梅花帖　246
俳句界　139
俳句界の新傾向　113
俳句界四年間　106, 108
俳句カレンダー　147
俳句鑑賞歳時記春の俳句　316
俳句窮達　341
俳句稿　33
俳句作法　282
俳句私見　292
俳句初心　375
俳句新歳時記　65
俳句人の道　137
俳句地貌論　151, 660
俳愚伝　133
俳句といふもの　137
俳句といのち　343
俳句読本　122
俳句と藝　137
俳句と人生　139
俳句とはどんなものか　115
俳句と文壇　129
俳句に親しむ　378
俳句入門　107
俳句の海で　338
俳句の旗手　137
俳句の国　139
俳句の世界　13, 66, 141
俳句の造型について　146, 656
俳句の方法　551
俳句の命脈　137
俳句は生き得るか　137
俳句はかく解しかく味う　259
俳句は斯く解し斯く味はふ　657
俳句発見　373
俳句否定論に對す　137
俳句表現―作者と風土・地貌を楽しむ―　151
俳句二葉集　105, 106
俳句分類　658
俳句への道　122
俳句問答　106, 107
俳句を求める心　289
梅薫抄（梅春抄）　383, 443, 462, 466
俳懺悔　96, 261
梅室家集　98, 147, 269, 275, 277, 435
梅春抄　→　梅薫抄
俳人一茶　106
俳人百家撰　167, 168
俳人風狂列伝　354
俳人蕪村　106, 107, 109, 250, 654, 655
誹太郎　225
俳壇時評　143
俳壇年鑑　584
誹枕　167, 169, 176
俳林一字幽蘭集　223
梅林茶談　277
蠅打　164, 170
萩の露　199, 224
白嶽　299
柏玉集　409, 431, 447
白日　283
白氏文集　11, 16, 23, 163, 393, 405, 406, 412, 641
伯爵領　338
白小　343
白字録　90
白泉句集　377, 557
泊船集　4, 112, 179, 222, 262, 514
白陀羅尼　406
白痴　303, 553
白鳥　352
白帝城最高楼　78
白馬　396, 522
白髪集　13, 456, 462, 464
白面　350
麦林集　89, 229, 234, 437
麦林集後編　234
刷毛序　401
馬光発句集　94
はし書ぶり　259
橋閒石全句集　379
橋閒石俳句選集　379
走り書的俳句論　143
橋立案内志　190
橋立案内志追加　190
橋立の秋　524
橋日記　262
はしの松　239
橋南　226
橋本多佳子全句集　323
はしもり　204
破邪顕正返答　173
芭蕉（謡曲）　179
芭蕉―その鑑賞と批評　141
芭蕉庵小文庫　236, 509, 634
芭蕉一周忌　199, 385
芭蕉翁絵詞伝　92
芭蕉翁奥細道拾遺　91
芭蕉翁建碑落成二百年祭発句大会高判　103
ばせを翁七部捜　242
芭蕉翁頭陀物語　243
芭蕉翁付合集　251
芭蕉翁二十五条　218
芭蕉翁二百年祭翁塚建築発句十万輯　103
芭蕉翁年譜略　103
芭蕉翁俳諧集　92, 257
芭蕉翁古池真伝　99
芭蕉翁文集　92, 257
芭蕉翁発句集　92, 257
芭蕉翁発句類題集　111
芭蕉翁絵詞伝　257
芭蕉解体新書　14
芭蕉句解　179
芭蕉句選　94
芭蕉句選拾遺　394
芭蕉雑記（芭蕉襍記）　292, 293
芭蕉雑談　105, 242, 259
芭蕉七部集　206, 349
芭蕉袖草紙　240
芭蕉同光忌　232
芭蕉葉ぶね　265, 276
はしわの若葉　66
蓮実　178, 456
旗　318, 558
波多野爽波全集　353
八翁六百題発句集　266
八朶園句纂　24, 267
八月十五日夜禁中独直対月憶元九　163
八五十韻　185
八十八句集　329
八十八夜　361
八代集抄　165
八朶集　349
八年間　551
鉢の子　300
八番日記　273, 398, 436, 525
初懐紙　255, 266
初懐紙評註　35, 245
初鴉　10, 331, 394, 552
白骨　322, 553
初瀬千句　409
初蟬　167, 198, 390, 572
ハッピーロンリーウォリーソング　588
鼻　292
花浴び　357
花隠れ　376
花影（中村汀女）　319
花筧　370
花筧後　370
鼻紙袋　445, 453
花狩　376
花間一壺　553
花供養　235, 245, 275
花氷　121
花寂び　362
花千句　165
花摘　95, 197, 212, 224, 250, 426, 617
花のある随筆　304
花の悲歌　307
花の日に　326
花の故事　92, 245
はなひ草　15, 18, 19, 64, 75, 160, 228, 233, 439, 443, 452, 456, 462
花袱紗　334
花見車　166, 181, 182, 183, 185, 186, 190, 203, 231
花見三吟　175
花洛日記　92
母子草　301
柞原集　513
バベルの塔　338
浜松中納言物語　219
浜宮千句　171
林田紀音夫全句集　360
颸（颯）　321, 558
原石鼎全句集　310, 468, 579
薔薇粧ふ　319
はるの音づれ　259
春の蔵　373
春の月　242
春の鳶　297, 552
はるの日（春の日）　84, 97, 196, 204, 205, 206, 274, 548
春の道　4, 345, 549
春祭　350
晴小袖　204
はればれと　439
晩華　413
半跏座　340
半化坊発句集　245
晩刻　391
晩春　335
番匠童大全　64
番匠童はなひ大全　233
泮水園句集　98
万水入海　179
半生　319
坂東太郎　18, 45, 176, 177, 197,

200, 405
万里行　269
晩涼　301

ひ

東山万句　88
飛花集　316
光まみれの蜂　553, 662
光源氏一部連歌寄合　29
光源氏物語聞書　156
光源氏物語秘訣　156
彼岸花　175
微光　379
肥後集　391
肥後道之記　170
ひさご　85, 196, 206, 208
飛泉　349, 555
ひそめ草　157
常陸国風土記（常陸風土記）
506, 510
飛驒紬　295, 659
筆禍史　185
一つ音　371
孤松　84, 199, 207, 220, 233,
467
一幅半　89
ひとはしり　111
一本草　164, 529
独ごと　188
ひとるたま　366
雛形　181
日次紀事　162, 199, 231
火の記憶　313, 462
火の島　485
微風　329
微茫集　348
向日葵　322, 376
氷室（謡曲）　424
氷室守　164
百千万　226
百題集　243
白道　289
百人一句　163, 189
百人一首　156, 166, 170, 501,
504, 524, 534, 535
百人一首拾穂抄　165
百人一首像讃抄　506
百人一首美濃抄　506
百人女郎品定　168
百番歌合　161
百番句合　227
百蜀魂　234
百万（謡曲）　162
百めぐり　245
百戸の谿　345, 393, 406
火山翳　361
病鴈　315
病牀六尺　485
氷川詩式　223
瓢簞集　94, 539
平井照敏編新歳時記　559
平河文庫　229
ひらづつみ　185
ひるねの種　204
枇杷園句集　96, 262, 265
枇杷園句集後集　262
枇杷園七部集　262
枇杷園随筆　262
便船集　75, 166

ふ

風鳶禅師語録　173
風雅和歌集（風雅集）　15, 43,
50, 241, 388, 398, 414, 421,
423, 426, 428, 430, 443, 457,
519, 524, 531, 532, 640
楓橋夜泊　15
風景（上田五千石）　369
風景（橋閒石）　379
風字吟行　237
風蝕　360
風俗文選　214, 215, 218
風土―人間学的考察―　659
風羅念仏　94, 248
風流懺法　110, 114
深川　85, 208
深川冬木町芭蕉霊社二百年祭句
集　103
不稀　372
不器男句集　302
蕗子　338, 557, 588
吹越　633
蕗の薹　340
不玉宛去来論書　208
梟日記　49, 88, 538, 541
袋草紙　70, 450, 456, 506, 529,
530, 537
俳表紙　258
負暄　348
不二庵終焉記　246
富士石　178
藤枝集　161
藤川五百首　530
藤田湘子全句集　350
藤の首途　88, 235
藤の実　219, 268, 274, 413
伏見院御集　409
不勝簪　297
藤原宗邇伝　188
扶桑隠逸伝　227
蕪村遺稿　251, 405, 435, 460,
530
蕪村翁文集　250, 251
蕪村句集　24, 109, 112, 249,
250, 251, 255, 262, 280, 282,
291, 405, 440, 446, 447, 453,
459, 460, 462, 463, 468, 532,
552, 617, 618, 641
蕪村句集講義　107, 304, 453,
459
蕪村句集輪講　109
蕪村句文集　109
蕪村三回忌追悼刷物　249
蕪村七部集　249, 250, 256
蕪村自筆句帳（自筆句帳）
249, 250, 251, 398, 413, 418,
420, 443, 446, 451, 454, 455,
465, 468
蕪村発句解　267
二息　231
二上挽歌　352
二つ盃　174
二つを一つのごとく　334
二人　371
ふたり行脚　269
物類称呼　66, 506
筆ついで　246
筆のまよひ　457
武道伝来記　503
懐子　75, 161, 170, 447
橅　322
船弁慶（謡曲）　536
夫木和歌抄（夫木抄）　64, 72,
79, 167, 190, 236, 276, 383,
384, 408, 409, 411, 412, 414,
415, 416, 422, 424, 427, 429,
459, 499, 501, 507, 508, 509,
513, 521, 522, 533, 541, 542,
567
文ぐるま　258
文月往来　235
不猫蛇　206
文蓬莱　223
麓の人　345
冬　371
冬青空　456
冬霞　301
冬かづら　89, 200
冬雁　316, 361
冬の音楽　346
冬の日　44, 84, 92, 94, 97, 182,
196, 204, 205, 221, 225, 248
冬の桃　133
冬薔薇　325
普羅句集　295, 406
古池の季節　141
古季語と遊ぶ　151
ふるさと　314
古白遺稿　106
分外　187
文化句帖　241, 272, 386
文化五六年句日記　401
文芸春秋　565
文芸的な、余りに文芸的な
292
分光　372
文星観　88, 235
文政句帖　273
文保百首　407
分類俳句全集　27, 28
文録　433

へ

平安人物志　268
平安二十歌仙　93, 94, 252, 274
丙寅紀行　517
丙寅初懐紙　197, 386
平遠　364
平家物語　73, 174, 197, 270,
393, 429, 453, 459, 525, 526,
535, 537, 538, 539, 542
平日　373
米寿前　301
碧巌録　216
碧梧桐句集　284
碧梧桐句集八年間　284
僻連抄　19, 64, 461, 465
後藤比奈夫（シリーズ自句自解
ベスト100）　374
別座鋪　83, 85, 200, 203, 222
紅絲　323, 402, 553
蛇の笛　324
へらず口　231
変身　318
篇突　24, 189, 198, 216, 395,
552
遍歴　352

ほ

方位　420
芳雲集　507
方円集　316
茅屋秋風の破る所と為る歌
446
忘音　345
保元物語　539
蓬壺　400
暮雨巷句集　405
法語三人物語　180
砲車　314, 360
芒種　346
方丈記　271, 445
放生日　88
宝晋斉引付　198
鳳蝶　349
忘音　552
奉納于飯野八幡宮ノ発句　191
奉納祖翁二百回遠忌俳諧之連歌
103
儚々　373
鵬翼 四海同仁　372
法楽発句集　155
鳳朗発句集　98, 276, 434
朴若葉　301
北寿老仙をいたむ　251
墨東綺譚　333
母系　371
母国　372
反故さがし　234
星月夜　378
穂高　313

蛍袋　144, 361
牡丹　325
発句五百題　259
発句作法指南　105
発句三傑集　248
発句題苑集　154
発句俳諧九百題　100
北国紀行　507, 508
発心集　87
坊ちゃん　540
舗道の花　353
仏の兄　188
ホトトギス雑詠集　423, 658
ホトトギス雑詠選集　586, 658
ホトトギス雑詠全集　658
ホトトギス雑詠年刊（昭和一六年）　658
時鳥十二歌仙　178
骨書　260
ほのぼの立　174
堀河後度百首　383
堀河之水　183
堀河百首　30, 64, 195, 383, 385, 388, 390, 393, 394, 398, 399, 403, 404, 407, 408, 412, 417, 418, 419, 422, 423, 424, 425, 428, 431, 449, 452, 462, 466, 502, 507, 509, 518, 522
堀川百首肝要抄　156
暮柳発句集　94, 236
本草綱目　440
本草和名　160
盆旦　188
本朝食鑑　163, 190
本朝水滸伝　243
凡兆について　292
本朝文鑑　218
本朝無題詩　409, 475
盆点前　365
梵灯庵袖下集　389, 415, 466, 467
梵灯庵日発句　400, 466

ま

舞姫　558
籬梅　30
眞神　367
真木柱　204, 223
幕づくし　177
枕草子（枕草紙）　46, 178, 276, 411, 412, 414, 416, 427, 429, 441, 442, 446, 459, 464, 467, 471, 508, 514, 526, 532, 553, 580
枕草子春曙抄　165
枕表紙　258
枕屏風　181
雅有集　407
正岡子規　140
真左古　271
増鏡　536
まずしき饗宴　344
街　317
松影集　111
松飾集　246
松風（謡曲）　415, 535
松島一見記　171
松島眺望集　180, 502
松島詩　193
松苗　281
松の声　239
松の中　240
松囃子　334
松虫草　361
松本たかし句集　306
松浦佐用姫（謡曲）　540
松浦宮物語　540
真名井　99, 332
幻山水　346
幻の庵　216
まぼろしの鹿　313
まぼろしの鱶　125, 367, 557
まるめろ叢書　335
万句四之富士　88
万座　317
曼珠沙華　339
万代集　504
曼荼羅　325
万太郎の一句　290
万病馬療灸撮要　229
万葉集　8, 17, 45, 59, 60, 63, 78, 106, 154, 161, 168, 178, 219, 237, 239, 243, 244, 249, 253, 255, 266, 268, 302, 346, 382, 387, 389, 390, 391, 396, 399, 401, 402, 403, 404, 406, 411, 412, 413, 416, 418, 419, 420, 421, 427, 428, 430, 434, 435, 438, 441, 450, 462, 499, 507, 508, 509, 510, 511, 512, 514, 516, 517, 518, 519, 520, 522, 524, 526, 527, 528, 529, 531, 532, 534, 535, 539, 541, 542, 543, 574, 579
万葉拾穂抄　165
萬両（万両）　297, 408
まん六の春　273

み

三井寺　176
みかへり松　227
三日月集　266
三日月日記　203
砌　311
實生（実生）　312, 452
452
水鷹刈　277
水澄　276
水の音　233
水の月　260
水の春　246
水原秋桜子全集　294
水原秋桜子俳句と随筆集　294
三たび社会性俳句について　143
三千風笛探　180
道芝　290
道づれ草　166
道としての俳句　289
みちのかげ　257
道の枝折　254
道彦七部集　265
通盛（謡曲）　539
三顔合　239
三日の光　245
光経集　194, 537
躬恒集　16, 45
みつのかほ　205, 448
三橋鷹女全句集　322, 338
三橋敏雄全句集　367
三物　185
緑の野　363
みなしぐり（虚栗）　77, 84, 85, 93, 101, 196, 197, 198, 222, 228, 244, 441, 454, 556
壬二集　44, 394, 396, 398, 402, 407, 421, 453, 460, 514, 534, 540, 641
蓑虫庵集　404
実家集　537, 538
壬生山家集　237
耳たむし　439
耳無草　154
未明音　349
御裳濯河歌合　532
都鳥　319
都のつと　500, 502
都曲　182, 189, 221, 540
都名所図会　183, 526
都六歌仙　260
宮田戊子編新興俳句の展望　577
命終　323
明詩俚評　237
民話　346

む

むかしを今　228, 251
麦と兵隊　578
無孔笛　265
無刻　379
無言抄　389, 440, 462
武蔵野　113
武蔵野紀行　510
武蔵野探勝　510
武蔵野探勝（中）　575
武蔵曲　77, 179, 198, 446
蟲の王　438
武玉川　91, 227, 229, 231
陸奥衛　186, 203, 223, 231
むつのはな　238
胸形変　143
無分別　188
無方　359, 578
無名抄　513, 524
村　314
紫式部集　514
村住　301
夢梁録　433
室生犀星句集 魚眠洞全句　293
室生犀星全集　614
室生犀星発句集　293
室町殿御発句　460

め

明暗　616
芽木威あり　319
名句の美学　140
明衡往来　579
明治草　348
明治玉籤集　111
明治二十九年の俳句界　107, 654
明治二十九年の俳諧　109
明治俳諧金玉集　111
明治俳諧広涯五百題　111
明治俳壇史　112, 114
明治発句図画秋津集　111
名勝備忘録　501
名所江戸百景　509
名所句集　20
名所小鏡　498, 509, 519
名所付合　509, 519
名所方角抄　55, 498
鳴雪句集　282, 454
鳴雪俳句抄　282
鳴雪俳話　282
明和辛卯春　93, 250, 251
面会酒舌　354
めんない千鳥　374

も

望一千句　158
蒙求　184, 253, 423
蒙求和歌　184
黙示　324
木馬集　344
黙礼　552
藻塩草　200
尤之双紙　159
元輔集　425
もとの清水　93
物種集　185
喪の名残　220
物の本情　141
紅葉狩（謡曲）　224, 322, 452
紅葉の賀　4, 297, 440
桃桜　228
桃三代　203
ももすもも　247, 250, 251, 255
桃盗人　10
桃舐集　502
桃の首途　235

桃の杖　216
桃の実　199, 204
もものやどり　245
桃は八重　325
守貞漫稿　475
守武句集　400
守武随筆　155
守武千句　73, 74, 155, 158, 422, 525, 640

や

野花集　331, 455
八雲神詠秘訣　156
八雲御抄　70, 206, 394, 403, 443, 445, 448, 451, 452, 456, 462, 498, 499, 509, 512, 521, 523, 525, 542
野哭　313, 402
康資王母集　514
康頼本草　219
八十浦之玉　543
八十路　361
八頭　373
柳多留　91, 200
野坡吟草　88, 94
夜半叟句集　251, 421, 504, 538
夜半亭句集　460
夜半亭蕪村句解の緒　109
夜半亭発句帖　228, 421
夜半楽　94, 250, 251, 252, 256, 641
藪うぐひす　241
野夫談　238
矢文　371
敝帚　175
山川蟬夫句集　338
山川蟬夫句抄　338
山国　327, 398
山暦　305
山下水　166
山旅波旅　334
倭姫命世紀　520
大和本草　513
大和物語　50, 499, 515
大和物語抄　165
やまなかしう　220
山中問答　81, 220
山中夜話　244
山脈　313
山の井（山之井）　18, 19, 23, 64, 75, 155, 160, 163, 165, 167, 173, 178, 199, 225, 227, 274, 277, 383, 394, 410, 412, 413, 414, 415, 417, 419, 420, 421, 423, 429, 433, 434, 435, 436, 437, 438, 439, 440, 441, 443, 447, 449, 450, 452, 453, 463, 467
山の影　345
山の木　345, 387, 463
山吹集　266
山本健吉俳句読本　140, 141
夜話ぐるひ　88

ゆ

游影　362
夕顔の歌　207
友詩　253
友人子規　108
悠然院様御詠草　455
夕紅　178
有芳庵記（告天満宮文）　171
雪　379
雪颪　91, 92, 242
雪国　304, 549
雪櫟　343
雪峡　299
雪白　352
雪しろ（未明音抄）　349
雪千句　163
雪七草　442
雪の白河　520
雪の光　250
ゆきまるけ　245, 424
雪まろげ　200
行宗集　161, 402
ゆたかなる季語 こまやかな日本　151, 660
湯呑　353
游方　343
夢洗ひ　440
ゆめのあと　236
ゆめみ草　9, 45, 75, 76, 420, 441, 467, 508, 517, 528, 532
熊野（謡曲）　233
湯山三吟　405

よ

夜明け前　358
容顔　588
雍州府志　36
幼年時代　293
養老（謡曲）　158
余花千句　86, 87, 223
横日記　217
与謝蕪村　109, 251
好忠集　249, 402, 431, 539
餘日　343
義仲　375
能宣集　393
芳野山紀行　259
義泰朝臣歌集　169
寄垣諸抄大成　444
澱河歌の周辺　370
夜錦　178
世中百首　155, 171
夜咄　365, 449
よめり東風　226
頼政（謡曲）　170, 187
夜たた鳥　101
夜の錦　169
夜の寝覚　253
夜の崖　340
夜の桃　318, 551
よるひる　186, 187
齢愛し　301

ら

礼記　8, 230, 386, 398, 450, 458
来山　185
蘿隠集　238
落花集　172
落花　23
落柿舎の記　500
落日庵句集　177, 251, 395, 398, 400, 434, 450, 460, 542
落梅花　248
洛陽集　174, 236, 274, 504, 517, 522, 530
羅生門　292
蘿窓集　238
ラムの思考様式　379
闌位　341
蘿葉集　238

り

李花集　61
俚言集覧　172
鯉素　343
六花　364
立志　372
立像　552
葎亭句集　269, 537, 541
流　370
龍雨遺稿 遠神楽　296
龍雨句集　296
龍雨俳話　296
琉球属和録　244
柳居発句集　232
流寓抄　290, 459, 550
流寓抄以後　290
流速　371
流木　42
立圃追悼集　160
柳葉集　16
両吟千句　170
蓼太句集　95, 242, 434, 450
涼夜　345
喨々集　390
緑夜　335
旅愁　531
旅塵を払ふ　297
龍胆　124
林葉集　402
林葉累塵和歌集　503

る

類柑子　86, 224, 226, 227
類字名所和歌集　169, 498, 509
類聚　→　俳諧発句類聚
類聚三代格　538
類船集（俳諧類船集）　35, 46, 58, 75, 159, 162, 166, 176, 183, 225, 275, 277, 383, 389, 390, 394, 395, 398, 399, 400, 401, 402, 404, 405, 406, 407, 412, 419, 421, 429, 432, 435, 436, 437, 438, 439, 440, 441, 443, 445, 446, 450, 457, 509, 510, 511, 512, 516, 518, 520, 521, 523, 524, 525, 526, 530, 531, 533, 540, 541, 542, 543
類題吾妻集　110
類題第一次第二次旅中句集　284
類題発句集　65, 95, 223
類題和歌集　156
流轉　372

れ

霊芝　299, 548
礼拝　359
暦日　314
歴代滑稽伝　76, 154, 155
列仙全伝　198
列仙伝　86
連歌教訓　631
連歌作法　194, 464, 527
連歌至宝抄（至宝抄）　2, 10, 13, 17, 29, 43, 44, 51, 58, 62, 64, 71, 159, 178, 194, 208, 224, 382, 383, 387, 389, 393, 394, 395, 409, 411, 412, 415, 422, 424, 425, 426, 428, 429, 430, 433, 441, 442, 445, 447, 449, 450, 457, 462, 464, 465, 467
連歌新式　64, 70, 415, 416
連歌新式増抄　394
連歌新式追加並新式今案等　430
連歌付合の事　518, 524, 527, 529, 531
連歌天水抄　64, 383, 409, 424, 428, 434, 435, 437, 438, 441, 448, 454, 456, 457
連句論　107, 108
連作俳句集　577
蓮二吟集　94
連集良材　398
連珠合璧集　24, 208, 228, 383, 386, 398, 400, 403, 409, 411, 412, 414, 415, 416, 418, 420, 421, 422, 423, 424, 425, 427, 428, 429, 431, 432, 434, 436, 437, 438, 442, 443, 444, 445, 450, 451, 453, 454, 456, 457, 459, 460, 461, 462, 463, 465, 467, 510, 521, 525, 526, 527, 528, 533, 542
連理秘抄　19, 64, 70, 388, 409, 411, 412, 448, 455, 457, 460,

464, 467

ろ

蘆陰句選　254
朗詠題詩歌　12
浪化上人発句集　422
老梅居俳句問答　282
老梅居漫筆　282
六条修理大夫集　73
六物集　229
六々庵発句集　94
露地の月　326
六華集　467
六百句　39, 309, 395
六百五十句　39, 135, 309, 467, 549, 556
六百番歌合　31, 391, 395, 402, 405, 409, 413, 414, 420, 421, 426, 428, 429, 439, 463
六百番誹諧発句合　169, 176
驢鳴集　341
論語　77
論争のあとを振返って　143

わ

和音　558
我が庵　92, 179
我庵　190, 247
和歌色葉　498, 502
わが金枝篇　355
和歌初学抄　383, 500, 517, 520, 524, 542
和歌題林抄　18, 23, 45, 59, 64, 75, 383, 386, 387, 389, 390, 391, 393, 399, 401, 402, 403, 406, 437, 450, 464
若葉合　86, 90
吾輩は猫である　286, 580
我春集　273, 503
和歌宝樹　156
若水　199
和歌無底抄　25, 64, 383, 386, 388, 399, 408, 432, 436, 441
和歌名所追跡考　519
和漢三才図会　66, 167, 230, 455, 541
和漢船用集　236
倭漢田鳥集　180
和漢文操　218
和漢朗詠集　5, 9, 11, 12, 23, 31, 45, 46, 49, 55, 75, 77, 163, 173, 176, 213, 235, 248, 383, 386, 387, 388, 390, 391, 400, 404, 405, 406, 408, 411, 417, 421, 423, 428, 429, 431, 437, 443, 449, 451, 452, 453, 468, 533, 536, 580
和句解　156
篗纑輪　87, 449
老葉　426, 433, 460
別雷社歌合　402
和語　325, 579
忘梅　27, 207
忘れ得ぬ俳句　339
萱草　433, 435, 438, 467, 530
渡邊白泉全句集　377
わたまし抄　179
渡り鳥　616
渡鳥集　212, 218, 448
和名抄　506, 511, 516
倭名類聚抄　179, 415, 508, 515
蕨手　373
われに五月を　355

季語索引

一、この索引は、本事典の本文で取り上げられている季語について、特に参考となる解説、および季語の例句として参考となる句（連歌・俳諧・俳句）を取り上げ、その所在を頁で示したものである。したがって、本事典の引用句のすべてについて季語を抽出したものではない。
一、抽出した季語は、現代仮名遣いで記し、その読みを［　］に示し、別な表記がある場合は、それを（　）に記した。また、特に参照すべき季語がある場合は　→　でこれを示した。
一、見出しのうち、太字で示したものは、「Ⅳ季題・季語編」で取り上げた季語である。
一、見出しの配列は現代仮名遣いによる五十音順に従った。

あ

アイスクリーム　625
葵祭　413
青梅　418, 419
青簾［あおすだれ］　565
青葉木菟［あおばずく］　566
青麦　474, 534, 577
青柳［あおやぎ］　232, 390
赤蜻蛉［あかとんぼ］　284, 286, 567
秋　280, 351, 368, 540, 555, 567, 574
秋暑し　568
秋麗［あきうらら］　487, 488
秋風（秋の風）　19, 20, 34, 40, 201, 299, 310, 332, 333, 516, 537, 562, 565, 566
秋草［あきくさ］　556, 632
秋雨［あきさめ］　319, 333, 624
秋時雨［あきしぐれ］　624
秋涼し　283
秋高し　287, 562
秋立つ　299, 567
秋の風　209, 285, 327
秋の暮［あきのくれ］　51, 189, 260, 503, 565, 566, 568, 632
秋の声　567
秋の霜　507
秋の空（秋空）　238, 444, 518, 561
秋田［あきのた］（秋の田）　444, 445
秋の蝶　563
秋の虹　479
秋の灯　528
秋の蛍　556
秋の水　621
秋の山　562
秋の夜［あきのよ］　291
秋晴［あきばれ・あきはる］　488, 562
秋日和［あきびより］　488, 571
秋めく　487
秋夕焼　479
揚羽蝶［あげはちょう］　341
明易し［あけやすし］　623
槿［あさがお］（朝顔）　266, 341, 441, 628
朝霞［あさがすみ］　236
浅き春　470
朝霧［あさぎり］　438
朝桜［あさざくら］　650
朝寒［あさざむ］　568
朝涼［あさすず］　430
朝寝　476
朝焼［あさやけ］　305
浅蜊［あさり］　625
紫陽花［あじさい］　342, 359
芦を刈る　566
汗　321, 363, 571
畦塗［あぜぬり・あぜぬる］　473
暑き日　425
厚氷［あつごおり］　462
暑し　51, 262, 292, 296, 330, 425, 477, 629
油照［あぶらでり］　480
天の川（天の河）　14, 82, 286, 352, 375, 433, 537, 561, 566, 645
水馬［あめんぼう］　329
菖蒲［あやめ・しょうぶ］　416, 417
菖蒲草［あやめぐさ］　417
菖蒲葺［あやめふく・しょうぶふく］　320
鮎［あゆ］　541
洗髪［あらいがみ］　484
霰［あられ］　300, 462, 463, 644
蟻［あり］　358
杏［あんず］　293

い

凧［いかのぼり・たこ］　186, 376
息白し　494
生大根［いけだいこん・いけだいこ］　36
十六夜［いざよい］　561
伊勢踊［いせおどり］　519
苺［いちご］　564, 576
凍［いつ・いて］　332
凍滝［いてだき］　482
凍蝶［いてちょう］　563
糸遊［いとゆう］　400
蝗［いなご］（螽）　280, 569
稲妻［いなずま］　320, 438, 439, 522, 543
稲光［いなびかり］　323, 562
稲刈［いねかり］　351, 577
茨の花［いばらのはな］　249
居待月［いまちづき］　561
芋［いも］　163, 571
芋の露　299, 438
色変えぬ松　489
色鳥　625
鰯雲［いわしぐも］　34, 313, 562, 565
岩躑躅［いわつつじ］　406

う

鵜［う］　420, 576, 585
鵜飼［うかい］　420
浮草［うきくさ］（萍）　229
浮氷［うきごおり］　392
浮寝鳥［うきねどり］　210, 465
鶯［うぐいす］　24, 35, 44, 46, 83, 333, 389, 517
鶯餅［うぐいすもち］　473
鵜匠［うしょう］　374, 420
薄霞［うすがすみ］　388
埋火［うずみび］　257
羅［うすもの］　306
薄紅葉［うすもみじ］　565
鶉［うずら］　38
薄氷［うすらい］　391, 392, 567
打水［うちみず］　295
空蝉［うつせみ］　571
卯波［うなみ］　481, 562
卯の花　38, 268, 411, 412, 506
卯花月夜［うのはなづきよ・――づくよ］　412
梅　50, 90, 173, 387, 563, 565
梅が香［うめがか］　36, 47, 168, 243, 387
梅漬［うめづけ・うめつける］　346
梅の花（梅花）　38, 40, 565
盂蘭盆会［うらぼんえ］　440
麗らか［うららか］　577, 625
熟麦［うれむぎ］　475

え

永日［えいじつ］→永日［ながきひ］
炎暑［えんしょ］　477, 480
炎昼［えんちゅう］　477, 478
炎天［えんてん］　480, 543, 562
豌豆［えんどう］　564
炎熱［えんねつ］　480

お

扇［おうぎ］　429
大旦［おおあした］　384
大旱［おおひでり］　480
大綿［おおわた］（大綿虫）　495
荻［おぎ］　434
沖膾［おきなます］　534
荻の風［おぎのかぜ］　435
荻の声［おぎのこえ］　435
御降り［おさがり］　158, 562
鴛［おし］（鴛鴦）　287, 465
雄鹿［おじか］　323, 437
押鮓［おしずし］　576
遅桜［おそざくら］　409, 650
落鮎［おちあゆ］（鮎落ち）　525
落椿［おちつばき］　400, 570
落葉［おちば］　283, 294, 333, 359, 455, 559, 563, 564, 576, 618, 627
落葉焚［おちばたき］　565
オーデコロン　483
おでん　566
落とし水　256
乙女草［おとめぐさ］　166
踊［おどり］　334, 439
尾花［おばな］　442
お花畑［おはなばたけ］　480
朧［おぼろ］　363, 396, 532, 561, 568
朧月［おぼろづき］　215, 288, 393, 642
朧月夜［おぼろづきよ］　16, 393, 542, 641
女郎花［おみなえし］　304, 443
御身拭［おみぬぐい］　162

御命講［おめいこう・おめいこ］ 18, 57
泳ぐ 338, 350, 484, 485, 486, 564, 610

か

蚊［か］ 567
開襟［かいきん］ 365
蚕［かいこ］ 62, 66
帰り花 521
柿 261, 280, 370, 528, 533, 567, 568
牡蠣［かき］ 569
杜若［かきつばた］ 416
鶴唳［かくれい］ 567
→ 鶴
掛香［かけこう］ 483
陽炎［かげろう］（陽炎ふ） 80, 217, 400, 401
鵲の橋［かささぎのはし］ 645
重ね着 491
風花［かざはな］ 16, 562
火事 493
梶の葉［かじのは］ 644, 645
数の子 569
霞［かすみ］（霞む） 50, 156, 180, 287, 387, 388, 523, 524, 576, 585, 618
風邪 493
風薫る［かぜかおる］ 58, 513, 625, 647
風光る 625
数え日 489
郭公［かっこう］ 289
門の松 159
かなかな 434
蟹［かに］ 351
鐘霞む［かねかすむ］ 183
鉦叩［かねたたき］ 312
蚊柱［かばしら］ 76, 197
黴［かび］ 311, 486
甲虫［かぶとむし］ 567, 596
南瓜［かぼちゃ］ 288
蟷螂［かまきり・とうろう］ 577
髪洗う 484
雷 479
神の旅 536
神の春 155
紙雛［かみびな・かみひいな］ 405
神祭［かみまつり］ 503
亀鳴く 567
椿象［かめむし］ 566
鴨 555
賀茂祭［かもまつり］ 413
蚊帳［かや］ 235
蚊遣［かやり］ 425, 426
蚊遣火［かやりび］ 425, 426
烏瓜［からすうり］ 301
雁［かり］（雁がね） 206, 344, 448, 575, 618, 628
雁帰る［かりかえる］ 43, 392, 514, 530, 537
刈田［かりた］ 329
雁の名残［かりのなごり］ 392
狩場［かりば］ 505
雁渡る［かりわたる］ 566
枯蘆［かれあし］（枯芦） 245, 567
枯菊［かれぎく］ 334
枯野［かれの］（枯野山［かれのやま］） 244, 288, 356, 357, 362, 562
枯蓮［かれはす］ 577
枯葎［かれむぐら］ 626
蛙［かわず・かえる］ 44, 79, 154, 194, 300, 395, 567
河内一寸［かわちいっすん］ 660
寒［かん］ 317
寒明［かんあけ］（寒明くる） 470
寒雲［かんうん］ 356, 562
寒桜［かんざくら］ 563
元三［がんさん］ 384
元日［がんじつ］ 28, 283, 337, 384, 575, 579
寒雀［かんすずめ］ 563, 566
寒昴［かんすばる］ 472
寒星［かんせい］（寒の星） 472, 556
寒草［かんそう］ 459, 460
邯鄲［かんたん］ 362
元旦［がんたん］ 384
寒天［かんてん］ 351
カンナ 377
神無月［かんなづき］ 227, 539
寒の雨［かんのあめ］ 10
寒の入［かんのいり］ 10
寒の梅［かんのうめ］（寒梅［かんばい］） 568
寒晴［かんばれ］ 373, 566
灌仏［かんぶつ］ 410
寒夕焼［かんゆうやけ］ 479
寒雷［かんらい］ 479, 611

き

帰雁［きがん］（帰る雁）
→ 雁帰る
黄菊［きぎく］ 451
桔梗［ききょう］ 304
菊［きく］ 286, 451
菊の香［きくのか］ 528, 568
菊日和［きくびより］ 488
乞巧奠［きこうでん］ 432, 644
雉子［きじ・きぎす］ 401, 402, 531
帰省［きせい］ 482
北颪［きたおろし］ 491
北風［きたかぜ］ 284, 491
北吹く 491
きちきち 568
桔梗［きちこう］
→ 桔梗［ききょう］
菊花節［きっかせつ］ 368
啄木鳥［きつつき］ 576
狐［きつね］ 323
衣配［きぬくばり］ 285
砧［きぬた］ 38, 449, 505
木の根明く［きのねあく］ 660
木の芽［きのめ］ 32
木場の角乗り［きばのかくのり］ 660
着ぶくれ 492, 564
競泳 611
行水［ぎょうずい］ 283
京若菜［きょうわかな］ 288
御慶［ぎょけい］ 202
霧［きり］ 160, 286, 324, 438, 519, 541, 542, 567, 573, 576, 617
蛩［きりぎりす］（螽蟖） 230, 239, 436, 449, 450
桐の花 643
桐一葉［きりひとは］ 309, 570
銀河［ぎんが］ 645
銀漢［ぎんかん］ 645
金魚 350, 611, 625
金魚玉［きんぎょだま］ 353
きんぽうげ 311

く

水鶏［くいな］ 423, 424, 509
九月尽［くがつじん］ 248, 452, 513, 626
草芳し［くさかぐわし・くさかんばし］ 568
草の花［くさのはな］ 442
嚔［くさめ］ 494
草餅［くさもち］ 372
草矢［くさや］ 499
葛［くず］ 302, 445
葛の葉［くずのは］ 42, 445
葛の花［くずのはな］ 373, 445
薬子［くすりこ］ 77
薫衣香［くのえこう・くんえこう］ 483
蜘蛛［くも］ 331, 349
雲の峰［くものみね］ 284, 370, 562, 568
クリスマス 317
栗の花［くりのはな］ 511, 568
胡桃［くるみ］ 369, 568
暮早し［くれはやし］ 623
暮易し［くれやすし］ 480, 623
クロール 486
鍬始［くわはじめ］ 287
薫風［くんぷう］ 538

け

鶏日［けいじつ］ 384
鶏旦［けいたん］ 384
軽暖［けいだん］ 477
鶏頭［けいとう］ 33, 570
今朝の秋 287
今朝の冬 177
夏至［げし］ 561
芥子の花［けしのはな］ 306, 538, 564
月光［げっこう］ 373
結氷期［けっぴょうき］ 324
月明［げつめい］ 576
毛見［けみ］ 504

こ

恋猫［こいねこ］
→ 猫の恋
耕人［こうじん］ 398
香水［こうすい］ 326, 483
耕馬［こうば］ 398
紅梅［こうばい］ 363, 387, 564
好文木［こうぶんぼく］ 173
→ 梅
黄葉［こうよう・もみじ］ 489
黄落［こうらく］ 489
氷 461, 462
氷解く［こおりとく］ 391
凍る［こおる］ 305
蚕飼［こがい］ 62, 561
五月［ごがつ］ 276, 355, 370, 568
木枯［こがらし］（凩、木がらし） 182, 204, 221, 286, 292, 456, 478, 537, 562, 566, 625
極暑［ごくしょ］ 477
木下闇［こしたやみ］ 535
コスモス 328, 576
去年今年［こぞことし］ 556
炬燵［こたつ］ 368
東風［こち］ 561
胡蝶［こちょう］ 525
極寒［ごっかん］ 299
今年生ひの竹［ことしおいのたけ］（今年竹［ことしだけ］） 422
小鳥［ことり］ 564, 577
木の葉髪［このはがみ］ 494
木の実落つ［このみおつ］ 301
小春［こはる］ 576, 585
辛夷［こぶし］ 72
独楽［こま］ 556, 580
小町踊［こまちおどり］ 519
→ 踊
小松菜［こまつな］ 625
小松引［こまつひき］ 386
更衣［ころもがえ］（衣更う［ころもかう］） 43, 172, 408

さ

囀［さえずり］ 571

桜［さくら］ 242, 265, 340, 346, 396, 397, 559, 563, 570, 577, 650
桜魚［さくらうお］ 506
桜隠し［さくらかくし］ 660
桜蘂ふる［さくらしべふる］ 477, 563
桜草［さくらそう］ 333
桜散る［さくらちる］ 577
桜葉漬［さくらばづけ・さくらばつく］（桜漬） 474
桜花［さくらばな］ 396
桜餅［さくらもち］ 352, 474
桜紅葉［さくらもみじ］ 563
柘榴［ざくろ］ 566
山茶花［さざんか］ 455
五月川［さつきがわ］ 481
皐月波［さつきなみ］ 481
五月晴［さつきばれ］ 624
早苗［さなえ］ 418
早苗植う［さなえうう］（早苗とる） 418
五月雨［さみだれ］ 44, 55, 297, 420, 481, 501, 624
寒し（寒さ） 207, 226, 234, 312, 313, 318, 337, 457, 458, 629
冴ゆ［さゆ］ 625
爽やか 487, 625
残花［ざんか］ 409, 563, 650
三月［さんがつ］ 345
三寒四温［さんかんしおん］ 490
三元［さんげん］ 384
残暑［ざんしょ］ 59
残雪［ざんせつ］（残る雪） 365, 388, 389
秋刀魚［さんま］ 348

し

汐干［しおひ］（潮干） 223, 534
鹿 192, 436, 437, 510, 527, 528, 563
子規忌［しきき］ 368
時雨［しぐれ］（時雨る［しぐる］） 33, 59, 82, 218, 228, 237, 293, 344, 357, 453, 476, 534, 562, 588, 624
茂り 410
地蔵会［じぞうえ］ 362
下萌［したもえ］ 563
滴り［したたり］（滴る） 481
枝垂桜［しだれざくら］ 635, 650
七五三［しちごさん］ 564
清水［しみず］ 430
霜［しも］ 170, 457, 479, 624
霜覆い［しもおおい］ 166
霜焼［しもやけ］ 10
霜夜［しもよ］ 225
石鹸玉［しゃぼんだま］ 475
十五夜の月［じゅうごやのつき］ 163
十三夜［じゅうさんや］ 561
十三夜月［じゅうさんやづき］ 565
秋思［しゅうし］ 488
鞦韆［しゅうせん］ 322
熟柿［じゅくし］ 74
春暁［しゅんぎょう］ 291
春愁［しゅんしゅう］ 337, 476, 477
春水［しゅんすい］（春の水） 312
春星［しゅんせい］（春の星） 471
春雪［しゅんせつ］（春の雪） 388, 389, 540, 575
春昼［しゅんちゅう］（春の昼） 471, 567, 577
春潮［しゅんちょう］（春の潮） 281, 538
春泥［しゅんでい］（春の泥） 473
春眠［しゅんみん］（春眠し） 476
春雷［しゅんらい］（春の雷） 315, 479
障子［しょうじ］ 492
小暑［しょうしょ］ 477
菖蒲［しょうぶ］ 258
→ ［あやめ］
菖蒲湯［しょうぶゆ］ 258
初夏 372
溽暑［じょくしょ］ 477
織女星［しょくじょせい］ 644
初秋 235
初冬［しょとう］ 32, 453
除夜［じょや］ 361, 566
白息［しらいき］ 494
白魚［しらうお］ 286, 571
白梅［しらうめ］ 387
白菊［しらぎく］ 246, 451
→ 菊
白芥子［しらげし］ 32
→ 芥子の花
白露［しらつゆ］ 322, 565
→ 露
治聾酒［じろうしゅ］ 287
白炭［しろずみ］ 167
師走［しわす］ 466, 467, 617
新樹 409, 410
新春 347
新松子［しんちぢり］ 489
新年 384
新緑 409, 486, 566

す

水泳 568
西瓜［すいか］ 358, 611
水禍［すいか］ 481 → 出水
水仙［すいせん］ 10, 563
隙間風［すきまかぜ］ 491
スケート 577
鮓［すし］ 576
薄［すすき］（芒） 299, 442, 536, 569, 580, 635
涼し［すずし］ 57, 58, 169, 286, 287, 375, 527, 532, 555, 625, 631, 647
涼み（涼む） 429, 430, 503, 517
硯洗う［すずりあらう］ 645
硯取り［すずりとり］ 540
炭 298, 563
炭俵［すみだわら］ 285
菫［すみれ］（すみれ草） 286, 403, 570

せ

聖五月［せいごがつ］ 632
歳暮［せいぼ］ 468
咳［せき］（咳く） 330, 493, 617
雪渓［せっけい］ 480, 500
雪嶺［せつれい］ 562
蟬［せみ］ 317, 420, 421, 572
芹［せり］ 379
扇風機 563

そ

雑煮［ぞうに］ 566
早梅［そうばい］ 467, 468
走馬灯［そうまとう］ 484
ソーダ水 564
卒業 565
そら豆 569
雪舟［そり］ 26

た

大寒［たいかん］ 556, 565
大根 608
大根引［だいこんひき・だいこひき］ 523
泰山木の花［たいさんぼくのはな］ 369
大試験 564
大暑［たいしょ］ 357, 477
橙飾る［だいだいかざる］ 579
台風 625
田植［たうえ］ 543, 567
鷹［たか］ 334, 576
田返し 64, 398
耕し［たがえし・たがやし］（耕す） 397, 398
鷹狩［たかがり］ 461
鷹渡る［たかわたる］ 541
滝［たき］（瀧） 320, 327, 362, 482, 574
焚火［たきび］ 314
啄木忌［たくぼくき］ 355, 564, 572
竹馬 290
竹床几［たけしょうぎ］ 483
紙鳶［たこ］ 231
立葵［たちあおい］ 568
橘［たちばな］ 411
立待月［たちまちづき］ 561
蓼の花［たでのはな］ 571
穀［たなつもの］ 64
七夕［たなばた］ 81, 361, 432, 433, 644
七夕竹［たなばたたけ］ 565
棚機津女［たなばたつめ］ 644
七夕流し 645
足袋［たび］ 342
端午［たんご］ 417
短日 458, 459, 480, 623
探梅［たんばい］ 10
煖房［だんぼう］ 307
暖炉［だんろ］ 302

ち

千鳥［ちどり］ 80, 466
粽［ちまき］ 354
茶摘［ちゃつみ］ 269
チューリップ 325, 567
蝶［ちょう］ 2, 4, 215, 308, 394, 395, 563, 633

つ

月 12, 239, 241, 247, 300, 314, 347, 446, 500, 502, 503, 508, 512, 514, 515, 527, 531, 535, 540, 541, 561, 565, 576, 578, 580, 585
月見 508
蔦［つた］ 30
躑躅［つつじ］ 289, 406, 542
椿［つばき］ 284, 288, 364, 399, 400, 511
燕［つばめ］ 325, 398, 625
妻木［つまぎ］ 281
摘草［つみくさ］ 304
冷たさ 569
梅雨［つゆ］ 335, 562, 624
露［つゆ］ 303, 310, 437, 500, 611
梅雨明け 568
露時雨［つゆしぐれ］ 624
梅雨出水［つゆでみず］ 481
露の世［つゆのよ］ 437
氷柱［つらら］ 10
鶴［つる］ 543, 567
蔓葡萄［つるぶどう］ 241
釣瓶落とし［つるべおとし］ 623

て

鉄線［てっせん］ 371
手花火［てはなび］ 356
出水［でみず］ 480, 481
出水川［でみずがわ］ 481
天瓜粉［てんかふん］（天花粉） 364, 483, 565
てんとう虫（てんとむし） 344, 571

と

籐椅子［とういす］ 483
凍港 298
冬至［とうじ］ 299
籐寝椅子［とうねいす］ 483
納涼［どうりょう］
→ 納涼［のうりょう］
冬麗［とうれい］ 487, 488
燈籠［とうろう］ 299, 316
遠蛙［とおかわず］ 354
蜥蜴［とかげ］ 564, 614
常夏［とこなつ］ 427
心太［ところてん］ 291
年改まる 314
年暮れぬ 468
年の暮 468
年の瀬 509
年のもうけ 531
年守る 468
飛梅［とびうめ］ 155
飛込［とびこみ］ 486
土用波［どようなみ］ 481, 562
鳥帰る 625
鳥曇［とりぐもり］ 512
鳥の巣 240, 353
鳥渡る 566
団栗［どんぐり］ 283
蜻蛉［とんぼ・とんぼう］ 219, 368, 611

な

永日［ながきひ］（永き日） 302, 401, 555, 577, 580
長き夜 263
鳴く蛙［なくかわず］ 395
名残雪［なごりゆき］ 624
梨 569
梨咲く 294
梨の花 38
茄子の馬［なすのうま］ 440
菜種梅雨［なたねづゆ］ 624
夏 318, 323, 565
夏了る［なつおわる］ 373, 609, 610
夏風邪［なつかぜ］ 493
夏霧［なつぎり］ 267
夏草［なつくさ・なつのくさ］ 15, 413, 414, 537
夏木立［なつこだち］ 410
夏怒濤［なつどとう］ 610
夏野 161, 335, 562, 570
夏の雨 562
夏の海 531
夏の河（夏の川） 4, 555, 621
夏の暮［なつのくれ］ 431, 607
夏の空［なつのそら］ 561
夏の蝶［なつのちょう］ 563
夏の月［なつのつき］ 14, 32, 50, 285, 414, 415, 561
夏の日 480
夏蜜柑［なつみかん］（夏みかん） 379, 569
夏痩せ［なつやせ］ 322
夏山 301, 562, 567
夏料理 555
撫子［なでしこ］ 427
菜の花 233, 617
海鼠［なまこ］ 286
菜飯［なめし］ 568
熟鮓［なれずし］ 576
苗代［なわしろ］ 399

に

二月尽［にがつじん］ 470, 471
虹［にじ］ 39, 41, 338, 359, 478, 562
西日 479, 480, 600
西日中［にしびなか］ 570, 575
入学 354

ぬ

塗畦［ぬりあぜ］ 473
→ 畦塗［あぜぬり］

ね

願いの糸 645
葱［ねぎ］ 330, 341
猫の恋 333, 341, 522, 562
子の日［ねのひ］ 385, 386
涅槃像［ねはん］ 297
寝待月［ねまちづき］ 561
年内立春［ねんないりっしゅん］ 384

の

納涼［のうりょう］ 429
後の月［のちのつき］ 561
野火［のび］ 576, 585
海苔［のり］ 45
野分［のわき］ 61, 312, 346, 446, 562

は

海贏廻し［ばいまわし］ 566
萩［はぎ］ 356, 435
麦秋［ばくしゅう］ 475
薄暑［はくしょ］ 281, 477
白扇［はくせん］ 538
白鳥［はくちょう］ 625
白桃［はくとう］ 203
白牡丹［はくぼたん］ 309
羽子板［はごいた］ 576
葉桜［はざくら］ 333, 560, 563, 568, 610
端居［はしい］ 565
芭蕉［ばしょう］ 179
蓮［はす・はちす］ 428
畑打つ［はたうつ］ 282, 304
機織姫［はたおりひめ］ 644
裸［はだか］ 565
はたた神 479
はたはた 565
蓮の葉［はすのは］ 428
鉢叩き［はちたたき］ 54
初茜［はつあかね］ 494, 495
初明り 562
初秋［はつあき］ 274, 431, 432
初浅間［はつあさま］ 495
初蛙［はつがえる］ 566
二十日月［はつかづき］ 268
初鰹［はつがつお］（初がつお） 192, 511
初鴉［はつがらす］ 563
初景色 495
初氷 462
初桜 563, 650
初山河 495
初潮［はつしお］ 539
初しぐれ 222, 476
初東雲［はつしののめ］ 495
初空 562, 563
初蝶［はつちょう］ 564, 575
初筑波［はつつくば］ 495
初花［はつはな］ 650
初日［はつひ］ 579
初比叡［はつひえい］ 495
初雲雀［はつひばり］ 563
初富士 495
初みくじ 495
初詣［はつもうで］ 495
初紅葉［はつもみじ］ 520
初社［はつやしろ］ 495
初夢 556
初若菜［はつわかな］ 385
花 164, 171, 175, 220, 300, 368, 395, 396, 500, 506, 522, 529, 533, 536, 542, 570, 650
花筏［はないかだ］ 650
花卯木［はなうつぎ］ 412
→ 卯の花
花篝［はなかがり］ 475, 650
花屑［はなくず］ 650
花曇［はなぐもり］ 520, 555, 577, 650
花衣［はなごろも］ 342, 555, 650
花盛り［はなざかり］ 396
花疲れ 650
花野 562
花の雨［はなのあめ］ 650
花のかげ 577
花の雲 650
花の春 386, 529
花の昼 650
花火 282, 633
花冷［はなびえ］ 471, 632, 650
花吹雪［はなふぶき］ 609, 610, 650
花見［はなみ］ 165, 176, 650
羽子［はね］ 296
帚木［ははきぎ］ 656
箒草［ははきぐさ］ 357
玫瑰［はまなす］ 308
浜木綿［はまゆう］ 357
早咲の梅［はやざきのうめ］ 467
薔薇［ばら］ 360, 577, 611
春 236, 315, 368, 378, 555, 568, 575
春浅し 470
春嵐［はるあらし］ 472
春荒［はるあれ］ 472
春一番 472
春愁［はるうれい］ 477
春惜む［はるおしむ］ 408, 611
春風［はるかぜ］ 30, 326, 532, 561
春北風［はるきた・はるならい］ 472
春寒［はるさむ］ 284, 311, 565
春雨［はるさめ・はるのあめ］ 285, 393, 394, 559, 624
春時雨［はるしぐれ］（春驟雨） 472, 473
春田［はるた］ 301, 473
春田打［はるたうち］ 473
春立［はるたつ］ 159, 384, 386, 529
春隣［はるとなり］ 356
春眠し 476
春野 394, 562
春の曙［はるのあけぼの］ 577
春の風邪 493
春の暮 341, 407, 607
春の空 374, 561
春の蝶 394
春の月（春月） 288, 310, 319, 345, 393, 501, 565, 566
春の鳶［はるのとび］ 345
春の灯［はるのともし］ 555, 577
春の鳥 376
春の泥 473
春の虹 479
春の野［はるのの］ 200
春の浜 562

春の陽［はるのひ］ 283
春の昼 471, 577
春の星 471, 472
春の水 31, 188, 391, 621
春の闇 577
春の雪 388, 389, 540
春の夢 476
春の宵 577
春疾風［はるはやて］ 472
春日［はるひ］（春の日） 328, 561
春更く［はるふく］ 295
春山 562
春夕焼 479
晩秋［ばんしゅう］ 372
万緑［ばんりょく］ 34, 369, 486, 571, 618

ひ

日脚伸ぶ［ひあしのぶ］ 490
火桶［ひおけ］ 299
飛花［ひか］ 588
干潟［ひがた］ 562
日雷［ひがみなり］ 479
彼岸［ひがん］ 299
蟾蜍［ひきがえる］ 308
蜩［ひぐらし］ 371, 434, 531, 628
日盛り［ひざかり］ 478
旱［ひでり］ 480
旱星［ひでりほし］ 472, 480
一葉［ひとは］ 433
→ 桐一葉
一夜鮓［ひとよずし］ 522
日永［ひなが］（日永し） 283, 401, 523, 623
雛祭［ひなまつり］ 404
雲雀［ひばり］ 402, 403
向日葵［ひまわり］ 302
氷室［ひむろ］ 424
姫はじめ 158
白夜［びゃくや］ 660
日焼［ひやけ］ 486
ヒヤシンス 379
冷麦［ひやむぎ］ 569
冷やか 447, 448, 647
冷奴［ひややっこ］ 327
昼顔［ひるがお］ 315, 322
昼蛙［ひるかわず］ 354
昼寝 566
広島忌［ひろしまき］ 538
鶸［ひわ］ 208

ふ

風船 475
深見草［ふかみぐさ］ 415
蕗の薹［ふきのとう］ 300
福寿草［ふくじゅそう］ 563
藤 302, 405, 406, 536, 560
二日月［ふつかづき］ 204
吹越［ふっこし］ 47, 633
仏生会［ぶっしょうえ］ 410
葡萄［ぶどう］ 563, 569
布団［ふとん］ 565
鮒鮓［ふなずし］ 174
吹雪［ふぶき］ 562
文月［ふみつき］（ふん月） 521
冬 325, 370, 564
冬麗［ふゆうらら］ 487
冬枯［ふゆがれ］ 187
冬銀河［ふゆぎんが］ 472, 490, 491
冬草［ふゆくさ］（冬の草） 459, 460
冬木立［ふゆこだち］ 255, 460, 568
冬籠［ふゆごもり］（冬ごもり、冬籠もる） 17, 368, 464, 465, 517
冬薔薇［ふゆそうび・ふゆばら］ 284, 365
冬空［ふゆぞら］ 353, 561
冬の梅 467
冬の雷 479
冬の月［ふゆのつき］ 255, 277, 459
冬の虹 479
冬の北斗 472
冬の日［ふゆのひ］ 312, 315, 576
冬の水 308, 567, 575, 621
冬蜂［ふゆばち］ 287
冬晴［ふゆばれ］ 487
冬日和［ふゆびより］ 487
冬山 562
冬夕焼 479
古雛［ふるびな］ 611
噴水 379, 482, 566

へ

糸瓜［へちま］ 565
紅花［べにばな］（紅の花） 81, 504
蛇［へび］（蛇の子） 486, 562

ほ

法師蟬［ほうしぜみ］ 628
蓬萊［ほうらい］ 275, 519, 542
菠薐草［ほうれんそう］ 370
朴の花［ほおのはな］ 339, 643
星合［ほしあい］ 539, 644
干梅［ほしうめ］ 348
星月夜［ほしづきよ］ 470, 561
星祭［ほしまつり］ 644
暮秋［ぼしゅう］ 474
暮春［ぼしゅん］ 23, 407, 408, 566
榾［ほた・ほだ］ 331, 571
蛍［ほたる］（螢） 335, 373, 423, 564, 565
牡丹［ぼたん］ 254, 362, 415, 617, 626
時鳥［ほととぎす］（子規、郭公） 62, 178, 191, 412, 413, 530, 534, 535, 541, 562
穂屋の薄［ほやのすすき］ 40
盆 440

ま

松手入［まつていれ］ 488, 489
松落葉［まつおちば］ 489
松の芯 489
松の花 489
待宵［まつよい］ 561
祭 290, 413
蝮獲［まむしとり］ 486
繭干す［まゆほす］ 305
回り燈籠［まわりどうろう］ 484
満月 343
万歳 15
曼珠沙華［まんじゅしゃげ］（曼殊沙華） 308, 339, 571

み

蜜柑［みかん］ 569
短夜［みじかよ］ 321, 513, 564, 568, 576, 623, 627
水鳥［みずどり］ 465
水の粉［みずのこ］ 95
水洟［みずはな］ 292, 493
霙［みぞれ］ 224, 463, 624
三の始［みつのはじめ］ 384
水無月［みなづき］ 283
蓑虫［みのむし］ 46
蚯蚓鳴く［みみずなく］ 303
都鳥［みやこどり］ 509, 526

む

麦刈［むぎかり］ 475
麦の穂 190
麦踏［むぎふみ］ 474, 566
麦を蒔く［むぎをまく］ 474
木槿［むくげ］ 5, 8, 9, 11, 440, 441
虫 436

め

名月 7, 199

も

虎落笛［もがりぶえ］ 369
鵙［もず］ 565
餅つき 567
物種蒔く［ものだねまく］ 291
紅葉［もみじ］ 322, 451, 509, 527, 563
紅葉狩［もみじがり］ 353
桃 376, 632

や

八重桜［やえざくら］ 650
柳［やなぎ］ 46, 49, 390, 574, 634, 639
藪入［やぶいり］ 252, 525, 530
山桜［やまざくら］ 316, 397, 526
山躑躅［やまつつじ］ 406
山椿［やまつばき］ 400
山吹［やまぶき］ 285, 406, 407, 524

ゆ

夕顔［ゆうがお］ 427, 428
夕涼み［ゆうすずみ］ 430
白雨［ゆうだち］（夕立） 285, 366, 373, 426, 562, 624
夕焼 351, 479, 617
雪 5, 10, 11, 40, 167, 184, 211, 212, 213, 264, 270, 271, 280, 283, 289, 296, 307, 313, 323, 327, 335, 343, 464, 530, 562, 564, 565, 567, 570, 572, 624
雪解川［ゆきげかわ］ 295, 567
雪女郎［ゆきじょろう］ 304
雪吊［ゆきつり］ 492
雪の果［ゆきのはて］ 624
雪蛍［ゆきぼたる］ 494
雪間［ゆきま］ 389
雪まるげ 464
雪見 632
雪虫 494
雪催［ゆきもよい］ 333
行く秋［ゆくあき］ 205, 521
行く年 489
行く春［ゆくはる］ 23, 24, 240, 407, 408, 512, 532, 542
百合［ゆり］ 331, 421, 422, 563

よ

宵の春［よいのはる］ 577
宵闇［よいやみ］ 519
余花［よか］ 409, 563
余寒［よかん］ 538
夜興引［よこひき］（夜興ひく） 527
夜桜 475, 650
夜寒［よさむ］ 293, 319, 450, 451, 576
よしきりの卵 357
夜濯［よすすぎ］ 484
夜長 253, 371, 623

夜なべ　311
夜番［よばん］　351
夜振［よぶり］　320
夜の秋　478

ら

雷雨［らいう］　358
雷鳥［らいちょう］　305
ラグビー　587
落葉［らくよう］
→　落葉［おちば］
落花［らっか］（花ちる）　307, 563, 571, 588
落花生［らっかせい］　611

り

立春　384, 386, 387
柳絮［りゅうじょ］　378
流星　561
流燈［りゅうとう］　299
流氷　298, 499, 574, 627
緑蔭［りょくいん］　321, 486, 563
緑夜［りょくや］（緑の夜）　485
林檎［りんご］　27, 355
林檎の花［りんごのはな］　499

ろ

六月　14, 19, 181

わ

若鮎［わかあゆ］　566
若草　391
若竹　422
若菜　384, 385
若菜摘み　385, 525
若葉　409
若緑［わかみどり］　64
早稲［わせ］　445, 512
棉の実［わたのみ］　313
綿虫［わたむし］　494, 563, 565
渡り鳥　369
藁塚［わらづか］　347
蕨［わらび］　404

引用句索引

一、この索引は、本事典の本文に引用された連歌・俳諧・俳句の句を抜き出し、その所在を頁で示したものである。
一、同一の句が異なる表記で記されている場合は、代表的な表記の形で記してある。その際、所収本による異句形、句の初案からの治定に至る推敲句形は、原則としてこれを採録しなかった。また、本文に引用された形に、踊り字が用いられている場合、索引のためすべてこれを文字に置き換えて示した。
一、見出しの配列は現代仮名遣いによる五十音順に従った。

あ

ああさうじや日本めでたき門の松　159
於春〻大ナル哉春と云〻　77
愛されずして沖遠く泳ぐなり　350, 484, 564
愛蔵す東籬の詩あり菊枕　127
藍壺にきれを失ふ寒さかな　216
あひふれし子の手とりたる門火かな　319
相宿のものうき蚊帳の鼾かな　235
会ひ別る占領都市の夜の霰　336, 340
会ひ別れ霙の闇の跫音追ふ　336, 340
あえかなる薔薇撰りをれば春の雷　315
青々とあはれは深し冬の草　460
あをあをとこの世の雨の箒草　357
あをあをと空を残して蝶分れ　563
青海や羽白黒鴨赤がしら　167
青梅にうはの空なる人恋し　419
青梅の葉分けにあけのいがきかな　419
青柿にこれからという日数かな　557
青黴を拭けば煙たつ夜の自炊　486
青簾髪にさはりてつよからず　186
青竹に空ゆすらるる大暑かな　357
青といふ雑誌チューリップヒヤシンス　353
青と思へば青とも見ゆる綿虫は　494
青嶺島無尽蔵なる石材出す　364
青嶺島より石材の無尽蔵　364
青瓢ふくるる果や秋の水　241
青麦にしばらく曇る淡路かな　534
青麦の雨の止みたる青さかな　474
青柳のある顔もせぬ小家哉　275
青柳の下枝や庭の朝清め　71
青柳の東海道は百里かな　96
青柳の泥にしだるる塩干かな　33, 390, 640
青柳のながらふ影に鮎子さばしる　243
青柳の眉かく岸の額かな　73, 640
青柳や鳥の声にも長みじか　232
青やぎや二筋三すぢ老木より　232
赤い椿白い椿と落ちにけり　284, 400, 637, 654
鱝の尾になる町は鶏かな　223
赤くあがり青くひらきし花火かな　633
赤く見え青きも見ゆる枯木かな　306
赤鶏頭を庭の正面　53
暁は宵より淋し鉦叩　312
暁や鯨の吼ゆる霜の海　248
暁や灰の中よりきりぎりす　230
暁や北斗を浸す春の潮　281
赤蜻蛉筑波に雲もなかりけり　567
あかるさも静けさも白障子越し　492
明るみてまた降雨や薄原　98
あかるみへ出過てさびしはつ桜　265
赤ン坊を尻から浸す海旱り　357
秋風に吹かれ胡桃の木とわれと　332
秋風の面影そよぐ早苗哉　418
秋風の吹きくる方に帰るなり　562
秋風や鮎焼く塩のこげ加減　333
秋風や石積んだ馬の動かざる　329
秋風や鬼とりひしぐ吉備の山　537
秋風やかかと大きく戦後の主婦　566
秋風やくわらんと鳴りし幡の鈴　557
秋風や白き卒塔婆の夢に入る　263
秋風や模様のちがふ皿二つ　34, 310, 559
秋風や藪も畠も不破の関　19, 40, 41, 78, 516
秋草も人の面輪もうちそよぎ　632
あきくさをごつたにつかね供へけり　556
秋来ぬと食先うまし今朝は早　274
秋来ぬと目にさや豆のふとりかな　261
秋雨の瓦斯が飛びつく燐寸かな　319
秋雨や人げも見えぬ裏の門　625
秋雨や夕餉の箸の手くらがり　333
秋蟬も泣き蓑虫も泣くのみぞ　136
秋空にさしあげし児の胸を蹴る　444
秋空を二つに断てり椎大樹　113
秋たつや川瀬にまじる風の音　299, 560, 567
秋立つや店にころびし土人形　245
秋ちかき心の寄るや四畳半　84
秋蝶の驚きやすきつばさかな　563
秋なれや木の間木の間の空の色　238
秋の色や見ざりし雲の赤とんはう　219
秋の蚊のよろよろと来て人を刺す　621
秋の蚊やしかもはらはで老の伽　224
秋の雲ちぎれちぎれてなくなりぬ　282
秋の雲立志伝みな家を捨つ　369
秋のくれ肥たる男通りけり　189
秋の暮溲罎泉のこゑをなす　137, 565, 568
秋の暮大魚の骨を海が引く　627
秋の航一大紺円盤の中　574
秋の空尾の上の杉に離れたり　444
秋の谷とうんと銃の谺かな　567
秋の田の大和を雷の鳴りわたる　445
秋の虹消えたるのちも仰がるる　478
秋の葉や散らでも浮かむ霧の海　160
秋の日の雨江戸に指おらん大井川　10
秋の灯やゆかしき奈良の道具市　528
秋の噴水己噴きあぐことに倦む　482
秋の山ところどころに烟たつ　248
秋の行道芝埋め下紅葉　453
秋の夜の延べて四肢ある熊の皮　476
秋の夜や紅茶をくぐる銀の匙　291
秋の夜も産後の伽の物語　163
秋の夜を打ち崩したる咄かな　84
秋はものの月夜烏はいつも鳴く　187
秋晴の口に咥へて釘甘し　487
秋晴の何処かに杖を忘れけり　487, 562
秋晴や瞼をかるく合はせても　487
空壜の浮く夕焼へ飛機還れ　351
秋深き隣は何をする人ぞ　84, 189
秋ふたつうきをますほの薄かな　280
秋めくとすぐ咲く花に山の風　485
秋めくや一つでてゐる貸ボート　485
秋もいさ荻の枯れ葉の玉霰　463
秋もはや其蜩の命かな　434
秋山のぬくさしづけさ背をつたう　357
秋夕焼旅愁といはむには淡し　479
秋夕焼わが溜息に褪せゆけり　479
明らかに露の野を行く人馬哉　328
灰汁桶の雫やみけりきりぎりす　450
あくたにと散気はなれてまあ廿日　187
あけぼのの青き中より一葉かな　434
曙の人顔牡丹霞に開ケたり　205
明ぼのやしら魚しろきこと一寸　571
あけぼのや泰山木は蠟の花　369
総角が手に手に手籠や薺つみ　202
吾子立てり夕顔ひらくときのごと揺れ　132
朝ゐの床をはづる小娘　475
朝顔に我は飯くふをとこかな　198
朝顔に釣瓶とられてもらひ水　239
あさがほに我は食くふおとこ哉　441
朝顔の花に澄みけり諏訪の湖　266
槿は露の花なるさかりかな　441
朝顔や濁りそめたる市の空　342, 560, 627
朝顔や百たび訪はば母死なむ　341
朝顔や昼は錠おろす門の垣　333
朝顔や昼は美人の鳴らし物　90
あさがすみ春のあらしにあてられて　236
朝霧にまぎれていでむ君が門　268
朝霧に柳木だかき河べかな　640
朝霧や船は四国のこめだはら　438
浅草にかくも西日の似合ふバー　479
浅茅生の宿と答へて朧月　282
朝霜や梢なみこす霧の海　160
朝涼みただ山風の木陰かな　430
あさ露をはらふや風の御祓川　155

朝濡るる落葉の径はひとり行かな　314
朝寝して授かりし知恵ありにけり　476
朝寝してとり戻したる力あり　476
朝寝して夢のごときをもてあそぶ　476
朝寝する人のさはりや鉢鼓　475
あさのゆき同じ文こす友ふたり　264
朝日影さすや氷柱の水車　10
朝朗豆腐を鳶にとられける　274
浅間かけて虹の立ちたる君知るや　41
浅間の煙かる石がとぶ　61
朝焼けの雲海尾根を溢れ落つ　305
朝焼の峡凪ぎわたる秋つばめ　345
朝夕の風や守る人氷室山　424
足ありと牛にふまれぬ蛙かな　79
脚入るるときやはらかし茄子の馬　440
足柄の今朝雪かけし椿かな　511
足がらや向ふ臑から杜宇　511
足軽のかたまつて行く寒さかな　262, 552
紫陽花剪るなほ美しきものあらば剪る　359
紫陽花に秋冷いたる信濃かな　342
紫陽花や青にきまりし秋の雨　627
紫陽花や雨にも日にも物ぐるひ　240
足高に橋は残りて枯野かな　89, 234
あしたまたるるそのたから舟　198
脚ひらきつくして蜘蛛のさがりくる　326
足もとはもうまつくらや秋の暮　365
預けたるみそとりにやる向河岸　53
あすはさんご気をさんぜんの月見哉　163
あすは三五けふや胎前こもち月　163
明日は発つこころ落葉を手に拾ふ　314
汗臭き鈍の男の群に伍す　321
塗畦のぐうつと曲りゐるところ　473
畦塗るやちちははの顔映るまで　473
汗の人ギューッと眼つぶりけり　326
汗ばみて加賀強情の血ありけり　346
汗拭いて身を帆船とおもふかな　371
畦を違へて虹の根に行けざりし　478
阿蘇山の蓋とる息や霧煙　541
遊ぶ日に菊いそがしき匂ひかな　183
あたたかな雨が降るなり枯れ葎　625
温めるも冷ますも息や日々の冬　371
頭の中で白い夏野となつてゐる　124, 307, 570
新しき櫛の歯に在り木の葉髪　494
新しき猿又ほしや百日紅　377
あたらしき畳匂ふや夕蛙　395
あたら松の科にもなるかちる桜　265
可惜夜の桜かくしとなりにけり　150, 660
あたたかになるや椿のぽつたぽた　222
あぢさゐや仕舞のつかぬ昼の酒　267
厚餡割ればシクと音して雲の峰　568
暑き日は立かくすらん雲のみね　425
あつき日や運坐はじまる四畳半　103
暑き日や野らの仕事の目ニ見ゆる　200
あつき日を思ふ夜寒の心かな　451
暑き夜の荷と荷の間に寝たりけり　262
厚氷びしりと軋みたちあがる　462
暑さにだれし指悉く折り鳴らす　298
あつしあつしと門々の声　51
後戻りして宿借るや麦の秋　98
あなかなし鳶にとらるる蟬の声　274
あなたなる夜雨の葛のあなたかな　302
あなむざんやな甲の下のきりぎりす　196
あばら骨なでじとすれど夜寒かな　451
あばれ独楽やがて静まる落葉かな　127
逢ひに行く開襟の背に風溜めて　365
雨音のかむさりにけり虫の宿　306
雨蛙芭蕉にのりてそよぎけり　223
天霧らひ男峰は立てり望の夜を　576, 585
雨雲や笠めす月のかくれみの　162
あまさ柔らかさ杏の日のぬくみ　293
あまだれの音も煩らふ蛙かな　79
天の川思へば深き逢瀬かな　82
天の川水車は水をあげてこぼす　375
天の川柱のごとく見て眠る　352
天の戸の横雲いそぐ水鶏哉　424
天のはしたてる霞や丹後ぎぬ　524
あまのやは小海老にまじるいとど哉　214
天が下雨垂れ石の涼しけれ　361
雨かしら雪かしらなど桜餅　474
雨がちに端午ちかづく父子かな　418
雨がまぶす婚近き身の黒コート　371
雨知らぬ霞の軒の雫かな　394
天地の間にほろと時雨かな　562
天地の息合ひて激し雪降らす　146, 349
あめつちをうごかす歌や鳴蛙　154
雨に暮るる日を菜の花のさかり哉　233
雨の花野来しが母屋に長居せり　113
雨の日や門提て行かきつばた　181
雨降ばさぞな月さへもる小家　275
雨やみて雲のちぎるる面白や　208
雨を引きて涼しく入るや帆掛舟　169
水馬かさなり合うて流れけり　282
水馬一つ処を上りけり　282
水馬ひよんひよんはねて別れけり　288
あやまちはくりかへします秋の暮　538
鮎落ちてたき火ゆかしき宇治の里　525
歩み来し人麦踏をはじめけり　474
荒海の秋刀魚を焼けば火も荒ぶ　348
荒海や佐渡によこたふ天の河　13, 81, 196, 352, 433, 512, 590, 645
あらがねの土や田面を鋤と鍬　200, 234
あら淋し黒木の鳥居小柴垣　207
あらし吹く草の中よりけふの月　92
嵐吹く草の中よりけふの月　247
洗った手から軍艦の錆よみがえる　360
あら何ともなや昨日は過て河豚汁　47, 181
あら猫のかけ出す軒や冬の月　459
霰来て焚火人去る渚かな　306
あらはれし干潟に人のはや遊ぶ　562
在明て入る山遠しふゆの月　277
晨明にしばし隔て馬と駕　521
有明の入空寒し嵐山　458
有明の月に成けり母の影　197
有明の月にもたらぬ子を生みて　163
蟻の道天より来たる飼屋かな　658
ありやうは耳が鈍なりほととぎす　175
歩き来し人麦踏をはじめけり　566
あるきつつねむるさびしさきんぽうげ　311
あるけばかつこういそげばかつこう　550
あるけば蕗のとう　300
或る高さ以下を自由に揚羽蝶　341
あるときは船より高き卯波かな　481, 562
或日法廷に春の赤き日沈みけり　115
有る程の菊抛げ入れよ棺の中　286
或夜月に富士大形の寒さかな　119, 149
あはあはと吹けば片寄る葛湯かな　316
袷着る空や青酢の痩ごころ　235
気泡となりバンドの男帰る霧　350
粟飯を喰せむ馬に女郎花　443
あはれ子の夜寒の床の引けば寄る　319, 451, 576
あわれに枯し樗一本　274
哀にも蝌つたふ筧かな　79
鮟鱇の骨まで凍ててぶちきらる　138
暗黒や関東平野に火事一つ　492
あんずあまさうなひとはねむさうな　293
行灯の煤けぞ寒き雪の暮れ　206

い

家づとや那智の梛の葉美濃の柿　533
家にゐても見ゆる冬田を見に出づる　348
家に時計なければ雪はとめどなし　343
家は伽妻にも吾にも夜番が叫ぶ　351
家二つ戸の口見えて秋の山　96, 265
紙鳶ここにもすむや潦　12
凧なにもて死なむあがるべし　376
紙鳶裸子はみぬ都かな　186
紙鳶吹や川は流て北南　186
いかめしく瓦庇の木薬屋　53
怒りつつ書きゐしはわが本名なり　336
息あらき雄鹿が立つは切なけれ　323
いきいきと三月生る雲の奥　345
生きかはり死にかはりして打つ田かな　473
息白く意地を通してゐたりけり　493
息白くいま喰べしもの血となりゆく　493
息白く丑三つにもの申すなり　494
息白く多くを言ふはあはれなり　494
息白く恐れげもなく答へたる　494
息白く我よりわれを解き放つ　493
生き堪へて七夕の文字太く書く　361
生きて仰ぐ空の高さよ赤蜻蛉　286
生きてあれ冬の北斗の柄の下に　472
生きものの耳もて冬の山に向く　361
戦あるかと幼な言葉の息白し　340
いくたびか無月の庭に出でにけり　561
いくたびも雪の深さを尋ねけり　4, 5, 6, 10, 11, 552, 562, 570, 626
幾人かしぐれかけぬく勢田の橋　182
幾寝覚雨の樱榈葉に秋を聞く　178
逝く母を父が迎へて木の根開く　660
行く春に和歌の浦にて追ひ付きたり　532
行く春も花さそふ風の宿りかな　23
行く春を近江の人と惜しみける　23
池田から炭くれし春の寒さかな　470
行けど行けど一頭の牛にほかならず　341
池の魚の桜おはゆる嵐かな　82
池晴れて山水寒し雪の陰　458
異見の側を通るぬき足　91
生駒山鳴れるごとくに日雷　478
いざ出でむ雪見にころぶ所まで　632

いざさらば雪見にころぶ所まで　37
いざのぼれ嵯峨の鮎喰に都鳥　526
いざや霞諸国一衣の売僧坊　180
十六夜の桑にかくるる道ばかり　356
十六夜やちひさくなりし琴の爪　362
十六夜や龍眼肉のから衣　86
胃散買ひ帰る背に鳴る高射砲　317
石かたくして上通る揚羽蝶　341
石川や蟬鳴下にひやし馬　229
石投げて不惑の身浮く冬の浜　371
石のみかえいと千引の春の網　169
石も木も眼に光る暑さかな　262
石山の石にたばしる霰かな　463
いづかたも水行く途中春の暮　341
いづくにも虹のかけらを拾ひ得ず　562
泉の底に一本の匙夏了る　373, 609
泉湧く女峰の萱の小春かな　576, 585
出雲への路銭はいかにびんぼ神　536
伊勢近し尾花がうへの鰯雲　228
伊勢に来たからは薄暑の伊勢うどん　477
いせのりや難波の芦を干簾　45
いそがしや沖の時雨の真帆片帆　182
いたいけに蛙つくばふ浮葉かな　79
頂は明けし甲斐駒露の野に　350
一々に意地悪く炭つぎ直す　328
一月の川一月の谷の中　4, 8, 152, 549
一月の畳ひかりて鯉衰ふ　373
無花果を裂けば落暉の燃え移り　348
一族の墓を高きに初景色　495
一弾のつらぬくまでのいのちなる　578
市中は物のにほひや夏の月　50, 214, 447
一日の外套の重み妻に渡す　373
一番に耳より年ぞ鳥の声　158
一瞥をくれ炎昼の銃器店　477
一僕とぼくぼくありく花見かな　165
一枚の水のねぢれや作り滝　481
一枚の餅のごとくに雪残る　620
一夜経て日は轟然と出水川　480
一夜漏る時雨に骨を絞る哉　179
一葉や布帆新に秋の風　169
一里行き二里行き深山ざくらかな　246
一輪の花となりたる揚花火　298
一家額集め地の隙塩雫　578
いづくにもうき草しげる早瀬川　229
いつ暮れて水田の上の春の月　98, 275
いつしか寂し奈良の故郷　528
一生の楽しきころのソーダ水　564
いつせいに柱の燃ゆる都かな　367, 557
一村はかたりともせぬ日永かな　401
いつ濡れし松の根方ぞ春しぐれ　472
いつの間にがらりと涼しチョコレート　555
一片のパセリ掃かるる暖炉かな　302
一方や島後に落つる天の河　537
一本の木蔭に群れて汗拭ふ　327
一本のすでにはげしき花吹雪　610
一本のマツチをすれば湖は霧　324
いづれのおほんときにや日永かな　550
凍滝と奥嶺の月と照らし合ふ　481
凍滝を背骨としたる御山かな　481
凍蝶に指ふるるまで近づきぬ　563
凍蝶の己が魂追うて飛ぶ　309
凍解や子の手をひいて父やさし　473
出でぬる芋の数もすくなき　163
いと遊ぶ空をちいろの春日かな　401
いと切れぬればもとの水の切れ　182
糸電話障子に影のありにけり　492
井戸ばたの桜あぶなし酒の酔　224
井戸深く雪の降りこむ日暮かな　296
いとゆふのいとあそぶ也虚木立　401
いとはねばならぬ旅の身夏風邪に　493
居直りて孤雲に対す蛙かな　395
田舎間のうすべり寒し菊の宿　207
稲妻にさとらぬ人の貴さよ　439
稲妻にぴしりぴしりと打たれしと　136
稲妻の切っ先鈍る夜の河　439
稲妻の弦やきれ行琵琶の湖　522
稲妻は消え返るものを憂き身かな　439
稲妻もをくれて行や隼人の瀬　543
稲妻や雨月の夫婦未寝ず　251
稲妻や波もてゆへる秋津島　251
稲妻や二階座敷に盲女ひとり　251
いなづまの花櫛に憑く舞子かな　320
稲づまや浮世をめぐる鈴鹿山　520
いなづまや如来こけしと思ひけり　251
いなば山や薄はまねく秋ながら　536
いなびかり北よりすれば北を見る　323, 562
いなびかり生涯峡を出ず住むか　356
犬抱ける水禍の民に祖国なし　480
いねいねと人に言はれつ年の暮　210
寝し兵も高粱殻も輝り月更けぬ　578
居眠りてうつらうつらん砧かな　178
猪の床にも入るやきりぎりす　230
命さまぞ佐夜の中山時鳥　517
命なりけり灸なりけり　517
命なりわづかの笠の下涼み　517
命二ツの中に生たる桜哉　217
いはき山岨麦青し童は笛　191
いはば扇は風のぬす人　231
遺品あり岩波文庫「阿部一族」　336, 557
今植ゑた竹に客あり夕すずみ　232
今更に土の黒さやおぼろ月　642
今更に寺はかほるや白牡丹　232
いまぞ恨の矢をはなつ声　225
いま人が死にゆくいへも花のかげ　577
甘薯植ゑて島人灼くる雲にめげず　316
甘藷粥や父の忌日の膳低く　354
芋の子のうぶやしなひか望月夜　163
芋の子のきぬはおのれが産衣かな　163
芋の露連山影を正しうす　117, 149, 299, 438, 659
芋も子を産めば三五の月夜かな　163
入る月やここにとどまる高野山　531
入れものが無い両手で受ける　550
色変へぬ松美しや六義園　489
色変へぬ松を窃かに侮れり　489
色に出湯の春の俤　531
色町や真昼しづかに猫の恋　333
鰯雲流るるよりもしづかに征く　352
鰯雲日かげは水の音迅く　562
鰯雲人に告ぐべきことならず　34, 132, 146, 313, 553
鰯雲ひろがりひろがり創痛む　565
岩つつじいはば言葉の色もなし　406
岩手山露照り移る放牧地　500
岩に花さくとやいはん桜のり　45
岩鼻やここにもひとり月の客　12, 212, 648
岩襞にすがれる草も月あかり　356
岩灼くるにほひに耐へて登山綱負ふ　305
巌を打つてたばしる水に蓼咲けり　345
岩を飛ぶ美人は愛宕杜宇　223

う

浮いてこい浮いてこいとて沈ませて　326
上行くと下くる雲や秋の天　208
魚食うて口なまぐさし昼の雪　264
うかうかと黴にとられし夫の靴　486
浮きをどる名古屋城かや秋天に　326
うき草や動かずに居る冷し馬　229
うき草や今朝はあちらの岸に咲く　88, 229, 234
浮雲やあふちの花に鳶の声　221
憂きことを海月にかたる海鼠かな　253
憂きものと言ひしぞまこと秋の空　444
鶯にサイレンの音ひろがり来　326
鶯のあかるき声や竹の奥　236
鶯の明闇たどる梢かな　389
うぐひすの笠おとしたる椿哉　399
鶯の舌にのせてや花の露　48
鶯の啼いて見たればなかれたり　37
鶯の鳴くや小さき口あけて　655
鶯の一こゑも念をいれにけり　37
鶯の身をさかさまに初音かな　24, 198
鶯の諸声に鳴く蛙かな　79, 395
鶯のやねからおりし畠かな　266
鶯餅いまに啼き出すかもしれぬ　473
鶯餅裏山はいまこんな色　473
鶯餅つまみどころのありにけり　473
鶯餅の持重りする柔かさ　473
鶯も余寒につれて無音かな　166
鶯や佐夜の中山冬ごもり　517
鶯や竹の枯葉をふみ落し　35, 36
鶯や竹の子藪に老を鳴く　83
鶯や父の湯のみに茶をそそぐ　573
鶯や土のこぼるる岸に啼く　243
鶯や餅に糞する縁の先　44, 83
鶯や柳のうしろ藪のまへ　46, 83, 389
うぐひすの細脛よりやこぼれむめ　186
うくひすや筧伝ふて舌つづみ　232
うぐひすや障子にうつる水の紋　333
請合にたちて鳶啼く秋日和　274
うごきなき岩井に立る売僧坊　180
動くときかすかに匂う甲虫　596
宇治川を渡りおほせし胡蝶かな　525
牛小屋に出水の跡のまざまざと　480
牛小屋の敷藁に鳩二月尽　471
失ひしものを憶へり花曇　129
うしなひしものをおもへり花ぐもり　577
牛の顔よりもあはれに汗の顔　350
牛部屋に昼みる草の蛍哉　182
宇治山の喜撰群集は茶摘み哉　525
うしろすがたのしぐれてゆくか　550, 588
うしろ手に閉めし障子の内と外　492

うすうすと稲の花さく黄泉の道 373
うすうすとしかもさだかに天の川 561
うすうすと南天赤し今朝の雪 246
うすくこくそめよ梢の秋の露 452
薄星の光り出でたる千鳥かな 466
太秦は竹ばかりなり夏の月 32, 96
埋火や壁には客の影法師 257
羅に日をいとはるる御かたち 531
羅を曳くや天女の天津風 282
羅をゆるやかに着て崩れざる 306
薄紅葉恋人ならば烏帽子で来 565
薄氷の吹かれて端の重なれる 567
うすらひは深山へかへる花の如 350
うすらひやわづかに咲ける芹の花 392
歌いづれ小町おどりや伊勢おどり 519
歌の体やほそくからびて秋の蟬 206
唄はねば夜なべさびしや菜種梅雨 311
打ちあけしあとの淋しさ水馬 329
打ち出だす火か石山に飛ぶ蛍 174
うち霞み野寺の夕べ閑かにて 194
打かたげ行鍬の見事さ 234
射ち来たる弾道見えずとも低し 131
うち曇る空のいづこに星の恋 645
打ち過ぎといふばかり打ち天瓜粉 483
裡よりの力も見えて露充てる 346
うつうつと最高を行く揚羽蝶 341
鵜つかひもはやわたをとれ鮎の魚 169
うづき来てねぶとに鳴くや郭公 73
うつくしきあぎととあへり能登時雨 357
うつくしき皃かく雉子の蹴爪かな 37
美しきほど哀れなりはなれ鶯 287
美しき眉をひそめて朝寝かな 476
美しき緑走れり夏料理 555
美しく木の芽の如くつつましく 326
うつくしや障子の穴の天の川 645
うづくまるやくわんの下のさむさ哉 215
現身の寒極まりし笑ひ声 371
現し世のものは照らさず花篝 475
空蟬のいづれも力抜かずゐる 329
空蟬をのせて銀扇くもりけり 571
うづみ火や壁に翁の影ぼうし 257
うづら鳴吉田通れば二階から 187
うつろふは菊咲く比の草木哉 451
温飩うつ跡や板戸の朧月 216
海原や蒼茫と春日呑み了る 327
鵜のつらに篝こぼれて憐れ也 245
鵜の面に川波かかる火影かな 245
卯の花に蘆毛の馬の夜明かな 38, 268
卯の花にあしげの馬の夜明哉
卯の花の絶え間たたかん闇の門 268
卯の花の満ちたり月は二十日頃 268
卯花も白し夜半の天河 182, 268
卯の花や蘼には見ぬ此小家 275
卯の花や水上知らぬ滝の浪 412
卯の花をかざしに関の晴着かな 201, 412, 506
鵜のやさしさ鵜匠の腰の蓑を嚙む 420
鵜は潜き鴎は舞ふを初景色 493
乳母車夏の怒濤によこむきに 323, 553, 610
姥桜咲くや老後の思ひ出 167
馬借りてかはるがはるに霞みけり 242
馬かりて燕追行わかれかな 220
馬下踏やひけどもあがらず厚氷 175
馬小屋に馬目ざめゐて初茜 495
不産女の雛かしづくぞ哀なる 405
馬の背や船へ積みとる炭俵 285
午の時おぼつかなしや茶摘歌 269
馬の耳すぼめて寒し梨の花 38, 218
馬の目にたてがみとどく寒さかな 366
馬は濡レ牛は夕日の北時雨 205
馬ぼくぼく我を絵に見る夏野哉 165
馬屋より雪舟引出す朝かな 26
馬をさへながむる雪の朝かな 78, 196
海荒れて鰊御殿の隙間風 491
海くらく長汀洗ふ皐月波 481
海暮れて鴨の声ほのかに白し 79, 549
海に入りて生れかはらう朧月 309
海にすむ魚の如身を月涼し 96, 263
海に出て木枯帰る所なし 456
海に日を沈め塩焼く火を守る 578
海の上にはるばる来ぬる胡蝶哉 2
海の音山の音みな春しぐれ 472
海の紺白く剝ぎつつ土用波 481
海の月とらへてみればくらげ哉 160
海の中に桜さいたる日本かな 636
海は帆に埋もれて春の夕べかな 254
海山に鎌倉ぶりの四温かな 490
海わたるちからもありて秋の蝶 2
海わたる力もありて秋の蝶 8
梅遠近南すべく北すべく 95
梅折ればおのれも動く月夜かな 90
梅がえはおもむきさまのかほり哉 168
梅が香に回廊ながし履のおと 243
梅が香にのつと日の出る山路かな 47, 83, 196, 387
梅が香はおもふき様の袂かな 168
梅が香や客の鼻には浅黄椀 36
梅咲て朝寝の家と成にけり 87, 226
梅咲けと冬草青む垣根かな 460
梅寒し祀る鎌倉右大臣 337
梅散るや難波の夜の道具市 96, 266
梅漬けてあかき妻の手夜は愛す 346
梅つばき早咲きほめん保美の里 467
梅の立枝直なる道をあらはせり 236
うめの花赤いは赤いはあかいはな 219
梅の花木場の書出し届きけり 296
梅も一枝死者の仰臥の正しさよ 565
梅や実ににほひやかなる笑ひ顔 168
埋木や本の生木の花の波 167
裏がへる亀思ふべし鳴けるなり 567
浦上は愛濁くごと地の旱 480
末枯に真赤な富士を見つけけり 282
裏店や箪笥の上の雛まつり 405
盂蘭盆会其勲を忘れじな 136
うらやまし思ひ切る時猫の恋 206, 553
うらら今それが硝子の色にして 117
うららかな朝の焼麵麭はづかしく 577
麗らかな朝の焼麵麭はづかしく 129
売家の二条通にりんごかな 27
瓜の香に美濃思へとや宵の雨 88
愁あり歩き慰む蝶の昼 563
愁ひつつ岡にのぼれば花いばら 249
熟れ柿を剝くたよりなき刃先かな 365
うれしげに尾ばかり動く冷し馬 229
うれしさや七夕竹の中を行く 645
売れるまで走馬燈売り声出さず 483
雲海や鷹のまひゐる嶺ひとつ 576

え

永劫の涯に火燃ゆる秋思かな 488
易水にねぶか流るる寒かな 251
駅前の田より田植のはじまりぬ 575
枝ながら青梅漬やつぼのうち 419
枝分けて動くや流れ川柳 640
越後屋に衣さく音や更衣 198
江戸の子が影で酒おも下さるる 53
江戸まで越る佐夜の中山 517
絵にかきし兎の耳の春日哉 19
江に添うて家々に結ふ粽かな 266
江のひかり柱に来たりけさのあき 98, 275
ゑびすうたといふも姿はやさがたに 158
蝦夷の裔にて木枯をふりかぶる 340
襟巻に首引き入れて冬の月 200
エレベーターどかと降りたる町師走 467
閻王の口や牡丹を吐かんとす 617
縁側欲し春愁の足垂らすべく 476
遠景のゆらりと見えて平泳ぎ 484
縁談や巷に風邪の猛りつつ 493
炎昼の黒き大甕なかも黒し 477
炎昼の蛇口あければ蝶の来て 477
炎昼の女体のふかさはかられず 477
炎昼のひかりの果ての磧 477
炎昼や白く光れる頭痛薬 477
塩田さらば汗ほしいまま崖能登路 578
塩田に百日筋目つけ通し 352, 578, 659
塩田の黒さ確かさ路かがやく 578
炎天の遠き帆やわがこころの帆 552
塩田夫日焼け極まり青ざめぬ 578
炎天や水を打たざる那覇の町 543
炎天より僧ひとり乗り岐阜羽島 480
炎天を槍のごとくに涼気すぐ 562
炎熱や勝利の如き地の明るさ 480
鉛筆の遺書ならば忘れ易からむ 360

お

追ひかけて来て香水を匂はする 483
追風にまろびて涼し沖津波 294
老いながら椿となつて踊りけり 322
老いぬれば西瓜に辷る踊かな 266
追い羽根に舁きゆく鮫の潮垂りぬ 294
おいらん草賞与家計にまぎれ消ゆ 365
応々といへど敲くや雪の門 211
王宮は鰐住む水に臨みけり 135
あふ坂の関に用る正気散 521
逢坂の露の葉かりて一夜鮓 522
王子猷もかへらじけふの月の雪 184
黄檗山の雨のもみぢ葉 269
青梅の梢を見ては息休めけり炉路男 76
大雨のあと浜木綿に次の花 357
大雨歇みて寝し町戻る秋涼し 283
大蟻の畳をありく暑さかな 262
大いなる春日の翼垂れてあり 328, 561

大いなるものが過ぎ行く野分かな　562
大枝は花盗人もあぐみけり　265
大江戸の昔より色変へぬ松　489
大風に湧きたつてをる新樹かな　410
大方は夜半に戻る月見かな　82
大蕪子蕪さては赤蕪我老矣　109
大釜に煮詰まる塩と夜明け待つ　578
狼の骨をかけたり冬木立　255
大阪や埃の中の油照り　480
大酒や人間万事としわすれ　169
大空に一鶴白し鷹はやる　461
大空に伸び傾ける冬木かな　309
大空に微塵かがやき松手入　488
大空をせましと匂ふ初日影　276
大滝に至り著きけり紅葉狩　353
大津絵の時雨姿をうつされよ　268
大年の庭木ゆすぶり掃きにけり　127
大初日海はなれんとして揺らぐ　495
大原や木の芽すり行牛の頬　32
大はらや酒呑たらぬはなの下　525
大原や蝶の出て舞ふ朧月　215, 393, 642
大原や人留のある若菜つみ　525
大比叡やしの字を引て一霞　523
大旱母に柱が暗く立つ　480
大ぶくや中にみどりの色鮮やか　269
大榾をかへせば裏は一面火　331, 571
大晦日定めなき世の定めかな　468
大雪にぽつかりと吾れ八十歳　564
大雪のここにも食の煙かな　12
大綿のさもやはらかく当たりくる　494
大綿の日差に入れば日のかけら　494
大綿は手にとりやすしとれば死す　494
御頭へ菊もらはるるめいわくさ　53
おからかさや頼む時雨のあめが下　157
沖一夜あれてはるかに雪の山　98
起きて居てもう寝たと云ふ夜寒哉　451
置き手紙西日濃き匙載せて去る　636
起きて見つ寝て見つ蚊帳の広さかな　239
置きどころなくて風船持ち歩く　475
翁かの桃の遊びをせむと言ふ　376
沖膾箸の雫や淡路島　534
沖の石日にあたたまる節句かな　223
荻の風いとさうざうしき男かな　434
奥白根かの世の雪をかがやかす　295, 515, 562
奥山は山鳩鳴て花もしづけき　243
おくられつおくりつはては木曽の秋　516
お降りのまつくらがりを濡らしけり　562
御座敷を見れば何れもかみな月　227
おし合は葛籠長持車道　172
雄鹿の前吾もあらあらしき息す　323, 437
押鮓の鯖生きてあり切らんとす　576
押しとほす俳句嫌ひの青田風　342
をし鳥よ一夜わかれて恋を知れ　261
獺の住む池埋もれて柳かな　641
おそろしき鈴鹿もいまや初紅葉　520
落鮎や日に日に水のおそろしき　239
をちこちに灯のともりをり初山河　495
をちこちの水集ひ合ふ春野かな　562
落椿とはとつぜんに華やげる　400
落椿吾ならば急流へ落つ　364
落ちつみし椿がうへを春の雨　260
落葉明りに岩波文庫もう読めぬ　564
落葉焚いて葉守りの神を見し夜かな　292
落葉ふかしけりけりゆきて心たのし　314
落葉踏む足音いづこにもあらず　618
おちやかしら夏の初花遅桜　409
御手討の夫婦なりしを更衣　251, 291, 655
をとこ仲たがひつつ苺の熟れし　117
男山へ誰がなかうどぞ女郎花　443
音寒し風も霰の玉柏　458
落し水柳に遠く成りにけり　641
音澄みて鶸鳴く多摩の寒日和　345
音添うて雨にしづまる砧かな　449
音立てて落つ白銀の木の葉髪　494
をととひの糸瓜の水もとらざりき　280, 565
一昨日はあの山越つ花盛　212
音のした戸に人もなし夕時雨　240
音むせぶ山水寒し苔の庭　458
乙女草やしばしとどめん霜おほひ　166
踊り場に本積むならひ二月尽　471
踊見る踊り疲れを憩ひつつ　306
衰や歯に喰あてし海苔の砂　45
おとろへし吹雪の天に岳は燃ゆ　305
おなじ絵の売れのこりゐる走馬燈　483
同日に山三井寺の大根引　523
鬼が島迄行かず寝つく子　91
尾にひとつ蛍の光る冷し馬　229
斧入れて香におどろくや冬木立　460, 568
をのこわれいくさのにはの明治節　314
尾のさきとなりつつもなほ蛇身なり　138
斧よりもくらくなりたる夕立前　366
己が根の深さどこまで砂漠の木　578
己れ殺す勤めぞ金魚買ひ足して　350
お針して秋も命の緒を繋ぎ　53
帯解きてつかれいでたる蛍かな　560
帯程に川も流れて汐干哉　223
お奉行の名さへ覚えずとしくれぬ　185
尾房にも馬冷やし場の蛍かな　229
御仏事よこれも我かたの開山忌　157
朧ふかし明日切る乳房抱きねむる　363
おぼろ夜のかたまりとしてものおもふ　138
朧夜の底を行くなり雁の声　240
朧夜や吉次を泊めし椀のおと　264
朧よりうまるる白き波おぼろ　350
女郎花あつけらこんと立てりけり　444
女郎花そも茎ながら花ながら　444
女郎花たとへばあはの内侍かな　165
をみなへしといへばこころやさしくなる　375
をみなへし又きちかうと折り進む　304
をみなとはかかるものかも春の闇　129, 577
をみなめしおほよそ嘘な女かな　444
御命講や油のやうな酒五升　57
思ひ出し悼む心や露滋し　342
思ふこと書信に飛ばし冬籠　136
面影や姨ひとりなく月の友　37
俤や姨ひとりなく月の友　515
面梶やあかしの泊り郭公　534
おもしろうてやがて悲しき鵜飼かな　420
おもしろう松笠もえよ薄月夜　217
おもしろくてやがてかなしき鵜舟かな　650
面白さ急には見えぬ薄かな　188
面白し雪にやならん冬の雨　56
思はずもヒヨコ生まれぬ冬薔薇　113
おもひ出て物なつかしき柳かな　186
徐ろに黴がはびこるけはひあり　486
思はずもヒヨコ生れぬ冬薔薇　284
親にらむひらめをふまん汐干かな　223
親の杖よハりしはてや棚麻木　175
親よりも白き羊や今朝の秋　287
泳ぎ子の石を濡らして去りにけり　484
凡そ天下に去来程の小さき墓に参りけり　113
折鶴のごとくに葱の凍てたるよ　332
をりとりてはらりとおもきすすきかな　299, 443, 558, 560, 569, 635
折ふし郭公こきやかうの声　521
折れ盗めとても花には狂ふ身ぞ　265
尾をかくすにはよき庵の薄かな　190
尾を捨てて狐の寝たる暑さかな　87
おんおんと氷河を辷る乳母車　376
音楽漂う岸侵しゆく蛇の飢　146
飲食のことりことりと日の盛　477
をんな来て別の淋しさ青簾　565
女の子交りて淋し椎拾ふ　660
女を見連れの男を見て師走　467

か

甲斐がねをさやにもみるや月の剣　515
蚕飼ふ家の主は嫠かも　63
貝こきと噛めば朧の安房の国　568
骸骨のうへを粧て花見かな　188
蚕の臭き六月の末　63
会社やめたしやめたしやめたし落花飛花　588
街燈は夜霧にぬれるためにある　377
峡の空せまきに馴れて星まつる　356
廻廊にしほみちくれば鹿ぞなく　192
街路樹の夜も落葉をいそぐなり　563
花影婆娑と踏むべくありぬ岨の月　310, 650
かへてだになほ花染か白重　408
楓の芽ほぐれしよりはかかはらず　350
帰らざるもののみが増ゆ木の葉髪　494
帰りゆく蛾に逢ひたりし朝月夜　348
帰るべき山霞みをり帰らむか　388
帰らうと泣かずに笑へ時鳥　286
顔上げて冬の長さの燈にもあり　361
顔入れて顔ずたずたや青芒　365
貌が棲む芒の中の捨て鏡　376
蚊が一つまつすぐ耳へ来つつあり　567
鏡とて餅に影あり花の春　183
かかる記憶秋風の音おこるとき　132
かかる府中を飴ねぶり行く　208
書き驕るあはれ夕焼野に腹這ひ　322
柿くへば鐘が鳴るなり法隆寺　280, 568
嘉義候よやをら初日の梅ごころ　187
牡蠣食べてわが世の残り時間かな　365, 569
書つづる師の鼻赤き夜寒哉　450

かきつばた岩漏る水の色香かな　416
杜若語るも旅のひとつかな　416
柿照るや母系に享けて肥り肉　371
柿捞ぎて空の深さに憩ひをり　356
限りさへ似たる花なき桜かな　71, 397
限りなき行方や野べの春の水　31
限りなく降る雪何をもたらすや　562
角乗りの水裏返し裏返し　150, 660
学問のさびしさに堪へ炭をつぐ　298, 563
学問の黄昏さむく物を言はず　313
鶴唳の響けば山河緊りけり　567
かけ稲に鼠鳴なる門田かな　251
陰うつす水や柳のびんかがみ　640
掛香にものや偲ばれひるさがり　483
かけてゐし眼鏡を卓に夜の秋　476
影は天の下てる姫か月のかほ　158
陽炎に美しき妻の頭痛かな　253
陽炎や手をとりあへし酒の友　266
かげろふやほろほろ落つる岸の砂　217, 401
かけ渡す願の糸のおもはゆし　645
影を売るごと走馬灯売る男　483
籠の目に土のにほひや京若菜　288
鵲のはね橋や渡す天の川　82
笠島やいづこ五月のぬかり道　81
傘なしに別れ貧しく血につながる　360
重ね着の切手一枚買ひに出づ　491
重ね着の模様重なる襟周り　491
重ね着やみだるる袖の色ふかし　491
笠の端やきのふにも似ず神な月　227
風花の大きく白く一つ来る　562
風花や受洗の朝の髪梳かる　363
笠もなき我をしぐるるかこは何と　78
飾るものなし花冷のくびすぢに　471
笠を被て花の祇園のかがり守　475
笠をぬぎしみじみとぬれ　300
火事跡の鏡に余るほどの空　493
火事とほし妻がしづかに寝がへりぬ　492
火事見舞あかつき近く絶えにけり　493
火事よといひて風しづか也　172
歌書よりも軍書にかなし芳野山　218, 529, 556
かしらを包ム鷹居て行　224
柏木もちと秋かぜの落葉かな　455
春日野の鹿に嗅がるる袷かな　527
春日野や慈悲万行の鹿野園　527
数の子を嚙み壮年の心ばへ　569
霞みけり有明の月の熊野山　531
霞みけり山消え失せて塔一つ　388
霞さへ梅さく山の匂ひかな　387
霞さへまだらにたつや寅の年　156
霞より時々あまる帆かけ船　82
かすむやら目が霞むやらことしから　273
風薫る野山にみつる念仏かな　58
風薫れ都の南なら団　528
風かなし夜々に衰ふ月の形　248
風かほるこしの白根を国の花　513
風寒き夕日に鳶の声引て　274
風寒し破れ障子の神無月　73, 154
風とほす行李のひとつ薫衣香　483
風に落つ楊貴妃桜房のまま　636
風に研がれ砂純粋に純粋に　578
風になるやすずの子どものもて遊び　168
風の蝶きえては麦にあらはるる　2, 8
風吹いて牡丹の影の消ゆるなり　329
風見えで木のもとめぐる落葉かな　455
風や秋うらめづらしき葛葉かな　42
風や秋垣根涼しき虫の声　436
風や春名残だになき氷かな　392
風や光霞に浮かぶ玉津島　388
風邪を引く命ありしと思ふかな　493
数へ日となりたるおでん煮ゆるかな　489
数へ日の欠かしもならぬ義理ひとつ　489
数へ日の数へるまでもなくなりぬ　489
数へ日のごろりごろりとカレーの具　489
数へ日の犀の耳のみ動きけり　489
数へ日のせまる紺青駿河湾　489
数へ日の陽差しが墓の中にまで　489
数へ日や家族みな知るパスワード　489
数へ日や谷をおほへる藪蘇鉄　489
数へ日や鍋の魚は口を開け　489
数へ日を旅して橋の上にあり　489
方方にひぐらし妻は疲れている　351
片恋の鮑を作る井戸の端　274
形代をつくづく見たり裏も見る　348
かたつぶり角ふりわけよ須磨明石　62
蝸牛打かぶせたるつばき哉　399
かたつむり踏まれしのちは天の如し　366
片ひらくフランス窓や日脚伸ぶ　490
帷子も袷羽織も秋めきて　486
かたまつて薄き光の菫かな　404, 570
かたまりて通る霧あり霧の中　438
戛々とゆき戛々と征くばかり　566
がつくりと抜け初むる歯や秋の風　548
がつくりと隙になる日の永さかな　401
喀血の寒さのあとは眠くなる　339
かつこうや何處までゆかば人に逢はむ　289
郭公や何処までゆかば人に逢はむ　117, 289
かつしかや江戸をはなれぬ鳳巾　186
葛飾や水漬きながらも早稲の風　294
合点ぢや其暁のほとゝぎす　221
葛城の山懐に寝釈迦かな　297
蝌蚪一つ鼻杭にあて休みをり　123
門松やにほん一度に辰の年　159
かなかなのかなかなと鳴く夕かな　627
かなかなや裏窓明けて裏の山　551
かなかなや川原に一人釣りのこる　434
かなしきかな性病院の煙突　336
かなしめば鵙金色の日を負ひ来　313
金谷迄やれ命也佐夜の山　517
鐘霞み松昏やすき東寺かな　183
鐘鳴りて春行くかたや海のいろ　241
鐘の声つつむふくさか八重がすみ　183
鐘一つうれぬ日はなし江戸の春　198
蚊柱に大鋸屑さそふ夕べかな　76
蚊はしらに民草富めり暮篝　191
蚊柱に夢の浮きはしかかるなり　197
蚊ばしらや棗の花の散るあたり　248
蚊柱をけづる蚊遣りは鉋かな　76
かひがねをさやにも見しが　515
黴けむり立てでぞ黴の失せにける　486
黴の宿寝過ごすくせのつきにけり　486
黴の世や言葉もつとも黴びやすく　486
甲虫しゅうしゅう鳴くをもてあそぶ　596
甲虫角もてあます篭の中　596
蕪引く頃となりけり春星忌　109
南瓜吟ずらく我道邈爾たり　288
蟷螂が曳きずる翅の襤褸かな　577
蟷螂の鋏ゆるめず蜂を食む　577
蟷螂の蜂を待つなる社殿かな　577
かまきりの貧しき天衣ひろげたり　340
鎌倉や冬草青く松緑　460
鎌倉を生て出けむ初鰹　511
髪おほければ春愁の深きかな　476
神垣や白い花ニハ白い蝶　267
上京や踏まれぬ程のけさの雪　56
紙草にのり藻漉也浅草川　45
紙衣に杖を引てぼくぼくと帰　165
雷の初物虫にさはるべし　27
神鳴りは暖うなるはじめ哉　28
神鳴りや始めて物を取落し　28
神にませばまこと美はし那智の滝　481, 533
紙風船息吹き入れてかへしやる　475
椿象は来るはパソコンは鈍いは　566
瓶破るるよるの氷の寝覚哉　201
賀茂川も白川なれや厚氷　462
鴨の子のひく波ひかる初冬かな　345
鴨の嘴よりたらたらと春の泥　473
かもめ来よ天金の書をひらくたび　367
蚊帳くぐる女は髪に罪深し　657
蚊屋とりて天井高き寝覚めかな　235
蚊遣一すぢこの平安のいつまでぞ　426
蚊遣火の煙露けき草の戸に　426
粥すする杣が胃の腑や夜の秋　476
傘にねぐらかさうやぬれ燕　198
傘の上は月夜のしぐれかな　253
辛崎の松は花より朧にて　79
乾鮭のからき世胆のにがき世ぞ　117
干鮭も空也の痩も寒の内　54, 83
鴉とんでゆく水をわたらう　300
鴉の愚穂麦野をどこまでも飛ぶ　350
烏もまじる里の麦まき　221
唐染か黄檗山の村紅葉　269
からつぽの体育館の西日かな　599
からびたる声する鳩や友思ひ　206
からびたる三井の仁王や冬木立　255
唐船の帰朝をいつと松浦姫　541
から松は淋しき木なり赤蜻蛉　284, 658
刈葦の枯葦に立てかけてある　326
雁かへる声にや峰をこしの雪　392
雁帰る女王の心疑へば　368
雁がねもしづかに聞けばからびずや　206
雁がねや竿になるとき猶さびし　448
雁や残るものみな美しき　575, 627
刈株や水田の上の秋の雲　208
かりかりと蟷螂蜂の皃を食む　577, 636
雁過ぎしあとむらさきの山河かな　449
かりそめに早百合生けたり谷の房　422
かりそめに燈籠おくや草の中　299
雁啼くや一つ机に兄いもと　344
雁なくや夜ごとつめたき膝がしら　335
雁のゐる冬草繁る堤かな　460
雁の数渡りて空に水尾もなし　618

雁はまだ落ついて居るにお帰りか　261
カルタ歓声が子を守るわれの頭を撲つて　321
枯るるほど草にしみこむか冬の月　240
枯芦の中に火を焚く小船かな　567
枯れ蘆の日に日に折れて流れけり　245
枯れ枝に烏のとまりけり秋の暮　51, 77, 174, 366
枯芝ややゃかげろふの一二寸　80, 217
枯て鳴かけ菜の垣や片時雨　228
枯ながら芭蕉よ四百八十寺　203
枯野ゆく鳴りを鎮めし楽器箱　347
枯深き身を打ちうちて塵払ふ　371
枯れゆけばおのれ光りぬ冬木みな　313
からうじて鶯餅のかたちせる　473
かろがろしくも山ほととぎす　155
川霧やまた犬の声鶏の声　251
蛙消えて歌にやはらげ蛇の腹　79
河瀬の上のぼる水のかげろふ　56
河内一寸鼻べちやのわての顔　660
川尽て鱸流るるさくら哉　191
川土手の風になびける芒かな　560
川波の手がひらひらと寒明くる　470
川の瀬も鳴るや鈴鹿の花曇り　520
川傍で浪の綾おれ糸柳　640
川舟の櫓に響けり茶摘歌　269
河原畑まで春泥の深轍　473
蚊を搏つて頬やはらかく癒えしかな　575
蚊をやくや褒姒が閨の私語　197
寒明くる身の関節のゆるやかに　470
寒明けの崖のこぼせる土赤く　470
寒明けの日射に舞へる都鳥　470
寒明や野山の色の自　470
寒雲の燃え尽しては峡を出づ　356, 562
寛永やあけ七歳の午のとし　156
かんかんと朝の灯や餅むしろ　127
寒菊の隣もありや生大根　37, 209
寒月や雨さへもらぬやねをもる　277
閑鼓鳥我もさびしいか飛んで行く　234
簪のゆれつつ下る初詣　495
元日のくれ行空や初鴉　28
元日の空は青きに出舟哉　28
元日の日が当たりをり土不踏　575
元日の日のさす肩のあはひかな　276
元日の夕の空やから錦　28
元日の夜を流木の谿泊り　317
元日や鬼ひしぐ手も膝の上　277
元日や神代のことも思はるる　155
元日や草の戸ごしの麦畑　657
元日や雲井遥かに鶴の声　28
元日や暗き空より風が吹く　337
元日やされば野川の水の音　185
元日や世の息延る明の空　28
元日や空にしたがふ四ツの海　28
元日や空にも塵のなかりけり　28
元日や空も寛に事始　28
元日や人の妻子の美しき　98
元日や百まで生きん人ばかり　104
元日や仏に成るも此の心　282
寒雀身を細うして闘へり　563
寒昴天のいちばん上の座に　472
甘草の芽のとびとびのひとならび　123, 126, 331
癌育つ身の影折れて月の階　371
神田川祭の中をながれけり　290
邯鄲に息つぐときのありて風　362
閂をかけて見返る虫の闇　335
閂をさす音がして風邪ごころ　493
寒の梅挿してしばらくして匂ふ　568
寒の蕗水の日向を流れけり　345
観音の大悲の桜咲きにけり　397
カンバスの余白八月十五日　661
がんばりの利く古釘や日脚伸ぶ　490
がんばるわなんて言うなよ草の花　553
寒晴やあはれ舞妓の背の高き　373, 566
灌仏の日に生れあふ鹿の子哉　410
寒餅や最後の癩の詩つよかれ　361
寒夜明るし別れて少女駈け出だす　318
寒雷やびりりびりりと真夜の玻璃　313, 478, 611
還暦や雪解の山正面に　575

き

木苺の寒をみのれり摘みこぼす　127
消えた映画の無名の死体椅子を立つ　360
祇園まで顔は日蔭の扇かな　243
樹かぶさりの冷々として椿燃ゆ　288
機関車が涙のように思われて　366
機関銃地ニ雷管ヲ食ヒ散ラス　131
きき書や扇にこもる難波風　176
黄菊白菊其の外の名はなくもがな　451
きぎす啼く跡や山の端うすがすみ　402
樹々の息を破ぶらじと踏む秋日かな　283
木々の瘤空にきらめく二月尽　471
菊鶏頭切尽しけり御命講　18
菊さけば野はうつろはぬ花もなし　451
菊咲けり陶淵明の菊咲けり　304
菊焚くや今日かつらぎに雪を見る　127
菊の香やならには古き仏達　528, 559, 568
菊の香や奈良は幾代の男ぶり　528
菊日和身にまく帯の長きかな　486
菊干すや東籬の菊もつみそへて　342, 451
機嫌よくむかへおきての姫はじめ　158
聞かうとて誰も待たぬに時鳥　286
蚶潟や幾世になりぬ神祭り　503
象潟や田中の島も秋の暮　503
きさかたを問ず語や草の霜　190
二月や大黒棚も梅の花　38
雉子啼いて跡は鍬うつ光かな　260
雉子啼くや胸深きより息一筋　402
雉の尾もやさしくさはる菫哉　224
岸の額を洗ふ白波　73
雉子の眸のかうかうとして売られけり　402
雉子羽うつて琴の緒きれし夕哉　263
機銃音寒天にわが口中に　351
帰省子に目の穴大き魚のあら　482
帰省子の今エンジンを止めし音　482
帰省子の太梁のごと熟睡せり　482
北風がぬくくて本所七不思議　491
北風に腹を叩いて牛通す　491
北風や磧の中の別れ道　284
北風や浪に隠るる佐渡ヶ島　491
北風やわが生涯の一里塚　491
北きつね老いさらばへて昼遊ぶ　359
北野どの御すきのものや梅の花　72
北吹くと種になりたるもの光る　491
きちきちといはねばとべぬあはれなり　568
吉祥天の裳裾を乱す隙間風　491
啄木鳥や落葉をいそぐ牧の木々　294, 576, 626, 659
狐火の減る火ばかりとなりにけり　306
き手も着て烏帽子さくらや神の前　191
木と岩とひれふす信濃初景色　493
忌に寄りし身より皆知らず洗ひ鯉　342
砧打ちて我に聞かせよや坊が妻　449
黄の青の赤の雨傘誰から死ぬ　360
昨日かもうへし岡べの田代どの　155
昨日からちよつちよと秋も時雨かな　553
きのふ来てけふ来てあすや雁いくつ　449
きのふ火を噴きしトーチカ青麦に　577
紀の国の鯛つりつれて汐干かな　223
茸狩に蒼穹見えて大いびつ　127
樹のそばの現世や鶴の胸うごき　373
木の股のかなたに果てる昼の火事　492
黍刈つて風をあてけり大根畑　288
着ぶくれて汽車の切符が後生大事　491
着ぶくれてわが一生も見えにけり　564
木枕のあかや伊吹にのこる雪　216, 389
君が代の長柄の橋も造るなり　530
君が代は知らぬ人にも御慶かな　104
君火をたけよきもの見せむ雪まるげ　464
君やよしと捧げし僧も神無月　539
逆襲ノ女兵士ヲ狙ヒ撃テ!　131, 318
客となるもしやくし果報か多賀祭　207
ギヤマンのごとく豪華に陽炎へる　401
旧景が闇を脱ぎゆく大旦　384
九十の端を忘れ春を待つ　329
旧跡に立ち残れるや霜柱　530
旧道や猿ひき帰る秋の暮れ　181
牛肉の赤きをも蟻好むなり　358
急流の上にてたるむ凧の糸　364
けふからは日本の雁ぞ楽に寝よ　448
けふ吉日とあら玉の春　158
狂句木枯の身は竹斎に似たるかな　78, 182, 196
暁紅のうつろふ沖や山椿　400
狂死てふ死に方もあり曼珠沙華　346
教室にプールの水の匂ひ来る　568
行水の捨てどころなき虫のこゑ　188
行水の我れに月古る山河かな　283
行水も日まぜになりぬ虫の声　185
けふぞはや見ぬ世の旅の更衣　180
鏡中に西日射し入る夕立あと　427
胸中のこゑ白息にこもりけり　494
今日何も彼もなにもかも春らしく　378
京にても京なつかしやほととぎす　62
けふの汐品川ちかし安房上総　223
けふの月馬も夜道を好みけり　560
けふの月長いすすきを活けにけり　561
今日の月見の客は長尻　163
今日の日も入りぬ枯野の水たまり　262
けふばかり男をつかふ田植哉　449
けふははや秋のかぎりになりにけり　70

暁紅に露の藁屋根合掌す 659
凶暴な愛が欲しいの煙突よ 588
京町のねこ通ひけり揚屋町 86
今日も暮るる吹雪の底の大日輪 289
けふよりの妻と来て泊つる宵の春 129, 577
今日よりや書付消さん笠の露 161
行列の真中にゐて大暑かな 477
京わきや小家がちなる町はずれ 275
玉音を理解せし者前に出よ 377
御慶とや礼のうなづく今日の春 202
虚子きらひかな女嫌ひのひとへ帯 342
虚子捨て碧梧誤りし俳句子規忌かな 368
虚子に日ほ句作らにやと子規忌かな 368
虚子に問ふ十一月二十五日のこと如何に 375
巨弾命中秋の巌山も揺ぎけり 368
虚を衝れしは首すぢの日焼かな 485
きらきらと音に日のさす鳴子かな 98
きらきらと松葉が落ちる松手入 488
切ラレたる夢は誠か蚤の跡 197
切株があり愚直の斧があり 340
霧黄なる市に動くや影法師 286
きりぎりす自在をのぼる夜寒かな 230, 450
きりぎりす寝ぬ夜をあかぬ朝け哉 450
霧雨や白ききの子の名はしらず 267
霧しぐれ富士をみぬ日ぞ面白き 226
霧の海に世界のものは人魚哉 160
霧の海の底なる月はくらげかな 160, 617
桐の木高く月さゆるなり 447
桐の花葵祭は明日とかや 413
切貼りの一輪二輪白障子 492
桐一葉日当りながら落ちにけり 309, 570
霧ふかき積石に触るるさびしさよ 305
気力なき柳のこぶややせぢから 168
霧よ包め包めひとりは淋しきぞ 289
切藁の畑に匂ふ四温かな 490
銀河系のとある酒場のヒヤシンス 379
金魚大鱗夕焼の空の如きあり 617
金魚玉とり落しなば舗道の花 353
金の輪の春の眠りにはひりけり 476
金屏のかくやくとしてぼたんかな 254
金屏の松の古さよ冬籠 17, 83
金屏をたててストーブたきにけり 127

く

杭打つて鯉おどろかす晩夏かな 552
空をはさむ蟹死にをるや雲の峰 284
九月尽日許六拝去来先生几下 453
九月尽遥かに能登の岬かな 248, 625
茎右往左往菓子器のさくらんぼ 138, 549
茎漬や金の指輪を二つして 328
草いろいろおのおの花の手柄かな 442
草芳し子を抱きて子の髪を愛す 568
草刈よ馬に喰はするをみなへし 443
草じらみ互につけて笑ひけり 126
草照りて十六夜雲を離れたり 561
草に寝れば空流る雲の音聞ゆ 120
草の雨祭の車過ぎてのち 413
草の戸に我は蓼くふほたる哉 198
草の戸も住み替はる代ぞ雛の家 405, 590
草の花少しありけば道後なり 442
草の葉や足の折たるきりぎりす 436
くさめして見失ふたる雲雀かな 238
草餅を焼く天平の色に焼く 372
草矢放たん津軽の空は青鋼 499
櫛買へば簪が媚びる夜寒かな 119
鯨つくや是は九州松浦潟 541
葛切やすこし剰りし旅の刻 365
葛の花来るなと言つたではないか 373
葛の葉の上を風吹く暑さかな 425
葛の葉のうら壁返す庵かな 42
葛の葉のうらみ貌なる細雨哉 446
葛の葉の面見せけり今朝の霜 42, 457
葛の葉やうらがへる野の花軍 42
国栖人の面をこがす夜振かな 320
草臥て宿かる比や藤の花 406
下るにはまだ早ければ秋の山 562
口癖のよしのも春の行衛かな 230
口切に時雨を知らぬ青茶かな 159
昼で冊子かへすや冬ごもり 243
口をひらいてわらふ正月 158
くつがへる雪の車は我のみか 268
沓脱石初雀降り来たるなり 573
国ぐにを秋になつたら見にまはれ 187
国原や野火の走り火よもすがら 576, 585
頸あをき少年と対す百合の前 422
首筋の今なほ寒し羽ぬけ鳥 254
首高く伸べて見張りの鶴となる 543
首長ききりんの上の春の空 374, 561
くべ足して暗みたりけり花篝 474
熊坂が長刀あぶる霜夜かな 225
熊坂がゆかりやいつの玉まつり 225
熊野川筏をとどめ春深し 327
熊野路や分つつ入れば夏の海 531
熊野見たきと泣きたまひけり 531
雲生まる雪渓よりもまだ淡く 480
雲霧に月もかくるる今宵かな 48
雲霧も月にかくるる今宵かな 48, 631, 637
雲詰めて冬空といふ隙間あり 561
蜘何と音をなにと鳴く秋の風 77
雲に乗る翼や出来て凧 88
くもの糸一すぢよぎる百合の前 331
雲の峰これにも鳶の舞事よ 274
雲の峰一人の家を一人発ち 371, 562
雲の峰祭の夜をうつくしく 345
雲はなを定めある世の時雨かな 237
雲もなき不二見て寒し江戸の町 458
くもりたる古鏡の如し朧月 642
位あるむくげの花や床の上 9
くらがりをともなひ上る居待月 561
暗く暑く大群衆と花火待つ 636
暗くなるまで夕焼を見てゐたり 479
蔵並ぶ裏は燕のかよひ道 398
暗闇の下山くちびるをぶ厚くし 351
暗闇の眼玉濡さず泳ぐなり 336
暗闇を鹿列なして横切りぬ 563
くりごとのはなしもあかじ月の友 263
クリスマス妻のかなしみいつしか持ち 335
栗の花そよげば箱根天霧らし 511
栗もまたふさぎの蟲をかくしけり 348
来る年や末たのみある中の秋 166
来るとゆくと逢うて月見や渡し舟 87
来る春の引付ならし朝霞 236
車にも仰臥という死春の月 566
胡桃二つころがりふたつ音違ふ 568
暮いかに月の気もなし海の果 204
暮急げ秋の川辺の渡し船 538
暮れかかる油掃除や春の雨 285
暮たれば滝ばかりなり那智の空 98
暮れて行く年のまうけや伊勢熊野 531
暮れて行く一羽鳥や初しぐれ 222
くれてゆく年はしらがのもとひかな 222
くれなゐのひろがつてゆく初景色 495
くれなゐや葉さへ花さへふかみ草 415
くろがねの秋の風鈴鳴りにけり 548, 549, 560, 627
くろからぬ首かきたる栢の撥 53
黒きまで紫深き葡萄かな 563
くろぐろと雪片ひと日空埋む 327
黒瀧やかすみのきぬを洗ひ汁 167
黒楽の茶碗の欠やいなびかり 274
クロールの夫と水にすれ違ふ 484
鍬置いて薄暑に畦に膝を抱き 136
鍬かたげ行霧の遠里 234
鍬がたやかへす田づらのうち甲 200
鍬さげてしかりに出るや桃の花 234
桑の葉の照るに堪へゆく帰省かな 294, 482
鍬始乏しき酒をあたためぬ 287
薫風やともし立てかねついつくしま 538

け

啓示乞ふ泉の面にくちづけて 369
傾城の朝風呂匂ふ菖蒲かな 258
傾城の小唄はかなし九月尽 248, 453
軽暖の日かげよし且つ日向よし 477
鶏頭に鶏頭ごつと触れゐたる 570
鶏頭の黒きにそそぐ時雨かな 33
鶏頭の十四五本もありぬべし 140, 559, 656
鶏頭や雁の来る時なほあかし 33
鶏頭や倒るる日まで色ふかし 33
けいとうや日は燃さしを捨て行 232
毛糸きる背丈もちさくなり給ふ 127
夏書せん絃なき琵琶のうら表 267
毛皮はぐ日中桜満開に 340
けけらなくよこをりふせて郭公 517
毛衣につつみてぬくし鴨の足 37
今朝のあさけ雪は待たれよ霜の松 457
今朝ははや冬のはじめになりにけり 70
芥子咲けばまぬがれがたく病みにけり 306, 564
消炭のつやをふくめる時雨かな 293
けじめ見せて門鎖す花のあるじかな 71
夏至ゆうべ地軸の軋む音少し 561
月下美人力かぎりに更けにけり 329
月光にいのち死にゆくひとと寝る 323
月光に一つの椅子を置きかふる 323, 637
月光のをはるところに女の手 360
月光の象番にならぬかといふ 373

月蝕の謀るしづかさや椎若葉　146
月明に我立つ他は帚草　346
月明の蛾の跳梁や月見草　447
月明の道あり川ともつれつつ　447
月明や山彦湖をかへし来る　576
実にここは涼しき道よ西法寺　58
毛見の衆の舟さし下だせ最上河　504
煙にもすすけず白し富士の雪　518
兼好となくやよしだのきじの声　165
言語にとって美とは何か　587
健啖のせつなき子規の忌なりけり　552
原爆図中口あくわれも口あく寒　538
原爆地子がかげろふに消えゆけり　401
原爆許すまじ蟹かつかつと瓦礫あゆむ　351, 566
憲兵の前で滑つて転んぢやつた　377

こ

御一かにあくるかすみの樽もがな　167
恋猫の恋する猫で押し通す　341, 562
鯉はねて水静也郭公　182
豪雨止み山の裏まで星月夜　472
豪華なる消防車来て小さき火事　492
向寒やロールキャベツは素く蒼く　650
ごうごうと楡の落葉の降るといふ　455
高校も大学も都電日脚伸ぶ　490
校舎高し西日受けたる窓並び　479
香薷散犬がねぶつて雲のみね　86, 198
工女泣く機場の窓や朧月　288
耕人に余呉の汀の照り戻り　398
庚申や山茶花すでに開ける夜　456
紅塵を吸うて肉とす五月鯉　321
香水の一滴づつにかくも減る　483
香水の香ぞ鉄壁をなせりける　483, 568
香水のなかなか減らぬ月日かな　483
香水の人漱石を読みてをり　483
香水の封切りてやや子離れす　483
香水や時折キッとなる婦人　326
香水を濃く幻に飽きやすく　483
香水を振つて己が身たしかむる　483
好晴やほとほと枯れし野路の蔓　294
小うたふ声をのむ也花み酒　169
校塔に鳩多き日や卒業す　132
黄土の闇銃弾一箇行きて還る　318
高熱の鶴青空に漂へり　291
紅梅であつたかもしぬ荒地の橋　387
紅梅に青く横たふ筧かな　232
紅梅の天死際はひとりがよし　363
紅梅の紅の通へる幹ならん　309
紅梅や遺稿へ千枚通しさす　551
紅梅やいま母残しては死ねず　363
紅梅や遂に一人となる戸籍　363
紅梅や病臥に果つる二十代　143, 363, 564
紅毛も一人の神を送るなり　282
黄葉して思慮ふかぶかと銀杏の木　489
黄落に立ち光背をわれも負ふ　488
黄落の中のわが家に灯をともす　488
黄落のはじまる城の高さより　488
黄落の真つ只中の亡骸ぞ　365
黄落や或る悲しみの受話器置く　488
黄落や風の行手に地獄門　488
荒涼たる星を見守る息白く　493
声かれて猿の歯白し峰の月　198, 458
声たかく雨のしたこそ田うへ歌　169
声はして見えぬや雪の朝烏　43
小海老飛ぶ汐干の跡の忘れ水　246
凍らねど水ひきとづる懐紙かな　73
凍らめや雪に筧の水の音　195
氷りきや水の上ゆく浜千鳥　466
氷解く朝日の上やうきみ堂　237
蚕飼ひする人は古代の姿かな　62
子が居ねば一日寒き畳なり　289
五月の夜未来ある身の髪匂う　568
子がなくて夕空澄めり七五三　564
金亀子擲つ闇の深さかな　112
木枯に思ふ都の青葉かな　456
こがらしに二日の月のふきちるか　204
木枯に星の布石はぴしぴしと　369
凩の一日吹いて居りにけり　89, 221
こがらしの落葉にやぶる小ゆび哉　205
木がらしの音を着て来る紙子哉　241
凩の地にも落さぬ時雨かな　204, 212
木枯の匂ひ嗅ぎけり風呂あがり　182
木枯らしのぬれ色薄き霙かな　463
木枯らしの初風しるき一葉かな　433
凩の果はありけり海の音　182, 221, 456
木枯しの身は竹斎に似たる哉　455, 456
こがらしやいまも有木の山の瘦　537
凩や海に夕日を吹き落す　286
凩や壁にからつく油筒　257
凩や焦土の金庫吹き鳴らす　566
木枯や日に日に鴛鴦の美しき　262
木がらしや目刺しに残る海のいろ　292, 551, 562
子狐の何にむせけん小萩原　251
獄衣、手に脛に短かきゆえにあどけなや　125
極楽も地獄も盆は月夜哉　440
小傾城行きてなぶらん年の暮　198
苔の先光りてはまた滴れる　481
午後といふ不思議なときの白障子　492
心にも花咲けばこそ寒の雨　10
心も空になる三五の夜うれしさよ　163
心やすく語りし中も御慶かな　202
御座船や風も帆に出ぬ夕すずみ　169
腰押すや片手におのが汗拭ひ　237
腰おれのたぐひになりぬ田植歌　173
湖水の秋の比良のはつ霜　48
コスモスを離れし蝶に谿深し　576
午前より午後をかがやく春の泥　473
護送囚徒あはれ草鞋を足に穿き　317
去年今年貫く棒の如きもの　556, 585
小袖袴を送る戒の師　53
谺して山時鳥ほしいまま　342, 562, 659
こちらむけ我もさびしき秋の暮　51
極寒の塵もとどめず岩ふすま　299
ことうをもよざにかかるや丹後鰤　169
ことごとく秋思十一面観音　488
悉く全集にあり衣被　553
今年生ひの竹にもしるし千代の陰　422
琴引娘八ッに成ける　53
子どもらが伝る家をあらそひて　53
小鳥死に枯野よく透く籠のこる　357
子に打ちしあとおのれ打つ天瓜粉　483
子に五月手が花になり鳥になり　371
子にみやげなき秋の夜の肩ぐるま　346, 476
此秋は何で年よる雲に鳥　55, 84
此秋も鳴そこなふて屁こきむし　436
子のあとの机待つなり蛞蝓　354
この木戸や鎖のさされて冬の月　459
この樹登らば鬼女となるべし夕紅葉　322
此巨犬幾人雪に救ひけむ　113
子のくるる何の花びら春の昼　471
この比の氷ふみわる名残かな　205
子の皿に塩ふる音もみどりの夜　485
この秋思五合庵よりつききたる　488
この雪嶺わが命終に顕ちて来よ　323
この度はぬたにとりあへよ紅葉鮒　75
此寺は庭一杯のばせを哉　179
子の夏や昼餉の皿をひびかせて　565
この並木稲刈る音をはなれざる　577
この並木枯蓮ひかる田も沿へり　577
この並木小鳥のかげのまれにさす　577
木の葉髪こころの奥に風の立ち　494
木の葉髪ちりちり灼いて狂ひ出す　494
木の葉髪泣くがいやさに笑ひけり　494
木の葉髪嘆く齢もややに過ぎ　494
木葉髪文芸永く欺きぬ　308, 494
木の葉散る別々に死が来るごとく　359
此の花や誰に答ふる一枝禅　87
木の葉ふりやまずいそぐないそぐなよ　549
此日雪一教師をも包み降る　132
木の間漏る夕日やしぐれ蟬の声　421
此道や行く人なしに秋の暮　51, 84, 189, 632
木の実のごとき臍もちき死なしめき　343
木の実降る石の円卓石の椅子　369
蚕の宮居端山霞に立てり見ゆ　576, 585
此の宿は水鶏も知らぬ扉かな　424
この闇のあな柔かに蛍かな　423
湖畔亭にヘヤピンこぼれ雷匂ふ　318
駒ヶ岳凍てて巌を落しけり　295
駒ヶ岳遠山となる花野かな　562
高麗船のよらで過ぎ行く霞かな　388, 618
ごみ箱に乗りメーデーの列を見る　332
ゴム落葉踏んで案内や四迷の碑　135
小諸まだ陽気遅れて苗代寒　136
暦にもおくには見えぬ姫はじめ　158
是がまあ地獄の種か花に鳥　271
是がまあ死所かよ雪五尺　270
是がまあ芒に声をなすものか　271
是がまあつひの栖か雪五尺　270
是からも未だ幾かへりまつの花　271
これ着ると梟が啼くめくら縞　373
維好日牡丹の客の重なりぬ　304
是のみの小野の小家か唐がらし　275
これはこれはとばかり花の吉野山　164, 529
これはこれは髭に鶯餅の粉　473
是や又少年の春若恵美酒　176
コロッセオまた血の色の西日さす　479
衣手は露の光りや紙雛　405
子を殴ちしながき一瞬天の蟬　317

子を呼びに来し子の声も油照り　480
紺絣春月重く出でしかな　345, 393
金剛の露ひとつぶや石の上　303, 611
金色の仏ぞおはす蕨かな　404
今生の汗が消えゆくお母さん　363, 571
今生の刻一刻をしたたれり　481
渾身に真向へば夏美しや　371
コンソメを冷やす時間の月見草　365
こんなにもさびしいと知る立泳ぎ　484
こんなよい月を一人で見て寝る　447
蒟蒻にけふは売かつ若菜哉　385
コンビニのおでんが好きで星きれい　553, 566

さ

西鶴のをとことをんな走馬灯　483
西鶴の女みな死ぬ夜の秋　476
西行の庵もあらん花の庭　191
歳月のゆるび我が身に籐寝椅子　482
西国の畦曼珠沙華曼珠沙華　571
妻子寝て我寝て露の家となる　438
登山綱干す我を雷鳥おそれざる　305
冱え返る宵のまどろみ夢をなさず　327
囀りやピアノの上の薄埃　571
囀りをこぼさじと抱く大樹かな　636
棹鹿のかさなり臥る枯野かな　217
さをしかの角にかけたる一葉哉　434
小男鹿をあじかとなすや霧の海　160
坂下りて月夜も闇し鴨の声　240
さかぬ間はいまだ無官の木槿哉　9
嵯峨の釈迦しやくせんだんと聞くからに　162
嵯峨吉野ふるし上野の山桜　526
咲き移る外山の花をめで住めり　342
咲ききつて薔薇の容を超えけるも　611
さきだてる鵞鳥踏まじと帰省かな　482
咲き満ちてこぼるる花もなかりけり　555, 570
さきみちてさくらあをざめゐたるかな　349, 397, 555, 559, 649, 651
咲き満ちて散る花もなく美しき　570
作業衣の同紺五百の白息よ　494
咲花やこの目かの目に筑波山　506
さくや此いまをはるべと冬至梅　165
さくら咲き丘はみどりにまるくある　577
桜蘂降る一生が見えて来て　477, 563
桜しべ降る金文字は靴の中　477
桜しべ降る待つといふしづけさに　477
桜蕊ふるや溶きゐる絵具にも　477
桜蘂ふる夢殿のにはたづみ　477
さくら散る日さへゆふべと成りにけり　247
桜なら喧嘩なら雲江戸の月　90
さくら餅食ふやみやこのぬくき雨　474
桜餅買うて力士の遊山かな　474
桜餅葉三枚や長命寺　474
提げ来るは柿にはあらず烏瓜　301
酒さますとてや飛び込む露の中　266
酒強ひならふこの頃の月　206
酒にゑひしゆが帰るさの袖　74
酒飲んで酔ふべくわれに頭痛あり　107
酒も少しは飲む父なるぞ秋の夜は　476
酒を煮る家の女房ちよとほれた　251
笹折て白魚のたえだえ青し　186
漣の中に動かず蛙の目　567
ささの葉にしみつかぬ霜や夏の月　415
篠の葉に降るやまことのみぞれ酒　463
ささやきの果は棲遑に月くらく　269
さざれ蟹足はひのぼる清水かな　431
山茶花に囮鳴く日のゆふべかな　182, 456
山茶花のあかぬ眺めや八重一重　456
山茶花の垣根に人を尋ねけり　456
山茶花のここを書斎と定めたり　456
山茶花は元より開く帰り花　456
山茶花や雀顔出す花の中　456
山茶花を雀のこぼす日和かな　456
山茶花を旅人に見する伏見かな　455
さし当る用も先なし夕すずみ　221
差し籠もる一人一人か雨のうち　195
さしぬるも暑き日笠や油照　479
さしのぞく窓につつじの日足かな　406
さす花は好文木刀のこだちかな　173
誘はれていく村薄秋の風　443
定らぬ娘のこころ取しづめ　53
さつきから夕立の端にゐるらしき　373, 562
五月川心細く水まさりたる　480
扨は無筆のしるる正直　53
佐渡ヶ島ほどに布団を離しけり　565
里遠き山も寝覚めの砧かな　449
里の子の豚洗ふ瀬に夕立かな　285
佐渡の島にて年をとらしめ　511
里人のわたり候か橋の霜　75, 170
早苗とるみぎはも山のみどり哉　418
砂漠戒第一条目を瞑るべし　578
砂漠戒第二条耳塞ぐべし　578
砂漠に立つ正真正銘津田清子　359, 578
砂漠の木自らの影省略す　578
淋しさにまた銅鑼打つや鹿火屋守　637
寂しさの底ぬけて降る霙かな　463
さびしさの底抜けてふるみぞれかな　552
さびしさや一尺きへてゆく蛍　220, 423
さびしさや岩にしみ込蟬のこゑ　572
さびしさや冬の噴水我が前に　482
さほ姫の手飼なるらし虎の年　156
さまざまの事おもひ出す桜かな　6, 397, 552, 559, 651
淋しさにまた銅鑼打つや鹿火屋守　659
淋しさの岩にしみ込せみの聲　572
淋しさの底ぬけてふるみぞれかな　216
さみしさの昼寝の腕の置きどころ　476
五月雨に蛙のおよぐ戸口哉　200
五月雨にかくれぬものや瀬田の橋　297
五月雨に南天の花うるみける　262
五月雨に鳰の浮巣を見に行かん　44
さみだれのあまだればかり浮御堂　297, 659
五月雨の降り残してや光堂　49, 419
五月雨は庭や深山の滝の声　420
五月雨やある夜ひそかに松の月　242
五月雨や傘に付たる小人形　417
五月雨や鴉草ふむ水の中　118
五月雨や色紙へぎたる壁の痕　625
さみだれや大河を前に家二軒　256
五月雨や天下一枚うち曇り　420
さみだれや船がおくるる電話など　319
五月雨や水に銭踏む渡し舟　655
五月雨をあつめて早し最上川　55, 419, 480, 590
さみどりの菜飯ができてかぐはしや　568
寒き夜や子の寝に上る階子段　296
寒くとも火になあたりそ雪仏　154
寒けれど不二見てゐるや坂の上　458
寒や母地のアセチレン風に欹き　317
侍になつた子の来る端午哉　276
冴ゆる夜の川音遠し朝氷　462
小夜時雨船へ鼠のわたる音　228
小夜中に蟬一声の暑さかな　262
百日紅ごくごく水を呑むばかり　132
猿どのの夜寒訪ゆく兎かな　251
さる引きの猿と世を経る秋の月　181
去るものは去りまた充ちて秋の空　561
さればここに談林の木あり梅の花　171, 177
さればこそ時雨ハぬるし松の雪　175
沢蟹を伏せたる籠もみぞれゐる　463
ざはざはと蓮うごかす池の亀　429
さわやかにおのが濁りをぬけし鯉　487
爽やかに前山襞を濃くしたり　487
爽やかに日のさしそむる山路かな　487
爽やかや生まれたる子に会ひに行く　487
爽やかや風のことばを波が継ぎ　487
爽やかやたてがみを振り尾をさばき　487
爽やかや仏も脚を組みたまひ　487
山河はや冬かがやきて位に即けり　659
三寒のきづな四温のえにしかな　490
三寒の雲押し寄するビルの窓　490
三寒の四温を待てる机かな　490
三寒は我に四温は母に来よ　490
三寒を安房に四温を下総に　490
塹壕に蠍の雌雄追ひ追はる　318
算術の少年しのび泣けり夏　318
残心の整うてゆく息白し　493
残雪やごうごうと吹く松の風　389
山荘の月日籐椅子にも月日　482
山腹に霧がにじます灯をならべ　327
三文が霞見にけり遠眼鏡　272
山門に豁と日浮ぶ紅葉かな　149
山門を出れば日本ぞ茶摘うた　269

し

汐木積み水の匂ひのもの焚ける　376
汐汲むや身姙りの胎まぎれなし　578
塩鯛の歯ぐきも寒し魚の店　198, 458
塩漬の梅実いよいよ青かりき　419
塩握り緊め塩のなか塩の音　578
潮引いて泥に日の照る暑さかな　33
潮干狩夫人はだしになりたまふ　291
汐干なり尋ねてまゐれ次郎貝　223
潮満てば岸近く漕ぎ和布刈　127
塩焼かぬ須磨よ此うみ秋の月　179
潮焼にねむれず炎えて男の眼　485
鹿出て木々の皮食む深雪かな　658
己が影に釘打つてゐる夜長人　370

鹿の音を今一しほの山路かな　437
鹿の音を山なる霧のあした哉　438
鹿も鳴くなりこの厳島　538
叱られて泣きに這入るや雛の間　405
鹿をしもうたばや小野が手鉄炮　35
食堂に雀鳴くなり夕時雨　218
食堂のかねを聞しる男鹿哉　218
式服を山のかなたに干している　588
子規逝くや十七日の月明に　580
しきりなる落花の中に幹はあり　571
地車に起行く草の胡蝶かな　253
しぐるるや駅に西口東口　344
時雨るるや黒木つむ屋の窓あかり　82, 214, 222
しぐるるや田のあらかぶの黒むほど　33, 222
時雨るや軒にもさがる鼠の尾　228
時雨るや我も古人の夜に似たる　454
時雨きや並びかねたる魦ぶね　82, 182
時雨来る空や女中の多賀参　207
時雨れねばまた松風の只おかず　37
しぐれんとして日晴れ庭に鵙来鳴く　107
茂る木も中々知らぬみ山哉　410
地獄耳にをちかへりなけ子規　158, 440
四五人に月落ちかかる踊かな　440
死後の春先づ長箸がゆき交ひて　376
四五歩にて枯草を踏み過ぎしこと　350
四十五の夢をさまして初日の出　282
地主からは木の間の花の都哉　165
閑かさや岩にしみ入る蝉の声　590
静かなる樫の木原や冬の月　459
静かなるさくらも墓もそらの下　577
しづかなる力満ちゆき蜈蚣とぶ　621
雫かと鳥もあやぶむ葡萄かな　241
静けさや蓮の実の飛ぶあまたたび　244
したたかに水をうちたる夕ざくら　290
滴りの思ひこらせしとき光る　481
したたりのきらめき消ゆる虚空かな　481
滴りの金剛力に狂ひなし　481
滴りや眠れる者を呼び起こし　481
滴りをさだかに聴くはめつむりて　481
下萌の大磐石をもたげたる　563
自堕落に寝るを誉めけり夏座敷　57
じだらくに寝れば涼しき夕べかな　57
しづかなる心には散る花もなし　71
しどけなく山雨が流す蛇の衣　346
品川に富士のかげなき汐干哉　223
信濃路や蠅にすはるる痩法師　277
死に遅れたる父は父どち魚遊び　376
死神は美男なるべし荻の声　434
死にたれば人来て大根煮きはじむ　330
死にばかり遭ひて小さき傘借りる　360
死にもせぬ旅路の果てよ秋の暮　51
詩に痩せて二月渚をゆくはわたし　322
死ぬ人の大わがままと初蛙　566
死ぬものは死にゆく躑躅燃えてをり　289
死ねない手がふる鈴をふる　300
死ねば終りのじぶんの字がまだ書けない　330
しののめや鵜をのがれたる魚浅し　420
しのぶずりはだてなかりばの出立哉　505
しばしとてむすびくらせる清水哉　431
柴の戸に入日の影をあらためて　35
柴の戸に夜明烏や初しぐれ　266
柴船の立枝も春や朝霞　236
柴舟の花咲にけり宵の雨　236
柴舟の花の中よりつつと出て　236
しばらくは雲の中なりお花畑　480
しばらくは雪にかくれん市の門　264
死病得て爪うつくしき火桶かな　299
渋かろか知らねど柿の初ちぎり　239
四方より花吹き入れて鳰の波　396, 522
しみじみと子は肌へつくみぞれ哉　224
清水すみ冬草青き岩根かな　430, 460
下北の首のあたりの炎暑かな　477
下京の果の果にも十夜哉　213
下京は宇治の糞船さしつれて　56
下京や雪つむ上の夜の雨　38, 213, 548, 572, 647
下京をめぐりて火燵行脚かな　56, 213, 216
霜月や鸛の彳々ならびゐて　44, 204
霜強し蓮華とひらく八ヶ岳　295
霜の鶴土にふとんも被されず　86
霜の墓抱起されしとき見たり　143
霜掃きし箒しばらくして倒る　346
霜焼の手を吹いてやる雪まろげ　10
霜夜なり胸の火のわが齇蝦夷　499
車胤が窓今この席に飛ばされたり　76
釈迦の鑓さびたか今日の御身拭　162
釈迦はやり弥陀は利剣を抜き持ちて　162
積善の余花や有ける家桜　409
芍薬の衰へて在り枕もと　282
芍薬を画く牡丹に似も似ずも　282
車窓より流氷見えて宗谷なり　574
借金や長柄の橋もつくる也　530
シヤツ雑草にぶつかけておく　125
蛇のすけがうらみの鐘や花の暮　175
蛇之介こそ執心残つて花に酒　175
石鹸玉木の間を過ぐるうすうすと　475
石鹸玉天衣無縫のヒポイクリツト　475
しやぼん玉独りが好きな子なりけり　475
石鹸玉よろばひ出でし無風かな　475
じゃんけんで負けて蛍に生まれたの　553
秋海棠西瓜の色に咲きにけり　333
十が七つは見通しにする　231
銃後といふ不思議な町を丘で見た　377
秋声を聴けり古曲に似たりけり　567
鞦韆は漕ぐべし愛は奪ふべし　322, 553
秋天の高さ淋しさ極りぬ　444
姑女となるより娵の気に返り　231
十二支みな闇に逃げこむ走馬灯　483
十二単衣着るとも冷えん師走かな　467
重箱に鯛おしまげてはな見哉　264
秋麗の産後まばゆき妻迎ふ　487
秋麗の柩に凭れ眠りけり　487
熟柿こそ子供の中のみやげなれ　74
主の磔像仰ぐ白息ほそめつつ　494
瞬間に彎曲の鉄寒曝し　538
春寒のよりそひ行けば人目ある　565
春暁の厨しづかに意のままに　319
春暁やひとこそ知らね木々の雨　291
春暁や水ほとばしり瓦斯燃ゆる　319
春月や戦の跡の無人街　288
蓴菜の箸にかからぬうはの空　91
春愁の渡れば長き葛西橋　476
春愁や草を歩けば草青く　337
春愁や雲に没日のはなやぎて　476
春愁を消せとたまひしキスひとつ　291
春雪三日祭の如く過ぎにけり　561, 575
春昼の生家貫ぬく太柱　471
春昼の風呂ぞ父子の肌触れしめ　354
春昼の指とどまれば琴も止む　349, 471, 567
春泥の道かへさんと思ひつつ　473
春泥の道にも平らなるところ　473
春泥は足袋の白きをにくみけり　117
春燈にひとりの奈落ありて坐す　349
純白の服もて日焼子を飾る　485
春眠といふうす暗くほの紅く　476
春眠のきれぎれの夢つなぎけり　476
春眠の覚めつつありて雨の音　476
春眠のさめてさめざる手足かな　476
春眠の身の門を皆外し　476
春眠をむさぼりて悔なかりけり　476
春雷や胸の上なる夜の厚み　478
順礼の棒ばかり行く夏野かな　161
順礼の棒をはなさぬ花見かな　161
生涯にまはり燈籠の句一つ　482
正月や三日過れば人古し　245
正月をかさねのとしの御慶哉　202
商家みな清らに住みき新松子　489
昇降機しづかに雷の夜を昇る　133, 478
情こはきうたは妖艶木の葉髪　494
障子明けよ上野の雪を一目見ん　11
正直な梅のたちえや神ごころ　236
障子しめて四方の紅葉を感じをり　452, 563
障子に穴を明るいたづら　231
蕭条として石に日の入る枯野かな　244
少女はも珊瑚の色に日焼して　485
小説を開けば落つる木の葉髪　494
商談の煙草臭さよ西日中　479
状で送れ好文木の花のえだ　173
少年ありピカソの青のなかに病む　367
少年が少女に砂を嗅がしむる　366
常念が吐く霧さへや夕映ゆる　313
少年工学帽かむりクリスマス　317
菖蒲懸てみばやさつきの風の色　417
さうぶ湯やさうぶ寄りくる乳のあたり　258
傷兵を抱き傷兵の血に染まる　131
賞与使ひ果しぬ雨の枯葎　365
松籟や鴫立庵の白障子　491
丈六にかげろふ高し石の上　217
昭和衰へ馬の音する夕かな　367
暑雲の外濠に奪はるる人の声　533
初夏に開く郵便切手ほどの窓　372
食堂車ありし昭和の帰省汽車　482
書肆出でて銀漢ひくき方へ帰る　364
書肆の灯にそぞろ読む書も秋めけり　486
徐々に徐々に月下の俘虜として進む　347
書籍の外に俳諧も売る　231
初対面そぞろ水鶏の夜に入りぬ　424
除夜にしてかすとり酒は溢るるよ　354
除夜の妻白鳥のごと湯浴みをり　343, 566

除夜の湯に肌触れあへり生くるべし　144, 361
しら魚に有明月のうるみかな　96
白魚のさかなたること略しけり　552
白魚やさながら動く水の魂　185
白魚をふるひ寄せたる四つ手かな　286
白梅のあと紅梅の深空あり　387
白樺に月照りつつも馬柵の霧　294, 576
白樺は白もて耐ふる北颪　491
白樺を幽かに霧のゆく音か　567, 573
白壁やふらぬ霜夜の蕣　230
白川の月や能因が影法師　176
白河の名歌能因黒くなり　261
白菊の目に立ててみる塵もなし　246
白ぎくや籬をめぐる水の音　246
しら雲を吹尽したる新樹かな　186
白芥子に焚火移ふや嵯峨の町　32
白沙やしよろりとはえし今年竹　422
しら玉か何ぞと竹の蝸牛　221
しら露もまだあらみのの行衛哉　220
白露や茨の刺にひとつづつ　251
白露や死にて行く日も帯締めて　650
白露や情にはもろき我が涙　289
白露や死んでゆく日も帯締めて　322, 565
白藤やゆりやみしかばうすみどり　302, 406
城跡といへど炎暑の石ひとつ　480
城跡や古井の清水先づ問はむ　191
白い雉子葵かしらの山見えて　176
治聾酒の酔ふほどもなくさめにけり　287
しろがねのあとのむらさき春の暮　449
しろき蝶野路にふかるる薄暑哉　281
白き手の病者ばかりの落葉焚　565
白く候紅葉の外は奈良の町　187
白地着て血のみを潔く子に遺す　346
しろしろと暮色迫れる野分かな　120
白炭も友待雪の茶の湯哉　167
白炭ややかぬ昔の雪の枝　167
白妙の菊の枕をぬひあげし　127, 452
白妙やうごけば見ゆる雪の人　82
城亡び松美しく色かへず　489
白繭のさとりてをりし朝茜　346
白水の伊勢を出払ふ若葉哉　223
白水の流れも寒き落葉かな　458
白木槿うかべて野路の月いまだ　441
咳きて崖下を覗きこむごとし　493
死を告げに来し綿虫の大きな目　494
新宿ははるかなる墓碑鳥渡る　566
新樹深く大観音の嵐かな　410
新春の人立つ書肆に今日も来る　347
新書版ほどの秋思といふべしや　488
しんしんと黒きを見れば寒念仏　237
しんしんと寒さがたのし歩みゆく　312
しんしんと肺碧きまで海のたび　124, 307, 557
人体に骨ゆきわたる冬銀河　490
人体冷えて東北白い花盛り　396
新田に稗殻煙るしぐれ哉　82
甚平や一誌持たねば仰がれず　365
新涼の身にそふ灯かげありにけり　290
新緑のアパート妻を玻璃囲ひ　364, 566
新緑や濯ぐばかりに肘若し　343
人類に空爆のある雑煮かな　566

す

西瓜食べて耳まで濡れてしまひけり　611
西瓜独野分をしらぬ朝かな　192
水銀の流るる如し川の蛇　485
水源の森のうしろや枯野山　288
水車場に小走りに用よし雀　136
水仙の束解くや花ふるへつつ　563
水仙や白き障子のとも移り　10
末の子の耶蘇名を持ちて帰省せり　482
鋤き込みし紫雲英に満たす山の水　473
隙間風嫌がつてをり座敷犬　491
隙間風兄妹に母の文異ふ　491
隙間風屏風の山河からも来る　491
すぐ寝つく母いとほしや隙間風　491
スケート場沃度丁幾の壜がある　298, 577
スケート場四方に大阪市を望む　577
スケートの「君」横顔をして憩ふ　577
スケートの濡れ刃携へ人妻よ　364
スケートの紐むすぶ間も逸りつつ　577
スケートの真顔なしつつたのしけれ　577
スコールの海くぼまして進みくる　135
すさまじき真闇となりぬ紅葉山　362
冷じと下戸やいひけむ冬の月　277, 459
筋違に碇の綱や夏の月　285
鮓なるる頃不参の返事二三通　576
鮓なるるや暗きを出づる主顔　576
鮓鮒や終は五輪の下紅葉　174
頭上にのみ星は混みをり春隣　356
鈴掛て出たれば馬のうれしげに　221
鈴が鳴るいつも日暮れの水の中　376
芒より蚊の出る宿にとまりけり　266
涼しくも野山にみつる念仏かな　58
涼しさの日記待たばや土佐硯　540
涼しさの野山にみつる念仏かな　58, 648
涼しさの肌に手を置き夜の秋　476
涼しさは錫の色なり水茶碗　181
涼しさは端の欠けたる僧の下駄　375
涼しさや蚊帳の中より和歌の浦　532
涼しさや今朝から衣龍田姫　527
涼しさや小便桶の並ぶところ　287
涼しさや竹握り行く藪づたひ　37
涼しさをあつめて四つの山おろし　466
涼しさを我が宿にしてねまるなり　62
鈴たえてかはづに休む駅かな　79
すずむしのふるひごゑなるよさむかな　451
鈴虫や鳴海なはての駄負馬　519
雀ゐて余花の日ざしをほしいまま　563
須田町の道さまたげや若菜売　167
すたれ行く町や蝙蝠人に飛ぶ　113
巣つくるや憎き鳥も親心　240
既に来る足音余所へ小夜時雨　228
すでにして都塵の君か立葵　327
砂白く寡婦のパラソル小さけれ　318
砂のふる朧月夜やあその山　542
すね萩もやせてはすそが枯野かな　460
須磨寺や吹かぬ笛きく木下闇　485, 535
須磨の海人の矢先に鳴くか郭公　535
澄切て鳶舞ふ空や秋うらら　274
角田川やゐ中にも住都鳥　509
炭挽く手袋の手して母よ　117
住吉といふ名にめでよ帰る雁　530
住吉に歌の神あり初詣　495
住吉に凧揚げゐたる処女はも　298
住吉の雪にぬかづく遊女かな　530
すみれ摘むさみしき性を知られけり　322
菫程な小さき人に生れたし　286, 403
すりこ木も紅葉しにけり蕃椒　76, 171
駿河路や花橘も茶の匂ひ　411
座りたる舟に寝てゐる暑さかな　262

せ

税重し税吏の真似の咳一つ　493
青春の過ぎにしこころ苺喰ふ　564
背高き法師にあひぬ冬の月　277
生誕も死も花冷えの寝間ひとつ　471
青天に有明月の朝ぼらけ　48
青天の火事を不毛と思ひけり　492
晴天もなほ冷たしや寒の入　10
晴天やコスモスの影撒きちらし　328
生徒等のいま反抗期息白く　494
姓名は何子か号は案山子哉　251
背泳ぎの空のだんだんおそろしく　484, 610
瀬がしらのぼるかげろふの水　56
咳くヒポクリット・ベートヴェンのひびく朝　138
咳込めば我火の玉のごとくなり　493, 617
咳込んでしばらく白きなかにゐる　493
咳の子のなぞなぞあそびきりもなや　319, 493
咳の中何か言はれしききもらす　493
咳やまぬここより暗夜行路の地　493
咳止めば我ぬけがらのごとくなり　617
夕陽や山を東に桐の華　644
鶺鴒のあるき出て来る菊日和　306
咳をしても一人　120, 493, 550
咳くたびに鳥は荒野へ遠ざかる　493
雪渓の一黒点と人なりゆく　480
雪渓の斧鉞発止と岩手山　500
雪渓の水汲みに出る星の中　480
雪渓やいづこに立つも斜めなる　480
せつせつと眼まで濡らして髪洗ふ　349, 484
舌端に触れて夜寒の林檎かな　291
雪嶺のひとたび暮れて顕はるる　562
銭金のおもしろく減る旅衣　91
蟬しぐれ子の誕生日なりしかな　344
蟬といふせみ蜩に成にけり　434
蟬とんで木陰に入りし光かな　421
蟬鳴くや物喰ふ馬の頬ぺたに　421
芹の水言葉となれば濁るなり　379
芹焼の夜やまぼろしに鶴の声　268
芹焼やすそわの田井の初氷　462
先師の萩盛りの頃やわが死ぬ日　316
千紫万紅の紫のぬきんでてかきつばた　416
戦車より兵出て煙草くはへけり　578
戦場へ手ゆき足ゆき胴ゆけり　131
戦争が廊下の奥に立つてゐた　124, 128,

377, 557, 566, 588
戦争が廊下の奥に立つてゐた
戦争と畳の上の団扇かな　367
全長のさだまりて蛇すすむなり　562
船頭の耳の遠さよ桃の花　88
銭湯へ父子がつれだち日脚伸ぶ　490
栓取れば水筒に鳴る秋の風　327
千なりや管一ト筋のしやぼん玉　473
千年の杉や欅や瀧の音　365
扇風機止り醜き機械となれり　132
鉄条に似て蝶の舌暑さかな　292, 633, 637
千里茫々として麦青きのみ　577

そ

僧形にかたち似てくる木の葉髪　494
壮行や深雪に犬のみ腰をおとし　140
雑煮煮や千代の数かく花がつを　168
早梅と咲きわけなれや雪の花　467
早梅や日はありながら風の中　468
早梅や御室の里の売屋敷　468
走馬灯影の逃げゆく指の先　483
走馬燈地にうつされて燃えてゐる　298
走馬燈火を入れて世を忘じけり　483
走馬燈輪廻の音のなかりけり　483
相聞のごとくに天地初茜　495
曽我梅林太宰もかつて歩きたる　574
底なしや玉にもぬけるあられ酒　173
底の石ほと動き湧く清水かな　431
ぞぞりこを枡にのこして月見哉　175
卒業生言なくをりて息ゆたか　346
卒業の兄と来てゐる堤かな　565
そつと火入に落す薫　56
そつと火入におとす薫　56
袖垣の下ぎに咲や白むくげ　9
袖涼し秋ははつ風夕月夜　432
袖をつらね歌をつらぬる花見哉　172
其玉や羽黒にかへす法の月　503
その時幾十万人死にしを知らず蜻蛉かな　368
其毒をけすや金沢ふくの汁　169
其中に境垣あり冬木立　460
その葉さへはなたち花の色香かな　411
そのむかし恋の髪いま木の葉髪　494
岨高く雨雲ゆくや朴の花　643
岨の畠の木にかかる蔦　52
蕎麦もみてけなりがらせよ野良の萩　200
祖母山も傾山も夕立かな　124, 549
染めし秋もうらみにかへる葛葉かな　42
染わたせまだむら山の初時雨　452
そもそものはじめは紺の絣かな　370
そよりともせいで秋たつ事かいの　187, 553
そら言の空の海道下涼み　86
空に秋の風の手分や雲ちぎれ　208
空に弧を描きて蛇の投げられし　485
空の色やこたへは秋の荻の声　434
そら豆はまことに青き味したり　569
空みだれ雲野分だつ往来かな　446
空も地もひとつになりぬ五月雨　420
空や雨露とも見えぬ柳かな　49
そらを撃ち野砲砲身あとずさる　131
空をゆく一とかたまりの花吹雪　609, 627, 651
雪舟引や休むも直に立てゐる　26
橇やがて吹雪の渦に吸はれけり　562
剃からは髭も惜まじかみな月　227
剃ることもある日おもひし木の葉髪　494
それぞれの部屋に人ゐて夜の秋　476
それの日も硯とりけん土佐の海　540
それも応是もおうなり老の春　89
尊容やしやくせんだくの御身拭　162

た

体育館は巨大な卵冬の雨　599
大寒の一戸もかくれなき故郷　556
大寒の埃の如く人死ぬる　565
大寒や見舞に行けば死んでをり　565
泰山木乳張るごとくふくらめる　329
大試験山の如くに控へたり　564
大雪渓けふの形を与へられ　480
大戦起るこの日のために獄をたまわる　125
橙の色を木の間の冬の月　275
橙のただひと色を飾りけり　579
田一枚植て立去る柳かな　6, 574, 640
鯛の骨たたみにひらふ夜寒かな　293, 629
鯛は花は江戸に生まれてけふの月　198
鯛は花は見ぬ里もありけふの月　198
大仏の忽ちに濡れ春驟雨　472
大仏のはしら潜るや春の風　246
大仏の冬日は山にうつりけり　123, 312, 552, 576
大仏のまろき肩なり鬼やんま　573
大砲が巨きな口あけて俺に向いている初刷　125
大陸の黄塵を歯に嚙みて征く　131, 577
鯛を料るに俎板せまき師走かな　342
絶々に温泉の古道や苔の花　242
たがへぬ釈迦の御身拭の日　162
誰肩に牡丹の旅や初しぐれ　223
鷹狩や畠も踏まぬ国の守　461
鷹匠の鷹なくあそぶ二月かな　370
高過て哀れにもなし秋の富士　231
誰袖をふれてかなびくをみなへし　443
誰がために生くる月日ぞ鉦叩　335
高千穂の霧来てひびく鴨の声　542
高土手に鶸の鳴く日や雲ちぎれ　208
誰が猫ぞ棚から落とす鍋の数　86
高嶺星蚕飼の村は寝しづまり　561
高根より礫うち見ん夏の海　182
鷹の目の枯野にすはるあらしかな　216
鷹一つ見付けてうれしいらご崎　205
鷹舞へり雪の山々慴伏す　328
誰が持ちし硯ぞ今日をわが洗ふ　645
耕や細き流れをよすがなる　398
耕せばうごき憩へばしづかな土　473
高山と荒海の間炉を開く　118
瀧落ちて群青世界とどろけり　327, 481, 574
滝壺に滝活けてある眺めかな　481
瀧壷やとはの霧湧き霧降れり　327
滝となる前のしづけさ藤映す　362
滝の上に水現れて落ちにけり　320, 375, 481, 552, 659
滝の影煙の如く岩を這ふ　481
焚火激しかの日の焔色忘れんや　350
滝みちや日のさしてゐる母の帯　481
瀧をささげ那智の山々鬱蒼たり　327
たくさんの手のあがりたる踊かな　334
炊く手もとに鶴来て去にぬ明易し　288
卓に組む十指もの言ふ夜の秋　476
啄木忌いくたび職を替へてもや　564, 572
竹馬やいろはにほへとちりぢりに　290
竹床几出しあるまま掛けるまま　482
筍や雨粒ひとつふたつ百　350
竹の子やあまりてなどか人の庭　261
笋や妙義の神巫が小風呂敷　265
竹山の声つつぬけや春夕焼　479
高うなり低うなりたる酒の辞儀　54
紙鳶切レて空の余波となりに鳧　231
蛸壺やはかなき夢を夏の月　14, 260, 415, 534
凧の絲急流の上にて弛む　364
尋ね来てはかなき羽を宿しける　394
誰そやとばしる笠の山茶花　456
ただあゆむ炎昼のわが首なき影　477
闘うて鷹のゑぐりし深雪なり　361
ただ立つてゐる日焼子の笑顔かな　485
ただ頼む湯婆一つの寒さ哉　282
畳屋の肘が働く秋日和　486, 571
起ち上る風の百合あり草の中　563
立ありく人にまぎれて涼みかな　430
太刀買に増賀交りぬ市の中　87
立帰り花や二見の伊勢桜　521
立ちさりて涼しさまさる木陰かな　631
橘の花やしたがふ葉三枚　411
忽ちに雑言飛ぶや冷奴　327
立待や明るき星を引き連れて　561
龍田川瀬中にかへで山の原　527
龍田姫たやをやこぼす下紅葉　527
龍田山の月のきるもや紅葉笠　527
建てかけの家はや虎落笛が棲む　364
建てかけの木の家にはや虎落笛　364
蓼喰ふ虫花に来て遊ぶか遊ばぬか　254
立てて来しワイパー二本鏡割　662
たてとほす女の意地や藍ゆかた　342
立てば傾斜歩めば傾斜傾斜の傾斜　588
立山のかぶさる町や水を打つ　295
たてよこに富士伸びてゐる夏野かな　335, 562
たとふれば独楽のはぢける如くなり　556, 580
たなごころ向けて遮る西日かな　479
たなつもの雨にまかする園生かな　64
七夕竹惜命の文字隠れなし　143, 361, 565, 645
七夕竹寝がへりをうつ方ありや　370
七夕の子の前髪を切りそろふ　645
たなばたの忍びながらも光かな　223
七夕や髪ぬれしまま人に逢ふ　433, 645
七夕やひらふて戻す蟹が櫛　433
田に糸を黄檗山の下清水　269
渓とざす霧にただよひ朴咲けり　327
谷を隔てて水の音のみ　195

種しある松とは誰か岩つづじ　406
種蒔ける者の足あと洽しや　137
種やかる冬草青き松の陰　460
他の蟹を如何ともせず蟹暮るる　341
田の草の道にへばりて暑さかな　222
たのしさや二夜の月に菊そへて　263
田の中に赤き鳥居や秋うらら　487
たばしるや鵙叫喚す胸形変　565
旅いつも雲に抜かれて大花野　662
足袋つぐやノラともならず教師妻　342, 126
旅に病んで夢は枯野をかけめぐる　196, 244, 317, 357
旅寝して香わろき草の蚊遣哉　426
旅59

旅人とわが名呼ばれん初時雨　80, 196, 454, 456
旅人に松の落葉の降りかかる　489
食べてゐる牛の口より蓼の花　571
たましひの紅らんでゐる北風のなか　491
たましひのたとへば秋のほたるかな　556
だまつてあそぶ鳥の一羽が花のなか　300
玉の如き小春日和を授かりし　636
民はこれ国のもとなり種おろし　169
手向くるに似たりひとりの手花火は　356
手向にや初雷の不破羽織　27
ためらはで剪る烈風の牡丹ゆゑ　146
垂し枝をしづかに括る林檎哉　27
誰のことを淫らに生くと柿主が　113
誰も来ずや仰臥あそばす冬林檎　350
誰やらが形に似たりけさの春　177
誰やらと萩とは横に成たがる　222
たわたわと薄氷に乗る鴨の脚　555
田を植ゑるしづかな音へ出でにけり　567
痰一斗糸瓜の水も間にあはず　280, 565
短日やにはかに落ちし波の音　459
短冊の旗管城の固め前は花　173
誕生の時こそ見たれ釈迦の指似　87
探梅や枝の先なる梅の花　10
煖房に血の疲れゆき日を憂ふ　307

ち

近き江をたよりに返す荒田かな　64
近づかむために陸あり土用波　481
地下鉄の女のオーデコロンかな　483
ちぎりきなかたみに渋き柿二つ　261
ちぐはぐの下駄から春は立にけり　386
児ざくらならぶや文殊普賢象　163
小さき幸福大八車に冬日満ち　363
馳走する子の痩てかひなき　53
父がつけしわが名立子や月を仰ぐ　565
乳棄つる母に寒夜の河黝く　317
父といふしづけさにゐて胡桃割る　369
父となりしか蜥蜴とともに立ち止る　564
父と話す蚊帳は母が吊つてくれる　332
乳に流れてあまたの筋や苺の血　576
乳の味舌を流る時苺嚙みくだく　576
父の箸母の箸芋の煮ころがし　571
父の眸や熟れ麦に陽が赫つとさす　474
父母のしきりに恋ひし雉の声　80, 402, 531
父母の闇をおそるる帰省かな　482
チチポポと鼓打たうよ花月夜　558, 651
父病めば空に薄氷あるごとし　392
乳をのむ膝に何を夢見る　53
ちなみぬふ陶淵明の菊枕　127
地のかぎり耕人耕馬放たれし　398
乳のみ子に世を渡したる師走哉　207
茶摘歌も巽上りや宇治の里　269
茶の花やたてても煮ても手向草　167
卓袱台に恍と日のさす桜餅　474
茶をのめば目鏡はづるる夜寒かな　450
中空にとまらんとする落花かな　319
中くらいなるよめ入のくれ　172
中年の華やぐごとく息白し　493
中年や独語おどろく冬の坂　551, 564
チューリップ花びら外れかけてをり　567
チューリップヒヤシンスのち梅椿　353
チューリップ喜びだけを持つてゐる　325
中連子中切開くる月影に　54
蝶墜ちて大音響の結氷期　124, 324
頂上や殊に野菊の吹かれ居り　310, 551, 655
蝶々や昼は朱雀の道淋し　244
提灯にほつほつ赤き野萩かな　655
蝶とべり飛べよとおもふ掌の菫　322
蝶鳥に暮らさぬ日なき春野かな　394
蝶の舌ゼンマイに似る暑さかな　292, 477
蝶の羽の幾度越ゆる塀の屋根　394
長松が親の名で来る御慶かな　202
千世経べきかざしとぞみる菊の花　451
千世や此久居花さへ園の菊　176
ちらちらと霙ふりこむ襟寒し　224
ちらとのみ雪はうき世の花候な　187
散りくるも残るも雪は水泡かな　388
ちりてのちおもかげにたつ牡丹かな　254
ちるさくら海あをければ海へちる　307, 577, 661
散る花の音聞くほどの太山かな　71

つ

追憶を波に返して初茜　495
杖の間の逢坂山やせみの声　521
仕る手に笛もなし古雛　611
月明るすぎて死ぬこと怖くなる　359
月いづく空はかすみの光かな　393
月おぼろ高野の坊の夜食時　532
月影はおもひちがへて夜が更る　54
月白き師走は子路が寝覚めかな　467
月天心貧しき町を通りけり　447, 552
月と見ば扇は風の光かな　429
月に柄をさしたらばよき団扇かな　73, 81, 154
月になをその果もなし土佐の海　540
月に見ぬおぼろは花のにほひかな　396
月のあかるさはどこを爆撃してゐることか　300
月の失せた雲や白波龍田山　528
月の貌みぬ恋に迷ふ闇路哉　168
月の出の雲美しや涼み舟　363
月の舟の底ふすぶるや水煙　199
月のみかねさめの床の秋の月　516
月の夜や石に出て鳴くきりぎりす　239
つぎはしの跡は水田の水鶏かな　509
月花の三句目を今しる世かな　160
月花も立つ正月をいはひ籠　159
月花や四十九年のむだ歩き　273
月花を両の袂の色香哉　191
月は世のにごりにしまぬ光哉　447
月見して如來の月光三昧や　281
月見んと汐引のぼる船とめて　508
月もみちてうむやさんごの天のはら　163
月や今朝入る山さそふほととぎす　412
突や血に汐までにこる初くじら　169
月よしと来たればいぬる鵜舟哉　268
月をさがす逆鉾もがな霧の海　160
机から炬燵に冬を籠りけり　368
ツクツクボーシツクツクボーシバカリナリ　627
筑波根の影よ寒鮒釣るるなり　288
つくばねの花やつもりてさくら魚　169, 506
鶫死して翅拡ぐるに任せたり　317
つくれ猶長柄の橋の跡も惜し　530
つけかへておくるる雪舟のはや緒哉　26
告げざる愛雪嶺はまた雪かさね　369
つけ芝のいつか腐れて五月雨　90
黄楊の花ふたつ寄りそひ流れくる　308
蔦植て竹四五本のあらし哉　30
土笛の穴も三寒四温かな　490
つつじばかりもへ習ふてか阿蘇の山　542
裹まざる骨にさわりぬ戦友を抱き　578
つつましき飛雪あそぶや鉄格子　347
つつみかねて月とり落す霽かな　205
つどつどに目も及ばさぬ萩見哉　251
つなぐ手にをさなの湿り夕ざくら　570
つねに一二片そのために花籬　474
椿落ちて一僧笑ひ過ぎ行きぬ　244
椿折りて昨日の雨をこぼしけり　400
乙鳥はまぶしき鳥となりにけり　308
乙鳥も所持物おなじ旅なれや　370
つばくろも持ち物おなじ旅なれや　370
つばさあるものの歩めり春の土　473
翼欲しい少年街は黄落期　489
唾すれば唾を甘しと吸ふ砂漠　578
つばめつばめ泥が好きなる燕かな　325
つばめ飛ぶ雨ほのけぶる柳かな　398
つぶらなる氷の上の浮寝鳥　466
夫愛すはうれん草の紅愛す　371
妻がゐて子がゐて孤独いわし雲　565
妻がゐて夜長と言へりさう思ふ　343
妻木くべて夜を日につぐや人の老　281
夫恋へば吾に死ねよと青葉木莵　323, 566
爪先にとどく潮騒籐寝椅子　482
妻抱かな春昼の砂利踏みて帰る　471
妻告ぐる胎児は白桃程の重さ　372
妻の遺品ならざるはなし春星も　472
妻の座の日向ありけり福寿草　563
妻の留守ひとりの咳をしつくしぬ　493
妻二タ夜あらず二タ夜の天の川　566, 645
妻みごもる秋森の間貨車過ぎゆく　351
夫逝きぬちちはは遠く知り給はず　335
摘草や嬋娟として人の指　304

積み捨ての蚕籠にこぼれえごの花　356
つみとりてまことにかるき唐辛子　345
罪なうて配所の月や佐渡生れ　512
積む雪も解けて水菜の畠哉　31
爪切れど秋思どこへも行きはせぬ　488
つやつやと林檎すずしき木間哉　27
梅雨明けや深き木の香も日の匂　568
露が朝日をうるほすやうに女の眼　117
露けしや殿もたぬ身はさねかづら　522
入梅寒し活るも活るも白い花　267
露に音あり誰住みなれし茶の畑　262
露にけさばや着物の紋　53
梅雨の海静かに岩をぬらしけり　295
露の菊さはらば花もきえぬべし　247
露のたまたま子をまうけ　163
露の世は露の世ながらさりながら　437
梅雨穂草抜きつつ思ひつめにけり　150
強からぬすがたを花のさゆり哉　422
つよき火を焚きて炎暑の道なほす　480
つりがねの肩におもたき一葉哉　434
つり鐘の蔕のところが渋かりき　568
鶴鳴や其声に芭蕉やれぬべし　179
蔓踏んで一山の露動きけり　310
つれの有所へ掃ぞきりぎりす　216
つはぶきはだんまりの花嫌ひな花　322

て

手洗ひに立てば昭和の隙間風　491
庭前に白く咲たるつばき哉　187
敵といふもの今は無し秋の月　136
木偶まはす乳母が火燵の傀儡師　231
てつかぶと月にひかると歩哨言ふ　314
鉄橋や親は長柄と雉子なく　530
てつせんのほか蔓ものを愛さずに　370
鉄鉢の中へも霰　300
手づよきはお多賀杓子の荒けづり　207
手で顔を撫づれば鼻の冷たさよ　569
でで虫の角に夕日の光かな　282
手と足をもいだ丸太にしてかへし　588
てのひらにくれなゐをよぶ大旦　349
掌に葭切の卵のせてきぬ　357
てのひらの葭切の卵　357
手のひらをかへせばすすむ踊かな　440
出水川とどろく雲の絶間かな　480
出水後の備前の土のにほひける　480
寺に入れば石の寒さよ春の雨　394
照付てひかりも暑し海の上　425
手をたれてその鮎汲めよ松浦川　541
手をついて歌申しあぐる蛙かな　154
手をにぎるこぶしの花のさかりかな　72
天瓜粉打てばほのかに匂ひけり　483
天瓜粉しんじつ吾子は無一物　364, 483, 565
天花粉つけて赤ん坊できあがる　483
天瓜粉何摑まんとする手足　483
天瓜粉非番の夫を裏返す　483
天瓜粉身より瀬音の響きけり　483
電気より熱と燭得て寒夜読む　359
天寒く花の遊べる真夜かな　396
天井高き思ひに寝しが風邪引きぬ　288
天上の声の聞かるる秋うらら　487
天上も淋しからんに燕子花　336
天近く畑打つ人や奥吉野　304
天地冥し白炎目前とざしたる　289
点となりやがて霞める旅の雁　146
てんとむし一兵のわれ死なざりし　344
天にあらば海月も名あらん今宵哉　160
天平のをとめぞ立てる雛かな　405
天へ向く枝に結びぬ初みくじ　495
天目に小春の雲の動きかな　269
天も花に酔へるか雲の乱れ足　75, 160
天文や大食の天の鷹を馴らし　146

と

と言ひて鼻かむ僧の夜寒かな　550
戸一枚刈田に開けてかまど焚く　329
唐網に袖ぬれて聞く鶉かな　38
籐椅子が廊下にありし国破れ　482
籐椅子に暮れゆく高嶺みてゐたり　481
籐椅子の背につややかな窪みあり　482
籐椅子のどこか光りて部屋暗し　482
籐椅子やひかり退く海の果　482
泥亀や苗代水の畔づたひ　399
とうきびにかげろふ軒や玉まつり　440
峠より雪舟乗をろす塩木哉　26
凍港や旧露の街はありとのみ　298
どうしようもないわたしが歩いてゐる　300
道心のおこりは花のつぼむ時　513
闘争歌ジヤケツがつつむ乙女の咽喉　350
東大寺湯屋の空ゆく落花かな　552
踏破せし雪渓仰ぐ足湯かな　480
冬麗の不思議をにぎる赤ン坊　487
倒・裂・破・崩・礫の街寒雀　566
燈籠にしばらくのこる匂ひかな　316
遠火事の夜空をにごすこともなし　492
遠蛙酒の器の水を呑む　354
遠き帆に夕焼のある別れかな　477
遠くまで海濁りたる柳かな　390
十団子も小粒になりぬ秋の風　209
遠野火や寂しき友と手をつなぐ　291
遠山に日の当りたる枯野かな　244, 309, 548, 559, 562
時知らで咲くとやいはむ冬の梅　467
時々にふりかへるなり隙間風　491
時は秋吉野をこめし旅のつと　191
常磐木も花の春しる椿かな　400
毒空木熟れて山なみなべて紺　345
毒きのこ日を経て毒の持ち腐れ　359
戸口より人影さしぬ秋の暮　260
解けて行く物みな青し春の雪　96
何処からか出て来て遊ぶ小鴨かな　275
常臥しの枕に残り木の葉髪　494
どこまでが父の戦記の夏の空　561
どこ見ても青嶺来世は馬とならむ　361
ところてん煙のごとく沈みをり　291
登山する健脚なれど心せよ　142
年暮れぬ笠着て草鞋はきながら　468
年暮れぬ花を春をやまつの雪　468
年こゆる足音ぞきく今朝の雨　158
年々の不作を歎く百姓等　234
年の緒や蜻蛉むすび国の春　219
年の瀬や水のながれも人の身も　198
としの瀬や都の世話もすみだ川　509
年の夜や吉野見て来た檜笠　205
年守るや乾鮭の太刀鱈の棒　468
年や今朝あけのいがきの一夜松　384
年を以て巨人としたり歩み去る　468
橡の実のつぶて颪や豊前坊　342
嫁ぐ荷を送りて北風の縄筵　491
どつちへぞ春も末じやに又寝る歟　187
怒涛岩を嚙む我を神かと朧の夜　309
滞る血のかなしさを硝子に頒つ　146
とどまればあたりにふゆる蜻蛉かな　319
隣る木もなくて銀杏の落葉かな　96
外にも出よ触るるばかりに春の月　319, 393
どの子にも涼しく風の吹く日かな　552
殿作りならびてゆゆし桐の花　644
どの山のさくらの匂ひ桜餅　474
鳥羽殿へ五六騎いそぐ野分かな　251, 446, 552, 655
飛梅やかろがろしくも神の春　73, 155
鳶くるくると町の半空　274
飛込の途中たましひ遅れけり　484
飛びぬれば身を浮草の蛙かな　194
鳶のゐる花の賤屋とよみにけり　274
鳶の羽に寒き嵐の渡るらし　274
鳶の羽の力見せ行野分かな　274
鳶の羽も刷ぬはつしぐれ　274
鳶の輪をまふ空のうららか　274
溷板ほどの橋に名も京　91
跳ぶ時の内股しろき蟇　346
飛ぶ蛍さながら衛士のたく火かな　174
飛ぶ蛍竹松明のひかりかな　174
乏しきを言はず若菜の色愛でよ　385
灯さねば誰も映らず白障子　492
照射かと鹿子もよらむ蛍かな　174
ともすれば菊の香寒し病上り　267
共に剝きて母の蜜柑の方が甘し　569
友はふり涙せし目に雁たかく　314
友よ我は片腕すでに鬼となりぬ　338
土用波一角崩れ総崩れ　481, 562
土用波夕日の力まだのこる　481
トラックが砂こぼしゆく油照　480
とらへたる蝶の足がきのにほひかな　308
とらへたる柳絮を風に戻しけり　378
鳥雲にわれは明日たつ筑紫かな　342
鶏小屋に鶏ををさめて旱星　472, 480
鶏たちにカンナは見えぬかもしれぬ　377
取つきて蝶も散なり花の風　2, 8
鳥遠うして高欄に牡丹かな　242
鳥どもも寝入つてゐるか余呉の海　210
鶏鳴いてただそれだけの日の盛り　477
鳥のうちの鷹に生れし汝かな　334
鳥の巣に額のないこそ不思議なれ　269
鳥の巣に鳥が入つてゆくところ　353
鶏の音の隣も遠し夜の雪　88
鳥辺野のかたや念仏冬の月　277
鳥わたるこきこきこきと罐切れば　547, 636
戸を叩く狸と秋を惜しみけり　630
団栗の己が落葉に埋もれけり　283
団栗のねんねんころりころりかな　644

とんとんと年行くなないろとんがらし 365
とんぼうや河原の石をかぞへ行く 232
蜓やとりつきかねし草の上 219
蜻蛉や何の味ある竿の先 219
蜻蛉や日は入りながら鳰のうみ 219
蜻蛉やほ句の古道つういつうい 368
蜻蛉や村なつかしき壁の色 611
筋斗を胡のたはぶれ 219
とんぼ釣りけふはどこまで行つたやら 239
蜻蛉になぶられて馬の長き顔 106
蜻蛉は亡くなり終んぬ鶏頭花 117
蜻蛉行くうしろ姿の大きさよ 308

な

なほ出づる曈を待てる面輪かな 493
なほ続く病床流転天の川 339
永き日のにはとり柵を越えにけり 302, 555
永き日や相触れし手は触れしまま 129, 577
永き日やつばたれ下がる古帽子 401
永き日を君あくびでもしてゐるか 580
永夜に江帥兵を談じけり 253
長き夜の寝覚語るや父と母 253
長き夜や思ひあまりの泣寝入り 263
長き夜をあはれ田守の皷かな 253
長靴に腰埋め野分の老教師 346
長靴の校長訓話春の泥 473
長崎の秋や是より江の月夜 541
長崎のにんげんの丘息白し 494
長崎は汽笛の多き朝寝かな 476
流されて花びらほどの浮氷 392
長月のつきにみじかき今夜かな 263
なかなかと川一筋や雪の原 213
仲見世はあとの楽しみ初詣 494
ながむとて花にもいたし頸の骨 43, 76, 171
長持へ春ぞ暮れ行く更衣 43, 172
長柄に来ても橋はどこもと 530
流れつつ色を変へけり石鹸玉 475
流れ行く大根の葉の早さかな 144, 309, 547, 608
中わろき人なつかしや秋の暮 189
鳴きおこる蛙忽ち腹へりぬ 354
死骸や秋風かよふ鼻の穴 299, 565
泣きしあとわが白息の豊かなる 494
鳴き砂の秋思の一歩にも鳴けり 488
亡き父の秋夜濡れたる机拭く 476
鳴きながら川飛ぶ蟬の日影かな 421
鳴き鳴きて囮は霧につつまれし 316
亡き人の亡きこと思う障子かな 492
泣く時は泣くべし萩が咲けば秋 136
鳴鳥のとまり木迄もむくげ哉 9
なくもがなはつかみなりのいな光り 27
嘆く日のみな一本の葡萄の木 317
名こそ秋光は冬の月夜かな 459
梨食うてすつぱき芯にいたりけり 569
那智の御山の春遅き空 53
那智の滝や花の白波今熊野 533
なつかしきあやめの水の行方かな 417
なつかしきしのぶの里のきぬた哉 505
なつかしの濁世の雨や涅槃像 297
夏霧にぬれてつめたし白き花 267
夏霧や十ヲのゆびをる晴間晴間 267
夏草とともに病髪伸びやすし 414
夏草にいか釣そめり夕渚 191
夏草に延びてからまる牛の舌 136
夏草や兵共がゆめの跡 15, 62, 83
夏草や兵どもが夢の跡 414, 590
夏草や細谷川の音ばかり 537
夏暮てもはや蛍も入日哉 431
夏の雨きらりきらりと降りはじむ 562
夏の海水兵ひとり紛失す 377
夏の河赤き鉄鎖のはし浸る 3, 8, 555
夏の暮駅の水栓飲み勤む 431
夏の蝶高みより影おとしくる 563
夏の月皿の林檎の紅失す 415
夏の月昇りきつたる青さかな 561
夏はきのふけふこつ涼し今朝の秋 274
夏はただ蛍や窓の雪の枝 423
夏日負ふ佐渡の赤牛五六頭 479
夏みかん酸つぱしいまさら純潔など 569
夏もはやいなばのそよと夕かな 431
夏痩せて嫌ひなものは嫌ひなり 322
夏山の立ちはだかれる軒端かな 301
夏山は目の薬なるしんじゆ哉 410
夏山や雲湧いて石横たはる 562, 567
夏山を直と出てくる濁り川 370
撫子の朝がほ清し花の露 427
撫子や濡れて小さき墓の膝 427
七化の豆腐や庵のとし忘れ 232
何か負ふやうに身を伏せ夫昼寝 566
何かわが急ぎゐたりき顔さむく 132
名にしあふ月弓や水に入間川 508
何鳥の廂をつゝく初茜 495
何にこの師走の市を行く烏 467, 617
何につけただただ一途木の葉髪 494
なにもかもあつけらかんと西日中 558
何やらかやらとりうりの店 275
菜の花に大名うねる麓かな 262
菜の花に蝶の咲き足す日和かな 233
菜の花に半や埋む塔ひとつ 189
菜の花の中に葛西の蔵建て 233
なの花の中に城あり郡山 209
菜の花のほいやりと来る匂ひ哉 233
菜の花や雨のかさいのにしひがし 233
菜の花や井手のあたりの紛れもの 233
菜の花や鯨もよらず海暮れぬ 617
菜の花や小窓の内にかぐや姫 96
菜の花や月は東に日は西に 233
菜の花や淀も桂も忘れ水 182
名乗りてやそもそもこよひ秋の月 73
名はしらず草毎に花あはれ也 442
菜畠や二葉の中の虫の声 207
なびかせてゆく手や萩を得たり顔 251
鍋さげて淀の小橋を雪の人 464
鍋敷きに山家集有冬籠もり 465
なべ鶴もまな鶴も来て出水かな 543
生海鼠干す袖の寒さよ鳴千鳥 262
生柴をちよろちよろさせて砧かな 38
波遠し末の松山の春の月 501
名もしらぬ小草花さく川辺かな 28, 442
奈良七重七堂伽藍八重ざくら 4
奈良の宿御所柿くへば鹿が鳴く 528
奈良物のこだちもよしや八重桜 528
鳴り出づるごとく出揃ひ寒の星 472
苗代にしづめる水のみどりかな 399
苗代の水よく見れば流れゐる 399
苗代や二王のやうなあしの跡 88
苗代や水を離るる針の先 399
縄とびの寒暮いたみし馬車通る 340, 659
縄とびの純潔の額を組織すべし 143
南京を屠りぬ年もあらたまる 314
南天をこぼさぬ霜の静かさよ 457
なんと菊のかなぐられふぞ枯てだに 187
なんとけふの暑さはと石の塵を吹 187
何の木にかかりて高き藤の花 375

に

煮売也佐夜の中山鮓汁 517
匂ひ出でてはらふ袖まで雪の梅 467
匂へ藤いくかとあらん春もなし 406
鳰照るや秋は錦の琵琶袋 522
二階からあやめ葺きゐる廓者 320
二月尽雑踏にゐて雲を見る 471
二月尽母待つ家がときに憂し 471
にがにがしいつまで嵐ふきのたう 72
二科を見る石段は斜めにのぼる 332
煮凝や他郷のおもひしきりなり 327
二三尺秋の響きや落とし水 256
二三枚絵馬見て晴ル時雨かな 238
虹消えて音楽は尚続きをり 135
虹消えて小説は尚続きをり 136
虹消えてすでに無けれどある如し 39, 40, 41, 478
虹消えて忽ち君の無き如し 39, 41, 136, 478
虹消えて馬鹿らしきまで冬の鼻 137
錦手の猪口の深さよ年忘 285
虹立ちて忽ち君の在る如し 39, 41, 136, 478
虹立ちて湖を歩める虹の脚 477
虹の橋渡り交して相見舞ひ 39, 41
虹のぼりゆき中天をくだりゆき 478
西日落つシナイの山の黒また黒 479
西日照り命無惨にありにけり 479
西日中電車のどこか摑みて居り 570, 575
西吹けば東にたまる落葉かな 455
虹二重神も恋愛したまへり 359, 478
二十のテレビにスタートダッシュの黒人ばかり 566
煮染芋漢ばかりが哭きにけり 365
煮大根を通夜の畳の上に置く 365
日輪にきえ入りてなくひばりかな 403
日輪のがらんどうなり菊枯るる 334
日本がここに集る初詣 495
日本の我はをみなや明治節 322
二の午の幟立ちをり仮面売 573
日本目出たき門の松竹 159
入学の吾子人前に押し出だす 354
乳房や ああ身をそらす 春の虹 338
によつぽりと秋の空なる不尽の山 188,

444, 518
女人咳きわれ咳きつれてゆかりなし　330
庭から見る客間の雪見障子かな　492
庭少し踏みて元日暮れにけり　283
庭の面は雪を姿の木立かな　460
庭を踏む主や秋ををしまるる　251

ぬ

脱で間にあふ蓑の松明　265
縫物に針のこぼるる鶉かな　449
脱ぎ捨つる衣の棚を枕にて　74
脱ぎ捨てて角力になりぬ草の上　252
ぬけ共ぬかれぬさやの中山　517
主のなき花の目出度く咲初て　274
ぬす人の記念の松の吹おれて　225
盗んだる案山子の笠に雨急なり　107, 654
ぬつくりと雪舟に乗たるにくさ哉　26
ぬばたまの黒飴さはに良寛忌　346
ぬひあげて枕の菊のかほるなり　127
ぬれ色や雨のしたてる姫つつじ　158, 168

ね

寝起から団扇とりけり老にけり　265
葱白く洗ひたてたる寒さかな　458
葱を切るうしろに廊下つづきけり　330
寝ごころや火燵蒲団のさめぬ内　198
猫逃げて梅匂ひけり朧月　182, 642
猫の恋やむとき閨の朧月　215
猫の子に嗅れて居るや蝸牛　186
寝させぬは御身いかなる杜宇　177
寝覚の床や夢もここへき　516
寝た人に会釈して借る団扇かな　118
熱帯の海は日を呑み終りたる　135
子の日して年やふる木の野辺の松　386
子の日しに都へ行かん友もがな　386
子の日する昔の人のあらまほし　386
ねばりなき空にはしるや秋の雲　208
寝待月灯のいろに似ていでにけり　561
睡たさにうなじおとなし天瓜粉　483
ねむりても旅の花火の胸にひらく　316
眠るまで月をいくつも見て眠る　143
ねむれねば真夜の焚火をとりかこむ　314
寝よといふ寝ざめの夫や小夜砧　252
拈華微笑の日のさめてまた枯野かな　362

の

能因にくさめさせたる秋はここ　261
能因は一つの嘘を小半年　261
鋸山青さびかかる新樹かな　167
残る露残る露西へいざなへり　316
残る花近江の湖の片端に　24
残れ今朝月を末葉の萩の露　435
野ざらしを心に風のしむ身かな　78, 196, 201, 552
のしきつて一句にはねや雁の声　175
後の月女に羽織かられけり　256
後の世に逢はば二本の氷柱かな　552
后の世の月ならば母の影もさせ　263
のどかさは障子のそなたこなたかな　268
閑か也草の雫に昼の雪　264
長閑さは流石に嵯峨の古跡にて　162
能登の七尾の冬は住うき　513
野の犬に残飯くれてやりつ秋　107
野の梅のちりしほ寒き二月哉　207
野の花や月夜うらめし闇ならよかろ　187
野は枯れて蘆辺さす鳥低きかな　658
延あがりのびあがる春の日足哉　19
伸る肉縮る肉や稼ぐ裸　317
幟にてしらばや医師の紋所　223
のぼり帆の淡路はなれぬ潮干かな　534
のみさしの茶の冷たさよ五月雨　420
野らと成宮か末摘花畑　200
野らは早苗ふし立にけり莚織　200
のらへ出た留守に一人で産んで置　200
のり汁や同じ渚の貝杓子　45
乗りてすぐ市電燈ともす秋の暮　364
呪ふ人は好きな人なり紅芙蓉　124

は

歯顳に筆の氷を噛む夜かな　462
灰色の街に風吹きちるさくら　577
海贏打や灯ともり給ふ観世音　294
俳諧の西の奉行や月の秋　337
配所でも命あらばとねんじ侘　511
灰吹の青きも寒し梅の花　104
這廻る子のよごす居処　53
蝿が来て蝿にはさせぬ昼寝かな　238
這ばたて立ば走れと親ごころ　231
羽織着た落穂拾ひや小六月　98
羽織着て綱もきく夜や河ちどり　256
墓起す一念草をむしるなり　289
墓の前の土に折りさす野菊かな　342
墓原や墓の暑さの身に移る　296
はからずも居場所知らるる大嚔　493
萩明り師のふところにゐるごとし　316
萩株に光り浮き出し若芽かな　121
萩枯て松にひびくや夜半の音　251
萩咲きぬ峡は蚕飼をくりかへし　356
萩に夕風雲に雁が音　444
萩に行薄の野路を過ながら　251
萩の花一本をればみなうごく　435
萩若葉あら馬を追ひく水かひぬ　121
萩若葉株ともわかぬ腐れより　121
萩若葉枯枝今はなかりけり　121
萩若葉図書館出たる受験生　121
爆撃機爆弾を孕めり重く飛ぶ　577
麦秋の一本道を行けとこそ　474
剝製の鳥の埃や春浅し　470
白扇を流してみむか壇ノ浦　538
白鳥のごときダンサー火事を見て　492
白桃や雫もをちず水の色　203
白桃や満月はやや曇りをり　343
白髪の乾く早さよ小鳥来る　564
白牡丹只一輪の盛りかな　245
白牡丹といふといへども紅ほのか　25, 48, 309
薄暮なり榴弾飄と飄と過ぐ　578
白れむの的皪と我が朝は来ぬ　289
化物の正体見たり枯尾花　238
羽子板の重きが嬉し突かで立つ　124, 576
箱根こす人も有らし今朝の雪　511
箱の緒の蜻蛉むすび永き日に　219
葉桜の雨しづかなり豊かなり　568
葉桜の中の無数の空さわぐ　132, 563, 610, 649
葉桜や白さ違へて塩・砂糖　559
葉ざくらや人に知られぬ昼あそび　333
ばさと落ちはらはらと降り松手入　488
端居して濁世なかなかおもしろや　297, 552
端居してただ居る父の恐ろしき　565
橋立やしらまぬ松の一文字　524
箸箱の黴におどろく夫婦かな　311
橋は人見送るところ春時雨　472
はじめての雪闇に降り闇にやむ　349
はじめに神砂漠を創り私す　578
恥もせず我なり秋とおごりけり　220
馬車ゆけり春の雪嶺照る下を　365
芭蕉野分して盥に雨を聞く夜かな　179, 196, 446, 550
芭蕉葉は何になれとや秋の風　210
芭蕉葉を柱にかけん庵の月　179
柱をのくが返事也けり　269
バス行きて道きはまれば象に乗る　135
バスを待ち大路の春をうたがはず　315, 575, 620
裸木柿の中寒く住みにけり　117
裸の子裸の父をよぢのぼる　565
はだしの跡も見えぬ時雨ぞ　274
はたた神七浦かけて響みけり　478
はたはたはわぎもが肩を越えゆけり　565
畑道を行く水兵や秋の風　285
桴かまへ腰すゑ打ちぬ秋祭　574
はちす葉はつゆくもりなき鏡かな　428
鉢たたき来ぬ夜となれば朧なり　212
鉢叩雪のふる夜をうかれけり　103
蜂舐ぶる舌やすめずに蟷螂　577
初茜波より波の生れけり　495
初明り机上のものを浄めけり　495
初あかりそのまま命あかりかな　495, 562
初明りわが片手より見えそむる　495
初秋の蝗つかめば柔らかき　569
初秋や心に高し空の鳶　274
初秋やそろりと顔へ蚊帳の脚　235
初秋や友まして夜の静なる　432
初秋や人のうしろを風が過ぎ　432
初嵐して人の機嫌はとれませぬ　322
初午の鯛奉納す浜通り　573
はつきりと富士の見えたる寒さかな　458
八九間空で雨ふる柳かな　49, 83, 390
初景色水平線のほかあらず　495
初恋や灯籠によする顔と顔　252
初しぐれ猿も小簑をほしげ也　82, 222, 228, 454
初時雨真昼の道をぬらしけり　254
初潮や鳴門の浪の飛脚舟　539
はつそらのたまたま月をのこしけり　562
初空や大悪人虚子の頭上に　563
初蝶来何色と問はれ黄と答ふ　135
初蝶の流れ光陰流れけり　329
初蝶やわが三十の袖袂　559, 564, 575

初鶏や世の始りも暗きより　104
初日さす硯の海に波もなし　495
初富士のかなしきまでに遠きかな　495
初冬の竹緑なり詩仙堂　282, 454
初冬は秋より後の朝嵐　453
初冬や日和になりし京はづれ　453
初風呂を出て寝床に戻りけり　339
初みくじ大国主に蝶むすび　495
初雪やいつ大仏の柱だて　35
初雪や江戸の人足跡の沙汰　176
はつ雪や波のとどかぬ岩のうへ　230
はつ雪を敵のやうにそしる哉　271
初夢の扇ひろげしところまで　556
初雷の二百十日や誕生日　27
初雷や梅は散りたる庭の面　27
初雷や籠の鶉のくくとなく　27
初雷や菊の根分つ日の光り　27
初雷やすこし曇りし椽の風　27
初雷や麁朶による波沖の石　27
初雷や寺小淋しき花盛　27
初雷や耳を蔵ふ文使　27
初雷や聞法に倦む児二人　27
初雷を争ひ顔や臼の音　27
花あれば西行の日とおもふべし　549
花烏賊の腹ぬくためや女の手　115
鼻息の嵐もすごし今朝の冬　177
鼻息や白きをみれば霜の朝　177
花いちご母より先の死を願ふ　363
花いばら故郷の路に似たるかな　249
花卯木水模糊として舟ゆかず　412
花落ちて鳥鳴く春の分かれかな　408
花篝ぢりぢりと落花はらはらと　475
花篝薪足したる火の粉なり　474
花栗のちからかぎりに夜もにほふ　568
花昏て鐘に追るる東寺かな　183
花衣ぬぐやまつはる紐いろいろ　342, 555, 651
花咲て近江の舟の機嫌甲斐　24
花さかぬ身をすぼめたる柳かな　234
花ぞ憂き散ればや風の誘ふらん　71
洟たれて独り碁をうつ夜寒かな　451
花散りて竹見る軒のやすさかな　208
花散て又閑なり園城寺　188
はなちるや伽藍の枢おとし行　214
花ちるや瑞々しきは出羽の国　563
花月の千金かへせ年の暮　176, 468
花と子ら日はそのうへにひと日照る　577
花鳥に今日も生野の小鷹狩　461
花鳥に夕べいそがぬ春日かな　401
花鳥の魂遊ぶ絵師の午寝かな　660
花ならで木のつら雪ぞ白木槿　441
花置露をや玉とあざむくげ　9
花に来て雲に籠もりの深山かな　71
花にくれて首筋さむき野風かな　256
花に暮れて我家遠き野道かな　95, 256, 396
花に添へ朧月夜の今朝の雲　393
花にはつちや毛むく木槿の毛虫哉　9
花にやどり瓢簞斎と自いへり　77
花の雨みごもりし人の眉剃る　354
花の顔やわれもゑまるる児桜　168
花の影寝まじ未来が恐しき　272
花の香にあやめもわかぬ軒端かな　417
花の春立てるところや吉野山　386, 529
花はゑみ我もふくむや桃の酒　168
花は散るとも枝な折らせそ　23
花は根にかへるご浮かぶ池辺かな　72
花ははや残らぬ春のただ暮て　56
花冷幾日友の死つひに肯はず　632
花冷えの鏡中に髪切られゆく　471
花冷えの芯までとほる甲斐の雨　471
花冷えのその名も花見小路かな　471
花冷えの百人町といふところ　365, 471
花冷や柱しづかな親の家　471
花冷や眼薬をさす夕ごころ　471
花冷や吾に象牙の聴診器　471
花弁の肉やはらかに落椿　570
花びらの山を動かすさくらかな　274
洟ひりて翁さびたる吾等かな　493
花も散れ弾丸椴ねよとや鉄兜　368
花守や白きかしらをつき合せ　212
花よ露よ秋の野ならぬ袖もなし　437
花よりもだんごで見たや廿日草　43
花よりも団子とたれか岩つつじ　43, 72
花よりも団子やありて帰雁　43, 75, 392
花よりも檀那をまつや寺の春　43
花をのみ思へば霞む月のもと　405
花を踏んで蹈鞴うらめし暮の声　176
葉にもしる詞の花の君子哉　157
翅わつててんたう虫の飛びいづる　559, 571, 650
翅を欠き大いなる死を急ぐ蟻　340
母がおくる紅き扇のうれしき風　429
帚木に影といふものありにけり　656
母すでに綿虫ならむ暮れゆける　494
母と子のトランプ狐啼く夜なり　323
母となる日の近き重ね着へたすき　491
母の影ふみて田植の女かな　202
母の忌やその日のごとく春時雨　472
母の忌や母来て白い葱を裂く　376
母の死や枝の先まで梅の花　565
母の咳道にても聞え悲します　493
這ひ出でよ飼屋が下の蟾の声　62
蛤のふたみにわかれ行秋ぞ　280, 521
玫瑰や今も沖には未来あり　308
鱧食べて夜がまだ浅き橋の上　365
はや秋の柳をすかす朝日かな　96
はやなりや山の南の伊豆蜜柑　169
パラシウト天地ノ機銃フト黙ル　318
薔薇匂ふはじめての夜のしらみつつ　129, 577
ばらばらに飛んで向うへ初鴉　563
腸に春滴るや粥の味　568
はらわたへ息を大きく初山河　495
はりぬきの猫もしる也今朝の秋　177
春曙何すべくして目覚めけむ　349
春浅き水を渉るや鷺一つ　470
春浅し空また月をそだてそめ　470
春嵐足ゆびをみなひらくマリヤ　472
春いかん鶯なかで内裏がた　163
春いく世みがくいらかの玉椿　400
春一番柩ぐらりとかつぎ出す　472
春一番武蔵野の池波あげて　472
春惜むおんすがたこそとこしなへ　408
春惜しむ宿や近江の置火燵　24
春風にこぼれて赤し歯磨粉　33
春風や但馬守は二等兵　326
春風や闘志いだきて丘に立つ　309, 560
春風や麦の中行く水の音　30
春きよしみなとの嵐小名の海　191
春咲くに百早梅ぞ雪の中　467
春寒し水田の上の根なし雲　284
春寒や机の下の置炬燵　285
春寒や指きずつけて職やすみ　311
春雨に夢のうき橋通りけり　262
春雨の衣桁に重し恋衣　309
春雨の今日ばかりとて降りにけり　408
春雨の木下につたふ清水かな　80
春雨の中におぼろの清水かな　525
春雨や金箔はげし粟田御所　625
春雨や小磯の小貝ぬるるほど　446
春雨やぬけ出たままの夜着の穴　216
春雨や蜂の巣伝ふ屋根の漏　394
春雨やはれ間晴れ間の茶摘歌　269
春潮を灯の中にきく下関　538
春驟雨木馬小暗く廻り出す　472
春すでに高嶺未婚のつばくらめ　399
春蟬のなくふるさとをかへりみる　345
春たつや梢の雪にひかりさす　260
春立つや静かに鶴の一歩より　386
春立つや新年ふるき米五升　384
春立つやにほんめでたき門の松　159
春ちかうわらひ初たがわすられよ歟　187
春尽きて山みな甲斐に走りけり　295
春半ば冬の梅咲く深山かな　387
春ながら名古屋にも似ぬ空の色　205
春なれや名もなき山の薄霞　78, 196, 236, 388
春の海見む雲梯にぶら下る　573
春の風邪小さな鍋を使ひけり　493
春の燭鉄の扉に凍りけり　368
春の月さはらば雫たりぬべし　241
春の鳶寄りわかれては高みつつ　345
春の虹となりの家も窓ひらく　478
春の花こんな親仁じやなかつたに　261
春の浜大いなる輪が画いてある　562
春の日やあの世この世と馬車を駆り　376
春の日や女は持たぬのどぼとけ　291, 555
春の日や達磨大師の尻もだえ　178
春の陽や亡き児が秘めし種袋　283
春の日や庭に雀の砂あびて　187
春の昼大きな籠の燃ゆるなり　471
春の星ひとつ潤めばみなうるむ　472
春の水所どころに見ゆるかな　31, 188
春の雪ちりこむ伊予の湯桁哉　540
春の夢夜つづき煌たり疲れたり　476
春の宵なほをとめなる妻と居り　577
春ひとり槍投げて槍に歩み寄る　555, 564, 627
春更けて諸鳥啼くや雲の上　295
春降るや思へば年の初深雪　388
春めくや人さまざまの伊勢参り　204
春めくを冬田のために惜しむなり　348
春もややけしき調ふ月と梅　37
春山のどの道ゆくも濡れてをり　562
春や昔十五万石の城下かな　539

春を見かぎり雁かへる山　514
晴れきつて三十六峰初比叡　495
晴れぎはのはらりきらりと春時雨　472
はれし日はさくらの空もとほく澄む　577
はれ物にさはる柳のしなへかな　634
晴行や波にはなるるよこしぐれ　169
刃を入るる隙なく林檎紅潮す　146, 349
葉をたたむときに香りて桜餅　474
半円をかきおそろしくなりぬ　366
半眼の河馬の眼と会ふ風邪心地　493
盤石をめがけて霰降り集う　463
万代をかけてぞまもる葵草　413
パン種を叩きつけたる息白し　493
パンにバタたつぷりつけて春惜しむ　547, 611
晩涼や弟が描くモデルとなる　332
万緑のどこに置きてもさびしき手　485
万緑の中や吾子の歯生え初むる　34, 485, 560, 571
万緑や木の香失せたる仏たち　485
万緑や死は一弾を以て足る　369, 485
万緑やわが掌に釘の痕もなし　138, 485, 618
万緑やわが額にある鉄格子　485

ひ

日脚伸びいのちも伸ぶるごとくなり　490
日脚伸ぶ言葉いきいきしてきたり　490
日脚伸ぶ山嶺は雲解き放ち　490
日脚伸ぶ鳥の影さす花頭窓　490
日脚伸ぶ泣いて智恵付く赤ん坊　490
火遊びの我れ一人ゐしは枯野哉　117
日あたりや江戸を後ろに畑打つ　282
日凍てて空にかかるといふのみぞ　136
曳いてゆく水尾のごとくに風邪心地　493
ひいやりと袖つくやうな秋の風　58
ひいやりと野山にみつる念仏かな　58
悲運にも似たり林檎を枕とし　370
火桶抱いておとがひ臍をかくしける　210
戻れば春水の心あともどり　312
日かげれば麦蒔消えぬ土色に　328
光堂より一筋の雪解水　372
ひかり野へ君なら蝶に乗れるだろう　548
曳かれる牛が辻でずつと見廻した秋空だ　551
引き返すほかなき出水見舞かな　480
蟾蜍長子家去る由もなし　308
引裂紙に髪をゆふたり　231
引立てむりに舞するたをやかさ　56
低い融点の軍歌がざぶざぶ来る　360
低く飛ぶ畦の螽や日の弱り　280
引くときと音を大きく土用波　481
蜩といふ名の裏山をいつも持つ　370
蜩の声に月待つ朝かな　434
ひぐらしや熊野へしづむ山幾重　531
日くれたり三井寺下る春のひと　248
髭風ヲ吹て暮秋嘆ズルハ誰ガ子ゾ　77
髭籠にも葉は折添へぬ林檎かな　27
日盛りに蝶のふれ合ふ音すなり　477
日ざかりの千人針の一針つつ　300
菱餅や雛なき宿もなつかしき　405
肘若し万緑に弓ひきしぼり　485
ピストルがプールの硬き面にひびき　484, 568, 611, 614
ひたち野のどこからも見え初筑波　495
ひたといひ出すお袋の事　53
飛騨の美し朝霧朴葉焦がしのみことかな　338
ひたぶるに旅僧とめけり納豆汁　268
棺に入るるクリスマスのチョコレートも　316
ピッケルを立て雪渓を私有せり　480
ひつぱれる糸まつすぐや甲虫　331, 552, 567, 596
人入つて門のこりたる暮春かな　636
一かせぎいのちのうちにと存候　517
一木見し野寺の花の頃過ぎて　194
一口鉢犬西行に時鳥　180
一鍬に雪まで返す山田かな　398
人恋し灯ともしころをさくらちる　258, 259
一声にすむや雁なく夜半の月　448
人声やこの道かへる秋の暮　51
人心うしみつ今は頼まじよ　50
人殺す我かも知らず飛ぶ螢　295, 655
一時雨夕日に干すや鰈網　191
一雫こぼして延びる木の芽かな　240
人しれず赤飯を食べてやはり泣いた　330
一筋の竈煙りて山笑ふ　104
一筋の夕日に蟬の飛んで行　421
人絶えぬ西日にとどく観覧車　479
人たらぬ岩城も春やかざり松　191
一樽に二百万枚桜葉漬く　474
ひとつ歌いく世もうたふ茶摘かな　269
一つづつ分けて粽のわれに無し　354
一つ脱いで後に負ひぬ衣がへ　408
ひとづまにゑんどうやはらかく煮えぬ　335, 564
人妻の素足の季節硝子の家　364
一つ家の灯を中にしてしぐれかな　237
一露もこぼさぬ菊の氷かな　40
人としておやしらずとは冷じや　221
人並に若菜摘まんと野に出でし　385
人の顔に似た顔もなし月の顔　166
人の子におはす涙や時鳥　368
人の世に灯のあることも春愁ひ　476
人の世の影ばかりなり走馬灯　483
人入つて門のこりたる暮春かな　566
一花も春の千枝ぞ冬の梅　467
人はみななにかにはげみ初桜　563
人々に四つ角ひろき薄暑かな　477
ひと一人ゐて緑蔭の入りがたき　486
火ともせばうら梅がちに見ゆるなり　248
一本の松より木々やわかみどり　64
一夜づつ淋しさ替る時雨哉　228
ひとり尼藁屋すげなし白つつじ　406
ひとり居のわれに首振り扇風機　563
ひとり居やおもひもふけし十三夜　263
ひとりしぐれのふり烏帽子着て　227
ひとり突く羽子なれば澄みつくしけり　296
独寝のあら壁寒し冬の月　277
独寝も肌やあはする紙ぶすま　166
一椀の水の月日を野に還す　376
雛飾りつつふと命惜しきかな　405
雛かざる古き都のありさまや　405
雛店に彷彿として毬かな　657
鄙ぶりの鶯餅ぞ緑濃き　473
日にしぼむこはそも何の木槿ぞや　9
日のあたる石にさはればつめたさよ　569
日の色や野分しづまる朝ぼらけ　96
火の奥に牡丹崩るるさまを見つ　625
日の影やごもくの上の親すずめ　208
日のくれと子供が言ひて秋の暮　566
日の暮をととのへてゐる障子かな　492
日の春をさすかに鶴の歩み哉　197
日の昼は金糸をたるる柳哉　232
日の御影花ににほへる朝かな　28
日は入りてもみぢにのこる夕かな　452
日は落て波をあかしの夕時雨　534
雲雀より空にやすらふ峠かな　403
日々野良にゐて悪友の帰省待つ　482
ヒマラヤの岩塩を挽く冬銀河　490
向日葵と闘ふ如く描くなる　348
向日葵の蕋を見るとき海消えし　302
ピーマン切って中を明るくしてあげた　588
日短かに見ても居らるる落葉かな　458
日短かやかせぐに追ひつく貧乏神　458
秘密せば花に聞すな昏の鐘　183
日見て来よ月見て来よと羽子をつく　348
氷室かくしの森を残して芒かな　288
氷室の戸白雲深く閉しけり　425
姫松のかたびら雪やだてうすぎ　168
ひもすがら鳴く蟇に散る樝子かな　345
百姓に花瓶売りけり今朝の冬　177
百姓の生きてはたらく暑かな　234
百姓の鍬かたげ行くさむさかな　234
百姓の鋤に花の香よしの山　234
百姓は雁をもかへす田面かな　234
百姓は田を刈かへる月のころ　234
百姓は畠を蔵やこがねぶり　234
百年は生きよみどりご春の月　565
日焼子は賢しき答へ返しけり　485
日焼してピカソの生家通りけり　485
日焼田や折々つらく鳴く蛙　62
ひやし馬藍花越に背が見へて　229
百官の衣更へにし奈良の朝　408
ひやひやと壁をふまへて昼寝哉　59, 448
冷麦てふ水の如きを食うてをる　569
氷河よりほとばしる水振りむかず　480
病雁の夜寒に落ちて旅寝かな　83, 214, 448
病室の中まで黄葉してくるや　489
病牀の匂袋や浅き春　470
病人と鉦木に寐たる夜さむ哉　216
冷かや人寝静まり水の音　448
鶫のそれきり鳴かず雪の暮　117, 289, 637
ひよろひよろと尚露けしやをみなへし　444
平泉影さへ清き月の暮　500
ひらく書の第一課さくら濃かりけり　346
ひらひらと月光降りぬ貝割菜　636
ひらひらと木の葉うごきて秋ぞ立　188
ひるがほに電流かよひゐはせぬか　322

昼顔のほとりによべの渚あり　315
昼顔やどちらの露も間にあはず　238
昼蛙どの畦のどこ曲らうか　354
午睡さめて尻に夕日の暑さかな　282
昼寝より覚めてこの世の声を出す　476
昼の蟲一身斯かるところに置き　132
昼は子が鵜匠の真似をして遊ぶ　374
昼ふかき囀りやがて夢となる　363
昼間から錠さす門の落葉哉　333
広沢やひとり時雨るる沼太郎　82
広島のたか菜は牡蠣は余寒かな　538
広島や卵食ふ時口ひらく　538
広島や噴水一瞬静止の刻　482
広庭に青の駄染を引ちらし　53
灯を消してより明らかに隙間風　491
火を焚くや枯野の沖を誰か過ぐ　346
火を焚くや白夜の森のバラライカ　660
日を積めば春も行く手の菫かな　403
火を投げし如くに雲や朴の花　339
貧僧の仏をきざむ夜寒かな　451
貧乏に匂ひありけり立葵　552, 568

ふ

風景淋し広重が筆　285
風船が乗つて電車のドア閉まる　475
風船の子の手離れて松の上　475
風船の中の風船売の顔　475
風船の早や晴天に見放さる　475
風流の初めや奥の田植歌　7
深草の梅の月夜や竹の闇　256
深庇蝶ぶらさがる暑さかな　330
吹かれきし野分の蜂にさゝれたり　312
吹あげて雲に声有る落葉哉　231
吹き入れば野分や庭の花盛　446
吹きおこる秋風鶴をあゆましむ　130
吹きかへるかぜやくず葉も荻のこゑ　445
吹きとばす石はあさまの野分かな　61
吹き上れ嵐の花の早瀬川　396
奉行のひきの甲斐を求し　54
鰒汁や小家に似ざる灯の光　275
更けて見ぬ光も涼し夕月夜　415
更けてより亡者の混じる走馬灯　483
更けぬれば鐘の音まで冷ややかに　448
更けまさる火かげやこよひ雛の顔　405
更け行くや水田のうへの天の川　219
富士暮るゝ迄夕汐を浴びにけり　484
藤咲いて山の手曇る都かな　377
藤咲く頃のたそがれの空　405
富士塚に立つも日課ぞ日脚伸ぶ　490
藤浪に雨かぜの夜の匂ひけり　406
富士の風や扇にのせて江戸土産　429
藤の花ただうつぶいて別れかな　206
不受不施の御寺も花はさくら哉　265
不精さやかき起こされし春の雨　394
蓋あけし如く極暑の来たりけり　477
再びは生れ来ぬ世か冬銀河　490
二つに割れし雲の秋風　54
蓋とれば魚は雲間のいな光　225
ふたみがたかげや蒔絵のふん月夜　521
二村に質屋一軒冬木立　460
二もとの梅に遅速を愛すかな　387
府中兒や春着の袖をくはへたる　126
吹越に大きな耳の兎かな　47, 633
葡萄食ふ一語一語の如くにて　137, 569
葡萄酒の色にさきけりさくら艸　333
葡萄含んで物言ふや唇の紅濡れて　120, 298
ふと買て無用な笊や年の市　276
懐に項羽本記や義仲忌　117
ふところに乳房ある憂さ梅雨ながき　335, 562
太幹をくねらせて色変へぬ松　489
舟ばたや履ぬぎ捨る水の月　260
舟人にぬかれて乗し時雨かな　182
舟慕ふ淀野の犬や枯尾花　255
舟と成帆と成風の芭蕉哉　179
ふねになり帆になる風の芭蕉かな　179
船焼き捨てし船長は泳ぐかな　338
ふはとぬぐ羽織も月のひかりかな　264
ふはふはのふくろふの子のふかれをり　558
踏みあとのついて漸く春の泥　473
踏切の向かう四温の海のあり　490
踏みならす帰省の靴はハイヒール　482
文もなく口上もなし粽五把　223, 418
冬雁に水を打つたるごとき夜空　316
冬枯れに文字の尊き鳥居哉　207
冬枯れの木の間のぞかん売屋敷　468
冬枯や雀のありく戸樋の中　252
冬枯や平等院の庭の面　187
冬河に新聞全紙浸り浮く　609
冬銀河溺るるやうに仰ぎけり　490
冬銀河この子にめぐり会ふ不思議　490
冬銀河時間の砂を零しをり　490
冬銀河詩を遺して人は逝き　490
冬銀河青春容赦なく流れ　369
冬銀河らんらんたるを惧れけり　490
冬草にちからもつけず涙かな　460
冬雲のかかる笠置へ庇かな　119
冬木立家居ゆかしき麓かな　460
冬木立月骨髄に入夜哉　255, 460
冬木立葉もやこぼれてさび刀　460
冬ごもり五車の反古のあるじかな　249, 253
冬ごもり座右に千枚どほしかな　136
冬ごもり何に泣きたる涙かな　368
冬籠もる深山隠れの草の庵　465
冬籠ややふくらみて母まよふ　373
冬空や猫塀づたひどこへもゆける　353
冬に入るあらくさむらの山帰来　345
冬になり冬になりきつてしまはずに　325
冬暖くし雪を見ずして梅を見る　126
冬の朝日のあはれなりけり　44
冬の雷家の暗きに鳴り籠もる　478
冬の月焦土に街の名がのこり　459
冬の虹消えむとしたるとき気づく　478
冬の日の海に没る音をきかんとす　343, 567
冬の日や何か振舞ある小家　275
冬の日や臥して見あぐる琴の丈　349
冬の水一枝の影も欺かず　308, 567, 575, 621
ふゆの夜や針うしなうておそろしき　277
冬蜂の死にどころなく歩きけり　119, 287, 552, 621, 655
冬はまた夏がましじやといひにけり　187
冬薔薇の花弁の渇き神学校　369
冬薔薇や賞与劣りし一詩人　365
冬晴れの水音鋭がり来る日暮　486
冬日宙少女鼓隊に母となる日　132, 315
冬帽を脱ぐや蒼茫たる夜空　313
冬山が抱く没日よ魚売る母　340
冬山の倒れかかるを支へ行く　562
冬山を仰ぐ身深く綃の紐　371
冬夕焼見つめることを獣らも　479
ふらここの会釈こぼるるや高みより　252
振りあぐる鍬の光や春の野ら　200, 234
ふりあふぐ黒きひとみやしやぼんだま　475
降りそめし程だに残れ春の雪　388
古りたる池に蛙鳴く声　194
古りたる池に蛙鳴くなり　194
ふりむけば灯とぼす関や夕霞　252
古池に草履沈みて霙かな　463
古池や蛙さへ居ぬ秋の暮　87
古池や蛙飛び込む水の音　44, 154, 194, 395, 548, 551, 590, 627, 636
古井戸に物の音聞く夕すずみ　430
ふるひ寄せて白魚崩れん許りなり　286
古株に萩の若葉の見えそめし　121
古き世の火色ぞ動く野焼かな　655
古暦水はくらきを流れけり　344
ふるさとの海の香にあり三ヶ日　568
ふるさとの月の港を過るのみ　561
ふるさとや白山吹の町のうら　407
古寺や板間に落る冬の月　277
古雛やむかしの人の袖几帳　405
古溝や只一輪の杜若　416
降る雪が父子に言を齎しぬ　313
降る雪に胸飾られて捕へらる　317
降る雪の里にたまらぬ霙かな　462
降る雪や消えまじと照る銀座の灯　283
降る雪や明治は遠くなりにけり　308
風呂敷のうすくて西瓜まんまるし　358
風呂の戸のせまりて谷の朧かな　561
ふわふわのふくろうの子のふかれおり　558
噴火口近くて霧が霧雨が　659
文好む木だてやさしや梅の花　173
噴水が虹撒く鳩に旅人に　482
噴水にはらわたの無き明るさよ　379
噴水に真水のひかり海の町　482
噴水の了はりし水の暮色かな　482
噴水の匂ひを憂しと通りけり　482
噴水のひたぶるに春もの憂しや　482
噴水の百本噴けば競ひけり　482
噴水はまこと大きな感嘆符　482
噴水や戦後の男指やさし　566
文を好むきてんはたらく匂ひかな　173
文を好む木には千重咲け花の宿　173
文を好む木の母は是孟母かな　173

へ

下手な句を作れば叱る声も秋　282

糸瓜咲て痰のつまりし仏かな　280, 565
紅さいた口も忘るる清水かな　239
蛇逃げて我を見し眼の草に残る　485
蛇の子の尾の浸りたる流れかな　485
伯林と書けば遠しや鷗外忌　558
へろへろとワンタンすするクリスマス　560
便所より青空見えて啄木忌　355
弁当の中の湊や沖なます　169

ほ

望郷の目覚む八十八夜かな　361
奉公に行く誰彼や海贏廻し　290, 566
方丈の大庇より春の蝶　3, 123, 394
ぼうたんに波うつてゐる真闇かな　362
庖丁の香を逃がしやる朧かな　370
方便と見破る目から弥陀は傀儡　231
蓬萊に聞かばや伊勢の初便　449, 519
蓬萊の橙あかき小家かな　275
蓬萊は日の出る山ぞ草の庵　275
蓬萊や高千穂峯よねの山　542
朴ちりし後妻が咲く天上華　346
頰杖に深き秋思の観世音　488
朴の花朝日さしをる向ひ山　643
北斗ありし空やあさがお水色に　441
僕のほかに腐るものなく西日の部屋　479
ほこ長し天が下照姫はじめ　158
星合や阿波の鳴門の汐かげん　539
干梅を見るや惨事を見る如く　348
星崎の闇を見よとや啼く千鳥　80, 465, 518
星一つ残して落る花火かな　274
細腰の法師すずろにおどり哉　277
細ながう首に日永し山の児　523
螢とび疑ひぶかき親の箸　373
螢の夜老い放題に老いんとす　373, 564
螢火の毬の如しやはね上り　136
蛍火をけさば狐の尾ばな哉　190
牡丹折りし父の怒ぞなつかしき　254
牡丹切て気のおとろひし夕哉　415
牡丹散て打かさなりぬ二三片　256, 655
牡丹散り終日本を読まざりき　415
牡丹散るはるかより闇来つつあり　362
牡丹鍋よごれし湯気をあげにけり　365
牡丹百二百三百門一つ　4, 8
ほち（や）ほち（や）と雪にくるまる在所哉　270
仏の道を神に祈らん　531
仏も喧嘩するとこそきけ　162
仏ものを負ひたまふかな　162
仏もやいはふ生屋のもちつつじ　410
郭公いかに鬼神も慥にきけ　171
ほととぎす一二の橋の夜明かな　198
ほととぎす大竹藪をもる月夜　32
ほととぎす消え行く方や島一つ　534
時鳥きかで待つ間や地獄耳　158
ほととぎす聞きに出でしか今に留守　90
ほととぎす声横たふや水の上　413
時鳥父や長柄の橋柱　530
ほととぎす啼や五尺の菖草　417
郭公鳴や湖水のささにごり　216
子規なくや夜明の海がなる　259
時鳥何を古井の水のいろ　191
ほととぎすほととぎすとて明けにけり　239
子規子規とて寝入りけり　178
郭公穂麦が岡の風早み　244
陰に生る麦尊けれ青山河　340
ぼとぼとと落つる葉のあり松手入　488
ほとほととほとほとと撲つ門朧　658
ほのかなる黄鳥ききつ羅生門　185
ほのぼのと二つ峰あり初筑波　495
ほのゆるる閨のとばりは隙間風　491
洞から鶯飛び立ちにけり餌を銜へ　573
ほり植うる花や八重垣出雲鍬　536
掘り起こす土器の手触り小暑かな　477
ほろほろと山吹ちるか滝の音　80, 217, 407
盆の月ねたかと門をたたきけり　202
本買へば表紙が匂ふ雪の暮　316

ま

毎年よ彼岸の入りに寒いのは　553
前髪もまだ若草の匂ひかな　391
真処女や西瓜を喰めば鋼の香　359
薪をわる妹一人冬籠　465
枕辺の春の灯は妻が消しぬ　129, 577
孫六が太刀の銘きる端午哉　276
まさをなる空よりしだれざくらかな　301, 558, 635, 651
まざまざといますが如し魂祭　165
先づ頼む椎の木もあり夏木立　103
又越む佐夜の中山はつ松魚　517
又ことし娑婆塞ぞよ艸の家　272
またしても鶯餅の粉厚し　473
また一人遠くの芦を刈りはじむ　566
まだもののかたちに雪の積もりをり　567
街師走何を買つてもむだづかひ　467
町空のつばくらめのみ新しや　399
町寺に銭のなる樹の林檎かな　27
街の雨鶯餅がもう出たか　473, 553
街の上にマスト見えゐる薄暑かな　319, 477
街を見て糞まり寒き孵の子　317
松風の落葉か水の音涼し　195
松島やおそらく極楽月の秋　502
まっすぐに菊に注ぎし水の跡　375
松手入男の素手のこまやかに　488
松手入せし家あらん闇にほふ　488
松手入ひかりの針をふりこぼし　489
松にすめ月も三五夜中納言　535
松の芯千万こぞり入院す　489
松の外友のとぼしきしぐれかな　225
松の花波寄せ返すこゑもなし　489
松はこれ雪にもしるき木立かな　460
松はしらぬか年号の春　176
松ふくや茶釜のたぎりかんこ鳥　178
松山も波や腰たけ五月雨　501
松山や秋より高き天守閣　539
待宵の姿見のある廊下かな　561
松浦の文かく夜半や時鳥　541
祀ることなくて澄みけり十三夜　561
摩天楼より新緑がパセリほど　364, 485
窓の灯の疲れ知らずよビル颪　151
窓の雪女体にて湯をあふれしむ　335
俎に流るる水や茹で蕨　404
まないたの関はゆるさじ忍び猫　522
まなこ荒れたちまち朝の終りかな　146
まぶたに星のこぼれかかれる　56
まぼろしのあをあをと鯊死にゆけり　317
まぼろしの鹿はしぐるるばかりなり　454
ままごとの飯もおさいも土筆かな　123
蝮獲捕水のぬくもり見に来たる　485
麻薬うてば十三夜月遁走す　137, 565
黛を濃うせよ草は芳しき　113, 117
繭のごとき卯波の白をまぶしめり　481
眉掃きを俤にして紅粉の花　62
まゆはきを俤にして紅粉の花　81
繭干すや農鳥岳にとはの雪　305
マリが住む地球に原爆などあるな　377
丸かれとおもふ踊が飯櫃形り　439
満開のふれてつめたき桜の木　651
満開の森の陰部の鰓呼吸　146
曼珠沙華濁流峡を出でいそぐ　356
曼珠沙華散るや赤きに堪えかねて　339
曼珠沙華天のかぎりを青充たす　346
まんじゅしやげ昔おいらん泣きました　377
曼珠沙華落暉も蘂をひろげけり　308
満丸に出でても長き春日かな　73

み

見上げたる闇透明や冬銀河　490
みいくさは酷寒の野をおほひ征く　314
見えぬ手がのびて螢の火をさらふ　369
見えぬ眼の方の眼鏡の玉も拭く　291
見えぬ眼の目の前に置く柿一つ　361
見下しつ見あげつ木曽の夏木立　89
見帰れば寒し日暮の山桜　185
三日月の光を散らす野分かな　96
三日月は定座に晴れつ琵琶の湖　522
三日月や蘆の葉先の一あらし　98
三日月やはや手にさはる草の露　203
右の眼に大河左の眼に騎兵　318
みくさゐぬ水をもはらふ柳かな　390, 640
御熊野は補陀洛近き所にて　531
巫女らみな黒髪長き初社　495
実ざくらや寺中の人の声ばかり　236
短夜のあけゆく水の匂かな　568, 626
短夜の夢やむすばん京のひも　513
短夜や乳ぜり泣く児を須可捨焉乎　145, 321, 558, 564, 576
短夜を書きつづけ今どこにいる　336
短夜を敵のうしろを通りけり　657
見しや世に初鳴神も西の空　27
みじろぎもせず炎昼の深ねむり　477
水いろの夕ぐれ薔薇を買ふ金なし　360
御手洗の杓の柄青し初詣　495
みちのくの海がゆさぶる初景色　495
みづうみに雷気の渡る花藻かな　345
湖の水かたぶけて田植かな　255
湖の水まさりけり五月雨　212, 297
みづうみの目覚めの音の春時雨　472

みづうみをこえて雨くる春田打　473
水桶にうなづきあふや瓜なすび　251
水落て田面をはしる鼠かな　257
水音の野中さびしき柳かな　641
水鏡見てやまゆかく川柳　168
水かさまされる川越の駕籠　517
自らの老い好もしや菊に立つ　564
水煙あげて早苗の投げらるゝ　418
水白き庭は霙の名残かな　463
水澄みて籾の芽青し苗代田　399
水鳥のおもたく見えて浮きにけり　466
水鳥は氷の花の青葉かな　465
水鳥やむかふの岸へつういつい　219, 553
水鳥を吹きあつめたり山おろし　466
水に枝垂るるや釣のいと柳　640
水に皿沈めて眠る春の風邪　493
水の上に炎のひとひらや花篝　474
水のうまさを蛙鳴く　300
水の奥氷室尋ぬる柳かな　424
水の粉に薄出の茶碗出されけり　95
水の粉に風の垣なる扇かな　95
水の粉もきのふに尽くるやどり哉　95
水の粉や今はた老の物むせび　95
水の粉や茶碗嬉しき画のすさび　95
水飲んで春の夕焼身に流す　371
水洟や鼻の先だけ暮れ残る　292, 493
水枕ガバリと寒い海がある　124, 128, 318, 558
水もらぬちぎりやよよの天の川　433
水沸きし辺りや大き梅雨入穴　480
店の灯の明るさに買ふ風邪薬　493
弥山とは芥子の莟に朝日かな　538
みそか月なし千とせの杉を抱くあらし　30
三十三才にはかに水の夕景色　345
霙にも身は構えたり池の鷺　463
霙降る音や朝飯の出来る迄　463
乱れては鬼に降ル矢の蛍哉　226
道草の野に暮やすき小春かな　458
道涼しあしはや舟もくつのなる　169
路たえて香にせまり咲いばらかな　249
満ちてくる精気白息吐き出せり　494
道に干す漁網の匂ひ秋暑し　568
みちのくの淋代の浜若布寄す　549
みちのくの伊達の郡の春田かな　301, 473, 552
みちのくの星入り氷柱吾に呉れよ　364
みちのくの町はいぶせき氷柱かな　304
みちのくの雪深ければ雪女郎　124, 304
みちのくは底知れぬ国大熊生く　340
みちのくはわがふるさとよ帰る雁　392
道のべの木槿は馬に食はれけり　4, 5, 8, 10, 11, 441
みちばたに多賀の鳥井の寒さかな　207
三つ食へば葉三片や桜餅　472
見ておちぬお僧はあらじ女郎花　443
みとり子のおやにそひ寝はたんほ哉　169
翠なる柳の眉は乱れけり　73
みどりゆらゆらゆらめきて動く暁　117
みな大き袋を負へり雁渡る　566
水底に元日の日のあふれけり　579
水底の岩に落つく木の葉哉　216
水底の草も花さく卯日かな　277
水底の小鮒に届く薄暑光　477
水無月の木蔭に寄れば落葉かな　283
みな月はふくべうやみの暑かな　262
水無月や青嶺つづける桑のはて　294
岑に生ふる松に頼母しのぼり藤　536
身のうちの紅をもて春うれひ　371
みのかさは命也けりさよ時雨　517
簑借りて行路細きすすきかな　443
身のまはり手で掃いて冬深まりぬ　371
蓑虫と息合はすごと暮らすなり　144
蓑虫の音を聞きに来よ草の庵　46, 217
身ふたつのなんの淋しさ冬麗　487
身ぶるひは尾花の雪や夜の鹿　437
御仏の鼻の先にて屁ひり虫　436
みほとけのまへ白息のわれかすか　494
蚯蚓鳴く六波羅蜜寺しんのやみ　303
美目もしたてる姫君はさぞ　158
みめよくてにくらしき子や天瓜粉　483
脈を見し萩の女をのこし置く　435
深山木の底に水澄五月かな　276
見ゆる黴見えぬかび拭きひと日果つ　486
御代の春蚊帳の萌黄に極まりぬ　235
みるかげもなき向日葵と貨車一つ　636
見る人の旅をし思へかきつばた　416
見る人もたしなき月の夕かな　204
見る人も廻り灯籠に廻りけり　482
身を裂いて咲く朝顔のありにけり　346
身をそらす虹の絶巓処刑台　338, 557
みんな夢雪割草が咲いたのね　322

む

向かひえぬ師走の月の鏡かな　467
昔ならめ組走るぞ遠き火事　492
昔を残す嵯峨の古道　530
麦刈りて墓の五六基あらはるる　474
麦ぬかに餅屋の見世の別かな　204
麦の粉や知る人ありて二袋　95
麦の穂と共にそよぐや筑波山　190
麦の穂に息つく蝶の暑哉　190
麦のほに尾を隠さばや老狐　190
麦の穂や泪に染て啼雲雀　190
麦の穂を便につかむ別かな　190
麦の穂を搗ば涙もをさへまし　190
麦踏の折り返す足とんと踏む　474
麦踏の手をどうするか見てゐたる　474
麦踏の人相隣り相黙す　474
麦を蒔く二つの村のつづきをり　474
向ふからくる人ばかり息白く　493
むかうへと橋の架かつてゐる薄暑　477
むさしのの空真青なる落葉かな　294
武蔵野の空真青なる落葉かな　559
武蔵野の雪ころばしか富士の山　159, 510, 518
武蔵野は青葉の山か夏の草　414
武さし野はほむともつきぬところ哉　167
武蔵野や一寸ほどな鹿の声　510
武蔵野や今は茶にたく枯尾花　510
武蔵野や人の心が江戸の春　510
虫売の鳴かずの虫も飼ふならむ　436
虫出しや妻戸にひびく山かづら　27
虫の夜の星空に浮く地球かな　552
虫ほろほろ草にこぼるる音色かな　247
武者人形飾りし床の大きさよ　378
無人駅降りて田植ゑの中ゆける　574
無人島の天子とならば涼しかろ　286
むづかしき禅門出れば葛の花　446
むすぶ手に白雲すくふ清水かな　263
むすめと母と蓮の花さげてくる　300
娘を堅う人にあはせぬ　53
むせるなと麦の粉くれぬ男の童　95
睦月立つ今日しも春や来にけらし　384
むつとしてもどれば庭に柳かな　242
胸ぐらに母受けとむる春一番　472
胸高にかすみの帯や初浅間　495
胸元を牛に嗅がれて厚着の子　491
胸の上に雁行きし空残りけり　393
胸ふかく悪霊そだつさくらの夜　346
無方無時無距離砂漠の夜が明けて　359, 578
むまさうな雪がふうはりふはり哉　553
無憂華の樹かげはいづこ仏生会　342, 411
紫の塵を末野の蕨かな　404
村の名も法隆寺なり麦を蒔く　474
村萩や犬に聞ける高台寺　251
村人の見ざる樒の花を見る　348
むろの浜や散乱の浪に売僧鳴　180

め

名月に洲先の料理奢らはや　98
名月や池をめぐりて夜もすがら　7, 199
名月やかがやくままに袖几帳　199
名月や煙這ひゆく水の上　199
名月やしずまりかへる土の色　199
名月や畳の上に松の影　198
名月や北国日和定めなき　447
女をと鹿や毛に毛がそろうて毛むつかし　35
めきめきと落葉は何を神無月　455
恵み雨深し独活の大木一夜松　177
めくら子の端居さびしき木槿かな　259
目刺やいてそのあとの火氣絶えてある　330
飯盗む狐追うつ麦の秋　190
食早稲くさき田舎なりけり　486
珍しき鷹わたらぬ歟対馬船　541
目つむりていても吾を統ぶ五月の鷹　355
目にあやし麦藁一把飛ぶ蛍　174
目には青葉山郭公はつ鰹　177, 192, 511
眼のかぎり臥しゆく風の薄かな　254
目のついてゆけぬ迅さの出水川　480
妻の額に春の曙はやかりき　129, 577
女の童上る小鮎や松浦川　541
目鼻より尾の欲しげなる鶯餅　473
メフィストを斥けよむや秋灯　127
目をつむり右手ひたひに籐寝椅子　482
面つつむ津軽をとめや花林檎　499

も

まうからぬ夜なべ細工やちちろ虫　311
申さぬが脈にすすんであだ心　475
猛獣にまだ春浅き園の樹々　470

萌えつきし多摩ほとりなる暮春かな　345
最上川渡すや青苧紅の花　504
もがり笛風の又三郎やあーい　369
木食や梢の秋に成りにけり　174
鵙の一声夕日を月に改めて　35
もたいなや昼寝して聞田うゑ唄　272
もたれゐて物冷やかになりにけり　448
餅搗きし家ありすでに音ひそめ　567
もち古りし夫婦の箸や冷奴　290
餅ほして菜の花匂ふ日和哉　233
餅を搗くこの家きつと幸せに　364
餅を搗くこの家幸せきつと来る　364
木琴に日が射してをり敲くなり　360
もつれつつとけつつ春の雨の糸　328
持てばすぐもがく力の兜虫　596
もとゆひの箱根におゐて神な月　227
藻にすだく白魚やとらば消ぬべき　77
物音のみな身にこもり夜の黴　371
物音も雨月の裏戸出でずして　561
物書て扇引さく名残哉　220
物臭き合羽やけふの更衣　203
喪の底に月日失せをり初蛙　356
物種を握れば生命ひしめける　291
物の影なべて浮世の日永かな　283
物の名も蛸や古郷のいかのぼり　186
武士のもみぢにこりず女とは　224
物まうの声に物着る暑さかな　238
紅葉して桜は暗き樹となりぬ　563
紅葉せり仙石原を下り来れば　575
紅葉にはたがをしへける酒の間　452
木綿縞着たる単純初日受く　579
桃赤し青きところの少しあり　632
百年の気色を庭の落葉かな　455
桃の木や童子童女が鈴なりに　376
桃のなか別の昔が夕焼けて　376
森の鵜のうきをうらやむ篝かな　230
盛物や峩々とそびえておめい講　18
双親の日に当りたる彼岸かな　254
唐土にもたつるや門ににほん松　159
門ありて国分寺はなし草の花　98
門しめてだまつてねたる面白さ　447
門を出て道を曲れば盆の月　561

や

灸より近江の海の流れきて　522
八百日ゆく真間の大門紅葉哉　509
やがて来るものに晩秋の椅子一つ　372
やがてランプに戦場のふかい闇がくるぞ　324
約束の寒の土筆を煮て下さい　553
矢車に朝風強き幟かな　282
焼跡に遺る三和土や手毬つく　566
焼け岩の鳴沢なせる山の火事　492
灼けし溶岩さまよふ原始人清子　359
焼けにけりされども花は散りすまし　220
椰子の葉のざんばら髪の溽暑かな　477
安々と海鼠の如き子を生めり　286
痩馬のあはれ機嫌や秋高し　287, 562
痩蛙負けるな一茶是に有り　395
やせこけて又こゆべきと思ひきや　517
八十うぢや茶船柴船うがひ舟　236
柳がみふつさりと成茂哉　168
柳さへ眉かく池の鏡かな　71, 73, 640
柳散清水涸石処々　641, 655
柳散る佐保の川風今朝吹きて　528
屋根越に僅かに見ゆる花火かな　282
やはらかき身を月光の中に容れ　146, 335
養父入の貌けばけばし草の宿　252
やぶ入りの寝るやひとりの親の側　252
藪入や牛合点して大原まで　525
やぶ入りや琴かき鳴らす親の前　252
養父入や巷にしけき恋はなし　176
やぶ入りや浪花を出でて長柄川　530
藪の空ゆく許りなり宿の月　306
薮巻の松千本や法隆寺　489
山颪早苗を撫でゆくへかな　418
山峡に字一つづつ秋晴るる　487
山かげの夜明けをのぼる雲雀かな　403
山風に雲と見えてや花盛　48
山川に高浪も見し野分かな　119
山国の虚空日わたる冬至かな　299
山国の蝶を荒しと思はずや　136, 395
山暮れて紅葉の朱をうばひけり　452
山ざくら水平の枝のさきに村　316
山里は万歳遅し梅の花　15, 63
山路来て何やらゆかしすみれ草　79, 196, 286, 403, 590
山裾に大きな鐘や桜餅　474
やませ来るいたちのやうにしなやかに　340
山高く湯舟へだつる水遠し　61
山たかみ雲をすそわの秋田哉　445
山つつじ海に見よとや夕日影　406
山つつじ照る只中に田を墾く　406
山寺の扉に雲あそぶ彼岸かな　299
山寺や石にしみつく蟬の聲　572
山寺や誰も参らぬねはん像　247
「大和」よりヨモツヒラサカスミレサク　375
山鳥の尾をふむ春の入日哉　95
山中や笠に落葉の音ばかり　269
山中や菊は手折らぬ湯の匂ひ　246, 451
山眠り火種のごとく妻が居り　361
山の秋世は皆酔へり富士独り　176
山の蝶コツクが壜きし扉に挑む　321
山の月花盗人を照らし給ふ　265
山の日は鏡のごとし寒桜　563
山の宿出でて箱根の紅葉かな　574
山の湯のすこしの濁り夜の秋　476
山は暮て野は黄昏の薄哉　443
山は時雨大根引べく野は成りぬ　238
山鳩よみればまはりに雪がふる　307
山吹に蜂の多さよ暮れの春　285
山吹や井手を流るる鉋屑　251
山吹や宇治の焙炉の匂ふ時　524
やまぶきや春をしがらむ谷の水　407
山伏の火をきりこぼす花野かな　88
山へ帰る人に鴉に日脚伸ぶ　490
山又山山桜又山桜　397, 558
山も木も我家に似たり秋の暮　251
山百合に雹を降らすは天狗かな　114, 660
闇空に黒い蝙蝠とぶ河原　339
闇夜きつね下ばふ玉真桑　77
闇の夜になの花の香や春の風　233
闇の夜は吉原ばかり月夜哉　198
病む兄の句が胸ゆする秋の暮　339
病むひとに紫苑の高さ枯れしまま　370
鑓持の猶振たつるしぐれ哉　82
やはらかに金魚は網にさからひぬ　611
やはらかに人分け行くや勝角力　255

ゆ

湯あがりの素顔したしも春の昼　129, 577
浴してかつうれしさよたかむしろ　253
夕顔にしづや過ぎ憂き垣根かな　428
夕顔や一丁残る夏豆腐　428
夕顔や白き鶏垣根より　428
夕貌やそこら暮るに白き花　267
ゆふがほやたしかに白き花一つ　267
夕顔や物を借り合ふ壁の破れ　244
夕顔を蛾の飛びめぐる薄暮かな　428
夕顔をけはふか白き花の色　267
夕がすみ都の山はみな丸し　257
夕ぐれの水ひろびろと残花かな　563
夕暮のもの憂き空やいかのぼり　186
夕東風や海の船ゐる隅田川　561
夕桜あの家この家に琴鳴りて　651
夕桜家ある人はとくかへる　397
夕ざれば家根漆喰の苫葺いて　285
夕涼み疝気おこしてかへりけり　45
夕すずみよくぞ男に生れけり　198
夕立のあとの小雨やかきつばた　285
白雨の露吹きむすべ風の松　426
夕立や洗ひ分けたる土の色　426
白雨や障子懸けたる片びさし　625
ゆふだちや田も三巡りの神ならば　198
夕立や猫の尾をふむ簀子縁　426
夕月や納屋も厩も梅の影　282
夕月や雪あかりして雑木山　350
夕燕我には翌のあてもなし　398
夕鶴のはなればなれに二月尽　471
夕映の二度して秋の島明し　328
ゆふばれや桜に涼む波の花　503
夕日さす波の鯨や片しぐれ　228
夕雲雀芝生を花のやどりかな　403
郵便夫同じところで日々霞む　287
ゆふべまで捨たい宿をゆきの宿　264
夕べを人の形見とやせむ　444
夕焼けて指切りの指のみ残り　375
夕柳雨の向うになりにけり　98
湯帰りや灯ともしころの雪もよひ　333
床闇し俄虚虫今朝の冬　177
ゆかしさも紅浅き林檎かな　27
ゆかたをぞきせん群集の御身拭　162
雪折れや昔に帰る笠の骨　177
雪靴に常の勤めの三日かな　327
雪櫟夜の奈落に妻子ねて　343
雪解川名山けづる響かな　295, 567
雪しろき奥嶺があげし二日月　350
行き過ぎて胸の地蔵会明りかな　362
雪たのしわれにたてがみあればなほ　335
雪だるま星のおしやべりぺちやくちやと　650
雪散り迷ふ山風の末　17

雪ちるや穂屋の薄の刈残し　40
雪吊の金色となる夕べかな　492
雪吊の高さを決むる大き声　492
雪吊りの倒影青き水を刺す　492
雪吊のはじめの縄を飛ばしけり　492
雪吊の松囚はれの気品かな　492
雪吊りの裳裾を水の上にまで　492
雪吊の闇と闇とをつなぎをる　492
雪吊の藁の匂へる二三日　492
雪吊をして雪を呼ぶ湖北かな　492
雪吊を見てゐて酷なことを云ふ　492
雪解の大きな月がみちのくに　473
雪どけの水に鳴なり河千鳥　262
雪解の山を背にして写真撮る　574
雪ながら山もと霞む夕べかな　29, 50, 389
雪に明け霞に暮るる高嶺かな　389
雪の朝独リ干鮭を噛得タリ　77
雪の朝二の字二の字の下駄の跡　168
雪の家に寐て居ると思ふ許りにて　11
雪の渋民いまも詩人を白眼視　369
雪の渓死の贅沢を思ふべし　359
雪の中声あげゆくは我子かな　289
雪の畑鶯色に暮れてゆく　329
雪の日の浴身一指一趾愛し　323
雪の日は疝気の虫も音をいれぬ　264
ゆきの日は腹立つ人も来ざりけり　264
雪のみや摘む手にたまる初若菜　385
雪の夜の紅茶の色を愛しけり　291
雪の夜の竹の葉とづる朝戸かな　463
雪はげし書き遺すこと何ぞ多き　323
雪はげし抱かれて息のつまりしこと　323
雪はしづかにゆたかにはやし屍室　143, 550, 565
雪は霏々黄金の指環差し交す　132
雪ふると言ひしばかりの人しずか　293
雪降るに溺るるわれを遮るな　350
雪ふるよ障子の穴を見てあれば　11
雪降れり時間の束の降るごとく　562
雪ぼたる木霊蒐めてゆきにけむ　494
雪蛍手に包むときわれ消ゆる　494
雪舞ふや鶯餅が口の中　473
雪嶺の襞濃く晴れぬ小松曳き　386
雪虫の飛ぶ廟前の木立かな　494
雪も今いそがしぶりを師走かな　467
行き行きて深雪の利根の船に逢ふ　313
ゆきゆきてたふれ伏とも萩の原　201
雪行け行け都のたはけ待おらん　271
雪よりは寒し白髪に冬の月　277
行秋も伊良古をさらぬ鷗哉　205
逝く吾子に万葉の露みなはしれ　346
行く嵐かへるを松の葛葉かな　42
行く女袷着なすや憎きまで　252
行雁や余波に一夜隠岐の島　537
行く雲の移りかはれる残暑かな　208
行く雲をねてゐて見るや夏座敷　46
行く先に都の塔や秋の空　444
行く年よ我いまだ蕎麦も喰ひ了へず　282
ゆく春に佐渡や越後の鳥曇　512
行春の底をふるふや松の華　216
行く春やあみ塩からを残しけり　23
行春やうたも聞へず宇佐の宮　542
行く春や海を見て居る鴉の子　240
行春や近江いざよふ湖の雲　24, 408
ゆく春やおもたき琵琶の抱きごころ　240
行春や鳥啼魚の目は泪　240, 292, 408
行春やピアノに似たる霊柩車　377
行春を近江の人と惜しみける　83, 207
行く春を心に何と惜しむらむ　23
ゆく人をまねく尾花のたもと哉　443
行く水とほく梅にほふ里　50
ゆく水の跡や片寄菱の華　203
行く我にとどまる汝に秋二つ　280, 555
ゆさゆさと大枝ゆるる桜かな　563, 651
ゆさゆさと桜もてくる月夜かな　265
ゆさゆさと二階の雛やももの花　265
ゆさゆさと春が行くぞよのべの草　265
ゆで玉子むけばかがやく花曇　555
湯桶なときのふのままやちるさくら　98
湯豆腐に命儲けの涙かも　361
温泉の宿に馬の子飼へり蠅の声　110
温泉の山に作る青菜や五月晴　110
ゆびさして寒星一つづつ生かす　369, 556
指に纏きいづれも黒き木の葉髪　494
弓はじめすぐり立たるむす子共　53
夢に見ゆやとねぞ過ぎにける　50
夢の淵どよもしゐたる梅雨出水　480
夢の世に葱を作りて寂しさよ　341
夢見れば夢に疲れて木の葉髪　494
夢よりも現の鷹ぞ頼母しき　205
百合咲くや汗もこぼさぬ身だしなみ　240
ゆるやかに着てひとと逢ふ蛍の夜　146, 335, 565

よ

夜明けの戸茜飛びつく塩の山　578
酔ざめやほのかに見ゆる雛の顔　405
宵闇や霧のけしきになるみ潟　519
酔て寝むなでしこ咲る石の上　427
夜神楽や鼻息白し面の内　177
余花の峯うす雲城に通ひけり　409
余花も見ん男やまめの浮かれ者　409
浴室の文字のおぼろや朝の萩　251
よく晴れて五月カレーが食べたき日　365
夜興ひく盗人犬や龍田山　527
夜櫻のぼんぼりの字の粟おこし　475
夜桜やうらわかき月本郷に　475
義仲の寝覚の山か月悲し　514
よし野にて桜見せふぞ檜の木笠　161
夜濯にありあふものをまとひけり　484
夜濯ぎの蹠のほてりいつまでも　484
四十路さながら雲多き午後曼珠沙華　137
夜長人耶蘇をけなして帰りけり　295
夜なべしにとんとんあがる二階かな　311
世に匂へ梅花一枝のみそさざい　40
世にふるもさらに時雨の宿りかな　77, 78, 222, 227, 228, 237, 454
世にふるもさらに宗祇のやどり哉　78, 222, 228, 454, 556
世にやふりたる道は残らむ　195
夜の枯野つまづきてより怯えけり　356
夜の雲のみづみづしさや雷のあと　478
世の中のうさ八幡ぞ花に風　542
世の中は三日見ぬ間に桜かな　242
世の中や蝶々とまれかくもあれ　171
世の中を遊び心や氷柱折る　136
夜の稲架を組む声家のラジオの声　358
世の花の色に染たる林檎かな　27
世は照るや満花の中のひとり酒　226
呼かへす鮒売見えぬあられ哉　214
夜店寒く艀の時計河に鳴る　317
黄泉に来てまだ髪梳くは寂しけれ　376
よむ頁皆黄になつて春眠し　476
夜も稲刈るのつぴきならぬ星鋭し　351
よもすがら秋風聞くや裏の山　201
夜々月の雫や凝こつて蔓ぶだう　241
代々の秋四倉富り鰹船　191
よりかかる度に冷つく柱かな　272, 448
頼政の月見所や九月尽　453
夜ル竊ニ虫は月下の栗を穿ツ　77
よろこべばしきりに落つる木の実かな　301
よろよろと畦のかよへる春田かな　473
よろよろと棹がのぼりて柿挟む　567
よろよろとしたる姿は八瀬法師　277
齢来て娶るや寒き夜の崖　340
夜半の春なほ処女なる妻と居りぬ　129
よわよわと日の行きとどく枯野かな　244
夜をこめて柿のそら価や本門寺　282
夜をこめて雪舟に乗たるよめり哉　26
夜を寒み炉に屈む身や猫背中　450
世を捨てし身の自慢日や大晦日　180
よんどころなく世にありて厚着せり　491

ら

雷雨中別なる降りになる音す　358
癩人の相争へり枯木に日　361
礼拝に落葉踏む音遅れて着く　359
雷百里はじめてひびく櫃の文　27
落雁の声のかさなる夜寒哉　450
ラグビーの頬傷ほてる海見ては　587
洛陽の紙の価や筆始　282
落花枝に帰ると見れば胡蝶かな　155
落花生食ひつつ読むや罪と罰　611
ラテン語の風格にして夏蜜柑　379
裸婦像にデモの終りの北風生まれ　491
爛々と昼の星見え菌生え　138

り

立春の雪のふかさよ手鞠歌　387
立春やとんばうかへり秋津国　219
琉球は三味線ひいて田植かな　543
流星の使ひきれざる空の丈　561
流燈や一つにはかにさかのぼる　299, 560
流氷や宗谷の門波荒れやまず　298, 499, 574, 626
領土出れば身に王位なし春の風　283
両の手に桃と桜や草の餅　199
旅客機閉す秋風のアラブ服が最後　373
緑蔭にあり美しき膝小僧　486
緑蔭に顔さし入れて話しをり　486
緑蔭に三人の老婆わらへりき　486
緑蔭の戸毎に朝のミルクあり　486
緑蔭は人に譲りて戻りけり　486

緑蔭や矢を獲ては鳴る白き的　321, 563
緑蔭を大きな部屋として使ふ　486
林檎の木ゆさぶりやまず逢いたきとき　355
林中にわが泉あり初茜　495, 562

る

ルンペンら火を焚き運河薔薇色に　317

れ

黎明の雨はらはらと蓮の花　429
黎明を思ひ軒端の秋簾見る　136

ろ

老後とは死ぬまでの日々花木槿　365
老後の子賢にして筆始めかな　654
老船長わが香水を言ひあてし　483
六月や水行く底の石青き　181
六月や峰に雲置くあらし山　13, 19, 20, 223, 636
六人の御慶のべたる渚かな　573
轆轤の座人なく梅の匂ふなり　563
路地染めて何をもたらす寒夕焼　479
露人ワシコフ叫びて柘榴打ち落す　566
櫓の声波を打てはらわた氷る夜や涙　196
炉火守りて焼岳凍る夜を寝ねず　305

わ

若鮎の二手になりて上りけり　566
我庵は上野に近く初鴉　282
我が庵は榎ばかりの落葉かな　92, 247
我が庵の垣根の梅はさかりにて　16
若えつつ黒髪山ぞ秋の霜　507
吾顔の母に似たるもゆかしくて　53
我影の壁にしむ夜やきりぎりす　242, 450
我が影もかみな月なり石の上　227
我門に富士のなき日の寒さ哉　226
我髪をけさ手はしめや散柳　232
若草にやうやく午後の蔭多く　391
若草の山のしづくや春の水　391
若草や水の滴る蜆籠　391
我国は草もさくらを咲きにけり　333
わが恋は昼の六時よけふの月　189
我が心誰に語らん秋の空　444
我さくら見て居る嵯峨の小家哉　275
わが背丈以上は空や初雲雀　563
若竹や豆腐一丁米二合　422
若竹や夕日の嵯峨となりにけり　32
わが妻に永き青春桜餅　352
わが齢の数にかなひし厚着かな　491
我がとしの直ぶみされたる夜寒かな　450
我としも四十四の花のあげ句かな　189
我涙に月さへくらきわかれかな　251
和歌に師匠なき鶯と蛙かな　79
わがねむる間も寒雲は覆ふらし　350
和歌の浦に霧間の月やかくし題　532
和歌の浦の春風もがな宿の松　532
和歌の君に俳諧の臣や菊花節　368
ワガハイノカイミヨウモナキススキカナ　580
わが墓を止り木とせよ春の鳥　376
わが身からこの白息ぞオホーツク　494
我宿は平松町の南側　231
別るるや夢一筋の天の川　286
わくら葉の梢あやまつ林檎かな　27
分け入つても分け入つても青い山　300
分けし根の菊に昔の心かな　283
忘れずば佐夜の中山にて涼め　517
早稲の香や分け入る右は有磯海　7, 445, 512
私はあとにふせらん後の月　263
綿取りてねびまさりけり雛の顔　405
わだなかや鵜の鳥群るる島二つ　576, 585
渡辺やとふもすすきの数寄の風　443
棉の実を摘みゐてうたふこともなし　313
綿虫のあたりはきつと無重力　494
綿虫の間遠き光ばかり来ぬ　494
綿虫の双手ひらけばすでになし　563
綿虫や坂かがやきて立ち上がる　494
綿虫やそこは屍の出でゆく門　143, 494, 565
綿虫やむらさき澄める仔牛の眼　551
渡り懸て藻の花のぞく流哉　214
渡り鳥みるみるわれの小さくなり　369
藁塚に一つの強き棒挿さる　347
藁塚に凭れば風なし若菜つみ　127
蕨長け山ほととぎす靄遠し　413
蕨よりものうき春の炬燵かな　404
我にあまる罪や妻子を蚊の喰ふ　254
我に返り見直す隅に寒菊赤し　319
われの星燃えてをるなり星月夜　561
我のみの菊日和とはゆめ思はじ　486
われの凭る壁に隣は雛かざる　405
われのものならぬ長さの木の葉髪　494
われ病めり今宵一匹の蜘蛛も宥さず　349
彎曲し火傷し爆心地のマラソン　538, 557

附録　俳句の専門文学館・俳句の文学賞

・すべて本書初版刊行時の情報

1　俳句の専門文学館

〔1．日本現代詩歌文学館《にほんげんだいしいかぶんがくかん》〕
〒024-8503　北上市本石町２-５-60
TEL　0197-65-1728
FAX　0197-64-3621
開館時間：９時～17時
入館料：無料
休館：12月～３月の月・年末年始（12月28日～１月４日）
交通：JR「北上」駅よりタクシー６分、JR北上線「柳原」駅より徒歩３分
URL https://www.shiikabun.jp

〔2．山寺芭蕉記念館《やまでらばしょうきねんかん》〕
〒999-3301　山形市大字山寺字南院4223
TEL　023-695-2221
FAX　023-695-2552
開館時間９時～16時30分
入館料：大人400円（高校生以下無料、団体割引あり）
休館：不定休・年末年始（12月29日～１月３日）
交通：JR仙山線山寺駅より徒歩８分
URL http://yamadera-basho.jp

〔3．石田波郷記念館《いしだはきょうきねんかん》〕
〒136-0073　江東区北砂５-１-７江東区砂町文化センター内
TEL　03-3640-1751
FAX　03-5606-5930
開館時間：９時～21時（入館20時30分まで）
入館料：無料
休館：祝日を除く第１・３月曜日、年末年始
交通：都営地下鉄新宿線「西大島」駅より都バス門前仲町行きにて「北砂２丁目」下車徒歩８分
URL　江東区文化コミュニティ財団 https://www.kcf.or.jp　より検索

〔4．江東区芭蕉記念館《こうとうくばしょうきねんかん》〕
〒135-0006　江東区常盤１-６-３
TEL　03-3631-1448
FAX　03-3634-0986
開館時間：９時30分～17時（入館は16時30分まで）
入館料：200円（団体割引あり）
休館：第２・第４月曜日（祝日の場合は翌日）、年末年始
交通：都営新宿線・大江戸線「森下」駅より徒歩７分
URL　江東区文化コミュニティ財団 https://www.kcf.or.jp　より検索

〔5．俳句文学館《はいくぶんがくかん》〕
〒169-8521　新宿区百人町３-28-10
TEL　03-3367-6621
FAX　03-3367-6656
開館時間：10時～16時　土日祝10時～17時・第２金曜日10時～19時30分
入館料：100円（俳人協会会員高校生以下は無料）
休館：木（ほかに臨時休館日もあり）
図書館は水・木
交通：JR中央総武線「大久保」駅より徒歩５分
URL https://www.haijinkyokai.jp

〔6．関口芭蕉庵《せきぐちばしょうあん》〕
〒112-0014　文京区関口２-11-３
TEL　03-3941-1145
開園時間：10時～16時
入園料：無料
休園：月・火曜日・年末年始
交通：東京メトロ東西線「早稲田」駅より徒歩15分、東京メトロ有楽町線「江戸川橋」駅より徒歩15分
URL　文京区 https://www.city.bunkyo.lg.jp　より検索

〔7．鎌倉虚子立子記念館《かまくらきょしたつこきねんかん》〕
〒248-0002　鎌倉市二階堂231-１
TEL　0467-61-2688
会館時間：水・木（電話予約制）
入館料：500円
休館：月・火・金・土・日
交通：JR横須賀線「鎌倉」駅より京急バス「鎌20」大塔宮行きにて「大塔宮」下車徒歩10分
URL https://tamamo.localinfo.jp

〔8．千代女《ちよじょ》の里俳句館《さとはいくかん》〕
〒924-0855　石川県白山市殿町310
TEL　076-276-0819
FAX　076-276-8190
開館時間：９時～17時（入館は16時30分まで）
入館料：200円（中学生以下無料、団体割引あり）
休館：月曜日・年末年始・館内特別整理期間
交通：IRいしかわ鉄道「松任」駅より徒歩１分
URL https://www.hakusan-museum.jp/chiyojohaiku/

〔9．俳句《はいく》の館《やかた》　風生庵《ふうせいあん》〕
〒401-0502　山梨県南都留郡山中湖村平野506-296
TEL　0555-20-2727
FAX　0555-62-4000
開館時間：10時～17時
入館料：無料
休館：水（祝日の場合は翌日）（10月～６月）、月末日（土日の場合、前の平日）、12月１日～３月20日
交通：富士急行線「富士山」駅よりバス25分「文学の森公園前」下車
URL https://lib-yamanakako.com/fuuseian/

〔10．山梨県立文学館《やまなしけんりつぶんがくかん》〕
〒400-0065　甲府市貢川１-５-35
TEL　055-235-8080
FAX　055-226-9032
開館時間：９時～17時（展示室入室は16時30分まで）
入館料：330円（65歳以上無料、団体割引あり）
休館：月・祝日の翌日・年末年始（ほかに臨時休館もあり）
交通：JR中央線「甲府」駅よりバス15分「山梨県立美術館」下車
URL https://www.bungakukan.pref.yamanashi.jp

〔11. 一茶《いっさ》記念館《きねんかん》〕
〒389-1305　長野県上水内郡信濃町柏原2437-2
TEL　026-255-3741
FAX　026-255-5505
開館時間：9時～17時
入館料：おとな500円　こども300円（団体割引あり）
休館：5、6、9、10月末日（土日の場合、翌月曜日）年末年始・冬季（12月1日～3月19日）も平日のみ見学可。
交通：しなの鉄道北しなの線「黒姫」駅より徒歩5分
URL https://issakinenkan.com

〔12. 歴史《れきし》公園《こうえん》信州《しんしゅう》高山《たかやま》一茶《いっさ》ゆかりの里《さと》一茶《いっさ》館《かん》〕
〒382-0825　長野県上高井郡高山村大字高井5161-1
TEL　026-248-1389
FAX　026-248-8913
開館時間：9時～17時（入館16時まで）
入館料：500円
休館：月曜日、祝日の翌日、12月26日～1月4日
交通：長野電鉄「須坂」駅よりバス15分「紫」下車徒歩5分
URL http://www.kobayashi-issa.jp

〔13. 小諸《こもろ》高濱《たかはま》虚子《きょし》記念館《きねんかん》〕
〒384-0006　小諸市与良町2-3-24
TEL　0267-26-3010
FAX　0267-26-3011
開館時間：9時～17時（入館は16時30分まで）
入館料：200円（団体割引あり）
休館：水曜日（祝日の場合は木曜日）冬期休館（12月1日～3月31日）
交通：JR小諸線・しなの鉄道「小諸」駅より徒歩15分
URL　小諸市　https://www.city.komoro.lg.jp　より検索

〔14. 奥《おく》の細道《ほそみち》むすびの地《ち》記念館《きねんかん》〕
〒503-0923　大垣市船町2-26-1
TEL　0584-84-8430
FAX　0584-84-8431
開館時間：9時～17時（入館16時30分まで）
入館料：300円（団体割引あり）
休館：12月29日～1月3日、展示替え期間中
交通：JR東海道線「大垣」駅より徒歩16分
URL　http://www.basho-ogaki.jp

〔15. 芭蕉《ばしょう》翁《おう》記念館《きねんかん》〕
〒518-0873　伊賀市上野丸ノ内117-13上野公園内
TEL　0595-22-9621
FAX　0595-22-9619
開館時間：8時30分～17時（入館は16時30分まで）
入館料：300円（未就学児無料、団体割引あり）
休館：年末年始・展示替え・館内燻蒸期間
交通：伊賀鉄道「上野市」駅より徒歩5分
URL　伊賀市 https://www.city.iga.lg.jpより検索

〔16. 神戸《こうべ》大学《だいがく》山口《やまぐち》誓子《せいし》記念館《きねんかん》〕
〒657-8501　神戸市灘区六甲台町1-1
TEL　078-803-5393（問い合わせ先　研究推進課研究推進グループ）
開館日：毎週火・木曜日
開館時間：10時～16時
入館料：無料
休館：祝日、大学の休業期間（年度によって異なるためHP参照）
交通：阪急神戸線「六甲」駅、JR神戸線「六甲道」駅、阪神本線「御影」駅より市バス36系統鶴甲団地行で「神大本部・工学部前」下車（バス約10～20分）
URL https://www.office.kobe-u.ac.jp/ksui-yamaguchiseishi

〔17. 逸翁《いつおう》美術館《びじゅつかん》〕
〒563-0058　池田市栄本町12-27
TEL　072-751-3865
FAX　072-751-2427
開館時間：10時～17時（入館16時30分まで）
入館料：700円（中学生以下無料、団体割引あり）
休館：月曜日（祝日の場合は翌日）
交通：阪急宝塚線「池田」駅より徒歩10分
URL　http://www.hankyu-bunka.or.jp/itsuo-museum/

〔18. 柿衞《かきもり》文庫《ぶんこ》〕
〒664-0895　伊丹市宮ノ前2-5-20
TEL　072-782-0244
FAX　072-781-9090
開館時間：10時～18時（入館は17時30分まで）
入館料：200円
休館：月曜日（祝日の場合は翌日）、展示替え期間中、年末年始
交通：JR宝塚線・阪急伊丹線「伊丹」駅より徒歩9分
URL http://www.kakimori.jp

〔19. 虚子《きょし》記念《きねん》文学館《ぶんがくかん》〕
〒659-0074　芦屋市平田町8-22
TEL　0797-21-1036
FAX　0797-31-1306
開館時間10時～17時（入館は16時30分まで）
入館料：1000円（団体割引あり）
休館：月曜日（祝日の場合は翌日）、年末年始
交通：阪急・JR・阪神「芦屋」駅より阪急バスで「テニスコート前」下車徒歩10分、阪神「芦屋」駅より徒歩15分
URL http://www.kyoshi.or.jp

〔20. たかすみ文庫《ぶんこ》〕
〒633-2303　奈良県吉野郡東吉野村大字平野835
TEL　0746-44-0777
FAX
開館時間：11時～17時
入館料200円
休館：木（祝日の場合は翌日）・年末年始
交通：近鉄大阪線「榛原《はいばら》」駅よりバス45分
URL http://www.vill.higashiyoshino.nara.jp/takasumi.html

〔21. 小豆島《しょうどしま》尾崎《おざき》放哉《ほうさい》記念館《きねんかん》〕
〒761-4106　香川県小豆郡土庄町甲1082
TEL　0879-62-0037
FAX　?
開館時間：9時～17時（入館は16時30分まで）
入館料：220円（団体割引有）
休館：水・年末年始（12月28日～1月4日）
交通：各港よりバスで「土庄本町」下車徒歩8分
URL http://ww8.tiki.ne.jp/~kyhosai

〔22. 子規《しき》記念《きねん》博物館《はくぶつかん》〕
〒790-0857　松山市道後公園1-30
TEL　089-931-5566
FAX　089-934-3416
開館時間：5月～10月は9時～18時
11月～4月は9時～17時　（入館は閉館の30分前まで）
入館料：400円（小中高校生無料、団体割引あり）
休館：年度・シーズンにより異なる
交通：伊予鉄道市内電車「道後温泉」駅から徒歩5分
URL https://shiki-museum.com

2　俳句の文学賞

〔1．角川俳句賞〕 KADOKAWA発行月刊俳句誌『角川俳句』が毎年公募する未発表新作50句から選ばれる新人賞。昭和30年創設。

第１回（昭30）鬼頭文子（後、小池文子に改称）『つばな野』
第２回（昭31）沖田佐久子『冬の虹』
第３回（昭32）岸田稚魚『佐渡行』
第４回（昭33）村越化石『山間』
第５回（昭34）安立恭彦『東京ぐらし』
　　　　　　　村上しゆら『北辺有情』
第６回（昭35）磯貝碧蹄館『与へられたる現在に』
第７回（昭36）川辺きぬ子『しこづま抄』
　　　　　　　柴崎左田男『窯守の唄』
第８回（昭37）鈴木正治『奢る雹』
　　　　　　　松林朝蒼『紙漉く谿』
第９回（昭38）大内登志子『聖狂院抄』
第10回（昭39）江見　渉『一重帯』
　　　　　　　山口英二『古書守り』
第11回（昭40）該当者なし
第12回（昭41）木附沢麦青『陸奥の冬』
第13回（昭42）秋山卓三『旱天』
第14回（昭43）山田みづえ『梶の花』
第15回（昭44）辺見京子（現、邊見京子）『壷屋の唄』
第16回（昭45）佐藤南山寺『虹仰ぐ』
第17回（昭46）横溝養三『杣の部落』
第18回（昭47）鈴木栄子（現、鈴木榮子）『鳥獣戯画』
第19回（昭48）山崎和賀流『奥羽山系』
第20回（昭49）米田一穂『酸か湯』
　　　　　　　民井とおる『大和れんぞ』
第21回（昭50）黒木野雨『北陲羇旅』
　　　　　　　宮田正和『伊賀雑唱』
第22回（昭51）伊藤通明『白桃』
第23回（昭52）小熊一人『海漂林』
　　　　　　　児玉輝代『段戸山村』
第24回（昭53）加藤憲曠『鮫角燈台』
第25回（昭54）金子のぼる『佐渡の冬』
第26回（昭55）摂津よしこ『夏鴨』
　　　　　　　後藤綾子『片々』
第27回（昭56）該当者なし
第28回（昭57）稲富義明『かささぎ』
　　　　　　　田中裕明『童子の夢』
第29回（昭58）秋篠光広『鳥影』
　　　　　　　菅原鬨也『立春』
第30回（昭59）木内彰志『春の雁』
　　　　　　　大石悦子『遊ぶ子の』
第31回（昭60）千田一路『海女の島』
　　　　　　　浅野如水『津軽雪譜』
第32回（昭61）淵脇　護『火山地帯』
　　　　　　　駒走鷹志『青い蝦夷』
　　　　　　　河村静香『海鳴り』
第33回（昭62）林　佑子『昆布刈村』
　　　　　　　辻　恵美子『鵜の唄』
第34回（昭63）鶴田玲子『鶴居村』
第35回（平元）岩田由美『怪我の子』
第36回（平２）北村　保『寒鯉』
第37回（平３）柚木紀子『嘆きの壁』
第38回（平４）寺島ただし『浦里』
　　　　　　　藤野　武『山峡』
　　　　　　　奥名春江『寒木』
第39回（平５）松本ヤチヨ『手』
第40回（平６）阿部静雄『雪曼陀羅』
　　　　　　　早野和子『運河』
　　　　　　　黛　まどか『B面の夏』（奨励賞）
第41回（平７）市堀玉宗『雪安居』
第42回（平８）山本一歩『指』
第43回（平９）若井新一『早苗饗』
　　　　　　　高千夏子『真中』
第44回（平10）依光陽子『朗朗』
第45回（平11）須藤常央『富士遠近』
第46回（平12）高畑浩平『父の故郷』
第47回（平13）桑原立生『寒の水』
第48回（平14）加藤静夫『百人力』
第49回（平15）馬場龍吉『色鳥』
第50回（平16）仲寒蟬『小海線』
第51回（平17）原　雅子『夏が来る』
第52回（平18）千々和恵美子『鯛の笛』
第53回（平19）津川絵理子『春の猫』
第54回（平20）安倍真理子『波』
第55回（平21）相子智恵『萵苣』
第56回（平22）望月　周『春雷』
　　　　　　　山口優夢『投函』
第57回（平23）永瀬十悟『ふくしま』
第58回（平24）広瀬敬雄『間取図』
第59回（平25）清水良郎『風のにほひ』
第60回（平26）柘植史子『エンドロール』
第61回（平27）遠藤由樹子『単純なひかり』
第62回（平28）松野苑子『遠き船』
第63回（平29）月野ぽぽな『人のかたち』
第64回（平30）鈴木牛後『牛の朱夏』
第65回（令元）西村麒麟『玉虫』
　　　　　　　抜井諒一『鷲に朝日』
第66回（令２）岩田　奎『赤い夢』
第67回（令３）岡田由季『優しき腹』
第68回（令４）西生ゆかり『胡瓜サンド』
第69回（令５）野崎海芋『小窓』

〔2．芸術選奨・文部科学大臣賞および同新人賞〕文化庁主催の賞。芸術分野をいくつかにわけ顕著な活躍をみせたひとに文部科学大臣賞を授与する。
　俳句部門受賞者のみ記載。

第19回（昭43）石田波郷『酒中歌』
第25回（昭49）細見綾子『伎藝天』
　　　　　　　新人賞　鷹羽狩行『平遠』
第26回（昭50）石原八束『黒凍みの道』
第33回（昭57）新人賞　角川春樹『信長の首』
第53回（平14）正木ゆう子『静かな水』
第58回（平19）矢島渚男『百済野』
第64回（平25）澤　好摩『光源』
第65回（平26）（新人賞）仲　寒蟬『巨石文明』
第67回（平28）恩田侑布子『夢洗ひ』
第72回（令３）（新人賞）堀田季何『人類の午後』

〔3．現代俳句協会大賞〕昭和22年設立の全国規模俳句団体「現代俳句協会」が設けた賞。
　多年、作・論にわたり顕著な業績をあげ、俳句界の指導育成にも多大の貢献をされた方に贈られた。平成13年からは「現代俳句大賞」と名称を変更し、協会外にも対象者を広げた。

第１回（平元）加藤楸邨
第２回（平２）永田耕衣
第３回（平３）湊楊一郎
第４回（平４）高屋窓秋
第５回（平５）井本農一
第６回（平６）神田秀夫（遺贈）
第７回（平７）平畑静塔
第８回（平８）暉峻康隆
第９回（平９）石原八束
第10回（平10）田川飛旅子
第11回（平11）桂　信子
第12回（平12）原子公平

〔4．現代俳句大賞〕平成13年に「現代俳句協会大賞」の後身として創設。
　多年、作・論にわたり、顕著な業績を挙げ、俳句界　の指導育成にも多大の貢献をされた方に贈られる。

第１回（平13）金子兜太
第２回（平14）鈴木六林男
第３回（平15）伊丹三樹彦
第４回（平16）和知喜八
第５回（平17）小川双々子
第６回（平18）齊藤美規
第７回（平19）和田悟朗
第８回（平20）松澤　昭
第９回（平21）阿部完市
第10回（平22）澁谷　道
第11回（平23）小檜山繁子
第12回（平24）芳賀　徹
第13回（平25）ドナルド・キーン
第14回（平26）宇多喜代子
第15回（平27）高橋睦郎
第16回（平28）堀切　実
第17回（平29）安西　篤
　　　　　　　柿本多映
第18回（平30）復本一郎
第19回（平31）宮坂静生
第20回（令元）黒田杏子
第21回（令２）池田澄子
第22回（令３）川名　大
第23回（令４）齋藤愼爾
第24回（令５）寺井谷子

〔**５．現代俳句協会賞**〕当協会員で、その作品力量が本賞にふさわしい優れたものと認められる候補者を協会員が推薦し、直近３年の作品50句を対象に選考する。

第１回（昭23）（茅舎賞）石橋秀野
　　　（昭24～26）なし
第２回（昭27）（茅舎賞）細見綾子
　　　（昭28）なし
第３回（昭29）佐藤鬼房
第４回（昭30）野澤節子
第５回（昭31）金子兜太
　　　　　　　能村登四郎
第６回（昭32）飯田龍太
　　　　　　　鈴木六林男
第７回（昭33）目迫秩父
第８回（昭34）香西照雄
　　　（昭35）なし
第９回（昭36）赤尾兜子
第10回（昭37）堀　葦男
第11回（昭38）林田紀音夫
　　　（昭39）なし
第12回（昭40）文挟夫佐恵
第13回（昭41）上月　章
第14回（昭42）隈　治人
　　　　　　　豊山千蔭
　　　　　　　三橋敏雄
第15回（昭43）寺田京子
第16回（昭44）和田悟朗
第17回（昭45）阿部完市
　　　　　　　桜井博道
第18回（昭46）杉本雷造
　　　　　　　鈴木詮子
第19回（昭47）伊丹公子
第20回（昭48）穴井　太
第21回（昭49）小檜山繁子
第22回（昭50）中村苑子
第23回（昭51）井沢唯夫
　　　　　　　佃　悦夫
第24回（昭52）津沢マサ子
第25回（昭53）友岡子郷
第26回（昭54）岩尾美義
　　　　　　　竹本健司
第27回（昭55）桑原三郎
第28回（昭56）齊藤美規
第29回（昭57）宇多喜代子
　　　　　　　森田智子
第30回（昭58）阿部青鞋
　　　　　　　久保田慶子
　　　　　　　中村路子
第31回（昭59）澁谷　道
第32回（昭60）折笠美秋
第33回（昭61）飯名陽子
　　　　　　　栗林千津
第34回（昭62）高島　茂
第35回（昭63）柿本多映
　　　　　　　金子皆子
第36回（平元）池田澄子
　　　　　　　沼尻巳津子
第37回（平２）国武十六夜
第38回（平３）奥山甲子男
　　　　　　　夏石番矢
第39回（平４上）寺井谷子
第40回（平４下）西野理郎
第41回（平５上）星野明世
第42回（平５下）久保純夫
第43回（平６上）中嶋秀子
　　　　　　　花谷和子
第44回（平６下）岸本マチ子
　　　　　　　高野ムツオ
第45回（平７上）宮坂静生
第46回（平７下）岩下四十雀
　　　　　　　たむらちせい
第47回（平８上）中村和弘
第48回（平８下）津根元潮
　　　　　　　森下草城子
第49回（平９上）鳴戸奈菜
第50回（平９下）大坪重治
第51回（平10上）辻脇系一
第52回（平10下）須藤　徹
第53回（平11上）熊谷愛子
　　　　　　　鈴木　明
第54回（平11下）武田伸一
第55回（平12）前田吐実男
第56回（平13）鎌倉佐弓
第57回（平14）あざ蓉子
第58回（平15）小林貴子
第59回（平16）田村正義
第60回（平17）八田木枯
第61回（平18）該当者なし
第62回（平19）塩野谷　仁
第63回（平20）田中いすず
　　　　　　　室生幸太郎
第64回（平21）大牧　広
第65回（平22）前川弘明
第66回（平23）渋川京子
第67回（平24）前田　広
第68回（平25）星野昌彦
　　　　　　　（特別賞）照井　翠
第69回（平26）安西　篤
　　　　　　　（特別賞）金原まさ子
第70回（平27）渡辺誠一郎
第71回（平28）高岡　修
第72回（平29）恩田侑布子
第73回（平30）清水　伶
第74回（令元）佐怒賀正美
　　　　　　　永瀬十悟
第75回（令２）秋尾　敏
第76回（令３）該当者なし
第77回（令４）林　　桂
　　　　　　　堀田季何
第78回（令５）井口時男

〔**６．現代俳句新人賞**〕現代俳句協会が昭和58年に創設した公募の賞。未発表句30句が選考対象。応募資格は50歳未満、協会会員でなくても応募できる。

第１回（昭58）星野昌彦
　　　　　　　宮入　聖
第２回（昭59）工藤ひろえ
第３回（昭60）波多江敦子
第４回（昭61）瀬戸美代子
第５回（昭62）下山光子
第６回（昭63）田尻睦子
第７回（平元）橋本輝久
　　　　　　　竹貫示虹
第８回（平２）鈴木紀子
第９回（平３）中里麦外
　　　　　　　吉田さかえ
第10回（平４）田中いすず
第11回（平５）浦川聡子
　　　　　　　山口　剛
第12回（平６）河草之介
第13回（平７）五島高資
第14回（平８）大石雄鬼
第15回（平９）渋川京子
第16回（平10）こしのゆみこ
第17回（平11）松本孝太郎
　　　　　　　山本左門
第18回（平12）瀬間陽子
　　　　　　　吉川真実
第19回（平13）守谷茂泰

杉浦圭祐
第20回（平14）照井　翠
第21回（平15）松本勇二
第22回（平16）奥山和子
第23回（平17）高橋修宏
第24回（平18）田中亜美
第25回（平19）山戸則江
第26回（平20）岸本由香
三木基史
第27回（平21）宇井十間
宮崎斗士
第28回（平22）月野ぽぽな
第29回（平23）該当者なし
第30回（平24）中内亮玄
柏柳明子
第31回（平25）近　　恵
第32回（平26）岡田一実
第33回（平27）瀬戸優理子
山岸由佳
第34回（平28）赤野四羽
第35回（平29）赤羽根めぐみ
宮本佳世乃
第36回（平30）なつはづき
第37回（令元）該当者なし
第38回（令２）北山　順
第39回（令３）小田島　渚
第40回（令４）土井探花
第41回（令５）楠本奇蹄

〔7．現代俳句協会年度作品賞〕協会員の日頃の優れた作品活動の顕彰のために制定されたもの。応募資格は協会員に限られ、未発表30句が対象。

第１回（平12）秋元　倫
尾堤輝義
第２回（平13）高橋修宏
第３回（平14）大柄輝久江
原　雅子
第４回（平15）中里　結
吉持愁果
第５回（平16）こしのゆみこ
第６回（平17）市川　葉
第７回（平18）石倉夏生
第８回（平19）好井由江
第９回（平20）鈴木砂紅
髙橋悦子
第10回（平21）東金夢明
村田まさる
第11回（平22）小豆澤裕子
第12回（平23）田中朋子
第13回（平24）中村克子
第14回（平25）大竹照子
第15回（平26）伴場とく子
第16回（平27）前田典子
第17回（平28）長井　寛
第18回（平29）神田ひろみ
第19回（平30）該当者なし
第20回（令元）久根美和子
第21回（令２）黒沢孝子
第22回（令３）中村　遥
星野早苗
第23回（令４）松王かをり
第24回（令５）高木宇大

〔8．現代俳句評論賞〕協会員だけでなく広く現代俳句を志向する方たちの評論も対象としている。

第１回（昭57）大橋嶺夫
第２回（昭58）中里麦外
四ツ谷龍
第３回（昭59）綾野道江
鈴木蚊都夫
第４回（昭60）松林尚志
第５回（昭61）星野昌彦
第６回（昭62）該当者なし（前期）
第７回（昭62）成井恵子　（後期）
第８回（昭63）前川　剛
村松彩石
第９回（平元）該当者なし
第10回（平２）細井啓司
第11回（平３）秋尾　敏
第12回（平４）該当者なし
第13回（平５）前川紅楼
第14回（平６）谷川　昇
第15回（平７）該当者なし
第16回（平８）江里昭彦
第17回（平９）久保田耕平
第18回（平10）該当者なし
第19回（平11）五島高資
第20回（平12）該当者なし
第21回（平13）大畑　等
守谷茂泰
第22回（平14）小野裕三
高橋修宏
第23回（平15）五十嵐秀彦
第24回（平16）白石司子
山本千代子
第25回（平17）柳生正名
第26回（平18）宇井十間
第27回（平19）高岡　修
第28回（平20）松田ひろむ
第29回（平21）該当者なし
第30回（平22）近藤栄治
第31回（平23）神田ひろみ
第32回（平24）松下カロ
栗林　浩（佳作）
第33回（平25）山田征司
第34回（平26）竹岡一郎
第35回（平27）髙野公一
第36回（平28）該当者なし
第37回（平29）松王かをり
第38回（平30）後藤　章
第39回（令元）武良竜彦
第40回（令２）外山一機
第41回（令３）該当者なし
第42回（令４）岡田一実
第43回（令５）該当者なし

〔9．詩歌文学館賞・俳句部門〕１年間に刊行された詩、短歌、俳句部門の作品集より最も優れたものに贈る賞。故・井上靖名誉館長の提唱により昭和61年に創設された。

第１回（昭61）平畑静塔『矢素』
第２回（昭62）加藤楸邨『怒濤』
第３回（昭63）橋　閒石『橋閒石俳句選集』
第４回（平元）村越化石『筒鳥』
第５回（平２）佐藤鬼房『半跏坐』
第６回（平３）永田耕衣『泥ん』
第７回（平４）阿波野青畝『西湖』
第８回（平５）能村登四郎『長嘯』
第９回（平６）中村苑子『吟遊』
第10回（平７）沢木欣一『眼前』
第11回（平８）金子兜太『両神』
第12回（平９）安東次男『流』
第13回（平10）川崎展宏『秋』
第14回（平11）草間時彦『盆点前』
第15回（平12）藤田湘子『神楽』
第16回（平13）成田千空『忘年』
第17回（平14）清水径子『雨の樹』
第18回（平15）松崎鉄之介『長江』
第19回（平16）森田　峠『葛の崖』
第20回（平17）林　　翔『光年』
第21回（平18）深見けん二『日月』
第22回（平19）小原啄葉『平心』
第23回（平20）鷹羽狩行『十五峯』
第24回（平21）友岡子郷『友岡子郷俳句集成』
第25回（平22）星野麥丘人『小椿居』
第26回（平23）大峯あきら『群生海』
第27回（平24）宇多喜代子『記憶』
第28回（平25）有馬朗人『流轉』
第29回（平26）柿本多映『仮生』
第30回（平27）大牧　広『正眼』
第31回（平28）茨木和生『真鳥』
第32回（平29）後藤比奈夫『白寿』
第33回（平30）岩淵喜代子『穀象』
第34回（令元）三村純也『一』
第35回（令２）鍵和田秞子『火は禱り』
第36回（令３）宮坂静生『草魂』
第37回（令４）遠山陽子『遠山陽子俳句集成』
第38回（令５）星野高士『渾沌』
第39回（令６）正木ゆう子『玉響』

〔**10. 蛇笏賞**〕俳句界で最も権威のある賞とされる。角川文化振興財団（第９回までは角川書店）主催。前年１年間に刊行された句集が対象。

第１回（昭42）皆吉爽雨『三露』他
第２回（昭43）加藤楸邨『まぼろしの鹿』他
　　秋元不死男『万座』他
第３回（昭44）大野林火『潺潺集』他
第４回（昭45）福田蓼汀『秋風挽歌』他
第５回（昭46）平畑静塔『壺国』他
　　右城暮石『上下』他
第６回（昭47）安住　敦『午前午後』他
第７回（昭48）阿波野青畝『甲子園』他
　　松村蒼石『雪』他
第８回（昭49）百合山羽公『寒雁』他
第９回（昭50）石川桂郎『高蘆』以後の作品
第10回（昭51）相生垣瓜人『明治草』他
第11回（昭52）山口草堂『四季蕭嘯』
第12回（昭53）阿部みどり女『月下美人』
第13回（昭54）細見綾子『曼荼羅』
第14回（昭55）斎藤　玄『雁道』
第15回（昭56）石原舟月『雨情』
第16回（昭57）瀧　春一『花石榴』
第17回（昭58）柴田白葉女『月の笛』
　　村越化石『端座』
第18回（昭59）橋　閒石『和栲』
第19回（昭60）能村登四郎『天上華』
第20回（昭61）長谷川双魚『ひとつとや』
第21回（昭62）森　澄雄『四遠』
第22回（昭63）該当作なし
第23回（平元）三橋敏雄『畳の上』
第24回（平２）角川春樹『花咲爺』
第25回（平３）該当作なし
第26回（平４）桂　信子『樹影』
第27回（平５）佐藤鬼房『瀬頭』
第28回（平６）中村苑子『吟遊』
第29回（平７）鈴木六林男『雨の時代』
第30回（平８）沢木欣一『白鳥』
第31回（平９）飯島晴子『儚々』
第32回（平10）成田千空『白光』
第33回（平11）鈴木真砂女『紫木蓮』
第34回（平12）津田清子『無方』
第35回（平13）宇多喜代子『象』
第36回（平14）金子兜太『東国抄』
第37回（平15）草間時彦『瀧の音』
第38回（平16）福田甲子雄『草虱』
第39回（平17）鷲谷七菜子『晨鐘』
第40回（平18）後藤比奈夫『めんない千鳥』
第41回（平19）岡本　眸『午後の椅子』
第42回（平20）鷹羽狩行『十五峯』
第43回（平21）廣瀬直人『風の空』
第44回（平22）真鍋呉夫『月魄』
第45回（平23）黒田杏子『日光月光』
第46回（平24）澁谷　道『澁谷道俳句集成』
第47回（平25）文挟夫佐恵『白駒』
第48回（平26）高野ムツオ『萬の翅』
　　深見けん二『菫濃く』
第49回（平27）大峯あきら『短夜』
第50回（平28）矢島渚男『冬青集』
第51回（平29）高橋睦郎『十年』
　　正木ゆう子『羽羽』
第52回（平30）友岡子郷『海の音』
　　有馬朗人『黙示』
第53回（令元）大牧　広『朝の森』
第54回（令２）柿本多映『柿本多映俳句集成』
第55回（令３）大石悦子『百囀』
第56回（令４）該当作なし
第57回（令５）小川軽舟『無辺』
第58回（令６）小澤　實『澤』

〔**11. 日本伝統俳句協会賞**〕会員の作品が対象。

第１回（平２）石井とし夫『印旛沼素描』
第２回（平３）山田弘子『去年今年』
第３回（平４）松岡ひでたか『天の盤船』
第４回（平５）山本素竹『有鱗目ヘビ亜科』
第５回（平６）宮地玲子『十一番坂へ』
第６回（平７）伊藤まさ子『三輪車』
第７回（平８）湯川　雅『窓』
第８回（平９）長山あや『曾爾原』
第９回（平10）木暮陶句郎『工房の四季』
第10回（平11）吉田節子『雛遊』
第11回（平12）荻野幸雄『椳』
第12回（平13）渡辺萩風『角切り絵』
第13回（平14）坂井光代『生きゆく』
第14回（平15）今橋眞理子『大樹』
第15回（平16）中井かず子『顔』
第16回（平17）今井肖子『花一日』
第17回（平18）佐土井智津子『月』
第18回（平19）椋誠一郎『あそび歌』
第19回（平20）山田弘子『十三夜』
第20回（平21）該当者なし
第21回（平22）山田佳乃『水の声』
第22回（平23）佳田翡翠『木挽町』
第23回（平24）山本素竹『秋から冬へ』
第24回（平25）大谷　櫻『瓔珞』
第25回（平26）田中祥子『吉野拾遺』
第26回（平27）田丸千種『神の火』
第27回（平28）久保田幸代『毛糸編む』
第28回（平29）介弘紀子『雪月花』
第29回（平30）安田豆作『牧の初雪』
第30回（令元）宮下末子『能登の揚げ浜塩田』
第31回（令２）和田和子『金魚飼ふ』
第32回（令３）田中黎子『水の賦』
第33回（令４）鈴木風虎『はつけよい』
第34回（令５）内藤花六『アルプス一万尺』
第35回（令６）勝村　博『阿波踊』

〔**12. 俳句研究賞**〕富士見書房が制定したが、第21回で廃止。

第１回（昭61）北野平八『水洟』
　　本宮哲郎『雪国雑唱』
第２回（昭62）佐藤和枝『龍の玉』
　　角免栄児『白南風』
第３回（昭63）河合照子『日向』
　　山口都茂女『面打』
第４回（平元）福島　勲『閻魔の手形』
　　牧　辰夫『机辺』
第５回（平２）片山由美子『一夜』
第６回（平３）高橋富里『点字日記』
第７回（平４）日美清史『涼意』
第８回（平５）西尾　一『三寒四温』
第９回（平６）三田きえ子『旦暮』
　　大島雄作『青年』
第10回（平７）野中亮介『風の木』
第11回（平８）猪口節子『能管』
第12回（平９）太田土男『牛守』
第13回（平10）岩永佐保『生きもの燦と』
第14回（平11）鈴木厚子『鹿笛』
第15回（平12）山根真矢『少年の時間』
第16回（平13）鴇田智哉『かなしみのあと』
第17回（平14）藤村真理『からり』
第18回（平15）有澤榠樝『五十一』
第19回（平16）髙柳克弘『息吹』
第20回（平17）対中いずみ『蛍童子』
第21回（平18）齋藤朝比古『懸垂』

〔**13. 俳人協会賞**〕俳人協会制定の賞。伝統俳句作家の顕彰を趣旨とする。

第１回（昭36）石川桂郎『佐渡行』他
第２回（昭37）西東三鬼『変身』
第３回（昭38）小林康治『玄霜』
第４回（昭39）千代田葛彦『旅人木』
第５回（昭40）鷹羽狩行『誕生』
第６回（昭41）磯貝碧蹄館『握手』
　　稲垣きくの『冬濤』
第７回（昭42）菖蒲あや『路地』
　　及川　貞『夕焼』
第８回（昭43）上田五千石『田園』
第９回（昭44）相馬遷子『雪嶺』
第10回（昭45）石田あき子『見舞籠』
　　林　翔『和紙』
第11回（昭46）岡本　眸『朝』
第12回（昭47）岸田稚魚『筍流し』
第13回（昭48）成瀬櫻桃子『風色』

第14回（昭49）村越化石『山國抄』
第15回（昭50）赤松蕙子『白毫』
中山純子『沙羅』
山田みづえ『木語』
第16回（昭51）堀口星眠『営巣期』
鈴木真砂女『夕螢』
第17回（昭52）下村ひろし『西陲集』
第18回（昭53）殿村菟絲子『晩緑』
第19回（昭54）古舘曹人『砂の音』
第20回（昭55）細川加賀『生身魂』
第21回（昭56）橋本鶏二『鷹の胸』
古賀まり子『竪琴』
第22回（昭57）松崎鉄之介『信篤き国』
第23回（昭58）鷲谷七菜子『游影』
第24回（昭59）加倉井秋を『風祝』
第25回（昭60）馬場移公子『峡の雲』
第26回（昭61）森田　峠『逆瀬川』
第27回（昭62）有馬朗人『天為』
第28回（昭63）成田千空『人日』
第29回（平元）村沢夏風『独坐』
第30回（平２）平井さち子『鷹日和』
第31回（平３）深見けん二『花鳥来』
第32回（平４）青柳志解樹『松は松』
岡田日郎『連嶺』
第33回（平５）皆川盤水『寒靄』
中原道夫『顱頂』
第34回（平６）綾部仁喜『樸簡』
吉田鴻司『頃日』
第35回（平７）黒田杏子『一木一草』
山上樹実雄『翠微』
第36回（平８）星野麥丘人『雨滴集』
小原啄葉『滾滾』
第37回（平９）清崎敏郎『凡』
宮津昭彦『遠樹』
第38回（平10）加藤三七子『朧銀集』
第39回（平11）石田勝彦『秋興』
第40回（平12）今井杏太郎『海鳴り星』
林　　徹『飛花』
本宮哲郎『日本海』
第41回（平13）茨木和生『往馬』
神蔵　器『貴椿』
第42回（平14）大峯あきら『宇宙塵』
第43回（平15）黛　　執『野面積』
藤本安騎生『深吉野』
第44回（平16）鈴木鷹夫『千年』
第45回（平17）大串　章『大地』
鍵和田秞子『胡蝶』
第46回（平18）西村和子『心音』
第47回（平19）大嶽青児『笙歌』
今瀬剛一『水戸』
第48回（平20）淺井一志『百景』
伊藤通明『荒神』
第49回（平21）榎本好宏『祭詩』
栗田やすし『海光』
第50回（平22）斎藤夏風『辻俳諧』
第51回（平23）辻田克巳『春のこゑ』
山本洋子『夏木』
第52回（平24）片山由美子『香雨』
第53回（平25）大石悦子『有情』
第54回（平26）若井新一『雪形』
第55回（平27）柏原眠雨『夕雲雀』
第56回（平28）山尾玉藻『人の香』
第57回（平29）櫂未知子『カムイ』
須賀一惠『銀座の歩幅』
第58回（平30）伊藤伊那男『然々と』
第59回（令元）小川軽舟『朝晩』
第60回（令２）野中亮介『つむぎうた』
第61回（令３）津川絵理子『夜の水平線』
第62回（令４）森賀まり『しみづあたたかをふくむ』

〔**14. 俳人協会新人賞**〕昭和52年創設された新人賞。

第１回（昭52）鍵和田秞子『未来図』
第２回（昭53）大串　章『朝の舟』
鈴木栄子『鳥獣戯画』
第３回（昭54）朝倉和江『花鋏』
第４回（昭55）福永耕二『踏歌』
伊藤通明『白桃』
辻田克巳『オペ記』
第５回（昭56）檜　紀代『呼子石』
黒田杏子『木の椅子』
第６回（昭57）新田祐久『白山』
大嶽青児『遠嶺』
角川春樹『信長の首』
第７回（昭58）西村和子『夏帽子』
第８回（昭59）木内怜子『繭』
坂巻純子『花呪文』
田中菅子『紅梅町』
第９回（昭60）上田　操『直面』
第10回（昭61）大石悦子『群萌』
佐久間慧子『無伴奏』
第11回（昭62）棚山波朗『之乎路』
行方克巳『知音』
長谷川久々子『水辺』
第12回（昭63）岡本高明『風の縁』
第13回（平元）中原道夫『蕩児』
第14回（平２）鈴木貞雄『麗月』
第15回（平３）千葉皓史『郊外』
冨田正吉『泣虫山』
村上喜代子『雪降れ降れ』
第16回（平４）いのうえかつこ『貝の砂』
岸本尚毅『舜』
能村研三『鷹の木』
第17回（平５）仲村青彦『予感』
藤田美代子『青き表紙』
第18回（平６）奥坂まや『列柱』
第19回（平７）小島　健『爽』
橋本榮治『麦生』
山田真砂年『西へ出づれば』
第20回（平８）蘭草慶子『野の琴』
石田郷子『秋の顔』
第21回（平９）小澤　實『立像』
北村　保『伊賀の奥』
野中亮介『風の木』
第22回（平10）伊藤伊那男『銀漢』
柴田佐知子『母郷』
第23回（平11）大屋達治『寛海』
藤本美和子『跣足』
山本一歩『耳ふたつ』
第24回（平12）中岡毅雄『一碧』
南うみを『丹後』
第25回（平13）小川軽舟『近所』
西宮　舞『千木』
林　誠司『ブリッジ』
檜山哲彦『壺天』
第26回（平14）井上弘美『あをぞら』
三村純也『常行』
第27回（平15）中田尚子『主審の笛』
第28回（平16）辻　美奈子『真咲』
松永浮堂『げんげ』
山崎祐子『点睛』
第29回（平17）高田正子『花実』
鴇田智哉『こゑふたつ』
中村与謝男『楽浪』
第30回（平18）明隅礼子『星槎』
石嶌　岳『嘉祥』
津川絵理子『和音』
第31回（平19）佐藤郁良『海図』
白濱一羊『喝采』
井越芳子『鳥の重さ』
第32回（平20）辻内京子『蝶生る』
日原　傳『此君』
横井　遥『男坐り』
第33回（平21）加藤かな文『家』
金原知典『白色』
森賀まり『瞬く』
第34回（平22）岩田由美『花束』
上田日差子『和音』
第35回（平23）押野　裕『雲の座』
第36回（平24）甲斐由起子『雪華』
下坂速穂『眼光』
堀本裕樹『熊野曼陀羅』
第37回（平25）今瀬一博『誤差』
矢地由紀子『白嶺』
第38回（平26）井出野浩貴『驢馬つれて』
鶴岡加苗『青鳥』
望月　周『白月』
第39回（平27）藤井あかり『封緘』
村上鞆彦『遅日の岸』
第40回（平28）鎌田　俊『山羊の角』
櫛部天思『天心』
第41回（平29）大西　朋『片白草』
黒澤麻生子『金魚玉』
白石渕路『蝶の家』
第42回（平30）日下野由季『馥郁』
堀切克洋『尺蠖の道』
第43回（令元）沼尾将之『鮫色』
藤本夕衣『遠くの声』
第44回（令２）安里琉太『式日』

篠崎央子『火の貌』
第45回（令３）該当なし
第46回（令４）相子智恵『呼応』
髙柳克弘『涼しき無』

〔15. 俳人協会評論賞〕

第１回（昭54）松本　旭『村上鬼城の研究』
第２回（昭56）桑原視草『出雲俳壇の人々』
第３回（昭58）小室善弘『漱石俳句の評釈』
第４回（昭60）村松友次『芭蕉の手紙』
室岡和子『子規山脈の人々』
第５回（昭62）平井照敏『かな書きの詩』
第６回（平元）長谷川　櫂『俳句の宇宙』（奨励賞）
第７回（平３）杉橋陽一『剥落する青空』
第８回（平５）堀　古蝶『俳人松瀬青々』
第９回（平６）大串　章『現代俳句の山河』
第10回（平７）澤木欣一『昭和俳句の青春』
成瀬櫻桃子『久保田万太郎の俳句』
第11回（平８）茨木和生『西の季語物語』
第12回（平９）石原八束『飯田蛇笏』
渡辺　勝『比較俳句論　日本とドイツ』
第13回（平10）川崎展宏『俳句初心』
第14回（平11）正木ゆう子『起きて、立って、服を着ること』
蓬田紀枝子『葉柳に…』
第15回（平12）栗田　靖『河東碧梧桐の基礎的研究』
第16回（平13）阿部誠文『ソ連抑留俳句　人と作品』
西嶋あさ子『俳人　安住敦』
第17回（平14）星野恒彦『俳句とハイクの世界』
柴田奈美『正岡子規と俳句分類』
第18回（平15）坂本宮尾『杉田久女』
第19回（平16）西村和子『虚子の京都』
第20回（平17）田島和生『新興俳人の群像』
第21回（平18）片山由美子『俳句を読むということ』
仁平　勝『俳句の射程』
第22回（平19）小澤　實『俳句のはじまる場所』
第23回（平20）綾部仁喜『山王林だより』
栗林圭魚『知られざる虚子』
第24回（平21）角　光雄『俳人青木月斗』
日野雅之『松江の俳人・大谷繞石』
第25回（平22）中坪達哉『前田普羅』
第26回（平23）岸本尚毅『高浜虚子　俳句の力』
中岡毅雄『壺中の天地』
第27回（平24）筑紫磐井『伝統の探求（題詠文学論）』
中村雅樹『俳人　橋本鶏二』
第28回（平25）仲村青彦『輝ける挑戦者たち―俳句表現考序説―』
第29回（平26）岩淵喜代子『二冊の「鹿火屋」』
榎本好宏『懐かしき子供の遊び歳時記』
第30回（平27）依田善朗『ゆっくりと波郷を読む』
第31回（平28）該当者なし
第32回（平29）今井　聖『言葉となればもう古し―加藤楸邨論』
本井　英『虚子散文の世界へ』
第33回（平30）青木亮人『近代俳句の諸相』―正岡子規、高浜虚子、山口誓子など―
第34回（令元）角谷昌子『俳句の水脈を求めて』―平成に逝った俳人たち―
第35回（令２）井上弘美『読む力』
南　うみを『神蔵器の俳句世界』
第36回（令３）西田もとつぐ『満州俳句　須臾の光芒』
根本文子『正岡子規―中川四明を軸として』
第37回（令４）荒川英之『沢木欣一　十七文字の燃焼』
渡辺香根夫『草田男深耕』

〔16. 俳人協会評論新人賞〕

第８回（平５）片山由美子『現代俳句との対話』
第９回（平６）足立幸信『狩行俳句の現代性』
筑紫磐井『飯田龍太の彼方へ』
第10回（平７）中田水光『芥川龍之介文章修業』
第11回（平８）松岡ひでたか『竹久夢二の俳句』
第12回（平９）見目　誠『呪われた詩人　尾崎放哉』
第13回（平10）中岡毅雄『高浜虚子論』
第18回（平15）權　未知子『季語の底力』
第19回（平16）小川軽舟『魅了する詩型　現代俳句私論』
第22回（平19）高柳克弘『凛然たる青春』
第23回（平20）岸本尚毅『俳句の力学』
第28回（平25）長嶺千晶『今も沖には未来あり　中村草田男句集「長子」の世界』
第29回（平26）青木亮人『その眼、俳人につき』

〔17. 俳壇賞〕月刊俳句総合誌『俳壇』（本阿弥書店）が毎年公募する未発表作品30句から選ばれる。第１回発表は昭和62年。

第１回（昭61）櫂木啓子『仲秋』
第２回（昭62）鎌田恭輔『孑孑』
武藤尚樹『少年期』
第３回（昭63）田口紅子『囮鮎』
第４回（平元）須賀一恵『良夜』
工藤克己『霜夜しんしん』
第５回（平２）早川志津子『甕ひとつ』
第６回（平３）平川光子『秋日』
関口祥子『雉子の尾』
第７回（平４）柴田佐知子『己が部屋』
第８回（平５）夏井いつき『ヒヤシンス』
第９回（平６）ふけとしこ『鎌の刃』
第10回（平７）太田土男『草の花』
田村敏子『アスピリン』
第11回（平８）金子　敦『砂糖壺』
第12回（平９）鳥居真里子『かくれんぼ』
第13回（平10）今井妙子『貝の砂』
第14回（平11）該当者なし
第15回（平12）茅根知子『水の姿に』
第16回（平13）水上弧城『月夜』
椿　文恵『まつさをに』
第17回（平14）栗山政子『素顔』
第18回（平15）下坂速穂『月齢』
第19回（平16）川口真理『水の匂ひ』
矢島　薫『桜貝』
第20回（平17）三吉みどり『蜻蛉の翅』
第21回（平18）高木瓔子『山の相』
川嶋一美『上映中』
第22回（平19）菅野忠夫『ゆっくりと』
陽　美保子『遙かなる水』
第23回（平20）田中一光『さみしき獏』
第24回（平21）勝又民樹『日傘來る』
今井恵子『めろんぱん』
第25回（平22）亀井雉子男『鯨の骨』
第26回（平23）深川淑枝『鯨墓』
第27回（平24）唐澤南海子『春の樟』
第28回（平26）池谷秀子『よぢ登る』
長浜　勤『車座』
第29回（平27）渡邉美保『けむり茸』
第30回（平28）隈　可須奈『隠岐涼し』
第31回（平29）蜂谷一人『虚子忌』
第32回（平30）篠遠良子『穂絮飛ぶ』
第33回（令元）中村　遥『白』
第34回（令２）石井清吾『水運ぶ船』

第35回（令３）吉田　葎『通ります』
第36回（令４）宇野恭子『森の雨』
第37回（令５）渡部有紀子『まづ石を』
第38回（令６）島貫　恵『遠くまで』

〔18. 読売文学賞〕 読売新聞社が昭和24年に創設した文学賞。「小説」「戯曲・シナリオ」「随筆・紀行」「評論・伝記」「詩歌俳句」（第３回までは「詩歌」）「研究・翻訳」の６部門からなる。俳句部門受賞者のみ記す。

第５回（昭28）松本たかし『石魂』
第６回（昭29）石田波郷『石田波郷全句集』
第12回（昭35）小沢碧童『碧童句集』（没後受賞）
第20回（昭43）飯田龍太『忘音』
第22回（昭45）野澤節子『鳳蝶』
第27回（昭50）角川源義『西行の日』
第29回（昭52）森　澄雄『鯉素』
第35回（昭58）角川春樹『流され王』
第39回（昭62）高橋睦郎『稽古飲食』
第42回（平２）川崎展宏『夏』
第44回（平４）真鍋呉夫『雪女』
第46回（平６）鈴木真砂女『都鳥』
第54回（平14）長谷川櫂『虚空』
第57回（平17）小澤　實『瞬間』
第62回（平22）大木あまり『星涼』
第64回（平24）和田悟朗『風車』
第65回（平25）高野ムツオ『萬の翅』
第69回（平29）山口昭男『木簡』
第72回（令２）池田澄子『此処』
第75回（令５）正木ゆう子『玉響』

〔19. 現代俳句女流賞〕 第13回で中止。

第１回（昭51）桂　信子『新緑』
第２回（昭52）鷲谷七菜子『花寂び』
第３回（昭53）神尾久美子『桐の木』
第４回（昭54）中村苑子『中村苑子句集』
第５回（昭55）大橋敦子『勾玉』
第６回（昭57）黒田杏子『木の椅子』
第７回（昭58）永島靖子『真晝』
第８回（昭59）岡本　眸『母系』
第９回（昭60）佐野美智『棹歌』
第10回（昭61）斎藤梅子『藍甕』
第11回（昭62）角川照子『花行脚』
第12回（昭63）山本洋子『木の花』
第13回（平元）永方裕子『麗日』